静静的顿河

（二）

Тихий Дон

〔苏联〕肖洛霍夫／著

金　人／译

名著名译丛书

人民文学出版社

PEOPLE'S LITERATURE PUBLISHING HOUSE

M. ШОЛОХОВ
ТИХИЙ ДОН
据 ГОСЛИТИЗДАТ，МОСКВА，1953 年版翻译，根据
ИЗДАТЕЛЬСТВО《ИЗВЕСТИЯ》，МОСКВА，1964 年版校订，
并参考了 ИЗАТЕЛЬСТВО《ПРАВДА》МОСКВА，1980 年版本。

图书在版编目(CIP)数据

静静的顿河：全 4 册/(苏)肖洛霍夫著；金人译. —2 版. —北京：人民文学出版社(2025.10重印)
(名著名译丛书)
ISBN 978-7-02-010450-5

Ⅰ. ①静… Ⅱ. ①肖…②金… Ⅲ. ①长篇小说—苏联 Ⅳ. ①I512.45

中国版本图书馆 CIP 数据核字(2014)第 108434 号

责任编辑　李丹丹
装帧设计　刘　静　陶　雷
责任印制　王重艺

出版发行　人民文学出版社
社　　址　北京市朝内大街 166 号
邮政编码　100705

印　　刷　三河市中晟雅豪印务有限公司
经　　销　全国新华书店等

字　　数　1515 千字
开　　本　890 毫米×1290 毫米　1/32
印　　张　54.125　插页 6
印　　数　106001—10900
版　　次　1956 年 11 月北京第 1 版　1988 年 10 月北京第 2 版
印　　次　2025 年 10 月第 24 次印刷

书　　号　978-7-02-010450-5
定　　价　158.00 元(全四册)

米·肖洛霍夫

米·肖洛霍夫（1905—1984）

苏联俄罗斯作家，其作品主要反映顿河地区哥萨克人民的生活。在苏联文学史中占有重要地位。1965 年获诺贝尔文学奖。主要作品有《静静的顿河》《被开垦的处女地》《一个人的遭遇》。

《静静的顿河》（1928—1940）是一部杰出的社会主义现实主义作品。小说以第一次世界大战到 1922 年苏联国内战争为背景，描写顿河地区哥萨克人在这十年间的动荡生活，反映了这一地区的风土人情、社会变化，以及重大历史事件。主人公葛利高里因其坎坷、复杂的经历，成为世界文学人物画廊中十分耀眼的一位。

译 者

金 人（1901—1971），原名张君悌，河北南宫人。三十年代执教于上海，深受鲁迅熏陶，开始文学创作。1934 年起从事文学翻译，在鲁迅主编的《译文》上发表译作。译著有肖洛霍夫的《静静的顿河》、高尔基的《克里姆·萨姆金》、潘菲洛夫的《磨刀石农庄》、柯切托夫的《茹尔宾一家》等。

出版说明

人民文学出版社从上世纪五十年代建社之初即致力于外国文学名著出版，延请国内一流学者研究论证选题，翻译更是优选专长译者担纲，先后出版了“外国文学名著丛书”“世界文学名著文库”“二十世纪外国文学丛书”“名著名译插图本”等大型丛书和外国著名作家的文集、选集等，这些作品得到了几代读者的喜爱。

为满足读者的阅读与收藏需求，我们优中选精，推出精装本“名著名译丛书”，收入脍炙人口的外国文学杰作。丰子恺、朱生豪、冰心、杨绛等翻译家优美传神的译文，更为这些不朽之作增添了色彩。多数作品配有精美原版插图。希望这套书能成为中国家庭的必备藏书。

为方便广大读者，出版社还为本丛书精心录制了朗读版。本丛书将分辑陆续出版。

人民文学出版社

2015 年 1 月

前 言

二十世纪对人类来说，特别是对俄罗斯人民来说，是一个极不平凡的世纪。十月革命的胜利，苏维埃政权的建成和存在，在人类历史上写下了耀眼的，激动人心的一章。人类将长时间地不断总结和思考这段历史的经验、教训和意义。

肖洛霍夫正是生活在这个历史时期。他是二十世纪的同龄人。除去没有经历苏联解体这段历史之外，他的一生都是伴随着本世纪俄罗斯所有重大历史事件度过的。

对于作家来说，肖洛霍夫的作品或许不算很多，但是他对自己所经历的，也是人民最感重要的、严峻和复杂的每个历史时期，都有深邃的思考和描述，都有自己重要的艺术贡献。从这个意义上说，肖洛霍夫可以称作是二十世纪俄罗斯的艺术家-编年史家。

对于一个作家来说，天赋才华固然重要，然而客观环境和个人经历，则是他成长的不可缺少的土壤。肖洛霍夫的人生经历是罕见的。他的一生，是历经磨难与曲折的一生，是闯过无数生死险关的一生。他的小说，特别是《静静的顿河》，可以说是一部俄罗斯悲剧编年史，一幅展现俄罗斯诸多沧桑巨变和动荡人生的历史画卷。他的作品和作品中的一系列艺术形象都这样那样地映射着作家的种种经历和感受。因此，首先了解一下作家本人的经历是很有必要的，这有助于更切近地理解他作品的内涵，及其悲剧史诗的风格。同时，了解他个人的经历，对澄清喧嚣甚久的关于《静静的顿河》的“剽窃”说，也不无裨益。

米哈伊尔·亚历山大罗维奇·肖洛霍夫于一九〇五年五月二十四日诞生在顿河军屯州维约申斯克镇克鲁日伊林村。但应当说，他不是顿河哥萨克，而是外乡人。一百多年前，他的祖父从梁赞省迁到顿河落户，并在当地逐渐成为一个有经济根基的、拥有多处店铺的商人。他的父亲亚历山大·米哈伊洛维奇·肖洛霍夫,早年在祖父主持的克鲁日伊林村的布匹杂货小铺里做店员,毕业于教区中学,虽然没受过高等教育,但有教养,爱读书,并订有多种文艺杂志,藏有俄国及欧美许多经典作家的作品。这些藏书,为中断学业在家自修的少年肖洛霍夫日后成长为作家奠定了知识基础。

作家的母亲阿纳斯塔西娅·达尼洛夫娜·切尔尼科娃是乌克兰人,出身农家。她从十二岁起就在地主波波夫家当侍女。几年之后,常和波波夫家来往的亚历山大·米哈伊洛维奇·肖洛霍夫爱上了这位姑娘,决意娶她为妻。在当时尚保留有中世纪习俗的农村里,这桩有悖世俗的爱情不仅令乡邻惊讶,也遭到了男方父母的反对。他们借助哥萨克长官阿塔曼的权力,强行将阿纳斯塔西娅嫁给了一个退役的老哥萨克库兹涅佐夫。亚历山大奋起反抗,以致同父母闹翻。当时有朋友对此困惑不解,问他为什么一定要娶这样一个目不识丁的农家姑娘。他认真地回答说:"她可不是一个普普通通的农家姑娘,她是一幅画!"①

亚历山大·米哈伊洛维奇以一个艺术家的审美灵感,来欣赏自己爱着的姑娘。爱情,在他心中,充满诗情画意,已经升华到至美的境界。他的这种艺术家的心灵,以及对人的与众不同的理解能力,或许日后在儿子身上也得到了体现!阿纳斯塔西娅也没有辜负他的信任,勇敢地冲破婚姻、舆论、旧道德习俗的重重压力,投入了他的怀抱,做了他实际上的妻子。于是她成了有两个丈夫的女人。米哈伊尔·肖洛霍夫出生以后,自然也就成了有两个父亲的孩子。他名义上是库兹涅佐夫的儿子,实际上是亚历山大·米哈伊洛维奇的生子。这种有两个父亲的痛苦日子过了八年,库兹涅佐夫过世后,在一九一三年,肖洛霍夫的生身父母才得以在教堂正式结婚。

当然,童年时代的肖洛霍夫,也是一个活泼的孩子。他乐感强,记忆力好,喜欢观看热闹的婚礼,爱听哥萨克古老民歌和老人们讲的征战故事,更爱过各种节日,还是一个钓鱼迷。他在《静静的顿河》里所以能得心应手地援用民间文学素材,这完全得益于他从小受到的民俗文

① 参见列日涅夫《肖洛霍夫的道路》第20页,苏联作家出版社,莫斯科,1958年。

化的熏陶。

肖洛霍夫六岁开始读书。一九一八年国内战争开始，肖洛霍夫刚读完四年级就被迫辍学，从此便永远结束了他的学生生活。

国内战争期间，肖洛霍夫和父母住在顿河上游叶兰斯克镇和卡尔金镇。一九一九年的哥萨克暴动就发生在这里。这个悲剧事件给少年肖洛霍夫留下了强烈印象。肖洛霍夫亲姑姑家的四位表兄，在国内战争中彼此站在敌对的立场上，三位在白军里当差，一位在红军里战斗。他们随白军或红军频频穿梭于家乡的村镇。他们的妈妈，肖洛霍夫的姑姑，面对她同室操戈的儿子总是泪流满面。最后，三个儿子战死，只剩下一个儿子。当时，这样的惨剧不止发生在一家一户，而是像旋风一样席卷了整个顿河大地。从这里，少年肖洛霍夫开始感受到时代的悲剧。

一九二〇年顿河地区建立了苏维埃政权，十五岁的肖洛霍夫开始了独立的劳动生活。他是革命积极分子，同时担负着多项社会工作：是卡尔金镇革命委员会的办事员，扫盲教师，又做人口登记工作，为苏维埃政权做宣传，还加入了业余剧团，编写剧本。

这个时期，在顿河实行余粮征集制。为了同破坏余粮征集制的匪帮作斗争，在顿河组成了武装征粮队。肖洛霍夫自愿参加了这支队伍，在这个队伍里度过了无数个紧张的日日夜夜。一九二〇年秋，在康科夫村附近同马赫诺匪帮进行的一场战斗中，牺牲了许多战友，肖洛霍夫被俘。他在等待死亡的两天两夜的痛苦煎熬中，充分体验到了生命的可贵。

两天后，正当马赫诺匪徒把他们押到野外一沟壑前面准备枪决时，凑巧，马赫诺的马车飞驰而来。得知肖洛霍夫只是一个十五岁的教师后，马赫诺竟将他放了。①

这次，肖洛霍夫侥幸躲过了死神。然而时过两年，他又被押上了革命法庭。

一九二一年苏维埃政权开始实行新经济政策，在农村，余粮征集制

① 瓦西连科《偶然的会见》，《库班》，1991年第4期，第53页。

要转轨到征收粮食税。一九二二年五月肖洛霍夫被派往布卡诺夫镇做镇的全权粮食检查员。他当时虽然年轻,但却是个农业行家,他体恤民情,不愿亏待任何一个农民。为此他深入实际进行调查研究,下田地仔细丈量庄稼人耕种的土地面积。然后给区粮食委员打报告,说明目前全镇,特别是去年歉收的各村,饥饿死亡人数已达到惊人的地步。① 要求有关机构重新考虑因不了解实际情况而下达的过高的粮税征收指标。

肖洛霍夫做事果敢,既然委派他做镇的全权粮食检查员,他就行使了自己的全权,在个别地方、个别情况下降低了纳税指标。为此,上级粮食机构认为他这样做是越权,是姑息庄稼人。革命法庭对他进行了审判,判处枪决。② 年仅十七岁的肖洛霍夫被关进了自家人的监牢,等待着两天后的枪决。

肖洛霍夫再一次站在生死的门槛上。一般说来,人生痛苦莫大于死。而对一个刚刚开始生活的少年来说,还有比这荒唐无谓的处决更具历史悲剧性和更残酷的吗?这种残酷的生命体验,在他后来的著作中幻化成一种悲怆的艺术活力。

肖洛霍夫这次又幸运地与死神擦身而过。革命法庭考虑到他尚未成年,据此改判为缓期一年执行,尔后也就不了了之。

肖洛霍夫说:"诗人的诞生各自不同,比如我,是从国内战争中诞生的。"③肖洛霍夫很想把他的所见所闻、亲身经历和感受,都写出来。为此,一九二二年十月,他只身来到莫斯科,一边做工,一边学习写作。在这里,他参加了共青团的作家团体"青年近卫军"社,后来又加入了"拉普"(无产阶级作家协会)。

肖洛霍夫的第一篇短篇小说《胎记》发表于一九二四年十二月。从此,他醉心于创作,一发而不可收,一篇接一篇不停地写,不断地发表。这些短篇小说于一九二六年结为两个集子出版:《顿河故事》和《浅蓝的原野》。后来这两个集子合而为一,书名统一为《顿河故事》。

① 参见雷奇涅夫《肖洛霍夫的少年时代》,维尔纽斯,1987 年,第 76—80 页。

② 参见《莫斯科新闻》,1987 年第 28 期,第 9 页。

③ 参见《米 · 肖洛霍夫》第 158 页,"真理报"出版社,莫斯科,1966 年。

现在我们所说的《顿河故事》,即指他的全部早期短篇小说。

这些短篇小说里最引人注目的是作家描写的那些残酷的、激烈的阶级斗争场景。它们仿佛不是写出来的故事,而像是生活巨变的火山喷发出来的岩浆,像是革命的滔天巨浪撞击岩岸迸溅出来的五颜六色的痛苦的珠泪和忧郁的水雾。肖洛霍夫及时地将它们收拢在自己的笔下,用它们在苏联文学初年的宏伟画布上留下了绚烂的一抹。

一九二四年,肖洛霍夫从莫斯科回到顿河。一九二五年秋,他开始创作一部反映顿河哥萨克斗争生活的长篇小说《静静的顿河》。为搜集材料,肖洛霍夫于一九二六年迁居维约申斯克镇。此后,除了卫国战争期间上前线那段时间外,他一生都是在这里度过的。

一九二八年,肖洛霍夫发表了描绘顿河历史风云变幻的艺术长卷《静静的顿河》第一部和第二部,在国内外引起巨大反响。顿河老作家绥拉菲摩维奇欣喜地称赞肖洛霍夫是"一个非同凡响的、同谁都不相像的、具有自己独特面貌的作家"。肖洛霍夫一举成名。

《静静的顿河》可以当之无愧地被称作是顿河哥萨克社会历史的一面镜子。肖洛霍夫说:"《静静的顿河》是我最大型的作品,它对于我具有特别的意义,因为我花费了很多时间,尽了我全部所能,来向我国读者和国外读者介绍革命年代顿河哥萨克的悲剧性的历史。"

为反映这一重大的主题,肖洛霍夫把中农哥萨克葛利高里·麦列霍夫的命运及其一家在动荡年代的巨大变迁放在长篇小说的中心,以一九一二年至一九二二年间翻滚如潮的历史事件作为小说的情节基础。几个家庭的兴衰沉浮、众多人物的生活际遇,都围绕着葛利高里和麦列霍夫一家而展开。葛利高里及其一家,以及其他几个家庭的命运、哥萨克的命运和一系列重大历史事件错综而紧密地交织在一起。透过人物的命运展示出历史的进程,而历史发展的趋势又决定着人物的命运、哥萨克的命运。

读《静静的顿河》,我们会身临其境般地感受顿河大地上革命与战争的风云变幻,深刻体味那充满艺术真实的世界带来的人生命运的忧伤、痛苦、欢乐和希望。

《静静的顿河》第一、二部发表时,肖洛霍夫只有二十三岁。他突然以一个成熟的大作家的姿态出现在文坛上，引起许多人的钦佩和赞叹，人们惊叹他那么年轻竟然能够驾驭如此宏大的题材，竟然能够如此深刻地理解葛利高里和阿克西妮亚及娜塔莉亚等诸多人物复杂的感情世界，人们赞佩他能够通过故事脉络的编织、人物性格的刻画、事件的组织，如此得心应手地把一个波澜壮阔、复杂多变的时代展现在读者面前。

但同时，也引起了一些人莫名的诧异和猜测，认为《静静的顿河》未必是肖洛霍夫的创作，很可能是剽窃了某个死于国内战争的白军军官的手稿。这种无头无尾、无根无据的流言，一时闹得满城风雨，从莫斯科、列宁格勒到顿河，引起了广泛关注。

一九二九年十月三日肖洛霍夫在写给朋友布赛金的信中说："我讨厌这种生活，讨厌极了……你刚拿起笔，而'魔鬼'就立刻出现在你身边拷问你：'你不是白军军官吗？不是老太婆代你写的小说吗？你帮助富农吗？你忠于右倾吗？'"

这种"魔鬼的拷问"伴随了肖洛霍夫一生，而且诸多说法层出不穷，花样翻新，直到七十年代，俄罗斯作家索尔仁尼琴又提出所谓"克留奇科夫"说。①"剽窃"说虽无根无据，然而沸沸扬扬，直到今天这一公案也未完全了结。

不过，近十年来先后找到了《静静的顿河》一九二五年秋写的部分初稿和一九二六年开始写的第一部和第二部手稿。这两部手稿现在已经收藏在俄罗斯科学院世界文学研究所，它对最终廓清这些谣言是十分有益的。

在《静静的顿河》里，作家通过以主人公葛利高里为代表的一系列形象，艺术地再现了一九一九年顿河哥萨克暴动的社会和历史的诸多原因，党的顿河地区地方革命委员会执行"清算和斗争哥萨克"的过火、偏激的错误政策。肖洛霍夫开始写《静静的顿河》时才二十岁，当时他就能那么敏锐地发现党的政策方面的错误和由此造成的恶果，而

① 关于《静静的顿河》的著作权问题，详见孙美玲《肖洛霍夫的艺术世界》第167—205页，社会科学文献出版社，1994年。

且敢于把它写进自己的作品。这体现了他正直的品格和他非同一般的勇气，也体现了他对读者只讲真话的创作原则，无论这真话多么不合时宜，不合潮流，甚至与当时占主导地位的政治观点发生冲突，他也要秉笔直书，即使自己为此被打成“反革命”、被打成“白卫军的辩护人”也在所不惜。

一九六五年十月十五日瑞典皇家学院诺贝尔奖金委员会宣布授予肖洛霍夫一九六五年度诺贝尔文学奖金。十二月十日肖洛霍夫出席了授奖盛典。奖金证书上写着：“授予米·亚·肖洛霍夫一九六五年度诺贝尔文学奖金，借以赞赏他在描写俄国人民生活各历史阶段的顿河史诗中所表现的艺术力量和正直的品格。”

六七十年代，肖洛霍夫的健康状况每况愈下。但他仍旧孜孜不倦地写作长篇小说《他们为祖国而战》。

一九八四年一月二十日，《真理报》发表了肖洛霍夫为《亲爱的土地》丛书撰写的序言：《大地上的人》。不料，这篇文章竟成了作家一生最后的绝笔。

一九八四年二月二十一日午夜一时四十分，肖洛霍夫在久病之后与世长辞。他的遗骨就安葬在顿河岸边他故居的庭院里。

肖洛霍夫逝世了，但他用自己富有才华的笔，把俄罗斯的一段澎湃如潮的历史，一个如火如荼的时代，留给了他众多的读者。

中国是较早翻译介绍肖洛霍夫作品的国家之一。一九二九年《静静的顿河》第一、二部在德国出版后，最先受到鲁迅先生的重视，他立即约请贺非翻译并亲自根据日文本校对译文和撰写后记。鲁迅在后记中赞赏说：“风物既殊，人情复异，写法又明朗简洁，绝无旧文人描头画角、宛转抑扬的恶习，华斯珂普所说的‘充满着原始力的新文学’的大概，已灼然可以窥见。”

一九三一年《静静的顿河》第一部的贺非译本，作为鲁迅《现代文艺丛书》之一，由上海神州国光出版社出版。一九四一年上海光明书店出版了由金人从俄文原著翻译的《静静的顿河》。此译本历经数次修订，长期盛行不衰，至一九五一年印行了第九版。一九八八年人民文学出版社出版了根据俄文新版版本全面校订后的金人译本。

肖洛霍夫生前曾经表示,一定要来中国亲眼看一看他所热爱的中国人民。虽然这个愿望最终未能实现,但肖洛霍夫的作品将永远和中国一代又一代的读者在一起。

孙美玲

一九九九年十二月

顿河悲歌

我们光荣的土地不是用犁来翻耕……
我们的土地用马蹄来翻耕，
光荣的土地上种的是哥萨克的头颅，
静静的顿河到处装点着年轻的寡妇，
我们的父亲，静静的顿河上到处是孤儿，
静静的顿河的滚滚的波涛是爹娘的眼泪。

噢噫，静静的顿河，我们的父亲！
噢噫，静静的顿河，你的流水为什么这样浑？
啊呀，我静静的顿河的流水怎么能不浑！
寒泉从我静静的顿河的河底向外奔流，
银白色的鱼儿把我静静的顿河搅浑。

——哥萨克古歌

卷　一

第一章

麦列霍夫家的院子在村子的尽头。牲口圈的两扇小门朝着北面的顿河。在长满青苔的灰绿色白垩巨石之间有一条八沙绳[①]长的坡道，下去就是河岸:遍地是珠母贝壳，河边被水浪冲击的鹅卵石形成了一条灰色的曲岸。再过去，就是微风吹皱的青光粼粼的顿河急流。东面，在用红柳树编成的场院篱笆外面，是黑特曼[②]大道，一丛丛的白艾，马蹄践踏过的、生命力顽强的褐色车前草;岔道口上有一座小教堂;教堂后面，是飘忽的蜃气笼罩着的草原。南面，是白垩的山脊。西面，是一条穿过广场、直通到河边草地去的街道。

参加倒数第二次土耳其战争[③]的哥萨克麦列霍夫·普罗珂菲回到了村子。他从土耳其带回个老婆，一个裹着披肩的娇小女人。她总是把脸遮掩起来，很少露出她那忧郁、野性的眼睛。丝披肩散发着一种远方的神秘气味，那绚丽的绣花令女人们艳羡。被俘虏的土耳其女人总是回避普罗珂菲家的亲属，所以麦列霍夫老头子不久就把儿子分了出去，一直到死也没有到儿子家去过，因为他不能忘掉这种耻辱。

普罗珂菲很快就安排好了家业:木匠给他盖起了房子，自己围起了养牲口的院子。秋初，就把驼背的外国老婆领到了新家。他俩跟在装着家产的大板车后头，走出村子;全村老少都涌上街头来观看。哥萨克们克制地用大胡子掩饰自己的嘲笑，女人们却在大声地议论，一群肮脏的孩子跟在普罗珂菲后面咿咿呀呀地乱叫;但是他敞开外衣，缓慢地，好像是顺着犁沟走一样，把老婆的一只柔软的小手紧握在黑手巴掌里，倔强地昂起那微白的、多额发的脑袋，只有颧骨下面

---

① 1沙绳等于2.134公尺。

② 查波罗什的哥萨克首领称“黑特曼”。

③ 指一八七七年的俄土战争。

凸起的肌肉在颤抖，两道总是死板板的、仿佛僵化了的眉毛中间渗出了汗珠。

从那时起，村子里就很少见到他了，他也不去哥萨克聚会的广场，孤独地生活在村头顿河边上的小房子里。村子里流传着有关他的故事，说得神乎其神。在牧道外放牧牛犊的孩子们说，他们好像看见，每到黄昏，当霞光黯淡下去的时候，普罗珂菲就抱着老婆，走到鞑靼村外墓地的土岗上，把她放在土岗顶上，背朝着一块千百年来被风吹雨打得千疮百孔的巨石；然后自己坐到她身旁，就这样，他们久久地向草原眺望着，一直眺望到霞光完全消失的时候。这时，普罗珂菲把妻子裹在羊皮大衣里，又抱回家去。全村的人都在猜测这种奇怪的行径，可是谁也说不出个所以然来，女人们为此忙得连拉家常的工夫都没有了。关于普罗珂菲的妻子有各式各样的说法：有些人证明说，她是空前未有的美人，另一些人的看法却恰恰相反。直到天不怕、地不怕的玛夫拉——一个正在服役的哥萨克的妻子——假装到普罗珂菲家去讨新鲜酵母回来以后，一切才算弄明白了。普罗珂菲到地窖里去取酵母，玛夫拉就趁这个工夫偷偷瞧了一眼，原来落到普罗珂菲手里的土耳其女人是个丑八怪……

过了一会儿，红涨着脸的玛夫拉，头巾歪到了一边，站在胡同里对一群娘儿们添油加醋地说道：

“亲爱的人们，真不明白，她哪点儿迷住了他，哪怕是个普通娘儿们倒也罢了，可是她，……肚子不像肚子，屁股不像屁股，简直丑死啦。咱们的姑娘们可比她长得水灵多啦。至于身段，简直像马蜂一样，一折就断；两只眼睛，又黑又大，眼睛一瞪，活像个妖精，老天爷饶恕我吧。一定是怀了孩子了，真的！”

“怀了孩子啦？”婆娘们惊讶地问道。

“我也不是黄毛丫头啦，已经养过三个孩子啦。”

“那么相貌呢？”

“相貌吗？黄脸膛。眼睛浑澄澄的，大概在外国过得并不舒服。还有，姐儿们，她穿着……普罗珂菲的裤子。”

“是吗？……”婆娘们都惊骇地同声叫道。

“我亲眼看见的——穿着裤子,只是没有裤绦①,准是把他的便服裤子穿上啦。上身穿一件长布衫,从布衫下面露出掖在袜筒里的裤子。我一看,吓得我心惊胆战……”

村子里悄悄地传开了,说普罗珂菲的老婆会使妖法。阿司塔霍夫家的儿媳妇(阿司塔霍夫家住在村头上,紧挨普罗珂菲家)起誓说,好像是在三一节②的第二天,她在黎明前看见,普罗珂菲的老婆头巾也没有戴,光着脚,在他们家院子里挤牛奶。从那以后,母牛的奶头就干瘪成小孩子拳头一样大;奶也断了,而且不久牛就死了。

那一年,发生了空前罕见的畜疫。顿河边布满牛栏的沙滩上,每天都要出现一些母牛和小牛的尸体。牛疫又传染到马身上。在村镇牧场上牧放的马群越来越少了。于是流言蜚语立刻在大街小巷传播开来……

哥萨克们开了个会,然后来到普罗珂菲家。

主人走到台阶上来,向大家行礼。

“诸位老人家,你们有什么事光临舍下啊?”

人群默默地向台阶边移动着。

最后,一个喝得醉醺醺的老头子首先喊道:

“把你那妖婆给我们拖出来!我们要审判她!……”

普罗珂菲窜回屋子,但是他们在门洞里追上了他。身材高大的炮兵——绰号叫“牛车杆子”③——把普罗珂菲的脑袋向墙上撞着,劝道:

“别吵,别吵,这没有什么可吵的!……我们绝不动你,但是我们要把你的老婆踩进地里去。把她弄死,总比全村的人因为没有牲口都饿死好得多啊。你别吵,不然我把你的脑袋在墙上撞碎!”

“把她,把那母狗,拖到院子里来!……”人们在台阶旁边叫喊道。一个和普罗珂菲同团当过兵的哥萨克,把土耳其女人的头发缠在一只手上,用另外一只手捂住她那拼命喊叫的嘴,一溜烟似的穿过门洞,把她拖了出来,扔到人们的脚边。一声尖叫划破吼叫的人们的喧嚣。普

① 哥萨克的裤缝上都缝着一条颜色不同的裤绦,是按哥萨克的军区分的。

② 三一节是复活节后第五十天的一个节日。

③ 俄国旧式牛车,前头是一根丁字形的又粗又长的杆子,杆子两边可以各套一头牛。

罗珂菲推开六个哥萨克,冲进内室,从墙上扯下马刀。哥萨克互相拥挤着,从门洞里退出去。普罗珂菲在头顶挥舞着闪闪发光、嗖嗖响的马刀,从台阶上冲下来。人群哆嗦了一下,在院子里四散开去。

在仓库的附近,普罗珂菲追上那个跑动困难的炮兵"牛车杆子",从后面斜着把他从左肩一直劈到腰部。哥萨克们撞倒篱笆桩子,穿过场院,向草原逃去。

过了半个钟头,重新鼓起勇气的人群才又走近院子。两个侦察畏缩着身子,走进了门洞。全身都浸在血泊里的普罗珂菲的妻子,难看地仰着脑袋,横在厨房的门槛上。咬得尽是伤口的舌头,在痛苦地龇着牙张开的嘴里抽动。普罗珂菲脑袋颤抖着,目光呆滞,正在把一个哇哇哭着的肉团子——早产的婴儿——包到羊皮袄里。

普罗珂菲的妻子当天晚上就死了。孩子的祖母,普罗珂菲的母亲,可怜这个不足月的孩子,就把他抱回家去。

家人把他放在蒸热的锯末里,喂他马奶吃,过了一个月,认定这个黝黑的土耳其长相的孩子能够活下去的时候,就把他抱到教堂里去受了洗礼。跟祖父一样,也叫潘苔莱。过了十二年,普罗珂菲刑满归来。剪得短短的、杂有几根银丝的红胡子和一身俄罗斯式的衣服,使他变成了异乡人,不像个哥萨克了。他把儿子领回去,又重整起家业来。

潘苔莱长成了一个肤色黝黑、天不怕地不怕的小伙子。面貌和匀称的身材都像母亲。

普罗珂菲给他娶了个哥萨克姑娘,是邻居的女儿。从那时起,土耳其血统就和哥萨克血统交融了。从这儿开始,高鼻子、带点野性、漂亮的哥萨克麦列霍夫家族——村里都叫他们土耳其人——就在村子里繁衍起来了。

潘苔莱埋葬了父亲以后,便埋头经营起家业:重新翻盖了房子,宅院扩大了,又圈进了半俄亩①荒地,盖了几间洋铁皮顶的新贮藏室和仓房。铺房顶的工匠按主人的要求,用剩下的铁片剪了一对铁公鸡,安

① 1俄亩等于1.092公顷。

装在仓房的屋顶上。这对公鸡的那副逍遥自在的样子,使麦列霍夫家的院子平添了几许欢快的气氛,显得自足而富裕。

岁月流逝,到了晚年,潘苔莱·普罗珂菲耶维奇发福了:往横里长起来,背略微驼了些,但是看上去依然还是个体态匀称的老头子。他身板儿硬实,走起路来一瘸一拐(年轻的时候,参加沙皇阅兵的御前赛马,把左腿摔伤),左耳朵上戴着一只半月形的银耳环,一直到老年,他的胡须和头发依然是乌黑的;发起脾气能气得死去活来;这显然使他那曾经是很漂亮的妻子提前衰老了,现在已经成了个满脸蛛网般皱纹的胖老太太了。

大儿子彼得罗已经娶了亲,他很像母亲;个子不高,翘鼻子,生着一头麦色乱蓬蓬的头发,褐色的眼睛;可是小儿子葛利高里却像父亲:虽然比彼得罗小六岁,但个头却比哥哥高半个脑袋,他也像父亲一样,生着下垂的鹰鼻子,稍稍有点斜的眼眶里,嵌着一对淡蓝色的、扁桃仁似的热情的眼睛,高高的颧骨上紧绷着一层棕红色的皮肤。葛利高里也和父亲一样,有点儿驼背,甚至连笑的时候,爷俩的表情也是一样的粗野。

父亲宠爱的女儿杜妮亚什卡①是个长胳膊、大眼睛的姑娘。加上彼得罗的妻子达丽亚和她的一个小孩——这就是麦列霍夫家的全部成员了。

第 二 章

灰色黎明的天空上闪烁着稀疏的晨星。风从黑云片下吹来。顿河上,雾气奔腾,在白垩山峰的斜坡上盘旋,像条没有脑袋的灰色巨蛇,爬进了峡谷。左岸的河汊、沙滩、湖沼、苇塘和披着露水的树林——都笼罩在一片凉爽迷人的朝霞里。太阳还在地平线后面懒洋洋地不肯升

① 杜妮亚什卡是叶芙多基亚的小名。

上来。

麦列霍夫一家人，潘苔莱·普罗珂菲耶维奇第一个醒来。他一面走着，一面扣着绣有小十字架的衬衫领子，来到台阶上。长满了青草的院子到处闪着银色的朝露。他把牲口放到街上去。达丽亚只穿着一件衬衣跑去挤牛奶。她的两条白皙的光腿上溅满了像新鲜乳汁似的露水珠，院子里的草地上留下了一串烟色的脚印。

潘苔莱·普罗珂菲耶维奇朝着那被达丽亚踩倒，又慢慢挺直起来的小草看了看，便走进内室去了。

开着窗户的窗台上落满了小花园里已经开败了的、毫无生气的粉红色樱桃花瓣。葛利高里一只手伸出床外，在趴着睡觉。

"葛利什卡①，你去钓鱼吗？"

"你说什么？"葛利高里小声问道，把两条腿从床上耷拉下来。

"咱们钓鱼去，可以钓到太阳出来。"

葛利高里哼哧着，从挂衣钩上扯下一条便服裤子穿上，把裤腿塞进白色的毛袜筒里，扳正歪斜的鞋后跟，半天才穿上了皮靴子。

"妈妈做好鱼食了吗？"跟着父亲朝门洞里走的时候，他嘶哑地问道。

"做好啦。你先到船上去吧，我立刻就来。"

老头子把冒着热气的、喷香的黑麦装进坛子，仔细地把落到外面的麦粒捡到手巴掌里，然后跛着左脚，一瘸一拐地向坡下走去。葛利高里无精打采地坐在船里。

"往哪儿划？"

"到黑石崖去。到前两天咱们在上面坐过的那棵倒在水里的树旁试试看。"

小船的船尾滑下土岸，漂进水中，离开了河岸。激流卷起小船，摇晃着，极力要把它横过来。葛利高里并不划船，只用船桨拨正方向。

"你划呀。"

"等漂到河中流再划。"

---

① 葛利高里的爱称。

小船横过中流，向左岸漂去。从村子里传来公鸡的叫声，在河上，这啼声变得低沉多了。船舷擦着陡立在水中的黑黢黢的石砾断崖，停在崖下的河湾里。离河岸五沙绳远的地方，可以看见那棵沉到水底去的榆树伸出的树枝。漩涡在榆树四周追逐着褐色的泡沫。

“捯开钓线，我来下食。”父亲悄悄对葛利高里说，一只手塞进了冒着热气的坛子口里。

黑麦粒声音清晰地溅落到水中，发出一阵咝的响声，就像有人发出的低沉的嘘声。葛利高里把几粒鼓胀的黑麦安到钩子上，露出了笑容。

“吃呀，吃，大鱼小鱼都来吃。”

抖成圈子落到水里去的钓鱼线像弦一样拉直了，然后又弯下去，差不多沉到水底去了。葛利高里用脚踩着钓竿的手柄，竭力不使身子摇动，爬过去拿烟荷包。

“爸爸，今天运气好不了……月亮还不圆呢。”

“你带着火柴吗？”

“带着哪。”

“给我点个火。”

老头子抽着烟，瞅了瞅浸在水中的大树那面迟迟没有升起的太阳。

“鲤鱼不一定什么时候出来。有时候月亮不圆也出来咬食。”

“你听，好像小鱼在咬食。”葛利高里松了口气说。

小船附近的水扑哧响了一声，泛起了波纹，一条有两俄尺长的、好像红铜铸的鲤鱼，弯起宽大的尾巴，在水面上拍了两下，叫着向空跃起。珍珠般的水花溅了一船。

“现在你等着瞧吧。”潘苔莱·普罗珂菲耶维奇用袖子擦了擦湿漉漉的大胡子。

浸在水里的榆树周围，在那些有胳膊粗的秃树枝中间，同时跳出两条鲤鱼；第三条小一些，在空中打着旋儿，一次又一次地、顽强地往崖石上撞。

葛利高里在焦急地嚼着湿透了的烟头。不很耀眼的太阳已经升到半棵橡树高了。潘苔莱·普罗珂菲耶维奇撒完了所有的鱼食，丧气地噘起嘴,呆呆地望着那一动不动的钓竿头。

葛利高里啐出烟头,恨恨地望着它迅速地飞去。他心里在咒骂父亲,老早就把他叫醒,不让他睡够。因为空肚子抽烟,嘴里有一股烧焦头发的恶臭。他正要弯下身子,用手去捧口水喝,——这时候,离水面有半俄尺①的钓竿头轻轻地抖了一下,慢慢向下弯去。

"咬钩啦!"老头子舒了口气说。

葛利高里抖擞精神,拉了一下钓竿,但是竿梢立即弯进水去,钓竿从手攥着的地方弯成了弓形。一股巨大的力量,像绞车似的把绷得紧紧的红柳木钓竿向下拉去。

"攥住!"老头子哼哼着,把船从岸边撑开。

葛利高里竭力想把钓竿举起,但是办不到。很粗的钓线咔的一声断了。葛利高里因为失去了平衡,身子摇晃了一下。

"简直像条公牛!"潘苔莱·普罗珂菲耶维奇悄悄地说道,怎么也不能把鱼饵安到鱼钩上。

葛利高里激动地笑着,拴上新钓线,又抛了出去。

钓线上的铅锤刚沉到河底——竿梢就弯了下去。

"你看,这坏蛋!……"葛利高里哼了一声,费了很大的劲儿才把那条向激流冲闯的鱼从水底拉出来。

钓线刺耳地响着,划破水面,沿着钓线,垂下一道浅绿色的水帘。潘苔莱·普罗珂菲耶维奇用短粗的手指头在捯动着捞网的木柄。

"先在水里把它遛乏啦!顶住劲,不然钓线又要被它挣断啦!"

"放心吧!"

一条金红色的大鲤鱼浮到了水面上来;搅起了一片白沫,它把扁平的大脑袋往下一扎,又向深处游去。

"好大的劲儿,手都麻啦……好啊,你等着瞧吧!"

"顶住,葛利什卡!"

"顶着哪——啊——啊!"

"当心,别让它钻到船底下去!……当心!"

---

① 1俄尺等于0.71公尺。

葛利高里喘着气，把斜着身子的鲤鱼拉到船边来。老头子拿着捞网正要弯下身子去捞，但是鲤鱼鼓起最后的劲儿，又扎进水底去了。

“把它的脑袋提起来！叫它喝点风，就会老实点儿啦。”

葛利高里拉起了鲤鱼脑袋，又把这条折腾得疲惫不堪的鲤鱼拖到船边来。鲤鱼大张着嘴吸气，鼻子顶到粗糙的船舷上，扇动着金光闪闪的橙黄色的鳍，不动弹了。

“折腾够啦！”潘苔莱·普罗珂菲耶维奇用捞网捞着鱼，呷呷地说道。

他们又待了半个钟头，钓鲤鱼的战斗才结束了。

“收起钓线来吧，葛利什卡。大概咱们把最后一条都钓上来啦，再不会有啦。”

他们收拾完了。葛利高里把船从岸边划开。划了有一半路程的时候，葛利高里看见父亲脸上的表情好像是要说什么，但是老头子却只在默默地眺望山脚下村子里的宅院。

“你，葛利高里，听我说……”他一边摸索着脚底下麻袋上的绳结，一边迟迟疑疑地开口说道，“我看得出，你跟阿克西妮亚·阿司塔霍娃有点儿……”

葛利高里的脸立刻涨得通红，扭过头去。衬衫领子勒进筋肉发达、被太阳晒黑了的脖子，勒出了一道白印。

“你当心点儿，小伙子，”老头子已经是凶狠地、气冲冲地继续说道，“我可不是跟你说着玩的。司捷潘是咱们的邻居，我不准你调戏他的老婆。这会造孽的，我预先警告你：要是叫我察觉了——我要用鞭子抽你！”

潘苔莱·普罗珂菲耶维奇把手指头攥成疙疙瘩瘩的拳头，眯缝着鼓出的眼睛，看着儿子的脸变得煞白。

“都是谣言！”葛利高里目不转睛地直盯着父亲发青的鼻梁，含糊不清地嘟囔说，那声音好像是从水里冒出来的。

“你给我住嘴。”

“人们什么话都编得出来……”

“住嘴，狗崽子！”

葛利高里弯身划起桨来，小船一冲一冲地前进。水在船尾打着旋儿，哗哗地响着。

一直到码头，两个人都没有再说话。船快要靠岸的时候，父亲又提醒说：

"留神，别忘了，要不——从今天起，就再别去游戏场。一步也不许走出院子。就是这样！"

葛利高里没有说话。他把小船靠了岸，问道：

"把鱼拿回家交给娘儿们吗？"

"拿去卖给商人吧，"老头子口气温和了一些，"钱留着你买烟抽吧。"

葛利高里咬着嘴唇，走在父亲后面。"你算了吧，爸爸，就是你把我的脚捆起来，今天我还是要上游戏场去。"他一面恶狠狠地盯着父亲扁平的后脑勺子，一面心里想。

葛利高里在家里仔细地把鲤鱼鳞上的干沙子洗净，用柳条拴着鱼鳃。

他在大门口遇见了同年龄的好友米吉卡[1]·科尔舒诺夫。米吉卡一面走着，一面玩弄着镶着银饰的皮带头，两只圆滚滚的、土黄色的眼睛，在细窄的眼缝里闪着黄澄澄的油亮的光泽。两个瞳人像猫眼似的朝上翻着，因此米吉卡的目光就显得变幻莫测，难以捉摸。

"你拿着鱼上哪儿去？"

"这是今天的战利品。拿到买卖人那里去。"

"给莫霍夫家吗？"

"是给他家。"

米吉卡用眼睛估量了一下鲤鱼的重量。

"有十五俄磅[2]吧？"

"还多半磅呢。我称过啦。"

"带我一块儿去吧，我会帮你做买卖的。"

---

① 米吉卡是德米特里的爱称。

② 1 俄磅等于 409.5 克。

“走吧。”

“请客吗?”

“那好说,别说废话啦。”

做完祷告回来的人散满了街道。

沙米利家的三弟兄也在路上并排走着。

大哥,独臂的阿列克谢,走在中间。窄小的制服领子把他那筋肉发达的脖颈勒得笔直,鬈曲、稀疏的小山羊胡子神气活现地往一边翘着,左眼神经质地眨个不停。很久以前,在射击场上,阿列克谢手里的步枪炸裂了,枪栓的碎块打伤了他的腮帮子。从那时起,这只眼睛就有事没事地眨个不停;浅蓝色的伤痕横过脸颊,一直伸到头发里去。左手被从肘部炸去,但是阿列克谢却能很巧妙、准确地用一只手卷烟:他把烟荷包夹在凸出的胸膛上,用牙咬下一块够用的纸片,把纸片半卷起,倒进烟草,手指头便巧妙地、简直是难以察觉地卷了起来。你还没有看清是怎么回事,阿列克谢已经眨着眼睛叼起卷好的烟,在向人借火了。

他虽然仅有一只胳膊,但却是村子里最好的拳击家。他的拳头也没有什么特别之处,只不过桃南瓜那样大。可是有一次耕地的时候,他对公牛生起气来,因为鞭子丢掉了,就用拳头捶了公牛一下。公牛倒在犁沟里,从耳朵里流出血来,好容易才把牛治好了。两个兄弟,一个叫马丁,一个叫普罗霍尔,都很像阿列克谢,就像一个模子倒出来的:也是那样身材短粗,像棵橡树,不同的是他们都有两只胳膊。

葛利高里跟沙米利弟兄们打招呼,米吉卡却把脑袋扭得咯吧咯吧地响,走了过去。这是因为谢肉节时在拳斗场上,阿廖什卡①·沙米利毫不怜惜米吉卡的娇嫩牙齿,照着脸上猛击一拳,米吉卡就把两个槽牙吐在被皮靴上的铁后跟踏碎的蓝灰色冰块上。

阿列克谢走到他们跟前,一连眨了五次眼睛。

“是卖劈柴棍子②吗?”

“你买吧。”

---

① 阿廖什卡是阿列克谢的爱称。

② 指鱼。

“要多少钱?”

“一对公牛,外加一个媳妇①。”

阿列克谢皱着眉,把那半截胳膊挥了一下。

“怪物,啊呀,怪物! ……噢哈哈,外加一个媳妇……你还要牛犊子吗?”

“你自个留着传种接代吧,不然的话,你们沙米利家就会绝种啦。”葛利高里粗野地嘲笑说。

广场上,教堂围墙旁边聚了一群人。教会长老正在人群里把一只鹅举在头顶上,喊叫道:“半个卢布,有人给过价钱啦。谁还肯多出?”

鹅扭动着长脖子,藐视地眯缝着碧玉般的眼睛。

旁边的一个圈子里,一位灰白头发、胸前挂满十字章和奖章的小老头正在挥舞胳膊。

“我家的格里沙卡爷爷又在讲土耳其战争的故事啦,”米吉卡向那边瞟了一眼,“咱们去听听吗?”

“咱们听故事的时候,鲤鱼可就要臭啦,鼓胀起来。”

“胀起来会加重分量,对咱们有利。”

在广场上,消防棚子后面,露出莫霍夫家的绿色房顶,消防棚里扔着几辆断了车杆的、水桶干裂的消防车。走过消防棚的时候,葛利高里啐了一口唾沫,掩住鼻子。从破烂的消防车后面走出一个老头子,他嘴里叼着皮带扣,一边走,一边扣着肥大的灯笼裤的扣子。

“憋不住啦?”米吉卡挖苦地问道。

老头子扣上了最后一个扣子,从嘴里拿出皮带扣,问道:

“跟你有什么相干?”

“应当把你的鼻子按进屎里去! 把大胡子,你的大胡子在里面蘸蘸才好! 叫你的老太婆洗一个星期也洗不干净。”

“我把你这个坏小子按进去!”老头子发火了。

米吉卡停了下来,像怕阳光一样眯缝起猫似的眼睛。

“瞧,你有多文明。你给我滚开,狗崽子! 你在这里纠缠什么? 不

---

① 指母牛。

然,我要拿皮带抽你啦!"

葛利高里跟米吉卡说笑着,走到莫霍夫家的台阶下边。栏杆上密密麻麻地雕着一嘟噜一嘟噜的野葡萄。台阶上洒满斑斑点点的懒洋洋的阴影。

"你瞧呀,米特里①,人家过的什么日子……"

"门把手都是镀金的。"米吉卡推开通到阳台的门,唠叨说,"要把刚才那位老大爷送到这里就好了……"

"谁呀?"阳台上有人问他们。

葛利高里胆怯地头一个走了进去。鲤鱼的尾巴扫着油漆的地板。

"您找谁?"

一个姑娘坐在藤摇椅上。她手里端着一个装着杨梅的碟子。葛利高里一声不响地望着她那丰满的、吃过杨梅的红艳的心形嘴唇。姑娘低下头,打量着走进来的人。

米吉卡立即来帮葛利高里说话。他先咳嗽了一声。

"你们买鱼吗?"

"鱼? 我这就去说一声。"

她摇了一下椅子,站起身来,两只光脚穿的绣花拖鞋,啪嗒啪嗒响了起来。阳光照透了她的洁白的衣裙,于是米吉卡看见了两条胖腿的模糊轮廓和衬裙上摆动着的宽花边。两条光腿肚那种滑腻、白嫩样子使他感到惊讶,只有两个圆圆的脚后跟上的皮肤略呈乳黄色。

米吉卡推了推葛利高里。

"瞧,葛利什卡,你看这裙子……像玻璃一样,什么都看得一清二楚。"

姑娘从过道的门里走过来,轻轻地坐在圈椅里。

"请到厨房里去吧。"

葛利高里踮着脚尖向屋子里走去。米吉卡伸出一只脚站在那里,眯缝着眼睛瞅着把姑娘的头发分成了两个金黄色半圆形的那道白印。姑娘则用顽皮不安的眼睛打量着他。

---

① 米特里是德米特里的简称。

“您是本地人吗?”

“是本地人。”

“是谁家呢?”

“科尔舒诺夫家。”

“您叫什么名字?”

“米特里。”

她仔细地看了看自己那粉红色、晶莹的脚趾甲,就赶紧把两条腿蜷起来。

“你们俩是谁钓的鱼呀?”

“葛利高里,我的好朋友。”

“您也钓鱼吗?”

“高兴的时候我也钓。”

“用钓竿吗?”

“也用钓竿钓,照我们的说法,叫做用钩竿钓。”

“我也想去钓钓鱼。”她沉默了一会儿说道。

“这好办,要是你高兴,咱们就去。”

“当真吗？不开玩笑。我们怎么来安排呀?”

“要很早就起身。”

“我起得来,不过得有人叫醒我。”

“叫醒你是可以的……但是你爸爸呢?”

“爸爸怎么的?”

米吉卡笑了。

“别把我当贼捉！……还会放狗咬。”

“您净说胡话！我一个人睡在角上的屋子里。就是这个窗户。”她用手指头指了指。“您来了,敲敲我的窗户,我就起来啦。”

厨房里传来断断续续的说话声:犹豫忐忑的,是葛利高里的声音;重浊、油滑的,是女厨子的声音。

米吉卡玩弄着哥萨克皮带上的发乌的银片,默默不语。

“您结婚了吗?”姑娘问道,露着隐约的笑容。

“你问这干什么?”

“没有什么，觉得有趣罢了。”

“没有，还是光棍儿。”

米吉卡的脸忽然涨红了，可是她微微含笑，玩弄着垂在地板上的温室栽培的杨梅枝条，问道：

“怎么样，米佳①，姑娘们爱您吗？”

“有些爱我，也有些不爱。”

“请您说说……为什么您的眼睛很像猫眼睛呢？”

“像……猫眼睛？”米吉卡终于给弄得狼狈不堪了。

“一点不错，完全像猫眼睛。”

“准是从娘胎里带来的，……我对此不负任何责任。”

“米佳，为什么还不给您娶亲呢？”

米吉卡窘了一会儿，立刻就镇定下来，觉得她的话里有一种难以觉察的讽刺意味，黄眼睛就闪烁起来。

“我的媳妇儿还没有长大呢。”

她惊异地把眉毛向上一挑，脸涨得通红，站了起来。

传来一阵从街上走到台阶上来的脚步声。

她那掺杂着嘲弄的、一闪而过的微笑像荨麻一样刺疼了米吉卡。主人，谢尔盖·普拉托诺维奇·莫霍夫，轻轻地踏着肥大的软羊皮靴子，威严地挺着肥胖的身躯，从站到一旁去的米吉卡面前走过。

“是找我吗？”他走过去的时候问道，连脑袋都没有扭一扭。

“他们是送鱼来的。爸爸。”

葛利高里空着手走了出来。

第 三 章

第一遍鸡叫过后，葛利高里才从游戏场回来。一股发了酸的酒花

---

① 德米特里的爱称。

气味,夹杂着香喷喷的干圣母草味儿从门洞里向他扑来。

他踮起脚尖走进内室去,脱了衣服,小心地把缝着裤绦的礼服裤子挂起来,画过十字,躺了下去。地板上一片被窗棂的阴影切开的、朦胧的金色月光。墙角里,绣花手巾下的银圣像闪着黯淡的光芒。床上面的挂衣架上,一群被惊动的苍蝇不住地嗡嗡叫着。

他刚要睡着,哥哥的孩子在厨房里哇哇地哭起来了。

摇篮像没有上油的大板车一样,吱扭吱扭响起来。达丽亚半睡不醒地嘟囔说:

“住声,你这个坏孩子!你不睡,也不叫人睡。”她低声唱起来:

小傻瓜,
你上哪去啦?
我照看马去啦。
你看到了什么?
看到了一匹
备着镶金鞍子的马……

葛利高里在有节奏的催眠曲声中迷迷糊糊地睡去,想起了:“明天彼得罗就要去参加野营啦。剩下达什卡①和孩子……大概,我们割草的时候他不会在家啦。”

他把脑袋埋进热烘烘的枕头里,歌声还是一个劲儿地往他耳朵里钻:

你的马在什么地方啊?
在大门外头哪。
大门在什么地方呀?
洪水冲走啦。

一阵嘹亮的马嘶声把葛利高里惊醒了。从叫的声音上听出来这是彼得罗的战马。

刚刚睡醒,手指头一点劲儿也没有,半天才把衬衣扣子扣上,几乎

---

① 达什卡是达丽亚的爱称。

又在悠扬的歌声中睡去：

鹅在什么地方啊？
钻到芦苇丛里去啦。
芦苇丛在什么地方呀？
姑娘们割掉啦。
姑娘们在什么地方啊？
姑娘们嫁给哥萨克啦。
哥萨克们在什么地方呀？
打仗去啦……

睡得糊里糊涂的葛利高里摸进了马棚，把马牵到胡同里去。脸碰到蜘蛛网上，痒酥酥的，睡意也就突然消逝了。

月光在波浪滚滚的顿河上斜铺了一条谁也不能走的路。河面上晨雾迷漫，天上却是一片繁星。马在后面小心地移动着脚步。往水边去的斜坡很不好走。对岸有鸭子的叫声，岸畔的泥水滩里，一条捕食小鱼的鲶鱼在翻腾。

葛利高里在水边站了半天。河岸散发着淡淡的潮湿、腐烂气息。从马的嘴唇上不断地落下滴滴水珠。葛利高里心里是一片甜蜜的空虚。无忧无虑，心旷神怡。他往回走着，向日出的地方望去，那里黎明前的昏暗已经在消逝。

在马棚边他遇到了母亲。

“是你吗，葛利什卡？”

“还能是谁呀？”

“饮过马了吗？”

“饮过啦。”葛利高里不高兴地回答。

母亲把身子向后挺着，用围裙兜着引火用的干牛粪块，老态龙钟地挪动着两条瘦弱的光腿。

“你去把阿司塔霍夫两口子叫醒吧。司捷潘要跟咱们的彼得罗一块儿走。”

清晨的寒气像绷紧的颤动着的弹簧一样刺进了葛利高里的身躯，

像有蚂蚁在身上爬似的。他奔上三级台阶，来到阿司塔霍夫家一踩直响的门廊上。门没有上闩。司捷潘睡在厨房里的地铺上，妻子的脑袋夹在他的腋下。

在破晓的昏暗中，葛利高里看见了阿克西妮亚那一直撩到膝盖以上的衬衣和两条不害臊地伸出的、像桦树皮一样白皙的大腿。他呆呆地看着，觉得嘴里发干，脑袋像铜钟似的在嗡嗡地响。

他又偷偷地扫了一眼，用一种变了调的声音沙哑地喊道：

"喂，有人吗？起来吧！"

阿克西妮亚哼哼着醒来。

"哎呀，谁呀？是谁来啦？"她匆忙地摸索着，用一只赤裸的胳膊在两腿中间慌乱地向下拉着衬衣。枕头上留下了一圈儿睡梦中流出来的口水斑迹；娘儿们黎明的时候睡得最香。

"是我。母亲让我来叫醒你们……"

"我们马上……你可不要进屋来……有跳蚤，我们只好睡在地上。司捷潘，起来吧，听见吗？"

葛利高里从她说话的声音里听出，她很窘，便赶快走开。

这次村子里共有三十名哥萨克去参加五月野营。集合地点在校场上。还不到七点钟，一辆辆帆布篷大车、步行的和骑马的哥萨克，带着全副装备，穿着五月野营的帆布上衣，便已陆续向校场涌来。

彼得罗在台阶上赶着缝一条开了缝的马缰绳。潘苔莱·普罗珂菲耶维奇在彼得罗的战马旁边转转，——往马槽里撒着燕麦，偶尔叫喊几声：

"杜妮亚什卡，干粮袋你缝上了吗？猪油撒上盐了吗？"

红光满面的杜妮亚什卡像只小燕似的，从厨房到上房，在院子里来回穿梭，听到父亲呼唤，笑嘻嘻地摆着手叫道：

"老爸爸，您好好干自己的事儿吧，我会给哥哥装好的，管保到切尔卡斯克①也掉不出来。"

---

① 指新切尔卡斯克，意思是说走多远也掉不出来。

“还没有吃完吗?”彼得罗用唾沫把麻线蘸湿,头向马点了一下,问道。

“还在吃哪,”父亲庄重地回答说,同时用粗糙的手巴掌检查着马鞍的垫子,“要知道,一块小木片或者一根小草棍粘在鞍垫子上,只需跑一程路就会把马背磨出血来。”

“爸爸,枣红马吃完了,您就去饮饮它。”

“葛利什卡会牵到顿河边去饮的。喂,葛利高里,牵马去饮饮!”

身躯高大细长、筋肉强壮、额上有颗白星的顿河种骏马撒着欢儿走去。葛利高里把它牵到板门外,左手轻轻一扶马背,就跃身上马,疾驰而去。到河边下坡处,他想要勒住,但是马已经跑溜了腿,越跑越快,一溜烟似的飞奔到坡底下去。葛利高里看到一个女人挑着水桶,正走下斜坡,他向后挺着身子,几乎已经躺在马背上,策马拐出小路,冲到水边,后面扬起一阵灰尘。

阿克西妮亚摇摇摆摆地从山坡上走下来,老远就大声喊道:

“疯鬼!差一点儿叫马踩着我!你等着吧,我去告诉你爹,你是怎么骑马的。”

“好啦,我的好邻居,别骂啦。把男人送去野营以后,你家里也许还用得着我呢。”

“这么个疯鬼,我有啥用你的!”

“等到割草的时候,你就会来求我啦。”葛利高里笑着说。

阿克西妮亚扁担不离肩,站在跳板上麻利地汲了一桶水,然后把被风吹起的裙子夹在两膝中间,瞟了葛利高里一眼。

“怎么,你的司捷潘要走了吗?”葛利高里问道。

“跟你有什么相干?”

“好大的脾气……难道问问也不行吗?”

“要走啦。怎么样?”

“那你就要守活寡啦?”

“是呀。”

马的嘴唇离开了水面,向顿河对岸望着,大声地嚼着嘴上流下的水,不断用前腿扒着河水。阿克西妮亚又汲满了第二桶,把扁担换到

另一边的肩上,微微地摇晃着向坡上走去。葛利高里策马紧跟在后面。风吹弄着阿克西妮亚的裙子和黝黑的脖子上的毛茸茸的小发卷。花缎子绣的缠头巾在厚而重的发髻上耀眼地飘动,掖在裙子里面的粉红色上衣紧裹着滚圆的脊背和丰满的肩膀。阿克西妮亚向前探着身子,爬着坡儿,可以清楚地看出上衣下面凹下去的脊梁沟。葛利高里目不转睛地注视着她的每一个动作。他很想再跟她搭话。

“大概,要想念你的男人啦吧,啊?”

阿克西妮亚一面走着,一面扭过头来,嫣然一笑。

“当然要想啦。你快娶媳妇吧,”她一面喘着气,一面断断续续地说道,“娶了媳妇,你就会尝到思念心上人的滋味啦。”

葛利高里催马赶到她身边,直瞅着她的眼睛。

“可是也有些娘儿们却巴不得把男人送走。我们家的达丽亚只要一离开彼得罗马上就会胖起来。”

阿克西妮亚的鼻孔翕动着,急促地喘着气;整理着头发,说道:

“丈夫不是蛇,可是却像蛇一样的吸你的血。快给你娶媳妇啦吧?”

“我不知道俺爹打的什么主意。大概要等到服役以后吧。”

“你还年轻呢,别急着娶媳妇。”

“为什么?”

“顶没有意思啦。”她皱着眉头看了他一眼,连嘴唇也没有张,吝啬地笑了一下。这时葛利高里第一次看见她的嘴唇竟是那么放荡、贪婪、丰满。

他用手指把马鬃分成小绺,说道:

“我压根儿就不想娶亲。也许有那么个女人,不用娶她也会爱我。”

“已经找到了吗?”

“还用找吗……你马上就要把司捷潘送走……”

“你可别跟我调情!”

“你会把我打死?”

“我要告诉司捷潘……”

“我会给你的司捷潘点颜色看看……”

“小心点,大力士,你会哭鼻子的。”

“别吓唬我,阿克西妮亚!”

“我不是吓唬你。你应该去和姑娘们调情。叫她们给你绣花手绢,但是不要老看我。”

“我偏要看你。”

“那就请看吧。”

阿克西妮亚和解地笑了,并离开了小路,想趁机绕过马去。葛利高里却把马一横,拦住了她的去路。

“放我走,葛利什卡!”

“就不放。”

“别胡闹,我得去给当家的收拾行装呀。”

葛利高里微笑着,把马调弄得发起野来:那马挪动着蹄子,把阿克西妮亚挤到石崖边。

“让我走,死鬼,有人来啦!叫人看见,他们会怎样想呢?”

她用惊骇的目光向四下里扫了一眼,便走了过去,皱着眉,头也没有回。

彼得罗正在门廊上跟家里人告别。葛利高里备好了马。彼得罗一手扶着马刀,匆忙跑下台阶,从葛利高里手里接过马缰绳。

马知道是要上路了,急躁不安地挪动着腿儿,嚼着嘴里的铁嚼子,吐着白沫。彼得罗一脚踏上马镫,扶着鞍桥,对父亲说道:

“爸爸,别累坏那匹白额顶的马,等到秋天,我们就卖掉它。要知道,也该给葛利高里置买一匹战马啦。大草原上的草可别卖啊,爸爸,你自己看得出:今年小草场上的草是没有指望啦。”

“好,上帝保佑你。一路平安。”老头子画着十字说道。

彼得罗用习惯了的动作使自己笨重的身躯跨上马鞍,整了整上衣后面腰带勒出的褶子。马朝大门走去。马刀柄随着马行进的节奏摆动,在阳光下闪着黯淡的光泽。

达丽亚手里抱着孩子跟了出去。母亲站在院子中间,用袖子擦着眼睛,又用围裙角擦擦发红的鼻子。

“哥哥,馅饼！把馅饼忘啦！……是土豆馅的！……”

杜妮亚什卡像山羊似的朝大门跑去。

“傻丫头,乱喊什么!”葛利高里气愤地对她喊道。

“馅饼忘掉啦!”杜妮亚什卡靠在篱笆门上冤屈地说,眼泪流到她那油晃晃的、火热的脸颊上,又从脸颊上滴到平日穿的外衣上。

达丽亚用手巴掌遮在眼前,注视着丈夫被扬起的尘埃笼罩着的白上衣。潘苔莱·普罗珂菲耶维奇摇晃着大门旁边的一根腐朽了的柱子,看了葛利高里一眼。

“你立刻把大门修理修理,在角上栽根柱子。”他又想了想,像是报告一件新闻似地补充说,“彼得罗走啦。”

葛利高里隔着篱笆看到,司捷潘也在准备上路。阿克西妮亚穿着一条绿色毛料裙子,给他牵过马来。司捷潘微笑着,在对她说些什么。他不慌不忙,以占有者的姿态吻了吻妻子,两只胳膊好久都没有从她肩上拿下来。被太阳晒得黝黑和干活磨得粗糙的大手在阿克西妮亚洁白的外衣上,像煤炭似的闪着黑亮的光。司捷潘背朝葛利高里站着,隔着篱笆可以看见他那绷紧的、刮得很漂亮的脖子和有点下垂的宽肩膀,——当他把脑袋俯在妻子身上的时候,还可以看见他那卷起的亚麻色胡子尖。

阿克西妮亚不知道为什么在笑,还在不以为然地摇晃脑袋。骑手踏镫上马,高大的铁青马微微地晃了一下。司捷潘骑在马鞍子上,就像长上了似的,他策马急步走出大门,阿克西妮亚抓着马镫,和他并排走着,恋恋不舍地像只驯顺的狗,仰起脑袋看着他的眼睛。

两口子就这样走过邻居的宅院,在大路转弯的地方消逝了。

葛利高里不眨眼地目送了他们半天。

第 四 章

向晚,大雷雨袭来。褐色的浓云笼罩在村庄的上空。狂风在顿河上掀起阵阵波涛，拍打着河岸。村周围的绿树外，闪电照亮了天空，稀疏的雷鸣声震撼着大地。鹞鹰伸直了翅膀，在乌云下盘旋，一群乌鸦呱呱叫着跟在后面。从西面涌起的黑云喷散着冷气，顺着顿河飘动。河边草地那边的天空黑得吓人，草原好像在等待着什么似的沉默着。村子里响起了一阵关百叶窗的乒乓声，在教堂做过晚祷的老太太们，画着十字，匆忙地赶回家去；大风旋起的灰色尘埃，像巨柱，在校场上转移，被春天的闷热蒸发得干渴的大地已经尝到第一阵甘霖。

杜妮亚什卡摇晃着两条小辫子，飞也似地穿过院子，关上了鸡窝的小门，然后站在院子中间，翕动着鼻翅，就像马停在障碍前面一样。孩子们在街上乱蹦乱跳。邻家八岁的孩子米什卡正在一只腿蹲着，打着转儿，——脑袋上戴的爸爸的大制帽，也在打转儿，完全遮住了他的眼睛，——他尖声地喊叫着：

毛毛雨，毛毛雨，停一停，
我们要钻进灌木丛，
祷告上帝，
跪拜耶稣。

杜妮亚什卡羡慕地看着米什卡的两只尽是裂纹的光脚拼命地在地上踢踏。她也想到雨地里去跳舞，把脑袋淋湿，好叫头发长得稠密而又鬈曲；她也想像米什卡的同伴一样，脚朝天在路旁的尘土上拿大顶，冒着倒到蒺藜上的危险，——但是母亲正怒气冲冲地噘着嘴唇，从窗户里往外看呢。杜妮亚什卡叹了一口气，跑回屋子里去。雨下大了。一声霹雳在屋顶上炸响，余声隆隆，直向顿河的对岸滚去。

在门洞里，父亲和汗流满面的葛利什卡，正从耳房里往外拖一张卷着的大渔网。

“拿粗线和大针来，快点儿！”葛利高里朝杜妮亚什卡喊道。

厨房里点起了灯火。达丽亚坐下来缝渔网。老太婆一面摇晃着孩子，一面嘟囔说：

“老东西，你总在出馊主意。全家都该睡啦，煤油一天比一天贵，你还点灯。现在捞什么鱼呀？你们发什么疯呀？还要出去乱闯，要知道，老天爷正在院子里发怒哪，你听听，你听听，雨下得有多大！主耶稣基督，圣母娘娘……”

一道耀眼的蓝光照亮了厨房，霎时，一片寂静：可以听见雨点打到百叶窗上的声音，紧跟着就是轰隆一声干雷。杜妮亚什卡叫了一声，把头扎进渔网里去。达丽亚拿着小十字架朝窗户和门直摇晃。

老太婆用恐怖的眼神望着在她腿边嬉戏的小猫。

“杜恩卡①！你把它赶走，鬼东西……圣母娘娘，宽恕我这有罪的人吧。杜恩卡，把小猫扔到院子里去。去你的，鬼东西！叫你……”

葛利高里把渔网上的一条木棒扔在地上，摇晃着身子闷声地大笑起来。

“喂，你们瞎吵吵什么？住嘴！”潘苔莱·普罗珂菲耶维奇喊道，“婆娘们，快点缝吧！前几天就说过，叫你们看看渔网。”

“现在可有什么鱼呀。”老太婆不以为然地提醒说。

“不懂——就闭上你的嘴吧！我们在沙子嘴就能逮到鲟鱼。这会儿鱼害怕大风浪，都要往岸边跑。大概河水已经发浑啦。喂，杜妮亚什卡，跑出去听听——小河里的水涨了没有？”

杜妮亚什卡不很情愿地斜着身子，向门口走去。

“都是谁跟着去下水呀？达丽亚可不能去，奶头会受凉。”老太婆仍旧喋喋不休地说。

“我和葛利什卡，另一张网，叫阿克西妮亚去，另外再叫上个婆娘。”

杜妮亚什卡气喘吁吁地跑了进来。睫毛上挂着哆哆嗦嗦的雨点儿，身上散发出潮湿的黑土气息。

“小河的水涨得可厉害啦！”

“你跟我们去下水吗？”

“还有谁去呀？”

“再叫上几个老娘儿们。”

“我去！”

---

① 是叶芙多基亚的爱称。

“好，披上件衣服，跑到阿克西妮亚家去。如果她去，让她再叫上玛拉什卡·弗罗洛娃！”

“那娘儿们是不会冻坏的，”葛利高里微笑着说，“她身上的厚膘像肥猪似的。”

“葛利顺卡①，你最好带上一把干草，”母亲劝说道，“放在心口下头，不然内里会受凉的。”

“葛利高里，去弄点干草。老太婆说得很对。”

杜妮亚什卡很快就把婆娘们领来了。阿克西妮亚穿着一件破上衣，腰里系着绳子，下身是一条蓝色的衬裙，看起来似乎矮了一些，瘦了一点儿。她跟达丽亚互相说笑着，从脑袋上摘下头巾，把头发紧紧地挽成一个髻，在蒙上头巾的时候，仰起头，才冷冷地瞟了葛利高里一眼。肥胖的玛拉什卡在门槛旁边绑着袜子，用受了凉的嗓子，沙哑地说道：

“带上口袋了吗？我的天，咱们现在去逮鱼啦。”

大家走到院子里。雨点密密麻麻地向松软的土地上倾注着，水洼冒着泡，汇成浊流，弯弯曲曲地向顿河流去。

葛利高里走在前面，突然无缘无故地高兴起来。

“小心，爸爸，这儿有一道沟。”

“真黑呀！”

“跟着我走，阿克秀莎②，挨着我，咱们一块儿去下地狱。”玛拉什卡哑着嗓子哈哈大笑。

“瞧，葛利高里，好像到了迈丹尼科夫家的码头了吧？”

“就是它。”

“从这儿……开始……”潘苔莱·普罗珂菲耶维奇顶着呼呼响的风，喊叫道。

“听不见，大叔！”玛拉什卡哑着嗓子喊道。

“下水吧，上帝保佑……我从深处下网。从深处下，我说……玛拉什卡，聋鬼，你往哪儿拉呀？我去从深处下网！……葛利高里，葛利什

① 是葛利高里的爱称。

② 阿克西妮亚的爱称。

卡！叫阿克西妮亚从岸上下网！”

顿河在咆哮。风把倾斜的雨幕撕成了碎片。

葛利高里用脚试探着河底，一直下到没腰的地方。黏糊糊的冰凉的河水齐到胸部，像一道铁箍似的箍住了他的心房。波浪像鞭子一样，朝脸上、眯起的眼睛上打来。渔网鼓得像大球，向深水沉下去。葛利高里穿着毛袜子的脚在沙底的河床上滑行。渔网上的木棒从手中挣脱……水越来越深，越来越深。突然，他陷进一个大坑。两脚沾不到地了。急流猛地冲向河中心，把他也卷了进去。葛利高里使劲用右手往岸上划。黑水翻滚的洪流，从来没有像现在这样使他感到可怕。他的一只脚踏着了松软的河床，太好啦。有条鱼直撞他的膝盖。

“绕过水深的地方！”在一片黏糊糊的黑暗中，从什么地方传来父亲的喊声。

渔网沉了下去，并继续向深处沉，水流冲走他脚下的泥沙，于是葛利高里抬起脑袋，游着，不断地往外吐着水。

“阿克西妮亚，你还活着吗？”

“还活着哪。”

“小雨好像是要停了吧？”

“小雨是要停了，可是大雨马上就要来啦。”

“你小声点儿。叫我爹听见会骂的。”

“老爹就把你吓成这样，也算个……”

他们沉默了片刻。河水像黏面团似的，把每一个动作都黏结了起来。

“葛利沙①，这岸边有一棵沉在水里的大树。渔网要躲开它。”

一个大浪头扑来，一下子就把葛利高里冲出了很远。轰鸣的水声，就像是一块巨石从悬崖上飞落到水里。

“啊——啊——啊！”阿克西妮亚在岸上什么地方尖声叫喊。

葛利高里吃了一惊，从水里钻出来，朝着呼叫声游去。

“阿克西妮亚！”

---

① 葛利高里的爱称。

只听到风声和滔滔的流水声。

“阿克西妮亚!”葛利高里吓得浑身发冷,喊叫道。

“嗳——嗨!! ……葛——利——高——里!”父亲震耳的喊声从远处传来。

葛利高里划动双手。脚底下有一团软绵绵的东西,他用手去抓,原来是渔网。

“葛利沙,你在哪儿? ……”这是阿克西妮亚哭叫的声音。

“为什么你不答应一声呀? ……”葛利高里往岸上爬着,生气地喊道。

他们俩蹲了下来,哆哆嗦嗦地解着乱成一团的渔网。月亮从风吹开的云隙中钻出来。河边草地对面,依然响着隐约的雷声。地上还没渗完的雨水闪着亮光。大雨洗过的夜空,森严而明澈。葛利高里解着渔网,仔细地观察着阿克西妮亚。她脸色惨白,但是两片略微向外翻着的红嘴唇已经有了笑意。

“大浪一下子把我冲到岸上,”她喘着气讲道,“简直把我吓晕啦。吓死啦! 我以为你准淹死了。”

他们俩的手碰在一起。阿克西妮亚试着把手伸进他的袖筒里去。

“你袖子里多暖和啊,”她可怜地说,“我可是冻坏啦。浑身疼得要命。”

“看它,那条该死的鲢鱼撞了个多大的窟窿!”

葛利高里把渔网中间的窟窿摊开,足有一俄尺半长。

有人从沙滩上跑过来。葛利高里猜出是杜妮亚什卡,还离得很远就向她喊道:

“你带着线吗?”

“带着哪。”

杜妮亚什卡气喘吁吁地跑了过来。

“你们坐在这干什么? 爸爸让我来叫你们啦。赶快到沙子嘴去。我们已经在那儿捉了一口袋鲟鱼啦!”杜妮亚什卡用毫不掩饰的得意口气说道。

阿克西妮亚冷得牙齿磕得咯咯响,在缝网上的窟窿。为了可以暖和点儿,他们快步向沙子嘴跑去。

潘苔莱·普罗珂菲耶维奇正在用满是疤痕、被水泡得圆鼓鼓的像淹死鬼一样的手指头卷着烟;不停地跳动着,吹嘘说:

“一回逮了八条,又一回……”他停了停,抽着烟,默默地用脚指着口袋。

阿克西妮亚好奇地朝口袋里看看。里面泼剌泼剌直响;活着的鲟鱼还在挣扎。

“你们倒是跑到哪儿去啦?”

“鲑鱼把网撞破啦。”

“缝好了吗?”

“马马虎虎,把网眼连了连……”

“好,接着捞吧,捞到河湾处,咱们就回家。下网啊,葛利什卡,你还在等什么呀?”

葛利高里迈着两只麻木的脚走去。阿克西妮亚冻得还在打冷战,葛利高里从他俩拉着的渔网都能感觉到她在哆嗦。

“别哆嗦啦!”

“我倒想不哆嗦,可是冻得我连气都喘不上来啦。”

“来吧……把网拉上来吧,这条该死的鱼!”

一条大鲤鱼在网里跳着。葛利高里加快脚步,拉着木棒往回收网,阿克西妮亚弯着腰朝岸上跑去。退落的河水顺着沙岸哗哗流去,鱼在泼剌泼剌地挣扎。

“咱们走河边草场吗?”

“从树林子里走近一点儿。喂,你们那里快完了吗?”

“你们走吧,我们马上就来。我们把网涮一涮。”

阿克西妮亚皱着眉头,拧了拧裙子,把装鱼的口袋搭到肩膀上,小跑似地沿着沙子嘴走去。葛利高里扛着渔网。他们走了有一百多俄丈远,阿克西妮亚就哎呀哎呀地叫起来:

“我一点劲儿也没有啦!两条腿都冻僵啦。”

“这有个旧干草垛,你进去暖和暖和,怎么样?”

“也好。要不然我是走不到家了。”

葛利高里把草垛顶掀到一旁,掏了一个窟窿。堆久了压得瓷实的干草散发出一股腐朽的热气。

“爬到当中去。这儿就像炉炕上一样热乎。”

阿克西妮亚扔下口袋,钻进干草垛,干草一直埋到脖子。

“这简直是天堂!”

葛利高里冻得打着哆嗦,躺在旁边。从阿克西妮亚的湿漉漉的头发上散发出轻柔的诱人的气息。她仰面躺着,半张着嘴,均匀地呼吸着。

“你头发上的气味真醉人。你知道吗,就像那白色的小花的香味……”葛利高里俯下身小声说。

她默不作声。她的眼睛望着下弦的月亮,目光迷离、冷漠。

葛利高里从口袋里抽出一只手,突然把她的头扳到自己身边。她用力挣脱,站了起来。

“让我走!”

“小点儿声。”

“让我走,不然我可要嚷啦!”

“等等,阿克西妮亚……”

“潘苔莱大叔!……”

“是迷路了吗?”潘苔莱·普罗珂菲耶维奇从山楂树丛里应声喊道,原来离他们很近。

葛利高里紧闭着嘴唇,从草堆上跳下来。

“你喊什么呀?可是迷了路吗?”老头子走过来,又问道。

阿克西妮亚站在草堆旁边,整理着歪到后脑勺子上去的头巾,头上冒着热气。

“倒没有迷路,可是冻得真够呛。”

“唉,真是妇道人家。瞧,这不是草垛嘛,钻进去暖和暖和。”

阿克西妮亚微微一笑,弯身去拿口袋。

第 五 章

到野营集合地谢特拉科夫村,有六十俄里①路。彼得罗·麦列霍夫和阿司塔霍夫·司捷潘坐在一辆车上。和他们一起的还有三个同村的哥萨克:一个是费多特·博多夫斯科夫,这个年轻人长得有点儿像加尔梅克人;一个是禁卫军阿塔曼斯基团,属于二期征召的士兵赫里桑福·托金,外号叫赫里斯托尼亚②;还有炮兵托米林·伊万,他是到佩尔西阿诺夫卡去的。喂过第一次牲口以后,把赫里斯托尼亚的标准马③和司捷潘·阿司塔霍夫的铁青马套在车上。其余的三匹马都没有卸鞍子,跟在车后头。身体像所有的阿塔曼斯基团的兵士一样健壮、带点儿傻气的赫里斯托尼亚赶车。他坐在前面,脊背弯得像车轮似的,把透进车篷的光线全遮住了;他用震耳的低沉的声音吆喝着马。彼得罗·麦列霍夫、司捷潘和炮兵托米林躺在蒙着新防雨布的车篷里抽烟。费多特·博多夫斯科夫跟在后面走;看得出,他那两条加尔梅克人的罗圈腿,走在尘土飞扬的道路上,一点也不吃力。

赫里斯托尼亚赶的车走在最前头。后面还跟着七八辆车,车上都拴着没有卸鞍子的和卸了鞍子的马匹。

大路上尽是欢笑和呼叫声、拖着长腔的歌声、马嘶声以及空马镫的撞击声。

彼得罗枕着干粮袋躺在那里,拧着黄色的长胡子。

“司捷潘!”

“啊?”

“我们来唱支军歌好不好?”

---

① 1俄里等于1.067公里。

② 赫里斯托尼亚的意思是基督的儿子。

③ 沙皇时代,哥萨克入伍时骑的马,身高不能低于二俄尺零二俄寸,这种马就叫做标准马。

“太热啦。全身都给蒸干啦。”

“附近的村子里也没有酒店，没有盼头啦！”

“好啦，起头吧。可惜你可不是个行家。唉，你们家的葛利什卡可是一个唱高音的好手！他一拉起长腔，那声音简直就像根银丝线一样漂亮、悦耳。我跟他在村子里的游戏场上打过架。”

司捷潘把脑袋往后一仰，咳嗽了一声，用低沉、洪亮的声音唱起来：

哎，你呀，美丽的早霞，
你升起的真早啊……

托米林学着女人的样子，把一只手掌贴在脸颊上，用细声细气的痛楚的呻吟声调跟着唱起来。彼得罗微微笑着，把胡子尖放进嘴里，眼看着那个胸部宽阔的炮兵，憋得太阳穴上凸起一道道的青筋。

这个年轻的娘儿们，
来挑水的时辰可太晚点儿……

司捷潘原来头朝赫里斯托尼亚躺着，这时扭过脑袋，一只手撑着身子；绷得紧紧的健美的脖颈泛起粉红色。

“赫里斯托尼亚，帮帮腔！”

可是小伙子却猜出了她的心事，
急忙把自己的马备上鞍子……

司捷潘那鼓出的大眼睛在微笑，他把目光转向彼得罗，彼得罗把胡子尖儿从嘴里抻出来，也跟着唱起来。

赫里斯托尼亚咧着那长满硬胡须的嘴，把车篷上的帆布震得直动：

备上了枣红马……
就去追赶那小娘儿们……

赫里斯托尼亚把他那足有一俄尺长的光脚盘在身子下，等着司捷潘再唱起来。司捷潘闭上眼睛，——汗污的脸躲在阴影里——柔情地唱着，声调忽而低得像耳语，忽而高亢，像是钢铁的响声：

小娘子，请你让开点儿，

让我到河边去把马儿饮……

赫里斯托尼亚又用洪钟似的声调把人们的声音都压了下去。

邻近车上的人也加入了合唱。车轮磨得铁轴吱扭吱扭响，马匹被尘土呛得不断地打喷嚏，悠扬、洪亮、春潮般的歌声在大路上空奔流。从还没有干涸的草原池沼里晒成棕色的芦苇丛中飞出了一只白翅膀的野鸭。它一面叫着，一面向洼地飞去，还不断地回过头来，用翡翠一样的眼睛俯视白篷的大车行列，用蹄子扬起阵阵烟尘的马匹和穿着落满尘土的白上衣、在路旁走的人们。野鸭落到洼地里，黑色的胸脯碰在干枯的、被野兽践踏的草上，再也看不到路上的情景了。可是大道上依然是车声辚辚，鞍下大汗淋漓的马匹仍旧在懒洋洋地挪动着脚步；只有几个穿灰衬衣的哥萨克，迅速离开自己的马车，跑到领头的那辆车跟前，围着它弯腰捧腹地哈哈大笑不止。

司捷潘全身挺直站在车上，一只手扶着车篷的帆布顶，另一只手轻轻地挥动着，用短促、动人的快板唱道：

别挨在我身边坐，
别挨在我身边坐，
人家会说你爱我，
你要是爱我，
就常常来看我，
你要是爱我，
就常常来看我，
我家可不是普通人家……

几十个大粗嗓子接上去合唱起来，啸叫着，歌声在大道的尘土上飞扬：

我家可不是普通人家，
不是普通人家，——
是盗窃世家，
是盗窃世家——
不是普通人家，

我爱的是公爵的儿郎呀……

费多特·博多夫斯科夫吹着口哨;两匹马曲着前腿,挽车狂奔;彼得罗从车篷里探出身子,笑着,挥舞着制帽;司捷潘脸上闪耀着炫目的讪笑,调皮地耸着肩膀;大道上烟尘滚滚;赫里斯托尼亚只穿一件没系腰带的长上衣,头发乱蓬蓬的,浑身大汗淋淋,两腿蹲着,像只小飞轮似地旋转、跳舞,他双眉紧皱,哼哼着,装出哥萨克女人的样子,在松软、灰色的尘土上留下了许多奇异的大光脚印子。

第六章

大家都在一个光秃秃的、顶部宽平、布满了黄沙的土岗旁停下来过夜了。

一片乌云从西边涌来。它的黑翼已经洒下零星的雨点。人们把马牵到水塘边去饮。低垂的岸柳被风吹得弯下了腰。浮着一层绿苔的池水,荡起粼粼碧波,映着闪闪的电光。风吝啬地撒着雨点,好像是在把施舍撒向大地的污黑的手掌。

马都绊着前腿儿,放去吃草,派了三个人去守护。其余的人各自在车前燃起了火堆,饭锅就挂在车辕上。

赫里斯托尼亚在煮粥。他一面用勺子在锅里搅着,一面对坐在周围的哥萨克们说道:

"……喏,一个高高的土岗,就跟这个差不多。我对我过世的爸爸说:'阿塔曼①会不会因为咱们没得到任何许可就开挖土岗,来拦阻咱们呢?'"

---

① 帝俄时代,对哥萨克队伍中所选出的各级的首领,都这样称呼。如顿河军区的首领就叫军区阿塔曼,区、镇的首领,就叫区、镇阿塔曼,哥萨克军队出征时选出的首领,则称行军阿塔曼。广义地说,这个字的意思就是首领。但是由于顿河哥萨克的独立性完全丧失,各级阿塔曼的头衔均由历代沙皇任命,所以实际上哥萨克军队是由官方委派的阿塔曼来管理的。

“他又在这儿胡说些什么呀?”从马群那边回来的司捷潘问道。

“我在讲我和过世的爸爸寻宝的事儿,愿老人家在天之灵安息。”

“你们在哪儿寻过宝呀?”

“老兄,就在费季索夫山谷后面呀。你是知道的啊,梅尔库洛夫土岗……”

“对对……”司捷潘蹲下去,拿了一小块炭火放在手掌上摇晃着,吧嗒着嘴,半天才点着了烟。

“好,咱们书归正传。爸爸对我说:‘走,赫里斯坦①,咱们挖梅尔库洛夫土岗去。’他听我爷爷说过,这个土岗里埋藏着财宝。但是财宝并不是每一个人都能弄到手的。爸爸就向上帝许愿说:你要是把财宝给我,我就给你修一座富丽堂皇的教堂。我们这样决定了,便出发到那儿去。那是镇上管的公地,所以别人只会怀疑是阿塔曼干的。天黑以前我们就赶到了那儿。等到天色慢慢黑下来,我们把骒马的前腿拴好,便扛着铁锹爬上岗顶。直接就从岗顶下手。挖了一个有两俄尺深的坑,由于年代久了,泥土变得像真正的石头一样硬。我全身都被汗湿透了。爸爸老在小声祷告着。兄弟们,请相信我的话,那时我的肚子总在咕噜咕噜响……夏天嘛,吃些什么玩意儿你们是知道的:除了酸牛奶就是克瓦斯②……喝多了,肚子像绞一样疼,只有等死——完蛋!我那过世的爸爸,祝福他在天之灵,却骂道:‘呸,赫里斯坦,你这坏小子!我在祷告,你却连屁也憋不住,简直叫人没法子喘气。滚你的,滚下土岗去吧,不然我就用铁锹把你的脑袋砍掉。由于你这个坏小子的缘故,财宝都可能钻进地里去!’我躺在土岗下,肚子疼得要命,简直像针扎,我那过世的爸爸——像魔鬼一样,力大无比!——一个人还在那里挖个不停。一直挖到发现了石板。他喊我上去。于是,我就插进撬棍,把这块石板撬起……请相信我的话吧,兄弟们,这是一个月色皎洁的夜晚,可是石板下面还是闪着耀眼的亮光……”

---

① 赫里斯托尼亚的爱称。

② 一种酸性饮料。

“好啊,赫里斯托尼亚你就胡说吧!”彼得罗忍不住说道,一面笑着,一面揪胡子。

“为什么是‘胡说’? 滚你娘的蛋!”赫里斯托尼亚提了提肥大的裤子,打量了一下听众。“不,当然不是胡说! 而是千真万确的事实!”

“往下说吧!”

“兄弟们,真的,闪着耀眼的亮光。我一看,原来是一大堆木炭。大约有四十担。爸爸说:‘下去,赫里斯坦,把木炭都扔上来。’我爬下去。往上扔啊,扔啊,扔这倒霉的玩意儿,一直扔到天亮。早晨,我一看,原来他——真来啦。”

“谁呀?”躺在马衣上的托米林兴致勃勃地问道。

“阿塔曼呗,还能是谁呢。他坐在马车上,说道:‘谁叫你们干的,没有出息的东西?’我们一声都没吭。于是,他就把我们逮捕了,押到镇上。前年,还传我们到卡缅斯克[①]去过堂,但是我爸爸有先见之明,早就死了。我们备了公文,说他已经不在人世了。”

赫里斯托尼亚把冒着热气的粥锅摘下来,回到大车里拿勺子去了。

“那么你父亲呢? 许了愿修建教堂,就这样没有修成?”司捷潘等赫里斯托尼亚拿着勺子回来的时候问道。

“你真是个糊涂虫,司乔巴[②],难道他能为了这些木炭去修建教堂吗?”

“既然许了愿,就应当还愿嘛。”

“对木炭可并没有许什么愿,至于财宝……”

火光被哄笑声震得直抖动。赫里斯托尼亚从锅上抬起他那带点儿傻气的脑袋,没有弄清楚是怎么回事儿,就用沉厚的笑声压下了人们的喧吵。

---

① 现在是罗斯托夫州的卡缅斯克市。

② 司捷潘的爱称。

第 七 章

阿克西妮亚十七岁的时候嫁给了司捷潘，是从顿河对岸、沙漠地区的杜布洛夫卡村嫁过来的。

在出嫁前一年的秋天，她在离村子八俄里的草原上耕地，夜里，她的父亲——五十岁的老头子——把她的手绑起来，强奸了她。

“你要是敢说出一句，我就宰了你，你要是不说出来，我就给你买一件天鹅绒上衣和一双带套鞋的高筒靴子。你要给我记住：要是走漏半点儿风声，我就宰了你……”他威吓她说。

夜里，阿克西妮亚只穿着一条撕烂的衬裙，跑回了村子。她倒在母亲脚边，上气不接下气地哭着诉说……母亲和哥哥——一个刚复员回来的阿塔曼斯基团的哥萨克——把马套在车上，叫阿克西妮亚也坐在车上，赶到父亲那里去，这八俄里的路程，哥哥差点儿没有把马给抽死。他们在宿夜地附近找到了父亲。他喝得烂醉，睡在铺在地上的羊皮大衣上，身边有一个空伏特加酒瓶。阿克西妮亚眼看着哥哥从车上卸下一根辕木，用脚把沉睡的父亲踢醒，简单地问了他几句话，就用铁皮包着的辕木照着老头子的鼻梁打去。他和母亲两人把老头子打了足足有一个半钟头。年迈而且一向温顺的母亲疯狂地揪抓已经失去知觉的丈夫的头发，哥哥拼命地用脚踢。阿克西妮亚蒙起脑袋，躺在大车底下一声不响地哆嗦着……天亮以前，他们把老头子拉回了家。他可怜地呻吟着，眼睛却不断在屋子里搜索，寻觅躲藏起来的阿克西妮亚。血和脓从他那撕裂的耳朵里淌到枕头上。黄昏时分，就死去了。对别人只说，他是喝醉酒从车上跌下来摔死的。

过了一年，司捷潘跟媒人们坐着一辆装饰得很漂亮的四轮马车到阿克西妮亚家来相亲了。姑娘看上了大高个、直脖颈、身材匀称的司捷潘，就定下秋天开斋时节举行婚礼。在一个秋末初冬的日子——有点儿冷，路上响着悦耳的碾碎的冰声，给这对年轻人成了亲；从那个时候起，阿克西妮亚就成了阿司塔霍夫家年轻的主妇。婆婆是个身材高大、被一种妇女病折磨得驼了背的老太婆；吃过喜酒后的第二天，一清早她就叫醒了阿克西妮亚，把她领到厨房里，毫无目的地把火钳东放放，西摆摆，说道：

"我要告诉你，亲爱的儿媳妇，我们娶你来可不是为了叫你享清福和睡懒觉的。去吧，亲爱的，先挤牛奶，然后就到炉子边做饭。我是个老太婆了，没有力气做啦，你就当起家来，担起这副担子来吧。"

也是在这一天，司捷潘在仓房里有计划地、凶狠地把年轻的妻子毒打了一顿。专打她的肚子，胸膛和脊背，为的是不要叫别人看出来。从那个时候起，他就开始冷落她，而去跟那些丈夫外出服役的放荡女人厮混起来。差不多每天夜里都出去，把阿克西妮亚关在仓房或者内室里。

没有生孩子以前，有一年半的时间，他始终不能原谅她使自己蒙受的耻辱。有了孩子以后，他安分了一些，但是爱抚还是很少，仍旧很少在家里过夜。

养着许多牲口的繁重家业把阿克西妮亚累坏了。司捷潘干活是个懒汉；他总是把额发梳一梳，就出去找同伴抽烟、打牌，胡扯一些村子里的新闻，照料牲口的事都由阿克西妮亚来做，她操持全部家务。婆婆是个很不高明的助手，瞎忙活一阵子，就要倒到床上去，把枯黄的嘴唇抿成一条缝，用被疼痛折磨变得凶狠的眼睛瞅着天花板，哼哼着，缩成一团。在这样的时候，她那长满了难看的大块黑痣的脸上，就会大汗淋漓，眼睛里满含着眼泪，而且一滴一滴地流下来。这时，阿克西妮亚就扔掉手里的活儿，躲到个什么角落里，恐怖而又怜悯地望着婆婆的老脸。

一年半以后，老太婆死了。那天早晨，阿克西妮亚就开始了产前的阵痛，可是中午时分，孩子出世前一小时，祖母却倒在破旧的马厩边死了。跑出去警告喝醉了的司捷潘不要到产妇跟前来的接生婆，发现了阿克西妮亚的婆婆蜷着腿躺在那里。生了小孩子以后，阿克西妮亚和丈夫亲近了些，但是对他并没有感情。只不过是一种女人的怜悯心和已经习惯的夫妻生活而已。孩子没活到一周岁就死了。生活又恢复了原样。所以当麦列霍夫·葛利什卡开着玩笑，挡住阿克西妮亚的去路的时候，她害怕地感觉到自己已经倾心于这个可亲的黝黑小伙子了。他顽强地，公牛似地追逐着她。正是这股顽强劲儿使阿克西妮亚感到恐惧。她看得出，他并不怕司捷潘，她内心里感觉到，他是绝不会就此退却的，但是理智上她却不愿意跟他亲热，所以竭力抗拒，然而她发现自己开始不管是节日，还是平时，都仔细打扮起来，骗着自己，故意在他眼前抛头露面。每当葛利什卡的两只黑眼睛有力、疯狂而爱抚地盯着她的时候，她就觉得又温暖又愉快。清晨醒来，睡眼蒙眬地挤着牛奶，她会微笑着，而且会无缘无故地对自己说："今天好像有什么喜事。什么喜事呢？葛利高里……葛利沙……"这种充满她整个心胸的新奇情感使她惊骇，心里觉得自己仿佛是走在三月里顿河已经开始融化的薄冰上，战战兢兢，小心翼翼。

送司捷潘去野营以后，她决心尽量少跟葛利什卡见面。从那次去拉网捕鱼以后，这决心在她心里就更坚定了。

第八章

在三一节前两天，村里在划分草地。潘苔莱·普罗珂菲耶维奇去参加划分草地的会。从那里回来吃午饭的时候，他一面哼哼唧唧地脱着靴子，一面舒舒服服地搔着走痛了的脚，说道：

"分给咱们的一块是在红石崖边。草并不特别好。上界直到树林子，有些地方光秃秃的，连一根草都没长。小冰草长得倒很不错。"

"什么时候割草呢？"葛利高里问道。

"从过节那天起。"

"你们带达丽亚去吗？"老太婆皱着眉头问道。

潘苔莱·普罗珂菲耶维奇用手一挥，意思是说："别唠叨啦。"

"用得着——就带去。去收拾午饭吧，老站在那儿干什么，傻啦！"

老太婆碰得灶门叮当响着，从炉子里端出炖着的菜汤。潘苔莱·普罗珂菲耶维奇坐在桌子旁边，把分配草地和骗子村长几乎把村里所有的人都欺骗了的事讲了半天。

“那年他也骗过一回人，”达丽亚插嘴说，“先把地分成等份，然后他就调唆玛拉什卡·弗罗洛娃嚷着抽签。”

“老畜生。”潘苔莱·普罗珂菲耶维奇拉着长声说道。

“爸爸，谁去垛草和耙草呢？”杜妮亚什卡胆怯地问道。

“那么要你干什么？”

“爸爸，我一个人可忙不过来。”

“咱们叫阿克秀特卡①·阿司塔霍娃一块儿去干。前些日子，司捷潘求咱们替他割一割。应该答应他。”

第二天早晨，米吉卡·科尔舒诺夫骑着一匹备着鞍子的白腿儿马来到麦列霍夫家的院子。

滴滴答答地落着雨点。浓厚的黑云笼罩在村落的上空。米吉卡从马上弯下身子开开板门，骑进了院子。

老太婆站在台阶上对他喊叫起来。

“野小子，你跑来干什么？”她流露出明显的不满神情问道。老太婆不大喜欢这个不顾死活、好斗的米吉卡。

“伊莉妮奇娜，你这是要干什么呀？”米吉卡把马拴在栏杆上，惊异地问道，“我是来找葛利什卡的。他在哪儿？”

“在板棚下面睡觉呢。你是不是中风啦？连路也不会走啦？”

“大婶子，你真是多管闲事！”米吉卡气哼哼地说道。他挥舞着一根很漂亮的鞭子，敲打着锃亮的皮靴筒子，摇摇摆摆地向板棚底下走去。葛利高里正睡在一辆卸掉前辕的大车上。米吉卡好像是瞄准一样，眯缝起左眼，用鞭子抽了葛利高里一下子。

“起来，庄稼佬！”

“庄稼佬”在米吉卡嘴里是一句顶厉害的骂人话。葛利高里像弹簧一样跳了起来。

“你干什么？”

“睡得够多啦！”

① 是阿克西妮亚的爱称。

“别胡闹,米特里,不然我要生气啦……”

“起来,有事情。”

“有什么事?”

米吉卡坐在大车边缘的横木上,用鞭子向下敲打着靴子上的干泥,说道:

“葛利什卡,太气人啦……”

“为什么?”

“真他娘的,”米吉卡狠狠地骂道,“他简直臭美得太不像话啦,——一个骑兵中尉就这么神气。”

他愤怒地,从牙缝里急急忙忙地向外吐着字句,两腿直哆嗦。葛利高里站起来。

“哪一个骑兵中尉呀?”

米吉卡抓住他的上衣袖子,怒气已经稍微消了些,说道:

“立刻备上马,咱们到草地上去。我要给他点颜色看看!我这样对他说:‘咱们来比比看。’他说:‘把你所有的好朋友都叫来,我要把你们大家都比倒,因为我这匹骒马的生母曾经在彼得堡军官赛马会上得过奖。’要我看,他那匹骒马和它的生母——都该见鬼去!——我决不能叫他赶过我的牡马!”

葛利高里急忙穿上衣服,米吉卡紧跟在他后面走,气得结结巴巴地说道:

“这个骑兵中尉是到商人莫霍夫家来做客的。等等,他姓什么来着?好像是姓利斯特尼茨基。是个胖胖的、一本正经的家伙。戴着眼镜。戴眼镜也白搭,我是不能叫他追过我的牡马的!”

说笑着,葛利高里备上了留着配种用的老骒马,从场院的大门溜出——为的是不叫父亲看见——赶到草原上去。他们俩向山坡下的草地跑去。马蹄子踏着稀泥呱嗒呱嗒地响。有好几个骑马的人都在草地上那棵干枯的白杨树边等着他们。利斯特尼茨基中尉骑在一匹身躯细长、健美的骒马上,还有七个骑马的本村青年。

“从哪儿跑起?”中尉扶了扶夹鼻眼镜,欣赏着米吉卡的牡马胸部强壮的筋肉,问米吉卡。

“从这棵白杨树到皇家池塘。”

“这个皇家池塘在哪儿?”中尉眯缝起近视眼问道。

“喏,就在那边,大人,树林子旁边。”

马都排好了队。中尉把鞭子举到脑袋顶上。他的一边肩膀上的肩章高高地耸了起来。

“我喊到‘三’——就放马,好吗? 一,二……三!”

中尉第一个冲了出去,一只手按着制帽,俯在鞍头,霎时,他就跑到其余的人前头去了。米吉卡站在马镫上,神情慌张,脸色苍白;葛利高里懒洋洋的,好久才把举到脑袋顶的鞭子打在马屁股上。

从白杨树到皇家池塘有三俄里路。半路上,米吉卡的牡马身子挺得像箭一样直,追上了中尉的小骒马。葛利高里懒洋洋地跑着。他从一开始就落在后面,骑在马上小跑着,好奇地注视着跑远的、已经七零八落的骑士队伍。

在皇家池塘旁边,有一个春水冲积成的土丘。那像驼峰似的、黄色的土丘顶上生着一些枯萎的、尖叶子的蛇葱。葛利高里眼看着中尉和米吉卡都一下子就跃上土丘,而且飞驰到那边去了,其余的人也都跟在他们后头一个一个地滑了过去。当葛利高里跑到池边的时候,那些大汗淋漓的马已经站在一起,下了马的小伙子们围住了中尉。米吉卡露出了抑制着的喜悦,他的每一个动作都带着洋洋得意的神情。可是中尉的态度,却使葛利高里纳闷,他竟一点也不感到惭愧:靠在一棵树上,抽着纸烟,用小手指头指着自己那匹好像刚洗过似的小骒马说道:

“我已经骑着它跑了一百五十俄里路。昨天才从车站赶到这里。如果它休息好了的话——科尔舒诺夫,你就不会追过我啦。”

“可能。”米吉卡宽宏大量地说道。

“全区再也没有比他的牡马跑得更快的啦。”一个最后跑到、满脸雀斑的小伙子羡慕地说。

“是匹好马。”米吉卡由于刚才过分激动,所以现在手还在哆嗦,他拍了拍牡马的脖子,呆呆地笑着,看了看葛利高里。

他们俩离开了众人,顺着山坡,没走村内的街道,往回骑去。中尉冷淡地跟他们道了别,把两个手指头向帽檐上一伸,就转过脸去。

已经快要走到通向自家院子的胡同口的时候，葛利高里看见了正朝他们走来的阿克西妮亚。她一面走着，一面低头剥着一根小树枝；一见葛利什卡，就把头低得更厉害。

“你害什么臊呀，难道我们是光着屁股吗？”米吉卡喊道，又挤了挤眼睛，“我的小宝贝，唉，苦命的小娘子呀！”

葛利高里朝前望着，等快要走过她身旁的时候，突然把慢慢走着的骒马抽了一鞭子。骒马后腿蹲了下去，——向上一踢，溅了阿克西妮亚一身烂泥。

“咦，咦，咦，恶魔！”

葛利高里掉转马头，让激怒的马朝阿克西妮亚冲去，责问道：

“为什么你见面不问好？”

“不配。”

“就因为这个才给你溅点泥——别那么神气！”

“让开！”阿克西妮亚喊道，两只手在马脸前面挥动着。“你为什么叫马来踩我？”

“这不是马，是骒马。”

“反正一样，你给我让开！”

“你为什么生气，阿克秀特卡？是为前几天的事儿？……”

葛利高里朝她的眼睛看了看。阿克西妮亚想要说什么，但是她那乌黑的眼角上突然挂上了泪珠；嘴唇可怜地哆嗦着。她痉挛地吞下眼泪，悄悄地说道：

“别缠我，葛利高里……我没有生气，我……”她没有说完就走开了……

迷惑不解的葛利高里在大门口追上了米吉卡。

“晚上去游戏场吗？”米吉卡问。

“不去。”

“怎么啦？她叫你去过夜？”

葛利高里用手掌擦了擦脑门，没回答。

第九章

村庄各家院子里还留有三一节的痕迹:撒在地上的干香薄荷,踏碎了的干树叶末子,以及砍来插在大门口和台阶旁的、树皮已经干裂、叶子枯黄的橡树和白蜡树枝。

从三一节那天起,就开始割草了。一大清早,妇女过节穿的裙子、鲜艳的绣花围裙、五颜六色的花头巾,像鲜花一样撒遍了草场。全村的人都出来割草了。割草的男人和耙草的女人都打扮得像过年一样。这是自古以来的风俗。从顿河边直到远方的赤杨林,被蹂躏的草地在镰刀下波动、呻吟。

麦列霍夫家的人起晚了。他们出发去割草的时候,几乎半个村子的人已经都在草地上了。

“早觉睡得太久啦,潘苔莱·普罗珂菲耶维奇!”一些汗流满面的割草人叫嚷说。

“这不能怪我,都赖老娘儿们!”老头子笑着用生皮鞭赶着牛。

“你们好,乡亲,晚啦,老兄,晚啦……”一个高个子的戴草帽的哥萨克在道旁磨着镰刀,摇晃着脑袋说。

“难道草会干啦吗?”

“你快走吧,还来得及,不然可就要干啦。你那段草在什么地方?”

“在红石崖旁。”

“快赶你的牲口吧,否则你今天就走不到啦。”

阿克西妮亚坐在车后头,用头巾把脸全都裹了起来,遮着阳光。她给眼睛留了一条窄缝,从这条缝里冷漠、严肃地望着坐在对面的葛利高里。达丽亚也裹着脸,穿着新衣服,把两条腿垂在车沿外头,用那布满青筋的大长奶子喂怀里快要睡着的孩子。杜妮亚什卡坐在车辕横木上,身子不停地颠动着,用幸福的目光打量着草地和路上遇见的人。她那欢快的、太阳晒黑的、鼻梁两边长满雀斑的脸上,好像是在说:“因为今天的天气这么好，万里无云的蓝天也显得这么欢快、舒畅，所以我也很欢快、舒畅；而且我的心里也同样是一片蓝色的安逸和纯真，我很快活，此外我什么都不需要啦。”潘苔莱·普罗珂菲耶维奇把厚棉布上衣的袖子拽到手掌上，擦了擦从帽檐下面流出的汗。他那紧裹在上衣里的弯曲的脊背上显出了很多湿漉漉的汗斑。太阳透过灰白色的云片，把烟雾朦胧的、扇形的折射光线洒在远方顿河沿岸的银色山峰上、草原上，洒在河边草场和村庄上。

天气变得炎热起来。被风吹散的云片懒洋洋地爬着，连潘苔莱·普罗珂菲耶维奇在路上拉车的牛都追不上。潘苔莱·普罗珂菲耶维奇自己也在费力地擎着鞭子，摇晃着，好像是在犹豫，要不要向瘦削的牛胯骨上打去。看来，牛也很理解他的犹豫心情，所以并不加快脚步，仍旧摇晃着尾巴，慢腾腾地、小心翼翼地挪动着分趾的蹄子。一只金灰色的、黄澄澄的牛虻在牛身上盘旋。

村边场院附近的一片已经割完的草地上闪着苍绿色的斑点；那些还没有割草的地方，微风吹得闪着黑光、像绿缎子似的青草沙沙作响。

“这就是咱们分的地段。”潘苔莱·普罗珂菲耶维奇用鞭子指了一下说。

“咱们从树林子那边下手吗？”葛利高里问道。

“也可以从这头开始嘛。我已经用铁锹在这儿铲了个记号。”

葛利高里卸下疲惫不堪的牛。老头子闪动着耳环，去寻找记号——在地边上铲个三角小坑。

“拿镰刀来！”他立刻就挥手喊叫起来。

葛利高里踏着草走了过去。在他身后的草地上，从车停的地方起，留下了一条波动的痕迹。潘苔莱·普罗珂菲耶维奇朝着远处教堂钟楼的白色尖顶画了个十字，拿起了镰刀。他的鹰钩鼻子油亮闪光，好像是刚油漆过似的，干瘪下去的黑腮帮子上流着虚汗；微微一笑，乌黑的大胡子里立即就露出了满口数不清的、细密的白牙齿。他挥起了镰刀，布满皱纹的脖子不断往右边扭着。割下的草沙沙地响着，倒在他脚下，形成了一个半径足有一沙绳的半圆形。

葛利高里跟在他后面走着，半闭着眼睛，挥镰割草。女人的围裙彩虹似的在前面闪动，但是他的眼睛寻觅的却是那条绣着花边的白围裙；他时而回头看看阿克西妮亚，接着又挥动着镰刀追上父亲的脚步。

他总在想着阿克西妮亚；半闭着眼睛，心里在亲吻着她，对她说着不知道从什么地方跑到舌尖上来的热情、温柔的话，后来就抛开这些思绪，数着数，向前迈着脚步——一，二，三；往事的片断又在记忆里悄悄地浮出："我们坐在湿漉漉的干草垛下面……昆虫在水沟里吱吱地叫……月亮高挂在河边草场上……稀疏的水珠从灌木上滴到水洼里，也是这样——一，二，三，……真好，啊，太好啦！……"

从停车的地方传来一阵笑语声。葛利高里回头一看：阿克西妮亚正俯下身去，不知道对躺在车下的达丽亚说些什么，达丽亚挥舞起双臂，两人又笑起来。杜妮亚什卡坐在车辕上，细声细气地在唱歌。

"割到那个小灌木丛边儿，我得把镰刀磨磨。"葛利高里想道，突然感到，镰刀好像砍着了一个软乎乎的东西。他低头一看：一只小野鸭吱吱地叫着，从脚下钻出来，一瘸一拐地又钻进草里。在野鸭窝的小坑旁边躺着另一只已经被镰刀砍成了两半的小野鸭，剩下的小鸭都啾啾叫着，在草地上四散逃命去了。葛利高里把砍成两半的小野鸭放在手掌上。出壳才几天，满身黄褐色绒毛的小野鸭还热乎乎的。张开的小扁嘴上，有粉红色的血泡，小玻璃珠似的眼睛狡猾地眯缝着，还带热气的小爪子在轻轻地哆嗦。

葛利高里突然非常怜悯地看着自己手掌上的小死肉团。

"你捡到什么东西啦，葛利顺卡？……"

杜妮亚什卡顺着一铺铺割倒的草蹦蹦跳跳地跑过来。两条小辫子在她胸前晃来晃去。葛利高里皱着眉，扔掉小野鸭，恨恨地挥起镰刀。

大家急急忙忙地吃过午饭。猪油和哥萨克每餐都离不开的酸牛奶渣——从家里用口袋装来的——这就是全份的午饭。

"不用回家去啦，"潘苔莱·普罗珂菲耶维奇吃午饭的时候说道，"把牛放到树林子里去吃草，明天一早，太阳还没把露水晒干以前，咱们也就割完啦。"

吃过午饭，女人们就开始把草搂成堆。割倒的草都打蔫、枯干了，散发着浓郁的、醉人的香气。

停止割草的时候，天色已经黑下来。阿克西妮亚搂完了剩下的几铺草，便到停车的地方去煮粥。她整天都在恶狠狠地嘲笑葛利高里，用憎恶的眼神望着他，好像是在报复不能忘怀的奇耻大辱似的。愁眉苦脸、不知道为什么无精打采的葛利高里把牛赶到顿河边去饮。父亲总在监视着他和阿克西妮亚。他不高兴地打量着葛利高里说道：

"去吃晚饭，然后就去看牛。当心，别让牛跑到草地里去。带上我的羊皮大衣。"

达丽亚把孩子放在大车下面，就和杜妮亚什卡一同到树林子里去拣干树枝。

一弯新月在草地上的夜空移动。飞蛾像一阵阵的暴风雪在火堆上空打旋儿。大家围坐在火堆旁铺的一块粗布上吃晚饭。粥已经在被烟熏黑的军用锅里沸腾。达丽亚用衬裙下摆擦了擦勺子，朝葛利高里喊道：

"来吃晚饭吧！"

葛利高里把上衣披在肩上，从黑暗里钻出来，走到火堆旁边坐下。

"你为什么脸色这样阴沉？"达丽亚笑着问道。

"看来是要下雨啦，腰痛哩。"葛利高里想开开玩笑。

"他不愿意去看牛，真的。"杜妮亚什卡含笑坐在哥哥身边，和他说起话来，但是不知怎的，谈话总是很不投机。

潘苔莱·普罗珂菲耶维奇没命地喝着稀粥，牙齿咬得还没有煮熟的米粒咯吧咯吧地响。阿克西妮亚只是低着头吃饭，连眼睛也不抬，对达丽亚的玩笑话，只是勉强地笑笑。她脸上热辣辣的，蒙上一层不安的红晕。

葛利高里第一个站起身来，走到放牛的地方去。

"当心点儿，别让牛践踏别人家的草！"父亲在他身后大声喊，老头子被稀粥呛着了，咔咔地咳嗽了半天。

杜妮亚什卡鼓着腮帮子，抑制着别笑出声来。火堆在熄灭。树枝的余烬冒出烤焦树叶的蜜一般的香气，笼罩着坐在火边的人们。

半夜里，葛利高里偷偷地摸到停车的地方来，离着有十多步就站住了。潘苔莱·普罗珂菲耶维奇躺在大车上不停地打着呼噜。金色的孔雀眼睛似的火星儿,从黄昏就烧起的篝火灰烬中,朝外窥视着。

一个灰色的、衣服裹得紧紧的人影儿离开了大车,躲躲闪闪地慢慢地向葛利高里走过来,离他还有两三步就站住了。阿克西妮亚!是她。葛利高里的心怦怦地跳个不停;他蜷着腿向前走了一步,撩开大衣的衣襟,把驯顺的、浑身似火的阿克西妮亚搂到怀里。她的膝盖直打弯儿,浑身在颤抖,牙齿咬得吱吱咯咯地响。葛利高里一下子把她抱了起来,就像饿狼把咬住的绵羊甩到自己背上那样快;敞开的大衣襟总在绊他的腿,他上气不接下气地踉跄走去。

“噢噫,葛—利—沙……葛利—什—卡!你爹……”

“别出声儿!……”

阿克西妮亚挣扎着,在散发着酸味的羊皮大衣里喘息着,受着悔恨的折磨,几乎是用低沉、痛楚的声音叫道:

“放开我,现在还有什么……我心甘情愿上钩啦!……”

第十章

女人的晚来的爱情并不是紫红色的花朵,而是疯狂的,像道旁的迷人的野花。

自从割草以后,阿克西妮亚完全变了一个人。好像有人在她的脸上做了个记号,烫了个烙印。婆娘们一遇到她就狡猾地笑着,在她背后不以为然地直摇头,姑娘们都嫉妒她,而她却骄傲地、高高地仰着幸福的、但是耻辱的脑袋。

不久,葛利什卡的艳史便尽人皆知了。起初只是悄悄地谈论着这件事,——将信将疑,——但是在一天黎明时分,村里的牧人“蒜头鼻子”库济卡,看见他们俩在朦胧西沉的月光下,躺在风车旁长得不高的黑麦田里,这以后,事情就像汹涌浑浊的波浪一样,迅速传开了。

这事也传到了潘苔莱·普罗珂菲耶维奇的耳朵里,有一个星期天,他来到莫霍夫的商店里。人多得简直挤不进去。他一走进铺子——大家像是有意似的让开一条路,脸上都露出了笑容。他挤到柜台边,那里正在卖布。掌柜的——谢尔盖·普拉托诺维奇——亲自动手来给他拿货物。

“怎么好久不见你啦,普罗珂菲奇[1]?”

“总有些乱七八糟的事情。家里的事简直忙不过来。”

“怎么能这样?你的儿郎都那么能干,照样忙不过来。”

“儿子有什么用呀:彼得罗野营去啦,只有我和葛利什卡两个人在家瞎忙活。”

谢尔盖·普拉托诺维奇把棕色的大胡子向两旁一分,意味深长地朝围拢来的哥萨克们斜睨了一眼。

“我说,亲爱的,你干吗还瞒着不说啊?”

“什么事?”

“怎么什么事?要给儿子娶媳妇啦,可是你一字也不提。”

“给哪个儿子娶媳妇?”

“你的葛利高里还没有娶亲嘛。”

“眼下还不打算给他娶亲。”

“可是我听说,好像你要娶她来做儿媳妇……要把司捷潘·阿司塔霍夫的阿克西妮亚娶过来。”

“我?娶活人的妻来做儿媳妇……说的是什么话呀,普拉托内奇[2],你好像是在说笑话,是吧?”

“说什么笑话呀!我是听大伙说的。”

潘苔莱·普罗珂菲耶维奇摸了摸摊在柜台上的一块布料子,猛地转过身子,一瘸一拐地往门口走去。他径直走回家去。像牛一样地低着脑袋,把青筋暴起的手指头紧握成拳头;那条瘸腿显得更瘸了。走过阿司塔霍夫家院子的时候,他隔着篱笆往里边瞅了一眼:打扮得花枝招展、显得年轻了的阿克西妮亚手里拿着一个空水桶,正扭着屁股往屋里走。

---

① 普罗珂菲耶维奇的简称。
② 普拉托诺维奇的简称。

“喂，等等！……”

潘苔莱·普罗珂菲耶维奇像魔鬼似的闯进了篱笆门。阿克西妮亚站住了，等待着他。他们走进了屋子。打扫得干干净净的土地上铺了一层红沙子，在正对着门口地方的板凳上放着从炉子里拿出来的馅饼。从内室里散发出了旧衣服的气味，不知道为什么闻着像茴香苹果味儿。

一只大脑袋的花猫走到潘苔莱·普罗珂菲耶维奇的脚边，想要跟他亲热亲热。它弓起背，友爱地往他靴子上撞了一下。潘苔莱·普罗珂菲耶维奇一脚把它踢得撞在木凳上，然后直盯着阿克西妮亚的眼睛，喊道：

“你这是干什么？……啊？你汉子的脚印上还有热气呢，你已经往旁边翘尾巴啦！我要为了这件事把葛利什卡揍得鲜血直流，还要给你的司捷潘写信……叫他知道知道！……你这个骚娘儿们，把你打得还是太轻啦！……从今天起不许你进我的院子！跟小伙子勾勾搭搭，等司捷潘回来，叫我怎么……”

阿克西妮亚眯缝起眼睛听着。她突然毫不害羞地扭摆了一下裙子，把一股女人衣裙的气味散到潘苔莱·普罗珂菲耶维奇的身上，然后扭着身子，龇着牙，挺起胸脯朝他走去。

“你是我的什么人，公公吗？啊？是公公吗？……你有什么资格来教训我？去教训自己的大屁股娘儿们吧！到你自家的院子里去发威风吧！……你这个四肢不全的瘸鬼我看都不愿看你一眼！……打这儿滚出去，你吓唬不住我！”

“等着吧，混蛋娘儿们！”

“没有什么可等的，我不会给你生孩子的！……滚，打哪儿来的，还滚到哪儿去！至于你的葛利什卡——只要我高兴，就把他连骨头都吃了，而且什么责任我也不负！……哪！你咬吧！怎么样，我爱葛利什卡。你要打我吗？……给我男人写信吗？……你就是给皇上封的阿塔曼写信，葛利什卡也是我的！我的！我的！现在他是我的，将来也是我的！……”

阿克西妮亚挺起胸脯（鼓起的乳房在她那紧裹在身上的短上衣里抖动着，就像是在网里乱冲的野鸨），向已经撒了气的潘苔莱·普罗珂菲耶维奇身边凑过去，火焰般的两只黑眼睛紧盯着他，说出来的话一句比一句更难听，一句比一句更不要脸。潘苔莱·普罗珂菲耶维奇眉毛颤抖着，向门口退去，摸到放在墙角的拐杖，一只手招架着，用屁股顶开了房门。阿克西妮亚把他从门廊里挤出去，大喘着气，发疯似地喊道：

"为了我过去受的那些罪，我要爱个够……哪怕将来你们把我打死也罢！葛利什卡是我的！我的！"

潘苔莱·普罗珂菲耶维奇自言自语地嘟囔着，一瘸一拐地走回家去。

他在内室里找到了葛利什卡。他一句话也没有说，就抡起拐杖照他背上打去。葛利高里把身子一弯，架住父亲的胳膊。

"这是为什么，爸爸？"

"当然有原因，狗—崽—子！……"

"什么原因？"

"别侮辱街坊！别叫你老子丢人！别勾搭娘儿们，小公狗！"潘苔莱·普罗珂菲耶维奇嘶哑地喊着，拖着葛利高里在内室里打转转，拼命要把拐杖夺出来。

"我不许你打我！"葛利高里闷声说道，然后咬紧牙关，把拐杖夺了下来，往膝盖上一磕——咔嚓一声，折成了两截！……

潘苔莱·普罗珂菲耶维奇攥紧拳头，照着儿子的脖子上打去。

"我要在村民大会上抽你！……唉，你这个孬种，该死的畜生！"他乱蹬乱踹，想踢儿子一脚。"我给你把那个傻丫头玛尔富什卡娶来！……我就去张罗！……你瞧着吧！……"

母亲听见吵闹声就跑了过来。

"普罗珂菲奇，普罗珂菲奇！你先消消气吧！……你等等！……"

但是老头子气得可真非同小可：给了老婆子一下子，又把放缝纫机的小桌子掀了，折腾够了，便奔到院子里去了。葛利高里还没来得及把那件扭打时撕破袖子的衬衣脱下来，门又猛地响了，潘苔莱·普罗珂菲耶维奇重又满面怒气地站在门槛儿上。

"给狗崽子娶亲！……"他像马一样跺着脚，目光紧盯着葛利高里的筋肉发达的脊背。"我给你娶亲！……明天我就请人去说媒！活到了这把年纪,倒因为儿子不肖,叫人家当面嘲笑!”

“让我先穿上衣服,然后你再给我娶媳妇。”

“我要给你娶!……给你娶个傻丫头!……”他砰地一下关上了门,咚咚的脚步声在台阶上响了一阵,消失了。

第十一章

在谢特拉科夫村外的草原上,排列着一排一排的帆布篷的大车。白屋顶、街道笔直、市容整齐的小市镇不知不觉地迅速发展起来了,市镇中心有个不大的广场,一个哨兵在广场上走来走去。

军营里照例开始过起了年年五月都是一样的单调的生活。每天早上起来,哥萨克看马队就把马匹赶到野营地来。洗刷,备马,点名,排队等等工作开始了。野营主任是一名校官,波波夫中校,他喜欢大喊大叫,不时就响亮地喊一声,教练青年哥萨克的下级士官在高声地喊着口令。他们演习攻占小山头,机警地迂回包抄“敌人”。用连珠枪打靶。年轻些的哥萨克都兴高采烈地参加劈刺竞赛,年长些的——都尽力逃避操练。

人们被炎热和伏特加酒弄得嗓子都哑了,可是一长排有篷大车的上空,却刮着芳香的、令人陶醉的和风,金花鼠在远处吱吱叫着,草原从市镇和冒着炊烟的、粉刷得洁白的房舍边伸展开去,奔向远方。

在离营前一星期,炮兵伊万的亲兄弟安得烈·托米林的妻子来探亲。带来了很多家里做的奶油小面包、各种各样的吃食和一堆乡里新闻。

第二天一清早她就走了。从哥萨克们这里给他们的家人和亲属带回去问候和叮咛。只有司捷潘·阿司塔霍夫什么信儿也没有托她带。因为在她到来的前夕他病了,他用伏特加来恶治,所以不仅没有看到托米林的妻子,甚至与人世都隔绝了。他没有去参加操练。军医根据他的要求给他放一次血,往胸膛上放了有一打蚂蟥。司捷潘只穿了一件衬衣,坐在自己大车的轮子旁边,——罩着白套的制帽蹭满了车轴上的油泥,——他努着嘴,看着蚂蟥在他那鼓胀的半圆形的胸膛上吸血,它们都被黑血胀得鼓鼓的。

团军医站在旁边,抽着烟,从稀疏的牙缝里喷出烟雾。

"觉得舒服点儿吗?"

"从胸膛里把血吸出来,心里好像透亮了一点……"

"蚂蟥——这是最好的治法!"

托米林走到他面前,挤了挤眼睛。

"司捷潘,我想跟你说句话。"

"说吧。"

"咱们到别处去一会儿。"

司捷潘哼哼着,站起身来,跟托米林一同走了。

"好,说吧。"

"我的老婆来了……今天已经回去啦。"

"啊……"

"村子里都在议论你的老婆……"

"议论些什么?"

"很不好听。"

"到底是什么事呢?"

"跟葛利什卡·麦列霍夫勾搭上啦……而且是明目张胆。"

司捷潘脸色苍白,把蚂蟥从胸膛上扯下来,用脚把它们踩死。踩死了最后一只蚂蟥,他扣上了衬衣的领子,接着,又像是害怕什么似的,重新又把领子解开……像石灰一样煞白的嘴唇一刻也安静不下来:时而哆嗦,露出莫名其妙的傻笑,时而紧紧地抿起来,鼓成一个发青色的圆球……托米林觉得,司捷潘好像是在用牙齿嚼着什么坚硬的、很难咬住的东西。渐渐地司捷潘脸上重又有了血色,用牙齿从里面咬住的嘴唇变得像石头一样僵硬。司捷潘摘下制帽,用袖子擦着白帽顶上蹭的车轴油泥点子,响亮地说道:

"谢谢你告诉我的消息。"

"我是想叫你心里先有点底儿……请原谅……家里,我娘儿们说,就是如此这般议论的……”

托米林遗憾地拍了拍自己的裤子,朝没有卸鞍子的马走去。野营里一片喧哗。出去进行劈刺训练的哥萨克们回来了。司捷潘站了一会儿,全神贯注地、严肃地打量着制帽上的黑点。一只被踩得半死的蚂蟥爬上了他的长筒靴。

第 十 二 章

离哥萨克们从营里返来的日子只剩下十多天了。

阿克西妮亚如痴似狂地沉溺在自己晚来的苦恋中。葛利高里不顾父亲的恐吓,夜里就偷偷地到她那里去,天亮前才回家。

两个星期的工夫他已经弄得疲惫不堪,就像一匹跑了力不能胜的远路的马。

由于夜夜不眠,他那高颧骨的脸上的棕色皮肤发了青,两只干枯的黑眼睛从深陷的眼眶里疲倦地向外望着。

阿克西妮亚也不再用头巾裹着脸了,眼睛下面的深窝像丧服一样的黑;两片微微向外翻的鼓胀、贪婪的嘴唇露出不安的和挑衅的笑容。

他俩的疯狂爱情是那么非同寻常、明目张胆,他们俩又都那么疯狂地不害臊地专一地投身于爱情的烈火中,既不怕人,也毫不隐瞒,邻居们眼看着他们身体一天天在瘦削,脸色越来越青,以致人们现在遇到了他们,简直都不好意思看他们了。

开始,葛利高里的伙伴们还常拿他跟阿克西妮亚的勾搭来取笑他,现在都缄口不言了,每逢遇到葛利高里,他们就觉得和他在一起很不舒服,很拘束。妇女们心里嫉妒,嘴上却在谴责阿克西妮亚,都在幸灾乐祸地期待着司捷潘的归来,她们简直被好奇心折磨得憔悴不堪了。她们纷纷在推测事情的结局。

如果葛利高里到士兵之妻阿克西妮亚那里去的时候,装出偷偷摸摸的样子,如果作为士兵之妻的阿克西妮亚和葛利高里勾搭的时候,有所顾忌，同时也不拒绝其他寻花问柳之徒，那么这段风流韵事也就没有什么了不起的和刺眼的地方了。村里谈论一阵子也就过去了。但是他们却几乎是毫不掩饰同栖双飞，他们的结合似乎非同一般，完全不像是逢场作戏，风流一阵子就散伙，因此村子里的人就认为，这是犯罪的，伤风败俗的，于是全村都幸灾乐祸地等着看热闹：司捷潘一回来，结子就要解开啦。

内室里的床上拉着一根细绳。绳上串着些白的和黑的空线轴。这是为了装饰房间挂起来的。苍蝇在这些线轴上过夜，线轴和天花板之间有一个大蜘蛛网。葛利高里的脑袋枕在阿克西妮亚的凉丝丝的、光滑的胳膊上，瞅着天花板下面的那一串线轴。阿克西妮亚用另外一只手——手指头干活磨得很粗糙——拨弄着葛利高里仰着的脑袋上马鬃似的硬鬈发。阿克西妮亚的手指上带着一股刚挤出来的鲜牛奶气味；葛利高里转过脸来，鼻子扎进阿克西妮亚的胳肢窝里，——一股像尚未发酵好的蛇麻草味似的浓重的女人汗香直冲他的鼻孔。

内室里，除了一张四角雕着木球的、油漆过的木床以外，门旁放着一只包铁皮的大箱子，里面装的是阿克西妮亚的嫁妆和衣服。正对门的地方摆着一张桌子，墙上挂着一幅斯科别列夫将军①的漆布画像，他正驰马奔向一列在他面前斜垂下来，以示敬意的镶边军旗；还有两张椅子，椅子上方，是一幅镶着纸花光圈的圣像。旁边的墙上，挂着一幅落满苍蝇的相片。相片上面是一群哥萨克，额发蓬乱，挺起的胸膛上挂着表链，手里拿着出鞘的马刀，——这是司捷潘和跟他一起服现役时的伙伴。衣架上挂着一件没有收起的司捷潘的军服。月光照进了窗隙，怀疑地照耀着军服肩章上两道下士级的白绦。

阿克西妮亚叹着气亲吻着葛利高里双眉中间、鼻梁上面的脑门。

“葛利沙，亲爱的……”

“你怎么啦？”

“只剩下九天啦……”

“还早得很哩。”

---

① 斯科别列夫将军（1843—1882），俄土战争（1877—1879年）时的俄军统帅。

“葛利沙,我怎么办哪?”

“我怎么能知道。”

阿克西妮亚抑制着叹息,重又抚摸、拨弄起葛利什卡乱蓬蓬的额发。

“司捷潘会杀死我……”她既像是问,又像是肯定地说。

葛利高里一声不响。他很想睡觉,困难地睁着总要往一起粘的眼皮,阿克西妮亚闪着蓝光的黑眼珠一直在盯着他。

“大概,我男人一回来,你就会扔掉我吧? 你怕他吗?”

“我干吗要怕他,你是他的老婆,你才该怕他呢。”

“现在,和你在一块儿,我并不害怕,可是一到白天,左思右想,就慌张起来……”

“司捷潘一回来,那可不是闹着玩的。爸爸正准备给我说亲呢。”

葛利高里微笑着,还想说点儿什么,但是他感到:他脑袋下面阿克西妮亚的胳膊好像忽然瘫软了,压进枕头里去,可是过了一会儿,哆嗦了一下,又硬起来,恢复了原来的样子。

“说的哪家的姑娘?”阿克西妮亚闷声问道。

“只不过准备要去。听母亲说,好像是科尔舒诺夫家,要说他们家的娜塔莉亚。”

“娜塔莉亚……娜塔莉亚是个漂亮姑娘……漂亮得很……好吧,娶她吧……前天我在教堂里还看到她哩……打扮得很漂亮……”

阿克西妮亚说得很快,但是声音含混,平平淡淡,毫无生气,根本就听不清楚。

“我又不能把她的漂亮装在靴筒里。我倒很想娶你。”

阿克西妮亚猛然把胳膊从葛利高里的脑袋底下抽出来,两眼冷冷地望着窗外。院子里弥漫着黄色的夜雾。板棚投下一片沉重的阴影。蝈蝈在唱个不停。水牛在顿河边哞哞直叫,忧郁、低沉的声音穿过独扇的小窗户传进内室。

“葛利沙!”

“你想出什么主意来啦?”

阿克西妮亚抓住葛利什卡那两只死硬的、冷酷无情的胳膊,紧压在

自己胸前,贴在自己那像死人似的、冰冷的脸颊上,呻吟道:

“该死的东西,你为什么要缠上我呀?我今后的日子可怎么熬啊?……葛利—什—卡!……你把我的魂勾走啦!……我算完啦……司捷潘回来,饶得了我吗?……谁肯出来替我说话呢?……”

葛利高里一声不响。阿克西妮亚伤心地望着他那美丽的鹰钩鼻子,被阴影遮着的眼睛,不出声的嘴唇……激情的洪流突然冲垮了阻挡的堤坝:阿克西妮亚疯狂地亲着他的脸、脖子、胳膊和胸膛上鬈曲的胸毛。亲吻的间隙,还不断地、气喘吁吁地低声叨念着,葛利高里同时也感觉到她在颤抖。

“葛利沙,我的心肝……亲爱的……咱们逃走吧。亲爱的!咱们什么都扔掉,逃走吧。我把丈夫和所有的东西统统扔掉,只要有你就行……咱们逃到矿山去,逃得远远的。我要爱你,伺候你……我有个亲叔叔在帕拉莫诺夫矿山当警卫,他会帮助咱们……葛利沙!你倒是说话呀!”

葛利高里把左面的眉毛拧成一个三角形,思索着,突然睁开两只火焰似的、非俄罗斯人的眼睛。眼睛在笑,露出讽刺的神情。

“你真是个糊涂娘儿们,阿克西妮亚,真是个糊涂虫!你说呀,说呀,可是尽是废话。哼,我离开家上哪儿去?再说,今年我就要入伍啦。这怎么行……离开土地,我哪里也不去。这儿是草原,喘气都痛快,可是那个地方呢?去年冬天我跟爸爸到车站去过一趟,差一点儿没有把我呛死。火车头呜呜叫,烧煤烧得乌烟瘴气,非常难闻。我不知道那儿的人怎么生活,也许他们已经闻惯这种煤烟味儿啦……”葛利高里啐了一口,又说道:“我不离开村子,我哪儿也不去。”

窗外昏暗下去,一片云彩遮住了月亮。笼罩在院子里的黄色的夜雾逐渐黯淡下去,平整的阴影也在消失,已经分辨不清篱笆外面的黑影是什么东西了:是去年砍下来的树枝呢,还是伏在篱笆上的枯萎的蓬蒿。

内室里也越来越暗,挂在窗边的司捷潘的哥萨克军服上的下士军阶的白缘也失去了光泽,在一片灰色黑暗中,葛利高里没有看见阿克西妮亚轻轻哆嗦着的肩膀和伏在枕头上无声地抖动着的双手捧着的脑袋。

第十三章

从托米林的女人来后的那一天起,司捷潘的脸色变得非常难看。眉毛低垂在眼睛上,一道深深的干硬的皱纹斜横在前额上。他很少跟伙伴们说话,常常为了一点鸡毛蒜皮的小事就吵得面红耳赤,无缘无故就跟司务长普列沙科夫争吵了一通,对彼得罗·麦列霍夫几乎看都不看一眼。先前联系着他们的友谊纽带断裂了。司捷潘心怀沉重难忍的愤怒,像匹驮着骑手的马似的,在走着下坡路。回家的时候他们已经变成了仇人。

最近一个时期,在他们之间形成了一种捉摸不定的敌对关系,因而必然会出现赶快了结这种关系的机会。他们仍旧是五个人一同离营回家。车上套的是彼得罗和司捷潘的马。赫里斯托尼亚骑在自己的马上。安得烈·托米林正在发寒热,他盖着军大衣躺在车篷里面。费多特·博多夫斯科夫懒得赶车,所以就由彼得罗来暂充车夫。司捷潘跟在车旁边走,不时用鞭子抽着道旁蓟草的红色花朵。下着雨。黑土像树胶一样在车轮子上辗转。天空阴得像秋天一样灰暗。黑夜降临。怎么也看不见村落的灯火。彼得罗拼命用鞭子抽打马匹。这时司捷潘在黑暗中喊道:

"你怎么啦,爱惜自己的马,可是总用鞭子抽我的马?"

"你睁开眼睛好好看着。谁的马不使劲拉,我就赶谁的。"

"当心别叫我把你套上。土耳其佬是很会拉车的……"

彼得罗气得扔掉了缰绳。

"你要怎么的?"

"坐在那里,别动。"

"那你就该闭上嘴。"

"你干什么跟他生气呀?"赫里斯托尼亚骑着马走到司捷潘跟前,

大声说道。

司捷潘没有吭声。黑暗里也看不清他的脸,大家沉默不语地走了半个钟头。泥泞在车轮下面沙啦沙啦地响。像从筛子里漏下来的雨点懒洋洋地打在车篷的帆布顶上。彼得罗放开缰绳,抽起烟来。他在脑子里搜集侮辱人的话语,准备在发生新的冲突时拿来骂司捷潘。他气坏啦,想狠狠地把司捷潘这个坏蛋骂一顿,嘲弄一番。

"躲开点儿。让我爬进车篷里去。"司捷潘轻轻推了彼得罗一下,跳上车踏板。

正在这时候,大车突然摇晃了一下,就不动了。两匹马在泥泞里打着滑儿奋力拉着,马蹄铁迸出了火星。拉紧的车辕横木咔嚓直响。

"吁—吁!……"彼得罗吆喝着,从车上跳下来。

"怎么回事?"司捷潘慌忙问道。

赫里斯托尼亚策马赶来。

"马受伤了吧? 妈的! ……"

"点个火儿。"

"谁有火柴啊?"

"司捷潘,把火柴扔过来。"

前面,一匹马在挣扎,哼哧哼哧地喘着。有人划着了火柴。一个橙黄色的小光圈一闪——又是漆黑一片,彼得罗用哆嗦着的手摸到了倒下的那匹马的脊背,扯了扯马笼头吆喝了一声:

"喔噢! ……"

马长长地出了一口气,侧身倒伏在地上,车辕咔嚓一声断了。跑过来的司捷潘划着了一撮火柴。看清了是他的马仰着头躺在地上。一条前腿陷进塌下去的田鼠洞里,一直陷到膝盖。

赫里斯托尼亚匆忙卸下了马套。

"把马腿拔出来!"

"把彼得罗的马卸下来,喂,快点!"

"别动,该死的畜生! 吁—吁! ……"

"它还尥蹶子呢,鬼东西。躲开点儿!"

他们费了很大的劲才把司捷潘的马扶起来。浑身沾满泥浆的彼得罗拉着马笼头，赫里斯托尼亚跪在稀泥里爬着，摸索着那条受伤的马腿。

“大概是折断了……”他用低沉的声音说道。

费多特·博多夫斯科夫用手巴掌拍了拍颤抖的马背。

“来，遛一遛看，也许它还会走吧？”

彼得罗把缰绳往自己身边拉了拉。马蹦了一下，左前腿已经不敢着地，并且嘶叫起来。托米林穿上军大衣袖子，伤心地在旁边打转转儿。

“陷进鼠洞……把一匹好马毁啦，唉！”

一直没有说话的司捷潘好像正在等待这句话：他推开赫里斯托尼亚，向彼得罗扑去。他原想照着脑袋打，但是打歪了手，打在肩膀上。两人厮打起来，倒在烂泥里。不知道是哪个的上衣刺啦一声撕破了。司捷潘把彼得罗摔倒在地上，用膝盖压住他的脑袋，挥拳乱打起来。赫里斯托尼亚骂着把他们分开。

“这是为什么？……”彼得罗向外啐着血，喊叫道。

“赶啊，混蛋！道不好走就别走了嘛！”

彼得罗挣脱了赫里斯托尼亚的手。

“好—好—好！那就跟我斗斗吧！”赫里斯托尼亚一只手扶着车，像口大钟似的嗡嗡叫喊道。

他们把费多特·博多夫斯科夫的那匹矮小、但是很有劲的马和彼得罗的马凑成一对，套在车上。

“你骑我的马吧！”赫里斯托尼亚命令司捷潘说。他自己则爬进车篷去和彼得罗坐在一起。

到格尼罗夫斯克镇的一个村时已是半夜。他们在村头上的一个小宅院旁边停下来。赫里斯托尼亚去请求借宿。他毫不理会咬住他的大衣前襟的一条公狗，走到窗前，拉开百叶窗，用手指甲弹着玻璃。

“掌柜的！”

只听到淅淅沥沥的雨声和忽高忽低的狗吠声。

“掌柜的！喂，善人啊！看在基督耶稣的面上，让我们借宿过夜吧。你说什么？我们是野营回来的士兵。几个人吗？我们一共五人。

啊哈,好啦,基督保佑。把车赶过来吧!”他喊一声,转身朝大门走去。

费多特把几匹马牵进院子。他碰到一只扔在院子当中的猪槽上,绊了一跤,大骂一声。他们把马安置在板棚檐下。托米林磕打着牙齿走进屋里去。

车篷子里只留下了彼得罗和赫里斯托尼亚。

黎明,大家就准备上路了。司捷潘从屋子里走出来,一个驼背的上了年纪的小老太太迈着细步,跟在他后面。正在往车上套马的赫里斯托尼亚可怜她说:

“哎呀,老大娘,你怎么驼成这样啦！大概,上教堂里去礼拜鞠躬,准是你的拿手好戏啦,稍一弯腰——立刻就能磕到地啦。”

“我的小山鹰,老总,我的拿手好戏是去礼拜,你哪——却是当挂狗架子的好材料……各有各的用场。”老太婆一本正经地笑了,她那一排细密的、一个也没有虫蛀过的牙齿使赫里斯托尼亚大为惊讶。

“瞧你,牙齿有多好,简直像梭鱼的一样。你可怜可怜我吧,送给我十来个。你看我,这么年轻,可是已经没法子嚼东西了。”

“那我怎么办呢？我的好人呀?”

“老大娘,我们给你安上马牙就是了。反正你就要归天啦,天堂里不会看你的牙口的:那些侍奉上帝的天使都不是茨冈人。①”

“你就在那里胡说八道吧,叶梅利亚②。”托米林笑着钻进车去。

老太婆和司捷潘朝板棚里走去。

“是哪匹马?”

“铁青马。”司捷潘叹了口气。

老太婆把拐杖放在地上,像男人一样,信心十足,有力地抬起那条受伤的马腿,用痉挛的细手指头在马膝盖上摸了半天。马抿着耳朵,露出了棕色的牙床,痛得用后腿蹲下去。

“没有断,哥萨克,没有。留下来吧,我会把它治好的。”

“能治好吗？老大娘。”

---

① 茨冈人是以相马闻名的,他们相马的方法就是看牙口。

② 赫里斯托尼亚的原名赫里桑福的昵称。

“能治好吗？那谁知道呢，我的好人……大概会治好的。”

司捷潘把手一挥，朝大车走去。

“你倒是留下不留下呀？”老太婆跟在他后头眯缝着眼问道。

“那就留下吧。”

“她会把它治好的，管保你留下的时候是三条腿，等你再来牵的时候，连一条腿也没有啦。真找到了罗锅好兽医。”赫里斯托尼亚哈哈大笑道。

第十四章

“我想念他，亲爱的老奶奶。眼看着在瘦下去。紧着在把裙子往瘦里缝，也没有用——过一天，就又显得肥啦……他从我们家院子前头一过，我心里就乱成一团……我真想趴在地上，亲吻他的脚印……也许，他是用什么妖法迷惑住我了吧？……救救我吧，老奶奶！他们家要给他娶亲啦……救救我吧，亲爱的老奶奶。要多少钱我就给多少钱。把我最后一件衬衣剥掉也行，只要你能救我一命！”

德萝兹吉哈老太婆用周围布满了皱纹的浅色眼睛看着阿克西妮亚，听着她诉说衷肠的话语，有节奏地摇晃着脑袋。

“是谁家的儿郎呀？”

“潘苔莱·麦列霍夫的儿子。”

“是那个土耳其人的儿子吗？”

“是他的。”

老太婆吧嗒着瘪进去的嘴，住了半天才回答说：

“小娘子，明天早点来。天一蒙蒙亮就来。咱们到顿河去，到水边去，冲掉你的相思病。从家里带一把盐来。就这样吧。”

阿克西妮亚用一条黄色的头巾裹着脸，低着脑袋走出大门。

她那黑乎乎的身影消逝在黑夜里。只听到靴底子啪哒啪哒的单调的响声。最后，连脚步声也听不见了。从村头的什么地方传来喧闹声和歌声。

阿克西妮亚一夜都没有睡,天一亮就跑到德萝兹吉哈老太婆的窗户跟前来了。

“老奶奶!”

“谁呀?”

“是我,老奶奶。起来吧。”

“我立刻就穿衣裳。”

她们顺着小胡同下到顿河边。靠码头的地方,跳板旁边,有一辆遗弃的大车,前车浸在水里。水边的沙子凉得扎脚。从顿河飘来潮湿的冷雾。

德萝兹吉哈老太婆用瘦骨嶙峋的手抓住阿克西妮亚的一只手,伸向水里去。

“带盐来了吗?给我。朝着出太阳的方向画十字。”

阿克西妮亚画着十字,恨恨地望着东方幸福的玫瑰色朝霞。

“捧起一捧水来。喝下去。”德萝兹吉哈老太婆像只黑蜘蛛似的,撇开两腿蹲了下去,俯视缓缓逝去的波涛,开始低声念起咒来:

“从河底冒出来的寒泉……热情的肉欲……像猛兽一样在心中……思恋和狂热的诱惑……用神圣的十字架……最纯洁的、最神圣的圣母……把上帝的奴隶葛利高里……”阿克西妮亚断断续续地听到了这些话语。

德萝兹吉哈老太婆把盐撒在自己脚底下潮湿的沙岗上,撒到河水里,剩下的都撒到阿克西妮亚的怀里。

“往背后撩点水。快!”

阿克西妮亚照她说的做了,忧伤、愤恨地打量了一下德萝兹吉哈老太婆的棕色脸颊。

“完了吗?”

“去吧,亲爱的,去睡个早觉吧。完啦。”

阿克西妮亚气喘吁吁地跑回家去。牛在院子里哞哞叫着。刚刚睡醒的、脸上红扑扑的麦列霍夫家的达丽亚扭动着两条弯弯的美丽的细眉,正在把自家的牛赶到村里牛倌的牛群里去。她微笑着,回头看了看跑过去的阿克西妮亚。

“睡得好啊,好邻居。”

“托福托福。”

“这么早上哪儿去啦?”

“到村里去办了点事儿。”

传来召唤人们去做早祷的钟声。钟声清脆、悠扬。胡同里响起小牛倌啪啪的鞭子声。

阿克西妮亚急忙把牛赶出去,又把牛奶拿到门廊里去过滤。她用围裙擦了擦袖子挽到肘部的胳膊;一面想着心事,一面往泛起白沫的滤奶桶里倒着牛奶。

街上响起吱扭吱扭刺耳的车轮声和马嘶声。阿克西妮亚放下奶桶,走到窗前,朝外望去。

司捷潘手扶着马刀正向板门走来。其余的哥萨克们你追我赶,策马向广场驰去。阿克西妮亚手指头紧紧攥着围裙,坐到板凳上。谛听着:他走上了台阶……进了门廊……到了门口……

瘦削、陌生的司捷潘在门槛上站住。

“好啊……”

阿克西妮亚扭动着她那丰满、健美的身躯,迎着他走过去。

“你打吧!”她拉着长声说道,并且侧着身子站好。

“好啊,阿克西妮亚……”

“我不瞒你,我有罪。你打吧,司捷潘!”

她把脑袋缩进肩膀里,身体缩成了一团,只用手护着肚子,脸朝他站着。吓得不成样子的脸上,两只眼睛从黑眼窝里目不转睛地直盯着他。司捷潘突然身子晃了一下,从她身边走过去。肮脏的上衣散发出了男人的汗臭和路边苦艾的气味。他连制帽也没有摘,就躺到床上去。他躺了一会儿,耸了耸肩膀,把武装带解下来。他那一向是潇洒地向上翘着的淡褐色胡子现在却无精打采地向下耷拉着。阿克西妮亚没有回头,斜着眼睛瞅着他,有时候哆嗦一下。司捷潘把双脚放在床背上。沾在靴子上的泥浆黏糊糊地向下滴着。他望着天花板,手指头在拨弄着马刀的皮穗头。

“还没有做好饭吗？”

“没有……”

“去弄点什么东西来吃。”

他喝着杯子里的牛奶，连胡子都浸在杯子里。一口面包要在嘴里嚼半天，鼓起的粉红色肌肉在脸颊上跳动。阿克西妮亚站在炉炕边，恐怖地瞅着丈夫那两只软绵绵的小耳朵嚼东西的时候不停地上下移动。

司捷潘离开桌子，画了个十字。

“讲吧，亲爱的。”他简单地吩咐说。

阿克西妮亚低着脑袋，收拾着桌上的杯盘，一声也不响。

“讲给我听听，你是怎么等待丈夫的，怎么珍惜丈夫的名声的？啊？”

他在阿克西妮亚的头上猛击一拳，打得她两脚离地，摔倒在门槛儿上。她的脊背撞在门框上，她嘶哑地叫了一声。

司捷潘这巧妙的当头一拳，不要说是无力的娘儿们，就是一个身强力壮的禁卫兵也要被打翻在地。不知道是恐怖还是女人的特有的韧性帮了阿克西妮亚的忙，她躺了片刻，喘了喘气，就爬了起来。

司捷潘正在屋子当中点烟，所以没有看到阿克西妮亚站起来了。他把烟荷包扔在桌子上，但是她已经砰的一声把门关上了。他追了出去。

阿克西妮亚浑身是血，一阵风似的跑到隔开他们家和麦列霍夫家院子的篱笆旁边。司捷潘就在篱笆边追上了她。他的大黑手像鹞鹰一样落在她的脑袋上，抓住她的头发，往后一扯，按倒在地上，按在煤渣堆里——这是阿克西妮亚每天掏完炉子，就把煤渣倒在篱笆边，日久天长堆起来的。

这是怎么一回事呢，为什么丈夫把手倒背在身后，用靴子踢自己的妻子？……独臂的阿廖什卡·沙米利从这里路过，看了看，挤了挤眼睛，咧开长满乱蓬蓬胡子的嘴，笑了：很清楚，司捷潘为什么惩罚自己的结发妻子。

沙米利要是能停下来看看就好了（不论谁赶上这种热闹都会感兴趣的）——看看会不会打死她，——但是良心不允许这样干。不论怎样说，他到底不是个娘儿们呀。

从远处看去，司捷潘很像是在跳哥萨克舞。葛利什卡从内室窗户里望见司捷潘跳动的时候，正是这样想的。可是再一看——他就从屋子里跑出来。他把麻木的拳头紧紧贴在胸前，用脚尖窜到篱笆边；彼得罗紧跟在他后头沉重地踏着靴子，跑了出去。

葛利高里像鸟一样飞过高高的篱笆。跑着就从后面照司捷潘打去。司捷潘踉跄了一下，转过身来，像只大熊似的朝葛利什卡猛扑过来。

麦列霍夫弟兄拼命打起司捷潘来。他们像鹞鹰吃死兽一样去啄司捷潘。葛利什卡有好几次被司捷潘的铁拳打倒在地上。跟身强力壮的成年人司捷潘较量他还太嫩。但是矮小、灵活的彼得罗却像被风吹着的芦苇一样，拳打过来，就把头一低，躲了过去，而脚跟却站得很牢。

司捷潘映动着一只眼（另一只肿得像还没有熟透的李子一样了），往台阶边节节退去。

来向彼得罗借马笼头的赫里斯托尼亚把他们拉开了。

“拉倒吧！”他挥动着像钳子一样的大手，“拉倒吧，不然我就去报告村长啦！”

彼得罗小心地把血和半个牙齿吐在手巴掌上，嘶哑地说道：

“咱们走吧，葛利什卡。咱们改日再收拾他……”

“当心，你不要落在我手里！”浑身是伤的司捷潘在台阶上威吓说。

“好吧，好吧！”

“甭好，看我把你的魂儿和五脏六腑都捏出来！”

“你是说真话，还是闹着玩呢？”

司捷潘迅速地从台阶上走下来。葛利什卡迎着冲去，但是赫里斯托尼亚把他推到板门口，劝说道：

“再敢去斗——我就像对付小狗一样，把你好好地揍一顿！”

从这一天起，在麦列霍夫弟兄和司捷潘·阿司塔霍夫之间就结下了一个难解的仇恨疙瘩。

直到两年以后，在东普鲁士的司托雷平城下，才由葛利高里·麦列霍夫把这个疙瘩解开。

第十五章

“告诉彼得罗，套上骒马和他的战马。”

葛利高里走到院子里。彼得罗正在把一辆车从板棚檐下推出来。

“爸爸叫套上骒马和你的战马。”

“不用他说也知道。别叫他多管闲事啦！”彼得罗一面装着车辕，一面回答说。

潘苔莱·普罗珂菲耶维奇就像主持礼拜的神甫一样，庄严地喝完菜汤，出了一身热汗。

杜妮亚什卡仔细地打量着葛利高里，在弯弯的睫毛下的阴影里隐藏着处女的微笑。矮小、端庄的伊莉妮奇娜，披着一条淡黄色的节日披肩，嘴角上隐藏着母亲的忧虑，看了葛利高里一眼，又向老头子说道：

“别吃啦，普罗珂菲奇，拼命地塞。简直像饿鬼托生的！”

“他们是不会管饭的。你真是个急性子娘儿们！”

彼得罗把像麦芒一般黄的长胡子塞进门来，说道：

“请吧，大人的轿车准备好啦。”

杜妮亚什卡扑哧一笑，用袖子捂住了嘴。

达丽亚抖动着弯弯的细眉毛，打量着新郎，从厨房里穿过去。

伊莉妮奇娜的一个堂姐妹——一个狡猾的女人——寡妇瓦西丽萨姨妈是大媒。她头一个钻进车去，扭着像河里的鹅卵石一样的圆脑袋，不断地开着玩笑，嘴唇里露出歪歪扭扭的黑牙齿。

“瓦先卡①，你到那儿可别龇牙，”潘苔莱·普罗珂菲耶维奇提醒她说，“会为了你这张丑嘴把整个事情弄坏的……看你那牙齿东倒西歪：一个往这边歪，一个又歪到那边……”

“哎呀，大哥，又不是给我说媒。我又不是新郎。”

① 瓦西丽萨的爱称。

“话是不错，不过还是以不笑为好。你的牙太不像样啦……一抹黑，一看就叫人恶心。”

瓦西丽萨觉得受了侮辱，但是正在这时候彼得罗开了大门。葛利高里理了理香喷喷的皮缰绳，跳到车夫座上去。潘苔莱·普罗珂菲耶维奇和伊莉妮奇娜并排坐在车后座上，简直是一对不折不扣的新婚夫妇。

“用鞭子抽它们！”彼得罗喊叫着，松开了手中的马嚼子。

“跑吧，妈的！”葛利高里咬住嘴唇，用鞭子抽了摇动着耳朵的马一下子。

两匹马拉直车套，冲了出去。

“小心点儿！别挂住车！……”达丽亚尖声叫道，但是马车已经飞驰而去，在坎坷不平的街道上跳动着，哒哒地驰去。

葛利高里侧俯着身子，用鞭子使劲抽着彼得罗那匹拉套的战马。潘苔莱·普罗珂菲耶维奇用手掌捧着长胡子，好像是害怕被风吹走似的。

“抽骒马！”他的眼睛向四面张望着，身子朝葛利高里的脊背倾斜着，嘶哑地说。伊莉妮奇娜用绣花的上衣袖子擦了擦风吹出的眼泪，眼一眨一眨地瞅着葛利高里的蓝棉绸的上衣在背上抖动，被风吹得鼓起来，成了个罗锅。迎面走来的哥萨克都躲到路边，对着他们的后影看半天。从院子里跳出来的狗，围着马腿跳个不停。刚换过新铁瓦的车轮轰隆轰隆响得连狗叫声也听不见了。

葛利高里既不吝惜鞭子，也不怜惜马匹，过了十来分钟，村庄已被抛在后面了，村头上人家的小花园绿油油的在道旁旋转。看到了科尔舒诺夫家的宽大的宅院。一道木栅围墙。葛利高里勒住马缰，铁车轮子中断了吱吱扭扭讲着故事，停在一座雕着小花的油漆大门边。

葛利高里留在马匹旁边，潘苔莱·普罗珂菲耶维奇一瘸一拐地往台阶那里走去。像红罂粟花似的伊莉妮奇娜和紧闭着嘴的瓦西丽萨，衣裙窸窣地跟在他后面。老头子急忙走去，很怕失去一路上积蓄起来的勇气。他在高门槛上绊了一下，碰着了瘸腿，痛得直皱眉头，大声地在擦得光光的台阶上跺起脚来。

他差不多是和伊莉妮奇娜并排走进屋子来的。他觉得跟妻子并排站对他很不利,她比他足足高出两俄寸半,因此他从门槛那里向前迈了一步,像只公鸡似的蜷起一条腿,摘下制帽,对着昏暗的黑圣像画了个十字。

“你们好啊!”

“托福托福。”主人——一个身材不高、生着雀斑的老态龙钟的哥萨克——从板凳上站起来答礼。

“接待客人吧,米伦·格里戈里耶维奇!”

“我们总是欢迎客人来的。玛丽亚,给客人搬坐的来。”

上了年纪的、胸部扁平的女主人只为装装样子,掸了掸凳子,推到客人面前。潘苔莱·普罗珂菲耶维奇坐在凳子边上,用手绢擦着汗津津的、黝黑的额角。

“我们是有事情看你们来啦。”他单刀直入地开口说道。

伊莉妮奇娜和瓦西丽萨在他说到这地方的时候,也撩起裙子坐了下去。

“说说吧:为了什么事情呀?”主人微笑着说。

葛利高里走了进来,向四面看了看。

“你们好啊。”

“托福托福。”女主人拉着长声回答道。

“托福托福。”男主人又重复了一遍。他那布满雀斑的脸上透出一层棕色的晕红:这时候他才明白了客人的来意。

“你去告诉一声,把他们的马牵到院子里来。给它们拿点草。”他对妻子说。

女主人出去了。

“我们到府上来有点小事……”潘苔莱·普罗珂菲耶维奇继续说道。他抚摸着鬈曲的大黑胡子,激动得直攥耳环。

“你们府上有个待嫁的大姑娘,我们家有个该娶亲的小子……咱们能不能想法促成这门亲事呀?我们想打听打听,你们现在是不是要把她嫁出去?或许咱们可以成为亲家哩?”

“谁知道她……”主人搔了搔秃脑袋说道。“说老实话,今年开斋节前我们还不想把她嫁出去。目前忙得不得了,而且她的年纪还不太大。才刚过十八岁。是不是,玛丽亚?”

“是啊。”

“现在正是一朵鲜花,为什么耽误在家里呢,——难道说窝在家里的老姑娘还少吗?”瓦西丽萨插嘴说,她在凳子上扭个不停(在门廊偷的、塞在上衣下面的笤帚直扎她:媒人从姑娘家能偷到笤帚,是不会被拒绝的先兆)。

“今年一开春就有人来给我们姑娘提亲啦。我们的姑娘是不会老在家里的。我们的姑娘,——是不会惹神明生气的——样样拿得起来:不论是地里活,还是家里活……”

“要是遇到好人家也可以嫁出去啦。”潘苔莱·普罗珂菲耶维奇插进婆娘们哇啦哇啦的谈话里说。

“嫁出去是不成问题,”主人又搔了一下脑袋,“随时都可以嫁出去。”

潘苔莱·普罗珂菲耶维奇以为是要拒绝他们了,便激动起来了。

“这当然是府上的事情啦……新郎就像神甫一样,到哪儿去请一个都行。倘若您,譬如说,也许想找个生意人做女婿,也许想高攀,那当然完全是另一回事啦,请您原谅我这么说话。”

事情眼看着就要吹了:潘苔莱·普罗珂菲耶维奇喘着大气,脸涨得像紫萝卜,姑娘的母亲像母鸡看见了鹰向下落的影子似的咯哒咯哒地叫了起来。但是在紧要关头,瓦西丽萨插嘴了,快口说出一连串细声细气的悦耳话语,就像把盐撒到烧伤的皮肤上,又把裂痕黏合起来。

“这是怎么啦,我的亲人们哪!既然谈的是这样的儿女终身大事,那可要认真行事,一定要使自己的孩子得到幸福……就说娜塔莉亚吧——像这样的姑娘,你就是打着灯笼找都难得找到!你说是绣花做衣裳,你说是料理家务,样样都是能手!我的好人们啊,你们自己还不明白,”她两手一摊,画了个美丽的圈子,朝着潘苔莱·普罗珂菲耶维奇和气呼呼的伊莉妮奇娜说,“这个女婿也不含糊呀,我的好人们。我一见他,心里就难过起来,太像我那死去的多纽什卡啦……而且他们是勤俭的人家。普罗珂菲奇——你走遍全区去打听打听吧——是个远近闻名的人物和大善人……说实在话，难道我们是自己孩子们的仇人和想谋害他们的坏蛋吗？”

媒人的话像潺潺流水，灌进潘苔莱·普罗珂菲耶维奇的耳朵里。麦列霍夫老头子一面听着，赞赏地想道：“哎呀，这个嚼舌的老妖精说得多妙呀！她说起话来，就像织袜子一样。一面织，一面就会想出应付的办法。有的娘儿们甚至能用花言巧语把一个哥萨克说得哑口无言……真行，你这个娘儿们！”他欣赏着这位媒婆，而她正在不住口地夸奖着姑娘和她的亲人，从五辈的祖宗夸起。

“还有什么好说的呢，我们谁也不愿意让自己的孩子受苦啊。”

“说到出嫁，好像还太早。”主人露出了笑容，和解地说道。

“不早啦！实在不早啦！”潘苔莱·普罗珂菲耶维奇劝导主人说。

“早也好，晚也好，总归是要分手的……”女主人半真半假地抽泣说。

“把姑娘叫来，米伦·格里戈里耶维奇，让我们看看吧。”

“娜塔莉亚！”

姑娘胆怯地在门口站住了，用黝黑的手指头忙乱地玩弄着围裙的花边。

“过来，过来！看你那害羞的样子。”母亲鼓励说，泪汪汪地笑了。

坐在一个笨重的、已经褪了色的蓝箱子旁边的葛利高里瞟了她一眼。

黑灰色的针织头巾下面，睐着两只灰色的大胆的眼睛。在富有弹性的脸颊上有一个浅浅的、粉红色的酒涡，由于窘急和抑制的笑容，在不停地颤动。葛利高里又把目光移到她的手上：是两只干活磨得很粗糙的大手。紧裹着结实、挺拔的身躯的绿色上衣里，两只不大的、硬邦邦的处女乳房幼稚、难看地鼓着，两个鼓胀的钮扣似的小奶头分向两边，朝上凸起。

葛利高里的眼睛很快就看遍了她的全身——从头直到两条好看的长腿，就像马贩子在成交之前察看一匹小牝马一样，他心里想：“很漂亮。”于是和她那投向他的目光相遇了。她那天真的、略微有点儿难为情的诚实目光似乎是在说：“我的一切全都亮出来啦。你想怎么说我就怎么说吧。”“是个漂亮姑娘。”葛利高里用微笑和眼睛回答说。

“好,去吧。”主人摆了摆手。

娜塔莉亚一面关着身后的门,一面看了葛利高里一眼,毫不掩饰脸上的笑意和内心的好奇。

“这样吧,潘苔莱·普罗珂菲耶维奇,”主人和妻子交换了一下眼色以后,开口说道,“你们回去商量商量,我们自家也商量一下,然后我们再来决定,究竟咱们是否可以成为亲家。”

下台阶的时候,潘苔莱·普罗珂菲耶维奇约定说:

“下星期日我们再来。”

送他们到大门口的主人故意沉默不语,好像什么也没有听见似的。

第十六章

只是野营时从托米林那里听到有关阿克西妮亚的事情以后,司捷潘心怀思念和憎恨,才终于明白了,尽管跟她一起生活得很不如意,尽管有过去她使他蒙受的耻辱,但是他还是在以一种痛苦、敌视的感情热爱着她。

夜里,他盖着军大衣,躺在大车上,两只胳膊交叉着放在脑袋底下,想着回到家里,妻子怎么接待他,就感觉到胸膛里装的好像不是心,而是一只有毛毛的毒蜘蛛在蠢动……他躺在那里,脑子里想出成千种惩罚办法,而且觉得,牙齿缝里仿佛有一粒大沙子。跟彼得罗打了一架后,发泄了一点儿愤怒。回到家里时,已经筋疲力尽,因此只是轻轻地收拾了一下阿克西妮亚。

从他回家的那天起,阿司塔霍夫家里就出现了一个看不见的幽灵。阿克西妮亚踮着脚尖走路,低声说话,但是眼睛里面还燃烧着被恐怖的灰烬埋着的星星之火,这是葛利什卡点燃的烈火残留下来的火星。

司捷潘仔细打量着她,与其说是看到了这种神情,倒不如说是感觉到的。他非常痛苦。夜里,当厨房里横梁上的蝇群已经睡熟,阿克西妮亚正嘴唇哆嗦着铺床的时候,司捷潘就用毛烘烘的黑手巴掌捂住她的嘴,打她一顿,不要脸地审问她和葛利什卡姘居时的细节。阿克西妮亚被打得在散发着羊膻味的硬板床上滚来滚去,气都喘不上来。司捷潘在把她那柔软的、像揉透了的面团似的身体折磨厌烦了以后,就用手摸她的脸,寻找眼泪。但是阿克西妮亚的脸颊却干得像火烤过的一样,只有她的上颚和下颚在他的手指下面一张一合地蠕动着。

“你说不说?”

“不说!”

“我打死你!”

“打死吧! 打死吧,看在基督的面上……我这是在受苦……不是在生活……”

司捷潘咬紧牙关,把妻子胸脯上大汗过后,凉丝丝的细肉皮拧来拧去。

阿克西妮亚哆嗦着,呻吟着。

“疼吧?”司捷潘高兴地问道。

“疼。”

“你以为我不痛苦吗?”

他睡得很晚。睡梦里还把关节肿胀的黑手指头攥得紧紧的,不住地抖动着。阿克西妮亚用胳膊肘儿撑起身子,久久地打量着丈夫那漂亮的、睡梦中变了样子的脸庞,然后又把脑袋伏在枕头上,低声嘟囔些什么。

她几乎看不见葛利什卡了。有一次在顿河岸上正好遇到了他。葛利高里赶着牛去饮完了水,正沿着斜坡向上走来,手里舞弄着一根红色的小树枝,眼瞅着脚尖。阿克西妮亚迎面朝他走过去。一见到他,她立刻觉得手里的扁担突然变得冰凉,一阵热血冲上了太阳穴。

后来,她一想起这次会面,就要花费很大的力气才能使自己相信,这并不是梦。葛利高里几乎是在她走到自己身旁的时候才看见她。他听到她故意弄响的水桶声,才抬起头来,眉毛颤动了一下,傻里傻气地笑了笑。阿克西妮亚一面走,一面从他的脑袋顶上望着波光粼粼、碧绿的顿河和远处——沙子嘴上的沙岗。

一阵红晕使她的眼睛里挤出了眼泪。

“克秀莎[①]!”

阿克西妮亚走过去几步,像被打了一下似的,低头站住了。葛利高里恶狠狠地用树枝抽了一下那只落在后头的、红褐色的公牛,连头也没有回,便问道:

“司捷潘什么时候去割黑麦?”

“马上就要去……他正在套车。”

“你把他送走以后,就到草场上的我们家葵花地里去。我也去。”

阿克西妮亚的水桶碰得叮当直响,向顿河走下去。岸边的泡沫,好像在波浪滚滚的绿水边镶了一道弯弯曲曲的、黄色的美丽花边。捉捕小鱼的白鸥吱吱叫着,在顿河上空盘旋。

小鱼在水面上溅起了银色的雨点。河对岸的白沙角后面,雄伟、严肃地高耸着几棵被风吹动着的老杨树的灰色树顶。阿克西妮亚打水的时候,不小心把水桶掉到河里。她用左手撩起裙子,走到水深没膝的地方。河水搔得被袜带勒肿的腿肚子痒酥酥的,使得阿克西妮亚自从司捷潘回家以后,第一次迟疑地低声笑了起来。

她回头看了看,葛利什卡在慢慢地爬上斜坡,仍然舞弄着树枝,好像是在驱赶牛虻。

阿克西妮亚的眼泪夺眶而出,她用泪水模糊的目光亲热地看着他那强健有力的、坚定地踏着土地的双腿。葛利什卡的裤子掖在白色毛袜筒里,上面的丝绦闪着红光。背上靠肩胛骨的地方,肮脏的衬衫上有个新撕破的口子,布缕随风飘着,闪露出一块儿黝黑的、三角形的皮肤。阿克西妮亚用眼睛亲吻着这一小块曾经是她占有的可爱的身体;眼泪落到微笑着的苍白的嘴唇上。

她把水桶放在沙滩上,用扁担钩儿去钩水桶梁的时候,她看见了葛利什卡的尖头靴子留在沙滩上的脚印。她偷偷地向四面看了看——一个人也没有,只有远处的码头上有几个孩子在洗澡。她蹲下去,用手掌抹平了脚印,然后挑起扁担,暗自微笑着,急忙赶回家去。

---

① 也是阿克西妮亚的爱称。

蒙着一层薄雾的太阳在村庄的上空移动着。远处，一堆棉絮般的白云下，一片深广的牧场透着碧蓝的凉意，可是在村庄的上空，在晒得滚烫的薄铁房顶的上空，在尘土飞扬、杳无人迹的街道上空，在长满被干旱蒸晒得枯黄的野草的院落上空，却笼罩着一层死气沉沉的暑热。

阿克西妮亚挑着水，摇摇晃晃地登上台阶，桶里溅出的水洒在干裂的地上。司捷潘戴了一顶宽边的草帽，正在把马套在收割机上。他整理着在车辕里打盹的骒马的肚带，瞅了阿克西妮亚一眼。

"往水壶里倒些水。"

阿克西妮亚往大水壶里倒了一桶，铁桶箍把她的手都烫疼了。

"应当弄点冰来。水一会儿就会热起来的。"她望着丈夫汗湿的脊背说道。

"到麦列霍夫家去拿……别去啦！……"司捷潘忽然想起来，喊道。

阿克西妮亚走去关敞着的板门。司捷潘低下头，抓起鞭子。

"上哪儿去？"

"去关门。"

"回来，贱骨头……我说过——别去啦！"

她慌忙走上台阶，想把扁担挂起来，但是哆嗦着的手偏不听使唤，——扁担顺着台阶，滚了下去。

司捷潘把一件帆布斗篷扔到前面的坐位上；他理着马缰绳，坐了下去。

"开开大门。"

阿克西妮亚打开了大门，大着胆子问道：

"什么时候回来？"

"傍晚儿。和阿尼库什卡约好一块儿去割黑麦。也给他送饭来。他从铁匠铺一回来，就到麦地里去。"

收割机的小轮子吱吱扭扭地响着，轧进像天鹅绒似的灰色的尘埃中，滚出了大门。阿克西妮亚走进屋子，把手掌按在心上，站了一会儿，然后蒙上头巾，向顿河岸边跑去。

"可是，万一他回转来呢？那可怎么办？"脑子里突然冒出了这样的念头。她如临深渊,停住脚步,回头看了看,接着——又小跑似地匆匆走下顿河岸,向草场跑去。

篱笆。菜园。一片黄色的、迎着太阳的向日葵花朵。开着苍白色花朵的绿油油的马铃薯。啊,这是沙米利家的婆娘们,因为先前误了农时,现在正锄马铃薯地里的杂草;她们弓着穿粉红色上衣的脊背,迅速上下挥动着锄头,在灰色的垄沟里锄草。阿克西妮亚一口气跑到麦列霍夫家的菜园。四面看了看;把插着篱笆门的小树枝拔下来,推开园门,顺着一条踏出的小径来到一片绿油油的向日葵丛边,便弯下身子,钻到向日葵长得最密的地方,满脸都是金色花粉;她撩起裙子,坐在长满了菟丝子的土地上。

她侧耳倾听:静得连耳朵里都在嗡嗡地响。头顶上什么地方,有一只黄蜂在寂寞地嗡嗡叫着。遍身硬毛、空心的向日葵茎子在默默地吮吸着土地里的水分。

她坐了有半点钟,疑惑不定,非常苦恼,——他会不会来呢,她已经站起身来,整理着头巾下面的头发,想要走啦,——这时园门突然吱扭地响了。有脚步声。

“阿克秀特卡!”

“这儿来……”

“啊哈,你已经来啦。”

向日葵的叶子窸窸窣窣响着,葛利高里走了过来,坐在她身边。两人都沉默了一会儿。

“你满脸都是些什么呀?”

阿克西妮亚用袖子擦了擦香喷喷的金黄色的粉尘。

“大概是向日葵花粉。”

“这儿还有呢,眼睛边上。”

她擦干净了。两人的目光相遇了。在回答葛利什卡无声的询问时,她哭了。

“我受不了啦……我完啦,葛利沙。”

“他把你怎么啦?”

阿克西妮亚恨恨地扯开上衣领子。粉红色的、像处女一样的坚实隆起的胸脯上,密密麻麻地布满了紫青色的伤痕。

“你不知道他把我怎么啦? …… 每天都打我! …… 吸我的血……你也是好样的……像只公狗一样干完了坏事,就夹起尾巴躲到旁边去啦……你们都是一流货……”她用哆嗦着的手扣好钮扣,惊慌地——他是不是生气啦——朝扭过身去的葛利高里瞟了一眼。

“你是在寻找罪人哪?”他咬着一根草茎,拖着长腔说。

他那平静的声调激怒了阿克西妮亚。

“难道你就没有责任吗?”她激动地喊道。

“母狗要是不愿意,公狗是不会爬上去的。”

阿克西妮亚用手捂住脸。她委屈得就像被无缘无故地蓄意当头猛击了一拳似的。

葛利高里皱着眉头,斜睨了她一眼。从她的食指和中指缝里渗出了眼泪。

一道斜照进向日葵丛中的、尘埃朦胧的阳光,把那透明的泪珠照得闪闪发光,晒干了留在她皮肤上的泪痕。

葛利高里就是见不得眼泪。他激动得如坐针毡,不住地转来转去,狠狠地把一只黄蚂蚁从裤子上抖下来,又迅速地瞥了阿克西妮亚一眼。她一动不动地坐在那里,只见手背上,原先是一个泪珠,现在却是三个泪珠在追逐流淌。

“你哭什么呀? 受委屈了吗? 克秀莎! 好,等等……停一停,我想跟你说点什么。”

阿克西妮亚把手从泪湿的脸上拿下来。

“我是来跟你要主意的……你干吗要这样? ……我已经够苦啦……可是你……”

“我这简直是投井下石……”葛利高里心里想,脸也红了。

“克秀莎……我无心中说了几句刺儿话,好,别生气……”

“我不是来死缠你的……别害怕!”

这会儿,她确信,自己并不是为了纠缠葛利高里才来的;不是,当她从顿河陡岸向草场跑来的时候,自己确曾下意识地想过:“我劝劝他!不叫他结婚。不然我以后的日子还有什么指望呢?”这时她想到了司捷潘,就刚强地摇了摇脑袋,驱逐着这种不切实际的念头。

“这么说,咱们的好事是完结啦?”葛利高里问道,然后趴在地上,用双臂支着身子,向外吐着说话时嚼烂了的菟丝粉红色的花瓣。

“怎么完结了呢?”阿克西妮亚吓了一跳,“这是怎么说的呀?”她又问了一遍,竭力探视起他的眼睛来。

葛利高里翻动着鼓出的浅蓝色白眼珠,把目光向一旁移去。

风吹日晒、疲惫不堪的土地散发着尘埃和太阳的气味。风沙沙地响着,翻动着向日葵的绿叶子。一堆棉絮似的白云遮住了太阳,天突然昏暗了,于是烟雾般的云影落到了草原上,村落上,落到了阿克西妮亚的低垂着的脑袋上,落到了菟丝的粉红色花萼上,然后又盘旋、翻滚飘逝。

葛利高里猝然叹了一口气,仰面躺下,肩胛骨紧贴在滚热的土地上。

“你听我说,阿克西妮亚,”他缓慢地一字一句地说道,“实在太烦人啦,就好像有什么东西在胸膛里吸吮似的,我拿定了主意……”

菜园上空响起了一阵吱吱扭扭的大车轮声。

“往右拐,秃顶的畜生!往右拐!往右拐!……”

这吆喝声是那么大,吓得阿克西妮亚赶紧趴到地上去。葛利高里抬起点脑袋,低声说道:

“摘下头巾来。太显眼。别叫人看见。”

阿克西妮亚摘下了头巾。掠过向日葵丛的热风吹弄着她脖子上的金色细发卷。渐渐远去的大车的吱扭声消失了。

“我想了这么个主意,”葛利高里开口说,“过去的事情,是不能挽回啦,干吗还要寻找罪人呢?好歹总要活下去……”

阿克西妮亚抖擞精神,听着,期待着,手里撕着从蚂蚁嘴里抢下的花梗。

她看了看葛利高里的脸,只见他眼睛里闪着冷酷、令人不安的凶光。

“……我拿定主意,咱俩来结果掉……”

阿克西妮亚的身子突然晃了一下,用弯起的手指头抓住茎蔓坚韧的菟丝,翕动着鼻孔,在等他说出最后的几个字。恐怖和焦急的火焰拼命舔着她的脸,烤得她口干舌燥。她以为葛利高里是要说"……结果掉司捷潘",但是他烦躁地舔了舔干裂的嘴唇(它们在困难地翕动着),却说:"咱们来结果了这桩相好的事儿,好吗?"

阿克西妮亚站起身来,胸膛乱碰着摇摇晃晃的向日葵的黄色花盘,朝园门口走去。

"阿克西妮亚!"葛利高里气急败坏地喊道。

回答他的是吱扭的园门响声。

第十七章

割完黑麦以后——还没来得及运到场院上——又到割小麦的时候了。粘土地上和山坡上一片金黄,小麦叶子被太阳晒得都卷起来了,生命已经告终的麦茎也干枯了。

人们争说——是个罕见的大丰收。麦穗粗大,麦粒饱满,沉甸甸的。

潘苔莱·普罗珂菲耶维奇和伊莉妮奇娜商量过以后,就这样决定:如果跟科尔舒诺夫家的亲事说成了,就把婚礼延到最后的救主节①。

他们还没有去讨回信:因为马上就要割麦子了,再说,要等到星期天才能去。

星期五出发割麦子去了。三匹马拉着收割机。潘苔莱·普罗珂菲耶维奇在大车上做木匠活儿,准备装运麦子的车盘架。彼得罗和葛利高里去割麦子。

葛利高里扶着哥哥坐的车夫坐位走着,脸色阴沉。牙齿咬得紧紧的,从下颚骨到颧骨,斜着隆起的一道肌肉在哆哆嗦嗦地上下颤动着。

① 第一救主节是八月一日;第二救主节是八月六日;第三救主节是八月十六日(俄国旧历)。

彼得罗知道:这是葛利高里在生闷气的标志,这种时候谁要惹他,那他什么都干得出来,但是他的麦色的胡子上仍然挂着嘲弄的微笑,继续在逗弄兄弟。

“真的,她全都对我说啦!”

“哼,让她说吧。”葛利高里咬着小胡子的茸毛嘟哝道。

“‘我正从菜园里回来。’她说,‘忽然听到麦列霍夫家的葵花地里有说话的声音。’”

“彼得罗,别说啦!”

“‘是的……有说话的声音。’她说,‘我隔着篱笆往里一看……’”

葛利高里不断地在眨眼睛。

“你还要说,是不是?”

“真是个怪物,你让我说完嘛!”

“你小心点儿,彼得罗,咱们会打起来的。”葛利高里渐渐落在收割机后头,威吓说。

彼得罗挑了一下眉毛,背朝着马,脸对着走在后面的葛利高里。

“她说:‘我隔着篱笆往里一看,他们,一对情人,正又搂又抱地躺在那儿呢。’我问:‘是谁呀?’她说:‘就是阿克秀特卡·阿司塔霍娃和你弟弟呀。’我说……”

葛利高里抓起放在收割机后面的短叉子柄,向彼得罗扑过去。彼得罗丢掉缰绳,从座子上跳下来,躲到马前头去。

“呸,该死的!……这家伙疯啦!呸!呸!看他……”

葛利高里像狼一样龇着牙,把叉子朝彼得罗投去。彼得罗两手往地上一趴,叉子从他头顶上飞过去,叉子尖扎进干硬、尽是石头的土地里足有一俄寸深,在铮铮地抖动着。

彼得罗的脸都青了,攥着被呼叫声吓惊了的马的笼头,骂道:

“你会扎死我的,混蛋!”

“扎死你才好哩!”

“你是个混蛋!疯鬼!你真是爸爸生的儿子,地地道道的蛮子。”

葛利高里拔起叉子,跟在重又动起来的收割机后头走着。

彼得罗用手指头招呼他过来。

“到我这儿来。把叉子给我。”

他把缰绳换到左手里去，抓住亮锃锃的叉齿。

用叉柄朝一点也没有提防的葛利高里的脊背打了一下。

“应该抡起皮带抽你才对！”彼得罗看着跳到旁边去的葛利高里，惋惜地说。

没过一会儿，他们抽着烟，互相看了看，哈哈大笑起来。

正赶着车在另一条路走的赫里斯托尼亚的老婆，看到葛利什卡把叉子向哥哥投去。她从车上站起来，但是仍然看不清楚麦列霍夫弟兄究竟在干什么，——因为收割机和马挡住了她的视线。还没有进胡同，她就朝一个邻居喊道：

“克利莫夫娜！快去告诉土耳其佬潘苔莱，说他家的儿郎在鞑靼岗拿着麦叉子打起来啦。正打得难解难分，要知道，葛利什卡可是个疯子呀！——用叉子往彼得罗的肋骨上乱扎一气，彼得罗也朝他……那儿血流成河，吓死人啦！”

彼得罗吆喝那三匹已经疲惫不堪的马，嗓子都有些嘶哑了，于是就吹起悠扬悦耳的口哨来。葛利高里一只落满了黑土的脚踩在收割机横梁上，把收割机割下的一铺铺的麦子拨下来。被马蝇咬得浑身是血的马摇着尾巴，胡乱地拉着套索。

草原上，直到蓝色的天边儿，到处都是人影绰绰。收割机的叶片沙沙地响着，到处是一铺铺割倒的麦子。金花鼠在小丘上学着牧童的调子在尖声鸣叫。

“再割两趟，咱们就停下来抽烟啦！”彼得罗扭过头来，透过收割机翼板的啸叫声和叶片的沙沙声喊道。

葛利高里只是点了点头。被风吹得干裂的嘴唇动起来非常困难。他两手攥住紧靠叉子头的地方，这样，翻动割下的沉得要命的麦子就容易多了。他急促地喘着气，汗湿的胸膛痒得要命，从帽子底下流下的热辣辣的汗珠滴进眼睛，像肥皂水一样杀得疼极了。他们停下马，喝足了水，抽起烟来。

“有个人骑着马从大道上跑来啦。”彼得罗把手遮在眼睛上方眺望着，说道。

葛利高里仔细看了看,惊愕地扬起眉毛。

"是爸爸,没有错儿。"

"你疯啦! 他骑什么来? 马全套在收割机上啦。"

"是他。"

"你看错啦,葛利什卡!"

"真是他。"

没过一会儿,一溜烟似的奔马和马上的人都看得清清楚楚的了。

"是爸爸……"彼得罗惊讶不解地跺起脚来。

"准是家里出了什么事啦……"葛利高里把他俩共同的预感说了出来。

潘苔莱·普罗珂菲耶维奇在离他们还有一百沙绳远的时候勒了一下儿马,改为小跑。

"我—要—抽—死……狗崽子们! ……"老远他就大喊起来,皮鞭子在他头顶上飞舞。

"他要干什么?"彼得罗更糊涂了,把麦色的胡子往嘴里嚼了大半截。

"快躲到收割机后头去! 天哪,他要用鞭子抽咱们哩。等咱们说明白了,他早已把咱们抽够啦……"葛利高里笑着说,躲到了收割机后头去,以防万一。

汗流如洗的马在割过的麦地里小步跑着。潘苔莱·普罗珂菲耶维奇晃着两腿(他骑的是没有备鞍子的马),摇着鞭子问道:

"你们在这儿干了什么? 杂种!"

"割麦子啦……"彼得罗两手一摊,担心地斜眼瞅着鞭子。

"谁用叉子叉人啦? 为什么打架?"

葛利高里背朝着父亲,小声地数着被风吹散的云片。

"你怎么啦? 用什么叉子? 谁打架啦? ……"彼得罗两脚挪动着,眨着眼睛,把父亲从头到脚打量了一番。

"怎么回事呀,他妈的,这只母鸡,跑来大喊大叫说:'你们家的儿郎在打架哪,都动了叉子啦。'啊? 这是怎么回事? ……"潘苔莱·普罗珂菲耶维奇拼命地摇晃着脑袋,撒开缰绳,从气喘吁吁的马身上跳下来。

“我抓过谢米什金·费吉卡家的一匹马就跑来啦。怎么回事呀？……”

“这是谁说的？”

“一个娘儿们！”

“她是在胡说八道呀，爸爸！该死的东西，准是在车上睡着了，梦见打架啦。”

“这个臭娘儿们！”潘苔莱·普罗珂菲耶维奇尖声喊叫起来，大胡子里露出嘲笑的神色。“克利莫夫娜你这只母鸡！唉，你这是干什么呀！……啊？我要把这只母狗好好抽一顿！……”他瘸着左腿，跺起脚来。

葛利高里因为不敢笑出声来，憋得浑身直哆嗦，望着脚下。彼得罗的眼睛一直盯着父亲，摸着大汗淋漓的脑袋。

潘苔莱·普罗珂菲耶维奇也暴跳够了，平下气来。他坐到收割机上干起来，自己往下扔着割下的麦子，割了两趟，然后嘴里骂着，骑上马走了。他骑到大路上，追过了两辆装着麦子的大车，身后扬起一道滚滚的烟尘，跑进村子。那根编着美丽的花纹的细条鞭子忘在田垄上。彼得罗把它捡起来，在手里玩弄了一会儿，摇了摇头，对葛利什卡说道：

“要是真打到咱们身上可够受的，小伙子。这哪里是马鞭子，兄弟，这玩意儿能一下子就把脑袋削下来。”

第十八章

科尔舒诺夫家是鞑靼村的首富。他家有十四对公牛，一群马，几匹种马都是从普罗瓦里斯基养马场买来的，十五头母牛，无数的别的牧畜，足有几百只羊的羊群。单说这处宅院，也就很可观了：房子并不比莫霍夫家的逊色，一排六间薄铁瓦顶的房子。院里的附属建筑都是用漂亮的新瓦盖的；花园足有一俄亩半，还有一片树林子。人还会再需要什么呢?

所以,潘苔莱·普罗珂菲耶维奇第一次去攀亲的时候,心里是既胆怯,又不情愿。科尔舒诺夫家是不会给女儿找个像葛利高里这样的女婿的。潘苔莱·普罗珂菲耶维奇明白这一点,他怕遭人拒绝,而且也不愿意低三下四地去央求那位刚愎自用的科尔舒诺夫;但是伊莉妮奇娜死缠着他,就像铁锈腐蚀铁一样,最后终于把倔强的老头子制服了。潘苔莱·普罗珂菲耶维奇答应了,而且去了,可是他心里一直在咒骂着葛利什卡、伊莉妮奇娜以及整个世界。

该再去讨回话啦:只等着星期日到来,可是这些日子,在科尔舒诺夫家漆成铜绿色的屋顶下,却在激烈地进行着一场互不相让的争吵。媒人走后,姑娘在回答母亲的问话时坚定地说:

"我爱葛利什卡,别人我谁也不嫁!"

"你真找到了个好女婿,傻姑娘,"父亲开导她说,"只有一点好,就是黑得像茨冈人一样。难道我能给你招这样的女婿吗,我的宝贝儿?"

"我不要别人,爸爸……"娜塔莉亚红着脸,流下泪来。"别人我谁也不嫁,也别叫他们来说媒啦。要不,就把我送到梅德维季河口修道院里去算啦……"

"他是个浪荡子弟,色鬼,专门勾搭外出服役的哥萨克的妻子,"父亲说出了最后的意见,"他的坏名声全村家喻户晓。"

"那我也不在乎!"

"你要是不在乎,那我就更不在乎了! 既然这样,那就不过像从我手里拿走一袋面粉一样。"

娜塔莉亚是长女,是爸爸的掌上明珠,所以他从来没有强迫她选哪个人做女婿。还是在去年开斋节时,就从远方的楚茨坎河边来过些媒人,都是些信仰旧教的哥萨克大户人家;从霍皮奥尔河和奇尔河[1]那边也来过媒人,但是娜塔莉亚不喜欢那些求婚的新郎官,所以都白赔上了求婚的面包和盐。

---

① 霍皮奥尔河是顿河左边的支流,奇尔河是顿河右边的支流。

米伦·格里戈里耶维奇从心眼里喜欢葛利什卡那种哥萨克的英勇,喜欢他那种热爱家务和劳动的劲头。老头子还是在葛利什卡获得马术比赛头奖的时候,就认定他是全镇青年中的佼佼者;但是把女儿嫁给这样一个名声很坏的穷小子,有点于心不甘。

“是个能干的小伙子,长得也还漂亮……”夜里,老婆在枕边悄悄地对他说,抚摸着他那长满了雀斑和红色硬毛的胳膊,“格里戈里奇①,娜塔莉亚可已经为他得了相思病了,看那憔悴、消瘦的样子……真是动了心了。”

米伦·格里戈里耶维奇一翻身,背朝着妻子那瘦骨嶙嶙的、冰凉的胸膛,气哼哼地说道:

“别缠我啦!你就是把她嫁给傻子巴沙,干我屁事?准是上帝把你那点聪明全收回去啦!看你说的:‘长得也还漂亮’……”他学着她的腔调说,“难道你能从他漂亮的脸上收获粮食啊?”

“粮食也不能代替一切嘛……”

“当然啦,管他的品格怎样呢,只要他有点儿身份就行。而且说实话,把自己的女儿嫁给土耳其人,我脸上可是有点儿不光彩。总要门当户对嘛……”米伦·格里戈里耶维奇在床上折腾着,骄傲地说道。

“是一个勤俭的人家,家境也还富裕……”妻子小声地说着,紧靠到丈夫的结实的脊背上去,温存地摸着他的胳膊。

“唉,妈的,离我远点儿行不行!简直把我挤得一点地方都没有啦……你为什么总像摸怀孕的母牛那样摸我呀?娜塔莉亚的事随你便好啦。你就是把她嫁给个秃尼姑也行!”

“应该爱惜自己的孩子嘛。别的不管——穷富也不要管啦……”卢吉妮奇娜在米伦·格里戈里耶维奇毛烘烘的耳边嘶哑地说。

他把两腿搭在一起,紧靠着墙,呼噜响得像是睡着了似的。

媒人重又来临,把他们弄得个措手不及。教堂的弥撒完以后,那帮说媒的又坐着马车来到他家大门口了。伊莉妮奇娜踏在踏板上,差一点把马车压翻,而潘苔莱·普罗珂菲耶维奇却像只公鸡一样,从坐位上

---

① 格里戈里奇是格里戈里耶维奇的简称。

一跃而下;虽然把腿碰了一下,但是却装作不在意的样子,英姿勃勃地瘸着腿朝上房走去。

“他们来啦! 魔鬼把他们又送来啦!”米伦·格里戈里耶维奇向窗外张望着,惊叫道。

“我的天呀,我刚做完饭,连衣服还没来得及换呢!”女主人哇啦哇啦地叫道。

“就这身衣服也很好嘛! 又不是来给你说媒的,谁要你呀,像马癣一样讨厌! ……”

“你生来就是个捣蛋鬼,年纪越大越疯得出圈了。”

“好啦好啦,你给我闭上嘴吧!”

“也总该换一件干净衬衣呀,脊梁骨都露出来啦,也不害羞? 你这个魔鬼!”妻子上下打量着米伦·格里戈里耶维奇,骂道。这时媒人们正穿过院子朝上房走来。

“你放心,就穿这件破衬衣他们也会认得我的,我就是披上破麻袋片,他们还是要和咱们攀亲。”

“你们好啊!”潘苔莱·普罗珂菲耶维奇在门槛上一瘸一拐地扭着喊了一声,然后发现自己喊得未免太响了,便不好意思起来,就又朝圣像画了一次十字。

“你们好!”主人欢迎说,像魔鬼似地打量着这些来说亲的人。

“今儿个天气可真好!”

“谢天谢地,天气一直这样好。”

“大家的日子可以好过一些啦。”

“这很对。”

“对,对,对。”

“嗯。”

“米伦·格里戈里耶维奇,我们这一趟来,是想知道,你们这边儿商量得怎么样啦,咱们能结亲,还是不能结亲……”

“请进来吧。请坐吧。”女主人一面鞠躬行礼,一面请客人进来,她那有褶的长裙边在打扫着已经擦得很干净的砖地。

“请不要客气。”

伊莉妮奇娜坐下，拖在地上的毛葛长裙在窸窣作响。米伦·格里戈里耶维奇双手撑在铺上新漆布的桌子上，一声也不吭。漆布发出一股难闻的湿热的橡胶气味和别的什么说不出来的气味；漆布角上印着已故沙皇和皇后的庄严画像，中间是些戴白帽子的公主和上面落满苍蝇的沙皇尼古拉·亚历山德罗维奇①的画像。

米伦·格里戈里耶维奇打破了沉默：

“好吧……我们决定把姑娘嫁给你们。如果咱们双方谈得成，就结亲吧……”

话说到这儿的时候，伊莉妮奇娜从那深不可测的、袖子上有皱褶的毛料上衣里，好像是从背后，掏出一个大白面包，放在桌子上。

潘苔莱·普罗珂菲耶维奇不知道为什么要画十字，但是当他那粗糙的、像钳子似的手指头做出要画十字的姿势，刚举到一半的高度，就变了样子：指甲又宽又黑的大拇指突然违背主人的意愿，插进中指和食指中间去了；这个很不雅观的手势偷偷地伸进鼓胀的蓝上衣的大襟里，抓住瓶颈，从那里掏出一只盖着红瓶盖的瓶子。

“我的两位亲爱的亲家，现在咱们来祷告上帝吧，干一杯，然后再谈咱们的孩子和条件……”

潘苔莱·普罗珂菲耶维奇感动地眨着眼睛，看着亲家公那长满雀斑的脸，亲热地用马蹄子似的大手巴掌拍着酒瓶底。

一个钟头以后，两位亲家公已经紧靠着坐在一块儿了，麦列霍夫的大黑胡子的鬈毛已经碰着科尔舒诺夫的笔直的、枣红色胡子了。潘苔莱·普罗珂菲耶维奇甜滋滋地喷着酸黄瓜的气味，在喋喋不休地开导亲家。

“我的亲爱的亲家公，”他压低嗓门儿，嗡嗡地开口说道，“我的好亲家公呀！”立刻又把声调提高到像喊叫一样，“亲家公！”他吼了一声，露出那一嘴又黑又钝的牙齿。“你们要的这份定礼，就是宰了我，我也拿不出来！你想想，我的好亲家，你好好想想，你真叫我为难啊：第一，

① 即尼古拉二世（1868—1918）——一九一七年俄国资产阶级二月革命推翻的俄国最后一个沙皇。一九一八年被枪毙于叶卡捷琳堡。

一双带套鞋的长筒靴子;第二,一件顿河羊羔皮袄;第三,要两件毛料衣服;第四,要一条丝绸头巾。要知道这等于叫我倾——家——荡——产——呀! ……”

潘苔莱·普罗珂菲耶维奇使劲儿把两手一摊,他的禁卫军哥萨克制服的肩膀上就开绽了,扬起一缕缕的灰尘。米伦·格里戈里耶维奇低下头,瞅着洒满伏特加和酸黄瓜汤的漆布。漆布上方是一行用独出心裁的图案组成的弯弯曲曲的字:“全俄罗斯专制君主”。他又把眼睛向下移去,印的是:“尼古拉皇帝陛下……”再过去,是一块土豆皮。他仔细看了看图画:看不见皇帝的脸,上面放着一个空瓶子。米伦·格里戈里耶维奇虔诚地眨着眼,想要欣赏一下皇上扎着白皮带的、华贵的礼服,但是礼服被密密麻麻的滑腻的黄瓜子盖住了。由一群很不出色的、像一个模子里倒出来的公主簇拥着,戴着宽边帽子的皇后在自满地看着人们。这不禁使米伦·格里戈里耶维奇怆然而泪下。他心里想:“别看你现在这么骄傲,就像只放出笼子的母鹅,等到你要嫁女儿的时候,我看你……大概也会心慌意乱的!”

潘苔莱·普罗珂菲耶维奇像只大黑蜂一样,在他的耳边嗡嗡直叫。

科尔舒诺夫抬起被眼屎糊住的眼睛望着他,仔细听他讲。

“俺们要为了你的姑娘——现在她也可说是我的姑娘啦……为了你我两人的姑娘办备这份聘礼……又是带套鞋的靴子,又是顿河羊羔皮袄……俺们就得把牲口全都从院里赶出去卖掉。”

“舍不得吗?”米伦·格里戈里耶维奇用拳头敲了一下桌子说。

“这不是舍得舍不得……”

“舍不得吗?”

“你听我说,亲家公……”

“既然舍不得——那就吹啦! ……”

米伦·格里戈里耶维奇用扎煞着五个指头、汗淋淋的手在桌面上一扫,酒杯就全都摔到地上去了。

“是你的女儿要去过日子,去积攒家业呀!”

“就让她去积攒好啦! 聘礼一定要这样,否则咱们就别做亲家! ……”

“把牲口全从院里赶出去……”潘苔莱·普罗珂菲耶维奇摇着脑袋,耳环在耳朵上直哆嗦,闪着黯淡的光泽。

“聘礼是一定要的!……她当然有自己的嫁妆,好几箱子,可是如果她真正合了你们心意的话,那就请你尊重我的意见!……这是咱们哥萨克的风俗。自古以来,就是这样——咱们要遵守古礼……”

“我尊重你的意见!……”

“那就好啦。”

“我尊重你的意见!……”

“积攒家业——就让小两口去积攒吧。我们积攒起了家业,而且现在的日子也不比别人差,去他妈的吧,不用担心,他们也会积攒起一份家业来的!……”

两位亲家的胡子交织成一片不同颜色的篱栅。潘苔莱·普罗珂菲耶维奇吃了一条干瘪的酸黄瓜,解了解亲嘴的气味,他百感交织,不禁泪下。

两位亲家母拥抱过以后,就坐在大箱子上,争先恐后地大声交谈起来。伊莉妮奇娜满脸是樱桃色的红晕,亲家母被伏特加灌得脸都青了,好像一只霜打过的冻梨。

“这样的孩子世界上再也找不到啦。她一定会听你的话,孝顺你,这个丫头是一点越轨的事也不会做的。一句话,我的好亲家母啊,她决不敢说句反对你的话。”

“咦咦咦,我的亲爱的,”伊莉妮奇娜打断她的话,左手捂着腮帮子,右手撑扶着左胳膊肘子,“我不知道对这狗崽子说过多少次啦!上星期天晚上,他又要去,正在往荷包里装烟,我对他说:‘你什么时候才能把她扔掉啊,该死的异教徒?我这么大年纪啦,这种耻辱你还想叫我蒙受多久呀?要知道司捷潘一下子就会把你的脖子拧断的!’……”

米吉卡爬到厨房门上,从上面的门缝里往内室张望,娜塔莉亚的两个小妹妹在下面嘁嘁喳喳地说个不停。

娜塔莉亚在屋角上的一个房间里,坐在床上,用上衣的窄袖子擦着眼泪。即将开始的新生活使她感到恐惧,同时又神秘得使她忐忑不安。

堂屋里已经喝完了第三瓶伏特加;决定了在第一个救主节就给新

夫妇完婚。

第十九章

科尔舒诺夫家是一片婚前的忙乱。正忙着给新娘子赶做各种内衣、枕套一类的衣物。娜塔莉亚每天晚上在用烟色的细羊毛线给未婚夫织围巾和绒手套,这是自古传下来的风俗。

她的母亲卢吉妮奇娜则一天到晚趴在缝纫机上,给那个从镇上请来的女裁缝打下手。

米吉卡跟着父亲和几个长工从地里回来以后,脸也不洗,顾不得从长满老茧子的脚上脱下干活穿的、笨重的靴子,就钻进娜塔莉亚的闺房里去闲坐。他最喜欢逗弄妹妹。

"织东西哪?"他简单地问一声,便连连地朝着毛烘烘的围巾挤眼。

"织哪,与你有什么相干?"

"织吧,织吧,傻丫头,他不但不会感谢你,还要打你的耳光。"

"为什么?"

"为的叫你日子过得舒服些。我了解葛利沙,我们是好朋友。他是那样的一条凶恶的公狗——咬了你,但是并不告诉你为什么咬你。"

"别胡说啦!你以为我不了解他哪。"

"我可比你更了解他。我们一块儿念过书。"

米吉卡看着自己那被叉子弄得伤痕斑斑的手巴掌,把高耸的脊背弯得很低,故意喘着粗气。

"你嫁给他可就完啦,娜塔什卡[1]!还是在家里当姑娘好。他有什么叫你爱的地方呀?嗯?他太野了,是匹驯不好的劣马,而且还有点儿傻里傻气……你再仔细一看:原来是个非常可恶的家伙!……"

娜塔莉亚生气了,咽着眼泪,把可怜的脸伏在围巾上。

---

① 娜塔什卡是娜塔莉亚的爱称。

“最糟的是他正爱着别人……”米吉卡毫不怜悯地挖苦说，“你哭什么呀？你太糊涂啦，娜塔什卡。退掉这门亲事吧！我立刻就备马，去通知他们，就说，请不必再来啦……”

格里沙卡爷爷救了娜塔莉亚：他走进屋子，一面用疙疙瘩瘩的拐杖试探着地板的坚固程度，一面捋着像乱麻似的黄胡子；用拐杖戳着米吉卡，问道：

“坏小子，你干什么跑到这儿来啦，你说什么？”

“我来看看她，爷爷。”米吉卡辩解说。

“来看看？是吗？坏小子，我命令你从这儿滚出去。开步走！”

爷爷挥舞着拐杖，哆哆嗦嗦地移动着两条瘦腿朝米吉卡走去。

格里沙卡爷爷已经在这个世界上生活了六十九年。他参加过一八七七年的俄土战争，曾经给古尔科①将军当过传令兵，后来因失宠，又被派回团里去。因为在普列夫那和罗希奇②的两次战役中立过功，得了两枚乔治十字勋章和一个乔治奖章。他和老普罗珂菲·麦列霍夫同过事，现在儿子家颐养天年，由于他直到晚年头脑还很清楚，还由于他一贯正直不阿，并且慷慨好客，所以在村子里受到普遍的尊敬，他把自己的风烛残年都消磨在对往事的回忆中。

夏天，他从太阳出来，直到太阳落山，总是坐在墙根的土台上，低着头用拐杖在地上划着，沉入形象模糊和思路断续、恍惚的回忆中，但陈年往事，早已模糊不清，黯然失色，犹如回光返照……

褪色的、有了裂缝的哥萨克制帽的帽檐在他那紧闭着的黑眼皮上，投下一圈暗影；被阴影一遮，两颊上的皱纹显得更深了，大白胡子透出灰色的光泽。像山沟里的黑土一样黑的血液，顺着交叉在拐杖顶上的手指头，顺着手腕，顺着凸出的青筋缓慢地流着。

血在一年比一年凉。格里沙卡爷爷向娜塔莉亚——他最喜爱的孙女——诉怨说：

“毛线袜子都不能使我的脚暖和啦。好孙女，你给我用钩针钩一

---

① 古尔科(1828—1901)是一八七七年俄土战争时的俄国统帅。

② 普列夫那和罗希奇都是在俄土战争中被俄罗斯人攻克的城市。

双厚袜子吧。”

“你怎么啦，爷爷，要知道现在是夏天呀！”娜塔莉亚瞅着坐在墙根下土台上的祖父，瞅着他那尽是皱纹的黄色大耳朵，笑着说道。

“这有什么办法呀，我的好孙女，虽然正当盛夏，可是我的血就像地底下的土一样，冰凉冰凉的。”

娜塔莉亚看着祖父手上网络般的青筋，想起：在她还是小姑娘的时候，人们在院子里淘水井，——她从桶里拿了一块潮湿的黏土捏大泥娃娃和犄角总爱碎折的牛玩。她立即就想起手触着那从五沙绳深的地下掘出来的、冰凉的陈泥的滋味。再看祖父那棕色的、长满黏土色老斑的手时，就有点儿害怕了。

她觉得祖父的手上流的不是红艳艳、活生生的鲜血，而是青紫色的泥浆。

“你怕死吗，爷爷？”她问道。

格里沙卡爷爷扭了扭布满皱纹、青筋嶙嶙的细脖颈，好像是要把脖子从旧制服的硬领子里挣出来似的，白中透绿的胡子颤动着，说道：

“我正在盼着死神的来临，就像盼望贵客一样。到了该死的时候啦……已经活了一辈子，给几代沙皇当过差，我这一辈子也喝了不少伏特加啦。”他张着满口白牙的嘴微笑着说，眼上的皱纹在不停地哆嗦。

娜塔莉亚摸了摸祖父的手，走开去了；他仍旧是弯着腰，坐在墙根下的土台上，用把手已经磨得光光的拐杖在土地上划着；身上穿的是一件打满补丁的灰制服，紧箍着脖颈的硬领上鲜红的领章却依然在快活地生气勃勃、神气活现地笑着。

他听到给娜塔莉亚说媒的消息，表面上很镇定，但是心里却既难过，又怨恨：因为总是娜塔莉亚在吃饭的时候把最好的菜肴分给他，娜塔莉亚为他洗衬衣，做针线活儿，织袜子，补裤子和上衣，——所以，格里沙卡爷爷得知这个消息以后，有两天总是用冷冰冰的、严厉的目光看她。

“麦列霍夫家是很有名气的哥萨克。已故的普罗珂菲是个英勇的哥萨克。可是他的孙子们怎样呢？啊？”

“孙子也不坏。”米伦·格里戈里耶维奇支吾其词地回答说。

“葛利什卡是个不懂礼貌的坏小子。前天我从教堂出来，他碰见了我，连好都不问。如今对老人可太不恭敬啦……”

“他是一个温柔的小伙子。”卢吉妮奇娜替未来的女婿辩护道。

“是吗？你说是个温柔的小伙子吗？那好吧，但愿如此。只要娜塔莉亚称心就行啦……”

格里沙卡爷爷几乎没有参与说亲的事，只是偶尔从内室里走出来，在桌边小坐，艰难地把一杯伏特加喝进细嗓子眼去，觉得身上暖和一点儿，有些醉意之后，便走开了。

起初的两天，他一声不响地盯着幸福而又不安的娜塔莉亚，咂着嘴，抖动着白中透绿的胡子；后来，他的态度显然软化了。

“娜塔什卡！”有一次他这样喊道。

娜塔莉亚走了过来。

“你怎么的，好孙女，不用问，很高兴，是吧？”

“我自己也不知道，爷爷。”娜塔莉亚坦白地说。

“哼哼……哼哼……你瞧……哼，基督保佑你，上帝保佑你。”他惋惜、伤心地责备说，“你等不得啦，坏丫头，应该等我死了再出嫁……没有你，我的日子将是很难熬的。”

在厨房里偷听他们谈话的米吉卡说道：

“爷爷，你也许还能活一百岁呢，那她也要这样等着？你的把戏玩得可太妙啦。”

格里沙卡爷爷脸涨得由红变青，气得说不出话来，用拐杖戳着地，跺着脚，骂道：

“住嘴，坏小子，狗崽子！滚！……滚！……唉，你这个恶鬼！……偷听别人的话，魔鬼！……”

米吉卡笑着溜到院子里去了，可是格里沙卡爷爷却生了半天气，他咒骂着米吉卡，脚上穿着短筒毛袜子的腿直哆嗦。

娜塔莉亚的两个小妹妹，玛丽什卡——十二岁的小姑娘和格丽普卡——被宠爱的、八岁的淘气鬼，在焦急地盼着举行婚礼的日子。

常住在科尔舒诺夫家的长工也流露出有分寸的欢欣。他们盼望着东家请他们吃一顿丰盛的喜酒，并且希望在举行婚礼的日子能歇两天工。其中的一个是大高个——足有井台上的井架那么高，——是一个博古恰尔地方的乌克兰人，他的姓十分奇怪，姓格季—巴巴。他每半年就要大喝一场，每次总要把他的全部家当和工钱都喝光。渴望大喝一场的熟悉的冲动早已按捺不住，但是他抑制着，要等到举行婚礼的时候才开始。

另一个是个身体瘦弱、肤色黝黑的米古林斯克镇的哥萨克，名叫米海，到科尔舒诺夫家来还不久；他家被一场大火烧个精光，就到这儿来当长工，自从跟格季科（大家都把格季—巴巴简称作“格季科”）交了朋友以后，也逐渐喝起酒来。此人非常爱马，喝点酒以后就号啕大哭，抹着没有眉毛的小尖脸上的眼泪，缠着米伦·格里戈里耶维奇说道：

“东家！我的亲人！等你嫁女儿的时候——叫我米海伊卡[1]赶车吧。你看我赶得怎样吧！我能赶着马跳过火焰，一根毛也烧不掉。我自己也曾有过几匹马……唉！……”

一向忧郁，而且不爱答理人的格季科，不知道为什么却跟米海成了好朋友，他总是用一个从不换样的玩笑逗他：

“米海，你听见吗？你是啥地方人？”他一面问，一面擦着两只长得可以够着膝盖的手，接着自己又变换着声调回答，“‘我是米古列夫斯克[2]人。’——‘可是你怎么长成这个德行？’——‘俺们那儿的人统统是这个德行。’”

他总是被自己反复说的这个笑话逗得哑着嗓子哈哈大笑不止，还用手巴掌响亮地拍着自己的干瘦得咚咚响的小腿胫骨，而米海却厌恶地瞅着格季科刮得光光的脸和脖颈上颤动的喉核，骂他是“夜猫子”和“疮痂”。

规定在第一个救主节举行婚礼。现在只剩下三个星期了。圣母升天节那天，葛利高里来看望未婚妻。他坐在娜塔莉亚闺房里的圆桌边，跟姑娘们——未婚妻的女友们——嗑了一会儿葵花子和榛子，就起身回家。娜塔莉亚出来送他。在板棚檐下，在葛利什卡那匹鞴着漂亮的

---

① 米海的爱称。
② 即米古林斯克，他为了开玩笑，故意说成这样子。

新鞍子的马吃草的槽边,她把手伸进怀里,然后红着脸,用爱恋的目光看着葛利高里,把一个柔软的,还带着她处女胸脯热气的小包塞到他手里。葛利高里接过礼物的时候,朝她龇了龇像狼一样的、尖利的白牙齿,问道:

“这是什么东西?”

“回家就知道啦……给你绣了个烟荷包。”

葛利高里犹疑地把她拉到自己怀里,想亲她一下,但是她拼命用两手撑住他的胸膛,灵快地向后一仰头,害怕地朝窗户扫了一眼。

“人家会看见的!”

“叫他们看见好啦!”

“怪不好意思……”

“这是头一回。”葛利高里解释道。

她拉着缰绳,葛利高里皱起眉头,脚踏上锯齿形的马镫。他在鞍子上坐好,便策马走出院子。娜塔莉亚开开大门,用手掌搭在眼上,看着他的后影:葛利高里像加尔梅克人一样骑在马上,略微向左边歪着身子,剽悍地挥动着鞭子。

“只剩下十一天啦。”娜塔莉亚心里计算着,叹了口气,笑了。

第 二 十 章

小麦长出了尖尖的绿芽儿,天天见长;一个半月以后,连乌鸦的脑袋都能藏进去了,麦子吮吸着土壤里的养料,抽了穗;然后开花,麦穗罩上了一层金黄的花粉;麦粒灌满了香喷喷、甜丝丝的乳浆。当家人来到麦地里一看,真是心花怒放,可是突然不知道从什么地方闯来一群牲口,在麦地里乱踩一阵:可怜那沉甸甸的麦穗全被踩烂在田垄上。凡是牲口践踏过的地方,到处是一片片踩坏了的麦子……真是惨不忍睹,伤透了心。

而阿克西妮亚的心情正是这样的:葛利什卡用笨重的生皮靴子踩

在她那开着金黄色花的、成熟了的爱情上;把它烧成了灰烬,糟踏够了——扬长而去。

阿克西妮亚从麦列霍夫家的向日葵园里回来以后,她的心就像被人遗忘了的、长满了胭脂菜和艾蒿的场院一样,变得空虚而又荒凉。

她走着,嘴里嚼着头巾的尖角,哭叫声在喉咙里直往上冲。一进门,就倒在地板上,眼泪、痛苦涌进头脑里的一片黑洞洞的空虚,憋得她喘不过气来……后来这些都过去了;只有心灵深处好像有什么锋利的东西在隐隐地刺她,折磨着她。

被牲口踩倒的麦子又立起来了。雨露阳光,使踩倒在地上的麦茎又挺立起来;起初,就像一个被不能胜任的重负压得弯着身子的人一样,后来就挺直身子,抬起头来,白昼又照样照耀着它,风又照样吹得它摇曳多姿了……

夜里,阿克西妮亚一面狂热地抚爱着丈夫,一面却在思念着另一个人,憎恨和热爱交织在心头。这个女人的脑子里又产生了重操旧业、进行新的犯罪的念头:她决心把葛利什卡从幸福的、既未受过苦、又未尝过爱情欢乐的娜塔莉亚·科尔舒诺娃手里夺回来。每天夜里她想出一大堆主意,在黑暗中眨着干枯的眼睛。司捷潘睡熟了,他那好看的脑袋沉重地压在她的右臂上,鬈曲的长额发歪到了一边。他半张着嘴呼吸,一只黑手放在妻子的胸膛上,干活磨得粗糙的铁一样硬的手指头在抖动。阿克西妮亚想着,盘算着,不断地改变着主意。只有一点是毫不动摇地决定了的,那就是要把葛利什卡从一切人的手里夺回来,像从前一样,用爱情把他浸起来,占有他。

在心灵深处,仿佛有什么尖利的、像没有拔出来的黄蜂刺,扎得她像挑脓一样疼痛难忍。

这是夜里,可是白天,阿克西妮亚却把全部思绪沉没到照料家业和忙乱中去了。有时,在什么地方碰上葛利什卡,她总是脸色苍白,扭着那夜夜思念他的、丰美的身段走过去,诱惑、卖弄地直盯着他那野气十足的黑眼睛。

葛利什卡每次跟她碰面以后,就会产生一种刺心的相思。他无缘无故地发脾气，向杜妮亚什卡，向母亲发脾气，常常拿起马刀，跑到后院，去砍插到地里的粗树枝，累得汗流满面，脸上凸起的肌肉在不停地颤动。一星期的工夫，竟砍了一大堆。潘苔莱·普罗珂菲耶维奇闪动着耳环和黄色的白眼珠，骂道：

“混账东西，你砍的足够编两道篱笆啦！瞧，原来是砍木头的能手，真是他妈的怪物。等去砍树枝的时候，有你砍的……等着吧，小伙子，等你去服役的时候，会让你砍个够！……在那里，你们这号人，很快就会叫你们服服帖帖……”

第二十一章

为了迎娶新娘子，套了四辆双套大车。人们都像过节似的打扮得漂漂亮亮，聚集在麦列霍夫家院子里的轿车旁。

男傧相彼得罗，穿了一件黑常礼服上衣和一条蓝色镶绦的裤子，左边袖子上扎着两条白手绢，麦色的胡子上挂着抹不掉的、嘲弄的微笑。他紧靠新郎坐着。

“葛利什卡，别胆怯！把脑袋像公鸡似的伸出来，你为什么这样愁眉苦脸的呀？”

轿车旁边是一片混乱和喧哗。

“男傧相跑到哪儿去啦？该走啦。”

“教父呢？”

“啊？”

“教父，你坐第二辆车吧。你听见了吗，教父？”

“车子放上软垫子了吗？”

“请放心，没有软垫子也不会把你颠坏的。车座很软和！”

达丽亚穿着紫红色的毛料裙子，身段矫健、苗条，就像红柳树枝条；她挑起描得弯弯的眉毛，推着彼得罗说：

“该走啦，去跟爸爸说一声。现在女方正等着哪。”

彼得罗和一瘸一拐地从什么地方钻出来的父亲悄悄嘀咕了几句，就吩咐说：

“请坐上车吧！我的车上坐五个人，再加上新郎。阿尼凯，你赶车。”

大家都坐上车去。脸色发紫、神色庄重的伊莉妮奇娜打开了大门。四辆马车争先恐后地沿街飞驰而去。

彼得罗坐在葛利高里的旁边。达丽亚坐在他们对面，挥舞着一条绣花手绢。每当马车驰过高低不平的路段时，大家的歌声就中断了。满车一片哥萨克制帽的红帽箍，蓝色的和黑色的制服和常礼服，扎着白手绢的衣袖，女人彩虹般的绣花头巾和五颜六色的裙子。尘土像轻纱的长裙一样，拖在每辆车后。这就是迎亲的行列。

麦列霍夫家的邻居，论起来，是葛利高里的堂兄弟阿尼凯赶车。他朝前倾着身子，几乎要从车座上摔下去了，鞭子抽得啪啪直响，不断尖声吆喝着；浑身是汗的马拉紧了马套，拉得和弓弦一样直。

“抽它们！抽！……”彼得罗大声喊道。

阿尼凯是个没有胡子、老公嘴的人，他时而朝葛利高里挤挤眼，微微一笑，那女人般的光脸就皱起一片细纹；时而尖声吆喝，鞭打马匹。

“让开路……”新郎的舅舅伊利亚·奥若金追上他们，大声喊道。葛利高里在他背后看到了杜妮亚什卡幸福的、两颊在微微颤动的、黝黑的脸。

“不行，等等！……”阿尼凯从座子上跳起来，喊道，刺耳地吹了一声口哨。

马像发疯似的飞跑起来。

“你——要——要——摔——摔下去啦！……”达丽亚被车颠得上下直跳，两手抱住阿尼凯的漆皮靴子，尖声叫道。

“跟上！……”伊利亚舅舅在旁边吆喝道。他的声音淹没在一片辚辚的车声里。

其余的两辆大车，满载着穿花衣服、哇啦哇啦叫着的人们，并排在路上飞跑。马匹都披着大红的、天蓝的和浅粉色的马衣，马鬃和额鬃上都系着纸花和缎带，拴着许多铃铛，在坎坷不平的道路上飞跑，洒下颗颗像肥皂泡似的大汗珠,风吹着马衣,在湿淋淋的马背上啪哒啪哒响着,飘扬着。

一群孩子在科尔舒诺夫家大门旁守候着迎亲的行列。他们一看见在路上扬起的尘土,就纷纷拥进了院子。

“来啦!”

“花车来啦!”

“已——经看——见——啦!……”

孩子们围住第一个遇上的人格季科。

“你们围在这儿干什么?滚开,讨厌的小麻雀!吱吱喳喳,把人的耳朵都吵聋啦。”

“你这个浑身油泥的霍霍尔①,我们来逗逗你吧!霍霍尔!……霍霍尔!……焦油贩子!……”孩子们吱呀乱叫,围着格季科那口袋似的、肥大的裤子乱跳。

格季科低下头去,好像往井里看似的,打量着身边那些疯了似的孩子,仁慈地笑了。

马车轰隆轰隆地驶进了院子。彼得罗领着葛利高里走上台阶,同来的迎亲人群也跟着走上去。

从门廊通到厨房去的门关着。彼得罗敲了敲门,说道:

“主耶稣基督,宽恕我们吧。”

“阿门。”门里面回应了一声。

彼得罗敲了三次门,把话又重复说了三遍,里面才闷声地答应他。

“能让我们进去吗?”

“欢迎欢迎。”

门打开了,礼宾是娜塔莉亚的教母——一个很漂亮的寡妇,她鞠躬迎接彼得罗,微紫的脸上露出嘲讽的笑容。

“请喝一杯吧,亲爱的傧相,祝您健康。”

她递过来一杯混浊的、还没有发酵好的克瓦斯,彼得罗把胡子向两旁分了分,喝了下去,在一片抑制的笑声中咳了一下,说道:

---

① 帝俄时代,大俄罗斯人常称呼乌克兰人为“霍霍尔”,是一种带侮辱性的称呼。

“哼，亲爱的礼宾，你请我喝这种玩意儿！……等着吧，我的亲爱的黑莓果，我不会这样招待你的，我要叫你哭个够！……”

“请您原谅。”女礼宾鞠了一躬，对彼得罗狡狯、刻薄地一笑。

在男傧相和女礼宾斗嘴的时候，按照规矩，向新郎的亲人敬了三杯伏特加。

娜塔莉亚已经穿好结婚礼服，戴上了面纱，许多人在桌边围着她。玛丽什卡手里举着一根擀面杖，格丽普卡神气地在摇着一只播种用的筛子。

彼得罗已经出了汗，几杯伏特加灌得他已经稍有醉意，他恭恭敬敬地弯着腰，捧给他们每人一只酒杯，里面放着一枚半卢布的硬币。女礼宾向玛丽什卡挤了挤眼，小姑娘就用擀面杖在桌子上一敲：

“太少！我们不能贱卖新娘！……”

彼得罗往里添了几个，又把装着铮铮响的银币的杯子端给她们。

“不卖！”两个小妹妹用胳膊肘子推撞着低下头去的娜塔莉亚，凶狠地说。

“那可没有法子了！我们出的价钱已经够高啦。”

“卖了吧，姑娘们。”米伦·格里戈里耶维奇命令说，微笑着挤到桌边来。他那火红色的头发已经涂了化开的牛油，梳得平平整整，散发着汗臭和牲口粪的腐烂气味。

围坐在桌旁的新娘的亲戚和好友都站了起来，腾出地方。

彼得罗把手绢的一头塞到葛利高里手里，然后跳到长凳子上，牵着他绕过桌子，领到端坐在圣像下头的新娘面前。娜塔莉亚用羞怯得出了汗的手攥住手绢的另一头。

坐在桌边的人都吃了起来，用手撕着卤煮小鸡，在头发上擦着油手。阿尼凯在啃鸡胸脯上的骨头，从光光的下巴上往脖领里淌着油晃晃的汗水。

葛利高里惋惜地看着他和娜塔莉亚的两只用手绢系在一起的汤匙，望着在瓷碗里冒热气的面条。他很想吃东西，肚子饿得咕噜咕噜直响，很不舒服。

达丽亚坐在伊利亚舅舅旁边，自己吃着。伊利亚正在用又大又好的牙齿啃一块羊肋骨。大概他对达丽亚说了什么下流话，因为外甥媳妇直眨眼睛，眉毛哆嗦着，脸涨得通红，不断地在微笑。

大家都吃得很认真，而且吃了很久。男人带树脂味的臭汗味和诱人的香汗味混在一起。在箱子里放久了的裙子、常礼服和围巾散发着樟脑气味，还有一种甜甜的浓郁得说不上来的气味。

葛利高里不时斜眼看看娜塔莉亚。这时他才头一次注意到她的上嘴唇微鼓，像帽檐似的罩在下嘴唇上。还发现她的右颊上，颧骨下面一点儿，长着一块褐色的痣，痣上生了两根金色的细毛，不知道为什么这使他感到很不舒服。他想起了阿克西妮亚那长着柔软鬈发的颀长的脖颈，这时他突然觉得，好像有人把扎人的干草屑撒进他的衬衣领里，撒到汗漉漉的脊背上。他打了一个寒战，怀着难耐的苦闷看了看那些正吧嗒着嘴大吃大喝的人。

等到大家都离开桌子的时候，有个人嘴里喷着甜羹和吃足面包的饱嗝儿的酸臭气味，俯下身去，往葛利高里的靴筒里撒了一把小米：这是为了防备新郎万一被毒眼瞅了，也不致遭殃。回家的时候，一路上米粒直硌脚，紧紧的衬衣领子勒得喉咙喘气都困难，于是，被婚礼这些仪式弄得心情恶劣的葛利高里怀着冷漠、绝望的怨恨，悄悄在暗自咒骂。

第二十二章

在科尔舒诺夫家已经休息过来的马匹，使出最后的力气，往麦列霍夫家的院子跑去。马肚带上流满了一团团的汗沫。

醉醺醺的车夫都毫不怜惜地驱赶着马匹。

老人们出来迎接迎亲的行列。潘苔莱·普罗珂菲耶维奇捧着圣像，乌黑的大胡子上闪着银丝，伊莉妮奇娜站在旁边，紧闭着两片薄嘴唇，像是冻僵了似的。

葛利高里和娜塔莉亚在人们撒来的酒花籽和麦粒①阵中走上前来接受祝福。潘苔莱·普罗珂菲耶维奇为他们祝福，禁不住老泪纵横，便慌张起来，皱起眉头：这样当众出丑，实在遗憾得很。

新人走进了上房。因为喝酒、坐车和被太阳晒得脸色绯红的达丽亚跳上台阶，朝着从厨房里跑出来的杜妮亚什卡大声吆喝道：

“彼得罗在哪儿？……”

“我没有看见。”

“该去请神甫啦，可是这个该死的却不知道滚到哪儿去啦。”

酒喝得过量了的彼得罗躺在一辆卸下前辕的大车里，难过得直哼哼。达丽亚像鹞鹰似的抓住他。

“撑死啦，笨蛋！该去请神甫啦！……起来！”

“滚你的！你算老几啊？在这儿发号施令！”他理直气壮地说道，两手在地上直划拉，把鸡粪和牲口吃剩的草料扒成一堆。

达丽亚一面哭，一面把两个手指头伸进彼得罗嘴里压住在胡说八道的舌头，好叫他吐出来，醒醒酒。然后又冷不防往糊里糊涂的彼得罗的脑袋上浇了一桶刚从井里打上来的凉水，顺手拿起卷放的马衣给他擦干，把他领到神甫那里去。

一点钟以后，葛利高里和在烛光下显得更漂亮的娜塔莉亚并肩站在教堂里，手里举着一个蜂蜡芯子，用什么也看不见的眼睛向低声喊喳着的人群筑成的厚墙瞟着，脑子里不断地重复着这几个纠缠不休的字：“放荡够啦……放荡够啦！”脸虚肿起来的彼得罗站在后面，不断地咳嗽着，杜妮亚什卡的眼睛在人群里面闪动，还有些似乎认识的和不认识的面孔在晃动；耳边响着南腔北调的合唱声和助祭拖着长腔的祝福声。葛利高里陷入一种任人摆布的麻木状态中。他围绕经台走着，一脚踏在说话鼻音很重的威萨里昂神甫歪斜的靴后跟上；当彼得罗悄悄拉了一下他的常礼服衣襟，他就停了下来；他看着摇曳的烛光，竭力在跟那股使他昏昏欲睡的困劲儿斗争着。

“交换戒指！”威萨里昂神甫和蔼地看了一下葛利高里的神色以后

① 举行婚礼时，宾客用这些东西打新婚夫妇，象征将要过富裕的生活。

说道。

交换了戒指。“快完了吗?”葛利高里从侧面看见彼得罗的目光以后,用眼色问道。彼得罗的嘴角稍微动了动,敛起了笑容,说道:“快啦。”然后,葛利高里在妻子的湿润的、没有滋味的嘴唇上亲了三次,教堂里弥漫着熄灭蜡烛的难闻的气味,挤在教堂门廊里的人群一下都拥到出口处。

葛利高里把娜塔莉亚的一只粗糙的大手握在自己的手里,走到教堂门前的台阶上。有人把制帽给他扣在脑袋上了。南方吹来夹杂着苦艾气味的热乎乎的微风。从草原上送来阵阵的晚凉。顿河对岸的什么地方,闪着曲曲折折的蓝色的电光,要下雨了。教堂的白色围墙外面,伴随着马蹄声的清脆、温柔的铃铛声与鼎沸的人声混成一片。

第二十三章

科尔舒诺夫家的人在新郎和新娘去教堂以后才到来,他们未到以前,潘苔莱·普罗珂菲耶维奇曾多次跑到大门外边,顺着街道向远处遥望,可是两边长满一丛丛像镂孔花边似的刺草的灰色街道上,仿佛舔过一样,连一个人影子也没有。他把视线转向顿河对岸。树林子明显地变黄了,顿河对面的小湖边,芦花盛开的、成熟的芦苇疲倦地弯下腰,垂到湖面上,垂在香蒲上。

初秋梦幻似的、忧郁的蓝天又抹上一层苍茫的暮色,笼罩着村庄、顿河、石灰岩的小山,以及顿河对岸隐没在紫色烟霭中的树林和草原。大道的十字路口上,小教堂尖顶的轮廓像剪影似的衬在灰蓝的天幕上。

潘苔莱·普罗珂菲耶维奇听到了隐约的、辚辚的车声和狗叫声。两辆大车从广场上冲到街上来了。前面一辆车里,米伦·格里戈里耶维奇和卢吉妮奇娜摇摇晃晃地并排坐在软垫子上,他们对面坐的是格里沙卡爷爷;他穿了一套新制服,挂着乔治勋章和十字章。米吉卡潇洒地坐在车夫座上赶车,根本没有拿出压在坐位下面的鞭子来抽赶那两匹肥壮的、跑得发狂的铁青马。米海赶第二辆车，他身体向后仰着，不住地勒缰绳，竭力使飞奔的马匹换成小快步。米海那光光的、没有眉毛的脸上泛起了一层深深的红晕，汗珠纷纷从裂成两半的帽檐下面滚出来。

潘苔莱·普罗珂菲耶维奇开开大门，两辆马车紧跟着赶进了院子。

伊莉妮奇娜像母鹅似的从台阶上走下来。

“请进吧，亲爱的亲家！你们光临寒舍，真是赏脸啦！”她弯下粗胖的腰说道。

潘苔莱·普罗珂菲耶维奇歪着脑袋，摊开两臂，说道：

“竭诚欢迎你们光临，亲家！请进吧！”他高声唤人把马卸了，便朝亲家公走去。

米伦·格里戈里耶维奇在裤子上擦了擦手，掸了掸尘土。他们互相寒暄一番后，便朝台阶走去。格里沙卡爷爷由于车子震荡得厉害，感到很疲劳，所以落在后头。

“快请进屋里去，老亲家，请进吧！”伊莉妮奇娜一再邀请说。

“别费心了，太感谢啦！……就来啦。”

“盼了你们很久啦，请进吧。快拿把笤帚来给老亲家扫扫衣裳。这阵子的尘土真多，简直叫人喘不过气来。”

“一点儿也不错，天气太干燥……所以尘土多……不用张罗啦，亲家母，现在我先要……”格里沙卡爷爷朝脑筋迟钝的亲家母鞠着躬，向板棚退走过去，隐到油漆过的风车后头去了。

“你跟老人家缠什么呀，糊涂娘儿们！”潘苔莱·普罗珂菲耶维奇在台阶上迎上伊莉妮奇娜，劈头骂道。“老头子年纪大了，急着要小便啊，可是你哪……呸，主啊，真是个糊涂虫！……”

“我怎么会知道啊？”伊莉妮奇娜难为情地说。

“应该动动脑筋嘛。好啦，这也没有什么。去招待亲家母入席吧。”

几张摆满菜肴的桌子四周，醉醺醺的客人都在大呼小叫地说着醉话，亲家被让到堂屋的桌上就座。不久新夫妇也从教堂里回来了。潘苔莱·普罗珂菲耶维奇举起瓶子来斟酒，眼泪夺眶而出。

“好啦，亲家，来为咱们孩子们的幸福干一杯。祝他们诸事如意，就像咱们一样情投意合……祝他们快乐、健康，白头偕老……”

给格里沙卡爷爷斟满了一个大肚杯，这一杯酒有一半灌进他那乱哄哄的灰色胡子遮着的嘴里去，另一半则灌进制服的硬领里去了。宾主有时碰杯喝，有时拿起来就喝了。一片赶集似的喧嚣。坐在桌子尽头上的是科尔舒诺夫家的一个远亲尼基福尔·科洛维金——阿塔曼斯基团的老哥萨克，他举起一只手，吼叫道：

“苦啊！①”

“苦——苦啊！……”桌上其余的人也都同声喊道。

“哎呀，苦啊！……”挤满厨房的人也群起响应。

葛利高里皱着眉头，亲了亲妻子的淡而无味的嘴唇，恶狠狠地看着四周的人们。

四周是一张张的红脸。醉意蒙眬、放荡的目光和笑容。油晃晃的嘴嚼着，往绣花桌布上流着酒肉唾液的大嘴。总之，人们在吃喜酒。

尼基福尔·科洛维金咧开牙齿已经掉得七零八落的大嘴，又举起一只手来。

“苦啊！……”他那阿塔曼斯基团的蓝制服袖子上的三道金线绦——这是自愿延长服役的标志——皱了起来。

“苦——苦——啊！……”

葛利高里憎恨地看着科洛维金牙齿残缺不全的大嘴。

“亲嘴吧，小公鸡和小母鸡……”彼得罗嘶哑地喊道，被酒泡在一起像小辫子似的胡子在不断地扇动。

醉醺醺的、脸色绯红的达丽亚在厨房里唱起歌来了。大家都跟着她唱。歌声也传进了堂屋。

看啊，小河一条，
河上还搭了桥……

歌声交织成了一片，赫里斯托尼亚的声音追逐着别人的声调，震得

---

① 俄罗斯人的风格，婚礼宴会上如有人喊“苦啊”，新郎新娘就要接吻。

窗户玻璃吱吱直响,像打雷似地唱道:

谁给咱们端酒来呀,
咱们来开怀畅饮多美啊。

洞房里是一片女人的尖声歌唱:

我失去了,丧失了,
我那娇嫩的声调。

有一个像桶箍一样颤抖的、苍凉的男声出来帮腔:

失去了,哎哟哟,丧失了,哎哟哟,
我那娇嫩的声调。
噢噫,它在别人的花园里漂泊,
啄食着绣球花的苦果。

"咱们尽情地玩乐吧,好人们哪!……"

"请尝尝羊肉。"

"缩回你的爪子去……我丈夫,你看,他在往这里瞧哪。"

"苦——苦——啊!……"

"这个傧相真够放肆了,怎么能这样对待媒人呀。"

"哼,不不,你不必拿羊肉来招待我们……也许我喜欢吃条鲟鱼……我要吃鲟鱼:因为这种鱼肥。"

"普罗什卡大哥,来,咱们再干一杯。"

"这会使你心花怒放……"

"谢苗·戈尔杰耶维奇!"

"啊?"

"谢苗·戈尔杰耶维奇!"

"滚你的蛋吧!"

厨房里的地板震得直颤动,压得弯了下去,鞋后跟咚咚地响起来,一只玻璃杯摔到地上,响声却淹没在喧闹声中。葛利高里隔着座上客人们的脑袋往厨房里望去:娘儿们家正在一片呼啸和尖叫声中跳圈舞。她们摇晃着大胖屁股(没有一个瘦的,因为每人身上都穿了五六条裙子),挥舞着绣花手绢,胳膊肘子也跟着在跳舞。

手风琴在刺耳地召唤着。琴手奏起一支委婉低回的哥萨克舞曲。

“来,围成一圈! 围成一圈!”

“让一让,亲爱的客人们!”彼得罗推搡着那些跳舞跳得胀起来的娘儿们的大肚子,央告说。

葛利高里高兴起来,向娜塔莉亚挤了挤眼。

“你看,彼得罗要跳哥萨克舞啦。”

“他这是跟谁跳啊?”

“你没看见吗? 跟你妈跳哪。”

卢吉妮奇娜两手叉住腰,左手里拿着一条手绢。

“跳啊,喂,不然我就……”

彼得罗跳着细碎的脚步来到她面前,行了一个很漂亮的屈膝礼,又跳回原处。卢吉妮奇娜提起裙子,好像要跨过水洼似的,用鞋尖打着拍子,在一片喝彩声中,像男人一样放开脚步跳起来。

琴手奏起低回快速的调子,这种快速的节奏把彼得罗推离原来的地方。他哎哟了一声,用手巴掌拍着靴筒子,嘴角咬住胡子尖,蹲下去踢踢哒哒跳了起来。他的腿弹动着,膝盖快速地闪晃,踏着不可捉摸的舞步:额角上汗湿的额发在迅速地摆动,可是仍然赶不上跳跃的节奏。

拥挤在门口的人们的脊背挡住了葛利高里的视线。他只能听到钉着铁掌的鞋后跟踏出的、像燃烧松木板子时的噼啪响声,还有喝醉了的客人的疯狂喊叫声。

最后,米伦·格里戈里耶维奇和伊莉妮奇娜一同跳起来,他跳得既认真又严肃,就像他做一切事情一样。

潘苍莱·普罗珂菲耶维奇站在一张方凳上,摇晃着瘸腿,咂着舌头。他的脚虽然没有跳舞,但是他那闲不着的嘴唇和两只耳环却在跳个不停。

那些有跳舞瘾的人,还有些不会真正弯起腿跳的人也都热烈地跳起哥萨克舞来了。

他们召唤大家说:

“别叫人扫兴!”

“步子跳得小一点！哎呀，你！……”

“他的两条腿倒很灵活，就是屁股碍事。”

“快点！快点！”

“我们这边胜啦。”

“给我点甜果汁喝，不然我……”

“累啦，坏东西。给我跳，否则我就拿瓶子揍你！”

有点醉意的格里沙卡爷爷，抱住邻座客人的宽脊背，像蚊子似的对着那个人的耳朵嗡嗡道：

“你是哪一年宣誓①的？”

他的邻座，一个像枯老的橡树似的老头子，挥舞着一只手嚷道：

“一八三九年，孩子！”

“哪一年啊？”格里沙卡爷爷竖起干皱的耳朵问道。

“一八三九年，我已经告诉你啦。”

“您贵姓？在哪里服过役？”

“巴克拉诺夫斯基团的司务长——叫马克西姆·博加特廖夫。是……是红石崖村的人。”

“我问你，是麦列霍夫家的亲戚吗？”

“你说什么？”

“我说你是麦列霍夫家的亲戚吗？”

“啊哈，我是新郎的外公。”

“您在巴克拉诺夫斯基团服过役？”

老头子不断地点着头，用失去光泽的眼睛看着格里沙卡爷爷，一块没有嚼完的肉在他那光秃的牙床上翻滚。

“那么说，您参加过高加索战争②啦？”

“我曾跟已经去世的巴克拉诺夫将军本人一起服过役——愿他在天之灵幸福——平定过高加索——我们团里都是些少有的哥萨克……全都像禁卫军那样的高个子，就是都有点儿驼背……个个都是

---

① 指入伍宣誓。

② 指一八五九年以前二三十年间，由沙米里领导的高加索山民暴动，一八五九年八月被沙皇政府平息。

大长胳膊、宽肩膀——如今的哥萨克就是横着身子躺在上面都躺得下……孩子，你瞧，我们曾经出过些什么样的人物……去世的将军老爷在切连吉斯克山村马上就抽了我一顿鞭子……”

“可是我曾参加过土耳其战争……你说什么？是的，参加过。”格里沙卡爷爷挺起干瘪的胸膛说道，乔治勋章碰得叮当乱响起来。

“我们在天刚亮的时候占领了这个山村，可是中午的时候，号兵却吹起警号来啦……”

“我们也得到为白沙皇[①]效力的机会啦。在罗希奇附近发生了战斗，我们第十二顿河哥萨克团和敌人的禁卫军厮杀起来……”

“这个号兵吹起警号……”巴克拉诺夫斯基团的老兵根本不听格里沙卡爷爷的话，继续说下去。

“敌人的禁卫军就如同咱们阿塔曼斯基团的士兵。是的，您哪。”格里沙卡爷爷怒气冲冲地挥着手，激动地说，“他们也是为自己的沙皇打仗，他们的头上都戴着一顶口袋似的白帽子。你听见了吗？头戴着口袋似的白帽子。”

“我对我的同事说：‘季莫沙，咱们这是要退却啦，把墙上的挂毯扯下来，咱们把它捆在马鞍后的带上……’”

“我有两枚乔治勋章！是因为作战英勇奖给我的！……我曾活捉过一个土耳其少校……”

格里沙卡爷爷哭着，用他那干瘦拳头敲着巴克拉诺夫斯基团的老爷爷狗熊般的脊背，发出咚咚的响声；但是巴克拉诺夫斯基团的老爷爷正拿着一块鸡肉，把樱桃酱当做芥末蘸着，无精打采地看着洒满了面条的桌布，吧嗒着干瘪的嘴：

“孩子，鬼叫我干出了这桩丑事……”老头子的眼睛呆呆地固执地盯着桌布上的白色皱褶，仿佛他看到的并不是洒满了酒和面条的桌布，而是白雪皑皑的、耀眼的高加索蜿蜒的群山。“在这以前，我从来没有拿过别人的东西……常常我们占领了契尔克斯人的村庄，小土房子里有些财物，可是我并不眼馋……拿别人的东西都是因为鬼迷了心

① 十月革命前，非俄罗斯人都这样称呼沙皇。

窍……可是,这一回……却看上了一条挂毯……带穗头的……我想这玩意儿可以当马衣……”

“什么世面咱们都见过。咱们也到过外国。”格里沙卡爷爷想看看邻座的眼睛,但是那深眼眶像长满了蓬蒿的小沟一样,遮了一层白色的眉毛和胡子毛团;格里沙卡爷爷看不见他的眼睛,因为周围全是一片浓密的硬毛。

他使了一个计策;他想用自己故事的紧张地方吸引邻座的注意,就单刀直入,从中间讲起来:

“于是捷尔辛采夫上尉就命令道:‘全排成纵队迅速前进,前进!’”

巴克拉诺夫斯基团的老爷爷,就像一匹听见了军号声的战马,仰起脑袋,把疙疙瘩瘩的拳头放到桌子上,悄悄地说道:

“巴克拉诺夫斯基团的弟兄们,收起马刀,准备好长矛,投入战斗!……”这时候他的声音突然洪亮起来,昏暗的瞳人闪闪发光,垂老的眼睛里又燃起昔日的火焰。“巴克拉诺夫斯基团的好汉们!……”他张开只剩下光秃秃的黄牙床子的大嘴,吼叫道:“冲锋……冲锋,前进!……”

他机智地、英姿勃勃地望着格里沙卡爷爷,也不再老用上衣的脏袖子去擦那使下巴痒酥酥的眼泪啦。

格里沙卡爷爷也活泼起来了。

“上尉对我们发出了这样的命令,挥了一下马刀,我们就飞马向前冲去,但是敌人的禁卫军排成了,你瞧,这样的阵势,”他用手指头在桌布上画了一个歪歪扭扭的四边形,“向我们开起炮来。我们往他们的阵地上冲了两次——每次都被他们打回来了。突然,侧翼的小树林边出现了他们的骑兵。我们的连长就下命令。我们转向右翼,重整了队形——向他们冲去。厮杀起来。什么样的骑兵能够顶得住哥萨克的冲杀呀?就是这么回事。他们号叫着,向树林子里逃去……我看见,我前头有一个敌人的军官,正骑在一匹深褐色的马上奔逃。是一位非常英俊的军官,两撇黑胡子向下耷拉着,他总在回头看我,并且在从枪套里往外拔手枪。枪套是拴在马鞍子上的……他开了一枪,没有打中。这时候我把马一夹,追上了他。起初我想砍死他,可是后来我又改变了主意。要知道他也是一个人嘛……我用右手拦腰把他抱住,您看,他就这样从马鞍子上飞了下来。他直咬我的手臂,可是我还是把他俘虏了……”

格里沙卡爷爷胜利地看了看他的邻座:老头子却把四方的大脑袋垂到胸前,在喧哗声中舒服地打着呼噜,睡着了。

卷　二

第 一 章

谢尔盖·普拉托诺维奇·莫霍夫的家世,有很悠久的历史。

在彼得一世统治的时期,有一次,一艘官船满载着干粮和火药,沿着顿河向亚速海驶去。顿河上游,离霍皮奥尔河口不远的地方,有一个叫奇戈纳克的"强盗"市镇,这个小镇的哥萨克在夜里偷袭了这只船,杀死了正在酣睡的守卫,把干粮和火药抢劫一空,把船也凿沉了。

按照沙皇的命令,从沃罗涅什①派来了军队,把那个强盗市镇奇戈纳克烧光了,在战斗中毫不留情地把那些参加过抢船的哥萨克全都击溃,把俘虏的亚基尔卡大尉和另外四十名哥萨克在水上绞刑架上绞死;为了恫吓下游骚动的村镇,把绞刑架顺流放到顿河下游去。

十多年后,在奇戈纳克的旧址上,重又炊烟缭绕,许多新移来的和那些劫后幸存的哥萨克又在那里定居下来。市镇重又发展起来,并修筑了一道环镇围墙。从那时候起,从沃罗涅什派来一名皇家坐探和眼线——农民莫霍夫·尼基什卡。他贩卖各种哥萨克日常生活中必需的杂货:刀柄,烟草,火石等等;他也买卖赃物,而且每年要到沃罗涅什去两次,表面上是去办货,实际上是去报告,说镇上目前还算安静,哥萨克也没有策划什么新的叛乱。

这个莫霍夫·尼基什卡后来繁衍成了商人莫霍夫家族。他们在哥萨克的土地上牢牢地扎下了根。在镇上撒下了种子,而且繁衍起来,就像野草一样拔也拔不净;他们神圣地保存着沃罗涅什督军派遣他们的祖先到这个叛乱集镇时颁发的、已经破烂不堪的证书。如果不是谢尔盖·普拉托诺维奇的祖父还在世时的一场大火,把藏在神龛里装着证书的锦匣烧掉的话,也许会一直保存到今天呢。谢尔盖·普拉托诺维

① 沃罗涅什是南俄的重镇,位于顿河支流,沃罗涅什河边。

奇的祖父因为喜欢赌博，弄得倾家荡产；他原要重振家业，可是大火又把他所有的财产都烧光了，所以谢尔盖·普拉托诺维奇就不得不又重新创业。他埋葬了瘫痪的父亲以后，拿一个已经磨损得尽是麻坑的卢布做本钱，干起事业来了。起初他走村串巷，收购猪鬃和鹅毛。过了五年的穷日子，一戈比一戈比地欺骗和榨取附近各村的哥萨克，可是后来他不知怎么地，摇身一变，收破烂的谢廖什卡①就成了谢尔盖·普拉托诺维奇了，在镇上开了一个小杂货铺，和半疯半傻的神甫女儿结了婚，拿到了一笔相当可观的陪嫁钱②，又开了个布店。谢尔盖·普拉托诺维奇的布店开得正是时候。依照军区政府的命令，开始把顿河左岸各乡镇辖区内的哥萨克整村整庄地迁移到右岸来，因为左岸的土地贫瘠，都是像石头一样硬的黄沙地。一个新的克拉斯诺库特斯克镇发展起来；新建房舍天天在增加。在与原属地主土地交界的地方，在奇尔河、黑河和弗罗洛夫卡河的两岸，在草原上的山谷和洼地里，一直到乌克兰小村庄一带的广阔区域内，出现了许多新的村庄。过去买东西，常要跑到五十多俄里以外去，可是，现在这里开了一家新铺子，一色的新松木货架，架子上摆满了诱人的布匹绸缎。谢尔盖·普拉托诺维奇的事业就像一只拉满了的三排键的手风琴一样，全面地发展起来；除了布匹绸缎以外，凡是乡民的朴素生活必需的一切东西他都贩卖：皮革制品、盐、煤油和服饰用品，一应俱全。近来连农业机器都卖了。从阿克萨伊斯克的工厂里运来的收割机、播种机、犁、风车和选种机都整整齐齐地排列在临时搭起、漆成绿色的、凉爽的夏季店面前。当然别人口袋里的钱是很难计算的，但是看得出，机灵的谢尔盖·普拉托诺维奇的生意赚了很多钱。三年后，他开了一个粮店，又过一年，在第一个妻子去世以后，又在着手修建一座机器磨坊了。

他把鞑靼村和附近的村庄都牢牢地掌握在他那黝黑的、生着一层稀疏的亮晶晶的黑绒毛的小拳头里。没有一家不欠谢尔盖·普拉托诺维奇的债：一张张印着橙黄边的绿色借据——有的是买收割机欠的，有

① 谢尔盖的爱称。

② 俄国旧俗：嫁女儿要陪送嫁妆，身份高，有钱的人，除一般的嫁妆外，还须陪送大量的财物，女儿有缺陷，则陪送的要更多，才有人肯娶。

的是为了女儿置办嫁妆欠的（因为嫁姑娘的时候到了，而帕拉莫诺夫粮店又把小麦价格压得很低，所以都到这里来求他："赊给我们一点吧，普拉托诺维奇！"），要赊欠的东西还多着呢……磨坊里有九个工人，铺子里七个伙计，家里有四个佣人——他们这二十张嘴都是靠买卖人的恩典吃饭的。第一个妻子给他留下了两个孩子：一个是姑娘丽莎①，一个是比她小两岁的、瘦弱多病、萎靡不振的男孩弗拉基米尔。第二个妻子是个骨瘦如柴、窄鼻梁的女人，叫安娜·伊万诺夫娜，她没有生过孩子。她把那晚来的、从未显示过的母爱，以及长期郁积在心里的苦恼（她已经三十四岁了才嫁给谢尔盖·普拉托诺维奇）全都倾注到前妻留下来的孩子身上了。后母神经质的性格，对于子女的教养没有产生好影响，至于父亲对他们的关心，也并不比对马夫尼基塔或者厨娘的关心更多一点。做买卖、跑生意占去了他的全部时间：一会儿去莫斯科，一会儿去下诺夫戈罗德，一会儿去乌留平斯克，一会儿又去各乡镇的市集。孩子在没有人照顾的情况下成长起来。并不敏感的安娜·伊万诺夫娜根本不想深入了解孩子心灵上的秘密——繁多的家务使她顾不到这些——因此姐弟俩在成长过程中，互不理解，非常陌生，性格各异，根本不像亲生姐弟。弗拉基米尔成了一个性格孤僻、精神萎靡的人，总是愁眉苦脸，流露出一种不是儿童应有的严肃神色。而丽莎却是混在女仆和厨娘中间，在放荡、见过世面的娘儿们群中长大，她很早就看到了生活的丑恶面。妇人使她产生了一种不健康的好奇心，当她还是一个幼稚、羞涩的少女时，就像荒林中的毒莓一样，自生自长起来。

岁月悠悠逝去。

老年人照例是更老了；而年轻人却像一片茂盛的丛林长起来了。

有一次喝晚茶的时候，谢尔盖·普拉托诺维奇瞥了女儿一眼，不禁大吃一惊（伊丽莎白这时候已经中学毕业，出落成一个引人注目的美貌的少女）；他看了一眼，手里盛着琥珀色茶水的茶碟颤抖了起来："真像去世的母亲。我的上帝，简直太像啦！"他叫了一声："丽兹卡②，把脸

---

① 丽莎是伊丽莎白的爱称。

② 也是伊丽莎白的爱称。

转过来!”竟没有注意到,女儿从小就酷似母亲。

……弗拉基米尔·莫霍夫是个瘦弱的、脸色焦黄的小伙子,中学五年级的学生,他常到磨坊的院子里去玩。不久前,他和姐姐一同回来过暑假,弗拉基米尔和往常一样,回来以后总要到磨坊里去看看,在浑身是面粉的人群中乱闯,听听那有节奏的磨粉机和齿轮的轰隆声,滑动的皮带的沙沙声。他喜欢听来磨面粉的哥萨克们小声地恭维:

“少东家……”

弗拉基米尔小心地绕过满院子的牛粪堆和车辆,走到木栅门口,忽然想起来还没有到机器间去过,他就又回来了。

磨粉工人季莫费和绰号叫做“钩儿”①的磅秤工人,以及磨粉工的助手、一口白牙的小伙子达维德卡,都把裤腿卷到膝盖上面,正在机器间入口处、红色储油罐旁边和着一大堆黏土。

“啊啊,东家!……”“钩儿”露出嘲笑的神情向他问候道。

“你们好呀。”

“你好,弗拉基米尔·谢尔盖耶维奇!”

“你们这是干什么?……”

“我们在和泥哪,”达维德卡艰难地从散发着牲口粪臭味儿的黏泥里往外拔着腿,恶意地微笑说,“你爸爸舍不得花一个卢布去雇女工,就逼着我们来干这种活儿。你爸爸真是个守财奴!”他咕唧咕唧地挪动着两条腿,又补充说。

弗拉基米尔的脸立刻涨红了。他对这个总是面带微笑的达维德卡,对他这种轻慢的腔调,甚至对他的雪白牙齿,产生了一种无法压制的敌意。

“怎么是守财奴呢?”

“就是。他吝啬得要命。连自己拉的屎都要再吃下去。”达维德卡简单地解释说,还微微一笑。

“钩儿”和季莫费都赞赏地笑了起来。弗拉基米尔觉得受到了刺心的侮辱。他冷冷地打量了一下达维德卡。

---

① 原文的意思是扑克牌中的“J”,意即这个工人的身形像“钩子”。

“那么说……你是很不满意啦。”

“你过来,和一下泥试试看,你就明白啦。什么样的傻瓜会满意呢？应该把你爸爸弄到这儿来,叫他的大肚子晃荡晃荡才好呢!”

达维德卡摇晃着身子,艰难地在黏泥里走着圈子,把脚抬得很高,现在他已经是在毫无恶意地、愉快地笑了。弗拉基米尔感到一丝的快意,他搜尽枯肠,找到了一个适当的回答。

“好,”他一字一板地说道,“我去告诉爸爸,就说你不满意这里的工作。”

他斜睨了一下达维德卡的脸,这句话所产生的效果使他吃了一惊:达维德卡的嘴唇既可怜,又勉强地笑着,另外两个人也皱起了眉头。三个人都一声不响地在稀溜溜的黏泥里和了一会儿。最后达维德卡把眼睛从脏脚上移开,恨恨地、结结巴巴地说道:

“我是说着玩哪,沃洛佳①……喂,我是说着玩哪……”

“我要把你说的话全都告诉爸爸。”

弗拉基米尔为父亲和自己受到的侮辱,为达维德卡可怜的笑容感到难过的眼泪正夺眶而出,便绕过油罐走去。

“沃洛佳！……弗拉基米尔·谢尔盖耶维奇！……”达维德卡惊呼道,跳出烂泥堆,把裤腿从溅满污泥的膝盖上撸下来。

弗拉基米尔停了下来。达维德卡跑到他的面前,上气不接下气地央告说:

“不要告诉你爸爸啦。我是逗你玩才说的……请原谅我这个傻瓜……真的,我没有恶意！……是为逗你玩才说的……”

“好吧。我不告诉啦！……”弗拉基米尔皱着眉头喊道,然后向板栅门走去。

可怜达维德卡的心情占了上风。他怀着轻松的心情,顺着板栅走去。从磨坊院子角落里的铁匠作坊那里传来杂乱的打铁声:先在铁上敲一下——声音喑哑、柔和,再在铮铮响的铁砧子上打两下——发出叮当的响声。

---

① 弗拉基米尔的爱称。

“你惹他干什么?”“钩儿”压抑的低音传到正走开去的弗拉基米尔的耳朵里,“不碰他,就不会散发出臭味来啦。”

“瞧这混蛋,”弗拉基米尔恨恨地想,“骂得多难听……告不告诉父亲呢?”

他回头看了看,又看到了达维德卡往常那种露出白牙齿的笑容,于是下了决心:“要告诉父亲!”

商店前的广场上,停着一辆套好的大车,马拴在拴马桩上。一群孩子正在从消防棚子的顶上轰一群灰色的、唧唧喳喳叫的麻雀。从阳台上传来大学生博亚雷什金的洪亮的男中音和另一个人沙哑的颤音。

弗拉基米尔走上台阶,爬满台阶和阳台的野葡萄的叶子在他头顶上飘动,它们从蓝色飞檐的雕花上垂下来,像一顶顶鼓胀起来的绿帽子。

博亚雷什金摇着剃得光光的紫红色脑袋,对坐在他旁边的、年轻但是却留着大胡子的教师巴兰达说道:

“虽然我是一个哥萨克农民的儿子,对一切特权阶级怀有一种非常自然的仇恨,可是您简直想不到——读他的作品,我竟非常可怜起这个垂死的阶级来了。我自己几乎要变成贵族和地主了,狂热地研究起他们理想中的妇女,为他们的利益担心,——总而言之,鬼知道是怎么一回事!亲爱的,您看,天才有多么巨大的威力!它可以改变你的信仰。”

巴兰达玩弄着丝带的穗子,讥讽地笑着,仔细打量着衬衫前襟上绒线编的红花。丽莎懒洋洋地坐在沙发椅里。显然,她对客人的谈话毫无兴趣。她那总像是丢失了什么东西和在寻找什么东西的目光在无聊地看着博亚雷什金伤痕斑斑的紫色脑袋。

弗拉基米尔行了个礼,走了过去,敲了敲父亲书房的门。谢尔盖·普拉托诺维奇正坐在皮凉椅上,翻阅六月份的《俄罗斯财富》①。地板上放着一把骨柄已经发黄的裁纸刀。

---

① 《俄罗斯财富》是在彼得堡出版的月刊。从十九世纪九十年代起成为民粹派的机关刊物。

“你有什么事?”

弗拉基米尔把脑袋往肩膀里缩了缩,神经质地理了理身上穿的衬衣。

“我刚从磨坊里回来……”他迟疑地开口说,但是他看着父亲裹在丝绸背心里的圆滚滚的肚子,想起了达维德卡的刺眼的笑容,就坚决地说了下去,“……听见达维德卡说……”

谢尔盖·普拉托诺维奇仔细地听完他说的话,然后说道:

“咱们叫他滚蛋。你去吧。”他哼哼着弯下腰去拾裁纸刀。

晚上,村里的知识分子都来谢尔盖·普拉托诺维奇家里聚会:博亚雷什金——莫斯科技术学校的学生;干瘦、自命不凡、患肺病的教师巴兰达;他的姘头,女教师玛尔法·格拉西莫芙娜——一个圆滚滚的、总也不见老的大姑娘,她的衬裙总是很不雅观地露在外面;邮政局长是一个古里古怪、身上又脏又臭、总是散发着火漆和便宜香水气味的光棍汉。年轻的骑兵中尉叶甫盖尼·利斯特尼茨基也偶尔从自己的庄园上到这里来,他正在父亲——贵族地主——处小住。他们坐在阳台上喝茶,扯些毫无意义的话,等到无精打采的谈话中断的时候,客人中的一位就会去把主人那镶着宝石的贵重留声机开开。

有时候,在重大的节日,谢尔盖·普拉托诺维奇很欢喜显显阔气:大宴宾客,请他们喝贵重的酒,吃特地从巴塔伊斯克定来的新鲜鲟鱼子和上等的菜肴。平常日子,他过得很俭省。只有一件事情是例外:他从不吝啬买书的钱。谢尔盖·普拉托诺维奇很喜欢看书,对什么都要用自己像菟丝似的顽强的头脑去研究一番。

他的合伙股东叶梅利扬·康斯坦丁诺维奇·阿捷平是个浅黄头发、蓄着尖尖的小羊角胡子和眼睛深藏在细眼缝里的人,他很少到这里来。他跟梅德维季河口修道院的一个还俗的尼姑结了婚,同她过了十五年夫妻生活,共生了八个孩子,他大部分时间都消磨在家里。叶梅利扬·康斯坦丁诺维奇是从当团队文书发迹的,他把军队里那种拍马和奉承的腐败习气也带回家里来了。孩子们在他面前都要踮着脚尖走路,小声说话。每天早晨,孩子们盥洗完毕,就在餐厅里挂的像口黑棺材似的大钟下排成一队,母亲站在队后,一听到父亲的干咳声从卧室里传来，立即开始用各种声调，装腔作势地依次朗诵祷词：《主啊！救救你的子民吧》和《我们的父》。

叶梅利扬·康斯坦丁诺维奇正好在他们祷告完了，也就穿好衣服，走出卧室，来到餐厅，眯缝着白菜叶色的小绿眼睛，像大主教似的伸出一只肥胖的光手。孩子们依次走过去亲吻。叶梅利扬·康斯坦丁诺维奇吻过妻子的脸颊，就开口了，“奇”音总是发得模糊不清，成了“茨”音：

“波莉茨(奇)珈，擦(茶)泡上了吗？”

“泡上啦，叶梅利扬·康斯坦丁诺维奇。”

“倒一杯浓一点的。”

他管理商店的会计事务。在每页的“借方”和“贷方”的粗体字栏下，都写满了文书们惯用的、花哨字体的数字。他每天读《市场报》，毫无必要地在疙疙瘩瘩的鼻子上带上金框夹鼻眼镜。对待店员们却很客气。

“伊万·彼得罗维茨(奇)！请您给这位乡亲量几尺道利花布。”

他的妻子称呼他叶梅利扬·康斯坦丁诺维奇，孩子们都叫他金(亲)爱的爸爸，店伙都叫他“擦擦儿”。

两个神甫——威萨里昂神甫和监督司祭潘克拉季——都和谢尔盖·普拉托诺维奇没有什么交往，因为他们跟他有宿怨。两个神甫彼此也不很和睦。刚愎自用、喜欢挑拨是非的潘克拉季最善于在邻里之间制造不和；而威萨里昂是个单身汉，跟乌克兰女管家姘居在一起，因为生梅毒所以说话瓮声瓮气，他生性随和，所以很少与这位监督司祭来往，而且不太喜欢司祭那种自高自大和爱拨弄是非的性格。

除了教师巴兰达以外，其余的人在村子里都有了自己的私宅。莫霍夫那油漆成蓝色的、薄铁顶的宅子坐落在广场上。商店就在家对面——耸立在广场正中央，装着玻璃门，挂着一块褪了色的招牌：

谢·普·莫霍夫与叶·康·阿捷平合营商店

和商店毗连着的是一长排有地窖的低矮板棚，离这里约二十沙绳，是教堂的圆形砖围墙和圆顶的教堂，这圆顶很像是熟透了的绿洋葱头。

教堂对面,是一带粉刷得庄严、肃穆的学校围墙和两座漂亮房子:一座是浅蓝色的,花园的木栅栏也漆成同样的颜色,那是潘克拉季司祭的;一座是褐色的(避免两座房子一样)、有雕饰的围墙和宽大的阳台,那是威萨里昂神甫的。然后从这个街角直拐到另一个街角,是阿捷平的怪模怪样、狭长的二层小楼;再过去,就是邮局、哥萨克的草顶或铁皮顶的家舍,屋顶倾斜,上面装着一只生锈的铁公鸡的磨坊。

村子里的人关上里里外外的百叶窗,过着与世隔离的幽静生活,如果不去作客,天一黑就都把门闩上,放开铁链锁着的狗,寂静的村子里就只听到更夫的梆子声了。

第 二 章

八月底,米吉卡·科尔舒诺夫在顿河边偶尔遇见了谢尔盖·普拉托诺维奇的女儿伊丽莎白。他刚从顿河对岸回来,正在把船向一棵断树靠拢的时候,看见了划破水流驶来一只油漆的小艇。小艇从山后划出,向码头驶来,划桨的是博亚雷什金。他的光脑袋上的汗闪着亮光,前额和太阳穴上鼓起了青筋。

米吉卡并没有马上就认出伊丽莎白,因为草帽的灰色阴影落在她的眼睛上。她用晒红的双手抱着一束黄色的睡莲,压在胸前。

"科尔舒诺夫!"她看见米吉卡以后,就点头招呼说,"你骗我啦?"

"怎么骗你啦?"

"还记得,你答应带我一块儿去钓鱼吗?"

博亚雷什金放下船桨,挺直脊背。小船飞也似地把船头冲到岸上,擦得岸边的白石灰岩沙沙作响。

"你还记得吗?"丽莎从船里往外跳着,笑问道。

"没有工夫呀。活儿太忙啦。"米吉卡辩解着,气喘吁吁地看着向他走来的姑娘。

"不行啦!……伊丽莎白·谢尔盖耶芙娜,我辞职啦!喏,车套和辕木奉还给您,我不能再为您效力啦! 您想想看,我们在这该死的河上划了有多远呀? 我手上被船桨磨得全是血泡。这可不像在陆地上走那么轻松啊!”

博亚雷什金光着的大脚坚实地踏着尖削的石灰岩,用揉皱的学生制帽的帽顶擦着额上的汗。丽莎没有理他,只管朝米吉卡走去。米吉卡笨拙地握了握伸给他的手。

“我们什么时候去钓鱼?”她仰着头,眯缝起眼睛问道。

“明天就去都行。庄稼已经收完啦,现在可以去啦。”

“你还骗我吗?”

“不会啦!”

“你很早就来叫我吗?”

“天亮以前。”

“我等着你。”

“一定去,真的,一定!”

“没有忘记敲哪一扇窗户吗?”

“会找到的。”米吉卡微笑道。

“我大约很快就要走啦。很想钓一回鱼。”

米吉卡一声不响地玩弄着手里的锁船的锈钥匙,盯着她的嘴唇。

“你说完了吗?”博亚雷什金仔细地看着手里的一只有花纹的贝壳,问道。

“咱们立刻就走。”

她沉默了一会儿,茫然地笑着问道:

“你们家好像办过一次喜事,是吧?”

“把妹妹嫁出去啦。”

“嫁给谁?”没有等待答复,她就难以捉摸地笑了。“一定来呀!”又像第一次,在莫霍夫家的阳台上一样,她这一笑像荨麻似的刺痒了米吉卡的心。

把姑娘一直目送到船边。博亚雷什金劈开两腿,忙着把小船推下水去;丽莎笑着,从他头顶瞟着正在玩弄钥匙的米吉卡,直向他点头。

船划出去约有五沙绳远的时候,博亚雷什金低声问道:

“这个小伙子是您的什么人?”

“朋友。”

“心上人?”

米吉卡听到了他们的谈话,可恶的桨架吱扭吱扭地乱响,害得他没有听到她的答话。他看到博亚雷什金身子一仰一伏地划着桨,笑了起来,但是却看不见她的脸,因为她是背朝他坐着的。帽子上的紫色缎带垂到她裸露的肩膀上,微风一吹,飘忽不定,时隐时现,逗引着米吉卡模糊的视线。

很少用钓竿钓鱼的米吉卡,从来没有像这天晚上那样热心地准备过。他砸了一堆干牛粪,在菜园子里煮起麦粥来,匆匆忙忙地换过发潮的钓线。

米海一面看着他在准备,一面央求他说:

“带我去吧,米特里。你一个人多不顺手。”

“我一个人也成。”

米海叹了一口气。

“咱们好久没有一块儿去钓鱼啦。如今可能钓到半普特重的大鲤鱼。”

米吉卡被麦粥锅里冒出来的一股股热气呛得皱着眉头,没有做声。他准备完了以后,便走进内室去了。

格里沙卡爷爷坐在窗前,鼻子上戴着一副铜边眼镜,正在读福音书。

“爷爷!”米吉卡肩膀靠在门框上,唤了一声。

格里沙卡爷爷从眼镜框边上看了他一眼。

“什么事?”

“第一遍鸡叫后就叫醒我。”

“这么早要上哪儿去?”

“钓鱼去。”

很喜欢钓鱼的祖父,故意装作反对的样子说道:

“你爸爸说——明天要打大麻。你可不能去闲逛。瞧你,钓什么鱼!”

米吉卡的身子离开门框，略施小计，说道：

“我反正无所谓。我本想钓条鱼来孝敬爷爷，既然要打大麻，那我就不去啦。”

“等等，你上哪儿去？”格里沙卡爷爷吓了一跳，把眼镜摘下来。“我跟米伦说去，好，你去吧。把鱼腌腌吃可不坏。明天恰好是星期三。我叫醒你，去吧，去吧，傻瓜！你龇什么牙？”

半夜，格里沙卡爷爷一只手提着粗布衬裤，另一只手拄着拐杖，探着道儿，顺着台阶走下去。他像一片白色摇曳的影子一样穿过院子，走到仓房里去，用拐杖杵了杵在车毯上睡得呼噜呼噜的米吉卡。仓房里散发着新打的粮食和老鼠粪味儿，还夹杂着长久无人居住的空房子里的蜘蛛网的酸味。

米吉卡睡在粮囤子旁边的车毯上，他并没有立刻就醒过来。格里沙卡爷爷起初轻轻地用拐杖捅捅他，小声喊道：

“米吉卡！米吉卡！……喂，坏小子，米吉卡！”

米吉卡使劲打了一声呼噜，把腿蜷了起来。老头子心一横，把拐杖的钝头放在米吉卡的肚子上，像钻孔似地转起来。米吉卡哎呀叫了一声，抓住拐杖，醒了过来。

“都睡傻啦！像你这样昏睡，真是糟透啦！”老头子骂道。

“别嚷，别嚷。”米吉卡半睡半醒地小声说着，一面在地上摸索着靴子。

他来到广场上。村子里的鸡已经在叫第二遍了。他在街上走着，走过威萨里昂神甫的房子前面，听见鸡窝里有一只公鸡正扇动着翅膀，用大辅祭那样的低音打鸣儿，吓得几只母鸡也惊慌地小声咯哒咯哒地叫起来。

更夫坐在商店门口下层台阶上，脸埋在暖和的羊皮袄领里打盹。米吉卡走到莫霍夫家的板棚旁边，把钓竿和装渔具的袋子放下——为了不叫狗听见，轻轻地迈着脚步走上台阶。拉了拉冰凉的门把手，里面闩上了。他爬过栏杆，走到窗前。一扇窗半开着。从屋子里飘出甜蜜的、睡得正香的姑娘温暖的身体气味和一股从未闻过的香水的气味。

“丽莎韦塔[①]·谢尔盖耶芙娜！”

米吉卡觉得自己喊得够响了。等了一会儿，没有动静。“唉，要是敲错了窗户呢？要是掌柜的睡在这里怎么办？我就要倒霉啦！……他会开枪把我打死。”米吉卡紧抓着窗户的把手想道。

“丽莎韦塔·谢尔盖耶芙娜，起来钓鱼去。”

“如果弄错了窗户——鱼钓不成，祸可就闯下啦。”他又想道。

“起来吧，啊！”米吉卡气恼地说道，把脑袋探进屋子去。

“啊？谁呀？”黑暗中有人惊骇地、小声答话了。

“去不去钓鱼啦？我是科尔舒诺夫。”

“啊—啊—啊，马上就来。”

屋子里响起一阵窸窣的衣服声。姑娘初醒的、暖烘烘的话语声里仿佛带着薄荷香味。米吉卡看见屋子里有一个沙沙作响的白影在晃动。

“唉，要是和她睡一觉才美哩……钓什么鱼……坐在那里，冻得浑身僵硬……”他吸着闺房的气味，迷迷糊糊地想着。

一张头上裹着白头巾、满面笑容的脸，在窗口出现了。

“我从窗口跳出去，把手伸给我。”

“往外爬。”米吉卡帮着她。

她扶住他的一只手，紧对着脸儿地看了他一眼。

“我的动作快吧？”

“还行。不用慌，来得及。”

他们向顿河走去。她用粉红色的手巴掌揉着有点儿肿的眼睛，说道：

“我睡得真香。我们去得太早啦，再睡一会儿才好。”

“咱们来得正是时候。”

他们顺着从广场通出去的第一条胡同向顿河岸走下去。一夜之间，河水就涨了，昨天锁在岸边那棵浸在水里的枯树上的小船，现在却在水里漂荡起来了。

---

① 伊丽莎白的小名。

“要脱下鞋袜来才能过去。”丽莎叹了一口气，目测着到小船的距离。

“来，我把你抱过去，怎么样？”米吉卡提议说。

“这怕不方便……我还是脱掉鞋袜的好。”

“方便极啦。”

“不必了。”她为难地说。

米吉卡左手抱住她的两条大腿，没费劲儿就抱了起来，蹚水向小船走去。她不由自主地紧抱住他那像柱子似的又黑又硬的脖子，哼哼唧唧，低声笑了起来。

倘若米吉卡不被村妇捶衣服的石头绊一跤的话，就不会有这样一次意想不到的短吻啦。她惊叫一声，就紧贴在米吉卡的干裂的嘴唇上了，他在离灰色的矮船帮只有两步远的地方站住了。水浸进了他的靴筒，脚泡得冰凉。

他解开小船，用力把它从枯树旁推开，趁势跳上船去。站着用一只短桨划起来。河水在船尾哗啦哗啦地响着，像在哭泣一样。小船翘着头，轻盈地掠过急流，向对岸驶去。鱼竿在颤动、跳跃。

“你往哪儿划呀？”她不断回头望望，问道。

“到对岸去。”

小船在一道沙石断崖边靠了岸。米吉卡连问也不问，就把她抱起来，抱进了河岸上的山楂树丛里去。她咬他的脸，抓他，喑哑地喊叫了两声，觉得全身瘫软无力，就生气地哭泣起来，可是没有眼泪……

约莫九点钟的光景，他们回来了。天空笼罩着一片橙黄色的薄雾。风在顿河上飞舞，吹起层层的波浪，小船儿穿浪前进，也像在跳舞，从河水深处翻腾上来、冒着白沫的、冰冷的水珠溅在伊丽莎白的苍白的脸上，流下来，挂在睫毛上和披散到头巾外边来的一绺一绺的头发上。

她疲倦地眯缝着两只空虚的眼睛，手指在不断地折着一根吹到小船上来的花茎。米吉卡划着桨，看也不看她，他脚下扔着一条小鲤鱼还有一条鳊鱼，这条鱼紧闭着垂死挣扎后的嘴，大瞪着围着一道黄圈的眼睛。米吉卡的脸上露出一种犯罪和夹杂着恐惧的满足表情……

“我把你送到谢苗诺夫码头去吧。你从那儿回家更近一点。”他说道，便掉转船头，顺流而下。

“好吧。”她小声同意说。

河边寂静无人，河岸上，是一道道落满白色尘埃的、垂头丧气的菜园篱笆，热风一吹，空气里就充满了烧焦的树枝气味。被麻雀啄得乱七八糟的、沉重的向日葵已经熟透了，低垂着头，遍地落满了葵花子。草场上是一片割后新生的嫩绿。远处有几匹马在蹦跳，马脖子上系的铃铛的悠扬悦耳的响声随着从南方吹来的热风送到顿河上来。

米吉卡拿起一条鱼，送给已经从小船上下去的伊丽莎白。

“拿着钓来的鱼呀！给你！”

她的睫毛惊慌地跳动了一下，把鱼接了过去。

“好，我走啦。”

“走吧……”

她的样子很可怜，不久前的自信和欢乐都丧失在山楂树丛中了，伸着一只手，提着那条用柳条穿着的鱼走去。

“丽莎韦塔！”

她回过头来，眉间是一片懊丧和困惑的愁云。

“你回来一会儿。”

当她走到近前来，米吉卡暗自抱怨着自己窘态，说道：

“咱们俩没有留神……真糟糕，你的裙子后面……脏了……一点点。”

她立刻满脸绯红，一直红到了脖根儿。

米吉卡沉默了片刻，建议说：

“你从人家房后的背静地方走。”

“怎么走也得经过广场。我本来是想穿黑裙子。”她突然憎恨地看着米吉卡的脸，伤心地嘟哝说。

“我给你拿绿叶子染染怎么样？”米吉卡随便地提议说，同时对她那夺眶而出的眼泪，感到非常惊讶……

“米吉卡·科尔舒诺夫把谢尔盖·普拉托诺维奇的女儿玩得都怀孕啦！”的新闻，就像风吹树叶的簌簌响声一样，悄悄地在村子里传开了。婆娘们每天早晨把牛群赶出去的时候，站在狭窄的、在灰色尘雾中闪晃着的水井架的阴影里把水从桶里向外倒的时候，或者在顿河岸边那些天然的石板上捶打洗涮破布片的时候，都在纷纷议论这件事。

“说的是啊，都是因为亲娘去世得早啊。”

“老子忙得连喘气的工夫都没有，后娘却只当做没有看见……”

“前几天，更夫达维德卡·别斯帕雷说：‘深更半夜，我一看，有个人正往尽头那个窗子里爬。哼，我以为是小偷来照顾普拉托诺维奇啦。于是，我就跑上前去。问他是什么人？警察，快来呀！可是，原来，正是他，米吉卡。’”

“如今的姑娘们，只要一掐她们的脖子，就会乖乖地跟着走……”

“米吉卡对我家的米基什卡吹牛说：‘我要去向她家求婚。’”

“叫他先把鼻涕擦干净吧！”

“听人家说，是他硬逼着她，把她强奸啦……”

“咦，咦，咦，大嫂子，别说啦！……”

流言在大街小巷传播开去，首先是玷污了姑娘的名声，就像在新做的大门涂上了浓浓的黑焦油……

流言蜚语落到谢尔盖·普拉托诺维奇秃顶的脑袋上，压得他抬不起头来。整整两天他既没有去商店，也没有到磨坊去。住在楼下的女仆，只有开饭的时候才能见到他。

第三天，谢尔盖·普拉托诺维奇叫人把花斑灰马套到轻便马车上，便往镇上驰去，他向路上遇到的哥萨克傲慢地、高不可攀地点点头。紧跟着，一辆漆得锃亮的维也纳式四轮马车，从院子里赶出来。车夫叶梅利扬，一面流着口水，没命地吸那只已经把灰白胡子烤焦了的弯杆烟斗，一面整理着蓝色的丝缰绳，两匹铁青马撒着欢儿，在街上哒哒地跑着。叶梅利扬那像堵墙似的脊背后面，坐着脸色苍白的伊丽莎白。她手里拿着一个小提箱，苦笑着，向站在门口送行的弗拉基米尔和继母挥舞着手套。正从铺子里一瘸一踮地走出来的潘苔莱·普罗珂菲耶维奇对这事发生了兴趣，就问看门的尼基塔：

“大小姐上哪儿去呀？”

尼基塔对于人们爱瞎打听的短处总是很宽宏大量，回答说：

“上莫斯科去念书，上大学。”

第二天，发生了一件事情，这件事，人们在顿河边，在水井架的阴凉里，在清早往外赶牛的时候一直在议论，而且历久不衰……这天黄昏时分，牲口群已经从草原上回来了，米吉卡到谢尔盖·普拉托诺维奇家里来了（他是故意去晚一点，以免人家看见）。他并不是无缘无故去的，而是去向普拉托诺维奇的女儿伊丽莎白求婚的。

在这以前，他们一共幽会过四次，一次也不多。最后一次幽会时，曾经进行过这样的谈话：

“嫁给我吧，丽莎韦塔，啊？”

“胡说八道！”

“我会爱惜你，娇惯你……我们家里有的是人干活，你可以尽坐在窗前看书。”

“你是傻瓜！”

米吉卡很生气，没有再说话。这天晚上，他很早就回家了。第二天早晨，使米伦·格里戈里耶维奇大吃一惊，他央求说：

“爸爸，给我娶亲吧。”

“不要说傻话！”

“真的，我不是说笑话。”

“急不可待啦？”

“随便你怎么说……”

“谁把你迷上啦？是傻丫头玛尔富什卡吗？”

“请媒人到谢尔盖·普拉托诺维奇家去说亲吧。”

米伦·格里戈里耶维奇把修理皮革的工具整整齐齐地放在长凳上（他正在修理马套），哈哈大笑道：

“孩子，看得出你今天很高兴。”

米吉卡坚持己见，就像公牛顶墙一样；父亲勃然大怒：

“你这个傻瓜！谢尔盖·普拉托诺维奇有十几万的家产；大商人，可是你呢？……给我从这儿滚出去，不要发昏啦，否则，我就要把你这个新郎官套在马套里抻抻啦！”

“咱们家有十二对牛，有这么一大摊子家业，再说他是个庄稼佬，咱们是哥萨克。”

“滚出去!”不喜欢长篇大论的米伦·格里戈里耶维奇简短地命令说。

只有格里沙卡爷爷同情米吉卡。老头子用拐杖在地板上戳着,慢慢走到儿子跟前,说道:

“米伦!”

“什么事!”

“你为什么要反对?既然小伙子已经认准了,那就……”

“爸爸,您简直是个孩子,真的!米特里已经够糊涂啦,而您更糊涂得出奇……”

“住口!”格里沙卡爷爷又用拐杖戳了一下地板,说道,“难道咱们家配不上他们家吗?有个哥萨克的儿子向他的女儿求婚,他应该认为是莫大的光荣。他准会心甘情愿地把姑娘嫁给咱们。咱们是这一带有名的人家。不是扛长活的,是财主!……是的,您哪!……去吧,米罗什卡①,你还犹豫什么!……要他拿磨坊作陪嫁。跟他提出来!”

米伦·格里戈里耶维奇喘着粗气,到院子里去了,米吉卡决定等到天黑以后,亲自去求婚——他知道父亲的固执脾气,就像根深的榆树一样:弯一下——可以,要折断它,休想。

他吹着口哨来到莫霍夫家的大门口,可是这时候却胆怯起来了。他犹豫了一会儿,就走过院子。在台阶上向穿着浆过的、沙沙响的围裙的女仆问道:

“掌柜的在家吗?”

“正在喝茶。等一等吧。”

他坐下来等着,抽完了一支烟卷儿,用手指头蘸了点唾沫,把烟卷熄灭,然后把烟头在地板上捻碎。谢尔盖·普拉托诺维奇掸着背心上的面包屑,走了出来;他一看见米吉卡,就皱起了眉头。

“请进。”

米吉卡第一个走进充满书籍和烟草气味的凉爽的书房,觉得从家

① 米伦的爱称。

里带来的勇气，只够走到书房门口用的。

谢尔盖·普拉托诺维奇走到桌子边，转过身来，鞋后跟吱吱直响。

“什么事？”主人用手指头在背后划着写字台的桌面问道。

“我来问问……”米吉卡仿佛扎进了一片杀眼睛的冰冷的黏液中，冷得直哆嗦，他耸了耸肩膀，继续说下去，“也许，您愿意把丽莎韦塔嫁给我吧？”

失望、怨恨和胆怯使米吉卡的惊慌的脸上冒出了小汗珠，就像旱天的露水一样。

谢尔盖·普拉托诺维奇的左眉毛颤动着，上嘴唇也在哆嗦。他伸长了脖子，向前探着身子：

“什么？……什——什——么？……混——蛋！……滚出去！……我把你送到村长那儿去！唉，你这个狗崽子！祸——害——精！……”

他这样大喊大叫，反而使米吉卡鼓起了勇气，注视着涌上谢尔盖·普拉托诺维奇脸颊上的紫色红晕。

“请您不要生气……我是想补救我的过错。”

谢尔盖·普拉托诺维奇滚动着因为充血和流泪而肿胀起来的眼睛，拿起一个笨重的生铁铸的烟灰缸，朝着米吉卡的脚扔去。烟灰缸向上一跳，正打在米吉卡的左膝盖骨上，但是他坚强地忍住疼痛，用力推开门；由于屈辱和疼痛，他变得更加粗野地龇着牙大声喊道：

“谢尔盖·普拉托诺维奇，随您的便好啦，我可是诚心诚意……谁还会要她这样的破货？我是想保全她的名誉……要知道，谁会去拣一块啃过的骨头？连狗都不愿意吃。”

谢尔盖·普拉托诺维奇把一块揉皱的手绢放到嘴唇上，紧跟着米吉卡走出来。他挡住了通到大门口去的道路，于是米吉卡便跑到院子里去。这时候谢尔盖·普拉托诺维奇向站在院子里的车夫叶梅利扬挤了挤眼。就在米吉卡打开栅栏门上闩得很牢的铁闩的时候，四条解开链子的恶狗，从板棚后面冲了出来，一看见生人，就在扫得干干净净的院子里散开了。

一九一〇年，谢尔盖·普拉托诺维奇从下诺夫戈罗德的集市上带回来一对小狗:一公一母。都是黑色,鬈毛,大嘴。一年以后,就长得像一周岁的小牛犊那么高了;起初,它们撕扯那些路过莫霍夫家院的妇女们的裙子,后来竟学会把妇女按倒在地,咬她们的大腿,直到把潘克拉季神甫的一只小牛犊和阿捷平的两只阉猪咬得半死以后,谢尔盖·普拉托诺维奇才吩咐把它们锁起来。只在夜间和每年一次春天交配的时候,才把它们放开。

米吉卡还没有来得及转过脸来,跑在前面的那条名叫“歌手”的狗,已经把前爪搭到他的肩膀上,牙齿咬住了棉上衣,就紧闭上嘴,死也不松口。四条狗一拥而上:撕他的衣服,拖着他走,每只都把身子躬得像个大黑球一样,在他身边打转儿。米吉卡用手来抵挡,竭力使自己不跌倒在地上。匆忙中,他看见叶梅利扬叼着直冒火星的烟斗,向厨房里走去,砰的一声关上了那扇油漆的门。

谢尔盖·普拉托诺维奇站在台阶的角上,背靠着雨水管,紧攥着长满了光亮硬毛的小拳头。米吉卡摇晃着拉开门闩,他那两条血淋淋的腿后,还紧跟着狂吠的、散发着热烘烘的恶臭的群狗。他掐住了“歌手”的喉咙——把它掐死了。几个过路的哥萨克费了很大的劲才把他从其余三只狗的袭击中解救出来。

第 三 章

娜塔莉亚到麦列霍夫家来是很合适的。米伦·格里戈里耶维奇很会教育孩子;虽说他很富有,雇着几个长工,但是仍然逼着孩子们干活和教他们学着干活。吃苦耐劳的娜塔莉亚很合公婆的心意。伊莉妮奇娜心里是看不上大儿媳妇——爱打扮的达丽亚的,所以娜塔莉亚进门没有几天,就满心欢喜她了。

“再睡会儿吧,再睡会儿吧,我的小宝贝!为什么起得这么早呀?”她在厨房里挪动着两条胖腿,亲切地嘟哝着。“去睡会儿早觉吧。不用你我也能把事情做好的。”

一清早就起来想帮婆婆做饭的娜塔莉亚，只好又回房去睡了。

潘苔莱·普罗珂菲耶维奇在家里一向是很严厉的，就连他也经常吩咐妻子：

"你听我说，老婆子！别叫醒娜塔莉亚，白天她忙得就够呛啦。还要和葛利什卡去耕地呢。要多支使达丽亚，多叫达丽亚干活！她是个懒娘儿们，骚东西……整天就会擦胭脂，描眉毛……"

"至少新婚头一年，叫他们多亲热亲热吧。"伊莉妮奇娜叹了一口气，想起了自己在操劳中度过的艰苦的一生。

葛利高里对新婚生活渐渐有点习惯了，可是过了三个星期以后，忽然又怕又恨地感到，他和阿克西妮亚的关系并没有彻底斩断，还留下了一点儿什么东西，就像心上扎的一根刺。而且这根刺他一下子还拔不掉。在新婚纵情的日子里，他也曾经对此满不在乎地想：伤口会长好的，会忘掉的，但是事与愿违，反而牢牢地在心上生了根……忘不掉，一想起来就使他心疼。还是在结婚以前，有一次在场院打麦子的时候，彼得罗就问过他：

"葛利什卡，阿克秀特卡怎么办呀？"

"你这话是什么意思？"

"大概，舍不得丢掉她吧？"

"我丢掉——别人就会捡起来嘛。"葛利什卡当时笑着这么说。

"嗯，好好想想吧，"彼得罗咬着嚼得弯弯曲曲的胡子说道，"不然的话，你媳妇是娶了，可是不是时候……"

"身体易胖，事情易忘。"葛利高里玩笑说。

但是事情并非如此，夜晚，葛利什卡克尽自己的丈夫职责，以青春的狂热，倾心地去爱抚妻子，可是她却只报之以冷冰冰的、勉为其难的顺从。娜塔莉亚对于丈夫的亲热只是勉强应付，因为她从娘胎里就带来母亲生性冷淡、行动迂缓的性格，所以葛利高里一想起阿克西妮亚那狂热的激情时，就慨叹道：

"娜塔莉亚，你老子准是在冰山上把你种出来的……你太冷啦。"

可是，阿克西妮亚每次遇见他，总是令人不解地笑着，瞳孔黑亮，说出几句像青苔似的黏糊糊的话。

“好啊，葛利申卡[1]！跟你的新媳妇一定过得像蜜一样甜吧？”

“我们过得……”葛利高里支支吾吾地应付说，总想赶快躲开阿克西妮亚亲热的目光。

看来，司捷潘已经跟妻子和好了。他不常到酒馆里去了，有一天傍晚，在场院里——这是两口子不和以来第一次——他扬着麦子，提议说：

“来，克秀莎，咱们唱支歌好吗？”

他们靠着落上了一层尘土，已经打完的麦秸堆坐下来。司捷潘唱起一支军歌。阿克西妮亚用浑厚的喉音跟他合唱起来。就像她婚后最初几年那样，唱得十分和谐。那时候，他们从地里回来，田地蒙上了一层玫瑰色的晚霞。有时，司捷潘在车上摇晃着身子，唱起古老的民歌，歌声悠扬、悲凉，就像是一条漫长的荒无人迹、长满车前草的草原大道。阿克西妮亚把脑袋靠在丈夫宽厚的大胸脯上，也跟着唱和起来。两匹马拉着吱扭吱扭的四轮大车，摇晃着车辕。村子里的老头儿们远远地就听见了歌声，赞不绝口：

“司捷潘娶了一个好嗓子的老婆。”

“你看他们……唱得多好听！”

“司乔普卡[2]的嗓子也不含糊，简直像钟声一样响亮。”

老爷爷们坐在墙根的土台上，目送着即将逝去的、尘雾弥漫的、紫红色的晚霞，隔街交谈起来：

“又唱起顿河下游的歌曲来啦。”

“是啊，去世的基留什卡很欢喜这支歌！”

葛利高里夜里常听到阿司塔霍夫两口子的歌声。在打麦子的时候（他们家的场院和司捷潘家的场院紧挨着），他看到阿克西妮亚仍然像从前那样自信，好像是很幸福。至少他觉得是这样。

司捷潘和麦列霍夫家的人见了面连话都不说。他拿着叉子在场院上来回走动，干起活儿来，下垂的宽肩膀直摇晃，偶尔对妻子说几句玩

① 也是葛利高里的爱称。

② 也是司捷潘的爱称。

笑话，逗得阿克西妮亚笑起来，黑眼睛在头巾下闪烁。她的裙子不停地在葛利高里闭着的眼前飘舞。一股神秘的力量扭着他的脖子，把他的脑袋转向司捷潘家的场院。葛利高里没有理会娜塔莉亚一面帮着潘苔莱·普罗珂菲耶维奇铺垫堆麦捆的台子，一面用既伤心又嫉妒的目光追逐着丈夫每次不由自主地投过去的视线，也没有看见，彼得罗虽然在赶着马打场，却不断地在打量着他，皱起脸在暗自发笑。

在沉闷的轰隆声——石头磙子在地上滚动的呻吟声中，葛利什卡的脑子里闪过一些模糊的念头，他竭力想捉住那些很容易从意识中滑走的思想片断，可是枉费心机。

打麦声，赶牲口的吆喝声，鞭子的尖啸，哒哒的风车声，从远近的场院上传出来，又在草场上消失了。秋收后富足的村庄，蜿蜒高踞在顿河岸上，安逸地沐浴在凉爽宜人的九月阳光中，就像一条横在大道上的珠光灿烂的长蛇。在每一家篱笆围着的院子里，在每一座房子的屋顶下，生活都像陀螺一样在旋转着，每家都过着各不相同的、又苦又甜的日子：格里沙卡爷爷受了凉以后，正在闹牙痛；被耻辱压倒的谢尔盖·普拉托诺维奇的手巴掌里揉搓着分向两边去的大胡子，在独自哭泣，牙齿咬得咯吱咯吱直响；司捷潘心怀对葛利什卡的仇恨，夜夜睡梦中，他那铁一样硬的手指头都在抓撕破旧的被子；娜塔莉亚跑到板棚里，扑在牛粪堆上，浑身颤抖着缩成一团，为了自己的被玷污的幸福而哭泣；赫里斯托尼亚在集市上把一条小牛犊给喝掉了，良心正受着折磨；葛利什卡正为不能得到满足的预感和又复发的创痛而唉声叹气；阿克西妮亚一面和丈夫亲热，一面又用眼泪浇着熄灭不掉的憎恨他的火焰。

被磨坊开除的磨粉工达维德卡，整夜整夜地坐在“钩儿”的土坯小工房里，“钩儿”的眼睛里闪着凶光，说道：

“不，不行，很快就要把他们的血管割断。对付他们，一次革命是不够的。要给他们再来一次一九〇五年的革命，那时候咱们再报仇雪恨！报一仇一雪一恨！……”他用伤痕斑斑的手指头威吓说，然后耸了耸肩膀，把披在肩上的上衣往上蹭了蹭。

日夜轮回着从村庄的上空飘逝，时光一周周，一月月地流逝，风声飒飒,风云突变,山谷轰鸣,像玻璃一样明澈、碧绿的顿河秋水漠然地向大海流去。

第 四 章

十月底的一个星期日,费多特·博多夫斯科夫赶着车到镇上去。

他用口袋装了四对喂肥的鸭子,在市上卖掉;在铺子里给妻子买了一块花布,已经准备要回去了(一只脚蹬在轮缘上,拉着马颈上的结绳),这时候,有一个不是本镇的陌生人走到他跟前来。

"您好!"他向费多特打招呼,黝黑的手指头在黑帽檐上碰了碰。

"您好!"费多特在等待着下文,眯缝起加尔梅克人的眼睛,待答不理地说道。

"您是哪里人?"

"我是外村的人,不是本镇人。"

"您是那个村子的人呀?"

"鞑靼村的。"

陌生人从侧面的口袋里掏出一只银烟盒,盒盖上刻着一只小船;他一面请费多特抽香烟,一面继续问道:

"你们的村子很大吗?"

"谢谢您,我刚抽过啦。我们的村子吗,是一个很大的村子。少说也有三百户人家。"

"有教堂吗?"

"当然有啦。"

"有锻工吗?"

"是打铁的吗? 也有打铁的。"

"磨坊里有钳工车间吗?"

费多特勒了勒乱挣的马,很不高兴地打量了一下那个人脑袋上的黑帽子和他那张蓄着短短的黑胡子的大白脸上的皱纹。

“您要干什么?”

“我正要搬到你们的村子里去住。刚到镇长那儿去过。您是空车回村子去吗?”

“空车。”

“能把我带上吗?不过不是一个人,还有老婆和两个箱子,大约有八普特重。”

“可以带上。”

讲好了两个卢布的车价,费多特就把车赶到做面包圈的弗萝西卡那里去,雇车的人就住在她家里。他把一个瘦弱的、淡黄头发的女人安置在车上,又把两只铁皮箱子放在车后头。

他们离开了市镇。费多特咂着嘴,用毛鬃绳抽打着自己那匹不很壮实的马,不断地扭动着后脑勺扁平的方脑袋:搭车人引起了他的好奇心。他们安静地坐在他身后,一声也不响。费多特先向男的要了一支烟抽起来,然后就开口问道:

“你们是从哪儿搬到我们村子里来的呀?”

“从罗斯托夫。”

“是在那儿生养的吗?”

“您说什么?”

“我问您是什么地方的人?”

“啊——啊,是的,是那儿的人,罗斯托夫人。”

费多特抬起古铜色颧骨的脸,向远处草原上的野草丛望去:黑特曼大道一直伸延到转弯的地方,费多特那老练尖锐的加尔梅克人眼睛隐约看见离大道约半俄里的地方,山坡上褐色的衰草堆中,有几只野雁的小脑袋在晃动。

“可惜没有枪,否则,赶过去打两只野雁多好。看,它们在走哪……”他用手指头指着,叹了一口气。

“我看不见。”搭客眨着那深度近视的眼睛,坦白地说。

费多特目送着野雁走下小山沟,便转过脸来打量搭客。他中等身材,很瘦,那两只紧靠着肉滚滚的鼻梁的眼睛里闪着狡猾的光芒。说话的时候总是不断地笑笑。他的妻子裹着一条毛线头巾,正在打盹。费多特看不清她的脸。

“您干吗要到我们村子里来住啊？”

“我是个钳工，想开一家小作坊，我还会做木匠活。”

费多特怀疑地打量着他那两只大手，搭客看到这种眼神，又补充说：

“同时我也是辛格尔公司的代理人，推销缝纫机。”

“请问尊姓大名？”费多特很感兴趣地问道。

“我姓施托克曼。”

“大概不是俄国人吧？”

“不，是俄国人。我的祖父是拉脱维亚人。”

在很短的时间内，费多特已经知道钳工约瑟夫①·达维多维奇·施托克曼从前在“阿克塞”工厂做工，后来又在库班的什么地方待过，再后来，在东南铁路的修理工厂里做工。此外，欢喜问长问短的费多特还探听到这个外来人的许多生活细节。

他们来到官树林的时候，谈话就停止了。费多特在路旁的泉水井里饮了饮出汗的瘦马，大车的颠簸和旅途的困顿，弄得他昏头昏脑，开始打起盹来。离村子还有五俄里路。

费多特系好缰绳，脚垂下去，把身子靠得更舒服些。可是他并没有睡成。

“你们的日子过得怎样啊？”施托克曼在车上颠动、摇晃着，问道。

“凑合着活呗，还有面包吃。”

“总的说来，哥萨克对于生活还满意吗？”

“有的满意，也有不满意的。哪能全都满意。”

“对，对……”工匠同意说，沉默了一会儿，又继续拐弯抹角地问了些别有用心的问题：

“你是说，人们的日子过得很富裕？”

“过得还可以。”

---

① “约瑟夫”和“奥西普”在俄文里是一个名字，两样叫法，这里的行文中用的是“约瑟夫”。

“服役一定很苦吧？是吗？”

“服役？……我们已经习惯啦，只要你还活着，就都是现役军人。”

“可是全副装备都要哥萨克自己置办，这就太不应该了。”

“可不是嘛，真他妈的气人。”费多特的劲头儿上来了，担心地向扭过头去的女人瞥了一眼。“那些当官的老找你的麻烦……我去服役的时候，卖了几头牛，才买了一匹马，但是他们把马拉过去一看，就说不合格。”

“不合格？”工匠假装吃惊地问道。

“正是这样，全不合格。他们说马腿有毛病。我费尽了口舌，对他们说：‘请你们好好看看吧，它的腿和那些得过奖的马一样好，不过它跑起来像公鸡……这叫做“公鸡步”。’不行，他们不验收。要知道，这一下子就弄得我倾家荡产啦！……”

谈话更加活跃起来。费多特从车上跳下来，津津有味、滔滔不绝地讲起村子里的事情来，他骂村长分配草地不公平，称赞波兰的规矩好，服现役的时候，他那个团曾在那里驻扎过。工匠眯缝着眼睛，锐利的目光不住地在打量着走在车旁的费多特，自己则在用镶箍的骨头烟嘴抽着香烟，不时地笑笑；但是脸上横贯白净突出的前额的皱纹动起来却显得那么持重，好像是头脑里的什么隐秘思想活动在带动这条皱纹。

傍晚，他们赶到了村子。

施托克曼采纳了费多特的建议，来到寡妇卢克什卡·波波娃家，租了她家的两间屋子住下来。

“你从镇上拉回来的是什么人呀？”几个邻家娘儿们等在大门口，向费多特打听道。

“代理人。”

“什么袋儿里人？”

“糊涂娘儿们，唉，你们这些糊涂娘儿们。跟你们说啦，是代理人，推销缝纫机的。漂亮的娘儿们，白送，不过像你这样的丑八怪，玛丽亚大婶儿，就得拿钱买啦。”

“你这个大爪子鬼长得好看。就你这副加尔梅克人的长相！……连马都不敢踩你：吓跑啦。”

“加尔梅克人和鞑靼人是草原上人们的祖先,亲爱的婶子,你可别胡说八道……”费多特耍着贫嘴走开去。

钳工施托克曼就在斜眼的长舌妇卢克什卡家里住下了。一夜还没有过去,满村的娘儿们就已经吵翻了天。

“你听说了吗,大嫂?”

“什么事儿?”

“加尔梅克人费多特拉来了一个外国人。”

“真的?……”

“我敢当着圣母娘娘起誓!戴着呢帽,叫什么施托波儿,或者施托卡尔……”

“也许是个警察吧?”

“是收税的,亲爱的。”

“咦——咦——咦,你们这些傻娘儿们,都是胡说八道。听说他是个会计师,和潘克拉季神甫的儿子一样。”

“帕什卡,乖孩子,快到卢克什卡家去,悄悄问问她:‘大婶子,给你家拉来的是什么人?’”

“快跑,好孩子!”

第二天,新来的人到村长那里去了。

费奥多尔·马内茨科夫已经当了三年村长,他把黑漆布封面的身份证在手里翻了半天,然后文书叶戈尔·扎尔科夫又翻来覆去地看了半天。他们俩交换了一下眼色,村长就按多年当司务长养成的老习惯,威严地挥了一下手,说道:

“住下吧。”

新来的人鞠了一躬,走了出去。有一个星期的工夫,他没有露过面,就像田鼠一样,总在洞里生活。斧头砰砰直响,他在夏天的厨房里修建了一个作坊。妇女们对这个陌生人的那种永不满足的兴趣已经冷了下去,只有孩子们还整天地挤在篱笆边,毫不胆怯地、好奇地窥视着这个陌生人。

第 五 章

圣母节①前三天，葛利高里和妻子去耕地。潘苔莱·普罗珂菲耶维奇病了；他拄着拐杖，腰痛得直哼哼，走出来送耕地的人。

"葛利什卡，先把牧场后头，靠红峡谷的那两块地耕好。"

"好好。那么塔洛夫山崖旁边那一块怎么办？"葛利高里钓鱼时哑了嗓子，脖子上缠着一块手巾，小声问道。

"圣母节以后再说。这两块就够耕的啦。靠红峡谷的那两块儿足有一圈②半，别太贪心啦。"

"彼得罗不去帮我们吗？"

"他和达丽亚到磨坊里去。我们要现在抢先磨完，晚了人就多啦。"

伊莉妮奇娜把一些松软的面包圈塞到娜塔莉亚的上衣里，小声说道：

"要不，你把杜妮亚什卡带去赶牛，好不好？"

"两个人足够啦。"

"那好，当心点，宝贝。基督保佑你。"

杜妮亚什卡抱了一堆湿衣服，压得弯着细腰，穿过院子，到顿河边去涮洗。

"娜塔莎③，亲爱的，红峡谷那儿的雀模菜④可有劲儿哪，掐些回来！"

"我掐，掐。"

"住嘴，淘气鬼！"潘苔莱·普罗珂菲耶维奇挥着拐杖喊道。

---

① 俄国旧历十月一日是圣母节。

② 每圈等于四公顷。

③ 也是娜塔莉亚的爱称。

④ 雀模菜烧成灰可以用来洗衣服。

三对公牛拉着仰放着的犁，顺着大道走去，划着由于秋天干旱缺雨变得坚硬的路面。葛利高里不时理理勒脖子的手巾，走在路边，不断地咳嗽。娜塔莉亚同他并排走着，背上的干粮袋子在不住地跳动。

村外的草原上是一片透明的寂静。远处，牧场后面，起伏的土岗那边，人们在忙着翻犁田地，不时响起赶牲口的鞭子声，这里——大道边——长满了已呈灰绿色的矮蒿，被羊吃过的野木樨，像祈祷似的弯着腰的苦荬；头顶上，是飘着闪耀着宝石般光芒的蛛网似的，像晶莹的薄冰一样日益变凉的晴空。

彼得罗和达丽亚送走了两个耕地的，就准备去磨坊。彼得罗在仓房里支起筛子，筛起麦子来。达丽亚把麦子装进口袋，搬到大车上去。

潘苔莱·普罗珂菲耶维奇套上马，仔细地整理好了马具，问道：

"快完了吧？"

"马上就完。"彼得罗从仓房里应声答道。

磨坊里人声鼎沸，院子里挤满了车辆。磅房旁边，挤得水泄不通。彼得罗把缰绳递给达丽亚，从车上跳下来。

"快轮到我的号了吗？"他问站在磅秤旁边的"钩儿"。

"误不了。"

"现在是第几号在磨哪？"

"三十八号。"

彼得罗走出去搬口袋。这时候磅房里有人相骂起来。一个沙哑、凶狠的声音像狗叫似地喊道：

"你睡觉睡过了号，现在想加塞儿？滚开，霍霍尔，不然就要揍你啦！"

彼得罗从嗓音上听出是"马掌"雅科夫，便仔细倾听起来。磅房里咕咚响了一声，从门里传出了喊叫声。

很清脆地响了一声，一个黑色软制帽歪到后脑勺上、蓄着胡子，不很年轻的道利人①从门里摔了出来。

---

① 顿河一带这样称呼那些其祖先根据叶卡捷琳娜二世的命令，从与克里米亚毗连的南乌克兰迁徙到顿河沿岸来的乌克兰人。

“为啥?”他捂住腮帮子喊道。

“我把你的牙拔下来!”

“这不行,你等等!”

“米基福尔,快来! ……”

“马掌”雅科夫服役的时候,当过钉马掌的;马一撒欢儿,踢在雅科夫的脸上,踢断了鼻梁骨,踢豁了嘴唇,脸上留下了一个马掌印子;椭圆形的伤痕长好了,变成了青色,尖利的蹄钉痕变成斑斑的黑点,因此人们给他起了个绰号叫“马掌”。他是个勇敢、壮实的炮兵。他挽起袖子,从门里跑出来。一个身材高大、穿粉红衬衫的道利人,从后面结结实实地打了他一拳。“马掌”踉跄了一下,但是还是站稳了脚跟。

“弟兄们,他们在打哥萨克哪! ……”

一群群来磨面粉的哥萨克和道利人,就像从袖筒里倒出来似的,都争先恐后地从磨坊的大门里涌到挤满车辆的院子里来。

一场格斗在大门口开始了。大门被挤得咯吱咯吱直响。彼得罗扔下口袋,哼了一声,快步向磨坊跑去。达丽亚站在大车上,看见彼得罗推开那些起哄的人,挤到中间去;等彼得罗被人家一阵乱拳打到墙边上,摔倒在地,被人用脚踢踏的时候,她大叫了一声。米吉卡·科尔舒诺夫挥舞着一根铁门闩,一蹦一跳地从机器房的拐角处跑过来。

那个从背后打了“马掌”一拳的道利人冲出了人群,一只粉红色衣袖像受伤的鸟翅膀一样在背后忽闪。道利人弯着腰,手撑着地,跑到最近的一辆大车前,很容易地扳下一根车辕横木来。磨坊院子里响起了一阵沙哑的嘶叫:

“啊——啊——啊——啊——啊……”

“呜——呜——呜——呜——呜……”

“啊呀呀呀,啊——啊! ……”

噼啪声。咕咚声。呻吟声。轰隆声……

沙米利家的三兄弟也从家里赶来了。独臂的阿列克谢的脚在板门口绊在不知道谁扔在地上的缰绳上,跌了一跤;他跳起来,把左臂的空袖筒按在肚子上,跳过横在路上的车辕。他的弟弟马丁掖在白袜筒里的裤腿松出来了;他弯下身子,想把裤腿塞进去,但是磨坊旁边忽然响起一阵哭号声。不知道是谁的喊叫声,像随风飘荡的蜘蛛丝一样,高高地飞上磨坊的斜屋顶。马丁挺起身子,便去追阿列克谢。

达丽亚急得气喘吁吁,把手指骨节折得咔咔直响,站在车上看着:四周是一片妇女的尖叫和哭号声,马匹惊骇地竖起耳朵,牛哞哞叫着,拼命往大车上靠……脸色苍白的谢尔盖·普拉托诺维奇咬着嘴唇步履歪斜地走过去,裹在背心里的圆滚滚的肚子直哆嗦,达丽亚看见那个粉红衬衫已经撕得乱七八糟的道利人用车辕横木把米吉卡·科尔舒诺夫打倒,自己也随即仰面朝天摔倒,劈裂的车辕横木从手里飞了出去,原来是独臂的阿列克谢的铁拳头在道利人的后脑勺上一击,脚就踩在他身上。分散的格斗场面像花花绿绿的破布片一样,展现在达丽亚的眼前:她看到米吉卡·科尔舒诺夫跪在地上,用铁门闩照着从他身边跑过去的谢尔盖·普拉托诺维奇身上打去,而且毫不感到奇怪;谢尔盖·普拉托诺维奇摇晃着的双手向前一趴,就像只大虾似地向磅房爬去;人们用脚踩他,把他脸朝天地摔倒在地……达丽亚歇斯底里地哈哈大笑起来,这一笑,她那两条描得弯弯的黑眉毛就弯得更厉害了。直到她的视线碰上了彼得罗以后,疯狂的笑声才突然停止了:他摇摇晃晃地从骚动轰鸣的人群里挣脱出来,躺到一辆大车底下,吐血不止。达丽亚喊叫着向他扑去。哥萨克们手持木棍从村子里跑来,有一个人还挥舞着一根破冰的铁棍。械斗的规模简直骇人听闻。这不像是在酒馆里喝醉酒时的斗殴,或者在谢肉节时的打群架。磅房门口,躺着一个脑袋开花的年轻道利人,他两腿直挺着,脑袋浸在逐渐凝结的一摊黑血里,血染的发绺垂在脸上;看来,他正在向自己今世的欢乐生活告别……

道利人像一群扎堆的绵羊,被逼到窝棚前面。如果不是一个道利老头子急中生智,事情的结局将不堪设想:他跑进窝棚,从炉子里掏出一根冒火焰的劈柴,跑到门口,朝着那个存了一千多普特磨好的面粉的板棚冲去。从他背后冒出一缕轻纱似的青烟,爆出在白昼显得昏暗无光的火星。

"我——要——放——火啦!"他疯狂地吼叫着,把噼叭响着的劈柴片举到芦苇棚顶。

哥萨克们哆嗦了一下,打架停止了。阵阵的干风从东方吹来,把烟雾从窝棚顶上吹向挤在一起的道利人。

只要有一颗大火星落在棚顶陈年的干芦苇上——那么整个村庄霎时就会变成一片火海……

一阵短促低沉的轰鸣撼动了哥萨克的包围圈。有些人倒退着，向磨坊撤去，而那个道利人摇晃着劈柴，灰色的烟里散落着火星，他不住地大声嚷道：

“我要放火啦！……我要——放火——啦！……都从院子里撤出去！……”

祸首“马掌”雅科夫伤痕斑斑的脸上又添了许多处青印，他头一个离开了磨坊的院子。哥萨克们也都跟着匆匆离去。

道利人从车上掀下麦子口袋，把马套在大车上，站在车上挥着皮缰绳，拼命抽打马匹，冲出院子，轰轰隆隆地沿街驰去，奔向村外。

独臂的阿列克谢站在院子当中；那只袖口扎着的空衬衣袖子在强壮的肚子上忽闪着，痉挛症使他的眼睛和脸颊不住地抽搐。

“上马，哥萨克！……”

“追！……”

“他们还没有跑过山坡去！……”

米吉卡·科尔舒诺夫斜着身子，正要冲出院子。一阵轻微的忙乱像波浪似的，又使聚集在磨坊旁边的哥萨克们激动起来，但是就在这时，一个戴着黑呢帽、从前谁也没有看见过的陌生人，飞快地从机器房那边走过来；他用眯缝起来的眼睛里射出的锐利目光，严厉地打量着人群，举起一只手，说道：

“请等一等！”

“你是什么人？”“马掌”皱起像在跳舞似的颤动的眉毛。

“从哪儿钻出来的？”

“揍他！……”

“哈！……”

“完——完——啦！……”

“等等，乡亲们……”

“秃尾巴狗才是你的乡亲！……”

“庄稼佬。”

“树皮鞋！”

“给他一拳，亚什①！”

“照着他的眼珠子打！……照着眼珠子打！……”

那个人难为情地笑了，但并不害怕，他摘下帽子，用一种非常自然的姿势擦着额角，这姿势和笑容使哥萨克们安静下来了。

“怎么回事？”他挥了一下折起来的呢帽，指着磅房门口已经被土地吸干了的那摊黑的血迹，问道。

“我们打霍霍尔啦。”独臂的阿列克谢心平气和地回答说，腮帮子抖动了一下，眼睛眨了眨。

“为什么打的？”

“为了排号，叫他们知道，不能往前头钻。”“马掌”走到前头来解释道，他把手一挥，擦掉鼻子里流出来的带血的鼻涕。

“叫他们牢牢记住！”

“唉，应该去追呀……草原是点不着的。”

“我们害怕啦，也许他未必敢放火吧？”

“一个人在绝望的时候，放一把火，就像喝杯酒一样简单。”

“霍霍尔可都是些喜欢生气的家伙。”阿丰卡②·奥泽罗夫笑道。

那个人用帽子向他这面指了指，问道：

“你是什么人？”

阿丰卡·奥泽罗夫从伤痕斑斑的嘴缝里啐出了一口唾沫，并细心观察了飞溅出去的唾沫，然后叉开腿，说道：

“我嘛，是哥萨克，你哪，是茨冈人吧！”

“不，我们都是俄罗斯人。”

“胡说八道！”阿丰卡一个字一个字地加重说道。

“哥萨克都是俄罗斯族出身的。你知道这段历史吗？”

“可是我要告诉你，哥萨克是哥萨克代代相传下来的。”

---

① 雅科夫的简称。

② 是阿法纳西的爱称。

“古时候,农奴从地主那里逃了出来,到顿河沿岸落了户,人们就管他们叫哥萨克。”

“亲爱的人呀,走你的路吧!”独臂的阿列克谢把肿胀的手指头攥成拳头,眼睛眨得更快,压着火儿,愤愤地劝他说。

“坏蛋才是移来落户的呢!……真是个混账,想把咱们变成庄稼佬!”

“这是什么人?你听见了吗,阿法纳西?”

“是一个新搬到这儿来的家伙,住在斜眼卢克什卡家里。”

追赶道利人的机会也错过去了。哥萨克兴高采烈地议论着斗殴的事,各自散去了。

夜晚,在离村子八俄里地的草原上,葛利高里裹着一件毛烘烘的羊皮大衣,伤心地对娜塔莉亚说:

“你简直像个陌生人……就像这个月亮一样:既不会叫人感到冷,也不使人觉得热。我不爱你,娜塔什卡,你不要生气。我本来不愿意说这些,可是不成,很明白,这样过下去是不成的……我很可怜你,这些日子,咱们好像亲近了一点儿,可是我心里依然空空的……空得很。就像这会儿的草原一样……”

娜塔莉亚仰面望着那高不可攀、繁星似锦的夜空,望着在他们头顶飘浮的一片片投下透明的阴影的白云,什么话也没有说。迟误了南徙行期的仙鹤,从深蓝、高远的夜空,送来银铃似的叫声。

衰草悲伤地散发着垂死的气味。山岗上闪烁着耕地的人们燃起的火堆的点点红光……

葛利高里在黎明前醒来。羊皮大衣上落了有两俄寸厚的雪。草原困伏在闪耀着蓝光的初雪下,大车附近遍地都是由于初雪而迷路的野兔留下的闪着蓝光的、清晰的趾印。

第 六 章

自古就是这样:如果一个哥萨克没有伴儿,赶车去米列罗沃,路上遇到乌克兰人(他们的村落从下雅布洛诺夫斯克村,一直绵延到米列罗沃,约有七十五俄里)而不让道的话,乌克兰人就会把他打个半死。因此哥萨克要到车站去的时候,就一定要几辆大车结伴同行,这样,在草原上遇到乌克兰人,就可以壮起胆子互相辱骂了。

"喂,霍霍尔! 让开道! 你们这些坏蛋住在哥萨克的土地上,还不愿意让道儿,啊?"

到顿河岸帕拉莫诺斯克粮栈运送麦子的乌克兰人的遭遇也是一样。这时候他们会无缘无故遭到毒打,只因为他们是"霍霍尔",既然是"霍霍尔"——那就应该打。

几百年以前,一只勤勉的手在哥萨克的土地上播下了等级差别的种子,并精心培育、娇养着它们,于是种子萌发出茁壮的嫩芽:哥萨克和外来人——俄罗斯人和乌克兰人——在斗殴中,血洒大地。

在磨坊里发生斗殴两个星期以后,县警察局长和检察官到村子里来了。

第一个就传讯了施托克曼。检察官是个哥萨克贵族出身的青年文官,他一面在公事包里翻着,一面问道:

"在搬到这儿来以前,您住在什么地方?"

"罗斯托夫。"

"一千九百零七年是犯了什么罪坐牢的?"

施托克曼瞥了一眼公事包和检察官低着的脑袋上那道尽是头皮、斜着分开的头发缝。

"因为妨害秩序。"

"嗯……那时候您在哪里做事?"

"在铁路修理厂里。"

“职业？”

“钳工。”

“您不是犹太人吧？不是改信基督教的吧？”

“不是。我想……”

“我对您在想什么，不感兴趣。流放过吗？”

“是的，流放过。”

检察官把脑袋从公事包上抬起来，咂了咂刮过的、长着粉刺的嘴唇。

“我劝您离开这里……”又自言自语地说，“其实，我自己也在努力做到这一点。”

“为什么，检察官老爷？”

检察官用问题来回答他的问题：

“磨坊打架的那天，您对这里的哥萨克说了些什么话？”

“其实……”

“好，您可以走啦。”

施托克曼走到莫霍夫家（来往的官员总是住在谢尔盖·普拉托诺维奇家，不住客店）的阳台上，他耸耸肩膀，回头看了看那两扇油漆的大门。

第七章

冬天并没有一下子就到来。圣母节后，积雪融化了，又把畜群赶到牧场上去，刮了一个星期的南风，天气又转暖了，大地复苏，草原上又是一片绿油油的晚秋的青苔。

一直暖和到圣米哈伊洛夫节，后来严寒袭来，下了一场大雪；一天比一天冷得厉害，接着又下了两俄寸半厚的雪，顿河边上的菜园子里，野兔越过顶上被大雪覆盖着的篱笆，留下一圈圈梅花形的趾印，宛如姑娘衣服上的花边。烧牛粪的烟雾笼罩在村庄的上空，飞集到有人烟的地方来的乌鸦,在路旁的灰堆里徘徊觅食。爬犁压出来的冬季道路,像一条褪了色的灰带子,蜿蜒在村中。

有一天,在广场上开村民大会;到了分配砍伐树枝地段的时候了。一群穿着长皮袄和短皮袄的人,毡靴子咯吱咯吱响着,聚集在村公所外面的台阶旁边。严寒又把人们赶到村公所里来。那些蓄着银灰胡子的、可敬的老头子们,都在桌子旁边,靠着村长和文书坐下来,年轻些的——生着各色胡子或者没有长胡子的——哥萨克挤成了一堆,从暖和的羊皮领子里发出了嗡嗡的喧噪。文书在纸上写满了一行行密密麻麻的字,村长不时隔着肩膀看看他,村公所的冷屋子里一片喑哑的嗡嗡声:

“今年的草啊……”

“哦,哦……牧场上的还可以喂牲口,可是大草原上的全是些野木樨。”

“从前,在古时候,到圣诞节还可以在草地上放牧牲口。”

“这对加尔梅克人可再好也没有啦。”

“唉嘿——嗯。”

“村长生的是狼脖子,你看他连脑袋都不会转。”

“脖子吃得那么肥,简直是他妈的阉猪!”

“我说,亲家,你是想把冬天给吓跑啊?穿这么厚的皮袄……”

“今天有个茨冈人把皮袄卖掉啦。”

“在圣诞节的时候,茨冈人露宿在草原上,什么盖的都没有,只好披上渔网,连小肠都冻坏啦,——一个茨冈人醒过来,把手指头从渔网眼里伸出来,就骂起娘来:‘嘿,我的妈呀,院子里可真冷啊!……’”

“恐怕道路就要滑起来啦!”

“连公牛都得钉上铁掌,非这样不行!”

“前几天我在鬼塘口砍过绢柳枝,很好。”

“扎哈尔,你把裤子扣上吧……要是把那玩意儿冻坏啦,娘儿们就把你赶出家门啦。”

“听说,阿夫杰伊奇,你负责喂祭牛啦?”

“我没有答应。帕兰卡·姆雷欣娜干啦……她说,我是个寡妇,多干点活儿,心里还痛快点儿。我说,你就牵走吧,要是下了小牛……"

"哎——哈——哈!"

"嘿——嘿——嘿!……"

"诸位老人家!砍树枝的事儿怎么办哪?……静一点!……"

"我说,要是下了小牛……当然就要找个教父啦……"

"静一点!求求你们啦!"

会议开始了。村长抚摸着凝满哈气的权杖①,喊着分配到树枝的人的姓名,喷出一口口的哈气,不断地用小手指头拨下胡子上的冰琉璃。后面,靠乒乓乱响的门边,是一片雾腾腾的哈气、拥挤的人群和响亮的擤鼻涕声。

"不能定在星期四砍树枝!"伊万·托米林不断歪扭戴着蓝色炮兵制帽的脑袋,揉着通红的耳朵,竭力提高嗓门,压下村长的声音。

"为什么?"

"你要把耳朵揪下来啦,炮手!"

"咱们给他缝上两只牛耳朵。"

"星期四有半村的人都要去往家运干草。嗐,真会办事儿!……"

"可以改到星期天去砍嘛。"

"诸位老人家!……"

"什么事?"

"祝你成功!……"

"呼——呜——呜——呜——呜!……"

"嘀——嘀——嘀——嘀——嘀!……"

"哈——哈——哈——哈——哈!……"

马特维·卡舒林老头子从摇摇晃晃的桌子上探过身来,用光滑的杨木拐杖向托米林这方面戳着,气哼哼地尖叫道:

"你先等等去运干草吧!……丢不了嘛!……这也是为了全村好嘛……你总是跟大家顶着干。我的老弟呀!你是既年轻又糊涂!……就是这样!……看你!……就是这样……"

---

① 权杖是一根特制的木杖,是哥萨克首领的权力象征。

“你自己才是老糊涂啦……”独臂的阿列克谢从后排探出头来插嘴说,眨着一只眼睛,伤残的那边脸颊在痉挛地抽动着。

为了多占一犁地,他跟卡舒林老头子已经结仇六年了。每年春天他都要打马特维·卡舒林一顿,而老头子从他手里霸占去的那点儿土地却只有手巴掌那么大——只要皱起眉,一口唾沫就能啐过那块地去。

“住口,痉挛鬼!”

“可惜离得太远啦——我从这儿够不到你,不然的话我要好好揍你一顿,准叫你流红鼻涕!”

“瞧你,一只胳膊的眨眼鬼!……”

“你们俩都住嘴吧,吵起来没完啦!……”

“到院子里去,你们上那儿去咬吧。真是的。”

“算了吧,阿列克谢,你看老头子浑身在打战战,脑袋上的皮帽子直摇晃。”

“把这些吵架的人送到拘留所去!……”

村长用拳头在吱咯直响的桌子上捶了一下。

“我立刻就叫警察来!住口!……”

渐渐安静下来,喧哗声传到了后排,也归于沉寂。

“星期四天一亮就去砍树枝。”

“你们以为怎样,诸位老人家?”

“诸事如意!”

“上帝保佑!”

“如今的老人的话没有人听啦……”

“放心吧,会听的。难道咱们就没有惩治他们的法子吗?我家的亚历萨什卡,我把他分出去的时候,他扑上来要和我打架,还要抓住我的胸膛呢。我立刻用鞭子抽了他一顿。并且对他说:‘我立刻去报告村长和老前辈们,我们要好好抽你一顿……’老实啦,就像春潮冲倒的草一样,服服帖帖的了。”

“诸位老人家,收到了镇长的一项命令,”村长改变了声调,扭了扭脑袋:因为制服的硬领子直搭他的下巴颏,搭进大粗脖子里去了,“本星期六,青年哥萨克去镇上宣誓。傍晚在镇公所集合。”

潘苔莱·普罗珂菲耶维奇在紧靠门口的窗户旁,像仙鹤一样,翘着瘸腿站在亲家身旁。米伦·格里戈里耶维奇敞怀穿着皮袄,坐在窗台上,棕色的大胡子里透出笑容。淡白的短睫毛上挂了一层霜,大片的褐色雀斑由于严寒充血,变成了灰色。他们前面,挤了一群年轻的哥萨克,在互相挤眼调笑;在屋子中间踮着脚尖晃来晃去的,是绰号叫"牛皮大王"的阿夫杰伊奇;他和潘苔莱·普罗珂菲耶维奇是同庚人——可是他总不见老,而且脸上永远罩着一层安敦偌夫卡苹果似的红晕;他把那阿塔曼斯基团钉着银十字的蓝顶皮帽扣在扁平的秃后脑勺上。

阿夫杰伊奇曾经在禁卫军阿塔曼斯基团里当过兵。去服役的时候姓西尼林,回来后就变成"牛皮大王"了。

他是本村头一个被分配到阿塔曼斯基团去服役的人,那里的兵营生活把这个哥萨克变成了个怪人:和所有的人一样,他也长成了一个大小伙子;从小他就有点儿傻头傻脑,而退役回来以后,简直就一发不可收拾了,从返来的第一天,就信口开河地大讲起他在皇宫中服役时的稀奇古怪的故事和在彼得堡的奇遇。起初,听得出神的人们信以为真,大张着嘴,全都诚心诚意地听他讲,可是后来发现,阿夫杰伊奇撒的弥天大谎是本村有史以来闻所未闻的;于是大家就公开地嘲笑他,但是他胡编的那些怪诞不经的奇遇被揭穿了以后,他的脸却连红也不红(也许红了,不过因为他总是红光满面,所以看不出来),仍旧继续撒谎。老年简直就成了个无赖。当被人问得张口结舌,无言以对——他就会火冒三丈,跟人打架,如果大家默不作声,只是嘲笑他——他就会讲得津津有味,丝毫也不理会人家的嘲笑。

但是当家过日子,他却是个能干而又勤奋的哥萨克,什么事都干得头头是道,虽然也不免搞点儿歪门邪道儿,可是只要他一聊起在阿塔曼斯基团服役的事……谁也只能把两手一摊,笑得肚子疼,腰也直不起来。

阿夫杰伊奇站在屋子中间,脚上穿着破毡靴子,在来回晃着;他打量着拥挤在一堆的哥萨克们,很有分量地低声说道:

"如今的哥萨克全是废物。尽是些身材矮小、什么用处也没有的家伙。随便哪一个,你只要擤一下鼻涕,就能把他打成两截。是的,"他蔑视地笑着,用毡靴子擦着地板上的一口痰,"我曾经在维申斯克镇上看见过一堆死人骨头,那是哥萨克的——是这样的……"

"这些骨头是从什么地方掘出来的,阿夫杰伊奇?"脸刮得光光的阿尼库什卡用胳膊肘子碰碰旁边的人,问道。

"老兄,咱们一起服过役,看在即将到来的节日面上,别胡扯了吧。"

潘苔莱·普罗珂菲耶维奇皱起钩鼻子,拉了拉耳朵上的耳环。

他最讨厌胡说八道的人。

"老弟,我出娘胎以来就从不胡扯。"阿夫杰伊奇郑重地说道,他惊异地回头看了看像发疟疾一样哆嗦着的阿尼库什卡,"是给我的小舅子盖房子的时候,看见死人骨头的。我们一开始打地基,就挖开了一座坟。这就是说,古时候,在顿河边教堂附近,有一座公墓。"

"死人骨头有什么稀罕的,啊?"潘苔莱·普罗珂菲耶维奇正准备走开,不高兴地问道。

"胳膊呀——这么粗,"阿夫杰伊奇把两条长胳膊一摊,"脑袋呀——真的,我不说谎——跟军用锅一样大。"

"阿夫杰伊奇,顶好还是给青年人讲讲你在圣彼得堡智擒大盗的事儿吧。"米伦·格里戈里耶维奇从坐着的窗台上下来,掩着皮袄大襟,提议道。

"有什么可讲的啊。"阿夫杰伊奇倒谦虚起来了。

"讲讲吧!"

"我们求求您老啦!"

"赏个脸吧,阿夫杰伊奇!"

"你知道吧,事情是这样的。"阿夫杰伊奇咳嗽了一声,从裤子口袋里掏出烟荷包。他向弯着的手巴掌上倒了一撮叶子烟,然后又把两个从荷包里滚出来的铜币装回去,用幸福的眼神环顾了一下听众。"一个在押的强盗从监狱里逃走了。这儿找那儿找都找遍啦——连影儿也没有。整个衙门都闹得天翻地覆。算是跑定了——完蛋啦!夜里,侍卫的军官喊我去,我就去啦……是的……他说:'你到皇上的寝宫里去吧……皇帝陛下亲自召你进宫去。'我当然有点心慌，走了进去，立正站住，圣上，我们的仁主，拍了拍我的肩膀，说道：'伊万·阿夫杰伊奇，是这么回事，帝国天字第一号的大强盗逃走啦。他就是钻到地里去，你也得找到他，否则你就别来见我！'我说：'是，陛下。'是啊……我的乡亲们，这差事可真叫我伤透了脑筋……我从御马厩里挑了三匹千里马，就上路啦。"阿夫杰伊奇点上烟，环顾了一下听众的低垂下去的脑袋，飘渺的烟雾笼罩着他的脸，他兴奋地又继续讲下去："于是我就追啊，追啊！白天追，晚上追。追到第三天，都快到莫斯科了，终于追上啦。我把这个宝贝装进了马车，又从原路赶回。半夜，赶到宫中，我就这样全身污泥，直奔皇上那里。可是那些形形色色的公爵呀、伯爵呀不放我进去，可是我一定要进去。是的……我敲敲宫门。'陛下，请恩准小的晋见。'——'谁呀？'里面有人问。我说：'是伊万·阿夫杰伊奇·西尼林。'里面慌乱起来，我听见皇上在喊：'玛丽亚·费多罗夫娜，玛丽亚·费多罗夫娜！快起来，烧上火壶，伊万·阿夫杰伊奇回来啦！'"

后排爆发出像打雷似的哄堂大笑。文书正在念一张"寻找走失牲口和离群牲口"的通告，念到"左脚踝骨上裹着破袜子"时，念不下去了。村长像鹅一样伸长脖子，看着笑得前仰后合的人群。阿夫杰伊奇揪了揪皮帽子，皱起眉头，不知所措，打量打量这个，又看看那个。

"等一等！"

"噢，哈，哈，哈……"

"唉呀，笑死人啦！……"

"嘿，嘿，嘿，嘿，嘿！……"

"阿夫杰伊奇，你这只秃狗，噢哈，哈！……"

"'快烧上火壶，阿夫杰伊奇来啦！'真有你的！"

人们开始散去，冻透了的木台阶不停地拉着长声哼哼叫着。司捷潘·阿司塔霍夫和高个长腿的哥萨克——荷兰式风磨的掌柜的在村公所外边踏烂了的雪地上较量起来，他们在用摔跤来暖和一下身子。

"从磨坊掌柜的脑袋上蹿过去，"围观的哥萨克们七嘴八舌地在出主意，"把肚子里的麸子都给他抖出来，司乔普卡！"

"你光靠使劲蛮干不行啊！这小子太机灵！"卡舒林老头子激动得

像麻雀似的跳着,因为看得出神,所以完全没有理会那颗难为情地挂在灰鼻子尖上亮晶晶的鼻涕珠儿。

第 八 章

潘苔莱·普罗珂菲耶维奇从会场上回来,径直走到他和老太婆住的那间耳房里去。这几天伊莉妮奇娜正在闹病。水肿的脸上露出了疲倦和疼痛的神色。她躺在鼓胀的、厚厚的鸭绒褥子上,脊背紧靠在竖起的枕头上。一听见熟悉的脚步声,她就扭过头来,脸上带着大半辈子的风霜染上的严肃表情,看了丈夫一眼,目光停在普罗珂菲耶维奇的遮着嘴的、由于哈气弄得湿漉漉的、鬈曲的连鬓胡子上,停在和连鬓胡子连成一片、粘在一起、湿漉漉的短胡髭上,她的鼻翅儿动了动,老头子带进来的寒气和一股羊皮的腥酸味。“今天他没有喝酒。”她心里想,于是高兴地把后跟还没有钩完、插着钩针的毛袜子放在肚子上。

“砍树条子的事怎么样啦?”

“决定星期四去砍。”普罗珂菲耶维奇摸了摸胡子。“星期四早晨去,”他重说了一遍,坐在靠床的箱子上,“喂,怎么样?还是不见好?”

伊莉妮奇娜的脸上遮上了一片孤寂的阴影。

“还是那样……骨头节里痛得钻心,浑身麻木。”

“早就告诉过你,混蛋娘儿们,秋天别下水。既然知道自个儿的毛病,就别去逞强啦!”普罗珂菲耶维奇发起火来,用拐杖在地上画着大圈,说道,“难道家里的娘儿们还少吗?你那些麻真他妈的该死:你非要去浸麻,如今可好……我的天,如今……唉!”

“麻也不能让它烂掉嘛。家里那工夫一个婆娘也没有:葛利沙跟他媳妇耕地去啦,彼得罗和达丽亚也赶车到什么地方去啦。”

老头子往捧在一起的两只手巴掌上哈着气,身子俯到床上,问道:

“娜塔什卡怎么样?”

伊莉妮奇娜的精神头儿来了,露出明显的不安神色说道:

“我简直不知道该怎么办。前两天又哭啦。我走到院子里，看见不知道是谁把仓库的门打开啦。我就想去把门关上。一进去，看见她正站在粮食囤子旁边呢。我问她：‘你怎么啦，怎么啦，亲爱的？’她却回答说：‘有点儿头痛，妈妈。’我怎么也问不出实话来。”

“也许，生病啦？”

“不是，我问过啦……不是有人说了她的坏话，就是跟葛利什卡闹别扭……”

“他又到那个……是不是偶尔又上她那儿去啦？”

“你怎么啦，老头子！你怎么啦！”伊莉妮奇娜吃惊地拍了拍手说。“难道司捷潘是糊涂虫吗？我没有看见，没有。”

老头子又坐了一会儿就出去了。葛利高里正在自己屋里用锉刀锉一套渔具上的钩子。娜塔莉亚用熬好的猪油涂在钩子上，整整齐齐地一个一个地用破布包起来。潘苔莱·普罗珂菲耶维奇一瘸一踮地走过去，用探索的目光看了看娜塔莉亚。她那焦黄的脸上，就像秋天的树叶子一样，罩着一层淡淡的红晕。在这一个月里，她明显地消瘦了，眼睛里流露出一种从来没有过的可怜的表情。老头子在门口站住了。“唉，看他把媳妇折磨成什么样子啦！”他心里想，又朝娜塔莉亚那俯在板凳上的、梳得光光的脑袋看了一眼。

葛利高里坐在窗边，推拉着锉刀，乱蓬蓬的头发像鬃毛似的在额上跳动。

“你他妈的别锉啦！……”老头子突然怒不可遏，脸涨得通红，他握紧拐杖，撑住胳膊，喊道。

葛利高里吓得一哆嗦，迷惑不解地抬起眼睛来，朝父亲看去。

“我想把两头都锉尖，爸爸。”

“我叫你放下！准备砍树条子去。”

“我就来。”

“爬犁上的栓钉一个还没有，他倒锉起什么钩子来啦。”老头子的怒气已经消了一些，自言自语道，他在门口踌躇了一会儿（显然想说些什么），就走开了。余怒发泄到彼得罗身上。

葛利高里往身上穿着短皮袄，听见父亲在院子里叫嚷：

“牲口到现在还没有饮，你是干什么吃的，你是什么东西？……这是谁动篱笆旁边的那垛干草啦？我对你说过没有，说过别动边上的那垛草没有？……该死的东西，把上好的干草都糟踏啦，到春天耕地的时候，拿什么喂牛呀？……”

星期四，天亮以前两个钟头，伊莉妮奇娜就把达丽亚叫醒了。

“起来，该生火啦！”

达丽亚穿着一件衬衣，跑到炉边，在小洞里摸到火柴，点上了灯。

“你快点做早饭。”头发散乱的彼得罗一面催促着妻子，一面点着烟，不断地咳嗽着。

“他们舍不得叫醒娜塔什卡，没良心的还在睡哩。怎么，我就该撕开当两个人用啦？”昏昏欲睡、怒气冲冲的达丽亚嘟哝道。

“你去叫醒她嘛。”彼得罗劝道。

娜塔莉亚已经自己起来了，披上上衣，到干粪堆那里去拿干牛粪。

“带些引火柴来！”大媳妇吩咐说。

“叫杜妮亚什卡去挑水，听见吗，达什卡？”伊莉妮奇娜艰难地在厨房里挪动着脚步，哑着嗓子说。

厨房里散发着新鲜蛇麻草、皮缰绳和人体的温暖气味。达丽亚拖着毡靴子啪哒啪哒地来回跑动，弄得铁锅叮当乱响；两只小奶头在袖子挽到胳膊肘子上的粉红色衬衣里直颤动。她的婚后生活并没有使她憔悴，也没有使她消瘦：她的身材修长，苗条，灵活，像红柳枝一样，简直像个没出门子的大姑娘。走起路来袅袅娜娜，摇晃着肩膀；对丈夫的呵叱总是报之以嘲笑；两片恶狠的薄嘴唇里，闪烁着结实、整齐、细密的牙齿。

“昨天晚上就该把干牛粪拿进来。在炉子里放上一夜就烤干啦。”伊莉妮奇娜不满意地唠叨着说。

“忘记啦，妈妈。都是我们不好。”达丽亚替大家回答说。

早饭做好，天也已经亮了。潘苔莱·普罗珂菲耶维奇急忙吃早饭，稀粥直烫他的嘴。愁眉苦脸的葛利高里慢腾腾地嚼着，颧骨上隆起的肌肉也跟着在滚动。彼得罗自寻开心，背着父亲，在逗弄因为牙痛把脸颊包起来的杜妮亚什卡。

全村一片爬犁铁杠的响声。灰色的晨雾中,一辆辆的牛车在向顿河移动。葛利高里和彼得罗走出去套爬犁。葛利高里一面走,一面围着柔软的围巾——这是新娘送给新郎的礼物,——吞吸着寒冷、干燥的空气。一只乌鸦呱呱地叫着从院子上空飞过,啼声飘落到院子里来。可以清楚地听到翅膀在严冬寂静的霜晨缓慢扇动的声音。彼得罗看着它飞去,说道:

"向暖和的地方,向南方飞去啦。"

一钩纤纤的晓月挂在粉红色的、欢快的,像姑娘的笑容似的彩云那边。烟囱里升起的缕缕炊烟,像一只手臂,伸向高悬在遥远的天边的、金黄色的尖月牙儿。

正对着麦列霍夫家院一带的顿河还没有完全封冻。近岸的地方,在波浪似的雪凌中间,闪着绿色的坚冰,冰下的未被急流卷去的河水在欢腾地冒着白泡,从河中心再过去一些,靠近左岸,黑石崖喷出泉水的地方,洁白的雪丘中,有个黑森森的、可怕而又诱人的大冰窟窿;留在这里过冬的野鸭像些黑色斑点,在冰水中嬉游。

车马人群从广场出发了。

潘苔莱·普罗珂菲耶维奇没有等两个儿郎,先赶着老牛车走了,彼得罗和葛利高里稍后也跟上来了。他们在下坡地方追上了阿尼库什卡。阿尼库什卡将一把安了新柄的斧子砍插在爬犁上,腰里系着一条绿色带子,和牛并排走着。他的妻子——一个身材矮小、有病的女人——赶着车。彼得罗老远就喊道:

"我说,街坊,你还带着娘儿们哪?"

喜欢开玩笑的阿尼库什卡一蹦一蹿地来到爬犁边。

"带着哪、带着哪。好暖暖身子。"

"她身上的热气可不多,太瘦啦。"

"我好草好料的喂,可是她总是不上膘儿。"

"咱们分的树枝是在一块地段上吗?"葛利高里从自己的爬犁上跳下来,问道。

"如果你给我点烟抽抽,就算在一块地段上吧。"

"阿尼凯,你生来就是吃百家食长大的。"

“偷来的和要来的东西，比什么都香。”阿尼库什卡打着哈哈，他那女人般的光脸笑起了皱纹。

他们一同上路了。罩上一层花边似的寒霜的树林里，白茫茫的一片，肃穆宁静。阿尼库什卡的爬犁走在前面，他不断用鞭子抽着垂下来的树枝。晶莹松脆的雪一团团地落下来，落在紧紧裹着身子的阿尼库什卡妻子的身上。

“别胡闹，鬼东西！”她一面喊叫，一面抖落身上的雪。

“你把她脸朝下扔进雪堆里去！”彼得罗吆喝着，竭力用鞭子抽牛的肚子，好叫它走得快一点儿。

在往娘儿们塘拐弯处，迎头碰上了司捷潘·阿司塔霍夫，他正赶着卸了套的公牛往村子方向走。他迈着大步，钉着皮底的毡靴子咯吱咯吱地响着，结了一层霜的鬈曲的额发像葡萄须一样，耷拉在歪戴着的皮帽子下面。

“喂，司乔普卡，迷路了吗？”阿尼库什卡跟他走齐的时候喊道。

“迷路啦，真他妈的倒霉！……在下坡的地方爬犁撞到树根上——滑杠折成了两段。非得回去不可。”司捷潘又骂了句下流话，从彼得罗面前走过去，傲慢地眯缝着长睫毛里两只贼亮的、强盗似的眼睛。

“爬犁扔下啦？”阿尼库什卡回过头来喊道。

司捷潘挥了挥手，抽了一下鞭子，把往旁边的田地里走的牛抽回来，朝着在爬犁旁边走的葛利高里看了半天。葛利高里看到，在离第一个谷口不远的地方，路中间扔着一辆爬犁，阿克西妮亚站在爬犁旁边。她用左手掩着顿河羊皮袄的大襟，注视着大道和迎面而来的车辆。

“让开道，不然我就从你身上赶过去啦。唉，可惜你不是我的老婆。”阿尼库什卡粗野地大笑起来。

阿克西妮亚笑着躲到旁边，坐在歪到一边去的、没有滑杠的爬犁上。

“你的老婆那不是坐在你身边儿哪。”

“她死缠着我，就像牛蒡花缠在猪尾巴上一样，不然我就可以把你带上啦。”

“多谢你啦。”

彼得罗走到她跟前的时候，回头瞥了一眼葛利高里。葛利高里一面走，一面激动地笑着；在他的每一个动作上都流露出不安和期待的神情。

“近来可好啊，街坊？”彼得罗把手套举到帽檐上，问候道。

“托福托福。”

“滑杠断了，是吧？”

“断啦。”阿克西妮亚没有看彼得罗，拉着长声答道，然后站起身来，把脸转向走过来的葛利高里。

“葛利高里·潘苔莱耶维奇，我有话想跟您说……”

葛利高里转身朝她走去，对已经走过去的彼得罗说了一声：

“替我照看照看牛。”

“好吧。”彼得罗猥亵地笑了笑，把那被烟草熏得带苦味的小胡子咂到嘴里去。

他们相对无言地站了一会儿。阿克西妮亚担心地四下看看，又把湿润的黑眼睛转到葛利高里身上。羞惭和欢欣燃红了她的脸颊，烤干了她的嘴唇。她的呼吸变得短促、频仍。

阿尼库什卡和彼得罗的爬犁已经隐没到深棕色的小橡树林子后头去了，葛利高里凝视了一下阿克西妮亚的眼睛，看见眼睛里燃烧着任性、狂热的火焰。

“哼，葛利沙，随你怎么说，没有你我简直就没有力气活下去。”她坚决地说道，然后紧闭上嘴唇，等候他回答。

葛利高里沉默不语，寂静像铁箍一样紧紧地箍住了树林。这透明的旷野静得耳朵里都嗡嗡直响。滑杠轧过的光亮的道路、布满灰色破云片的天空、沉睡的无声的树林……一只飞近的乌鸦一声惊叫，仿佛把葛利高里从短暂的梦中惊醒。他抬起头，看见羽毛蓝黑的鸟，蜷着腿，像在告别似地挥动着翅膀，悄然飞去。葛利高里自己都感到意外地说道：

“那里会暖和的。往暖和的地方飞去……”于是他如梦初醒，哑然失笑……“来……”他用低垂、陶醉的黑眼睛做贼似地向四周看了看，一下子就把阿克西妮亚拉到自己怀里。

第 九 章

斜眼卢克什卡家租给施托克曼的那半边房子里，晚上总是聚来各种各样的人：赫里斯托尼亚是常客；从磨坊里来的有“钩儿”，他肩上总是披着一件油污的西服上衣，还有已经闲了三个月、爱嘲笑人的达维德卡；机器匠科特利亚罗夫·伊万·阿列克谢耶维奇也常来；皮鞋匠菲利卡偶尔也来；但是来得最频的是米什卡·科舍沃伊，一个还没有服过现役的青年哥萨克。

起初，大家只是玩玩牌，可是后来施托克曼怎么神不知、鬼不觉地捅给大家一本涅克拉索夫①的书。大家就念了起来——都很喜欢这本书。后来又念尼基丁②的作品，快到圣诞节的时候，施托克曼提议念一本没有封面的破烂不堪的小册子。科舍沃伊是教会小学毕业的，念起书来总是高声朗诵，他轻蔑地打量了一下这本油污的小册子，说道：

“把它切成面条吃了吧。这么多的油。”

赫里斯托尼亚哈哈大笑起来，达维德卡露出了刺眼的笑容，但是，施托克曼等大家都笑够了以后，说道：

“念念，米沙③。这是讲哥萨克的书。是本有趣的书。”

科舍沃伊把金色的额发垂到桌子上，一字一句地念道：

“顿河哥萨克简史。”他看了大家一眼，好像等待着什么似的皱起眉头。

“念下去。”伊万·阿列克谢耶维奇说道。

他们念了三个晚上，书中讲述了普加乔夫④的事迹，哥萨克的自由

---

① 涅克拉索夫（1821—1878），俄国伟大的革命民主主义诗人。

② 尼基丁（1824—1861），俄国革命民主主义诗人。

③ 米沙和前面的米什卡是米哈伊尔的小名和爱称。

④ 普加乔夫·叶梅利扬（1742—1775），十八世纪俄罗斯农民起义领袖。

生活，讲述了司捷潘·拉辛[1]和孔德拉季·布拉文[2]的事迹。

最后他们念到讲近代的事情。这位不知名的作者用通俗的语言，恶毒地嘲笑了哥萨克的贫困生活，讽刺了各种制度和治理方法，嘲笑了沙皇政府以及作为帝制雇佣保镖的哥萨克。大家都非常激动，争论了起来。赫里斯托尼亚脑袋靠在天花板上的横梁上，嗡嗡直叫。施托克曼坐在门口，叼着带箍的骨头烟嘴抽烟，眼睛在笑着。

“说得对！公道！”赫里斯托尼亚喊道。

“把哥萨克弄成这种丢人的样子，可不是哥萨克本身的过错。”科舍沃伊困惑地摊开双手，生着一对灰色眼睛的、漂亮的脸上刻出了皱纹。

他身材短粗，肩膀和屁股一样宽，所以看上去像个四方形的人；砖红色结实的脖子安在像生铁铸的、结实的身躯上；奇怪的是在这样的脖子上却安了一颗小得很不相称的漂亮脑袋，没有光泽的、女人似的脸盘，倔强的小嘴儿，金色鬈发遮着的灰色眼睛。机器匠伊万·阿列克谢耶维奇是个高个子的瘦削的哥萨克，他争论得最凶。他那瘦骨嶙嶙的躯体里的每一个细胞都渗透、滋生着哥萨克的传统。他眏着鼓出的圆眼睛，拼命替哥萨克辩护，猛烈攻击赫里斯托尼亚。

“你变成一个庄稼佬啦，赫里斯坦，别争辩啦，还有什么可争论……你身上的血，一桶也只有一滴哥萨克的血液。你妈一定跟沃罗涅什的鸡蛋贩子睡过觉，才生下你来的。”

“你是个傻瓜！……唉，傻瓜！”赫里斯托尼亚用低沉的声音说，“兄弟，我是在维护真理。”

“我没有在阿塔曼斯基团当过兵，”伊万·阿列克谢耶维奇恶毒地嘲笑说，“只有阿塔曼斯基团的人，才不论大官儿小官儿，统统都是傻瓜呢……”

“别的部队里这种人也多得要命。”

---

① 司捷潘·拉辛（1671年被沙皇政府处死），十七世纪俄罗斯农民起义领袖。

② 孔德拉季·布拉文（1660—1708），顿河的哥萨克，一七〇七至一七〇八年哥萨克农民起义的领导者。这次起义遍及从第聂伯河到伏尔加河的南俄广大地区，称“布拉文起义”。

“住嘴,庄稼佬!”

“庄稼佬难道就不是人吗?”

“他们就是庄稼佬,全是树皮做的,树条编的。”

“老兄,我从前在彼得堡服役的时候,也见过点儿世面。曾经有过这么一回事,”赫里斯托尼亚说道,把最后的“事”字说得特别重,“我们担任守卫皇宫的差事,在宫里宫外站岗、巡逻。在宫外,是骑马在城墙上巡逻:两个向那边去——两个往这边去。碰面的时候就问:‘平安无事?没有暴动吗?’——‘平安无事,’——就又分开了,要想站下来说句话,那是不行的。人也是经过挑选的:派两个人去宫门口站岗,两个人的长相都要一样。如果头发是黑的,那就要一对黑头发,如果是白头发的,就要一对白头发的。不仅仅是头发,就是模样也要相像。有一回,就为了这条愚蠢的规定,叫理发匠把我的胡子都染了。那次我恰好赶上跟尼基福尔·梅谢里亚科夫配成一对去站岗,——他是我们连里捷皮金斯克镇的哥萨克,——然而他是个红毛鬼。谁他妈的知道是怎么搞的,一直到鬓角,都跟火一样红。找啊,找啊,可是连里再也找不到一个这样毛色的人了;于是,连长巴尔金就命令我说:‘到理发室去,马上把你的胡须全都染了。’我就去啦,给我染了……等我对着镜子一照,心都凉了半截:像火焰一样!简直像着了火似的!而且烧个不停,我把胡子抓在手里,仿佛连手指头都烧疼啦。真的!……”

“喂,叶梅利亚①,你扯到哪里去啦!我们开头说的是什么呀?”伊万·阿列克谢耶维奇打断了他的话说。

“说的是人的事啊,就是说的这个呀。”

“好,说下去吧。不然光讲你的胡子,胡子他妈的跟我们有什么相干呀。”

“我这不是在说嘛:有一回轮到我在宫外巡逻,正跟一个同伴骑马走着,突然从街角处拥出来一群大学生。黑压压的一大片!他们一看见我们,就高呼:‘哈——啊!’接着又呼了一次:‘哈——啊!……’我们还没有弄明白是怎么回事呢,他们已经把我俩包围啦。一个学生说:

---

① 叶梅利扬的简称。

‘哥萨克,你们这是干什么去呀?’我说:‘我们在巡逻,你快给我松开马缰绳,别乱抓!’——并且紧握住马刀柄。可是他却说:‘老乡,你不要乱怀疑嘛,我本人就是卡缅斯克镇人,我是在这儿上大校……上大学念书的……’还说了些别的话。于是我们就策马往前走啦,这时候一个大鼻子的学生从钱包里掏出一张十卢布的钞票来,说道:‘哥萨克,为了先父在天之灵,拿去喝杯酒吧。’他给了我们十卢布,并从皮包里掏出一张相片,他说:‘这就是先父的相片,拿去做个纪念吧。’好,我们就接过来啦,不好意思不接。大学生走开去,又高呼:‘哈——啊!’他们就这样喊着向涅夫斯基大街走去。连长带着一排人从宫后门赶到我们这儿来。他跑到我们跟前问道:‘什么事?’于是我就报告说:‘一群大学生拦住了我们,并且说起话来,我们本想照军规用刀砍他们,可是后来他们放开了我们,于是我们就继续巡逻起来。’我们换了班,就对司务长说:‘喂,卢基奇,我们挣了十个卢布,但要为这位老人家的在天之灵祝福,必须把这笔钱喝掉。’并且把相片拿出来给他看。晚上,司务长拿来不少的伏特加;我们大喝了两天两夜,可是后来发现我们上当了:这个大学生真混蛋,原来给我们的并不是他爸爸的相片,而是德国的一个造反头头的相片。我可不能没有良心,把它挂在床头上,作个纪念。我看相片上的人大白胡子,很正经,像个商人,可是被连长看见了,他问我:‘这张相片你从什么地方弄来的,没有出息的家伙。’我就如此这般地说了一遍。他就开口大骂起来,还打我的耳刮子……他又打一下,问道:‘你知道吗,这是他们的首领卡尔拉……’我可能把他的名字忘掉啦……嗳,他叫什么啦,让我想想……”

“卡尔·马克思?”施托克曼笑着提示说。

“对,对!……就是他,卡尔·马克思……”赫里斯托尼亚高兴地叫道。“要知道,他这样惩罚我是完全正确的……因为有时候,皇太子阿列克谢常带一帮侍从跑到我们警卫室来。他们说不定会看到的呀,那不就糟了吗?”

“你总是夸奖庄稼佬。可是你看他们把你捉弄成什么样子。”伊万·阿列克谢耶维奇嘲笑说。

“可是我们也喝了十卢布的酒啊。虽然是为了这个大胡子卡尔拉干杯,可是酒是喝啦。”

“为他是应该喝的。”施托克曼笑了,玩弄了一会儿熏黄了的、镶着箍的骨头烟嘴,说道。

“他做过什么好事情呀?”科舍沃伊问道。

“改天再讲给你们听,今天太晚啦。”施托克曼用手掌拍了拍烟嘴,往外弄着已经熄灭的烟头。

在斜眼卢克什卡家的小屋子里,经过长时间的淘汰和挑选,形成了一个有十个哥萨克参加的核心。施托克曼是他们的灵魂。他顽强地向着暂时只有他一个人知道的目标奋进。他慢慢地给他们灌输一些简单的概念,提高他们的政治素质,使他们逐渐对现存的制度产生反感和仇恨。起初,他遇到的是像钢铁一样既冷又硬的不信任的坚壁,但是他并没有退却,而是不停地在啃它。

第 十 章

维申斯克镇紧靠着顿河,坐落在倾斜、多沙的左岸上,是顿河上游最古老的一个集镇,彼得一世时,奇戈纳克镇被焚毁后,迁建于此,更名为维申斯克,曾是从沃罗涅什通往亚速海的水上交通干线的重要枢纽市镇。

在维申斯克对面,顿河像鞑靼人的弓囊似的弯成弧形,仿佛要向右转去,可是到巴兹基村附近,却又雄伟浩荡地笔直流去,闪着蓝光的淡绿色河水,流过右岸的白垩山崖、接连不断的村庄和左岸的稀疏的集镇,奔向大海,奔向蓝色的亚速海。

顿河在霍皮奥尔河口镇的对面与霍皮奥尔河合流后,又在梅德维季河口镇的对面汇合了梅德维季河,从此,满潮的顿河穿越五光十色、人烟稠密的村寨和集镇滚滚流去。

维申斯克——整个集镇都是建在黄沙地上,是个枯燥无味、光秃秃的没有花园的镇子。广场上有一座古老教堂,风吹日晒,已经变成了灰色,六条街道都是顺着顿河的流向伸延开去。在顿河拐弯的地方,从市镇到巴兹基村,是一带狭长的瘦湖,像一只伸出去的袖子,水面有浅水期的顿河那样宽,湖岸上长满了白杨树。湖的尽头也就是集镇的尽头。在一个金黄色刺草丛生的小广场上,耸立着第二座教堂,教堂的个个圆顶都是绿色,屋顶也是绿色的,与湖对岸的一带绿杨汇成一片碧绿。

镇外,北面是一片河水泛滥时淤积的橙黄色的沙地、稀疏的松林和水色红艳(因为土壤都是红色黏土)的沼泽。在春汛淤积的沙滩上,在远处沙粒闪闪的黄沙丘上——浮现着稀疏的、海岛似的点点村落、果园和红柳丛。

十二月里的一个星期日,在古老的教堂对面的广场上,从本镇各村来的五百来名青年哥萨克,聚了黑压压的一片。教堂里的弥撒已近尾声,响起了召唤唱《赞美诗》的钟声。中士——一个雄赳赳的老哥萨克,戴着超龄服役的袖章——发出"集合"的命令。喧闹的人群分散开来,排成两列不整齐的横队。几个下士在队列间奔跑,把波浪似的弯弯曲曲的横队排齐。

"纵——队,"一个下士拉着长声喊道,并且做一个不明确的手势,"成两路!……"

长官穿着制服,外边罩着一件崭新的军官大衣,刺马针铮铮地响着,走进了教堂的围墙,一个宪兵跟在他后面。

葛利高里·麦列霍夫和科尔舒诺夫·米吉卡并肩站着,并在小声交谈。

"靴子夹脚,简直受不了啦。"米吉卡说道。

"忍着点吧,将来好做大官。"

"立刻就要把咱们带走啦。"

好像是为了证实他的话似的,中士向后退着,用靴后跟转了一下,喊道:

"向——右——转!"

"嚓,嚓,嚓",五百双穿着皮靴的脚步声清脆地响了起来。

"左转弯,开步走!"

纵队开进敞着的教堂围墙大门,从头上摘下来的皮帽在闪动,脚步声响彻教堂的尖顶。

葛利高里站在那里，没有用心听神甫念的誓词。他在打量米吉卡的脸；米吉卡疼得直皱眉头，不住地在倒替着两只被靴子箍紧的脚。葛利高里的那只举起的手酸痛难忍，脑子里杂乱的思绪在翻腾。他走到十字架前，吻着被许多张嘴亲过、沾满唾沫的银十字架，心里想着阿克西妮亚，想着妻子。回忆的片断像闪电似的，曲曲折折地穿过杂乱的思绪，呈现在他眼前：一片树林，褐色的树干，戴着雪白豪华的头饰，仿佛披上了银光闪闪的华丽马套；阿克西妮亚的黑眼睛在毛头巾下闪着湿润热情的光芒……

他们走回广场。重新排好队伍。中士开始训话了：

“现在你们已经不是小孩子啦，而是哥萨克啦。已经宣过誓啦，应该知道自己的毛病，明白事理。现在你们已经长大，成了哥萨克，你们就应该珍视自己的荣誉，听从父母的教训，以及其他等等。从前是孩子——可以胡闹，大概来的路上还互相揪过额发吧，但是从今以后，就要多想想将来服役的事情啦。再过一年，你们就要去服现役啦。”中士把兔毛织的漂亮手套戴到手上，结束说，“你们的父母也该给你们准备准备啦。买匹战马，以及其他等等……现在，小伙子们，回家去吧，上帝保佑你们！”

葛利高里和米吉卡在桥边等着同村的伙伴们都来齐，就一同上路了。他们沿着顿河岸走去。巴兹基村的上空飘着炊烟，响起清脆的钟声。米吉卡拄着一根折来的疙疙瘩瘩的树枝，一瘸一踮地走在最后。

“把靴子脱下来吧。”一个青年劝他说。

“会把脚冻坏的。”米吉卡停下来，迟疑地说。

“穿着袜子走。”

米吉卡坐在雪地上，使劲把靴子从脚上脱下来，只穿着袜子，一颠一颠地往前走。路上松软的雪上，清晰地印出了用钩针钩的厚毛袜的足迹。

“咱们顺哪条路走啊？”身材短小、留着长额发的阿列克谢·别什尼亚克问道。

“顺着顿河边上走。”葛利高里替大家回答说。

他们边说边走,互相往路边推搡着。

大家暗地商量着,把每个人都推倒在雪地上一次,大家都扑到那个人身上,压堆堆玩。在从巴兹基村到格罗姆科夫斯克村的路上,米吉卡第一个看到一只狼正横穿过顿河。

“伙计们,狼——在那儿哪!……呸!……”

“呜—溜—溜—溜—溜!……”

“呜嘿!……”

狼懒洋洋地跑了几沙绳,在离对岸不远的地方斜着身子停下来。

“逮住它!……”

“哈!……”

“呸,该死的东西!……”

“米特里,它这是看着你觉得奇怪哩,因为你穿着袜子走路。”

“看,它斜着身子站着,索套套不着它。”

“它的脖子不会转。”

“看呀,看呀,跑啦!……”

这只灰色的野兽却像是花岗石雕的,尾巴伸得像棍子一样直站在那里不动。然后,急急忙忙地向旁边一跳,钻进岸边的柳丛里去了。

他们回到自己村子的时候,已近黄昏。葛利高里踏着冰走到自己家门口的胡同,顺坡爬到大门口。院子里乱扔着几辆爬犁;一群麻雀正在篱笆旁的树枝堆上吱吱喳喳地叫。闻到了一阵阵家宅烧过的煤渣和牲口棚的热气味儿。

葛利高里走上台阶,朝窗户里看了看。

一盏挂灯阴惨惨地照着厨房,彼得罗背对着窗户,站在光亮里。葛利高里用笤帚扫了扫靴子,走进满是蒸汽的厨房。

“我回来啦。喂,你们好啊。”

“你回来得真快。大概冻坏了吧?”彼得罗匆忙、慌张地招呼说。

潘苔莱·普罗珂菲耶维奇低着脑袋,两肘撑在膝盖上坐着。达丽亚用一只脚蹬着吱吱扭扭响的纺车轮子。娜塔莉亚站在桌子旁边,背朝着葛利高里,头也没有回。葛利高里迅速地在厨房里扫了一眼,眼光停在彼得罗身上了,从他脸上不安地期待神情可以看出:发生了什么事情。

“宣誓了吗?”

“是啊!”

葛利高里慢腾腾地脱着衣服,磨蹭着时间,脑子里迅速地思量着可能发生的事情,以及造成这种寂静和对他这么冷淡的原因。

伊莉妮奇娜从内室里走了出来,脸上也露出狼狈的神色。

“准是娜塔莉亚。”葛利高里心里想,坐到父亲旁边的长凳上。

“给他预备晚饭去。”母亲瞅着葛利高里,吩咐达丽亚说。

达丽亚停下了纺车的歌声,微微地耸了耸肩膀,扭着苗条的、姑娘似的细腰,朝炉子走去。厨房里是一片寂静。一只不久以前才生过崽的母山羊正带着小羊睡在地炉旁取暖。

葛利高里喝着菜汤,偶尔瞅瞅娜塔丽亚,但是看不见她的脸:她斜着身子朝他坐着,脑袋低垂到钩针上面。潘苔莱·普罗珂菲耶维奇头一个忍受不了这种沉默,哼哼哧哧,装模作样地咳嗽了一阵以后,说道:

“娜塔莉亚要走啦。”

葛利高里用手往一起扫着面包屑儿,一句话也没有说。

“这是为的什么?”父亲问道,下嘴唇很明显地抖动着(这是马上就要狂怒的先兆)。

“我不知道为的什么。”葛利高里眯缝起眼睛,推开汤盘,画着十字,站起身来。

“可是我知道!……”父亲提高了嗓门。

“别吵,别吵。……”伊莉妮奇娜插嘴说。

“我知道是为的什么!……”

“好啦,这用不着大喊大闹。”彼得罗离开窗户,走到屋子当中。“这是爱情的事儿,愿意呢——就一块儿过下去,不愿意呢——那就各奔前程。”

“我不怪她。虽然这是耻辱,在上帝面前也是有罪的,但是我并不怪她:她没有过错,是这个狗崽子的过错!……”潘苔莱·普罗珂菲耶维奇指着靠在炉炕上的葛利高里骂道。

“我有什么过错?……”

"你不知道自己的过错？……你不知道吗，鬼儿子？……"

"我不知道。"

潘苔莱·普罗珂菲耶维奇跳了起来，把凳子也推倒了，走到葛利高里跟前去。娜塔莉亚手里的袜子掉到了地上，钩针在地上跳了几下，响了几声；一只小猫随着响声从炉子上跳下来；它歪着脑袋，弯起爪子，推了一下线团，把它滚到箱子旁边。

"我现在告诉你说，"老头子抑制着自己，一字一句地说道，"你要是不愿意和娜塔莉亚一起过——你就给我从家里滚出去，随便你滚到哪儿去！这就是我的话。随便你滚到哪儿去！"他又用往常平静的声调重复了一遍，就从葛利高里跟前走开，扶起了凳子。

杜妮亚什卡坐在床上，用惊骇的目光看着发生的一切。

"爸爸，我对您说，并不是要惹您生气，"葛利高里低沉颤抖地说，"并不是我情愿结的婚，是您一手包办的，可是我不喜欢娜塔丽亚。她要是愿意的话，就回娘家去好啦。"

"你也给我打这儿滚出去！"

"我也走。"

"滚你妈的蛋！……"

"我走，我走，你不要急嘛！"葛利高里扯着衣袖，把扔在床上的皮袄拉过来，他翕动着鼻孔，跟父亲的火气一样大，浑身直哆嗦。

在他们的身体里，混有同样的土耳其人的血液，在这种时刻，他俩简直相像得令人吃惊。

"你上哪——哪儿去？"伊莉妮奇娜抓住葛利高里的一只胳膊，呻吟说，但是他使劲推开母亲，飞快地抓起从床上掉下来的皮帽子。

"叫他滚，这只疯狗！叫他滚，该死的东西！滚、滚、滚吧！……"老头子喊叫着，把门敞开。

葛利高里飞跑到门洞里，他最后听到的，是娜塔莉亚的大声哭号。

寒夜笼罩着村庄。黑暗的天空中飘着雪花，顿河上冻裂的冰声像隆隆的炮声一样响。葛利高里气喘吁吁地跑出大门。从村子那头传来各种腔调的犬吠声，点点灯火在漆黑的夜空闪着黄色的光芒。

葛利高里毫无目的地在街上徘徊。司捷潘家的窗户闪着金刚石似的漆黑的光泽。

“葛—利—沙!”娜塔丽亚的悲凉的喊声从大门口传来。

“你死去吧,没人要的东西!”葛利高里咬牙切齿地骂道,加快了脚步。

“葛利沙,回来!”

葛利高里一步深一步浅地拐进了第一条胡同,最后一次听到越离越远的凄切的呼声:

“葛利申卡,我的亲人哪!……”

他迅速穿过广场,在岔路口停了下来,脑子里在翻腾着伙伴们的名字,考虑可以在谁家借宿。

葛利高里在米哈伊尔·科舍沃伊家门口停下。米哈伊尔住在村外山坡下面;母亲、米哈伊尔本人、两个弟弟和一个小妹妹——这就是他们家的全部成员。他走进院子,敲了敲土坯房子的小窗户。

“谁?”

“米哈伊尔在家吗?”

“在家。你是谁呀?”

“是我,葛利高里·麦列霍夫。”

一分钟以后,从初梦中醒来的米哈伊尔开开了门。

“是你,葛利沙?”

“是我。”

“你半夜里来干什么?”

“先让我进屋去,到里头再细说。”

葛利高里在门廊里抓住米哈伊尔的胳膊肘子;他一时找不到适当的话,在恼恨自己,只是悄悄地说道:

“我要在你家睡一宿!……跟家里人吵架啦……你家里怎么样,挤吗?……好办,我随便什么地方都行。”

“地方是有的,进来吧!你们为什么吵架呀?”

“唉,兄弟……等等……你们的门在哪儿呀?我怎么看不见。”

给葛利高里在长凳子上打了个铺。他躺下来,把皮袄蒙在脑袋上,为的是不要听见米哈伊尔母亲的喊喊喳喳的耳语声,她和女儿睡在一张床上。

“现在家里怎样啦？娜塔什卡会不会走呢？好啦，要过一种新的生活啦。上哪去呢？”很快就想出了主意，“明天叫着阿克西妮亚，一同到库班去，远远地离开这儿……远远地，远远地……”

以前从未见过的而且一向不喜欢的草原上的山岗、村镇和集镇，在葛利高里的闭着的眼睛前面飘浮过去。在起伏的山岗的那边，在漫长的灰色道路的那边——是一个蓝天绿地、亲切可爱的神话般的仙境，再加上阿克西妮亚那像晚开的花朵似的叛逆的爱情，那就更加诱人啦。

葛利高里被即将到来的神秘生活弄得心神不安地沉入梦乡。在入睡前，他曾竭力仔细地整理思绪，想要弄明白是什么事情使他这样心慌意乱，而又说不出来。昏睡中的思路就像一只顺水而下的小船，轻畅、平稳，但是忽然撞在什么东西上，好像是搁浅了；他心烦意乱，很不舒服，翻来覆去，搜尽枯肠。“怎么回事？什么东西拦住去路？”

第二天早晨——一醒来，就想起来了：“服役！我和阿克秀特卡能跑到哪里去呢？春天要去参加野营，秋天就要入伍！……这就是那暗礁、拦路虎。”

吃过早饭，他把米哈伊尔叫到门廊里去。

“米沙，请你到阿司塔霍夫家去一趟。告诉阿克西妮亚，叫她天一黑就到风磨那里去。”

“可是司捷潘呢？”米哈伊尔为难地说。

“你想个主意，装作有事的样子。”

“好，我去。”

“去吧。就说，叫她一定去。”

“好吧。”

傍晚，葛利高里坐在风磨的旁边，在袖口里抽着烟。寒风在风车后面枯干的玉米秸中间冲撞，呼号。系在风车轮翼上的一块破布片在啪啦啪啦地响。葛利高里觉得好像是一只飞不动的大鸟拍打着翅膀，在他头顶盘旋。阿克西妮亚还没有来。西面的半边天，是一片淡紫色的晚霞和金黄的夕照。从东方吹来越来越紧的刺骨寒风，黑夜追逐着挂在柳树梢上的月亮，铺天盖地袭来。风车顶上，红黄色的、有蓝色斑纹的夜空,像僵尸一样的阴沉;村庄上空还回荡着白昼忙碌生活喧嚣的余音。

葛利高里一连抽了三支烟,他把最后的那个烟头插进践踏过的雪里,恨恨地向四周看了看,从磨坊通往村庄的道路上已经融化殆半的积雪在闪着黑焦油似的亮光。不见一个人从村子里来。葛利高里站起身,伸了一个懒腰,肩膀咯吧咯吧地直响,便朝着米哈伊尔家窗户里透出的、朝他挤眉弄眼的灯光走去。当他吹着口哨,走近院子的时候,几乎跟阿克西妮亚撞了一个满怀。显然,阿克西妮亚是跑来的,或者是匆匆赶来的,所以气喘吁吁,从她那冰冷、红艳的嘴里喷出来的也不知道是风的气味,还是从遥远草原上吹来的、几乎闻不出的新鲜干草味儿。

"等了你半天啦,我以为你不会来啦。"

"好容易才把司捷潘打发出去……"

"你快把我冻死啦,该死的娘儿们!"

"我浑身滚热,我来给你暖暖。"她敞开有毛边的顿河羊皮袄的大襟,把葛利高里包起来,就像蛇麻草缠住了橡树一样。

"叫我来干什么?"

"等一等,拉住我的手……这儿常有人走。"

"跟家里人吵架了,是吗?"

"从家里跑出来啦。已经在米什卡①家待了一天一夜……就像只野狗一样啦。"

"现在你打算怎样办?"阿克西妮亚把抱着葛利高里的双手松开,冻得哆哆嗦嗦地把皮袄大襟裹了裹。"葛利沙,咱们到篱笆边去说吧。干吗要这样傻站在路当中呢?"

他们走过去。葛利高里把积雪踢平,背靠在冻得咯吱咯吱响的篱笆上。

"你知道不知道……娜塔莉亚回娘家去了没有?"

"我不知道…… 我想,是要走的。要不然住在这里有什么趣

① 米什卡也是米哈伊尔的爱称。

儿呢?"

葛利高里把阿克西妮亚的一只凉手塞进自己的袖子里,用手指头握着她的细手腕,问道:

"咱们怎么办呢?"

"亲爱的,我不知道。你要怎么办我就怎么办。"

"丢开司捷潘行吗?"

"绝不含糊,今晚走,都行!"

"咱们俩找个地方,雇给人家,一起过日子。"

"就是当牛做马,我也跟着你,葛利沙……只要跟你在一块儿就行……"

两个人站在那里,互相用体温温暖着。葛利高里简直不想走开,他扭过头,迎风站着,闭上眼睛,扇动着鼻翅。阿克西妮亚把脑袋扎在他的腋下,吸着他那令人陶醉的、诱人的汗气,她那贪婪、不害羞的嘴唇瞒着葛利高里,闪露出洋溢着渴望的幸福终于盼来的欢欣的笑容。

"明天我去找莫霍夫,也许可以雇给他家。"葛利高里随口说道,握住阿克西妮亚那被他的手指头捂出了汗的手腕子上面一点。

阿克西妮亚没有做声,没有抬头。刚刚还闪在嘴唇的笑容就像被风刮走了似的消失了,像只被追逐的小野兽一样,两只大睁着的眼睛里充满了忧虑和恐怖。"告诉不告诉他呢?"她想起了自己已经怀孕的事以后,心里盘算道。"应该告诉他。"她下了决心,但是吓得哆嗦了一下,立刻又把这可怕的念头赶走了。她的女性本能感到,现在还不是谈这件事的时候,她知道,这样做,她也许会永远失去葛利高里;而且她还不能肯定,在她心底下跳动的胎儿究竟是他们俩哪一个的,于是昧着良心,没有说出来。

"你哆嗦什么?冷吗?"葛利高里用皮袄大襟裹着她,问道。

"冻死啦……应该回去了,葛利沙。要是司捷潘回来了,一看见我不在家,就糟啦。"

"他上哪儿去啦?"

"我费了很大劲才把他支使到阿尼凯家打牌去啦。"

他们分手了。葛利高里的嘴唇上留下了她的嘴唇的诱人的气味,像是冬天的风,又像是从遥远的草原上吹来的,几乎闻不出的,被五月的雨淋过的干草气味。

阿克西妮亚转进了胡同;她弯着腰,几乎在跑。在不知道是在谁家水井对面,牲口曾在那里踩踏的秋天的烂泥里,她的一只脚在冻土块上滑了一下,笨拙地摔了一跤,她觉得肚子里一阵刺心的疼痛,就抓住了篱笆桩子。疼痛停止了,可是在肋部的什么地方,却有一个活东西还在折腾,一连愤怒、猛烈地跳动了几次。

第十一章

第二天早晨,葛利高里来到莫霍夫家。谢尔盖·普拉托诺维奇正从商店里回来喝茶。他和阿捷平坐在餐厅里一口一口地喝着深红色的酽茶,饭厅里糊着橡木花纹的贵重壁纸。葛利高里把帽子放在前厅,走进了餐厅。

"我找您有点事,谢尔盖·普拉托诺维奇。"

"啊,你好像是潘苔莱·麦列霍夫的儿子……"

"是他的儿子。"

"你有什么事呀?"

"想问问您,能不能收留我当个雇工?"

门声一响,葛利高里回过头来。从客厅里走出一位穿绿军服、戴中尉肩章的青年军官,手里拿着一张折成四折的报纸。葛利高里认出他就是去年赛马时被米吉卡·科尔舒诺夫追过去的那个军官。

谢尔盖·普拉托诺维奇推给军官一把椅子,问道:

"这是为什么,难道你父亲穷了,非叫儿子出来扛活不行了吗?"

"我不跟他一块儿过啦。"

"分家啦。"

"是的。"

"我倒很愿意收留你,我知道你们一家子都是勤快人,可惜我这里没有位置啦。”

“怎么回事?”中尉在桌边坐下,打量着葛利高里,问道。

“这个小伙子想找地方当雇工。”

“你会照看马吗?你赶车的本事怎么样?”中尉用茶匙搅着杯子里的茶,问道。

“我会。我们家自己养过六匹马。”

“我需要一个车夫。你的条件呢?”

“我要的工钱并不多……”

“既然这样,明天你到庄园去见我父亲吧。你知道利斯特尼茨基·尼古拉·阿列克塞耶维奇的庄园在什么地方吗?”

“是,我知道。”

“离这儿有十二俄里。明天早晨去,到那儿把什么都定下来。”

葛利高里踌躇不定,已经抓住门把手,要开门出去了,又说道:

“老爷,请您出来一下,我还有话要跟您说……”

中尉跟着葛利高里来到昏暗的走廊里。阳台上的毛玻璃吝啬地透进朝阳的绛红色霞光。

“什么事?”

“我不是一个人……”葛利高里的脸急得通红说道,“我还带着一个女人。能不能给她也找个什么工作?”

“是你的老婆吗?”中尉扬起被阳光映成绛红色的眉毛含笑问道。

“别人的老婆……”

“嘿,原来如此。好吧,咱们把她安排在厨房里打杂儿吧。可是她男人在哪儿呀?”

“就在这里,是本村人。”

“怎么,你从丈夫手里把人家的老婆拐跑啦?”

“是她自个儿跟我跑的。”

“一个很浪漫的故事!那好吧,你明天来。现在你可以走啦,老弟。”

第二天早晨八点钟,葛利高里到了亚戈德诺耶——利斯特尼基

家的庄园。庄园的院落很大,四周围着一道褪了色的砖围墙。院子里杂乱无章地建了许多建筑物:一座瓦顶的厢房,屋顶中央,有用不同颜色的瓦砌成的一九一〇年的字样,再就是下房、浴室、马厩、家禽饲养室、牛圈、一长排仓房和车棚。花园中间是一座古老的大房子,四周围一圈小花圃,与大院子隔开。房子的后面是一片光秃秃的白杨和柳树林子,像一道灰色的围墙,树顶上有一些空老鸹窝,好像挂着的棕色帽子。

一群黑色的克里米亚种猎狗在院子外面迎接葛利高里。一条瘸腿的老母狗,眼睛里像老太婆似的流着泪,头一个过来闻嗅了葛利高里一阵,然后垂着干瘦的脑袋,跟在他后面。下房里,厨娘正在跟一个满脸雀斑的年轻丫头争吵。一个厚嘴唇的高大的老头子坐在门旁边抽烟,把自己隐没在烟雾中,就像装在口袋里一样。丫头把葛利高里领到上房去。在前厅里有一股还没干的兽皮味和狗臭味。桌子上放着一个双筒猎枪套子和一个饰有已经凌乱不堪的绿色丝穗的猎袋。

“少爷叫你到他房间里去。”丫头从房门里探出身子来招呼说。

葛利高里担心地看了看自己的脏靴子,走进门去。

中尉正躺在一张靠窗的床上;毯子上放着个装着卷烟纸和烟草的盒子。中尉卷好一根烟以后,扣上白衬衣的领子,说道:

“你真早。稍等一下,我父亲马上就来。”

葛利高里站在旁边。一会儿,前厅里有脚步声,踏得地板咯吱咯吱地响。一个深沉的低音从门缝里问道:

“醒来了吧,叶甫盖尼?”

“请进来吧。”

一个老头子走了进来,他穿着黑色的高加索毡靴子。葛利高里从旁边看了他一眼,首先映进他眼帘的,就是那弯弯的细鼻子和鼻子下面被烟草熏黄的半圈白胡子。老头子个子约有一沙绳高,宽肩膀,很瘦。身上穿着件很肥的驼绒长上衣,领子上的扣环紧勒着棕色的、布满皱纹的脖颈。鼻梁两边,是一双黯淡无光的眼睛。

“爸爸,这就是我对您说过的那个车夫,是个好人家的子弟。”

“谁家的?”老头子用打雷似的嗡嗡响的声音问道。

“是麦列霍夫家的。”

“哪个麦列霍夫?”

“潘苔莱·麦列霍夫的儿子。”

“我认识普罗珂菲,和他同过事;潘苔莱我也认识。不是那个像契尔克斯人的瘸子吗?”

“对——是瘸子。”葛利高里像弓弦一样挺直了身子,答道。

他还记得父亲讲过的一些有关退役的利斯特尼茨基将军——俄土战争的英雄的故事。

“为什么要出来扛活呀?”头顶上响起了轰隆声。

“我不跟父亲一块儿过啦,大人。”

“你这么靠扛活混日子,还能成个像样的哥萨克吗?父亲把你分出来,难道什么东西也没有分给你?”

“是,大人,什么也没有分给。”

“那就另当别论啦。你和老婆一块儿出来扛活吗?”

中尉突然把床弄得响了一下。葛利高里转眼一看,只见中尉正在朝他摇头,使眼色。

“是,大人。”

“不要一口一个大人啦。我不喜欢这一套!工钱——每月八卢布。你们两个人的。你老婆给佣人和短工们做饭。同意吗?”

“好。”

“明天就到庄园来。住在原先车夫住过的那间下房里!”

“您昨天打猎的运气怎么样?”儿子问老头说,并把窄长的脚掌落到床边那块小地毯上。

“从响谷轰出一只大狐狸,一直追到了树林子。是只狡猾的老狐狸,把狗都给骗啦。”

“卡兹别克还瘸吗?”

“它原来是骨头脱骱了。快点儿下床吧,叶甫盖尼,早餐都要凉啦。”

老头子转向葛利高里,用皮包骨的干瘦手指头弹了一个响儿。

“开步走!明天早上八点,来此报到。”

葛利高里走出了大门。几只猎狗正卧在仓房后墙边雪已化净的干地上晒太阳。眼神像老太婆似的那只母狗胆怯地追上葛利高里,在后面嗅了一阵,低着脑袋,一步一步地跟着走,直把他送到第一道谷口,然后才回去。

第 十 二 章

阿克西妮亚很早就做好了饭,封上炉子,关上了火门,洗完家什,就朝对着院子的小窗户望去。司捷潘正站在靠麦列霍夫家的篱笆码的一堆木梓子旁边。他那坚毅的嘴角上叼着一支快要熄灭的烟卷,正从木料堆里挑选合适的柱子。板棚的左角塌了。必须支上两根牢靠的木柱,再盖上原先的芦苇。

从早晨起,阿克西妮亚的颧骨顶上就泛起红晕,眼睛里闪耀着青春的光芒。司捷潘看出了这种变化,吃早饭的时候,他问道:

"你怎么啦?"

"我怎么啦?"阿克西妮亚满脸绯红。

"你容光焕发,好像是擦了一层素油似的。"

"炉子太热……脑袋都热昏啦。"她转过身子,眼睛偷偷地向窗外瞥了一眼,看看米什卡·科舍沃伊的妹妹来了没有。

米什卡的妹妹直到天快黑的时候才来。已经等得心烦意乱的阿克西妮亚立刻就振作起来。

"你是来找我吗,玛舒特卡①?"

"你出来一下。"

司捷潘正对着那块砌在刷白的炉壁上的破镜片梳额发,用短小的牛角梳子梳棕色的胡子。

阿克西妮亚担心地朝丈夫那边看了一眼。

---

① 玛舒特卡是玛丽亚的爱称。

“你像是要上哪儿去吧?”

司捷潘没有立即回答,他把小梳子装进裤子口袋,从炉台上拿起纸牌和烟荷包。

“我上阿尼库什卡家去,坐一会儿就回来。”

“你什么时候才能老老实实地待在家里呀? 就该禁止打牌,天天晚上赌,一赌就要赌到鸡叫。”

“好啦,别唠叨啦,听得耳朵里都起老茧啦。”

“你又去打二十一点哪!”

“算了吧,阿克秀特卡。人家在等着你哪,快去吧。”

阿克西妮亚斜着身子走进门廊。满脸雀斑,两颊绯红的玛舒特卡在门口笑迎着她。

“葛利什卡回来啦。”

“是吗?”

“他叫你天一黑,就上我家去。”

阿克西妮亚抓住玛舒特卡的双手,把她推到门边。

“小点声,小点声,亲爱的。他怎么样,玛莎①? 也许他还有什么话叫你告诉我吧?”

“他说,叫你把能带的东西都带着。”

阿克西妮亚浑身像火烧一样,直哆嗦,转动着脑袋,不断瞅着门口,跺着脚。

“主啊,我怎么办呀? ……啊? ……这么快……唉,我这是怎么啦? 你等等,你告诉他,就说我立刻就……可是他在哪儿等我呀?”

“到我们家去。”

“哎呀,不行! ……”

“嗨,这有什么,我告诉他,他会出来接你的。”

司捷潘穿好上衣,正探身到挂灯上借火点烟。

“她来干什么?”他在吸烟的间隙里问道。

“谁呀?”

---

① 玛莎也是玛丽亚的爱称。

“科舍沃伊家的玛什卡①呀。”

“啊,你说她呀。为了姑娘家的事儿来的……求我帮她裁条裙子。”

司捷潘吹着烟卷上的黑烟灰,走出门去……

“你先睡吧,别等我!”

“好吧。”

阿克西妮亚趴到结了冰的窗户上,跪在窗前的长凳上。司捷潘的渐渐走远的脚步声,在积雪中踏出来的、通向篱笆门的窄路上咯吱咯吱响着。风吹落的烟卷上的火星一直飞到窗前来。阿克西妮亚从玻璃上一小圈冰融化了的地方,借着烟卷的光亮,一瞬间看见了压在他耳朵上的半边儿皮帽和黝黑的脸颊。

她像发疟疾似的,把裙子、上衣、头巾——做新娘时的嫁妆——全从箱子里翻出来,扔进一条大披肩里,气喘吁吁,眼睛里流露出惶惑的神情,最后一次在厨房里转了一圈,吹熄了灯,跑到了台阶上。麦列霍夫家的院子里有人走出来去照看牲口。阿克西妮亚等脚步声静下去以后,才把门鼦儿搭在门鼻子上,紧抱着包袱,往顿河边跑去。头发一绺一绺地从毛头巾里披散下来,扎得脸颊痒酥酥的。顺着人家的房后走到科舍沃伊家的时候,她已经筋疲力尽,艰难地挪动着两条麻木的腿。葛利高里正在大门口等她。接过包袱,一声不响,就领着她往草原走去。

走过场院,阿克西妮亚放慢了脚步,拉了拉葛利高里的袖子。

“等一会儿。”

“等什么?月亮还不会很快出来,咱们要赶紧走。”

“等等,葛利沙。”阿克西妮亚弯着腰站住了。

“你怎么啦?”葛利高里俯下身子来,问道。

“不知道怎么的……肚子疼起来。刚才搬沉重的东西来着。”阿克西妮亚舔着干裂的嘴唇,疼得紧紧眯着直冒火星的眼睛,按着肚子。她弯着腰,狼狈地站了一会儿,把披散的头发绺塞进头巾里,便继续上

① 玛什卡也是玛丽亚的爱称。

路了。

“好,行啦,咱们走吧!”

“你也不问问我要把你带到哪儿去。要是走到第一个山崖就把你推下去呢?”葛利高里在暗夜中笑道。

“这对我全都一样。已经闹到了这种地步。”阿克西妮亚黯然失笑……

这天夜里,司捷潘和往常一样,半夜里才回家来。他走进马棚去,把那被马踏乱的干草放进马槽去,给马摘下了笼头,便走上台阶。“她大概是去串门子去啦。”他想着,把门锦从门鼻子上摘下来。走进厨房,把门关严,擦着一根火柴,他今天是赢家(赌的是火柴),所以心情很好,昏昏欲睡。点上灯,木然地扫了一眼厨房里扔得乱七八糟的东西,有点儿纳闷地走进睡房。打开的箱子像张开的黑洞洞的大嘴,地板上扔着一件匆忙中忘记带走的老婆的上衣。司捷潘摔掉披在肩膀上的皮袄,跑到厨房里去拿灯,把睡房打量了一下——明白是怎么回事了。他把灯一扔,没头没脑地从墙上扯下马刀,紧握刀柄,手指头都胀肿起来,——用刀尖挑起了阿克西妮亚忘掉的那件淡青色带淡黄花的上衣,向上一甩,刀一挥,当空就把它劈成了两截儿。

他的脸色灰白,野性大发,怀着刺心的痛楚,把那些砍碎的淡青色布片挑向天花板,又用那飕飕直响、磨得飞快的钢刀临空削断。

然后,他扯断了刀上的穗带,把刀扔在屋角,走进厨房,在桌边坐下来。歪着脑袋,哆嗦着铁似的粗硬的手指头,久久地抚摸着那没有擦拭的脏桌面。

第 十 三 章

从来就是祸不单行:早晨,由于格季科的疏忽,米伦·格里戈里耶维奇的一头种牛用犄角顶破了一匹最好骒马的脖子。格季科脸色苍白,慌慌张张地跑进屋子,浑身抖得像发疟疾一样。

“了不得啦，东家，那条混账公牛，该死的公牛……”

“公牛怎么啦？啊？”米伦·格里戈里耶维奇焦急地问道。

“把骒马顶伤啦……用犄角顶的……我说……”

米伦·格里戈里耶维奇连衣服也没有穿好，就跑到院子里去。米吉卡正在井边用棍子打那头五岁口的红毛公牛。公牛一面把多皱褶的颈下垂皮紧贴在地上，拖着米吉卡在雪地上打转儿，一面扭动着低垂的脑袋，一只蹄子往后扒着雪，扬得老远，尾巴像螺旋似的摇拧着，四周腾起一阵银色的雪雾。它并不躲避抽打，只是喑哑地嘶叫，捯动着后腿，好像准备跳跃似的。

牛放宽了嗓子——哞哞地怒吼起来。米吉卡打它的脸，打它两肋，沙哑地骂着野话，丝毫也没有理会在后面拉着他的皮带的米海。

“拉倒吧，米特里！……请你看在救主耶稣的面上！……它会顶死你的！格里戈里奇，你为什么只看着不管呀？……”

米伦·格里戈里耶维奇往井边跑去。骒马耷拉着脑袋站在篱笆旁边。腰部有几块汗湿的、又黑又深的伤痕，随着呼吸的节奏，血从脖颈滴到雪地上，流到胸前的肌肉包上。轻微的颤抖使背上和肋部浅棕色的皮毛随着波动，腿窝也在抖动。

米伦·格里戈里耶维奇跑到马前头去。马脖子上裂开的伤口正冒着粉红色的热气。一道又深又长的伤口，简直可以把手巴掌塞进去，呼吸抽搐时，都能看见节状的喉咙管。米伦·格里戈里耶维奇把马鬃握在手里，提起耷拉着的骒马脑袋。它那闪光的紫色瞳孔紧盯着主人的眼睛，好像是在问：“以后会怎样呢？”米伦·格里戈里耶维奇对这个无声的问话答之以喊叫：

“米吉卡！叫人去拿些橡树皮，用水冲冲。快点！”

格季科跑去剥橡树皮了，跑的时候，脏脖子上的三角形喉结直颤动。米吉卡走到父亲跟前，不断地回头看着在院子里打转的公牛，这只红毛的家伙在融化了的雪地上兜着圈子，不住声地拼命嘶叫。

“拉住马鬃！”父亲命令米吉卡说，“米海，快跑去拿绳子来！快，小心我揍你的嘴巴子！……”

把骒马的天鹅绒似的、长着几根长毛的上嘴唇用绳子缠起来，为的是使它不感到疼痛。格里沙卡爷爷来了。端来了一花碗橡实汁汤。

“凉一凉,可能太烫啦。你听见没有,米伦?”

“爸爸,上帝保佑,您回屋里去吧!您在这儿会受凉的。”

“我叫你凉一凉。您想把种马害死吗?”

洗过伤口。米伦·格里戈里耶维奇用冻僵的手指头把粗线穿进一根大针,亲自缝起来。伤口处缝起一条很漂亮的针脚。米伦·格里戈里耶维奇还没来得及从井边走开,卢吉妮奇娜就从家里跑来。虚胖、苍白的脸颊上神色惶恐。她把丈夫叫到一旁去。

“娜塔莉亚回来啦,格里戈里奇!……哎呀,我的天……”

“还有什么事?……”米伦·格里戈里耶维奇头发蓬乱,生满雀斑的苍白的脸大惊失色。

“葛利高里出事啦……女婿离家出走啦!”卢吉妮奇娜张开了两臂,像乌鸦要起飞时那样,两手往衣襟上一拍,尖声叫起来,“要在全村丢脸啦!……当家的,主啊,真是祸从天降!……哎呀!噢噫!”

娜塔莉亚披着头巾,穿着一件冬天的短上衣,站在厨房中间。鼻梁旁边挂着两颗泪珠。脸颊像砖一样红。

“你怎么回来啦?”父亲往厨房里走着责问道,“男人打你了吗?两口子闹别扭啦?……”

“他离家出走啦,”娜塔莉亚泣不成声地说道,轻轻地一晃,跪在父亲的面前,“亲爱的爸爸,我这辈子全完啦!……让我回家来吧!葛利什卡带着他的情人出走啦!……他把我遗弃了!亲爱的爸爸,我成了一个被车轮压扁的人啦!……”娜塔莉亚不住口地唠叨着,每个字都说不完整,祈求地仰脸望着父亲火燎过的大胡子。

“你停一下,唉,等一等!……”

“那儿再也不能待啦!叫我回来吧!……”娜塔莉亚迅速爬到躺柜边,把哭得直哆嗦的脑袋伏到手巴掌上。她的头巾滑到了背上,梳得光滑、平直的黑发披到苍白的耳朵上。悲伤时的眼泪,就像五月的甘霖一样可贵;母亲把娜塔莉亚的脑袋抱在自己干瘪的肚子上,不断地絮叨着妇道人家、颠三倒四的傻话;米伦·格里戈里耶维奇勃然大怒,——跑到台阶上喊道:

“把爬犁套上两匹马！……套上辕马！……”

正在台阶上一本正经地跟母鸡寻欢的公鸡被吼声吓得扔下相好的，连飞带跑，逃离台阶，奔向仓房，不满地喔喔叫着。

“套上爬犁！……”米伦·格里戈里耶维奇用靴子乱踢着台阶上的雕花栏杆，直至看到格季科从马棚里跑着牵出两匹铁青马，一面跑一面把马套套在马身上，才饶了那已经踢得不成样子的栏杆，走进屋子里去。

米吉卡和格季科一块儿去拉娜塔莉亚的东西。这个乌克兰人忙乱中用爬犁压伤了一只来不及从路上躲开的小猪，他在想自己的心事：“也许遇上了这件大事，东家就会忘了骒马那档子事儿了吧？”他高兴起来，放松了缰绳。

“这个老家伙，他才不会忘记呢！……”又出现了这个念头，格季科又愁眉苦脸地撇起了嘴。

“跑呀！妈的！……我要揍你！”于是聚精会神地极力想用鞭子去抽铁青马脾脏跳动的地方①。

第十四章

叶甫盖尼·利斯特尼茨基中尉在禁卫军阿塔曼斯基团服役。在军官赛马时跌伤了，折断了左手腕。出院后，就请了一个半月的假，回到亚戈德诺耶父亲的庄园小住。

很早就鳏居的老将军一个人孤独地住在亚戈德诺耶。在上世纪八十年代，他的夫人就在华沙郊外遇刺身死。有人企图暗杀这位哥萨克将军，却打中了夫人和车夫，在四轮马车上打了许多窟窿，但是将军保全了性命。夫人留下一个当时仅两岁的儿子叶甫盖尼。这一事件发生后不久，他就呈请退役，移居亚戈德诺耶(他的四千俄亩土地，还是祖

① 脾脏跳动的地方，是马身上最怕打的地方。

父因参加了一八一二年的卫国战争有功赏赐的，都在萨拉托夫省）开始过起俭朴、严酷的生活。

他把年轻的叶甫盖尼送进武备中学，自己则专心经营起家业来：繁殖良种牲畜，从皇家牧场买来几匹好种马，然后使它们和从英国以及顿河的普罗瓦利斯基牧场买来的良种骒马交配，培育出自己的良种马。他在自己的哥萨克的份地和买来的土地上放牧畜群，雇工种植小麦，秋天和冬天就带上猎狗去打猎，有时候一个人关在粉刷得洁白的客厅里，一连大喝上几个星期。严重的胃病折磨着他，医生绝对禁止他把嚼过的食物咽下去；所以只能嚼一嚼，把液汁咽下去，渣滓吐到一个银盘子里，这个盘子经常是由一个农民出身的年轻男仆韦尼阿明在旁边两手托着。

韦尼阿明是一个有点傻气、肤色黝黑的人，圆圆的脑袋上长的不是头发，而是一片黑绒毛。他在利斯特尼茨基老爷家已经干了六年。起初端着银盘子站在将军身旁，一看见老头子吐出那些嚼过的灰色渣滓，就恶心得很，后来就习惯了。

庄园里的佣人，除了韦尼阿明之外，还有厨娘卢克里娅、衰老的马夫萨什卡、牛倌吉洪和新上工的车夫葛利高里与阿克西妮亚。衰弱、满脸麻子、像一块没有发起的黄面团的卢克里娅，从第一天起就不让阿克西妮亚接近炉台。

“夏天老爷雇短工的时候你再来做饭，眼下当然由我自己来做。”

阿克西妮亚的工作是每星期把屋子里的地板擦三次，喂养一群家禽，保持禽舍的清洁。她拼命干活，竭力讨好每个人，连卢克里娅也不例外。葛利高里大部分时间都是在宽敞的原木建成的马棚里和马夫萨什卡一同度过的。老头子已经活得头发都白了，但是人们还是叫他萨什卡。从来没有人尊称过他的父名，至于他的姓，大概连老利斯特尼茨基本人也不知道。萨什卡曾经伺候了他二十多年。年轻的时候萨什卡当车夫，可是到了晚年，力气不济，眼力也差了，就当了马夫。他身材短小，满身生着发绿的白毛（就连手上也都长了白毛），鼻子小时候就被木槌打扁了；他那发绿的脸上总是挂着淡蓝色的、稚气的笑容，红眼圈里的天真的眼睛不住地在眨巴，欣赏着周围的一切。引人发笑的扁鼻子和被一道直贯下去的疤痕弄得很难看的下嘴唇，把他那天使般美好的面容全毁了。还是在他当兵(萨什卡是博古恰尔地方出生的俄罗斯人)的时候，有一回喝醉了，他抓起半瓶王水当作了普通的伏特加喝，像火一样的药水使他的下嘴唇和下巴颏溶化到一起了。药水流过的地方就留下了一斜道不长胡子的粉红色的可笑的伤痕，好像是一只神秘的小野兽把萨什卡的大胡子给舔了一下似的。萨什卡嗜酒成癖，经常喝，每逢这种时候，他总是在庄园的院子里晃来晃去——好像是主人似的，——在老爷的卧室的窗前站住，手指头在自己那滑稽可笑的鼻子前头巧妙地比划着。

"米古拉·列克塞伊奇[①]！啊，米古拉·列克塞伊奇，听见了吗？"他大声地、严厉地叫道。

如果老爷这时候正在卧室里，就会走到窗前来。

"又喝醉啦，你这个没有用的东西。"老爷就会从窗户里大声斥骂。

萨什卡往上提提快要掉下去的裤子，挤挤眼睛，狡猾地微笑着。笑容斜着穿过他的整个脸盘：从眯着的左眼睛一直到从右嘴角直贯下去的粉红色疤痕。这微笑是横着的，然而却是令人愉快的微笑。

"米古拉·列克塞伊奇，大人，我知——道你的底细！……"于是萨什卡跳着，伸起又细又脏的手指头威吓着说。

"去睡觉吧！"主人站在窗户里用五个烟熏黄了的手指头拧着下垂的胡子，和解地笑着说。

"就是魔鬼也骗不了萨什卡！"萨什卡笑着，朝小花园走来。"米古拉·列克塞伊奇，你……跟我一样。咱们俩，就像鱼和水一样。可是鱼在水底，咱们俩哪……却在场院上。咱们俩，富得很，看哪！……"萨什卡兴高采烈地两手一摊叫道，"大家都知道咱们，整个顿河地面上都知道咱们。咱们……"萨什卡的声音变得有点儿伤感和献媚了，"大人，咱们什么都好，只是咱们的鼻子太臭！"

"为什么臭？"地主笑得脸色灰白，上下的胡子直颤抖，好奇地问道。

---

① 米古拉是尼古拉的讹音。列克塞伊奇是阿列克塞耶维奇的简称。

“喝酒喝的呗!”萨什卡眨着眼睛,用舌头舔顺着粉红伤疤淌下的鼻涕,一字一板地说道,“米古拉·列克塞伊奇,你别喝酒啦。不然的话,咱们俩就都要完蛋啦!咱们会把所有的财产全都喝光!……”

“去,拿这去醒醒酒吧!”

老爷从窗户里扔出一个二十戈比的硬币,萨什卡在半空中接住,藏到帽子的衬布里。

“好,再见吧,将军。”他向外走着,叹息道。

“马饮了吗?”老爷还没开口就先笑着问道。

“可恶的东西!这个狗崽子!”萨什卡涨红了脸,用破锣似的嗓子大喊大叫起来,气得像发了疟疾一样,“萨什卡会忘记饮马吗?啊?就是我快要死的时候——也要爬着去弄桶井水来饮马,可是他竟这么想,……真是!……”

萨什卡觉得受了侮辱,受了不应有的委屈,他骂着娘,举起拳头威吓着,走开了。他怎么胡闹都能得到宽恕:酗酒、跟地主称兄道弟;萨什卡之所以能受到宽容,就在于他是一个很难得的马夫。不论冬天和夏天,他总是睡在马棚里,睡在空马架子①里;没有人能比他管马管得更好了,他既是马夫,又是兽医:每年春天,野花盛开的五月时节,他就去采集各种药草,在草原上、在干涸的山涧里和潮湿的山洞里挖掘药用的草根。马棚的墙上,高挂着一捆捆不同叶状的干草:治烫伤的春草芽,治蛇咬的蛇眼药,治腿伤的黑叶草,长在树林里柳树根旁边的一种很不显眼的白草,可以治内伤,还有许多不知名的、可以医治马匹的各种疾病和时令病的药草。

马棚里和马架子里,凡是萨什卡冬天或夏天住的地方,都飘着蛛丝似的、腻嗓子的淡淡的香气。木板床上铺着马衣,下面垫的是已经压得像石头一样坚硬的干草,上面放着萨什卡散发着马汗臭味的老羊皮袄。除了老羊皮袄和一件熟皮短皮袄以外,萨什卡别无他物。

吉洪是个厚嘴唇、身体健壮、有点傻气的哥萨克,和卢克里娅同居,

---

① 马架子是用四根桩子钉成的长方形架子,有时为了钉马掌把马拴在桩子上,使它不能活动,有时为了把马互相隔开。

却时常暗中毫无理由地嫉妒她对萨什卡的态度。每月总有一回,他抓住萨什卡的油污衬衫的扣子,把他拉到偏僻地方去恳求说:

"老爷子,请你别再缠我的老婆啦!"

"这怎么说呢……"萨什卡意味深长地眨着眼睛说道。

"请你不要再跟她胡缠啦!老爷子!"吉洪请求说。

"老弟,我就喜欢麻子。你不必请我喝酒,只要给我领个麻娘儿们来就行。麻子越多——她就越爱咱们穷哥们儿。"

"老爷子,像你这把年纪,还胡搞,可太不要脸,太造孽啦……唉,亏你还是个大夫呢,又会治马,又会念'圣谕'……"

"我这个大夫什么事儿都能干。"萨什卡态度强硬地说。

"请你别跟她胡缠啦吧,老爷子!这样可不行。"

"老弟,我一定要把这个卢克里娅弄到手。你跟她分手吧,我要把这个骚娘儿们抢过来!她就像一块有葡萄干的蛋糕。只是葡萄干被挖去了,所以就有点儿麻子啦,我就爱这样的女人!"

"要是这样……要是叫我碰上了,我就把你宰啦。"吉洪一面说着,一面叹气,从荷包里掏出几个铜币来。

月月如此。

亚戈德诺耶的生活就这样在昏睡中发霉、腐烂。这座偏僻的庄园坐落在一条干涸的河谷中,离大道很远,从秋天起就跟车站和村庄隔绝了。冬天,那条一直伸进树林里去的土岗上,在黑松林里过冬的狼群,经常在夜间出没,它们的嗥叫声把马都吓惊了。吉洪就拿着老爷的双管猎枪到树林里去打狼,而卢克里娅则用粗布衣裙紧裹着像炉台似的大胖屁股,屏住气,等待着枪声,油晃晃的麻脸上闪动的眼睛在黑暗里探索着。这时候,傻里傻气、秃头秃脑的吉洪,在她心里就变成一个勇敢、漂亮的好汉了,等到下房的门一响,雾腾腾的冷气和吉洪一起涌进来的时候,她就挤在床上,唠叨着,甜蜜地拥抱着冻得直哆嗦的姘头。

夏天,亚戈德诺耶雇工的吵闹声会一直持续到很晚。老爷种了四十多俄亩各种庄稼,雇许多短工来收割庄稼。叶甫盖尼夏天偶尔回到庄园来,独自在花园里和树林里散步,日子过得很无聊。早晨则拿着钓竿,坐在池边钓钓鱼。他个子不高,胸部却长得很丰满,留着哥萨克式的额发,向右梳着。一身军官制服,使他显得非常英俊。

葛利高里带着阿克西妮亚刚到庄园来的头几天,常被叫到小主人那里去。韦尼阿明来到下房,低着毛茸茸的脑袋,笑嘻嘻地说道:

“葛利高里,到少爷那里去,叫我来唤你。”

葛利高里走进去,在门边站住。叶甫盖尼·尼古拉耶维奇露出稀疏的大牙,手指着一张椅子,说道:

“请坐。”

葛利高里在椅子边上坐下。

“我们家的这些马怎么样,喜欢吗?”

“都是好马。尤其是那匹灰马。”

“你要常常骑它。小心,不要跑得太快。”

“萨什卡爷爷告诉过我啦。”

“克列佩什①怎样?”

“您是说那匹枣红马吗?简直是无价的宝马。蹄子有点儿裂了,应该换马掌啦。”

少爷眯缝着炯炯有神的灰色眼睛,问道:

“五月你好像就要去入营了吧?”

“是。”

“我去和村长说说,你就不要去了。”

“那太感谢啦。”

两人都沉默了。中尉解开制服的领子,抚摸着女人似的白胸脯。

“难道你就不怕阿克西妮亚的丈夫从你手里把她抢回去吗?”

“他不要她啦,不会来抢的。”

“谁告诉你的?”

“我到镇上去买马掌钉子,遇见了一个同村的人。他说司捷潘在没命地喝酒。司捷潘说:‘阿克秀特卡连一个小钱也不值啦。随她去吧,我给自个儿另找一个更好的。’”

“阿克西妮亚是个漂亮娘儿们。”中尉若有所思地瞅着葛利高里的

---

① 克列佩什的俄文(Крепыш)原意是“强壮的马”。

眼睛上方，微笑说。

“是个不错的娘儿们。”葛利高里皱着眉头，同意说。

叶甫盖尼的假期满了，胳膊已经不用再绑扎，可以随便举起来了，只是胳膊肘还不能打弯。

假期的最后几天，他常来葛利高里住的那间下房里闲坐。阿克西妮亚把脏得长满了青苔的小屋子粉刷得雪白，洗刷了窗框，用碎砖铺了地面。这间空荡荡的、愉快的小屋里，散发着一种有女人照料的舒适气息。地炉子散发着热气。中尉披着一件罗曼诺夫式的蓝呢子皮袄，来到下房，单挑葛利高里忙着照管马匹的时候来。他先到厨房里去，和卢克里娅开开玩笑，然后就转身来到这间下房，坐到地炉子旁边的凳子上，脊背弓得高高的，用一种放荡的、含笑的目光看着阿克西妮亚。他一来，阿克西妮亚就慌张起来，手里编织袜筒的织针直哆嗦。

“日子过得好吗，阿克辛尤什卡①？”中尉一面把蓝色的香烟烟雾喷得满屋子都是，一面问道。

“托福啦。”

阿克西妮亚一抬起眼睛，和中尉那透明的、默默表示着他的心愿的视线相遇，脸立刻就涨得绯红。看着叶甫盖尼·尼古拉耶维奇那毫不掩饰、喜盈盈的眼睛，使她苦恼、不舒服。她驴唇不对马嘴地答复着各种无聊的问话，想着赶快走开的借口。

“我得走了。该去喂鸭子啦。”

“再坐一会儿，来得及的。”中尉抖动着那紧裹在马裤里的腿，含笑说道。

他长时间地盘问阿克西妮亚过去的生活，玩弄着他父亲说话时的那种低沉的调子，猥亵地闪动着像泉水一样亮晶晶的眼睛。

葛利高里做完事情，回到下房，这时中尉熄灭了不久前眼睛里燃起的火焰，请他抽支烟，走了出去。

“他坐在这儿想干什么？”葛利高里没有看阿克西妮亚，哑着嗓子问道。

---

① 也是阿克西妮亚的爱称。

“我怎么知道呢?”阿克西妮亚想起中尉的眼神,不自然地笑了。“他进来,就往这儿一坐,你看哪:葛利申卡,就这个样子,”她表演着中尉弯腰坐着的样子,“他坐啊,坐啊,坐得我简直烦透啦,他的膝盖儿是那么尖。”

“是你叫他来的吧?”葛利高里恨恨地皱起眉问道。

“我才不要他呢!”

“说的是,小心,不然的话,我会一下子把他从台阶上踢下去。”

阿克西妮亚微笑地看着葛利高里,猜不透他说的是真话,还是玩笑。

第十五章

在大斋的第四个星期,严冬退却了。顿河两岸好像镶了花边,河冰已经变得千疮百孔,表面开始融化的冰变成灰白色。夜晚,山谷在轰鸣,上年纪的人说,这是寒流的先兆,可是实际上却是解冻的日子来了。早晨,地上结了一层薄冰,可是到了中午,就融化了,土地就露了出来,散发出三月的气息,散发出冻樱桃树皮和腐烂的干草气味。

米伦·格里戈里耶维奇慢慢地准备着春耕,整天地在板棚的檐下忙活,安装耙齿儿,和格季科一起做了两个新车身。格里沙卡爷爷在大斋的第四个星期开始斋戒祈祷,从教堂里回来,脸都冻青了,向儿媳妇诉苦道:

“神甫把我累死啦,简直是个饭桶,他念起经来,像鸡蛋贩子赶车一样慢,真是倒了大霉啦!”

“爹,您老等到复活节那个星期守斋就好啦,到那时候天气可就暖和多了。”

“你给我把娜塔什卡叫来。叫她把袜子打厚一点,穿这种脚跟都能露出来的袜子,就是老灰狼也要冻僵的。”

娜塔莉亚住在父亲家里,总觉得不过是“霍霍尔出家”,暂时的。

葛利高里一回心转意，就会破镜重圆。她痴心地在等着他，不相信理智悄悄对她说的那些逆耳的话；一到夜里，她就陷进火烧似的思念中，被这意外的、不应受的打击折磨得悲痛不堪。接着又袭来另一种灾祸，这使娜塔莉亚在阴森的恐怖中走向生命的末日，夜夜在自己旧日的闺房里辗转反侧，就像被打伤的沼泽地里的田凫，从她回家来不久，米吉卡就开始用一种奇怪的眼神打量着她；有一天，在门廊里抓住了她，明目张胆地问道：

“想念葛利什卡了吧？”

“关你什么事？”

“我想给你消愁解闷儿……”

娜塔莉亚正视了他一眼，明白了他的心意，不由得吓了一跳。在昏暗的门廊里，米吉卡的猫眼里闪着淫荡的青光。娜塔莉亚用力关上门，跳进格里沙卡爷爷住的耳房里，在那里呆呆地站了半天，谛听着自己惊慌的心跳声。第二天，在院子里，米吉卡朝她走过来。他正在垛喂牲口的干草，所以他那硬直的头发上，西班牙羊皮帽子上都挂满了青草茎。娜塔莉亚在驱赶围在猪槽上的一群狗。

“你何苦这样折磨自己呢，娜塔什卡……”

“我去告诉爸爸啦！”娜塔莉亚挥手阻拦着他，喊道。

“唉，你真他妈的越活越糊涂！”

“你给我滚开，该死的东西！……”

“好啦，你嚷嚷什么？”

“滚开，米吉卡！我这就去告诉爸爸！……你竟敢用这样的眼神看我，啊？你，你这个不要脸的畜生！……地怎么不裂开把你陷进去呀！”

“你瞧呀，我站得有多稳当，它一点儿也没有裂。”米吉卡为了证实自己的话，跺了跺脚，并且从旁边靠拢过来。

“不要碰我，米特里！”

“现在我也不想碰你，不过晚上我是要来的。真的，一定来！”

娜塔莉亚战栗着从院子里走开。晚上睡在箱子上，叫最小妹妹睡在自己身边。整夜在铺上翻来覆去，火热的眼睛在暗中巡视。她在警惕着,准备一听到声音,就大声呼叫,把全家都惊醒。但是一片寂静,只听到睡在隔壁的格里沙卡爷爷的呼噜声和身边伸开四肢熟睡的小妹妹偶尔发出的鼾声。

日子就像被娘儿们的不尽幽怨浸染的花线一天一天地飘然逝去。

米吉卡还不能忘怀很久前求婚时蒙受到的耻辱,总是愁眉苦脸、怀恨在心。夜夜跑到村里的游戏场去游荡,很少有天亮前回家的时候。他跟放荡的、守活寡的女人们胡缠,常常上司捷潘家去打牌。米伦·格里戈里耶维奇暂时还在保持沉默,留心观察。

在复活节前,有一次娜塔莉亚在莫霍夫的商店旁边遇见了潘苔莱·普罗珂菲耶维奇。他先招呼她:

"等一等。"

娜塔莉亚停下来。她看了看公公那张鹰钩鼻子的、有点儿像葛利高里的脸,不觉得伤心起来。

"怎么也不来看看我们老两口呀?"老头子不好意思地打量着她说道,好像是他自己做了对不起娜塔莉亚的事儿似的,"老婆子想你哪:想到你在家里也不知怎样啦……算啦,你近来可好啊?"

娜塔莉亚已从她那心不由己的激动中镇静下来。

"谢谢……"她结结巴巴地说(她想要叫爸爸),但是窘了一阵以后,就改成了,"潘苔莱·普罗珂菲耶维奇。"

"为什么你不来看看我们呀?"

"家里总有事……很忙。"

"我们那个葛利什卡,唉唉!……"老头子难过地摇起了脑袋,"他把我们毁啦,这畜生……本来可以过得很美满……"

"那有什么法子呀,爸爸……"娜塔莉亚用激动的高声说道,"看来是命该如此。"

潘苔莱·普罗珂菲耶维奇看到娜塔莉亚那泪汪汪的眼睛,就张皇失措地忙乱起来。她紧闭上嘴唇,竭力止住了眼泪。

"再见吧,亲爱的!……你别为他伤心,别为这个狗崽子伤心,他连你的一个手指甲都不值。也许他会回来的。我想去看看他,我能找到他的!"

娜塔莉亚把脑袋缩进肩膀里向前走去,像挨了打似的。潘苔莱·普罗珂菲耶维奇在原地踏步了半天,仿佛立刻就要起跑似的。娜塔莉亚在转弯的时候,回头看了看:公公正用力拄着拐杖,一瘸一拐地走过广场。

第十六章

在施托克曼家里的聚会渐渐减少了。春天到了。村里的人都在准备开春的农活;只有磨坊的"钩儿"、达维德卡和机器匠伊万·阿列克谢耶维奇还常来。在复活节前的那个星期四傍晚,他们又聚会在作坊里。施托克曼坐在案子上,用小锉锉着一个用半卢布银币作的戒指。夕阳的余晖照进了窗户。一块雾蒙蒙、有点发黄的粉红色方形的阳光投射在地面上。伊万·阿列克谢耶维奇手里玩弄着一把钳子。

"前天我到东家那儿去啦,跟他谈机器活塞的事儿。应该送到米列罗沃去,在那儿把它彻底修理好,我们能有什么法子呢?裂缝已经有这样宽啦。"伊万·阿列克谢耶维奇也不知道是在问谁,用小手指头比着裂缝的宽度。

"那儿好像有个工厂吧?"施托克曼一面推动着小锉,在指头四周撒下一阵阵细碎的银屑,一面问道。

"有个马滕诺夫工厂。我去年去过。"

"工人很多吗?"

"多得不得了。有四百吧。"

"你说说,他们怎么样?"施托克曼做着活,摇晃着脑袋,所以话音节奏分明、清晰。

"他们都过得很舒服。这可不是你说的无产阶级,而是些……臭大粪。"

"这是为什么?""钩儿"坐在施托克曼身旁,把短小的手指头交叉放在膝盖上,好奇地问道。

磨粉工人达维德卡的头发里落满了粉尘，变得白发苍苍，他在作坊里来回踱着，皮靴子踏得刨花沙沙作响，含笑听着那干燥的、散发着香气的窸窣声。他觉得仿佛是漫步在铺着一层紫红色落叶的山谷里，落叶软绵绵地凹陷下去，落叶下面则是潮湿的、富于青春弹力的谷地泥土。

“因为他们都生活得很富裕。每个人都有自己的小家宅，都有老婆，过得称心如意。还有，他们当中，有一半是洗礼教派①信徒。厂主本人就是他们的传教士，他们狼狈为奸，双方的手都很不干净，铲都铲不下来。”

“伊万·阿列克谢耶维奇，洗礼教徒是什么样的人？”达维德卡听到这个生疏的字眼，就停下来问道。

“洗礼教徒吗？他们按自己的方式信仰上帝，是一个教派，跟旧教派差不多。”

“每一个傻瓜也都按自己的方式发疯。”“钩儿”加上了一句。

“好，话再说回来，我到了谢尔盖·普拉托诺维奇那儿，”伊万·阿列克谢耶维奇继续讲刚才开始的故事，“‘擦擦’阿捷平坐在他那里。他说：‘在过道里等等。’我坐下来，等着。我们听见了从门缝里传出来的他们的谈话。东家对阿捷平说：很快就要和德国人打仗啦，这是我从一本小册子里读到的。你知道阿捷平是怎么说的？他说：‘当然啰，我是不同意你关于要打仗的说法的。’”伊万·阿列克谢耶维奇学阿捷平说话学得很像，逗得达维德卡张圆了嘴，短促地笑了一声，但是一看到“钩儿”的那副凶相，就把嘴闭上了。

“他说：‘不会和俄罗斯打仗的，因为德国靠我们供应粮食，’”伊万·阿列克谢耶维奇继续转述他听来的谈话，“这时候，又有一个人插嘴说话啦，从声音上听不出来是谁，后来才知道那是利斯特尼茨基老爷的儿子，是个军官。他说：‘法国和德国为了争葡萄园会打仗，这与我们毫无关系。’”

“奥西普·达维多维奇，你以为怎样？”伊万·阿列克谢耶维奇问

---

① 洗礼教是基督教新派的一个教派。

施托克曼。

“我可不会预言。”施托克曼正聚精会神地看着已经做好戴在手指上的戒指，躲躲闪闪地回答说。

“他们要打起仗来，咱们也免不了要上战场；不管你愿意不愿意，到时候，他们就会揪着头发把你拉去。”“钩儿”断定说。

“伙计们，事情就是这样。”施托克曼轻轻地从伊万·阿列克谢耶维奇的手中把钳子拿过来，说道。

他说话的口气很认真，显然是打算彻底解释一下。“钩儿”把从案子上滑下来的腿蜷得更舒服一些，达维德卡张开嘴唇，露出了沾满唾沫的细密的牙齿。施托克曼用他特有的生动、明确的话语，扼要地把资本主义国家争夺市场和殖民地的战争描述一番。结尾时，伊万·阿列克谢耶维奇激动地打断了他的话：

“等等，可是这和咱们有什么关系？”

“这就是说，别人醉酒，你和你们哥儿们的脑袋也都要跟着疼。”施托克曼笑着说。

“你又不是小孩子，”“钩儿”狠狠地说，“俗话说：‘城门失火，池鱼遭殃。’”

“嗯——哼。”伊万·阿列克谢耶维奇愁眉苦脸地梳理着一大堆难解难分的思绪，哼哼道。

“这个利斯特尼茨基为什么总往莫霍夫家里钻？是不是看上了他的闺女啦？”达维德卡问道。

“早被科尔舒诺夫家的崽子玩过啦……”“钩儿”恶毒地说。

“你明白吗，伊万·阿列克谢耶维奇？那位军官像是要在那里搞点什么名堂吧？”

伊万·阿列克谢耶维奇哆嗦了一下，好像膝盖被鞭子抽了一下似的。

“啊？你说什么？”

“你睡着了吗，大叔？……说的是利斯特尼茨基呀！”

“他要到车站去。对啦，还有一件新闻：我从那儿出来，看见台阶上站着一个人，你们猜是谁？葛利什卡·麦列霍夫。他拿着一条小鞭子站在那里。我问他:‘你在这儿干什么,葛利高里?’‘我等着送利斯特尼茨基少爷到米列罗沃去。’”

“他在他们家赶车呢。”达维德卡插嘴说。

“吃地主桌子上的剩饭哪。”

“‘钩儿’,你就像一条锁在链子上的狗,见了谁都要汪汪叫几声。”

谈话中断了一会儿。伊万·阿列克谢耶维奇站起来要走。

“你是不是又忙着去教堂做祷告呀?”“钩儿”在他身后挖苦说。

“我每天都祷告。”

施托克曼送走了这些常客;锁上作坊的门,回家去了。

复活节的夜里,黑云密布,下起零星小雨。湿漉漉的黑暗笼罩着村庄。黄昏时分,顿河上的冰,拖着长声轰轰隆隆地碎裂了,一块上面积压了大量的碎冰的巨冰哗啦哗啦响着从水里漂上来。河上的冰一下子就裂开了有四俄里长,一直裂到村庄外的第一道河湾。流冰开始了。顿河上的冰群,在有节奏的教堂钟声伴奏下,震撼着堤岸,互相冲撞着,涌向下游。在河湾处,顿河折向左去的地方,流冰阻塞,形成了一道冰坝。接踵涌来的冰块的轰鸣声和撞击声村子里都听得到。教堂的院子里到处闪着融雪汇成的水洼,一群小伙子聚在这里。响亮的诵经声从教堂里穿过敞开的门传到门廊里,又从门廊里传到院子里;窗格子里闪耀着节日欢乐的灯火,院子里的小伙子在搂抱低声尖叫的姑娘,他们在接吻,在小声地讲着猥亵的故事。

从远近村庄里来做礼拜的哥萨克都聚集在教堂的更房里。被疲倦和更房里的闷气弄得困乏不堪的人,有的躺在长板凳上,有的躺在窗台上,有的就躺在地板上睡着了。

有些人坐在破门槛上抽烟,谈论着天气和秋播庄稼。

“你们村儿的人什么时候下地?”

“大概要等到佛明节①。”

“这很好,要知道你们那边儿全是些沙地呀。”

“是沙地,可是峡谷这边,都是碱地。”

---

① 佛明节是五月底的一个节日。

“如今地都养肥啦。”

“去年我们去耕地——一望无边的土地都像软骨一样，酥软肥沃。”

“敦卡，你在哪儿呀？”一个尖细声音在更房台阶下喊叫。

在教堂的木栅门口，一个沙哑粗野的声音在嘟囔说：

“跑到这儿来亲嘴儿，哎呀，你们……从这儿滚开，下贱东西！你们也太性急啦！”

“你配不上对儿，是吧！去亲我们家的母狗吧。”一个年轻的、嘶哑声音在黑暗里回骂道。

“叫我亲母狗？我把你……”

一阵踩着泥泞地面乱跑的脚步声和姑娘裙子的窸窣声。

屋顶滴下来的水珠发出玻璃一样铮铮的响声；那个缓慢的、像黑土泥一样黏腻的声音又说话了：

“前天我到普罗霍尔买耧，给他十二卢布——他还不干，这家伙一点儿都不肯让……”

从顿河上传来一阵阵轻畅的窸窣声和飒飒的嘎扎声。仿佛有个身材像白杨那样高大、矫健的盛装妇人抖动着空前宽大的衣裙，在村外河下走动似的。

半夜里，当天色已经黑得像浓浓的果子羹时，米吉卡·科尔舒诺夫骑了一匹没有备鞍子的马，来到教堂围墙前。他下了马，把缰绳系在马鬃上，用手巴掌拍了拍冒热气的马。他站了一会儿，倾听着马蹄子在泥泞中践踏的声音，然后整理着腰带，往院子里走去。在教堂门前的台阶上摘下帽子，低下剃得像个不整齐的括弧的脑袋行了个礼；他推开妇女们，挤到经台跟前去。哥萨克们在左边，挤了黑压压的一群，右边是一片穿得花花绿绿的妇女。米吉卡看到父亲站在第一排，便走了过去。抓住米伦·格里戈里耶维奇正举起来画十字的胳膊，对着他那毛发丛生的耳朵悄悄说道：

“爸爸，出来一下。”

米吉卡从教堂里各种难闻的气味混合的恶臭中挤了出来，呛得鼻子直痒痒：滚烫的呛死人的腊油味，累得满身是汗的女人们散发的臭味，陈年衣服（这些衣服只在圣诞节和复活节才从箱子底下拿出来）的坟墓霉味，水泡的皮靴味，臭樟脑味，斋戒祈祷者们饥肠辘辘的肚子排泄出的臭气。

在教堂门前的台阶上，米吉卡胸脯紧贴在父亲的肩膀上说道：

“娜塔莉亚要死啦！”

第十七章

葛利高里从米列罗沃返回，他是赶车送叶甫盖尼到那里去过柳树节①的。温暖的天气把雪都化光了；仅仅两天的工夫，道路就全成了烂泥塘。

在离开米列罗沃车站二十五俄里，在一个叫赤杨角的乌克兰小村边过一条小河的时候，差点儿把马都淹死。黄昏以前，他来到这个村庄。前天夜里，河冰破裂，飘流起来，小河涨满了融雪的棕色的春水，冒着泡沫，冲到小村的街头。

去车站的大道上，可以喂马打尖的小客栈坐落在河对岸。夜里可能水会涨得更大，所以葛利高里决定过河去。

他来到一昼夜前过河的地方，那时候河上还结着冰；现在泥沙浑浊的河水已经溢出了河岸，正沿着展宽的河床滚滚流去，一段篱笆和半个车轮子在河心轻飘飘地打旋儿。雪已经化完的沙岸上，露出了爬犁滑杠轧出的清晰痕迹。葛利高里勒住满身大汗的马匹，从爬犁上跳下来，察看着车辙。车辙上划出了几道细印。靠水边，一条划痕略微向左转去，消逝在水里。葛利高里目测了一下距离：顶多有二十沙绳。他走到马前去检查马套。这时候，有一个上了年纪的、戴着狐皮风帽的乌克兰人，从村头的院子里朝葛利高里走来。

---

① 柳树节是复活节前的一个星期日，通常叫棕榈主日，但是在俄罗斯棕榈是很少见的，所以用柳树代替棕榈，因此，俄罗斯人就把这个节日叫柳树节。

“这里能过河吗？”葛利高里用缰绳指着翻滚着的棕色河水，问道。

“能过。今天早晨还有人过呢。”

“深吗？”

“不深。也许水能淹过爬犁。”

葛利高里拉住缰绳，举起鞭子，喊了一声简短的、催马前进的“喔！”……马打着响鼻，低头闻着浑浊的河水，不情愿地迈开了步。

“喔！”葛利高里站在车夫座上，响亮地抽了一鞭子。

套在左手的那匹宽屁股的枣红马，摇了一下脑袋，——好像是在说，豁出去啦！——用力拉动马套。葛利高里斜着眼向脚下看了看：水已经没到爬犁的横梁了。起初，水只没到马膝盖，后来一下子就到了马胸膛。葛利高里想要回转来，但是马已经溜了缰，打着鼻响，向前洑去。水流把爬犁的后屁股漂了起来，把马头扭到逆流的方向。河水从马背上面滚过去，爬犁摇晃着，拼命向后拉。

“哎呀呀！……哎—呀，拉住马！……”乌克兰人在岸上跑着大声喊叫，不知道为什么还直摇晃从头上摘下来的狐皮风帽。

葛利高里野性大发，不住地喊叫着抽打马匹。河水在沉进水里的爬犁后面打转儿，涌出了一个个的小漩涡。爬犁猛地撞到一根露出水面的桩子上（冲毁的桥梁的断桩），神奇地一下子就翻了过来。葛利高里哎呀一声，栽进水里，但他并没有松开缰绳。急流扯着他的皮袄大襟和两条腿，轻轻地，但是顽强地揪住他不放，在飘摇的爬犁旁边打转。他赶紧用左手抓住滑杠，丢掉缰绳，喘着气，两手倒换着，向爬犁辕木的横梁凑过去。他已经用手指头抓住横梁的铁皮包头了，——可是这时正逆流挣扎的枣红马的后腿在他的膝盖上重重地踢了一下子。葛利高里呛着水，两手倒换着，抓住了马套。激流总想把他从马的身边冲走，极力想把他的手指扯开。他全身冻得火烧火燎似的，好容易才挣扎到枣红马的脑袋跟前，那马的两只充满死亡恐怖和疯狂的血红眼睛正直盯着葛利高里的两个大睁着的瞳孔。

溜滑的皮缰绳从葛利高里手里松脱了好几次；他洑着水，又抓住了，但是缰绳又接连几次从手中滑脱；有一次，他刚抓到，脚也突然触到了地面。

“喔——喔！！！”他使足劲拉着，向前一冲，一下子被马胸脯撞倒，栽倒在冒着白沫的浅滩上。

马把他撞倒以后，旋风似地从水里把爬犁拖上来，已经筋疲力尽的马匹哆嗦着冒热气的、湿淋淋的脊背，跑了几步就停了下来。

葛利高里没有感到疼痛，一跃而起；寒冷像热得烫人的面团一样裹住了他。葛利高里哆嗦得比马还厉害，他觉得他的两腿就像吃奶的孩子一样软弱。但是他突然醒悟过来，急忙翻过爬犁，使滑杠着地，为使马暖和一下身子，就纵马飞奔而去。像冲锋一样，冲进街道，——并未减低速度，把马赶进第一个敞着的大门。

遇上了个热心肠的主人。他叫儿子去照看马匹，自己帮着葛利高里脱下衣服，并用绝对不许反对的口气命令妻子说：

“生上炉子！”

葛利高里在炉炕上，穿着主人的裤子，等待自己的衣服烤干；晚饭吃的是素菜汤，饭后就躺下睡了。

第二天一早，他摸黑就上路了；到家还有一百三十五俄里，所以每分钟都是宝贵的。春天草原上的泥泞道路是危险的；每一条小沟，每一个小山谷——都会变成汹涌的雪水急流。

光秃秃的黑泥道路把马匹折磨得很苦。趁着霜晨薄冻赶到离开大道四俄里的道利人的村落，在岔路口上停下来。两匹马跑得大汗淋漓，身后的地上闪着爬犁滑杠轧过的亮痕。葛利高里把爬犁扔在这里，把马尾巴结起来，骑上一匹马，牵着一匹，又上路了，在“柳树节”那天早晨回到了亚戈德诺耶。

老爷听他讲完路上的详细情况，就走出来看马。萨什卡正牵着在院子里遛，怒冲冲地打量着它们深陷下去的两肋。

“马怎样？”老爷走过来问道。

“那还用问吗。”萨什卡继续遛着，颤抖着那圆圆的大胡子上发绿的白丝，嘟囔说。

“没有赶坏吧？”

“没有。枣红马的胸膛叫套磨坏了一点。不要紧。”

“休息去吧！”地主向立在旁边等候吩咐的葛利高里摆了摆手。

葛利高里走到下房去，但是直到夜里才得到休息。第二天早晨韦尼阿明来了，穿着一件新的蓝色假缎子衬衫，胖脸上堆着惯常的微笑。

“葛利高里，到老爷那儿去。立刻就去！”

将军正穿着毡拖鞋在客厅里踱步。葛利高里咳嗽了一声，在客厅门口倒换着脚步，又咳嗽了一声——老爷才抬起头来。

“你有什么事？”

“韦尼阿明叫我来的。”

“噢，对啦。去把儿马和克列佩什备好。告诉卢克里娅不要喂狗。打猎去！”

葛利高里转过身来要走了，地主又把他叫回来。

“听见了吗？跟我一块儿去。”

阿克西妮亚把一个淡味的小圆面包塞进葛利高里的皮袄口袋里去，小声说道：

“饭也不叫人吃，讨厌鬼！……真该叫鬼打他的嘴巴子。葛利沙，你围上条围巾吧。”

葛利高里把备好的马牵到小花园前，吹了一下口哨，把狗唤来。地主穿着一件蓝呢子夹克，系着一条镶花皮带，走了出来。肩上挂着一只软木塞的镀铬水壶；拧成螺旋形的鞭子像条蛇似的从手里耷拉下来，在身后拖着。

葛利高里拉着缰绳，惊讶地看着老头子非常敏捷地把瘦骨嶙嶙、老迈的躯体翻上马鞍。

“跟在我后头。”将军用戴着手套的手轻柔地理着缰绳，简短地命令说。

葛利高里骑的是一匹四岁口的儿马，它撒着欢儿，斜着身子，公鸡似的昂着脑袋走起来。这匹马的后蹄还没有钉马掌，踏在薄冰上一打滑，就四条腿同时向下坐。将军骑在马上，背略微有点驼，但是骑得很牢靠，在克列佩什的宽大的背上晃悠着。

“咱们到哪儿去？”葛利高里跟他走齐时，问道。

“到赤杨谷去。”老爷用浓重的低音对他说。

两匹马跑得很欢，儿马要求松开缰绳；它像天鹅似的扭着短脖子，用一只鼓出的眼睛斜看着身上的骑手,总想咬他的膝盖。他们跑上了一座小山岗,将军让克列佩什放开脚步飞跑起来。一群猎犬在葛利高里后面跑着,散成了一道短短的散兵线。那条黑色的老母狗向前跑着,弯曲的嘴紧贴着马尾巴梢。儿马大发脾气,蹲下去,想要踢开这只纠缠不休的母狗,但是母狗却停了下来,用忧伤的老太婆似的眼睛盯着正回过头来看的葛利高里的视线。

半个钟头的工夫跑到了赤杨谷。将军驰马奔上长满乱蓬蓬的褐色老艾的谷梁。葛利高里向谷底跑去,小心地看着被水冲得沟壑纵横的谷底。他偶尔向地主看一眼。透过铁灰色的光秃秃的稀疏的赤杨树,可以看到老头子清晰的剪影。他伏在鞍头,站在马镫上,哥萨克皮带勒着的呢夹克在背上皱了起来。狗成群地在高低不平的山岗上跑着。在穿过一条山洪冲刷出来的陡峭沟壑时,葛利高里把身子从马鞍上探下来。

“抽口烟吧。我立刻松开马缰,掏出烟荷包来。”他一面脱着手套,在口袋里摸着卷烟纸,一面想。

“放狗追呀!……”呼叫声像枪响一样,在谷脊那面响起。

葛利高里抬起头;看到将军正向一个非常陡的山梁上驰去,他高举起鞭子,让克利佩什飞驰而去。

“放狗追呀!……”

一只腿窝里的长毛还没有脱掉的深褐色的狼,穿过芦苇丛生的泥泞谷底,把身子伏在地上,连跑带滑迅速地跑去。跳过一条沟,它停了下来,猛地一回身,看见了狗群。它们密集地、构成一个马蹄形的包围圈,向它袭来,切断了向山谷尽头树林子里逃跑的路。

狼富有弹性地跳跃着,跑上一个小土岗——这儿是多年以来田鼠打洞的地方,——飞快地向树林子跑去。老母狗几乎是迎面向它扑过来,一只叫“鹞鹰”的白色大公狗——是一条最好、最凶猛的猎狗——也从后面追来。

狼迟疑了一下,好像不知道该怎么办。葛利高里抖着马缰绳,从谷底追上来,有一会儿看不见它了,等跑到上岗顶的时候,——狼已经跑到很远很远的地方了;一群黑狗在草原上的蓬蒿丛中飞跑,它们的皮毛和黑糊糊的土地混成一色。再过去一点,老将军正用鞭子柄捶打克列佩什,绕过陡崖,从侧翼包抄过来。狼往邻近的山沟里逃去,群狗紧追不舍,包围上去,葛利高里从后边看去,那只叫“鹞鹰”的白狗已经追得那么近,就像一片挂在狼腿窝毛团上的白布。

“放—狗—追—呀—呀!”的喊叫声送到葛利高里的耳朵里来。

他让儿马飞奔起来,并竭力想看清楚前面发生的事情:眼睛蒙了一层眼泪,风在耳边呼啸。打猎吸引了葛利高里的整个心神。他伏在儿马的脖子上,一阵风似的狂奔着。当他跑到那条山沟的时候,狼不见了,狗也不见了。过了片刻,将军追上了他。他勒住正在飞驰的克列佩什,喊道:

“跑到哪儿去啦?”

“准是窜进山沟啦。”

“你从左边绕过去!……追!……”

将军用靴子后跟在后腿直立起来的马肋下一刺,向右驰去。葛利高里冲进洼地,拉紧马缰;喊了一声,向左边飞驰而去。用鞭子和呼叫把出汗的儿马赶了有一俄里半远。还没有干透的黏土块子沾在马蹄子上,溅得他满脸是泥。弯弯曲曲的深山沟顺着山岗蜿蜒伸展开去,然后转而向右,分成了三条岔沟。葛利高里越过一条横沟,看到远处草原上,像黑色的散兵线一样追狼的狗群以后,就沿着斜坡飞跑起来。看来,狗群是从橡树和赤杨丛生的山沟中部地带把这只野兽赶出来的。在山沟中部分成三条岔沟并且坡度缓慢地伸出三条青灰色支流的地方,狼跑到了空地上,它趁势又跑了约一百沙绳,便迅速冲下山坡,跑进一条干谷中去,那里满目荒凉,遍地是陈年衰败的蓬蒿和蓟草。

葛利高里站在马镫上,一面用袖子擦着被风吹痛的眼睛流出来的眼泪,一面注视着狼。他偶尔向左面看了一眼,认出了这是自己家的田地。一块肥沃的、不很整齐的四方形份地,就是秋天他曾跟娜塔莉亚一同耕过的那块地。葛利高里故意催马穿过田垄,在这一片刻,当儿马磕磕绊绊、摇摇晃晃穿过田垄的时候,葛利高里满腔打猎的热情冷了下来。他已经只是漫不经心地吆喝着那匹气喘吁吁的儿马,注视着地主——看他是不是回头来看,——并让马换成了小跑。

远处，红峡谷附近，有一个耕地农民搭的空帐篷架。旁边的一片像天鹅绒般闪闪发光的新耕地上，有三对公牛拉着犁慢悠悠地走着。

“是我们村的人。这是谁家的地呢？……是阿尼库什卡家的。”葛利高里眯缝着眼睛反复打量，辨认着牛和扶犁的人。

“抓—住—呜！……”

葛利高里看见，有两个哥萨克丢下犁，横着拦住了那只想逃进峡谷去的狼。一个身材高大，头戴红边哥萨克制帽，帽带系在下巴上的人，手里挥舞着从牛轭上抽出的铁条。这时，狼突然把屁股坐进很深的犁沟里，停了下来。白狗“鹞鹰”从它身上飞越过去，蜷着前腿摔在地上；老母狗屁股擦着隆起来的田垄，想要停下来，但是没有站住脚，正扑到狼身上。狼猛然摇了摇脑袋，老母狗肚皮贴地摔到一旁去了。狗群黑压压的一团扑到了狼身上，摇晃着，在田垄上滑了几沙绳，像皮球一样地滚着。葛利高里比地主早半分钟赶到了现场，他从马上跳下来，把攥着猎刀的手甩到背后，跪到地上。

“就是它！……下面的！……往喉咙上刺！……”拿着铁条跑过来的一个哥萨克用熟悉的声音，气喘吁吁地喊道。他哼哧着，卧倒在葛利高里身旁，一只手揪住咬着狼肚皮的公狗脖子上的皮，另一只手攥住了狼腿。葛利高里在仰起来的，在手下乱动的硬毛里摸到了狼的喉咙管，捅了一刀。

“把狗……狗—狗……赶开！……”脸色发青的地主从马上跳到松软的田垄上，气急败坏地哑着嗓子喊道。

葛利高里费了很大的力气才把狗赶开，然后回头看了看老爷。

司捷潘·阿司塔霍夫站在旁边不远的地方，头戴制帽，漆皮帽带扣在下巴上，手里转动着铁条，变成灰色的下颚和眉毛都在哆嗦。

“你是哪儿来的，小伙子？”将军问司捷潘说，“是哪个村的？”

“鞑靼村的。”司捷潘等了一会儿才回答，然后向葛利高里那边迈了一步。

“姓什么？”

“阿司塔霍夫。”

“那么，朋友，你什么时候回家啊？”

“今天夜里。”

“请把这只死狼给我们拉回去。”地主用脚指着狼说道；这家伙还在垂死挣扎，不时咬得牙齿咯吧咯吧响，一条后腿笔直地向上翘起，脚踝骨上有一团褐色的乱毛。

“要多少钱，我付给你。”将军许诺说，然后用围巾擦着通红的脸上的汗水，走到一旁，侧歪了一下身子，把水壶的窄皮带从户上摘下来。

葛利高里朝儿马走去。当他把脚踏上马镫的时候，回头看了一眼。只见司捷潘不断地哆嗦着，缩着脖子，两只沉重的大手紧贴在胸前，朝他走过来。

第十八章

在耶稣受难日那天夜里，几个娘儿们凑在科尔舒诺夫家的邻居佩拉格娅家里闲坐。佩拉格娅的丈夫加夫里尔·迈丹尼科夫从罗兹①写信来，说要回来度假，过复活节。佩位格娅家里墙刷得雪白，星期一就把屋子里收拾得整整齐齐，从星期四起就在盼着，不时探头向大门外张望，要不就头巾也不蒙，满脸妊斑，瘦骨嶙嶙地在篱笆边伫立良久；用手掌遮在眼睛上眺望——也许正好就到了呢？她正怀孕。去年夏天加夫里尔从团里回来，给妻子带回来一块波兰花布，在家里小住几天：跟妻子亲亲热热地过了四天，可是到第五天，他喝得烂醉，一会儿用波兰话和德国话叫骂，一会儿又哭着唱一支古老的，一八三一年就在唱的一支关于波兰的哥萨克歌曲。他和来给他送行的朋友和弟兄们饭前坐在桌边喝伏特加，唱歌：

都说波兰是个富庶地方，
我们见到的却是一片荒凉。
波兰境内有家私酒店，

① 罗兹是波兰中部的一个城市。

私酒店的东家就是国王。
三个青年到酒店里把酒来喝,
一个是普鲁士人,一个是波兰小伙子,
还有一个是顿河的哥萨克。
普鲁士人喝酒付银元,
波兰人喝酒付金币,
喝酒不给钱的就是哥萨克。
哥萨克在酒店里跌跌晃晃,
靴子上的马刺哗啦哗啦响,
刺马针哗啦哗啦响,他在调戏着老板娘:
“老板娘,小心肝,跟我一同回家乡,
回到静静的顿河,我的家乡,
我们的日子不像你们这样:
不用种,不用收,不用织,也不用纺,
不用种,不用收,只管逍遥浪荡。”

饭后,加夫里尔和家人告别而去。从这一天起佩拉格娅就开始特别注意自己的衣襟。

佩拉格娅是这样对娜塔莉亚解释自己怀孕的原委的:

“在加夫里尔到来以前,我,亲爱的,做了一个梦。我仿佛是在牧场上走,我家的那头老母牛,就是去年救主节卖掉的那头,走在前面。它走着,乳汁直从奶子里往外淌,流得满道都是……‘我的天呀,’我心里想,‘我怎么把它挤成这样了呀?’后来,巫婆德萝兹季哈到我家来要酒花,我就把梦讲给她听,她说:‘你啊,拿一块蜡放到牛棚里去,从蜡烛上折下一块就行,把它揉成一个球,埋到鲜牛粪里,否则你就要大祸临头啦。’我马上就去找蜡烛,可是没有蜡烛,我记得原来有一支,可能是叫孩子们点着玩了,准是拿它去从洞里往外引毒蜘蛛啦。正在这当儿,加夫留沙回来了——灾难就来啦。在这以前,我的衣服三年穿着都合适,可是现在,你再看……”佩拉格娅用手指头戳着自己鼓起的肚子伤心地说。

佩拉格娅在等候丈夫的时候,心里很烦,独自一人寂寞得很,所以在星期五夜里就邀请几个邻居娘儿们来消磨时间。娜塔莉亚带着没有织完的袜子来了(春天到了——格里沙卡爷爷更怕冷得厉害了),她异常活泼;常常过分地对别人逗趣的话大笑不止,她这样做只是为了不让女伴们看出,思念丈夫的痛苦正折磨着她。佩拉格娅把露着紫筋的光脚从炉炕上耷拉下来,逗弄着那个年轻而又泼辣的女人弗萝夏①。

"弗萝西卡,你是怎样打你的哥萨克的呀?"

"你不知道怎么打吗?往背上,脑袋上,碰上哪儿就打哪儿。"

"我不是说的这个:我是说事情怎么发生的?"

"就是这么的。"她不情愿地回答说。

"难道你抓住你的汉子正跟别的娘儿们胡搞,就什么话也没说?"一个瘦长的女人——马特维·卡舒林的儿媳妇——慢条斯理地一个字一个字地追问道。

"讲讲吧,弗萝申尼娅。"

"没有什么可说的!……为什么要说这种事……"

"别装相啦,这儿都是自己姐儿们。"

弗萝夏往手里吐着葵花子皮,微微一笑,说道:

"我早就留心他啦,这回有人来告诉我说:你男人正在磨坊和顿河对岸的一个丈夫当兵去的女人磨面呢……我跑到那儿去,他们俩正在碾子旁边。"

"怎么样,娜塔莉亚,没有听到你当家的什么信儿吗?"卡舒林的儿媳妇打断了话头,向娜塔莉亚问道。

"他在亚戈德诺耶呢……"她小声回答说。

"你还想不想和他一块儿过日子?"

"也许,她是很想的,可是人家不体谅她的心意。"女主人插嘴说。

娜塔莉亚觉得热血直往脸上涌,眼泪立刻就要流下来了。她把脑袋垂到袜子上,怏怏不乐地朝女伴儿们看了一眼,发现大家都在看她,娜塔莉亚知道羞惭的红晕瞒不过她们,就故意,但是却很笨拙地把毛线团从膝盖上弄到地上,于是弯下腰去,用手指头在冰冷的地上摸索起

① 弗萝夏、弗萝西卡和弗萝申尼娅都是叶夫萝西尼娅的昵称。

来,这一切其实大家都看得清清楚楚。

“由他去吧,我的好邻居,只要你有脖子,还愁没有套拉。”一个女人毫不掩饰地可怜她说。

娜塔莉亚那股假装的活泼劲儿,就像被风吹灭的火星一样消失了。伙伴儿们谈论起村里最近的一些流言蜚语。娜塔莉亚一声不响地织袜子。好不容易熬到散伙的时候,怀着还没有形成的决心走了出来。自己这种不确定的耻辱地位(她始终不相信葛利高里会就这么一去不回头了,所以原谅他,等待着他),逼得她做出了这样的决定:瞒着家里人去亚戈德诺耶给葛利高里送封信,问问他是否永远离去了,有没有回心转意。她从佩拉格娅家回来的时候已经很晚了。格里沙卡爷爷正坐在自己屋里,看一本沾满蜡烛油、皮封面的破《圣经》。米伦·格里戈里耶维奇在厨房里往渔网上拴着浮梁,听米海讲一件很久以前的凶杀案。母亲照料孩子们睡下以后,已经躺在炉炕上,两只黑鞋掌朝着门睡着了。娜塔莉亚脱了外衣,无目的地在各个房间里转了一圈。在堂屋里,用木板隔开的墙角里,有一些留作种子用的大麻子和吱吱的老鼠叫声。

她在爷爷的小房间里停了下来。在屋角的桌子旁边站了一会儿,呆呆地望着放在圣像下面的一小堆福音书。

“爷爷,你有纸吗?”

“什么纸?”爷爷的眼镜上方聚了一堆密密的皱纹。

“能写字的。”

爷爷在圣诗里翻了翻,抽出了一张散发着霉蜜糕和檀香气味的皱巴巴的纸。

“有铅笔吗?”

“找你爸爸要去。去吧,乖孩子,别在这儿捣乱啦。”

娜塔莉亚在父亲那里要了个铅笔头,坐在桌边,痛苦地反复斟酌着那早已想好的、刺心的词句。

第二天早晨,她答应给格季科一瓶伏特加,求他到亚戈德诺耶去送这样的一封信:

葛利高里·潘苔莱维奇!

请你写封信告诉我,我该怎样活下去,我这一辈子是全完了呢，或者还有救呢？你从家里出走，连一句话也没有对我说。我没有做什么对不起你的事，我在等待着你给我行动的自由，告诉我，你是不是永远离开我了，可是你自从离开村子，一直像死人似的，一声也不响。

我原以为你是在火头上出走的，所以还在盼着你回来，但是我并不想拆散你们，让我一个人被踩进地里去吧，总比两个人都受苦好。请你最后一次可怜可怜我，写信给我。叫我知道你的打算——那我就可以拿定主意，不然我老是站在路当中，不知道该往哪里去。

葛利沙，看在基督的面上，不要生我的气。

娜塔莉亚

愁眉苦脸的格季科预感到要有酒喝了。他把一匹马牵到场院上，瞒着米伦·格里戈里耶维奇，套上不带嚼环的笼头，摇摇晃晃地骑在马上跑了出去。他骑马的样子跟哥萨克不同，很笨。他放开马快跑起来，胳膊肘上的两块补丁乱晃着，一群在胡同里玩耍的孩子在他身后拼命叫喊。

“霍霍尔一油泥鬼！……”

“你要摔下来啦！……”

“爬在篱笆上的公狗！……”小孩子们在他身后叫喊。

傍晚他带着回信返来，信是用一小片包糖用的蓝纸写的；他从怀里往外掏着纸片，对娜塔莉亚挤了挤眼睛说：

“简直不叫路，我的姑娘！颠得厉害，把格季科的五脏六腑都颠出来啦！”

娜塔莉亚看过信，脸立刻变成了灰色。好像是带齿的尖刀往她心里刺了几下……

纸上写着几个潦草的大字：

一个人活下去吧。

麦列霍夫·葛利高里

她似乎担心自己支持不住，便急忙离开院子，回屋子躺到床上去。

卢吉妮奇娜为了早点做早饭,能够及时把复活节吃的奶渣糕烤出来,所以头天晚上就在生火。

“娜塔什卡,来帮帮我的忙!”她呼唤女儿。

“我头疼,妈妈。我先躺一会儿。”

卢吉妮奇娜把脑袋探进门去,说道:

“你最好喝点儿盐水,啊?立刻就会好。”

娜塔莉亚用干渴的舌头舔了舔冰凉的嘴唇,没有做声。

天黑以前她一直在躺着,头上蒙着暖和的羊毛头巾。缩成一团的身子不停地轻轻哆嗦着。等到她爬起来,走进厨房的时候,米伦·格里戈里耶维奇和格里沙卡爷爷已经准备上教堂去了。她的两鬓梳得平整的黑头发边上,闪着晶莹的汗珠,眼睛上蒙了一层病态的油光。

米伦·格里戈里耶维奇扣着肥大裤子前裆上防寒厚布的一长串钮扣,斜睨了女儿一眼。

“我的好女儿,你真挑了个好时候生病。走,跟我们一块儿去做早祷吧。”

“你们先走吧,我随后就去。”

“等快完的时候才去吗?”

“不,我现在就穿衣服去……穿好衣服我就去。”

哥萨克们都走了。家里只剩下卢吉妮奇娜和娜塔莉亚。娜塔莉亚无精打采地从箱子那里走到床边,用两只视而不见的眼睛打量着堆在箱子里的一堆翻得乱七八糟的衣服,在冥思苦想着什么,嘴里还直嘟囔。卢吉妮奇娜还以为娜塔莉亚是在犹豫穿哪件衣服呢,出于一片慈母心,亲切地建议道:

“好女儿,穿我那条蓝裙子吧。那条裙子你现在穿正合适。”

没有给娜塔莉亚做复活节穿的新衣服,这时卢吉妮奇娜想起了女儿做姑娘的时候,每逢过节总喜欢穿卢吉妮奇娜那件窄襟的蓝裙子,她以为娜塔莉亚是为了不知道穿哪件衣服而苦恼,于是就好心地强要娜塔莉亚穿她的衣服。

“穿吧,啊?我去给你拿来。”

“不用。我就穿这件去。”娜塔莉亚小心地抽出一条绿裙子,忽然想起,葛利高里婚前来看望她时,在板棚檐下的阴凉里头一次很快地亲了她一下,使她很害羞,那时她正是穿的这条裙子,于是突然恸哭起来,浑身颤抖着,趴在掀开的箱子盖上。

“娜塔莉亚！你怎么啦？……”母亲拍手惊问道。

娜塔莉亚把就要发作出来的哭号压了回去,克制住自己,呆呆地、刺耳地笑道:

“我今天这是怎么啦……”

“唉,娜塔什卡,我看得出来……”

“你看出什么来啦,妈妈?”娜塔莉亚用手指头揉着绿裙子,突然恶狠狠地喊道。

“我看你这样下去不行……应该改嫁才是。”

“够啦！已经嫁过一回啦！……”

娜塔莉亚走进自己的屋子去换衣服,很快就又回到厨房里来,她已经换好衣裳,像姑娘一样苗条,脸色青白,透明的青色上罩着一层忧伤的红晕。

“你一个人去吧,我还没有收拾停当哩。”母亲说。

娜塔莉亚把手绢塞进折起的袖口里,走到台阶上。风从顿河上带来沙沙的流冰声和淡淡的清新的融雪的潮湿气味。娜塔莉亚左手提着裙子边,绕过街上那些闪着珍珠般蓝光的小水洼,到了教堂。一路上她竭力使自己恢复从前那种平静的心情,想着节日,不连贯地模糊地想着各种事情,但是思路总是固执地转到那张藏在怀里的、蓝色的包糖纸上,转到葛利高里和那个幸福的女人身上,现在那个女人正在宽容地嘲笑着她,也许甚至在可怜她……

她走进了教堂的院子。一伙青年挡住了她的路。娜塔莉亚绕过他们,听见他们在说:

“哪家的？你猜到了吗?”

“娜塔什卡·科尔舒诺娃呀。”

“听说,她有脱肠病,所以丈夫才把她扔了。”

“瞎说,她和她公公——瘸子潘苔莱勾搭上啦。”

“原来如此！那么葛利什卡当然是为了这个才从家里跑走的啦?”

“不然为什么呢？她现在还……”

娜塔莉亚在坎坷不平的石板上跌跌撞撞地走去，走到教堂大门前的台阶。喊喊喳喳、肮脏无耻的话语像石头一样从她身后投来。娜塔莉亚在门口站着的姑娘们吃吃的笑声中，向另一个板墙门走去，像醉汉似地摇摇晃晃跑回家。在自家院子的大门口喘了喘气，脚乱踏着裙子襟，紧紧咬着已经咬得血红的肿嘴唇，走进了院子。院子笼罩在一片飘忽的紫色黑暗中，板棚的门黑魆魆地大敞着。娜塔莉亚拼命鼓起最后一点劲儿，跑到板棚门口，匆忙迈过了门限。板棚里是一片干冷，还有一股皮缰绳和陈腐的干草气味。娜塔莉亚这时候既没有思想，也没有感觉，全心沉没在忧郁的思念中，这种思念撕裂着她那充满了屈辱和绝望的心灵。她摸索着走到墙角，握住镰刀柄，卸下镰刀（她的动作缓慢、果断而又准确），愉快的决心鼓舞了她，于是她把头向后一仰，使劲用镰刀割进了喉咙管。她好像被打了一下，一阵猛烈的刺心的疼痛使她倒了下去，同时又感觉到——模糊地意识到——她并没有完成已经开始的工作，——她爬起来，然后跪着，急忙（流到胸前的鲜血使她感到害怕）用颤抖的手指撕开扣子，不知道为什么解开了上衣。一只手拨开富于弹性的、不听话的乳房，另一只手拿着镰刀，使刀刃对准胸膛，跪着爬到墙边，把镰刀安柄的那头顶在墙上，两只手放到向后仰着的头顶上，坚定地把胸膛向前压去，向前……她清晰地听见和感觉到刺破身体的扑哧声；越来越厉害的一阵阵刺心的疼痛，像火焰似的顺着胸部一直烧到喉咙，像铮铮响着的长针一样刺进了耳朵……

上房的门吱扭响了一声。卢吉妮奇娜用脚探着路，走下台阶。钟楼上响起了有规律的钟声。顿河上，几沙绳长的大冰块，不停地咯吱咯吱响着，汹涌奔流而去。解冻了的，满潮的顿河欢腾地把身上坚冰的枷锁送往亚速海。

第十九章

司捷潘走到葛利高里跟前，抓住马镫，紧靠在浑身是汗的儿马肋部上。

“喂，好啊，葛利高里。”

“托福托福。”

“你打算怎么办哪？啊？”

“我有什么好打算的呀？”

“拐走了别人的老婆，还……自己去享乐，行吗？”

“放开马镫。”

“你别害怕……我不会揍你。”

“我并不害怕，你还是别来这一套吧！”葛利高里满脸通红，提高了嗓门说道。

“现在我不会跟你打架，我不愿意……葛利什卡，你记住我的话：早晚我要宰了你！”

“咱们骑驴看唱本：‘走着瞧吧’。”

“你牢牢记住这话。你欺人太甚啦！……你把我的生活全毁了，弄得我像只阉猪……你看，”司捷潘伸开双臂，污黑的手掌朝上，说道，“我在这儿耕地，可是我自个儿也不明白为什么要耕。其实我一个人又能吃多少？我随便怎么都可以糊口过冬呀。只是无聊得要死……你欺人太甚啦，葛利高里！……”

“你不要对我诉苦啦，我不懂，饱汉子不知饿汉子饥嘛。”

“这话不错，”司捷潘同意说，仰面向上，看着葛利高里的脸，忽然露出了天真稚气的笑容，舒展开细纹密布的眼角，“我有一件事情很后悔，小伙子……我后悔极啦……你还记得，前年谢肉节的时候咱们打群架的事吗？”

“这是什么时候？”

“就是把一个弹毛工人打死的那次。光棍们和有老婆的人打起来了,你还记得吗？还记得我是怎样追你的吗？你那时候还瘦弱得很,跟我比起来,就像一根嫩芦苇。我可怜你,没有下手,要是那当儿你跑着的时候给你一下子——早就把你揍成两截啦！你跑得很快,全身像弹簧一样:我只要抡起皮带朝你腰上一抽,你的小命早就见阎王啦!”

“你别伤心,将来咱们还有碰杯的机会嘛。”

司捷潘用手擦着前额,在回忆着什么事情。

将军牵着克列佩什的缰绳,朝葛利高里喊道:

“走吧!”

司捷潘一直还用左手扶着马镫,跟儿马并排走着。葛利高里警惕着他的每一个动作。他在马上看清了司捷潘的下垂的亚麻色的胡髭和好久没有刮过的、浓密的胡须。在司捷潘的下巴下面耷拉着的漆皮帽带有许多地方都裂了。司捷潘那落满尘土的灰脸上布满了一条条的斜痕——流过的汗痕,使这张脸显得模糊而又陌生。葛利高里看着司捷潘,就像是从山巅眺望远处蒙蒙细雨中的草原一样。司捷潘灰气重重的脸上是一片疲倦和空虚。他没有告别,就停在后面了。葛利高里的马信步地走着。

“等一等。怎么……阿克秀特卡怎样啊?”

葛利高里用鞭子磕打着沾在靴底子上的泥土,回答道:

“很好。”

他勒住儿马,回头看了看。司捷潘叉开两腿站在那里,龇着牙,正嚼一根草茎。葛利高里不由得可怜起他来,但是嫉妒压倒了怜悯;他在吱吱响的鞍座子上扭过身子,喊道:

“别伤心,她不会为你得相思病的!”

“真的吗?”

葛利高里在儿马的两耳中间抽了一鞭子,没有回答就驰马而去。

第二十章

第六个月上，怀孕的事已经再也瞒不住了，阿克西妮亚就告诉了葛利高里。起初她隐瞒着，是因为害怕葛利高里不相信她肚子里怀的孩子是他的，由于分娩的时间日益迫近，她感到忧虑和恐惧，脸色焦黄，在等待着什么。

最初几个月她一闻到油腥味儿就恶心，但是葛利高里没有理会，即使他注意到了，他也不明白是什么原因，不会特别放在心上。

这次谈话是在黄昏时候进行的。阿克西妮亚很激动，急切地注视着葛利高里脸上的表情变化，但是他把脸扭过去朝着窗户，不断懊丧地咳嗽着。

"你干吗不早说？"

"我害怕，葛利沙……我以为你会抛弃我……"

葛利高里用手指头弹着床背，问道：

"快生了吗？"

"在救主节左右，我想……"

"是司捷潘的孩子吧？"

"是你的。"

"真的吗？"

"你自已算算呀……从砍树枝子那天……"

"别胡说啦，克秀什卡①！就是司捷潘的孩子，现在又有什么办法呢？我是诚心诚意问你的。"

阿克西妮亚坐在板凳上，眼泪汪汪，急切的低语使她简直透不过气来。

"我和他过了这么多年——什么也没有！……你自个儿想想

---

① "克秀什卡"与下页的"阿克辛尤什卡"均为阿克西妮亚的爱称。

吧！……我又不是有病的娘儿们……所以当然是你的孩子啦。可是你……”

葛利高里再没有提起这件事。他对待阿克西妮亚的感情中又掺上了一种警惕的疏远和轻微的嘲弄与怜悯的新成分。阿克西妮亚缄默不语，也不要求爱抚。一个夏天的工夫，她变得憔悴了，但是怀孕几乎一点也没有损坏她的苗条身段：丰满的体态使她的圆肚子不太显眼，而消瘦的面庞却使那对清秀的眼睛变得更加温柔、好看。这一年雇的短工少，所以做饭的活儿也不累。

萨什卡爷爷以一种老年人的撒娇的依恋神情缠着阿克西妮亚。这可能是因为她像女儿一样关心他：给他洗内衣，补衬衫，吃饭的时候，把软的、香的东西挑给他吃，而萨什卡爷爷在服侍完马匹以后，就到厨房挑水、搅烂煮了喂猪的土豆，什么事都帮着她做，他蹦跳着，摊开双手，露出光秃秃的牙床，说道：

“你疼爱我，可是我也不愿意欠你的情！阿克辛尤什卡，就是把心挖出来给你我都情愿。要知道，我要是没有女人的照顾就完蛋啦！你要什么，只管说。”

由于叶甫盖尼·尼古拉耶维奇从中说项，葛利高里没有入营集训。他去割草，偶然送老爷到镇上去一次，其余的时间就是跟他去打野鸭子，或者骑马去追野雁。轻松的温饱生活把他惯坏了。他变懒了，发胖了，看上去要比本来的年龄大一些。只有一件事使他不能安心——马上就要到来的入伍服役。既没有马，又没有装备，靠父亲置办，指望不大。葛利高里把自己的和阿克西妮亚的工钱领到手就积攒起来，一个也舍不得花，甚至连烟也戒掉了，希望能不向父亲低头，用自己攒的钱买一匹马。老爷也答应帮助他。葛利高里预料父亲什么都不会给他的想法，不久就证实了。六月底彼得罗来看望弟弟，言谈中提到父亲对他仍旧十分气恼，曾经说过不给他置备战马，说叫他去参加地方部队吧。

“好吧，叫他先别高兴。我要骑自己的马去入伍。”（葛利高里把“自己的”三个字说得特别重。）

“你打哪儿去弄呢？你能变出匹马来吗？”彼得罗咬着胡子，笑问道。

“我变不出,就去讨一匹,再不就去偷一匹。”

“好样的!”

“我拿工钱去买一匹马。”葛利高里正经地解释说。

彼得罗坐在矮台阶上,询问了工作、饭食和工钱等方面的情况;他嚼着已经咬得很短的胡子梢,对什么问题都点头称赞,问完话,在分别的时候,对葛利高里说:

“你还是回家去住吧,不要翘尾巴啦。你想发大财吗?”

“我不想发大财。”

“你打算跟自己的婆娘过下去?”彼得罗换了个话题。

“跟哪个自己的婆娘?”

“跟这个过下去吗?”

“我想,暂时是这样,怎么啦?”

“我只不过随便问问罢了。”

葛利高里出去送他,最后问道:

“家里过得怎么样?”

彼得罗从台阶的栏杆上解着马,笑了一声,回答说:

“你有好几个家,就像兔子有好几个窝。很好,凑合着过嘛。妈妈很想你。现在干草已经收集完啦,堆了三大垛。”

葛利高里很激动,打量着彼得罗骑来的那匹剪短耳朵的老骒马,问道:

“没有生驹儿吗?”

“没有,兄弟,原来是匹不会生驹儿的骒马。不过跟赫里斯托尼亚换来的那匹枣红马生了一个小驹子。”

“生的什么驹子?”

“一匹小儿马,兄弟。这匹小儿马真是无价之宝!长腿,蹄关节很正,前胸也很漂亮。会长成一匹好马的。”

葛利高里叹了一口气。

“我很想念咱们的村子,彼得罗。想念顿河。这儿连流水都看不见。真是个讨厌的地方。”

“来看望我们吧。”彼得罗哼哼着,把肚子贴在马的尖削的背上,右腿跨了过去。

“好吧。”

“好,再见!”

“一路平安!”

彼得罗已经走出了院子;他忽然想起一件事,向站在台阶上的葛利高里喊道:

“娜塔莉亚……我忘啦……出事啦……”

风像鹰一样在院子上空旋转,没有把最后几个字送到葛利高里的耳边;彼得罗和马都笼罩在卷起的像一层丝绸般的尘埃里,葛利高里也没有听清楚他说了些什么,挥了挥手,向马棚走去。

这年夏天来得很早。雨稀水少,庄稼熟得早。刚刚割完黑麦,又该割大麦了,遍地一片金黄,麦穗像刘海一样低垂着。四个临时雇来的短工和葛利高里一同去割麦子。

阿克西妮亚很早就把饭做好了,她央求葛利高里带她一同去。

“还是家里待着吧,为什么非去不可呢?”葛利高里劝她说,但是阿克西妮亚坚持要去,匆忙披上头巾,跑出大门,去追拉着短工的大车。

阿克西妮亚怀着忧虑和欣喜的焦急心情盼望着的,葛利高里模糊地有点害怕的事情,终于在割麦子的时候发生了。阿克西妮亚正在搂麦子,感到一点预兆,就扔下耙子,躺到一个麦堆旁边。产前的阵痛不久就开始了。阿克西妮亚咬着发黑的舌头,仰面躺在地上。短工在割麦机上吆喝着马匹,绕着圈子,从她旁边过去。一个塌鼻子的青年短工,像木头刨出来的黄脸上生满了密密层层的皱纹,在走过去的时候,朝阿克西妮亚喊道:

“嗨,你怎么躺在这地方挨晒呀？起来,不然会把你晒化的!”

葛利高里叫别人替换他,从割麦机上下来,走到她跟前。

“你怎么啦……”

阿克西妮亚歪扭着那不听使唤的嘴唇,沙哑地说道:

“一阵一阵地疼。”

“说不叫你来……臭娘儿们,现在可怎么办啊?”

“你别骂啦,葛利沙！……哎呀！……哎呀！……葛利沙,套上车,顶好是回家……唉,在这儿我怎么办?……这儿都是些男子汉……”被像铁箍箍住一样的疼痛折磨着的阿克西妮亚哼哼道。

葛利高里跑过去牵那匹在荒地上吃草的马。等套上马,把车赶过来的时候——阿克西妮亚已经爬到一边去,趴在地上,头扎在一堆落满尘土的大麦里,嘴里不断往外吐着由于疼痛嚼烂了的带芒的麦穗。她用两只陌生的鼓出的眼睛莫名其妙地盯住了跑来的葛利高里,哼哼了一阵,就用牙齿咬住揉成一团的围裙,好不叫短工们听见她那像牲口一样可怕的号叫。

葛利高里把她抱到车上,赶着马向庄园跑去。

“噢咦,慢点!……噢咦,要死啦!……颠—颠—颠—颠—死—啦!……”阿克西妮亚披头散发的脑袋在车底板上翻滚着,用变得粗鲁的嗓子喊道。

葛利高里一声不响地用鞭子抽打着马,缰绳在脑袋顶上盘旋,背后传来阵阵沙哑的哀号,但是他也顾不得回头看。

阿克西妮亚用手紧捧着两腮、大睁着疯狂的眼睛,在车上颠簸,大车在高高低低、还没有压平的道路上左冲右闯。马在飞驰;马轭在葛利高里眼前晃动,马轭顶端遮了一片高悬在空中、像琢磨好的宝石一样耀眼的白云。有一会儿,阿克西妮亚停止了连续不断的、刺耳的哀号。车轮滚滚,阿克西妮亚的不能自主的脑袋在车厢板上咚咚地撞着。葛利高里并没有立刻理会到突然降临的寂静,等他醒悟过来,回头一看:阿克西妮亚躺在那里,脸变得非常难看,一边脸颊紧贴在车厢板上。汗流如注,从额上流进深陷下去的眼眶里。葛利高里抬起她的脑袋,把揉皱的制帽垫在下面。阿克西妮亚斜着眼睛看了看,口气肯定地说道:

“葛利沙,我要死啦。好啦……一切都完啦!”

葛利高里哆嗦了一下。一阵突然袭来的冷气窜到了他的手指尖,窜到了汗漉漉的脚上。他惊慌失措,想要说几句鼓励和亲热的话,可是没有想出来;从直哆嗦的嘴唇里却冲出这样的一句话来:

“胡说,蠢娘儿们!……”他晃了一下脑袋,弯腰把身子弯成两截,攥住阿克西妮亚的一条蜷得很不舒服的腿。“阿克秀特卡,我的小斑鸠!……”

阵痛暂时饶了阿克西妮亚一会儿,可是再疼起来则十倍于前。阿克西妮亚觉得向下坠的肚子里有个什么东西正在往外撞,她把身子弯得像张弓,吓死人的哀号撕裂着葛利高里的心,他疯狂地赶着马。

在车轮的轰隆声中,他隐约地听到一声尖细的呼叫:

"葛——利——沙!"

他勒住缰绳,回头一看:阿克西妮亚摊开两手,躺在血泊里。发狂的葛利高里跳下车来,趺趺绊绊向车后走去。瞅着阿克西妮亚喷着热气的嘴,不是听出来的,而是猜出了她的话:

"咬——断——脐——带……用布——条扎——扎起来……从你衬——衣上撕——撕……"

第二十一章

利斯特尼茨基的庄园——亚戈德诺耶——就像个木节子似的长在辽阔干涸的山涧里。风向常变,时而刮南风,时而刮北风;太阳在浅蓝色的天空飘移;暑热未尽,秋天就踩着夏天的衣襟,带着沙沙的落叶声,跟踪而来。严寒和暴风雪送来隆冬,可是亚戈德诺耶却整年累月在麻木的寂寞中抽搐,与外界隔绝的日子,就像孪生姐妹似的,一模一样,天天逝去。

红眼圈、像爱咬舌的女人似的黑鸭子依然是那样一瘸一瘸地在院子里晃,珠鸡就像一滴滴小雨点似的落满院子,羽毛已丰满的孔雀在马棚顶上猫声猫气地喵喵叫唤。老将军很喜欢各种各样的鸟,就是打伤了的仙鹤也照样养起来。十一月里,这只受伤的鸟,一听见在天空中自由飞翔的仙鹤的模糊召唤,它就发出震人心弦的、铜钟似的哀鸣。可是它飞不起来了,被打断的翅膀僵死地垂着,将军从窗户里瞅着仙鹤弯下脑袋跳着、想从地上飞起来的样子,就咧着白胡子的嘴大笑起来,低沉的笑声在洁白空荡的客厅里回响飘荡。

韦尼阿明依然是那样高高地擎着毛茸茸的脑袋,僵直的大腿哆嗦着,整天坐在堂屋的箱子上一个人玩牌,玩得直发昏。吉洪依然是那样在嫉妒自己的麻子情人对萨什卡,对长工,对葛利高里和老爷的亲昵态度,甚至连仙鹤也嫉妒起来,因为卢克里娅也用那种寡妇的过分的柔情来照顾它。萨什卡爷爷有时喝得酩酊大醉,走到窗户前,向老爷讨个二十戈比的铜币。

整个这些日子里,只有两件事情惊动了这昏昏沉沉的、发了霉的生活:一是阿克西妮亚生孩子,再就是丢了一只大种鹅。对于阿克西妮亚生的小女孩,大家很快就习惯了,至于鹅,人们在树林外边的坑里找到了几根鹅毛(看来是被狐狸拖去了)——于是大家又都安静下来。

老爷每天早晨醒来,就把韦尼阿明叫去。

"你做了个什么梦?"

"真是一个神奇的梦。"

"讲讲!"地主手里卷着烟,简短地命令说。

韦尼阿明讲起来。如果是没有趣味的或是可怕的梦,地主就会生气地骂道:

"唉,你这个糊涂虫,畜生!糊涂人做梦也是糊涂的。"

后来韦尼阿明学乖了,就自己来杜撰有趣的和迷人的梦。使他苦恼的是:总要不断编造新梦,你看他,提前几天就开始编造迷人的梦了。他坐在大箱子上,把一张张就像他的老脸一样鼓胀和油污的纸牌噼噼啪啪地往小毯子上摔着,眼睛呆呆地凝视着一点,在杜撰新梦哪,到后来,竟发展到这种地步,连个真梦都做不成了。一睡醒,他就拼命去回忆梦境,但是脑子里却是一片空虚——像刮过似的,光溜溜,黑漆漆,一无所有,别说是梦,连张人脸也没有见到。

韦尼阿明为冥思苦索那些并不奇妙的假梦弄得才思枯竭,而老爷却大发雷霆,打断了说梦者炒了不知道多少次的剩饭,骂道:

"混蛋家伙,这个讲马的梦,星期四就已经讲过一次啦。他妈的,你是怎么回事?……"

"我又梦见了一回,尼古拉·阿列克塞耶维奇!说老实话,我真的又梦见了一回。"韦尼阿明毫不在乎地撒着谎。

十二月里,葛利高里被公差叫到维申斯克镇公所去。他领了一百卢布的买马钱和一张在圣诞节第二天到马尼科沃镇征兵站去报到的通知。

葛利高里从镇上回来的时候真是束手无策:圣诞节已经快到了,但是他还什么都没有准备好。用官家发的钱和自己积蓄的钱,在奥布雷夫斯克村花一百四十卢布买了一匹马。他是和萨什卡爷爷一同去的,买了一匹相当不错的马:六岁口,枣红色,屁股下垂;这匹马只有一块不易看出的伤痕。萨什卡爷爷捋着胡子说道:

"你再买不到更便宜的啦,长官们是看不出的。他们没有那么聪明。"

从那里回来的时候,葛利高里就骑在这匹刚买来的马上,慢走快跑都试了一下。离过圣诞节还有一个星期,潘苔莱·普罗珂菲耶维奇亲自到亚戈德诺耶来了。他没有把套在爬犁上的骒马赶进院子,拴在篱笆上,一瘸一拐地向下房走去,捋着耷拉在皮袄领子上像一把茜草似的大胡子上的冰琉璃。葛利高里从窗户里一看见父亲,就慌张起来。

"你看,这是怎么的!……父亲!……"

阿克西妮亚不知道为什么跑到摇篮跟前去裹起孩子来。

潘苔莱·普罗珂菲耶维奇带着一阵寒气走进了屋子;他摘下风帽,朝圣像画过十字,用缓慢的目光向室内四下扫了一眼。

"你们日子过得很好啊。"

"您好,爸爸。"葛利高里从凳子上站起来,回答父亲的问候,向前迈了一步,站到屋子当中。

潘苔莱·普罗珂菲耶维奇把一只冰冷的手伸给葛利高里,然后坐在凳子边上,裹了裹皮袄大襟,打量着呆立在摇篮旁边的阿克西妮亚。

"准备去入伍啦?"

"不然怎么办呢?"

潘苔莱·普罗珂菲耶维奇没有说话,仔细地打量了葛利高里半天。

"脱脱衣裳吧,爸爸,大概冻坏了吧?"

"不要紧。禁得住。"

"生上火壶吧。"

"谢谢啦。"他用手指甲往下刮着皮袄上的一个陈泥点,说道:"我给你送装备来啦;有两件外套、一副马鞍子、一条裤子。去拿进来……都在那儿。”

葛利高里也没有戴帽子就跑了出去,从爬犁上搬来两个口袋。

“什么时候出发?”潘苔莱·普罗珂菲耶维奇一面问着,一面站起身来。

“圣诞节的第二天。怎么,爸爸,你要走吗?”

“我得早点回去。”

他和葛利高里告了别,仍然一面打量着阿克西妮亚,一面向门口走去。已经抓住门把手了,他又朝摇篮那边看了一眼说道:

“母亲叫我向你问候,她的腿又疼起来啦。”他沉默了一会儿,好像是要举起什么重东西似的,吃力地说道,“我来送你到马尼科沃镇去报到。你好好准备吧。”

他戴上厚厚的羊毛织的手套,走了出去。阿克西妮亚因为受了这样的侮辱,脸色灰白,没有说一句话。葛利高里走着,斜眼望着她,故意踏在一块咯吱咯吱响的地板上。

圣诞节的第一天,葛利高里赶着爬犁送利斯特尼茨基到维申斯克去。

老爷在教堂做完了祈祷,然后在他的堂妹——一个女地主——家里吃过早饭就吩咐套车。

葛利高里还没有吃完那盘有一块猪肉的油腻菜汤,就站起身来,向马棚走去。

套在这辆轻便、城里式样爬犁上的是一匹叫“石拜”的奥勒尔种圆斑灰色大走马。葛利高里勒紧马缰,把马牵出马棚,急忙套上爬犁。

寒风飘洒着鹅毛大雪,银色的风雪在院子里呼啸翻滚。花圃外面的树上都挂着一层毛茸茸的薄霜。风把霜花吹落,飘散在空中,太阳一照,映出了神奇的彩虹般的光彩。屋顶上,正冒着斜烟的烟囱旁边,有几只寒鸦在呱呱叫着。它们被脚步声惊起,飞去,像一团团灰色的棉絮在屋顶上飞翔盘旋,然后闪着蓝光,掠过紫色的晨空,向西边的教堂飞去。

“请去禀报一声,就说爬犁套好啦!”葛利高里向跑到台阶上来的使唤丫头喊道。

地主走了出来,把胡子藏在貉绒皮大衣领子里。葛利高里给他把腿盖好,把缝着穗子的狼皮车毯扣上。

"使劲抽这个家伙!"地主用眼睛指着大走马说。

葛利高里在车夫座上朝后仰着身子,伸直的手里攥着绷紧的、颤动着的马缰绳,他担心地向斜坡看了一眼,记起了那次在初雪的爬犁道上,老爷曾因他不小心,爬犁颠簸了一下,在他脑后勺上打了一拳,这一拳打得很有劲儿,一点也不像老头子打的。驰到桥上,顺着顿河走的时候葛利高里才放松了缰绳,用手套擦了擦被风吹得火辣辣的两颊。

两个钟头就奔回亚戈德诺耶。一路上老爷没有说什么话,只是偶尔用弯起的手指头敲敲葛利高里的脊背,叫道:"停一下。"便转过身去,背着风,卷起纸烟来。

从山坡上向庄园驰去的时候,老爷问道:

"明天一早就走吗?"

葛利高里侧过身子来,费劲地张开冻僵的嘴唇。

"一朝走。"他把"早"字说成了"朝"字。他那冻僵了的舌头好像肿胀起来,紧贴在牙床上,吐字不清。

"钱都领到了吗?"

"领到了。"

"不要挂念老婆,她会好好过下去的。要出色地去服役。你爷爷是个很勇敢的哥萨克,你也要,"老将军的声音变得更低沉(利斯特尼茨基为了避风把脸藏到大衣领子里),"你也要保持你爷爷和你父亲的荣誉。你父亲好像在皇上阅兵时,曾因骑术高超,得过头奖,是吧?"

"是,是我父亲。"

"好,就该这样!"地主严厉地好像是在威胁似的结束了谈话,然后把整个脸都藏到皮大衣里。

葛利高里把大走马的缰绳递给萨什卡爷爷,就往下房走去。

"你父亲来啦!"萨什卡爷爷往马背上披着马衣在他身后喊道。

潘苔莱·普罗珂菲耶维奇正坐在桌边吃肉冻。"快喝醉啦。"葛利高里打量着父亲的显得温和的脸,心里断定。

“回来啦,当差的?”

“浑身都冻僵啦,”葛利高里拍着手回答说,又转脸朝着阿克西妮亚说,“给我解开风帽扣子,手冻得不听使唤了。”

“你算碰上啦,这风简直像有意跟你为难似的。”父亲嘴里吃着,耳朵和大胡子抖动着,嘟哝说。

这一回他变得亲热多了,简单地、主人似地吩咐阿克西妮亚说:

“再切一点面包来,别舍不得!”

他从桌边站起来,到门口去抽烟,装作无意似的摇了两下摇篮,把大胡子伸进小帐子里去,问道:

“是哥萨克吗?”

“是个姑娘,”阿克西妮亚替葛利高里回答说,但是一看到老头子的脸上露出的不满神色,而且还凝结到大胡子上,就急忙补充说,“长得很漂亮,什么地方都像葛利沙!”

潘苔莱·普罗珂菲耶维奇一本正经地审视了在一堆破布片里伸出的小黑脑袋,很自豪地证实说:

“是我们家的血统……嗯哼……你这个小家伙!……”

“你是怎么来的,爸爸?”葛利高里问道。

“坐爬犁来的,套的小骒马和彼得罗的战马。”

“你套一匹,再把我那匹马套上。”

“不用,让它空着走吧。倒是一匹好马。”

“你看过啦?”

“略微看了看。”

由于他们俩都被同样的思想所困扰,就越去扯些鸡毛蒜皮的事儿。阿克西妮亚坐在床上,就像浸在水里一样,没有插嘴说话。胀得硬邦邦的奶子把上衣的扣子都撑开了。生孩子以后,她明显的胖了,增添了一种充满信心的、新的幸福神韵。

他们睡得很晚。阿克西妮亚紧靠着葛利高里,眼泪和没有吃完奶的奶子流出的乳汁浸湿了他的衬衣,她低语道:

“我想你都会想死的……我一个人怎么过呀?”

“别怕。”葛利高里也同样地低声安慰她说。

“夜长……孩子又不睡……我会想你想瘦的……你想想吧，葛利沙，要整整苦守四年呀！”

“听说，古时候要服役二十五年呢。”

“古时候与我有甚相干……”

“好，别说啦！”

“这该死的军役，拆散人家的魔鬼！”

“休假的时候我会回来的。”

“休假，”阿克西妮亚说，“顿河要流去多少水，才能把你等回来……”

“别哭啦……看你就像秋天的毛毛雨：哭起来就没有完啦。”

“叫你换成我来试试看！”

葛利高里在天快亮的时候睡着了。阿克西妮亚喂过孩子，用胳膊支撑着身子，不眨眼地瞅着葛利高里脸上朦胧的黑线条，心里在跟他告别。她想起了在她卧房里劝葛利高里上库班去的那天夜晚，也是这样，只是那天晚上有月亮，把窗外的院子照得雪亮。

此情依旧，葛利高里还是那个，又不是那个了。背后已经拖了一条漫长的、日复一日踏出的羊肠小道……

葛利高里翻了一下身，模糊地说：

“在赤杨村……”又不做声了。

阿克西妮亚也想入睡，但思潮澎湃，就像风吹干草堆一样，把一丝睡意，全卷走了。一直到天亮她都在反复思量那句没头没尾的梦话，寻思它的含义……结满霜花的窗上刚一透亮，潘苔莱·普罗珂菲耶维奇就醒了。

“葛利高里，起来吧，天快亮啦！”

阿克西妮亚爬起来，穿上裙子；叹着气，找了半天火柴。

等到吃完早饭，收拾停当的时候——天已破晓。曙光像蓝色的波浪，在晴空荡漾。篱笆好像栽在雪里似的，清晰地、参差有致排列在那里，黑魃魃的马棚顶上，笼罩着一片温柔的紫色烟雾。

潘苔莱·普罗珂菲耶维奇去套爬犁。葛利高里挣开疯狂亲吻她的阿克西妮亚，去跟萨什卡爷爷和其他的人告别。

阿克西妮亚把孩子裹好,出来送行。

葛利高里亲了亲女儿的湿润的额角,朝马匹走去。

“坐爬犁吧!”父亲一面策动马匹,一面喊叫。

“不,我骑马。”

葛利高里故意慢腾腾地勒了勒马肚带,骑上马去,理着缰绳。阿克西妮亚用手指头摸着他的腿,不住地说:

“葛利沙,等等……我好像还有什么话忘了跟你说……”她茫然地浑身哆嗦着,皱着眉头在苦思。

“好,再见吧!好好照看孩子……我得上路啦,你看爸爸已经走远了……”

“等一等,亲爱的!……”阿克西妮亚左手抓住冰冷的马镫,右手紧抱着怀里的孩子,恋恋不舍地看着他,腾不出手去擦那从睁得大大的、一眨不眨的眼睛里涌出来的满面泪水。

韦尼阿明走到台阶上来喊道:

“葛利高里,老爷叫你!”

葛利高里骂了一声,扬鞭策马,冲出院子。阿克西妮亚跟在他后面跑,深陷进院子里的雪堆里,笨拙地往外拔着穿毡靴子的脚。

葛利高里在山顶上追上了父亲。心情逐渐平静下来,他回头看了看。阿克西妮亚依然紧抱着怀里的孩子,伫立在大门口。寒风吹舞着她那艳红的头巾角儿,在她的肩头飘舞。

葛利高里追到爬犁旁边。爷俩都缓缰而行。潘苔莱·普罗珂菲耶维奇扭过身子,背朝着马问道:

“这么说,你是不想和你妻子一起过了?”

“这些旧话……别再提啦……”

“果真一点也不想?……”

“当然啦。”

“你没听说,她寻过短见吗?”

“听说啦。”

“听谁说的?”

“有一回送老爷到镇上去,遇到咱村里的人,他们说的。”

“你不怕上帝怪罪吗?”

“爸爸,说实在的,这有什么法子……泼出去的水,再也收不回来啦。”

“别跟我讲他妈的鬼话!我是好心好意和你说。”潘苔莱·普罗珂菲耶维奇怒气冲冲,脱口骂道。

“你也看见了,我已经有了孩子,还有什么说的?现在已经不能破镜重圆啦。”

“当心,养活的是不是别人的孩子?”

葛利高里脸色苍白:父亲正触动了他那还没有完全长好的伤口。自从孩子生下来以后,葛利高里瞒着阿克西妮亚,也瞒着自己,心里一直在痛苦地怀疑着。每天夜里,等阿克西妮亚睡了以后,他常常走到摇篮跟前去仔细察看,在孩子黝黑、红润的小脸上寻找跟自己相像的地方,但每次都是疑惑重重地离开摇篮。司捷潘的皮肤是深红色的,几乎也是黝黑的,——怎么能知道,是谁的血在小孩皮肤下面蓝色的血管里循流呢?有时候他觉得女孩儿像自己,有时候又伤心地发现,她太像司捷潘了。葛利高里对她一点感情也没有,只有阿克西妮亚生她时,他从草原上把抽搐阵痛的阿克西妮亚拉回来的痛苦记忆。有一次(阿克西妮亚正在厨房里做饭),他把孩子从摇篮里抱出来换尿布,突然感到一种刺心的痛楚。他偷偷弯下身去,咬了咬孩子扎煞着的小红脚指头。

父亲毫不怜惜地刺痛了他的伤处,葛利高里把手掌放在鞍头,沙哑地回答道:

“不管是谁的,总不能把孩子扔了啊。”

潘苔莱·普罗珂菲耶维奇用鞭子往马身上抽了一下,连头也没回说道:

“那一回,娜塔莉亚的相貌就全毁啦……脑袋也歪了,像中了风似的。割断了一根大筋,所以脖子总是歪着。”

他不再做声了。爬犁的滑杠轧着积雪,吱吱响着;葛利高里的马打着滑儿,蹄子哒哒地响着。

“如今她怎么样啦?”葛利高里用心地从马鬃里往外抠着被汗渍透了的牛蒡花瓣。

“如今算是全好啦。躺了七个月。三一节的时候眼看就要死啦。潘克拉季神甫已经为她作了临终祈祷……但是后来又苏醒过来啦。从那时候起就一天比一天好起来,而且能够走路啦。她用镰刀向心窝里刺,可是因为手哆嗦,刺歪啦,要不就完啦……”

“快往山下赶吧。”葛利高里挥动鞭子,站在马镫上,驰马追过父亲,马蹄扬起的雪飞溅到爬犁上。

“我们要把娜塔莉亚接回来!”潘苔莱·普罗珂菲耶维奇跟在他后面喊道,“她不愿意住在娘家啦。前几天我看到她,叫她回咱们家里来。”

葛利高里没有回答。爷儿俩一直沉默着跑到第一个村庄,潘苔莱·普罗珂菲耶维奇再没有提起这件事。

一天走了七十俄里。第二天傍晚掌灯时分,他们赶到了马尼科沃镇。

“请问维申斯克镇的人驻扎在哪一条街上?”潘苔莱·普罗珂菲耶维奇向遇到的第一个人问道。

“顺着大街往前走。”

他们住宿的房子里已经住了五个新兵和几个来送儿子入伍的父亲。

“你们是哪个村子的?”潘苔莱·普罗珂菲耶维奇往板棚檐下牵着马,询问道。

“奇尔河来的。”黑暗里有人粗声回答说。

“哪个村子的?”

“有卡尔金村的,有纳波洛夫村的,有利霍维多夫村的,你们是打哪儿来的呀?”

“我们是‘咕咕村’①来的。”葛利高里卸着马鞍子,抚摸着马鞍子下面出了汗的马背笑着回答说。

第二天早晨,维申斯克镇的镇长杜达列夫把维申斯克区的新兵带到医务委员会去。葛利高里看到了本村同龄的青年们;米吉卡·科尔

① “咕咕村”是鞑靼村的别名。“咕咕”是布谷鸟的叫声。

舒诺夫骑着一匹浅棕色的高头大马，备着一副崭新、锃亮、讲究的鞍子、华丽的肚带和银光闪闪的笼头，那天一清早，他骑马去井边饮马，看见葛利高里站在住所的大门口，他用左手扶着歪戴着的制帽，没打招呼就跑过去了。

新兵在区公所的冷屋子里依次脱光衣服检查身体。几个军队里的文书和军区兵站副长官助理在奔忙，穿着短筒漆皮靴的军区司令的副官在不停地来回溜达；手指上镶黑宝石的戒指和美丽的黑眼睛里微肿的粉红色白眼珠，把洁白的皮肤和肩章衬得更加显眼。屋子里传出军医们的谈话和命令的片断。

“六十九。”

“帕维尔·伊万诺维奇，给我一支化学铅笔。”靠门口的一个醉醺醺的声音沙哑地说。

“胸围……”

“是，是，这是明显的遗传现象。”

“梅毒，记下来。”

“你用手捂什么呀？又不是大姑娘。”

“这体格有多壮……”

“……村庄是这种疾病的温床。必须采取断然措施。我已经报告了将军大人。”

“帕维尔·伊万诺维奇，请您看看这个家伙。体格有多壮，啊？”

“嗯—好……”

葛利高里和一个丘卡林斯克村的红头发高个青年一同脱了衣服。从门里走出一个文书，背上的制服皱着，清脆地喊道：

“潘菲洛夫·谢瓦斯季扬和麦列霍夫·葛利高里。”

“快点！”葛利高里身旁的人红着脸，往下脱着袜子，害怕地耳语说。

葛利高里冻得背上全是鸡皮疙瘩，走了进去。他那黝黑的身子闪着老橡树皮般的光泽。屋角的磅秤上站着一个脱得精光、颧骨高高的小伙子。一个看来好像是医生的人移动着磅秤上的砝码，喊道：

“四普特，十封特。下来。”

这种带侮辱性的体格检查使葛利高里很受刺激。一个穿着白衣服的白发医生，用听诊器听过他的内脏，另一个年轻点的医生翻了翻他的眼皮，看了看舌头，第三个戴着玳瑁边眼镜的医生搓着自己衣袖卷到胳膊肘上的手，在他背后转了半天，然后说了声：

"到磅秤上去。"

葛利高里站到有凸纹的、冰冷的磅秤台上去。

"五普特，六封特半。"司磅员把铜砝码碰得当地响了一声，报数说。

"这他妈的是怎么回事，个子并不特别高……"白头发的医生扭着葛利高里的手，转着他的身子，嘟哝说。

"奇—怪！"另外那个年轻些的医生结结巴巴地说道。

"多重？"一个坐在桌子旁边的人惊愕地问道。

"五普特零六封特半。"白头发的医生没有把挑起的眉毛放下来回答说。

"送到禁卫军去好吗？"军区兵站长官把梳得光光的黑脑袋俯到跟他并坐在桌边的人的耳边，问道。

"满脸强盗相……太野蛮。"

"喂，转过身来！你背上长的是些什么？"一个戴上校肩章的军官不耐烦地用手指头敲着桌子，喊道。

白头发的医生在嘟哝些什么，葛利高里把背转向桌子，竭力抑制着浑身的哆嗦，回答道：

"春天我着了凉。起了些小肿泡。"

检查快完的时候，几个军官坐到桌边嘀咕了一阵，决定：

"到普通部队。"

"分配到第十二团去，麦列霍夫，听见了吗？"

这才叫葛利高里出去了。当他往门口走去的时候，听到了一阵嫌恶的低语：

"不——行——啊，你们诸位想想看，皇上看到了这副凶相，那会怎么样？单是他那眼睛……"

"是个杂种！大概有东方血统。"

“而且身上也不干净,有肿疮……”

在外面排队等候的同村人围住葛利高里,纷纷追问:

“喂,怎么样,葛利什卡?”

“分到哪儿去啦?”

“大概是分到阿塔曼斯基团去了吧?”

“你多重?”

葛利高里一条腿站着,把另一条腿伸进裤筒里,不高兴地骂道:

“别缠我了行不行,你们他妈的问什么呀?分到哪儿去?分到十二团去啦。”

“科尔舒诺夫·德米特里和卡尔金·伊万。”文书探出脑袋叫唤。

葛利高里一面走,一面扣皮袄扣,从台阶上跑下来。

融雪时节的风吹来暖意,路上积雪已经融完了的地方冒着热气。几只母鸡咯咯叫着穿过街道,几只白鹅在一片水洼里戏水,激起了一道道的斜波纹。橙红色的鹅掌像严霜打过的秋叶,在水中泛出浅红色。

过了一天,开始检查马匹。许多军官在广场上走动起来;一个兽医和一个拿着量尺的医生助手,晃动着军大衣的前襟走了过去。沿着教堂的围墙,各种毛色的马匹排成长长的一列。维申斯克的镇长杜达列夫从磅秤那里滑滑跌跌地向放在广场中间的小桌跑去,一个文书在那里记录检查和过磅的结果,兵站长官对年轻的中尉解释着什么,生气地跺着脚,走了过去。

葛利高里的号码是一百零八号,他把马牵到磅秤那儿去。量过了马身上的每一部分,过了磅,马还没有来得及从磅秤台上走下来,——兽医带着那种习惯的权威架势又扳开它的上嘴唇,看了看牙齿;他用力按摩着马,摸了胸部的筋肉,像蜘蛛爬一样捯动着强有力的手指头,一直向腿部摸下去。

他揿了揿膝盖关节,敲了敲筋头上的韧带,捏了捏马蹄距毛上部的骨头……

兽医把不安地竖起耳朵的马又是听,又是摸,折腾了半天,然后摇摆着白大褂的衣襟,向四周散发着刺鼻的石炭酸气味,走开了。

葛利高里的马检验不合格。并不像萨什卡爷爷预料的那样,老练的兽医还很有点儿“聪明”，竟发现了萨什卡爷爷说的那块隐蔽的伤痕。

激动的葛利高里和父亲商量了一下，过了半点钟，钻了个空子，把彼得罗的马牵到磅秤上去，兽医几乎没有检查就认为合格了。

葛利高里就在附近找到了块干燥地方，铺开马衣，把自己的全部装备放在上面；潘苕莱·普罗珂菲耶维奇在后面牵着马，跟一个也是来送儿子的老头子聊起天来。

一位穿着浅灰色军大衣、戴着银白色的卷毛羊皮帽子、白头发、高身材的将军挥舞着戴白手套的手，左腿总比右腿抬得稍微高一些，从他们身旁走过去。

“这就是军区司令。”潘苕莱·普罗珂菲耶维奇从后面碰了碰葛利高里，小声说。

“大概是位将军吧？”

“马克耶夫少将。这个鬼东西，厉害得很！”

一群从各团和各炮兵连队派来的军官跟在司令的后面。一个肩部和臀部都很宽、穿着炮兵制服的上尉，对身旁的禁卫军阿塔曼斯基团的一位高个、漂亮的军官——大声说道：

“……这他妈的怎么一回事呀！一个爱沙尼亚的小村子，老百姓大都是暗白皮肤，可是这个姑娘却与众不同，而且还远不止她一个！我们进行了各种各样的推测，后来我们才弄明白，二十年前……”军官们已经走了过去，离开了葛利高里把自己的哥萨克装备摊放在马衣上的地方，顶着风，他只是模糊地听到了被军官们的笑声淹没了的炮兵上尉说的最后一句话：“……原来是你们阿塔曼斯基团的一个连在那个小村子里驻扎过。”

文书用哆哆嗦嗦、沾满紫墨水的手指头扣着上衣的钮子，跑了过去，军区兵站副长官在他身后，生气地喊道：

“要三份，告诉过你啦！我要关你禁闭！”

葛利高里好奇地打量着这些文武官员的陌生的面孔。从他面前走过去的副官把两只苦闷、湿润的眼睛在他身上停了一下，遇到葛利高里的注意的目光，就扭转身去；一个老中尉不知道为什么很激动，黄牙齿咬着上嘴唇,几乎是跑着在追这位副官。葛利高里看见中尉的红眉毛上方有一颗小疣子在哆嗦,直打他的眼皮。

葛利高里的脚边,铺着一条没有用过的马衣,上面依次放着一副马鞍,鞍架用铁皮包着,漆成绿色,马鞍有前袋和后袋①;两件军大衣,两条裤子,一件制服,两双靴子,一件衬衣,一封特零五十四佐洛特尼克②饼干,一个罐头,麦粒,以及一个骑士必需的其他各种食品。

在打开的口袋里有一串——供四只蹄子用的——马掌和一些马掌钉,都用油浸过的破布包着,一个装着两根针和一团线的针线包,一条毛巾。

葛利高里又瞅了一眼自己的装备,蹲下去,用袖子擦了擦油污的驮载扣带的边缘。检查委员会从广场的一头慢慢地顺着在马衣旁排列着的哥萨克面前走过。军官和长官们仔细地检查哥萨克的装备,掖起浅灰色军大衣的前襟,蹲下去翻看鞍袋,检查针线包,用手掂量着饼干口袋的分量。

"小心,伙计们,看那个细高挑儿,"站在葛利高里旁边的一个小伙子,指着那个军区兵站长官,说道,"他就像公狗挖黄鼠狼洞那样乱翻一气。"

"瞧,瞧,妈的!……把口袋翻得乱七八糟!"

"一定是有问题呗,要不然谁愿意找麻烦。"

"他要干什么,难道要数马掌钉子吗?……"

"真是只公狗!"

检查委员会成员越走越近,谈话也渐渐沉寂下来,再过几个人就轮到葛利高里了。军区司令左手拿着手套,右手摇晃着,胳膊肘连弯也不弯。葛利高里立正站好,父亲在后面咳嗽不停。风在广场上散布马尿和融雪的气味。不很高兴的、像是喝醉酒似的太阳向下望着。

一群军官在葛利高里旁边那个哥萨克面前检查了一会儿,然后就一个一个地向他走过来。

---

① 前袋用来装喂马的草料,后袋装哥萨克自用的杂物和口粮。

② 佐洛特尼克是俄国旧的重量单位,等于4.266克。

“姓什么,叫什么?”

“麦列霍夫·葛利高里。”

兵站长官捏着军大衣的腰带把大衣提起来,闻了闻衣服里子,很快地数了数钮扣;另一个戴着少尉肩章的军官,在手里揉了揉上等呢子做的裤子;第三个军官拼命弯下腰,摸着袋子里的东西,以致风把军大衣襟都卷到了背上。兵站长官好像是摸烫手的热东西似的,用小手指和大拇指小心翼翼地碰碰包着马掌钉的破布,吧嗒着嘴唇数着马掌钉。

“为什么只有二十三个钉子?这是怎么回事?”他怒气冲冲地抖了抖破包布的角问道。

“绝对不会,大人,一定是二十四个。”

“难道我是瞎子吗?”

葛利高里慌慌张张地展开了卷着第二十四个钉子的布角,粗糙的黑手指头稍稍碰到了兵站长官白嫩的手指头上。兵站长官忙把手往回一缩,好像被扎了一下似的,在灰军大衣侧面擦了擦;厌恶地皱起眉头,戴上了手套。

葛利高里看到了这些动作;他挺直身子,恶狠狠地笑了。他们的视线相遇,兵站长官的脸颊尖上涨红了,他提高了嗓门喊道:

“你这是什么眼神?什么眼神,啊?哥萨克?……”他那颧骨旁边有道刮脸刮破的伤痕的脸颊立刻从上到下都涨红了。“为什么驮载扣带弄得乱七八糟?这又是怎么一回事儿?你是哥萨克还是穿树皮鞋的庄稼佬?……你父亲在哪儿?”

潘苔莱·普罗珂菲耶维奇揪了一下马缰绳,向前迈了一步,瘸腿碰了一下站好。

“你不懂得当兵的规矩吗?……”怒气冲天的兵站长官向他大发雷霆,他因为打牌输了钱,从早晨起就很不高兴。

军区司令走了过来,兵站长官才安静了。军区司令用靴尖踢了踢鞍架子,——打了个嗝儿,向下一个人走去。葛利高里要编入的那个团迎接新兵的军官,很有礼貌地把什么都仔细翻看一遍,连针线包也没有放过,他最后一个离开,倒退着,背风点上了一支烟。

过了一天,从切尔特科沃车站向利斯基——沃罗涅什开出了一列

火车,这列红色车厢编成的列车装载着哥萨克、马匹和粮秣。

葛利高里靠着马槽站在一节车厢里。车厢的门大敞着,陌生、平坦的田野从车门前滑过,一片片浅蓝色温柔的树林在远处旋转。

马匹咯吱咯吱地嚼着干草,由于蹄子下面的车板直跳动,所以不住地在捯动着。

车厢里散发着草原的苦艾、马汗和春天融雪的气味。远处,地平线上,耸立着一片片浅蓝色的、像黄昏时晦暗的星星一样在沉思的、高不可攀的树林。

卷　三

第 一 章

一九一四年的三月,在一个解冻的欢乐的日子,娜塔莉亚回到公婆家里来了。潘苔莱·普罗珂菲耶维奇正用毛茸茸的灰色树枝修补被公牛撞坏的篱笆。屋顶上往下滴着雪水,冰琉璃闪着银光,屋檐上留有一道道过去什么时候流过雨水的、像松焦油似的漆黑的痕迹。

渐有暖意的红太阳,像只温柔可爱的小牛犊,紧紧蜷伏在积雪已经融化的山岗上,土地已经松软,顿河沿岸陡斜的石灰岩的山岗上,有些地方已经露出一片一片的土地,嫩草闪着翡翠般的新绿。

变了样子的、瘦弱的娜塔莉亚,从后面走到公公跟前,弯下伤残的歪脖子行了个礼。

"您好啊,爸爸。"

"娜塔莉尤什卡①? 你好啊,亲爱的,好啊!"潘苔莱·普罗珂菲耶维奇忙乱起来。从他手里落下来的树枝弯了一下,就伸直了。"你怎么面也不露啦? 好,进屋去吧,你瞧吧,母亲看见你会有多高兴。"

"爸爸,我回来啦……"娜塔莉亚迟疑地伸开一只手,转过身子去。"如果您不撵我走的话,我就永远住在您这儿啦……"

"你说的什么话呀,你怎么啦,亲爱的! 难道你是外人吗? 葛利高里来信说……好孩子啊,他叫我们问候你呢。"

他们一同往屋子里走去。潘苔莱·普罗珂菲耶维奇慌慌张张,一瘸一拐地走着,非常高兴。

伊莉妮奇娜抱住娜塔莉亚,老泪纵横,嘴里嘟囔着:

"你要是有个孩子就好啦……孩子会把他迷住的。好,坐下吧。拿些饼给你吃,好吗?"

"耶稣保佑,妈妈。我这不……来啦……"

---

① 也是娜塔莉亚的爱称。

满脸红光的杜妮亚什卡从宅旁的小院子里跑进厨房,跑着就伸手抱住了娜塔莉亚的两膝。

“没有良心的！把我们都忘啦！……”

“你疯啦,骒马!”父亲假装严厉地朝她喊道。

“你长得这样大啦……”娜塔莉亚低着头,把杜妮亚什卡的两手分开,仔细打量着她的脸。

一时,大家都七嘴八舌地抢着说起话来,一会儿又都沉默不语。伊莉妮奇娜一手托着脸,在暗自悲伤,痛心地打量着已经不似先前的娜塔莉亚。

“永远住在我们这儿啦?”杜妮亚什卡抚摸着娜塔莉亚的手,问道。

“谁知道他……”

“那有什么说的,你是他的发妻,还能上哪儿去住呢！留下来吧!”伊莉妮奇娜决定说,她殷勤地招待着儿媳妇,不断地在桌子上推动着装满肉饼的陶土盘。

娜塔莉亚是经过了长期的动摇之后,才回到公婆这里来的。父亲不放她来,千方百计地劝说:又是责骂,又是羞辱,但是她自从恢复健康以后,看见自己家的人就很不自在,觉得自己在父母家里简直成了个陌生人。自杀的尝试使她和自己的亲人疏远了。潘苔莱·普罗珂菲耶维奇自从送葛利高里入伍以后,就一直在劝诱她。他下了决心,要把她接回来,设法与葛利高里和解。

从那天起,娜塔莉亚就留在麦列霍夫家了。达丽亚表面上并没有表示出什么不满;彼得罗的态度却是殷勤而又亲切,至于达丽亚偶尔的白眼,娜塔莉亚却从杜妮亚什卡那热情的依恋和公婆亲生父母般的爱怜中得到补偿。

在娜塔莉亚回到公婆家来的第二天,潘苔莱·普罗珂菲耶维奇逼着杜妮亚什卡照自己的意思给葛利高里写了一封信。

> 我们的亲爱的儿子葛利高里·潘苔莱耶维奇,你好！你的父亲和你母亲瓦西丽萨·伊莉妮奇娜诚心诚意地向你问候。你的哥哥彼得罗·潘苔莱耶维奇和嫂子达丽亚·玛特悦耶芙娜向你致

敬，祝你健康和平安；还有你的妹妹叶芙多基亚和全家老少都向你问好。你二月五日发的信，我们已经收到了，为此我们表示衷心的感谢。

如果像你信末说的，你的马后腿碰伤了前腿，那么可以给它擦点猪下水油。你知道，如果路不滑或者没有冰的话，那么后腿就不要钉马掌。你的妻娜塔莉亚·米伦诺芙娜和我们住在一起，她很健康、平安。

母亲寄给你一点樱桃干和一双毛袜子，还有猪油和各种土产。我们生活都很好，身体很健康，可惜的是达丽亚的孩子死了，这是要告诉你的。前两天我和彼得罗修了修板棚，他嘱咐你要好好照看马。母牛都生了犊，老骒马的奶头鼓起来了，看来，它的肚子里有小马驹在跳啦。这是和镇上公马圈里那匹叫"顿涅茨"①的儿马配出来的，我们盼望它能在大斋的第五个星期生驹。我们对于你的服役情况和上司对你的夸奖很高兴。你好好服役吧。为皇上效力是不会白干的。娜塔莉亚现在要在我们家住下去了，这件事你要好好想想。还有一件倒霉的事，在谢肉节那天，野狼咬死了三只羊。好，祝你健康，上帝保佑你。我命令你，不要忘了你的妻子。她是个和蔼的女人，而且是你的发妻。你不要破坏老规矩，听父亲的话。

你的父亲——老下士潘苔莱·麦列霍夫

葛利高里那个团驻在距俄奥边境四俄里的拉济维洛沃小镇上。葛利高里很少写家信。告诉他娜塔莉亚回到父亲那里的信，答复得相当矜持，只说请向她问好；信里的话支吾搪塞，含糊其辞。潘苔莱·普罗珂菲耶维奇逼着杜妮亚什卡和彼得罗把信念了好几遍，深思着隐藏字里行间连葛利高里也不知道的含义。复活节以前，他在一封信里直截了当地提出这个问题，他问葛利高里退伍回来，是跟妻子同居呢，还是仍旧跟阿克西妮亚一块儿过。

葛利高里很久没有回信。三一节以后，才收到他一封短信。杜妮

① "顿涅茨"是"顿河人"的意思。这里用来称呼马，表示是纯种的顿河马。

亚什卡念得很快,字尾都没有念出来,潘苔莱·普罗珂菲耶维奇撇开那无数的问好的话和问题,仍然很难抓住信的意思。葛利高里在信末说到了娜塔莉亚的问题:

……你要我说一说,我是否还要和娜塔莉亚同居,但是我告诉您,爸爸,破镜是不能重圆的。您是明白的,现在我已经有了孩子,那我还能对娜塔莉亚说些什么呢?我什么愿也不能许诺,对这件事我是很不高兴谈的。不久前,在边境上捉到了一个贩私货的人,我们也有幸看到了这个人。他说,很快就要和奥地利人打仗了,似乎他们的皇帝曾经到边境上来过,察看从哪里可以发动战争,他可以占领些什么地方。一旦打起仗来,我也许就死了,所以预先什么也不能决定。

娜塔莉亚在公婆家里干活和生活,那种不由自主的、盼望丈夫回来的念头一天比一天增长,颓丧的精神就寄托在这种希望上。她没有给葛利高里写过一封信,但是全家的人谁也不像她那样急切、痛苦地盼着他来信。

村里的人依然过着习惯的、一成不变的生活:有些哥萨克服完兵役回来了,平常日子,无聊的琐事不知不觉地把时间都消磨掉了,每到星期日,一早就一家大小成群结队地涌到教堂里去:哥萨克都穿着制服和过节的裤子;女人们花花绿绿的长裙沙沙地扫着街上的尘土,穿着紧绷在身上的、袖子上打褶的印花布上衣。

广场的空地上,卸下来的车辕朝天竖着。马在嘶叫,人来人往,熙熙攘攘;消防棚子的旁边,许多保加利亚族的菜农摆起长长的摊子,在叫卖青菜,后面围着一群孩子,瞪大眼睛,看着卸了载的骆驼;骆驼傲然地环视着市场的广场和广场上闪动着红边制帽和各色女人头巾的人群。骆驼嘴里冒着白沫,在咀嚼反刍的草料,它们疲于长年累月地拉水车,太疲倦了,正在休息,眼睛一动不动地呆滞在淡绿色的、惺忪的眼眶里。

夜晚,街道在脚步声中呻吟,村里的游戏场上,歌声、手风琴伴奏着的跳舞踢踏声沸沸扬扬,一直到深夜,村头最后的歌声才在温暖的旱风中消逝。

娜塔莉亚不到游戏场去,她很喜欢听杜妮亚什卡讲的天真无邪的故事。杜妮亚什卡已经不知不觉地长成一个身材匀称、独具风韵的美丽姑娘。她很早就成熟了,就像个早熟的苹果。这一年,她告别了逝去的童年,年长的女伴们接收她参加了她们的姑娘圈子。杜妮亚什卡长得很像父亲:矮个子,黝黑的皮肤。

杜妮亚什卡已经度过了十五个春天,但是她那纤细的身材还没有丰满起来。她身上还混杂着童年和正在成长的少女的、可笑而又天真的气质:两只拳头大小的小乳房硬起来了,明显地紧绷在上衣里面,肩膀也宽了;可是在那两只长长的、略微有点斜的眼眶里,依然是那炯炯有神的、腼腆而又顽皮的黑扁桃形的眼睛,白眼珠像蓝色的玛瑙一样。她从游戏场上回来,就把自己并不神秘的秘密讲给娜塔莉亚一个人听。

“娜塔莎,好嫂子,我想告诉你几句话……”

“好,说吧!”

“米什卡·科舍沃伊昨天和我在公粮仓旁边的橡树上坐了整整一晚上。”

“你为什么脸红起来啦?”

“没有的事儿!”

“你去照照镜子看——简直像火烧一样。”

“哼,不说啦! 你叫人怪害羞的……”

“说吧,我再不这样啦。”

杜妮亚什卡用黑手巴掌擦了擦发烧的脸蛋儿,把手指头按到太阳穴上,突然无缘无故地发出了青春的笑声:

“他说:‘你真像一朵天蓝色的花!’……”

“是吗?”娜塔莉亚鼓励说,也为别人的快乐而感到高兴,暂时忘却了自己的被蹂躏的逝去的年华。

“我对他说:‘别瞎说,米什卡!’于是他就发起誓来啦。”杜妮亚什卡的笑声像银铃一样响遍了整个屋子,她摇着脑袋,两条编得紧紧的小黑辫子,像蝎虎子似的在她的肩上和背上滑动。

“他还说了些什么?”

“他说：‘送一块手绢给我做纪念吧。’”

“你送给他了吗？”

“我说：不行，我不给。去跟你的美人儿要吧。你知道，他在跟叶罗费耶夫家的儿媳妇厮混……她男人服兵役去啦，她在放荡呢。”

“你离他远点吧。”

“我是离他很远呀。”杜妮亚什卡抑制着涌出来的笑声，接着说道，“从游戏场回家的时候，我们一共是三个姑娘同行，喝醉了的米海老爹追上了我们。他叫嚷说：‘亲亲我吧，我的好姑娘，我每人给两戈比。’他刚一向我们扑过来，纽尔卡拿树枝子照他额上抽了一下子。我们就拼命逃跑啦！”

一个干旱的夏天。村边顿河的水变浅了，那片从前是急流奔腾的地方，现在变成了浅滩，牛走到对岸去，连脊背都湿不了。夜里，沉闷的暑热从山岗上吹到村子里来，风把晒焦的草香味吹散到空中。牧场上的干蓬蒿在燃烧，甜藜像一层看不见的薄幕挂在顿河岸上。一到夜间，顿河对岸的天上就布满了黑云，雷声单调地、隆隆地响着，但是连一个雨点也没有落到炎热煎烤的大地上，电光在空中闪个不停，夜空被划成一些带尖角的蓝色块块。

猫头鹰夜夜在教堂的钟楼上号叫。恐怖的叫声在村子上空回荡；这时猫头鹰却从钟楼上飞到被牛犊践踏过的公墓里，落在荒草丛生的褐色坟头上，悲鸣不已。

“灾祸临头啦。”老人们一听见猫头鹰在坟场上的叫声，就预言说。

“要打仗啦。”

“在俄土战争那年，也这样叫过。”

“也许又要闹霍乱了吧？”

“夜猫子从教堂飞到埋死人的地方去，就别指望会有什么好事情啦。”

“噢，大慈大悲的圣徒米科拉……”

沙米利·马丁①，独臂的阿列克谢的弟弟，在坟场的围墙下，一连

---

① 此处俄文误为 Шумилин Мартин（舒米林·马丁），英译本也作了改正。

两夜守候着这只恶鸟，但是看不见的神秘的猫头鹰无声地从他的头上飞过，落在公墓的另外一头的十字架上，把令人心惊的叫声散布在朦朦胧胧的村庄上空。马丁下流地骂了一阵，向飘动的乌云放了一枪，走了。他就住在这附近。他的妻子是个胆小多病，像母兔一样多产的女人，——每年都要生一个孩子，——她一看见丈夫就责骂起来：

“混蛋！你这个道道地地的混蛋，该死的东西，它碍你什么事儿，啊？要是上帝怪罪可怎么办？我马上就生孩子啦，要是为了你这鬼东西的罪过难产可怎么办？”

“住口，你放心！你是不会难产的！你已经生惯啦，胎胎都像箍桶匠的马生得一样痛快。难道就让这讨厌的玩意儿在这里吵人心烦吗？这个魔鬼，它会把灾祸叫来的。要是打起仗来——就要征召我入伍，看你养了这么一大堆。”马丁指着墙角说道，那里，在车毯上胡乱躺着几个孩子，有的在尖声哭叫，有的正在打呼噜。

麦列霍夫·潘苔莱在村民大会会场上跟老头子们谈话的时候，很郑重地说道：

“我家的葛利高里来信说，奥地利的皇帝到边境上去过，还下命令把所有的军队都集中在一处，准备向莫斯科和彼得堡进军。”

老头子们追忆着过去的几次战争，交换着彼此的想法：

“从年景上看，好像不会打仗。”

“年景和打仗毫不相干。”

“大概是学生们在捣乱。”

“这种事情咱们总是知道得最晚。”

“就像跟日本人打仗的时候一样。”

“给儿子买了马没有？”

“用不着预先……”

“这是瞎说！”

“可是跟谁打仗啊？”

“跟土耳其打仗是为了争大海。可大海是分不开的呀。”

“那有什么难分的？就像咱们分草一样，把大海分成一块一块的，你就分吧！”

谈话开始变成开玩笑，老头子们也就渐渐散去了。

短暂的割草时节正等待着人们，顿河对岸的各种草都已经开完了花，那都是些没有一点香气儿的病弱的草，不像是草原上的草。同是一样的土地，可是草吸收的养分各不相同；山岗后的草原是上等黑土地，像脆骨一样：牲口群跑过去——连个马蹄印都看不见；坚硬的土地，长出来的草也肥壮、芳香，齐马肚子那么高；但是在顿河边上和顿河对岸，却是一片潮湿的松软的土地，长的全是些不很茂盛、没有用处的矮草，有的年头，连牲口都讨厌吃这些草。

全村一片磨镰刀的声音，耙子也都刨光了，妇女忙着给割草的人送克瓦斯，但是这时候却发生了一件惊动全村的事情：镇警察局长和检察官一同来了，还有一个从来没有见过的，满嘴黑牙、穿着制服的瘦弱的军官；他们找到了村长，会同几个见证人，径直就到斜眼卢克什卡家里去了。

检察官手里拿着一顶有帽徽的帆布制帽。大家都顺着街道左边的篱笆走去，太阳斑斑点点地照在小路上，侦察员一面用他那沾满尘土的皮鞋踩着篱笆的影子，一面对那个像公鸡似的往前跑着的村长说：

“那个外来户施托克曼在家吗？”

“在家，阁下。”

“他做什么事情？”

“这谁都知道，他是一个手艺人……整天都在锉啊、刨啊。”

“你没有注意他有什么活动吗？”

“一点也没有。”

警察局长一面走着，一面用手指头去挤眉毛中间的粉刺；他累得直喘气，呢子制服热得他满身是汗。矮小的黑牙齿军官用一根草茎剔着牙齿，眼边柔软的红褶子皱了起来。

“哪些人常上他家去？”检察官拦住向前跑的村长，问道。

“是，常有人去。他们有时候玩牌。”

“是些什么人？”

“多半是磨坊里的工人。”

“究竟是些什么人？”

“机器匠、磅秤工、磨粉工人达维德卡，还有几个咱们的哥萨克也常去。”

检察官站住了，用帽子擦着鼻梁上的汗，等着落在后面的军官。他用手指头摸着军官制服上的钮子，对军官说了些什么，然后用手指头招呼了一下村长。村长踮起脚尖，拼命抑制着气喘，跑了过来。他的脖子上一道道的紫筋鼓胀起来，哆嗦着。

“带两个人把他们抓来。押到村公所，我们随后就到。明白吗？”

村长挺直身子，上身的肉都松了下来，镶蓝带的制服硬领上凸起了一道粗筋，他哼了一声，向后退去。

施托克曼只穿着一件敞着领子的衬衫，背朝门坐着，正用手锯在镶面板上锯一道弯弯曲曲的花纹。

“请您站起来。您被捕啦。”

“怎么回事？”

“您住两间房子吗？”

“是的。”

“我们要搜查您的家。”军官的刺马针在门口的踏脚毡上挂了一下，走到小桌前，眯缝着眼，顺手拿起一本书来。

“请您把这个箱子的钥匙给我。”

“我犯了什么罪，检察官先生？……”

“我们等会儿再跟您谈。证人，过来！”

施托克曼的妻子从另外一间屋子里探头看了看，检察官和文书都走到那里。

“这是什么东西？”军官举着一本黄皮的书小声问道。

“书。”施托克曼耸了耸肩。

“请您等到适当的场合再说俏皮话。现在我要求你用另一种态度回答我的问话！”

施托克曼靠在炉壁上，抑制着自己的苦笑。警察局长扭回头看了军官一眼，然后又把视线转向施托克曼。

“您研究这个吗？”

“有点兴趣。”施托克曼冷冷地回答说，用小梳子把黑胡子平分成两半。

“是——是的，您哪。”

军官翻了翻，把书扔在桌上；又草草翻了翻另一本，把这本放在一边，又看了第三本的封面，然后把脸转向施托克曼。

“哪里还藏有这类书籍？”

施托克曼眯起左眼，好像在瞄准似的。

“全都在这儿啦。”

“撒谎！”军官晃了晃手中的书，清楚地吐着字说。

“我要求……”

“请您搜吧！”

警察局长手扶马刀，走到箱子边，一个麻脸的哥萨克警察在衣裳堆里乱翻着，看来是被正在发生的事情吓坏了。

“我要求您礼貌一点。”施托克曼用眯缝着的眼睛盯着军官的鼻梁，说道。

“请您稍安勿躁，朋友。”

施托克曼同妻子住的那两间屋子，被翻了个底朝天，凡是能搜的地方全都搜遍了。还搜查了作坊。热心尽职的警察局长，甚至弯起手指头，把墙壁都敲过了。

施托克曼被押解往村公所去。他走在街道当中，一只手按在旧上衣的衣襟上，另一只在不停地挥动着，仿佛是要抖掉沾在手指头上的脏东西，警察跟在他身后；其余的人都靠着篱笆边，在洒满斑斑点点阳光的小路上走。检察官仍旧和来的时候一样，用被路边的胭脂菜染绿了的皮鞋踏着太阳的阴影走，只是帽子不是拿在手里了，而是牢牢地斜扣在苍白的耳朵上。

施托克曼最后一个受审。前厅里，警察在看守着那些已经审问过的人；还没来得及洗去手上油污的伊万·阿列克谢耶维奇、微笑着的达维德卡、上衣披在肩上的“钩儿”和科舍沃伊·米哈伊尔。

检察官在一个粉红色的公文夹里翻着，向站在桌子对面的施托克曼问道：

“在我因磨坊里的械斗的人命案讯问您的时候，您为什么隐瞒了您是俄国社会民主工党①党员这一点呢?"

施托克曼默不作声地看着检察官的头顶上边。

"这已经查定在案。您要对自己的行为负责。"被沉默激怒的检察官大声喊道。

"请您开始审问吧。"施托克曼不耐烦地说道,然后斜看着那张空凳子,要求坐下。

检察官没有吭声;他沙沙地翻着文件,皱着眉头朝不慌不忙坐下去的施托克曼瞅了一眼。

"您什么时候到这儿来的?"

"去年。"

"是来执行组织任务的吗?"

"我没有任何任务。"

"从什么时候起,您成了你们党的党员?"

"您说什么?"

"我问您,"检察官把"我"字特别加重地说道,"什么时候参加俄国社会民主工党的?"

"我想……"

"对您想什么,我毫无兴趣。请回答我的问题。拒不招供是没有益处的,反而有害。"检察官抽出一张文件来,用食指按在桌子上,"这是从罗斯托夫送来的调查表,证明您是该党党员。"

施托克曼用眯缝得很细的眼睛朝白纸瞥了一眼,目光在纸上停了片刻,然后用两手抚摸着膝盖,坚定地回答道:

"一千九百零七年。"

"是啦。您否认是你们党派您到这儿来的吗?"

"是的。"

"那么您是为什么搬到这儿来的呢?"

"因为这儿缺做钳工活的人。"

"为什么您单单选中了这个地区?"

---

① 俄国社会民主工党是苏联共产党的前身。

“也是因为这个原因。”

“在这段时间内,您和您们的组织有过联系吗?现在还有联系吗?”

“没有。”

“他们知道您搬到这儿来吗?”

“大概知道。”

检察官翘着嘴唇,用镶贝壳刀把的刀子削着铅笔;他没有看施托克曼,又问道:

“您和同党中的什么人通过信吗?”

“没有。”

“那么搜查出来的那封信呢?”

“写那封信的人,是一位与任何革命组织都没有关系的朋友。”

“您收到过从罗斯托夫送来的什么指示吗?”

“没有。”

“磨坊的工人在您家里聚会,是为了什么目的?”

施托克曼耸了耸肩,好像是对问题的愚蠢感到惊奇似的。

“那只不过是在冬天的夜晚聚一聚……纯粹是为了消磨时间,玩玩牌……”

“读过什么违禁的书吗?”检察官提示说。

“没有。他们都是不大识字的人。”

“可是磨坊的机器匠和所有其他的人都不否认这一事实。”

“这是不合情理的。”

“我觉得,您简直缺乏起码的常识来正视……”施托克曼听到这地方,不禁微微一笑,而检察官由于忘了要说什么却在生气,他抑制着愤怒,恨恨地结束说,“您简直没有健全的理智!您拒不认罪,只能害自己。事情非常明显,是你们的党派您到这儿来的,为了在哥萨克中间进行策反工作,企图从政府手里把他们争取过去。我不明白,您为什么还要在这里捉迷藏呢?这无论如何也不能减轻您的罪过……”

“这是您的猜想。我可以抽烟吗?谢谢您。这是猜想,而且是没有任何根据的。”

“请您告诉我,您曾给到您家里去的工人读过这本小册子吗?”检察官把手掌放在小册子上,遮着书名,上端的白纸上露出了几个黑字:“普列汉诺夫”。

“我们读过诗。”施托克曼叹了一口气,抽了一口烟,用力夹着手指中间镶着铜箍的骨头烟嘴……

第二天,阴暗的早晨,从村里驶出一辆双套的邮车。施托克曼坐在车尾上,把长胡子裹在油污的大衣矮领子里打着盹儿。两旁挤着几个带马刀的警察。其中的一个麻脸、鬈发,用骨节粗大的脏手指头紧抓着施托克曼的胳膊肘,左手按着褪色的马刀鞘,灰白眼睛恐惧地斜看着他。

马车在街上扬起了一溜尘雾。一个包着头巾的瘦小的女人,依在麦列霍夫·潘苔莱的院子外面的场院篱笆上,在等候着他们。

马车飞驰而过,女人双手抱在胸前,跟在后面追逐。

“奥霞[①]! ……奥西普·达维多维奇! 噢哟,这是怎么一回事呀?! ……”

施托克曼想要朝她挥挥手,但是麻脸警察在车上颠了一下,脏手指头紧紧抓住他的胳膊,凶狠、沙哑地喊道:

“坐好! 否则我砍了你! ……”

他这简单的一生中,还是头一次看到敢于反抗沙皇的人。

第 二 章

从马尼科沃—卡利特文斯克镇到拉济维洛沃小镇这条漫长的路,已经消逝在列车后的灰色云雾中。葛利高里想回忆一下沿途看到过些什么,但是一点连贯的东西也没有想起来;车站上的红色建筑物,摇摇晃晃的车板下哒哒响的车轮子,马粪和干草气味,从火车头下面伸延出

① 奥霞是奥西普的爱称。

去的、无穷无尽的铁轨，偶尔钻进车厢门的煤烟，沃罗涅什或者是基辅站台上宪兵的满脸胡子的丑脸。

在他们下火车的一个小站上，聚集了一群军官和一些穿着灰色长袍、脸刮得光光的、讲听不懂的外国话的人。顺着跳板从车厢里往外牵马，就用了很长的时间，兵车副司令官命令卸下马鞍子来，领了三百多个哥萨克到兽医院去。检查马匹的手续十分麻烦。后来又分别编成连队。司务长和军士们在奔忙。浅棕色的马编成第一连；灰色和淡黄色的马编成第二连；深棕色的马编成第三连；葛利高里编在第四连里，这个连里都是些金黄色和一色枣红马；浅红色的马编成第五连，铁青马都编进第六连。司务长们又把哥萨克编成排，然后才领他们到分驻在庄园和市镇上的连队里去。

雄赳赳的、鼓眼睛的司务长卡尔金，戴着超役袖章，走过葛利高里面前的时候问道：

"你是哪个镇的？"

"维申斯克镇的。"

"是短尾巴镇①的？"

葛利高里在外镇哥萨克们抑制的笑声中，默默地吞下了这句侮辱的问话。

大道变成了公路。这些初次见到公路的顿河马，竖起耳朵，打着响鼻，在上面走着，就像在冻了冰的小河上走似的，后来慢慢习惯了，才放开步子走起来；还没有磨光的新马掌发出单调的哒哒声。眼前是一片被死气沉沉的树林分割得杂乱无章的波兰土地。白天总是热气腾腾、雾蒙蒙的，就连这儿的太阳也跟顿河的不一样，总在浓云的纱幕后面飘动。

拉济维洛沃庄园坐落在离小车站约四俄里路的地方。策马飞奔的兵车司令官，带着一个传令兵在半路上追过了哥萨克。走了半个钟头，来到了庄园。

"这是什么村子？"一个米佳金斯克镇的小个子哥萨克，指着花园

---

① 每个哥萨克集镇都有绰号，维申斯克镇的绰号是"短尾巴的公狗"。——作者注

里一棵秃树的树顶，问司务长道。

“村子？快把你说的村子忘掉吧，米佳金斯克的小马驹！这不是在你的顿河军区啦。”

“那么这是什么呀，大叔？”

“我是你的什么大叔呀？嘿，真捡到了个好侄子！我的老弟，这是乌卢索娃公爵夫人的庄园。咱们的第四连就驻扎在这儿。”

葛利高里闷闷不乐地抚摸着马脖子，双脚紧蹬马镫，看着那座整齐的二层楼房、木板围墙和院子里的奇形怪状的下房。他们从花园旁边走过，光秃秃的树木，也像已经远离的顿河流域的一样，在跟微风悄悄细语。

寂寞无聊、昏昏沉沉的日子一天天地过去。脱离了劳动的哥萨克小伙子们，起初很苦闷，只有在闲谈时发发牢骚。连队驻在一座瓦顶的大房子里；睡在靠窗搭起的木板床上。夜里，窗框上裂开的糊窗缝的纸片，就像在远处吹的牧笛一样，如泣如诉。葛利高里在人们的鼾声中，倾听着笛声，觉得全身都化作沉重钻心的乡愁消失了。这轻微的颤抖的呜咽声就像些针一样，在往心上扎；在这种时候，他恨不得立刻就爬起来，到马棚里去，备上自己的枣红马，扬鞭策马飞驰，让马吐出的白沫洒在这无声的土地上，奔回家去。

早晨五点钟的时候，大家都被唤醒去洗马。在把马匹拴在马桩上喂燕麦的短短半小时里，大家交谈些简短的话语。

“兄弟们，这鬼地方可真叫人心烦！”

“烦死啦！”

“可是司务长——这只母狗！还逼着你洗马蹄子。”

“现在家里正在吃烙饼，过谢肉节啦……”

“弟兄们，今天我做了一个梦，好像我和我爸爸正在草场上割草，全村的人都涌到草场上来了，就像场院外的延寿菊一样，”一向老实巴交的普罗霍尔·济科夫闪动着温柔的牛犊似的眼睛说道，“我们割啊，割啊，干草一铺一铺地躺下……简直把我美死啦！……”

“我的老婆一定正在说：‘我的米科卢什卡现在干什么哪？’”

“噢哟哟！老兄，她大概正在跟公公蹭肚皮玩儿哪。”

“哼,你这家伙……”

“世界上就没一个娘儿们男人不在时能忍住不吃点儿偏食的。”

“你们发什么愁呀?女人又不是罐子里的牛奶,喝完就没有啦,咱们退伍回去——也有咱们哥儿们享用的。”

全连出名爱取笑逗乐、下流无耻、说起话来满口脏字的叶戈尔卡①·扎尔科夫也插嘴了,他挤弄着眼睛,猥亵地微笑着说道:

“这是明摆着的:你爸爸是不会放过儿媳妇的。他是一条很壮的公狗。话说有一回……”他眨着眼睛,打量着听众。“一个扒灰成性的老家伙,总去缠儿媳妇,使她不得安静,可是儿子又碍手碍脚的。你们猜猜,他想了一个什么坏主意?夜里,跑到院子里去,故意把牲口棚的门打开,牲口全都跑到院子里来啦。他对儿子说:‘你这个混账东西,你是怎么关牲口棚门的,啊?你瞧,牲口全跑出来啦!快去赶吧!’他想,等儿子出去了,他就可以趁机爬到儿媳妇那里去,可是儿子犯起懒来。小声对老婆说:‘快去赶赶。’女人就出去啦。儿子躺着,听着,这时老爷子从炉炕上爬下来,跪着往媳妇床边爬去。儿子也不是傻子,从长凳上拿起擀面杖等着。这位父亲爬到了床边,刚伸手去摸,儿子就拿擀面杖照他的秃脑袋打去,嘴里还喊着:‘滚,该死的东西,嚼惯破衣服啦!……’原来他们的一只小牛犊在家里过夜,总喜欢跑过来咬人的衣服。儿子装得像打牛犊似的,把爸爸打了一顿,又躺下去,一声不响……老头子爬回炉炕上躺下,揉着打起的疙瘩,这工夫已经肿得像鹅蛋一样大了。老头子躺着,躺着,忍不住说道:‘伊万,我说,伊万!’‘爸爸,什么事?’‘你刚才打什么啦?’儿子说:‘打牛犊啦。’于是老头子眼泪汪汪地骂道:‘滚你妈的蛋,这么打牲口,你能成个什么样的当家人呀?’”

“你编得真棒。”

“该把你这个麻子用链子拴起来。”

“这儿成了市场啦?散开!”司务长走过来喊叫道,哥萨克们说笑着,逗着,各自回到马那里去了。喝完茶就都出去下操。下士们开始折

① 叶戈尔卡是叶戈尔的爱称。

腾这些乡巴佬。

“肚子缩回去,喂,你这个大猪肚子!”

“向右看齐,开步走……”

“全排,立正!”

“开步走!”

“喂,排头,他妈的,你是怎么站的啊!……”

军官老爷们站在一旁,抽着烟监视着下士们在大院子里来回折腾这伙哥萨克,有时纠正纠正下士们的命令。

葛利高里看着那些穿着漂亮的浅灰色军大衣,缝得合身的漂亮制服,油头粉面,衣冠楚楚的军官老爷,觉得在他和他们之间有一道不可逾越的、看不见的高墙;墙那边过的是一种不同的、非哥萨克的、富丽堂皇的生活,干干净净,没有虱子,也不用在那些动不动就打人嘴巴子的司务长面前吓得发抖。

来到庄园以后的第三天发生的一件事,不仅给葛利高里,也给全体年轻的哥萨克留下了一个痛苦的印象。他们在操练骑兵队形;那个生着牛犊一样温柔的眼睛、时常梦见故乡的集镇向他招手的小伙子普罗霍尔·济科夫的马,一匹脾气很坏、很难驾驭的马,在操练的时候,把司务长的马踢了一下子。踢得并不重,只不过把马大腿踢破了一点皮。司务长跃马向普罗霍尔冲去,劈头就照他脸上狠抽了一鞭子,喊道:

“你他妈的是干什么吃的?……为什么不照看好?我要给你这个狗崽子点颜色看看!罚你给我值三天班!……”

正在向排长下命令的连长看到了这个场面,扭过身去,摸索着刀穗子,无聊地打了一个大哈欠。普罗霍尔用大衣袖子擦了擦肿起的脸颊上渗出的一道血迹,嘴唇直哆嗦。

葛利高里在使自己的马跟队伍走齐的时候,眼睛看着军官们,但是他们正在闲谈,仿佛什么事情也没有发生似的。过了五天,葛利高里在饮马的时候,把水桶掉进井里。司务长像鹰似的向他扑过来,举手就要打。

“别动我!……”葛利高里看着井架下激起的水纹,闷声说道。

“你说什么?混蛋,爬下去,把桶捞上来!我要把你的嘴巴子打出血来！……”

“我捞上来，可是你别动我！”葛利高里头也没有抬，慢慢地拖着长声说。

如果在井边还有别的哥萨克的话——那么这事就会是另一种结局了：司务长毫无疑问非打葛利高里一顿不可，但是看马的士兵都在围墙那里，不可能听到他们的谈话。司务长朝葛利高里跟前走着，还不断地回头看看他们。翻着凶狠的、气得像疯子似的眼睛，哑着嗓子说道：

“你对我说的是什么话，啊？你这是怎么对长官说话的？”

“谢苗·叶戈罗夫，你别找不自在！”

“你威胁我？……我把你揍死！……”

“我告诉你，”葛利高里的脑袋离开了井架，“如果你什么时候敢打我一下——我就宰了你！明白了吗？”

司务长惊骇地大张着鲤鱼一样的方嘴，说不出话来。惩罚的时机已经错过了。葛利高里像石灰一样发白的脸不是什么好兆，司务长有点张皇失措。他从井边走开，在往地下挖的水槽里倒水的流子四周踏出的一片烂泥里跌跌滑滑地走着，已经走开老远了，他转过身来，像抡锤子似的挥舞着拳头，说道：

“我去报告连长！现在我就去报告连长！”

但是不知道为什么他没有报告连长，可是有两个星期的工夫，他总是在斥责葛利高里，对每件小事都要挑剔个没完，额外派葛利高里去站岗。

无聊、单调的训练把哥萨克们折腾得筋疲力尽。天不黑，没有吹熄灯号，就得没完没了地操练步兵和骑兵队列变化，在拴马桩边收拾、洗刷和饲喂马匹，背诵胡诌八扯的训词，一直到十点钟，点名派岗以后，就集合列队祈祷，司务长用锡球儿似的圆眼睛打量着排成的横队，然后用那生来就沙哑的嗓音开始领着背诵起《我们的父》。

第二天早晨，又是老调重弹，各不相同，然而同时又和孪生姊妹一样酷似的日子，一天一天地流逝。

整个庄园里，除了总管的老妻以外，只有一个女人，就是总管家的长得不难看的年轻使女——一个叫弗拉妮亚的波兰姑娘，全连都注视着她,连军官老爷们也不例外。她时常从上房跑到厨房里去,厨房由一个没有眉毛的老厨子掌管。

全连分排操练,可是人们还在叹息着、挤眉弄眼地倾听着弗拉妮亚的灰裙子的窸窣声。弗拉妮亚感觉到了哥萨克和军官们对她的经常注目,挑衅似地扭着屁股从上房到厨房,又从厨房到上房来回跑着,士兵以排为单位,军官老爷们则予以优待,单独地、依次报以微笑。所有的人都受到了她的青睐,但是听说,只有一个鬈发中尉的追求颇有成绩。

开春以前就发生这么一档子事情。这天葛利高里在马棚里值班。他时常到马棚那头去,那里有几匹军官的马很不安静,因为和一匹骒马拴在一块儿了。正是午休的时候。葛利高里刚刚用鞭子把大尉的白腿马赶开,又去看了看拴马桩上的自己那匹枣红马。马正有滋味地嚼着干草,用一只粉红色的眼睛斜看着主人,蜷着在练习劈刺时受伤的那条后腿。就在葛利高里整理马笼头的时候,听见马棚黑暗的角落里有脚步声和低沉的喊声。他沿着马位走去,对这种不平常的喧声感到有点惊讶。忽然一片黏糊糊的黑暗涌进了过道,眼睛霎时什么也看不清了。原来不知道是谁砰一声关上了马棚的门,一个抑制的声音悄悄喊道:

"快点,弟兄们!"

葛利高里加快了脚步。

"什么人?"

下士波波夫正瞎摸着向门口走去,一下子撞在他身上。

"是你吗,葛利高里?"他抓着葛利高里的肩膀,低声地说。

"等等。那里是怎么回事? ……"

下士拉住葛利高里的袖子,负疚地嘻嘻笑着。

"那里……站住,你上哪儿去?"

葛利高里挣开了手,把门打开。一只剪了尾巴的花母鸡正在空旷无人的院子里徘徊(它还不知道厨子明天就要拿它给总管老爷烧汤),在粪堆里刨着,若有所思地咯咯叫着,考虑把蛋生在什么地方好。

刺进葛利高里眼睛里的光亮使他眼花了一会儿。葛利高里用手巴掌遮上眼睛,听到马棚黑暗角落里越来越厉害的喧声,便转过身来。他一只手摸索着板墙,向那里走去;斑斑点点的阳光在正对着门口的墙上和马槽上跳跃。葛利高里被刺目的光亮照得眯缝起眼睛,向前走去。迎面走来那个爱说笑打诨的扎尔科夫。

"你怎么啦?……你们在那儿干什么?……"

"快去吧!"扎尔科夫把脏嘴里的臭气直喷到葛利高里的脸上,耳语说,"那儿……那儿妙极啦!……弟兄们把弗拉妮亚拖到那儿去……把她四肢伸开按在……"扎尔科夫刚刚嘻嘻笑了一声,就被葛利高里用力一推,脊背扑通一声撞在马棚的板墙上,笑声也咽了回去。葛利高里向吵闹的地方跑去,他那两只大张着、刚刚习惯了黑暗的眼睛里充满了恐怖的神情。在屋角里,堆放马衣的地方,聚了一大群哥萨克——全是第一排的。葛利高里默默地推开几个哥萨克,挤到前面去。弗拉妮亚一动不动地躺在地上,脑袋上包着马衣,身上的裙子已经撕破,撩到乳房以上。一个哥萨克看也不看同伴们,似笑非笑,退到墙边去,把位置让给轮到的人。葛利高里挣扎出人群,往门口跑去。

"司务长!……"

哥萨克们在门口追上了他,捂住他的嘴,往回拖他。葛利高里把一个人的制服从领子一直撕到底,又朝另一个人的肚子踢了一脚,但是最终他还是被打倒在地,人们也像对付弗拉妮亚那样,用马衣把他的脑袋裹起来,绑住两手,为了不叫他听出是谁的声音来,一声不响地抬着把他扔到空马槽里。葛利高里被马衣上的臭味呛得喘不过气来,他试着喊叫,用脚踢槽帮。他听见了角落里的低语声和哥萨克们出出进进的关门声。二十分钟以后把他放开了。一个司务长和两个别的排的哥萨克守在门口。

"不准说出去!"司务长说,不住地眨着眼,向一旁看着。

"别胡说,要不然……我们就把你的耳朵割下来!"外排的一个哥萨克——杜博克微笑道。

葛利高里看见两个哥萨克抬着一个灰卷儿——弗拉妮亚(她的两腿露在裙子外面,直弯下来,一动不动地耷拉着),站到马槽上,把她从板墙缺口扔出去,因为那儿的木板钉得不牢,掉了下来。墙外就是花园。在每个马位上面,都有一个肮脏的小窗口。哥萨克们向棚墙上爬去,把墙碰得咚咚乱响,他们想看看扔在棚墙缺口处的弗拉妮亚怎么办;有几个人急急忙忙地从马棚里走了出去。强烈的好奇心也打动了葛利高里。他抓住一根横梁,两臂一拉,靠到小窗口上,脚踏着什么东西,往下看去。几十只眼睛从烟熏火燎的小窗口注视着躺在墙脚下的姑娘。她仰面躺着,手指头划拉着墙脚下松软的残雪。葛利高里没有看见她的脸,但是听见了站在小窗口边的哥萨克们故意压低的喘息声和马嚼干草的轻柔悦耳的咯吱声。

她躺了半天,才爬起来。胳膊软弱无力,哆哆嗦嗦。葛利高里清清楚楚地看到:她摇摇晃晃地站起来,头发散乱,完全变成了一个陌生的、认不出来的人了,她朝这些小窗口凝视了好久,好久。

她用一只手抓着一丛丛的忍冬,另一只手扶着墙,踉跄走去……

葛利高里从板墙上跳下来,用手掌揉着喉咙;他简直憋得喘不过气来。在门口,有个人——他甚至记不得是谁了——郑重其事地、毫不含糊地对他说道:

“你要敢走漏一点风声……我敢当着上帝发誓,我们就宰了你!听见了吗?”

操练的时候,排长一看见葛利高里大衣上脱落的扣子,就问道:

“谁给你扯下来的?这还成什么样子?”

葛利高里看了看脱落的扣子在呢子面上压出的圆痕;一想起那桩刺心事儿,在这段漫长的时间里,他第一次简直要哭出来。

第 三 章

黄澄澄的太阳的暑热笼罩着草原。已经成熟、还没有收割的黄灿灿的小麦雾气腾腾,像一片滚滚黄尘。收割机晒得滚烫,摸都不敢摸。人们热得连头都不敢抬。蓝天被炎热烤得焦黄。麦地尽头,是一片橘黄色的草木樨花。

全村的人都搬到草原上来了。正在收割黑麦。收割机已经把马匹折腾得筋疲力尽,它们在闷热的空气中,在馨香的烟尘中,在暑热中呼哧呼哧地喘着气……偶尔从顿河上吹来一阵风,卷起波涛般的尘埃;热气像披纱一样裹住了刺眼的太阳。

彼得罗不断从收割机上下来喝水,从清早起,他已经把能装两桶水的水罐里的水喝了一半。喝了一肚子难喝的、热乎乎的水,没过一会儿嘴里又干了,衬衣衬裤都湿透了,满脸是汗,耳朵里嗡嗡直叫,喉咙里黏糊糊的,话都说不出来。达丽亚用头巾包着脸,敞开衬衣,垛着麦子。褐色乳房中间的胸沟里,滚着一粒一粒灰色的汗珠。娜塔莉亚赶着套在收割机上的马。她的脸颊晒得像红萝卜一样,眼睛泪汪汪的。潘苔莱·普罗珂菲耶维奇在一铺铺割倒的黑麦行里奔忙,浑身大汗淋漓,就像刚从水里捞出来一样。湿漉漉的、总也干不了的衬衫粘在身上,弄得他很不舒服。看去,他胸前耷拉着的仿佛不是长胡子,而是一片融化了的车轴上的黑油。

"您身上抹过肥皂泡啦,普罗珂菲耶维奇?"赫里斯托尼亚赶车从这里经过时,在车上喊道。

"全湿透啦!"普罗珂菲耶维奇挥了挥手,又一瘸一踮地走起来,用衬衫的衣襟擦着肚子上的汗水。

"彼得罗,"达丽亚喊叫道,"哎呀,不干啦!"

"等等,割完这一垄。"

"咱们等热劲儿过去再割吧。我可不干啦!"

娜塔莉亚把马停下来,大喘着气,好像是她而不是马在拉收割机似的。达丽亚慢慢地在麦茬上挪动着被靴子磨痛的黑腿,往他们这边走过来。

"彼秋什卡①,这儿好像离水塘不远啦。"

"哼,还不远哪,足有三俄里!"

"顶好去洗洗澡。"

"等你走到那儿……"娜塔莉亚叹了一口气。

"干吗他妈的要走着去呀。卸下马来,骑马去!"

彼得罗担心地看了看正在垛麦子的父亲,挥了一下手。

---

① 彼得罗的爱称。

“卸下马来吧,婆娘们!”

达丽亚把马套卸下来,轻捷地翻到骡马的背上。娜塔莉亚干裂的嘴唇上挂着胆怯的微笑,把马牵到收割机跟前,蹬着收割机的坐位骑上马背。

“把脚递过来。”彼得罗帮着她骑好。

他们骑马走了。达丽亚露出光膝盖,头巾歪到后脑勺上,跑到前头去了。她像哥萨克一样骑在马上。彼得罗忍不住在她身后喊道:

“喂,小心磨破裤裆!”

“不要紧。”达丽亚用手向后一挥。

横过一条夏季道路的时候,彼得罗向左边看了看。远远的有一团不时变换形状的烟尘,顺着大道的灰色脊背,迅速地从村子里滚来。

“有个人骑马在跑呢。”彼得罗眯缝起眼睛说道。

“嘿,真快!你看,烟尘滚滚!”娜塔莉亚惊讶地说。

“你看这是怎么一回事?达什卡!”彼得罗向在前面跑的妻子喊了一声,“停一停,咱们看看那个骑马的人。”

那团烟尘落进一块洼地里去了,从那里再钻出来时,已经变成一个蚂蚁那样大的黑点。

透过尘雾,骑马人的轮廓可以看出来了。过了五分钟,看得就更清楚了。彼得罗把肮脏的手巴掌放在他那干活时戴的大草帽檐上,仔细地看着。

“像他这样狂奔,一会儿就把马跑坏啦。”

他皱起眉头,把手从帽檐上拿下来,脸上露出疑惑的神情,滞留在两道抬起的眉毛中间。

现在已经可以清清楚楚地看出骑马的人了。他骑着马一跃一跃地飞奔,左手扶着制帽,右手举着一面无精打采的落满尘土的小红旗子。

彼得罗已经从大道上躲开,骑马的人从他面前飞驰而过,可以很清楚地听到他那匹马向肺里吸着炎热空气的响亮的呼哧声,他张开像灰石头似的四方大嘴喊道:

“警报!”

一溜儿黄色的汗沫落在他的坐骑的蹄子在尘土上留下的印迹上。

彼得罗目送着骑马的人，他的脑子里只留下了这样的印象：跑得快累死了的马沉重的呼哧声，以及他看了一眼马的后影时，——那闪着钢铁般光泽、大汗淋漓的马身子。

彼得罗还没有完全意识到已经降临的灾祸，他迟钝地看着在尘土上颤动的马汗沫，看着波浪似的伸向村子去的草原。哥萨克从四面八方刚割倒麦子的黄色草地上策马向村子里跑去。草原上，直到烟雾朦胧的黄色山岗，骑士们扬起了一团团的尘雾，他们奔上大道以后，就成群结队地飞驰而去，拖着一条灰色尘埃的大长尾巴，奔向村子。凡是应服军役的哥萨克都丢下地里的活，卸下收割机上的马，奔回村子里去了。彼得罗看见赫里斯托尼亚从大车上卸下自己那匹禁卫军战马，叉开两条长腿，不时回头来看看彼得罗，飞驰而去。

“这是怎么回事？”娜塔莉亚惊叫一声，恐怖地看着彼得罗，她的眼神——就像被瞄准的兔子的眼神——使彼得罗猛然醒悟过来。

他拨马驰回停车的地方，从奔马上跳下来。穿上干活紧张时脱下的裤子，向父亲挥了挥手，也像那些人一样，消逝在迷漫的尘雾中，他们像些灰色的流动的黑点，布满了融化成暑热的草原。

第 四 章

广场上密密层层地挤满了灰色的人群。一排排的马匹，哥萨克的装备，佩着各种号码肩章的制服。戴着蓝色制帽的阿塔曼斯基团的哥萨克，比普通部队里的哥萨克要高出一头，他们就像鹤立鸡群似的在来回晃着。

酒馆关了门。兵站长官满面愁容，心事重重。沿街的篱笆边，站着穿着节日盛装的妇女。各色人的嘴上，都挂着两个字：“动员”。一张张醉醺醺的、激动的脸。惊慌也传染给马匹——它们尖叫，互相咬踢，愤怒地长嘶。广场的上空笼罩着低垂的尘雾，广场上到处是空酒瓶和廉价糖果的包皮纸。

彼得罗牵着备好鞍子的马。一个身强力壮的黑脸阿塔曼斯基团的哥萨克正站在教堂围墙旁边扣他那宽大的蓝裤子的扣子,张着嘴,笑得露出洁白的牙齿。一个小个子的哥萨克女人——不知道是妻子,还是情人——像只浅灰色的母鹌鹑在他的身旁絮叨着。

"我要为这个臭娘儿们揍你一顿!"女人警告说。

她已经喝醉了,乱蓬蓬的头发上粘着些葵花子皮,系着的印花头巾已经松开了。阿塔曼斯基团的哥萨克笑着在紧腰带,不断往下蹲着;他那皱巴巴的裤裆下面可以钻过一头一岁口的牛犊——一点也碰不着裤裆。

"别骂啦,玛什卡。"

"你这该死的公狗!色鬼!"

"那又怎么样呢?"

"你那两只眼睛有多不要脸!"

旁边有个大红胡子的司务长正在和一个炮兵争吵:

"什么事也不会发生!我们去几天就会又回来啦。"

"要是打起仗来呢?"

"呸,亲爱的朋友!有哪个国家敢跟咱们俄国作对呢?"

他俩身旁人们的谈话是乱糟糟的一片,东拉西扯;一个已经不很年轻的漂亮的哥萨克激动地说:

"咱们跟他们毫不相干。叫他们打仗吧,咱们的庄稼还没有收完哪!"

"简直是灾难!你瞧——把全村的人都给赶到这儿来啦,要知道,这会儿干一天——收的庄稼就够吃一年。"

"麦捆都给牲口踩踏坏啦。"

"我们已经开始割大麦啦。"

"是把奥地利的皇帝打死了吗?"

"把王位继承人①打死啦。"

---

① 指弗朗西·斐迪南(1863—1914),一八八九年他成为他的伯父奥匈帝国皇帝弗朗西·约瑟夫的王位继承人。一九一四年六月二十八日被塞尔维亚民族主义者暗杀,这事件成了第一次世界大战的导火线。

“喂,老同事,你发财啦,真他妈的见鬼!”

“啊,斯乔什卡,你从哪儿来?”

“村长说,这是为了防备万一,才把大伙儿集合起来的。”

“喂,哥萨克们,勇敢一点!”

“要是他们等一年再打就好啦,那时候我就是第三期征召啦。”

“老爷子,你这是怎么啦?难道你还没有服完兵役吗?”

“他们一动手屠杀老百姓——老爷子也逃不脱。”

“专卖酒铺[1]也都关啦!”

“喂,你这个傻蛋!到玛尔福特卡那儿去成桶买都可以。”

委员会开始检查。三个哥萨克把一个满身血迹的酗酒的哥萨克送到村公所。他向后仰着身子,撕着身上的衬衫,大瞪着加尔梅克人的眼睛,嘶哑地说道:

“我要把他们这些庄稼佬都打死!叫他们知道知道顿河哥萨克的厉害!”

四周围的人给他们让开路,赞赏地报以笑声,深表同情。

“打死他们!”

“为什么抓他呀?”

“打了一个庄稼佬。”

“就该揍他们!”

“咱们还要揍他们哪。”

“兄弟,一千九百零五年我曾经去镇压过他们。简直滑稽透啦!”

“一打起仗来——又要赶咱们去进行镇压啦。”

“够啦!叫他们去招募志愿兵吧。叫警察去吧,咱们去干这种事儿,实在于心不忍。”

在莫霍夫商店的柜台前面,人群拥挤不堪。喝得醉醺醺的托米林·伊万缠着店东们不放。谢尔盖·普拉托诺维奇摊开两手,亲自出来劝说他;他的合伙人叶梅利扬·康斯坦丁诺维奇——“擦擦”——向后面的门边退去。

---

① 帝俄时代,实行白酒专卖,各地遍设国家专卖酒铺,第一次世界大战前夕,下令关闭。

“喂,这是怎么回事儿……说实在的,这简直是暴行！小家伙,快去报告村长!”

托米林在裤子上擦着汗湿的手巴掌,挺起胸脯顶着愁眉苦脸的谢尔盖·普拉托诺维奇。

“你放债剥削人,坏蛋,现在你害怕啦？就是这样！我要打你的嘴巴子,你去告我吧！你抢去了我们哥萨克的权利。唉,你这个狗种！坏蛋!”

村长向围着他的哥萨克们说了许多好话。

“打仗？不,不会打仗的。兵站长官老爷说过,这只是装装样子。大家放心吧。”

“好极啦！等我一回来,马上就到地里去收庄稼。”

“可是地里的活儿全都停下来啦!”

“请您说说看,长官们是怎样看法？要知道我种了一百多俄亩庄稼哪!”

“季莫什卡！请你转告我们家里的人,就说明天我们就回来啦。”

“人们好像是在看什么告示？走啊,上那儿去。”

广场上一直闹哄到深夜。

过了四天,一列列红色列车装着成团的哥萨克和成连的炮兵向俄奥边境开去。

战争……

在马槽旁边的小棚里,一片马的喷鼻声和马粪的特别气味。车厢里谈的依然是那些老话,最常听到的歌声是:

正教的静静的顿河
霎时怒涛滚滚,白浪滔天。
它俯首帖耳地响应
皇帝的召唤。

到处的车站上,都是好奇而恭敬的目光,它们在注视着哥萨克裤子上的线绦和他们干活儿晒的还没有褪色的黝黑的脸。

战争！……

报纸在叫嚣……

到处的车站上，妇女们都笑着向哥萨克们摇晃手绢，往车里扔纸烟和糖果。只是在快到沃罗涅什的时候，有一个醉醺醺的小老头、铁路工人向彼得罗·麦列霍夫和其余三十来个哥萨克坐的车厢里瞅了一眼，晃动着小尖鼻子，问道：

"上前线哪？"

"和我们一块儿坐车走吧，老人家。"有一个人替大家回答说。

"我的亲爱的……小心肝！"小老头儿责备地摇了半天脑袋。

第 五 章

六月底，葛利高里所在的那个团举行大演习。根据师部的命令，这个团要以行军队形开赴罗夫诺城①。在这个城市的周围驻扎了两个步兵师和一部分骑兵。第四连驻扎在一个叫弗拉季斯拉夫卡的小村子里。

两个星期以后，被长期演习弄得疲倦不堪的连队在扎博龙镇驻扎下来，连长波尔科夫尼科夫上尉骑着马从团部跑回来。葛利高里正跟本排的哥萨克躺在帐篷里休息。他看见上尉骑在汗淋淋的马上，从狭窄的街道上驰来。

院子里的哥萨克都活跃起来了。

"莫非又要出发吗？"普罗霍尔·济科夫推测说，焦急地在倾听。

本排的下士把针往帽子上一插（他在缝那条显得瘦了的裤子），说道：

"一定是又要出发啦。"

"不让我们歇一歇，真他妈的！"

① 罗夫诺在第一次世界大战前属波兰，现在是乌克兰的城市。

“司务长说,旅长要来啦。”

“哒—哒—哒—的—的—哒—的—哒!……”号兵吹起警号。哥萨克们跳起来了。

“我的烟荷包放到哪儿去啦?”普罗霍尔慌忙在寻找。

“备马!”

“你的烟荷包,完蛋啦!”葛利高里跑着喊道。

司务长跑进院子来。他一只手扶着马刀,一溜儿小跑,向拴马桩跑去。大家都按骑兵操典规定的时间备好了马。葛利高里在拔支帐篷的木橛子;下士悄悄对他说:

“打仗啦,小伙子!”

“你瞎说吧?”

“真的,司务长说的!”

帐篷拆完了。连队在街上列好队。

连长骑在激动不安的马上,在队前打转儿。

“排成纵队!……”他的响亮的声音在队伍上空飘荡。

马蹄声哒哒地响起来。连队小跑开出小镇,跑上大道。第一连和第五连正用变换不定的步法从库斯坚村开出来,向小车站驰去。

一天后,这个团在距离边境三十五俄里的韦尔巴车站下了车。车站的白桦树丛后面霞光灿烂。这是一个晴朗的早晨。机车在铁轨上轰隆轰隆响着。沾满露水的铁轨在霞光中闪烁。马打着喷鼻,顺着跳板从车厢里走下来。水塔那边,呼唤声和低沉的口令声响成一片。

第四连的哥萨克们正把马牵到道口外面去。人声在紫色的暗雾中低回、飘荡。人脸上闪着模糊的蓝光,马的轮廓消逝在朦胧的晨曦中。

“哪个连的?”

“你是哪一连的,为什么瞎走?”

“我揍你,混账!你这是用什么态度跟长官说话?”

“对不起,大人!……我看错啦。”

“快过,快过!”

“你在这里磨蹭什么?火车头开来啦,快过!”

“司务长,你的第三排在什么地方?”

“连——连——队，精神一点！”

可是纵队里却在悄悄地耳语：

“把我们拖垮啦，他妈个巴子，两夜没睡觉啦。”

“谢姆卡，让我抽一口，从昨儿晚上就没有抽烟啦。”

“你去抽儿马的……”

“总啃肚带，混账东西！”

“我的马前蹄脱掌啦。”

另一个在转弯的连队拦住了第四连的去路。

在蓝白色的天幕上清晰地映出骑士的黑影，像浅墨画一样。四人一排地走着。长矛像光秃的向日葵秆似的在晃动。偶尔可以听见马镫的响声和鞍子的咯吱声。

“喂，老弟，你们这是上哪儿去呀？”

“到亲家那里去吃生日酒。”

“哈——哈——哈——哈！”

“住口！禁止说话。”

普罗霍尔·济科夫用手巴掌扶着用铁皮包的鞍头，仔细地打量着葛利高里的脸，小声说道：

“麦列霍夫，你不害怕吗？”

“有什么可怕的？”

“当然要怕，说不定咱们现在就是去打仗啊。”

“随便好啦。”

“我可有点儿害怕，”普罗霍尔坦白承认说，神经质地用手指头整理着被露水浸得溜滑的缰绳，“火车上我一夜都没有睡。就是宰了我，也睡不着。”

连队的头部摇晃了一下，又向前爬了，第三排也跟着动起来，马平稳地走着，紧贴在腿上的长矛在摇晃，颠动。

葛利高里松开缰绳，打起盹来。他觉得：好像并不是马在柔韧地迈着前腿，摇晃着骑在鞍子上的他，而是他自己正沿着一条温暖的黑色道路向什么地方走去，走得非常轻松，快活极了。

普罗霍尔一直在他耳旁叨叨什么，普罗霍尔的声音和马鞍的咯吱声以及哒哒的马蹄声混到一块儿，但是这并没有妨碍他的蒙眬的无所思虑的瞌睡。

部队走在乡间土道上。寂静得令人昏昏欲睡，耳朵里吱吱直响。路边，已经熟了的燕麦在晨露中显得雾蒙蒙的。马拉长哥萨克手里的缰绳，把脑袋伸向低垂的麦穗。温柔的曙光在葛利高里由于失眠而肿胀起来的眼皮上爬行；葛利高里抬起脑袋，还是只听见普罗霍尔单调的、像车轮一样吱吱扭扭的唠叨声。

他被突然从远方的燕麦地里传来的一阵沉重的轰隆声惊醒。

"开炮啦！"普罗霍尔几乎喊了起来。

他那牛犊一样的眼睛里蒙上了一层恐怖。葛利高里抬起头来：眼前是本排下士的灰军大衣随着马背的拍子，在他眼前晃动，两旁是吓呆了的田地，一垅一垅的黑麦还没有收割，云雀在电报线上空飞舞。连队活跃起来，紧密的炮声像电流似的流过连队。被炮声惊动了的上尉波尔科夫尼科夫，率领连队飞跑前进。在村道的岔路口上，一家废弃的小酒店前，开始遇到难民的车辆。一连军容堂皇的龙骑兵，从第四连旁边飞驰而过。戴着浅褐色高筒军帽的骑兵大尉骑在一匹纯种的枣红马上，嘲讽地看了看这队哥萨克，并用刺马针刺了一下马。一个榴弹炮连陷在一片泥泞的低洼地里。炮队的驭手们在拼命抽打马匹，炮手们在炮车边忙乱。一个高大的麻脸炮兵从那家小酒店里抱来一抱木板，大概是从木栅上拆下来的。

连队追过了一个步兵团。步兵背着卷起的军大衣快步走着，阳光照在他们擦得锃亮的钢盔上，又从刺刀刃上滑下来。最后一个连里，有一个矮小的，但是很淘气的上等兵，朝葛利高里扔了一个小泥团。

"接住，拿去打奥地利人吧！"

"别胡闹，小骒马。"葛利高里在空中就用鞭子把泥团打落。

"哥萨克哥儿们，请捎上我们对奥地利人的问候！"

"你们自己会跟他们相逢的！"

先头部队里唱起一支淫秽的歌曲；一个像女人一样大屁股的步兵，在纵队旁边走着，不时用手巴掌拍着短靴筒子。军官们不停地在微笑。迫在眉睫的危险使他们和士兵接近起来，他们变得宽容大度了。

步兵、辎重队、炮队和救护队络绎不绝，从小酒店向戈罗维休克村，像毛毛虫似的爬去。已经感觉到了逼近的厮杀的死亡气息。

团长卡列金在别列斯捷奇科村附近追过了第四连。和他骑马并行的是个中校。葛利高里目送着上校匀称的身材，听见中校激动地对他说：

"瓦西里·马克西莫维奇，军用地图上没有标出这个村庄。我们会陷于不利的处境。"

葛利高里没有听见上校的回答。一个副官在催马追他们。他的马的左后腿有点儿瘸。葛利高里在机械地品评副官的战马。

远处，在田地的斜坡下，出现了一些矮小简陋的村舍。团队用变换不定的步伐前进，马匹已经跑得浑身大汗。葛利高里用手掌摸着自己枣红马汗湿得发黑的脖子，向两旁张望着。村庄后面的树林的尖梢，像把把绿色的尖刀一样刺进蔚蓝的晴空。树林那面，大炮在轰鸣；现在这轰隆声震撼着骑士们的耳膜，使战马竖起了耳朵；在炮声间歇时，步枪的射击声更紧了。榴霰弹爆炸的烟尘消失在遥远的树林后面，从树林右边更远的什么地方，传来步枪的齐射声，时而趋于沉寂，时而又猛烈起来。

葛利高里紧张地听着每一个响声，神经越来越紧张。普罗霍尔·济科夫不安地在马鞍上扭动，不住气地唠叨着。

"葛利高里，他们的枪声，——就像小孩拿棍子敲打栅栏的响声。像吗？"

"闭上你的嘴吧，唠叨鬼！"

连队开进了小村。家家院子里都挤满了步兵；小土房子里乱成一团：家人正在收拾东西，准备逃难。不论走到哪里，居民都是满面愁容和惊慌失措的神色。葛利高里经过一家院子的时候，在马上看见几个步兵正在板棚里燃起火堆，可是主人，一个高大、白发的白俄罗斯人，被突如其来的不幸压垮了，来回从旁边走过，竟全然没有理睬。葛利高里看到，他的家属把套着红色枕套的枕头和各种零碎东西都扔到大板车上，而主人却小心地抱着一个破车轮子，这玩意已经毫无用处，在地窖里大概已躺了十年了。

娘儿们的糊涂劲儿更使葛利高里惊奇，她们把什么花盆呀，圣像呀都装上了车，把必需的和贵重的东西却反而丢在屋子里。不知道是谁把羽绒褥子里的羽绒倒了出来，像一阵暴风雪似的满街飞扬。到处是烧焦的油烟和地窖里的霉烂气味。在村口，他看到迎面跑来一个犹太人。他张开那像用马刀切开一道缝的薄嘴唇呼喊着：

“哥萨克老爷！哥萨克老爷！噢，我的上帝！”

一个身材矮小的圆脑袋的哥萨克骑在马上，小步跑着，挥舞着鞭子，根本不理睬他的喊叫。

“站住！”第二连的一个上尉向哥萨克喊道。

那个哥萨克把身子伏在鞍头上，钻进了胡同。

“站住，混账东西！哪一团的？”

哥萨克的圆脑袋紧伏在马脖子上。他像赛马一样，纵马疾驰，跑到一道高栅栏边，勒马直立，敏捷地跃到栅栏那边去了。

“这儿驻扎的是第九团，老爷。不用问，一定是他们团的。”司务长向上尉报告说。

“滚他妈的吧。”上尉皱了皱眉头，然后转过脸来对那个扑在他马镫上的犹太人说道，“他拿走了你的什么东西？”

“军官老爷……表，军官老爷！……”犹太人把他那漂亮的脸转向走过来的军官们，不住地眨着眼睛说。

上尉用脚把马镫一踹，往前走去。

“德国人一来，反正也是要抢走的。”他的小胡子上浮着微笑，策马离去，顺口说道。

犹太人张皇失措地站在街中间。他的脸在抽搐。

“让开道，犹太老爷！”连长严厉地喊道，扬鞭催马而去。

在一片马蹄哒哒声和鞍子的咯吱声中，第四连从犹太人身边走过去。哥萨克都嘲笑地斜眼看着茫然不知所措的犹太人，互相谈论着。

“要是不抢东西，咱们哥儿们就活不了。”

“啥东西都喜欢往哥萨克手里跑。”

“叫他们把自己的东西藏好吧。”

“这家伙可是个高手……”

“瞧,栅栏一跃而过,像猎狗一样!”

司务长卡尔金走出连队,在一列列驰过的哥萨克的笑声中,伸出长矛,喊道:

“滚开,不然我就捅死你!……”

犹太人惊慌地呆看了一会儿,就跑开了。司务长追上他,从后面抽了他一鞭子。葛利高里看到,犹太人踉跄了一下子,用手巴掌捂着脸,转身对着司务长。一道一道的鲜血从他的细手指缝中渗了出来。

“这是为什么?……”他哭着喊道。

司务长笑着,两只像制服扣子一样圆的鹰眼闪着油光,临去时,回答他说:

“叫你别再光着脚走道,傻瓜!”

村外,一片长满黄色睡莲和香蒲的沼泽地里,工兵正在赶着架完一座宽敞的便桥。不远的地方,停着一辆小汽车,马达轰隆响着,车身在摇晃。司机正在车旁忙活。一位肥胖的白发将军,下巴颏上留着一撮三角形的胡子,腮帮子上垂着肉囊,斜躺在坐位上。第十二团团长卡列金上校和工兵营营长站在旁边,向他举手行礼。将军一手紧捏着军用地图挂包的皮带,对工兵军官怒冲冲地喊道:

“命令您昨天就必须完工,闭嘴听着!至于运输建筑材料的事,您应该早就做好。闭嘴听着!”老将军吼叫着,其实两个军官的嘴都闭得紧紧的,只是嘴唇在哆嗦。“可是现在我的车怎样开到对面去?……我问您哪,大尉,叫我的车怎么开过去?……”

坐在将军左手的一个留着黑胡子的年轻将军,擦着火柴,含笑在点雪茄烟。工兵大尉弯着身子,向桥那面什么东西指了指。葛利高里所在的连队走过这里,在桥旁走下沼泽地。马陷进黑褐色的烂泥,一直陷到膝盖以上,白松木屑从桥上雪片似的飞落到哥萨克们的身上。

中午时分,连队越过了国境。马匹跃过了已经被砍倒的、漆着条纹的界桩。从右边传来大炮的轰隆声。远处耸立着庄园的红瓦屋顶。太阳直照着大地。辛辣的、乌云似的烟尘落完了。团长命令派出尖兵。第四连的第三排,由排长谢苗诺夫中尉率领出发了。骑兵团分连留在后面的灰色尘雾里。

这支由二十多名哥萨克组成的队伍,绕过庄园,顺着尽是坚硬的车辙的大道奔驰而去。

中尉带着骑兵侦察队跑了有三俄里,便停下来查对地图。哥萨克们聚在一起抽起烟来。葛利高里下马想松松马肚带,但是司务长瞪了他一眼。

“妈的,我要抽你一顿! 上马!”

中尉点上烟,把从皮套里拿出来的望远镜擦了半天。他们眼前,是一片被正午的暑热蒸烤着的平原。右面是高高低低的树林的边缘,有几条道路伸进树林。离他们约一俄里半的地方有一个小村庄,村庄附近,有一道小河冲刷出来的黄土陡岸和一湾平静如镜、透着凉意的河水。中尉用望远镜看了半天,眼睛搜索着死气沉沉、连个人影子都没有的街道,但是那里空空如也,像坟地一样。只有那闪着蓝光的流水令人神往。

“这应该是科罗列夫卡吧?”中尉眼睛望着那个小村子问道。

司务长默默地策马来到他跟前。他脸上的表情无声地在说:“您比我明白得多。我能干的事情是微不足道的。”

“咱们到那里去。”中尉收起望远镜,好像是牙痛似的,皱着眉头,犹疑地说道。

“咱们会不会跟他们遭遇,老爷?”

“咱们小心一点。喂,走吧。”

普罗霍尔·济科夫跟葛利高里靠得更近了。他俩的马并排走着。心惊胆战地走进空无一人的街道。走过每个都可能遭到暗算的窗户,每一扇敞着的板棚门,只要对它看一眼,就会引起一种孤独的感觉,脊背上立刻就会爬过一阵不舒服的颤抖。目光像被磁力吸着似的朝栅墙和水沟投去。他们像强盗一样进了村庄,——狼在冬天蓝色的深夜里就是这样溜到人家近旁的,——但是街道上却是空荡荡的,寂静得吓人。从一座房子的敞着的窗户里传出来挂钟天真的报时声,钟声敲得宛如声声枪响,葛利高里清楚地看到骑马走在前面的中尉哆嗦了一下,慌忙用一只手抓住手枪套子。

村子里的人全都逃光了。侦察队骑马蹚过小河,河水一直漫到马肚子,被骑士们勒紧缰绳和鞭催着的马匹很高兴地走进水里,边走边饮着河水。葛利高里贪婪地看着搅浑的河水;它近在咫尺,却可望而不可即,太诱人啦。如果可以的话,他会立即从马鞍子上跳下来,衣服也不脱,就这样躺下去,听着催人欲睡的流水声,任凭河水把脊背和汗淋淋的胸膛浸得发冷、发抖。

从村外的山岗上,可以看到一个城市;方方的住宅、砖砌的楼房、一片片的花园和天主教堂的塔尖。

中尉跑到山岗顶上,把望远镜放在眼睛上。

"看,他们在那里!"他喊了一声,用左手手指头招呼着。

先是司务长,紧跟着是哥萨克,一个个地轮着爬上太阳晒得滚烫的岗顶,仔细看了一番。从这里看去显得很小的人形在街上乱跑,车辆堵塞了街巷,骑马的人在奔驰。葛利高里眯缝起眼睛,用手巴掌遮着阳光看去,连他们的灰色军服的颜色都看清楚了。城市附近有一些新掘好的、变成褐色的战壕,上面聚集了许多人。

"他们的人真多……"普罗霍尔惊愕地拉着长声说道。

其余的人都没有做声,大家都被一种共同的感情支配着。葛利高里谛听着自己加速跳动的心声(好像有一个矮小的、但是很沉重的人,正在左胸上原地咚咚地跑步似的),他马上意识到:他看到这些外国人时的心情和他在演习时看到"敌人"时的心情迥然不同。

中尉用铅笔在战地日志上记了些什么。司务长把哥萨克都赶下山岗,命令他们下马后,又回到中尉那里。中尉用手指头招呼了一下葛利高里。

"麦列霍夫!"

"有!"

葛利高里迈着两条麻木的腿走上去。中尉递给他一张折成四折的纸条。

"你的马比别人的好。你到团长那里去一趟,用大跑速度。"

葛利高里把文书藏在胸前的口袋里,下岗来到马跟前,把制帽的皮带扣在下巴颏上。

中尉看着他的后影,等葛利高里骑上马,便把目光移到手表的字盘上。

当葛利高里把报告送到的时候,团队已经开到科罗列夫卡村了。

卡列金上校给副官下了个命令,副官就赶快跑到第一连去了。

第四连开过科罗列夫卡村,就像演习一样,迅速在村外展开。谢苗诺夫中尉已经带着第三排的哥萨克从山岗那里跑回来了。

连队排齐了队形。因为马蝇叮咬,马直摇晃脑袋,马嚼子哗啦哗啦直响。一连的马蹄声在中午的寂静中轰鸣,他们已经通过了村头最后的几家院落。

波尔科夫尼科夫上尉骑在一匹身材匀称、跳跃不止的马上,跑到队伍前面;他紧握着缰绳,一只手上缠着马刀穗子。葛利高里屏息等待着命令。一连已经在左翼不出声地展开队形,准备战斗。

上尉从刀鞘里抽出马刀,刀身闪着黯淡的蓝光。

"连——队!"他用马刀向右一指,又向左一指,然后向前一指,在耸起的马耳朵上方停住。"成散兵线,前进!"葛利高里脑子里翻译出这个无声的口令。"拿起长矛,收起马刀,冲锋!"上尉猛喝一声,纵马冲去。

大地在无数马蹄践踏下,沉闷地呻吟着。葛利高里刚刚把长矛放平(他跑在第一排),他的马被大队马匹的洪流一冲,也卷了进去,全速飞奔起来。前面波尔科夫尼科夫上尉的身影在田野的灰色背景上波浪似的起伏着。一道黑乎乎的田垄不可阻挡地迎面飞来。一连发出了震动天地的喊声,这喊声也传染了四连。战马先将四腿蜷起,然后伸开,一跃就是几沙绳远。在一片震耳的尖叫声里葛利高里听到了还离得很远的、噼噼啦啦的枪声。第一颗子弹飕飕响着从高空飞过,拖着长声的子弹飞鸣声划破晴空。葛利高里把烫手的长矛柄紧夹在腋下,夹得膀子都痛了,手掌在冒汗,像涂了一层黏液似的。子弹在他头顶飞鸣,他把脑袋伏在汗淋淋的马脖子上,刺鼻的马汗臭味直往鼻子里钻。他像是从蒙着一层哈气的望远镜镜片里,看到了战壕的褐色的土坡和向城市溃逃的灰色人群。机关枪不停地扫射,喷出的子弹尖声呼啸着,像扇面似的在哥萨克们的头顶四散开去。他们已经冲到前面去了,马蹄扬起棉絮似的烟尘。

葛利高里的胸中,冲锋前觉得血液汹涌奔腾的那块地方,这会儿好像麻木了,除了耳朵里的响声和左脚指头上的疼痛以外,他什么感觉也没有了。

被恐怖割掉了内容的思想,像个沉重的缠得紧紧的线团,在脑子里乱滚。

第一个落马的是利亚霍夫斯基少尉。普罗霍尔的马从他身上飞驰而过。

葛利高里回头看了一眼,记忆上留下了看到的片断印象:普罗霍尔的马从直挺挺地躺在地上的少尉身上跳过去以后,龇了龇牙,脖子一弯也跌倒了。普罗霍尔也被弹离马鞍,飞落在地上。普罗霍尔那匹马的粉红色牙床和龇着的两排牙齿,以及仰面跌下、被从后面驰来的一个哥萨克的马蹄踏过的普罗霍尔,就像金刚钻划玻璃一样,刻在葛利高里的记忆上,久久不能忘却。葛利高里没有听见喊声,但是从普罗霍尔那紧贴到地面上、歪着嘴、眼睛努出眼眶的脸上可以看出,他一定惨叫过。继续有人倒下去。几个哥萨克连人带马一齐倒下去。葛利高里透过被风吹得满眼的泪水,直盯着眼前从战壕里跑出来的奥地利人的灰色人潮。

排成整齐的散兵队形从村子里冲出来的连队,现在已经凌乱不堪。跑在前面的队伍,包括葛利高里,已经冲到战壕边,其余的人都还在后面的什么地方奔驰。

一个身材高大、白眉毛的奥地利人,军帽扣在前额上,皱着眉,跪在地上,几乎是对准葛利高里放了一枪。射来的火热弹头烤痛了他的脸颊。葛利高里挺起长矛,全力勒紧马缰,他扎下去的力量是那么猛,以至矛尖刺进那个跳起来的奥地利人身上之后,矛杆竟也扎进去一半。葛利高里扎下去之后,还没来得及把长矛拔出来,却不得不在倒下去的身体重压下,松开了矛杆,只觉得矛杆在哆嗦,抽搐,看见奥地利人倾身向后倒去(只看到那没有刮过的尖下巴颏),用弯曲的手指头乱拔、乱抓矛柄。葛利高里的一只麻木的手抓住了马刀柄。

奥地利人往城郊的街道逃去。哥萨克跃马直立在他们那密集的灰军服的上空。

葛利高里在丢下了长矛以后最初的一刹儿，自己也不知道为什么拨转了马头。眼看着司务长龇着牙，从他身边飞驰而过。葛利高里用马刀平着在马身上拍了一下子，马弓起脖颈，驮着他沿街飞奔前去。

一个奥地利人，连步枪都扔了，把军便帽攥在手里，吓得昏头昏脑，摇摇晃晃地顺着花园的铁栅栏跑着。葛利高里看见了奥地利人那翘得高高的后脑勺，看见了他脖子上大汗湿透的衣领线缝。葛利高里追上了他。受到周围的疯狂情绪的感染，他举起了马刀。奥地利人靠着铁栅栏跑，葛利高里砍起来很不方便，于是他从马鞍子上把身子往下一探，斜握着马刀，在奥地利人的太阳穴上划了一下。奥地利人一声也没有喊叫，用两只手巴掌按住伤口，一转身，脊背靠在栅栏上。葛利高里勒不住马，跑了过去；他拨转马头，又飞快地跑回来。奥地利人的四方脸吓得变成了长脸，变得像生铁一样黑。他把两只手贴在裤缝上，灰白的嘴唇不停地颤抖着。从他的太阳穴上斜着划过的马刀削下一片肉皮；肉皮像块红色的破布似的挂在腮颊上。血流如注，淌到军服上。

葛利高里的目光和奥地利人的目光相遇了。两只充满了死亡恐怖的眼睛呆呆地望着他。奥地利人慢慢地弯下膝盖，他的喉咙里咕噜咕噜地响着。葛利高里皱起眉头，挥刀劈去。这一刀是抡圆了劈下去的，一下子就把头盖骨劈成了两半。奥地利人扎煞着手，像滑倒了似的，倒在地上，那半个头盖骨闷声落在马路的石头上。马长嘶一声，跳起来，把葛利高里驮到街当中去。

街上响着稀疏的枪声。一匹流着汗沫的马拖着一个哥萨克的尸体从葛利高里身旁跑过去。哥萨克死尸的一只脚挂在马镫里，马拖着这个浑身血肉模糊赤裸的尸体在石头道上翻滚。

葛利高里只看见了红色的裤绦和卷成一团、扯到头顶上去的、撕破了的草绿色衬衫。

葛利高里脑袋昏昏沉沉，像灌了铅一样沉重。他下了马，摇了摇头。随后赶来的三连的几个哥萨克从他身旁驰过。有人用军大衣抬着一个伤号，一群奥地利俘虏被赶着快步跑过去。他们挤成灰色的一群向前跑着，钉着铁掌的皮靴刺耳地哒哒响着。葛利高里看到他们的脸像些土黄色的凝冻的圆饼。他扔了马缰绳，自己也不知道为什么，走到那个被他砍死的奥地利士兵跟前。奥地利兵就躺在那道制作精巧的铁栅栏围墙旁边,一只棕色的脏手巴掌伸了出去,像在向人乞讨似的。葛利高里看了看他的脸。他觉得这张脸很小,虽然留着下垂的小胡子,还有那受尽折磨的(不知是由于疼痛,还是由于过去不幸的生活)歪扭、严峻的嘴,然而看起来几乎是一张小孩子的脸庞。

“喂,你怎么啦?”一个不认识的哥萨克军官从街心驰过喊了他一声。

葛利高里看了看军官的落满尘土的白帽徽,一溜歪斜地往马跟前走去。他的脚步又乱又重,就像肩上压着不能胜任的重负似的;憎恶、惶惑在折磨他的心灵。他把马镫抓在手里,半天也抬不起那只沉重的脚。

第六章

鞑靼村和邻近各村第二期征召的哥萨克在离开家乡后的第二天,在叶伊村过夜。住在鞑靼村下头的哥萨克总是避开住在村上头来的哥萨克。因此,彼得罗·麦列霍夫、阿尼库什卡、赫里斯托尼亚、司捷潘·阿司塔霍夫、托米林·伊万和其余的几个人同住在一个人家里。主人——一个高身材的,曾经参加过土耳其战争的衰弱老头子——和他们谈起来了。哥萨克们已经在厨房里和内室打好地铺,躺了下去,抽起睡前的最后一次烟来。

“这么说,要去打仗啦,老总们?”

“去打仗,老爷子。”

“大概不会像土耳其战争那样吧?现在的武器可很不一样啦。”

“一个样。一样的穷凶极恶!过去在土耳其战争中屠杀老百姓,现在也照样屠杀。”托米林不知道是在生谁的气,牢骚说。

“亲爱的,你这可是瞎说八道。这回是另外一种战争。”

“这是当然的啦。”赫里斯托尼亚懒洋洋地打着呵欠,用手指甲掐熄了烟卷儿，肯定说。

“咱们去打他一阵子。”彼得罗·麦列霍夫打了一个呵欠，在嘴上画了个十字，把军大衣蒙到头上。

“孩子们，现在我求你们一件事。我诚心诚意地求你们，请你们记着我的话。”老头子说道。

彼得罗把军大衣襟撩开，仔细听起来。

“要记住一点：如果你想活着，想从拼死的战斗中腿儿胳膊全乎的活过来——就要维护人类的真理。”

“啥真理？”在边上躺着的司捷潘·阿司塔霍夫问道。他怀疑地笑了笑。自从听到打仗的那个时候起，他就眉开眼笑了。战争诱惑着他，普遍的慌乱和别人的痛苦减轻了他的痛苦。

“就是这种真理：打仗的时候别拿别人的东西——这是一。千万不许糟踏妇女，还要记住这样的咒文。”

哥萨克们翻过身来，大家同时说起来。

“如今自个儿的东西别丢就行了，哪儿还顾得拿别人的啊。”

“为什么不能动妇女？糟踏——这我明白——不行，可如果她愿意呢？”

“没有女人，怎么受得了啊？”

“说的是啊！”

“你说的咒文是啥样的呀？”

老头子很严厉地瞪起眼睛，马上回答大伙说：

“无论如何也不能动妇女。绝对不能动！你要是忍耐不住，就会掉脑袋，或者受伤，等你明白过来，也晚啦。咒文我告诉你们。我参加过整个土耳其战争，死神就在我的背上，像背着褡裢一样，可是因为我有这些咒文，所以活了下来。”

他走进内室去，在神龛里面翻了一阵，拿出一张由于年深日久变脆发黄的纸片。

“这就是。都起来，抄下来吧！大概，鸡叫以前你们就要动身吧？”

老头子用手巴掌把沙沙响的纸片在桌子上摊平，就走开了。阿尼库什卡头一个爬起来。灯光被从窗缝钻进来的风吹得摇曳闪晃，飘忽的阴影在他那女人似的光脸上闪动。除了司捷潘,大家都坐起来抄写。阿尼库什卡最先抄完,把那张从练习本上扯下来的纸片卷好,系在十字架的链子上。司捷潘晃着脚嘲笑他说:

“你给虱子修了座养老院。本来它们不会在链子上搭窝,现在你给它们修了一间纸房子。真有你的!”

“好汉,你要是不信,就闭上嘴!”老爷子严厉地打断他的话,斥责道,“你不要妨碍别人,也不要讥笑人家的信仰。你这样做应该感到惭愧,这是罪孽!”

司捷潘微笑着不做声了;阿尼库什卡为了打圆场,问老爷子说:

“咒文上面有个地方讲到羽形矛,还说到箭。这是什么意思?”

“冲锋陷阵的咒文——这并不是咱们现代人编出来的。这是我的爷爷从他爷爷手里传下来的。也许在那以前,这个咒文早就有啦。古时候,人们都是用羽形矛和弓箭打仗的。”

下面的几个咒文,各人看中哪个,就抄下来。

避 枪 咒

感谢上帝。山上有块白石头,样子像匹马。水是流不进石头里去的,箭和弹丸也同样射不进我这个上帝的奴仆身上,也射不进我的同伴和我的马身上。就像锤子从铁砧上蹦开一样,弹丸也同样从我身上蹦开;箭像磨绕着磨心转一样,绕着我转,却射不到我身上。日月永光,使我这个上帝的奴仆也永生健壮。山后有座碉堡,我把碉堡的门锁上,钥匙扔到大海里燃烧着的白色巨石阿尔托尔底下面,不论男巫,还是女巫,不论和尚,还是尼姑,都看不见这块巨石。水不会从海洋里流走,黄沙怎么也数不清,我这个上帝的奴仆,同样怎么也伤害不了。为了圣父圣子及神灵之名,阿门。

避 战 咒

有一个大海,海上有块叫阿尔托尔的白色巨石,在阿尔托尔巨石上,有个古老的石头人。从东方到西方,从地下到天上,把我这个上帝的奴仆和我的同伴都用石头衣服遮上;使我们能躲开锋利的刀和剑,躲开羽形矛和长矛的尖刃,躲开开刃的和没有开刃的镖枪。躲开刀斧和炮弹;躲避枪弹和各种百发百中的弹箭;躲开各种羽毛箭,不论是贴鹰毛的、天鹅毛的、鹅毛的、鹤毛的、秧鸡毛和乌鸦毛的箭都能躲开;躲开土耳其战争,躲开克里米亚战争和奥地利战争,躲开追来的敌人,躲开鞑靼人和立陶宛人、德国人和锡兰人,也能躲开加尔梅克人。圣洁的神甫和天上诸神啊,保护我这个上帝的奴仆吧。阿门。

冲锋陷阵咒

圣洁的女神圣母娘娘和我们的主耶稣基督。主啊,请赐福保佑,当我这个上帝的奴仆以及凡是和我同去的人冲锋陷阵的时候,请用彩云把我们遮蔽,用你神圣的石头的天城围上我们。圣德米特里·索伦斯基,保佑我这个上帝的奴仆和我周围的同伴们,不要叫坏人开枪,不要叫他们用羽形矛刺,用钺斧砍;不管是用斧背捶,还是用斧刃砍,不管是用马刀劈、削和刺;什么刀都刺不进,砍不伤;无论年纪大小,不论皮肤黄黑,不管是异教徒,不管是魔法师和各种各样的巫神,都不要叫他们开枪。现在这些人都站在我这个失去父母、被审判的上帝的奴仆面前。在海洋里的布扬岛上,有根大铁柱。铁柱顶上立着一个铁人,他拄着一根铁杖,吩咐铁器、钢刀、宝剑、蓝色的锡弹和铅弹,以及各式各样的兵器说:"铁器,去吧,回到你的母亲大地那里去,躲开上帝的奴仆和我的同伴,躲开我的马。箭杆回到树林里去,羽毛回到你母亲飞禽身上去,鱼鳔回到鱼身上去。"用金盾保护我这个上帝的奴仆,不遭刀砍和枪炮射击;不遭炮弹、羽形矛和大刀的伤害。我的身体变得比盔甲还坚固。阿门。

哥萨克都把抄好的咒文藏在贴身衬衣里面。系在十字架链子上,放在母亲给的保佑太平的圣物上;系在包着故乡泥土的小包上,但是死神也并没有饶过那些带着咒文的人。

在加利齐亚和东普鲁士的田野上,在喀尔巴阡山和罗马尼亚的土地上——凡是战争烽火烧过的地方,凡是哥萨克马蹄踏过的地方,到处都留下腐烂的哥萨克尸体。

第 七 章

顿河上游各乡镇——叶兰斯克、维申斯克、米古林斯克和卡赞斯克——的哥萨克一向都是编入野战军第十一、第十二团和禁卫军阿塔曼斯基团。

但是一九一四年，维申斯克镇的一部分奉召入伍的哥萨克，不知道为什么被编进了以叶尔马克·季莫费耶维奇命名的第三顿河哥萨克团，这一团大多数是由梅德维季河口区的哥萨克组成的。米吉卡·科尔舒诺夫和另外一些人都被分配到第三团里来了。

这个团和骑兵第三师的一些部队一同驻扎在维尔诺①。六月里，有些连队出城去放马吃野草。

是一个闷热、阴沉的夏日。天空阴云密布，遮住了太阳。团队排成行军队形前进。军乐齐鸣。军官老爷们戴着夏季保护色制帽，穿着凉爽的夏装，成群结队地骑马出城来。他们的头顶上笼罩着一片蓝色的纸烟烟雾。

大道两旁，农民和打扮得花枝招展的农妇正在割草，他们用手巴掌遮在眼上，观看哥萨克的马队。

马都出了大汗。腿裆里直往下滴黄汗沫，从东南吹来的微风，不但吹不干马身上的汗，反而使热腾腾的闷气更浓重了。

半路上，离一个小村子不远的地方，突然一匹一周岁的小儿马闯进了五连的队伍里。它从村子里飞跑出来，看见了密密麻麻的马群，长嘶一声，就朝马队横插过来。还没有脱去幼毛的尾巴翘着，贝壳一样的光滑的蹄子扬起尘土，落在踏过的青草上。小儿马往领头上的那个排里跑去，呆头呆脑地把脸拱进司务长的马腿裆里。司务长的马屁股向上

① 即现在立陶宛首都维尔纽斯，这是一九四〇年立陶宛加入苏联以前的名称。

一跃,但是却没有舍得踢它,显然是可怜它了。

“滚开,混蛋!”司务长摇了摇鞭子。

小儿马那副天真可爱的样子逗得哥萨克们非常高兴,大家都笑起来。这时发生了一件意外的事情:小儿马在队列中横冲直撞,把一个排的队形全冲乱了,原来整齐、紧凑的队形全垮了。哥萨克鞭打着马匹,可是它们却犹犹疑疑踏步不前。小儿马挤在这些马中间,只好侧着身子走,总想咬它身旁的马。

连长飞驰过来:

“这儿是怎么回事?”

在鲁莽的小儿马钻进去的地方,马都歪到一旁去,打着喷鼻,哥萨克都笑着用鞭子抽小马驹,这个排的队形乱得一塌糊涂,后面的各排跟着拥了上来,排长怒气冲冲从连队的队尾,顺着道边跑上来。

“怎么回事?”连长拨马向人马最乱的地方冲去,大喊了一声。

“您看这匹小儿马……”

“钻到我们队伍里来啦……”

“这个鬼东西怎么也赶不出去!……”

“你用鞭子抽它呀!为什么可怜它?”

哥萨克都负疚地笑着,拉紧缰绳,控制着激动不安的马。

“司务长!中尉阁下,这算他妈的怎么一回事?请把你的一排人马整顿好,真是岂有此理!……”

连长向路旁退去。他的马后腿一失足,陷进路旁的小沟里。他用刺马针刺了马一下,跃到小沟的对面去,跃到生满了胭脂菜和金黄色延寿菊的土堤上。远处有一群军官停了下来。中校把脑袋向后一仰,喝着水壶里的水,他的一只手安稳、亲切地放在用铁皮包得很漂亮的鞍头上。

司务长冲开队伍,恶毒地咒骂着,把小儿马赶到道旁去。排的队列又紧接起来。一百五十双眼睛在看着司务长站在马镫上,跟在小儿马的后面奔驰,但是那匹小儿马忽而停下来,把半边身子靠在司务长的标准马身上,忽而又翘起尾巴跑开去,司务长的鞭子怎样也打不着它的脊背,总是落在尾巴尖上。它的尾巴被鞭子一抽就耷拉下去,但是一转眼,又剽悍地迎风翘了起来。

全连都笑起来。军官们也笑了。就连大尉阴沉的脸上也出现了一丝苦笑。

米吉卡·科尔舒诺夫和维申斯克镇卡尔金村的哥萨克伊万科夫·米哈伊尔,以及霍皮奥尔河口的科济马·克留奇科夫,走在最前面一个排的第三列里。肥头大耳、宽肩膀的伊万科夫沉默不语,克留奇科夫绰号叫"骆驼",是个有些浅麻子驼背的哥萨克,对米吉卡总是挑剔不休。克留奇科夫是个"老"哥萨克,就是说在服最后一年的现役了,根据团队不成文的法律,他跟所有的"老"哥萨克一样有权差使、管教年轻的哥萨克,可以为了鸡毛蒜皮的小事儿用皮带抽打年轻的哥萨克。有这样的规矩:一九一三年入伍的哥萨克犯了错误——抽十三皮带,一九一四年入伍的——抽十四皮带。司务长和军官们都很赞赏这种规矩,认为这样可以培养哥萨克不仅要尊重长官,而且还要尊重年长的哥萨克的观念。

不久前才获得上等兵肩章的克留奇科夫驼着背骑在马上,像鸟儿一样耸着两肩。他眯缝起眼睛看着一大片灰色的云彩,模仿着连长波波夫大尉吐字不清的声调,问米吉卡道:

"喂!……告诉我,科尔舒诺夫,咱们的连长叫什么名字?"

为了自己的倔强脾气和不驯服的性格,尝过不止一次皮带滋味的米吉卡,脸上故意装出一副恭敬的样子。

"波波夫大尉,'老'哥萨克阁下!"

"什么?"

"波波夫大尉,'老'哥萨克阁下。"

"我问的不是这个。请你告诉我,咱们哥萨克都怎么称呼他?"

伊万科夫担心地向米吉卡挤了挤眼,翻起豁嘴唇笑了。米吉卡回头看了看,看见了走在后面的波波夫大尉。

"喂?回答!"克留奇科夫眯缝着眼睛说。

"都称呼他波波夫大尉。'老'哥萨克阁下!"

"抽你十四皮带。你给我说,混蛋!"

"我不知道,'老'哥萨克阁下!"

“等咱们到放马的地方再说，”克留奇科夫用自己本来的腔调说道，“我要好好抽你一顿！问你就得回答！”

“我不知道。”

“小猪崽子，难道你会不知道大家叫他什么？”

米吉卡听见走在后面的大尉坐骑的轻轻的、像贼似的脚步声，便不做声了。

“说不说？”克留奇科夫凶狠地眯缝起眼睛逼问道。

后面的几排都小声地哈哈笑起来。克留奇科夫还不明白大家在笑什么，以为是笑自己呢，就怒气冲冲地说道：

“科尔舒诺夫，你小心点儿！……等咱们到了放马的地方——我要抽你五十皮带！”

米吉卡耸耸肩，决定回答他的问题。

“黑尾巴老鸹！”

“哼，就是这个。”

“克留——奇——科夫！”后面有人叫唤他。

“老”哥萨克阁下在马鞍子上哆嗦了一下，使劲挺直了身体。

“混账东西，你在这儿胡诌些什么？”波波夫大尉使自己的马和克留奇科夫的马并排走齐，吐字不清地骂道，“你在教给年轻的哥萨克什么呀？”

克留奇科夫眨了眨挤成两条缝的眼睛。两颊泛起一层浓重的红晕。后面的人都哈哈大笑起来。

“我去年教训过谁啦，啊？这指甲把谁的脸皮划破啦，啊？……”大尉把又长又尖的小手指甲伸到克留奇科夫的鼻子前头，颤动着小胡子说道。

“以后别再叫我听见这种胡话！你懂吗？我的老弟？”

“是，大人，我懂得！”

大尉勒马放慢了脚步离开队伍，然后勒住马，看着自己的连队走过去。第四连和第五连都大步走起来了。

“连队，大步前进！……”

克留奇科夫一面整理着武装带，一面回头看了看已经落在后面的大尉，把长矛放平，失魂落魄地摇了摇脑袋。

“这个黑尾巴老鸹来得真他妈的是时候！他打哪儿蹦出来的?”

笑得满身是汗的伊万科夫说道：

“他早就跟在咱们后头走啦。全都听见了。他好像是闻出味儿，才跟上来的。”

“你也该给我使个眼色呀,笨蛋!”

“我管不着。”

“你管不着？好,脱光屁股抽你十四皮带!”

几个连分散驻进附近地主的庄园里去。白天给地主割三叶草和牧草,夜里在指定的地方放牧拴起腿的马,在火堆的烟雾里玩牌、讲故事和开玩笑。

第六连是给波兰大地主施奈德干活。军官都住在厢房里,打牌、酗酒,成群结伙地追求总管的女儿。哥萨克们在离庄园三俄里地方扎下野营。每天早晨总管老爷坐着马车到他们这里来。这个肥胖、体面的小贵族从车上站起来,舒展着坐麻了的胖腿,照例挥舞着他那有漆皮遮檐的白制帽,问候“考萨克”①。

“来和我们一块儿割草吧,老爷!”

“去把你身上的肥膘往下减减!”

“拿拿镰刀,不然你会疯瘫的！……”穿白衬衫的哥萨克队伍里有人喊道。

总管事冷冷地笑着,用有花边手绢擦着秃头顶,领着司务长去划定新的割草地段。

中午,行军厨房送饭来了。哥萨克们洗洗脸,便去领饭。

吃饭时鸦雀无声,可是在饭后的半小时休息时间却总要高谈阔论一番,以补偿吃饭时的沉默。

“这儿的草太坏。跟咱们草原上的草可没有法儿比。”

“冰草几乎一点也没有。”

“咱们顿河一带的人现在已经割完草啦。”

“咱们这儿也快割完啦。昨晚出了一轮新月,快要下雨啦。”

“这个波兰人是守财奴。给他干了活儿,应该赏给咱们这些傻蛋

① 波兰人对“哥萨克”的“哥”字发音和俄罗斯人发音不同,所以成了“考萨克”。

每人一瓶酒才是呀。”

“噢哈哈！他为祭坛上的一瓶酒……”

“真的，弟兄们，这是怎么一回事：越有钱，越抠得厉害？”

“这个你去问沙皇吧。”

“你们谁见过地主的女儿啊？”

“怎么？”

“是个大胖姑娘！”

“一身绵羊肉吧？”

“真肥，真肥……”

“加点调料把她吃了……”

“不知道是真是假，听说有皇族来向她求过婚呢！”

“普通人家难道能吃到这样的肥肉吗？”

“兄弟们，前两天传说，好像最高统帅要检阅咱们啦。”

“猫儿闲着没有事情干，他就……”

“喂，你拉倒吧，塔拉斯！”

“给点烟抽抽，行吗？”

“你这个外乡人，魔鬼，在教堂门口伸着长手要饭的家伙！”

“瞧啊，老总们，人家费多特卡的嘴唇长得有多好看，可惜就是没有什么好抽啦。”

“只剩下烟灰啦。”

“呸，老弟，你睁开眼好好看看，那儿的火光有多亮，就像多情的娘儿们的眼睛！”

大家都趴在地上抽烟，光着的脊背晒得通红。旁边有五个“老”哥萨克正在盘问一个年轻的哥萨克：

“你是哪个镇的？”

“叶兰斯克镇的。”

“那么说是从山羊①群里来的喽？”

“是。”

---

① 叶兰斯克镇的外号叫“山羊”。

“你们那儿用什么去驮盐呀?”

克留奇科夫·科济马躺在离他们不远的马衣上,把稀疏、细柔的小胡子在手指头上缠着,正无聊得要命。

“用马驮。”

“还用什么驮?”

“用牛。”

“好,那么用什么东西从克里米亚驮鳟鱼呢?有这么一种牛,背上长着峰,吃刺草,你知道它们叫什么吗?”

“叫骆驼。”

“噢——哈——哈!……”

克留奇科夫懒洋洋地站起身来,像骆驼一样弓着背,伸出长着一个大喉结的紫黑色脖子,朝那个逗惹他的人走去,一面走着,一面解下皮带。

“趴下去!”

晚上,在六月的乳白色的夜光中,田野里的火堆旁响起了歌声:

> 哥萨克骑在自己铁青色的骏马上,
> 奔向遥远的地方
> 永远离开了自己的故乡……

银铃似的中音低弱下去,低音部唱出像天鹅绒似的哀伤和幽怨:

> 他再也不能返回自己的家园。

中音节节拔高,令人心碎地唱道:

> 他那年轻的妻子,
> 早晚对着北方空望,
> 一心盼着,盼着亲爱的人
> 突然从远方飞降。

于是众人的声音都汇合到歌声里来了。歌声变得更加浓醇醉人,就像波列西耶①的家酿啤酒一样。

---

① 波列西耶现在大部分地区属于白俄罗斯,东南部属于乌克兰。

从山外风雪飞舞的地方，
冬天里严寒逞威的地方，
松树和枞树被吹得猛烈摇摆的地方，
大雪把哥萨克尸骨埋葬。

歌声诉说着哥萨克生活里的朴素故事，帮腔的男高音，像在四月解冻了的大地上空飞翔的云雀一样，用颤音高唱：

哥萨克在垂死的时候，祈祷请求，
给他修造一座大坟头。

低音和中音部同声哀诉：

但愿故乡的绣球花，
盛开在哥萨克的坟头。

在另一堆篝火边——人数比较少，唱的是另一支歌：

啊哟，从波浪汹涌的亚速海，
向顿河开来了几只大船。
年轻的阿塔曼，
返回家园。

稍远一点儿的第三堆篝火边，连队的故事大王，被烟呛得咳嗽着，正在精心编讲离奇惊险的故事。大家都聚精会神地听他讲，只有在故事里的主人公神通广大地从外来的坏人和恶鬼给他设下的陷阱中逃出来的时候，才偶尔可以看到火光里有谁的手巴掌一闪，拍在靴筒子上，用被烟呛得直咳嗽的声音欢呼道：

“啊呀，妙极啦，真是太好啦！”

接着又传来讲故事人流畅悦耳的声音。

……团队开出城来放马以后过了一个星期，波波夫大尉把本连的铁匠和司务长叫了去。

“马匹的情况怎么样？”他问司务长。

“很好，大人，简直是好极啦。脊背上的沟都平啦，都强壮起来了。”

大尉把他的黑胡子捻成箭头的样子(因此得到“黑尾巴老鸹”的绰号),说道:

“团长有命令,把马镫和马嚼子全都挂上锡,要举行最高统帅分团大检阅啦。所有的东西都要弄得闪光透亮:不管是马鞍子,还是其他什么东西,都要亮铿铿的。要叫人一看到哥萨克就从心眼里高兴、舒服。老弟,什么时候能搞好呀?”

司务长看了看铁匠。铁匠瞅了瞅司务长。两人又一块儿望了望大尉。

司务长说:

“大概在星期日以前可以搞完,大人。”他恭恭敬敬地用手指头摸了摸抽烟熏得发绿的胡子。

“你要当心,别误了事!”大尉严厉地警告说。

司务长和铁匠领命而去。

从这天起,开始准备最高统帅的大检阅了。伊万科夫·米哈伊尔是卡尔金村镇的一个铁匠的儿子,他本人也是个不错的铁匠,帮着给马镫和马嚼子挂锡,其余的人也都早早地完成了洗刷马匹、擦拭笼头和用碎砖头打磨马笼头上的衔口链和金属饰物的任务。

一星期过后,这个团就像一枚二十戈比新银币一样,铿亮耀眼。所有的东西,从马蹄子到哥萨克的脸上都灿烂闪光。星期六,团长格列科夫上校视察完了以后,对军官和哥萨克的热心准备和漂亮的军容表示衷心的感谢。

七月的日子像一团浅蓝色的纱线一样伸延开去。哥萨克的战马由于饲料丰富,一天比一天肥壮起来,可是哥萨克们却糊里糊涂,各种猜测在折磨着他们;关于最高统帅大检阅的消息一点也听不到……一个星期一个星期地在车轱辘话、奔忙和训练中度过。突然霹雳一声,传下了命令——开回维尔诺。

黄昏时分,返回维尔诺,各连队又收到了第二道命令:哥萨克装东西的箱子一律存入军需库,准备随时出发。

“大人,这是为什么?”哥萨克们心里难过,缠着排长们探问实情。

军官大人也只能耸耸肩膀。他们也甘愿出三戈比的代价,获悉真情。

“我不知道。”

“是皇上要亲临阅兵式吗?”

“现在还不知道。”

军官的回答使哥萨克们得到了一点儿慰藉。七月十九日的傍晚,团长的传令兵匆忙对正在马棚里值班的好友、六连的一个哥萨克姆雷欣耳语说:

“开仗啦,大叔!”

“你胡说?!”

“真的,你可别告诉别人!”

第二天清晨,团队以营的队形排开。落满灰尘的兵营窗玻璃闪着暗光。全团都骑在马上,等候团长莅临。

波波夫大尉骑在一匹高腿大马上,站在第六连的前面。用戴着白手套的左手拉着缰绳。马歪着脖子,用嘴巴摩擦胸肌的韧带。

上校从营房的转角处走出来,驻马在队伍的前面。副官掏出了一块手绢,姿势优美地竖起光滑的小手指头,但是还没有来得及擤出鼻涕。上校的声音打破了紧张的寂静:

“哥萨克们……”他威风凛凛地把所有人的目光都吸引到自己身上。

“战争真的来啦。”每个人都这样想。大家都焦躁激动起来。米吉卡·科尔舒诺夫恨恨地用靴后跟踢了一下直捯动腿的马。他旁边是伊万科夫,张着露着不整齐牙齿的豁嘴,牢牢地、呆若木鸡似的骑在马上静听着。他后面是克留奇科夫,驼着背,满面愁容,再过去一点是像马一样扎煞着耳朵的拉宾,他后面可以看到谢戈利科夫的刮得光光的、鼓出的喉结。

“……德国对我们宣战啦。”

整齐的队列前一片窸窣声,宛如飘忽吹过成熟了的大麦田的风声。一阵阵刺耳的马嘶声。一双双睁圆的眼睛和张着的、黑洞洞的嘴都转向一连那边;那里的左翼上有一匹马在长嘶。

上校又讲了些话。他在斟酌字句,想激起人们的民族自豪感。可惜此时此刻呈现在成千的哥萨克眼前的，并不是沙沙响着倒在脚下的敌人的旗帜，而是他们日常的、熟悉的生活；大声呼叫哀号的老婆、孩子、情人；没有收完的庄稼，荒凉的村庄、市镇……

“再过两个钟头我们就要上兵车啦。”这是每个人都记住的唯一的一句话。

麇集在不远地方的军官老爷们的妻子，在用手绢捂着脸哭泣，哥萨克们成群结队地骑马奔向兵营。霍普罗夫中尉几乎是在抱着他的怀孕的金发娇妻——一个波兰女人在走。

团队唱着歌开往车站。歌声压倒了军乐，军乐队在半路上难为情地不出声了。军官们的老婆都坐在马车上来送行，人行道上挤满了花花绿绿的人群，马蹄扬起沙石烟尘，领唱的歌手，左肩耸得那么厉害，以致蓝色的肩章像发疟疾似的在不断皱动，他唱起一支猥亵的哥萨克民歌，嘲笑自己和别人的痛苦：

美丽的姑娘，我捉到了一条梭鱼……

连队故意使歌词字句连成一片，在新换过掌的马蹄声音伴奏下，引吭高歌，倾诉着自己的忧伤，向车站、向红色的列车开去。

捉梭鱼，捉梭鱼，我捉到了一条梭鱼，
美丽的姑娘，我煮好了鱼汤。
煮鱼汤，煮鱼汤，我煮好鱼汤。

团副官又是笑，又是急，脸涨得赤红，从连队的尾部跑到那几个歌手跟前去。领唱的歌手偏离开队伍，扔开手里的缰绳，猥亵地向人行道上欢送哥萨克的成群妇女挤眉弄眼，两行仿佛是汗水顺着他那晒成红铜色的脸颊向小黑胡子流去，可是那并不是汗，而是酸辛得像苦艾汁一样的眼泪。

美丽的姑娘，我请媒人喝鱼汤，
请媒人，请媒人，我请媒人喝鱼汤……

火车头在铁轨上警惕、清醒地吼叫着，喷着气……

兵车……兵车……兵车……数不清的兵车！

骚动起来的俄罗斯，顺着国家的交通命脉，顺着铁路，把裹在灰色军大衣里的鲜血，送往西方国境。

第 八 章

在托尔若克镇上全团分成了连。根据师部的命令，六连被派往步兵第三军团去听候指挥，这个连用行军的队形开到佩利卡利耶镇以后，就派出了哨兵。

国境仍由我们的边防部队守卫。步兵和炮兵正往那里挺进。七月二十四日傍晚，第一〇八格列博夫斯基团的一个营和一个炮兵连开到了镇上。有九个哥萨克由下士率领着在附近的亚历山德罗夫斯基田庄上放哨。

二十六日半夜，波波夫大尉把司务长和哥萨克阿斯塔霍夫叫去。

阿斯塔霍夫回到排里的时候已经夜深了。米吉卡·科尔舒诺夫刚刚饮完马回来。

“是你吗，阿斯塔霍夫？”他唤了一声。

“是我。克留奇科夫和弟兄们在哪儿呢？”

“在那边的土房里。”

阿斯塔霍夫是个身高体胖的黑头发哥萨克，跟瞎子差不多，什么也看不清，眯缝着眼睛，走进屋子。谢戈利科夫正坐在桌旁煤油灯下修补破缰绳。克留奇科夫背着手站在炉子旁边，指着躺在床上患水肿病的主人——一个波兰人——对伊万科夫挤眼睛，他们刚开过玩笑，伊万科夫红润的脸颊上还留着笑容。

“弟兄们，明天天一亮就去放哨。”

“往哪儿去？”谢戈利科夫问道，他呆看了一阵，把还没有搓好的麻线也丢了。

“去柳博夫镇。”

“都谁去？”米吉卡·科尔舒诺夫走进来，把水桶放在门限旁边，问道。

“谢戈利科夫、克留奇科夫、勒瓦切夫、波波夫，还有你——伊万科夫跟我一块儿去。”

“那么我呢，帕夫雷奇？”

“米特里，你留下看家。”

“好，见你们的鬼去吧！”

克留奇科夫离开了炉炕；他伸着懒腰，浑身骨节咯吧咯吧直响，向主人问道：

“从这儿到柳博夫有几俄里路？”

“四米里亚①。”

“这很近，”阿斯塔霍夫说道，坐在长凳子上，脱下靴子，“这儿有什么地方可以烤烤包脚布吗？”

黎明时分，他们出发了。一个赤脚的姑娘正在村头井台上用水桶汲水。克留奇科夫停下马来。

“给我一点水喝，姑娘！”

姑娘用一只手撩着麻布裙子，两只粉红色的脚在水洼里踏得呱唧呱唧响；生着浓密的睫毛的灰色眼睛微笑着，递过一只桶来。克留奇科夫喝起水来，他的一只手端着沉重的水桶，压得直哆嗦；水珠滴滴答答地落在红裤绦上，迸溅着流下来。

“谢谢，谢谢，灰眼睛的姑娘！”

“托主耶稣的福。”

她接过水桶，不断回头看着，含笑走开去。

“你笑什么，跟我一块儿走吧！”

克留奇科夫在马鞍上缩了缩身子，像是要让出一点地方。

“走吧！”阿斯塔霍夫催马离去，喊叫道。

勒瓦切夫嘲讽地斜睨了克留奇科夫一眼，说道：

“迷上她了吗？”

“她的腿是红的，像鸽子腿一样。”克留奇科夫笑着说，于是大家就

① 一米里亚等于七俄里。

像听到口令似的，一齐回头看了看。姑娘已撇开两条红腿肚的胖腿，撅着裙子裹得紧紧的屁股，伏身在井栏上。

“要是能娶她多美……”波波夫叹了一口气。

“你娶我的鞭子吧。”阿斯塔霍夫说。

“鞭子能顶什么用……”

“兽性发作啦？”

“看来咱们只好把他骗了！”

“咱们把他像捆公牛一样捆起来。”

哥萨克们哄笑着，放马跑起来。从近处的山岗上可以看到在一片洼地里顺着山坡伸展开的柳博夫镇。太阳从他们的身后的山岗后面升起来。一只云雀落在路旁电线杆的瓷瓶上。

在教导队刚刚受训完的阿斯塔霍夫被指定为哨长。

他在村外靠近国境的最边上一座院子里选择好了驻地。主人——一个脸刮得光光、罗圈腿的波兰人，戴着一顶白毡帽——把哥萨克领到板棚里去，指给他们拴马的地方。板棚外面，稀疏的篱笆外，是一片绿油油的三叶草。小山岗一直伸延到近处的树林边，再过去是白茫茫的麦地，有一条道路横穿过这片麦地，再过去，又是一片绿油油的三叶草。哥萨克就在板棚外面的小沟边轮流着用望远镜瞭望。其余的人都躺在阴凉的板棚里。这里散发着陈腐的粮食、谷糠、鼠粪气味和青苔的甜丝丝的霉味。

伊万科夫在黑暗的角落里的木犁旁，一直睡到傍晚。太阳落的时候才把他叫醒。克留奇科夫揪着他脖子上的一块皮，抻着他的脖颈，责备地说道：

“公家的伙食吃得太饱啦，你看，脖子上的肉有多肥！起来，懒货，去瞭望德国人吧！”

“别胡闹，科济马！”

“起来！”

“哼，松手。喂，别胡闹……我马上就起来。”

他站起身来，睡得眼皮肿胀，满面通红。他扭了扭那结结实实地安在宽肩膀上、像饭锅一样又粗又短的脖子上的脑袋，抽着鼻子（因为在潮湿的地上睡觉受了凉),绑了绑子弹盒,拖着步枪向门口走去。他换下了谢戈利科夫,调好望远镜的距离,对着西北方向的树林子看了半天。

那片白茫茫的麦地被风吹得上下翻滚。夕阳的红霞正消失在赤杨林碧绿的树岭后。镇外的小河(美丽如带的蓝色河曲)里有一群戏水的孩子在吵嚷。一个女低音在叫唤:"斯塔秀!斯塔秀!到我这儿来呀!"谢戈利科夫卷了一支烟抽上,临去的时候说道:

"你瞧,晚霞有多红。要起风啦。"

"是要起风。"伊万科夫同意说。

夜里,马匹都卸了鞍子。镇上的灯火和喧嚣声消失了。第二天早晨,克留奇科夫把伊万科夫叫出板棚。

"咱们到镇上去。"

"干什么?"

"去吃点东西,喝杯酒。"

"怕很难有。"伊万科夫怀疑地说。

"我告诉你。我问过这儿的主人啦。在那间房子里——你看见那间小土房吗?"克留奇科夫用黑手指头指点说,"那儿的酒馆里有啤酒,去吗?"

他们走了。阿斯塔霍夫从板棚门里探身出来,向他们喊道:

"你们上哪儿去?"

克留奇科夫比阿斯塔霍夫的级别高,挥了一挥手,说道:

"我们一会儿就回来。"

"回来吧,你们俩!"

"别乱叫啦!"

一个长鬓发、翻眼皮的老犹太人躬身迎接哥萨克。

"有啤酒吗?"

"已经没有啦,考萨克老爷。"

"我们给钱。"

"耶稣玛丽亚,难道我……哎呀,考萨克老爷,请相信诚实的犹太人吧,没有啤酒啦!"

“胡说,你这个犹太佬!”

“真的,考萨克老爷! 我已经说过啦。”

“你还是……”克留奇科夫气愤地打断他的话,伸手到裤袋里去掏他的破钱包。

“给我们拿酒来,不然我就要发火啦!”

犹太人用小手指头把铜币压在手巴掌上,放下翻着的眼皮,走到门洞里去。

过了一会儿,他就拿来一瓶伏特加,瓶子湿漉漉的,外面还沾着大麦皮。

“可是你说过——没有啦,唉,你这位老爷子!”

“我说啦——啤酒没有。”

“给点什么菜下酒。”

克留奇科夫用手巴掌把瓶塞拍出来,满满地倒了一杯,一直漫到破杯子边。

他们喝得半醉才走出来。克留奇科夫手舞足蹈地走着,用拳头朝那些像蒙眬的黑眼窝似的窗户威胁着。

阿斯塔霍夫在板棚里打盹儿,墙外,马在津津有味地嚼着干草。

傍晚,波波夫骑马去送报告。白天就这样悠闲地过去了。

黄昏。夜晚。市镇高高的天上挂着一钩黄色的月牙。

屋后的果园里,偶尔有熟透的苹果从树上掉下来。传来湿润、柔和的坠落声。将近半夜的时候,伊万科夫听到市街上有马蹄声。他从沟里爬出来,四下张望,但是月亮被云遮住;灰蒙蒙的什么也看不见。

他推了推睡在板棚门口的克留奇科夫。

“科济马,有马队来啦! 起来!”

“从哪儿来的?”

“在镇上走哩。”

他们走出去。可以清楚地听见五十沙绳以外的街上有哒哒的马蹄声。

“咱们跑进果园去。从那儿可以听得清楚一点儿。”

他们从屋子前面,跑进果园,卧倒在篱笆下面。一阵模糊不清的说话声。马镫的铿锵声。马鞍子的咯吱声。越来越近了。已经可以看见几个骑马人的朦胧轮廓。

他们四人一排地走着。

“什么人?”

“你要找什么人?”前排有人用男高音反问道。

“什么人?我要开枪啦!”克留奇科夫咔嚓扳了一下枪栓。

“吁——吁。”有个人勒马来到篱笆边。

“我们是边防部队的。你们是哨兵吗?”

“哨兵。”

“哪一团的?”

“哥萨克第三团。”

“你在那儿和谁说话哪,特里申?”黑暗里有人问。走过来的人回答道:

“这是哥萨克哨兵,大人。”

又有一个人来到篱笆边。

“好啊,哥萨克!”

“你们好。”伊万科夫停了一下回敬说。

“你们在这儿很久了吗?”

“昨天才到。”

第二个走过来的人划着一根火柴,抽着烟,于是克留奇科夫看清了穿着边防部队制服的军官。

“把我们边防团从国境上撤下来啦,”军官抽着香烟说,“你们要当心喽,现在你们是最前方的守卫部队啦。明天敌人就可能向这儿移动。”

“你们上哪儿去,大人?”克留奇科夫没有把手指离开枪机,问道。

“我们要在离这儿两俄里的地方和我们的骑兵连会合。喂,走吧,弟兄们。诸事如意,哥萨克们!”

“一路平安。”

风撕下了月亮上的云幕,死沉沉、黄澄澄的月光顿时洒满小镇、果园的树丛、凹凸不平的板棚顶和已经走上小山岗去的那支队伍身上。

早晨,勒瓦切夫去连部送报告。阿斯塔霍夫和主人谈了谈,主人允许他们付一点儿钱割喂马的三叶草。从昨天夜里起,马就没有卸过鞍子。哥萨克很害怕,他们现在已经与敌人直接对峙了。以前,他们知道前面还有边防部队在守卫,所以没有这种孤悬边陲的感觉;等到一知道国境上已经没有人守卫的时候,这种感觉就变得强烈起来了。

主人的草地离板棚不很远。阿斯塔霍夫派伊万科夫和谢戈利科夫去割草。主人戴着白毡帽,领他们到自己的草地里去。谢戈利科夫割草,伊万科夫把湿漉漉、沉甸甸的草扒成堆,用草绳捆起来。这时候,正用望远镜瞭望着一条通向国境道路的阿斯塔霍夫,看见田野里有个小男孩从西南边跑来。这孩子就像只褐色的、还没有脱过毛的兔子似的,从山岗上滚下来,还离得很远就挥舞着上衣的长袖子,喊叫起来。跑过来以后,他大喘着气,睁大两只圆眼睛,喊道:

“考萨克,考萨克,德国人来啦!德国人打那边儿来啦。”

他伸出一只长袖筒指着,这时正在用望远镜瞭望的阿斯塔霍夫,在圆玻璃上看见远处有一队骑兵。他眼睛没有离开望远镜,喊道:

“克留奇科夫!”

克留奇科夫从歪斜的板棚门里跑出来,四下张望着。

“快跑,把弟兄们都叫回来!德国人!德国人的侦察队来啦!”

他听见了克留奇科夫跑去的脚步声,这时从望远镜里已经可以清楚地看到在棕黄色草地那面有一队骑兵在奔跑。

他甚至连他们枣红色的马和藏青颜色的军服也看出来了。他们有二十多个人,紧挤在一起,队形很乱;他们是从西南方向来的,而这里的监视哨还以为他们准是从西北方向来的呢。这伙人横过大路,沿着盆地的土坡斜插过来,柳博夫镇就坐落在这个盆地里。

伊万科夫咬着的舌头尖伸到干裂的嘴唇外面,用草绳捆着青草,累得呼哧呼哧直喘。瘸腿的波兰主人抽着烟斗,站在他旁边,双手插在腰带里,愁眉苦脸地从帽檐下看着割草的谢戈利科夫。

“这也能叫镰刀?”谢戈利科夫一面骂着,一面狠狠地挥舞着玩具似的小镰刀,“你就是用它割草吗?”

“我就用它割草。”波兰人用舌头搅动着烟斗嘴回答说,然后从腰里抽出一个手指头来。

“你用它去割娘儿们的阴毛吧！”

“嗯——嗯。”波兰人同意说。

伊万科夫扑哧一笑。正要说什么，但是抬头朝四周一看，只见克留奇科夫顺着田垄跑来。他一手举着马刀，摇摇摆摆地在高低不平的田垄上奔跑。

“别割啦！”

“又是什么事？”谢戈利科夫把镰刀尖头扎到地里，问道。

“发现德国人啦！”

伊万科夫丢掉手里的草绳。主人弯着腰，手几乎触着地，仿佛枪弹就在他头顶上啸叫似的，往家里跑去。

他们刚刚跑到板棚，气喘吁吁地跨上马，就看见有一连俄国的步兵，从佩利卡利耶方面向镇上开来。哥萨克们迎上前去。阿斯塔霍夫向连长报告说，德国人的侦察队正沿山坡向小镇迂回。大尉严厉地朝自己的落满尘土的靴子尖看了看，问道：

“他们有多少人？”

“二十多个。”

“你们去拦截他们，我们就从这里对他们进行射击。”他转身面向连队，命令排好队形，领着队伍快步跑去。

及至哥萨克跑上小山岗的时候，德国人已经抢在他们前面，快步跑着，切断了通往佩利卡利耶的道路。跑在最前面的是个军官，骑着一匹浅棕色的短尾巴马。

“追上去！咱们要在第二道岗哨那儿追上他们！”阿斯塔霍夫命令说。

一个在镇上加入了他们队伍的边防部队的骑兵落在后面。

“你怎么啦？老兄，跑不动啦？”阿斯塔霍夫扭身喊道。

边防队的骑兵挥了挥手，慢步向镇上走去。哥萨克们纵马跑去。现在即使不用望远镜，也能清清楚楚地看见德国龙骑兵的蓝色军服了。他们小跑着，朝驻扎在离小镇三俄里的一个庄园上的第二道岗哨的方向驰去，还不时回头看看哥萨克。他们之间的距离在明显地缩短。

“射击!”阿斯塔霍夫从马上跳下来,哑着嗓子叫道。

他们把马缰绳套在手腕上,停下来,齐射了一排枪。伊万科夫的马用后腿站了起来,把骑手摔了下来。他往下跌的时候,看见一个德国人坠马的情景:先是懒洋洋地往一边歪去,后来忽然两手一扬,跌了下来。德国人既没有停止前进,也没有从枪套里拔出短枪,他们飞跑起来,散开了队形。风吹卷着他们长矛上的小旗儿。阿斯塔霍夫头一个跳上马。大家扬鞭催马追去。德国侦察队猛地向左转去,哥萨克跟踪紧追,从那个德国兵落马的地方,一直追了有四十沙绳远。再往前去,进入丘陵地带,沟壑纵横,崖陡坡直。等到德国人刚从谷底翻上对面土坡时,哥萨克们就下了马,朝他们身后打了一梭子子弹。在第二道岗哨前面,又把一个德国人打下马来。

“倒下来啦!”克留奇科夫喊着,一只脚踏上马镫。

“咱们的人马上就会从庄园里杀出来!……那儿是第二道岗哨……”阿斯塔霍夫嘟囔着,用烟草熏黄的手指头往枪膛里压着一梭新子弹。德国人改用不快不慢的速度跑起来。跑过庄园的时候,不断地往那里看看。但是院子里已经空了,阳光在贪婪地舐着房屋的瓦顶。阿斯塔霍夫在马上打了一枪,稍微落在后面的一个德国人晃了一下脑袋,用刺马针刺了马一下。

后来才知道,原来那里的哥萨克们发现了离庄园半俄里地方的电报线被割断,当天夜里就从第二道岗哨撤走了。

“咱们追到第一道岗哨去!”阿斯塔霍夫转身朝其余的人喊道。

这时候伊万科夫才看见阿斯塔霍夫的鼻子上脱下一块皮,薄皮挂在鼻子尖上。

“他们为什么不还击呢?”他用手扶正背上的步枪,困惑不解地问道。

“等等再看……”谢戈利科夫像呼哧呼哧喘着的马一样,上气不接下气地喊道。

德国人连头也不回,跑下第一道沟谷。沟那面是黑魆魆一片耕地,这面是乱蓬蓬的艾蒿和稀疏的灌木。阿斯塔霍夫勒住马,往后推了推军帽,用手背擦了擦脸上的汗珠。回头看了看其余的人;吐了一口痰,说道：

“伊万科夫，到沟底去看看他们在什么地方。”

砖红色脸的伊万科夫，背上的衣服都被汗水浸透了，他拼命舔了舔干硬的嘴唇，策马而去。

“要能抽口烟就好啦。”克留奇科夫用鞭子赶着马蝇，小声说道。

伊万科夫缓步走着，站在马镫上，向洼地里瞭望。他先看见了晃动着的长矛尖，后来突然发现德国人拨转马头沿沟坡冲了上来。一个军官姿势优美地举着剑跑在前面。伊万科夫拨转马头的时候，脑海里留下了军官那张没有胡子的阴沉的脸和端庄的骑马姿势。德国人的马蹄声像雹子似地打在他心上。伊万科夫痛切地感到背上有一股刺人的死亡的冷气。他猛然拨转马头，悄悄地跑回来。

阿斯塔霍夫没有来得及放好烟荷包，塞到口袋外面去了。

克留奇科夫一见伊万科夫背后有德国人，就头一个拍马遁去。德国人从右翼斜插过来，拦截伊万科夫，以惊人的速度向他奔去。他一面用鞭子抽马，一面不断回头观看。灰色的脸在一阵阵痛苦地抽搐，眼睛简直要从眼眶子里鼓出来。阿斯塔霍夫伏在鞍子上，跑在他前面。克留奇科夫和谢戈利科夫的马后扬起一股褐色的烟尘。

“不得了！不得了！追上来啦！”伊万科夫的脑子里只有这么一个念头，根本没有想到抵抗；他把肥大的身躯缩成一团，脑袋紧贴在马肩胛上。

一个身材高大、棕红头发的德国人追上了他，用长矛朝他背上刺来。矛尖穿透皮带，斜着刺进体内有半俄寸深。

“弟兄们，回来吧！”伊万科夫疯狂地喊叫着，从刀鞘里拔出马刀。他挡开朝他肋部刺来的第二矛，然后在马镫上立起身来，朝从左边赶来的德国人的背上砍了一刀。他被包围了。一匹高大的德国马用胸部侧撞在他的马上，差点儿把马撞倒，离伊万科夫那么近，他面对面地看到了敌人恐怖可怕的脸。

阿斯塔霍夫第一个赶来救援。德国人把他赶到一旁去。他龇着牙，脸色变得像死人一样，挥舞着马刀，旋风似的在马鞍子上转来转去。敌人的剑尖在伊万科夫的脖子上刺出了一道血痕。一个德国的龙骑兵又从左边凌空冲杀过来，敌人利剑的寒光在眼前闪烁。伊万科夫举刀挡架；刀剑相击，铿然有声，火星飞溅。身后有人用长矛挑起他的武装带，拼命要从他肩上扯下来。一张不很年轻的德国人的激动的长满雀斑的汗脸，在仰起的马头后面闪晃。德国佬下垂的颚骨颤抖着，用剑在胡刺乱捅，想刺中伊万科夫的胸膛。剑够不到，德国人就扔掉剑，从缝在马鞍上的黄色枪套里往外拔马枪，惊恐的深棕色眼睛不停地眨着，盯住伊万科夫的脸。他还没来得及拔出马枪，克留奇科夫的长矛已经隔着马刺在他身上了，德国人撕着胸前的藏青色军服，向后一仰，惊讶地喊道：

“玛恩戈特！①”

旁边，八个德国骑兵把克留奇科夫团团围住。他们想活捉他，但是他跃马直立，使出浑身的解数，挥动马刀，左右开弓，直到马刀被打落。他立即从近身的一个德国人手里夺过长矛，像在教练场上一样，挥杀自如。

溃退的德国人用剑来抵挡他的长矛。双方挤在一小块凄凉的黏土耕地上混战、厮杀，风驰电掣，激烈异常。哥萨克和德国人都吓得发了疯，乱刺乱砍：不论是脊背、胳膊、马匹和武器……死亡的恐怖吓得昏头昏脑的马匹横冲直撞，糊里糊涂地倒下去。伊万科夫使自己镇定下来，多次想砍到那个向他袭来的长脸白发龙骑兵的脑袋上，但是马刀碰在钢盔边上，滑开去了。

阿斯塔霍夫冲出重围，鲜血直流，飞奔而去。德国军官在后面紧追。阿斯塔霍夫从肩上扯下步枪，几乎是用枪口紧顶着他，把他击毙。这一来使这场殊死格斗的形势急转直下。德国人早已被这阵荒唐的砍杀弄得全都遍体鳞伤，一见军官阵亡，立刻就溃散逃窜而去。哥萨克们没有穷追，也没有在他们背后射击，径直往佩利卡利耶镇的连部驰去。德国人抬着一个从马上跌下的受伤的同伴，向国境退去。

跑了有半俄里远，伊万科夫在马上摇晃起来。

“我全身……我要摔下去啦！”他勒住马，但是阿斯塔霍夫抖了抖

---

① 德语“Mein Goott”的俄文译音，意思是：“我的上帝！”

马缰,命令说:

“前进!”

克留奇科夫抹了抹脸上的血,摸了摸胸膛。军服上面透出了斑斑的殷红血渍。

他们来到第二道哨岗驻扎过的那座庄园时就分成两路。

“向右转!”阿斯塔霍夫指着院子外面那个赤杨丛生,碧波荡漾,美丽如画的池塘说道。

“不,向左转!”克留奇科夫固执己见。

于是他们就分道扬镳了。阿斯塔霍夫和伊万科夫到达镇上的时间比较晚。同连的哥萨克们都在镇边等候他们。

伊万科夫扔掉缰绳,从鞍子上跳下来,晃了几晃,倒在地上。费了很大的劲才把马刀从他那僵硬的手里拿出来。

一小时之后,差不多全连都来到杀死德国军官的地方。哥萨克脱去他的靴子、衣服,摘下枪,围在一起,看着死人那张双眉紧锁、已经发黄了的年轻的脸。

霍皮奥尔河口镇的哥萨克塔拉索夫,从死人身上解下带着一条银链儿的怀表,当场就卖给了同排的下士。从死者的钱夹子里找到了一点儿钱,一封信,信封里有一绺金色的头发和一张少女的照片,姑娘在骄傲地微笑着。

第 九 章

事情发生后,论功行赏。克留奇科夫是连长的红人,根据连长的报告,他被奖给一枚乔治十字勋章。而他的同伴却被埋没了。这位英雄被送到师部去,因为彼得堡和莫斯科有势力的贵妇和军官老爷们络绎不绝来观赏这位英雄,索性把其余的三枚勋章①也给了他,以壮观瞻,

① 帝俄时代的军功乔治十字章共分为四等。

从此他就留在师部闲荡,直到战争结束。贵妇人们惊叹不止,请这个顿河的哥萨克抽高级香烟,吃名贵的糖果,而他哪,开始只会报以大喊大叫,可是后来,在司令部那伙戴军官肩章的马屁大王们的熏陶下,就把这变成收入相当可观的职业:他把自己的“功勋”吹得神乎其神,毫无廉耻地扯谎,而贵妇人们却大加赞赏,用钦佩的目光看着这位哥萨克英雄强盗似的麻脸。这么一来,大家都觉得很舒服,很愉快。

沙皇驾幸大本营的时候,克留奇科夫也被送去觐见。棕红头发、睡眼惺忪的皇帝陛下,相马似地把克留奇科夫打量了一番,眨了眨委顿、肿胀的眼皮,拍了拍他的肩膀。

“哥萨克好汉!”立即就转身对侍从官说:“给我一杯矿泉水。”

克留奇科夫的留着一撮额发的脑袋不断地在报纸和杂志上出现。还出了印着克留奇科夫相片的香烟。下诺夫戈罗德的商人送给他一支金枪。

阿斯塔霍夫打死的德国军官身上的制服被剥下来,钉在一块大胶合板上,丰·连年卡姆普夫将军叫伊万科夫和拿着这块木板的副官坐在汽车上,从开赴前线的队伍前面驶过,并作鼓舞斗志、官腔十足的演说。

而实际情况却是这样的:一些还没有熟练掌握杀戮其同类本领的人们怀着极端的恐怖,在战场上偶然相遇,便厮杀、混战,胡砍乱杀了一阵,自己也人马俱伤,被杀死别人的枪声吓坏了的人们四散逃去,精神受到严重创伤。

这被誉为“功勋”。

第 十 章

还没有形成那种漫长、巩固的长蛇似的阵线。国境上只是偶尔发生骑兵的冲突和战斗。宣战后的头几天,德军司令部就伸出了许多触角——精悍的骑兵侦察队,这些侦察队偷偷地绕过我军哨所,侦察军队的部署情况和数目，弄得我们的部队人心惶惶。卡列金将军统率的第十二骑兵师，是布鲁西洛夫指挥的第八军的前沿掩护部队。左边一点，第十一骑兵师在越过奥地利边境后，正向前推进。第十一骑兵师的几支部队攻克了列什纽夫和布罗迪之后，就在原地停下来，——因为奥地利人得到了增援，匈牙利的骑兵经常向我们的骑兵进行奇袭、骚扰，迫使其向布罗迪收缩。

葛利高里·麦列霍夫自列什纽夫城下战役后，就被烦人的内心痛楚无情地折磨着。他瘦了很多，体重减轻了。不管是在行军还是休息的时候，不管是在熟睡还是打盹的时候，那个被他在铁栅栏旁边砍死的奥地利人经常在他眼前浮现。他非常频繁地梦见第一次肉搏战的情景，回忆折磨着他，甚至在梦中也感觉到紧握矛杆的右手在痉挛；醒来以后，就驱赶噩梦，用手巴掌遮着眯缝得发疼的眼睛。

马队踏倒已经成熟的庄稼，田野里遍地是有尖钉的马蹄印，仿佛加里齐亚全境都遭过雹灾似的。步兵的沉重的靴子踏硬了大道，踏碎了公路上的石子，踏烂了八月的泥泞。

凡是发生过战斗的地方，大地忧伤的脸上就被炮弹打得麻痕累累；嗜血成性的钢铁碎片，在血泊中生锈。夜晚，地平线上，红霞染遍半天，火光照亮了村庄、市镇。八月里，正当果子成熟和秋庄稼即将收获的时候，天空变得阴沉灰暗，偶尔有个晴天，则暑热蒸腾，令人昏昏欲睡。

八月将尽。果园里的树叶油亮橙黄，果树枝上流出枯萎前红艳的粘液，远远地看去，仿佛果树都遍体鳞伤，正在流血死去。

葛利高里很有兴趣地注视着同连伙伴们的变化。刚从后方医院里回来的普罗霍尔·济科夫脸颊上留下了一个马蹄印，唇角上仍然挂着痛苦和疑惑的神情，小牛犊似的可爱的眼睛眨得更厉害了；叶戈尔卡·扎尔科夫不论在什么场合总要骂一些粗野的下流话，而且比以前更加玩世不恭了。咒骂世上的一切；同村的叶梅利扬·格罗舍夫，本来是正经而又能干的哥萨克，不知道为什么全身变得像木炭一样黑，总在呵呵地傻笑，他的笑声是不由自主的、忧郁的。每个人的脸上都发生了变化，心里也程度不同地滋生着战争播下的悲伤。

团队从火线上撤下来，休整三天，由从顿河开来的援军进行补充。

连队正预备到地主的池塘里去洗澡的时候,从离庄园三俄里的车站上驰来一大队骑兵。

等到第四连的哥萨克来到堤边的时候,这支队伍正走下缓坡,现在已经可以很清楚地看出是哥萨克骑兵了。普罗霍尔·济科夫正在堤岸上弯着身子脱军服上衣,脑袋刚露出来,抬头一看,大叫道:

“是咱们的人,顿河人。”

葛利高里眯缝着眼睛,看着向庄园开来的纵队。

“补充兵员来啦。”

“大概是补充咱们团队的。”

“一定是把第二期服役的人都征召入伍啦。”

“看见了吗,伙计们?那是司捷播·阿司塔霍夫呀!看哪,在第三列!”格罗舍夫大叫道,短促地尖声呵呵笑着。

“把他们哥儿们也给弄来啦。”

“那不是阿尼库什卡吗!”

“葛利什卡!麦列霍夫!你哥哥,就是他。你看出来了吗?”

“看出来啦。”

“你得请客,浪荡鬼,是我头一个看出来的。”

葛利高里的颧骨上皱起一片皱褶,仔细打量着,竭力想辨认出彼得罗骑的是什么马。“买了一匹新马。”他心里想,把视线移到哥哥脸上。从好久前会面以后,哥哥的面容已经大变了:晒得黑黑的,留着剪得短短的麦黄色的小胡子,眉毛也被太阳晒成了银白色。葛利高里摘下制帽,像演习时候一样,挥着一只手,迎上前去。许多半光着的哥萨克也都跟在他后头从堤岸上跑了下去,乱踏着空茎白芷的脆芽和根深茎老的牛蒡花。

补充连绕过果园,向团队驻扎的庄园走去。这个连由一个大尉率领,他已经上了点年纪,身体倒很结实,新剃过头,刮得光光的、威严的嘴角上有几条呆板、坚毅的曲线。

“一定是个哑嗓子的凶狠家伙。”葛利高里心里想,朝哥哥笑着,不时瞅瞅大尉健美的体态,他骑的是一匹凸鼻子的马,显然是加尔梅克种。

“全连！”大尉用纯正的钢嗓子喊道，“成排纵队，左转弯，开步走！”

“您好啊，亲爱的哥哥！”葛利高里朝彼得罗笑着，高兴、激动地叫道。

“上帝保佑。到你们这儿来啦。喂，怎么样？”

“很好！”

“还活着哪？”

“到今儿还活着。”

“咱们全家都问候你。”

“家里的人都好吗？”

“都很健康。”

彼得罗把一只手巴掌撑在健壮的、浅红色马身上，全身向后一转，含笑扫了葛利高里一眼，继续向前走去。别人的——认识的和不认识的人们的风尘仆仆的脊背把他遮住了。

“你好啊，麦列霍夫！全村都问候你。”

“你也是到我们这儿来的吗？”葛利高里从那一堆金色的额发上认出了米什卡·科舍沃伊，龇牙问道。

“是到你们这儿来的。我们就像母鸡一样来打食啦。”

“够你吃的！当心别叫他们把你吃掉。”

“我们会当心的！”

叶戈尔卡·扎尔科夫只穿一件衬衣，提着裤子，一只腿跳着，蹦下堤岸。他歪着身子，撑开裤子，想把一只脚伸进飘晃的裤腿里去。

“好啊，乡亲们！”

“噢噢！原来是扎尔科夫·叶戈尔卡。”

“喂，你这匹儿马，难道前腿被拴起来了吗？”

“我母亲好吗？”

“还活着哪。”

“我们给你带来她的问候。可是没有带礼物——因为太重啦。”

叶戈尔卡脸上带着很严肃的表情听完了回答，就光着屁股坐到草地上，为的是不让别人看到自己伤心的样子，哆嗦得厉害的腿怎么也穿不进裤管里去。

在漆成浅蓝色的围墙外面，站了一群半裸的哥萨克；连队——从顿河开来的补充队——顺着对面栽着两行栗子树的大道走进院子。

“老乡，好啊！”

“喂，你就是亲家亚历山大吧！”

“是他。”

“安得烈扬！安得烈扬！你这个大耳朵鬼，不认识我啦？”

“喂，老总，你老婆给你带好来啦！”

“基督保佑。”

“有个叫鲍里斯·别洛夫的在什么地方啊？”

“哪一连的？”

“大概是第四连。”

“他是什么地方人？”

“是维申斯克镇河湾村人。”

“你找他有什么事？”又有第三个人插进了这短促的对话。

“当然有事啦。我给他捎来一封信。”

“老兄，前天在赖布罗迪城下阵亡啦。”

“是吗？……”

“真的！我亲眼看见的。一颗子弹打进他的左胸脯里。”

“你们这儿有黑河人吗？”

“没有，往前走吧。”

连队的尾部也进了院子，列队停在院子中间。池塘堤岸上又聚满了回来洗澡的哥萨克。

过了不大工夫，刚刚开到的补充连的人也来了。葛利高里和哥哥并排坐下来。堤岸上的黏土散发着浓重的霉湿的气味。岸边浑浊的池水泛着青草似的碧绿光波。葛利高里一面用指甲挤着衬衣缝和褶子里的虱子，一面说道：

“彼得罗，我心里痛苦死啦。现在我就像个半死不活的人……好像上磨磨过，把我磨碎了，又吐了出来。”他的声音幽怨、颤抖，额角添的一条新的黑皱纹（彼得罗直到现在才恐怖地注意到它）斜横在额角上，这条皱纹使葛利高里的面貌变得简直认不出来了，有点儿吓人，显得非常陌生。

“这是怎么回事?”彼得罗脱着衬衣问道,露出脖子周围有一圈整齐的日晒黑印的洁白的身体。

“听我说,就是这么回事,”葛利高里急促、愤愤地说道,“他们唆使人们到处互相杀戮!简直变得比狼还凶残。哪里都是仇恨。我现在觉得,如果我去咬人一口——这个人立刻会发疯。”

“你……杀过人了吗?”

“杀过!……”这两个字葛利高里几乎是大声喊出来的,他把衬衫揉成一团,扔在脚边,然后,用手指头捏了半天喉咙,好像是在把卡在那里的词句顺下去似的,眼睛向旁边看着。

“说下去!”彼得罗命令道,同时把脸掉过去,怕跟弟弟的视线相遇。

“良心在折磨我。我在列什纽夫城下用长矛刺死过一个人。那是正在火头上……非这样做不可……可是我为什么要砍死这个人呢?”

“怎么啦?”

“还怎么啦,白杀了一个人,就是为了他,这个混蛋,我的良心在受折磨,夜里总梦见他,这个混账。难道是我的错吗?”

“你还不习惯。用不了很久,就会习以为常了。”

“你们连——是补充连吗?”葛利高里问道。

“为什么?不是,我们已编入第二十七团。”

“我还以为你们是来补充我们的呢。”

“我们这一连分配到一个步兵师去,我们就是去追赶那个师的,不过补充队也和我们一块儿来啦,把些青年人送来补充你们的队伍。”

“原来这样。好,咱们洗个澡吧。”

葛利高里脱掉裤子,匆匆走到堤坝顶上,他的皮肤是深棕色的,背略微有点驼,但是身材很匀称,彼得罗觉得分别以来,他显得老了。他伸出两只手,脑袋朝下,跳进水里;浓重的绿波在他身上合拢后,又分成了两道水波,扩散开去。他向一群正在池塘中哈哈大笑的哥萨克们游过去,用手掌亲热地拍着水面,懒洋洋地划动着肩膀。

彼得罗费了半天工夫才把贴身的十字架和缝在母亲的祝福袋上的

咒文摘下来。他把挂链儿塞到衬衣下面,露出一种恐惧的憎恶神情走下水去,水漫到他的胸部和肩部,他叫了一声,往水里一扎,游起来,向葛利高里追去;他们相隔一段距离,同向对岸灌木丛生的沙滩游去。

游泳使葛利高里的头脑逐渐清醒,心情平静下来,他已经不像刚才那样热情奔放,一面挥手击水,一面沉着地说道:

“虱子要把我吃掉啦。非常想家。现在要是能回去一趟多好啊:要是生着翅膀的话,我一定飞回去。就是看一眼也好啊。喂,家里怎么样?”

“娜塔莉亚在咱们家呢。”

“啊?”

“她很好。”

“父亲和母亲怎么样?”

“很好。但是娜塔莉亚一直在等着你哪。她相信,你一定会回心转意的。”

葛利高里打了一下响鼻,默默地把灌进嘴里的水吐出来。彼得罗扭过头来,想看看他的眼睛。

“你在信里问候她一句也好嘛。这个女人是为了你才活着的呀。”

“她怎么的……还盼着破镜重圆吗?”

“这怎么说呢……人总要有点儿盼头才能活下去呀。她是一个很可爱的小娘儿们。很正派,守身如玉。什么风流放荡或者别的什么——这种事她根本不沾边儿。”

“她应该嫁人嘛。”

“你这话说得真怪!”

“一点也不怪。应该这样。”

“这是你们的事儿。我不管。”

“杜妮亚什卡呢?”

“已经快做新娘啦,兄弟!在这一年里,她长高了很多,你快认不出啦。”

“噢。”葛利高里高兴起来,惊讶地说。

“真的。她要出嫁啦,可是咱们连胡子尖也沾不着一滴酒。也许还会被敌人杀掉,这帮坏蛋!”

“这太容易了啦!”

他们爬到沙滩上,并排躺下,用两肘撑着身子,在烈日下晒着。米什卡·科舍沃伊从水里探出半截身子,从旁边游过去。

“葛利什卡,到水里来!”

“我躺一会儿,等等再去。”

葛利高里在用沙土埋着一只甲虫,问道:

“听到阿克西妮亚什么消息没有?”

“宣战以前,我曾在村子里看见过她。”

“她到那儿去干什么?”

“到她男人那儿去拿东西。”

葛利高里咳嗽了一声,用手巴掌刮了一堆沙土,把甲虫埋起来。

“你没有跟她说话吗?”

“只是问候了一下。她的样子很丰满,很快活,大概吃地主的饭吃得很舒服吧。”

“司捷潘怎么样?”

“把她剩下的一点东西都给她啦。圆满收场。不过你可要小心他。防备着点儿。有几个哥萨克告诉我说,有一回司捷潘喝醉了酒,威吓说:在第一次战斗中——就给你一枪。”

“我知道……”

“他饶不了你。”

“我知道。”

“我新买了一匹马。”彼得罗改变了话题。

“卖了几头牛吧?”

“把些老牛卖啦。总共卖了一百八十卢布。马是一百五十卢布买的。这匹马还不错。在楚茨坎买的。”

“庄稼怎么样?”

“很好。可惜还没有收割完,就把我们征召来啦。”

谈话转到家务方面,气氛就缓和下来。葛利高里贪婪地听着家里的消息。这会儿他全神贯注的就是这些消息,这使他又变成像从前那个倔强、朴实的小伙子了。

“好,咱们凉快凉快——就穿衣服吧。”彼得罗抖着身子,从湿肚皮上往下拂着沙土,提议说。他的背上和胳膊上都起了些小泡。

哥萨克们成群结队地离开了池塘。在花园和庄园院子中间的木栅旁边,司捷潘·阿司塔霍夫追上了他们。他一面走,一面用小骨头梳子梳着披散下来的额发,把它们塞到帽檐下;他跟葛利高里走齐了。

“你好啊,朋友!”

“你好。”葛利高里停住脚,用有些发窘的、略感负疚的目光迎着他说。

“没有忘记我吧?”

“差不多要忘啦。”

“我可是牢记着你哩。”司捷潘嘲笑说,脚不停地走了过去,抱住了走在前面、戴着下士肩章的哥萨克的肩膀。

天刚黑下来,师部来电话,命令全团开赴前线。团队在一刻钟内准备就绪;这支刚刚补充了新兵的队伍唱着歌去堵塞前线上一个被匈牙利骑兵冲破的缺口。

分别的时候,彼得罗把一张折成四折的纸片塞到弟弟手里。

“这是什么?”葛利高里问道。

“我给你抄了一个咒文。你拿去……”

“有用吗?”

“别开玩笑,葛利高里!”

“我不是开玩笑。”

“好吧,再会,弟弟。祝你健康。你不要冲到别人的前头去,不然的话,死神可是专门找急性人! 多多保重!”彼得罗喊道。

“那还要咒文干什么呢?”

彼得罗挥了挥手。

一团人马一直走到十一点钟,也没有采取任何警戒措施。后来,各连的司务长才跑着传达命令:尽可能不出声行进,禁止吸烟。

信号弹在远处的树林上空飞起,冒着紫色的烟雾。

第十一章

一本橡树皮颜色的羊皮封面的笔记本。笔记本的角已经磨坏、折断了:它在主人的口袋里已经装了很久。每页上都写满了斜花体字……

……不久以前产生了这种和纸笔打交道的欲望。我想写得像大学生日记一样。首先要写她:二月里,不记得是哪一天了,她的同乡、大学生博亚雷什金介绍我跟她认识了。我是在电影院门口遇到他们的。博亚雷什金给我们介绍说:"这位小姐是我们同乡,维申斯克镇的。季莫费,你要爱她,珍惜她吧。丽莎是一位非同寻常的姑娘。"我记得,我很郑重地说了一些含糊不清的话,并把她那柔软的、出汗的手掌握在手里。我就这样认识了伊丽莎白·莫霍娃。我第一眼就看出,她是个放荡的姑娘:这种女人的眼睛总爱自作多情。我不得不承认,她给我的印象不佳:首先就是那热乎乎、汗漉漉的手巴掌。我从来还没有遇到过谁的手会出这么多汗;其次是眼睛,说实在的,是一对美丽的眼睛,带点儿胡桃颜色,但是同时却又令人感到很不愉快。

瓦萨,我的好朋友,我特地注意修辞,甚至写得十分逼真,为的是等这本日记寄到塞米巴拉金斯克你手里的时候(我是想:等到我和伊丽莎白·莫霍娃的风流韵事收场后,就把日记寄给你。当你读这份实录时,准会得到极大的享受),能使你对事情经过有一个正确的认识。我将逐日予以记录。好,书归正传,我就这样和她认识了,于是我们三个人同去看一部哀艳的影片。博亚雷什金没有说话(他牙疼,说是一个"臼齿"坏啦),我谈得也很勉强。原来我们是同乡,是邻镇的,于是我们就谈起草原美景以及其他等等,等等,谈了一阵以后,就又冷场了。如果说,我是乐于沉默的,那么她对我们废话告绝后的冷场,也毫未感到什么不舒服。我从她的话里知道,她是医科二年级的学生,出身于商人家庭,喜欢喝酽茶,爱吸阿斯莫洛夫①工厂的烟草。你看,关于如何认识这位生着胡桃色眼睛的少女的材料真是太贫乏了。在分别的时候(我们送她到电车站)她请我们到她那里去玩。我把地址记了下来。我打算四月二十八日去看她。

四月二十九日

今天到她那里去过,她请我喝茶和吃带馅的酥糖。其实,她是个好奇的姑娘。说话很刻薄,样子也还聪明,只是她身上散发着强烈的阿尔志跋绥夫②式人物的气味,老远就可以闻到。从她那里回来已经很晚了。吸了很多纸烟,想了许多与她毫不相干的事儿,——特别是想到钱。我的衣服已经穿得太旧了,可是却没有"资本"去更新。总之——简直糟透啦。

五月一日

今天发生的事情是很值得纪念的。这是我们在索科尔尼基与人无损地消磨时光的时候遇到的事情:警察和一队约二十人的哥萨克正在驱散工人"五一"示威游行队伍。一个喝醉了的工人用棍子打了哥萨克的马一下子,这个哥萨克就抡开鞭子抽起来。(不知道为什么要把鞭子叫做"钩鞭"③,要知道它本来的名字已经很好啦,何必多此一举呢?……)我走过去,加以阻止。说句良心话,是一种最高尚的情操驱使我去干的。我干预其事,对那个哥萨克说,他不过是一只蠢鸟,还说了些别的话。那家伙举起鞭子,想要抽我,但是我非常强硬地说,我本人就是卡缅斯克镇的哥萨克,我可以照样回敬他,叫他知道点儿厉害。原来这是个好心肠的哥萨克,还很年轻;显然兵役还没有把他折磨得麻木不仁。他告诉我,他是霍皮奥尔河口镇的人,而且是拳击能手。我们和和气气分手了。如果他跟我动起手来,那就非打不可了,也许还会发生以我的身份来说,更糟糕的蠢事。我出面干预此事,是因为伊丽莎白在

---

① 阿斯莫洛夫是当时罗斯托夫的烟草厂主。

② 阿尔志跋绥夫(1878—1927)是二十世纪初的俄罗斯颓废派作家。

③ 哥萨克以及其他山地人用的一种短粗的鞭子,样子像俄文字母 Г,称为"钩鞭"。

我们这伙人中，她在场使我产生了一种十分幼稚的想当“英雄”的愿望。我亲眼看到自己变成了一只发怒的公鸡，并且觉得制帽下面长出了一个看不见的红鸡冠子……你看我胡闹到什么地步啦！

五月三日

真想狂饮一通。最糟的是没有钱。裤子已经破得一塌糊涂，到处是裂缝破口，就像熟透了的顿河左岸产的西瓜一样。原希望裤子的缝线还不至于开裂——是不切实际的，就像不能指望把已经崩裂的西瓜再缝合起来一样。沃洛季卡·斯特列什涅夫来待了一会儿，明天要去听课了。

五月七日

收到父亲寄来的钱。在信里把我臭骂了一顿，而我竟无动于衷。老爸爸要是知道他的儿子已经道德败坏，不可救药……我买了一套衣服。就连马车夫都注意起我的领带来了。在特维尔大街的理发店理了发。从那里走出来，我简直变成一个新来的殷勤店伙了。在胜利花园街角上，警察朝我一笑。真是个调皮鬼！要知道，我现在这副打扮准有什么和他相同的地方吧？可是三个月以前呢？不过，翻这些旧账干什么……偶然在电车窗口里看见了伊丽莎白。她摇晃着手套笑了笑。我是什么样子呢？

五月八日

“不论老少，都逃不脱爱情的神矢。”①我心里想着塔季扬娜②的丈夫那张长得像炮口似的大嘴。我非常想从楼座里对准他的嘴啐一口。可是我一想起这句唱词，特别是：“都逃不脱”这几个字——我的颚骨就抽搐起来，想打呵欠，可能是一种神经质吧。

不过我是在正当年的时候谈恋爱的。我写着这几行字，头发都竖起来了……到伊丽莎白那里去过。我修辞讲究地绕着弯儿讲起来。她装作不懂的样子，想把话题引到别的事情上去。是不是时机还不成熟？唉，真见鬼，这套衣服把事情全弄糟啦！……我对

---

① 这是指柴可夫斯基根据普希金的长诗《叶甫盖尼·奥涅金》改编的同名歌剧中塔季扬娜的丈夫格列明公爵的咏叹调中的一句歌词。

② 塔季扬娜是歌剧《叶甫盖尼·奥涅金》中的女主角。

着镜子照了照——嘿，什么仙女也要拜倒在我脚下：我想，现在不说，尚待何时！不知道为什么，这样一个合理的念头在我脑子里占了优势。如果现在不提出求婚，那么过两个月以后可就晚啦；裤子一穿旧，什么都完啦。我一面写，一面觉得自己真了不起：在我身上明显地具备了我们时代最优秀人物的一切最美好的情操。这里既有火热的爱情，又有“理智的坚定的声音”。各种高尚情操，外加其他可敬品质的大杂烩。

我竟未能完成向她进攻的准备工作。房东太太打乱了我的计划，她把她叫到走廊里去，我听见房东太太向她借钱。她拒绝了，但那时候她手里是有钱的。这一点我确实知道，我完全可以想像得出她用真诚的声调拒绝时的脸色和她那胡桃色的一片挚情的眼睛。向她倾吐爱情的愿望消失了。

五月十三日

我完全坠入情网。这是不容怀疑的了。各种迹象都表明了这一点。明天我就去求爱。不过我直到现在也还没有弄清楚自己扮演的角色。

五月十四日

事情突然急转直下。下着雨，是一个温暖、愉快的日子。我们在莫霍夫街上漫步，斜风吹着，细雨洒在人行道的石板上。我喋喋不休，她却低头不语，默默地走着，好像是在想心事。一道道的雨水从帽子上流到她的脸颊上，她的样子美极了。现在把我们的谈话写在下面：

“伊丽莎白·谢尔盖耶芙娜，我已经向您倾诉了我的衷情。现在该你说话啦。”

“我不十分相信您的感情是真实的。”

我愚蠢之至地耸了耸肩膀，而且胡说了些什么我可以发誓以及诸如此类的昏话。她说：

“您听我说，您那滔滔不绝的情话倒像是出自屠格涅夫[1]的人

---

① 屠格涅夫（1818—1883），伟大的俄罗斯作家。

物之口。其实,完全可以说得简单一点。”

“再简单也没有啦。我爱您。”

“这有什么呢?”

“请您说句话吧。”

“您是想要我答应您的请求吗?”

“我希望您回答我。”

“您知道,季莫费·伊万诺维奇……我又能对您说些什么呢?您有点儿讨我喜欢……您的个子真高。”

“我还可以长嘛。”我保证说。

“但是我们相知得太少,而且思想感情的共同性……”

“咱们在一块儿吃上一普特盐,就会彼此了解得更多啦。”

她用粉红色的手掌擦了擦湿淋淋的脸颊,说道:

“那好,我们一言为定。同居一个时期再看。不过您要给我一点儿时间,我好结束旧情。”

“他是谁?”我有兴趣地问道。

“您不认识他。是一个医生,性病专家。”

“您什么时候才能脱身。”

“我希望能在星期五以前。”

“咱们要在一块儿住吗?就是说要住在一个住所里吗?”

“是的,这样大概更方便些。请您搬到我这里来。”

“为什么?”

“我的住所很舒适,很干净。房东太太也是个讨人喜欢的女人。”

我没有反对。我们在特维尔街口上分手。我们热烈接吻,使一位过路的太太大吃一惊。

来日将何以飨我?

五月二十二日

我正过着蜜月生活。蜜月情绪今天蒙上了一层阴影:丽莎要我换换内衣。的确,我内衣旧得太不像样子了。可是钱,钱……我们过日子花费的是我的钱,而我那点儿钱本来就少得可怜。只好找点儿工作干了。

五月二十四日

今天我决定给自己买内衣,但是丽莎却使我花了一笔意想不到的钱。她非要到高级餐馆里去吃一顿不可,还要买一双丝袜。饭吃了,袜子也买了,但是我陷入绝望:我的内衣呢,也飞了!

五月二十七日

她正在把我吸干。我已经枯萎得像棵光秃秃的向日葵秆子。这哪儿是个娘儿们,简直是烈火。

六月二日

今天我们九点钟醒来。我有一种抖动脚指头的坏习惯,结果引起了一场风波:她揭开被子,把我的脚打量了半天。观察的结论是:

“你这简直不是脚,而是马蹄子。比马蹄子还糟!”她像发疟疾似的嫌恶地耸了耸肩膀,用被子紧裹着身子,脸朝墙背过去。

我被弄得很尴尬,蜷起腿来,推了推她的肩膀。

“丽莎!”

“别动我!”

“丽莎,这可太不像话啦。我无法改变自己脚的样子嘛,要知道脚是不能定做的呀,至于脚上长满了汗毛,那是因为汗毛这玩意儿就是这么讨人嫌,它到处乱长。你是学医的,应当懂得自然发展规律嘛。”

她把脸掉过来朝着我。胡桃色的眼睛里露出了凶相,闪着巧克力色的冷光。

“请您今天就去买除汗粉,您脚上有一股尸臭味儿!”

我很有道理地指出,她手掌上也经常是汗淋淋的。她一句话也没有说,而我的心上(如果用华丽的“文体”写的话)罩上了一层阴影……

六月四日

今天我们在莫斯科河上划船。共同回忆顿河的田园风光。伊丽莎白举止轻佻:她总是挑我的毛病,有时候简直很粗暴。如果我也用同样态度对待她，那就意味着决裂，而这是我不希望发生的。尽管一切如此，我却越来越迷恋她了。她只不过是个娇宠坏了的女人。要从根本上改变她的性格，我怕我的影响是不够的。她是一个可爱的轻浮姑娘。而且是个见过世面的姑娘，这在我只是听人讲过而已。回家的路上，她把我拉进药房里去，她笑着买了些滑石粉，还买了些别的鬼东西。

"这是为你除汗臭用的。"

我很潇洒地鞠了一躬，并向她道谢。

很滑稽，但是确系如此。

六月七日

她的才智真是可怜得很。但是在其他方面，她却无所不通。

每天临睡的时候我要用热水洗脚，还要洒香水和撒些什么讨厌的粉末。

六月十六日

她变得日益令人难以忍受。昨天她又大闹了一通。跟这样的女人很难共同生活下去。

六月十八日

我们毫无共同之处！志趣各异。我们结合的基础是床铺。毫无内容的生活。

今天早上，去面包铺之前，她在我的口袋里掏钱的时候，发现了这个小本子。她抽了出来。

"你要这玩意儿干什么？"

我急得浑身似火烧。如果她翻看一两页可怎么办呀？我回答了她，而对自己的声调竟那么自然感到十分惊奇，我说：

"做数学演算用的。"

她冷淡地把笔记本塞回口袋，走出去了。应该小心一点。私下里的俏皮话，要不被外人听到才好。

这将是我的朋友瓦萨快乐的源泉。

六月二十一日

伊丽莎白简直使我吃惊。她才二十一岁。怎么来得及堕落到这种地步呢？她的家庭是什么样子，她怎样受的教育，是谁把她教养大的？这都使我很感兴趣。她非常漂亮。她为自己美丽的身材感到很自豪。她除了自我崇拜外，别的一无所长。我曾多次试图跟她严肃地谈谈……但是说服一个旧教徒，使她相信没有上帝，比改造她恐怕要容易得多。

同居生活变得越来越不可思议和无聊。但是我还是把决裂拖延下来。我承认，不管怎么说，我还是喜欢她的。她已经长在我的心上了。

六月二十四日

其实事情简单得很。今天我们坦率地谈了谈，她说，我不能使她在生理上得到满足。决裂虽然还没有正式完成，但是顶多也只能再拖一两天。

六月二十六日

最好配给她一匹哥萨克的公马。

配给她一匹公马。

六月二十八日

和她分手时我是痛苦的。她像水草似的缠住了我。今天我们坐车到麻雀山去玩。她在饭店单间里靠窗坐着，太阳透过屋檐上的镂花直射在她的一绺鬈发上。赤金色的头发。请欣赏这一片诗情画意吧！

七月四日

我抛弃了工作。伊丽莎白抛弃了我。今天我和斯特列什涅夫一起喝啤酒。昨天我们喝伏特加。像一切有教养的人一样，我和伊丽莎白有礼貌地分手了。什么事情也没有发生，圆满收场。今天我在德米特罗夫卡看见她正和一个穿马靴的青年在一起。矜持地回答我的敬礼。日记到此也该结束了——源泉已经枯竭了。

七月三十日

突然我又意想不到地拿起笔来。战争。爆发了兽性的狂热。在一俄里以外就可以闻到从每顶礼帽里散发出来的爱国主义恶臭，就像从长了虱的狗身上散发出来的一样。别的小伙子们都愤怒异常，而我却很高兴。我怀念……“失去的天堂”，我的心忧伤。昨夜梦中，与伊丽莎白恍惚相遇。残梦萦回。无计遣愁。

八月一日

尘世烦扰，我已厌倦。往事不堪回首，愁上心头。我在吸吮忧愁，就像婴儿吮吸奶头一样。

八月三日

有办法啦！上前线打仗去。荒唐吗？很荒唐。不感到害臊吗？

算了吧，要知道我是别无他路啦。能有点别的感受也好嘛。而这种厌世情绪两年前是不可想像的。我是不是在衰老呢？

八月七日

这是在火车里写的。列车刚刚驶出了沃罗涅什。明天在卡缅斯克下车就到家啦。我下定决心：要为“信仰、沙皇和祖国”①而战。

八月十二日

为我举行了一次盛大的欢送会。村长喝得醉醺醺的，发表了一篇很有煽动性的演说。后来我小声对他说：“您是个傻瓜，安德烈·卡尔波维奇！”他大吃一惊，气得脸都青了。他咬牙切齿地说：“还他妈的是个受过教育的人哪，您是不是我们在一九〇五年拿鞭子抽过的那种人呀？”我回答说：“遗憾得很，我不是那种人。”父亲哭了，跑过来亲我，可是满脸都是鼻涕。可怜的、亲爱的爸爸呀！你要是处在我的地位就好了。我开玩笑地向他建议，要他和我一块儿到前线去，他惊叫道：“你怎么啦，家里谁来管呀？”明天我就到车站去。

八月十三日

有的地方，田里还有未收割的庄稼。小土岗上有很多肥大的土拨鼠，很像廉价石印照片上英雄科济马·克留奇科夫的长矛上挑着的德国人。我生活过了，享受过了，攻读过数学和其他等等的

① 这是第一次世界大战时，俄国沙皇政府的动员口号。

高等科学,从来没有想到我会成为这样一个“沙文主义者”。将来我编进团队,一定要和哥萨克们好好谈谈。

八月二十二日

在一个车站上,我看见了第一批俘虏。一个身材匀称、像运动员似的奥地利军官,被押向车站来,两个在月台上散步的姑娘朝他笑了笑。他一面走着,一面很熟练地向她们鞠躬,并报以飞吻。

尽管已经成了俘虏,但是脸仍然刮得很光,也没忘了向女人献殷勤,黄皮绑腿擦得锃亮。我目送着他:一个漂亮的小伙子,和蔼可亲。遇上这样的敌人——怎么也举不起马刀。

八月二十四日

难民,难民,难民……所有的轨道上都停满了载着难民和步兵的列车。

开来第一列救护列车。停站的时候,从车厢里跳下一个年轻的步兵。脸上扎着绷带。我们交谈了一会儿。他是被榴霰弹炸伤的。这家伙高兴得要命。大概用不着再服兵役啦。炸坏了一只眼,他还笑呢。

八月二十七日

我来到了自己的团。团长是一个可爱的小老头儿。是个顿河下游的哥萨克。这儿已经闻到了血腥味儿。听说后天就要上火线。我们三连三排——都是康斯坦丁诺夫斯克镇的哥萨克,都是些粗鲁的小伙子。只有一个爱说笑话和唱歌。

八月二十八日

我们正开赴火线。今天那边轰隆响得特别厉害。仿佛是大雨将至,天边雷声隆隆。我闻了闻:是不是有阴雨的气味?但是天晴得像缎子一样,万里无云。

昨天我的马瘸了,因为腿在军用厨车的轮子上碰伤了。一切都是那么新奇、有趣,我简直不知道该写什么了。

八月三十日

昨天没有工夫写。现在我骑在马上写。摇摇晃晃,铅笔画出的字是那么难看、奇特。我们三个人一同拿着草绳去割草。

现在弟兄们正在捆草,我趴在地上"补记"昨天发生的事情。昨天司务长托洛孔尼科夫派我们六个人去侦察(他蔑视地称我为"大学生":"喂,大学生,你的马掌要掉啦,难道你没有看见吗?")。我们走过一个烧毁殆半的市镇。天气酷热。人马都大汗淋漓。哥萨克们在夏天还要穿呢裤子,真是糟糕得很。在小镇外的壕沟里,我看到了第一个被杀死的人。一个德国人。膝盖以下都耷拉在壕沟里,仰面躺在那里。一只手压在背下。另外一只手里握着一个步枪弹梭。身边却没有步枪。这给我留下了可怕的印象。现在一想起来,就有一股凉气顺肩膀爬……他的姿势仿佛他垂腿坐到沟边,然后就仰卧休息。灰色的军服,钢盔。可以看到像花瓣一样薄薄的皮里子,就像为了不使烟草洒出来的包烟纸一样。这第一个印象就把我吓呆了,连脸是什么样子都记不清楚了。只看见一群在他那枯黄的额角上和眯缝着的、没有任何表情的眼睛上爬的大黄蚂蚁。哥萨克们从他旁边走过的时候都画十字。我看了看从军服右方渗出的一片血迹。子弹是从右肋穿过的。走过他身旁的时候,又看见了子弹从左面钻出的地方,——也有一块血迹,地上流的血更多,军服也都碎成了片。

我浑身哆嗦着,从他旁边走过去,事情就是这样……

绰号叫"逗乐儿"的中士,想要使我们的低落的情绪振作起来,便讲起猥亵的故事来,可是他的嘴唇却在颤抖……

离开小镇半俄里路地方——有一堵烧毁的工厂的墙壁,墙是红砖砌的,上端已经被烟熏黑。我们害怕沿着大路直走,因为废墟就在路边,我们决定绕着它走,我们刚离开大路,这时候就从那里向我们开起枪来。真是太丢脸啦,第一声枪响,我就吓得差点儿从马上摔下来。我抓住鞍头,不由自主地弯下身子,拉住马缰绳。我们从那条横着德国人尸体的壕沟旁边驰过,向小镇跑去,直到市镇已经落在后面,大家才清醒过来。然后我们又折了回去。下了马。留两个人看守马匹,我们四个人就向镇边上的那道壕沟走去。弯着腰在沟底走。老远我就看到那个被打死的德国兵穿着短筒黄皮靴，从膝部弯下来的两条腿。我憋着气从死尸旁边走过，就像从一个睡着的人的身旁走过，怕惊醒他似的。他身下是一片被压倒的湿润的青草……

我们在壕沟里卧倒，几分钟后，从焚毁的工厂废墟后面，鱼贯驰出了九个德国枪骑兵……我是从他们的军服上辨认出来的。他们的军官跑出了几步，用难听的喉音喊了句什么话，于是他们这一队人就向我们这个方向驰来。弟兄们叫我去帮他们捆草。我走过去。

八月三十日

我想把我第一次朝人开枪的情况全都告诉你。这是在德国枪骑兵向我们跑来的时候发生的（他们的灰绿色军服，像蜥蜴颜色、闪闪发光的漏斗形高筒军帽，系着小旗晃动的长矛，现在依稀在我的眼前浮动）。

枪骑兵骑的都是深褐色的马。不知道为什么我把视线移到壕沟的土背上，看到了一个不大的碧绿色甲虫。我眼看着它变得越来越大，大得吓人。它摇动着草茎，像个巨人似的，向我的胳膊肘爬过来，——我正把两肘撑在壕沟边干硬的大粒黄土上，——顺着我的保护色军便服袖子向上爬，迅速地爬到步枪上，又从枪筒爬到皮带上。我在注视着甲虫的旅行，这时听到中士“逗乐儿”撕破嗓子喊道：“开枪呀，您怎么啦?!”

我把胳膊肘放稳，眯缝起左眼，我觉得我的心膨胀起来，也变得像那个碧绿的甲虫那样大。准星在瞄准器方框里的灰绿色军服背景上哆嗦着。“逗乐儿”在我身旁开了一枪。我扳了一下扳机，就听见了我的枪弹飞出去的嗞嗞声。大概是我瞄得太低了，子弹反跳了几下，在土堆上掀起了一股尘埃。这是我第一次朝人开枪。我没有瞄准，又盲目地放了一梭子子弹。我最后一次扳动枪栓，只听见喀嚓响了一下，我忘记已经没有子弹了，直到这时候我才看了看德国人。他们仍然那么整齐地向后跑去。军官跑在最后。他们一共九个人。我看见了军官的深褐色马的身影和枪骑兵高筒军帽金晃晃的帽尖。

九月二日

托尔斯泰①在《战争与和平》里，有一段描写两军对阵中的界限的文字——仿佛就是生与死的未知界限。尼古拉·罗斯托夫②所在的那个骑兵连开始冲锋了，于是罗斯托夫就有意识地在确定着这条界限。我今天特别清楚地记起了小说的这一段，因为我们今天黎明向德国骠骑兵进行了冲锋……从早晨起，他们的部队就在强大的炮兵支援下，进攻我们的步兵。我看到我们的步兵战士——大概是第二四一和第二七三步兵团，——惊慌逃窜的情景。因为他们两个团曾在没有炮兵掩护的情况下发动过一次进攻，被敌人的炮火击退，约三分之一的部队被歼，所以他们现在已经毫无斗志。德国骠骑兵正在追击我们的步兵。所以隐蔽在林中小道上作预备队的我们团这时候奉命投入战斗。我记得事情是这样的。凌晨两点多钟我们从特维什奇村出发。黎明前的黑暗显得特别浓重。松针和燕麦散发着诱人的芳香。团队以连为单位在行进。从村路上向左转，踏着麦田走去。马一面走一面打响鼻，马蹄踏落燕麦上的大颗露珠。

穿着军大衣还觉得有点凉。团队在田地里走了很久，已经过了一小时，从团部跑来一个军官，把命令传达给团长。我们的老头子用不满的声调下达了命令，于是团队就来了一个直角大转弯，开进树林子里去。我们变成排纵队，挤在狭窄的林间小路上。战斗正在我们左方的什么地方进行。德国的炮兵在进行炮击。从炮声判断，大炮的门数相当可观。爆炸声震天动地；好像我们头顶散发着香气的松针正在燃烧。日出之前，我们只是这炮轰的听众。后来响起了有气无力、非常可怜的干巴巴的“乌拉”声，——接着是一阵划破寂静的清脆的机枪扫射声。这时我万念丛生；但是我惟一能像图画似的清楚明确想像的，——就是排成散兵线进攻的我们步兵战士的各种各样的脸谱。

---

① 列夫·托尔斯泰(1828—1910)，伟大的俄罗斯作家。

② 尼古拉·罗斯托夫是《战争与和平》中的一个人物。

我仿佛看到了那些戴着像多层薄饼似的保护色军帽、穿着笨重的不到膝盖的步兵皮靴的笨拙的灰色人形,在秋天的土地上乱踏着;听到了德国机枪在把这些汗流满面的活人变成了死尸时的嘎嘎笑声。两个团被击溃,士兵们扔掉武器向后窜逃。一个德国骠骑兵团紧追在他们身后。我们位于他们的侧翼,距离三百沙绳,甚至不到三百沙绳。一声令下,我们立刻摆好了阵势。我只听见了一句冷冷的、沉甸甸的像马嚼环似的命令:“前——进!”于是我们飞驰前去。我的马的耳朵紧紧地抿在一起,好像就是用手也难以把它们分开。我不时回头看看——团长和两个军官就在我身后。现在我看到了那条界限,生与死的界限。这就是那伟大的疯狂的瞬间!

德国骠骑兵的队伍混乱了,溃退了。我眼看着切尔涅佐夫中尉砍死了一个德国骠骑兵。还看见六连的一个哥萨克在穷追德国人,发疯似的在砍他的马。乱刀之下,马皮横飞,宛如一块块的破布……不,这简直是不可思议的!叫不出名字来的!战斗结束回来的时候,我看见了切尔涅佐夫脸上的表情——聚精会神,沉着愉快——仿佛是坐在牌桌上玩扑烈费兰斯牌,哪里像个骑在马上刚砍死过人的样子。切尔涅佐夫中尉一定会大有出息。他非常能干!

九月四日

我们在休整。第二军的第四师正开赴前线。我们驻扎在科贝林诺镇。今天早上,第十一骑兵师的队伍和乌拉尔的哥萨克,强行军开过市镇。西方的战斗正酣,炮声隆隆。饭后,我到后方医院去。正好有辆运伤兵的大车驶来。几个战地护士正在笑着卸一辆四轮马车。我走过去,看见一个麻脸的高个子步兵,不断呻吟着,笑着,由护士搀扶着走下车来。他朝我喊道:“你瞧,哥萨克小家伙,他们像炒爆豆似地朝我的屁股打来。中了四颗榴霰弹。”卫生员问道:“炮弹是在你身后爆炸的吗?”“是在身后,我是倒退着向敌人进攻的呀。”从小土房里走出一个女护士。我瞅了她一眼,浑身哆嗦了一下,我急忙靠在大车上。她太像伊丽莎白啦。也是那样的眼睛，脸盘，鼻子，头发。就连声音也像。也许这只是我的想像吧？现在我大概会觉得任何一个女人都很像她。

九月五日

马拴在系马桩上喂了一昼夜，现在我们又要开赴前线了。我已经疲惫不堪。号兵吹起上马号。此时此刻，向谁开枪，我都高兴！……

连长派葛利高里·麦列霍夫到团部去联络。路过不久前发生过战斗的地方，葛利高里看见公路边上有个被打死的哥萨克。淡黄色头发的脑袋紧贴在马蹄踏碎的公路碎石子躺在那里。葛利高里跳下马，捂住鼻子（从死人身上散发刺鼻的恶臭），搜了搜他身上。在裤子口袋里发现了这个小笔记本、半截化学铅笔和一个钱包。他摘下死人身上的子弹盒，匆忙朝那惨白、湿漉漉的、已经开始腐烂的脸瞥了一眼。太阳穴和鼻梁都潮乎乎的发霉变黑、长毛了，前额上，凝神呆思的斜纹里落满了黑色的尘土。

葛利高里用一条从死者口袋里找到的麻纱手绢盖上他的脸，便向团部驰去，不时回头看看。在团部里他把这个小本子交给了团部的文书们，于是他们就挤在一起一面读着这本日记，一面嘲笑它的主人短促的一生及其对人世的迷恋。

第十二章

第十一骑兵师攻克列什纽夫后，且战且走，经斯坦尼斯拉夫奇克、拉济维洛夫、布罗迪等地，于八月十五日来到卡缅卡—斯特鲁米洛沃城下，摆开了阵势。大部队从后面开来，大量的步兵队伍在往重要的战略地带集结，各级指挥部和辎重队都拥挤在铁路枢纽站上。一条吞噬千万人生命的战线从波罗的海伸延开去。在各级指挥部里制订着大规模进攻计划，将军们在辛勤地研究地图，传令兵在奔驰传送战斗命令，千千万万的士兵在走向死亡……

根据侦察兵报告,敌人的一支强大骑兵部队正在向城市移动。在大道旁的小树林里已经发生了多次冲突,哥萨克侦察队和敌人的侦察兵发生过遭遇战。

麦列霍夫·葛利高里自从和哥哥分别以后,在全部行军的日子里,一直想了结自己的痛苦思虑,恢复原先的平静心境,但是却找不到精神支柱。最近到达的几个补充连里,有些第三期征召的哥萨克分配到本团来了。其中有个卡赞斯克镇的哥萨克——阿列克谢·乌留平——编到葛利高里所在的排里。乌留平个子很高,背微驼,下颚骨特别突出,留着像加尔梅克人的小辫子似的胡子;他那快活而勇敢的眼睛总是在笑,虽然年纪并不大,可是已经秃顶了,只是在疙疙瘩瘩光秃的头盖骨边上生着些稀疏的淡褐色细发。从第一天起,哥萨克们就给他起了一个绰号叫"锅圈儿"①。团队在布罗迪战役后休整了一昼夜。葛利高里和"锅圈儿"住在同一间小土房子里。他们交谈起来。

"麦列霍夫,你半死不活的像刚脱了皮似的。"

"怎么半死不活的?"葛利高里皱着眉问。

"萎靡不振,像个病人。""锅圈儿"解释道。

他们把马拴在桩子上喂着,靠在长满青苔的糟朽的板栅栏上抽烟。骠骑兵排成四路纵队从街上走过,板栅栏下面还横着许多没有掩埋的尸体(追击奥地利人的时候,在城郊的街道上发生过战斗),焚毁的犹太教堂的废墟里还在冒着缕缕的油烟。在这晚霞似火,美妙如画的时刻,城市呈现出一片战火洗礼后的死寂、荒凉景象。

"我很健康。"葛利高里看也不看"锅圈儿",啐了一口说。

"你撒谎!我看得出来。"

"你看出什么来啦?"

"你害怕吧,响鼻鬼?怕死吧?"

"你是个傻蛋。"葛利高里皱着眉头,看着手指甲,蔑视地说道。

---

① 旧时,顿河一带农村的孩子剪发,常常把头顶剃光,四周留下一圈头发,这种头发圈就叫"锅圈儿"。

“告诉我:你杀过人了吗?”“锅圈儿”目光逼人地看着葛利高里的脸,一字一字地问道:

“杀过。怎么样?”

“你心里难过吗?”

“难过?”葛利高里苦笑一声。

“锅圈儿”从刀鞘里拔出马刀。

“你愿意吗,我可以立刻就把你的脑袋砍下来?”

“然后呢?”

“砍了你,我连哼也不哼一声,——我毫不怜惜!”“锅圈儿”的眼睛虽然在笑,但是葛利高里从他的声音,从他的鼻孔狂抖的样子可以看出,他的话是认真的。

“你简直是个野蛮人,怪人。”葛利高里仔细地打量着“锅圈儿”的脸说道。

“你的心太软啦。你见过巴克拉诺夫劈刺法吗?你看着!”

“锅圈儿”选了一棵长在小花园里的老桦树,驼着背,眼睛直盯着那棵树走去。他那两只筋肉隆起、手腕特别粗的长胳膊一动不动地下垂着。

“你看着!”

他慢慢地举起马刀,向下蹲去,忽然用惊人的力量,斜砍过去。桦树被从离树根约两俄尺的地方拦腰砍断,树枝撞到已经没有玻璃的窗框上,擦着屋墙,倒了下来。

“看见了吗?好好学吧。曾经有过一位姓巴克拉诺夫的将军,听说过吗?他有一把马刀,刀背里灌有水银,抡起来很重,可是砍下去——马都能砍成两截,多厉害!”

葛利高里好久没能学会这种复杂的劈刺技术。

“你很有气力,可是劈刺起来简直是个笨蛋。应该这样。”“锅圈儿”教导说,他的马刀斜着向目标砍去,力大千钧。

“砍人要勇敢才成。人,柔软得很,像面团一样。”“锅圈儿”眉开眼笑地教导他说。

“你不要去想这想那。你是哥萨克,你的天职——就是砍杀,别的全不用问，打仗杀敌，这是神圣的功业。你每杀一个人，上帝就宽恕你的一桩罪过，就像杀死一条毒蛇一样。至于牲口——牛啦，或者别的什么啦，——没有必要是不能宰的，可是人，你就只管杀吧。人这东西，坏透啦……是妖孽，留在人世，也是祸害，就像毒蘑菇一样。”

对于葛利高里的反驳他只是皱皱眉头，一声也不吭。

葛利高里惊奇地发现，所有的马都莫名其妙地怕“锅圈儿”。

当他走近马桩的时候，马都抿起耳朵，挤到一起，仿佛走过来的不是人，而是野兽。有一次，在斯坦克斯拉夫奇克附近，连队在森林和沼泽地带发起进攻，全体哥萨克都要下马步行。看马的人要把马匹牵到低洼地方去隐蔽起来。“锅圈儿”也被派去看马，但是他斩钉截铁地拒绝了。

“乌留平，狗崽子，你怎么就特殊？为什么你不去看马？”本排的下士向他大发脾气。

“马见我都惊怕，真的！”“锅圈儿”照样眼里含笑，申辩说。

他从来没有看守过马，对自己的马却很爱护，关怀备至，但是葛利高里总看到：只要主人一走到马身边，虽然照例双手按在马胯上动也不动，——马背却颤抖起来；马显得惊恐不安。

“你说说，大善人，为什么马都怕你？”有一回葛利高里问他。

“谁知道它们是怎么回事儿。”“锅圈儿”耸了耸肩膀，“其实，我是很爱惜它们的。”

“醉汉，马一闻就知道，所以怕他们，可是你，并不是醉汉呀。”

“我是硬心肠，它们闻得出。”

“你是狼心肠，也许你根本就没有心肠，上帝只把一块小石头当心肠给你放进去啦。”

“也许是吧。”“锅圈儿”高兴地同意说。

在卡缅卡—斯特鲁米洛沃市城郊，第三排的全排都跟着排长去进行侦察：前一天，一个捷克的逃兵向司令部报告了奥地利军队的部署并可能在戈罗什——斯塔文茨基一带发起反攻的情况；因此需要对敌军运动时可能经过的道路进行经常的监视；为此，排长派了四个哥萨克，由排里的一个下士率领，留守在树林边上，自己则带着其余的人向小山后面耸立着瓦屋顶的居民新村走去。

葛利高里·麦列霍夫、下士和几个青年哥萨克——西兰季耶夫、“锅圈儿”和米什卡·科舍沃伊都留在树林边上，一座尖顶的古老小教堂附近，教堂顶上有一个生了锈的塑有耶稣受难像的铁十字架。

“下马吧，弟兄们，”下士命令说，“科舍沃伊，你把马都牵到这些松树后面去，——是的，牵到这些松树后面，越茂密的地方越好。”

哥萨克们躺在一棵断折、枯干的松树下面抽烟；下士的眼睛一直没有离开望远镜。离他们有十步远的地方，一片没有收割、麦粒已经脱落的黑麦在随风翻滚。被风吹空的麦穗弯下头，在悲伤地沙沙哭泣。哥萨克们躺了有半个钟头，懒洋洋地交谈着。城市右面稍远的地方，大炮在不断地轰鸣。葛利高里爬到麦地边，折了些子粒饱满的麦穗，揉搓了一下，便嚼起熟透的硬麦粒。

“好像是奥地利人！”下士低声喊道。

“在哪儿？”西兰季耶夫精神抖擞地问道。

“你瞧，从树林子里出来的。你朝右边一点儿看！”

一伙骑马的人从远处的小树林里走了出来。他们又停住，打量着有一带伸向远处的丛林的田野，然后就朝着哥萨克们这个方向走过来了。

“麦列霍夫！”下士唤了他一声。

葛利高里爬回松树旁边。

“放他们走近一点，就用排枪齐射。弟兄们，把枪准备好！”下士急不可待地小声说道。

骑马的人向右转去，漫步走着。四个人都屏息无声地伏在松树下面。

“……哎哟哇，伍长！”风送来一个青年人的声音。

葛利高里稍微抬起脑袋，看见有六个匈牙利骠骑兵，穿着镶绣绦的漂亮的军装，挤在一起走着。前面的一个骑着铁青色的高头大马，手里端着马枪，嘿嘿地笑着。

“开枪！”下士小声说。

“啪——啪——啪！”齐射了一排枪。

“啪——啪——啪——啪啪!”背后响起了回声。

“你们在干什么呀?”科舍沃伊惊骇地在松树后面喊道,然后又对马匹喊道:“吁,该死的东西! 你疯啦? 呸,妈的!”他的喊声显得出奇地响亮。

匈牙利骠骑兵化为散兵线,在麦地里飞奔。骑肥壮的铁青马,原先走在前面的那个骠骑兵在向空中射击。落在最后的一个,伏在马脖子上,左手拿着军帽,不断地回头张望。

“锅圈儿”头一个跳起来,向前冲去,他手里端着步枪,在黑麦地里乱踏着。前面,约一百沙绳远的地方,一匹摔倒的马正在一面尥蹶子,一面掬动腿,马旁边站着一个没有戴帽子的匈牙利骠骑兵,正在揉着跌伤的膝盖。还离得很远,他就在乱喊些什么,并且把两手举了起来,不断回头看着已经远遁去的同伴。

这一切都发生在一瞬间,直到“锅圈儿”把俘虏带到松树前,葛利高里才明白过来。

“解下来,勇士!”“锅圈儿”粗暴地把重剑朝自己这边一拉,喊道。

俘虏惊慌地笑了笑,就忙乱起来。他甘心情愿地解着皮带,但是他的两只手直哆嗦,怎么也解不开皮带扣环。葛利高里小心地帮他解下来,于是这个骠骑兵——一个身材高大、两颊鼓胀的年轻小伙子,留着两撇山羊胡子,就像是贴在刮得光光的上嘴唇角上一样,——感谢地朝他笑着,点起头来。他好像很庆幸自己能不死在刀枪之下,他一面打量着哥萨克,一面在衣袋里摸索着,掏出一个皮烟荷包,也不知道嘟哝了些什么,做着请大家抽烟的手势。

“他要请客啦。”下士笑着说,自己已经在口袋里摸烟纸了。

“尝尝外国烟吧。”西兰季耶夫哈哈笑道。

哥萨克们卷好烟,抽了起来。黑色的烟斗烟叶的劲头很大,直冲脑子。

“他的枪呢?”下士拼命抽着烟,问道。

“在这儿。”“锅圈儿”指了指自己背上绕着的一条密针缝纫的黄皮带说。

“应该把他送到连部去。司令部一定非常需要‘舌头’。谁押送他去呀,弟兄们?"下士被烟呛得咳嗽着,用黯淡的眼睛打量着哥萨克们问道。

"我去。""锅圈儿"应声答道。

"好,去吧。"

看来,俘虏明白了谈话的内容,勉强、可怜地苦笑起来;他竭力抑制着自己,忙乱地翻腾着衣袋,把揉碎的、泛潮的巧克力糖塞给哥萨克。

"我是罗西①人……是罗西人……不是奥地利人!"他滑稽地做着手势,含糊不清地说着,还在把揉碎的、香喷喷的巧克力糖塞给哥萨克们。

"还有什么武器没有?"下士问他,"你别唠叨了,反正我们也听不懂。有手枪吗? 啪啪响的玩意儿有吗?"(下士做了个扳枪机的手势。)

俘虏拼命地摇起脑袋。

"不有! 不有!"

他很情愿地叫他们搜查自己,胖乎乎的脸颊直哆嗦。

从撕破了膝盖的马裤里流出血来,露出了粉红色身体上的一块擦伤。他用手绢包扎着伤处,皱起眉头,嘴唇不断地吧嗒着,不停地说着……他的军帽丢在死马旁边,他请求准许他去拿毯子、军帽和笔记本;因为日记里面夹着他亲人的照片。下士竭力想要听懂他的话,但是怎么也不行,就失望地摆了摆手,说道:

"押走吧!"

"锅圈儿"从科舍沃伊手里牵过自己的马,骑上去,整理着步枪的皮带,用手一指,说道:

"走吧,老总,你也算个他妈的战士!"

他的笑脸鼓舞了俘虏,他也笑了起来,和马并排走着,甚至还亲昵谄媚地用手巴掌拍了拍"锅圈儿"的干硬靴筒。"锅圈儿"严厉地推开他的手,勒紧了马缰绳,让他走到前面去。

"走,妈的! 你还要开开玩笑?"

俘虏负疚地急忙向前走去,已经老老实实走起来,不时地回头看看

① 罗西人就是居住在加里齐亚的乌克兰人;现在统称西乌克兰人。

留在原地的哥萨克，那淡白的鬈发调皮地在脑袋顶上竖着。留在葛利高里记忆的正是这个样子——披着骠骑兵绣花军服，灰白的鬈发直立着，迈着坚定、好看的步子。

“麦列霍夫，去把他的马鞍子卸下来。”下士命令说，惋惜地朝已经烧着手指头的烟头上啐了一口唾沫。

葛利高里卸下了死马身上的鞍子，不知道为什么捡起了那顶落在不远地方的军帽。闻了闻帽里，一股廉价肥皂和汗臭的刺鼻气味。他右手提着马鞍子，左手小心地擎着骠骑兵的军帽。哥萨克们蹲在松树下，在鞍袋里乱翻着，观看着这种没有见过的马鞍子的式样。

“他的烟丝很好，应该跟他要一点儿，再卷根烟抽抽。”西兰季耶夫惋惜地说。

“是啊，对的总归是对的，烟丝是不错。”

“好像很香甜，就像奶油顺着喉咙向下流似的……”下士一想起那美味，就叹了口气，咽了一口唾沫。

过了几分钟，松树后面露出一个马脑袋。“锅圈儿”回来了。

“怎么啦？……”下士大吃一惊，跳了起来，“你把他放走了？”

“锅圈儿”摇晃着鞭子，骑马走过来，他下了马，舒展着肩膀，伸了个懒腰。

“你把奥地利人弄到哪儿去啦？”下士走过去质问道。

“你没完没了地问什么？”“锅圈儿”顶嘴说，“他逃跑……想要逃跑……”

“你就把他放走了？”

“我们走到树林里的小路上，他叫了一声……我就把他砍啦。”

“你胡说！”葛利高里喊道，“你无缘无故地把他砍啦！”

“你吵什么？干你什么事？”“锅圈儿”抬起头来，用冷冰冰的眼睛看着葛利高里。

“你说什么？”葛利高里慢慢地站起来，手哆哆嗦嗦地在身上乱摸着。

“不用你管的事，顶好别管！明白了吗，啊？别管闲事！”“锅圈儿”严厉地重复说。

葛利高里抓住步枪皮带,迅速把枪端到肩上去。

他的手指头在颤抖,怎么也摸不着枪机,脸气得变成了褐色,非常难看。

“住——手!”下士向葛利高里跑去,威吓地喊道。

下士及时地推了他一把,子弹打下了一些松针,拖着尖细的长声飞去。

“这是怎么回事呀!”科舍沃伊惊叫道。

西兰季耶夫张着嘴坐在那里,呆若木鸡。

下士推着葛利高里的胸膛,把他的步枪夺下来,只有“锅圈儿”一动不动地站在那里,他始终是那样站着,把一条腿叉开,左手叉着腰。

“你再来一枪。”

“我要杀死你……”葛利高里向他冲过去。

“你们这是干什么?……这是怎么回事?……你们想要受审判,想要挨枪毙吗?放下枪!……”下士吼叫着,把葛利高里推开,然后张开两只胳膊,像钉在十字架上的耶稣一样,站到他们中间。

“你胡说些什么呀,你杀不了我!”“锅圈儿”抖动着那条叉开的腿,沉着地笑道。

在回来的路上,在苍茫的暮色中,葛利高里头一个看见了林间小道上横着一具尸体。他策马跑到众人前面,勒住哼哧直喘的马,仔细看了看:被砍死的人躺在毛茸茸的青苔上,一只胳膊反扭着,远远地伸出去,脸侧着扎进青苔里去。手掌像一片秋天的黄叶,在青草中闪着黯淡的光泽。是一下很厉害的劈刺,大概是从背后砍的,把这个俘虏从肩膀到腰斜着砍成了两半。

“他把这家伙宰啦……”下士在走过的时候,害怕地斜眼看着在死人歪扭的脑袋上扎煞着的乱蓬蓬的淡白鬈发,闷声说道。

哥萨克们默默地走到连队宿营的地方。暮色已深。微风从西方吹来卷层的黑云。从什么地方的沼泽地里吹来一阵阵淡淡的污泥和烂草的潮湿气味。鹭鸶咕咕叫着。马具的叮当声、马刀偶尔撞碰马镫的响声和马蹄踏着地上的松针发出的沙沙声划破了睡梦般的寂静。林中小路的上空,松树枝干上的夕阳余晖渐渐黯淡下来。“锅圈儿”不住地在吸烟。忽明忽暗的火光照亮了他那紧紧夹着卷烟、长着鼓起的黑指甲的大粗指头。

黑云在树林上空飘动,使大地无比忧郁的苍茫暮色更加幽暗、浓重。

第 十 三 章

攻城的战斗从黎明开始。两翼配备了骑兵和骑兵预备队的步兵部队,他们应该在黎明从树林子里发起进攻。但是出现了混乱现象:两个步兵团没有能按时投入战斗;第二一一步兵团奉命调到左翼去;在向左翼运动的时候,被误认为敌军,自己的炮兵连向它开起炮来;这种荒唐的行径和毁灭性的混乱,严重破坏了战斗计划,断送了这次攻城战役,其结局如果不是进攻者全军覆没,也必然以失败告终。在步兵还在重新部署和不知道是按谁的命令连夜开进沼泽地去的炮兵忙着抢救陷进污泥中的车马和大炮的时候,第十一师开始进攻了。在这样的森林和沼泽地带不可能在广阔的战线上向敌人同时发动进攻,有些地段,我们的骑兵连只能分排冲锋。第十二团的第四连和第五连被留作预备队,其余的连队都已经投入进攻的浪潮,过了一刻钟,留下的人就听到了隆隆的炮声和震天的杀声:

“呜啦啦啦——啦啦啦——啦——啦——啦!……”

“咱们的军队前进啦!”

“进攻啦!”

“机关枪响得真密。”

“大概是在扫射咱们的人哩……”

“没有声音啦,怎么回事?”

“就是说攻下来啦。”

“咱们马上也要去喝点汤啦。”哥萨克们断断续续地交谈着。

两个连隐蔽在森林空地里。粗大的松树妨碍视线。一个步兵连几

乎是跑着,从他们旁边开过去。英俊的司务长停了下来,让过最后的队伍,嘶哑地喊道:

"不要弄乱队列!"

步兵连在脚步声、军用水壶的叮当声中,消逝在赤杨树丛那面去了。

从很远的地方,从树木丛生的陡坡后面,又传出一阵逐渐逝去的、已经减弱的雷鸣般的喊声:"啦啦啦——呜啦啦啦!……啊啊啊!"这喊杀声突然一下子像被切断似地沉寂了。一片令人心焦的寂静。

"瞧,现在才真正攻到地方啦!"

"大概正在你砍我杀……进行肉搏战!"

大家都紧张地倾听起来,但是那里却是一片死寂。右翼的奥地利炮兵正在消灭进攻的部队,传来连续不断的机关枪扫射声。

麦列霍夫·葛利高里看了看自己这一排人,哥萨克们都紧张得要命,马也急躁不安,像被马蝇叮咬了似的。"锅圈儿"把帽子挂在鞍头,在擦着汗漉漉的灰秃脑袋瓜儿,米什卡·科舍沃伊站在葛利高里旁边,拼命地吸着叶子烟。周围的一切都显得那么清晰,那么真实,——通宵不眠的人,常会有这种幻觉。

这两个连作为预备队在这里待了三个钟头。枪声渐渐稀疏下来,过了一会儿又响起来,响声更急。一架不知是哪方的飞机在他们的头顶上轧轧响着绕了几个圈子。它在高空中盘旋了几圈儿,越飞越高,然后向东飞去;飞机下面的蓝天上升起了一团团榴霰弹爆炸的乳白色烟雾:高射炮正在射击这架飞机。

快到正午了,预备队才投入战斗。人们已经把所有的烟草都抽光了,传命兵——一个骠骑兵——跑来的时候,大家早已等得不耐烦了。四连连长立刻把队伍带到林中小道上,向旁边的什么地方走去(葛利高里觉得他们是在往回走)。在小树林子里走了有二十分钟,队形也乱了。战场的声音离他们越来越近;从他们背后不远的地方,炮兵连正在频繁地射击;炮弹嗖嗖地响着,从他们头顶上飞过去。在树林子里走乱了的队伍乱七八糟地冲到了空旷的田野里。在离他们半俄里的树林边,匈牙利骠骑兵正在砍杀俄军炮队的炮手。

“全连,排好!”

还没有来得及把队形展开,就听见:

“连队,拔出马刀,冲锋!”

一片蓝色的刀光。连队加快速度,变成了飞跑。

有六个匈牙利骠骑兵正围在尽头上的一辆炮车旁边忙活。一个在拉那几匹执拗的马的笼头,第二个在用重剑拍它们,其余的几个下了马的骠骑兵扳着车轮辐条,帮着往前推,企图把大炮拖走。旁边有个军官,骑在一匹咖啡色的、短尾巴骒马上,威风、矫健,他在发号施令。匈牙利人一看见哥萨克,撇下大炮,上马逃命。

“追啊,追啊,追啊!”葛利高里心里数着马的奔跑步数。一只脚突然脱离了马镫,他觉得自己骑在鞍子上很不牢靠,就慌忙去寻找马镫;他弯下身去,抓住马镫,把脚尖伸进去,抬眼一看:一辆六匹马拉的炮车,最前面的一匹马上——骑手已经被砍死,他的手抱住马脖子,衬衣上洒满了血和脑浆。葛利高里的马踏在一个炮手的尸体上,蹄下发出嚓嚓的响声。在一个翻倒了的炮弹箱旁边还有两具尸体,第三个死尸仰面朝天躺在炮架上。西兰季耶夫跑到葛利高里前面去了。骑在短尾巴骒马上的匈牙利军官,几乎是枪口顶着他开了一枪。西兰季耶夫在鞍子上一跃,像是双手拥抱蓝天,摔下马去……葛利高里勒了一下马缰,想从军官的左边追过去,这样砍起来顺手:军官发觉了他的迂回动作,顺手开了一枪。他朝葛里高里打完了一梭子子弹,便拔出重剑来。看来他是个很高明的击剑家,从容不迫地挡开了三次致命的劈杀。葛利高里歪着嘴,进行第四次劈刺。他站在马镫上(他们的马几乎是并排跑着,所以葛利高里看见了匈牙利人的灰白的、刮得光光的、绷紧的右颊,还看见了他制服领子上的号码领章);他虚晃一刀,骗开匈牙利人的注意,突然改变了劈刺的方向,用刀尖猛然一刺,第二下砍到了脖子上。匈牙利人握剑的手垂了下去,松掉缰绳,挺了一下身子,胸部向前一弯,好像被咬了一口似的,趴到鞍头上。葛利高里感到非常轻松,又照着他的脑袋砍去。他看到,马刀深深地砍进耳朵上边的头骨里去,一直砍到刀上血槽的地方。

葛利高里的脑袋上遭到猛烈的一击,使他昏厥过去。他觉得嘴里

有一股热辣辣的血的咸味,知道自己要倒下去了,——收割完的麦茬旋转着,迅速地从旁边的什么地方向他扑来。

摔到地上时的沉重撞击,使他暂时恢复了知觉。他睁开眼睛,脸上的血流进了眼睛。耳边响着马蹄声和马的吃力的呼吸声:“呼,呼,呼!”葛利高里最后一次睁开眼睛,看到了鼓胀的、粉红色的马鼻孔和不知道什么人踏在马镫上的靴子。“完啦。”——一阵轻松的念头像条小蛇似地爬过脑海。一片喧声和黑洞洞的空虚。

第十四章

八月初旬,叶甫盖尼·利斯特尼茨基中尉决定请求从禁卫军阿塔曼斯基团调到一个哥萨克战斗部队的团里去。他打了报告,过了三个星期,他就奔走到了派往现役军团去的任命书。他办好有关手续之后,在离开彼得格勒以前写了一封短信,把自己的决定告诉了父亲:

爸爸,我已经要求把我由阿塔曼斯基团调到战斗部队去。今天我收到了任命书,即将奔赴前线,听候第二军团长调遣。我的决心大概会使您吃惊,请容我解释:我不得不在其中周旋的环境使我非常苦恼。阅兵呀,迎宾呀,守卫呀,——宫廷这套把戏使我腻透了。这一切使我厌恶得简直要呕吐,我渴望有声有色的事业,而且……如果您愿意的话,我渴望建立功勋,这应当认为,这是我的光荣的利斯特尼茨基家族的血统开始表现出来,这个家族从卫国战争①开始,就不断给俄罗斯军队的桂冠增加新的荣誉。我即将到前方去。请求您的祝福。上星期,陛下出巡大本营前,我有幸一睹圣颜。我对圣上十分爱戴。我在宫内守卫。圣上微露笑容,偕同罗坚科②从我面前走过,眼睛对着我,用英语说:“看,这是我的

---

① 指一八一二年俄法战争。

② 罗坚科(1859—1924)是当时的一个反动政客。

光荣的禁卫军。在适当的时候,我要打出这张王牌,来战胜威廉。”我爱戴圣上,简直像个女学生似的在爱他。虽然我已经二十八岁了,但是我很坦白地向您承认这一点,而且丝毫也不感到害臊。宫廷里面那些像蜘蛛网似的玷污圣誉的流言蜚语使我非常不安。我不相信,也不能相信。几天前,我几乎要把格罗莫夫大尉打死,因为他胆敢当着我的面,大不敬地说皇后陛下的坏话。这太可恶啦!我对他说,只有在血管里流着农奴血液的人,才会下贱到听信这些肮脏的谤语。当时还有几个军官在场。我怒不可遏,拔出手枪,想一枪打死这个无耻的家伙。但是同事们夺下了我的枪。我在这个污浊的环境里,日益痛苦难忍。禁卫军的团队里——特别是在军官中——没有那种纯真的爱国热情,说来可怕——甚至根本不爱皇朝。这不像些贵族,简直是一伙败类。这实际上说明我脱离团队的原因。我不能和那些我不尊敬的人相处。好,大概就这些啦。有些地方写得很乱,请原谅,因为是匆忙中写的,我要去捆箱子,去见卫戍司令官。祝您健康,爸爸。我将从军中给您写封更详尽的信。

您的叶甫盖尼

去华沙的列车晚上八点钟开。利斯特尼茨基坐马车来到火车站。身后,彼得格勒闪烁着一片蓝灰色的火光。车站上拥挤喧哗。大部分是军人。一个搬运工把利斯特尼茨基的箱子放好,得到赏钱,并祝他一路平安。利斯特尼茨基解下武装带,脱掉军大衣,松开皮带,在铺位上铺了一条高加索花绸被子。铺位下面,靠窗的小桌子上放了许多家常食品,一个出家人脸相的、瘦削的神甫正在大吃大嚼。他一面从乱蓬蓬的胡子上往下拂着面包屑,一面招呼坐在他对面的穿学生制服、面色黝黑、身体瘦弱的女孩子说:

“您尝尝。啊?”

“谢谢您。”

“不要客气,像您这样的体格,应该多吃东西才是。”

“多谢。”

“喂,尝尝奶油点心吧。军官老爷,也许您愿意尝尝吧?”

利斯特尼茨基从铺位上垂下头来。

“您是对我说的吗?”

“是呀,是呀。”神甫用两只忧郁的眼睛盯着他,雪白的长胡子下的嘴唇上露出一丝笑容。

“多谢。我不想吃。”

“不必这样。吃到嘴里去的东西绝无害处。您是到战斗部队里去吗?”

“是的。”

“上帝保佑您。”

利斯特尼茨基睡意蒙眬,觉得神甫浓重的声音仿佛是从远处传来的,而且觉得,已经不是神甫在幽怨地低诉,而是格罗莫夫大尉在说话。

“……我拉家带口,您知道,教区又很穷。现在我是去当随军神甫。俄罗斯人民是不能没有信仰的。您知道,信仰是一年一年地在加强。当然也有些人失去了信仰,但这都是些知识分子,农民对上帝都是坚信不疑的。是的……就是这样……”那个低音叹了一口气,接着又滔滔不绝地说起来,但是已经不能进入利斯特尼茨基的知觉了。

利斯特尼茨基渐入梦乡。蒙眬中最后感觉到的东西,是细板条钉的车厢顶的新刷的油漆气味和窗外的一声喊叫:

“行李处接过去啦,与我没有关系!”

“行李处接过什么去啦?”意识上滑过这样一个念头,思路不知不觉地断了。一连两夜没有睡觉,现在能痛痛快快地睡一下了,所以他很快就睡熟了。利斯特尼茨基醒来的时候,火车已经开出彼得格勒有四十俄里了。车轮子有节奏地响着,火车头拖着的车厢颠簸不止,隔壁的房间里有人在小声唱歌,顶灯投下歪斜的紫色阴影。

利斯特尼茨基要去的那个团,在最近的几次战斗中遭受了很大的损失,已经撤出战斗,正在匆忙补充马匹和人员。

团部驻扎在一个叫别廖兹尼亚吉的大商业集镇上。利斯特尼茨基在一个无名的小车站下了火车。一座后方医院也在这里卸下火车。利斯特尼茨基向医生打听后方医院的去向，得知这个医院是从西南战线调到这一地区的，现在要沿着别廖兹尼亚吉——伊万诺夫卡——克雷绍温斯科耶一线向前移动。身材高大、紫色脸膛的医生非常不客气地批评了自己的顶头上司，大骂师部参谋人员，他的大胡子乱蓬蓬的，两只凶狠的眼睛在金边夹鼻眼镜里闪动，把自己的怨气全都向这个偶然相遇的人发泄出来。

"您能把我带到别廖兹尼亚吉去吗？"利斯特尼茨基打断他的话问道。

"中尉，请坐那辆双轮马车走吧。"医生答应了他的请求，亲昵地摸弄着中尉大衣上的扣子，寻求同情；他用沉着的低音大声说道："您想想看，中尉，在装牲口的车厢里摇晃了二百俄里，为的是到这里闲逛，而我们调离的那个地区，血战已经进行了两天，伤兵很多，急需我们的救护。"医生幸灾乐祸地重复着"血战"这两个字，他大声喊叫，而且把"血"字说得格外重。

"这种混乱状况是怎么造成的呢？"中尉出于礼貌，装作有兴趣似地问道。

"怎么造成的？"医生讽刺地把夹鼻眼镜上方的眉毛一挑，大吼道，"毫无条理，胡来蛮干，瞎指挥，就是这些混蛋在那里把什么都弄得乱七八糟。没有办事能力，简直是没有健全的头脑。您记得韦列萨耶夫的《医生的日记》①吗？就是这样，您哪！我们总是在加倍重犯过去的错误，是的您哪。"

利斯特尼茨基行了一个举手礼，便向马车走去，怒气冲冲的医生对着他的后影哇啦哇啦叫道：

"我们要输掉这场战争，中尉！被日本人打败啦，也没有变得聪明点儿。说什么我们可以投鞭断流，那简直是痴人说梦……"他顺道轨走去，痛心地摇着脑袋，迈过泛着彩虹般石油光亮的小水洼。

当后方医院的人马到达别廖兹尼亚吉的时候，天色已晚。风吹拂

---

① 韦列萨耶夫(1867—1945)，经历了沙俄和苏联两个时代的作家。《医生的日记》是他的名著，内容描写一个青年医生精神上的痛苦，表现了他对工作的怀疑，感到自己的工作困难而无益。

着焦黄的、硬毛似的麦茬。黑云在西方的天边涌起。这片黑云顶上镶了一带紫色的霞光,再往下一点儿,这绮丽的色彩却正在消失,色调瞬息万变,在忧郁的天空涂上一抹轻柔如烟的、淡紫色的夕照余晖;这一片像河流解冻时壅塞的冰块垒起来的云堆从中间陷裂,云隙间透出一道橙黄色的落日霞光。红彤彤的光芒令人目眩,直泻大地,扇面似地迸散开,又折射回天空。云隙的下面,神奇地绣出一条美丽的,杂乱无章的色谱。

道沟边,横着一匹被打死的枣红马。一条后腿刺眼地向上翘着,已经快磨坏的马掌闪着亮光。利斯特尼茨基在双轮马车上颠簸着,仔细地打量着这匹死马。同车上的战地护士朝鼓胀的马肚子上啐了一口,解析说:

"麦子吃得太多啦……撑死啦,"他看了中尉一眼,又更正说;他还要再啐一口,但是出于礼貌上的考虑,又把唾沫咽了回去,用军便服袖子擦了擦嘴唇,"马死啦——用不着掩埋。……德国人……他们可跟咱们不同。"

"你是怎么知道的?"利斯特尼茨基无缘无故地愤怒地问道,同时又无缘无故地对护士那冷漠的、带着自命不凡和鄙视一切的神情的脸感到非常的憎恶。这是一张阴郁而又无聊的脸,就像九月收割后残留着些庄稼茬的田野;跟那些由中尉接收来并从彼得格勒赶往前线去的成千成万农民出身的士兵的脸相毫无差别。这些人的脸都好像是失去了色泽,在他们灰色的、蓝色的、浅绿色的和其他颜色的眼睛里,凝结着一种麻木的神情,宛如多少年前铸的旧铜币。

"战前我在德国住过三年。"护士不慌不忙地回答说。他的音调里也带着中尉在他的目光中所看到的那种自命不凡和鄙视一切的神情。

"我在柯尼希斯贝格的卷烟厂里做过工。"护士用皮缰绳打成的环结赶着那匹强壮的小马,忧郁地说道。

"不要说啦!"利斯特尼茨基严厉地说,又扭过脸去看那匹死马的脑袋:一绺鬃毛垂在眼睛上,牙床露在外面,被风吹日晒,已经变成黑色了。

那条向上跷着的腿，膝盖弯着，马蹄子被马掌钉钉裂了一点儿，蹄壳却依然闪着灰色的光泽，中尉从马腿上，从轮廓分明的趾关节上，断定这是一匹年轻的良种骏马。

双轮车在坎坷不平的小路上颠簸着，继续赶路。西天边的暮色益深，风吹散了乌云。死马那条黑乎乎的挺立在一座没有顶的小教堂后面的腿，依稀可辨。利斯特尼茨基仍旧在看它，突然一圈圆圆的亮光照到马尸上，那条紧裹着枣红色毛皮的腿一时变得那么令人神往，宛如一根美丽的枯树枝。

在别廖兹尼亚吉镇口，伤兵医院的人马遇上了几辆运伤兵的大车。

一个脸刮得光光的、上了年纪的白俄罗斯人——第一辆大车的主人——走在马身旁，缰绳缠在手上。一个头上缠着绷带、没戴帽子的哥萨克，撑着胳膊肘躺在车上。他疲倦地闭着眼睛，嚼着面包，又把嚼烂的、黑色的湿面包吐出来。他的旁边平卧着一个步兵。他屁股上的裤子已经破得不像样子，上面的血渍已经干了，皱折起来。他头也不抬，在难听地谩骂。利斯特尼茨基吃惊地听着他那咒骂的声调；虔诚的教徒是用这种声调祈祷的。第二辆大车上躺了六个步兵，紧挤在一起。有一个眯缝着热情的、发炎的眼睛，在兴高采烈地讲着：

"……听说他们的皇帝派来一名大使，提出要议和。主要的是，告诉我这话的人，是个老实人！我希望他不至于骗我。"

"怕不见得吧。"另一个人摇着圆滚滚的、尽是瘰疬疮疤的脑袋，怀疑地说道。

"菲利普，还是看看再说吧，也许是真的来啦。"跟他们背靠背坐着的第三个人带着轻柔的伏尔加河流域的口音说道。

第五辆大车坐的是戴着红箍制帽的哥萨克。有三个哥萨克舒服地坐在宽敞的车上，默默地看着利斯特尼茨基，在他们那风尘仆仆、表情严峻的脸上，完全没有在部队时对上司的那种敬重的神情。

"好啊，乡亲们！"利斯特尼茨基向他们问候说。

"祝你健康。"坐在边上，紧靠着车主的一个蓄着银色小胡子的漂亮哥萨克有气无力地回答说。

“你们是哪个团的?”利斯特尼茨基问着,极力想看清哥萨克蓝肩章上的号码。

“第十二团。”

“你们团现在驻在哪儿?”

“我们不知道。”

“那么,你们在什么地方受伤的?”

“就在这个村子附近……不远。”

哥萨克们低声交谈了几句,其中一个用好手托着那只用粗麻布片包着的受伤的胳膊,从车上跳下来。

“老爷,稍微等一会儿。”他小心地捧着那只被枪打伤的、正在发炎的胳膊,对利斯特尼茨基微笑着,摇摇晃晃地捯动着两只光脚,走了过去。

“您是不是维申斯克镇的?是不是姓利斯特尼茨基?”

“是啊,是啊。”

“我们真猜对啦。老爷,能不能给点烟抽呢?招待招待我们,看在基督的面上,我们没有烟抽,简直要难受死啦。”

他扶着双轮车的油漆的车帮走着。利斯特尼茨基掏出烟盒来。

“顶好您能给我们十来根。我们一共是三个人呢。”哥萨克笑着恳求说。

利斯特尼茨基把剩下的纸烟全都倒在他的古铜色的大手巴掌里,问道:

“团里受伤的人多吗?”

“二十来个。”

“损失很大吗?”

“死了很多。老爷,跟您借个火。谢谢啦。”哥萨克点上烟,落在后面了,他在后头喊道,“离您府上不远,鞑靼村的哥萨克,今天又死了三个。哥萨克们被打得大败。”

他挥了挥那只好手,便追赶自己的大车去了。身上没有系腰带的军便服上衣在随风飘动。

利斯特尼茨基中尉去任职的那个团的团长,住在别廖兹尼亚吉镇上的一个神甫家里。中尉在广场上,与热心地让他搭救护车的医生告别后,便去找自己的团,他一面走着,一面掸着衣服上的尘土,向遇到的人打听团部驻扎的地方。一个蓄着棕红大胡子,领着士兵去站岗的司务长,迎面走来,他向中尉敬礼,在行进中回答他的问话,并且指点了团部驻在那座房子。团指挥部里和所有远离前线的指挥部一样,很安静。几个文书伏案在抄写什么,一个上了年纪的大尉正在军用电话旁边,跟看不见的对话人说笑。苍蝇在宽敞的大屋子的窗户上营营飞舞,远处传来的电话声像蚊子一样在哼哼。勤务兵把中尉领到团长的住处。高个子、下巴上有块三角伤疤的上校,不知道为什么情绪很坏,在堂屋里冷淡地接见了他。

"我就是团长。"他回答说,听中尉说明自己是来接受他的指挥的,就默默地做了个手势,请中尉进内室去。他关上身后的门,用非常疲倦的姿势理了理头发,温柔、单调地说道:

"昨天旅部已经把这事通知我啦。请坐。"

他问了利斯特尼茨基以前服役的经历、京城新闻和一路上的情况;在他们简短的谈话过程中,上校一次也没有抬起那显得非常疲惫的眼睛看看对方。

"可能是在前线弄得这样疲惫。"中尉打量着上校的突出的前额,同情地猜想。但是上校好像是要纠正他的想法,用马刀柄搔了搔鼻梁,说道:

"中尉,你去跟各位军官认识认识吧,您知道,我已经三夜没有睡觉啦。在这种穷乡僻壤,我们除了打牌和喝酒以外,再也没有什么事情可干啦。"

利斯特尼茨基敬礼的时候,笑中隐藏着极端的轻视。他告辞出来,不愉快地回忆着这次会见,嘲讽着自己刚才对上校疲惫的神色和宽下巴上的伤疤油然而生的敬意。

第 十 五 章

这个师奉命强渡斯特里河，在洛维什奇附近插入敌后。

科斯特尼茨基几天之内和军官们混熟了；他很快就熟悉了战斗生活，过惯了的舒适生活和安逸的梦境一扫而光。

渡河战役战果辉煌。重创敌人大兵团的左翼之后，全师挺进敌后。奥地利人在洛维什奇附近，在匈牙利骑兵的支援下，企图进行反攻，但是哥萨克炮兵用榴霰弹把他们击溃。展开队形，发起反攻的匈牙利骑兵连遭侧翼的机枪火力扫射和哥萨克的追击，混乱退去。

利斯特尼茨基随团参加了反冲锋，他们一个营向退却的敌人发起猛攻。利斯特尼茨基指挥的第三排有一个哥萨克阵亡，四人受伤。中尉外表镇定地驰过洛谢诺夫的身边，竭力不去听他那沙哑的低声哀求。洛谢诺夫是克拉司诺库特斯克镇的一个长着鹰钩鼻子的青年哥萨克。他躺在那里，一匹死马压在他身上。他的前臂受伤，一动也不动地躺在那里，央求从他面前驰过的哥萨克：

"弟兄们，别扔掉我啊！把我从死马身下拖出来，弟兄们……"

痛楚折磨得他的呼声很微弱，但是驰过他身边的哥萨克们的慌乱的心里哪还有同情心，就是有的话，那么意志也不允许这种同情心表露出来，而是要极力压制。全排漫步走了五分钟，让跑得气喘吁吁的马匹歇口气。溃逃的匈牙利骑兵连离他们已有半俄里远了。在他们的镶着漂亮毛皮边的军服中间夹杂着步兵的蓝色军服。奥地利人的辎重车顺山岗爬行。榴霰弹的乳白色烟雾在辎重车上空像告别似地飘摇。从左边的什么地方，炮兵正以迅猛的炮火轰击辎重车。田野上雷鸣般的炮声隆隆滚去，近处的树林里响起频繁的回声。

指挥骑兵营的萨夫罗诺夫中校命令"跑步走"，于是三个连就散开，放马跑起来。骑士们的坐骑奔驰着，汗沫像橙黄色的花朵，从马身上纷纷落下。

这一夜是在一个小村子里宿营的。

团里的十二个军官挤在一间小茅屋里。疲惫不堪、饥肠辘辘的军官们躺下睡去。半夜时分,野战厨车赶到。丘博夫少尉端来了一锅菜汤,菜汤的油香味把军官们诱醒了;一刻钟后,睡意惺忪的军官们就鸦雀无声、狼吞虎咽地吃起来,弥补两天战斗的消耗。吃过深夜的饭餐以后,睡意全无了。吃得肚子发胀的军官们躺在斗篷上、干草上,抽起烟来。

卡尔梅科夫上尉是一个圆滚滚的、身材矮小的军官,不仅是姓名,连脸上也带有蒙古人种的特征,说话时总是用力地打着手势:

"这场战争对我是不适宜的。我晚生了四百年。你知道吧,皮得,"他对捷尔辛采夫中尉说道,把"彼得"的"彼"字说得很重,成了"皮","我是活不到这场战争结束的时候了。"

"快别说你那套手相术啦。"捷尔辛采夫从斗篷下面用嘶哑的低音说道。

"这不是什么手相术。这是注定的结局。我有祖传的病症,真的,我在这里是个多余的人。今天咱们冒着炮火进攻时,我急得浑身发抖。连敌人的影子都看不见,我简直不能忍受这种看不见敌人的战争。这种可恶的感情同恐怖是一样的。他们在几俄里以外对你开炮,而你骑在马上,像一只草原上被猎人瞄准了的野雁。"

"我在库帕尔卡看到过奥地利的榴弹炮。你们有谁看见过吗,诸位?"阿塔曼丘科夫大尉舐着沾在英国式的小红胡子上的罐头肉屑问道。

"妙极啦!有瞄准箱,全部机械化——极端完备。"刚刚喝完第二锅菜汤的丘博夫少尉兴高采烈地补充说。

"我见过,但是我不想谈自己的印象。对炮兵我是个外行。依我看,大炮就是大炮——只不过是口径大点而已。"

"我很羡慕过去原始打仗的方法,"卡尔梅科夫转向利斯特尼茨基继续说道,"在诚实的战斗中砍杀敌人,用马刀把人砍成两截——这我可以理解,可是现在这种打法简直是活见鬼!"

"在未来的战争中,骑兵的作用等于零。"

“更正确地说,骑兵本身也不会存在了。”

“哼,这只能是假设!”

“不,这是无可置疑的。”

“你听我说,捷尔辛采夫,机器是不能替代人的。你走得太远了。”

“我说的不是人,是马。摩托车或汽车是可以代替马的。”

“我在设想一个汽车连队。”

“胡说八道!”卡尔梅科夫发起火来了,“军队还是要用马的。你这纯属荒唐的空想!二百年——三百年后会变成什么样子,我们不知道,可是现在,不论怎么说,骑兵……”

“我的德米特里·顿斯科伊①,在进攻四周环以战壕的阵地时,不用骑兵,你还能有什么别的办法?啊?喂,回答呀!”

“冲破缺口,突袭,挺进敌后——这都是非骑兵莫属。”

“胡说八道!”

“好啦,诸位,咱们走着瞧吧。”

“我们睡觉吧。”

“诸位,你们别再争论啦,应该知趣一些嘛,别人还要睡觉呢。”

激烈的争论平息了。有个人蒙在斗篷里打呼噜,那声音简直像在吹口哨。利斯特尼茨基没有参加谈话,他仰面躺着,呼吸着铺在地上的干草陈腐气味。卡尔梅科夫画着十字,躺到他身旁。

“中尉,您跟志愿兵本丘克谈谈吧。他就在您那个排里。是个很有趣的小伙子!”

“怎么有趣呢?”利斯特尼茨基背朝着卡尔梅科夫,问道。

“他是个俄罗斯化了的哥萨克。在莫斯科住过。一个普通工人,但是不论什么问题,他都有现成的答案。是个不好对付的家伙,一名优秀的机枪射手。”

“咱们睡觉吧。”利斯特尼茨基提议说。

---

① 德米特里·顿斯科伊(1350—1389)于一三五九年继承了莫斯科大公国的王位。一三八〇年在顿河沿岸的库里科沃击败鞑靼人的大军,奠定了后来俄罗斯人摆脱鞑靼人统治的基础。这儿是用来取笑卡尔梅科夫的,因为他羡慕原始的战争方法,所以就用这个古人的名字称呼他。

“好吧，”卡尔梅科夫同意说；他好像在想什么心事，负疚地皱了皱眉头，又遗憾地说道，“中尉，请您原谅，我的脚有臭味……您知道，已经有两个多星期没脱鞋袜啦，袜子已经给汗水沤烂了……真是糟透啦！应该从哥萨克们那里弄副包脚布。”

“去弄一副吧。”利斯特尼茨基已进入梦乡，含糊地说。

利斯特尼茨基本来已经忘了卡尔梅科夫的谈话，但是第二天却无意中遇到了志愿兵本丘克。黎明时候，连长命令他去进行侦察，如果可能的话，与在左翼继续进攻的步兵团进行联络。利斯特尼茨基在黎明的昏暗中，在睡满哥萨克的院子里转了半天，才找到了本排的下士。

“选五个哥萨克跟我一起侦察。告诉他们给我备马。快点。”

五分钟后，一个身材不高的哥萨克走到茅屋门口来。

“老爷，”他向正在往烟盒里装纸烟的中尉说道，“下士不派我去侦察，因为没有轮到我的班。您能允许我去侦察吗？”

“你想升官吗？还是受过什么处分？”中尉问道，仔细打量着昏暗中的哥萨克的脸。

“什么处分也没有。”

“好，你去吧……”利斯特尼茨基答应了他的请求，站起身来。

“喂，你，”他对着已经离去的哥萨克的后影喊道，“回来！”

那个哥萨克又走近来。

“你去告诉下士……”

“我姓本丘克。”哥萨克打断了他的话说。

“是志愿兵？”

“是。”

“请您告诉下士，”利斯特尼茨基窘了一阵子，控制着自己，改口说道，“叫他……好，算啦，您去吧，我自己去告诉他。”

天色渐渐亮了。侦察队走到村外，穿过哨岗和警戒部队，朝地图上标出的那个村子方向走去。

走了约半俄里，利斯特尼茨基使马的脚步放慢。

“志愿兵本丘克！”

“有。”

“请您靠我近一点儿。”

本丘克使自己那匹平庸的马跟中尉的纯种顿河马并行起来。

“您是哪个镇的人?”利斯特尼茨基打量着志愿兵的侧影,问道。

“是新切尔卡斯克镇的。”

“可以问问,您是为什么来当志愿兵的吗?”

“请吧,”本丘克拉着长声,略带嘲笑的口吻回答说,并用严厉的、绿莹莹的眼睛看了看中尉。一眨不眨的目光刚毅坚韧,“我很喜欢兵法,很想研究研究这门学问。”

“那您可以进军校嘛。”

“是啊,可以。”

“那您为什么还要当志愿兵呢?”

“我想先在实战中试试身手,再学习理论。”

“您战前是干哪一行的?”

“工人。”

“您在什么地方做工?”

“在彼得堡、顿河罗斯托夫和图拉的兵工厂……我想请求您把我调到机枪队去。”

“你熟识机枪构造吗?”

“绍什、伯蒂、马德森、马克辛、戈奇基斯、贝格曼、维克尔斯、路易斯和施瓦茨洛泽等等牌子的机枪构造我都很熟识。”

“真了不起！我找团长谈谈看。”

利斯特尼茨基又看了看身材不很高大、然而却很健壮的本丘克。像顿河一带的黄榆树:他身上的一切都很平常,没有任何引人注目的东西,只有那坚硬的下颚和炯炯逼人的目光使他的脸显得与众不同。

他不常笑,笑起来嘴唇弯成弧形,眼睛也并不因为笑而变得柔和些,依然保持着那种晦暗的光芒,令人觉得很难接近。他朴实无华,冷静沉着,——就像生长在顿河沿岸阴郁的灰色沙土地上木质似铁的挺拔的黄榆树。

他们默默地走了一会儿。本丘克把两只宽大的手巴掌放在油漆剥落的绿色鞍头上。利斯特尼茨基掏出一支烟,就着本丘克手里的火柴抽着,闻到他的手上有一股像松香一样甜蜜的马汗味儿。手背上长了一层浓密的像马毛似的棕色汗毛。利斯特尼茨基不由自主地想去抚摸一下。他吞咽着苦辣的烟气,随口说道:

“您和另外一个哥萨克,从这个树林子那里顺着那条小道往左边走。您看见了吗?”

“看见了。”

“如果在半俄里内看不见咱们的步兵队伍,你们就回来。”

“遵命。”

他们放开马小跑起来。小树林边上是一片密密层层的小白桦树。小白桦树丛后面,是一片发黄的、令人看了很不舒服的低矮、稀疏的小松树林和被奥地利人的辎重车轧过的灌木丛。从右方远处,传来震地的大炮轰鸣声,可是这里,小白桦树林边,却异常安静。大地在吸吮着浓重的朝露,萋萋野草,已变成绯红,开满了早秋的花朵,预示着即将来临的衰亡。利斯特尼茨基在一棵小白桦树边停下来,用望远镜眺望着林外的小山岗。一只蜜蜂展开翅膀,落在他的马刀套的铜头上。

“糊涂虫。”本丘克责怪蜜蜂的失策,惋惜地小声说道。

“您说什么?”利斯特尼茨基拿开了望远镜。

本丘克用眼睛看看蜜蜂,利斯特尼茨基笑了。

“它酿的蜜一定也是苦的,您以为如何?”

回答他的不是本丘克。机枪从远处的一丛松树后面,发出像喜鹊叫一样的刺耳的呱呱声,划破了寂静。子弹飕飕响着射向白桦树林,一根被子弹打断的树枝在空中盘旋,飘摇,然后落到中尉坐骑马鬃上。

他们吆喝、鞭打着马匹,奔回村子。奥地利人的机枪不停地在他们背后扫射。

后来,利斯特尼茨基常常遇到志愿兵本丘克,而本丘克严厉的眼睛里闪耀着的那种坚毅的光芒,总使他不胜惊讶,他感到惊讶,但是却不能识破笼罩在这个外表如此纯朴的人的脸上那乌云似的、难于捉摸的深沉表情后面究竟隐藏着什么。本丘克说话的口气,也总好像没有说完似的,坚毅的嘴角上,照例含着一丝微笑,仿佛总是故意绕开只有他一个人知晓的真理,在一条崎岖的小道上走似的。他被调到了机枪队。

过了十多天(团队得到了一天的休息机会),利斯特尼茨基在去找连长的路上追上了本丘克。他正顽皮地晃着左手腕子,走过一个烧过的板棚。

“啊——啊,志愿兵?”

本丘克转过头来,一面举手行礼,一面让开道。

“您上哪儿去?”利斯特尼茨基问道。

“上队长那儿去。”

“那咱们大概是同路喽?”

“大概是吧。”

他们在毁于战火的村庄的街道上默默地走了一会儿。在几处幸存下一些车棚、马厩的院子里,有许多人在奔忙,一些骑马的人走了过去,冒着热气的野战厨车就停在街当中,等候领饭的哥萨克们排成长龙;头顶上飘着闷人的潮气。

“喂,怎么样,在研究战争吗?”利斯特尼茨基斜眼看了看稍微落在后面走着的本丘克,问道。

“是的……在研究。”

“战后您打算干什么?”利斯特尼茨基看着志愿兵毛烘烘的手,莫名其妙地问道。

“有的人当然要自食其果,至于我……看看再说。”本丘克眯缝起眼睛说道。

“应该怎样理解您的话呢?”

“中尉,”本丘克把眼睛眯得更细,解释道,“有一句俗话您知道吧:‘玩火者必自焚’,就是这样。”

“您顶好别打比喻,说清楚一点。”

“已经够清楚啦。再见吧,中尉,我要向左转啦。”

本丘克把毛烘烘的手指往哥萨克制帽檐上一碰,向左转去。

利斯特尼茨基耸耸肩,目送了他半天。

“他是在故弄玄虚呢,还是仅仅是个脾气古怪的人呢?”利斯特尼茨基走进连长的整齐的土屋,愤愤地猜度着。

第十六章

第三期应征的哥萨克也和第二期应征的哥萨克一同开往前方去了。顿河沿岸的市镇和村庄一片荒凉,好像整个顿河流域的人都去割草和忙着收庄稼去了。

这一年,顿河内的农忙季节却是一片凄凉;死神把能干活的人都夺走了,披头散发的哥萨克女人在送别亲人时,都像哭丧似的嚎啕大哭。"噢,我——的——亲人哪!……你把我扔下,叫我依靠谁呀?……"

亲人们头朝四面八方地倒在了战场上,他们流尽了哥萨克的鲜血,眼睛直呆呆的,在大炮奏出的哀乐声中,长眠,腐烂在奥地利、波兰和普鲁士的土地上……东风浩荡,但也未必能把爱妻、慈母的哭声送到他们耳边。

哥萨克的精华都背井离乡,死于战火、虱子、恐怖和无法排遣的忧伤。

一个晴朗的九月的日子,鞑靼村的上空飘着一层薄薄的像蜘蛛网似的彩色艳丽烟云。没有血色的太阳像寡妇一样苦笑着。万里晴空,碧蓝洁净,犹如拒人于千里之外的骄矜的处女。顿河对岸的树林染上一片忧郁的黄色,白杨树闪着黯淡的光辉,橡树飘落着稀疏的、有花纹的叶子,只有赤杨依然碧绿喜人。它那顽强的生命力感染了目光锐利的喜鹊。

就在这一天,潘苔莱·普罗珂菲耶维奇·麦列霍夫收到了一封从野战部队寄来的信。信是杜妮亚什卡从邮局取回来的。邮政局长把信交给她的时候,还朝她鞠躬,摇晃着秃脑袋,卑躬屈节地摊开两手,哀求说:

"请您看在上帝的面上,原谅我吧。我把信拆开啦。请告诉您爸爸:就说菲尔斯·西多罗维奇,如此这般把信拆开啦。就说,他急于要知道有关战争的消息,急于要知道那里的情形……务必请您原谅,就这样告诉您爸爸潘苔莱·普罗珂菲耶维奇,并请他也原谅我。”

他有点儿反常,神色慌张,还把杜妮亚什卡一直送出来,也不顾他的鼻子上溅满了墨水。

“您们在家里……不要责备我,上帝保佑……因为咱们都是老相识了,我才……”他跟在杜妮亚什卡身后嘟囔着,还不断地鞠躬,这一切使她感到一种预兆,仿佛被震了一下似的。

她非常激动地回到家里,半天也没能把信从怀里掏出来。

“快点,你呀!……”潘苔莱·普罗珂菲耶维奇喊道,不停地捋着直哆嗦的大胡子。

杜妮亚什卡往外掏着信封,急急忙忙地说道:

“邮政局长说,他由于感兴趣所以已经拆开看过,他说,请爸爸您别生他的气。”

“见他的鬼去吧!是葛利什卡写来的吗?”老头子呼哧呼哧地对杜妮亚什卡的脸喘着气,紧张地问道,“一定是葛利高里写来的吧?莫非是彼得罗写来的?”

“好爸爸,不是……是别人的笔迹。”

“你念念吧,别叫人心急啦!”伊莉妮奇娜喊叫道,她艰难地挪动到长板凳跟前(她的腿肿了,走起路来,两条腿半天才移动一下,就像是踏着小轮子滚似的)。

娜塔莉亚气喘吁吁地从院子里跑了进来,她的两只胳膊紧压住胸前,歪着伤残难看的脖子,站在炉坑旁边。她嘴唇上的微笑像太阳的光斑一样在颤动,她盼着葛利高里的问候,哪怕是顺便,哪怕是稍微有一两句提到她也好,也算是对她像狗似的驯顺和忠诚的一点报酬。

“达丽亚在哪儿呀?”老太婆小声嘟哝道。

“不要说啦!”潘苔莱·普罗珂菲耶维奇大喊了一声(他气得眼睛都瞪圆了),然后对杜妮亚什卡说道,“念吧!”

“我谨通知阁下……”杜妮亚什卡开始念道,但是突然哆嗦着从板凳上滑下来,不成声地喊道:

“爸爸!亲爱的爸爸!……噢噫,妈妈!咱们的葛利沙!……噢哟!……葛利沙……阵亡啦!”

一只花条的黄蜂钻进枯萎的洋绣球叶子里,嗡嗡叫着,往窗户上直撞。母鸡在院子里安详地咯哒咯哒叫着,从敞着的门外传来远处孩子们银铃般的笑声。

娜塔莉亚的脸在痉挛,但是刚才挂在嘴角上的颤抖的微笑还没来得及消失。

潘苔莱·普罗珂菲耶维奇正要站起身来,中风似地仰着脑袋,狂乱地、困惑不解地看着在痉挛着乱爬的杜妮亚什卡。

> 我谨通知阁下,您的儿子,第十二顿河哥萨克团的哥萨克,葛利高里·潘苔莱耶维奇·麦列霍夫,于本年九月十六日夜,在卡缅卡—斯特鲁米洛沃城下战役中阵亡。您的儿子的英勇牺牲可聊以慰藉您的不可弥补的损失。您的儿子的遗物将转交给他的亲哥哥彼得罗·麦列霍夫。马匹则仍留在团里。
>
> 第四连连长上尉波尔科夫尼科夫。
>
> 野战军,一九一四年九月十八日。

潘苔莱·普罗珂菲耶维奇自从收到葛利高里阵亡的通知以后,好像一下子就变得憔悴不堪了。亲人们眼看着他一天一天地衰老下去。痛苦的结局不可避免地降临到他头上:记忆衰退,头脑也糊涂了。驼着背,脸色像生铁一样黑,在宅院里打转转儿;眼睛里患热病似的油晃晃的光芒道出了他心灵上的混乱不安。

他亲自把连长寄来的信藏在神龛下面,有时一天好几次跑到门洞里,用手指头招呼杜妮亚什卡。

"到我这儿来!"

她走了出来。

"把写着葛利高里事的信拿来。念给我听!"他命令说,不时担心地瞅瞅内室的门,而伊莉妮奇娜正在那扇门里受着无时无刻的哀思的折磨。"你小声念,就像自言自语一样,"他狡狯地挤挤眼,全身缩成一团,眼望着门说,"小声念,不要叫母亲听见……真糟……"

杜妮亚什卡含着眼泪,念完了第一句,总是蹲着听的潘苔莱·普罗珂菲耶维奇举起像马蹄子似的大黑手掌喝道:

“不用念啦！下面的话我都知道……拿去放在神龛下面……你轻点儿……要是叫母亲听见……”他又恐吓地挤了挤眼，全身蜷缩起来，就像火烤着的树皮一样。

他的头发一圈一圈地白了，很快就满头都是耀眼的白头发了。大胡子里也出现了一丝丝的银须。他变得非常贪吃，而且吃得很多，狼吞虎咽。

在举丧后的第九天上，又为追悼阵亡的葛利高里邀请威萨里昂神甫和亲友，举行了家宴。

潘苔莱·普罗珂菲耶维奇吃得很快，而且是拼命地吃。大胡子上挂着一串串的面条。伊莉妮奇娜最近这几天总是心惊胆战地瞅着他，看到这种情况，就哭起来：

“老爷子！你这是怎么啦？……”

“怎么啦?”老头子慌张起来，从彩釉的瓷汤盘上抬起混浊的眼睛问道。

伊莉妮奇娜无可奈何地摇了摇手，用绣花手绢擦着眼睛扭过头去。

“爸爸，看您，就像三天没吃饭似的！”达丽亚瞪起眼睛恨恨地说道。

“我吃得……啊，对……对……对……我再不那样啦……”潘苔莱·普罗珂菲耶维奇弄得很窘。不知所措地环顾了一下四座的人，吧嗒了几下嘴唇就不出声了。他皱着眉头，连别人的问话，也不回答。

“打起精神来，普罗珂菲奇。怎么你一下子就成这个样子?”饭后，威萨里昂神甫鼓励他说，“儿子的死是神圣的，老头子，你别惹上帝生气吧。他为沙皇和祖国戴上荆冠①，可是你……这简直是罪过，潘苔莱·普罗珂菲耶维奇，罪过……上帝是不会饶恕的！”

“我是这样呀，神甫……不用您说，也是精神十足的呀。他‘英勇牺牲’，连长的信上是这样写的。”

老头子亲过神甫的手，扒到门框上，从接到儿子的阵亡通知以后第一次恸哭起来，全身剧烈地抽搐着。

从这一天起，他控制住了自己，精神上也恢复正常了。

---

① 相传，荆冠是耶稣被钉上十字架之前戴上的，这里是为国牺牲捐躯之意。

家里的每一个人都在各自不同地舐着自己的伤口。

娜塔莉亚听杜妮亚什卡念完葛利高里牺牲的通知后,就跑到院子里去。“自杀吧!现在一切都完啦!快点吧!”这个念头像火似地在烧她,驱使她。娜塔莉亚在达丽亚的手上挣扎着,快意地昏迷过去,但愿离开那恢复知觉的时刻,离开那严峻地使她重又意识到已经降临的灾难的时刻,越远越好。她昏迷了一星期,重返人世时,已经变成另一个人了,不言不语,被不祥的虚弱症吞噬着……一个看不见的鬼魂来到了麦列霍夫家。

第十七章

麦列霍夫家在获悉葛利高里阵亡后的第十二天,同时收到了彼得罗两封信。杜妮亚什卡在邮政局里就把两封信都看了,——她忽而像一根被旋风吹着的小草一样,往家里飞跑,忽而又摇晃着扑到篱笆上喘口气儿。她在村子里引起了一阵惊慌,也给家里带回巨大的震动。

“葛利沙还活着哪!……我们的亲人还活着哪!……”离家门还老远她就哭泣号叫着,“彼得罗写信来啦!……葛利沙是受了伤;没有死!……活着哪,活着哪!……”

彼得罗在九月二十日的信里写道:

你们好,亲爱的父亲和母亲。我告诉你们,咱家的葛利什卡的小命儿差一点见阎王,上帝保佑现在他还活着,而且很健壮,因此我们也希望上帝保佑你们健康和平安。他们那个团参加了卡缅卡——斯特鲁米洛沃城下的战役,冲锋的时候,葛利高里同排的哥萨克们看见他被匈牙利骠骑兵用重剑砍伤,葛利高里从马上跌了下来,以后我们就一点消息也不知道了,不管怎样向他们打听,他们再也不能告诉我什么消息了。后来我才从米什卡·科舍沃伊那儿听说,——米什卡是到我们团里来联络的,——葛利高里受伤后,一直躺到夜间。苏醒过来以后就往回爬。他看着星星,确定方向往回爬时,遇到我们的一个受伤的军官。这个受伤的军官是龙骑兵团的中校,炮弹打伤了他的肚子和腿。葛利高里就背着他,爬了六俄里。因此他受到了嘉奖——奖给他一枚乔治十字章,并晋升他做了下士。这太好啦!葛利什卡的伤并不重,敌人的重剑砍在他的脑袋上,削掉了一块皮;他从马上跌了下来,就昏了过去。米什卡说,他马上就要归队了。请你们原谅,我写得这样潦草。我是在马上写的,摇晃得厉害。

第二封信里,彼得罗请求给他寄点"故乡顿河自家果园"里的樱桃干去,还请求不要忘记常常写信;同时在信上骂了葛利高里一顿,因为他听哥萨克们说,葛利高里把马照料得很不好,所以使他,彼得罗,很生气,因为那匹枣红马是他彼得罗的,是他自己的马,是纯种良马;他请求父亲给葛利高里写封信说说。

"我已经请哥萨克带话给他,如果他不像爱护自己的马一样,好好照料那匹马的话,等我们见面的时候,我就把他的嘴巴子打出血来,别看他现在已经是个挂十字章的人。"彼得罗这样写道,接着就是无数的问候,从这揉皱的、雨水淋湿过的信的字里行间,可以感觉到深深的忧伤。看得出,彼得罗在前线也并不舒服……

幸福得发了昏的潘苔莱·普罗珂菲耶维奇叫人看着真有点儿心酸;他把两封信都抢过去,带着它们一瘸一跛地在村子里走东窜西,抓住识字的人,就逼着人家念,——不,他并不是为了念给自己听,老头子是要把这晚来的喜讯向全村夸耀一番。

"啊哈!你看,我的葛利什卡怎么样?啊?"当念信的人结结巴巴地念着揉皱的信,念到彼得罗描写葛利高里立功的地方,就是他背着受伤的中校爬了六俄里的地方,他就举起一只他那马蹄子似的大黑手巴掌,这样问道。

"这是咱们全村得到的第一枚十字勋章。"老头子自豪地说,接着就生怕失落似地赶紧把信收回来,藏到皱巴巴的制帽里子里,又找别的识字的人去了。

谢尔盖·普拉托诺维奇从商店的小窗户里看见了他,就一面摘着帽子,迎了出来,说道:

“请进来吧,普罗珂菲耶维奇。”

他用自己白胖的手握着老头子的手说:

“好啊,恭喜……嗯……有这样的儿子是值得自豪,可是你们却给他办丧事。我在报上看到他立功的消息啦。”

“报上还登出来了?”潘苔莱·普罗珂菲耶维奇全身都像火烧似的痉挛起来。

“报道过,我看啦,看过啦。”

谢尔盖·普拉托诺维奇亲自从货架子上拿下三包四分之一普特重的上等土耳其烟草,又装了一袋高级糖,连称都没有称;他把这些东西递给潘苔莱·普罗珂菲耶维奇说:

“你给葛利高里·潘苔莱耶维奇寄东西的时候,请代我问候,并把这些东西捎给他。”

“我的上帝!葛利什卡有多光荣啊!……全村子的人都在谈论他……我活到了……”老头子从莫霍夫商店的台阶上走下来的时候,自言自语地嘟哝道。他擤了擤鼻涕,用上衣袖子擦了擦在脸颊上痒酥酥地流下的眼泪,自思道:“看来,我是老啦。这么容易流眼泪……唉,潘苔莱、潘苔莱,你把精力都浪费到哪儿去啦?从前像石头一样结实,可以从船上扛下八普特重的口袋来,可是这会儿呢?葛利什卡把我折磨得真够呛……”

他在街上一瘸一拐地走着,把糖口袋紧紧抱在胸前,思想又像在沼泽上空飞翔的田凫,围着葛利高里盘旋起来,脑海里一直想着彼得罗信上的话。这时亲家公科尔舒诺夫迎面向他走来。他首先唤住潘苔莱·普罗珂菲耶维奇。

“喂,亲家,等一等!”

他们从宣战那天以后,还没有见过面。自从葛利高里离家以后,在他们之间就形成了一种虽说不是敌对的,然而却是一种冷淡的、不自然的关系。米伦·格里戈里耶维奇死看不上娜塔莉亚对葛利高里的卑躬屈节,乞怜他的施舍,从而使他,米伦·格里戈里耶维奇也受尽同样的屈辱。

“不要脸的母狗,”他在家人面前,大骂娜塔莉亚,“住在娘家好好的，偏要到婆家去住，他家的面包就那么好吃。为了这个混蛋女儿，我这个做父亲的也要跟着去丢脸，在人面前只好眨巴眼。”

米伦·格里戈里耶维奇走到亲家公紧跟前，把一只生满黄斑、弯成小船似的手塞给他。

“近来你可好啊，亲家。”

“托福托福，亲家。”

“你是来买东西的啊？”

潘苔莱·普罗珂菲耶维奇举起那只空着的右手，否定地摇了摇脑袋。

“亲家，这是送给咱们的英雄的礼物。大善人谢尔盖·普拉托诺维奇在报上看到了他的英雄事迹，所以送他一些糖和一些味道很好的烟叶。他说：‘请把我的问候和礼物寄给你的英雄，祝他将来仍然这样出类拔萃。’他说这话时，满面老泪横流，你明白吗，亲家？”潘苔莱·普罗珂菲耶维奇不由自主地胡吹起来，并且仔细注视着亲家公的脸，竭力想要看出所产生的印象。

在亲家公的白眼皮下面浮着一片阴影，这片阴影使他那低垂的眼神自然地带上了冷嘲的笑意。

“原——来——这——样。”科尔舒诺夫支吾其词地说道，然后横过街道向篱笆走去。

潘苔莱·普罗珂菲耶维奇急忙跟过去，用哆嗦得厉害的手指头打开糖果袋。

“请吃块糖吧，巧克力糖！……”他挖苦地邀请亲家公说，“请吃吧，我替你女婿请客……你的日子过得并不舒服，你大概知道，令郎以后也许能挣到这样的光荣，也许不能……”

“你别管我的日子过得怎么样。我自己明白。”

“尝尝吧，赏个脸嘛！”潘苔莱·普罗珂菲耶维奇做出过分殷勤的样子，跑到亲家公前面去鞠了一躬。他那弯曲的手指头在剥着薄薄的包糖银纸。

“我们吃不惯甜东西，”米伦·格里戈里耶维奇推开亲家公的手，“我们吃不惯，吃别人的东西会硌碎我们的牙。亲家，你不该扛着儿子的招牌,到处去打秋风。如果你有困难的话——应该来找我嘛。给女婿我还舍得……何况娜塔什卡也在吃你们的面包哪。我可以救你的穷……”

“我们家里人还没有谁去打过秋风,你别胡说,亲家,乱嚼舌头!你太会吹啦,亲家!……太会吹啦……也许就因为这个你发的财,你女儿才跑到我们家来的吧?”

“等等,”米伦·格里戈里耶维奇威严地说道,“咱们俩没有什么好吵的。我也不是来找你吵架的,请你息怒,亲家。咱们找个地方去谈谈,有点事儿。”

“咱们没有什么事可谈。”

“有的谈。走吧。”

米伦·格里戈里耶维奇拉住亲家公的上衣袖子,拐进一条小胡同。走过人家的宅院,来到草原上。

“有什么事?”潘苔莱·普罗珂菲耶维奇的怒气消失了,渐渐清醒过来,问道。

他斜眼看了看科尔舒诺夫的长满雀斑的白脸。米伦·格里戈里耶维奇把上衣的长后襟掩了掩,坐到沟坡上,掏出了镶着绒边的旧烟荷包。

“你看,普罗珂菲奇,真不知道你为什么要这么跟我过不去,就像只好斗的公鸡,这样对待自己人可不好。不大好吧,是不是?我想要知道,”他改用另外一种坚定、粗鲁的声调说道,“你的儿子是不是要长期这样虐待娜塔莉亚呢?你告诉我。”

“这个你应该去问他。”

“我用不着去问他,你是一家之主——我要跟你谈。”

潘苔莱·普罗珂菲耶维奇拳头里紧攥着一块剥去糖纸的糖。融化了的巧克力从他的手指缝里流出来。他在沟坡的棕色的干土上擦了擦手巴掌,一声不响地抽起烟来。他卷起一片纸,从烟叶袋里倒出了一撮土耳其烟草,然后递给了亲家。米伦·格里戈里耶维奇毫不犹豫地也用莫霍夫慷慨的礼物卷了一支烟。两亲家一块儿抽起来。他们的头顶上是一片像丰满的胸膛似的蓬松的白云,一线轻柔纤细的蛛丝被风吹得摇曳着,从地上迅速地向高天,向白云边飞去。

白昼将尽。无限肃穆,宜人的晚秋的寂寞黄昏催人欲睡。天空已经失去了夏日灿烂的光辉,只是黯淡地闪着蓝光。不知道从什么地方飘来的苹果树叶,在沟渠上洒下了一层瑰丽火红的秋色。蜿蜒起伏的群山遮断了通向四方的大道,——它正在枉费心机地招引人们往那里去,往那朦胧如梦的、碧绿的地平线那边的神秘广原中去,——而人们却被关在日常生活的牢笼里,被家务、收割的繁重劳动折磨得痛苦、疲惫不堪;而这条旷无人迹的大道——一线引人愁思的踪迹——却穿过地平线,伸向看不见的远方。西风在大道上卷起滚滚烟尘。

“烟味太淡啦,像干草一样。”米伦·格里戈里耶维奇向外喷着还没有消散的烟雾,说道。

“是有点儿淡,可是……味道很好。”潘苔莱·普罗珂菲耶维奇同意说。

“回答我呀,亲家。”科尔舒诺夫熄了烟,用缓和的声调请求道。

“葛利高里对这件事一个字也没有提。他现在负伤啦。”

“我听说啦……”

“将来怎么样——我不知道。也许他会真的阵亡。这又怎么说呢?”

“怎么能长此下去呢,亲家?……”米伦·格里戈里耶维奇茫然、可怜地眨着眼睛怨诉道,“她被糟踏得既不是姑娘,也不是婆娘,更不是可敬的寡妇。要知道,这是怎样的羞辱呀!早知如此,像你们这样的亲家,我连家门也不会让你们进,闹成今天这个样子像什么话呀?唉,亲家,亲家……谁都爱自己的儿女……这是亲骨血呀……”

“我又有什么办法呢?……”潘苔莱·普罗珂菲耶维奇压着火儿开始反攻了,“请你说句正经话。难道我儿子从家里跑出去我高兴吗?难道这对我有什么好处吗?真有你这号人!”

“你写信给他,”米伦·格里戈里耶维奇闷声指点说,随着他说话的节奏,干土从他的手掌里沙沙地像一道涓涓的棕色细流泻入沟渠,“叫他给我一个最后的答复。”

“他跟那个娘儿们已经有孩子啦……”

“跟这个娘儿们也会生孩子嘛！”科尔舒诺夫涨红着脸，喊道，“难道可以这样对待活人吗？啊？……她已经自杀过一回啦，现在都成了残废……还想把她踏进坟墓里去吗？啊？……他怀的是什么心呀，什么心呀……”米伦·格里戈里耶维奇一只手抓着自己的胸膛，另一只手拉着亲家公的衣襟，气急败坏地低诉道，“难道他是狼心狗肺吗？”

潘苔莱·普罗珂菲耶维奇哼哧哼哧地喘着，身子向一旁扭去。

“……娘儿们想他想得骨瘦如柴，她只是为了他才活着。在你们家里就像个扛长活的。”

“我们待她比亲生的还要亲！你给我住口！”潘苔莱·普罗珂菲耶维奇怒吼道，并站起身来。

他们不欢而散，也没有道别，就各奔东西了。

第十八章

生活奔腾泛滥，溢出河床，分成无数的支流。简直难以预料它那叛逆和狡猾的洪峰将泻向哪条支流。今天那里的生活还像流过浅滩的潺潺溪水，浅到使你可以看到肮脏的沙底，——明天却忽然变成浊浪滚滚的洪流……

不知道为什么，娜塔莉亚突然决定要到亚戈德诺耶去找阿克西妮亚——恳求她把葛利高里还给她。不知道为什么，她觉得一切都取决于阿克西妮亚，只要去求她——葛利高里和过去的幸福就都会回来。她完全没有考虑这是否能实现，阿克西妮亚会怎么看待她这奇怪的请求。被一种下意识的感情推动着，她想使自己突然的决定尽快付诸实现。这个月底，麦列霍夫家收到了葛利高里一封信。他在信中向父母请安问候以后，又向娜塔莉亚·米伦诺芙娜致意，并表示了最亲切的关怀。不管是什么原因使葛利高里这样做的，但这对娜塔莉亚却起了推动作用：在第一个星期日她就准备到亚戈德诺耶去了。

“你要上哪儿去，娜塔莎？”杜妮亚什卡看见娜塔莉亚正对着一块破镜片仔细而又认真地照着自己的脸,就问道。

“我要回娘家去看看。”她说了个谎,脸立即红了,第一次意识到自己是去干一件非常屈辱的事,去经受一次严厉的精神折磨。

“娜塔莉亚,你就陪我到游戏场去一回还不行吗,”达丽亚一面打扮着,一面请求她说,“晚上你去,好不好?”

“我不知道,不一定能去。”

“哎呀,你这个小尼姑!男人不在家就是我们的天下了。”达丽亚挤眉弄眼,顽皮地说道,并把柔软的身体弯成两截,对着镜子仔细欣赏身上的淡青色新裙子的绣花下摆。

自从彼得罗走后,达丽亚大变了:丈夫不在身边的影响明显地表现出来。她的眼睛、举止和步态都流露出烦愁的神情。每逢星期日,她总是打扮得漂漂亮亮,很晚很晚才从游戏场回来,时常恨恨地翻着发黑的眼珠儿对娜塔莉亚诉苦:

“简直是糟糕透啦,真的!……把顶用的哥萨克都征走啦,村子里剩下的全是些孩子和老头子。”

“这跟你有什么相干?”

“怎么不相干?”达丽亚奇怪地反驳道,“游戏场上再也没有人可以调情啦。顶好能让我一个人到磨坊去,要不然就很难甩开公公……”

她下流地问娜塔莉亚:

“亲爱的,你没有哥萨克怎么能忍耐这样久呀?”

“别说啦,你这个不要脸的东西!”娜塔莉亚脸涨得通红。

“你就不想?”

“那你当然是很想喽?”

“我想,小奶奶,”达丽亚哈哈笑着说,满脸绯红,弯成弧形的眉毛哆嗦着,“有什么可害臊的呢……说老实话,现在我能有个什么老头子玩玩也好啊!你想想看,彼得罗已经走了两个月啦。”

“达丽亚,你要找倒霉……”

“算了吧,你这个可敬的小老太太!我看透了你们这些不言不语的家伙啦。大概,你是不会承认的。”

“我也没有什么可承认的。”

达丽亚嘲讽地斜睨了娜塔莉亚一眼，用细小的凶狠的牙齿咬着嘴唇，讲道：

“前两天在游戏场上，村长的儿子季莫什卡·马内茨科夫坐到我身边来。坐在那里浑身冒汗。我看得出，他是害怕动手……后来，偷偷把手伸到我腋下，手却直在哆嗦。我耐着性子，没有吭声，可是心里却火冒三丈；你哪怕是个小伙子也好啊，这么个……黄口小儿顶多有十六岁。你瞧，是些什么货色……我坐在那里，不理他，他哪，伸着爪子，摸啊，摸啊，然后悄悄对我说：‘走吧，到我家仓库去！……’唉，我把他狠狠地骂了一顿！……”

达丽亚高兴地哈哈笑起来，笑得眉毛直颤动，眯缝着的眼睛闪着光芒。

“我把他臭骂了一通，我跳起身来，说道：‘嘿，你这个混账王八蛋，乳臭未干的黄口小儿！竟敢对老娘说这样的昏话？你有几天才不夜夜尿床啦，啊？’我就这么教训了他一顿！”

她和娜塔莉亚之间的关系是很单纯和睦的。达丽亚最初对弟媳妇的那种敌意早已消失，这两个性格各异、毫无共同之处的娘儿们彼此相处得很好。

娜塔莉亚穿好衣服，从内室走出来。

达丽亚在门洞里追上了她。

“今天夜里你能给我开开门吗？”

“我晚上大概要住在娘家。”

达丽亚用小梳子搔着鼻梁，考虑着，摇了摇脑袋：

“好，你走吧。我本来不愿意为这事去求杜妮亚什卡，看来非得求她不可啦。”

娜塔莉亚告诉伊莉妮奇娜说要回娘家去，就走到街上去。散了集的大板车都纷纷离开了广场，从教堂里走出许多人来。娜塔莉亚走过两条胡同，便向左转去。她匆匆地爬上山岗。在岗顶上回头看了看：洒满阳光的村庄躺在山脚下，粉刷过的小房子泛着白光，磨坊的斜屋顶反射着太阳的光芒，显得特别耀眼。

第十九章

战争也从亚戈德诺耶逼走了许多人。韦尼阿明和吉洪也走了，他们走后庄园显得更荒凉、寂静和无聊了。阿克西妮亚代替了韦尼阿明，去服侍老将军；肥胖的永远瘦不下来的卢克里娅又承担了为临时雇工做饭和饲养家禽的工作。萨什卡爷爷兼任了马夫和看护花园的职务，只有车夫是新来的——一个老成持重的上了年纪的哥萨克尼基季奇。

这一年地主减少了种植面积，提供了二十四补充军马；只留下了一匹走马和三匹庄园上离不开的顿河马。地主用打猎来消磨时间，带着尼基季奇去打野雁，有时候也带着猎狗去打猎，闹得四乡不安。

阿克西妮亚偶尔收到葛利高里的短信，说他现在还活着，而且很健康，正刻苦服役。他是变得坚强了呢，还是不愿意在信上表示自己的弱点呢，反正他一回也没有抱怨生活的艰难和寂寞。写信的语气总是冷冰冰的，好像是迫不得已才写的。只是最近的一封信里，不小心写出了这样的句子："……一直在火线上，我似乎有些厌倦战争了，褡裢里总是背着死神。"每一封信上他都提到他的女儿，要求告诉他一点关于她的事情："……告诉我，我的塔纽莎①长得多高啦，长成什么样子啦？不久前我梦见她长得很大啦，穿着红衣裳。"

阿克西妮亚表面上坚强地忍受着别离的痛苦。她把对葛利高里的全部爱情都倾注到女儿身上，特别是当她确信这个孩子的确是葛利高里的以后。这条小生命提出了越来越多的驳不倒的证据：小姑娘的深红色的头发脱掉了，生出了黑色鬈曲的新头发；眼睛的颜色也变了，显得黑了，眼眶也变得长了。长得越来越像父亲，就连笑容也是野性的、麦列霍夫家的，葛利高里的。阿克西妮亚现在可以毫无疑问地从孩子

---

① 塔纽莎是塔季扬娜的小名。

身上看出谁是她的父亲了,因此她就更加爱这个孩子,——已经不像从前那样,每当走近摇篮的时候,在小姑娘惺忪的小脸上,一发现某种与司捷潘脸上可憎的线条稍微相似的影子和极其细微的相同之处,就禁不住要踉跄后退。

日子悠悠忽忽地过去,每过一天,阿克西妮亚心上的痛苦就更多一层。对心爱的人生命的担忧,像钢钻一样钻着她的心,这种痛苦白天既饶不过她,夜里也要光临,而且一到夜间,那种郁积在心里、一直被意志压抑着的愁思就冲破了堤防:整夜整夜的,阿克西妮亚怕吵醒孩子,只能含泪无声地喊叫、哭泣,她咬着自己的胳膊,以免喊出声来,想用肉体的疼痛压下精神的痛苦。她把热泪洒满孩子的襁褓,天真幼稚地想着:"既然是葛利什卡的孩子,那么葛利什卡心里就一定会感觉到我是多么想念他呀。"

熬过这样的不眠之夜,早晨爬起来简直像个被打得半死的人一样:浑身酸痛,太阳穴里就像有些小银锤子在拼命不断地敲打,当年曾像孩子一样丰满的嘴唇上浮出一丝成人的哀愁。夜夜相思,使阿克西妮亚红颜暗老……

星期日,她刚把早饭端给老地主,从屋里来到了台阶上,就看见一个女人正朝大门口走来。白头巾下闪烁着两只非常熟悉的眼睛……女人揿了揿门闩鼻,便走进院子来了。阿克西妮亚一认出是娜塔莉亚,脸立刻就变得煞白,慢慢地向她迎过去。她们正好在院子当中相遇了。娜塔莉亚的靴子上厚厚地落了一层路上的尘土。她颓丧地垂着两只粗糙的大手站住,急促地喘着气,竭力想把那伤残的歪脖子伸直,但是怎么也不行;因此显得她好像是在向旁边的什么地方看似的。

"我是来看你的,阿克西妮亚……"她用干涩的舌头舔着被风吹裂的嘴唇,说道。

阿克西妮亚迅速地回头向上房的窗户看了一眼,默默地朝自己住的下房走去。娜塔莉亚跟在后面。阿克西妮亚衣服的窸窣声她听来非常刺耳。

"大概是因为走热啦,所以耳朵里疼。"从混乱的头脑里钻出了这样的想法。

阿克西妮亚等娜塔莉亚走进屋子以后,就关上门。她站在屋子当中,两手插到白围裙底下。她主宰了这场游戏。

“你来干什么呀?”她曲意奉承地、几乎像耳语似地问道。

“我想喝点水……”娜塔莉亚要求,用痛苦、呆滞的目光把屋子扫了一眼。

阿克西妮亚在等待,娜塔莉亚艰难地提高声调,开口说话了。

“你抢走了我的男人……把葛利高里还给我吧!你……毁了我的一生……你看,我成什么样子啦……”

“把男人还你?”阿克西妮亚咬着牙齿说道,说出的话,就像落在石头上的雨点,缓慢地、一滴一滴的,“把男人还给你?你是朝谁要人哪?你是干什么来啦?……你的要求提得太晚啦!……太晚啦!”

阿克西妮亚全身晃了一下,走到娜塔莉亚跟前,恶毒地笑了起来。

阿克西妮亚仔细打量着自己敌人的脸,忍不住想挖苦她一番。现在她——被遗弃的结发妻子——被痛苦折磨着,低声下气地站在自己面前;这就是那个女人,由于她的恩典,曾使阿克西妮亚哭干了眼泪,使她和葛利高里分离,使她心受重创;而当她,阿克西妮亚,在忍受致命的相思病的折磨时,这个女人却在爱抚着葛利高里,而且大概还嘲笑过她——失败的、被遗弃的情人。

“所以你来求我抛弃他?”阿克西妮亚气喘吁吁地说,“唉,你这个阴险毒辣的女人!……是你先从我手里抢走了葛利什卡!是你,不是我……你既然知道他曾跟我同居过,为什么还嫁给他?我只是收回了自己失去的人,他原本就是我的。我有跟他生的孩子,可是你……”

她极端憎恨地看着娜塔莉亚。胡乱地挥动着双手,说出的话就像烧透了的、火花飞溅的熔渣:

“是我的葛利什卡——我谁也不给!……是我的!我的!……你听见吗?是我的!……你滚吧,没有心肝儿的东西!你不是他的妻子。你想把孩子的父亲抢走吗?啊——哈!为什么你早不来?啊,为什么早不来?”

娜塔莉亚斜着身子走到长板凳边,坐了下来,把脑袋垂到手上,用

手巴掌捂着脸。

“你遗弃了自己的男人……请你不要这样大喊大叫……”

“除了葛利什卡,我再也没有别的男人啦。世界上再也没有别的人啦!……”

阿克西妮亚看着娜塔莉亚那从头巾里落在手上的一缕笔直的黑头发,觉得有一股发泄不出去的怒火在心中燃烧。

“他会要你吗?你自己瞧瞧,你的脖子都歪啦!你以为他会看中你哪?你好的时候,他都把你抛弃了,还会看上个残废人吗?你再也见不到葛利什卡啦!这就是我要说的话!滚吧!”

阿克西妮亚发疯似的保护着自己的地位,现在是为了报复过去的一切在进攻。她看到娜塔莉亚虽然脖子略微有点歪,但是仍然跟从前一样漂亮,——她的两颊和嘴依然是那么红艳,并没有被时间抹掉,——但是她阿克西妮亚,难道不正是为了这个娜塔莉亚,眼睛下面过早就布满了蛛网般的皱纹吗?

“你以为我是希望能从你手里把他央求回去吗?”娜塔莉亚抬起那被痛苦折磨得像醉汉似的蒙眬的眼睛。

“那么你为什么要来呀?”阿克西妮亚气喘吁吁地问道。

“思念他的感情逼我来的。”

阿克西妮亚的女孩儿被说话声音惊醒了,在床上哭起来,不住地抬起身子。母亲把孩子抱在怀里,转身对着窗户坐了下来。娜塔莉亚浑身痉挛,看着孩子。她的喉咙火燎燎地抽搐不止。孩子脸上的两只葛利高里的眼睛,带着懂事的好奇神情望着她。

她呜咽着,摇摇晃晃地走到台阶上。阿克西妮亚没有出来送她。过了一会儿,萨什卡爷爷走了进来。

“来的这个女人是什么人?”他问道,显然已经猜透了。

“是同村的人。”

娜塔莉亚从庄园走出了约三俄里,在一丛野柴荆下躺倒。她被无名的哀愁压倒,什么也不想地躺在那里……孩子脸上那两只葛利高里的忧郁的黑眼睛固执地在她面前闪动。

第二十章

葛利高里清清楚楚地想起了那一夜,简直清楚得耀眼。天亮以前他苏醒过来,两手四下摸了摸,尖利的庄稼茬子扎得手疼,满脑袋痒酥酥的痛楚使他不断地呻吟。他用劲抬起一只手,把它举到额上,摸索着由于浸满血渍变硬的额发。拿手指头碰了碰鼓胀的伤口,疼得好像被烧红的煤炭烫了一下似的。他的牙齿咬得咯吱咯吱响,仰面躺着。头顶的树上,早霜打过的叶子忧郁地簌簌响着。树枝的黑色轮廓清晰地画在深蓝色的天幕上,星星在树枝中间闪烁。葛利高里睁大眼睛,一眨也不眨地看着:他觉得这不是星星,而是一些挂在黑色的树叶上的青黄色的、奇异的硕大的果子。

他一明白了发生的事情以后,就感到一种不可抗拒的恐怖袭上心头。咬紧牙关,手脚并用,从地上爬了起来。疼痛却在捉弄他,使他仰面向后倒了下去……他觉得已经爬了很久;可是使足了劲儿,回头一看,——那棵他在下面失去知觉的树,依然黑乎乎地立在不过五十步远的地方。有一次他两肘撑在一具死尸的凹进去的硬肚皮上,从死者的身上爬了过去。因为流血过多,恶心想吐,他像小孩子一样哭了起来,为了不要失去知觉,嘴里嚼着浸满露水的没有滋味的野草。在一个翻倒的空子弹箱旁边,他站了起来,摇摇晃晃地站了半天,然后就移步走了起来。他的体力恢复了,坚定地迈开脚步,已经能够辨认出往东走的方向了:北斗星给他指路。

在树林边上,一声喑哑的警告声使他停下了脚步。

“不要走过来,我要开枪啦!”

手枪的轮子响了一下。葛利高里朝发出声音的方向仔细看去:有一个人斜躺在松树下面。

“你是什么人?”葛利高里问道,谛听着自己的声音,就像听别人的声音似的。

“俄国人？我的天！……过来吧！”松树旁边的人趴在了地上。

葛利高里走了过去。

“你弯下身子来。”

“不成。”

“为什么？”

“那我会摔倒，就站不起来啦，我的脑袋被削了一下……”

“你是哪个部队的？”

“顿河第十二团。”

“救救我吧，哥萨克……”

“我会摔倒的，老爷。”（葛利高里看清了那个人穿的军大衣上的军官肩章。）

“那就伸给我一只手。”

葛利高里帮着军官站起来。他们一同走起来。但是受伤的军官每走一步，挂在葛利高里胳膊上的分量也就更重。从一块洼地往上走的时候，军官紧紧抓着葛利高里的军便服的袖子，有时磕打着牙齿说道：

“你扔掉我吧，哥萨克……要知道我的伤……是穿透性的……伤在肚子上。”

他的眼睛在夹鼻眼镜里黯淡无光地闪动，大张着嘴，呼哧呼哧地吸着气。军官失去了知觉。葛利高里拖着他走，跌倒了，又爬起来，又跌倒。他曾两次扔掉了自己的累赘，可是两次又都回去把他扶起，跌跌撞撞，向前走去，犹如梦中。

上午十一点钟，一个通信队发现了他们，把他们送到救护站去。

过了一天，葛利高里偷偷地从救护站跑了出来。他在路上扯掉脑袋上的绷带，轻松地挥舞着血渍斑斑的绷带大步走去。

“你这是从哪儿来的？”连长大吃一惊，问道。

“我归队啦，老爷！”

从中尉那里走出来，葛利高里看到了本排的下士。

“我的马呢？枣红马在哪儿呀？”

“老弟，它完好无损。我们是在刚刚把奥地利人赶走了的战场上捉住它的。你怎么样？要知道我们已经为你的亡灵做过祈祷，祝你在天堂安息啦。”

“你们也太性急啦。”葛利高里微笑着说。

命　　令（抄件）

查顿河第十二哥萨克团哥萨克麦列霍夫·葛利高里，因拯救龙骑兵第九团团长古司塔夫·格罗兹贝格中校的生命有功，兹晋升为上等兵，并授予四级乔治十字章。

连队在卡缅卡——斯特鲁米洛沃市已经驻了两天，夜间就准备出发了。葛利高里找到本排哥萨克住的房子，便去看自己的马。

鞍袋里少了两件衬衣和一条手巾。

“葛利高里，他们当着我的面就偷走了，”科舍沃伊·米哈伊尔抱歉地说，因为马是由他照管的，“这个院子里来过很多步兵，是步兵偷的。”

“滚他们的蛋，叫他们去用吧！我原想用它来包包脑袋，绷带都湿透了。”

“拿我的手巾包吧！”

他们正在板棚里说话的时候，“锅圈儿”走进来了。他把一只手伸给葛利高里，好像他们之间根本就没有发生过什么事情似的。

“啊，麦列霍夫！你还活着哪？”

“半死不活！”

“额上有血，擦擦吧。”

“我会擦的，不忙。”

“来让我看看，他们是怎么给你治的。”

“锅圈儿”使劲把葛利高里的脑袋往下一扳，鼻子里哼哼着。

“你为什么让他们把头发剃掉啊？看他们把你弄成这么个怪样子！……这帮医生他妈的给你胡治一通，来，还是让我给你治吧。”

他也没等葛利高里同意，就从子弹盒里拿出一颗子弹，去掉弹头，把火药倒在黑手巴掌上。

“米哈伊洛①，去弄点蜘蛛网来。”

---

① 米哈伊洛即米哈伊尔。

科舍沃伊用马刀尖从屋梁上绞下一团花絮似的蜘蛛网，递给他。“锅圈儿”就用这把马刀尖挖了一小块土，然后把泥土、火药和蜘蛛网混在一起，在嘴里嚼了半天。他把一团又黏又稠的东西厚厚实实地涂在葛利高里脑袋上渗着血水的伤口上，笑着说道：

“三天以后你再拿下来，管保药到病除。你看，我这么照料你，可是你……那时却要打死我。”

“谢谢你的照料，不过还是该打死你——好使我心灵上少一桩罪过。”

“小伙子你可真够天真的啦。”

“我就是这么个人。我脑袋上的伤什么样？”

“砍了有半俄寸深，给你留个纪念。”

“忘不了。”

“你倒想忘，却忘不掉；奥地利人的剑没有磨，用一把钝剑砍的你，现在这块伤疤要在你脑袋上带一辈子啦。”

“你很走运，葛利高里，剑滑了过去，不然的话，你就要埋骨异乡啦。”科舍沃伊笑着说。

“我把军帽往哪儿放呢？”

葛利高里不知所措地揉着帽顶已被砍破、染满了血迹的军帽说道。

“扔了算啦，狗会吃掉的。”

“弟兄们，面包来啦，冲啊！”有人从屋门里喊道。

哥萨克们从板棚里走出来。枣红马在葛利高里身后斜着眼睛嘶叫起来。

“它很想你哩，葛利高里！”科舍沃伊朝马点点头说，“我很纳闷儿，它草也不肯吃，光是这样一阵阵地嘶叫。”

“我从那里一爬起来，就一直在叫它，”葛利高里回过身去，喑哑地说道，“我想它是不会离开我的，可是要逮住它也很难，它认生。”

“是这样，我们费了很大劲儿才逮住它。是用套马索套的。”

“是匹好马，是我哥哥彼得罗的马。”葛利高里扭过脸去，不愿让人看到他那深受感动的眼睛。

他们走进屋子。堂屋的地板上，叶戈尔·扎尔科夫正躺在从床上卸下来的弹簧褥子上打呼噜。屋子里乱七八糟的样子在无言地诉说，主人是怎样匆忙弃家而去的。碎瓷器片、撕碎的纸片和书籍、沾了蜂蜜的呢料、儿童玩具、旧皮鞋和洒得满地的面粉——所有这一切都杂乱无章地散落在地板上，在沉痛地哭诉着浩劫。

叶梅利扬·格罗舍夫和普罗霍尔·济科夫打扫出一块地方，也到这儿来吃饭。济科夫一看见葛利高里，就把两只亲热的、显得有点肉麻的眼睛瞪得大大的，叫道：

“葛利什卡，你这是从哪儿钻出来的呀？”

“从阴曹地府！”

“你快去给他弄点菜汤来呀。干吗光瞪眼呀？”“锅圈儿”喊叫道。

“立刻就去。厨车就在这儿的胡同里。”

普罗霍尔嘴里嚼着面包，往院子里跑去。

葛利高里疲倦地在普罗霍尔坐的地方坐下来。

“我已经不记得是什么时候吃的饭啦。”他抱歉地笑了笑，说道。

第三军的部队正开过这座城市。狭窄的街道上挤满了步兵、辎重车和骑兵部队，十字路口挤得水泄不通，军队运动的轰鸣声透过紧闭着的屋门传到屋子里来。普罗霍尔很快就端着一锅菜汤和一口袋荞麦粥回来了。

“荞麦饭倒在哪里？”

“来，倒到这只带把儿的锅里吧。”格里舍夫不知道它的用场，从窗下把一只夜壶推过去。

“你这锅，怎么这么臭呀。”普罗霍尔皱起眉头说。

“没有关系，你先把口袋倒出来，完了我们大家再分。”

普罗霍尔打开口袋，香喷喷的稠粥冒着热气，从口袋的琥珀色边缘上，渗出了油汤。他们一面说话，一面吃。普罗霍尔把油点子溅到褪色的裤绦上，讲道：

“咱们邻院，住的是山民骑兵营的一个炮兵连，在喂养他们那些壮实的小马呢。他们的下士看见报上登着，说德国人的那些所谓的同盟国，已经被打得落花流水。”

“你没有赶上，麦列霍夫，今天早上有人来慰劳我们啦。”“锅圈儿”

翕动着塞满饭的嘴,咕噜说。

“谁来慰劳啦?”

“师长,丰·季维德中将检阅了我们,因为我们杀退了匈牙利的骠骑兵,救出了我们的炮兵,所以来慰劳感谢我们。要知道,他们差一点儿就把大炮都抢去啦。他说:英勇的哥萨克们,沙皇和祖国是不会忘记你们的功勋的。”

“这太好啦!”

街上清脆地响了一枪,又一枪,机关枪砰砰地扫射起来。

“快——出——来!”门口有人叫喊。

哥萨克们扔掉饭勺,跑到院子里。一架飞机飞得很低,在他们头顶上盘旋。飞机的猛烈的轰鸣声,令人生畏。

“在篱笆边卧倒,马上就要扔炸弹啦,要知道,隔壁就是炮兵连!”“锅圈儿”喊道。

“快把叶戈尔卡叫醒! 要把他炸死在弹簧褥子上了!”

“把步枪给我!”

“锅圈儿”仔细地瞄准,就在台阶上射击起来。

步兵不知道为什么都弯着腰,在街上乱跑起来。隔壁的院子里传来马嘶声和急促的口令声。葛利高里放完一梭子子弹,隔着板栅看到:几个炮兵正急急忙忙地把一门炮往板棚底下推。天空蓝得刺眼,葛利高里眯缝起眼睛,看了看轧轧响着向下俯冲的铁鸟;这时候,忽然有一个什么东西从飞机上迅速落下来,在太阳光中耀眼地闪烁着。一声震撼天地的巨响震得小房子和趴在台阶旁的哥萨克们直颤动;邻院的一匹马发出了临死的嘶鸣。从板栅那面飘来一股呛鼻子的燃烧后的硫磺气味。

“躲起来。”“锅圈儿”从台阶上往下跑着喊道。

葛利高里也跟在他后头跳下台阶,趴到板栅边。飞机翅膀上的什么铝制零件闪着亮光;它从容不迫地翘着尾巴,转了一个弯。密集的子弹从街上射出去,齐射声在轰响,阵阵混乱的枪声响个不停。葛利高里刚把一梭子子弹压进枪膛,一声更加猛烈的爆炸声把他从板栅边扔出有一沙绳远。一大块泥土落在他的脑袋上,迷了他的眼睛,沉重地压住他……

“锅圈儿”扶着他站起来。左眼睛钻心的疼痛弄得葛利高里什么也看不见;他艰难地睁开右眼,看见:半边房子已被炸毁,一大堆红砖乱七八糟地埋在废墟里,上面冒着粉红色的烟尘。叶戈尔·扎尔科夫两手撑着身子从震歪的台阶下面爬出来。他满脸带着可怕的呐喊表情,血红的眼泪从深陷的眼睛里,顺着脸颊流下来。他把脑袋缩进肩膀里,爬着,紫黑的、死人似的嘴唇好像并未张开似地在叫喊:

“啊——呀——呀——呀——呀!啊——呀——呀——呀——呀!啊——呀——呀——呀——呀!……”

他身后的一片薄肉皮上,烧焦的破裤子上横拖着一条炸断的腿,另一条腿已经不见了。他慢慢地捯动着手向前爬,嘴里像小孩似地尖利刺耳地哭着。他突然停止哭叫,侧着身子躺了下去,脸紧贴在冷漠、潮湿、撒满马粪和碎砖的地上。谁也没有到他跟前去。

“把他送走吧!”葛利高里仍然用手巴掌捂着左眼喊道。

有几个步兵跑进了院子,一辆电话兵的双轮车在大门边停下来。

“走啊,为什么停下不走啦?”一个骑着马从他们旁边驰过的军官冲他们喊道,“你们这伙野兽,下流东西!……”

不知道从哪里来一个穿黑长礼服的老头子和两个女人。人群围住了扎尔科夫。葛利高里钻进人群,看见扎尔科夫剧烈地哆嗦着,还在呼哧地喘气。死人一样蜡黄的额上渗出大粒的汗珠。

“把他送走呀!你们怎么啦……你们是人还是鬼?!”

“你汪汪什么?”一个高个子的步兵还嘴说,“送走,往哪儿送呀?你看不见哪,他就要死啦。”

“两条腿全炸掉啦。”

“血流得太多啦!……”

“救护兵在哪儿?”

“这儿有什么救护兵呀!……”

“可是他还活着哪。”

“锅圈儿”从后面拍了拍葛利高里的肩膀,葛利高里回头看了看。

“别动他啦,”“锅圈儿”小声说道,“你到这边来看看。”

他的手指头紧拉着葛利高里军便服的袖子,推开身旁的人,走到另一面去。葛利高里看了一眼,就弯着腰朝大门走去。扎尔科夫的肚子下面露出来的肠子直冒热气。这一堆盘绕着的肠子的一头沾满了沙土和粪便,还在蠕动,而且堆得越来越多。垂死的人一只手斜放着,好像是在搂什么东西……

"把他的脸盖起来。"有人提议说。

扎尔科夫忽然用两只手支撑着,脑袋使劲向后一仰,后脑勺在紧缩的肩胛骨中间摇晃着,沙哑地、惨绝人寰地喊道:

"弟兄们,你们让我赶快死掉吧! 弟兄们! ……弟兄们……你们还看什么呀? ……啊呀——呀——呀——呀! ……弟兄们……让我赶快死掉吧! ……"

第二十一章

车厢轻轻地摇晃着,车轮的铿锵声催人欲睡,车灯的黄色光亮照在半边的坐席上。全身伸直,脱掉靴袜,使两个星期一直在靴子里冒汗的脚自由自在,也不感到自己负有什么责任,知道你的生命再也不受威胁而且死亡已经离得那么遥远了,这真是太舒服啦。特别令人愉快的是,倾听着火车轮子各种不同腔调的叮当声:要知道,车轮子每转一圈,火车头每往前冲一下——离开前线也就更远一点。葛利高里就这样在躺着,倾听着,活动着光脚的指头,穿着今天刚刚换上的新内衣,全身都感到特别舒服。他觉得仿佛脱去了一层脏皮,进入了另一种一尘不染的、洁净的生活。

可惜左眼的钻心的疼痛破坏了这种和平、喜悦的心境。疼痛有时轻一点,有时忽然又疼得要命,像火一样在烧眼睛,疼得不由自主地在绷带里流泪。在卡缅卡——斯特鲁米洛沃的野战医院里,年轻的犹太医生检查了葛利高里的眼睛,在一张小纸片上写了些什么,说道:

"必须把您送到后方去。这只眼睛伤得很厉害。"

“会瞎吗?”

“嗐,您说些什么呀,”医生从他问话中听出了伤员明显的恐惧心情,便亲切地笑了笑说道,“您必须进行治疗,也许要动手术。我们要把你送到大后方去,譬如说到彼得格勒,或者到莫斯科去。”

“多谢啦。”

“您别害怕,眼睛会好的。”医生把纸片塞到他的手里,拍了拍他的肩膀,轻轻地把葛利高里推到过道里。自己挽了挽袖子,准备去做手术。

葛利高里在经历了千辛万苦以后,才坐上了救护列车。他躺了几昼夜,享受着安适的生活。一辆陈旧的小火车头用尽最后的力量拖着这列挂了很多车厢的长列车。离莫斯科越来越近了。

夜间到了莫斯科。重伤号都用担架抬下去;那些可以不用别人搀扶就能走的伤病号,登记以后,就下到月台上来。随车的军医官按名册把葛利高里叫过来,指着他向一个女护士说:

“送到斯涅吉廖夫医生的眼科医院去！帽子胡同。”

“您的行李都随身带着吗?”护士小姐问道。

“哥萨克有什么行李？一个袋子和一件军大衣。”

“那咱们走吧!”

她整理着头巾下面的鬓发,衣服窸窣响着,走在前面。葛利高里迟疑地跟着她走去。他们坐上了一辆马车。昏昏欲睡的大城市的喧闹声、电车的铃声、电灯的光怪陆离的蓝色光亮使葛利高里感到很紧张。他坐在车上,身子靠在后背上,贪婪地观察着街道,虽说是夜晚,但是街上仍然有很多行人;坐在他身旁的女人身上令人冲动的温暖使他惊奇。莫斯科秋意正浓,林荫道上的树叶,在路灯的照耀下,闪着黯淡的黄色,黑夜散发着清凉,便道上湿漉漉石板闪着暗光,星星在晴朗的夜空显得又明亮,又寒冷,完全是秋天的景象。马车从市中心驶进人迹稀少的小胡同里。马蹄嗒嗒地在石头路上踏着,马车夫在高高的车夫座上摇晃着,身上穿着蓝色的厚呢上衣,很像神甫的长袍;他用缰绳梢抽打着耷拉耳朵的瘦马。城郊的什么地方火车头在呜呜长鸣。“也许马上就有一列火车开往顿河去吧?”葛利高里心里想,阵阵乡愁袭上心头,他垂下了脑袋。

“您在打盹吗?”护士小姐问道。

“没有。”

“快到啦。”

“您说什么?”马车夫回过头来问道。

“赶快点儿!”

池水在铁栅栏里边闪着油亮的波光,系着小船的、有栏杆的小桥在昏暗中闪着光。潮气浓重。

“这儿连水都要受拘束,用铁栏杆围起来,可是顿河……”葛利高里模模糊糊地想着。马车的胶轮辗得树叶沙沙作响。

马车在一座三层楼房旁边停下来。葛利高里整理着大衣跳下车来。

“请递给我一只手!”护士小姐弯下身子说道。

葛利高里把她的柔软的小手攥在手里,扶着她下了车。

“您身上有一股子大兵的汗臭味儿。”打扮得花枝招展的护士小姐悄悄地笑着说道,然后走到大门口,揿了揿门铃。

“护士小姐,您如果能到前线去一趟,那您身上也许还会有别的什么臭味儿呢。”葛利高里有点生气地说道。

看门人开了门。他们顺着有金色栏杆的漂亮楼梯走上二楼;护士又揿了一下铃。一个穿白大褂的妇人把他们让了进去。葛利高里在一张小圆桌子旁边坐下,护士小姐和那个穿白大褂的妇人小声说了些什么,妇人记录下来。

楼道不宽,但是很长,两旁是病房,有许多戴着各色眼镜的脑袋从病房门里探出来。

“请您脱下大衣吧。”穿白大褂的妇人建议说。

一个也穿着白大褂的差役接过葛利高里手里的军大衣,领他到浴室里去。

“请把身上的衣服全脱下来。”

“为什么?”

“您要洗澡。”

在葛利高里脱着衣服，惊讶地打量着房间和窗上的毛玻璃的时候，差役已经把浴盆里放满了水，量过温度，请他坐到浴盆里去。

“这个浴盆对我不大合适……”葛利高里翘起黝黑的、毛烘烘的腿，不好意思地说道。

“我的衣服呢?”葛利高里惊讶地问道。

“您以后就穿这件衣服。至于您自己的衣服，等出院的时候再还给您。”

在正厅里，当葛利高里走过嵌在墙上的大镜子时，竟认不出自己来了:高个子，脸色黝黑，尖颧骨，由于刚洗过澡，脸颊上泛起一层红晕，穿着睡衣，绷带勒进了像帽似的黑色头发里，镜子里的这个人只是恍惚的有点儿像从前的那个葛利高里。现在的葛利高里已经蓄起了胡髭，下巴颏上也长出了鬈曲的毛茸茸的短髯。

“这些日子我倒变得年轻啦。”葛利高里苦笑了一声。

“第六号病房，右手第三个门。”差役指点他说。

当葛利高里走进雪白宽大的房间时，一个穿着睡衣、戴着蓝色眼镜的神甫站了起来。

“新邻居吗？好极啦，我再也不会那么寂寞啦。我是扎莱斯克人。”他很爱说话地招呼道，并给葛利高里推过一把椅子。

过了几分钟，一个肥胖的、生着一张难看的大脸的女医士走了进来。

“麦列霍夫，来，我们先检查一下您的眼睛。”她用很低的胸音说道，然后向旁边一闪，让葛利高里走到楼道里去。

第二十二章

野战军指挥部决定在西南战线的舍韦利地区上发动一次大规模的骑兵突袭战役，冲破敌人的防线，使骑兵的大部队深入敌后，沿着战线挺进，一面破坏行动地区的交通线，一面用突袭战术瓦解敌人的部队。

对于成功地实现这一计划，指挥部寄予很大的希望；大量的骑兵部队在向指定的地区集中；利斯特尼茨基中尉所在的那个哥萨克团，也和其余的许多骑兵团一同调到这个地区来了。突袭战役本应在八月二十八日开始，但是因为下雨，延到了二十九日。

从早晨起，全师就在一个宽大的进攻基地上列好队，准备冲锋。

在右翼八俄里的战线上，步兵正在进行佯攻，以便把敌人的火力吸引到自己这边来；一个骑兵师正向另外的方向佯动。

前面，目光所及的地方，看不见敌人。利斯特尼茨基看见离自己的连队一俄里以外的地方有些黑乎乎的、被遗弃的战壕，战壕的后面，是一片波浪起伏的黑麦地和被微风吹淡了的黎明前的灰色云雾。但是事与愿违，不知道是敌军指挥部发觉了，还是预料到这一准备中的袭击行动，敌军放弃了战壕，后撤了六俄里，只埋伏了一些机枪队，就是这些机枪部队使与他们对阵的整个地段的我军步兵心惊胆战。

远天朵朵白云后面，一轮旭日喷薄而出，整个盆地笼罩在橙黄色的晨雾中。冲锋的命令已经发出，各团开始行动。千千万万的马蹄声就像从地下发出的轰鸣。利斯特尼茨基紧勒着自己的纯种良马，不叫它快跑。这样跑了有一俄里半路。一片庄稼地离冲锋的人们的整齐队形越来越近。没腰深的黑麦全都缠满了牛蒡花和野草，妨碍战马奔驰。前面依然是一片翻滚的淡褐色的麦田，后面的黑麦已全被马蹄踏倒了。走了三俄里以后，马匹开始跌撞起来，大汗淋漓，——还是见不到敌人。利斯特尼茨基回头看了看连长：大尉的脸上笼罩着绝望的表情……

六俄里难以置信的艰难奔驰，耗尽了马力，有些马就在骑士的身下倒了下去，最有耐力的马也摇晃起来，使尽最后的力气在挣扎着跑。正在这时候，奥地利的机枪扫射起来了，他们不紧不慢，哒哒哒，一排排地扫射过来……致命的火力撂倒了前面的几列人马。枪骑兵首先动摇了，拨马后逃。规模空前宏伟的突袭战役，由于最高指挥部罪恶的疏忽，结果以彻底的失败而告终。有几个团损失了一半人马；利斯特尼茨基的团里死伤了约四百多列兵和十六名军官。

利斯特尼茨基的坐骑被打死，他本人受了两处伤：头部和腿部。司务长切博塔廖夫从马上跳下来，抱起利斯特尼茨基，放到自己的马鞍上，才逃了回来。

师参谋长，总参谋部的上校戈洛瓦乔夫照了几张突袭战役的快照，后来拿给军官们看。受伤的中尉切尔维亚科夫首先照他脸上打了一拳，恸哭起来。跑来的几个哥萨克把戈洛瓦乔夫活活地打死，还对着尸体骂了半天，然后把他扔到道沟里的垃圾堆里去。这次宏伟的突袭战役就这样耻辱地结束了。

利斯特尼茨基从华沙的后方医院里写信给父亲，说他将利用养伤的假期，回亚戈德诺耶去看望他。老头子收到信以后，就独自关在书房里，直到第二天，才愁容满面地从那里走出来。他命令尼基季奇把一匹走马套上马车，吃过早饭，就到维申斯克去了，给儿子电汇了四百卢布，还寄了一封短信。

> 我的亲爱的孩子，我很高兴你受了炮火的洗礼。高尚人的封邑应该是在战场上，而不是在皇宫里。你太正直、聪明，所以你不可能心安理得地去逢迎权贵。我们这个家族里还从来没有人有这样的品质。你的祖父就是为此失宠，才退隐亚戈德诺耶，既不希冀，也不指望皇上的恩典。祝你健康，叶尼亚①，希望你很快恢复健康。你记着，在这个世界上，你是我唯一的亲人。姑母问候你，她很健康；关于我自己没有什么可说的。你知道我是怎样生活的。前线的情况怎会那么糟糕？真的就没有稍具头脑的人了吗？我是不相信报上的消息的，——全是彻头彻尾的谎话，从以往的例子我就深知这一点。叶甫盖尼，难道我们真的要输掉这场战争吗？我急切地盼望着你的到来！

关于自己的生活老利斯特尼茨基的确没有什么可写的，他依旧过着那种一成不变的单调的生活，只是人工贵了，酒不好买了。老地主酒喝得比过去更频了，变得更容易发脾气，而且更吹毛求疵了。有一次，在规定的时间以外他把阿克西妮亚叫了去，说道：

“你干活太粗心。为什么昨天的早餐是凉的？为什么盛咖啡的玻

① 叶尼亚是叶甫盖尼的爱称。

璃杯没有洗干净？如果再发生这样的事，那么我就把你——你听见了吗？——我就要把你辞掉。我是看不惯懒人的！”地主使劲挥了一下手，“你听见吗？我看不惯！”

阿克西妮亚紧闭着嘴，突然哭起来了。

“尼古拉·阿列克塞耶维奇！我的小女孩病啦。请您暂时准我几天假……我不能离开她。”

“她怎么啦？”

“她喘不过气来……”

“是猩红热吗？傻娘儿们为什么不早说！唉，见你的鬼去吧，你这个糊涂娘儿们！快去告诉尼基季奇，叫他套上车，到镇上去请医生来。快点！”

阿克西妮亚赶快跑出去，老头子在她身后像打雷似的用低音大声骂道：

“混蛋娘儿们！混蛋娘儿们！混蛋！”

第二天早晨尼基季奇把医生请来了。医生检查了已经失去知觉、发着高烧的小姑娘，也不回答阿克西妮亚的问题，就走到老爷那里去。老爷站在前厅里接待了他，连手都没有伸出来。

“小姑娘怎么样？”他马马虎虎地点点头回答医生请安的话，问道。

“是猩红热，大人！”

“能治好吗？有希望吗？”

“没有什么希望啦。孩子就要死啦……要考虑她的年龄。”

“混蛋！”老爷的脸都气红了，“学校怎么教你的，啊？给我治好！”

他把惊恐的医生砰的一声关在门外，就在客厅里来回踱起来。

阿克西妮亚敲了敲门，走了进来。

“医生要求给他一匹马送他回镇上去。”

老头子很迅速地用鞋后跟一转，扭过身来。

“告诉他，就说他是个笨蛋！告诉他，没有给我把小姑娘治好以前，他不能离开这里！在厢房里给他准备一间屋子，给他吃。”老头子挥舞着瘦骨嶙嶙的拳头，喊道，“给他吃饱喝足，可是要走……休想！”他猛然顿住，走到窗前，用手指头在窗上敲了一会儿，然后走到一张在奶妈怀里抱着照的儿子的放大照片前头，又向后倒退了两步，眯缝着眼睛看了半天，好像是不认识似的。

小姑娘刚刚病倒的第一天，阿克西妮亚就想起了娜塔莉亚说的一句很悲痛的话："你叫我流泪，你早晚要受到报应……"她断定这是上帝为了她那时侮辱娜塔莉亚而惩罚她。

她为了孩子的生命担惊受怕，简直丧失了理智，糊糊涂涂地跑来跑去，什么事都不会做了。

"上帝真会把她抢走吗？"这个可怕的念头固执地在脑子里打转儿，阿克西妮亚怎么也不能相信这会是真的，竭尽全力不去相信它，她狂热地祈祷，请求上帝发最后的一次慈悲——保全孩子的性命。

"主啊，饶恕我吧！别把她夺走吧！可怜可怜吧，主啊，宽恕吧！"

疾病正在扼杀这幼小的生命。小姑娘挺身仰卧着，从红肿的喉咙里钻出一阵阵艰难急促的喘息声。住在厢房里的镇上的医生，每天来看视四次，晚上，他总要在下房的台阶上伫立良久，抽着烟，凝视着秋夜冷冰冰的繁星。

阿克西妮亚通宵跪在床边。咕噜咕噜的气喘声使她心碎。

"妈——妈……"两片干裂的小嘴唇翕动着。

"我的小宝贝，小女儿！"母亲压低声音嘶叫道，"我的小心肝，不要离开我。塔纽什卡[①]！看看我，小宝贝，睁睁眼睛。你醒醒呀。我的黑眼睛的小宝贝，主啊，这是为了什么呀？……"

小女孩有时候抬起发炎的眼皮，充血的小眼睛里闪出一瞬难以捉摸的目光。母亲贪婪地去捕捉这垂死的目光。这悲伤、驯顺的目光好像正在向身后退缩似的。

她死在母亲的怀抱里，最后一次张了张发青的小嘴，抽搭着，小身子痉挛了一下就挺直了；一头冷汗的小脑袋向后一仰，从阿克西妮亚的手臂上滚了下去；忧郁的麦列霍夫家的小眼睛眯缝起来，呆滞的小眼珠惊异地看着四周。

萨什卡爷爷在水池旁边一棵枝叶繁茂的老杨树下掘了个小坟坑，

① 塔季扬娜的爱称。

用胳膊把小棺材夹到那里，他带着从来没有过的匆忙神情把它埋了，并且耐心地等待了很久，想等着阿克西妮亚从黏土堆起的小坟头上爬起来。他等不下去了，像抽鞭子一样响地擤了擤鼻涕，便朝马棚走去……他从干草房里拿出一瓶花露水，半瓶变质的酒精，把花露水和酒精倒在一个大瓶子里，一面摇晃着瓶子，欣赏着酒的颜色，一面嘟哝道：

“我们来祭奠祭奠。愿孩子早升天堂。天使升天啦。”

他喝了一口酒，糊里糊涂地摇摇脑袋，咬一口压扁了的西红柿，深情地看着瓶子，说道：

“不要忘记我，亲爱的，我是不会忘记你的！”他哭了起来。

三个星期以后，叶甫盖尼·利斯特尼茨基打来一封电报，说他已经获得了假期，已启程回家了。老地主派了一辆三套马车到车站去接他，全家的佣人都忙活起来：又宰火鸡，又宰鹅，萨什卡爷爷剥了一只羊，好像是在准备一次有很多贵客的大宴会似的。

在到达的前一天，又送了几匹备换的马到卡缅卡镇去。少爷是夜间到家的。正下着蒙蒙细雨，路灯把一条一条的黯淡的光带投在水洼上。马匹摇着铃铛，在台阶边停下来。激动的叶甫盖尼含笑从有篷的马车里走下来。他把带着热气的雨衣扔到萨什卡爷爷手里，明显地瘸着腿走上台阶。老地主把家具碰得乒乓乱响，急忙从客厅里蹒跚走出来。

阿克西妮亚把晚饭端到餐厅里，便去请他们吃饭。她从钥匙孔里窥视了一下，看到：老头子正趴在儿子身上，亲他的肩膀；他那布满了老年人的干枯皱纹的脖颈在轻轻地颤抖。阿克西妮亚等了几分钟后，又往钥匙孔里看了看：只见叶甫盖尼穿着保护色军装，敞着怀跪在一张铺在地上的大地图前面。

老地主从烟斗里向外喷着乱蓬蓬的烟团，用枯瘦如柴的手指头敲着沙发的扶手，激动地大声说道：

“是阿列克谢耶夫吗？不可能！我不信。”

叶甫盖尼在悄悄地说了些什么，并用指头在地图上指指划划说了半天，来证实自己的话，老头子沉着地用低音回答他说：

“在这种情况下，最高统帅是错误的。真是鼠目寸光！你听我说，叶甫盖尼，我给你举一个日俄战争时的类似的例子……你听我说！……听我说，听我说！”

阿克西妮亚敲了敲门。

“怎么，饭都摆好了？就来。”

老头子走了出来，样子很活泼愉快，眼睛完全像青年人一样炯炯有神。他和儿子两个人喝了一瓶葡萄酒，这是昨天才从地窖里掘出来的，长了绿苔的商标上还保留着褪色的数字——一八七九年。

阿克西妮亚服侍着他们，看着他们的快乐的脸，越发感到自己孤独。哭不出来的痛苦在折磨着她。女儿死后的头几天，她想哭，但是哭不出来。喉咙里要哭号，但是却没有眼泪。因此石头似的沉重的悲伤就加倍地折磨她。她睡得很多（想在昏睡中寻求安息），但是在睡梦中她仍旧听到孩子的虚幻的呼叫声。她忽而觉得女儿就睡在她的身旁，于是她向后挪挪身子，用手在床上摸着，忽而听见一阵模模糊糊的耳语声：“妈妈，喝水。”

“我的好宝贝……”阿克西妮亚冰凉的嘴唇小声嘟哝道。

甚至在难熬的白天，她有时也恍惚觉得小孩子就在她的膝边纠缠，而且她觉得自己正伸出一只手去抚摸孩子鬈发的小脑袋儿。

回来后的第三天，叶甫盖尼在萨什卡爷爷的马棚里坐到很晚，听他讲述从前顿河沿岸自由生活的朴素故事，以及古代的故事。八点多钟他才从那里出来；阵阵秋风掠过院子，粘脚的泥泞在脚底下咕唧咕唧响。一弯黄色的新月在云隙翻腾。叶甫盖尼借着月光看了看表，便向下房走去。他在台阶边点着烟，站在那里思索了片刻，然后晃了晃肩膀，坚定地登上台阶；轻轻地拧了一下门把手，门吱扭一声开了。他走进阿克西妮亚住的那间下房，划着一根火柴。

“谁呀？”阿克西妮亚拉紧身上的被子，问道。

“是我。”

“我马上就穿好衣服。”

“不必啦。我一会儿就走。”

叶甫盖尼把大衣脱掉，坐在床边上。

“你的小女孩死啦……”

“死啦……”阿克西妮亚像回声似的回答说。

“你的样子改变得真厉害。当然，我明白失去孩子有多么痛苦。不过我认为你是在白白地糟踏自己，孩子是不会起死回生的，而你还很年轻，还可以生孩子。不要这样。振作起精神，听从上帝的安排……你总归并没有因为孩子死去而丧失一切呀，你想想看，你的全部生活还在前面，还大有奔头呢。”

叶甫盖尼握住阿克西妮亚的一只手，不容分说地亲热地抚摸着，委婉低沉地劝说着。他的语声变成了耳语，等他听见阿克西妮亚憋得全身颤抖，压抑着的哭声由饮泣变成痛哭的时候，就开始亲她那被泪水浸湿的两颊和眼睛……

女人的心是很容易被怜悯和爱抚征服的。被绝望折磨着的阿克西妮亚忘却了自己，倾出全心奔放的、久已生疏的热情，委身于他。但是等到那股毁灭性的、蒙蔽理智的无耻享乐浪潮退落后，她清醒过来，尖叫一声，失去了理智和羞耻心，半裸着身子，只穿一件衬衫，跑到台阶上去。叶甫盖尼连门也顾不得关，急忙跟着跑出来。他一面走，一面穿大衣，慌慌张张，可是当他气喘吁吁地走上正屋的台阶时，却愉快、满足地笑了。一种令人振奋的喜悦使他心潮起伏。他已经躺在床上，抚摸着丰满、柔软的胸膛，想道：“从正派人的观点来看——这是可耻的，不道德的。葛利高里……我偷了他的亲近的人，可是要知道，我在前线上曾经冒过生命危险啊。完全可能发生这样的事情，子弹如果再稍微向右一点，不就会打穿我的脑袋了吗？那我现在早已腐烂啦，早已被蛆吃光了……因此我要珍惜每一分钟，尽情享乐。我可以无法无天去干一切事情！”有一瞬间，他觉得自己这种思想太可怕啦，但是想像重又展现了突袭战役的那个可怕的场面：他刚从死马身上站起来，却又被子弹扫倒。他已经蒙眬欲睡，便心安理得地决定：“这件事明天再说，现在睡吧，睡吧……”

第二天早晨，当餐厅里只有他和阿克西妮亚两个人的时候，他负疚地微笑着走到她面前，但是她紧靠在墙上，伸出手去，怒不可遏地低声骂道：

“别靠近我，该死的东西！……”

生活总是用自己不成文的法律支配着人们。三天后,叶甫盖尼夜里又来到阿克西妮亚住的那间下房,而阿克西妮亚却没有拒绝他。

第二十三章

紧挨着斯涅吉廖夫医生的眼科医院有一个小花园。

像这样寒酸的、光秃秃的小花园,在莫斯科郊外的小胡同里有很多,在这样的小花园里,你照样还要看到城市那种死气沉沉的忧郁的脸色,你一看到这些小花园,就会想起那辽阔的原始森林,这时你就会感到眼前的景物更加刺眼,更不舒服。医院的小花园里秋意已浓:红叶满径,晨霜凋伤了鲜花,在剪短的浅草地上洒了一片晶莹、透绿的露珠。晴朗的日子,病人在小径上散步,倾听着莫斯科教堂悠扬、虔诚的钟声。阴雨天(那年这样的天气特别多),病人们就到各个病房里乱窜,或者在对自己和彼此都感到非常厌烦的时候,就一声不响地躺在病床上。

医院里的病人绝大多数是市民,伤兵都住在一间病房里;一共有五个人:扬·瓦列伊基斯,是个浅褐色头发、浅蓝眼睛、高身材的拉脱维亚人,留着剪得短短的络腮胡子;伊万·弗鲁布列夫斯基是个二十八岁的漂亮的龙骑兵,弗拉基米尔省人;来自西伯利亚的来复枪射手科瑟赫;轻佻干黄的步兵布尔金和麦列霍夫·葛利高里。后来又送来一个。那天正在喝晚茶的时候,铃声响个不停。葛利高里朝过道里看了看,见有三个人走进了正厅:一个女护士和一个穿束腰无领袍子的人,他们俩搀扶着第三个人。大概这第三个人是刚从车站接来的:他那肮脏的、胸前尽是褐色血迹的军便服上衣完全可以证明这一点。当晚就给他做了手术。经过短时间的准备(一阵喧闹声传到了病房里来——在蒸煮手术用具),新到的病人被送进了手术室。过了几分钟,从手术室传来一阵低沉的唱歌声:在医生给伤兵取出眼眶里残留的、被炮弹片打坏的眼球时,麻醉过去的伤兵就一直在唱歌和模糊不清地咒骂。手术过后,他被送到伤兵病房里来了。过了一昼夜,从麻醉的迷糊状态中清醒过来,他说是在德国前线的韦尔贝格受的伤，姓加兰扎，是机枪手，切尔尼戈夫省的人。没过几天，他就和葛利高里搞得特别熟了：他们是邻床，晚上医生查过病房以后，他们经常要小声谈上很久。

“喂，哥萨克，怎么样？”

“很不妙。”

“你的眼睛是怎么治的？”

“天天打针。”

“打过多少次啦？”

“十八次。”

“疼吗？”

“不疼，很舒服。”

“你可以要求要求，把它挖掉算啦。”

“不能人人都做独眼龙。”

“这话不错。”

葛利高里的这位邻居，肝火旺盛，尖酸刻薄，对什么都不满意：咒骂政府，咒骂战争和自己的命运，咒骂医院的伙食、厨子和医生，——不论什么东西，只要碰到他那尖舌头上，都要大骂一通。

“小伙子，咱们为啥去打仗？”

“大家为啥，咱们就为啥呗。”

“你把道理摆给俺听，把道理摆明白。”

“别缠我啦！”

“哈！你是个傻瓜。俺们来告诉你吧。咱们是在为资产阶级打仗，你明白吗？资产阶级又是啥玩意儿呢？就是那种在大麻里生活的鸟儿。”

他给葛利高里解释那些难懂的词儿，把一些恶毒的咒骂夹在里面当调料。

“别叨叨啦！我听不懂你的霍霍尔话。”葛利高里打断了他的话。

“看你说的！莫非你是莫斯科佬，真听不懂？”

“说得慢一点。”

“亲爱的，我讲的够慢啦！你以为是在为沙皇打仗，可是沙皇——又是什么东西呢？沙皇是个酒鬼，皇后是个窑姐儿，老财们的钱越打仗越多，可是咱们脖子上……却套上了绞索。明白吗？你瞧！工厂老板喝白干儿——小兵儿只好抓虱子吃，双方的士兵都在遭殃……可是工厂老板却在发横财儿，工人阶级光屁眼儿，这就是咱们的制度，层层分明……好好干吧，哥萨克，卖命地干吧！你还能捞个十字架，一枚漂亮的，橡木十字架……”他说的是乌克兰语，但是偶尔在他激动的时候，就会改用俄语，再点缀上些他的咒骂，也能解释得清清楚楚。

他把葛利高里还不明白的那些道理灌输给他，揭露发生战争的真正原因，恶毒地嘲笑专制政体。葛利高里想进行反驳，但是加兰扎只用几个非常简单的问题，就问得他哑口无言，弄得葛利高里只能赞同他的话。

最使葛利高里不安的是他从心里觉得加兰扎是正确的，而且无力去反驳他，他没有反驳的理由，根本也找不到反驳的理由。葛利高里恐怖地意识到，这个聪明、凶狠的乌克兰人，在一点一点地、顽强地摧毁他原先对沙皇、祖国和他的哥萨克军人天职的全部概念。

在加兰扎来医院后一个月的时间里，葛利高里的意识赖以存在的基础全部土崩瓦解了。这些基础早已腐朽不堪，战争离奇的荒谬像铁锈一样腐蚀着这些基础，只需冲击一下，立即就会崩溃。现在冲击的力量已经具备了，思想觉醒了，这种思想使葛利高里那单纯而朴素的头脑感到疲惫不堪，穷于应付。他东冲西撞，寻找着出路，寻找着解决这个他的智力无力解决的问题的答案，而在加兰扎的答案里却找到了满意的答复。

有一天深夜里，葛利高里从床上爬起来，并把加兰扎也唤醒了，坐到他床上。九月的月亮，透过垂下的窗帘射进了淡绿色的冷光。醒来的加兰扎的两腮闪着黑亮、粗糙的皱纹，黄眼窝里射出湿润的光芒。他打了一个哈欠，怕冷地把脚裹进毯子里去。

“你为啥不睡觉？”

“睡不着。一点儿睡意都没有。你给我讲讲这个问题：战争使一些人大发横财，另一些人倾家荡产……”

“是啊,怎么啦?……”

“等等!”激愤的葛利高里小声说道,“你说是为了财主们的利益,把咱们赶去送死,可是老百姓怎样呢?难道他们不明白这个道理?难道就没有这样的人,能把道理讲清楚,能跑出来大喊一声:‘弟兄们,看,你们是为什么流血牺牲的。’”

“怎么能这样跑出来呢?你胡说些什么呀?那好,俺倒想看看你来出这个头儿。咱们俩是在这儿悄悄说说,就像两只野雁在芦苇丛里偷偷咕咕几声,只要你大声一叫,——立刻就有一颗子弹飞过来。老百姓都聋得要命。但是战争会把他们惊醒。打过响雷,黑云就会下雨……”

“那么怎么办呢?你说呀,坏蛋!你把我的心都搅乱啦。”

“那么你心里是怎么想的呢?”

“我什么也不明白。”葛利高里坦白地承认说。

“谁要想把俺推下山崖,俺就先把他推下去。咱们要敢掉过枪口来对付他们。要朝那伙把人们推下地狱的坏蛋开枪。你要知道,”加兰扎抬起身来,咬牙切齿地伸出手去,说道,“大风浪一来,把一切都一扫而光!”

“照你的意思,就是要……来个天翻地覆?”

“对啦!要把政府像扔破包脚布一样把它扔得远远的。要把地主身上的羊皮剥掉,撕破他们嘴唇,因为他们打老百姓的嘴巴子打得太狠啦。”

“有了新政权以后,战争怎么办?人们还是要打仗的,——就是咱们不打,咱们的子孙还是要打的。用什么法子来缩短战争呢?怎么来消灭战争呢,既然自古以来就老是打个不停?”

“说得对,从古以来就老打仗,只要这些混账政权还存在一天,战争就不会消灭。就是这样!只有等到每个国家都是工人掌权的时候,那就不会打仗啦。这就要求好好去干。要把他们都他娘的送进橡木棺材里去!……会做到的!不管是德国人,还是法国人,——所有的国家都要变成工人和农民的政权。到那时候,咱们谁还要打仗呢?那时候国界没有啦!凶恶的仇恨也没有啦!全世界都过着美好的生活。

唉!”加兰扎叹了一口气,咬着胡子尖,那只独眼放着光,像做了个美梦似的笑了,“葛利什卡,俺愿意把自己的血一滴一滴地流完,为了能看到这样的日子到来……俺的心像火一样在燃烧……”

他们一直谈到天亮。在灰色的曙光中,葛利高里才烦躁不安地睡去。

早晨,他被一阵吵声和哭声惊醒。伊万·弗鲁布列夫斯基脸朝下趴在床上,在抽抽搭搭地哭泣,一个女医生、扬·瓦列伊基斯和科瑟赫站在他周围。

“他哭叫什么?”布尔金从毯子里探出脑袋,沙哑地问道。

“他把假眼珠儿摔碎啦。从杯子里往外拿的时候,一不小心,掉到地上打碎啦。”科瑟赫与其说是惋惜,还不如说是幸灾乐祸地回答说。

有个俄罗斯化了的德国人,是个卖人造眼睛的商人,爱国心激励着他,把人造眼睛免费赠送给士兵。前一天,医院里给弗鲁布列夫斯基挑选了一只玻璃眼球,给他装上去,假眼球做得非常精致、漂亮,蓝蓝的,简直像真眼睛一样,真可说是巧夺天工,就是仔细去看,也很难分辨出真假。弗鲁布列夫斯基高兴得像小孩子一样笑了。

“将来我回到家乡,”他用浓重的弗拉基米尔省口音说道,“随便骗上一个姑娘。等结了婚,我再坦白告诉她,眼睛是假的。”

“他要骗人啦,狠狠地骂他一顿!”布尔金哈哈大笑道,他嘴里总在哼着一支歌唱杜尼娅和咬坏了杜尼娅衣裳的蟑螂的歌。

多么不幸的意外——漂亮小伙子只好就这么个独眼丑八怪样子回家乡了。

“别哭啦,会再赠送你一只新的。”葛利高里安慰他说。

弗鲁布列夫斯基抬起他那哭肿了的、一只眼窝空空的脸。

“不会再赠送啦。一只假眼——要值三百卢布呢。人家不会再给啦。”

“那只眼可真是一只好眼睛!上面的每一根细筋儿都画得清清楚楚。”科瑟赫惊叹道。

早茶后,弗鲁布列夫斯基和女医生一同到德国人的商店去,德国人又挑了一只眼睛送给他。

“德国人真比俄国人好！”弗鲁布列夫斯基欣喜若狂地说道，“要是个俄国商人——连一个戈比也休想讨到手，可是人家二话也没有说。”

时间吝啬地打发着日子。死气沉沉的、寂寞的漫漫长日真是度日如年。每天早上九点钟喝茶。给每一个病人用小碟子端来两片薄得可怜的法国面包和一块小手指头大小的奶油，午饭后，病人饿着肚子散去。傍晚又喝茶，为了有所不同，就用凉水下茶。病人的组成也在不断地变化。从“军人病房”（大家都这样称呼那间伤兵住的病房）里第一个出院的是西伯利亚人科瑟赫，紧跟着就是拉脱维亚人瓦列伊基斯。十月末，葛利高里也出院了。

留着剪得短短的小胡子的院长——漂亮的斯涅吉廖夫医生检查后，认为葛利高里的视力很不错了。在黑屋子里，让他离开一定的距离，看灯光映出的字母和数字。他出了这家医院，又被送进特维尔大街的军医院里去，因为他脑袋上的已经治好的伤突然又破裂了，有轻微的化脓现象。葛利高里和加兰扎告别的时候，问道：

“咱们还能见面吗？”

“两座山不会碰到一块儿……”

“好，霍霍尔，谢谢你，你使我懂得了很多道理。现在我是个有眼也能看的人啦，而且……是个凶狠的人啦！”

“你回到团里的时候——把这些话讲给哥萨克们听听。”

“好吧。”

“要是有机会到切尔尼戈夫省的戈罗霍夫卡镇的话——你就打听铁匠安德里亚·加兰扎，我很愿意再看到你。再见吧，小伙子！”

他们互相拥抱了。乌克兰人的形象长久地留在葛利高里的记忆里——那仅剩下的一只严厉的眼睛和灰脸颊上、嘴上的温柔线条。

葛利高里在军医院里住了十多天。他的心里在滋长着一种还没有形成的决心。加兰扎的说教激起的忧愤使他彷徨不安。他很少和同房的病人说话，他的每一个动作都带着惊慌、疑惑的神情。医院院长在接收葛利高里入院时，匆匆地打量着他那非俄罗斯人的脸庞，结论为：“不安分的人。”

最初几天，葛利高里一直在发烧，他躺在病床上，倾听着耳朵里的不停的嗡嗡声。

这期间,发生了一场风波:

一位皇族的大人物,答应从沃罗涅什顺便来军医院看看。从早晨起,接到这个消息的医院里的医务人员,就都像热锅上的蚂蚁一样,忙活起来。给伤病员换了衣服;额外换了一次睡衣,把伤病员们折腾得苦不堪言,一位年轻的医生甚至还要教给他们怎样回答大人物的问话,跟他谈话时候应该持什么态度。这种慌恐情绪也传染了伤病员:有些人早就不敢大声说话了。中午时分,医院大门口响起了汽车喇叭声,接着,贵人照例在一群侍从人员的簇拥下走进了敞开的医院大门(一个快活而又喜欢多嘴的伤兵事后有声有色地对同伴们说,当这些贵宾走近大门时,尽管天气格外晴朗,而且没有风,可是医院的红十字旗却突然拼命飘动起来,而且对面理发店的牌匾上面的那个鬈发的、仪态优雅的男士,也好像在那里直磕头,或者是在行屈膝礼)。开始视察病房了。贵人提出了一些合乎他的身份和地位的愚蠢问题;伤员都按照年轻医生的建议,把眼睛瞪得比在军队里教给他们的还要大,回答说:“是,殿下”,或者:“不是,殿下”。院长忙着对伤员的答复进行解释,这时候,他就像条被叉住的蛇一样摇摆着身体,即使从老远看去,也令人很不舒服。这位皇族显贵从一张病床走到另一张病床,赏赐给每个伤员一只小圣像。衣着华丽的人群和浓烈的贵重香水气味移动到葛利高里跟前来了。他脸也没有刮,瘦骨嶙峋,两眼红肿,站在自己的床边;瘦削的棕色颚骨轻微地颤动着,显示出他内心的激动。

“就是这帮家伙,他们为了自己的欢乐,把我们从家里赶出来,叫我们去送死。唉,这群坏蛋!该死的东西!混账东西!他们就是在我们脊骨上咬得最凶的虱子!……是不是就为了这个家伙……我们的马才去践踏外国人的庄稼和杀死许多外国人呢?……而我自己则在庄稼茬子上爬行、喊叫,担惊受怕呢?我们离乡背井,在兵营里受折磨……”他那一团激烈、混乱的思绪在脑袋里翻滚。强烈的仇恨把他的嘴唇都扭歪了。“你看他们,个个都肥得流油。最好能把你们这些该死的东西送到战场上去!叫你们骑上马,扛起枪,叫虱子把你们埋起来,叫你们吃臭面包和生蛆的肉!……”

葛利高里的眼睛盯着那些油头粉面的侍从军官，然后把黯淡的目光停在那位皇族显贵尽是皱囊的脸颊上。

“他是顿河哥萨克，得过乔治十字章的英雄。”院长哈着腰，指了指葛利高里说，那说话的声调就像是他本人获得了这枚十字章似的。

“哪个镇的?”皇亲手里捧着准备要赠送的圣像问道。

“维申斯克，殿下。”

“怎么得的十字章啊?”

显贵的两只空洞的浅色眼睛里流露出无聊和厌烦的神情。浅红色的左眉毛熟练地抬起来——这使显贵的脸给人的印象更为深刻。葛利高里突然打了一个冷战，胸中一阵阵轻微的刺痛；这种感觉是在冲锋开始时常有的。他的嘴唇不禁扭歪了，颤抖不已。

“请允许我……我必须去一下……非去不可，殿下……去小便……”葛利高里摇晃了一下，就像被打伤了似的做了一个很大的手势，指着床下说。

显贵的左眉毛倒竖了起来，拿着圣像的手伸到半路上停住了。他茫然不知所措地耷拉下肥厚松弛的嘴唇，转向一位陪他访问的白发将军，说了句英语。侍从人员中出现了一阵轻微的混乱：一个高身材、戴肩章的军官，用戴着雪白手套的手揉了揉眼睛；另一个军官低下了头，第三个疑问地看了看第四个人的脸……白发将军恭敬地笑着，用英语向殿下禀报了些什么，于是显贵大度地把圣像塞到葛利高里手里，甚至还赐予他最高的恩典：轻轻拍了拍他的肩膀。贵宾去后，葛利高里趴到床上。他把脑袋埋在枕头里，颤动着肩膀，躺了几分钟；简直弄不明白，他是在哭，还是在笑，但是他从床上站起来时，眼睛里却没有一点泪痕，而且十分明朗。院长立刻把他叫到办公室里去。

“你这个流氓！……”他手里搓着颜色像脱毛的兔子皮一样的长胡子，张口骂道。

“我不是流氓，坏蛋！”葛利高里颤动着下垂的下颚骨，朝着医生走过去，说道。“在前线上却看不到您这号人！”他控制住自己，已经很沉着地说道，“请您送我回家去！”

医生向后退着避开他，转到写字台后边去，语气稍微缓和地说道：

“送你走！见你的鬼去吧！”

葛利高里走出办公室，忍不住微笑了，眼睛却是疯狂的。因为他在皇族显贵面前表现的不可饶恕的行径，医院行政当局罚他三天不许吃饭。同病房的伙伴们和一个好心肠的、被小肠疝气折磨着的厨子都送东西给他吃。

第二十四章

十一月三日深夜，葛利高里·麦列霍夫到了下雅布洛诺夫村，这是走出火车站，进入维申斯克地区后的第一个哥萨克村庄。到亚戈德诺耶庄园只有几十俄里了。葛利高里走过稀疏的院落，引起几家犬吠；从河边的柳树行后面，传来充满活力的童声歌唱：

刀枪闪闪穿过树林，
哥萨克老兵连队在行军。
年轻的军官走在最前面，
哥萨克连队跟着他前进。

一个强有力的、嘹亮的男高音领唱道：

不要害怕，跟着我前进，弟兄们！

和谐的合唱紧接着唱道：

赶快向鹿砦飞奔。
谁先冲到那里，
荣誉、十字章和光荣都归他一人。

这支哥萨克歌的熟悉字句，葛利高里唱过不知多少次，说不出的亲切，温暖的滋味涌上心头。一阵轻寒袭来，使他的眼睛痛楚，心胸壅塞。他贪婪地吸着从人家烟囱里冒出的牛粪苦烟，穿过了村庄，——歌声在他身后回荡：

我们守住了鹿砦，坚如城墙，
子弹像蜜蜂一样飞翔，
这些顿河哥萨克英勇杀敌——
他们用刺刀劈杀冲闯。

“很久以前我还是小伙子的时候，唱过这支歌，可是现在我的嗓子已经干枯，生活吞没了歌声。现在我是到别人的老婆那里去暂住，无家，无业，就像一只野狼……”葛利高里默想着，迈着疲惫沉稳的脚步，痛苦地嘲笑着自己出奇复杂的生涯。走出村庄，爬上了一座陡斜的山岗，他四下看了看：从村尽头一个人家的窗洞里透出了吊灯的黄色光亮，靠窗户的纺车边坐着一个上了年纪的哥萨克妇人。

葛利高里离开了大道，踏着结了一层薄霜、沙沙响的草地走起来。他决定在奇尔河边的第一个村庄过夜，这样第二天天黑以前就可以赶到亚戈德诺耶了。已经是后半夜了，他走到格拉切夫村，在村尽头上一个人家过了夜，紫色的曙光刚刚露出的时候又登程了。

来到亚戈德诺耶已经是夜里了。他悄悄地跳过板栅围墙，走过马棚——从里面传出萨什卡爷爷的响亮的咳嗽声。葛利高里停下脚步，叫了一声：

“萨什卡爷爷，你还没有睡吗？”

“等等，这是谁呀？声音很熟……这是谁呀？”

萨什卡爷爷披上羊皮大衣，走到院子里。

“老天爷呀！是葛利什卡！魔鬼从哪里把你捉来啦？真是稀客呀！”

他们拥抱过，萨什卡爷爷仰脸仔细地打量着葛利高里的眼睛，说道：

“进来，咱们抽口烟。”

“不啦，明天吧。我走啦。”

“进来，有话对你说。”

葛利高里不情愿地听从了他的话。他坐到木床上，等着萨什卡爷爷咳嗽完。

“好啊，老人家，你还活着哪！还在人间哪！”

“还要活一阵儿呢。我就像一支燧石枪,是不会用坏的。”

“阿克西妮亚呢?”

“阿克西妮亚有什么……阿克西妮亚,上帝保佑,很好。”

老头子费劲地咳嗽不停。葛利高里猜到他的咳嗽是假装的,想掩饰他的窘态。

“塔纽什卡埋在哪儿啊?”

“在花园里。白杨树底下。”

“那么讲吧。”

“咳嗽把我们折磨死啦,葛利沙……”

“是吗?”

“大家都过得很好。老爷喝起酒来啦……这个糊涂家伙,没命地喝。”

“阿克西妮亚怎样呀?”

“阿克西妮亚?她现在当女仆啦。”

“我知道。”

“你还是卷根烟抽吧?抽吧,我有上等烟叶。”

“我不想抽,你说吧,要不我就走啦。我已经感觉到,”葛利高里沉重地转过身去,木板床在他身下咯吱咯吱直响,“我已经感觉到,你有些什么话像石头一样揣在怀里。你就砸下来,好吗?”

“我要砸!”

“砸吧。”

“我要砸。我实在不能不说,葛利沙,我要是不说出来就觉得难过。”

“说出来吧。”葛利高里沉重、亲热地把手巴掌放到老爷爷肩膀上请求道。然后弯下腰,等着他说。

“你养了一条蛇,”萨什卡爷爷突然声嘶力竭地喊道,“你养活了一条蛇!她和叶甫盖尼瞎搞起来啦!还有点良心吗?”

“你说的是实话吗?”

“我亲眼看见的。他每天夜里都到她那儿去。你去吧,他也许现在就在她那儿呢。”

"好,那有什……"葛利高里把手指关节揿得咯吧咯吧响,弯着腰坐了半天,抚摸着脸颊上抽搐暴起的青筋。耳朵里像有许多清脆的小铃铛在响。

"娘儿们家就像小猫儿一样:谁摸摸她——她就跟谁亲热。娘儿们是信不得的,不能信任她们!"萨什卡爷爷说。

他给葛利高里卷了一支烟,点燃了,塞到他手里。

"抽吧。"

葛利高里抽了两口,就用手指头把烟卷捏熄了,一声不响地走了出去。他在下房的窗前停下来,不住地深深地喘着气,几次举起手来想敲窗户,但是手却像被打断似的又放下去了。第一下他弯着指头,敲得很沉重,后来,就控制不住了,身子一下趴到墙上,用拳头疯狂地在窗框上捶了半天。窗框上的玻璃咯吱咯吱地响,窗框晃动起来,窗户里闪着一片蓝色的夜光。

阿克西妮亚吓得拉长了的脸闪了一下。她开开门,惊叫了一声。葛利高里就在门洞里抱住了她。看着她的眼睛。

"你敲得这么响,可是我睡熟啦……真没有料到……我的亲爱的!"

"我都冻僵啦。"

阿克西妮亚觉出葛利高里魁伟的身躯抖得非常厉害,可是他的双手却像火一样热。她显得非常慌张,点上灯,在屋子里踱来踱去,把一条毛头巾披在保养得很好的但没有光泽的肩膀上,然后生上了小炉子。

"真没有料到……你好久没有写信来……我以为你不回来啦……你收到我最后的一封信吗?本来想给你捎点礼物去,可是后来又想:等等吧,也许他就会来信啦……"

她偶尔朝葛利高里看看。她的红嘴唇上一直挂着凝结的笑容。

葛利高里坐在长凳子上。没有脱军大衣。没有刮过的脸颊上一片红晕,长耳风帽下面有一片浓重的阴影遮在垂下的眼睛上。他本来已经动手去解风帽扣,但是突然慌张起来,掏出了烟荷包,在口袋里找起卷烟纸来。露出无限的痛苦神情,匆匆地瞥了一下阿克西妮亚的脸。

他发现，在他离开的这段时间里，她变得出奇地漂亮了。

她那美丽的头部增添了一种新的、很有气派的神态，只有那些毛茸茸的大发卷和眼睛还和从前一样……可是现在，她那诱人的、烈火似的灼人的美貌已经不属他了。那还用说，她已经是地主少爷的情妇啦。

“你……不像女仆，更像个女管家啦。”

她惊骇地瞥了他一眼，勉强地笑了起来。

葛利高里拖着自己的军用背包，往门口走去。

“你上哪儿去？”

“我出去抽口烟。”

“等会儿再去吧，我已经煎好鸡蛋啦。”

“我就回来。”

在台阶上，葛利高里从军用背包底下掏出一条用干净的盖着印记的衬衣包着的绣花头巾。这条头巾是他在日托米尔[①]花了两个卢布，从一个犹太小贩手里买来的，而且是在像保护眼珠子一样地保存着，行军的时候，还常常掏出来，欣赏它那彩色绚丽的绣花，预先享受着当他回到家里，把绣花头巾在阿克西妮亚面前打开，她会表现出的那种喜悦。多可怜的礼物呀！难道葛利高里能跟顿河上游首富的少爷在礼物上争高低吗？葛利高里压下了突然袭来的抽泣，把头巾撕成了碎条，塞到台阶底下。袋子扔在长凳上，又走进屋子。

“坐下来，我给你脱掉靴子，葛利沙。”

阿克西妮亚用两只好久没有做粗活儿的白手，从葛利高里的脚上脱下笨重的大兵靴子，接着就趴在他的膝盖上，无声地恸哭了半天。葛利高里等她哭够了，问道：

“你哭什么？难道不高兴我回来吗？”

他很快就睡熟了。

阿克西妮亚没有穿衣服，跑到台阶上，在透骨的冷风里，在北风奏出的哀歌声中，抱着湿漉漉的柱子，一动也不动，在台阶上一直站到

① 日托米尔是乌克兰的一个大城市。

天亮。

第二天早晨，葛利高里穿上军大衣，向上房走去。老地主正站在台阶上，穿着皮大衣，戴着黄色的鬈毛羊皮帽子。

“啊，你来啦，荣获乔治十字章的英雄。你可显得更英俊啦，老弟！”

他对葛利高里行了个举手礼，并把手伸给他。

“能多住些日子吗？”

“两个星期，大人。”

“我们把你的女儿埋葬啦。可惜，真可惜……”

葛利高里没有做声。叶甫盖尼一面戴手套，一面走到台阶上来。

“葛利高里，是你呀？你这是从哪儿来的啊？”

葛利高里眼前突然一阵黑，但是他笑了。

“从莫斯科，回来休假。”

“这太好啦。你的眼睛受伤了，是吗？”

“是。”

“我听说啦。他出息得多么英俊哪，啊，爸爸！”

中尉向葛利高里点了点头，转脸朝着马棚喊道：

“尼基季奇，套车！”

老成持重的尼基季奇套好了车，很不高兴地斜眼看着葛利高里，把灰色的老走马牵到台阶边来。地上结了一层薄冰，马车轮碾过时，发出沙沙的响声。

“老爷，看在过去我们主仆的情谊上，您肯答应我给您赶一次车吗？”葛利高里逢迎地微笑着向叶甫盖尼请求说。

“可怜虫，一点儿也没有怀疑。”葛利高里心里想，而叶甫盖尼满意地笑了笑，眼睛在夹鼻眼镜里闪动了一下。

“好吧，请，那咱们就动身吧。”

“你这是干什么，刚刚到家，就把年轻的妻子扔下？难道你不想念她吗？”老地主慈爱地笑着说道。

葛利高里大笑起来。

“老婆不是狗熊，不会逃到树林子里去的。”

他坐到车夫座上;把鞭子掖到坐位下面,理了理缰绳。

“哎,我就再给您赶一次车,叶甫盖尼·尼古拉耶维奇!”

“赶吧,我会多给你赏钱的。”

“太感谢您啦。而且我还要特别感谢您对我的阿克西妮亚的照顾……养活她……赏她一块……一块。”

葛利高里的声音突然断了,中尉心里产生不祥的怀疑念头。“莫非他已经知道啦?算了吧,我也太神经过敏啦!他怎么会知道!绝不可能……”

他把身子向后背上一靠,点上了一支烟。

“快点儿回来!”老地主在他们身后喊道。

车轮下面扬起了阵阵的冰花。

葛利高里用缰绳勒了一下走马的嘴唇,它便狂奔起来。他们只用了一刻钟的工夫,就翻过了山岗。走到第一块洼地里,葛利高里从坐位上跳下来,抽出坐垫下的鞭子。

“你要干什么?……”中尉皱起眉头来。

“要干……这个!”

葛利高里猛地一挥鞭子,重重地朝中尉脸上抽去。他紧握住鞭子,用鞭子柄朝这家伙的脸上、胳膊上打去,打得他晕头转向。一块碎镜片扎进了叶甫盖尼眉毛上面的皮里。鲜血流进眼睛里。起初中尉只用手遮着脸,但是打得越来越厉害。他满脸伤痕,奋身跃起,试图自卫,但是葛利高里向后退着,一下子就把他的右手腕子打得不会动了。

“这一下子是为了阿克西妮亚!这一下子是为了我!这一下子是为了阿克西妮亚!为了阿克西妮亚再给你一下子!为了我再给你一下子!”

鞭子飕飕地抽在叶甫盖尼身上,发出噼啪的响声。后来葛利高里用拳头把他打翻在道旁的硬草地上,打得他在地上翻来滚去,又用后跟上钉着铁钉的大兵靴子拼命地踢他,直到累得精疲力尽了,他坐上马车,大喊一声,把马打得使出最后的力气,飞奔回来。他把马车扔在大门边,攥着鞭子,脚不断踢着敞开的军大衣的大襟,奔向下房。

阿克西妮亚听到霹雷似的开门声,回头看了看。

“臭娘儿们！……母狗……”

鞭子飕飕地抽在她的脸上。

葛利高里气喘吁吁地跑到院子里；也不回答萨什卡爷爷的问话，走出了庄园。已经走出约莫一俄里半远了，阿克西妮亚追上了他。

她呼哧呼哧地喘着，一声不响地走到葛利高里身边，偶尔用手去拉他一下。

在岔路口上，在一座褐色的草原上的小教堂旁边，她用几乎是陌生、疏远的声音说道：

“葛利沙，原谅我吧！”

葛利高里龇了龇牙，弓起背，竖起军大衣的领子走去。阿克西妮亚在他后面的小教堂附近的什么地方停了下来。葛利高里一次也没有回头看过，也没有看见朝他伸着的阿克西妮亚的双手。

在通往鞑靼村去的山坡斜路上，他困惑不解地发现自己手里还握着鞭子，于是扔掉鞭子，阔步在村里的胡同里走着。家家户户的小窗户上，都挤满了由于他的归来大感惊异的面孔，迎面走来，认出他的妇女都深深地向他鞠躬行礼。

在自家的大门口，一个身材瘦削、黑眼睛的漂亮姑娘连叫带跑地抱住他的脖子，扎在他怀里。葛利高里捧着她的脸颊，扳起她的脑袋，认出是杜妮亚什卡。

潘苔莱·普罗珂菲耶维奇一瘸一踮地从台阶上走下来，母亲在屋子里嚎啕大哭起来。葛利高里用左手抱住父亲，因为杜妮亚什卡在亲着他的右手。

一阵熟悉的、令人心碎的梯阶咯吱声——葛利高里走上了台阶。显得老了很多的母亲，像小姑娘一样轻捷地跑过来，眼泪打湿了军大衣的钮扣孔，她紧抱着儿子，喃喃自语，说出的话都是不成句的，不能用文字表达的，只有母亲自己懂的话语；娜塔莉亚为了不倒下去，手扶着门，面色苍白，站在门洞里，痛苦地笑着，她经受不住葛利高里投来匆促的、心慌意乱的目光，瘫倒在地上……

夜里，潘苔莱·普罗珂菲耶维奇捅捅伊莉妮奇娜的腰，小声说道：

“你偷偷去看看,他们是不是睡在一块儿?”

“我给他们俩铺在一张床上。”

“你去看看,去看看!”

伊莉妮奇娜隔着门缝向内室窥视了一下,就回来了。

“睡在一块儿哪。”

“可好啦,上帝保佑!”老头画了个十字,用胳膊肘撑着身子,在床上抽抽搭搭地哭起来。

静静的顿河

〔二〕

Тихий Дон

〔苏联〕肖洛霍夫／著
金　人／译

名著名译
丛　书

人民文学出版社
PEOPLE'S LITERATURE PUBLISHING HOUSE

卷　四

第 一 章

一九一六年。十月。夜。风和雨。林木繁茂的低地。一片丛生着赤杨的沼泽边上是战壕。前面是一层一层的铁丝网。战壕里是冰冷的稀泥。监视哨的湿漉漉的铁护板闪着黯光。从处处的土屋里透出稀疏的光亮。一个矮小健壮的军官在一间军官住的土屋门口站了一会儿;他的湿淋淋的手指在衣扣上滑着,匆匆地解开军大衣,抖落领子上的水珠,很快在踏烂的干草上擦了擦长筒靴,这才推开门,弯腰走进土屋。

小煤油灯的黄光,油晃晃地照在来人的脸上。一个敞着皮上衣的军官,从板床上抬起身来,一只手摸了摸开始变白的乱发,打了个呵欠。

“下雨啦?”

“下哪,”客人回答说,然后脱下衣服,把军大衣和被雨水浸软的军帽挂在门边的钉子上,“你们这儿很暖和。人多哈气多。”

“我们不久前才生上火。糟糕的是地下直往外冒水。他妈的,雨水要把我们赶走啦……啊？您是怎么想,本丘克?”

本丘克搓着手,弯下腰,蹲到小火炉旁边。

“你们铺上地板嘛。我们的土屋里可漂亮啦:可以光着脚走。利斯特尼茨基哪儿去啦?”

“睡觉哪。”

“睡很久了吗?”

“查哨回来就睡啦。”

“该叫醒他了吧?”

“叫醒他吧。咱们来下盘棋。”

本丘克用食指擦掉又宽又浓的眉毛上的雨点儿,没有抬头,轻轻地叫道:

“叶甫盖尼·尼古拉耶维奇!”

“睡熟啦。”头发有点儿斑白的军官叹了一口气。

“叶甫盖尼·尼古拉耶维奇!”

“什么事?”利斯特尼茨基撑着胳膊肘子抬起身来。

“咱们来下棋呀?”

利斯特尼茨基两腿从铺上耷拉下来,用柔软的粉红色手掌在胖乎乎的胸膛上摩擦了半天。

在第一盘棋快要下完的时候,来了两个五连的军官,一个是卡尔梅科夫大尉,一个是丘博夫中尉。

“好消息!”卡尔梅科夫还在门口就喊叫道,“咱们团很可能要撤防啦。”

“这是哪来的消息?”头发斑白的上尉梅尔库洛夫怀疑地笑着问。

“你不相信吗,彼佳[1]大叔?”

“坦白地说,我不相信。”

“炮兵连连长打电话告诉我们的。他从哪儿知道的,这很容易解释,他昨天才从师部回来呀。”

“能在澡盆里泡泡就好啦。”

丘博夫带点儿傻气地笑着,装作用桦树枝条抽打自己的臀部的样子[2]。梅尔库洛夫哈哈笑起来。

“我们这间土屋里只要有个澡盆就行,——水要多少有多少。”

“你们这儿太潮湿啦,太潮湿啦。”卡尔梅科夫打量着圆木筑起的墙和咕唧咕唧响的土地,愤愤地说。

“旁边就是沼泽,还能不潮湿。”

“你们要感谢至高无上的神,叫你们待在沼泽地边,就像在基督怀抱里一样舒服,”本丘克插嘴说,“其他地区都在进攻,可是我们这儿一个星期却只打一梭子弹。”

“去冲锋陷阵也比在这儿活活烂掉好得多。”

“彼佳大叔,养活哥萨克,可不是为了要他们去冲锋陷阵送死啊。

---

① 彼佳是彼得的爱称。

② 俄国人洗蒸气浴时有用桦树条抽打全身的习惯。

你是假装糊涂。"

"那么你说——是为了什么呢?"

"照惯例,政府只是在关键时刻才打哥萨克这张王牌。"

"净说鬼话。"卡尔梅科夫摆了摆手。

"这怎么是鬼话?"

"就是。"

"算了吧,卡尔梅科夫!真理是驳不倒的。"

"这算什么真理……"

"这是人所共知的事儿。你装什么傻呀?"

"注意,诸位军官!"丘博夫叫道,像演戏似的向四面鞠着躬,指着本丘克说道,"本丘克少尉马上就要按照社会民主党的圆梦书说梦啦。"

"您又在出洋相啦?"本丘克的眼睛紧逼着丘博夫的视线,冷笑道,"不过,您继续出您的洋相吧——人各有志嘛。我是想说从去年下半年以来,我们再也看不到战争啦。阵地战刚一开始,哥萨克团队就统统被分散到僻静的地方待命。"

"然后呢?"利斯特尼茨基收拾着棋子问道。

"然后,一旦前线上开始骚动,——这是不可避免的:士兵已经开始厌恶战争,逃兵越来越多就可以证明这一点,——到那时候,要镇压叛变,哥萨克就派上用场了。政府养活的哥萨克,就像系在木棍上的石头。紧要关头,政府就要用这块石头去打破革命的头盖骨。"

"我的亲爱的,你简直是着迷啦!你的假设太不能令人信服啦。首先,无法预先决定事件的发展过程。再说,你怎么知道将来要发生骚动以及其他等等事件呢?假定出现另一种情况:协约国打垮了德国人,战争以辉煌的胜利结束,——到那时你给哥萨克安排什么用场呢?"利斯特尼茨基反驳道。

本丘克脸上掠过一丝笑意。

"目前还看不出什么结束的征兆,更不用说辉煌胜利的结局啦。"

"战争拖下来了……"

"还要继续拖下去。"本丘克预言道。

“你什么时候回来休假的?”卡尔梅科夫问道。

“前天。”

本丘克把嘴鼓得圆圆的,用舌头弹出一个小烟团,扔掉烟头。

“你到哪儿去啦?”

“彼得格勒。”

“噢,那儿怎么样啊? 京城里热闹吗? 唉,他妈的,要是能到那儿,哪怕就住一个星期呢,出什么代价,我都不在乎。”

“令人高兴的事情也不多,”本丘克斟酌着字眼,说道,“面包奇缺。工人区里到处是饥饿、不满和无声的抗议。”

“咱们要想熬过这场战争也不那么容易。你们以为怎样,诸位?”梅尔库洛夫疑问地环顾了一下所有在场的人。

“日俄战争引起了一九〇五年的革命,——这次战争势必以新的革命收场。而且不仅是革命,还要发生国内战争。”

利斯特尼茨基听着本丘克的话,做了个含糊不清的手势,仿佛想打断少尉的话,接着,站起身,皱着眉头,在土屋里踱起步来。他抑制着满腔的愤怒,说话了:

“我感到非常奇怪,在我们军官中竟会有这样的人物,”他朝有点儿驼背的本丘克那面指了指,“奇怪的是——直到今天我还没弄清他对祖国,对战争的态度……他在一次谈话中虽然说得很含糊,但足以证明了他的立场,他希望我们在这次战争中失败。我这样理解对吗,本丘克?”

“我是希望战败的。”

“这是为什么呢? 我认为,不管你持什么样的政治观点,希望自己的祖国战败——这毕竟是……对国家的背叛。这对任何一个正派人来说,都是——耻辱!”

“你们还记得吗? 国家杜马的布尔什维克党团就曾鼓吹反对政府,从而加速战争的失败。”梅尔库洛夫插嘴说。

“本丘克,你同意他们的观点吗?”利斯特尼茨基问道。

“我既然希望战败,那我自然是同意的;作为一名俄国社会民主工党的党员,一个布尔什维克,竟会不同意自己议会党团的观点,那岂不是笑话。叶甫盖尼·尼古拉耶维奇,使我更为惊奇的是,你作为一个知识分子,而政治上竟如此无知……"

"我首先是个忠于沙皇的士兵。我一见到'社会党同志们'的那副尊容就恶心。"

"你首先是个混蛋,然后才是个自鸣得意的粗野军人。"本丘克心里这样想,敛去笑容。

"除了阿拉,再也没有神啦……"①

"在我们军界,情况是特殊的,"梅尔库洛夫好像很抱歉似地插嘴说,"我们大家似乎都远离政治,我们都住在村头上。"

卡尔梅科夫大尉坐在那里,捋着下垂的胡子,两只炽热的、蒙古人的眼睛闪着锐利的光芒。丘博夫躺在床上,一面听着人们的谈话,一面在看梅尔库洛夫那张贴在墙上的、被烟草熏黄的画片:一个半裸体的女人,脸像抹大拉的马利亚②,她惹人心烦地、轻佻地含笑看着自己袒露的胸膛。左手的两个手指头揪着棕色的奶头;小拇指小心翼翼地高高翘起,低垂的眼皮下面有一片阴影,瞳仁闪着温暖的光亮。她微耸起肩膀,托着要滑下来的衬衣,锁骨窝里有一片柔和的光影。女人的姿态是那么自然、优雅,整个画面色调暗淡,真有一种说不出的美,使得丘博夫不由自主地微笑着,入神地欣赏起这幅绝妙的绘画来,传到耳边的谈话,早已成了耳旁风。

"这太好啦!"他的眼睛离开画片,大声称赞道,但是太不凑巧,本丘克恰好说完下面这句话:

"……沙皇制度一定要被消灭,你们可以深信不疑!"

利斯特尼茨基手里转弄着纸烟,恶意地笑着,一会儿看看本丘克,一会儿看看丘博夫。

"本丘克!"卡尔梅科夫叫道,"您等等,利斯特尼茨基!……本丘克,您听见了吗?……噢,好,就算这次战争将要变成内战……以后又怎么样呢?好,你们推翻帝制……那么以阁下之见,应该建立什么样的

---

① 阿拉是回教的大神,这里的意思是说:除了沙皇,谁也不相信。

② 一个改邪归正的女人。见《圣经·新约·路加福音》第八章第二节。

政体呢？政权又是个什么样子的呢？”

“是无产阶级专政的政权。”

“类似国会，是吗？”

“国会算得了什么！”本丘克笑着说。

“那究竟是什么呢？”

“应该实行工人阶级专政。”

“嘿，真有你的！……那么知识分子和农民扮演什么角色呢？”

“农民会跟着我们走的，一部分善于独立思考的知识分子也会跟我们走，而其余的那些……对其余的那部分人我们就这么处理……”本丘克迅速地把原来捏在手里的一张纸拧成紧紧的纸捻儿，然后摇晃着这根纸捻儿，从牙齿缝里挤出这样的一句话，“就这么处理这帮家伙！”

“您飞得也太高啦……”利斯特尼茨基嘲讽地说。

“我们就是要居高临下。”本丘克结束说。

“地上可要先铺上些干草……”

“那您为什么还要志愿参军上前线，而且还晋升为军官？这又怎么跟您的见解相吻合呢？真——是——太——妙——啦！一个反对战争的人……嗨嗨……反对消灭自己这些……阶级兄弟——却突然……晋升为少尉！”

卡尔梅科夫用手巴掌在靴筒上拍了一下，开心地哈哈大笑起来。

“您指挥您的机枪队消灭了多少德国工人？”利斯特尼茨基质问道。

本丘克从军大衣的侧袋里掏出一大卷纸，背朝着利斯特尼茨基，在纸卷里翻了半天，然后走到桌边，用宽大的手巴掌把一张日久变黄了的报纸铺平。

“我杀死过多少德国工人——这是……个问题。我志愿到前线来，是因为早晚也会把我抓来。我想，在前线，在战壕里学到的东西，将来会有用的……将来。看，这儿就是这么说的……”于是他念起列宁的文章来：

就拿现代的军队来说吧。军队是组织的一个好范例。这种组织所以好，就因为它**灵活**，同时又能使千百万人服从**统一的意志**。今天，这千百万人还坐在自己家里，分散在全国各地；明天动员令一下，他们就会在指定地点集合。今天他们还蹲在战壕里，有时得蹲几个月，明天他们就会以别的队形去冲锋陷阵。今天他们避开枪林弹雨创造出奇迹，明天他们又在短兵相接中创造奇迹。今天他们的先头部队在地下埋上地雷，明天他们会按照空中飞行员的指示向前推进几十俄里。受同一意志所感召的千百万人，为了同一目标而改变他们的交往方式和行动方式，改变他们的活动地点和活动方法，改变工具和武器，以适应改变着的形势和斗争的要求，——这才是真正的组织。

工人阶级反对资产阶级的斗争也是这样。如果今天还不具备革命形势……

"'形势'是什么玩意儿？"丘博夫打断了他的话，问道。

本丘克的身子晃了一下，如大梦初醒，他想弄明白问话的意思，用大拇指的关节擦了擦疙疙瘩瘩的前额。

"我问你，'形势'这两个字是什么意思？"

"这两个字是什么意思，我是懂的，可是我却不能清楚地讲出来……"本丘克脸上露出开朗、单纯、稚气的笑容；在他那忧郁的大脸上出现这样的笑容显得那么不协调，就像一只浅灰色的小兔崽子欢蹦乱跳地掠过秋雨后忧郁、凄凉的田野一样，"形势——就是情况、局面等等的意思吧，我说得对吗？"

利斯特尼茨基含糊地摇了摇头。

"念下去……"

……如果今天还不具备革命形势，还没有激发群众和提高他们积极性的条件，今天交给你选票，你就拿过来，好好地加以组织，用它来打击自己的敌人，而不是为了把那些怕坐监牢而死抓住安乐椅的人送到议会中去享受肥缺。如果明天剥夺了你的选票而交给你枪支和最新式的速射炮，那你就把这些屠杀和破坏的武器接过来，不要去听信那些害怕战争的多愁善感的颓丧者的话；为了工人阶级的解放，世界上**得**用炮火和刀枪来消灭的东西多着哩；如果群众的仇恨和绝望日益增长，如果有了革命形势，那就着手建立新的组织，**使用**这些十分有利的屠杀和破坏的武器来**反对本国**政府和**本国**资产阶级……①

本丘克还没有念完，第五连的司务长敲了敲门，走进了土屋。

"老爷，"他对卡尔梅科夫说道，"团部的传令兵来啦。"

卡尔梅科夫和丘博夫穿上衣服，走了出去。梅尔库洛夫吹着口哨，坐下去画画。利斯特尼茨基仍然在土屋里来回踱步，捻着小胡子，思考什么事情。不一会儿，本丘克也告辞出去了。他左手扶着领子，右手撩着军大衣下襟，顺着泥泞的交通壕走着。阵阵冷风在交通壕狭窄的沟槽里横冲直撞，碰上弯突的地方，就啸叫、旋转。本丘克在黑暗里走着，脸上带着惶惑的笑容。他回到自己的土屋，全身又浸透了雨天的潮气和腐烂的赤杨叶子气味。机枪队的队长已经睡了。他那黝黑的、留着黑胡子的脸上显出睡眠不足的铁青色（他连着打了三夜牌）。本丘克在自己早先保存下来的军用袋里翻腾了一阵，把一堆纸在门口烧掉，然后往裤子口袋里塞了两个罐头和一些手枪子弹，便走出屋。风从敞开的门里吹进来，吹散了门边灰色的纸灰，吹灭了冒烟的小油灯。

本丘克走后，利斯特尼茨基又默默地来回踱了约五分钟，然后走到桌边来。梅尔库洛夫正歪着脑袋画画。削得尖尖的铅笔在勾画着烟雾般的阴影。本丘克那带着平日罕见的、似乎是很勉强的微笑的脸呈现在这张白纸上。

"一副很有力量的嘴脸。"梅尔库洛夫推开手边的画，抬起头来，看着利斯特尼茨基说道。

"喂，你是怎么想的？"利斯特尼茨基问道。

"鬼他妈的知道他！"梅尔库洛夫猜度着问题的实质，答道，"他原是个叫人捉摸不透的家伙，现在自己亮相了，很多问题也就清楚啦，可是以前我简直不知道该怎么理解他。你知道吧，他在哥萨克中间很受欢迎，特别是在机枪手们中间。你注意到没有？"

---

① 引自人民出版社一九七四年出版的《列宁选集》第二卷，第六五九至六六〇页。

“是啊。”利斯特尼茨基含糊其辞地答道。

“机枪手们——全是布尔什维克。他已经成功地把他们都鼓动起来啦。我感到惊奇的是，他怎么今天就把自己的牌子亮出来啦。为什么要这样做呢？他是有意气我们才说的，真的！他明明知道，在我们中间没有一个人会同意这些观点，不知道为什么，他竟把心里的话都托出来啦。要知道他并不是个爱冲动的人。是个危险人物。”

梅尔库洛夫思索着本丘克令人不解的举动，把那张画放到一边，脱起衣服来。他把潮湿的袜子挂在小炉子上，给表上了弦，抽了一支香烟，躺下，很快就睡熟了。利斯特尼茨基坐到梅尔库洛夫一刻钟前坐的那条凳子上，——把铅笔尖折断，在图画的背面，笔法豪放地写道：

大人：

前此，鄙职曾向大人报告过的那些揣测，今天完全证实。本丘克少尉今天在和我团军官（除我以外，在场的有第五连的卡尔梅科夫大尉、丘博夫中尉，第三连的梅尔库洛夫上尉）的谈话中（坦白地承认，我还不完全理解他的目的），解释了他根据自己的政治信仰，无疑也是他的党组织指定要执行的那些任务。他身上还带着一卷违禁文件。例如，他宣读了该党在日内瓦出版的机关报《共产党员》中的几段。无可置疑，本丘克少尉是在我团进行秘密工作（据猜想，他正是为了这个目的，才来我团当志愿兵的），机枪手是他鼓动的直接对象。我们已经被瓦解了。他的恶劣影响在团队的精神状态上已经表现出来——拒不执行战斗命令的情况，屡有发生，我已将此种情况随时呈报师部特务处及其他机关。

本丘克少尉日前休假归来（他曾去过彼得格勒），带回了一大批具有破坏性的书刊；现在他正企图开展更加有力的工作。

综上所述，我认为：（一）本丘克少尉的罪行已经确定无疑（在场和他谈话的诸位军官可以宣誓证明我所报告的事项）；（二）为制止他的革命活动，应立即将其逮捕，并解送野战军事法庭；（三）应立即清查机枪队，清除特别危险分子，其余或遣送后方，或分散到各团。

恳请大人勿忘鄙职为祖国和皇帝陛下效力的忠诚。本件副本我将同时送呈斯·特·科尔普。

上尉叶甫盖尼·利斯特尼茨基

一九一六年十月二十日于第七战区。

第二天早晨,利斯特尼茨基派通信兵把报告送到师部去;吃过早饭,他从土屋里走出来。泥泞的战壕墙外的沼泽地上,雾气腾腾,好像是挂在铁丝网的尖刺上似的。战壕底上积有半俄寸厚的泥浆。一条条的棕色小水流从枪眼里淌下来。哥萨克们,有的穿着潮湿的沾满污泥的军大衣,在护板上用锅煮茶,有的把步枪靠在墙上,蹲在那里吸烟。

“我已经说过多少次啦,不准在护板上生火！你们这些混蛋,怎么就不明白呢?”利斯特尼茨基走到最近一伙围火坐着的哥萨克跟前,恶狠狠地骂道。

有两个哥萨克很不情愿地站起来,其余的人掖起军大衣的下襟,抽着烟,继续蹲在那里。一个脸色黝黑,络腮胡子,布满皱纹的耳垂上晃着银耳环的哥萨克,不时把一小束一小束干树枝塞到锅底下,回答说:

“我们倒是想不用护板,可是老爷,那怎么能生着火呢?您瞧,这儿的水有多深！有好几俄寸深。”

“立刻把护板抽出来!”

“那我们就饿着肚子蹲在这儿吗?！是——这——样儿……”一个宽脸盘、有麻子的哥萨克皱着眉头,朝一边看着说道。

“我告诉你……把护板抽出来!”利斯特尼茨基用靴尖从锅底下把燃烧着的干树枝踢了出去。

戴着耳环,满脸络腮胡子的哥萨克不知所措地、恶意地冷笑着,把锅里的热水泼掉,低语道:

“兄弟们,就算是喝过茶了……”

哥萨克们默默地目送着沿阵地走去的上尉的背影。长着络腮胡子的哥萨克湿润的眼睛里闪着萤火似的寒光。

“他生气啦,母狗!”

“唉——唉！……”一个哥萨克把步枪的皮带往肩头上套着,长叹了一声。

在第四排防守的地区,梅尔库洛夫追上了利斯特尼茨基。他气喘吁吁地走过来，新的皮上衣窸窣响着，身上散发着刺鼻的叶子烟味。他把利斯特尼茨基叫到一旁，急促地说道：

“听到新闻了吗？本丘克昨天夜里开小差啦。”

“本丘克？怎——么——啦？”

“开小差啦……听明白了吗？机枪队长伊格纳季奇——他和本丘克同住一间土屋——说，他到我们那儿以后，根本没有回去。也就是说，他从我们那儿一出来，便溜之乎也……就是这么一回事儿。”

利斯特尼茨基皱起了眉头，把夹鼻眼镜擦了半天。

“你好像很激动？”梅尔库洛夫仔细地瞅着他说。

“我？你在说胡话吧？我激动什么？只不过是你说的这件意外的事使我吃了一惊罢了。”

第 二 章

第二天上午，神色慌张的司务长走进了利斯特尼茨基的土屋；犹疑了一会儿，报告说：

“老爷，今天早晨哥萨克们在战壕里拾到了这些小纸片儿。这好像有点儿不对头……所以我来报告您。否则恐怕招来什么灾祸……”

“什么小纸片儿？”利斯特尼茨基从床上站起来，问道。

司务长把攥在拳头里的几张揉皱的纸片递给他。在一张四开的廉价纸上清楚地印着打字机打的字体。利斯特尼茨基一口气读了下去：

全世界无产者联合起来！

士兵同志们！

万恶的战争已经拖了两年。你们为了保卫别人的利益已经在战壕里煎熬了两年。各国的工人和农民都流了两年血。几十万人阵亡和变成了残废，几十万人沦为孤儿和寡妇——这就是这场大屠杀的结果。你们为什么打仗？你们在保卫谁的利益？沙皇政府把几百万士兵赶上火线，为的是掠夺新的土地和像压迫波兰以及其他国家被奴役的人民那样，压榨这些土地上的人民。世界上的工厂主无法瓜分那些可以倾销他们产品的市场，也无法瓜分他们的利润，——于是就用武力来进行分配，——而你们，糊涂的人们，就为他们的利益去打仗、送死，去屠杀那些和你们一样的劳动者。

兄弟的血已经流够啦！你们醒醒吧，劳动者们！你们的敌人不是那些也和你们一样被欺骗的奥地利和德意志士兵，而是你们自己的沙皇、工厂主和地主。掉转你们的枪口，去反对他们。跟德意志和奥地利的兵士联合起来。越过把你们像野兽似的隔开的铁丝网，互相伸出手来。你们——都是劳动弟兄，你们手上的劳动血茧还没有长好，没有什么东西可以把你们分开。打倒专制政治！打倒帝国主义战争！全世界劳动者牢不可破的团结万岁！

利斯特尼茨基气喘吁吁地念完最后几行。“真的来啦。开始啦！”他想道，心里充满了憎恨，被袭来的各种沉重的预感压得透不过气来。他立即打电话给团长，报告发生的事情。

“您有什么指示，大人？”最后，他请求说。

将军的话声，透过像蚊子叫似的电线的嗡嗡声和遥远的电话，一字一板地从听筒里传来：

“立刻会同各连司务长和排长进行搜查。逐个搜查，军官也不例外。今天我就向师部请示，问他们打算在什么时候给我团换防。我催催他们。如果搜查中发现什么东西——立即向我报告。”

“我认为，这是机枪手们干的。”

“是吗？我立刻就命令伊格纳季奇搜查他手下的哥萨克们。祝你成功。”

利斯特尼茨基召集排长们到自己的土屋里来，传达了团长的命令。

“真是岂有此理！”梅尔库洛夫生气地说道，“难道要咱们大家互相搜查吗？”

“首先搜查您，利斯特尼茨基！”没胡子的年轻中尉拉兹多尔采夫叫道。

“咱们拈阄儿吧。”

“按字母顺序。”

“诸位，不要开玩笑啦，”利斯特尼茨基严厉地打断大家的话，“当然，咱们的老头子有点太过火啦：咱们团里的军官都跟恺撒的妻子①一样。只有一个人例外——那就是本丘克少尉，可是他已经开小差了，不过哥萨克倒是应该搜查搜查。叫司务长来。”

司务长来了——是个已经不很年轻的、得过三级乔治奖章的哥萨克。他咳嗽着，环顾了一下军官们。

“你的连里谁值得怀疑？你想想看，谁可能散发这些传单？”利斯特尼茨基问他。

“没有这样的人，老爷。”司务长很有信心地回答说。

“难道传单不是在咱们连的防区上发现的吗？有生人到战壕里来过吗？”

“一个生人也没有来过。别的连的人也没有来过。”

“咱们去挨个搜吧。”梅尔库洛夫挥了挥手，便向门口走去。

搜查开始了。哥萨克们脸上的表情各式各样：一部分人愁眉苦脸，困惑不解，另一部分人惊慌地望着在哥萨克们可怜的家当中乱翻的军官，还有一部分人则在暗暗窃笑。一个英俊的下士侦察兵问道：

“你们倒是说一声，你们要找什么？如果是什么东西被偷了——说不定我们有人看见过在谁那儿。”

搜查没有任何结果。仅仅在第一排的一个哥萨克的军大衣口袋里搜出了一张揉皱的传单。

“看过吗？”梅尔库洛夫问道，他那惊慌地扔掉传单的样子，非常可笑。

“我是捡来卷烟用的。”哥萨克没有抬起低垂的眼睛，笑了笑说。

“你笑什么？”利斯特尼茨基脸涨得通红，走到哥萨克跟前，暴躁地喊道；他那金黄色的短睫毛在夹鼻眼镜后面神经质地眨动着。

---

① 利斯特尼茨基是指已经变为成语的恺撒（公元前102至44年的罗马独裁者）的一句话。传说，恺撒在回答有关他的妻子的品行的询问时说：“恺撒的妻子——是不容怀疑的。”

哥萨克的脸上立刻变得严肃起来,笑容也消失了,仿佛被风刮跑了似的。

"请宽恕我吧,老爷!我几乎是不识字的!根本就不会看书。我捡起来的目的是因为卷烟纸没有啦,可是叶子烟还有,恰好看到了这张纸片,我就捡起来啦。"

哥萨克委屈地大声申诉道,话声中充满了愤恨的情绪。

利斯特尼茨基啐了一口,便走开了。军官们跟在他后面。

过了一天,这个团就从前线撤下来,调到十俄里以外的后方去了。机枪队有两个人被捕,解送到野战军事法庭,其余的人——一部分遣送到后备团去,一部分分散到第二哥萨克师各团去了。在几天的休整中,团队整顿得有点儿样了。哥萨克们都洗了澡,换了衣服,仔细地刮了脸——不像在战壕里那样,常常用一种简单,但是很痛苦的办法来消灭脸腮上的长胡毛:就是用火柴把胡子烧掉,火焰燎着那些硬毛,只要一烧到皮肤,——便用预先准备好的浸湿的手巾在脸颊上一抹。大家都把这种方法叫做"煺猪法"。

"用煺猪法给你刮,还是用别的办法呢?"不论哪个排的理发员总要这样问顾客。

团队在休息。表面上哥萨克们变得漂亮、快活了,但是利斯特尼茨基和所有的军官都知道,这种快活情绪就像是十一月里的晴天一样:今天晴,明天就不一定了。只要一提到往前方开拔,脸上的表情立刻就变了,低垂的眼皮下面流露出不满和阴森的敌意。人们都显得疲惫不堪,而这种肉体的疲惫又引起了精神上的动摇。利斯特尼茨基清清楚楚地知道,一个人在这种精神状态中,要是冲向某个目标,那是非常可怕的。

一九一五年,他曾亲眼看见一连步兵连续冲锋了五次,损失惨重,当又接到"继续冲锋"的命令时,连队的残兵败将竟擅自从防区撤下来,向后方开去。利斯特尼茨基奉命率领一连哥萨克去拦截他们,等他把部队布成散兵线,企图制止他们的逃跑行动时,那些步兵就向哥萨克们开起枪来。虽然他们不过六十几个人,可是他发现,这些人却以一种疯狂、绝望的英雄气概,拼死地反击哥萨克,进行自卫,在马刀的劈刺声中倒下,而在垂死之际,却还不顾一切地冲向死亡和毁灭,因为他们豁出去了，死在哪儿都是一样的。

一想到这段往事，利斯特尼茨基总是不寒而栗，他激动地用新的眼光打量着哥萨克们的脸，想道：“难道这些人有一天，真会也那样一转身，向我们冲过来，而且除了死亡以外，再没有什么东西可以制止他们了吗？”当他的视线与这些疲惫、充满仇恨的目光相遇时，便得出肯定的结论：“他们会向我们冲过来的！”

和去年相比，哥萨克的情绪已经发生了根本的变化。甚至连唱的歌曲也变了——都是些在战争中诞生的、音调阴沉、凄凉的歌曲。利斯特尼茨基走过连队驻扎的那间工厂的宽敞板棚时，经常听到一支忧郁的、无限哀伤的歌曲。总是由三四个人合唱这支歌。一个伴唱的中音唱出非常清脆有力的音调，它掠过浓重的低音部，颤抖着向高处拔去：

> 噢，我出生的故乡，
> 我再也见不到你。
> 在清晨的花园里我再也见不到黄莺，
> 听不到黄莺的歌唱。
> 你呀，亲爱的妈妈，
> 不要为我过分悲伤。
> 亲爱的妈妈，要知道
> 并不是所有的人都要死在战场上。

利斯特尼茨基停下脚步，倾听着，觉得歌曲朴素的忧伤情调有力地感染了他。仿佛在他那跳得越来越快的心上拉起一根绷得紧紧的琴弦，音色深沉的伴唱中音在不断挑动这根琴弦，使它痛苦地颤抖。利斯特尼茨基伫立在离板棚不远的地方，凝视着秋天黄昏的阴云，不禁热泪盈眶，刺得眼皮麻酥酥、甜滋滋的。

> 我驰骋在野外的空地上，
> 我心里预感到，
> 噢，我心里预感到，我的心在预言——
> 漂亮的小伙子再也回不了故乡。

低音部还没有唱完最后的字句，但是伴唱已经掠过低音部扶摇直上，他的声音就像高翔的白胸脯野雁的翅膀，颤动飞扬，召唤着同伴，匆匆地述说起来：

铅弹在飞响，
射进了我的胸膛。
我倒在战马的脖子上，
血洒在黑色的马鬃上……

在休整的日子里，利斯特尼茨基只听到过一首歌词令人振奋、鼓舞的哥萨克民歌。傍晚散步的时候，他走过板棚，听到一阵醉醺醺的谈话声和哄笑声。利斯特尼茨基猜出，这是到涅兹维斯卡镇去领物品的军需中士从那里带回私酿的白酒，在招待哥萨克们。喝得醉醺醺的哥萨克们正在争论什么，哈哈笑着。利斯特尼茨基散步回来，老远就听到了阵阵雄壮的歌声和粗犷、刺耳、但却很流畅的口哨声：

没有上过战场的人，
就不知道什么是恐怖。
白天我们浑身湿淋淋，夜里战兢兢，
整夜都不能入梦。

“嘘嘘——嘘——嘘——嘘！嘘嘘——嘘——嘘！嘘嘘——嘘！”口哨像潺潺的流水声，盘旋直上。突然，响起了至少也有三十人的同声合唱，吞没了口哨声：

野外的空地上，每天每夜，时时刻刻，
都是恐怖和悲伤。

有个调皮鬼，显然是个年轻人，吹着节奏短促的口哨，蹲在地板上跳起舞来。可以清晰地听到混杂着歌声的靴子后跟的噼啪声：

黑海波涛汹涌，
舰队灯火通明。
我们熄灭灯火，
消灭土耳其人，
顿河哥萨克争得光荣！

利斯特尼茨基不由自主地微笑着，随着歌声的拍子踏着脚步，向前走去。“这种思乡情绪，在步兵中表现得也许没有这么厉害。”他这样想。但是理智却铁面无私地抗议说：“步兵不也是人吗？当然，哥萨克们对这种被迫无所作为地蹲在战壕里苦熬会感到更痛苦，——由于军务分工不同，他们过惯了流荡的生活。可是两年来，他们不是无聊地蹲在战壕里，就是在原地折腾，搞一些毫无成效的进攻。军队从来没有这样软弱过。现在迫切需要一只强有力的手、辉煌的胜利和大举进攻，——要振作士气。虽然历史上有过一些这样的例子，每当战争拖延下去，就是最坚定的、训练有素的军队，也会动摇。苏沃洛夫——就连他，也曾经历过……但是哥萨克是顶得住的。即使撤退，也总是最后撤退。不管怎么说，这是个独特的、人数不多的、具有英勇善战传统的部族，绝非工厂或农村的那些乌合之众。”

好像是要说服他放弃这种信念似的，一个嘶哑、颤抖的声音在板棚里唱起了《美丽的绣球花》。很多声音合唱起来，利斯特尼茨基走开，但是，歌中的那种伤感情调还是不绝于耳：

年轻的军官正在祷告上帝。
年轻的哥萨克来请求放他回家去：
“噢，年轻的军官呀，
让我回家去吧，
让我回家去吧，
回到父亲那里，
回到父亲那里，回到亲爱的母亲那里。
回到父亲那里，回到亲爱的母亲那里。
回到年轻的娇妻那里。”

本丘克逃离前线的第三天傍晚来到一个临近战区的大商业市镇。已经是万家灯火。微寒使得水洼上结了一层薄冰，稀疏的行人脚步声离很远就可以听见。本丘克一面走，一面侧耳谛听，避开灯火通明的街道，在寂静无人的小巷里穿行。刚才在镇口上，差一点碰上巡逻队，所以现在他像狼似的高度警惕，紧挨着篱笆走。右手一直放在军大衣口袋里，由于白天总是钻到仓房里的糠堆里藏身，大衣已经肮脏不堪。

这个镇是军团的后勤基地，这儿驻扎着一部分队伍，遇上巡逻队就糟了，因此本丘克的生满汗毛的手一直紧握军大衣口袋里有花纹的手枪柄，把它都攥热了。

本丘克在镇子边对面一条荒凉的胡同里走了半天，窥视着每家的大门，仔细观察每座样子寒酸的小房子。这样查找了约二十分钟，他走到转角处的一座破旧的小房子跟前，从百叶窗缝里窥视了一眼，笑了笑，便毫不犹豫地走进了木栅栏。他敲了敲门，一个披着披肩的上了年纪的女人，给他开了门。

“鲍里斯·伊万诺维奇是住在您这里吗？”本丘克问道。

“是的。请进来吧。”

本丘克侧着身子从她身边挤进去。身后响起了冰冷的铁门锅的铿锵声。低矮的房间里，点着一盏小油灯，桌旁坐着一个不很年轻的、穿军装的人。他眯缝着眼睛上下看了看来客，便站起身来，抑制着内心的欢乐，把手伸给本丘克。

“从哪儿来？”

“从前线。”

“是吗？”

“你瞧这……”本丘克笑了笑，接着用手指头尖触了触穿军装人的皮带，声音含混地问，“有空房间吗？”

“有，有。请到这边来吧。”

他把本丘克领到一个更小的房间里；没有点灯，让他坐到椅子上，关好邻室的门，拉上窗帘，说：

“你在那儿的工作完全结束啦？”

“完全结束啦。”

“那儿的情况怎么样？”

“一切都准备好啦。”

“弟兄们都可靠吗？”

“那当然啦。”

“我看，你还是先脱掉衣服，然后咱们再谈。把大衣给我。我马上给你端洗脸水来。”

本丘克俯身在一个发绿的铜盆里洗脸的时候，穿军装的人抚摸着剪得短短的头发，疲倦地小声说：

“现在他们比我们强大得多。我们当前的工作就是壮大自己的队伍和扩大我们的影响，不断地揭露战争的实质。我们一定会壮大起来——这一点，你可以深信不疑。他们每失一分，我们就一定增加一分。成年人比小孩子固然要强大，但是等到这个成年人开始衰老，变弱的时候，那么这个小伙子就会取而代之。而且在这种情况下，我们看到的不仅是衰老瘦弱，而且还会看到整个机体日益加剧的瘫痪。”

本丘克洗完脸，用一条粗硬的麻布手巾擦着脸，说：

“我离开前方时曾对军官们说出了我的观点……你知道吧，简直好笑极了……在我离开以后，他们当然会搜查机枪手们，也许有一两个弟兄会受审判，但是他们既然拿不出任何证据，能拿他们怎么样？我希望把弟兄们分散到各个部队去，这样对我们很有利；这些人会使土壤肥沃起来……噢，那儿的弟兄们太好啦！简直都像火石一样坚强。”

“我收到了司捷潘的一封信。他要求派个懂得军事的小伙子去。你到他那儿去吧，不过怎么弄到证件呢？弄得到吗？”

“他那儿有什么工作可做？”本丘克问道，踮着脚尖，把毛巾挂在钉子上。

“训练小伙子们。可是你怎么总长不高呢？”主人笑着问。

“没有必要，”本丘克挥了一下手说，“特别是我现在的工作性质。我应该长得像豌豆荚儿那么大，不惹人注意。”

他们一直谈到黎明。过了一天，本丘克换过衣服，化了装，简直认不出来了，带上第四四一奥尔尚斯基团的士兵尼古拉·乌赫瓦托夫注有因胸部受伤完全退役的证件，离开了市镇，向火车站走去。

第三章

在弗拉基米尔—沃伦斯克和科韦利斯克战线上，特别军团（这个军团原来的番号是第十三军团，因为“十三”是不吉利的数字，迷信的流毒连大将军们也不饶过，于是就改称“特别军团”）的防守地区，九月下旬开始了进攻的准备工作。司令部选定距离斯维纽哈村不远的地方作为发起进攻的基地，这里的地形便于展开攻势。于是，进攻前的炮击开始了。

数量空前的大炮安置到指定地区。用几十万发各种炮弹轰击了九天，把德国人挖的两道战壕据守的广阔地带翻了个个儿。头一天，猛烈的炮轰一开始，德国人就放弃了第一道战壕，只留下一些监视哨。过了几天，他们又放弃了第二道战壕，退守第三道战壕。

在第十天头上，土耳其斯坦军团的步兵部队开始进攻了。用的是法国波浪式进攻战术。十六道波浪以排山倒海之势冲出了俄军的战壕。灰色的人群海浪般奔腾、扩展开去，在东倒西歪的铁丝网前澎湃激荡，汹涌冲击。但是从德国人那里，从烧焦的灰蓝色赤杨树墩子后面，从沙丘后面，射来急促、密集的枪弹、炮弹，火光烛天，声震长空。

咕咕咕……咕咕咕……砰！啪！轰轰轰！

偶尔还夹杂着个别炮兵连的齐射声，于是震天动地的轰鸣声又滚滚而来，响彻方圆几俄里的地方：

轰轰轰轰轰……轰轰轰轰轰……轰轰轰轰轰……

哒哒哒哒哒！——德国人的机枪疯狂地扫射着。

在直径约一俄里、已经被炮弹炸得坑洼不平的沙土地上，频频升起旋风似的炮弹爆炸的黑烟柱，而进攻的浪潮，奔腾澎湃，在弹坑里翻滚、旋转一阵，接着又向前滚去……

炮弹爆炸的黑色烟火越来越严重地摧残着大地，榴霰弹片刺耳地尖叫，犹如倾盆大雨，斜泼到进攻者的身上，紧贴地面的机枪火力更加无情地疯狂扫射。敌人拼死抵抗，阻止进攻者靠近铁丝网。果然未能靠近。十六道波浪只有最后三道刚滚到铁丝网跟前，滚到被炸得七零八落、东倒西歪、柱子被烧焦的铁丝网前面，就像撞到了石岸上，碰得粉碎，化作一股股的溪流、一阵阵的雨点倒流回来……

那一天，有九千多人惨死在离斯维纽哈村不远的荒凉的沙土地上。

过了两个钟头，进攻又开始了。土耳其斯坦军团的第二师和第三步兵师的队伍出动了。第五十三步兵师和西伯利亚第三〇七步兵旅，从左面的缝隙中插进了第一道战壕，土耳其斯坦人的右翼，第三精兵师的几个营也出击了。

特别军团第三十军军长加夫里洛夫中将接到军团司令部的命令，要他调两个师到斯维纽哈方面去。夜里，第八十师的第三二〇琴巴尔斯基团、第三一九布古利明斯基团和第三一八切尔诺亚尔斯基团从前线撤了下来，拉脱维亚步兵和刚开到的义勇兵团替换了他们。这几个团是夜间撤退的，虽然如此，其中一个团还是从傍晚起就故意向相反的方向运动，只是沿着阵地运动了十二俄里以后，才得到了向右转移的命令。各团都开往同一方向，但是，走的道路又各不相同。在第八十师左近走的是第七十一师的第二八三帕夫洛格拉德斯基团和第二八四文格罗夫斯基团。紧跟在他们后面的是一个乌拉尔哥萨克团和第四十四哥萨克步兵团队。

第三一八切尔诺亚尔斯基团在换防以前，驻在斯托霍德河边，离鲁德卡——梅林斯科耶庄园不远的索卡利镇地区。团队赶了一程路以后，第二天早晨，就分散到树林里废弃的土屋里，学了四天的法国式的进攻方法；不是以营为单位，而是以半个连为单位列阵进攻，掷弹兵学习以最快的速度切断铁丝网的方法，又重新练习了投掷手榴弹的技术。之后，团队又向前开拔了。有三天的工夫都是在树林里，在林间空地上，沿着被炮车轮辗出道道车辙的荒芜小路行进。棉絮般的薄雾被风吹赶着，擦着松树梢，飘过林间空地，就像鸢鹰发现了地上的死兽似的，在冒着热气的灰绿色沼泽地上空盘旋。细雨蒙蒙。人们浑身湿透，怒气冲冲地走着。走了三天，在离进攻地区不远的大波列克村和小波列克村住了下来。休息了几天，准备向死亡的道路上进军。

这时候，一个哥萨克特别连与第八十师师部一同向即将发生战斗的地方开来。鞑靼村第三期应征的哥萨克都编进了这个连。第二排全是同村的人：独臂阿列克谢·沙米利的两个弟弟——马丁和普罗霍尔，原莫霍夫蒸汽磨坊的机器匠伊万·阿列克谢耶维奇，麻子阿丰卡·奥泽罗夫，原村长马内茨科夫，沙米利家的邻居——额发特别长、瘸腿的叶夫兰季·加里宁，身材长得很不匀称的大个子哥萨克博尔谢夫，短脖子、像狗熊似的扎哈尔·科罗廖夫，全连的活宝加夫里尔·利霍维多夫——这是个罕见的长得像野兽一样的哥萨克，由于一贯毫无怨言地忍受七十岁的老娘和妻子（一个面目丑陋，但很放荡的娘儿们）的殴打而闻名，——还有许多别的人，都分配在第二排和同连的其他排里。一部分哥萨克原来是在师部当传令兵，但是十月二日由枪骑兵替换了他们，这个连就根据师长基琴科将军的命令，被派到前线来了。

十月三日凌晨，连队开进了小波列克村。这时候，第三一八切尔诺亚尔斯基团的第一营正从那里出发。士兵们从那些被遗弃的、东倒西歪的小房里向外奔跑，在街上排好了队伍。一个面色黝黑的年轻准尉在最前面的那个排旁边走动。他从军用袋里往外掏着，剥着巧克力糖（他那湿润、红艳的嘴唇边沾满了巧克力糖），在队列前来回踱着，长得拖到地面、大襟上尽是干结的污泥的军大衣像绵羊尾巴似的在两腿中间摆动。哥萨克在街的左面走。机器匠伊万·阿列克谢耶维奇走在第二排最右边的一行里。他留心看着脚下，迈步跨过水洼。步兵那边有人叫了他一声，他便扭过头来，顺着步兵的行列瞟了一眼。

“伊万·阿列克谢耶维奇！亲爱的老朋友！……”

一个身材矮小的步兵走出队伍，像鸭子似的一摇一晃地朝他跑过来。他边跑，边把步枪往背后甩，但是皮带滑下来，枪托子碰得水壶砰砰直响。

“不认得我啦？把我忘了？”

跑过来的那个矮小的步兵脸上，连颧骨上都长满了像刺猬一样的深灰色的硬毛。伊万·阿列克谢耶维奇好容易才认出他是“钩儿”。

“你从哪儿来呀，‘小酒杯’？……”

“这不是……当兵来了嘛。”

“你在哪一团?”

“在第三百一十八切尔诺亚尔斯基团。真没想到……没想到会遇上老朋友。”

伊万·阿列克谢耶维奇用硬邦邦的手巴掌紧紧地握住“钩儿”肮脏的小手,高兴、激动地笑了。“钩儿”迈开大步,后来变成了小跑,跟在他后面走着,仰脸看着伊万·阿列克谢耶维奇的眼睛,他的两只蕴藏着仇恨的、间距很近的小眼睛显得格外温柔、湿润。

“我们是去进攻的……你看……”

“我们也是往那儿开。”

“喂,伊万·阿列克谢耶维奇,你可好啊?”

“唉,有什么可说的呢!”

“我也是这样。从一九一四年起我就没有爬出过战壕。我既没有家,也没有亲人,可我为什么要去打仗……牝马跑有心,小儿马却是跟着瞎跑。”

“你还记得施托克曼吗?我们的好宝贝,奥西普·达维多维奇呀!要是他现在能给咱们分析分析就好啦。这个人……啊?是个了不起的人哪……啊?”

“他准会说明白的!”“钩儿”摇晃着小拳头,兴高采烈地叫道,刺猬似的小脸笑得皱成一团,“我记得他!我了解他,比了解我爸爸还深刻。父亲我倒并不放在心上……你没有听到他的消息吗?毫无音信?”

“他在西伯利亚……”伊万·阿列克谢耶维奇叹了一口气,“蹲监狱哪。”

“怎么?”“钩儿”又问了一声,像翠鸟似的,在身材高大的伙伴身边跳跃着,尖尖的耳朵竖起来。

“他在坐监牢哪。说不定这会儿已经死了。”

“钩儿”默默地走了一会儿,忽而向后看看连队排队的地方,忽而看看伊万·阿列克谢耶维奇瘦削的下巴,看看那个在下嘴唇下面,正当中的深窝。

“多多保重!”他从伊万·阿列克谢耶维奇硬邦邦的手掌里抽出自

己的手,告别说,“大概,咱们再也见不到啦。”

伊万·阿列克谢耶维奇左手摘下军帽,弯下身子,抱住“钩儿”干瘦的肩膀。他们俩互相热烈亲吻,好像真是要永别了,“钩儿”站在那里一动也不动。突然,他慌张起来,脑袋缩进肩膀里,这样一来,军大衣的灰领子上就只看见有两只扎煞着的、深红色尖尖的耳朵了,他弓着背,虽然在平地上,却跌跌撞撞。

伊万·阿列克谢耶维奇又从队伍里蹿出来,颤抖地喊道:

“喂,小老弟,亲人哪!你过去可是个狠心肠的人……记得吗?你过去可是个硬汉子……啊?”

“钩儿”扭过泪痕纵横、显得苍老的脸,叫了一声,用拳头捶着从敞开的大衣和褴褛的衬衫领子里面露出来的、瘦骨嶙嶙的黝黑的胸膛。

“过去是啊!过去是个硬汉子,可现在叫他们糟踏坏啦!……灰马给累垮啦!……”

他还嚷了几句别的话,但是连队已经转进另一条街,伊万·阿列克谢耶维奇也就看不见他了。

“这不是‘钩儿’吗?”从后面走过来的普罗霍尔·沙米利问他说。

“他是个人。”伊万·阿列克谢耶维奇嘴唇哆嗦着,抚弄着肩上的步枪背带,闷声回答说。

队伍一出村口,沿途就不断遇到伤兵。起初是一个一个的,后来就三五成群了,再往前走——就是密密麻麻的,一群一群的。几辆装满了重伤号的大板车慢悠悠地晃着。拉车的老马都瘦得可怕。瘦削的脊背被鞭子抽得皮开肉绽,露出了粘着一点儿皮毛的骨头。马吃力地拖着四轮车,呼哧呼哧地喘着,伏下身子,大汗淋漓的脑袋几乎要擦着地了。有时候,一匹骒马停下来,有气无力地鼓动着深陷的瘦骨嶙峋的肋部,垂下由于瘦弱而显得特大的脑袋。鞭子的抽打又强使它离开原地,于是它先向这边一晃,又向那边一晃,离开原地向前走了。伤兵们抓着车厢三面的木杆,跟车走着。

“你们是哪一部分的?”连长挑了个面貌和气的人问道。

“土耳其斯坦军团第三师。”

“今天受伤的吗?”

那个兵扭过头去，没有回答。连队离开大道，朝着约有半俄里远的树林子走去。第三一八切尔诺亚尔斯基团的几个连也相继从村子里开出来，踏着沉重的步子跟在后面。远处，被雨水冲得变了色的阴沉的天空中，飘着一只系在地上的德国人的气球，像个一动不动的灰黄色斑点。

“你们瞧啊，乡亲们：那儿挂着个什么怪玩意儿！”

“一根大灌肠。”

“该死的东西，它在那儿侦察军队的活动情况哩。”

“难道你以为——把它挂得那么高只是好玩啊？”

“噢，多高呀！”

“那还用说吗？炮弹恐怕也打不到。”

切尔诺亚尔斯基团第一连在树林子里赶上了哥萨克部队。黄昏前，他们都蜷缩在湿淋淋的松树下面，雨水直往脖领里灌，冻得脊背上直打冷战：禁止生火，而且在雨地里也很难生着火。天快黑了，才让他们进入战壕。只有一人多深的堑壕里积了有几俄寸深的水。到处是污泥、烂树叶和天鹅绒般轻柔的秋雨的清淡气味。哥萨克们掖起军大衣襟，蹲在战壕里抽烟，无精打采地说些单调乏味的话。第二排把出发前发下的叶子烟分完以后，就都围着下士，挤在战壕拐弯的地方。下士坐在一个什么人扔掉的铁丝卷轴上，在讲上星期一阵亡的科佩洛夫斯基将军的故事，他在和平时期就在将军指挥的那个旅里当兵。他没有能说完这个故事，因为排长已经在喊：“荷枪站队！”于是哥萨克们跳起来；他们忍着火烧手指头的疼痛，贪婪地把烟蒂吸尽。连队又从战壕里爬进黑乎乎的松林。他们一面走，一面说些笑话互相鼓劲。有人在吹口哨。

在一片不大的林间空地上，哥萨克们看到了一长串尸体。他们并排躺在那里，肩挨着肩，姿势各异，大多数都非常难看、可怕。有个扛着枪的步兵，腰带上挂着防毒面具，在旁边来回地走着。尸体附近潮湿的土地都踏成了稠泥浆，遍地都是脚印和车轮在草上辗出的一道道深辙。连队就从离死尸堆几步远的地方走过。尸体散发出刺鼻的尸臭。连长命令哥萨克停止前进，他和排长们走到那个步兵跟前。他们在说些什么。这时候，哥萨克们的队伍也乱了，他们摘下军帽，走到死尸跟前，怀着活人想要了解死人秘密的好奇心和内心的战栗、恐怖，仔细地察看着死者的样子。所有的死者都是军官。哥萨克们数了数，共四十七具。大多数都是青年军官，看样子，不过是二十到二十五岁，只有最右边一个戴上尉肩章的是个有些年纪的人。他那张大的、还带着最后一次无声呼叫痕迹的嘴上，无精打采地耷拉着浓密的黑胡子，苍白的脸上两道宽眉毛忧郁地紧锁着。有几个死者穿着沾满烂泥的皮上衣，其余的都穿军大衣。两三个没有戴制帽。哥萨克们对一个死后身段仍然那么漂亮的中尉看得特别久。他仰面躺着，左手紧按在胸前，右臂伸到一旁去，手里紧握着手枪把。显然，曾经有人想把枪抽出来，——因为在他那惨黄、粗大的手腕上留下很多白指甲痕，但是那铁把儿似乎与手熔化在一起，——掰不开了。淡黄色鬈发、歪戴着军帽的脑袋，好像是在亲吻似的脸颊紧贴在地上，发青的橙黄色嘴唇伤心地、迷惑不解地紧撇着。他右边的一具尸体脸朝下横在那里，后腰上的饰带已经脱落的军大衣像驼峰似的在脊背上鼓起来，露出两条青筋暴起、健壮的腿，腿上穿着草绿色的裤子，脚上穿着后跟歪斜的细皮短靴子。他头上没有帽子，天灵盖也没有了，是被炮弹片齐整地削掉的；四周围着一圈湿淋淋发缕的空脑壳里闪耀着艳红的雨水。他后面，横着一个矮小结实、没有脸的军官，穿着敞怀的皮上衣和破军便服；下巴骨斜依在裸露的胸膛上，头发底下，白亮、狭窄的前额上挂着一片烧焦的皮肤。在硬腭和额尖中间是一些碎骨片和一摊紫红色的稀汤。再过去一点儿——是一堆胡乱堆集的残肢和军大衣碎片以及一条扭在原本是长头的地方的压烂了的腿。再远一点——横着一具简直还是孩子似的尸体，丰满的嘴唇和孩子般椭圆的脸；一排机枪子弹打穿了他的胸部，军大衣上打了四个窟窿，烧焦的棉花从窟窿里扎煞出来。

“这个……这个小家伙临死的时候呼叫的是谁呢？妈妈？”伊万·阿列克谢耶维奇结结巴巴，牙齿磕打着说道，然后猛地转过身去，像瞎子似的走开了。

哥萨克们画着十字，头也不回，急急忙忙走开。后来，大家都保持沉默，很久没有说话，穿过狭小的林间空地，急于要忘掉刚才目睹的一切。在一排密集的、被人遗弃的土屋附近，连队接到停止前进的命令。军官们跟一个从切尔诺亚尔斯基团团部来的传令兵一同走进一间土屋，这时候，麻子阿丰卡·奥泽罗夫才抓住伊万·阿列克谢耶维奇的一只手，低声说道：

"那个小伙子……就是最后的那具尸体……你看，他大概一生连个娘儿们也还没有亲过……就这么把他宰啦，这算怎么回事呀？"

"哪里弄来这么多呀？"扎哈尔·科罗廖夫插嘴说。

"他们是去进攻的。那个看守死尸的兵说的。"博尔谢夫沉默了一会儿说道。

哥萨克们都"稍息"站着。黑暗笼罩着树林。风吹动乌云，把它们吹散，露出远方紫色的星光。

这时候，在那间连队军官们集合的土屋里，连长把传令兵打发走以后，打开文件，在小蜡烛头的微光下，看了命令的内容，然后念道：

> 十月三日的黎明，德国人用毒瓦斯毒死了第二五六团的三个营，并且占领了我们的第一道防线。兹命令你们开赴第二道防线，与第三一八切尔诺亚尔斯基团第一营取得联系后，即驻守在第二道防线地段，以便于今夜将敌人逐出第一道防线。你们的右翼将是第二营的两个连和第三精兵师法纳戈里斯基团的一个营。

军官们估计了一下情况，抽完一支烟后，走出土屋。连队前进了。

哥萨克们在土屋附近休息的时候，切尔诺亚尔斯基团的第一营已经走到他们前面，到了斯托霍德河桥头。精兵团的一个火力强大的机枪哨在守卫这座桥。上士向营长报告了情况，于是这个营的部队过桥后就分开了：两个连向右开去，一个连向左开去，第四连跟着营长留作预备队。几个连都排成了散兵线向前推进。稀疏的树林已经被枪炮打得千疮百孔。步兵们小心翼翼地探着脚下松软的土地前进，偶尔有一个人跌倒了，就悄悄地骂起娘来。"钩儿"走在最右边一个连里，从排尾倒数第六个。听到"预备"的口令以后，他就搂住枪机，端着步枪，刺刀尖划着灌木的叶子和松树树干，向前走。两个军官沿着散兵线，从他身旁走过；他们压低嗓音在谈话。连长的圆润、饱满的男中音在诉苦：

“我的旧伤口又裂开啦。都怪他妈的那个鬼树墩子！您明白吗，伊万·伊万诺维奇？在这样的黑夜里，我撞在树墩子上，腿上的旧伤口裂开了。我不能走啦，只好回去啦。”连长的中音沉默了一会儿，走远了，语声就更低微。“您就负责指挥这半个连吧，波格丹诺夫负责那半个连，我……说实在的，真不行啦，我非回去不可啦。”

别利科夫准尉的次中音像狗叫一样沙哑地回答道：

“也真怪！一要打仗，您的旧伤口就会迸裂。”

“我请您住嘴。准尉先生！”连长提高嗓门说。

“算啦，请吧！您请回吧！”

“钩儿”倾听着自己的和别人的脚步声，听到身后一阵急促的、灌木丛的沙沙响声，他明白：连长向后转了。过了一会儿，别利科夫和上士走到连队左翼去时，嘟囔道：

“……这帮无赖，他们敏感得很！只要一动真格的，他们就有病，或者他们的旧伤口又迸裂啦。而你这个初学乍练的新手，就得指挥半个连……混账东西！我真想把这帮家伙送去当……列兵……”

话声突然沉寂下去，“钩儿”就只听见自己的脚步踏在泥泞的土地上的呱唧声和耳朵里嗡嗡的耳鸣声了。

“喂，老乡！”有人从左面悄悄嘶哑地招呼道。

“怎么？”

“去进攻吗？”

“去——进攻。”“钩儿”答道，正在这当儿他滑倒了，一屁股滑进一个积满雨水的弹坑。

“真黑……”左面那个人说。

谁也看不见谁，走了一会儿，突然那个嘶哑的声音就在“钩儿”的耳边说起话来：

“咱们并排走吧！省得那么可怕……”

他们在泥泞的土地上挪动着湿胀的靴子，又沉默不语了。一钩朦胧的新月忽然从云层里钻出来，有几秒钟的工夫，闪着黄色的磷光，可是立刻又像鲫鱼一样钻进浮云中去，等再度浮上明净的夜空时，洒下一片朦胧的月色；湿淋淋的松针闪烁着点点磷光，——月光下，松针散发出来的气味似乎更浓烈了，潮湿的土地透出的寒气更加刺骨。“钩儿”瞥了旁边的人一眼。那人突然站住，好像被打了一下似的，晃了晃脑袋，张开了嘴唇。

“你瞧！”他出了口气。

离他们有三步远的松树旁，一个人大叉开腿站在那里。

“人——人。”“钩儿”说，或者只是想要说。

“你是什么人？”跟“钩儿”并排走的那个兵突然把枪顶到肩膀头上，大声喊道。

“什——么——人？我要开枪啦！……”

站在松树下面的人一声也不吭。他的脑袋就像向日葵的花盘一样，耷拉到一旁。

“他睡着啦！”“钩儿”哈哈地笑起来，他摇晃着身子，用勉强发出的笑声鼓舞着自己，往前走去。

他们走到那个站着的人跟前。“钩儿”伸长了脖子看去。他的同伴用枪托子碰了碰那个一动不动的灰暗的人。

“喂，你这个奔萨①人哪！睡着啦，老乡？……”他嘲笑说。“怪物，你是怎么啦？……”声音忽然卡住了，“是个死人！”他向后退着喊道。

“钩儿”吓得磕打着牙齿，跳到一边，这时松树下面立的那个人像棵被锯倒的树一样，倒在一秒钟前他站过的地方。他们俩把死尸翻了个个儿，让他脸朝上，这才弄明白，原来他是中了瓦斯毒，想逃避已侵入肺部的死神，最后却在松树下找到了自己的归宿，他是第二五六步兵团的三个营中的一个士兵。他是个身材高大、宽肩膀的小伙子。他放肆地仰着脑袋躺在那里，满脸都是跌倒时沾上的黏泥浆，一双中了瓦斯而变淡了的眼睛，胀紫的、肉滚滚的舌头像块黑宝石，从他的咬紧的牙缝里伸出来。

“看在上帝面上，咱们走吧，走吧！让他在这儿安息吧。”同伴揪着“钩儿”的手，耳语说。

---

① 奔萨是俄罗斯境内的一个工业城市。

他们继续前进,立刻又遇到了第二个死尸。死尸越来越多。有几处,被毒死的人成堆地躺着,有些蹲着就僵死在那里,在通到第二道防线去的交通壕进口处,横着一具尸体,身子缩成一团,由于痛苦而咬烂的手塞在嘴里。

"钩儿"和缠上他的那个士兵跑步追上已经走到前面去的散兵线;他们跑到散兵线的前面,并排走去。他们一同跳进弯弯曲曲向暗夜伸去的黑洞洞的战壕里,然后往不同方向走去。

"应该在土洞里搜索一下。也许还剩下什么吃的东西哩。"同伴犹豫不定地向"钩儿"提议说。

"走,去搜搜。"

"你——往右,我——往左。在我们的人还没有到达以前,咱们先搜查搜查。"

"钩儿"划着一根火柴,走进第一个大敞着门的土洞里,可是立刻又像被弹簧弹出似的,从那里蹿了出来;土洞里十字交叉地横着两具死尸。他毫无结果地搜查了三个土洞,又踢开了第四个土洞的门,差点儿没被一声陌生的响亮喊声吓一个跟头。

"什么人?①"

"钩儿"浑身像火燎似的,一声不响地向后跑去。

"是你吗,奥托?为什么你来得这样晚呀?②"一个德国人从土洞里走出来,懒洋洋地耸动着肩膀,整好披在身上的军大衣,问道。

"举手!举起手来!投降吧!""钩儿"沙哑地喊道,就像听到了"准备战斗!"的口令似的,端起枪,摆出劈刺的架势。

吓得说不出话来的德国人慢慢地举起手,斜扭过身子,眼睛像中了邪似的瞅着正对着他的寒光闪闪的刺刀尖。他的军大衣从肩膀上滑下来,单排扣的灰绿色军服上衣的腋下像波纹似的皱了起来,两只举起的做工的大手直哆嗦,手指在颤动,仿佛在弹看不见的琴键似的。"钩儿"站在那里,没有改变姿势,打量着德国人高大、健壮的身体、军服上的铜扣子、两边有缝的短筒皮靴和歪戴着的没有遮檐的军帽。后来他

①② 原文为德文。

突然一下子改变了姿势，好像是有股力量在他穿得很不舒展的军大衣里推了他一下，身子晃了晃；喉咙里发出了一种奇怪的声音——像是咳嗽，又像抽泣；他走到德国人跟前。

“你跑吧！”他用空洞的、变了调的声音说道，“跑吧，德国人！我跟你无冤无仇。我不会开枪。”

他把步枪靠在战壕的墙上，伸长身子，踮着脚尖，抓到德国人的右臂。他这些坚定的动作征服了俘虏；德国人放下手来，仔细地听着陌生人说话的奇怪语调。

“钩儿”毫不犹豫地把自己僵硬的、被二十年的劳动弄得伤痕斑斑的手伸给他，握住德国人的冰凉的、不知所措的手，并把他的手掌抬起来；丁香花瓣似的残月照在这只布满了棕色老茧子的黄色小手掌上。

“我是工人，”“钩儿”说，好像是冻得直哆嗦，“为什么我要杀死你呢？跑吧！”他用右手轻轻地推了推德国人的肩膀，向黑乎乎的树林子指了指，“跑吧，傻瓜，要不我们的人马上就要来……”

德国人一直还在看着“钩儿”伸出去的手，身子微微向前俯着，紧张地、聚精会神猜想那些听不懂的话的含意。就这样，又过了一两秒钟；他的目光和“钩儿”的相遇了，德国人的目光里忽然闪出了欢快的微笑。德国人向后退了一步，张开两臂向前伸去，紧紧地抓住“钩儿”的双手，摇晃起来，脸上闪耀着激动的笑容，他弯下身子，直盯着“钩儿”的眼睛。

“你要放掉我吗？……噢，现在我明白啦！你是俄国工人？跟我一样，是社会民主党党员吗？是吗？噢！噢！这简直是像做梦……我的兄弟，我怎样能忘记呢？……我简直无法表达我的……你真是个了不起的、勇敢的小伙子……我……①”

“钩儿”在他根本听不懂的语言激流中，只听懂了一句熟悉的问话：“是社会民主党党员吗？”

“是的，我是社会民主党党员。你快跑吧……别了，老兄。把手给我！”

---

① 原文为德文。

身材高大、体格匀称的巴伐利亚人和小个子的俄国士兵——通过感觉互相理解以后,他们相对而视。巴伐利亚人耳语道:

“在将来的阶级战斗中,我们将要站在一个战壕里。不是吗,同志?①”他像只灰色的大野兽似的,跳上战壕的胸墙。

树林里响起了走近的散兵线的刷刷的脚步声。走在前面的是一队捷克侦察兵,由一个军官率领着。他们差点儿把一个在土洞里搜寻食物、这时刚从那里爬出来的士兵打死。

“自己人!你没看见……”那个兵士一看见乌黑的枪口正冲着他,惊骇地大声喊道。

“自己人哪!”他又说了一遍,像小孩子似的,把一块黑面包紧抱在胸前。

下士认出是“钩儿”,就跳过战壕,激动地用枪托子朝他的脊背捅了一下。

“我要把你打烂!打得你鼻孔冒血!你上哪儿去啦?”

“钩儿”无精打采、软弱无力地走着,就连这一枪托子也没有起什么作用。他晃了一下身子,然后用使下士大吃一惊的、完全不像他的声音的、亲切的语调回答说:

“我走到你们前头去啦。你别打人啦。”

“可是你也别乱窜啦!一会儿落在后头,一会儿又跑到前头。你不懂得军规吗?是头一年当兵,还是怎么的?”下士沉默了一会儿又问道:“有叶子烟吗?”

“只剩些碎末儿啦。”

“抖出来过过瘾吧。”

下士抽着烟,走到排尾去了。

已经是黎明时分,捷克侦察兵正好撞上了德国人的监视哨。德国人一排齐射,划破了寂静。然后以同样的间歇时间,又齐射了两排。一个红色的信号弹在战壕上空升起,人声喧闹起来,信号弹的紫色火花还没从空中消失,德国人已经开炮了。

---

① 原文为德文。

轰！轰！——紧跟着第一次的轰隆声又响了两下：轰！轰！

咯咧，咯咧，吱吱吱！——炮弹的飞鸣声越来越刺耳，像钢钻一样，穿透空气，呼啸着从前面那半连士兵头顶上掠过；沉寂了一瞬间——远处，在斯托霍德河渡口附近，响起了已经减弱的爆炸声——咚咚！……咚咚！……

第一次齐射后，走在捷克侦察兵后面约四十沙绳远的散兵线卧倒了。信号弹爆出了一片红色的光亮；“钩儿”借着光亮，看到士兵们都像蚂蚁一样在灌木丛中和树林里爬行，已经不再嫌恶泥泞的土地，而是紧贴在地面上，寻找藏身之地。人们在每条小沟里乱爬，伏在每块稍稍隆起的坡坎后面，把脑袋扎进每个小坑里。但是当噼噼啪啪的机枪火力像五月的暴雨一样，猛烈地扫射、摧毁树林的时候，进攻者终于支持不住；都开始往回爬，把脑袋拼命缩进肩膀里，像毛毛虫一样紧贴在地面蠕动，不论手还是脚，都连弯也不敢弯一下，只是像蛇一样扭动，在身后的湿泥上留下一道光滑的印迹……有些人跳起来，飞奔而去。爆破性枪弹在树林子里呼啸肆虐，像吧咂嘴一样爆裂开来。炸落松针，劈裂松树，像毒蛇的芯子一样刺进地里去。

退回第二道战壕时，前面那半个连损失了十七个人。在不远的地方，特别连的哥萨克们正在调整队伍。他们走在前面那半个连的右边一点儿，小心摸索前进，由于预先消灭了德国人的哨兵，本以为可以打德国人一个措手不及。但是当朝捷克侦察兵打了一排枪以后，德国人全线都被惊动了。他们盲目射击起来，打死了两名哥萨克，打伤了一名。哥萨克把伤号和阵亡的都抬回来，他们整顿队伍，在交谈着：

“应该把我们的人埋掉。”

“这用不着咱们操心，他们会埋掉的。”

“应该多为活人想想，死人的需要已经很少了。”

过了半点钟，接到团部的命令：“兹命令你营会同哥萨克特别连，在炮兵轰击完毕后，向敌人进击，并将敌人逐出第一道战壕。”

稀疏的炮击一直进行到中午十二点。哥萨克和步兵都布上岗哨，躲在土洞里休息。中午时分，开始冲锋了。在他们左面一点的主要地段，大炮还在轰鸣，——那里也重新发动进攻了。

右翼的最末端是外贝加尔斯克的哥萨克,左面一点是切尔诺亚尔斯基团和哥萨克特别连,再过去一点是法纳戈里斯基精兵团,再过去就是琴巴尔斯基团、布古利明斯基团、第二〇八步兵团、第二一一步兵团、帕夫洛格拉德斯基团、文格罗夫斯基团;第五十三师的几个团在中心地区展开进攻。左翼全是第二土耳其斯坦步兵师的部队。所有地区都在轰响,——俄国人在全线发动了进攻。

特别连排成稀疏的散兵线前进。它的左翼和切尔诺亚尔斯基团的右翼相接。刚推进到能看见战壕顶脊的地方,德国人就以猛烈的火力进行反击。连队跳跃式前进,没有喊杀声;一会儿卧倒,倒空步枪的枪膛,装好子弹,又爬起来往前冲一阵。最后,卧倒在距战壕五十步的地方,就再也前进不了。敌人的炮火压得他们只能不抬头进行射击。德国人在整个阵地前沿都布满了带铁丝网的鹿砦。阿丰卡·奥泽罗夫扔出两个手榴弹,手榴弹在铁丝网边跳了一下,爆炸了。他刚一抬身,想扔第三个,这时一颗子弹打进他的左肩下,从屁股旁边穿了出来。卧倒在离他不远的伊万·阿列克谢耶维奇看见,阿丰卡·奥泽罗夫轻轻地蜷了蜷腿就再也不动了。普罗霍尔·沙米利——独臂的阿廖什卡的弟弟——也被打死了;第三个倒下去的是前任村长马内茨科夫;子弹立刻又打中了沙米利家的邻居,留着一圈头发的瘸子——叶夫兰季·加里宁。

半个钟头的工夫,第二排就牺牲了八个人。大尉——连长和两个排长都阵亡了,连队失去了指挥,就向后爬去。一直爬到炮火打不到的地方,哥萨克们才停了下来,聚在一起——人少了一半。切尔诺亚尔斯基团的士兵也退下来了。第一营的损失更为惨重,但是团部不顾这一切,又传下命令:"立即恢复冲锋,务必把敌人逐出第一道战壕。这次全线反攻的胜利,对成功地恢复最初的战场形势,具有重大的意义。"

连队分散成稀疏的散兵线,又开始进攻了。在德国人的歼灭性炮火打击下,又在离战壕一百多步远的地方卧倒了。队伍的人数又在不断地减少,被死亡的恐怖吓得发疯的人们拼命往地里钻,躺在那里,脑袋也不抬,一动也不动。

黄昏以前,切尔诺亚尔斯基团的那半个连动摇了,爬起来就往回跑。"咱们被包围啦!"的喊声传到了哥萨克们的耳边。哥萨克也爬起来，撞断灌木，丢下枪支，连爬带滚，向后退去。逃到安全地带以后，伊万·阿列克谢耶维奇就倒在一棵被炮弹炸断的松树底下，缓了缓气，立即就看到了朝他走来的加夫里尔·利霍维多夫。他像醉汉似的脚步乱踏，两眼看着地面，一只手好像在空中捉什么东西，另一只手仿佛在拂去脸上看不见的蛛网。他的步枪和马刀全不见了，汗湿的棕色头发直垂在眼前。他绕过一片空地，走到伊万·阿列克谢耶维奇跟前，停下来，用歪斜、恍惚不定的目光看着地面。他的膝盖轻轻地抖动着，腿弯了下去，伊万·阿列克谢耶维奇觉得，利霍维多夫蹲下去的样子好像是为了要飞起来似的。

"是啊……你知道，怎么能……"伊万·阿列克谢耶维奇刚开口想说什么，只见利霍维多夫的脸抽搐起来。

"你住嘴！"利霍维多夫叫道，然后蹲了下去，扎煞着手指头，惊骇地四面张望着，"你听着！我来唱支歌。神鸟飞到猫头鹰跟前，说：

你说说，亲爱的猫头鹰，
你说说，库普列亚诺夫娜，
谁比你的官大，谁比你的官高？
老鹰是国王，
老鹞是少校，
老雕是大尉，
山鸽是乌拉尔的哥萨克，
家鸽是近卫军，
斑鸠是常备兵，
白头翁是加尔梅克人，
寒鸦是茨冈少女，
喜鹊是贵妇人，
灰脖鸭是步兵，
鸿雁是摩尔达维亚女人……"

"你等等！"伊万·阿列克谢耶维奇脸色苍白，请求说，"利霍维多夫，你这是怎么啦？……病了吗？啊？"

“别打岔儿!”利霍维多夫的脸都涨紫了,努着发青的嘴唇,傻笑着,仍然用那种令人不舒服的朗诵调子继续唱道:

鸿雁是摩尔达维亚女人,
野雁是傻瓜,
天鹅是捣蛋鬼,
白嘴鸦是炮队,
黑老鸹是巫师……
鱼鹰是提琴手……

伊万·阿列克谢耶维奇跳起来,说:

“咱们走吧,咱们到自己人那儿去吧,不然的话,德国人会把咱们捉去的!你听见了吗?”

利霍维多夫挣脱手,嘴唇上挂着冒热气的唾沫,急急忙忙地继续唱道:

夜莺是音乐家,
燕子是巨人,
仙鹤是光肚汉,
翠鸟是税吏,
麻雀是十人长……

歌声突然中断了一下,但又沙哑地拖着长声唱起来。从他那龇着牙的嘴里迸出的已经不是歌声,而是越来越刺耳的狼嗥了。尖利的犬牙上沾满了珍珠似的唾沫珠。伊万·阿列克谢耶维奇恐怖地看着不久前的好伙伴发疯的斜眼,看着他那头发紧贴在头皮上的脑袋和像蜡塑的耳朵。利霍维多夫已经是在愤怒地吼叫:

军号奏起光荣的凯歌,
我们渡过了多瑙河。
土耳其的苏丹①已经战败,

① 旧时对土耳其皇帝的称呼。

基督的信徒被解放出来。

我们像蝗虫一样,

飞过山岗。

所有的顿河哥萨克,

都端着别旦式①步抢。

我们要把你们这些小火鸡,

个个都剥得精光。

把你们的孩子,

全当俘虏带回家乡。

“马丁！马丁,到我这儿来!”伊万·阿列克谢耶维奇一看到马丁·沙米利正一瘸一拐地从林间空地上走来,就大声喊起来。

马丁拄着步枪走过来。

“快帮我把他领走。你看见了吗?”伊万·阿列克谢耶维奇用眼睛看了看疯子说,“他吓坏啦。血全都涌到脑袋里啦。”

沙米利从衬衣上撕下一只袖子,包扎好受伤的腿;他看也不看利霍维多夫,挽住他的一只胳膊,伊万·阿列克谢耶维奇架着另一只,走了起来。

我们像蝗虫一样,

飞过山岗……

利霍维多夫的喊声已经弱了。沙米利痛苦地皱着眉头,央求他说:“你别叫嚷啦！看在基督面上,别叫嚷啦！你已经飞够啦！别叫嚷啦!”

我们要把你们这些小火鸡,

个个都剥得精光……

疯子从两个哥萨克的手里挣脱出来,不停地唱着,只是偶尔用手巴掌按按太阳穴,牙齿咬得咯吱咯吱地响,下垂的颚骨直哆嗦,发疯的、冒

① 旧式的独弹军用步枪,即俗话说的“单打一”。

着热气的脑袋朝一边歪着。

第 四 章

在斯托霍德河下游约四十俄里的地方,正在激战。密集的炮火已经不停地轰鸣了两个星期。每天夜里,远天紫红色的夜空就被探照灯的折光切得支离破碎,它们像淡红的霞光闪耀着,互相眨着眼睛,使那些从这里遥望这一片霞光似的战火的人们也不寒而栗。

第十二哥萨克团驻守在一片荒芜的沼泽地。白天偶尔朝那些在堑壕中来回跑的奥地利兵射击一阵,夜里就在沼泽地的保护下睡觉,或者打牌;只有哨兵们在监视着激战地方燃起的惊心动魄的火光。

在一个冰冷的夜晚,当远处战火的反光把夜空照得通亮的时候,葛利高里·麦列霍夫走出土屋,顺着交通壕钻进战壕后面小山岗上那座像黑脑袋瓜儿上的灰发似的树林里,躺在空旷、芳香的草地上。土屋里是一片烟雾、恶臭,叶子烟的褐色雾气像带穗的桌布似的高悬在小桌上空,桌旁,八个哥萨克在斗牌。树林子里、山岗上,却吹着阵阵的微风,就像是一只看不见的飞鸟的翅膀扇来似的;严霜打过的野草散发着说不出的忧郁气味。黑暗压在被炮弹打得七零八落的树林顶上,夜空中,小熊星座的朦胧光辉正在暗下去,北斗星座横在银河旁边,像辆翻倾的、车辕斜翘起的大车,只有北极星在北方的夜空熠熠发光。

葛利高里眯缝起眼睛,遥望着北极星,星星的寒光并不很亮,但却非常刺眼,使他的睫毛下涌出同样冰冷的泪花。

躺在这儿的土岗上,他不知道为什么想起了从下亚布洛诺夫斯基村到亚戈德诺耶阿克西妮亚那里去的一夜;怀着刀绞似的剧痛想起了她。记忆绘出了被时间模糊了的、亲切而又陌生的脸形。葛利高里的心突然跳得非常厉害,他力图再现最后一次看到的那张两颊带着紫色鞭痕,痛得扭歪了的脸;但是记忆却硬将另一张稍微歪头的、带着得意笑容的脸推出来。你看她扭回头来,两只火焰般的黑眼睛挑衅地、充满激情地从下到上打量，两片多情、贪婪、红艳的嘴唇悄悄倾吐着非常温柔、热情的话，然后又慢慢地扭过头去，黝黑的脖子上垂着两绺毛茸茸的发卷……他曾经特别喜欢亲吻这些发卷……

葛利高里哆嗦起来。他仿佛觉得，有一瞬间闻到了阿克西妮亚头发上淡淡的醉人香气；他全身蜷缩在一起，张开鼻孔，但……不是！而是陈积的落叶撩人的气息。阿克西妮亚椭圆的脸变得暗淡，模糊起来，飘散开去。他睁开眼睛，把手掌放在粗糙的地上，眼睛一眨不眨地久久地注视着那棵折断的松树后面，天边的北极星，像一只美丽的蓝蝴蝶在原地飞颤。

一些不连贯的、零碎的记忆使阿克西妮亚的形象暗淡下去。他想起了和阿克西妮亚决裂以后，在鞑靼村家里度过的那几个星期；夜里——是娜塔莉亚的贪得无厌的亲热，仿佛要竭力补偿先前那种处女般冷淡的欠债；白天——就是家人亲切的、几乎是谄媚的关心和尊敬，村里的人就是这样极端尊敬地欢迎他这第一个获得乔治勋章的人。葛利高里到处——连在家里也一样——都会遇到从一旁投来的尊敬的目光，——人们刮目相视，好像不相信他就是原来那个葛利高里，就是以前那个任性、浪荡的小伙子。老头子们像跟平辈人一样在会场上和他谈话，见面时，总要脱帽还礼，姑娘和娘儿们都用毫不掩饰的艳羡目光，打量着他那威武的、稍微有点儿驼背的、穿着佩有挂在绦带上的十字勋章衣服的身影。他看得出，潘苔莱·普罗珂菲耶维奇由于跟他并肩走进教堂或到练武场上去而感到特别自豪。这付混着谄媚、尊敬和赞美等各种成分的复杂、灵验的毒药，渐渐地把加兰扎在他心里种下的真理种子毒死，从意识中抹掉。葛利高里从前线回来的时候是一个人，再回到前线去的时候却变成另外一个人了。那种从母亲的乳汁里吸吮的、培育了一生的哥萨克气质战胜了伟大的人类真理。

“我知道，葛利什卡，”潘苔莱·普罗珂菲耶维奇在送别的时候，喝了几杯酒，激动地抚摸着满头略带黑丝的银发，说道，“我早就知道，你会出息成一个出色的哥萨克。在你一周岁那天就试验过啦，按照哥萨克祖传的习惯，我把你抱到院子里，你记得吗，老太婆？放在马上。你这个狗崽子，就知道用小手抓马鬃啦！……那时候我就猜到，你准会很有出息,——果真出人头地啦。”

葛利高里作为一个出色的哥萨克重又回到了前线;从心眼里不能跟这场荒谬的战争妥协,但又忠实地维护着哥萨克的光荣……

一九一五年。五月。德国人的第十三钢铁团在奥利霍夫奇克村附近以步战阵形,踏着碧绿的草地攻上来了。机枪哒哒地响着。埋伏在河岸上俄军连队的一挺重机枪沉重有力地扫射着。第十二哥萨克团接上火了。葛利高里跟同连的哥萨克排成散兵线向前跑去,他抬头张望,只见似火的骄阳高悬在天空,在沿岸垂满黄羊皮色枝条的河湾里,还有另一个同样的太阳。在他身后,小河对岸的白杨树林后面,隐蔽着看守马匹的哥萨克,前面是德国人的散兵线和正中闪着铜鹰的钢盔。微风吹拂着射击冒出的灰色的带苦艾味儿的轻烟。

葛利高里不慌不忙地射击,仔细地瞄准,在两次射击的间隙,倾听着排长喊的标尺高度的口令,还从容不迫地把一只爬到军便服袖子上的花斑天牛轻轻地放到地上。后来就开始冲锋……葛利高里用包着铁皮的枪托打倒了一个高个子的德国中尉,俘虏了三名德国步兵,并在他们的头顶上向天开枪,迫使他们往小河边迅跑。

一九一五年七月,他跟一个哥萨克排,在拉瓦—鲁斯卡附近救回了一个被奥地利人俘虏去的哥萨克炮兵连。就在这次战斗中,他迂回到敌人背后,用手提机枪向正在进攻的奥地利人猛烈射击,打得他们狼狈逃窜。

突过巴扬涅茨时,他在白刃战中俘虏了一个肥胖的奥地利军官,把这个胖家伙像放只绵羊一样横放在马鞍上,向前奔驰,一路上都在闻着军官散出的屎尿臭味,感觉到这个大汗淋漓、肥胖的身躯吓得在不停地哆嗦。

葛利高里躺在光秃秃的黑土岗顶上,特别清楚地想起了和凶狠的仇人——司捷潘·阿司塔霍夫相遇的情形。这是在第十二团从前线上撤下来,袭击东普鲁士的时候发生的。哥萨克的战马踏毁德国人的精耕细作的田地,哥萨克烧光了德国人的房屋。凡是他们经过的地方,就到处是一片火海,烧黑的墙壁废墟里和塌陷的瓦屋顶上,余烬还在冒烟。他们这个团在司托雷平城下与第二十七顿河哥萨克团一同发起进攻。葛利高里匆忙中看见了瘦削了的哥哥、脸刮得光光的司捷潘以及其他一些同村的哥萨克。两个团打了败仗。德国人把他们包围了,当十二个连为了冲破敌人的包围圈,相继拼命冲杀时,葛利高里看到司捷潘从自己被打死的枣红马上跳下来,在原地不知所措地打转转。葛利高里突然高兴地做出决定,他拼命勒住奔马,等到最后一个连几乎践踏着司捷潘飞驶过去之后,他纵马来到司捷潘跟前,喊道:

"抓住马镫!"

司捷潘抓住马镫的皮带,跟着葛利高里的马跑了半俄里。

"别跑得太快! 看在耶稣基督面上,不要跑啦!"他上气不接下气地请求道。

他们顺利地冲出了缺口。离逃出火线的连队下马休息的树林子只剩不到一百沙绳远了,但是一颗枪弹打在司捷潘的腿上,他松开马镫,仰面倒在地上。风吹掉了葛利高里的制帽,额发遮住了眼睛。葛利高里把头发撩到头上,回头看了看。司捷潘正一瘸一拐地跑到一丛灌木跟前,把哥萨克的制帽扔进灌木丛,坐到地上,急急忙忙地往下脱着镶红条的军裤。德国人的散兵线正一排排地从山岗下面冲上来,葛利高里明白了:司捷潘还想活下去,所以才把哥萨克裤子脱下来,装作步兵。那时候德国人见了哥萨克就杀,不要俘虏……葛利高里在良心的驱使下,掉转马头,奔向灌木丛,跑着就跳下马来。

"骑上去! ……"

司捷潘迅速地眨了眨眼睛,这次眨眼,使葛利高里终生难忘。他帮着司捷潘骑到鞍子上,自己抓住马镫,紧靠着满身大汗的马跑起来。

"嗖嗖嗖……"子弹呼啸着热辣辣地从耳旁掠过,爆炸:"砰砰!"

在葛利高里的头顶上,在司捷潘的惨白的脸的上空,在他们周围——处处都是这种钻心的啸叫声:嗖嗖嗖,嗖嗖嗖,后面是一片射击声,就像熟透了的槐树荚在爆裂:

"啪啪! 啪啪! 啪啪啪啪!"

到了树林里,司捷潘爬下马,疼得直歪嘴;他扔掉马缰绳,一瘸一拐地走到一旁。血从左脚上的靴筒里往外流着,每走一步,受伤的腿往下一踏,就从开了绽的破靴子底里流出一道道樱桃色的鲜血。司捷潘靠在一棵枝叶茂盛的橡树上,用手招呼了一下葛利高里。葛利高里走了过去。

“靴子里全是血啦。”司捷潘说。

葛利高里沉默不语,眼往一旁看着。

“葛利什卡,今天咱们进攻的时候……听见吗,葛利高里?”司捷潘用瘪进去的眼睛寻觅着葛利高里的眼睛,开口说,“咱们进攻的时候,我从后面朝你开了三枪……上帝没让你死。”

他们的目光相遇了。司捷潘的尖锐的目光在瘪进去的眼眶里激动地闪烁着。他几乎没有张开咬紧的牙关,说道:

“你救了我的命……谢谢……可是为了阿克西妮亚我是不能饶恕你的。我不能强迫自己……你也不要强迫我,葛利高里……”

“我不强迫你。”葛利高里当时回答说。

他们仍然和从前一样,没有和解就分手了。

又想起了……五月里,他们一团人和布鲁西洛夫兵团的残余部队一同在卢茨克[1]附近突破敌军的防线,挺进敌后,骚扰了一番,打击了敌人,自己也挨了打;在利沃夫[2]附近,葛利高里曾自作主张,领着一个连去冲锋,俘虏了一个奥地利榴弹炮连和全部炮手。过了一个月,有一天夜里,他游过布格河去捉“舌头”。他打倒了一个岗哨上的哨兵,这是个粗壮、有力的德国人,他把压在自己身上的、半裸的葛利高里转了半天之后,便拼命叫喊起来,怎么也不让捆。

葛利高里微笑着想起了这件事。

难道在不久前和很久以前的战场上这样打发掉的日子还少吗?葛利高里牢牢地保持着哥萨克的光荣,一有机会,就表现出忘我的勇敢,疯狂的冒险,他化装混进奥地利人的后方,不流一滴血就拔掉敌人的岗哨;他这个哥萨克大显身手,他意识到,战争初期曾不断折磨他的那种怜惜别人的心情,已经一去不复返了。他变得冷酷无情,铁石心肠,就像大旱时的盐沼地一样,也像盐沼地一样不再吸水,葛利高里的心也容不得怜悯了。他怀着冷漠、蔑视的心情拿别人和自己的生命当儿戏;因此以勇敢闻名——荣获四枚乔治十字章和四枚奖章。在难得的几次阅兵大典上,他神气地站在久经战火的团旗下;但是他知道,他再也不能

---

①② 卢茨克和利沃夫都是当时的波兰城市。

像从前那样欢笑了;他知道,他的眼睛陷了进去,颧骨也瘦削地凸出来;他知道,很难再亲吻孩子,问心无愧地正视孩子那纯洁无邪的眼睛了;葛利高里知道,自己曾为这一大串十字章和晋升付出了多么大的代价。

他把大衣襟塞在腰下,左肘撑着地,躺在土岗上。记忆殷勤地再现了过去的生活画面;并把遥远的童年时代的一个场景,用纤细的蓝线缝接到贫乏的战争记忆片断上。有一瞬间,葛利高里爱恋,忧伤地把想像中的目光停在这一场景上,但是很快又转移到不久以前经历的事件上来了。在奥地利人的战壕里,有人在出色地弹着曼陀林。轻柔的乐声随风飘荡,匆匆越过斯托霍德河,轻轻地落在洒过无数人鲜血的土地上。天上的星星显得更高了,黑暗更浓重了,沼泽地上已经升起夜半的寒雾。葛利高里一连抽了两支烟,粗鲁而又亲切地抚摸了一下步枪的皮带,——用左手的指头撑着地,从好客的地上站了起来,走回战壕里去。

土屋里面还在打牌。葛利高里倒在铺板上,还想在走过无数次的、久被遗忘的回忆小径上徘徊,但是他已昏昏欲睡,很不舒服地躺在那里睡着了,而且梦见了渺无边际、被旱风吹干的、开遍了紫红色腊菊的草原,毛茸茸的紫色百里香中没有钉掌的马蹄子留下的痕迹……空旷的草原静得吓人。他,葛利高里,在坚硬的沙土地上走着,但是却听不见自己的脚步声,这使他害怕起来……他惊醒了,抬起脑袋,由于睡的姿势不舒服,脸颊上压出了很多斜印,葛利高里吧咂了半天嘴,就像马刚刚闻到一种特别香甜的草味,忽然这种香味却又飘逝了一样。后来就睡熟了,再没有做梦。

第二天醒来,葛利高里无限惆怅,有一种说不出的钻心的乡愁。

“你今天怎么这副无精打采的样子? 梦见家乡了?”“锅圈儿”问道。

“猜对啦。梦见草原啦。心里非常难过……要能回家看看多好啊。真不愿意再给沙皇当兵啦。”

“锅圈儿”宽容地笑笑。他始终和葛利高里住在一间土屋里,对葛利高里很尊敬,就像一只猛兽对待和它一样凶猛的野兽那样;从一九一四年第一次发生口角以后,他们之间再没有发生过冲突,而且“锅圈儿”的影响很明显地在葛利高里的性格和心理上都表现出来。战争强有力地改变了“锅圈儿”的世界观。他顽强地，而且固执地滑向否定战争的路上去了，他总在谈论那些背叛祖国的将军和潜伏在沙皇宫廷中的德国人。有一回他竟说出了这样的话：“既然皇后本人是日耳曼血统，就别希望有什么好结果啦。时机一到，她就会很便宜地把咱们出卖……”

有一天，葛利高里把加兰扎的学说的本质告诉了他，但是“锅圈儿”却很不赞同。

“是一支很好听的歌，可惜嗓子有点儿嘶哑，”他拍着自己的灰秃头顶嘲笑说，“米什卡·科舍沃伊就像篱笆上的公鸡，也唱的是这个调调。这些革命根本不会有什么结果，全是瞎胡闹。你要明白，咱们哥萨克需要的是自己的政权，不是别人的政权。咱们需要的是像尼古拉·尼古拉耶维奇①那样坚强的皇帝，咱们跟庄稼佬们走的不是一条路，——鹅跟猪不能同群。庄稼佬是想分田地，工人是想给自己增加工钱，——他们能给咱们什么东西呢？土地咱们多得很——用不着说啦！除此以外，咱们还要什么呢？就是这么回事，给咱们个空袋子。咱们这位皇帝是个饭桶，——用不着隐瞒啦。他爸爸比他坚强些，可是就这位也竟眼瞅着爆发了一九〇五年那样的革命，从那儿就他妈的一直往下坡滚。所以这对咱们什么好处也没有。结果他们把皇帝赶跑，那可真不得了，咱们也就大祸临头啦。那时他们就要算老账啦，就要把咱们的土地分给庄稼佬啦。耳朵要灵一点儿……”

“你总是只想一面。”葛利高里皱了一下眉头。

“你总在说废话。你还年轻，没见过世面。你等着吧，等你再吃些苦头，你就会明白谁对谁错啦。”

谈话照例是这样收场：葛利高里不吭声，“锅圈儿”极力找些别的话来说。

当天就发生了一件使葛利高里很不痛快的事情。晌午时分，跟平

---

① 尼古拉·尼古拉耶维奇大公(1856—1929)是尼古拉二世的叔父，第一次世界大战中俄军最高统帅。国内战争期间逃亡国外。

常一样，野战厨车停在土岗那边。哥萨克互相追逐着，顺着交通壕急急忙忙地向厨车跑去。科舍沃伊替第三排的人去打饭。他用一根长棍子挑回来一串儿冒着热气的饭锅，他一走进土屋就喊叫：

“这样可不行啊，弟兄们！这是怎么的，难道咱们是狗吗？”

“怎么啦？”“锅圈儿”问道。

“拿臭东西给咱们吃！”科舍沃伊愤愤地喊叫道。

他猛地一抬头，把像编起来的野蛇麻草似的金色额发甩到脑后，把饭锅放在床铺上，斜眼看着“锅圈儿”提议道：

“你闻闻，菜汤有多臭。”

“锅圈儿”趴到自己的锅上，翕动着鼻翅儿闻了闻，皱起眉头，科舍沃伊也不由自主地学着他的样子，抽了抽鼻子，把晦气重重的脸皱了起来。

“臭肉。”“锅圈儿”断然说。

他嫌恶地推开饭锅，看了看葛利高里。

葛利高里猛地从铺板上爬起来，弯下身子，把本来就朝下弯得厉害的鼻子凑到菜汤上，接着他后退了一步，懒洋洋地抬起脚把那只饭锅踢到地上去。

“干吗要这样？”“锅圈儿”不解地问道。

“你看不见——为什么吗？你瞧瞧。难道你是瞎子吗？这是什么东西？”葛利高里指着从脚底下向四面淌着的混浊的菜汤说道。

“噢噢噢噢！……是蛆！……老娘啊……我竟没有看见！……这伙食可真不赖啊。这不是菜汤，是面条啊……拿蛆当牛杂碎。”

地上，油晃晃的一摊菜汤里，一块像凝血似的红肉块旁边漂着一些身节分明的白蛆。

“一个，两个，三个，四个……”不知道为什么科舍沃伊小声地数着。

一瞬间，大家都沉默不语。葛利高里从牙齿缝里啐了一口吐沫。科舍沃伊拔出刀来，说道：

“咱们立刻逮捕这些菜汤——押送到连长那儿去。”

“噢！说得对！”“锅圈儿”称赞说。

他忙活起来,从步枪上往下拧着刺刀说道:

“我们押着菜汤,葛利什卡,你应该跟着去。你去向连长报告。”

“锅圈儿”和米什卡·科舍沃伊用刺刀抬着一满锅菜汤,马刀也拔出鞘了。葛利高里跟在他们后面,一群从土屋里跑出来的哥萨克,像灰绿色波浪,跟在他身后,顺着弯弯曲曲的战壕涌来。

“什么事?”

“警报?”

“也许是有关停战的事儿吧?”

“哪儿有这样的好事……你想停战啦,不愿意吃干面包啦?”

“我们把有蛆的菜汤逮捕啦!”

“锅圈儿”和科舍沃伊在军官的土屋前面停下,葛利高里哈着腰,左手拿着军帽,走进“狐狸洞”去。

“别挤!”“锅圈儿”回头看着一个正在挤他的哥萨克,恶狠狠地龇了龇牙,叫道。

连长走出来,一面扣着军大衣,一面迷惑不解、略微有些惊慌地回头看看最后一个从土屋里走出来的葛利高里。

“什么事,弟兄们?”连长向哥萨克们的头顶上扫了一眼。

葛利高里走到他面前,在一片寂静中回答道:

“我们押送犯人来啦。”

“什么犯人?”

“就是这个……”葛利高里指着放在“锅圈儿”脚旁的汤锅说,“这就是犯人……请您闻闻,他们给您的哥萨克吃什么东西。”

他的眉毛弯成了一个不等边的三角形,轻轻地颤抖一下之后,又舒展开来。连长疑问地注视着葛利高里的面部表情;然后皱着眉头,把目光移到汤锅上。

“他们开始拿臭肉给我们吃啦!”米什卡·科舍沃伊生气地喊道。

“把军需中士给撤掉!”

“坏蛋!……”

“他自己可吃饱啦,魔鬼!”

“他自己用牛腰子做菜汤……”

“可是这些菜汤却有蛆!”近处的几个人附和说。

连长等到人声静下来以后,厉声说道:

“肃——静! 现在不用说啦! 全都清楚啦。今天我就撤换军需中士。我要指定一个委员会来调查他的工作情况。如果是肉的质量不好……”

“就把他送军法处去!”后面的人哄叫道。

又是一阵叫嚷声浪把连长的话压了下去。

撤换军需中士的事是在行军途中办的。怒不可遏的哥萨克们逮捕和押送菜汤到连长那儿去的事件发生后,过了几个钟头,第十二团团部就接到了从前线上撤下来的命令,并按随着命令附来的行军路线图,以行军队形向罗马尼亚挺进。夜里,西伯利亚步兵来接替了哥萨克。团队在伦维奇镇检查了一下马匹,第二天早晨就用强行军的速度往罗马尼亚进发了。

为了支援连打败仗的罗马尼亚人,调去了几个大的军团。这从行军第一天发生的一件事情上就看得出来。头天晚上派到按行军路线图指定的宿营村庄去的设营员们,黄昏时都空手回来了:村子里已经驻满了也是向罗马尼亚边境挺进的步兵和炮兵。团队为了找到住处,被迫多走了八俄里。

走了十七天。马匹由于缺乏饲料都瘦弱不堪。在被战争破坏了的战线附近地带已经找不到饲料;老百姓有的跑到俄罗斯内地去了,有的藏到森林里去了。屋顶已经烧毁塌陷的茅屋只剩下阴郁的黑墙,在旷无人迹的街道上,哥萨克们偶尔遇到一个愁眉苦脸、恐慌万状的居民,就连这个人,只要一看到穿军装的,就急忙躲藏起来。哥萨克们由于连续行军,都弄得疲惫不堪,冻得发僵,他们个个都为了自己,为了马匹,以及为了一切必须忍受的痛苦而火冒三丈,他们扒开了茅屋的干草屋顶;到幸存下来的村庄里毫不客气地偷盗已经少得可怜的食物,指挥人员不论用什么来恐吓,也制止不住他们的违法乱纪和盗窃行为。

离罗马尼亚领土已经不远了,在一个富裕的小村子里,“锅圈儿”竟然从仓房里偷出一升大麦。主人当场把他连人带赃一起捉获,但是“锅圈儿”把老实、年高的比萨拉比亚人揍了一顿,大麦还是拿去喂马了。排长在拴马桩跟前找到了他。“锅圈儿”把饲料袋挂在马头上，在围着马打转儿，用哆哆嗦嗦的手抚摸着瘦骨嶙嶙的马肋，对着它的眼睛看着，就像看一个人似的。

“乌留平！你这个狗崽子，把大麦送回去！会为这桩事把你这个混蛋枪毙的！……”

“锅圈儿”用蒙眬的、斜视的目光看了军官一眼，把制帽往脚底下一摔，从到团里来，第一次这样拼命大喊大叫道：

“你们审判吧！你们枪毙吧！现在就把我打死，我也不送还大麦！……怎么，我的马就应当饿死吗？啊？我不送还大麦！一粒也不还！”

他忽而抓自己的头，忽而抓正在拼命咀嚼的马的鬃毛，忽而抓马刀柄……

军官默默地站了一会儿，看了看那瘦得出奇、露出骨头来的马后腿，点了点头，说道：

“你怎么能给出汗的马喂粮食呢？”

他的话音里明显流露出他那无可奈何的心情。

“不，马身上已经凉啦。”“锅圈儿”把从饲料袋里落到地上的麦粒捡到手里，重新放回去，几乎是用耳语回答说。

十一月上旬，团队已经进入阵地。特兰西瓦尼亚群山顶上风在盘旋，山谷里冷雾弥漫，初寒袭过的松林散发着诱人的香气，山地洁白的初雪上，随处都可以看到野兽的趾印：被战争惊骇的狼、麋鹿、野山羊，离开了荒野山林，逃往内地去了。

十一月七日，第十二团向“三二〇”高地发起进攻。前一天本来是奥地利人据守在这条战壕里，可是在发动进攻的那天早晨，刚从法国前线上调来的萨克森人①接替了他们。哥萨克们都徒步沿着覆了一层薄雪的石头山坡前进。冰冻的碎石碴在脚下滚动，风卷起阵阵的细雪。葛利高里和“锅圈儿”并排走着，遗憾地、不好意思地笑着对他说道：

---

① 旧时对现在德国境内莱比锡、德累斯顿等地区居民的称呼。

“不知道为什么我今天很害怕……好像是头一次去冲锋似的。”

“是吗？……”“锅圈儿”觉得很奇怪。

他揪着枪带，端着自己那支破旧的步枪；舌头不断地从胡子上往下舔冰凌。

哥萨克们排成不整齐的散兵线向山上推进，没有开枪。敌人的战壕里死一般的沉寂，令人生畏。山坡的后面，德国人那边，一个萨克森人中尉，脸被风吹得通红，鼻子也脱了皮，身子向后仰着，面带微笑，激愤地对士兵们喊叫道：

“朋友们！咱们打穿蓝大衣的俄国佬，已经不是第一次啦！咱们也叫这些家伙们看看，跟咱们打仗会有什么好下场。多忍耐一会儿！现在不要开枪！①”

哥萨克连队开始突击。脚下迸起松脆的石碴。葛利高里神经质地笑着，掖了掖已经褪成红褐色的风帽的长耳，他那凹陷的两颊上很久没有刮的连鬓胡子简直就像地里剩下的黑麦茬子，下垂的鼻子黄中透着青光，眼睛像无烟煤似的，在结满白霜的眉毛下阴沉地闪烁着。他已经失去了惯常的镇静。压制着内心突然又冒出的恐惧心情，他眯缝着眼，用怀疑的目光，打量着撒了一层雪花的灰白的战壕，对“锅圈儿”说道：

“鸦雀无声。他们是放我们走近再打。我确实害怕，可是并不惭愧……要是我转身往后跑会怎样？”

“你今天怎么尽说胡话呀？”“锅圈儿”怒冲冲地问，“亲爱的，这也跟打牌一样：你要是没有信心——就要掉脑袋。你的脸焦黄。葛利什卡……你也许病啦，也许……今天会把你打死。你快看呀！看见了吗？”

一个穿短大衣、戴尖顶钢盔的德国人直着身子在战壕上站了一刹那，又趴了下去。

葛利高里的左面，是个叶兰斯克镇的浅红头发的漂亮哥萨克，他一面走，一面忽而把手套从右手上扯下来，忽而又戴上去，而且在不断地重复这个动作。他急急忙忙地迈着脚步，膝盖费劲地打着弯儿，还故意

① 原文为德文。

大声咳嗽。“像是独自一人在走夜路……为了壮胆儿，故意咳嗽，”葛利高里心里琢磨着这个人。这个哥萨克的左面，可以看到满脸雀斑的下士马克萨耶夫的半边面颊，再过去，是叶梅利扬·格罗舍夫，他牢牢地端着刺刀尖歪到一旁去的步枪。葛利高里想起来，几天前，叶梅利扬在行军路上，正是用这把刺刀撬开仓房的锁，偷了罗马尼亚人一口袋玉米。科舍沃伊·米哈伊尔几乎与马克萨耶夫并肩走着。他拼命地抽烟，隔一会儿就擤擤鼻涕，在军大衣的左襟上擦擦手指头。

“我想喝水。”马克萨耶夫说。

“叶梅利扬，我的靴子夹脚。穿这样的靴子根本就无法走路。”科舍沃伊抱怨说。

格罗舍夫恶狠狠地打断了他的话头：

“这关口还谈什么靴子！当心点儿，德国人马上就要用机枪扫射啦。”

头一排枪一响，葛利高里就被子弹打中了，他哎呀一声，倒在地上。他想包扎一下受伤的手，便把另一只手伸到装绷带的背包里，但是感觉到袖子里一股热血正从肘关节处往外涌，他立刻变得软弱无力。他趴在地上，把越来越沉重的脑袋藏在石头后面，用干得要命的舌头舔了一下松软的雪花。哆嗦着嘴唇，拼命吸着松脆的雪屑，吓得浑身颤抖，倾听着嗖嗖的子弹声和压倒一切、响彻云霄的射击声。他抬起头，看到同连的哥萨克们正滑滑跌跌地往山下跑，盲目地向后或朝天开枪。一种说不出、道不明的恐怖迫使他站起身来，又逼着他往山下参差不齐的松林边跑去，他们团就是从那儿发起进攻的。葛利高里跑到拉着受伤的排长跑的格罗舍夫·叶梅利扬前头去；格罗舍夫领着排长跑下陡峭的山坡；中尉像醉汉似的乱踏着脚步，有时趴在格罗舍夫的肩膀上，吐出一口口紫血块子。几个连都像雪崩一样向树林子滚去。灰色的山坡上留下了一具具被打死的灰色尸体；那些没来得及带下来的伤号自己在往回爬。机枪在后面对他们扫射。

“哒哒哒，啪啪啪啪啪！”密集的枪声像爆豆似地响个不停。

葛利高里靠在米什卡·科舍沃伊的胳膊上，走进了树林。靠近树林的一片斜坡上枪弹乱飞。德国人左翼的一挺机枪在不停地哒哒响着，就像是一只强有力的手扔出去的石头，噼啪响着，在刚冻结的脆冰上蹦跳。

“哒哒哒，啪啪啪啪啪……”

“把咱们打得落花流水！”“锅圈儿”好像很高兴似地喊道。

他靠在一棵红色的松树干上，懒洋洋地对那些在战壕上来回乱跑的德国人射击。

“傻瓜是应该教训！好好教训！”科舍沃伊把一只手从葛利高里手里抽出来，气喘吁吁地叫道，“老百姓就像一群没头没脑的狗！非等把血全流尽了，他们才会明白为什么敲他们的脑袋。”

“你这是指什么说的？”“锅圈儿”眯缝着眼睛问道。

“聪明人自己就会明白，至于傻子……傻子有什么办法？你就是揍他一顿也不会记住的。”

“你还记得誓词吗？你宣过誓没有？”“锅圈儿”纠缠不休地质问道。

科舍沃伊没有回答，跪下去，两手哆嗦着，从地上捧起一捧雪，微微地颤抖着，咳嗽着，贪婪地把雪吞下去。

第 五 章

秋天的太阳在被粼粼微波似的白云弄皱的天空飘移。那里，在高空，轻轻的风吹着云片，把它们赶向西方，可是这风在鞑靼村上空，在深绿色的顿河平原上，在光秃秃的林梢头，却气势汹汹，吹歪了河柳和白杨的树冠，在顿河掀起波涛，卷起片片红叶，沿街追逐。赫里斯托尼亚家的场院上，麦秸垛顶没有封好，像乱头发一样扎煞着，风咬住麦秸，把垛顶吹下，吹脱了系在上面的细木杆，于是突然卷起一小堆金黄色的麦秸，就像用大叉端着一样，掠过庭院，在街巷上空飞舞，毫不吝惜地撒在空旷的大道上，又把一团乱哄哄的麦秸抛到司捷潘·阿司塔霍夫家的屋顶上。赫里斯托尼亚的妻子没有顾得系头巾，就冲到院子里，用膝盖夹着裙子,看了看在场院里咆哮肆虐的狂风,又缩回门洞里去了。

战争的第三个年头,村子里的惨相全露出来了。那些没有剩下哥萨克人家的板棚都是空荡荡敞着,破败的院落日益荒芜,变得令人目不忍睹。赫里斯托尼亚的婆娘带着九岁的小儿子操持家业;阿尼库什卡的老婆简直就不管家务,她不甘寂寞,拼命打扮自己:搽脂抹粉,精心梳妆,找不到成年的哥萨克,就找十四五岁的半大小子,板门可以雄辩地证明这一点,它浑身都被抹上了松焦油①,而且直到现在还残留着棕色的揭发罪恶的痕迹。司捷潘·阿司塔霍夫家的房子空了,主人在离家之前,就用木板把窗户都钉上了,房顶有几处塌陷了,生满了牛蒡花,门锁生了锈,院子里长满了没人高的艾蒿和胭脂菜,放到野地吃草的牲口在炎热或者雨天,随时可以闯进大敞着门的院子里,寻找藏身之处。托米林·伊万家的屋墙向街外倾斜出来,一根埋在地里的柱子斜顶着它,——看来,命运是在为那些被他这个炮手毁坏的德国人和俄国人的房舍复仇。

村子里所有的大街和小巷全都是这副破落景象。只有下街尽头上的潘苔莱·普罗珂菲耶维奇家的院子还像个样:完好、井井有序。然而就是这里也不像当年那么景气了。仓房顶上的铁公鸡因为年迈倒下了,仓房也歪斜了,内行人一眼就会看出很多经管不当的地方。老头子哪能全照顾到,粮食也种得少了,其他方面就更不用说了;只有麦列霍夫家的人口没有减少。娜塔莉亚在去年秋初一胎就生了两个孩子,顶上了在前线奔命的彼得罗和葛利高里。她很会博得公婆的欢心,生了一男一女。娜塔莉亚在怀孕期间忍受了很大痛苦,有时候因为腿疼难忍,一连几天都走不得路,走起来就皱着眉头,拖着两条病腿磨蹭,但是她坚强地忍受着疼痛,——日益瘦削,然而幸福的脸上从不露出痛苦的样子。有时腿疼得特别厉害,太阳穴上渗出一粒粒汗珠;伊莉妮奇娜只是这时候才看出来,她摇着脑袋,骂道:

"你去躺躺吧,该死的婆娘!你想把自个儿累死吗?"

一个九月的晴朗的日子,娜塔莉亚感到快要分娩了,就走到街

① 哥萨克风俗,如果女人行为不端,好事者就在她家的门上抹松焦油,以示羞辱。

上去。

“你这是上哪儿去呀?”婆婆问道。

“到河边草地去。看看牛。”

娜塔莉亚匆忙走出村子,不断四下张望,哼哼着,双手捧着肚子,钻进茂密的野荆丛,躺了下去。当她从后街走回家的时候,天色已经黑下来。她用麻布围裙包回来一对双生子。

“我的乖乖呀!该死的东西!你这是干什么?……你上哪儿去啦?”伊莉妮奇娜大叫起来。

“我害羞所以出去啦……我不敢叫爸爸……我是个干净女人,好妈妈,我已经给他们洗过身子啦……您抱去吧……”娜塔莉亚脸色苍白地解释说。

杜妮亚什卡急忙跑去找接生婆。达丽亚也忙着去铺笸箩,伊莉妮奇娜连哭带笑地喊道:

“达什卡!你放下笸箩吧!难道他们是小猫儿,要放在笸箩里?……主啊,是两个呀!噢噫,主啊,一个是小小子!……亲爱的娜塔莎!……你们快给她铺上床啊!……”

潘苔莱·普罗珂菲耶维奇在院子里一听说儿媳妇生了个双生,先是无可奈何地把两手一摊,接着就高兴地捋着大胡子笑起来,而且无缘无故地朝匆匆赶来的接生婆喊道:

“你这个就会胡说的木头蜜罐子,巫婆!”他在老婆子面前摇晃着一个指甲长得要命的手指头喊道,“你胡说!麦列霍夫家不会很快就断根的!儿媳妇给我们生了一个哥萨克外加一个姑娘。这个儿媳妇可太好啦!主啊,这样的情义我可怎么报答她呀,我的小心肝儿?”

那年是个丰收年:母牛生的是双生,在米哈伊洛夫节前,绵羊生的也是双生,山羊……潘苔莱·普罗珂菲耶维奇对这种情况感到奇怪,暗自盘算道:

“今年真是个走鸿运的年头,是个丰收年!全是双生。现在我们家是人畜兴旺……噢呵呵!”

娜塔莉亚自己把孩子喂到一周岁。九月里给他们断了奶,但是直到深秋,她的身子仍然没有恢复过来;牙齿在消瘦的脸上闪着乳白色的光泽，两只因为瘦而显得大的眼睛里也闪耀着温暖的朦胧的光芒。她把全部精力都用在孩子身上了，对自己则得凑合就凑合，做完家务事以后的全部时间，都花在孩子身上：给他们洗澡，洗尿布，打毛衣，缝缝补补，而且经常是斜倚在床上，耷拉着一条腿，从摇篮里抱出两个孩子，摇着肩膀，把两只胀得鼓鼓的、像香瓜似的乳黄色大奶子，从肥大的衬衣里拿出来，同时喂两个孩子。

"这样他们会把你全都吸干的。喂得太勤啦！"伊莉妮奇娜拍拍孙子孙女胖出了褶儿的小腿抱怨道。

"喂吧！别舍不得奶！人奶又不能给你做奶油。"潘苔莱·普罗珂菲耶维奇唯恐儿媳妇听老太婆的话，粗鲁地插嘴说。

这几年的光景就像顿河满潮的水在退落一样，日趋式微。寂寞得令人心烦的日子一天又一天不知不觉地，在日常的忙乱、操劳和穷困中滑过，在喜少愁多，在为前线上的人担惊受怕，连觉都睡不着的忧虑中滑过去了。彼得罗和葛利高里偶尔从战斗部队里寄回几封信来，信都弄得很脏，上面打满了邮戳。葛利高里的最后一封信不知道被谁打开看过：信纸的半页是用紫墨水整整齐齐地写的，但是在灰色信纸的边上却有一个莫名其妙的墨水符号。彼得罗比葛利高里写得勤一些，并且在写给达丽亚的信里写了些恐吓她的话，要求她不再胡搞——显然，那些有关妻子的放荡行为的传言已经吹到他那儿去了。葛利高里还随信汇些钱来——是他的薪金和"十字章奖"的奖金，还说要回来休假，但是不知道为什么，却总不见回来。弟兄俩走了各自不同的道路：战争把葛利高里压倒了，吸尽了他脸上的红光，涂上了一层黄疸，他不再期望能等到战争结束那天，但是彼得罗却青云直上，官运亨通，一九一六年秋升到了司务长，他拍连长的马屁，得了两枚十字章，而且已经在信里透露过，正在钻营保送他去军官学校学习。夏天里，托回来休假的阿尼库什卡带来一顶德国钢盔、一件军大衣和一张自己的照片。他那变老的脸在灰色的硬相纸上显得很自负，两撇白胡子向上卷翘着，扁鼻子下面张开的、坚毅的嘴唇上挂着熟识的笑容。生活本身在向彼得罗招手、微笑，而他之所以喜欢战争，是因为战争给他展开了不平凡的前程：他这样一个自幼就拽牛尾巴的普通的哥萨克，怎么敢想当军官和过另外一种舒适的生活呢？但是现在战争爆发了——在战争的烽火中，已经可以清清楚楚地看到未来逍遥自在的生活……彼得罗现在的生活只有一点儿不尽如人意：村子里流传着妻子的坏话。司捷潘·阿司塔霍夫这年秋天曾回家度假，他回团以后，就当着全连的人吹嘘说，他和彼得罗守活寡的妻子在一起过了个愉快的假期。彼得罗不以为然地听着同伴们的传话；他脸色阴沉地笑着说：

"司乔普卡在胡说！他这是为了葛利什卡来侮辱我。"

但是有一天，不知道是偶然，还是故意，司捷潘从战壕的土屋里走出来时，把一条绣花的手绢掉在地上，彼得罗走在他后面，就拾起了这条绣得很精致的花手绢，而且认出了手绢是妻子的手艺。仇恨又重新在彼得罗和司捷潘之间打了一个死结。彼得罗在等待时机，死神在等待司捷潘，——他很可能在脑盖骨上带着彼得罗的印记死在西德维纳河岸上。但是不久发生了这样的事，司捷潘志愿去消灭德国人的岗哨，一去就没有回来。据和他同去的哥萨克说，好像德国哨兵听到他们切断铁丝网的声音后，就扔了一个手榴弹；哥萨克们早已冲到那个德国哨兵跟前，司捷潘一拳把他打倒，但是副守卫开枪了，司捷潘倒了下去。哥萨克们刺死了副守卫，把那个被司捷潘的铁拳打得不省人事的德国佬拖了回来，他们本来已经把司捷潘扶了起来，想把他带回来，但是他太重，——只好扔下了。受伤的司捷潘直央告："弟兄们！别叫我死在这儿呀！弟兄们！你们怎么能扔下我呀？……"但是这时候机枪对着铁丝网扫射起来，哥萨克们也就爬开了。"乡亲们！弟兄们！"司捷潘在后头呼叫，但是这时候自己的命要紧，哪里还顾得上别人呢。彼得罗听到司捷潘遭遇以后，感到轻松了一些，就像用土拨鼠油擦过痒得钻心的皮癣似的，不过还是决定："回去度假——把达什卡的血都给她放出来！我可不是司捷潘，我不允许……"他想要杀死她，但是立刻就打消了这个念头："杀死一条毒蛇，可是为了她却要把一生都葬送掉。你得去蹲监狱，前功尽弃，一切都要被剥夺……"于是他决定仅仅打她一顿，但是要打得这个臭娘儿们一辈子再也不敢摇尾巴："我要把这条毒蛇的眼睛打瞎，——那时候谁也不会看上她了。"彼得罗蹲在离西德维纳河陡峭的粘土岸不远处的战壕里，想出了一个这样的主意。

寒秋,晨霜,树凋草衰,土地变凉了。秋夜益黑、更长。哥萨克们在战壕里执勤,朝敌人射击,为了棉衣跟司务长们吵骂,每顿饭只能吃个半饱,但是谁也没有忘记那远离这块冷酷的波兰土地的顿河家乡。

这年秋天,达丽亚·麦列霍娃拼命在补偿自己独守空房的凄凉生活。圣母节的第一天,潘苔莱·普罗珂菲耶维奇和平常一样,比所有的人起得都早;他走到院子里,立刻捧住了脑袋,大吃一惊:大门不知道是被哪个好事人的手从门框上摘下来,搬走,横放在大道上。这太丢脸啦。老头子马上把大门安回原处。早饭后,他把达丽亚叫到夏天用的厨房里去。老头子究竟对她说了些什么,不得而知,不过杜妮亚什卡看见,过了一会儿,达丽亚头巾滑到肩上,披头散发,眼泪汪汪地从厨房里跑了出来。走过杜妮亚什卡面前的时候,耸着肩膀,两道直竖的黑眉毛在她那泪痕纵横、怒气冲冲的脸上哆嗦着。

"你等着吧,该死的东西!……我会叫你记住这件事的!"她从肿胀的嘴唇里含糊不清地嘟哝道。

她的上衣背后撕破了,白脊背上,有一道青紫的血痕。达丽亚摇摆了一下衣襟,跑上台阶,在门洞里消逝了,潘苔莱·普罗珂菲耶维奇也一瘸一拐地从厨房里走出来——他的样子像魔鬼一样可怕。他一面走,一面把一根新皮缰绳折成了四折。

杜妮亚什卡听见父亲沙哑地骂道:

"……你这条母狗,非这样揍你不可!浪娘儿们!……"

家里又有了规矩。达丽亚安分了好几天,走起路来比水还安静,头低得比草还低,晚上比谁都睡得早,对于娜塔莉亚同情的目光,只是耸耸肩膀和眉毛,报以淡淡的微笑,好像是在说:"没关系,咱们走着瞧。"在第四天头上,就发生了只有达丽亚和潘苔莱·普罗珂菲耶维奇他们俩知道的一件事。事后,达丽亚得意地笑了,可是老头子却整整一星期都神色恍惚,若有所失,就像只闯了大祸的小猫似的;他没有把发生的事情告诉老太婆,甚至在维萨里昂神甫面前忏悔的时候,也把这件事和事后自己的一些罪恶念头都隐瞒起来。

事情是这样的。圣母节后不久,潘苔莱·普罗珂菲耶维奇确信达丽亚已经彻底改过,便对伊莉妮奇娜说:

“你别可怜达什卡！要叫她多干点活儿。有活儿干她就没工夫去胡搞啦，要不然她这匹养得壮壮的骒马……她的心里只知道上游戏场和逛大街。”

为此，他就叫达丽亚打扫场院，收拾后院里的陈积的木柴堆，跟她一同打扫屯糠的棚子。傍晚，他想把风车从板棚搬到糠棚子里去，便唤了儿媳妇一声：

“达丽亚！”

“什么事，爸爸？”她从糠棚里答应道。

“来，咱们把风车搬进去。”

达丽亚整着头巾，抖搂着落进上衣领里的糠屑，从糠棚的门里走出来，穿过场院的小门，朝板棚走去。潘苔莱·普罗珂菲耶维奇穿着一件家常棉袄和一条破裤子，在她前头一瘸一拐地走着。院子里没有别人。杜妮亚什卡和母亲正在纺秋天梳下的羊毛，娜塔莉亚在发面。村外殷红的晚霞正在暗淡下去。响起晚祷的钟声。透明的天空，天顶上，横着一片一动不动的紫红色云彩，顿河对岸黑秃秃的白杨上，像挂了许多烧焦的黑棉花团，栖满了寒鸦。在这清澈、万籁俱寂的黄昏时分，每一个声响都显得那么清晰、肃穆。从牲口圈里飘来阵阵新牲口粪和干草气味。潘苔莱·普罗珂菲耶维奇哼哼着，和达丽亚把油漆剥落的红色风车抬进糠棚，放在棚角里，用耙子把从糠堆上滑落下来的谷糠往上耙了耙，正要走出去。

“爸爸！”达丽亚像耳语似地低声唤道。

他走到风车后面去，一点儿也没有多心地问道：

“怎么啦？”

达丽亚敞着上衣怀，脸朝他站着；两手伸在脑后整理着头发。从糠棚的板墙缝里透进一缕血红的夕阳余晖照在她身上。

“爸爸，这儿，有什么东西……你过来，瞧瞧呀。”她一面把身子弯到一旁，一面贼眉鼠眼地从公公的肩膀头上瞅着敞开的门，说道。

老头子走到她的紧跟前。达丽亚突然双手一扬，搂住公公的脖子，叉紧手指头，向后倒退，一面拖着他走，一面耳语道：

“就这儿，爸爸……这儿……软活得很……”

“你这是干什么?”潘苔莱·普罗珂菲耶维奇惊骇地问道。

他扭动着脑袋,想把脖子从达丽亚的手里挣脱出来,但是她拼命把他的脑袋扳到自己脸边,从嘴里直往他的大胡子上喷热气,一面笑,一面悄悄嘟哝些什么。

“松开手,畜生!”老头子挣扎着,只觉得已被抱得紧贴在儿媳妇鼓起的肚子上。

她紧抱住他,仰面倒下去,把他压在自己身上。

“妈的!你发昏啦!……松开手!”

“你不愿意?”达丽亚气喘吁吁地问道,然后松开手,朝公公的胸膛推了一把,“你不愿意吗?……或者,也许你是不行了吧?那么你就别管我!……就是这样!”

她跳起来,急急忙忙地整理着裙子,从脊背上拍打下糠芒,直对着呆若木鸡的潘苔莱·普罗珂菲耶维奇喊道:

“前几天你为什么打我?怎么,难道我是老太婆吗?你在年轻的时候,不也是这样的吗?已经一年不见男人的面啦!……怎么,难道叫我跟狗去睡吗?给你看看①,瘸鬼!给你这个,咬吧!”

达丽亚做了一个很下流的动作,挤眉弄眼地往门口走去。在门口她又仔细打量了自己一番,抖掉上衣和头巾上的尘土,眼睛看也不看公公,说道:

“我没有这个可不成……我需要哥萨克,如果你不愿意——我就去另找一个,可是请你别多嘴!”

她扭扭摆摆、快步走到场院的门口,连头也没回就一转弯不见了,而潘苔莱·普罗珂菲耶维奇却还呆站在红色的风车旁边,咬着大胡子,惶惑、遗憾地打量着糠棚子和打着补丁的靴子尖。“难道她是对的?也许,我就该跟她胡搞?”他被这件意外的事情弄得迷迷糊糊,这一瞬间,就这样困惑不解地思索着。

---

① 即握拳,把大拇指插在食指与中指之间的手势,是一种下流动作。

第 六 章

十一月里,严寒把大地拥抱得更紧。下了一场早雪。正对着鞑靼村上头的顿河河湾已经结冰。稀疏的行人踏着咯吱咯吱响的灰色冰层走到对岸,可是村子下头只有靠岸的地方结上了一层尽是鼓泡的薄冰,在中流,河水依然是绿波滚滚,翻着雪白的泡沫。黑石崖对面的深渊里,鲢鱼早已在十一沙绳深的水底枯树上蛰伏起来,鲢鱼上边是遍身粘液的鲤鱼,只有白鱼还在顿河的激流里遨游,还有鲈鱼在冰窟窿里乱窜,追逐着小鱼。鲟鱼都在河底的软沙上。打鱼的人正在等待着更厉害的、更猛烈的严寒,好在初结的冰上,用铁镐刨洞捕捉这种珍贵的鱼。

麦列霍夫家的人十一月里收到葛利高里从罗马尼亚的库温斯卡写来的一封信。信上说他在这里的第一次战斗中就受了伤,子弹打碎了他的左胳膊骨,因此把他送回原籍卡缅斯克镇来养伤。接踵而来,另一起灾祸也降临到麦列霍夫家:一年半以前,潘苔莱·普罗珂菲耶维奇急等用钱,曾以预购合同方式,向莫霍夫·谢尔盖·普拉托诺维奇借了一百卢布。这年夏天,他把老头子叫到铺子里,阿捷平——“擦擦”把金框夹鼻眼镜夹在鼻子上,从眼镜上边望着麦列霍夫的大胡子,声明说:

“你是怎么的,潘苔莱·普罗珂菲耶维奇,你是还钱呢,还是怎么的?”

潘苔莱·普罗珂菲耶维奇看了看那些空货架子和天长日久磨得锃光的柜台,犹豫了一会儿,说:

“等等吧,叶梅利扬·康斯坦丁内奇,让我稍微周转一下——就还钱。”

谈话就这样结束了。老头子却没能周转过来——收成不好,而且养的牲口也没有可以卖的。突然,像六月雪一样——民事执行官来到村子,派人传唤欠债人——二话没有,命令。

“立即偿还一百卢布!”

在客店执行官的临时办公室里,桌子上铺着一张长纸,执行官不容分说地宣读道:

执行书

顿聂茨地区第七区调解审判官谨遵照一九一六年十月二十七日上谕,审理商民谢尔盖·莫霍夫状诉下士潘苔莱伊蒙①·麦列霍夫以预购合同方式借贷一百卢布之民事案,根据民事诉讼法第八十一、第一百〇五、第一百二十九、第一百三十三、第一百四十五等条缺席

裁定如下:

根据一九一五年六月二十一日的预购合同,为维护原告,市民谢尔盖·普拉托诺维奇·莫霍夫的利益,应向被告,下士潘苔莱伊蒙·普罗珂菲耶维奇·麦列霍夫追索一百卢布,另加诉讼费三卢布。本裁定系缺席裁定,非最终裁决。

本裁定根据民事诉讼法第一百五十六条第三项规定,具有法律效力,应即迅速执行。顿聂茨地区第七区调解审判官,根据皇帝陛下圣谕,命令:为正确执行本裁定,凡与本案有关之各地方、各有关人士、地方各级行政机关以及各级警察、军事机关,均应依法协助执行官正确执行本裁定,不得推诿。

潘苔莱·普罗珂菲耶维奇听完执行官宣读的裁定后,请求准许他回家,并保证今天就交款。他从客店里出来,就直奔亲家科尔舒诺夫家。在广场上遇见了独臂的阿廖什卡·沙米利。

“你这是往哪儿瘸啊,普罗珂菲奇?”沙米利问候说。

“有点儿小事。”

“到远处去吗?”

“到亲家家去。有点儿小事。”

“噢!他们正高兴哩,老兄!没听说吗?米伦·格里戈里奇的儿

① 潘苔莱伊蒙是潘苔莱的全称。

子从前线上回来啦。据说,他们的米吉卡回来啦。”

“真的吗?”

“村子里这么传说,”沙米利眨着眼睛,脸颊不断抖动,掏出烟荷包,走到潘苔莱·普罗珂菲耶维奇面前说道,“咱们来卷根儿烟抽吧,大叔!我出纸,你出烟。”

潘苔莱·普罗珂菲耶维奇抽着烟,踌躇起来——去,还是不去?最后决定还是去,于是跟独臂人道别之后,继续一瘸一拐地往前走去。

“米吉卡也戴上十字章啦!要赶上你儿子啦。现在我们村里戴这种勋章的人——就像树枝子上的麻雀一样多!”沙米利在他后面大声叫道。

潘苔莱·普罗珂菲耶维奇不慌不忙地走出村口;他望着科尔舒诺夫家的窗口,走到栅栏门前。亲家公亲自出来迎接他。科尔舒诺夫老头子的生满雀斑的脸好像用欢乐洗过一样,不但显得干净了,雀斑似乎也不像从前那么多了。

“你听到我们家的大喜事儿啦?”米伦·格里戈里耶维奇跟亲家公握手时,问道。

“我在路上听阿廖什卡·沙米利说了。我到你这儿来,亲家,是为了别的事儿……”

“等等,有什么大不了的事!请进屋里去——欢迎欢迎当差的人。真的,我们因为高兴喝了点儿酒……我老婆特地藏了一瓶御酒,专为有重大喜事儿喝的。”

“不用你说,老远我就闻到啦!”潘苔莱·普罗珂菲耶维奇翕动着钩鼻子的鼻翅,笑着说。

米伦·格里戈里耶维奇开开门,让亲家公走在前面。亲家公一迈进门限,眼睛立刻盯在坐在上座的米吉卡身上。

“你看,我们的当差人!”格里沙卡爷爷哭着喊道,伏在起身迎客的米吉卡的肩上。

“好啊,哥萨克,祝你平安回府!”

潘苔莱·普罗珂菲耶维奇握住米吉卡长长的手,向后退了一步,惊异地打量着他。

“你看什么呀，大叔？”米吉卡笑着，沙哑地说。

“我看着你——简直不敢相信自己的眼睛；送你和葛利什卡入伍的时候，你们还都是孩子呢，可是现在……成了真正的哥萨克了，就是到阿塔曼斯基团也蛮合格！”

卢吉妮奇娜用哭红的眼睛望着米吉卡，往杯子里倒着伏特加，没有看到酒已经漫出杯子。

“你这个懒娘儿们！这么珍贵的酒你却全倒到外头糟踏啦！”米伦·格里戈里耶维奇大声叱责她说。

“祝你们全家欢乐，米特里·米伦内奇，也祝你回家幸福！”

潘苔莱·普罗珂菲耶维奇转动着透蓝的白眼珠，睫毛颤动着，一口气把大肚杯子里的酒喝下去。他慢慢地用手巴掌擦着嘴唇和胡子，瞅了瞅杯底，——脑袋向后一仰，把最后的一滴酒也倒进满口黑牙的嘴里，才缓了一口气，嚼着黄瓜，舒服得眯缝了半天眼睛。亲家母又给他斟了第二杯，不知怎么一来，老头子立刻就可笑地喝醉了。米吉卡含笑注视着他。米吉卡的两只猫眼忽而挤成了两条像劈开的香蒲似的绿缝，忽而又张开，变成黑色。这几年中，他变得简直认不出来了。三年前入伍时，那个细瘦匀称的米吉卡，今天在这个健壮的黑胡子哥萨克身上几乎连一点儿痕迹都找不到了。他的个头长高了，肩膀宽了，背有点儿驼，也发胖了，大概至少有五普特重，脸皮和嗓音都变粗了，看上去比实际年龄要大些。只有眼睛还依然如故——神情总是那么激动、不安；母亲全心都沉没在这两只眼睛里，她一会儿笑，一会儿哭，偶尔用干瘪的、皱巴巴的手巴掌摸摸儿子那剪得短短的、笔直的头发和狭窄、白净的额角。

“你是戴着勋章回来的？”潘苔莱·普罗珂菲耶维奇醉醺醺地笑着问道。

“现在哥萨克还有不戴十字章的吗？”米吉卡皱着眉头说，“就连总在司令部闲逛的克留奇科夫，还混上了三枚十字章呢。”

“亲家，他在我们家是一个桀骜不驯的家伙，”格里沙卡爷爷急忙说道，“这个坏小子，完全像我，像他老爷爷，他是不会向人服软的。”

“十字章好像并不是为了这种性格奖给他们的。”潘苔莱·普罗珂

菲耶维奇面带愠色,想这样说,但是米伦·格里戈里耶维奇却把他领到内室去;让他坐在箱子上,问道:

“娜塔莉亚和孩子们都好吗?好,上帝保佑!亲家,你不是说有事儿来的吗?你有什么事儿?说吧,现在不说,再喝一杯——你就要醉啦。”

“借给点儿钱吧。看在上帝的面上,借给我吧!救救命吧,要不然,我为了这笔钱——简直要破产啦。”

潘苔莱·普罗珂菲耶维奇带着喝醉了的人那种没有分寸的谦卑的样子哀求说。亲家公打断他的话问道:

“多少?”

“一百张票子。”

“什么票子?有各式各样的票子。”

“一百卢布。”

“早这么说,不就得了嘛。”

米伦·格里戈里耶维奇在箱子里翻腾了一会儿,拿出一个油污的小手绢包,解开包,沙沙地数了十张“红票子①”。

“谢谢,亲家……你救了我的急啦!”

“好啦,谢什么。自家人——好算账。”

米吉卡在家里住了五天;夜间就陪着阿尼库什卡的妻子,他可怜这个妇道人家的要求,同时也可怜她本人,可怜这个来者不拒的、头脑简单的女人。白天就看亲戚、串门子。身材高大的米吉卡只穿一件单薄的保护色军便服上衣,歪戴着军帽,摇摇晃晃地在村里的街道上游荡,炫耀自己不怕寒冷的健壮体魄。有一天,黄昏时分,他也去了麦列霍夫家。把严寒的气味和令人忘记的、兵士身上的酸味带进了热气腾腾的厨房。他坐了一会儿,扯了一阵子战争、村子里的新闻,便眯缝起像芦苇绿色的眼睛朝达丽亚扫了一眼,就准备要走。当米吉卡迈出门槛,砰的一声把门关上的时候,一直在盯着当兵人的达丽亚,像蜡烛似的晃了一下身子;她紧抿着嘴唇,正要披头巾,但是伊莉妮奇娜问道:

① 帝俄时的十卢布纸币。

“你要上哪儿去,达什卡?”

“出去一下……上茅房。”

“咱们一块儿去。”

潘苔莱·普罗珂菲耶维奇坐在那儿,低垂着脑袋,抬也没有抬,好像没听到她们的谈话。达丽亚从他面前往门口走去,低垂的眼皮下闪着狐狸眼似的光芒;婆婆哼哼唧唧、摇摇晃晃地跟在她后面。米吉卡咳嗽了几声,在栅栏门边咯吱咯吱地踏着,用手巴掌挡着抽烟。他听到门铞响声,本想回到台阶边。

“是你吗,米特里?莫非你是在别人家的院子里迷了路?”伊莉妮奇娜挖苦地喊道,“请你把栅栏门的门闩给插上,不然夜里会呱哒呱哒地响……你瞧,风有多大……”

“一点儿也没有迷路……我插上……”米吉卡沉默了一会儿,惋惜地说道,接着咳嗽了一声,穿过街道,一直朝阿尼库什卡家走去。

米吉卡像鸟儿一样,过着无忧无虑的生活:今朝有酒今朝醉,明天——自有明天的祸福。当兵很不热心,尽管那天不怕地不怕的性格常使他热血沸腾,但是并不特别去寻求晋升的机会,——因此米吉卡的考绩表上颇有几条很不光彩的记录:曾受过两次军法审判——一次是为了强奸一个俄国籍的波兰妇女,一次是为了抢劫;在三年的战争中,受到无数次的处罚;有一次,野战军事法庭甚至都要枪毙他了,但是米吉卡竟神通广大地逃脱法网,而且尽管被认为是全团最坏的,——可是哥萨克们还是很喜欢他,因为这小子风流快活,笑口常开,大家喜欢他唱的那些淫秽的小曲(米吉卡在这方面可不是低能儿),喜欢他的随和与朴直,而军官们——则喜欢他那种强盗般的、不顾死活的性格。米吉卡总是面带微笑,迈着轻盈得像狼一样的步子,他身上有很多这种野兽的性格:走路摇摇晃晃——一步跟着一步,看人总是皱着眉头,翻着碧绿的瞳人;甚至在转动脑袋的时候,也是一副狼相:米吉卡从来不扭动他那受过伤的脖子——如果需要回头看的话,那就把整个身子扭转过去。他全身的坚实肌肉都紧绷在宽大的骨架上,行动很敏捷、利落,没有多余的动作,浑身散发着健康有力的苦涩气味——草原上刚翻耕起来的黑土就是这种气味。对米吉卡来说,人生就像一条犁起的田垄,简单而又平直,而他作为一个拥有绝对权利的主人,所以在上面大摇大摆地走着。他的思想也是这样原始、质朴和简单:饿了——就去偷吃,而且应该去偷,即使偷同伴的也未尝不可,他饿了的时候,也偷过;靴子破了——干脆就从被俘的德国人脚上往下剥;受了处罚,应该赎罪,——米吉卡就老老实实地去赎罪:他去侦察,捉回些卞得半死的德国哨兵,志愿去干冒险的差使。一九一五年被俘虏了,打了个半死,还受了剑伤,但是夜里他把手指甲一直磨到指甲根,硬是抓穿了板棚的顶子,逃了出来,还带回一副大车套来作纪念。这样的事米吉卡经历过多次,都幸免逃脱了。

第六天,米伦·格里戈里耶维奇把儿子送到米列罗沃,送他上了火车,听着一长串绿色车厢的轮子铿锵响着,渐渐远去,可他仍在用鞭把抠站台上的煤渣,一直也没有抬起那低垂的、发呆的眼睛。卢吉妮奇娜为送别儿子大哭一场,格里沙卡爷爷哼哼着,在上房里咳嗽,把鼻涕擤在手掌里,抹在腰里有褶的、油光光的上衣襟上。阿尼库什卡的老婆也哭,想念着两个人亲热时,米吉卡那火热、颀长的身体,同时也为当兵的把淋病传染给她而痛苦。

时间就像风吹弄马鬃一样,把日子一天一天地吹走。圣诞节前,天气忽然暖和起来;连下了几天雨,山洪从顿河沿岸的溪谷中,奔流而下;积雪融化了的山崖上,去年的小草和长满苔藓的白石板都泛青了;顿河岸边的河水冒着泡沫,河水像腐烂的尸体变成深蓝色,膨胀了。光秃的黑土地散发出一种说不出的甜蜜气息。雪水沿着黑特曼大道,沿着去年轧出的车辙潺潺流去。村外的黏土崖出现了许多新的滑坡。南风从奇尔河方面吹来令人困乏的烂草气味,晌午时分,地平线上已经像春天一样,升起淡蓝色温柔的阴影。村子里,篱笆边的煤灰渣堆旁边积了一片片荡漾着微波的水洼。场院上,干草垛边的土地也解冻了,腐烂干草的甜甜的气味钻进行人的鼻孔。白天,从结了冰琉璃的茅草屋顶上,顺着房檐滴着松香色的水珠,喜鹊在篱笆顶上凄凉地吱吱喳喳叫唤,冬天寄养在米伦·格里戈里耶维奇院里的村社的公牛,被早来的春情折磨得哞哞乱叫。它用犄角顶篱笆,在被蛀蚀过的橡木桩子上蹭痒痒,摔打着皮毛像缎子似的胸部垂肉,在院子里乱踏着松脆的、浸透雪水的积雪。

圣诞节的第二天,顿河解冻了。冰排发出巨大的响声,在河心汹涌奔流。散离的冰块像睡梦中的大鱼,漂向岸边。顿河对岸的白杨被激动起来的南风吹拂着,仿佛在原地跑步似的,起伏、摇曳。

呜呜呜呜呜呜……——从那边传来低沉的轰鸣声。

但是夜幕降临的时候,山谷咆哮起来,乌鸦在广场上呱呱乱吵,赫里斯托尼亚家的猪嘴里叼着一捆干草,从麦列霍夫宅前跑过,潘苔莱·普罗珂菲耶维奇断定:“春信夭折,明天又将是一场寒冻。”果然,一夜东风,春寒又在融化了的水洼上结了一层薄冰。凌晨,又刮起了从莫斯科吹来的北风,严寒袭来。冬天重临。只有顿河中游漂浮的像片片白色大树叶似的冰块和冒着冷气的、光秃秃的山岗,还令人想起这次早春的融雪天气。

圣诞节过后不久,在镇民大会上,镇公所的文书告诉潘苔莱·普罗珂菲耶维奇,他曾在卡缅斯克看见了葛利高里,葛利高里托他通知家里人,他马上就回家来。

第 七 章

谢尔盖·普拉托诺维奇·莫霍夫是用两只长着稀疏、光亮汗毛的黝黑小手摸索着过活的。有时生活也跟他开开玩笑,有时拖累他,就像吊在淹死鬼脖子上的石头。谢尔盖·普拉托诺维奇这一生见过许多世面,历尽沧桑。已经相当久远了,当他还在做贩卖粮食生意的时候,他低价从哥萨克手里收买来粮食,可是后来却又不得不把四千普特烧焦的小麦运到村外愚人崖下,统统倒到河里去。一九〇五年,他还记忆犹新——在一个漆黑的秋夜,村里也有人朝他开了一枪。莫霍夫发过财,也破过产,最后积攒了六万卢布,存到伏尔加—卡马银行里,但是他已经敏锐地感觉到,大动乱的年代即将到来,这是不可避免的。谢尔盖·普拉托诺维奇等待着不幸日子的降临,果然不出所料:一九一七年一

月,患肺病快要死的教员巴兰达遗憾地对他说:

“革命已来到眼前,而我却要死于这种最愚蠢、最令人伤心的病。真遗憾,谢尔盖·普拉托诺维奇!……真遗憾,我不能看到怎样分掉您的家财,怎样把您赶出温暖的小窝。”

“这又有什么可遗憾的呢?”

“怎么能不遗憾呢?您要知道,能亲眼目睹人间一切都化为灰烬,终归是人生一大快事。”

“那可办不到,我亲爱的!你今天就要死啦,——要到明天,才会轮到我呢!”谢尔盖·普拉托诺维奇按捺着心中的愤恨说道。

一月里,京城关于拉斯普京[1]和皇族不正常关系的流言余波还在各村镇传播,可是到三月初,专制政体被推翻的消息就像捕野雁的网一样,撒到了谢尔盖·普拉托诺维奇身上。哥萨克都带着抑制的恐惧和等着瞧的心情对待这一巨变的消息。这一天,在关了门的莫霍夫商店前,上了年纪的和不那么老的哥萨克们围聚在那里直到黄昏。村长基留什卡·索尔达托夫(阵亡了的马内茨科夫的继任者)是个蓄着棕红色的大胡子、两眼有点儿往外斜的哥萨克,他被这个消息吓呆了,几乎没有参加商店旁边嘈杂、沸腾的谈话,只是用那两只眼睛打量着哥萨克们,偶尔惊慌失措地插进几声呼叫:

“他们把事情搞得这么糟!……好家伙!……现在我们可怎么过呀!……”

谢尔盖·普拉托诺维奇从窗户里看见聚集在商店旁边的人群,决定去和老头子们谈谈。他披上貂皮大衣,拄着镶有朴素的、刻着自己姓名字头银套的棕色手杖,走到大门口的台阶上。商店前响起一阵喧闹声。

“喂,普拉托内奇,你是一个识字的人,请你告诉俺们这些糊涂人,现在是怎么回事儿,将来会变成什么样子?”马特维·卡舒林惊恐地笑着问道,他那冻红的鼻子边上皱起一片斜纹。

---

① 拉斯普京(1872—1916)原为托博尔斯克省的农民,少年时为偷马贼,后诡称“先知”“神医”,混入尼古拉二世的宫廷。在宫廷贵族中有很大影响,干预国政。一九一六年十二月为保皇党人所杀。

老头子们都恭敬地摘下帽子,回答谢尔盖·普拉托诺维奇的敬礼,向后退着,在圈子里给他让出了一块地方。

“咱们要过没有皇帝的日子啦……”谢尔盖·普拉托诺维奇迟疑地说。

老头子们异口同声地叫道:

“没有皇帝可怎么活呢?”

“我们的父亲和祖父过的都是有皇帝的日子呀,怎么现在就不需要皇帝了呢?”

“把人的脑袋砍掉,——没有它,腿大概也活不成的。”

“那么什么样的政权来接替呢?”

“你别吞吞吐吐的啦,普拉托内奇! 你跟我们说实话——你怕什么呀?”

“也许,连他也不知道哩。”“牛皮大王”阿夫杰伊奇笑着说,一笑,他那红红的脸颊上的酒涡显得更深了。

谢尔盖·普拉托诺维奇呆呆地打量了一下自己的旧胶皮套鞋,痛苦地吐着字说:

“国家杜马将要治理国家。咱们要成立共和国啦。”

“赶上了这种年月,真他妈的见鬼!”

“我们在亚历山大二世皇帝陛下时代当兵的时候……”阿夫杰伊奇刚开口要说,就被严肃的博加特廖夫老头子生硬地打断了:

“早就听烦啦! 现在谈的不是那个。”

“这么说,哥萨克的末日到啦?”

“我们自己在闹罢工,德国人趁机打到圣彼得堡来了。”

“既然是平等——那就是说要叫咱们去跟庄稼佬们平等……”

“瞧吧,他们大概也会伸手抢土地了吧? ……”

谢尔盖·普拉托诺维奇勉强地笑着,看着老头子们的失魂落魄的样子,一阵刺心的忧郁袭上心头。他习惯地把棕红色的大胡子往两边分开,不知道是生谁的气,恶狠狠地说:

“各位老人家,看他们把俄国弄成什么样子啦。要叫你们跟庄稼佬平等,取消你们的特权,而且还要记起往日的仇恨。艰难的日子来到啦……现在就看政权掌握在什么人手里,说不定,我们全都要完蛋。”

“我们会活下去的——走着瞧吧!”博加特廖夫摇着脑袋,眼睛从乱成团的眉毛下面怀疑地瞅着谢尔盖·普拉托诺维奇说,“普拉托内奇,你是在为自个儿的事情担心,至于我们,也许还会好过一些吧? ……”

“怎么会让你们好过些?”谢尔盖·普拉托诺维奇恶毒地问道。

“也许新政权会把战争结束……这也是可能的呀,是不是?”

谢尔盖·普拉托诺维奇挥了挥手,便迈着衰老的脚步,蹒跚地向自家浅蓝色的漂亮阳台走去。他一面走,一面胡乱地想到钱,想到磨坊和越来越清淡的生意,想起伊丽莎白现在在莫斯科,弗拉基米尔应当很快就从新切尔卡斯克回来。替孩子们担心的淡漠的痛苦也丝毫没影响混乱的思绪。他就这样走到台阶前,觉得这一天的工夫,他的生活一下子就变得黯淡无光了,就连他本人,也好像由于这些恼人的思绪而褪色了。

谢尔盖·普拉托诺维奇回头看了看商店前的老头子们,朝雕花的阳台栏杆外面啐了一口唾沫,便从阳台上走进屋子。安娜·伊万诺芙娜在饭厅里遇到丈夫,习惯地、无精打采地在他脸上冷冷地扫了一眼,问道:

“喝茶前要吃点心吗?”

“用不着啦! 还吃什么点心哪?!”谢尔盖·普拉托诺维奇嫌恶地挥了一下手。

脱着衣服,他觉得嘴里总有一股铁锈味儿,脑子里则是一片伤心的空虚。

“丽莎来信啦。”

安娜·伊万诺芙娜用像遛蹄马似的小步(从出嫁后的第一天起,她被这庞大的家业压得喘不过气来,就练出了这样的走法),走进卧室去,拿出一封已经拆开的信。

“是个没有头脑的姑娘,大概还很浅薄。”谢尔盖·普拉托诺维奇被结实的信封上散发出的香水气味熏得皱着鼻子,生平第一次这样评价女儿。老头子漫不经心地看一会儿信,不知道为什么在“情绪”这两个字上停下来,想了半天,思考着这两个字里的神秘含义。在信末伊丽莎白请求给她汇钱去。谢尔盖·普拉托诺维奇依旧感到脑子里是一片伤心的空虚,看完了信的最后几行。他忽然很想悄悄地哭泣。他的一生突然在这一刹那赤裸裸地向他显示了它的空虚的内容。

"我觉得她是个不相干的人。"他想着女儿。"她也觉得我是个不相干的人。她对父母还有一点感情——是因为她需要钱……一个放荡的姑娘,有好几个情人……小时候却是一个可爱的淡黄头发的小姑娘……我的天!一切都变得这么厉害!……临老我却变成了一个傻瓜,曾经相信将来可以过上某种好日子,可是到头来,却孤独凄凉,就像十字路口的小教堂一样……我为富不仁,——可是仁义就富不了!从前我诈骗别人,爱财如命,现在革命来了,明天我的奴才们就可能把我扫地出门……一切都是该诅咒的!……至于孩子们呢?弗拉基米尔是个糊涂虫……不过,这又有什么意义呢?反正一样,看来……"

他不知道怎么的,想起了很久以前在磨坊里发生的一桩事情:一个来磨面粉的哥萨克因嫌损耗太大闹了起来,并且拒不付费;他,谢尔盖·普拉托诺维奇这时正在机器间,听见喧哗声就走出来,问明事由,当即命令看磅的工人和磨粉工不要把磨好的面粉给那个人。相貌丑陋、身材矮小的哥萨克揪着口袋往自己怀里拉,身体健壮、胸部宽阔的磨粉工人扎瓦尔也往自己怀里拉。就这样,打起来了,矮小的哥萨克推了磨粉工人一下子,磨粉工人挥起握紧的大拳头,照着他的太阳穴打去。哥萨克倒了下去,然后摇摇晃晃地站了起来;左边的太阳穴上出现了一块血青的伤印。他突然走到谢尔盖·普拉托诺维奇面前,深深地喘了一口气,压低声音说道:

"你把面粉拿去吧!你吃吧!"然后哆嗦着肩膀走了出去。

谢尔盖·普拉托诺维奇无缘无故地想起了这件事及其后果。哥萨克的老婆跑来哀求还给她面粉;她拼命挤着眼泪,想博得来磨面粉的人们的同情,哭喊道:

"这算什么事呀,善人们哪?这是什么规矩?把面粉还给我!"

"走吧,大婶,乖乖地走吧,不然我就要揪下你的头发啦!"扎瓦尔嘲笑说。

令人不愉快和遗憾的是，跟那个哥萨克一样瘦弱矮小的看磅工人“钩儿”冲上去跟扎瓦尔打了起来，“钩儿”被扎瓦尔狠狠地揍了一顿，就来要求算账，不干了。这一切，都是谢尔盖·普拉托诺维奇在折叠着读过的信，视而不见地茫然注视着前方时的一瞬间，在他脑海里闪过的。

这一天结束时给他留下了痒酥酥的、沉闷的痛楚。混乱的思绪和模糊的希望折磨得谢尔盖·普拉托诺维奇一夜没有睡好，辗转反侧，直到半夜才睡去；早晨听说叶甫盖尼·利斯特尼茨基从前线上回到亚戈德诺耶来看望父亲，就决定到那儿去谈谈，弄清真实情况，消除心头惊慌、痛苦的不祥预感。叶梅利扬嘴里叼着烟袋，把一匹壮实的小马套在城市式的爬犁上，拉着东家去亚戈德诺耶。

太阳挂在村庄的上空，像只熟了的、黄澄澄的大杏子，太阳下面，是一片雾腾腾的烟云。刺骨的寒冷空气里充满了果子汁的气味。路上的薄冰在马蹄下喀嚓喀嚓的响，马鼻孔里喷出来的热气，被风向后吹去，马鬃上凝结了一片白霜。奔驰和寒冷使谢尔盖·普拉托诺维奇的心绪安静下来，他打起盹来，摇摇晃晃，脊背在爬犁的毡背上蹭来蹭去。村里的广场上，哥萨克们，身穿长皮袄黑压压地挤了一片，妇女们都紧掩镶褐色貉绒边的顿河皮袄，像绵羊似的，东一堆西一堆地扎在一起。

教员巴兰达站在人群中间，发青的嘴上捂着一条手绢，皮袄的扣眼上系着一条红带，热情地眏动着眼睛，说：

“……看见了吧，该诅咒的专制政体的末日已经来到啦！现在你们的儿子再也不会被派去用鞭子镇压工人啦，你们再也不必去为吸血鬼沙皇服可耻的兵役啦。立宪会议将要成为自由的新俄罗斯的主宰。立宪会议将要建设另一种生活，可以说，是幸福的生活！”

和他同居的那个女人从后面揪着他的皮袄襟儿，悄悄地央告说：

“米佳，别说啦！要知道，这对你没好处，这样不行！要知道，这样又要吐血啦……米佳！”

哥萨克们听着巴兰达的话，都惶惑地低下头，不断地咳嗽着，在暗自发笑。他们并没有叫他把话说完。前几排里有个同情的声音低沉地说道：

“看来,幸福的生活是会来的,不过你,心肝,是活不到那天啦。你最好还是回自己家里去吧,否则,外面太冷……”

巴兰达把没有说完的话咽了回去,无精打采地走出人群。

谢尔盖·普拉托诺维奇晌午时候到了亚戈德诺耶。叶梅利扬拉着笼头,把小马牵到马棚旁边柳条编的马槽跟前,等东家从爬犁里出来,撩起皮袄襟,掏出手绢,他这工夫已经卸下了马,披上了马衣。一只白毛带红色斑点的大猎狗在台阶上迎接了谢尔盖·普拉托诺维奇。它站起身来,迎接陌生人,绷起四条筋肉隆起的腿伸着懒腰,不断地打着呵欠;其余几只像黑链子似的蜷伏在台阶旁的狗,也都懒洋洋地跟着它站了起来。

“见它的鬼,这么多!……”谢尔盖·普拉托诺维奇害怕地张望着,倒退着,一步一步地走上台阶。

干燥、明亮的前厅里有一股难闻的狗臭和醋味,在大箱子上头,一个扎煞着的鹿角衣架子上挂着一顶鬈毛羊皮军官帽子、一只带银穗的长耳风帽和一件毡斗篷。谢尔盖·普拉托诺维奇朝那里看了看;一瞬间他恍惚觉得,是一个穿着毛茸茸的黑衣服的人站在箱子上,在不知所措地耸着肩膀。从侧面的一个房间里走出一个胖胖的、黑眼睛的女人。她仔细地打量了一下已经脱掉外衣的谢尔盖·普拉托诺维奇,黝黑、漂亮的脸上依然表情严肃地问道:

“您是要见尼古拉·阿列克塞耶维奇吗?我立刻就去报告。”

她没有敲门就走进客厅,严实地关上身后的门。谢尔盖·普拉托诺维奇费了很大劲才认出这个胖胖的、黑眼睛的漂亮女人就是阿司塔霍娃·阿克西妮亚。可是她却一下子就认出他来了,把樱桃色的嘴唇抿得更紧,不自然地挺直身子,微微地晃动着裸露的、光泽暗淡的胳膊肘子走去。过了一会儿,老利斯特尼茨基亲自跟在她后面走了出来。他适度地微笑着,宽容地用低音说道:

“啊!阁下!哪阵风把您吹来啦?请……”他向旁边一闪,做出请客人快进客厅的手势。

谢尔盖·普拉托诺维奇用很早就学会了的那种与大人物交往时毕恭毕敬的样子行过礼,走进客厅。叶甫盖尼·利斯特尼茨基的眼睛在夹鼻眼镜里眯缝着，朝他走过来。

“这太好啦，亲爱的谢尔盖·普拉托诺维奇！您好。这是怎么回事呀，您好像老啦？是吗？”

“好，得啦，叶甫盖尼·尼古拉耶维奇！我还想比您更长寿哩。怎么样？您完好无损？”

叶甫盖尼笑着，露出了几只金牙，把客人搀扶到沙发椅边。他们在一张小桌边坐下来，说些没意义的闲话，互相寻觅着最后一次会面以来脸上发生的变化。老地主吩咐过端茶，也走了进来。他嘴里叼着的弯嘴大烟斗冒着烟，在谢尔盖·普拉托诺维奇坐的沙发椅边站住，把一只老年人的瘦骨嶙嶙的长手放在桌子上，问道：

“贵村的情况如何？听到……好消息了吗？”

谢尔盖·普拉托诺维奇仰着脸打量了一下将军的下巴和脖子上刮得光光的下垂的皱皮，叹了一口气，说道：

“怎么会听不到呢！……”

“这真是天命已经注定，必然如此……”将军的喉头一哆嗦，吞下一口烟去。“还是在战争刚开始的时候，我就预见到这一点啦。好吧……皇朝注定要灭亡啦。我现在想起了梅列日科夫斯基①……你记得，叶甫盖尼，《彼得和阿列克谢》那本书吗？书里描写王子阿列克谢受刑后对父亲说：‘我的血液也要流到你的后代的身体里去②……’”

“要知道我们那里得不到一点真实的消息，”谢尔盖·普拉托诺维奇激动地开口说；他在沙发椅里扭动了一下，抽着烟，继续说道，“我们已经一个星期没有收到报纸啦。尽是些吓人的谣传，人心惶惶。糟透了，真的！我一听说叶甫盖尼·尼古拉耶维奇回来度假，就决定到府上来，探听一下前方的情况，将来会发生什么事情。”

叶甫盖尼的仔细刮过的、白净的脸上已经敛去笑容，说：

“情况非常严重……步兵可说是彻底瓦解啦，他们不愿意打仗——已经疲惫不堪。说实在的，今年我们已经没有通常意义的‘士

---

① 梅列日科夫斯基（1865—1941），俄国作家。

② 意思是说：“将来一定要复仇。”

兵’了。士兵简直变成了一帮无法无天的野蛮罪犯。这种情况，譬如像我爸爸……他老人家是不能想像的。他不能想像咱们的军队能腐败到这种地步……擅离职守，抢劫，屠杀居民，杀死军官，在战场上洗劫死伤人员……不执行战斗命令——现在已经成了家常便饭。”

“鱼总是先从头烂起。”老利斯特尼茨基连烟和话一起喷了出来。

“我并不这样理解，爸爸，”叶甫盖尼皱了皱眉头，一只眼的眼皮神经质地抽搐了一下，“我不这样理解……被布尔什维克瓦解的军队是从下面腐烂起的。甚至哥萨克部队，尤其是那些与步兵特别接近的哥萨克部队，军心也很不稳。过度的疲劳和对故土的思恋……再加上布尔什维克……”

“他们想要干什么呢？”谢尔盖·普拉托诺维奇忍不住问。

“噢……”利斯特尼茨基冷冷一笑，“他们想……这比霍乱病还要可怕！可怕的是，它们很容易传染到人身上，很容易传播到广大的士兵群众中去。我指的是思想。这是无论用什么隔离方法都没有用的。布尔什维克，无疑，有很多能人，我曾经接触过几个，有些简直是狂热的信徒，但是绝大多数是些放荡不羁、道德败坏的家伙。这种人对布尔什维克教义的实质并无兴趣，只想趁机抢劫一番，逃离前线。布尔什维克首先想把政权夺到自己手里，要不惜任何代价结束这场他们所谓的‘帝国主义’战争，即使单独讲和也可以，——把土地分给农民，工厂交给工人。当然，这既是幻想，而且也太蠢，但是利用这种天真的想法却能达到瓦解士兵的目的。”

利斯特尼茨基说话时，显然竭力在压抑胸中燃烧的怒火。象牙烟嘴在他的手指间转动。谢尔盖·普拉托诺维奇身子向前倾着，就像要跳起来似的听他讲述。老利斯特尼茨基咬着唇边的青灰色胡子，毛烘烘的毡鞋踏得呱唧呱唧直响，在客厅里来回踱着。

叶甫盖尼讲了他如何在政变以前，由于担心哥萨克进行报复，不得不逃离团队的经过；他曾亲眼看到在彼得格勒发生的一连串的事变。

谈话中断了片刻。老利斯特尼茨基望着谢尔盖·普拉托诺维奇的鼻梁，问道：

“怎么,你还要买秋天看过的那匹灰马吗,就是‘贵夫人’①生的那只驹儿?”

“现在哪里还顾得上这些事儿哟,尼古拉·阿列克谢耶维奇?”莫霍夫可怜地皱起眉头,绝望地挥了挥手。

这时候叶梅利扬已经在下房里暖和过来,正在喝茶,他用红色的手绢擦着像红甜菜似的脸颊上的汗珠,讲述村子里的新闻。阿克西妮亚裹着一条毛头巾,站在床边,胸靠在雕花床背上。

“大概我们家的房子全都倒塌了吧?”她问道。

“没有,怎么会倒塌呢?还好好的哪!不会塌的。”叶梅利扬令人不舒服地拖着长腔回答说。

“我们的邻居,麦列霍夫家过得怎样啊?”

“还好。”

“彼得罗没有回来度假吗?”

“好像没有。”

“葛利高里呢?……他们家的葛利什卡呢?”

“葛利什卡在圣诞节后回来啦。今年他的老婆生了一对双胞胎……葛利高里嘛……当然——是因为受伤才回来的。”

“他受伤了?”

“可不是吗?胳膊受伤啦。他浑身上下,伤痕斑斑,就像咬架的公狗一样:简直数不清他身上是十字章多,还是伤疤多。”

“葛利什卡,他变成什么样子啦!”阿克西妮亚问道,被喉咙里的一阵干渴的痉挛弄得喘不过气来,她咳嗽了几声,使颤抖的嗓音恢复正常。

“还是那副相……钩鼻子,黑头发。土耳其人就是土耳其人,变不了的。”

“我不是问这个……他老了没有呢?”

“鬼才知道呢;也许,老了一点儿。老婆生了一对双胞胎,——可见,还是没有十分老。”

---

① “贵夫人”是马的名字。

“这里真冷……”阿克西妮亚耸了耸肩膀，说完便走了出去。

叶梅利扬一面倒着第八杯茶，一面目送阿克西妮亚走出去，然后像瞎子走步一样，缓慢地、一字一板地说道：

“狠毒的臭娘儿们，没有比她再坏的啦！不多日子以前，还穿着靴头子在村子里跑呢，现在也居然不说‘这儿’，说起‘这里’来啦……我看这种娘儿们最有害啦。我真想好好教训教训她们，畜生……毒蛇！到那儿……‘这里真冷’……骒马的鼻涕！一点儿不差！……”

他气哼哼地，没有喝完第八杯茶，就站起来，画了个十字，走出去，傲慢地东看看，西望望，还故意用靴子把擦得锃亮的地板踩脏。

回家的路上，他也和东家一样，愁眉不展。他不断地用鞭子抽马，把对阿克西妮亚的愤恨全都发泄在小马身上，恶狠狠地骂它“流氓”“瘸子”。一路上，直到回到村子里，叶梅利扬一反常态，没有和东家说一句话。谢尔盖·普拉托诺维奇也保持着令人不安的沉默。

第 八 章

驻扎在西南战线上留作预备队的一个步兵师的第一旅，以及归这个旅节制的第二十七顿河哥萨克团，在二月革命以前，就被从前线撤下来，想把他们调到首都附近去镇压刚刚开始的骚动。这个旅被撤到后方，换了新的冬装，好酒好肉地给他们吃了一天，第二天就装上火车出发了，但是革命跑到这几个向明斯克开拔的团队前面去了：出发的那天就在纷纷传说沙皇已经在最高统帅部签署了逊位诏书。

半路上这个旅又被调了回去。在拉兹贡车站，第二十七团接到了下车的命令。道轨上挤满了列车。有很多军大衣上戴着红带子的步兵在站台上徘徊，他们都扛着精致的俄国式的、但是英国制造的步枪。有许多步兵很激动，担心地打量着排成连的队形的哥萨克。

阴暗的日子已近黄昏。雨水从车站屋顶上通过雨水管淙淙地流下来，道轨间汇积了很多水洼，上面闪着煤油的光亮，映出了灰云片片的天空。调车的火车头的吼声沉闷、虚弱。全团的人都骑在马上,在仓库外面列队迎接旅长。湿到距毛的马蹄上冒着热汽。乌鸦放心大胆地落在队伍的后面,啄食着橙黄色的马粪。

旅长骑一匹铁青色的标准马,由团长陪伴着,走到哥萨克们面前,他勒住马缰,朝各连队看了看。他好像是在用那只没戴手套的手把缺乏信心的、喑哑的话语推开似的,训起话来:

"乡亲们!人民意志迫使一直统治到今天的皇帝尼古拉二世……呃呃呃……逊位啦。政权已经转到国家杜马临时委员会手里。军队,也包括你们在内,应当镇定地对待这个……呃呃呃……消息……哥萨克的职责就是保卫自己的祖国不受侵犯……呃呃呃……就是说,不受外敌的侵略。我们对当前的动乱采取旁观态度,让老百姓自己去选择组织新政府的道路吧。我们只能旁观!对军队说来,战争与政治是不能并立的……在这天崩地坼的……呃呃呃……的日子里,我们大家都应该非常坚强,就像……"这位旅长,无能的、根本不会长篇大论的老将军说不下去,找不到合适的比喻;两条眉毛在他那油晃晃的脸上痛苦地、默默地抖动着;连队都在耐心地等待着;"呃呃呃……就像钢铁一样。你们的哥萨克的军人天职号召你们服从自己的长官。我们要一如既往,勇敢杀敌,至于那里的事……"他斜着做了一个向后指的手势,"就让国家杜马去决定国家的命运吧。等我们打完了这场战争,我们也将参与国内生活,不过目前咱们……呃呃呃……还不行。我们不能把军队交出去……军队里不能要什么政治!"

过了几天,仍旧是在这个车站上,他们宣誓效忠临时政府,同乡人成帮结伙,去参加群众大会,但仍与拥挤在车站上的步兵保持着隔绝状态。从会场回来后,人们长时间地议论着听到的演说;他们一面回想着,一面疑疑惑惑地揣摩着每个可疑的字句。不知道为什么大家心里都形成了这样一个信念:如果现在有了自由——那么战争就要结束了。这么一来,那些宣称俄罗斯一定要战斗到底的军官们就很难肃清这种已经深入人心的信念了。

二月革命后,统治军队上层的惊慌失措的情绪,也蔓延到了下层军官中;师部似乎已经忘记有这样一个滞留在半路上的旅了。这一旅人下了火车以后，吃完了发的八天口粮，步兵们就成群结队地到附近的村庄里去溜达，不知道从哪儿来的人在市场上卖起酒精来了，在那些日子里下级士官喝得醉醺醺的，简直是司空见惯的了。

由于调离前线，摆脱了各种习以为常的勤务的哥萨克，无聊透顶地待在生了火的货车车厢里，等待把他们送回顿河（对第二期应征的哥萨克即将复员的传说，大家都深信不疑），哪里还有心思去好好照料马匹，整天在市场的广场上游逛，出卖一些从前线上带回来的、容易脱手的物品，像德国毛毯啦，刺刀啦，锯啦，军大衣啦，皮背包啦，烟草……

重返前线的命令遭到了公开的抱怨。第二连拒绝上车，哥萨克们不让机车来挂车厢，但是团长以解除武装相威胁，骚动才逐渐失去势头，平息下来。兵车向前线开去。

“这是怎么回事，弟兄们？说是自由啦——自由啦，可是战争呢——难道还要去流血吗？”

“过去的压迫又来啦！”

“那推翻沙皇还有什么鬼用场啊？”

“咱们跟着他过的是苦日子，如今还是一样……”

“一样的裤子，只不过裆朝后开罢啦。”

“说得对！”

“这还有个完吗？……”

“跟步枪结缘，已经是第三个年头啦！”车厢里进行着这样的谈话。

在一个枢纽大站上，哥萨克们就像预先商量好了似的，都从车上跑下来，根本不听团长的劝告和威胁，开起群众大会来。军运指挥官和年迈的站长枉费心机地在哥萨克们的军大衣汇成的灰色海洋里奔忙，央告哥萨克们回到各自的车厢里，让出线路。哥萨克们却都在兴致勃勃地听第三连的一个下士的演说。他说完以后，身材矮小，但很匀称的哥萨克曼茹洛夫接着讲起来。怨恨的字句困难地从他苍白、恶狠狠地歪着的嘴里吐出来：

“乡亲们！这样可不行啊！他们又要把我们弄得狼狈不堪啦。又要愚弄我们啦！既然发生了革命，而且让全体人民得到自由——那就应该结束战争，因为人民和我们大伙都不愿意打仗！我说得有道理吗？

说得对吗?”

“对!”

“一针见血!”

“大家都厌烦啦!”

“瞧,瘦得裤子都撑不住啦……还打什么仗啊?!”

“我们不愿——意——打——啦!……”

“我们要回家!”

“把火车头摘下来!费多特,来呀!”

“乡亲们!等等!乡亲们!弟兄们!你们这些魔鬼,好好听我说!……弟兄们!”曼茹洛夫声嘶力竭地喊道,拼命想压下千百人的声音,“等等!不要去动火车头!咱们用不着它,我们只需把这骗局……叫团长老爷给咱们宣读一下命令:是真要咱们上前线呢,还是他们在搞什么鬼花招?……”

直到激动的、控制不住自己的团长,颤动着嘴唇,高声朗读完他收到师部调该团去前线的电报以后,团队才又上了火车。

在一节生了火的货车厢里,坐着六个鞑靼村的哥萨克,都是在第二十七团服役的:彼得罗·麦列霍夫,米哈伊尔·科舍沃伊的亲叔叔尼古拉·科舍沃伊,阿尼库什卡,费多特·博多夫斯科夫,生着鬈毛大黑胡子和调皮的浅棕色眼睛、像茨冈人的梅尔库洛夫,还有科尔舒诺夫家的邻居马克西姆卡·格里亚兹诺夫,这是个放荡、快活的哥萨克,战前,是个在全镇臭名远扬、天不怕地不怕的偷马贼。“梅尔库洛夫不论牵马去干什么——都像茨冈人,怎么看都像……可是他并不偷马。你呢,马克西姆,只要一看见马尾巴——你就浑身发烧,按捺不住啦!”哥萨克们经常嘲笑格里亚兹诺夫。马克西姆卡脸涨得通红,眯缝起一只像亚麻花似的眼睛,不堪入耳地开玩笑说:“茨冈人和梅尔库洛夫的娘睡过觉,我的娘大概很羡慕,要不我就……上帝保佑,要是那样可真不得了……”

生着火的货车厢里吹着过堂风;马匹都披上马衣,挤在临时搭起的马槽边;车厢里——在一堆冻土上——烧着潮湿的劈柴,呛人的烟气从门缝里往外冒着。哥萨克们围着火坐在马鞍子上烘烤汗湿的包脚布。

费多特·博多夫斯科夫在火上烤着两只弯起的光脚。他那加尔梅克人高颧骨的脸上流露出满足的笑容。格里亚兹诺夫在匆忙用麻线缝着开了绽的鞋掌,用烟呛得沙哑的嗓音,不知对谁说:

"……记得小时候,冬天,我爬到炉炕上去,我奶奶(那时,她已经一百多岁啦!)一面摸索着在我头上捉虱子,一面嘟哝着:'我的小宝贝,亲爱的马克西姆卡!古时候,人们可不是这样过日子——他们过得很富裕,有条理,没灾没难的。可是你,我的小宝贝,会活到这样的年头:大地全都捆上了铁丝,生着铁鼻子的鸟在蓝天上飞,它们会像老鸹啄西瓜似地来啄人……鼠疫横行,到处闹饥荒,弟兄相争,儿子造老子的反……老百姓会像烧过的野草一样,全都化为乌有。'你们看,"马克西姆沉默了一会儿,继续说,"这些话真的全都应验了;发明了电报,——你看,这不是到处都捆上了铁丝啊!至于铁鸟——不就是飞机嘛。它们把咱们哥儿们啄死的还少吗?饥荒也会来的。我家里这些年只有一半的地种上庄稼,而且家家都是这样。各村各镇只剩下些老头子和小孩子,来一个荒年——就会'遍地饥荒'。"

"不过弟兄相争——好像是胡说?"彼得罗·麦列霍夫添着火,问道。

"等着吧,人们会闹到这步田地的!"

"政权建立不起来,就要内讧。"费多特·博多夫斯科夫插嘴说。

"可能他妈的还要去镇压暴动哩。"

"你还是先把德国人收拾了再说吧。"科舍沃伊笑着说。

"好吧,咱们继续打吧……"

阿尼库什卡故作惊骇的样子,皱起女人似的、没有胡子的光脸,喊道:

"我们的长毛腿的皇上娘娘呀,我们还要'继续打'到什么时候呀?"

"一直打到你这个老公嘴巴上长出毛来为止。"科舍沃伊逗他说。

坐在火旁边的人都好心地笑起来。彼得罗被烟呛了一下子,咳嗽着,眼泪汪汪地看着阿尼库什卡,手指头不停地朝他那边直戳。

"毛发这玩意儿——真是混蛋透啦……"阿尼库什卡不好意思地

嘟哝说,“该长地方,它不长,不该长的地方它却偏要长……科舍沃伊,你何苦还要挖苦我……”

“不,够啦!咱们吃的苦头够多啦!”格里亚兹诺夫突然发起火来,“咱们在这儿受尽折磨,被虱子咬死,而我们的家人同样在那里挨饿,而且饿成什么样啦,啊?……拿刀子割——都割不出血来。”

“你干吗发这么大的脾气呀?”彼得罗咬着麦黄色的胡子嘲笑地问。

“谁都明白为什么……”梅尔库洛夫收起笑容,牢牢藏在鬈毛的、茨冈式的长胡子里,替格里亚兹诺夫回答说,“谁都知道,哥萨克闲得难受……思念家乡……有时候牛倌把牛群赶到草地上,当太阳还在吸吮露水的时候,牲口都很安静,它们在忙着吃草,等到太阳升到橡树那么高,牛虻开始嗡嗡叫着咬起牲口来,——好,这时候……”梅尔库洛夫狡猾地看了看哥萨克们,然后转身朝着彼得罗,继续说道,“我的司务长先生,这时候牲口就要发脾气啦。好,这个你是明白的!你又不是知识分子出身!自己就拽过牛尾巴……通常是有一只小母牛先把尾巴翘到脊背上去,哞哞一叫——撒腿就跑!于是整个牛群就跟在它后头狂奔起来。牛倌拼命跑啊,喊啊:‘啊呀……呀噫!……啊呀——啊呀!……’不过这时候喊叫顶什么用呢?!牛群像波涛一样,汹涌奔腾,比咱们在涅兹维斯卡城下向德国人进行的波浪式冲锋还要凶猛。这难道能挡得住吗?”

“你绕了这么大的弯子究竟想说什么呀?”

梅尔库洛夫并没有立刻回答。他把一缕树脂色的长胡子卷到手指头上,狠狠地拽了一下,然后收敛笑容,严肃地说:

“咱们已经打了快三年啦……是吧?把咱们赶到战壕里也已经快三年啦。为什么要打仗?——谁也不明白……我是想说,很快就会有这么一个格里亚兹诺夫或者麦列霍夫从前线狂奔而去,那么就会有一个团跟在他后面跑,接着就会有一个军……这就够啦!”

“看你说到哪儿去啦……”

“正说在点子上!我不是瞎子,我看得出:现在已经到了千钧一发的时刻。只要有人喊一声‘去你的!’——一切就会像从肩膀上甩下的破皮袄一样，摔成碎片。已经打到第三个年头啦，咱们的太阳也升到橡树那么高啦。”

“你还是说得圆滑点儿吧！”博多夫斯科夫规劝道，“不然的话，彼得罗……要知道，他是司务长……”

“我可从来没有找过乡亲们的麻烦哟！”彼得罗怒冲冲地说。

“别生气，我是开玩笑哪！”博多夫斯科夫觉得很窘，动了动光脚上疙疙瘩瘩的脚趾头，便站起身来，呱唧呱唧地走到马槽那边去了。

别的村的哥萨克们聚在车厢角落里的干草捆边，在低声谈着。其中只有两个人是卡尔舍村的人——法捷耶夫和卡尔金，其余的八个人——都来自不同村镇。

过了一会儿，他们唱起歌来。由奇尔河来的哥萨克阿利莫夫领唱。一开始，他唱起一支舞曲，但是有人在他背上拍了一下子，用伤风的嗓音叫道：

“算了吧！……”

“喂，你们这些孤苦的孩子们，请来烤火吧！”科舍沃伊邀请他们道。

往火堆里添了些木片——这是在一个小车站上拆下来的栅栏板的残片。围着火堆，大家快活地唱起歌来：

一匹驮着行军装备的战马，
在教堂前嘶鸣，等候出征的人。
奶奶和孙子在教堂的院子里哭泣，
年轻的妻子满脸泪痕。
顶盔披甲的哥萨克，
步出圣殿的大门，
妻子给他牵过战马，
侄子递上长矛一把……

毗邻的车厢里一只两排键的手风琴，正呜呜地鼓着风箱，奏起《哥萨克之妻》。军用皮靴的后跟拼命在地板上踏，有人像猫叫似地、难听地唱道：

唉，你们辛苦忙碌，
沙皇的枷锁似铁箍！
紧紧夹着哥萨克妇女的脖子——
夹得连气也不能出，连气也不能出。
普加乔夫在顿河沿岸呼叫，
在贫穷的顿河下游号召：
“首领们哟，哥萨克们哟！……”

第二个人的声音压过了第一个人的声音，用古怪、急促的细声吱吱地叫道：

我们忠诚地为沙皇效力，
又思念自己守空房的媳妇。
要是我们能找到娘儿们——也就不必再去想媳妇。
还可以再为沙皇……出点力气。
噢噫，来呀！噢，加油呀！
嗳嗳哟！嗳哟！嗳哟！哈！……
哈——哈——嘿——嗬——呼——哈——哈！

哥萨克们自己早就不唱了，倾听着毗邻的车厢里越来越热闹的、放荡的喧闹声，互相挤眉弄眼，同情地笑着。彼得罗·麦列霍夫忍不住哈哈大笑：

“唉，他们倒他妈的真高兴！”

梅尔库洛夫眨了眨快活的、闪着黄色光芒的棕色眼睛，一跃而起，先用靴子尖轻轻地点着，琢磨着他们唱歌的节奏，接着突然把脚一跺，就生龙活虎地绕着圈子蹲着跳起舞来。大家轮流着跳——借以暖和身体。毗邻车厢里的手风琴声音早已沉静，——已经换成一片沙哑、凶狠的叫骂声。但是这边还在拼命地跳舞，把马都吓惊了，直到疯了似的阿尼库什卡由于想来一个非常复杂的跪倒姿势，一屁股坐到火堆上，才收了场。大家哄笑着把阿尼库什卡搀起来，在残烛的火光下，把屁股后头烧了一大片的新裤子和烧焦的袄襟仔细察看了半天。

“把裤子脱下来吧！”梅尔库洛夫惋惜地劝他说。

“你这个茨冈,发昏了吗？脱下来我穿什么呀?”

梅尔库洛夫在马料袋里翻了翻,掏出来一件女人的粗布内衣。重又把火烧旺。梅尔库洛夫捏着衬衣的窄肩,笑得前仰后合,上气不接下气地说道:

“这玩意儿！……噢哟哟！噢哟哟！这玩意儿是我在火车站上从木栅墙上偷来的……想留着撕包脚布……噢哟！我不撕啦……拿去吧！……”

大家强行给骂骂咧咧的阿尼库什卡穿上这件衣服,哄笑得那么响亮、津津有味,引得毗邻的车厢里好多人从车门里探出好奇的脑袋,在黑夜中用羡慕的口吻大声喊:

“你们在那儿干什么呀?”

“你们这些该死的儿马!”

“你们叫嚷什么呀?”

“拣到了一块铁片是吧,傻瓜们?”

在下一个车站上,把风琴手从前面的车厢里拉了过来,别的车厢里的哥萨克也蜂拥而至,把马槽都挤倒了,拥挤得厉害,把马都挤到车厢边上去了。阿尼库什卡在一个小圈圈里跳舞。那件白衬衣显然是一个强壮的大块头女人穿的,到他身上就显得长了,直缠腿,但是人们的呼叫和哄笑鼓励着他,所以还是一直跳到筋疲力尽才罢休。

星星在浸透鲜血的白俄罗斯上空悲哀地眨着泪眼。漆黑的夜空像个塌陷的大坑,夜雾似烟,朦胧,飘忽。寒风把充满腐烂的落叶、潮湿的粘土气息和三月残雪的苦味撒满了大地……

第 九 章

过了一昼夜,团队已经离前线不远了。兵车在一个枢纽大站停下来。司务长们传下了“下车!”的命令。哥萨克们急急忙忙地把战马顺着跳板牵下来,备上鞍子,又跑回车里去拿匆忙中忘了拿的东西,把零乱的干草捆直接扔到路基的潮湿沙土上。大家忙得团团转。

团长的传令兵把麦列霍夫·彼得罗叫过去,说道:

“到车站上去,团长叫你。”

彼得罗理了理系在军大衣上的皮带,不慌不忙地朝月台走去。

“阿尼凯,替我照看照看马。”他请求在马匹旁边忙活的阿尼库什卡说。

阿尼库什卡默默地望着他的后影,他那张平凡的、愁眉不展的脸上,笼罩着一片忧郁和平常的寂寞表情。彼得罗走着,一面瞅着自己的溅满了黄泥点的靴子,一面琢磨:团长找我有什么事?月台尽头的开水桶旁边,聚集着一小群人,这引起了他的注意。他朝那里走去,还离得很远就留心听他们的谈话。约二十来个步兵中间,围着一个身材高大、棕红头发的哥萨克,这个人背朝水桶,被团团地围着,很不舒服地站在那里。彼得罗伸长脖子,朝棕红头发、留着连鬓胡子的阿塔曼斯基团的哥萨克似曾相识的脸看了看,又看了看蓝色的下士肩章上的番号“五二”;他断定过去曾在什么地方见过这个人。

“你是怎么溜出来的呀?你军装上还缝着肩章哪……”一个满脸雀斑、显得很聪明的志愿兵正在幸灾乐祸地盘问棕红头发的哥萨克。

“怎么回事?”彼得罗碰了碰一个背朝他站着的民团士兵的肩膀,好奇地问道。

那个民团士兵转过头来,很不情愿地回答说:

“逮了一个逃兵……是你们哥萨克。”

彼得罗拼命地集中记忆力,想记起——他曾在什么地方见过这个阿塔曼斯基团的哥萨克那张长着棕红胡子和棕红眉毛的宽脸。阿塔曼斯基团的哥萨克并不回答志愿兵那些喋喋不休的问话,只是慢条斯理地、一口一口地喝着用炮弹筒做的铜茶缸里的开水,吃着在水里浸软的黑面包干。他的两只间距很大的、鼓出的眼睛眯缝着;嚼面包和喝水的时候,眉毛直动,眼睛不住地向下和四周观看。他旁边是押送他的年长步兵,这个人身材短粗,手扶着步枪上的刺刀,站在那里。阿塔曼斯基团的逃兵喝完了杯子里的水,用疲倦的眼睛向那些毫无礼貌地看着他的步兵们的脸上扫了一眼,他那浅蓝色、孩子般天真的眼睛里突然闪出凶光。他匆忙咽了一口气，舔了舔嘴唇，用粗暴的直嗓子低沉地喊道：

“你们看什么，难道我是个怪物吗？连饭都不叫人安安静静地吃，讨厌鬼！你们怎么啦，没有看见过人，还是怎么的？”

围观的步兵都哈哈笑了，而彼得罗一听到逃兵的声音，立刻就像常有的那样，清楚地记起来了，这个阿塔曼斯基团的哥萨克是叶兰斯克镇鲁别任村的人，姓福明，还是在战前，彼得罗和父亲曾在叶兰斯克一年一度的集市上，从这个人手里买过一头三岁口的小牛。

“福明！雅科夫！”他唤了他一声，向阿塔曼斯基团的哥萨克挤去。

棕红头发的人笨拙地、惊慌失措地把茶缸子伸到桶里去舀开水；他一面嚼着面包干，一面用窘急的含笑的眼睛瞅着彼得罗，说道：

“我认不出你来啦，老兄……”

“你是鲁别任村的人吗？”

“是那儿的人。你也是叶兰斯克镇的人吗？”

“我是维申斯克镇的，可是我还记得你。五年前我曾和爸爸一起从你手里买过一头牛。”

福明仍旧是那样不知所措地、像小孩子似地笑着，显然是在用力回想着往事。

“不，忘记啦……记不起你来啦。”他露出很明显的惋惜神情说。

“你曾在五十二团服役？”

“是在五十二团。”

“开小差啦？你这是怎么搞的，老兄？”

这工夫，福明摘下皮帽子，从里面掏出来一个破旧的烟荷包。他弯着背，慢慢地把皮帽子夹到腋下，从一张小纸片上撕下一个斜角，直到这时候他才用严厉的、闪烁着湿润的目光的眼睛盯住了彼得罗。

“受不了啦，老兄……”他含糊不清地说道。

这目光刺疼了彼得罗。彼得罗哼哼了一声，把黄色的胡子塞进嘴里。

“喂，你们这两个老乡，别说啦，不然的话，我也会跟着他们倒霉，”身材短粗的押送兵把步枪扛到肩上，叹了一口气，说道，“走吧，老人家！”

福明急急忙忙地把茶缸子塞进军用袋，跟彼得罗道了别，眼睛向一边望着，摇摇晃晃，像狗熊似的朝卫戍司令部走去。

火车站上，在从前头等车候车室的食堂里，团长和两个连长正弯着身子坐在桌边。

“麦列霍夫，你叫我们等了这么久。”上校疲倦地眨巴了几下凶狠的眼睛抱怨道。

彼得罗听着团长的指示：他的连队将由师部直接指挥，必须加紧监视哥萨克们，要把看到的他们情绪上的任何变化随时报告连长。他眼也不眨，注视着上校的眼睛，用心地听着，但是福明的湿润、闪烁的目光和低声说的“受不了啦，老兄……”的话，就像贴上了一样，牢牢地盘踞在他的头脑里。

他走出热气腾腾、暖和的车站，返回连队去。团队的二类辎重车也停在这儿的车站上。快走近自己的车厢时，彼得罗看见了几个管辎重车的哥萨克和连队的铁匠。一看见铁匠彼得罗就把福明以及和福明的谈话忘得一干二净了，他加快脚步，想跟铁匠谈谈换马掌的事，这时候彼得罗心里想的就只有连队的日常杂务了，但是从红色的车厢后面走出来一个女人，漂亮地披着一条白色的毛围巾，打扮也不像这一带的人。彼得罗感到奇怪的是，这个女人的身影很熟悉，便仔细观察起来。那女人忽然把脸朝他转过来，微微地抖着肩膀，扭着姑娘似的细腰，迎着他匆匆走来，彼得罗还没有看清面貌，但是从那袅娜、轻盈的步伐上已经认出是自己的妻子了。一股刺人的、愉快的凉气钻进了他的心。越是意想不到的喜事，越是叫人高兴。彼得罗故意放慢脚步，免得注视着他的辎重兵们以为他特别高兴。他一本正经地拥抱了妻子，吻了她三下，想要问些什么话，但是心里深藏的激情冲了出来，他的嘴唇轻轻地哆嗦着，简直不会说话了。

“真没想到……”他终于结结巴巴地说出了这么句话。

“我的亲人哪！是啊，真没想到，你变成这样了！……”达丽亚拍了拍手说道，“你好像是个陌生人啦……你看，我探望你来啦……咱们家的人还不让我来，说：‘天晓得会把你给拉到哪儿去呀?!’我一想，不能听他们的，要去，要去探望一下亲人……”她紧紧偎依在丈夫身上，用湿润的眼睛看着他的脸，哇啦哇啦地说道。

哥萨克们群集在车厢边；他们看着他们俩，哼哼着，互相挤眉弄眼，心里很不是滋味。

“彼得罗真是喜从天降……”

“我的母狼是不会来的，她另有窝啦。”

“她窝里除了涅斯捷尔，还有十来个人哩！”

“麦列霍夫，你把娘儿们捐献给自己排吧，就是睡一晚上也好啊……可怜可怜咱们……嗯！……”

“咱们走吧，弟兄们！都要馋出血来啦，看哪，她在怎么往他身上靠啊！”

这工夫，彼得罗早就把要狠揍老婆一顿的事儿忘得一干二净了，——他当着众人面跟她亲热，用被纸烟熏黄了的大手指头抚摸她那描得弯弯的眉毛，他非常高兴。达丽亚这时也忘了，就在两夜以前，她还跟一个龙骑兵的兽医在火车里厮混的事，他是和她一同从哈尔科夫坐火车到团里来的。兽医的胡子出奇的柔软，而且很黑，但是这一切已经是两夜以前的事了，现在她又含着诚挚喜悦的眼泪拥抱着丈夫，用诚挚、明澈的眼睛看着他。

第 十 章

叶甫盖尼·利斯特尼茨基大尉休假回来以后，被派往顿河哥萨克第十四团。他没有回到自己原来服役的那个团去报到，早在二月政变前，他就被迫不光彩地从这个团溜走。休假回来，他径直到了师部。参谋长是一位年轻的将军，出身于顿河贵族哥萨克名门望族，他轻而易举地为利斯特尼茨基调动了工作。

“我知道，大尉，”当他跟利斯特尼茨基单独在自己房间里谈话时说道，“您在原部队继续工作将是很困难的，因为哥萨克们都反对您，他们对您的名字非常反感。所以，如果您能到第十四团去，那当然，是最明智了。这个团里的军官都是特别忠诚的优秀人物，而且那里的哥萨克比较可靠，政治上也比较保守——大多数是南方梅德维季河口地区各镇的人。在这个团里，您定会感到愉快一些。令尊大人好像就是尼古拉·阿列克塞耶维奇·利斯特尼茨基吧？”将军沉默了片刻问道，等得到了肯定的回答以后，又继续说道，“我可以向您保证，我们是很重视像您这样的军官的。在我们这个时代，就连军官也多数是两面派。再也没有比改变信仰更容易的事了，要不就同时向两个上帝祈祷……”参谋长痛苦地结束了谈话。

利斯特尼茨基高兴地接受了这一调动。当天就起程去德文斯克，第十四团就驻扎在那里。过了一昼夜，他已经向团长贝卡多罗夫上校报到了，而且满意地认识到师参谋长的话说得很正确：大多数军官都是保皇党徒；哥萨克中，也掺进了三分之一霍皮奥尔河口镇、库梅尔仁斯克镇、戈拉祖诺夫斯克镇和其他一些镇的旧教徒，他们绝对不要革命，但是效忠临时政府也很勉强，他们根本不理解周围正在发生的热火朝天的事变，而且也不想理解；选进团和连士兵委员会去的哥萨克都是些善于阿谀奉承和老实听话的人……利斯特尼茨基在新环境里欣喜地喘了口气。

在军官中有两位是他过去在阿塔曼斯基团的同事，他们两个独行其是；而其余的人则非常团结，思想出奇地一致，公开谈论复辟的事。

这个团抱成一团，在德文斯克驻扎了将近两个月，进行整休。在这以前，许多连队都被派出去加强步兵师，分散在从里加到德文斯克这条战线上活动，但是在四月里，有一只有心人的手把所有这些连队都集合到一起来了，于是这个团就处于一种准备好了的临战的状态中。哥萨克们在军官的严厉监督下进行训练，精心饲养马匹，过着很有规律的、蜗牛式的生活，完全不受外界的影响。

对于团队的真正使命他们中间曾有过很多模糊的猜测，但是军官们却毫不隐讳地说，这个团在不久的将来，就要在某一位信得过的人的指挥下，再把历史的车轮扭转回来。

附近的战线却是一片混乱。军队已经像害了致命的寒热病似的朝不保夕，弹药和粮食都极端匮乏；军队里有无数只手都伸向“和平”这两个幽灵似的字；军队对共和国临时执政克伦斯基的态度各异；而且在他的歇斯底里的驱使下，在六月的进攻中遭受了严重的损失；酝酿成熟的愤怒在各部队迅速高涨、沸腾起来，就像池中从地层深处喷涌出来的泉水……

可是在德文斯克，哥萨克们却平安无事地过着安逸的生活：马肚子里面装满了燕麦和豆饼，哥萨克们已经忘记在前线受的折磨；军官们都按时去参加军官会议，伙食也蛮不错，人们在热烈地争论着俄罗斯未来的命运……

这样舒适的生活过到七月初。七月三日，传来了一道命令："火速进发。"运载团队的军用列车向彼得格勒驶去。七月七日哥萨克的马蹄已经在首都的木块铺成的街道上嗒嗒响了。

团队分散住在涅瓦大街上。利斯特尼茨基指挥的那个连分配到一座腾空的铺面房子。这里正怀着焦急和喜悦的心情等待着哥萨克的到来，——首都各级政府对这支部队的那种体贴入微的关怀，可以雄辩地证明这一点，他们早就很关心地把拨给哥萨克住的房屋准备好了。用石灰重新粉刷过的墙壁洁白喜人，擦得干干净净的地板油光锃亮，新搭的松木床铺散发着松香的气味；光亮、整洁的半地下室，可以说是很舒服的。利斯特尼茨基戴着夹鼻眼镜皱着眉头，仔细视察了营房，在墙壁粉刷得白光耀眼的房子里踱了一会儿，认为这住处已经够舒服了，再不应该有什么奢望了。他对视察的结果感到满意，便在衣冠楚楚、身材矮小、市政府派来接待哥萨克的代表陪同下，朝通到院子里去的门口走去。但是在这里却遇上了一件不愉快的事：他手扶门框，发现墙上有幅用什么尖利的东西划的漫画——一个张口露齿的狗头和一把扫帚①。看得出，准是个在这里装修房子的工人干的，他知道这房子是准备给什么人住的……

"这是什么？"利斯特尼茨基抖了一下眉毛，向陪同的代表质问道。

代表用机灵的老鼠眼睛把画看了一遍，就惊慌地呼哧呼哧喘了

① 狗头和扫帚是沙皇伊凡雷帝（1530—1584）声名狼藉的禁卫军的标志。这里，意在讽喻哥萨克是沙皇的爪牙。

起来,脸立刻变得通红,连浆得挺硬的白衬衫领子仿佛都被染得绯红……

“请原谅,军官阁下,……显系歹徒存心……”

“我希望阁下事前并不知道这里画有禁卫军的标志,是吧?”

“您这是说到哪里去啦?!您说到哪里去啦?!长官息怒!……这全是布尔什维克玩的花招……哪个斗胆包天的混蛋干的……我马上吩咐人来重新粉刷墙壁。鬼晓得这是怎么搞的!……请原谅……简直是太荒唐啦……请阁下相信,鄙人为这个恶棍的卑鄙行为感到非常痛心……”

利斯特尼茨基从心里可怜起这位窘得不知所措的公民来了。他把难以捉摸的、冰冷的目光变得温柔了些,矜持地说道:

“不过这位画家也有点儿失算了:要知道,哥萨克是不了解俄国历史的。但是,也不应从此得出结论,以为我们会赞赏以这种态度来对待我们……”

代表用修剪得很好的、坚硬的手指甲去抠刮石灰墙上的画,他踮着脚尖,趴在墙上,石灰粉面纷纷落到他身上,把上好的英国大衣全弄脏了;利斯特尼茨基擦着眼镜,微笑了,但是这时他心里却另有一番令人心寒的哀愁。

“竟是这样来迎接我们,这才是糖衣里装的真正货色!……但是难道全俄罗斯都把我们看成伊凡雷帝的禁卫军了吗?”他穿过院子,朝马厩走去的时候,这样想着,心不在焉、待理不理地听着紧跟在他后面的代表的话。

太阳光直射到深邃、宽广的天井里。住户们从多层楼房的窗户里伸出头来,探着身子向下看塞满了院子的哥萨克,——连队正在把马匹安置到马厩里去。已经完事的哥萨克三五成群,在墙边站着或者蹲着乘凉。

“弟兄们,为什么不进屋子里去呀?”利斯特尼茨基问道。

“不用忙,大尉老爷。”

“屋子里也会很快把人弄烦的……”

“把马匹安置好,——我们就进屋去。”

利斯特尼茨基视察了改作马厩用的仓库,竭力使自己重新恢复以前对待陪他视察的代表的敌对情绪,严厉地说道:

“请您去与有关人士商妥:我们必须再开一道门。要知道我们有一百二十匹马,只有三个门是绝对不行的,这样,一有情况,我们就要半个钟头才能把马牵出去……真是咄咄怪事!难道连这一情况事前都考虑不到?我只好将此事报告团长啦。”

利斯特尼茨基立即得到了保证,今天就办,不是再开一个门,而是开两个门,这时他才和代表道别,冷冷地感谢他的关怀,然后命令派定值日兵,便走上二层楼为本连军官准备的临时住处。他一面走着,一面解开军服上衣的扣子,擦着帽檐底下的汗珠,从后楼梯走上军官宿舍,感到一阵惬意的、湿润的室内的凉爽。屋子里除了阿塔尔希科夫上尉以外,别人都不在。

“他们都上哪儿去啦?”利斯特尼茨基倒在帆布床上,艰难地把两只穿着落满灰尘的靴子的腿伸开,问道。

“都到街上去啦?观赏彼得格勒去啦。”

“你为什么不去呀?”

“噢,你知道吧,我觉得没有意思。才刚刚进城——就跑到街上去。我要先翻翻报纸,了解一下这里前几天发生的事情。很有意思!”

利斯特尼茨基一声不响地躺着,觉得背上汗湿的衬衣凉丝丝的,很舒服,他懒得站起来去盥洗——一路上的疲乏劲儿全来了。他咬了咬牙,站起身,把勤务兵叫了来。换过内衣,痛快地洗了半天,尽兴地打着喷鼻,用毛巾擦着丰满的、晒得黝黑的脖子。

“洗洗吧,万尼亚①,”他劝阿塔尔希科夫说,“真是如释重负,痛快极啦……喂,报纸上说些什么呀?”

“是啊,真该洗一洗。你说——很痛快,是吗?……报纸上说些什么吗?——关于布尔什维克游行示威的报道,政府采取的措施……你看看吧!”

利斯特尼茨基洗过以后,感到精神愉快,正要坐下来读报,但是有

---

① 万尼亚是伊万的爱称。

人来请他到团长那里去。他很不情愿地站起身,穿上一件在路上压得皱巴巴的、散发着肥皂气味的新军服上衣,挂上马刀,走到大街上去。穿过马路走到对面,转过身来观察起连队驻扎的房子。从外表、式样看,这座房子跟别的房子毫无区别:一座五层的、灰色石砌楼房,跟一些同样的楼房并排耸立着。利斯特尼茨基吸着烟,慢慢地在人行道上走起来。男人的草帽、小礼帽、便帽,女人精巧、典雅的帽子和华丽的帽子,在拥挤的人流中像泡沫似的翻腾。在这股洪流中,偶尔冒出一两顶普通的绿色军帽,但瞬间消逝,被五颜六色的波浪吞没了。

从海滨吹来波浪似的清新的、令人神爽的微风,但是碰到陡立的巨大建筑物,就碎成零乱的细流。钢铁色的、略带点儿紫色的昏暗的天空中,乌云向南方飘去。乌云的乳白色的、雉堞似的巅峰清晰、尖利。城市的上空笼罩着雨前的闷热。弥漫着晒热的沥青和汽油烟、海水和缥缈的、令人激动的女人的香水气味,以及一切人烟稠密的大城市所特有的那种混为一体的怪味。

利斯特尼茨基吸着烟,沿着右面的人行道慢慢走着,偶尔看到些迎面走来的人从旁边投来的、向他表示敬意的目光。起初,他还为自己皱巴巴的军服和旧军帽感到难为情,但是后来就不以为然地认为,久经沙场的军人完全不必为自己的衣着感到羞愧,何况他今天刚下火车呢。

商店和咖啡馆门前的帆布凉篷在人行道上洒下一片片懒洋洋的、橄榄黄色的阴影,风吹动太阳炙烤着的帆布篷,人行道上的阴影也摇曳起来,从行人的沙沙响的脚下移去。虽然是午休时分,大街上还是人山人海。在这几年的战争中长久离开城市生活的利斯特尼茨基,怀着愉快的满足心情,倾听着充满哄笑、汽车喇叭和报贩叫卖的喧闹声,觉得自己跟这些衣冠楚楚、吃得脑满肠肥的人们非常亲近,他一直在想:

"看你们大家现在都这么满足、高兴和幸福,——你们这些商人、市场经纪人、大小官吏、地主和贵族!可是三四天以前你们是什么样子?当那些暴民和大兵像熔岩似地滚滚流过这条大街,流过全城的街道时,你们是什么样子?凭良心说,我为你们高兴,也不高兴。对你们得以平安无事,我也不知道是应该高兴,还是不应该……"

他试行分析自己这种矛盾的感情,找到它的根源,很容易就得出了结论:他之所以这样想和这样感觉,是因为战争以及他在战场上经历的一切,使他和这帮温饱得意的人疏远了。

“就拿这个脑满肠肥的年轻家伙来说吧,”他心里想着,目光和一个胖胖的、红脸蛋的、没有胡子的男人的视线相遇了,“为什么他没有上前线去？大概是个工厂老板或者大发横财的商人的儿子,这混蛋逃避兵役,——他心里根本就没有祖国——他在养膘儿,在舒舒服服地玩女人,也在‘为国防效力’呢……”

“但是你究竟跟谁走一条路呢?”他向自己提出一个问题,立即笑着决定地说,“喏,当然是跟这些人走一条路啦！他们身上有我,我是他们中的一分子……他们身上一切好的和坏的东西,也都或多或少地能在我的身上找到。也许,我的皮肤比这头肥猪稍薄一点儿,也许正是为了这个,我对一切的反应比他们显得更敏感、病态,大概也正是为了这个,我才忠诚地去打仗,而没有去‘为国防效力’,也正是为了这个,去年冬天,我在莫吉廖夫看到逊位的皇帝坐在汽车里,从大本营悄然离去,他嘴唇上挂着悲哀,两手放在膝盖上可怜地哆嗦着,我伤心得倒在雪上,像小孩子一样痛哭起来……要知道,我的良心不允许接受革命,我不能接受！不论是感情上,还是理智上,我都反对……我要用生命去保卫过去的一切,我将毫不动摇,毫不装腔作势,简单地,像一个普通士兵,献出自己的生命。可是又有多少人能做到这一点呢?”

他脸色苍白,激动异常,清楚地想起了那个绚丽的二月黄昏,莫吉廖夫的省长公署,结满冰霜的铁栏杆,以及铁栏杆外面,在轻纱似的寒雾笼罩着的落日映照下红彩斑斑的白雪。德涅伯河陡岸对面的天空染成浅蓝色、朱红色和铁锈色,地平线上的每一根线条都是那么缥缈,虚幻,令人神伤。门口只有寥寥的几个大本营的官吏,有军人,也有文官……驶出一辆小轿车。汽车的玻璃窗里面,坐着大概是弗雷杰里克斯①和靠在座背上的沙皇。他那憔悴的脸上浮着一层紫色的红晕。惨白的额角上斜扣着哥萨克禁卫军的黑皮帽子。

利斯特尼茨基几乎是在那些惊愕地瞅着他的人们的面前跑过。他

① 弗雷杰里克斯伯爵是沙皇的宫内府大臣。

眼看着沙皇的一只举起来敬礼的手，从黑色的帽子边落下去，耳朵里响着渐渐远去的轻微的汽车马达声和那些卑躬屈膝的人们默默目送末代皇帝时发出的哀叹声……

利斯特尼茨基缓慢地走上团部所在处的楼梯。他的两颊还在颤抖，哭肿的红眼睛仍然泪水模糊。在二楼的走廊里，他连续抽了两支烟，擦了擦眼镜，然后一步两磴地跑上三楼去。

团长在彼得格勒地图上画出了利斯特尼茨基的连执行保护政府机关任务的地区，交代了机关的名称，详细说明了各机关派岗和换岗的时间，最后说道：

“给冬宫的克伦斯基派去守卫……”

“请不要提克伦斯基！……”利斯特尼茨基的脸色顿时变得像死人一样惨白，大声嘟哝说。

“叶甫盖尼·尼古拉耶维奇，要控制自己……”

“上校，我请求您！”

“不过，我的亲爱的……”

“我请求！”

“您的神经……”

“现在就向普梯洛夫工厂派遣巡逻队吗？”利斯特尼茨基艰难地喘着气，问道。

上校咬着嘴唇微笑着，耸了耸肩膀，回答道：

“立刻就派！并且一定要由一名排长率领。”

利斯特尼茨基被过去的回忆和团长的谈话折磨着，无精打采地走出团部。几乎就在这座房子旁边，他看见了驻扎在彼得格勒的顿河第四团的哥萨克巡逻队。军官骑的浅红色马的笼头上，挂着一束枯萎的鲜花。军官的白胡子的脸上闪过一丝笑意。

“拯救祖国的英雄万岁！……”一个情绪激动的老绅士从人行道上走下来，摇晃着帽子喊道。

军官客气地把手掌举到帽檐上致意。巡逻队的马小跑而去。利斯特尼茨基看了看那个向哥萨克致敬的老绅士激动地、嘴唇湿润的面容和那打得十分整齐的花领带，便皱起眉头，弯下背，溜进了自己驻扎的房子的大门。

第十一章

科尔尼洛夫[1]将军被任命为西南战线的总司令，第十四团的军官们热烈拥护。谈起他时，都怀着热爱和崇敬，认为他具有钢铁般的坚强性格，一定能把被临时政府引向绝路的国家拯救出来。

利斯特尼茨基特别热烈欢迎这一任命。他想通过连里的下级军官和接近他的哥萨克了解哥萨克们对此的态度，但是收集到的情报却使他十分失望：哥萨克们有的默不表态，有的冷淡地闪烁其词地回答说：

"对我们反正都是一样……"

"谁知道他是个什么样的人呢……"

"倘若他能想办法使大家得到和平，那，当然……"

"大概，他也不会使我们更容易升官！"

过了几天，在一些与市民和军人接触较多的军官中间盛传，好像科尔尼洛夫正在对临时政府施加压力，要求在前线和后方恢复执行死刑律，并采取某些非常措施，军队的命运和战争的结局，都将取决于此。人们在传说，克伦斯基很怕科尔尼洛夫，大概他正竭力找一个比较听话的将军来代替科尔尼洛夫前线总司令的职务。大家还说出了几个在军界有名望的将军的名字。

七月十九日政府任命科尔尼洛夫为最高统帅的通告使军官们大吃一惊。不久，在军官联合会总部有许多熟人的阿塔尔希科夫上尉就根据完全可靠的消息说，科尔尼洛夫在准备向临时政府提出的报告提纲中，坚决要求必须采取下列重要措施：在全国范围内，对后方军队和居民实行战地法庭审判，实施死刑律，恢复军事首长的惩戒权力；把军队

---

① 拉·格·科尔尼洛夫(1870—1918)是一九一七至一九一八年间一个主要的反革命白军将领，一九一八年被红军在前线击毙。

中的军人委员会的活动限制在最小范围内,以及其他等等措施。

就在这天的晚上,利斯特尼茨基在跟自己连队和其他连队军官的谈话中,尖锐地、直截了当地提出了一个问题:他们跟谁走?

“诸位军官!”他抑制着自己的激动情绪说道,“我们像一个和睦的家庭一样生活在一起。我们彼此都很了解,但是直到现在,我们之间还有许多很痛苦的问题没有得到解决。特别是在当前,当最高统帅与政府的分裂前景已经明显地表现出来的时刻,我们就必须直截了当地提出一个问题:我们跟谁走,拥护谁?我们大家都说说心里话,不要昧良心。”

阿塔尔希科夫第一个发言:

“我准备为了科尔尼洛夫将军流尽自己和别人的血!他为人极端忠诚,只有他能使俄罗斯重新站立起来。你们看,他在军队里干得多好呀!要知道,只是由于他才使军官的手脚稍微松开了一点,而在这以前,就只有军人委员会在那里专横跋扈,跟敌军士兵称兄道弟,任意开小差。所以,这有什么可说的?所有正派人都应该拥护科尔尼洛夫!”

细腿、大胸脯、宽肩膀的阿塔尔希科夫说话时非常激动。显然,这个问题触到了他的痛处。他说完以后,打量着聚集在桌子周围的军官们,有所期待地用烟嘴在烟盒上敲了几下。他右眼的下眼皮上生着一个凸出的、豌豆大的棕色瘊子,妨碍他把眼皮闭紧,因此,乍一看,阿塔尔希科夫给人这么一个印象,好像他的眼睛里总是带着一种谦逊的期待的笑意。

“如果必须在布尔什维克、克伦斯基和科尔尼洛夫之间进行选择的话,那,我们当然是拥护科尔尼洛夫的啰。”

“我们还很难断定科尔尼洛夫究竟想干些什么:是仅仅想在俄国恢复秩序呢,或者是还要恢复别的什么东西……”

“这不是对我们提出的原则问题的答复!”

“不,是答复!”

“如果算是答复的话,那么无论如何也不能说是聪明的答复。”

“可是您担心什么呢,中尉?担心恢复帝制吗?”

“这我并不担心,相反,我非常欢迎。”

“那么问题在哪里呢?”

“诸位!”不久以前因战功从司务长晋升为少尉的多尔戈夫,用坚定的、因受风变得粗哑的声音说,“你们争论什么?你们就庄严地宣布,咱们哥萨克要像小孩子拉母亲的衣襟一样,跟着科尔尼洛夫将军走,用不着绕什么弯子,坦率地说吧!咱们一离开他——就要完蛋!俄罗斯就会像对待大粪一样把咱们收拾掉。事情已经非常清楚:他往哪儿走——咱们也往哪儿去。”

“这样回答才对哪!”

阿塔尔希科夫称赞地拍了拍多尔戈夫的肩膀,含笑的眼睛盯着利斯特尼茨基。利斯特尼茨基激动地笑着,平展着膝盖上裤子的皱褶。

“那么诸位军官,诸位队长?”阿塔尔希科夫提高嗓门喊道,“我们拥护科尔尼洛夫,怎么样?……”

“那是当然的啦!”

“多尔戈夫的话真像快刀斩乱麻,一下子就解决了问题。”

“所有的军官都拥护他!”

“我们也不想例外。”

“亲爱的哥萨克和英雄,拉夫尔·格奥尔吉耶维奇①——乌拉!”

军官们笑着,互相碰杯喝茶。谈话的气氛缓和下来,不像刚才那么紧张了,谈的尽是近些日子发生的事变。

“咱们是坚决拥护最高统帅的,可是哥萨克们却有点儿举棋不定……”多尔戈夫迟疑地说。

“怎么个‘举棋不定’?”利斯特尼茨基问道。

“就是这样。他们举棋不定——他们打够啦!……这些狗崽子们,就想回家找娘儿们去……讨厌这种艰苦的生活啦……”

“我们的任务——就是率领哥萨克跟着我们走!”切尔诺库托夫中尉用拳头往桌子上捶了一下,说道,“率领他们走!我们不能白戴着军官肩章呀!”

“应该耐心地向哥萨克们进行解释,他们应该跟谁走一条路。”

---

① 科尔尼洛夫的名字和父称。

利斯特尼茨基用茶匙敲了敲玻璃杯,把军官们的注意力集中以后,一板一眼地说道:

“诸位,请记住,我们当前的工作,正像阿塔尔希科夫说的,就是应该把事情的真实情况解释给哥萨克们听。要把哥萨克从布尔什维克委员会的影响下夺回来。这就需要大大改变我们的性格,就像我们大多数人在二月政变以后都曾经不得不做的那样,如果不是更厉害的话。从前——譬如说在一九一六年吧——我可以把一个哥萨克毒打一顿,他顶多不过在打仗时朝我的后脑勺开一枪,可是二月政变以后就不得不有所收敛啦,因为,如果我打了哪个混蛋一下,——他们根本就不用等待什么适当时机,会当场把我打死在战壕里。现在完全是另一回事啦。我们必须,”利斯特尼茨基加重了这几个字的语气,“把哥萨克团结成自己的人!一切都取决于此。你们知道现在第一团和第四团闹成什么样子了吗?”

“真是骇人听闻!”

“正是这样——骇人听闻!”利斯特尼茨基继续说道,“军官们和哥萨克依旧隔着往日那道高墙,结果哥萨克统统处于布尔什维克的影响之下,百分之九十成了布尔什维克。形势已摆得清清楚楚,我们已经大难临头……七月三日和五日发生的事情①——只不过是对一切满不在乎的人提出了严重警告……或者是我们拥护科尔尼洛夫,去跟革命平民的军队进行战斗,或者是在布尔什维克积蓄好力量和扩大自己的影响以后,再来发动一次革命。现在他们获得了喘息的机会,正在集结力量,可是我们呢——却吊儿郎当……难道可以这样干吗?!……在未来的大动乱中,可靠的哥萨克将是非常有用的……”

“咱们没有哥萨克,当然就等于零啦。”多尔戈夫叹道。

“你说得对,利斯特尼茨基!”

“简直对得很哪。”

“俄罗斯的一只脚已经踏进了坟墓……”

---

① 一九一七年七月三日和五日(俄国旧历),工人和士兵曾经在彼得格勒举行反临时政府的示威游行。

“你以为我们连这个都不懂吗？我们懂得，但是有时想有所作为，却又力不从心。‘第一号命令’①和《战地真理报》②正在播下自己的种子。”

“而我们呢，不仅不去把它们踏烂，不去把它们完全烧光，却在欣赏这些种子萌发的幼芽！”阿塔尔希科夫喊道。

“不是这样，我们绝不是在欣赏，而是力不从心！”

“您说谎，少尉！只是因为我们玩忽职守！”

“不对！”

“请拿出证据来！”

“安静，诸位！”

“他们捣毁了《真理报》……克伦斯基尽他妈的放马后炮……”

“吵什么……这里是闹市吗，啊？这成何体统！”

掀起来的混乱叫声渐渐平息下来。一位怀着极大兴趣在静听利斯特尼茨基讲话的连长，请求大家注意听讲。

“我建议让利斯特尼茨基大尉把话讲完。”

“请讲吧！”

利斯特尼茨基用拳头摩擦着尖瘦的膝盖，继续说道：

“我指的是将来，就是在未来的战斗中，在国内战争中——我也只是现在才明白这场战争是不能避免的——非常需要忠诚的哥萨克。应当把他们从倾向布尔什维克的军人委员会的手中争取过来。这是刻不容缓的！要知道，一旦发生新的骚动，第一团和第四团的哥萨克就会把他们的军官枪毙……”

“很清楚！”

“他们是不会客气的！”

“……我们应该学习他们的经验，——顺便说一下，这是很痛苦的经验。第一团和第四团的哥萨克，——说实在的，他们现在还算是什么

① 一九一七年三月一日，彼得格勒苏维埃执行委员会在具有革命倾向的群众的压力下，发布了“第一号命令”，在军队中进行选举，由选举出来的组织对沙皇时代的旧军官进行监督。

② 布尔什维克的一份战斗性很强的报纸。

哥萨克哟？——将来至少有一半得绞死，不然的话，就干脆把他们全都枪毙……要拔掉地里的莠草！我们劝说自己的哥萨克不要犯错误，以后他们要为这些错误付出代价的。”

利斯特尼茨基讲完以后，那个特别注意听他讲话的连长接着说起来。这是个老牌军官，在团里已经干了九年，在这次战争中受过四次伤，他说从前当军官是很不容易的。哥萨克军官都受轻视，遭虐待，难得晋升，绝大多数军官到死也不过混上个中校；他认为，这就是为什么在推翻专制王朝时，哥萨克的上层分子表现得那么无动于衷。但是尽管如此，他还是说，要全力支持科尔尼洛夫，通过哥萨克军人联合会和军官联合会总部与他紧密地联系起来。

“就让科尔尼洛夫做大独裁者吧，——他是哥萨克军队的救星。在他统治下，我们也许会比在沙皇当朝时过得还要好些呢。”

时间早已过了午夜。依然是布满乱蓬蓬白云的夜空笼罩着城市。从窗户里可以看见海军部大厦塔楼的黑色尖顶和一片像春水似的橙黄色灯火。

军官们一直谈到天亮。他们决定每星期和哥萨克进行三次政治性的谈话，为了把空闲的时间占满并把哥萨克的思想从涣散人心的政治气氛里抢救出来，责成各排排长要每天带着自己的排进行军事操练和背诵誓词。

分手以前，大家唱起《正教的静静的顿河澎湃、激荡》，喝完了十火壶的茶，玩笑地互相碰杯，弄得茶杯叮当直响。最后，阿塔尔希科夫和多尔戈夫低声商量了一番，喊道：

“现在我们请你们听一支哥萨克古歌，就当是一道甜点心吧。喂，安静点！最好把小窗户打开，不然屋子里烟气太浓啦。”

两个声部——多尔戈夫受了风的粗嗓子的低音和阿塔尔希科夫柔和、悦耳的中音——起初很乱，各按自己的拍子唱，但是后来两个声部猛地汇成激动人心的美妙歌声。

……而我们静静的顿河，我们的父亲，
　　豪放傲然——
它既不向异教徒低头，自己怎么生活

也不用莫斯科管。
对土耳其人——很久以来总是用锋利的马刀向
他们的后脑勺问安……
为了纯洁的圣母,为了自己正教的信仰,
为了波浪欢腾自由的顿河,
我们的母亲,顿河的大草原,
年年召唤我们去跟敌人作战……

阿塔尔希科夫把手指头交叉起来放在膝盖上,高声唱着,尽管他耍着花腔,把多尔戈夫的坚毅的低音远远地抛在后面,但是自始至终没有走过一次调儿;他的表情非常严肃,只是到结尾的时候,利斯特尼茨基才注意到,一行闪着冷光的晶莹的泪珠,滚过他下眼皮上那颗棕色的小瘊子,滴了下来。

别的连队的军官们走了,其余的人也都睡去以后,阿塔尔希科夫坐到利斯特尼茨基的床上,摸弄着凸出的胸膛上的褪了色的蓝背带,低语道:

"你明白吗,叶甫盖尼……我死爱顿河,死爱这几百年来形成的、古老的哥萨克生活方式。我热爱哥萨克,热爱哥萨克女人——热爱这一切!一闻到草原上的苦艾气味我就想哭……还有,当向日葵开花和顿河岸上雨后的葡萄园飘香的时候,——我是那么深情地爱它,爱得心痛……这你是理解的……现在我却在想:我们是不是在哄骗这些哥萨克呢?我们是要把他们拉到这条小路上来吗?……"

"你这是什么意思?"利斯特尼茨基警惕起来,问道。

阿塔尔希科夫的脖颈在白衬衣领里动人地闪着天真黝黑的青春光泽。蓝眼皮沉重地压在棕色的瘊子上,从侧面可以看到半闭着的眼睛里的湿润的光芒。

"我在想:哥萨克是不是需要这个呢?"

"那么你以为,在当前这种情况下,他们需要什么?"

"我不知道……但是他们为什么都这样自发地在离开我们呢?革命好像把我们和他们分成了绵羊和山羊,我们和他们的利益好像是不同的。"

“你要明白，”利斯特尼茨基小心翼翼地开口说，“这正说明了对事变的不同看法。我们的文化比较高，我们能够批判地评价这样或那样的事实，而他们的头脑却比较原始、简单。布尔什维克往他们的脑子里灌输必须结束战争，——更准确地说，要把它变成国内战争。他们唆使哥萨克仇视我们，由于哥萨克已经疲惫不堪，他们身上又有很多兽性的东西，不像我们，具有对祖国的强烈责任感和道德意识，——这样就不难理解，为什么布尔什维克很容易就找到肥沃的土壤。要知道祖国在他们看来是什么东西呢？最多，也只是一种非常抽象的概念。‘顿河军区离前线遥远得很，德国人到不了那里。’他们是这样看待问题的。糟就糟在这里。应该正确、明白地给他们解释，如果把这场战争变成国内战争，将会产生什么样的后果。”

利斯特尼茨基一面说，一面下意识地感觉到，他的话并没有达到目的，而且阿塔尔希科夫马上就会关上对他敞开的心灵的门。

果然不出所料：阿塔尔希科夫嘟哝了几句模糊不清的话，默默地坐了半天，尽管利斯特尼茨基竭力想要弄明白，这位沉默不语的伙伴在胡思乱想些什么，但是却枉费心机。

“先让他说完就好啦……”他惋惜地想。

阿塔尔希科夫道过晚安，走了，再没有说一句话。曾有那么一刹那，他曾想倾心地谈谈，可是只把那人人用来隐蔽自己、不叫别人看到的、神秘的黑幕撩开一角，就又重新放了下来。

他人的隐情难以理解使利斯特尼茨基感到惋惜和不安。他吸了一会儿烟，躺了片刻，凝视着灰絮般的暗夜，忽然想起了阿克西妮亚和因为有她消魂而显得那么充实的假期。后来就在胡思乱想和对他曾与之偶然、短暂交游的女人的回忆片断中，心平气和地睡去了。

第十二章

在利斯特尼茨基的连里有一个布尔诺夫斯克镇的哥萨克，叫拉古京·伊万。在第一次选举的时候他就当选为团革命军事委员会的委员,在团队开到彼得格勒以前,并没有什么异常的表现,但是在七月下旬,有一个排长向利斯特尼茨基报告说,拉古京常到彼得格勒的工兵代表苏维埃的军事部去,大概与苏维埃有联系,因为发现他经常跟自己排里的哥萨克们谈话,在往邪路上拉他们。连里曾经发生两次拒绝执行守卫和巡逻任务的事情,这位排长认为,这都是拉古京对哥萨克进行策反的结果。

利斯特尼茨基决定,自己必须设法接近拉古京,摸摸他的底。把这个哥萨克叫来开门见山地谈当然既愚蠢又不谨慎,因此利斯特尼茨基决定等待机会。机会很快就来到了。七月末,按轮值表第三排应该在夜间去守卫通往普梯洛夫工厂的各条街道。

"我和哥萨克一同去,"利斯特尼茨基预先通知排长说,"请您告诉他们,给我备上那匹铁青马。"

利斯特尼茨基有两匹马,——就像他所说的,"以防万一"。勤务兵侍候他穿好衣服,他下梯来到院子里。这时全排都已经上马。在夜雾茫茫、灯火点点的黑暗中走过了几条街道。利斯特尼茨基故意落在队伍后面,喊了拉古京一声。拉古京拨转他那匹不像样的小马的马头,走了过来,从旁边用期待的眼神看了看大尉。

"你们的委员会里有什么新闻呀?"利斯特尼茨基问道。

"什么也没有。"

"你是哪个镇的,拉古京?"

"布卡诺夫斯克镇的。"

"哪个村?"

"米佳金村。"

这时他们的马已经在并排走了。利斯特尼茨基借着路灯的光亮斜眼打量着哥萨克的生着连鬓胡子的脸。拉古京的制帽下面露出了光滑的鬓发,鼓胀的脸颊上蓄着毛烘烘的、不齐整的小络腮胡子,两只聪明、带些狡猾神情的眼睛深嵌在凸出的眼眶里。

"从表面上看,是个普普通通的、愁眉不展的人,——可是心里究竟怎么想?大概,也跟大伙一样,仇视我这样与旧制度联系着的、拿着

‘班长的棍子’的人……”利斯特尼茨基想道，不知道为什么很想了解一下拉古京的经历。

“有家室吗？”

“有。老婆和两个孩子。”

“家业呢？”

“我们有什么家业呀？”拉古京露出嘲讽、惋惜的神情说道，“日子过得平平常常。一头牛加上哥萨克，或者是哥萨克加上一头牛，——我们就这样凑合着过一辈子……我们那里全是沙地。”他想了想，又严肃地补充了一句。

利斯特尼茨基从前去谢布里亚科沃车站时曾从布卡诺夫斯克走过。他立刻就想起了这个偏僻的、距离大道很远的集镇，镇南是一望无际的平坦的草原，霍皮奥尔河曲曲折折地绕着小镇流过。那时，他从二十俄里外，从叶兰斯克镇边界内的山岗上，就看到了下面一片果园的绿色蜃气和像啃光的白骨头似的、高耸的钟楼。

“我们那儿全是些沙地。”拉古京叹了一口气说。

“大概很想回家吧，是不是？”

“当然啦，大尉老爷！当然很想快点回去啦。这场战争叫大家吃的苦头可不少啦。”

“兄弟，恐怕未必很快就能回去……”

“很快就能回去。”

“可是，仗还没有打完哪？”

“快完啦。快回家啦。”拉古京固执己见。

“我们自己人还要和自己人打呢。你以为怎样？”

拉古京没有从鞍头上抬起低垂的眼睛，沉默了一会儿，问道：

“跟谁打呀？”

“要打的人可多啦……就说跟布尔什维克打吧。”

拉古京又是半天不说话，好像在清脆的、跳舞似的马蹄声中打起盹。他们默默地走了约三分钟。拉古京慢慢地斟酌着字句，说道：

“咱们跟他们没有什么可争的。”

“争土地呀？”

“土地足够大家用的。”

“你知道布尔什维克的目的吗？”

“听见说过一点儿……”

“如果布尔什维克为了要夺取咱们的土地，为了要奴役哥萨克向咱们进攻的话，那么依你看，应该怎么办呢？你是跟德国人打过仗，保卫过俄罗斯呀？”

“德国人——那是另一回事啦。”

“那么布尔什维克呢？”

“这么说吧，大尉老爷，”显然，拉古京决定摊牌啦，他抬起眼睛，固执地在寻觅利斯特尼茨基的目光，说道，“布尔什维克是不会夺去我最后的那一小块土地的。我那块地正好是一个人的份地，他们是不会要我的土地的……可是，譬如说，——您可别生气呀！——像您老太爷，有一万俄亩地……”

“不是一万，是四千。”

“好，反正一样，就算是四千吧，——难道这块儿还小吗？请问，这能说是合理的吗？再看全俄罗斯——像您老太爷这样的人多得很呢。那么，大尉老爷，您想想看，每张嘴都要吃块面包。您要吃，其他所有的人也都要吃。您当然知道茨冈人教马不吃草的笑话，——他对他的骒马说，你要学会不吃东西才好。而这匹可爱的骒马真的就学啊，学啊，到第十天头上，可就饿死啦……沙皇时代，一切都不合理，对穷苦的老百姓更坏……看，切给您老太爷的那块蛋糕有多大，四千亩，要知道他也不是用两个嗓子眼往下咽东西的嘛，他也和我们普通人一样，是用一个嗓子眼咽的嘛。这对老百姓当然太不公平啦！……布尔什维克——他们要干的是好事情，可是您却说——要打仗……”

利斯特尼茨基暗自激动地听着他讲。最后他已经明白，自己根本提不出任何有分量的反证，他觉得这个哥萨克用最简单不过的道理已经逼得他走投无路，而且内心潜伏已久、自知理亏的意识也在蠕动，这使利斯特尼茨基有点儿不知所措，恼羞成怒。

“你怎么样——是布尔什维克吗？”

“我是什么人，这并不重要……”拉古京讽刺地拉着长声回答说，

“问题不在于我是什么人,而在于真理。老百姓要的是真理,可是人们却总在埋葬它,说什么,真理早已寿终正寝啦。”

“好啊,工兵代表苏维埃的布尔什维克就用这些玩意儿灌输你……看来,你跟他们交往很有收获嘛。”

“噢,我的大尉老爷,是生活本身把这些灌输给我们这些老实巴交的人的啊,布尔什维克只不过是点上引信罢啦……”

“你不要兜圈子啦！不要耍贫嘴！”利斯特尼茨基已经是怒气冲冲地说了,“你回答我:你谈到我父亲的土地,以及所有的地主的土地,但是,要知道这是——私人财产呀。如果你有两件衬衣,而我一件也没有——那么,照你的说法,我就应该从你身上剥一件下来吗?”

利斯特尼茨基虽然没有看见,但是从拉古京的声调里听得出,他是在笑。

“我会自动交出那件多余的衬衣。在前线我曾经交出过不是多余的,而是最后的一件衬衣,我自己却光身穿着军大衣,可是我却没有听说有谁交出过一点土地来……”

“你怎么的——嫌土地少吗？不够用吗?”利斯特尼茨基提高嗓门说。

脸色变白的拉古京激动地喘着气,几乎是叫喊似地回答道:

“你以为我是在为自己伤心吗？我们到过波兰——那儿的人过的是什么样的日子呀?！你看到了没有？我们周围的庄稼人过的是什么样的日子？……我是看见啦！心里的血都开了锅啦！……怎么的,难道你以为我不可怜他们吗？……也许,我就是为了这个,为了波兰人,痛苦透啦,我总在想他们那点可怜的土地能顶什么用。”

利斯特尼茨基想要说几句刻薄的话,但是这时从普梯洛夫工厂巨大的灰色厂房里传来尖利的喊声:“抓住!”响起了急促的马蹄声和刺耳的枪声。利斯特尼茨基扬鞭策马,奔驰而去。

他和拉古京同时跑到了聚集在十字路口附近的一排人跟前。哥萨克们马刀碰得叮当响,跳下马来,被他们捉住的那个人正在中间挣扎。

“怎么啦？怎么回事?”利斯特尼茨基策马向人群中冲去,大声问道。

“有个坏蛋用石头……”

“扔过来——就跑啦。”

“给他一下子,阿尔扎诺夫!”

“瞧你这个混蛋!你想打了就跑吗?”

本排的下士阿尔扎诺夫在马上向下俯着身子,揪着那个身材矮小、穿着没系进裤腰里去的黑衬衣的人的领子。三个下了马的哥萨克把他的手扭到背后去。

“你是干什么的?”利斯特尼茨基怒不可遏地大声喊道。

被捉住的人抬起脑袋,苍白的脸上,默不作声的嘴唇歪扭着,紧闭在一起。

“你是什么人?”利斯特尼茨基又把问题重复了一遍,“是你扔的石头吗?混蛋!喂,不说话?阿尔扎诺夫……”

阿尔扎诺夫从马鞍子上跳下来,——他松开那人的领子,抡起手臂照着那家伙的脸上打了一下。

“抽他一顿鞭子!”利斯特尼茨基猛然拨转马头,命令道。

三四个哥萨克下了马,把被绑起来的人推倒在地,抡起鞭子打了起来。拉古京从马鞍子上跳下来,走到利斯特尼茨基跟前。

“大尉老爷!……您这是干什么?……大尉老爷!”他用哆嗦着的手指头紧紧抓住大尉的膝盖,叫道,“不能这么干呀!……要知道这是人哪!……您这是干什么呀?”

利斯特尼茨基用缰绳催动着马,默不作声。拉古京转身向哥萨克们扑去,趺趺撞撞,马刀直绊他的腿,他上去拦腰抱住阿尔扎诺夫,想把他拉开。阿尔扎诺夫挣扎着,嘟哝道:

“你别太自作多情啦!别太伤心啦!他要用石头砍咱们,难道就应当不理他吗?……放开手!……放开手!我这可是好言相劝!……”

一个哥萨克弯下腰,从背上扯下步枪,用枪托子朝倒在地上的人的柔软的身躯上噼噼啪啪乱打起来。过了一会儿,马路上响起了一阵低沉的、不成声的惨叫。

可是后来沉寂了几秒钟——又响起那个人的声音,然而已经像个青年人疼痛难忍、抽泣时脆弱的声音了，每次打击后嘶哑的喊声中，还夹杂着短促的谩骂声。

“狗东西！……反革命！……你们打吧！哎呀！……啊啊啊啊！……”

啪！啪！啪！——惨叫声和打击声此起彼伏。

拉古京跑到利斯特尼茨基的马前，紧贴着他的膝盖，手指甲划着马鞍的皮垫，喘着粗气央告说：

“您做做好事吧！”

“躲开！”

“大尉！……利斯特尼茨基！……你听见了吗？你要对此负责！”

“我想朝你脸上啐一口！”利斯特尼茨基哑着嗓子说道，策马向拉古京身上冲去。

“弟兄们！”拉古京跑到站在一旁的哥萨克们面前大声叫道，“我是团革命军事委员会的委员……我命令你们不许打死这个人！……你们要负责……你们要对此负责！……这不是过去那个时代啦！……”

一种失去了理智的、盲目的憎恨使利斯特尼茨基发了疯。他用鞭子朝马耳朵中间抽了一下——马就朝拉古京冲去。他用带着擦枪油臭气的铁青色的手枪口对着拉古京的脸比划着，尖声叫道：

“住口，叛徒！布尔什维克！我——毙——了——你！”

他的意志用出最大的力量才把手指从枪机上移开，勒马直立，然后飞驰而去。

过了几分钟，他后面跑来三个哥萨克。在阿尔扎诺夫和拉宾的两匹马中间拖着那个人，汗湿的衬衣紧贴在身上，两脚不动。哥萨克架着他的胳膊，他轻轻地摇晃着，脚碰着马路上的石头。被打得血肉模糊的脑袋往后仰着，在耸起的尖尖的肩头中间摇晃，高高抬起的白下巴颏在闪动着。第三个哥萨克跑在前头。他看见灯光照耀着的胡同口有一个马车夫；他站在马镫上，向马车夫驰去。他简短地说了几句话，然后神气地用鞭子敲了敲靴筒，马车夫就很听话地急急忙忙把马车赶到停在马路上的阿尔扎诺夫和拉宾跟前。

第二天，利斯特尼茨基睡醒后，意识到他昨天犯了一个无法挽回的严重错误。他咬着嘴唇，想起了殴打那个朝哥萨克扔石头的人的场面，以及后来他与拉古京的冲突，不禁皱起了眉头。他若有所思地不停地咳嗽着。穿衣服的时候，心里琢磨着，为了避免与团士兵委员会的关系激化，暂时还是不要去动拉古京，最好是等到那些在场的哥萨克忘掉昨天他和拉古京的冲突以后，那时再神不知、鬼不觉地把这家伙干掉，扫清障碍。

"这就是所谓要跟哥萨克打成一片……"利斯特尼茨基很伤心地嘲笑着自己，此后，有好多天，这一不愉快的印象一直在他脑子里萦回。

已经是八月初旬，在一个晴朗的、阳光明媚的日子，利斯特尼茨基和阿塔尔希科夫在城里闲逛。自从在军官会议那天的谈话以后，他们俩没有说完的话，始终无法再继续下去。阿塔尔希科夫守口如瓶，把那些没有说出来的思想深藏在心里，尽管利斯特尼茨基一再引诱他再推心置腹地谈谈，他总是紧遮着那层厚厚的帷幕，这是大多数人惯于用来隐蔽自己真实面目，不让别人看出来的办法。利斯特尼茨基在与别人交往时，总觉得人们的外表里面还隐藏着另一副往往总也无法认清的面貌。他深信，如果从任何一个人的身上剥掉这层外壳，就会露出真实的、赤裸裸的、没有任何虚伪装饰的内核。因此他总有一种病态的心理，想了解，在形形色色的人们的粗鲁的、严肃的、英勇无畏的、厚颜无耻的、幸福的和快活的外表里面，究竟隐藏着什么货色。现在，他思考着阿塔尔希科夫，然而能猜透的却只有一件事——就是这个人正在从诸多已经形成的矛盾中痛苦地寻找出路，想使哥萨克的传统与布尔什维克思想结合起来。这种猜测使他不得不中断原拟与阿塔尔希科夫接近的计划，并与他疏远起来。

他们沿着涅夫斯基大街走着，偶尔交谈几句无关紧要的话。

"我们去吃点东西好不好?"利斯特尼茨基用眼朝饭店的大门示意着，提议说。

"好吧。"阿塔尔希科夫同意了。

他们刚进门儿就站住了，大失所望地环顾四周：所有的桌子都坐满了人。阿塔尔希科夫转身想要退出，但是从一张靠窗的桌子边站起一位衣冠楚楚、大腹便便的绅士，他原是跟两位太太坐在一起，曾注意地看着他们俩在找坐位。绅士走过来，非常有礼貌地举起小礼帽。

“请原谅！二位可否就坐我们那张桌子？我们要走啦。”他笑着说道，露出一排稀疏的、被烟熏黄的牙齿，并做了个请他们去就座的手势，“我很愿意为二位军官效力。你们——是我们的骄傲。”

坐在桌边的两位太太也站起来。身材高大、黑头发的太太在整理鬓发，另外一位稍年轻些的在玩弄着小伞等候她。

两位军官谢过客气地把桌子让给他们的绅士，走到窗前。稀疏、针状的黄色光线透过垂下的窗帘投在桌布上。菜肴的气味驱散了摆在小桌上鲜花的芬芳诱人的清香。

利斯特尼茨基要了一份冰鱼羹，在等菜的时候，他若有所思地撕着一朵从花瓶里面拔出来的橙黄色的金莲花。阿塔尔希科夫用手绢擦了擦汗淋淋的额角，两只疲倦地低垂着的眼睛不停地眨着，注视着在邻座的桌子腿上颤动的太阳光点。

他们还没有吃完，又有两个军官大声地谈着走进了饭店。

前面的一个寻找着空桌子，把晒成褐色的脸转向利斯特尼茨基。黑色的斜眼里闪着快活的表情。

“利斯特尼茨基！是你吗？……”这个军官健步向他走来，放肆地叫道。

他那黑胡子下面闪着飞沫般的雪白牙齿。利斯特尼茨基认出他是卡尔梅科夫大尉，跟着他走过来的是丘博夫。他们紧紧地握了握手。利斯特尼茨基把自己过去的两个同事介绍给阿塔尔希科夫以后，问道：

“哪一阵风把你们吹到这儿来啦？”

卡尔梅科夫一面卷着胡子，脑袋往后一仰——斜眼扫视着四周，说道：

“我们是出差来的。以后我再告诉你。你先说说自己的事吧。在第十四团里日子过得好吗？”

……他们一同走出饭店。卡尔梅科夫和利斯特尼茨基落在后面，他们拐进头一条胡同，半个小时后，走出了城市的繁华地带，小心地四下张望着，边走边低声谈。

“我们第三军团是罗马尼亚战线的预备队，”卡尔梅科夫兴奋地说道，“一个半星期以前我接到团长的命令，叫我把连队交出去，和丘博夫中尉一同到师部去听候差遣。好极啦。我把连队交出去。我们来到师部。作战处的 M 上校，——你认识他，——秘密地告诉我，叫我立即到克雷莫夫将军那里去。我和丘博夫一同去军团司令部报到。克雷莫夫接见了我，因为他已经知道给他派来的军官是什么样的人，就干脆说出了下面这段话：‘现政府当权的都是些有意把国家引向灭亡的人，——必须撤换政府的上层分子，甚至可能要实行军事独裁，取代临时政府。’他还说科尔尼洛夫是最有可能的候选人，后来就叫我到彼得格勒来，听候军官联合会总部分配任务。现在这儿已经集合了几百个可靠的军官。你明白，我们的任务是什么吗？军官联合会总部正与我们哥萨克军人联合会共同工作，在一些铁路枢纽站上和各师组织突击营。一切在不久将来可以使用的……”

“究竟会变成什么样子呢？你是怎么想的？”

“真没想到！您就生活在这里，竟没有弄清首都的局势？毫无疑问，要来一次政变，科尔尼洛夫将执掌大权。要知道，军队是坚决拥护他的。我们那儿的人都这样看：两股势均力敌的力量——科尔尼洛夫和布尔什维克。克伦斯基夹在这两块磨石中间，——不是这股力量，就是那股力量将把他碾得粉碎。让他先在阿莉萨①的床上睡几天吧。他是个短命的皇帝。”卡尔梅科夫沉默了一会儿，然后若有所思地玩弄着马刀穗子，说道，“其实，我们不过是棋盘上的小卒，而小卒是不可能知道棋手往哪儿摆他们的……譬如说，我就不能全面了解大本营进行的一切活动。我只知道，在将军们之间——科尔尼洛夫、鲁科姆斯基、罗曼诺夫斯基、克雷莫夫、邓尼金、卡列金、埃尔埃利及其他诸位将军之间——有某种秘密联系和约定……”

“但是军队……所有的军队都拥护科尔尼洛夫吗？”利斯特尼茨基越走越快，追问道。

“步兵当然是不肯的。我们要带领他们。”

---

① 阿莉萨即亚历山德拉·费奥多罗芙娜皇后，尼古拉二世的妻子。

“你可知道,克伦斯基在左派的压力下想要撤换掉最高统帅吗?”

“这他不敢!第二天就会叫他作阶下囚。军官联合会总部已经毫不含糊地把他们对这个问题的观点通知了他。”

“昨天哥萨克军人联合会派了几个代表上他那儿去,”利斯特尼茨基笑着说,“他们声明,哥萨克绝不允许撤换科尔尼洛夫的任何企图。你知道吗?他回答说:‘这是诽谤。临时政府根本也不想做诸如此类的蠢事。’他一面在安抚社会人士,一面却又像窑姐儿一样,向工兵代表苏维埃执行委员会频送秋波。”

卡尔梅科夫一面走着,一面掏出来一本军官用的野战笔记本,高声朗诵道:

“‘俄罗斯军队的最高统帅,社会活动家会议向您致敬。会议声明,任何妄图损害您在军队和俄罗斯威望的行为,都被视为犯罪行为,会议完全支持军官、荣获乔治十字章的英雄和哥萨克们的意见。际此面临严重考验的关头,俄罗斯全体正直人士对阁下寄予无限的希望和信赖。愿上帝在您重建强大的军队和拯救俄罗斯的伟业中帮助您!罗坚科①。’这大概很明白了吧?撤换科尔尼洛夫根本是不可能的……是的,顺便说说,你见到昨天他进京的场面吗?”

“我昨天夜里才从皇庄回来。”

卡尔梅科夫笑了,露出了一排齐齐的牙齿和健康的粉红色牙床。狭细的眼睛眯缝起来,眼角上皱起了一片难看的蜘蛛网般的细纹。

“真够威风气派啦!卫队——是整整一个由帖金人组成的骑兵连。汽车上架着机枪。就这副架势,浩浩荡荡向冬宫开去。这是毫不含糊的警告……哈——哈——哈。你要是看到那些戴着毛茸茸皮帽子的嘴脸就好啦。噢,他们是值得一看的!给人一种非常独特的印象!”

两位军官在莫斯科—纳尔夫斯基区兜了一圈,就分手了。

“叶尼亚,咱们一定要经常联系,”卡尔梅科夫临别时说道,“暴风雨来啦。要站稳脚跟,不然会摔跤的!”

---

① 姆·弗·罗坚科(1859—1924)——大地主,第三、四届国家杜马议员。克伦斯基当政时期是积极的反革命力量的组织者。十月革命后,是白卫军的主要首领之一,后流亡国外。

他又停了下来,扭过半边身子,对已经走去的利斯特尼茨基喊道:

“忘记告诉你啦。咱们的同事,梅尔库洛夫,那位艺术家,还记得吗?”

“他怎么啦?”

“五月里炸死啦。”

“这不可能!”

“简直死得莫名其妙。死得糊涂透顶。一个侦察兵的手榴弹在手里就爆炸了,把自己的胳膊齐着胳膊肘炸掉。而梅尔库洛夫,我们只找到了一部分内脏和一个炸坏的望远镜。死神三年来一直没有动他……”

卡尔梅科夫还喊叫了些什么,但是刮起的旋风卷起了一阵灰色的尘埃,仅仅传来模糊不清的余音。利斯特尼茨基挥了一下手走去,不时回头看看。

第 十 三 章

八月六日,最高统帅部的参谋长鲁科姆斯基将军接到了由大本营第一后勤司令罗曼诺夫斯基将军转来的命令:把骑兵第三军团和土著骑兵师集中到涅维利——新索科尔尼基——维利基卢基地区。

“为什么要在这个地区集中?要知道这些部队不都是罗马尼亚战线的预备队吗?”鲁科姆斯基大惑不解地问道。

“我不知道,亚历山大·谢尔盖耶维奇。我只是把最高统帅的命令正确地传达给您。”

“您什么时候收到的?”

“昨天。夜里十一点钟最高统帅把我叫了去,命令我今天早晨把这件事报告给您。”

罗曼诺夫斯基踮着脚尖,走到窗前,在占据了鲁科姆斯基办公室半边墙的中欧战略地图前停下来,然后背对着鲁科姆斯基,故弄玄虚地仔细打量着地图说：

“请您自己去问吧……他现在正在办公室。”

鲁科姆斯基从桌子上拿起公文，推开沙发椅，用那种所有发胖的老年军人走路时的坚定步伐走去。在门口，他把罗曼诺夫斯基让到前面，显然是正在想着什么，自言自语地说：

“正确。是这样。”

一位鲁科姆斯基不认识的、高个子、长腿的上校刚好从科尔尼洛夫的办公室里走出来，恭敬地给他让路，然后明显地一瘸一拐地顺着走廊走去，滑稽地使劲耸着受过伤的肩膀。

科尔尼洛夫略微向前探着身子，两只手掌斜撑在桌面上，正对一个站在他对面的、上了些年纪的军官说话：

“……应该认为这是意料之中的。您明白我的意思吗？请您到达普斯可夫后立刻就通知我。您可以走啦。”

科尔尼洛夫等那个军官把门关上以后，才用富于青春弹力的姿势坐到沙发椅上；他把另一只沙发椅推给鲁科姆斯基的时候问道：

“您从罗曼诺夫斯基那里收到我调动第三军团的命令了吗？”

“收到啦。我就是为这件事来的。为什么您要选定这个地区作为军团的集结点呢？”

鲁科姆斯基仔细观察着科尔尼洛夫黝黑的脸。一张令人感到神秘莫测的、冷冰冰的亚洲人型的脸，两颊上，从鼻子到被下垂的稀疏的胡子遮着的冷酷的嘴边，布满常见的、熟悉的斜纹。只有那一缕像小孩的刘海似的垂到额角上的头发，稍微冲淡了他脸上冷酷严厉的表情。

科尔尼洛夫的一只干瘦的小手掌支着下巴，胳膊肘撑在桌子上，眯缝着炯炯有神的眼睛，一只手摸着鲁科姆斯基的膝盖，回答说：

“我要把骑兵集中在这一地区，使之并非专为支援北方战线，而是为了一旦需要，就能很容易地把骑兵投到北方或者西方战线。我认为，选定的这个地区最能满足这个要求。怎么，您另有高见？说说看，好吗？”

鲁科姆斯基含义不清地耸了耸肩膀。

“对西方战线的担心是毫无根据的。最好是把骑兵集中在普斯可夫地区。”

“普斯可夫？”科尔尼洛夫全身向前探着，重问了一遍，皱眉蹙额，略微咧了咧毫无光泽的薄嘴唇，否定地摇了摇头，说道：

“不！普斯可夫不适当。”

鲁科姆斯基疲惫、衰老地把手掌放到沙发椅的扶手上，小心翼翼地斟酌着字句说：

“拉夫尔·格奥尔吉耶维奇，我立刻就下达必要的命令，不过我有这样的印象，好像您还有什么话没说出来……如果是为了把骑兵向彼得格勒或者莫斯科方面调动的话，那么您选择的集结地区是很合适的，但是像这样配置骑兵，对于北方战线的支援，单单由于调动困难这一点就已经无法保证。如果我没有理解错的话，您的确还有话没有说出来，那么我请求您——或者让我回到前线去，或者把您的想法完全告诉我。只有在得到首长的完全信任时，参谋长才能留在自己的位置上。”

科尔尼洛夫低下头，聚精会神地听着，但仍然顾得上用自己尖利的眼睛注视着鲁科姆斯基，由于激动表面冷冰冰的脸上泛起了一层勉强能看出的、淡淡的红晕。他考虑了几秒钟以后，回答说：

“您是正确的。我有些想法还没有跟您谈过……请您立即发出有关调动骑兵的命令，火速把第三军团司令官克雷莫夫将军请到这儿来，等从彼得格勒返回后，咱们再详细谈谈这件事，亚历山大·谢尔盖耶维奇，请相信，对您，我不想隐瞒任何事情，”科尔尼洛夫特别强调了最后一句话，然后迅速转过身去，回答敲门的声音，“请进。”

大本营的副政治委员①丰·维津和一个身材矮小、须发斑白的将军一同走进来。鲁科姆斯基站起身，往外走的时候，听见科尔尼洛夫对丰·维津提出的问题，生气地回答说：

“现在我没有工夫复查米勒将军的案件。什么？……是，我要出去。”

---

① 一九一七年二月革命后，当时的俄罗斯军队中就建立了政治委员制度，但其实质与后来红军中的政治委员完全不同。

鲁科姆斯基从科尔尼洛夫那里回来以后,在窗户边站了半天。他抚摸着斑白的山羊胡子,若有所思地望着花园里被风吹拂着的浓密的栗树梢和像波浪起伏、在阳光下闪闪发光的青草。

一个小时后,骑兵第三军团司令部就收到最高统帅部参谋长发来的准备调防的命令。曾按照科尔尼洛夫的意愿拒绝担任步兵第十一军军长的军团司令官克雷莫夫也在当天被密电召来大本营。

八月九日,科尔尼洛夫在一个由帖金人组成的骑兵连保护下,乘专列去彼得格勒。

第二天,大本营里就盛传起最高统帅被撤换的消息,甚至说他已被捕,但是十一日早晨,科尔尼洛夫回到了莫吉廖夫。

回来之后,他立刻邀请鲁科姆斯基到自己的办公室里来。他看完了电报和军事情报,细心地整了整洁白的使橄榄色瘦削的手腕子显得更加水灵的袖口,又摸了摸领子。这些匆忙的、心不在焉的动作说明他的心情异常激动。

"现在咱们可以把那天没谈完的话谈完啦,"他低声说道,"我想接着谈谈使我不得不把第三军团向彼得格勒调动的想法,以及与此有关的我还没有跟您谈过的其他想法。您知道吗,八月三日,我在彼得格勒参加政府会议时,克伦斯基和萨温科夫①提醒我,叫我不要过多涉及国防上的重要问题,因为,照他们的说法,阁员中有些不可靠的人物。我作为最高统帅,向政府报告时,却不能谈作战计划问题,因为不能保证我说的话,过几天以后,不被德国司令部知道!这还算个政府吗?试问在此以后,我还会相信它能拯救国家吗?"科尔尼洛夫迅速坚定地走到门边,把门锁上,转回身来,激动地在桌子前面来回踱着,说:"由这么一伙可怜虫来管理国家,实在令人伤心、憋气。优柔寡断,意志薄弱,一无所长,踌躇不决,常常简直是卑鄙无耻——请准许我这样说,就是这么些不三不四的玩意儿在指导这个'政府'的一切行动。在诸如切尔

① 萨温科夫·鲍里斯(1879—1925)是社会革命党的首领之一。二月革命后曾在克伦斯基政府任部长;根据他的建议在前线实行了死刑制。十月革命后,成了苏维埃政权的最凶恶的敌人,他和卡列金、科尔尼洛夫、高尔察克和弗兰格尔都有勾结。在外国代表支持下,组织了一连串的白卫军叛乱和阴谋。

诺夫[1]之流和其他一些人的热心参与下，布尔什维克就会把克伦斯基搞掉……亚历山大·谢尔盖耶维奇，您看俄罗斯就是处在这样的危境中。我奉行的是您熟知的那些原则，我想使祖国不再经受任何新的动乱。我调动骑兵第三军团的主要目的是为了在八月底把它用到彼得格勒去，如果布尔什维克发动进攻，就彻底地镇压这伙祖国的叛逆。我要把直接领导作战的任务交给克雷莫夫将军。我确信，在必要的时候他会毫不犹豫地把工人和士兵代表苏维埃的那些家伙全都绞死。临时政府……哼，咱们还要看一看……我没有任何个人目的。只为拯救俄罗斯……赴汤蹈火，不惜任何代价！……"

科尔尼洛夫突然停下来，站在鲁科姆斯基对面，猛地问道：

"只有采取这样的断然措施，才能保证国家和军队的前途，您同意我的意见？能和我共同奋斗到底吗？"

鲁科姆斯基感动地紧握着科尔尼洛夫干瘦的热手，站起身来。

"我完全同意您的观点！我要奋斗到底。应当周密计划、慎度局势——择机而行。您就把这件事交给我吧，拉夫尔·格奥尔吉耶维奇。"

"行动计划我已经拟好。行动的细节可由列别杰夫上校和罗仁科大尉去制定。亚历山大·谢尔盖耶维奇，要知道您的工作已经够多啦。请相信我，我们还会有时间来讨论一切问题，如有必要，再做相应的修改。"

这些天大本营里的生活过得简直像发疟疾一样。每天都有许许多多穿着落满尘土的保护色军便服，经风吹日晒，面色黝黑的军官从前线各个部队来到莫吉廖夫的省长公馆，请缨效命；军官联合会和哥萨克军人联合会的衣冠楚楚的代表来晋见；从顿河卡列金——政府任命的第一位哥萨克顿河军区的军司令官——那里派来了几位急使。也出现了一些形迹可疑的文职官员。确有些人是诚心诚意想来帮助科尔尼洛夫

---

① 切尔诺夫(生于1876年)是社会革命党的头领。一九一八年夏曾策划捷克社会革命党白卫军的暴乱。一九一八年秋逃亡国外，继续进行反对苏联的反革命活动。一九二一年曾企图领导喀琅施塔得的叛乱。

振兴在二月里崩溃的、老朽的俄罗斯帝国，但是也有些兀鹰，他们嗅觉灵敏，闻到了大残杀的血腥气味，预见到谁的强有力的手将切开国家的血管，满怀希望，云集到莫吉廖夫，想乘机抢到点儿什么。像大地主、黑帮①、冒险分子、靠投机发了大财的扎沃伊科和铁杆保皇党徒阿拉金、多布雷恩斯基等人的名字在大本营里，就像是些与最高统帅关系密切的人似的，挂在人们的嘴上。在大本营和顿河军行军司令部里，大家都在窃窃私语，说科尔尼洛夫对人太轻信，因而被一群冒险家们包围了。但同时在广大的军官圈子里却普遍认为：科尔尼洛夫是俄罗斯复兴的旗帜。狂热的复辟者从四面八方汇集到这面旗帜下来。

八月十三日，科尔尼洛夫到莫斯科去参加国务会议。

这是个温暖、阴暗的日子。整个天空仿佛是浅蓝色的铝铸成的，地平线上是一片镶着淡紫色毛皮边的仔羊毛似的云彩。从云层中向田野、向奔驰在铁轨上的列车、向蒙上神话般秋色的树林、向远处水彩画似的朦胧的白桦树、向穿了一身寡妇素装的初秋大地——斜洒下映在虹霓的折光中喜人的细雨。

列车在飞驰，身后甩下茫茫平野，拖着红色长裙般的烟雾，敞开的车窗边，坐着一位矮小的、穿着保护色军服、戴着乔治十字勋章的将军。他稍稍眯缝起黑亮的眼睛，把头探出窗外，冒着热气的雨点毫不吝啬地打湿了他那日久天长晒黑的脸和下垂的黑胡髭；风把垂在前额上小孩刘海似的一绺头发向后吹去。

第十四章

在科尔尼洛夫达到莫斯科的前一天，利斯特尼茨基大尉也到了莫斯科，他是来执行哥萨克军人联合会的特别重要使命的。把文件交给

---

① 沙皇政府在一九〇五至一九〇七年间为与革命势力进行斗争而建立起来的反动组织。

驻扎在莫斯科的一个哥萨克团的团部以后，他得知科尔尼洛夫明天就要到了。

利斯特尼茨基来到亚历山大车站。在头二等候车室和餐厅里——欢迎的人群人山人海；大部分是军人。亚历山大军官学校①组成的仪仗队排列在月台上，天桥边排列着莫斯科妇女敢死突击营②。将近下午三点钟，专车抵达。谈话声立即就沉寂下来。军乐队高奏悠扬悦耳的音乐，一片杂沓的脚步声。疯狂的人群拥夹着利斯特尼茨基，把他挤向月台。他从人潮中冲出来，看到帖金人正在最高统帅的车厢边两列排开。车厢上的油漆闪闪发光，映照着他们的鲜红的长袍。科尔尼洛夫由几个军人陪同走下车来，开始检阅仪仗队，检阅乔治章佩戴者联合会、陆军、海军军官联合会和哥萨克军人联合会的代表团。

在被介绍给最高统帅的人们中，利斯特尼茨基认出了顿河军司令官卡列金和扎伊翁科夫斯基将军，围在他身旁的军官们把其余的人的名字也逐一叫了出来：

“这是基斯利亚科夫——交通部次长。”

“这是市长鲁德涅夫。”

“这是特鲁别茨科伊公爵——大本营的外事处长。”

“这是国事会议的成员穆辛-普希金。”

“那是法兰西大使馆的武官凯奥上校。”

“那是戈利岑公爵。”

“那是曼瑟列夫公爵……”一片奴颜婢膝的赞赏声。

利斯特尼茨基看到，密密层层地站在月台上的衣着华丽的贵妇人们把鲜花掷向走近他的科尔尼洛夫。一朵玫瑰花的花冠挂在科尔尼洛夫的制服肩章上，垂了下来。科尔尼洛夫有点儿难为情地、犹豫地把小花抖了下去。一个蓄着连鬓胡子的乌拉尔老头子，开始结结巴巴地宣

---

① 沙皇俄国的一所贵族士官军事学校。国内战争时期，贵族士官学生站在反革命方面进行残酷的武装斗争。

② 在第一次世界大战将近结束时，由志愿兵组成的所谓突击营。在克伦斯基政府时期，有过很多特别突击营，甚至还出现了一个“妇女敢死营”，这些突击营后来都变成了反革命的工具。

读十二个哥萨克军区的欢迎词。利斯特尼茨基未能听完欢迎词,——他被挤到墙边去了,马刀的皮带几乎都被挤断。在国家杜马议员罗季切夫致词以后,科尔尼洛夫在人群簇拥下又向前走去。军官们手拉着手,结成了一个保卫圈,但是人们把他们挤散了。几十只手都奴颜婢膝地向科尔尼洛夫伸去。有一个头发散乱的胖太太,迈着小碎步跟在他身旁走,拼命想去亲吻他的浅绿色军服的袖子。月台出口处欢声雷动,科尔尼洛夫被抬起来,向前走去。利斯特尼茨基晃了一下肩膀,把一位仪表堂堂的绅士挤到一旁去,——居然抓住了在他眼前闪动的科尔尼洛夫的漆皮靴子。他麻利地抱住那只脚,放到肩膀上,一点儿也没有感觉到这只非常轻的腿有什么压力,只是竭力保持着平衡和脚步的节奏,在人群的缓缓推动下往前走,吼叫声和乐队的喇叭声震耳欲聋。在车站门口,他匆匆整理了一下拥挤时从腰带里松出来的衬衣上的褶子,顺着台阶走到广场。前面是一片人海和军队绿色的行列,一连哥萨克骑兵在进行分列式。利斯特尼茨基把手掌举到军帽檐上,眨着湿润的眼睛,竭力抑制嘴唇的颤抖,但是却无济于事。他只是模糊地记得:照相机嚓嚓的响声,疯狂的人群,士官生的分列式,身材矮小、生着一张蒙古人的脸和两只黑色斜眼睛的将军伫立在那里,让他们从自己面前走过去。

过了一天,利斯特尼茨基坐火车回彼得格勒。他在一个上铺上安顿好,铺上军大衣,抽着烟,想着科尔尼洛夫:

"冒着生命危险逃出了俘虏营,好像知道,祖国将要这样需要他。他的仪容太好啦!就像用天然的石头雕成的——一点多余、庸俗的东西也没有……性格也是这样的。大概对他来说,一切都是清清楚楚,都已周密考虑过。一旦时机来到——他就会领导我们前进。奇怪的是,我竟不知道他的政治面目,——保皇党?君主立宪派……如果我们每一个人都能像他这样,有坚定的信心就好啦。"

大概也正是这个时候,在莫斯科,正当莫斯科国事会议的成员会间休息时,大剧院的走廊里有两位将军——一位身体瘦小、生着一张蒙古人的脸,另外一位是个身强力壮、肩膀上结实地长着一颗留着平头的四方脑袋,略微有些斑白的鬓角梳得平平正正,耳轮紧贴在鬓发上,——他们离开众人,一面在细木块铺的地板上来回踱着,一面在低声交谈。

“宣言的这一条将要规定取消军队里的各种委员会吗?”

“是的。”

“统一战线,紧密团结是绝对必要的。如果不实施我提出的那些措施是无法挽回局势的。陆军已经根本不能打仗啦。这样的军队不仅不能赢得这场战争,甚至连稍微像样点的进攻都顶不住。而且有些部队已经被布尔什维克的宣传瓦解了。那么这里,后方的情况呢?您看,工人对任何企图使他们就范的措施的反应是什么呢?——罢工和示威。我们会议的成员只能步行来开会……这简直是耻辱①!后方必须实行军事化,必须规定严厉的惩戒措施,无情地消灭所有的布尔什维克,这些害人精——这一切就是我们的最迫切的任务。将来我也可以继续得到您的支持吗,阿列克谢·马克西莫维奇?”

“我是无条件支持您的。”

“对此我深信不疑。谢谢您。您看到了吧,已经到了必须坚定不移地采取行动的紧急关头,而政府却只限于敷衍塞责和说漂亮话——什么要用‘铁和血来镇压那些企图像七月那样推翻人民政权的人’啦。不,我们向来是先做后说。而他们却恰恰相反。好吧……有他们吞食自己敷衍政策恶果的时候。但是我不想参与这种不诚实的游戏!不论过去和现在,我都主张公开的斗,我不喜欢说空话。”

身材矮小的将军停下来,站在跟他谈话的人的对面,旋转着他的深保护色军服上的铜钮扣,由于激动,讲话有些结巴:

“他们自己给这些恶棍摘下笼头,现在自己却被革命民主政治吓得发抖啦,要求把可靠的军队从前线调到首都来,而同时又为讨好这种民主政治,不敢采取什么实际行动。进一步,退一步……只有把我们的力量完全团结起来的时候,我们才能用强大的精神压力迫使政府让步,如果他们不让步,——那么咱们就走着瞧吧!我将毫不犹豫开放前线,

① 为了反对国事会议,莫斯科的工人组织了总罢工。在莫斯科有近四十万工人参加罢工。

叫德国人来教训教训他们!"

"我们已经和杜托夫①谈过。哥萨克会全力支持您的,拉夫尔·格奥尔吉耶维奇。咱们需要商量的是如何协调将来的共同行动。"

"开完会以后,我在驻地恭候您和其他诸位光临。你们顿河那儿的情绪怎么样?"

那位身强力壮的将军把刮得发光的四方下巴颏紧靠在胸前,忧郁地皱起眉头,直瞅着自己的前方。大胡子下面的嘴角哆嗦着,回答说:

"我对于哥萨克已经没有从前那种信心了……而且现在根本就很难判断他们的情绪。必须做出一些让步:哥萨克应该做些什么,使外来户拥护自己。在这方面我们正在采取一些措施,但是效果如何,却不敢担保。我担心,当哥萨克和外来户在双方利益冲突时,会各走极端……土地问题……双方的思想都在围着这个轴心打转转儿。"

"您手里要掌握一些可靠的哥萨克部队,一旦内部发生意外事件时保证自身的安全。等我回大本营后,跟鲁科姆斯基研究一下,大概我们还可以想办法从前线抽调几个团到顿河地区去。"

"那我就太感谢您啦。"

"那么,今天咱们就谈谈协调我们将来共同行动的问题。我坚信拟定的计划会胜利实现,但是幸运也常常是不可靠的,将军……万一时运不济,它背弃了我,——我可以期望在你们顿河地区找到栖身之地吗?"

"不仅可以找到栖身之地,还可以受到保护。要知道哥萨克自古以来就是以好客闻名的呀。"

在整个谈话的过程中,卡列金第一次露出了笑容,他那忧郁的目光中的倦意减掉了几分。

一小时后,顿河军区司令官卡列金在会场向安静下来的听众宣读了《十二个哥萨克军区宣言》。

从那天起,在顿河地区,在库班地区,在捷列克地区,在乌拉尔地

---

① 杜托夫(1864—1922)是沙皇的将军,奥伦堡军区哥萨克军司令官。十月革命时,是个组织哥萨克白卫军进行反革命活动的头子,又是高尔察克叛乱的积极策划者。

区，在乌苏里江地区，在所有的哥萨克的土地上，从这边到那边，从这个市镇到那个市镇，撒下了一张像黑色的蜘蛛网一样的大阴谋网。

第十五章

距离被六月战役的炮火抹掉的市镇废墟一俄里的地方，弯弯曲曲的战壕像蛇一样横在树林边。紧靠林边的一带地区由哥萨克特别连防守。

战壕后面，在一道茂密、难以通行的赤杨和小白桦绿树丛那面，是一片战前开采过的、闪着铁锈色亮光的泥炭沼泽；野蔷薇开出了像红莓果似的、喜人的花朵。右面一点，在一块突出的树林边，横着一条被炮弹炸得坑坑洼洼的公路，使人觉得像是一条荒僻的、还没有人走过的道路；树林的边沿，长满枯萎的、被枪弹扫射过的艾蒿，烧焦的树桩像驼背似的弓了起来，一带黄褐色的胸墙，弯弯曲曲的战壕沿着光秃秃的田野伸向远方。战壕后面，就是开采过的、高低不平的泥炭沼泽和被炸得满目疮痍的道路——也还都使人感觉到生活的痕迹，人类劳动的痕迹，可是树林边上的土地却呈现出一幅凄凉、悲伤的画面，令人神伤。

从前在莫霍夫蒸气磨坊里当机器匠的伊万·阿列克谢耶维奇，这一天到附近一个驻扎着一类辎重队的小镇上去，直到傍晚才回来。他往自己土屋走的时候，遇上了扎哈尔·科罗廖夫。扎哈尔几乎是在跑，马刀乱碰着装满沙土的麻袋，胡乱挥舞着双手。伊万·阿列克谢耶维奇躲到一边给他让路，但是扎哈尔抓住他的军服扣子，转动着发黄的病态的白眼珠，低声说道：

“你听说了吗？我们右面的步兵正在开拔！也许，他们要放弃阵地吧？”

扎哈尔那像凝固了的生铁水似的黑连鬓胡子乱成一团，眼睛流露出饥饿、愁闷的绝望神情。

“他们是怎么放弃阵地呢？”

“他们开走啦，至于怎么个放弃法——我不知道。”

“也许，是换防吧？咱们到排长那儿去打听打听。”

扎哈尔回过身，往排长的土屋里走去，两只脚在黏滑、潮湿的泥地上直打滑。

过了一个钟头，这个连由步兵替换下来，向市镇开去。第二天早晨，大家从看守马匹的战士手里牵过战马，用强行军的速度向后方开去。

细雨连绵。低垂的白桦树都像弯了腰似的。道路在林间穿行，马匹闻到潮湿的气味和去年的落叶浓烈的干枯、沉闷的气味，打着响鼻，快活地走起来。水汪汪的毒莓像粉红色的串珠一样挂在草丛上，雨水洗过的三叶草上的花朵像泡沫似的闪着刺眼的白光。风把沉重的雨点从树上吹洒到骑士们的身上。军大衣和军帽上尽是斑斑的黑点，像是被枪砂子打过一样。一缕缕正在消失的马合烟的烟雾在队伍的上空飘荡。

“把咱们抓过来——扔过去，鬼知道他妈的又往哪儿赶我们。”

“战壕里的日子难道你还没有过厌吗？”

“真的，这又要把咱们赶到哪儿去呀？”

“一定是进行什么改编吧。”

“不太像改编。”

“唉，乡亲们，抽口烟——一切苦恼就都忘啦！”

“我把自个儿的苦恼全装在马料袋里……”

“大尉老爷，您准许唱个歌儿吗？”

“可以吗？……起头儿吧，阿尔希普！”

前排有个人咳嗽了一声，唱道：

有几个哥萨克退伍了，骑上骏马回家乡，

肩上挂着肩章，胸前佩着十字章。

几个像受了潮似的声音无精打采地唱了两句就沉默了。和伊万·阿列克谢耶维奇走在一排的扎哈尔·科罗廖夫在马镫上站起来，大声嘲笑道：

“喂,你们这些瞎老头子！难道咱们就这副可怜相唱歌吗？你们这是在教堂门口擎着破碗,唱‘乞讨歌’哪。歌手们……”

“好啊,那你就领唱吧!”

“他的脖子太短,没有长嗓子的地方。”

“你吹过牛皮,把尾巴往旁边一翘,就算完事啦?”

科罗廖夫把长了虱子的大黑连鬓胡子握在手里,闭了一会儿眼睛,然后拼命挥了一下马缰绳,唱出了第一句:

噢噫,勇敢的顿河哥萨克们,欢声歌唱吧……

连队好像被他的歌声惊醒了,唱道:

为了自己的名誉和光荣！……

歌声在雨水淋淋的树林上空,在狭窄的林间小路上空荡漾:

噢噫,我们要为所有的朋友们做一个榜样,
我们开枪射杀敌人!
我们射杀敌人,仍然保持齐整的战斗队形。
我们唯命是从。
长官大人怎么命令我们,
我们就往哪里冲——砍杀敌人!

行军的路上大家一直唱着歌,庆幸可钻出了“狼坟”①。黄昏前就上了火车。兵车向普斯可夫开去。刚开过三站,大家已经都知道连队是和骑兵第三军团的其他部队一同开往彼得格勒,去镇压已经开始的骚乱。这个消息传开以后,谈话声就静了下来。红色的车厢里长时间笼罩着一片蒙眬欲睡的寂静。

“刚出火坑,又进地狱!”又瘦又高的博尔谢夫说出了大多数人的心里话。

伊万·阿列克谢耶维奇——从二月以后就没有更换过的连士兵委员会主席——在第一次停车的时候就到连长那里去了。

---

① “狼坟”指战壕。

“哥萨克都很激动，大尉阁下。”

大尉盯着伊万·阿列克谢耶维奇下巴颏上的一个深洼看了半天，笑着说：

“亲爱的，我也很激动呢。”

“要把我们运到哪儿去？”

“去彼得格勒。”

“去镇压吗？”

“难道你以为——是去帮助骚动吗？”

“我们既不愿意去镇压，也不愿意去帮助骚动。”

“他们可完全不征求咱们的意见。”

“哥萨克们……”

“‘哥萨克们’怎么样？”连长已经是愤怒地打断了他的话，“我自己知道，哥萨克们在想什么。难道我高兴干这种差使吗？赶快拿去在连里念念。下一站我跟哥萨克们谈谈。”

连长交给他一封叠起来的电报，然后皱起眉头，带着明显的厌恶神情，嚼起一块布满白色油点的罐头肉来。

伊万·阿列克谢耶维奇回到自己的车厢。他手里拿着电报，就像攥着一根燃烧的劈柴似的。

“把别的车厢里的哥萨克都叫来。”

火车已经开动了，但是还有哥萨克往车上跳。集合了约三十个人。

“连长接到了一份电报。他已经看过。”

“好好，电报上写的什么？念念吧！”

“念吧，别废话啦！”

“要讲和了吗？”

“别说话！”

伊万·阿列克谢耶维奇在一片寂静中高声朗读了最高统帅科尔尼洛夫的号召书：

我，最高统帅科尔尼洛夫，特向全体人民宣告，士兵的天职、自由俄罗斯公民的自我牺牲精神和对祖国的无私的热爱，迫使我在祖国灾难深重的关头，拒绝服从临时政府的命令，并继续担任陆海军最高统帅职务。前线各总司令都支持我这一决定,我特向全体俄罗斯人民声明,我宁以身殉,也决不允许撤消我的最高统帅职务。俄罗斯人民的忠实的儿子总是牺牲在自己的岗位上,我将为祖国献出我的一切——我的生命。

在关系到祖国存亡的千钧一发的危急时刻,在两京①的门户已向气焰万丈、胜利进军的敌人洞开的时刻,临时政府竟置国家独立生存的重大问题于不顾,而将人民投进纯属虚构的反革命恐怖中去,而临时政府治国无方,措施不力和行动上的优柔寡断,确会导致这种反革命迅速得逞。

我作为自己人民的嫡亲儿子,曾以毕生的精力为人民忠诚服务,此乃人所共鉴——并非我不去保卫我国人民伟大未来的神圣自由,而是因为目前人民的命运掌握在一群缺乏意志的无能之辈手中。傲慢的敌人正利用收买和叛变在我们国家发号施令,为所欲为,这不仅将毁灭自由,也将危及俄罗斯民族的生存。醒来吧,俄罗斯的人民,看看这个无底的深渊吧,我们的祖国正迅速滑向这个深渊!

为了避免任何动荡,预防俄罗斯人的任何流血和内讧,我忘却一切的怨恨和屈辱,特在全体人民面前向临时政府发出呼吁:请你们到我的大本营里来吧,我庄严声明,在此你们的自由和安全,将得到保证。你们与我共同谋划、建立人民防御领导体制,它将要保障自由,领导俄罗斯人民走向一个强大的自由民族当之无愧的伟大未来。

科尔尼洛夫将军

到下一站,军车又被停下来。哥萨克们在等候开车的时候,都聚集在车厢附近,纷纷议论科尔尼洛夫的电报和刚才由连长宣读的克伦斯基宣布科尔尼洛夫为叛徒和反革命分子的电报。哥萨克们心慌意乱地交谈着。连长和排长们陷入一片混乱。

“脑袋里乱成一锅粥啦。”马丁·沙米利诉苦说。

---

① 两京指彼得格勒和莫斯科。

“鬼他妈的知道，他们谁是谁非！”

“他们互相残杀，我们军队遭殃。”

“当官的都肥得发疯！”

“个个都想当老大。”

“老爷们打架，哥萨克遭殃。”

“什么都来了个底儿朝天……真糟糕！”

一群哥萨克来到伊万·阿列克谢耶维奇面前，要求道：

“去问问连长，该怎么办。”

大家一起去找连长。军官们正聚集在他们的车厢里商讨什么事儿。伊万·阿列克谢耶维奇走进车厢。

“连长阁下，哥萨克们催问，现在怎么办。”

“我立刻就去。”

连队聚集在最后一节车厢旁边等候。连长走进哥萨克的人群中去；到了人群中间，举起一只手。

“咱们不听克伦斯基的，咱们服从最高统帅和我们的顶头上司。对不对？因此咱们应该坚决执行上级的命令，向彼得格勒进发。最低限度，咱们先开赴德诺车站。向顿河第一师师长探明情况，——到那里就什么都弄明白啦。我请求哥萨克们不要激动。咱们正在经历这样严峻的时刻。”

连长又把什么军人天职、祖国、革命说了半天，尽力安抚哥萨克，避而不回答问题。他达到了自己的目的；就在这个时候列车挂上了火车头（哥萨克们并不知道他们连的两个军官，用武器威吓站长，才达到赶快开车的目的），于是哥萨克又回到各自的车厢里。

兵车行驶了一昼夜，离德诺车站已经不远。可是夜里又停下来，给乌苏里和达格斯坦团的兵车让路。哥萨克的军车被调到道岔上去。夜色苍茫，达格斯坦团的车辆闪烁着灯光飞驰而过。可以听到逐渐远去的喉音浓重的谈话声、号筒的呻吟声和陌生的歌曲旋律。

连队出发时已经是半夜了。有气无力的火车头在水塔下停了半天，从锅炉火箱里冒出的火星闪着火花，落到地上。火车司机抽着烟，从小窗里朝外张望着，好像是在等待什么。靠近火车头的车厢里，有个哥萨克从门里探出头来，喊道：

“喂，加夫里拉，开呀，要不我们可就开枪啦！”

火车司机吐掉烟头，沉默了一会儿，显然是在注视着烟头飞落去的光弧；他咳嗽着，说道：

“你们总不能把所有的人都枪毙光。”说完就离开了窗户。

过了几分钟，火车头牵动了车厢，缓冲器叮当乱响，由于火车晃动失去平衡的马匹在不断捯动蹄子。列车驰过水塔，驰过稀疏的灯光映照着的窗户和路基外面的黑魆魆的桦树丛。哥萨克们喂过马以后就睡去了，偶尔有人精神振奋起来，靠在半开着的车门口抽烟，凝视着茫茫无际的夜空，想着自己的心事。

伊万·阿列克谢耶维奇躺在科罗廖夫旁边，从门缝里望着滑过的星空。在过去的这一天中，他经过周密考虑，毅然决定，要尽一切努力，阻止连队继续向彼得格勒前进；他躺在那里，考虑着用什么法子可以使哥萨克们拥护自己的决定，怎样来影响他们。

还是在科尔尼洛夫发表宣言以前，他已经清楚地认识到，哥萨克和科尔尼洛夫走的不是一条道路，也感觉到克伦斯基是不值得保护的；他绞尽脑汁，决定：不使连队逼近彼得格勒，而且要是非得动武不可，那就跟科尔尼洛夫打，但是也不拥护克伦斯基，不拥护他的政权，而是要拥护克伦斯基垮台以后产生的那个政权。克伦斯基垮台后，定会产生一个盼望已久的、真正的人民自己的政权——这一点他是深信无疑的。还在夏天的时候，他曾经到过彼得格勒士兵委员会的执行委员会军事部，是因连队与连长发生了冲突，特别派他到那里去请示的；他看了执行委员会的工作，和几位布尔什维克同志谈过话以后，他想：“要用我们工人的肉使这个骨头架子壮大起来，——这将成为真正的政权！伊万，就是死你也要紧跟着它走，就像婴儿咬住母亲的奶头不放一样！”

这一夜，他躺在马衣上，比往常更多地想起了那个从未像现在这样深深热爱的人，想到自己在他的指导下摸索走过的艰难的生活道路。他一面想着明天要对哥萨克们说的话，一面想起了施托克曼有关哥萨克生活的谈话，他经常重复这些话，就像深深地钉钉子一样，说道：“哥萨克本质上是非常保守的。当你要劝说哥萨克相信布尔什维克思想是公正的时候，千万不要忘记这一点，要小心行事，深思熟虑，要善于适应环境。起初，他们可能对你有成见，就像你和米什卡·科舍沃伊当初对待我那样，但是你不要因此泄气。你要顽强地干下去，——最后咱们一定会成功。”

伊万·阿列克谢耶维奇盘算着在说服哥萨克不要跟科尔尼洛夫走的时候，他会遭到各方面的某些责难，但是第二天早晨，当他在自己的车厢里小心翼翼地谈起，应该要求重返前线，不要到彼得格勒去跟自己人打仗时，哥萨克都高兴地赞同他的意见，而且都下定决心，拒绝继续往彼得格勒进发。扎哈尔·科罗廖夫和车尔尼绍夫斯克镇的哥萨克图里林，成了伊万·阿列克谢耶维奇最亲密的同谋者。他们整天都在各个车厢里窜，分别跟哥萨克们谈话，黄昏时分，当列车在一个小站上渐渐减速，慢下来的时候，第三排的下士普舍尼奇尼科夫跑到伊万·阿列克谢耶维奇所在的车厢里来。

“在前面的第一个车站连队就下车！”他激动地对伊万·阿列克谢耶维奇喊叫，“如果你不知道哥萨克想干什么，你还算个什么委员会的主席呀？不要再把我们当傻瓜啦！我们不往前走啦！……军官老爷们在往我们脖子上套绞索，可是你既不吹笛，也不吹哨①。我们是为了这个选你当主席的吗？哼，你笑什么呀？”

“早就应该这样。”伊万·阿列克谢耶维奇笑着说。

在小站上他头一个从车上跳下来，图里林陪同他去找站长。

“我们的列车不要再往前开了。我们要在这儿下车啦。”

“这是怎么回事呀？”站长惊慌失措地问道，“我有命令……有路签……”

“住口！”图里林严厉地打断了他的话。

他们找到了车站职工委员会，向主席，一个身体壮实、棕红色头发的报务员，说明了情况，过了几分钟，火车司机高高兴兴地把兵车开到一条死道岔上去。

哥萨克们急忙搭上跳板，开始从车上往下牵马。伊万·阿列克谢

---

① 意思是：不闻不问，袖手旁观。

耶维奇劈开两条长腿,在机车旁边,擦着满面含笑的、黝黑的脸上的汗。连长脸色苍白地跑到他面前来。

“你这是干什么? ……你知道,这要……”

“我知道!”伊万·阿列克谢耶维奇打断了他的话,“大尉阁下,请你不要叫嚷。”他的脸色也变得苍白,翕动着鼻翅,清清楚楚地说道,“你叫嚷得够多啦,小伙子! 现在请你靠边站。就是这么回事!”

“最高统帅科尔尼洛夫……”大尉紫涨着脸,结结巴巴地说。但是伊万·阿列克谢耶维奇看着自己那两只深深踏进松软的沙土里去的大靴子,轻松地挥了一下手,说道:

“你把他挂在脖子上当十字章吧,他对我们毫无用处。”

大尉用靴子后跟转了一下身,往自己的车厢跑去。

过了一个钟头,连队已经没有一个军官,但是以战斗队形开出车站,朝西南方向开去。伊万·阿列克谢耶维奇担负起连队的指挥任务,他和他的助手,身材矮小的图里林,在最前面的一个排里,和机枪手们并排走着。

连队靠一张从原先的连长手里缴来的地图,困难地确定方向,来到戈列洛耶村,就在这里宿营。大家决定回前线去,如果有人企图拦截,就进行战斗。

哥萨克把马腿拴起来,派好守卫、岗哨以后,都躺下睡了。没有燃起篝火。可以感觉到,大多数人都情绪不佳,没有像往常那样说笑就躺下去了,互相隐瞒着自己的心事。

“如果他们后悔了,跑回去自首,可怎么办呢?”伊万·阿列克谢耶维奇在军大衣下面躺舒服,有点担心地想。

图里林好像听到了他的思想似的,走了过来。

“你睡了吗,伊万?”

“还没有。”

图里林在他的脚边坐下,烟卷吸得直冒火星,悄悄说道:

“哥萨克们的心里可都是乱腾腾的……他们淘完了气,现在害怕啦。乱子咱们是惹出来啦……尽管不太大,你是怎么想的?”

“到时候就会清楚的,”伊万·阿列克谢耶维奇冷静地回答说,“你是不是也害怕啦?”

图里林搔着军帽下的后脑勺,苦笑道:

“说实话,我是有点儿怕……开头干的时候——一点也不怕,可是现在却有点儿心慌意乱了。”

“你的胆儿也太小啦。”

“伊万,要知道——他们的力量还很大呀。”

他们半天没有说话。村子里的灯火已经都熄灭了。从长满柳树、渺无边际的低洼沼泽地里传来鸭子的叫声。

“母鸭子在叫。”图里林若有所思地说了一句,又沉默不语了。

温柔、亲热、静穆的夜色笼罩在草原的上空。草上洒满了寒露。微风把沼地的腐烂的芦苇、沼地的泥土和露水浸湿的青草的混合气味送到哥萨克的宿营地来。偶尔听到几声拴马索的哗啦声、卧倒的马匹打响鼻和沉重的喘气声音。接着又是一片朦胧的寂静,从遥远、遥远的地方传来隐约可闻的野雁的沙哑叫声和近处的鸭子回应的叫声。一阵黑暗中看不见的翅膀的猛烈震动声。暗夜。寂静。朦胧、潮气弥漫的草原。西天边上——升起一片深紫色的彩霞。中天,在古老的普斯可夫的土地的上空,横着像一条宽阔闪光的、令人难忘的大路似的银河。

黎明时分,连队出发了。穿过戈列洛耶村的时候,赶牛的妇女和孩子们望着他们远去的后影看了半天。他们走上了一座洒满朝阳的砖红色小山岗。图里林回头看了看,用脚踢了踢伊万·阿列克谢耶维奇的马镫。

“你回头看看,有几个骑马的人追来啦……”

三个骑士笼罩在一层粉红色轻纱似的尘雾中,穿过村庄,一股烟似的飘来。

“连——连——队,停止前进!”伊万·阿列克谢耶维奇命令道。

哥萨克们习惯地迅速排成了一个灰色的方阵。那几个骑马的人离着还有半俄里,就勒马换成了小跑。其中的一个是个哥萨克军官,掏出一条手绢,在头顶上摇晃着。哥萨克们的眼睛一直在盯着驰来的三个人。穿保护色制服的军官走在前面,其余的两个人穿着契尔克斯式的上衣,离得稍远一些。

“你们来干什么?”伊万·阿列克谢耶维奇迎上前去问道。

“来谈判的,”军官把一只手举到帽檐上回答说,“你们谁指挥连队?”

“我。”

“我是顿河哥萨克第一师的全权代表,这两位是土著骑兵师的代表,”军官用眼睛看看那两个山民军官,紧勒着马缰,用手摸了摸汗淋淋的、光滑的马脖子,“如果你们愿意谈判的话,请命令连队下马。我要传达师长格列科夫少将的口头命令。”

哥萨克都下了马。派来的代表也下了马。他们走进哥萨克的队列,挤到中间去。哥萨克们向后退了退,空出了一个不大的圈子。

那个哥萨克军官第一个开口:

“乡亲们!我们是为了劝你们回心转意和防止你们的行动带来严重后果才来的。昨天师部得悉你们由于受了他人的罪恶煽动,擅自弃车而去,今天特派我们来向你们传达立即返回德诺车站的命令。土著师和其他骑兵部队昨天占领了彼得格勒——今天已经收到电报。我们的先锋部队已经开进首都,占领了所有的政府机关、银行、电报局、电话局和一切重要据点。临时政府已经逃匿,被推翻。乡亲们!赶快悬崖勒马吧。要知道你们是在走向毁灭的深渊啊!如果你们不服从师长命令,那就要派武装部队来对付你们。你们的行动应视为叛变行为,应视为拒不执行战斗任务的行为。你们只有绝对服从命令才能避免我们兄弟自相残杀流血。”

当代表们走过来的时候,伊万·阿列克谢耶维奇就考虑到哥萨克们的情绪,知道回避谈判是不行的,因为拒绝谈判,必然会引出相反的结果。他想了想以后,就命令连队下马,他暗暗向图里林递了一个眼色,自己挤到代表跟前去。在军官讲话的时候,他看见哥萨克们都低下头,愁眉苦脸地听着;有几个人交头接耳地悄悄说话。扎哈尔·科罗廖夫在苦笑,他那生铁似的大黑连鬓胡子仿佛熔化凝结在衬衣上了;博尔谢夫玩弄着鞭子,斜眼看着旁边;普舍尼奇尼科夫大张着呆傻的嘴,对着说话的军官的眼睛望着;马丁·沙米利用一只脏手摸索着脸颊,不住地眨巴眼睛,他身后是巴格罗夫的呆里呆气的黄脸;机枪手克拉斯尼科夫眯缝着眼睛在观望;图里林沉重地喘着粗气;满脸雀斑的奥布尼佐夫把军帽扣在后脑勺上,摇晃着额发浓密的脑袋,好像察觉脖子上套上轭套的老牛;整个第二排的哥萨克全都低着头站在那里,就像在祷告似的;混为一体的人群沉默无语,大家都艰难地喘着粗气。

伊万·阿列克谢耶维奇知道哥萨克的情绪转变的时机已经成熟:再过几分钟——能说会道的军官就可能把连队拉到自己那方面去。无论如何,要消除军官的话造成的影响,要动摇哥萨克们那种还没有说出来、但是已经在心里形成的决定。他举起一只手,用大睁着的、显得特别白的眼睛扫了人群一眼。

"弟兄们!请稍等一下!"他转向军官,问道,"您带着电报吗?"

"什么电报啊?"军官惊讶地问道。

"就是关于占领彼得格勒的电报呀。"

"电报?……没有。这与电报有什么相干?"

"啊哈!没有啊!……"全连都轻松地出了一口气。

于是很多人抬起头来,满怀希望地把目光转向伊万·阿列克谢耶维奇,他提高了沙哑的声调,不容分说地把注意力吸引到自己身上,已经是讽刺地、坚定而凶狠地喊叫起来。

"你说,你没有电报,是吗?难道我们能相信你吗?你想要哄骗我们吗?"

"骗局!"全连的人响亮地喊道。

"电报不是打给我的呀!乡亲们!"军官为了使大家相信,还把双手放在胸前。

但是大家已经不听他的话了。伊万·阿列克谢耶维奇感到,连队的同情和信任又转到他这方面来了,就像用金刚石划玻璃似地清脆地说道:

"就算你们占领了吧,——我们和你们走的不是一条路!我们不愿意打自己人。我们不去屠杀人民。你们想要调唆我们互相残杀吗?休想!世界上的傻瓜都死绝啦!我们不想去扶持将军们的政权。就是这话!"

哥萨克们友好亲热地说笑起来,人群动摇了,发出了一片呼叫声:

“这话有道理!”

“正中要害!”

“说得好——好! ……”

“把这些老爷们赶走,掐着脖子……”

“来说媒哪,真是……”

“在彼得格勒有三个哥萨克团,他们好像也不愿意去屠杀人民。”

“伊万,你听我说! 拿棍子打他们一通! 叫他们滚!”

伊万·阿列克谢耶维奇看了看那几个代表;哥萨克军官把嘴唇一瘪,在耐心地等待着;两个山民军官在他的身后肩挨肩地站着——一个身材匀称的青年印古什①军官,双手十字交叉放在漂亮的契尔克斯式上衣上,两只眼睛像斜扁桃似的,在黑色的库班式皮帽下闪烁,另一个,是位上了点年纪的棕红头发的沃舍梯②人,他很随便地站在那里,一只脚伸出去;手掌放在弯曲的马刀柄上,用嘲讽、探索的眼神打量着哥萨克。伊万·阿列克谢耶维奇刚想要中止谈判,但是哥萨克军官抢在他前头说话了;他和印古什军官咬了一阵耳朵,便大声地喊道:

“诸位顿河哥萨克! 请允许‘野蛮师’③的代表说几句话!”

没等得到同意,印古什军官就轻轻踏着没有后跟的靴子,走到圈子当中,神经质地理了理狭窄的镶花皮带。

“哥萨克兄弟们! 你们叫嚷什么? 要心平气和地讲嘛。你们不要科尔尼洛夫将军,是吧? 你们要打仗,是吗? 好极啦,请吧! 我们来跟你们打。这没有什么可怕的! 完全没有什么可怕的! 今天我们就把你们全部消灭。两团山民骑兵随后就到。是的! 这有什么可大惊小怪的,干吗要大吵大嚷呢?”开始讲话时,他还相当沉着,但是到后来就激动起来,措词激烈,喉音浓重的俄语里,夹带了很多他本民族的土话。

“是这个哥萨克把你们的头脑搞昏啦,他是个布尔什维克,可是你们却跟着他走! 是的! 难道我说得不对吗? 逮捕他! 缴他械!”

他大胆地指着伊万·阿列克谢耶维奇说,在那个狭小的圈子里来

① 印古什人是高加索的少数民族。

② 沃舍梯人是高加索的少数民族。

③ 沙皇时期由高加索山地民族组成的师被称作“野蛮师”。

回跑着,脸色苍白,狂热地挥舞着双手,脸上布满了酱色的红晕。他的同伴,那个上了些年纪的棕红头发的沃舍梯军官却依然那么冷静、沉着;哥萨克军官则在玩弄破旧的马刀穗头。哥萨克们都一声不响,惶惑不安的情绪重又动摇了他们的队伍。伊万·阿列克谢耶维奇一直在盯着印古什军官,盯着军官那像野兽似的龇着的白牙齿和那从左太阳穴斜流下来的一道灰色的汗迹,他伤心地想着,本来可用一句话就结束谈判,把哥萨克带走,可是竟白白地错过了机会。图里林扭转了局面。他跳到圈子当中,拼命地挥着两手,撕下衬衣领子上的钮扣,哑着嗓子,嘴角冒着白沫,大喊道:

"你们这些毒蛇!……魔鬼!……浑蛋!……他们像窑姐儿似的在诱骗你们……可是你们却还支着耳朵听!……军官们是骗你们去为他们卖命!……可是你们在干什么?你们在干什——么呀?!应当砍死他们,可是你们还在听他们胡说八道,啊?……把他们的脑袋从肩膀上砍下来,给他们放放血。就在你们在这儿磨牙床的时候——他们就要来包围我们了!……用机枪扫射我们……在机枪扫射下你们就开不成大会啦……他们是故意迷惑拖住你们,好等他们的军队开来……唉——唉——唉,你们哪,算什么哥萨克呀!你们全是些色鬼!"

"上马!……"伊万·阿列克谢耶维奇用打雷似的声音喊道。

他的喊声像一颗在人群上空爆炸的榴霰弹。哥萨克们个个都向自己的马跑去。过了一分钟,混乱的连队已经列成了纵队。

"请听我说!乡亲们!"哥萨克军官气急败坏地喊道。

伊万·阿列克谢耶维奇从肩膀上摘下步枪,坚决地把关节肿胀的手指头放在枪机上,用马嚼子勒着撒欢儿的战马的嘴唇,叫道:

"谈判结束啦!如果现在还有必要和你们谈话的话,那就是要用这个舌头来跟你们谈啦。"

他意味深长地摇晃着步枪。

各排相继走上了大路。哥萨克们回头看看,只见那几个代表骑上马以后,正在商量什么。印古什军官眯缝着眼睛,热烈地在说些什么,还不断地举起一只手来;他那挽起的契尔克斯式上衣袖口的绸里子在闪着雪亮的光。

伊万·阿列克谢耶维奇最后看了一眼，看见了闪着耀眼的雪亮的绸里子，不知道为什么，被旱风吹皱的顿河水、阵阵碧波和擦着浪尖掠过的鱼鹰雪白的翅膀，突然展现在他眼前。

第十六章

科尔尼洛夫从八月二十九日收到的克雷莫夫的一些电报里已经明白，武装政变失败了。

下午两点钟，从克雷莫夫那里派来的一位传令军官到了大本营。科尔尼洛夫和他谈了很久，然后招来罗曼诺夫斯基，神经质地揉着一张什么文件，说道：

“一切都完啦！我们的牌打输啦……克雷莫夫未能及时把军队调到彼得格勒，时机已经错过。本来是轻而易举的事，现在却遇到了重重的障碍……时局注定在向不利于我们的方向发展……这个……请您看看吧，军队是怎么调遣的！”他把一张地图递给罗曼诺夫斯基，上面注明了第三军团和土著师的兵车最后到达的地方；阵阵的痉挛掠过他那由于失眠变得憔悴不堪的、曾是那么有神的肿脸。“铁路上的那伙流氓全都在给我们制造困难。他们就没有想到，如果我一旦成功的话，就会下命令把他们的十分之一统统绞死。请看看克雷莫夫的报告吧。”

在罗曼诺夫斯基看报告的时候，科尔尼洛夫一面用大手巴掌抚摸着自己油晃晃的肿脸，一面迅速地写道：

诺沃切尔卡斯克，阿列克谢·马克西莫维奇·卡列金司令官。

阁下致临时政府电报的要点我已知悉。光荣的哥萨克已经没有耐心再与形形色色的卖国贼和叛徒进行毫无成果的斗争，眼见祖国已濒于灭亡，他们毅然拿起武器，来保卫国家的生存和自由。哥萨克曾以自己的劳动和鲜血使这个国家繁荣昌盛，版图扩大。我们之间的来往在一定时间内仍将受到限制。盼能与我采取一致行动，——热爱祖国和珍惜哥萨克荣誉的赤诚会使您这样做的。

第六五八号，一九一七年八月二十九日

科尔尼洛夫将军

“请把这个电报立即发出去。”他写完以后，吩咐罗曼诺夫斯基说。

“请您命令再次致电巴格拉季翁公爵，请他在今后的进军中，是否可以行军速度前进？”

“是，是。”

罗曼诺夫斯基沉默了一会儿，然后若有所思地说：

“拉夫尔·格奥尔吉耶维奇，我以为目前我们还没有悲观失望的理由。您对事变进程的估计过分悲观……”

科尔尼洛夫胡乱伸出一只手，想捕捉一只在他头顶飞舞的紫色小蝴蝶。他蜷着手指，脸上带着轻微的紧张、期待的表情。蝴蝶受到空气的冲击，展平翅膀，落了下来，朝敞着的窗户飞去。但是科尔尼洛夫终于还是把它捉住了，然后就轻松地喘起气来，靠在圈椅的背上坐下。

罗曼诺夫斯基在等待他对自己的话的回答，但是科尔尼洛夫却苦笑着，若有所思地讲起他的梦来：

“昨天晚上我做了一个梦。仿佛我是一个步兵师的旅长，率领部队在喀尔巴阡山的丛山中进军。我们和司令部一起来到一个牧场。一位上了年纪的、穿得很漂亮的乌克兰人出来迎接我们。他请我喝牛奶，摘下雪白的毡帽，用非常地道的德语说：‘请喝吧，将军！这牛奶有一种奇异的医疗效果。’我好像是在喝，完全没有介意这个乌克兰人竟冒昧无礼地拍了拍我的肩膀。后来我们就在山中行进，好像又不是在喀尔巴阡山了，而是在阿富汗的什么地方，走在一条羊肠小道上……是的，真正的、名副其实的羊肠小道：到处是石头，褐色的碎石在脚下乱飞；山下，峡谷那边，一派沐浴在灿烂、耀眼的阳光中明媚的南方景色……”

徐徐清风吹过敞开的窗户，翻动着桌子上的纸张，科尔尼洛夫迷离恍惚的目光在第聂伯河对岸，在点缀着一块块绿中透黄的草地的丘陵起伏的大地上徘徊。

罗曼诺夫斯基追逐着他的视线，也暗自叹了一口气，把目光移到风平浪静，波光闪闪的第聂伯河上，移到抹上一层早秋的温柔色彩的、烟霭漠漠的原野。

第十七章

往彼得格勒移动的骑兵第三军团和土著师的部队，在八条铁路线上拉成很长的距离；列韦利、韦津贝格、纳尔瓦、亚姆堡、加契纳、索莫里诺、维里察、楚多沃、格多夫、诺夫哥罗德、德诺、普斯可夫、卢加和其余的一切大大小小的中间车站都挤满了缓缓行驶的、滞留的兵车。团队的士兵已经不服从上级指挥人员的任何指挥，支离解体的连队彼此失去了联系。第三军团和配备给它的土著师，在行军途中全编为集团军，这就更加剧了混乱；这当然需要进行必不可少的调动，要把散乱的部队集合起来，要重新配备兵车。所有这一切造成了一片混乱，发出了一些互不协调，有时甚至是互相抵触的命令，使本来已经相当敏感紧张的气氛变得更加惶惶不可终日了。

科尔尼洛夫军队的兵车在进军途中处处遇到工人和铁路职工阻挠，它们排除种种障碍，缓慢地向彼得格勒开去，在枢纽车站上汇合了，接着重又分散开来。

在一节节红色车厢里，在卸下鞍子、饿着肚子的马匹旁，半饥饿的顿河、乌苏里、奥伦堡、涅尔琴斯克和阿穆尔的哥萨克，半饥饿的印古什人、契尔克斯人、卡巴尔达人、沃舍梯人、达格斯坦人挤成了堆。兵车等待出发，常常要在车站上停留几个钟头，科尔尼洛夫的士兵成群结队地从车上涌下来，像蝗虫似的挤满了车站，聚集在道轨上，把先前驶过去的兵车吃剩下的食物全都吃光，悄悄地偷老百姓的东西，抢劫粮食仓库。

哥萨克的黄红色裤缘，龙骑兵的华丽上衣，山民士兵的契尔克斯式服装……一向单调的北方景色，还从来没有见到过如此绚烂多彩的混合色调。

八月二十九日，在巴甫洛夫斯克附近，土著师第三旅在加加林公爵指挥下，已经和敌人接火。担任师先头部队的印古什人和契尔克斯人的两个团，一发现铁路被拆毁以后，就下了火车，以行军队形向皇庄方面进发。印古什人的侦察队潜入索莫里诺站。两个团慢慢地展开攻势，夹击已经转变到工人方面去的近卫军，等候本师其余的部队开到。而那些部队却还滞留在德诺车站上等待出发。有些部队连这个站都还没有开到。

土著师的师长巴格拉季翁公爵驻在距离车站不远的庄园里，等待着其余部队的集结，不敢冒险以行军队形向维里察推进。

二十八日他收到北方战线的司令部转来的一个电报的抄本：

我请求把最高统帅的命令转达给第三军团司令官和顿河第一师、乌苏里师及高加索土著师等各师师长，如遇某些不能预见的情况，致使兵车在铁路上行进发生困难时，最高统帅特命令各师队部以行军队形继续挺进。

一九一七年八月二十七日

第六四一一号

罗曼诺夫斯基

上午九时许，巴格拉季翁打电报报告科尔尼洛夫，说早晨六点四十分，他收到彼得格勒军区参谋长巴格图尼上校转来的克伦斯基的命令，要所有的兵车一律返回，因此本师的兵车全部滞留在从加奇卡车站到奥列杰什车站沿线，因为铁路各站遵照临时政府的命令，拒发路签。尽管他已经收到科尔尼洛夫如下的指示：

着令巴格拉季翁公爵继续乘兵车进军。如果铁路不通，即以行军队形挺进卢加，抵达后完全接受克雷莫夫将军的指挥，——

但是巴格拉季翁仍然不想徒步行军，反而下令将军团司令部转移到军车上。

叶甫盖尼·利斯特尼茨基曾服役过的那个团，和其余的几个编进顿河哥萨克第一师的团，沿着列韦利——韦津贝格——纳尔瓦一线向彼得格勒推进。二十八日下午五点钟，一列兵车装着这个团的两个连到达纳尔瓦。兵车司令得悉当晚已不可能开车，因为从纳尔瓦到亚姆堡的铁路已被破坏,铁路工兵营已派了一部分人乘特别列车前往抢修。如线路能及时修复,兵车可于明日黎明发车。愿意不愿意,兵车司令只好同意。他一路大骂着,走进自己的车厢,和军官们聊了一阵新闻,便坐下来喝茶。

夜色阴沉。从海湾那边吹过来阵阵寒意袭人的潮湿海风。哥萨克们聚在路轨上、车厢里低声交谈,被火车头的汽笛惊动了的马匹在乱踏着车厢的木底板。兵车尾部有一个青年哥萨克在唱歌,像是在黑暗里对什么人苦诉:

再见吧,城市和乡镇,
再见吧,亲爱的村庄!
再见吧,年轻的姑娘,
噢噫,再见吧,浅蓝色的小花!
从前呀,从黄昏直到清晨,
我躺在亲爱的姑娘的手上,
可是现在,从黄昏直到清晨,
我手拿步枪站岗……

从灰色仓库的庞大躯体后面走出一个人。他站了一会儿,谛听着歌声;打量了一下洒满黄色灯光的道轨,就坚定地向兵车走去。他的脚步踏在枕木上,发出轻柔的响声,等走在坚实的黏土地上,声音就消失了。他走过尽头上的一节车厢时,站在车门口的哥萨克停下歌声,喊道:

“谁?”

“你要找谁?”那个人不很情愿地回敬了一句,继续向前走去。

“夜里你还瞎闯什么?我们要把你们这些坏蛋好好揍一顿!你鬼鬼祟祟的,在探路子吗?”

那个人没有回答,走到列车的中部,把脑袋伸进车厢的门缝,问道:

“这儿是哪个连?”

“囚犯连。”黑暗里发出一阵哄笑。

“不开玩笑,是哪个连?”

“第二连。”

“第四排在哪儿?”

“从头上数第六节车厢。”

从火车头数起,第六节车厢旁边有三个哥萨克在抽烟。一个蹲着,两个站在他身旁,他们默默地打量着朝他们走来的人。

“你们好啊,乡亲们!”

“上帝保佑。”一个人仔细打量着来人的脸,回答道。

“尼基塔·杜金还活着吗? 他在这儿吗?”

“我就是,”蹲着的人用唱歌似的中音回答说,并站了起来,用靴后跟捻灭了烟卷儿,“我怎么不认识你。你是谁? 从哪儿来呀?”他伸出蓄着连鬓胡子的大脸,竭力想看清穿着军大衣、戴着皱巴巴的步兵军帽的陌生人,然后忽然惊叫道,“伊利亚! 本丘克? 我的亲爱的,风从哪儿把你吹来的?”

他把本丘克的一只手握在自己毛烘烘的、粗糙的手巴掌里,俯身对本丘克低声说道:

“这都是自己人,不用怕。你从哪儿来? 说吧,真见鬼!”

本丘克跟其余的哥萨克握手问过好,用生铁似的、沉闷、颓丧的声调回答:

“我是从彼得堡来,费尽力气才找到你们。有事来找你。要好好谈谈。老兄,我看到你还活着,而且很健壮,非常高兴。”

他笑着,宽额角的灰色方脸上露出白晃晃的牙齿,眼睛温柔、镇定、快活地映动着。

“谈谈吧?”蓄着连鬓胡子的哥萨克的中音歌唱似地问道,“这么说,你虽然是个军官,倒不嫌弃我们弟兄,啊? 好,谢谢,伊柳沙①,耶稣保佑,要不我们简直听不到一句亲热话……”一种亲切的、没有恶意的玩笑声在他的嗓音里颤动。

本丘克也亲切地开玩笑说:

“行啦,有你耍贫嘴的时候! 只顾开玩笑,耍贫嘴,胡子都长到肚

① 伊柳沙是伊利亚的爱称。

脐眼下面去啦。”

“胡子我们随时都可以刮掉，你快说说，彼得堡的情况现在怎么样？开始暴动了吗？”

“咱们到车里去谈吧。”本丘克露出大有可谈的神色提议说。

他们走进了车厢。杜金用脚踢了踢一个什么人，小声说：

“起来吧，伙计！有用的人来啦。喂，快点呀，老总们！”

哥萨克们哼哼着爬起来。也不知道是谁的两只带着烟草和马汗臭味的大手巴掌，轻轻地在黑暗里摸索着坐在马鞍子上的本丘克的脸，用浓重的低音问：

“是本丘克吗？”

“是我。这是你吗，奇卡马索夫？”

“是我，是我。你好啊，老弟！”

“你好！”

“我立刻就去把第三排的弟兄们叫来。”

“好好！……你去跑一趟吧。”

第三排的人几乎全都来了，只留下两个人看守马匹。哥萨克们走到本丘克面前，把像硬面包皮似的手巴掌塞过去，弯下腰，在灯光下打量着他那忧郁的大脸，有的叫他本丘克，有的称他伊利亚·米特里奇，有的直呼伊柳沙，但是所有人的声调都是那么亲切，充满对同志的欢迎热忱。

车厢里显得很气闷。灯光在板壁上跳闪，人影在晃动，变得又大，又不成样子，车灯像神灯似的冒着油晃晃的浓烟。

大家都关心地让本丘克坐到明亮地方。前面的人蹲下去，其余的人站着，围成了一个圆圈。杜金的中音咳嗽了一声。

“伊利亚·米特里奇，我们前几天收到了你的信，但是我们很想听你亲口讲讲，希望你能告诉我们将来怎么办。要知道，他们把我们发往彼得堡——我们有什么办法呢？”

“你看，事情是这样的，米特里奇。”一个站在门口、皱巴巴的耳垂上戴着耳环的哥萨克开口说，就是有一次利斯特尼茨基不许他在战壕护板上烧开水，并把他骂了一顿。“现在有各式各样的宣传鼓动家到我们这儿来劝说我们——说什么，你们不要去彼得格勒，还说，咱们自己人没有理由互相残杀之类的话。我们听是听啦，可是实在不敢相信他们的话。他们都是些陌生人。也许，他们是在把我们往修道院里领呢，——谁知道他们是些什么人呢？如果拒绝不去的话，科尔尼洛夫就要派契尔克斯人来打我们——那照样还要流血。可是你，是我们的人，是哥萨克，我们更相信你，而且我们非常感激你，你还从彼得堡写信给我们，还带来报纸……说老实话，这里正缺卷烟纸，我们收到了报纸……”

“你胡诌瞎说些什么呀，糊涂虫？”有个人生气地打断他的话，“你——目不识丁，就以为大家都和你一样是睁眼瞎吗？好像我们把报纸都卷烟抽啦！伊利亚·米特里奇，我们总是先把它们从头到尾全读一遍。”

“胡说，尖嘴鬼！”

“拿来‘卷烟’啦——真会说话儿！”

“头号的大傻瓜！”

“弟兄们！我说的不是这个意思，”戴耳环的哥萨克分辩说，“当然，我们先把报纸读了……”

“您读过吗？”

“我没有文化，当然读不了……我是说，总是先读过啦，然后才拿来抽烟……”

本丘克面带一丝笑意，坐在马鞍子上，打量着哥萨克们；他觉得坐着说话不方便，就站起来，背向车灯，慢腾腾地、勉强地笑着说道：

“你们到彼得格勒去没有什么事可干。那儿根本没有什么暴动。你们知道，为什么把你们送到那儿去吗？是为了去推翻临时政府……是的！是谁领着你们干的呢？是沙皇的将军科尔尼洛夫。他为什么要推翻克伦斯基呢？——因为他自己想要坐这个宝座。你们看，乡亲们！想卸下你们的木枷，给你们再套上一个，可是既然要套嘛，那就套上个钢枷好啦！去也倒霉，不去也倒霉，那就要挑选一下，那个轻一点儿。是不是？你们自己考虑考虑吧：沙皇时代，打你们的嘴巴子，叫你们为他们去当炮灰。克伦斯基当权，你们照样要去，不过已经不打嘴巴子啦。但是打倒克伦斯基,布尔什维克掌权了,那就完全是另外一个样子啦。布尔什维克是不要战争的。政权一到他们手里,立刻就会和平。我并不拥护克伦斯基,他是魔鬼的兄弟,他跟科尔尼洛夫是一丘之貉!"本丘克笑了笑,用袖子擦着额角上的汗,继续说道:"但是我号召你们不要去使工人流血。如果科尔尼洛夫得势,那么俄罗斯就要浸到没膝深的工人的鲜血中,在科尔尼洛夫的统治下,要想夺取政权并把它转移到劳动人民手中,就更加困难了。"

"你等等,伊利亚·米特里奇!"一个身材也像本丘克一样矮壮的哥萨克,从后排走出来说道。他咳嗽了一声,搓了搓两只像被水冲刷过的老橡树根一样的长手,用浅绿色的、像贴上去的嫩叶似的、微微含笑的眼睛瞅着本丘克,问道:"你刚才讲过上枷锁……那么布尔什维克要取得政权以后,会给咱们套上什么样的枷锁呢?"

"你是怎么啦,有自个儿给自个儿套枷锁的吗?"

"这自个儿——是什么意思?"

"就是这个意思。要知道布尔什维克统治是谁掌权呀?——如果大家选你,你就掌权,或者是杜金,或者就是这位大叔当选掌权。是大家选举出来的政权,是苏维埃。明白了吗?"

"那么上边掌大权的是什么人呀?"

"也要通过选举。如果你当选——你就在上边掌大权。"

"真的吗?你不是瞎说吧,米特里奇?"

哥萨克都哈哈笑了,立刻就七嘴八舌地同时说起来,连那个站在门口瞭望的人也走过来,插嘴说道:

"那么土地他们怎么办呢?"

"不会把咱们的土地抢走吗?"

"他们能结束战争吗?也许,只是现在说说,为了骗大家举手拥护他们。"

"你把良心话讲给我们听听吧!"

"俺们现在是在黑暗里瞎撞哪。"

"听信外人的话是危险的。谣言很多……"

"昨天有个水兵在这里为克伦斯基大哭一通,我们揪着他的头发,

1000

把他从车厢里扔了出去。”

“他叫嚷着:‘你们是反革命……’真是个怪物!”

“我们不明白这些话,不知道该怎么理解。”

本丘克扭转着身子,四下观察着哥萨克,等候他们平静下来。起初他对于自己的行动能否成功的疑心消逝了,在掌握了哥萨克们的情绪之后,他已经十分坚定地认识到,无论如何是可以把兵车阻拦在纳尔瓦。前天,当他去彼得格勒地区党委会,提出到正向彼得格勒推进的顿河第一师的部队进行宣传鼓动工作时,他确信是可以成功的,但是到了纳尔瓦——他的信心却动摇了。他知道,必须要用另外一种语言跟哥萨克们进行谈话,他害怕起来,担心找不到共同语言,因为九个月以前,他回到工人群众中来,又重新与工人群众打成一片,——讲起话来,已经习惯于他只要说半句,他们立刻就能理解、明白他的意思,在这里,跟家乡人谈话,却需要另外一种已经快忘光的家乡土话,需要一种能随机应变和有很大说服力的语言,——不仅是要点燃他们心中的怒火,还要使它熊熊地燃烧起来,要烧掉几百年来养成的那种怕违命受罚的恐惧心理,烧掉那种因循守旧的恶习,要使他们感到理直气壮,要领着他们跟自己走。

刚开始讲话的时候,他自己听出,自己说话的口气有些做作,飘忽不定,缺乏信心,他仿佛置身局外,在旁听自己乏味的讲话,——他担心自己的论据没有说服力,冥思苦想,寻找有力的、能摧毁一切的话语……但是事与愿违,他痛苦地感到,从他嘴唇上滑出的却是一些像肥皂泡似的没有分量的语句,而头脑里则是一团毫无内容、扑朔迷离的思想。他站在那里,急得满头大汗,困难地喘着气。嘴里说着,一个念头却在钻心地折磨着他:“同志们把这样重大的事情委托给我——可是我却用自己的手把它搞糟啦……一句连贯的话都说不出来……我这是怎么啦?换个人,人家一定讲得很好,一定讲得比我强一千倍……噢,他妈的,我真是个头号笨蛋!”

那个生着绿叶一样的眼睛、曾经问过枷锁问题的哥萨克,把他从昏昏沉沉的状态里唤醒;在这以后进行的谈话,使本丘克得到了重新振作和恢复正常的机会,后来竟连自己也觉得很奇怪,突然精力充沛,出语流畅，用词明快、锋利，他精神振奋，竭力控制自己高昂的情绪，镇静自若，这时他已能凶狠、有力地提出许多尖酸刻薄的问题，应付自如地驾驭着谈话的进程，就像个已经驯服了一匹跑得满身大汗的，原来野性十足的马的骑手一样。

“那么，请你说说：立宪会议有什么不好？”

“你们的列宁是德国人送来的……不是吗？那么他究竟是从哪儿跑出来的……是从柳树上掉下来的吗？”

“米特里奇，你是自动到这儿来的，还是派你来的？”

“哥萨克军的份地交给谁？”

“我们在沙皇时代的日子过得有什么不好？”

“孟什维克不也是拥护人民吗？”

“我们有哥萨克军会议，已经有了人民政权——那我们还要苏维埃干什么？”哥萨克们问道。

到午夜以后才散会。决定第二天早晨召集两个连的人开群众大会。本丘克留在车里过夜。奇卡马索夫要本丘克和他一起睡。他在睡觉前画着十字，铺铺盖时，警告说：

“伊利亚·米特里奇，你可以放心地躺下睡，不过请你原谅……朋友，我们这里的虱子可多得很。如果爬到你身上去——请不要见怪。我们伤心，无聊，养了这样肥壮的大虱子，简直成了灾难啦！个个都像头小母牛那么大。”他沉默了一会儿，悄悄地问道：

“伊利亚·米特里奇，列宁是哪个民族的人？就是说，他出生在什么地方，在什么地方长大的呀？”

“列宁吗？是俄罗斯人。”

“噢?!”

“是的，俄罗斯人。”

“不对，老弟！看来，你并不十分了解他，”奇卡马索夫颇为自负地低声说道，“你知道，他出自什么血统吗？——是咱们的血统，是顿河哥萨克，他出生在萨尔斯克区的韦利科克尼亚热斯克镇——明白了吗？据说他当过炮兵。他的面貌很像顿河下游的哥萨克：颧骨很高，而且眼睛也很像。”

“你这是从哪儿听来的?”

“哥萨克们都这么谈论,我就听见啦。”

“不对,奇卡马索夫! 他是俄罗斯人,辛比尔斯克省人。”

“不对,我不信。我干脆就不相信你的话! 普加乔夫是哥萨克吧? 司捷潘·拉辛呢? 还有叶尔马克·季莫费耶维奇①呢? 正是这样! 所有鼓动穷人起来反对沙皇的人,都是哥萨克出身。可是你却说——他是辛比尔斯克省人。米特里奇,听你说出这样的话,太叫人伤心啦……”

本丘克笑着问道:

“那么说,大家都认为他是哥萨克了?”

“他是哥萨克,不过现在还不向外宣布。我只要看他一眼,——立刻就会认出来。”奇卡马索夫点上烟,把浓重的叶子烟气喷到本丘克脸上,若有所思地咳嗽了一声,“我觉得很奇怪,我们在这儿大家为此争得都要打起来啦:如果他,弗拉基米尔·伊里奇,是咱们的哥萨克,是炮兵,那么他哪儿来的这么大的学问呢? 据说,在大战一开始,他就被德国人俘虏去,在那里学习,后来学到了各种学问,可是等他一开始鼓动他们的工人起来暴动,并使他们那些学者都望尘莫及的时候,——他们都吓坏啦。就对他说:‘赉儿头②,你回家去吧,基督保佑你,要不你会搞得我们鸡犬不宁,不可收拾!’于是就把他送回俄国来啦,因为他们害怕他把工人给鼓动起来。哦嗬! 老弟,他可是个厉害家伙!”奇卡马索夫颇为骄傲地说出了最后的一句话,高兴地在黑暗里笑了起来。“米特里奇,你没有看见过他吗? 没有吗? 真可惜。据说,他的头很大。”他咳嗽了一声,从鼻孔里喷出一股红色的烟气,他一面把卷烟抽完,一面继续说,“老娘儿们应该多养些这样的人。是个厉害家伙,真的,他不仅仅要推翻一个沙皇……”他叹了一口气,“不,米特里奇,你不要跟我争论啦:伊里奇呀——是哥萨克……干吗还要故意布疑阵呢! 辛比尔斯克省根本就不会出这样的人物。”

---

① 叶尔马克·季莫费耶维奇是十六世纪沙俄军队征服西伯利亚汗国的首领,原是一名沙俄通缉的哥萨克。

② 列宁的前额突出,故有此说。

本丘克不说话了，笑着躺了半天，眼也没有闭上。

他很久未能入睡，确实有很多虱子密密麻麻地爬到他身上，爬到衬衣里面，咬得像火燎似的痒痒难忍；躺在旁边的奇卡马索夫一面叹气，一面搔痒，不知道是谁的淘气的马直打喷鼻，把他的睡意全吓跑了。本来他已经睡熟了，但是不合群的马匹咬起架来，踏动着蹄子，凶狠地尖声叫起来。

"闹吧，鬼东西！……嘚儿——儿——儿！嘚儿——儿——儿，该死的东西！……"杜金跳起来，用昏昏欲睡的中音吆喝起来，并用什么沉重的东西打了近处的马一下子。

本丘克被虱子咬得在铺上翻来覆去地折腾，他把身子侧到另一面去，恨恨地想，大概怎么也睡不着了，就开始考虑起明天开群众大会的事来。他尽量去设想军官们会怎么进行反抗，他暗自冷笑道："大概，哥萨克们群起一哄，他们就会溜之大吉，不过，鬼知道会搞些什么花招！我一定要跟本地驻军士兵委员会先商量好，以防万一。"不知怎么一下子就想起了一个战争场面——一九一五年十月的一次冲锋，接着记忆仿佛对主人把它送上了这条已经走熟了的小路非常高兴，就开始幸灾乐祸地推出许多往事的断片：被打死的俄国和德国士兵的嘴脸和难看的姿势，南腔北调的话语，以前曾经看见过的，但是现在失去光彩、由于时间久远而变得黯淡的景物的片段：不知道为什么保存在心里，一直没有说出过的思想，内心还能微微感觉到的大炮轰鸣的回音，熟悉的机枪哒哒声和弹带的沙沙声，雄壮的旋律，一张画着他曾经爱过的女人的美丽得令人心疼的小嘴的、已经有点褪色的画，接着又是战争的片段：遍地尸体，塌陷下去的埋葬战死的兄弟的坟坑……

本丘克被弄得心烦意乱；他爬起来坐着，出声地，或者是仅仅想道："这些记忆我一直到死也忘不了，而且不仅是我一个人，凡是活下来的人都不会忘却。这帮混蛋破坏蹂躏了人们的生活！……该死的东西！该死的东西！……你们真是死有余辜！……"

还想起了十二岁的姑娘卢莎，她是他在图拉工厂里做工时的朋友，在战争中牺牲了的彼得格勒一个五金工人的女儿。有一天，黄昏时分，他在林荫道上走着。她——这个瘦削的、身体纤弱的少女——正坐在道边的长椅上,放肆地劈开两条细腿在抽烟。憔悴的脸上,两只疲倦的眼睛,早熟的、由于涂了口红而变长了的嘴角上挂着痛苦的表情。“您认不出我来啦,大叔?”她露出一种熟练的职业笑容,站起身来,沙哑地问道,接着,就弯下身子,把脑袋靠在本丘克的胳膊肘上,完全像个孩子似地、可怜地痛哭起来。

这时他几乎被涌上心头的、像毒气一样的仇恨窒息了;脸色变得煞白,牙齿咬得直响,痛苦地呻吟起来。后来抚摸了半天毛烘烘的胸膛,嘴唇一直在哆嗦;他觉得,仇恨像一团熔渣在胸中沸腾,——仇恨在心里慢慢地燃烧着,妨碍他呼吸,使左胸心脏下面疼痛难忍。

直到天亮他也没有睡着。黎明时分,他脸色焦黄,比往常显得更加忧郁,来到铁路职工委员会,商量好决不让哥萨克的兵车从纳尔瓦开出去,过了一个钟头,他就去找本地驻军士兵委员会的委员们。

八点钟以前他回到兵车上来。他走着,全身都感觉到一阵还带着一点热气的清晨的凉意,暗暗为此行可能获得的成功,为从仓库生了锈的屋顶后面升起的太阳和从什么地方传来的一阵像音乐似的、悦耳的女人声音而沾沾自喜。黎明前下过一阵短时间的倾盆大雨。路基上的沙土被雨水冲过,到处留下一些水流的痕迹,散发着淡淡的雨水的气息,在沙土的表面上,被雨点打过的地方,还保留着密密麻麻的、已经有点儿干了的小坑——就像长了麻子似的。

一个身披军大衣,脚上穿着沾满泥浆的高筒靴的军官,绕过列车,迎着本丘克走来。本丘克认出是卡尔梅科夫大尉,就稍微放慢脚步,等他走过来。他们走到一起。卡尔梅科夫停下来,冷漠地眨了眨乌黑的斜眼睛。

“是本丘克少尉吗?你出狱了?对不起,我不能把手递给你……”

他紧闭着嘴唇,双手插在军大衣口袋。

“我也并不想伸手给你……你太心急啦。”本丘克嘲笑地回答说。

“怎么,你是上这儿来逃命的吗?还是……从彼得格勒来呢?是不是从宝贝儿克伦斯基那里来的?”

“你这是——审问吗?”

“是对于一个开小差的同事的命运的合法关切。”

本丘克敛去笑容,耸了耸肩膀。

“我可以叫你放心:我并不是克伦斯基派来的。”

“但是,在大难临头的时候,你们立刻就会令人感动地携起手来的。那么,你到底是什么人呢? 不戴肩章,穿步兵军大衣……”卡尔梅科夫翕动着鼻翅,轻蔑而又遗憾地打量着有点儿驼背的本丘克,说道,“是政治经纪人吗? 我猜对了吧?”没有等到回答,他就转过身去,大步走开了。

杜金在车厢旁边迎上本丘克。

“你是怎么回事? 大会已经开始啦。”

“怎么,已经开始啦?”

“就这样开始啦。我们的连长卡尔梅科夫大尉本来出差去啦,可是今天他乘机车从彼得堡回来了,把哥萨克们召集起来。这会儿正要去劝说他们呢。”

本丘克停下来,询问卡尔梅科夫是从什么时候去彼得格勒出差的。从杜金的话里得知,这家伙差不多有一个月不在连里了。

“这是科尔尼洛夫假借学习投弹技术的名义派到彼得堡去的反革命刽子手的一员。就是说,是科尔尼洛夫忠实信徒。哼,好吧!”他跟杜金一同向开会的地方走着,断断续续地想道。

在仓库后面,哥萨克的军便服和军大衣围成了一圈灰绿色的栅栏。卡尔梅科夫站在人群中的一只底朝上的木桶上,四周站了几个军官,他尖声地、一字一板地喊道:

“……进行到最后的胜利! 我们是受到信任的,我们绝不能辜负——这种信任! 现在我来宣读科尔尼洛夫将军致哥萨克们的电报。”

他用一种不必要的慌慌张张的动作,从制服上衣侧面的口袋里掏出来一张揉皱的纸,和兵车司令耳语了几句。

本丘克和杜金走过来,跟哥萨克们混到一起。

卡尔梅科夫感情丰富,情绪激昂地念道:

哥萨克们,亲爱的乡亲们! 俄罗斯国家的疆土不是在你们祖先的骸骨上开拓、扩展起来的吗？伟大的俄罗斯不是由于你们无比的英勇，由于你们的功勋，伟大的献身精神和英雄行为而强大无比吗？你们，静静的顿河的豪放，自由的儿子们，库班和勇猛的捷列克的健儿们，乌拉尔、奥伦堡、阿斯特拉罕、塞米列琴斯克、西伯利亚草原和山地、遥远的后贝加尔、阿穆尔和乌苏里等地英勇、矫健的雄鹰们，你们永远在保卫着自己旗帜的尊严和光荣，俄罗斯的土地上到处流传着歌颂你们祖先功勋的传说。现在已经到了你们应该拯救祖国的时候了。我谴责临时政府行动的犹豫迟缓、管理国家的无能和放纵德国人在我们国家肆意横行；喀山的爆炸事件可以证明这一点，这次爆炸毁掉了约一百万发炮弹和一万二千挺机枪。不仅如此，我还要谴责政府某些成员明目张胆的叛国行为，对此我可以提出证据：当我八月三日在冬宫参加临时政府的会议时，阁员克伦斯基和萨温科夫曾指示我，不能把所有的话全说出来，因为阁员中有些不忠诚的人。很明显，这样政府只能把祖国引向灭亡，对这样政府是不能信任的，跟这样的政府为伍，是不能拯救灾难深重的俄罗斯的。因此，昨天临时政府为了敌人的利益，要求我辞去最高统帅职务时，我作为一个哥萨克，基于良心与忠诚，不能不拒绝这个要求，我宁被咒骂而死，也不愿使祖国蒙受耻辱和叛变祖国。哥萨克们，俄罗斯土地的勇士们！你们曾经保证，在我认为必要的时候，你们将奋起与我共同战斗，拯救祖国。现在钟声响了——祖国已经到了覆亡的前夜！我不服从临时政府的命令，为了拯救自由的俄罗斯，我要反对这个政府，反对这个政府中的那些不负责任、出卖祖国的谋士。哥萨克们，你们要维护无比英勇的哥萨克的尊严和光荣，这样你们就可以拯救被革命夺去的祖国和自由。你们要服从我的命令，执行我的命令，随我前进！一九一七年八月二十八日。最高统帅科尔尼洛夫将军。

卡尔梅科夫沉默了一会儿，然后卷着那张纸，喊叫道：

“布尔什维克和克伦斯基的奸细阻挠我们各部队乘火车前进。已经接到最高统帅的命令：如果不能用火车完成调动任务时，就以行军队形向彼得格勒进发。今天我们即将出发。请大家准备下车！”

本丘克粗暴地用胳膊肘推开别人,挤到人群中去;还没有走到军官们的圈子,就像在群众大会上一样,响亮地喊叫道:

“哥萨克同志们!我是彼得格勒的工人和士兵派到你们这儿来的。有人要率领你们去进行自相残杀的战争,去扑灭革命。如果你们愿意去反对人民,如果你们愿意去恢复帝制,——那你们就去吧!……但是彼得格勒的工人和士兵却希望你们不要去做杀害自己兄弟的凶手。他们向你们致以热烈的问候和兄弟的敬礼,他们不愿意跟你们兵戎相见,而愿意和你们结为同盟……”

大家没有等本丘克把话说完,就发起了一阵冲天的喧哗声。仿佛是怒吼的风暴把卡尔梅科夫从桶上冲了下来。他向前弓着身子,快步向本丘克走去;但是还差几步没有走到时,便用靴后跟一拧,转过身来。

“哥萨克们!本丘克少尉去年从前线逃跑,——这你们是知道的。怎么,难道我们能听这个胆小鬼和叛徒的话吗?”

第六连连长苏金中校用沙哑的、像打闷雷似的低音压下了卡尔梅科夫的声音,喊道:

“逮捕他,逮捕这个坏蛋!我们在前方流血,他却躲到后方去逃命!……抓住他!”

“等一会儿再抓!”

“叫他把话说完!”

“不要用手绢去捂人家的嘴。让他说明自己的观点。”

“逮捕他!”

“我们不要听逃兵胡说八道!”

“说下去,本丘克!”

“米特里奇!要砍到他们的尾巴骨!”

“打——倒……”

“住口,你这个母狗的奶头!”

“压倒他们!压倒他们,本丘克!你要跟他们顶着干!顶着干!”

身材高大、没戴军帽、露着剃得光光的秃脑袋的哥萨克,团革命委员会的委员,跳到桶上去。他热烈号召哥萨克们不服从反革命刽子手科尔尼洛夫将军的命令,他讲了进行反人民战争的危险后果,然后转向

本丘克,结束说:

“同志,您不要以为我们也像军官老爷那样轻视您。我们欢迎您,尊敬您这位人民的代表,我们尊敬您,还由于您原先当军官的时候从未欺压过哥萨克,跟我们亲如兄弟。我们没有听见您说过粗暴的话,但是请您不要以为我们是些没有文化的人,以为我们不懂礼貌,——亲热的话连畜生都明白,别说是人啦。我们恭恭敬敬地给您敬礼,请您转告彼得堡的工人和士兵,我们绝不会举手去打他们!”

周围像敲大鼓一样轰响起来:一片称赞的呼叫声,响彻云霄,然后又慢慢地低沉下去,平静下来。

卡尔梅科夫扭着匀称的身子,又爬上了木桶。大谈其白浪翻滚的顿河的尊严和荣誉、哥萨克的历史使命、军官和哥萨克共同浴血奋战的壮举,等等,等等,他气喘吁吁地讲着,脸色变得像死人一样苍白。

一个身体强壮的白眉毛哥萨克换下了卡尔梅科夫。人们打断了他反对本丘克的、充满仇恨的演说,——抓着他的手从桶上拖了下来。奇卡马索夫跳到木桶上去。他把双手一挥,好像劈木头似的,叫道:

“我们不去,我们也不下火车!电报上说,好像哥萨克曾经答应过要帮助科尔尼洛夫啦,——可是谁问过我们呢?我们从来也没有答应过他!是哥萨克军人联合会的军官们答应的!格列科夫将军曾摇着尾巴答应过,——那就让他去帮忙吧!……”

发言的人更换得越来越勤。本丘克低垂着额部宽阔的脑袋站在那里,黏土色的血晕使他的脸色变得黝黑,脖子上和太阳穴上鼓起的血管猛烈地跳动着。气氛越来越紧张。他感觉到,再过一会儿——只要发生一点儿鲁莽的行动,这种紧张气氛只有经过流血才会缓和下来。

驻扎在当地的步兵成群结队地从车站上涌来,军官们溜出了会场。

过了半点钟,气喘吁吁的杜金跑到本丘克面前,说道:

“米特里奇,怎么办哪?……卡尔梅科夫准是想出了什么坏主意。他们正在从车上往下卸机枪,还派一个骑兵到什么地方去啦。”

“走,咱们到那儿去。赶快召集二十来个哥萨克!快!”

卡尔梅科夫和三个军官正在兵车司令那节车厢边往马上装载机枪。本丘克第一个走过去,回头看了看同来的哥萨克们,把手伸进军大衣口袋,掏出一枝崭新的、精心擦过的军官佩带的手枪。

"卡尔梅科夫,我们来逮捕你啦!举起手来!……"

卡尔梅科夫从马旁边跳开去,弯下腰,抓住手枪盒子,但是没有来得及拔出手枪:一粒子弹在他的脑袋顶上响了;本丘克在枪响前,恶狠地大声喊道:

"举起手来!……"

他的手枪露出了枪口,扳机慢慢地扳上了一半。卡尔梅科夫眯缝着眼盯着他,艰难地举起手来,弹了个响指巴儿。

那几个军官也都很不情愿地交出了武器。

"马刀也要摘下来吗?"一位年轻的少尉机枪手恭恭敬敬地问道。

"是的。"

几个哥萨克把机枪从马背上卸下来,又搬到车厢里去。

"派人看守这几个人,"本丘克对杜金说,"奇卡马索夫,你去逮捕其余的军官,把他们也押到这儿来。听见了吗,奇卡马索夫?咱们俩把卡尔梅科夫送到本地驻军的革命委员会去。卡尔梅科夫大尉,请您在前面走。"

"干得漂亮!漂亮!"一个军官往车上跳着,目送着走去的本丘克、杜金和卡尔梅科夫,赞赏地说。

"诸位!我们应该感到害臊啊,诸位!我们简直像孩子一样傻!谁也没有想到及时把这个坏蛋干掉!当他拿枪对着卡尔梅科夫的时候,这当儿给他一枪——不就完了嘛!"苏金中校愤愤地扫了军官们一眼,说道。半天才用颤动着的手指从烟盒里取出一支烟来。

"要知道他们有整整一排人……会乱开枪互相射击起来的。"少尉机枪手有点儿抱歉似地解释道。

军官们沉默地抽着烟,有时候互相对看一眼。这幕戏竟如此迅雷不及掩耳地演完,使他们呆若木鸡。

卡尔梅科夫咬着黑胡子尖,默默地走了一会儿。高颧骨的左腮帮子上,一片火红,好像挨了耳光子似的。路上遇到的老百姓都惊讶地停下来望着,交头接耳,纷纷议论。傍晚的纳尔瓦上空,天色阴沉,黯淡无光。道轨上落满了像红色金属片似的桦树叶子——八月正在慌忙撤退。一群群乌鸦飞过教堂的绿色圆顶。从车站外面的什么地方，暮色苍茫的田野那边，吹来袭人的寒意，夜色渐浓，一片片抹了一层晚霞似的铅白色残云，依然在掠过荒凉、无路的天空，从纳尔瓦向普斯可夫，向卢加方面飘去；黑夜正在越过一道看不见的界限，逼退黄昏。

在火车站旁边，卡尔梅科夫猛然转过身来，朝本丘克脸上啐了一口，骂道：

"卑鄙的——家伙！……"

本丘克躲开啐过来的唾沫，眉毛向上一挑，左手把猛地插进口袋去的右手腕子紧按了半天。

"走！……"他费力地喊道。

卡尔梅科夫又走起来，恶毒地骂着，脏话连篇。

"你这个叛徒！卖国贼！你将为此遭到报应！"他不断地骂着，常常停下来，向本丘克进逼。

"走！我求你……"本丘克总是在劝说。

于是卡尔梅科夫紧握着拳头，重又向前走去，像匹受伤的马，摇摇晃晃。他们来到水塔边。卡尔梅科夫咬牙切齿地骂道：

"你们不是什么政党，而是一群可恶的社会蠹贼！谁在领导你们？——是德国人的总司令部！布尔——什——维克……哈哈！全是些低能儿。你们的党，是一群败类，被人收买，简直是……一群无赖！无赖！……出卖了祖国！我真想把你们全都吊在一根横梁上绞死……噢，噢，噢，噢！这个时刻会到来的！……你们的那个列宁不是三十个德国马克就把俄罗斯出卖了吗？！……他抢了百八十万——就逃之夭夭啦……这个流刑犯！"

"给我靠墙站住！"本丘克拉着长声，结结巴巴地喊道。

杜金大吃一惊，慌张起来。

"伊利亚·米特里奇，等等！你要干什么？等等！……"

本丘克气得脸都变了样，非常难看，面色发青，他跳到卡尔梅科夫面前，照着他的太阳穴上猛击一拳，脚踏着从卡尔梅科夫头上飞下来的军帽，把他拖到水塔的黑砖墙边。

"站好！"

“你干什么?! ……你! ……你敢! ……你敢打死我! ……”卡尔梅科夫挣扎着,怒吼道。

脊背重重地撞在水塔墙上,他挺直了身子,明白过来:

“你要枪毙我?”

本丘克弯下腰去,手忙脚乱,使劲往外拔手枪,因为扳机挂住了口袋里子。

卡尔梅科夫向前迈了一步,迅速扣好军大衣上的全部扣子。

“开枪吧,狗崽子! 开枪吧! 你看看吧,俄罗斯军官是如何从容就义……我就是临死……”

子弹砰的一声打进他的嘴里。沙哑的回声在水塔后面一阶一阶地盘旋升向高空。卡尔梅科夫在迈第二步的时候就踉跄了一下,左手抱住脑袋,倒了下去,身子弯成一个很陡的半圆形,然后把几颗被血染黑的牙齿吐到胸前,甜滋滋地吧咂了一下舌头。等他的脊背挺直,贴到潮湿的石子上,本丘克又打了一枪。卡尔梅科夫抽搐了一下,翻身侧卧,像一只睡着的鸟,把头扭到肩下,发出一阵短促的呜咽声。

在第一个十字路口上杜金追上了本丘克。

“米特里奇……你这是干什么,米特里奇? ……你怎么把他打死啦?”

本丘克紧紧地按着杜金的肩膀,用坚毅的目光凝视着他的眼睛,声音非常安逸、但有些疲惫地说道:

“不是他们杀死我们,就是我们杀死他们! ……没有中间的道路。要血拼到底。你死我活……明白了吗? 卡尔梅科夫这类人,就必须像对付毒蛇一样把他们消灭、镇压。对那些为怜悯这些毒蛇而流泪的人也要开枪……明白了吗? 为什么要流眼泪呢? 要硬起心肠! 变成凶狠的人! 如果卡尔梅科夫掌握了政权的话,他会嘴里叼着香烟,把咱们打死,可是你……唉,你这个爱哭的好心人!”

杜金的脑袋摇晃了半天,磕打着牙齿,不知道为什么两只穿着褪成红褐色皮靴的大脚也莫名其妙地乱踏起来。

他们俩沿着寂静无人的狭窄街道沉默地走着。本丘克偶尔回头看看。乌云在他们头顶低空的黑暗中翻滚着,向东方涌去。昨天的雨水洗过的一弯新月,像只澄绿的斜眼睛,从一小块八月的天空窥视着人间。近处的十字路口上,一个步兵战士和一个肩上披着白色头巾的女人紧挨在一起站在那里。战士抱住那个女人,把她往自己怀里拉着,在低声说些什么,她却双手撑住他的胸膛,脑袋向后仰去,上气不接下气地嘟囔说:“我不信! 我不信!”接着就压低声音娇滴滴地笑了起来。

第 十 八 章

八月三十一日,克伦斯基召去的克雷莫夫将军在彼得格勒自杀了。

克雷莫夫所属部队的代表团和指挥人员都赶到冬宫去自首。这些不久以前还想用战争来对付临时政府的人,现在却来向克伦斯基大献殷勤,向他表白自己的忠诚。

克雷莫夫纪律紊乱的部队还在进行最后挣扎:一部分军队由于惯性作用,还在向彼得格勒运动,但是这种运动已经毫无意义,因为科尔尼洛夫的叛乱已近尾声,像腾起的烟火似的反革命火花已经熄灭,而且共和国的临时执政者——这些日子里,他那肥硕的脸颊的确显得大为瘦削了,——已经在像拿破仑一样,抖动着两条裹着皮绑腿的腿,在政府的例会上大谈其“政局完全稳定”了。

在克雷莫夫自杀的前一天,阿列克谢耶夫将军接到了任命他为最高统帅的命令。一向举止得体、注意细节的阿列克谢耶夫了解自己处境的恶劣和暧昧,开始他坚决拒绝,但是后来还是接受了这一任命,惟一希望,就是借以减轻科尔尼洛夫和那些曾或多或少参与组织反政府叛乱的人们的不幸。

三十一日,他在路上用直通电话和大本营联系,想弄清科尔尼洛夫对他接受任命和即将上任所持的态度。令人厌烦的商谈断断续续,一直拖到深夜。

同一天,科尔尼洛夫那里也召集了一次参谋人员和亲信们的会议。对于他提出的关于继续与临时政府进行斗争的合理性问题,大多数出席会议的人都主张继续斗争。

“亚历山大·谢尔盖耶维奇，请谈谈您的高见吧。”科尔尼洛夫对鲁科姆斯基说，因为他在整个会议过程中一直保持沉默。

鲁科姆斯基的话虽说得很委婉，但是坚决反对继续自相残杀。

“投降吗？”科尔尼洛夫不客气地打断他的话，问道。

鲁科姆斯基耸了耸肩膀。

“问题自身会自然而然地得出结论。”

谈话又继续了半个钟头。科尔尼洛夫一言不发，显然，他在竭力使自己保持镇定。会议不久就散了，过了一个小时，他把鲁科姆斯基请到自己的办公室里来。

“您是对的，亚历山大·谢尔盖耶维奇！”他把手指头弄得咯吧咯吧直响，昏暗的、好像撒上了一层炭灰的灰白色眼睛瞅着旁边的什么地方，疲倦地说道，“继续顽抗不仅愚蠢，而且简直是犯罪。”

他用手指头敲了半天桌子，谛听着什么——也许是在谛听自己琐碎的思绪；沉默了片刻，问道：

“米哈伊尔·瓦西里耶维奇什么时候到？”

“明天。”

九月一日阿列克谢耶夫来到了大本营。当天晚上，他根据临时政府的命令，逮捕了科尔尼洛夫、鲁科姆斯基和罗曼诺夫斯基。在把被逮捕者送往“大都会饭店”（在那里他们将被置于守卫的监护之下）之前，阿列克谢耶夫与科尔尼洛夫密谈了二十分钟；科尔尼洛夫从自己房间里走出来的时候，非常激动，几乎不能自制。罗曼诺夫斯基想要走到科尔尼洛夫跟前去，但是被科尔尼洛夫的妻子挡住了。

“请原谅！拉夫尔·格奥尔吉耶维奇要求谁也不要到他跟前去。”

罗曼诺夫斯基瞥了一眼她那神色沮丧的脸，就赶紧走开，眼睛激动地眨着，眼眶下面立刻黑了一片。

第二天，西南线总司令邓尼金、参谋长马尔科夫将军、万诺夫斯基将军和特别军团司令埃尔杰利将军也都在别尔季切夫同时被捕。

在贝霍夫的一所女子中学里，科尔尼洛夫的注定要失败的反革命行动可耻地结束了。结束了，可是又在策划新的行动；未来的国内战争和向革命展开全线进攻的计划难道不就是在这所女子中学里出笼的吗？

第十九章

十月底的一个早晨，利斯特尼茨基大尉接到了团长的命令——率领连队徒步到皇宫广场去。

利斯特尼茨基给司务长下了命令后，就赶忙穿起衣服来。

军官们都打着呵欠，骂骂咧咧地起床了。

"什么事？"

"布尔什维克在找事！"

"诸位，谁把我的子弹拿走啦？"

"开到哪儿去？"

"你们听，是在放枪吗？"

"哪有什么枪声？是您阁下耳朵的幻觉！"

军官们都来到院子里。连队已经站成纵队。利斯特尼茨基率领着哥萨克快步从院子里走出去。涅瓦大街渺无人迹。的确有的地方偶尔响起零落的枪声。一辆铁甲车在皇宫广场上巡行，士官生在巡逻。街道荒凉、寂静。一队士官生和几个第四连的哥萨克军官们在冬宫门口迎接哥萨克。军官中，有一位是连长，他把利斯特尼茨基叫到旁边去，问道：

"全连都带来了吗？"

"是的。怎么啦？"

"第二连、第五连和第六连都不肯来，拒绝执行命令，不过机枪队跟着我们在一起。哥萨克怎样？"

利斯特尼茨基轻轻地挥了一下手。

"糟糕！第一团和第四团的情况怎样？"

"这两个团没有来。他们不来。您知道，今天布尔什维克可能要动手吗？鬼知道在搞些什么名堂！”他伤心地叹了口气，“真想奔回顿河去，躲开这是非之地……”

利斯特尼茨基把连队带进院子。哥萨克们把步枪架起来以后，就都在宽敞的、像操场似的院子里散开。军官都凑到远处的厢房里。他们抽着烟，聊起天来。

一个钟头以后，开来了一团士官生和一个妇女突击营。士官生据守在皇宫的走廊里，机枪也拖到那里。妇女突击队员就聚集在院子里。闲逛的哥萨克们走到她们面前，开起下流的玩笑。下士阿尔扎诺夫拍了拍一个穿着短大衣的短头发女人的脊背，说道：

“大婶，你就在家养孩子好啦，怎么干起老爷们的事来啦。”

“你自己去养吧！”声音沙哑的、很不客气的“大婶”顶嘴道。

“我的乖乖！你们也跟我们一起来并肩战斗啦？”旧教徒兼色鬼的秋科夫诺夫纠缠着女突击队员说道。

“揍他们，臭流氓！”

“撇腿的战士！”

“乖乖地待在家里多好！瞧，用得着你们哪！”

“土造的双筒猎枪！”

“从前面看——是个兵，可是从后看一看——不知道是个神甫，还是他妈的别的什么玩意儿……简直使人恶心！”

“喂，你这个女突击队员！把你的屁股收一收，要不然我可就要拿枪托子打啦！”

哥萨克瞅着妇女们，哈哈地笑着，倒也快活。但是将近正午，快活的气氛消逝了。女突击队员们分排从广场上抬来粗大的松木柱子，封锁宫门。指挥她们的是一个男人相的胖女人，穿着很合身的军大衣，挂着一枚乔治勋章。铁甲车在广场上开始巡逻得更加频繁，士官生不知道从什么地方把一些装着子弹和机枪弹带的手提箱搬进皇宫。

“喂，乡亲们，当心点儿吧！”

“原来咱们是要打仗啦？”

“你以为——来干什么？你当是把你带来调戏女突击队员的呀？”

同乡们——布卡诺夫斯克和斯拉谢夫斯克的都围到拉古京身边。

他们在商量什么事情,来回跑动。军官都不知道溜到什么地方去了。庭院里除了哥萨克和女突击队员以外,别无他人。紧靠宫门的地方放着几挺机枪手扔下的机枪,机枪的护板闪着湿漉漉的暗光。

傍晚,飘起了小雪。哥萨克们开始不安起来。

“这是他妈的什么规矩:把我们领了来,扔在院子里,连饭都不管?!”

“应该去把利斯特尼茨基找回来。”

“去找,去找!他在皇宫里,而士官生却不放咱们弟兄进去。”

“应该派个人去找炊事车——叫他们送饭来。”

于是,派了两个哥萨克去找炊事车。

“你们不要带枪去,不然的话,人家会缴你们枪的。”拉古京建议说。

等候了两个钟头的炊事车。可是,不用说炊事车,就连派出去的人也没有回来。原来是谢米诺夫团的步兵把从院子里开出来的炊事车给拦回去了。黄昏时分,原先聚集在宫门附近的女突击队员们散成密集的散兵线;她们卧倒在木柱下面,开始越过广场向什么地方射击起来。哥萨克们没有参加射击,在抽烟,闲得无聊。拉古京把连队召集到宫墙边,不时担心地打量着皇宫的窗户,说道:

“听我说,乡亲们!咱们在这儿没有什么事可干。应该撤出去,要不然咱们就要无辜遭殃。他们一开始对皇宫进攻,咱们待在这儿干什么?军官——连影子都不见啦……难道咱们就该死,就该在这儿白白送命吗?回营房去,别在这儿蹭墙皮啦!至于临时政府……它对咱们有啥用呀?!乡亲们,你们说哪?”

“咱们从院子里一往外撤,赤卫军就要用机枪扫射。”

“他们会砍掉咱们的脑袋!”

“不见得……”

“那就自己好好想想吧!”

“不行,咱们还是在这里老老实实待到底吧。”

“咱们简直像牛犊子一样——喂饱了往牲口棚里一赶。”

“各走自己的路吧,我们排撤啦!”

“我们也撤!”

“派几个人去找布尔什维克说说——叫他们别碰咱们,咱们也不动他们。”

第一连和第四连的哥萨克也凑了过来。大家商量了一下。每连派一个人,三个哥萨克走出宫门。一个钟头以后,他们领来三个水兵。水兵们跳过堵在宫门口的一堆方木,穿过院子,故意装得很随便的样子;他们走到哥萨克跟前,互相寒暄了一阵。一个留着黑胡子的漂亮的水兵,穿着敞怀的帆布上衣,海军帽歪在后脑勺上,挤到哥萨克人群中去。

“哥萨克同志们!我们是革命的波罗的海舰队的代表,我们是来建议你们,撤出冬宫。你们没有必要来保护别人的资产阶级政府。叫资产阶级的鬼儿子们——士官生去保护它吧。没有一个步兵愿意来保护临时政府,而且你们的弟兄——第一团和第四团的哥萨克——已经跟我们合作啦。谁愿意跟着我们走——就请站到左边去!”

“等等,老兄!”第一连的一个威武的下士走出来说,“跟着走——我们是非常高兴的……不过赤卫军会把我们枪毙吧?”

“同志们!我们以彼得格勒革命军事委员会的名义保证你们绝对安全。谁也不会伤害你们。”

黑胡子的水兵旁边站着另一个身材短粗、脸上有点浅麻子的水兵。他扫了哥萨克们一眼,转动着像牛似的粗壮的脖子,拍了拍自己紧绷在制服里的高胸脯,说道:

“我们护送你们!弟兄们,用不着疑神疑鬼的,我们不是你们的敌人,彼得格勒的无产阶级也不是你们的敌人,敌人是这些……”

他笑着,跷起大拇指向皇宫一指说道,露出了细密的牙齿。

哥萨克们犹豫踌躇起来,女突击队员们走过来,听了一会儿,瞅了瞅哥萨克们,重又走回宫门去。

“喂,你们,大嫂子们!跟我们一块儿走,怎么样?”一个连鬓胡子的哥萨克招呼她说。

没有得到回答。

“扛起枪——开步走!”拉古京坚定地说。

哥萨克和睦地纷纷拿起步枪,排好了队。

“把机枪也带走吧?”一个哥萨克机枪手问黑胡子的水兵说。

“带走。不能留给士官生。”

哥萨克们出发前,各连的军官全都出来了。他们挤在一起站在那里,目不转睛地盯着那三个水兵。各连排好队就开拔了。机枪队拖着机枪走在最前面,小轮子轻轻地吱吱扭扭、哔唧哔唧在湿漉漉的石头铺的地上滚着。穿帆布上衣的水兵走在第一连最前面一个排的旁边。费多谢耶夫斯克镇的身材高大、白眉毛的哥萨克拉着他的袖子,抱歉、感动地说道:

“我亲爱的人呀,难道我们愿意跟人民作对吗?我们一时糊涂,被骗到这儿来啦,如果我们明白,那我们会来吗?”他伤心地摇了摇留着额发的脑袋,“请你相信我的话——我们绝不会来!”

第四连走在最后。他们在被妇女突击营全营挤得水泄不通的宫门口耽搁了一会儿。一个强健的哥萨克爬到方木堆上去,有说服力地、意味深长地摇晃着一个大长黑指甲的手指头说:

“喂,娘子军的战士们,你们听我说!现在我们就要撤出去啦,你们这些糊涂娘儿们却要守在这里。不过,你们可不要做什么蠢事!如果你们胆敢在我们背后开枪,——我们杀回来,就把你们统统剁成肉酱。我说得够明白了吧?好,就是这样。现在,再见吧。”

他从方木堆上跳下来,快步去追自己的队伍,不时回头看看。

哥萨克们差不多走到广场中间了。有个哥萨克回头一看,激动地说:

“瞧啊,伙计们!有位军官追咱们来啦!”

很多人都一面走着,一面扭回头来看。一个高个子的军官手扶着马刀,顺着广场跑来。

他不断在招手。

“这是阿塔尔希科夫,第三连的。”

“是个什么样的人?”

“高个子,一只眼睛上有个小瘊子。”

“他想跟咱们一起走。”

“是个很不错的小伙子。”

阿塔尔希科夫在快步追赶连队,从远处就可以看到,他的脸上还挂着笑容。哥萨克们在向他招手,哈哈笑着。

“加油,中尉阁下!”

“快点儿!”

从宫门那里传来一声清脆、单调的枪声。阿塔尔希科夫挥舞着双手,身子往后倾斜,仰面倒下,两脚在石头路上蹬跶着,想要站起来。各连就像听到口令似的,都转过脸来,面向皇宫。机枪手们掉转枪口,在机枪旁边跪下。一阵弹带的沙沙响声。但是宫门旁,松木堆后面,已经空无人迹。一分钟以前还聚集在那里的女突击队员和军官们,好像都被那声枪响一扫而光。

各连又匆匆整好队伍走起来,步子加快了。最后一个排的两名哥萨克从阿塔尔希科夫倒下去的地方跑了回来。为了让全连的人都听见,其中一个大声喊道:

“子弹打在他的左肩胛骨下。死啦!”

脚步的响声越来越大,越来越整齐。穿帆布上衣的水兵喊着口令:

“左转弯……走!”

几个连弯弯曲曲地转弯走去。寂寥荒凉的旧皇宫默默地目送着他们。

第二十章

这年的秋天很暖和。阴雨连绵。贝霍夫的天空难得见到那苍白无光的太阳。到了十月,野鸟开始南徙。就是夜里,也能听到仙鹤凄切惊心的悲鸣掠过凉意已深的黑土大地。一群群的候鸟匆匆南飞,逃避即将来临的初寒和高空凛冽的北风。

因科尔尼洛夫案被逮捕羁押在贝霍夫的犯人,等候审判已有一个半月之久。这期间,他们的囚徒生活仿佛已经固定下来,如果还不能说完全是正常的生活,至少也已经独具特色的固定下来。每晨早餐后,将军们就出去散步,返回来就拆阅信函,接见来访亲友,吃午饭;午睡后就在各自的房间里度过,晚上照例都在科尔尼洛夫寓处聚会,进行长时间的商谈、谋划。

在这所临时改为监狱的女子中学里,生活过得还是相当舒服的。

格奥尔吉耶夫营负责外部警卫,内部护卫由帖金人担任。这种警卫虽然在某种程度上限制了在押犯人的自由,但是却有很大的优越性:早已安排好,只要犯人高兴,随时都可以很容易、很安全地逃走。在贝霍夫监狱里的整个关押期间,他们始终是不受任何限制地与外界保持着联系;要求尽快进行侦讯、审判,对资产阶级各界人士施加压力,销毁叛乱罪证,体察军官们的情绪,危急时则溜之大吉。

科尔尼洛夫费尽心机,要把那些忠实于他的帖金人掌握在自己身边,与卡列金联系后,卡列金就遵照他的指示,急忙往土耳其斯坦送去了几火车粮食,分发给帖金人饥饿的家属。为了帮助军官——参加科尔尼洛夫叛乱的人——家属,科尔尼洛夫给莫斯科和彼得格勒的一些大银行家写了一封措词严厉的信;那些人怕他们会进行对自己不利的揭发,所以立即就汇出了几万卢布。科尔尼洛夫与卡列金之间书信来往,在十一月以前,一直没有中断过。十月中旬他给卡列金写了一封长信,探问顿河方面的情况,哥萨克对他去顿河抱什么态度。卡列金送来了肯定的回答……

十月革命震撼了贝霍夫囚徒们脚下的大地。第二天就有很多急使被派往各方,一星期之后,不知道是什么人对囚徒们命运的担心在卡列金给自封为最高统帅的杜霍宁将军的信里透露出来,他在信中坚决要求把科尔尼洛夫及其他被捕的人一律交保释放。哥萨克军人联合会和陆海军军官联合会总部也都向大本营提出同样的请求。杜霍宁迟疑未决。

十一月一日科尔尼洛夫写给杜霍宁一封信。杜霍宁在信纸边上做的批语清楚地表明大本营已经多么虚弱无力,此时此刻,大本营对军队实际上已经没有任何权威,它正沮丧地等待着自己末日的来临。

尼古拉·尼古拉耶维奇阁下!

命运将您安排在这样关键的位置上,只有您才能扭转乾坤,使国家免于走向灭亡，而这种局面主要由于高层指挥人员的优柔寡断和纵容放任造成的。您已经面临如此严峻的选择：或者敢作敢为地大干一场，或者辞职不干，否则您就要承担祖国灭亡的责任和蒙受军队彻底瓦解的耻辱。

根据我得到的不完全的、零碎的情报判断，局势是严重的，但是还未到山穷水尽的地步。不过，假使您放任布尔什维克占据大本营，或者甘愿承认他们的政权，那么局势就会变得不可收拾。

您能指挥的、已经有半数受了赤化宣传的格奥尔吉耶夫营和一个没有战斗力的帖金团，这点儿力量太微不足道了。

鉴于局势的发展动向，我认为您必须毫不延缓地采取这样一些措施，这既可以保障大本营的安全，又可为组织对迫在眉睫的无政府状态继续进行斗争创造有利的条件。

我认为这些措施应是：

一、立即把一个捷克团和一个波兰的枪骑兵团调到莫吉廖夫来。

[杜霍宁的批语]大本营认为他们并非十分可靠。这些部队会是最先与布尔什维克媾和的人。

二、用前线的哥萨克炮兵连加强波兰军团各师部队的炮兵力量，并使用这个军团的部队占领奥尔沙、斯摩棱斯克、日洛滨和戈麦尔。

[批语]为了占领奥尔沙和斯摩棱斯克已经集中了库班第二师及阿斯特拉罕哥萨克的一个旅。为了保证被捕人的安全，我不想把波兰第一师的那个团从贝霍夫调走。第一师的骨干是很不得力的，因此不能算是真正的力量。这个军团的宗旨是置身局外，不干预俄罗斯内部事务。

三、借往彼得格勒和莫斯科调动的名义，把捷克斯洛伐克军团的全部、科尔尼洛夫团和一两个最坚定的哥萨克师集中在奥尔沙——莫吉廖夫——日洛滨一线。

[批语]哥萨克的立场倒是非常坚定——决不跟布尔什维克打仗。

四、把所有的英国和比利时的装甲车都集中到该地区,全部换上军官充当炮手。

五、把步枪、子弹、机枪、自动步枪和手榴弹储备全部集中到莫吉廖夫和某个相邻的据点,派可靠的部队守卫,以备发给必将在指定地区集中的军官和志愿兵使用。

[批语]这可能会引起骚动。

六、与顿河、捷列克和库班军的司令官,以及波兰军和捷克斯洛伐克军团的委员会建立密切的联系和准确的协议。哥萨克已经坚定地表示拥护恢复国家的秩序,对于波兰人和捷克人,恢复俄罗斯秩序的问题——也是他们自身赖以生存的问题。

消息一天比一天来得可怕。贝霍夫更加恐慌不安。关心科尔尼洛夫、要求杜霍宁释放被捕者的人们的小汽车在莫吉廖夫和贝霍夫之间奔驰。哥萨克军人联合会甚至采取了暗中威胁的手段。

山雨欲来,杜霍宁受到即将爆发的事变的压力,动摇不定。十一月十八日,他下达了将在押犯人送往顿河的命令,但旋即又撤消了。

第二天清晨。一辆溅满泥浆的小汽车开到临时监狱贝霍夫女子中学的大门口。司机跳出来,奴颜婢膝地、警惕地打开了车门,从汽车里走出一位身材匀称、但已不年轻的军官。他向守卫的军官出示了参谋上校库松斯基的身份证件。

"我是从大本营来的。我负有面晤在押的科尔尼洛夫将军的使命。我到什么地方可以会见卫队长?"

卫队长——帖金团的埃尔哈特中校——立刻把来人领到科尔尼洛夫那里。库松斯基自我介绍后,有点装腔作势地加重口气报告说:

"四个钟头以后,莫吉廖夫就要和平移交给布尔什维克。杜霍宁将军命令我转告您,全体在押人员必须立即离开贝霍夫。"

科尔尼洛夫向库松斯基询问了莫吉廖夫的情况以后,就把埃尔哈特中校请来。左手的手指沉重地按在桌子边上,说道:

"立即释放各位将军。帖金团要准备好在夜里十二点以前出发。我随团行军。"

随军铁匠作坊里风箱整天呼呼地响着,炉火熊熊,锤声叮当,马匹在拴马架上悲嘶。帖金人给马的四个蹄子全都钉上马掌,修整马具,擦好步枪,大家在忙着进行各种准备工作。

白天,将军们一个个单独地离开了囚地。在寂静、漆黑的子夜时分,当偏僻小镇的灯火已经全部熄灭,人们都已睡熟的时候,骑兵排成了三路纵队,从贝霍夫女子中学的院子里源源开出来。他们的黑色身影,像塑像一样,清晰地映在钢铁色的天幕上。骑士们在行进中,简直像扎煞着羽毛的大黑鸟,高筒的皮帽子紧压在前额上,瑟缩地伏在鞍头,油亮的黑脸裹在长耳风帽里。科尔尼洛夫骑在一匹身躯细长的、筋肉强壮的高头大马上,紧挨着团长屈格尔亨上校,驼着背在团纵队中晃悠。贝霍夫街头的寒风吹得他皱起眉头,眼睛眯缝成一条线,望着繁星点点、寒冷的夜空。

沿街响起新换过掌的马蹄声,渐渐地消失在荒郊野外。

第二十一章

团队在后撤,已经是第二天了,撤得很慢,且战且退,俄罗斯和罗马尼亚部队的辎重车队在高出地面的土道上络绎不绝。德奥联军已深入到侧翼,迂回包抄后撤的败军,企图完成合围。

傍晚发觉,第十二团和与这个团相邻的罗马尼亚旅有被包围的可能。敌人在日落时,把罗马尼亚人赶出了霍维涅斯卡村,并且已经推进到与戈尔什山口毗邻的“四八〇”高地。

夜里,得到山民骑兵营的炮兵连增援的第十二团,接到了攻占戈尔什山谷谷口地带阵地的命令。团队派出警戒哨以后,即着手准备这场遭遇战。

这天夜里,米什卡·科舍沃伊和本村蠢笨的阿列克谢·别什尼亚克一起值勤,做暗哨。他们隐蔽在一口废弃塌陷的水井旁的土崖边,吸着寒峭的冷气。偶有迟去的雁群掠过满布白云的、茫茫的夜空,用警惕、悲凉的啼声标出自己的去向。科舍沃伊遗憾地想到不能吸烟,便小声地说道:

“人们的生活也真够奇怪的啦,阿列克谢!……大家都像瞎子似的在摸索着走路,一会儿聚到一起,一会儿又各奔东西,有时甚至互相践踏……总是这样过日子,在鬼门关边打转转儿,叫你越过越糊涂:为什么要这么瞎折腾?依我看,世界上再没有比人们的私念更可怕的啦,你用什么法子也不能把人们的私念弄清楚……譬如说,现在咱们俩躺在这儿,可是我并不知道你心里在想什么,而且永远也不会知道;你过去的日子是怎么过的,我也不得而知,我是怎么回事,你同样也不知道……也许,我现在正想要把你害死呢,可是你却在把干粮让给我吃,一点儿也没有疑心到……人们对自己了解得很少,今年夏天,我住在后方医院。我旁边的床上,是个步兵,莫斯科人。他很好奇,老在问你哥萨克是怎样生活呀,这个那个呀。他们以为——哥萨克只有一根鞭子,他们认为——哥萨克野蛮,哥萨克没有灵魂,只有个像玻璃瓶子似的玩意儿,可是我们都是跟他们一样的人:咱们哥儿们也同样喜欢娘儿们,热爱姑娘,为自己的伤心事痛哭,见了别人高兴就嫉妒……你是怎么想的,阿廖什卡?可我,小伙子,却变得对生活非常贪恋,一想到世上有那么多漂亮娘儿们,简直心都碎啦!心想:我这一辈子也不能把她们全爱过来啊,急得我简直要大喊大叫!我变成娘儿们迷啦,恨不得把她们个个亲得心都疼了……我谁都可以爱:高的、矮的、胖的、瘦的,只要漂亮就行……还有,我们现在的生活安排得太没有学问了:硬塞给你一个,就得跟她白头到老——要咂吮一辈子……你说恶心不恶心?还有哪,现在又想出了打仗这玩意儿,就这样……”

“把你的脊背抽得太轻啦!蠢牛!”别什尼亚克没有恶意地骂道。

科舍沃伊仰脸躺到地上,长久默默地凝视着高远的苍穹,梦幻似地微笑着,激动、温柔地抚摸着冰凉的、冷漠无情的土地。

在换班前一个钟头,德国人把他们捉住了。别什尼亚克急忙放了一枪,就蹲了下去,牙齿咬得咯吱咯吱地响,身子缩成一团,已经奄奄一息:德国人的刺刀刺进了他的内脏,刺破了膀胱,又使劲一捅,扎进了脊椎骨。科舍沃伊被用枪托子打倒。一个强壮的德国义勇兵背着他走了有半俄里。米哈伊尔清醒过来,觉得自己在往肚子里咽血,他喘了喘气,鼓足了劲儿,没有费多大的力气就从德国人的背上挣脱下来。德国人在他背后打了一排子弹,但是黑夜和灌木丛救了他——逃脱了。

在这以后,退却也停止了,俄国和罗马尼亚部队已经冲出了包围圈,第十二团被从前线撤下来,调到离他们原来的防区左面几俄里的后方。在全团宣布了一项命令:担负拦截逃兵的任务,在各条道路上都设立了岗哨,严防逃兵流窜到后方去,要把他们拦住,必要时可以开枪,然后把他们解送到师部去。

米什卡·科舍沃伊是第一批被派去执行这个任务的人们当中的一个。他和另外三个哥萨克一清早就走出村子,根据司务长的指示,哨位就设在离大道不远的玉米地头上。大道绕过一片小树林,消逝在起伏不平、到处点缀着方块耕地的平原那边。哥萨克们轮流值班监视。过午,一帮步兵,有十来个人,正向他们这个方向走来。士兵们显然是想要绕过已经看得见的山坡下面的小村。他们走到小树林旁边停了下来,抽着烟,显然是在商量,然后就改变了方向,转了个直弯,向左走去。

"要叫住他们吗?"科舍沃伊从玉米丛中抬起身,问其余的人。

"朝天放一枪。"

"喂,你们! 站住!"

离哥萨克们只有几十沙绳远的步兵们听到呼叫声后,停了一会儿,然后,仿佛很不情愿似地重又向前走去。

"站——住!"一个哥萨克喊叫道,朝天连放了几枪。

哥萨克们端着步枪追上一个慢慢走着的步兵。

"你们为什么他妈的不站住? 哪个部队的? 上哪儿去? 拿出证件来!"哨长科雷切夫下士跑过来喊道。

步兵们都站住了。有三个人不慌不忙地摘下步枪。

后面的一个弯下腰,用电话线捆着开了绽的靴子。他们穿得都非常破烂、肮脏。军大衣襟上沾满了金盏草的棕色壳皮,——看来,昨晚一定是宿在树林的草丛里的。有两个人戴着夏天的军帽,其余的都戴着肮脏的灰色羊羔皮帽,帽子的翻边都快掉下来了,耷拉着帽带。最后的一个,——看来像是领头人,——身材高大、像老头子似的背都驼了,脸颊上松弛的皱囊直哆嗦,恶狠狠、瓮声瓮气地喊道:

"你们要干什么? 我们惹你们了吗? 你们干什么要纠缠不休呀?"

“拿出证件来!”下士装出严厉的样子打断他的话。

一个蓝眼睛、脸像新烧出的砖一样红的步兵,从腰里掏出一个瓶子形的手榴弹,——在下士眼前摇晃着,不时回头看看自己的同伴们,用雅罗斯拉夫急促口音快嘴说道:

“给你,小伙子,证件!这就是证件!这是全年有效的证件!当心你的小命,不然我就这么一来——叫你连五脏都分家。明白了吗?听懂了没有?明白啦?……”

“你别撒野!”下士推着他的胸膛,皱起眉头,“你别撒野,也别吓唬我们,我们已经吓够啦。不过你们既然是开小差的——那就请到司令部去走一趟吧。他们那里会收拾你们这种废物的。”

步兵们交换了一下眼色,从肩上摘下步枪。其中一个黑胡子、干巴瘦,看样子像个矿工,把愤怒的目光从科舍沃伊身上转到其余的哥萨克们身上,低声说道:

“现在我们只好用刺刀来对付你们啦!……好啦,滚开!滚到一边去!哪个敢上,我就开枪,绝不含糊!……”

蓝眼睛的步兵把手榴弹举在头顶上摇晃着;在前面走的那个高个子、驼背的步兵拿着生了锈的刺刀尖划了一下下士的大衣;像矿工样子的家伙嘴里骂着,朝科舍沃伊挥舞起枪托子;科舍沃伊的手指头在枪机上直哆嗦,夹在肋部的枪托也在跳动;有一个哥萨克抓住一个矮小步兵的大衣领子,伸出一只手去摆弄着他,担心地回头瞅着其余的人,害怕他们从后面打他。

玉米茎上的干叶子沙沙作响。绵延的群山在起伏不平的田野的边际上闪着蓝光。红毛的母牛在村外的牧场上徘徊。秋风在小树林子外卷起阵阵冰冷的尘埃。忧郁的十月的白昼和平、昏沉;暗淡的阳光下的自然景物显得那么安逸、肃静。可是就在不远的大道边,人们却在失去理智地仇恨中乱成一团,正准备用他们的鲜血去污染吸足了雨水的、已经播了种的肥沃土地。

激动的情绪已经有点缓和了,步兵们和哥萨克叫嚷了一阵以后,谈话的口气已经有些软了。

“我们刚从前线上撤退下来才三天!我们没有往后方去!可你们

却往后方逃，也不害臊！你们扔下战友！谁来把守前线呢？哎呀，你们这些人哪！……我的战友，肋条骨都叫德国人刺透啦，——我是和他一起在当潜伏哨的，可是你却说我们连火药味儿都没有闻到。你闻到的火药味儿跟我们闻到的一个样！”科舍沃伊恶狠狠地说。

“别在这里扯淡啦！”一个哥萨克打断他的话说，“到司令部去——用不着费话！”

“让开路，哥萨克！不然的话，我们可真要开枪啦！”矿工模样的步兵劝导说。

下士很伤心地把两手一摊，说道：

“我们不能这么干，老弟！你们就是把我们都打死——那也逃不掉：我们的连队就驻扎在这个村子里……”

那个高个、驼背的步兵，忽而威胁，忽而劝说，忽而又央告起来。最后，他匆匆忙忙从肮脏的背包里掏出一只用干草包缠着的瓶子，献媚地向科舍沃伊眨着眼，悄悄说道：

“亲爱的哥萨克们，我们给你们些钱，还有这个……德国伏特加……我们还可以凑点东西……看在基督面上，放我们过去吧……家里孩子一大窝，你是明白的……都已经筋疲力尽啦，想家想死啦……到什么时候才有个完啊？……主啊！……真的不肯放我们过去吗？”他慌忙从靴筒里掏出一个烟袋荷包，从里面抖出来两张折皱的“克伦卡”①，开始拼命往科舍沃伊手里塞。“收下吧，收下吧！啊呀，我的天！……你不必为我们担心……没有钱我们也可以混下去！……钱——这不要紧……没有钱也行……收下吧！我们再凑点儿……”

羞得满脸通红的科舍沃伊避开他，把手藏到背后，直摇头。一股热血猛地涌到他脸上，泪水夺眶而出，暗自想道：“这都是因为别什尼亚克牺牲，我才变得这么混账……我这算是干什么……自个儿反对战争，可是来抓从前线逃下来的人，——我怎么能这样干呢？……我的妈呀，我干的事情太糟糕啦！我居然成了这样的走狗！”

他走到下士面前，把他叫到一旁去；也不看他的脸，说道：

---

① 一九一七年克伦斯基政府发行的二十卢布和四十卢布的纸币，人们称为“克伦卡”。

“放他们走吧！你说呢，科雷切夫？放走吧，真的！……”

下士的眼神也迷离恍惚，仿佛正在干什么见不得人的事儿似的，随口说道：

“叫他们走吧……还有他妈的别的什么办法呢？咱们自己也就要走这条路呀……还有什么可隐瞒的呢！”

于是转身朝步兵们愤愤地喊道：

“你们这些下流东西！我们像对待好人一样对待你们，以礼相待，可你们却塞钱给我们，啊？你们以为我们自己的钱少，还是怎么的？”他的脸涨红了，叫道，“收起你们的钱包吧，不然就把你们送到司令部去！……”

哥萨克们都退到旁边去。科舍沃伊望着远处村子里的空旷街道，冲着离去的步兵喊道：

“喂！小骒马！你们在这空地上晃什么？看，那边有一片小树林，白天藏在那里歇歇腿儿，夜里再往前走！不然，你们遇上别的岗哨，——就会把你们抓起来！”

步兵们四下望了望，犹豫了一会儿，拉成了一条肮脏的灰色链子，然后就都像狼似的，一个跟一个地钻进一片黄杨丛生的洼地里去了。

十一月上旬，有关彼得格勒爆发十月革命的各种消息开始传到哥萨克们的耳朵里。照例比所有的人消息灵通的团部传令兵们都肯定地说，临时政府已经逃到美国去了，水兵们捉到了克伦斯基，给他剃了个秃头，像羞辱不走正道的大姑娘一样，涂上松焦油，在彼得格勒游了两天街。

又过了些日子，就接到了正式文告，说临时政府已被推翻，政权转移到工人和农民手中。哥萨克们都警惕地安静下来。许多人很高兴，盼着战争马上停止，但是很多谣传却又令人十分不安，都说骑兵第三军团已经跟着克伦斯基和克拉斯诺夫将军一同向彼得格勒进军了，又说早就把几个哥萨克团调到顿河去的卡列金也从南方压上去了。

前线崩溃了。如果说在十月里，步兵们还只是零散地、没有组织地三五一伙地开小差，那么到十一月底，就已经是整连、整营、整团地从阵地上撤退了；有些部队是轻装撤退的，但是绝大多数部队是带走了团队的物资，抢劫了仓库，打死了军官，顺手也抢掠平民，他们就像冲毁堤坝的、波浪滔天的洪水一样向故乡奔流而去。

在新形势下，第十二团再去执行拦截逃兵的任务已经毫无意义了，所以这个团在被重新调回前线，在妄图用他们来堵住步兵弃阵而逃留下的千疮百孔，已不成其为战线的努力失败后，十二月里也从前线撤下来，以行军队形开到了附近的一个车站，将团里的全部物资、机枪、储备的子弹和马匹装上火车，向已经爆发了激烈内战的俄罗斯腹地驶去……

第十二团的兵车经过乌克兰，向顿河开去。在兹纳缅卡附近，赤卫军想解除这个团的武装。谈判进行了半个小时。科舍沃伊和另外五个哥萨克，都是各连革命委员会的代表，要求放他们带着武器过去。

"你们要武器干什么？"车站工兵代表苏维埃的成员们质问他们说。

"去打我们自己的资产阶级和将军啊！去把卡列金的尾巴割掉！"科舍沃伊代表他们所有来谈判的人回答说。

"我们的武器是属于军队的，不能交出去！"哥萨克们激动起来。

兵车放行了。在克列缅楚格又要解除他们的武装。只是当哥萨克机枪手们把机枪架在敞开的车厢门口，瞄准了车站，而且有一连人下车散开，卧倒在路基后面准备战斗时，才同意放他们过去。可是快到叶卡捷琳诺斯拉夫①的时候，即使跟赤卫军的部队互相射击了一阵也不顶用了，——团队还是被解除了部分武装：机枪被缴去了，还缴去一百多箱子弹、几部军用电话机和几轴电话线。哥萨克们拒绝了逮捕军官的建议。一路上只损失了一名军官——团部的副官奇尔科夫斯基，哥萨克们自己判了他死刑，由"锅圈儿"和一个赤卫军水兵负责执行判决。

十二月十七日傍晚，在锡涅尔尼科沃车站，哥萨克们把副官从车厢里拖了出来。

"就是他背叛了哥萨克吗？"手拿毛瑟枪，背着一支日本造步枪的

---

① 即现在的第聂伯罗彼得罗夫斯克市。

麻脸黑海水兵快活地问道。

“你以为——我们会认错人吗？不，我们不会看错的，大家已经揍了他一顿啦！”“锅圈儿”气喘吁吁地说。

副官是个年轻的上尉，他像被捕获的野兽，四面张望着，用汗湿的手掌摩挲着头发，对刺脸的严寒，枪托子殴打的疼痛都已经毫无感觉。“锅圈儿”和水兵把他推得离车厢远一点。

“就是因为有了这帮混账东西，人们才起来暴动，才起来革命……哎——哎，我的亲爱的，你别动弹，不然你就要摔碎啦。”“锅圈儿”嘴里嘟哝着，摘下帽子，画了一个十字。

“勇敢点儿，上尉老爷！”

“准备好了吗？”水兵玩弄着毛瑟枪，微微笑着，露出白白的牙齿朝“锅圈儿”问道。

“准备好啦！”

“锅圈儿”又画了一个十字，斜睨着，水兵叉开腿，举起毛瑟枪，聚精会神地眯缝起眼睛，——严酷地微笑着，首先开枪。

在恰普利诺附近，团队无意中参与了无政府主义者跟乌克兰人进行的战斗，牺牲了三个哥萨克，费了很大力气才扫清了被一个步兵师的兵车占据的铁路，杀出了重围。

过了三昼夜，团队的先头兵车已在米列罗沃车站卸车了。其余部分尚滞留在卢甘斯克。

到达卡尔金村的时候，团队只剩下一半人了（其余的人从车站就都各自回家去了）。第二天拍卖了战利品：前线上带回来的从奥地利人那里夺来的马匹，分了团里的公款和服装。

傍晚时候，科舍沃伊和鞑靼村的另外几个哥萨克启程回家了。他们爬上了山坡。顿河上游最美丽的卡尔金村就坐落在山脚下冰封的、白茫茫的奇尔河河湾处。蒸汽磨坊的烟囱里冒出一团团软绵绵的轻烟；广场上黑压压挤满了人；响起了晚祷的钟声。卡尔金山岗那面，克利莫夫斯基村的杨柳树梢隐约可见；再远处，在苦艾般的青灰色雪茫茫的地平线后面，耀眼的夕照染红了烟雾朦胧的西半天。

十八名骑士走过立着三棵落满白霜的野苹果树的土岗后，马就小跑起来，鞍座咯吱咯吱响着，往东北方向驰去。寒夜静悄悄地藏在山岗后面。哥萨克裹紧长耳风帽，有时纵马飞奔。马蹄铁清脆、刺耳，令人心碎。踏平的大道在马蹄下向南驰去；大道两旁是一片不久前融雪水洼结成的薄冰，冰面上冻结的草茎，在月光下，像一道道白色的流火在闪烁。

哥萨克默默地催马前进。大道向南伸延开去。橡树沟的树林在东方旋转。野兔脚印的奇异花纹在马蹄边闪过。银河像一条镂花的哥萨克皮带，华丽地系在草原的夜天上。

卷　　五

第一章

一九一七年深秋，哥萨克开始从前方回家来了。显得衰老了的赫里斯托尼亚和三个跟他一同在第五十二团服役的哥萨克回来了。完全退役的、仍旧像从前那样光秃无须的阿尼库什卡，炮兵托米林·伊万和“马掌”雅科夫也回来了，接着就是马丁·沙米利、伊万·阿列克谢耶维奇、扎哈尔·科罗廖夫和个子高得难看的博尔谢夫；十二月里，米吉卡·科尔舒诺夫突然出现了，过了一个星期，原在第十二团的哥萨克成群结队地回村来了，其中有米哈伊尔·科舍沃伊、普罗霍尔·济科夫、卡舒林老头子的儿子安德烈·卡舒林、叶皮凡·马克萨耶夫、西尼林·叶戈尔。

模样长得像加尔梅克人的费多特·博多夫斯科夫离开了自己的团，骑着一匹从奥地利军官手里夺来的黄骠骏马，从沃罗涅什直奔家乡，后来有很长时间，老是在讲他怎样骑着自己这匹快马，穿越沃罗涅什省革命后荒乱的村庄，从赤卫队的眼皮底下逃了出来。

他回来以后，梅尔库洛夫、彼得罗·麦列霍夫和尼古拉·科舍沃伊，他们逃出已经布尔什维克化的第二十七团，从卡缅斯克回到了家乡。就是他们带回一个消息，说最近一个时期，在第二后备团服役的葛利高里·麦列霍夫变了心，投奔布尔什维克，留在卡缅斯克了。过去就天不怕地不怕的偷马贼马克西姆卡·格里亚兹诺夫也在那里跟第二十七团打得火热，动乱时代的新奇事物和无拘无束地过过好日子的愿望，使他倾心于布尔什维克。据说马克西姆卡弄到了一匹不仅样子非常丑陋，性子同样凶野，但是却跑得非常快的马；据说这匹马有一道天生的银色白毛贯穿整个脊背，身量不高，但是很长，全身毛色都跟牛毛一样红。大家很少谈到葛利高里，——不愿意谈他，因为知道他已经跟乡亲们分道扬镳了，能不能回头跟大伙走一条路——还很难说。

谁家有哥萨克主人回来，或者像久盼着的客人似的哥萨克回来，谁家就充满了欢乐。这种欢乐也更强烈无情地加重了那些永远失去了亲人的人们久藏在心底的悲伤。很多哥萨克都成了异乡的鬼魂，——他们陈尸在加里齐亚、布科维纳、东普鲁士、喀尔巴阡山山麓和罗马尼亚的田野上，在炮火的哀乐声中烂掉；现在这些阵亡将士的高冢已经艾蒿丛生，被雨水冲刷，大雪覆盖。不管披头散发的哥萨克妇女跑到胡同里，把手掌遮在眼上，举目远望多少次，——永远也盼不回她们心上的人！不管她们呆滞无光、哭肿的眼睛泪流成河，——也洗不掉心头的哀怨！东风无力，不能把这许多生辰和忌日的哀号带到加里齐亚和东普鲁士，带到已经塌陷的阵亡将士墓边！……

青草淹没了坟墓，时间吞噬了悲伤。清风扫去征人的脚印，——岁月舔尽了创痛和那些久未盼到亲人，而且无日再盼的人们的怀念。人生苦短，上帝赐给我们大家践踏青草的时间是很有限的……

普罗霍尔·沙米利的遗孀眼看着亡夫的兄弟马丁·沙米利活着回来，爱抚着自己怀孕的老婆，哄着孩子玩并分给他们礼物，她越看越伤心，用脑袋直撞坚硬的土地，牙啃着泥地，号啕大哭。寡妇在地上全身抽搐、痛苦地挣扎，孩子们却像一群羊似的挤在一旁，吓得大瞪着的眼睛瞅着母亲，大声哭号。

亲人哪，撕扯你身上唯一的一件衬衣领子吧！撕扯你那由于艰难寡欢的生活而变得稀疏的头发吧，咬你那已经咬得血肉模糊的嘴唇吧，扭断你那因操劳过度，变得粗糙难看的手吧，在你那空荡荡的破家门限旁的土地上撞头吧！你家里再也不会有当家人，你再也没有丈夫，你的孩子们再也没有自己的父亲，要记住，不会有人来抚爱你和你的孤儿，不会有人来帮你干干重活，救你的穷，当你疲惫不堪，夜里倒上床的时候，再也没有人把你的头搂在怀里啦，再也没有人会像他从前那样对你说："别发愁，阿妮西卜！咱们会熬过去的！"再也不会有人娶你，因为繁重的家务、贫困和孩子已经把你吸干，使你变得丑陋不堪；你那些衣不蔽体、满脸鼻涕的孩子再也找不到父亲；你要自己耕地、耙地，被那力不胜任的紧张劳动累得透不过气来，你只能自己把沉重的麦捆从收割机上卸下来，用三齿叉装上大车，不一会儿，你就会感觉肚里像是有什么东西往下坠,接着你就会全身抽搐,盖上破衣烂衫,流尽鲜血而死去。

老母亲翻腾着阿列克谢·别什尼亚克的旧衣服,流出已经枯竭的悲痛眼泪,闻着由米什卡·科舍沃伊带回来的儿子留下来的唯一一件衬衣,衣服的折缝里还残留着儿子身上的汗味;老太婆把脑袋趴在上面,摇晃着身子,哭诉着,眼泪打湿印着番号的肮脏布衬衣。

马内茨科夫、阿丰卡·奥泽罗夫、叶夫兰季·加里宁、利霍维多夫、叶尔马科夫和其他一些哥萨克家都失去了亲人。

只有司捷潘·阿司塔霍夫没有人哭——无亲无故。他那门窗都牢牢钉死、破旧不堪的、就是夏天也显得那么阴森的房子已经荒废了。阿克西妮亚住在亚戈德诺耶,村子里仍然很少听到她的消息,她也从来没有回村子里来看看,——显然,一点也不想念它。

顿河上游顿涅茨区各镇的哥萨克,都与同乡们结伴还乡。十二月里,维申斯克镇各村的哥萨克几乎全都从前线回来了。

日日夜夜都有川流不息的人骑马穿过鞑靼村,人数从十个到四十个,成群结伙地往顿河左岸走去。

“老总们,老家是哪儿呀?”老头子走到街上来问道。

“黑河。”

“济莫夫镇。”

“杜布罗夫卡。”

“列舍托夫斯克。”

“我们是杜达列夫斯克人。”

“我们是戈罗霍夫斯克人。”

“我们是阿利莫夫斯克人。”人们回答说。

“打够仗啦,是吗?”老头子们又挖苦地追问道。

有些从前线归来的人难为情地、老实地笑着回答说:

“够啦,老爷子!打够啦。”

“吃了些苦头,——回家来啦。”

遇上火气大的和凶狠的哥萨克就会破口大骂,以牙还牙:

“滚你的吧,老东西,夹起你的尾巴来吧!”

“你问那么多干什么?你想干什么?”

“你们这种人太多啦，就会他妈的说俏皮话！”

冬天快完的时候，在新切尔卡斯克一带，内战已经打响了，可是顿河上游的村庄和乡镇，却仍然像坟墓一样的寂静。只不过某些家庭里在进行隐蔽的、有时表面化的家庭争论：老头子和从前线归来的儿子们怎么也说不到一起。

对在顿河军区首府周围的激战，只是有所传闻；人们在瞎猜着政治形势的发展，等待事变的发生，仔细倾听着各方传来的消息。

在一月以前，鞑靼村的日子过得也很平静。从前方归来的哥萨克躺在妻子的身边享起福来，吃得胖胖的，完全没有感觉到，比他们在过去的战争中经历的，更加深重的痛苦和灾难正在家门口守候着他们呢。

第 二 章

一九一七年一月，麦列霍夫·葛利高里因战功被晋升为少尉，当上了第二后备团一个排的排长。

九月里，他在肺炎痊愈后，休假回家住了一个半月，完全康复以后，通过了区医务委员会的检查，又被派回团里。十月革命后，被任命为连长。在这以前不久，他的情绪有了很大的转变，周围发生的一连串事变，特别是由于认识了一个同团的军官——叶菲姆·伊兹瓦林中尉之后，在其影响下促成了这一转变。

葛利高里在休假回团后的第一天，就认识了伊兹瓦林，后来在工作或休息时间经常碰面，不知不觉地受了他的影响。

叶菲姆·伊兹瓦林是贡多罗夫斯克镇一个富裕哥萨克的儿子，在新切尔卡斯克士官学校受的教育，毕业以后被派到前线顿河第十哥萨克团，在那儿干了一年的光景，就像他自己常说的“胸前挂了几枚军官十字章，全身适当和不适当的地方受了十四处手榴弹伤”，然后为了服完自己不长的兵役，来到第二后备团。

伊兹瓦林很有才能，聪明过人，受的教育也远远超过了哥萨克军官通常能达到的程度,是个狂热的哥萨克自治分子。二月革命使他振奋起来,得到了大显身手的机会,他和那些独立自主派的哥萨克们取得联系,巧妙地在宣传顿河军区完全自治的主张:在顿河流域恢复哥萨克被专制王朝奴役之前实行的统治制度。他有丰富的历史知识,有一颗火热的心,但头脑却很清醒、冷静;他美丽动人地描绘着亲爱的顿河流域未来自由自在的幸福生活,那时候将由一个哥萨克有权威的最高会议来治理,那时候在顿河地区内连一个俄罗斯人也没有,而哥萨克将在自己的边境上设立岗哨,跟乌克兰和大俄罗斯平起平坐,再也用不着低三下四;还要和它们进行平等的通商贸易。伊兹瓦林把那些头脑简单的哥萨克和受教育不多的军官们说得晕头转向。葛利高里也受了他的影响。起初他们争论得很凶,但是半文盲的葛利高里和自己的论敌比起来简直是小巫见大巫,所以伊兹瓦林在争论中总是轻而易举地把他打得落花流水。他们通常是在营房的一个什么角落里进行争论,而旁听的人总是倾向伊兹瓦林。他绘声绘色地描述未来独立生活的美景,深深地打动了哥萨克们的心,——打动了大部分下游的富裕哥萨克们怀有特别隐秘、含蓄希望的心。

"咱们没有俄罗斯怎么生活呢?咱们就有小麦,别的什么都没有。"葛利高里问道。

伊兹瓦林耐心地解释说:

"我并不主张咱们顿河军区闭关自守与外界隔绝。而是按联邦原则,也就是按联合的原则,与库班人、捷列克人以及高加索的山民共同生活。高加索矿产丰富,咱们在那里可以找到一切。"

"可是煤呢?"

"顿涅茨煤矿区就在咱们跟前。"

"但是要知道那是属于俄罗斯的呀!"

"这块地方究竟属于谁,它是在谁的领土上——这还是值得争论的问题。不过即使顿涅茨煤矿区归属俄罗斯的话——我们的损失也很少。我们的联邦并不是依靠工业生存的。从本质上说,我们是农业区,既然这样,那么为了满足我们那规模不大的工业用煤,我们可以从俄罗斯买。而且也不仅是煤,还有许多别的东西我们都得从俄罗斯买,像木材、冶金工业的产品,以及其他等等,咱们将要用上等的小麦和石油去交换。”

“那么咱们脱离俄罗斯究竟有什么好处呢?”

“这是显而易见的。首先可以摆脱政治上的监护,恢复我们被俄罗斯沙皇废除的旧制度,把所有迁移来的‘外来户’都给遣送出境。在十年之内,用从国外输入机器的方法,大大提高我们的经济,这会使我们富强十倍。这块土地是我们的,我们的祖先用自己的鲜血浇灌了它,用自己的骨头使它肥沃起来,可是我们被俄罗斯征服了,四百年来,我们保卫俄罗斯的利益,根本没有为自己着想。我们有几个出海口。我们将拥有最强大的、能征善战的军队,不用说乌克兰,就连俄罗斯也不敢侵犯我们的独立!”

伊兹瓦林中等个子,身材匀称,阔肩膀,是个典型的哥萨克:长着一头像没有成熟的燕麦似的黄色鬈发,黝黑的脸,倾斜、白皙的前额,脸上只有从两颊到白色的眉毛之间留下日晒的痕迹。他用控制得很好的男高音说话,谈话时,有紧弯左眉和非常独特地抽动他那不大的钩鼻子的习惯;这么一来,使人感到,他好像总在嗅着什么东西似的。他的步伐有力,一举一动和褐色眼睛里坦率的目光总是充满了自信,这一切使他显得与团里其余的军官们大不相同。哥萨克都非常尊敬他,简直比对团长还要尊敬。

伊兹瓦林常常跟葛利高里谈话,而且一谈就很久,葛利高里觉得,不久前他脚下刚刚坚硬起来的土地又变得松软了,这时他的心情又跟在莫斯科斯涅吉廖夫眼科医院里和加兰扎相好时的心情几乎一样,非常痛苦。

十月社会主义革命后不久,他和伊兹瓦林进行过这样的一次谈话。

心头矛盾重重的葛利高里小心翼翼地探询着有关布尔什维克的问题:

“你说说,叶菲姆·伊万内奇,照你看,布尔什维克说的对不对?”

伊兹瓦林左边的眉毛弯成了三角形,滑稽地皱着鼻子,哇哇地叫道:

“他们说的吗?哇哇……我的亲爱的,你好像是个刚出生的孩子……布尔什维克有自己的纲领，有自己的计划和希望。布尔什维克从他们本身的观点来看是正确的，而我们从本身的立场来看也是正确的。你知道布尔什维克党叫什么名字吗？不知道？哼，你怎么会不知道呢？俄国社会民主工党呀！明白了吗？是工人的政党！现在他们正在向农民和哥萨克讨好，但是他们的主要成分是工人阶级。他们使工人阶级得到解放，但是他们赏赐给农民的却是一种新的、也许是更坏的奴役制度。在社会生活中，根本就不可能人人平等。布尔什维克胜利了——工人得利，其余的人就要遭殃。王朝复辟——地主和其他诸如此类的人得到好处，其余的人就要倒霉。我们既不要布尔什维克，也不要君主政体。咱们需要自己的政权，首先是要摆脱一切监护人——不管是科尔尼洛夫，克伦斯基，还是列宁。不用他们我们在自己的土地上也能搞得蛮好。上帝保佑，让我们摆脱这些朋友，至于敌人我们自己对付得了。”

“但是大多数哥萨克都倾向于布尔什维克呢……知道吗？”

“葛利沙，好朋友，你要明白这些基本道理：目前哥萨克和农民跟布尔什维克是同路人。你知道为什么吗？”

“为什么？”

“因为……”伊兹瓦林笑起来，“因为布尔什维克主张和平，主张立刻就实现和平，因为战争现在还在威胁着哥萨克啊！”

他响亮地往自己的绷得紧紧的黝黑的脖子上拍了一下，把那道惊愕地弯起的眉毛展平，喊叫道：

“因此哥萨克就散发出布尔什维主义的气味，而且跟布尔什维克齐步走了。但——是，只要——战争一结——束，布尔什维克就要伸手去统治哥萨克了，哥萨克和布尔什维克就要分道扬镳！这是有理论根据的，是历史发展的必然。在今天哥萨克生活方式和社会主义——布尔什维克革命的终极目的——之间有一道不可逾越的鸿沟……”

“我说……”葛利高里沙哑地嘟哝道，“我什么都不明白……弄得我晕头转向……就像在草原上的大风雪中迷了路……”

“这是回避不了的！生活会逼着你去弄清楚，而且不仅仅逼着你去弄清楚，还要竭力把你往某一方面推。”

这次谈话是在十月下旬进行的。但是葛利高里在十一月里无意中遇到了另一个哥萨克,这位哥萨克在顿河地区的革命历史上,曾起过不小的作用,——葛利高里遇到的就是费奥多尔·波乔尔科夫,于是经过短时间的动摇之后,原先的真理又在他心里占了上风。

这一天,从晌午起就下起了冻雨。傍晚,天放晴了;葛利高里决定到同乡——第二十八团的准尉德罗兹多夫的住处去。过了一刻钟,他已经在垫子上擦着靴子,敲德罗兹多夫的房门了。屋子里摆满了枯萎的橡皮树盆景和破烂家具;除了主人之外,还有一个身体强壮、结实的哥萨克,背朝窗户,坐在军官用的行军床上,戴着近卫军炮兵上士肩章。他略微驼背,两条穿着黑色呢裤子的腿大劈开,把长满一层红毛的大手放在同样宽大的圆滚滚的膝盖上。军便服紧绷着他的两肋,在他那宽阔凸出的胸膛上,几乎要绷裂开了。他随着门的响声扭了扭红红的短脖子,冷冷地打量了一下葛利高里,又把瞳孔的冷光隐藏到大厚眼皮下狭窄眼眶里去了。

"认识认识吧。葛利沙,这位差不多是咱们邻居啦,霍皮奥尔河口镇人,波乔尔科夫。"

葛利高里和波乔尔科夫默默地互相握了握手。葛利高里坐下去的时候,笑着对主人说道:

"我把地板全踩脏啦——你不骂吗?"

"不会骂的,别害怕。房东太太会擦的……你要喝茶吗?"

主人是个身材矮小、像泥鳅一样灵活的人,他用被烟熏黄的手指甲碰了碰火壶,遗憾地说道:

"只好喝凉的了。"

"我不喝。别麻烦啦。"

葛利高里把纸烟盒递给波乔尔科夫。波乔尔科夫用粗大的红手指头去拿紧排着的白色烟卷,拿了半天,也没有拿出来,急得满脸通红,愤愤地说道:

"怎么也拿不住……瞧你,该死的东西!"

最后,他终于把一支纸烟滚到烟盒盖上,笑眯眯地抬起眼睛来看着葛利高里,这一来,眼睛就显得更细小了。葛利高里很喜欢他那种从容

不迫的样子,问道:

“是哪个村的?”

“我出生在克鲁托夫斯基村,”波乔尔科夫很高兴地说起来,“在那里长大的,最近这些年住在卡利诺夫河口镇。您知道克鲁托夫斯基村吗——您大概听说过吧?这个村子过去,就是马特维耶夫村,紧挨着就是归我们镇管辖的秋科夫诺夫斯基村,再过去就是我们那两个村子了:上克鲁托夫斯基村和下克鲁托夫斯基村。我就是生在那儿的。”

整个谈话过程中,他一会儿对葛利高里称“你”,一会儿又称“您”,话说得很随便,越谈越亲热,有一次甚至用沉重的大手碰了碰葛利高里的肩膀。细心卷起的上唇胡子在他那有些浅麻子、刮得光光的大脸上闪着亮儿,湿漉漉的头发梳得很平整,到小耳朵的边上就蓬松起来,左耳边垂下一团鬈发。要不是那翘起的大鼻子和那两只小眼睛,他很可能给人一个不坏的印象。乍一看,并不觉得那两只眼睛有什么特别的地方,但是仔细一看,葛利高里仿佛感觉他的视线像铅一般沉重。两只像榴霰弹一样的小眼睛,从狭窄细的眼缝里闪出沉重的光芒,就像是从炮口里发射出来似的,把相遇的目光压下去,然后沉重、顽强地集中落在一个目标上。

葛利高里好奇地仔细观察起他来,发现了一个特征,说话的时候,波乔尔科夫的眼睛几乎一点也不眨动,——把他那种忧郁的目光死盯在对方的身上,一面说,一面又把眼睛从这个目标转移到另一个目标上,同时他那被太阳晒焦的短睫毛总是下垂着,一动不动。只是偶尔垂下大厚眼皮,但是立刻就又抬上去,重又把榴霰弹似的眼睛瞄准目标,环视着周围的一切。

“这太好啦,老乡!”葛利高里对主人和波乔尔科夫说,“战争一结束——咱们就要照新的方式生活啦。‘拉达’①统治乌克兰,咱们顿河

① “拉达”——乌克兰(中央)拉达,成立于一九一七年三月二日(15日),是乌克兰民族主义反革命资产阶级分子的执行机关。一九一八年一月底,“拉达”被起义的工人和农民赶走;后来又在外国占领者的武装力量支持下回到乌克兰,一九一八年四月二十九日,又被地主、富农和外国占领者撤消,因为那时候他们需要一个更强有力的政权。

地区由哥萨克军会议来治理。"

"就是说,卡列金将军。"波乔尔科夫低声改正他的话。

"反正是一样。有什么不同呢?"

"确实没有什么不同。"波乔尔科夫同意说。

"咱们现在就向俄罗斯母亲鞠躬告别啦,"葛利高里继续转述着伊兹瓦林的话,想听听德罗兹多夫和这位身强力壮的近卫军炮兵如何看待这个问题,"咱们要建立自己的政权,要建立自己的制度。咱们把霍霍尔从哥萨克的土地上统统赶出去,咱们要加强边境的戒备——看他们谁敢来碰!咱们要像古时候咱们的老祖宗们那样生活。我想,革命对咱们是有利的。你以为怎样,德罗兹多夫?"

主人开始殷勤地微笑起来,不住地扭动着身子。

"当然,当然,这样要好得多了!这些庄稼佬把咱们的力气夺去啦,他们搅得咱们简直过不了日子。而且,鬼知道是怎么回事——那些钦派的首领总是些德国佬——什么丰·陶贝,或者什么丰·格拉贝,以及诸如此类的家伙!我们的土地都被分赠给这些德国军官……现在咱们可以松口气啦。"

"可是俄罗斯会同意这些办法吗?"波乔尔科夫冷冷地低声问道。

"大概会同意的。"葛利高里很有把握地说。

"都是一样的货色……照样是菜汤一盆,也许比先前还要稀。"

"怎么会是这样呢?"

"一定是这样,"波乔尔科夫迅速地转动着像榴霰弹似的眼睛,用沉重的目光瞄准葛利高里说道,"仍旧是首领们来压迫劳动人民。你还是要在所有各色的老爷面前立正敬礼,他们照样打你的耳刮子。还叫你过这样的……美好日子……把石头拴在你脖子上——推下深渊!"

葛利高里站了起来。在狭小的内室里来回踱着,几次碰到波乔尔科夫的劈开的膝盖上;后来在他面前站住,问道:

"那么该怎么办呢?"

"干到底。"

"干到什么底?"

“就是既然已经干起来啦——那就耕完最后一垄地。既然打倒了沙皇和反革命,就应当竭力使政权转移到人民手中来。你说的那一套——全是神话,是哄孩子玩的。古时候是沙皇压迫咱们,现在不是沙皇了,却又来了另外一些人要压迫咱们,咱们的日子会更难过!……”

“波乔尔科夫,那么你说我们该怎么办?”

于是那两只转动困难、像榴霰弹似的眼睛又睒动起来,想在这狭小拥挤的屋子里找块空旷的地方。

“要建立人民的政权……选举出来的政权。如果咱们落到将军们的手里——那就还要打仗,咱们可不要这玩意儿啦。要是我们周围,全世界都能建立起这样的政权就好啦。人民再也不受压迫,再也不会被骗到战场上互相厮杀!要不然,那不还是一样吗?!破裤子就是翻过来——窟窿还是那么多。”波乔尔科夫响亮地用手巴掌往膝盖上一拍,恶狠狠地笑了,露出细密的数不清的结实牙齿,“咱们要离那个古代生活远点儿,不然他们就会把这副套给咱们套上,那比沙皇的套还要糟。”

“那么谁来治理咱们呢?”

“自己来嘛!”波乔尔科夫顿时活跃起来,“咱们要夺取自己的政权——这就是我们的方向。只要咱们的马肚带稍微松一松,咱们就能把卡列金之流从背上摔下来!”

葛利高里在结了一层哈气的窗前停下,凝视着街道,望着一群正在玩一种很复杂的游戏的孩子、街对面房舍的湿淋淋的屋顶和小花园里光秃秃的黑杨树的灰白树枝,完全没有听见德罗兹多夫和波乔尔科夫在争论什么;他在冥思苦想,竭力想把混乱的思想理出个头绪来,想出个什么主意,做出决定。

他站了有十来分钟,默默地在玻璃上画着花纹。窗外,街对面一排低矮的家宅的屋顶上是一轮死气沉沉的初冬的夕阳:好像是立放在生锈的屋脊上,射出潮湿的紫色光芒,看去,它仿佛马上就要滚下来,滚到屋顶那边或者这边。被雨水打落的枯树叶从公园里飘来,从乌克兰和卢甘斯克吹来日益寒冷的风在市镇上空肆虐。

第 三 章

新切尔卡斯克成了集聚各色各样逃避社会主义革命的亡命徒的中心。很多高级将领,这些曾主宰过已土崩瓦解的俄罗斯军队命运的大人物,都跑到顿河下游来了,指望得到反动的顿河人的支持,妄图在这块根据地上开展和发动对苏维埃俄罗斯的进攻。

十一月二日,阿列克谢耶夫将军由骑兵上尉沙普龙陪同来到新切尔卡斯克。与卡列金商谈后,他便着手组织志愿军。从北方逃来的军官、士官生、突击队员、学生、步兵中的堕落分子、哥萨克中特别积极的反革命分子和一些单纯追求惊奇冒险和高官厚禄的人——即使挣"克伦卡"也好,——这些人构成了未来志愿军的骨干。

十一月下旬,邓尼金、卢科姆斯基、马尔科夫、埃尔杰利等各位将军也都来了。在这以前,阿列克谢耶夫的队伍已经有一千多人了。

十二月六日,在途中抛开了帖金人押送队、化装潜入顿河境内的科尔尼洛夫也出现在新切尔卡斯克。

在这以前,卡列金已经把原在罗马尼亚和奥德战线上的全部哥萨克团队都撤回到顿河方面,分别驻扎在新切尔卡斯克——切尔特——罗斯托夫——季霍列茨克铁路沿线。但是哥萨克们打了三年的仗,已经疲惫不堪,满怀革命情绪从前线上归来,并不十分高兴跟布尔什维克打仗。很多团里剩下的人马几乎只有标准人数的三分之一。实力保存得特别好的几个团——第二十七团、第四十四团和第二后备团——驻扎在卡缅斯克镇。禁卫军阿塔曼斯基团和禁卫军哥萨克团也及时从彼得格勒调到这里来了。从前线调回来的第五十八、第五十二、第四十三、第二十八、第十二、第二十九、第三十五、第十、第三十九、第二十三、第八和第十四各团,以及第六、第三十二、第二十八、第十二和第十三炮兵连则分别驻在切尔特科沃、米列罗沃、利哈亚、格卢博克和兹维列沃各镇甚至驻在矿区。由霍皮奥尔河口镇和梅德维季河口镇地区的哥萨克编成的几个团到了菲洛诺沃、乌留平斯克和谢布里亚科沃等几个车站,在那里待了几天,就分散回家了。

故乡在强力地吸引着哥萨克,已经没有任何力量可以扼制哥萨克回老家去的强烈愿望了。顿河各团只有第一、第四和第十四团到过彼得格勒,但是这几个团在那里待的时间也并不长。

卡列金企图把那几个特别靠不住的部队加以改编,或者用比较坚强的部队加以包围,使之与外界隔绝。

十一月底,当卡列金第一次企图把那些前沿部队向革命的罗斯托夫推进时,这些队伍开到阿克萨伊斯克站,哥萨克们拒绝进攻并且开了回来。广泛展开的收编"杂牌"部队的工作却很有成绩:阿列克谢耶夫这时已经组成了几个营。这使卡列金可以借用他的兵力,在十一月二十七日利用坚定的志愿军部队作战了。

十二月二日,志愿军部队攻下了罗斯托夫。科尔尼洛夫来到罗斯托夫,志愿军组织中心也随之迁来。新切尔卡斯克就只剩下卡列金和他所属的部队了。他把哥萨克部队配置在本区的边境上,并向察里津和萨拉托夫省边境推进,但是为了解决迫在眉睫、必须立即采取行动的任务,却只能使用军官组成的游击队;日益式微的军政权只有依靠他们了。

为了镇压顿涅茨地区起义的矿工,把一些刚刚征募到的部队派到那里。切尔诺夫大尉正在马克耶夫斯基地区活动,哥萨克第五十八团的正规部队也驻扎在那里。谢米列托夫和格列科夫的队伍,以及各式各样的志愿队都在新切尔卡斯克加紧拼凑;在北方的霍皮奥尔斯克地区,由军官和游击队组成一支所谓的"斯坚卡·拉辛部队"。但是赤卫军的几个纵队已经从三面向本区的边境压来。正在哈尔科夫和沃罗涅什集结进攻部队。乌云笼罩在顿河上空,越来越浓,越来越黑。从乌克兰吹来的风已经带来最初的几个战役的炮声。

第 四 章

淡黄色的、像大肚舢板似的云片，在新切尔卡斯克上空静静地飘移。在淡黄云片上面的蓝色高空中，正对着闪闪发光的教堂圆顶，一动不动地高悬着一片灰色的、像乱蓬蓬的鬈毛羊皮似的乌云。这片乌云的长尾巴像起伏的波浪一样伸延下来，在克里维扬斯克镇上空泛着粉红色的霞光。

升起黯淡无光的太阳，照到将军府的窗户上，却闪出刺目的光芒。房舍倾斜的铁皮屋顶也在闪闪发光，一只手伸向北方，擎着西伯利亚王冠的叶尔马克的铜像上，还残留着昨天雨后的潮气。

一排徒步的哥萨克正沿着克列先斯基斜坡走上来。阳光在他们背着的步枪刺刀上闪耀。清晰的、但是刚能听到的哥萨克的脚步声并没有搅乱被稀疏行人的脚步声和马车的颠簸声划破的清晨透明的寂静。

这天早晨，伊利亚·本丘克搭乘从莫斯科开来的火车到了新切尔卡斯克。他最后一个从车上走下来。整理着身上旧夹大衣的衣襟，他觉得穿便衣很不舒服，很不习惯。

月台上有一名宪兵和两个不知道为什么发笑的年轻姑娘在来回踱步。本丘克腋下夹着一个廉价的、已经破得相当可观的手提箱，往城里走。一路上，直到城郊的街上，没有遇到一个人。过了半个钟头，本丘克斜穿过城市，在一所快倒塌的小房子旁边站住。这所久未修缮过的小房子，看来非常寒酸。屋顶在时间巨掌的重压下塌陷了，墙也歪斜了，百叶窗已经摇摇欲坠，窗户东倒西歪。本丘克推开板棚门，激动地打量了一眼房子和狭小的院子，急忙朝台阶走去。

狭小的过道，被一只装满了各种杂物的大箱子占去了一半。黑暗中，本丘克的膝盖撞到了箱子角上，——他也没感到疼，拉开了屋门。低矮的小堂屋里一个人也没有。他走进第二间屋子，那里也没看到一个人，就在门口站住了。一闻到这座房子特有的那种非常熟悉的气味，他的头有点晕。他一眼看到了所有的陈设：挂在内室正对门的角落里的沉重的圣像框子、床、桌，桌子上方墙上挂着斑斑点点的、有了年头的小镜子，几张相片，几把破旧的维也纳式椅子，缝纫机，卧榻上放着由于使用过久、变得黯淡无光的火壶。本丘克的心忽然猛烈地跳动起来，——简直要憋闷死了，他用嘴吸着气，转过身来，扔下手提箱，打量了一下厨房：用品红涂过的、前脸很宽的炉炕依然亲切地闪着暗光，一只老花猫正从浅蓝色的布帘后面向外窥视；它的眼睛里闪着懂事的、几乎像人一样的好奇神色，——显然，很少有客人来。桌子上乱放着些没有洗的杯盘，桌旁的凳子上扔着一团毛线，四根闪闪发光的织针成方形穿在一只还没有织完的袜筒上。

八年来，这里竟什么都没有改变。本丘克好像是昨天才离开这里似的。他又从屋子里跑到台阶上来。从院子尽头的小板棚的门里走出一位被艰难的生活压得弯腰驼背的老太太。“妈妈！……怎么会变成这样？……是她吗？……”本丘克嘴唇颤动着，朝她跑去。他从头上扯下帽子，攥在手里。

“你找谁？您找谁？”老太太把手遮在已经失去光泽的眉毛上，一动不动地站在那里，惊愕地问道。

“妈妈！……”本丘克低声叫道，“你怎么啦，不认识我啦？……”

他跌跌撞撞地朝她走去，看见母亲被他的叫声吓得晃了一晃，仿佛被打了一下似的，显然，她是想跑，但是没有力气跑了，于是摇摇晃晃地走起来，就像是顶着大风走似的。本丘克急忙抱住就要倒下的母亲，吻着她那堆满皱纹的小脸和由于惊吓和狂喜而发暗的眼睛，他不知所措，不断地眨着眼睛。

“伊柳沙！……伊柳申卡[①]！……亲爱的儿子！我真没有想到是你啊……主啊，你是从哪儿来的呀？……”老太太小声嘟哝着，想挺直身子，用两条衰弱的腿站稳。

他们走进屋。只是在从激动中平静下来以后，本丘克才重又感到身上那件别人的大衣使他那么不舒服，——它太瘦了，紧箍着胳肢窝，

① 伊柳沙和伊柳申卡都是伊利亚的爱称。

妨碍每一个动作。他如释重负脱去大衣,坐到桌边。

"没想到还能活着见到你!……多少年没有见到你啦。我亲爱的孩子!你长得这么高啦,而且都显老啦!我怎么能认出你呀!"

"好啦,你的日子过得怎么样啊,妈妈?"本丘克含笑问道。

她一面颠三倒四地讲着,一面忙活着:收拾桌子,往火壶里添着炭,抹着脸上的眼泪和炭灰,不断地跑到儿子跟前,摸摸他的手,浑身哆嗦着,紧靠在他的肩膀上。她烧热了水,亲自给他洗了洗头,从箱子底的什么地方找出来一套旧得发黄的干净内衣给他换上,喂饱了亲爱的客人——一直坐到半夜,眼睛盯着儿子,问这问那,伤心地点着头。

本丘克躺下睡的时候,邻近的钟楼上已经敲了两点。他立刻就睡熟了,进入了梦乡,忘却了现实:他觉得自己是职业学校的淘气的学生,在外面野够了,就躺下酣睡起来,可是母亲却还推开厨房的门,从那里严厉地问道:"伊柳沙,明天的功课都准备好了吗?"——就这样,他脸上浮着紧张愉快的笑容睡熟了。

到天亮,母亲已经来看过他好几次,给他整整被子和枕头,亲亲他那斜垂着一绺亚麻色头发的宽大的前额,又悄悄地走开。

过了一天,本丘克又走了。这天早晨,一位穿着军大衣、戴着保护色制帽的同志到他这里来了,低声对他说了些什么,本丘克立即就忙活起来,急忙收拾好手提箱,把母亲给他洗好的一套内衣放在上面,——不舒服地皱着眉头,穿上那件大衣。他匆匆地和母亲道别,答应她过一个月再来。

"你又上哪儿去呀,伊柳沙?"

"去罗斯托夫,妈妈,去罗斯托夫。很快就会回来……你……你,妈妈,别难过!"他安慰老太太说。

她急忙把自己贴身戴的一个小十字架摘下来,——一面亲着儿子,给他画着十字,一面把十字架挂在他脖子上。整理着领子里的十字架带子,手指直哆嗦,冰凉冰凉的。

"戴着它,伊柳沙。这是——圣尼古拉·米尔利基斯基十字架。大慈大悲的圣徒,他会保护你和拯救你,慈悲的圣徒啊,保护他免灾去难吧……我只有这么一个亲人……"她把火热的眼睛紧贴在十字架上,嘟哝说。

她拼命拥抱儿子,嘴唇抑制不住地颤抖,痛苦地向下咧着。一滴一滴的热泪,像春雨一样,洒在本丘克的毛烘烘的手上。本丘克把母亲的手从自己的脖子上拿开,皱着眉头,跑到台阶上。

罗斯托夫车站拥挤不堪。地上尽是烟卷头和葵花子皮,简直可以没到脚踝。卫戍部队的士兵在车站广场上兜售公家发的军装、烟草和偷来的东西。在大多数南方沿海城市常见的、由不同种族汇成的人群在缓缓地移动着,喧闹着。

"阿斯莫洛夫香烟,阿斯莫洛夫香烟,零卖!"卖香烟的孩子在大声叫喊。

"贱卖,市民先生……"一个可疑的东方人,鬼鬼祟祟地在本丘克的耳边低声说,并且朝自己鼓胀起来的大衣襟挤了挤眼。

"干炒葵花子儿! 卖葵花子儿!"挤在车站进口处做生意的大姑娘、小媳妇儿们南腔北调地叫卖着。

六七个黑海舰队的水兵哈哈大笑着,高声谈论着,穿过人群。他们身着节日的礼服,帽带随风飘荡,钮扣闪着金光,肥大的裤脚上沾满了灰尘。人群恭敬地给他们让路。

本丘克走着,慢慢地在人群里挤撞。

"金的?! 滚你妈的蛋吧! 你的金子是火壶上的金子[①]……你以为我不认识怎么的?"一个火花队[②]的瘦弱士兵嘲笑说。

那个卖东西的人摇晃着一条重得可疑的金链子,不服气地对他大声嚷道:

"你懂什么呀? ……这是金的! ……赤金的,告诉你吧,这是从一个审判员手里弄来的……哼,滚你妈的吧,废物一个! 给你看看成色戳子……愿不愿意?"

"船队不起航啦……你还在那里胡说什么呀!"旁边有人说。

---

① 意思是:"你的金子是假的。"
② 火花队即无线电通讯部队。

“为什么不起航啦?”

“报上说的……”

“喂,大耗子,拿到这儿来!”

“我们投票拥护‘第五号’①。非这样做不可,否则对我们不利……”

“玉米面粥! 好吃的玉米面粥! 吃吧!”

“兵车司令保证说:明天我们就动身。”

本丘克找到党委会所在的楼房,顺着楼梯走上二楼。一个肩上扛着上了刺刀的日本造步枪的工人赤卫队队员拦住了他。

“您找谁,同志?”

“我找阿布拉姆松同志。他在这儿吗?”

“往左,第三个房间。”

一个鼻子很大、头发像甲虫一样黑、身材矮小的人左手的手指头放在西服上衣的衣襟里,右手很有规律地摇晃着,正对一个上了点年纪的铁路工人大发雷霆。

“这样可不行! 这根本不是组织! 用这样的方法去进行宣传鼓动您会得到相反的效果!”

从那个铁路工人脸上窘急、遗憾的神情可以看出,他是想说什么,进行辩解,但是那个黑头发的人没有容他开口;这个人看来非常激动,不想听对方的话,避开对方的视线,喊叫道:

“请您立刻就撤消米特琴科的职务! 对您那里发生的事情,我们不能不闻不问。韦尔霍茨基要受革命法庭审判! 把他逮捕了吗? 是吗? ……我将坚决主张,把他枪毙!”他严峻地结束了谈话,把激动的脸转向本丘克;火气还没有完全平息下来,所以厉声问道:“您有什么事?”

“您是阿布拉姆松吗?”

“是。”

本丘克把证明文件和彼得格勒一位负责同志写的介绍信交给他,

① “第五号”是布尔什维克向“立宪会议”提出的代表候选人名单的编号。

在旁边的窗户台上坐下。

阿布拉姆松仔细地看完了信，忧郁地笑了笑（对自己的大声叫嚷感到难为情），请求说：

“请您稍等一会儿，咱们立刻就谈。”

他让那个满脸流汗的铁路工人走了以后，自己也走了出去，过了一会儿领来一个魁梧的、脸刮得光光的军人，下颚上有一道浅蓝色的刀砍的伤疤，颇有基干军官的风度。

“这是我们革命军事委员会的委员。来，认识认识吧。同志，您……请原谅，我忘记您贵姓啦。”

“我姓本丘克。”

“……本丘克同志……您的专长好像是机枪手吧？”

“是的。”

“这正是我们最需要的！”那个军人笑着说。

他脸上那道伤疤，从耳朵边直到下巴颏，由于这一笑全都变成了粉红色。

“您能否在尽可能短的期间内，为我们的工人赤卫军组织一个机枪队吗？”阿布拉姆松问道。

“我尽力去做。这是需要些时间的。”

“好，那么您需要多少时间呢？要一个星期，两个星期，还是三个星期？”那个军人把身子倾向本丘克，天真地、期待地笑着问道。

“几天就行。”

“这太好啦。”

阿布拉姆松擦了擦额角，生气地说：

“这儿的卫戍部队的士气非常低落，他们已经不顶用了。本丘克同志，我们这儿也和其他各地一样，把希望全部寄托在工人身上啦。水兵还好，至于步兵……所以，您明白吗，我们想要有一批自己的机枪手。”他捋了捋那一圈发青的大胡子，关心地问，“您需要些什么物质保证？好，我们会办好的。您今天吃过饭了吗？噢，当然是没有啦！”

“老兄，你一定挨过不少饿吧？你一眼就能辨出饿肚子的人和吃饱饭的人。这样早你就有了一绺白头发，你一定是受过很多苦或者惊吓吧?”本丘克怀着感动的亲切心情,望着阿布拉姆松那满头黑发中右边露出一绺刺眼白头发的脑袋,心里想道。跟着送他的人去阿布拉姆松住处的时候,心里一直在想着他:“真是个好小伙子,像个布尔什维克！他的性格有倔强、固执的一面,但又保持着善良的人性。他毫不犹豫地要给一个怠工的,叫什么韦尔霍茨基的家伙判死刑,而对另一个同志却又非常爱护和关心。”

他心头充满了跟阿布拉姆松会见的亲切印象,走到阿布拉姆松在塔甘罗格区边缘上的住所;他在一间堆满书籍的小屋子里休息了一会儿,吃过饭,又把阿布拉姆松写的一张便条交给房子的女主人,然后躺到床上,不记得怎么就睡着了。

第 五 章

四天里,本丘克从早到晚跟党委会派来的由他指挥的工人们一起操练。一共有十六个工人。他们的职业、年龄、甚至民族都很不相同。两个搬运工人,一个是波尔塔瓦的乌克兰人赫维雷奇科,一个是俄罗斯化的希腊人米哈利迪,排字工人斯捷潘诺夫,八个冶金工人,从帕拉莫诺夫矿区来的采矿工人泽连科,一个瘦弱的亚美尼亚籍的面包师格沃尔基扬茨,一个俄罗斯化的德国人,熟练钳工约翰·雷宾德尔,还有两个机车修理厂的工人,而第十七封介绍信却是一个女人带来的,她穿着步兵的棉军服,一双不合脚的大靴子。

本丘克从她手里接过一封封着口的信,并不明白她的来意,问道:

“您回去的时候可以到司令部去一趟吗?”

她笑了,惶惑地整理着一缕很宽的、从头巾下面披散出来的鬈发,有点畏缩地回答说:

“我是派到您这儿来……”她摆脱了一时的窘态,停了一下,说,“当机枪手的。”

本丘克满脸涨得通红。

“他们怎么搞的,疯了吗?难道我这儿是妇女突击营吗?……请原谅,这对您不合适:这是一种非常艰苦的工作,必须有男人的力气……这怎么行呢?……不行,我不能收留您!”

他皱起眉头,拆开信,迅速地把介绍信看了一遍,信上很简单地写道,特派遣党员安娜·波古德科同志来由他指挥,他又把阿布拉姆松附在介绍信里的亲笔信看了几遍。

亲爱的本丘克同志:

我们派一位好同志,安娜·波古德科到您那儿去。我们答应了她热烈的、坚决的要求。我们派她去,希望您能把她训练成一个能战斗的机枪手。我很熟悉这位姑娘。我热诚地把她介绍给您,但是请您注意一个问题:她是一名很可贵的干部,不过太急躁,有狂热情绪(她还没有度过青年时期),请您掌握好她,别叫她干出什么冒失的事儿,请爱护她。

毫无疑问,那八名冶金工人是您队伍的基本成员,是核心;我很注意他们当中的博戈沃伊同志。他是位非常能干的和忠于革命的同志。您的机枪队,从人员构成上看,是国际性的,这很好:战斗力会更强些。

请加快训练。有消息说,好像卡列金正准备要向我们进攻。

致以

同志的敬礼!

斯·阿布拉姆松

本丘克看了一眼站在他面前的姑娘(他们是在莫斯科大街一所房子的地下室里见面的,训练就在这里进行)。光线很弱,她的脸显得很暗,轮廓模糊。

“好吧,有什么办法?”他不很热情地说,“既然是您自愿……而且阿布拉姆松又这样要求……就请留下吧。”

人们团团围住大张着嘴的“马克辛”,脑袋像葡萄嘟噜似的吊在机枪上空,站在后面的人紧压在前面人的背上,贪婪好奇地看着。本丘克熟练地、得心应手地把机枪拆成零件，又用准确、考虑周到的慢动作把机枪再装起来，讲解着机枪的构造和每个零件的用途，讲解使用方法，做使用标尺、进行瞄准的示范程式，讲解弹道射程偏差和子弹的最远射程。教授在作战的时候如何选择机枪安放位置，才能避开敌人炮火的射击；他亲自躺在涂着保护色的有裂纹的护板后面，讲述怎样选择有利地形，怎样放置弹箱。

除了面包师格沃尔基扬茨，其余的人都很快掌握了这些知识。格沃尔基扬茨什么都很吃力：不管本丘克把拆卸规则给他讲了多少遍，他还是记不住，总是搞错，弄得手忙脚乱，窘急地嘟哝着：

“为什么弄不对呢？啊呀，我这是怎么啦……对不起……应该把它装在这儿。还是不行！……”他失望地叫道，“怎么回事呀？”

“就是啊，‘怎么回事呀’！”脸色黝黑、前额和两颊上留着火药炸伤的蓝色斑点的博戈沃伊学着他的腔调说，“因为你是个糊涂虫，所以才不行。应该这样！”他很有把握地做了把一个零件装到应该装的地方的示范动作。“我从小就喜欢军事工作，”在一片哄笑声中，他用手指头指了指自己脸上的蓝色伤斑说道，“我做了一门炮，结果它爆炸啦，——害得我好苦。可是由于这个缘故，现在可显出我的本事来啦。”

他的确比大家都更容易、更迅速地掌握了机枪的一套知识。只有格沃尔基扬茨一个人落后了。时常听见他像哭似地、难过地叹道：

“又不对头！为什么？——不知道！”

“真是一头笨驴，真是——一头笨驴！整个纳希切万①只有你这么一头！”凶狠的希腊人米哈利迪愤愤地说。

“笨得出奇！”有涵养的雷宾德尔也附和他说。

“这跟揉面可不一样！”赫维雷奇科哼哼说，于是大家也都善意地笑了。

只有斯捷潘诺夫脸涨得通红，愤怒地叫道：

“应当去教同志怎么干，不只是在一旁龇牙咧嘴地笑！”

---

① 这里是指罗斯托夫市的一个街区。

身材高大、胳膊很长的机车修理厂老工人克鲁托戈罗夫大瞪着眼睛，支持斯捷潘诺夫的意见。

“你们只顾笑吧，木头人，把事情全耽误啦！本丘克同志，叫您这伙怪物老实点儿吧，要不就叫他们见鬼去吧！革命正处在危急中，可是他们却在笑话人！”他摇晃着像铁锤似的拳头，沙哑地说。

安娜·波古德科怀着极大的好奇心探索着一切。她死缠着本丘克，扯着他那件寒酸的夹大衣袖子，寸步不离地在机枪旁边打转儿。

“如果散热筒里的水结冰了——那怎么办呢？如果遇上大风，偏差有多大？本丘克同志，这应当怎么办？”她用没完没了的问题纠缠着他，并用流露着期待神情的两只大黑眼睛仰脸看着本丘克，眼睛里闪着变幻不定的、温暖的光芒。

她在场的时候，不知为什么他总感到很拘束；仿佛是为了受拘束进行报复，所以对她要求得特别严格，神色也有意显得特别冷淡；但是每天早晨，一分钟也不差，正七点钟，她瑟瑟缩缩、两只手插在草绿色棉军装的袖筒里，趿拉着两只肥大的步兵靴底，走进地下室的时候，他就体验到一种激动、不平凡的感情。她比他稍矮一点儿，体格像所有的健壮的、从事体力劳动的姑娘们那样丰满，——可能还有点儿水蛇腰，要不是那两只炯炯有神的大眼睛使她全身都显得美丽异常的话，她就算不上怎么漂亮啦。

四天工夫，他根本没有好好看看她。地下室里光线昏暗，而且不好意思，根本也没有工夫仔细看她的面貌。第五天黄昏的时候，他们一同走出地下室。她走在前面；走上最后一级梯阶，掉过身来，问了一个什么问题，本丘克就着黄昏的光亮看了她一眼，不禁暗暗叫了一声。她用习惯的姿势整理着头发，微微仰起脑袋，斜睨着他，等待回答。本丘克没有听清她的问题；一种又甜又苦的滋味涌上心头，他慢腾腾地、一级一级走上来。她那被低沉的落日映成粉红色的鼻孔，由于紧张在轻轻地翕动（她没有摘下头巾，所以理起头发来就很吃力）。嘴的线条刚毅英俊，同时却又像小孩的一样温柔。略微翘起的上嘴唇上有些短短的黑茸毛，清晰地衬托着白净的面皮。

本丘克好像在挨打似的，低下头去，用热情的玩笑口吻说道：

“安娜·波古德科……第二号机枪手,你很美,就像什么人的幸福一样美!”

“胡说!”她毫不含糊地说,然后微微一笑。“你在胡说,本丘克同志!……我是问你,咱们什么时候上射击场?”

不知道为什么她这样一笑似乎变得更天真、更容易接近、更有人情味了。本丘克在她身旁停下来;她呆呆地望着街道的尽头,太阳正在那里落下去,夕照的霞光把一切都染成了紫色。他低声地回答说:

“你问什么时候去射击场,是吗?明天去。你现在要到哪儿去?你住在哪儿?”

她说出一条城郊的小胡同的名字。他们一同走着。在十字街口上博戈沃伊追上了他们。

“喂,本丘克!你听我说,咱们明天怎么集合呢?”

本丘克一面走着,一面告诉他,明天在季哈亚小树林外面集合,克鲁托戈罗夫和赫维雷奇科用马车把机枪运到那里去;上午八点钟集合。博戈沃伊跟他们一同走过了两个街区,就告别了。本丘克和安娜·波古德科默默无语地走了几分钟,她斜着眼睛瞟了他一眼,问道:

“您是哥萨克吗?”

“是。”

“从前当过军官吗?”

“哼,我算什么军官呀!”

“您是什么地方的人?”

“新切尔卡斯克。”

“在罗斯托夫很久了吗?”

“才几天。”

“在这以前呢?”

“到过彼得格勒。”

“您是哪一年入党的?”

“一九一三年。”

“您的家在哪儿?”

“在新切尔卡斯克。”他快口说完,然后央告似地伸出一只手,说道，“等等，该我来问你啦，你是罗斯托夫人吗？”

“不是，我生在叶卡捷琳诺斯拉夫地方，但是最近这些年，住在这儿。”

“现在我要问问……你是乌克兰人吗？”

她迟疑了一下，坚定地回答说：

“不是。”

“是犹太人吗？”

“是。怎么啦？难道从我的口音里可以听出来？”

“不是。”

“那您怎么看出我是犹太人的？”

他竭力缩小步子，和她齐步走，回答说：

“耳朵，从耳朵的样子和眼睛可以看出来。不过你身上的民族特征是很少的……”他想了想，又补充说，“你能到我们这儿来，这太好啦。”

“为什么？”她很有兴趣地问。

“你知道吗，犹太人有这样的名声，我知道，许多工人都这样想——要知道我也是工人哪，”他顺口说道，“犹太人只支使别人去打仗，自己却不肯上火线。这是错误的，现在你以自己的光辉榜样驳斥了这种错误的看法。你上过学吗？”

“上过，我是去年中学毕业的。您受过什么教育？因为从您的谈吐可以看出，您不是工人出身，所以我才这么问。”

“我读过很多书。”

他们慢慢地走着。她故意领着他在小胡同里转来转去，简单地讲完了自己的身世，又继续向他探询有关科尔尼洛夫的进攻、彼得格勒工人的情绪、十月革命等问题。

河边的什么地方响起了几声湿重的步枪射击声，机枪的哒哒声断断续续地划破黄昏的寂静。安娜不肯放过机会，问道：

“这是什么牌的机枪？”

“路易斯。”

“机枪的弹带已经用了多长啦？”

本丘克正在欣赏橙黄色的、撒了一层绿宝石似的晶莹寒霜的探照灯光，这是从一艘停泊在河岸边的扫雷艇上射出来的，它像一只手，伸向夕阳映照的、黄昏的天空。

他们在空无人影的城市里走了三个钟头，然后在安娜住的房子的大门口分手了。

本丘克怀着一种还很模糊的快活心情回到了住处。“是一个好同志，一个聪明的姑娘！这样和她谈谈很好——心里暖烘烘的。近来我变得很粗野，跟人们交往是必要的，不然你的心肠就会变硬，变得像大兵吃的干面包一样硬……”他这样想着，欺骗着自己，而且自己意识到是在欺骗自己。

刚刚开完革命军事委员会会议回来的阿布拉姆松问起他机枪手的训练情况；也顺便提到安娜·波古德科：

“她怎么样？如果她不合适的话，我们可以派她去做别的工作，另换一个人。”

“不需要，你说到哪儿去啦！”本丘克吓了一跳，“她是一个非常能干的姑娘！”

他觉得有一种几乎压制不下去的愿望，想谈谈她的情况，只是由于坚强的意志，才控制住了自己。

第六章

十一月二十五日中午，卡列金的军队从新切尔卡斯克向罗斯托夫压来。进攻开始了。阿列克谢耶夫将军的军官队伍的稀疏散兵线沿着铁路路基两侧向前推进。士官生的灰色人形组成的队伍稍微稠密一点，在右翼移动着。在左翼，波波夫的志愿军队伍越过一道红土深沟，继续向前推进。远远看去，有些人，身子一缩，像个灰色小泥团跃进土沟里去，然后又爬上土沟的这岸，整了整队形，停了一会儿，又向前移动起来。

纳希切万地区边缘上的赤卫军阵地上的散兵线慌乱起来。很多平生第一次拿枪的工人害怕了，在地上乱爬一气，黑大衣上沾满了深秋的泥泞；有些抬起头，打量着远处被空间缩小了的白军的人形。

本丘克在阵地上的机枪旁边，跪在地上，用望远镜观察。昨天他把自己那件寒酸的夹大衣换成一件军大衣，穿上军大衣觉得既习惯，又舒服。

有些人没等发命令就开枪了。他们忍受不了这种紧张的寂静。刚听到放第一枪，本丘克就全身站直，又是骂，又是喊：

“停——止！……”

连续不断的射击声吞没了他的叫喊，本丘克丧气地挥了挥手；为了压下步枪的射击声，他命令博戈沃伊：“开火！”博戈沃伊把微微含笑的、但是已经变成黄土色的脸靠在枪栓上，手指头放在机枪枪尾的把柄上。机枪的熟悉的连射声刺激着本丘克的耳鼓。他朝着敌人的卧倒的散兵线那个方向仔细观察了一会儿，竭力想判断出是否击中了目标，然后，他一跃而起，顺着阵地向其余的几挺机枪跑去。

“开枪！”

“来吧！……咯咯咯咯！”赫维雷奇科开枪射击起来，把惊恐而又幸福的脸转向他。

从正中间数，第三挺机枪的机枪手是些不十分熟练的战士。本丘克跑到他们那里去。半路上，他弯下身子，用望远镜观察了一下：从蒙了一层哈气的镜片里看到一些活动的灰色圆团。从那里传来一排排清脆的齐射声。本丘克趴到地上，卧倒后，他断定第三挺机枪瞄得不准确。

“瞄低一点儿！妈的！……”他扭动着身子，沿着阵地爬着，叫喊道。

子弹危险地从他身上飞啸而过。阿列克谢耶夫的军队就像在表演一样，枪法很准。

在一挺枪口荒唐地向上高高翘起的机枪旁边，直挺挺地趴着几个机枪手；瞄准手希腊人米哈利迪莫名其妙地把标尺定得很高，不停地在扫射，浪费着储备的子弹；吓得脸色发青的司捷潘诺夫在他旁边，嘴里还直嘟哝;后面是克鲁托戈罗夫的朋友,一个铁路工人,他把脑袋钻进土里,像乌龟似的,用两条伸直的腿支撑着,弓着脊背,微微抬起一点儿身子。

本丘克推开米哈利迪,眼睛眯缝了半天,校正着标尺,等到机枪抖动着,有规律地在他手中哒哒哒地响起来的时候——马上就见效了:一小撮跳跃着攻上来的士官生立刻纷纷从小山坡上溃退了,在光秃秃的黄土坡上留下了一具死尸。

本丘克回到自己的机枪跟前来。脸色苍白的博戈沃伊(他脸颊上的火药斑痕更青得厉害了)正侧着身子躺在那里,包扎受伤的腿肚子。

"射击呀,妈的!"旁边棕红头发的赤卫军战士,四肢着地趴在那里喊叫。"开枪呀!你没看见他们攻上来了吗?!"

军官队的散兵线正漂亮地跳跃进攻,沿着路基向前推进。

雷宾德尔换下了博戈沃伊。他不慌不忙,熟练而又节约子弹,心平气和地射击着。

格沃尔基扬茨像兔子似的连蹦带跳从左翼跑来,一颗子弹从他头上飞过,他立即卧倒——啊呀乱叫着,跳到本丘克跟前来:

"不行啦!……子弹打不出去啦!"

本丘克几乎是毫无遮掩地、顺着弯弯曲曲地卧倒的散兵线飞奔而去。

还离很远,他就看见:安娜正跪在机枪旁边,撩开一绺披散下来的头发,用手掌搭在眼前,观察着敌人的阵地。

"卧倒!……"本丘克叫道,担心她的安全,急得脸都青了,血直往上涌,"卧倒,说你哪!……"

她朝他这边看了看,照样还是跪着。许多难听的臭骂挂在本丘克的唇边,真想痛骂她一顿。他跑到她跟前,使劲把她按在地上。

克鲁托戈罗夫在护板后面喘着粗气。

"卡住啦!弹带不动啦!"他浑身颤抖着,对本丘克耳语说,眼睛在寻觅着格沃尔基扬茨,呛得喘不过气来地喊道,"他逃跑啦,该死的东西!你的古鱼龙跑啦……他哼哼得把我的心都撕碎了!……这叫人

没法子打仗……”

格沃尔基扬茨像蛇一样,扭动着身子爬了过来。他那好久没刮的、黑硬的胡子茬子上沾的稀泥都干结了。克鲁托戈罗夫朝他看了一会儿,扭过汗湿的像牛似的大粗脖子,嘶叫起来,把雷鸣似的射击声都给压下去了:

“你把弹带弄到哪儿去啦?……老顽固!……本丘克!本丘克!叫他滚蛋吧!……”

本丘克在检查机枪的毛病。一颗子弹砰的一声打在护板上,——他急忙把手缩回来,像被热东西烫了似的。

本丘克把机枪修理好,就射击起来。使那些刚才大模大样地攻上来的阿列克谢耶夫的部队不得不卧倒,四下寻觅着掩蔽物,向后爬去。

敌人的散兵线离得越来越近。从望远镜里面可以看到,白卫军在向前推进,步枪的皮带套在肩上,卧倒的时候很少。他们的火力更猛了。赤卫军阵地上,已有三人阵亡,同志们爬过来,拿走他们的步枪和子弹,——死者再也用不着武器了……安娜和趴在克鲁托戈罗夫那挺机枪旁边的本丘克眼看着一颗子弹打中了阵地上的一个年纪轻轻的赤卫军小伙子。他挣扎了半天,呻吟着,绑着裹腿的两条腿在地上直登,最后用两只叉开的胳膊支撑着,抬起一点身子,哼了一声,呼出了最后一口气,脸朝下,扎在地上。本丘克从旁看着安娜。从姑娘睁圆的大眼睛里透出恐怖。她的眼睛一眨也不眨地、失神地盯着被打死的小伙子的两只绑着磨坏了的步兵裹腿,完全没有听见克鲁托戈罗夫正对她喊:

“弹带!……弹带!……送呀!……姑娘,送弹带呀!”

卡列金的部队深入包抄侧翼,迫使赤卫军的散兵线后撤。在纳希切万郊区的街道上闪晃着败退下来的赤卫军的黑大衣和军大衣。右翼最边上的一挺机枪落到白军手里。一个士官生用枪口顶着希腊人米哈利迪,把他打死了。二号机枪手被敌人像练刺杀时捅草人一样,给捅死了;这挺机枪的机枪手只有排字工人斯捷潘诺夫一个人活了下来。

直到从扫雷艇上打出第一批炮弹以后,退却才停了下来。

“成散兵线!……跟着我前进!……”本丘克认识的一位革命军事委员会的成员往前跑着喊道。

赤卫军的散兵线晃动了一下,队形参差不齐地开始反击。从本丘克和紧挨着他的克鲁托戈罗夫、安娜和格沃尔基扬茨跟前,几乎是肩并肩——走过三个人。有一个在吸烟,第二个一边走,一边用枪栓敲打膝盖,第三个正在聚精会神地查看弄脏的大衣前襟。他脸上和胡子尖上,带着负疚的微笑——他好像并不是在走向死亡,而是跟相好的哥儿们痛快地喝了一顿回家去,瞅着弄脏的大衣,猜测着自己那位母老虎会给他什么样的惩罚。

"看,敌人来啦!"克鲁托戈罗夫指着远处的篱笆和在篱笆外面蠕动的灰色人形。

"定好标尺。"本丘克像只熊似的在摆弄着机枪。

机枪猛烈的射击声使安娜捂上了耳朵。她蹲了下去,看到篱笆外面的活动停止了,可是过了一会儿却从那里响起有节奏的、一排排的齐射声,子弹在阴暗的天幕上钻出一个看不见的窟窿,从头顶呼啸而过。

阵阵的射击声噼噼啪啪地响着,蛇似的盘绕在机枪旁边的弹带单调地耗去。一声声的步枪射击声显得那么响亮、清脆。黑海水兵从扫雷艇发射的炮弹从人们头顶上掠过。大炮的轰鸣声压下了与尖利的啸叫声混成一片的步枪声。安娜看到:一个身材高大、戴着羊羔皮帽子、留着英国式小胡子的赤卫军,不由自主地鞠躬迎送着每一颗飞过去的炮弹,叫喊着:

"开炮,谢苗,使劲开炮,谢苗!越猛越好!"

炮弹真的越来越密了。水兵们经过试射以后,就开始了协同配合的排炮轰击。一伙伙慢慢后退的卡列金的部队遭到频频爆炸的榴霰弹轰击。一颗毁灭性的大炮弹在退却的敌人散兵线中间爆炸。爆炸的褐色烟柱把敌人抛向四面八方,烟尘从弹坑上空纷纷落下,消散。安娜扔掉望远镜,惊叫一声,用肮脏的手巴掌捂住燃烧着恐怖的红的眼睛,——她在望远镜里看到了近在咫尺的爆炸旋风和人的死亡。一阵痛苦的痉挛塞住了她的喉咙。

"怎么啦?"本丘克把身子伏到她跟前,大声问。

她咬紧牙关,睁大的眼睛变得昏暗了。

"我受不了……"

“勇敢一点！你……安娜，听见吗？你听见了吗？……这样可不行！……不——行！……”威严的喊声不断地在刺着她的耳鼓。

右翼，在一块小高地的坡底，一条小沟里，敌人的步兵正在集结。本丘克发现了这个情况；他拖着机枪跑到一个比较适当的地方，瞄准了高地和山沟。

哒哒哒哒哒哒哒！哒哒哒哒哒！——雷宾德尔的机枪不很均匀地、断断续续地扫射着。

离他二十步远地方，有人沙哑地、怒冲冲地在喊叫：

“担架！……没有担架？……担架！……”

“标——高……”一个上过前线的步兵，现在担任排长，拉着长声喊叫，“十八……全排，齐射！……”

傍晚，飘起了初雪，寒凝的大地上，雪花飞舞。过了一个钟头，湿漉漉大雪覆盖了田野，覆盖了攻守双方的散兵线曾在那里厮杀、进退践踏过的阵地和像黑土块似的尸体。

天黑以前，卡列金的部队退却了。

在这个初雪的、白茫茫的长夜里，本丘克一直守在机枪哨上。克鲁托戈罗夫把不知道从哪里弄来的一件华丽的马衣蒙在脑袋上，在吃一块湿淋淋的、瘦得可怜的肉，并且不断地小声骂着。格沃尔基扬茨也在这里，躲在边缘上的一个院子的大门洞里，用香烟的热气暖着冻得发青的手指，本丘克坐在一个镀锌的铁子弹箱上，把冻得直哆嗦的安娜裹在军大衣的衣襟里，——拿下她的两只紧紧捂着眼睛的湿漉漉手巴掌，偶尔亲一下，费力地从嘴里吐出一些很不习惯的、温柔的话语。

“哎，怎么能这样呀？……你本来是个很坚强的人呀……阿尼娅[①]，你听我说，要能控制自己！……阿尼娅！……亲爱的……好朋友！……这种场面你会习惯的……如果自尊心不允许你离开这里的话，那请你不要这样了。不能这样看待战场上的死人……若无其事地从旁边走过去——也就不要再想啦！不要去胡思乱想，要能控制住思想才行。你看，虽然你也这么说，可是你却不能克服女人家脆弱的

---

① 阿尼娅是安娜的爱称。

感情。”

安娜沉默不语。她的手掌上散发着秋天的泥土和女人的温暖气息。

纷纷飘落的雪花像一层迷离、温柔的薄幕遮在夜空。院子里、近处的田野上和隐没在黑夜中的城市的上空笼罩着一片蒙眬的睡意。

第七章

在罗斯托夫城郊和罗斯托夫城里苦战了六天。

在街道上和十字路口进行巷战。赤卫军曾被迫两度撤出罗斯托夫车站,但是两次又把敌人从那里赶出去。这六天的战斗中双方都没有留一个俘虏。

十一月二十六日黄昏时分,本丘克和安娜路过货站时,看见两个赤卫军战士正在枪毙一个被俘虏的军官;本丘克有点挑衅似地对扭头不看的安娜说道:

“这是很英明的,应该杀死他们,毫不留情地消灭他们!他们是不会怜惜我们的,我们也用不着他们的怜惜,也用不着可怜他们。叫他们见鬼去吧!把这些妖孽从地球上扫除!总而言之——既然是有关革命前途的重大问题,那就不能感情用事。这些工人干得对!”

第三天,他病了。勉强支持了几天,但是总觉得恶心、想吐,全身软弱无力,——脑袋像生铁铸的一样沉重、疼痛难忍,而且嗡嗡直响。

十二月二日黎明,伤亡很大,严重减员的赤卫军部队撤出城去。本丘克由安娜和克鲁托戈罗夫搀扶着,跟在一辆载着机枪和伤员的大车后面走。他艰难地拖着软弱无力的身子,就像在梦中似的捯动着两条僵硬的、不听话的腿,觉得安娜那哀求、惊慌的目光仿佛离得很远,她说话的声音也像是从远方传来的:

“你坐车吧,伊利亚。你听见了吗?明白我说的话吗,伊柳沙?求求你,坐车吧,要知道你是病人呀!”

但是本丘克没有听明白她的话，也不明白自己已被折磨得筋疲力尽，伤寒病正在向他进攻，而且征服了他。一些陌生的和非常熟识的声音好像是在身外的什么地方喧吵，但是却不能进入他的意识；安娜的两只疯狂、惊恐的黑眼睛是在远处的什么地方闪烁，克鲁托戈罗夫的大得出奇的胡子在摇晃，旋转。

本丘克捧着脑袋，把宽大的手巴掌贴在火热发紫的脸上。他觉得眼睛在往外渗血，觉得仿佛有一道无形的薄幕把他和整个渺无边际、飘忽不定的世界隔开了，这个飘忽不定的世界仿佛倒竖起来，要从他脚下挣脱。他那梦呓般的想像塑造出一些异想天开的形象。他经常停下来，抗拒想要把他扶到大车上去的克鲁托戈罗夫的行动。

“不用！等等！你是谁？……安娜在哪儿？……给我一个小土块……要把这帮家伙消灭——按我的命令，用机枪扫射！正对着他们，瞄准射击！等一等！太热啦！……”他沙哑地嘟哝着，把自己的手从安娜的手里抽出来。

他们强迫他坐到大板车上去。有一段时间，他还能闻到一种混杂、难闻的气味，他感到恐怖，竭力想使自己保持清醒，控制住自己——可是后来，他便慢慢地沉没在一片膨胀的无声的漆黑之中了。只是在高处的什么地方，有一小块染成天蓝色的什么东西在燃烧，还有金黄色的闪电射出的曲折、波动交叉在一起的闪光。

第 八 章

茅草染黄的冰琉璃从屋檐上坠下来，摔在地上，发出玻璃似的清脆响声。融雪天气，村子里到处是冰洼和雪化后露出的秃地；还没有脱毛的牛在街上游荡、闻嗅着。麻雀像在春天里一样唧唧喳喳叫着，在院子里的一堆树枝上啄食。马丁·沙米利正在广场上追赶一匹从院子里跑出去的肥壮的枣红马。马直挺挺地翘起像麻束似的顿河种的尾巴，迎风摇晃着乱蓬蓬的鬃毛，尥着蹶子，蹄子上的融雪块踢出很远，它在广场上兜了几个圈子,在教堂的矮墙边慢慢停下来,闻墙砖;它让主人走到近前来,用紫色的眼睛斜看着他手里的笼头,又把脊背一伸,狂奔起来。

一月里尽是温暖的阴天,大地回春。哥萨克们望着顿河,期待着早来的春汛。这一天,米伦·格里戈里耶维奇在后院里站了很久,望着被大雪覆盖着的、好像肿胀起来的河边牧场,望着封冻的灰青色的顿河,心里想:"瞧吧,今年又要和去年一样发大水啦,看,这雪堆了有多厚!大概土地被雪压得连气都喘不过来啦!"

米吉卡只穿着保护色的军便服,在打扫牛棚。一顶白色的皮帽子竟不可思议地待在后脑勺上掉不下来。额角上披下来几缕汗湿的硬直的头发。米吉卡用肮脏的、带着牲口粪味儿的手背把头发撩到脑后去。院子大门口积了一堆冻结的牲口粪,一只毛茸茸的山羊正在上面乱踏。一只比母羊还高的羊羔想要吃奶,母羊用脑袋直顶它,把它赶开。旁边有一只犄角盘成圈的黑毛阉羊在柱子上蹭痒痒。

在仓房那扇涂了一层黄泥的板门边,一只肮脏的、黄眉毛的公狗,缩在那里取暖。仓房外边房檐底下的墙上挂着渔具;格里沙卡爷爷拄着拐杖站在那里,瞅着渔具,——显然,他在想着即将来临的春天和修理渔网的事情。

米伦·格里戈里耶维奇走到场院上来,用当家人的眼神估量着几垛干草,正想用耙子去搂那些被羊扯乱了的麦秸,但是这时候他听见了外人说话的声音。他把耙子扔到草堆上,往院子里走去。

米吉卡伸出一只脚,把一个相好的女人给他绣的漂亮的烟荷包夹在两个手指中间,正在卷烟。赫里斯托尼亚和伊万·阿列克谢耶维奇站在他旁边。赫里斯托尼亚从浅蓝色阿塔曼斯基团的制帽里掏着油污的卷烟纸。伊万·阿列克谢耶维奇靠在院子的篱笆小门上,敞开军大衣,在自己的步兵棉裤口袋里摸索着。他那刮得光光的、下巴上有个黑乎乎的深窝的脸上露出一种遗憾的神情:显然是忘记什么东西了。

"昨晚睡得好啊,米伦·格里戈里耶维奇!"赫里斯托尼亚问候说。

"托福托福,老总们!"

"来一块儿抽抽烟吧。"

"耶稣保佑。我刚抽过。"

米伦·格里戈里耶维奇和哥萨克们握过手,摘下红顶的三耳皮帽,用手理了理竖起来的白头发,微微一笑。

"阿塔曼斯基团的弟兄们,到舍下来有何贵干呀?"

赫里斯托尼亚从头到脚把他打量了一番,并没有立刻回答。他先用唾沫浸了半天卷烟纸,用像牛似的大粗舌头来回舐了舐,等到把烟卷好以后,才粗声说道:

"我们来找米特里,有点小事儿。"

格里沙卡爷爷从他们跟前走过去。两手捧着袋网的网圈。伊万·阿列克谢耶维奇和赫里斯托尼亚都摘下帽子向他问好。格里沙卡爷爷把袋网送到台阶旁边,又走了回来。

"武士们,你们干吗总在家里待着呀?身子在老婆怀里暖和过来了吧?"他对哥萨克们说。

"那又怎么样?"赫里斯托尼亚问。

"赫里斯托什卡[1],你住口!你装什么傻呀?"

"真的,我真不知道!"赫里斯托尼亚起誓说,"天地良心,老太爷,我真不知道!"

"前两天,从沃罗涅什来了一个买卖人,谢尔盖·普拉托诺维奇·莫霍夫的朋友,也许是他的什么亲戚,——我不清楚。好,就这样,这个买卖人来了,就说,在切尔特科沃车站驻有外来的军队——就是那些布尔什维克。俄罗斯要对咱们开战啦,可是你们——却待在家里,啊?……还有你,坏小子……你听见吗,米吉卡?你为什么不说话?你们在想什么呀?"

"我们什么也不想。"伊万·阿列克谢耶维奇笑着说。

"正是这样,倒霉就倒在这里,你们什么也不想!"格里沙卡爷爷发起火来,"他们会像捉鹧鸪一样把你们捉住!庄稼佬会把你们制得服服帖帖。打你们的耳刮子……"

米伦·格里戈里耶维奇矜持地笑着;赫里斯托尼亚一只手摩挲着

---

① 赫里斯托什卡也是赫里斯托尼亚的爱称。

脸颊,好多天没有刮过的大胡子的硬毛沙沙直响;伊万·阿列克谢耶维奇抽着烟,看着米吉卡,米吉卡猫似的鼓出的眼睛里凝聚着光亮,无法断定——他那绿莹莹的眼睛究竟是在笑,还是在燃烧着未及发泄的仇恨。

伊万·阿列克谢耶维奇和赫里斯托尼亚告别了米吉卡的家人,把他叫到木栅门边来。

"昨天你为什么不去开会?"伊万·阿列克谢耶维奇严肃地问道。

"没有工夫。"

"难道上麦列霍夫家去就有工夫吗?"

米吉卡点了一下头,把皮帽子移到前额上,没有显出心中的恶意,说道:

"没去——就是没有去。咱们还有什么可说的?"

"全村从前线回来的人都到会啦。彼得罗·麦列霍夫没到。你知道……大家决定:村子派几名代表去卡缅斯克。一月十日要在那儿召开前线士兵代表大会。抽签的结果,是咱们三个人去:有我,有赫里斯坦,还有你。"

"我不去。"米吉卡断然声明说。

"为什么?"赫里斯托尼亚皱起眉头,抓住米吉卡的军便服的扣子问,"你想抛开本村的伙伴吗?这不合你的心意,是吗?"

"他是跟麦列霍夫·彼得卡①走的……"伊万·阿列克谢耶维奇拉了拉赫里斯托尼亚的大衣袖子,脸色立即变得苍白,说道,"喂,咱们走吧。看来,咱们在这儿没有什么事情好干啦……你不去,米特里,是吗?"

"不去……我已经说过'不去',那就是不去。"

"再见吧!"赫里斯托尼亚扭过头去。

"祝你成功!"

米吉卡眼看着别处,把一只滚烫的手伸给他,然后就往家里走去。

"坏蛋!"伊万·阿列克谢耶维奇先小声说了一句,轻轻地颤动了

① 彼得卡也是彼得罗的爱称。

一下鼻翅。“坏蛋!”他望着离去的米吉卡的宽阔的脊背,又响亮地重说了一遍。

他们顺路通知了几个从前线回来的人,告诉他们,科尔舒诺夫不肯去,明天他们两个人去参加前线士兵代表大会。

一月八日黎明时分,赫里斯托尼亚和伊万·阿列克谢耶维奇便从村里出发了。“马掌”雅科夫自愿送他们到镇上去。套在车辕里的两匹骏马迅速地驰出村庄,跑上了山坡。融雪天气把路上的积雪已经融化了很多。遇到完全没有雪的地方,爬犁的滑杠就陷进泥里,爬犁颠簸起来,两匹马伏下身,使劲拉着套。

哥萨克们都跟在爬犁的后面走。被凌晨的轻寒冻得满脸通红的“马掌”,靴子踏得清脆的薄冰咯吱咯吱直响。他满面红光,只有那道椭圆形的伤疤泛着尸青色。

赫里斯托尼亚走在路边上,踏着化成粒状的积雪,气喘吁吁地、困难地爬上山坡,因为一九一六年他在杜布诺城下曾中过德国人的毒气。

山岗上风大。更冷了。哥萨克都沉默不语。伊万·阿列克谢耶维奇用皮袄领子把脸裹住。远处的小树林越来越近了。大道穿过小树林,爬上丘岗起伏的山脊。树林里的风像小河的流水声一样哗哗响着。枝丫像鹿角似的扎煞着的橡树树干上铁锈色鱼鳞般的树皮闪着透绿的金光。一只喜鹊在远处的什么地方喳喳叫。接着又斜扭着尾巴,从大道上空飞过。风吹得它斜着身子,闪着亮锃锃的羽毛,疾飞而去。

从村子里出来就一直沉默不语的“马掌”,转身朝着伊万·阿列克谢耶维奇,一字一板地(大概他的脑子里早就想好这几句话了)说:

“你们在代表大会上,一定要努力争取不打仗就解决问题。谁也不愿再打仗了。”

“当然啦。”赫里斯托尼亚羡慕地看着自由飞翔的喜鹊同意说,脑子里拿无忧无虑的、幸福的鸟类生活跟人的生活比较着。

一月十日傍晚,他们来到卡缅斯克。一群一群的哥萨克沿着这个大集镇的街道往镇中心走去。镇上显得很热闹。伊万·阿列克谢耶维奇和赫里斯托尼亚找到了麦列霍夫·葛利高里的住处,得知他没有在家。女主人,一个白眉毛的胖女人说,她的房客参加代表大会去了。

“这个会,就是说这个代表大会在哪儿开呀?”赫里斯托尼亚问道。

“大概是在区公所里或者是在邮政局里。”女主人冷淡地在赫里斯托尼亚鼻子尖前关着门,回答说。

代表大会正在紧张进行。一间有很多窗户的大屋子勉强容纳下这些代表。许多哥萨克都聚集在楼梯上、过道里和隔壁的房间里。

“跟着我走。”赫里斯托尼亚用胳膊肘子挤着,哼哼道。

伊万·阿列克谢耶维奇从他身后留下的狭窄的缝隙里挤了进去。就在会场的入口处,一个哥萨克拦住了赫里斯托尼亚,——听说话的口音,是顿河下游的人。

“你慢点儿挤行不行!鳊鱼①!”他刻薄地说。

“让我们进去呀!”

“站在这儿也可以啦!你看——哪里还有地方!”

“让开点儿,小蚊子,要不然——我一个小指头,就能把你捻死!绝不含糊!”赫里斯托尼亚威胁说,把一个身材矮小的哥萨克不费吹灰之力举起来,往旁边一放,向前跨了一步。

“真是只大狗熊!”

“阿塔曼斯基团的战士真棒!”

“可以顶一辆上等的大车!他可以背上一门四英寸口径的大炮!”

“你看他把那小家伙一举的劲儿!”

像一群羊似的挤成堆的哥萨克们都笑了起来,不由自主地、恭敬地打量着比大伙都高出一头的赫里斯托尼亚。

他们在后墙边找到了葛利高里。他正蹲在那里抽烟,和一个哥萨克——第三十五团的代表——谈话。他一看见同村的人,他那下垂的铁青色小胡子就笑得颤动起来。

“啊哈——哪一阵风把你们刮来啦?好啊,伊万·阿列克谢耶维奇!您好啊,赫里斯坦大叔!”

“好好,不过比母牛也好不了多少。”赫里斯托尼亚玩笑说,把葛利高里的整个手握在自己足有半俄尺长的手巴掌里。

---

① 鳊鱼是对顿河下游哥萨克的诨称。

“我们家的人都怎么样啊?”

“上帝保佑,都很好。他们给你带好来啦。你父亲要你一定回去看看。”

“彼得罗怎样?”

“彼得罗吗?……”伊万·阿列克谢耶维奇很尴尬地笑了笑说,“彼得罗和我们哥儿们是不来往的。”

“我知道。好,娜塔莉亚怎么样?孩子们好吗?见过他们吗?”

“都很壮实,他们问候你。就是你爹有点儿恼恨……”

赫里斯托尼亚仰着脑袋,打量坐在桌子周围的主席团。他就是站在后头,也比大家看得都清楚。葛利高里利用会议短短的休息时间,继续询问村里的事情。伊万·阿列克谢耶维奇在讲述着村里的情况和村里的各种新闻,把村里召开从前线回来的哥萨克会议并派他和赫里斯托尼亚上这儿来的情形简单地告诉了葛利高里。他正要询问卡缅斯克的情形,但是这时候一个坐在桌旁的人大声宣布说:

“乡亲们,现在矿工代表要发言啦。请大家注意听,还请大家遵守秩序。”

一个中等身材的人,理了理向上梳着的棕红头发,开口说话了。人们像蜜蜂似的嗡嗡声仿佛被切断了似的,一下子就静了下来。

葛利高里和其余的人从矿工开头的几句激动人心、充满热情的话里就感到了这个人的话很有说服力。他谈到了卡列金的反动政策,这个政策把哥萨克推到与俄罗斯工人阶级和农民进行厮杀的战争中去,说到哥萨克和工人利益的共同性,说到布尔什维克与哥萨克反革命分子进行斗争要达到的目的。

“我们把友谊的手伸给劳动的哥萨克,我们希望,在跟白卫军匪徒进行的斗争中,可以在参加过战争的哥萨克中找到忠实的同盟者。过去在为沙皇打仗的各条战线上,工人和哥萨克一同流过血,那么在跟卡列金庇护的这伙资产阶级狗崽子们的斗争中,我们也应该共同战斗——一定要共同战斗!我们要携手战斗,打倒那些几百年来一直在奴役劳动人民的家伙!”矿工的喇叭似的嗓门在轰响着。

“狗崽子!好好收拾收拾他们!……”赫里斯托尼亚高兴地、低声说道。使劲捏着葛利高里的胳膊肘子,疼得葛利高里直皱眉头。

伊万·阿列克谢耶维奇略微张开一点嘴听着,由于紧张不断地眨着眼睛,嘟囔着:

“对啦！这就对啦！”

这位代表说完以后,又有一位身材细长的矿工,像棵被风摇撼的白蜡树,站起来发言,他挺直身子,好像原来是折叠着似的。——环视了一下众目睽睽的人群,他半天没有说话,一直等到喧哗声安静下去才开口。这个矿工的身子像根系船的绳索:疙疙瘩瘩的,干瘦,但非常结实,浑身透黑——仿佛漆过似的,黑漆漆的煤屑,就像洗不掉的黑痣,嵌在他脸上的毛孔里;两只由于长期待在黑暗里和被矿井里的黑煤层弄得黯淡无光的浅黄色眼睛里也闪着同样倦怠的黑光。他晃了晃短头发,挥了一下握成拳头的手——就像把十字镐凿进煤层似的,说道:

“是谁在前线实行了士兵死刑制？是科尔尼洛夫！是谁跟卡列金结伙要卡死咱们？也是他！”他越说越快,不断叫喊起来,“哥萨克们！弟兄们！弟兄们！弟兄们！你们打算跟谁结伙呢？卡列金倒很希望咱们兄弟互相残杀、流血！不行！不行！他们是注定要失败的！咱们要把他们捻死！叫他们见他妈的鬼去！把这伙害人精沉到大海里去！”

“狗——崽——子！……”赫里斯托尼亚笑得咧开大嘴,忍不住拍手大叫起来,“说——得——对——呀！……狠狠地揍他们！”

“堵住你的嘴吧！你怎么啦,赫里斯坦？人家会把你赶出去的！”伊万·阿列克谢耶维奇担心地说。

拉古京——他是布卡诺夫斯克镇的哥萨克,第二届全俄中央执行委员会哥萨克事务部主席——不断用些不连贯的、但是非常感人的生动话语鼓舞着哥萨克。担任主席的波乔尔科夫也发了言,他讲完以后,接着发言的是留着英国式短胡子,长得挺漂亮的夏坚科。

“这是谁?”赫里斯托尼亚伸着像草耙子似的大长胳膊,向葛利高里探问道。

“夏坚科。布尔什维克的一员大将。”

“那么这个呢?”

“曼德尔施塔姆。”

“哪儿来的?”

“莫斯科来的。”

“那是些什么人?”赫里斯托尼亚指着沃罗涅什代表团问道。

“你少说一点儿,行吧,赫里斯坦。”

“我的主呀,要知道,这太有意思啦！……你告诉告诉我:挨着波乔尔科夫坐的那个细高个儿,他是什么人?”

“克里沃什雷科夫,是叶兰斯克镇戈尔巴托夫村的人。他后面是咱们的同乡——库季诺夫和顿涅茨科夫。”

“我再问一个……就是那个……不对！……坐在尽头上的,留着额发的那个是谁?”

“他叫叶利谢耶夫……我不知道他是哪个镇的。”

赫里斯托尼亚问够了,不再做声,仍旧像原先那样非常注意地听着新上台的发言人讲话,而且总是第一个用重浊的男低音,压下几百个人的声音喊出“说——得——对！……”

哥萨克布尔什维克斯捷欣讲完以后,接着是第四十四团的代表发言。他由于不善辞令,措词艰难,苦恼了半天:他每说一句话就像是在空气中打一个印似的,——然后沉默一会儿,用鼻子吸口气;但是哥萨克们却非常同情地听他讲话,只是偶尔有几声叫好的喊声打断他。显然,他的话在哥萨克们中间引起了热烈的反应。

“弟兄们！咱们的代表大会应该这样来解决这个严肃的问题,要使人民不受委屈,要使一切问题都平平静静妥善解决!”他像口吃似的,拉着长声说道,“我的意思是说,咱们要避免打仗、流血解决问题。咱们已经在战壕里泡了三年半,我要说,如果再打仗,那就要把哥萨克折腾死啦……”

“正——确！……”

“简直太对啦!”

“我们不要战争！……”

“应该跟布尔什维克,跟哥萨克军会议达成协议!”

“我们要共同协商解决,不能用别的法子……用不着绕什么弯子!”

波乔尔科夫用拳头使劲敲桌子,吼叫声才沉寂了。第四十四团的代表重又摸着西伯利亚式的胡子,拉着长声说起来:

“咱们的代表大会应该派代表到新切尔卡斯克去,好言好语地要求志愿军和各色的游击队都从这儿撤出去。布尔什维克在咱们这儿也没有什么事好干。至于劳动大众的敌人,我们自己对付得了。目前咱们还不需要别人的帮助,如果需要的话,——那时候我们再去请他们帮忙。”

“说这种话解决不了任何问题!”

“对——对!”

“等等,等等!‘对’什么?等敌人兵临城下,我们已经成了瓮中之鳖,到那时候——再请布尔什维克来帮忙也晚啦。不行,等鸡炖熟了,老奶奶早就咽气啦。”

“应该建立自己的政权。”

“鸡蛋还不知道在哪儿呢,就叫母鸡去孵小鸡……上帝饶恕吧!就是这话,你们也真糊涂得够可以啦!”

第四十四团的代表发言以后,拉古京说了些热情的、号召性的话。喊叫声不时打断他。有人建议休息十分钟,但是刚刚安静下来,波乔尔科夫立刻就对热情激动的人们喊道:

“哥萨克弟兄们!我们在这儿争论不休,可是劳动人民的敌人却没有睡觉。我们总是在想:既要叫狼吃饱,又要保住羊的性命,可是卡列金却不这样想。他下的逮捕参加这次代表大会全体代表的命令已经被我们截获。现在就把这个命令读给大家听。”

卡列金逮捕参加大会的全体人员的命令读完以后,代表们就激动起来。人声鼎沸,噪得比在任何集镇的哥萨克大会上都要凶百倍。

“要干,不能光说空话!”

“安——静!……嘘嘘嘘!……”

“还‘安——静’什么!要把他们消灭!……”

“洛博夫!洛博夫!……你给他们讲讲!……”

“稍微等一会儿!……”

“卡列金——他可不是傻瓜!”

葛利高里一直在默默地听着,看着代表们的乱摇乱晃的脑袋和手,这时忍不住了,——他踮起脚尖,怒吼道:

"你们别吵啦,鬼东西!你们是来赶集哪,啊?让波乔尔科夫讲讲嘛!……"

伊万·阿列克谢耶维奇正在跟第八团的一个代表争论不休。

赫里斯托尼亚在反驳一个攻击他的同团哥萨克,大声吼叫道:

"这需要特别警惕!可是你却对我……胡说些什么呀?小家伙!哎呀你,我的好朋友啊!咱们的力量有限得很——还瞎喊什么我们自己对付得了呀!"

喧闹的人声安静下来了(就像刮得筋疲力尽的风,卧倒在麦浪上,把麦子压倒了似的),克里沃什雷科夫像姑娘一样的尖细声音钻进了还没有完全平息的寂静:

"打倒卡列金!哥萨克革命军事委员会万岁!"

会场咆哮起来。雷鸣般的叫好声汇成强劲的声浪,拍打着人们的耳膜。克里沃什雷科夫举着一只手站在那里。手指头像树枝上的叶子一样,在轻轻地颤动。震耳的吼叫声刚刚沉寂、消失了,——克里沃什雷科夫又清脆、响亮地、像只被追逐的狼一样吼叫起来:

"我提议从咱们哥萨克中选出一个革命军事委员会!委托它来领导跟卡列金的斗争并组织……"

"啊——啊——啊——啊!……"喊叫声像炮弹一样爆炸了,震落的石灰像碎弹片似的从天花板上落下来。

革命军事委员会委员的选举开始了。一小部分哥萨克在第四十四团发言的那位代表和其他代表的领导下,继续坚持与军政府进行谈判、和平解决冲突,但是大多数出席大会的代表已经不再支持他们的主张:哥萨克们听完卡列金逮捕他们的命令以后,立刻群情哗然,都坚决主张积极反对新切尔卡斯克的政权。

葛利高里没有等到选举结束,——他被紧急召回到团部去。他离去的时候,请求赫里斯托尼亚和伊万·阿列克谢耶维奇说:

"选举结束后——请你们到我的住处去,很想知道哪些人当选。"

伊万·阿列克谢耶维奇深夜才回来。

“波乔尔科夫当选主席，克里沃什雷科夫是书记！”他一到门口就报告说。

“委员呢？”

“有拉古京·伊万、戈洛瓦乔夫、米纳耶夫、库季诺夫，还有另外几个人。”

“赫里斯坦到哪儿去啦？”葛利高里问。

“他跟几个哥萨克去逮捕卡缅斯克政府的人员去啦。这个哥萨克热情极啦，往他身上吐口唾沫都会烫得吱吱响。糟糕透啦！”

黎明时分，赫里斯托尼亚回来了。他脱着靴子，哼哧了半天，还在不断地小声嘟囔。葛利高里点上灯，看见他的紫红的脸上有血，额角上边一点，有一块枪弹擦伤。

“这是谁把你打伤的？……要包扎吗？我立刻就起来……等一等，我去找绷带。”葛利高里从床上跳下来，寻找纱布和绷带。

“很快就会长好，像狗身上的伤一样，”赫里斯托尼亚嘟哝说，“这当然是那个军事首长拿手枪朝我打的那一枪。我们像客人一样，从大门走进他的屋子，可是他却抵抗起来啦。还有一个哥萨克也受伤了。我真想把他的心挖出来，看看军官的心是个什么样子，——哥萨克们不许我这样干，要不然，我一定好好收拾收拾他……叫他吃点儿苦头！”

第九章

哥萨克前线士兵代表大会结束后的第二天，顿河第十哥萨克团遵照卡列金的命令开到卡缅斯克镇，目的是要逮捕全体参加大会的人和解除那些最革命化的哥萨克部队的武装。

这时候车站上正在开群众大会。人山人海，哥萨克们群情激奋，发言人的话引起了各种不同的反应。

革命军事委员会主席波乔尔科夫走上讲台，说道：

“各位父老兄弟们，我没有参加任何党派，我不是布尔什维克。我的唯一奋斗目标，就是达到正义、幸福和全体劳动人民的兄弟般的团结，再也没有任何压迫，再也没有富农、资产阶级和财主，大家都能自由自在地和无拘无束地过日子……布尔什维克将要达到这个目标，而且正在为实现这个目标进行斗争。布尔什维克——是一些工人，也就是和咱们哥萨克一样的劳动者。只不过是加入布尔什维克党的工人比咱们更有觉悟些。旧政权使咱们愚昧无知，他们生活在城市，学会比咱们更正确地认识生活。所以，虽然我没有参加布尔什维克党，但是实际上，我也是个布尔什维克。”

第十团的哥萨克下了火车以后，就混进了会场。这个团半数是些身材特别魁梧、修饰得很漂亮的贡多罗夫斯克镇的哥萨克，他们和许多别的团的哥萨克们混杂到一起。这些人的情绪立刻发生了激烈的变化。哥萨克拒不执行团长下达的卡列金的命令。由于拥护布尔什维克的人们努力宣传的结果，使他们中间发生了分化。

可是这时候卡缅斯克却是一片毗邻前线的城镇特有的那种混乱：一些匆忙地拼凑起来的哥萨克部队被派去占领和加强那些已经占领的车站的防务，兵车频繁地向兹韦列沃——利哈亚方面驶去。有些部队在改选指挥人员。许多不愿再打仗的哥萨克悄悄地离开了卡缅斯克。涌来一些村镇迟到的代表。街道上呈现出空前未有的热闹景象。

一月十三日，白军顿河政府的谈判代表团来到了卡缅斯克，这个代表团是由顿河军会议主席阿格耶夫和会议成员斯韦托扎罗夫、乌兰诺夫、卡列夫、巴热洛夫和库什纳廖夫大尉等组成的。

密密层层的人群在车站上迎接他们。由禁卫军阿塔曼斯基团的哥萨克组成的卫队把代表们护送到邮电局大楼去。革命军事委员会的委员们和白军政府代表团的会议连续开了一夜。

革命军事委员会共有十七个人参加会议。波乔尔科夫首先严厉驳斥了阿格耶夫的发言。因为阿格耶夫指责革命军事委员会背叛了顿河，并与布尔什维克勾搭在一起。在他发言之后，克里沃什雷科夫和拉古京也都发了言。库什纳廖夫大尉的发言多次被聚集在走廊里的哥萨克们的喊叫声打断。一个机枪手代表革命的哥萨克们要求把代表团逮捕。

会议没有任何结果。已经深夜两点了,这时已经可以清楚地看出,根本不可能达到任何协议,于是就通过了顿河哥萨克军会议成员卡列夫的提议,由革命军事委员会派代表团到新切尔卡斯克去进行有关政权问题的最后商谈。

白军的顿河政府的代表团离去后,以波乔尔科夫为首的革命军事委员会代表团也随即出发去新切尔卡斯克。全体一致推选波乔尔科夫、库季诺夫、克里沃什雷科夫、拉古京、斯卡奇科夫、戈洛瓦乔夫和米纳耶夫为代表。在卡缅斯克逮捕的几个阿塔曼斯基团的军官被留下作人质。

第 十 章

车窗外是一片暴风雪。在歪斜倾倒的防雪栅栏上,压了一层被风舐得光光的、坚硬的雪堆。断续起伏的雪堆顶上印满纹路奇异的飞鸟足迹。

一个个的小车站、电线杆和一望无际、白雪覆盖的单调荒凉草原向北驰去。

波乔尔科夫穿着一件新皮上衣,坐在窗前。窄肩膀、身材干瘦、像个半大孩子似的克里沃什雷科夫坐在他的对面,两肘撑在小桌上,眺望着窗外景物。他那天真明亮的眼睛里流露出担心和期待的神情。拉古京用一把小梳子梳理着稀疏的淡褐色的小连鬓胡子。魁伟健壮的哥萨克米纳耶夫在暖气管上烤着手,身子不断在坐位上扭动。

戈洛瓦乔夫和斯卡奇科夫躺在上铺,在低声交谈。

车厢里抽烟抽得烟雾腾腾,有点儿凉意。代表团的团员们都觉得去新切尔卡斯克谈判毫无成功的把握,所以都没有谈话的兴致。车过利哈亚,波乔尔科夫说出了大家共同的心事:

“什么也谈不成。我们是达不成任何协议的。”

“白跑一趟。”拉古京同意说。

又沉默了半天。波乔尔科夫有规律地摇晃着手腕子,仿佛是在网孔里来回穿梭子似的。他偶尔看看自己闪着暗淡光泽的皮上衣,欣赏着它。

离新切尔卡斯克越来越近了。米纳耶夫看了看地图上从城市蜿蜒流去的顿河,低声说道:

"从前,哥萨克在阿塔曼斯基团服完兵役以后,就打发他们回家了。把箱子、自己的家当和马匹都装上火车。兵车疾驰而去,快到沃罗涅什的时候,马上就要第一次越过顿河了,火车司机开始减速,——减到最慢的速度…… 司机早已知道将要出现的场面。火车刚开上桥,——我的天呀! …… 你就瞧吧! 哥萨克简直都像发了疯:'顿河! ……我们的顿河! 静静的顿河! 生身的父亲,养育我们的恩人! 乌拉——啊——啊——啊!'他们把制帽、旧军大衣、军裤、枕头套、衬衣和各种零碎东西,从车窗里,越过桥栏,扔到河里。他们服役回来了,在犒赏顿河。这时,你就看吧——一顶顶浅蓝色的阿塔曼斯基团的制帽,就像天鹅或者花朵一样,在河上漂荡……这种习惯是从很久以前就流传下来的。"

火车的速度渐渐减慢,停了下来。哥萨克们都立起身。克里沃什雷科夫系着军大衣的皮带,勉强地笑了笑,说道:

"好,到家啦!"

"怎么没有人欢迎啊!"斯卡奇科夫想开开玩笑。

一个身材高大、威武的大尉门也没敲,就闯进车厢。他用凶恶、探询的目光把代表团的成员们打量了一番,故意粗鲁地说道:

"我是奉命来接你们的。请吧,布尔什维克老爷们,赶快下车吧。我对于群众的作为和……你们的安全不承担任何责任。"

他的目光落在波乔尔科夫身上,说得更正确点——在波乔尔科夫那件皮上衣上停留的时间,要比在其他人身上长得多;然后带着毫不掩饰的敌意命令道:

"下车吧,快点儿!"

"就是他们,这帮坏蛋,背叛哥萨克的叛徒们!"一个留着长胡子的军官在挤满了人的站台上喊道。

波乔尔科夫脸色苍白,有点儿不知所措地斜睨了克里沃什雷科夫一眼。克里沃什雷科夫跟在波乔尔科夫后面走下车来;他一面笑着,一面悄悄地说:

"'我们不是在一片悦耳的颂扬声里,而是在凶狠、野蛮的咒骂中听到赞语……'费奥多尔,你听见了吗?"

波乔尔科夫虽然没有听清楚最后的几个字,不过他还是笑了笑。

一支强大的军官队伍护送着他们。迫不及待地想对他们下毒手的人群发疯似的,一直把他们陪送到区公署。不仅是那些军官和士官生,甚至还有些普通的哥萨克、衣着华丽的妇女和学生也胡作非为,侮辱代表们。

"你们怎么能允许他们这样无礼呀!"情绪激动的拉古京对一个护送他们的军官说。

那个军官用憎恨的目光看了他一眼,低声说道:

"你应该感谢上帝,你还活着……要是我有权的话——我早就把你这块贱骨头……嗨——嗨——嗨,臭肉!"

另外一个年轻些的军官用责备的目光拦住了他。

"上当啦!"斯卡奇科夫找到一个机会对戈洛瓦乔夫耳语说。

"好像是押我们去上断头台……"

区公署的大厅里容纳不下涌进的人群。在前来谈判的代表们遵照一个负责安排会议的中尉的指示在桌子的一边坐下的时候,白军政府的成员们也来了。

背微驼的卡列金由博加耶夫斯基陪伴着,迈着坚定的、狼一样的步子走了过去。他拉出自己的椅子,坐了下来;很安然地把闪着军官白帽徽的保护色的制帽放在桌子上,他理了理头发,一面用左手的手指头扣着翻领制服旁边的一个大口袋的钮扣,一面把身子稍稍侧向正对他说什么的博加耶夫斯基。他的每一个动作都显得那么老练、稳健、有力;通常,一些位高权重的人物,积年累月,就会养成这种与众不同的举手、抬头、投足的风度。他跟波乔尔科夫的风度有许多共同之处,而博加耶夫斯基与仪表堂堂的卡列金一比,就显得其貌不扬,而且被眼前的谈判弄得心神不安。

听不清楚博加耶夫斯基在说些什么，只看到被下垂的淡褐色胡子遮着的嘴唇在翕动，两只锐利的斜眼睛在夹鼻眼镜里面眏动。他一会儿整一整领子，一会儿浮光掠影地、匆忙地摸摸看去仿佛是坚毅有力的下巴，一会儿扬一扬宽眼眶上浓密的眉毛，——所有这些动作都说明他的心情很不平静。

军政府的成员分别坐在卡列金左右。其中有几个人曾参加过卡缅斯克的谈判，像卡列夫、斯韦托扎罗夫、乌兰诺夫、博塞、绍什尼科夫和波利亚科夫。

波乔尔科夫听到米特罗凡·博加耶夫斯基小声对卡列金说了些什么。

卡列金眯缝起眼睛，看了看坐在他对面的波乔尔科夫，说道：

"我想，可以开始啦。"

波乔尔科夫笑了笑，明确地解释了代表团来此的目的。克里沃什雷科夫隔着桌子把准备好的革命军事委员会的最后通牒递过去，但是卡列金用白皙的手掌把文件推开，坚定地说：

"每位政府委员个个都看一遍这个文件，要浪费很多时间，这毫无意义。请你们宣读一下吧。然后我们再进行讨论。"

"宣读吧。"波乔尔科夫命令说。

他的神态很庄重，但是，看得出，他也和代表团的全体成员一样，对谈判的成功缺乏信心。克里沃什雷科夫站起来。他那像姑娘似的清脆，但是并不怎么动听的声音在挤满了人的大厅里回荡起来：

"'从一九一八年一月十日起，将顿河军区对军队的全部作战指挥权力移交给顿河哥萨克革命军事委员会。

"'一切正在进行反对革命军队活动的队伍均须于一月十五日召回，并解除武装，志愿军、士官学校以及尉官学校的学生亦包括在内。此类组织之参加者原籍如非顿河地区，一律从顿河境内遣回原籍。

"'〔注意事项〕武器、弹药和军装必须上缴革命军事委员会的政治委员。由革命军事委员会的政治委员发给从新切尔卡斯克出境的证明书。

"'新切尔卡斯克市应由革命军事委员指定的哥萨克团队占领。

"'自一月十五日起,宣布取消全体哥萨克军会议成员的一切权利。

"'召回军政府派驻顿河地区各矿山和工厂的全部警察。

"'为了避免流血,由军政府向顿河全区各市镇和村庄宣布自愿放弃统治权,并宣布在全体居民的正式劳动政权建立以前,立即将政权移交给顿河地区哥萨克革命军事委员会。'"

克里沃什雷科夫的话音刚落,卡列金就大声问道:

"是哪些部队委派你们来的?"

波乔尔科夫跟克里沃什雷科夫交换了一下眼色,就自言自语似地列举起部队的番号来:

"禁卫军阿塔曼斯基团、禁卫军哥萨克团、炮兵第六连、第四十四团、炮兵第三十二连、第十四独立连……"他掐着左手的手指数着;大厅里响起嘁嘁喳喳的细语声,传来恶毒的嘲笑声,波乔尔科夫皱起眉头,把手放在桌子上,提高了嗓门说:"第二十八团、炮兵第二十八连、炮兵第十二连,第十二团……"

"第二十九团。"拉古京悄悄地提示他说。

"……第二十九团,"波乔尔科夫继续说下去,声音已经更镇定,更响亮了,"炮兵第十三连、卡缅斯克地方警备队、第十团、第二十七团、步兵第二营、第二后备团、第八团和第十四团。"

在提过一些没有意义的问题和交换过些简短的意见之后,卡列金把胸膛紧靠在桌边上,目光直盯着波乔尔科夫,问道:

"你们承认人民委员苏维埃政权吗?"

波乔尔科夫喝完一杯水,把玻璃水瓶放回盘子里,用衣袖擦了擦胡子,避免正面答复,说道:

"这个问题只能由全体人民来回答。"

克里沃什雷科夫怕直爽的波乔尔科夫说出什么多余的话,就赶紧插话说:

"哥萨克不能容忍那种有'人民自由党'①代表参加的政权。我们

① 反革命的立宪民主党又称"人民自由党"。

是哥萨克,我们的政权一定要是我们自己的,哥萨克的。”

“当一帮无赖及其同类掌握苏维埃大权的时候,应该怎么来理解您的话呢?”

“俄罗斯信任他们,我们也信任他们!”

“你们要跟他们合作吗?”

“是的!”

波乔尔科夫很赞赏地笑了笑,并支持说:

“我们考虑的不是人,——而是思想。”

一个军政府的成员天真地问道:

“人民委员苏维埃是为人民的利益工作吗?”

波乔尔科夫探索的目光移向他。波乔尔科夫微微一笑,伸手去拿玻璃水瓶,倒了一杯水,大口喝了下去。他渴得要命,仿佛在用透明的清水浇着肚子里的火焰。

卡列金用手指轻轻地敲了敲桌子,追根问底地盘问道:

“你们跟布尔什维克有什么共同之处?”

“我们要在顿河地区建立哥萨克的自治政权。”

“好。不过你们大概已经知道,二月四日就要召开哥萨克军会议。会议的成员将要进行改选。你们赞成互相监督的办法吗?”

“不赞成!”波乔尔科夫抬起低垂的目光,坚定地回答说,“既然你们将处于少数地位,我们就要请你们服从我们的意志。”

“要知道这是强加于人!”

“是的。”

米特罗凡·博加耶夫斯基把目光从波乔尔科夫身上移到克里沃什雷科夫身上,问道:

“你们承认哥萨克军会议吗?”

“这要看形势的发展……”波乔尔科夫耸了耸宽大的肩膀,“顿河地区革命军事委员会将召开一次居民代表大会。这次代表大会将要在所有部队的监督之下进行工作。如果代表大会不能满足我们的要求,我们就不承认它。”

“那么由谁裁判呢?”卡列金扬起眉毛。

“人民!”波乔尔科夫很自豪地把脑袋往后一仰,靠在雕花的椅背上,弄得皮上衣窸窸窣窣直响。

经过短暂的休息后,卡列金发言了。大厅里的喧闹声沉寂下来,将军低沉的、像秋天一样阴郁的声调在一片寂静中清晰地响起来。

“政府不能按照地区革命军事委员会的要求放弃自己的统治权。现政府是由顿河地区全体居民选举的,只有全体居民才有权要求我们放弃统治权,而不是某些个别部队。你们受了企图在顿河地区建立自己秩序的布尔什维克罪恶宣传的影响,要求把政权移交给你们。你们是布尔什维克手里的盲目工具。你们没有认识到自己对全体哥萨克肩负的重大责任,而是在按照那些德国代理人的意志行事,我真诚希望你们能回心转意,因为你们一走上与反映居民意志的顿河政府分裂的道路,就要给故乡招来空前未有的灾难。我绝不留恋权位。大哥萨克军会议即将召开——会议将决定故乡的命运,但是在会议召开以前,我必须留在自己的岗位上。我最后一次奉劝你们能悬崖勒马,改邪归正。”

他讲完了,接着是哥萨克部队和非哥萨克部队的几个政府成员发言。社会革命党党员博塞用甜言蜜语拼凑了一篇冗长的劝说辞。

拉古京大喊一声,打断了他的发言:

“我们的要求,就是请你们把政权移交给革命军事委员会!用不着再等啦,如果军政府想要和平解决问题的话……”

博加耶夫斯基笑了笑,问道:

“又怎么样?……”

“……立即公开宣布政权已经移交给革命军事委员会。还要等两个半星期,等到你们的哥萨克军会议召开,那是不行的!人民早已怒不可遏。”

卡列夫慢条斯理地讲了半天,斯韦托扎罗夫在寻求根本不可能实现的妥协方案。

波乔尔科夫不耐烦地听着他们的发言。他快速看了一下自己人的神色,发现拉古京双眉紧锁,面色苍白;克里沃什雷科夫低着头,垂眼看着桌子;戈洛瓦乔夫焦急地想要说话。克里沃什雷科夫抓准一个机会,小声说道:“讲吧!”

波乔尔科夫好像正在等这句话似的。他推开椅子，不很流畅地，激动得有点儿口吃地讲起来，脑子里在搜索着有分量的、充满说服力的词句。

“你们的话是不符合事实的！如果人民信任军政府的话，——那么我会很愉快地撤回我们的要求……但是人民不信任你们！动手打内战的不是我们，是你们！你们为什么要在哥萨克的土地上豢养那么多各式各样的亡命的将军呢？为此，布尔什维克才打来的，追到我们静静的顿河来了。我不会向你们投降的！我不允许这样干！只要我活着，绝不允许这么干！我们将用事实证明给你们看！我不相信军政府能够拯救顿河！对那些不愿意服从你们的队伍，你们采取的是什么办法呢？……啊哈，就是这样！你们为什么派你们的志愿军去镇压矿工？你们到处镇压，制造仇恨！请你们告诉我：谁能保证军政府不发动内战？……你们已经暴露无遗。人民和上过前线的哥萨克都拥护我们！”

大厅里响起一阵像风吹树叶似的、沙沙的笑声；有人向波乔尔科夫发出愤怒的呼声。他把激动得发紫的脸转向呼叫的那个方向，已经毫不掩饰自己的愤怒，喊道：

“现在你们笑吧，将来就要哭啦！”他转回身，对着卡列金，用像榴霰弹似的目光盯住他。“我们要求你们把政权移交给我们——劳动人民的代表，并且要赶走所有的资产阶级老爷们和志愿军！……你们的政府也必须离开这里！”

卡列金疲倦地垂下了脑袋。

“我现在不打算离开新切尔卡斯克到别的地方去，将来也不会离开。”

经过短暂的休息后，会议又开始了，梅利尼科夫首先激昂地讲起来：

“赤卫军正向顿河杀来，企图消灭哥萨克！他们用自己狂妄的制度毁灭了俄罗斯，又要来毁灭我们顿河地区了！历史上从来没有过这样的先例：一小撮僭窃分子能够贤明地，为民造福地治理国家。而你们则是些被别人的狂妄行动迷惑的人，想从我们手里夺取政权，为布尔什维克打开大门！这绝对不行！”

“你们把政权移交给革命军事委员会——赤卫军立即就会停止进攻……”波乔尔科夫插话说。

沙因上尉在得到卡列金的许可后，从人群里走出来，他曾获得全部四枚乔治十字章，从一个普通哥萨克列兵晋升到上尉。他像要接受检阅似的，理了理军便服上的皱褶，立刻快口说起来：

“乡亲们，干吗还要听他们胡说呀！”他用手像军刀似的砍着，高亢地、下命令似地喊道，“我们跟布尔什维克走的不是一条路！只有顿河和哥萨克的叛徒才会说出把政权移交给苏维埃的话，才会号召哥萨克跟布尔什维克走！”他已经直指波乔尔科夫，弯着腰，指名道姓地问道：“波乔尔科夫，难道您真以为顿河人会跟着您这样一个半瓶醋、目不识丁的哥萨克走吗？如果有人跟您走的话，——那也只是一小伙背井离乡的穷光蛋哥萨克！但是，老兄，就连他们也会觉醒——而且会把你绞死！”

大厅里人头浮动，就像是被风吹动的向日葵花盘一样；爆发出一片赞扬声。沙因坐了下去。一个身材高大、穿着有褶的皮外套、戴着中校肩章的军官，同情地从身后拍了拍他的肩膀。他周围聚集了许多军官。一个歇斯底里的女人的声音感动地一字一板地喊道：

“谢谢，沙因！谢谢！”

“好啊，沙因大尉！好极啦！”一个后排座上的常客像小公鸡似的叫好道，一下子就给沙因上尉升了一级。

顿河军政府的雄辩家和吹鼓手们不厌其烦地又用甜言蜜语把哥萨克们——卡缅斯克革命军事委员会选出的代表们——诱骗了半天。大厅里烟雾弥漫，非常气闷。窗外，太阳已经完成了一天的行程。布满白霜的枞树枝伸到窗玻璃上。坐在窗台上的人已经听见了晚祷的钟声和透过呼啸的寒风传来机车沙哑的汽笛声。

拉古京忍耐不住了；他打断一位军政府的演说家的发言，对卡列金说：

“请做出决定吧，该收场啦！”

博加耶夫斯基拦住他，小声说道：

“请勿激动,拉古京!喏,喝水吧。激动对一个有家室的人和爱犯癫痫病的人是有害的。而且无论如何您也不应该打断发言人的话,——要知道这儿可不是什么工人和士兵代表苏维埃呀!”

拉古京也讽刺了他几句,但是大家的注意力又集中到卡列金身上去。他仍然像开始那样,信心十足地在玩弄着政治把戏,但是也同样地碰在波乔尔科夫回答的朴素、沉重的铁甲上。

“您说过,如果我们把政权移交给你们,那么布尔什维克就会停止向顿河进攻。不过这只是你们的想法。至于布尔什维克来到顿河以后会搞些什么玩意儿,我们一无所知。”

“革命军事委员会确信布尔什维克会证实我所说的话。请你们不妨试试看嘛:把政权移交给我们,把那些‘志愿军’从顿河赶出去,那么你们将会看到:布尔什维克将立即结束战争!”

过了一会儿,卡列金站了起来。他的答复是早已准备好的:切尔涅佐夫已经接到集结部队准备进攻利哈亚车站的命令。但是卡列金为了赢得时间,所以用拖延谈判的办法,宣布休会:

“顿河政府将要讨论革命军事委员会的建议,明天上午十点钟以前用书面答复。”

第十一章

第二天上午顿河政府交给革命军事委员会代表团的答复如下:

顿河军军政府在讨论了哥萨克革命军事委员会代表团以阿塔曼斯基团、禁卫军哥萨克团、第四十四、第二十八、第二十九各团,第十、第二十七、第二十三、第八、后备第二及第四十三各团的一部分,第十四独立连、禁卫军炮兵第六连,第三十二、第二十八、第十二和第十三炮兵连,步兵第二营和卡缅斯克地方警备队等各部队的名义提出的要求之后,——特声明,军政府是顿河地区全体哥萨克居民的代表,由全体居民选举产生的政府,在新的哥萨克军会议召开之前,无权放弃自己的统治权。

顿河军军政府认为必须解散原有的哥萨克军会议,并改选各镇和各部队的代表。由全体哥萨克居民,按直接、平等和秘密投票的原则,自由(有充分的宣传自由)选出哥萨克军会议,新选的会议全体成员将于本年旧历二月四日在新切尔卡斯克市召开会议,同时并将召开全体非哥萨克居民代表大会。只有革命①重建的、代表全区哥萨克居民的合法机构——哥萨克军会议才有权撤销军政府,并选举新的军政府。新的哥萨克军会议将同时讨论各部队的管理问题和是否需要拥有保卫政权的部队和志愿战斗组织问题。至于志愿军的组织工作与活动问题,联合政府早已做出决定,在地区军事委员会的参与下,由联合政府予以监督。

关于撤出矿山和工厂区据称是由军政府派去的警察问题,军政府兹声明,警察问题将提交二月四日召开的哥萨克军会议讨论决定。

军政府声明,建立地方生活秩序,只有当地的居民可以参加,因此政府认为,要实现哥萨克军会议的意图,必须采取一切必要措施,阻止企图把自己的政治制度强加于人的布尔什维克武装部队入侵本区,居民的生活应由居民自己去建立——只能由他们自己去建立。

军政府不希望发生内战,军政府愿以各种方式和平解决争端,为此,建议革命军事委员会派员参加与布尔什维克部队进行谈判的代表团。

军政府认为,如果外部的军队不侵入本地区,就不会发生内战,因为军政府保卫的只是顿河地区,决不采取任何进攻行动,决不想把自己的意志强加于俄罗斯其他部分,但是也绝不希望任何外人把自己的意志强加给顿河地区。

军政府保证各镇和所有部队均享有充分的选举自由,每一个公民在哥萨克军会议的选举中,都可以自由进行宣传和坚持自己

① 这里的所谓“革命”是军政府企图用这种字眼来欺骗哥萨克群众。

的观点。

为了研究各师哥萨克的需要,应该立即指派出由各部队派代表组成的调查委员会。

顿河军军政府建议所有向革命军事委员会派出代表部队立即重新回到自己保卫顿河地区的正常工作岗位上去。

军政府决不允许自己的顿河部队进行反对军政府的活动,从而在静静顿河的土地上,挑起自相残杀的内战。

革命军事委员会应该由选举这个委员会的各部队予以解散,代以各部队派代表参加现有的顿河地区军事委员会,该委员会是团结全地区所有部队的组织。

军政府要求立即释放被革命军事委员会逮捕的一切人员,为了恢复区内的正常生活,行政机关应立即恢复执行自己的职务。

仅仅代表少数哥萨克部队的革命军事委员会,无权以所有部队的名义,更无权以全体哥萨克的名义,提出要求。

军政府认为革命军事委员会与人民委员苏维埃相勾结,并接受其金钱资助是完全不能容忍的,因为这意味着人民委员苏维埃在顿河地区影响的扩大,但与此同时,哥萨克军会议和非哥萨克居民代表大会却都不承认苏维埃政权,乌克兰、西伯利亚、高加索以及所有哥萨克部队也都一无例外地不承认苏维埃政权。

军政府主席,副司令官米·博加耶夫斯基

顿河军长官:叶拉通采夫

波利亚科夫

梅利尼科夫

卡缅斯克革命军事委员会的委员——拉古京和斯卡奇科夫参加了顿河军政府派往塔甘罗格与苏维埃政权进行谈判的代表团。波乔尔科夫和其余的人被暂时扣留在新切尔卡斯克;与此同时,切尔涅佐夫的几百人的队伍,配备了一个重炮连和两门小炮,用闪电式的袭击占领了兹韦列沃和利哈亚两个车站,然后留下一个连和两门炮驻守,率领主力去进攻卡缅斯克。切尔涅佐夫在小站北顿涅茨附近摧毁了革命哥萨克部队的抵抗后,于一月十七日占领了卡缅斯克。但是过了几个钟头就得到消息，说萨布林的赤卫军支队已经收复了兹韦列沃，随之又收复了利哈亚，把切尔涅佐夫的留守部队赶了出去。切尔涅佐夫急忙赶回那里去。他迎头痛击，打垮了莫斯科的第三支队，在战斗中重创哈尔科夫支队，迫使赤卫军仓皇撤退到开始进攻的阵地。

重新占领利哈亚一线之后，切尔涅佐夫掌握了主动权，又回师卡缅斯克。一月十九日，从新切尔卡斯克给他派来增援部队。第二天，切尔涅佐夫决定进攻格卢博克。

在军事会议上，决定采纳了林科夫中尉的建议，用迂回战术攻占格卢博克。切尔涅佐夫不敢沿铁路线进攻，担心在这里会遇到卡缅斯克革命军事委员会部队的顽强抵抗和由切尔特科沃向他逼近的赤卫军部队。

大迂回行动在夜里开始。切尔涅佐夫亲自率领纵队进军。

进抵格卢博克的时候，天已经快要亮了。精确地改变了队形，分列成散兵线。切尔涅佐夫从马上下来，捯动着麻木了的双腿，沙哑地命令一位连长说：

“用不着客气，大尉。您明白我的意思吗？”

他用皮靴子在坚硬的雪地上踏得咯吱咯吱直响，把灰色的鬈毛羊皮帽歪戴在头上，用手套摩擦着粉红色的耳朵。由于失眠，目光炯炯的、疯狂的眼睛下面出现了一道蓝印。干皱的嘴唇哆嗦着。剪得短短的小胡子上凝着白霜。

他暖和过来以后，又跃上马去，理了理保护色的军官短皮外套上的皱褶，从鞍头上摘下马缰，策动白额的枣红顿河马，信心十足地、坚定地微微一笑，命令道：

“进军开始！”

第 十 二 章

在卡缅斯克的哥萨克前线士兵代表大会开会以前，伊兹瓦林上尉从团里开了小差。开小差的前一天，他曾经去看过葛利高里，拐弯抹角地暗示自己将要离去，他说：

“在目前情况下，很难再在团里继续干下去。哥萨克们在两个极端——布尔什维克和旧的君主制度之间瞎撞。谁也不愿意支持卡列金的政府，特别是因为他像个拿着花口袋的傻瓜一样，在叫卖自己的权利平等的高调。而我们需要的却是个意志坚强的铁人，这个人能把哥萨克土地上的那些外来户安置到他们应去的地方去……不过我认为目前最好还是支持卡列金，免得全盘输掉。”他沉默了一会儿，点着烟，问道，“你……好像是已经接受红色的信仰啦？”

“差不多。”葛利高里同意说。

“你是真心，还是像戈卢博夫一样，想在哥萨克当中建立威信呢？”

“威信对我毫无用场。我自己在寻找出路。”

“你只会碰壁，却找不到出路。”

“咱们走着瞧吧……”

“葛利高里，我真担心，咱将以敌人相见。”

“在战场上是不认什么朋友不朋友的，叶菲姆·伊万内奇。”葛利高里笑着说。

伊兹瓦林坐了一会儿就走了，第二天早晨就像石沉大海似的无影无踪了。

代表大会开幕的那天，维申斯克镇列比亚日村的一个阿塔曼斯基团的哥萨克来看望葛利高里。葛利高里正在擦手枪和往上涂枪油。阿塔曼斯基团的哥萨克坐了一会儿，临走的时候，仿佛是顺便说说似的，其实他是专为这件事情来的（他知道，原阿塔曼斯基团的军官利斯特尼茨基曾夺走葛利高里的女人，他偶然在车站上看到了这个家伙，特地前来报信儿），说道：

“葛利高里·潘苔莱维奇，我今天在车站上看见你的朋友啦。”

“哪位？”

“利斯特尼茨基。认识他吧？”

“什么时候看见的？”葛利高里急忙追问道。

“一个钟头以前。”

葛利高里坐了下去。昔日的怨恨像猎狗的爪子一样抓住了他的心。他对仇人已经没有从前那种强烈的仇恨了,但是他知道,如果现在与利斯特尼茨基相遇,在内战已经开始的情况下,——他们之间是免不了要流血的。无意中听到关于利斯特尼茨基的消息后的心情,使他明白,时间并未使旧日的伤口愈合:一句不小心的话触动一下,就会重又流出血来。葛利高里真想尝尝洗雪旧恨的快乐——由于这个该死的家伙,使自己的生活变得黯淡无光,在往昔生气勃勃,欢乐幸福的生活中,只留下了一片刺心的凄楚和褪色的记忆。

他沉默了一会儿,觉得轻微的红晕已经从脸上退去,问道:

"你知道不知道——他是到这儿来的吗?"

"恐怕不是。大概是去新切尔卡斯克。"

"唔——唔——唔……"

阿塔曼斯基团的哥萨克又谈了些关于代表大会的事和团里的新闻就告别了。此后很多天,虽然葛利高里竭力想把心底隐隐燃烧的痛楚熄灭,但是无济于事。整天迷迷糊糊,比往常更多地想起了阿克西妮亚,嘴里发苦,心情沉重。他想到娜塔莉亚和孩子,但是这只能给他带来一点儿日久天长、被时间渐渐冲淡了的愉快。他的心长在阿克西妮亚的身上,仍旧像从前一样痛苦、强烈地思念着她。

切尔涅佐夫袭来的时候,大家被迫仓皇撤出卡缅斯克。顿河革命军事委员会散乱的队伍、一些逃散殆半的哥萨克连队有的乱哄哄地爬上了火车,有的扔掉了一切累赘和笨重的东西,以行军队形撤退了。使人感到缺乏组织,缺少一个坚强有力的人,如果有这样一个人,完全可以把这些实际上是一支相当可观的队伍组织好,派上用场。

最近一些日子,不知道从哪里钻出来一位戈卢博夫中校,他跟那些选出来的指挥官迥然不同。他接手指挥战斗力较强的第二十七哥萨克团。他雷厉风行,很快就把队伍整顿好了。哥萨克都服服帖帖地听他调遣,他们看到他身上有一种团里缺少的东西:他能把指挥人员团结起来,有条不紊地分配任务,进行领导。就是他,戈卢博夫,这位两颊鼓胀、目光凶狠的胖军官,挥舞着马刀,在车站上对那些拖延了装车时间的哥萨克大吼道:

“你们在干什么？是在捉迷藏吗?！混账东西！……快装呀！……我以革命的名义命令你们立即听从指挥！……什——么？……这个蛊惑人心的家伙是谁？我枪毙你，坏蛋！……住口！……我是不会把那些怠工的家伙和隐蔽的反革命分子当作同志的！”

哥萨克们真的都听从他的指挥了。甚至于有很多人由于旧日的习惯还颇为欣赏他这种作风，——人们一时还很难摆脱旧时代的意识。从前，当官的越是厉害，哥萨克们就认为是最好的指挥官。像戈卢博夫这样的人，大家都这样说：“惩罚你，他会剥你的皮，赏赐你，就巴不得再给你蒙上一张。”

顿河革命军事委员会的队伍潮水般地退下去，涌进了格卢博克。所有部队的指挥权实际上全都落到戈卢博夫手里。他在不到两天的时间内把这支已经溃不成军的队伍重又收编起来，并为巩固格卢博克的防御工事，采取了相应的措施。麦列霍夫·葛利高里根据他的命令，负责指挥由后备第二团的两个连和阿塔曼斯基团的一个连组成的一个营。

一月二十日，黄昏时分，葛利高里刚从自己的住所走出来，要去检查设置在铁路线后面的阿塔曼斯基团部队的岗哨——就在大门口遇见了波乔尔科夫。波乔尔科夫认出了他。

“你是麦列霍夫吧?”

“是。”

“你这是要到哪儿去?”

“查哨去。从新切尔卡斯克回来很久了吗？喏，怎么样?”

波乔尔科夫皱起了眉头。

“跟人民的不共戴天的敌人是不能搞什么和平谈判的。你看他们玩了些什么花招啊？他们明里谈判……暗中却放出切尔涅佐夫来咬人。卡列金——是个多么坏的坏蛋，啊？好，我忙得很，我要赶到司令部去。”

他与葛利高里匆匆道别，大踏步往市中心走去。

早在还没有当选顿河革命军事委员会以前，他对葛利高里及其他一些相识的哥萨克的态度就已经变了，说话的口气已带有优越感和颇为傲慢的口吻。这个生性纯朴的哥萨克已经陶醉在权势中而不能自拔。

葛利高里支起军大衣领子,加快了脚步。看来将是一个寒夜。东风凛冽。天气晴朗。已经开始结冰。雪在脚底下沙沙地响。月亮像个上楼梯的残废人,缓慢、歪斜地爬上来。屋外的草原上是一片朦胧的、紫青色的黄昏。在这黑夜即将降临的时候,物体的轮廓、线条、色彩和距离都变得模糊起来;这时候白昼与黑夜正短兵相接,正进行着殊死的搏斗,所以一切景物都仿佛是不真实的,像童话中的,飘忽不定;甚至气味在这时候也在失去强烈的刺激性,显出自己特有的、令人陶醉的本色。

葛利高里查完哨,回到住所。一脸流氓相的麻子房东,铁路职员,烧上火壶,坐到桌边来。

"你们要开始进攻吗?"

"不知道。"

"或者你们是想等待他们进攻吧?"

"大概是这样。"

"完全正确。想来,你们也无力进攻,——那么,当然,最好是以逸待劳。防御更为有利。我在对德国作战时当过工兵,深通战略战术……你们的兵力嘛,小了一点儿。"

"够用的。"葛利高里无意继续进行这使他厌烦的闲谈。

但是房主人死缠着他,问东问西,他围着桌子转来转去,搔着呢子背心里像石斑鱼一样的瘦肚子,问道:

"炮兵多吗? 炮呢,炮有多少?"

"你当过兵,却不懂得当兵的规矩!"葛利高里冷酷、愤怒地说道,他眼睛一瞪,吓得房东像要晕倒似的闪到一旁去,"当过兵,不懂当兵的规矩! ……你有什么权利向我探问我军的数目和我们的作战计划,啊? 我马上把你送到司令部去审讯……"

"军官……老! ……亲……亲爱! ……"脸色苍白的房东把字尾全都吞了下去,急得气喘吁吁,半张着嘴的麻脸发了青,"都因为糊……因为糊涂! 饶了我吧! ……"

喝茶的时候葛利高里无意中抬眼看了看房东，只见他的眼睛就像被闪电刺了一样，眨了一下，但是等到睫毛张开，露出眼睛的时候，神情完全变了，变得很温柔，几乎是崇敬的神情，房东的一家——妻子和两个成年的女儿——在悄悄地交谈着。葛利高里没有喝完第二杯茶，就回自己的房间了。

不久，六个和葛利高里同住的后备第二团第四连的哥萨克不知道从什么地方回来了。他们热热闹闹地喝着茶，又说又笑。蒙眬中，葛利高里听到他们谈话的一些片断。他听见一个人在讲（葛利高里从声音听出来是排长巴赫马乔夫，卢甘斯克镇的哥萨克），其余的人偶尔插嘴说几句。

“这是我亲眼看到的事情。来了三个戈尔洛夫斯克矿区第十一号矿坑的矿工，汇报了情况，说，我们那儿搞了这么一个组织，非常需要武器——请你们尽量分些给我们吧。可是那个革命军事委员会的委员……要知道这是我亲自听到的呀！”他提高嗓门，回答不知道是谁提的含糊不清的问题，说道，“这位委员说：‘同志们，请你们去找萨布林要吧，我们这儿什么也没有。’怎么会什么也没有呢？我就知道，有很多多余的步枪呢。问题不在这里……问题是庄稼佬插手了，他就嫉妒起来啦。”

“做得对呀！”有人插嘴说，“你把武器发给他们，他们也许会打仗，也许不打。可是只要一涉及土地问题——他们马上就会把手伸出来。”

“我们知道这号人！”第三个人用低音说道。

巴赫马乔夫若有所思地用茶匙敲着茶杯，为自己的话打着拍子，一字一板地说道：

“不，这么干可不行。布尔什维克们为了全民的利益做出了让步，而我们却是些一钱不值的、可怜的布尔什维克。只要一把卡列金推翻，咱们立刻就会去压迫……”

“可是你要知道，我的亲爱的，”有一个像男孩子似的中音沙哑地劝说道，“要知道，咱们根本没有什么可往外拿的呀！好地每口人不过分一俄亩半，其余的就都是些沙土地、山沟和牧场。哪有什么往外拿呀?”

“不会叫你往外拿的,可是有一些人的土地多得很哩。”

“那么哥萨克的军役土地呢?”

“谢谢您啦,把自己的土地送人,然后再去向大叔讨吗? ……瞧你出的好主意!”

“军役土地我们自个儿还要用哪。”

“那还用说嘛。”

“多贪心呀!”

“这算什么贪心呀!”

“也许要把顿河上游的哥萨克迁移到我们这一带。咱们大家都知道他们的土地全是一片黄沙。”

“说的就是这个呀!”

“不是咱们裁的衣裳,也用不着咱们去缝。”

“这种事儿没有伏特加喝,怎么也弄不清楚。”

“喂,伙计们! 前两天他们抢了一座酒厂。有个家伙掉到酒里淹死啦。”

“现在要能大喝一顿多好。喝得叫它两肋冒烟。”

葛利高里蒙眬中听见,哥萨克们在地板上铺好铺,打着呵欠,搔着痒,仍然在谈论着土地和土地分配问题。

黎明前,窗外响起了枪声。哥萨克们都纷纷跳起来。葛利高里往身上穿军便服,急得手怎么也伸不进袖筒里去。他跑着穿上鞋,抓起军大衣。枪声像炒豆一样在窗外噼啪乱响。车声辚辚。有人在门边惊慌地、不成声地喊道:

“拿枪! ……拿枪! ……”

切尔涅佐夫的散兵线击退哨兵,冲进了格卢博克。骑兵在灰蒙蒙的、阴沉的黑暗中奔驰。步兵的靴声咚咚乱响。在十字路口架起一挺机枪。有三十来个哥萨克像一条链子似的横街展开。又有一组人从胡同里跑过去。响起了枪栓声,人们往枪膛里装着子弹。从后面的街区里传来高亢的命令声:

“第三连,快点! 那是谁没有站齐呀? ……立正! 机枪手——站到右边！准备好了吗？全连……”

一个炮兵排轰轰隆隆地开过去。挽马在飞奔。骑手挥舞着鞭子。炮弹箱的碰撞声、车轮的轰隆声、炮架的咯吱声和市郊越来越密的射击声混成一片。近处，有几挺机枪同时吼叫起来。一辆不知道驰往哪里去的野战厨车在邻近的街角上撞到竖在小花园旁边的木桩上，翻车了。

“瞎鬼！……你看不见吗？你瞎了吗？”从什么地方传来一阵吓得要死的人的愤怒的责骂声。

葛利高里费了很大的劲把连队集合起来，率部向车站那边跑去。哥萨克已经成群地从那里溃退下来。

“往哪儿去？……”葛利高里抓住前面的一个人的步枪。

“松——开！……”哥萨克挣扎说，“松开，混蛋！……你跟我缠什么？你没有看见大家都在撤退吗？……”

“敌人的力量太大啦！……”

“横冲直撞……”

“我们往哪儿去？……到哪儿去——往米列罗沃车站那边撤吗？”许多气喘吁吁的声音在喊叫。

葛利高里在市郊靠近一长排木板棚的地方，试图将自己的连布成散兵线，但是一批新溃退下来的人把他们的阵线冲乱了。葛利高里连的哥萨克和溃退的人们混在一起，也往后——往市街退去。

“站住！……不准跑……我要开枪啦！……”葛利高里气得浑身颤抖，怒吼道。

哥萨克们根本不听他的命令。机枪火力不断地沿街扫射；哥萨克们顿时一堆堆地趴到地上，爬近墙根，然后向一些横街冲去。

“现在是无法控制啦，麦列霍夫！”排长巴赫马乔夫从他面前跑过去的时候，紧盯着他的眼睛喊道。

葛利高里咬牙切齿地挥舞着步枪，跟在后面走去。

部分部队的惊慌失措造成了从格卢博克的仓皇撤退。撤退时，几乎扔掉了部队的全部物资。直到黎明时分，才把各个连队重新集合起来，投入反攻。

满脸通红，大汗淋漓的戈卢博夫敞怀穿着短皮袄，沿着他率领的第二十七团向前推进的散兵线来回奔跑，用铜钟似的、激动的声调喊叫着：

“往前冲！……不要卧倒！……前进，前进！……”

第十四炮兵连进入了阵地，把炮车从拖车上卸下来；炮兵连连长站在炮弹箱上，在用望远镜观察敌阵。

反攻在早晨五点多钟开始。哥萨克和赤卫军彼得罗夫的沃罗涅什支队的混合散兵线密集地涌了上去，仿佛在雪地上镶了一条黑色人形的花边。

从太阳升起的地方吹来寒风。在被风吹净的黑沉沉的天空下面露出了朝霞的血红的边缘。

葛利高里分出阿塔曼斯基团半个连的哥萨克去掩护第十四炮兵连，自己率领着其余的队伍投入反攻战斗。

打出去的第一发炮弹落在离切尔涅佐夫的散兵线前面很远的地方。爆炸的烟雾像撕成缕的黄蓝色旗子似的升起。第二发炮声很响亮。各炮轮流射击。

嗖——嗖——嗖！……炮弹飞射出去。

一刹那紧张的寂静，步枪的齐射声更加强了这种寂静，——紧接着就在远处响起了爆炸的轰隆声。打了几发以后，着弹点准了，炮弹就接二连三地落在敌阵地近处。葛利高里被风吹得眯缝起眼睛，满意地想道：“轰得他们够呛啦！”

第四十四团各连在右翼推进。戈卢博夫领着自己那个团走在战线正面。葛利高里在他左边。再过去，是几个赤卫军的支队，他们是进攻部队的左翼。葛利高里的连补充了三挺机枪。机枪队的队长是一个面色黝黑、大手上长满浓密的汗毛、身材矮小的赤卫军，他熟练地指挥着射击，使迂回进攻的敌人部队失去活动能力。他一直在一挺跟着阿塔曼斯基团的哥萨克散兵线向前挺进的机枪旁边。有一个身体结实、穿着军大衣的女赤卫军总跟在他身边。葛利高里沿着散兵线走过去的时候，心里恼恨地想道：“真是个色鬼！上前线啦——也还离不开女人。跟这种人在一块儿打仗准能大获全胜！……他应该把孩子和鸭绒褥子以及各种破烂儿都带来才好呢！……”机枪队队长走到葛利高里跟前来,理了理胸前的手枪背带。

“是您指挥这支队伍吗?”

“不错,是我!”

“我要在阿塔曼斯基团那半个连的阵地上展开阻截火力。可是您瞧——他们不让我们前进。”

“干吧。”葛利高里同意说,然后把身子转向从一挺哑了的机枪那里传来的喊叫声。

一个身体健壮的大胡子机枪手暴躁地喊道:

“本丘克!……机枪要熔化啦!……怎么能这样蛮干啊?”

那个穿军大衣的女人就跪在他身旁。她那在绒头巾下闪烁的黑眼睛使葛利高里想起了阿克西妮亚,这两只黑眼睛引起他的无限忧伤,他屏息呼吸,眼睛一眨也不眨地看着她。

中午,从戈卢博夫那里驰来一个传令兵,递给葛利高里一张字条。在一张从野战日志上撕下来的、不齐整的纸片上潦草地写着:

> 我以顿河革命军事委员会的名义命令您,率领由您指挥的两个连撤出阵地,火速前往包围敌人的右翼,行军的方向就是从这里看到的那个地区,风车左边一点,山沟一带……请您隐蔽行动(有几个字辨认不清……)等我们一转入决定性进攻,您就从侧翼出击。
>
> 戈卢博夫

葛利高里撤出阵地,叫两个连上了马,向后退去,竭力不使敌人判断出他行军的方向。

绕了一个二十俄里路的大圈子。马匹有时陷进很深的雪里。他们迂回行军的那条山沟积雪很深,有的地方直没到马肚子。葛利高里倾听着大炮的轰鸣声,不安地随时看看自己那只在罗马尼亚前线从一个被打死的德国军官手上摘下来的手表,——他怕误了时间。他用指南针校正了一下方位,——还是有点儿偏离原定方向,偏左了一些。他们顺着一条宽阔的冲出的沟谷走上平原。马身上冒着热气,腿窝地方全是汗水。葛利高里命令下马,自己第一个爬上了土丘。马匹和几个看马的战士留在山沟里。哥萨克们也都跟着葛利高里,沿着斜坡爬上去。他回头一看,看到自己身后有一连多没有骑马的、在积雪的山坡上稀疏地散开的战士,就觉得自己更有信心和力量了。他也和每个人一样,在战斗中总有一种强烈的恋群心理。审度了一下周围的情况,他知道由于没有考虑到道路难走,至少已经迟误了半个钟头。

戈卢博夫用勇敢的进攻战略,差不多已经切断了切尔涅佐夫的退路,他在两翼配备了掩护兵力,正面出击,以半圆的队形包围了敌阵。炮兵齐射轰击。步枪子弹噼啪乱响,就像是铁沙子在锅里乱滚似的;榴霰弹撒遍切尔涅佐夫溃乱的阵线,炮弹接连不断泻下来。

“成散兵线! ……”

葛利高里率领着自己的两个连从侧翼压去。他们就像在进行射击演习一样,也不卧倒,直立走去,但是切尔涅佐夫的一个狡猾的战士用“马克辛”机枪非常猛烈扫射着散兵线,迫使哥萨克们争先恐后地卧倒,这时已有三人阵亡。

下午两点多钟,一颗子弹打中了葛利高里。外面包着一层镍壳的、灼热的铅弹打进膝盖上面的大腿。葛利高里感到一阵热辣辣的疼痛和由于失血引起的、熟悉的呕吐感,他咬紧牙关,从阵地上爬下来,冲动地一跃而起:使劲摇了摇被炮弹震晕了的脑袋。由于子弹没有穿出来,所以腿疼得越来越厉害。这是一颗冲势将尽的子弹,所以打到葛利高里身上,穿透军大衣、裤子和皮肤,就留在肌肉里了。一阵阵热辣辣的钻心的疼痛使他难以活动。葛利高里躺在地上,想起了第十二团在罗马尼亚特兰西瓦尼亚群山中的进攻,那时他的手受了伤。那次冲锋的场面立即生动、清晰地展现在他眼前:“锅圈儿”、米哈伊尔·科舍沃伊被愤怒揉皱了的脸和拖着一个受伤的中尉往山下跑的叶梅利扬·格罗舍夫。

葛利高里的助手,一个叫柳比什金·帕维尔的军官接替了指挥这几个连的任务。他命令两个哥萨克把葛利高里送到看守马匹的人那里去。哥萨克们扶葛利高里上马的时候,关心地劝告说:

“请您把伤口包扎包扎吧。”

“有绷带吗?”

葛利高里已经骑在马鞍上，但是想了想，又下了马，脱下裤子，一阵寒气刺透他汗湿的脊背、肚子和两条腿，冻得他直皱眉头，匆忙把像刀削似的、渗着血的、热辣辣的伤口包扎起来。

葛利高里由自己的传令兵护送，仍旧绕道回到开始反攻的地方。看着雪地上密密麻麻的马蹄印迹，看着几个钟头以前他曾率领着自己的两个连走过的山沟的熟悉的轮廓，他昏昏欲睡，刚刚在山岗发生的事情不知道为什么已经成了久远的往昔，显得毫无意义。

但是山丘那里步枪的射击声依然是那么匆忙、纷乱，敌人的重炮在轰鸣，在救援自己的人；偶尔嗒嗒响起的机枪点射声，像是在描画一条看不见的线，用以总结这次战斗。

葛利高里顺着山沟走了约三俄里。马匹陷进积雪里。

"牵到平地上去吧……"葛利高里走上山沟堆满积雪的斜坡时对传令兵嘟囔说。

远处的田野上，点缀着稀疏的、黑魆魆的尸体，就像落在田地里的乌鸦。在天边的地平线上，一匹从这里看去显得非常渺小的、没有人骑的马在奔驰。

葛利高里看到，被打乱的、越来越稀疏的切尔涅佐夫的基本队伍，已经撤出战斗，迂回退往格卢博克。葛利高里放开自己的枣红马飞驰而去。远处有零星的几伙哥萨克。葛利高里跑到第一伙哥萨克跟前，看到了戈卢博夫。他仰靠在马鞍子上，镶着一圈黄色鬈毛羊皮边的皮袄大敞着怀，皮帽子歪戴在头上，额角上一片汗水。戈卢博夫捻着往上翘起的司务长式的胡子，沙哑地叫道：

"麦列霍夫，好样的！你受伤了？真他妈的！没伤到骨头，是吗？"他不等回答，就又笑着说，"我们迎头痛击！把他们打得落花流水啦！……军官组成的队伍溃不成军，我们穷追猛打！"

葛利高里要了一支烟抽。田野上到处都是一列列移动的哥萨克和赤卫军。远处，黑压压的人群前面，有一个哥萨克飞驰而来。

"俘虏了四十个人，戈卢博夫！……"老远他就大喊道，"俘虏了四十名军官，包括切尔涅佐夫本人。"

"你在胡说吧?!"戈卢博夫惊骇地在马鞍子上扭动了一下，狠命地用鞭子抽着那匹白腿的高头大马,疾驰而去。

葛利高里等了一会儿,也纵马跟着他奔去。

由第四十四团和第二十七团一个连的三十名哥萨克组成的押送队,团团围着密密麻麻的一群被俘的军官。切尔涅佐夫走在最前头。他为了逃脱追击,扔掉了皮袄,所以现在只穿了一件薄薄的光皮大衣。左肩上的肩章已经破烂。脸上靠左眼有一道鲜血淋淋的擦伤。他脚步稳健,走得很快。歪戴着的皮帽子使他的神态显得很从容、英姿飒爽。红扑扑的脸上毫无惧色:他显然已经好几天没刮脸了,——满腮帮子和下巴上尽是火红的短胡子茬。他严厉、迅速地打量着跑到他跟前来的哥萨克;眉间出现了痛苦、仇恨的皱纹。他一面走,一面划着火柴,点上烟,纸烟叼在粉红色坚毅的嘴角里。

大多数军官都很年轻,只有几个人已经白发似霜。有个腿部受伤的军官落在后头,一个身材矮小、大脑袋、麻脸的哥萨克不断用枪托子捅着他的脊背。一个身材高大、威武的大尉几乎与切尔涅佐夫并肩走着。有两个人(一个是少尉,另一个是中尉)满面笑容,手挽手地走着;他们的后面是一个没戴帽子、鬈发、宽肩膀的士官生。有一个军官身上披着一件肩章缝死的军大衣。还有一个没有戴制帽,红色的军官长耳风帽紧扣在女人似的美丽的黑眼睛上;风把风帽的长耳吹到他的肩上。

戈卢博夫骑马走在后面。他渐渐落在后面,对哥萨克们喊道:

“你们听着!……你们要严格遵守革命战争时期的法令,对俘虏的安全要负完全责任!要把他们全部活着送到司令部!”

他叫过一个骑马的哥萨克,撕下一张纸,在鞍子上草草写了个便条;把纸片折起来,交给哥萨克说:

“快去!把这个便条送给波乔尔科夫。”

他又转身问葛利高里:

“你到那儿去吗,麦列霍夫?”

戈卢博夫得到肯定的答复以后,策马跟葛利高里走齐,说道:

“请您告诉波乔尔科夫,我要把切尔涅佐夫保出来。明白了吗?……好,就这样转告他。走吧。”

葛利高里追过那群俘虏,向革命军事委员会司令部驰去,司令部就设在离一个村庄不远的田野里。波乔尔科夫正在一辆宽大的、装着机枪的四轮马车旁边来回踱着,大车的车轮子都冻了冰,车上装着一挺套着绿套子的机枪。还有些参谋人员、通信兵、几位军官和哥萨克传令兵也围在这里,跺得靴后跟咚咚乱响。米纳耶夫也和波乔尔科夫一样,刚从阵地上回来不久,坐在车夫座上吃着冻得硬邦邦的白面包,咯吱咯吱地嚼着。

“波乔尔科夫!”葛利高里喊道,他的马冲到一边去,“俘虏立刻就押来啦。你看了戈卢博夫的便条了吗?”

波乔尔科夫使劲挥了一下鞭子;低垂的、充血的黑眼珠紧盯着地面,喊道:

“我要啐戈卢博夫一口!……他也太想入非非啦!他想把切尔涅佐夫这个强盗和反革命分子保出去,是吗?……我不答应!……”

“戈卢博夫说要把他保出去。”

“我不答应!……我已经说过啦:不答应!好啦,不要再说了!由革命法庭审判他,并立即处决。也好警告其他的人!……你知道,”他严厉地看着走近的一群俘虏,已经比较平静地说道,“你知道他使世上的人流过多少血?像海水一样多!……他杀害了多少矿工?……”他又怒不可遏,拼命地大瞪着眼睛,“我不答应!……”

“这有什么可大喊大叫的!”葛利高里也提高了嗓门。他气得五脏六腑都在哆嗦,仿佛波乔尔科夫的愤怒也传染了他。

“在这儿你们的法官够多啦!可是你到那儿去走走看。”他的鼻翅哆嗦着,朝身后战场指了指说,“你们这儿处置俘虏的人可太多啦!”

波乔尔科夫手里揉着鞭子走开。在远处喊道:

“我去过那儿!你别以为我是躲在装有机枪的马车上逃出性命的。麦列霍夫,你住口吧!……明白吗?……你在跟谁说话?……是啊!……你把那套军官的恶习收起来吧!是由革命军事委员会来审判,而不是随便什么人都可以……”

葛利高里催马来到波乔尔科夫跟前,忘了自己已经受伤,从鞍子上一跃而下,钻心的疼痛使他仰面朝天倒了下去。血从伤口火辣辣地流出来。他没用别人来帮助,爬起来,一瘸一拐地走到装着机枪的马车跟前，侧着身子倒在后面的弹簧座上。

俘虏们走过来了。一部分徒步的押送兵和传令兵以及原在这里保卫司令部的哥萨克都混到一起。哥萨克们的战斗热情还没有冷下去，他们激动、凶恶地闪动着眼睛，谈论着战斗的细节和结局。

波乔尔科夫艰难地踏着塌陷的积雪，走到俘虏跟前。站在最前面的切尔涅佐夫轻蔑地眯缝着浅色的、凶狠的眼睛盯着他；他用稍息的姿势站着，伸出左脚，摇晃着，半圈雪白的上牙咬着紧抿进去的红嘴唇。波乔尔科夫朝他直逼过去。波乔尔科夫全身哆嗦着，两只眼睛眨也不眨地死盯着坑洼不平的雪地，一抬眼，就与切尔涅佐夫的轻蔑的、毫无惧色的目光相遇，他那充满仇恨的、沉重的目光把切尔涅佐夫压了下去。

"你落网啦……坏蛋！"波乔尔科夫用咕噜咕噜响的低沉的声调说，并向后退了一步；脸颊露出一道道像马刀砍出似的带苦笑的皱纹。

"哥萨克的叛徒！叛徒！……"切尔涅佐夫紧咬着牙齿高傲地骂道。

波乔尔科夫摇晃着脑袋，好像是躲避打来的耳光，——他的两颊发青，张着嘴咝咝地吸着气。

接着发生的事情，简直是以迅雷不及掩耳的速度进行的。切尔涅佐夫龇着牙，脸色苍白，拳头抱在胸前，全身前俯，朝波乔尔科夫走去。从他痉挛的嘴唇里吐出一些夹杂着谩骂的含糊不清的语句。他说的话只有节节后退的波乔尔科夫听得清楚。

"你的末日快要……你知道吗？"切尔涅佐夫猛然提高嗓门说。

被俘的军官、押送的兵士以及参谋人员都听到了这句话。

"嗬——嗬——嗬……"波乔尔科夫像被卡着脖子，喘不过气来似的，沙哑地叫道。

突然，鸦雀无声。只听到米纳耶夫、克里沃什雷科夫和另外几个扑向波乔尔科夫的人靴下的雪清脆的响声。但是波乔尔科夫抢到他们前面去了；他往下蹲着，全身向右扭去，从刀鞘里抽出马刀，猛冲过去，用惊人的力量，照着切尔涅佐夫的脑袋砍去。

葛利高里看到切尔涅佐夫哆嗦了一下，立即把左胳膊弯到头顶，挡住了刀;看到砍断的手腕子折成了一个三角形,马刀无声地落到切尔涅佐夫往后仰着的脑袋上。先是皮帽子掉下来,接着切尔涅佐夫像茎秆折断的谷穗,缓缓地倒了下去,嘴奇怪地歪扭着,眼睛像受了闪电的强光刺激似的痛苦地眯缝着。

波乔尔科夫又砍了他一刀,才拖着衰弱无力的沉重脚步走开,他一面走,一面擦着被血染红的弯度不大的刀背。

波乔尔科夫撞到装有机枪的马车上以后,转过身子,对押送的士兵,声嘶力竭地喊道:

"砍死他们……这些该死的东西!全都砍死!……不留俘虏……往出血的地方,往心口上砍!……"

顿时枪声大作。那个生着像女人一样的美丽的眼睛、戴红色军官长耳风帽的陆军中尉,抱头鼠窜。一颗子弹打得他像跳越栅栏似地、高高地跳起来。他倒了下去——再也起不来了。两个哥萨克砍死了那个身材高大、威武的大尉。他抓住刀刃,血从被割破的手巴掌上流到袖子里;他像小孩子一样喊叫着,——跪到地上,然后仰面倒下去,脑袋在雪地上乱滚着;他的脸上只能看见两只血红的眼睛和不断呼号的黑洞洞的嘴。尽管马刀在他的脸上和黑洞洞的嘴上乱砍不止,可是他由于恐怖和疼痛,还一直在尖声喊叫。那个穿撕掉腰带的军大衣的哥萨克,大劈开两腿,跨在他身上,开枪结果了他的性命。鬈头发的士官生差一点儿冲出包围圈——但是一个阿塔曼斯基团的哥萨克追上了他,在他后脑勺上砍了一刀,把他杀死。还是这个阿塔曼斯基团的哥萨克的一颗子弹打在一个中尉的肩胛骨中间,中尉正在飞奔,风吹起他的军大衣,像长了翅膀似的。中尉中弹后蹲下去,咽气以前,一直在用手指头抓自己的胸膛。一个白头发的上尉被就地砍死;在与生命诀别之际,他的两脚在雪地上刨出了一个深坑,而且如果不是有几个可怜他的哥萨克结果了他的性命,上尉还会像拴着的骏马一样,刨个不停。

葛利高里从波乔尔科夫开始砍切尔涅佐夫的一刹那,就离开装着机枪的马车,——他泪水模糊,直盯着波乔尔科夫,一瘸一拐地迅速地朝他走去。米纳耶夫吃力地从后面拦腰抱住葛利高里,拼命扭回他的胳膊,夺下手枪,用黯淡无光的眼睛直瞅着葛利高里,气喘吁吁地问:

"你以为——会怎么对待他们?"

第 十 三 章

洒满耀眼阳光的白雪皑皑的岗顶在万里无云的蔚蓝色晴空中闪着砂糖般的金星。赤杨岭村像一床花布头拼成的大被在岗脚下铺开。左面是一弯碧蓝的维纽哈河,右面是点点隐若的村落和德国人的移民点,河湾那边是闪着蓝光的捷尔诺夫斯克镇。镇东面,是一道沟壑纵横伸向上游的逶迤的低岗。岗上耸立着一根根像栅栏似的走向卡沙雷的电线杆子。

一个很少有的晴朗、寒冷的日子。太阳向四周射出朦胧的彩虹般的光柱。北风凛冽。草原上,低风卷起积雪,发出沙沙的响声。但是地平线镶边的茫茫雪原却非常明净,只有东方,在地平线尽头的草原上烟雾腾腾,笼罩着一片紫霞色的蜃气。

从米列罗沃把葛利高里接回来的潘苔莱·普罗珂菲耶维奇决定不在赤杨岭停留,赶到卡沙雷去宿夜。他是接到葛利高里的电报后从家里赶来的,一月二十八日的黄昏时分抵达米列罗沃。葛利高里住在客店里等他。第二天一早他们就往回返。约十一点钟的光景,已驰过赤杨岭村。

葛利高里自从在格卢博克战役中受伤以后,在米列罗沃野战医院躺了一个星期;腿上的伤稍愈后便决定回家去。同镇的几个哥萨克把马给他送来了。葛利高里是怀着既难过,又高兴的复杂感情上路的。难过的是在建立顿河苏维埃政权斗争的高潮中离开了自己的队伍,高兴的是可以见到亲人,看到故乡了;想要见到阿克西妮亚的念头连对自己也讳莫如深,但是确曾想到过她。

不知道为什么他跟父亲见面时,觉得很疏远。潘苔莱·普罗珂菲耶维奇(彼得罗已经往他耳朵里灌了一大车坏话)愁眉苦脸地端详着葛利高里,——他那短促的、一闪而过的目光中充满了不快和忧心忡忡的神情。晚上,在火车站,他不厌其烦地向葛利高里仔细探询了曾轰动了顿河地区的各种事件;看来,儿子的回答并未使他满意。他嚼着发白的大胡子,瞅着自己缝着皮底的毡靴子,愁眉苦脸,鼻子里不以为然地哼哼着。他无心争辩,但是在为卡列金辩护时,却激动起来,——在火头上,又像从前一样,对葛利高里大喊大叫,甚至跺起那条瘸腿来。

"你少教训我！卡列金秋天到咱们村子里来过！在广场上召开了村民大会,他站到桌子上,跟老头子们谈了半天,还像《圣经》一样地预言说,庄稼佬们就要来啦,要打仗啦,如果咱们还是这么左右摇摆——他们就会把一切都抢走,而且会把全顿河地区都塞满移民。他在那时候就知道要打仗啦。可是你们这些狗崽子们是怎样想的呢？难道他倒不如你们懂事儿？那么个有学问的大将军,统率过千军万马——倒比你们这帮家伙懂得少？卡缅斯克全是一些像你一样不学无术的牛皮大王——整天在欺骗老百姓。你那位波乔尔科夫当过什么大官？司务长吗？……噢呵！原来跟我是一样大的官儿。就是这么回事！……活到了这个份上……糟到家啦!"

葛利高里无聊地跟他争论着。没有见到父亲之前,就知道他的态度。但是现在却出现了新的情况:对于切尔涅佐夫的死和不经审判就杀死被俘的那些军官,葛利高里既不能宽恕,也不能忘却。

套在辕上的马匹轻松地拉着像个大筐似的爬犁。葛利高里那匹没有卸鞍的战马拴在爬犁后面,一路小跑着。从童年时代就熟悉的一些村落展现在路边:卡沙雷、波波夫卡、卡缅卡、下亚布洛诺夫斯克、格拉切夫、亚辛诺夫卡。直到自己的村子,葛利高里一路上不知道为什么总在杂乱无章地想着不久以前的事情,很想哪怕是粗略地勾画个未来的轮廓,但是思路只能想到回家休养,就再也想不下去了。"回到家里先休息休息,养好伤,至于将来……"他一面想着,一面在心里挥了一下手,"将来的事儿将来再说。车到山前必有路……"

连年征战,使他疲惫不堪。真想避开这个沸腾着仇恨的、敌对的和难以理解的世界。身后的、过去的一切是一本糊涂账,互相矛盾。想找出一条正确的道路是非常困难的;好像是走在沼泽中的小路上,脚底下的土地在摇晃,路也在消失,而且是不是应该走这条路——也毫无信心。他曾倾心于布尔什维克——跟着走起来,还率领着别人跟着自己走,可是后来却犹豫起来,心灰意冷。“难道真是伊兹瓦林说对了吗?那么究竟去依靠谁呢?”葛利高里把身子靠在爬犁后背上,模糊地思考着这个问题。但是一想像到将要准备春耕用的农具:耙和大车,用柳条去编牲口槽,只等土地一解冻、干松,——就到草原上去;用渴望劳动的双手扶着犁柄,跟在犁后走着,感觉到犁的迅速抖动和跳跃;他想像自己将呼吸到嫩草的芳香和犁铧翻起的、还带着融雪的潮湿气息的黑土香味,——就感到心里那么温暖。真想去伺弄牲口,垛干草垛,呼吸枯萎的苜蓿和冰草的气味,呼吸新鲜的牲口粪气味。多么渴望和平,安逸啊,——正是这种感情使葛利高里严厉的眼睛里流露出羞怯的快活神情,环视着周围的景物:望着马匹,望着父亲那被羊皮袄紧裹着的瘦削的脊背,这一切都使他想起了遗忘殆半的往日生活:皮袄的羊膻味,没有洗刷的马匹平日的样子,以及村里一只站在小地窖上高声啼叫的公鸡。他觉得当时这个偏僻乡村里的生活简直就像啤酒花一样香甜,浓郁。

第二天傍晚,他们驶近了鞑靼村。葛利高里从山岗上向顿河对岸一瞥:啊,娘儿们沟,四周是一圈像黑貂皮似的芦苇;啊,那棵枯死的白杨树,顿河渡口现在已经不在原来的地方了。自己的村庄、熟悉的街道、教堂、广场……当葛利高里的视线碰在自家的宅院时,热血就涌上头,淹没在回忆中。翘起的井口汲水吊杆,像只伸出的灰色柳木手臂,正从院子里召唤他。

“眼睛不酸疼吗?”潘苔莱·普罗珂菲耶维奇回头看看,笑着问,葛利高里很坦白地承认说:

“酸呀……酸疼得很哟!……”

“什么也没有家乡亲哪!”潘苔莱·普罗珂菲耶维奇满意地叹息说。

他把爬犁往村子中心赶去。马从山坡上疾驰而下,爬犁摇摇摆摆,左歪右晃。葛利高里猜到了父亲的意图,但是仍然问:

“干吗你往村子里赶呀?一直朝咱家的胡同里赶吧。”

潘苔莱·普罗珂菲耶维奇挽马拐弯,结满霜的大胡子露出了笑容,挤了挤眼,说道:

“我送儿出征时，他只是个普通的哥萨克，现在当官了。难道我就不可以骄傲地拉着儿子在村子里跑一圈吗？叫乡亲们看看吧，羡慕羡慕吧。我呀，小伙子，心像上了油一样，美滋滋的！”

驰过村里那条主要街道时，老头矜持地吆喝着马匹，——身子探出爬犁，摇晃着毛烘烘的鞭子，马感觉到离家很近了（它们就像并没有跑过那一百四十俄里路似的），精力充沛地、撒着欢地跑着。迎面而来的哥萨克都向他们行礼，妇女们把用手掌搭在眼上，从院子里和窗户里往外看；几只母鸡咯哒咯哒叫着，像风卷起的毛球似的横过街道。一切都像计算好了似的，称心如意。他们穿过了广场。葛利高里的战马斜眼看了看不知道谁家拴在莫霍夫家板栅上的一匹马，就高高地昂起脑袋，长嘶起来。已经可以看到村庄的尽头和阿司塔霍夫家的房顶……但是就在这时候，在第一个十字路口出了点儿小乱子：一只横过街道的小猪，一迟疑，落在马蹄下，被踩得半死的小猪惨叫了一声，滚到路边去，嚎叫着，想抬起踏断的脊梁骨。

“哎哟，真他妈的，鬼叫你来送死的啊！……”潘苔莱·普罗珂菲耶维奇骂道，紧跟着又抽了踏伤的小猪一鞭子。

这只倒霉的小猪是阿丰卡·奥泽罗夫的寡妻安纽特卡的，——这是个凶狠泼辣得出了格的娘儿们。她立刻就窜到院子里，一面蒙着头巾，一面破口大骂起来，骂得那么花哨，以至潘苔莱·普罗珂菲耶维奇不得不勒住奔马，扭过身子，说点软话儿。

“住嘴吧，混蛋娘儿们！叫喊什么？赔你的癞猪得了嘛！……”

“恶鬼！……妖精！……你才是癞猪呢，瘸狗！……我马上就把你送到村长那儿去！……”她挥舞着双手，扯开嗓子骂道，“你娘的，我这回要好好教训教训你，好叫你再去踏死孤儿寡母的猪狗！……”

潘苔莱·普罗珂菲耶维奇被骂得张口结舌，脸红得像紫茄子，骂了一声：

“骚货！”

“土耳其鬼，该死的！……”奥泽罗娃立刻回骂道。

“母狗，叫一百个鬼去玩你妈吧！”潘苔莱·普罗珂菲耶维奇提高了嗓门。

但是安纽特卡·奥泽罗娃骂起人来出口成章，从不卡壳。

“外国佬！老……色鬼！小偷儿！偷人家的耙！……往守活寡的、出征哥萨克的老婆家里钻！……”她就像喜鹊似的喳喳地骂得越来越欢。

“我拿鞭子抽你啦，母狗！……闭上你的臭嘴！……”

但是这当儿安纽特卡骂出一句那么难听的话，就连潘苔莱·普罗珂菲耶维奇这样老于世故，见过世面的人，也窘得满脸通红，浑身冒汗。

“走吧！……跟她斗什么嘴？”葛利高里看人们逐渐走到街上来，而且在注意听老麦列霍夫和可敬的寡妇奥泽罗娃偶然的交锋。

“哼，这只舌头……简直跟缰绳一样长！”潘苔莱·普罗珂菲耶维奇伤心地啐了一口，催马疾驰而去，像要把安纽特卡本人也轧死似的。

已经赶过了一个街区，他心有余悸地回头看了看：

“她什么都骂得出口！……你这个女妖精……胖鬼，叫你胖得崩成两截！”他怒火冲天地骂道，“真该把你跟你的猪崽子一起踩死！遇上了这样狠毒的长舌头娘儿们——会把你吃得只剩下一把骨头！”

他们的爬犁掠过家宅的浅蓝色百叶窗。彼得罗没戴帽子，没顾得系上军便服的腰带，就跑出来开大门。杜妮亚什卡的白头巾和喜悦的、睒着黑眼睛的脸从台阶上飞了下来。

彼得罗吻着弟弟，匆匆地窥视了一下他的眼睛。

“身体好吗？”

“受伤啦。”

“在哪里受的伤？”

“在格卢博克近郊。”

“根本就没有必要到那儿去玩命！早就该回家来啦。”

彼得罗亲热、友好地晃摇了一下葛利高里，把他传给杜妮亚什卡。葛利高里抱住妹妹宽厚的、已经是成人的肩膀，亲着她的嘴唇和眼睛，往后退着，惊讶地说道：

“你呀，杜妮亚哈[1]，真认不出你来啦！……出落成这么漂亮的大

---

① 杜妮亚哈也是叶芙多基亚的爱称。

姑娘啦,可是我一直在想——准会长成个没有人要的傻丫头呢。”

“哼,瞧你,我的好哥哥!……”杜妮亚什卡避开他的抚摸,跟葛利高里一样,笑得露出了雪白的牙齿,退到一边去。

伊莉妮奇娜抱着两个孩子走过来;娜塔莉亚却跑到她前头来了。她容光焕发、非常漂亮。梳得溜光、在脑后挽成一个大髻的、闪亮的黑头发,衬托着她那泛出欢欣的红晕的脸。她紧紧地靠在葛利高里身上,频频、胡乱地用嘴唇去亲吻他的脸颊和胡子,又从伊莉妮奇娜的手里把儿子抢过来,递给葛利高里。

“你瞧,多好的儿子啊!”她自豪地、高兴地说道。

“让我看看我的儿子吧!”伊莉妮奇娜激动地推开她。

母亲把葛利高里的脑袋扳过来,亲他的额角,用粗糙的手匆匆地抚摸着他的脸,激动、高兴得不禁老泪纵横。

“还有女儿哪,葛利沙!……喏,抱住!……”

娜塔莉亚把裹着头巾的女儿放在葛利高里的另一只胳膊上,弄得葛利高里不知所措,简直不知道看谁好了:一会儿看看娜塔莉亚,一会儿看看母亲,一会儿又看看孩子们。双眉紧锁、眼神忧郁的儿子,完全显示出麦列霍夫家的血统:也是那样细长的、略微有点严厉的黑眼睛,两道粗重的眉毛,浅蓝色、凸出的白眼珠和黝黑的皮肤。他把一只肮脏的小拳头塞在嘴里,——歪着身子,紧盯着爸爸。葛利高里只能看见女儿的两只尖利的、同样的小黑眼睛,——她的脸裹在头巾里。

抱着他们俩,他想向台阶边走,但是腿疼得钻心。

“把他们抱走吧,娜塔莎……”葛利高里遗憾地只用嘴角苦笑道,“不然我连门槛都跨不过去啦……”

达丽亚整理着头发站在厨房中间。她笑盈盈地,放肆地走到葛利高里跟前,闭上含笑的眼睛,把温暖、湿润的嘴唇紧压到他的嘴唇上。

“烟草味!”她逗笑地挑起那两道像用黑墨描的弯弯的眉毛。

“喂,让我再看你一眼!哎呀,我的心肝,好儿子呀!”

葛利高里微笑着,紧紧偎依在母亲肩膀上,一阵痒酥酥的激情抓住了他的心。

潘苔莱·普罗珂菲耶维奇在院子里卸马,闪晃着红腰带和皮帽顶一瘸一拐地在围着爬犁转,彼得罗已经把葛利高里的战马牵到马棚里去,拿着马鞍子朝门廊走去,他一面走着,一面扭回身子,对正从爬犁上解下装煤油的小桶的杜妮亚什卡说了些什么。

葛利高里脱下衣服,把皮袄和军大衣挂在床背上,梳了梳头发。坐在长凳子上以后,他招呼儿子说:

"到我这儿来,米沙特卡。喂,你怎么啦,不认识我吗?"

小孩的拳头依然堵在嘴边,侧着身子走过去,畏怯地在桌边停下来。母亲在炉炕边爱抚、自豪地瞅着他。她在女儿的耳边悄悄说了些什么,把她从手里放到地上,轻轻推了她一下。

"去呀!"

葛利高里把他们俩都搂过来,分放在两膝上,问道:

"你们这两个小胡桃,不认识我吗?波柳什卡,你连爸爸都不认得吗?"

"你不是爸爸。"男孩子低声说(跟妹妹在一起,他的胆子大了)。

"那么我是什么人呢?"

"你是个生人,哥萨克。"

"说得对!……"葛利高里哈哈大笑,"那么你爸爸在哪儿呀?"

"我们的爸爸当差去啦。"小姑娘歪着脑袋很有把握地说道(她胆大些)。

"就这么对他说,宝贝儿们!叫他记住自己的家吧。要不然他整年在外头跑,谁还认识他!"伊莉妮奇娜假装很严厉的样子,插嘴说,然后含笑看着葛利高里的笑脸,"连你的老婆都快不认得你啦。我们已经打算替她招个女婿啦。"

"你这是怎么啦,娜塔莉亚?啊?"葛利高里玩笑地问妻子。

她满脸绯红,抑制着在家人面前的窘急心情,走到葛利高里跟前,坐在他身旁,用无限幸福的眼神把他的全身打量了半天,用滚烫、粗硬的手抚摸着他那棕色的、干瘦的手。

"达丽亚,快摆桌子吧!"

"他自个儿有老婆呀。"达丽亚大笑着,依然那么袅娜、轻盈朝炉炕走去。

她还是像从前那样苗条，穿得漂亮。紫毛线袜子紧紧地裹住她那健美的细腿，脚上穿着一双正合脚的短靴，就像雕在上面一样；有褶的、紫红裙子紧裹着她的臀部，绣花的围裙白得一尘不染！葛利高里把目光移到妻子身上——发现她的外表也起了一些变化。为迎接他的到来，她换了一身衣服；袖口上镶着一道窄窄花边的浅蓝色茧绸上衣紧裹着她那匀称的身段，柔软的大奶头在上衣里面高鼓着；绣着花边的蓝裙子下摆宽大，上腰却紧裹在胯部上。葛利高里从旁边打量着她那丰满、光滑的双腿，令人激动的、紧绷着的腹部和宽大的，像喂得肥肥的母马的臀部，心里想："在所有的娘儿们中间，一眼就能认出哪一个是哥萨克女人。哥萨克女人的衣着习惯，就是要什么都很显眼；你愿意看，就请看吧，不愿意看，就拉倒。可是庄稼佬们的婆娘就不同了，连前身和后身都分辨不出来，——就像是穿着一条口袋……"

伊莉妮奇娜理会了他的眼神，故意夸耀说：

"咱们家的媳妇儿，个个都打扮得像军官太太一样漂亮！管叫城里的女人都甘拜下风！"

"妈妈，您怎么能这样说话！"达丽亚打断她的话，"我们哪儿敢比城里人呀！喏，我的耳环都断啦，再说根本就是不值钱的便宜货！"她伤感地说。

葛利高里把一只手放在妻子的宽厚、干惯活儿的脊背上，头一次这样想："是个漂亮娘儿们，叫人眼馋……我不在家，她是怎么熬的呀？大概，很有些哥萨克打她主意，她自己，说不定也打过别的男人的主意吧？她要成了个浪荡的出征军人的活寡妇，那可怎么好呢？"这个突如其来的念头刺得他的心抖了一下，顿时变得索然寡味。他仔细端详了一会儿妻子那散发着黄瓜子油膏香味的、容光焕发的红艳的脸。娜塔莉亚被他这种注视的目光看得不好意思，满脸绯红，——她竭力克服自己的窘态，低语说：

"你干吗这样看我呀？想坏了吧，是吗？"

"嗯，那还用说呀！"

葛利高里驱散了这些无聊的思绪，但是在这一瞬间脑子里闪过了一种对妻子的模糊的、敌对的邪念。

潘苔莱·普罗珂菲耶维奇呼哧呼哧地喘着,走进门来。朝着圣像祷告了一番,哑着嗓子喊:

“喏,再向你们问一次好!”

“上帝保佑,老头子……冻坏了吧?我们正等着你哩:汤是热的,刚从火上端下来的。”伊莉妮奇娜马上忙活起来,勺子叮当乱响。

潘苔莱·普罗珂菲耶维奇解着脖子上的红头巾,不停地跺着冻得硬邦邦的、缝着皮底的毡靴子。他脱下皮袄,捋掉连鬓胡子和胡髭上的冰琉璃,然后坐到葛利高里身边,说:

“真冻坏啦,可是到了村子里一下子就暖和过来……把安纽特卡的小猪轧死啦……”

“把谁的小猪轧死啦?”达丽亚兴致勃勃地问,也顾不上切她手里的大白面包啦。

“奥泽罗娃家的。这个骚货,跑出来,就破口大骂,没完没了!骂我是骗子、小偷,偷了谁家的耙。什么耙呀?鬼他妈的知道,她胡诌了些什么!”

潘苔莱·普罗珂菲耶维奇详细地数叨着安纽特卡送他的那些外号,——只有一桩事他没有说,就是骂他年轻时候跟男人出征去的、守活寡的女人鬼混的事儿。葛利高里苦笑了一下,坐到桌边去。而潘苔莱·普罗珂菲耶维奇想在儿子面前表白一下,激动地结束说:

“骂得那么难听,简直不堪入耳!我本想转回去,狠狠抽她一顿鞭子,可是有葛利高里正在那里,有他在场,就有点不方便了。”

彼得罗开了门,杜妮亚什卡用小皮带牵进来一头白额头的小红牛犊。

“到谢肉节的时候咱们就能吃奶油饼啦!”彼得罗用脚踢着小牛犊,快活地叫道。

吃过饭以后,葛利高里解开口袋,开始给家人分礼物。

“这是给你的,妈妈……”他递给她一条毛披肩。

伊莉妮奇娜皱着眉头,像年轻人一样红着脸,接过了礼物。

她披在肩上,对着镜子忙活起来,又是扭身子,又是耸肩膀,简直把潘苔莱·普罗珂菲耶维奇气疯了,骂道:

“老妖婆,还要照镜子哪! 呸! ……”

“这是给你的,爸爸……”葛利高里快口说,把一顶帽盖高翘的、镶着火红帽箍的新哥萨克制帽翻来转去地给大家看。

“噢,基督保佑! ……我正缺一顶新制帽。今年一年,铺子里就没有制帽卖……如果还戴着夏天戴的那顶破帽子……戴破帽子上教堂简直太寒酸啦。这顶旧帽子早就该给稻草人戴啦,可是我还是戴着它……”他恼恨地牢骚说,左顾右盼,生怕有人过来,把儿子的礼物给抢走。

他本想到镜子前头去试试帽子,但是伊莉妮奇娜的眼睛在死盯着他。老头子避开她的目光,急忙转身,一瘸一拐地朝火壶走去。他把制帽歪戴在头上,对着火壶试了起来。

“你这是干什么,老东西?”伊莉妮奇娜报复说。

但是潘苔莱·普罗珂菲耶维奇赖皮赖脸地说道:

“主啊! 哼,你这个糊涂娘儿们! 要知道这是火壶,不是镜子啊! 这可就不一样啦!”

葛利高里送给妻子一块做裙子的呢料;送给孩子们每人一俄磅蜜糖饼干;达丽亚一副镶小宝石的银耳环;杜妮亚什卡一块上衣料子;送给彼得罗一盒香烟和一俄磅烟草。

在女人们喊喊喳喳议论和欣赏礼物的时候,潘苔莱·普罗珂菲耶维奇像“黑桃皇帝”似的在厨房里瘸来瘸去,甚至还挺起了胸膛说道:

“瞧禁卫军哥萨克团的英俊哥萨克! 得过奖! 在皇帝陛下阅兵大典中名列第一! 得过马鞍子和全副军用装备! 噢,你哟! ……”

彼得罗咬着麦色的胡子,在欣赏父亲的怪相,葛利高里在笑。爷儿仨抽起烟来,潘苔莱·普罗珂菲耶维奇担心地往窗外头看了看,说道:

“趁着亲戚和邻居还没有来的时候……快把你们那儿在干些什么讲给彼得罗听听。”

葛利高里挥了一下手,说:

“在厮杀哪。”

“眼下布尔什维克攻到哪儿啦?”彼得罗使自己坐舒服些,问道。

“从季霍列茨克、塔甘罗格和沃罗涅什三个方面攻来。”

“好,那么你们的革命军事委员会打算怎么办?为什么把布尔什维克放进咱们的土地上来?赫里斯托尼亚和伊万·阿列克谢耶维奇回来以后,说这说那,但是我不相信他们的话。那里的情况似乎不像他们说的……”

“革命军事委员会——软弱无力。哥萨克们都在往家里跑。”

“那么说,就是为了这个,革命军事委员会才向苏维埃靠拢的了?”

“当然啦,就是为了这个原因。”

彼得罗沉默了一会儿;吸着烟,重又直瞅了弟弟一眼,问道:

“你拥护哪方面呀?”

“我拥护苏维埃政权。”

“糊涂虫!”潘苔莱·普罗珂菲耶维奇像火药一样爆炸了,“彼得罗,你也好好劝劝他嘛!”

彼得罗笑了笑,拍了拍葛利高里的肩膀。

“咱们家出了这么个急性子的家伙——像匹桀骜不驯的野马。爸爸,怎么能劝服他呢?”

“我根本用不着劝说!”葛利高里发起火来,“我又不是瞎子……咱们村从前线回来的哥萨克们都怎么说?”

“咱们村这些从前线回来的哥萨克有什么用!难道你还不知道那个蠢货赫里斯坦吗?他能懂个什么?老百姓全都给弄得晕头转向,不知道应该往哪里走……真是倒了大霉了!”彼得罗咬起小胡子来,“眼看春天到啦,——还都拿不定主意……咱们在前线也曾扮演过布尔什维克,可是现在不能再糊涂啦。‘别人的我们什么都不稀罕——我们的你们也别抢。’——这就是哥萨克应该对那些蛮不讲理地向我们这儿钻的人说的话。可是你们在卡缅斯克干的事儿却很不光彩。跟布尔什维克攀亲,——人家就建立自己的秩序啦。”

“葛利什卡,你想想看。你并不糊涂。你应该明白,哥萨克——过去是哥萨克,将来仍然是哥萨克。不能让臭俄罗斯人来统治咱们。你可知道,如今那些外来户怎样说吗?把所有的土地按人口平分。这怎么样?”

“那些很早就居住在顿河地区的外来户咱们应该分给他们土地。”

“给他们鸡巴！叫他们咬吧！……”潘苔莱·普罗珂菲耶维奇做了个轻蔑的手势，把指甲很长的大拇指从食指与中指间伸出来，摇晃着，在葛利高里的鹰钩鼻子前面比划了半天。

台阶上响起了一阵咚咚的脚步声。冻硬了的门限吱吱咯咯地叫起来。阿尼库什卡、赫里斯托尼亚和戴着一顶高得出奇的兔皮帽子的托米林·伊万涌了进来。

“好啊，当差的！潘苔莱·普罗珂菲耶维奇，请客吧！”赫里斯托尼亚哇啦哇啦地叫道。

正在暖和的炉炕边打盹儿的小牛犊被他的叫声吓得哞哞地叫起来。牛犊打着滑，用自己还颤抖的腿站了起来，用玛瑙般的圆眼睛盯着涌进来的人，大概是因为受了惊，在地板上撒了细细的一道儿尿。杜妮亚什卡轻轻地拍了拍它的脊背，中止了它的小便；擦掉尿以后，在它身下放了个破铁锅。

“大嗓门鬼，把小牛给吓坏啦！”伊莉妮奇娜生气地说。

葛利高里跟哥萨克们握过手，请他们坐下。不久又来了一些村子这头的哥萨克。他们一面说话，一面抽烟，抽得屋子里烟雾弥漫，灯光都暗了，呛得小牛犊直咳嗽。

“叫你们回家去都发热病！”已经半夜啦，伊莉妮奇娜往外送客的时候骂道，“都滚到院子里去，到那儿去抽吧，烟鬼！走，走！我们家当差的回来还没有休息呢。快滚吧！”

第十四章

第二天早晨，葛利高里比所有的人醒得都晚。房檐下和窗框外面，像春天一样吵闹的麻雀把他吵醒了。朝阳闪着金光从百叶窗的缝隙里透进来。传来召唤去做早祷的钟声。葛利高里想起了今天是星期日。娜塔莉亚已经不在他身旁，但是褥子上还残留着她的身体的暖气。显然，她也刚起身不久。

“娜塔莎！”葛利高里喊道。

杜妮亚什卡进来了。

“什么事，哥哥？”

“开开小窗，叫娜塔莉亚来。她在干什么哪？”

“跟妈妈做饭哪，马上就来啦。”

娜塔莉亚走了进来，因为屋子里暗，眯缝起眼睛。

“醒啦？”

她的手上散发着新鲜的面团气味。葛利高里躺着抱住她，想起了夜间的事，不禁笑了起来。

“睡过时辰了吧？”

“睡过啦！太累啦……这一夜。”她笑了，脸绯红，把脑袋扎到葛利高里怀里说。

她帮着葛利高里换过伤口的绷带，从箱子里找出一条礼服裤子，问道：

“要穿戴十字章的礼服吗？”

“去它的吧！”葛利高里惊讶地挥了挥手。

但是娜塔莉亚却固执地央告他说：

“穿上吧！爸爸会高兴的。你怎么啦，挣来就为压箱底呀？”

葛利高里顺从了她，同意了。他从床上起来，向彼得罗借来刮脸刀，刮了脸，洗了脸和脖子。

“后脑勺刮过吗？”彼得罗问道。

“哎呀，见鬼，忘啦！”

“好，坐下，我来给你刮。”

冰凉的刷子弄得脖子上痒酥酥的。葛利高里在镜子里看到，彼得罗像小孩子似的，舌头探出来，歪在一边，一刀刀地刮着。

“你的脖子细了一点儿，就像拉过犁后的牛一样。”他笑着说。

“大概，吃饷粮是吃不胖的。”

葛利高里穿上佩戴少尉肩章的军装，上面挂满了十字章，对着尽是哈气的镜子一照，简直认不出是自己来了：一个高个子、瘦骨嶙嶙、脸像茨冈人一样黝黑的军官，正瞅着他。

“你简直像个上校!”彼得罗毫不嫉妒地欣赏着弟弟,兴高采烈地说。

这些话是违背葛利高里的意愿的,但却使他感到愉快。他走到厨房里去。达丽亚用赞赏的目光盯着他看。杜妮亚什卡惊叫道:

“哎呀,你打扮得多华贵,像……”

伊莉妮奇娜这时候又忍不住垂泪了。她用脏围裙擦着眼泪,回答杜妮亚什卡的玩笑说:

“多嘴的丫头片子,你也生几个这样的儿子吧!至少生他两个,叫他们全都出息成人!”

娜塔莉亚热泪盈眶、视线模糊的眼睛一直在爱恋地盯着丈夫。

葛利高里披上军大衣,走到院子里。下台阶有点儿困难——受伤的腿使他行动不便。“非拄拐棍儿不行啦。”他扶着栏杆,心里想道。

在米列罗沃医院里给他取出子弹,伤口长成一块棕色的死肉,——它把皮肤绷得紧紧的,妨碍腿的活动。

一只小猫正在围墙的土台上晒太阳。台阶附近,太阳地里的雪已经融化,——汇成一片湿漉漉的小水洼。葛利高里仔细地、兴奋地打量着院子。紧靠台阶,竖着一根柱子,柱顶装着一个车轮。葛利高里从童年时代就记得这个轮子,这是专为妇女们做的:她们可以不下台阶,就把装在陶罐里的牛奶放在车轮上过夜,白天可以在上面晾晒餐具,晒去瓦罐上的油垢。院子里也有一些变化:仓房褪了色的油漆门上涂上了一层黄色的粘土。板棚顶铺了还没有变黑的干草;立在那里的一堆木椽子少了些,——一定是修补板棚用去了一部分。地窖顶上堆了一堆灰煤渣;煤渣上面立着一只像乌鸦一样黑的公鸡,它怕冷似的蜷缩起一条腿,身边围了十来只留种用的花母鸡。为防冬天的风雪,农具都收藏在板棚下面:牛车架子直挺挺地竖在那里,从棚顶的缝隙里透进一线阳光,照在收割机的一个金属部件上,闪着亮光。马棚旁边的粪堆上,有几只鹅。一只高冠子的荷兰种大鹅睥睨了一瘸一拐地走过去的葛利高里一眼。

巡视了全部家业,葛利高里回到屋子里。

厨房里弥漫着香甜的、烧焦的牛油和热面包的气味。杜妮亚什卡

正在一只花盘子里洗糖渍苹果。葛利高里看了看苹果,兴冲冲地问道:

“有腌西瓜吗?”

“娜塔莉亚,快去拿!”伊莉妮奇娜喊道。

潘苔莱·普罗珂菲耶维奇从教堂里回来。把一个有花纹的小圣饼切成九份——按照家里的人口——分放在餐桌上。全家坐下来吃早饭。彼得罗也穿上礼服,连胡子上都抹了什么油膏,跟葛利高里并肩坐下。达丽亚坐在他们对面的小凳边上。一道太阳光照在她那抹了一层油的红艳的脸上。她眯缝起眼睛,不高兴地垂下被阳光照着的、弯弯的黑眉毛。娜塔莉亚正喂孩子们吃烤倭瓜;她有时候笑着看看葛利高里。杜妮亚什卡坐在父亲旁边。伊莉妮奇娜坐在靠炉炕的桌子头上。

大家都像过节那样,吃得又饱又多。吃完羊肉汤,接着又是面条,然后就是炖羊肉、鸡、羊腿做的冷盆、炸土豆、牛油麦粥、樱桃干素面、奶油饼、腌西瓜。吃得太多的葛利高里艰难地站起来,胡里胡涂地画了个十字,喘着粗气,躺到床上。潘苔莱·普罗珂菲耶维奇还在吃粥:他用汤匙把粥扒成堆,在当中揿了一个坑(这叫做井),把琥珀色的奶油倒到小坑里,规规矩矩地、一勺一勺地舀着浸了奶油的米粥。最喜欢孩子的彼得罗正在喂米沙特卡;他一面娇惯他,一面用酸牛奶涂抹米沙特卡的脸蛋和鼻子。

“大大,别闹!”

“怎么啦?”

“你干吗要瞎抹呀?”

“怎么啦?”

“我要告诉妈妈!”

“怎么啦?”

米沙特卡的两只麦列霍夫家的忧郁的小眼睛生气地睒着,委屈的泪珠在眼睛里颤动;他用拳头擦着鼻子,觉得用好话央求也没有用,就大声喊道:

“别抹啦!……糊涂虫!……傻瓜!”

彼得罗满意地哈哈大笑,又喂起侄子来:往嘴里塞一勺羹,往鼻子上抹一勺。

“简直是个孩子……闹个没完。”伊莉妮奇娜唠叨说。

杜妮亚什卡坐到葛利高里身边，告状说：

“彼得罗真坏，总出馊主意。前两天他领着米沙特卡到院子里去，——米沙特卡要拉屎，就问：‘好大大，在台阶旁边拉行吗？’彼得罗说：‘不行。不能在台阶旁边，要离得远一点儿。’米沙特卡跑开了一点儿，又问：‘这儿行吗？’——‘不行，不行。喏，跑到仓房那儿去。’他把米沙特卡从仓房领到马棚，又从马棚领到场院。米沙特卡跑啊，跑啊，一直跑到全拉在裤裆子里……娜塔莉亚大骂了一场！”

“给我吧，我自个儿吃！”米沙特卡的声音像邮车的铃铛似的清脆地响起来。

彼得罗滑稽地抖动着小胡子，不同意：

“那不行，小伙子！还是我喂你吧。”

“我自个儿吃！”

“咱们的公猪和母猪待在圈里①——看见了吧？都是老娘儿们拿泔水来喂它们。”

葛利高里含笑听着他们的谈话，卷了一根烟抽起来。潘苔莱·普罗珂菲耶维奇走了过来。

“今儿个我想到维申斯克去。”

“上那儿去干什么？”

潘苔莱·普罗珂菲耶维奇打了一个嗝儿，喷出一股浓重的樱桃干素面味儿，摸了摸大胡子。

“去找皮匠——修理了两副马套。”

“当天回得来吗？”

“怎么回不来？傍晚我就可以回来。”

休息了一下，他往爬犁上套了一匹今年眼睛开始瞎的老骒马，就上路了。走的是条草地上的路。两个钟头以后他已经到了维申斯克。先去邮政局，又去取了马套，然后拐到住在新教堂旁边的老朋友和干亲那

---

① 这里是文字游戏。俄文的 сам（阳性）和 сама（阴性）可作“自个儿”解，亦可作动物的“公”“母”解。上文的“我自个儿吃”，也可以解释为“我是公猪”，彼得罗故意借此逗弄米沙特卡。

里去。主人是个殷勤好客的人,请他坐下吃午饭。

“上邮政局去了吗?”主人一面往杯子里倒着什么东西,一面问道。

“去过啦。”潘苔莱·普罗珂菲耶维奇目光炯炯地、惊异地端详着那只小瓶子,嗅着空气中的气味,就像猎狗闻嗅野兽的脚印似的,拖着长声回答说。

“没有听到什么新闻吗?”

“新闻?什么也没有听到。有什么新闻哪?”

“卡列金,阿列克谢·马克西莫维奇,去世啦。”

“你说什么?!”

潘苔莱·普罗珂菲耶维奇的脸色立刻变青了,把那只可疑的小瓶子和气味全都忘了,仰身靠在椅背上。主人愁眉苦脸地眨着眼,说道:

“据打来的电报说,他不久以前在新切尔卡斯克自杀啦。他是全顿河地区的一位真正的将军。一位得过勋章的人,指挥过千军万马的将军。多么好的人呀!这个人要是活着的话,决不会叫哥萨克蒙受耻辱。”

“你等等,亲家!那现在怎么办呢?”潘苔莱·普罗珂菲耶维奇推开酒杯,茫然地问道。

“只有上帝知道!大难临头啦。一个人的日子要是过得很美,大概不会自杀的。”

“他怎么会这么干呢?”

这位亲家是个像旧教徒一样的、身体强壮的哥萨克,他恶狠狠地挥了挥手。

“前线的哥萨克都背弃他逃走了,把布尔什维克放进来啦,——所以将军也就只好升天啦。还会不会有这样的人物呢?谁会来保护咱们呢?在卡缅斯克成立了一个什么革命军事委员会,有些上过战场的哥萨克参加了这个委员会……咱们这儿也……你大概听说了吧?他们已经下了命令:要把所有的长官都打倒,要选举这些革命军事委员会的人当官儿。就是这样,庄稼佬都抬起头来啦!这些木匠、铁匠、各式各样的皮鞋匠,——要知道这些人在维申斯克,就像草地里的蚊子一样多!”

潘苔莱·普罗珂菲耶维奇耷拉下满头白发的脑袋,沉默了半天;但是当他又抬起头来的时候,目光变得那么严肃、凶狠。

"你这瓶子里装的是什么玩意儿?"

"酒精。我外甥从高加索带来的。"

"好,亲家,咱们来悼念卡列金,为追悼这位去世的将军干杯。祝福他的在天之灵!"

哥儿俩干了一杯。主人的女儿,一个高个子、满脸雀斑的姑娘,端来了酒菜。潘苔莱·普罗珂菲耶维奇开始还不时瞅瞅耷拉着脑袋、站在主人的爬犁旁边的骒马,但是亲家向他保证说:

"用不着惦记马。我会叫他们去饮它,喂它的。"

于是潘苔莱·普罗珂菲耶维奇热烈地谈着,喝着瓶子里的酒精,很快就忘掉了马和世界上的一切。他胡乱地讲起葛利高里的事情,跟已略微有醉意的亲家争论了些什么,争论了半天,后来也就忘了究竟争论的是什么。直到黄昏时分,才猛然醒悟过来。尽管主人一个劲儿地留他过夜,但是他还是决定赶回家去。主人的儿子给他套上骒马,亲家扶他坐上爬犁。亲家公兴头一来,非要送客人一程不可;他们俩并肩坐在爬犁上,拥抱着。他们的爬犁先是在大门上撞了一下,后来,在还没有走上草地以前,每个拐角处都要撞一下子。这时候亲家公哭了起来,有意地从爬犁上摔下来。在地上趴了半天,大骂不止,怎么也爬不起来。潘苔莱·普罗珂菲耶维奇催马驰去,也没看到送了他一程的亲家鼻子扎进雪里,在雪地里乱爬,愉快地哈哈大笑着,哑着嗓子在央告:

"别胳肢我!……请你别胳肢我啦!"

潘苔莱·普罗珂菲耶维奇的骒马挨了几鞭子,跑得快起来,但是没有信心,瞎跑一气。很快,它的主人醉得昏昏欲睡,把脑袋趴在爬犁缘上,一声不响了。幸而缰绳还压在他身下,于是没人驾驭的、无所适从的骒马便慢步走起来。在第一个拐弯的地方它就迷路了,岔到通往小格罗姆切诺克村的路上去,顺着这条路走去。过了几分钟,连这条路也迷失了。骒马在荒地上,在没有道路的旷野里乱走起来,陷进树林旁边的深雪里;它呼哧呼哧喘着粗气,走下一道小沟。爬犁挂在一丛灌木上,——它也就停了下来。爬犁一晃,使老头子醒了一会儿。潘

苔莱·普罗珂菲耶维奇抬起头,沙哑地骂了一声:

“喏,鬼东西!……”重又趴下睡着了。

骒马平安无事地穿过树林,顺利地下到顿河边,闻着夹杂着烧马粪烟味的东风,向谢苗诺夫斯基村走去。

在离村子半俄里的地方,顿河左岸有一处深潭:有时,春天河水退落的时候,春水就涌进深潭。从深潭附近的沙土河岸上喷出几股泉水——因此这里整个冬天都不结冰,形成了一个宽大、温暖、碧绿的半圆形冰窟窿,所以从冰上横过顿河的道路小心地躲开这个深潭,绕了个急弯。春天,退潮的河水奔腾、澎湃,流过深潭,退回顿河去的时候,这个地方就形成大漩涡,河水咆哮、上下翻滚,冲刷着河床;整个夏天,藏在几沙绳深的水底的鲤鱼总在往离深潭很近、从河岸上倒到水里去的枯树下面钻。

麦列霍夫家的骒马朝冰窟窿左边瞎走过去。及至潘苔莱·普罗珂菲耶维奇翻了一下身,稍稍睁开眼睛一看,离深潭已经只有二十来沙绳远了。漆黑的夜空中闪耀着像还没有熟的樱桃似的黄绿色的星星。“夜晚……”潘苔莱·普罗珂菲耶维奇朦胧地想到,拼命攥了一下缰绳:

“吁,吁!……我抽你啦,老骚货!”

骒马跑起来了。离得很近的水的气息刺进了它的鼻孔。它竖起耳朵,用迟疑的瞎眼朝着主人这面斜瞥了一下。突然它听到一阵阵的波浪的拍打声。可怕地打了一声响鼻,便往旁边转去,向回退去。被水从底下冲刷变薄的冰层在它脚底下轻轻地咯吱咯吱响着,表面盖了一层雪的薄冰陷了下去。骒马发出惊恐、绝望的悲嘶。它竭尽全力站定后腿,但是前腿已经陷了下去,落到水里,冰层经不起后腿的乱踏,也都碎裂了。轰隆一声,冰层拍溅着散开了。冰窟窿吞下了骒马,它痉挛地翘起一条后腿,往爬犁辕木上踢了一脚。就在这一刹那,潘苔莱·普罗珂菲耶维奇一听不好,立即跳出爬犁,往后滚去。他看到,被骒马的沉重身子坠下去的爬犁竖了起来,露出了被星光照得闪闪发光的滑杠,钻进碧绿的深渊,混杂着冰块的水发出轻轻的嗞声,浪花几乎溅到他身上。潘苔莱·普罗珂菲耶维奇飞快地向后爬去,直到他牢靠地站起身来的

时候,才大呼道:

"救命啊,善人们哪! ……淹——死——人——啦! ……"

他的醉意好像被一棍子打跑了。他跑到冰窟窿跟前。刚刚轧碎的冰块闪着刺眼的亮光。风和急流在宽阔的、黑洞洞的圆冰窟窿里追逐着冰块,波浪旋起绿色的漩涡,哗哗作响。四周是一片死寂。远村的点点灯火在暗夜里闪着黄光。在黑天鹅绒般的夜空中,星星像一颗颗新碾出来的米粒,晶莹、闪烁。低风卷起阵阵积雪,发出咝咝的响声,像粉尘,飞进黑洞洞的冰窟窿。冰窟窿冒着淡淡的热气,依然是那么欢快、黑魆魆的,令人生畏。

潘苔莱·普罗珂菲耶维奇明白过来,这会儿喊叫是愚蠢的,而且于事无补。他往四下看了看,想了想,全是因为自己喝醉了,瞎闯到这儿来啦,于是他恨自己,悔恨出的纰漏,气得浑身直哆嗦。他的手里还剩了一根鞭子,他是拿着鞭子跳下爬犁的。他嘴里骂着,把自己的脊背抽了半天,但是并不疼,——有光板皮袄挡着呢,为此而脱掉皮袄,又大可不必。他把大胡子揪下了一绺,在心里盘算了损失——买的东西、骒马、爬犁和马套的价值之后,又疯狂地大骂起来,朝冰窟窿走了几步。

"瞎鬼! ……"他颤抖、哽咽,对沉下去的骒马责骂道,"骚货! 你自个儿淹死不算,还差一点儿把我也饶上! 鬼他妈的把你领到那儿去啦?! ……魔鬼会在那里把你套上拉车,骑你,可是他们却没有鞭子赶你! 哪,索性把鞭子也给你们吧! ……"他绝望地把手一挥,把樱桃木柄的鞭子扔到冰窟窿中心去。

鞭子扑通一声,落到水里,直着朝水底扎下去。

第十五章

在卡列金的部属重创革命的哥萨克部队之后,被迫迁到米列罗沃去的顿河革命军事委员会,给指挥抗击卡列金和乌克兰反革命拉达战争的领导人员送去一份声明,内容是这样的:

哈尔科夫。一九一八年一月十九日。发自卢甘斯克,第四四九号。十八时二十分。——顿河哥萨克革命军事委员会请您把顿河地区内容如下的决议转呈彼得格勒人民委员苏维埃。

哥萨克革命军事委员会根据在卡缅斯克镇召开的前线军人代表大会的决议决定如下:

一、承认俄罗斯苏维埃共和国的国家中央政权,承认哥萨克、农民、兵士和工人苏维埃代表大会中央执行委员会,以及由中央执行委员会所选出的人民委员苏维埃。

二、由哥萨克、农民和工人苏维埃代表大会进行顿河地区的边区政权建设工作。

〔备注〕顿河地区的土地问题也将由该地区代表大会解决。

赤卫军接到这个电报以后,就派军队去支援革命军事委员会的部队,在赤卫军的帮助下,打垮了切尔涅佐夫上校的队伍,并且恢复了原来的局势。主动权转到革命军事委员会手里。在占领兹维列沃和利哈亚以后,得到革命军事委员会哥萨克部队增援的萨布林和彼得罗夫指挥的赤卫军队伍,展开了进攻,迫使敌人向新切尔卡斯克退去。

右翼的塔甘罗格方面,西韦尔斯①的队伍在涅克林诺夫克附近被库捷波夫上校的白军志愿军击败,损失了一门大炮、二十四挺机枪和一辆铁甲车,退到了阿姆夫罗西耶夫卡。但是在西韦尔斯吃了败仗退却的那天,在塔甘罗格城内的波罗的工厂里爆发了起义。工人把士官生从城里赶了出去。西韦尔斯恢复了元气,转入进攻,并发展了攻势,把志愿军压到塔甘罗格。

形势变得越来越有利于苏维埃的军队。他们从三方面包围了白军志愿军和卡列金"杂牌"队伍的残部。一月二十八日科尔尼洛夫打电报给卡列金,通知他志愿军即将放弃罗斯托夫,向库班河流域转移。

二十九日上午九点钟,在将军府召开顿河军政府成员紧急会议。

---

① 鲁·弗·西韦尔斯(1892—1918),布尔什维克。一九一七年曾任布尔什维克的《战地真理报》编辑,是乌克兰和顿河地区对白卫军和外国干涉者进行武装斗争的领导人之一。一九一八年十二月因受重伤逝世。

卡列金最后一个从自己的居室来到会议厅。他沉重地坐到桌前，把一些文件挪到自己面前。他的两腮的上部由于失眠变成蜡黄色，无精打采的、忧郁的眼睛下面一片阴影；瘦脸仿佛是被微火烤得焦黄。他慢腾腾地看了科尔尼洛夫的电报，看了正在新切尔卡斯克北面抵挡赤卫军进攻的各部队指挥官的战报。他用宽大的白手掌仔细地把一叠电报压平，没有抬起那浮肿的、笼罩着阴影的眼皮，闷声说：

“志愿军要撤退啦。只剩下一百四十七支枪来保卫顿河地区和新切尔卡斯克啦……”

他的左眼皮在不住地跳动，紧闭的唇角上爬满痉挛的皱纹；他提高了嗓门，继续说：

“我们已经陷于绝境。老百姓不仅不支持我们，而且敌视我们。我们已经山穷水尽，继续抵抗是无益的。我不想再作多余的流血牺牲，我提请辞职，让给别人。我也辞去顿河军司令官的职务。”

米特罗凡·博加耶夫斯基瞅着宽大的窗户，正了正眼镜，连头也没有回，说：

“我也辞去自己的职务。”

“政府成员当然全都要辞职。问题是我们把政权移交给谁？”

“交给市杜马。”卡列金冷冷地回答说。

“要办理移交手续。”政府成员卡列夫迟疑不决地说。

大家都苦恼、尴尬地沉默了片刻。布满哈气的窗外，是阴沉的一月上午黯淡无光的天气。晨雾弥漫、一片白霜的城市睡意蒙眬地沉默不语。听不到平日生活脉搏的跳动。大炮的轰隆声——正在苏林车站附近进行的战斗的余音——窒息了一切活动，死沉沉的即将降临的灾难压城欲摧。

窗外，寒鸦在盘旋，单调、清晰地呱呱叫着。它们在白色的钟楼顶上盘旋，就像在一头死兽上空飞绕一样。教堂广场上是一片新下的、泛着紫光的白雪。行人稀疏，偶尔驰过搭客的爬犁，留下几道黑乎乎的痕迹。

博加耶夫斯基打破沉寂，建议编写将政权移交给市议会的文书。

“最好是和市杜马开个联席会议，共商移交事宜。”

“那么大家认为什么时候合适?”

“晚一些,下午四点。”

政府成员们似乎都松了一口气,沉默铆死的寂静打破了,开始讨论移交政权和会议的时间问题。卡列金一声不吭,用鼓胀的手指轻轻地、有规律地敲着桌子。八字眉毛下黯淡无光地眏着云母般的眼睛。过度的疲劳、厌恶和病态的紧张使他的目光变得迟钝、冷酷、拒人于千里之外。

有位政府成员不知道是在反驳谁的意见,唠叨了半天。卡列金不耐烦地打断了他的话:

“诸位,说话请简短些!时间宝贵。要知道俄罗斯就是亡于废话的呀。现在休会半小时。大家商量一下……然后尽快结束这次会议。”

他回到自己住的房间。政府成员三五成堆,低声交谈起来。有一个人说,卡列金的脸色很难看。博加耶夫斯基站在窗边,一句低得像耳语的话传到他耳边:

“像阿列克谢·马克西莫耶维奇这样的人物,自杀是他唯一的出路。”

博加耶夫斯基哆嗦了一下,快步赶往卡列金的住处。很快他就陪着将军回来了。

决定在下午四点钟和市杜马举行联席会议,共商移交政权事宜以及编写交接书的问题。卡列金站了起来,其余的人也跟着他站起来。卡列金一面和政府的一个重要成员道别,一面注视着正在与卡列夫低语的亚诺夫。

“你们在谈什么?”他问道。

亚诺夫略显窘态,走过来。

“部分非哥萨克政府成员,要求发给他们一些路费。”

卡列金皱起眉头,严厉地说:

“我没有钱……真烦人!”

大家开始散去。博加耶夫斯基听到了这段谈话,便把亚诺夫叫到一边。

“请您到我那儿去一下。告诉斯韦托扎罗夫,叫他在存衣室等一会儿。”

他们一起跟着驼着背、快步走去的卡列金走了出来。回到自己的房间,博加耶夫斯基交给亚诺夫一沓钞票。

“这是四万四千卢布,请您发给那些人。”

在存衣室里等候亚诺夫的斯韦托扎罗夫接过钱,道了谢,辞别后,就往门口走去。正当亚诺夫从看门人手里接过军大衣的时候,听见楼梯上一片叫喊声,他回头看了看,看见卡列金的副官——摩尔达维斯基正顺着楼梯飞跑下来。

“找医生！快点儿！……”

亚诺夫扔下军大衣,朝他冲去。值勤的副官和聚在存衣室里的传令兵们围住了跑下来的摩尔达维斯基。

“怎么回事?!”亚诺夫脸色苍白地喊道。

“阿列克谢·马克西莫维奇自杀啦!”摩尔达维斯基伏在楼梯栏杆上,号啕大哭起来。

博加耶夫斯基从房间里跑出来;好像是被严寒冻的嘴唇直哆嗦,结结巴巴地问:

“什么事？什么事?”

大家争先恐后往楼上奔去。奔跑的脚步声轰轰隆隆、噼噼啪啪响成一片。博加耶夫斯基张大嘴吸着空气,呼哧呼哧直喘。他头一个砰的一声推开门,穿过前厅向办公室冲去。办公室通小房间的门大敞着。从那里飘出一股淡淡的灰色苦烟和爆炸的火药气味。

“噢噫！噢噫！啊——啊——哈——哈！……阿廖沙！……亲——人——哪！……”传出了卡列金的妻子变了声的、可怕的、透不过气来的哀号。

博加耶夫斯基好像要闷死了似的,撕开衬衣领子,冲进小房间。卡列夫弯着背,紧握着黯淡的镀金窗户把手,站在窗边。他的肩胛骨在背上的外衣里面,痉挛地伸缩着,全身在哆嗦。哆嗦得很凶,间隔很长。成年人闷声的像野兽嚎叫似的大哭使博加耶夫斯基几乎站立不住。

卡列金直挺挺的、仰面躺在一张军官行军床上,双手放在胸前。脑袋略微朝墙那面歪着；雪白的枕头套使他那发青的、湿漉漉的额角和紧贴在枕头套上的脸颊显得更阴森。眼睛半闭着，似睡似醒，表情严厉的嘴角痛苦地歪扭着。妻子跪在他脚边恸哭。粗野的拖着长声的哭号，令人心碎。行军床上放着一把手枪。一条欢快的、暗红色的涓涓细流，曲曲折折，顺着衬衣从手枪边流过去。

军服上衣整整齐齐地挂在行军床旁边的椅背上，小桌上放着一只手表。

博加耶夫斯基一溜歪斜地跑来，跪到床前，把耳朵贴在还有热气、柔软的胸膛上。他闻到了一股像醋似的、强烈的男人的汗味。卡列金的心脏已经停止了跳动。博加耶夫斯基，——在这一片刻，他的整个生命都聚集在听觉上，——贪婪地谛听着，但是只听到小桌子上手表清晰的滴嗒声、已经死去的将军的妻子沙哑的呜咽声和从窗外传来不祥的、急切的寒鸦的悲啼。

第十六章

本丘克第一次睁开眼睛看见的，是安娜那闪着泪花含笑的黑眼睛。

一连三个星期，他昏迷不醒，呓语不断。在这三个星期，他一直在另一个渺茫、神奇的世界中漫游。十二月二十四日傍晚他恢复了知觉。他用认真、蒙眬的目光把安娜打量了很久，试图回忆起与她有关的一切事情；他只是偶尔想起一些，——记忆很迟钝，不听话，很多事情还深藏在记忆隐秘的地方。

“给我点水喝……”依然是从远处传来自己的声音，这使他高兴起来；他笑了。

安娜立即来到他跟前；她容光焕发，露出淡淡的、抑制的微笑。

“我端着你喝。”她推开本丘克无力地向杯子伸来的手。

他吃力地抬起头，哆嗦着，喝够了，又疲倦地躺到枕头上。朝一旁看了半天，想说点儿什么，但是毕竟太软弱了，——又打起盹来。

依然和第一次一样——醒来以后,他第一眼看到的还是安娜不安的、直盯着他的眼睛,后来看到的是橙黄色的灯光,没有油漆的木制天花板上的灯光照出的白圈。

“阿尼娅,过来。”

她走了过来,握住他的手。他也软弱无力地握了握她的手。

“你觉得怎么样?”

“舌头、脑袋都像是别人的,腿也这样,而我好像是两百岁的老头子啦,”他仔细地说出每一个字来;沉默了一会儿,问道,“我是害了伤寒病吧?”

“是伤寒病。”

他环视了一下屋子,含糊不清地说道:

“这是在哪儿?”

她明白这个问话的意思,笑了。

“我们是在察里津。”

“可是你……怎么?”

“我一个人留下来陪你的,”她仿佛是在辩解,或者是在竭力避开从未向他透露过的想法,急忙说道,“不能把你扔给陌生的人哪。阿布拉姆松和党委会的同志们托付我来照料你……你瞧,真没料到会突然来服侍你。”

他用眼睛和软弱无力的手的动作向她致谢。

“克鲁托戈罗夫呢?”

“经过沃罗涅什到卢甘斯克去了。”

“格沃尔基扬茨呢?”

“他呀……你知道吧……害伤寒病死啦。”

“噢! ……”

两人都沉默了,仿佛是在悼念死者。

“我很担心你。你那时病得厉害。”她低声说道。

“那么博戈沃伊呢?”

“所有的人都走啦。有些到卡缅斯克去啦。但是,你听我说,话说多了对你不好吧? 还有,你想不想喝牛奶?”

本丘克否定地摇了摇脑袋;他艰难地移动着舌头,继续问道:

“阿布拉姆松呢?”

“一个星期以前到沃罗涅什去了。”

他笨拙地翻了一下身,——立刻就觉得头晕眼花,血液直往眼睛里涌。他觉得有一只冰凉的手巴掌放到他额角上,就睁开了眼睛。一个问题使他很苦恼:他昏迷不醒的时候——是谁照料他拉屎撒尿的呢?莫非是她?他的脸颊泛起一阵红晕,问道:

“那些日子,也就你一个人照料我吗?”

“是的,就我一个人。”

他翻过身去,对着墙,低声说道:

“这些家伙真应该感到害臊……这帮混蛋!把我扔下来让你来照料……”

伤寒的后遗症表现在听觉上:本丘克的听力减退了。察里津党委派来的医生告诉安娜,必须等到病人痊愈后,才可以治疗耳病。本丘克的健康恢复得很慢。他的食欲特别好,但是安娜严格地按照病人的饮食规定行事。为此他们之间发生过几次冲突。

“再给我一点儿牛奶。”本丘克央求。

“不能再喝啦。”

“我请求你——再给我一点儿,你想把我饿死啊?”

“伊利亚,你应该知道,我给你的食物不能超过定量。”

他生气地不做声了,把脸掉过去朝着墙,喘着粗气,半天也不说话。她可怜他,非常痛苦,但是她压制着自己的火气。过了一会儿,他皱着眉头,转过脸来,——这一来显得更可怜了,——央告说:

“能不能给我一点儿腌白菜吃呢?好啦,阿尼娅,亲爱的,请给我一点儿吧!……你要尊重我……有害?……全是医生的无稽之谈!”

遭到坚定的拒绝后,有时他就说些很刺耳的话侮辱她:

“你没有权力这样取笑我!我自个儿叫女房东来,跟她要!你是个没有心肝的、讨厌的女人!……真的,我开始讨厌你啦。”

“为了我像保姆一样吃苦受累照料你,这就是你给我的最好的报偿。”安娜实在忍耐不住,怨恨说。

“我并没有请求你留下来照料我呀！用这种话责备我是毫无道理的。你是在滥用自己的特权。哪，好吧……什么也不要给我吃啦！让我饿死算啦……有什么可惋惜的呢！”

她的嘴唇在哆嗦，但是她还是控制住自己，默不作声；她原谅他，耐心地忍受着一切。

只有一回，因为她不答应多给他一份馅饼吃，在一场特别激烈的争吵以后，本丘克就扭过脸去，而她的心却难过得揪成一团，看到他的眼睛里闪着晶莹的泪花。

“你简直像个孩子！”她喊道。

她跑到厨房里去，端来满满的一盘子馅饼。

“吃吧，吃吧，伊柳沙，亲爱的！喏，好啦，别生气啦！哪，吃这个吧，刚烙出来的！”她双手哆嗦着把馅饼塞到他手里。

本丘克心里非常痛苦，本想不吃，但是又馋得要命；他抹着眼泪，坐起来，接过馅饼。他那瘦削的、长着浓密鬈曲、柔软的大胡子的脸上闪过一丝遗憾的微笑。他用眼睛请求宽恕，说道：

“我连孩子都不如……你知道：我差点儿哭出来……”

她看着他那细得出奇的脖子，看着敞开怀的衬衣里干瘪进去的、皮包骨的胸膛，看着他瘦骨嶙峋的手；心里激起一股过去从未体验过的爱怜之情，第一次自然、温柔地亲了亲他那干瘦、焦黄的额角。

又过了两个星期，他才能不用别人搀扶在屋子里走走。瘦得像麻秆似的腿走起来直打颤；他又重新学步了。

“你瞧，安娜，我会走啦！”他想自己快步走过来，但是两条腿经不住身体的压力，脚下的地板直摇晃。

他只好扑到能依靠一下的东西上，这时本丘克像个老头子笑了，腮帮子上透明的、绷得紧紧的皮肤皱了起来。他像老头子似的尖声笑着，由于紧张、大笑，弄得浑身软弱无力，又倒到床上。

他们住的房子离码头很近。从窗口就可以看见伏尔加河大雪覆盖的河床、对岸半圆形的灰茫茫的森林和远处田野柔软的、波浪似的轮廓。安娜常依窗伫立良久，想着自己变幻莫测的生涯。本丘克的病离奇地把他们结合在一起。

起初,当她陪着他经过千辛万苦,来到察里津以后,情况糟糕透了,弄得她简直想痛哭一场。她生平第一次这么近、这么赤裸裸地看到与心爱的人接触的奥秘。她咬着牙给他换内衣,给他从滚烫的脑袋上往下篦虱子,翻动他像石头一样沉重的身体;浑身颤抖,嫌恶地、偷偷地看着他那赤裸裸的、瘦削的男人身体——简直是皮包着骨头,这层皮里包着一息尚存的宝贵的生命。她心里厌恶得要命,但是外部的肮脏并没有污染藏在心底坚贞不移的美好情操。她曾在他的严厉的指导下学会了战胜痛苦和犹豫。所以也战胜了这次痛苦。到最后,就只有爱怜和像泉水似的从心底涌上来的爱情。

有一回本丘克说:

"经历了这一切之后,你大概非常讨厌我了……是吧?"

"这是一次考验。"

"考验什么? 耐心?"

"不是,是对感情的考验。"

本丘克扭过头去,久久不能抑制嘴唇的颤抖。他们再没有谈这个问题。再说什么都是多余的……而且语言也表达不出。

一月中旬,他们从察里津出发去沃罗涅什。

第十七章

一月十六日的黄昏,本丘克和安娜来到沃罗涅什。他们在那里住了两天,就又到米列罗沃去了,因为就在起程去卡缅斯克那天收到消息,说顿河革命军事委员会和忠于它的部队在卡列金的部队压境的情况下,转移到米列罗沃去了。被迫撤离卡缅斯克。

米列罗沃市内,人心惶惶、拥挤不堪。本丘克在那里耽搁了几个钟头,就搭乘下一趟火车赶往格卢博克。第二天他接过了机枪队队长的职务,第三天的上午就参加了跟切尔涅佐夫率领的部队的战斗。

把切尔涅佐夫的队伍打垮以后,本丘克和安娜突然不得不分手了。

早晨，心情激动、略带伤感的安娜从司令部跑来。

“你知道，阿布拉姆松在这儿哪。他很想见见你。另外还有一个新闻——我今天就要走啦。”

“到哪儿去？”本丘克惊讶地问。

“阿布拉姆松、我，还有另外几个同志一同到卢甘斯克去做宣传鼓动工作。”

“你要离开机枪队啦？”本丘克冷冷地问。

她笑了起来，把红扑扑的脸颊贴到他脸上，说道：

“你说实话，并不是因为我离开队伍使你难过，而是因为我要离开你，才使你难过，是吧？不过这是暂时的离别。我相信，干这种工作，要比在你身边打机枪对革命更有益些。我对宣传工作，也许比打机枪更在行些……”她顽皮地挤了挤眼，“虽然我是在像本丘克这样有经验的指挥员领导之下学的射击技术。”

不久，阿布拉姆松就来了。他仍旧像从前那样热情、积极、活跃，他那像涂了一层松焦油似的甲虫壳一样的脑袋上的斑白头发依然是那样闪着白光。本丘克从心坎里高兴起来。

“你的病好啦？好极啦！我们要把安娜带走，”他眯缝起眼睛，话里有话地暗示说，“你不反对吗？不反对吗？对对……对对，好极啦！我之所以提出这个问题，是因为你们在察里津这段时间大概已经混得很熟啦。”

“坦白地说，我舍不得离开她。”本丘克脸色阴沉，强颜欢笑说。

“舍不得？！这可太多情啦……安娜，你听见了吗？”

阿布拉姆松在屋子里来回踱着，他一面走，一面从箱子后头拿起了一本落满尘土的加林-米哈伊洛夫斯基①的书，猝然全身抖动了一下，开始告别。

“你收拾好了吗，安娜？”

“你先走。我马上就来。”她在屏风后面回答说。

她换好衣服，从屏风后面走出来。穿了一件保护色军便服上衣，腰

① 加林-米哈伊洛夫斯基（1852—1906），俄国进步作家。

里扎着皮带,口袋被乳房顶得稍稍鼓起来一点;仍旧穿着那条有好几个补丁、但是非常干净的黑裙子。不久前洗过的浓密的头发显得很蓬松,从发髻里扎煞出来。她穿上军大衣,紧着腰带(刚才那股兴奋劲儿不见了,声调变得沉闷,带着恳求的神情),问道:

“你今天要参加进攻吗?”

“嗯,当然要去!我不能袖手旁观呀!”

“我请求你……听我说,要小心点儿!你答应我这么做吗?行吗?我给你多留下一双毛袜子。别伤风,尽量不要使脚受潮湿。我会从卢甘斯克给你写信来的。”

她的眼睛不知怎么,一下子失去了光彩;告别的时候,她承认说:

“你看,我真是舍不得离开你啦。起初,阿布拉姆松建议去卢甘斯克时,我很高兴,但是现在我觉得,离开你,在那儿我会感到寂寞。这再一次证明,感情在当前是多余的东西——它会变成累赘……好,说来说去,还是再见吧!……”

他们俩都故作镇定,冷冷地道了别,但是本丘克理解,而且也应该理解:她是害怕失掉决心。

他出来送她。安娜慌慌张张,不断地耸着肩膀,头也不回地走了。他想要唤住她,但是在道别的时候,他看见她略微有点儿斜的、蒙眬的眼睛里已经闪着过于湿润的目光;于是他克制着自己的意志,假装很高兴的样子喊道:

“我希望,咱们能在罗斯托夫见面!一路保重,阿尼娅!”

安娜回头看了看,快步走去。

安娜走了以后,本丘克感到非常孤单。他从外面回到屋里,但是立刻就像被烫了一下似的,又从屋里跳出来……那里的每一件东西都还在显示着她曾在那里住过,每一件东西上都还保留着她的气味:忘记带走的手绢、战士的军用背包、铜水杯,——一切她曾经摸过的东西。

本丘克在镇上一直逛到黄昏,感到一种从来没有过的不安,而且有这么一种感觉,仿佛从他身上割去了什么东西,而他怎么也不能适应这种新情况。他心不在焉地打量着那些陌生的赤卫军和哥萨克们的面孔,有一些他认了出来,有许多人也认出他来。

走到一个地方，一个在对德国战争中和他同过事的哥萨克拦住了他。这个哥萨克把本丘克拉到自己住所，请他一块儿玩牌。桌边围了一群赤卫军和刚开到的水兵在打“二十一点”。他们在弥漫的香烟烟雾中，噼啪乱响地出牌，沙沙地数着克伦斯基政府出的钞票，嘴里骂骂咧咧，拼命地喊叫。本丘克很想到空旷的地方去，便走出来了。

一个钟头以后就要去参加进攻了，这才剪断他的离愁。

第十八章

卡列金自杀以后，新切尔卡斯克镇把政权交给顿河军行军司令官纳扎罗夫将军。一月二十九日顿河哥萨克军会议的代表们选他为顿河哥萨克军的长官。只有很小一部分代表来参加会议，出席的代表绝大多数是南方各区的顿河下游一些集镇的代表。这次会议称为“小”哥萨克军会议。纳扎罗夫获得会议的支持后，宣布征召从十八岁到五十岁的哥萨克入伍，虽然以派遣武装部队到各集镇去强行征召相威胁，但是哥萨克们仍然很不情愿拿起枪来。

在“小”顿河哥萨克军会议开幕的那天，克拉斯诺晓科夫将军的顿河哥萨克第六团在塔钦中校指挥之下，以行军队形从罗马尼亚前线回到新切尔卡斯克。这个团从叶卡捷琳诺斯拉夫开始就且战且走，冲破了赤卫军的重重包围。在皮亚季哈特卡、梅热瓦、马特维耶夫山岗及其他许多地方，连遭重创，但是尽管如此，这个团几乎还是连同全部军官，完整地回到新切尔卡斯克。

为这个团举行了一次盛大的欢迎会。在教堂广场上祈祷仪式后，纳扎罗夫对哥萨克们表示感谢，感谢他们纪律严明，军容整齐地带着武器返来保卫顿河。

不久这个团就被调往苏林车站附近前线，可是过了两天，新切尔卡斯克就接到了不祥的消息，说这个团因受布尔什维克宣传的影响，自作主张撤离阵地，拒绝保卫军政府。

“小”哥萨克军会议开得无精打采。大家都已预感到跟布尔什维克进行斗争的结局早已注定。开会的时候,纳扎罗夫——这是位坚强的急性子的将军——坐在那里,用手托着脑袋,手掌捂在前额上,仿佛是在痛苦地思索什么问题。

最后的一点希望也化为泡影。季霍列茨克镇附近已经炮声隆隆。传来的消息说,察里津的红军指挥员——阿夫托诺莫夫少尉——正从那里向罗斯托夫挺进。

列宁命令南方战线于二月二十三日①攻克罗斯托夫②。

二月二十二日早晨,切尔诺夫大尉的白卫军队伍开进了罗斯托夫,他是在西韦尔斯的进逼和格尼洛夫斯克镇的哥萨克从他的后方夹击下退回来的。红军的包围只留下了一个小小的缺口,科尔尼洛夫感到继续留在罗斯托夫形势不妙,当天就下令撤往奥利金斯克镇。

工人在捷梅尔尼克对火车站和军官巡逻队整天射击。黄昏时分,密密麻麻的一长串队伍从罗斯托夫开了出来,像一条肥肥的黑蛇穿过顿河,——蜿蜒曲折地向阿克萨伊爬去。一些小部队踏着松软、湿润的积雪,艰难地往前走着。队伍里有许多人穿钉着闪光扣子的中学生大衣,有的是穿草绿色大衣的实科中学的学生,但是绝大多数的是穿步兵军官大衣的军官。排长都是上校和大尉军衔的。队列里有士官生,也有军官,从准尉到上校,什么军衔的都有。成群的难民——上了年纪的、有身份的人们穿着新式的大衣和套鞋,跟在辎重队多得数不清的大车后面走着。妇女们围在大车旁边缓慢地挪动着脚步,穿着高跟鞋,在没膝深的雪地里挣扎。

叶甫盖尼·利斯特尼茨基大尉在科尔尼洛夫团的一个连里走着。和他并肩走的是仪容端正的战斗部队的军官斯塔罗别利斯基上尉、苏沃洛夫-法纳戈里斯基掷弹兵团的步兵中尉博恰戈夫和洛维乔夫中校——一个老得牙都没有了的战斗部队军官,他像只老野狐狸,浑身长满了红毛。

---

① 从一九一八年二月十四日起,小说中的日期改用新历(公历)。

② 作者对这段战史的叙述,各版均不同。此处译文根据一九八〇年版译出。

天色益暗。严寒袭来。从顿河河口吹来带咸味的、潮湿的冷风。利斯特尼茨基习惯地、步伐一点也不错乱地踏着已经踩烂的积雪,观察着追过他的连队的人们的脸。科尔尼洛夫团的团长涅任采夫大尉和原禁卫军普列奥布拉任斯基团团长库捷波夫上校从道旁走过去,库捷波夫敞怀穿着军大衣,制帽歪戴在扁平的后脑勺上。

"团长老爷!"洛维乔夫中校熟练地两手倒换着步枪,喊了涅任采夫一声。

库捷波夫掉过他那宽额角、像牛似的嵌着两只眼距很大的黑眼睛,蓄着剪成小铲形大胡子的脸;涅任采夫从他的肩膀下面看了一眼喊他的人。

"请您命令第一连走快点儿!要知道这样走法就是冻死也不足为奇。我们的脚都湿透啦,还用这种走法行军……"

"岂有此理!"大嗓门儿、说起话来像吵架似的斯塔罗别利斯基哇啦哇啦叫道。

涅任采夫没有回答,走了过去。他正在跟库捷波夫争论什么。过了一会儿,阿列克谢耶夫将军的马车跑到他们前面去了。车夫赶着两匹吃得肥肥的、尾巴扎起来的铁青马;马蹄向四下溅出一团团的积雪。阿列克谢耶夫蓄着胡尖翘起的白胡子,两道也是向上翘着的白眉毛,他的脸被风吹得通红,制帽歪扣在耳朵边,斜靠在马车后背上坐着,瑟缩地用左手扶着领子。

被大队人马踏烂的路上,有的地方渗出了黄色的小水洼。走起来很困难——两只脚直打滑,雪水浸透了靴子。利斯特尼茨基一面走着,一面倾听着前面的谈话。一个身穿皮上衣、头戴普通哥萨克皮帽子的军官用中音说:

"您看见了吗,中尉?国家杜马的主席罗坚科,老头子啦,也在开步走呢。"

"俄罗斯正走向峨尔峨他①……"

---

① 峨尔峨他是耶路撒冷附近的一个小山岗的名字,耶稣就是在那里被钉在十字架上的。

有个人咳嗽着，沙哑地吐着痰，想嘲讽几句，说道：

“峨尔峨他……只有一点儿不同，那里是石头路——这儿全是雪，而且是湿漉漉的雪，再加上冷得冻死人的天气。”

“诸位，你们可知道在哪儿宿营吗？”

“在叶卡捷琳诺达尔①。”

“我们在普鲁士，也有过一次这样的行军……”

“库班人又会怎样对待我们呢？……什么？……当然，那儿是另一回事儿了。”

“您还有烟抽吗？”戈洛瓦乔夫中尉问利斯特尼茨基。

他脱下粗布无指手套，拿了一支烟，道了谢，像个大兵一样擤了擤鼻涕，然后把手指头在军大衣襟上擦擦。

“中尉，您在学习平民生活方式哪？……”洛维乔夫中校微微一笑，问道。

“非学会不可。您怎么……要不就得准备一打手绢，是不是？”

洛维乔夫没有回答。他那夹杂着银丝的棕红胡子上挂着浅绿色的冰琉璃。他偶尔抽搭抽搭鼻子，吹进军大衣里的寒风冻得他直皱眉头。

“俄罗斯的精华”，利斯特尼茨基想着，怀着极端痛苦的怜悯心情打量着队伍和弯弯曲曲地在道路上行进的纵队的前部。

跑过几个骑马的人，科尔尼洛夫也在他们中间，骑着一匹高大的顿河马。他那件两侧缝着斜兜的浅绿色皮袄和白皮帽子，在队列头顶上闪晃了很久。各军官大队用沉闷的声音，狂喊“乌拉”，送他驰去。

“这一切都不要紧，只是家庭……”洛维乔夫像老头子似的哼哼了一声，斜睨了利斯特尼茨基一眼，好像是在寻求同情，“我的家还留在斯摩棱斯克……”他又说下去，“妻子和一个女儿，已经是大姑娘啦。到圣诞节，她已满十七岁……您瞧，大尉，啊？”

“是啊……”

“您也有家眷吧？是新切尔卡斯克人吗？”

“不，我是顿河人。我只有一位老父亲啦。”

---

① 叶卡捷琳诺达尔就是现在的克拉斯诺达尔市。

“真不知道对她们该怎么办……我不在家她们一定很困难，”洛维乔夫继续说。

斯塔罗别利斯基愤愤地打断他的话，说：

“大家都有撇下的家眷，中校，我不明白您哼唧什么？真是些莫名其妙的怪人！还没有完全离开罗斯托夫呢，就……”

“斯塔罗别利斯基！彼得·彼得洛维奇！您参加过塔甘罗格战役的战斗吗？”有一个人从后面，隔着一排喊道。

斯塔罗别利斯基把满面怒色的脸掉过去，阴郁地笑了。

“啊……弗拉基米尔·格奥尔吉耶维奇，您怎么落到我们的排里来啦？调动职务啦？跟什么人闹别扭了吗？啊哈……噢，这是可以理解的……您问塔甘罗格战役吗？是的，参加啦……怎么啦？完全正确……他阵亡啦。”

利斯特尼茨基心不在焉地听着他们的谈话，回忆着自己离开亚戈德诺耶时，父亲和阿克西妮亚的样子。突然一阵刺心的忧愁涌上心头，憋得他喘不过气来。他无精打采地捯动着脚步，瞅着在前面晃动的上着刺刀的步枪，瞅着戴着皮帽、制帽和长耳风帽、随着脚步的节奏摇晃的脑袋，心里想：

“此时此刻，这五千多被放逐的人，个个都和我一样，满怀深仇大恨和无限的愤怒。这帮混蛋，把我们赶出了俄罗斯——也想在这里消灭我们。咱们走着瞧吧！……科尔尼洛夫会率领我们凯旋莫斯科的！”

这时他想起了科尔尼洛夫莅临莫斯科的盛况，欣喜地转到对那一天的回忆。

后面不远的地方，大概是在连队的队尾上，走着一个炮兵连。马匹打着响鼻，炮车轰隆轰隆地响着，甚至可以闻到从那里吹来的马汗的气味。利斯特尼茨基一闻到这种熟悉的、动心的气味，立刻就扭回头去；前面的那个驭手，一个年轻的准尉，看了他一眼，像见了熟人似的笑了。

到三月十一日，科尔尼洛夫的志愿军已经全部集结到奥利金斯克镇地区。科尔尼洛夫迟迟没有发动进攻，他在等待顿河行军司令官波波夫将军的到来，他率领自己的部队从新切尔卡斯克撤出后，转移到顿河对岸的草原上，这支队伍大约有一千六百支枪、五门炮和四十挺机枪。

十三日上午，波波夫将军由他的参谋长西多林上校陪同，在几个哥萨克军官护拥下，来到奥利金斯克镇。

他在科尔尼洛夫住的房子旁边的操场上勒住了马：扶着鞍头，艰难地把一条腿跨下马鞍。匆忙跑来的侍从兵——一个留着乌黑的额发、脸色黝黑，眼睛像田凫一样尖利的哥萨克青年——扶住了他。波波夫把缰绳扔给他，威风凛凛地向台阶走去。西多林和几个军官也都下了马，尾随着走过来。几个侍从兵把马匹从板棚门里牵进院子。当一个上了些年纪的、瘸腿的侍从兵还在给马挂料袋的时候，那个留着乌黑额发、眼睛像田凫似的侍从兵已经和房主人的女仆搭讪起来了。他对她说了句什么话；女仆——一个两颊红艳的姑娘，头巾系得很轻佻，光腿上穿着高筒套鞋，——一面笑着，一面跌跌滑滑地从他面前跑过，踏着水洼往板棚跑去。

仪表堂堂、上了年纪的波波夫走进屋子，在前厅里把军大衣递给那个动作敏捷的侍从兵，马鞭子挂在衣架上，响亮地擤了半天鼻涕。侍从兵把他和一面走，一面整理头发的西多林领进大厅。

应邀来参加会议的将军们已经到齐了。科尔尼洛夫坐在桌边，两肘撑起放在摊开的地图上；他的右首坐的是白发苍苍、骨瘦如柴、腰板挺直、新刮过脸的阿列克谢耶夫。邓尼金闪着两只聪明的、炯炯有神的眼睛，正在和罗曼诺夫斯基谈什么。远看很像邓尼金的鲁科姆斯基捋着大胡子，缓缓地在屋子里来回踱着。马尔科夫站在一个对着院子的窗户前面，注视那几个哥萨克侍从兵一面照料马匹，一面跟那个年轻的女仆开玩笑。

到会的人们互相寒暄过后，就到桌前就座。阿列克谢耶夫问了几个没有什么意义的、有关道路和新切尔卡斯克撤退的问题。库捷波夫走了进来。和他一起进来的还有另外几个科尔尼洛夫邀请来的战斗部队的军官。

科尔尼洛夫注视着镇定自若，信心十足地坐到桌边的波波夫，问道：

“将军，请您说说，所部的人数？”

“一千五百多支枪，一个炮兵连，四十挺机枪，都配有机枪手。”

“志愿军被迫从罗斯托夫撤退的情况，您已经知道啦。昨天我们开了一个会。决定向库班挺进，目标是叶卡捷琳诺达尔，有一些志愿军部队正在这个城市的附近地区活动。我们的进军路线是……”科尔尼洛夫用铅笔没有削的那头在地图上指划了一下，便匆忙地讲起来，“在行进途中将吸收一些库班地区的哥萨克，消灭那些企图阻挠我们前进、为数不多、松松垮垮、没有战斗力的赤卫军队伍。”他瞅了瞅波波夫眯缝着往一边看的眼睛，结束说，“我们建议阁下把您的部队跟志愿军联合起来，协同进军叶卡捷琳诺达尔。分散力量——对我们不利。”

“我碍难从命！”波波夫断然地声明说。

阿列克谢耶夫微微向他倾了一下身子。

“请问，这是为什么呢？”

“因为我不能离开顿河地区到什么库班去。我们可以北倚顿河之险，屯兵过冬地区①，静观时局的发展。由于顿河即将解冻，所以敌人已不可能进行什么积极的军事行动，——不仅炮兵渡不了顿河，就是骑兵也无法渡河。而在过冬地区，我们不仅粮秣有充分的保证，还可以在任何时候，向任何方面开展游击战争。”

波波夫很有信心地列举了很多理由，拒绝了科尔尼洛夫的建议。他喘了一口气，见科尔尼洛夫要插话，就固执地摇了摇脑袋，说道：

“请让我把话说完……除此以外，还有一个特别重要的因素，我们指挥部不能不予以认真考虑，这就是我们那些哥萨克的情绪。”他伸出肥胖的白手，食指上的金指环紧箍进肉里去；他环视在座的人，稍微提高了一点儿声调继续说道：“如果我们移军库班，军队就有瓦解的危险。哥萨克可能不肯去。请不要忘记，我部不变和最坚强的组成部分是哥萨克，而他们在精神上并不是很坚定的，正如……就说阁下的部属

---

① 牧民春夏秋三季逐水草而居，冬则在有水草的暖和地方过冬。这种地方就叫“过冬地区”。

吧。他们不肯去——毫无办法。我不能冒丧失整个部队的风险,”波波夫斩钉截铁地,又一次不容科尔尼洛夫开口,说道,“请原谅,我向阁下说出了我们的决定,而且斗胆恳请阁下相信,我们是不能改变这一决定的。当然,分散力量对我们不利,但是审时度势,这是唯一的出路。综上所陈,以愚之见,志愿军以不去库班为佳,——库班哥萨克的情绪使我担忧,——而与顿河军一同渡河,进军顿河对岸的草原。志愿军可以在那里进行休整,在春天到来以前,用俄罗斯来的志愿军,补充新的力量……”

“不行!”科尔尼洛夫叫起来,昨天他还倾向开往顿河对岸草原的主张,而且还曾固执地批驳了阿列克谢耶夫的反对意见,“到过冬地区去是毫无意义的。我们有六千之众……”

“如果说的是给养问题,那么我敢向您保证,大人,再没有比到过冬地区去更好的啦。同时,您还可以从那儿的私人养马场搞到一些马匹,使军队拥有一部分骑兵。您将来进行野外运动战时,就有了新的成功的可能性。您需要骑兵,可是志愿军的骑兵却很有限。”

这一天,科尔尼洛夫对阿列克谢耶夫特别献殷勤,朝他看了一眼。显然科尔尼洛夫在选择进军方向问题上,正举棋不定,想得到别的权威人士的支持。大家细心地听了阿列克谢耶夫的意见。老将军惯于简单、透彻而又明确地说明问题,他用几句措词精炼的话说明了向叶卡捷琳诺达尔进军的好处。

“我们朝这个方向进军可以轻而易举地冲破布尔什维克的包围,跟在叶卡捷琳诺达尔一带行动的部队联合起来。”他这样结束道。

“如果此举不能如愿以偿,那可怎么办呢,米哈伊尔·瓦西里耶维奇?”鲁科姆斯基小心地问。

阿列克谢耶夫咂了咂嘴唇,用手在地图上勾画了一下。

“即使不幸失败的话,那我们还可以进军高加索丛山,在那里把军队化整为零。”

罗曼诺夫斯基支持他的意见。马尔科夫说了几句激动的话。阿列克谢耶夫的很有分量的论据似乎是无法反驳的,但是鲁科姆斯基接过话来,改变了会场争论一边倒的形势。

“我赞成波波夫将军的建议,”他不慌不忙地斟酌着字句,声明说,“进军库班困难重重;这是我们在这里难以预卜的。首先我们必须两次越过铁路线……”

所有参加会议的人的目光都集中到他的手指头在地图上指的方向。鲁科姆斯基坚定地继续说:

“布尔什维克是不会不以应有的方式来堵截我们的——他们会派出铁甲车。我们有如此庞大的辎重队,伤员又那么多;我们不能把他们扔掉。这一切都会给军队增加很大的困难,妨碍军队快速挺进。而且我也不明白,有什么根据,认为库班哥萨克对我们是友好的呢?以顿河哥萨克为例,他们似乎也是倾向于布尔什维克政权的,我们应该非常小心地并持适当合理怀疑态度来看待这一类的传闻。库班人也都正在患同样的布尔什维克沙眼病,这是旧的俄罗斯军队传染给他们的……他们很可能对我们抱敌对情绪。最后我必须再说一遍,我主张——东进,进军草原,在那里养精蓄锐,威胁布尔什维克。”

科尔尼洛夫在他的多数将军的支持下,决定西进,向韦利科克尼亚热斯克以西进军,在行军途中,给那些非战斗人员补充马匹,然后从那里转入库班地区。宣布散会后,他跟波波夫交谈了几句,——冷冷地道了别,便走回自己的房间。阿列克谢耶夫也随之走了出去。

顿河军参谋长西多林上校铿锵地响着刺马针,走到台阶上来,用洪亮的声调,高兴地向侍从兵喊道:

“备马!”

一名留着浅色胡子的青年哥萨克中尉,手扶马刀,踏过水洼,走到台阶近前。他在台阶的下层站住,小声问道:

“怎么样,上校老爷?”

“很好!”西多林兴奋地低声回答说,“我们拒绝进军库班。我们马上就要返回驻地。你们都准备好了吗,伊兹瓦林?”

“好啦,正在牵马来。”

几个侍从兵上了马,牵马过来。那个留着黑额发、眼睛像田凫似的哥萨克,不时瞟着自己的同伴。

“怎么样,她漂亮吗?”他哧哧地笑着,问道。

那个上点儿年纪的哥萨克矜持地笑了笑。

“像长了马癣似的。”

“如果她要招呼你去呢?”

“算了吧,傻瓜!要知道这会儿正是大斋的日子。”

葛利高里·麦列霍夫先前的同事伊兹瓦林,跃上自己那匹溜屁股、整个额部都是白色、鼻孔也是白色的战马,向侍从兵命令说:

“你们先到街上去。”

波波夫和西多林一面跟一位什么将军道别,一面走下台阶。一个侍从兵拉着马,帮助将军一只脚踏上马镫。波波夫摇晃着不起眼的哥萨克式马鞭,催马小跑起来,几个哥萨克侍从兵、西多林和几名军官立在马镫上,身子略微向前探着,跟在他后面驰去。

经过了两天的行军,志愿军来到梅切京斯克镇,科尔尼洛夫又得到了一些有关过冬地区情况的补充报告,而这些报告都与波波夫吹嘘的恰恰相反,令人失望。科尔尼洛夫把各战斗部队的指挥官召集起来,宣布了向库班进军的决定。

他又派专使到波波夫那里去,重申联合的建议。专使军官在旧伊万诺夫斯克附近追上了队伍。专使带回的回信中,波波夫依然是客气,然而冷淡地拒绝了联合的建议,信中写道,他的决定是不能改变的,他暂时仍将留驻萨尔斯克地区。

第十九章

本丘克跟着迂回前进,去攻占新切尔卡斯克的戈卢博夫支队出发了。二月二十三日他们走出沙赫特纳亚,穿过拉兹多尔斯克镇,入夜之前,已经到达梅利霍夫斯克镇。第二天黎明就从镇上开拔了。

戈卢博夫率领着队伍用强行军速度前进。他那短粗的身躯总走在队伍的前头;鞭子不住气地往马身上抽。夜里行经别斯谢尔盖涅夫斯克镇时,让马匹稍稍休息了一下,骑士们又摇摇晃晃,在没有星星的、灰蒙蒙的夜色中登程了,土路上的薄冰在马蹄下咯吱咯吱地响着。

在克里维亚恩斯克镇附近他们迷了路,但是立刻又走上了正路。当他们开进克里维亚恩斯克镇的时候,天上已经露出了霞光。镇上还空荡荡的。在广场边的水井旁,一个哥萨克老头子正在砍马槽里的冰。戈卢博夫策马走到他面前,队伍也就停了下来。

“您好,老人家。”

哥萨克把一只戴着无指手套的手慢慢地举到皮帽子的帽檐上,很不耐烦地回答说:

“您好。”

“老人家,怎么你们镇上的哥萨克都到新切尔卡斯克去啦? 在你们这儿征召过吗?”

老头子没有回答,匆匆拿起斧头,朝大门口走去。

“走!”戈卢博夫拨马离开那里,嘴里骂着,命令道。

这一天“小”顿河哥萨克军会议正准备撤往康斯坦丁诺夫斯克镇。新任的顿河军行军司令官波波夫将军已经把武装部队撤出新切尔卡斯克,军用物资也都带走了。上午得到消息说,戈卢博夫正由梅利霍夫斯克向别斯谢尔盖涅夫斯克镇方向挺进。“小”顿河哥萨克军会议派西沃洛博夫大尉去跟戈卢博夫谈判交出新切尔卡斯克的条件。戈卢博夫的骑兵,跟着西沃洛博夫,未遇任何抵抗就冲进了新切尔卡斯克。戈卢博夫骑在浑身大汗的马上,在一大伙哥萨克的护卫下,快马奔向“小”顿河哥萨克军会议厅。大门口围了几个看热闹的人,一个侍从兵站在那里,牵着一匹备好鞍子的马,等候纳扎罗夫。

本丘克从马上跳下来,抓起手提机枪,跟着戈卢博夫和另外一群哥萨克一起冲进会议厅。一听到大门哗的一声敞开了,宽敞的大厅里的代表们都应声扭过头来,脸变得煞白。

“起立!”戈卢博夫好像是在举行检阅一样,紧张地命令道,在哥萨克们的护拥下,匆匆忙忙,磕磕绊绊,走到主席团的桌子前面。

“小”顿河哥萨克军会议的成员们听到这声令人畏服的喊叫,应声起立,椅子乒乓乱响,只有纳扎罗夫一个人还坐着。

“你们怎么敢中断哥萨克军会议呢?”他愤怒地喊道。

“你们被捕啦！住口！”戈卢博夫气得满脸通红，跑到纳扎罗夫的面前，把肩章从他的将军服上撕下来，说道，“站起来，对你说哪！把他带走！……你！……我对谁说话哪！……金肩章迷！……”

本丘克把机枪架在门口。各位哥萨克军会议的成员像一群绵羊似的挤成一团。几个哥萨克把纳扎罗夫、吓得脸色发青的“小”哥萨克军会议主席沃洛希诺夫和另外几个人，从本丘克面前架了出去。

栗色的脸上布满红晕的戈卢博夫脚上的刺马针碰得叮当乱响，也跟着走出去。一个会议的成员抓住了他的衣袖，问道：

“上校老爷，行行好，告诉我，我们上哪儿去呢？”

“我们可以走啦？”另外一个人躲躲闪闪从他肩膀后面探过脑袋，问道。

“你们滚蛋吧！”戈卢博夫挥着手喊道，走到本丘克面前时，又回过头来，跺了一下脚，喊道，“滚你们的……我没有工夫跟你们啰嗦！……滚吧！……”

他那受了风的沙哑的喊声在大厅里轰鸣了半天。

本丘克在母亲那里住了一夜，第二天，西韦尔斯已占领罗斯托夫的消息传到了新切尔卡斯克，他立即向戈卢博夫请了假，第二天一早就骑马去罗斯托夫。

他在西韦尔斯的司令部工作了两天，西韦尔斯还是在《战地真理报》当编辑的时候就认识他；——本丘克到革命军事委员会去了几次，阿布拉姆松和安娜都不在那里。西韦尔斯的司令部里组织了一个革命军事法庭，就地审判、处决被俘的白卫军。本丘克在那里工作了一天，帮助法庭工作，参加搜捕潜伏的敌人，第二天，他已经不抱任何希望，跑到革命军事委员会去，一上楼梯，就听见了安娜的熟悉的声音。当他放慢脚步，走进第二间屋子的时候，全身的血液顿时全都涌上心头，不知道是什么人的话语声和安娜的笑声从那里传出来。

原城防司令的房间里，烟雾腾腾。屋角里一张妇女用的小桌边坐着一个人，他穿着钮扣掉光了的军大衣，戴着护耳放下来的步兵皮帽，正在那里写什么，有几个战士和穿皮袄或大衣的文职人员围在他身边。他们三人一伙，两人一堆，在抽烟、谈话。安娜背对着门站在窗边，阿布拉姆松坐在窗台上，用交叉起来的手指抱着弯起的膝盖；他旁边，歪着脑袋，站着一个身材高大、长得像拉脱维亚人的赤卫军战士。他把拿着香烟的手伸到一边，竖起小手指头，在讲些什么——看来准是件可笑的事：安娜向后仰着身子，放声大笑，阿布拉姆松笑得满脸全是皱纹，近处的人也都含笑在听这个战士讲，而他的大脸上的、像用斧子砍出的每一根线条上，都流露着一种聪明、机智和略带凶狠的神情。

本丘克把一只手放在安娜的肩膀上。

“你好啊，阿尼娅！”

她回头一看，立刻满脸绯红，从脖子一直红到锁骨，眼睛里迸出泪花。

“你从哪儿来？阿布拉姆松，你快看！他简直像一枚崭新的新银币，可是你还在为他担心呢。”她低语道，眼也不抬，无力控制自己的窘急心情，往门口退去。

本丘克握了握阿布拉姆松热乎乎的手，跟他交谈了几句，觉得自己脸上挂着愚蠢、无限幸福的笑容，就没有回答阿布拉姆松提出的一个问题（他连问题的意义都没有弄清楚），就走到安娜面前去了。她已经镇定下来，由于有点儿不好意思，所以面带微怒地迎着他说：

“喂，再一次向你问好。你怎么样？身体好吗？什么时候来的？是从新切尔卡斯克来的吗？你这些日子在戈卢博夫的支队里吗？嘿，真了不起……喂，怎么样？”

本丘克一面回答她的问题，一面用一眨也不眨的、沉重的目光盯着她。而她的回报的目光却因为受不了他的逼视，滑到一旁。

“咱们到外面去走走吧。”安娜提议。

阿布拉姆松唤住了他们俩：

“你们很快就回来吗？本丘克同志，我有事情跟你谈。我们想请你做一件事情。”

“我一个钟头后回来。”

到了外面，安娜温柔地直瞅着本丘克的眼睛，惋惜地挥了一下手，说道：

“伊利亚，伊利亚，你看我羞的那个样子，真是太糟糕啦……简直像个小姑娘！这一是因为太突然，二是由于咱们俩的暧昧关系。说实在的，咱们俩算是怎么回事呢？是情歌里的‘未婚夫与未婚妻’吗？你知道吗？在卢甘斯克，阿布拉姆松有一回问我：‘你跟本丘克同居了吧？’我断然否认了，然而他可是个善于观察的人，什么也休想瞒过他。他虽然什么也没有说，但是我从他的眼神里看出，他并不相信。”

“谈谈你自己的事吧，慢慢说，好吗？”

“噢，我们干得好极啦！组织了一个支队，拥有二百一十一支枪。我们进行了大量的组织工作和政治工作……唉，这难道是三言两语能说清楚的吗？你来得这么突然，我简直还没有转过向来。你在哪儿……在哪儿过夜？”她中断了谈话，问道。

“在……一位同志家里。”

本丘克说了句谎话，立刻变得很不自然：其实这几夜他都是住在西韦尔斯司令部的办公室里。

“你今天就搬到我们那儿去吧。你还记得我住的地方吗？就是你曾经送我回去的那个地方。”

“我找得到。不过……我一去会不会给你家添麻烦？”

“你在说什么呀，你谁也不会麻烦，而且根本你就不该说这种话。”

傍晚，本丘克把自己的衣物装到一只宽大的军用袋里，来到郊外安娜住的那条小胡同。一位老太太在一座不大的、砖木建筑的厢房门口迎接了他。老太太的模样隐约地有点儿像安娜：也是那样发蓝的黑眼珠子，有点儿弯的鼻子，只不过皮肤上皱纹很多，而且带点儿泥黄色，嘴瘪进去，显得老态龙钟。

“是您吗——本丘克？”她问道。

“是我。”

“请进吧。女儿已经对我谈过您啦。”

她把本丘克领到一个小房间里去，告诉他往哪里放东西，用患风湿病的手指四下指了指，说道：

“您就住在这儿吧，这张行军床就是为您准备的。”

她说话带着很重的犹太人口音。家里除她之外，还有一个小姑娘，也是个跟安娜一样瘦弱的、浅蓝色眼睛的姑娘。

没过多久,安娜回来了。她一进家,气氛马上就变得热闹和活泼起来。

"没有人上咱家来吗?本丘克没来过?"

母亲用犹太语回答她几句,安娜立即用坚定、滑行的步子朝本丘克的房间门口走去。

"我可以进来吗?"

"请,请。"

本丘克从椅子上抬起身来,朝她走过去。

"喂,怎么样?你已经安置好了吗?"

她满意地含笑打量着他,问道:

"你吃了点儿东西了吗?走,咱们到那儿去。"

她拉住他的军便服袖子,把他领到第一间屋子里去,说道:

"妈妈,这是我的一位同志,"她笑着说,"您可别委屈了他。"

"看你说的,怎么会呢……他是咱家的贵客。"

夜里,罗斯托夫城里步枪射击声像熟透的槐荚似的噼噼啪啪地响着。偶尔还有一阵阵的机枪声,后来都归于沉寂。于是黑夜,肃穆、漆黑的二月的夜色,重又用寂静笼罩了市街。

本丘克和安娜在他那间收拾得非常整齐的小屋子里坐了很久。

"我和小妹妹住这间屋子,"安娜说,"你看,我们生活得多么朴素——像修道士一样。墙上既没有一张廉价的画片,也没有一张照片,没有一件显示我这个中学生的身份的东西。"

"你们靠什么生活呀?"本丘克在谈话中间问道。

安娜相当自豪地回答说:

"从前我在阿斯莫罗夫卷烟厂做工,还当家庭教师。"

"那么现在呢?"

"现在妈妈给人缝衣服。她们两个人花销不大。"

本丘克把占领新切尔卡斯克的情况,在兹维列沃和卡缅斯克附近的战斗情况详细地讲给她听。安娜谈了谈她在卢甘斯克和塔甘罗格工作的印象。

十一点钟的时候,母亲房间的灯一灭,安娜就走了。

第二十章

三月里，本丘克被派到顿河革命委员会革命法庭工作。身材高大、眼睛昏暗、被工作和失眠折腾得干瘦的革命委员会主席把他领到自己屋子的窗前，抚摸着手表(他忙着要去开会)，说道：

“你是哪一年入党的？啊哈，很好。那你当我们的执法队长吧。昨天夜里我们把前任执法队长送上‘西天’啦……为了受贿。他是一个真正患虐待狂病的家伙，胡作非为的坏蛋，——我们不需要这样的人。当然这是一种龌龊的工作，但是就是这样的工作也要全面地意识到自己对党所负的责任，你应该明白我所说的话，就是要……”他对这句话特别加重语气说，“要有人性。我们不得不消灭反革命分子的肉体，那完全是为了革命的需要，但是绝不可当演马戏玩。你明白我的意思吗？这很好。请你去接任工作吧。”

就在这天夜里，本丘克领着十六个赤卫军战士组成的行刑队，半夜时分，在城外三俄里的一个地方，枪毙了五个判死刑的人。其中有两个是格尼洛夫斯克镇的哥萨克，其余的是罗斯托夫居民。

几乎每天半夜里都要用卡车往城外押运判处死刑的犯人，匆匆忙忙地给他们挖些土坑，死刑的犯人和部分赤卫军战士也参加挖坑的工作。本丘克命令赤卫军战士排好队，用生铁似的低沉声音命令道：

“对准革命的敌人……”又把手枪一挥，喊道，“开枪！……”

一个星期的工夫，他变得枯干黑瘦，脸上好像蒙了一层尘土。眼睛深陷进去，神经质地眨动着的眼皮也遮掩不住苦闷的目光。安娜只有夜里才见到他。她在革命军事委员会工作。每天很晚才能回家，但是总要等着听他那熟悉、断续的敲窗户叫门的声音。

有一天，本丘克和往常一样，半夜以后才回来，安娜给他开开门，问道：

“要吃晚饭吗？”

本丘克没有回答;他昏昏沉沉地摇晃着,走进自己的房间,穿着大衣、戴着帽子,靴子也没有脱,就倒在床上。安娜走到他跟前,仔细看了看他的脸:眼睛紧紧地眯缝着,咬紧的牙齿上闪着唾沫珠,几缕伤寒病后脱落得稀疏的头发湿漉漉地沾在额角上。

她坐在他身旁。怜惜和痛苦使她心如刀绞。她低声问道:

"你很痛苦吗,伊利亚?"

他使劲握了握她的手,牙齿咬得咯咯直响,把脸掉过去朝着墙。就这样,一句话也没有说,睡着了,可是睡梦中却在含糊不清、诉苦似的直说梦话,仿佛还竭力想爬起来。她恐惧地看到了这一切,而且由于无端的恐惧浑身抽搐了一下:他半闭着眼睛睡去,凸出的白眼珠发炎似的在眼皮里闪着黄光。

"不要干那种工作啦!"第二天早晨她请求他,"最好还是到前线去吧!你弄得简直没有个人样啦,伊利亚!你会死在这种工作上的。"

"你给我住口!……"他眨着因狂怒而发白的眼睛,大声喊道。

"不要喊叫。我伤害你了吗?"

本丘克突然变得无精打采,好像蕴藏在心里的狂怒随着喊声全都发泄出来了。他疲倦地打量着自己的手掌,说道:

"消灭社会上的败类——是件龌龊的工作。你知道吗,枪毙人对于健康和精神都有害……真他妈的……"他头一次当着安娜的面骂出脏话,"只有傻瓜和野兽,或者宗教狂才去干这种龌龊的工作。是这样吧?人人都想去鲜花盛开的花园里漫步,但是要知道——叫他们统统见鬼去吧——在栽花种树之前,先要清除垃圾!要施肥!要干脏活!"尽管安娜已经掉过头去,不做声了,他还是提高了嗓门说道,"垃圾要清除,可是谁都讨厌这种工作!……"本丘克已经是大喊大叫起来,拳头敲得桌子砰砰响,不停地眨着充血的眼睛。

安娜的母亲探头朝屋子里瞅了瞅。他才猛醒过来,悄悄地说道:

"我不能放弃这个工作!我看到,清楚地感觉到,这项工作对革命是有益的!我把这些肮脏的东西搂在一起,拿来给土地施肥,使它变得更肥沃。将来,幸福的人们在这块土地上漫步……也许,我的还不存在的儿子要漫步……"他格格地苦笑起来,"我枪毙了多少这样的败类……壁虱……壁虱——这是一种咬人的虫子……我这双手已经杀死了十来个……”本丘克伸出紧握的像鸢鹰的利爪似的、长满黑毛的双手，然后把手往膝盖放着，低声说道：“统统见鬼去吧！让大火燃烧吧，烧得旺旺的，火花飞扬，不冒烟呛人……只是我疲倦了……再过几天，我就到前线去……你说得对……”

安娜默默地低语道：

“到前线上去，或者去干别的工作……离开那里，伊利亚，不然你……会发疯的。”

本丘克转过身，背朝着她，在窗上敲了一阵。

“不会的，我的神经很坚强……你别以为有用铁铸的人。我们大家都是用同一种材料做的……在实际生活中，根本就没有那种在战场上不害怕的人，也没有那种杀人不感到……精神上不留下创伤的人。当然，并不是为了那些戴肩章的人伤心……因为那些人也都是和我们这些人一样，都是自觉地去干自己的工作。但是昨天枪毙的九个人中，有三个哥萨克……都是劳动者……我开始松一个人的绑……”本丘克的声音越来越低沉、模糊，仿佛他离得越来越远，“我动了一下他的手，手像鞋底一样……硬邦邦的……长满了茧子……黑手掌上裂了许多口子……伤痕斑斑……坑坑洼洼……好，我走啦。”他猛然刹住，不讲了，背着安娜，摸了摸被剧烈的痉挛抻得像套马索一样直挺挺的脖子。

他穿好靴子，喝了一杯牛奶就走了。安娜在过道里追上他，双手抓住他的一只沉重的手握了半天，然后又把它往自己热辣辣的脸颊上贴了贴，就跑到院子里去了。

天气益暖。春天从亚速海涌进顿河河口。三月底，受到乌克兰反革命武装和德国人压逼的乌克兰赤卫军部队开始退到罗斯托夫。市里到处都有杀人、抢劫和强征暴敛的事情发生。有些完全溃散了的队伍，革命军事委员会不得不解除他们的武装。这免不了要冲突、开枪。哥萨克在新切尔卡斯克附近蠢蠢欲动。三月里，像杨树发芽一样，各集镇的哥萨克与外来户之间的矛盾爆发了，有些地方发生了暴动，反革命阴谋出笼了。但是罗斯托夫的生活旋律却是快速的、生气勃勃的：每天晚上，一群一群的步兵、水兵和工人，在大花园街上游逛。开露天大会，嗑葵花子，葵花子皮啐到人行道旁的溪流里，拿妇女开开心。被大大小小的欲望折磨着的人们，仍然像先前那样生活：工作、吃饭、喝酒、睡觉、死亡、生孩子、恋爱、互相仇恨、呼吸从海上吹来的咸风。酝酿着暴风雨的日子顽强地日益在向罗斯托夫逼近。散发出了解冻的黑土气息，可以闻到即将爆发的战争的血腥气味。

在一个这样阳光灿烂的晴朗日子，本丘克比平常回来得早一点，看到安娜已经在家，他觉得很奇怪，便问：

“你总是回来得很晚呀，为什么今天这样早？”

“我有点儿不舒服。”

她跟着他走进他的屋子，本丘克脱了外衣，脸上露出高兴得欢跳的笑容，说道：

“阿尼娅，从今天起，我已经不在革命法庭工作啦。”

“是吗？把你调到哪儿去啦？”

“调到革命军事委员会去啦。今天我跟克里沃什雷科夫谈过话。他答应把我派到地区的什么地方去。”

他们一起吃了晚饭。本丘克上床去睡。他心情很激动，躺了好久也睡不着，吸着烟，在硬邦邦的床垫上翻来覆去，快活地叹气。能离开革命法庭使他很高兴，因为他感到，如果再干下去，不用多久，他就会支持不住，就会失去勇气。他刚抽完第四支烟，听见门轻轻地吱扭响了一声，抬头一看，原来是安娜。她光着脚，只穿着一件衬衣，滑过门槛，悄悄地走到他床边。从百叶窗的缝里，透进一道朦胧的、绿色的月光，照在她赤裸的椭圆的肩头上。她俯下身来，把一只温暖的手巴掌放在本丘克的嘴唇上。

“往里挪一挪。别说话……”

她躺在一旁，急急忙忙地把一绺沉重的、像葡萄嘟噜一样的头发从额角上撩开，闪烁着发蓝的眼睛，有点粗鲁、费力地低声说：

“说不定哪天，我就会失掉你……所以我要拿出全部力量来爱你！”她被自己的决定吓得哆嗦了一下，央求道：“亲爱的，快点儿！”

本丘克吻着她，同时可怕的、非常可怕的羞惭控制了他的全部感情，他恐怖地感觉到自己力不从心。

他羞愧得头直摇晃，脸颊热得火烧火燎的。安娜愤怒地推开他，满脸憎恨、厌恶的表情，喘了一口粗气，轻蔑地低声问：

“你……你不行？或者是你……有病？……噢噢噢，这简直太卑鄙啦！……你放开我！”

本丘克握住她的手指头，手指头都有点儿嘎吧作响，眼睛直视她那睁大的、充满敌意的、蒙眬的黑眼睛，呆滞地摇晃着脑袋，结结巴巴地质问道：

“为什么？为什么你这样责备我？是的，我已经筋疲力尽！……现在就连这种事儿也干不了啦……我没有病……你要明白，要明白！我的精力已被耗尽了……啊……啊……”

他闷声哼哼着，从床上跳起来，抽着一支烟，像被打了一顿似的，弯着腰在窗边站了很久。

安娜从床上下来，默默地拥抱他，并且像母亲似的，安详地亲了亲他的额角。

过了一个星期，安娜把被激情烧得红扑扑的脸藏在他腋下，坦白说：

“……我早就知道，你的精力消耗得太多……可是没想到工作竟把你的精力全吸干啦。”

此后，本丘克有很长时间，不仅感受到心上人的抚爱，还享受到了温柔的、无微不至的慈母似的关怀。

并没有派他到外地去。波乔尔科夫坚持把他留在罗斯托夫。这时候，顿河革命军事委员会的工作非常紧张：正筹备召开全区苏维埃代表大会，正准备跟在顿河对岸死灰复燃的反革命活动进行激战。

第二十一章

青蛙在河边的柳树行后面用各种腔调花哨地叫着，夕阳落山了。

阵阵晚凉吹进谢特拉科夫村。房屋的巨大斜影投到干燥的大路上。放牧的牲口群从草原上归来。哥萨克女人,一面谈论着村里的新闻,一面用树枝从河边草场赶回奶牛。已经被太阳晒黑的光着脚的孩子们在胡同里打羊拐。老头子们庄重地坐在墙根的土台上。

全村都已播种完毕,只是有些地方的谷子和向日葵还没有种完。

在村头上一家院子里,有几个哥萨克坐在一起。当家人是个麻脸的炮兵,正在讲他参加俄德战争的一件往事。听众——隔壁的老头子和老头子的女婿,一个鬈发的青年哥萨克,——都一声不响地在听他讲。身材高大、漂亮、丰满,简直像位贵妇人似的哥萨克女人从台阶上走下来。她身上穿着一件系进裙子里的粉红衬衣,袖子挽到胳膊肘子上面,露出黝黑光滑的手臂。手里提着一只桶;迈着那种只有哥萨克女人才会的健美、潇洒的大步朝牛棚走去。蒙着白地蓝花头巾的头发有些散乱(她刚刚把准备明天早晨生火的干马粪添到炉子里),光脚穿着鞋,轻柔地踏得院子里长得茂盛的嫩草沙沙作响。

一阵清脆的牛奶在桶壁上流淌的响声飘到坐在橡木杆上的哥萨克们的耳边。女主人挤完牛奶,往屋子里走去;她略微弯着腰,像天鹅的翅膀一样,弯着的左胳膊,提着满满的一桶鲜奶。

"谢马,你去找找小牛吧!"她在门栏处像唱歌似地喊道。

"米佳什卡上哪儿去啦?"主人反问道。

"鬼知道他,跑出去啦。"

主人不慌不忙地站起身来,往街角走去。老头子和他女婿也起身要回家。这时主人在街角喊道:

"你来瞧啊,多罗费·加夫里雷奇!到这儿来!"

老头子和他女婿走到哥萨克跟前来。哥萨克默不作声地指着草原。一阵像紫色的大球似的尘雾顺着大道滚滚而来,尘雾后面,一队队的步兵、辎重兵和骑兵在行进。

"大概是军队吧?"老头子惊愕地眯缝起眼睛,把手巴掌放在白眉毛上。

"会是些什么人,这些人是干什么的?"主人惊慌地问道。

他的妻子肩上已经披上了一件短上衣,走出大门来。她往草原上

一看,惊慌失措地叫了一声:

“这是些什么人呀?耶稣基督,这么多呀!”

老头子没离地方,乱跺了一阵脚,就朝自家的院子走去,气冲冲地对女婿喊道:

“快回家去,有什么可看的!”

孩子和妇女们都往胡同口跑去,哥萨克们三人一帮、两人一伙地走来。草原上,离村子约有一俄里的光景,一队人马正顺着大道蜿蜒走来;乱哄哄的人声、马嘶声、车轮子的轰隆声随风飘到村子里来。

“这不是哥萨克……不是咱们的人。”那个哥萨克女人对丈夫说。

丈夫耸了耸肩膀。

“这是当然的啦,不是哥萨克。可别是德国人呀?!……不是,是俄国人……瞧,他们打的是红旗!……啊哈,原来是这么回事儿……”

阿塔曼斯基团的一个身材高大的哥萨克走了过来。看来,他是在发疟疾:面色土黄——就像害黄疸病似的,穿着皮袄和毡靴子。他稍稍举了举头上毛茸茸的皮帽子,说道:

“看见了他们打的是什么旗子了吧?……是布尔什维克。”

“是他们。”

有几个骑马的人离开了纵队。他们朝村子飞驰而来。哥萨克们交换了一下眼色,开始默默地各自回家,姑娘和小孩子们也都四散开去。五分钟过后,胡同变得寂无人声。骑马的人成伙地冲进了胡同,——他们拼命抽着马,跑到椽木堆跟前,一刻钟以前哥萨克们坐的地方。家主人依然站在大门口。最前面的那个骑马的人,看样子是个头目,骑一匹深褐色的马,戴着库班式皮帽子,穿着一件保护色的军衬衣,上面系着一条宽大的红缎带子,扎着武装带,他骑马来到大门口:

“好啊,当家的!请打开大门。”

炮兵的麻脸顿时变得煞白,摘下制帽来。

“你们是什么人?”

“开开大门!……”戴库班式皮帽子的战士喊道。

深褐色的马用恶狠狠的眼睛斜看着,冒着白沫的嘴里不停地嚼着笼头嚼子,前蹄直往篱笆上趴。哥萨克开了板门,于是骑士们一个跟一个地走进了院子。

那个戴库班式皮帽子的人一跃下马,迈着八字脚匆匆向台阶走去。其余的人还在下马的时候,他已经坐在台阶上,把烟掏出来了。他一面点着烟,一面让主人抽烟。主人谢绝了。

“你不会抽烟?”

“谢谢啦。”

“你们这儿不都是旧教徒吗?”

“不是,我们信奉正教……你们是什么人呀?”哥萨克愁眉苦脸地盘问道。

“我们吗?我们是第二社会主义军的战士。”

其余的人下了马,也牵着马朝台阶走来,拴在台阶栏杆上。其中的一个——细高个儿,留着像马鬃似的披散的额发,两腿直碰马刀,朝羊圈走去。他像主人似的打开羊圈的门,弯着腰,钻进板棚的横梁下,抓着羊角,从那里拉出一只长着沉重的尾巴的、阉过的大绵羊。

“彼得里琴科,来帮帮忙!”他用尖利的高音喊道。

一个穿着短小的奥地利军大衣的矮小的士兵快步跑到他跟前去。主人捋着大胡子在东张西望,仿佛他是在别人家的院子里似的。他一句话也没有说,直到那只阉过的绵羊的喉咙被马刀割断,四条细腿直踢蹬的时候,他才哼了一声,走上台阶去。

那个戴库班式皮帽子的战士和另外两个士兵——一个中国人,一个俄罗斯人——跟着主人走进了屋子。

“你不要生气,当家的!”那个戴库班式皮帽子的战士跨过门限,戏谑地喊道,“我们会多给钱的!”

他拍了拍自己的裤子口袋,咯咯地大笑起来,又忽然止住笑声,眼睛盯住了女主人。她咬紧牙齿,站在炉炕旁边,用惊骇的目光望着他。

戴库班式皮帽子的战士转过脸朝着那个中国人,慌恐地乱眨着眼睛,说道:

“你跟他,跟这位大叔去,”他用手指头朝主人指了指,说道,“你跟他去——请他给马一点草……给点儿草料吧,掌柜的,明白吗?我们多给钱!赤卫军是不抢劫的。掌柜的,去吧,啊?”戴库班式皮帽子的战士说话的声音带一种金属声。

哥萨克由那个中国人和另外一个战士陪伴，不断地回头着，从屋子里走出去。刚走下台阶，就听到妻子的哭泣声音。他跑进门廊，推开门。小门钩从门鼻里脱出来。那个戴库班式皮帽子的人正抓住丰满的女主人的赤裸的胳膊肘，往半明半暗的卧室里拉。哥萨克女人反抗着，推搡他的胸膛。他正要拦腰把她抱起来，但是这当儿门开了。哥萨克三步并作两步闯了进来，将身挡住妻子。生硬地小声说道：

“你到我的家来是客人……为什么你侮辱老娘儿们？你想干什么？……住手！我不怕你的刀枪！东西你想拿什么就拿什么，可是老娘儿们，你别动！除非你杀死我……纽尔卡，你……”他翕动着鼻翅，转脸对妻子说，“你走，到多罗费大叔家去。这里没有你的事儿！”

戴库班式皮帽子的人整理着衬衣上的武装带，苦笑道：

“你火气太大啦，掌柜的……开开玩笑都不行……我在全连是个顶喜欢开玩笑的人……你不知道？……我是故意开玩笑。我心想，来，逗逗这小娘儿们，可是她害怕起来啦……你给牲口草了吗？你没有草？那么邻居们有吗？”

他吹着口哨，使劲地挥舞着鞭子，走了出去。不久，整个队伍都走近了村庄。这支队伍约有八百多人。赤卫军在村外宿营。显然，指挥官是不愿意在村子里宿营的，他对自己纪律废弛的战士们不放心。

第二社会主义军蒂拉斯波利支队在跟乌克兰反革命武装和越过乌克兰的德国人多次战斗中受了重创，且战且走，冲到顿河地区来，在舍普图霍夫卡车站下了火车，但是因为前方已经有了德国人，于是为了转移到北方的沃罗涅什省，便以行军队形穿过了米古林斯克镇地区。队伍里混进了很多犯罪分子，赤卫军战士在这些坏家伙的影响下，军纪松弛，沿途进行抢劫。四月十六日夜，队伍在谢特拉科夫村外宿营。他们根本不把指挥人员的威胁和禁令放在眼里，成群结队地涌进村子，开始宰羊，还在村头强奸了两个哥萨克妇女，无故开枪，向广场射击，打伤了一个自己人。夜里，岗哨全都喝醉了（每辆大车上都装有酒精）。这时候，由村子里派出去的三个骑马的哥萨克早已在邻近的村庄进行骚乱煽动了。

夜里,哥萨克们摸黑鞴上马,带上武器、干粮,由从前线回来的哥萨克和老头子们,仓促组成队伍,由本村的军官或司务长率领,开往谢特拉科夫村,他们隐蔽在山沟里和山坡后头,把赤卫军团团包围起来。夜里,从米古林斯克、科洛杰兹内、博戈莫洛夫开来一些人数约有半个连的队伍。奇尔河上游的人,纳波洛夫人、卡利诺夫人、叶伊人、科洛杰兹内人都暴动起来了。

天上的北斗诸星已经黯淡无光。黎明时分,各路哥萨克,跃马呐喊,杀声震天,从四面八方向赤卫军冲来。机枪打了一阵,就哑巴了,杂乱无章的射击声响了片刻,就无声了,只听到刷刷的砍杀声。

一个钟头就完事大吉:赤卫军全部被歼,二百多人被砍死和枪杀,约五百人被俘。两个有四门炮的炮兵连、二十六挺机枪、一千支步枪和大量的弹药都落到哥萨克手里。

过了一天,手持小红旗的急使便驰骋在全区的大路和乡村小道上。集镇和村庄都闹哄起来:推翻了苏维埃,匆匆选出了镇长和村长。卡赞斯克镇和维申斯克镇的暴民连队也迟迟地开到了米古林斯克镇。

四月下旬,顿涅茨河地区上游各集镇相继宣告独立,组织了自己的军区,称为顿河上游军区。选定维申斯克镇为军区驻地,维申斯克人口众多,面积和所辖村庄的数目,在全区仅次于米哈伊洛夫斯克镇。仓促把原来的一些村庄划为集镇。新建了舒米林斯克、卡尔金斯克和博戈夫斯克诸镇。这样,顿河上游军区就辖有十二个集镇和一个乌克兰乡,过起脱离中央政府的独立生活来了。原属顿涅茨河地区的卡赞斯克、米古林斯克、舒米林斯克、维申斯克、叶兰斯克、卡尔金斯克、博戈夫斯克等镇和波诺马廖夫斯克乡,原属梅德维季河口区的霍皮奥尔河口镇、克拉斯诺库特斯克镇,以及原属霍皮奥尔河军区的布卡诺夫斯克、斯拉谢夫斯克、费多谢耶夫斯克等集镇都加入了顿河上游军区。选举叶兰斯克镇的哥萨克扎哈尔·阿基莫维奇·阿尔费罗夫为军区司令。传说,阿尔费罗夫原本是个没有出息的低级哥萨克军官,只是由于老婆泼辣、聪明,才成了个大人物;据说,阿尔费罗夫三次考试都不及格,但是老婆揪住这位饭桶丈夫的耳朵不放,不容他喘气,直到第四次终于考取了陆军大学,方才罢休。

但是最近这些日子,人们已经无暇去谈论阿尔费罗夫了,即使谈起,也只是寥寥数语,因为别有所思,顾不上了。

第二十二章

春汛刚刚开始退落。草地上和菜园的篱笆边露出了褐色的淤泥土地,四周围了一圈像花边似的春汛退去后滞留下来的垃圾:干芦苇、树枝、莎草、去年的树叶和波浪冲倒的枯树。顿河两岸浸到水中的树林里的柳树已经鹅黄嫩绿,枝条垂下像穗子似的柳树花絮。白杨树的芽苞含苞欲放,村里家家院外,泛滥的春水环绕着的红柳嫩条低垂到水面上。毛茸茸的、像羽毛未丰的小鸭一样的黄色芽苞浸在春风吹皱的粼粼碧波中。

黎明,野鹅、海雁和一群群的鸭子游到菜园边来觅食。破晓时分,黑鸭像铜管乐似的叫声在水塘里响起。晌午的时候,就可以看见,波光粼粼的辽阔的顿河水面上,波浪在追逐闪着白胸脯嬉水的小水鸭。

这一年飞来的候鸟特别多。打鱼的哥萨克每天黎明,当葡萄酒般的霞光染红了水面,划着小船去查看撒下的渔网时,曾多次看到天鹅落在树林围绕着的河湾里休憩。但是赫里斯托尼亚和马特维·卡舒林老爹带回鞑靼村的新闻却令人觉得有点儿太稀罕了:他们家里需要两根小橡木杆,便一同到官树林里去挑选;穿过小树林的时候,从山沟里惊出一只带着小羊崽的野山羊。黄褐色的瘦山羊从蓟草和乌荆丛生的山沟里跑出来,在土岗上朝砍柴人瞅了几秒钟,它不断地紧张地在捯动着细瘦的小腿,小羊崽子紧紧地偎依在它的身旁;野山羊一听到赫里斯托尼亚惊讶的叹息声,立刻就顺着小橡树林子飞奔而去,哥萨克们只能看见那蓝灰色的、闪光的蹄子和驼色的短尾巴在闪动。

“这是个什么东西?”马特维·卡舒林扔下手里的斧子,问道。

赫里斯托尼亚突然无缘无故地大喜若狂,声音响彻整个静悄悄迷人的树林,喊道:

"当然是山羊！野山羊，真是山羊！我们在喀尔巴阡山中见过！"

"莫非是战争把它这倒霉鬼赶到咱们的草原上来了？"

赫里斯托尼亚除了同意之外，再也没有什么可说的了。

"一定是。老爹，你看见那只小羊崽了吗？真他妈的……嗯，这狗东西，多好看呀！简直就像个小孩子！"

回家的路上，他们一直在谈论着这本地没有见过的野物。马特维老爹最后又怀疑起来：

"不过，会不会是山羊呢？"

"是山羊。真的，是山羊，绝不会是别的玩意儿！"

"也许是……可是如果是山羊——那为什么没有角呢？"

"有角没角跟你有什么相干？"

"不是说跟我有什么相干。我是说，如果是山羊一类的玩意儿……为什么长相不对呢？你见过没有角的山羊吗？就是这么回事。也许是什么野绵羊吧？……"

"马特维老爹，你简直是老糊涂啦！"赫里斯托尼亚生气地说，"你到麦列霍夫家去看看吧。他们家的葛利什卡有一根鞭子，鞭柄就是用山羊腿做的。那时候看你还说什么？"

马特维老爹那天还真到麦列霍夫家去了。葛利高里的鞭子柄真是用野山羊腿皮精致地包着的；连小蹄子都完整地保留在鞭柄头上，并且镶着同样精致的铜箍。

在大斋节的第六个星期的星期三，米什卡·科舍沃伊一大早去查看下在树林边的袋网。黎明时分，他走出家门。晨寒冻得地上结了一层薄冰，冻土在脚下嘎扎嘎扎地响。科舍沃伊穿着棉上衣、筒靴，裤腿掖在白袜筒里，制帽戴在后脑勺上，吸着寒冽的空气，吸着河水清新的潮湿气味，肩膀上扛着一支长桨，朝前走去。他使劲往水里一推，小船迅速滑到水中，他就站着划起桨来。

很快就检查完自己下的那些袋网，从最后一只网里拣出了鱼，又把网放回去，整理了一下网翅，然后轻轻把船划开，决定抽口烟。天将破晓。东方苍茫透绿的天空，仿佛自下而上，从天边溅上一片鲜血。血在消散，在地平线上流泻，闪着金光。米什卡注视着黑鸭在慢悠悠地飞翔,抽起烟来。一缕青烟围绕着灌木丛,盘旋飘去。他看了看捞到的鱼——三条小鲟鱼、一条八俄磅重的鲤鱼、一堆白鱼——心里想道:

“可以卖掉一部分。斜眼卢克什卡会要的,换点儿梨干;妈妈有工夫时做果子冻吃。”

他一面吸着烟,一面朝码头划去。他看到他系船的菜园篱笆旁边坐着一个人。

“会是谁呢?”米什卡麻利地划着小船,用桨掌握着方向,暗自思量道。

原来是“钩儿”蹲在篱笆旁边。

他正在抽一根用报纸卷的粗烟卷。

他那两只黄鼠狼似的眼睛狡狯、蒙眬,两腮上长满了灰白的胡子茬。

“你在等什么?”科舍沃伊喊道。

他的喊声像只圆球似的响亮地擦着水面滚来。

“划过来。”

“想要鱼吗?”

“我要鱼干什么!”

“钩儿”大声咳嗽起来,啪地吐了一口痰,勉强地站起身。一件不合体的、又肥又大的军大衣穿在身上旷里旷荡,就像瓜地里的稻草人身上披的衣裳。制帽下垂的帽檐直遮到尖削的耳朵上。他不久前才带着赤卫军的“坏”名声,回到村里来。哥萨克们纷纷询问他复员以后到什么地方去了,但是“钩儿”的回答却闪烁其词,总是把话头引到没有什么危险的问题上去。对伊万·阿列克谢耶维奇和米哈伊尔·科舍沃伊,却说出了实情:他在乌克兰的赤卫军里干了四个月,被乌克兰反革命武装俘虏过,逃出来以后,又参加了西韦尔斯的部队,跟着他,在罗斯托夫周围打了几仗,现在是自动回家来休养度假。

“钩儿”摘下制帽,理了理像刺猬似的硬头发;四下张望着,走到船边,沙哑地说道:

“事情很糟糕……很糟糕……别打鱼啦!不然整天光顾打鱼,别的什么事都忘啦……”

“你有什么消息——快说吧。”

米什卡用沾满鱼腥的手握了握“钩儿”的只剩下一把骨头的小手儿，温情地笑了。他们俩有很深的交情。

“昨天在米古林斯克附近一支赤卫军被打垮啦。老弟，打起来啦……打得你死我活！……”

“打垮的是什么部队？从哪儿开到米古林斯克的？”

“他们正开过这个镇子，哥萨克给他们来了一个大包围……押到卡尔金去的俘虏，简直海啦！那里的军事法庭已经开庭审判。咱们村里今天就要征召入伍。你听，从一大早就在叮叮当当地敲钟。”

科舍沃伊系好船，把鱼装到袋子里，拄着船桨，大步走起来。“钩儿”像匹小儿马似的在科舍沃伊身旁小步跑着，他掩上大衣襟，大甩开手，跑到科舍沃伊前头去说：

“是伊万·阿列克谢耶维奇告诉我的。他刚刚换了我的班，磨坊整夜开工，来磨面的排长队。喂，他是听掌柜说的。有位不知道哪方面的军官从维申斯克到谢尔盖·普拉托内奇家来啦。”

“那么现在该怎么办？”一阵惶惑的神色从米什卡那在战争岁月中褪去稚气、变得成熟的脸上掠过；他斜睨了“钩儿”一眼，又问了一遍，“现在该怎么办？”

“应当逃出村子。”

“逃到哪儿去呢？”

“到卡缅斯克。”

“那里也全是哥萨克。”

“避开卡缅斯克，往左边一点的地方去。”

“到哪儿去呀？”

“到奥布利维去。”

“怎么过得去呢？”

“你想去——就能过去！要是不想去——你就待在这里，见你的鬼去吧！”“钩儿”突然火冒三丈地喊道，“‘怎么办，到哪儿去’，没完没了地问，我怎么知道呢？逼得紧了——你自个儿会找个窟窿钻的！你用鼻子去闻嘛！”

“别发火。你知道，人们骑上脾气暴的马要往哪儿跑吗①？伊万怎么说？”

“你先去劝劝你的伊万吧……”

“你别嚷嚷……你看那个娘儿们在瞅咱们哪。”

他们担心地斜眼看了看那个年轻的娘儿们，“牛皮大王”阿夫杰伊奇的儿媳妇，正在从院子里往外赶牛。在第一个十字路口上米什卡又转身往回走去。

“你上哪儿去？”“钩儿”惊奇地问道。

科舍沃伊头也没有回，嘟哝说：

“我去把袋网拿回来。”

“为什么？”

“不能把网丢掉呀。”

“那么说，咱们一起溜啦？”“钩儿”高兴了。

米什卡挥了一下船桨，从老远的地方说：

“你先去伊万·阿列克谢耶维奇那儿，我把网送回家，立刻就去。”

伊万·阿列克谢耶维奇已经通知了一些相好的哥萨克。他的小儿子跑到麦列霍夫家去把葛利高里领了来。赫里斯托尼亚好像预感到事情有点儿不妙，自动来了。很快科舍沃伊也回来了。大家开始商量起来。他们都急不可待地抢着说话，因为随时都会响起紧急征召的钟声。

“马上就走！今天就溜！”“钩儿”激动地叫着。

“你倒是给我们讲讲道理呀——咱们为什么一定要走？”赫里斯托尼亚问道。

“怎么为什么？马上就要开始动员啦，你以为躲得过吗？”

“我硬是不去——不就完了嘛。”

“他们会硬把你拉去！”

“叫他们试试看吧。我又不是他们拴上缰绳的小牛犊儿。”

伊万·阿列克谢耶维奇把两眼向外斜的老婆打发出去，气冲冲地

---

① 这是一句俗语。意思是说，对于发脾气的人就得用凉水浇，使他清醒清醒。所以人们骑上发脾气的马，就先到水边去，好把马的脾气压下去。

喊道：

“他们会把咱们捉去——带走……‘钩儿’说得都不错。只是咱们往哪儿逃呢？这是个难题。”

“我也是这么问他的呀。”米什卡·科舍沃伊叹了口气说。

“你们这是怎么啦，难道我比你们大伙需要得更多吗？我一个人走！尽是瞎问什么‘该怎么办呀，为什么呀，往哪儿溜呀……’等着吧，他们会把你们臭骂一顿，还要以信仰布尔什维主义的罪名请你们坐监牢！……你们还坐在这里开玩笑，啊？到了什么时候啦……这儿的一切统统都要见鬼去啦！……”

葛利高里·麦列霍夫面带愠色，全神贯注地在玩弄一个从墙上拔下来的锈钉子，冷冷地打断了“钩儿”的话：

“你不要急嘛！你当然是另外一回事啦：光棍一条，拿起腿来一走了事，可是我们就不同了，要好好地想想。拿我说吧，一个婆娘，两个孩子……我闻的火药味儿比你多得多！”他眨了眨突然变得凶狠的眼睛，恶狠狠地龇了龇结实、尖利的牙齿，喊道，“你可以信口开河……你原来是个‘钩儿’，现在仍然还是个‘钩儿’！你除了一件上衣，别的什么都没有……”

“你怎么胡说八道起来啦！要显显你的军官威风吗？别咋呼啦！我要啐你的脸！”“钩儿”喊道。

“钩儿”刺猬似的小脸气得煞白，眯缝得窄窄的眼睛里闪着锋利的凶光，甚至全身烟灰色的毛发都在闪动。

葛利高里由于自己的宁静心情被破坏，由于听到伊万·阿列克谢耶维奇讲的赤卫军部队已经侵入本地区的消息，心里忐忑不安，就把所有的愤怒全都发泄在“钩儿”身上。“钩儿”的叫嚣把他彻底激怒了。他像被打了一棒似的，跳了起来，冲到在木凳上打转儿的“钩儿”面前，竭力控制着痒痒得想要打人的手，叫道：

“住口，混蛋东西！黄口小儿，人渣渣，你发什么号令啊？你滚吧，既然……有人牵着你！赶快滚，省得在这里放臭气熏人！滚，滚，别废话，不然的话我就给你一下子，为你送行……”

“算了吧，葛利高里！这可不像话了！”科舍沃伊赶忙过来劝解说，他把葛利高里的拳头从“钩儿”皱起的鼻子尖上拉开。

“应该把哥萨克的臭习气改一改啦……你不害臊吗？……羞死啦，麦列霍夫！羞死啦！”

“钩儿”站起来，难为情地咳嗽着，朝门口走去。在门口，他忍不住了，回过头来，朝恶狠狠地发笑的葛利高里骂道：

“亏你还在赤卫军里待过……简直是宾兵！……这样的家伙我们早都枪毙啦！……”

葛利高里也忍不住了，他把“钩儿”推到门廊里，踢着“钩儿”步兵靴子歪斜的后跟，恶声骂道：

“滚！我把你的腿……揪下来！”

“完全是胡来！这算什么呀，简直像小孩子一样！”

伊万·阿列克谢耶维奇不赞成地摇晃了一阵脑袋，很不以为然地斜眼看了看葛利高里。米什卡一声不响地在咬嘴唇，显然，是在把已经涌到嘴边的气话又咽了回去。

“那他为什么管别人的事？干吗发脾气？”葛利高里有点不好意思地辩解说；赫里斯托尼亚同情地看着他，这一看，葛利高里露出了天真、稚气的笑容，说道：“差一点儿没揍他一顿……他哪儿禁得打呀……一巴掌——就完蛋啦。”

“喂，你们怎么啦？应当谈正经事儿嘛。”

伊万·阿列克谢耶维奇被提问的米什卡·科舍沃伊的集中的眼光盯得踌躇不安起来，勉为其难地回答说：

“怎么办呀，米什卡？……葛利高里的话有一部分是对的：怎么能拿起腿来一溜了事呢？我们大家都拉家带口……你先听我说！……”他一看到米什卡不耐烦的样子，就急忙说道，“也许，会平安无事……谁敢说呢？这支队伍在谢特拉科夫被击溃了，其他的再也不敢来了……咱们先等等看吧。到时候再说。而且，我也有老婆孩子，衣裳都烂了，面粉也吃光啦……怎么能收拾收拾就走呢？把他们留下怎么过日子呀？……”

米什卡愤怒地拧了拧眉毛，眼盯着屋子里的土地。

“你们是不想走啦？”

“我想稍微等等看。什么时候走都来得及……您，葛利高里·潘苔莱耶夫，还有你，赫里斯坦，你们打算怎么办？……”

“当然，是这样……看看再说。”

葛利高里没想到伊万·阿列克谢耶维奇和赫里斯托尼亚会都支持他，活跃起来，说：

“好，当然，我说的也是这个意思。就是为了这我才和‘钩儿’吵起来的。难道这是去砍树枝吗？三下五除二——就完了吗？……应该考虑……考虑，我是说……”

“当——当——当——当！”突然响起了钟声：这轰鸣声冲下钟楼，漫过广场，漫过大街和小巷，像雷声一样，滚过满潮的栗色光滑河面，湿润的石灰岩的山坡，撞在树林子上，碎成像扁豆粒似的小块，——痛楚地呻吟着，消逝了。又响了一阵——然后就连续不断地惶恐不安地响起来：“当——当——当——当！……”

“听，集合啦！”赫里斯托尼亚不断地眨着眼睛说，“我马上就划船过河，钻到树林子里去。让他们找吧！”

“好啦，咱们怎么办？”科舍沃伊像老头子一样，艰难地站起身，问。

“咱们现在不能走。”葛利高里替大家回答说。

科舍沃伊又拧了拧眉毛，把一大绺垂下来的鬈曲的金色额发从额角上撩开。

“再见吧……看来，咱们是要分道扬镳啦！”

伊万·阿列克谢耶维奇遗憾地笑着说：

“你还年轻，米沙特卡①，感情容易冲动……你以为咱们就走不到一起啦！会走到一起的！你就瞧好吧！……”

科舍沃伊跟大家道了别，走出来，穿过院子，来到隔壁一家的场院上。“钩儿”正蹲在一条水沟边，就像知道米什卡准会到这里来；他站起身，迎着米什卡走过去，问：

“怎么样？”

“他们都不肯走。”

---

① 米沙特卡也是米哈伊尔的爱称。

“我早就知道。一群胆小鬼……而葛利什卡……你的好朋友,是个大坏蛋!他谁也不喜欢,就连自己,一年也只喜欢一次。他侮辱我,这个混蛋,他知道,比别人有劲儿,就了不起了……可惜我没有带着枪——否则我就打死他……”他用微弱的声音说。

米什卡跟他并肩走着,看着他那像刺猬一样扎煞着的胡子茬,心里想:“小黄鼠狼,他真干得出来!”

他们走得很快,每一响钟声都像鞭子似的抽打着他们俩。

“到我家去,咱们拿上干粮——就开溜!要步行,不能骑马。你什么都不要回去拿吗?”

“我的全部家当都在我身上啦,”“钩儿”做了个鬼脸说,“还没有置上高楼大厦和万贯家业……只有半个月的工资还没有领。好啦,就送给我们的大肚儿老板谢尔盖·普拉托内奇,叫他去发财吧。我居然没领工钱——他会高兴得浑身打哆嗦。”

钟声停了。梦境似的清晨的寂静肃穆如故。道旁的炉灰上有几只母鸡在刨食,放出去吃青的小牛犊在篱笆边徘徊。米什卡回头看了看:哥萨克们正匆匆忙忙地赶往广场上去开村民大会。有的一面扣着上衣和制服扣子,从院子里走出来,一个骑马的人从广场上跑过去。小学校前聚了一大群人,妇女的白头巾和裙子在闪晃,哥萨克们的脊背黑压压地挤成一片。

一个女人挑着水桶站住了,她不愿意走到他们前头去,怒冲冲地朝他们说道:

“你们倒是走呀,不然我还得绕道走!”

米什卡向她问过好,她的宽眉毛下面露出了笑容,问道:

“哥萨克都到广场上去开会,你们这是上哪儿去呀?为什么不去开会呀,米哈伊尔?”

“家里有事情。”

他们走到胡同口,可以望见科舍沃伊家的小屋顶了,一个拴在干樱树枝上的白头翁窠在随风摇晃,山岗上的风车在懒洋洋转动,翼架上一块被风撕下的帆布在噼啪作响;风车尖顶上的铁叶子也被吹得哗啦哗啦地乱响。

阳光昏暗,但是却很暖和。顿河上清风徐徐吹来。在街口上阿尔希普·博加特廖夫——身材高大的老头子、曾在禁卫军炮兵连里服过役的旧教徒——家的院子里,有几个婆娘正在用粘土抹墙,粉刷这座大家宅,准备过复活节。一个婆娘正在用马粪和泥。她把裙子撩得高高的,吃力地捯动着两条白腿,绕着圈子,肥胖的腿肚子上有一圈袜带勒出的红印子。她用手指尖捏着撩起的裙子,结实的袜带系到膝盖以上,深深地勒进肉里去。

她是个喜欢打扮的女人,尽管太阳刚刚升起,她已经用头巾把脸裹上了。其余的是两个娇小、年轻娘儿们——阿尔希普的儿媳妇;她们登着梯子,爬到紧挨着盖得很漂亮的芦苇屋顶底下,檐脊下面,——在粉刷。椴树皮刷子在她们那把袖子挽到胳膊肘上去的手里来回刷着,用头巾裹到眼睛的脸上溅满了白灰点子。婆娘们和谐、齐整地唱着歌。大儿媳妇,守寡的玛丽亚,公开地跟科舍沃伊勾搭;她长了一脸雀斑,但是是个蛮漂亮的女人,她用全村闻名的、几乎跟男人一样低沉有力的声音领头唱道:

……谁也不会这样悲伤……

其他两个也跟着唱起来,她们三人合唱,委婉地唱出这支伤心的、天真、幽怨的女人的悲歌:

……像我的爱人在战场上那样。
他一面装着炮弹,
一面思念自己的婆娘……

米什卡和"钩儿"顺着篱笆走着,谛听着时而被从草地上传来的响亮的马嘶声打断的歌声。

……来了盖着公章的书信一封,
说我的爱人已经牺牲。
噢噫,我的亲人已经牺牲,
躺在灌木丛中……

玛丽亚左顾右盼,那双暖人的灰色眼睛在闪烁,注视着走过来的米什卡，那溅满白灰点的脸上春光焕发，笑容满面，她用充满爱情的低沉的胸音唱道：

……他的满头鬈发，棕红的鬈发，
被风吹得散乱如麻。
他那美丽的眼睛，褐色的眼睛，
被黑乌鸦啄得空空。

米什卡像往常见了女人那样，亲热地朝她一笑，对正在和泥的家里亲①佩拉格娅说道：

"你再把裙子撩高一点儿，不然隔着篱笆看不见！"

佩拉格娅眯缝起眼睛回答说：

"你要是想看，就能看得见。"

玛丽亚斜身站在梯子上，四下张望着，拖着长腔问：

"宝贝儿，上哪儿去啦？"

"打鱼去啦。"

"不要走远啦，咱们到仓房里去瓣一会儿早觉吧。"

"不要脸的东西，看，你的公公来啦！"

玛丽亚用舌头弹了一个响儿，哈哈大笑了一阵，然后用浸饱灰浆的刷子朝米什卡身上一甩。他的上衣和制帽上溅满了白灰点儿。

"你发发善心，把'钩儿'借给我们用用也好啊。他总还可以帮我们收拾收拾屋子啊！"小儿媳妇露出一排砂糖似的闪光的、齐整的牙齿，在他们后面喊道。

玛丽亚不知道小声说了句什么，这几个娘儿们哄堂大笑起来。

"放荡的母狗！""钩儿"皱起眉头，加快了脚步，但是米什卡却懒洋洋地、温柔地笑着纠正说：

"不是放荡的，而是风流的。我走啦——丢下可爱的小心肝儿。'原谅我，宝贝儿，再见吧！'"他嘴里叨念着一支歌里的歌词，走进自家院子的板门。

---

① 指招婿的女儿。

第二十三章

科舍沃伊走了以后,哥萨克们默默地坐了一会儿。轰鸣的钟声响彻村庄的晨空,震得房屋的窗子阵阵作响。伊万·阿列克谢耶维奇朝窗外看去。板棚在地上投下一片清晨的淡影。稀疏的浅草上白露点点。即使隔着玻璃看去,也是那么晴空万里,高远,蔚蓝。伊万·阿列克谢耶维奇看了一眼赫里斯托尼亚耷拉着的、乱蓬蓬的脑袋,问道:

“也许,事情就这样完了吧?米古林斯克人把赤卫军的队伍打垮啦,以后再也没有敢来的啦……”

“不会的……”葛利高里全身颤动了一下,“他们已经开了头儿——现在他们会继续干下去的!喂,怎么样,咱们去开会吧?”

伊万·阿列克谢耶维奇伸手去拿制帽;他一面苦思着自己的疑惧,一面问:

“伙计们,咱们是不是真的生了锈?[①] 米哈伊尔——他虽说火气大一点儿,然而却是个很精明的小伙子……他责备了咱们。”

谁也没有回答他。大家都默默地走出家门,朝广场走去。

伊万·阿列克谢耶维奇若有所思地瞅着脚尖儿往前走去。他很苦恼,因为昧了良心,没有照自己认识的去做。“钩儿”和科舍沃伊是正确的:本应逃走,不该犹豫不决。他自己骗自己的那些遁词是靠不住的,在他内心,有一个什么人的理智的、嘲讽的声音把这些遁词打得粉碎,就像是马蹄子踏碎水洼的薄冰一样。这时,伊万·阿列克谢耶维奇做出的惟一决定是:在第一次交锋时,就跑到布尔什维克那边去。往会场走着,他这个决心成熟起来,但是伊万·阿列克谢耶维奇既没有把这一决定告诉葛利高里,也没有告诉赫里斯托尼亚,因为他模糊地意识到,他们俩心里这时苦苦思索的是别的东西,而且在内心深处,他已经

---

① 意思是落伍。

对他俩有了戒心。刚才,他们三人一同拒绝了“钩儿”的建议,借口有家室,不肯逃走,同时他们每个人又都知道,这是不成其为理由的,没有说服力的。现在他们三个人却又同床异梦了,彼此都感到很尴尬,仿佛是干了什么下流、可耻的勾当。三人沉默无语地走着;走到莫霍夫家对面时,伊万·阿列克谢耶维奇忍受不住这种令人难堪的沉默,痛斥着自己和两伙伴,说道:

“没有什么可隐瞒的:咱们从前线上回来时是布尔什维克,而现在却要往树丛里躲!要别人替咱们去打仗,咱们自己去跟娘儿们鬼混……”

“仗我打过啦,也该让别人去尝尝是什么滋味儿啦。”葛利高里扭回身来说。

“这是哪家的道理,他们……乱抢乱夺,咱们倒应该去投奔他们?这算是什么赤卫军呀?!强奸妇女,抢劫别人的财物。这要谨慎行事。瞎撞一阵,没有不碰南墙的。”

“你亲眼见了吗,赫里斯坦?”伊万·阿列克谢耶维奇厉声问道。

“人们都这么说。”

“啊——啊……人们……”

“够啦,别嚷嚷啦!还怕大伙不认识咱们哪。”

会场上一片色彩鲜艳的哥萨克的裤绦和制帽,偶尔也能看到鬈毛哥萨克皮帽形成的黑色孤岛。全村的人都到会场上来了。没有娘儿们。尽是些老头子、役龄的哥萨克和还带稚气儿的哥萨克。最前列,是年高德劭的老头子,都拄着拐杖站在那里;名誉法官、教会委员、校董和教堂主持。葛利高里放眼望去,寻找父亲花白的大胡子。麦列霍夫老头子站在亲家公米伦·格里戈里耶维奇旁边。格里沙卡爷爷穿着一身戴着军功章的灰制服,站在他们前头,上身伏在一根尽是疙瘩的拐杖上。老丈人旁边,是脸红得像苹果一样的“牛皮大王”阿夫杰伊奇、马特维·卡舒林、阿尔希普·博加特廖夫、戴着哥萨克制帽的阿捷平——“擦擦”;再过去,是半圈密密麻麻的熟悉的脸:大胡子叶戈尔·西尼林、“马掌”雅科夫、安德列·卡舒林、尼古拉·科舍沃伊、瘦长的博尔谢夫、阿尼库什卡、马丁·沙米利、身材短粗的磨坊主格罗莫夫、雅科夫·科洛韦金、梅尔库洛夫、费多特·博多夫斯科夫、伊万·托米林、叶皮凡·马克萨耶夫、扎哈尔·科罗廖夫、“牛皮大王”阿夫杰伊奇的儿子安季普，一个蒜头鼻子、身材矮小的哥萨克。穿过会场，葛利高里看见哥哥彼得罗正站在这圈人的对面。彼得罗穿着佩戴黄黑两色乔治十字章带子的衬衣，正在和独臂阿廖什卡·沙米利斗嘴。站在彼得罗左面的米吉卡·科尔舒诺夫眼睛里闪着绿光，正在借着普罗霍尔·济科夫的火点烟。普罗霍尔大瞪着两只牛眼，吧嗒着嘴唇，帮他往外吹火点烟。许多青年哥萨克都挤在后面；人圈当中，在一张四条腿全陷进松软、潮湿的土地里去的破桌子旁，坐着村革命委员会主席纳扎尔，他旁边，一只手撑在桌面上，站着一位头戴有帽徽的保护色制帽，身穿戴肩章的上衣和草绿色窄腿马裤的中尉，葛利高里不认识这个人。革命委员会主席难为情地在对中尉说些什么，他弯下一点身子，把大扇风耳朵凑到主席的大胡子边倾听。会场像蜂窝似的，一片嗡嗡声。哥萨克们在议论，打趣，开玩笑，但是所有的人的神情都很紧张。不知道是谁等得不耐烦了，用娇嫩的声音喊道：

“开会吧！还等什么？人都差不多到齐啦！”

军官从容不迫地挺直了身子，摘下制帽，像拉家常一样，很随便地说道：

“诸位老人家和从前线回来的哥萨克弟兄们！你们已经听到在谢特拉科夫村发生的事情了吗？”

“他是哪边儿的人？打哪儿来的？”赫里斯托尼亚用大粗嗓子问道。

“维申斯克方面的人，从黑河来的，姓什么索尔达托夫……”有人回答说。

“前几天，”中尉继续说，“有一支赤卫军部队开到了谢特拉科夫。日耳曼人占领了乌克兰，在向顿河地区挺进途中把赤卫军逐出了铁路线。所以赤卫军就想穿过米古林斯克镇地区。他们占领了村庄，开始抢劫哥萨克的财物，强奸哥萨克妇女，进行非法逮捕，以及其他等等暴行。当四周围的许多村庄得知发生的事情以后，哥萨克们就拿起武器，去攻打这伙强盗。这支队伍被歼灭了一半，俘虏了一半。米古林斯克人缴获了大量的战利品。米古林斯克和卡赞斯克两个镇已经打破了套在自己身上的布尔什维克政权的枷锁。哥萨克不分老少都动员起来，保卫静静的顿河。维申斯克的革命委员会已经被赶走，选举了新镇长，大多数的村庄也都这样做啦。”

当中尉说到这里时，老头子们矜持地嗡嗡起来。

“到处都在组织队伍。你们最好也把从前线回来的哥萨克组成一支部队，防备那些野蛮的强盗对村镇进行新的骚扰。我们应该恢复自治！我们不要红色政权，——这个政权只会带来道德败坏，而不是自由！要知道，我们决不允许庄稼佬侮辱我们的妻子姐妹，嘲弄我们的正教信仰、玷污神圣的教堂和抢劫咱们的财物……诸位老人家，这话对不对呀？”

会场上齐声大喊“说——得——对！”。中尉开始朗读一张胶印的号召书。革命委员会主席从桌子旁边溜走了，把一些文件也忘在了桌子上。人群静静地听着，一个字也不放过。从前线回来的哥萨克则在后面无精打采地谈论着。

在军官刚开始朗读的时候，葛利高里就走出人群；回家的路上，他不慌不忙地朝威萨里昂神甫的宅角走去。米伦·格里戈里耶维奇看见他走出人群，就用胳膊肘往潘苔莱·普罗珂菲耶维奇的腰上戳了一戳，说道：

“瞧，你的小儿子走啦！”

潘苔莱·普罗珂菲耶维奇一瘸一拐地从人群中走出来，用既是央求，又有命令的口吻叫了一声：

“葛利高里！”

葛利高里侧过身站住，但是没有回头。

“回来吧，好儿子！”

“为什么走啦？回来！”人们乱哄哄地叫嚷起来，许多人都把脸扭向葛利高里。

“还是个军官哪！”

“不要翘尾巴！”

“他自己就跟布尔什维克混过！”

“也喝过哥萨克的血……”

“是个红肚子鬼！”

喊声传到葛利高里的耳边。他咬紧牙关听着，显然，他的思想斗争得很厉害；好像再过一会儿，他就会悍然不顾地走开。

等葛利高里晃了一下身子，眼睛看着地又走回人群来的时候，潘苔莱·普罗珂菲耶维奇和彼得罗都如释重负地松了一口气。

老头子们劲头儿十足。立刻以惊人的速度选举米伦·格里戈里耶维奇·科尔舒诺夫担任村长。米伦·格里戈里耶维奇走到人群中间，白脸上的雀斑变成灰色，他难为情地从原村长手中接过政权的标志——一根镶着铜头的村长权杖。在这以前，他从没有担任过什么官职；这次当选以后，他借口不配享有这样崇高的荣誉和文化太低，扭捏了半天，拒不从命，但是老头子们喊声震天，热烈欢迎他：

“把权杖接过去吧！别推辞啦，格里戈里奇！”

“你是咱们村的头号管家人！”

“你不会滥用村里的公产！”

“要当心，可别像谢苗那样，把村子里收的摊派款子喝掉了！”

“嗬，嗬……这个人才不会喝掉呢！……”

“他家有的是钱赔！”

“我们就像剥羊皮一样把他剥光！……”

这种迅雷不及掩耳的选举速度和几乎是临战状态的形势，使得米伦·格里戈里耶维奇不便过分推辞，就答应了。这次选举也不像从前那样复杂。从前，都是镇长亲自驾临，把甲长召集起来，先选出候选人，可是这一次，不同了，匆匆忙忙，简单行事，喊一声：“谁赞成科尔舒诺夫，请走到右边去。”于是整个人群都跑到右面去了，只有皮鞋匠济诺维因为跟科尔舒诺夫有仇，一个人站在原处不动，就像河滩草地上烧焦的树墩子。

满头大汗的米伦·格里戈里耶维奇还没来得及眨眨眼睛，人们已经把权杖塞到他手里，从远到近，一片吼声：

“预备酒席吧！”

“大家都投你的票！”

“应该大喝一场!”

“把村长抬起来摇晃摇晃!”

但是那位中尉止住了大家的喊声,熟练地把会议引向解决具体问题的路子上。他提出应该选举队伍的指挥官,大概在维申斯克对葛利高里这个人,已经早有所闻,他为了讨好葛利高里,向村众献殷勤说:

“指挥官——最好能选一位军官!这样,一旦打起仗来,胜利就更有保证,也可以减少损失。不过贵村的英雄实在太多啦。乡亲们,我不能把自己的意志强加给你们,不过我愿意向你们推荐麦列霍夫少尉。”

“哪一个麦列霍夫?”

“我们这儿有两个麦列霍夫。”

军官的目光扫过人群,在后面的低头站着的葛利高里身上停下来,——笑着喊道:

“葛利高里·麦列霍夫!……乡亲们,你们说,好不好啊?”

“祝你成功!”

“我们竭诚欢迎!”

“葛利高里·潘苕莱耶维奇!是个有胆识的人!”

“站到圈子当中来!站出来呀!”

“老头子们想要瞧瞧你啊!”

葛利高里被后面的人推推搡搡,紫涨着脸,走到圈子当中,害怕地四面打量了一下。

“你就来统率我们的儿郎吧!”马特维·卡舒林用拐杖戳了葛利高里一下,举止豪放地画了个十字,“你统率他们,叫他们跟着你,就像小鹅跟着一只勇猛的公鹅一样,使他们完好无损。你要像公鹅保护自己同类那样保护他们,使他们不遭受猛兽和人们的伤害!你还能再荣膺四个十字章,上帝保佑你!……”

“潘苕莱·普罗珂菲耶维奇,你的儿郎是个好样儿的!……”

“他的脑袋很灵!很会动脑筋,这个猫崽子!”

“瘸鬼,拿一大瓶子酒来请客也不多呀!”

“哈——哈——哈——哈!……咱们来喝两盅儿!……”

“诸位老人家!静一静!咱们是不是应该强制征召两三期的人,

不招募志愿兵呢？要是招募志愿兵的话，那人家可以去，也可以不去……”

“征召三年的！”

“征召五年的！”

“招募志愿兵！”

“你愿去就去吧，谁……拉着你啦？”

村上头的四位老人走到正在和新选的村长谈话的中尉跟前。其中有一个是个身量矮小、牙全掉光的小老头儿，外号叫“瘦干儿狼”，他一辈子以爱打官司而闻名，他往法院跑得那么勤，以至于家里养的唯一的一匹白骒马对去法院的路也熟识透了，只要喝得醉醺醺的主人往大车上一倒，像连雀似的尖叫一声：“上法院！”这匹骒马自己就会顺着大道把他拉到镇上去。“瘦干儿狼”从头上往下摘着小帽子，走到中尉面前。其余的几个老头子——包括大家都很尊敬的富户格拉西姆·博尔德列夫——都站在旁边。“瘦干儿狼”除享有其他一切好名声外，还以能说会道闻名，他首先揪一下中尉的衣服，说道：

“老爷！”

“诸位老人家，有何见教呀？”中尉很客气地弯下身子，把耳垂厚肥的大耳朵凑了上去。

“老爷，您对敝村的那个人，就是您决定让他担任我们的指挥官的那个人，显然并不十分了解。我们这些老头子，却对阁下这一决定很不以为然，而且我们有权利这样做。我们提出异议，反对他！”

“什么异议？为什么反对？”

“因为他本人参加过赤卫军，还在那里当过指挥官，由于负伤，两个月前刚回家来，我们怎么能信任他呢？”

中尉的脸涨得绯红。耳朵由于充血肿胀起来。

“这是不可能的！我毫无所闻……没有一个人对我提过这一点……”

“他当过布尔什维克，这是千真万确的，”格拉西姆·博尔德列夫很严肃地肯定说，“我们不信任他！”

“换掉他！您知道青年哥萨克都怎么说吗？他们说：‘他在第一次

战斗中就会把我们出卖！'"

"诸位老人家！"中尉踮起脚尖，喊道；狡猾地避开从前线回来的哥萨克，只问老头子们，"诸位老人家！咱们选定葛利高里·麦列霍夫少尉担任指挥官，不过，这会不会有人反对呢？有人对我说，他在冬天里曾经参加过赤卫军。你们能把自己的儿孙放心地托付给他吗？还有你们，从前线回来的弟兄们，是不是放心跟随着这样的指挥官去打仗呢？"

哥萨克们个个都呆若木鸡，一声不吭。突然，喊声四起；在一片叫喊声中，一个字都听不清楚。过了一会儿，等喊够了，声音沉寂下来，眉毛卷成一绺一绺的博加特廖夫老头子走到人圈当中，摘下帽子，四下看了看，说道：

"我的糊涂脑筋是这样想的——我们不能让葛利高里·潘苔莱耶维奇担任这个职务。他是有过这样的罪过，——我们都听说了。叫他先将功补过，取得大家的信任，将来再说。他是个很好的战士，这我们大伙都知道……不过话又说回来，连太阳在雾中也看不清楚：我们看不出他的功劳——他在布尔什维克里混的那段历史遮住了我们的眼睛！……"

"让他当列兵吧！"年轻的安德烈·卡舒林暴躁地喊道。

"选彼得罗·麦列霍夫当指挥官！"

"叫葛利什卡当普通一兵吧！"

"我们真选了个好指挥官！"

"我根本就不要当什么指挥官！你们他妈的为什么要招惹我呢！"葛利高里从后面喊叫道；挥一下手，又说，"我也绝不会干这种事，我他妈的才不要当你们的什么官呢！"他把手深深地插进裤兜里，驼着背，从容不迫地走回家去。

身后是一片喊声：

"哼，哼！别太了不起了！……"

"臭货！翘起钩鼻子来啦！"

"噢哈哈！"

"这是土耳其人的血叫他这么干的！"

“他是不会示弱的！他在前线对军官都不示弱。如今在这儿，他会……”

“回来！……”

“哈——哈——哈——哈！……”

“把他绑起来！哈！呸！哎哟哟哟！……”

“你们为什么还要在他面前献殷勤呀？咱们应该自己来审判他！”

好久才慢慢安静下来。有个人在争论激烈时推了另外一个人一下子，还有个人的鼻子被打出血来，有个青年人突然间眼睛下面起了个青包。大家安静下来以后，开始选举指挥官。选了彼得罗·麦列霍夫——他自豪得脸都涨红了。但是这当儿，中尉就像一匹奔腾的快马碰上了高堑一样，遇上没有预见到的障碍，轮到登记志愿兵了，可是却没有志愿者；从前线回来的哥萨克对眼前所发生的一切很冷淡，犹豫不决，不愿登记，尽是在打趣，逗笑：

“你怎么啦，阿尼凯，为什么不登记？”

阿尼库什卡嘟囔说：

“我还年轻……胡子都没长出来……”

“你别开玩笑了！怎么的——你想逗我们开心呀！”卡舒林老头子紧对着他的耳朵吼道。

阿尼凯挥了一下手，像要哄走嗡嗡叫的蚊子似的。

“叫你们家的安德留什卡①去登记吧。”

“早登记上啦！”

“普罗霍尔·济科夫！”桌子旁边的人在喊。

“有！”

“你要登记吗？”

“我不知道……”

“给你登记上啦！”

米吉卡·科尔舒诺夫表情严肃地走到桌子旁边，一字一板地命令说：

---

① 安德留什卡是安德烈的爱称。

“给我写上。”

“好，还有谁志愿参加？……博多夫斯科夫·费多特……你呢？”

“我有小肠疝气，诸位老人家！……”费多特谦虚地眯缝着向外斜的加尔梅克人的眼睛，含糊其辞地说道。

从前线回来的哥萨克们毫无顾忌地哈哈大笑起来，互相戳着腰部，放肆地开起玩笑来：

“带上你的娘儿们……万一小肠疝气病犯了，她好给你治。”

“啊哈哈哈！……”后面的人哄堂大笑不止，咳嗽着，闪着白牙和笑得泪水模糊的眼睛。

接着，从会场的另一头，像翠鸟似的飞来新的玩笑：

“我们派你当伙夫！你要是把菜汤做坏了——我们就拿它灌你，直到把你的疝气从另一头灌出去为止。”

“你带着小肠疝气逃跑，怎么也跑不快。”

老头子们生气了，大骂起来。

“够啦！够啦！看这帮人有多开心！”

“在这种场合，怎么能尽说浑话！”

“你们应该感到害臊，孩子们！”有个老头子苦口婆心地劝说，“也不怕上帝怪罪呀！就是这话！上帝是不允许这么做的。人们在那里性命难保，可是你们……连上帝也不顾了吗？”

“托米林·伊万，”中尉扭过身子，回头看了看。

“我是炮兵。”托米林回答说。

“你要登记吗？我们也需要炮兵。”

“登记上吧……唉——唉！”

扎哈尔·科罗廖夫、阿尼库什卡和另外几个人都拿这位炮兵取笑起来。

“我们用柳树干给你抠一门大炮！”

“你就拿倭瓜当炮弹，拿土豆当榴霰弹！”

在打趣、哄笑声中登记招募了六十个哥萨克。最后一个报名登记的是赫里斯托尼亚。他走到桌边来，从容不迫地说道：

“我也算一个吧。不过我预先声明，打仗我是不干的。”

“那么你为什么还要登记呢?”中尉生气地问。

“去看看,军官阁下。我想去看看。”

“给他登记上吧。”中尉耸了耸肩膀。

散会的时候差不多已经是正午了。决定第二天就出发去支援米古林斯克人。

第二天早晨,登记的六十名志愿兵,到广场上来集合的只有四十来个。穿着漂亮的军大衣和高筒皮靴的彼得罗朝众哥萨克扫了一眼,只见许多人的军服上都新缝上了绣着旧日的团队番号的蓝色肩章,有些人没有戴肩章。马鞍子都鼓鼓的,鞍袋和军用袋里塞满了行军口粮、衣物和在前线上积存下来的子弹。并不是所有的人都有步枪,大多数拿的是冷兵器。

婆娘、姑娘、孩子和老头子们都来到广场上送别出征的人。彼得罗神气活现地骑在站乏了的马上,排好自己的半个连,扫视了各种毛色的战马和束装各异的骑士:有的人穿着军大衣,有的人穿着制服,有的人穿着帆布雨衣,然后命令出发了。这支小队伍缓步爬上山岗,哥萨克们不时愁眉苦脸地回头看看村庄,队尾的一列人中,不知道是谁放了一枪。在山岗顶上,彼得罗戴上手套,理了理麦色的胡子,勒紧缰绳,马弯回脖颈,踏着碎步斜身行走,他用左手扶着制帽,含笑喊道:

“全连都有,听我的命令！……快步行进！……”

哥萨克都站在马镫上,挥起鞭子,快跑起来。野风飞舞,吹打着人们的脸,吹弄着马尾和马鬃,要下小雨了。哥萨克们说起话来,开起玩笑。赫里斯托尼亚的铁青色标准马绊了一跤。主人抽了它一顿鞭子,臭骂了一通;马一弓脖子,飞跑起来,冲出了队伍。

一直到卡尔金斯克镇,哥萨克们的情绪始终是很快活的。他们满心以为,不会再打什么仗了,米古林斯克事件——只是布尔什维克对哥萨克土地的偶然入侵。

第二十四章

他们在黄昏以前到了卡尔金斯克。镇上已经没有从前线回来的哥萨克,都到米古林斯克去了。彼得罗命令自己的队伍在广场上商人列沃奇金的商店旁边下了马,就向镇长的住宅走去。一个魁伟、强壮的黑脸军官出来迎接他。军官穿着一件没戴肩章的、肥长的衬衣,腰里系着高加索皮带,穿着缝有裤绦的哥萨克裤子,裤腿掖在白色的毛袜里。薄嘴唇角上叼着烟斗。炯炯有神的棕色眼睛看起人来仿佛要跳出眼眶,神色忧郁。他站在台阶上,抽着烟,望着走来的彼得罗。军官的整个的魁伟身形、衬衣里胸膛上和胳膊上生铁似的坚硬的筋肉,说明他具有非凡的力量。

"您是镇长吗?"

军官从下垂的胡子里吐出一团烟,用中音说道:

"是的,我是镇长。请问阁下的尊姓大名,有何见教?"

彼得罗自我介绍了一番。镇长握着他的手,略微点了点头,说道:

"敝人是利霍维多夫·费奥多尔·德米特里耶维奇。"

费奥多尔·利霍维多夫是古森诺——利霍维多夫斯基村的哥萨克,是一位很不平常的人物。他就读于士官学校,毕业后,就不知去向。过了几年,突然又在村中出现,得到最高当局的允许,开始在已经服完现役的哥萨克中招募志愿兵。在现在的卡尔金斯克镇地区召集了一连凶悍的亡命徒,率领着他们跑到波斯。他带着这支队伍,充当波斯国王的个人卫队,在那里混了一年。在波斯革命时期,他跟波斯国王一同逃得了活命,队伍失散了,于是突然又在卡尔金斯克露面了;他带回了一部分哥萨克,三匹国王御马厩里的纯种阿拉伯千里马,还有大批的财物:贵重的地毯、稀世的珠宝首饰、花色艳丽的绸缎。他在这里游荡了一个月,从裤子口袋里掏出了不少波斯金币,骑着一匹雪白的、细腿儿的、像天鹅一样仰着脑袋的骏马,在各村奔驰;他骑着这匹马跨在列沃奇金商店的门限上,在马上买东西、付钱,然后穿过堂门驰去。不久,费奥多尔·利霍维多夫又突然像来的时候那样消逝了。和他形影不离的伙伴——侍从兵古森诺夫斯克的哥萨克、跳舞能手潘捷柳什卡——也跟他一同不见了;千里马和从波斯带来的一切东西也都无影无踪。

半年之后,利霍维多夫出现在阿尔巴尼亚。从阿尔巴尼亚的都拉措给卡尔金的朋友们不断寄来印着阿尔巴尼亚蔚蓝色的山景,盖着奇奇怪怪邮戳的明信片。后来他到了意大利,遍游巴尔干半岛,到过罗马尼亚和西欧,差一点没去西班牙。费奥多尔·德米特里耶维奇的大名笼罩了一片神秘的重雾。村子里流传着各种迥然不同的、有关他的说法和推测。而大家知道的只不过是——他跟皇族圈子里的人物过从甚密,在彼得堡结识了一些显贵,参加了"俄罗斯人民同盟"①,并任要职,但是他在国外执行使命的情况,则无人知晓。

费奥多尔·利霍维多夫从国外回来以后,就在奔萨定居下来,住在当省长的将军家里。在卡尔金的朋友们看到了他的相片,半天都还在摇头惘然若失地吧嗒嘴:"噢,噢!……""费奥多尔·德米特里耶维奇真是青云直上!"——"看人家尽跟些什么样的人物交往呀,啊?"相片上,费奥多尔·德米特里耶维奇那黝黑的塞尔维亚人钩鼻子的脸上堆着笑容,正在搀扶省长夫人坐上兰朵马车。省长本人像对亲人那样,朝他亲热地笑着,宽臂膀的车夫伸出的手里轻拉着缰绳,马匹咬着嚼子,正欲飞奔。费奥多尔·德米特里耶维奇的一只手献媚地举向鬈毛皮帽,另外一只手像端着茶杯一样,擎着省长夫人的胳膊肘。

多年不见,可是在一九一七年年底,费奥多尔·利霍维多夫突然又回到了卡尔金,像要在这里长住下去似的。带来了妻子和一个孩子,妻子不知是乌克兰人,还是波兰人;他住在广场上的一所有四个房间的小家宅里,住过一个冬天,在策划些什么神秘的勾当。整个冬天(这年冬天冷得出奇,简直不像是顿河流域的天气!)他家的窗户都大敞着,——为了锻炼自己和全家的人,使哥萨克们大感惊讶。

---

① "俄罗斯人民同盟"是沙皇俄国的一个狂暴的黑帮保皇组织,它进行反犹太人宣传,组织虐杀犹太人的暴行,暗杀政敌,从政府方面得到大量的金钱资助。

一九一八年春，在谢特拉科夫事件后，他当选为镇长。费奥多尔·利霍维多夫的雄才大略这才真正有了用武之地。市镇掌握在这样的铁腕人物手里，只过了一个星期，就连老头子们也都不得不点头称是。他把哥萨克管教得服帖到如此程度，他在镇民大会上发言以后（利霍维多夫很会讲话，不仅有力，而且才智横溢），老头子们就像一大群公牛似的，大声吼叫："祝你成功，老爷！我们竭诚欢迎！"——"说的是！"

新镇长严于职守；卡尔金斯克镇的人刚一听到谢特拉科夫村发生战斗的消息，第二天，就把镇上所有从前线回来的哥萨克都派往谢特拉科夫。外来户（镇上的住户有三分之一是外来户）起初是不愿意去，有些从前线回来的步兵反对去，但是利霍维多夫在镇民大会上坚持己见，老头子们就通过了他提出的建议：凡不愿意参加保卫顿河的"庄稼佬"一律驱逐出境。第二天，立即有几十辆大车装满了步兵，他们拉着手风琴，唱着歌，浩浩荡荡，向纳波洛夫和切尔涅茨克村进发了。外来户中，只有为数不多的几个年轻步兵，由原在机枪第一团服役的瓦西里·斯托罗任科率领着，逃到赤卫军那方面去了。

镇长从彼得罗的走路姿势就已经看出，他是个出身低微的军官。他没有请彼得罗进屋子去，摆出一副不拘小节的、亲热的样子说道：

"不用啦，亲爱的，你们到米古林斯克没有什么事可干了。没有你们，人家已经把事情办妥啦，——昨天晚上已经收到了电报。请你们回去待命。把你们的哥萨克好好整一整！那么大的一个村子——只来了四十名战士？！您对那些混蛋不能客气！要知道，这是有关他们生死存亡的问题呀！祝您健康，诸事如意！"

他身躯是那么大，竟迈着令人难以置信的轻捷的步子，普通靴子的靴底踏得咯吱咯吱响着，往家里走去。彼得罗回到广场上哥萨克们那里去。大伙立刻七嘴八舌问道：

"喂，怎样？"

"那里的情况如何？"

"还上米古林去吗？"

彼得罗喜形于色，笑着说：

“回家转！人家没有咱们已经把事情办妥啦。”

哥萨克们都开心了，成群结伙地往拴在板棚上的马匹走去。赫里斯托尼亚如释重负似地喘了一口气，拍了拍托米林的肩膀，说道：

“那么说是要回家转啦，炮手！”

“家里的娘儿们这会儿正在想念咱们哩。”

“咱们立刻动身。”

大家商量了一下，决定不在这里过夜，立即出发。已经是乱哄哄地，一堆一伙地骑马走出了市镇。如果说往卡尔金来时很勉强，难得赶马快跑，那么从这里回去时，则是快马加鞭，使足了劲往回奔。有时甚至还要狂奔一阵；由于久旱无雨，道路坚硬，马蹄踏上，轰隆鸣响。顿河对岸的远山后面，闪着蓝色的电光。

回到村里已是午夜时分。走下山坡的时候，阿尼库什卡用他的奥地利步枪打了一响，接着就是几排齐射，这是在通知村里：他们回来了。村里报以几声汪汪的犬吠，不知道是谁的战马，大概是知道已经离家很近，厉声地嘶叫起来。回到村里，大家就散开，各自回家去了。

马丁·沙米利跟彼得罗分手时，轻松地哼了一声，说道：

“真是打够啦。这太好啦！”

彼得罗在黑暗里笑了笑，朝自家的院子走去。

潘苔莱·普罗珂菲耶维奇出来接过马，卸下马鞍，牵到马棚，然后和彼得罗一同走进屋子。

“出征完啦？”

“完啦。”

“好，谢天谢地！最好一辈子别再听到打仗的事儿。”

达丽亚从睡梦中醒来。浑身热乎乎的，忙给丈夫准备晚饭。葛利高里披着衣服从内室走出来；他搔着长满黑毛的胸膛，嘲讽地眯缝起眼睛，看着哥哥，问：

“把他们全都收拾啦？”

“我在收拾剩菜汤哪。”

“哼，那是一点也不含糊。咱们准能把剩菜汤收拾得精光，特别是还有我来帮忙。”

复活节前，再也没有听到一点战争的消息，可是在耶稣受难周的星期六，从维申斯克驰来了一位专使，他把满身大汗的马扔在科尔舒诺夫家的大门口，——马刀碰得门限乒乒乱响，跑上了台阶。

“有什么消息？”米伦·格里戈里耶维奇在门口迎着他问道。

“我要见村长。您是村长吗？”

“我是。”

“请您马上把哥萨克装备起来。波乔尔科夫正率赤卫军越过纳戈林斯克乡。哪，这是命令。”他把汗湿的制帽里子翻过来，拿出一个信封。

格里沙卡爷爷听见谈话声，也走了出来，把眼镜架在鼻子上；米吉卡从院子里跑进来。他们一同看完了维申斯克军区司令官的命令。那位专使靠在雕花栏杆上，用袖子擦着风尘满面的脸。

复活节的第一天，哥萨克们开斋以后，就从村子里出发了。阿尔费罗夫将军的命令非常严厉，他以剥夺哥萨克军职相威胁，因此，这次去截击波乔尔科夫的已经不像第一次那样，只有四十个人，而是一百零八个人了，这中间还有一些老头子，他们满心想去跟赤卫军交交手。冻疮鼻子的马特维·卡舒林也和儿子一同来了。“牛皮大王”阿夫杰伊奇骑着一匹不中用的骒马，神气活现地混在前列里，一路上他尽是滔滔不绝地讲他那些离奇的经历，给哥萨克们开心；马克萨耶夫老头子和另外几个白胡子的老头儿也来了……年轻人是迫不得已，老头子们却是心甘情愿、兴高采烈地来了。

葛利高里·麦列霍夫把雨衣帽子戴在制帽上，在后列里走着。愁云漠漠的天上洒下雨点。黑云在一片嫩绿的草原上空翻滚。一只鹰在乌云波浪似的边际下飞翔。鹰偶尔扇动一下翅膀，然后又展开，捕捉风势，卷进空气的激流，闪着灰暗的棕色淡光，斜着身子向东方飞去，越飞越远、越小。

草原上是一片湿润的碧绿。有些地方，偶尔可以看到一片片枯萎的去年的苦艾，闪着紫光的金鱼草和一些古垒在山岗顶上闪着灰暗的光亮。

哥萨克们走下山坡，开往卡尔金斯克镇时，遇到了一个放牛的哥萨克少年。他光着脚，摇晃着鞭子一步一滑地走着。看到这些骑马的人，就停住脚步，仔细地打量着他们和那些浑身溅满污泥、扎着尾巴的马匹。

“你是哪个村的人？”伊万·托米林问。

“卡尔金人。”小家伙从披在脑袋上的短衫下笑着，活泼地回答说。

“你们镇上的哥萨克出发了吗？”

“早走啦。打赤卫军去啦。大叔，您能不能给点儿烟叶卷根烟抽呀，啊？”

“给你点儿烟？”葛利高里勒住马，问。

小家伙来到他跟前。他那卷起的裤腿已经湿了，露着红裤绦。他毫不胆怯地看着正从口袋里往外掏烟荷包的葛利高里的脸，用悦耳的中音说：

“你们只要往下坡一走，马上就会看到死尸了。昨天我们镇上的哥萨克往维申斯克押解俘虏的红鬼，就在这里把他们都砍啦……大叔，我在砂垒那儿放牲口，从那儿看到哥萨克们把俘虏全都砍死啦。哎呀，真可怕！哥萨克一举起马刀，俘虏们就鬼哭狼嚎，四散奔逃……后来我到那儿去看了看……有一个肩膀被砍下来，他还直喘气呢，可以看到他的心还在胸窝里跳，可是肝却发青啦……真可怕！”他又重复了一遍，心里在纳闷儿，怎么哥萨克们对他说的情况竟一点也不害怕呢，至少当他打量着葛利高里、赫里斯托尼亚和托米林脸上那种毫无反应的、冷漠的神色时，是这样想的。

他抽着烟，摸了摸葛利高里的湿漉漉的马脖子，说了声：“谢谢啦。”便向牛群跑去。

大道的旁边，一道春水冲出的浅沟里横着被砍死的赤卫军尸体，上面盖了一层薄薄的黄土。可以看到深蓝色的、像锡铸的、嘴唇上凝结着干血的脸，蓝棉裤外面黑乎乎的光脚。

“连收拾他们都叫人恶心……这些混账玩意儿！”赫里斯托尼亚嗡嗡地说，突然猛地抽了自己的马一鞭子，追过葛利高里，跑下山去。

“好啊，在顿河的土地上也已经血流成河啦。”托米林的脸颊抽搐着，笑道。

第二十五章

本丘克手下有名机枪手，是鞑靼村的哥萨克马克西姆卡·格里亚兹诺夫。在跟库捷波夫的队伍的战斗中他的马被打死了，从那时候起，他就不可救药地喝起酒来，沉溺在赌博中。马克西姆卡骑的那匹毛皮像牛、脊背上有一道银色白毛的马被打死以后，他就扛着马鞍子，一直扛了四俄里，待他看到，从疯狂攻来的白军手中逃出性命已经无望的时候，他就从鞍子上扯下豪华的肚带，拿着笼头，开了小差。后来到了罗斯托夫，不久，在赌“二十一点”时，输掉了从被他砍死的大尉身上摘下来的刀鞘镶银的马刀，输掉了剩下的马具；最后，输掉了裤子和软羊皮靴子，于是光着身子回到了本丘克的机枪队。本丘克给他弄到一身衣服，劝说了他一番。马克西姆卡也许从此就改邪归正了，可是在争夺通往要塞的战斗中，一颗子弹打进了他的脑袋。可怜马克西姆卡的蓝色眼珠破流到衬衣上，血从脑壳里，像从打开的罐头里涌出来。仿佛世界上从来就没有过这个维申斯克的哥萨克格里亚兹诺夫——昔日的偷马贼和不久前的不可救药的酒徒。

本丘克看了一眼正在痛苦地抽搐的马克西姆卡的身体，然后关心地擦去机枪筒上的血渍，这是从马克西姆卡被打穿的脑袋里溅出来的。

立刻就要退却。本丘克拖着机枪走了。扔下了在被炮火烧焦的土地上慢慢变冷、变僵的马克西姆卡的尸体。他那衬衣扯到脑袋上去的黝黑的身体赤裸裸地暴露在阳光下（他死去的时候，直往脑袋上拉衬衣，痛苦地挣扎）。

全部由土耳其战线上回来的步兵组成的一排赤卫军，在第一个十字路口上构筑了阵地。一个前额光秃、头戴半旧的冬天皮帽子的战士，帮着本丘克安装好机枪，其余的人横街构筑了一道像街垒似的阵地。

“叫他们来吧！”一个大胡子战士望着近处山岗后面半圆形的地平

线，笑着说。

“现在咱们可以狠狠地揍他们啦！”

“加油呀，萨马拉！”战士们对一个正在从板棚上往下拆木板的壮实小伙子喊道。

“他们来啦！往这儿冲呢！”那个前额光秃的战士从伏特加酒仓库屋顶上爬下来后，大声喊道。

安娜卧倒在本丘克身旁。赤卫军战士也都密密麻麻地卧倒在临时工事后面。

这时候，有九名赤卫军战士，从右面，像田垄地里的鹌鹑一样，顺着相邻的一条胡同跑到拐角处一所房子的墙后。其中一个跑着，还喊叫了一声：

“敌人来啦！机枪快扫射吧！”

十字路口霎时变得空荡荡的，非常安静，可是没过一会儿，一个制帽上扎着白带、马枪紧压在肋下骑马的哥萨克，拖着滚滚烟尘，从墙后冲出来。他猛力勒住奔马，马的后腿都蹲了下去。本丘克用手枪打了一枪。哥萨克趴在马脖颈上，往后跑去。原先卧倒在机枪旁边的那些步兵心慌意乱，不知所措，有两个顺着板棚跑去，卧倒在大门口。

看得出，这些战士立刻就会溃散、逃跑。他们已经紧张到了极点，鸦雀无声，从他们那惊慌失措的眼睛里可以清楚地看出，他们是顶不住的……随后发生的一切，本丘克特别清楚地记住了这一瞬间。安娜头上缠的绷带歪到后脑勺上，她激动异常，脸色煞白，头发散乱，变得简直认不出来了。她一跃而起，端着步枪，回过头来，手指着骑马的哥萨克在那里消失的房子，用同样变得听不出是她的嘶哑的声音喊道：“跟我来！”——便跌跌撞撞地向前奔去。

本丘克站了起来。他糊里糊涂地喊了几声。从旁边的一个步兵手里抓过一支步枪，——觉得两条腿哆嗦得要命，跟着安娜跑去，他喊哪，叫啊，要她回来，累得上气不接下气，急得浑身无力，两眼发黑。他听到后面几个跟着跑上来的人的喘息声，清楚地意识到了一个可怕的、不可避免的、奇特的结局已经迫在眉睫。在这一刹那，他已经明白，她的行动不可能带动其余的人随之冲杀，是毫无意义的，不理智的，注定要失败的。

在离房子拐角处不远的地方迎面遇上了飞驰而来的哥萨克。从他们那方面传来一阵阵参差不齐的枪声。子弹在飞啸。安娜可怜的尖叫声。她伸出一只手,眼睛像发疯似的,一屁股坐到地上。本丘克没有看到哥萨克们已经拨马跑了回去,也没有看到原来卧倒在他的机枪旁边的十八名步兵中有些人受到安娜的热情鼓舞,已经把哥萨克们击退了。他眼里只有她一个人,在他的脚边挣扎的她一个人。他的两手毫无感觉地把她翻过身来,想把她抱到什么地方去,这时候他看到她的左肋在出血和几缕耷拉在伤口四周的蓝布上衣的破布条,——他明白,她是被爆炸性子弹打中了,知道安娜是活不成了,而且在她那蒙眬昳的眼睛里已经看到了死神的影子。

有人推开他,把安娜抬到附近的院子里,放在板棚檐下的阴凉地方。

前额光秃的那个战士把一团团的棉花压在安娜的伤口上,又拿下来扔掉,棉花团浸满了血,鼓胀起来,变成黑色。本丘克镇静下来,解开安娜的上衣领子,撕下自己的内衣,揉成布团,压在伤口上,看到鲜血冒着泡往外涌,热气直往伤口里钻,看到安娜的脸变成了青灰色,嘴在痛苦地哆嗦,肺还在不停地呼吸:空气从嘴里和伤口里冒出来。本丘克撕开她的衬衣,无所顾忌地露出她那垂死的冒着热气的身体,好不容易才用棉花团把伤口堵住。过了几分钟,安娜恢复了知觉。深陷进去的眼睛从充血的黑眼眶里朝伊利亚瞥了一下,颤抖的眼睫毛又把它们遮上了。

“水!热死啦!”她喊叫、挣扎、折腾起来,哭喊着,“我要活!伊利亚——啊——啊——啊!……亲爱的!啊啊啊!”

本丘克把肿胀的嘴唇贴在她火热的脸颊上,用杯子往她的胸膛上倒水。肩胛骨的洼洼里积满了水,但不久就蒸发干了。垂死的高烧正在煎熬着安娜。不管本丘克往安娜的胸膛上倒多少水,她还是翻来覆去地挣扎,从他手里挣脱。

“热死啦!……像火烧!……”

她变得软弱无力;身上稍微凉爽了一点,清楚地说:

“伊利亚,这是为什么呀?唉,你看,这一切是多么简单……你真是个怪人！……太单纯啦……伊利亚……亲爱的，想办法告诉妈妈……你知道……”她半睁开好像是笑得眯缝起来的眼睛，想要制服痛苦和恐怖，仿佛被什么东西压得喘不过气来似的，含糊不清地说，“起初，只有一种异样的感觉……接着震动了一下，像着了火似的……马上全身都烧起来……我觉得——我要死啦……”看到本丘克在痛苦地，不以为然地直摇手，就皱起眉头，“算啦！闷死啦……哎呀，闷得喘不过气来！……”

在疼痛间歇的时候，她不断地说话，说得很多，似乎是拼命想把要说的话都说出来。本丘克怀着无限恐怖的心情看到，她的脸闪着亮光，鬓角处变得更加明澈，蜡黄了。他把视线移到毫无生气地放在身边的胳膊上，只见她的手指甲里正凝起透出粉红色的青血印。

“水……往胸膛上……啊，热死啦！”

本丘克赶快跑到屋里去取水。等他回来的时候，已经听不到板棚下安娜的呻吟声了。夕阳照在被最后一次抽搐扭歪的嘴上，照在像蜡塑的、紧按在伤口上还有点儿热气的手掌上。他慢慢地抱住她的肩膀，把她抱起来，注视着鼻梁上细碎的雀斑已经变成黑色的尖鼻子，捕捉着两道弯斜的黑眉毛下面的瞳仁里凝集的微光。软弱无力地向后仰着的脑袋越垂越低，姑娘细脖子上的蓝色血管里在跳着最后的几次脉搏。

本丘克把嘴唇贴在她那半睁半闭的黑眼皮上，叫道：

“朋友！阿尼娅！”他挺直了身子，急转身，两手紧贴在大腿上，一动不动地、很不自然地挺着身子走开了。

第二十六章

这些日子，他处在像害了伤寒病一样的昏迷状态中。他照常走路、做些什么事情、吃饭、睡觉，但是这一切都仿佛在蒙眬的睡态中，痴痴呆呆，迷迷糊糊。他用失去理智的、红肿的眼睛看着周围的世界，连熟人都认不出来，看人的神态，就像个醉汉或者大病初愈的人一样。从安娜死的那天起，他已经变得麻木不仁，没有任何愿望，什么也不想。

“吃饭吧，本丘克！”同志们请他吃，他就呆呆地盯着一个什么地方艰难地、懒洋洋地翕动着颚骨吃起来。

同志们观察他，商量着送他进医院。

“你病了吗？”第二天，机枪手中有一个人这样问他。

“没有。”

“好，那咱们来抽烟吧。兄弟，你不能让她起死回生，不要在这方面白白地浪费精力啦。”

到了睡觉的时候，同志们对他说：

“上床去睡吧。到时候啦。”

他就上床躺下。

他在这种暂时离开现实的状态中度过了四天。第五天，克里沃什雷科夫在街上遇上了他，一把抓住他的袖子。

“啊哈，原来是你呀，我正在找你哪。”克里沃什雷科夫不知道本丘克的不幸遭遇，很亲热地拍着他的肩膀，吃惊地笑着问，“你怎么这副相啊？是不是喝了两杯？你听说，要派特遣队到顿河北部地区去的事儿吗？已经选出了一个五人委员会。由费奥多尔领导。现在只能指望顿河北部地区的哥萨克了。否则我们就要完蛋啦。情况很严重！你去吗？我们非常需要宣传员。去吧，怎么样？”

“去。”本丘克简短地回答。

“那太好啦。咱们明天就出发。到奥尔洛夫老爹那儿集合，他是咱们的向导。”

本丘克在失魂落魄的精神状态中准备起行装。第二天，五月一日，就跟特遣队一同出发了。

这时候，顿河苏维埃政府受到了严重的威胁。德国占领军从乌克兰压过来，下游各村镇和军区已经完全陷于反革命叛乱中。

波波夫将军在过冬地区流窜，从那里威胁着新切尔卡斯克。从四月十日直到十三日在罗斯托夫召开的州苏维埃代表大会曾不得不数次中断，因为叛乱的新切尔卡斯克人已经迫近罗斯托夫，并且占据了市郊地区。只有北方的霍皮奥尔斯克和梅德维季河口地区还留有一些革命的温床,所以,波乔尔科夫和其他一些对顿河下游的哥萨克的支持已经失去信心的人,都不由自主地想往这些温暖的地方跑了。动员工作中止了,不久前当选为顿河人民苏维埃主席的波乔尔科夫,根据拉古京的建议,决定到北部地区去,想在那里动员组织三四团从前线回来的哥萨克,把他们投到抗击德国人和镇压下游的反革命叛乱的战斗中去。

成立了一个以波乔尔科夫为首的五人紧急动员委员会。四月二十九日,从国库领了一千万金卢布和尼古拉政府钞票的动员费,为了护送这些装钱的箱子,匆忙组织了一个押运队——大部分是原卡缅斯克地方部队的哥萨克——又挑选了几个哥萨克宣传鼓动员,特遣队于五月一日,已经是在德国飞机的扫射下出发,向卡缅斯克挺进。

铁路沿线,塞满了从乌克兰撤退下来的赤卫军兵车。叛变的哥萨克拆毁了桥梁,蓄意使列车脱轨、颠覆。德国人的飞机每天上午在新切尔卡斯克——卡缅斯克铁路线上像鹰群一样盘旋飞行,不时俯冲下来,——用机枪扫射一阵,赤卫军战士纷纷从兵车上跳下来;响起噼噼啪啪的步枪的射击声,到处的车站上,笼罩着煤渣和战争的硝烟气味混成的烟雾。飞机已经钻到难以想像的高空中去,可是射手们还在向飞机射击,浪费着子弹,从列车旁边走过的人穿的靴子被空弹壳一直没到脚踝。弹壳把沙土地全都覆盖了,就像十一月里被金黄色的橡树叶覆盖的山谷。

到处是一片战争破坏的景象:土坡上堆满了烧焦的和炸坏的黑乎乎的车厢,电线杆上,缠着炸断的电线的白瓷瓶闪着砂糖似的亮光。到处是被毁坏的房子,铁路沿线的防雪栅仿佛都被暴风卷吹走了……

特遣队往米列罗沃方向走了五天。第六天早晨波乔尔科夫把五人委员会的委员们召集到自己的车厢里来。

“这样乘车走是不行的! 咱们把所有的财物都扔掉,以行军队形前进吧。”

“你怎么啦!”拉古京大吃一惊,叫道,“当我们以行军队形艰难地往梅德维季河口爬行的时候,白军早就捷足先登啦。”

“路程太远啦。”姆雷欣犹豫不定地说。

不久前才追上特遣队的克里沃什雷科夫没有说话,裹在扣带已经褪色的军大衣里。他正在发疟疾,吃奎宁吃得耳朵里嗡嗡直响,头疼得要命,浑身热得像火烧一样,他没有参加讨论,弯着身子坐在一个砂糖袋子上。眼睛上蒙着一层疟疾病的凝膜。

“克里沃什雷科夫。”波乔尔科夫眼睛盯着地图,叫道。

“你说什么?”

“没有听见我们在谈什么问题?我们在讨论,应该以行军队形前进,否则的话,敌人追上来,我们就完啦。你觉得怎样?你比我们有学问,说说你的看法吧。”

“以行军队形前进是可以的,”克里沃什雷科夫一字一句地说起来,但是疟疾突然又发作了,他像狼一样咬了咬牙齿,微微地哆嗦起来,“如果能减少一些辎重,是可以的。”

波乔尔科夫在门口展开了地区地图。姆雷欣捏着地图的两角。地图被从阴沉的西方刮来的风一吹,上下翻动,呼啦呼啦地叫着,要从手里挣脱出去。

“看,咱们就这么走!”波乔尔科夫用烟熏黄的手指斜着在地图上划了一下,“看到比例尺了吗?大约有一百五十俄里,最多二百。干吧!”

“就这么干,管他妈的呢!”拉古京同意说。

“米哈伊尔,你以为如何?”

克里沃什雷科夫懊丧地耸了耸肩膀。

“我不反对。”

“我立刻就去告诉哥萨克,叫他们卸车。要争取时间。”

姆雷欣用等待的目光看了看所有的人,见没有人反对,便跳下车去。

波乔尔科夫的特遣队乘的这列军车,在这个细雨霏霏的早晨,停在离白卡利特瓦不远的地方。本丘克躺在自己的车厢里,用军大衣蒙着脑袋。哥萨克就在他身边烧茶,哈哈大笑,互相开玩笑。

万卡·博尔德列夫——米古林斯克的哥萨克,喜欢开玩笑,总是废话连篇——正在嘲笑一个同行的机枪手。

“伊格纳特,你是哪省人?”他用被烟草熏得沙哑的嗓音哼哼道。

“坦波夫省。”老实巴交的伊格纳特用柔和的低音回答说。

“大概是莫尔先斯克村人吧?”

“不是,是沙茨基村的人。”

“啊啊啊……沙茨基人都是些勇敢的小伙子:打起架来,七个一起上都不怕。沙皇登极的时候,用黄瓜砍死牛犊子,是不是就出在你们村儿?”

“够啦,别耍贫嘴啦!”

“哎呀,是啊,我记错啦,这事儿不是出在你们村儿,好像你们村儿用馅饼盖了一座教堂,后来想把它放在豌豆上推下山去。有这么回事儿吧?”

茶烧开了,伊格纳特这才暂时摆脱了博尔德列夫的嘲笑。但是等刚一坐下来吃早饭,万卡又开始了:

“伊格纳特,你好像不大喜欢吃猪肉吧?不爱吃,是吗?”

“不,爱吃。”

“哪,给你这根猪鸡巴吃。好吃极啦!”

爆发出一阵哄笑。不知是谁呛着了,咯咯地咳了半天。大家乱成一团,靴子踏得直响,过了一会儿,伊格纳特气喘吁吁,生气地说道:

“你自个儿吃吧,鬼东西!你拿着自个儿的鸡巴瞎晃什么?”

“不是我的鸡巴,是猪鸡巴。”

“全他妈的一样,——臭玩意儿!”

满不在乎的博尔德列夫用沙哑的声调拉着长声说:

“臭——玩——意——儿?你不糊涂吧?复活节人们还拿它祭神呢。你就痛快地说吧,你是怕破斋……”

博尔德列夫的同乡,一个漂亮的浅棕色胡子的哥萨克,得过全部四枚乔治十字章,劝他说:

“算了吧,伊万!跟庄稼佬打交道,你非吃亏不可。他要是吃猪鸡巴,他就要找公猪。这地方你到哪儿去找呀?”

本丘克闭起眼睛躺着。这些话他根本听不进去,他正在受着新恨和仿佛更加厉害的旧痛的折磨。白雪茫茫的草原在他紧闭着的眼睛的昏暗中闪光,地平线上涌起远方褐色的林脊;他仿佛感到冷风阵阵,看到安娜就躺在他身旁，看到她的黑眼睛、可爱的嘴上刚毅、温柔的线条、鼻梁边不显眼的雀斑、额角上的若有所思的皱纹……他听不清从她的嘴唇上滑下的话语：因为这些话说得模糊不清，而且总被别的什么人的话声和笑声打断，但是从眼睛闪出的光芒、从颤抖的弯弯的睫毛上，可以猜出她在说什么……一会儿，他又看到了另一个安娜：脸色青中透黄，两颊上泪痕纵横，尖鼻子，嘴唇上刻着痛苦和难看的皱纹。

他弯下腰去，吻她那呆滞的黑眼窝……本丘克呻吟起来，他用手掌捂住嘴，想止住恸哭。安娜连一分钟都不肯离开他。她的形象没有消失，时间也不曾抹去它的光辉。她的音容、身段、走路姿势、动作、表情和眉毛的抖动——所有这一切，一样样的拼合起来，就凑成了一个完整的、活生生的安娜。他想起了她那热情洋溢、富于浪漫主义的演说，想起和她一同度过的时光。这些生动的、历历在目的往事使他的痛苦增加了十倍。

大家一听到下车的命令，就把他叫醒。他站起身，无动于衷地收捡了一下东西，走出车厢。然后帮着往下卸东西。又同样无动于衷地坐上大车，上路了。

下起了小雨。路边的矮草都淋湿了。

草原。野风在山脊和洼地里尽情地飞舞、呼啸。可以看到远处和近处的村落和宅院。火车头冒出的黑烟和车站的红色房舍都落在后面。在白卡利特瓦雇的四十多辆大车沿着大道摆了一长串。马匹走得很慢。被雨浸透的黑色黏土路泥泞难行。车轮子上沾满了粘土，泥水四溅。车前车后，簇拥着一群群白卡利特瓦地区的矿工。他们为了逃避哥萨克的横暴，逃往东方。他们都带着家属和破旧的家具。

在小站格拉奇附近，罗曼诺夫斯基和夏坚科的受了重创的赤卫军支队追上了他们。战士们个个满脸污泥，苦战、睡眠不足和缺乏给养，把他们折磨得狼狈不堪。夏坚科走到波乔尔科夫跟前来。他那留着英国式小胡子和生着软软的小鼻子的漂亮的脸憔悴、枯瘦。本丘克正从他们身边走过，听见眉毛拧在一起的夏坚科恶狠狠地、疲倦地说：

“你胡扯些什么？难道我不了解我的战士吗？事情糟得很，还有那该死的德国人！我现在上哪儿去集合队伍呀？”

波乔尔科夫跟夏坚科谈话以后，变得愁眉苦脸，若有所失，他追上了自己的马车，激动地对抬起身来的克里沃什雷科夫谈了起来。本丘克注视着他们，看到克里沃什雷科夫一只胳膊肘撑着身子，另一只手在空中砍了一下，像连珠炮似地说了几句话，波乔尔科夫顿时高兴起来，跳上装着机枪的马车，这位炮兵的六普特重的身体往车沿上一压，马车就嘎喳响了一声；车夫扬鞭催马，污泥飞溅。

"快赶！"波乔尔科夫眯缝起眼睛，迎风敞开皮上衣，喊道。

第二十七章

特遣队往顿涅茨地区腹地行军几天，直奔克拉斯诺库特斯克镇。乌克兰村民一如既往，亲热地迎接队伍：兴高采烈地出卖食物和草料，提供住处，但是只要一谈到雇他们的马去克拉斯诺库特斯克，乌克兰人就迟疑起来，搔着后脑勺，断然拒绝了。

"我们多给好钱，你为什么不干呀？"波乔尔科夫追问一个乌克兰人说。

"这有啥难懂的，我不想为这几个钱去卖命。"

"我们要你的命干什么，你只需把马和车雇给我们就得啦。"

"不，不去。"

"为什么不去？"

"你们是到哥萨克地方去，是吗？"

"是的，这怎么啦？"

"怎么啦？可能打仗，或者发生别的什么事情。难道俺就不爱惜自个儿的小命啦？我的马也完啦，俺今后还怎么过日子？不行，大叔，别啰嗦啦，俺不去！"

越走近克拉斯诺库特斯克地区，波乔尔科夫和其余的人就愈感到不安。老百姓的情绪也发生了变化：如果说起初走过的一些村庄，还是愉快热诚地接待他们，那么后来的村落对特遣队则表现出了敌意和戒备。他们很不情愿地出卖食物,回答问题总是躲躲闪闪。村里的青年人也不再像起初一些村落的小伙子们那样,像条花带子似的围住特遣队的车辆了。而是愁眉不展地、怀有敌意地从窗子里窥视,或者匆匆走开。

“你们是不是信仰正教的?”特遣队里的哥萨克生气地质问道,“你们干吗像枭鸟见了粮食粒一样看我们呢?”

在纳戈林斯克乡的一个村子里,万卡·博尔德列夫因为受到冷遇,气得快发疯了,他把帽子往广场的地上一摔,一面贼眉贼眼地四下张望着,怕上司走来看见,一面沙哑地叫喊道:

“你们是人还是鬼?为什么不说话?真见他妈的鬼!人家在为保护你们的权利流血,你们却不屑正眼看看我们!这是哪门子规矩,简直是太没有良心啦!同志们,现在人人平等,——不分什么哥萨克和霍霍尔啦,不用他妈的装什么大头蒜。赶快把鸡和鸡蛋拿来,我们全都付给你们尼古拉票子!”

有五六个听博尔德列夫发牢骚的乌克兰人像套在犁上的马一样,都低着头站在那里。

对博尔德列夫热诚的演说却连一个搭腔的都没有。

“你们过去是霍霍尔,你们这些该死的东西,现在照旧是霍霍尔!妈的,叫你们都爆成碎片儿!你们这些大肚资产阶级,怎么劝说你们也不听!”博尔德列夫气得又把自己的破帽子摔在地上,满腔鄙视的怒火,烧得他满脸通红,“在你们这鬼地方,就是冬天也连捧雪都要不出来!”

“别汪汪叫啦!”这是几个克兰人四散时说的唯一的一句话。

也是在这个小村子里,一个上了年纪的乌克兰女人问赤卫军里的一个哥萨克说:

“听说,你们要抢光、杀光,这是真的吗?”

哥萨克眼都没有眨,就回答说:

“是真的。倒不是要把所有的人都杀光,我们是要把老头子们全宰啦。”

“喂呀,我的上帝!你们宰他们有啥用呀?”

“我们用他们来下饭：这会儿的羊肉一股子青草气。不好吃，可是把老爷子放到锅里一熬，就可以煮出上好的肉汤……”

“您这是什么话呀，是在开玩笑吧？”

“大婶子，他在胡说八道！犯傻哪！”姆雷欣插口说。

而当只有他们两人的时候，姆雷欣狠狠地把开玩笑的人批了一顿：

“你要懂得怎样开玩笑和跟什么人才能开玩笑！为了这样的玩笑，波乔尔科夫会打你的耳刮子！你为什么还要制造混乱？她会到处去胡传，说咱们真的杀老头子。”

波乔尔科夫缩短了休息和宿营的时间。他心里很焦躁，急着往前赶。在进入克拉斯诺库特斯克镇地区的前一天，他和拉古京谈了很久，讲了自己的心事：

“伊万，咱们不应该走得太远。一到霍皮奥尔河口镇，立刻就开展工作！咱们张榜招兵：饷钱一百卢布，但是他们必须自带战马和装备来，不能胡花老百姓的钱。咱们从霍皮奥尔河口溯流而上：经过你的家乡布卡诺夫斯克、斯拉谢夫斯克、费多谢耶夫斯克、库梅尔仁斯克、戈拉祖诺夫斯克和斯库里申斯克等各镇。等咱们到达米哈伊洛夫斯克镇的时候，咱们就有一个师啦！依你看，咱们招募得到吗？”

“如果那儿太平无事，招募得到。”

“你认为那儿也已经叛乱了吗？”

“我怎么知道呢？”拉古京捋了捋稀疏的小连鬓胡子，用尖细、抱怨的口吻说道：

“我们来晚啦……费佳①，我担心咱们恐怕来不及啦。军官们正在那儿干自己的事儿呢。必须赶紧去……”

“我们这不是在赶嘛 。你可别心慌意乱哟！咱们可不能恐慌呀。”波乔尔科夫的眼神变得非常严厉，“咱们率领着这么多人，怎么能心慌意乱呢？来得及！能冲过去！两个星期以后，咱们就能既打白匪军，又打德国鬼子啦！叫他们全都见鬼去，我们把他们统统赶出顿河的土地！”他沉默了一会儿，贪婪地吸完纸烟，然后说出了隐藏在心底的忧

① 费佳是费奥多尔的爱称。

虑,“如果咱们来晚了——那咱们和顿河的苏维埃政权就全完啦。噢,可不能晚呀!如果军官们搞起来的暴乱抢在咱们前面,先蔓延到那儿——那就什么都完啦!”

第二天黄昏时分,特遣队进入了克拉斯诺库特斯克镇管辖地区。还没走到阿列克谢耶夫斯基村,跟拉古京和克里沃什雷科夫同坐在前面的一辆大车上的波乔尔科夫看到在草原上牧放的畜群。

“咱们向牧人问问情况。”他向拉古京建议。

“你们去问吧。”克里沃什雷科夫支持说。

拉古京和波乔尔科夫从大车上跳下来,朝畜群走去。太阳蒸晒下的牧场,草色玄褐。草长得很矮,蹄痕累累,只有道旁的山芥开着一小簇一小簇的黄花,粗壮的燕麦草在像毛掸似的沙沙作响。波乔尔科夫手掌里揉着一棵老苦艾顶尖,闻着刺鼻的苦味,走到牧人跟前。

“你好啊,老大爷!”

“托福托福。”

“放牲口哪?”

“是啊。”

老头子愁眉苦脸,睁开眼从乱蓬蓬的白眉毛里朝外望着,手里摇晃着一根很粗的木棍。

“老大爷,你们的日子过得可好啊?”波乔尔科夫问了个通常的问题。

“上帝保佑,还过得去。”

“你们这儿有什么新闻吗?”

“没听到什么新闻。你们是什么人?”

“当差服役的,回老家去。”

“老家是哪儿呀?”

“霍皮奥尔河口镇。”

“那个波乔尔金①是不是你们一伙儿的?”

“是我们一伙儿的。”

---

① 波乔尔金是对波乔尔科夫的蔑称。

牧人一定是吃一惊,他的脸色一下子就变得煞白。

“你害怕什么呀,老大爷?”

“怎么会不害怕呀,善人哪,人家说你们要把正教徒全都杀光。”

“胡说八道!是谁散布的这种谣言啊?”

“前天村长在村民大会上说的。不知道他是听说的,还是收到了什么公文,说波乔尔金领着一帮加尔梅克人来了,要把所有的人全都杀光。”

“你们这儿已经选出村长来了吗?”拉古京匆匆地看了波乔尔科夫一眼。

波乔尔科夫正用黄牙齿咬住一根草茎。

“几天前选出了村长。苏维埃散伙啦。”

拉古京还想打听点儿什么,但是旁边的一只健壮的秃头公牛,趴到一头母牛身上,把它压在地上。

“这混账东西,会把母牛压死!”牧人惊叫一声,撒腿向畜群奔去;像他这把年纪,竟跑得这么快,简直令人难以置信,一边跑着嘴里还在喊:“这是娜斯坚卡的小母牛……会压死的!……你往哪儿跑!……往哪儿跑,秃家伙!……”

波乔尔科夫使劲甩着双手,朝马车走去。曾是一位好当家人的拉古京仍然站在那里,不安地瞅着被压到地上的瘦弱的小母牛,心里不由地想道:“这公牛真会把它压死!唉,这鬼东西!”

只是在毫不含糊地看到小母牛已经完好地从公牛身下挣脱出自己的脊背,他才朝大车走去。“我们怎么办呢?难道顿河那岸真的已经重由村镇长统治了吗?”他下意识地问自己。但是他的注意力一瞬间又被站在道旁的一头漂亮的种牛给吸引住了。种牛在闻嗅一头套在宽大的挽具上的大黑母牛,不住地摇晃着宽脑门儿的大脑袋。它颈下的垂肉一直耷拉到膝盖,强健有力的细长身体绷得笔直,像琴弦一样,四条小短腿像柱子一样插到松软的土地里。拉古京不由自主地欣赏着这头纯种的公牛,用目光抚摸着它那带绛黄斑点的红色毛皮,整理了一下乱麻似的惊慌的思绪,叹了一口气,得出一个结论:“我们镇上最好也弄一条这样的纯种牛。我们那儿的种牛个儿太小啦。”这个念头是边走边冒出来的，等走近马车，看到哥萨克们一张张愁云密布的面孔，拉古京立刻考虑起他们现在必须走的行军路线来。

被疟疾折磨得苦不堪言的克里沃什雷科夫——幻想家和诗人——对波乔尔科夫说：

“咱们避开反革命恶浪，想跑到浪头的前面去，可是这股恶浪已经越过我们，滚滚而去。看来，我们是跑不过它了。它像惊涛骇浪，汹涌而下，一泻千里。”

五人动员委员会的成员中，好像只有波乔尔科夫认识到当前处境的全部复杂性。他坐在那里，俯身向前，不停地对车夫喊着：

“快赶！”

队尾的几辆大车上唱起歌来，接着又沉默下去。哄笑和呼叫声像打雷似的，压下车轮的轰隆声，从那里传来。

牧人所谈的消息证实了。特遣队在路上遇见了一个从前线归来的哥萨克，他和妻子一同坐车到斯韦奇尼科夫村去。他戴着肩章和帽徽。波乔尔科夫探问了他一番，脸色变得越发阴沉了。

特遣队走过了阿列克谢耶夫斯基村。下起雨来了。天色阴暗。只是从东方的黑云缝里露出一线阳光斜照的青色的远天。

特遣队刚开始走下山坡，向道利人居住区的鲁巴什金行进时，就看到有许多人从那里往相反的方向跑，还有几辆大车也飞驰而去。

“人们在逃哪。他们怕咱们……”拉古京瞅着其余的人，不知所措地说。

波乔尔科夫喊道：

“把他们叫回来！大声喊他们，见他妈的鬼！”

有几个哥萨克坐在大车上飞驰而去，挥动着帽子。有人响亮地喊道：

“喂——喂！……你们往哪儿跑呀？……等一等！……”

特遣队的车辆驰入道利人居住区。风在宽阔、无人的街道上盘旋飞舞。在一家院子里，一个乌克兰老大娘喊叫着在往马车里扔枕头。她的丈夫光着脚，没戴帽子，拉着马笼头。

到了鲁巴什金才获悉，波乔尔科夫派出的设营战士已被哥萨克的巡逻队俘虏,押到山岗那面去了。看来,哥萨克已经离这儿不远了。经过短暂的会议后,决定往回走。起初坚决主张继续前进的波乔尔科夫也动摇起来。

克里沃什雷科夫一声不响,他的疟疾又发作了。

"也许,咱们还可以继续前进吧?"波乔尔科夫向参加会议的本丘克问。

本丘克冷冷地耸耸肩膀。对他来说,继续前进或者往回走——全都一样,只要走就行,只要能摆脱形影不离地追着他的忧愁就行。波乔尔科夫在装着机枪的马车旁边来回踱着,大谈其去梅德维季河口的好处。但是一个哥萨克宣传员急忙打断了他的话:

"你疯啦！你要把我们领到哪儿去呀？领到反革命那儿去吗？老兄,别胡闹啦！我们要往回走！我们不想去白白送死！瞧,那是什么?你看见了吗?"他往小土岗上指了指。

大家都回头看了看:小土岗上清晰地露出了三个骑马人的身影。

"这是他们的侦察兵!"拉古京喊道。

"瞧,还有哪!"

骑马的人不时在土岗上出现。他们忽而聚到一起,忽而又分散开去,忽而隐没在土岗后面,忽而又重新出现。波乔尔科夫下令往回走。他们穿过阿列克谢耶夫斯基村。那里的老百姓显然已经预先得到哥萨克的警告,一看到特遣队的车辆走近,立刻就都躲藏起来,或四散逃走了。

天色暗了下来。下着烦人的、没完没了的、冰凉的小雨。人们全都淋透了,冻得浑身直哆嗦。大家端着步枪,走在大车旁边,时刻准备射击。道路绕过一道长长的山坡,进入了一片洼地,穿过洼地,又弯弯曲曲地爬上山岗。哥萨克的侦察兵在山岗上忽隐忽现。他们跟踪着特遣队,使特遣队的人们本来已经很紧张的情绪更加紧张了。

在一条横过洼地的沟谷边,波乔尔科夫从大车上跳下来,简短地命令其余的人说:"准备战斗!"他松开自己的马枪上的保险机,在车旁走着。沟谷里——有一道小堤坝——一片蓝蓝的春水。小池边潮湿的泥土上印满了来饮水的牲口的蹄印。坝顶长满了艾蒿和菟丝子,坝下水边，是一片憔悴的香蒲和尖叶子的榛子树在雨中沙沙作响。波乔尔科夫本以为会在这里遭到哥萨克的伏击，但是派到前面去的侦察员却一个人也未发现。

“费奥多尔，他们现在不会来的，”克里沃什雷科夫把波乔尔科夫叫到大车跟前来低声说，“现在他们不会来进攻。夜间他们才来呢。”

“我也这么想。”

第二十八章

西天乌云密布。夜幕低垂。远处，顿河沿岸一带，电光闪闪，橙黄色的闪电像只受了重伤在垂死挣扎的大鸟颤抖的翅膀。那里的天边，从乌云下透出夕阳的余晖。草原像只巨大的酒杯，斟满了寂静，在沟壑的皱褶里还隐藏着忧郁的白昼的回光。这天的黄昏景色不知怎么的，给人以秋天的凄凉感觉。就连那还没有开过花的野草也散发出一种无法形容的腐烂气息。

波乔尔科夫一面走着，一面闻着各种潮湿的草香气味。他偶尔停下来，刮下沾在鞋后跟上的污泥；然后又挺直身子，艰难、疲倦地移动着他那笨重的身躯，敞着的皮上衣全淋透了，窸窣作响。

到达波利亚科沃——纳戈林斯克乡的卡拉什尼科夫村的时候，已是深夜。机枪队的哥萨克离开大车，分散到各家各户去住宿。心神不安的波乔尔科夫命令设置步哨，但是哥萨克们很不情愿地集合起来去值勤。有三个居然拒绝去集合。

“交同志审判会审判他们！不服从战斗命令者——枪毙！”克里沃什雷科夫火冒三丈，生气地说。

提心吊胆的波乔尔科夫痛苦地挥了一下手，说道：

“长途跋涉，把队伍拖垮了。他们是不会进行抵抗的。咱们完啦，米沙特卡！……”

拉古京最后总算集合了几个人，派到村外去巡逻。

“可别睡觉,弟兄们！否则,咱们就要束手就擒啦!”波乔尔科夫在巡视各家时,嘱咐那些特别接近他的哥萨克说。

他整整在桌边坐了一夜,用手托着脑袋,沉重、嘶哑地喘息着。黎明前,他把大脑袋趴在桌子上,稍稍打了一个盹儿,但是罗伯特·弗拉申布鲁德尔从隔壁院子里走过来,立刻把他喊醒。开始准备出发。天已经亮了。波乔尔科夫从屋子里走出来。在门廊里遇到了刚挤完牛奶回来的女主人。

“山岗上有马队在跑。”她冷冷地说。

“在哪儿?”

“就在村子外边。”

波乔尔科夫跑到院子里一看:村子上空和像篱笆似的柳树梢头笼罩着白茫茫的晨雾,雾幕外,可以看到一队队人数众多的哥萨克队伍。他们在频繁调动,有的是小跑,有的在像兔子似的大跑,对村庄进行包围,并在不断地缩小包围圈。

很快,机枪队的哥萨克开始往波乔尔科夫宿营的这个院子,往他坐的那辆装有机枪的马车跟前跑来。

身体结实、额发很长的米古林斯克镇的哥萨克瓦西里·米罗什尼科夫跑来了。他把波乔尔科夫叫到一旁,低下头说:

“是这么回事儿,波乔尔科夫同志……他们刚刚派代表来,”他朝山岗那边挥了挥手,“他们叫我转告你,要咱们立刻放下武器,投降。不然,他们就要进攻啦。”

“你！……狗崽子！……你对我说的什么话!”波乔尔科夫一把抓住米罗什尼科夫的军大衣领子,把他从自己身边推开,便朝装有机枪的马车奔去;抓起步枪的枪筒子,沙哑、粗暴地对哥萨克们喊道:

“投降吗？……跟反革命分子有什么话好说？咱们要跟他们拼！跟我来！成散兵线!”

大家从院子里跑出去。一窝蜂似地向村边跑去。五人委员会的成员姆雷欣在村头人家的院落边追上了气喘吁吁的波乔尔科夫。

“真是罪孽啊,波乔尔科夫！跟自家弟兄我们也要流血、厮杀吗？算了吧！我们完全可以和平解决嘛!”

波乔尔科夫看到队伍里只有一小部分人跟着他走,清醒的理智使他考虑到打起来一定要失败,便默默地把步枪大栓退掉,无精打采地挥了一下制帽,说道:

“算啦,弟兄们!回去——回村子去……”

大家都回来了。把队伍全都集合在三个毗连的院子里。不久哥萨克们就进了村子。一队有四十个骑兵的队伍从山岗上开下来。

波乔尔科夫应米柳京斯克几个老头子的邀请,到村外去谈判投降的条件。敌人包围村庄的主力并没有撤出阵地。本丘克在半路上追上了波乔尔科夫,拦住他说:

“我们要投降啦?”

“敌我力量悬殊……怎么?……哼,有什么办法呢?”

“你想找死啊?”本丘克气得浑身直哆嗦。

他根本没有理会那些陪伴波乔尔科夫的老头子们,用高亢的、不成声的哑嗓子喊道:

“告诉他们,我们不交出武器!……”他猛地一转身,挥舞着紧攥在手里的手枪,走了回去。

回来以后,他试图劝说哥萨克突围,且战且走,冲向铁路线,但是大多数哥萨克的情绪是希望和平的。有些人扭过脸去,不理睬他,另一些人却敌对地声明说:

“你去打吧,阿尼卡①,我们决不跟亲弟兄打仗!”

“我们就是没有武器,也信得过他们。”

“马上就要过复活节啦——我们却要去流血吗?”

本丘克走到自己坐的那辆停在仓房附近的大车跟前,把军大衣扔到车底下,躺在上面,手里紧握住有凸纹的手枪柄。起初他想逃跑,但是他厌恶偷偷开小差的行径,于是他下意识地挥了一下手,决定等波乔尔科夫回来再说。

波乔尔科夫过了三个钟头才回来。一大群陌生的哥萨克跟着他一起涌进了村子。有几个人骑在马上,还有些人牵着马走,其余的都是徒

---

① 俄罗斯古代诗歌中的英雄。

步，紧围着波乔尔科夫和斯皮里多诺夫上尉，——他是波乔尔科夫原在炮兵连的同事，现在却是追捕波乔尔科夫特遣队的杂凑队伍的指挥官。波乔尔科夫高高地昂着脑袋，直挺挺地、费力地走着，好像喝多了酒的人。斯皮里多诺夫面带狡狯的微笑，在对他说些什么。一个骑马的哥萨克跟在他身后，胸前紧抱着一根胡乱刨了一下的木杆，上面挂着大白旗。

特遣队车辆停集的街道上和院子里已经挤满了新到的哥萨克。立刻就喧声大作。新到的哥萨克有许多跟波乔尔科夫队伍里的哥萨克是旧同事。高兴的喊声和哄笑响成一片：

“喂，老伙计。哪一阵风把你刮来啦？”

“噢，你好啊，好啊，普罗霍尔！”

“托福托福。”

“我们差一点儿没跟你干起来。还记得，咱们在利沃夫城下追歼奥地利人的事儿吗？”

“亲家公，丹尼洛！亲家公，耶稣复活啦！”

“真的复活啦！”响起一阵响亮的亲嘴的吧咂声：两个哥萨克捋着胡子，你看着我，我瞅着你，互相拍着肩膀，笑着。

旁边又是另一种谈话：

“我们还没有开斋呢……”

“要知道你们是布尔什维克呀，你们还开什么斋呀？”

“哎呀，看你说的，布尔什维克归布尔什维克，可我们也还信仰上帝呀。”

“呵！你就胡扯吧。”

“我说的实话！”

“那你戴十字架吗？”

“你看，这不是嘛。”于是大脸盘、身体强健的赤卫军哥萨克，翘起嘴唇，解开军便服的领子，把一个挂在红铜色毛烘烘的胸膛上发绿的铜十字架拿了出来。

追捕“叛徒波乔尔科夫”队伍里的那些手里拿着叉子和斧头的老头子，都惊讶地交换着眼色，说道：

“可人们都说,你们好像不信耶稣教啦。”

“好像你们都变成魔鬼啦……”

“人家说,你们抢教堂,杀神甫。”

“胡说八道!”大脸盘的赤卫军战士痛斥了这些胡言乱语,“那是瞎编了骗你们的。我在退出罗斯托夫以前还进过教堂,而且参加了圣餐式呢。”

“那请你讲讲吧!”一个面貌丑陋的小老头子,手里拿着一杆锯去半截的长矛,兴高采烈地拍手说。

街道上和院子里到处是一片欢声笑语。但是过了半个钟头,来了几个哥萨克,其中一个当过司务长,是博戈夫斯克镇的,他们推开紧紧围在一起的人们,沿街走去。

“凡是波乔尔科夫队伍里的人——快去集合点名!”他们叫喊道。

斯皮里多诺夫上尉穿着保护色衬衣,戴着保护色肩章,他摘下钉着像块砂糖似的闪着白光的军官帽徽的制帽,向四面转动着身子,嘴里喊着:

“凡是波乔尔科夫队伍里的人,都站到左面,到篱笆旁边去!其余的人都站到右边去!我们,曾经跟你们一同上前线打过仗的弟兄们,已经和你们的代表团谈妥啦,你们暂时必须把所有的武器都交给我们,因为拿着武器,老百姓害怕,请你们把步枪和其他武器都放到你们的大车上,我们共同来保存这些武器。我们要把你们这支队伍送到克拉斯诺库特斯克去,到了那里,在镇苏维埃,你们将领回你们的全部武器。”

赤卫军的哥萨克们发出一阵嗡嗡声。从院子里传出几声叫喊。库姆沙特斯克镇的哥萨克科罗特科夫喊道:

“我们不交!”

挤满人的街道上和院子里响起了一阵暴风雨般的呼叫声。

追来的哥萨克都涌到右面去,波乔尔科夫的赤卫军战士七零八落、一堆一撮地仍然站在街中心。克里沃什雷科夫肩上披着军大衣,像被追逐的野兽似的,不断地四下张望。拉古京直撇嘴。响起一阵困惑的嗡嗡声。

本丘克决心不交武器,他端着步枪,迅速走到波乔尔科夫面前。

“我们决不能交出武器！你听见了吗?！……”

“现在晚啦……”波乔尔科夫使劲揉着手里的部队人员名单低语道。

这一张名单转到斯皮里多诺夫手里。他迅速把名单看了一遍，问道：

“这上面是一百二十八人……其余的人在哪儿呀?”

“路上掉队啦。”

“啊，原来是这么回事儿……哪，好吧。请你下命令吧。”

波乔尔科夫头一个解下带套的手枪；交出武器的时候，含糊不清地说：

“马刀和步枪都放到大车上。”

开始交出武器。赤卫军战士们无精打采地把武器扔到大车里，有人隔着篱笆就把手枪扔过去，有人在院子里乱转，把手枪藏了起来。

“凡是不交武器的人，我们都要挨个搜查！”斯皮里多诺夫得意地张着大嘴喊道。

本丘克领导下的一部分赤卫军拒绝交出步枪；他们被强行解除武装。

一名机枪手引起了一场风波，他拿起机枪的扳机骑马跑出了村子。有几个人利用骚动的机会藏了起来。但是斯皮里多诺夫立刻派出一队押送兵，把全部跟波乔尔科夫在一起的人给包围起来，进行搜查，还点起名来。被俘的人都很不情愿地回答着，有几个人叫喊说：

“还查对什么，都在这儿啦！”

“把我们送到克拉斯诺库特斯克去吧！”

“同志们！收场吧！”

斯皮里多诺夫把装钱的箱子贴上封条，派了一支加强的押运队，送往卡尔金斯克镇，然后就叫俘虏排好队，他转眼就改变了腔调和称呼，命令道：

“成两路纵队！向左转！右转弯，开步走！不准说话！”

赤卫军队伍里立即响起了一片抱怨声。战士们乱七八糟、慢慢腾腾地走着，没过一会儿，队伍就乱了，三五成群地走起来。

波乔尔科夫在最后劝说自己部下交出武器的时候，大概是希望会有个什么好的结局。但是押送他们的哥萨克把俘虏们一赶到村外，就开始用马去冲撞走在队伍边上的人。一个蓄着火焰似的大红胡子、耳朵上戴着因年久而变黑的耳环的老头子，无缘无故地抽了走在左边的本丘克一鞭子，鞭子梢在本丘克的脸颊上抽出了一条血印。本丘克回过身来，攥紧拳头，可是更加厉害的第二鞭子迫使他躲到人群中去。动物的自卫本能驱使着他不由自主地这样做，在密密层层地走着的同伴们的身体掩护下，他在安娜死后，第一次皱起嘴唇，神经质地笑了，自己都在纳闷儿：每个人竟都这么强烈、固执地要活下去。

开始殴打起俘虏来。老头子们，一见手无寸铁的敌人，就纵马去冲撞他们，——老头子们从马上俯身用鞭子和马刀背抽、砍他们。每个被打的人都不由自主地想钻到人群中去；于是拥挤、呼叫，一片混乱。

一个顿河下游的、身高体壮的赤卫军战士，举起双手，摇晃着，大声喊道：

"要杀就痛痛快快地杀好了！……你们干吗要侮辱人呀？"

"你们为什么不信守诺言？"克里沃什雷科夫喊道。

老头子们老实了点儿。押送队的一个年轻的、上过前线的战士，显然是同情布尔什维克，当有个俘虏问他："你们把我们送到哪儿去？"他小声回答说：

"有命令——叫把你们送到波诺马廖夫村去。你们别害怕，弟兄们！我们不会伤害你们的。"

俘虏被押到了波诺马廖夫村。

斯皮里多诺夫带着两个哥萨克站在一家狭小的杂货店门口；他一个一个地把人放进去，并盘问：

"姓什么，叫什么？哪儿的人？"他把回答登记在一个油污的战地笔记本上。

轮到了本丘克。

"姓什么？"斯皮里多诺夫把铅笔尖放在纸上，迅速朝这个赤卫军战士的宽额角、阴沉的脸看了一眼，他见这个人的嘴唇在翕动，像要吐痰似的，便把身子往旁边一扭，喊道：

“滚，混账东西！你就没名没姓地去死好啦！”

受到本丘克榜样的鼓舞，坦波夫人伊格纳特也没有回答。还有第三个人，也甘愿无名无姓地死去，他沉默不语，跨过门限……

斯皮里多诺夫亲自上了锁，派岗看守。

当人们在小杂货店旁边瓜分从特遣队的大车里缴获的物品和武器时，邻近的一所房子里，一个由参加追捕波乔尔科夫的各村代表匆忙拼凑起来的军事法庭正在开会。

身材短粗、黄眉毛的大尉，博戈夫斯克镇的瓦西里·波波夫担任法庭庭长。他坐在用毛巾遮上的镜子下面的桌子旁边，两只胳膊肘隔得很远，撑在桌面上，制帽推到扁平的后脑勺上。他那油晃晃的、憨厚而又严厉的眼睛不住地在哥萨克们——军事法庭的成员——的脸上探索着。大家正在讨论惩罚的办法。

“各位老人家，我们怎么惩处他们呀？”波波夫把问题重复了一遍。

他侧着身子，对坐在他身旁的谢宁上尉耳语了些什么。谢宁急忙肯定地点了点头。波波夫的瞳人拉成了一条线，眼角上的喜悦光芒抹掉了，在稀疏的睫毛微微的遮掩下，顿时变成另外两只眼睛，闪着可怕的寒光。

“我们怎么来惩罚这伙背叛自己家乡、毁灭哥萨克社会的人呀？”

米柳京斯克镇的旧教徒费夫拉廖夫，仿佛被弹簧弹起来似地跳了起来。

“枪毙！统统枪毙！”他开始像疯子似的摇晃起脑袋；用狂热的斜眼神打量着大家，咽着唾沫，大喊道，“绝不能饶恕他们，绝不能饶恕这些出卖耶稣的叛徒！他们都是些最凶恶的犹大，——杀死他们！……杀死他们！……把他们钉在十字架上！……把他们烧死！……”

他那稀疏的、像线团一样的长胡子颤动着，夹杂着绛红斑点的白头发乱得像鸡窝。他气喘吁吁地坐下去，脸像砖一样红，嘴唇湿漉漉的。

“把他们流放出去。可不可以呀？……”军事法庭的成员之一季亚琴科迟疑地提议说。

“枪毙！”

“处死刑!”

“我同意他们的意见!”

“当众处死他们!”

“把杂草从田地里除掉!”

“处他们死刑!”

“当然是枪毙啦! 还有什么可讨论的呀?”斯皮里多诺夫愤愤地说。

每一声喊叫都使波波夫嘴角的轮廓变得更加粗野,不久前那种富足的、对自己和周围的人都很满意的憨厚表情逐渐消失,嘴角耷拉下来,僵化成几条坚硬的曲线。

“枪毙! ……记录下来! ……”他隔着书记官的肩膀瞅着他,命令说。

“可是波乔尔科夫和克里沃什雷科夫……这些敌人——也枪毙? ……太轻啦!”一个年迈的,但是身体健壮的哥萨克坐在窗户旁边,不停地在拨弄快要熄灭的灯芯,火气很大地叫嚷道。

“他们是罪魁祸首,应该判处绞刑!”波波夫简短地回答说,并且又对书记官说,“记录:‘判决书。我们这些在下面签字的人……’”

书记官也姓波波夫,是波波夫大尉的远房亲戚,低下梳得光光的、淡黄头发的脑袋,钢笔沙沙地响了起来。

“大概,没有灯油啦……”有人遗憾地叹了口气。

煤油灯光直闪晃。灯芯冒着黑烟。天花板上,撞到蜘蛛网里的苍蝇在静寂中营营地悲鸣,钢笔在纸上沙沙地响着,有位军事法庭的成员鼾声大作,艰难地喘着气。

判　决　书

一九一八年四月二十七日(新历五月十日),卡尔金斯克、博科夫斯克和克拉斯诺库特斯克等镇所属各村选出下列人员为代表:

瓦西列夫斯基村	马克萨耶夫·司捷潘
博科夫斯基村	克鲁日林·尼古拉

福明村	库莫夫·费奥多尔
上亚布洛诺夫斯基村	库赫京·亚历山大
下杜连斯基村	西涅夫·列夫
伊林斯基村	沃洛茨科夫·谢苗
孔科夫斯基村	波波夫·米哈伊尔
上杜连斯基村	罗金·雅科夫
萨沃斯季亚诺夫村	弗罗洛夫·亚历山大
米柳京斯克镇	费夫拉列夫·马克西姆
尼古拉耶夫村	格罗舍夫·米哈伊尔
克拉斯诺库特斯克镇	叶兰金·伊利亚
波诺马廖夫村	季亚琴科·伊万
叶夫兰季耶夫村	克里沃夫·尼古拉
马拉霍夫村	叶梅利杨诺夫·卢卡
新泽姆采夫村	科诺瓦洛夫·马特维
波波夫村	波波夫·米哈伊尔
阿斯塔霍夫村	谢戈利科夫·瓦西里
奥尔洛夫村	车库诺夫·费奥多尔
克里莫—费多罗夫斯基村	楚卡林·费奥多尔
	庭长　瓦·斯·波波夫

判　　决

一、下列名单中与劳动人民为敌之强盗和骗匪，共计八十名，均判处死刑，执行枪决，其中有二名——波乔尔科夫和克里沃什雷科夫，系该匪帮首要分子——应处以绞刑。

二、米哈伊洛夫斯基村之哥萨克安东·卡里特文措夫，因证据不足，宣告无罪。

三、从波乔尔科夫队伍中潜逃，于克拉斯诺库特斯克镇被捕获之下列人犯：康斯坦丁·梅科尼科夫、加夫里尔·梅利尼科夫、瓦西里·梅利尼科夫、阿克肖诺夫和韦尔希宁——均按本判决书之第一项判刑（死刑）。

四、死刑定于明日——四月二十八日(新历五月十一日)上午六时执行。

五、特派谢宁上尉负责看守罪犯,各村应于今晚十一时前派两名带步枪之哥萨克听候谢宁上尉调遣;凡不执行本决定者,交军事法庭成员负责处置;行刑队由各村派人组成;每村各派五名哥萨克去刑场待命。

军事法庭庭长　瓦·斯·波波夫

书记官　阿·弗·波波夫(签字)

名　　单

一九一八年旧历四月二十七日,经由军事法庭判处之波乔尔科夫队伍人员死刑者名单如下:

号数	籍　　贯	姓　　名	判　决
1	霍皮奥尔河口镇	费奥多尔·波乔尔科夫	绞　刑
2	叶兰斯克镇	米哈伊尔·克里沃什雷科夫	绞　刑
3	卡赞斯克镇	阿夫拉姆·卡库林	枪　决
4	布卡诺夫斯克镇	伊万·拉古京	枪　决
5	下诺夫戈罗德省	阿列克塞·伊万诺维奇·奥尔洛夫	枪　决
6	下诺夫戈罗德省	叶菲姆·米哈伊洛维奇·瓦赫特尔	枪　决
7	贝斯特良河口镇	格里戈里·费季索夫	枪　决
8	米古林斯克镇	加夫里尔·特卡乔夫	枪　决
9	米古林斯克镇	帕维尔·阿加福诺夫	枪　决
10	米哈伊洛夫斯克镇	亚历山大·布勃诺夫	枪　决
11	卢甘斯克镇	加里宁	枪　决
12	米古林斯克镇	康斯坦丁·姆雷欣	枪　决
13	米古林斯克镇	安德烈·科诺瓦洛夫	枪　决
14	波尔塔瓦省	康斯坦丁·基尔斯塔	枪　决

号数	籍　贯	姓　名	判决
15	科托夫斯克镇	帕维尔·波兹尼亚科夫	枪　决
16	米古林斯克镇	伊万·博尔德列夫	枪　决
17	米古林斯克镇	季莫费·科雷切夫	枪　决
18	菲利姆—切尔宾斯克镇	德米特里·沃洛达罗夫	枪　决
19	车尔内绍夫斯克镇	格奥尔吉·卡尔普申	枪　决
20	菲利姆—切尔宾斯克镇	伊利亚·卡尔梅科夫	枪　决
21	米古林斯克镇	萨韦利·雷布尼科夫	枪　决
22	米古林斯克镇	波里卡尔普·古罗夫	枪　决
23	米古林斯克镇	伊格纳特·泽姆利亚科夫	枪　决
24	米古林斯克镇	伊万·克拉夫佐夫	枪　决
25	罗斯托夫市	尼基福尔·弗罗洛夫斯基	枪　决
26	罗斯托夫市	亚历山大·科诺瓦洛夫	枪　决
27	米古林斯克镇	彼得·维赫利亚采夫	枪　决
28	克列茨克镇	伊万·左托夫	枪　决
29	米古林斯克镇	叶夫多基姆·巴布金	枪　决
30	米哈伊洛夫斯克镇	彼得·斯文佐夫	枪　决
31	多布林斯克镇	伊拉里翁·切洛比特奇科夫	枪　决
32	卡赞斯克镇	克利缅季·德罗诺夫	枪　决
33	伊洛夫林斯克镇	伊万·阿维洛夫	枪　决
34	卡赞斯克镇	马特维·萨克马托夫	枪　决
35	下库尔莫亚尔斯克镇	格奥尔吉·普普科夫	枪　决
36	捷尔诺夫斯克镇	米哈伊尔·费夫拉廖夫	枪　决
37	赫尔松斯克省	瓦西里·片捷列伊莫诺夫	枪　决
38	卡赞斯克镇	波尔菲里·柳布欣	枪　决
39	克列茨克镇	德米特里·沙莫夫	枪　决
40	菲洛诺夫斯克镇	萨方·沙罗诺夫	枪　决
41	米古林斯克镇	伊万·古巴廖夫	枪　决

号数	籍贯	姓名	判决
42	米古林斯克镇	费奥多尔·阿巴库莫夫	枪决
43	卢甘斯克镇	库兹马·戈尔什科夫	枪决
44	贡多罗夫斯克镇	伊万·伊兹瓦林	枪决
45	贡多罗夫斯克镇	米伦·卡里诺夫采夫	枪决
46	米哈伊洛夫斯克镇	伊万·法拉福诺夫	枪决
47	科托夫斯克镇	谢尔盖·戈尔布诺夫	枪决
48	下奇尔斯克镇	彼得·阿拉耶夫	枪决
49	米古林斯克镇	普罗科皮·奥尔洛夫	枪决
50	卢甘斯克镇	尼基塔·沙因	枪决
51	勒普特克技师镇	亚历山大·亚先斯基	枪决
52	罗斯托夫市	米哈伊尔·波利亚科夫	枪决
53	拉兹多尔斯克镇	德米特里·罗加乔夫	枪决
54	罗斯托夫市	罗伯特·弗拉申布鲁德尔	枪决
55	罗斯托夫市	伊万·西连德尔	枪决
56	萨马拉省	康斯坦丁·叶菲莫夫	枪决
57	车尔内绍夫斯克镇	米哈伊尔·奥夫钦尼科夫	枪决
58	萨马拉省	伊万·皮卡洛夫	枪决
59	伊洛夫林斯克镇	米哈伊尔·科列茨科夫	枪决
60	库姆沙特斯克镇	伊万·科罗特科夫	枪决
61	罗斯托夫市	彼得·比留科夫	枪决
62	拉兹多尔斯克新镇	伊万·卡巴科夫	枪决
63	卢科夫斯克镇	吉洪·莫利特维诺夫	枪决
64	米古林斯克镇	安得烈·什韦佐夫	枪决
65	米古林斯克镇	司捷潘·阿尼金	枪决
66	克列缅斯克镇	库兹马·德奇金	枪决
67	巴克拉诺夫斯克镇	彼得·卡巴诺夫	枪决
68	米哈伊洛夫斯克镇	谢尔盖·谢利瓦诺夫	枪决
69	罗斯托夫市	阿尔乔姆·伊万琴科	枪决
70	米古林斯克镇	尼古拉·科诺瓦洛夫	枪决
71	米哈伊洛夫斯克镇	德米特里·科诺瓦洛夫	枪决

号数	籍　贯	姓　名	判决
72	克拉斯诺库特斯克镇	彼得·雷西科夫	枪决
73	米古林斯克镇	瓦西里·米罗什尼科夫	枪决
74	米古林斯克镇	伊万·沃洛霍夫	枪决
75	米古林斯克镇	雅科夫·戈尔杰耶夫	枪决

另有三犯拒不供出其身份姓氏。

书记官把被判刑人的名单抄完,在判决书的末尾点了个两点相距很远的冒号,然后,把钢笔塞给坐在离他最近的那个人手里,说道:

“签字吧!”

新泽姆采夫村的代表科诺瓦洛夫,穿着有红色翻领的德国灰呢子的检阅军服,负疚地笑着,趴到纸上。他那尽是老茧的、粗大的黑手指头不打弯地拿着啮痕斑斑的小学生用的钢笔说道:

“我墨水喝得不太多……”他说着,竭力地写出第一个字“康”。

接着签字的是罗金,钢笔也是那样直抖,紧张得满头大汗,皱着眉头。又一个人,先就摇晃着钢笔,跑过去签上了名,忙把在写字时伸出来的舌头缩了回去。波波夫豪放地用花体字母签上了自己的姓名,然后用手绢擦着汗津津的脸,站了起来。

“要把名单附在判决书上。”他打着呵欠说。

“卡列金在九泉之下也会感谢咱们的。”谢宁注视着书记官把浸透墨水的纸页揿在粉白的墙上,容光焕发地笑了。

对于他说的玩笑话谁也没有搭腔。大家默默无语地离开了屋子。

“主耶稣……”不知是谁往外走着,在黑洞洞的门廊里长叹了一声。

第二十九章

此夜,星光昏黄,夜色惨白,在这个塞满死囚的小杂货店里,人们几乎没有睡觉，简短的话语声没有了。气闷和惶恐使人们喘不过气来。

从傍晚就有一个赤卫军战士要求到院子里去：

“开开门，同志！我要出去吹吹风，要去厕所！……”

他头发乱蓬蓬的，光着脚，穿着一件没有系进裤腰里去的棉布衬衣，黑脸紧贴在锁孔上站在那里，不断地重复说：

“开开呀，同志！”

“狼才是你的同志！”一个哥萨克看守终于回答说。

“开开呀，老兄！”哀求的人改变了称呼。

看守放下步枪，谛听了一阵夜间觅食的野鸭在黑暗中扇动翅膀的声音，抽了一根烟卷，然后把嘴唇贴到锁孔上说：

“你就在裤子里撒吧，宝贝儿。一夜的工夫你的裤子也穿不破，天亮了，你就是穿着尿湿的裤子去上天堂也会放你进去的……”

“我们全完啦！……”这个赤卫军战士离开门口时绝望地说道。

大家肩并肩地坐着。波乔尔科夫坐在角落里，把口袋倒空，一面狠狠地骂着，低声嘟囔着，一面在撕一堆钞票。把钱撕完以后，脱掉鞋袜，摇晃着躺在旁边的克里沃什雷科夫的肩膀，说道：

“很清楚——我们上当受骗了，真够饭桶的啦！……太窝囊了，米哈伊尔！从前，小孩子的时候，我拿着父亲老掉牙的猎枪到顿河对岸去打猎，我在树林里走啊，走啊，那树林就像绿色的大幕……来到小湖边，正有一群野鸭。我却一只也没有打中，真窝心，窝心得我简直要哭出来。现在，又是窝心得很——失算了：如果早三天从罗斯托夫撤出来——就不会在这里等死啦，就可以把所有的反革命分子都打得落花流水！”

克里沃什雷科夫痛苦地龇着牙，在黑暗里笑着说：

“见他们的鬼吧，让他们屠杀好了！死——现在并不可怕……‘我只怕一件事儿，在来世——我们已经互不相识……’菲加，咱们在阴世间再见面时就成了陌生人了……这太可怕啦……”

“去你的吧！”波乔尔科夫把自己的两只热辣辣的大手巴掌放在身边的人的肩膀上，气恼地说，“问题不在这里……”

拉古京正在对一个人讲自己的故乡，讲祖父嫌他脑袋长得扁长，叫他“鞋掌脑瓜”,又讲这位祖父捉到他在别人瓜地偷瓜,用鞭子抽他。

这一夜,大家天南海北,无所不谈,却又都是东拉西扯,互不连贯。

本丘克坐在靠门口的地方,他用嘴唇拼命吸着从门缝里透进来的凉风。他玩味着过去的生活,偶尔想起了母亲,立刻就像被烧红的针扎了一下似的,他便竭力驱除这股怀念慈母的思绪,转而去追忆安娜,去想不久前的日子……这使他感到恬静、幸福,心情轻松。死的念头并不很使他害怕。他也并未像往常那样,一想到他的生命将被夺去,就觉得脊椎骨在莫名其妙地战栗。他准备去死,就像走过艰难困苦、漫长的道路以后,已经非常疲倦,浑身酸痛,再也不会有什么东西能使他动心了,他准备去享受并不愉快的休息。

离他不远的地方,有几个人在快活而又伤感地谈论女人,谈论爱情,谈论每个女人在他们心里留下的或大或小的欢乐。

人们在说自己的家庭、父母、亲属……谈论今年的庄稼长势很好:小麦地里已经可以藏住乌鸦了。在叹惜喝不到伏特加和失去了自由,在责骂波乔尔科夫。但是很多人已经昏昏欲睡——身神俱瘁的人们有的躺着,有的坐着,有的站着就睡着了。

天快亮的时候,有个人——也不知道是醒着呢,还是在做梦——号啕大哭起来;从小就不知道眼泪咸味的粗笨的成年人号哭起来,简直是太可怕啦。哭声立刻惊破了昏睡的寂静,有几个人同时叫骂起来:

“住声,该死的东西!”

“简直像老娘儿们!——号啕大哭。”

“打掉你的牙——住声!……”

“流起眼泪来啦,只有你是有家的人!……”

“人家都在这儿睡觉哪!可是这家伙……良心叫狗吃啦!”

那个哭泣的人,抽搭着,擤着鼻涕,安静了下来。

重又是一片死寂。各个角落里都闪着烟卷的火亮,但是人们却都一声不响。空气里散发着男人的汗臭味、挤在一起的强健的身体的气味、纸烟的烟味和像新鲜的家酿啤酒似的夜露气味。

村子里的公鸡打鸣儿了。传来了一阵脚步声和铁器的叮当声。

“什么人?”一个看守低声问道。

远处传来几声咳嗽,一个年轻人的快活的声音回答说:

“自己人。我们是去给波乔尔科夫一伙挖坟的。”

小杂货店里的人立刻都动起来了。

第三十章

由彼得罗·麦列霍夫少尉率领的鞑靼村的哥萨克队伍,五月十一日黎明时分来到了波诺马廖夫村。

奇尔河沿岸的哥萨克正在村子里乱窜,牵着马去饮水,成群结队地往村头上走。彼得罗在村中央止住队伍,命令下马。这时有几个人朝他们走来。

“老乡,你们是从哪儿来的?”一个人问道。

“鞑靼村的。”

“你们来晚了一点儿……你们没来,波乔尔科夫就已经落网了。”

“他们在哪儿?是不是已经押到别处去啦?”

“就在那儿……”哥萨克朝着小杂货店的斜屋顶挥了挥手,哈哈大笑道,“都像母鸡坐窝似的坐在那里哪。”

赫里斯托尼亚、葛利高里·麦列霍夫和另外几个人凑到近前来。

“准备把他们押送到哪儿去呀?”赫里斯托尼亚问道。

“送他们去见阎王爷。”

“怎么能这样?……你是在胡扯吧?”葛利高里抓住哥萨克的军大衣的大襟问道。

“你才是胡扯呢,老爷!”哥萨克粗鲁地回敬说,然后轻轻地从葛利高里的抓得紧紧的手中挣脱出来,“喏,你瞧,已经为他们准备好秋千架啦,”他指了指在两棵枯柳树上搭起的绞架。

“把马拉到各家院子里去!”彼得罗命令说。

乌云密布。下起了毛毛细雨。男男女女黑压压的一片,涌向村头。

波诺马廖夫村的人一听说要在六点钟执行死刑，就都像去看难得的热闹马戏似的，兴高采烈地去了。哥萨克妇女们像过节一样，换上了新衣服，许多人还带着孩子。人群围在牧场四周，挤在绞刑架和一个长方形，两俄尺多深的大坑边。孩子们在坑的一面堆起的潮湿的土堆上跑跳；哥萨克们聚在一起，兴致勃勃地在谈论即将执行的死刑；妇女们在伤心地嘁嘁嚓嚓地说悄悄话。

睡眼惺忪，表情严肃的波波夫大尉来了。他吸着烟，香烟在唇边翕动，闪着坚实的牙齿，沙哑地命令看守队的哥萨克们说：

“把闲人从坑边赶开！告诉斯皮里多诺夫，把第一批服刑的犯人押来！”他看了看表，走到一旁去，注视着人群被哥萨克看守们拥挤着，从刑场向后退去，组成一个花花绿绿的半圆形，围住了刑场。

斯皮里多诺夫领着一队哥萨克奔向小杂货店。路上遇见了彼得罗·麦列霍夫。

“你们村里的人有愿意干的吗？”

“干什么？”

“执行死刑。”

“没有，不会有！”彼得罗绕过拦在路上的斯皮里多诺夫，斩钉截铁地回答说。

但是愿意当刽子手的人还是有的：米吉卡·科尔舒诺夫用手巴掌抚摸着从帽檐底下露出来的直头发，大摇大摆地走到彼得罗跟前，眯缝起来的眼睛里闪着苇叶似的绿光，说道：

“我很想打几枪……你怎么能说‘没有’呢？我同意去，”然后笑着把目光垂下去，“请给我些子弹。我只有一梭子。”

苍白的脸上，一片凶狠、紧张表情的安德烈·卡舒林和长得像加尔梅克人的费多特·博多夫斯科夫也都自告奋勇，报名当刽子手。

当第一批要处决的人，在押解他们的哥萨克层层包围下，从小杂货店里走出来的时候，挨肩擦背地挤在一起的庞大人群里响起一阵低语声和压抑的嗡嗡声。

波乔尔科夫走在前面，光着脚，穿着肥大的黑呢子马裤和敞着的皮上衣。他坚定地迈着两只大白脚丫子，踏着泥泞的村路向前走着，脚底下直打滑,他略微伸出左手,保持着平衡。克里沃什雷科夫,脸色像死人一样苍白,在他旁边艰难地挪动着脚步,眼睛冷漠地闪动着,嘴在痛苦地翕动。他拉了拉披在肩上的军大衣,肩膀颤抖得厉害,仿佛感到非常冷似的。不知为什么,没有剥去他们俩身上的衣服,但是其余的人却被剥得只剩下内衣了。拉古京迈着细步,跟脚步沉重的本丘克并肩走着。他们俩都光着脚。拉古京的衬裤破了,露出包着一层黄皮,长着稀疏的汗毛的小腿。他走着,嘴唇直哆嗦,难为情地用手提着破衬裤。本丘克越过押解他们的哥萨克的头顶眺望着乌云密布的灰蒙蒙的地方。两只清醒的、冷冰冰的眼睛若有所期地在紧张地眨动,宽大的手掌在敞开的衬衣领子下面来回滑动,抚摸着毛烘烘的胸膛。他好像是在期待着幻想已久的、令人高兴的事情……有几个人的脸上带着一种似乎毫不在乎的表情:白发苍苍的布尔什维克奥尔洛夫寻衅地舞动着双手,朝哥萨克们的脚下啐吐沫,可是也有那么两三个人,眼睛里充满了那么多的幽怨,歪扭变形的脸上露出无限的恐怖,就连那些押解的哥萨克偶尔看到这副惨相,也都立刻把脸转过去,移开视线。

他们走得很快。波乔尔科夫搀扶着脚下直打滑的克里沃什雷科夫。红蓝色制帽的波浪中闪动着头巾的看热闹的人群越离越近了。波乔尔科夫皱起眉头,瞅着人群,高声谩骂起来,突然捉住从旁边投来的拉古京的视线,问道:

"你在看什么?"

"这些日子你的头发都白啦……瞧你的两鬓尽是白头发了……"

"大概,你的头发也会白的,"波乔尔科夫艰难地喘着粗气,擦着窄额角上的汗珠儿,重复说道,"大概,遇上这样的大喜事儿,你的头发也准会白的……就是狼——被关在笼子里,毛也要变白,何况我是个人呢。"

他们没有再说一句话。人群越离越近。右面,可以看到一条长长的、准备当坟墓用的黄土沟。斯皮里多诺夫命令:

"站住!"

波乔尔科夫立刻往前跨了一步,疲惫地打量着前几排的看客:多数是些白胡子的和花白胡子的老头子。前线回来的哥萨克们都站在后

面的远处——他们的良心正在受谴责。波乔尔科夫下垂的小胡子微微地颤动着，声音沙哑，但是很清楚地说道：

"老人家们！请允许我和克里沃什雷科夫看着我们的同志们去就义。然后你们再绞死我们俩，现在我们想看看自己的朋友和同志，想鼓舞一下那些意志薄弱的人。"

一片寂静，连雨点打在制帽上的声音都听得清清楚楚……

波波夫大尉站在后面笑着，露出了被烟熏黄的上牙床；他没有表示反对；老头子们参差不齐地喊道：

"我们可以答应！"

"叫他们多活一会儿吧！"

"把他们从坑边押开！"

克里沃什雷科夫和波乔尔科夫朝围观的人群里走去，人们在他们面前让开了一条小道。他们俩走了不远就站住了，四周围满了人，几百只贪婪的眼睛在观察他们。他们看到哥萨克们在笨拙地把赤卫军战士排成一列，后脑勺对着坟坑。波乔尔科夫个子高，看得很清楚，克里沃什雷科夫却要踮起脚尖，伸长那没有刮过的细脖子才能看见。

本丘克站在最左端，微驼着背，沉重地喘息着，目光一直注视着地面，没有抬起来。他旁边局促地站着拉古京，手扯着衬衣，遮着裤子上的破绽，第三个人是坦波夫人伊格纳特，下一个是伊万·博尔德列夫，他的样子变得简直认不出来了，至少老了二十岁。波乔尔科夫想看看第五个人：费了很大劲才认出是卡赞斯克镇的哥萨克马特维·萨克马托夫，从在卡缅斯克开始，这个人就跟他共患难，分享喜悦。又有两个人走到坑边，转过身，背对着坟坑。彼得·雷西科夫挑衅地破口大骂，紧握着脏拳头，威吓着安静下去的人群。科列茨科夫沉默不语。最后一个人是被人架过去的。他向后仰着身子，像死人一样耷拉着的脚划着地面，手紧抓着往前推他的哥萨克，摇晃着泪水纵横的脸，挣扎着，沙哑地叫喊着：

"饶命吧，弟兄们！看在上帝的面上，饶命吧！弟兄们！亲爱的人们！好弟兄们呀！……你们这是干什么？……我在打德国人的战争中得过四枚十字章！……我家里有孩子呀！……主啊，我没有罪！……噢噫，你们这是为了什么呀？……”

一个身材高大的阿塔曼斯基团的哥萨克，用膝盖朝着他的胸上一顶，把他推到坑边。这时候波乔尔科夫才看清楚挣扎求饶的人，不由得吓了一跳：这原是个非常勇敢的赤卫军战士，一九一〇年宣誓入伍的米古林斯克的哥萨克，曾荣获全部四个等级的乔治十字章，是个蓄着浅色胡子的漂亮小伙子。把他扶了起来，但是他又跪了下去，在哥萨克们的脚底下爬，用干裂的嘴唇去亲吻正往他脸上乱踢的靴子，上气不接下气地，用恐怖沙哑的声音哀求道：

“求求你们，不要杀我！求求你们，可怜可怜我吧！……我有三个孩子……一个是小姑娘……我的亲人呀！弟兄们哪！……”

他死抱住阿塔曼斯基团哥萨克的膝盖，但是那个哥萨克挣脱了腿，跳开去，用钉着铁掌的靴子后跟朝他耳朵上重重地踢了一脚。鲜血立刻从另一只耳朵里流出来，流到白色的衣领子里。

“把他扶起来！……”斯皮里多诺夫愤怒地喊道。

几个人好容易才把他扶起来，叫他立住，然后跑开去。对面的一排刽子手已经端好枪，准备射击。人群哎呀叫了一声，就沉寂了。有个娘儿们刺耳地尖声哭叫起来……

本丘克还想一次又一次地仔细看看天空灰色的云雾，忧郁的大地，他曾在这块土地上奔波了二十九个春秋。他抬起眼睛，看见在十五步开外密集的哥萨克队列中，一个身材魁梧的哥萨克，眯缝着绿色的眼睛，一绺额发从帽檐下披到狭窄、白净的额角上，他向前倾着身子，双唇紧闭，正瞄准他——本丘克——的胸膛。还是在开枪以前，本丘克就听到一声响亮的尖叫；他回过头去，看见一个满脸雀斑的小娘儿们跳出人群，往村子里跑去，她一只手把孩子紧抱在怀里，另一只手捂着小孩的眼睛。

一阵乱射之后，站在坑边的八个人摇摇晃晃地跌进坑里，刽子手们向坑边跑去。

米吉卡·科尔舒诺夫看见那个被他打中的赤卫军战士正蹦跳着，用牙齿咬自己的肩膀，就又给了一枪，悄悄地对安德烈·卡舒林说：

“你看这个鬼东西——把自己的肩膀都咬出血来啦，像狼一样，一声不响地死去。”

又有十个要处决的人，在枪托子的推搡下走到坑边……

在第二次齐射以后，妇女们都同声哭叫起来，她们挣出人群，拉着孩子们的手，跌跌撞撞地跑开。哥萨克们也开始走散。可憎的屠杀场面、正在死去的人们的惨叫和呻吟声、等待枪毙的人们的吼叫声，——所有这无比凄惨的、震惊人心的场面把人们驱散了。只有那些对死亡的场面已经熟视无睹的从前线归来的士兵们和那些最狂暴的老头子们还留在那里。

又押来一批一批光着脚、被剥得只剩一件内衣的要处决的赤卫军战士，刽子手们也在一班一班地轮换，一排又一排的齐射声，夹杂着零星清脆的噼啪的射击声。受伤没打死的人又多补几枪。第一层死尸，在间歇时匆匆用黄土盖上。

波尔乔科夫和克里沃什雷科夫走到那些等待枪毙的人们面前，想要鼓舞他们从容就义，但是这些话已经不起任何作用了——这当儿完全是另外一种东西在控制着这些人，再过一分钟，他们的生命就要像断梗的树叶一样脱落。

葛利高里·麦列霍夫从已经变得稀疏的人群里挤出来，往村子里走去，迎面遇上了波乔尔科夫。他往后退着，皱起眉头说道：

“你也在这儿，麦列霍夫？”

葛利高里的两颊顿时变得白里透绿，他停下脚步。

“在这儿。你不是看到了……”

“看到了……”波乔尔科夫歪着嘴笑了，眼里冒出新燃起的仇恨的怒火，紧盯着葛利高里的苍白的脸，“怎么，枪毙起自己的兄弟来啦？你变心啦？……你原来是这样的人……”他走到葛利高里跟前，低声说道，“你给我们干，又给你们这伙人干，是吗？谁给你的钱多？唉，你呀！……”

葛利高里抓住他的衣袖，气喘吁吁地质问道：

“你还记得格卢博克附近的战役吗？还记得，你是怎么枪毙军官的……是你下令枪毙的！是吧？你现在是自食其果！好啦，别难过！剥别人皮的也不只是你一个人！你要上西天啦，顿河苏维埃人民委员会的主席！你这个坏蛋，把哥萨克出卖给犹太人！明白了吗？还有什么话要说吗？”

赫里斯托尼亚抱住疯狂的葛利高里，把他领到一边去。

“咱们牵马，走吧。走！咱们在这儿没有什么可干的了。上帝呀，怎么能这样残害人哪！……”

他们走了，后来，听到波乔尔科夫的讲话声音，就站住了。波乔尔科夫身边围了许多从前线归来的哥萨克和老头子，他慷慨激昂地尖声喊道：

“你们都是些糊涂人……都是瞎子！你们都是瞎子！军官老爷们欺骗了你们，叫你们屠杀自己的亲弟兄！你们以为把我们杀掉，从此就天下太平啦？绝对不会！今天你们暂时占了上风，可是明天就要枪毙你们啦！苏维埃政权将在俄罗斯各地普遍建立起来。请你们记住我的话！你们在无故地流别人的血！你们这些糊涂虫！”

“我们也要这样对付那些人！”一个老头子跳出来说。

“老人家，你们是不能把所有的人都杀光的，”波乔尔科夫笑道，“你不可能把整个俄罗斯都吊到绞架上去！小心你自己的脑袋吧！你们会后悔的，可是那时已经晚了！”

“你别吓唬我们啦！”

“我不是吓唬你们。我是在给你们指路。”

“波乔尔科夫，你自个儿才是瞎子呢！莫斯科把你的眼睛蒙上啦！”

葛利高里没有听完就走了，几乎是跑到他拴马的院子去的，那匹马听到了枪声正急得在发脾气。葛利高里和赫里斯托尼亚勒紧了马肚带，飞驰出村，——他们连头也不回，驰过山岗。

可是波诺马廖夫村依然硝烟弥漫：维申斯克、卡尔金斯克、博科夫斯克、克拉斯诺库特斯克和米柳京斯克的哥萨克在枪杀卡赞斯克、米古林斯克、拉兹多尔斯克、库姆沙特斯克和巴克拉诺夫斯克的哥萨克……

坟坑已经填得满满的，撒上黄土，用脚踏实。两个军官，戴着黑色假面，架着波乔尔科夫和克里沃什雷科夫，来到绞刑架下。

波乔尔科夫昂着脑袋，豪迈地从容就义，他登上凳子，解开衬衣领，露出黝黑的粗脖子，浑身的筋肉没有哆嗦一下，自己把涂了肥皂的绞索套到脖子上。克里沃什雷科夫被搀扶过来，一个军官帮着他踏上板凳，他也自己套上绞索。

“请准许我在死前说最后的几句话。”波乔尔科夫请求道。

“说吧！”

“请您说吧！”前线归来的哥萨克们叫喊道。

波乔尔科夫向已经变得稀疏的人群挥了一下手，说道：

“请你们大家好好看看，甘愿看我们去死的人还剩下几个啦！是良心在折磨他们！我们为了劳动人民，为了劳动人民的利益，不惜牺牲，跟将军老爷们的狐群狗党在作殊死的斗争，现在我们却要死在你们手里！但是我们并不诅咒你们！……你们是些可怜的上当受骗的人！等苏维埃政权一建立起来，你们就会明白真理究竟是在哪一方。你们把静静顿河的优秀儿子们杀死在这个坑里……”

响起了一阵越来越高的话语声，波乔尔科夫的声音开始变得模糊不清。一个军官趁这个机会，麻利地把波乔尔科夫脚下的凳子踢开。波乔尔科夫的巨大、沉重的身躯，旋转了一下，坠了下来，胸触到了地面。勒在喉咙上的绞索抖动起来，勒得喘不过气，逼使波乔尔科夫向上挺起身子。他踮着脚尖站住，——光脚丫子的大脚指头登住潮湿的烂泥地，他深深地吸了口气，用从眼眶里努出来的眼珠，横扫了一眼寂静的人群，声音不大地说道：

“你们还没有学会绞死人……如果是我来绞你的话，斯皮里多诺夫，决不会叫你的脚触到地面……”

他嘴里流出了很多唾液。戴假面的军官和近处的几个哥萨克忙乱起来了，费了很大劲才把他那瘫痪无力的沉重身躯抬到凳子上。

没有等克里沃什雷科夫把话说完，就把凳子从他脚下踢开，碰在不知道是谁扔下的铁锹上。枯瘦如柴的克里沃什雷科夫在空中荡了半天，身子忽而缩成一团，蜷着的膝盖触到了下巴，忽而又抽搐着重新伸直……当第二次把波乔尔科夫脚下的凳子踢开的时候，他还处在痉挛状态中，还在蠕动歪到一旁去的紫黑的舌头。身体已经沉重地坠下来，皮上衣的肩上裂开了一条缝，脚指头尖又触到地面上。哥萨克人群中发出了惊叫声。有几个人画着十字,开始散去。这一阵惊慌,可非同小可,以至霎时间,所有在场的人都像被妖法钉在那里,恐怖地瞅着波乔尔科夫变得像生铁一样的脸。

但是他已经不能出声,绞索勒住了喉咙。他只是大瞪着泪如泉涌的眼睛,歪着嘴,全身痛苦可怕地向上探去,想减轻一些痛楚。

有个人灵机一动:忙用铁锹挖起土地来。他匆忙地从波乔尔科夫的脚下往外挖着土块,每挖一铁锹,波乔尔科夫的身体就伸直一点儿,脖子也变得越来越长,略微有些鬈发的脑袋向后仰去。绞索勉强地禁得住这六普特重的身躯;绞架发出了咯吱咯吱的响声,轻轻地摇晃着,波乔尔科夫也随着绞架摇晃的节奏在晃动,向四面转着,仿佛有意在让刽子手们看看自己的紫黑的脸和洒满唾液和热泪的胸膛。

第三十一章

米什卡·科舍沃伊和"钩儿"直到第二天夜里才走出卡尔金斯克镇。夜雾在草原上翻滚,在山谷中盘旋,侵入洼地,舐着山崖的斜坡。云雾弥漫的土岗反倒显得亮了许多。鹌鹑在嫩草中争鸣。

月亮在高天飘移,宛如芦苇和榛子丛生的池塘当中的一朵盛开的睡莲。

他们一直走到天亮。北斗诸星已经黯淡无光。晨露已降。离下亚布洛诺夫斯基村不远了。但是就在这里,离村子三俄里的地方,哥萨克们在山岗上追上了他们俩。六个骑士踏着他们的脚印,追赶他们。米什卡和"钩儿"本来可以趴到路边的草丛里去,但是草太浅了,又有月亮……他们被捉住了……押了回去。大家都一声不响地走了一百来沙绳。后来响了一枪……"钩儿"跟跄着,像害怕自己影子的马一样,斜身走了几步。他不是栽倒的,而是像躺下去似的,笨拙地把脸趴在灰色的苦艾丛上。

米什卡飘飘然地走了五分钟,耳朵里嗡嗡响着,两条腿好像没有了

似的。然后他问道:

“你们为什么不开枪呀,狗崽子们？为什么要折磨人哪?”

“走,走。不要说话!”其中有一个哥萨克亲切地说,“我们把那个庄稼佬打死了,可是我们可怜你。跟德国人打仗的时候,你是在第十二团服役吗?”

“是在第十二团。”

“你还可以再到第十二团去服役……你还很年轻嘛。一时迷路,好啦,这没什么了不起。我们会把你的病治好的。”

过了三天,卡尔金斯克镇的军事法庭开庭给米什卡“治病”了。那时候的军事法庭,只有两种处罚办法:枪毙和打屁股。那些被判处枪决的人,就在夜间拉到镇外的沙土岗后去枪毙,而对那些认为可以挽救的人,则在广场上当众用鞭子抽屁股。

星期天一清早,刚把长凳放到广场上,人们就开始涌来了。广场上挤满了人,晒台上、板棚旁边的木板堆上、家宅和杂货店的屋顶上都站满了人。第一个挨抽的是亚历山德罗夫一格拉切夫村神甫的儿子。这是个狂热的布尔什维克,按说应该枪毙,但是因为他父亲是个好神甫,很受大家尊敬,所以军事法庭判处抽神甫的儿子二十鞭子。把亚历山德罗夫的裤子褪下来,几个人把脱光屁股的罪人按在长凳上,一个哥萨克骑在他的腿上(胳膊绑在凳子下面),两个哥萨克各拿一把柳条站在两旁。一五一十地抽了起来。抽完以后,亚历山德罗夫站起来,晃了晃身子,往上提着裤子,向四面鞠躬。这个人因为没有被枪毙,喜出望外,所以又是鞠躬,又是感谢:

“谢谢,诸位老人家!”

“好好穿上裤子走吧!”有人回答说。

广场上响起一阵友爱的呵呵笑声,就连那些坐在离广场不远的板棚里的罪犯也都笑了。

根据判决,也把米什卡狠抽了二十鞭子。但是这种公开羞辱比二十鞭子更令人痛苦难忍。全镇的人——不论老少——都在看他挨抽。米什卡提起裤子,几乎没有哭,对那个打他的哥萨克说:

“这种做法太没有道理!”

“怎么没有道理？”

“脑袋干的事儿，却要屁股来……负责。这是一辈子的耻辱呀！”

“不要紧，耻辱又不是烟，不呛眼睛，”哥萨克安慰他说，为了让受刑的人高兴一下，又补充说，“你长得够结实啊，小伙子：我有两下子故意抽得很厉害，想叫你哭喊两声……我一看：办不到，没有办法让这只狼嚎叫。前天我们抽过一个人，这个宝贝拉了一裤子屎。看来，他的肠子太娇嫩了。”

第二天，依照判决，米什卡被送到前线去了。

过了两昼夜，才有人把“钩儿”埋掉：亚布洛诺夫斯基村的村长派了两个哥萨克，掘了一个浅坑，两人腿耷拉在坑边，抽着烟，坐了半天。

“这儿牧场上的土地真硬。”一个说。

“简直像铁一样！因为从来也没有开垦过，日久天长就变硬了。”

“是啊……小伙子捞到块好地方，在高坡上……这儿有风，很干燥，又有太阳……不会很快就烂掉。”

他们瞅了瞅趴在草上的“钩儿”，站起身来。

“脱掉他的靴子吗？”

“那是当然的啦，他的靴子还很好呢。”

他们按基督教的丧仪，把死者放进坟坑：头朝西；用坚实的黑土埋上。

“要踏实点儿吗？”当坟坑已经填得跟坑沿齐平的时候，那个年轻点的哥萨克问道。

“不用啦，就这样子吧，”另一个叹了口气说，“等天使吹起末日审判的喇叭时——这样他就能很快地站起来……”

过了半个月，小坟头上已经长出了车前草和嫩绿的苦艾，野燕麦已经开始抽穗，山芥菜在坟边开着灿烂的黄花，喜人的草木樨像丝绒穗子似的耷拉着头，百里香、大戟和珠果散发着诱人的芳香。不久，从附近的林子里来了一个老头子，在坟前挖了个坑，栽上了一根新刨光的橡木柱子，柱顶装着一个小神龛。圣母的忧伤的小脸在神龛三角形木檐下的黑影里流露出慈爱暖人的神情。檐下的框板上用黑色斯拉夫花体字母写着两行字：

在动乱、荒淫无耻的年代里，

兄弟们，不要深责自己的亲弟兄。

老头子走了，可是这个神龛留在草原上，以它那永恒的凄凉的惨相刺痛着过客的眼睛，在他们心里引起无限惆怅。

又过了些日子——五月里，野雁群集在小神龛旁边搏斗，在浅蓝色的苦艾丛中斗出一块幽会的地方，蹂躏了附近一片碧绿的、正在成熟的冰草：它们为了争夺母雁，为了生存、爱情和繁殖后代的权利而拼搏。过了不久，仍旧是在这儿的小神龛旁边，在一丛乱蓬蓬的老苦艾下面的一个土墩里，母雁生了九只蓝灰色的蛋，它趴在这些蛋上，用自己身上的温暖孵化着它们，用灿烂夺目的翅膀保护着它们。

静静的顿河

[三]

Тихий Дон

〔苏联〕肖洛霍夫／著

金　人／译

名著名译丛书

人民文学出版社
PEOPLE'S LITERATURE PUBLISHING HOUSE

顿河悲歌

你呀,光荣的静静的顿河,亲爱的父亲,
顿河·伊万诺维奇,你是我们的恩人,
到处传颂着你的光荣的名声,
用美好的语言,歌颂光荣的名声,
从前你总是急流奔腾,
你急流奔腾,水波晶莹,
可现在你呀,顿河,水流却是那么浑浊,
从上游到下游全都那么浑浊。
光荣的静静的顿河倾诉说:
“我的水流怎么能不浑浊哟,
我放走了我的好男儿,
我的雄鹰,顿河哥萨克。
没有他们,我的陡岸就只好听任河水冲刷,
没有他们,黄沙才淤积成浅滩。”

——哥萨克古歌

卷　六

第 一 章

一九一八年四月,顿河流域的哥萨克彻底分化了:北方各区——霍皮奥尔斯克区、梅德维季河口区和顿河上游地区的一部分——从前线回来的哥萨克,都跟着退却的红军走了,下游各区的哥萨克节节进逼,把他们赶到本州边境上。

霍皮奥尔河流域的哥萨克几乎全都跟着红军走了,梅德维季河口镇的哥萨克走了一半,顿河上游跟着走的人却很少。

只是在一九一八年,历史才使顿河上游的人和下游的人彻底分离。但是分离的苗头却早在几百年以前就出现了。那时候北方各区不富裕的哥萨克既没有亚速海沿岸的肥沃土地,也没有葡萄园,更没有富饶的渔猎之利,他们有时从切尔卡斯克出发,随意到大俄罗斯的土地上进行抢掠、骚扰,成了所有暴动的英雄豪杰——从拉辛到谢卡奇的最可靠的支柱。

甚至在近代,当整个顿河哥萨克军在统治者铁腕的高压下蠢蠢思动时,上游的哥萨克就由自己的村、镇长率领公开暴动,动摇了沙皇统治的基础,跟政府军交战,抢劫在顿河上航行的商船队,转战伏尔加河沿岸,在已被镇压下去的扎波罗热重新煽起暴动。

四月底,红军已经从顿河沿岸三分之二的地区撤走。这样一来,建立全地区性政权就显得十分迫切了,于是在南方作战的一些部队的指挥官们就建议召开顿河军会议。决定四月二十八日在新切尔卡斯克召开顿河临时政府成员和各村镇与各部队代表大会。

鞑靼村收到了维申斯克镇镇长的通知:四月二十二日在维申斯克镇召开镇代表大会,选举参加顿河军会议的代表。

米伦·格里戈里耶维奇在村民大会上宣读了通知。村里选派米伦·格里戈里耶维奇、博加特廖夫老爹和潘苔莱·普罗珂菲耶维奇到维申斯克去参加镇代表大会。

在镇代表大会上，潘苔莱·普罗珂菲耶维奇也和其余的几位代表一同当选为出席顿河军会议的代表。他当天就从维申斯克回来了，为了提前赶到新切尔卡斯克，第二天就决定和亲家公一同去米列罗沃（米伦·格里戈里耶维奇要在米列罗沃买些煤油、肥皂和其他日用品，顺便给莫霍夫的磨坊买些面粉罗和轴承合金，赚点儿外快）。

天一亮他们就动身了。米伦·格里戈里耶维奇的那几匹铁青马轻快地拉着四轮马车。亲家俩并排坐在漆着花纹的车厢里。爬上了山岗，他们就说起话来，因为有德国人驻在米列罗沃，所以米伦·格里戈里耶维奇有点儿担心地问道：

"我说，亲家，德国人会不会扣留咱们呢？他们可是很野蛮的，这些该死的家伙！"

"不会的，"潘苔莱·普罗珂菲耶维奇肯定地说，"马特维·卡舒林前几天去过，他说，德国人胆小……很怕招惹哥萨克。"

"真有你的！"米伦·格里戈里耶维奇那狐狸毛似的火红大胡子里发出一声冷笑，他摆弄了一会儿樱桃木的鞭子把，说。看来，他已经安下心来，于是改变了话题，问亲家公："你认为会成立什么样的政权呢？"

"我们选一位将军。选个我们的人！选个哥萨克！"

"上帝保佑！你们可要仔细挑选呀！要像茨冈人相马一样，把将军们好好地摸摸。一定要挑个没有毛病的。"

"我们一定好好挑挑。顿河的聪明人还多着哪。"

"太对啦，太对啦，亲家……聪明人和傻子都用不着人去种——他们自个儿就会长出来。"米伦·格里戈里耶维奇眯缝起眼睛，他那长满雀斑的脸上露出一阵愁容，"我原本指望我的米吉卡出息成人，希望他去军官学校念书当官儿，可是他连教区小学都没有念完，第二年冬天就逃学不去了。"

他们沉默了一会儿，思念着不知道跑到哪里去追击红军的儿郎们。马车颠簸在高低不平的道路上，像发疟疾似的；右边的铁青马自己把蹄子踩伤了，还没有磨光的马掌喀喀直响；车厢摇晃不止，紧紧挨着坐的两亲家就像鱼在产卵期一样,互相磨蹭个没完。

“咱们的哥萨克也不知道在哪儿。”潘苔莱·普罗珂菲耶维奇叹了一口气。

“在顺着霍皮奥尔河穷追呢。加尔梅克人相的费多特卡从库梅尔任斯克镇回来了,他的马被打死啦。据说,哥萨克们好像正往季尚斯克镇方向挺进呢。”

俩人又沉默了。小风吹得脊背冷飕飕的。身后,顿河对岸,树林、草地、湖泊和光秃秃的林间空地——都燃烧在一片庄严肃穆火红的霞光中。沿河的沙丘像是蜂房里的蜂蜜,驼峰似的上下翻滚的波浪闪着青铜色的微光。

春天来的步调很不一致。树林的嫩绿早已换成茂密的深绿色,野花开遍了草原,春潮已经退去,河边的草地上留下了无数闪光的水洼,但是陡峭的山崖下,沟谷里的黏土上,还依然留有残雪,还在挑衅似地闪着寒光。

第二天黄昏时分,他们赶到了米列罗沃,住到一个熟识的乌克兰人家里,他家紧挨着大粮仓的褐色高墙。第二天早晨,吃过早饭,米伦·格里戈里耶维奇套上车,赶到商店里去买办东西。他畅行无阻地通过了铁路道口,就在这里,生平第一次看到了德国人。三个德国义勇兵迎面走上来拦住他。其中一个身材矮小、棕色连鬓胡子一直长到耳朵边的家伙,招手示意,叫他站住。

米伦·格里戈里耶维奇勒紧缰绳,翕动着嘴唇,不安地等待着德国人走过来。一个高大、肥壮的普鲁士人,露出洁白的牙齿,笑呵呵地对一个同伴说:

“这是个最道地的哥萨克。你看,他还穿着哥萨克制服呢!他的儿子一定跟咱们打过仗。我们把他活着送到柏林去吧。这会是一件非常珍奇的展览品!”

“咱们需要的是他的马,至于他本人,叫他见鬼去吧!”那个生着棕色大胡子、手爪子很难看的家伙绷着脸回答说。

他小心翼翼地绕过马匹,走到四轮车跟前。

“下来,老头子。我们要用用你的马——喏,从这个面粉厂运一批面粉到火车站去。听见没有，下来，对你说哪！你可以到卫戍司令部去领回你的马。”德国人用眼睛瞟着面粉厂，并且做了一个对他的命令不容怀疑的手势，请米伦·格里戈里耶维奇下车。

其余的两个人笑着往面粉厂走去，不断地回头看。米伦·格里戈里耶维奇的脸霎时变得灰白，他把缰绳缠到车厢的横木上，然后轻捷地从车上跳下来，走到了马前头。

“亲家公没有来，”他脑子里一闪，心里凉了，“他们要把马抢走！唉，倒了大霉啦！见他妈的鬼！”

德国人紧闭着嘴唇，抓住米伦·格里戈里耶维奇的袖子，打着手势，叫他上面粉厂那里去。

“住手！”米伦·格里戈里耶维奇往前探了一下身子，脸色变得更加苍白，“拿开你那双干净的手吧，也别动我的马！我不能把马交给你！”

德国步兵从他的声调中猜出了回答的含意，突然恶狠狠地张开嘴，露出发青的光洁的牙齿，眼珠子瞪得吓人，威风凛凛的声调叫得非常刺耳。德国人伸手去抓肩上的步枪背带。在这一瞬间，米伦·格里戈里耶维奇想起了自己的青年时代：他几乎没有怎么使劲儿，只是用拳击家的打法，照着这家伙的颧骨打了一拳。德国人被打得惨叫一声，晃了一下脑袋，下巴颏上的钢盔皮带也断了。德国人仰面倒地，挣扎着要站起来，嘴里吐出深红色的浓血块。米伦·格里戈里耶维奇又照着德国人的后脑勺儿打了一拳，向四面张望了一下，弯下身，用力一扯，把步枪夺过来。在这一瞬间，他的思路又快，又清楚。他知道德国人已经不能在他背后开枪了，就掉转马头，只是担心被铁路栅栏外面或者铁路上的哨兵们看见。

两匹铁青马就是在赛马的时候也没有这样发疯似的飞跑过！就是在举行结婚礼接新娘的时候，车轮子也没有转得这样快过！“主啊！救命吧！救命吧，主啊！看在天父的……”米伦·格里戈里耶维奇心里祷告着，鞭子不住气地往马背上抽着。天生的贪心差一点儿没有送了他的命；他本来还想跑回住处去拿他丢下的车毯，但是理智占了上风——他拨马朝市外驰去。一口气飞跑了二十俄里，到了城郊小镇奥列霍瓦亚,正如后来他自己所说的,跑得比先知伊利亚坐的神车还快。一到奥列霍瓦亚,就跑到一个熟识的乌克兰人家里,这时他已经半死不活,对主人讲了发生的事情,央求把他和马匹藏起来。乌克兰人倒是答应了把他藏起来,不过预先警告他说:

"俺把你藏起来,不过德国佬要是逼问得紧,格里戈里耶维奇,俺是要说出来的,因为俺没有必要为你受苦!他们会放火烧俺的房子,会给俺戴上手铐。"

"你把我藏起来吧,亲人哪!你要我怎么谢你都行!只要能救我的命,把我藏到什么地方去吧,——我给你赶一群羊来!送你十几只最好的羊,我决不心疼!"米伦·格里戈里耶维奇一面又是央告又是许愿,一面把马车推到板棚檐下。

他怕得要命,怕德国兵来追拿。在乌克兰人家里待到傍晚,天一黑,就溜了。他把车赶出奥列霍瓦亚,一路上像发了疯似的,拼命狂奔,马的两肋,汗沫飞溅,马车颠得那么厉害。车轮上有几根辐条都歪扭到一起了,直到下亚布洛诺夫斯基村,他才清醒过来。进村以前,他从马车座位底下把夺来的步枪拿出来,看了看枪上的背带,皮带反面有用化学铅笔写的字,他轻松地叹了口气,自言自语道:

"鬼子们,怎么样——你们追上了吗?你们的本领还差得远哪!"

他根本没给乌克兰人送羊去。秋天,他又路过这儿,看到主人期待的眼神,就回答说:

"我们的羊啊,都瘟死啦。今年的羊群太糟啦……不过我们是老交情啦,这不是,给你带来些自家园子里的梨!"他从车上扔下两口袋在路上颠烂了的梨,狡猾的眼睛看着一旁,解释道,"我们家的梨好吃,又香又甜……这是熟透了的……"说完就告别了。

当米伦·格里戈里耶维奇逃出米列罗沃的时候,他的亲家公正在车站上奔走呢。年轻的德国军官给他开了张通行证,通过翻译把潘苔莱·普罗珂菲耶维奇盘问了一番,然后点上一支廉价的雪茄烟,带着庇护者的口吻嘱咐道:

"去吧,不过您要记住,你们应当有一个明智的政府,你们选总统也好,选皇帝也好,选谁都行,不过有一个条件,就是这个人要有管理国家的智慧,能对我国执行忠顺的政策。”

潘苔莱·普罗珂菲耶维奇很不友好地看着德国人,他不想跟他搭话,一领到通行证,立刻就买车票去了。

在新切尔卡斯克竟看到了那么多青年军官,使他非常惊讶:他们成群结队地在街上游逛,坐在饭馆里吃喝,带着姑娘游玩,在将军府和选作大会会场的法院一带溜达。

潘苔莱·普罗珂菲耶维奇在代表住处遇到了几位同乡和一个叶兰斯克镇的熟人。大多数的代表是哥萨克,军官并不多,总共只有几十名各镇的知识分子代表。关于地区政权的选举,众说纷纭。只有一点是很清楚的:一定要选出一位将军。人们提出了许多有名气的哥萨克将军的名字,纷纷议论着候选人。

刚到的那天傍晚,喝过晚茶以后,潘苔莱·普罗珂菲耶维奇在自己房间里坐下来,正准备吃自己家里带来的干粮。他摆出一段干鲤鱼,切下一块面包。这时有两个米古林斯克的代表坐到他跟前来,接着又过来了几个人。先是谈了一阵前线的情况,然后话题逐渐转到政权选举问题上来。

“像去世的卡列金——愿他在天之灵安息!——那样好的人再也找不到啦。”蓄着灰色大胡子的舒米林斯克的代表叹了口气说。

“可以这么说。”叶兰斯克的代表同意说。

参加谈话的一位上尉,别斯谢尔盖涅夫斯克镇的代表,颇为激动地开口道:

“怎么会连一个合适的人选都没有呢?你们这是怎么啦,诸位?克拉斯诺夫将军怎么样啊?”

“这个克拉斯诺夫是什么人物?”

“怎么是什么人物呀?诸位,你们问这种话,难道不感到害臊吗?鼎鼎大名的将军,第三骑兵军团的司令官,聪明绝顶,得过十字勋章,天才的统帅!”

上尉这番兴高采烈、连珠炮似的赞语激怒了一位前线部队的代表。

“我可以老老实实地告诉您:我们领教过他的天才!他是个废物将军!在对德战争中,他曾有过出色的表演。要不是革命的话,他只好当一辈子旅长了!”

“亲爱的,您不了解克拉斯诺夫将军,您怎么能这样说呢?而且,您怎么竟敢对一位大家都很尊敬的将军这样胡说八道呢?您大概忘了自己不过是一个哥萨克列兵了吧?”

上尉这些像冰块似的、毁灭性的话,说得那个哥萨克惊慌失措,胆怯起来,他压着火儿嘟囔说:

“老爷,我是说,我在他手下服过役……他在奥地利战线上,把我们的一个团硬送到架着铁蒺藜的敌人战壕前面!所以我们才认为他是个废物……至于别的什么,谁知道呢……也许,完全相反……”

“那么为什么赏给他十字勋章呢?傻瓜!”潘苔莱·普罗珂菲耶维奇嗓眼里卡了根鲤鱼刺;咳出来以后,也朝着那个前线部队的代表开炮了:“你们养成了一种坏毛病,什么人都骂,什么人都不合你们的心意……哼,染上了这样的臭习气!如果少说点儿——也许不会糟到这步田地。不然,自以为满脑子大道理,可全是些吹牛大王!”

切尔卡斯克地区的代表和顿河下游的代表都一致拥护克拉斯诺夫。这位得过乔治十字勋章的将军很合老头子们的心意;他们有很多人曾经跟他一起参加过日俄战争。克拉斯诺夫的履历迷惑了许多军官:禁卫军军官,混迹上流社会、文质彬彬、煊赫一时的将军,曾在宫廷任职、当过皇帝陛下的侍从官。克拉斯诺夫不仅是个将军,不仅是个受过严格军事训练、行伍出身的人,而且好歹也算是一位作家,他在《涅瓦》杂志增刊上发表的、取材于军官生活的短篇小说,当时也曾被人们争相阅读,这就使一些自由主义知识分子感到满意;既然是作家,那么当然是个有文化的人喽。

在代表们的住处,为克拉斯诺夫进行着激烈竞选活动。许多其他将军的名字在他的大名前,都显得暗淡无光了。一些拥护克拉斯诺夫的军官在悄悄地传播着有关阿夫里坎·博加耶夫斯基的流言,说什么博加耶夫斯基跟邓尼金穿一条腿裤子,如果选了博加耶夫斯基担任政府首脑的话,只要把布尔什维克一赶跑,他们一进莫斯科,哥萨克的一切特权和自治权就统统完蛋啦。

不过,克拉斯诺夫也有一些敌人。一位教员的代表处心积虑地要败坏将军的名誉，但是收效不大。他在代表们的房间里串来串去，像蚊子似的在哥萨克们毛烘烘的耳朵边恶毒地嗡嗡叫：

“克拉斯诺夫吗？是个卑鄙的将军，蹩脚的作家！虚有其表的宫廷人物，只会吹吹拍拍！这么说吧，他是既想扬名全国，又想保住民主的清白。你们等着瞧吧，他会把顿河出卖给第一个买主，一点儿也不剩！是一个微不足道的人。政治上他是个白痴。我们应该选阿格耶夫！那个人——可完全是另一回事啦。”

但是这位教员并没有获得什么成就。五月一日，大会进行到第三天，会场响起一片欢呼声：

“请克拉斯诺夫将军上台！”

“我们竭诚……”

“诚心诚意……”

“请求他上台！”

“我们引以自豪的将军！”

“请他上台吧，给我们讲讲目前时局吧！”整个大会场里都骚动起来了。

许多军官都轻轻地鼓起掌来，哥萨克们也学着他们的样子，蠢笨地、一点也不响亮地拍起手来。他们那干粗活磨得粗糙的黑手发出的一片枯燥、刺耳的声音，简直叫人听了难过，跟那些挤在走廊里和过道里的小姐和太太、军官和学生们保养得又胖又嫩的小手巴掌奏出的音乐般的、轻柔的掌声形成强烈的对比。

身材高大、匀称，虽然上了年纪，但依然英俊、潇洒的将军，穿着军服，胸前挂满了十字勋章和奖章，戴着肩章及其他各种将军标志，像检阅一样，健步走上主席台的时候，会场里响起了阵阵掌声和呐喊声；呐喊转为欢呼，代表席上，一片欢腾。很多人从将军那激动、感人的脸上，从他那仪表堂堂的英姿上，似乎隐约看到了昔日帝国的余威。

潘苔莱·普罗珂菲耶维奇感动得老泪纵横，从制帽里掏出一条红手绢，抹了半天眼泪和鼻涕。“这是真正的将军！一看就知道是位了不起的大人物！很像皇上，连相貌都很像。不仔细看，会误认为是皇上亚历山大[1]呢!”他一面亲热地看着站在脚灯前面的克拉斯诺夫,一面心里这样想。

这次顿河军会议称为“拯救顿河会议”,开得从容不迫。根据会议主席亚诺夫大尉的建议,通过了一项佩戴肩章及各种军衔符号的决议。克拉斯诺夫发表了匠心独具的漂亮演说。他沉痛地谈到“被布尔什维克糟踏得不像样的俄罗斯”,说到俄罗斯帝国“昔日的威力”、顿河的前途。他把目前的情况描述了一番之后,简单地谈了谈德国人的占领问题。在结束演说时,他热情奔放地描绘了消灭布尔什维克以后,顿河地区独立自主的幸福生活,会场响起了热烈的掌声和欢呼声。

“强大的顿河军会议将要统治顿河地区!我们将重建被革命瓦解了的哥萨克社会,恢复古代哥萨克美好的生活方式。我们也要像古代我们的祖先那样,响亮而有力地对莫斯科说:‘你好啊,俄罗斯贵族的沙皇,你就待在莫斯科的石头城里吧,而我们哥萨克,生活在静静的顿河上!’”

五月三日晚间的会议上,克拉斯诺夫少将以一百零七票赞成,十票弃权,当选为顿河军司令官。他在从大尉的手里接过司令官权杖以前,先提出了就任的先决条件:批准他向会议提出的那些基本法规,并授予他不受限制的统治权。

“我们的国家正处在沦亡的前夜!我只能在得到对军区司令官充分信任的情况下,接受权杖。非常时期,所以只有当我意识到,顿河军会议——顿河意志的最高体现者——信任我,而且为了肃清布尔什维克的流毒,消除放任和无政府状态,准备制定强有力的法律准则时,我才能充满信心、朝气蓬勃地去执行我所肩负的使命。”

克拉斯诺夫所提出的法规都是些帝俄时代的旧法规,只不过经过了仓促地改头换面,稍加修改。会议怎么会不通过呢?正求之不得。一切,就连那改得很不成功的国旗,也都使人想起了旧时代:蓝红黄三色的横条(代表哥萨克、外来户和加尔梅克人);为了讨好哥萨克,仅对国徽做了彻底的改变:把那只凶猛的、张着翅膀、伸着利爪的双头鹰,改

① 这里是指沙皇亚历山大二世。

为一个头戴皮帽，身佩马刀、火枪和全副装备，骑在酒桶上的裸体哥萨克。

一个脑筋简单的代表，喜欢拍马屁的家伙，提了个献媚讨好的问题：

“将军大人也许对已经通过的基本法还要提出什么需要修正或更改的吧？”

克拉斯诺夫慈祥地笑着，开了个玩笑。他以一种引起人们的希望的眼神把代表们扫视了一遍，用被人们的喝彩娇宠惯了的声调回答说：

“可以更改。第四十八条、第四十九条和第五十条——关于国旗、国徽和国歌的条款——可以修改。什么样的国旗——除了红旗，什么样的国徽——除了五角星或者别的诸如共济会①的标记以外，什么样的国歌——除了《国际歌》，只要你们大家提出，我都可以更改。”

会议在一片哄笑声中批准了各项法规。而将军的这些妙语一直传诵了很久。

五月五日顿河军会议宣告闭幕。大家说完了最后的话。克拉斯诺夫的主要助手，南线兵团的指挥官杰尼索夫上校，保证在最短期间内消灭布尔什维克的“革命”。顿河军会议的成员由于成功地选出了军区司令官，又听到前线传来的好消息，大家都放心了，兴高采烈地回去了。

潘苔莱·普罗珂菲耶维奇心情激动，喜出望外，从顿河的首都回来了。他坚信，这回权杖已经掌握在可靠人的手里了，很快就可以打垮布尔什维克，两个儿子可以回家来种地了。老头子双肘撑着小桌子，坐在火车窗前；耳朵里依然回响着散会时奏的顿河国歌的余音，生动的歌词，沁人肺腑，他仿佛真的觉得“正教的静静的顿河波涛汹涌，滚滚奔流”。

但是，火车开出新切尔卡斯克只有几俄里，潘苔莱·普罗珂菲耶维奇就从车窗里看到了巴伐利亚骑兵的先头部队。一队德国骑兵正沿铁路两侧，迎着火车驶来。骑士们安然地弓背骑在鞍座上，膘满体壮的高头大马摇晃着剪得短短的尾巴，在阳光下闪闪发光。潘苔莱·普罗珂

① 建立于十八世纪的一种世界性宗教、政治秘密组织。

菲耶维奇俯身向前，痛苦地皱起眉头，眼看着德国人的马蹄得意洋洋地跳跃着，践踏着哥萨克的土地，后来他低头弯腰坐了半天，宽阔的脊背朝着车窗，抽泣起来。

第二章

一列一列的红色车厢的列车，从顿河经过乌克兰向德国开去，运去了面粉、油脂、鸡蛋和牛。车厢的平台上站着德国兵，戴着无檐军帽，穿着蓝灰色军装，枪上上着刺刀。

德国兵后跟钉着铁掌的、结实的黄皮靴子踏平了顿河地区的大路，巴伐利亚的骑兵饮马顿河边……而在与乌克兰毗邻的边界上，为保卫顿河新征召的、刚在佩尔西阿诺夫卡受完训的青年哥萨克，正在跟彼得留拉[①]的部队厮杀。为了多抢夺一小块乌克兰的土地，新拼凑起来的顿河哥萨克第十二团几乎有一半人死在斯塔罗别尔斯克。

在北方，梅德维季河口镇成了拉锯区：从格拉祖诺夫斯克、新亚历山德罗夫斯克、库梅尔任斯克、斯库里申斯克及其他各镇的村庄来的赤卫军哥萨克部队占领了市镇，可是过了一个钟头，阿列克谢耶夫的白卫军军官游击队又把它夺了回去，于是满街就尽是那些构成白卫军部队骨干的——普通中学生、实科中学生和教会学校学生，穿着不同的大衣在游逛。

顿河上游的哥萨克从一个镇到一个镇，在逐渐往北方推进。红军已经退到萨拉托夫省去了。他们差不多放弃了整个霍皮奥尔地区。夏末，由所有能拿起武器的各种年龄的哥萨克拼凑成的顿河军已经在边境上守卫了。顿河军在进军途中不断扩编，用从新切尔卡斯克涌来的军官补充了干部，就很有点儿正规军的样子了：由各个市镇派来的人数

---

① 西·瓦·彼得留拉（1877—1926）是一九一八至一九二〇年间乌克兰反革命匪帮首领。

不多的义勇兵也都合编在一起；再加上在对德战争中残存下来的官兵，恢复了旧日的正规团建制；又把几个团编成了师；在司令部里，一批有经验的上校代替了那些尉官；指挥人员的构成也在逐渐改变。

夏天将尽的时候，由米古林斯克、梅什科夫斯克、卡赞斯克和舒米林斯克等镇的哥萨克编成的一支战斗部队，根据阿尔费罗夫少将的命令，越过顿河地区的边界，占领了顿涅茨科耶——沃罗涅什省边境上的第一个市镇，包围了博古恰尔县城。

鞑靼村的哥萨克连由彼得罗·麦列霍夫率领，经过许多村镇，向北方的梅德维季河口地区挺进，已经有四昼夜了。红军就在他们的右面一点地方，并没有接战，匆匆向铁路线退去。所以他们始终没有看见敌人的影子。行军速度也不快。彼得罗和所有的哥萨克，虽然并没有事先商量好，但是都认为没有必要急急忙忙地去送死，每天的行程都不超过三十俄里。

第五天头上他们开进了库梅尔任斯克镇。在敦杜科维村边渡过了霍皮奥尔河。蚊子多得像纱幕一样笼罩着草原。轻微的嗡嗡声不绝于耳。云雾般的蚊群在盲目地盘旋飞舞，往骑士和战马的耳朵、眼睛里乱钻乱撞。马匹深受其苦，直打喷嚏，哥萨克们挥手驱赶，不断地用家种烟草熏着。

“真是个好玩意儿，该死的东西！”赫里斯托尼亚用袖子擦着泪汪汪的眼睛，哼哼说。

“怎么的，蚊子钻到眼睛里去啦？”葛利高里笑了笑。

“眼睛疼得很。准是毒蚊子，魔鬼！”

赫里斯托尼亚揪起红眼皮，用粗糙的手指头抹了一下眼珠子；噘着嘴唇，用手背擦了半天眼睛。

葛利高里和他骑马并行。他们俩从出发的那天起就在一起。最近发胖了的、越发像女人的阿尼库什卡也加入他们一伙。

鞑靼村的队伍还不满一个连。彼得罗的助手是司务长拉特舍夫，是入赘鞑靼村的女婿。葛利高里指挥一个排，他排里几乎都是村下头的哥萨克：赫里斯托尼亚、阿尼库什卡、费多特·博多夫斯科夫、马丁·

沙米利、伊万·托米林、瘦长的博尔谢夫和狗熊似的懒蛋扎哈尔·科罗廖夫、普罗霍尔·济科夫、茨冈血统的梅尔库洛夫、叶皮凡·马克萨耶夫、叶戈尔·西尼林,还有十五个同龄的小伙子。

尼古拉·科舍沃伊指挥第二排,指挥第三排的是雅科夫·科洛韦金,米吉卡·科尔舒诺夫指挥第四排,他参加执行波乔尔科夫的死刑后,很快就被阿尔费罗夫将军提升为上士。

连队鞭策马匹,用草原行军的快步前进。大道绕过一片积满水的沼泽地,钻进嫩莎草和河柳丛生的洼地,蜿蜒曲折地穿过草原。

“马掌”雅科夫在后列里瓮声瓮气地大笑不止,也是靠波乔尔科夫的战友们的鲜血挣得了下士军衔的安德留什卡·卡舒林的中音在随声附和。

彼得罗·麦列霍夫和拉特舍夫走在队伍旁边。他们在小声谈论着什么。拉特舍夫在玩弄着马刀上的亮闪闪的新穗子,彼得罗用左手抚摸着马,搔着马耳中间的地方。拉特舍夫堆满肥肉的脸上浮着笑容,被烟草熏黑、金牙套已经磨损的牙齿在稀疏的胡子下面闪着黄中透黑的光亮。

“牛皮大王”的儿子,哥萨克们都管他叫“牛皮小王”,安季普·阿夫杰伊奇骑着一匹瘸腿花毛骒马,走在最后面。

只要有个哥萨克一开腔,立刻就会有几个哥萨克凑过去,队伍也就乱了,五个人一列地走了起来,其余的人则在仔细观察着陌生的地形、草原、微波荡漾的湖泊和绕岸的、像绿色的围墙一样的杨树和柳树。从哥萨克们的行装来看是准备要远行的:鞍袋里塞的东西都鼓了起来,所有的驮袋都装得满满的,每个人的鞍带上都考虑周到地绑着军大衣。而且从马具上也可以看得出来:每一根小皮带都用麻线缝过,一切都重新缝过,拧过,重新修理过。如果说在一个月以前,大家还都认为,战争是不会发生的,那么现在却怀着听天由命的忧郁心情踏上征途,认识到流血是不可避免的了。“今天你还披着这张人皮,也许明天乌鸦就会在荒郊野外鞣制这张皮啦”,个个都这样想。

穿过了克列普茨村。右面稀稀疏疏地闪过一些芦苇盖顶的村舍。阿尼库什卡从裤子口袋里掏出来一块干饼,咬了一半,凶狠地龇着匀细的门牙，像兔子似的匆匆忙忙地翕动着颚骨，大嚼起来。

赫里斯托尼亚斜睨了他一眼。

“你饿啦?”

“不然为什么要吃呀……这是老婆烙的。”

“吃也是你的拿手戏！大概你的肚子跟猪肚子一样大。”赫里斯托尼亚转脸朝着葛利高里，怒冲冲怨声怨气地继续说道，“他只会吃，这鬼东西，太不像话！他怎么能塞下这么多的东西呢？这些日子我就在仔细观察，简直叫人有点儿害怕:他的身量并不大，可是吃起东西来，简直像个无底洞。”

“我吃自个儿的东西，我拼命吃。晚上吃一只羊，可是天不亮就又饿啦。咱们什么都吃，凡是能吃的东西，咱们是来者不拒，多多益善。”

阿尼库什卡不时哈哈笑着，朝葛利高里挤挤眼，指着正气哼哼地啐吐沫的赫里斯托尼亚。

“彼得罗·潘苔莱耶夫①，你打算在哪儿宿营啊？你瞧，马儿都累坏啦!”托米林喊道。

梅尔库洛夫也支持他的意见:

“到宿营的时候了。太阳落山啦。”

彼得罗挥了一下鞭子。

“咱们在克柳奇宿营。也可能，还要赶到库梅尔加呢。”

梅尔库洛夫在卷毛的黑胡子里笑了笑，悄悄地对托米林说:

“想在阿尔费罗夫手里升官哪，母狗！拼命在往前赶……”

有个人在给梅尔库洛夫剪胡子的时候，顽皮地乱剪了一阵，把漂亮的大胡子剪成了像个歪歪扭扭的小木橛子似的尖胡子。梅尔库洛夫立刻变了模样，显得滑稽可笑，——这就成了人们经常跟他开玩笑的话把儿。托米林这时也忍不住说:

“你不是也想升官儿吗?”

“你这是什么意思?”

“你把胡子剪成将军的样子。你大概以为只要把胡子剪成将军的

① 潘苔莱耶夫是潘苔莱耶维奇的简称。

样子,马上就会把一师人交给你指挥啦？这个想吃吗?”托米林握起拳头,做了个嘲弄的手势。

“混蛋,真见他妈的鬼！你对他说正经话,他却跟你胡说八道。”

在一片笑谈声中连队开进了克柳奇村。预先派去号房子的安德留什卡·卡舒林,在村头上一户人家门口迎接连队。

“我们排——跟我走！第一排——就住在这三户人家,第二排——在街左面,第三排——就住在井边的那户人家和毗连的四个院子。”

彼得罗策马来到他跟前,问:

“没有听见什么消息吗？问过没有?”

“这里连个消息毛儿都听不到。可是,小伙子,这儿的蜂蜜可真多。一个老太婆家里就有三百箱。夜里咱们一定要偷点儿吃!”

“哼,哼,别胡闹！不然的话我可要揍你!”

彼得罗皱起眉头,策马而去。

哥萨克们分散住了下来。安置好了马匹。天也黑了。各户房主人给哥萨克们开了晚饭。连队的哥萨克和这个村的哥萨克坐在院子里去年砍的赤杨树枝堆上,天南地北地聊了一阵,就各自睡觉去了。

第二天早晨,就从村子里开拔了。差不多快到库梅尔任斯克的时候,一个通信员追上了连队。彼得罗拆开文件袋,在鞍子上摇晃着,看了半天,伸出去的手吃力地拿着那张纸,仿佛很重似的。葛利高里来到他跟前。

“有命令来?”

“是啊!”

“怎么说的?”

“说是……命令我把连队交出去。调我的同龄人回去,要在卡赞斯克组建第二十八团。炮兵和机枪手也要调去。”

“那么其余的人到哪儿去呀?”

“喏,上面写着哪:‘到阿尔任诺夫斯克去,接受第二十二团团长的指挥。火速前进。’真他妈的！还要‘火速’前进!”

拉特舍夫凑了过来,从彼得罗手里拿过命令。弯起眉毛,翕动着嘴起的厚嘴唇,读了起来。

“前进!”彼得罗大声喊。

连队又动了起来,缓步向前走去。哥萨克们扭回头,关注地打量着彼得罗,等着他说话。彼得罗在库梅尔任斯克宣读了命令。年纪大点的哥萨克忙乱起来,准备往回返。大家商量好,在镇上休息一天,第二天一早就各奔前程。彼得罗整天都在找机会跟弟弟谈谈,他来到弟弟住的房子。

“咱们上操扬上去走走。”

葛利高里默默地走出大门。米吉卡·科尔舒诺夫追上了他们,但是彼得罗冷冷地请求他说:

“你去吧,米特里。我想跟弟弟谈谈。”

“可——可以。”米吉卡懂事地笑了笑,停下了脚步。

葛利高里斜眼看着彼得罗,知道哥哥想要跟他谈很严肃的事情。他避开意料的话题,故意轻松活泼地开口说:

“真是怪得很! 刚离家不过一百俄里,可是人已经不一样了。说话也跟咱们不同,房子也是另一种式样了,像是旧教徒的房舍。你看,大门上都有木头门楼,像座小教堂。咱们那儿没有这种门楼。还有这个,”他指了指眼前的一处漂亮家宅说,“围墙脚也都镶了木板;是为防止屋墙的木头腐烂,是不是这个道理,啊?”

“算了吧。”彼得罗皱起眉头说,“你别说这些啦……等等,咱们到篱笆旁边去说吧。人们都在瞅咱俩呢。”

从操场上过往的妇女和哥萨克都好奇地打量着他们。一个老头子,身穿没有扎腰带的蓝衬衣,戴着因年久帽箍褪成粉红色的哥萨克制帽,停住脚步,问:

“你们要在这里休息吗?”

“我们想休息一天。”

“有喂马的燕麦吗?”

“还有点儿。”彼得罗回答说。

“要没有,就到我家里去,我可以给你们两升。”

“谢谢啦,老大爷!”

“上帝保佑……到我家去吧。那就是我的房子,绿色铁房顶的那幢房子。”

“你想谈什么呀?”葛利高里忍不住皱起眉头问。

“什么都谈谈。”彼得罗不知道为什么负疚地苦笑一声,用嘴角咬住麦色的胡子,说道,“葛利沙特卡,碰上这样的年月,说不定咱们再也见不到啦……”

彼得罗的苦笑和童年时代就留下来的亲切的称呼“葛利沙特卡”,使葛利高里痛苦的、还没有完全形成的对哥哥的敌意突然消逝了。彼得罗亲切地望着弟弟,一直还在苦笑着。他的嘴唇一动,抹去了笑容,脸立刻板了起来说:

“你看,这些坏蛋,把人们搞得互相分离疏远,就像犁铧耕起的泥土:一部分——翻到这面来,另一部分——翻到那面去。真是魔鬼般的生活,可怕的年月!谁也不知道谁心里在想什么……就拿你来说吧,”他猛地话锋一转,“你看,你是我的亲弟弟,可是我并不了解你,真的!我感觉得到,你好像离我越来越远……我说得对吗?”他又自己回答说,“说得对。你的思想在动摇,打不定主意……我担心你会跑到红军那边儿去……葛利沙特卡,你直到现在还没有认清自己。”

“那么你认清了吗?”葛利高里一面问,一面望着夕阳正往看不见的霍皮奥尔河对岸白垩的山峰后面落下去,看着天边火红的晚霞和像烧焦了的棉花似的、飘流的黑云。

“我已经认清了。我已经走上了应走的道路。谁也不能把我从这条路上拉开!葛利什卡,我决不会像你这样摇摆不定。”

“是吗?”葛利高里勉强挤出了一丝愤愤的笑意。

“我决不会!”彼得罗怒冲冲地卷了卷胡子,不停地眨着眼睛,像被阳光照得眼花了似的,“你就是用套也别想把我拉到红军那面去。哥萨克社会反对这帮家伙,我也反对他们。我不能违反哥萨克的意志,决不会那样干!这么说吧……我没有跑到他们那边去的理由,走的不是一条路!”

“别谈这些啦。”葛利高里疲倦地央求说。

他首先向自己的住处走去,摇晃着微驼的肩膀勉力移动着脚步。

彼得罗在大门口放慢了脚步，问：

"你告诉我，我好知道……葛利什卡，告诉我，你不会跑到他们那边去吧？"

"难说……我不知道。"

葛利高里无精打采地勉强回答说。彼得罗叹了一口气，但是不再问了。他很激动，脸色难看地走了。不论是他，还是葛利高里都清清楚楚地知道：从前联系着他们的道路，已经长满往昔经历的荆棘，荒芜阻塞，再也不能心心相通了。就好像山沟顶上的一条被羊蹄子踏出的小路，蜿蜒曲折，沿着山坡伸延下去，但是突然在一个拐弯的地方，小路钻进了沟底，像被切断一样不能通行了——前进无路，艾蒿丛生，像墙一样挡住了，变成一条死路。

……第二天，彼得罗率领半个连回维申斯克。其余的青年哥萨克则由葛利高里率领，开赴阿尔任诺夫斯克。

从早上起，太阳就无情地蒸烤着大地。笼罩着玄褐色蜃气的草原像口蒸锅一样。队伍后面的蓝天上，闪耀着霍皮奥尔河沿岸紫色的山峰，眼前是一片像粼粼水波似的黄沙。浑身大汗淋漓的马匹在骑士们的身下一步一步地摇晃着。哥萨克们的脸都变成了褐色，被太阳晒得褪色了。鞍垫、马镫、笼头上的金属部件晒得都烫手。连树林里面也都不凉快了，热气闷人，处处散发着大雨将至的暑热。

沉重的苦闷压垮了葛利高里。一整天，他在马上悠晃着，断断续续地想着未来的日子；像拨弄项链上的琉璃珠一样，在脑子里玩味着彼得罗的那些话，无聊得很。苦艾又酸又涩、醉人的气味令人唇焦，大道被暑热蒸烤得直冒烟。金袍色的草原仰面暴晒在骄阳下。旱风掠过草原，吹伏沙沙作响的青草，卷起阵阵黄沙和尘埃。

傍晚，一层透明的薄雾遮住了太阳。天空变成了灰色。西天涌起了一片浓重的乌云，一动不动地立在那里，下垂的云脚紧踏在迷离恍惚纺得纤细的地平线上。后来，乌云被风吹着，拖着恼人的、低垂的玄褐色尾巴，圆形的云头闪着砂糖似的白光，威严地飘去。

队伍第二次渡过库梅尔加河，钻进杨树林的圆顶绿荫下。微风吹来，树叶的背面像波浪似地翻滚起来，闪耀着蓝白色的光亮，和谐、低沉地沙沙作响。霍皮奥尔河对岸的什么地方,从白亮的云边向大地上撒下夹杂着雹子的斜雨,彩虹像一条五色的带子缠绕着雨丝。

队伍在一个荒僻的小村子里宿营了。葛利高里收拾完战马,便往养蜂场走去。主人是一个鬈发的、年迈的哥萨克,他把落在大胡子上的蜜蜂拂下来,神色惶恐地对葛利高里说:

"这箱蜂子是前几天才买的。运回来以后,不知道为什么幼蜂全都死啦。你看,蜜蜂正在往外抬死蜂呢。"他在一只钻满了小孔的蜂箱前面停下来,指着蜂房的出口说。密密麻麻的蜜蜂正在不停地往出口外搬运幼蜂的尸体,叼着它们嗡嗡叫着飞去。

主人惋惜地眯缝着红眼睛,伤心地吧嗒着嘴。他走起路来一冲一冲的,用力挥着双手,姿势非常难看。他没有安静的时候,很粗鲁,动作像旋风似的,总是匆匆忙忙,令人心神不安;在这里,在这有一大群蜜蜂正在和谐地进行缓慢、明智劳动的养蜂场里,显得完全是多余的。葛利高里有点儿不怀好意地仔细打量起他来。这种感情是不由自主地产生的,是这个宽肩膀上了年纪的哥萨克一阵阵的大声刺耳的谈话引起的:

"今年的蜂蜜收成很好。香薄荷开得很旺盛,都是从这种花上采来的蜜。框养要比箱养好得多。你看我正在搞……"

葛利高里喝着茶,搀着稠得像糨糊一样香甜的蜂蜜。蜂蜜散发出香薄荷、三叶草和草花的香味。主人的女儿——一个很漂亮的高个子的守活寡的女人——管斟茶。她的丈夫跟着红军走了,所以主人很殷勤,很老实。老爸爸没有注意到女儿紧紧抿着两片不很鲜艳的薄嘴唇,从眼睫毛下迅速地打量着葛利高里。她伸手去拿茶壶,这时候葛利高里就看见了她那像松焦油一样黑的、鬈曲的腋毛。她那探索好奇的目光和他的相遇了好几次,他甚至觉得,他们的目光相遇后,年轻的哥萨克女人的双颊泛起了红晕,嘴唇角上露出了隐约的微笑。

"我在内室给您铺床。"喝完茶以后,她夹着枕头和车毯走过客人身边时说,并用毫不掩饰的饥饿目光去挑逗葛利高里。拍打着枕头,她仿佛顺便说说,模糊不清地快口对他说:"我睡在板棚下面……家里闷得很,虼蚤又咬……"

葛利高里刚一听到主人的打鼾声,就脱掉靴子,到板棚里去找她。

她躺在一辆卸掉前辕的大车上，在自己身旁给他让出一块地方，把羊皮袄往自己身上拉了拉，两条腿靠在葛利高里身上，就沉默了。她的嘴唇又干又硬，有一种洋葱味儿和久无人问津的、清新的气味。葛利高里枕着她那黝黑的细胳膊，一直睡到天快亮。她彻夜使劲把他抱在怀里，没完没了地跟他亲热，调笑中把他的嘴唇都咬出了血，他的脖子、胸膛和肩膀上到处都留下了她那尖细的、像小野兽似的牙齿在狂热亲吻时咬出来的斑斑痕迹。鸡叫三遍以后，葛利高里准备跑回内室去，但是她却死抱住他不放。

"放开我，亲爱的，放开我，我的小宝贝！"葛利高里央告着，下垂的小黑胡子里带着微笑，想要悄悄地挣脱出来。

"再躺一会儿……躺下来！"

"要知道人家会看见的呀！你瞧，天快亮啦！"

"亮吧，管它呢！"

"要是叫你父亲看见了呢？"

"爸爸早就知道。"

"他怎么会知道？"葛利高里惊愕地颤动了一下眉毛。

"是这么回事……"

"真是太神啦，他是怎么知道的呢？"

"要知道，他……他昨天对我说：如果有军官来和你调情，你就跟他睡去，求他多多关照，不然的话，就会为了格拉西卡[1]把马牵走，或者还会拿些别的东西……格拉西姆是我丈夫，他跟着红军走啦……"

"原来是这样！"葛利高里嘲笑说，但是心里却很不是味儿。

解铃还是系铃人，她立即就驱散了这片乌云。她亲热地贴在葛利高里的胳膊上，哆嗦了一下，说：

"我那个男人可不像你这样……"

"那他是怎么样的呢？"葛利高里已经清醒的眼睛望着发白的天空，很感兴趣地问。

---

① 格拉西卡是格拉西姆的爱称。

“是个废物……病鬼……”她信任地往葛利高里身边凑凑，话语里带着哭泣声音，“我跟他过得没有一点儿乐趣……他不能讨女人家喜欢……”

一个陌生的、像孩子一样天真的灵魂自然地在葛利高里面前展开了，就像一朵吸足了朝露的怒放的小花。这使葛利高里陶醉，激起他的爱怜之心。葛利高里怜悯她，温柔地抚摸着自己萍水相逢的女人的乱蓬蓬的头发，闭上了疲倦的眼睛。

从屋檐的芦苇棚顶透进西沉的月亮的余晖。一颗流星从天上坠下，向地平线飞去，在灰白的天空上留下了一道冷凝的磷光。母鸭在水塘里呱呱召唤，公鸭用沙哑声调含情脉脉地回应。

葛利高里带着倒空了的、又注满甜言蜜语的疲倦身躯，轻飘飘地走回内室。他蒙眬睡下，玩味着唇边残留的她嘴唇上的咸味儿，脑子里还念念不忘那个哥萨克少妇苛求爱抚的身子和身上的气味——一种由香薄荷蜂蜜和汗混合成的复杂气味。

过了两个钟头，哥萨克们把他叫醒。普罗霍尔·济科夫给他备好马，牵到大门外。葛利高里和主人告别，坚定地忍受着他视线中模糊的敌意，朝正往屋子里走去的主人的女儿点了点头。她低下脑袋，涂得不很鲜艳的、薄薄的嘴角上浮着笑容和模糊的遗憾的苦闷表情。

葛利高里顺着胡同走着，不断回头顾盼，胡同像一张弓，绕过他曾住宿的院子，所以他能看见，被他温存过的哥萨克少妇正扭回头，把瘦削的、晒得黝黑的手巴掌遮在眼睛上，隔着篱笆目送他。葛利高里怀着突然袭来的惆怅心情回头张望，企图想像她的面部表情和她的整个身影——可是看不见。只能看到哥萨克少妇戴着白头巾的脑袋慢慢地扭着，追踪着他。向日葵的花盘就是这样扭着，追逐着慢悠悠地环行的太阳。

科舍活伊·米哈伊尔被像犯人似的从维申斯克送往前线。他到了费多谢耶夫斯克镇，镇长叫他逗留了一天，然后重又押回维申斯克。

“你们为什么又要把我押回去呀？”米哈伊尔问镇公所的文书。

“维申斯克有公文来。”文书不很情愿地回答说。

原来是米哈伊尔的母亲在村民大会上跪着央告老头子们，于是他们就以村社的名义写了一份请愿书，说米哈伊尔·科舍沃伊是家庭的惟一赡养人，所以请求改判他做苦工，当马倌。米伦·格里戈里耶维奇亲自带着请愿书去见维申斯克镇的镇长。请求被批准了。

镇长在镇公所里对立正站在他面前的米什卡大喊大叫了一阵，然后降低嗓门儿，气哼哼地结束说：

"我们不能把保卫顿河的任务交给一个布尔什维克！现在你到种马牧场去，在那儿当马倌，以观后效。狗崽子，你给我小心点儿！我是可怜你的母亲，要不然哪……滚吧！"

米什卡已经无人押送，自由地走在晒得滚烫的大街上。肩上的行李压得肩膀生疼。被一百五十里的长途跋涉累坏了的双腿完全不听使唤了。入夜，他才筋疲力尽地回到村子，第二天便出发到牧场去，母亲大哭了一场，拼命亲吻了一阵，母亲衰老的脸和第一次发现的她头上的银丝，都牢牢地留在他的脑海里。

从卡尔金斯克镇往南，是长二十八俄里、宽六俄里的一片从未开垦的草原。这块几万俄亩的土地，是用来牧放镇上的公用种马的，所以叫种马牧场。每年过叶戈尔节①的时候，马倌就从维申斯克的过冬马厩里把那些在那里过冬的种马赶到牧场上来。用镇上的公款在牧场当中修建了一座马厩，有可以容纳十八匹马的夏季露天马架和一排供马倌、场长和兽医居住使用的木头营房。维申斯克镇地区的哥萨克把骒马送来配种，兽医和场长对骒马检验得非常仔细，每匹骒马的身高不能低于两俄尺，年龄不能小于四岁。健壮的骒马每四十匹为一群。每匹种马把自己的一群领到草原上去，醋劲儿很大地监视着骒马。

米什卡骑着自己家里仅有的一匹骒马。母亲送别他的时候，用围裙擦着眼泪说：

"骒马也许能配上……你好好照看它，别累坏了。让它再生一匹马——我们非常需要再有一匹马！"

晌午时分，米什卡透过弥漫在洼地上的雾气，看见了营房的铁皮屋

① 叶戈尔节在俄国旧历四月二十三日。

顶、篱笆和被霉雨天气侵蚀成灰色的马棚板顶子。他把骒马紧赶了一阵；爬上了高岗，就清清楚楚地看见了那些房舍和房舍后面一望无际的乳白色草原。在东边很远的地方，有些棕色的斑点在闪动，一群马正往水塘飞奔；马群旁边有一个骑马的马倌——就像粘在玩具马上的玩具人一样——在跟着跑。

走进院子，米什卡下了马，把缰绳拴在台阶栏杆上，走进屋子。在宽敞的走廊里，遇上了一个马倌，是个个子不高、满脸雀斑的哥萨克。

“你找谁？”他从头到脚仔细地打量着米什卡，很不客气地问。

“我想见见场长。”

“想见斯特鲁科夫？不在，出去啦。副场长萨扎诺夫在。左边第二个门……你有什么事？你是从哪儿来的？”

“我是到你们这儿来当马倌的。”

“什么人他们都往这儿塞……”

他嘟囔着往门口走去。搭在肩上的绳套拖在身后的地板上。这位马倌开开门，背朝着米哈伊尔站在那里，挥了一下鞭子，已经变得很和蔼地说：

“老弟，我们的活儿可是很苦的呀。有时候两天两夜都离不开马背。”

米什卡观察着他那伸不直的脊背和弯得厉害的双腿。哥萨克丑陋身形上的每一根线条，在门口的亮处，都显得异常突出和清晰。马倌的两条像车轮一样的弯腿，使米什卡高兴起来。“就像在木桶上骑了四十年似的。”他一面暗自发笑，一面用眼睛寻觅着门把手，想道。

萨扎诺夫庄重、冷淡地接待了新来的马倌。

场长——一个健壮的哥萨克，阿塔曼斯基团的司务长阿法纳西·斯特鲁科夫——不久也从什么地方回来了。他命令把科舍沃伊列入给养编制，带他来到被白色的暑热烤得烫人的台阶上。

“会驯马吗？干过？”

“还没有学到家。”米什卡坦白地承认说，只见场长被暑热蒸晒成黄褐色的脸突然生动起来，掠过一阵不满的表情。

场长搔着汗湿的脊背，扭着强健的肩胛骨，呆滞地瞅着米什卡两眼当中的地方。

“会用套索套马吗?”

“会。”

“爱惜马吗?”

“爱惜。”

“它们也跟人一样,只是不会说话罢了。要爱惜它们,”他命令说,突然又无缘无故地发起脾气,大声喊,“要爱惜马,更不用说用鞭子抽它们啦!”

场长脸上的表情有一会儿变得聪明生动,但是马上又全消逝了,脸上的每一根线条都结上了一层愚蠢冷漠的硬皮。

“结婚了吗?”

“没有。”

“真是个傻瓜! 该结婚啦。”场长高兴地说。

场长若有所期地沉默了一会儿,朝草原敞开的胸膛看了看,然后打着呵欠走回屋子里。这次谈话以后,米什卡在一个月的牧马生活中,再没有听见他说过一句话。

种马场上一共有五十五匹种马。每个马倌要看管两群或三群马。分配米什卡看管的一个大马群是由一匹叫“巴哈尔”的、强壮的老种马领着,另外还有一小群,约有二十匹骒马,率领这群骒马的种马叫“巴纳利内”。场长把这里最机警强悍的马倌索尔达托夫·伊利亚唤来,嘱咐他说:

“这是个新来的马倌,鞑靼村人,叫科舍沃伊·米哈伊尔。把巴纳利内和巴哈尔那两群马交给他,给他一根套索。他就住在你们棚子里。告诉他地方。去吧。”

索尔达托夫默默地点上烟,朝米什卡点了点头:

“咱们走吧。”

在台阶上,他用眼睛盯着米什卡那匹被太阳晒得无精打采的骒马问:

“是你的牲口吗?”

“是我的。”

“怀马驹了吗？”

“没有。”

“让它和巴哈尔配一配。我们这匹种马是从皇家马场弄来的，是半英国种的马。跑得可快啦！……好，上马吧。”

他们并缰走去。马在没膝深的草里走着。营房和马厩已经都远远地留在后面。前面，轻柔的蓝色烟雾缭绕升起，草原庄严地沉默无语。疲倦的太阳躲在天边的一堆蛋白色云彩后面，暑热蒸晒的青草散发出阵阵浓郁的清香。右面日罗夫水塘在模糊的凹地深处喜笑颜开地闪着珍珠般的光芒。四周——极目望去——是漫无边际的碧绿、浮动着的蜃气、中午的暑热笼罩着的原始草原和地平线上——远不可及的、像神话中的——乳峰高大的灰色丘岗。

草原的草从根到叶都是油黑、浓绿，草尖在太阳光下却呈铜绿色。还没有成熟的羽茅浑身毛烘烘的杂生在野草中，寄生的菟丝子缠绕在羽茅草上，冰草伸着结了籽的小脑袋拼命在往有阳光的地方钻。有些地方胡乱生着些紧贴在地上的矮小的马鞭草，中间偶尔夹杂着些鼠尾草，接着又是一大片，像满潮的河水一样气势汹汹的羽茅，中间夹杂着盛开着各色花朵的野草：燕麦草、黄山芥、大戟和陈葛——这是一种坚忍不拔，冷若冰霜的草，凡是它生长的地方一定要把其他各种杂草都挤走。

两个哥萨克默默地走着。米什卡体验到了一种他已经很久以来没有体验到的柔顺的宁静心情。广漠草原的宁静和难以理解的庄严、肃穆使他感到压抑。他的同伴把两只尽是雀斑的手交叉放在鞍头上，仿佛是在领圣餐似的，身子伏到马鬃上，睡着了。

一只野雁从脚底下飞起来，在凹地上盘旋，白色的羽毛在阳光中闪烁。从南方吹来的、也许是清晨翻耕过亚速海的熏风把野草吹得低下头去。

过了半个钟头，他们来到了一个正在白杨池边牧放的马群跟前。索尔达托夫醒了，他在马鞍上伸着懒腰，懒洋洋地说：

“这是洛马金·潘捷柳什卡的马群。怎么不见他。”

“这匹种马叫什么名字？”米哈伊尔欣赏着这匹浅棕色的长身躯的

顿河马,问道。

“它叫弗拉泽尔。是匹凶悍可恶的种马!你瞧瞧它眼睛瞪得有多大!看它,把马群领走啦!”

弗拉泽尔朝一旁走去,骒马乱哄哄地一大群,也跟着走了。

米什卡接过了交他看管的两个马群,把自己的行李放到野营帐篷里。他来以前,帐篷里住着三个人:索尔达托夫、洛马金和一个雇来的马倌——已经不很年轻的、沉默寡言的哥萨克图罗韦罗夫。索尔达托夫是他们的头头。他很高兴地给米什卡介绍马倌的职责,第二天就把种马们的脾气和习性讲给米什卡听,然后笑盈盈地给米什卡出主意说:

“按规矩,工作的时候应当骑自个儿的马,不过你要是一天到晚骑着它跑,就会把马累死啦——你把它放到马群里去。骑上别的马,要经常替换。”

米什卡眼看着他从马群里赶出一匹骒马,让它跑了一会儿,就习惯、麻利地投去套索。给它备上米什卡的马鞍子,把这匹后腿直打蹲儿、浑身直哆嗦的骒马牵到米什卡面前。

“骑上去。大概,这还是一匹生马,鬼东西!骑上去呀!”他右手使劲拉着马缰绳,左手按着骒马直打响鼻的鼻子,生气地喊道,“对待马要温柔点儿。在马棚里你要这样对种马说:‘靠那边儿去!’它就会贴到马架子那面去,这可不能胡闹!要特别小心巴哈尔,不要靠近它,它会踢人的。”他扶住马镫,亲热地拍着捯动着蹄子的骒马那硬邦邦的、像黑缎子一样光亮的乳房说。

第 三 章

米什卡休息了一个星期,他整天骑在马上。草原征服了他,威严地迫使他过起野蛮的原始生活。马群就在身边打转儿。米什卡不是骑在马上打盹,就是躺在草地上,无忧无虑地凝视着被风慢慢吹动的、镶着像霜花似的白边的云堆在天空飘荡。起初,这种脱离现实的情境使他满意。甚至很喜欢这种远离人世的牧场生活。但是待到一周将尽,他对新环境已经适应的时候,就产生了一种模糊的恐惧。“人们正在那里决定着自己的和别人的命运,我却在这儿牧马。怎么能这样呢?应该逃走,不然我就会越陷越深,不能自拔。”头脑清醒起来,他这样想着。但是脑子里又响起了一种懒洋洋的低语声:“让他们在那儿厮杀吧,那儿是死亡,可是这儿却逍遥自在,青草和蓝天。那儿是仇恨,这儿却是和平。别人的事儿与你有什么相干?……”各种思想开始猛烈地侵扰米什卡的宁静心境。这驱使他去跟人们接近,比起初来的时候,他现在常常找机会去跟索尔达托夫见面,接近他;索尔达托夫在杜达列夫池塘地区牧放自己的马群。

看来,索尔达托夫并不感到孤独。他很少在帐篷里住,差不多总是跟马群在一块儿或者露宿在水塘边。他过着野兽一样的生活,自己独创出一些食物,而且做得非常巧妙,好像一辈子专门干这个。有一天,米什卡看见他在用马鬃搓钓鱼线,觉得很有趣,就问:

“你搓这玩意儿干什么?”

“钓鱼。”

“哪儿有鱼呀?”

“水塘里。有鲫鱼。”

“用泥钓呀?”

“用面包,也用泥钓。”

“煮了吃吗?”

“晒干了就能吃。喏,这儿有一条。”他从裤子口袋里掏出一条干鲫鱼,热诚地招待米什卡。

有一次,米什卡跟着马群走的时候,发现了一只被夹子夹住的野雁。附近立着一个做得非常精巧的假野雁,草里巧妙地藏着几个拴在木棒上的夹子。这天晚上,索尔达托夫把野雁裹上泥,埋到已经烧红的木炭里。他请米什卡吃晚饭。他撕着香喷喷的雁肉,请求说:

“下一次你可别把野雁拿下来啦,不然你就把我的戏法全毁啦。”

“你是怎么到这儿来的?”米什卡问他说。

“我需要养活家。”

索尔达托夫沉默了一会儿,突然问:

“你听我说,伙计们都说你参加过红军,是真的吗?”

科舍沃伊没想到他会提出这个问题,一时不知所措。

“不是……唉,怎么说呢……是这样,我想到他们那儿去……被抓了回来。”

“你为什么要到他们那儿去?想干什么?”索尔达托夫的目光严厉起来,小声问道,嘴嚼的动作也慢了下来。

他们坐在一道干涸的土沟顶上的火堆旁边。干马粪冒着浓烟,炭灰下面往外直冒火苗。暗夜把干燥的热气和枯萎的苦艾气息从后面吐到他们的脊背上。流星划破了漆黑的夜空。一颗陨星落下来,留下的一道毛茸茸的光痕亮了很久,就像鞭子抽在马身上留下的鞭痕。

米什卡警惕地观察着索尔达托夫的被火堆的余辉映成金黄色的脸,回答说:

“想要争取权利。”

“为谁争取呀?”索尔达托夫迅速地抖动了一下身子。

“为人民。”

“争取哪些权利呀?你说说看。”

索尔达托夫的声调变得低沉、甜蜜起来。米什卡犹疑了片刻,——他觉得,索尔达托夫是为了不让他看到自己脸上的表情,故意往火里放了一块干马粪。他下了决心,说:

“争取人人平等——就是这些权利!不应该再有什么老爷和奴才。明白了吗?这是一定要实现的。”

“你以为士官生不会打胜吗?”

“是的——不会打胜。”

“你原来是要干这个……”索尔达托夫喘了一口气,突然站了起来,“狗崽子,你想把哥萨克出卖给犹太人当奴隶,啊?!”他尖声凶狠地叫道,“你……该揍你的嘴巴子,你们这群家伙想把我们连根拔掉,啊?!啊哈,原来是这样!……你们想叫犹太人在草原上到处开工厂?想要把我们从田地上赶跑,是吗?!”

米什卡大吃一惊,慢慢地站起来。他看到索尔达托夫想要打他。

他往后退了一步,索尔达托夫看米什卡吃惊地向后退去,——就挥起拳头。米什卡在空中拦住他的手,卡住他的手腕子,毫不客气地劝说:

“大叔,你算了吧,不然我可要揍你啦!你哇啦哇啦叫什么呀?”

他们在黑暗里面对面站着。踏乱的火堆熄灭了,只有滚到旁边的马粪在闪着红光。索尔达托夫左手抓住米什卡的衬衣领子,攥在拳头里,往上提着,想挣出自己的右手来。

“你别抓我的胸膛!”米什卡转动着强健的脖子,沙哑地说,“别抓我!我要揍你啦,听见了吗?……”

“不,不,不行,你……我要揍你……你等等!”索尔达托夫气喘吁吁地说。

米什卡脱身以后,使劲把他推开;心里非常厌恶,真想给他一拳,把他打倒在地,打个够。他浑身哆嗦着,理了理衬衣。

索尔达托夫没有走过来。他咬牙切齿地骂着,叫喊着:

“我去报告!……我立刻去报告场长!我要把你扭送到他那儿去!……毒蛇!坏蛋!……布尔什维克!……应该像收拾波乔尔科夫那样收拾你!把你吊在树上!绞死!”

“他会报告……胡说一通。把我关进监狱……不会再送我上前线去啦——这样就不能跑到自己人那边去了。完蛋啦!”米什卡的心凉了,他在寻觅出路,拼命地在翻腾着,就像条退潮时被隔在岸上回不到河里去的鲈鱼,在一个小水坑里拼命翻腾。“要干掉他!立刻就掐死他……非这样不行……”思想已经随着这个突如其来的决定在寻找辩解的理由:“就说,他扑过来打我……我掐住他的喉咙……就说是失手啦……在火头上……”

米什卡浑身哆嗦着,朝索尔达托夫跨了一步,如果索尔达托夫在这时候撒腿一跑,那么他们之间一场殊死的格斗和流血就是不可避免的了。但是索尔达托夫还在继续叫骂,米什卡的火也消了,只是两腿还在瘫软地直哆嗦,脊背上出了一阵冷汗。

“喂,你等等……你听见吗?索尔达托夫,你不要骂了。是你先动手的呀……”

于是米什卡开始低声下气地央告起来。他的下颚在颤抖,眼睛在惊慌地眨动。

“朋友之间嘛,什么样的事都会发生……我并没有打你……可是你抓住了我的胸膛……哼,难道我说了什么不得了的话吗?这不都是明摆着的吗?……如果惹你生气了,请你原谅……真的!行吗?”

索尔达托夫的火气消下去了,又低声叫嚷了几声就沉默了。过了一会儿,他扭着身子,把自己的手从科舍沃伊尽是冷汗的手里挣脱出来,说:

“你就像毒蛇一样乱摆尾巴!哼,算了吧,我不去报告就是啦。我可怜你这股傻劲儿……不过你别再到我跟前来啦,我再也不愿意看见你!你是个混蛋!你卖身投靠犹太人,我不可怜卖身投敌的人。”

米什卡在黑暗中低声下气地、可怜地笑着,尽管索尔达托夫既看不见米什卡的脸,也看不见米什卡紧攥着的拳头,攥得由于充血而鼓胀起来。

他们一句话也没有再说,就各奔东西走开了。科舍沃伊怒冲冲地抽着马,跑去寻找自己的马群。东方的天边,电光闪闪,雷声隆隆。

这天夜里,牧场上来了一场暴风雨。半夜时分,狂风大作,咆哮、呼啸,带着浓重袭人的凉气和呛人的尘埃,像是拖着看不见的衣襟,滚滚而去。

天空布满阴云。一道闪光斜着划破了蜂拥耸立、像黑土一样漆黑的乌云。一片死寂,远处的什么地方,像预警似地响起了雷声。大雨点开始泻到青草上来。第二次闪电划出了一个圆圈,在电光照耀下,科舍活伊看见布满半天的玄褐色的、边上像炭一样黑的、可怕的云堆和在黑云笼罩下的草原上偎依在一起的马匹。霹雳一声,闪光直刺大地。又是一声惊雷,大雨从黑云中倾盆泻下,草原隐约呻吟起来,旋风卷去科舍沃伊头上湿淋淋的制帽,强使他趴在鞍头上。有一瞬间是一片漆黑的寂静,接着天幕上又是一道道曲曲折折的电光,加深了浓重的黑暗。跟踪而来的响雷是那么迅猛,干裂,尖厉,震得科舍沃伊的坐骑后腿蹲了下去,清醒过来之后,立刻用后腿站立起来。马群里的马乱成一团。科舍沃伊拼命勒紧缰绳,大声吆喝,想使那些惊马安静下来:

“站好!……吁!……”

黑云的峰巅上，不断地闪过像砂糖一样白的亮光，在电光照耀下，科舍沃伊看到马群正飞速向他奔来。马的闪光的嘴几乎贴着地面，在风驰电掣般地狂奔。鼓起的鼻孔呼哧呼哧地吸气，没有钉过掌的蹄子踏出带雨的轰鸣声。巴哈尔以最快的速度，跑在前面。科舍沃伊忙把自己骑的马拨到一边，刚好躲开。马群冲了过去，在不远的地方停下来。科舍沃伊不懂得被大雷雨吓惊的马群是听到他的吆喝声才跑来的，又更响亮地喊了一声：

"站住！喂——喂！"

马蹄的轰鸣声——这一次是在黑暗里了——重又神速朝他冲来。科舍沃伊大惊失色，急忙往自己骑的骒马两眼中间的地方抽了一鞭子，但是这也未能躲开冲击。一匹发了疯的马的胸膛撞在他的骒马身上，于是科舍沃伊便像被投石器弹出来一样，从马鞍子上飞了下来。他死里逃生：马群基本上全从他右边一点驰过，所以没有踏着他，只有一匹骒马的蹄子把他的右手踏进烂泥里去。米什卡站了起来，尽可能地不出声，小心翼翼地往旁边走去。他听见，马群停在不远的地方，正在等待呼唤，好重新疯狂地向他冲来，他还听见了巴哈尔那特殊的、与众不同的呼哧声。

快天亮了，科舍沃伊才回到自己的帐篷。

第 四 章

五月十五日，大顿河军总司令克拉斯诺夫，在司令部处长会议主席——兼外事处长阿夫里坎·博加耶夫斯基少将、顿河军军需总监基斯洛夫上校和库班军区司令菲利蒙诺夫陪同下，乘轮船来到马内奇斯克镇。

顿河和库班的"大老板们"，站在甲板上无聊地观赏轮船靠码头、水手们奔忙的情景和从跳板上奔腾退去的红褐色波浪。然后他们上了岸，聚集在码头上的人群的千百只眼睛目送着他们。

天空、地平线、白昼、河面上飘渺的蜃气——都是一片蔚蓝。就连顿河也闪着不是它本色的、蔚蓝的波影，它就像一面凸镜，映出天上云堆的雪白的尖顶。

吹来的风里充满了太阳、干裂的盐沼地和去年腐烂的干草气味。围观的人群在喊喊喳喳地低语。前来迎接的地方官员陪同诸位将军向校场驰去。

过了一个钟头，顿河政府和志愿军代表会议，在镇长家里开始了。志愿军的代表是邓尼金将军和阿列克谢耶夫将军，随员有军参谋长罗曼诺夫斯基将军、里亚斯尼扬斯基和埃瓦尔德二位上校。

会晤的气氛冷冷清清。克拉斯诺夫摆出一副令人难堪的架子。阿列克谢耶夫向参加会议的人寒暄以后，就在桌边坐下；他用干瘦的白手掌撑着下垂的脸颊，漠不关心地闭上了眼睛。汽车已经把他颠得疲惫不堪了。他好像被衰老和历尽的沧桑吸干了。枯瘦的嘴角凄凉地耷拉着，布满皱纹的蓝色眼皮肿胀而又沉重。无数细纹扇面似的向太阳穴扩散开去。紧贴在两颊的皱皮上的手指尖插在剪得短短的、枯黄的头发里。里亚斯尼扬斯基上校把沙沙响着的地图小心翼翼地摊在桌子上，基斯洛夫帮着他摊开。罗曼诺夫斯基站在旁边，用小手指尖揿着地图的一角。博加耶夫斯基靠在矮窗户上，痛心地打量着阿列克谢耶夫疲惫不堪的脸。脸色苍白得简直像石膏模型一样。“他老啦！老得可怕！”博加耶夫斯基心里嘟哝说，湿润的扁桃形的眼睛一直盯着阿列克谢耶夫。参加会议的人还没来得及在桌边坐下来，邓尼金就慷慨激昂、不客气地对克拉斯诺夫说：

“在会议开始前，我必须向您声明：您在占领巴塔伊斯克的作战命令中说，在你们的右翼纵队里有德国一个步兵营和一个炮兵连参加作战，这使我们大惑不解，应当承认，诸如此类的合作使我感到非常惊奇……请阁下告诉我，你们跟祖国的敌人——毫无信义的敌人！——相勾结，并且利用他们的援助，这遵循的是什么原则呢？你们大概已经知道，协约国正准备支援我们了吧？……志愿军认为：与德国人结盟，就是对复兴俄罗斯事业的叛逆。协约国方面对顿河政府的作为也普遍持有同样的看法。我请阁下予以解释。”

邓尼金恶狠狠地拧起眉毛,等候回答。

只是由于自制力强和上流社会的社交经验,克拉斯诺夫才保持了表面的镇静,但是他的愤怒还是难于掩饰:灰白胡子里的神经质的痉挛使他的嘴在不断歪扭。他很镇静、很客气地回答道:

"在我们整个事业的命运面临孤注一掷的关头,即使原来敌人的援助也不能厌恶。况且顿河政府是五百万人民所信任的政府,是根本不受任何人监护的政府,它有权独立行动,只要这种行动符合哥萨克社会的利益,本政府的使命就是保卫这种利益。"

当克拉斯诺夫讲这些话的时候,阿列克谢耶夫睁开了眼睛,显然是在做地出巨大的努力,想要仔细听听。克拉斯诺夫瞥了一眼正在神经质地拧搓修剪得很漂亮的,向上翘着的尖胡子的博加耶夫斯基,又继续讲下去:

"大人,您的高论中,这么说吧,道德观念占有重要地位。您说了很多义正词严的话,仿佛我们背叛了复兴俄罗斯的事业,叛变了协约国……不过,我认为:志愿军从我们这里得到的德国人卖给我们的军火这一事实,阁下总该知道的吧?……"

"我请求您严格区分性质完全不同的情况!您用什么方法从德国人手里获得武器,这与我毫不相干,但是——利用他们军队的援助!……"邓尼金怒气冲冲地耸了耸肩膀。

克拉斯诺夫在结束自己的谈话时,谨慎地一带而过,但是坚决地、明白无误地使邓尼金懂得,他现在已经不是邓尼金当年在奥德战线上见到的那个陆军准将了。

邓尼金打破了克拉斯诺夫发言以后造成的尴尬、沉默场面,巧妙地把谈话转到顿河军与志愿军合编,并建立统一指挥部的问题上。但是此前发生的冲突,实际上成了他们之间后来关系日益恶化的开端,到克拉斯诺夫离开顿河政府时,则彻底破裂了。

克拉斯诺夫回避直接回答这个问题,建议协同进军察里津,这样做,第一,可以占领一个大的战略据点,第二,在这里站住脚,就可以与乌拉尔的哥萨克连成一片。

接着,双方进行了简短的交谈:

“……用不着我说，您也知道察里津对我们具有多么重大的意义。”

“志愿军会遇上德国人。我不去察里津。我首先要解放库班人。”

“是要解放，但是占领察里津却是最重要的任务。顿河军政府委托我请求大人……”

“我再说一遍：我不能扔掉库班人。”

“只有在协同进攻察里津的前提下，才有可能商讨设立统一指挥部的问题。”

阿列克谢耶夫愤愤地咂了一下嘴唇。

“那可办不到！如果不把境内的布尔什维克完全肃清，库班人是不肯离开边界一步的，而且志愿军只有两千五百支枪，这里面还有三分之一是不能战斗的人员：伤员和病员。”

吃简单的午饭时，人们无精打采地交谈了一些没有什么意义的话，——事情已经摆得很清楚，不会达成任何协议。里亚斯尼扬斯基上校说了一个很逗乐的、有点儿荒唐传奇故事，说的是马尔科夫将军师里的一个士兵的故事，在共进午餐和有趣的故事影响之下，气氛已逐渐缓和下来。但是吃完饭以后，大家抽着烟，分散到内室去的时候，邓尼金拍了拍罗曼诺夫斯基的肩膀，用眯缝起来的锐利眼睛朝克拉斯诺夫瞧了瞧，悄悄地说：

“区级的拿破仑……是个糊涂人，您知道……”

罗曼诺夫斯基笑了笑，迅即回答说：

“他想要称王称霸，大权独揽……小小的陆军准将，陶醉于帝王的权势。我看，他没有一点幽默感……”

双方心里都怀着仇恨和敌意分手了。从这一天起，志愿军和顿河政府间的关系就不断地恶化，急转直下，而在志愿军司令部探悉克拉斯诺夫写给德皇威廉的信的内容之后，则达到了极点。在新切尔卡斯克休养的志愿军伤员都嘲笑克拉斯诺夫搞自治的意图，嘲笑他那热衷于恢复哥萨克古老习惯的劲头，在自己人的圈子里，轻蔑地称他为“掌柜的”，把大顿河军改作“大家行乐”。顿河独立运动分子针锋相对，称他们为“流浪的音乐家”，“没有领土的国王”。志愿军里的一位“大人物”曾恶毒地说顿河政府是“在德国人床上赚钱的妓女”。杰尼索夫将军当即回敬说：“如果顿河政府是妓女，那么志愿军就是这个妓女赚钱养活的一只小猫。”

这暗示志愿军对顿河政府的依赖，志愿军也分享了顿河政府从德国人那里得到的武器弹药。

罗斯托夫和新切尔卡斯克成了志愿军的后方，军官麇集。成千上万的军官在这里从事投机倒把活动，在数不清的后方机关里工作，住在亲戚和朋友家里，拿着伪造的受伤证明书躺在医院里……所有比较勇敢的人都死在战场上，或者死于伤寒或者受伤致死，而其余的那些在革命年代丧尽节操和良心的人，都像豺狼一样躲藏在后方，像肮脏的浮沫和大粪一样，漂浮在动乱岁月洪流的表面上。这依然还是那些未受过战火洗礼的、长期闲置的基干军官，也就是刽子手切尔涅佐夫在号召保卫俄罗斯时曾大肆攻击、揭露，甚至羞辱过的那些人。他们大多数都是各色无耻之徒，都是些穿着军装的所谓“善于思考的知识分子”，他们逃避开苏维埃政权，又不屑与白军同流合污，苟且偷生，争论着俄罗斯的命运，给孩子们挣一点买牛奶的钱，渴望着战争的结束。

不管是谁来统治国家，他们都无所谓，——克拉斯诺夫也好，德国人也好，甚至布尔什维克，——只求有个结局。

可是战乱仍接二连三地发生。在西伯利亚——爆发了捷克斯洛伐克军团的叛乱①，在乌克兰——马赫诺②加剧了跟德国人用大炮和机关枪的搭话。高加索、摩尔曼斯克、阿尔汉格尔斯克……整个俄罗斯炮火连天……整个俄罗斯都处在大转变的阵痛中……

六月里，顿河流域像刮起了浩荡的东风，到处盛传：捷克斯洛伐克

① 捷克斯洛伐克军团的叛乱，是由在第一次世界大战中被俘的捷克斯洛伐克部队于一九一八年夏天发动的一次反对苏维埃政权的反革命暴乱。但是这次暴乱是按照外国帝国主义的直接命令组织的，孟什维克和右翼社会革命党积极参与了这次叛乱。——作者原注

② 马赫诺·涅斯托尔是乌克兰最大一股匪帮的头子。在击溃弗兰格尔的队伍以后，马赫诺匪帮就成了南乌克兰苏维埃政权的主要敌人。

人正在攻占萨拉托夫、察里津和阿斯特拉罕,目的是要在伏尔加河流域组成一条东方战线,准备进攻德军。于是乌克兰的德国人不情愿地准许打着志愿军旗号,从俄罗斯跑来的军官入境。

德国司令部被建立“东方战线”的传闻弄得心慌意乱,就派了自己的代表到顿河来。七月十日,德军的几位少校——丰·科肯豪津、丰·斯特凡尼和丰·施莱尼茨来到新切尔卡斯克。

当天,军司令官克拉斯诺夫就在将军府内接见了他们,博加耶夫斯基将军参加了这次会谈。

科肯豪津少校回顾了德军司令部如何竭心尽力,甚至不惜武装干预,协助大顿河军对布尔什维克的斗争,恢复了顿河政府的边界,接着就提出:如果捷克斯洛伐克人军团对德国人采取军事行动,顿河政府将作何反应?克拉斯诺夫向他保证,哥萨克将要严守中立,决不允许把顿河当作战场。丰·斯特凡尼少校表示希望把司令官的答复用书面的形式确定下来。

会谈就这样结束了,第二天,克拉斯诺夫给德皇写了内容如下的信:

伟大的皇帝陛下!呈递本书的特使,济莫瓦亚镇镇长,大顿河军驻陛下宫廷特使(首席使臣)及其同僚奉我,顿河军司令官之命,向强大的德国皇帝陛下致敬,并奏呈陛下:

顿河哥萨克英勇奋战,已历时两月,其奋勇杀敌,为自己祖国的自由而战的英雄业绩,堪与不久前布尔人(他们和日耳曼民族有血缘关系)抗击英国人时的大无畏精神媲美①,他们已在我国的各个战线上获得了辉煌的胜利,现在大顿河军已在十分之九的国土上肃清了野蛮的赤卫军匪徒。国内秩序已经巩固,并且建立了完善的法治制度。赖陛下大军友好相助,使顿河南部恢复安宁,我已拥有一支训练有素的哥萨克部队来维持国内的秩序,防御外敌

① 布尔人是南非荷兰殖民的后裔,具有条顿人和斯拉夫人的混合血统。一八九九年到一九〇二年间,南非曾经发生过布尔人反抗英国殖民主义者的战争,克拉斯诺夫为了吹捧德国人,特别提及此事。

入侵。新生的国家,即顿河军政府是难以单独生存的,因此,本政府与阿斯特拉罕辖区的首领——上校通杜托夫公爵和菲利蒙诺夫上校——建立了紧密的同盟,以便在肃清阿斯特拉罕军辖区和库班地区之布尔什维克后,即由大顿河军政府、阿斯特拉罕军辖区和斯塔夫罗波尔斯克省之加尔梅克族、库班军辖区以及北高加索各民族,按联邦原则建立一个巩固的国家组织。这些国家意志一致,各新建国家与大顿河军政府协调一致,决定不允许其国土成为血肉横飞之战场,并严守中立。我已授权我驻陛下宫廷特使,济莫瓦亚镇镇长向陛下致意:

恳请陛下承认大顿河军政府之独立,并于库班、阿斯特拉罕、捷尔等军区与北高加索解放后承认其独立,以及整个顿河——高加索联邦的独立。

恳请陛下承认大顿河军区自古以来之地理和种族边界,协助解决乌克兰和顿河军区对塔甘罗格及其辖区之领土争执并将其划归顿河军,盖顿河军已领有塔甘罗格地区五百余年,该区原系特穆塔拉坎之一部分,而顿河军区乃由特穆塔拉坎演变而来。

基于战略上的需要,请求陛下促成卡梅申和察里津市、萨拉托夫省、沃罗涅什市、利斯基和波沃里诺两站并入顿河军辖区,并按现存济莫瓦亚镇的地图标明之疆界,划定顿河军辖区边界。

请陛下对莫斯科的苏维埃政权施加压力,迫其命令撤走大顿河军辖区以及加入顿河——高加索联盟其他各国境内之红军强盗队伍,为恢复莫斯科和顿河军之正常睦邻关系创造条件。由于布尔什维克的入侵使顿河军辖区居民、商业和工业遭受之全部损失,应由苏维埃俄罗斯给予赔偿。

请陛下供应我们年轻国家以大炮、枪支、弹药和技术装备,如陛下认为有益可行,请在顿河军辖区境内建设制造大炮、枪支、弹药等兵工厂。

大顿河军及其他顿河——高加索联盟各国,对日耳曼人民之友好支援将永志不忘；哥萨克早在三十年战争①期间，就曾与日耳曼人并肩作战，当时曾有若干顿河哥萨克团编入瓦伦施泰因将军②统率之大军中，其后，在一八〇七至一八一三年间，顿河哥萨克又在其司令官普拉托夫伯爵指挥下，为了日耳曼的自由而斗争；现在在东普鲁士、加里齐亚、布科维纳和波兰的战场上近三年半之浴血恶战中，哥萨克和日耳曼人学会互相尊重对方军队的勇敢和坚强不拔的精神，今天，他们犹如两个优秀的战士，携手并进，为亲爱顿河之自由而共同斗争。

大顿河军为答谢陛下之援助，在世界大战中严守完全之中立，决不允许与日耳曼人民为敌之武装力量进入自己境内：阿斯特拉罕军司令官通杜托夫公爵、库班政府，以及合并后之顿河——高加索联盟其余各国亦对此表示同意。

大顿河军给予德意志帝国以优先输出本地区需要以外剩余物资之权利，输出物资品种为：粮食——谷类和面粉、皮革和原料、羊毛、鱼类、植物和动物油、黄油及其制品、烟草及其制品、牲畜和马匹、葡萄酒及其他园艺和农产品；德意志帝国则向大顿河军辖区供应农业机器、化学产品和鞣革用剂、纸币印刷设备和相应的材料储备、呢绒、棉织、皮革、化学、制糖及其他工厂设备和电工器材。

此外，大顿河军政府给予德国产业界向顿河工商业投资以特殊优惠，特别是在建设和开发新的水陆交通方面。

密切之条约关系双方均将受益，英勇无敌的日耳曼人和哥萨克在共同战场上用鲜血结成之友谊，必将成为与我们一切敌人斗争的强大力量。

向陛下呈递此书者，并非外交家，亦非精明国际公法专家，但却是一名惯于在光荣的战斗中敬佩日耳曼军队的士兵，因此，请陛

---

① 三十年战争（1618—1648）原是德意志国内的宗教战争，后来由于外国的干预，变成了整个欧洲的战争，参战的有法国、英国、瑞典、荷兰、丹麦及其他一些国家。

② 瓦伦施泰因（1583—1634）是三十年战争时期德意志帝国的一位统帅，曾经大败丹麦及其同盟国的军队。

下原谅我用语直爽和不善词令,并请相信我之诚意。

尊敬您的彼得·克拉斯诺夫,

顿河军司令官,少将。

七月十五日这封信在司令部的处长会议上进行了讨论,尽管大家对这封信都持审慎态度,特别是博加耶夫斯基和另外几位政府成员都明白地表示反对,但是克拉斯诺夫还是立即把这封信交给驻柏林特使,济莫瓦亚镇镇长利赫滕贝格斯基公爵,他带上信去基辅,在那里与切里亚丘金将军会合,同往德国。

博加耶夫斯基知道这封信在送出以前,曾在外事处打印了很多份,于是打印本就广泛地在人们手里流传开了,附有必要注解的打印本也在哥萨克部队中和市镇上流传开了。评论克拉斯诺夫卖身投靠德国人的声浪日益高涨。前线上开始骚动起来。

与此同时,被一连串胜利鼓舞的德国人,把俄国的切里亚丘金将军送到巴黎近郊,他就和德国总参谋部的官员一同观看克虏伯兵工厂生产的重炮猛烈轰击和英法联军的覆灭。

第 五 章

在冰天雪地的进军[①]中,叶甫盖尼·利斯特尼茨基两次负伤:第一次是在占领拉宾斯克河口镇的战役中,第二次是在进攻叶卡捷琳诺达尔的时候。两次的伤势都不重,所以很快他就又回到部队里来了。但是在五月里,当志愿军在新切尔卡斯克地区作短期休整时,利斯特尼茨基感到身体有些不舒服,就请了两个星期假。尽管思家心切,但还是决定留在新切尔卡斯克休息,免得徒劳往返。

他的同排战友戈尔恰科夫骑兵大尉也和他一块儿休假。戈尔恰科夫请他到自己家里去休养。

---

① 科尔尼洛夫的部属把他们从罗斯托夫向库班的撤退称为“冰天雪地的进军”。

“我没有孩子,我的妻子一定很欢迎你。她已经从我的信中认识你了。”

天气像夏天一样炎热、晴朗,中午时分,他们坐车来到一所坐落在车站附近街道上的老态龙钟的独家住宅门前。

“这就是本人过去的公馆。”黑胡子、身体矮壮的戈尔恰科夫匆匆地走着,不时回头看看利斯特尼茨基,说。

他那鼓出的、黑中透蓝的眼睛快活、激动得泪水盈眶,笑容使他那像希腊人的大鼻子往下垂去。他迈着大步,保护色马裤上磨得锃亮的皮裤裆单调地沙沙响着,走进屋子,屋子里立刻就充满了大兵身上散发出来的酸臭气味。

“廖莉亚[1]在哪儿?奥莉加·尼古拉耶芙娜在哪儿呀?”他朝着含笑从厨房里跑出来的女仆喊道,“在花园里?走,我们到那里去。”

花园里的苹果树下——一片虎皮似的斑斑点点的树影,散发着蜂房的蜜味和干燥的泥土气息。阳光照在利斯特尼茨基的眼镜玻璃上,折射出像榴霰弹爆炸开花似的闪光。远处什么地方的铁路上,一辆机车正在拼命低沉地吼叫;戈尔恰科夫打断这单调的嘶叫声,喊道:

“廖莉亚!廖莉亚!你在哪儿呀?”

一个穿着淡黄色衣服、身材修长的妇人,在野玫瑰丛后面闪动,从旁边的一条狭窄林荫道上钻了出来。

她站了片刻,惊骇地、姿势优雅地把两只手巴掌捂在胸前,接着,就喊叫着伸出手,朝戈尔恰科夫跑过来。她跑得很快,利斯特尼茨基只能看到裙子里抖动的圆滚滚的膝盖、鞋子的尖头和向后仰着的脑袋上闪耀的蓬乱的头发的金光。

她把两只弯曲的、被太阳晒得红红的赤裸的胳膊搭在丈夫的肩膀上,踮起脚亲吻他那落满尘土的脸颊、鼻子、眼睛、嘴唇和风吹日晒得变黑了的脖子。急促的亲吻声像机枪扫射一样噼啪乱响。

利斯特尼茨基擦着夹鼻眼镜,呼吸着周围的柳枝气息,也笑了起来,——立即就自己意识到,——这是一种最愚蠢、勉强、令人难堪的

---

① 廖莉亚是奥莉加的亲属称呼她的特有爱称。

笑容。

等那阵欣喜若狂的感情平静下来，变为间歇的亲热，戈尔恰科夫轻轻地、但是坚定地把箍在他脖子上的妻子的手指掰开，抱着她的肩膀，轻轻地把她往外一转。

"廖莉亚……这是我的好朋友利斯特尼茨基。"

"啊呀，利斯特尼茨基！见到您真高兴！我丈夫在信中说起您……"她气喘吁吁地用含笑的、由于幸福而变得模糊的目光在他身上打量。

他们并肩走着。戈尔恰科夫用一只指甲很脏和长满倒刺的手抱着妻子的姑娘般的细腰。利斯特尼茨基一面走，一面斜睨着这只手，吸着柳树枝和太阳晒着的女人身上的气息，像小孩子似的感到非常不幸，仿佛受了什么人的很不公正的待遇和重大的侮辱。他打量着女人金黄色的鬈发遮掩着的粉红色小耳朵的耳轮，注视着离他只有一俄尺远的脸颊上的光洁皮肤；他的眼睛像蝎虎子似的在她袒胸的地方打转儿，他窥视到隆起的奶黄色的乳房下垂的紫色奶头。戈尔恰科娃的浅蓝色眼睛偶尔转向他，眼睛的神情亲切、和蔼，但是当这两只眼睛闪烁着完全不同的光芒去看戈尔恰科夫的黑脸的时候，利斯特尼茨基感到一阵轻微的、令人心烦的痛楚……

直到吃饭的时候，利斯特尼茨基才真正看清了女主人的面貌。在她那匀称的身段和脸上都显出了已届三十的半老徐娘风韵。但是在她那神色嘲讽、冷漠的眼睛里，在她的动作上，还保留着没有耗尽的青春活力。她那线条温柔而不端正的、但讨人喜欢的脸是一张很平凡的脸。只有一种对比特别惹人注目：南方黑皮肤女人才有的黑中透红的、热情的、干裂的薄嘴唇，脸颊上闪着粉红色光泽的皮肤和淡白的眉毛。她很爱笑，但是在露出像雕刻的、细密的牙齿的笑容里有某种做作的神色。说话的声调沙哑低沉，缺乏韵味。近两个月来，利斯特尼茨基除了些浑身弄得很脏的女护士以外，再没有见到过别的女人，因此他觉得她简直漂亮极了。他注视着奥莉加·尼古拉耶芙娜垂着发髻的、高傲的头部，回答她的问话总是那么匆忙，驴唇不对马嘴，所以不久，就借口身体疲倦，走到给他准备的房间里去了。

……日子就这样过去了,甜蜜而又令人心烦。后来,利斯特尼茨基曾非常珍视地翻阅记忆中这些日子,但是在当时他却是像小孩子一样,鲁莽而又愚蠢地折磨着自己。像一对鸽子似的戈尔恰科夫夫妇突然变得孤僻起来,回避和他见面。借口要修理房子,把他从原在他们卧室隔壁的那间屋子搬到角落里的一间屋子里去,戈尔恰科夫说这话的时候,咬着胡子,刮得光光的、显得年轻了的脸上带着严肃的笑容。利斯特尼茨基懂得朋友嫌他碍事,但是不知道为什么又不愿意搬到别的朋友家里去。他整天躺在苹果树底下,在雾蒙蒙的橙黄色的树荫里读用粗劣包装纸草率印出的报纸,或者昏昏睡去,倦乏益甚。一只咖啡色、带白斑的、漂亮的斑特尔猎狗与他分享了倦怠的寂寞。这家伙默默地嫉妒着主人对妻子的恩爱,投身利斯特尼茨基,躺在他身旁,长吁短叹,利斯特尼茨基就抚慰着它,不胜感慨地低吟着:

幻想吧,幻想吧……你那金色的眼睛
把一切都看得越来越狭小、越来越暗淡……

梦幻中,他柔情满怀,搜索着记忆中布宁①像香薄荷蜜似的浓郁芳香的诗句……

奥莉加·尼古拉耶芙娜用那种只有女人独具的敏感体会到他的苦闷。她本来就很矜持,现在对他的态度就更加矜持了。有一天傍晚,他们俩(几个马尔科夫团的军官朋友在公园门口拦住了戈尔恰科夫)从公园里走回来,利斯特尼茨基挽着奥莉加·尼古拉耶芙娜的一只胳膊,使劲把她的胳膊贴到自己身上,这使她警觉起来。

"您为什么这样看我呀?……"她笑着问。

利斯特尼茨基察觉她的低沉的声调里有一种轻浮的挑逗意味。这样一来,他才敢用几行颓废的诗句(这些天,倾诉别人痛苦心灵的诗篇使他着了迷),冒险跟她调情一番。

他低下头去,含笑低吟道:

我伫立在佳人眼前,

---

① 布宁(1870—1953),俄罗斯作家,诗人。

凝视着黑色的面纱——
我看到了迷人的河岸
和迷人的远野烟花。

她轻轻地抽回自己的胳膊,用快活的声调说:

“叶甫盖尼·尼古拉耶维奇,我相当地明白……我不会看不出您对待我的态度……您不觉得害羞吗?您且住,且住!我想像的您与真正的您有些……不同,好啦,让我们抛开这一切吧。否则,就有点儿不像话,不正直了……干这一类风流韵事,我可是个不很高明的对象。您想跟我调情,是吧?好啦,愿您继续保持我们的友谊,可是不要再做蠢事。要知道我并不是什么‘美丽陌生的女郎’。明白了吗?说定啦?请把您的手递给我!”

利斯特尼茨基优雅地做愤慨状,但他未能把这个角色演到底,最后也跟着她哈哈大笑起来。后来,等戈尔恰科夫追上他们,奥莉加·尼古拉耶芙娜立刻活泼起来,变得更高兴了,但利斯特尼茨基却一声不响,内心在无情地嘲骂自己,一直到家门口。

奥莉加·尼古拉耶芙娜满怀真诚地相信,那天说清楚以后,他们就成了朋友。表面上,利斯特尼茨基支持了她的这种信心,但是内心里却几乎是在仇视她,过了几天,他发觉自己总在煞费苦心地寻找奥莉加·尼古拉耶芙娜性格和外表上的缺点,他明白了,自己已经站在真正的伟大爱情的边缘上了。

假期将尽,脑海里留下了还没有发酵完的沉渣。经过补充、休整的志愿军准备大举进攻了;离心力迫使志愿军向库班方面进军。不久,戈尔恰科夫和利斯特尼茨基就告别了新切尔卡斯克。

奥莉加给他们送行。黑绸子衣服给她那不很艳丽的姿色做了有益的衬托。她的泪眼含笑,鼓胀得难看的嘴唇给她脸上增添了一种感人的、孩子似的稚气。牢牢地印在利斯特尼茨基记忆里的正是这个形象。她那灿烂耀目的形象在那血肉横飞、污秽遍地的岁月中,久久地深藏在他的记忆里,就像可望不可即的、庄严的圣光一样笼罩着他。

六月里,志愿军已经投入战斗。在第一次战斗中,一块三英寸口径炮弹弹片炸裂了戈尔恰科夫骑兵大尉的内脏。他被从阵地上抬下来。

过了一个钟头,他躺在一辆篷车上,流失着血和生命,对利斯特尼茨基诉说道:

“我不认为我会就此死去……马上就要给我动手术……据说没有麻药……不值得去死。你以为如何?……但是,咱们以防万一……我是在意志清醒、感觉正常等等情况下说话的……叶甫盖尼,你不要丢弃廖莉亚……我和她都是一个亲人也没有。你是个诚实的好人……跟她结婚吧……你不愿意吗?……”

他带着恳求和仇恨的矛盾表情望着叶甫盖尼,没有刮胡子显得发青的脸颊哆嗦着。他小心翼翼地把沾满鲜血和污泥的手掌放到炸开的肚子上,从嘴唇上往下舔着粉红色的汗珠说:

“你答应吗?决不抛弃她……如果俄罗斯大兵……不把你也这样干掉的话,你怎么不说话呀?她是个好女人……”他全身痛苦地扭动了一下,“是个屠格涅夫式的女人……现在已经很难找到这样的女人啦……你怎么不说话呀?”

“我答应。”

“好,那就见你的鬼去吧!……永别啦!……”

他哆哆嗦嗦地抓住利斯特尼茨基的一只手,然后蠢笨、绝望地把他拉到自己面前,由于用力,脸色变得更加苍白,他抬起汗湿的脑袋,把干裂的嘴唇贴到利斯特尼茨基的手上。然后急忙用军大衣衣襟蒙上头,掉过脸去,这时惊骇的利斯特尼茨基一闪之间,看见戈尔恰科夫的嘴唇上掠过了一阵寒战,脸颊上一道灰色的泪痕。

过了两天,戈尔恰科夫死了。又过了一天,左手和大腿受了重伤的利斯特尼茨基被送往季霍列茨克。

在科列诺夫斯克镇附近发生了持久、顽强的战斗。利斯特尼茨基跟着自己的团进行过冲锋和反冲锋。第三次他所在的那个营的战士都站了起来。连长在叫喊:“不要卧倒!”——“雄鹰们,前进!”——“为了科尔尼洛夫的事业——前进!”——在连长的喊声推动下,他迈着沉重的脚步,跑过还没有收割的麦地,左手拿着一把工兵用的铁锹,举到脑袋顶上当盾牌,右手拿着步枪。有一次,一颗子弹咔嚓一声擦过铁锹的斜面飞了过去,利斯特尼茨基把手里的铁锹柄端正,喜不自胜:“逃脱啦!”可是后来,迅猛短促的一击,把他的手打到一旁去,铁锹失落了,火头上,在头部没有任何掩护的情况下,又往前跑了十来沙绳。他试着把步枪斜端起来,但是一只胳膊已经不听使唤。疼痛就像熔化的铅一样,沉重地灌进了每个骨节。他躺到田垄里,有好几次忍不住大叫起来。躺在那里,一颗子弹又打在他的大腿上,于是缓慢、痛苦地失去了知觉。

在季霍列茨克,把他那只受伤的胳膊给锯掉了,取出大腿中的碎骨片。在失望、疼痛和苦闷的折磨中躺了两个星期。后来又被送到新切尔卡斯克。又在医院里过了三十天烦恼的日子。换药、女护士和医生们的哭丧的面孔、碘酒和石炭酸刺鼻的气味……奥莉加·尼古拉耶芙娜有时候来看望他。她的两颊黄中透绿。一身孝服更加深了她那两只空虚的眼睛里没有哭尽的忧伤。利斯特尼茨基久久地凝视着她那暗淡无光的眼睛,沉默不语,羞愧地偷偷把那只空衬衣袖子藏到被子里。她似乎是很不情愿地探询着丈夫战死的情况,目光在病房里的几张病床上徘徊,露出明显的毫不在意的神情听他讲述。利斯特尼茨基出院后就到她家里去了。她在台阶上迎接他,当他低下剪得短短的白色鬈发的脑袋去亲她的手的时候,她把身子扭了过去。

他仔细地刮过脸,身上穿的那套漂亮的保护色弗列奇式上衣依然是那么笔挺,只有那只空荡荡的袖子令人望而生畏,——缠着绷带的半截胳膊在衣袖里痉挛地摆动着。他们走进屋子去。利斯特尼茨基没有坐下就开口说:

“鲍里斯在去世以前请求我……要我答应,叫我好好照料您……”

“我知道。”

“您从哪儿知道的?”

“从他最后的一封信里……”

“他希望我们能共同……当然,这只能在您同意,您愿意跟一个残废人结婚的情况下……我请您相信……现在来谈我的仰慕之情听起来一定很不……但是我诚恳地希望您得到幸福。”

利斯特尼茨基的窘态和充满激情的话使她非常感动。

“这个问题我考虑过……我同意。”

“我们回到我父亲的庄园上去。”

“好吧。”

“其余的事以后再补办,可以吗?”

“可以。”

他恭恭敬敬地吻了一下她那轻柔的、像瓷器一样光滑的手,等他抬起驯顺的眼睛的时候,只见她的嘴唇上还留有匆匆逸去的笑意的影子。

爱情和难以克制的肉欲吸引着利斯特尼茨基去跟奥莉加幽会,于是他开始天天到她家里去。疲于战争的心灵向往起神话中的生活……独自一人的时候,则像古典小说里的主人公一样思考问题,耐心地在心中发掘那种自己对任何人从未有过的高尚情感,——也许,是想用这种感情来掩盖、美化那种简单的、赤裸裸的情欲。可是神话的一只翅膀一触到现实,立刻就发现不仅是性欲冲动,而且还有一条看不见的线把他跟这个偶然站到他生活道路上的女人绑在一起。他模糊地分析着自己的生活经历,觉得只有一点是明白无误的:就是那种“我可以为所欲为”的放荡、野蛮的本能仍旧在权威地支配着他这个残废的、退出战斗的人。甚至在奥莉加遭受重大不幸,悲痛欲绝的时刻,由于受到对戈尔恰科夫的嫉妒的强烈煎熬,他疯狂地想要她,急不可待……生活像急流中的漩涡,奔腾、澎湃。闻过火药味的、被昨天发生的事件弄得耳聋目眩的人们,拼命地、贪婪地在享受生活:今朝有酒今朝醉。利斯特尼茨基也许正是已经模糊地意识到,他拼死为之斗争的事业注定要失败,所以才急急忙忙地把自己的和奥莉加的生活联结起来。

他给父亲写了一封长信,说要结婚,不久就要带着妻子回到亚果得诺耶去。

“……我已经尽了自己的天职。我本来还可以用一只手来消灭这些正在造反的恶鬼,消灭这些俄罗斯知识分子曾为他们的命运伤心哭泣了几十年的、该死的‘人民’。但是,说实在的,现在我觉得这是毫无意义的……克拉斯诺夫和邓尼金不和;两个阵营内部——也在互相陷害、倾轧,卑鄙、龌龊。有时候我简直难以忍受。结局如何呢? 我将归去,用现在仅存的一只手拥抱您,和您一起生活一个时期,作壁上观。我已经不成其为一名士兵,不论从肉体上和精神上都是个残废人啦。

我疲倦了,要投降啦。大概,这正是我急于要结婚和找一个‘平静的港湾’的原因。”他用伤感、嘲讽的语气结束了家信。

他决定再过一个星期就从新切尔卡斯克启程。在动身的前几天,利斯特尼茨基索性就搬到戈尔恰科娃家来了。他们同居了一夜之后,奥莉加突然变得憔悴、忧郁不堪。尽管以后她也还曲意满足他的要求,但是当前这一现实使她非常痛苦,心灵受到侮辱。利斯特尼茨基不理解,或者是不想理解,他们俩是用不同的尺度衡量把他们结合在一起的爱情,却又用同样的尺度衡量相互的憎恨。

在动身以前,叶甫盖尼并不情愿地去想阿克西妮亚,偶尔为之。他就像用手去遮太阳一样,遮断对她的思念。但是对于这段风流韵事的回忆,竟违背他的意志,就像光线一样,越来越顽强地透了进来,这使他忐忑不安。有时他想:“我不跟她断绝关系。她会同意的。”但是正派人的感情占了上风,——他决定回家以后跟她谈谈,如果可能的话,就一刀两断。

第四天傍晚他们来到了亚果得诺耶。老将军走出一俄里来迎接新婚夫妇。还离得好远,叶甫盖尼就看见父亲一条腿艰难地跨过轻便马车的坐位,摘下帽子。

“我们迎接贵宾来啦。好啊,让我看看您……”他笨拙地拥抱着新娘,用被烟熏成灰绿色的胡子直戳她的脸颊,低沉地说。

“坐到我们车上来吧,爸爸!车夫,走吧!啊,萨什卡老爹,你好啊!还活着哪?爸爸,请您坐在我的位置上,我坐在车夫旁边。”

老头子坐在奥莉加身旁,用手绢擦擦胡子,用显得年轻的目光,沉着地把儿子打量了一番。

“喂,怎么样,亲爱的?”

“看到您,真高兴!”

“你说你残废啦?”

“有什么办法呢?成了残疾人啦。”

父亲故意神态端正地观看着叶甫盖尼,企图以严肃的神情来掩饰自己的悲痛,不去看掖在皮带里的那只空荡荡的草绿色军服袖子。

“不要紧,会习惯的。”叶甫盖尼耸了耸肩膀说。

“当然，你会习惯的。”老头子急忙说道，“只要脑袋还是囫囵的就行。你是胜利归来呀……啊？怎么说呢？我是说，你是得胜而归。而且还俘虏来一个漂亮的女人，啊？”

叶甫盖尼欣赏着父亲那种高雅的、有点过时的殷勤，用眼睛询问着奥莉加：“喂，老人家怎么样呀？”——从她那兴奋的笑容和眼睛里流露出的温暖表情上可以看出，她很喜欢父亲……

几匹灰色的马拉着马车起劲地小跑着，冲下漫长的山坡。从山岗上已经看到屋宇、庄园四周像乱马鬃似的碧绿的草地、白墙围着的家屋和遮着窗户的枫树。

“多美呀！啊，太美啦！”奥莉加高兴起来。

一群黑色的猎狗高仰着头从院子里飞跑出来。它们围住了马车。萨什卡老爹从后面朝着一只跳上马车的猎狗抽了一鞭子，生气地喊：

“往他妈的车轮子下面钻，鬼东西！滚开！”

叶甫盖尼背朝马坐着；马匹有时打一下响鼻，风把细微的喷沫吹到后面来，纷纷落在他的脖子上。

他含笑望着父亲、奥莉加、落满了麦穗的道路和慢慢升起、遮住远山和地平线的小山岗。

“多么僻静！多么安逸……”

奥莉加含笑目送着无声地在道路上空飞翔的乌鸦、路边向车后驰去的苦艾和木樨丛。

“他们出来迎接咱们啦。”老将军眯缝起眼睛说。

“谁呀？”

“下人哪。”

叶甫盖尼回头看了一眼，还没有看清那些站着的人们的面孔，就已经觉得妇女中有一个是阿克西妮亚，他的脸立刻涨得通红。他以为阿克西妮亚脸上的表情一定会非常激动，但是当马车哗啦哗啦地轰响着驶到大门口时，他心里哆嗦着往右面瞥了一眼，于是看见了阿克西妮亚，——她那矜持、欢欣、堆满笑容的脸使他感到惊讶。他如释重负，放心了，朝她点了点头。

“多么诱人的美貌呀！这是什么人？……美得迷人，是吧？”奥莉加用赞赏的眼神望着阿克西妮亚说。

但是这时叶甫盖尼又有了勇气;他镇定地、冷冷地同意说:

“不错,是个漂亮女人。是家里的佣人。”

奥莉加的出现,在全家的每一个人身上都打上了烙印。老将军以前在家里整天穿着睡衣和毛裤,现在吩咐从箱子里把散发着樟脑气味的军服上衣和散裤腿的将军裤子拿出来。他一向不修边幅,现在却为了在烫得平平整整的衬衣上有一个小褶子,就把阿克西妮亚大骂一顿;早晨,当她把没有刷过的靴子递给他的时候,他就会恶狠狠地瞪起眼睛。他修饰、打扮,精神起来,总是刮得光光的脸颊使叶甫盖尼感到舒服,惊讶。

阿克西妮亚好像已经预感到灾祸临头,竭力去讨好新来的少奶奶,谄媚、驯顺,无限殷勤。卢克里娅拼命把饭食做得好上加好,在做调味剂和浇汁方面大显身手。就连颓丧衰老的萨什卡老爹也受到了在亚果得诺耶发生的变化的影响。有一次,老将军在台阶那儿遇上了他,把他从头到脚打量了一遍,恶狠狠地用手指头把他招呼到跟前。

“你这是怎么啦?狗崽子,啊?”老将军吓人地直翻眼睛骂道,“看你的裤子成什么样子,啊?”

“你说是什么样子?”萨什卡老爹斗气地回答说,但是自己也被主人莫名其妙的质问和颤抖的声音弄得有点儿发窘。

“家里有年轻的女人,可是你这个下流东西,你想把我气死吗?臭山羊,为什么不扣上裤子扣?你说啊?!”

萨什卡老爹的脏手指头放到裤裆上,摸着一长排胡桃核似的扣子,就像在按哑了的手风琴琴键。他还想顶撞主人几句,但是老将军就像年轻时候那样,用力一跺脚,他那老式尖头靴子的靴底都跺得开绽了,他哇啦哇啦地大叫:

“回马棚里去!开步走!我要叫卢克里娅用开水把你好好烫烫!把你身上的脏东西统统刮掉,你这匹蠢马!”

叶甫盖尼过起休憩逸养的生活,经常带着枪在干涸的山涧中徘徊,在割倒的稗黍地里打鹧鸪。只有一件事使他烦恼,就是跟阿克西妮亚

的关系。但是有一天晚上,父亲把叶甫盖尼叫到自己房间里来;老将军不时担心地瞅瞅房门,回避跟儿子目光相遇,开口说:

"我,你知道……请原谅我干预你的私事。不过我想知道,你怎么处理跟阿克西妮亚的关系?"

叶甫盖尼匆忙地点上烟,显得非常紧张。又像到家的那天一样,满脸绯红,而且红得越来越厉害。

"我不知道……简直不知道……"他坦白地承认说。

老头子很有分量地说:

"我知道。去,立刻就去和她谈谈。给她点儿钱,作为赔偿费,"这时他的胡子尖上露出了笑容,"请她离开这儿。咱们再另雇个人。"

叶甫盖尼立刻到下房去了。

阿克西妮亚正背朝着门,站在那里。脊背中间,一道明显的脊梁沟,肩胛骨在不断地蠕动。袖子挽到胳膊肘,黝黑、丰满的胳膊上的筋肉在弹动。叶甫盖尼瞅着她那披散着毛茸茸的大发卷的脖子,说:

"阿克西妮亚,请你出来一下。"

她急忙掉过身来,竭力在自己容光焕发的脸上装出殷勤然而又冷漠的样子。但是叶甫盖尼看见她往下放袖子的时候,手指头直哆嗦。

"我就来。"她惶恐地朝女厨子瞥了一眼,简直抑制不住自己的喜悦,露着幸福祈求的笑容,向叶甫盖尼走去。

在台阶上他对她说:

"咱们到花园里去吧。有事跟你谈。"

"走吧。"她兴高采烈地、驯顺地跟着走去,心想这是又要旧情重温了。

叶甫盖尼在路上低声问:

"你知道我为什么叫你出来吗?"

她在黑暗里笑着,抓住他的一只手,但是他猛然把手挣出来,于是阿克西妮亚全都明白了。她停了下来。

"叶甫盖尼·尼古拉耶维奇,您想谈什么?我不想再往前走了。"

"好吧。咱们在这儿谈也可以。不会有人听见咱们谈话……"叶甫盖尼急忙说起来,说得很乱,"你应该理解我。现在我不能再跟你像从前那样……我不能和你同居啦……你明白吗？现在我已经是有妇之夫，作为一个诚实的人，我不能做下流事……良心不允许我这样做……”他一面说着，一面为自己这些冠冕堂皇的鬼话，感到非常可耻。

夜色刚从黑乎乎的东方降临。

西天上，还有一片被夕照燃烧着的紫红色的晚霞。因为怕“天气突变”，打谷场上在挑灯夜战，——机器高亢、热情地吼叫，雇工乱哄哄地说笑；不停地往贪得无厌的打谷机里送麦捆的工人沙哑、得意地喊着：“拿来！拿来！拿——来——呀！”花园里异常寂静。可以闻到大麻、小麦和露水的气息。

阿克西妮亚默默无语。

“你有什么说的？为什么不做声呀，阿克西妮亚？”

“我没有什么话可说。”

“我可以给你些钱。你要离开这儿。我想你会同意的……常常看到你，我会很痛苦。”

“再过一个星期我就做满月啦。可以等到满月吗？”

“当然可以，当然可以！”

阿克西妮亚沉默了一会儿，然后，斜着身子，畏畏缩缩地，像挨了打似的，嘲叶甫盖尼走过去，说：

“哼，好吧，我走……难道你不能最后可怜我一次吗？恼人的冲动使我变得没羞没臊……我孤身一人，苦得很哪……不要责怪我，叶尼亚。”

她的声音响亮而又干涩。叶甫盖尼竭力想弄清楚，她究竟说的是真心话还是在开玩笑。

“你想怎样？”

叶甫盖尼愤愤地咳嗽了一声，突然觉得她又在畏畏缩缩地摸索他的手……

过了五分钟，他从潮湿、芬芳的醋栗丛里面走出来，走到一根篱笆柱子跟前，抽着纸烟，用手绢擦了半天裤子，因为裤子膝盖全被嫩草染绿了。

他走到台阶上,回头看了看,在下房窗户的黄色光亮中看见了阿克西妮亚的匀称的身影,——她正把手伸在脑后梳理着头发,对灯微笑……

第六章

羽茅草熟透了。草原上,方圆几十俄里都是波浪滚滚的银白色羽花。风吹草地,野草富有弹性的,像浪花一样起伏翻腾,沙沙作响,灰白色的浪潮忽而涌向南方,忽而又涌向西方。气流掠过的地方,羽茅草就像做祷告一样弯下腰,一道黑乎乎的幽径就会在羽茅草花白的头顶上浮留半天。

各种颜色的野草都已经开过了花。山岗上,晒黄了的苦艾忧郁地低着头。短短的黑夜很快过去了。每天夜里,乌黑的天穹上,繁星灿烂;一弯新月——哥萨克的"小太阳",半边阴黑,吝啬地闪着惨白的光辉;广阔的银河和其他的星系交织在一起。空气辛辣、浓郁,夜风又干又苦,苦艾味浓;大地吸透了同样强烈的苦艾气味,渴想着凉风的吹拂。夜空中,骄傲的、没有被马蹄踏过、没有人迹的星群铺成的道路纵横交错;像麦粒似的小星,在干燥的漆黑的天幕上,还未发光,甚至未及庆幸自己的萌发就消失了;月亮像块干涸的盐土块,草原上是一片干旱,枯草遍地,到处是一片无休止的、银白色的鹌鹑的搏斗声和响亮的蝈蝈儿的叫声……

白天——则是一片暑热、气闷、白雾弥漫。褪色的蓝天、酷热的太阳、万里晴空和张着棕色铁弓般的翅膀盘旋的鹞鹰。草原上,是一望无际的耀眼的羽茅草,热气腾腾的、驼毛色的杂草晒得冒着白烟;鹞鹰斜着身子在蓝天上盘旋,——它的巨大的影子在蓑草上无声地滑过。

金花鼠疲惫沙哑地吱吱叫着。田鼠在洞边新挖出的、正在变黄的土堆上打盹。草原上,热气腾腾,但是,却是死一样的静穆,四周的一切都是透明的,纹丝不动。就连古堡也在目所能及的天边神话般地、隐若地闪着蓝光,就像在梦中一样……

亲爱的草原!带苦味儿的风把马群的骒马和种马的鬃毛吹倒。干燥的马脸被风一吹,散发出咸味,于是马就呼吸着这种又苦又咸的气味,用像缎子一样光滑的嘴唇嚼着,嘶叫着,感到嘴唇上既有风又有太阳的滋味。上面是低垂的顿河天空,下面是亲爱的草原!到处蜿蜒着漫长的浅谷、干涸的溪涧和荒芜的红土深沟、残留着已被杂草遮没的一窠窠马蹄痕迹的广袤的羽茅草大草原,珍藏着哥萨克的光荣的古垒在神秘地沉默着……哥萨克永不褪色的鲜血灌溉的顿河草原啊,我要像儿子一样,恭恭敬敬地向你弯腰致敬,我要亲吻你那淡而无味的土地!

这匹马生着一颗精瘦的、像蛇一样的小脑袋。耳朵也很小,很灵活。胸部的筋肉异常发达。细长而有力的腿,蹄腕骨完美无瑕,蹄子非常光滑,就像是河水冲刷的鹅卵石。臀部稍微有点儿下垂,尾巴像一束粗线。这是一匹纯种的顿河马。而且,它的血统是非常纯的,它的血管里连一滴混血也没有,全身都显示出是一匹难得的纯种良马。它的名字叫“马利布鲁克”。

饮马的时候,这匹马为了保护自己的骒马,常跟另一匹特别健壮的老种马咬架,尽管种马在牧放的时候总是不钉马掌的,但是那匹老儿马还是把这匹马的左前腿踢伤了。两匹马都直立起来,互相啃咬,用前蹄乱扒,撕咬对手的皮肉……

马倌不在跟前,——他正躺在草地上睡觉,脊背和两条叉开的、穿着落满尘土的、晒烫了的靴子的双脚对着太阳,任它晒去。对手把马利布鲁克打翻在地,然后又把它赶得远离马群,把流血不止的马利布鲁克扔在那里,自己则占有了两个马群,领到“沼泽地带”的斜坡上。

受伤的种马被安置到马棚里去,兽医给医治了踢伤的那条腿。第六天上,来向场长汇报情况的米哈伊尔·科舍沃伊亲眼看见,繁殖天性强烈的马利布鲁克竟咬断了缰绳,从马架子里蹦了出来,俘获了马倌、场长和兽医们骑的那些拴着腿在营房附近吃草的骒马,领着它们跑到草原上,——起初是小步跑,后来马利布鲁克就开始咬那些落在后头的骒马,催逼它们快跑。马倌和场长都从营房里跑出来,只听见拴马腿的绳子被咯吱咯吱地挣断了。

“该死的小崽子,害得咱们只好步行啦!……”

场长大骂一通,但是看着远去的马群,心里却在赞赏马利布鲁克。

中午时分,马利布鲁克把马群带到饮水处。徒步赶去的马倌们把它领走的那些骒马牵走了,米什卡给马利布鲁克备上鞍子,把它骑到草原上,仍旧放进原来那个马群里去。

科舍沃伊已经当了两个月的马倌,他仔细地研究了马群在牧场的生活情况;对它们的智慧和不同于人的高尚品质深感敬佩。他目睹种马与骒马交配的情景,这一永恒的爱情场面是在非野蛮的情况下进行的,然而却是那么自然,纯洁,简单,在科舍沃伊脑子里产生了不利于人类的对比。不过马的相互关系中也有很多与人相同的地方。例如,科舍沃伊注意到,日益衰老的种马巴哈尔对待骒马总是那么凶狠、粗暴,可是对一匹额上有一道宽宽的白斑和一双热情眼睛的四岁枣红色小骒马却完全不同。巴哈尔总是忧心忡忡、急躁不安地在它身边打转儿,嗅闻它的时候,总是发出一种特殊的、矜持而又热情的喷鼻声。巴哈尔喜欢在休憩的时候把凶狠的脑袋放在心爱的骒马身上打半天盹儿。米什卡从旁观察,看到在种马的薄皮下缓慢颤动的肌肉韧带,而且他觉得巴哈尔像老头子似的,在绝望地爱着这匹小骒马。

科舍沃伊的差事干得很好。显然,他热心工作的情况传到了镇长的耳朵里,八月上旬,场长接到命令,叫把科舍沃伊送到镇公所去待命。

米什卡立刻收拾好,把公家发的东西都交了回去,当晚就启程回家。他拼命赶着自己那匹骒马。太阳下山的时候已经到了卡尔金,并且在那里的山岗上追上了一辆去维申斯克方向的大车。

车主是个乌克兰人,赶着汗淋淋的、膘肥毛亮的壮马。在轻便马车的后座上斜躺着一个身材匀称、宽肩膀的男人,他穿着城市式样的西服上衣,后脑勺子上扣着一顶灰色的细绒毡帽。米什卡跟在车后走了一会儿,观察着戴毡帽的人那颠得直哆嗦的、下垂的肩膀和落满尘土的白衬衣领。乘客的脚边放着一只黄皮箱和一只口袋,口袋上放着叠起来的大衣。米什卡闻到一股陌生的雪茄烟气味。“大概是一位到镇上去的大官儿。”米什卡心里想,就催马来到马车旁边。他朝帽檐底下斜睨了一眼——顿时又惊又怕,咧开了嘴,只觉得脊背上好像有许多蚂蚁在匆忙地爬行。原来斜躺在马车上的是司捷潘·阿司塔霍夫,他正眯缝着凶狠的浅色眼睛,急躁不安地在嚼着黑色的雪茄烟蒂。米什卡简直有点儿不敢相信自己的眼睛,又把同村人那熟识的、变得厉害的脸打量了一番,最后认定在马车弹簧坐位上摇晃着的真是活着的司捷潘,他激动得出了一身大汗,咳嗽了一声,问:

"请问,先生,您是不是阿司塔霍夫呀?"

马车上的人点了一下头,帽子移到了额角上;他扭过身子,抬眼看米什卡。

"正是我,阿司塔霍夫。怎么?您莫非……你等等,你不就是科舍沃伊吗?"他站起身来,只有剪得短短的、栗色小胡子下面的嘴唇上露出一丝笑容,而眼睛里和显得十分衰老的脸上,都带着一种拒人千里的严肃神情,不知所措地、高兴地伸出手来,"你是科舍沃伊?米哈伊尔?好啊,咱们又见着面啦!……真高兴……"

"天晓得,啊?这是怎么回事儿呀?"米什卡扔下马缰绳,困惑不解地把两手一摊,说,"都说你阵亡啦。可是我一看:正是阿司塔霍夫……"

米什卡笑容满面,在马鞍子上扭动着身子,慌乱起来,但是司捷潘的那副样子和沙哑、纯正的俄罗斯口音弄得他很窘;米什卡改变了称呼,在后来的谈话中都以"您"相称,模糊地感到有一道看不见的墙把他们隔开了。

他们俩聊起来。马缓步而行。西天上一片红霞,天上,紫云行空,奔向黑夜。一只鹌鹑震耳地叫着,飞落在道旁的黍谷丛里,尘雾弥漫的寂静笼罩了草原,白昼的忙乱和喧嚣在渐近黄昏的时分消失了。在通往丘卡林斯克和克鲁日林斯克镇大道岔口紫红色的天幕上,映出了一座小教堂的凄凉暗影;砖红色的云堆沉重地压在教堂的上空。

"您从哪儿来啊,司捷潘·安得烈伊奇?"米什卡兴高采烈地问。

"从德国来。奔回家乡来啦。"

"咱村的哥萨克都说:我们亲眼看见司捷潘被打啦,这到底是怎么回事儿呀?"

司捷潘好像苦于追询,回答问题的神色矜持、平静:

“我受了两处伤,可是哥萨克们……哥萨克们是怎么干的呀?他们扔下我跑了……被俘了……德国人给我治好了伤,就送我去做工……”

“好像没有接到过您的什么书信……”

“我没有人可写信啦。”司捷潘扔掉烟蒂,立刻又点上一支雪茄。

“为什么不给您太太写呀?您太太还健在哪。”

“我早已跟她分手啦,——这您大概是知道的。”

司捷潘的声调很冷淡,一点儿热乎劲儿也没有。听到妻子的情况,也不动声色。

“怎么,难道您流落他乡,就不想家吗?”米什卡没命地追问,前胸几乎贴在鞍头上了。

“起初有点儿想,后来也就习惯啦。我的日子过得很好。”他沉默了片刻,又补充说,“本来想在德国定居,加入德国籍;但是思家心切——于是就扔掉一切,回来了。”

司捷潘眼角上的寒光第一次变暖了,笑了。

“您看咱们这儿乱成什么样子啦?……自己人在互相残杀呢。”

“是啊……听说啦。”

“您是怎么回来的呀?”

“我是从法国的马赛——一个大城市——坐轮船到新俄罗斯克的。”

“会不会也征召您去打仗呀?”

“大概会的……村子里有什么新闻吗?”

“一下子怎么说得完呀?新闻可多啦。”

“我的房子还完好吗?”

“风吹得直摇晃……”

“我那些邻居呢?麦列霍夫家的儿郎们都还活着哪?”

“活着哪。”

“听到我从前的老婆什么消息吗?”

“她还在那儿,在亚果得诺耶呢。”

“那么葛利高里……还跟她在一起吗?”

“没有,他又跟发妻在一起啦。跟您的阿克西妮亚早就散伙了……”

“原来是这样……我还不知道哩。”

他们沉默了一会儿。科舍沃伊仍在贪婪地瞅着司捷潘,赞赏、敬佩地说:

“看得出,您的日子过得很好,司捷潘·安得烈伊奇。看您的衣服,穿得多阔气,像个大阔佬。”

“德国人穿得都很干净。”司捷潘皱起眉头,碰了碰车老板的肩膀,说,“喂,快点儿赶嘛。”

赶车的不高兴地挥了一下鞭子,疲惫不堪的马匹胡乱地拉扯了一下套索。马车车轮吱吱扭扭、细声细气地唱着,在坑坑洼洼的大道上颠簸,司捷潘扭过身去,背朝着米什卡,结束谈话的时候问了一句:

“你回村子里去吗?”

“不,我到镇上去。”

在十字路口,米什卡拨马向右拐去,他立在马镫上,告别说:

“回头见,司捷潘·安得烈伊奇!”

司捷潘用动作迟缓的手指揉了揉落满尘土的毡帽檐,像个非俄罗斯人似的,把每一个音节都说得很清楚,冷冷地回了一句:

“一路平安!”

第 七 章

在菲洛诺沃—波沃林诺战线上,双方都在集中兵力,达到势均力敌的程度。红军正在调动军队,积蓄力量,准备进攻。哥萨克的攻势软弱无力;武器弹药都非常缺乏,所以无意打到边界以外去。菲洛诺沃战线上进行的战斗,双方互有胜负。八月里,战事相对寂静下来,从前线回来作短期休假的哥萨克们都说,一到秋天,就可能讲和了。

这时节,后方的村镇里正在忙着秋收。人手严重短缺。老头子和妇女应付不了这么多繁重的活儿;而且三天两头地不断征用农户的大车往前线运送弹药粮秣,也妨碍了秋收的进行。

鞑靼村差不多每天都要轮流派出五六辆大车去维申斯克,在维申斯克装上炮弹和枪弹箱,拉到安德罗波夫斯基村的转运站,有时由于车辆不足,还要送得更远,一直送到霍皮奥尔河边的村镇。

鞑靼村人们的日子过得很忙乱,但是却很凄凉。人们心里都在惦念着遥远的前线,心惊胆战地、痛苦地在等待着哥萨克们的噩耗。司捷潘·阿司塔霍夫的到来,震惊了全村:每个家庭,每家的场院上,都在谈论这件事。一个早已被埋葬了的、几乎被人们忘却了的、只有老太婆们还记着,就是她们在"超度亡魂"以后,也差不多全忘记了的哥萨克突然回来了,难道这还不够稀奇吗?

司捷潘在阿尼库什卡的老婆家里暂住下来,把行李搬进屋子,趁女主人给他做晚饭的时候,去察看了自己的家屋。他迈着沉重的、主人的脚步在洒满月光的院子里巡视了半天,走进半倾塌的板棚下,瞅瞅房子,摇晃摇晃篱笆桩子……阿尼库什卡的老婆家桌子上的煎鸡蛋早已经凉了,可是司捷潘一直还在察看自己长满荒草的庭院,他把手指捏得咯吧咯吧响,像是个口齿不利落的人一样,嘴里一直在模糊不清地嘟囔什么。

晚上,许多哥萨克都来拜访他——看望,探问当年的俘虏生活。阿尼库什卡家的内室里挤满了妇女和孩子。他们密密层层地站在那里,张着黑洞洞的嘴巴,倾听着司捷潘讲述自己的故事。他讲得很勉强,苍老的脸上一次也没有出现过笑容。看来,生活把他折磨得够呛,把他彻底改变了,换了个人。

第二天早晨——司捷潘还在内室里睡觉——潘苔莱·普罗珂菲耶维奇来了。他用手巴掌捂着嘴低声地咳嗽着,等候司捷潘醒来。从内室飘出来一阵阵松软的泥地的凉气和陌生的、呛人的辛辣烟草气味以及长途跋涉的旅人身上日久天长积存的路途气味。

司捷潘醒了,听到划火柴点烟的声响。

"我可以进去吗?"潘苔莱·普罗珂菲耶维奇问,仿佛要去晋见长官似的，慌慌张张整了整扎煞的新衬衣上的褶子，这是为了出门见客，伊莉妮奇娜才给他穿上的。

“请进来吧。”

司捷潘穿好衣服，雪茄烟冒着火花，惺忪的眼睛呛得眯缝着。潘苔莱·普罗珂菲耶维奇有点儿胆怯地迈过门限，一看到司捷潘大变了样子的脸和他丝背带上那些金属饰物，不禁大吃一惊，就站在那里，伸出了半握的黑手巴掌。

“你好啊，老街坊！看到你活着回来……”

“您好！”

司捷潘把背带套在下垂的健壮的肩膀上，晃了晃，很有身份地把自己的一只手巴掌放在老头子的粗糙的手里，彼此迅速地瞅了一眼。司捷潘的眼里闪着敌视的蓝光，麦列霍夫鼓胀的斜眼里流露出尊敬和略带嘲讽的惊讶神情。

“你老啦，司乔帕……老啦，亲爱的邻居。”

“是啊，老啦。”

“大家已经给你追悼过亡魂啦，就像给我家的葛利什卡……”老头子说出了口，就后悔地突然顿住；这话说得太不是时候了。他试着改变话题：“上帝保佑，你壮壮实实地活着回来啦……感谢主！我们也为葛利什卡追悼过亡魂，可是他跟拉撒路①一样，又活着回来啦。他已经有了两个孩子，他老婆娜塔莉亚，上帝保佑，身体也好起来啦。是个贤惠的娘儿们……我说，好孩子，你怎么样啊？”

“谢谢您啦。”

“你肯到我家来串串门吗？来吧，赏个脸吧，咱们一起儿拉拉家常。”

司捷潘没有答应，但是潘苔莱·普罗珂菲耶维奇死气白赖地请求他，而且生气了，司捷潘只好屈从。他洗过脸，把剪得很短的头发往后梳着。当老头子问：“你的额发哪儿去啦？是脱顶了吗？”司捷潘笑了，

---

① 拉撒路的故事见《圣经·新约·约翰福音》第十一章。拉撒路死后四天，耶稣又使他复活。

他坚定地把帽子扣到脑袋上,第一个走到院子里。

潘苔莱·普罗珂菲耶维奇亲热得简直有点儿肉麻,以至司捷潘不由自主地想:“他是为了消除旧日的怨仇才这样竭力讨好……”

伊莉妮奇娜依照丈夫眼睛里的无声的命令,在厨房里奔忙,催促着娜塔莉亚和杜妮亚什卡,自己亲自去摆桌子。妇女们偶尔把好奇的目光投到坐在圣像下面的司捷潘身上,仔细地打量他的上衣、衬衣的领子、银表链和发式,露出掩饰不住的、惊讶的笑容,互相交换着眼色。达丽亚满面红光,从后院里走来;她羞涩地笑着,用围裙角擦着薄薄的嘴唇儿,眯缝起眼睛说:

“啊呀,好街坊,我可简直认不出您来啦。您一点儿也不像哥萨克啦。”

潘苔莱·普罗珂菲耶维奇不失时机地把一瓶家酿烧酒摆到桌子上,拔掉塞在瓶口上的破布,闻了闻又甜又苦的酒香,吹嘘说:

“尝尝吧。自家酿的。把火柴往上一凑——立刻就会冒蓝火苗,真的!”

席间的谈话漫无边际。司捷潘原本喝得很勉强,但是喝了几杯,很快就有了醉意,态度也变得温和了。

“现在你应该再娶个媳妇啦,我的好街坊。”

“您这话说得可不对!我把原来的老婆放到哪儿去呀?”

“原来的……原来的——怎么啦……你以为原来的老婆就永远用不坏啦?老婆跟骒马一样,骑到没有牙口了,就不能再骑啦……我们给你找个年轻的。”

“现在咱们的生活搞得乱七八糟……哪还顾得上结婚呀……我有半个来月的假期,完了就得到镇公所去报到,大概也会把我发送到前线去的。”司捷潘说,他已经醉意蒙眬,外乡口音也不那么重了。

不久他就走了,达丽亚用喜悦的目光送他离去,他走了以后,这一家就争辩议论起来了。

“这狗崽子,可真出息啦!瞧他说话的那股劲头儿!简直像个收税官,或者别的什么有教养的大人物……我一进去,他正起身,往穿着衬衣的肩膀上套绽着金片片的丝吊带,真的!就像套在马身上一样,套在他的脊背和胸膛上。这搞的是什么玩意儿？有啥用处？这么说吧，他现在的派头完全是个有大学问的人啦。”潘苔莱·普罗珂菲耶维奇赞不绝口，显然是由于司捷潘没有拒绝他的邀请，也不记旧仇，居然赏脸到他家来了。

从谈话中知道，司捷潘服完兵役，将要在村子里住下来，要修复房子、重整家业。顺口提到，他很有些钱，这引起了潘苔莱·普罗珂菲耶维奇的深思和不由自主的敬佩。

“看来，他很有钱，”潘苔莱·普罗珂菲耶维奇在司捷潘走了以后说，“这畜生有大钱。别的哥萨克从俘虏营里逃回来，都穿得破破烂烂，可是你看他，穿戴得这样整齐漂亮……准是杀过人，再不就是偷了人家的钱。”

起初有几天，司捷潘只是待在阿尼库什卡家里休息，很少在街上露面。左邻右舍都在盯着他，注视着他的每一个动作，甚至有人找阿尼库什卡的老婆打听：司捷潘打算干什么。但是这个女人紧闭着嘴唇，只字不讲，推托说，她什么也不知道。

等到阿尼库什卡的老婆雇了麦列霍夫家的一匹马，星期六一大清早到什么地方去了以后，村里就纷纷议论起来了。只有潘苔莱·普罗珂菲耶维奇看出了是怎么一回事。“准是去接阿克西妮亚。”他一面往车上套着瘸腿的骒马，一面对伊莉妮奇娜挤了挤眼说。果然不出所料，阿尼库什卡的老婆是受了司捷潘的嘱托到亚果得诺耶去了。司捷潘嘱咐她说：“你去问问阿克西妮亚，是否愿意忘掉过去怨仇，回到丈夫身边来？”

这一天，司捷潘完全失去了原先的镇静和安然神情，黄昏以前他在村子里走来走去，在莫霍夫家的台阶上坐了半天，跟谢尔盖·普拉托诺维奇和“擦擦”谈德国的情况，谈他在那里的生活，谈路过法国，漂洋过海返回俄国一路上的情形。他倾听着莫霍夫诉苦，不断地看看表……

黄昏时分，女主人从亚果得诺耶回来了。她一面在夏天厨房里做着晚饭，一面讲给司捷潘听，说阿克西妮亚听到这意外的消息大吃一惊，盘问了很多有关他的事情，但是斩钉截铁地拒绝回家来。

“她有什么必要回来呢，在那里过着阔太太样的生活。现在养得可水灵啦，脸蛋儿又白又嫩。重活儿不沾手。还要怎么样呢？穿的可讲究啦，你想都想不出来。平常日子，穿的裙子简直像雪一样白，两只小手干净又干净……”阿尼库什卡的老婆往肚子里咽着羡慕的口水，叹息着说。

司捷潘的颧骨绯红，低垂的浅色眼睛里，忧愤伤感，怒火时隐时现。他竭力控制着哆嗦的手，用勺子舀着彩釉杯子里的酸牛奶，故作镇定地问：

“你是说，阿克西妮亚在炫耀她的优裕生活吗？”

“这又有什么不应该呢！谁也不会反对过那样的生活。”

“她问起过我吗？”

“那还用说！我一说到您回来啦，她的脸立刻变得煞白。”

吃过晚饭，司捷潘走到自家荒草满径的院子里。

短促的八月黄昏，来也匆匆，去也匆匆。夜凉如水，簸谷风车烦人地在呱哒呱哒地悲鸣，传来一阵阵刺耳的喊叫声。人们顶着点点淡黄的月光，在习以为常的艰难生活中挣扎：他们正在簸扬白天打好的麦子，运到谷仓里去。新打下的小麦的热烘烘的刺鼻气味和糠尘笼罩着村庄。校场一带有架蒸汽打麦机在呼哧呼哧地响，狗在汪汪地叫。远处的打谷场上回荡着悠扬的歌声。从顿河上吹过来淡淡的潮气。

司捷潘靠在篱笆上，越过街道，久久地凝视着顿河的流水，凝视着月亮斜照在水面上映出的一道蜿蜒曲折的火焰似的波影。河上波光涟漪，流水滚滚。河对岸的白杨树行昏昏欲睡。忧伤悄悄地、强有力地控制了司捷潘。

天快亮的时候，下起雨来，但是太阳出来以后，云消雨歇，又过了两个钟头，就只有已经干结在车轮上的污泥还使人想起曾经下过雨。

上午，司捷潘来到了亚果得诺耶。他心情激动地把马拴在大门边，一溜歪斜地往下房走去。

宽敞的、衰草遍地的大院子里一个人也没有。一群母鸡正在马棚边的粪堆上乱刨觅食。一只像乌鸦一样乌黑的公鸡站在倒伏的篱笆上独步。它一面招呼母鸡过来，一面装作在啄食篱笆上爬的红瓢虫。几条肥壮的猎狗躺在车棚边的阴凉里。六只黑花斑的小狗儿,把母亲,一只年轻的、初次生崽的母狗按倒在地上,支着小腿吃起奶来,把蔫瘪的灰奶头抻得长长的。露珠在主宅的薄铁屋顶上晶莹闪亮。

司捷潘小心翼翼地四下张望着,走进下房,向一个肥胖的厨娘问:

"我可以见见阿克西妮亚吗?"

"您是什么人哪?"那个厨娘用围裙边擦着汗淋淋的麻脸,很感兴趣地问。

"这您不必打听。阿克西妮亚在哪儿呀?"

"在老爷那儿。请您等一会儿吧。"

司捷潘坐下,疲惫不堪地把呢帽放在膝盖上。厨娘把铁锅放进炉膛,手里的火钳叮当直响,全不搭理这位客人。厨房里充满了奶渣卷和酵母的酸味。苍蝇黑压压地落在炉口、墙壁和撒满面粉的桌子上。司捷潘聚精会神地在倾听,等待。熟悉的阿克西妮亚走路的声音好像把他从长凳上弹了起来。他站起身,呢帽从膝盖上掉到地上。

阿克西妮亚端着一摞盘子,走了进来。她的脸色像死人一样灰白,丰满的唇角直哆嗦。她停住脚步,瘫软无力地把盘子抱在胸前,惊恐的眼睛一直在盯着司捷潘。过了一会儿,不知怎么就飞也似的离开原地,匆忙走到桌前,把手里的盘子放下。

"你好!"

司捷潘像在梦中一样,喘气缓慢、深沉、紧张的笑容使他的嘴唇咧开了。他默默地往前探着身子,把一只手伸给阿克西妮亚。

"到我住的屋子里去……"阿克西妮亚做了一个邀请的手势。

司捷潘拾起帽子,好像拿起一件很重的东西似的;血冲上了他的脑袋,眼前一阵阵地发黑。一走进阿克西妮亚住的屋子,他们就在一张小桌两边坐下来,阿克西妮亚舔着干裂的嘴唇,哼哼着问:

"你是打哪儿来呀?……"

司捷潘像醉汉一样,毫无目的地、快活得很不自然地挥了挥手。那种喜悦和痛苦交织的笑容一直还留在他的唇边。

"从俘虏营里……我找你来啦,阿克西妮亚……"

不知道为什么他莫名其妙地忙乱起来,站起身,从衣袋里掏出一个小包,使劲撕开包布,手指哆嗦着,从里面拿出一只女式的银手镯表和一只镶着廉价蓝宝石的指环来……他把这些礼物放在汗湿的手巴掌上递给阿克西妮亚,可是她的眼睛却一直在盯着他那张陌生的、被屈尊俯就的笑容弄得难看的脸。

“拿去吧,这是带给你的……咱们在一起生活……”

“我要这些东西干什么?你等等……”阿克西妮亚像死人一样苍白的嘴唇嘟哝说。

“你拿去吧……别生气……咱们应该忘掉那些糊涂愚蠢的日子……”

阿克西妮亚用手遮着脸,站起身来,走到床边。

“都说你牺牲啦……”

“这使你很高兴吗?”

她没有回答;她已经镇定了一些,从头到脚仔细地打量着丈夫,无目的地压整已经烫得非常平整的裙子褶。她把双手放到背后,说:

“是你叫阿尼库什卡的老婆来的吗?……她说,你叫我回你那里去……住……”

“你去不去呀?”司捷潘打断她的话,问。

“不去,”阿克西妮亚冷冷地说,“不,我不去。”

“为什么?”

“已经不习惯啦,而且也有点儿太晚啦……晚啦。”

“我想重整家业。我从德国回来的路上——住在那里时也在想——我不断地想这件事……阿克西妮亚,你打算怎么生活下去呢?葛利高里遗弃了你……或者是你又找到别的相好的了?听说,你好像跟地主的儿子……真的吗?”

阿克西妮亚的两颊红得发烫,罩上了一层血晕,羞得抬不起来的眼皮底下渗出了泪花。

“我在跟他同居。是真的。”

“我并不责备你,”司捷潘吃了一惊,“我的意思是,也许,你还没有决定怎么活下去吧?你跟他不会长久的。只是玩玩而已……现在你的眼睛下面已经长了皱纹……要知道,他一玩厌了,就会扔掉你——把你赶走。你将来有什么依靠呢？侍候人的生活还没有过够吗？你自己想想看……我带回来一点钱。等仗打完了，我们可以过得非常舒服。我想，咱们是能和睦相处的……我愿意把旧事忘掉……”

“我亲爱的朋友，司乔帕，你从前怎么不这样想啊？”阿克西妮亚流着快活的眼泪，声音哆嗦着说，她离开床，直走到桌子跟前来，“想当年，你把我美好的青春捣得粉碎的时候，你怎么不这样想啊？是你把我推到葛利什卡的怀里去……是你把我的心折磨枯槁的……你还记得你是怎么折磨我的吗？”

“我可不是来算旧账的……你……你怎么会知道呀？我为此遭受了多大的痛苦。我真想另过一种生活，一想起……”司捷潘久久地瞅着自己放在桌子上的手，慢吞吞地吐着字句，好像这些话是从嘴里抠出来似的，“我想念你……想得心里火烧火燎的，血都烤干了，在心里凝结了……我日夜都在思念你……在那里，我跟一个德国寡妇同居……日子过得很阔绰——可是我扔掉了她……思归心切……”

“想过太平日子啦？”阿克西妮亚使劲翕动着鼻翅问，“想要重整家业啦？大概还想生儿养女，有个老婆给你洗洗涮涮，伺候你吃喝，是吧？”她不怀好意地、恶毒地笑了，“办不到啦，耶稣救主！我老啦，你看已经满脸皱纹……而且再也不会生孩子啦。现在是给人家当姘头，而姘头是不能养孩子的……你要的是这样的女人吗？”

“你变得真能说啦……”

“就是这么块货。”

“那么说，你是不回去了？”

“不去，不回去。不回去。”

“好吧，祝你健康。”司捷潘站起身来，尴尬地把手镯放在手里摆弄了一会儿，又放回桌子上，“等你回心转意的时候，就通知我。”

阿克西妮亚把他送到大门口。瞅着从车轮子底下飞出来的尘埃，洒满司捷潘宽厚的肩膀。

她的眼里涌出辛辣的眼泪，不时抽泣着，哀叹着自己重又陷于飘零的生活，模糊地想着那些没有兑现的梦想。当她一听说叶甫盖尼再也不需要她了，又听说丈夫回来，就决定回到丈夫那里去，重新享受点儿从未享受过的幸福……她就是怀着这样的心情在盼望着司捷潘来看他。但是一见到低声下气驯如羔羊的司捷潘,——于是反常的高傲心理,不允许她这个被遗弃的女人再留在亚果得诺耶的反常骄傲心理在她心头横冲直撞。她不能控制的怨恨支配了她的言行。她想起了从前受的委屈,想起了这个人和他的两只大铁手给她带来的种种灾难,其实她是愿意跟他破镜重圆的,心里也为自己的行径震惊,但是却喘息着,吐出了这样刺人的话。

她又向走得越来越远的马车瞥了一眼。司捷潘摇晃着鞭子,消逝在道旁低矮的紫色苦艾丛里……

第二天,阿克西妮亚领到了工钱,收拾好行李。跟叶甫盖尼分手的时候,哭诉说:

"请原谅我的过错,叶甫盖尼·尼古拉耶维奇。"

"哎呀,你这是怎么啦,亲爱的!……不管从哪方面说,我都应该感谢你呀。"

他极力掩饰自己的窘态,说话的声调故意装得很快活。

她走了。黄昏时候回到了鞑靼村。

司捷潘跑到大门口去迎接阿克西妮亚。

"你来啦?"他笑着问,"彻底回来了吗?我可以希望你不再走了吗?"

"不走啦。"阿克西妮亚简单地回答说,痛心地四下打量着倒塌殆半的房屋和长满胭脂菜和杂草的院子。

第 八 章

在离杜尔诺夫斯克镇不远的地方,维申斯克团与后退的赤卫军部队相遇,进行了第一次战斗。

葛利高里·麦列霍夫指挥的一个连,在中午时分占领了一个树林和杂草围着的小村子。葛利高里命令哥萨克们在横贯全村,已经冲出一道浅沟的小河岸边的柳荫里下了马。不远的地方有几处泉水从黑色的稀泥里咕嘟咕嘟地冒出来。泉水冰凉冰凉的;哥萨克们用制帽舀起泉水拼命地喝,然后又舒服地哼哼着把制帽扣在汗淋淋的脑袋上。正午的太阳高悬在被暑热蒸烤得昏昏沉沉的村庄上空。大地简直要熔化了。炎热的太阳晒得青草和柳树叶无精打采地垂下来,可是小河边的柳树荫里却阴凉阴凉的,潮湿的土地长满了牛蒡花和别的茂密的杂草,碧绿一片;小河湾里的浮萍都像讨人喜爱的姑娘的笑脸在闪动;远处,小河转弯的地方有几只鸭子在水里呱呱乱叫,拍打翅膀。马打着喷鼻,直往水边挣,咕唧咕唧地踏着稀泥,挣脱人手里的缰绳,跑到河中间去,踏浑了河水,用嘴唇寻觅着清新的水流。热风从它们垂下去的嘴唇上吹下一粒一粒的晶莹的大水珠。吹来阵阵马蹄搅起的河底污泥和水藻散发出来的硫磺气味和被河水冲刷和泡烂的柳树根又苦又甜的气味……

哥萨克们刚刚说着话、抽着烟在牛蒡花丛里躺下来,侦察兵回来了。“红军”这两个字一下子就把大家从地上轰了起来。人们紧上了马肚带,又到河边去,灌满随身带的水壶,喝得饱饱的,大概每个人都在想:“也许还能喝到这样清亮的、像小孩的眼泪似的好水,也许再也喝不到了……”

他们在大路上越过小河,便停了下来。

村子外头,距离约一俄里远,敌人的侦察队在野艾丛生的灰沙土岗上移动,八个骑兵警惕地向村子走来。

“我们去把他们捉来！你答应吗?”米吉卡·科尔舒诺夫向葛利高里建议说。他带着半排人迂回到村外去;但是侦察队一发现有哥萨克兵,就掉转马头回去了。

过了一个钟头,等到本团的其他两个骑兵连赶到的时候,他们就一同出发了。据侦察兵们报告:红军的兵力大约有一千支枪,正朝他们开过来。维申斯克团的几个连和在右方推进的第三十三叶兰斯克——布坎诺夫斯克团失掉联系,但是还是决定迎战。他们翻过山岗,都下了马。看守马匹的哥萨克们把马牵到一片向村边倾斜下去的宽阔的凹地里去。右面一点儿的地方,双方的前哨已经接火了。手提机枪气势汹汹地响起来。

接着就看到了红军稀疏的散兵线。葛利高里把自己指挥的连队布置在凹地的高坡上。哥萨克们都卧倒在长满像马鬃似的小灌木丛的斜坡上。葛利高里在一棵低矮的野苹果树底下,用望远镜观察远处的敌人的散兵线。他清清楚楚地看到,前面走着两排人,他们后面,在一堆堆已经割倒、但是还没有收拢的玄褐色小麦中间,有一列黑压压的行军纵队正在布成散兵线。

第一排的前头有个人骑在一匹高大的白马上,显然是指挥员,这使葛利高里和哥萨克们都很惊奇。第二排的前头是稍微离开一点的两个人。第三排也由一位指挥员率领,他旁边是迎风招展的军旗。旗子像一个小血点似的在一片灰黄色,尽是麦茬的田野上闪动。

“他们是政治委员走在前面!”有一个哥萨克喊叫。

“啊! 这家伙是个好样的!”米吉卡·科尔舒诺夫哈哈大笑,称赞说。

“伙计们! 瞧啊!”

全连的人几乎都叫嚷着站立起来。大家都把手巴掌横在眼睛上面,遮挡阳光。话语声静下来。于是一片死亡前的庄严肃穆、令人敬畏的寂静,像浮云的影子一样,驯顺轻柔地覆盖了草原和凹地。

葛利高里回头望去。村旁,灰蒙蒙的柳树丛后面,烟尘滚滚:第二连正策马小跑向敌人的侧翼冲去。一道山沟这时正好掩护着连队的行动,但是跑了约四俄里的光景,连队就分散开,爬上岗顶,于是葛利高里就在心里判断着距离和连队能够冲到敌人侧翼的时间。

“卧——倒!”葛利高里急忙转过身来,把望远镜放进皮盒子里,命令说。

他走到自己队伍的散兵线前面。哥萨克们把那被暑热和尘土弄得油光光的、又紫又黑的脸,都转向葛利高里。他们面面相觑,卧倒在地上。下了“准备战斗!”的口令以后,枪栓就凶狠地哗啦哗啦响起来。葛利高里站着看下去,只能看到他们叉开的腿、制服的帽顶、穿着落满尘土的军便服的脊背、汗湿的脊梁沟和肩胛骨。哥萨克们往四面爬去,寻觅可以掩护的地形,选择合适的射击位置。有几个人试验着用马刀去挖掘坚硬的土地。

这时,微风从红军那边送来一阵模糊的歌声飘到哥萨克们卧倒的高坡上……

红军的散兵线蜿蜒曲折,很不整齐地、摇摇晃晃地往前走着。一阵阵在暑热蒸晒的旷野中减弱的隐隐的人语声从那边飘来。

葛利高里觉得好像是从高处摔下来似的,心猛烈地怦怦跳起来……他从前也曾经听见过这种激动人心的歌声,在格卢博克听见过赤卫军水兵像祷告一样,摘下无檐制帽,情绪激昂地眏动着眼睛,唱这支歌。葛利高里的心里突然产生了一种混乱的,像是恐怖的不安心情。

"他们在叫嚷什么呀?"一个上了年纪的哥萨克惊慌地扭转着脑袋问。

"大概是在念什么祈祷文。"躺在右面的另一个哥萨克回答他说。

"他们念的是鬼经!"安德烈·卡舒林笑了笑说。他鲁莽地盯着站在他旁边的葛利高里,问:"潘苔莱耶夫,你在他们那儿待过,——总该知道,他们为什么现在要唱歌吧? 大概你自己也跟他们一起儿瞎唱过吧?"

"……夺取土地!"①由于离得太远,词句变得模糊不清,歌声像欢呼一样响彻云霄,接着寂静又笼罩了草原。哥萨克心里不是滋味地开起心来。有人在阵地的中央哈哈大笑不止。米吉卡·科尔舒诺夫胡乱地扭动着身子说:

"喂,你们听见了吧?! 他们想要夺取土地哪! ……"说完,又难听地骂了一句,"葛利高里·潘苔莱耶夫! 让我把那个骑马的家伙打下马! 我打一枪行吗?"

他没等得到同意,就开了一枪。子弹惊动了骑在马上的人。他下了马,把马交给别人,挥舞着拔出鞘的闪光的马刀,走在散兵线前面。

哥萨克们开始射击。红军都卧倒在地上。葛利高里命令机枪手开火。机枪打过两排子弹以后,第一排敌兵站起来往前奔跑。跑了约十沙绳就又卧倒了。葛利高里从望远镜里看到,赤卫军在用铁锹挖掩体。

① 这是《国际歌》里的一句;我国的译词是意译:"一切归劳动者所有"。此处因涉及土地问题,故直译出来。

他们头顶上扬起灰色的尘雾,散兵线的前面,就像田鼠洞边一样,隆起了许多小土堆。从那里传来连续不断的步枪齐射声。双方猛烈地互相射击起来。战斗大有拖下去的可能。过了一个钟头,哥萨克已有伤亡:子弹把第一排的一个哥萨克打死了,三个伤员被送到凹地里看守马匹的人那里去。第二连出现在敌人的侧翼,发起了冲锋。但是被机枪的火力击退了。可以看到,哥萨克们溃逃回去,挤成一堆,然后又像扇面似的散开。连队退回去以后,整了整队形,没有杀声震天的呐喊,默默地又冲了上去。又是一阵猛烈的机枪扫射,像疾风扫落叶似的,把他们赶了回去。

但是哥萨克的几次冲锋使赤卫军动摇了——前面的几排散兵线陷于混乱,向后退去。

葛利高里并没有命令停止射击,命令自己的一连人站起来。哥萨克没有在中途卧倒,径直向前推进。最初的踌躇、迟疑和惶惑心情好像已经消失。匆匆开到阵地上来的一连炮兵鼓舞了哥萨克的斗志。已经架好炮的第一排开火了。葛利高里传令给看守马匹的哥萨克,叫他们把战马牵来。他准备进行骑兵冲锋。战役开始时,他在那里观察红军进攻情况的那一棵野苹果树附近,正在从拖车上往下卸第三门炮。一个身材高大、穿着瘦腿马裤的军官,朝炮车跑去,用鞭子抽着靴筒,粗暴地用中音斥骂那些动作迟缓的骑手:

"把车赶开!怎么不动呀?!你们这些鬼东西!……"

一位军官带着观测兵在距离炮兵阵地半俄里的地方下了马,在一个小山头上用望远镜观察着退去的敌人散兵线。电话兵正在跑着拉电线,使炮兵连的阵地和观测点联系起来。上了点年纪的大尉——炮兵连连长——的大粗手指头神经质地转动着望远镜的小轮(手指头上的结婚戒指闪着金光)。他徒劳无益在围着第一门炮打转儿,对耳边嗖嗖的子弹声,厌恶地晃晃脑袋,每一晃,背在身边的破旧的军用背包也跟着乱晃荡。

一声松脆的爆炸声过后,葛利高里追踪着打出去的炮弹的落点,又回头看了看:炮手们正俯身向前,喘着大气在挪动大炮。第一颗榴霰弹落在割倒的、没有收拢的小麦堆上,被风吹散的、一团团像白棉絮似的烟雾好久才在蓝天上飘逝。

四门炮轮番轰击那片尽是割倒的小麦堆的田地,但是出乎葛利高里的意料,大炮的威力在红军阵地上并未造成明显的混乱,——他们不慌不忙地、很有组织地向后撤去,翻过土岭,走下一条山沟,已经走出连队的视野之外。葛利高里心里明白,这时冲锋已经毫无意义了,然而还是决定去跟炮兵连连长商量一下。他一溜歪斜地走过去,左手捋着鬈曲的、被太阳晒得火红的小胡子尖,和气地笑了笑,说:

“我想来一次冲锋。”

“还冲什么锋呀!”大尉不以为然地摇了一下脑袋,用手背接着从帽檐底下流出来的汗水,“您看得到,这些狗崽子撤的是多么井然有序? 他们是不会屈服的! 再说,如果以为他们会认输,那倒是笑话了,——要知道他们这些队伍里的指挥人员——全是些有经验的军官。我的一位同事,谢罗夫中校,就在他们那里……”

“您是怎么知道的?”葛利高里疑惑地眯缝着眼睛问。

“几个逃到这边来的人……停止射击!”大尉命令说,似乎是辩解似地解释说,“打也没有用啦,炮弹又不多……您是麦列霍夫吧? 好,我们来认识认识。我是波尔塔夫采夫。”他把一只出汗的大手往前一伸,塞进葛利高里的手里,立刻又敏捷地把手伸到打开的图囊里去,掏出纸烟来,“请抽烟!”

炮兵的骑手们轰轰隆隆地从凹地里赶来炮车。炮兵连忙着往车上装炮。葛利高里也骑上马,领着自己的一连人去追击已经退到土岗后面的红军去了。

红军占领了近处的一个村庄,但是又毫未抵抗地退了出去。维申斯克团的三个连和这个炮兵连就在这个村子里驻下。惊魂未定的老百姓都藏在家里不敢出来。哥萨克挨家挨户地去寻找食物。葛利高里在村外的一户人家门口下了马,走进院子,把马拴在台阶前。主人是个瘦长的、上了年纪的哥萨克,他躺在床上,哼哼着,在肮脏的枕头上滚动着像鸟头似的小得出奇的脑袋。

“病啦?”葛利高里向他问候过,笑了。

“病——病啦……”

户主人是装病，而且他从葛利高里眨个不停的眼神上已经看出，自己的谎话骗不过人。

“能给哥萨克们吃顿饭吗？”葛利高里严厉地问。

“你们有多少人呀？”女主人从炉炕边走过来，问。

“五个人。”

“那就请进来好了，我们有什么你们就吃什么吧。”

葛利高里跟哥萨克一起吃过饭，就走到街上来。

炮兵连完全作好了战斗准备，停在水井旁边。挽马都已套好，正摇晃着草料袋子，吃尽袋里最后的大麦。骑手和炮手们躲在炮弹箱的阴凉里，在大炮旁边有的坐着，有的躺着休息。有个炮兵两腿交叉，脸朝下睡着了，睡梦中的肩膀直抽搐。起初，他大概是躺在阴凉里的，但是太阳把阴影推开，现在太阳就正晒在他那落满草屑，没戴帽子的鬈发上。

马套在宽大的皮马套里，大汗淋漓，冒着黄色泡沫的皮毛闪着亮光。军官和炮手们骑的马，都备好鞍子，拴在篱笆上，垂头丧气地蜷起一只前腿，站在那里。浑身尘土、汗流满面的哥萨克们一声不响地在休息。军官们和炮兵连连长背靠在井栏杆上，坐在地上抽烟。离他们不远的地方，有几个哥萨克把腿叉开，像个六角星似的躺在一片枯萎的胭脂菜上。他们拼命从桶里舀酸牛奶喝，偶尔有人往外吐着混在奶里的大麦粒。

太阳疯狂地蒸晒着大地。村子几条通往山岗的街道上，几乎连个人影子都看不见。哥萨克们躺在谷仓里、板棚檐下、篱笆边和牛蒡花的黄色阴凉里睡觉。没有卸鞍子的战马拥挤着站在篱笆旁边，已经被暑热和困倦折磨得无精打采。有个哥萨克骑马走了过去，懒洋洋地把鞭子只举到跟马背一般平。于是街道又重归寂静——静得像草原上的已被遗忘的大道，而街道上那些漆成绿色的大炮、被行军和骄阳折磨得疲惫不堪、正在熟睡的人们，显得那么偶然，那么多余。

葛利高里无聊得要命，本想回自己的住处，但是街上来了三个骑马的别的连的哥萨克。他们赶来一小群赤卫军俘虏。炮兵们立刻忙乱起来，站起身，拍着军便服和裤子上的尘土。军官们也站起来了。邻近的院子里有人兴高采烈地大喊：

“伙计们，押俘虏来啦！……我胡说？圣母作证！”

睡眼惺忪的哥萨克们急忙从各家院子里跑出来。俘虏走近了——八个浑身是汗臭、尘土的年轻小伙子。他们立即被团团地围了起来。

“在哪儿捉到的？”炮兵连连长用冷漠的好奇目光打量着俘虏，问。

一个押送的哥萨克绘声绘色地吹嘘说：

“这些好汉！我们是在村边的向日葵地里捉到他们的。这些家伙简直就像鹌鹑躲老鹰似的藏在那儿。我们在马上发现了他们，就把他们赶了出来！打死了一个……”

赤卫军吓得挤成一团。显然，他们害怕遭到杀害。目光绝望地在哥萨克们的脸上打转儿。只有一个，从外表上看，年纪比较大一些，颧骨很高，脸被太阳晒成了棕色，穿着一件油污的军便服，打着烂成条条的裹腿，微斜的眼睛越过围观人们的头顶，蔑视地看着远处，紧闭着血迹斑斑的、打破的嘴唇。他身材短粗，宽肩膀。像马鬃似的黑硬的鬈发上，扣着一顶扁平的绿军帽，军帽上有帽徽痕迹，大概还是跟德国人打仗的时候留下来的。他稍息站着，用指甲上沾着干血的大粗手指头摸着敞开的衬衣领子和长着黑色硬毛的尖喉结。表面上，他仿佛若无其事，但是那只稍息站着，裹腿缠到膝盖，下面捆着包脚布，粗得难看的腿却在打寒战似地哆嗦不止。其余的人都脸色苍白，不成模样，只有这个赤卫军健壮的肩膀和坚毅的鞑靼人的脸庞，引人注目。也许就是这个原因，炮兵连连长才盘问起他来：

“你是什么人？”

这个红军的那双像无烟煤块一样的小黑眼睛有了生气，而且不知怎的，他突然很巧妙地变得精神起来。

“我是红军。俄罗斯人。”

“什么地方人？”

“平兹人。”

“是志愿兵吗，混蛋东西？”

“不是。我是旧军队的上士。从一九一七年就落到了红军里，直到今天……”

一个押送的哥萨克插话说：

“他向我们开枪射击，鬼东西！”

“开枪了吗？”大尉难看地皱起眉头，注意到站在对面的葛利高里的眼神，就用眼睛瞪着俘虏说，“好家伙！……开枪了吗，啊？怎么，你没有想到会被俘虏吧？如果现在就为这个把你枪毙，怎么样？”

“我是想还击。”红军那打破的嘴唇上露出遗憾的笑容。

“真是个坏家伙！为什么不抵抗到底呀？”

“子弹打光啦。”

“啊——啊——啊……”大尉的眼神变得冷酷无情，然而还是带着掩饰不住的满意神色把这个红军士兵打量了一番，“你们这些狗崽子是从哪儿来的呀？”他用又变得快活的眼睛打量着其余的红军俘虏，完全换了一种腔调问。

“俺们是被征召来的，老爷！俺们是萨拉托夫人……是巴拉绍夫人……”一个身材高大、脖子细长的小伙子伤心地诉苦说，不住气地眨着眼睛，搔着棕红的头发。

葛利高里怀着痛苦的好奇心情打量着这些穿着保护色军装的年轻小伙子，打量着他们那纯朴的农民脸相和难看的步兵打扮。只有那个高颧骨的小伙子在他心里引起了敌对情绪。他用嘲笑、凶狠的口吻问这个小伙子说：

“你为啥这么坦白承认呢？大概你在他们那儿指挥一个连吧？是连长？共产党员？你说，子弹打光了，是吗？要是我们如今就为了这个用马刀把你砍了——你怎么说呢？”

红军俘虏翕动着被枪托子打扁的鼻孔，比刚才更勇敢地说：

“我坦白地承认并不是为了逞强。为什么要骗人呢？既然是开过枪——那就坦白承认……我说得对吧？至于说……你们处死我吧。我本来就没有指望你们……”他又笑了笑说，“会对我发什么善心，否则你们就不成其为哥萨克了。”

周围的人都大为赞赏地笑了。葛利高里被这个红军士兵理直气壮的话堵得哑口无言，走开了。他看到，俘虏们都走到井边去喝水。有一个哥萨克步兵连以排为纵队，从胡同里开出来。

第 九 章

一直到后来，当他们这个团进入了连续作战时期，已经不再是一幕幕演出的遭遇战，而是形成了蜿蜒曲折的阵地，葛利高里不论在和敌人交手厮杀，或者在近距离对峙时，总是对红军战士，对这些俄罗斯士兵，对这些不知道为什么他必须与之拼杀的人们依然怀有同样无止境的强烈好奇心。他的心里似乎一直保留着四年战争最初的日子里，在列什纽夫近郊产生的那种天真幼稚的感情，当时他在山岗上，第一次看到奥匈部队和辎重队仓皇奔逃的情景。“这是些什么人？是些什么样的人?”仿佛在他的生活史上根本就不曾有过他在格卢博克附近跟切尔涅佐夫的队伍厮杀的那一页。但是那时候他清楚地了解敌人的真面目，——大多是顿河地区的军官，是哥萨克。而现在他却不得不跟俄罗斯士兵，跟另一种不同的人打仗，这些人全都是拥护苏维埃政权的，而且正像他想的那样，竭力要抢夺哥萨克的土地和利益。

有一天，他在战斗中又一次，几乎是面对面地与突然从一条叉沟里跑出来的红军战士遭遇了。他带着一个排骑马出去侦察，沿着一条小山沟的沟底往岔口走去，突然听见“Г”音发得特别重的俄罗斯话语声和零乱的脚步声。几个红军战士——有一个是中国人——爬上了沟顶，一看见哥萨克不由得一愣，霎时间都吓呆了。

“哥萨克!”一个红军战士吓得摔在地上，不成声地喊道。

那个中国人开了一枪。跌倒的那个淡白色头发的红军战士也立刻上气不接下气地用急促的声调大叫：

“同志们！用‘马克辛’打！哥萨克来啦!”

“打啊！哥萨克来啦！……”

米吉卡·科尔舒诺夫用手枪把那个中国人打倒，然后猛地掉转马头，撞着葛利高里的马，头一个沿着坡岸陡峻，乱石滚滚的沟底遁去，他抖动着缰绳，驾驭着惊奔的战马，弯来弯去地跑着。其余的人也跟着他跑起来，马匹盘旋飞奔，互相追逐。机枪在他们的背后哒哒地响着，枪弹把沟坡上的和凸岸上茂密的荆棘和山楂树叶子打得纷纷落下，打得沟底乱石横飞，打得石头沟底上弹痕累累……

还跟红军交过几次手，他亲眼看着哥萨克的枪弹把红军士兵打倒在地，把这些人断送在这块肥沃而又陌生的土地上。

……于是葛利高里逐渐憎恨起布尔什维克来。他们成了他生活中的敌人，迫使他离开了土地！他看到：其余的哥萨克也在滋生着同样的感情。他们都觉得，之所以要打这场战争，全怪来进攻这个地区的布尔什维克。每个人，一看到那一垄垄没有收集起来的割倒的麦子，马蹄践踏的没有收割的庄稼，空荡荡的场院，就想起了自己那几亩地，想起了正在这几亩地上挣扎、呻吟，干着力不能胜的重活的婆娘们，他们的心肠变硬了，凶狠起来。在战斗中，葛利高里有时觉得，他的敌人——坦波夫、梁赞和萨拉托夫的农民——也怀着同样对土地的热情在进行战斗。“我们就像争夺情人一样，在为抢占土地厮杀。”葛利高里心里想。

捉到的俘虏渐渐少了。枪杀俘虏的事件，时有发生。在前线，抢劫之风甚盛；抢劫那些有同情布尔什维克之嫌的人家，抢劫红军战士的家属，常常把俘虏的人都剥得精光……

什么都抢：从马匹、车辆，直到毫无用处的笨重东西。哥萨克抢，军官也抢，大家都抢。二类辎重车上堆满了战利品。大车上的东西真是洋洋大观！有衣服，有火壶，有缝纫机，也有马套——凡是值点钱的东西，无所不有。辎重车上的战利品纷纷运回各家各户。哥萨克们的亲属来到前方，他们赶着马车给部队送来弹药和军粮，然后装上抢来的东西，满载而归。骑兵团队——它们占大多数——更是无法无天。因为步兵除了一只军用背包外，再也没有别的什么地方可装，而骑兵则可以塞满鞍袋，捆在马肚带上，他们的马哪里还像战马，简直成了驮载的牲口。弟兄们变得越来越肆无忌惮。在战争中抢劫，对于哥萨克来说，向来是最重要的动力。葛利高里从他听到老年人讲的过去的战争和自己的亲身经历中明白了这一点。还是在跟德国人打仗的时候，他们团在普鲁士的后方进攻，旅长——一位战功卓绝的将军——把部队分成十

二个连,用鞭子指着坐落在山岗下的一座小城,命令说:

"你们攻下这座城市——可以自由行动两个钟头。但是两个钟头以后,再发现抢劫的人——就要枪毙!"

但是不知道为什么葛利高里却很不习惯干这种事儿,——他只拿点吃的东西和喂马的草料,很怕去动别人的东西,而且憎恶人们的抢劫行为,特别见不得自己连的哥萨克进行抢劫。他对自己的一连人严加约束。他连里的哥萨克很少抢劫,就是抢了,也瞒着他。他没有命令过枪杀和剥俘虏的衣服。他这种异常宽容的态度引起了哥萨克和团里上司的不满。把他召到师部去,要他给自己的行为作出解释。一位上司对他大发脾气,粗暴地大喊大叫:

"少尉,你是存心想把我这个连搞垮吗?你标榜什么自由主义作风呀?是在为自己留条后路,以防万一吗?是不忘旧情,玩弄两面手法吗?……这样搞,人们怎么会不骂你呢?好啦,用不着废话!你懂不懂军纪?你说什么——撤换你?我们立刻就撤你的职!我命令你今天就把连队交出去!记住,老弟……别瞎嘟囔!……"

月底,维申斯克团与齐头并进的第三十三叶兰斯克团的一个连,共同占领了响谷村。

山下的谷底里,是一片柳树、白蜡树和白杨,山坡上点缀着三十来座白墙的房舍,四周围着低矮的粗石砌的围墙。村头高处的小山头上,矗立着一架古老的风车,它都可以用上四面八方的风。在从山阴里涌起的白云堆里,风车僵死的翅膀像个斜叉的十字架,黑亮闪光。阴晦的雨天。沟谷里黄色的风雪在咆哮:落木萧萧。枝叶繁茂的红柳树干往外渗着殷红的血汁。场院上堆着闪光的麦秸垛。温柔的初冬笼罩着散发着淡淡的土腥味的大地。

葛利高里带着自己的一个排住在设营员分配给他们的一座房子里。房主人跟着红军走了。所以老迈肥胖的女主人带着尚未成年的女儿特别殷勤地招待这一排人。葛利高里穿过厨房走进内室,四下看看。这家人的日子过得显然十分富裕:油漆的地板,维也纳式的椅子,大穿衣镜,墙上挂着常见的军人相片和一张镶着黑框的学生奖状。葛利高里把湿透了的雨衣挂在壁炉上,卷起烟来。

普罗霍尔·济科夫走进来,把步枪靠在床上,冷漠地对他说:

"送军需品的大车来啦。葛利高里·潘苔莱维奇,您老爸爸赶着车一起来了。"

"真的吗?你就胡说吧!"

"真的。除他以外,至少还有六辆咱村的大车。快去瞧瞧吧!"

葛利高里披上军大衣,走出去。

潘苔莱·普罗珂菲耶维奇正拉着笼头把马牵进大门来。

达丽亚身上披着一件家纺粗呢斗篷,坐在四轮马车上。她手里拽着缰绳。水汪汪的含笑的眼睛从湿淋淋的斗篷风帽里朝葛利高里闪着。

"怎么把你们也都惊动来啦,乡亲们!"葛利高里脸朝父亲笑着大声说。

"啊,我的好儿子,还活着哪!我们作客来啦,没有得到你的许可就赶车来啦。"

葛利高里走着,搂住了父亲的大宽肩膀,然后就动手从车辕上往下卸马套。

"你说,没有料到我们会来,是吗,葛利高里?"

"是呀。"

"我们是……被征来的运输队。给你们送炮弹来啦,——你们就只管打仗吧。"

他们一面往下卸着马,一面时断时续地交谈着。达丽亚在把干粮和马料从车上搬下来。

"你干吗也来啦?"葛利高里问。

"我是照顾爸爸来的。咱们老爷子病啦,从救主节就病了,到如今也没有好。母亲担心路上出什么事儿,他一个人远离家乡……"

潘苔莱·普罗珂菲耶维奇把嫩绿、芳香的冰草扔给马吃,走到葛利高里跟前。他不安地大睁着眼白上带着病态血斑的黑眼睛,沙哑地问:

"喂,怎么样啊?"

"很好。在打仗哪。"

"听说,哥萨克们不愿意打出边境去……是真的吗?"

“说说罢了……”葛利高里闪烁其词地回答说。

“你们这是怎么搞的呀,伙计们?”不知道怎么一来,老头子的声音突然变得那么陌生、惶恐,“怎么能这样呢？我们这些老头子都指望你们……除了你们,谁还能担当起保卫咱们亲爱的顿河的任务呢？如果你们——上帝保佑！——不想再打仗……这是怎么回事儿呀？你们的辎重兵瞎说什么……造谣生事,这些狗崽子!”

他们走进屋子。哥萨克们也都聚拢来了。先是谈论些本村的新闻。达丽亚跟女主人耳语了一番,就打开装干粮的口袋,做晚饭去了。

“听说,好像你的连长职务被撤掉啦?”潘苔莱·普罗珂菲耶维奇用小骨头梳子梳着下垂的大胡子,问。

“我现在是排长。”

葛利高里冷漠的回答惹恼了老头子。潘苔莱·普罗珂菲耶维奇的额角上皱起粗纹,一瘸一拐地走到桌边,匆匆做完了祷告,用上衣襟擦着汤勺,气哼哼地问:

“为什么对你这么不客气？莫非你不讨上司喜欢?”

葛利高里不愿意当着哥萨克们的面谈这件事,愤愤地耸了耸肩膀。

“派来个新连长……有文化的。”

“你好好地给他们干吧,儿子！他们很快就会改变对你的看法!瞧他们,非得找受过教育的人不可！你告诉他们:我在跟德国人的战争中受到了真正的教育,比任何戴眼镜的家伙都强得多!”

老头子大动肝火,可是葛利高里却皱起眉头,不住地斜眼观察:哥萨克们是不是在笑?

降级这件事并未使他伤心。他高高兴兴地把连队交了出去,谢天谢地,再也用不着对同村人的生命负责了。但是总归还是伤害了他的自尊心,父亲又提起这件事,不由自主地感到很不痛快。

女主人到厨房里去了,潘苔莱·普罗珂菲耶维奇觉得刚走进来的同村人博加特廖夫脸上的表情似乎很支持他,就开口说:

“那么说,你们心里真的不想打出边境以外去了?”

普罗霍尔·济科夫不停地眨着温柔的牛眼睛,微微笑着,一声也不响。米吉卡·科尔舒诺夫蹲在炉炕边,正在吸一支快抽完的、已经烧到手指头的烟卷。其余的三个哥萨克有的在长凳上坐着,有的躺着。不知道为什么谁也没有回答这个问题。博加特廖夫伤心地挥了一下手。

“他们对于这些事情并不那么关心,”他用嗡嗡响的、浓重的低音说,“他们希望,最好田地里不要长草。”

“可是为什么还要再往外打呢?”病弱、老实、矮小的哥萨克伊利英懒洋洋地问,“为什么要打到顿河境外去?我老婆死了,留下几个孤苦的孩子,我倒要去白白地送死……”

“我们把他们从哥萨克的土地上打出去——就回家啦!”另一个人坚决地支持他的意见。

米吉卡·科尔舒诺夫只是绿色的眼睛里流露出笑意,拧着毛茸茸的细胡子说:

“要是照我的心意,就是再打上五年也没什么。我喜欢打仗!”

“快出来!……备马!”院子里有人喊叫。

“好啊,看到了吧!”伊利英绝望地喊,“看吧,老爷子!身上的汗还没有干哪,可是那里已经在喊‘出来’啦!就是说又要上火线。可是您却还说:打出边界去!哪有什么界线呀?应该各自回家去嘛!应该讲和,可是您却说……”

原来是一场虚惊。怒不可遏的葛利高里把马牵回院子,无缘无故地照着马腿窝踢了一脚,疯狂地睁圆眼睛,喊:

“鬼东西!你给我走直!”

潘苔莱·普罗珂菲耶维奇在房门口抽烟。他让哥萨克们走进去,问:

“瞎折腾什么呀?”

“警报!……把他妈的牛群当作红军啦。”

葛利高里脱掉军大衣,在桌边坐下。其余的人都嘟嘟囔囔,脱了衣服,把马刀、步枪和子弹袋扔到长凳上。

等大家都躺下准备睡觉了,潘苔莱·普罗珂菲耶维奇把葛利高里叫到院子里。在台阶上坐下。

“想跟你聊聊。”老头子拍了拍葛利高里的膝盖,悄悄说,“一个星期以前,我到彼得罗那儿去了一趟。他们第二十八团现在驻在卡拉契那边……儿子啊,我在那里过得可真不错。彼得罗很能干,是个过日子的好手!他给了我一大包衣服,一匹马,还有糖……是匹很好的马……”

“你等等!”葛利高里已经猜到他的来意,立刻火冒三丈,严厉地打断了他的话,“你就是为这个来的吗?”

“那又怎么啦?”

“怎么——怎么啦?”

“要知道大家都在抢啊,葛利沙……”

“大家!都在抢!”葛利高里一时找不到适当的话,就发疯似地重复说,“自己家的东西还少吗?你们简直是太可恶了!在德国前线打仗时曾经为了抢劫枪毙过很多人!……”

“你别叫嚷!”父亲冷冷地拦住他的话头,“我不是来向你要的。我什么也不需要。我今天活着,也许明天就腿一伸……你要为自己想想。你说说看,你以为你是大财主哪!家里只剩下一辆四轮马车啦,可是你……再说,为什么不拿这些投奔红军的人家里的东西呢?……不拿倒是罪过!可是拿回家去就连块树皮也有用呀。”

“你快别对我说这个啦!不然的话——我立刻就把你从这儿赶走!我为了这个打哥萨克的嘴巴子,可是我的父亲却来抢老百姓的东西!”葛利高里气得直哆嗦,气喘吁吁地说。

“就是为了这个缘故才把你的连长给撤掉的吧?”父亲狠狠地嘲笑他说。

“连长对我有他妈的什么用呢!排长我也不想干啦!……”

“那是当然的啦!聪明,聪明……”

他们沉默了一会儿。葛利高里点上烟,借着火柴的光亮,他看到了父亲窘急、生气的脸。现在他才完全明白父亲的来意。“为了这个把达丽亚也带来啦,老糊涂!他是来往回运赃物的呀。”他心里想。

“司捷潘·阿司塔霍夫回来啦。听说了吗?”潘苔莱·普罗珂菲耶维奇无动于衷地说。

“这是怎么回事呀?”葛利高里大吃一惊,连手里的烟卷都掉了。

“就是这么回事。原来他是被俘了,没有死。他混得很阔回来了。

他的衣服和东西——简直是海啦！拉来了两大车，”老头子夸耀着，胡吹起来，仿佛司捷潘是他的亲人似的，“他把阿克西妮亚接回来了，现在服役去啦。让他当了个好差事，是什么兵站主任，好像就在卡赞斯克。”

“粮食打了很多吗？”葛利高里改变了话题。

“打了四百斗。”

“你的孙子孙女都好吗？”

“啊哈，孙子孙女吗，儿子啊，都乖极啦！你顶好给他们带点儿什么礼物回去。”

“前线上有什么礼物好带呀！”葛利高里伤心地叹了口气，心里却在想着阿克西妮亚和司捷潘。

“你就没有多弄几支步枪？没有多余的吗？”

“你要那玩意儿干什么？”

“家里有用啊。防备野兽呀，防备坏人哪。以防万一嘛。我搞到了整整一箱子弹。运的是子弹，——我就拿了一些。”

“到辎重队里去拿吧。这玩意儿多得很。”葛利高里苦笑了一声。“好，去睡吧！我要去查岗啦。”

第二天早晨，维申斯克团的一部分队伍从村子里出发了。葛利高里走着，深信已经使父亲认识到抢人家的东西可耻，一定空手回去了。可是潘苔莱·普罗珂菲耶维奇把哥萨克们送走以后，就像主人似的走进谷仓，从架子上摘下一副马轭和一副皮马套，拿到自己的马车上。女主人满脸老泪纵横，跟在他的身后，抓住他的肩膀，哭喊着：

“老爷子！亲人哪！你不怕上帝怪罪吗？干吗要欺负孤儿寡母啊？把马套还我吧！还我吧，看在上帝的面上！”

“得啦，别喊什么上帝啦！”老麦列霍夫回嘴说，一瘸一拐地躲开娘儿们的纠缠，“你男人到了我们那里也一定会拿的。你男人大概是政治委员吧？……别缠我啦！既然‘你的我的——都是上帝的’，那你就别废话啦，不要舍不得！”

后来，又砸开衣箱子上的锁，在辎重兵的同情和默许下，他挑选起比较新的裤子和制服来，拿到光亮地方仔细观看，用短粗的黑手指头去揉搓,然后捆在一起……

在吃午饭以前他离开了。达丽亚抿上薄嘴唇,坐在一大堆包袱上,马车装得满满的。车尾的东西上又装了一只浴室热水器,是潘苔莱·普罗珂菲耶维奇从洗澡间的炉灶上拆下来的,他刚刚拿到马车边,达丽亚就责备说:

“爸爸,您连大粪都不放过!……”

老头子大骂:

“住口,糊涂娘儿们!我能把热水器给他们留下!将来你这个管家婆——也是个跟混账的葛利什卡一样混账!可我哪,热水器也不嫌弃。就是这么回事!……好啦,赶车走吧!撇什么嘴呀?”

他对哭肿了眼睛、在他们身后关大门的女主人善意地劝慰说:

“再见,小娘子!别生气。您还会置办齐的。”

第十章

日子像一条链子……一环扣一环。行军、战斗、休息。炎热。雨。一阵阵马汗和马鞍上晒热的皮革的混合气味。由于经常处于紧张状态,人们血管里流的已经不是血,而是加热的水银,由于睡眠不足,脑袋简直比三英寸口径的炮弹还要重。葛利高里盼望休息一下,足足地睡上一觉,该有多好!然后就扶着犁把,沿着翻起的松软田垄走,吹着口哨赶牛,听着像喇叭似的仙鹤叫声,轻柔地从脸颊上拂去银色的晴丝,贪婪地闻着犁起的葡萄美酒般的秋天泥土的香味。

可是现在他目睹的却是——一片被道路分割的庄稼地。大道上走着一群群被剥得光光的、满脸尘土、像死尸一样黑的俘虏。连队在前进,马蹄踏烂了道路,铁马掌践踏着庄稼。村子里,贪财的家伙们在抢劫那些跟着红军走了的哥萨克的家属,鞭打他们的妻子和母亲。

愁闷恼人的日子一天天地过去,从记忆里消失得无影无踪,任何事情,即使是重大的事件,也没有留下一点痕迹。目前战争中的日常生活甚至比上次战争都更加无聊,也许是因为各种酸甜苦辣的滋味早就尝过了吧。而且所有的参加过上次战争的人对这次战争都很蔑视:不论是战争的规模,投入的兵力,还是所受的损失——一切方面,跟打德国人的战争比起来,都像儿戏一样。只有凶恶的死神,仍旧像在普鲁士的战场上一样,全身高大地挺立着,吓得人们还得像畜生似的为保全性命而奔逃。

"难道这能算是战争吗?只能说是类似战争而已。从前跟德国打仗时,德国人一开炮,几个团都能统统报销了。可是现在,连里刚有两个人受伤,就大叫:损失惨重!"上过前线的战士们都这样纷纷议论。

可是这种儿戏的战争也使人烦恼。不满、疲劳和愤恨越积越深。连队里的人们越来越坚决地说:

"咱们把红军从顿河的土地上打出去就散伙!绝不到边界以外去。俄罗斯是俄罗斯,我们是我们。我们不在他们那里搞我们这一套。"

整个秋天在菲洛诺沃附近进行着无精打采的战争。察里津是最重要的战略中心。白军和红军都把最有战斗力的部队投到那里去。而在北方战线上,双方势均力敌。红白双方都在积蓄力量,准备决一死战。哥萨克的骑兵比较多;他们利用这种优势协同作战,包抄红军的两翼,迂回到后方。哥萨克方面之所以占优势,只是因为他们的对手全是些从毗邻前线地区新征来的、政治上不坚定的红军部队。萨拉托夫人和坦波夫人都是成千上万地投降。但是当红军指挥部把工人团队、水兵队伍或者骑兵投入战斗时,战局就会出现平衡状态,于是战场上的主动权就重又不时易手,双方轮流赢得一些局部性的胜利。

在这场战争中,葛利高里无动于衷地注视着战争的进程。他深信:到冬天战线就不复存在了;他了解哥萨克们都热望和平,战争根本不可能持续下去。团里有时候收到几份报纸。葛利高里憎恨地拿起用黄色包装纸印的《顿河上游报》,迅速地读着前线消息,气得咬牙切齿。当他给哥萨克们朗读那些豪迈的、虚张声势的大话时,大家都好心肠地笑了起来:

九月二十七日在菲洛诺沃方面的战斗互有胜负。二十六日夜间，勇猛的维申斯克团从山下村把敌人驱逐出去，乘胜追击，直捣卢基扬诺夫斯基村。俘获了大量的战利品和俘虏。红军残部仓皇退去，溃不成军。哥萨克士气高昂。顿河的勇士们正为夺取新的胜利奋战！

“咱们抓住了多少俘虏，啊？大量的吗？哎呀，哎呀，这伙狗崽子们！统共捉了三十二个人！可是他们……哈哈哈……”米吉卡·科尔舒诺夫咧着露出白牙的嘴，用两只长手巴掌叉着腰，笑得前仰后合地说。

哥萨克们也不相信“士官生们”在西伯利亚和库班的胜利消息。《顿河上游报》不要脸地、赤裸裸地撒谎。奥赫瓦特金是个长胳膊、身体健壮的哥萨克，他读完论述捷克斯洛伐克军团叛乱的社论以后，就当着葛利高里的面说：

“等他们镇压完了捷克人，然后就要全军向我们压来，就像对付捷克人那样——使我们血流成河……总而言之——那是俄罗斯呀！”最后吓人地下结论说，“这是开玩笑吗？”

“别吓唬人啦！你这些昏话气得我肚子都疼啦。”普罗霍尔·济科夫挥手说。

而葛利高里卷着烟，暗自幸灾乐祸地想：“说得对！”

这天晚上，他弯着背，解开被太阳晒得褪了色的、缝着保护色肩章的衬衣领子，在桌边坐了很久。太阳晒黑的脸上表情严肃，病态的虚胖把脸上的皱窝和突出的颧骨的尖角都拉平了。他来回扭动着筋肉发达的脖子，若有所思地捋着被太阳晒得发红的鬈曲的胡子尖，近年来变得冷酷的凶狠的眼睛凝视着一点。他苦恼地、不习惯地冥思苦想着，直到躺下睡觉的时候，才仿佛在回答一个共同的问题，自言自语说：

“没有地方躲呀！”

他整夜都没有睡，不时出去查看马匹，在像绸缎子一样簌簌作响的漆黑、寂静的秋夜里，在台阶上站了很久。

看来，照耀着葛利高里诞生的那颗小宿命星还在颤抖地闪着微光；显然，它还没有熟到落下来，用陨落的冷光划破长空的程度。一个秋季，葛利高里的坐骑被打死了三匹，军大衣上打了五个窟窿。死神好像总在跟这个哥萨克开玩笑，屡次用乌黑的翅膀逗弄他。有一天，一颗子弹把马刀柄上的铜头打穿，刀柄上的穗带就像被咬断了似地落在马蹄边。

“一定是有个什么人在竭诚地为你祈祷，葛利高里。”米吉卡·科尔舒诺夫对他说，而且对于葛利高里脸上那种不愉快的笑容感到十分惊讶。

战线移到铁路那面去了。辎重车每天都运来许多缠着铁蒺藜的轴卷。电报每天往前线传送这样的消息：

> 协约国军队近日开到。在援军到来前，必须坚守住顿河地区边界，不惜任何代价遏止红军的进攻。

大批征来的民夫用破冰的铁杵开凿冰冻的土地，挖掘战壕，围绕着战壕架设铁蒺藜。夜里，等哥萨克们离开战壕，跑到居民家里去烤火取暖的时候，红军侦察兵就来到战壕边，铲平修筑的防御工事，把致哥萨克的号召书挂在生锈的铁蒺藜尖上。哥萨克们贪婪地读着这些传单，就像读家书一样。事情很清楚，在这种情况下，再继续打下去是毫无意义的。严寒袭来，天气变化无常：有时大雪纷飞，有时又转暖，雪水横流。在战壕里待一个钟头都受不了。哥萨克们冷得要死，手脚都冻坏了。步兵和侦察兵部队中，有许多人连皮靴子都没有。有些人到前线来的时候，就像去打扫牲口棚似的——只穿着便鞋和单薄的灯笼裤。他们都不信协约国会来帮忙。“他们是骑着甲虫来的！”有一天，安德留什卡·卡舒林伤心地说。有时遇上红军侦察队，哥萨克们听到他们大声喊话：“嗳！基督教的信徒们！你们开着坦克向我们冲！而我们却坐着爬犁来看望你们！快把鞋后跟上抹上油，——我们马上就要来做客啦！”

从十一月中旬起，红军就转入进攻。他们顽强地把哥萨克部队压向铁路线，然而战局的转折还是姗姗来迟。十二月十六日，红军的骑兵经过长时间的战斗，打垮了第三十三团，但是在科洛杰江斯克村附近，维申斯克团据守的地区，却遇到了顽强的抵抗。维申斯克团的机枪手躲在大雪覆盖了的场院木栅后面,用猛烈的火力迎击徒步进攻的敌人,右翼的机枪掌握在经验丰富的卡尔金斯克哥萨克安季波夫手里,他向攻来的敌人深处,扇面扫射,时而卧倒,时而奔跑的散兵线。连队整个笼罩在射击的烟雾中。而另外两个连则已经从左翼迂回包抄过去。

黄昏时分,刚刚开到的水兵部队,替换了有气无力地进攻的红军步兵。水兵们既不卧倒,也不喊叫,迎着机枪火力冲了上来。

葛利高里在不停地射击。枪膛已经冒烟了,枪筒子热得烫手指头。葛利高里把步枪凉一凉,又压进一梭子弹,眯缝起眼睛,瞄准了远处的黑乎乎的人形。

水兵把他们打退了。几个连都骑上马逃出村庄,驰上山岗。葛利高里驻马回头一看,不由地扔开了马缰。从山岗上远眺,可以看到一片白雪覆盖的忧郁的田野,到处点缀着大雪掩埋的艾蒿丛和山谷的斜坡上晚霞投下的紫色阴影。田野上,绵延数俄里,黑斑似的横着些被机枪打死的水兵尸体。他们穿着水兵的呢军装和皮上衣,黑压压地横在雪地上,就像一群蹲下去准备起飞的乌鸦……

傍晚,被敌人的进攻打得七零八乱的几个连跟叶兰斯克团以及那个原来在他们右翼活动的、有番号的梅德维季河口区团失去了联系,在布祖卢克河的一条细小的支流沿岸两个村子里宿营。

天色已晚,葛利高里从按连长命令设立岗哨的地方回来的时候,在胡同里遇到了团长和团部的副官。

“第三连驻在什么地方?”团长勒马问道。

葛利高里告诉了地点。他们俩就策马去了。

“连里的损失很大吗?”副官策马离去时问;他没有听清答话,就又重问了一声:“怎么?”

但是葛利高里没有理他就走了。

整夜都有辎重队从村子里通过。一个炮兵连在葛利高里和几个哥萨克宿营的院子外面停了很久。从独扇小窗户里传来谩骂声、骑手们的喊叫声和忙乱的脚步声。有几个炮手和几个不知道什么原因来到这个村子的团部传令兵走进屋子来烤火。半夜里跑进来三个炮手,把家主人和哥萨克们都吵醒了。他们把一门炮陷进离村子不远的小河里了,所以决定在这里过夜,明天早晨再套上牛把炮拖出来。葛利高里醒来,久久地注视着炮兵们嘴里哼哼着从靴子上往下刮冻结的污泥,脱掉鞋袜,把湿透的包脚布晾在地炉的烟道上。后来又走进来一个直到耳朵边儿都沾满泥浆的炮兵军官,他请求在这里住一宿,他脱掉军大衣,带着漠不关心的神情,用上衣袖擦着溅在脸上的烂泥,擦了半天。

"我们损失了一门炮,"他用两只像疲惫不堪的马的眼睛,驯顺地看着葛利高里,说,"今天的战斗就像过去在后娘村边的战斗一样。刚打了两炮,敌人就发现了我们的炮位……他们一炮打来——就把炮的主轴彻底打断了!可是大炮是架在场院上。伪装得别提多好啦!……"他每说一句,就习惯地,大概是不自觉地,粗野地骂上一句,"您是维申斯克团的吗?想喝茶吗?亲爱的女主人,您最好给我们生一个小火壶吧,啊?"

他原来是个爱唠叨的讨厌家伙,不住气地往肚子里灌着热茶。半个钟头以后,葛利高里已经知道他是普拉托夫斯克镇人,在实科中学毕了业,参加过对德战争,结过两次婚,都很不如意。

"现在顿河军是完蛋啦!"他用尖尖的红舌头舔着胡子刮得光光的嘴唇上的汗珠说,"战争就要结束啦。明天前线就会崩溃,再过两个星期咱们就会在新切尔卡斯克啦。想领着赤脚的哥萨克进攻俄罗斯!哼,这不简直是白痴吗?而且那些基干军官全是些混蛋,真的!您大概是哥萨克吧?我猜得不错吧?他们让你们去为他们'火中取栗'。而他们自己却躲在后方的兵站里称月桂叶和粮食!"

他不停地眨着没有光泽的眼睛,摇晃着身子,有时巨大、粗壮的身躯整个趴在桌子上,可是他那咧得长长的嘴角却阴郁地、不由自主地耷拉着,脸上依然保留着先前那副像被鞭打得狼狈不堪的马一样的驯顺表情。

"从前,就说拿破仑时代吧,那时打仗有多痛快!双方军队相遇,厮杀一番,各自鸣金收兵了事,既没有什么阵地,也用不着蹲什么战壕。可是现在,你要是研究一下当今的一些战例,——那你的脑袋就要发昏。如果说从前历史学家们描写战争总爱胡说八道,那么这次战争会写成什么样子,简直就不可想像了……无聊透顶,这哪像战争啊！毫无声势、气魄可言。卑鄙龌龊！总而言之——毫无意义。我真想请这两位大帅到一起来一对一地斗一斗。我要对他们说:'哪,列宁先生,给你请来一位骑兵司务长,好好跟他学学枪法吧。还有你,克拉斯诺夫先生,怎么连刺杀的准备动作都不会！'然后就让他俩像大卫和歌利亚①那样,格斗一番:胜者为王。对老百姓来说,谁来统治他们都一样。少尉先生,您以为如何,啊?"

葛利高里没有回答,睡意蒙眬地注视着他那筋肉发达的肩膀、胳膊的迟钝动作和在他嘴里不停地蠕动、使人看着很不舒服的红舌头。他很想睡觉,所以非常恼恨这个唠叨不休、傻里傻气的炮兵,他那双汗脚散发出来的狗臭味使他恶心……

第二天早晨,葛利高里怀着难以排除的烦闷心情醒来。秋天的时候,他就预料到会有这样的结局,但是竟来得这么突然,这使他感到惊讶。葛利高里注意到,人们对战争的不满情绪,起初只像淙淙的小溪,在连里和团里潺流,现在不知不觉地就汇合成巨大的洪流。今天,只见这股洪流正拼命地冲击着战线。

早春时节,骑马经过草原的旅人,会遇到类似的情况:阳光灿烂,四周是一片原封未动的紫色的积雪。但是积雪下面,却正在进行着眼睛看不见的、永恒的、壮丽的工作——解放大地。太阳在一点一点地吞着积雪,下面渗出的潮气侵蚀它。夜里雾气弥漫——早晨雪上的薄冰咯吱咯吱、轰隆轰隆地响着塌陷下去,大道上和车辙沟里从高原流来的绿水横溢,马蹄把融雪溅向四面。天气转暖。沙土山丘上的积雪在融化,露出了地面,散发出原始土壤和腐烂的野草气味。半夜里,山谷咆哮,崩雪覆盖的荒沟在轰鸣,雪融后露出的、像天鹅绒一样乌黑的秋耕地上冒着甜滋滋的烟气。黄昏时分,草原上的小河呻吟着,挣破身上的坚冰,迅速上涨,像乳母鼓胀的乳房一样满潮的河水,冲着冰块,蜂拥而去;冬天的突然退却,使站在沙岸上的旅人大吃一惊,他的眼睛在寻觅水浅的地方,用鞭子抽着大汗淋漓、耳朵直颤动的马。然而四周的一片

---

① 《圣经》故事中说,少年大卫在与巨人歌利亚格斗中杀死了对手,而后为王。

雪野却在叛逆地闪着天真的蓝光,依然是一片白茫茫的、昏昏欲睡的寒冬……

维申斯克团后退了一整天。辎重队在大道上飞奔。右方远处,在地平线上灰色云峰的后面,炮声像山崩似地在轰鸣,连队在融化了的、像施过肥似的、泥泞的道路上行进,马蹄把湿雪地踏得稀烂,距毛上沾满了污泥。传令兵在路边奔驰。身披闪光的蓝色羽毛的短尾巴、笨拙的乌鸦,像徒步的骑兵一样,沉默庄严,一摇一晃地在道旁漫步;它们像在阅兵一样,目送着退却的哥萨克连队、衣服褴褛的哥萨克步兵纵队和辎重车辆从自己面前走过。

葛利高里深知,任何力量也不能阻挡这股势如破竹似的退却洪流。夜里,他怀着喜悦的决心,擅自离开了团队。

"你这是准备到哪儿去呀? 葛利高里·潘苔莱耶夫?"一直在用嘲笑的目光注视着葛利高里把雨衣套在军大衣外边,又挂上马刀和手枪的米吉卡·科尔舒诺夫问。

"与你有什么相干?"

"我觉得奇怪。"

葛利高里蠕动了一下颧骨上的粉红色小瘤子,但是却高兴地、挤了挤眼回答说:

"到逍遥津去。明白了吗?"

他走了出去。

他那匹没有卸鞍子的战马拴在那里。

在寒夜霜烟弥漫的大道上,他一直跑到天亮。"我在家里住上几天,等听到他们开过来的时候,再回到团里去。"他不情愿地想着那些昨天跟自己并肩作战的人。

第二天的黄昏,他已经把马牵进了自家的院子,这匹马两天奔驰了二百俄里,已经消瘦、疲劳得直打晃了。

第十一章

十二月七日,新切尔卡斯克已经知道协约国的军事代表团到达的消息。满城盛传,一支强大的英国海军舰队已在新俄罗斯克港内抛锚,从萨洛尼卡调来的大批协约国海军陆战队已在登陆,又说法国的一个外籍步兵军团已登陆完毕,近日即将与志愿军协同展开进攻。谣言像滚雪球似地在城里传播……

八日早晨,克拉斯诺夫命令派禁卫军阿塔曼斯基团的哥萨克去作仪仗队。匆忙装备了由阿塔曼斯基团的青年哥萨克组成的两个连,给他们穿上长筒靴和佩有白色武装带的制服,又同样匆忙地把他们和一个号兵连一起送往塔甘罗格。

在俄罗斯南方的英法军事代表团的代表们,为了执行一项特殊的政治侦察任务,决定派几个军官到新切尔卡斯克去。他们的任务是了解顿河地区的形势和与布尔什维克继续进行斗争的前景,英国派的是陆军大尉邦德、中尉布卢姆菲尔德和孟罗。法国派的是陆军上尉奥申、中尉久普列和富尔。协约国军事代表团这么几个微不足道的低级军官的到来,由于某种奇缘,一下子就变成了"特使",在将军府里面引起了极大的骚乱。

几位特使被隆重地接到新切尔卡斯克。极度的逢迎、拍马弄昏了这几个原是很本分的军官的头脑。于是他们自己也有点儿飘飘然了,感到自己"真正的"伟大,就开始以保护者自居、高高在上地看待这些大名鼎鼎的哥萨克将军和伟大的、有名无实的共和国的高官显贵。

两个年轻的法国中尉,在跟哥萨克将军们谈话时,在那种文雅的外表和举止以及假装的法兰西式的亲热的口气中,已经带出俯就和高傲的冷漠的调子。

晚上,在将军府里举行了百人的盛宴。宴会厅里回荡着军队合唱队像缎子一样轻柔、滑润、由响亮的男高音衬腔伴奏的哥萨克民歌声,管乐队在轰鸣,肃穆庄严地演奏着协约国各国的国歌。“特使”们都恰如其分地、谦逊而又庄重地吃喝着。将军的贵宾们都意识到这一时刻的伟大历史意义,悄悄地观察着这里的人们。

克拉斯诺夫开始致欢迎词:

“诸位,你们正置身于这座具有历史意义的大厅里,上一次,一八一二年人民战争的英雄们正从墙上默默地注视着你们。普拉托夫、伊洛瓦伊斯基和杰尼索夫①使我们想起了那些神圣的日子,就是巴黎人向自己的解放者——顿河哥萨克致敬的日子,那时候,亚历山大一世皇帝从断垣乱瓦的废墟中重新建立了美丽的法兰西……”

“美丽的法兰西”的代表们,由于多喝了几杯齐姆良的佳酿,高兴起来,眼睛油亮,但是他们还是聚精会神地听完了克拉斯诺夫的欢迎词。克拉斯诺夫不厌其烦地描述了“在野蛮的布尔什维克桎梏下的俄罗斯人民”遭受的深重灾难后,慷慨激昂地结束说:

“……俄罗斯人民的优秀的代表人物正在布尔什维克的刑讯室里就义。他们的目光转向你们:他们正等待你们的援救,你们应该援助他们,只有他们,而不是顿河,需要你的援助。至于顿河,我们可以自豪地说:——我们已经享有充分的自由!但是我们的最终意图,我们斗争的目的——是为了伟大的俄罗斯,忠实于自己的盟友,为同盟者的利益正在牺牲自己的俄罗斯,它正在殷切地期待着盟友们的援助。一百〇四年前的三月里,法兰西人民夹道欢迎亚历山大一世皇帝和俄罗斯的禁卫军,从那个时候起,法兰西人民的生活进入了一个新的时代,这个时代使法兰西成了头等强国。一百〇四年前,我们的首领,普拉托夫伯爵曾经访问过伦敦。我们将在莫斯科欢迎你们!我们等候你们的到来!我们要陪同你们在胜利进行曲和我们的国歌声中,步入克里姆林宫,与你共享和平与自由!伟大的俄罗斯!我们全部的理想和希望都包括在这几个字里!”

克拉斯诺夫一讲完结束语,邦德大尉站了起来。在他用英语致词的时候,全体参加宴会的人都保持着死一般的寂静。译员情绪昂扬地

① 普拉托夫、伊洛瓦伊斯基和杰尼索夫都是一八一二年卫国战争时期的哥萨克将军。

翻译起来：

“邦德大尉用他个人和奥申上尉的名义，向顿河军司令声明：协约国各国正式派来代表，目的是了解顿河地区的情况。邦德大尉保证说，协约国各国将竭尽全部力量和物资，包括派遣军队，来援助顿河军和志愿军与布尔什维克进行英勇的斗争。”

翻译还没来得及译完最后的一句话，已经爆发了三次震耳欲聋的“乌拉”声，震得大厅的墙壁直抖。大家在雄壮的音乐声中碰起杯来。为“美丽的法兰西”和“强大的英吉利”干杯，为“为战胜布尔什维克”干杯……顿河产的香槟酒在杯子里咝咝响着冒泡，陈年的“灯牌”葡萄美酒闪着金光，散发出甜蜜芬芳的香味……

大家都在期待协约国军事代表团的代表讲话，邦德大尉没有使人们失望，说：

“我提议为伟大的俄罗斯干一杯，而且我希望能在这里听到你们原先的美妙的国歌。我们不必理会歌词的含义，我只是很想听听这首歌曲的音乐……”

译员把话翻译出来，克拉斯诺夫把激动得变得灰白的脸扭向贵宾，声嘶力竭地喊：

“为伟大、统一、不可分割的俄罗斯干杯，乌拉！”

乐队开始雄壮地、气势磅礴地奏起《上帝，保佑沙皇》。全体肃然起立，干掉杯中酒。白发苍苍的大主教格尔莫根的脸上老泪纵横。“这太妙啦！……”醉醺醺的邦德大尉兴高采烈地说。高官显贵的来宾中有一位激动过度，竟把大胡子埋在一条涂满一粒粒压碎的鱼子酱的餐巾里，不成体统地号啕大哭起来……

这天夜里，从亚速海沿岸袭来的寒风在城中咆哮、肆虐。教堂的圆顶在今冬第一次的暴风雪中闪着死沉沉的光辉……

这天夜里，在城外黄泥沟里的垃圾场上，执行野战军事法庭的判决，枪毙煤矿铁路工人，布尔什维克。他们都是五花大绑，两个一批，被押到沟坡上，用手枪和步枪照直对他们开枪，寒风吹息了枪声，就像吹灭纸烟的火星似的……

可是由禁卫军阿塔曼斯基团的哥萨克组成的仪仗队，在将军府的门外，却被砭骨的寒风冻成了冰棍。哥萨克冻得发黑的双手紧握出鞘的马刀柄，眼睛冻得眼泪汪汪，腿全冻木了……一直到天亮，从将军府里不断地传出醉酒的人们的喊叫、乐队的像浪涛拍岸的轰鸣声和军队合唱团男高音哭丧似的颤音……

过了一个星期，非常可怕的事情终于发生了——战线开始崩溃，头一个放弃阵地的是据守在卡拉契战线上的第二十八团，彼得罗·麦列霍夫就在这个团。

哥萨克和第十五因津斯基师指挥部经过多次秘密谈判后，决定撤出阵地，不加阻拦地让红军部队通过顿河上游地区。一个叫雅科夫·福明、目光短浅没有什么知识的哥萨克成了这个叛乱团队的领袖，但是实际上福明只不过是块招牌，他背后却是由一个同情布尔什维克的哥萨克小组在掌权并操纵福明。

召开了一次群情激动的大会，会上，军官们怕有人在背后对他们开枪，不情愿地论证继续战斗的必要性，而哥萨克们却坚决一致地、毫无条理地叫喊着那些大家早已听厌了的、不要战争要跟红军讲和的口号。会后，团队就出发了。经过第一程的行军后，来到索隆卡镇，团长菲利波夫中校率领着大部分军官，趁夜离开了队伍，黎明时分就加入了在战斗中受了重创、正在退却的莫勒哀伯爵指挥的那个旅。

第三十六团也紧跟着第二十八团放弃了阵地。这个团包括全部军官在内，建制完整地开到了卡赞斯克镇。团长是个身材矮小、贼眉鼠眼的家伙，奴颜婢膝地拍哥萨克们的马屁，他在几个骑士的簇拥下，骑着马来到兵站主任的房前，气势汹汹地走进屋子，手里玩弄着马鞭。

“哪位是主任呀？”

“我是副主任，”司捷潘·阿司塔霍夫站起来，很有身份地回答说，“军官老爷，请您关上门。”

“我是第三十六团团长，瑙莫夫中校。嗳……我很荣幸……我的团需要军装和靴袜。我的士兵都还光着身子赤着脚呢。您听见了吗？”

“兵站主任不在这儿，他不在，我是连一双毡靴也不能从仓库里拿给您的。”

“这是怎么回事？”

“就是这么回事。”

“你！……你这是在对谁这么说话？……我要逮捕你，鬼东西！弟兄们，到他的地窖里去拿！你这个躲在后方的老鼠，仓库的钥匙在哪儿呀？……什么——啊——啊？”瑙莫夫在桌子上抽了一鞭子，气得脸色煞白，把毛烘烘的满洲皮帽子推到后脑勺上，“把钥匙交出来——别废话！”

过了半个钟头，一捆一捆的鞣皮的短皮大衣、一捆一捆的毡靴和长筒皮靴冒着黄色的烟尘，从仓库的门里扔到雪地上，扔到挤在门口的哥萨克们的手里，装着砂糖的袋子从人们手里传出去。热闹快活的人声在广场上回荡了很久……

就在这时候，第二十八团在新团长福明军士的率领下，开进了维申斯克镇。因津斯基师的部队也跟在他们的后面开来，相距约三十俄里的光景。红军的侦察兵在这一天已经到了杜布罗夫卡村。

在这之前四天，北方战线的司令官伊万诺夫少将和参谋长扎姆布尔日茨基将军，仓皇撤往卡尔金斯克镇。他们的汽车轮子在雪地上空转不前，扎姆布尔日茨基的妻子紧咬着已经流血的嘴唇，孩子们在哇哇地啼哭……

维申斯克镇有几天陷入无政府状态。谣传正在卡尔金斯克镇集结军队，准备攻打第二十八团。但是十二月二十二日，伊万诺夫的副官从卡尔金斯克镇来到维申斯克，笑嘻嘻地把他忘在司令官住过的房子里的东西都拿走：一顶钉着新帽徽的夏季军帽、一把头发刷子、内衣和其他一些零碎东西……

红军第八军的部队冲进了北方战线形成的一百俄里宽的缺口。萨瓦捷耶夫将军不战，向顿河退去。菲茨哈拉乌罗夫将军的几个团也仓皇向塔雷和博古恰尔方面撤退。北方有一个星期的工夫异常安静。听不见大炮的轰隆声，机枪也沉默了。被顿河上游的几个团的叛变弄得士气消沉、原在北方战线作战的下游哥萨克也都不战而退了。红军小心翼翼地、慢慢地向前推进,先派出侦察兵仔细搜索前面的村庄。

喜事使顿河政府忘记了北方战线的惨败。十二月二十六日,协约国的军事代表团光临新切尔卡斯克。代表团成员有英国驻高加索军事代表团团长普尔将军和参谋长基斯上校,法国代表——弗兰舍·戴·埃斯佩列将军和富克上尉。

克拉斯诺夫陪同协约国代表赴前线视察。十二月寒冷的早晨,奇尔车站的站台上摆好了仪仗队。胡子耷拉着、一副醉鬼相的马蒙托夫将军一向不修边幅,但是这一次军装却穿得笔挺,新刮的脸上闪着青光,在一群军官的簇拥下,在月台上踱步。大家在恭候专车的到达。军乐队队员们在车站一侧跺着脚,用冻得发青的手指头演奏着。由下游各集镇发色不同,年龄各异的哥萨克组成的彩色绚丽的仪仗队排列在月台上。还没有长胡子的青年和白发苍苍的老头子并列,中间夹杂着些蓄着额发、久经战阵的老兵。老爷子们的军大衣上都挂着洛夫恰和普列夫那战役的金银十字章和勋章,中年哥萨克身上也都密密层层地挂满了十字章:有的是在格奥克——捷佩和桑杰帕城下战役中勇猛冲杀获得的,有的是在对德战争中——攻占普热米什尔、华沙、利沃夫等各次战役中获得的。青年的哥萨克身上一无所有,但是他们把身体挺得笔直,极力在各方面模仿他们的前辈。

火车在乳白色的蒸汽的笼罩中轰轰隆隆地驶近月台。普尔门式客车的车门还没有打开,乐队指挥狠命地把手一挥,乐队高奏起英国国歌。马蒙托夫手扶马刀,急忙向专车走去。满面喜色的主人克拉斯诺夫,偕同贵宾从木然呆立的哥萨克的队列前走过,向车站走去。

"为保卫祖国,击退来犯的野蛮赤卫军匪帮,哥萨克全民奋起。你们在这里看到的是哥萨克三代人的代表。这些人曾经在巴尔干、日本、奥匈战线和普鲁士战斗过,现在又为祖国的自由而战。"克拉斯诺夫用漂亮的法语说,面带微笑,像沙皇似的向大瞪着眼睛,连气都不敢喘地直立在那里的老头子们点头。

马蒙托夫按上级布置,挑选仪仗队的一番苦心没有白费。这一出表演得很出色。

协约国的代表们巡视了前线,满意地返回新切尔卡斯克。

“将军阁下的部队军容整齐，纪律严明，斗志高昂，我深感满意。”普尔将军行前对克拉斯诺夫说，“我立刻就命令，把我们的第一批步兵从萨洛尼克运到您这儿来。我请求您，将军阁下，准备三千件皮袄和三千双防寒的靴子。我希望，在我们的援助下，您能彻底消灭布尔什维主义。”

……急忙赶制短皮大衣，制作毡靴子。但是不知道为什么协约国的陆战队并没有在新俄罗斯克登陆。普尔回伦敦去了，换来了冷若冰霜的、傲慢的布里格斯。他从伦敦带来了新的指示，用将军式的直截了当、严酷无情的腔调声明说：

“英皇陛下政府将给予顿河志愿军全面的物质援助，但是一兵一卒也不能发。”

这个声明清楚得根本不需任何解释……

第十二章

像一条看不见的犁沟把军官和哥萨克隔开的敌视情绪，早在帝国主义战争时期已经存在，到一九一八年秋，达到了空前未有的程度。一九一七年年末，当哥萨克部队缓缓地返回顿河时，枪杀和出卖军官的事件还很少发生，可是过了一年，这类事件却变成家常便饭了。在进攻的时候，军官们被迫仿效红军指挥员的样子，走在散兵线前面——哥萨克们不声不响地、偷偷地朝他们背上开枪。只有像贡多罗夫斯基乔治十字章团那样的队伍，官兵还团结得很牢固，但在顿河军中，这样的队伍却不多见。

顽固不化、但是十分狡狯、机灵的彼得罗·麦列霍夫早就明白，跟哥萨克们不和等于去找死，所以从一开始，他就想尽办法消除军官和普通哥萨克之间的隔阂。在适当的场合，他也跟哥萨克们一样，抱怨一通毫无意义的战争；可是言不由衷，非常勉强，但是人们并没有看出他的虚伪；他假装同情布尔什维克，一见到福明被推举为团长，便拼命拍他的马屁。彼得罗也像其余的人一样,并不反对抢劫财物,咒骂上级,可怜可怜俘虏,但与此同时,心里却充满了仇恨,想打人、杀人,急得心里发痒,两手发颤……在工作上他很驯顺、没有架子,——柔软如蜡,根本不像个少尉军官!彼得罗骗取了哥萨克的信任,他能当着他们的面儿变换脸色。

在索隆卡镇附近,菲利波夫把军官都带走的时候,彼得罗却留了下来。他温顺寡言,总是躲在人后,不出头露面,对什么事都忍让为怀,跟着团队一同到了维申斯克。在维申斯克待了两天,他再也忍不下去了,也没有去团部,也没有去见福明,就溜回家去了。

那天,从一清早就在维申斯克大校场上,古老的教堂边开军人大会。维申斯克团正在等待因津斯基师的代表们到来。穿军大衣的、短皮大衣的——用光板皮和军大衣缝制成的——穿常礼服和腰间有褶的棉袄的哥萨克们,成群结队地在校场上游荡。简直不能相信,这群穿着五花八门的衣服的人竟是战斗部队,就是第二十八哥萨克团。彼得罗忧郁地从这一伙人走到那一伙人跟前,像看稀罕物似地打量着哥萨克们。从前,在战场上,他从未留心过他们的服装,而且也没有看见过一团人这样密密麻麻地挤在一起。现在,彼得罗憎恨地咬着乱蓬蓬的白胡子,看着结满白霜的脸,看着戴各种颜色的羊皮高帽、带护耳的大皮帽、库班式皮帽和制帽的脑袋;再朝下看去,同样丰富多彩:穿破烂毡靴子的、皮靴的,穿着从红军脚上脱下来的短筒皮靴,上面再打着裹腿的。

"简直是群叫化子!该死的庄稼佬!怪物!"彼得罗怀着无可奈何的憎恶心情自言自语地说。

福明的告示在板棚墙上闪着白光。街道上看不到一个居民。市镇像在等待什么似地隐藏了起来。从胡同口上可以看到被大雪掩盖的一片莽莽的顿河。河对岸耸立着黑魆魆的树林,像一幅淡墨画。从各村来看望丈夫的女人,像羊群一样,挤在老教堂的灰色石墙下。

彼得罗穿着衣襟上镶着毛皮边、前胸有个大口袋的短皮大衣,戴着顶该死的、军官式的羊皮高帽,曾几何时,戴着这顶帽子他曾感到那么自豪,可是现在,却每时每刻都感到有斜视的、冷淡的目光投到自己身上来。这种目光刺伤了他的心,更加剧了他那惶惶不可终日的心绪。

他模糊地记得，一个身材矮小的红军战士，穿着厚呢军大衣，戴着护耳扣带解开的新羊羔皮帽子，跳到校场当中的一只倒放着的大木桶上，用一只戴着绒手套的手整理了一下围在脖子上的灰色兔毛哥萨克围巾，四下扫了一眼。

“哥萨克同志们！”他那伤风的、低沉的声音刺着彼得罗的耳朵。

彼得罗四下看了看，只见哥萨克们被还没有听惯的话语弄得神色不宁，面面相觑，满怀希望，心情激动地在彼此挤眼睛。红军战士讲了很长时间，讲到苏维埃政权，讲到红军及其与哥萨克的相互关系等等问题。彼得罗记得特别清楚——演说者的话总是被喊声打断：

“同志，公社是什么玩意儿？”

“会不会逼着我们参加呢？”

“共产党是干什么的？”

红军战士两手贴在胸前，不断向四下转动着身子，耐心地解释着：

“同志们！共产党——是志愿参加的。凡是愿意为工人和农民从资本家和地主的压迫下解放出来的伟大事业奋斗的人，都可以自愿加入共产党。”

过了一会儿，另一个角落里又喊叫起来：

“我们请求你讲讲共产党员和政治委员是怎么回事！”

回答以后，没过几分钟，又有人愤怒地用低音叫起来：

“你说的有关公社的事，我们听不明白。恳求你再解释解释。我们都是些没有文化的人。请你用些简单的话给我们讲讲吧！”

后来福明又唠唠叨叨地讲了半天，不管恰当不恰当，总要乱扯上“撤退”这词儿，故意卖弄。福明的身边总有个戴大学生制帽、穿着漂亮大衣的机灵小伙子，像泥鳅似的围着他转，献殷勤。但是彼得罗听着福明语无伦次的话，想起了在一九一七年二月，达丽亚去看望他的那天，他在开赴彼得格勒去时的一个车站上，第一次看见福明的情形。这个开小差的阿塔曼斯基团的哥萨克站在彼得罗面前，穿着一件军大衣，肩上钉着有“五二”番号的破旧下士肩章，他的两只隔得很开的眼睛严厉、湿润地闪烁着，他的动作很拙笨。“受不了啦！老弟！”彼得罗似乎又听到这几个模糊不清的字。“逃兵，一个像赫里斯托尼亚一样的傻货，现在居然当了团长，我却被冷落。”彼得罗激动地闪动着眼睛，心里想。

一个浑身缠着机枪弹带的哥萨克替下了福明。

“弟兄们！我曾经参加过波乔尔科夫的队伍，现在，上帝保佑，也许我还能跟自己人一起再去打士官生了！”

彼得罗匆匆走回住处。他备上马，听到哥萨克们在走出市镇时放的枪声，这是按照老规矩，通知自己的村庄，有服役的人回家来了。

第 十 三 章

短促的、寂静得令人不安的日子在将尽的时候却像收获时节那样，显得长了。各个村庄都像僻静的原始草原一样寂静、荒凉。整个顿河沿岸的地方仿佛都已死去，仿佛瘟疫已经吞噬了镇属地区所有的村庄。顿河上下，乌云密布，阴沉、漆黑的云翼无声地伸展开去，阴森可怕，一阵旋风袭来，杨树弯得紧贴近地面，干裂刺耳的霹雷声滚滚而来，横扫、摧毁顿河对岸惨白的树林，石灰山崖上巨大的岩石纷纷崩裂下来，暴风雨发出死亡的绝叫……

从大清早起，鞑靼村大雾弥漫。山谷在咆哮，预示寒冬即将来临。将近中午，太阳时而从迷雾中钻出来，但是天空并未因此显得明亮些。云雾惘然若失地在顿河沿岸的山顶上徘徊，撞在山崖上，撞在小山头上，消逝在那里，在生满了苔藓的石灰岩板上，在白雪覆盖的山脊上，洒下一层潮湿的灰尘。

傍晚，黑夜就先把一轮发红的大月亮从一片光秃秃的树林后面托上来。月亮闪着战争和火灾的血红的折光，烟雾朦胧地照耀在村庄的上空。冷酷、耀眼的月光照得人们心慌意乱，六畜不安。马和牛都彻夜不眠，天不亮就在院子里乱跑。狗在狂吠，不到午夜，公鸡就用各种腔调叫个不停。不到天亮，严寒已经在潮湿的树枝上结了一层薄冰。风吹动冻冰的树枝，就像铁马镫一样叮当乱响。仿佛有看不见的千军万马，在顿河左岸的黑树林里，在灰蒙蒙的夜色中行进，枪刀和马镫齐鸣。

原在北方前线的鞑靼村哥萨克，几乎全都擅自离队，慢慢地汇向顿河，回到村子里来了。每天都有迟到的征人归来。有的为了长久不再骑上战马，等待红军的到来，就把打仗的那套家伙塞到草堆里，或者藏在板棚的屋檐下，有的则推开雪封的篱笆门，把马牵进院子，补充一些干粮，跟老婆睡上一夜，第二天一早就又奔上大道，从山岗上最后一次看看白莽莽、肃穆广漠的顿河，看看可能从此永别的故乡。

谁愿意早早去送死？谁能预卜人世沧桑？……战马对故土都依依难离。哥萨克们就更难从忧心如焚的心上撕下对亲人的牵挂。多少人的思想，此时此刻都又顺着这条风雪弥漫的大道返回家园。有多少痛苦的思想斗争是在这条大道上进行的……也许，带着像血一样咸味的热泪，正是在这里顺着鞍翅，落到冰冷的马镫上，洒在铁蹄踏烂的大道上。从此，这地方，就是春暖花开的时节，也不再会开出黄色的、天蓝色的送别离人的花朵！

彼得罗从维申斯克回来的那天夜里，麦列霍夫家开了个家庭会议。

“喂，怎么样？”彼得罗刚一跨进家门，潘苔莱·普罗珂菲耶维奇就问，“打够仗啦？没戴肩章回来的啊？好，快进家吧，去跟弟弟握握手，叫你老娘高兴高兴，你老婆想你都快想疯啦……好啊，好啊，彼佳沙①……葛利高里！葛利高里·潘苔莱维奇，你怎么总像土拨鼠一样，躲在炉炕上？下来吧！”

葛利高里垂下腿上穿着紧口保护色裤子的光脚，含笑搔着长满胸毛的胸膛，看着彼得罗会意地哧哧笑了一声之后，在往下摘武装带，用冻僵的手指解着风帽扣。达丽亚含情脉脉地瞅着丈夫，给他解短皮大衣的扣子，担心地从右面绕过去，因为手枪皮套旁边，腰带上挂着一个闪着灰色光泽的手榴弹。

杜妮亚什卡没等站住脚，在哥哥的挂着白霜的胡子上亲了亲，就跑出去收拾马匹。伊莉妮奇娜用围裙擦着嘴唇，准备亲一亲“大小子”。娜塔莉亚正在炉子边忙活。两个孩子揪着她的裙子，偎依在她身边。

① 彼得罗的爱称。

全家都在等待彼得罗说话,可是他从在门口沙哑地说了一声:“你们都好啊!”就哑巴似的脱起衣服来,用小笤帚扫了半天靴子,等他把弯着的脊背挺直,嘴唇突然可怜地哆嗦起来,不知道为什么失魂落魄地靠在床背上,出乎大家的意料,只见他冻得发青的脸颊上热泪滚滚。

“我说,老总!你这是怎么啦?”老头子用玩笑口吻掩饰自己的惊慌和喉咙里的颤抖,问。

“我们完蛋啦,爸爸!”

彼得罗把嘴撇得很长,抖动了一下淡白的眉毛,扭过脸去,往散发着烟臭味的脏手绢里擤了半天鼻涕。

葛利高里把正跟他亲热的小猫推开,咳嗽了一声,从炉炕上跳下来。母亲吻着彼得罗长满虱子的脑袋,哭起来,但是立刻又从他身旁走开了。

“我的宝贝儿!我的可怜的儿子,你要喝点儿酸牛奶吗?你快去坐下吃吧,菜汤都要凉啦。大概饿了吧?”

彼得罗坐在桌边,把侄子放在膝盖上逗弄着,精神来了;他压制着心头的激动,讲起了第二十八团从前线撤退,军官们逃走,福明的来历以及他在维申斯克参加的最后一次群众大会的情形。

“你打算怎么办?”葛利高里那只青筋嶙嶙的手仍然放在女儿的脑袋上,问。

“还有什么可打算的。明天我在家待一白天,夜里就走。妈妈,请您给我准备点儿干粮。”他转向母亲说。

“你要跟着撤退,是吗?”

潘苔莱·普罗珂菲耶维奇把手指头塞进烟荷包,捏着一撮烟叶,就这样停在那里,烟末往下撒着,等待儿子的回答。

彼得罗站起来,朝黑乎乎的圣像画着十字,神色严肃、悲伤。

“基督保佑,吃得太饱啦!……你问跟不跟着撤退吗?不走怎么办呀?我怎么能留在这儿呢?等红鬼来砍我的脑袋呀?也许你们是想留在这儿的,可是我……不行,我是要走的!他们对军官是不客气的。”

“那这个家怎么办?扔掉吗?”

彼得罗没有回答老头子的问话，只是耸了耸肩膀。但是达丽亚立刻插嘴说：

“你们都走，我们就该留在这里？好啊，真有你们的！我们给你们看守家业！……为了这个我们，也许，连命都要送掉！放把火烧掉算啦！我绝不留在这里！”

就连娜塔莉亚也插嘴了。她的喊叫压下了达丽亚像歌剧里的宣叙调似的响亮的话声：

“如果村子里的人全都走——那我们也不能留下来！我们走着逃难去！”

“混蛋娘儿们！一群母狗！”潘苔莱·普罗珂菲耶维奇大瞪着眼睛，不由自主地伸手去摸索拐杖，发疯似地怒吼道，“住口，你们这些该死的玩意儿，混账东西！男人家的事儿，她们也来瞎掺和……好啊，咱们把什么东西都扔掉，都他妈的逃得远远的！可是牲口怎么办？把它们揣在怀里吗？还有房子呢？……”

“你们这些傻娘儿们，简直是疯啦！”伊莉妮奇娜气哼哼地护着老头子说，“家业不是你们积攒起来的，你们当然扔了也不心疼。这是我和老头子没白没黑地奔来的，就这样轻易扔掉？那可不成！”她紧闭上嘴唇，叹了一口气，“你们走吧，我哪里也不去。叫他们把我杀死在自己家门口吧，——总比饿死在别人的篱笆下面要舒服得多啊！”

潘苔莱·普罗珂菲耶维奇哼哼着，喘着粗气，捻了捻灯芯。大家一时都沉默了。杜妮亚什卡正在织一只袜筒，从织针上抬起头来，小声说：

“咱们可以把牲口带走嘛……别为了牲口就留下来呀。”

这番话又把老头子惹火了。他就像一匹拴着的儿马，乱跺起脚来，被躺在炉子旁边的小羊羔绊了一跤，差点儿摔倒。他站到杜妮亚什卡面前，大声喊叫：

“赶着牲口走，说得那么容易！老母牛要生犊啦，这怎么办？你能把它赶到哪儿去？你这个糊涂丫头，没家没业的玩意儿！下流东西！贱货！为他们奔哪、攒哪，可是到头来，你听他们说什么呀！……还有羊呢？小羊羔放到哪儿去呀？……唉，唉，你这个混账女儿！住嘴吧！”

葛利高里斜眼看了看彼得罗，哥哥还是很久很久以前的老样子：亲切的褐色眼睛里闪着顽皮、嘲弄、同时又很老实、恭顺的微笑和麦色胡子的熟悉的颤抖。彼得罗闪电似地挤了挤眼，就全身摇晃着哈哈大笑起来。葛利高里高兴地感到，自己心里也产生这种近几年来很少有的要大笑一番的兴头，于是就毫不隐瞒，闷声哈哈大笑起来。

“喏，好啦！……上帝保佑……说得够多啦！”老头子生气地看了他一眼，转身对着结满毛茸茸的白霜的窗户坐了下来。

直到半夜，才做出了意见一致的决定：哥萨克都跟着撤退，婆娘们全留在家里看守房子和家业。

伊莉妮奇娜在天亮以前就生好了炉子，天亮的时候，已经烤好了面包并且烤出了两口袋面包干。老头子就着灯光吃过早饭，天一亮就去收拾牲口，准备坐着走的爬犁。他把手伸进装满麦子的粮囤里，圆滚滚的麦粒从他的手指缝里漏了下去。他在谷仓里站了很久。然后，像告别死人似的，摘下帽子，轻轻地关上身后黄色的板门……

他又在板棚檐下忙活起来，正换着爬犁上的坐筐，这时候赶着牛去饮水的阿尼库什卡走到胡同里来了。他们道了早安。

“准备好撤退了吗，阿尼凯？”

“我有什么好准备的，我是光着身子系腰带。我的一切都包在我的皮里，捡到别人的就穿在身上！”

“听到什么消息了吗？”

“消息可多啦，普罗珂菲奇！”

“怎么样啊？”潘苔莱·普罗珂菲耶维奇把斧子砍到爬犁的扶手上，惊奇地问。

“红军马上就到。他们已经逼近维申斯克。有个从大雷村来的人看见啦，他说，事情好像很不妙，他们到处杀人……他们的队伍里有很多犹太人和中国人，叫他们都见鬼去吧！我们从前把这些恶鬼打得太轻啦！”

“他们杀人？”

“哼，难道他们能光闻闻味儿就算啦？可这都是些该死的奇加①呀！”阿尼库什卡大骂不止，从篱笆前面走过去，他一面走，一面又说，“顿河对岸的婆娘们烧了烧酒来灌他们，省得他们糟踏妇女，这一来，强盗们喝痛快了，就去抢别的村子，到那里去翻箱倒柜。”

老头子把坐筐换好，又把所有的板棚都看了一遍，打量着他亲手栽的每根柱桩和篱笆。后来，他拿起网袋，一瘸一拐地走到场院，去装路上喂牲口的干草。他从架子上拿下一把铁钩子，似乎还没有意识到这次离家也许就再也回不来了，所以总拣着坏的，掺杂着艾蒿的干草往下拿（他向来是把好草留着春耕时候用），但是忽然改变了主意，心里埋怨着自己，走到另一个草垛前。他好像并没有想到，再过几个钟头他就要离别家园和村庄，到南方的什么地方去逃难了，也许根本就回不来了。他钩下了干草，又习惯地伸手去拿耙子，想把地上掉的干草耙到一起儿，但是伸出去的手突然像被烫了一下似的缩了回来，于是一面擦着风帽下汗淋淋的额角，一面自言自语地说：

“这会儿我还这么爱惜它干什么呀？反正是都要撒到他们的马蹄下，全都糟踏了，或者是一把火烧掉。”

他把耙子在膝盖上一折两段，咬得牙齿咯咯直响，显得更加衰老地驼着背，扛着钩干草的铁钩，老态龙钟地移动着两腿。

他没有进屋子，把门推开，说：

“准备走吧！我立刻就去套马。不要晚啦。”

他已经把拉套套在马身上，把装燕麦的袋子放在爬犁的后尾上，心里觉得奇怪，为什么两个儿子这么久了还不出来鞴马呢，于是又朝屋子走去。

屋子里简直是翻了天：彼得罗正在恶狠狠地把已经收拾好的撤退时要带走的包袱打开，把军裤、上衣、女人节日穿的漂亮衣服都扔在地上。

“这是干什么？”潘苔莱·普罗珂菲耶维奇大吃一惊，甚至连风帽都摘了下来，问：

“你看哪！”彼得罗用大拇指从肩膀上指着背后的娘儿们说，“又哭

① 对顿河上游哥萨克的恶称。

又号。咱们哪儿都不去啦！要走——就大家都走,要不——就谁也不走！也许红党会强奸她们,咱们能只顾自己去逃命吗？如果他们要杀的话——咱们就死在她们眼前吧！"

"爸爸,脱下衣服吧！"葛利高里含笑脱下了军大衣,摘下马刀,正在哭着的娜塔莉亚从后面抓住他的手亲了亲,满脸绯红的杜妮亚什卡兴高采烈地拍起手巴掌。

老头子戴上风帽,但是立刻又摘了下来,走到正对着门的墙边,画了一个大十字。又跪下磕了三个头,站起身来,看了看全家的人。

"好吧,既然这样,咱们就都不走啦！圣母保佑！我就去把爬犁卸了。"

阿尼库什卡跑来。只见麦列霍夫家的人个个都笑容满面,使他大吃一惊。

"你们这是怎么啦?"

"我们家的哥萨克都不走啦!"达丽亚替大家回答说。

"这太好啦！你们改变主意啦?"

"改变主意啦!"葛利高里勉为其难地龇着满口青中透白的牙齿,挤了挤眼说,"用不着去找死,它会送上门来的。"

"要是军官们都不走,那我们就更用不着逃啦!"于是阿尼库什卡像马似的,呱嗒呱嗒地跳下台阶,从窗前走过去了。

第 十 四 章

在维申斯克,福明的告示在大街小巷的木栅墙上被风吹得哗啦哗啦地响。时时刻刻都在等候着红军的到来。而白卫军的北方战线司令部就在离维申斯克三十五俄里的卡尔金斯克。一月三日午夜,切禅人①的队伍开到了,罗曼·拉扎列夫中校的讨伐队正以急行军队形从

① 北高加索的一个少数民族。

白卡利特文河口镇赶来堵截叛变的福明团。

切禅人本应在一月五日进攻维申斯克。他们的侦察队已经到了白山村。但是进攻半途而废;一个从福明团逃出来的哥萨克报告说,红军的一支大部队正在戈罗霍夫卡宿营,一月五日一定要进抵维申斯克。

正忙于招待莅临新切尔卡斯克的协约国代表团的克拉斯诺夫企图影响福明。他通过新切尔卡斯克——维申斯克之间的直通电报线与福明进行联系。在这以前,报务员一直在拼命呼叫"维申斯克——福明"。叫通以后,电报机上拍出如下的电文:

> 维申斯克福明收。福明军士,我命令你悬崖勒马,火速率部返回阵地。讨伐部队正在挺进。如敢违抗将处以极刑。克拉斯诺夫。

福明坐在煤油灯下,解开短皮大衣的扣子,看着一条窄窄的、打满了棕色字母的薄纸条弯弯曲曲地从报务员的指头缝里钻出来,他往报务员的后脑勺上喷着冷气和酒味说:

"喂,他在胡说些什么?叫我悬崖勒马?他说完了吗?……请告诉他……什——么?怎么不行?我命令你,否则我立刻把你的五脏六腑都掏出来!"

于是电报机又嗒嗒地响了起来:

> 新切尔卡斯克克拉斯诺夫将军收。滚你妈的蛋。福明。

北方前线形势严重,克拉斯诺夫决定亲赴卡尔金斯克,以便从那里直接挥动"惩戒的铁拳",讨伐福明,更主要的是想振作一下士气低沉的哥萨克。正是为了这个目的,他才邀请协约国的代表们同车去巡视前线的。

在布图尔利诺夫卡镇检阅了刚刚撤出战斗的贡多罗夫斯基乔治十字章团。检阅后,克拉斯诺夫站在团旗下,向右扭着身子,响亮地喊道:

"凡是在我指挥的第十团服过役的战士——向前一步走!"

差不多有一半贡多罗夫斯基团的哥萨克跨出了队列。克拉斯诺夫摘下了高皮帽,十字交叉亲了亲离他最近的一个已经不很年轻、但是非常英俊的司务长。司务长用军大衣的袖子擦了擦剪过的胡子,不知所措地大瞪着眼睛,呆立在那里。克拉斯诺夫吻了所有同团的人。协约国的代表们为之一惊,莫测其高深,彼此交头接耳,低语起来。但是等到克拉斯诺夫走回他们面前,解释了一番,惊愕立刻就变成了微笑和矜持的赞赏。克拉斯诺夫对他们说:

"这就是那些曾经跟着我在涅兹维斯克打过德国人,在别尔热茨和科马罗夫打过奥地利人,帮助我们战败敌人,取得共同胜利的英雄。"

……太阳两边,各竖着一道像漆着白箍的电线杆子似的彩虹,就像守在钱柜边的卫兵一样,一动也不动地站在那里。凛冽的东北风像号兵似的在树林子里呜咽,在草原上奔驰,像狂涛巨浪,把一片片毛烘烘的艾蒿刮倒,吹乱。一月六日的黄昏时分(奇尔河上已经暮色苍茫),克拉斯诺夫在英王陛下的军官——巴尔特洛上尉和埃利希中尉的陪同下抵达卡尔金斯克。协约国的代表们都穿着皮大衣,戴着毛茸茸的兔皮高帽,冻得浑身瑟缩,直跺脚,笑呵呵地下了汽车,身上散发出雪茄烟和香水气味。军官们在富商列沃奇金家里暖和了暖和,喝了茶,就随同克拉斯诺夫和北部前线司令伊万诺夫少将,来到布置在小学校里的会场。

克拉斯诺夫对怀有戒心的一屋子哥萨克讲了很久。大家都细心听他讲,秩序井然。但是当他绘声绘色地描述布尔什维克在他们占领的村镇里的"暴行"时,有人从弥漫着蓝色烟雾的后排怒吼一声:

"撒谎!"这一声喊使他前功尽弃。

第二天早晨,克拉斯诺夫和协约国的代表们匆忙驶往米列罗沃去了。

北部前线的司令部也同样匆忙地撤走了。切禅人整日在镇上搜捕不愿意撤退的哥萨克,直到黄昏。夜里焚毁了弹药库。步枪子弹噼噼啪啪地响成一片,就像焚烧干树枝一样;炮弹的爆炸声像山崩地裂,轰鸣不止,直到午夜。第二天,正当在广场上举行撤退前的祷告仪式时,卡尔金斯克的山岗上响起了机枪声。子弹像春天的雹子打得教堂的尖顶乒乓乱响,人们乱成一团,逃向草原。拉扎列夫带着自己的队伍和人数不多的哥萨克部队,企图掩护撤退的人们:步兵列成散兵线卧伏在风车后面,第三十六卡尔金斯克炮兵连在卡尔金斯克人费奥多尔·波波夫大尉指挥下,开炮急射进攻的红军,但是不一会儿,这个连就把炮挂上炮车逃走了。而红军的骑兵已经从拉特舍夫村迂回过来,包围了步兵,把他们压到荒芜的深沟里,砍死了二十多个卡尔金斯克老头子,有人嘲讽地称他们为"盖达马克"①。

第十五章

决定不跟着撤退逃难以后,家里的各种东西在潘苔莱·普罗珂菲耶维奇眼里重又有了价值和意义。

每天傍晚,他去喂牲口时,已经毫不犹疑地从次草堆上往下扒干草了,总要赶着那只怀崽的母牛在漆黑的院子里遛半天,心里高兴地想着:"要生牛犊子啦。肚子可真够大呀。上帝保佑,是不是双胞胎呀?"他重又觉得一切都是那么亲切,可爱了:一切本来他已经决定放弃的东西,现在又都跟原先一样,有意义,有分量了。就在天黑前这会儿工夫,他已经为把谷糠撒在猪圈旁边,为没有把牲口槽里的冰铲掉,而把杜妮亚什卡大骂了一顿,还把被司捷潘·阿司塔霍夫家的阉猪拱坏的篱笆修补好了。他顺便还问了问跑出来关百叶窗的阿克西妮亚,司捷潘是不是要跟着撤退?阿克西妮亚裹着披肩,像唱歌似地回答说:

"不走,不走,他往哪儿走啊?如今他躺在炉炕上,像是在发疟子……额角上滚烫,肚子疼得要命。司乔帕病啦。他不走……"

"我们家的人也是这样。就是说我们也不走啦。谁他妈的知道,究竟是走好,还是不走好呢……"

天色暗下来。顿河对岸,灰色树林后面,蔚蓝透绿的夜空中,北极星闪着耀眼的光芒。东天边上,一片紫红。一钩新月挂在树枝扎煞着

① 盖达马克原指十七至十八世纪起义反抗波兰地主统治的乌克兰哥萨克。一九一八至一九一九年国内战争时期,乌克兰反革命武装的某些部队以此自称。

的黑杨树梢头。雪地上一片迷离恍惚的阴影。雪堆变得黑乎乎的。四周是那么寂静，潘苔莱·普罗珂菲耶维奇听到有人，可能是阿尼库什卡，在顿河的冰窟窿边用铁棍凿冰。冰块四下飞溅，发出打碎玻璃般的响声，院子里，是牛有规律的咀嚼干草的咯吱声。

厨房里已经点上了灯。娜塔莉亚的影子在窗户的光亮中滑过。潘苔莱·普罗珂菲耶维奇很想进屋子去暖和暖和。他看见一家人全聚拢在一起。杜妮亚什卡刚刚从赫里斯托尼亚的老婆那里回来。她把盛酵母的杯子倒空，惟恐别人打断她的话似的，匆忙地讲着村里的新闻。

葛利高里正在内室里往步枪、手枪和马刀上擦油；他把望远镜包到手巾里，喊了彼得罗一声。

“你的家伙都收拾好了吗？拿来。得把它们藏起来。”

“如果需要自卫时怎么办？”

“老实点儿吧！”葛利高里笑着说，“小心，要是被他们发现了，就会为这点小事把我们吊在大门上绞死。”

哥儿俩一起走到院子里去。不知道为什么两人分着藏了起来。但是葛利高里把一支黑亮的新手枪塞在内室里的枕头底下。

刚吃过晚饭，大家无精打采地说着闲话，都准备睡觉了，忽然院子里用链子拴着的公狗沙哑地叫起来，带着链子乱挣，被皮圈勒得直哼哼。老头子走出去察看，回来时领着一个围巾一直缠到眉毛边的人。来人全副武装，紧扎着一条白腰带，走进来以后，画了个十字；从他那凝结了一圈白霜的像字母“O”的嘴里，喷出一股一股的热气。

“你们一定认不出我来了吧？”

“哎呀，这是马卡尔表哥呀！”达丽亚喊道。

这时彼得罗和其余的人才认出原来是一位远亲，马卡尔·诺盖采夫，——西金村的哥萨克，——是全区有名的、罕见的歌手和醉鬼。

“什么风把你刮来啦？”彼得罗仍然坐在那里，笑问。

诺盖采夫把胡子上的冰琉璃捋下来，扔在门口，跺了跺穿着缝上皮底的大毡靴的脚，开始不慌不忙地脱起衣服来。

“一个人撤退逃难，实在太无聊啦，——听说你们两位都在家。我想，走，到亲戚家去！我对老婆说，我去找麦列霍夫家的人，一块儿逃难要痛快得多啊。”

他摘下步枪，放到炉子旁边，跟火钳排在一起，引得婆娘们都笑了起来。背包塞在炉口堆炭灰的地方，马刀和鞭子却恭敬地放到床上。就是现在，马卡尔也还是喷着酒气，两眼醉意蒙眬，湿漉漉的大胡子缝里，露出一排像顿河的贝壳似的蓝锃锃的整齐牙齿。

“难道西金的哥萨克没有往外逃的吗？”葛利高里把镶着小玻璃珠的烟荷包递给他，问。

客人用手推开了烟荷包。

“我不会抽烟……哥萨克吗？有的走啦，有的在到处找洞藏起来。你们要走吗？”

“我们的哥萨克不走啦。你可别来引诱他们哪！”伊莉妮奇娜害怕地说。

“你们真要留下吗？我可不相信！葛利高里表弟，是这样吗？这要送掉性命的啊，弟兄们哪！”

“听天由命……”彼得罗叹了一口气，突然气得满脸通红，问：“葛利高里！你怎么样？还没有改变主意吗？也许咱们还是走吧？”

“不走。”

烟雾笼罩了葛利高里，久久地缭绕在他那鬈曲的、漆黑的额发上。

“父亲已经把你的马卸掉鞍子了吗？”彼得罗前言不搭后语地问。

大家沉默了半天。只有杜妮亚什卡脚下的纺车像黄蜂似的嗡嗡响着，催人欲睡。

诺盖采夫一直坐到天亮，总在劝说麦列霍夫兄弟一起逃到顿涅茨河对岸去。这一夜，彼得罗有两次光着脑袋跑出去备马，又两次在达丽亚威胁的逼视下跑出去卸掉了。

天已破晓，客人准备走了。他已经穿好了衣服，抓着门环，大声咳嗽了一阵，带着威胁的口吻说：

“也许你们这样做是好的，不过将来你们会后悔的。要是有一天，我们从那边儿回来了，——我们会想起，什么人给红军打开了进入顿河的大门，是什么人留下来为他们效力……”

从清晨起就下起了鹅毛大雪。葛利高里一走到院子里，就看到黑压压的一群人正从顿河对岸朝渡口走来。有八匹马拉着什么东西，传过来人声、赶马声和粗野的咒骂声。风雪弥漫，如在雾中，有许多人和马的灰色影子在晃动。葛利高里从四匹马套的样子看出：“炮兵连……难道是红军来了？”一想到这儿，心立刻就怦怦地跳起来，但是仔细一想，也就镇定下来。

疏疏落落的人流远远地绕过河上仰视着天空的、黑乎乎的冰窟窿，走近村子。但是走到上岸的地方，前面的一辆炮车碾碎了岸边的薄冰，一个轮子陷进冰窟里。寒风送来驭手们的吆喝声、河冰碎裂的咯吱声和急促打滑的马蹄声。葛利高里走到牲口棚里，小心翼翼地向外张望。骑兵们的军大衣的肩章上落满了雪，从面貌上可以看出是哥萨克。

过了五分钟，一个骑着高头大马的老司务长进了大门。他在台阶边下了马，把缰绳拴在栏杆上，走进屋子。

“哪位是主人呀？”他向大家招呼后，问。

“是我，”潘苔莱·普罗珂菲耶维奇回答说，心惊胆战地在等待着问下一个问题，“为什么你们的哥萨克都在家里？”

但是司务长用拳头把像肩章穗子一样长、粘满雪花、变成白色的鬈毛胡子擦了擦，央告说：

“乡亲们！看在基督的面上，帮我们把炮车拖出来吧！陷在河边上了，一直陷到车轴……也许你们有绳子吧？这是什么村？我们迷路啦。我们原是到叶兰斯克镇去的，但是雪这么大——对面不见人。我们迷失了行军路线，红军又紧跟在屁股后面追。”

“我不知道，真的……”老头子吞吞吐吐地说。

“这有什么知道不知道啊！你们家的哥萨克都很强壮……我们也要人帮忙呀。”

“我有病。”潘苔莱·普罗珂菲耶维奇撒谎说。

“你们这是怎么啦，兄弟们！”司务长像狼一样，脖子不转，扫了大家一眼。他的声音好像突然变得年轻了，恢复了元气。“难道你们不是哥萨克吗？难道就眼看着我们把大炮扔掉吗？我是为了代替连长才留下来的，军官都跑光了，我足有一个星期没下马，人都冻僵了，脚趾头也冻掉啦，但是我命可以不要，炮兵连绝不能丢，可是你们……算啦！

既然好言好语地求你们不行,——那我马上把哥萨克们喊来,我们强迫你们……”司务长含泪怒吼道,“强迫你们去,你们这些狗崽子!布尔什维克!叫你们统统他妈的进棺材去!高兴的话,我们把你这个老东西套在炮车上!快给我招呼人去,如果他们不来,等我一回去,就把你们整个村子都轰掉,我说话是算数的……”

可是他说这番话的时候,仿佛自己对自己的力量也没有多大把握似的。葛利高里有点儿可怜他了。于是拿起帽子,看也不去看这个像疯子似的司务长,严厉地说:

“你别叫嚷啦。不要来这一套!我们帮你们把炮车拖出来,你们走自己的路。”

他们铺上一张篱笆,把炮兵连救上了岸。来了不少人。阿尼库什卡、赫里斯托尼亚、托米林·伊万、麦列霍夫家的人和十来个娘儿们,再加上炮兵,把大炮和弹药箱运上岸来,帮着马把炮车连拉带推弄上岸坡。冻住的炮车轮子不转了,只在雪上滑。已经疲惫不堪的马匹艰难地拖着炮车爬上小山岗。已经逃亡殆半的炮手们徒步走着。司务长摘下帽子,鞠了一个躬,向帮忙的人们道了谢,在马鞍上扭转身子,低声命令:

“炮兵连,跟着我前进!”

葛利高里带着疑惑惊愕的神情,敬重地望着他的后影。彼得罗走过来,咬着胡子,似乎是回答葛利高里心里的问题,说:

“要是大家都像他这样就好啦!就应该这样来保卫静静的顿河啊!”

“你是说那个大胡子吗?是说那个司务长吗?”满脸,直到耳朵都溅满污泥的赫里斯托尼亚走过来,问,“你看,他准能把他的炮拉到目的地。妈的,你没见他怎么朝我挥舞鞭子哪!他会下手的!这家伙简直疯啦。我原本不想来,老实说,后来我害怕了。虽然没穿毡靴子,可是我还是来啦。你说说看,这个傻瓜要这些炮干什么呢?就像淘气的猪戴着脚枷:使它行动困难,又没有一点好处,可是还是戴着……”

哥萨克默默地含笑散去了。

第十六章

在顿河对岸很远的地方——已经到吃午饭的时候了——机枪低沉地打了两梭子子弹,就沉默了。

过了半个钟头,一直坐在内室窗边眺望的葛利高里往后退了一步,连颧骨都变得苍白,喊道:

“他们来啦!”

伊莉妮奇娜哎呀叫了一声,跑到窗前。八个骑兵散跑在街上。他们小跑到麦列霍夫家的院子,——便停了下来,观察了顿河对岸的渡口和顿河与山岭间的黑魆魆的小路,就拨马回去了。他们那肥壮的战马,摇晃着剪得短短的尾巴,溅得泥雪纷飞。骑兵侦察队在村子里侦察了一番,就走了。过了一个钟头,鞑靼村满街响起了咯吱咯吱的脚步声、外乡口音的话语声和汪汪的犬吠声。一个步兵团,带着爬犁拉的机枪、辎重队和行军厨车,渡过顿河,在村子里分散住了下来。

尽管敌人的军队刚到的那一会儿很吓人,但是爱逗笑的杜妮亚什卡就是在这种时候还是忍不住要笑,当骑兵侦察队拨转马头驰去的时候,她用围裙捂着鼻子,扑哧笑了一声,就跑到厨房里去。娜塔莉亚惊讶地看了她一眼,忙问:

“你怎么啦?”

“哎呀,娜塔申卡①!亲爱的!……他们是怎么骑马的呀!坐在鞍子上,前一蹿,后一仰,后一仰,前一蹿……胳膊肘子乱颠跶。他们就像是用破布片缝的,冻得浑身打哆嗦!”

她非常逼真地学起红军骑马的笨相,引得娜塔莉亚不敢笑出来,赶紧跑到床边,趴到枕头上去,免得惹公公生气。

潘苔莱·普罗珂菲耶维奇浑身微微地哆嗦着,毫无目的地挪动着

① 娜塔申卡也是娜塔莉亚的爱称。

耳房板凳上的麻线、锥子和装着桦木靴钉的铁罐儿，眯缝着眼，用惊骇的目光盯着窗外的动静。

厨房里，女流之辈却热闹得很，仿佛压根儿也不觉得大难已经临头似的：满面红光的杜妮亚什卡笑得眼睛里闪着泪花，就像带着露水珠的茄子籽，正在给达丽亚学红军骑马的怪样儿，在她那一仰一合的动作中，不自觉掺进一些猥亵的暗示，达丽亚笑得死去活来，描得弯弯的眉毛折成了三角形，一面哈哈大笑，一面用沙哑、压抑的声音说：

“大概，他们的裤子都要磨出窟窿！……这也算骑士……把鞍头都会压弯的！……”

就连满面愁容、从内室里走出来的彼得罗，也被她们的哄笑引得高兴了一会儿。

“你觉得他们骑马的样子好笑吗？”他问，“他们才不爱惜马呢。骑坏了一匹——再换一匹。这些庄稼佬！”他极端蔑视地挥了挥手，“也许他们还是有生第一次看见马哩：‘瞧，俺们走啦，再一瞧——俺们到啦。’他们的祖辈一听到车轮的响声都害怕，现在他们却成了骑士了……唉唉！”他把手指头折得咯吧直响，又钻回内室去了。

红军成群地涌上街头，一伙一伙地走进人家的院子，有三个人走进阿尼库什卡家的小门，五个，其中有一个是骑马的，在阿司塔霍夫家的门口停下，还有五个人顺着篱笆朝麦列霍夫家走来。走在前面的是个个子不高、上了年纪的红军战士，脸剃得光光的，生着大鼻孔的扁鼻子，浑身上下都显得很机灵、活泼，一看就知道是个老兵痞子。他头一个走进麦列霍夫家的院子，在台阶旁边站住，低下脑袋，盯着拴在链子上的黄狗把链子扯得哗啦啦直响，气喘吁吁，狂吠不止；他看了一会儿，然后从肩膀上摘下步枪。枪声震得房顶上扬起了一阵霜雾。葛利高里整理着直勒脖子的衬衣领子，从窗户里看到狗在雪地上打滚，血染红了雪地，在垂死的剧痛中，乱啃着打穿的肋部和铁链子。葛利高里回头一看：只见妇女们个个脸色灰白，母亲吓得目光呆滞。他没戴帽子走到门廊里。

“站住！”父亲用陌生的声音在他身后喊道。

葛利高里已经推开门。一个空弹壳铮铮响着落在门限上。后面的红军战士也走进了板门。

“为什么要把狗打死？它碍你的事儿了吗？”葛利高里站在门口，问。

那个红军战士的大鼻孔吸着气，刮得发青的薄嘴唇两角耷拉下来。他四下看了看，端起步枪。

“你怎么啦？舍不得吗？我却舍得送你一颗子弹。愿意吗？站好！”

“喂喂，算了吧，亚历山大！”一个身材高大、红眉毛的红军战士含笑走过来劝说道，“您好啊，掌柜的！看见过红军吗？让我们在府上住宿吧。是他把您的狗杀死了吗？太没道理啦！……同志们，请进来吧。”

葛利高里最后一个走进屋里来。红军战士们高高兴兴地向主人问候，摘下军用背包和日本皮子弹盒，把军大衣、棉军装和帽子都堆在床上。立刻满屋子都是战士身上那种刺鼻的酒精气味，人汗、烟草、廉价肥皂和擦枪油的混合气味，——长途跋涉的行人身上特有的气味。

那个叫亚历山大的红军在桌边坐下，点上一支香烟，好像继续在跟葛利高里已经开始的谈话似地问：

“参加过白军吗？”

“参加过……”

“这就对啦……我从飞的样子上就能认出猫头鹰来，从你的嘴脸上也能认出你是什么鸟儿。白匪军！是军官吗？戴绣金线肩章的，是吗？”

他从鼻子里喷出一股股的烟，冷冷地、没有一丝笑意地盯着倚门而立的葛利高里，不断用熏黄的、圆滚滚的手指甲从下面弹着香烟。

“是军官吧？坦白承认吧！我从你的动作姿势上就看出来啦；我本人就参加过对德战争。”

“当过军官。”

葛利高里勉强地笑了笑，然后斜眼看到娜塔莉亚望着他的惊骇、祈求的目光，脸色立刻就阴沉下来，眉毛也哆嗦了一下，他恨自己方才的一笑。

“真糟糕！原来我不应该往狗身上打这一枪……”

红军把烟头扔到葛利高里的脚边，对其余的人挤了挤眼。

于是葛利高里重又觉得自己的嘴唇不由自主地歪了歪，露出了负疚和哀求的笑容，由于这种不由自主的、不受理智支配暴露出来的弱点，羞得他面红耳赤。“像哈巴狗一样在主子面前摇尾乞怜。”羞耻刺激了他的思路，眼前闪过了这样的一幕：他，葛利高里，对那只绝望的白胸脯的公狗握有生杀大权的主人，走到它跟前的时候，这只公狗咧开像黑缎子似的嘴唇，也露出这样的笑容，仰面躺在地上，龇着娇嫩的门牙，摇晃着红色的、毛茸茸的尾巴……

潘苔莱·普罗珂菲耶维奇还是用那种葛利高里感到非常陌生的声音问：客人们是不是要吃晚饭？要吃的话，他就叫老太婆去做饭……

伊莉妮奇娜没等回答，就跑到炉台前去了。火钳在她手里直哆嗦，怎样也夹不住煮着菜汤的铁锅。达丽亚低着头在摆桌子。红军战士们也不画十字就坐到桌边。老头子怀着恐惧和隐蔽的憎恶心情注视着他们。最后，还是忍耐不住，问：

“你们也不祷告上帝？”

直到这时候，才有一丝勉强的笑意掠过亚历山大的嘴唇。在大伙的一片和蔼的哄笑声中，他回答说：

“老大爷，我也要劝你别信啦！我们早把自己的上帝送走了……”他顿了一下，皱了皱眉头，“没有上帝，只有傻瓜才信呢，才朝这些木头祷告呢！”

“对，对……有学问的人——他们当然明白了。”潘苔莱·普罗珂菲耶维奇心惊胆战地顺着他说。

达丽亚在每个人的面前摆了一把木勺子，但是亚历山大把他那把勺子推开，请求说：

“有没有不是木头的？这个也许会得传染疾病！难道这算是勺子吗？啃得乱七八糟的！”

达丽亚像火药一样爆炸了：

“要是讨厌别人的勺子，就应该随身带一把。”

“哼,你住口吧,小娘儿们!没有别的勺子啦?那就给我一块干净手巾,我擦擦这把勺子吧。”

伊莉妮奇娜把菜汤分到汤盘里,亚历山大又请求她:

“老大娘,请你先尝尝。”

“我尝什么呀?是不是太咸啦?”老太婆吓了一跳,问。

“尝尝,尝尝吧!你会不会给客人下了什么毒药呢……”

“喝一勺子!这有什么?”潘苔莱·普罗珂菲耶维奇严厉地命令说,然后紧闭上嘴。这以后,他就从耳房里拿出修理鞋的工具,把当凳子坐的杨树墩子推到窗下,在小玻璃瓶里抹了点儿油,抱着一只破靴子坐了下来。再也没有插嘴说话。

彼得罗一直在内室,没有露面。娜塔莉亚也抱着孩子坐在那里。杜妮亚什卡偎依在炉炕上织袜子,直到有个红军战士叫了她一声“小姐”,请她一同吃晚饭,才走开了。话声沉寂了。红军战士们吃过晚饭就抽起烟来。

“你们家里可以抽烟吗?”长着火红眉毛的战士问。

“我们家的烟鬼就多得很。”伊莉妮奇娜不情愿地说。

葛利高里谢绝了请他吸烟的邀请,他的整个内脏都在颤抖,他一看见那个打死狗的、对他总是保持着公开挑衅态度的家伙,就怒火中烧。这家伙显然是有意找碴儿,总在找机会激怒葛利高里,逗引他说话。

“您是在哪个团里服役的,军官老爷?”

“在好几个团里都待过。”

“杀死了我们多少人呀?”

“打起仗来,谁计算这个呀。同志,你别以为我生来就是军官。我是在打德国人的战争中挣来的。因为打仗有功才赏我戴这些绦绦……”

“我可不是军官老爷们的同志!你们这号人我们是要枪毙的。我这个罪人,也枪毙了不止一个啦。”

“同志,我告诉你……你的行动有点儿离格啦:就像你们是经过血战攻下村庄似的……要知道是我们自动放弃了阵地,放你们进来的,可是你就像到了被占领的国家……打死几只狗——这谁都干得了,打死和欺侮没有武器的人也算不上什么好汉……”

“你少来教训我！你们这些家伙我们见识过！‘放弃了阵地！’如果不把你们打疼了，你们才不会放弃呢。老实点儿，我可以随便用什么方式对付你。”

“算了吧，亚历山大！讨厌死啦！”火红眉毛的红军战士请求说。

但是亚历山大已经凑到葛利高里跟前，翕动着鼻翅，呼哧呼哧地直喘。

“最好你不要惹我，军官老爷，不然你要倒霉的。”

“我并没有惹您呀。”

“不，你惹我啦！”

娜塔莉亚开开门，不成声地喊了葛利高里一声。他绕过站在他对面的红军战士，朝内室的门走去，像醉汉似的在门边晃了一下。彼得罗用憎恨、痛楚的呻吟声对他耳语说：

“你这是干什么呀？……你他妈的跟他有什么好说的呀？跟他纠缠什么呀？你会把自个儿和全家都毁了的！坐下！……”他使劲把葛利高里推到大箱子上，走到厨房里去了。

葛利高里大张着嘴，拼命往里吸气，发黑的红晕从他黝黑的脸颊上消逝了，忧郁的眼睛里闪着微弱的光芒。

“葛利沙！葛利申卡！亲爱的！不要跟他搭腔啦！”娜塔莉亚哆嗦着，急忙捂住孩子们就要哭号的嘴，哀求他。

“为什么我不早走呢？”葛利高里痛苦地看着娜塔莉亚，自问道。

“我不会跟他争吵啦。住口吧！实在压不住火啦！”

过了一会儿，又来了三个红军。一个戴着高皮帽，看样子像个当官儿的，问：

“这里住了几个人？”

“七个。”火红眉毛的战士替大家回答说，他的声调像手风琴奏出来似的。

“机枪哨也要设在这儿。请你们挤一挤吧。”

这几个人走了。但是立刻大门就吱扭吱扭地响起来。两辆大车赶进了院子。一挺机枪拉到门廊上。有一个人在黑暗里划了根火柴，大骂起来。有人在板棚檐下抽烟,场院里有人在往下撕干草,点起灯火,但是房主家一个人也没有出来。

"你去看看马吧。"伊莉妮奇娜走过老头子面前时悄悄说。

老头子只耸了耸肩膀,可是没有去。屋门砰砰啪啪地响了一夜。天花板下面缭绕着白色的蒸汽,墙上结满了露水珠。红军战士们睡在内室的地板上。葛利高里拿来一条毛毯给他们铺上,又把自己的短皮大衣塞在他们脑袋底下当枕头。

"我自个儿当过兵,我知道。"他和解地朝那个对他总含着敌意的人笑了笑,说。

但是那个红军战士的大鼻孔动了动,目光仍然是毫不妥协地在葛利高里身上滑过……

葛利高里和娜塔莉亚也睡在这间屋子里的床上。红军战士们把步枪放在顶头,并排躺在毛毯上。娜塔莉亚要把灯吹灭,但是战士们凶狠地质问她说:

"谁叫你吹灯啦? 不准吹! 把灯芯捻暗一些,要一直点到天亮。"

娜塔莉亚把孩子们放在床那头睡,自己没脱衣服,靠墙躺下。葛利高里把胳膊放在脑后,一声不响地躺着。

"要是我们走掉的话,"葛利高里把心口靠在枕头角上,咬紧牙关想,"要是我们撤走了,他们现在早就把娜塔莉亚按在这张床上,就像那次在波兰庄园对付弗拉妮亚一样,拿她来开心啦……"

有个红军战士讲起故事来,但是一个熟识的口音打断了他的话,在昏暗中若断若续地说:

"唉,没有娘儿们可真难熬呀! ……但是主人——他是个军官……他们这帮不懂事的家伙是不肯把婆娘让给普通战士的……你听见了吗? 主人?"

有一个红军战士已经打起呼噜,有人睡意蒙眬地笑了起来。火红眉毛的红军战士严厉地说:

"喂,亚历山大,我已经懒得再劝你啦! 你到每户人家都要捣乱,耍流氓,败坏红军的名声。这太不像话了! 我现在就去报告政委或者连长。听见了吗? 我们要跟你严肃地谈谈!"

屋子里一片寂静。只听见那个火红眉毛的战士怒气冲冲地哼哼着,在穿靴子。过了一会儿,他砰的一声关上门,走出屋子。

娜塔莉亚忍耐不住,大声哭啼起来。葛利高里用左手哆哆嗦嗦地抚摸着她的头、汗淋淋的额角和泪湿的脸。右手却安然地在自己的胸膛上摸索,手指头机械地把衬衣的扣子解开,解开又扣上。

“别哭,别哭!”他悄悄地对娜塔莉亚耳语说。这当儿,他确切地知道,自己已经做好准备,接受任何考验和侮辱,只要能保全自己和亲人的性命就行。

火柴光照亮了欠起身来的亚历山大的脸、宽大的鼻子的轮廓和正在吸着纸烟的嘴。可以听到,他在低声嘟囔,在一片呼噜声中,叹了口气,开始穿起衣服来。

葛利高里焦急地谛听着,心里非常感激那位火红眉毛的红军战士,一听见窗外的脚步声和愤怒的声音高兴得浑身都哆嗦了一下。

“他总是捣乱……干坏事……糟糕透啦……政委同志……”

门廊上响起了脚步声,屋门吱扭响了一下,开开了。一个年轻的声音命令说:

“亚历山大·秋尔尼科夫,你穿上衣服,马上离开这儿!到我住的房子里去过夜,明天我们要审判你这种败坏红军声誉的行为。”

葛利高里看见一个穿着黑皮上衣的人和火红眉毛的红军战士并肩站在门口,他的目光是善意的、锐利的。

看上去他很年轻,而且具有青年人特殊的严厉性格;长着少年人的茸毛的嘴唇紧闭着,露出一种过于坚毅的神情。

“同志,你们遇到了一位不安分的客人,是吧?”他微微笑着对葛利高里说,“好啦,现在请去好好睡吧,明天我们要好好整整他。诸事如意。咱们走吧,秋尔尼科夫!”

他们走了,葛利高里轻松地喘了一口气。第二天早晨,火红眉毛的战士付房钱和饭钱的时候,故意在屋子里耽搁了一会儿,说:

“主人家,请不要生我们的气。我们这位亚历山大精神有点儿不正常。去年在卢甘斯克——他是卢甘斯克人——白军军官们当着他的面,把他的母亲和妹妹枪毙了。他就变成了这样子!……好,谢谢。再会吧。哎呀,差一点儿把孩子们给忘啦!”他从背包里掏出来两块已经脏得变成灰色的砂糖,一个孩子手里塞了一块,孩子们乐得简直不知如何是好。

潘苔莱·普罗珂菲耶维奇大为感动,瞅着孙子和孙女说:

“送他们这么好的礼物!我们已经有一年半没有见过砂糖啦……基督保佑你,同志!……快给叔叔行礼!波柳什卡,快说谢谢呀!……乖孩子,怎么这么倔啊,怎么站在那儿不动?”

红军战士走了出去,老头子怒冲冲地对娜塔莉亚说:

“怎么这么没有教养!你送他一个面包在路上吃也好啊。好人该不该好好谢谢,啊?唉!”

“快去!”葛利高里命令说。

娜塔莉亚披上头巾,在篱笆外面追上了那个火红眉毛的红军战士。娜塔莉亚窘得满面绯红,把面包塞进他那深得像草原上的水井似的军大衣口袋里。

第十七章

中午,姆岑斯基第六红旗团,急行军从村子里穿过,有些哥萨克的战马被牵走了。从山岗后面,遥远地方传来大炮的轰隆声。

“是在奇尔河一带打哪。”潘苔莱·普罗珂菲耶维奇判断说。

黄昏时分,彼得罗和葛利高里都到院子里去了好几次。顺着顿河流来的方向可以听到遥远的、至少是在霍皮奥尔河口镇的什么地方,低沉的大炮轰鸣声和隐约的(要把耳朵趴在冰冻的地面上才能听见)机枪哒哒声。

“他们那儿的仗打得不坏!古谢利希科夫将军率领着贡多罗夫斯基团的哥萨克在那儿打哪,”彼得罗拍打着膝盖和高皮帽上的雪花说,接着又完全是前言不搭后语地补充说,“他们会在咱们村子里抢马的。葛利高里,你那匹马太显眼啦——他们准会牵走!”

但是老头子想到他们前头去了。天黑时,葛利高里牵着两匹战马去饮水,牵出门口,发现马的前腿直打颤儿。他摸了摸自己那匹马的腿——瘸得厉害;彼得罗的马也是这样。葛利高里把哥哥叫出来,说:

“马都瘸啦,真是怪事!你的马瘸的是右腿,我的是左腿。也没有伤痕……莫非是关节炎?”

在刚擦黑儿昏暗的星光下,两匹马垂头丧气地站在紫色的雪地上,萎靡不振,既不撒欢儿蹦跳,也不尥蹶子,彼得罗点上灯笼,但是从场院上走来的父亲制止他说:

“点灯笼干什么?”

“爸爸,马都瘸啦。大概是腿有病。”

“要是腿有病那不就好了吗?你愿意来个什么庄稼佬,鞴上马从院子里牵走吗?”

“这倒是不错……”

“好,去告诉葛利什卡,就说腿上的病是我给它们弄出来的。我拿起锤子,往它俩的膝盖的脆骨下面都钉了一个钉子,现在,只要战线不离开咱们这儿,它们就只好瘸着走啦。”

彼得罗摇了摇脑袋,嚼了一会儿胡子,朝葛利高里那里走去。

“你把它们拴到槽上去吧。这是爸爸故意弄瘸的。”

老头子的预见果然使马得救了。夜里,村子里又人喊马嘶,沸腾起来。骑兵沿街飞驰。炮兵连爬完尽是坑洼和滑溜斜坡的村道,拐到广场上去。第十三骑兵团在村子里驻下宿营。赫里斯托尼亚刚刚来到麦列霍夫家,蹲下来抽了一阵烟,问:

“你们家没有红鬼吗?没有来你们家住?”

“上帝总算饶了我们一回。来的都是些什么样的人呀——弄得满家都是庄稼佬儿的臭味儿!”伊莉妮奇娜不高兴地嘟囔说。

“他们到我家去啦。”赫里斯托尼亚的话声变低了,用大手巴掌擦了擦眼泪汪汪的大眼睛。但是他摇了摇像波兰钢盔似的大脑袋,咳嗽了一声,仿佛已经对自己的眼泪感到难为情了。

“你这是怎么啦,赫里斯托尼亚?”彼得罗第一次看见赫里斯托尼亚流眼泪,笑着问。这几滴眼泪倒使赫里斯托尼亚高兴起来了。

“把那匹铁青马牵走啦……我骑着那匹马去冲锋陷阵……共患难……它像人一样,也许比人还聪明哪！还是我自己给它鞴的鞍子。那家伙对我说:‘你给我鞴上马,不然,这马会不肯让我鞴的。’我说:‘怎么,难道我能给你鞴一辈子马吗？你要牵它走,你就该自己干嘛。’我鞴好了马,他虽说是个人……可简直是个人渣滓！这小子只到我的腰那么高,连马镫都够不着……他把马牵到台阶旁边,才骑了上去……我就像小孩子似的,哭了起来。我对老婆说:‘唉,我侍候、喂养了它……’”赫里斯托尼亚的声音又变成咝咝响的、急促的耳语,他站了起来,“我简直不敢看马棚啦！院子里连点儿活气儿也没有了……”

“我还好。我骑的马已经被打死了三匹,这是第四匹啦,所以对它的感情不是那么深……”葛利高里留心谛听了一会儿,窗外的雪被踏得咯吱咯吱地响,听到马刀稀哩哗啦的响声和低沉的“特儿—特儿”声。

“到我们家来啦。该死的东西,就像鱼闻到了香饵味儿似的！再不就是有人指点……”

潘苔莱·普罗珂菲耶维奇慌张起来,两只手好像成了多余的,不知道往哪儿放好了。

“家主人！喂,出来！”

彼得罗披上羊皮袄,走了出去。

“你们的马在哪儿？牵出来！”

“同志,我并不反对,不过它们都害腿病啦。”

“害什么腿病？牵出来！我们不会白牵走的,你别害怕。我们把自己的马留给你们。”

彼得罗把马一匹一匹地从马棚里牵出来。

“那儿还有一匹哪。为什么不牵出来?”一个红军战士用灯笼照着,质问道。

“那是匹骒马,怀崽的骒马。它太老啦,有一百岁啦……”

“喂,把马鞍子拿来！……等等,真瘸啦……当着上帝的面,凭良心说,你他妈的把这些残废东西牵出来干什么呀?！牵回去！……”拿灯笼的红军战士粗野地叫喊。

彼得罗伸手拉住马笼头，撇着嘴唇，扭过脸去，避开灯光。

“马鞍子在哪儿？”

“今天早上叫同志们拿走啦。”

“哥萨克，你是在瞎说！什么人拿走啦？”

“真的！……真的，我要是瞎说，叫上帝惩罚我，叫人拿走啦！姆岑斯基团从这里开过的时候拿走啦。拿走了马鞍子，还拿走了两副马套呢。”

三个骑兵骂着走了。彼得罗走进屋子，浑身都是马汗和马尿味儿。他那坚毅的嘴唇哆嗦着，多少有点夸耀地拍了拍赫里斯托尼亚的肩膀。

“要这样才行！马瘸啦，马鞍子呢，就告诉他，叫人拿走啦……嗳，你呀！……”

伊莉妮奇娜吹熄了灯，摸黑到内室铺床去了。

“咱们摸黑坐着吧，不然魔鬼又会把过夜的人送来啦。”

这天夜里，在阿尼库什卡家里举办了个晚会。红军战士们要他把近邻的哥萨克们都请来玩玩。阿尼库什卡来请麦列霍夫弟兄。

“红军？红军又有什么关系呢？他们怎么啦，还不是跟咱们一样，信奉耶稣教吗？和咱们一样，也是俄罗斯人嘛。真的。你们信也好，不信也好……我却很可怜他们……我在乎什么呢？他们中间有个犹太人，他也是人嘛。咱们在波兰打过不少犹太人……哼！不过这家伙给我喝了一杯老酒。我喜欢犹太人！……走，葛利高里！彼佳①！你不要看不起我……”

葛利高里不肯去，但是潘苔莱·普罗珂菲耶维奇劝说道：

“去吧，不然他们就会说看不起他们啦。去吧，不要记仇。”

他们走到院子里。温暖的夜预示明天将是个好天气。一股煤渣和马粪烟气味。哥萨克们默默地在院子里站了一会儿就走了。达丽亚在板门边追上了他们。

她的两道描得黑黑的眉毛，像翅膀似的在脸上分开，叫透过黑云的

① 彼佳也是彼得罗的爱称。

朦胧月光一照,像黑天鹅绒似的闪闪发光。

“他们想把我老婆灌醉……不过他们的目的是达不到的。好兄弟,我是有眼睛的……”阿尼库什卡不停地嘟囔着,但是烧酒把他推到篱笆上,从小道上摔到大雪堆上。

蓝色的、像砂糖一样松脆的雪在脚底下咯吱咯吱地响。风卷着雪花从灰色的天幕上飘落下来。

风吹走纸烟上的火星,扬起一阵阵的雪雾。在繁星照耀下,夜风在向白色羽毛般的云片进攻(鹰在天空追上天鹅时,就是这样用挺起的胸脯攻击天鹅的),于是一团团鹅毛似的白雪,如波浪起伏,飞落到驯服的大地上,遮没了村庄,遮没了十字交叉的大路、草原、人兽的足迹……

阿尼库什卡家里简直叫人喘不过气来。油灯冒着尖尖的、舌头似的黑烟苗,抽烟抽得烟雾弥漫,谁也看不见谁。一个红军手风琴手在拼命演奏《萨拉托夫的女人》。他劈开两条长腿,把风箱拉到最大限度。几个红军战士和邻居的娘儿们坐在长凳上。一个身体健壮的中年战士,穿着保护色的棉裤和短筒靴子,靴子上装着一副大得出奇、像是从博物馆里拿出来的刺马针,他正跟阿尼库什卡的老婆打得火热。他那头发鬈曲的后脑勺上扣着顶灰色羊羔皮帽子,栗色的脸上大汗淋漓。汗湿的手在抚摸着阿尼库什卡老婆的脊背。

这娘儿们已经神不守舍了:垂涎欲滴地张着血红的大嘴;她想躲开一点儿,可是瘫软无力;她也看见了丈夫和别的娘儿们含笑的目光,但是却怎么也没有力量把这只强有力的手从背上推开;她好像一点儿也不知道羞耻了,醉意蒙眬、瘫软无力地嘻嘻地笑着。

桌子上的几个酒罐的盖子都打开了,满屋子酒精气味。桌布简直变成了湿抹布,第十三骑兵团的一位排长正在屋子中间的土地上,像个青面鬼似的在跟着流行歌曲跳舞。他穿着双铬鞣革皮靴子,包着包脚布,马裤是军官呢的。葛利高里站在门口,看着靴子和马裤,心里想:“从军官身上剥下来的……”然后把目光移到他的脸上:脸色黝黑,闪着汗珠,就像铁青马汗淋淋的屁股一样,圆耳轮向外扎煞着,厚嘴唇往下耷拉着。“犹太鬼,可是很伶俐!”葛利高里自己心里揣摩着。也给他和彼得罗斟上了烧酒。葛利高里喝得很小心,但是彼得罗却很快就喝醉了。过了一个钟头,已经在地上跳起哥萨克舞来,靴后跟扬起尘土,沙哑地央告着手风琴手:“拉快点儿,拉快点儿!”葛利高里坐在桌边,嗑着炒倭瓜子。他旁边坐着一个身材高大的西伯利亚人,是机枪手。这位机枪手皱起孩子似的圆脸,说话很温和,但是吐字不清,把整团人说成“景”团人,“月亮”就成“月朗”。

“我们把高尔察克打垮啦。我们现在正收拾你们的克拉斯诺夫,狠狠地揍他一顿——就完事大吉啦。这有多好啊!然后大家就可以回家去种地啦,土地多得很!随便你种,叫它长庄稼!土地——这玩意儿,就像娘儿们一样:她是不会自己跑到你怀里来的,要把她捉过来。谁要是阻拦你,就把他杀死。我们不要你们的土地。只不过是要大家平均分配……”

葛利高里同意他的说法,可是暗地一直在偷偷地观察着红军战士。担心似乎是没有根据的。大家都赞赏地笑着,瞅着彼得罗,欣赏着他那灵活、匀称的动作。一个清醒的声音兴高采烈地叫着:“这魔鬼!太棒啦!”但是葛利高里偶然发现一个鬈发的战士,班长,正眯缝着眼睛看他,于是就警惕起来,酒也不喝了。

手风琴奏出一支波尔卡舞曲。婆娘们手拉手地跳起来。一个脊背上蹭了一身白粉的红军战士,摇晃了一下身子,邀请一个年轻的小娘儿们——赫里斯托尼亚的邻居——跟他跳舞,但是她拒绝了,提起百褶裙的裙襟,跑到葛利高里面前来。

“咱们俩跳吧!”

“我不想跳。”

“跳吧,葛利沙!我的浅蓝色的小花哟!”

“别胡闹,我不跳!”

她扯着衣袖拉他,有意地大笑不止。葛利高里皱起眉头,挣扎着,但是看到她使了个眼色,就站起来去跳了。跳了两圈儿,手风琴手把手指头按到低音键上去,她乘机把脑袋伏在葛利高里的肩膀上,用刚刚能听到的声音说:

“他们正在商量把你杀死…… 有人告密,说你是军官…… 赶紧溜吧……”

然后她大声抱怨说：

“噢噫，怎么脑袋这么晕！”

葛利高里高兴了。走到桌前，喝了一杯烧酒，问达丽亚：

“彼得罗喝醉了吗？”

“差不多啦。正在尽情地灌哪。”

“搀他回去。”

达丽亚搀着彼得罗，他使出男人的蛮劲儿推搡她，她竭力顶住。葛利高里也跟着走了出来。

“哪儿去，哪儿去？你上哪儿去？不行！叫我亲亲小手儿，别走啊！”

喝得酩酊大醉的阿尼库什卡缠上了葛利高里，但是葛利高里用异样的目光瞪了阿尼库什卡一眼，吓得他两手一摊，躲到一边去了。

“谢谢诸位！”葛利高里在门口摇了一下帽子说。

那个鬈发的红军战士耸了耸肩膀，整了整腰里系的皮带，跟着他走了出来。在台阶上，他往葛利高里的脸上呼着气，眏动着狡猾的浅色眼睛，小声问：

“你上哪儿去？”使劲抓住了葛利高里的军大衣袖子。

“回家去。”葛利高里没有住脚，拖着他往前走着，回答说。心里激动而又高兴地决定：“不，要活着捉住我，休想！”

鬈发的红军战士左手抓住了葛利高里的胳膊肘子，艰难地喘着气，跟葛利高里并肩走去。他们在板棚门口停下来。葛利高里听到门吱扭响了一声，红军战士的右手立刻往大腿上一拍，手指甲划得手枪套响了一下。霎时间，葛利高里看到两道像刀锋一样尖利、陌生的蓝色目光正盯着他，于是他把身子一转，抓住了红军战士那只正在扯开枪套扣环的手。他哼哧了一声，抓住红军战士的手腕子，连吃奶的劲儿都使了出来，往自己右肩上一背，猛地一弯身子，使出早已用惯了的一招，把那个沉重的身躯，从自己背上扔了出去，把抓住的那只手往下一扯，就听到咯吱一声，肘关节折断了。红军战士像羊羔头似的、亚麻色鬈发的脑袋撞到雪地上，钻进了雪堆。

葛利高里把腰弯到篱笆下面,顺着胡同向顿河边跑去。两条腿像弹簧似的捯动着,把他带到河岸的斜坡上……"但愿没有哨兵,然后……"他歇了口气:身后还可以清清楚楚看到阿尼库什卡家的房子。一声枪响。子弹呼啸而过。又打了几枪。是向河坡,朝黑乎乎的渡口,朝顿河对岸打的。葛利高里跑到顿河当中的时候,一颗子弹嗖的一声,打进他身旁的一块鼓起的明净的冰块上,冰屑四溅,打得葛利高里的脖子火辣辣的疼。跑过顿河,他回头看了看。枪声一直还在像牧童的鞭声一样响个不停。葛利高里并没有感到幸免于难的愉快,但自己对所经历的一切竟这么无动于衷,却使他感到迷惘。"像打猎一样,乱放一气!"他机械地想着,又停下脚步。"他们不会来搜索的,他们不敢到树林里来……把他的手惩治得够意思。唉,你这个混账东西,竟想赤手空拳捉住个哥萨克!"

他朝过冬的干草垛走去,但是为了安全起见,绕过干草垛,就像兔子出去觅食似的,兜了半天圈子。他决定在一堆遗弃的干香蒲里过夜。扒开香蒲堆顶,脚底下蹿过一只黄鼠狼。他连脑袋都钻进了散发着腐烂气味的香蒲堆里,抖擞了一下。脑子里空空如也,只有一缕思绪在勉为其难地想:"明天骑上马,越过火线,到自己人那里去?"但是没有得到回答,也就不再想了。

天快亮的时候冷起来。他探出头看了看。头顶上闪着欢快的晨曦。在深邃蔚蓝的天顶上,就像在顿河的浅滩上一样,好像可以看到河底似的:一片黎明前雾腾腾的蔚蓝色,四周是在逐渐熄灭的晨星。

第十八章

战线移过去了。战火纷飞的日子也过去了。驻留鞑靼村的最后一天,第十三骑兵团的机枪手们,把莫霍夫家的留声机放在一辆宽靠座的道利式爬犁上,在村里的街道上转了半天,跑得马浑身冒汗。留声机哇哇地唱一阵,哼哼一阵(马蹄子带起的雪块飞落到大喇叭筒里),一个戴着西伯利亚护耳皮帽的机枪手，神态潇洒地把喇叭筒里的雪块倒出来，像操纵机枪手柄那样信心十足地操纵着留声机的雕花摇把。孩子们像一群灰色的麻雀，跟在爬犁后面跑；他们抓住爬犁的边沿，大声喊着："叔叔，唱那支吱吱叫的！开呀，叔叔！"两个最幸福的孩子坐在机枪手的膝盖上，机枪手不摇留声机的摇把时，就关心而又严肃地用手套去擦最小孩子的脱了皮的、由于严寒和天大的幸运而变得湿漉漉的鼻子。

后来听说，梅切特卡河口附近在进行战斗。给南方战线的红军第八军和第九军运送粮秣和弹药的辎重车辆，辚辚地穿过鞑靼村。

第三天，来了几个公差，挨家挨户地通知哥萨克们去开村民大会。

"咱们要选红色的村长啦！""牛皮小王"安季普从麦列霍夫家院子里走出来的时候说。

"是叫咱们选呢，还是他们从上面给咱们指派呢？"潘苔莱·普罗珂菲耶维奇关心地问。

"到那儿就能知道……"

葛利高里和彼得罗去开会。青年哥萨克全都来了。老头子们没有来。只有"牛皮大王"阿夫杰伊奇的周围聚集了一些喜欢说笑的人，他正在讲一位红军政委住在他家，请他，阿夫杰伊奇出任指挥员的经过。

"政委抱歉说：'我有眼无珠，竟看不出您是位老司务长，否则，我们早就荣幸地请您老人家出山了，干吧，老大爷，走马上任吧……'"

"叫你当什么官呀？当大官儿吗？——派你上哪儿去呀？"科舍沃伊龇着牙说。

许多人都高兴地跟着他起哄：

"当政委骒马的马倌。去给骒马洗屁股。"

"还大点儿！"

"哈——哈！……"

"阿夫杰伊奇！你听我说！他是派你到第三种辎重部队里去当腌菜官呀。"

"你们不知道事情的全部……政委跟他谈话的时候，政委的通信员趁机去和他的老太婆调起情来，又搂又抱。而阿夫杰伊奇这时口水横流,鼻子上挂着鼻涕——只听……”

阿夫杰伊奇用呆滞的眼睛审视着大家,往下咽着口水,质问说:

“最后这几句话是谁说的?”

“我!”后面有个人勇敢地回答。

“你们见过这样的混蛋狗崽子吗?”阿夫杰伊奇转过脸去,寻求同情,而同情的人确也大有人在:

“他是个坏蛋,我早就说过啦。”

“他们家的人统统是这样的坏种。”

“我要是稍微年轻点儿……”阿夫杰伊奇的腮帮子红得像一团绣球花似的。“我要是稍微年轻点儿,一定叫你知道知道我的厉害!看你的德行,全是庄稼佬那一套!你这个塔甘罗格丑东西!庄稼佬的裤腰带!……”

“阿夫杰伊奇,怎么你不揍他呀?收拾他那不比捏死只小鸡还容易。”

“阿夫杰伊奇不跟他斗,当然是怕……”

“怕一使劲把肚脐眼儿挣开……”

哄笑声送别了洋洋得意离去的阿夫杰伊奇。会场上,哥萨克们东一堆西一伙地站在那里。好久没有看见米哈伊尔·科舍沃伊的葛利高里,走到他面前。

“好啊,同团的弟兄!”

“托福托福。”

“你到哪儿去啦?你是在什么旗号下服役的?”葛利高里握着米哈伊尔的手,瞅着他的蓝眼睛,笑着问。

“哎呀,老兄,真是一言难尽!我在种马场干了一阵,又在卡拉契战线上的惩戒连混过。真是走遍天下!好不容易才奔回家来。我本想在前线上跑到红军那边去,可是他们把我看得非常严,就像母亲看守她没有出嫁的姑娘那样严。伊万·阿列克谢耶维奇前天来看我,他身穿着毡斗篷,全副武装。对我说:‘喂,拿好枪——开步走。’我刚刚回来,就问他:‘你真要跟着撤退吗?’他耸了耸肩膀,说:‘命令撤退。是军区司令下达的。要知道我在磨坊里干过,他们是不会放过我的。’他道过别就走啦。我还以为他真撤走了呢。可是第二天,姆岑斯基团已经开过去,我一看,他又露面了……这不是,他来啦!伊万·阿列克谢耶维奇!”

跟伊万·阿列克谢耶维奇一起走来的还有磨粉工人达维德卡。达维德卡一嘴像泡沫一样雪白的牙齿,笑容满面,好像捡到了什么宝贝似的……但是伊万·阿列克谢耶维奇把葛利高里的手握在自己那散发着机油气味的、骨节粗大的手里,舌头弹了一个响,问:

“葛利沙,怎么你没有走啊?”

“你不是也没有走吗?”

“哼,我吗……我就是另一回事啦。”

“你的意思是我当过军官?我想碰碰运气!就留下来啦……差一点儿没给他们打死……他们追我,开枪射击,那时我非常后悔,没有撤走,可是现在又不后悔了。”

“他们为什么要跟你过不去呢?是第十三团的人干的吗?”

“就是他们。都在阿尼库什卡家喝酒跳舞哪。不知道是谁告密,说我是军官。他们没有动彼得罗,可是把我……是从说肩章的事儿吵起来的。我逃到顿河对岸去,把一个鬈头发的家伙的胳膊给弄断了……为了这件事儿,他们跑到我家里,把我的东西全抢走啦。裤子、衣裳都抢走啦。就我身上穿的这点儿玩意儿算是保存下来啦。”

“要是在波乔尔科夫遇难以前咱们跑到红军那边去就好啦……现在也就用不着眨巴眼睛啦①。”伊万·阿列克谢耶维奇苦笑一声,抽起烟来。

人来得越来越多。从维申斯克来的下级准尉拉普琴科夫(福明的战友)宣布开会。

“老乡们!同志们!苏维埃政权已经在咱们地区建立起来了。必须建立行政管理机关,选举执行委员会,选举执行委员会的主席和副主席。这是一个问题。另外我还带来了区苏维埃的一个命令,命令很简短:交出所有的枪支和冷兵器。”

---

① 意思是说:“用不着害怕啦。”

“好极啦！”有人在后面恶狠狠地说。接着，半天全场鸦雀无声。

“同志们，完全用不着这样大惊小怪！”拉普琴科夫挺直了身子，把皮帽子放到桌子上，“武器当然要交出来，居家过日子，要这玩意儿干啥。谁要是愿意去保卫苏维埃政权，就另发武器给他。请你们在三天内把步枪交出来。现在咱们开始选举。我将责成执委会主席把命令传达到每一个人，他还应从村长那里接过印鉴和村里的全部公款。”

“是他们发给我们的枪吗，他们凭什么伸手要呢？……”

提问的人还没有说完，大家就全都转过身去看他。说话的人是扎哈尔·科罗廖夫。

“你要这玩意儿有什么用呀？”赫里斯托尼亚直截了当地问。

“我是用不着这玩意儿的。不过我们把红军放进咱们地区来，可并没有答应解除我们的武装呀。”

“说得对！”

“福明在群众大会上也是这样说的！”

“马刀是用我们自个儿的钱买的！”

“我的步枪是从打德国人的战场上带回来的，倒要在这儿交出去？”

“干脆告诉他，我们不交！”

“他们是想打劫哥萨克呀！没有装备我怎么办呀？我要是没有枪，就像娘儿们撩起裙子一样——光屁股啦。”

“武器要留在我们身边！”

科舍沃伊彬彬有礼地要求发言：

“同志们，请允许我说几句。我听着这些话觉得都有点儿纳闷儿。我们现在是不是战时状态？”

“可以说，比战时还战时！”

“既然是战时，就要麻利、干脆！我们从前占领霍霍尔的村庄时不就是这么干的吗？”

拉普琴科夫摸了摸皮帽子，就斩钉截铁地宣布说：

“谁要是三天内不交出武器，就交革命军事法庭，以反革命论处，枪毙。”

沉默了几分钟以后，托米林咳嗽着，沙哑地说：

“咱们选举吧！”

先提候选人。大家提出了十来个人。有个小伙子叫了一声：

“阿夫杰伊奇！”

但是这个玩笑没人理睬。首先表决伊万·阿列克谢耶维奇当主席。一致通过了。

“用不着再表决啦。”彼得罗·麦列霍夫建议说。

全场都高兴地支持他的意见，于是未经表决，科舍沃伊当选副主席。

麦列霍夫弟兄和赫里斯托尼亚还没有走到家，半路上就遇上了阿尼库什卡，他胳肢窝里夹着步枪和裹在老婆围裙里的子弹。一看见哥萨克们来了，他觉得不好意思，就钻进旁边的小胡同里去了。彼得罗看了看葛利高里，葛利高里瞅了瞅赫里斯托尼亚。大家不约而同地哈哈大笑起来。

第十九章

东风像哥萨克在自己家乡的草原上一样奔驰。大雪填平了峡谷。凹地和深沟都齐平了。看不见大路，也看不见小径。周围是一片被风舔得光溜的、空旷的雪原。草原仿佛已经死去。偶尔有一只老鸦从高空飞过，它像这片草原，像那座耸立在夏天凉棚后面、戴着一顶苦艾镶边的豪华水獭雪帽的瞭望台一样古老。乌鸦嗖嗖地扇动着翅膀，呱呱地叫着飞去。寒风把乌鸦的啼声送往远方，久久地、忧伤地在草原上回荡，就像在静夜中无意触动了低音琴弦。

但是大雪覆盖的草原还在活着。在像冻结的波涛、银光闪闪的雪海下，在秋天翻耕过的、像一片僵死的水波似的田地里，被严霜打倒的冬小麦，把富有生命力的根须贪婪地扎进了土壤。缎子似的光滑的、绿油油的冬小麦，披着眼泪般的露珠，不胜其寒地紧紧偎依在松酥的黑土地上，吮吸着它那营养丰富的黑色的血液，等待着春天和阳光，以便冲破融化的、像蜘蛛网似的晶莹薄冰，直起身来，在五月长得碧绿一片。时间一到，冬小麦就会挺起身来！鹌鹑将在麦丛中嬉斗，四月的云雀将在麦地上的晴空飞鸣。太阳仍将那样照耀它，风也仍将那样吹拂它，直到成熟饱满、被暴雨和狂风蹂躏的麦穗还没有垂下长着细芒的脑袋，还没有倒在主人的镰刀底下，还没有驯顺地撒下一串串肥硕沉重的麦粒为止。

顿河沿岸全都过着隐秘、压抑的生活。阴暗的日子来到了。山雨欲来，不祥的消息，从顿河上游，沿奇尔河、楚茨坎河、霍皮奥尔河、叶兰卡河，顺着布满哥萨克村庄的大大小小的河流传播开来。大家都说，像滚滚洪流在顿涅茨河沿岸固定下来的战线并不可怕，可怕的是肃反委员会和革命军事法庭。传说这些瘟神很快就会来到各市镇，又说他们已经到了米古林斯克和卡赞斯克，对那些在白军中服过役的哥萨克进行极为简单而又不公正的审判。传说，顿河上游哥萨克主动放弃阵地这一事实，并不能证明自己无罪。审判程序简单极了：提起公诉，问两个问题，就下判决——最后，用机枪一扫，完事大吉。据说，在卡赞斯克和舒米林斯克已经有不少哥萨克的脑袋扔在枯树丛里无人收……前线归来的哥萨克们只是一笑置之："胡说八道！这都是军官编造的神话！士官生早就这样用红军来吓唬我们啦！"

人们对这些谣言将信将疑。在这以前，各村什么样的谣言没有啊。谣言把那些胆小的人吓跑了。但是等到战线移过以后，也确有不少的人夜不成眠，只觉得枕头烫脑袋，褥子硬邦邦，连娇妻也变得可憎了。

另一些人则后悔没有逃到顿涅茨河对岸去，但是木已成舟，悔之晚矣，落在地上的眼泪是收不起来的……

鞑靼村的哥萨克每天晚上都聚在小胡同里交换各自听来的消息，然后就去借酒浇愁，东家西家串门子。村子里的日子过得平静，清苦。在开斋节最初的几天，只听到过一次婚礼的马铃铛声：米哈伊尔·科舍沃伊把妹妹嫁了出去。就是这次婚礼，大家也议论纷纷：

"这样的日子结婚！准是不办不成啦！"

选举村政权以后的第二天，全村家家都交出了武器。在革命军事委员会占用的莫霍夫家的房子里,暖和的门厅和走廊里都堆满了枪支。彼得罗·麦列霍夫也把他和葛利高里的两支步枪、两支手枪和一把马刀送来了。弟兄俩留下了两支军官用的手枪,只是把跟德国人打仗时带回来的枪支交了出去。

彼得罗如释重负似的回到家里。葛利高里正在内室,袖子挽到胳膊肘子以上,用煤油擦两支拆卸开的、生了锈的步枪大栓零件。两支步枪就立在床边。

“这是从哪儿弄来的?”彼得罗大吃一惊,胡子都耷拉了下来。

“这是爸爸到菲洛诺沃去看望我的时候带回来的。”

葛利高里的眯缝得窄窄的眼睛里闪着光芒。他的两只沾满了火油的手插在腰里,哈哈大笑起来。但很快他又非常突然地停住了笑声,像狼似的咬得牙齿咯吱直响。

“两支步枪——值得什么大惊小怪!……告诉你,”虽然屋子里一个外人也没有,他还是耳语说,“父亲今天对我说,”葛利高里又敛住笑容,“他还有一挺机枪哩。”

“你就胡说吧!哪儿弄来的?要那玩意儿干什么?”

“他说,是用一袋酸奶渣从几个哥萨克辎重兵手里换来的,可是我以为老家伙是撒谎!一定是偷来的!要知道他就像屎壳郎一样,什么都要往家拖,就是拿不动的东西都要拖。他悄悄对我说:‘我有一挺机枪,埋在场院里。枪上有个弹簧,可以拿下来当螺旋钩用,不过我没有拆。’我问他:‘你要这玩意儿有什么用处?’他说:‘我很喜欢这个宝贵的弹簧,也许能派上什么用场。这是很值钱的,是铁的……’”

彼得罗大怒,想到厨房里去找父亲,但是葛利高里劝住了他。

“算了吧!帮我擦洗装枪吧。你能问出什么道理来?”

彼得罗擦着枪筒子,气得哼哧了半天,后来有点儿回心转意地说:

“也许是对的……说不定会有用的。让它埋在那儿好啦。”

就在这一天,托米林·伊万带来一个消息,说卡赞斯克正在枪毙人。他们靠着炉子抽了一会儿烟,谈了一阵子。彼得罗说话的时候总在想着什么。他很不习惯思考问题,所以很费劲,额角上都急出汗来了。托米林走后,他说:

“我现在就到鲁别任村去找雅什卡[①]·福明。我听说,他这些日子正在家里。据说,他正在搞个什么区革命委员会,不管怎么说——好歹得找个护身符呀。我求求他,万一有什么事,请他照顾照顾咱们。”

潘苔莱·普罗珂菲耶维奇把骡马套在塞得满满的爬犁上。达丽亚裹着一件新皮袄,和伊莉妮奇娜喊喊喳喳说了半天。然后一起跑到仓房里去,从那里拿来一个包袱。

“这是什么东西?”老头子问。

彼得罗没有做声,伊莉妮奇娜快嘴小声说:

“这是我藏的一点奶油,以防万一的。不过现在就不能舍不得奶油啦,我叫达丽亚拿上,带去送给福明的老婆当礼物,也许,也许彼秋什卡用得上,”她抽泣起来,“去当兵服役,拼死拼活,到头来却要为肩章,为这鬼东西受罪,说不定会出什么岔子……”

“住口,贫嘴娘儿们!”潘苔莱·普罗珂菲耶维奇怒冲冲地把鞭子扔到干草上,走到彼得罗跟前,说,“你送给他些麦子。”

“他要麦子干什么呀!”彼得罗发火了,“爸爸,你最好到阿尼库什卡家去买点儿烧酒,用不着什么麦子!”

潘苔莱·普罗珂菲耶维奇用衣襟盖着,拿来一大瓶烧酒,夸耀说:

“真是他妈的好酒! 简直跟尼古拉皇上喝御酒一样。”

“老狗,你倒已经先尝过啦!”伊莉妮奇娜骂道;但是老头子就像没有听见似的,他像吃得饱饱的猫一样眯缝起眼睛,哼哼着,用袄袖子擦着被酒烧得麻酥酥的嘴唇,精神抖擞、一瘸一拐地往屋子里走去。

彼得罗像客人似的,坐上爬犁,从院子里赶了出去,大门就那么大敞着。

他带着这些礼物去拜访那个现在有权有势的老同事:除了烧酒以外,还有一块战前织的哔叽衣料、一双靴子和一俄磅珍贵的茉莉花茶。这些东西都是他在利斯基抢来的,那时,第二十八团攻占了这个车站,队伍就散了,洗劫了停在那里的火车和仓库……

就是那一次,他在一列被洗劫的火车里抢了一只装着女人衣物的

---

① 雅什卡是雅科夫的爱称。

篮子。

他叫到前线上去的父亲把篮子带回家来。于是达丽亚就得意洋洋地穿上从未见过的摩登衬衣,引得娜塔莉亚和杜妮亚什卡羡慕得要命。细薄的外国料子比雪还白,每块儿绸子上都印着商标和印记。裤子上的花边比顿河上的泡沫还要漂亮。达丽亚在丈夫回来的头一夜,就是穿着这条裤子上床睡的。彼得罗在熄灯前,宽容地笑着问:“男人的裤子,你也拿来穿?”

“穿这条裤子又暖和又好看,”达丽亚像在梦幻中似的回答说,“也真叫人纳闷,如果真是男人穿的——应该再长一点儿。还镶着花边……你们男人家还镶什么花边啊?”

“大概贵族老爷们穿的衣服是要镶花边的。关我什么事啊?你穿吧。”彼得罗睡意蒙眬地搔着痒痒,回答说。

对这件事儿他并未特别留意。但是随后两夜,他一躺在妻子的身边,就心怀戒惧地离她远点儿,用一种油然而生的敬意和不安的眼神瞅着那些花边,生怕碰着它们,并且感到跟达丽亚也仿佛有点疏远了。他对这些花边怎么也习惯不了。第三天夜里他火了,断然命令说:

“你他妈的把裤子给我脱了!老娘儿们不能穿这玩意儿,根本也不是女人穿的。你穿着它躺在那儿,像个贵夫人似的!简直成了个陌生的女人啦!”

早晨,他比达丽亚先起来。咳嗽着,皱起眉头,试着把裤子穿到自己腿上。他小心翼翼地把扣带、花边和自己的毛烘烘的小腿看了半天。一转身,无意中看到镜子里自己背后的一大堆花边,他啐了一口,骂着,像狗熊似的从肥大的裤腿里往外拔腿。大脚拇趾挂在绣花边上,差一点儿摔在箱子上,这下子他可真正生起气来,撕开扣带,脱下裤子,这才痛快了。达丽亚睡意蒙眬地问:

“你干什么哪?”

彼得罗生气地没有做声,哼哧着,啐个不停。至于那条谁也不知道是男人穿的,还是女人穿的裤子,达丽亚当天就叹着气,装进了箱子(箱子里还装着很多东西,可是家里的几个女人没有一个知道怎么穿戴)。这些复杂的玩意儿后来都改成了女人的内衣。可是几条裙子达丽亚却利用上了;鬼知道这些裙子为什么都做得这么短,但是聪明的女主人在裙子外面往上再接上一条裙子,使里头的裙子比外面的长出一块来,这样就可以露出半尺宽的花边。达丽亚就是穿着这条裙子,荷兰花边在土地上拖着,到处炫耀。

现在,她要跟着丈夫去作客啦,她打扮得阔气、漂亮。从镶毛边的顿河皮袄下面露出来衬裙的花边,外面是上等的崭新呢裙,也好叫从脏婆娘一步变成贵夫人的福明太太明白,她达丽亚也不是个普普通通的哥萨克女人,好歹也是位军官太太。

彼得罗摇晃着鞭子,吧咂着嘴。背上脱了毛、怀孕的骒马沿着顿河岸边坎坷不平的道路小跑着。吃午饭的时候来到了鲁别任。福明真的在家里。他对彼得罗很客气,把彼得罗让到桌上,及至他老太爷从彼得罗的爬犁上把罩了一层白霜、粘着干草屑的酒瓶子拿进来的时候,红胡子里露出了笑容。

"老同事,你怎么不露面啦。"福明两只隔得很开的蓝莹莹的色鬼眼睛不住地看达丽亚,庄重地捻着胡子,用愉快的低音拉着长腔说。

"雅科夫·叶菲梅奇,你是知道的,军队不断从这里过,时局这么紧张……"

"是啊,很紧张。老婆子!你给我们拿点黄瓜、白菜和顿河干鱼来呀。"

狭小的屋子里烧得很热。两个小孩躺在炉炕上:一个酷似父亲的男孩,也生着父亲那样蓝色的、隔得很开的眼睛,还有一个小姑娘。彼得罗喝了几杯酒,就把话转到正题上来。

"村村都在传说,好像有个什么肃反委员会要来,要对哥萨克进行审讯。"

"第十五因津斯基师的革命法庭到了维申斯克。不过,这又怎么样呢?跟你有什么相干?"

"雅科夫·叶菲梅奇,您知道,我是个军官哪。可是我这个军官,可以说——是虚有其表。"

"哼,这有什么关系?"

福明觉得自己成了时局的主宰。醉意使他变得更自以为是,忘乎所以。他一直在摸弄着胡子,摆出一副威风凛凛的样子,皱起眉头,瞅着彼得罗。

彼得罗摸清他的底以后,就故意做出一副可怜的样子,低声下气、奴颜婢膝地笑着,但是却不知不觉地把称呼从“您”变成了“你”。

“咱们一块儿服过役。你可说不出我有什么对不起你的地方。难道我反对过你吗?从来没有过!我永远是站在哥萨克这边的,我要是有半句假话,叫上帝惩罚我!”

“我们知道。彼得罗·潘苔莱耶维奇,你不用担心。我们对所有的人都了解得清清楚楚。不会动你的。不过某些人我们是要审一审的。有些是要逮捕的。这儿的坏蛋太多啦。他们留下来,却心怀鬼胎。把武器藏起来……你哪,武器交了吗?啊?”

福明慢条斯理的话突然急转直下,咄咄逼人,使彼得罗一时不知所措,脸立刻涨红了。

“你哪,交了吗?喂,你怎么啦?”福明从桌子上探过身来,逼问道。

“当然交啦,雅科夫·叶菲梅奇,你别以为……我说的是真心话。”

“真心话?我们非常了解你们……我是本地人,”他醉醺醺地挤了挤眼,张开了满口牙齿平整的大嘴,“你们一只手跟富有的哥萨克拉拉扯扯,另一只手里拿着刀,有机会就捅一刀……这群恶狗!有什么真心话!我见识过的人多啦。全是些叛徒!不过你不用害怕,不会动你的。我说话——是算数的!”

达丽亚只吃些冷菜,要有个客人样儿,她几乎没有吃面包。女主人却一劲儿地劝她吃。

彼得罗告别回家的时候已经将近黄昏了。他满怀希望,心情愉快。

潘苔莱·普罗珂菲耶维奇送走彼得罗以后,就去看望亲家公科尔舒诺夫。红军来到以前他曾到他家里去过一次。那时候卢吉妮奇娜正在打发米吉卡上路,家里乱成一团。潘苔莱·普罗珂菲耶维奇觉得自己在这里是个多余的人,就走出来了。但是这一次是要去探听一下,家里是不是太平无事,顺便跟亲家公一起聊聊眼下这个世道。

他一瘸一拐,费了半天的工夫,才走到了村那头。老态龙钟、已经掉了好几个牙的格里沙卡爷爷在院子里迎上了他。是个星期天,老爷子也正要去教堂做晚祷。潘苔莱·普罗珂菲耶维奇一见太亲翁大吃一惊:老头子敞开的皮袄里露出了俄土战争中获得的全部十字章和奖章,古旧的制服硬领上的绶带惹眼地闪着红光,镶着红绦的灯笼裤规规矩矩地掖在白袜筒里,头上戴着一顶佩着沙皇时代帽徽的制帽,一直压到像黄蜡做的大耳朵上。

“你怎么啦?老太爷!老亲家,你疯啦?谁在这种年月还挂十字章和前朝的帽徽啊?”

“你说什么?”格里沙卡爷爷把手巴掌放在耳朵上问。

“我说,你快把帽徽拿下来!把十字章摘下来!为了这些老古董会把你押起来的。在苏维埃政权统治下,这是不行的,这是犯法的。”

“孩子,我忠心耿耿地为我的俄罗斯沙皇服过役。现在这个政权不是上帝的意旨。我不承认这个假政权。我是向亚历山大皇帝宣誓效忠的,可没有向庄稼佬宣过誓,就是这话!”格里沙卡爷爷咂了咂褪色的嘴唇,擦了擦发绿的胡子,用拐杖朝宅屋那边指了指说,“你是来看米伦的吗?他在家哪。我们送米秋什卡①撤退啦。圣母保佑他……你的孩子都没有撤退呀?什么?不然怎么……这成什么体统!他们都对皇上派来的哥萨克军长官宣过誓呀。军队里正需要人的时候,他们却在家里陪老婆……娜塔柳什卡好吗?”

“很好……你快回去把十字章摘下来吧,老亲家!现在不许佩戴这些玩意儿啦。我的上帝,你糊涂啦,老亲家?”

“去你的吧!教训我你还太年轻!走你自个儿的路吧。”

格里沙卡爷爷照直朝潘苔莱走过来,潘苔莱赶紧给他让路,从踏出的小径上走到雪地上去,不时回头看看,绝望地摇着脑袋。

“你遇见我们家的老兵了吗?真是活受罪!上帝怎么也不召他回去。”在这些日子里明显地瘦削下去的米伦·格里戈里耶维奇站起来,迎着亲家公说,“把他的奖章全都挂上,戴上有前朝帽徽的制帽就走啦。怎么说也不肯摘下来。简直变成了小孩子,什么也不懂。”

---

① 米秋什卡也是德米特里的爱称。

“让他自寻开心去吧,他还能活多久啊……快说说看,儿郎们都怎么样啊?我们听说,好像葛利沙被这些不信上帝的家伙们搞了一下子,是吗?”卢吉妮奇娜坐到哥萨克们跟前来,伤心地插嘴说,“亲家公,我们家倒了大霉啦……给牵走了四匹马,只剩下一匹骒马和一匹小马驹儿了。倾家荡产啦!”

米伦·格里戈里耶维奇眯缝起眼睛,好像在瞄准似的,憋着满腔怒火,说话的调子也变了,气势汹汹地说:

“日子为什么搞得这么糟?是谁的责任?全赖他妈的这个政权!亲家,全是这个政权的罪过。人人平等——难道这行得通吗?你就是要我的命,我也不赞成!我操劳了一辈子,累得话都说不出来,浑身流过多少臭汗,叫我跟那些不想过苦日子,可连手指头都不肯动动的人去平等吗?不,我们还要等等看!这个政权要切断兢兢业业过日子人的血管。所以我什么都懒得动手啦:干吗还要去奔命?为谁操劳?你今天积攒一点儿,明天他们一来,全都抢光……还有,亲家,前几天我的一个穆雷欣村的老同事到我家来,我们谈了半天……眼下,前线就在顿涅茨河一带。可是支持得住吗?我,老实告诉你,劝一些可靠的人说,咱们应该尽力帮助我们那些在顿涅茨河对岸战斗的人……”

“怎么个帮助法呀?”潘苔莱·普罗珂菲耶维奇惊愕地,不知道为什么,悄悄问。

“怎么个帮助法吗?踢开这个政权呀!把它踢得远远的,踢回坦波夫省去。叫它到那里去跟庄稼佬们平等去吧。只要能消灭这些敌人,我连一根线都不留,把全部财产都捐出去。应该这样,亲家,应该劝说人们这样去干!是时候啦!不然可就晚啦……我那位老同事说,他们那儿的哥萨克也都蠢蠢欲动。只不过要齐心点儿才行!”他的语调变成急促、难辨的低语,“大部队都开过去啦,他们这儿剩下的又有多少呢?有数的那么几个人!村村都只剩了些光杆儿主席……把他们的脑袋砍下来——那不是易如反掌嘛。至于维申斯克,那也没有什么……大家联合起来,一拥而上——把他们撕成碎块!咱们的人绝不会袖手旁观,叫咱们吃亏。我们联合起来……这才是正经事,亲家!”

潘苔莱·普罗珂菲耶维奇站起身来,斟酌着字句,担心地劝说道:

“当心点儿,一失足——可要倒大霉呀！哥萨克们虽然在摇摆不定,可是谁他妈的知道他们往哪边儿倒啊。这种事情现在可不能随便对什么人都说……年轻人简直无法理解,他们好像都在闭着眼过日子。有的撤退走了,有的留了下来。这日子可真不好过呀。这叫什么生活,简直是地狱。”

“别担心,亲家!”米伦·格里戈里耶维奇大度地笑了笑说,“不看准了,我是不说的。人跟绵羊一样:公羊往哪儿领,羊群就都往哪儿跑。所以必须给他们指明道路！要叫他们睁开眼睛看看这个政权。没有黑云——就不会打雷。我要干脆地告诉哥萨克们:应该暴动！听说,好像已经下了命令——要把所有的哥萨克都绞死。这应该怎么理解呢?”

米伦·格里戈里耶维奇的脸上透过雀斑,涌出了一阵红晕。

“哼,这会闹成什么样子呢,普罗珂菲耶维奇?据说,他们已经开始枪毙人啦……这算什么世道呀?瞧,几年的光景,变成什么样子啦!没有煤油,火柴也没有,莫霍夫的铺子里近来只卖点儿糖果了……庄稼呢?比从前差多少呀?把马都牵走啦。抢了我的马,也抢了别人的……抢嘛,谁都会抢,可是谁去繁殖呀?早先,那时候我还是个小伙子,我们家有八十六匹马。你也许还记得吧?有好几匹善跑的骏马,可以追上加尔梅克人的马！我们家那时候有匹额上带白斑的枣红马。我把它牵出来,鞴上鞍子,骑到草原上去,把艾蒿丛里的兔子轰出来,兔子跑不出一百沙绳,我就用马把它踩死了。到现在我还记得这件事儿呢。”米伦·格里戈里耶维奇的脸上露出了激动的笑容,“有一天,我骑马来到风车近前,看见一只兔子正朝我跑来。我策马追去,它呢,兜起圈子来,然后冲下山坡,穿过顿河！这是谢肉节时的事情。顿河上的雪被风吹走了,河面上的冰很滑。我追那只兔子,马一打滑,四条腿都倒了下去,摔得连脑袋也抬不起来啦。我吓得浑身直哆嗦！把马鞍子卸下来,跑回家来。我说:‘爸爸,我骑的马摔死啦！我追兔子来着。’爸爸问我:‘追上了吗?’我说:‘没有。’他骂道:‘鬼儿子,鞴上那匹铁青马,追去!’从前过的是什么样的日子噢！老人们都溺爱孩子。摔死一匹马,一点儿也不心疼,可是兔子一定要追上。一匹马值一百卢布,兔子只不过值几戈比……唉,还说什么呀!”

本来已经心惊胆战、闷闷不乐的潘苔莱·普罗珂菲耶维奇，从亲家公家里出来的时候，更加心慌意乱了。现在他明显感觉到，是另一些敌视他的原则在统治他的生活。如果说，从前他管理家业、驾驭生活，像是骑着一匹训练有素的马，参加障碍赛马，那么现在，生活却像一匹发了疯的、跑得浑身汗沫的马驮着他狂奔，他已经无力驾驭这匹马，只是摇摇晃晃的在马背上不由自主地摇晃，使出吃奶的劲儿，但求不摔下马来，就谢天谢地了。

迷雾遮住了前路。曾几何时，米伦·格里戈里耶维奇不还是本区的首富吗？但是最近三年来，他的精力耗尽了。长工都散掉了，耕种面积减少了九成，把牛和马从牲口棚里赶走，换来些价值不稳定、天天贬值的钞票。一切都好像是在梦里一样，像顿河上的漂浮的轻雾，随风逝去。只剩一座有雕栏的阳台和褪色的彩檐的老宅作为纪念了。过早地出现在科尔舒诺夫那像狐狸毛一样火红的大胡子里的银丝现在已经扩展到两鬓，并且在那里落了户，起初像沙土上的蒺藜一样，是一撮一撮的，后来排斥了原先的火红色，于是，像盐粒似的白霜就布满了两鬓；而且继续节节向上推进，占领了前半个脑袋瓜儿。在米伦·格里戈里耶维奇的全身也是这两种基本色在疯狂地斗争：红色的血液沸腾起来，驱使着他去干活儿，逼着他去种地，盖板棚子，修理农具，发家致富；但是苦闷却又不断涌上心头："发什么财呀。到头来全是一场空！"于是满脸染上了死人般的灰白色。两只难看得要命的手已经不像从前那样，放下锤子就抓起手锯，而是无所事事地晃动着干活累得变形的脏手指，闲置在膝盖上。苦难的岁月使他衰老。土地也变得可厌了。春天，他走到田地里，就像走到一点也不可爱的妻子面前一样，只是由于习惯，尽尽责任而已。发财也不高兴，破财也不似从前那样伤心……红军把马抢走了——他无动于衷。可是两年前，他为鸡毛蒜皮的小事儿，为了牛踏乱了一捆干草，差一点儿要用叉子把妻子叉死。"科尔舒诺夫搂得太足啦，肚子都吃胀了，该吐点儿出来啦。"邻居们都这样议论他。

潘苔莱·普罗珂菲耶维奇一瘸一拐地回到家里，躺到床上。心口憋得慌，直恶心，想吐。吃过晚饭，叫老太婆给他拿腌西瓜。吃了一片儿，就哆嗦起来，好容易才走到炉炕边。第二天早晨，已经昏迷不醒，不省人事。被热血烧焦的嘴唇干裂了，脸色焦黄，白眼珠蒙上了一层珐琅似的蓝光。德罗兹吉哈老太婆给他放了血，从手上的静脉血管里放出了两盘子黏得像松焦油一样的黑血。但他还是没有恢复知觉，只是脸上变成了青灰色，尽是黑牙的嘴张得大了些，呼哧呼哧吸着气儿。

第二十章

一月底，区革命委员会主席把伊万·阿列克谢耶维奇召到维申斯克去。他应该傍晚回来。大家都在等他。在莫霍夫家空荡荡的大宅子里，原先的书房里，米什卡·科舍沃伊坐在像双人床那样大的书桌后面。从维申斯克派来的民警奥利沙诺夫斜躺在窗台上（屋子里只有一把椅子），一声不响地抽着烟，从老远，技艺高超地把痰唾到壁炉的瓷砖上，每次都唾到一块新砖上。窗外，星光灿烂，夜色皎洁。是一个静得铮铮有声的寒夜。米哈伊尔正在搜查司捷潘·阿司塔霍夫家的记录上签字，偶尔抬起头来看看窗外结了一层像砂糖似的白霜的枫树枝。

有人走上了台阶，毡靴子咯吱咯吱地轻声响着。

“回来啦。”

米什卡站了起来。但是过道里却响起了别人的咳嗽声，别人的脚步声。葛利高里·麦列霍夫紧裹着军大衣走了进来，他的脸冻得红扑扑的，眉毛和胡子上都挂满白霜。

“我是来烤烤火的。你好啊！”

“来吧，发发牢骚吧。”

“有什么牢骚可发。我是顺便来说一声，请不要派我们家去搞什么运输啦。因为我们家的马腿都有病。”

“那还有牛哪？”米什卡沉着地斜睨了他一眼。

“牛能拉什么东西呀？道路滑得不得了。”

脚踏得冻硬的木板咚咚响，有人大步走上了台阶。伊万·阿列克谢耶维奇穿着斗篷,像女人似的系着长耳风帽,闯进了屋子。他带进来一股新鲜的冷空气味、干草味和烟臭气味。

“冻死啦,冻死啦,伙计们!……葛利高里,好啊!干吗你夜里还出来瞎逛呀?……也不知道谁他妈的想出了这种斗篷:简直像筛子一样,根本挡不住风!”

他脱掉衣服,还没来得及把斗篷挂好,就开口说:

“好啊,我见到主席啦。”满面春风的伊万·阿列克谢耶维奇两眼闪闪发光,走到桌边来。他急不可待地想要把经过讲出来。“我走进他的办公室。他和我握过手,说:‘请坐,同志。’这可是区主席呀!可从前是什么样子呀?从前就是一位少将!你在他面前要怎样站着才成啊?瞧,我们的政权有多好!大家平等!”

他这种兴奋、幸福的脸色,在桌子旁那股忙活劲儿,以及这种喜不自胜的谈话,葛利高里怎么也不能理解。他问:

“你为什么这么高兴呀,阿列克谢耶夫①?”

“怎么——为什么?”伊万·阿列克谢耶维奇的下巴颏哆嗦了一下说,“人家把我当人看,我怎么能不高兴呀?平等相待,把手伸给我,还给我让座……”

“近几年,将军们也穿用麻袋做的衬衣啦。”葛利高里用手掌边捋了捋胡子,眯缝起眼睛说,“我看见过一位将军的肩章是用变色铅笔画的。也常把手伸给哥萨克……”

“将军们是被迫的,这些人是出自真情。一样吗?”

“有什么不一样!”葛利高里摇摇头说。

“照你的说法,政权也是一个样的了?那么咱们为了什么要打仗呢?你为了什么要打仗?是为将军打的吗?可是你却说:‘一个样。’”

“我是为自个儿打仗的,而不是为了将军。凭良心说,那些人也好,这些人也好,全都不合我的意。”

“那么什么人合你的意呢?”

“什么人都不合我的意!”

---

① 阿列克谢耶夫是阿列克谢耶维奇的简称。

奥利沙诺夫从屋子这边朝屋子那边啐了一口唾沫,同情地笑了。看来,他也觉得什么人都不合他的意。

“从前你好像并不是这样想的。”

米什卡原本是想刺一下葛利高里,才这样说的,但是葛利高里满不在乎,一点也没有察觉这句话是带刺儿的:

“我也好,你也好——咱们大家想的都不一样……”

伊万·阿列克谢耶维奇本想把葛利高里打发走,然后把自己这次出差的情况以及区革命委员会主席谈话的详情告诉米哈伊尔,但是现在的谈话开始使他不安。由于在区里看到和听到的一些新情况的影响,他不假思索地投入了争论:

“你是来搅浑我们头脑的呀,葛利高里!连你自个儿也不知道你想干什么。”

“真的不知道。”葛利高里高兴地同意说。

“这个政权有什么可让你责怪的?”

“可你又干吗这样拍它的马屁呢?你从什么时候变得这么红啦?”

“咱们不谈这个问题。咱们就事论事。明白吗?你少说些政权的坏话,因为我是主席,我也犯不着跟你争论。”

“那咱们就别谈啦。我也该走啦。我是为了派运输的事情来的。至于你的政权,不管你怎么说,也是一个坏政权。你直截了当地回答我,咱们就结束谈话,这个政权能给咱们哥萨克什么好处?”

“什么样的哥萨克?哥萨克也是各式各样的。”

“统统都算上,所有的哥萨克。”

“给他们自由,权利……你等等!……等等,你的话里,似乎……”

“一九一七年就是这样说的,现在应该换点儿新鲜的啦!”葛利高里打断他的话,“给土地?自由?平等?……咱们的土地多得很。再多的自由也用不着,不然就会到街上去杀人玩啦。从前的区长镇长都是选举的,现在却是官派的。那个跟你握握手就使你高兴的人,是谁选举出来的?这个政权给哥萨克带来的除了破产,别的什么也没有。这是庄稼佬的政权,庄稼佬才需要它。不过我们也不要将军。不论共产党还是将军——全是枷锁。”

“富有的哥萨克不需要这个政权，可是其他人呢？你这个糊涂虫！咱们村里只有三户财主，其余的全是贫困人家。还有，对那些工人怎么办？不，我们是不能赞成你这种说法的！要叫富有的哥萨克从塞满的嘴里吐出一块，分给饿肚子的人。如果他们不肯——我们就从他们嘴里掏出来！不能再让他们作威作福啦！他们抢占了土地……”

“土地不是抢来的，而是浴血奋战得来的！我们的祖宗用鲜血浇灌了这块土地，也许，就是因为这个缘故，我们这块黑土地才这样肥沃。”

“不管是怎么来的，都要分给穷人。要平分土地——要真分！可是你，只是嘴上说说而已，像房顶的风信旗一样，风往哪儿吹，你就往哪儿倒。你这号人，只会把生活搞乱！”

“你住嘴吧，别骂啦！因为咱们是老朋友啦，我才来说说憋在心里的话。你说——平分土地……布尔什维克就是用这些鬼话去骗那些糊涂百姓的。说了许多好听的话，引诱人们上钩，就像鱼吃钓饵一样！平等在什么地方啊？就拿红军来说吧：军队从村子里开过。你就看吧：排长穿的是铬鞣革皮靴，‘小卒’却包着破裹腿。我看见一个政委，一身都是皮衣裳，皮裤子啦，皮上衣啦，可是别人却连做皮鞋都没有皮子。要知道，他们的政权才建立了一年，就搞成这个样子，如果他们在这儿生了根——哪里会有什么平等可言呀？……当年在前线上就宣传：‘我们官兵平等。薪饷一样。’……不！全是骗人的！都骂老爷不好，那么奴才变的地主还要坏一百倍！旧军官们，那是坏得不用说啦，可是小兵一旦当上了军官——你就干脆躺下等死好啦！他能坏到头儿！这号军官受的教育跟普通哥萨克一样：只会攥牛尾巴，可是你瞧吧——他一爬上台，一旦手里有了权，就晕乎啦，只要能保住自己官儿，就是剥别人身上的皮也下得了手。”

“你的话统统是反革命胡说！”伊万·阿列克谢耶维奇冷冷地说，但是没有抬眼睛去看葛利高里，“你想把我拉回你那条沟壑里去是办不到的。我也不去反驳你了。我好久没有看见你，我坦白告诉你，你变得太厉害了。你成了苏维埃政权的敌人！”

“我没有想到你会说出这种话来……难道我谈谈我们应该有个什

么样的政权,就是反革命吗？就等于士官生了吗?”

伊万·阿列克谢耶维奇从奥利沙诺夫手里拿过烟荷包,口气已经比较温和地说:

“我怎么才能说服你呢？别人可以用自己的脑袋来想通这些道理。自己来领会这一切！可是我做不到,我没有文化,识字不多,弄不明白。我自己有很多道理也都是摸索出来的……”

“你们别再说啦!”科舍沃伊愤愤地说。

他们一起从执行委员会走了出来。葛利高里一声不吭。伊万·阿列克谢耶维奇被这种沉默弄得很不舒服,他想不通别人怎么会有这样的想法,因为这对他太陌生了,而且他是站在另一个山岗上观察生活的,他在分手的时候说:

“你这些想法还是装在自己肚子里好。否则,尽管我们是老朋友了,你家的彼得罗又是我的干亲家,那我也有办法对付你！不能再去迷惑哥萨克啦,他们已经迷惑得够呛啦。你也休想挡我们的道儿。我们会把你踩死！……再见!”

葛利高里独自走着,感到仿佛迈过了一道门限,原来他觉得模糊不清的东西,现在突然看得非常清楚了。其实,他只不过是在火头上,说出了这些日子总在思考的问题,吐了吐郁积在心里急于要发泄的闷气。还由于他已经站在与自己全都反对的两种原则斗争的边缘,——因此心里产生了无法消除的、压不下去的愤怒。

米什卡和伊万·阿列克谢耶维奇一同走去。伊万·阿列克谢耶维奇重又讲起他和区革命委员会主席见面的情景,但是一开口,就觉得已经失去了原来的色彩和意义。他竭力想恢复原来的情绪,可是无济于事:好像有什么东西挡在面前,使他不能尽情地生活,不能痛快地呼吸新鲜、冷冽的空气。这障碍就是葛利高里,就是刚才跟葛利高里的谈话。他一想起来,就恶狠狠地骂道:

“葛利什卡这种人,简直是斗争中的绊脚石。下流玩意儿！他总是不靠岸,就像在冰窟窿里打旋的牛粪团儿,转来转去。如果他再来的话——我要狠狠地教训他一顿！他要是公开进行煽动——我们会找到关他的地方的……喂,米沙特卡,你怎么样啊？事情顺利吗?”

米什卡正在想着什么心事,只是骂了几声。

他们穿过一个街区,科舍沃伊扭过头来,丰满的、像姑娘似的嘴唇上带着不知所措的笑容,对伊万·阿列克谢耶维奇说:

“阿列克谢耶维奇,政治这玩意儿可真他妈的厉害呀!鬼东西!谈别的,什么都行,可是一谈到政治就惹你生气。刚才,我跟葛利什卡一开始谈话……要知道我们从小儿一起长大的,一起在学校里念书,一起追姑娘玩,他就像我的哥哥……可是现在一说话,我就气得肚子胀,像个大西瓜,浑身直哆嗦!就像他夺走我最珍贵、最爱惜的东西一样。就像他在抢劫我一样!这样的谈话,弄得你简直想杀人。今天,在这次战争中,要六亲不认才行。只要你看准了目标,就向前猛冲吧!”米什卡像受了莫大的委屈似的声音在战栗,“就是他从我手里抢走了姑娘,我也不曾像现在这样为这番话生这么大气。你看,这有多厉害!”

第二十一章

天上飘着雪花,可是在空中就融化了。到中午时分,陡崖上的积雪开始崩塌,发出低沉的轰隆声。顿河对岸的树林呼啸起来。橡树枝上的冰雪融化了,露出了黑树枝。水珠从枝丫上滴下来,穿透积雪,直落到被腐烂的落叶焐暖了的土地上。吹来早春令人陶醉的融雪气味,果园里飘溢着樱桃树萌发的气息。顿河的冰面上已经到处是化穿了的冰孔。岸边的冰都化了,冰窟窿四周已经浸满了碧绿、晶莹的河水。

往顿河沿岸运送炮弹的车队要在鞑靼村换车。押运的红军战士都是些凶悍的小伙子。队长留下来看守伊万·阿列克谢耶维奇;他对阿列克谢耶维奇说:“我陪你坐一会儿吧,不然,时局这么紧张,你会乘机逃走的!”其余的人都派去寻找车辆,需要四十七辆双套大车。叶梅利扬也来到麦列霍夫家。

“请套上车,把炮弹运到博科夫斯克镇去!”

彼得罗张口就说:

“那两匹马腿有病，昨天我已经赶着骒马去维申斯克送过一次伤员啦。”

叶梅利扬二话没说，就朝马棚走去。彼得罗急得连帽子也顾不得戴，从屋子里跑出来，跟在他后面喊：

“听见了吗？你等等……是不是，免我们一次吧？”

“是不是请你别装糊涂？”叶梅利扬严厉地打量了一下彼得罗，补充说，“我想去看看你们的马，看看它们的腿得的是什么病。是无心还是有意用锤子把关节敲坏啦？你别跟我耍这种障眼法！我见过的马，比你看见的马粪还多。套车吧！马也行，牛也行——什么都可以。”

葛利高里赶着爬犁去了。走以前，他跑到厨房里，亲吻着孩子们，匆匆地嘟哝说：

“我给你们带好东西回来，你们在家可不许胡闹，要听妈妈的话。”又对彼得罗说，“你别挂念我，我不会走远的。如果到了博科夫斯克还要往前走，我就扔下牛跑回来。不过我可不回村子里来啦。我到西金村姨妈家去住几天……彼得罗，你要去看我……不知道为什么我觉得在这儿过得很害怕，”他笑了笑，“好，祝你健康！娜塔什卡，不要太思念我！”

莫霍夫的商店已经当作军需仓库，在商店前面把炮弹箱子装上车，车队就出发了。

“他们打仗，是为了他们能过上好日子，我们也曾经为了自己过好日子打过仗，”葛利高里斜倚在爬犁上，用皮袄裹着脑袋，在牛车有规律的摇晃中，想着这个问题，“生活中根本就没有什么真理可言。看来，是胜者为王，胜利者就可以吃掉那个战败的……可我却还在寻找什么愚蠢的真理呢。弄得精神苦闷，东投西靠……听说古时候，鞑靼人曾经侵占过顿河，抢掠土地，奴役顿河沿岸的老百姓。现在——俄罗斯人来啦。不！我绝不低头！他们是我和全体哥萨克的敌人。现在，哥萨克们已经开始明白过来啦……放弃阵地。今天，个个都跟我一样，唉！后悔也来不及啦。”

近处是垂到道路上的艾蒿、起伏的山岗、乱蓬蓬的山沟，迎面移来，远处是一片雪野，随着爬犁盘桓、萦回，往南方伸展开去。路途漫长，百无聊赖，令人昏昏欲睡。

葛利高里懒洋洋地吆喝着牛，打着盹儿，靠在捆在爬犁上的箱子上摇晃着。他抽完烟，把脸扎进散发着干木樨气味和六月的甜蜜的阳光气味的干草里，不知不觉地睡熟了。他梦见跟阿克西妮亚走在长得很高的、窸窣作响的麦地里。阿克西妮亚小心翼翼地抱着一个婴儿，从旁用监视的目光偷偷看着他。葛利高里听见自己的心跳声，听见麦穗的悦耳的窸窣声，看见了田间小径上神话般的野草绣出的美丽花边，看见了引人忧伤的蔚蓝的天空。他心花怒放，感情激动，仍然像从前那样，以全身心爱着阿克西妮亚，他全身，甚至心脏的每一次跳动，都感受到了这种心境，但同时又意识到这并不是真的，有一种僵死的东西在他眼前闪忽，他知道这是梦。他很喜欢这个梦，看成是真实的生活。阿克西妮亚依然是五年前的阿克西妮亚，只不过是世态炎凉，使她变得矜持了。葛利高里觉得在真实生活中，他也从未这样，简直是刺眼地、清晰地看到了她脖子上那些毛茸茸的（风吹着的）发卷和系头发的白头巾角……爬犁的颠簸把他惊醒，人声使他清醒。

迎面驶来许多爬犁，从他们旁边赶过去。

“老乡们，你们运的什么东西呀？”在葛利高里前面的博多夫斯科夫在爬犁上沙哑地喊道。

爬犁的滑杠吱扭吱扭地唱着，两瓣的牛蹄子踏得积雪咯吱咯吱地响。迎面赶来的爬犁上半天没有人吭声。最后有一个人回答说：

“拉的死人！伤寒病死的……”

葛利高里抬起头来。看见赶过去的爬犁上并排躺着许多穿灰色军大衣的尸体，上面用帆布盖着。葛利高里的爬犁一摇晃，爬犁边正好碰在一只赶过去的爬犁上扎煞出来的死人手上，发出了低沉的生铁似的声音……葛利高里无动于衷地扭过头去。

木樨草的诱人的甜蜜气味又使葛利高里昏昏欲睡，他轻轻地把脸颊转向遗忘殆半的过去，想让自己的心再去碰一碰旧情的利刃。葛利高里感觉到了一阵刺心的、同时又是甜蜜的疼痛，他又往爬犁上一靠，脸颊靠在木樨草的黄茎上。回忆使激动的心房热血沸腾，突突地跳着，使他久久不能再入梦乡。

第二十二章

村革命军事委员会的周围只团结了有数的几个人：磨粉工人达维德卡、季莫费、从前莫霍夫家的车夫叶梅利扬和麻子皮匠菲利卡。伊万·阿列克谢耶维奇就依靠他们来做日常工作，他越来越感觉到横在他和村民之间的那道看不见的墙。哥萨克都不来开会，就是来的话，那也是经过达维德卡和其余几个人挨家挨户在村子跑上五六次才来的。来开会，也是一言不发，说什么他们都赞成。大多是些青年人。但是即使在青年人中间，也没有发现同情者。伊万·阿列克谢耶维奇主持会议的时候，看见的尽是一张张冷酷无情的脸，陌生的、不信任的眼睛和愁眉蹙额的目光。这种情景使他心灰意冷，眼睛里露出苦闷的神情，说话的声调也变得无精打采，毫无信心。难怪麻子菲利卡有一天唐突地说出了几句话：

"科特利亚罗夫同志，咱们和村子离婚啦！人们都皱着眉头看你，都变成了魔鬼。昨天我去派车送受伤的红军战士到维申斯克，谁都不肯去。离了婚的人是很难再在一个家里住下去的……"

"他们拼命喝酒！糟得很哪！"叶梅利扬吧咂着烟袋，附和说，"家家户户都在忙烧酒。"

米哈伊尔·科舍沃伊皱起眉头，他本想不让别人知道自己的情绪，但是瞒不住了。晚上，走出革命委员会，准备回家的时候，他向伊万·阿列克谢耶维奇要求说：

"给我一支步枪。"

"干什么？"

"真没料到！我害怕空着手走路。难道你就什么也没有察觉？我是这样想的，我们应该把一些人……把葛利高里·麦列霍夫、博尔德列夫老头子、马特维·卡舒林和米伦·科尔舒诺夫捉起来。这些坏蛋，他们正在偷偷地对哥萨克们说……说他们正在等待自己的人从顿涅茨河那岸回来哪。”

伊万·阿列克谢耶维奇哭丧着脸，挥了挥手说：

“唉！如果要下手捉的话，那就得先把那些带头的人捉起来。人们在动摇观望……当然，也有个别同情我们的人，但是他们也在瞅着米伦·科尔舒诺夫。害怕他家的米吉卡一旦从顿涅茨河那岸回来——杀人倒算。”

生活发生了激烈的变化。第二天，从维申斯克来了一个骑马的通信员，送来了一道命令：要向富户摊派军饷。给鞑靼村规定的控制数字是四万卢布。摊派了下去。过了一天，征收了两口袋摊派的款子，约有一万八千多卢布。伊万·阿列克谢耶维奇写报告给区里，问怎么办。区里派来了三个民警，带来一道命令：“逮捕抗缴军饷的人，押送维申斯克。”把四个老头子临时关到莫霍夫家那个从前储藏苹果的地窖里。

村子乱了，像捅了马蜂窝。科尔舒诺夫紧抱住越来越不值钱的钞票，说什么也不肯缴纳军饷。然而他的好日子也到尽头了。从区里来了两个人：一个是专办地方案件的检察官——是个年轻的维申斯克哥萨克，在第二十八团服过役，另一个，皮上衣外面罩着一件老羊皮袄。他们把革命军事法庭的委任状给伊万·阿列克谢耶维奇看过后，就和他一同关在办公室里谈起来。检察官的同伴是一个上了岁数的人，脸刮得光光的，他严肃认真地讲起来：

“现在全区都有骚乱的苗头。残存下来的白卫军分子正在抬头，并开始煽动劳动的哥萨克。必须消灭那些特别仇视我们的人。把那些军官、神父、宪兵和财主——所有拼命跟我们作对的人，列出个名单来。请你们协助检察官做好这件事。他对某些人的情况也有所了解。”

伊万·阿列克谢耶维奇看了看他那张刮得光光的女人似的白净脸；提名单的时候，伊万·阿列克谢耶维奇说到了彼得罗·麦列霍夫，但是检察官摇了摇头说：

“这是我们的人，福明已经打过招呼，叫不要动他。他是同情布尔什维克的。我们一起在第二十八团服过役。”

科舍沃伊用从学生练习簿子上撕下来一张带格的纸，写了一张名单，放在桌子上。

过了几个钟头，在莫霍夫家的宽敞的院子里，在橡树圆木上，在民警的监视下，已经坐了许多被捕的哥萨克。他们在等候家人送干粮来和运行李的车辆。米伦·格里戈里耶维奇就像准备去死一样，浑身上下，穿的都是新的：熟皮的皮袄、毡靴子和套在裤管外面的干干净净的白袜子，他坐在尽头上，跟博加特廖夫老头子和马特维·卡舒林坐在一块儿。“牛皮大王”阿夫杰伊奇匆匆地在院子里来回踱着，忽而毫无目的地朝水井里看看，忽而又拾起块木片，然后用袖子擦着汗淋淋的、像苹果似的红脸，又在台阶和木栅门之间踱起来。

其余的人都默不作声地坐在那里。他们低着头，用拐杖划着地上的雪。妇女们，个个都气喘吁吁地跑进院子，把包裹、袋子塞给被捕的亲人，喊喊喳喳地说着话。哭哭啼啼的卢吉妮奇娜给老头子扣上短皮袄上的扣子，用一条女人用的白色头巾给他扎上袄领，盯着他那像蒙了一层炭灰的无神的眼睛，央告说：

“格里戈里奇，你别难过！也许会太平无事地过去。你干吗这样垂头丧气呀？上——帝——呀！……”她的嘴咧得很宽，哭哭啼啼，脸拉得扁平，但是她又竭力把嘴唇收拢起来，耳语说，“我会去看望你……我带着格丽普卡去，你是最喜欢她的……”

民警在大门口喊：

“车来啦！把箱子放上去，走啦！婆娘们，到一边去，别在这儿流泪啦！”

卢吉妮奇娜这是生平第一次亲了一下米伦·格里戈里耶维奇的长满红汗毛的手，离他而去。

几辆牛拉的爬犁慢慢地穿过广场向顿河爬去。

七个被捕的人和两个民警都跟在爬犁后面走。阿夫杰伊奇停下来，他系了系靴子带，然后又像小伙子似的追了上去。马特维·卡舒林和儿子并肩走着，迈丹尼科夫和科罗廖夫一面走，一面在抽烟。米伦·格里戈里耶维奇手扶爬犁座边走着。博加特廖夫老头子仪表堂堂地迈着沉重的脚步，走在最后。迎面吹来的风把他的家长式的大白胡子尖吹起来，飘到肩后，吹得肩膀上的围巾穗头像道别似的呼扇着。

也就是在这个阴沉的二月的日子里，发生了一件奇怪的事情。

最近一个时期,常有些公务人员从区上到村子里来,大家都习以为常了。所以有一辆双套马的爬犁,拉着一位冻得缩成一团、跟车夫并肩坐着的乘客来到广场上,根本没有引起任何人的注意。爬犁在莫霍夫的家宅前停下来。乘客下了爬犁,原来是一位上了点年纪的、动作缓慢的人。他整理了一下系在长骑兵军大衣上的步兵皮带,撩起红色哥萨克皮帽子的护耳,扶着毛瑟手枪的木壳子,不慌不忙地走上了台阶。

伊万·阿列克谢耶维奇和两名民警正在革命军事委员会的办公室里。来人没敲门就走进来了,在门口捋了捋已经有了银丝的短胡子,用低音说:

"我找主席。"

伊万·阿列克谢耶维奇睁圆了像鸟眼似的小眼睛看了看来客,想跳起来,但是怎么也站不起来。只是像鱼似的大张着嘴,手指头直抓圈椅的油漆已经磨光了的扶手。施托克曼显得衰老了,戴着一顶很难看的、哥萨克红顶三耳皮帽,看着伊万·阿列克谢耶维奇;两只眼珠紧凑在一起的眼睛疑惑地盯着伊万·阿列克谢耶维奇,后来,突然哆嗦了一下,眼睛一眨,闪出了光芒,从眼角直到灰白的鬓角上都堆起了皱纹。他走到还没有来得及站起来的伊万·阿列克谢耶维奇面前,很有把握地拥抱了他,把湿漉漉的胡子贴在他的脸上亲吻着,说:

"我早就料到!我想,如果你还活着,一定就是鞑靼村的主席!"

"奥西普·达维多维奇,你打吧!……打我这个不争气的家伙吧!我简直不敢相信我的眼睛!"伊万·阿列克谢耶维奇哭着大声说。

在这以前,他那刚毅黝黑的脸上从来没有流过眼泪,以至那个民警都不好意思地把脸扭到一边去。

"你就相信你的眼睛吧!"施托克曼笑着,轻轻把手从伊万·阿列克谢耶维奇的手里抽出来,用低音说,"怎么,你这儿连第二把椅子都没有吗?"

"你就坐在这把圈椅上吧!……你是从哪儿来的呀?说吧!"

"我是随着军政治部来的……我看得出,你似乎怎么也不敢相信我的到来是真的。真是个怪人!"

施托克曼含笑拍打着伊万·阿列克谢耶维奇的膝盖,急忙说:

“老兄,一切都简单得很。从这儿把我逮走以后,就审判,就流放,在流放期间,发生了革命。我和同志们组织了一支赤卫军,打过杜托夫和高尔察克。噢,老兄,在那儿可遇到很多令人高兴的事情!现在我们已经把高尔察克赶出乌拉尔啦,——知道吗?这不,我又到你们这条战线上来啦。第八军政治部派我到你们区里来工作,因为我在这儿待过,熟悉本地情况。我赶到维申斯克,在革命军事委员会跟人们谈了谈,于是我决定首先到鞑靼村来。我想,先在你们这儿住些日子,做点儿工作,帮你们把工作组织好,然后再走。你看,我没有忘记老朋友吧?好啦,这些说来话长,咱们以后还有时间谈,现在咱们来谈谈你自己的事儿,谈谈情况,让我先了解一下这里的人,了解一下目前的情况。村里有党小组吗?哪些人在帮着你工作?活下来的熟人还有谁?好,这样吧,同志们……让我和主席单独谈一会儿。哼,真见鬼!我一进村子,就闻到了一股旧日的气味……是啊,从前是那样子,可现在是什么时代呀……喂,谈谈吧!”

过了三个钟头,米什卡·科舍沃伊和伊万·阿列克谢耶维奇领着施托克曼来到旧日的住处,斜眼卢克什卡家。他们在棕色的路面上走着。米什卡不断地去揪施托克曼的军大衣袖子,生怕施托克曼会突然溜掉,隐藏起来,或者像鬼魂一样散去似的。

卢克什卡请老房客喝白菜汤,还从箱子里的秘密角落里拿出来一块由于放得太久,尽是小孔的砂糖。

喝完樱桃叶焙的茶以后,施托克曼就躺在小床上,听他们两人杂乱无章地讲起来,有时候插嘴提些问题。他叼着烟嘴,快天亮的时候,竟不知不觉地睡着了,香烟掉到肮脏的法兰绒衬衫上。可是伊万·阿列克谢耶维奇还继续讲了十来分钟,直到施托克曼只用呼噜声来回答他的问题时,才恍然大悟,于是踮着脚尖走了出来,因为怕冲到嗓子眼里的咳嗽冒出来,憋得脸都紫了,流出了眼泪。

“你放心了吧?”米什卡像被搔得痒痒似的笑着,走下台阶,悄悄问。

押解犯人去维申斯克的奥利沙诺夫,乘同去的爬犁半夜回到村里。

在伊万·阿列克谢耶维奇家的窗上敲了半天,才把伊万·阿列克谢耶维奇叫醒。

“你怎么啦?”睡眼惺忪的伊万·阿列克谢耶维奇走出来问,“怎么回来啦?带文书来啦,还是怎么的?”

奥利沙诺夫甩了一下鞭子,说:

“他们把哥萨克们给枪毙啦。”

“你胡说,混蛋!”

“我们把犯人解到了——他们立刻就进行审讯,天还没有黑,就押到松树林子里去啦……我亲眼看见的!”

伊万·阿列克谢耶维奇急得两脚怎么也穿不进毡靴子里去,穿好衣服,就跑到施托克曼那里去了。

“咱们今天送去的那些人——在维申斯克都给枪毙啦!我原以为,是把他们关进监狱,这样干法算是怎么回事……这样胡来,我们在村里什么事也干不成!我们会完全失去群众,奥西普·达维多维奇!……这有点儿不对头。为什么要枪毙人呢?现在怎么办啊?”

他以为施托克曼准会跟他一样,对发生的事情大为恼火,担心事件的严重后果,但是这位慢条斯理地套上衬衣,脑袋钻出来以后,请求他说:

“你别嚷啦。你要把女主人吵醒啦……”

施托克曼穿好衣服,点上烟,请求他把逮捕这七个犯人的原因又讲了一遍,然后冷冷地开口说:

“你应该习惯这种事情,好好习惯起来!前线离我们只有一百五十俄里。哥萨克的基本群众都敌视我们。这是因为你们这儿的富农,哥萨克富农,也就是那些村镇长们和其他上层分子,这些人在劳动哥萨克群众中享有很大的威望,很有影响,是的。为什么这样?好,这也应该明白。哥萨克是一个特殊的阶层,是世世代代的兵痞。沙皇制度培养了他们热爱上级,热爱‘长官大人’的心理……军歌里是这么唱的吧:‘长官大人怎么命令——我们就往哪里冲,砍哪,刺哪,打呀。’对吧?你明白了吧!而这些长官大人却命令哥萨克去镇压工人罢工……哥萨克已经被愚弄了三百年之久。时间够长啦!就是这样!而顿河一带的哥萨克富农比起其他地方的富农,就说梁赞省的富农吧,是大不相同的!梁赞的富农被打垮了,他们只能对苏维埃政权嘘几声,软弱无力,只敢躲在角落里使点儿坏。而顿河的富农呢?则是武装的富农,是非常危险的毒蛇!他们很强大。他们不仅嘘几声,不只是散布诬蔑我们的谣言,像你说的科尔舒诺夫和其他一些人干的那样,他们还要明目张胆地起来反对我们。当然是这样喽!他们会拿起枪来打我们!会打你!而且还要竭力拉上其余的哥萨克跟着他们走,就是说要蒙骗那些中产阶级的哥萨克,甚至哥萨克贫农也会跟着他们走。富农想用他们的手来打我们!所以,这有什么可大惊小怪的呢?已经证明他们有反对我们的行动,是吧?这就足够啦!不用费话——枪毙!这用不着怜悯,说什么他们是好人……”

“我并不是怜悯他们,你这是说到哪里去啦!”伊万·阿列克谢耶维奇挥起双手,争辩说,“我是担心,其他群众会离弃我们。”

在这以前,施托克曼还一直是泰然地用手巴掌摸着长满灰白胸毛的、扁平的胸膛,这会儿突然发怒了,使劲抓住伊万·阿列克谢耶维奇军便服的领子,把他拉到自己身边,已经不成声了,竭力压着咳嗽,沙哑地哼哼说:

“如果能让他们懂得我们的阶级真理,他们是不会离弃我们的!劳动哥萨克只会跟我们一起走,而不会跟富农走!唉,你呀,你呀!……富农们是靠剥削他们的劳动!——靠他们的劳动过日子的啊!发财致富的啊!唉,你这个糊涂虫!你松劲儿啦!你的情绪不对头……我要好好管教管教你!一个工人阶级的小伙子,却像个知识分子一样流泪抹鼻涕……简直变得像个讨厌的社会革命党了!你看我怎么收拾你吧,伊万!”

他松开了军便服的领子,微微笑了一下,摇了摇脑袋,点上一支烟,吞一口烟,已经心平气和地结束说:

“如果不把区里活动最猖獗的敌人捉起来,就会发生暴动。如果现在能及时地消灭他们,暴动就不会发生。当然,这并不一定把所有的人都枪毙。要消灭那些怙恶不悛的家伙,至于其余的人——可以把他们都送到俄罗斯内地去。但是,总的来说,跟敌人是不能客气的!列宁说过:‘戴着白手套是不能革命的。’在目前情况下,有没有必要枪毙这些人呢?我认为——是有必要的!也许,不需要全都枪毙,但是像科尔舒诺夫,是没有宽恕的理由的!这是很清楚的!还有麦列霍夫,虽然暂时让他跑掉了。应该先捉他才是!他比其余所有的人,包括被捕的这些在内,都更加危险。你要记住这一点。他在执行委员会对你说的那些话,——就是明天的敌人要说的话。用不着为此伤心。工人阶级最优秀的儿子在前线奋斗牺牲,成千成万地牺牲。我们应该为这些人悲痛,不应该为那些正在杀害他们,或者在等待时机,从背后刺他们一刀的家伙们伤心。不是他们消灭我们,就是我们消灭他们!中间道路是没有的。事情就是这样,亲爱的阿列克谢耶维奇!”

第二十三章

彼得罗刚刚打扫完牲口棚,正从手套上往下掸着干草末,走进屋子,忽然门廊里的门铞响了起来。

卢吉妮奇娜裹着一条黑绒披肩,迈进了门限。她谁也没有问候,迈着细碎的脚步,蹒跚地来到站在厨房长凳旁边的娜塔莉亚跟前,跪在她脚下。

“好妈妈!亲爱的!你这是怎么啦!……”娜塔莉亚变了声地喊道,竭力想把母亲沉重的身躯拉起来。

卢吉妮奇娜没有回答,只把脑袋往土地上一撞,就不成声地像哭丧似地号啕大哭起来:

“我的亲人哪!你把我们撇给谁……呀?……”婆娘们都同时哭号起来,孩子们也跟着哭叫,弄得彼得罗赶紧从炉台上抓起烟荷包,跑到门廊里去。他已经猜到是怎么回事了。在台阶上站了一会儿,抽了一支烟。等屋子里的哭叫声沉寂了,彼得罗才脊背上带着一股不舒服的凉气走进了厨房。卢吉妮奇娜把拧干又哭湿的手绢捂在脸上,絮絮叨叨地说:

“把我们的米伦·格里戈里奇枪毙啦！……他已经不在人世啦！……我们都成了孤儿寡母啦！……现在连母鸡也敢来欺负我们啦！……”她重又狼嗥似的哭道：“他的眼睛合上啦！……再也看不见阳世人间啦！……”

达丽亚在用凉水灌昏迷过去的娜塔莉亚，伊莉妮奇娜在用围裙擦着泪脸。从内室里传来一阵咳嗽声和咬牙切齿的呻吟声，潘苔莱·普罗珂菲耶维奇卧病在床。

“看在主基督的面上，亲家！看在创世主的面上，我的亲人啊，到维申斯克去一趟吧，去把尸首给我们拉回来吧！”卢吉妮奇娜抓住彼得罗的两只手，发疯似地按在自己胸前，“把他运回来……噢噫，大慈大悲的圣母啊！噢噫，我不能不埋不葬，叫他烂在那儿呀！”

“你怎么啦，你这是怎么啦，亲家太太！”彼得罗好像避瘟神似的，从她身旁躲开，“找到他的尸首——就那么容易啊？我要先保住自己的命呀！我到哪儿去找他的尸首呀？”

“不要推辞啦，彼秋什卡！看在基督的面上！看在基督的面上！……”

彼得罗直咬胡子，最后还是答应了。他决定到维申斯克去找一个熟识的哥萨克帮忙把米伦·格里戈里耶维奇的尸首弄出来。他夜里动身。村子里都已经点上了灯，家家户户都在谈论这个新闻：“哥萨克们被枪毙啦！”

彼得罗来到新教堂附近父亲的一位同事家，请他帮忙把亲家公的尸首起出来。那人很痛快地答应了。

“咱们去吧。我知道那个地方。埋得并不深。不过你怎么认得出他来呢？坑里埋的不只是他一个人呀。昨天枪毙了十二个刽子手，因为他们在士官生政权时枪毙过咱们的人。不过有一个条件：事后你请我喝一瓶烧酒，行吗？”

半夜里，他们带着铁锹和装牲口粪用的抬筐，顺着镇子边儿，穿过公墓，朝松树林走去，死刑就是在树林旁边执行的。天上飘着小雪花。脚碰在结了一层白霜的红柳树上，沙沙作响。彼得罗谛听着每一个响声，心里咒骂自己这趟差使，咒骂卢吉妮奇娜，以至这位已经去世的亲家公。在第一片小松树旁边,那个哥萨克在一个高高的沙土岗旁边停了下来。

“就在这附近……”

他们又往前走了一百来步。一群镇上的野狗见了他们,汪汪叫着跑开了……彼得罗扔掉抬筐,沙哑地低语说:

“咱们回去吧!滚他妈的!……他埋在哪儿,还不是一样?噢哟,我竟干起这种事……这个女妖精,央求我来干这种事!”

“你怎么胆怯啦?走吧!”那个哥萨克嘲笑说。他们找到了那个地方。在一丛乱蓬蓬的老红柳树旁边,积雪已被踏得很结实,跟沙土混到一起。人的足迹和狗的脚印像一道道的光线,从这里散射开去……

……彼得罗一看到火红色的大胡子就认出了米伦·格里戈里耶维奇。他抓住亲家公的皮带,把尸体拖了出来,装到抬筐里。那个哥萨克不断地咳嗽着填上土坑;他抓起抬筐的把手,不高兴地埋怨说:

“应该坐爬犁到松林来啊。咱们俩也真够傻啦!这头野猪足有五普特重。雪地里又这么难走。”

彼得罗推了推死人已经不会走路的腿,也抓起了筐把。

他在那个哥萨克家里一直大喝到天亮。包在厚布里的米伦·格里戈里耶维奇在爬犁里等着。彼得罗喝得醉醺醺的,把马就拴在这辆爬犁上,马一直站在那里,把带着笼头的脑袋拼命伸长,竖起耳朵打着喷鼻。它也闻到了死尸的气味,所以连草也不吃了。

太阳刚刚升起来,彼得罗已经回到村子。他不停地赶着马,在草地上飞奔。身后,米伦·格里戈里耶维奇的脑袋碰得爬犁底板咚咚乱响。彼得罗一路曾两次停下来,把一团团的干草垫到死人的脑袋底下。他把亲家公直接拉回他家去。父亲生前最疼爱的小女儿格丽帕什卡给死者打开了大门,就从爬犁边倒到一旁的雪堆上去。彼得罗像扛面粉口袋似的,把亲家公的尸体扛进了宽敞的厨房,小心翼翼地放在早已铺好麻布的桌子上。眼泪已经哭干了的卢吉妮奇娜披头散发,在丈夫整整齐齐地穿着白寿袜的脚边爬着,嗓子全哭哑了。

“我们的当家人呀,我原以为你能自己走进家门,哪料到你是扛进来的啊。”她那隐约可辨的低诉和抽泣声，不知道为什么非常像嘻嘻的笑声。

彼得罗把格里沙卡爷爷从内室里搀出来。老头子浑身直哆嗦，仿佛他脚下的地板在震动、摇晃似的。但是他却腿脚利落地走到灵桌前面，站在死者头前。

“喂，你好啊，米伦！你瞧，儿子啊，咱们竟是这样见面……”他画了个十字，亲了亲儿子沾满黄泥的冰凉的额角，“米伦努什卡①！我也快……”他声调高亢地喊道。又仿佛是怕说错话似的，急忙，完全不像老人的动作，捂上了嘴，趴到桌子上。彼得罗的喉咙像被狼抓住一样，抽搐起来，悄悄走到院子里，走到拴在台阶边的马跟前。

第二十四章

从顿河的静静的深渊里溢出许多支浅流。浅流中，水波盘旋、激荡。顿河蹒跚地、静静地泛流而去。黑鱼成群结队地蛰伏在坚硬的沙土河床上；鲟鱼游到浅水处觅食，鲤鱼在沿岸的绿苔中翻腾；小白鱼和鲈鱼在追逐大白鱼，鲢鱼在贝壳堆里乱刨；有时候鲢鱼搅起绿色的浪花，在皎洁的月光中跃出水面，摇晃着金光闪闪的尾巴，接着又钻进河底，把长着胡子的大脑袋扎进贝壳堆里去乱刨，想在黎明以前，在已经啃得光光的、浸在水里的黑树枝丛里昏睡上一会儿。

但是在河床狭窄、洪流不能自由奔腾的地方，顿河就在河底冲出深峡，咆哮着，犹如万马奔腾，翻着白浪，滚滚流去。在突崖岬角处，水流在峡谷中形成漩涡。那里的水流疯狂地旋转，翻腾：令人流连忘返。

而生活却从平静的浅滩进入惊涛拍岸的峡谷。顿河上游掀起了巨浪。两股洪水冲突争流，哥萨克们分道扬镳，冲起漩涡，盘旋不已。家境贫寒的年轻人不知所措，沉默不语，一直盼望着苏维埃政权会带来和

① 米伦努什卡是米伦的爱称。

平，而老年人投入了进攻，已经在公开进行煽动，说什么红军想把哥萨克全部消灭。

三月四日，伊万·阿列克谢耶维奇在鞑靼村召开村民大会。到会的人是出奇的多。可能是因为施托克曼建议革命军事委员会，把跟着白军逃走的商人们留下来的财产，分给贫穷的人家。开会之前曾跟一个从区里派来的工作人员发生了激烈的争论。他是维申斯克派来接收充公衣物的全权代表。施托克曼给他解释，村革命军事委员会眼下不能把衣物交出去，因为昨天刚发给运送红军伤病员的车队三十多件冬装。派来的这个小伙子就责怪起施托克曼来，他提高了嗓门严厉地问道：

“谁批准你发放没收的衣物的？”

“我们根本没有请求任何人批准。”

“那么你有什么权力盗窃人民的财产？”

“你不要叫嚷嘛，同志，别说昏话啦。没有人盗窃什么东西。我们发给车夫的皮袄都留有借据，等他们把红军送到下一个兵站后，回程时再把衣服交还。红军伤员都衣不蔽体，让他们只穿着一件单薄的破军大衣上路——这就等于送他们去见上帝。我怎么忍心不发给他们呢？况且，当时这些衣服都像废物似的闲置在仓库里呢。”

他压着胸中的怒火解释说，谈话本来可以就此和平收场啦，但是那个小伙子声色俱厉，大兴问罪之师：

“你是什么人？是革命军事委员会的主席吗？我要逮捕你！把工作交代给副主席！立刻把你押送到维申斯克去。大概，你把这儿的公共财产已经盗窃过半了吧，可是我……”

“你是共产党员吗？”施托克曼脸色变得像死人一样灰白，斜睨着他，问。

“这与你无关！民警！把他带走，立刻押到维申斯克去！交给区民警局，要一张收据。”

小伙子打量着施托克曼。

“到那儿我们再跟你谈。我叫你知道点儿厉害，你这个胡作非为的家伙！”

“同志！你怎么啦——疯了吗？你知道……”

“不要费话，住口！”

在这场争论中还未来得及说一句话的伊万·阿列克谢耶维奇看到施托克曼正缓慢，但是非常可怕地伸手去摘挂在墙上的匣子枪。小伙子的眼睛里露出恐怖神情。他以惊人的速度用屁股顶开了门，仰面倒在地上，脊背撞着台阶的磴儿滑了下去，急忙钻进爬犁里，在还没有逃出广场以前，一劲地敲着车夫的后背，催他快赶，不时回头观看，显然是怕被追上。

革命军事委员会里的笑声像打雷似的，震得窗户直响，爱逗笑的达维德卡笑得在桌子上直打滚儿。但是施托克曼的眼皮还神经质地跳动了半天，眼睛斜着。

“不可思议，真是太混蛋啦！唉，这个坏东西！”他用哆嗦着的手指头卷着烟，不断地重复说。

他跟科舍沃伊和伊万·阿列克谢耶维奇一同去参加村民大会。会场上挤满了人。伊万·阿列克谢耶维奇心里甚至产生了不祥的预感：“他们可能是别有用心吧……全村的人都来了。”但是等他摘掉帽子，走进人群的时候，他的疑心就消逝了。哥萨克们都客气地给他让路。大家脸上的表情都很镇定，有些人的眼睛里甚至露出快活的神色。施托克曼环顾哥萨克人群。他很想缓和一下会场的紧张气氛，引导群众开口说话。他学着伊万·阿列克谢耶维奇的样子，摘下红顶的皮帽子，大声说：

“哥萨克同志们！你们这里成立苏维埃政权已经一个半月啦。但是直到现在，我们革命军事委员会仍然觉得，你们还有点儿不信任我们，甚至还怀有某种敌意。你们不大来参加村民大会，在你们中间还流传着各种各样的谣言，什么要把哥萨克全都枪毙啦，什么苏维埃政权要压迫你们啦等等胡言乱语。我们应该推心置腹地谈谈啦，应该更加互相了解啦！革命军事委员会是你们自己选出来的。科特利亚罗夫和科舍沃伊都是你们本村的哥萨克，你们之间还有什么话不能说呀。我首先要郑重声明，我们的敌人散布的有关大批枪毙哥萨克的谣言——完全是诬蔑。散布这些谣言的人目的是很清楚的：挑拨哥萨克和苏维埃政权之间的感情,把你们重新推到白军那方面去。"

"你是说,并没有枪毙人吗?你说说,那七个人哪儿去啦?"后面有人喊道。

"同志们,我不是说没有枪毙过人。我们枪毙过,而且还要继续枪毙苏维埃政权的敌人,凡是企图把地主政权强加于我们的人,我们都要枪毙。我们推翻沙皇,结束对德战争,解放人民,并不是为了恢复地主政权。对德战争给你们带来了些什么?成千成万的哥萨克的死亡,孤儿寡妇,还有破产……"

"说得对!"

"这一点你说得很在理!"

"……我们主张废除战争,"施托克曼继续说,"我们主张各族人民的平等友爱!但是沙皇统治的政权,利用你们去为地主和资本家掠夺土地,使地主和工厂主们可以借此大发横财。你们身边就有个地主利斯特尼茨基。他的祖父曾因参加一八一二年的战争,获得了四千俄亩土地。可是你们的祖父又得到了些什么呢?他们把头颅送在德国的土地上!他们用血灌溉了这些土地!"

会场响起了一阵嗡嗡声。嗡嗡声沉寂下来以后,立刻又发出了一阵吼声:

"对——啊啊!……"

施托克曼用皮帽子擦秃头顶上的汗,提高嗓门,大声喊:

"凡是拿着武器进攻工农政权的人,我们都要消灭!按革命军事法庭判决枪毙的你们村的那几个哥萨克,都是我们的敌人。这你们大家都知道。但是我们和你们,劳动人民,和那些同情我们的人,将共同前进,就像耕地的牛一样,并肩前进。我们将同心协力去翻耕培育新生活的土地,把它耙好,把那些陈年莠草,我们的敌人,统统从田地里拔掉!不让他们再发芽生根!不让他们妨碍新生活的成长!"

施托克曼从一片矜持的嗡嗡声中,从人们有了笑颜的脸上,知道自己的话已经打动了哥萨克们的心。他猜对了:人们开始说真心话了。

"奥西普·达维多维奇!我们是很了解你的,你从前在我们这儿住过,你简直就跟我们自己人一样。别怕我们,请你好好给我们讲讲,你们这个政权究竟想要我们干什么？我们当然是拥护这个政权的，我们的孩子都放弃了阵地，不过我们都是些没有文化的人，我们弄不清这个政权……”

格里亚兹诺夫老头子糊里糊涂地讲了半天，来回直兜圈子，一会儿好言相劝，一会儿支吾其词，显然，是怕说错了话。独臂的阿廖什卡·沙米利按捺不住了：

“我可以说吗？”

“说吧！”伊万·阿列克谢耶维奇听了这些话很激动，答应说。

“施托克曼同志，请你先告诉我：我可以心里想什么就说什么吗？”

“说吧。”

“你们不会逮捕我吗？”

施托克曼笑了笑，默默地挥了挥手。

“不过请你别生气！我是个头脑简单的人：我能怎么说，就怎么说出来。”

他弟弟马丁在后面直拽阿廖什卡的空棉袄袖子，吃惊地悄悄劝他说：

“算了吧，傻瓜！算了吧，别说啦，不然他们马上就会惩办你。会把你登上黑名单，阿廖什卡！”

但是沙米利推开他，难看的半边脸颊抽搐着，眼睛直眨巴，面向会场站好。

“诸位哥萨克！我现在说说，然后你们再评判，我说得对呀还是不对。”他像军人一样，用脚后跟一转，脸对着施托克曼，狡猾地眨了眨眯缝着的眼睛，“我认为：要说真心话——就要直截了当地说。要砍就要用力砍！我现在要说说我们大家，哥萨克们是怎么个想法。为什么我们怨恨共产党员……同志，你刚才讲过，你们不会反对种地的哥萨克，他们不是你们的敌人。你们反对的是财主，似乎是为穷人谋福利的。好，那就请你说说，枪毙我们村的那些人做得对吗？对科尔舒诺夫我不想说什么，——他当过村长，一辈子都是骑在别人的脖子上，可是为什么要枪毙‘牛皮大王’阿夫杰伊奇？卡舒林·马特维呢？博加特廖夫呢？迈丹尼科夫呢？还有科罗廖夫呢？他们也是和我们一样的没

有文化的大老粗,满脑子糊涂账。他们只学会扶犁把子,没有学会拿书本。他们这几个人,有的连一个大字都不认识。他们就认识А、Б两个字母——这就是他们全部的学问。这些人如果说了几句错话,难道说能为了这个就把他们枪毙吗?"阿廖什卡缓了一口气,往前迈了一步,空棉袄袖子在胸前直晃,嘴歪到了一边。"你们把那些说了几句胡话的人抓走了,把他们都枪毙啦,可是那些商人,你们却一个也不动!因为商人用钱从你们手里赎买了他们的性命!我们可是没有什么东西可以用来赎命的,我们掘了一辈子地,连大票子都没有见过。那些被枪毙的人,只要能保住自己的性命,也许把最后一头牛从棚里赶出去卖掉,也甘心情愿,但是你们并没有向他们摊派军饷。你们把他们捉了去,就把他们的脑袋砍了下来。要知道,在维申斯克发生了些什么事情,我们全都了解。那儿的商人、神父——全都平安无事。在卡尔金,大概也都活得好好的。四面八方发生了些什么事情,我们早都听说啦。俗话说:好事不出门,坏事行千里嘛!"

"说得对!"后面一个孤单单的声音喊了一句。

响起了一阵喧闹声,把阿廖什卡的声音淹没了,但是阿廖什卡等了片刻,也不去理会施托克曼举起的手,继续吼叫:

"我们也明白,也许苏维埃政权是好的,不过那些当了官儿的共产党员们,却想把我们用一勺子水淹死!他们要向我们报一九〇五年①的仇,这些话我们是从几个红军步兵战士那里听来的。而我们哥萨克自己是这样议论的:共产党员是想把俺们斩尽杀绝,把俺们全都绞死。要把顿河地区的哥萨克一扫而光。这就是我要对你说的话!我现在就像个醉汉一样:心里想什么,嘴里就说什么。我们都是让你们给我们过的好日子,让对你们,对你们这些共产党员的怨恨给灌醉了!"

阿廖什卡钻进了穿短皮袄的人群里,会场上好半天笼罩着一片不知所措的寂静。施托克曼说话了,但是从后面发出的呼叫声打断了他的话:

"真的!哥萨克们的怨气很大!请你们听听,现在各村都在唱的

① 系指沙皇政府利用哥萨克兵镇压一九〇五年的革命。

一支新歌吧。不是什么人都敢出来说话,但是人们可以在歌儿里唱出来。唱歌的罪过不大。人们编了一支叫‘小苹果’的歌:

火壶烧开啦,鱼在锅里炸。

等士官生们一到,我们就可以诉怨啦。

“这就是说人们是有怨可诉的呀!”

不知道是什么人不合时宜地哈哈大笑起来。人群骚动了。人们交头接耳,喧声大作……

施托克曼狠狠地把皮帽子往脑袋上一扣,从口袋里掏出那张科舍沃伊早先写的名单,喊道:

“不对,你说的不对!拥护革命的人根本就没有什么可怨恨的!你们听听,为什么要把你们村的那几个人,苏维埃政权的敌人枪毙。请你们好好听听!”于是他清楚地、一字一句地念了起来:

人　名　单

解送至第十五因津斯基师革命军事法庭侦查委员会听候处理的苏维埃政权的敌人名单:

号数	姓　名	逮捕理由	备注
1	科尔舒诺夫·米伦·格里戈里耶维奇	前任村长,富农,靠剥削他人的劳动致富。	
2	西尼林·伊万·阿夫杰伊奇	进行推翻苏维埃政权的宣传。	
3	卡舒林·马特维·伊万诺维奇	同上。	
4	迈丹尼科夫·谢苗·加夫里洛夫	戴着肩章,沿街呼喊反对苏维埃政权的口号。	

号数	姓　名	逮捕理由	备注
5	麦列霍夫·潘苔莱·普罗珂菲耶维奇	原顿河军会议的委员。	
6	麦列霍夫·葛利高里·潘苔莱耶维奇	上尉、有反对苏维埃政权的情绪。危险分子。	
7	卡舒林·安德烈·马特维耶夫	参加枪杀波乔尔科夫红军队伍的刽子手。	
8	博多夫斯科夫·费多特·尼基福罗夫	同上。	
9	博加特廖夫·阿尔希普·马特维耶夫	教会长老，曾经在看守所进行反苏维埃政权宣传。煽动反革命叛乱。	
10	科罗廖夫·扎哈尔·列昂季耶夫	拒绝交出武器，不可靠分子。	

在两个麦列霍夫和博多夫斯科夫的备注栏里面还注了些话，施托克曼没有念，这些话是："这几个苏维埃政权的敌人还没有逮捕，因为其中有两个人不在家，被派遣赶着爬犁往博科夫斯克运送弹药去了。而麦列霍夫·潘苔莱正害伤寒病。那两个不在家的人一回到村里就立刻逮捕，解送到区上去。潘苔莱·普罗珂菲耶维奇等能下床就逮捕。"

会场上沉默了一会儿，接着就爆发出一片吼声：

"不对！"

"他们说过反对政权的话！你瞎说！"

"为了这些鸡毛蒜皮的事就要这么对付他们！"

"难道你钻到他们肚子里去看啦？"

“这是对他们诬蔑!”

施托克曼又讲起话来。大家好像都在注意地听,甚至还有些人发出赞许的呼声,但是等到他最后提出分那些跟随白军逃走的人们的财物时,——回答的却是一片沉默。

“怎么的,你们嘴里都含着水吗?”伊万·阿列克谢耶维奇恨恨地问。

人群像喷射出去的枪砂子似的,向会场出口涌去。一个赤贫的哥萨克,外号叫“生铁头”的谢姆卡[1],本来犹豫不定地往前走了几步,但是立刻又变了主意,他挥了一下手套说:

“等财主们一回来,那时候就该傻眼啦……”

施托克曼还想劝说人们不要散掉,可是科舍沃伊气得脸色灰白,悄悄对伊万·阿列克谢耶维奇说:

“我说过——他们不会要的。把这些财物烧了,也比分给他们好!……”

第二十五章

科舍沃伊心事重重地用鞭子拍打着靴筒子,低着脑袋,慢慢地走上了莫霍夫家的台阶。走廊里靠门的地板上堆了一堆马鞍子。看来是有人刚刚来过:一只马镫上还残留着没有化完的、被骑马人的靴底子踏实了的、沾着马粪的黄色雪块;雪块下面闪着一摊水。所有这一切是科舍沃伊顺着阳台的肮脏地板走过时候看到的。他的目光滑过木柱已经拔掉的天蓝色的雕花栏杆,滑过像紫色花边似的结在墙边的毛茸茸的霜花;他也扫了一眼里面蒙了一层哈气,模糊得像牛尿泡似的窗玻璃。不过他所看到的一切东西,都没有在他意识上留下什么印象,模模糊糊地滑了过去,就像在梦中一样。对葛利高里·麦列霍夫的怜悯和仇恨在

① 谢姆卡是谢苗的小名。

米什卡单纯的心上纠结在一起……

革命军事委员会的前厅里弥漫着浓重的烟草、马具和融雪的气味。莫霍夫家的人已经逃到顿涅茨河对岸去了,唯一留下的一个女仆生上了荷兰式的炉子。几个民警正在隔壁屋子里哈哈大笑。“真是些怪物!有什么可高兴的啊!……”科舍沃伊生气地想着,走了过去,接着无可奈何地用鞭子最后抽了一下靴筒子,也没有敲门,就走进角落里那间屋里去了。

伊万·阿列克谢耶维奇穿着一件棉袄,敞着怀坐在写字台边。黑哥萨克皮帽子潇洒地歪戴在头上,满面大汗的脸上却笼罩着一片疲惫、忧郁的表情。施托克曼仍旧穿着那件骑兵长军大衣,坐在伊万·阿列克谢耶维奇旁边的窗台上,对科舍沃伊笑了笑,做了个请他到身边来坐的手势。

“喂,怎么样,米哈伊尔?请坐。”

科舍沃伊坐下来。施托克曼好奇的、镇定的声调使他清醒起来。

“我听一个可靠的人说……葛利高里·麦列霍夫昨天晚上回家来啦。不过我没有到他家去。”

“你以为这件事该怎么办?”

施托克曼卷着烟,偶尔斜眼看看伊万·阿列克谢耶维奇,等候着回答。

“把他关到地窖里,还是怎么办?”伊万·阿列克谢耶维奇不停地眨着眼睛,迟疑不决地问。

“你是我们革命军事委员会的主席……要小心行事。”

施托克曼笑了笑,耸了耸肩膀,闪烁其词地回答说。他很会这样挖苦地笑,这一笑,简直比抽你一鞭子还难受。伊万·阿列克谢耶维奇急得下巴上都出汗了。

他没有张口,从牙缝里严厉地说:

“我是主席,那我就把他们俩,葛利什卡和他哥哥一同逮捕——送到维申斯克去!”

“逮捕葛利高里·麦列霍夫的哥哥不见得有什么意义。他有福明这个后台。福明说过他很多好话,这你是知道的啊……至于葛利高里,今天就逮捕,马上就逮捕! 明天咱们就把他送到维申斯克去,今天就派一个民警骑马把他的材料送到革命军事法庭主席那儿去。”

“是不是可以晚上再去逮捕葛利高里呀,啊,奥西普·达维多维奇?”

施托克曼咳嗽起来,咳了一阵之后,擦着大胡子问:

“为什么要晚上呢?”

“这样闲话可以少一点儿。”

“嗨,要知道,这……这是没有必要考虑的!”

“米哈伊尔,你带两个人立刻就去把葛利什卡捉来。把他单独关押。明白了吗?”

科舍沃伊从窗台上下来,往民警那里走去。施托克曼踏着灰色的破毡靴子,在屋子里来回踱着。突然在桌子对面停下来,问:

“最后收来的一批枪支送走了吗?”

“没有。”

“为什么?”

“昨天没来得及送。”

“为什么?”

“今天我们就送走。”

施托克曼皱起眉头,但是立刻又把眉毛往上一抬,急忙问:

“麦列霍夫家的人交出了些什么东西?”

伊万·阿列克谢耶维奇回想着,眯缝起眼睛,笑了笑。

“他们的武器交得很规矩,两支步枪还有两支手枪。你以为这是他们的全部武器吗?”

“不是吗?”

“当然不是啦! 竟有比我还笨的人!”

“我也是这样想。”施托克曼微微地抿起嘴唇,“如果我是你的话,逮捕以后,一定要在他家里仔细搜查一番。请你顺便跟卫戍司令部打一下招呼。你呀,想倒是想到了,可是光想不行,还要做呀。”

半个钟头以后,科舍沃伊回来了。他急忙顺着阳台跑去,身后一道一道的门乒乓直响,来到办公室门口,站住了,气喘吁吁地喊:

“见他妈的鬼!”

“怎么啦?!”施托克曼快步走到他跟前,眼睛睁得滴溜儿圆,问。他的长军大衣襟在两腿中间摆动,碰得毡靴子呼嗒呼嗒直响。

科舍沃伊不知道是因为他的声音太低了呢,还是别的什么原因,大发雷霆,狂喊道:

“你别冲我瞪眼啦……”接着就难听地骂了一声,“据说,葛利什卡跑到西金村他姨妈家里去啦,这个能怪我吗?可你们干什么去啦?玩猫捉耗子的游戏去啦?岂有此理!错过了逮捕葛利什卡的机会!拿我出气!我的事情很简单,像小牛犊一样,吃饱了,就到牛棚里一躺。可是你们呢,想什么去了?”他躲着向他逼来的施托克曼,节节后退,背靠在花砖砌的炉壁上,笑了起来,“别再逼我啦,奥西普·达维多维奇!你要再逼近我一步,我就揍你,真的!”

施托克曼在他身旁站了一会儿,把手指头按得咯吧咯吧直响;他看着米什卡龇着的白牙,看着他笑眯眯的、忠诚的眼睛,一字一板地问:

“你熟悉去西金村的路吗?”

“熟悉。”

“那么你还回来干什么?还说——跟德国人打过仗呢……饭桶!”他故意装出轻视的样子,眯缝起眼睛。

草原上弥漫着浅蓝色的薄雾。从顿河沿岸的山岗后升起了深红色的月亮,吝啬地闪着微光,还没有星星的点点磷光亮。

六个骑马的人顺着大路向西金村驰去。马都小步跑着。施托克曼与科舍沃伊并排,摇摇晃晃地骑在龙骑兵的马鞍子上。他骑的那匹高大的枣红顿河马总在东咬西啃,想咬骑马人的膝盖。施托克曼神色自如地讲了个很逗笑的故事,引得科舍沃伊趴在鞍头,像孩子似的格格地大笑不止,他喘着气儿,打着嗝儿,总在窥视戴长耳风帽的施托克曼,窥视他那严厉的目光炯炯的眼睛。

尽管在西金村进行了仔细搜查,可还是毫无结果。

第二十六章

兵站命令葛利高里把弹药从博科夫斯克再送到车尔内绍夫斯克去。过了十多天他才回来。在他回来前两天，父亲被捕了。潘苔莱·普罗珂菲耶维奇伤寒病后刚能下床走动。病后，头发白得更厉害了，骨瘦如柴，简直像副马骷髅。头发脱得像被虫子咬了的羊皮，大胡子也稀疏了，边上密密地围了一圈银丝。

民警给了他十分钟收拾东西的时间，就把他押走了。在解往维申斯克以前，潘苔莱·普罗珂菲耶维奇被关在莫霍夫家的地窖里。除了他以外，在散发着茴香苹果味的地窖里还关着九个老头子和一位陪审法官。

葛利高里还没有把爬犁赶进大门，彼得罗就把这件事告诉了葛利高里，并且劝他说：

"好弟弟，赶紧掉转车走吧……他们已经来问过你什么时候回来。快进去暖和暖和，看看孩子，然后我把你送到大鱼村去，你先在那儿躲几天，避避风头。他们如果来问，我就说你到西金村看姨妈去啦。咱们村子里已经有七个人被枪毙，你听说了吗？就盼着父亲别落到这么个下场……对你，那就不用说啦！"

葛利高里在厨房里坐了半个钟头，然后鞴上自己那匹马，连夜逃到大鱼村去。麦列霍夫家的一个远房亲戚，是个很热诚的哥萨克，把葛利高里藏在一间堆干马粪的窝棚里。他在那里藏了两天，只有夜里才从窝棚里爬出来。

第二十七章

从西金村回来后的第二天，科舍沃伊起程去维申斯克，打听共产党支部什么时候开会。他自己、伊万·阿列克谢耶维奇、叶梅利扬、达维德卡和菲利卡都要去办理入党手续。

米什卡还押送着哥萨克们最后交出的一批枪支、在小学校院子里找到的一挺机枪和施托克曼给区革命军事委员会主席的信。去维申斯克的路上，从草场上惊起了许多兔子。打仗的这几年，兔子大量地繁殖起来，野兔到处乱跑，每走一步都会遇到它们。只要有一丛枯黄的芦苇，就有一窝兔子。爬犁的吱扭声惊起了一只白胸脯的灰兔子，闪动着镶黑边的尾巴，嗖嗖地向荒野跑去。赶马的叶梅利扬扔下缰绳，没命地吼：

“打呀！喂，打死它！”

米什卡跳下爬犁，跪在地上，朝着一蹿一蹿的灰球儿，打了一排子弹，失望地看着，子弹只是在兔子周围迸起一阵雪烟，那个灰球却加快了速度，撞下覆在艾蒿上的白雪，消失在小树林里。

……革命军事委员会里是一片混乱、嘈杂。人们在乱跑一气，神色惶惶，驰来几个骑马的通信兵，街上的行人少得出奇。米什卡不了解惊慌、忙乱的原因，所以觉得非常奇怪。副主席慌忙把施托克曼的信塞进了口袋，科舍沃伊问：有没有回信，他却严厉地说：

“别缠我啦。见你的鬼去吧，顾不上你们的事啦！”

警卫连的红军战士在广场上徘徊。一辆野战厨车冒着烟驶了过去。广场上飘起一阵牛肉和桂树叶子的香味。

科舍沃伊来到革命军事法庭的一位朋友那里，歇脚抽烟，问道：

“你们这儿为什么这么乱哄哄的？”

一位专办地方案件，叫格罗莫夫的侦察员，不情愿地回答他说：

“听说卡赞斯克有点儿不平静。不知道是白军打来了，还是哥萨克暴动了。传说，昨天那里发生了战斗。电讯联络已经中断。”

“派骑兵去侦察一下嘛。”

“已经派去啦，没有回来。今天有一个连开到叶兰斯克去了。听说那儿的情况也不妙。”

他们坐在窗边抽烟。革命军事法庭占用的那座商人的宏伟宅第的玻璃窗外正飘着小雪。

镇外，在去黑河大道的松林附近，响起了一片枪声。米什卡脸色煞白，手里的纸烟都吓掉了。屋子里的人全都拥到了院子里。枪声已经非常响亮、有力了。一阵一阵越来越响的射击声变成了齐射，可以听到子弹呼啸而过，打在板棚的墙板上、大门上。院子里有一名红军受伤。格罗莫夫把文件揉成一团，往口袋里塞着，向广场上奔去。剩下的警卫连战士正在革命军事委员会前面集合。连长穿着短皮上衣，像织布梭子似的在战士中间穿来穿去。他率领连队，排成纵队，小跑着向顿河岸坡冲去。乱成了一团。人们在广场上乱窜。一匹鞴好鞍子，没有人骑的马，扬着脑袋，飞奔过去。

吓昏了的科舍沃伊，自己也不记得是怎么跑到广场上来的。他看见，福明穿着一件斗篷，旋风似的从教堂后面冲出来。他那匹大马的尾巴上拖着一挺机枪。机枪座上的轮子不转，机枪歪斜着在地上乱滚，左歪右晃。福明趴在鞍头，向山下跑去，身后留下了一阵银色的雪雾。

“找马去！”这是米什卡脑子里蹦出的第一个念头。他弯着腰，跑过十字街口，连一口气也没喘。跑到他们歇脚的屋子跟前，心都紧缩起来了。叶梅利扬正在套马，他吓得连马套都套不到马身上去了。

“怎么啦，米哈伊尔？出了什么事情？”他牙齿磕打着嘟哝说。马套上了——缰绳又不见了。好容易才拉紧缰绳要走了——左辕马颈圈下的结绳又松开了。

他们歇脚的那家的院门正对着草原。米什卡朝松树林望了望，但是既没有步兵散兵线，也没有骑兵的波浪阵从那里冲出来。听不出是哪里在打枪，街上一个人也没有，一切都像平常一样，无聊得很。而同时却发生了非常可怕的事情：大动乱爆发了。

在叶梅利扬忙着套马的工夫，米什卡的眼睛一直没有离开草原。他看见有一个穿黑大衣的人从小教堂的后面，绕过去年十二月里焚毁的无线电台的旧址，跑过来。他的身子向前弯着，双手按在胸前，全力飞跑。科舍沃伊从大衣上认出是侦察员格罗莫夫。又看见篱笆后面闪过一个骑马的人影。米什卡也认出了这个人。他是维申斯克的哥萨克切尔尼奇金，是个臭名昭著的青年白卫军分子。格罗莫夫和切尔尼奇金之间的距离只有一百沙绳远，格罗莫夫跑着，回头看了两次，从口袋里掏出了手枪。打了一枪,又打了第二枪。格罗莫夫跑到一个沙丘顶上,用手枪进行射击。切尔尼奇金从飞奔的马上跳下来,拉着马缰绳,从肩上摘下步枪,卧倒在雪堆的后面。响过第一枪后,格罗莫夫左手抓着干树枝,斜着身子走去。他绕过沙丘,脸朝下倒在雪地上。“打死啦!”米什卡的心都凉了。切尔尼奇金枪法出众,他用那支从德国前线带回来的奥地利卡宾枪,不论远近,随便打什么,都是百发百中。米什卡已经坐在爬犁上,跑出了大门,看到切尔尼奇金策马赶到沙丘边,用马刀朝斜横在雪地上的黑大衣乱砍了一阵。

横穿顿河去巴兹基村是很危险的。在一片白雪、辽阔的顿河河面上人和马都是最显眼的目标。

河上已经躺着两个被枪弹打死的警卫连的红军战士。叶梅利扬一看,掉转马头,越过小湖往树林子里赶去。湖面的冰上布满了浸透水的积雪,积雪在马蹄下吱吱地响,溅向四方,爬犁的铁杠滑过的地方,出现两道深沟。他们发疯似地奔向鞑靼村。但是跑到渡口的时候,叶梅利扬勒住马,把被风吹红的脸掉过来朝着科舍沃伊。

“如果咱们村子里也翻了天,我们怎么办呀?”

米什卡满面愁容。他打量了一下村子。有两个骑马的人从紧靠顿河的街上跑过去。显然,科舍沃伊把他们看成了民警。

“往村子里赶。咱们再也没有什么地方好去啦!”他断然地说。

叶梅利扬非常勉强地赶着马匹。他们过了顿河,来到村口。“牛皮小王”安季普和村上头的两个老头子迎着他们跑来。

“啊,米什卡!”叶梅利扬看到安季普手里拿着步枪,就立刻勒住马,向后转去。

“站住!”

一声枪响。叶梅利扬手里还攥着缰绳,应声倒地。马匹一蹦,撞到了篱笆上。科舍沃伊跳下了爬犁。安季普追了上去,穿着毡靴子的脚直打滑,他踉跄了一下,就站住脚,把步枪端到肩膀上。米什卡倒向篱笆上的时候,看见一个老头子手里拿着把亮晃晃的三齿叉子。

“扎死他!”

肩膀上一阵剧痛,使科舍沃伊没喊一声就倒了下去,用手巴掌捂上了眼睛。老头子弯下腰,气喘吁吁地扎了他一下子。

“起来,母狗!”

以后的事,科舍沃伊就觉得像在做梦一样,安季普号啕大哭着,扑到他身上,直抓他的胸膛……

“你害死了我的父亲……好人们哪,请你们放开我!我要把他的心挖出来!”

人们把他拉开。围了一大群人。不知道是谁的伤风的声音在沙哑地劝说:

“把小伙子放开吧!怎么啦,乡亲们,难道你们不是正教徒吗?算了吧,安季普!你爸爸是不能起死回生啦,你却要白白地害一条命……弟兄们,散开吧!你们瞧,那边的仓库里在分白糖哪。快去吧……”

黄昏了,米什卡醒了过来,他仍旧躺在那道篱笆下面。叉子扎伤的肋部火烧火燎的痛。叉齿穿透皮袄和棉袄,所以刺进肉里的并不深。但是伤口很痛,伤口上的血已经凝结成块。米什卡站起来,谛听了一会儿。显然,村子里有暴动的人在巡逻。枪声稀疏可闻。群狗乱吠。远处传来越来越近的人语声。米什卡顺着顿河岸边上牛羊踩出的小径向前走去。攀上土崖,用手摸索着冻硬的雪地,跌跌撞撞,连走带爬,顺着篱笆走着。他不辨方向,胡爬一气。冻得浑身直哆嗦,手也冻麻了。严寒把科舍沃伊逼进不知道是谁家的门口。他开开树枝编的小门,走进后院。左面有一间糠棚。他正要往糠棚里钻,但是立即就传来一阵脚步声和咳嗽声。

有人朝糠棚走来,可以听到毡靴子咯吱咯吱的响声。“立刻就会打死我。”科舍沃伊像在想别人的事情似的,无所谓地想道。走来的那个人在门前的黑暗中站住。

“谁在那儿哪?”

声音很弱,而且似乎很惊慌。

米什卡一步跨到墙后去。

“谁呀?”声音已经变得更为惊慌、响亮。

一听出是司捷潘·阿司塔霍夫的声音,米什卡就从糠棚里走出来。

“司捷潘，是我，科舍沃伊……看在上帝面上，救救我吧！你能不告诉别人吗？帮帮忙吧！”

“我当是谁呢……”伤寒病刚好、才能起来走动的司捷潘声音微弱地说。他那张瘦得变宽了的嘴大张着，迟迟疑疑地笑了，“好吧，在这里过夜吧，可是白天你要另找地方。你怎么跑到这儿来啦？”

米什卡没有回答，摸了摸他的手，就钻到谷糠堆里去了。第二天晚上，天刚黑下来，他冒险摸回了家，敲了敲窗户。母亲给他开开门，在门廊里哭了起来。她两手摸索着，抱住儿子的脖子，用脑袋直撞儿子的胸膛。

“快逃吧！看在基督的面上，赶紧跑吧，米申卡[①]！今儿早上来了些哥萨克。把整个院子都翻了个底朝天，找你哪。‘牛皮小王’安季普还用鞭子抽我，说：‘你他妈的把儿子藏起来啦。真可惜，当时我们没有把他打死！’”

米什卡既想不出自己人跑到哪里去了，也不知道村子里究竟闹成了什么样子。从母亲简短的叙述中，知道顿河沿岸的村庄全都暴动起来了，施托克曼、伊万·阿列克谢耶维奇、达维德卡和民警们都逃走了。而菲利卡和季莫费，昨天中午就被打死在广场上了。

“快走吧！他们要是在家里找到你……”

母亲哭泣不止，但是充满了痛苦的声调却很坚定。很久以来，米什卡第一次哭了，像孩子似的嘴里吐着泡儿哭了起来。后来他鞴上那匹还在奶马驹的骒马，就是从前他当马倌时骑的那匹骒马，牵到场院上，小儿马和母亲也跟了出来。母亲把米什卡扶上马，画了个十字。骒马不高兴地迈着脚步，嘿儿嘿儿地悲嘶了两声，呼唤它的小儿马。声声都令米什卡的心简直要蹦出来，滚到下面的什么地方去了似的。但是他平安无事地走上了山岗，顺着将军大道向东，往梅德维季河口方向驰去。夜黑如漆，天赐给逃亡人的良夜。骒马不时悲嘶，担心丢掉它的小马驹。科舍沃伊咬紧牙关，用缰绳头儿抽它的耳朵，不时停下来谛听一会儿——身后和前方是不是有马蹄声，马的嘶叫声是不是引起了什么

---

① 米申卡也是米哈伊尔的爱称。

人的注意。但是四周围是一片神奇的寂静。科舍沃伊只听见小儿马趁停歇的工夫吃奶和吧嗒嘴的声音,小儿马把嘴贴在母亲的黑奶头上,后腿紧撑着雪地,他从骒马背上感觉到小儿马在下面不耐烦的顶撞。

第二十八章

堆干马粪的小窝棚里散发着干牲口粪、霉烂的谷草和牲口吃剩的羊草气味。白天,从香蒲盖的棚顶上能透进灰色的亮光。有时也能从筛子似的、树枝编的棚门上透进阳光。夜里黑暗刺得眼睛生疼。只听到老鼠吱吱叫。死一般的寂静……

女主人每天晚上偷偷地来给葛利高里送一次吃的。他身旁放着一只半截埋在干粪里的盛满水的大罐子。这都可以凑合,糟糕的是烟叶抽完了。葛利高里头一昼夜还能痛苦地忍受着,但是没有烟抽,简直不行了。第二天早晨,在土地上爬着,收集了一把干马粪,放在手掌上捻碎,抽了起来。晚上主人叫老婆送来两张从福音书上撕下来的纸片、一盒火柴和一把“久别克”①——用木樨和自家种的、还没有上烟的烟叶掺和的烟叶。葛利高里很高兴,就拼命吸了起来,吸得都恶心了,躺在凹凸不平的干粪堆上,把脑袋蒙在大衣襟里,像鸟把头藏在翅膀底下一样,头一次睡熟了。

早晨主人来把葛利高里叫醒了。他跑进小窝棚,尖声叫道:

“你还睡哪?起来吧!顿河反啦!……”他格格地大笑起来。

葛利高里从干粪垛上跳下来。有几普特重的干粪坯,像雪崩似的,跟着倒了下来。

“出什么事啦?”

“那边的叶兰斯克和维申斯克都暴动起来啦。福明和苏维埃政府统统从维申斯克逃到托金去了。好像卡赞斯克、舒米林斯克和米古林

① 久别克是一种上等的马其顿烟草。

斯克人也都暴动起来啦。明白了吧,真是天翻地覆,啊?"

葛利高里的额角上和脖子上都暴起青筋,瞳仁里射出了青光。他掩饰不住自己的高兴:说话的声音直哆嗦,污黑的手指头毫无目的地直摸索军大衣扣子。

"那么你们……村子里呢? 什么? 怎么样?"

"什么动静也没有。我刚才碰见了主席——笑着对我说:'对我来说,祷告哪方的神都一样,只要有一个神就行啊。'你从你的窝里爬出来吧。"

他们往家里走去。葛利高里迈开大步走着。主人紧跟在他身旁讲:

"第一个起事的是叶兰斯克的红石崖村。前天有二十个叶兰斯克的共产党员到克里夫斯克和普列沙科夫村去逮捕哥萨克,但是红石崖村的人听到了这个消息后,就开了一个会,决定:'咱们还要忍耐到什么时候啊? 把咱们的老子捉了去,下回就轮到咱们啦。鞴上马,咱们去把被捕的人抢回来。'于是凑了有十五六个人,都是些强悍的小伙子,由一个好斗的、姓阿特兰诺夫的哥萨克率领着。他们只有两支步枪,有的人手提马刀,有的人扛着长矛,还有人拿着叉子。他们越过顿河,驰往普列沙科夫村。共产党们正在梅里尼科夫家的院子里休息。红石崖村的人以骑兵冲锋的阵势向院子冲去,可是院子有一道石头围墙。他们冲了一下子——就退了下来。共产党员们击毙了他们一个哥萨克,愿他在天之灵安息。他是在追击时被打下马来,摔在篱笆上。普列沙科夫村的哥萨克们把他抬到官马厩里。而这位好汉的一只手里还握着一根篱笆杆……人们从他手里拔出了这根杆子。从这个时候起,苏维埃政权的末日就来到啦。好吧,叫它见鬼……去吧!"

来到家里,葛里高里贪婪地把人家剩下的早饭全吃光了,然后跟主人一同走到街上。在街角巷尾,哥萨克们像过节日一样,成群结伙地聚集在那里。葛利高里和主人走到这样一群人跟前。哥萨克们把手举到帽边回答他俩的问候,矜持好奇地带着期待的神情打量着陌生的葛利高里。

"这是自己人,诸位哥萨克! 请大家不要多心。诸位听说过鞑靼村的麦列霍夫家族吗？这是潘苔莱的小儿子葛利高里。他在我家躲出了一条命，没被枪毙。”主人颇为自豪地说。

大家一聊起来，就有一个哥萨克讲起列舍托夫斯克村、杜布罗夫卡村和切尔诺夫村的人是怎么把福明从维申斯克赶出去的，——但是这时候，在街尽头，陡立的白石山崖下出现了两个骑马的人。他们沿街跑来，在每一伙哥萨克跟前都停一停，拨弄着马，挥舞双手，叫喊些什么。葛利高里急不可待地在等待着他们跑过来。

“这不是咱们的人，不是咱们大鱼村的人……一定是从哪儿来的信使。”那个哥萨克仔细地观察着说，不再讲述占领维申斯克的故事了。

两个骑马的人驰过邻近的胡同，来到他们这伙人跟前。前面的一个敞怀穿着一件农民粗呢上衣，没戴帽子，通红的脸上全是汗水，灰白的鬈发披散在额角上，他姿势漂亮地勒住奔马，把身体往后仰得不能再仰了，右手往前伸出去。

“哥萨克们哪，你们怎么像老娘儿们似的，就会站在胡同口磨牙呀?!”他用带哭的声音喊。怨恨的眼泪使他声音嘶哑，激动得紫红的脸颊直哆嗦。

他骑着一匹只有四岁口、还没有生过驹的漂亮的、总在不停地跳动的骒马，它全身枣红色，白鼻梁，大粗尾巴，四条细腿像铁铸的似的。它打着喷鼻，直咬嚼子，蹲下后腿，直立起来，要挣开缰绳，好再引人注目地、哒哒地去飞奔，好让风再在它耳边呼啸，吹得它的鬃毛嗖嗖响，好让严寒冻僵的大地重新在它那光滑的蹄子下轰响。骒马细薄皮下面的每根筋，每块肌肉都在跳动。脖子上突出一道道的纵筋，闪光的粉红色鼻孔直哆嗦，宝石似的鼓出的眼睛，往外努着充血的白眼珠，严厉地、恶狠狠地斜睨着主人。

“静静的顿河的儿子们，你们怎么还在这里站着呀?”老头子把目光从葛利高里身上移到其余的哥萨克身上，又叫喊起来，“他们在枪毙你们的父亲和祖父，在抢劫你们的财产，那些犹太委员们在嘲笑你们的信仰，可是你们还在嗑葵花子，上游戏场去寻欢作乐啊？你们是在等着他们把绳套套在你们脖子上吗？你们还要在婆娘们的裙子边偎依到什么时候呀？整个的叶兰斯克地区，不论老少都暴动起来啦。维申斯克的红党全都被赶走啦……可是你们这些大鱼村的哥萨克在干什么呀！难道说你们的命就那么不值钱？难道你们的血管里流的不是哥萨克的血，而是庄稼佬喝的克瓦斯吗？拿起枪来暴动吧！克里夫斯克村派我们出来动员各个村庄起来造反。哥萨克们，骑上马干吧，现在还不晚！”他把两只疯狂的眼睛盯在了一个熟识的老头子的脸上，愤怒地喊：“你怎么还傻站在这儿呀，谢苗·赫里斯托福罗维奇？红军在菲洛诺沃附近砍死了你的儿子，你想躲在炕头上逃命吗？！”

葛利高里没有听完，就跑回院子里去。飞快从小窝棚里牵出自己那匹闲得太久的马；从粪堆里刨出马鞍子，把指甲都抠出血来了，像疯子似的冲出了大门。

“我走啦！基督保佑你！”他对正向大门走来的主人喊了一声，就趴在鞍头，身子贴在马脖子上，用鞭子左右开弓，拼命抽马的两肋，叫它使足劲儿跑，在他身后，沿街扬起了一阵旋风似的雪雾。马镫在脚下打滑，麻木了的双腿摩擦着鞍翅。马蹄在鞍镫下迅速地捯动着。他感到莫大的愉快、无比强大的力量和决心，喉咙里不由自主地发出了激奋的哼哧声。郁积在心底的激情爆发出来了。从今而后，他要走的道路清楚了，就像灿烂的月光照耀着的大道一样清楚。

当他像野兽一样藏在堆干马粪坯的小窝棚里，像野兽一样警惕地听着外面的每一点儿动静和每一个声音，在这些痛苦难熬的日子里，他已经把一切都考虑、斟酌过了。好像他过去并未有过寻觅真理、动摇转变和在内心进行剧烈思想斗争的日子。

那些日子已经成了过眼云烟，现在看来，从前的那些追求简直是白费心机、无聊透顶。从前自己冥思苦想的是什么呢？为什么要像只被围捕的狼一样，奔窜，寻求出路，渴望解决内心的矛盾呢？其实生活原本是非常可笑的，极其简单的。现在他觉得生活中根本没有什么任何人都会在它的翅膀下感到温暖、舒适的真理，他怒不可遏地想道：各有各的真理，各有各的道路。只要太阳还普照大地，只要血管里还流着热血，人们就要为了一片面包，一块土地，为了生存的权利而斗争，而且要不断地斗争下去。要跟那些想要你的命，想剥夺你的生存权利的家伙进行斗争;要坚决斗争,毫不动摇,——就像枪逼在心窝上似的,——要充满仇恨,在斗争中锻炼得更加坚强。要使感情奔放,像发疯一样,——这就是一切。

哥萨克的道路跟没有土地的俄罗斯庄稼佬的道路,跟工厂工人的道路交叉、冲突。要跟他们进行殊死的格斗!要从他们脚下夺回用哥萨克的鲜血浇灌的、顿河的肥沃土地。把他们像驱逐鞑靼人一样,赶出顿河去!狠狠地收拾一下莫斯科,逼它缔结耻辱的和约!狭路相逢——绝不相让,总要有一个被打下深渊。我们已经试验过啦:让红军团队长驱直入,到哥萨克军土地上来,我们都试验过啦,可是结果怎样呢?时至今日——拿起你的马刀来吧!

葛利高里放马在一片莽莽的顿河上奔驰,心怀盲目的仇恨这样想着。偶尔也出现矛盾的思想:“这是富人跟穷人的斗争,不是哥萨克跟俄罗斯的斗争……米什卡和科特里亚罗夫都是哥萨克,可全是彻头彻尾的红党……”但是他愤愤地赶走了这些念头。

鞑靼村已经在望。葛利高里松了松缰绳,使满身冒着汗沫的马改为小跑。在胡同口,他又把马夹了一下,马的胸脯撞开了篱笆门,冲进了院子。

第二十九章

黎明时分,疲惫不堪的科舍沃伊骑马来到了大霍皮奥尔河口镇的一个村子。后阿穆尔斯克第四团的哨兵拦住了他。两名红军战士把他送到了团部。一位参谋怀疑地盘问了他半天,企图把他弄糊涂,乱问些莫名其妙的问题:“你们革命军事委员会的主席是谁呀?为什么没有证明文件呀?”等等诸如此类的问题。米什卡已经非常厌烦回答他这些愚蠢问题。

“同志,你别这样折磨我了好不好!那些哥萨克比你盘问的凶得多,可是他们也一无所获。”

他撩起衬衣,露出被叉子扎伤的肋部和小肚子。他已经想说些气话来吓唬吓唬这位参谋,但是正在这时候施托克曼走了进来。

“我的浪子呀!你这个小鬼!”他两手抚摸着米什卡的脊背,用他那低沉的声音大喊,“同志,你干吗要这样盘问他啊?这是咱们自己人呀!你真够糊涂的!你派个人去把我,或者叫科特里亚罗夫找来就完了,什么问题也用不着问了……咱们走吧,米哈伊尔!你是怎么活下来的,啊?快跟我说说,你是怎么保住性命的?要知道,我们已经把你从活人的名册上勾销啦。我们以为你已经英勇牺牲啦。”

米什卡想起了哥萨克捉他时的情形,想起了手无寸铁的可怜相,想起了放在爬犁里的步枪,——难过,后悔,脸涨得通红,简直要哭出来了。

第三十章

鞑靼村在葛利高里回来的那一天,已经把哥萨克编成了两个连。在村民大会上决定,动员所有能拿枪的人,从十六岁到七十岁的人都拿起枪来。很多人觉得当前的形势是没有希望的:北面是一向和顿河地区有宿怨的、已经在苏维埃统治下的沃罗涅什省和红色的霍皮奥尔斯克区。南面是红军的防线,如果这条防线一旦转为进攻,就能以排山倒海之势,把叛乱者淹没。有些特别谨慎的哥萨克不愿意拿起武器,但是人们强迫他们拿。司捷潘·阿司塔霍夫断然拒绝再去打仗。

“我不去。你们把马牵走吧,你们愿意怎么处置我都行,反正我是不愿意再拿枪啦!”早上葛利高里、赫里斯托尼亚和阿尼库什卡来到他家的时候,他这样声明说。

“你为什么不愿意再拿枪啦?”葛利高里翕动着鼻翅问。

“不愿意就是不愿意——没什么说的!”

“如果红军占领了村子,你怎么办?是跟着我们走呢,还是留下来?”

司捷潘把炯炯凝集的目光从葛利高里身上移到阿克西妮亚身上，看了半天，沉默了一会儿，回答说：

“到时候再说……”

“既然这样，那就请你出去，赫里斯坦，把他带走！我们立刻就把你枪毙！”葛利高里竭力不去看紧靠在炉炕上的阿克西妮亚，抓住司捷潘的军便服袖子，把他拽到自己身边来，“我们走，没有什么好说的！”

“葛利高里，你别胡闹……松手！”

司捷潘的脸色煞白，无力地挣扎着。紧皱眉头的赫里斯托尼亚从后面拦腰抱住了他，嘟囔说：

“既然你有这种想法，那我们只好把你带走啦。”

“弟兄们……”

“我们不是你的弟兄！走，服从命令！”

“放开我，我到连里去登记就是啦。我伤寒病刚好，还很虚弱……”

葛利高里歪着嘴，冷笑了一声，松开司捷潘的衣服袖子。

“去领枪吧。早这样就好啦！”

他也没有告别，就掩上军大衣襟走了出去。赫里斯托尼亚事后竟毫不难为情地伸手去向司捷潘讨烟叶，还坐下聊了很久，好像他们之间根本就没有发生过什么不愉快的事情似的。

黄昏时候，从维申斯克运来了两车武器：八十四支步枪和一百多把马刀。很多人把自己暗藏的武器都拿出来了。村子凑出了二百一十名战士：一百五十名骑兵，其余的是步兵。

暴动起来的人一时还没有统一的组织。各村自行其事：自动编组成连队，在村民大会上，从那些勇敢好战的哥萨克中选出指挥人员，选的时候，不问官阶，只看他们的战绩如何。还没有采取什么进攻性行动，只限于与邻村进行联络，派骑兵侦察队在村外巡逻。

还是在葛利高里没有回来以前，跟一九一八年一样，鞑靼村已经选出彼得罗·麦列霍夫当骑兵连连长了。拉特舍夫任步兵连长。炮兵由伊万·托米林率领到巴兹基去了。那里有红军扔下的一门破炮，已经没有瞄准仪，有一个轮子也打坏了。炮兵们就是到那里去修理这门炮的。

从维申斯克运来的，加上在村子里收集的，总共一百零八支步枪、一百四十把马刀和十四支猎枪，武装了这二百一十个人。潘苔莱·普罗珂菲耶维奇和其他的老头子们一起，被从莫霍夫家的地窖里解放出来，他把机枪掘了出来，但是没有子弹，所以连队没有用它。

第二天傍晚，得知一队拥有三百支枪的红军清剿队，配备着七门炮和十二挺机枪，由利哈乔夫率领，从卡尔金斯克出发来镇压哥萨克的暴动。彼得罗决定派遣一支强悍的侦察队到托金村方面去，同时报告了维申斯克。

侦察队于黄昏时出发。由葛利高里率领着三十二名鞑靼村的哥萨克。他们从村子里就放马大跑，而且就这样几乎一直跑到托金村。在离村庄约两俄里的地方，葛利高里在靠大道旁的一条不深的荒沟附近，命令哥萨克们下马，在沟里散开布阵。看马的哥萨克把马都牵到谷地里去。那里还积有很深的雪。马匹走下去的时候，松软的积雪一直陷到马肚皮；不知道是谁的一匹儿马，春情发作，嘿儿嘿儿地嘶叫，乱踢其它的马。所以只好另派一个人单独看守这匹马。

葛利高里派了三个哥萨克——阿尼库什卡、马丁·沙米利和普罗霍尔·济科夫——到村子里去。他们骑马缓步走去，远处的山坡下，托金村边的树林闪着蓝光，像一条宽锯齿似的向东南伸延开去。黑夜降临。低云在草原上飘动。哥萨克们都一声不响地坐在荒沟里。葛利高里目送着三个骑马的黑影走下山坡，与大道的黑乎乎的路面融成了一片。已经看不见马的黑影，只能看到骑士们摇摇晃晃的脑袋。一会儿连这些也看不见了。过了一分钟，那里响起了哒哒的机枪声。接着，另一挺也声音更脆地响了起来，看来，这是挺手提机枪。手提机枪打完一排子弹，就沉默了，可是第一挺喘了口气，又快射了一条弹带。一排排的子弹撒向荒沟上空黑洞洞的高空。热闹的子弹响声，快活、清脆，令人振奋。三个侦察兵全速跑了回来。

“遇上哨兵啦！”普罗霍尔·济科夫老远就喊叫起来。雷鸣般的马蹄声淹没了他的喊声。

“叫看守马匹的人准备好！”葛利高里发出了命令。

他像跳上战壕的胸墙一样，跳到荒沟缘上，不顾那些吱吱叫着打在雪地上的子弹，向跑来的哥萨克们走去。

“什么也没有看见吗？”

“听见了他们的动静。从说话的声音上听起来，他们人很多。”阿尼库什卡气喘吁吁地说。

他跳下马来，靴尖挂在马镫上，便破口大骂起来，一只脚跳动着，用手把另一只脚解脱出来。

在葛利高里询问他的时候，有八个哥萨克从荒沟走下谷地，解开他们的马，骑上跑回家去了。

“明天咱们就枪毙这些家伙。”葛利高里倾听着远去的开小差人的马蹄的嘚嘚声，小声说。

留在荒沟里的哥萨克们又待了有一个钟头，极力不出声，仔细倾听着。终于有人听到了马蹄声。

“他们是从托金村出发……”

“是侦察兵！”

“绝对不是！”

他们悄悄地谈论着。探出头去，徒劳地想在漆黑的夜幕中分辨出什么东西。费多特·博多夫斯科夫的加尔梅克人的眼睛第一个发现了敌人。

“来啦。”他摘下肩上的步枪，满有把握地说。

他背枪的样子很特别：把皮带像挂十字架的带子一样，套在脖子上，步枪斜在胸前，晃来晃去。不管是走路还是骑在马上，总是这样挂着枪，把双手往枪筒和枪托上一放，就像娘儿们家把手放在扁担上一样。

约有十来个骑马的人，一声不响地、混乱地在路上走着。一个穿得很厚、很有派头的人走在前头，相距有半匹马的样子。他骑的那匹身躯长大、尾巴很短的马稳重、高傲地迈着步子。葛利高里从低处清楚地看到灰沉沉的天幕背景上马身的线条和骑士们的轮廓，甚至还看得见走在前面的那个人脑袋上戴的扁平齐顶的库班式皮帽。骑士们离荒沟只有十来沙绳远了；他们离哥萨克这么近，似乎他们应该听到哥萨克们沙哑的呼吸声和突突的心跳声了。

葛利高里在这以前就已经命令过,没有他的命令不准开枪。他像猎人似的埋伏着,在审慎、准确地等待时机。他已经胸有成竹:先朝这些骑马的人大喝一声,等他们乱成一团的时候,再向他们开火。

路上的雪有节奏地咯吱咯吱地响着。马蹄子下面迸起了黄灿灿的火星,大概是铁马掌在雪已化光的石头上滑了一下子。

"什么人?"

葛利高里轻捷地、像猫一样从荒沟里跳出来,站直了身子。哥萨克们也随之窸窸窣窣跳了出来。

事情完全出乎葛利高里的预料。

"你们要找什么人?"走在前面那个人连一点害怕和惊讶的神情都没有,用沙哑的低音问。这位骑士拨转马头,冲着葛利高里走来。

"什么人?!"葛利高里没有动地方,不知不觉地把用半弯的胳膊擎着的手枪举起来,厉声喊道。

仍旧是那个低音打雷似地愤怒地质问说:

"谁敢这样大叫大嚷呀? 我是清剿部队的指挥员! 红军第八军司令部派我来镇压暴动的! 你们的指挥员是谁? 叫他到我这儿来!"

"我就是指挥员。"

"你就是? 啊啊啊……"

葛利高里看到骑马的人举起的手里有一件黑糊糊的东西,没等枪打响,他就趴到了地上;往下趴着,喊道:

"开火!"

勃朗宁手枪打出来的一粒钝头子弹从葛利高里的头顶呼啸而过。双方的射击声震耳欲聋。博多夫斯科夫紧吊在这位无畏的指挥员的马缰上。葛利高里隔着博多夫斯科夫,抓住那个人的一只手,用刀背照着他的库班帽子上砍了一下子,把他那沉重的身体从马鞍子上揪下来。这场格斗进行了两分钟就结束了。三个红军战士逃掉了,打死了两个,其余的全被解除了武装。

葛利高里把手枪口对着被俘的、戴库班帽子的红军指挥员受伤的嘴,简单地审问他说:

“你姓什么,坏蛋?”

“利哈乔夫。”

“就依仗这么九个兵来镇压暴动吗？你以为哥萨克会跪在你马前吗？会央求你饶命吗?”

“你们打死我吧!”

“这来得及,”葛利高里安慰他说,“证件放在什么地方?”

“在军用背包里。拿去吧,土匪！……混蛋！……”

葛利高里根本不理会这些咒骂,亲自搜查了利哈乔夫,从他的短皮上衣口袋里又搜出一支勃朗宁手枪,把他身上挂的毛瑟枪和军用背包解了下来。在旁边的口袋里搜出一只漂亮的皮制文件包和一个香烟盒。

利哈乔夫一直在不住口地大骂,痛得乱叫。他的右肩膀被子弹打穿了,葛利高里用马刀背重伤了他的脑袋。他的个子比葛利高里还高,身材魁梧,一定很健壮有力。刚刮过的黝黑的脸上,两道短短的、又粗又黑的眉毛,乱蓬蓬地、威武地紧凑在鼻梁上。大嘴巴,方下巴颏。利哈乔夫穿着一件腰间有褶子的短皮上衣,戴着被刀背砍扁的库班式黑皮帽,短皮上衣里面穿的是平整合身的保护色直领制服和肥大的马裤。但是他的脚却很小,长得秀气,穿着很漂亮的高筒漆皮靴子。

“把短皮上衣脱下来,政委!”葛利高里命令说,“看你养得有多滋润。哥萨克的面包吃足啦,准冻不着啦!”

用皮带和马缰绳把俘虏们的手捆起来,扶他们骑上原来的马。

“跟着我走!”葛利高里命令说,扶了扶挂在自己身上利哈乔夫的那支毛瑟枪。

他们在巴兹基村过的夜。利哈乔夫躺在铺在炉炕边的干草垫子上翻来覆去,直哼哼,牙咬得咯咯响。葛利高里就着灯光给他洗净,包扎了受伤的肩膀。但是没有再审问他。自己在桌子旁边坐了很久,查看利哈乔夫的证件,逃走了的革命军事法庭留给利哈乔夫的维申斯克反革命哥萨克名单,笔记本,书信,地图上做的标记。他偶尔抬头看一眼利哈乔夫,跟他的目光相遇,就像是两道交叉的利刃似的。也在这座房子里过夜的哥萨克们整夜都在折腾,一会儿出去看马,一会儿到门廊里抽烟或者躺在那里聊大天。

葛利高里在黎明时迷迷糊糊地睡着了，但是很快就醒了，从桌子上抬起了沉重的脑袋。利哈乔夫坐在干草上，正用牙齿咬开绷带，撕下扎在伤口的包布。他用充血的、恶狠狠的眼睛看了看葛利高里。他痛苦地咧着嘴，龇着洁白的牙齿，好像是在进行垂死的挣扎，眼睛里闪着濒死的苦闷；他这副惨相立刻把葛利高里的睡意一扫而光。

“你怎么啦？”他问。

“这跟你……有什么鬼相干！我想死！”利哈乔夫咆哮起来，脸色灰白，脑袋倒到干草上。

这一夜他喝了有半桶水。直到天亮他的眼睛也没有闭过。

第二天早晨，葛利高里把他装在一辆大车上，写了一个简短的报告，附上全部搜出来的证件，押往维申斯克。

第三十一章

一辆大车由两个骑马的哥萨克押送着，飞快地赶到维申斯克执行委员会的红砖房子跟前。利哈乔夫斜躺在车尾上。他一手扶着那只用浸透了血的布包着的胳膊，站起身来。两个哥萨克下了马，押着他走了进去。

叛军联合部队临时司令苏亚罗夫的房间里，挤了有一个连的哥萨克。利哈乔夫小心地护着胳膊，挤到桌子跟前。除了非常狡猾的、细得像两道缝似的黄眼睛，再也没有一点儿引人注目的、矮小的苏亚罗夫坐在桌边。他温柔地瞅了一眼利哈乔夫，问：

“把宝贝儿送来啦？你就是利哈乔夫吗？”

“就是。这是我的证明文件。”利哈乔夫把装在口袋里的小皮包扔在桌子上，傲慢而又严厉地瞥了苏亚罗夫一眼，“我很遗憾，没有完成我的使命——没有把你们这些坏蛋消灭！但是苏维埃俄罗斯会叫你们受到应有的惩罚的。请把我枪毙吧。”

他耸了耸被子弹打穿的肩膀，皱了皱大粗眉毛。

“不，利哈乔夫同志！我们正是因为反对枪毙人才起义的。我们这里可不像你们那样，——没有枪毙人的事。我们还要把你的伤医好，也许你对我们还有用处呢，”苏亚罗夫的眼睛里闪着光芒，温柔地说，“闲人都出去。喂，快点儿！”

只有列舍托夫斯克、切尔诺夫斯克、乌沙科夫斯克和维申斯克诸村镇的连长留了下来。他们都坐到桌边来。有人踢给利哈乔夫一张凳子，但是他没有坐，靠在墙上，越过人们的头顶，看着窗外。

“是这样的，利哈乔夫，”苏亚罗夫跟连长们交换着眼色，开口说，“请告诉我们，你的队伍有多少人？”

“我不说。”

“你不说吗？不说就不说。我们自己也可以从你的文件里弄明白。再不——我们还可以审讯随你来的红军战士。我们还要求你（苏亚罗夫特别加重了‘要求你’这几个字的口气）：写一封信给你的部属，叫他们到维申斯克来。我们没有跟你们打仗的必要。我们不反对苏维埃政权，我们反对的是公社和那些犹太人。我们把你的队伍武装解除之后，就打发他们回家。我们也要释放你。总而言之，请你告诉他们：我们也是跟他们一样的劳动人民，叫他们不要怕我们，我们并不反对苏维埃……”

利哈乔夫啐了一口唾沫，啐到苏亚罗夫灰白的胡子尖上。苏亚罗夫用袖子擦了擦胡子，颧骨上泛起了一阵红晕。有一位连长笑了笑，但是却没有人站起来保卫这位司令的尊严。

“你这是在侮辱我们，利哈乔夫同志！”苏亚罗夫已经是有意装腔作势地说，“将军们、军官们侮辱过我们，啐过我们，然而你是共产党员，也啐我们。你们却总在说，你们是为了人民……喂，外面儿有人吗？……来把这位政委带走。明天我们就把你送到卡赞斯克去。”

“也许，你要再好好考虑考虑吧？”一位连长严厉地问。

利哈乔夫迅速地整理了一下披在肩上的直领制服，朝站在门口的押送兵走去。

没有枪毙他。因为暴动的人们就是为了反对“枪毙和抢劫”才起来造反的……第二天，把他押往卡赞斯克去。他走在几名骑马的押送兵的前面,轻捷地踏着积雪,皱着短粗的眉毛。但是当他在树林里走过一棵惨白的小白桦树的时候,他精神焕发地笑了,停了下来,往上探了一下身子,用那只好手折下了一根树枝。树枝上萌发出含满三月里芳香液浆的红褐色芽苞;芽苞淡淡的清香预示着春天即将到来,预示着生命,在阳光照耀下周而复始的生命……利哈乔夫把鼓胀的芽苞放到嘴里嚼着,蒙眬的眼睛凝视着摆脱了严寒、生机勃勃的白桦树,刮得光光的嘴角上露出了一丝笑意。

他也就是这样嘴唇上沾着芽苞的嫩片死去了:在离维申斯克七俄里的一片荒凉、阴森的沙丘上,押解的哥萨克残忍地把他砍死了。活着挖出了他的眼睛,砍掉双手,割下耳朵和鼻子,用马刀在他脸上砍十字。他们解开裤子,往他身上尿尿,污辱、糟踏他那英俊、壮大的身躯。他们污辱够了这血肉模糊的残肢,一个押送兵用脚踏在还微微哆嗦着的胸膛上,踏在仰面躺着的残躯上,斜着一刀,把脑袋砍了下来。

第三十二章

暴动的消息像滚滚的洪水,从顿河对岸、从顿河上游、从四面八方传来。暴动的已经不只是两个集镇的地区了。舒米林斯克、卡赞斯克、米古林斯克、梅什科夫斯克、维申斯克、叶兰斯克以及霍皮奥尔河口等镇都暴动起来了,匆忙编凑起了连队;卡尔金斯克、博科夫斯克和克拉斯诺库特斯克等市镇也都明显地倒向暴动的一方。暴动的烈火已经有向毗邻的梅德维季河口和霍皮奥尔斯克地区扩展开去的危险。布坎诺夫斯克、斯拉谢夫斯克和费多谢耶夫斯克等镇已经动荡不安;靠近维申斯克的阿列克谢耶夫斯克镇属的许多村庄也都骚动起来……维申斯克是这一地区的首府,成了暴动的中心。经过长时间的争论和商谈以后,决定保留原先的政权①形式。一些特别受人尊敬的、多数是年轻的哥

① 这里指的是苏维埃政权。

萨克被选进了区执行委员会。炮兵部队机关的一个文官达尼洛夫当选为主席。在各市镇和村庄里也都建立了苏维埃,而且更令人不解的是,在日常生活中竟保留了曾经被当作骂人的“同志”这个称呼。制定了一些蛊惑性的口号:“拥护苏维埃政权,反对公社、枪毙和抢劫”。正是为了这个缘故,所以暴动者的皮帽子上戴的并不是一条白带或白箍,而是两条:红白箍交叉起来的十字……

二十八岁的年轻少尉库季诺夫·帕维尔,取代苏亚罗夫,任叛军联合部队司令,他曾经获得过全部四级乔治十字章,是个能说会道的聪明人。但是个意志非常薄弱的人,在这暴风骤雨的时代,来领导一个动乱的地区他怎么能胜任呢?但是哥萨克们都喜欢他性格直爽,为人和气。然而最主要的还是因为库季诺夫扎根于广大的哥萨克群众之中,没有一般从普通哥萨克爬上去的那种傲慢、自命不凡的军官常摆的臭架子。他总是穿得很朴素,披散着剪成圆形的长发,有点儿驼背,说话很快。他那张长鼻子的瘦脸,很像个平凡无奇的农民。

又选出萨福诺夫·伊利亚上尉当参谋长,选他只是因为这个小伙子胆子很小,但是却写得一手好字,很有文化。在选举大会上,人们就是这么议论他的:

“叫萨福诺夫当参谋长吧。他在战斗部队是个废物。让他指挥部队只会打败仗,不仅不能保护哥萨克,恐怕连自个儿的小命也要送掉。叫他当兵,就像叫茨冈人当神父一样,更是不行。”

身材矮小、脑袋滚圆的萨福诺夫听到这种评价,非常高兴,胡子尖发白的黄胡子上,浮出了微笑,求之不得地接受了参谋长的使命。

但是库季诺夫和萨福诺夫只赋予那些自行其是的独立连队采取的行动以官方的形式。对统一指挥,他们感到束手无策,而且要他们来调动如此庞杂的一支部队,适应这种瞬息万变的复杂情况,确也力不从心。

红军第四后阿穆尔骑兵团和加入到这个团的霍皮奥尔河口镇、叶兰斯克镇以及维申斯克镇的部分布尔什维克且战且走,穿过许多村庄,进入叶兰斯克镇境内,在草原上行进,沿顿河向西运动。

三月五日,一个哥萨克带着求援信,飞马来到鞑靼村。叶兰斯克人请求速发援兵。叶兰斯克人因为缺乏子弹和步枪,几乎是毫不抵抗地在撤退。后阿穆尔团的队伍用雨点般的机枪扫射来回敬叶兰斯克人稀疏可怜的枪声,还有两连炮兵在轰击。情况紧急,不可能再等待区上的命令。于是,彼得罗·麦列霍夫决定率领自己的两个连出发。

他同时还负责指挥邻近几个村的另外四个连队。清晨,他率领着哥萨克在山岗上布阵。照例是先发生了前哨战,接着战斗就打响了。

在这个愁云密布的冬日,在离鞑靼村八俄里远的红峡谷边,就是那年冬天,葛利高里和娜塔莉亚一同在那里耕过地,他第一次对妻子承认,他不爱她的地方。各骑兵连在几条深沟边的雪地上下了马,列成散兵线,看守马匹的哥萨克把马都牵到隐蔽的地方。坡下,红军列成三道散兵线,从一片低凹、广阔盆地里攻了上来。白茫茫的凹地上布满了黑点似的人影。有许多车辆向散兵赶来,骑兵闪烁其间。敌人还在两俄里之外,所以哥萨克们都在不慌不忙地准备迎战。

彼得罗骑着自己那匹膘肥体壮、略微有点冒汗气的马,从已经散开的那几个叶兰斯克连跑到葛利高里面前来。他的样子很高兴,很精神。

“弟兄们! 大家要节约子弹! 等我下命令时再开枪……葛利高里,把你那半个连向左移开一百五十沙绳。动作要快! 看守马匹的人不要聚在一起!”他又下了几个最后的命令,就拿出望远镜来,“他们好像是在马特维耶夫山岗上配备了一个炮兵连吧?”

“我早就注意到啦,肉眼都可以看见。”

葛利高里从他手里拿过望远镜,仔细观察了一番。在顶部被风吹剥成圆形的山岗后面有黑魆魆的车辆和渺小的人影在闪动。

鞑靼村的步兵——骑兵们开玩笑地称他们为“爬行兵”——毫不理会不准聚堆的严厉命令,还是一堆一伙的在分子弹,抽烟,开玩笑。赫里斯托尼亚戴着哥萨克皮帽的脑袋比那些矮个子的哥萨克高出一头,在那里闪晃(他因为马被牵走了,所以编到步兵里了);可以看到潘苔莱·普罗珂菲耶维奇的三耳皮帽的红顶。步兵中大多数是老头子和小青年。右面,离一片没有砍的向日葵约一俄里半的地方是叶兰斯克人的阵地。他们一共六百人,编成四个连,但是几乎有二百人看守马匹去了。整个部队有三分之一的人都跟着马匹藏到荒沟的缓坡后面去了。

“彼得罗·潘苔莱耶维奇！”步兵队伍里面有几个人喊，“记住，打起仗来，可别扔下我们步兵不管！”

“请你们放心吧！不会扔掉你们的。”彼得罗笑着说，他注视着缓缓地往土坡上移动的红军散兵线，开始神经质地玩弄起马鞭子。

“彼得罗，到这儿来。”葛利高里离开阵地，走到一边去，请求说。

彼得罗策马走来。葛利高里皱着眉头，露出明显的不满意神情说：

“阵地选得很不合我的心意。应该躲开这荒沟。不然他们从侧翼包抄过来——咱们可就要倒霉啦。啊？”

“你胡说些什么呀！”彼得罗不以为然地挥了挥手，“他们怎么能包抄咱们呢？我已经保留了一个连作为预备队，而且万一仗打得不顺利，这些荒沟也是有用的。它们没有什么妨碍。”

“要小心，小伙子！”葛利高里提醒地说，一次又一次迅速地打量着地形。

他走到自己的散兵线跟前，打量着哥萨克们。许多人手上已经没戴手套了。他们心情激动，热得慌，摘下来了。有人显得很烦躁：一会儿扶扶马刀，一会儿紧紧腰带。

“咱们的长官下马啦。”费多特·博多夫斯科夫笑着说，嘲讽地略微朝正摇摇摆摆地向散兵线走来的彼得罗点了点头。

“喂，普拉托夫将军①！”独臂的阿廖什卡·沙米利手里只拿着一把马刀，嘿儿嘿儿笑着喊道，“请你命令给咱们顿河人来一盅伏特加喝吧！”

“住口，酒鬼！要是红军砍掉你剩下的这只胳膊，看你还用什么把杯子端到嘴边。到时候你就只好伸嘴到猪槽里喝啦。”

“得啦，得啦！”

“能喝几杯多好，花点儿钱也可以嘛！”司捷潘·阿司塔霍夫叹息着，甚至把手从刀柄上挪开，卷着火红胡子说。

---

① 姆·伊·普拉托夫（1751—1818），俄国著名军事家、将军、顿河军首领，参加过一八一二年卫国战争，功勋卓著。这里是戏称。

大家在阵地上说的尽是些不合时宜的话。可是当马特维耶夫山岗后面的大炮低沉地轰鸣起来的时候，一下子就鸦雀无声了。

低沉的声音像圆球一样从炮口里飞出，像一团白色的烟雾，跟清脆、短促尖利的爆炸声混成一体，久久地回荡在草原上空。炮弹没有打到地方，离哥萨克散兵线还有半俄里就爆炸了。黑烟卷着白亮的雪块，缓缓地升向田野的上空，又落下来，铺展开去，消散在艾蒿丛中。红军阵地上立刻有几挺机枪响了起来。机枪像夜间更夫敲的梆子一样笃笃地响着。哥萨克都卧倒在雪里、艾蒿里和折去花盘胡乱扎煞着的向日葵丛里。

"这烟真黑呀！好像打的是德国炮弹！"普罗霍尔·济科夫回头看着葛利高里喊道。

毗邻的一个叶兰斯克连里喧声大作。随风传来叫喊声：

"亲家米特罗凡被打死啦！"

鲁别任村棕红胡子的连长伊万诺夫，冒着炮火跑到彼得罗跟前来，擦着皮帽子下面的额角，气喘吁吁地说：

"这儿也是雪，那儿也是雪！太深啦——简直连脚都拔不出来！"

"你来干什么？"彼得罗皱起眉头，问。

"麦列霍夫同志，我想出来一条妙计！你派一个连顺着河坡下到顿河边。从阵地上撤下一个连，派去就行啦。叫他们沿河跑到村子里，然后从那儿去抄红军的后路。他们准会扔掉辎重……放心吧，那里会有什么守卫部队呢？准可以打得他们人仰马翻。"

彼得罗很喜欢他这条"妙计"。他命令自己那半个连开火，又朝直挺挺地站在那里的拉特舍夫挥了一下手，就一摇一摆地走到葛利高里跟前来，解释了一番，简短地命令说：

"带上半个连，去割他们的尾巴！"

葛利高里领着哥萨克退出阵地，在凹地里上了马，往村子里飞奔去。

哥萨克们用步枪打了两排子弹，就沉默了。红军的散兵线卧倒了。机枪断续地哒哒响着。马丁·沙米利那匹白腿战马被流弹打伤了，从看马人的手里挣脱缰绳，发疯似地跑过鲁别任村的哥萨克的散兵线，顺着山坡往红军那方面跑去。它身上中了一串儿的机枪子弹，于是这匹马在全速飞奔中，屁股向上一冲，拼命一跳，栽倒在雪地上。

“瞄准机枪手射击！”散兵线上传递着彼得罗的命令。

大家都遵令去瞄准。只有那些打得准的枪手开枪——果然奏效了：上克里夫斯克村一个很不起眼的哥萨克，一连打死了三名机枪手，于是枪筒里的水沸腾着的“马克辛”机枪哑巴了。但是新机枪手马上接替了阵亡者。机枪又响了起来，散布着死亡的种子。步枪的齐射声也更加频繁了。哥萨克们已经有点儿烦了，往雪里钻得越来越深。阿尼库什卡已经钻到雪下的光地面，还在不断出洋相。他的子弹打光了（他那生了绿锈的弹夹里总共只有五发子弹），偶尔从雪里探出头来，用嘴唇吹出像田鼠受惊时发出的吱吱惊叫声。

“啾啾啾！……”阿尼库什卡像田鼠一样地叫着，用顽皮的眼神瞟着散兵线。

在他右面的司捷潘·阿司塔霍夫，笑得流出了眼泪，而左面的“牛皮小王”安季普什卡①却怒冲冲地骂起娘来。

“得啦，坏蛋！真会找开玩笑的时候！”

“啾啾啾！……”阿尼库什卡转身对着他，故意装出害怕的样子，眼睛睁得圆圆的。

红军的炮兵连大概是炮弹不足：打了三十来炮，就不再打了。彼得罗焦急地不断回头朝山岗顶上看看。他已经派两个通信兵到林子里去，命令全村的成年人都拿着铁叉、木棒或镰刀到山岗上来。他想给红军点儿颜色看，也把队伍分成了三道散兵线。

不久就有大群大群的老百姓出现在山岗顶上，并且往山坡下面冲来。

“瞧啊，黑老鸹飞下来啦！”

“全村的人都出动了。”

“里面一定还有老娘儿们！”

哥萨克们笑着，你喊我叫，闹成一片。射击完全停止了。红军那方

---

① 安季普什卡是安季普的爱称。

面也只有两挺机枪还在射击,偶尔夹杂几声步枪的齐射。

“真可惜,他们的炮兵连哑巴啦。要是朝娘子军开一炮,管保那儿的乐子可就大啦! 准会穿着尿湿的裙子往村子里跑!”独臂的阿廖什卡兴高采烈地说,显然,红军没有朝婆娘们打一炮,使他感到非常遗憾。

人群已经走到散兵线上来,四散开去。不一会儿,他们就排成了两道宽宽的散兵线。站在那里不动了。

彼得罗不许他们走近哥萨克的散兵线,甚至鸣枪阻止他们。但是他们的出现也对红军产生了明显的影响。红军的散兵线开始后退,向凹地的低处退去。彼得罗跟连长们简单地商量了一番,就把右翼部队撤下来,撤去两道叶兰斯克人的散兵线,——命令他们以骑兵队形往北开,开往顿河边,到那里去支援葛利高里的突袭。几个连就让红军眼看着在红峡谷那面排好队伍,然后往下坡顿河岸边开去。

又朝退却的红军散兵线打起枪来。

这时候有几个比较勇敢的娘儿们和一些小家伙,从由妇女、老头子和半大孩子组成的“后备队”里跑出来,混进了战斗部队的阵地。达丽亚·麦列霍娃也跟着那几个娘儿们过来了。

“彼佳,让我朝红军打几枪! 我是会放步枪的呀。”

她真的从彼得罗手里拿过马枪,像男人一样跪倒,信心十足地把枪托紧顶在胸脯上方瘦削的肩膀上,放了两枪。

可是“后备队”的人都冻得要命,直跺脚,乱跳,擤鼻涕。这两道散兵线就像被风吹的一样,东摇西晃。娘儿们的脸颊和嘴唇都发青了;寒气毫无顾忌地在她们肥大的裙子里肆虐。而那些已届风烛残年的老头子则全都冻僵了。他们有许多,包括格里沙卡爷爷,都是让人搀着从村子里爬上陡峻的山坡的。但是来到这只有高空的风才能吹到的岗顶,被远方的枪声和寒冷一刺激,倒活泼起来了。他们在阵地上哓哓不休地谈论着从前的战争和战役,谈论当前这场兄弟、父子互相残杀的罪孽战争,谈论大炮打得这么远,用肉眼根本就看不见它们在哪儿……

第三十三章

葛利高里带着半个连重创了后阿穆尔人的一类辎重车队，砍死了八名红军，缴获了四辆装着子弹的大车和两匹战马。他们这半个连只损失了一匹马，还有一个哥萨克身上受了点儿微不足道的擦伤。

但是正当葛利高里没有人追赶，兴奋地带着满载战果的大车顺着顿河凯旋的时候，山岗上的战斗也已经快要结束了。后阿穆尔人的一个骑兵连，还在战斗开始以前，就绕了一个十俄里的大弯子，进行迂回包抄，突然从山岗后面冲了出来，向看守马匹的哥萨克发起猛攻。大难临头，乱成了一锅粥。看守马匹的人牵着马从红石崖脚下面飞跑出来，只来得及把马分给几个哥萨克，而后阿穆尔人的刀尖已经在其余人的脑袋上晃了。很多没有武器的看马人扔下马，各自逃命去了。步兵们由于害怕打着自己人，无法射击，就像口袋里滚出来的豌豆一样，滚到荒沟底，奔到沟那面去，四散溃逃。那些骑兵（他们占大多数）凡是来得及捉到马的人，都争先恐后地向村子驰去，比赛"谁的马跑得更快"。

当彼得罗听到第一阵呐喊，一扭头，就看到像巨浪似地正向看守马匹的哥萨克冲去的骑兵，他命令说：

"上马！步兵！拉特舍夫！穿过谷地！……"

但是他没有能跑到他的马夫那里。一个叫安德留什卡·别斯赫列布诺夫的小伙子拉着他的马。他迅速地朝彼得罗跑来；彼得罗的和费多特·博多夫斯科夫的两匹马紧靠在他右面跑着。但是一个敞怀穿着黄皮上衣的红军战士从侧面向安德留什卡杀来，手举刀落，大喊一声：

"唉，你这个可怜的勇士！……"

但是安德留什卡很走运，他肩膀后面背着步枪。马刀没能砍着安德留什卡围着白围巾的脖颈，喀嚓一下，砍在枪筒子上，嗖的一声，刀从红军的手里挣脱，刀身变成一张在逐渐伸直的弯弓，飞向空中。安德留什卡骑的那匹怒马往旁边一跃，箭似地飞奔而去。彼得罗和博多夫斯科夫的两匹马也跟在它后面奔驰……

彼得罗哎呀了一声，一时呆在那儿，脸色煞白，立刻满脸大汗。他回头一看：正有十来个哥萨克朝他跑来。

“完啦！”博多夫斯科夫大声喊。恐怖使他的脸变得非常难看。

“快往沟里钻，哥萨克们！弟兄们，往沟里钻！”

彼得罗定住神儿，头一个跑到沟边，顺着三十沙绳的陡坡滚了下去。衣服被挂到什么东西上，把短皮袄从前胸上的口袋一直撕到衣襟边上，他跳了起来，像狗一样全身晃了一下。哥萨克们翻着跟头，旋转着，纷纷从上面滚下来。

一会儿工夫，他们已经滚下来十一个人。彼得罗是第十二个人。沟上头，枪声、呐喊声和马蹄声，响成一片。沟底里，逃到这里来的哥萨克愚蠢地在掸着皮帽子上的雪和沙土，有的正揉搓摔疼的地方。马丁·沙米利卸下枪栓，吹出了堵在枪筒里的雪。小伙子马内茨科夫，已故村长的儿子，满面热泪纵横，吓得浑身直哆嗦。

“怎么办呀？彼得罗，带我们走吧！死在眼前啦……咱们往哪里逃啊！噢噫，他们会把我们打死的！”

费多特牙齿咬得咯咯直响，顺着沟底往顿河边跑去。

其余的人像绵羊一样，也跟着他跑去。

彼得罗拼命拦住了他们：

“站住！大家商量商量……不要跑！他们会开枪打的！”

他领着大家钻进红色黏土沟崖上水冲出的一个洞穴里，竭力保持镇定，结结巴巴地建议说：

“往下面走是不行的。他们会穷追咱们的人……应该就待在这儿……分散到几个洞穴里去……三个人到那边去……咱们从洞里回击他们！……在这儿就是被包围了，也可以打一阵子……”

“咱们是彻底完蛋啦！祖宗啊！亲人哪！你们放我走吧！……我不愿意……我不想死呀！”早就在哭的白眉毛的小伙子马内茨科夫忽然号叫起来。

费多特瞪圆了加尔梅克人的眼睛，突然照着马内茨科夫的脸狠狠地打了一拳。

小伙子的鼻子血流如注,脊背撞得沟崖上的黏土纷纷下落,勉强站住了脚跟,但是哭号却停止了。

“我们怎么回击呢?”沙米利抓住彼得罗的胳膊问,“我们有多少子弹呀? 没有子弹啦!”

“他们扔进一个手榴弹来,咱们就全完啦!”

“好啦,那又有什么办法呀?”彼得罗忽然脸色发青,胡子下的嘴唇上冒着白沫,“卧倒! ……我是连长不是? 我枪毙你!”

他当真拿着手枪在哥萨克们头顶挥舞起来。

他的咝咝的低语声好像给他们带来了生气。博多夫斯科夫、沙米利和另外两个哥萨克跑到沟对面去,在一个洞穴里卧倒,其余的人跟着彼得罗就地卧倒在这个洞里。

春天,山洪暴发的时候,红褐色的激流翻滚着岩石,在沟底冲出许多坑凹,冲刷着红色的黏土层,在沟崖上冲出无数的洞穴。哥萨克们就藏在这些洞穴里。

“牛皮小王”安季普弯着腰,端着步枪,站在彼得罗身旁,像说梦话一样小声说:

“司乔普卡·阿斯塔霍夫抓住自己马的尾巴……逃出去啦,可是我没有抓到……步兵扔下咱们不管……咱们完蛋啦,弟兄们! ……真的,咱们是死路一条啦! ……”

沟崖上面传来奔跑的脚步声。小雪块和黏土溅落到沟底来。

“他们来啦!”彼得罗抓住安季普的袖子,小声说,但是小伙子拼命把手挣出去,手指头放在枪机上,朝上面看了看。

并没有什么人从上面下到沟底来。

从那里传来人声和吆喝马匹的声音……

“他们准是在商量哪,”彼得罗心里想,好像周身的毛孔都大张开了,汗流如注,顺着他的脊背、胸口和脸颊滚下来……

“喂,你们这些家伙! 快爬出来! 反正我们会把你们打死的!”沟顶上在喊话了。

荒沟里雪下得越来越紧,像一道道洁白的乳汁。好像有人朝沟崖边走来。

另一个声音也很有把握地说：

“他们逃到这儿来啦，瞧，这不是脚印嘛。我亲眼看见的！”

“彼得罗·麦列霍夫！爬出来！”

霎时间，彼得罗心里燃起一阵盲目的希望烈火。“红军里有谁认识我呢？准是自己人来啦！他们把红军打跑啦！”但是同样那个声音也使他发抖：

“我是科舍沃伊·米哈伊尔。我们劝你们老老实实地投降。反正你们是跑不了啦！”

彼得罗擦了擦湿漉漉的额角，手掌上留下一道道粉红色的血汗污印。

一种奇怪的、很像是昏迷的听天由命的感情袭上他的心头。

博多夫斯科夫的喊声听起来是那么粗野：

“你们要是答应放我们，我们就出去。不然的话，我们就要抵抗还击！那就请你们来吧！”

“放你们……”沉默了一会儿，沟上面回答说。

彼得罗竭尽全力，从昏昏欲睡的状态中振作起来。他感到“放你们”这句话里带有看不见的嘲笑。他声音低沉地命令说：

“往后撤！”但是已经没有人听他的了。

所有的哥萨克，除了缩在洞里的安季普卡以外，都攀着土台爬了上来。

彼得罗最后一个走出洞穴。他心里，就像怀着胎儿的女人肚子一样，满怀求生的强烈欲望。他还要进行自卫，一面爬上陡坡，一面心里还在琢磨着怎么打出一梭子子弹去逃命。他眼前发黑，心胀得都要炸了。又闷又难过，喘不过气来，就像童年时做噩梦一样。他扯下军便服领子上的扣子，撕开肮脏的衬衣领子。汗水遮住了他的眼睛，手在冰冷的土坡上直滑。他哼哼哧哧地爬到沟边上一小片踏乱的平地上，把步枪扔在脚下，举起手来。在他前面爬出来的哥萨克们紧偎在一起。科舍沃伊离开一大群后阿穆尔团的步兵和骑兵，朝他们走来，几个红军骑兵也走了过来。

科舍沃伊走到彼得罗跟前，眼睛直瞅着地面，小声问：

“你打够啦?”他等了一会儿,不见回答,仍旧瞅着彼得罗的脚尖问,“是你指挥他们打的吗?”

彼得罗的嘴唇哆嗦起来。他精疲力尽地、困难地把手举到汗湿的额角去擦汗。米什卡弯曲的长睫毛颤抖起来,尽是伤寒病留下的黑瘢的、肿胀的上嘴唇翘了起来。米什卡全身颤抖得那么厉害,简直站不住了,要倒下去。但是他突然猛地抬起眼睛,直盯着彼得罗的眼睛,用非常陌生的目光看着他,快口说:

“脱下衣服来!”

彼得罗急忙脱下短皮袄,小心翼翼地叠好,放在雪地上;摘下皮帽子,解下皮带,脱掉保护色的衬衣,然后坐在皮袄的衣襟上,脱起靴子来,脸色变得一会儿比一会儿白。

伊万·阿列克谢耶维奇下了马,从一旁走过来,瞅着彼得罗,咬紧牙关,生怕哭出来。

“内衣别脱啦,”米什卡低声说,然后,他哆嗦了一下,突然刺耳地喊,“快点,你!……”

彼得罗忙乱起来,把从脚上脱下来的毛袜子团成团,塞到靴筒里,站了起来,把被雪一照变成橙黄色的光脚从皮袄的襟上移到雪地上。

“亲家!”他轻轻地翕动着嘴唇,喊了伊万·阿列克谢耶维奇一声。伊万·阿列克谢耶维奇一声不响地看着彼得罗的光脚掌下融化的积雪。“伊万亲家,你是我的孩子的教父……亲家,不要处死我吧!”彼得罗央告说,可是一看到米什卡已经举起手枪,正对准他的胸膛,就大瞪着眼睛,像是准备要看什么耀眼的东西似的,还把脑袋缩到肩膀里去,像在做跳跃的准备动作似的。

他没有听见枪声,就像被重重地推了一下,仰面倒了下去。

他恍惚觉得科舍沃伊伸出的那只手抓住了他的心脏,一下子就把血全挤了出来。彼得罗做了一生中最后一次努力,艰难地撕开了内衣的领子,露出了左奶头下面的弹孔。鲜血,先是缓缓地从弹孔里渗出来,然后一找到出路,黏腻的黑血注就咝咝响着向上喷起来。

第三十四章

黎明时分，派到红峡谷去的侦察队回来了，说他们一直走到叶兰斯克镇的边界，也没有看到红军，但是发现彼得罗·麦列霍夫和十个哥萨克都被砍死在沟崖顶上。

葛利高里吩咐派爬犁去把被砍死的人拉回来，自己跑到赫里斯托尼亚家里去过夜。娘儿们的哭丧声和达丽亚难听的哀号声把他赶出家门。他在赫里斯托尼亚家的炉坑边一直坐到天亮。他拼命地吸烟，不敢正视自己的思想，怀着对彼得罗的思念，一支还没抽完，就又急忙抓起烟荷包，一面没完没了地吸着辛辣的苦烟，一面跟已经在打盹的赫里斯托尼亚聊闲天。

天亮了。从早晨起就是暖和的融雪天气。到十点钟左右，尽是牲口粪的村道上已经出现了水洼。从房顶上往下滴着雪水。公鸡发出开春的啼声，不知道是在什么地方，有只母鸡就像在大热天的中午一样，单调地咯哒咯哒叫着。

牛在院子里有阳光的一边晒太阳，在篱笆上蹭痒痒。风吹落了它们红褐色脊背上开春脱下的毛。到处飘溢着融雪的淡淡的清香。一只在这里过冬的黄胸脯的翠鸟，在赫里斯托尼亚家大门旁光秃秃的苹果树枝上摇晃着，叫个不停。

葛利高里站在大门口，等待去拉尸体的爬犁出现在土岗上，不由自主地把翠鸟的叫声改成从童年时就熟悉的话："磨犁！磨犁！"在这样温暖的融雪时节，翠鸟是这样兴高采烈地叫，而严冬来临的时候——葛利高里知道——它就改变了声调，用快速的调子，像是在提醒人们："穿上靴子！穿上靴子！"

葛利高里时而把视线从大道上移到在枝头跳跃的翠鸟身上。它不停地在叫唤着："磨犁！磨犁！"葛利高里忽然想起小孩时跟彼得罗一起在草原上牧放火鸡的情景，那时候彼得罗一头浅色的头发，翘鼻孔的小鼻子总在脱皮,他学火鸡咕咕的叫声学得非常像,而且还把那叫声改成逗笑的儿话。他逼真地模仿着怒气冲冲的火鸡的咕咕声,细声细气地说着:"大家都有靴子穿,就是我没有!大家都有靴子穿,就是我没有!"立刻又大瞪着两只小眼睛,弯起胳膊,装得像只老火鸡,一面侧身走着,一面嘟嘟囔囔地说:"咕!咕!咕!咕!咱们到市场上去给这淘气鬼买双靴子!"这时候,葛利高里就快活地笑着,要求他再学一回火鸡咕咕的叫声,央求他表演小火鸡在草里发现一块小铁片或者布片等奇怪的东西时,焦急的吱吱叫声……

街头上出现了第一辆爬犁。一个哥萨克走在爬犁旁边。紧跟着就是第二辆和第三辆。葛利高里擦掉眼泪,敛去不期而来的回忆引起的浅笑,急忙朝自家的大门口走去:他想在这最可怕的时刻,拦住已经伤心得发疯的母亲,不让她走近装着彼得罗尸体的爬犁。阿廖什卡·沙米利光着脑袋,走在前面一辆爬犁旁边。他用那半截胳膊把皮帽子按在胸前,右手拉着马尾编的缰绳。葛利高里的视线掠过阿廖什卡的脸,看了看爬犁。马丁·沙米利仰面躺在干草垫上。脸上、胸前和瘪肚子上的草绿色军便服都沾满凝结的血渍。第二辆爬犁上拉的是马内茨科夫。他那被砍伤的脸趴在干草上。脑袋好像是由于怕冷缩进肩膀里去,后脑勺子被削掉了,这一刀砍得技艺高超:一圈黑头发像穗子似的镶在露出的头盖骨上。葛利高里看了一眼第三辆爬犁。他已经认不出死者是谁,但是看见了死者的一只胳膊和被烟草熏成蜡黄色的手指头。胳膊从爬犁上耷拉下来,用临死时准备画十字的手指头划着融化了的积雪。死者穿着靴子和军大衣,甚至连帽子也放在胸前。葛利高里抓住了拉第四辆爬犁的马的笼头,牵着马跑进院子。邻居、孩子和婆娘们也跟着跑了进来。台阶前围了一大群人。

"看吧,这就是我们的亲人彼得罗·潘苔莱耶维奇啊!他离开了人世。"有人悄悄地说。

司捷潘·阿司塔霍夫光着头走进了大门。格里沙卡爷爷和另外三个老头子也不知道从哪里走进来了。葛利高里不知所措地环顾了一下。

"来,咱们抬到屋里去吧……"

赶爬犁的人抓住彼得罗的腿，但是人群默默地退到一边去，恭敬地给从台阶上走下来的伊莉妮奇娜让路。

她朝爬犁上看了看。额角上泛起一片像死人脸一样的灰白颜色，扩展到两颊和鼻子，一直蔓延到下巴上。潘苔莱·普罗珂菲耶维奇颤颤巍巍地搀着她的胳膊。杜妮亚什卡头一个放声大哭起来，村子里，四面八方都跟她的哭声呼应起来。披头散发、脸已经哭肿了的达丽亚砰的一声冲开门，跳到台阶上，向爬犁扑去。

“彼秋什卡！彼秋什卡，亲人哪！你起来呀！起来呀！”

葛利高里眼前一阵黑。

“走开，达什卡！”他忘神地、粗野地喊叫起来，没头没脑地照着达丽亚的胸膛推了一下子。

她倒在雪堆上。葛利高里急忙抱住彼得罗的双臂，赶爬犁的人抱起彼得罗的腿，但是达丽亚也跟在他们后头爬上了台阶；她抓住丈夫的冻僵的、直挺挺的胳膊，不住地亲吻着。葛利高里用脚踢开她，觉得自己马上就要控制不住自己了。杜妮亚什卡使劲拉开达丽亚的手，把她昏迷过去的脑袋抱到自己的怀里。

厨房里一片坟墓般的寂静。彼得罗横在地上，显得非常小，好像全身都干缩了似的。鼻子变得很尖，麦黄色的胡子也变黑了，可是整个脸都严肃地拉长了，倒显得漂亮了。两只光脚从裤腿里伸出来。尸体在慢慢地融化，尸体下面汇成一片粉红色的水洼。夜里，冻僵的尸体融化得越来越厉害，血的咸味和甜腻的尸体气味也越发浓烈。

潘苔莱·普罗珂菲耶维奇在板棚檐下刨做棺材的木板。婆娘们在内室里忙乱，围在还没有苏醒过来的达丽亚身旁。从内室偶尔传出一阵不知道是谁的刺耳的，歇斯底里的哭声，接着，就响起赶来吊丧的瓦西丽萨亲家母像潺潺流水似的语声。葛利高里坐在哥哥对面的板凳上，卷着烟卷，瞅着彼得罗周围发黄的脸，瞅着他那圆指甲盖发青的手。一种非常可怕的、疏远的感情已经把他和哥哥隔开了。彼得罗现在已经不是自家人了，只不过是一位过客，到了该和客人分别的时候了。现在他躺在这里，脸颊冷冷地贴在土地上，在麦黄色的胡子下面凝结着安详、神秘的微笑，仿佛是在等待什么似的。可是明天他的妻子和母亲就要打点他起程，去走最后那一程路了。

从傍晚起，母亲就给他烧了三锅热水，妻子给他准备好了干净的内衣、最好的裤子和制服。葛利高里——他的同胞兄弟——和父亲给他擦洗了从今以后再也不属于他的、不知道为赤裸裸的身子感到害羞的身体。给他穿上节日的礼服，安放在桌子上。然后达丽亚走过来，把那支当年曾照着他们在教堂围着经台转的蜡烛，塞到昨天还拥抱过她的冰凉的大手里，——哥萨克彼得罗·麦列霍夫已经完全准备停当，等待人们送他到以后再也不会回家来看望的地方去。

“要是你死在普鲁士异乡的什么地方，也比死在这儿，母亲的眼前好啊！”葛利高里心里责备着哥哥说，然后向尸首看了一眼，突然脸变得煞白：一滴泪珠正顺着彼得罗的脸颊往耷拉着的胡子边流去。葛利高里吓得几乎跳了起来，但是仔细一看，才轻轻地叹了口气：原来并不是死人的眼泪，而是从鬈曲的额发上融化下来的水珠，落到彼得罗的额角上，慢慢地顺着脸颊滚下来。

第三十五章

顿河上游叛军联合司令任命葛利高里·麦列霍夫为维申斯克团的团长。葛利高里率领十个哥萨克连向卡尔金斯克挺进。司令部命令他无论如何要击溃利哈乔夫部队，并把他们赶出地区的边界，从而使卡尔金斯克和博科夫斯克两镇所辖的奇尔河沿岸村落全都暴动起来。

三月七日，葛利高里率领着哥萨克们出发了。在一个积雪已经融化了的，露出黑土地的丘岗上，他眼看着全部十个连的人马从自己面前开过去。他驻马大道旁，歪着身子，单手叉腰，背微驼，骑在马上，紧勒马缰，勒住激奋的战马。顿河沿岸的巴兹基村、白山村、奥利尚斯基村、梅尔库洛夫村、大雷村、谢苗诺夫斯基村、大鱼村、沃江斯基村、列比亚日及叶里克等十个村的连队排成纵队开了过去。

葛利高里用手套擦着黑胡子，抽动着鹰钩鼻子，两道浓眉下忧郁、沉稳的目光注视着每个连队走过去。无数沾满污泥的马蹄践踏着路上褐色的积雪。一些熟识的哥萨克走过去的时候，都朝葛利高里笑笑。叶子烟的烟雾在他们的哥萨克皮帽顶上缭绕、消散。战马身上冒着热气。

葛利高里跟着最后一个连走起来。走了约三俄里，一个侦察队迎面驰来。下士侦察队长策马来到葛利高里面前。

“红军正顺着通往丘卡林斯克村的大道退却！”

利哈乔夫支队没有迎战。但是葛利高里派出三连哥萨克去进行迂回包抄，自己率领剩下部队跟踪追击，迫使红军战士在丘卡林斯克村就开始扔掉车辆和炮弹箱。在丘卡林斯克村出口的地方，利哈乔夫的炮兵连陷在一座破旧的小教堂旁边的河沟里。骑手们砍断马套，骑着马，穿过村边的树林子，逃往卡尔金斯克。

从丘卡林到卡尔金斯克这十五俄里的路上，哥萨克们未经战斗就开过去了。在大道右面不远的地方，敌人的侦察队曾在亚谢诺夫卡村外朝维申斯克的侦察队打了几枪。事情就这样结束了。哥萨克已经在开玩笑说：“可以通行无阻地开到新切尔诺夫斯克啦！”

俘获了一个炮兵连，使葛利高里十分高兴，“连炮栓都没来得及毁坏。”他心里藐视地想道。用牛把陷在河沟里的炮拖了出来。立刻从各连队里找来了炮手。大炮都是用双套马拉的：每门炮用六对马拉着。派了半个连的哥萨克去护卫炮兵连。

黄昏时分，用突袭战术攻下了卡尔金斯克。俘获了利哈乔夫支队的一部分人，最后剩下的三门炮和九挺机枪。其余的红军和卡尔金斯克革命军事委员会一起，穿村夺路，向博科夫斯克镇方向溃去。

雨下了一整夜。清晨，洼地和山沟里水流泛滥。路不通行：一个小坑就是一处陷阱。浸透了雨水的雪都塌陷下去，贴在地面上。马匹直往泥里陷，人也累得直摔跤。

葛利高里派出两个连，由巴兹基村的叶尔马科夫·哈尔兰皮少尉率领，去追击退却的敌人，在两个紧挨着的村子里——拉特舍夫和维斯洛古佐夫——俘获了约三十名掉队的红军战士；第二天早晨他们被押送到卡尔金斯克。

葛利高里住在当地大财主卡尔金的那座大宅第里。俘虏押到他住的院子里来。叶尔马科夫走进屋,跟葛利高里寒暄了几句,报告说:

"捉了二十七名红军士兵。传令兵已经给你把马牵来啦。立刻就出发,好吗?"

葛利高里系上军大衣腰带,对着镜子梳了梳披散到皮帽外面的头发,才转身对叶尔马科夫说:

"走。立刻出发。咱们在广场上召开一次群众大会,然后就出发。"

"还开什么群众大会呀!"叶尔马科夫耸了耸肩膀,笑着说,"用不着召开大会,他们早就都骑马来啦。喏,你瞧!这不是维申斯克人正往这儿奔哪?"

葛利高里朝窗外一看。各连排成四路纵队,军容严整地开了过来。哥萨克们都像是挑选出来的那么整齐,马匹都收拾得那么漂亮,拉出去参加检阅都成。

"这是从哪儿来的?他们是从他妈的哪儿来的呀?"葛利高里兴高采烈地嘟哝说,一路跑着挂上马刀。叶尔马科夫在大门口追上了他。

前面那个连的连长已经来到板门前。他恭恭敬敬地把手举到帽檐上,没敢把手伸给葛利高里。

"您是麦列霍夫同志吗?"

"是我。你们是从哪儿来的?"

"请允许我们参加您的队伍吧。我们愿意跟你们联合起来。我们这些连队是昨天夜里才组织起来的。这个连是利霍维多夫村的人组成的,另外两个连队是由格拉切夫村、阿尔希波夫卡村和瓦西列夫卡几个村的人组成的。"

"请您把哥萨克带到广场上去,那里马上就要召开群众大会。"传令兵(葛利高里叫普罗霍尔·济科夫当了他的传令兵)把马牵给他,甚至还给他扶着马镫。叶尔马科夫几乎连鞍头和马鬃都没有碰到,那么

敏捷地把自己干瘦的、像铁一样结实的身体抛到马鞍上,他一面习惯地在马鞍上整理着军大衣的衣襟,一面策马过来,问:

“怎么处理这批俘虏?”

葛利高里抓住叶尔马科夫的军大衣扣子,从马鞍上弯下身子,紧靠过去。他的眼睛里闪着红色的火花,但是胡子下面的嘴唇虽然显得十分凶狠,却带着笑意。

“你吩咐一下,把他们押送到维申斯克去。明白了吗? 可是别让他们走过这道沙岗!”

他挥鞭朝横在镇外的那道沙岗指了指,就策马驰去。“这是他们为彼得罗付出的第一次代价。”他心里想着,催马快跑起来,无缘无故地在马身上抽了一鞭子,留下了一道肿起来的白印。

第三十六章

从卡尔金斯克向博科夫斯克进军时,葛利高里统率的人马已有三千五百多。司令部和军区革命军事委员会执委会都派专门通信员紧追着他传送命令和指示。司令部的一位成员在一封私人的信里,委曲婉转地请求葛利高里:

尊敬的葛利高里·潘苔莱耶维奇同志! 我们听到了一些不很可靠的消息,似乎你在残酷地杀害俘虏的红军士兵。听说,是根据你的命令,把哈尔兰皮·叶尔马科夫在博科夫斯克附近俘获的三十名红军士兵全部消灭了,也就是说全都砍死了。据说,在这批俘虏中有一位政委,这对我们了解敌人的军力情况,非常有用。亲爱的同志,请你取消不活捉俘虏的命令吧。因为这项命令对我们非常有害,而且哥萨克们似乎也都在抱怨这种残暴的行为,担心红军也将杀害俘虏和焚烧我们的村庄。即使指挥人员,也应该活着解送到司令部来。我们将在维申斯克或卡赞斯克悄悄地收拾他们,而你却率领你属下的连队,像作家普希金在他的历史小说里描写的塔拉斯·布尔巴①一样，想用火和剑来消灭一切，并且弄得哥萨克们惶恐不安。务请克制自己，不要杀害俘虏，把他们送到我们这里来。上述种种，就是我们力量的所在。谨致敬礼，祝你健康，旗开得胜。

葛利高里没有看完，就把信撕了，扔到马蹄下。库季诺夫给他的命令是："立即挥师南下，向克鲁坚基——阿斯塔霍沃——格列科沃地区发动攻势。司令部认为必须和士官生的战线连接起来。否则，我们将被包围和击溃。"葛利高里就在马上写了几句话，回复库季诺夫：

我正向博科夫斯克进攻，追击逃跑的敌人。我不能去克鲁坚基，我认为你的命令是愚蠢的。我到阿斯塔霍沃去打谁呀？那里除了风和霍霍尔以外，什么也没有。

他和叛军总部的官方联系就此终止了。他把所有的连队编成两个团，开到了和博科夫斯克毗邻的孔科沃村。在这三天里，葛利高里一直打得很顺利，捷报频传。攻克博科夫斯克后，他又甘冒风险进军克拉斯诺库特斯克。吃掉了一支阻碍他前进的小部队，但是没有命令砍杀俘虏，都送到后方去了。

三月九日，他已经率领着两团人进逼奇斯佳科夫卡镇了。这时，红军的指挥部已经感到来自后方的威胁，就调了几个团的兵力和几个炮兵连去镇压叛乱。前进的红军部队在奇斯佳科夫卡附近跟葛利高里的两个团发生了遭遇战。战斗持续了三个多小时。葛利高里担心被装进"口袋"，把部队向克拉斯诺库特斯克转移。但是在三月十日拂晓的战斗中，红军霍皮奥尔斯克的哥萨克重创了维申斯克人的队伍。在冲锋和反冲锋中，两方的顿河哥萨克相遇了，无情地厮杀起来，葛利高里在战斗中马被打死，腮部被砍伤，率领两个团撤出战斗，退回博科夫斯克。

晚上，他审问了一个被俘的霍皮奥尔哥萨克。一个捷皮金斯克镇的、已经不很年轻的哥萨克站在他面前，这个哥萨克白眉毛、窄胸脯，军

---

① 果戈理的小说《塔拉斯·布尔巴》的主人公。这里说成是普希金小说里的人物，是表示写信的人缺乏文学知识。

大衣的领子上系着几缕红布条。他很愿意回答问题，但是笑得很勉强，叫人不舒服。

“昨天都是哪些团参加战斗的？”

“我们以斯坚卡·拉辛命名的第三哥萨克团。这个团差不多全是霍皮奥尔斯克区的哥萨克。还有第五后阿穆尔团、第十二骑兵团和第六姆岑斯基团。”

“谁担任总指挥？据说是吉克维泽①指挥的，是吗？”

“不是，是多姆尼奇同志指挥这支联合部队。”

“你们的弹药很足吗？”

“足得很！”

“有多少大炮？”

“大概有八门。”

“你们这个团是从哪儿调来的？”

“从卡缅斯克镇的几个村调来的。”

“给你们说了往什么地方调吗？”

这个哥萨克犹豫了一下，但是还是回答了。葛利高里想了解了解霍皮奥尔人的情绪。

“哥萨克们私下都谈论些什么？”

“他们都说，不愿意来……”

“你们团里的人知道我们为什么起义吗？”

“打哪儿知道呀？”

“那他们为什么不愿意来呢？”

“你们也是哥萨克嘛！大伙都讨厌打仗。要知道，我们自从跟着红军出来——到现在日子也不短啦。”

“你也许愿意在我们这儿服役吧？”

哥萨克耸了耸窄肩膀。

“您看着办吧！但是我不想干啦……”

---

① 吉克维泽·瓦西里·伊西多罗维奇（1886—1919），革命家，布尔什维克，国内战争中的英雄。

“那好，你走吧。我们放你回家去看老婆……大概想家了吧？”

葛利高里眯缝起眼睛，看了看走出去的哥萨克的背影，把普罗霍尔叫来。他默不作声，抽了半天烟。然后走到窗口，背朝着普罗霍尔，坦然地命令说：

“去告诉弟兄们，把刚才我审问过的那个家伙偷偷带到花园里干掉。我是不要红色的哥萨克俘虏的！”葛利高里歪斜的靴后跟一拧，猛地转过身来，“立刻就把他……去吧！”

普罗霍尔去了。葛利高里站了片刻，折着窗口娇嫩的海棠花枝，然后匆匆走到台阶上。普罗霍尔正跟几个坐在仓房前面晒太阳的哥萨克小声说话。

“你们把俘虏放走吧。叫人给他开一张通行证。”葛利高里看也没有看哥萨克们，说完就回到屋子里去，站在破镜子前面，困惑不解地摊了摊手。

他自己也不能解释，为什么他要走出去并命令放走俘虏。当他暗自嘲笑着，告诉那个俘虏“我们放你回去看老婆……走吧”这句话的时候，曾有过一种幸灾乐祸的心情，感到某种快意，因为自己知道，立刻就会把普罗霍尔唤来，命令在花园里干掉这个霍皮奥尔人。他对自己这种怜悯的感情，颇不以为然——除了这种莫名其妙的怜悯，还会有什么别的感情侵入了自己的意识，使他放掉敌人呢？而与此同时却又感到心情愉快……这是怎么回事呢？他自己也弄不清楚。而且特别令人不解的是，昨天他还亲口对哥萨克们说：“庄稼佬是敌人，但是那些现在跟着红军走的哥萨克，更是双料的敌人！对俘虏的哥萨克，要像对付奸细一样，简单地审问一下：就三下五除二——送上鬼门关。”

怀着这种没有解决的、痛苦的矛盾，怀着察觉到自己所进行的事业是非正义的心情，葛利高里走出了他住的屋子。奇尔斯克团的团长——一个身材高大的阿塔曼斯基团的哥萨克，脸上布满模糊的给人留不下什么印象的细纹——和两个连长到他这里来了。

“又有援军开来啦！”那位团长笑着报告说，“从纳波洛夫、亚布洛涅夫小河村、古森卡又来了三千骑兵，另外还有两连步兵。你打算怎么安排他们呀，潘苔莱维奇？”

葛利高里带上从利哈乔夫那里缴获的毛瑟枪和漂亮的战地背包，走到院子里。太阳晒得暖洋洋的。天空像夏天一样高远、蔚蓝，白絮般的云堆，也像夏天一样，向南天涌去。葛利高里把全体指挥官召集到胡同里来开会商量。来了大约有三十个人，零乱地坐在一片倒塌了的篱笆上，不知道是谁的烟荷包在人们手里传递着。

“咱们要制定一个什么样的作战计划呀？用什么方法打掉把咱们从奇斯佳科夫卡赶出来的那几个团呢？咱们的进军方向又是哪里呢？”葛利高里顺便传达了库季诺夫的命令，然后问。

“他们用来对付我们的人有多少？从俘虏嘴里问出来了吗？”一位连长沉默了一会儿，问。

葛利高里把用来对付他们的几个团说了一遍，粗略地计算着敌人的枪支人马。哥萨克们都沉默不语。在会议上可不能不加考虑地胡说八道。格拉切夫村的连长就这么想的，他说：

“稍等一会儿，麦列霍夫！让我们想一想。要知道这可不是抡刀乱砍一顿的事情。不要出什么漏子才好。”

第一个发言的还是他。

葛利高里仔细地听了大家的发言。大多数人都认为，即使打得顺手，也不要走得太远，只打防御战。但是也有一个奇尔人热烈支持叛军总司令的命令，他说：

“咱们不能老在这儿瞎转转。让麦列霍夫率领咱们到顿涅茨河去。你们这是怎么啦？糊涂了吗？咱们只有这么一小撮人，可是咱们要对付的却是整个的俄罗斯。咱们怎么对付得了呢？他们攻来——咱们就完啦！应当冲出去嘛！咱们的子弹虽然很少，但是可以弄到子弹的。应该搞一次袭击！请你们大家决定吧！”

“可是把老百姓弄到哪儿去呢？把婆娘们、老头子和小孩子们弄到哪儿去呀？”

“叫他们就留在这儿好了嘛！”

“你的脑袋瓜儿很聪明，可惜装到傻瓜的脖子上啦！”

在这以前坐在篱笆边上，嘁嘁喳喳地谈论着即将到来的春耕，谈论着如果要冲出包围圈去，家业怎么办的几位连长，在奇尔人说完以后，都哇啦哇啦叫嚷起来。会议立刻就变成像村民大会一样,嘈成一片,纳波洛夫村的一个上年纪的哥萨克嗓门最高,压下了众人,大声喊:

“离开自己的篱笆,我们哪里也不去!我头一个就领着我的连队回村子去!要打,就在自家门口打,我们不去救别人的命!”

“你别对我大吵大嚷嘛!我只不过在说说自己的看法,可是你,就这么哇哇乱叫!”

“有什么可说的啊!”

“叫库季诺夫自个儿去顿涅茨河吧!”

葛利高里等大家安静下来,对争论的问题说了几句有决定意义的话:

“我们就坚守在这里!要是克拉斯诺库特斯克跟我们联合,我们也保卫它!我们哪里也不去。会就开到这里。都回连队去吧!立刻就回各自的阵地去。”

过了半个钟头,当队队骑兵像不尽的滚滚巨流,沿街泻去,葛利高里心里充满了强烈的自豪感和喜悦:他有生以来还没有指挥过这么多的人马。但是心头除了这种虚荣的喜悦以外,同时又有另一番惶恐、辛酸的滋味袭来:自己能很好地统率这支人马吗?有足够的才智统率几千哥萨克吗?现在指挥的已经不是一个小小的连,而是一个师啊。他这样一个没有文化的哥萨克能掌握几千人的命运,担负起保护他们的神圣使命吗?“而且主要的是——我率领着他们去反对什么人呢?反对人民……究竟谁是谁非呢?”

葛利高里牙齿咬得咯吱咯吱直响,目送着密集的、开过去的连队。那种令人陶醉的权力欲逐渐衰退了,在他眼里已黯然失色,只剩下了惶恐和痛苦,压得他沉重难忍,背也驼了下来。

第三十七章

春天使河水欢腾起来。日子显得更有生气,碧绿的山水奔流得越来越响。太阳变得更加红艳,冬日那层惨淡的黄颜色已经褪去。太阳的光芒已经变得更加刺眼,暖气融融。中午,积雪融化,裸露出来的田地热气腾腾,鱼鳞般的、千疮百孔的残雪急不可耐地闪着银光。空气湿润、浓郁、芳香。

太阳晒着哥萨克们的脊背。鞍褥晒得暖烘烘的,使人感到异常舒服,湿润的春风把哥萨克红褐色的脸颊也吹得滋润了。有时候风又从积雪覆盖的山岗上吹来阵阵的寒气。但是温暖战胜了寒冬。群马春情初发,闹得欢腾,从它们身上飞下脱落的毛团,马汗更加辛辣刺鼻。

哥萨克们已经把麻似的马尾巴结扎起来,闪晃在骑士们背上的驼毛围巾已经显得多余了。皮帽子下面的额角被汗浸湿,短皮袄和棉袄已经穿不住了。

葛利高里率领着团队沿着夏季的大道挺进。远处,在风车后面,红军的骑兵连已经布成散兵阵形:战斗在斯维里多夫村附近打响了。

葛利高里还不会像他应该的那样,在后方指挥战斗。他亲自率领维申斯克的几个连投入战斗,堵住了最危险的地方。于是战斗就在没有统一的指挥的情况下混战一场。各团都不遵守事前的布置,各自为战。

没有战线。这就有了开展大规模运动战的可能。

拥有庞大的骑兵部队(葛利高里的队伍里骑兵占绝大多数)成了自己重大的优势。葛利高里决心利用这种优势,用“哥萨克战法”:包抄敌人的两翼,挺进敌后,摧毁辎重队,进行夜袭骚扰,瓦解红军。

但是在斯维里多夫村附近的战役中,他决定采用另一种战术:他率领着三个连飞驰到阵地上,一个连留在村子里,命令他们下马,埋伏在村边的树林里,预先把看守马匹的人都送到村子深处的各家院子里,自己带着其余的两个连飞驰到离风车半俄里远的小山岗上,逐渐地投入战斗。

与他对阵的红军兵力超过两个骑兵连。这不是霍皮奥尔哥萨克,因为葛利高里从望远镜里看到是剪短尾巴、矮小强悍的马,都不是顿河马,哥萨克是从来不剪短马尾巴的,不破坏马匹的自然美。那么进攻的准是第十三骑兵团,或者是新调来的。

葛利高里站在山岗上用望远镜观察着地形。骑在马上,他总是觉得视野更广阔,只要把靴尖蹬在马镫上,就觉得信心倍增。

他看到那支三千五百名哥萨克的红褐色长蛇般的纵队,正沿着奇尔河对岸的山岗移动。纵队蜿蜒曲折地缓慢地爬上山坡,向北面的叶兰斯克和霍皮奥尔河口地区开去,到那里去迎击从梅德维季河口方面攻来的敌人,增援已经支持不住的叶兰斯克人。

葛利高里跟正在准备冲锋的红军骑兵散兵线相距约有一俄里半。葛利高里按老规矩,急忙展开了自己的连队。并不是所有的哥萨克都有长矛,但是把那些拿着长矛的人都排在第一列,突出约有十沙绳。葛利高里跑到第一列前面,侧着身子,拔出马刀来。

"小快步前进!"

起初,他骑的那匹马因为蹄子踏在一个被雪掩盖着的田鼠洞里,打了一个趔趄。葛利高里在马上端正了身子,气得脸都白了,用刀背使劲砍了马一下子。他骑的是从一个维申斯克人那里牵来的一匹很好的战马,但是葛利高里对它却总有些放心不下。他知道,两天的工夫,马是不可能习惯自己的骑法的,而且自己也没有去熟悉它的习性和脾气,——他担心这匹还陌生的马,不会像他自己那匹在奇斯佳科夫卡附近打死的战马一样,只要稍稍动动缰绳,就明白主人的意图。马被马刀背砍了一下之后,发火了,飞奔起来,不管怎么勒缰绳,也没用。葛利高里心都凉了,甚至一时有点儿不知所措。"它会害死我的!"冒出了这样伤心的念头。但是这马越跑越稳,也越加听从那驾驭它奔驰的人的手上轻微的动作,葛利高里也就越有信心,头脑也越冷静了。有一会儿工夫,他的目光离开了迎面波浪似地涌来的分散开的敌骑兵,扫了一眼马脖子。马的两只火色的耳朵生气地紧抿着,脖子像在断头台上似的,伸得笔直,有节奏地颤抖着。葛利高里在马上挺直身子,拼命吸气,把靴子深深地踏进马镫里,回头看了看。他已经不知有多少次看到过在自己身后奔腾、轰鸣的骑兵阵容,而且每次面对这即将袭来的、不可言喻的恐怖、野蛮的兽性冲动,他的心就揪成了一团。从他放开马飞奔,直到冲到敌人面前,内心总有那么一瞬间不可捉摸的变化。在这可怕的瞬间,葛利高里的理智、冷静和心计全都化为乌有,只有兽性的本能在牢牢地控制着他的意志。如果有谁能在冲锋的那一刹那从旁边看看葛利高里的话，他可能还会认为，是冷静、清醒的头脑在支配着他的动作呢。因为从表面上看，这些动作都充满自信、准确和恰到好处。

双方之间的距离轻易地缩短了。骑士和马匹的身形变得越来越大。双方骑阵之间的一小块遍地衰草、还留有残雪的乡村公共牧场，完全被马蹄吞没了。葛利高里盯上了跑在自己连队前头约有三匹马那么远的一名敌骑。他骑的那匹深褐色高头大马，像狼一样一纵一纵地跑着。这名骑士在空中挥舞着军官用的军刀，镶银的刀鞘在腰间摇晃，直碰马镫，在阳光中闪烁，像阵阵烈焰。转瞬间，葛利高里就认出了这位骑士。这是一个卡尔金斯克的外来户共产党员，名叫彼得·谢米格拉佐夫。一九一七年——那时候还是个二十四岁的小伙子——他打着一副前所未见的裹腿，头一个从德俄战场上跑回家来；同时还带回了对布尔什维克的信仰和在战火中锻炼出来的坚定刚强的性格。是一名坚定的布尔什维克。在红军中服役，在暴动发生前从部队回到镇上来建立苏维埃政权。正是这个谢米格拉佐夫在信心十足地驾驭着战马，姿势优美地挥舞着在搜查时缴获来的专为检阅用的军官马刀。

葛利高里龇着咬得紧紧的牙齿，抖了抖缰绳，马就听话地加快了速度。

葛利高里在冲锋的时候，有一种他独具的劈刺方式。当他的听觉和视觉辨认出是一位劲敌的时候，或者是当他要不顾一切，准确地给敌人致命的一击的时候，他就采用这种劈刺方式。葛利高里从小就是左撇子。连拿勺子和画十字都用左手。潘苔莱·普罗珂菲耶维奇为此曾狠揍过他不知多少次，连同年的孩子们都管他叫“左撇子葛利什卡”。打骂大概对年幼的葛利什卡发生了作用。从十岁时候起，他就改掉了用左手代替右手的习惯，“左撇子”这个外号也没人叫了。但是他一直到今天还能用左手做右手能做的一切事情。左手的力气甚至更大些。冲锋时，葛利高里利用这种优势，总是非常奏效。他拨马冲向选准的敌人，通常也跟大家一样，从左边绕过去，以便用右手去砍；而那个即将与葛利高里交手的人，也是这样想法。于是等到离敌人只剩十来沙绳远，而且那个人已经把身子略微倾斜，举起马刀的时候，——这时葛利高里陡然，但不动声色拨马绕到右面，把马刀换到左手里去。沮丧的敌人被迫临时改变姿势，因为从右向左，隔着马头，砍起来很不习惯，就失去了信心，感到情况不妙……葛利高里竭尽全力，拼命砍去，同时使劲把刀往后一带。

“锅圈儿”教给葛利高里“巴克拉诺夫劈刺法”，已经是很久以前的事了。在两次战争中，葛利高里已经“锻炼”成了高手。掌握马刀劈刺技术可不像扶犁把那样容易。他在劈刺技术上颇有独到之处。

为了能在一瞬间把马刀从一只手换到另一只手，所以他从来不在刀把上拴穗头。他知道在猛烈劈刺时，如果刀的斜度不准确，刀就会从手里飞出去，甚至手腕子会脱臼。他练出一手很少有人会的高招，只要轻轻一下，就能把敌人手里的武器打掉，或者是轻轻一触，就使敌人的胳膊麻木不举。葛利高里对用冷兵器厮杀的学问有很深的造诣。

砍葡萄藤的时候，如果快刀削去，斜砍断的藤条可以连颤动都不颤动就落下来，葡萄架的柱子晃都不晃。哥萨克的马刀砍下来的藤条尖头，能轻轻地扎进原株旁边的沙土里。有点像喀勒梅克人的、漂亮的谢米格拉佐夫就是这样轻轻地从马鞍子上滑下来，用手巴掌紧捂住被斜砍了一刀的胸部，落在直立起来的马下。全身散发出临死的凉气……

就在这时，葛利高里在马上挺直了身子，立在马镫上。第二个红军骑兵已经控制不住自己的马，没头没脑地朝他冲来。葛利高里隔着高仰起、流着汗沫的马头，还看不到那个骑兵，但能看见马刀和弯曲的斜背和乌亮的刀刃。葛利高里使出全身的劲儿勒了一下马缰绳，躲开劈来的一刀，——把右面的缰绳往手里收紧着，朝敌人弯下去的、刮得光光的红脖子砍去。

他头一个从混战的人群中冲杀出来。眼前是一片蚂蚁似的蠢动的骑兵。手巴掌上是一阵阵的神经质的刺痒。他把马刀插回刀鞘，拔出手枪，策马全速奔回。哥萨克们也跟着他狂奔而来。各连已经跑得七零八落。忽而这里，忽而那里，出现一顶顶趴在马脖子上的高筒皮帽子和系着白箍、带护耳的大皮帽。一位熟识的下士，戴着一顶狐狸皮的三扇帽，穿着保护色的短皮袄，在葛利高里身旁跑着。他被砍掉一只耳朵，腮帮子一直伤到下巴颏，胸膛像只打烂的、装着熟透的樱桃的篮子，龇着牙，满口鲜血。

本来已经动摇，且有半数已飞驰回去的红军骑兵，又掉转马头杀了回来。哥萨克们的退却又使他们振作起来，追赶上来。一个落在后面的哥萨克被像秋风扫落叶似地打下马，被乱马踏进雪地里去。眼看就跑到村子了，花园里黑乎乎的树丛、山岗上的小教堂、宽阔的胡同，已经历历在目。离埋伏着一个连的村外树林只剩下不到一百沙绳远了……从马背上淌下汗珠和鲜血。葛利高里一面跑着，一面气愤地压着手枪扳机，把打不响的手枪塞回枪套去(子弹卡住了)，厉声喊：

“散开！！！”

哥萨克连队汇成的急流，像汹涌的河水撞到兀立中流的石崖上，平稳地分成两支流去，把追击的红军骑阵暴露出来。埋伏在树林子里的那个连就从树丛中朝着红军骑阵一排齐射，接着第二排，第三排……喊声四起！有匹马连同骑在身上的红军战士，一头栽在地上。另一匹膝盖一弯，脑袋扎进雪里，一直扎到耳根。子弹又把三四名红军战士打下马来。直到其余的红军骑兵在狂奔中挤成一团，掉转马头，哥萨克们又对他们打了一排子弹，枪声才沉默了。葛利高里刚刚声嘶力竭地喊了一声：“连队！……”上千只马蹄已经踏着烂雪，急转弯，追了上去。但是哥萨克们追的劲头不大：战马已经疲惫不堪。追了有一俄里半，就回来了。他们剥下打死的红军士兵身上的衣服，卸下打死的战马身上的鞍子。独臂的阿廖什卡·沙米利找到了三名受伤的红军士兵。他叫他们脸朝篱笆站好，依次砍死。事后，哥萨克们挤在被砍死的红军士兵旁边待了半天，抽着烟，仔细察看那几具尸体。三具尸体有一个共同的特点：都是被从锁骨斜劈到腰。

“看，我把三个变成六个啦。”阿廖什卡眨着眼睛，抖动着脸颊，吹嘘说。

大家都奴颜婢膝地请他抽烟，都带着明显的尊敬表情看着阿廖什卡那不大的、也不过像个葫芦瓜那么大的拳头，看着他那把棉袄撑得鼓鼓囊囊的大胸脯。

披上军大衣、大汗淋漓的战马站在篱笆旁边打哆嗦。哥萨克们在紧马肚带。胡同里，大家在井边排队打水。很多人牵着疲惫不堪、拖着腿走的战马在遛。

葛利高里带着普罗霍尔和另外五个哥萨克走在前头。他好像从眼睛上摘下了眼罩似的。又跟冲锋之前一样,他又看见了普照大地、融化着草堆边的残雪的太阳,听见了遍村都是春天麻雀的喳喳叫声,闻到了一阵阵的已经飘到门口、淡淡的春天气息。生命重又回到他身上来了,并没有因为不久前的流血显得暗淡衰萎,反而由于可怜、虚幻的喜悦显得更富于诱惑力了。在已经融化了的黑土地上,残雪总是显得更诱人、更明亮……

第三十八章

暴动像洪水一样,波涛汹涌,泛滥开去,淹没了整个顿河地区以及顿河两岸方圆四百俄里的广大草原。二万五千名哥萨克又骑上了战马。顿河上游的各村提供了一万名步兵。

战争达到了空前未有的规模。反革命的顿河军在顿涅茨河沿岸建立了战线,以掩护新切尔卡斯克,准备进行有决定性的战役。暴动扰乱了与白军对抗的红军第八军和第九军的后方,使本来就难于实现的控制顿河地区的任务变得无限复杂化了。

四月里,共和国革命军事委员会已经清楚地面临着巨大的威胁,这是叛军与白卫军战线的联合。

无论如何要抢在叛军从后方把红军阵地吃光并与反革命的顿河军会师以前,把暴乱镇压下去。开始调集战斗力强的部队去镇压暴动:由一些水兵团——波罗的海和黑海的海军,一些可靠的步兵团、铁甲车队和特别勇猛的骑兵部队组成一支清剿部队。把博古卡尔野战师的五个团全部从前线撤下来,他们拥有八千多人,几个炮兵连和五百挺机枪。四月里,卡赞和坦波夫的学生军已经英勇地战斗在卡赞斯克地区的叛军阵地上,过了一些日子,全俄中央执行委员会军官学校的队伍也开来了,拉脱维亚的步兵也在舒米林斯克附近与叛军厮杀起来。

哥萨克由于缺乏战斗装备急得喘不过气来。起初是没有足够的步枪。子弹也打光了。要靠流血牺牲去夺取枪支、子弹。要靠冲锋或者夜袭夺取。他们也正是这样干的。四月里,叛军已经有了足够的步枪,六个炮兵连和将近一百五十挺机枪。

在暴动刚开始的时候,维申斯克的军火库里存有五百万个空子弹壳。区苏维埃动员了手艺最好的铁匠、钳工和制枪匠。在维申斯克建立了一个制造枪弹的作坊,但是没有铅,无法铸造弹头。于是区苏维埃号召各村收集铅和铜。把蒸汽磨坊的全部存铅和锡都征用了。派出骑马的信使带着简短的号召书到各村去散发:

> 你们的丈夫、儿子和弟兄已经没有子弹射击啦……他们只能用从该死的敌人手里夺来的子弹射击。
>
> 请你们把家里的一切可以用来铸造子弹的东西都捐献出来吧!请你们把风磨上的铅丝筛子卸下来捐献了吧。

过了一个星期,全区里已经没有一座风磨上还装着有铅丝的筛子了。

"你们的丈夫、儿子和弟兄已经没有子弹射击啦……"于是婆娘们就把一切合用和不合用的东西都送到村苏维埃去了,曾经在那里打过仗的各村的孩子们从墙上往下抠霰弹,翻开土地,寻找炮弹片。然而就连这项工作,大家的思想也并不一致;一些贫苦妇女由于不愿意毁掉自己家里仅有的几件器具,被戴上"同情红军"的帽子逮捕起来,押到区里去。在鞑靼村,一些富裕的老头子,竟为两句不慎讲的闲话:"叫财主去毁坏风磨吧,他们大概认为红军比破产还可怕。"就把从部队里回来休假的"生铁头"谢苗打得头破血流。

收集的铅都在维申斯克的作坊里熔化了,但是铸出来的子弹因为没有镍皮,还是要熔化……土法制造的枪弹,在射击以后,铅块从枪膛里飞出去,发出奇怪的呜呜咕咕的叫声,也只能打一百或一百二十沙绳远。然而被这种铅弹打伤了是非常可怕的。红军战士了解到这种情况以后,有时候在跟哥萨克侦察兵在近距离相遇时,就大声喊话:"用你们的甲虫射击呀……快投降吧,反正我们要把你们都打垮!"

三万五千名叛军编成了五个师，另编了一个第六独立旅。第三师由叶戈罗夫指挥，在梅什科夫斯克——谢特拉科夫地区作战。第四师驻守在卡赞斯克——顿涅茨科耶——舒米林斯克地区。指挥这一师的是孔德拉特·梅德韦杰夫准尉；这个人从外表看，神色忧郁，可是打起仗来却勇猛异常，简直像个魔鬼。由乌沙科夫指挥的第五师战斗在斯拉谢夫斯克——布坎诺夫斯克一线。梅尔库洛夫指挥的第二师在叶兰斯克一带的村庄——从霍皮奥尔河口到戈尔巴托夫方面作战。第六独立旅也在这一带活动，这个旅组织严密，几乎没有受过损失，因为指挥这个旅的是马克萨耶夫的哥萨克博加特廖夫准尉，此人处事周密、谨慎，从不冒险，决不拿人去做无谓的牺牲。麦列霍夫·葛利高里把他指挥的第一师布置在奇尔河沿岸。他驻守的这个地区是整个战线的前卫地带，从前线上抽调下来的红军部队不断从南面向他压来，但是他不仅顶住了敌人的进攻，而且还能援助兵力较弱的第二师，调出一部分步兵和骑兵连队去救援。

暴动没有能发展到霍皮奥尔和梅德维季河口地区各集镇。那里也出现过骚动，从那里来过一些急使，请求部队向布祖卢克和霍皮奥尔河上游推进，以便发动那里的哥萨克起来暴动，但是叛军司令部不打算冲到顿河上游地区的边界以外去，他们知道霍皮奥尔河地区的基本群众倾向于苏维埃政权，而且是不愿意拿起枪来暴动的。就是那些急使也不敢保证一定会成功，他们坦白地说，各村对红军不满的人并不太多，说那些残留在霍皮奥尔河地区偏僻村庄里的军官也都藏匿起来了，要想组织起大规模同情暴动的队伍是不可能的，因为上过前线的哥萨克们或者待在家里，或者是跟红军走了，而老头子们则像牛犊子似的被关进了牛棚，这些人既没有力量，也没有先前的威望。

乌克兰人聚居的南部各乡，红军把青年人动员了起来，加入了博古恰尔野战师，跟叛军打仗的劲头儿很足。暴动被封锁在顿河上游地区范围内，所有的人，上自叛军司令部，都越来越清楚地看到，想要长期保卫家乡是不可能的，——早早晚晚，红军一定要从顿涅茨回师反击，消灭他们。

三月十八日，库季诺夫把葛利高里·麦列霍夫召到维申斯克去开会。葛利高里把师的指挥工作委托给自己的副手里亚布奇科夫，一清早就带着传令兵到区上去了。

葛利高里来到司令部的时候，库季诺夫在萨福诺夫的陪同下，正跟阿列克谢耶夫斯克镇的一位急使在谈判，库季诺夫驼着背，坐在写字台边，用干瘦、黝黑的手指玩弄着高加索式的皮带头，没有抬起由于连夜不眠而肿胀的、红红的眼睛，向坐在他对面的哥萨克问：

“可是你们自己呢？你们自己怎么想呢？”

“这个嘛，我们当然……我们自己也很不顺手……谁能知道，别人心里怎么想的，打算干什么呢。可是，你知道，这儿的老百姓是个什么样子吗？他们都胆怯得很。他们想干，可是又害怕……”

“‘想干’！‘害怕’！”库季诺夫气得脸色灰白，大声喊叫，在圈椅里扭来扭去，好像椅座烫他的屁股，“你们都像些美貌的大姑娘！又想，又怕疼，又怕妈妈不答应。好啦，滚回你的阿列克谢耶夫斯克去吧，告诉你们那些老头子，就说如果你们自个儿不干起来，我们连一个排也不会派到你们地区去。就让红军把你们一个一个地都绞死吧！”

哥萨克紫胀的手，艰难地把毛光闪亮的狐皮帽子推到后脑勺上。汗珠顺着额角的皱纹，就像春水顺着小沟一样，滚滚流下，淡白的短睫毛不停地眨着，眼睛却在遗憾地笑着。

“当然，只有魔鬼才会把你们赶到我们那儿去。但是问题是怎么打响第一炮。这第一炮是最重要的……”

葛利高里留心听着他们的谈话，退到一边去，——一个穿着短皮上衣、个子不高、留着黑胡子的人，没有敲门就从走廊里闯了进来。他和库季诺夫点头问候之后，用白净的手掌托着脸颊，在桌边坐下。葛利高里认识司令部的所有参谋人员，但是这个人却是头一次看见，就仔细地看了看。面部轮廓纤细，脸色黝黑，但是并非风吹日晒的黑色，柔嫩的白毛，完全是知识分子的风度，——所有这一切都说明他不是本地人。

库季诺夫用眼睛看着陌生人，对葛利高里说：

“你们认识一下吧，麦列霍夫。这位是格奥尔吉泽同志。他……”他迟疑了一下，玩弄着腰带上发黑的银饰，站起身来，朝着阿列克谢耶夫斯克镇的急使说，“好啦，老乡，你走吧。我们现在要办公事啦。回家去,把我的话转告给该告诉的人。"

那个哥萨克从椅子上站起来。他头上戴的火红的、闪着黑茸毛的狐皮三扇帽几乎顶到天花板了。哥萨克的大宽肩膀遮蔽了透进来的光亮,屋子里马上显得又小又挤。

"你是来请救兵的吗?"葛利高里问,手掌上一直还留着跟这个高加索人握手的不愉快感觉。

"对,对!是来请救兵的。你瞧,结果弄成这样……"哥萨克很高兴地转身朝着葛利高里说,想得到他的支持。被火红的皮帽一衬,他那彤红的脸显得那么神色慌张,汗流满面,连大胡子和上唇上耷拉着的红胡髭都好像洒满了小水珠。

"你们也不喜欢苏维埃政权吗?"葛利高里装作没看见库季诺夫不耐烦的样子,继续询问。

"老弟,这个政权现在还算好,"大块头的哥萨克审慎地低声说,"不过我们担心以后会变坏。"

"你们那儿有过枪毙人的事儿吗?"

"没有,上帝保佑!没有听说过这种事儿。唉,这么说吧,抢马、抢粮食,这是常事。还有,当然也逮捕过一些说反对他们话的老百姓。总而言之,一片恐怖。"

"如果我们维申斯克的部队开到那儿去,你们能发动起来吗?能把大伙都发动起来吗?"

哥萨克那被太阳光染成金色的小眼睛狡狯地眯缝起来,避开葛利高里的视线,皮帽子这时也滑到了因皱眉思索而隆起了一道道皱纹的额角上。

"把大伙都……这很难说,不过家业厚实的哥萨克当然是会起来干的。"

"那些穷苦的、没有家业的人呢?"

在此以前,一直盯着这个哥萨克眼睛的葛利高里,现在遇到了他那孩子似的惊愕的、正视着他的目光。

"嗯!……那帮游手好闲的家伙还会不喜欢吗?这个政权使他们如鱼得水,高兴得像过节一样!"

“你这个混账东西!”库季诺夫已经毫不掩饰自己的愤怒,大声喊,他坐的圈椅也拉着长声吱扭吱扭地叫起来,“你干吗要来怂恿我们去呀?难道你们那儿都是财主吗?如果一个村子只有两三户人家起来干,那叫什么暴动呀?赶快从这儿滚出去!滚,听见没有?!红公鸡还没有啄你们的屁股呢,等它啄到你们的时候,你们就是没有我们帮助也会拿起枪来打的!你们这些狗崽子,躲在别人背后平平安安地耕地耕惯啦!你们还是躺在炉炕上用热稗子焐着去享福……好啦,滚,滚!我一看见你他妈的就恶心!”

葛利高里皱起眉头,扭过脸去。库季诺夫脸上的红斑越来越红。格奥尔吉泽在拧着小胡子,翕动着弯弯的、像刀削似的鹰钩鼻子。

“既然是这样,那就请你多多原谅。不过,老爷,请你不要叫嚷,不要吓唬人,事情可以好好商量嘛。我已经把我们的老头子们的请求转达给你们,把你们的答复带给他们,有什么可叫嚷的呀!信仰正教的人要被人咒骂到什么时候呀?白军咒骂,红党也咒骂,现在你也咒骂起来啦,哪个政权都要显显自己的威风,还要粗鲁地跟我们开开玩笑……唉,我们农民的日子太惨啦,简直像被癞狗舔过一样!……”

哥萨克愤怒地把皮帽子往脑袋上一扣,像一块大石头似的滚到走廊里去,轻轻地关上门;但是到了走廊里却把愤怒全都发泄出来,砰的一声使劲把外面的门关上,震得墙上的石灰屑纷纷落到地上和窗台上,足足持续了有五分钟之久。

“你瞧瞧吧,老百姓变成什么样子啦!”库季诺夫玩弄着皮带,变得越来越和蔼,高兴地笑着说,“一九一七年的春天,我到车站去,正是春耕时节,复活节前后。自由自在的哥萨克们在翻耕田地,他们简直自由得发昏啦,竟把所有的道路都翻耕啦,——就像他们的土地还太少似的!在托金村外,我招呼了一个耕地的人到我的马车前。问他:‘你这家伙怎么把道路都给耕啦?’小伙子有点儿害怕了,连忙说:‘我再也不耕啦,真对不起,我可以把道路垫平。’我又用这种方法吓唬过两三个人。车一赶出格拉切夫——道路又都耕啦,有个庄稼人正扶犁耕呢。我大声喊:‘喂,过来!’他走了过来。‘你有什么权力把道路耕啦?’这家伙瞅了我一眼,是个很英俊的年轻哥萨克,两眼炯炯有神,然后一声没吭,掉头就往牛那里跑去。跑到牛跟前,从牛轭里抽出一根铁棍,又跑到我面前来。抓住车沿,跳到踏板上,说:'你他妈的是什么东西,你们吸我们的血要吸到什么时候?怎么样,我一下子把你的天灵盖敲碎,愿意吗?'他用铁棍朝我直比划。我说:'你怎么啦,伊万,我是跟你闹着玩的呀!'而他却说:'我现在可不是什么伊万啦,而是伊万·奥西佩奇,你这么无礼,我要给你一耳光了!'你相信吧,我好容易才脱了身。这家伙也是这样:先是哼哼唧唧,磕头央告,可是最后,却真相毕露。老百姓的自豪感显露出来啦。"

"是他们的蛮劲横劲儿苏醒啦,而且形之于外,并不是什么自豪感。蛮横无礼已经合法化啦。"那位高加索中校泰然地说,也没有等别人说出不同看法,就结束谈话说,"请开会吧。我很想今天就到团里去。"

库季诺夫敲了敲隔墙,喊道:

"萨福诺夫!"然后又对葛利高里说,"你也参加,咱们一起合计合计。俗话不是说,'两个人的主意,总比一个人的好'吗?咱们很走运,格奥尔吉泽同志出于偶然,羁留在维申斯克,现在来帮助咱们啦。他是中校,参谋大学毕业。"

"您是怎么羁留在维申斯克的?"葛利高里不知道为什么心里发冷,警惕起来,问。

"我害了伤寒,从北方战线上撤退的时候,把我留在杜达列夫斯克村。"

"您在哪个部队待过?"

"我吗?不,我不在战斗部队工作。我在司令部特工组。"

"哪个组?是西特尼科夫将军领导的那个组吗?"

"不是……"

葛利高里还想再问几句,但是格奥尔吉泽中校脸上的表情不知道为什么突然变得十分紧张集中,使人觉得再问下去,就很不知趣了,于是葛利高里说了半句就咽回去了。

不久参谋长萨福诺夫、第四师师长孔德拉特·梅德韦杰夫和粉面白齿的准尉——第六独立旅旅长——博加特廖夫都来了。会议开始了。库季诺夫根据战报向参加会议的人汇报了前线情况。中校第一个要求发言。他缓缓地把三俄里缩为一英寸的地图在桌子上摊开,流畅地、胸有成竹地带点儿外乡口音说:

“我认为首先必须从第三和第四师的预备队中抽调部分部队,投到麦列霍夫那个师和博加特廖夫准尉的独立旅据守的阵地。根据我们得到的秘密情报和从俘虏那里了解的情况,可以明显地看出,红军司令部准备在卡缅卡——卡尔金斯克——博科夫斯克地区上给咱们一次严重的打击。从投过来的红军士兵和俘虏的供词中得知,红军第九军司令部从第十二师调出两个骑兵团、五支阻击部队,配备着三个炮兵连和几个机枪队,从奥布利维和莫罗佐夫斯克调到这一线上来了。根据粗略的估计,这些增援部队可使敌人得到五千五百兵员。这样一来,毫无疑问,他们已经拥有了数量上的优势,更不用说他们还拥有武器上的优势了。”

像向日葵花朵一样的黄色太阳,透过十字形的窗格子,从南面照进了屋里。浅蓝色的烟团一动不动地挂在天花板下面。辛辣的农家烟草气味和汗湿的靴子的臭气混成一片。天花板下面,一只被烟呛得要死的苍蝇在拼命地嗡嗡叫。葛利高里昏昏沉沉地望着窗外(他一连两夜没有睡觉了),肿起的眼皮像铅一样沉重,睡意和烧得很热的屋子里的暖气一同渗进了他的身体,昏昏如醉的倦意使他的意志和思想意识都软弱、模糊起来。而窗外,从顿河下游吹来的春风在呼啸,巴兹基村外山岗上的残雪闪耀着粉红色的光芒,顿河对岸的杨树梢被风吹得摇晃得那么厉害,以致葛利高里看着,仿佛就听到了它们发出的、不断的沙沙声。

中校清晰、有力的声调吸引了葛利高里的注意。他振作精神,细心倾听起来,蒙眬的睡意不知不觉地消失了,化为乌有。

“……敌人在第一师阵地上活动的减弱以及顽强地企图把攻势转向米古林斯克——梅什科夫斯克一线,这使我们不能不提高警惕。我认为……”中校把“同志们”这三个字咽了回去,已经在用他那女人一样白皙透亮的纤手恶狠狠地做着手势,提高了嗓门说,“库季诺夫总司令在萨福诺夫的支持下,正在铸成一个重大的错误:把红军的这种佯动信以为真,要削弱麦列霍夫那个师防区的兵力。诸位,请原谅!诱开敌人的兵力,声东击西,这是起码的战略常识……”

“但是麦列霍夫并不需要预备团。”库季诺夫打断他的话,辩解说。

“恰恰相反!我们应该把第三师的部分预备队留在身边,以便在战线被突破时,有可用的兵力来堵上缺口。”

“看来,库季诺夫根本不想问我,是不是愿意拨给他预备队,”葛利高里气哼哼地说,“可我是不会给的。一个连也不给!”

“得啦,老弟,这……”萨福诺夫含笑摸弄着焦黄的胡子尖,拖着长腔说。

“用不着什么‘老兄老弟’的!不给——就是不给!”

“从战略意义上说……”

“请你不要跟我说什么战略意义。我要对我的战区和我的人员负责。”

格奥尔吉泽中校终止了这场意外的争论。他用手里的红铅笔画了一道虚线,勾出遭受威胁的地区,等与会的人的脑袋都伸到地图上的时候,大家都不容置辩地清楚认识到,红军指挥部正在准备进攻的打击方向,只能是南部战区,因为这个地区距顿涅茨河最近,交通运输方便。

过了一个钟头会议结束了。外表和秉性都像狼似的、落落寡合的孔德拉特·梅德韦杰夫,由于没有什么文化,会议期间一直沉默不语,最后皱着眉头,看着大家,说:

“我们当然可以帮麦列霍夫的忙。我们有多余的人马。只有一个念头使我不能安心,真他妈的烦人!如果敌人从四面八方向我们压来,那时候往哪儿跑呀?他们把咱们赶到一起儿,咱们被团团围困,就像蛇群在洪水围困的一个小岛上一样。”

“蛇会泅水,可你我却不会泅水呀!”博加特廖夫哈哈大笑着说。

“我们也考虑过这个问题,”库季诺夫若有所思地说,“那也没有什么了不起,真到穷途末路的时候,我们就扔下所有不能打仗的人,扔下家眷,且战且走,打过顿涅茨河去。我们的兵力也很可观呀,三万多人呢。”

“士官生肯收留咱们吗?他们可恨透了我们顿河上游的哥萨

克了。”

“母鸡还趴在窝里呢,就算计起鸡蛋……这有什么好谈的!”葛利高里戴上帽子,走到走廊里。在门口听见格奥尔吉泽哗啦哗啦地卷着地图,回答说:

“维申斯克人以及全体起义的部队,如果能继续这样英勇地与布尔什维克战斗,将功折罪,就没有什么对不起顿河和俄罗斯……”

“他嘴里这样说,心里却在嘲笑,坏蛋!”葛利高里谛听着他说话的声调,心里想。又跟刚才遇到这个突然在维申斯克出现的军官时那样,葛利高里感觉到某种不安和毫无来由的愤恨。

库季诺夫在司令部的大门口追上了他。他们默默地走了一会儿。遍地牲口粪的广场上,春风沙沙作响,吹皱了水洼里的积水。已近黄昏。一团团沉重的白云,就像在夏天一样,天鹅般地、慢悠悠地从南方飞来。融化了的土地的湿润的芬芳气息令人神爽。篱笆边的草已经返青,而且这一回,春风真的从顿河对岸送来白杨树林的喧嚣声。

“顿河就要开冻啦。”库季诺夫咳嗽着说。

“是呀。”

“见他妈的鬼……完蛋啦,连烟都没有抽的。一缸子旱烟叶就要四十卢布克伦斯基票子。”

“你说说看,”葛利高里一面走,一面扭过身子,严厉地问,“这位契尔克斯军官在你这儿干什么?”

“你是说格奥尔吉泽吗? 是作战处长。是一个很有头脑的厉害家伙! 是他在制定作战计划。在战略方面比咱们大伙都高明。”

“他经常待在维申斯克吗?”

“不不……我们暂时要派他去切尔诺夫斯基团的辎重队出差。”

“那他怎么干他的作战处长的工作呢?”

“你知道吧,他是常来常往。几乎天天如此。”

“你们怎么不把他留在维申斯克呢?”葛利高里想弄个清楚,继续在盘问库季诺夫。

库季诺夫一直在咳嗽,用手巴掌捂着嘴,勉为其难地回答说:

“怕叫哥萨克们看到了不方便。你知道,他们,这些老哥儿们,是些什么样儿的人吗？他们会说：‘军官老爷们又骑到我们脖子上，干自己的勾当啦。又要戴肩章……’以及其他诸如此类的怪话儿。”

“像他这样的人我们部队里还有吗？”

“在卡赞斯克有两个，或者三个……葛利沙，你不要过于心烦。我看得出你的心事。亲爱的，咱们除了去投奔士官生，再也没有别的出路。是不是这个理儿呢？难道你还想用十来个集镇建立自己的共和国吗？这是痴人说梦……咱们要跟他们联合起来，去向克拉斯诺夫请罪，对他说：‘请不要责怪我们吧，彼得罗·米科莱奇，我们是一时糊涂，放弃了阵地！’……”

“是一时糊涂吗？”葛利高里追问说。

“不是糊涂又是什么呢？”库季诺夫露出真诚的惊异神色回答说，小心地绕过了一个小水洼。

“可是我有个想法……”葛利高里脸色阴沉，苦笑着说，“我倒认为，我们起来暴动才是一时糊涂呢……你可听见过霍皮奥尔人是怎么说的吗？”

库季诺夫默不作声，从一旁好奇地看着葛利高里。

他们在广场外边的十字路口上分了手。库季诺夫走过小学校，回家去了。葛利高里又回到司令部，举手招呼传令兵牵马过来。他已经骑在马上，慢条斯理地整理着缰绳、步枪背带，一直还想弄清，自己在司令部看到那位中校时产生的那种莫名其妙的敌意和警惕心情究竟是怎么一回事，可是突然心里一惊，想道：“如果是士官生故意把这些有学问的军官留在我们这儿，为了在红军的后方把我们鼓动起来，并按他们的方式，有学问人的方式来指挥我们行事呢？”意识马上幸灾乐祸地、殷勤地给他提示出猜测和论据。“他不说在什么部队待过……支支吾吾……说是参谋人员，可是根本就没有什么司令部从这儿经过呀……有什么鬼理由把他发送到像杜达列夫斯克这样偏僻的地方去呢？是啊，绝不是毫无原因的！我们把祸闯下来啦……”于是又对现实生活妄加臆测一番，心情更坏，痛苦地下了结论：“这些有学问的人把我们搞得晕头转向……老爷们叫我们上当啦！操纵我们，去为他们卖命。看来，就是一件小事——也是谁都不能相信的……”

到了顿河对岸，他放马飞驰而去。只听见传令兵的马鞍子在身后咯吱咯吱地响，传令兵是奥利尚斯基村的一个优秀、勇敢的哥萨克。葛利高里总是挑选这种能跟他一起“赴汤蹈火”的人，挑选这种早在对德战争中经得起考验的人放在自己身边，这个传令兵——过去是侦察兵——一路什么话也没说，迎风跑着，大手巴掌里握着一块香喷喷的向日葵秆烧的火绒，用火石打着火，抽起烟来。当他们从山坡上驰下来，到了托金村时，他向葛利高里提议说：

“要是没有必要忙着赶路，咱们就宿夜吧。马都跑累啦，在这儿喘喘气吧。”

他们在丘卡林宿夜。一路风寒，现在在这几间房子相连的农舍里，简直就像在自己家里一样舒适温暖。土地上散发出咸津津的牛羊尿味，从炉子里飘出像用白菜叶垫着烤的新鲜面包味。葛利高里很不高兴地回答女主人的问话，这是个哥萨克老妇，三个儿子和老头子都在叛军中。她语声低沉，毫不客气地以长者自居，一开始就粗鲁地警告葛利高里：

“虽说你是个头头，是指挥那些哥萨克笨蛋的司令官，可是我这个老太婆可不买你的账，你是儿子辈的。请你，我的宝贝儿，跟我好好说说吧。不然你总在那里打呵欠，像是不把婆娘们看在眼里，不愿意跟老娘儿们说话似的。你还是尊重我们一点儿吧！我已经把三个儿子，外加上老头子，简直是作孽呀，都送去打你们的战争——该死的战争——去啦。你现在指挥他们，可是他们，我的儿子却是我生的、养的、喂大的呀，我用裙子兜着他们上瓜田菜园，我为他们受了多少罪呀。这可不是什么容易事呀！你用不着翘尾巴，装腔作势，跟我好好说说——很快就会讲和吗？”

“快啦……你睡觉吧，老大娘！”

“快啦快啦！到底是怎么个快啦？用不着你打发我去睡觉，这儿的主人是我，不是你。我还要到院子里去抱小羊崽呢。夜里要把它们抱进屋来，它们还太小。复活节前能讲和吗？”

“我们把红军赶跑了，就天下太平啦。”

“请你说说看！”老太婆把肿胀的、干活累的和被关节炎弄得变形的双手放到瘦尖的膝盖上，伤心地咂吧着樱桃皮似的干瘪的深棕色嘴唇，“他们碍你们什么事啦？你们为什么要跟他们打呀？人们简直都发疯啦……你们这些该死的东西，你们喜欢玩枪，喜欢骑马抖威风，可是我们这些做母亲的心里是什么滋味呀？打死的不全是我们的儿子吗？想出了些什么该死的战争来……”

“难道我们就不是母亲的儿子，倒是狗崽子吗？”葛利高里的传令兵被老太婆的话气得怒火中烧，恶狠狠地哑着嗓子顶撞她说，“敌人在残杀我们，你却说‘我们喜欢骑马抖威风’！好像母亲比那些被残杀的人还要痛苦似的！唉，你这个上帝的宝贝儿，活到头发都白啦，还在这儿唠叨起来没个完……山南海北，胡说一气，不让人睡觉。”

“有你睡的，傻东西！你瞪什么眼呀？像只狼似的，从进来一声也不吭，突然就不知道为什么发起脾气来啦。瞧你！气得连嗓子都哑啦。”

“她是不会让咱们睡觉的啦，葛利高里·潘苔莱维奇！”传令兵绝望地哼了一声，埋怨道，他气得打火吸烟，拼命打火镰，从火石上迸出阵阵的火星。

火绒燃烧着，冒着烟，散发出一股难闻的气味，传令兵恶毒地把哓哓不休的女主人臭骂了一通：

“老大娘，你简直像只黄蜂，烦死人了！如果你的老头子在前线上被打死的话，他准会高兴得不得了。一定会说：‘感谢上帝，我可从老太婆手里解脱出来啦，愿她来日舒服地安息吧！’”

“愿你舌头上长疔疮，恶鬼！”

“睡吧，老大娘，看在基督的面上。我们已经三夜没有睡觉啦。睡吧！为了这样的事儿气死了是可以不举行圣餐式的。”

葛利高里很费了点儿力气才使他们两位和解了。蒙眬入睡，亲切愉快地感觉到盖在身上的羊皮袄的带酸味的暖气，睡梦中依然听到门响了一声，一阵冷风和一股热气裹在他腿边。接着小羊羔在他耳边尖声地叫起来。小蹄子踏得土地笃笃地响，屋子里弥漫着清新悦人的干草、新鲜的羊奶、严寒和牲口棚的气味……

葛利高里半夜醒来，他睁着眼睛躺了半天。封起的炉洞里的炭火，在蛋白色的灰烬下闪着红光。几只小羊崽挤在一起，躺在炉门口最热的地方。在午夜香甜的寂静中，可以听到它们睡梦中咬牙的咯吱声和偶尔打喷嚏和喷鼻声。高远的满月照进窗户。一只闹个不休的小黑山羊在地上一方块淡黄的月光中又蹦又跳。月光中闪着一道倾斜的珍珠般的尘土。屋子里是一片绿中透黄、几乎像白昼一样的光亮。小壁炉边上的一块破镜片闪闪发光，只在正对着门的墙上，银质圣像上的衣饰的光亮显得暗淡、阴郁……葛利高里又想起在维申斯克开会的情形和霍皮奥尔派来的那个急使，想起了那位中校、他那种与众不同的知识分子仪表和说话的风度，——感到一种不愉快的、令人心烦的不安。小山羊爬到皮袄上来，站在葛利高里的肚子上，抿着耳朵，笨头笨脑地察看了半天，然后壮起胆子，跳了两跳，忽然叉开四条鬈毛小腿。一道羊尿的细流嗞嗞响着，从皮袄上流到睡在葛利高里身旁的传令兵伸出的手掌上。传令兵哼哼着醒了过来，把手在裤子上擦了擦，伤心地摇了摇脑袋。

"把我的衣服全尿湿啦，该死的东西……滚开！"愉快地朝小山羊角上弹了一下。

小山羊尖叫了一声，从皮袄上跳下去，后来又走过来，用粗糙、温暖的小舌头把葛利高里的手舔了半天。

第三十九章

施托克曼、科舍沃伊、伊万·阿列克谢耶维奇和另外几个做民警工作的哥萨克，从鞑靼村逃出来以后，就加入了第四后阿穆尔团。这个团在一九一八年初，从德国前线撤下来的路上就全部加入了一支红军部队，而且在国内战争的各条战线上转战一年半之后，仍然保存下了基本骨干。后阿穆尔人的装备精良，战马都喂得很肥壮，受过很好的训练。这个团的战斗力强、军心稳定、纪律严明，战士的训练有素的骑术，很有点儿名气。

顿河上游地区的暴动一开始。后阿穆尔人就在第一莫斯科步兵团的支援下，几乎是独当一面地顶住了企图冲向梅德维季河口去的叛军的进攻；后来援军开到了，这个团集中兵力，牢固地占领了霍皮奥尔河口弯弯溪沿岸地区。

三月末，叛军把红军赶出了叶兰斯克镇所属地区，占领了霍皮奥尔河口镇的部分村庄。双方的力量达到了一定程度的平衡，在固定的阵地上几乎相持了两个月。为了从西面掩护霍皮奥尔河口镇，莫斯科步兵团的一个营，在炮兵连的支援下，占领了高踞顿河岸上的克鲁托夫斯基村。红军炮兵连隐蔽在田间打谷场上，从克鲁托夫斯基村向南伸延去的顿河沿岸的山脚上，每天从早到晚轰击集结在右岸山坡上的叛军，掩护莫斯科步兵团的阵地，后来又集中炮火，转而轰击顿河对岸的叶兰斯基村一带。在稠密的院落上空，榴霰弹的小烟团，忽高忽低地爆炸开来，又迅即飘散开去。炮弹忽而落在村子里、胡同里——震惊的牛马惶恐地撞倒篱笆，沿街狂奔，人们弯着腰，四散逃命，——忽而又在旧教徒的公墓外面，风车附近荒无人迹的沙土岗上爆炸，掀起一阵阵褐色的、还没有完全解冻的土块。

三月十五日，施托克曼、米什卡·科舍沃伊和伊万·阿列克谢耶维奇从切博塔廖夫村赶往霍皮奥尔河口镇，听说那里正把从暴动的各市镇逃出来的共产党员和苏维埃的工作人员组成战斗队。给他们赶爬犁的是个旧教派哥萨克，他那孩子似的红润、洁净的脸，甚至施托克曼看着他，嘴上也无缘无故地浮出了微笑。尽管这个哥萨克很年轻，但是已经蓄起浓密、浅红的鬈毛大胡子。红艳的嘴在胡子里像切开的西瓜，闪着粉红色的光泽。眼睛四周生满金晃晃的茸毛。可能是由于他的毛茸茸的大胡子，也可能由于鲜艳的红晕，使他的眼睛显得特别明净、蓝透。

米什卡一路上哼着小曲，伊万·阿列克谢耶维奇坐在爬犁的后部，步枪放在膝盖上，愁眉不展地紧缩着脖子，施托克曼却跟赶爬犁的旧教徒闲聊起来：

“同志，身体没病吧？”他问。

充满了力量和青春的旧教徒敞开老羊皮袄，温和地笑着。

“没有，上帝到目前为止还没有惩罚我。怎么会有什么病灾呢？

我从不抽烟,酒自然是喝的,从小吃的是麦子面包。哪儿来的病呀?”

“那么,服过役吗?”

“服过,时间不长。是被士官生抓去的。”

“你为什么没有跟着白军到顿涅茨河那岸去呀?”

“你这位同志,说话可真怪!”他扔开马鬃编的缰绳,摘下无指手套,擦了擦嘴,委屈地眯缝起眼睛说,“我为什么要上那儿去呢?去听新编的小曲儿吗?如果不是他们逼着我干,我是不会去给士官生服役的。你们的政权是公正的,不过你们干得有点儿太过火……”

“什么过火啦?”

施托克曼卷了一支烟,点上吸着,等了半天他才回答。

“你为什么要冒这种毒草烟啊?”哥萨克扭过脸去开口说,“你瞧,这四周围春天的空气多么清爽,可是你却要用这种臭烟来熏自个儿的心胸……实在不怎么样!你们什么干得过火吗?——我告诉你吧。你们把哥萨克逼走啦,你们太胡闹啦,不然的话,你们的政权是没有什么可挑剔的。你们队伍里坏人太多,所以才惹出这场暴动来。”

“怎么胡闹啦?照你的意思,是干了很多蠢事吗?是这样吗?你说说,哪些事情干得不对头?”

“我看,不说,你自个儿也知道……枪毙了那么多人。今天枪毙一个,明天,你瞧吧,又枪毙一个……谁高兴坐等轮到自个儿的头上呀?就是把牛拉去宰,它都要摇晃摇晃脑袋的呀。就说,在布坎诺夫斯克镇……喏,已经可以看到这个镇啦。看到了吧,——他们的教堂?往我鞭子指的方向看,看见了吧?……啊,据说,驻在他们那儿的部队里有个政委,姓马尔金。哼,他是怎么干的,对老百姓的态度公正吗?现在我就给你讲讲。他把各村的老头子们都召集起来,把他们带到树林子里去,在那儿先把他们剥光,结果了他们的性命,还不准亲人去收尸。他们的罪过是,从前曾经当选过镇上的陪审官。你知道,他们是些什么样的陪审官吗?有的费很大劲才能写出自己的姓名来,有的只会把手指头在墨水里蘸蘸按个指印,或者画个十字。那年头儿,陪审官只不过是坐在那里摆摆样子罢了。人们选他们——就是因为他们的胡子长,可是他们却已经老得连裤裆上的扣子都不记得扣啦。怎么能追究他们的责任呢？这不像追究小孩子一样……就是这位马尔金，像上帝一样，手里拿着人们的生死簿。有一天，外号叫‘绳头儿’的老头子正从校场走过。他拿着一副马笼头往自家的场院走，想去套上一匹骒马拉出来，几个孩子开了个玩笑，对他说：‘走吧，马尔金叫你哪。’这位‘绳头儿’画了个异教徒的十字，——他们那儿的人都是新教徒，——在校场上早就把帽子摘下来啦。他心惊胆战地走进屋子。问：‘您叫我啦？’马尔金嘿儿嘿儿笑起来，双手叉腰，说：‘既然是蘑菇，就请进筐吧。本来谁也没有叫你来，不过既然已经来了——就照章办事儿吧。同志们，把他带走！按第三类处理。’好啦，当然把他捉了起来，立刻押到树林子里去。他的老太婆在家里等啊等啊，怎么也等不来。老头子竟一去不复返啦。他早就带着马笼头上天堂啦。有一回，马尔金在街上看见了一个从安德烈亚诺夫斯基村来的，叫米特罗凡的老头子，把他叫到跟前来，问：‘哪儿来的？姓什么？’又嘿儿嘿儿笑着，说：‘瞧，胡子长得像狐狸尾巴一样啦！你的胡子倒真像使徒尼古拉。我们要用你这样的肥猪来做些肥皂！把他按第三类处理！’真是罪孽，这老爹的胡子的确很像把笤帚。只为蓄了把长胡子和在倒霉的时候遇上了马尔金就被枪毙了。难道这不是拿老百姓开心吗？”

米什卡在他一开始讲的时候就不唱歌了，最后愤愤地说：

“你这谎可说得太不圆全啦，大叔！”

“你说个圆全的我听听！在说别人说谎以前，你先去打听个明白，然后再开口。”

“那么你是确实知道这些事啦？”

“人们这样说的。”

“人们！人们说母鸡也能挤出奶来，可它们连奶头都没有。你哪，听来些胡言乱语，就像老娘儿们似的，到处学舌。”

“那些老头子可都是安分守己的人……”

“真有你的！还都是很安分守己的人！”米什卡恶狠狠地学着他的腔调气他说，“大概就是你说的这些安分守己的老头子煽动起叛乱的，也许就是这些陪审官的院子里埋过机枪，可是你却说只是为了胡子，好像是为了开玩笑就把人枪毙了……那为什么没有为了胡子把你枪毙了呢？看看你那把胡子有多大，简直跟老山羊胡子一样啦！”

“我是怎么买来的，我就怎么卖。鬼他妈的知道究竟是怎么回事呢，也许是人们胡说，也许是他们背地有什么反对苏维埃政权的阴谋……”旧教徒难为情地嘟哝说。

他从爬犁上跳下来，在道路旁边的融化了的雪地上呱唧呱唧地走了很久。他迈开两脚，踏着湿润的、透着蓝色的、柔软酥脆的积雪。太阳在草原的上空亲热地照耀着。浅蓝色的天空有力地拥抱着远处可以看到的土岗和山口。似有似无的微风中飘溢着早春的芬芳气息。东方，在顿河沿岸逶迤起伏的白色山峰外，梅德维季河口山脉的顶峰耸立在紫红色的雾霭中。在遥远的天边，一片片羊毛似的白云像一幅巨大的、上下翻动的大幕铺展在大地上。

赶爬犁的哥萨克又跳上爬犁来，把变得有点粗野了的脸转向施托克曼，开口说：

“我爷爷，他现在还活着哪，已经一百零八岁啦。他讲过，他也是听他的爷爷讲的，说在他的爷爷活着的时候，也就是在我五世爷爷在世的时候，彼得大帝曾经派了一位大公到咱们顿河上游来，——上帝快来帮我想想吧！——是叫什么长手大公呢，还是什么长臂大公①。这位大公领兵从沃罗涅什顺流而下，讨伐不信奉尼康②教派的可恶教义、不肯受沙皇统治的哥萨克，烧毁了许多哥萨克城镇。到处搜捕哥萨克，削掉他们的鼻子，有些被绞死，吊在木筏上，顺着顿河流放下去。”

“你这是想说明什么？”米什卡高度警惕起来，严厉地问。

“我是想说，尽管他是什么‘长手大公’，可是沙皇并没有给他这么胡干的权利。可是，譬如说，布坎诺夫斯克的那位政委，就是这样胡来的，他扬言：‘我要狠狠地整整你们这些狗崽子，好叫你们永远记住！……’他在布坎诺夫斯克校场全体镇民大会上就是这样叫喊的。苏维埃政权给了他这样的权利吗？说的就是这个！大概不会发干这种事儿的委任状吧，不会叫他把所有的人不分青红皂白，都一样对待吧？

---

① 这里系指多尔戈鲁基大公(1667—1746)，彼得大帝的得力助手，曾率兵镇压顿河上游的哥萨克起义(1707—1708)。“长手大公”和“长臂大公”是该大公姓的意译。

② 尼康(1605—1681)，曾任莫斯科大主教，是宗教改革家。

哥萨克——他们也是各式各样的……”

施托克曼颧骨上的皮肤隆起许多皱褶。

“我已经倾听了你的意见，现在该你听我说啦。”

“当然，也许因为我很糊涂，说得不怎么对，请你们多多原谅。”

“你等等，等等……听我说。你刚才谈到的那个政委干的事儿，真的说得有点太玄乎了。我要去调查这件事。如果真是这样，如果他真是这样侮辱哥萨克和胡作非为，那我们是不会轻饶他的。”

“啊呀，未必会吧！”

“不是未必会吧，而是一定会！当你们村还在火线上的时候，难道红军没有枪毙自己队伍里的一个抢夺哥萨克妇女财物的红军战士吗？这件事是你们村里的人告诉我的。”

“不错，不错！有这么回事儿！他到佩菲利耶芙娜家里翻箱倒柜。这是真的。这当然是……纪律严明啦。你说得一点儿也不错，——在打谷场外把他枪毙的。后来为把他埋在什么地方，我们大伙还争论了半天呢。有些人主张埋在公墓里，另一些人反对，说这样会把坟地玷污的。于是就把这个倒霉鬼埋在打谷场旁边啦。”

“有过这样的事吧？”施托克曼匆忙地卷着手里的纸烟问。

“有过，有过，我不否认。”哥萨克高兴地同意说。

“那么为什么你认为，如果确定了这个政委的罪行，我们会不处罚他呢？”

“亲爱的同志啊！也许，你们这里没有比他再大的官儿啦。要知道，枪毙的那个是小兵，这位却是政委……”

“那就更要严惩！明白了吗？苏维埃政权只惩罚敌人，对于那些毫无道理地欺压劳动人民的苏维埃政权的代表人物，我们也是要毫不客气地处罚他们。”

三月里，中午寂静的草原上，只能听到爬犁滑杠的吱扭声和呱嗒呱嗒的马蹄声，现在大炮的轰击声却像山崩地裂，打破了草原的宁静。第一声炮响以后，紧接着又间歇均匀地响了三声。炮兵连又在从克鲁托夫斯克向顿河左岸轰击了。

爬犁上的谈话中断了。大炮轰鸣声以强大的、陌生的音阶侵入，惊破了沉溺在初春的困倦中的缺乏魅力的草原。就连两匹马的脚步也加快了,更起劲了,轻捷地捯动着腿儿,一本正经地扇动着耳朵。

他们走上了黑特曼大道。坐在爬犁上的人看见辽阔的顿河对岸斑斑点点地点缀着一片片积雪融化过后的黄沙和好像灰蒙蒙的孤岛、海岬似的柳树和赤杨树林。

赶爬犁的哥萨克到了霍皮奥尔河口镇,就把爬犁赶到革命军事委员会楼前,莫斯科步兵团的团部就驻在相邻的一栋房子里。

施托克曼在口袋里摸了一会儿,从荷包里掏出一张四十卢布的克伦斯基票子,递给那个哥萨克。哥萨克喜笑颜开,湿漉漉的胡子下面露出了发黄的牙齿,难为情地推让说:

"您这是怎么啦,同志,基督保佑!这还给什么钱呀!"

"收下吧,用了你的马了嘛。对苏维埃政权,请你不要怀疑。要记住:我们是为了建立工人和农民的政权而斗争的。是我们的敌人——富农、哥萨克首领和军官们——挑拨你们起来暴动的。他们是暴动的主要原因。如果我们的人当中有人蛮横无理地侮辱了同情我们和帮助革命的劳动的哥萨克,那我们一定要处罚这些欺压人的坏蛋。"

"同志,你知道这句俗语吧:山高皇帝远……你们的皇帝也同样离得很远……跟有势力的人别斗力,跟有钱的人别斗气,你们是又有势力又有钱。"他狡狯地龇了龇牙说,"看你,一下子就赏给我四十卢布,可是这点点路,五卢布就足够了。好吧,基督保佑你!"

"他这是为了你一路的谈话才赏给你的,"米什卡·科舍沃伊从爬犁上跳下来,一面紧着裤子,笑着说,"也为了你这把漂亮的大胡子。知道拉的是什么人吗,你这个八角形的木头墩子?是位红军将军。"

"哦?"

"你就'哦'吧!你们这些人也真难对付!……给的少啦——就要到处汪汪乱叫:'我拉了几位同志,只给了我五个卢布,这个啦那个啦!'你会发一冬天的牢骚。可是多给啦——你也有的说,什么:'你瞧,真是大财主!一赏就是四十卢布。他的钱简直是海啦……'要是我啊,连个屁都不给你!你愿意怎么抱怨就怎么抱怨吧。反正怎么都不合你的意。好啦,走吧……再会,大胡子!"

终于,连一直在愁眉苦脸的伊万·阿列克谢耶维奇也被米什卡这番大动肝火的话逗笑了。

一个红军骑兵侦察员骑着一匹西伯利亚的长毛小马,从司令部的院子里飞跑出来。

“从哪儿来的爬犁?”他拉紧缰绳,掉转马头,喊道。

“你有什么事?”施托克曼问。

“要往克鲁托夫斯克运弹药。走吧!”

“不行,同志,我们要把这辆爬犁放回去。”

“你们是什么人?”

红军战士是个年轻漂亮的小家伙,直冲着他们走过来。

“我们是后阿穆尔团的。请你不要扣留这辆爬犁。”

“啊……那好吧,叫他走吧。走吧,老头子。”

第四十章

一打听,原来在霍皮奥尔河口镇根本没有组织什么战斗队。战斗队倒是有一支,但并不在霍皮奥尔河口镇,而是在布坎诺夫斯克镇。就是那个信奉旧教的哥萨克一路上讲的那位政委马尔金组织的,他是红军第九军司令部派到霍皮奥尔河下游各镇来的。叶兰斯克、布坎诺夫斯克、斯拉谢夫斯克和库梅尔任斯克等镇的共产党员和苏维埃的工作人员,又补充了一些红军战士,组织成了一支很可观的战斗队,有二百支步枪和配属他们的,由几十名骑兵组成的侦察队。战斗队暂时驻扎在布坎诺夫斯克,跟莫斯科步兵团的一个连共同顶住了企图从叶兰卡河和济莫夫纳亚河上游攻来的叛军。

莫斯科步兵团的参谋长原是沙皇军队里的基干军官,面色阴沉、性情急躁;政治委员是个莫斯科米歇尔森工厂的工人;施托克曼和他们俩谈了以后,决定留在霍皮奥尔河口镇,参加这个团的第二营。施托克曼在一间堆满了一卷卷裹腿和一轴轴电话线及其他军用物资的洁净的小屋里和政治委员谈了很久。

“你知道,同志,”身材矮小、脸色焦黄,忍受着阑尾炎的疼痛的政治委员慢条斯理地说,“这里的情况很复杂。我的部队里的战士大多数是莫斯科人和梁赞人,还有少数下诺夫戈罗德人。都很坚强,大多数是工人。可是这里又有第十四师的一个骑兵连,而这伙人,却纪律松弛,不好好干。只好把他们送回梅德维季河口镇去……你留下吧,工作多得很。要做群众工作,向群众解释。你当然知道,哥萨克这是……在这里一定要提高警惕。”

“这些我了解得并不比你少,”施托克曼含笑听着政委诚挚关怀的谈话,看着他那很痛苦的眼睛里发黄的白眼珠说,“请你给我讲讲,布坎诺夫斯克的那位政委是个什么样的人?”

政治委员摸着剪得像灰色小刷子似的胡髭,偶尔抬起透明的、泛青的眼皮,有气无力地回答说:

“有一个时期他在那里搞得太过火啦。倒是个很不错的小伙子,但是缺点在于不能很好地分析政治形势。不过既然是砍木头,就免不了要有木屑飞溅……现在他正在把各市镇的男丁撤往俄罗斯内地……请到管理科去吧,管理员会给你们登记,发放生活费。”政委痛苦地皱着眉头,用手巴掌按着油污的棉裤说。

第二天早晨,第二营一听到吹“执枪”的号声,就跑出来集合,点名。过了一个钟头,这个营就排成行军纵队向克鲁托夫斯克村开拔了。

一列四个人,施托克曼、科舍沃伊和伊万·阿列克谢耶维奇肩并肩走着。

先从克鲁托夫斯克向顿河对岸派出了一个骑兵侦察队。大队人马也相继踏冰过河。遍地棕色马粪的松软的河面道路上处处是水洼。顿河上的冰已经千疮百孔,泛着暗淡的青光。岸边一段不长的路是铺上篱笆过来的。炮兵连从他们身后的山坡上,对着叶兰斯基村外的杨树林梢,用排炮射击。这个营是要越过哥萨克放弃的叶兰斯基村,向叶兰斯克镇推进,在与从布坎诺夫斯克发动进攻的第一营的一个连取得联系后,攻占安东诺夫村。根据作战命令,营长要率领自己的部队向别兹博罗多夫村方面推进。骑兵侦察队不久就回来报告,说在别兹博罗多夫并没有发现敌人，不过在村子右面，约四俄里的地方，双方在进行不断的步枪射击。

炮弹呼啸、飞鸣着从高空掠过红军战士的纵队。榴弹炮炮弹在不远地方爆炸，震撼着大地。后面，顿河上的冰咔嚓咔嚓地裂开。伊万·阿列克谢耶维奇回头看了看。

“大概是要涨水啦。”

“这时候越过顿河毫无意义。眼看着顿河就要解冻啦。”米什卡一直还不习惯像步兵那样迈着整齐的步子走路，气哼哼地嘟囔说。

施托克曼看着走在前面的人们被皮带紧勒着的脊背，看着上了凝结着灰色寒气的刺刀的步枪枪口有节奏地摇晃着。他四面看看，看到红军战士们严肃、冷漠无情的脸，这些脸形各不相同，而又非常相像；看见了钉着五角红星的灰色军帽和灰色军大衣在前后摇晃；有的军大衣已经旧得发黄，有的比较新，显得毛茸茸的、闪着亮光；他听到大队行军杂乱，沉重的脚步声、低沉的谈话声、各种腔调的咳嗽声和水壶的叮当声；闻到了潮湿的靴子、叶子烟和武装带的甜滋滋的香味。他半闭着眼睛，竭力跟上步子，心潮起伏，对这些昨天他还不认识的、陌生的弟兄们，感到无限的温暖、亲热，心想：“噢，多好啊，为什么此时此刻，他们显得这么可爱，这么令人心疼呢？是什么东西联系着我们呢？共同的理想……不，这不仅是理想，还有事业。还有什么呢？也许，是因为面临的危险和死亡吧？不知道为什么显得这么特别亲近……”于是眼睛苦笑了一下，想道：“难道我老了吗？”

施托克曼心里充满了慈父般的满意心情，看着一个走在他前面的红军强壮、宽阔、笔直的脊背，看着衣领和帽檐间红润洁净、充满青春活力的圆滚滚的脖颈；他又把视线移到身边的一个战士身上。这是张布满一片片紫红血晕、刮得光光的黝黑的脸，刚毅的薄嘴唇，身材高大，体态却像鸽子一样匀称；走起路来，几乎连那只空着的手也不摆动，不知道为什么，他总是痛苦地皱着眉头，眼角上布满了老年人的皱纹。这引起了施托克曼跟他攀谈的兴致。

“在军队里干很久了吗，同志？”

身旁这个战士浅褐色的眼睛冷冷地、探索地斜睨了施托克曼一眼。

“从一九一八年。”他待理不理地回答说。

但是这矜持的回答并没有使施托克曼灰心。

“什么地方的人呀?”

“你是想找老乡吗,大爷?”

“要是老乡的话,那我就更高兴啦。”

“我是莫斯科人。”

“工人?”

“对啦。”

施托克曼迅速扫了一眼战士的手。时间还没有抹掉手上跟钢铁打交道的痕迹。

“冶金工人?”

浅褐色的眼睛又在施托克曼的脸和略微发白的胡子上滑过。

“金属切削工人。你也是吗?”浅褐色的严厉的眼角上似乎露出了温和的表情。

“我是钳工……同志,你怎么总这么愁眉苦脸的呀?”

“靴子夹脚,烤得太干啦。夜里我值岗当潜伏哨,把脚浸湿了。”

“你不害怕吗?”施托克曼笑了笑,猜测说。

“有什么可怕的?”

“看你说的,咱们这是去打仗呀……”

“我是共产党员。”

“怎么,共产党员就不怕死吗?不也是一样的人吗?”米什卡插嘴说。

走在施托克曼旁边的这位红军战士熟练地把步枪往后一甩,看也没有看米什卡,想了想,回答说:

“老弟,这种事你的见识还太浅。我是不能害怕的。我自己命令自己这样做,——明白了吗?你不要以己之心,度他人之腹……我知道我是为什么、跟谁在打仗,我知道咱们一定会胜利。而且这是最主要的。其余的一切都是微不足道的。”他笑了笑,然后好像想起了什么事情,斜睨着施托克曼的侧影说,“去年我在乌克兰,在克拉萨夫采夫支队里,整天打仗。敌人一直追赶我们。损失很大。不得不扔下伤员。

终于在离日麦林卡不远的地方把我们包围啦。要在夜里穿过白军阵地,把他们后方小河上的桥炸掉,不让他们的铁甲车开过来,因为我们突围要冲过铁路线。指挥部要选几名敢死队员。可是没有人响应号召。共产党员们——我们的人数不多——就说:‘我们抓阄儿吧,谁抓着谁去。’我想了想,就自愿要求去。我带上马刀、绳索和火柴,和同志们道过别就走了。漆黑的夜,有雾。我走出一百沙绳远就开始爬。爬过一片没有收割的黑麦地,接着又爬过一条山沟。记得,我正从山沟里往外爬的时候,突然一只什么鸟儿扑棱一声从我鼻子尖下飞出来。是的……我在距守桥的岗哨十沙绳远的地方爬过去,到了桥边。敌人有一个机枪队守护着这座桥。我在桥边趴了两个钟头,等待机会。我放下马刀,用衣襟遮着划火柴,但是火柴都潮啦,划不着。因为我是肚皮贴地爬的,衣服全被露水湿透啦——尽管我把衣服拧干,但是火柴还是潮啦。哎呀,老大爷,这时候我可真害怕啦。天马上就要亮啦,可我的手直哆嗦,急得汗直往眼里流。心想:‘这下全完啦。’我决定:‘如果完不成炸桥任务,我就自杀!’划啊,划啊,但是到了还是叫我划着了,我就赶紧往回跑。等到身后轰的一声爆响,我已经躺在路基下隐蔽起来,——敌人那里可乱营了。吹起了警号。两挺机枪哒哒地响起来。很多骑兵从我跟前跑过去,难道夜里能找到我吗?我从掩蔽的地方爬出来——跑到庄稼地里。你知道吧,只是到了这时候,我的手脚才怎么也动弹不了啦,真他妈的糟糕!又躺了下去。去的时候,一点儿也不怎么的,很勇敢,可是从那儿回来的时候——简直狼狈透了……你知道吧,我开始呕吐起来,肚子里什么都吐光啦,可是还是吐个不停。是的……哦,当然我最终还是爬回自己人那儿去了。”他兴奋起来,炯炯有神、热情的浅褐色眼睛突然变得非常温柔、美丽,“第二天早晨,我给同志们讲,昨天夜里火柴这出戏,我的好朋友问:‘谢尔盖,难道你把打火机弄丢了吗?’我一摸前胸的口袋,还在那儿哪!掏出来一打——你猜,一下子就着啦。”

两只乌鸦被风从远处的一片杨树林梢头吹起,从高空疾飞而来。风吹得它们一阵阵地往前冲。等到经过一个钟头的间歇之后,克鲁托夫斯克山上又响起炮声的时候,这两只乌鸦已经离纵队只有一百沙绳远了;射来一枚炮弹,呼啸声越来越响,越飞越近;等到炮弹的呼啸声似乎已经达到极点的时候,一只飞得较高的乌鸦,忽然像一团被旋风卷起的刨花,在空中拼命盘旋起来,它倾斜着翅膀像螺旋一样盘旋着,尽管还想竭力支持,但是终于像一大片黑色的落叶坠了下来。

“送死来啦!”走在施托克曼后面的一个红军战士兴高采烈地喊叫说,“把它打得这样乱转,真是妙极啦!”

连长骑着一匹深褐色高大的骒马,从纵队前头跑过来,马蹄扬起融化的积雪,四下飞溅。

“成散——兵线!……”

三辆装着机枪的爬犁从默默地在走路的伊万·阿列克谢耶维奇身边飞驰而过,溅得他满身湿雪,一个机枪手因为爬犁一摇晃,从爬犁后座上甩了下来,红军战士们都响亮地哈哈大笑起来,直到那个赶爬犁的人狠狠地咒骂着,使劲勒转马头,那个甩下来的机枪手跳上爬犁,笑声才停止了。

第四十一章

卡尔金斯克镇已经成了叛军第一师的重要据点。葛利高里·麦列霍夫仔细考虑到在卡尔金斯克附近构筑阵地战略上的有利条件,决定无论如何不能放弃这个市镇。奇尔河左岸蜿蜒的群山是很好的制高点,哥萨克们可在这里坚守。卡尔金斯克镇就在山下奇尔河的对岸,镇外是一片草原,波浪似的,向南伸展开去,有数俄里远,草原上有的地方横着宽沟和谷地。葛利高里亲自在山顶为配备着三门炮的炮兵连选择了阵地。不远的地方就是一个很好的观测点——土岗,有橡树林和起伏的丘岗掩护着。

卡尔金斯克附近每天都在进行战斗。红军一般是从两个方面进攻:从南面草原上的一个乌克兰人聚居的市镇阿斯塔霍沃和从东面的博科夫斯克镇出发,穿过稠密的村庄,沿奇尔河岸向上游推进。哥萨克的阵地修筑在卡尔金镇外约一百沙绳的地方,只是偶尔回几枪。红军的猛烈炮火几乎每次都逼得他们退到镇里去,随后就顺着山崖的陡峭峡谷爬上山坡。红军也没有足够的兵力继续追击他们。红军的进攻之所以收效不大,主要在于缺少必要数量的骑兵,不能进行侧翼迂回作战,迫使哥萨克继续后退,牵制敌人的兵力,使在市镇进口裹足不前的步兵可以大胆向前推进。步兵由于机动性差,不能迅速调动,所以不可能用来进行这样的运动战,而哥萨克却大部分是骑兵,可以随时袭击进攻中的步兵,进行牵制,从而使之无法完成基本进攻任务。

叛军还有一种优势,那就是他们非常熟悉地形,他们不放过任何机会,派几个骑兵连顺着山沟偷袭敌人的侧翼和后方,经常去威胁敌人并阻止敌人继续推进。

这时葛利高里心里已经酝酿成熟了一个击溃红军的计划。他想用假撤退的办法诱敌深入到卡尔金斯克,同时派里亚布奇科夫带一团骑兵从西,沿古森山谷,从东,越过格拉奇,迂回到敌人的两翼,包围敌人,给予致命的一击。作战方案是经过仔细周密考虑制定的。各独立行动部队的指挥员都在头天晚间的会议上得到了准确的指示和命令。按照葛利高里的意图,迂回行动一定要在黎明时开始,这样不易为敌人发觉。一切都像下棋那样简单。葛利高里反复考虑和估计了各种可能发生的意外,考虑和估计了各种事前难以预料、但可能妨碍他实现这一计划的情况,然后喝了两杯烧酒,也没有脱衣服就倒在行军床上,用潮湿的军大衣衣襟蒙上脑袋,像死人似的睡熟了。

第二天清晨,约四点钟的时候,红军的散兵线已经占领了卡尔金斯克。部分哥萨克的步兵为了迷惑敌人,穿过市镇,往山上跑去;红军的两辆装着机枪的马车停在卡尔金斯克镇入口处,扫射他们。红军士兵缓慢地沿街开了进来。

葛利高里隐蔽在土岗后面,炮兵连附近。看着红军步兵占领了卡尔金斯克,在向奇尔河沿岸集结。事先约定,在第一声炮响之后,两连在山下果园里埋伏着的哥萨克就转入进攻,同时,那个进行迂回包抄的团就要开始合围进击。炮兵连连长本想直接瞄准正沿着克里莫夫斯基山岗往卡尔金斯克飞驰的装着机枪的马车开炮,这时候观测员报告说,在距离约三俄里半的地方下拉特舍夫村的桥上发现了一门大炮;红军同时也从博科夫斯克方面发动了进攻。

“用臼炮轰他们一家伙。”葛利高里眼不离蔡司望远镜,建议说。

瞄准手和执行炮兵连连长职务的司务长交谈了几句,就迅速地瞄准了目标。炮手都准备好了,于是那门哥萨克们测定为四英寸半口径的臼炮沉重地吼了一声,炮座后面的泥土都震得乱飞。第一发炮弹就打在桥头上。红军炮兵连的第二门炮正在这时走上桥来。炮弹炸断了马套,六匹马——后来查明——只剩下了一匹还活着,可是这匹马上的骑手脑袋却被弹片削去了。葛利高里看到:在这门炮的前面升起了一道灰黄色的烟柱,沉重地轰隆一声巨响,于是被烟雾笼罩的马匹先是直立起来,然后又像被砍倒似的,栽了下去;人们都跌跌撞撞地四散奔逃。在炮弹落下来的时候,正在炮车前面走的一个红军骑兵,连人带马,跟桥栏杆一起飞了起来,摔到桥下的冰上。

能如此准确地命中目标炮兵们完全没有料到。炮位下面的土岗边,一时寂然无声;只有在不远的地方的观测员跳了起来,叫嚷了些什么话,还直摇晃手。

立刻从山下的樱桃园里和村边树林的密丛中,传来一阵不整齐的乌拉声,响起噼噼啪啪的步枪射击声,葛利高里不顾危险,跑到土岗上去。红军士兵在街上奔逃,从那里传过来乱哄哄的人声、尖利的口令声和猛烈的子弹啸叫声。一辆装着机枪的马车本来想往山岗上奔,但是立刻在离公墓不远的地方,来了个急转弯,于是机枪越过正在奔逃的和在奔逃中摔倒的红军战士的头顶,扫射起从果园里杀出来的哥萨克。

葛利高里眼巴巴地盼着地平线上出现哥萨克骑阵。由里亚布奇科夫率领的前去进行迂回包抄的骑兵一直还没有出现。原来在左翼的红军战士已经跑到扎布伦峡谷上联结卡尔金斯克和毗邻的阿尔希波夫斯基村的桥边,而右翼的红军士兵还在镇里乱窜,在控制了靠奇尔河岸的两条街的哥萨克们的枪声中倒了下去。

里亚布奇科夫率领的第一连终于从山岗后面出现了,紧跟着就是第二连,第三连,第四连……各连散成骑兵阵线,猛地向左冲去,拦住一群正顺着山坡向克利莫夫卡溃逃的红军士兵。葛利高里手里搓着手套,激动地注视着战斗的进程。他扔掉望远镜,用肉眼看着飞驰而来,离克利莫夫斯基大道越来越近的骑阵,看着仓皇奔逃的红军士兵成堆成伙、有的孤身一人掉头向阿尔希波夫斯基村人家的院子里乱窜,可是在那里又迎面遭到正沿奇尔河往上游继续追击的哥萨克步兵的射击,于是他们又掉头向大道跑去。只有少数红军士兵幸运地逃到了克利莫夫卡。

山岗上,静得可怕,只听到马刀的砍杀声。里亚布奇科夫的几个连把阵线转向卡尔金斯克,如秋风扫落叶,把红军赶了回去。在扎布伦峡谷桥边,有三十多名红军士兵,眼见自己的去路已被切断,无处可逃,就开始顽抗。他们有一挺重机枪,子弹也不少。叛军的步兵在果园里一露面,机枪就拼命扫射起来,哥萨克们立刻卧倒,在板棚和院子的石头围墙掩护下往前爬。从山岗上可以看到,哥萨克们拖着自己的一挺机枪,在卡尔金斯克的街道上飞跑。他们在一座紧靠阿尔希波卡村边一家院子旁踌躇了一会儿,然后跑进了院子。很快便开始从这家院子的仓房顶上猛烈地扫射起来。葛利高里仔细看了看,从望远镜里都可以看清机枪射手。一个叉开腿,裤子掖在白毛袜筒里,弯着腰趴在机枪的铁挡板底下,卧伏在屋顶上;另一个把机枪弹带缠在身上,在顺着梯子往上爬。炮兵决定支援步兵,连续不断地向红军部队抵抗集中的地方轰击。最后一发榴霰弹在村外很远的地方爆炸了。

过了一刻钟,扎布伦峡谷附近红军的机枪忽然沉默了,立刻响起了一阵短暂的乌拉声。光秃秃的柳树行中有哥萨克骑兵的身影在闪动。

一场厮杀结束了。

卡尔金斯克和阿尔希波夫卡的老百姓遵照葛利高里的命令,用吊钩和钩竿把一百四十七名被砍死的红军战士都拉到一个坑里,把他们浅浅地埋在扎布伦峡谷边。里亚布奇科夫缴获了六辆还套着马,装满子弹的两轮大车和一辆装有机枪的四轮马车,不过枪栓已经没有了。在克利莫夫卡缴获了四十二辆装着军用物资的大车。哥萨克有四人阵亡,十五人受伤。

这次战斗以后,卡尔金斯克安静了一个星期。红军把兵力调去进攻叛军第二师的阵地，而且很快就把这个师赶走，占领了米古林斯克镇属的一些村庄——阿列克谢耶夫斯克村、切尔涅茨克村——进逼上奇尔河村。

每天早晨从那里传来大炮的轰鸣声，但是关于战斗情况的报告却总是来得很迟，而且根据这些消息也很难判断第二师战线上的情况。

这些日子，葛利高里为了摆脱烦恼，有意麻痹自己的意识，不去想周围发生的一切以及自己竟成了所有这些事件的重要参加者，开始喝起酒来。叛军虽然拥有大量的小麦，但是面粉奇缺（磨坊来不及为军队磨出足够的面粉，所以哥萨克时常吃蒸麦子），可是烧酒却供应充足。烧酒像河水一样多。顿河对岸杜达列夫斯克村的哥萨克连，喝得烂醉，骑马列阵去冲锋，迎头碰上机枪扫射，被消灭了一半。喝醉了跑到阵地上，这种事已经司空见惯。人们殷勤地给葛利高里搞来烧酒。普罗霍尔·济科夫搞烧酒的本事特别大。卡尔金斯克战役后，他根据葛利高里的要求，拉来三大坛子烧酒，找来几个歌手，于是葛利高里感到愉快、轻松，脱离现实生活和思念，跟哥萨克们一直狂饮到天亮。第二天早上，喝了解醉酒，昏睡了一天，傍晚，又是歌声、快活的笑语声、拥挤的人群、跳舞——这一切形成一种真正快乐的幻觉，掩盖了清醒、残酷的现实。

后来，酗酒很快就成了习惯。清晨起来，坐在桌边，葛利高里酒瘾就来了。他喝得很多，但是从不过量，脚跟儿总是站得很稳。就是到了天快亮的时候，其余的人都呕吐得一塌糊涂，盖着军大衣和马衣，横七竖八地睡在桌旁和地上，他却仍旧保持清醒，只是脸色更加苍白，目光变得更严厉，而且垂下鬈曲的额发，不住地用手去挤脑袋。

经过四天不断的大吃大喝，他明显地虚胖起来，背也驼了；下眼泡儿的大粗褶都发青了，眼神里越来越经常地露出一种没有理性的残酷神情。

第五天，普罗霍尔·济科夫别有深意地笑着提议说：

“走，咱们到利霍维多夫去，到一个漂亮娘儿们家去？怎么样？不过，葛利高里·潘苔莱耶维奇，你可不要错过机会噢。是个甜得像西瓜一样的小娘儿们！虽说我没有尝过，可是我知道。不过是匹野马，鬼东西！一个野娘儿们。这种玩意儿，很难一下子就上手，这家伙甚至连摸都不让你摸一下。不过她烧的酒，再没有那么好的啦。整个奇尔河流域最有名的酿酒能手。她的男人不在家，在顿涅茨河那岸。”他仿佛是顺便一说，结束了自己的话。

黄昏时分，他们动身去利霍维多夫。跟葛利高里一同去的有里亚布奇科夫、哈尔兰皮·叶尔马科夫、独臂的阿廖什卡·沙米利和从自己的阵地上归来的第四师师长孔德拉特·梅德韦杰夫。普罗霍尔·济科夫骑马跑在前面，到了村子里，他勒马放慢了脚步，拐进胡同，推开一家场院的小门。葛利高里跟着他拨马走进来，马纵身一跃，越过门边一个开始融化的大雪堆，前腿陷进雪里，它打了一声喷鼻，拔出腿来，跃过堵住门口，一直堆到篱笆顶的雪堆。里亚布奇科夫下了马，牵着马走。葛利高里骑着马跟普罗霍尔走了约五分钟，走过许多干草堆，顺着光秃秃的、像玻璃一样咯吱咯吱响的樱桃园走去。蔚蓝的夜空，斜挂着一轮闪着金光的新月，寒星在颤抖，一片寂静，令人神往，远处的犬吠声和清脆的马蹄声不仅没有惊破这寂静，反而使它显得更浓了。透过密密的樱桃树丛和茂密的苹果树枝射来的灯光，在繁星点点的夜幕上，清晰地映出了一座芦苇顶大房子的黑影。普罗霍尔从马上俯下身子，殷勤地推开吱扭响的板门。月亮的倒影在台阶旁边结了冰的水洼里颤动。葛利高里的马踏破了水洼边缘上的薄冰，停了下来，大口大口地喘着气。葛利高里跳下马，把缰绳拴在栏杆上，走进黑暗的门洞。里亚布奇科夫和其余的哥萨克也在后面喧嚷着下了马，低声哼着小曲。

葛利高里摸到了门把手，走进宽敞的厨房。一个身材矮小，但是很匀称，像鹧鸪似的脸色黝黑，眉毛又浓又黑的年轻哥萨克女人正背朝着炉炕站在那里织毛袜子。炉炕上，一个八九岁的浅白头发的小姑娘，摊开双手在睡觉。

葛利高里也没有脱衣服，就在桌边坐下。

“有伏特加吗？”

“不应该先问候一声吗？”女主人看也不看葛利高里，始终是那样快速地闪晃着织针，问。

“晚安,如果这使你高兴的话！有伏特加吗?”

她抬起眼睫毛,倾听着门洞里的喧闹声和脚步声,圆圆的褐色眼睛朝葛利高里笑了笑。

“伏特加是有的。不过你们来喝夜酒的人很多吗?”

“很多。整整一师人……”

里亚布奇科夫从门口就蹲着跳了进来,拖着马刀,用皮帽子拍着靴筒。哥萨克们在门口挤成一堆;其中有个人用木勺子巧妙地敲出了跳舞的节奏。

大家把军大衣都堆在床上,武器放在长凳上。普罗霍尔麻利地帮着女主人往桌子上摆杯盘。独臂的阿廖什卡·沙米利到地窖里去取腌白菜,一不小心从梯子上摔了下去,爬出来的时候,用棉袄襟兜着几块碎碟子片和一堆水淋淋的白菜。

到半夜,他们已经喝了两桶烧酒,吃了无数的腌白菜,并决定宰一只羊。普罗霍尔摸黑在羊栏里捉了一只没有生过羔的小母羊,哈尔兰皮·叶尔马科夫——也不是一名最坏的屠宰手——用马刀砍下羊头,就在板棚下剥了皮。女主人生起炉子,放上一只煮羊肉的大铁锅。

又用勺子敲起跳舞的拍子来,里亚布奇科夫往外弯着腿,手巴掌拼命拍着靴筒,跳了起来,用尖细的、但是很好听的男高音唱道:

现在咱们喝吧,玩吧,

场院里无事可干啦……

“我要大吃大喝!”叶尔马科夫哼哼着,想用马刀试试窗框是不是结实。

喜爱叶尔马科夫的勇敢和哥萨克的凶猛的葛利高里,用铜杯子敲着桌子,拦住他说:

“哈尔兰皮,别胡闹!”

哈尔兰皮很驯服地把马刀放回刀鞘,贪婪地趴到烧酒杯上。

“能像现在这样逍遥自在,就是死也没有什么可怕,”阿廖什卡·沙米利坐到葛利高里的身旁,开口说,“葛利高里·潘苔莱维奇！你是我们的骄傲！我们就靠你活在世上啦！咱们再干一杯好吧？……普罗霍尔,拿酒来!”

马匹都没有卸鞍子,没有拴,停在草堆旁边。大家轮流出去照看。

只是到了天快亮的时候,葛利高里才觉得有点醉了。自己仿佛是在很远的地方听别人说话,困难地转动着血红的白眼珠,费了很大的劲才保持着没有醉倒。

“戴金肩章的家伙们又在对咱们发号施令啦!把权力都抓到手里去啦!”叶尔马科夫抱住葛利高里大声说。

“什么金肩章?”葛利高里推开叶尔马科夫的手,问他。

“在维申斯克呀。怎么,难道你不知道吗?一位高加索公爵上台啦!是个上校……我要砍死他!麦列霍夫!我愿意为你卖命,不要让我们白白地浪费性命吧!哥萨克们都很有怨言。你率领我们进军维申斯克,把他们统统斩尽杀绝,化为灰尘!把伊柳什卡·库季诺夫和那个上校——统统杀死!不能叫他们再打咱们的耳光子!咱们来个既打红军,又打士官生。我就想这么干!”

“好,咱们干掉上校。他是故意留下来的……哈尔兰皮!然后咱们就去跪倒在苏维埃政权脚下,说:我们错啦……”葛利高里清醒了片刻,苦笑着说,“我是说着玩哪,哈尔兰皮,喝吧。”

“你开什么玩笑呀,麦列霍夫?不要开玩笑,我们谈的是正经事儿,”梅德韦杰夫严厉地说,“我们想要推翻现政权。撤掉所有的人,请你上台。我跟哥萨克们谈过啦,他们都赞成。我们好言好语跟库季诺夫和他那位公爵说:‘请你们退位吧。我们不需要你们。’如果他们肯下台——那再好也没有了。如果不肯——我们就开一个团到维申斯克去,叫这些王八蛋统统见鬼去!”

“谁也不许再谈这个问题!”葛利高里发疯似地喊道。

梅德韦杰夫耸了耸肩膀,离开桌子,酒也不喝了。

里亚布奇科夫坐在角落里的长凳上,垂下乱蓬蓬的脑袋,用手划着肮脏的地板,如泣如诉地唱着:

你这个小可怜儿,我的小乖乖,
噢噫,歪过你的小脑袋,
歪过你的小脑袋……

唉，唉！往右面歪。
往右面歪，再往左面歪，
歪到我白嫩的胸脯上来。

阿廖什卡·沙米利把自己的沙哑的低音和里亚布奇科夫那像女人一样动人的、如泣如诉的男高音混在一起，合唱起来：

趴到我胸脯上，
艰难地叹着气……
艰难地叹着气，
道出了最后的话语：
"原谅我，往日的爱哟，永别啦，
往日的爱哟，这个坏东西！……"

当女主人把葛利高里领到内室去的时候，窗外已经一片朝霞。

"你们别再灌他啦！滚开吧，醉鬼！看不见呀，他已经什么都不能干啦。"她责怪说，一只手吃力地搀扶着葛利高里，另一只手推开正端着一杯酒跟在他们后面的叶尔马科夫。

"怎么，你们还想去睡早觉呀？"叶尔马科夫摇摇晃晃，杯子里的酒直向外洒，挤了挤眼说。

"不错，要去睡早觉。"

"现在你就是跟他去睡，他也不中用啦……"

"你管不着！你又不是我公公！"

"拿上把勺子！"叶尔马科夫已经酩酊大醉，笑得前仰后合，粗鲁地喊。

"咦咦咦，不要脸的东西！眼睛里灌满了酒，就胡说八道！"

她把葛利高里推进房间，扶他躺在床上，昏暗中她憎恶而又怜悯地看着他那死人一样苍白的脸和大睁着，但是却又什么也看不见的眼睛。

"你要不要喝点果汁？"

"舀点儿来。"

她端来一大杯冰凉的樱桃汁，坐到床上，玩弄、抚摸着葛利高里乱蓬蓬的头发，直到他睡熟了。然后自己爬到炉炕上，躺在小女孩身旁，但是沙米利却闹得她不能入睡。他脑袋枕在胳膊肘子上，像匹受惊的马似的打着响呼噜，后来好像被推了一下，忽然醒了过来——沙哑地唱道：

……服役完了回家乡！
胸前挂着大肩章，
肩上戴着十字章……

他把脑袋又趴到胳膊上去，可是过了几分钟，惊讶地四下张望着，又唱道：

服役完了回家乡！……

第四十二章

第二天早晨醒来以后，葛利高里想起了跟叶尔马科夫和梅德韦杰夫的谈话。他已经不像夜里醉得那么厉害，很容易就想起了有关推翻政权的谈话。他开始明白，跑到利霍维多夫这儿来酗酒原是具有明确目的的：想鼓动他发动政变。具有左倾情绪的哥萨克，反对已经公开表示要到顿涅茨对岸去跟克拉斯诺夫的顿河军联合的库季诺夫，正在策划一个阴谋，企图彻底脱离顿河政府，在自己占领的地区建立一个没有共产党员参加的、类似苏维埃的政权。他们想把葛利高里拉到自己这边来，而对叛军阵营内部一旦发生内讧的灾难性后果却毫无认识，虽说红军在顿涅茨方面受到一些损失，但是它仍然可以在任何时候，毫不费力地连同他们的"内讧"一起消灭。"全是儿戏。"葛利高里心里说，然后从床上一跃而起。穿好衣服，他把叶尔马科夫和梅德韦杰夫叫醒，请他们到内室来，紧紧地关上了门。

"听我说，弟兄们：我请求你们把昨天谈的事情统统忘掉，别再乱说，不然你们要吃亏的！问题不在于谁当司令。也不在于库季诺夫，而在于咱们已经被包围，咱们就像被装在打了箍的桶里。不是今天，就是明天，桶箍就会把咱们箍死。我们的团队不能指向维申斯克，应该开赴米古林，指向克拉斯诺库特斯克。”他强调说，眼睛一直在盯着梅德韦杰夫那忧郁、冷漠的脸，“孔德拉特，你别再去扰乱人心啦！你们动脑筋想一想，就会明白：如果咱们一开始更换司令，搞什么政变，咱们就完蛋啦。咱们要不就投靠白军，要不就投靠红军。想站在中间是不成的，——他们会把咱们挤死。”

“不过，咱们说的那些话可不能往外传哪。”叶尔马科夫扭过脸去，请求说。

“就当咱们什么也没有说过，不过我有个条件，你们别再鼓动哥萨克啦。库季诺夫和他的同伙有啥呢？他们并没有实权，——我要尽最大力量来带好我这个师。库季诺夫那帮人，很坏，这是没说的，而且他们还想要咱们去跟士官生攀亲，这是一定的。不过咱们往哪儿去呢？咱们所有的活路都被切断啦！”

“真是这样……”梅德韦杰夫勉为其难地同意说，在整个谈话过程中，第一次抬起愤怒的、狗熊似的小眼睛朝葛利高里看了看。

这以后，葛利高里又在离卡尔金斯克很近的村庄里接连喝了两夜，花天酒地混日子。连他的鞍褥上都浸满了酒味。多少娘儿们和失去了姑娘艳美的姑娘跟葛利高里做过露水夫妻，恩爱一时。但是一到第二天早晨，葛利高里享腻了这种习以为常的寻欢作乐的艳福，就像是在想别人的事情一样，清醒、冷漠地想：“这半辈子，我什么世面都见过啦，什么苦头也吃过啦。爱过许多娘儿们和姑娘，骑过多少匹好马……唉！……我践踏过草原，尝过当爸爸的滋味儿，杀过人，自己也过过几次鬼门关，也曾耀武扬威。生活还能给我什么新玩意儿呢？再也没有什么新玩意儿了！死也无憾啦。一点儿也没有什么可怕的啦。仗也可以像财主赌钱一样，不冒什么风险地去打。反正不会有什么大输赢！”

童年时代的情景像阳光灿烂、万里无云的晴天，在断断续续的记忆中飘过：落在石头墙上的白头翁，葛利什卡的两只光脚踏在滚热的沙土里，庄严、肃穆，两岸绿树成荫，倒影映在河水里的顿河，少年伙伴们天真的脸，身段匀称的年轻的母亲……葛利高里用手掌遮上眼睛，许多熟识的脸，一桩桩的往事，有时完全是些微不足道的，然而不知道为什么，却深深地印在脑海里的琐事在意识的目光中滑过，早被遗忘的，已经死去的人们的声调、言谈的片断和各种腔调的笑声，在脑海里响起来。记忆的光芒又照到早已忘却的、曾见过的自然景物上去，葛利高里眼前突然耀眼地展现出——广阔的草原、夏天的大道、牛车、坐在车前的父亲、牛、残留着庄稼收割后的金黄色硬茬子的田地、大道上的一群乌鸦……葛利高里在像乱网线一样混乱的记忆中翻腾旧账时，在不知流逝何方的往昔中碰上了阿克西妮亚，想道："亲爱的！忘不掉的人呀！"于是厌恶地避开了睡在自己身旁的女人，叹息着，焦急地等待着亮天。太阳刚开始用紫红的花边和金黄色的绦带镶饰东方的天空的时候，他就起床了，洗洗脸，牵马去了。

第四十三章

暴动像吞没一切的草原野火一样蔓延开来。红军的战线像铁链子似的把这些不肯驯服的市镇重重包围起来。命运的阴影像烙印一样打在人们的心上。哥萨克像赌抛硬币游戏似地拿自己的生命作赌注，不少人扔出的是"背"①。青年哥萨克疯狂地爱恋女人，年纪大一些的就拼命喝酒，喝到发昏，赌博，赌钱和子弹（这时子弹成了无价之宝），回家休假，把令人厌恶的步枪靠在墙上，拿起斧头或者刨子，用芬芳的红柳条编编篱笆，或者修理准备春耕用的耙子和牛车，能叫心神休息片刻也好啊。很多人过腻了和平生活，就又醉醺醺地返回部队，等到一清醒过来，就怀着对这种"被围困在铁罐里"的生活的仇恨，徒步去冲锋，迎头向机枪冲去，要不，就在狂怒之下，策马飞奔，不觉身下还有马匹，风也似地去夜袭，捉到了俘虏，就像原始的野人一样，残酷地虐杀他们，因为舍不得子弹，就用马刀结果他们的性命。

那一年的春天显得格外美好。四月里，都是像玻璃一样透明的、晴

① 沙俄时的硬币正面是鹰，背面是字，正面表示"吉祥"，背面表示"凶恶"。

朗的天气。雁行和叫起来像铜喇叭似的鹤群,在高不可攀的蓝天上追逐着白云,飞呀,飞呀,向北方飞去。在淡绿的草原上,水塘边,落下来觅食的天鹅,像遍地的珍珠似的闪闪发光。顿河边的草场上,一片鸟的喧噪声。河水淹没的草地上,露出水面的地垄和沙角上,大雁在互相呼唤,准备起飞;爱情冲动的公鸭在融雪汇成的水洼里不停地呱呱叫。柳枝条上的芽苞已经泛青,杨树上黏腻芳香的花苞也鼓了起来。开始返青的草原上洋溢着解冻的黑土地的古老的气息和总是那么清新的嫩草的芳香。

暴动的可爱之处,就在于每个战士都在自己家门口打仗。他们讨厌去站岗和值班当潜伏哨,讨厌翻山越岭地去侦察,——哥萨克们向连长请假回家。叫家里的老头子或者还没有成年的儿子骑上战马去替自己当差。各连的战士总是全员满额,可是流动性很大。有人想出了更妙的办法:太阳一落山,就从连队驻地跑出来,扬鞭催马,一口气跑上三十,甚至四十俄里,在晚霞将要消逝的时候已经到家了。跟老婆或者情人睡上一夜,第二遍鸡叫后,就鞴上马,北斗星还亮着呢,已经又回到连队里来了。

多少风流小伙子简直都迷上了这种在自己篱笆边的战争。“可也不能死噢!”时常回家来探望妻子的哥萨克们玩笑说。

总司令部特别担心春耕时节部队的开小差问题。库季诺夫专门视察了各部队,露出一种他从来没有过的坚定神色声明说:

“宁可叫田地荒了,一粒种子也不往地里撒,我也决不准许放哥萨克离队回家!擅自离营的家伙要砍头、枪毙!”

第四十四章

葛利高里又在克利莫夫卡村附近参加了一次战斗。中午时分,在村头几家院落附近互相射击起来。过了不久,红军的散兵线攻进了克利莫夫卡。穿黑帆布制服的水兵——波罗的海舰队一艘军舰上来的——在左翼缓慢、齐整地向前推进。他们勇猛冲锋,把卡尔金斯克叛军团的两个连赶出了村子,逼得他们不得不顺山沟向瓦西列夫斯基村逃去。

当优势已经开始转向红军的时候,在小山岗上注视着战斗进程的葛利高里,用手套向牵着他的马站在一辆装着子弹的两轮车旁边的普罗霍尔·济科夫招呼了一下,然后跳上还在走着的马;他绕过一道山沟,向古森卡飞驰而去。他知道第二团的一个预备骑兵连隐蔽在那里的村外树林中。他飞越过果园和篱笆,向连队隐蔽的地方驰去。他从远处看见下了马的哥萨克们和拴在树桩上的战马以后,就拔出马刀,命令道:

“上马!”

二百名骑兵顷刻之间都上了马。连长迎着葛利高里跑来。

“出击吗?”

“早就该出击啦! 你却在这里瞎等!”葛利高里瞪大眼睛说。

葛利高里勒住马,跳下来,好像是故意磨蹭时间似的,紧马肚带(浑身大汗、急躁不安的马转来转去,不叫他勒紧那条穿过鞍褥的肚带,大口地喘着气,从胸膛里发出呼哧呼哧的响声,恶狠狠地龇着牙,总想用前蹄从旁扒葛利高里)。把马鞍子紧好以后,葛利高里把脚伸进马镫;他看也不看那正在倾听越来越急的射击声的、不知所措的连长,喊道:

“现在由我来率领连队出击。到村口前排成纵队,前进!”

葛利高里在村外把连队列成骑阵;试了试马刀是不是可以很容易地从刀鞘里抽出来;他离开连队约三十沙绳远,便策马向克利莫夫卡飞驰而去。在一道从南面蜿蜒伸向克利莫夫卡的小山岗上,他驻马观看。退却的红军骑兵和步兵正在村子里乱跑,装载着一类辎重的两轮大车和四轮马车也在奔逃。葛利高里扭过半边身子,朝连队喊:

“拔出马刀! 冲锋! 弟兄们,跟我来!”他很容易地拔出马刀,第一个大喊,“乌拉——啊——啊! ……”他全身感到一阵冷和一种熟悉的轻飘飘和快意,放马冲去。左手中拉得像弓弦一样紧的缰绳在颤抖,举到头顶的马刀在飞鸣,劈开迎面吹来的风。

一片很大的、在春风中飘荡的白云，一时遮住了太阳，灰色的云影追过了葛利高里，显得那么缓慢地沿着山岗向前飘去。葛利高里把视线从越来越近的克利莫夫卡的院落转移到这片顺着潮湿的褐色土地滑去的阴影，转移到一片在他前面往什么地方奔的浅黄色、令人愉快的阳光上。突然脑子里产生了一种莫名其妙的，追赶那片在地上跑的光亮的愿望。葛利高里把马一夹，放马全速跑去，——追着、追着，离那道把光和影隔开的、移动的界线越来越近了。他又拼命跑了几秒钟——伸出去的马头上已经一片阳光，马身上的枣红色的毛闪着耀眼的亮光。正在葛利高里越过那片隐隐约约的云影边缘的时候，突然从胡同里传出急促的射击声。风立即把枪声送来，越离越近、越来越响。又过了一瞬间——葛利高里从自己马的蹄声、子弹声和在耳朵里嗡嗡叫的风声中，已经听不到身后连队奔驰的轰鸣声了。马群沉重的、震撼着潮湿的处女地的奔腾声，好像已经从他的听觉中消失，——仿佛已经离他远去，在消逝。一刹那，迎面响起了猛烈的射击声，就像人们往火堆里投进了干柴，噼啪一阵乱响；成群的子弹嗖嗖叫着。葛利高里在慌乱和恐怖中回头一看。不知所措的绝望心情和愤怒使他的脸痉挛起来，变得非常难看。连队扔下葛利高里，掉转马头，往回跑去。不远的地方，连长骑在马上乱转，笨拙地挥舞着马刀，哭号着，扯着破嗓子，沙哑地大声喊叫。只有两个哥萨克跑到葛利高里跟前来，还有普罗霍尔·济科夫，他收紧缰绳，掉转马头，朝连长跑去。其余的人都四散奔回，把马刀插进鞘，拼命在用鞭子抽马。

葛利高里只在刹那间，曾减慢速度，想弄清身后究竟发生了什么事情，为什么连队并未遭受损失就突然往回逃窜。在这一刹那，他意识到：不能向后转，不能逃走，——而是要向前冲！他看到，在离他有一百沙绳远，胡同里的篱笆后面，有七名红军战士正在一辆装着机枪的马车边忙活，企图掉转机枪枪口，扫射向他们冲来的哥萨克；但是在这么狭窄的小胡同里，显然是很难做到的：机枪沉默无声，步枪的射击声也越来越稀疏，葛利高里觉得子弹的啸声也越来越弱了。葛利高里拨马走正，想越过一道从前用来围挡果园的、倒塌的篱笆，冲到这条胡同里去。他把视线离开篱笆，不知怎么突然就像用望远镜看到了似的，清晰地看到水兵们已经在他身旁，他们正在忙乱地往下卸马，看见了他们肮脏的黑帆布制服和紧扣在头上、把脸变成圆得非常滑稽的无檐帽。两个水兵砍断了马套，第三个把脑袋缩进肩膀，在机枪旁边忙活，其余的人站着或跪在地上，用步枪向葛利高里射击。跑得越近，看见他们的手正在扳动步枪的大栓，听见了尖利的，朝他打来的枪声。枪声很急，一声跟一声，枪托子也那么迅速地在他们肩头跳动，这倒使浑身大汗的葛利高里充满了愉快的信心："他们打不中的！"

篱笆在马蹄下咯吱响了一声，被甩在后面了。葛利高里举起刀，眯缝起眼睛，选中了最前面的那个水兵。脑子里又冒出了一个恐怖念头："他们正对准我射击……马直立起来……把我扔下来……他们就会把我打死！……"已经朝他打了两枪，仿佛是从远处传来一阵喊声："我们活捉他！"眼前是一张英勇的、前额光光的、张牙露齿的脸，无檐帽的飘带迎风乱舞，帽箍上的金字已经褪色，暗淡无光……葛利高里紧踏马镫，挥刀砍去——觉得刀锋黏糊糊地砍进了水兵柔软的、有弹性的身躯。第二个水兵脖子很粗、身体健壮，开枪打穿了葛利高里左肩上的肌肉，当即就被普罗霍尔·济科夫的马刀削去半边脑袋，倒在地上。葛利高里拨马朝近处的枪栓响处冲去。一个黑魆魆的步枪口正从装着机枪的马车后面伸出，直对着他的脸。他使劲把身子往左一歪，连马鞍子都活动了，呼哧直喘的发疯的马也跟着晃了一下，躲开了在他头顶尖声号叫的死神，在马跃过机枪马车的车辕时，砍死了那个开枪的水兵，水兵的一只手还没来得及用枪栓把第二颗子弹顶进枪膛。

在短短的一瞬间（后来这一瞬间在葛利高里的脑子里却变成非常漫长的一段时间）他砍死了四名水兵，也不听普罗霍尔·济科夫的呼叫，又去追赶藏在胡同拐弯处的第五个水兵。但是这时赶到葛利高里面前去的连长抓住了他的马笼头。

"你往哪儿去呀?！他们会把你打死的！……板棚后面他们还有一挺机枪呢！"

又赶来两个哥萨克和普罗霍尔，他们立刻下了马，跑到葛利高里跟前，强行把他从马上拉下来。他在他们的手里挣扎着，喊：

"放开我，坏蛋！……我要把这伙水兵！……统统……

砍死！……”

“葛利高里·潘苔莱维奇！麦列霍夫同志！请您清醒清醒吧！”普罗霍尔苦苦地劝他说。

“你们放开我吧，弟兄们！”葛利高里已经换了另一种颓丧的声调请求说。

哥萨克们放开了他。连长悄悄地对普罗霍夫说：

“扶他上马，护送他到古森卡去，看样子，他是病啦。”

连长朝马走去，命令连队：

“上——马！……”

但是这时葛利高里把皮帽子往雪上一扔，摇摇晃晃地站了一会儿，忽然牙咬得咯吱咯吱直响，大声哼哼起来，脸色变得非常难看，扯起身上穿的军大衣扣子。连长还没来得及朝葛利高里迈出一步，他就一头栽到地上，裸露的胸膛贴在雪上。他号哭起来，哭得浑身直哆嗦，像狗一样，用嘴舐着篱笆边的残雪。后来，在神志清醒的那一刹那，他想站起来，但是怎么也起不来，于是他扭过泪流纵横、被疼痛弄得不成样子的脸，朝聚集在他四周的哥萨克们，声嘶力竭、粗野地呼喊：

“我砍死的是什么人呀？……”他生平第一次在痛苦地抽搐中挣扎，满嘴喷着白沫喊叫，“弟兄们，我是得不到饶恕的！……看在上帝面上，砍死我吧……为了圣母……把我处死吧！……”

连长赶忙跑到葛利高里跟前，同一个排长一起，弯腰俯在他身上，把系马刀的皮带和军用背包扯下来，捂上他的嘴，压住腿。但是他的身子虽然被他们压着，好半天还弯得像弓一样，用两条痉挛着的、挺直的腿乱刨着细雪，一面哼哼着，一面用头往马蹄翻起的、闪着亮光的、肥沃的黑土地上乱撞，他生在这块土地上，在这块土地上生活，他曾充分享受了生活为他准备的一切——甘少苦多。

只有野草是这样在土地上生长，它吮吸着能创造生命的土地的奶汁，漠不关心地接受阳光的抚爱和恶劣天气的摧残。在暴风雨致命的袭击中驯顺地倒下去。然后，把种子迎风撒去，同样是那么漠不关心地死去，枯萎的草茎沙沙作响，向照耀着死亡的秋阳致敬……

第四十五章

第二天，葛利高里把全师的指挥任务交代给自己属下的一位团长，由普罗霍尔·济科夫陪着，去维申斯克了。

卡尔金斯克镇外有一大片很深的洼地，洼地上有一个叫草席塘的池塘，水塘里落满了停下来休息的野雁，在水上游嬉。普罗霍尔用鞭子朝水塘方向指了指，笑着说：

“葛利高里·潘苔莱维奇，要能打一只野雁就好啦。咱们就可以用它来下酒！”

“好，咱们走近一点儿，我用步枪试试看。我的枪法曾经相当不错。”

他们向洼地深处驰去。普罗霍尔牵着马停在一道隆起的土坡后面，葛利高里脱下军大衣，把步枪的保险机扣上，顺着一条还残留着去年的灰色艾蒿的浅沟向前爬去。他爬了半天，几乎连头也没有抬，就像是去侦察敌人的潜伏哨似的往前爬，就像当年在德国前线，在斯托霍德河附近摸德国哨兵时那样。褪色的保护色军便服和褐绿色的田野混成一体，小沟隐蔽着葛利高里，使那只翘着一条腿站在水边春汛冲出的棕色小丘上守望的野雁的尖利眼睛看不到他。葛利高里爬到能进行短距离射击的地方，略微欠起一点儿身子。那只守望的野雁扭动着像石头一样灰色的、蛇似的脑袋，警惕地四面张望着。它的身后有一群雁散浮在水面上，很像盖了一块浅黑色的苫布，它们一会儿呱呱叫几声，一会儿又把脑袋扎进水里。轻微的咕咕呱呱的鸣声和水的溅拍声从水塘边传来。“可以固定瞄准。”葛利高里想道，心怦怦直跳，把枪托子靠在肩膀上，瞄准那只守望的野雁。

开枪以后，葛利高里跳了起来，被雁群的鸣叫和翅膀的扇动声震得耳朵都要聋了。他要打的那只野雁慌忙振翅高飞，其余的野雁也都飞起，像一块浓云似的在水塘上空飞舞。葛利高里很伤心，又朝飞起的雁群打了两枪，一面注视着有没有野雁落下来，一面向普罗霍尔走去。

“瞧啊！瞧啊！……”普罗霍尔跳到马鞍子上，直立在上面，用鞭子指着在蔚蓝的晴空中远去的雁群喊道。

葛利高里扭回身去，兴奋和猎人样的激动，使他浑身直哆嗦：一只野雁离开已经排好行列的雁群，缓慢地时断时续地扇动着翅膀，急速地落了下来。葛利高里踮起脚尖，用手巴掌搭在眼上，盯着这只雁。孤雁离开了惊鸣的雁群，向一边飞去，越飞越没有力气，缓缓下落，忽然像一块石头似的从高空坠下，只有翅膀下面雪白的羽毛被太阳照得闪光耀眼。

“上马！”

普罗霍尔张开大嘴笑着，跑过来，把缰绳扔给葛利高里。他们向山坡疾驰而去，一气跑了足有八十沙绳远。

“就是它！”

野雁伸着长脖子，展开翅膀，躺在那里，仿佛是在最后一次拥抱这片冷酷的土地。葛利高里没有下马，俯身捡起打落的野雁。

“子弹打中它什么地方啦？”普罗霍尔好奇地问。

子弹打穿了雁嘴的下部，把眼睛旁边的骨头打歪了。死神在它飞翔的时候追上了它，把它从排成人字形的雁行里揪出来，扔到地面上。

普罗霍尔把雁系在马鞍上。两人又上路了。

他们把马留在巴兹基村，坐渡船过了顿河。

葛利高里到了维申斯克，就住在一个熟识的老头子家里，吩咐赶快把野雁拿去烤，自己并未到司令部去，却派普罗霍尔去买烧酒，一直喝到黄昏。谈话中主人大发牢骚说：

“葛利高里·潘苔莱维奇，我们维申斯克的长官有点儿太专横啦。”

“什么长官？”

“那些自封的长官呀……库季诺夫还有其他的一些人。”

“他们怎么啦？”

“他们总是欺压那些外来户。谁要是跟红军走了，就把他们的婆娘、女儿和老头子关进监牢。我的亲家母为了儿子的缘故，也被关起来啦。这简直太没道理！哼，譬如说吧，你跟着士官生跑到顿涅茨河那岸去了，红军就把令尊——潘苔莱·普罗珂菲奇——关进监狱去，这恐怕是不对头吧？”

“当然不对啦！”

“可是这儿的政权却就要关。红军从这里过，谁也没有欺压，可是这些人却变得像疯狗一样，乱咬一气，哼，他们无法无天！”

葛利高里站起来，微微地摇晃了一下，伸手去拿搭在床头上的军大衣。他只是稍有醉意。

“普罗霍尔！拿马刀来！拿手枪来！”

“您上哪儿去，葛利高里·潘苔莱维奇？”

“用不着你管！叫你拿什么，你就拿什么。”

葛利高里挂上马刀和手枪，扣上军大衣扣子，扎上腰带，径直朝广场上的监狱走去。站在门口的一个非战斗部队的哥萨克卫兵想阻拦他。

“有通行证吗？”

“让我进去！告诉你，躲开！”

“没有通行证什么人我也不能放进去。还没有这样的命令。”

葛利高里把马刀还没有抽出一半来，哨兵已经躲到门里去了。葛利高里跟在他后头，手不离刀柄，闯到走廊里。

“把典狱长给我叫来！”他喊道。

他脸色灰白，鹰钩鼻子恶狠狠地弯着，紧皱着眉……

一个担任看守的瘸腿哥萨克跑了过来，满脸孩子气的文书从办公室朝外张望了一下。睡眼惺忪、怒火冲天的典狱长很快就来了。

“没有通行证乱闯——你知道吗，这是要判罪的？！”他哇啦哇啦地吼叫起来，但是一认出是葛利高里，仔细瞅了瞅他的脸，丧魂失魄地结巴说，“原来是您哪，老老……麦列霍夫同志，是吧？怎么回事？”

“拿牢房的钥匙来！”

“牢房的钥匙？”

“怎么，还要我给你重复四十遍吗？好啦，快把钥匙拿来，狗崽子！”

葛利高里朝典狱长迈了一步，典狱长往后退了退，但是还是相当坚决地说：

“钥匙我不能给。您没有权利这样做！”

“权——权？……”

葛利高里的牙齿咬得咯吱直响，抽出了马刀。马刀在他手里嗖嗖响着，在走廊低矮的天花板下面画了一个耀眼的圈子。文书和几个看守都像受惊的麻雀，四散逃命，典狱长紧靠在墙上，脸色变得比墙还白，嘟哝说：

“您就胡来吧！哪，给您钥匙……可是我要去控告。”

“我就是要胡来给你看看！你们在后方待惯啦！……你们在这儿充他妈的英雄好汉，把娘儿们和老头子关进监狱！……我要把你们这帮家伙全都轰走！全给我上前线去，混账东西，不然我立刻就把你砍死！”

葛利高里把马刀插回刀鞘，朝吓坏了的典狱长的脖颈打了一拳；用膝盖和拳头把他向门口推去，嘴里吆喝着：

“上前线上去！……滚！……滚！……你妈的……后方的虱子！……”

葛利高里把典狱长推出去，听见监狱院子里一阵喧哗，就往那里跑去。在去厨房的入口处站着三个看守；一个扳着长了锈的日本步枪枪栓，激动、快嘴地叫喊着：

“……这是劫狱呀！……应该抵抗！……旧法规上不是这么说的吗？”

葛利高里拔出了手枪，于是几个看守争先恐后地顺着小道钻进了厨房。

“出——来——吧！……回家去！……”葛利高里打开挤得满满的牢房，手里摇晃着一串钥匙，大声喊。

他把全部犯人（约有一百来人）都放了出来。把那些怕事不敢出去的人推到街上，锁上空牢房的门。

监狱门口聚集了一大群人。犯人都从门里涌到广场上；他们都四面张望着，弯着腰走回家去。警卫排的哥萨克们手扶马刀，从司令部向监狱跑来;库季诺夫本人也一溜歪斜地跑来了。

葛利高里最后一个离开了空荡荡的监狱。他穿过拥挤的人群,难听地骂着那些拼命想探听消息、喊喊喳喳说三道四的婆娘们,微驼着背,慢步朝库季诺夫走去。对那些跑过来并且已经认出他、向他敬礼的警卫排的哥萨克们喊:

“回你们的住处去,儿马们!喂,你们跑什么呀,累坏了吧?回去!”

“我们还以为犯人造反了呢,麦列霍夫同志!”

“那个小文书跑去说:‘来了一个黑脸大汉,把牢房的锁全砸啦!’”

“原来是一场虚惊!”

哥萨克们都哈哈笑着,议论着,转身回去了。库季诺夫急急忙忙地赶到葛利高里跟前,一面走,一面整理着从制帽里披散出来的长头发。

“你好,麦列霍夫。怎么回事?”

“好啊,库季诺夫!我把你们的监狱给砸啦。”

“这是根据哪家的王法呀?这是怎么回事?”

“我把人全都放走啦——完事大吉……怎么啦,你瞪什么眼呀?你们把这么多外来户的娘儿们和老头子都关了起来又是根据哪家的王法呀?还要问我是怎么回事?你给我小心点儿,库季诺夫!”

“不准你这样胡作非为。这简直是横行霸道!”

“我跟你死去的妈胡作非为,横行霸道哪!我马上就从卡尔金斯克调一个团来,狠狠地把你们这些鬼东西整一整!”

葛利高里忽然抓住库季诺夫柔软的高加索皮带,摇晃着,冷酷、愤怒地低声说:

“你愿意吗,我立刻就开放阵地?你愿不愿意,我立即结果了你的小命,啊?唉,你呀!……”葛利高里咬了一下牙,放开了微笑着的库季诺夫,“你龇牙笑什么呀?”

库季诺夫整了整腰带,挽住葛利高里的一只胳膊,说:

“走,到我那儿去。你干吗要发这么大的火啊?你这会儿要能看看自己是什么样子就好啦!简直像魔鬼……老弟,我们这儿正在想念你哩。至于监狱那桩事儿——小事一桩……好啦,放就放了吧,这有什么了不起？……我跟弟兄们打过招呼，叫他们不要胡来，把那些男人跟着红军走了的外来户的婆娘都给抓来……不过你干吗要这样来败坏我们的威信呢？唉，你呀，葛利高里！你太任性啦！要是你来说一声：'如此这般，应该把监狱疏散疏散，哪些人应该放走。'我们会拿名单来审查一下，该放的放一些。可是你——一下子都给放掉了，那可怎么好呀？你太冒失啦！"库季诺夫拍了拍葛利高里的肩膀，笑了起来，"要知道，如果在这种时候谁敢说句反对你的话，你就会杀死他。或者你会鼓动哥萨克起来暴动……"

葛利高里把胳膊从库季诺夫的手里抽出来，在司令部旁边站住。

"你们在我们背后都变成英雄好汉啦！把监狱装满了人犯……要是能把你的本事拿到前线上去显显就好啦！"

"葛利沙，当年我的本事也不比你差。就是现在的话：你来替我，我去指挥你那个师……"

"那可不行，谢谢你啦！"

"这就对啦！"

"好啦，我不想跟你多扯。我现在要回家去休息个儿把星期。我好像是病了……肩膀受了一点儿伤。"

"什么病？"

"相思病，"葛利高里苦笑说，"心里有点儿乱……"

"不，不开玩笑，你到底怎么啦？我们有位好医生，也许还是医学教授呢。是个俘虏。我们的部队在舒米林斯克镇外捉到的，他正和水兵们一块儿走。很有派头，戴副黑眼镜。也许，可以叫他给你看看吧？"

"叫他见鬼去吧！"

"那好吧，你就回去休息休息吧。把师的指挥任务交给谁啦？"

"里亚布奇科夫。"

"等等，你忙着往哪儿去呀？你谈谈，前线的情况怎么样？听说你大砍大杀了一阵，是吗？昨天夜里有人报告我说，好像你在克利莫夫卡附近砍死了简直是不计其数的水兵。是真的吗？"

"再见吧！"

葛利高里走了，但是刚走了几步，又站住了，扭回半边身子，把库季诺夫叫住，说：

“喂！我要是再听到你们抓人的消息……”

“不会，不会啦！你放心好啦！休息去吧！”

白昼跟着太阳，向西天没去。从顿河上，从河水泛滥的地方送来阵阵寒意。成群的野鸭嘎嘎叫着从葛利高里头顶上飞过去。当他已经走进了院子，从卡赞斯克地区的什么地方沿着顿河传来大炮的轰鸣声。

普罗霍尔很快就备好了马，牵着马缰绳，问：

“今儿个就回家去吗？回鞑靼村吗？”

葛利高里默默地接过缰绳，又默默地点了点头。

第四十六章

因为哥萨克都打仗去了，所以鞑靼村显得那么空旷、寂寥。鞑靼村的步兵连曾暂时划归第五师的一个团指挥，调到顿河左岸去了。

有一段时间，红军部队补充了从巴拉绍夫和波沃里诺开来的援军，从东北方面展开了猛烈的进攻，占领了叶兰斯克镇辖区的许多村庄，进逼叶兰斯克镇。叛军在争夺通往市镇要冲的残酷战斗中占了上风。叛军之所以能占上风，是因为调来了一些强有力的支援部队，支援了在红军莫斯科团和两个骑兵连进攻中后退的叶兰斯克团和布坎诺夫斯克团。叛军第一师的第四团（鞑靼村的步兵连也编在这个团）、一个拥有三门炮的炮兵连和两个预备骑兵连，沿顿河左岸，从维申斯克开到了叶兰斯克。此外，沿顿河右岸，还向普列沙科沃村和马特维耶夫村集结了大量援军，从叶兰斯克镇越过顿河，在长约三至五俄里的地段布阵。在克里夫斯克山岗上配置了一个炮兵排。有个克里夫斯克村的哥萨克炮手，以弹不虚发而驰名，他第一炮就摧毁了红军的一个机枪阵地，接连几发榴霰弹又击中了隐蔽在红柳树林里的红军散兵线，逼使他们不得不撤退。战斗以叛军获胜结束。叛军追击着后退的红军，把他们赶到叶兰卡河对岸去，派出十一连骑兵去追击逃敌，在离扎托洛夫斯基村不远的山岗上追上了一个红军骑兵连，并把他们全都砍死了。

从那时起，鞑靼村的步兵连就在顿河左岸的沙丘间打转转。几乎没有哥萨克从连队回家度假。只是在复活节前，好像是商量好了似的，一下子几乎有半个连都回到村里来了。哥萨克们在村子里住了一天，开了斋，换了换内衣，从家里带上猪油、面包干和其他的食物，又渡河到对岸去，就像朝圣者一样，只是手里拿的不是拐杖，而是步枪，成群结队地往叶兰斯克方向走去。妻子、母亲、小妹妹都站在鞑靼村的土岗上，站在顿河沿岸的山头上，目送他们远去。婆娘们哭号着，用头巾或披肩角儿擦着哭红的眼睛，一把鼻涕一把泪地往衬裙襟上抹……而哥萨克们则在顿河对岸涨满春水的树林外，顺着沙土岗走去：赫里斯托尼亚、阿尼库什卡、潘苔莱·普罗珂菲耶维奇、司捷潘·阿司塔霍夫还有另外一些哥萨克。上了刺刀的步枪上挂着装干粮的麻布袋，香薄荷似的、忧郁的草原歌声随风飘荡，哥萨克们无精打采地交谈着……他们垂头丧气地走着，但是却都吃得饱饱的，衣服换洗得干干净净的。节前，妻子和母亲给他们烧好热水，把身上的泥垢洗掉，把吸服役的哥萨克血的大虱子篦干净。为什么大家不在家里太太平平地过日子呢？偏要这样去送死……赶去送死。那些刚被征召到叛军队伍里来的十六七岁的小伙子，都脱掉皮靴或鞋子，在温暖的沙土上走着。他们不知道为什么那么高兴，笑语不断，用还没有成熟的、沙哑的嗓子唱歌。他们觉得打仗很新鲜，像儿童游戏似的。在起初的日子里，他们还从掩身的堑壕边潮湿的土坡上抬起头来，倾听子弹的啸叫声。“苇芽！”上过战场的哥萨克们这样轻视地称呼他们，用自己的经验教他们怎么挖战壕，怎样射击，在行军的时候怎样背武器和军用品，怎么选择安全的掩护地形，甚至连怎么用火烧虱子的技术和怎样包裹脚布，可以使脚不感到疲倦，而且不在鞋子里“乱窜”，都教给了他们，就这样教导这些乳臭未干的青年人。这些“苇芽”在红军的枪弹还没有打中他们的时候，总在用惊讶的、小鸟一样的目光张望着周围战火纷飞的世界，总要抬起头来，被好奇心驱使着，从堑壕里向外窥视，要看看“红军”是个什么样子。如果这样一位年方十六的“勇士”一伸腿死了，在这短暂的十六年里，他还什么世面也没有见过呢。这样一个大孩子躺在那里,伸着两只娇嫩的大手,扎煞着耳朵,尚未成年的细脖子上刚开始鼓起喉结。人们把尸首运回故乡,埋到祖父和曾祖父在那里烂掉的坟墓里,母亲惊骇地双手一拍,迎上来,抚尸号哭半天,不断从满头白发的脑袋上撕下一团团的头发。然后,等到把他们埋葬了,坟上的黄土已经干了,衰老的、被母性的无限悲痛折磨得腰弯背曲的母亲天天走进教堂,去追荐自己"战死的"万纽什卡或者谢姆什卡①。

如果子弹幸而没有把这个万纽什卡或者谢姆什卡打死,这样他也就认识到战争的残酷了。生了黑茸毛的嘴唇哆嗦一下,一歪扭……这位"勇士"用像兔子似的、孩子般的声调喊一声:"我的亲娘呀!"于是黄豆般的泪珠从眼里涌出来。一辆救护车就会拉着他在坑洼不平的道路上颠簸,震裂伤口。然后,一位有经验的连队医官给他洗净子弹或者炮弹片打的伤口,笑嘻嘻地,像对付小孩子似地安慰他说:"伤在小猫身上疼,伤在喜鹊身上疼,在万纽什卡身上很快就会合上缝。"可是"勇士"万纽什卡却又哭又嚷要回家,哭着要母亲。不过等伤口一长好,再回到连队里去,这回就会彻底了解战争究竟是怎么回事儿啦。在部队里混上两三个星期,在战斗和厮杀中变成铁石心肠,然后,你再看吧,他居然也会站在俘虏的面前,叉开腿,往一边啐着唾沫,模仿着某一位野兽似的、凶狠的司务长的样子,傲慢地,用沙哑的破嗓子低声问:

"喂,怎么样,庄稼佬,你他妈的落到老子手里啦?啊——啊?你想要土地吗?想要平等吗?你大概是个共产党吧?坦白交代吧,坏蛋!"于是为了要显显自己的威风,"哥萨克的勇猛",举起步枪,打死那个生活在顿河土地上,又在这里死去的人——为了苏维埃政权,为了共产主义,为了使世界上永远不再发生战争而战斗的人。

于是在莫斯科省或者在维亚茨基省,在伟大的苏维埃俄罗斯的一个偏僻的村庄里,就会有一位红军战士的母亲,在接到儿子"为了使劳动人民从地主和资本家的压迫下解放出来,在与白卫军的斗争中牺牲……"的通知以后,号啕大哭起来……刺心的思念之情控制了母亲

---

① 万纽什卡是伊万的爱称;谢姆什卡是谢苗的爱称。

的心,泪水模糊了眼睛,她将要天天如此,一直到死,永远怀念那个她曾经在肚子里怀过,在血泊和分娩的阵痛中生下来的人,他是在顿河流域的什么地方被敌人打死的……

从前线上开小差回来的鞑靼村那半个连现在又回部队去了。他们在蜿蜒起伏的沙丘上,在闪耀着紫光的红柳树林里走着。青年哥萨克们兴高采烈,无忧无虑,那些被人谑称为"盖达马克"的老头子们却长吁短叹,眼睛里暗含着泪水;到了耕地、耙地和播种的时节啦,土地在召唤他们,日夜不停地在召唤他们,而这时候却要去打仗,被迫蹲在陌生的村庄里,闲待在那里,担惊受怕、受罪挨饿、寂寞得要死。正因为如此,那些有胡子的人都热泪盈眶,正因为如此,他们才这么愁眉苦脸地走着。每个人都在思念自己扔下的家业、财产和农具。一切事情都要男人的手来做,没有主人的照顾什么都变得不像样子。婆娘们能干什么呢?地都晒干啦,她们播不上种,明年就得挨饿啦。民间俗语不是这么说嘛:"干庄稼活,就是小老头子,也比个年轻的妇女有用。"

老头子们一声不响地在沙土上走着,只是在一个青年哥萨克放了一枪打兔子,这才活跃起来。他们决定要惩罚这个浪费子弹(叛军司令部严令禁止浪费子弹)的家伙。把一肚子气全都发泄到小伙子身上了。

"打他四十鞭子!"潘苔莱·普罗珂菲耶维奇提议说。

"太多啦!"

"这样他就走不到驻地啦!"

"打十六下吧!"赫里斯托尼亚叫道。

大家同意打十六下,双数。把犯错误的人按倒在沙地上,褪下了裤子。赫里斯托尼亚嘴里哼着小曲,用小折刀削着长满了带黄色茸毛芽苞的树条子,阿尼库什卡在行刑。其余的人都坐在旁边抽烟。然后,大家又走起来。那个挨打的人在大家的后面艰难地走着,一面擦眼泪,一面勒紧裤子。

刚刚走过那片沙地,来到灰色的黏土地的时候,大家就又心平气和地说起话来。

“看这可爱的土地，正在盼着主人回来呢，可是主人却没有工夫，魔鬼叫他在山岗里瞎转转，打仗哪。”一个老头子指着一块干透了的份地，叹息说。

走过耕地的时候，人人都弯下腰去，抓起一块散发着春天的太阳气息的干土，放在手巴掌上捻碎，透不过气似地叹息着。

“这地正是播种的时候。”

“要是能立刻扶犁播种多好啊。”

“再过三天就不能下种啦。”

“我们那里，河那边，还嫌早一点儿。”

“是啊，还早哪！瞧，顿河两岸的沟崖上还有雪呢。”

后来停下来休息，吃午饭。潘苔莱·普罗珂菲耶维奇请那个挨打的小伙子吃“挤奶渣”。（他把奶渣装在布袋里，拴在步枪筒上，一路上从袋子里往外滴答水。阿尼库什卡笑哈哈对他说：“普罗珂菲奇，顺着这条湿印就能找到你，看你后头留下的这条湿印，就像公牛走过以后留下的尿印子。”）他一面请小伙子吃，一面很郑重地说：

“傻小子，你可不能怨恨老头子们。是啊，抽了你一顿，那算得了什么！不经一事，不长一智嘛。”

“潘苔莱爷爷，要是把你抽一顿，你就不会唱这个调儿啦！”

“小伙子，我挨过的抽比这可狠得多啦。”

“还要狠得多？”

“是的，狠得多。这是明摆着的嘛，古时候抽起来可没这么轻。”

“过去也抽？”

“当然，也抽。小伙子，有一回我老子用车辕木朝我背上打——就是这么打，我还是长大成人啦。”

“真是用车辕木打吗？”

“我说用车辕木，就是用车辕木。喂，糊涂虫！吃奶渣啊，干吗老看我的嘴呀？瞧你，他妈的，勺子把儿都没有啦，大概是折断了吧？混蛋！今儿个把你这个狗崽子抽得还是太轻！”

吃过午饭以后，决定在舒服的、像葡萄酒一样醉人的春日的艳阳天里打个盹儿。大家都趴在沙土地上，叫太阳晒着脊背，打了一会儿呼噜,然后就又顺着褐色的草原,踏着去年的庄稼茬子,不走大道,一直往前走。他们穿着短上衣、军大衣、粗呢农民上衣和光面短皮袄;有的穿着靴子,有的穿鞋,裤筒掖在白袜筒里,有人脚上什么也没有穿。干粮袋在刺刀上摇晃。

这些又回连队里来的逃兵简直没有一点威武劲儿,就连在蓝天上叫够了的云雀,都大模大样地落在这半连人经过的附近草地上。

葛利高里·麦列霍夫进村没有遇到一个哥萨克。第二天早晨,他扶着小米沙特卡骑上马,叫他赶到顿河边去饮水,自己和娜塔莉亚一同去探望格里沙卡爷爷和岳母。

卢吉妮奇娜流着眼泪迎接女婿:

"葛利申卡,好孩子!自从我们的米伦·格里戈里耶维奇——愿他在天之灵安息——去世以后,我们家就全完啦!……唉,家里谁还能去种地呀?种子堆满了仓,可是没有人去种。我的亲人呀!我们成了孤儿寡母,我们什么用也没有啦,谁都把我们看做陌生人、多余的人!……你看看,我们的家业破败成什么样子啦!什么都无人照管……"

家业的确是眼看着在破败:牛撞坏、撞倒了牲口院里的篱笆,有些地方,柱子都倒了;板棚子的土墙被春水冲坏,倒塌了;场院的围棚也都没有了,院子没有人打扫;板棚檐下放着一把生了锈的大镰刀,这里还扔着一台破烂的收割机……到处是荒芜、败落的景象。

"一没有当家人,家业很快就全完啦。"葛利高里巡视了科尔舒诺夫家的院落,无动于衷地想。

他回到屋里。

娜塔莉亚正在和母亲嘁嘁喳喳地说什么,一看见葛利高里就不说了,而且献媚地笑起来。

"葛利沙,妈妈刚才说要求你……你要是能到地里去……也许可以给她们种上几亩呢?"

"妈妈,你们还要种什么呀?"葛利高里问,"你们家的仓房里的小麦还满满的呢。”

卢吉妮奇娜双手一拍说：

“葛利申卡！那土地就叫它那么闲着啊？要知道我们去世的当家人已经秋耕了三块地啦。”

“地有什么要紧呢？就让它先那么闲着不行吗？今年要能活下来，咱们就种。”

“这怎么行啊？土地就这样荒着哪。”

“等战线从这儿移开，你们再种吧。”葛利高里想试着说服丈母娘。

但是她却固执己见，甚至有点儿生葛利高里的气了，最后把哆嗦着的嘴唇一噘，说：

“哼，如果你没有工夫，或许，你不愿意帮我们的忙……”

“好啦，别说啦！我明天去给自家种，也给你们种上两俄亩。这就足够你们吃啦……格里沙卡爷爷还活得挺好啊？”

“那可太感谢啦，恩人哪！”脸上放光的卢吉妮奇娜高兴地说，“我立刻就去告诉格丽帕什卡，叫她送种子去……爷爷吗？上帝一直还不肯接他回去。还活着哪，不过脑子有点儿不大好使啦。整天整夜地光坐在那里念《圣经》。有时候用教堂用语说呀说呀，简直叫人听不懂……你去看看他吧。他在内室里呢。”

泪珠顺着娜塔莉亚的丰满的脸颊淌下来。

娜塔莉亚眼泪汪汪地笑着说：

“我刚才上他那儿去啦，他说：‘狠心的小丫头呀！怎么你也不来看看我呀？亲爱的，我快死啦……我一定要为你，为我的孙女祷告祷告上帝。我想入土啦，娜塔柳什卡……土地正在召唤我去哪。是时候啦！’”

葛利高里走进内室。浓重的檀香、霉气和腐烂的气味，老年人的肮脏气味刺进了他的鼻孔。格里沙卡爷爷还是穿着那件红翻领上缝着领章的灰军服，坐在卧榻上。肥大的裤子和毛袜子都精心织补过。从小丫头长成大姑娘的格丽帕什卡照顾爷爷的生活，她非常关心、爱护他，就像从前娜塔莉亚做姑娘的时候那样。

格里沙卡爷爷把《圣经》放在膝盖上，从镶着长了绿锈的铜框眼镜

里看了一眼葛利高里,笑着张开嘴,露出洁白的牙齿:

“服役的人来啦?全腿全胳膊的呀?上帝保佑,你没有叫凶恶的子弹打中吗?好,感谢上帝。坐下吧。”

“你的身体可好啊,老爷子?”

“你说什么?”

“我说,你的身体健康吗?”

“怪人!真是个怪人!我这把年纪啦,还说什么健康呀?要知道我已经快一百岁啦。是的,活了快一百岁啦……自己都不觉得。仿佛昨天我还是个留着红额发的壮实小伙子。可是今天我一醒过来——只剩下一把老骨头……生命就像夏天的闪电,一闪就没有啦……我的身子已经没有劲儿啦。棺材已经在仓房里放了多少年了,可是上帝,看来早已把我忘啦。我这个罪人已经多次祈祷:‘主啊,你转过脸,用慈爱的目光看看你的奴仆格里戈里①吧!我想入土,土地也在召唤我……’”

“老爷子,你还能活很久哩。看你满嘴的牙。”

“啊?”

“你的牙还很多哪!”

“牙?你这个傻瓜!”格里沙卡爷爷怒冲冲地说,“要知道,如果灵魂要离开你的肉皮囊的时候,用牙也咬不住它呀……你还在打仗吗,荒唐鬼?”

“还在打哪。”

“我们家的米秋什卡也走啦,你瞧吧,他太性急——要大吃苦头。”

“一定要吃苦头。”

“说的就是。可是你们为什么打仗呢?你们自个儿也不明白!一切都是按照上帝的意旨在行事。我们家的米伦为什么送了命?就是因为他反对上帝,煽动老百姓造反,反对政权。不论是什么政权,就连反对基督的政权,都是上帝的意旨,都是上帝赐给的。那时候我就对他说:‘米伦!你不要煽动哥萨克造反,不要煽动他们去反对政权,别造

---

① 格里戈里是格里沙卡爷爷的本名。

孽！’可是他却对我说：‘不，爸爸，我受不了！要暴动，要把这个政权消灭，因为它要把咱们逼去沿街乞讨。咱们从前过的是体面日子，现在却要变成叫化子啦。’他忍受不了啦。爱动刀动枪的人，必将死于刀下。这是一定的。葛利什卡，别人都说好像你当了大将军啦，在指挥一个师的人马哪。是真的还是胡说？”

“真的。”

“是指挥一个师吗？”

“没有错儿，是指挥一个师。”

“那么你的肩章在哪儿呀？”

“我们已经取消肩章啦。”

“唉，你这个糊涂虫！取消了肩章！那你还成其什么将军呀！可怜虫！从前的将军——你看看他们就觉得舒服：吃得胖胖的，大肚子鼓得高高的，八面威风！可是现在，你看你……简直是，呸——简直叫人恶心！浑身上下，只有一件肮脏的军大衣，沾满污泥，既没有挂勋章，胸前也没有挂白绶带。大概，只有满衣裳缝的虱子。”

葛利高里哈哈大笑起来。但是格里沙卡爷爷激动地继续说：

“你别笑，坏东西！你领着人去送死，鼓动他们去反对政权。你要造大孽，用不着在这儿龇牙！啊？……哼，就是这么回事。反正他们要把你们消灭，还要把我们捎带上。上帝——他会把自己的道路指给你们的。难道《圣经》上这一段不正是说的咱们这个混乱的年月吗？喏，你听着，现在我来念一段先知耶利米的预言给你听听……”

老头子用焦黄的手指头翻着《圣经》发黄的页子，一个字一个字地、缓慢地念起来：

“‘你们要在万国中传扬报告，竖立大旗。要报告，不可隐瞒，说，巴比伦被攻取，彼勒蒙羞，米罗达惊惶。巴比伦的神像都蒙羞，他的偶像都惊惶。因有一国从北方上来攻击他，使他的地荒凉，无人居住，连人带牲畜，都逃走了。……’①明白了吗，葛利什卡？现在他们从北方来，向你们这些巴比伦人进攻啦。你再听下去：‘耶和华说，当那日子，

---

① 《圣经·旧约·耶利米书》第五十章，第二、三节。

那时候，以色列人要和犹太人同来，随走随哭，寻求耶和华他们的神。……我的百姓作了迷失的羊，牧人使他们走差路，使他们转到山上，他们从大山走到小山……’①”

“这是说的什么？什么意思？”对教会斯拉夫语不甚了了的葛利高里问。

“混账东西，这是说你们这些造反的家伙被赶得在山里乱窜。说你们这些家伙不配当哥萨克的领导人，而且你们自己比迷途的羊还糊涂，不明白自己是在干些什么……你再听下去：‘……竟忘了安歇之处。凡遇见他们的，就把他们吞灭……’②这也说得对极啦！虱子不是正在吞灭你们吗？”

“对虱子简直是毫无办法。”葛利高里承认说。

“这就越说越对啦。你再听下去：‘敌人说，我们没有罪，因他们得罪那作公义居所的耶和华，就是他们列祖所仰望的耶和华。我民哪，你们要从巴比伦中逃走，从迦勒底人之地出去。要像羊群前面走的公山羊。因我必激动联合的大国，从北方上来攻击巴比伦。他们要摆阵攻击他，他必从那里被攻取。他们的箭，好像善射之勇士的箭，一支也不徒然返回。迦勒底必成为掠物。凡掳掠他的都必心满意足，这是耶和华说的。抢夺我产业的啊，你们因欢喜快乐……’③”

“格里戈里爷爷！你最好还是用俄语讲给我听吧，不然我什么也听不明白。”葛利高里打断他的朗读，请求说。

但是老头子咂了咂嘴唇，用无神的目光看了他一眼说：

“马上就完啦，你听着吧：‘……且像踹谷撒欢的母牛犊，又像发嘶声的壮马。你们的母巴比伦就极其抱愧，生你们的必然蒙羞。他要列在诸国之末，成为旷野、旱地、沙漠。因耶和华的忿怒，必无人居住，要全然荒凉，凡经过巴比伦的，要受惊骇，又因他所遭的灾殃嗤笑。’④”

“这是什么意思呀？”葛利高里感到一阵轻微的愤恨，问。

---

① 《圣经·旧约·耶利米书》第五十章，第四、六节。

② 《圣经·旧约·耶利米书》第五十章，第六、七节。

③ 《圣经·旧约·耶利米书》第五十章，第七、八、九、十、十一节。

④ 《圣经·旧约·耶利米书》第五十章，第十一、十二、十三节。

格里沙卡爷爷没有回答,合上《圣经》,躺到卧榻上。

“人们从来就是这样生活的,”葛利高里从内室往外走着,想,“年轻的时候瞎折腾,喝伏特加,干些别的什么坏事儿,可是一到年老了,越是年轻的时候折腾得厉害的人,就越要拿上帝作护身符。格里沙卡爷爷也是这号人物。他的牙齿像狼牙一样。据说,他年轻的时候,一服役回来,全村的娘儿们都被他闹得不得安宁,不管是胖的,还是瘦的——全都不放过。可是,这会儿呢……哼,我要是能活到老的话,我才不去念这讨厌的玩意儿呢!我是不喜欢《圣经》的人。”

葛利高里从岳母家回来的时候,一路上回味着和格里沙卡爷爷说的那些话,琢磨着《圣经》上那些神乎其神、莫名其妙的“预言”。娜塔莉亚也一声不响地走着。葛利高里这次回来,她对待丈夫的态度异常严肃,——看来,葛利高里在卡尔金斯克镇各村寻花问柳的事儿也传到她耳朵里了。他回来的那天晚上,她给丈夫铺好内室的床,自己却蒙上一件皮袄,睡在大箱子上。但是她并没有说一句责备的话,什么也没有问。葛利高里也一夜没有吭声,认为最好暂时不去问他们之间关系显得特别冷淡的原因……

他们在阒无人迹的街上默默地走着,彼此好像从未感到这样隔膜过。从南方吹来温暖和煦的风,西天上堆满春天浓重的白云。白云像砂糖一样在泛着蓝光的峰巅盘旋、飘移,变换着样子,垒砌在顿河沿岸已经返青的山脊上。响起了第一声春雷,村子里到处飘溢着令人愉快的、生机勃勃的,已经放开的树木芽苞的芳香和解冻的大地新鲜的黑土气息。白花花的波浪在顿河蓝色的河面上奔腾,从下游吹来的风送来湿润的、令人振奋的潮气、腐烂的树叶和潮湿的树木的刺鼻气味。山坡上秋耕的份地像块黑色的、毛茸茸的补丁在冒着热气,升起一股蜃气,在顿河沿岸的山峰上飘动,云雀在大道上空令人心醉地歌唱,金花鼠轻声地吱吱叫着跑过大道。在整个这个充满了生机和伟大创造力的世界的上空,——闪耀着高高在上的、骄傲的太阳。

村子中间有座搭在沟谷上的桥,春天的山水发出欢腾的、孩子般的笑声还在向顿河奔流;娜塔莉亚在桥边停下来。她弯下腰,装作要系系鞋带,实际上却是为了不让葛利高里看见她的脸,问:

“为什么你一声也不吭呀?”

“有什么可跟你说的呢?”

“可说的多得很……最好说说在卡尔金斯克怎么饮酒行乐,怎么跟女……瞎搞的事儿……”

“你已经知道了?”葛利高里掏出烟荷包,卷起烟来。掺杂的叶子烟散发出香甜的木樨草味。葛利高里吸了一口,又问:“那么说,你已经知道了?听谁说的?”

“我既然说,那就是知道啦。全村的人都知道啦,还用听谁说呀。”

“好啦,你既然知道啦,那还有什么可说的呢?”

葛利高里大踏步向前走去。他的稀疏的脚步声和娜塔莉亚紧跟在他后头急促、细碎的脚步踏在小桥的木板上,发出的清脆响声,在春天透明的寂静中回荡。过桥以后,娜塔莉亚沉默了,擦着不断淌下来的眼泪,后来她忍气吞声,结结巴巴地问:

“你又要旧病复发啦?”

“不要再说啦,娜塔莉亚!”

“该死的公狗,馋嘴的公狗!为什么你又折磨我呀?”

“你少听点儿谣言就好啦。”

“你自个儿都承认啦!”

“看来,别人对你说的,是太言过其实啦。好了,真对不起……娜塔什卡,是生活本身的罪过……我一天到晚在死亡线上晃,哼,有时简直是跨过一条腿啦……”

“你的孩子已经这么大啦!你看着他们,不觉得良心有愧!”

“哈!良心!”葛利高里哈哈大笑起来,露出像飞沫一样雪白的牙齿,“我想都想不到它了。当整个生活都变成一塌糊涂的时候,还说什么良心哟……人们在互相残杀……却不知道为什么要这么干……而且怎么对你说呢?你是不会懂得的!你现在只有颗妇道人家的妒忌心,至于什么东西在刺我的心,什么东西在吸我的血,你是不会去想的。我现在大喝起伏特加来啦。前两天,我发了一次病。那一会儿我的心都停止跳动啦,浑身全凉……”葛利高里脸色阴沉,艰难地从肚子里把话挤出来,“我非常痛苦,因此我就在胡闹,为了能不想这些事情,喝伏特加,或者跟女人鬼混……你等等！叫我说完:我这心里总有什么东西在吸吮我、刺我……生活走上了邪路,我在这方面也许是有罪的……最好现在能跟红军讲和,然后,掉转枪口——去进攻士官生。可是怎么进行呢？谁能使我们跟苏维埃政权搭上话呢？我们双方的血债怎么算呢？有一半哥萨克跑到顿涅茨对岸去啦,就是留在这边儿的人,也都发疯啦……刚才你们家的格里沙卡爷爷给我念了一段《圣经》,说什么我们干得不对,不应该暴动。还骂了你爸爸一顿。"

"爷爷的脑子已经糊涂啦！现在轮到你啦。"

"唉,你也只能说些这样的话。你的脑子也不会想别的事……"

"哎呀,你别给我念牙痛咒啦！你为非作歹,花天酒地够啦,现在一股脑儿全都推到战争身上去。你们全是一路货色！我为你这个鬼东西受的罪还少吗？我真后悔,那回自杀没能死掉……"

"我再也没有什么话要跟你说啦。如果你难过,你就大哭一场,——眼泪总会减轻你们妇道人家的苦恼。我现在可不是能安慰你的人啦。我身上沾的别人的血太多啦,所以我一点儿也没有怜惜别人的心了。就连孩子们——我也几乎都不怜惜了,对我自个儿连想都不去想。战争把我的一切都吸干啦。我自己都怕起自己来了……如果往我的心里看看,那儿是一片漆黑,好像一口枯井……"

当大雨点从追来的一片灰云里斜洒下来的时候,他们差不多已经走到家门口了。雨点把大道上散发着太阳气味的轻尘压了下去,滴滴答答地打在屋顶上,送来使人打冷战的清新凉气。葛利高里解开军大衣,用衣襟遮着抽抽搭搭哭泣的娜塔莉亚,搂着她。他们就这样用一件军大衣遮着,紧靠在一起,冒着春天的急雨,走进了院子。

傍晚,葛利高里在院子里收拾耕地用具,检查播种机的漏斗。"生铁头"谢苗,十五岁的儿子,学的是铁匠手艺,从暴动开始,成了鞑靼村唯一的铁匠,他勉勉强强地给麦列霍夫家的破旧耕犁安上了犁铧。春耕的工具都准备好了。牛在过冬的牛棚里养得体壮膘肥,潘苔莱·普罗珂菲耶维奇给它们准备了足够的草料。

第二天早晨,葛利高里准备到草原上去。伊莉妮奇娜和杜妮亚什卡头天夜里就生上炉子,为了在黎明以前给去耕地的人准备好饭食。

葛利高里想干上五天,给自己家和岳母家播下种,再翻耕两俄亩种瓜和向日葵的地,然后把父亲从连队里叫回来,让他接着把春耕的活儿干完。

紫色的炊烟从家屋的烟囱里缭绕升起,已经可以做母亲的大姑娘杜妮亚什卡正在院子里奔忙,捡烧火用的干树枝。葛利高里看着她那丰满的身腰、隆起的胸部,感伤而又遗憾地想:“出落成这样的大姑娘啦!日子像快马一样飞驰过去。才多久呀,杜妮亚什卡还是一个拖着鼻涕的小姑娘;一跑起来,两条小辫子就在背上摆来晃去,像老鼠尾巴似的,可是现在你再看她,今天出嫁都可以。而我已经有了白头发啦,对什么都不感兴趣……格里沙卡爷爷说得很对:‘生命就像夏天的闪电,一闪就没有啦。’人的生命是这样短暂,现在却要把这么短暂的生命也剥夺……叫你的鬼把戏都见鬼去吧!要杀、要砍,你就快来吧。”

达丽亚走到他跟前来。彼得罗死后,她很快就恢复了原来的样子。起初她非常悲伤,满面憔悴,似乎都显老了。但是等到一刮春风,太阳刚有点儿暖和劲儿的时候,达丽亚的悲伤也随着积雪一同融化消逝了。她那显得有点儿长的脸颊上露出了淡淡的红晕,一度暗淡无光的眼睛又亮了,走路的姿势,又像从前那样,轻盈、袅娜……往日的习惯又都恢复了:弯弯的细眉毛又描得黛黑,脸盘丰满透亮;她又爱开玩笑了,又用些放荡的话语来逗弄娜塔莉亚,使她满面绯红;她的嘴唇上越来越经常地挂着一种不知在期待着什么的、难以捉摸的笑意……欢欢喜喜地活下去的意志占了上风。

她走到葛利高里跟前,含笑站住。美丽的脸上散发出醉人的黄瓜油气味。

“葛利申卡,也许我能帮你干点儿什么吧?”

“什么忙也不用你帮。”

“啊呀,葛利高里·潘苔莱维奇!您怎么对我,对你的寡嫂变得这样严厉呀?连笑也不笑,甚至连肩膀都不动一动。”

“去做饭吧,你这个不饶人的尖嘴婆!”

“啊呀,用不着我帮忙啦!”

“去帮帮娜塔莉亚嘛。你看看米沙特卡跑得浑身脏成什么样子啦。”

“真是岂有此理！你们养孩子，倒要我去给你们的孩子洗涮吗？这也太不像话啦！你那位娜塔莉亚像只会养小崽儿的母兔子。她还要给你生上十来个。个个都要我给他们洗洗涮涮，那不把我的胳膊都累断了才怪哪。”

“够啦，够啦！滚开！”

“葛利高里·潘苔莱维奇！您现在可是村子里唯一的可以让全村婆娘们看看的哥萨克啦。您别赶我，让我从老远看看您那迷人的小黑胡子也好啊。”

葛利高里哈哈笑了，把披散下来的头发从汗湿的额角上甩到后头去，说：

“你真是个厉害娘儿们！彼得罗怎么跟你过来着……你是不达目的，绝不罢休。”

“那是当然的啦！”达丽亚很自豪地承认说，用调皮的、眯缝着的眼睛看着葛利高里，故意装出害怕的样子回头瞅了瞅家屋。“嗐，我觉得好像是娜塔莉亚出来啦……你这个老婆醋劲儿怎么这样大——太不像话啦！昨天吃午饭的时候，我看了你一眼，她的脸色立刻就变啦。昨天就有几个年轻的娘儿们跟我说：‘这算是什么道理？村子里一个哥萨克也没有，可是你们家的葛利什卡却能回来探亲，一步也不离开老婆。那我们怎么活下去呀？虽说他受了伤，跟从前比起来只剩了一半啦，我们哪怕跟这半个人玩玩，也心满意足啦。请你转告他，夜里不要在村子里乱窜，否则叫我们抓住的话，可要倒霉啦！’我就对她们说：‘不，诸位小娘子，我们家的葛利沙只是在外村才干点儿风流事，在家里呀，他揪着娜塔莉亚的裙子不撒手。不久前，他已经变成我们家的圣徒啦……”

“好啊，你这条母狗！”葛利高里笑着，没有恶意地说，“你的舌头——简直像把掸子！”

“我就是这么个人。可是你那位美丽、圣洁的娜塔申卡，昨晚把你赶跑了吧？就要这样对付你，公狗，叫你敢再去寻花问柳！”

“行啦，你也太……你走吧，达什卡。你不要多管别人的事啦。”

“不是我爱多管。我是说，你那位娜塔莉亚真是个大傻瓜。丈夫回来啦，她却大兴问罪之师，装模作样，像不值钱的蜜饼，睡到箱子上去……要是我，我对哥萨克是来者不拒！如果遇上我的话……我会把像你这样浪荡的家伙，弄得晕头转向！”

达丽亚咬得牙齿咯吱吱地响，哈哈大笑，往屋子里走去，摇晃着金耳环，不断回头看看又想笑又难为情的葛利高里。

“你死得很幸运，彼得罗哥哥……”心情好起来的葛利高里心里想，“这不是达丽亚，这是个狠毒的淫妇！早早晚晚她要送掉你的命！”

第四十七章

巴赫姆特金村的最后几家的灯火也熄灭了。微寒在水洼上结了一层薄冰。村外，牧场那边，迟到的仙鹤落在去年的庄稼茬子里过夜。从东北吹来的微风把它们孤傲、疲倦的啼声送到村子里来。这啼声使四月的春夜和平寂静的色调显得更加深沉温柔。果园里一片浓重的阴影；不知道什么地方有只牛在哞哞地叫；然后一切都归于寂静。深沉的寂静持续了约半个小时，只有夜里也在飞翔的泽鹬的凄切的啼声和野鸭子翅膀嗖嗖的扇动声偶尔划破春夜的寂静：一群野鸭急匆匆地飞向顿河泛滥时留下的可以自由自在栖息的水淀……后来从街尽头上传来了人声，闪起烟卷头的红火，可以听到马的喷鼻声和马蹄踏在结了薄冰的污泥上的咯吱声。侦察兵回村来了，这里驻扎着叛军第六独立旅所属的两个连。哥萨克们在村头一户人家的院子里驻下；他们闲谈着，把马匹安置在扔在院子当中的爬犁旁边，给它们放好草料。不知道是谁的沙哑、低沉的声音唱起一支舞曲，细心地吐着字句，倦怠、缓慢地唱道：

我慢慢地走着，
轻轻地落脚，
我满怀旧情，

去跟姑娘逗乐儿……

立刻，一个高亢的伴唱男高音，像振翅高翔的鸟一样响起，它压下了嗡嗡的低音，悦耳而富有节奏：

姑娘不喜欢逗乐儿，
啪的一声，打了我一个嘴巴！
我这位哥萨克姑娘呀，
就是脾气大……

又有几个低音参加了歌唱，歌声的节拍加快了，活泼起来，伴唱的男高音玩弄着高亢的尾腔，逞强地、欢快地唱道：

我挽起右胳膊的袖子，
打了姑娘一个耳刮子。
唉唉，这个姑娘呆站在那儿不动，
脸像红莓果一样艳红，
她一面哭，一面诉说：
“你算个什么好郎哥哟，
你同时爱七个姑娘，
第八个是小寡妇，
第九个是你家的婆娘，
第十个才是我，你这个流氓！……”

在风车后面站岗的哥萨克们听到了在空旷的田野上的鹤鸣声、哥萨克的歌声和在漆黑的夜空中野鸭沙沙扇动翅膀的声音。寒夜，哥萨克们躺在冰冷的、冻结的土地上，很不是滋味儿。他们既不能抽烟，也不能说话，更不能走动或者打打拳来暖暖身子。大家一动不动地死趴在去年的向日葵的秆丛里，注视着黑夜里闪亮的草原，耳朵贴在地上谛听。可是十步以外就什么也看不见了，而四月的夜晚，却又有那么丰富的、各种声调的窸窸窣窣的可疑声音，而任何一个声音都令人心惊：“是不是来了，是不是红军的侦察兵爬过来啦？”好像从远处传来折断艾蒿的咔嚓声和抑制着的喘息声……青年哥萨克维普里亚什金用手套擦了擦由于紧张而流下来的泪珠,用胳膊肘推了推旁边的人。旁边那个人把身子缩成一团,枕着军用皮包,正在打盹;日本造的子弹盒压在他的肋骨上,但是他懒得再动一下,躺得舒服些,也不愿意把夜里的寒气放进裹得紧紧的军大衣襟里去。艾蒿的窸窣声和喘息声越来越近,忽然在维普里亚什金的身旁响了起来。他用胳膊肘撑着抬起身来,困惑不解地透过篱笆似的艾蒿看去,影影绰绰地看出一个大刺猬的轮廓。刺猬正低着猪似的小脸,嘴里哼哧着,有刺的脊背擦撞着干艾蒿茎子,急急忙忙地顺着一道田鼠踪印往前爬,它突然发现离它几步以外有什么与它为敌的东西,抬起小脑袋,看到了正在注视着它的人。那个人轻松地叹了一口气,悄悄骂道:

"鬼东西,真可恶!吓人这一大跳……"

刺猬马上把脑袋缩了进去,四条小腿也缩了进去,成了个刺球,一动不动地在那儿待了一会儿,然后又慢慢地舒展开身子,用小腿踏着冰凉的土地,像个会滑的灰团一样滚去,在向日葵的枯茎间乱撞,压倒干枯的牵牛花。于是静夜更加深沉。依然是童话般美好的春夜……

村子里的公鸡已经叫过第二遍了。天空晴朗起来。第一批星星透过薄薄的云层露了出来。后来风驱散了云片,夜空用无数只金色的眼睛注视着大地。

正是在这时候,维普里亚什金又听见前面有清脆的马蹄声、艾蒿的窸窣声和什么铁器的铿锵声,没过一会儿,又传来了马鞍子的咯吱声。其余的哥萨克也都听见了。大家都把手指头放到了步枪扳机上。

"预备!"副排长悄悄地说。

满天星斗的天幕上映出了一个像剪影似的骑士的轮廓。一个人正在缓步朝村子方向走去。

"站——住!……什么人?……有通行证吗?……"

哥萨克们一跃而起,准备射击。骑马的人举起双手,站住了。

"同志们,不要开枪!"

"有通行证吗?"

"同志们!……"

"有通行证吗?全——排……"

“等等！……只有我一个人……我投降！……”

“弟兄们，等等！别开枪！……咱们捉活的！……”

副排长跑到骑马人的跟前，维普里亚什金抓住马笼头。骑马的人一条腿从马鞍子上跨过来，下了马。

“你是什么人？是红军吗？啊哈，弟兄们，是红军！他的皮帽上还有个红星哩。落网啦，啊哈！……”

骑马的人舒展着腿脚，已经是很镇静地说：

“请你们把我送到你们的长官那儿去。我有非常重要的消息报告他。我是谢尔多勃斯克团的团长，是来进行谈判的。”

“是个团长？……弟兄们，打死他，坏蛋！卢卡，让我立刻就把他……”

“同志们！你们随时可以枪毙我，不过首先要让我把我来的目的报告你们的长官。我再说一遍：这是非常重要的事情。如果你们怕我逃跑的话，请你们把我的武器拿去……”

谢尔多勃斯克团的团长开始往下解武装带。

“解下来！解下来！”一个哥萨克催促他说。

解除下来的手枪和马刀转递到副排长手里。

“搜搜这位谢尔多勃斯克团团长的身上！”他骑上红军指挥员的那匹马，命令说。

把俘虏搜查了一遍。副排长和哥萨克维普里亚什金押送他到村子里去。他徒步走着，维普里亚什金端着奥地利卡宾枪，走在他旁边，副排长得意洋洋地骑马跟在后头。

他们一声不响地走了十来分钟。被押送的人不断地停下来，用军大衣衣襟遮着快要被风吹灭的火柴点香烟。好烟的香味引得维普里亚什金实在憋不住了。

“给我一支抽。”他要求说。

“请吧！”

维普里亚什金接过装满香烟的军用烟盒，从里面抽出一支香烟，却把烟盒子塞进了自己的口袋。团长一声也没吭，但是过了一会儿，已经走进村子了，才问：

“你们要把我送到哪儿去？”

“到那儿你就知道啦。”

“到底是到哪儿去呀？”

“到连长那儿去。”

“请你们把我送到旅长博加特廖夫那儿去吧。”

“这儿就没有这么个人。”

“怎么会没有呢？我知道他昨天和司令部的人一起来到巴赫姆特金，而且现在还在这儿。”

“这我们不知道。”

“好啦，好啦，同志们！我都知道啦，你们会不知道……这又不是军事秘密，特别是当你们的敌人全都知道了的时候。”

“走吧，走吧！”

“我走。不过还是请你们把我送到博加特廖夫那儿去吧。”

“住口！按军法，我是不准跟你说话的。”

“那么把我的烟盒拿去……难道这是军法准许的吗？”

“这算得了什么！……走，把舌头咬住，不然的话，我连你的大衣也剥下来。瞧，你的脾气还挺大！”

他们费了很大的劲儿才把连长叫醒。他用拳头揉了半天眼睛，打了个呵欠，皱起眉头，怎么也听不明白那位兴高采烈、满面春风的副排长对他说的话。

“什么人？谢尔多勃斯克团的团长？你不是在吹牛吧？拿证件来。”

过了几分钟，他跟这位红军指挥员一起往旅长博加特廖夫住的房子走去。博加特廖夫刚一听说捉到了谢尔多勃斯克团的团长，并且已经押来了，就像被打了一下似的，从床上跳了起来。他扣上裤扣，把背带搭到强壮的肩膀上，点上有五根灯芯的油灯，向笔直地站在门口的红军指挥官问：

“您是谢尔多勃斯克团的团长吗？”

“是的。我是谢尔多勃斯克团的团长沃罗诺夫斯基。”

“请坐。”

“谢谢。”

“怎么把您……在什么情况下把您捉到的?”

“是我自己到您这儿来的。我要单独和您谈谈。请命令其余的人都出去。”

博加特廖夫挥了挥手,跟红军指挥员一道来的连长和大张着嘴站在那里的房主人——一个棕红胡子的旧教徒——都退出去了。博加特廖夫摸着剃得光光的、西瓜似的圆滚滚的黑脑袋,只穿着肮脏的衬衣坐在桌旁。他那浮肿的、因为睡觉的姿势不舒服压出一道道红印子的脸上露出了矜持的好奇神色。

沃罗诺夫斯基身材不高,但是很壮实,穿着一件剪裁合身的军大衣,系着军官武装带,他抖了抖平直的肩膀;修剪得很漂亮的小黑胡子下面掠过一丝微笑。

“我希望,我是在跟一位军官谈话吧?请准许我先简单谈谈我的身世,然后再谈谈我到您这里来要完成的使命……过去,我是个贵族出身的沙皇军队中的大尉。对德战争期间,在第一百一十七柳博米尔斯基步兵团服役。一九一八年,根据苏维埃政府的命令,我作为基干军官被动员到部队里。现在,您已经知道,我在红军部队中任谢尔多勃斯克团团长。我虽然身在红军中,可是早就在等待时机,投奔到你们这边来……投奔到与布尔什维克进行斗争的阵营里来……”

“大尉老爷,您等待的可真够长啦……”

“是的,不过我想在俄罗斯面前赎罪,不仅我本人要投奔过来(这是很早就可以实现的了),而且还要把红军部队带过来,当然是部队里那些中坚分子,都是受了共产党的欺骗,误入歧途,参与了这场自相残杀的战争的。”

旧日的大尉沃罗诺夫斯基用两只瞳距很小的灰色眼睛盯着博加特廖夫,一看到他那怀疑的微笑,就像大姑娘似的,脸涨得绯红,匆忙说:

“博加特廖夫先生,当然您可能对我和我说的话抱有某种怀疑……我处在您的地位,当然也会产生同样的想法。请允许我用事实来向您证明这一切……用驳不倒的事实……”

他翻开军大衣襟,从保护色的裤子口袋里掏出一把折刀,深弯下腰,挣得武装带咯吱咯吱直响,小心翼翼地挑开缝得密密的军大衣边缝。过了一会儿,从拆开的衣缝里掏出几张发黄的纸和一张照片。

博加特廖夫仔细地看了这些证件。其中有一件写着:“一一七柳博米尔斯基步兵团中尉沃罗诺夫斯基,伤愈后给假两周,回故乡——斯摩棱斯克省——休养,特此证明。”证明书上盖有第十四西伯利亚步兵师第八野战医院的公章和主任医师的签字。其余的一些填有沃罗诺夫斯基姓名的文件,都证实沃罗诺夫斯基的确是军官,照片上是年轻的沃罗诺夫斯基少尉,他的两只瞳距很小的快活的小眼睛在瞅着博加特廖夫。军官十字章在保护色的漂亮军服上闪光,像女孩子的脸一样洁白的肩章衬得少尉黝黑脸颊和一道小黑胡子更黑了。

“下一步,您打算怎么办呢?”博加特廖夫问。

“我是来通知您,我和我的助手,从前的中尉沃尔科夫,已经共同把红军战士都争取过来,就是说谢尔多勃斯克团的全部人马,当然共产党员除外,都准备随时投到你们这边来。我团的士兵几乎都是萨拉托夫省和萨马拉省的农民。他们都赞成跟布尔什维克打。我们必须立刻跟你们谈妥这个团投诚的条件。这个团现在驻扎在霍皮奥尔河口镇,约有一千二百支枪,共产党支部有三十八名党员,还有一个由三十个本地共产党员组成的排。我们要夺取忠于我们的炮兵连,但同时大概必须把炮手全都干掉,因为他们大多数是共产党员。在我团的红军士兵中,人心不稳,原因是他们的父亲在粮食征集中负担过重。我们就利用这些情况,争取他们投到哥萨克方面来……也就是投到你们这里来。不过很多战士有顾虑,怕我团一旦投诚,你们会不会对他们进行迫害……所以对这个问题——当然,这只是一些细节,但是……,——我必须先跟您谈妥。”

“哪儿会有什么迫害呀?”

“譬如像枪毙啦,掠夺啦……”

“不会的,我们绝不允许!”

“还有一点:战士们都坚决要求保留谢尔多勃斯克团的编制,跟你们一同打布尔什维克,但却是一个独立战斗单位。”

“关于这个问题我不能对您……”

“我知道！我知道！请您和您的上级商量商量，然后请您设法通知我们。”

“是的，我要报告维申斯克。”

“请原谅，我的时间很少，如果我多耽搁一些时间，那么团政委就可能发觉我外出了。我认为我们应该先把投诚条件谈妥。请您抓紧把您的上级指挥部的决定通知我。这样……”

“好吧，我立刻就派专使骑马去维申斯克。”

“还有：请您命令您的哥萨克把武器还给我。他们不仅解除了我的武装，”沃罗诺夫斯基突然打住自己对答如流的话，难为情地笑了，“而且还把烟盒……拿去啦。这当然是小事一桩，但是这个烟盒是我非常珍视的祖传……”

“全都还给您。不过，我收到维申斯克的答复后，怎样通知您呢？”

“两天以后，会有一个女人从霍皮奥尔河口镇到巴赫姆特金村来。接头的暗语是……好，我们就定为‘联合’吧。请您告诉她好啦。一定要口头……”

过了半个钟头，马克萨耶夫连的一个哥萨克骑着马飞也似的往西面的维申斯克驰去……

第二天，库季诺夫的一个亲信传令兵来到巴赫姆特金，找到了旅长的住所以后，连马都顾不得拴，就走进屋子，把上面写着“火急。绝密”字样的文件包交给格里戈里·博加特廖夫。博加特廖夫心急如火，拆掉了火漆封印。库季诺夫亲笔在顿河上游地区苏维埃公文纸上，笔体粗犷地写着：

你好，博加特廖夫！真是令人振奋的好消息。我们授权你和谢尔多勃斯克团进行谈判，并不惜任何代价劝说他们投诚。我建议对他们让步，答应他们可以接受整团投诚，甚至不解除他们的武装。但是我们的条件，他们必须逮捕和交出共产党员、团政治委员，主要是我们维申斯克、叶兰斯克和霍皮奥尔河口镇的那些共产党员。要他们一定把炮兵连、辎重队和物资供给部队带过来。务请全力促其尽快实现！要在该团投诚的地方尽量多集结自己的部队，暗地予以包围，立即解除他们的武装。如果他们抵抗，就把他们统统消灭，一个不留。务请小心行事，但是要坚决。解除他们的武装后，立即把全团押送到维申斯克来。押送路线请走顿河右岸，这样比较方便，而且这岸离前线较远，又是空旷的草原，即使他们醒悟过来，想逃走也逃不出去。押解他们穿过顿河沿岸的村庄，派两个骑兵连随行监视。到维申斯克后，我们就把他们三三两两地分配到连队里去；看看他们怎样去打他们自己的人。以后就不关咱们的事了，用不着咱们操心啦：等我们跟顿涅茨对岸自己人联合以后，叫那些人去审判、处置他们吧，怎样处置都可以。依我看，就是把他们全都绞死也无妨。决不怜惜。祝你成功。请把此事进行情况派专使每天报告我。

库季诺夫

信末还有一段附言：

如果谢尔多勃斯克团交出了我们本地的共产党员，就派一支加强的押送队把他们送到维申斯克来，也要穿过各个村庄。但是要先让谢尔多勃斯克团的人过去。必须选择最可靠的人（比较勇猛的和上点儿年纪的人）组成押送队，叫这些人押送他们，并事前广泛通知当地的老百姓。那咱们就用不着为收拾他们而弄脏自己的手了，如果动动脑筋，做好手脚，婆娘们就会用木棒把他们敲死。明白我的意思吗？这在政策上对我们大有好处：把他们枪毙，消息一吹到红军那边，他们就会说我们虐杀俘虏；而这么干，可就简单多啦——鼓动老百姓去打他们，人们的火气一上来，就会像只解开锁链的恶狗一样扑上去。老百姓私自行刑——什么责任也没有！

第四十八章

四月十二日，第一莫斯科团在叶兰斯克镇的安东诺夫村附近与叛军的战斗中遭到重创。

由于不熟悉地形，红军战士的散兵线错误地攻进了村庄。村里稀疏的哥萨克院落蜷伏在一小片一小片的坚硬的黄沙地上，像在小岛上一样，在拔不出脚来的烂泥塘上铺垫上树枝，就成了通行的大街小巷。村庄隐没在茂密的赤杨树丛里，四周是一片沼泽地。小河叶兰卡紧贴着村边流过，水很浅，但是河底却淤积了很深的烂泥。

第一莫斯科团的步兵以散兵线队形通过村庄，但是刚走过村头的几个院落，一走进赤杨树丛，就发现以散兵队形无法通过树林。第二营营长——是个非常固执的拉脱维亚人——不听刚从深泥中把马腿拔出来的连长的劝告，硬是命令："前进！"——而且身先士卒，勇敢地在浮动、晃荡的沼泽地上艰难地走起来。踟躇不前的红军士兵们只好手抬着机枪跟着他前进。他们走了有五十沙绳远，就陷进没膝深的烂泥里去，正在这时候从散兵线右翼传来呼喊声："抄了咱们的后路啦！""哥萨克来啦！""被包围啦！"

真的，两连叛军包围了这个营，从他们的后方攻了上来。

第一和第二营在赤杨丛中损失了几乎三分之一，退了回去。

伊万·阿列克谢耶维奇在这次战役中，被叛军的土造枪弹打伤了腿部。米什卡·科舍沃伊把他抱在手上，后来截住了一个正在堤坝飞奔的红军战士，差一点儿没把他砍死，才逼着他把伤员载到运子弹的两轮车上去。

这个团被打垮了，退到了叶兰斯基村。这次败仗严重影响了正在沿顿河左岸推进的所有红军部队的攻势。马尔金被迫从布坎诺夫斯克北撤二十俄里，退往斯拉谢夫斯克镇；后来马尔金由于受到在数量上超过他的义勇兵队好多倍的叛军的疯狂追击，被迫在河冰解冻前一天，渡过了霍皮奥尔河，淹死了几匹马，向库梅尔任斯克镇退去。

第一莫斯科团被流水阻拦在霍皮奥尔河口，于是就渡过顿河，来到右岸，驻扎在霍皮奥尔河口镇，等待补充兵员。不久，谢尔多勃斯克团开到这里。这个团的基干人员跟第一莫斯科团的基干人员截然不同。工人——莫斯科人、图拉人和下诺夫戈罗德人构成了莫斯科团的战斗核心，——打起仗来勇猛、顽强，曾多次跟叛军进行肉搏战，天天都要死伤几十人。只是在安东诺夫村中了敌人的圈套之后，才暂时撤出了战斗，但是这个团在退却的时候，连一辆辎重车，连一个子弹箱也没有留给敌人。但是谢尔多勃斯克团的一个连在亚戈金斯基村边的第一次战斗中就没有顶住叛军的骑兵冲锋，垮了下来；他们一看见哥萨克的骑阵，就跳出了战壕，要不是那些共产党员机枪手们用猛烈的机枪火力打退了哥萨克的冲锋，毫无疑问，这个连定会被全部砍死。

谢尔多勃斯克团是在谢尔多勃斯克市匆匆忙忙地编成的。红军战士——全是萨拉托夫省的老年农民——情绪低落、毫无斗志。最糟糕的是连队里有很多不识字的人和来自各村的一些富农出身的家伙。团里的指挥人员有一半是旧军官；政治委员是个意志薄弱、毫无主见的人，在红军战士中毫无威信；而那些叛徒——团长、参谋长和两个连长——决心要把这个团拉出去投敌，他们就在什么也看不见的共产党支部的眼皮底下，通过那些钻进团里的具有反革命情绪的富农分子来进行瓦解红军战士的罪恶勾当，进行反对共产党员的巧妙宣传，散布谣言，使人们根本不相信镇压暴动的斗争能获得成功，为拉出这个团去投敌做准备。

施托克曼和三个谢尔多勃斯克团的人同住在一所房子里，他不安地观察着这几个红军战士，自从有一天跟他们激烈地争论以后，他最终认识到这个团已经大难临头。

四月二十七日，已经是黄昏时分，谢尔多勃斯克团第二连的两个战士来到这所房子里。其中一个姓戈里加索夫，也没有问候，就带着恶意的微笑看着施托克曼和躺在床上的伊万·阿列克谢耶维奇说：

“这仗可真是打够啦！家里亲人的粮食正被征集，可我在这儿却不知道为什么要打这场仗……”

“你不知道为什么要打仗吗?”施托克曼严厉地质问说。

“是啊,不知道!哥萨克也是跟我们一样的庄稼人!我们知道,他们是为了反对什么才暴动起来的!我们知道……”

“混蛋,你可知道你这是替谁说话吗?你是在替白卫军说话!”一向很镇定的施托克曼发起脾气来了。

“你别太混蛋啦!不然你会挨揍的!……你们听见了吗?弟兄们?哪来了这么个玩意儿!”

“别叫!别叫,大胡子!你们这号人,我们见的可多啦!”另一个身材矮壮,像面粉口袋似的家伙插嘴说,“你以为你是共产党员,就可以随便掐我们的脖子啦?小心点儿,不然,我们就把你打得浑身是洞洞!”

他用身体遮住瘦弱的戈里加索夫,两只短粗有力的胳膊放到背后,闪动着眼睛,朝施托克曼逼了过去。

“你们这是怎么啦?……都跟白匪军唱一个调调啊?”施托克曼使劲推开向他逼来的谢尔多勃斯克团的战士,气喘吁吁地问。

那个战士踉跄了一下,脸气得通红,要上来抓施托克曼的胳膊,但是戈里加索夫拦住了他:

“别理他啦!”

“这全是反革命言论!我们要把你们当作苏维埃政权的叛徒来审判!”

“把全团都送到法庭上去是办不到的!”跟施托克曼同住的一个红军战士回敬说。

几个人都支持他的意见:

“共产党员又发糖又发香烟,可是我们什么也没有!”

“你胡说!”伊万·阿列克谢耶维奇在床上欠起身子喊,“我们领的东西跟你们一样!……”

施托克曼没有再说话,穿上衣服,走了出去。那些人也没有拦阻他,但是用一阵嘲笑的呼叫把他送走。

施托克曼在团部找到了团政委。他把政委叫到另一间屋里,激动地转述了他和红军战士的争吵,并建议逮捕他们。政委搔着棕红色的胡子,犹豫不决地扶着黑玳瑁框的眼镜,听完他的话。

“明天我们开党支部会,研究一下情况。在目前的情况下,我认为逮捕这些人是不可取的……”

“为什么?”施托克曼厉声问。

“您知道吧,施托克曼同志……我自己也注意到我们团里情况不妙,大概有什么反革命组织在活动,但是就查不出来。而团里的大多数人都受了它的影响。农民的自发势力——毫无办法!我已经把红军战士的情绪报告了上级,并建议把这个团撤下去进行整编。”

“为什么您认为现在逮捕这些白卫军特务,把他们解送到师革命法庭去是不可取的呢?要知道那些谈话简直就是叛变呀!”

“是的,但是这样做可能引起我们不希望发生的冲突性事件,甚至暴动。”

“原来是这么回事?那么您既然早就察觉到了大多数人有这样的情绪,为什么不及早报告政治部呢?”

“我对您说过,已经报告过啦。可是梅德维季河口镇方面不知道为什么迟迟不予答复。只要这个团一调下去,我们就严惩所有那些破坏纪律的战士,特别是您刚才报告的那些家伙……”政委愁眉苦脸地小声补充说,“我很怀疑沃罗诺夫斯基和……参谋长沃尔科夫。明天党支部开过会以后,我马上到梅德维季河口镇去。必须采取紧急措施来控制和消除这种危险情况。我请求您对我们的谈话保守秘密。”

“但是为什么不能立刻就召集共产党员们开会呢?要知道局势已经非常紧迫,同志!”

“我明白。但是现在还不行。大多数共产党员都在站岗,或者值暗哨……我坚持要这样做,因为在目前这种情况下,让非党同志去干是轻率的。而且炮兵连的大多数共产党员只能在今天夜里从克鲁托夫斯克到这儿来。正是因为团里出现了这种不安的情况才叫他们来的。”

施托克曼从司令部回来以后,把他和团政委谈话的情况简单地告诉了伊万·阿列克谢耶维奇和科舍沃伊。

“你还是不能走路吗?”他问伊万·阿列克谢耶维奇。

“我可以瘸着走。原先怕伤口破裂,可是现在已经顾不上这些了,不管怎样，也得走啊。”

夜里施托克曼把团里的情况写了一个详细报告，半夜把科舍沃伊叫醒，把文件往他怀里塞着嘱咐说：

“你立刻弄一匹马，飞奔梅德维季河口镇。要不惜牺牲，把这封信送到第十四师政治部……你几个钟头可以到那儿？你想哪儿可以弄到马？”

米什卡哼哼着，往脚上穿着那双干皱的红皮靴子，吞吞吐吐地回答说：

“我偷一匹马……偷骑兵侦察队的，到梅德维季河口镇……顶多两……两个钟头。侦察兵的马都不顶用，不然……一个半钟头就行了！我当过马倌……我知道，怎么叫马……使出全身的劲儿来。”

米什卡重新把文件藏好，把它塞进军大衣的口袋里。

“这是为什么？”施托克曼问。

“这是为了如果被谢尔多勃斯克团的人捉住，可以马上掏出来。”

“呶？”施托克曼一直还没有明白他的意思。

“您别‘呶呶’啦！他们一捉住我——我就把信掏出来吞到肚子里去。”

“好样的！”施托克曼吝啬地笑了笑，走到米什卡跟前，好像被痛苦的预感折磨着似的，紧紧地抱住他，用冷冰冰的、哆嗦的嘴唇使劲亲了他一下，说：“走吧。”

米什卡走出屋子，顺利地从拴马桩上解下一匹侦察兵的最好的马，信步通过岗哨，食指一直扳着崭新的马枪的枪机，——不加选择地上了大道。这时，他才把马枪背到肩膀上，开始拼命“挤”出这匹短尾巴的萨拉托夫小马不曾有过的神速。

第四十九章

黎明时分，下起了蒙蒙细雨。风呼呼叫。滚滚的黑云从东面压过来。天刚放亮,跟施托克曼、伊万·阿列克谢耶维奇同住一室的谢尔多勃斯克团的战士都起床走了出去。过了半个钟头,叶兰斯克的共产党员托尔卡切夫跑来了,他也是和施托克曼一样,领着自己的一批同志参加了谢尔多勃斯克团。他推开门,气喘吁吁地大声喊:

"施托克曼,科舍沃伊,你们在家吗? 请出来一下!"

"什么事情? 进来!"施托克曼走到堂屋里来,一面走一面穿军大衣,"进来吧!"

"糟啦!"托尔卡切夫跟着施托克曼走进第二间屋子,悄悄说,"步兵正企图在镇外……在镇外解除从克鲁托夫斯克开来的炮兵连的武装。已经互相射击了一阵子……炮兵打退了进攻,卸下炮栓,坐船到河对岸去了……"

"后来呢,后来呢?"伊万·阿列克谢耶维奇哼哼着把靴子穿到受伤的脚上,催问说。

"现在正在教堂旁边开群众大会……全团……"

"准备行动!"施托克曼命令伊万·阿列克谢耶维奇,又抓住托尔卡切夫的棉袄袖子,"政委在哪儿? 其余的共产党员都在哪儿? ……"

"我不知道……个别的逃跑啦,我就到你们这儿来了。他们已经占领了电报局,谁也不许进去……我们应该逃走! 可是怎么个逃法呀?!"托尔卡切夫把手插在两膝中间,惊慌失措地坐到箱子上。

这时候台阶上响起了脚步声,六个谢尔多勃斯克团的战士冲进了屋子。他们脸色激动,恶狠狠地、不容置喙地喊:

"共产党员们,开会去! 快!"

施托克曼和伊万·阿列克谢耶维奇交换了一下眼色,然后严厉地把嘴唇一瘪,说:

"咱们走吧!"

"请把武器放下。又不是去打仗!"谢尔多勃斯克团的一个战士这样说,但是施托克曼装作没听见,把步枪背到肩上,头一个走了出去。

一千一百人乱哄哄地在广场上吼叫。没有一个霍皮奥尔河口镇的老百姓。他们都躲在家里,害怕发生事变(前一天,镇上已经盛传这个团将要跟叛军联合,可能在镇上跟共产党员们发生战斗)。施托克曼头一个走到嗡嗡喧闹的谢尔多勃斯克团士兵的人群跟前,到处张望,想找到一个指挥人员。团政委被押着从他面前走过去。两个谢尔多勃斯克团的士兵扭着他的胳膊。政委脸色苍白,被人从后面推搡着,走进混乱的红军士兵群里。有几分钟施托克曼看不见他了,等后来再看到他的时候,已经是在人群中间,站在一张不知道从哪家搬来的呢面牌桌子上了。施托克曼回头看了看。瘸腿的伊万·阿列克谢耶维奇正撑着步枪站在自己身后,那几个去叫他们来的战士则站在他旁边。

"红军战士同志们!"政委软弱无力地说,"在这种时候,在大敌压境的紧急关头,召开群众大会……同志们!"

人们不让他继续讲下去。一片灰色的皮帽子,像风卷起的波涛,在桌子旁边浮动,刺刀像灰青色的硬毛在晃动,无数的拳头向小桌子伸去,广场上响起愤怒、短促的,像打枪似的呼喊声:

"这时候我们成了同志啦!"

"把皮上衣脱下来!"

"把我们骗够啦!"

"你们领着我们去打谁呀?"

"扯着他的腿拉下来!"

"打呀!"

"用刺刀刺!"

"政委也该当够啦!"

施托克曼看见一个身材魁梧、不很年轻的谢尔多勃斯克团的战士爬到牌桌上去,用左手揪住政委棕红色小连鬓胡子尖。小桌晃了一下,战士和政委一同倒到站在桌子周围的人们伸出来的手上。刚才放牌桌的地方,出现了一片灰军大衣的波浪;政委孤独的绝叫湮没在一片雷鸣般的吼声中。

施托克曼立刻向那里冲去。他鲁莽地推开人们,拼命踢那些紧裹着灰色军大衣的脊背,他很快就挤到政委刚才说话的地方。没有人拦阻他,但人们却用拳头和枪托子推他,打他的脊背和后脑勺,夺下他肩膀上的步枪,摘掉他脑袋上红顶的哥萨克皮帽。

“往哪儿钻呀,鬼东西? ……”一个红军战士的脚被施托克曼踩痛了,愤怒地喊。

一个身材短小的排长,在翻倒的小桌子旁边拦住施托克曼。这个排长的灰羔羊皮帽子扣在后脑勺上,军大衣大敞着,汗珠顺着砖红色的脸颊往下滚,激愤、凶狠的眼睛斜睨着施托克曼。

“你往哪儿钻?”

“我要讲话! 我要对战士们讲几句话! ……”施托克曼上气不接下气、声音沙哑地说道,转眼之间就把小桌立了起来。甚至还有人帮着他爬上了桌子。但是广场上依然吼声滚滚,施托克曼拼命大吼一声:“安——静!”过了有半分钟,喧声渐渐低沉下去的时候,他就压制着咳嗽,声嘶力竭地讲起来:“红军战士们! 这是你们的耻辱! 你们在最艰难的时刻背叛人民政权! 正当需要用势不可挡的铁拳去猛击敌人心脏的时候,你们却动摇了! 正当苏维埃国家被敌人围困得喘不过气来的时候,你们却在这里开起什么群众大会来啦! 你们已经站在直接背叛的边缘上啦! 为——什——么?! 因为你们的叛徒首长们已经把你们出卖给哥萨克将军啦! 他们都是旧军官,骗取了苏维埃政权的信任,他们利用你们的糊涂思想,阴谋把你们这个团出卖给哥萨克。你们赶快猛醒吧! 他们想用你们的手去帮忙绞杀工农政权!”

站在离桌子不远的第二连连长,从前的少尉韦斯特明斯特尔端起了步枪,但是施托克曼察觉他的动作,就大声喊:

“你敢! 随时都可以打死我! 我要对共产党员战士们说几句话! 我们共产党员把全部生命…… 全部自己的热血…… 一滴一滴地……”施托克曼的声调变成情绪极度紧张的男高音,脸色像死人一样苍白,样子变得非常难看,“……都贡献给为工人阶级……为被压迫的农民服务的事业。我们已经习惯于英勇无畏地面对死亡! 你们可以打死我……”

“我们听说过啦!”

“别再骗人啦!”

“让他说完!”

“喂,别叫嚷啦!”

“……就是打死我，但是我还是要说：你们猛醒吧！不要开什么群众大会，应该去打白党！”施托克曼眯缝得很窄的眼睛向逐渐安静下来的红军士兵群众扫了一下，看到团长沃罗诺夫斯基站在离自己不远的地方。他跟一个红军战士并肩站在那里，正勉强地笑着，对那个战士低声说些什么。“你们的团长……”

施托克曼伸出一只手，指着沃罗诺夫斯基，但是那个人把手掌捂在嘴上，惊慌地对站在他身旁的红军战士悄悄地说了些什么，施托克曼未及说完这句话，步枪响了，这枪声不很有力，微弱，就像一声鞭子响，但是施托克曼双手抓住胸膛，跪了下去，没有戴帽子的须发斑白的脑袋低垂下去……但是，他摇晃了一下，立刻又站了起来。

“奥西普·达维多维奇！”伊万·阿列克谢耶维奇看到又站起来的施托克曼，痛楚地呻吟了一声，就往他那里冲去，但是有人抓住了他的胳膊肘，低声命令说：

“住口！别管闲事儿！把枪交出来，你这个败类！”

伊万·阿列克谢耶维奇被解除了武装，搜了搜他的口袋，把他从广场上带走了。广场的各个角落里都在解除共产党员的武装和逮捕共产党员。在胡同里一座低矮、坚固的商人房子旁边，猛烈地响了五六枪，——一个不肯交出路易斯牌机枪的共产党员机枪手被打死。

但是这时候，施托克曼嘴唇上冒着粉红色的鲜血，痉挛地打着哽，满脸死人似的惨白，站到牌桌上，摇晃了片刻，然后使出最后的、逐渐消失的力气和意志，把没有说完的话喊了出来：

“……他们把你们引入歧途……叛徒们……他们拿你们做叛变投降的见面礼，去换取新的官衔……但是共产主义将永远活下去！……同志们！……你们赶快猛醒吧！……”

那个站在沃罗诺夫斯基身旁的红军战士又把步枪顶到肩头上去。第二枪把施托克曼打倒了，从桌子上栽到红军士兵们的脚下。这时候有一个谢尔多勃斯克团的战士，嘴巴很大，牙齿平整，一脸麻子，矫健地跳上桌子，响亮地喊道：

“我们在这儿听到了不少各式各样的诺言，亲爱的同志们，然而这都是赤裸裸的谎言和恐吓。这位演说大师倒下去了，就躺在这儿啦，既

然是狗——就只能像狗一样死去！处死共产党员——就是处死劳动农民的敌人！同志们，亲爱的战士们，我要说的是，我们现在睁开眼睛啦。我们知道应该去反对谁啦！譬如说，在我们沃尔斯克县原先是怎么说的呀？人民一律平等，互相友爱！这就是骗子手共产党员们说的话……但是实际又是怎么样呢？就拿我爸爸给我写来的一封满篇血泪的信说吧，爸爸告诉我说：在大天白日里就进行抢劫！把我爸爸的粮食抢走啦，磨坊也没收啦，命令上是说要这样对付劳动农民吗？磨坊是我父母用劳动的血汗建立起来的，那么我要问问你们——难道这不是共产党员在抢劫吗？应该把他们全都斩尽杀光！"

这个人的话还没有说完。叛军的两个骑兵连从两面冲进了霍皮奥尔河口镇，哥萨克步兵从顿河沿岸南面的山坡上开了下来，叛军第六独立旅旅长博加特廖夫少尉，在半连骑兵的护卫下，跟司令部的人员一起来到镇上。

从东方涌上来了黑云，立刻下起雨来，在顿河对岸，霍皮奥尔河上，响起轰隆轰隆的闷雷声。

谢尔多勃斯克团急忙排成两行横队。等博加特廖夫司令部的骑兵小队刚在山坡上出现，从前的上尉沃罗诺夫斯基就发出了红军战士从来没有听见过的、凶猛的命令吼声，他喉咙里咯咯响着，喊道：

"团队！立正！……"

第五十章

葛利高里·麦列霍夫在鞑靼村住了五天，这期间，他给自己家和岳母家种了几俄亩地；后来，等到因惦念家业而变得骨瘦如柴、浑身长满虱子的潘苔莱·普罗珂菲耶维奇刚从连队回到家里，他就开始准备回到仍旧驻扎在奇尔河沿岸自己的部队去。库季诺夫秘密写信给葛利高里，把开始跟谢尔多勃斯克团团长进行的谈判通知了他，并请他返回驻地统率他那一师人。

这一天，葛利高里准备起程去卡尔金斯克。中午时分，动身前，他牵着马到顿河去饮，在浸到菜园篱笆边的河水边看见了阿克西妮亚。不知道是她在故意磨蹭呢，还是葛利高里这样觉得，她懒洋洋地汲着水，好像是在等候他，于是葛利高里不由自主地加快了脚步，在这短短的一刹那，在他走到阿克西妮亚身边之前，一幕幕愉快而又伤心的往事从他眼前闪过……

阿克西妮亚听到脚步声便扭过身来，脸上——毫无疑问是假装出来的——露出惊讶的神情，但是重逢的喜悦和长期的痛苦却使她立刻现了原形。她笑得那么可怜，那么不知所措，这跟她那一向高傲的面容是完全不相称的，怜惜和爱恋的感情使葛利高里心碎。痛苦的思念和涌来的回忆制服了他，他勒住马，问候说：

"你好啊，亲爱的阿克西妮亚！"

"你好。"

在阿克西妮亚低沉的声调里包含着极其复杂的感情——又是惊奇，又是亲热，又是痛苦……

"咱们好久没有说过话啦。"

"好久啦。"

"我连你的声音都忘记啦……"

"太快啦！"

"太快了吗？"

葛利高里牵着直往他身上撞的马的笼头，阿克西妮亚低下头，用扁担钩去钩水桶梁，但是怎样也钩不上。他们相对无言地站了片刻。一只野鸭子，像被弓弦弹出似的，嗖的一声从他们脑袋顶上掠过。波浪贪婪地舔着浅蓝色的石灰岩石，拍着断崖。浸没了树林的河湾里白浪翻滚。风从波涛汹涌、向下游奔流的顿河上，吹来阵阵细小的水点和淡淡的河水气味。

葛利高里把目光从阿克西妮亚的脸上移到顿河上。被河水淹没的、树干苍白的杨树摇晃着光秃秃的树枝，开满像姑娘的耳坠儿似的花穗的柳树婀娜多姿地垂在水面上，就像是一朵朵的奇异的绿色轻云。葛利高里声调里略带遗憾和伤感地问：

“怎么？……难道咱们真没有什么话可说了吗？你为什么不做声啊？”

但是阿克西妮亚已经控制住自己；在回答这句话的时候，她那冷冰冰的脸上已经没有一丝颤抖的影子了：

“大概咱们的话早已经说完啦……”

“真的吗？”

“是的，一定是这样！树花一年只能开一次……”

“你以为咱们的花已经开完了吗？”

“难道还没有吗？”

“不知为什么，这一切都是那么奇怪……”葛利高里把马放到水边去饮，看着阿克西妮亚，伤心地笑了，“克秀莎，可是我心里怎么也忘不了你。如今我的两个孩子都已经长大了，而且我的头发也白了一半啦，一道深沟把咱们隔开了多少年……可是我一直在想念你。做梦也见到你，到现在我还是爱你。有时候我一想起你来，就会想到咱们在利斯特尼茨基庄园里生活的情景……咱们是那样相亲相爱……一想起这些……有时候就会想起我的全部生活，一瞧——我的生活就像一只翻过来的空口袋……”

“我也……我也要走啦……咱们光顾说话啦。”

阿克西妮亚毅然地挑起水桶，两只被春天的太阳晒黑的手放在压弯的扁担背上，要往岸坡上走了，但是突然扭过脸来朝着葛利高里，脸颊上浮出淡淡的青春的红晕。

“葛利高里，要知道咱们的恋爱就是从这里，在这个码头边开始的呀。还记得吗？那一天家家都送哥萨克到野营去。”她笑着开口说，坚定起来的声调里充满了喜悦。

“我都记得！”

葛利高里把马牵进院子，拴在马槽上。为了送葛利高里上路，潘苔莱·普罗珂菲耶维奇早晨起来没有去耕地，他从板棚下走出来，问：

“怎么，很快就动身吗？要给马上点儿料吗？”

“动身到哪儿去呀？”葛利高里心不在焉地瞥了父亲一眼。

“嘿，真有你的！回卡尔金去呀。”

“我今儿个不走啦！”

“这是怎么回事？”

“是这么回事……我改变了主意……”葛利高里舔了舔由于心火太旺而干裂开的嘴唇，看了看天，“起黑云啦，大概要下雨，我有什么必要去淋得浑身精湿呢？”

“是没有必要。”老头子同意说，但是并不相信葛利高里的话，因为在几分钟前，他从牲口棚里看见葛利高里和阿克西妮亚在码头上说话。“他们又勾搭上啦，”老头子担心地想，“好像又跟娜塔莉亚闹别扭啦……唉，你这个混蛋葛利什卡呀！这条牙狗畜生像他妈的谁呀？莫非是像我？”潘苔莱·普罗珂菲耶维奇不再用斧子刮那根修理马车用的桦树梁木，瞅着走开的儿子的驼背，急忙在记忆里搜索着，回忆自己年轻的时候是个什么样子，心里断定：“是像我，他妈的！而且还超过了父亲，这个狗尾巴！顶好揍他一顿，叫他别再去引诱阿克西妮亚，别再闹得全家不得安宁。可是怎么能揍他呢？”

如果是从前，潘苔莱·普罗珂菲耶维奇看到葛利高里和阿克西妮亚俩人远远地避开人说私话，一定会不假思索地随手抓起什么东西，照他的脊背打去，但是这回却不知所措了，什么话也没有说，甚至脸上的神色都没露出一点儿已经猜出了葛利高里忽然延期出发的真正原因。这都是因为葛利高里现在已经不是那个野性十足的年轻哥萨克“葛利什卡”了，而是一位师长，虽说没有戴肩章，然而却是一位统率几千人的将军，而且大家都尊称他葛利高里·潘苔莱耶维奇啦。他，潘苔莱·普罗珂菲耶维奇，从前不过是个“下士”，虽说是他的亲生儿子，可怎么能举起手来打将军呢？下级服从上级的军事纪律使潘苔莱·普罗珂菲耶维奇甚至连想都不敢去想，而且正是这个原因，他觉得自己和葛利高里之间的关系受到约束，好像疏远了。这都怪葛利高里升得太高啦！就连耕地的时候，第三天葛利高里严厉地朝他吆喝道：“喂，你张着嘴等什么？拿犁啊！……”潘苔莱·普罗珂菲耶维奇也忍下了，什么话也没有说……近来，他们好像交换了位置：葛利高里把老爸爸吆喝过来吆喝过去，老爸爸一听到他那沙哑的命令声就忙乱起来，拖着那条伤腿，一瘸一拐地竭力讨他欢心……

"雨就把你吓着啦！而且根本也不会下雨，刮的是东风，天上只有那么一片黑云，哪儿来的雨呀！我要告诉娜塔莉亚！"

潘苔莱·普罗珂菲耶维奇觉得猜中了儿子的心事，本来要进屋去，但是又改变了主意；怕发生争吵，就又回到没有刮好的马车梁木那里去……

阿克西妮亚一回到家里，把桶里的水倒了，就走到嵌在炉炕壁上的小镜子前面，激动地把自己的有点衰老的、然而仍然很漂亮的脸照了半天。依然还是那么放荡、美艳、诱人，但是春华流逝，生活使红颜憔悴，眼皮发黄，乌黑的头发里已经银丝闪闪，眼睛也失去了灼人的光芒。露出了悲凉的倦意。

阿克西妮亚站了一会儿，然后走到床边，趴在床上恸哭起来，流了那么多轻松、甜蜜的眼泪，已经很久很久没有这么痛快地哭过了……

顿河沿岸群山连绵的陡岸上、突出的，俗称"偷儿崖"的山坡，冬天，寒风在山坡上盘旋，悲鸣。从光秃的山岗上吹下阵阵的细雪，细雪日积月累，一层一层地堆上去。雪堆高耸在断崖上，太阳一照，像砂糖似的闪闪发光，日暮黄昏，雪堆变成了浅蓝色，黎明时分，是浅紫色，日出时呈粉红色。这大雪堆在融雪的暖流还没有从下面把雪渐渐融化掉，或者是猛烈的侧面风还没有把这沉重的雪掀下去以前，它就一直那么肃穆、威严地高踞在那里。可是当它滚下去的时候，就发出低沉、柔和的轰隆声，一路上，压倒低矮的荆棘丛，折断羞羞答答地直往山崖边上躲闪的小山楂树，风驰电掣，身后拖着长裙似的、飘向高空的银色雪雾……

阿克西妮亚积累多年的情感，也像这雪堆一样，一触即发，不可收拾。和葛利高里的重逢，葛利高里那句亲热的话："你好啊，亲爱的阿克西妮亚！"就是这种推力。可是他呢？难道他不曾是她的最亲爱的人吗？难道这些年她不是每日、每刻都在思念他吗？混乱的思绪最终不是总要回到他身上吗？不管是在想什么，做什么，心里总是感到站在葛利高里身旁。瞎马就是这样围着水车轴拉水车，转圈子……

阿克西妮亚在床上一直躺到黄昏，从床上起来，眼皮都哭肿了，洗洗脸，梳了梳头，就像大姑娘要去相亲似地匆匆穿戴、打扮起来。她穿上干净衬衣，紫红色的呢裙，披上头巾，慌里慌张地对着小镜子照了照，就出门了。

鞑靼村的上空一片灰色的黄昏。大雁在春汛泛滥的河湾里惊鸣。苍白暗淡的月亮从顿河边的杨树林后面爬上来。河面上映出一条月光铺出的波光涟漪的浅绿色小径。牲口群在天还没有黑的时候就从草原上回来了。没有吃饱嫩草的牛在各家院子里哞哞直叫。阿克西妮亚没有去挤自家的奶牛。她把一头白鼻梁的小牛犊从牲口棚里赶出来，放它到母牛那里去，小牛犊摇晃着尾巴，使劲儿伸直后腿，嘴唇贪婪地嘬着那干瘪的奶头。

达丽亚·麦列霍娃刚刚挤过牛奶，手里拿着滤奶器和桶往屋子里走，篱笆外面有人喊她：

"达莎①！"

"谁呀？"

"我，阿克西妮亚……到我这儿来一下。"

"你找我干什么呀？"

"非常要紧的事！来吧！看在基督的面上！"

"我滤完奶就去。"

"好，那么我就在院子边等你。"

"好吧！"

过了一会儿，达丽亚走了出来。阿克西妮亚在自己家的篱笆门口等她。达丽亚的身上散发出一股热乎乎的鲜牛奶气味和牲口棚的臭味儿。她一见阿克西妮亚的裙子没有掖起来，而是打扮得漂漂亮亮，干干净净，感到很惊奇。

"我的好邻居，你这么早就收拾完啦。"

"司捷潘不在家，我一会儿就收拾完啦。只有一头牛，我几乎连晚饭都不做……吃点儿什么干粮就凑合啦……"

"你叫我有什么事？"

"到我家里来一下。有事情……"

---

① 达莎也是达丽亚的爱称。

阿克西妮亚的声音有点儿哆嗦，达丽亚模糊地猜到谈话的目的，便一声不响地跟着她走进屋里。

阿克西妮亚也没有点灯，一走进内室，就打开箱子，在里面翻了一阵，用她那干瘦、滚热的手抓起达丽亚的一只手，开始匆匆忙忙地把一个指环往她手指头上套。

“你这是干什么？这不是指环吗？你这是要送给我吗？……”

“送给你！送给你。送给你……作纪念……”

“金的？”达丽亚走到窗户前，就着朦胧的月光仔细看着指头上的指环，老练地问。

“是金的。你拿去戴吧！”

“噢，基督救主啊！……你为什么送我这么好的礼物呀？”

“请你替我叫叫……把你们家的葛利高里给我叫出来。”

“难道又要死灰复燃吗？”达丽亚猜测地笑着问。

“不，不是！哎呀，你说到哪里去啦！”阿克西妮亚吓了一跳，急得满脸绯红，眼泪都要流出来啦，“我要和他谈谈司捷潘的事情……也许葛利高里能替他想想办法，弄几天假……”

“那你为什么不上我们家里去呢？既然你找他有事情，你就到我们家去跟他谈好啦。”达丽亚狡猾地说。

“不成，不成……娜塔莉亚也许会以为……不好意思……”

“那，好吧，我给你叫出来。我是舍得他的！……”

葛利高里吃完晚饭。他刚刚放下勺子，咂了咂嘴，用手巴掌擦了擦沾满菜汤的胡子。突然觉得桌子底下有只脚直碰他的脚，朝桌上的人看了一眼，只见达丽亚朝他偷偷挤了挤眼。

“如果她想叫我代替去世的彼得罗，或者她敢说这类的话，我就揍她一顿！把她带到打谷场去，用裙子蒙上她的脑袋，像打母狗一样，狠狠地揍她一顿！”葛利高里生气地想，不过在这段时间里，他一直愁眉苦脸地任凭嫂子来挑逗。但是他离开了桌子，点上烟，便不慌不忙地往门口走去。达丽亚几乎也同时跟了出来。

她在门廊里从葛利高里身旁走过去的时候，猛地把胸脯往他身上一靠，耳语说：

“噢，狠心的人！去吧……叫你哪。”

“谁呀？”葛利高里小声小气地问。

“她。”

过了一个钟头，等到娜塔莉亚带着孩子睡熟了的时候，葛利高里穿着一件扣得紧紧的军大衣，和阿克西妮亚一起走出阿司塔霍夫家的大门。他们默默地在黑胡同里站了一会儿，然后仍然默默地朝无言地向他们招手的、黑魆魆的、洋溢着醉人的嫩草芳香的草原走去。葛利高里掀开军大衣襟，把阿克西妮亚搂到怀里，感觉到她全身在哆嗦，她的心在短上衣里突突地跳得那么厉害……

第五十一章

第二天，葛利高里在动身以前，跟娜塔莉亚作了简单的解释。她把他叫到一旁，小声问：

“夜里你上哪儿去啦？为什么回来得这么晚？”

“这也算晚！”

“还不晚？我醒来的时候，鸡已经叫过头遍啦，可是还不见你的影子……”

“库季诺夫来啦。我是为了军务到他那儿开会去了。你们老娘儿们家不懂这些事儿。”

“那他为什么不到咱们家里来过夜呢？”

“他赶回维申斯克去了。”

“那他在谁家歇脚的啊？”

“在阿博先科夫家。他们家好像是他的远房亲戚。”

娜塔莉亚再也没有问什么。看得出，她心里有些疑惑，但是眼睛里却装作没事的样子，因此葛利高里到了也没有弄明白她究竟是相信，还是不相信。

他匆匆吃过早饭。潘苔莱·普罗珂菲耶维奇赶去备马，伊莉妮奇娜画着十字，吻着葛利高里，快口小声说：

“你呀……好儿子，可别忘了上帝啊！我们听说你砍死了些什么水兵……主啊！葛利申卡，你好好想想吧！你看，你的孩子都长大啦，被你砍死的那些人大概也有孩子留下来……唉，怎么能这样胡来呀？你小的时候是多么温柔和讨人喜爱呀，可是现在你却整天地愁眉苦脸。瞧瞧吧，你的心已经变得像狼心一样凶狠……听母亲的话吧，葛利申卡！你也不是会念什么咒，刀枪不入的人，恶人的马刀也会落在你脖子上……”

葛利高里闷闷不乐地笑着，亲了亲母亲枯瘦的手，走到娜塔莉亚跟前。她冷淡地拥抱了他一下，扭过脸去，葛利高里看见她那干枯的眼睛里没有眼泪，充满了痛苦和隐隐的愤恨……又跟孩子们告了别，便走了出来。

他抓住硬硬的马鬃，脚踏在马镫上，心里想：“好啦，生活又来了个新的转折，可是心里还是那么冷冰冰的，空虚得很……看来，现在就是阿克秀特卡也不能排除这种空虚……”

他没有回头去看聚在大门口的亲人，让马缓步沿街走去，走过阿司塔霍夫家时，他斜眼朝窗户瞅瞅，看见阿克西妮亚正站在内室尽头上的窗户边，笑着朝他挥了挥绣花的手绢，立刻又把手绢揉成一团，捂到嘴上，捂到由于睡眠不足发青的眼眶上……

葛利高里放马快跑起来。跑上山坡，看见有两个骑马的人和一辆大车，顺着夏天的大道，缓缓地迎面走来。他认出骑马的人是“牛皮小王”安季普和斯特列米亚尼科夫——村上头一个黑头发、很伶俐的青年哥萨克。“车上拉的是死人。”葛利高里打量着那辆牛车，心里猜想。没等跟哥萨克们走近，就问：

“拉的是谁？”

“阿廖什卡·沙米利、托米林·伊万和‘马掌’雅科夫。”

“阵亡的？”

“是的！”

“什么时候？”

“昨天太阳落山以前。”

“炮兵连没受损失吗?”

“没受损失。这是红军在卡利诺夫角村一家的房子里把咱们的炮手们包围啦。沙米利正碰上啦,被……砍死了!”

葛利高里摘掉帽子,下了马。赶车的是一个奇尔河一带的、不很年轻的哥萨克女人,她把牛停了下来。被砍死的哥萨克并排躺在车上。葛利高里还没有走到车跟前,微风已经送来甜腻的尸体气味。阿廖什卡·沙米利躺在当中。他的旧蓝布棉袄敞着,没有扣扣子,那只空袖子压在被砍碎的脑袋底下,多年以前就伤残的、总是那么灵活的半截胳膊,用破布片包着,颤抖着,紧贴在已经不会喘气的高胸脯上。阿廖什卡僵死的龇着牙的嘴上留下了永恒凝结的恶狠狠的愤怒表情,但是已经无光的眼睛看着蓝天,看着草原上空飘过的白云,露出忧郁的沉思神情……

托米林的脸简直认不出来了;实际上,脸根本就没有了,只是一块马刀斜砍出来的难看的红肉的断面。“马掌”雅科夫侧身躺在那里,呈红黄色,歪着脖子,因为他的脑袋差不多全被砍下来了。从敞开的保护色军便服领口里露出来被砍断的白锁骨,而前额上,眼睛上面一点的地方,有一个像放光的黑星星一样的、染满血的弹孔。大概是红军战士可怜这个迟迟不死的哥萨克,就紧顶着他的脑袋开了一枪,所以甚至连火药的灼伤和黑点儿都还留在“马掌”雅科夫僵死的脸上。

“喂,弟兄们,咱们来祭奠祭奠自己的同村人吧,为了使他们的灵魂安息,咱们抽支烟吧。”葛利高里建议说,把马牵到一旁,松了马肚带,去掉马衔,把缰绳缠在马的左前腿上,放马去吃那缎子似的、挺直的嫩草。

安季普和斯特列米亚尼科夫很高兴地下了马,也拴上马腿,放去吃草。他们躺了下来,抽起烟。葛利高里看着那只身上的毛已经结成一块一块的,但是还没有脱下来,伸长脖子去吃小草的牛,问:

“沙米利是怎么死的?”

“唉,潘苔莱维奇,——都是因为他自己瞎胡闹。”

“怎么回事?”

“你听我说,事情是这样的,”斯特列米亚尼科夫开始讲起来,“昨天,正晌午的时候,我们出发去侦察。是普拉东·里亚布奇科夫亲自派我们去的,由一个司务长率领……安季普,昨天跟咱们一块儿去的那个司务长叫什么来着?”

“谁他妈的知道他叫什么!”

“好啦,叫他见鬼去吧!我们不认识他,是别的连的。是啊……我们就骑马去啦,一共是十四个哥萨克,沙米利也跟我们一块儿去啦。昨天整天他都很高兴,可见心里是一点儿什么预兆也没有!我们往前走着,他摇晃着那半截胳膊,把缰绳放在鞍头上,说:‘唉唉,咱们的葛利高里·潘苔莱维奇快点儿回来吧!跟他一起喝两杯,唱唱歌多好啊!’就这样一直到我们走到拉特舍夫斯基山岗以前,他一直在唱着:

> 我们像蝗虫一样,
> 在山岗上飞翔。
> 所有的顿河的哥萨克哟,
> 都用单打一的步枪打仗!

好,我们就这样——已经是走近烂泥沟了——走进一片洼地,这时司务长说:‘弟兄们,哪儿也看不到红军。大概他们还没有从阿斯塔霍沃镇出发呢。庄稼佬都懒得起早,大概现在才吃午饭,正在烧烤霍霍尔的母鸡哩。来吧,咱们也休息一会儿,不然咱们的马都累出汗啦。’我们就说:‘那好吧。’于是都下了马,躺在草地上,派一个监视哨到小山丘上去。躺在那里,我一看,过世的阿廖什卡正在他的马身边忙活哪,在松鞍褥下的马肚带。我对他说:‘阿列克谢,你最好还是别松开马肚带,万一咱们要紧急行动,那时候你那只坏胳膊怎么紧马肚带呀?’但是他龇着牙说:‘我比你紧得还要快呢!小毛孩子,你倒教训起我来啦?’好,就这样把马肚带松开啦,马嚼子也摘掉啦。大家躺在那里,有人抽烟,有人在讲故事,也有人在打盹儿。而我们的监视哨这时也打起盹儿来啦。在一个小土堆下面——躺下去就睡着啦!我只听到——似乎远处响了一下马的喷鼻声。我也懒得站起来,但是终于还是站起来啦，从洼地里爬到土岗上去。一瞧，离我们一百多步远，红军骑兵正顺着沟底开过来。指挥员骑着一匹枣红马走在前面。他骑的马就像只狮子。他们还带着一挺转盘机枪。我立刻连滚带爬地回到洼地里，大喊：‘红军来啦！上马！’他们大概是看见我啦，立刻我们就听见他们那儿也在叫口令。我们都上了马，司务长拔出大军刀，想要冲锋。我们只有十四个人，而他们却有半个连，而且他们还有一挺机枪，冲什么锋呀！我们骑飞马奔逃，他们本来要用机枪扫射，但是当他们发现，机枪打不着我们，有山沟掩护我们，于是就追赶起我们来。但是我们的马快，这么说吧，我们跑了一程，就又下马还击。直到这时候我们才发觉阿廖什卡·沙米利没有跟我们一起跑出来。就是说，混乱中——他跑到马跟前去，用那一只好手抓住马鞍头，刚把脚踏在马镫上，马鞍子就滑到马肚子底下去了。沙米利没来得及上马，红军就来到眼前啦，他的马却跑回我们这边来啦，跑得鼻眼儿里像冒火似的，鞍子却在马肚子下面摇晃。马惊啦，谁都不让靠身儿，呼呼地直喘大气，像魔鬼一样！阿列克谢就这样把小命送了！如果不松马肚带，当然还会照样活着，哪儿会有这个下场……”斯特列米亚尼科夫咧开小黑胡子笑着，结束说，“可是前天他还总在唱：

> 狗熊老爷爷呀，
> 你咬我的小牛吧，
> 吸光了我的脑浆吧……

现在真叫人把他的脑浆吸光啦……连脸都认不出啦！从他身上流出来的血，就像宰了一只牛似的那么多……后来，等到把红军打退了，我们跑到这块洼地里去，看见——他躺在那儿。身下那么一大摊血，简直把他都漂起来啦。”

“喂，咱们该走了吧？”赶车的女人把为防日晒蒙在脸上的头巾从唇边推开，焦急地催问道。

“大嫂子，不要急嘛。咱们立刻就要到啦。”

“怎么能不急啊，这些死尸散发出的臭味，简直要把人熏死啦！”

“怎么会有香味呢？死人活着的时候又是吃肉，又是亲热老娘儿们。凡是干这些事的人,还没有死就已经开始散发这种臭味啦。据说,唯有一些圣徒死后才只冒热气,可是我以为,这是地道的胡说。不管是什么样的圣徒,按自然的法则,死了就要腐烂、发臭,就像公共厕所一样。圣徒们也是一样用肚子消化吃的东西嘛,上帝给他们装的肠子也跟凡人一样,三十俄尺长……"安季普若有所思地说。

但是斯特列米亚尼科夫不知道为什么发起脾气来,喊道:

"他们跟你有什么相干呀?瞎说什么圣徒啊!咱们还是赶路吧!"

葛利高里和哥萨克们道了别,走到大车跟前去和阵亡的同村人道别,这时候他才发现,他们三个人的鞋袜都剥得光光的,倒有三双靴子的靴筒垫在他们脚底下。

"为什么把死人的鞋袜都剥光啦?"

"葛利高里·潘苔莱维奇,这是咱们的哥萨克干的。这些死人脚上穿的都是好靴子,哼,连里的哥萨克们商量了一下:把他们的好靴子剥了下来,给那些脚上穿破靴子的人,而把破靴子送回村子里。要知道死人都有家属。好,就叫他们的孩子穿破的吧……阿尼库什卡还说:'死人已经既不要走路,也不要骑马啦。把阿廖什卡的靴子给我吧,他那双靴子底非常结实。不然,等我从红军战士脚上弄到一双皮鞋的时候,我早就着凉啦。'"

葛利高里骑马走了,走着,听到两个哥萨克争吵起来。斯特列米亚尼科夫用响亮的男高音喊:

"'牛皮小王',你就瞎吹吧!你的老子就是这么挣来'牛皮大王'称号的!哥萨克就没有出过圣徒!圣徒都出自庄稼佬。"

"不对,出过!"

"你就像只公狗一样汪汪乱叫!"

"不对,出过!"

"谁?"

"常胜将军叶戈里不就是吗?"

"呸呸!别说啦,傻瓜!难道他是哥萨克吗?"

"地地道道的顿河哥萨克,是顿河下游一个什么镇的人,好像是谢米卡拉科尔斯克镇。"

“噢哟,你就胡说啦！应该先想想再说嘛。他不是哥萨克呀!”

“不是哥萨克？那么为什么他的雕像拿着长矛呢?”

后来的话葛利高里听不见了。他催马小跑起来,下到山沟里去,等走出山沟,穿过黑特曼大道时,看到那辆牛车和两个骑马的人正缓缓地走下山坡,往村子里走去。

葛利高里一路策马小跑,几乎一直跑到卡尔金斯克。微风吹着一点汗也没有出的马鬃。长长的红褐色金花鼠在大道上来回蹿跃,惊骇地吱吱叫着。它们尖利警惕的叫声跟统治着草原的肃穆的寂静显得异常和谐。不时有些公雁从道旁飞上土岗和坡顶。被太阳照得闪闪放光的雪白的小雁不停地喧闹着扇动着翅膀,飞向高空,直上云霄,好像是在蔚蓝的大海里游泳;它们把像系着黑天鹅绒似的婚礼花环的脖颈伸得笔直,疾飞而去,越飞越远。飞出约有一百沙绳远的时候,就开始下降,翅膀扇动得更快,仿佛停在原处不动似的。在将近地面的时候,在各种嫩草织成的碧绿背景上,翅膀上白色的火焰似的羽毛像一道白光最后闪了一下,就消失了,被野草吞没了。

到处都可以听到公雁热情的“吱儿吱儿”的呼唤声。在奇尔河沿岸,离大道几步远的土坡顶上,葛利高里在马上看到了一片大雁交尾的地方:平平整整的一圈土地,直径约有一俄尺半,已经被那些为争夺母雁战斗的公雁的爪子踏得非常结实。交尾场里面连一根小草茎都没有了;只有一层布满了十字爪印的平整的灰色尘沙和四周干蓬蒿和苦艾茎子上挂着的有浅色花纹、反面是粉红色的雁毛在迎风颤抖,这都是那些参战公雁从对手脊背和尾巴上撕下来的。不远的地方,从窝里跳出一只很难看的灰色母雁。它像一个小老太婆似的驼着背,急速地捯动着两条小腿,在枯萎的、去年的木樨丛下面跑过,它不想展翅高飞,就隐藏在那里了。

春天带来的丰富多彩、朝气勃勃、眼睛看不见的生机洋溢在草原上:春草繁茂,新婚的禽鸟和大小走兽情侣们,避开人类贪婪的眼睛,隐藏在草原的秘密庇护处幽会;田地里萌发出一片片尖尖的禾苗嫩芽……只有已经结束了生命的去年的衰草——风滚草——在草原各处留有古代堡垒的土坡上无精打采地耷拉着,紧贴地面,在寻求庇护,但是生机勃勃的、清新的春风毫不留情地吹断它的枯根,吹着它在阳光普照、恢复了生机的草原上到处翻滚。

葛利高里·麦列霍夫在黄昏以前赶到了卡尔金斯克。他蹚水过了奇尔河;在一个哥萨克村庄附近的马厩里找到了里亚布奇科夫,第二天早晨就把分驻在各村的第一师各部的指挥权从他手里接过来。看过司令部送来的最后一些战报,葛利高里跟师参谋长米哈伊尔·科佩洛夫商量了一下之后,决定向南面的阿斯塔霍沃发动进攻。

部队里非常缺乏子弹,就靠在战斗中缴获。这就是葛利高里决定发动进攻的主要目的。

黄昏以前,已经在卡尔金斯克集结了三个骑兵团和一个步兵团。师里本来有二十二挺手提式机枪和重机枪,但是决定只带六挺去,因为其余的机枪都没有弹带了。

第二天早晨,这个师就开始进攻了。葛利高里把司令部安置在大道旁,亲自指挥第三骑兵团,他派出了一些侦察骑兵到前面去侦察,率领团队以行军队形向南面的波诺马廖夫卡镇推进;据侦察兵报告,同样在准备进攻卡尔金斯克的红军第一〇一和一〇三步兵团正在那里集结。

一位急使在距市镇三俄里的地方追上了他,把库季诺夫的一封信交给他。

> 谢尔多勃斯克团已经向我们投诚!全部步兵都已被解除武装,有二十个人闹得厉害,博加特廖夫已经请他们离开人间,下命令砍掉了。给咱们带来四门炮(不过炮栓已经被可恶的共产党员炮手们卸掉)、二百多发炮弹和九挺机枪。我们这里是大喜盈门哪!我们把红军士兵分散到各步兵连里,叫他们去打自己人吧。你那儿的情形怎么样?我差点儿忘了告诉你。捉到了你的两个同村的共产党员科特利亚罗夫、科舍沃伊和许多叶兰斯克共产党员。在押往维申斯克的路上要把他们都狠狠地收拾一顿。如果你非常需要子弹,请告诉来人,我们给你送五百去。
>
> 库季诺夫

“传令兵!”葛利高里叫了一声。

普罗霍尔·济科夫应声策马赶来,但是一见葛利高里的脸色十分难看,吓得连忙行了一个举手礼,问:

“有何吩咐?”

“叫里亚布奇科夫来！里亚布奇科夫在哪儿?”

“在队尾。”

“快去！叫他马上到这儿来!”

普拉东·里亚布奇科夫策马小跑,绕过行军纵队,来到葛利高里身旁。他那蓄着白胡子的脸上的皮肤被风吹得脱了一层皮,胡子和眉毛被春天的太阳晒得闪着狐狸毛似的红光。他满面含笑,骑在马上,抽着烟。他骑的是一匹体壮膘肥、春天也一点膘儿没有掉的栗色儿马,溜蹄轻松地跑着,闪动着光滑的前胸。

“维申斯克来信了吗?”里亚布奇科夫看到葛利高里身旁的急使,大声问。

“来信啦,”葛利高里矜持地回答说,“你来指挥这个团和整个师,我要走啦。”

“那好吧,走你的。不过为什么这么匆忙呢？信上写些什么？谁写的？是库季诺夫吗?”

“谢尔多勃斯克团在霍皮奥尔河口镇投诚啦……”

“是——是吗？人还都活着吗？你立刻就去吗?”

“立刻就去。”

“好,一路平安。等你回来的时候,我们已经占领阿斯塔霍沃啦!”

“要是能活捉住米什卡和伊万·阿列克谢耶夫就好啦……查清楚是谁杀死彼得罗的……要把伊万和米什卡救出来……我们相互之间流过血,但是我们并不是外人呀！……”葛利高里心里想着,拼命用鞭子往马身上抽,一溜烟似地驰下山岗。

第五十二章

叛军的几个连刚刚开进霍皮奥尔河口镇，立即把正在开群众大会的谢尔多勃斯克团的战士们团团包围起来，第六旅旅长博加特廖夫跟沃罗诺夫斯基和沃尔科夫离开广场去开会。会议就在广场旁边的一座商人家宅里举行，会议开得很短。博加特廖夫连手里的马鞭都没放下，跟沃罗诺夫斯基问候过后，说：

"一切都很顺利。这要给你们记一大功。可是你们为什么没有能保住大炮完好无损呢，这是怎么回事？"

"太偶然啦！完全出于偶然，少尉阁下！炮兵几乎全是共产党员，我们解除他们武装的时候，他们拼命抵抗，打死了两名红军战士，然后卸下炮栓逃走了。"

"太可惜啦！"博加特廖夫把保护色制帽往桌子上一扔，帽箍上还留着不久前才撕掉军官帽徽的清晰痕迹，他用肮脏的手绢擦着剃得光光的脑袋和变成褐色的脸上的汗，微微一笑说，"好啦，这就不错嘛。请您立刻就去告诉您的士兵……叫他们交出全部武器。"

沃罗诺夫斯基被哥萨克军官的命令口气弄得心里不是滋味，结结巴巴地又问了一句：

"全部武器？"

"好啦，我就说一遍！我已经说过——全部，那就是说一点儿也不能留。"

"少尉阁下，要知道您和你们的总司令部不是都已经接受了不解除我们团武装的条件吗？怎么能这样呢？……是啊，我当然明白，机枪、大炮和手榴弹——这些我们都要无条件地交出来，至于红军战士的装备……"

"红军战士现在已经不存在啦！"博加特廖夫恶狠狠地翘起刮得光光的嘴唇，提高了嗓门，用拧花鞭子朝溅满污泥点的靴筒子抽了一下，说道，“现在已经不存在什么红军士兵啦，只有保护顿河土地的战士了。明——白——吗？……如果他们不肯交的话，我们会逼着他们交出的！用不着玩什么捉迷藏啦！你们跑到我们的土地上来胡闹一气，还有什么条件可谈呀！我们之间已经没有什么条件可谈啦！明——白——吗？……”

谢尔多勃斯克团的参谋长——青年中尉沃尔科夫生气了。他激动地用手指头摸着黑呢衬衣硬领上的扣子，搔着乱蓬蓬的、像羊羔一样蜷曲的黑额发，严厉地问：

“这就是说，您认为我们是俘虏了？是这样吗？”

“我没有对你这样说过，所以你大可不必去瞎猜一气，惹人讨厌啦！”哥萨克旅长粗暴地打断他的话，称呼也改成“你”，明确地表示，跟他对话的人已经完全、直接地从属于他。

屋子里霎时一片寂静。从广场上传来低沉的喧闹声。沃罗诺夫斯基在屋子里来回走了几趟，把指关节按得喀吧喀吧直响，然后把身上穿的草绿色保暖上衣扣子全部扣上，神经质地眨着眼睛，对博加特廖夫说：

“您说话的口气对我们是极大的侮辱，对您，作为一位优秀的俄国军官，也很不相称！我干脆告诉您吧。我们还要看看，如果您逼得我们不得不……我们就要重新考虑我们的对策。……沃尔科夫中尉！我命令您：到广场上去，告诉各级指挥人员，要他们在任何情况下都不许把武器交给哥萨克！请您命令全团准备战斗。我立刻就跟这位……跟这位博加特廖夫先生结束谈话，到广场上去。”

愤怒像只黑爪子似的把博加特廖夫的脸弄得不成样子，他还想再说几句，但是他已经明白，话说得太过火啦，就压下火气，立刻完全改变了态度。他猛地把制帽往下一拉，手里一直还在凶狠地玩弄着拧花的马鞭子，意想不到地温柔、客气地开口说：

“诸位，你们没有正确理解我的意思。我当然是没有受过那种高等教育，没有在士官学校念过书，也许我没有把话说清楚。好啦，但是不要过于苛求嘛。要知道我们都是自己人哪！我们之间不应该闹意见。我说了什么了不起的话呢？我只是说，应该立即解除红军士兵中那些对你们和我们来说都是特别靠不住的家伙的武装……我指的是这些人呀!”

“要是这样那就请吧! 应当把话说清楚,少尉阁下! 再说,您自己也一定觉得,您刚才那种挑衅的口气,您的全部行为……”沃罗诺夫斯基耸了耸肩膀,态度已经逐渐和缓下来,但是话音里仍然带着还没有完全熄灭的愤怒,继续说,“我们自己早就想到,要把那些动摇分子和不坚定的分子解除武装,然后交给您去处置……”

“对对! 就是这话!”

“我说的正是这个意思,我们决定自动来解除他们的武装。至于我们的战斗核心,我们是要保存下来。在任何情况下都要保存下来! 我本人或者这位沃尔科夫中尉,您跟他初次见面,可是您已经以‘你’相称……我们来负责指挥,我们一定能忠实地洗刷掉我们曾参加过红军的污点。您应当为我们提供这样做的机会。”

“你们这个战斗核心有多少人啊?”

“差不多二百吧。”

“好吧,就这么办。”博加特廖夫勉为其难地同意说。他站起身来,推开通向走廊的门,大声喊:“女主人!”等到一位上了些年纪的、披着暖和头巾的妇人出现在门口的时候,命令说:“拿些鲜牛奶来! 快点儿给我拿来!”

“我们家没有牛奶,请您原谅。”

“大概,红党要就有啦,我们要——就没有,是吗?”博加特廖夫苦笑着说。

屋子里又是一阵尴尬的寂静。沃尔科夫中尉打破了寂静,问:

“我可以走了吗?”

“去吧,”沃罗诺夫斯基叹了口气回答说,“请您去命令他们,解除那些我们已经列在名单上的人的武装。名单在戈里加索夫和魏斯特明斯捷尔手里。”

沃罗诺夫斯基只是由于自己的军官自尊心被刺疼了,才不得不说出这样的话,“我们就要重新考虑我们的对策”。实际上沃罗诺夫斯基上尉已经很明白,他的赌注是输定了,而且已经没有退路。根据他得到的情报,红军司令部从梅德维季河口镇派来解除叛变的谢尔多勃斯克团武装的部队随时就要到达。但是博加特廖夫也已经认识到沃罗诺夫斯基是个可靠的和绝对没有危险的人物,他现在已经无路可退了。旅长愿意自己承担责任,同意把团里的可靠分子组成一个独立的战斗单位。会议就此结束了。

而与此同时,广场上的叛军,却没有等到会议结束,已经忙着在解除谢尔多勃斯克团士兵的武装了。哥萨克们贪婪的眼睛和手早就盯上了团辎重队的四轮大车和两轮马车了,叛军不仅争先恐后去抢子弹,而且还抢红军战士的厚底黄皮鞋、皮裹腿、棉袄、棉裤和食物。有二十来个谢尔多勃斯克团的战士看到哥萨克这样明目张胆地胡作非为,想要进行抵抗。他们中间有一个人眼见来搜他的叛军满不在乎地把他的钱包装进自己的口袋,就用枪托子照着这个叛军身上打去,并大声喊:

“土匪！你拿走什么啦?！还给我,不然,我就给你一刺刀!”

同伴们都支持他。愤怒的喊声响成一片:

“同志们,拿起枪来!”

“我们上当啦!”

“不要交出步枪!”

展开了肉搏战,抵抗的红军战士被逼迫到木栅栏旁边;叛军骑兵在第三骑兵连连长鼓励下,没用两分钟就把他们统统砍死了。

沃尔科夫中尉来到广场以后,解除武装的工作进行得更加顺利了。冒着倾盆大雨搜查了排好队站在那里的红军战士。就在离队伍不远的地方,步枪、手榴弹、团里的电话通讯队的器材、装步枪子弹和机枪弹带的箱子堆成了山……

博加特廖夫策马来到广场上,他骑在烈性大发、跳跃不止的马上,在谢尔多勃斯克团战士们的行列前面,向四面扭动着身子,威胁地把拧花鞭子举到头顶上,喊:

“大家听我讲话！你们从今天起就要跟可恶的共产党员和他们的军队打仗啦。谁要是一心一意地跟我们走,就会得到饶恕,谁要是执迷不悟——那就是他的下场!”他用鞭子朝那些被砍死的红军战士一指,结束说。死尸已经被哥萨克们剥得精光,只剩下一件内衣,堆成了难看的、被雨淋湿的白肉堆。

红军战士的行列中响起了一阵低语声，但是没有一个敢大声说一句反对的话，没有一个敢搞乱队伍的行列……

到处是一群一伙的哥萨克步兵和骑兵在乱钻乱窜。他们把广场团团包围起来。在教堂围墙附近的小土坡上，架起了几挺漆成绿色的、谢尔多勃斯克团的机枪，张开大嘴，对准了红军战士的行列，机枪护板后面已经蹲着淋得精湿的哥萨克机枪手，准备射击……

过了一个钟头，沃罗诺夫斯基和沃尔科夫按名单挑了一批“可靠的人”。共有一百九十四人。这支新编的部队被命名为“第一独立营”，当天就调到别拉温斯基村附近的阵地上去，从顿涅茨方面调来的红军第二十三骑兵师的几个团正在从那里发动进攻。传闻，红军有两个团正向暴动地区挺进：贝卡多罗夫指挥的第十五团和由大名鼎鼎的米什卡·布利诺夫指挥的第三十二团。这两个团在前进途中，接连击溃了阻拦他们的几个叛军连队。其中有一个是霍皮奥尔河口地区某个村庄仓促布置在那里的一个连，被全部消灭了。博加特廖夫决定派沃罗诺夫斯基这个营去抵挡布利诺夫，在战斗的洗礼中考验一下这个营的坚定性……

其余的谢尔多勃斯克团的战士，有八百多人，都被沿着顿河徒步押往维申斯克，——完全按照叛军总司令库季诺夫给博加特廖夫的信中规定的办法执行。派出三个骑兵连，配备了谢尔多勃斯克团的机枪，沿顿河岸边的山岗对他们进行监视。

博加特廖夫在离开霍皮奥尔河口镇之前，到教堂去做了祈祷，神甫刚刚念完祈求上帝赐予“笃信基督的哥萨克战士”胜利的祷告词，就走出了教堂。传令兵牵过马来。他骑上马，把留驻霍皮奥尔河口镇部队的一个连长招呼到跟前，从马上探下身子，附耳低语说：

“对共产党员要严加看守，比守卫火药库还要严！明天早晨，派可靠的押送兵把他们送到维申斯克去。今天就派骑使到各村去通报，咱们押送的是些什么人物。老百姓自己会审判他们的！”

布置完毕，他就策马而去。

第五十三章

四月里，一天中午，在维申斯克镇西金村上空出现了一架飞机。孩子、妇女和老头子们一听见发动机低沉的轰鸣声，就都从屋子里跑了出来；仰起脑袋，把手巴掌遮在眼睛上，盯着看了好久，看着飞机在笼罩着一层薄雾的天空中侧着身子，像老鹰一样绕圈子。发动机的响声越来越大、越来越刺耳。飞机在村外的牧场上选了一片着陆的平地，开始下降。

“马上就要扔炸弹啦！小心！”有个机灵的老头子惊慌地喊。

于是聚集在胡同里的人群慌忙四散逃命。婆娘们拖拉着哇哇哭叫的孩子，老头子们个个像山羊似的熟练、敏捷地跳过篱笆，向村头的树林奔去。胡同里只剩了一个老太婆。本来她也打算逃跑，但是不知道是吓得腿软了，还是绊在小土堆上，一下子摔倒了，躺在那里。她不害臊地高高翘起两条瘦腿，喑哑地号叫着：

“噢咦，救命啊，亲人哪！噢咦，我要死啦！”

谁也没有回来救老太婆。但是飞机吓人地轰鸣着，狂吼乱啸，从谷仓上面低飞过去，霎时间飞机翅膀的阴影使吓得半死的老太婆睁得大大的眼睛前面一片黑暗，飞机飞了过去，轮子轻轻擦了一下村外牧场潮湿的地面，向草原跑去。正在这时候，老太婆竟像小孩子似的尿了一裤子。她半死不活地躺在那里，不管是自己身子下面，不管是四周的一切，什么也听不见，什么也感觉不到了。当然她也不会看见，远远地有两个穿黑皮衣服的人，从那只着陆的可怕的大鸟肚子里走出来，犹疑不决地在那里踌躇了一阵，四下张望着，朝村子走来。

但是她那藏在村边树林里去年的黑莓丛里的老头子，却是一个勇敢的老头子。虽然他的心像被捉住的麻雀一样在怦怦跳，但是他仍然还有看个究竟的勇气。他认出朝他家的院子走来的两个人当中，有一个是他同团人的儿子——军官博加特廖夫·彼得。彼得是格里戈里·

博加特廖夫——叛军第六独立旅旅长——的堂兄弟,跟着白军撤退到顿涅茨对岸去了。但是毫无疑问,就是他。

老头子像兔子似的蹲了下去,两手垂着,仔细打量了一会儿。等彻底认定,正在慢慢地、摇摇摆摆走来的确系彼得·博加特廖夫,还是人们去年看到他的时候那样,浅蓝色的眼睛,只是好久没有刮的大胡子长得乱蓬蓬的。老头子站起来,试了试两条腿能不能撑得住他。腿只是膝关节有些哆嗦,但是毫不含糊地撑住了他;于是老头子便一溜歪斜地从树林里走了出来。

他没有朝吓得魂飞天外的老太婆那里走,却一直往彼得·博加特廖夫和他的同伴那里走去,老远就从秃脑袋上摘下那顶褪色的哥萨克制帽。彼得·博加特廖夫也认出他来了,含笑挥手向他问候。他们走到一起。

"请问,您真是彼得·格里戈里奇吗?"

"正是我,老大爷!"

"老天爷叫我能在老年看见会飞的机器!它可真把我们吓坏啦!"

"这附近没有红军吧,老大爷?"

"没有,没有,亲爱的!已经把他们赶到奇尔河那岸什么地方去啦,赶到霍霍尔那里去啦。"

"咱们的哥萨克也起义了吗?"

"起义嘛,倒是起啦,可是已经有很多人被运送回来啦。"

"怎么啦?"

"被打死了呗。"

"啊啊……我们家,我父亲——全都活着吗?"

"都活着哪。您是从顿涅茨河对岸来的吗?在那儿看见我家的吉洪了吗?"

"是从顿涅茨河对岸来的。吉洪给你带好来啦。喂,老大爷,请你替我们看守一下飞机,别叫小孩子们乱动,我要回家去……咱们走吧!"

彼得·博加特廖夫和他的同伴走了。躲在树林里、板棚里、地窖里,以及能钻进去的夹缝里的人,这时都跑出来了。人群围住了飞机,滚烫的飞机发动机还在散发着热汽、汽油和机器油的气味。飞机的帆布翅膀上有多处枪弹和炮弹片打穿的窟窿。这架从来没有见过的机器,像匹跑累了的马一样,浑身燥热、默默地停在那里。

第一个看见彼得·博加特廖夫的老爷子,跑进他老太婆吓倒在那里的胡同里,想把去年十二月随着区公所撤走的儿子吉洪的消息告诉她,叫她高兴高兴。胡同里找不到老太婆了。她已经跑回家去,躲在贮藏室里匆忙换了衣服;把衬衣和裙子都换了。害得老头子到处去找她,喊叫:

"彼得卡·博加特廖夫飞来了!吉洪托他带好来啦!"等看到他的老太婆正在换衣服的时候,不禁大吃一惊,"老妖精,你怎么忽然想起来要打扮打扮啦?唉,真你妈的浑啦!谁还看得上你这个秃鬼!嘀,简直一下子变成年轻小媳妇啦!"

……很快就有许多老头子到彼得·博加特廖夫的父亲家里来了。个个走进屋子的时候,都是先在门口摘下帽子,朝圣像画过十字,然后很有派头儿地坐在长板凳上,拄着拐杖,说起话来。彼得·博加特廖夫喝着玻璃杯里的没有打过皮的凉牛奶对大家讲:是顿河政府委派他飞来的,他的任务是跟起义的上游顿河人取得联系,用飞机运来子弹和军官,帮助他们跟红军进行斗争。他又说,顿河军很快就要在全线展开进攻,跟叛军连成一片。博加特廖夫顺便把老头子们批评了一顿,说他们对青年哥萨克的影响很坏,致使他们放弃阵地,让红军开进自己土地上来。他这样结束了自己的谈话:

"……不过既然你们已经醒悟过来,把苏维埃政权赶走啦,那么顿河政府是会宽恕你们的。"

"彼得·格里戈里奇,要知道咱们这儿现在也还有苏维埃政权呀,不过没有共产党罢啦。要知道我们挂的旗子也不是三色旗,是红白两色旗。"一个老头子有点儿犹豫地说。

"连说话的时候,年轻人,咱们那些不听话的狗崽子们,还互相称呼'同志'哩!"另外一个插嘴说。

彼得·博加特廖夫剪过的大红胡子里露出了笑容,嘲弄地眯缝着蓝色的圆眼睛说:

“你们的苏维埃政权就像是春天的薄冰。太阳一晒——就化啦。不过领头在卡拉契附近放弃阵地的那些家伙，等我们从顿涅茨对岸回来以后，要好好抽他们一顿鞭子！”

“抽他们，这些该死的家伙，抽得他们浑身是血！”

“这才对哩！”

“抽他们！抽他们！”

“当众抽他们的屁股，抽得他们皮开肉绽！”老头子们都兴高采烈地喊叫起来。

傍晚，得到骑使报告的叛军总司令库季诺夫和参谋长伊利亚·萨福诺夫，坐着一辆由三匹汗流如注的马拉着的四轮马车，飞也似的来到西金村。

他俩因为博加特廖夫飞来了，高兴得不得了，连靴子和帆布雨衣上的烂泥也顾不得擦，就一溜烟似的跑进了博加特廖夫家。

第五十四章

谢尔多勃斯克团交给叛军的二十五名共产党员，由加强的护送队押解，从霍皮奥尔河口镇出发了。逃跑是毫无希望了。伊万·阿列克谢耶维奇一瘸一拐地走在这群俘虏中间，满怀苦闷和憎恨地看着押送的哥萨克们凶狠、僵化的脸，心里想：“他们是给我们送终的啊！如果不审判——那我们就完蛋啦！”

押送兵多数是些蓄着大胡子的人。一个旧教派的老头子——阿塔曼斯基团的司务长——指挥他们。从一开始，刚刚走出霍皮奥尔河口镇，他就命令俘虏不准说话，不准抽烟，不准向押送兵提问题。

“你们默诵祈祷词吧，反基督的奴才们！你们现在是去鬼门关，剩下的这点儿活着的时间就不要再做坏事啦！嘻——嘻！你们背弃了上帝！效忠魔鬼！你们的脸上已经打上了敌人的烙印！”司务长忽而举起自动手枪，忽而拉拉套在脖子上的手枪绳带。

俘虏中只有两个共产党员是谢尔多勃斯克团的指挥人员，——其余的，除了伊万·阿列克谢耶维奇，都是叶兰斯克镇的外来户，全是些身材高大、体格强壮的小伙子，都是在苏维埃政权的军队来到镇上以后加入共产党的，有的是民警，有的是村革命军事委员会主席，暴动发生后，逃到霍皮奥尔河口镇，加入了谢尔多勃斯克团。

过去他们差不多都是手工业工人：木匠、细木工、箍桶匠、石匠、泥瓦匠、鞋匠和裁缝。他们中间，年龄最大的，看来也不过三十五岁，最年轻的二十岁左右。都是些身体强健、漂亮的小伙子，一双干繁重体力活的粗糙的大手，宽肩膀、高胸脯，跟那些弯腰曲背的押送兵老头子们简直有天渊之别。

“会审判我们吧，你以为怎样？”跟伊万·阿列克谢耶维奇并肩走的一个叶兰斯克的共产党员悄悄说。

“未必……”

“会把咱们打死吗？”

“大概会的。”

“他们不是不枪毙人吗？哥萨克们这样说过，记得吗？”

伊万·阿列克谢耶维奇没有做声，但是他心里像风吹亮了的火星，燃起一线希望：“这话对呀！他们不能枪毙我们。他们这些混蛋提出的口号是：‘打倒共产党，反对抢劫和枪毙！’听说他们只判处苦役……判处鞭刑，然后去服苦役。哼，这并不可怕！在苦役中挨到冬天顿河一结冰，我们的人就又要向他们进攻啦！……”

希望的火花闪了一下，又被风吹灭了：“不，一定会把我打死！他们已经变得像魔鬼一样凶狠！我的小命，完了！……唉，过去我不应该那么干哪！觉得跟他们一起打过仗，心就软了……不应该怜悯他们，应该把他们斩草除根！”

他攥紧拳头，满腔软弱无力的愤怒，耸了耸肩膀，立刻踉跄了一下，差点儿没被从后面照着脑袋抽来的一鞭子打倒。

“你攥拳头干什么，混蛋东西！我问你，攥拳头干什么？”押送队长司务长策马向他压来，哇啦哇啦地喊叫。

他又重重地抽了伊万·阿列克谢耶维奇一下子，在伊万·阿列克谢耶维奇的脸上，从眉棱骨，一直到中间有个小酒窝儿的陡下巴颏，斜着留下了一条血印。

“你打的是什么人呀？请你打我吧，老大爷！打我吧！他是伤员，你为什么打他呀？”一个叶兰斯克人带着恳求的笑容，用颤抖的声音喊，然后走出队伍，挺起结实的胸膛，把伊万·阿列克谢耶维奇遮在身后。

“你也要狠狠地揍一顿！你们打呀，老乡们！打这些共产党啊！”

鞭子抽得那么狠，抽得叶兰斯克人夏天保护色衬衣的肩部成了破布片，像火烤过的树叶子一样翻了起来。赤黑的血从伤口里，从立即肿起来的鞭子印里流出来，浸湿了破布片……

司务长怒不可遏，气喘吁吁，纵马去冲撞俘虏，冲进人群稠密处，毫不留情地用鞭子乱抽起来……

伊万·阿列克谢耶维奇又挨了一鞭子。眼睛里直冒金星，脚下的土地晃了一下，仿佛左岸那一带像花边似的遮掩了沙滩的绿树要栽倒似的。

伊万·阿列克谢耶维奇用粗大的手抓住马镫，想把那野兽似的司务长从鞍子上揪下来，但是被刀背砍倒在地上，一阵麻酥酥的、呛人的淡淡的尘土钻进嘴里，鲜血火辣辣地从鼻子和耳朵里涌出来……

押送兵把他们像羊似的赶到一起，狠打他们，残忍地乱打了半天。伊万·阿列克谢耶维奇脸朝下躺在大道上，像在梦中似的，只听见一片沙哑的喊声，四周杂沓的脚步声，马疯狂的喘息声。一团热乎乎的马汗泡沫落在他光着的脑袋上，几乎是同时，在离他很近的头顶上什么地方，响起了短促、可怕的男子的哭叫声：

“坏蛋！你们打已经交出武器的人……呜呜呜！……”

马在伊万·阿列克谢耶维奇的伤腿上踏了一蹄子，磨光的马蹄铁踏在腿肚子上，头顶上响起一阵迅速起落的鞭打声……过了一会儿——一个湿漉漉的、沉重的、散发着刺鼻的汗臭和血的咸味的身体倒在伊万·阿列克谢耶维奇旁边。还没有完全失去知觉的伊万·阿列克谢耶维奇听到：从倒下来的人的喉咙里，像从翻倒的瓶口里一样咕嘟咕嘟地往外冒血……

然后把他们成群地赶到顿河边，逼着他们把血洗掉。伊万·阿列克谢耶维奇站在没膝的水里，浸了浸火烧火燎的伤口和被打肿的地方，用手巴掌拂开跟自己的血混成一片的河水，贪婪地喝着，生怕压不下难耐的干渴。

路上，有一个骑马的哥萨克追过了他们。他骑的是一匹深棕色的马，膘肥毛亮，浑身大汗，闪耀着春天的光泽，喜人地跳跃着，跑了过去。骑马的人跑进了村子，于是俘虏们还没有走到最靠村头的院落，人群已经迎面拥上来。

伊万·阿列克谢耶维奇一看到朝他们跑来的那些哥萨克和妇女们，就明白这回是非死不可了。其余的人也全都明白了。

“同志们！我们来互相告别吧！”一个谢尔多勃斯克团的共产党员喊。

拿着叉子、镢头、木棒和铁车条的人群越走越近了……

这以后，就完全像一场噩梦。三十俄里的路程上村连村，村村都遇到出来打骂的人群。老头子、婆娘和半大孩子全都动手打，往被俘的共产党员尽是鲜血和淤血的黑肿的脸上啐吐沫，扔石头和干土块，往被打肿了的眼睛里扬尘土和煤灰。婆娘们特别凶狠，精于进行最残酷的拷打。这二十五个注定要死亡的人走过残暴的人群。到最后他们已经被折磨得无法辨认了，完全不像人样了，——他们的身体和脸全都变得简直目不忍睹，浑身青里透红，红里透黑，肿胀变形，遍体鳞伤，血肉污泥，一片模糊。

起初，这二十五个人为了少挨几下打，都想离押送兵远一点儿，都竭力挤到混乱的队伍中间，所以都紧挤在一起走。但是他们不断地被推拉开来。于是他们失去了任何避开抽打的希望，就死心地七零八落地走去，每个人都只有一个痛苦的愿望：尽量控制住自己，不要倒下去，——跌倒就再也爬不起来了。个个都横下了心，听天由命，随它去吧。而起初，只要一看见铁叉齿蓝晃晃地在眼前晃，或者看见木棒子灰白的粗头儿昏暗地在眼前闪动的时候，都赶紧伸手捂上脸和脑袋，可怜地把手捂到眼睛上，从这群被殴打的俘虏中传出央告、求饶的呼声、呻吟声、咒骂声和痛得忍耐不住的惨叫。到了中午,就都不出声了。只有一个最年轻的叶兰斯克人,从前在连队里曾是大家都喜欢的爱逗乐的人,他只要脑袋上挨一下,就哎呀乱叫。他像是走在烫脚的热地上似的,一蹦一跳,全身扭动,拖拉着被木棒打断的腿……

伊万·阿列克谢耶维奇自从在顿河里洗过血渍以后,情绪坚定起来。一看见向他们跑来的哥萨克和婆娘们,就赶紧跟他身旁走的一位同志道别,小声说:

"没有什么了不起,弟兄们,我们英勇地战斗过,也应该会骄傲地去死……有一件事我们就是剩下最后一口气也要牢牢记住,我们精神上可以得到安慰,那就是我们虽然被打死了,但是苏维埃政权是棍子也打不死的!共产党员们!弟兄们!死也要死得勇敢,不要让敌人嘲笑我们!"

有个叶兰斯克人终于忍受不住了——在博布罗夫斯基村,老头子们开始熟练而又残忍地打他的时候,他就像疯子似地、不要脸地大哭大叫起来,撕开军便服的领子,把挂在脖子上的贴身小十字架拿出来给哥萨克和婆娘们看,十字架系在一条被汗水沤成黑色的脏带子上。

"同志们!我是不久以前才入党的呀!你们可怜可怜我吧!我信奉上帝!……我有两个孩子!……请你们饶我一命吧!你们也是有孩子的呀!……"

"我们是你的什么'同志'呀!住口!"

"想起孩子来啦,你这双料的坏蛋?还把十字架掏出来啦,啊?想起上帝来啦?可是你枪毙我们的人,处死我们的人的时候,大概没有想到上帝吧?"一个戴着耳环、翻鼻孔的老头子,打了他两下,气喘吁吁地问,接着没等回答,就又对准脑袋抡起了鞭子。

眼睛看到的,耳朵听到的和意识到的一切暴行的片段,都像过眼云烟,在伊万·阿列克谢耶维奇面前飘逝了,他什么也没有留意。心肠变得像石头一样硬,仅仅哆嗦过一次。那是在中午时分,他们走进了秋科夫诺夫斯基村,穿过街上又是咒骂又是殴打的人群。这时候,伊万·阿列克谢耶维奇斜眼朝旁边看了看,看见一个约莫七岁的男孩,正紧扯着母亲的衣襟,眼泪像下雨似地顺着吓得变样的脸蛋儿往下滚,凄惨地尖声哭喊着:

“好妈妈！别打他啦！噢噫，别打啦……我心里难受！我害怕！看他浑身都是血！……”

那个正朝一个叶兰斯克人举起木棒的娘儿们突然大叫一声，扔下木棒，抱起孩子，慌忙钻进胡同里去了。伊万·阿列克谢耶维奇的心被孩子的哭声，被孩子激动的怜悯之情感动了，不由自主地流下了眼泪，弄得被打破、干裂的嘴唇生疼。他微微地抽搭了一下，想起自己的孩子和老婆，而且由于这像闪电似的突然闪现的回忆，产生了一种急不可待的愿望：“千万不能当着他们的面被打死！最好……赶快……”

俘虏们拖拉着两条腿，摇晃着疲惫和关节疼痛的身躯往前走着。在一个村子外头的牧场上看见了一口水井，他们就央求押送队长，准许他们喝点儿水。

“用不着喝水啦！就这样都晚啦！赶快走！”司务长喊叫着。

但是有个押送的老头子出来替俘虏们说话了：

“做点儿好事吧，阿基姆·萨佐内奇！他们也是人嘛！”

“他们算什么人呀？共产党员——不是人！你别教训我啦！押送他们的长官是我，还是你？”

“像您这样的长官也太多啦！孩子们，去喝吧！”

小老头儿下了马，从井里打来了一桶水。俘虏们把他团团围住，二十五双手同时向水桶伸过来，乌黑肿胀的眼睛都闪出了光芒，响起了一片沙哑的断断续续的低语声：

“给我，老大爷！”

“给一点儿喝也好！……”

“喝一口也好！……”

“同志们，不能大家同时喝呀！”

老头子犹豫起来，不知道先给谁喝才好。他苦恼地考虑了几秒钟，然后把井水倒进一只埋在地里的饮牲口的独木水槽里，他离开水槽，走到一旁，喊道：

“你们干吗像牛一样乱挤呀！排好队喝！”

水在生满了绿苔、发霉的槽底流开了，迅速地流到被太阳晒得散发着湿木头气味的槽角里。俘虏们使出最后的劲儿向水槽扑去。老头子一次又一次地去打水，一共打了十一桶，——他怜悯地皱起眉头，看着这群俘虏，把水槽倒满了水。

伊万·阿列克谢耶维奇跪在那里，喝够了，抬起已经清醒些的脑袋，清楚地，简直可以摸得到地看到：笼罩在顿河边的道路上的石灰粉尘似的白雾，耸立在远处的像蓝色的幻影似的、白垩的山峰余脉；群山的上空，顿河滚滚急流的上空，在一望无际的蓝天上，在高不可攀的晴空中——有一朵白云。白云被风一吹，像白帆似的洁白的顶边上闪着金光，迅速地向北方飘去，它那蛋白色影子映在远处的顿河河湾上。

第五十五章

在叛军最高司令部的秘密会议上，决定向顿河政府博加耶夫斯基将军求援。

会议委托库季诺夫写信，对一九一八年末顿河上游的哥萨克与红军媾和和放弃阵地一事表示忏悔和遗憾。库季诺夫写好了信。他以顿河上游的全体起义哥萨克的名义保证，今后将坚决与布尔什维克进行斗争，直到最后胜利，并且请求用飞机越过前线，给叛军运来指挥部队的基干军官和步枪子弹，援助叛军。

彼得·博加特廖夫留在西金村，后来迁到维申斯克。飞行员带着库季诺夫的信飞回新切尔卡斯克。

从这一天起，顿河政府和叛军司令部之间建立起密切的联系。几乎天天都从顿涅茨对岸飞来一些法国工厂制造的、崭新的飞机，运来些军官、步枪子弹和小量供三英寸口径大炮用的炮弹。飞行员们带来跟随顿河军撤走的顿河上游哥萨克们的家信，又从维申斯克把亲人们的回信带给哥萨克。

顿河军的新司令官西多林将军，为使叛军配合前线的形势和自己的战略计划，开始把司令部制定的作战计划、命令、战报和红军部队向叛军阵地调动的情报送给库季诺夫。

库季诺夫只让少数几个特定的人知道与西多林有书信来往的事儿，对其余的人则严加保密。

第五十六章

下午五点钟，俘虏们被赶到了鞑靼村。已经将近转眼就要逝去的春天的黄昏，夕阳西下，通红的太阳贴近了西天边上涌起的团团的灰色云端。

鞑靼村的步兵连正在街上公共谷仓的阴影里坐着和站着。他们被调到顿河右岸来支援正在艰难地抵挡红军骑兵进攻的叶兰斯克连；于是鞑靼村的哥萨克在去前线的路上，全连顺路回到村子里来探望亲人和补充一些食物。

这一天他们本来应该出发啦，但是他们听说正在把俘虏的共产党员往维申斯克押送，据说，科舍沃伊和伊万·阿列克谢耶维奇都在这伙人中，而且俘虏们眼看就要押到鞑靼村了，——因此他们决定再多留一些时间。那些在第一次战斗中有亲人跟彼得罗·麦列霍夫一起被打死的哥萨克们特别坚持要会会科舍沃伊和伊万·阿列克谢耶维奇。

鞑靼村的步兵把步枪靠在谷仓的墙上，无精打采地交谈着，有的坐着，有的站着，有的在抽烟，有的在嗑葵花子；婆娘们、老头子和孩子们围在他们身边。全村的人都拥到街上来了，孩子们则趴在房顶上不停地观察着——是不是押来了？

终于有个孩子尖声叫起来：

“看见啦！押来啦！”

服役的人都急忙站起来，忙乱开了，响起了一阵嗡嗡的、活跃的谈话声，孩子们咚咚地迎着俘虏跑去。阿廖什卡·沙米利的寡妻还没有从丧夫的悲痛中平静下来，歇斯底里地哭号起来。

“敌人押到啦！”一个老头子低声说。

“打他们，打这些魔鬼呀！哥萨克们，你们还在那里傻看什么呀?!”

“审判他们!”

“他们杀死过咱们村的人!”

“把科舍沃伊和他的同伙吊死!”

达丽亚·麦列霍娃跟阿尼库什卡的老婆站在一起。她头一个从走近的、已经被打得不成样子的俘虏群中认出了伊万·阿列克谢耶维奇。

“押来一个你们村的人!你们快来欣赏欣赏这个狗崽子吧!快来跟他亲亲嘴吧!”司务长——押送队队长——压下越来越响的、乱哄哄的话声、婆娘们的叫喊声和哭泣声,在马上伸手指着伊万·阿列克谢耶维奇,沙哑地大嚷道。

“还有一个在哪儿呀?科舍沃伊·米什卡在哪儿?”

“牛皮小王”安季普挤进人群,一面从肩上摘下步枪背带,晃动的步枪枪托和刺刀乱撞着人们。

“你们村的人只有一个,再没有第二个啦。如果一个人咬一口,这一个也足够你们咬的啦……”司务长用红手绢擦着额角上的大汗,困难地把一条腿从鞍头上跨过来,说。

妇女们的尖叫声和哭号声越来越凶,气氛十分紧张。达丽亚钻进人群,挤到押送兵的跟前,看见离自己几步远的地方,在一匹押解兵骑的汗漉漉的马身子那面,正是伊万·阿列克谢耶维奇被打得像铁铸的脸。他那肿得出奇的、沾着凝结了干血的头发的脑袋,简直像一只竖着放的水桶。额角上的皮肤都鼓了起来,爆裂了,脸颊上闪着紫光,头顶上覆着一层像肉冻似的黏液,上面放着两只毛绒手套。看来,他把手套放在脑袋上,是为了遮太阳,不叫它晒着密密麻麻的伤口,挡苍蝇和在空中嗡嗡叫的蚊子。手套干在伤口上,也就留在脑袋上了……

他惊骇地四下张望着,一面寻觅,一面却又害怕看到自己的妻子或者幼小的儿子,如果他们在这里的话,他很想求求什么人,把他们领走。他已经明白,他是走不出鞑靼村了,他要死在这里了,但是他不想叫亲人看见他的死,心里越来越焦急地盼望着死神快点儿到来。他驼着背,缓慢、艰难地扭动着脑袋,瞟着同村人的熟识的面孔,可是没有遇上一道怜悯、同情的目光,——哥萨克和婆娘们的目光都是那么阴险、凶恶。

他的褪了色的保护色衬衣已经碎得布缕都扎煞起来，每转动一下，就窸窣直响。衬衣上到处都浸满了褐色的血渍，绗得密密的红军战士棉裤、两只平脚掌的大脚和弯扭的脚指头上也都血渍斑斑。

达丽亚站在他的对面。仇恨涌到了喉头，悲痛和焦心地期待着马上就要发生的某种可怕的事情，使她喘不过气来，她盯着他的脸，怎么也弄不明白：他看到她了没有，认出她来了吗？

而伊万·阿列克谢耶维奇仍旧是那么惊慌、激动地用一只雪亮的眼睛（另外一只已经肿得看不见了）在人群里寻觅，突然他的目光停在离他只有几步远的达丽亚的脸上，他像个喝得酩酊大醉的人，摇摇晃晃地向前跨了一步。由于失血过多头发晕，失去了知觉，但是当周围的一切都好像是不真实的，疼痛使他觉得天旋地转，眼睛里的光亮渐渐暗淡下去的时候，这弥留的时刻使他不安，于是他使出全身的力气，还是站稳了脚跟。

看到并认出了达丽亚之后，他往前跨了一步，晃了一下。某种有点儿类似笑意的神情浮现在他那原是坚毅的、而现在变得非常难看的嘴唇上。正是这类似笑意的怪相使达丽亚的心怦怦地跳得厉害；她觉得这颗心好像就在喉咙口上跳动似的。

她紧走到伊万·阿列克谢耶维奇跟前，急速、响亮地喘着粗气，脸色变得越来越苍白。

“哦，你好啊，亲家公！”

她那响亮而又热情的声调，以及声调中那种异常的口吻，使人群安静下来。

于是，寂静中响起了伊万·阿列克谢耶维奇沙哑，然而坚定地回答：

“你好啊，亲家母达丽亚。”

“请你说说，亲爱的亲家公，你是怎样把你的亲家公……我的丈夫……”

达丽亚喘了一口气，用双手抓着胸膛。她说不出话来了。

一阵紧张、彻底的寂静；在这不祥的寂静中，就连站在人群最后的人们，也能清晰地听见达丽亚提出的问题：

“……你是怎样把我的丈夫,彼得罗·潘苔莱耶维奇,处死的?”

“不,亲家母,他不是我处死的!”

“怎么不是你处死的?”达丽亚的痛楚的呻吟声调提得更高,“不是你和米什卡·科舍沃伊处死哥萨克们的吗?不是你们?”

“不是,亲家母……我们……我没有杀死他……”

“那么是谁把他送到阴间的?喂,是谁?说呀!”

“当时后阿穆尔团……”

“是你!是你杀的!……哥萨克们都说,看到你在山坡上!你骑的是匹白马!该死的东西,你想赖吗?”

“我也参加了那次战斗……”伊万·阿列克谢耶维奇把左手艰难地抬到齐头那么高,扶了扶干结的伤口上的手套,说话的声调显得很犹豫,“我也参加了那次战斗,但是杀死你丈夫的不是我,是米哈伊尔·科舍沃伊。是他枪毙了你的丈夫。对亲家公彼得罗的死我是没有责任的。”

“你这个凶恶的敌人,那么咱们村里的人哪个是你杀死的?你自己把哪些人的孩子变成了讨饭的孤儿?”“马掌”雅科夫的寡妻在人群中刺耳地喊。

本来就紧张得要命的气氛霎时变得更加紧张了……响起了一片女人歇斯底里的哭泣、呼叫和“哭丧调”的号啕声。

事后达丽亚说,她也不记得怎么一来,她的手里就有了一支马枪,是谁塞到她手里的。但是正当妇女们号啕大哭的时候,她觉得手里有一件异样的东西,她也没有看,手摸着,猜到是支步枪。她先是抓住枪筒,想用枪托去打伊万·阿列克谢耶维奇,但是准星硌痛了她的手,于是她的手指头抓住枪栓,把步枪掉了个头,端了起来,对着伊万·阿列克谢耶维奇的右胸瞄准。

她看到,伊万·阿列克谢耶维奇背后的哥萨克们都闪到一旁去了,露出了谷仓灰色的原木围墙;她听到了惊恐的喊声:“呸!你发昏啦!杀自己人哪!住手,别开枪!”人群像野兽似的警惕的期待、集中在自己身上的目光、为亡夫报仇的愿望都在推动她去行动。推动她去行动的还有突然产生的虚荣心。她觉得现在自己跟其余那些惊讶地、简直吓得魂不附体地望着她的婆娘们完全不同，也不同于那些正在等着看事情将如何结局的哥萨克们，因此她必须做出些不平凡的、特殊的、能使大家都大吃一惊的事情，——在所有这些复杂感情的推动下，她以惊人的速度盘算着采取思想深处早已决定的某种行动，对这种行动她本来是不愿意去想的，而且在眼前这一刹那也不可能去想的；她拖延了一会儿，小心翼翼地摸索着枪机，然后，突然连自己也觉得非常意外地猛力扳了一下。

后坐力推得她猛地摇晃了一下，射击声震聋了她的耳朵，但是她从眯缝得窄窄的眼缝里看到，伊万·阿列克谢耶维奇颤抖了一下的脸转瞬间——可怕地、不可挽回地变了样子，看到他把双手一张，又放了下去，好像准备从高空往水里跳似的，可是后来却仰面倒了下去；他的脑袋非常迅速地抽搐着，扎煞开的手指开始拼命地抓起土来……

达丽亚扔掉步枪，仍然还不能清楚理解，她刚才干了什么事情。她转过身，背朝着倒下去的人，用一种和她素日的天真样子极不相称的姿势理了理头巾，拢了拢披散下来的头发。

"他还在喘气哩……"有个哥萨克大献殷勤，赶忙给从他面前走过去的达丽亚让着路，说。

她回头看了看，也不明白人们在说谁和说什么，只听见一阵阵深沉的、仿佛不是从嗓子眼里，而是从内脏里发出的、单调的、长长的、不时被垂死前的噎哽打断的呻吟。直到这时候，她才明白，这是伊万·阿列克谢耶维奇在呻吟，是她亲手打死的。她匆匆轻捷地走过谷仓，走向广场，少数几个人目送她离去。

人们的注意力又移到"牛皮小王"安季普身上。他好像在参加阅兵演习似的，迅速地只用脚尖沾地，跑到躺着的伊万·阿列克谢耶维奇跟前，不知道为什么还把拔出鞘来的日本造步枪刺刀藏在背后。他的一切动作都非常准确。他蹲下来，把刺刀尖朝着伊万·阿列克谢耶维奇的胸膛扎下去，低声说：

"好啦，咽气吧，科特利罗夫！"然后又使劲儿把刺刀柄压了一下。

伊万·阿列克谢耶维奇死得缓慢、痛苦。生命很不情愿离开他那骨骼粗大、健壮的躯体。一直到扎了第三刀，他还在不住地张嘴，还从龇着的沾满鲜血的牙齿缝里透出拖着长腔的、沙哑的惨叫声：

“啊——啊——啊！”

“唉，你这个刽子手，滚你妈的蛋吧！”司务长，押送队队长推开“牛皮小王”，认真地眯起左眼，举起手枪瞄准。这一枪就像是发出了信号，那些还在审问俘虏的哥萨克们都动手打起他们来了。俘虏往四面乱跑。步枪声夹杂在人们的呼叫声中，显得那么单调、急促……

过了一个钟头，葛利高里·麦列霍夫回到了鞑靼村。一路上他拼命抽马，那匹马从霍皮奥尔河口镇跑出来，跑到两个村子之间，就倒毙在路上了。葛利高里自己扛着马鞍子，走到附近的一个村子里，在那儿换了一匹不怎么样的瘦马。所以来晚了……鞑靼村的步兵连已经顺着山岗往霍皮奥尔河口地区的村庄开去，向霍皮奥尔河口区的边界开去，那里正在跟红军骑兵师的部队进行战斗。村子里很安静，连个人影儿都没有。夜像黑色的雾一样笼罩了四周的山岗、顿河对岸、窃窃私语的杨树和白蜡树……

葛利高里骑进院子，走到屋里。没有灯光。蚊子在浓重的黑暗中嗡嗡叫着，堂屋角落里的圣像闪着暗淡的金光。葛利高里吸了一口自幼就熟悉的、自己家里令人激动的气味，问：

“谁在家呀？妈妈！杜妮亚什卡！”

“葛利沙！是你吗？”杜妮亚什卡的声音从内室里传出来。

一阵光脚板踏在地上的呱唧声，门缝当中出现了杜妮亚什卡白色的身影，她正在匆忙地系着衬裙。

“你们怎么睡得这样早？妈妈在哪儿？”

“我们这儿……”

杜妮亚什卡不做声了，葛利高里听见她激动短促的喘息声。

“你们这儿出什么事啦？俘虏早就押过去了吗？”

“打他们啦。”

“怎——么？……”

“哥萨克把他们打了一顿……噢噫，葛利沙！咱们家的达什卡，这个该死的东西……”杜妮亚什卡的声音里带着愤怒的哭声，“……她亲手把伊万·阿列克谢耶维奇杀死啦……朝他开了一枪……”

“你胡说些什么呀?”葛利高里惊讶地抓住妹妹的绣花衬衣的领子,喊道。

杜妮亚什卡的白眼珠上闪着泪花,葛利高里从凝结在她瞳人上的恐怖神情看出,他没有听错。

“那么米什卡·科舍沃伊呢?还有施托克曼呢?”

“俘虏群里没有他们。”

杜妮亚什卡简短地、不连贯地把打杀俘虏的情况和达丽亚的所做所为讲了一遍。

“……妈妈害怕,不敢跟她一起睡在家里,躲到街坊家去啦,达什卡不知道在哪儿喝得大醉回来……醉得像一摊烂泥。这会儿正在睡哪……”

“睡在哪儿?”

“在仓房里。”

葛利高里走进仓房,大敞开门。达丽亚正不害臊地撩起裙子,睡在地上。她摊开两只细胳膊,右颊上沾满了口水,闪闪发光,从张着的嘴里喷出浓烈的烧酒气味。她歪着脑袋,不舒服地躺在那里,左颊紧贴在地上,困难地呼呼喘着气。

葛利高里从来还没有体验过像现在这样渴望砍杀的感情。他在达丽亚的脑袋跟前站了几秒钟,气得直哼哼、摇晃,咬牙切齿,极端憎恶、仇恨地打量着这个横在地上的躯体。然后往前迈了一步,用钉着铁掌的靴后跟踩在达丽亚闪着两道高高的弯眉毛的脸上,沙哑地骂道:

“毒——蛇!”

达丽亚醉意懵懂地嘟囔着,哼哼起来,葛利高里双手抱住脑袋,刀鞘碰得门限叮当乱响,跑到了院子里。

他没有去见母亲,当天夜里就又返回前线去了。

第五十七章

红军的第八军和第九军在春泛开始前未能摧毁顿河军的抵抗，开过顿涅茨河去，不过一直还想在个别地区转入攻势。这些进攻大都以失败告终。战场上的主动权转到了顿河军指挥部手里。

五月中旬以前，南部战线并无显著变化。但是变化不久必将发生。根据还是由前任顿河军总司令杰尼索夫将军和他的参谋长波利亚科夫将军制定的作战计划，已经把所谓的“突击兵团”集结到卡缅斯克和白卡利特瓦河口镇地区。把新顿河军中受过训练的基干分子组成的过得硬的、经过考验的顿河下游的几个团，如贡多罗夫斯基、格奥尔吉耶夫斯基及其他一些团，都调到前线这一个地区来了。根据粗略的估算，这个突击兵团拥有一万六千步兵和骑兵、二十四门大炮和一百五十挺机枪。

按波利亚科夫将军的意图，这个突击兵团要协同菲茨哈拉乌罗夫将军指挥的部队，向马克耶夫卡镇方面进攻，击溃红军第十二师，然后在第十三师和乌拉尔师的两翼和后方活动，挺进到顿河上游境内，与叛军连成一片，接着就进军霍皮奥尔河地区，使那些患了布尔什维主义症的哥萨克“恢复健康”。

顿涅茨河沿岸正在积极进行反攻和突破敌人阵线的准备工作。突击兵团由谢克列捷夫将军指挥。战场上的优势明显地转到顿河军方面。顿河军的新司令官西多林将军接替了克拉斯诺夫的走狗，退役的杰尼索夫将军的职务。他跟新选的哥萨克军长官阿夫里坎·博加耶夫斯基将军一样，主张与协约国合作。已经与英法军事代表团的代表们制定了向莫斯科进军和在全俄罗斯境内消灭布尔什维主义和苏维埃政权的宏伟计划。

许多装载着武器的运输舰开到了黑海沿岸的各个港口。远洋巨轮不仅运来了英国和法国的飞机、坦克、大炮、机枪和步枪，而且还有拉车的骡子,以及因与德国讲和而跌了价的粮食和军装。一捆捆深绿色、钉着有直立不列颠狮子花纹铜扣的英国马裤和直领上衣,堆满了新俄罗斯克的仓库。处处的堆栈都被美国面粉、砂糖、巧克力和葡萄酒给撑破了。被布尔什维克的顽强生命力吓昏了的资本主义的欧洲慷慨地把协约国军队没有来得及向德国人倾泻完的那些炮弹和枪弹全都送到南俄罗斯来了。国际反动派企图扼杀失血过多的苏维埃俄罗斯……英国和法国的军事教官们来到顿河和库班,教授哥萨克军官和邓尼金的志愿军军官驾驶坦克和英国大炮的射击技术,他们已经预闻到向莫斯科进军的胜利号声……

可是这时候在顿涅茨一带,爆发了许多决定红军一九一九年进攻取得胜利的一系列事件。

毫无疑问,红军进攻失败的根本原因,是由于顿河上游哥萨克的暴动。在三个月的时间里,暴动像烂疮一样,腐蚀了红军前线的后方,军队要频繁地调动,妨碍了对前线的武器弹药和物资的不间断供应,往后方运送伤病员也困难重重。仅仅从红军第八军和第九军就抽调了约二万兵力去镇压暴动。

共和国的革命军事委员会由于不了解暴动的真正规模,所以未能及时采取有效措施去镇压暴动。起初只派一些杂牌队伍和分队(如全俄中央执行委员会军官学校派出了一支有二百人的队伍),一些兵员不足的部队和人数不多的部队去阻挡,但是杯水车薪,无济于事。一些零星的红军部队包围了直径已达一百九十公里的暴动地区,各自为战,没有统一的作战计划,所以尽管跟叛军作战的部队已多达二万五千人,但收效甚微。

十四个补充连和几十支阻拦部队,相继调去封锁暴动地区;从坦波夫、沃罗涅什和梁赞派来了一些学生军。一直等到暴动的规模越来越大,叛军已经用从红军手里夺得的大炮和机枪武装起来的时候,红军第八军和第九军才各自从所属部队中抽调出一个配备了炮兵和机枪队的师进行扫荡。叛军受到了严重的损失,但是并没有被打垮。

顿河上游大火的火星蔓延到邻近的霍皮奥尔河地区。这里在军官们的指挥下,发生了几次人数不多的哥萨克暴动。阿利莫夫中校在乌留平斯克镇网罗了相当可观的一批哥萨克和潜逃的军官。暴动原定在五月一日夜里发动,但是阴谋被及时发觉。阿利莫夫及其部分同谋者在普列奥布拉任斯克镇属的一个村庄里被捉获,由革命军事法庭判决枪毙,暴动由于被及时地砍去了脑袋而平息下去。因此,霍皮奥尔河地区的反革命分子未能与顿河上游地区的叛军联合起来。

切尔特科沃车站本来驻有几个红军混成团,五月初,全俄中央执行委员会军官学校的支队开到这里下车了。切尔特科沃站是直接与叛军战线的西部地区毗邻的东南铁路终端车站之一。这时候,米古林斯克、梅什科夫斯克和卡赞斯克等镇的哥萨克,正以大量的骑兵集结在卡赞斯克镇地区的边界上,与改取攻势的红军各部队进行殊死的厮杀。

车站上传开了这样的谣言,说哥萨克已经包围了切尔特科沃,而且立刻就要发动进攻了。虽然这里离前线不下五十俄里,而且前面还有红军部队守卫,如果哥萨克真的突破了战线,也一定会通知——但是车站上却乱成一片。排好队的红军部队也乱了营。教堂后面的什么地方,喊出了响亮的口令:“执枪!”人们开始沿街奔跑,乱窜。

原来是一场虚惊,把从马尼科沃镇向车站开来的一个红军的骑兵连当成哥萨克了。学生军和两个混成团向卡赞斯克镇方面开去。

过了一天,刚刚开到的喀琅施塔得团几乎全部被哥萨克歼灭了。

哥萨克们在跟喀琅施塔得团第一次交手后,就进行了夜袭。喀琅施塔得团不敢冒险去占领叛军放弃的村落,派出岗哨和潜伏哨以后,就在草原上宿营。半夜里,几个哥萨克连包围了这个团,进行了猛烈的射击,广泛使用了不知道是谁发明的制造恐怖的办法——敲打大块的木头响板。夜里叛军敲打这种响板冒充机枪扫射:这响板发出的声音跟真正的机枪射击声是很难分辨的。

于是,当被包围的喀琅施塔得团的战士们在伸手不见五指的黑夜里听到无数“机枪”哒哒的扫射声、自己哨兵慌乱的射击声、哥萨克的呐喊呼号声,以及越来越近的骑阵马蹄的轰鸣声,就向顿河边冲去,冲破包围圈,来到河边,但是被骑兵的冲锋打得落花流水。全团只活下来几个能游过春水泛滥时宽阔的顿河的人。

五月,红军新的增援部队开始从顿涅茨方面向叛军战线开来。第三十三库班师开来了，这时，葛利高里·麦列霍夫才第一次真正感觉到打击的全部力量。库班师毫不停留地追逐着他的第一师。葛利高里节节败退，放弃了一个又一个的村庄，向北面的顿河退去。在奇尔斯克边境上、卡尔金斯克附近，他停留了一天，后来在敌人的优势力量压迫下，不仅被迫退出了卡尔金斯克，而且不得不火急请求派来增援部队。

孔德拉特·梅德韦杰夫从自己的师里抽调了八个骑兵连给他。梅德韦杰夫的哥萨克装备精良，简直令人吃惊。每个战士的子弹都很充足，全都穿着很整齐的军装和结实的皮靴——都是从俘虏的红军战士身上剥下来的。很多卡赞斯克的哥萨克，尽管天气已经很热，还都穿着皮上衣炫耀，几乎每一个人都挂着一支手枪，或者有一个望远镜……卡赞斯克的哥萨克在一定时间内挡住了第三十三库班师穷追不舍的进攻。葛利高里决定利用这个机会，到维申斯克去一天，因为库季诺夫一直要求他去开会。

第五十八章

他一大清早就到了维申斯克。

满潮的顿河水已经开始退落。空气里洋溢着杨树花清新、黏腻的甜蜜气味。顿河岸上水灵、碧绿的橡树叶子朦胧地沙沙响着。冰雪融完、已经露出的田埂上冒着热气。田埂上已经长出了尖尖的嫩草，低洼的地方的积水，波光涟漪，水牛在哞哞地叫，虽然太阳已经升起来了，但是洋溢着淤泥和青苔气味的潮湿空气中，蚊子还在成群地嗡嗡飞鸣。

司令部里，一架旧打字机在嗒嗒地响着，屋子里人很多，烟雾腾腾。

葛利高里看到库季诺夫正在干一件很奇怪的事儿：他没有理睬轻轻走进来的葛利高里，表情严肃、若有所思地在扯一只捉到的大绿豆蝇的腿。扯完了，握在枯瘦的拳头里，放到耳朵边，聚精会神地歪着脑袋在倾听苍蝇忽而低沉，忽而尖细地营营声。

一看到葛利高里，他就厌恶、生气地把苍蝇扔到桌子底下，手巴掌在裤子上蹭了蹭,懒洋洋地倒在一张靠背已经磨得锃亮的沙发上。

“请坐,葛利高里·潘苔莱耶维奇。”

“你好啊,司令!”

“唉,好倒是好啊,不过正像俗话说的,就怕好景不常啊。来,说说,你那儿怎么样?还在进攻你哪?”

“全线进攻!”

“在奇尔河岸站住脚啦?”

“又能支持多久啊?全靠卡赞斯克人拉了兄弟一把。”

“事情是这样的,麦列霍夫,”库季诺夫把自己高加索式腰带上的软带条缠到手指头上,装出在仔细打量发黑的银带扣的样子,叹了口气,“看来,咱们的事业还要更糟。顿涅茨河一带好像要出什么事情。可能是我们的人在穷追猛打红军,冲破他们的防线,也可能是他们认识到咱们是他们的心腹之患,所以决心要把咱们卡死。”

“士官生那边有什么消息吗?最近来的那架飞机带来些什么消息?”

“没有什么新玩意儿。老弟,他们是不肯把自己的战略计划告诉咱们的。西多林——老弟,他是个行家!休想一下子就弄清他葫芦里装的是什么药。他们有这样的计划——突破红军的防线,来支援我们。答应帮助我们。但是诺言——并非总要兑现的。而且突破防线——谈何容易噢。本人深有体会,我自己就跟着布鲁西洛夫将军这么干过,咱们怎么知道,红军在顿涅茨方面究竟有多大的兵力?也许他们从对付高尔察克的战线上撤下几个军团,塞到这儿来了呢?咱们是眼前一片漆黑!自己鼻子以外,什么都看不见!”

“那你想跟我谈什么呀?开什么会呀?”葛利高里无聊地打着呵欠问。

他倒不为暴动的结局伤心。这件事不知道为什么并不使他动心。他天天就像拉着石磙子在场院打场的马,心里总在围着这个问题打转转儿,转来转去最后横下一条心:“现在已经是没有法子使我们跟苏维埃政权讲和啦,我们双方使彼此流的血太多啦,而士官生的政权现在是在顺着毛儿摩挲我们,然后再戗茬儿抽我们。滚他妈的吧!怎么个结局都行啊!”

库季诺夫打开地图,依然不正眼看葛利高里,解释说:

“你没有出席,我们开过一次会,决定……”

“你跟谁开会啦,是跟那位公爵老爷吗?”葛利高里想起了去年冬天在这间屋子里开的那次会和那位高加索中校,就打断他的话问。

库季诺夫皱起眉头,神色黯然。

“他已经不在人世了。”

“这是怎么回事?”葛利高里精神抖擞地问。

“难道我没有告诉你吗? 格奥尔吉泽同志被打死啦。”

“嗐,他跟咱们哥儿们是什么同志呀……当他还穿粗皮短皮袄的时候,是咱们的同志。等到咱们一旦跟士官生联合,——那可不得了——如果他还活着,第二天他就会胡子抹上油,娇贵得不是把手伸给你啦,而是这样,你看哪,伸给你一个小手指头儿。”葛利高里跷起一个又黑又脏的手指头,闪着白亮的牙齿,哈哈大笑起来。

库季诺夫的脸色更加阴沉。目光和声调里都露出明显的不满、遗憾和压抑的愤恨神情。

“这有什么好嘲笑的? 对别人的死亡是不应该嘲笑的。你简直变成傻瓜伊万①啦。一个人被打死了,而你却高兴地说:‘打死得越多越好!’”

库季诺夫的比喻葛利高里听着有点儿不舒服,但是并未形之于色;他笑着回答说:

“一点儿不错,这伙人我认为:‘打死得越多越好。’我对这些脸白手嫩的人毫不同情。”

“就这样,他被打死啦……”

“是在战斗中吗?”

“怎么说呢……这是桩无头案,一时难于弄清楚。他本来是按我的命令,留在辎重队里的。是啊,他跟哥萨克们的关系搞得好像不很融洽。在杜达列夫斯克附近发生了战斗,他所在的那个辎重队离火线约

---

① 傻瓜伊万是俄罗斯民间故事中经常出现的人物。

有两俄里。格奥尔吉泽坐在马车辕上(哥萨克们是这样对我说的),巧得很,一颗流弹正打在他的太阳穴上,就一命呜呼了。一定是这帮哥萨克混蛋把他干掉的……”

“把他干掉了,他们做了件好事!”

“你算了吧! 不要再挑拨是非啦。”

“别生气。我这是说着玩哪。”

“有时候,你的玩笑开得太过火……你就像斗牛:在哪儿吃,就在那里拉尿,弄得一塌糊涂。照你的意见,就应该杀死军官? 又要闹什么‘打倒肩章’啦? 葛利高里,你也应该学聪明点儿啦! 要是非得瘸腿的话,最好能就瘸一条,留一条走路呀!”

“别扯啦,接着往下讲吧!”

“还有什么可讲的哟! 我知道,是哥萨克们把他打死的,就到那儿去,想跟他们说说心里话。我说:‘狗崽子们,你们又在重操旧业啦? 你们又开始对军官开枪了,是不是太早啦? 去年秋天你们也枪杀过军官,可是后来怎样,你们吃了多少苦头,又用得着要军官啦。是你们亲自跑来,跪着苦苦哀求:“你就担任头领,指挥我们吧!”现在又旧病复发啦?’是的,我把他们羞辱了一番,臭骂了一顿。他们全都矢口否认,说:‘我们可没有杀他,没有的事!’可是我从他们眼睛里看得出……是他们把他干掉的! 对他们这些人,你有什么办法呢? 你往他们眼睛里撒尿,他们却认为是天降甘露。”库季诺夫怒冲冲地揉着皮带,脸涨得通红,“他们杀了一个有学问的人,现在我没有他,就像失去了左右手。还有谁能制定作战计划? 还能跟谁商量商量呢? 跟你只能胡扯一通,一牵涉到战略策略问题,咱们全都是废物。谢天谢地,彼得罗·博加特廖夫飞来啦,要不然连商量商量的人都没有……唉,好啦,见他的鬼吧,不说啦! 目前的问题是:如果我们的人不能在顿涅茨方面突破敌人的防线,那么咱们在这儿是守不住的。我们决定照以前谈过的办法干,用全部兵力——三万人——进行突围。将来如果你被打得顶不住啦,就退到顿河边上去。咱们把右岸从霍皮奥尔河口到卡赞斯克镇一带让给敌人,在顿河岸上挖壕死守,进行防御战……”

有人在没命地敲门。

“谁呀？请进！”库季诺夫喊道。

第六旅旅长博加特廖夫·格里戈里走了进来。他那健康的红脸上闪着汗水的光亮，两道红褐色的眉毛怒冲冲地朝上拧着。没有摘下汗水湿透了顶的制帽，就在桌边坐下。

“干什么来啦？”库季诺夫面带矜持的笑容，看着博加特廖夫问。

“给我子弹。”

“已经送去啦。你还要啊？你以为我这儿有造子弹的工厂哪？”

“你送去多少啊？每个弟兄一粒子弹，就够了吗？敌人用机枪扫射，而我们却只能弯着腰，到处躲藏。这能叫打仗吗？这简直……只能叫人痛哭！就是这么回事儿！……”

“你等等，博加特廖夫，我们这儿正在商量重大的问题，”但是一见博加特廖夫站起身要走，就又补充说，“等等，你别走，这对你也不保密……好，麦列霍夫，咱们书归正传，如果我们在河这岸也守不住，那就突围。扔掉那些不属军队编制的人，扔掉全部辎重，步兵乘马车，带上三个炮兵连，向顿涅茨方面突围。我们想请你当先锋队，你不反对吧？”

“我怎么都行。可是咱们的家属怎么办呀？姑娘、婆娘和老头子们都要完蛋啦。”

“是要完蛋。不过只叫他们完蛋，总比连咱们一起统统完蛋要好些。”

库季诺夫的嘴角耷拉下去，沉默了半天，然后从桌子上抓起一张报纸。

“是的，哪，还有一件新闻！他们的总司令亲自来指挥战斗啦。听说他正在米列罗沃，或者是坎捷米罗夫卡。好啊，来收拾咱们啦！”

“是真的吗？”葛利高里·麦列霍夫将信将疑地问。

“真的，真的！请你看看这个。这是卡赞斯克人给我送来的。昨天早晨，我们的侦察兵在舒米林斯克镇遇上了两个骑马的人。两个都是红军军事学校的学员。哥萨克们把他们砍了；其中一个，看样子，已经不很年轻，据说，可能是个什么委员，从他的文件袋里搜到了这份报纸，叫做什么《征途》，是本月十二日出版的。这份报纸把咱们描写得真是妙极啦!”库季诺夫把报纸递给麦列霍夫,报纸的一角已经被撕去卷烟了。

葛利高里迅速地把上面用化学铅笔划出的标题扫了一眼,开始读起来:

后方的暴动

部分顿河哥萨克的暴动已经持续了好几个星期。这次暴动是由邓尼金的爪牙——反革命军官们——一手煽动起来的。暴动受到了哥萨克富农的支持。富农又把相当数量的哥萨克中农拉了进去。在某些场合,哥萨克遭受苏维埃政权个别代表人物不公正的待遇,这是完全可能的。邓尼金的爪牙巧妙地利用了这一点,煽起叛乱的大火。白卫军的走狗们在暴动地区假装拥护苏维埃政权,这样就更易取得哥萨克中农的信任。这样,反革命的欺骗、富农的切身利益和哥萨克群众的愚昧暂时在南方战线我军的后方汇合在一起,酿成了这次非常荒唐的、罪恶的叛乱。在战士的后方发生叛乱就像在工人的背上长了个脓疮。为了继续战斗,为了保卫苏维埃国家,为了打垮邓尼金一伙地主匪徒,必须有一个可靠的、工农友好合作的、安定的后方。因此目前最重要的任务,就是消灭顿河地区的叛乱,肃清叛乱分子。

中央苏维埃政府命令在最短的期限内解决这个问题。为了支援正在歼灭无耻的反革命叛乱的清剿部队,已经派来并将源源不断地派来勇敢善战的增援部队。许多优秀的组织工作者正纷纷赶到这里来,完成这一紧急任务。

一定要消灭叛乱。我们的红军战士应该清楚地认识到,维申斯克、叶兰斯克或者布坎诺夫斯克镇的叛乱分子都是白卫军将军邓尼金和高尔察克的直接帮凶。暴动越是拖延下去,双方的牺牲就越大。减少流血的办法只有一个,就是给敌人以迅速的、毁灭性的一击。

必须结束叛乱。必须切开背上的脓疮,用烧红的铁棍去烫这个疮口。只有这样,南方战线才能腾出手来给敌人以致命的打击。

葛利高里读完了报纸,阴郁地冷笑了一声。这篇文章使他非常气恼。“他们大笔一挥,就把我们和邓尼金拴在一起啦,成了他的帮凶……”

“喂,怎么样,妙吧? 要用烧红的铁棍来烫咱们哩。哼,咱们还得看看,究竟谁烫谁哩! 对吗,麦列霍夫?”库季诺夫等了一会儿,没得到回答,就转向博加特廖夫,“要子弹吗? 给你! 每名骑兵发三十粒,全旅都发。够了吗? ……到弹药库去领吧。军需处长会给你开领弹药的证明的,找他去吧。博加特廖夫,你要多用马刀,多用点儿计谋,好哇!”

“从癞羊身上就是揪下一团毛也是好的!”兴高采烈的博加特廖夫笑着,道过别,走了出去。

葛利高里·麦列霍夫和库季诺夫谈完有关向顿河撤退的事项以后,也告辞了。临别时,他问:

“一旦我把全师都撤到巴兹基的时候,那我们用什么渡河呢?”

“亏你想得出来! 全体骑兵都可以泅水过河。你在哪儿见过骑兵还用乘什么渡河呀?”

“你要明白:我师里顿河沿岸的人并不多。而且奇尔地区的哥萨克也是些不会泅水的人。他们一辈子都生活在草原上,怎么会泅水呀? 他们大多数都是一下水就要沉底儿。”

“他们可以拽着马泅过来。从前,演习时候,就这样泅过水,跟德国人打仗的时候,也曾有过这样的事儿。”

“我说的是步兵。”

“有渡船。我们准备些小船,请放心好啦。”

“老百姓也要坐船过河啊。”

“我知道。”

“你要保证大家都能过河,否则,那时候我就要你的小命! 可不能把老百姓留下,这可不能开玩笑啊。”

“我一定办到,一定要办到!”

“大炮怎么办?”

“把臼炮炸掉,三英寸口径的弄到这儿来。我们弄几只大船,把炮兵连渡到这岸来。"

葛利高里从司令部里走出来,脑子里一直还在想着刚才谈过的那篇文章。

"他们把我们称作邓尼金的帮凶……可是我们究竟是什么货色呢?正是帮凶,一点儿也不冤枉。真理刺痛了眼睛……"他想起了"马掌"雅科夫生前说过的话。那是在卡尔金斯克,有一天葛利高里很晚走回住所的时候,顺便去看看住在广场上一座房子里的炮兵们;他在门洞里的垫子上擦着脚,听见"马掌"雅科夫不知道正在和谁争论,他说:"你说咱们现在独立了吗?哪个政权也管不了咱们了吗?唉!你的肩膀上长的不是脑袋,而是个不能吃的老倭瓜!告诉你吧,咱们现在是没有家的野狗:有时候狗得不到主人的欢心,或者是因为淘气,从家里跑出去了,可是跑到哪儿去呢?不能到狼群入伙——一是因为有点儿害怕,二是狼这玩意儿是野兽世家,可又不敢回到主人家去——怕为淘气挨打。咱们现在就是这个样子。你记住我的话:咱们会把尾巴像鞭子似的夹在肚皮底下,爬到士官生那儿去,央求说:'老兄们,请收留下我们吧,行行好吧!'准会有这一天!"

葛利高里自从在克利莫夫卡战役中砍死了几个水兵以后,一直处在一种冷漠无情的心理状态中。一天总是耷拉着脑袋,笑也不笑,一点儿高兴的样子也没有。有那么一天,突然对伊万·阿列克谢耶维奇的被害感到非常痛苦,惋惜,但是后来连这也都消失了。于是他生活中惟一留下的东西(至少他自己觉得是这样),就只有正死灰复燃的、不能抑制的对阿克西妮亚的热爱。只有她在向他招手,就像在秋天寒冷的黑夜里,草原上遥远的、颤抖的篝火在向旅人招手一样。

就是现在,他从司令部往回走着,又想起了她,心里想:"我们突围出去,那她怎么办呢?"于是没多加考虑,就断然决定,"叫娜塔莉亚带着孩子和母亲留下来,我把阿克秀特卡带走。我给她一匹马,叫她跟着我的司令部一起走。"

他渡过顿河,到了巴兹基村,回到住所,从笔记本上撕下一张纸,写道:

"克秀莎,我们也许不得不撤退到顿河左岸,那你就扔掉一切财物，到维申斯克去。到那里去找我，跟我在一起。”

葛利高里用樱桃酱把信封好，递给普罗霍尔·济科夫，满脸通红，皱着眉头，装出一副严肃的样子，掩饰自己的窘态，说：

“到鞑靼村跑一趟，把这封信交给阿司塔霍娃·阿克西妮亚。你要偷偷交给她，不要让……喏，譬如说，别叫我家里的任何人看见。明白了吗？最好是夜里送给她。不要回信。还有：我给你两天假。好，去吧！”

普罗霍尔走去备马，但是葛利高里忽然又想起一件事，把他喊了回来。

“顺便到我家里去一趟，告诉我母亲或者娜塔莉亚，叫她们趁早把衣服和其他贵重的东西运到河那岸去。把粮食埋了，牲口也泅水赶过顿河。”

第五十九章

五月二十二日，整个右岸的叛军开始撤退。有些部队是且战且退，在每个村头上都要抵挡一阵。草原地带各村的老百姓都惊慌万状，向顿河岸边涌去。老头子和婆娘们套上家里所有的车辆，把箱子、家具、粮食和孩子都装到车上。从牲口群和羊群里挑出了些牛羊，顺大道旁边赶着。庞大的辎重队走在军队的前头，向顿河沿岸的村庄滚滚撤去。

根据总司令部的命令，步兵提前一天开始撤退。

鞑靼村的步兵和维申斯克的外来户战斗队，五月二十一日从霍皮奥尔河口镇的切博塔廖夫村撤了出来，一气走了四十多俄里，就在维申斯克镇的大鱼村停下来宿营。

二十二日，从大清早起，苍白的雾气就遮蔽了天空。雾蒙蒙的天空连一片云也没有，只是在南边顿河沿岸群山顶上，在日出以前，浮出了耀眼的粉红色的云片。伸向东方的那边好像是鲜血染的似的，闪着紫红色的光芒。太阳从左岸被露水浸凉的沙丘后面升了上来，云彩就消失得无影无踪了。秧鸡在牧场上尖声叫着,尖翅膀的鱼鹰像一团团的蓝色的棉絮,落到顿河浅滩地方的水里,再飞向高空的时候,贪婪的嘴里叼着银光闪闪的小鱼。

到中午时分,天气却变成五月里少见的炎热。就像是大雨将至那样闷热。逃难的车队在黎明以前,就从东方沿顿河右岸向维申斯克滚滚而来。黑特曼大道上车声辚辚。从山上一直到河畔的草地是一片马嘶、牛叫和人语声。

维申斯克的外来户战斗队,大约有二百名战士,一直还在大鱼村没有动。上午十点钟收到维申斯克传来的命令,叫战斗队转移到大雷村去,在黑特曼大道和街道上设置岗哨,拦截所有逃往维申斯克的役龄哥萨克。

逃往维申斯克的难民车辆,像潮水似的涌到了大雷村。浑身尘土,被太阳晒黑的婆娘们赶着牲口,骑马的人走在大道两旁。车轮的吱扭声、马嘶声、牛羊的鸣叫声、孩子的哭号声、车上拉着一同撤退的伤寒病人的呻吟声,冲破了这个隐蔽在无数樱桃园里的小村肃穆的寂静。这片奇异的声调、混杂成一体的喧声使村子里的狗都把喉咙叫哑了,已经不再像最初那样,扑向每一个行人,从胡同里就跟着大车跑,为了解闷儿,一直把车辆送出很远,才算罢休。

普罗霍尔·济科夫在家里住了两天,把葛利高里的信交给阿克西妮亚·阿司塔霍娃,并把口信转达给伊莉妮奇娜和娜塔莉亚,五月二十二日就离开家去维申斯克。

他盘算着在巴兹基可以遇上自己的连队。但是大炮的轰隆声隐约地传到顿河边来,这炮声好像在不远的奇尔河沿岸什么地方响。不知道为什么,普罗霍尔很不愿意到进行战斗的地方去,他决定到巴兹基,在那里等候葛利高里率领第一师退到顿河边来。

一路上,直到大雷村,普罗霍尔都是慢腾腾地走着,许多逃难的车辆都追过他去。他不慌不忙地,几乎一直是缓步而行。他用不着去急赶。从鲁别任村起,他就跟着不久前才组建的霍皮奥尔河口团的司令部一同走起来。

司令部的人分乘一辆轻便马车和两辆四轮马车。车后拴着六匹鞴着鞍子的马。一辆四轮马车上装运的是文件和电话机,那辆轻便马车上拉着一个受伤的、上了些年纪的哥萨克,还有一个瘦得可怕的、鹰钩鼻子的人,戴着灰色羊皮军官帽子的脑袋总是离不开马鞍褥子。看来,他是伤寒病刚好。躺在车上,把军大衣一直裹到下巴颏;突出的苍白的额角上、闪着晶莹的汗珠的瘦削的鼻子上落满了尘土,但是还一直在要求用暖和东西把他的脚裹好,他用粗大的、青筋嶙嶙的手擦着额上的汗珠,不住地在骂:

"你们这些混蛋! 畜生! 风直吹我的脚,你们听见了没有? 波利卡尔普,你听见了吗? 给我用毯子盖上! 我是个强壮的人,有用的人,可是现在……"他用一种陌生的、像所有大病初愈的人的严厉目光打量着四周的景物。

那个名叫波利卡尔普的人,是个身材高大英俊的年轻旧教徒,马走着,就跳下来,走到马车跟前。

"您这样会着凉的,萨莫伊洛·伊万诺维奇。"

"盖上,跟你说啦!"

波利卡尔普驯顺地执行了命令,就走开了。

"他是什么人?"普罗霍尔眼睛看着病人,问他。

"梅德维季河口镇的军官。他在我们司令部工作。"

霍皮奥尔河口地区秋科夫诺、博布罗夫斯基、克鲁托夫斯基、济莫夫诺及其他各村的难民也都跟着司令部一起走。

"喂,你们这是他妈的往哪儿逃啊?"普罗霍尔问一个坐在装满各种家具的四轮大车上的难民老头子。

"我们想去维申斯克。"

"派人请你们去维申斯克啦?"

"亲爱的,请是没有请我们去,可是谁愿意等死呢? 你要是大难临头,恐怕也要逃的。"

"我是问,你们为什么要往维申斯克跑? 你们就近在叶兰斯克过河到对岸去,不是更快吗?"

"坐什么过河? 人们都说,那儿没有渡船。"

"那么到维申斯克去坐什么呢? 他们会把渡船让给你去运这些破

烂儿？把军队扔在岸上，倒用渡船去渡你们和大车过河吗？老大爷，你们真够糊涂啦！你们也不知道自己是上哪儿去，干什么，瞎撞一气。喂，你车上堆了些啥玩意啊？”普罗霍尔走到一辆大车跟前，用鞭子指着那些包袱，气哼哼地问。

“杂七杂八，什么都有！衣裳、马套、面粉，过日子用的、种地用的，样样俱全……什么都不能扔呀。否则等回来的时候，就只好守着一座空房子了。所以我才套上两匹马和三对牛，把能装上的东西都装上，叫婆娘们坐上车，就走啦。好人哪，要知道这些东西都是辛辛苦苦地干了一辈子挣来的，流泪流汗挣来的，怎么舍得扔掉噢？如果可能的话，我连屋子也要带着走呢，免得落到红党手中，这些该死的东西！”

“好吧，譬如说，你干吗把这个大筛子也带着走啊？还有些椅子，你带着它们有什么用处？红党根本用不着这些东西。”

“可是也不能留下呀！唉，你真是个怪人……要是留下的话，他们不是把它毁了，就是烧了。不，我不能叫他们打我手里发什么财。叫他们吃点苦头儿吧！我把什么都拉个一干二净！”

老头子朝那两匹体壮膘肥、懒洋洋地挪动着蹄子的马挥了一下鞭子，掉过身来，又用鞭子把指着在后面走的第三辆牛车说：

“你看那个包着头巾赶牛车的姑娘，——那是我的闺女。她那辆车上装着一只母猪和几只小猪。母猪本来怀着崽，大概是我们捆它和装车的时候，把它伤了，所以夜里就下小猪了，干脆就在车上下崽啦。你听，小猪崽在叫哪！不，红党别想在我身上发洋财，见他们的鬼去吧！”

“老大爷，你可别在渡船旁边碰上我！”普罗霍尔恶狠狠地盯着老头子大汗淋漓的宽脸说，“你要是碰上我，我就把你的母猪、猪崽和所有的财物都扔到顿河里去！”

“这是为什么呀？”老头子大为惊骇地问。

“这是为了别人都在牺牲，什么都丢了，可是你这个老鬼，却像只蜘蛛一样，什么都要随身拖着走！”平常总是那么温顺、安稳的普罗霍尔突然喊叫起来，“这些可恶的粪虫……我恨透啦！就像往我心里插了一把尖刀一样！”

“走吧！快走吧！”老头子哼哼着扭过身去，怒冲冲地说，“遇上了这么个长官，他要把别人的东西都扔到顿河里去……我把他当成好人……我的儿子是个司务长，现在带着连队阻拦红军哪……请你赶快往前走吧！用不着见了别人的东西眼红！自个儿多积攒点儿，就不会见了别人的东西眼红啦！”

普罗霍尔催马驰去。小猪在后面吱儿吱儿刺耳地尖声叫个不停，母猪惊慌地哼哼起来，小猪的尖叫声像锥子似的刺进他的耳朵。

“这是他妈的什么东西？哪儿来的小猪啊？波利卡尔普！……”躺在马车上的军官痛苦地皱着眉头，几乎要哭出来，大声喊。

“从牛车上掉下来一只小猪，车轮把它的腿轧断啦。”骑马来到跟前的波利卡尔普回答说。

“去告诉他们……去，告诉小猪的主人，叫他把小猪宰掉。就说，这儿有病人……已经难过得要命，又弄些猪来乱叫。快去！骑马去！”

普罗霍尔来到轻便马车旁边，看见那个鹰钩鼻子的军官正在皱着眉头，目光呆滞地听小猪叫，看到他正竭力想用自己的灰色羊皮帽子捂严耳朵……波利卡尔普又跑了回来。

“他不肯宰，萨莫伊洛·伊万内奇。他说，小猪的腿会长好的，如果长不好的话，晚上再杀掉它。”

军官气得脸色苍白，费了很大的劲，抬起身来，坐在马车上，两条腿耷拉着。

“我的手枪在哪儿？勒住马！小猪的主人在哪儿？我叫他知道点儿厉害……在哪辆车上？”

那个会过日子的老头子终于被迫把小猪宰掉了。

普罗霍尔笑着，策马跑去，追过了霍皮奥尔河口人的车队。前面，离他们约一俄里远的大道上，又有一支新的车队和骑马的人。大车至少有二百辆，骑马的人，则稀稀拉拉——约有四十个。

“渡船旁边准要大乱一场！”普罗霍尔心里想。

他追上了大车队。一个娘儿们骑着一匹漂亮的深棕色儿马，从行进中的车队前部，迎面向他飞跑过来。跑到普罗霍尔跟前，勒住了马。她骑的那匹马鞴着一副富丽堂皇的鞍子，胸带和笼头闪着银光，鞍翅也没有一点儿磨损的痕迹,上等皮子的马肚带和鞍褥子都锃光透亮,小娘儿们熟练、矫健地骑在马上,强有力的、黝黑的手里紧攥着理得整整齐齐的缰绳,但是那匹高大的战马,显然很看不起自己的女主人;它大瞪着赤红的大眼珠子,拧着脖子,露出黄色的牙床,总想去咬娘儿们那从裙子下面露出来的滚圆的膝盖。

女人头上裹着一条新洗过的、已经从深蓝变成浅蓝色的头巾,一直裹到眼睛。她把头巾角儿从唇边拨开,问:

“大叔,你追上来时没有见到几辆拉着伤兵的大车吗?”

“我追过的大车太多啦。怎么?”

“唉,倒霉透啦,”女人拉着长声说,“我找不到我的丈夫啦。他本来是跟着野战医院从霍皮奥尔河口出发的。他的腿受了伤。现在似乎是化脓了,他求村子里的人给我带信,要我给他把马送去。这就是他骑的马,”娘儿们用鞭子往挂着汗珠儿的马脖子上打了一下,“我鞴上马,赶到霍皮奥尔河口,但是医院已经不在那儿,撤走了。于是我就追啊,追啊,可是怎么也找不到他。”

普罗霍尔欣赏着哥萨克女人的漂亮的小圆脸儿,高兴地听着她那音色柔和的女低音,格格地笑着说:

“哎呀,我说大嫂子啊!干吗要找你的丈夫呀!叫他跟着医院走就是啦,你长得这么漂亮,还有这么一匹好马做嫁妆——谁都愿意娶你做老婆!连我都想试一试。”

女人勉强笑了笑,弯下丰满的身段,把裙子边向裸露出来的膝盖上拉了拉。

“你别打哈哈,告诉我,有没有遇到过医院?”

“你看那个车队里,既有病人,又有伤员。”普罗霍尔叹了口气,回答说。

女人把鞭子一扬,她那匹马单用后腿来了个大转身,腿裆里的汗沫白光一闪,小跑起来,然后脚步错乱地飞奔而去。

大车队缓缓地往前移动着。牛懒洋洋地摇晃着尾巴,赶开嗡嗡叫的牛虻。热得要命,大雷雨前的天气是那么沉闷,简直叫人喘不过气来,连道旁低矮的向日葵嫩叶都被晒得卷了起来,枯萎了。

普罗霍尔又和逃难的人们的车队走到一起。青年哥萨克竟是那么多,使他大吃一惊。他们有的是从自己的连队掉队的,有的干脆就开了小差,找到自己的家属,跟他们一起向渡口走去。有些把战马拴在车后,躺到车上,跟娘儿们聊着,哄着孩子;另一些骑在马上,步枪和马刀都照旧背在身上。“他们扔下部队,逃难啦。”普罗霍尔打量着这些哥萨克,心里断定。

到处都是马汗和牛汗的气味、大板车的木头被太阳蒸晒的气味、家什和润滑大车轴的黑油气味。牛大喘着粗气,没精打采地走着。口水像花线似的从它们伸出的舌头上垂下来,一直拖到大道的尘土上。车队以每小时四五俄里的速度往前移动着。那些马拉的车辆也不比牛车走得快。但是等到南边遥远的什么地方响起隐约的炮声,马上一切都紧张起来了:双套和单套马拉的大车搅乱了车队的秩序,从长长的行列里冲到旁边去。马小跑起来,鞭子直闪晃,响起一片南腔北调的吆喝声:“喔,快跑啊!”“喔——喔,鬼儿子!”“跑啊!”树枝和鞭子往牛背上噼噼啪啪地抽去,车轮的辚辚声更热闹了。恐怖中一切都加快了速度。一团团炎热、浓重的灰色尘埃从大道上飞腾起来,往后飘去,盘旋着,落在庄稼和各种野草茎上。

普罗霍尔的强壮的小马,一面走一面伸出嘴去吃草,一会儿用嘴唇扯下几根木樨草,一会儿咬下朵油菜黄花,一会儿咬下一小撮芥菜;咬着吃着,摇晃着机灵的耳朵,使劲用舌头往外顶咯咯响的、直磨牙床子的嚼子。但是炮响以后,普罗霍尔用靴子后跟磕了它一下,小马好像很懂事似的,明白现在不是吃草的时候,高兴地快跑起来。

连续的大炮射击声越来越响。轰隆的射击声响成一片,霹雷似的滚滚轰鸣声,在气闷的空气中低沉地震荡着。

“主耶稣啊!”一个坐在大车上的年轻娘儿们,一面把闪着奶汁亮光的浅棕色奶头从孩子嘴里抽出来,把鼓胀的黄色乳房放到衬衣里,画了一个十字,祷告说。

“是咱们的人在打炮呢,还是敌人呢?喂,老总,你说说!”一个赶着牛走的老头子朝着普罗霍尔喊。

“是红党,老大爷!咱们的人没有炮弹了。”

“啊,圣母娘娘,救救他们吧!”

老头子放下手里的鞭子,摘下旧哥萨克制帽,画着十字,走着,把脸扭向东方。

南面,从生着像箭杆似的晚玉米嫩苗的山坡后面,涌起了一片淡黑色的云。黑云遮蔽了半边的地平线,像薄雾似的笼罩了天空。

“大火,快看呀!”有人在车上喊叫。

“这烧的是什么呀?”

“着火的是什么地方?”从车轮的吱扭声中发出这样的问话。

“是奇尔河一带。”

“红党在奇尔河沿岸放火烧村庄啦!”

“正是大旱天,我的上帝,可别……”

“瞧,这一大片黑烟!”

“这决不只是一个村子在燃烧!”

“从卡尔金斯克一直往奇尔河下游烧去,如今那儿正在打仗……”

“也许是在黑河那边吧? 快赶吧,伊万!”

“噢哟,好大的火呀……”

黑色的烟雾很快弥漫开来,遮没了越来越大的天空。大炮的吼声也越来越厉害。过了半个钟头,轻微的南风把刺鼻的、令人心惊的焦臭气味,从离大道三十五俄里的奇尔河沿岸火势凶猛的村庄吹到黑特曼大道上来。

第六十章

通往大雷村去的大路上,有一段用灰石块筑起的短墙,过了这段路,大道陡然转向顿河,伸进一道干涸的浅涧里去,涧上架着一座木桥。

晴天的时候,涧底现出一片亮晶晶的黄沙和五色小石子,而夏天暴雨之后,山洪暴发,浊流滚滚地流进浅涧,无数急流汇成洪峰,波涛汹涌,向下游倾泻,冲刷着两岸,夹带着石块,响声震天,涌入顿河。

在这样的日子里,桥就被淹没了,但是时间不长;一两个钟头以后,那冲毁菜园子并把篱笆连同柱桩一起卷走的凶猛的山洪流逝了,大水冲刷过的、散发着石灰和潮湿气味的湿淋淋的石子在光秃秃的涧底闪着晶莹的光芒,洪水冲来的河泥在浅涧的坡岸上闪着土红色的光泽。

浅涧两岸长满杨树和柳树。就是夏天最炎热的时候,树荫里也总是凉森森的。

维申斯克外来户战斗队的哨岗,贪图凉爽就驻守在桥边。哨兵共十一人。在村子里还没有出现逃难的人们的车辆以前,战斗队的战士们就躺在桥下打牌、抽烟,有几个人还脱下衣服,捉衬衣、衬裤缝里的、军人身上特有的馋嘴的虱子,有两个人经排长批准,到顿河里洗澡去了。

但是休息的时间很短。不久大车队就拥到桥边来了。大车像流水似的滚滚而来,这条安逸的林荫小道一下子就变得人喧马嘶,气闷得很,仿佛草原上辛辣的闷热也从顿河沿岸的山岗上随着车辆一起涌进村里来了。

哨长是外来户战斗队第三排排长,——是个细高、干瘦的下士,留着剪得短短的、红褐色小连鬓胡子,大耳朵像小孩的一样扎煞着,——他站在桥头,手巴掌放在磨坏了的手枪套上,不加阻拦地放过去二十多辆大车,但是等看见一辆大车上有个二十五六岁的青年哥萨克时,就简短地命令道:

“站住!”

哥萨克勒紧缰绳,皱起了眉头。

“你是哪一部分的?”排长走到大车的紧跟前,严厉地问。

“你们要干什么?”

“我问你是哪一部分的?啊?”

“鲁别任斯克连的。你们是什么人?”

“下来!”

“你们是什么人?”

“下来,命令你哪!”

排长的圆耳轮涨得通红。他打开枪套,掏出手枪,换到左手里。哥萨克把缰绳塞给妻子,从车上跳下来。

“为什么离开部队?现在要到哪儿去?”排长审问他说。

“病啦。现在要去巴兹基……跟家里人一块儿去。”

“有病假证件吗?”

“哪儿来的什么病假证件啊?连里根本就没有医官……”

“啊,没有证件?……好吧,卡尔佩科,把他送到小学校里去!”

“你们究竟是什么人?”

“到了那儿,我们就会告诉你,我们是什么人啦!”

“我要回自己的部队去!你没有权利扣留我!”

“我们会把你送去的。带有武器吗?”

“有一支步枪……”

“扛上枪,给我麻利点儿,不然,我就要揍你啦!鬼儿子,这么年轻轻的,总往娘儿们的裙子下面钻,想逃命啊!怎么,我们应该保护你?”哨长蔑视地朝着他的背影骂道,“下流东西!”

哥萨克从草垫子下面拿出步枪,扯着老婆的一只手,没好意思当众亲嘴,只把妻子的硬邦邦的手在自己的手里握了一会儿,悄悄说了几句话,就跟着战斗队的一个战士往村里的小学校走去。

聚集在荫凉的、树木参天的夹道里的车辆像打雷似地轰隆轰隆地驶过桥去。

这个岗哨在一个钟头内,就扣留了五十来个逃兵。其中有几个在扣留他们的时候还进行过反抗,特别是一个留着大胡子、样子很凶、已经不很年轻的叶兰斯克镇下克里夫斯克村的哥萨克。他根本不理睬哨长叫他下车的命令,却把马抽了一鞭子。两个哨兵抓住了他的马笼头,一直到了桥的那边才把车拦住。这时哥萨克没有多加思索,从衣襟下拿出一支美国温彻斯特来复枪,往肩膀上一背。

“让开道!……混蛋,我打死你!”

“下来,下来!我们有命令,凡是不服从命令的格杀勿论。我们马上请你吃黑枣儿!”

“庄稼佬!……昨天你们还是红党呢,今天就教训起哥萨克来啦？……臭不要脸的！……让开，我要开枪啦！……”

一个裹着副崭新的冬季裹腿的战士，站在大车前轮上，经过短促的交手后，把来复枪从哥萨克手里夺了下来。哥萨克像猫一样躬起腰，顺手从雨衣下面的刀鞘里拔出马刀，跪在那里，隔着拴在车上的油漆摇篮刺过去，刀尖差一点儿没刺到及时躲开的战士的头上。

“季莫沙[1]，拉倒吧！季莫纽什卡[2]！啊呀，季莫沙！……不要这样啊！……别斗气啦！……他们会杀死你的！……”哥萨克那发疯似的、枯瘦如柴的丑老婆，痛心地哭号起来。

但是他全身直立站在车上，挥舞着蓝光闪闪的马刀，折腾了半天，不让战士们靠近马车，不住口地、沙哑地骂着，眼睛发疯似地四下打量着。“滚开！我要砍啦！”他那黝黑的脸在抽搐，浅黄色的长胡子下面冒着唾沫泡，浅蓝色的白眼珠儿变得越来越红。

好容易才解除了他的武装，把他摔倒在地，捆了起来。这个厉害的哥萨克之所以这么逞能好斗，很快就找到了原因：在马车上一搜，就搜出了一个已经打开盖的、装着烈性的头锅烧酒的大瓶子……

树荫夹道上出现了空前的拥塞。大车紧紧地挤在一起，不得不把牛马卸了，用人力把车推拉到桥边去。车杆和车辕噼啪断裂了，牛马被牛虻叮咬，愤怒地尖声嘶叫，不听主人的吆喝，烦得发狂，往篱笆上乱撞。咒骂、呼喊、鞭子声和妇女的哭号声在桥边响了好久。后面的许多车辆在可以转弯的地方都掉转车头又回到大道上去，想下到顿河岸，赶往巴兹基村。

被扣留的那些逃兵都被押送到巴兹基去，但是由于他们全都带着武器，所以押送兵根本管不了他们。逃兵和押送的战士们立刻就在桥边打了起来。过了不久，战斗队的战士就都回来了，逃兵们却有组织地自己向维申斯克开去。

在大雷村，普罗霍尔·济科夫也被拦住了，他把葛利高里·麦列霍夫发给他的休假证明拿出来，一点儿也没有留难就放行了。

他到达巴兹基的时候，已经近晚了。从奇尔河沿岸各村涌来的几

---

①② 都是季莫费的爱称。

千辆大车,塞满了所有的大街小巷。顿河边上,一片混乱。难民们把大车排在岸边,足有两俄里长。五万多人分散在树林里,等候渡河。

炮兵连、司令部和军需品正在维申斯克对面的河边乘渡船过河。许多小船在摆渡步兵。几十只小船在顿河上穿梭,每船摆渡三四个人。码头附近水边拥挤、混乱异常,像开了锅似的。担任后卫队的骑兵部队一直还不见来。大炮的轰鸣声,仍旧不断地从奇尔河方面传来,而刺鼻的辛辣焦臭气味变得越来越浓。

渡河工作一直继续到天亮。夜里十二点钟左右,第一批骑兵连队开到了。他们要在黎明时开始渡河。

普罗霍尔·济科夫听说第一师的骑兵还没有到,就决定在巴兹基等候自己的连队。他费了很大的劲,才牵着马,穿过密密层层地拥挤在巴兹基医院围墙旁边的车辆,没有卸鞍子,把马拴在一辆不知道是谁的大车辕上,松了马肚带,就在大车队里找起熟人来。

在堤岸附近,他远远地看见了阿克西妮亚·阿司塔霍娃。她把一个小包袱抱在怀里,肩上披着一件暖和的上衣,正在朝顿河边走。她那艳丽刺眼的美貌,引起了聚集在岸边的步兵们的注意。他们对她讲些猥亵的话,他们落满尘土的汗淋淋的脸上露出笑容,闪着白晃晃的牙齿,传来阵阵下流的笑声。一个身材高大的白头发哥萨克,穿着没系带的衬衣,皮帽子歪在后脑勺上,从后面抱住她,把嘴唇贴在她那清秀、黝黑的脖颈上。普罗霍尔看到,阿克西妮亚猛地把哥萨克推开,凶狠地张开嘴,不知道低声对他说了些什么。四周响起一片哄笑声,那个哥萨克摘下皮帽,嘶哑地低声说:“唉,大嫂子啊！你就叫我亲一下嘛!”

阿克西妮亚加快了脚步,从普罗霍尔面前走过去。她那丰满的嘴唇上颤动着轻蔑的微笑。普罗霍尔没有招呼她,他正在人群里寻找同村的人,在车辕呆呆地朝天竖起的大车群中慢悠悠地穿行,听到一些醉话和笑声。一辆大车底下铺着块粗麻布,上面坐着三个老头子。一个老头子的两腿中间放着一个酒桶。这几个已经喝得醉醺醺的老头子正在用炮弹壳做的铜杯子轮流舀着喝酒,嚼着干鱼片。浓烈的酒气味和腌鱼的咸味馋得饿得发慌的普罗霍尔停下脚步。

“老总！但求万事大吉,跟我们一块儿喝一杯吧!”一个老头子招呼他说。

普罗霍尔也没有客气，就坐了下来，画过十字，笑着从好客的老头子手里接过盛满散发着香甜诱人的香气的烧酒杯。

“趁现在还有口气，喝吧！哪，就一块咸鱼。小伙子，你别厌恶老头子们。老头子都是聪明人！你们年轻人还得向我们学学怎样过活……哦，和怎么喝酒呢。”另一个鼻子塌下去、上嘴唇豁得露出了牙龈的老头子瓮声瓮气地说。

普罗霍尔担心地斜眼看着那个没有鼻子的老头子，喝干了杯里的酒。在喝完第二杯、准备喝第三杯的时候，他按捺不住，问：

“老大爷，你的鼻子是浪荡掉的吧？”

“不——不，亲爱的人哪！是冻掉的。还是在我小的时候，常常冻得生病，就这样把鼻子冻坏啦。”

“我错怪你啦，我以为：是不是害花柳病把鼻子烂掉了？我可不要传染上这种脏病呀！”普罗霍尔坦白地承认说。

老头子的这番话使他放心了，他贪婪地把嘴唇凑到杯子上去，放心地一饮而尽。

“活到头啦！怎么能不大喝呀？”烧酒的主人是个壮实、魁梧的老头子，哇啦哇啦喊着，“你们瞧，我拉着二百普特麦子，还有一千普特扔在家里。赶着五对牛，可是现在非得把这些东西都扔在这儿不可啦，要知道不能牵着它们渡过顿河呀！我积攒的全部家当全都要完蛋啦！我想要唱歌！玩乐吧，乡亲们！”老头子满脸都涨紫了，热泪盈眶。

“不要哭喊啦，特罗菲姆·伊万内奇。莫斯科——是不相信你的眼泪的。咱们只要能活下去——还会积攒起来的！”瓮鼻子的老头子劝导朋友说。

“我怎么能不哭呀?!”老头子的脸哭得都变了样子，提高了嗓门说，“粮食都完啦！牛都要死啦！红党要把房子烧掉！儿子秋天战死了！我怎么能不哭呀？我为谁挣了这份家业呀？从前，我总是累得汗流浃背，一个夏天要穿烂十件衬衣，可如今却成了光屁股光脚的……喝吧！”

普罗霍尔听着谈话，吃了一块像炉盖那么大的咸鱼，连喝了七杯烧

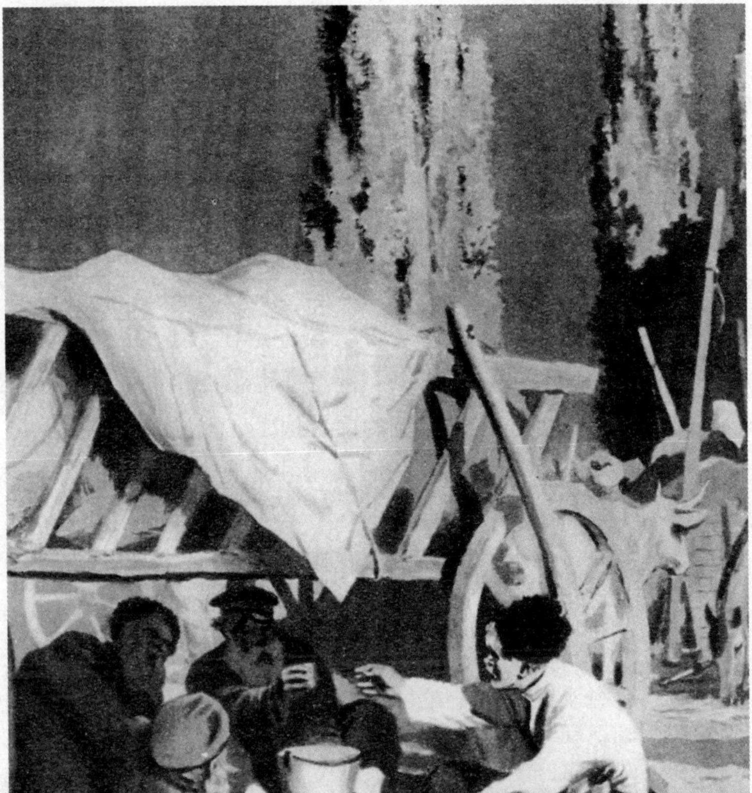

酒,肚子撑得饱饱的,费了很大的劲儿才站起来。

“老总啊!你是我们的大救星!要不要给你的马拿一点粮食?要多少都行?”

“来一口袋!”普罗霍尔嘟囔说,他对周围的一切都已经无动于衷。

老头子给他倒了一草袋上等燕麦,帮着他扛到肩膀上。

“别忘了把口袋送还我!看在基督的面上!”他抱住普罗霍尔,流着醉醺醺的眼泪,请求说。

“不,我不给你送回来。我说啦——我不送回来,就是不送回来……”普罗霍尔也不知道为什么固执地说。

他摇摇晃晃地离开了大板车。草袋子压弯了他的腰,直往两边晃。普罗霍尔觉得,自己仿佛是走在结了一层很滑的薄冰的地上,腿向四面乱滑,直哆嗦,就像匹没钉马掌、小心翼翼地走在冰上的马。他又摇摇晃晃地往前走了几步,就停了下来。他怎样也想不起来:他究竟是戴帽子来,还是没有?一匹拴在马车上的白头顶枣红骟马闻到了燕麦味,把头伸过来,咬破了口袋角。麦粒从破口里沙沙响着漏了出来。普罗霍尔觉得轻松了许多,就又往前走去。

也许本来可以把剩下的燕麦扛到自己的马那里。但是当他走过一头大牛跟前时,那牛忽然发起牛脾气,从旁边踢了他一脚。牛被牛虻和蚊子咬得痛苦不堪,又热又烦,简直要发疯,根本不让人靠近。在这一天,普罗霍尔已经不是第一个沦为牛发脾气的牺牲品,他被一脚踢出去老远,脑袋撞到轮毂上,立刻也就睡过去了。

半夜,他醒了过来。铅灰色的黑云在他头顶上灰色的夜空中盘旋着,迅速地向西方飘去。弯弯的新月偶尔从云隙中钻出来,但是很快乌云又遮蔽了天空,凉爽的夜风在黑暗中仿佛吹得更强劲了。

骑兵部队正从普罗霍尔躺在下面的那辆大车附近开过去。大地在无数钉着铁掌的马蹄子下呻吟、叹息。马匹闻到了大雨将至的气息,直打喷嚏,马刀碰在马镫上叮当乱响,闪晃着烟头的红光。开过去的骑兵连队带来一阵阵浓重的马汗味和皮缰辔的酸味。

普罗霍尔——跟所有的服役的哥萨克一样——在战争年代里,已经闻惯了这种骑兵独具的混合气味。哥萨克把这种气味从普鲁士和布科维纳一直带到顿河草原，这种骑兵部队固有的、永久的气味，就像是自己家宅里的气味一样，使人感到那么亲切、熟悉。普罗霍尔贪婪地抽动了一下短粗鼻子的鼻翅，抬起沉重的脑袋。

“你们是什么部队呀，弟兄们？”

“骑兵……”黑暗里一个低音玩笑地回答说。

“我是问，谁的队伍呀？”

“彼得留拉的①……”还是那个低音回答说。

“唉，真是个混蛋！”等了一会儿，又问了一遍，“是哪团，同志们？”

“博科夫斯克团……”

普罗霍尔想要站起来，但是脑袋里咚咚直跳，恶心得要呕吐。他躺了下去，又睡熟了。黎明时分，从顿河上吹来潮气和凉意。

“是不是死啦？”蒙眬中他听到头顶有人语声。

“还有热气……是喝醉啦！”有人贴在普罗霍尔耳边回答。

“把这鬼东西拖开！睡得像个死人一样！喂，照他的喉咙来一下！”

一位骑士用长矛的木杆狠狠地照着还没有醒过来的普罗霍尔的肋部戳了一下，什么人的手扯着他的腿，把他拖到一旁。

“把大车拖开！都睡死啦！找到了他妈的睡大觉的时候！红军眼看就要追上来啦，他们倒像在家里一样大睡！把大车推到一边去，炮兵连马上就要开过来啦！快点儿！……把道路全堵塞啦……唉，这些老百姓！……”一个威风凛凛的声音哇啦哇啦地叫喊。

睡在大车上和大车下的难民动起来了。普罗霍尔跳起来。他带的步枪也没有了，马刀也没有了，连右脚上的靴子也不见了，——这一切他竟在昨天醉酒以后全都丢失了。他不知所措地四下看了看，本想到大车下面去找找，但是开过来的炮兵连的骑手和炮手跳下马来，毫不怜惜地把大车连同装在上面的箱子一起推翻了，眨眼工夫就清除出一条大炮能通过的道路。

“走呀！……”

---

① 这里是戏言。

骑手们跳上马。拼接起来的宽马套抖了一下,拉直了。蒙着炮衣的大炮高高的车轮子在车辙里咯吱作响。炮弹车的车轴挂上了一辆马车的辕木,把车辕挂断了。

"放弃阵地啦？勇士们,妈的!"昨天晚上和普罗霍尔一同喝酒的那个瓮鼻子老头子在车上喊道。

炮兵们默默无语地开了过去,急着渡河。普罗霍尔在黎明前的昏暗中到处找枪和马,找了很久,还是没找到。在一只小船旁,他索性把另一只靴子也脱下来,扔到水里;头像铁箍箍着一样,疼得要命,扎在水里浸了半天。

太阳升起的时候,骑兵开始过河了。哥萨克们下了马,在顿河的急转弯处上面一点地方,把第一连的一百五十四卸下鞍子的马赶到水里,顿河从这儿拐了一个直角大弯,向东流去。这个连的连长蓄着大胡子,红色的硬毛一直长到眼边,鹰钩鼻子,样子凶得很,简直像只野猪。他的左手吊在一条肮脏的浸满血的吊带上,右手不停地玩弄着鞭子。

"别叫马喝水！快赶！赶它们走！你是怎么啦……难道你还怕水吗？……赶下水去呀！……你的战马不是糖做的,化不了！……"他对那些往水里赶马的哥萨克们叫嚷不停,棕红的胡子里面露出洁白的犬齿特别大的牙。

马匹拥挤在一起,不很情愿地走进冰冷的河水中,哥萨克们吆喝着,用鞭子抽打它们。一匹额角上有颗浅红色大星斑的白鼻梁铁青马头一个泅起水来。看来,它已经不是第一次泅水了。波浪冲洗着它那臀部下垂的身躯,麻束似的尾巴被水冲到一旁,脖子和脊背露出水面。其余的战马也都跟在它后面,划开水流,发出哗啦哗啦的响声,打着喷鼻,泅进波涛滚滚的顿河水里。哥萨克分乘六只大船,跟在马匹后面。有一个护送的人,拿着准备好的套马索,站在船头上,以备万一。

"别划到前面去！赶它们斜顶着水流泅！别叫水把它们冲走!"

连长手里的鞭子忽然活了,在空中画了一个圈子,啪地响了一声,然后垂到沾满石灰的靴筒上。

激流冲击着马群。铁青马带领着其余的马,轻松地在前面泅着,相距有两匹马那么远。它头一个爬上左岸的沙滩。这时候太阳从黑杨树的乱枝后面升了上来,粉红色的旭光照在铁青马身上,它那湿淋淋的、闪闪发光的皮毛霎时间仿佛燃起了扑不灭的黑色火焰。

“留神姆雷欣那匹小骒马！帮着它点儿！……它戴着笼头。你倒是快划呀！划呀！……”像野猪似的连长沙哑地喊叫着。

马匹都平平安安地过了河。哥萨克们已经在对岸等候它们。他们牵过自己的马,戴上了笼头。开始从这边往对岸运送马鞍子。

“昨天什么地方着火啦?”普罗霍尔问一个正把马鞍子搬上小船的哥萨克。

“奇尔河沿岸。”

“是炮弹打起火的吗?”

“哪儿是什么炮弹啊?”哥萨克厉声回答说,“是红党放的火……”

“统统烧光了吗?”普罗霍尔惊讶地问。

“没有……烧的是财主的房子,还有那些有铁屋顶的房子,或者是修建得好的仓房。”

“烧了哪些村子啊?”

“从维斯洛古佐夫一直烧到格拉切夫。”

“第一师司令部——你可知道这会儿在什么地方吗?”

“在丘卡林村。”

普罗霍尔又回到难民的大车队那里。烧树枝、倒塌的篱笆和干牲口粪的火堆的苦烟,被小风一吹,弥漫在连绵不断、无头无尾的野营上空:婆娘们正在做早饭。

夜里,又从右岸的草原地区拥来了几千名难民。

火堆四周的大大小小的车辆上,嗡嗡的人语声响成一片:

“什么时候才能轮到咱们过河呀?噢,恐怕轮不上啦!”

“如果是上帝的意旨,我们过不了河——那我就把粮食倒到顿河里去,免得落到红党手里!”

“渡船旁边人挤人——黑压压的一片!”

“我的宝贝儿,我们怎么能把箱子扔在岸上啊?”

“一个劲儿地攒呀攒呀……主耶稣啊,我们的救命恩主啊!”

“就该在自己村边渡河……”

“鬼叫我们跑到这个维申斯克来!”

“据说,卡利诺夫角村全都给烧光啦。”

“想坐渡船渡过去……”

“那是当然,留下来,他们饶得了咱们!”

“他们有命令:把所有的哥萨克,从六岁的小孩到白发老头子——统统砍死。”

“他们要是在河边捉到咱们……你说,那可怎么办?”

“那他们就有了吃不完的肉啦!……”

在一辆油漆的道利式的马车旁,有个身材匀称、白眉毛的老头子正在大声讲话,从他的外表和那威风凛凛的挥手姿势看——准是个村长,而且是拿过多年镶铜头的村长权杖的人物。

“……我质问说:‘那么说,各村的老百姓就该死在岸上啦?我们什么时候才能带上自己的破烂儿过河呢?要知道红党会把我们连根儿砍掉的啊!’而部队的长官老爷却安慰我说:‘老爷子,你别多心!在全体老百姓没有渡河以前,我们一定坚守阵地。我们宁可流血牺牲,也决不能叫妇女、儿童和老人们落到红党手里!’”

老头子和婆娘们都围着白眉毛的村长,非常注意地听他讲话,然后就响起了一片乱哄哄的喊叫声:

“那么为什么炮兵逃啦?”

“往渡口跑的时候,差点儿没有踏死人……”

“骑兵也开来啦……”

“据说,葛利高里·麦列霍夫放弃阵地啦。”

“这算是什么规矩?把老百姓扔下不管,自个儿逃走啦?……”

“军队都先溜啦!……”

“谁来保护咱们哪?”

“瞧,骑兵正洑水过河哪!……”

“谁也是先顾自己的小命……”

“一点儿也不错!”

“我们被彻底地出卖啦!”

“死到临头啦,就是这么回事!”

“应该派些德高望重的老者捧着面包和盐去欢迎红党。也许他们会饶咱们一命,不处死咱们。”

在胡同口,医院的巨大砖房附近跑出了一个骑兵。他的步枪挂在前面的鞍头上,漆成绿色的长矛杆在旁边摇晃。

“这是我的米吉什卡①呀!”一个没包头巾的、上年纪的女人高兴地喊起来。

她跳过车辕木,从大车和马匹中间挤过,向骑马的人那里跑去。人们抓住骑兵的马镫,拦住了他。他把一件盖着火漆印的灰色文件袋高举在头顶上,喊叫道:

“我是到总司令部去送报告的!请你们放开我!”

“米吉申卡②!我的好儿子!”上年纪的女人激动地喊着。她那乱蓬蓬的、夹杂着银丝的黑头发绺披散到喜气洋洋的脸上。她颤抖地笑着,全身贴在马镫上,贴在汗湿的马身上,问儿子:

“你上咱们村去过吗?”

“去过。现在村子里有红军……”

“咱家的房子呢?……”

“好好的,可是把费多特家的房子烧啦。咱们家的板棚本来也烧着啦,不过他们把火扑灭了。费季斯卡从村里逃出来啦,她说红军的长官讲啦:‘一间穷人的房子也不许烧,只烧财主的。’”

“噢,托上帝的福!基督保佑他们吧!”妇人画着十字说。

那个严厉的老头子愤怒地说:

“你这是怎么啦,我的亲爱的!邻居的房子被烧光啦——你却说是‘托上帝的福’?”

“叫他见鬼去吧!”女人激动、快口地嘟哝说,“他还能盖一座新的,可是我的房子要是烧掉,怎么再盖呀?费多特地里埋着一大坛子金子,可是我……一辈子都是给别人干活儿,受穷神的摆布!”

“让我走吧,好妈妈!我要赶快去送文件。”骑兵从马鞍上俯下身,央告说。

---

①② 米吉什卡和米吉申卡都是尼吉塔的爱称。

母亲跟着马并排走着,一面走,一面亲着儿子那晒得黝黑的手,朝自己的大车跑去,骑兵用年轻的男高音大声喊:

“躲开!我是给总司令送文件去的!躲开!”

他的马烈性大发,乱扭着屁股,不住地蹦跳着。人们不情愿地给他让开路,骑兵像是有意缓步走,但是很快就消失在大车和牛马的脊背后面去了,只见长矛在拥挤的人群头顶摇晃着,向顿河边走去。

第六十一章

一天的工夫,全部叛军和难民都渡到顿河左岸去了。葛利高里·麦列霍夫第一师维申斯克团的骑兵连最后渡河。

在黄昏以前,葛利高里率领着十二个精锐骑兵连挡住了红军第三十三库班师的进攻。下午五点,库季诺夫得到报告,军队和难民已经全部过河,这时他才下令撤退。

根据早已制定的作战方案,顿河沿岸各叛军连要渡河到左岸,每个连都在自己村庄的对岸据守。中午时分,司令部已经开始收到连队送来的报告。大多数连队都已经据守在自己村庄对面的左岸了。

司令部又把草原地区的各哥萨克连调去据守村与村之间的空隙。克鲁日林斯克、马克萨耶夫——西金村、卡尔金村的步兵连、拉特舍夫村、利霍维多夫村和格拉切夫村的连队守在佩加列夫卡、维申斯克、列比亚任斯基、克拉斯诺亚尔斯基等村之间的空隙上,其余的连队全都撤到后方,撤到顿河左岸各村——杜布罗夫卡、切尔内、戈罗霍夫卡,按萨福诺夫的意图,要在这里编成预备队,以备司令部在顿河防线被突破时使用。

沿顿河左岸,从卡赞斯克镇西边的村庄起,直到霍皮奥尔河口,叛军筑起了绵延一百五十俄里的阵地。

哥萨克们渡河以后就准备进行阵地战:急急忙忙地挖掘战壕,砍伐杨树、柳树和橡树,构筑掩体和机枪阵地。把从难民那里弄来的所有空袋子都装上沙土,在连绵不断的战壕前面垒起一道胸墙。

傍晚,各处的战壕都已经挖好了。叛军的第一和第三炮兵连隐蔽在维申斯克镇外的松树林里。八门大炮一共只有五发炮弹。步枪子弹也快打光了。库季诺夫派出传令兵到各处传达严禁随便开枪射击的命令。命令里建议,从每个连里选出一两名狙击兵,发给他们足够的子弹,这些特等射手专门消灭红军的机枪手和在右岸村庄街道上出现的红军战士。其余的人只有在红军企图渡河的时候,才准许开枪。

葛利高里·麦列霍夫黄昏时分已经把散驻在顿河岸上的自己一师人巡视了一遍,又回到维申斯克来过夜。

禁止在河边地带点火。所以维申斯克也没有火光。整个顿河左岸全都浸没在一片紫色的烟雾中。

一大清早,巴兹基的山岗上就出现了红军的先头侦察兵。很快,整个右岸,从霍皮奥尔河口镇到卡赞斯克镇的山岗上都出现了侦察兵。红军的阵线像滚滚洪流,涌到顿河岸边来。后来侦察兵不见了,直到中午,山岗上处处沉没在痛苦、空旷的寂静中,像死了的世界。

风卷起白色的尘雾在黑特曼大道上翻滚。南天边一直笼罩着大火燃起的深紫色烟雾。被风吹散的黑云重又汇集在一起,像翅膀似的黑云影子投在山岗上。白亮的电光在白昼中闪烁。闪电顷刻间给蓝色的云堆镶上了一条弯弯曲曲的银色花边,接着像闪光的长矛一样刺了下来,刺到一座古堡的凸出的顶部。一声霹雳仿佛刺破了天上的黑云:从黑云堆里泻下倾盆大雨。风斜吹着急雨,像上下翻滚的白浪,泼到顿河沿岸群山白垩的山坡上,洒到被炎热晒得枯萎了的向日葵上,洒到垂下头的禾苗上。

雨水使那些娇嫩的、但因落满尘土而变成灰色的老气横秋的树叶子又恢复了青春,春苗水灵灵地闪着亮光,黄脸盘的向日葵抬起了圆圆的脑袋,从菜园子里散发出倭瓜花的芳香。干旱的土地吸足了甘霖,好久还在吐着热气……

中午时分,像稀疏的散兵线一样,散布在顿河沿岸,一直绵延到亚速海的山岗上的古堡边,又出现了红军侦察兵。

站在沿岸的古堡上，顿河对岸布满了像绿色小岛似的湖泊的黄沙平原，一眼可以看到几十俄里以外。红军侦察兵开始提心吊胆地走进村子。步兵散兵线从山岗上拥下来。红军的炮兵把大炮架在古堡后面，古时候波洛韦茨人①的侦察兵和英勇的布罗得尼基人②在这些古堡上监视来犯的敌人。

布置在白山顶上的一个炮兵连，开始轰击维申斯克。第一发炮弹在广场上爆炸了，接着炮弹爆炸的灰色烟雾和顺风飘散的、榴霰弹的乳白色烟雾笼罩了市镇。又有三个炮兵连开始轰击维申斯克和顿河沿岸的哥萨克战壕。

机枪猛烈地在大雷村吼叫。两挺“戈奇基斯”机枪短促地一阵一阵地射击着，一挺低音的“马克辛”却不停地往外喷洒着枪弹，扫射着顿河对岸来回跑的小伙叛军步兵。辎重队的车辆川流不息地来到山岗跟前。红军士兵在荆棘丛生的山坡上挖掘战壕。两轮大车和军用四轮大车的轮子在黑特曼大道上辚辚地响着，扬起的尘土像盘旋飞舞的长裙拖在车后。

大炮的轰隆声响遍了整个阵地。红军炮兵连从顿河沿岸山岗的制高点上炮击顿河对岸，一直轰击到黄昏以后。顿河岸边，从卡赞斯克镇到霍皮奥尔河口镇，布满了叛军战壕的河边牧场上一片沉默。看守马匹的哥萨克都带着马藏到隐蔽的小树林里，这里长满了芦苇、香蒲和莎草。这里蚊子、牛虻不会打搅马匹，四周生满野蛇麻草的密林中凉爽宜人。各种树木和高大的绢柳树可靠地遮住了红军观测员的视线。

碧绿的河湾草地上寂无人踪。只是偶尔出现几个想跑得离顿河远点儿的、吓得弯腰奔逃的难民。红军的机枪朝他们扫射一阵，嗖嗖的子弹呼啸声逼得惊骇万状的难民趴到地上。他们在浓密的草丛里一直趴到黄昏，这时候才赶快跑到树林子里，头也不回地急忙向北逃去，逃往生满赤柏和白桦树的、热情地向他们招手的沼泽地带。

---

① 波洛韦茨人是十一世纪到十三世纪南俄罗斯草原上的一个突厥语系民族。

② 布罗得尼基人是十二世纪到十三世纪时，居住在东南俄罗斯草原地带和匈牙利的游牧民族。历史上经常与波洛韦茨人相提并论。——作者原注

维申斯克被猛烈的炮火轰击了两天。老百姓都藏在地窖里、地下室里,不敢露面。只有夜里,镇上被炮弹打得坑坑洼洼的街道才活跃起来。

司令部估计,这种激烈的炮击当然是进攻和渡河的前奏。人们都担心,红军将在维申斯克正对面渡河占领这个市镇,在叛军直线的阵地上打进一个楔子,把战线分割成两段,然后从卡拉契和梅德维季河口展开侧翼进攻,进行最后一击。

根据库季诺夫的命令,在维申斯克顿河沿岸,集中了二十多挺机枪,配备了充足的弹带。炮兵连连长得到命令,只有在红军企图渡河的时候才准开炮,打出剩下的几发炮弹。所有的渡船和小船只都集中到维申斯克上面一点的河湾里,在那里配备了强大的守卫部队。

葛利高里·麦列霍夫认为司令部人们的担心是没有根据的。在五月二十四日召开的会议上,他嘲笑了伊利亚·萨福诺夫和他的同伙的判断。

"他们在维申斯克对面坐什么过河呀?"他说,"难道这儿是渡河的好地方吗?你们瞧:对岸是一片鼓面一样光秃秃河岸,平坦的沙角,顿河边上既没有小树林,也没有灌木丛。多傻的傻瓜才会挑选这种地方渡河呀?只有像伊利亚·萨福诺夫这样的聪明人才会这样自投罗网呢……在这样光秃秃的河岸上,机枪可以把所有的人一个不剩地都削倒!库季诺夫,你别以为红军的指挥人员会比咱们还糊涂。他们当中可有比咱们高明的人!他们不会直取维申斯克,我们不要错误估计敌人会在这儿渡河,应该认识到敌人在那些水浅滩多、可以蹚水过河的地方,或者是在那些地势起伏,有树林隐蔽的地方过河。在这些危险的地带应当加强戒备,特别是在夜里;要警告哥萨克们,不要因大意而遭敌人暗算,应该立即把预备队调到危险地带去,以防万一。"

"你说他们不会直取维申斯克吗?那么他们为什么天天都要炮轰市镇,一直轰到很晚才罢休呢?"萨福诺夫的一位助手问。

"这个问题你去问他们吧。难道他们单是对维申斯克一个地方炮击吗?他们也对卡赞卡村,也对叶林斯基村打炮呀,你瞧,还从谢苗诺夫斯克山上开炮呢。他们到处都在用排炮轰击。大概,他们的炮弹一定比咱们的多得多。咱们的臭……炮队只有五发炮弹，就连这几发炮弹也都是用橡木筒子造的。”

库季诺夫哈哈大笑起来：

“好，这一下子可正中目标了！”

“现在不要瞎批评！”参加会议的第三炮兵连连长怒冲冲地说，“现在应该谈正经事。”

“你谈哪，谁拉住你的舌头不许你说话了吗？”库季诺夫皱着眉头，玩弄着皮带说，“早就对你们这些鬼东西讲过多少次啦：‘不要随便开炮，浪费炮弹，要留着关键的时候用！’可是你们不听，遇到什么东西都打，对辎重队也开炮。现在到了紧急关头——没有炮弹用啦。为什么要埋怨人家批评呢？麦列霍夫对你们的橡木炮队讽刺得很对嘛。你们的工作实在是应该嘲讽的！”

库季诺夫站到葛利高里这面来了，坚决支持葛利高里的建议，认为应该加强最适合渡河地段的防务，并向面临直接威胁的地区集中预备队。决定把维申斯克现有的机枪调出几挺去加强白山村、梅尔库洛夫村和大雷村各连的力量，因为敌人在这些村据守的地段渡河可能性是很大的。

葛利高里对于红军不会在维申斯克对岸渡河，而要选择比较方便的地方渡河的推测，第二天就证实了。这天早晨，大雷村的连长报告说，红军正在那里准备渡河。整夜都听到顿河对岸嘈杂的人声、锤子敲打声和辚辚的车轮声。无数的大车不知道从哪里往大雷村拉来了很多木板，木板一卸下来，马上就响起拉锯声，还有斧头和锤子的劈砍、敲打声。从各方面判断：红军正在赶制什么渡河用的东西。起初哥萨克们估计是在造浮桥。有两个大胆的家伙，夜里钻到上游离木匠干活发出喧声约半俄里的地方，脱掉衣服，脑袋上戴着树枝编的伪装，悄悄地顺流游下去。他们紧靠岸边游，设在柳树底下红军机枪哨上的士兵正在离他们不远的地方谈话，可以清清楚楚地听见村子里的人语声和斧头劈砍声，但是水面上什么东西也没有。所以，如果说红军确实是在造什么东西的话，那么绝不是浮桥。

大雷村的连长加强了对敌人的监视。黎明时，观测员们不停地用望远镜进行观察,半天什么也没看见。但是很快,其中有一个在对德战争中就被认为是团里优秀射手的哥萨克,在黎明的昏暗中,发现一个红军战士正牵着两匹鞴好鞍子的马,下到顿河边来。

“有个红党下到水边来啦。”那个哥萨克放下望远镜,悄悄对同伴说。

马走到没膝深的水里,饮起水来。

那个哥萨克把长长的、耷拉下来的步枪背带搭在左胳膊肘上,掀起瞄准器,仔细地瞄了半天……

枪响后,一匹马歪着身子,轻轻地倒了下去,另一匹往岸坡上跑去。红军战士弯下腰,想把死马身上的鞍子卸下来。哥萨克又放了一枪,小声地笑了:红军急忙地挺直身子,要从顿河边跑开,但是忽然栽倒在地上。脸朝下栽倒,再也没站起来……

葛利高里一得到红军准备渡河的消息,就备上马,赶往大雷村连队防守的地段。他在镇外蹚过一片狭窄的小湖汊,这片小湖汊是从顿河分流出来,一直伸到市镇的尽头;他向树林子里跑去。

这条道要穿过河边的草地,但是在草地上走是危险的,因此葛利高里选了有点儿绕远的道路:穿过树林,一直走到汊湖尽头,踏着沼泽地的土墩,在绢柳林里走到加尔梅克浅滩(一道长满了睡莲、野芹菜和芦苇的狭窄河沟,它把枯树湖和草地上星罗棋布的池沼连接起来),只是在走过喀勒梅克浅滩以后,他才停下来,叫马休息了几分钟。

如果走直路,到顿河边只有两俄里的光景。走河边草地到战壕那里——要遭到射击。本来可以等到黄昏,趁黑穿过平坦的草地,但是葛利高里是个不喜欢等待的人,他总是说“世界上最糟糕的事情就是等待和追赶”,他决定立刻就走。“我拼命打马飞驰,他们打不中的!”他一面想着,一面从树丛里走出来。

他选准了从顿河边的树林子伸延出来的一带像马鬃似的绿柳行为目标,便扬鞭催马。马因被打得浑身火烧火燎地疼,被他野性的吆喝,吓得直哆嗦,抿起耳朵,越跑越快,像鸟一样,朝顿河边飞去。葛利高里还没有跑出五十沙绳远,就有一挺机枪从右岸的山岗上朝他哒哒哒地打了长长的几梭子弹。“嗖嗖! 嗖嗖! 嗖嗖! 嗖! 嗖!”子弹像田鼠一样吱吱直叫。“打得太高啦,大叔!”葛利高里心里想着,用腿使劲儿去夹马的两肋,放松马缰,把脸贴在迎风飞舞的马鬃上。趴在白垩山角上一挺重机枪绿色护板后面的红军机枪手,仿佛猜到了葛利高里的心思,又重新瞄准了一下,低低地扫射起来,子弹在马的前蹄周围放肆地噼啪乱响,在空中呼啸的火热的子弹像蛇一样咝咝直叫。子弹打进春水退后没有干的土地里,溅起滚热的泥浆……“噼啪! 嗖! 噼啪! 噼啪!”他的脑袋顶上和马的身旁又是一片“嗖! 嗖! ……嗖嗖嗖!”的子弹呼啸声。

葛利高里站在马镫上,身体几乎全趴在伸直的马脖子上。碧绿的柳树行神速地朝他滚来。等到他已经跑了有一半路程的时候,大炮从谢苗诺夫斯基山岗上开炮了。钢铁炮弹跟空气的摩擦声震动着空气。近处的轰隆一声爆炸,震得葛利高里在马上直摇晃。耳朵里还留着弹片的咝咝的尖叫声,附近沼泽里被空气激烈震荡倒伏下去的芦苇,正沙沙响着想挺起身子的时候,山上又是一声炮响,越来越逼近的炮弹吼声重又把葛利高里紧紧压在马鞍上。

他觉得,紧压着他的、紧张到极点的炮弹飞鸣声,会马上在非常短促的百分之一秒的刹那间爆炸,真的,就在这百分之一秒的刹那间,一片黑云直立在他眼前,飞上天去,一声巨响,震得大地颤抖,马的前蹄好像是陷进什么东西里去了……

葛利高里在从马上摔下来的那一瞬间清醒过来。他摔到地上的劲头是那么大,连保护色呢裤的膝盖都摔破了,皮带也摔断了。爆炸产生的强大气浪把他推到离马很远的地方,摔下马以后,又在草地上滑了几沙绳远,手掌和腮帮子被土地擦得火辣辣的。

摔得昏头昏脑的葛利高里站了起来。土块、泥屑和翻起的草根,像黑色的雨点倾泻下来……马躺在离弹坑约二十沙绳远的地方。马头已经一动也不动了,但是两条沾满泥土的后腿、大汗淋漓的躯体和扁平的尾巴骨还都在轻微、痉挛地颤抖。

顿河对岸的机枪已经沉默了。沉寂了有五分钟。几只浅蓝色的鱼鹰在池沼上空惊骇地鸣叫。葛利高里抑制着头晕,向马跟前走去。他的两条腿直哆嗦,非常沉重。他觉得就像平常不舒服地坐了很久以后,又站起来走路,这时由于血液一时流通不畅,双腿麻木得就像是别人的腿似的,每走一步,全身都嗡嗡直响……

葛利高里卸下死马身上的鞍子,刚刚走进近处沼泽地的一片被弹片切断的芦苇丛里,机枪又均匀地间歇着响了起来。子弹的呼啸声已经听不见了,显然山顶上已经在朝另一个新的目标射击了。

过了一个钟头,他来到了连长的土室里。

"现在他们的木匠停止工作啦。"连长说,"不过夜里一定还会干的。您最好能给我们送点儿子弹来,否则,真要急死人啦——每个弟兄只有一两梭子子弹。"

"傍晚给你们送子弹来。眼睛可要盯住对岸!"

"我们早就紧盯着啦。今天夜里,我想征集几个敢死队,洑过河去,看看他们那儿究竟在造什么玩意儿。"

"为什么昨天夜里没有派呀?"

"派去了两个,葛利高里·潘苔莱维奇,可是他们没敢进村里去。他们在对岸河边游了一趟,可是没敢进村子……如今的事儿,能强迫谁呢?这是冒险的事情,要是碰上敌人的哨兵——他就会弄得头破血流。在自己家门口打仗,哥萨克们显得似乎不那么勇敢……从前,在德国战场上,为了得到一枚十字章,愿意豁出性命去的人可多啦,可是现在,别说是深入敌后去进行侦察,就是站岗放哨,都很难找到人。现在更糟糕的是老娘儿们也来捣乱:她们来到阵地上,找到自己的汉子,就宿在战壕里,赶都赶不走。昨天我动手赶她们走,哥萨克们却恐吓起我来啦,说什么:'得啦,叫他老实一点儿吧,不然我们马上就收拾他!'"

葛利高里从连长的土室里走出来,往战壕里走去。战壕弯弯曲曲,就挖在离顿河有二十沙绳远的树林子里。小橡树林、艾丛和茂密的小杨树丛遮蔽住黄土胸墙,遮住了红军战士的视线。交通壕把战壕和哥萨克们休息的掩蔽壕连接起来。土室旁边堆满了干鱼刺、羊骨头、葵花子皮、烟头和破布片;树枝上挂满洗过的袜子、麻布衬裤、包脚布、女人的内衣和裙子……

一个睡眼惺忪的小娘儿们从第一间土室里探出没包头巾的脑袋。她擦了擦眼睛,冷冷地看了葛利高里一眼,又像只从洞里探出头来的金花鼠似的,缩回黑乎乎的洞口里去了。隔壁的一间土室里正在低声唱歌。一个压低的、原是高亢的纯粹女人声调跟男人们的声调交织在一起。第三间土室的入口处坐着一个不很年轻的、穿戴整齐的哥萨克女人。一个额发已有银丝的哥萨克脑袋枕在她的膝盖上。他舒舒服服地侧着身子躺在那里打盹儿,妻子在用木梳子为他篦头上的虱子,轰开落在她的老"爱人"脸上的苍蝇。如果没有顿河对岸凶狠的机枪扫射声,如果没有沿顿河水面,从上游的什么地方,像是从米古林斯克、也可能是从卡赞斯克镇地区传来的大炮轰隆声,可能以为这是在顿河沿岸扎下的割草人连绵不断的野营呢,——驻扎在火线上的大雷村叛军连队是一片天下太平的景象。

在战火纷飞的五年中,葛利高里第一次看见这种不平凡的战地风光。他忍不住笑了,从土室前面走过去,到处都是娘儿们,有的正在服侍丈夫,有的在给他们补缀哥萨克制服,洗涮军用衬衣,有的在为他们做饭,或是在洗那餐简单的午饭的餐具。

"你们这儿过得够舒服的啊! 应有尽有……"葛利高里返回连长的土室时,对他说。

连长龇牙笑了:

"我们的日子过得简直不能再好啦。"

"舒服过头啦!"葛利高里皱起眉头说,"立刻把那些娘儿们都从这里赶走! 在战场上,弄成这个样子! ……你这儿是市场还是在赶集? 这成什么样子? 这样,红军过了河,你们什么都听不到,你们哪儿有工夫去听啊,光是娘儿们就够折腾的啦……天一黑,把那些长尾巴蛆统统赶走! 明天我还要来,如果再叫我看到一个穿裙子的——我首先把你的脑袋揪下来!"

"就该这样嘛……"连长高兴地同意说,"我本人也反对娘儿们到这里来,可是对这些哥萨克有什么办法呢? 纪律全完蛋啦……老娘儿们想汉子都想疯啦,要知道已经打了两个多月啦!"

他本人的脸也涨得通红,坐到土炕上,用身子遮住扔在炕上的一条女人红围裙,扭过身去,背着葛利高里,严厉地斜睨着麻布遮起来的土室角落,娇妻含笑的褐色眼睛正从那里向外张望……

第六十二章

阿克西妮亚·阿司塔霍娃在维申斯克的一个远房姑妈家里住下来,姑妈住在市镇边上,离新教堂不远的地方。第一天她到处去寻找葛利高里,但是他还没有到维申斯克,可是第二天一整天,直到夜晚,大街小巷都是嗖嗖的子弹呼啸声,炮弹爆炸声,阿克西妮亚没敢出门。

"叫我到维申斯克来,答应和我一块儿过,自个儿却不知道滚到什么地方去啦!"她躺在内室里的大箱子上,怒冲冲地想着,咬着红艳的,然而已经有点儿褪色的嘴唇,老姑母坐在窗前头织毛袜子,每声炮响后,就画个十字。

"噢,主耶稣!真吓人呀!他们为什么要打仗呀?他们为什么要互相咬住不放啊?"

街上,在离房子十五沙绳远的地方,爆炸了一颗炮弹。屋子里的窗玻璃吱吱响着震碎了,落了一地。

"姑妈!你离开窗户吧,要知道他们会打死你的!"阿克西妮亚央告说。

老太婆带着嘲笑的意味儿从眼镜里打量着她,愤愤地回答说:

"唉,阿克秀特卡!我看你真是个小傻瓜,难道我是他们的敌人吗?他们为什么要朝我开枪呢?"

"他们会无意中打死你的!要知道他们是看不见子弹往哪儿飞的呀。"

"就叫他们打死吧!就叫他们看不见吧!他们是朝哥萨克开枪,因为哥萨克是他们红军的敌人,至于我这个寡老太婆,跟他们有什么相干呀?他们知道他们应该把枪和炮对谁瞄准!"

中午时分,葛利高里趴在马脖子上,沿街向下游的河湾跑去。阿克西妮亚隔着窗户看见了他,急忙跑到爬满野葡萄的小阳台上呼喊:"葛利沙!"但是葛利高里已经在转角处消逝了,只有他的马蹄子腾起的尘土慢慢地落在路上。跟着去追也没有用。阿克西妮亚站在台阶上痛哭起来。

“是司乔帕跑过去了吧？你干吗像疯子似的跑出去？”姑母问。

“不是……这是我们同村的一个人……”阿克西妮亚含着眼泪回答说。

“那你掉什么眼泪呀？”喜欢打听闲事的老太婆追问道。

“您问这个干什么呀，姑妈？您不明白这种事！”

“好吧，我们不明白这种事……哼，准是相好的跑过去啦。没有错儿！无缘无故的，你会这么大哭……我也是从那个年纪过来的，我懂！”

傍晚，普罗霍尔·济科夫走进屋子来。

“你们好啊！内掌柜的，你们这儿没有从鞑靼村来的人吗？”

“普罗霍尔！”阿克西妮亚高兴地哎呀叫了一声，从内室里跑了出来。

“唉呀，我的姑奶奶，你可给我找了份好差事！我找你找得两条腿都要跑断啦！他是个什么样的人呀？完全像他爹，火暴脾气。这会儿子弹横飞，凡是活物都躲藏起来了，可是他一心想的就只有：‘给我找到她，找不到我就打发你进棺材！’”

阿克西妮亚抓住普罗霍尔的袖子，领他到门洞里。

“这个该死的，他在哪儿呀？”

“哼……他会跑到哪儿去？他从火线上用两条腿走回来的。今天他骑的马被打死啦，回来的时候就像一条锁着的公狗一样凶。问我：‘找到了吗？’‘我上哪儿去找她？’我说，‘我也不会把她变出来！’可是他却说：‘人又不是针！’把我大骂一顿……真是只披着人皮的狼！”

“他倒是说了些什么？”

“快收拾收拾，我们就走，没有什么说的啦！”

阿克西妮亚一眨眼的工夫就系好自己的小包袱，匆匆跟姑妈告了别。

“是司捷潘派来的人吗？”

“是司捷潘，姑妈！”

“好，给他带个好去吧。为什么他不亲自来呀？喝杯牛奶也好嘛，咱们家还有甜馅饼呢……”

阿克西妮亚没有听完她的话，就跑出了屋子。

在去葛利高里住处的路上——她气喘吁吁，脸色苍白，走得很快，连普罗霍尔都央告她说：

“你听我说！我年轻的时候也追过姑娘，但是从来也没有像你这么匆忙过。难道你忍不住了吗？还是着了大火啦？我都喘不过气来啦！谁这样在沙地里奔跑呀？你们怎么都有点儿不大像人……”

可是自己心里却在想：“他们又破镜重圆啦……行啦，这回就是魔鬼也别想拆散他们啦！他们为了自个儿寻欢作乐，而却要我冒着枪林弹雨去找这只母狗……我的上帝，可别叫娜塔莉亚知道，她会把我从头到脚……科尔舒诺夫家人的脾气我也很熟悉！不，如果不是因为我贪杯，把枪和马都丢了的话，我才不会他妈的满镇找你呢！这就叫自作自受！”

百叶窗紧闭的内室里，点着一支烟气腾腾的牛油蜡烛，葛利高里坐在桌边。他刚刚擦完步枪，还没有把手枪的枪筒擦完，门吱扭响了一声，阿克西妮亚在门口出现了。她那窄窄的白额角上被汗浸湿了，苍白的脸上，两只睁得大大的恶狠狠的眼睛里燃着炽热的深情，这使葛利高里一看到她心就乐得哆嗦了一下。

“你把我骗了来……可是你自个儿……连影子也不见啦！……”她很困难地呼吸着，责备说。

现在她觉得就好像是在很久很久以前，他们刚刚相爱的时候一样，除了葛利高里，别的什么都不存在了。又像先前一样，只要葛利高里不在身边儿，整个世界也就死去了，他一回到她身旁，世界就又复活了……她当着普罗霍尔的面，不害臊地扑到葛利高里身上，像野蛇麻草似的缠到他身上，一面哭，一面吻着情人生满硬毛的脸颊，亲着鼻子、额角、眼睛和嘴唇，小声嘟哝着，抽泣着：

“真把我折磨死啦！……心都碎啦！葛利申卡！我的心肝！”

“唉，这个……唉，你看这……等等！……阿克西妮亚，别这样……”葛利高里窘急地嘟囔着扭过脸去，避免看到普罗霍尔。

他扶她坐到长板凳上，从她的头上解下歪披到后脑勺上去的头巾，理了理她那乱蓬蓬的头发。

“你的样子好像有点儿……”

“我还是原先的样子啊！可是你……”

“不，说真的，你简直是发疯啦！”

阿克西妮亚把手放在葛利高里的肩上，含泪笑了，快口急速地低声说：

“我问你，怎么能这样啊？叫我来……我是两条腿一步一步走来的，什么东西都扔啦，可是找不到你……有一回你从窗外骑马飞驰过去，我跑出去，大声呼喊，可是你已经在拐角的地方消失啦……要是叫他们一下子把我打死，那就连最后一眼也看不到你……”

她还说了些非常温柔、甜蜜的、女人特有的蠢话，一直在用手巴掌抚摸着葛利高里微驼的背，用她那永远驯顺的目光直盯着他的眼睛。

她的眼神里流露出一种可怜的、同时又是绝望地挣扎的残忍神情，就像一只被追捕的野兽的神情，这使得葛利高里看着她，感到非常尴尬，很不舒服。

他用被太阳晒焦的眼睫毛遮着眼睛，竭力装出笑的样子，沉默不语，而她的脸颊上激情燃起的红晕却越来越浓了，眼珠子仿佛罩上了一层蓝色的烟雾。

普罗霍尔没有道别就走出去了，在门廊里啐了一口，又用脚擦了擦。

“穷开心，就是这么回事儿！”他从台阶上往下走着，恶狠狠地说，并且故意砰的一声关上了板门。

第六十三章

他们像做梦一样过了两天，不辨日夜，忘记了周围的一切。有时候葛利高里从短暂的昏睡中醒来，昏暗中看见阿克西妮亚凝视着他的、仿佛是在研究他的目光。她照例是趴在床上,用胳膊肘撑着身子,一只手掌贴在脸上,几乎是一眨不眨地瞅着他。

“你干吗这样看我?”葛利高里问。

“想看个够……我心里总觉得,他们会把你打死。”

“好,既然这样觉得,那就看吧。”葛利高里笑着说。

第三天头上,他才第一次出门。库季诺夫从大清早起就接二连三地派人来请他去开会。“我不去。叫他不要等我就开吧。”葛利高里对通信兵说。

普罗霍尔给他牵来从司令部里新弄到的一匹马,普罗霍尔头天夜里到大雷村连队据守的地段,把藏在那里的马鞍子运了回来。阿克西妮亚一见葛利高里准备出发,就担心地问:

“你上哪儿去?”

“我想到鞑靼村跑一趟,看看咱们村的人是在怎样保卫自己的村庄,顺便打听一下,全家逃到哪里去啦。”

“你想孩子了吧?”阿克西妮亚怕冷似地用披巾裹上下垂的、黝黑的肩膀。

“是想孩子啦。”

“你不去行不行,啊?”

“不行,要去。”

“别去啦!”阿克西妮亚央告说,她的眼睛在黑眼窝里激动地闪烁起来,“那么说,你的家比我更宝贵啦?是吧?两头儿都舍不得,是吗?那么你就把我带回家去吧。我会跟娜塔莉亚和平相处……好啦,走吧!去吧!不过你再也别到我那儿去啦!恕不招待。我不愿意这样!……我不愿意!”

葛利高里默默地走到院子里,骑上马。

鞑靼村的步兵连懒得挖战壕。

“他妈的,谁出的这种馊主意!”赫里斯托尼亚用大粗嗓子骂道。“难道咱们是在跟德国人打仗吗?弟兄们,咱们挖个到膝盖深的、普普通通的浅壕就行啦。这不是明摆着的嘛,在这么硬的土地上挖两俄尺深办得到吗？你就是用钢钎也戳不动，别说用铁锹啦。”

大家都听了他的话，于是就在左岸的酥松的断崖上挖了些可以趴在里面的浅壕，在树林子里挖了些土室。

“好啊，咱们变得像田鼠一样啦！”从来不知道忧愁的阿尼库什卡尖酸刻薄地说，“咱们住在洞里，靠吃青草过日子，省得你们总是吃什么薄饼卷熏鱼呀，吃肉和鲟鱼面条啦……现在请吃点儿木樨草，怎么样啊？”

红军并没有怎么打搅鞑靼村的人。村子对面也没有炮兵连。只是机枪偶尔从右岸打一阵，对那些从战壕里探出脑袋来的观察哨短促地扫射一阵，然后就又沉默很久。

红军的工事构筑在山坡上。有时候也从山下放几枪，不过红军只有夜里才下山到村子里去，而且待的时间不长。

葛利高里在黄昏前走进了自己村子对岸的河边草地。

这里的一切他都很熟悉，每棵小树都能引起一串回忆……道旁是“姑娘地”，每年彼得节①分完草地以后，哥萨克们就在这块林间空地上喝伏特加。阿廖什卡小树林像个山脚似的伸进了草地。很久很久以前，在这个当时还没有名字的小树林里，狼咬死了鞑靼村一个叫什么阿列克谢的居民的母牛。阿列克谢死了，他从人们的记忆里消逝了，就像墓碑上的字迹一样磨灭了，邻居和亲属连他的姓都忘了，可是以他的名字命名的小树林却活了下来，碧绿的橡树和榆树伸向天空，鞑靼村的人为了制作家里和农活必需的器具把它们砍掉。但是一到春天，从短粗的树墩上又长出茁壮的嫩芽，不知不觉地长上一两年，夏天里又长成了阿廖什卡小树林，枝叶繁茂、郁郁葱葱，秋天里，就像穿上了一身金色的铠甲，早霜打过的、镂花的橡树叶子变成了一片火红的霞光。

夏天里，阿廖什卡小树林里湿润的土地上长满了有刺的黑莓，老榆树顶上筑满了羽毛美丽的灰老鸹和喜鹊窠；秋天里，当橡籽和橡树的落叶散发出浓郁辛辣的芳香时，就会有成群的山鹬飞到小树林暂住，可是

① 圣彼得节在旧俄历六月二十九日（公历6月16日）。

到了冬天,一片皑皑白雪上就只有狐狸留下的、像一串串珍珠链似的圆溜溜的脚印。小时候,葛利高里经常跑到阿廖什卡小树林里来装设捉狐狸的网……

他在凉爽的树荫里,顺着去年的道路留下的、现在长满了杂草的旧车辙往前走着。走过“姑娘地”,爬上黑土崖,像喝醉酒一样回忆冲着他的脑海。小时候,曾经在这里三棵橡树附近的一小片沼泽地里追赶刚刚出生、还不会飞的小野鸭,从早到晚在圆湖里捉鲤鱼……不远的地方,有棵像伞一样不大的绣球花树。它孤零零地立在村处,老态龙钟。从麦列霍夫家的院子里就可以看到这棵树,葛利高里每年秋天走到自己家的台阶上,欣赏这棵绣球花树,远远地看上去就像是一片红色的火焰。去世的彼得罗非常喜欢吃用带苦味的干绣球花做的馅饼……

葛利高里怀着淡淡的哀愁,看着从童年时代就熟悉的旧地景物。他骑的马一面走,一面懒洋洋地用尾巴驱逐着成群地在空中飞舞的蠓虫和凶狠的棕色大蚊子。清风吹来,翠绿的冰草和梯牧草轻轻地弯下腰去。草地上绿波粼粼。

葛利高里来到鞑靼村步兵连的战壕边以后,就派人去请父亲。赫里斯托尼亚在左翼阵地上很远的地方大声喊:

“普罗珂菲奇!快去吧,葛利高里来啦……”

葛利高里下了马,把马缰绳递给走过来的阿尼库什卡,老远就看见父亲急急忙忙,一瘸一拐地走来。

“啊,你好,长官!”

“你好,爸爸!”

“回来啦?”

“费了很大劲才挤出时间回来一趟!快说说,家里的人怎么样?母亲和娜塔莉亚在哪儿?”

潘苔莱·普罗珂菲耶维奇挥了挥手,皱起眉头。眼泪顺着他那黝黑的腮帮子滚了下来……

“说啊,怎么回事?她们怎么啦?”葛利高里惊恐地厉声问。

“她们没有过河……”

“怎么回事?!……”

“娜塔莉亚在撤退前两天就不能起床啦。大概是伤寒……就这样，老太婆不愿意扔下她……你别害怕，好儿子，她们那儿一切都很好。”

“那么孩子们呢？米沙特卡呢？波柳什卡呢？”

“也留在那儿。杜妮亚什卡过河来啦。她怕留在那儿……姑娘家的事儿，你明白吗？现在跟着阿尼库什卡的老婆上沃洛霍夫去啦。我已经回去过两次。半夜里，坐上小船，偷偷地渡过河去，看看家里的人。娜塔莉亚病得厉害，孩子们都很好，上帝保佑……娜塔柳什卡昏迷不醒，发高烧，嘴唇都干裂得出血了。”

“你为什么不把她们渡到这边来呀？”葛利高里生气地喊道。

老头子也发火了，颤抖的声音里充满了委屈和责备。

“那么你干了些什么？难道你就不能回来一趟，把她们渡过河来吗？”

“我指挥一个师！我要先把一师人渡过河来呀！”葛利高里急躁地反驳他说。

“我们听说你在维申斯克干的事啦……大概，你也不要什么家了吧？唉，葛利高里呀！即便你不怕人们议论，也该惧怕上帝哟……我也不是在这儿过河的，不然，我为什么不把她们带过来呢？我们那一排人驻在叶兰，等来到这儿，红党已经占领了村子。”

“我在维申斯克的事儿！……这与你无关……你给我……”葛利高里声音嘶哑，说不出话来。

“是啊，这跟我有什么相干！”老头子吓了一跳，不高兴地打量着聚集在不远地方的哥萨克们。“我说的不是这个……你小点儿声说吧，瞧，人们会听见……”他改成了耳语，“你自个儿也不是小孩子啦，自己应该明白，不能太挂念家属。上帝保佑，娜塔莉亚会好起来的，红党并不欺负她们。不错，他们宰了一只一岁口的小牛，不过这算不了什么。他们的心肠很好，并不乱动……拿走了四十斗粮食。唉，要知道打仗哪能没有损失呢！”

“现在是不是可以把她们接过来呢？”

“我认为用不着。你说，把一个病人弄到哪儿去呀？而且这是非常冒险的。她们在那儿很好。老太婆看守着家产,所以我很放心,村子里着过大火呀。”

“谁家的房子烧啦?”

“校场上的房子全烧光啦。买卖人的房子烧得最多。科尔舒诺夫亲家的家业也全都烧光啦。卢吉妮奇娜亲家母现在在安德罗波夫斯基村,不过格里沙卡爷爷也留在家里看守家业。你妈讲,格里沙卡爷爷说过:‘我决不离开自己家到别处去,那些反对基督的人是不敢走近我的,他们就怕十字。’近来他的神智已经完全糊涂啦。但是,红党显然并不怕他的十字,把房子和仓房全都烧掉啦,可是关于他的消息一点儿也没有听到…… 不过他也该死啦。二十年前就已经为自己做好了棺材,可是一直还在活着……可烧村子的人却是你的好朋友,真他娘的可恶!”

“谁呀?”

“米什卡·科舍沃伊,叫他不得好死!”

“是他?! ……”

“真是他呀!他还到咱家来过,直打听你。对你母亲说:‘我们只要一到对岸去——第一个就把他们家的葛利高里绞死。把他吊在一棵最高的橡树上。用马刀砍他,我都怕脏了刀!’又问起了我,发起脾气来。骂道:‘这个瘸鬼滚到哪儿去啦?在家里坐在热炉炕上多好。哼,要是叫我捉住他,虽然不会杀死他,但是要用鞭子抽他,一直抽到他断气了事。’你瞧他变成什么样的恶鬼啦!他在村子里晃来晃去,放火烧买卖人和神甫的房子,还威吓说:‘为了给伊万·阿列克谢耶维奇和施托克曼报仇,我要把整个维申斯克都烧掉!’你瞧有多厉害,啊?”

葛利高里又跟父亲谈了约半个钟头,然后就朝马走去。后来的谈话,老头子再没有扯到阿克西妮亚,但是葛利高里却感到更加尴尬。“既然爸爸都知道啦,那就是说大家都听说啦。谁传出去的呢?除了普罗霍尔,还有谁看见我们在一起儿呢?难道司捷潘也知道了吗?”他由于羞愧和对自己的不满,甚至牙齿都咬得咯吱咯吱直响……

他跟哥萨克们简单地交谈了几句。阿尼库什卡一直在开玩笑,并且要求给连队送几桶烧酒来。

"只要有伏特加,我们连子弹都用不着!"他哈哈笑着,挤眉弄眼,意味深长地用手指甲弹着肮脏的衬衣领子。

葛利高里拿出自己藏的叶子烟请赫里斯托尼亚和其余的同村人抽;已经是在要走的时候了,他看到了司捷潘·阿司塔霍夫。司捷潘走过来,不慌不忙地问候过,但是没有伸手给他。

葛利高里从暴动以后,还是第一次看到他;葛利高里不安地、用探索的目光打量着他:"他知道了吗?"但是司捷潘漂亮、瘦削的脸上神色镇静自若,甚至很高兴,葛利高里如释重负似地叹了口气:"不,他不知道!"

第六十四章

过了两天,葛利高里巡视完自己这个师的阵地,回到了师部。总司令部已经迁到切尔内村。葛利高里在维申斯克附近让马休息了半个钟头,饮了饮,没有到镇上,直奔切尔内村去了。

库季诺夫见了他很高兴,带着期待的微笑打量着葛利高里。

"啊,葛利高里·潘苔莱耶夫,你见到了些什么情况啊？谈谈吧。"

"看见了哥萨克,在山岗上看到了对岸的红军。"

"你看到的可真不少呀！可是我们这儿来过三架飞机,送来些子弹和信件……"

"你的命根子西多林将军在信里写了些什么呀?"

"你是说我那个同学吗?"异常高兴的库季诺夫继续用那种玩笑的腔调反问,"他信上写着,要我们竭尽全力,坚守阵地,不让红军过河。还说,顿河军马上就要发动强大的攻势。"

"说得多好听。"

库季诺夫的声调变得严肃起来说:

"他们要突破红军的防线。这是非常机密的,我只告诉你一个人!再过一星期,他们就要突破红军第八军的阵地。咱们要坚守住。"

“我们已经在坚守着哪。”

“红军正在大雷村准备渡河。”

“斧子还在响吗?”葛利高里惊讶地问。

“还在响……我问你,可是你看到了些什么啊?你跑到哪儿去啦?你是不是在维申斯克睡大觉啦?也许,你根本哪儿也没有去!前天,我把整个市镇都翻遍啦,到处找你,后来回来了一个通信兵,他说,‘麦列霍夫不在家,不过从内室里走出来一个非常漂亮的女人,说:“葛利高里·潘苔莱维奇出去啦。”可是她的眼睛都哭肿啦。’所以我想:‘也许,咱们的师长正在跟相好的寻欢作乐,躲着咱们吧?’”

葛利高里皱起眉头。他不喜欢库季诺夫的玩笑。

“请你还是少听点儿乱七八糟的谣言,给自个儿挑几个短舌头的传令兵吧!如果你总把些长舌头的家伙派到我那儿去,我可要用马刀把他们的舌头割下来……省得他们到处胡说八道。”

库季诺夫哈哈笑着,拍了拍葛利高里的肩膀:

“你有时候不也喜欢玩笑吗?好,别打哈哈啦!我有正经事儿跟你谈。我们要搞到一个‘舌头’——这是一,还有——应当夜里,在卡赞斯克边界以内,用两连骑兵渡到对岸去骚扰一下红军。甚至,就在大雷村渡河,骚扰他们一番,啊?你以为如何?”

葛利高里沉默了一会儿,然后回答说:

“很好嘛。”

“那么你是不是亲自,”库季诺夫加重了最后两个字的语气,“率领这两个连去呢?”

“为什么要我亲自去?”

“这需要一个有战斗经验的指挥官,就是为了这个!需要一个非常有战斗经验的人,因为这可不是一件闹着玩的事。渡河的时候要是出一点儿差错,就可能一个人也回不来!”

葛利高里被奉承得十分高兴,连想也没想就同意说:

“当然由我领着去!”

“我们制定了一个作战方案,想要这么干,”库季诺夫从凳子上站起来,在内室咯吱咯吱的地板上来回走着,兴高采烈地谈起来,“不要深入到后方去，只要在顿河岸上的两三个村子里骚扰他们一下，叫他们感到恶心就行啦，搞到些枪弹炮弹，捉几个俘虏，仍从原路回来。所有这一切都要在夜里干完，天亮时就回到这边来。对吗？就这样，你考虑一下，明天，带哪些哥萨克去，任凭你挑选，干去吧。我们就是这样决定的：认为除了麦列霍夫，谁也干不了！如果你干好这次夜袭，顿河军是忘不了你这份儿功劳的。只要咱们跟自己人一会师，我就给顿河军长官写报告，把你的全部功劳都写上，就提升……”

库季诺夫瞥了葛利高里一眼，说了半截话就顿住了：一直神色平静的麦列霍夫的脸突然气得又黑又难看。

“你把我看成什么人啦？……”葛利高里迅速把两手背到身后，站了起来，“我是为了升官才去的吗？……你用钱雇我的吗？……还许愿给我升官？……可是我……”

“你等等！”

“……我不稀罕你的官位！”

“你听我说！你把我的话误解了……”

“……我不稀罕！”

“……你误会啦，麦列霍夫！”

“我没有误会！”葛利高里长长地出了一口气，又坐在板凳上，“你另请高明吧，我不能领着哥萨克过顿河去！”

“你别乱发脾气嘛。”

“我不去！不要再谈这件事啦。”

“我既不强迫你去，也不央告你去。你愿意去，就领着去，不愿意去就不去。咱们的形势现在是非常严重的，所以才决定骚扰他们一下子，使他们无暇准备渡河。至于升官的话，我只不过是玩笑几句而已！你怎么连开玩笑也不懂啦？而且刚才还玩笑地提到了老娘儿们的事儿，后来我看你不知道怎么一下子满脸凶相，我就想，等会儿再烧他一把火！我清楚地知道，你是半吊子布尔什维克，什么官衔都不喜欢。难道你以为我是当真的吗？”库季诺夫极力在摆脱困境，而且笑得那么自然，以至葛利高里一时冒出了这样的念头：“也许他真是开玩笑吧？”库季诺夫接着又说下去：“错怪啦，你……哈哈哈…大发起脾气来啦，老弟！真的，我只不过是玩笑几句！想逗逗你……”

“反正我拒绝到顿河对岸去，我改变主意啦。”

库季诺夫玩弄着皮带头，冷淡地沉默了半天，然后说：

“哪，好吧，是改变了主意呢，还是害怕了——这都无关紧要。要紧的是你把我们的计划全都打乱啦！当然我们会另派别的人去。世界之大，不见得只有你一个人……不过咱们的情况目前确实非常严重——你自己知道。康德拉特·梅德韦杰夫今天从舒米林斯克给我们送来了一道新的命令。他们正在派大军来对付我们……哪，你自己看吧，否则你是不会相信的……”库季诺夫从战地皮包里掏出来一张发黄的纸递给他，边上染着褐色血渍，“这是从一个什么国际连队的政委身上搜来的。政委是个拉脱维亚人。这个混蛋，一直抵抗到最后一粒子弹，后来就端着步枪对着整整一排哥萨克冲过来……那些有信仰的人当中也有英雄……康德拉特亲手把政委打倒了。在他的前胸口袋里搜到了这纸命令。”

发黄的、血渍斑斑的纸上用黑色的小铅字印着：

命　令

致清剿军

博古恰尔

“捌”字第一〇〇号。

一九一九年五月二十五日

在各步兵连、骑兵连、炮兵连和机枪连宣读。

无耻的顿河暴动者的末日来临了！

他们的丧钟已经敲响！

一切必要的准备工作都已经完成。为了彻底歼灭暴徒和叛逆者，已经集中了足够的兵力。到了跟那些该隐①们清算血债的时候了，这帮坏蛋在我们南方战线战斗部队的背后已经进攻了两个

① 该隐的故事见《圣经·旧约·创世记》第四章。他杀死了自己的亲兄弟。这里是指叛乱的哥萨克。

多月。整个工农俄罗斯都憎恶地鄙视米古林斯克、维申斯克、叶兰斯克和舒米林斯克的匪徒们，他们打着骗人的红旗，帮助黑帮地主们：邓尼金和高尔察克。

清剿大军的战士们、指挥员们和政治委员们！

准备工作已经完成。一切必要的兵力和物资都已经集结完毕。你们的队伍已经整装待发。

现在进军的信号已经发出——前进！

一定要摧毁那些无耻叛徒们的窠巢。一定要彻底消灭那些该隐。对于那些坚决抵抗的市镇丝毫不能宽恕。只能宽恕那些自愿放下武器和归顺到我们的人。打倒高尔察克和邓尼金的帮凶们——用铅弹、钢铁和炮火消灭他们！

士兵同志们，苏维埃俄罗斯对你们寄予无限希望。我们要在几天之内，就洗掉顿河叛乱的污点。他们的丧钟已经敲响！

全军团结一心——向前进！

第六十五章

五月十九日，古马诺夫斯基——红军第九军清剿旅参谋长——派米哈伊尔·科舍沃伊到第三十二团去送一份紧急公文，根据古马诺夫斯基得到的情报，这个团现在戈尔巴托夫斯基村。

当天傍晚，科舍沃伊到了戈尔巴托夫斯基村，但是第三十二团团部不在那里。村子里挤满了装载着第二十三师的二类辎重车辆。这些车辆由两连步兵护送，从顿涅茨河出发，前往梅德维季河口。

米什卡在村子里乱撞了几个钟头，探听团部的驻地。最后，有一个红军骑兵告诉他，昨天第三十二团团部驻在博科夫斯克镇附近的叶夫兰季耶夫村。

米什卡喂了喂马，连夜赶到叶夫兰季耶夫村，而团部又不在那里了。已经是后半夜，科舍沃伊在回戈尔巴托夫斯基村的路上，在草原上遇到了红军侦察队。

“什么人?”老远有人向米什卡喊。

“自己人。”

“你是啥自己人……”戴白库班皮帽、穿蓝色束腰无领袍子的队长走过来,用伤了风的低音小声问,“哪一部分的?……”

“第九军清剿旅。”

“有部队的证件吗?”

米什卡拿出证件。侦察队长在月光下审查着文件,怀疑地盘问说:

“你们的旅长是谁?”

“洛佐夫斯基同志。”

“你们旅现在驻在哪儿?”

“在顿河对岸。你是哪一部分的,同志?是第三十二团的吗?”

“不是。俺们是第三十三库班师的。你是从哪儿来呀?”

“从叶夫兰季耶夫斯基村。”

“上哪儿去?”

“上戈尔巴托夫斯基村。”

“告诉你!现在戈尔巴托夫斯基村已经被哥萨克占领啦。”

“不可能!”米什卡惊讶地说。

“告诉你,那儿有哥萨克叛军,我们刚刚看见的。”

“那么我怎么到博布罗夫斯基村去呢?”米什卡惊慌失措地问。

“你自己想办法吧。”

侦察队长夹了一下自己骑的那匹溜屁股的铁青马,走了。但是后来又扭回身子,劝他说:

“你跟着俺们走吧!不然,说不定会把你的脑瓜儿砍掉哩。”

米什卡高兴地参加了侦察队。这天夜里,他跟着红军战士来到克鲁日林村,第二九四塔甘罗格团正驻扎在这里,他把文件交给团长,对他说明为什么不能完成使命以后,就请求准许他留在团里,参加骑兵侦察队。

第三十三库班师是在不久以前由塔曼兵团的一部分和库班志愿军的一部分组成的,这个师被从阿斯特拉罕调到沃罗涅什——利斯基地区来了。它的一个旅,是由塔甘罗格、杰尔宾特和瓦西里科夫三个团组成的,调来镇压暴动。就是这个旅击溃了麦列霍夫的第一师,把它赶到顿河对岸去了。

这个旅一面战斗,一面用强行军的速度通过顿河右岸,从卡赞斯克镇地区到霍皮奥尔河口镇西部边界上的一些村庄,右翼部队占领了奇尔河沿岸一带的村庄之后,这才转回来,在顿河岸驻留了两个星期。

米什卡参加了占领卡尔金斯克镇和奇尔河沿岸一些村庄的战斗。五月二十七日上午,在下格鲁申斯基村外的草原上,第二九四塔甘罗格团的第三连连长,把红军战士在大道边排好,传达刚刚接到的命令。米什卡·科舍沃伊牢牢地记住了这几句话:"……一定要摧毁那些无耻叛徒们的窠巢。一定要彻底消灭那些该隐。……"还有,"……打倒高尔察克和邓尼金的帮凶们——用铅弹、钢铁和炮火消灭他们!"

自从施托克曼被害,伊万·阿列克谢耶维奇和叶兰斯克的共产党员们牺牲的消息传到米什卡的耳朵里以后,他心里就充满了对哥萨克的深仇大恨。每当被俘的哥萨克叛乱分子落到他手里的时候,他再也不多加思考,再也不听那模糊不清的哀告了。从那时起,他对每个俘虏都毫不怜悯。他用浅蓝色的、像冰块一样冷得刺人的目光盯着同乡人问:"跟苏维埃政权较量过啦?"不等回答,也不看俘虏的惨白脸,就把他砍死。毫不怜惜地把他们砍死!他不仅砍杀俘虏,还要把"红色的公鸡"①放到叛军放弃的村庄的房顶下面。等吓得发疯的公牛和母牛惨叫着,冲倒燃烧着的牛棚篱笆,跑到胡同里的时候,米什卡就用步枪朝它们射击。

他对哥萨克富裕的生活,对哥萨克的背信弃义的行为,对几百年来在牢固的家宅里养成的顽固、保守落后的生活方式进行着毫不妥协的、残酷的斗争。施托克曼和伊万·阿列克谢耶维奇的牺牲使他充满了对敌人的仇恨,而命令上的字句不过是明确无误地表达了米什卡内心隐忍已久的感情而已……就在这一天,他和三个同伴把卡尔金斯克镇的房子烧毁了一百五十座。在一座商店的仓库里找到了一桶煤油,污黑

---

① "红色的公鸡"指放火烧房子。

的手巴掌里攥着一盒洋火，沿着广场烧起来，凡是他走过的地方，后面就跟着冒出阵阵苦烟和火焰，那些商人、神甫和富裕哥萨克的木板镶嵌的、雕梁画栋的漂亮宅第化为灰烬，就是这些家伙"用欺骗的伎俩把落后的哥萨克群众推上叛乱的道路"。

骑兵侦察队总是首先冲进敌人放弃的村庄；等到步兵开到的时候，科舍沃伊已经迎风放火烧起那些最富丽的家宅。他心想，无论如何要回鞑靼村，要为伊万·阿列克谢耶维奇和叶兰斯克的共产党员们惨遭杀害，对同村人进行报复，烧掉半个村子。他心里已经拟好了该烧哪些人家的名单，万一他所在的部队从奇尔河进军时的路线不经过维申斯克，从它左面不远的地方经过时，米什卡决定夜里擅自离队，也要回自己村子去一趟。

还有另外的原因逼使他回鞑靼村去……近两年来，他在偶尔跟杜妮亚什卡·麦列霍娃相见时，一种尚未用语言表达出来的感情把他们俩联结在一起。是杜妮亚什卡黝黑的手指头用鲜艳的丝线给米什卡绣了烟荷包；是她在隆冬时节，瞒着家里人，给他送来烟色羊毛手套，是杜妮亚什卡的一条用过的绣花手绢，科舍沃伊把它珍藏在士兵衬衣的前胸口袋里。他觉得这块三个月仍然在折叠的地方保存着像干草气味的、飘忽的姑娘身体气味的小手绢，对他来说，简直是太宝贵啦。每当他独自一人，掏出手绢来的时候，——总会引出不召自来的、激动人心的回忆：井边的一棵挂满冰霜的杨树，从昏暗的天空袭来的风雪，杜妮亚什卡颤抖的硬嘴唇和在她那弯弯的睫毛上融化着的雪花晶莹的光芒……

他仔仔细细地做着回家的准备工作。从卡尔金斯克商人家的墙上扯下一条挂毯作马衣，这件马衣非常漂亮，绚丽多彩的花纹，从老远就令人赏心悦目。从哥萨克的箱子里翻出来一条差不多是新的、镶着裤绦的马裤，找到半打女人头巾，可以作三副包脚布。把一副女人线手套放在马料袋里，因为在目前艰难的战争日子里是不能戴这样的手套的，要等到走上鞑靼村口的山岗时才能戴到手上去。

自古以来就是这样的，服役的哥萨克回村子一定要穿戴得整齐漂亮。米什卡也还未能摆脱哥萨克的传统，甚至在红军中服役的时候，他也要神圣地保持古老的习惯。

米什卡骑的是一匹深棕色、白鼻梁的骏马。他在冲锋中把这匹马的原主人——一个霍皮奥尔河口镇的哥萨克砍死了。马是战利品,是很值得夸耀的:马的身量好,跑得快,步伐漂亮,是匹英气勃勃的战马。可是科舍沃伊的马鞍子却很不像样子。鞍褥已经磨坏,上面是大补钉套小补丁,后肚带是生皮子做的,马镫长满了陈锈,擦也擦不干净。笼头也很寒酸,没有一点装饰。应该想点儿办法,能把马笼头装饰一下也好。米什卡为此大动脑筋,最后,想出了一个好主意,使他心花怒放。在一座商人的房子附近,就在广场上,放着一张雪亮的镀镍的床,是商人家的用人从烧毁的房子里搬出来的。床角上有几个白球,太阳一照,闪光耀眼。只要把这些白球卸下来或者砸下来,挂到马笼头上,那么笼头立刻就会完全变成另外的样子啦。米什卡就这样做了:他把床角上的空膛白球拧下来,用丝带把它们挂在马笼头上,两个挂在嚼子环上,两个挂在鼻梁带两旁,——于是白球就像中午的太阳一样,在他的马头上光芒四射。太阳光一照,简直亮得叫人睁不开眼睛!亮得每当迎着太阳走的时候马只得眯缝起眼睛,不住地打前绊,脚步走不稳。但是不管马眼被球的闪光刺得多么难受,不管马眼睛被强光刺得怎样流泪,——米什卡一个球也不肯从笼头上摘下来。马上就要从焚烧殆半、散发着焦砖和灰烬臭气的卡尔金斯克镇出发了。

这个团要向顿河开,朝维申斯克方向开。所以米什卡没有费事儿就向侦察队长请了一天假,回家探视亲人。

队长很慷慨,不仅给了一天的短假,而且还加倍照顾:

“结过婚了吗?”他问米什卡。

“没有。”

“有一朵野花吗?”

“什么野花?……这是什么意思?”米什卡惊奇地问。

“噢,就是相好的啊!”

“啊啊啊……这可没有。我有个心上人,是个贞洁的好姑娘。”

“你有带金链的怀表吗?”

“没有,同志!”

“唉,你呀!”侦察队长——是斯塔夫罗波尔人,过去是个自愿延长服役期限的下士,他自己在旧军队里曾经多次回家度假,对一个衣衫褴褛的战士从部队回家是什么滋味儿,很有体会,——他从宽阔的胸膛上摘下一块怀表,还带着一条很粗的链子,说:“你会出息成一个好战士的! 喏,带上回家去吧,在姑娘面前显摆显摆,可是幸福的时候,别忘了我。我自个儿也打年轻的时候过过,玩过姑娘,跟娘儿们调过情,我知道……链子是崭新的、洋金的。如果有人问,就这样回答他。如果遇到一个冒失鬼,想凑上来要看什么成色戳子,你就打他的嘴巴子! 常有这样一些无赖,应该什么话也不说,就揍他们的耳刮子。有一回,不记得是在饭馆儿里还是在窑子里,不知道从哪儿跑出来一个商店伙计,或是文书出身的下流文人,想要我当众出丑,说:‘把表链垂在肚子上,倒好像是真金的……表链上的成色戳子在哪儿,请给我们见识见识吧。’我总是叫他连想的工夫都没有,就说:‘戳子吗? 喏,这儿哪!’”于是米什卡的好心肠的队长握起有小孩脑袋那么大的褐色拳头,使足了劲儿,猛地一挥。

米什卡挂上表,夜里,就着火堆的光亮刮了刮胡子,鞴上马,就动身了。黎明时候他进了鞑靼村。

村子还是原来的样子:一座砖砌的教堂,低矮的钟楼上,褪色的镀金十字架依然指向蓝天,校场四周依然拥挤着神甫和商人坚固的家宅,杨树依然在科舍沃伊家倒塌殆半的小房子上空,亲切地低诉着……

只有那像蜘蛛网一样笼罩着街道的、村子里一向少有的死一般的寂静令人吃惊。街上连一个人影子也没有。家家的百叶窗都关得紧紧的,有些人家的门上还挂着锁。但是大多数人家的门都大敞着。仿佛是瘟神的黑脚掌踏遍村庄,人家的院落和街道都变得阒无人迹,住房都变得空旷、荒凉。

听不到人语声,听不到牛叫、鸡鸣。只有一些麻雀,像在雨前一样,落在板棚的屋檐下和干树枝堆上喳喳地叫个不停。

米什卡走进自己家的院子。家里没有一个亲人出来迎接他。通到门廊里去的门大敞着,门限旁边堆着些破烂的红军士兵裹腿,皱巴巴的、被血浸黑的绷带,落满了苍蝇、已经腐烂了的鸡头和遍地的鸡毛。显然,红军士兵几天前曾在屋子里吃过饭:地上尽是打碎的瓦壶片、啃光的鸡骨头、烟头和踏烂的破报纸……米什卡抑制着沉重的叹息,走进内室。那里的一切都和从前一样,只有地窖的半边盖板略微掀开了一点——每年秋天把西瓜收藏在这里。

米什卡的母亲有一种习惯,喜欢把怕孩子们乱动的苹果干藏在那里。

米什卡想起这些,便走到地窖盖板前。"难道妈妈没有在家等我?也许,她有什么东西藏在这儿吧?"他心里想。于是抽出马刀来,用刀尖把地窖盖板掀起来。盖板吱扭一声翻开了。从地窖里冒出一股潮湿和霉烂的气味。米什卡跪下来。他的眼睛还没有习惯黑暗,半天什么也看不清,最后看清楚了:在一块铺开的旧桌布上放着半瓶老酒、一个装着发了霉的煎鸡蛋的锅,还有一个被老鼠吃了一半的面包。瓦壶上面紧扣着一只木杯……老母亲等待儿子归来,像是等待一位最高贵的客人一样!当米什卡走下地窖的时候,对母亲的爱和欢乐使他的心哆嗦了一下。母亲的两只忙碌的手,几天前曾抚摸过这些整整齐齐地摆在干净的旧桌布上的东西!……这里,在木头橛儿上挂着一只白麻布口袋。米什卡急忙把口袋摘下来,口袋里装着他的一套旧的,但是缝补得仔细、洗得干净、用棒槌捶得平正的内衣。

老鼠把吃的东西都糟踏了;只有牛奶和老酒没有动过。米什卡喝下老酒和在地窖里变得凉丝丝的牛奶,拿上内衣,爬了出来。

母亲大概到顿河对岸去了。"她不敢留下来,这样也好,不然,哥萨克们反正会杀死她的,就是这样,恐怕他们也会为了我把她折腾得像烂梨一样啦……"他想了一下,停了一会儿,然后走出了家门。解开马,但是没敢到麦列霍夫家去,因为他们家的院子就在顿河岸上,遇上一位高明的射手可以很容易地从顿河对岸用叛军的无壳铅弹把米什卡撂倒。于是米什卡决心先到科尔舒诺夫家去,傍晚再回校场来,在夜色的掩护下,放火烧莫霍夫家和其他商人以及神甫的房子。

他骑马穿过几个小院子来到科尔舒诺夫家的大宅院里,走进敞开的大门,把马拴在栏杆上,刚刚要走进屋子,恰好格里沙卡爷爷走到台阶上来了。他摇晃着雪白的脑袋,衰老得失去了光彩的眼睛瞎糊糊地眯缝起来。还没有穿破的、油污的翻领子上钉着红领章的灰哥萨克制服的扣子都扣得整整齐齐,但是肥大的、耷拉着的裤子却直往下坠,所以老头子总在不断用手提裤子。

“你好啊,老爷子!”米什卡站在台阶旁边,手里舞弄着鞭子说。

格里沙卡爷爷沉默不语。他那严厉的目光里充满了仇恨和憎恶。

“你好啊,我说!”米什卡提高了嗓门说。

“上帝保佑。”老头子不很高兴地回答了一声。

他又怀着强烈的愤怒,继续仔细打量着米什卡。可是米什卡却从容不迫地叉开两腿站在那里;他玩弄着鞭子,皱起眉头,瘪起像姑娘一样丰满的嘴唇。

“格里戈里爷爷,你为什么没有撤退到顿河对岸去呀?”

“你怎么知道我的名字呀?”

“我是本村人,所以知道。”

“你是谁家的孩子啊?”

“科舍沃伊家的。”

“是阿基姆金的儿子吗?从前在我们家当过长工,是吗?”

“是他的儿子。”

“这就是你啊,先生?在举行洗礼的时候给你起的名字叫米什卡,是吗?好啊!完全像你爸爸!你爸爸从前总是恩将仇报……莫非你也是那号人吗?”

科舍沃伊脱下手套来,脸色变得更加阴沉。

“怎么给我起的名字,我是什么样的人,这都跟你没有关系。我问你,为什么没有撤退到顿河对岸去?”

“我不愿意走,所以就没有走。你想干什么?你给那些反对基督的家伙们当走狗啦?帽子上戴着红星,是吗?那么说,就是你这个狗崽子,混账东西反对咱们的哥萨克?反对自己的同村人啦?”

格里沙卡爷爷腿脚颤抖着走下台阶。看来,自从科尔舒诺夫全家都逃到顿河对岸去以后,他吃得很不好。他被亲人遗弃,变得衰弱不堪,肮脏得不成样子,站到米什卡对面,惊讶、愤怒地瞅着他。

"我是反对他们。"米什卡回答说,"我们给他们带来意想不到的下场!"

"《圣经》上是怎样说的?'你们愿意人怎样待你们,你们也要怎样待人。'①这是什么意思?"

"老爷子,你别用《圣经》上的话使我的脑袋发昏吧,我不是为这个来的。请你马上离开这个家。"米什卡严厉地说。

"为什么?"

"就得要这样。"

"你想干什么?……"

"什么也不干!请你离开这儿!……"

"我不能离开自己的家。我知道你打的什么坏主意……你是那些反对基督的家伙们的走狗,你的帽子上有他们的标记!在《耶利米书》上就这样说到过你们:'我必将茵藕给这百姓吃,又将苦胆水给他们喝。我要把他们散在列邦中……'②现在真是到了儿子反对父亲,兄弟互相残杀的时候啦……"

"老爷子,你别使我头脑发昏啦!这不是什么弟兄之间的事儿,这笔账很简单:我爸爸给你们家干了一辈子的活儿,一直到死,我在打仗以前也给你们打过麦子,我那年轻的身体都被你家的粮食口袋压伤啦,现在到了算账的时候啦。从屋子里出去,我马上就要烧掉它!你们从前总是住好房子,如今也请你去住住我们住的房子:住住草房吧。明白了吗,老头子?"

"噢噢!这就对啦!《以赛亚书》上就这样说的:'他们必出去观看那些违背我人的尸首,因为他们的虫是不死的,他们的火是不灭的。凡有血气的,都必憎恶他们。'③"

"好啦,我现在没有工夫跟你耍贫嘴!"米什卡怒不可遏地冷冷地说,"你出去不出去?"

"不出去!你给我滚,该死的冤家!"

---

① 见《圣经·新约·路加福音》第六章,第三十一节。
② 见《圣经·旧约·耶利米书》第九章,第十五、十六节。
③ 见《圣经·旧约·以赛亚书》第六十六章,第二十四节。

“都是因为有你们这些死不回头的家伙才发生了战争！就是你们在煽动老百姓，唆使他们去反对革命……”米什卡急忙从肩上摘下马枪。

一声枪响以后，格里沙卡爷爷仰面朝天倒了下去，吐字清楚地说：

“怎么……我自个儿愿意死的……是上帝的意旨要我死……主啊，请收留你的奴仆吧……”他的声音嘶哑起来，白胡子下面渗出鲜血。

“会收留你的！早就该把你这个老鬼送到那儿去啦！”

米什卡憎恶地绕过直挺挺地躺在台阶下的老头子，跑上台阶。

风吹到门廊里来的干刨花冒出了粉红色的火焰，储藏室和门廊间的隔板墙很快就燃烧起来。烟雾冲上天花板，被过堂风一吹，涌进了堂屋。

等到板棚和仓房都燃烧起来，屋子里的火焰已经冲到外边，噼噼啪啪地焚烧着松木窗框镶板，火舌已经舔到房顶的时候，科舍沃伊走了出来……

米什卡躺在附近树林子里野蛇麻草缠绕的荆棘丛阴凉里，一直睡到黄昏。他那匹卸了鞍子、拴着腿的马就在旁边吃草，懒洋洋地嚼着肥嫩的梯牧草茎。傍晚，马渴得受不了，嘶叫起来，把主人惊醒。

米什卡站起身来，把军大衣拴到后鞍鞒上，在树林子里用井水饮了饮马，然后鞴上鞍子，骑马走出树林，朝胡同里走去。

已经化为灰烬的科尔舒诺夫家的庭院的废墟上，烧成炭的黑柱子还在冒烟，刺鼻的烟气向四面飘散。那座宽大的家宅只剩了高高的房基、塌了一半的炉子和指向蓝天的烟熏火燎的烟囱。

科舍沃伊径直往麦列霍夫家的院子走去。

米什卡没有下马，开开板门，骑进了院子，伊莉妮奇娜正在板棚里往围裙里捡引火用的木片。

“您好啊，大娘！”他很亲热地向老太婆问候。

可是老太婆却吓了一大跳，连一句话也说不出来，两手一耷拉，木片从围裙里撒了下来……

“您好啊，大娘！”

“上帝……保佑。”伊莉妮奇娜犹豫不定地回答说。

“身体还很健康啊？”

“活是活着哪，至于健康嘛，那就难说啦。”

“你们家的哥萨克都在哪儿呀？”

米什卡下了马，走到板棚跟前。

“在顿河对岸……”

“是在等士官生来吧？”

“我只管些老娘儿们的事……那些事儿我不知道……”

“那么叶芙多基亚·潘苔莱芙娜在家吗？”

“她也上顿河对岸去啦。”

“鬼把他们都弄到那边儿去啦！”米什卡的声音哆嗦了一下，一怒之下反倒坚定起来，“大娘，我跟您说吧：您那宝贝儿子葛利高里，是苏维埃政权最凶恶的敌人。我们只要一打到对岸去——就首先把绳索套在他脖子上。可是潘苔莱·普罗珂菲奇根本就用不着逃嘛。上了年纪啦，腿又瘸，好好待在家里就是啦……”

“待在家里等死啊？”伊莉妮奇娜严厉地问，重又往围裙里捡起木片来。

“噢，他还不到死的份儿呢。也许会抽他几鞭子，还不至于杀死他。当然，我不是为了这事到您这儿来的。”米什卡理了理胸前的金表链，低下头说，“我是来看望叶芙多基亚·潘苔莱芙娜的。我觉得非常可惜，她竟也会撤退，不过大妈，您是她的亲妈，所以我要对您说。我要告诉您：我很早就在为她苦恼，不过如今我们还没有工夫去为姑娘苦恼，我们要和反动派打仗，无情地揍他们。等我们把反动派打垮，在全世界上都建立起和平的苏维埃政权的时候，大妈，那时候我就请媒人到您家来，说您家的叶芙多基亚。”

“现在不是谈这个问题的时候！”

“不，正是时候！”米什卡皱起眉头说，他的两眉间刻出一道很倔强的皱纹，“说媒不是时候，可是谈谈这个问题还是可以的嘛。我再也找不到另外的时间谈这个问题啦。今儿个我在这儿，也许明儿个就会把我派到顿涅茨河对岸去。所以我要预先警告您：可别糊里糊涂地把叶芙多基亚嫁给别的什么人,那您可就要倒霉啦。如果我的部队寄信来,说我已经牺牲,——那么您可以把她嫁给别人,眼下可不行,因为我们俩——已经有了爱情。我没有给她带礼物来,因为没有地方去买,不过如果您需要什么资产阶级和商人家的东西,您告诉我。我立刻就去给您拖来。”

“千万别这样!我们从来不要别人的东西!”

“好吧,随您的便吧。如果您比我先见到叶芙多基亚·潘苔莱芙娜的话,请您替我向她问好吧,大妈,再会吧,请您别忘记我说的话。”

伊莉妮奇娜没有回答,朝屋子里走去,米什卡骑上马,往村里的校场走去。

夜间,红军都从山上下来,进了村子。大街小巷里响起他们热闹的笑语声。三个拿着手提机枪到顿河岸边去放哨的红军战士,盘问了一下米什卡,检查了他的证件。在“生铁头”谢苗的小房子对面又遇到了四个红军士兵。其中有两个人拉着一车燕麦,另外两个人——跟“生铁头”的痨病鬼老婆一起——抬着一架脚蹬缝纫机和一口袋面粉。

“生铁头”的老婆认出了米什卡,和他打了招呼。

“你这是拉的什么呀,大嫂子?”米什卡很感兴趣地问。

“我们这是帮着贫农阶级的妇女建立家业呀:我们把资产阶级的缝纫机和面粉送给她。”一个红军战士快口、麻利地回答他说。

米什卡接连烧了七栋房子,都是逃到顿涅茨对岸去的商人莫霍夫、“擦擦”阿捷平、神甫维萨里昂、监督司祭潘克拉季和三个富裕哥萨克的家宅,这以后他才离开了村子。

走到山岗上,他掉转马头一看,只见岗下的鞑靼村里,红色的火焰像闪光的狐狸尾巴,伸向漆黑的天空。火焰忽而升起来,回光映在顿河的急流上,波光粼粼,忽而低落下去,偏向西去,贪婪地焚烧着房子。从东方吹来一阵阵草原的微风,把火势吹得更旺了,把火场上像煤末一样闪着火花的滚滚黑烟吹向远方……

静静的顿河

〔四〕

Тихий Дон

〔苏联〕肖洛霍夫／著
金　人／译

名著名译
丛书

人民文学出版社
PEOPLE'S LITERATURE PUBLISHING HOUSE

卷　七

第 一 章

顿河上游的暴动,牵制了南方战线相当数量的红军,这不仅使顿河军司令部获得了从掩护新切尔卡斯克的防线上自由调动兵力的机会,而且在卡缅斯克和白卡利特瓦斯克河口镇地区集结了几个特别坚强的、有战斗经验的白卫军团队,组成了一个强大的突击兵团,这些团队的士兵绝大多数是顿河下游的哥萨克和加尔梅克人,突击兵团的任务是:在适当时机,协同菲茨哈拉乌罗夫将军的部队,赶走属于红军第八军的第十二师,向第十三师和乌拉尔师的侧翼和后方挺进,挥师北上,与暴动的顿河上游哥萨克联结起来。

顿河军总司令杰尼索夫将军和参谋长波里亚科夫将军过去制定的组织突击兵团的计划,在五月底差不多已全部实现。往卡缅斯克调了将近一万六千步兵和骑兵,配备了三十六门炮和一百四十挺机枪;把最后的一批骑兵部队和属于所谓青年军的几个精锐团也都调来了,青年军是在一九一八年夏天由达到入伍年龄的青年哥萨克组成的。

与此同时,被四面包围的叛军在继续不断地打退红军清剿部队的进攻。在南方,顿河左岸,有两个叛军师躲在战壕里顽强抵抗,不让敌人渡河,虽然全线的红军炮兵连都对他们进行几乎不间断的猛烈炮轰;其余三个师则守卫在暴动地区的西部、北部和东部防线上,尽管他们遭受了巨大的损失,特别是守卫在东北防线的部队,但是他们始终没有撤退,仍然坚守在霍皮奥尔河地区的边境上。

守卫在自己村庄对面的鞑靼村连队,由于无事可干,非常无聊,有一天使红军战士大惊一场:在一个漆黑的夜晚,几个自愿去侦察的哥萨克,乘小船悄悄偷渡到顿河右岸,对红军的哨兵进行突袭,打死了四名红军战士,缴获了一挺机枪。第二天,红军从维申斯克下方调来一个炮兵连,对哥萨克的战壕展开了猛烈的轰击。一听到树林上空响起榴霰弹的爆炸声,连队就急忙放弃了战壕,撤离河岸,退到树林深处。过了一昼夜,红军的炮兵连调走了,鞑靼村的哥萨克重又进入了放弃的阵地。炮击也使连队遭受了损失:弹片打死了两个不久前刚补充来的未成年的哥萨克,在这以前刚刚从维申斯克回来的连长的传令兵也受了伤。

这之后,便相对地安静下来,战壕里的生活又恢复到从前的样子。婆娘们时常到战壕里来,夜里送来面包和烧酒,哥萨克们的口粮一点儿也不缺:宰了两头迷路的小牛,此外,每天还到各处的小湖里去捕鱼。赫里斯托尼亚是捕鱼的主要人物。他使的渔网有十沙绳大,这是一个撤退的人扔在岸边,后来落到连队手里的。赫里斯托尼亚打鱼的时候总要钻到草甸子"深处",并夸口说,草地上的湖塘可说没有一个他没有去捕过的。因为接连不断地捕了一个星期的鱼,所以他的衬衣和裤子浸透了风也吹不掉的鱼腥气味,最后熏得阿尼库什卡不得不坚决拒绝跟他同住在一个土屋里,阿尼库什卡抱怨说:

"你身上的臭味儿就像死鲢鱼味儿一样!如果再跟你在这儿住上一天一夜,将来就会一辈子都不想吃鱼啦……"

从那时起,阿尼库什卡豁出叫蚊子咬,睡在土屋外边了。在睡觉以前,他憎恶地皱着眉头,用扫帚扫掉洒在沙土上的鱼鳞和臭气熏天的鱼的内脏,可是第二天早晨,赫里斯托尼亚打鱼回来,仍然毫不在乎地、一本正经地坐在土屋门口,宰起捕回的鲫鱼来。成群的大绿豆蝇在他身旁嗡嗡飞舞,地上爬满了可恶的黄蚂蚁。一会儿,阿尼库什卡气喘吁吁地跑来,老远就大声叫喊着:

"你再找不到别的地方了吗?你这个魔鬼,怎么不叫鱼刺把你卡死!好啦,看在基督的面上,到旁边去宰吧!我在这儿睡觉,你把鱼肠子扔得满地都是,把四面八方的蚂蚁都给招来啦,弄得一片腥臭,简直就像在阿斯特拉罕一样!"

赫里斯托尼亚把自制的刀子在裤子上擦了擦,若有所思地朝着阿尼库什卡的没有胡子的、怒冲冲的脸瞅了半天,心平气和地说:

"阿尼凯,大概你肚子里有虫子,所以你闻不惯鱼腥味儿。你空肚子吃些大蒜,怎么样?"

阿尼库什卡啐着、骂着，走开了。

他俩的争吵日复一日地继续下去。但是总的来说，连队过得和和气气。除了司捷潘·阿司塔霍夫以外，全体哥萨克都吃得饱饱的，情绪满不错。

司捷潘不知道是听同村人说的，还是心里觉得，阿克西妮亚在维申斯克常跟葛利高里见面，但是他突然苦闷起来，无缘无故地跟排长争吵了一场，而且坚决拒绝去站岗放哨。

他整天地蜷伏在土屋里的打有烙印的黑车毯上，唉声叹气，拼命地吸自家种的叶子烟。后来，听说连长要派阿尼库什卡到维申斯克去领子弹，他才两天来第一次走出了土屋。他眯缝着泪汪汪的、由于失眠而红肿的眼睛，疑疑惑惑地打量了一下摇曳着的树上乱蓬蓬的、鲜艳夺目的叶子，看了看被风吹得涌立起来的、镶着白边的云彩，听了听树林子的窸窸窣窣的风声，就走过一间土屋去寻找阿尼库什卡。

当着哥萨克们的面他什么话也没有说，把阿尼库什卡叫到一边，央求道：

"到了维申斯克替我找找阿克西妮亚，把我的话告诉她，叫她来看我。就说我浑身长满了虱子，衬衣和脚布都没有洗，顺便再告诉她……"司捷潘沉默了一会儿，胡子里隐藏着难为情的笑意，说道，"就说，我非常想她，盼她快点儿来。"

夜里，阿尼库什卡到了维申斯克，找到了阿克西妮亚的住所。自从跟葛利高里发生口角以后，她又住到姑母家去了。阿尼库什卡好心地把司捷潘的话转达了，但是为了加重话的分量，他自己又加上了几句，说司捷潘讲啦，倘若阿克西妮亚不到连队去，他就要亲自到维申斯克来。

她听完丈夫的训示，就收拾准备起来。姑妈急忙发了一块面，给她烤了些奶油点心，过了两个钟头，阿克西妮亚——听话的妻子——已经跟着阿尼库什卡坐车去鞑靼村连队的驻地了。

司捷潘暗自高兴地迎接了妻子。他用探索的目光仔细观察她那瘦削的脸，小心翼翼地问她一些话，但是一句也没有问及她是否看见过葛利高里。只有一回，谈话的时候，他垂下眼帘，略微扭过身去，问道：

“你为什么走那岸去维申斯克呢？为什么不就在村边过河来呢?”

阿克西妮亚冷冷地回答说她不能跟外人一块儿过河,可是又不愿意去求麦列霍夫家的人。等到回答完了,她才发现自己说的话很不得体,好像她认为麦列霍夫家的人不是外人,成了自己人。她怕司捷潘也会这样理解,不由得窘急起来。而他大概也正是这样理解的。不知道为什么他的眉毛下面哆嗦了一下,脸上仿佛掠过了一片阴影。

他疑问地抬起眼睛看着阿克西妮亚,她也明白了这个无声的问题,突然由于窘急和恼恨自己,脸涨得绯红。

司捷潘可怜她,装作什么也没觉察的样子,把话题转到家务事上去,开始询问她在离开家以前,把家里的东西藏起了些什么,藏得保险不保险。

阿克西妮亚看到丈夫对自己如此宽宏大量,回答了他的询问,但是总觉得内心很尴尬,于是为了向他表明,他们中间发生的一切都是很无聊的,而且为了掩饰自己的激动,故意把话说得慢条斯理,露出一副正经、矜持和冷漠的神情。

他们坐在土屋里谈话。总有哥萨克来打扰。忽而这个进来,忽而那个又进来。赫里斯托尼亚走进来,就地打铺睡起觉来。司捷潘看出要想单独跟老婆说说话儿不成了,就很不情愿地停止了谈话。

阿克西妮亚高兴地站起身来,匆匆解开包袱,拿出从镇上带来的奶油点心请丈夫吃,然后从司捷潘的军用背包里拿出脏衣服,走出土屋,到附近的池塘里去洗。

黎明前的寂静和蓝色的雾笼罩在树林上空。露水很重,压得青草都贴到地面上。青蛙在湖沼里哇哇乱叫,离土屋很近的一丛浓密的枫树林后面,有只长脚秧鸡在吱吱地鸣叫。

阿克西妮亚穿过树丛。树丛,从树顶到深藏在茂密的野草里的树干上,都结满了蜘蛛网。凝结在蛛丝上的露水珠,像宝石似的闪闪发光。长脚秧鸡一时不叫了,可是立刻,——阿克西妮亚的光脚踏倒的草还没有来得及挺直,——又叫了起来,一只从湖沼里飞起的田凫伤心地回应着它的鸣声。

阿克西妮亚把短上衣和紧身的背心脱下来,走进没膝深的、温暖的湖水里，洗起衣服来。蠓虫在她头上飞舞，蚊子嗡嗡叫着。她不住地用弯起的丰满、黝黑的手臂在脸上抹抹，驱赶蚊子。她断断续续地想着葛利高里，想着在他去连队视察前他们之间发生的最后一次口角。

“也许，他现在正在找我呢？今天夜里我就回镇上去！”阿克西妮亚下了决心，心里想着怎么跟葛利高里见面，而且立刻就会和解，不由得心花怒放。

怪得很：近来，她想到葛利高里的时候，不知道为什么，在她眼前出现的不是现在的这个葛利高里：身材高大、英气勃勃，一个具有丰富生活经验的哥萨克，他疲惫地眯缝着眼睛，黑胡子尖已经有点儿发红，两鬓有了过早的白发，额角上布满了粗纹——这都是在战争年代受到摧残的不可磨灭的痕迹；而在她眼前出现的却是从前的那个葛利什卡·麦列霍夫，一个粗鲁的、不会体贴人的小伙子，生着孩子似的圆圆的细脖子，嘴唇上总是挂着乐观的、无忧无虑的笑容。

正因为这样，阿克西妮亚就更加爱他，几乎是一种温柔的母爱。

就是这会儿，她脑子里仍清清楚楚地想起了那张令人无限爱怜的脸，她深深地叹了一口气，笑了笑，挺直身子，把没有洗完的丈夫的衣衫扔到脚下，觉得喉咙里有一股突然涌上来的，要尽情地哭一场的热气，低声自言自语道：

“该死的东西，你附到我身上了，一辈子也甩不开你！”

眼泪使她心里轻松了一点儿，但是在这以后，她周围蔚蓝的清晨世界，仿佛黯然失色。她用手背擦了擦脸颊，从泪水满面的额角上把头发撩到后面，脑子里空落落的，用黯然失神的目光，呆呆地注视着一只灰色的小鱼鹰从水面上滑过，消失在被晓风吹得上下翻滚的粉红色晨雾中。

她洗完衣服，晾在树枝上，然后走进了土屋。

已经醒来的赫里斯托尼亚正坐在门口，拼命缠着和司捷潘说话，而司捷潘躺在车毯上，默默地抽着烟，根本不回答赫里斯托尼亚提出的问题。

“你以为红军不会过河到这边来吗？你不做声？哼，你就不做声好啦。不过我以为他们一定要从浅水地方蹚水过河……一定会蹚水过河！除此以外，他们再没有法子过河啦。也许你以为他们会用骑兵泅水过来？司捷潘，你怎么不说话呀？要知道，现在已经到了最后关头，可是你还像傻瓜一样，躺在那里！”

司捷潘一下子跳起来，激动地回答说：

“你没完没了地瞎缠什么呀？真是个怪物！好不容易老婆看我来啦，可怎么也甩不开你们……死缠着你，说蠢话，不让人家跟娘儿们说句话！”

“倒了大霉啦，找了个你这样的人说话……”赫里斯托尼亚扫兴地站起身，光脚穿上破靴子，脑袋撞在门框上，疼得够呛，走了出去。

“没法儿在这儿谈话，走，咱们到树林子里去。”司捷潘提议说。

他也不等到同意，就朝出口走去。阿克西妮亚驯顺地跟着他走出去。

中午，他们回到土屋里来。第二排的哥萨克们正躺在赤杨树荫里乘凉，一看到他们，都放下手里的牌，一声不响，会意地互相挤眉弄眼、窃笑，故意唉声叹气。

阿克西妮亚很轻蔑地撇着嘴，从他们面前走过，一面走，一面整理着头上揉皱的白绣花头巾。哥萨克们都一声不响地看着她从身边走过去，但是等跟在后面走的司捷潘刚走到哥萨克们跟前，阿尼库什卡就从躺着的人堆里站起来，走出几步。他假装恭而敬之的样子，向司捷潘深深地鞠了一躬，大声嚷道：

“恭喜您……开荤啦！”

司捷潘高兴地笑了。哥萨克们看见他和妻子一同从树林子里回来，这使他高兴。因为这可以在一定程度上使那些说他们夫妻不和的流言不攻自破……他甚至还很潇洒地耸了耸肩膀，得意地显摆着背上还没有干的、汗湿的衬衣。

直到这时候，受到鼓舞的哥萨克们才哈哈大笑着，热闹地大谈特谈起来：

“弟兄们，这个娘儿们可真够劲啊！你们看，司乔普卡的衬衣像从水里捞出来……全都沾在肩胛骨上啦！”

“她已经把他弄得筋疲力尽，浑身冒汗……”

一个年轻小伙子用模糊、赞赏的眼神一直把阿克西妮亚目送到土屋前,失魂落魄地嘟哝道:

“全世界上再也找不到这么漂亮的娘儿们啦,真的!”

阿尼库什卡不无道理地质问道:

“你可曾去找过?”

阿克西妮亚听到这些下流话,脸色微微发白,想起刚才跟丈夫亲热的事儿,再听到丈夫同伙的淫秽的说笑,就厌恶地皱起眉头,走进土屋。司捷潘一眼看透了她的心事,就宽慰说:

“克秀莎,你别生这些公马们的气。他们这都是因为太寂寞啦。”

“我生谁的气啊。”阿克西妮亚在自己的麻布口袋里翻腾着,闷声回答说,急急忙忙把带给丈夫的东西都掏了出来。然后,声音更低地说:“应该生我自个儿的气,可是,没有心气啦……”

他们话不投机。过了十来分钟,阿克西妮亚站起来。“现在就对他说,我要回维申斯克去。”她心里想,但是立刻又想起晒干了的司捷潘的衣服还没有收进来。

她坐在土屋的门口,缝补了半天丈夫沤烂了的内衣,不断地抬头看看渐渐偏西的太阳。

……这天她竟没有走成。下不了决心。但是第二天早晨,太阳刚一出来,她就准备上路了。司捷潘试着挽留她,央求她再住一天,但是她那么坚决地拒绝了他的要求,使他死了心,只是在分别的时候,才问道:

“你打算在维申斯克住下去吗?”

“暂时还要住在维申斯克。”

“你是不是可以留在我这儿呢?”

“在这儿我可受不了……这些哥萨克。”

“话是不错……”司捷潘虽然同意她的说法,但是却很冷淡地跟她分别了。

刮着强劲的东南风。这是从远方刮来的风,刮乏了,夜里风势减弱了些,但是到清晨,又把里海以东沙漠上的热气吹来,吹倒了左岸河滩地上的青草,吹干了露水,刮散了晨雾,顿河沿岸的灰白色的山峰笼罩上一层令人气闷的粉红色热气。

阿克西妮亚脱掉靴子,用左手撩起裙襟(树林子里的草上还有露水),轻松地走在林中荒芜的道路上。湿润的土地凉丝丝的,使她的光脚很舒服,但是旱风却用到处乱伸的热嘴唇亲吻着她那丰满的光腿肚和脖颈。

在一片开阔的林间空地上,她在一丛盛开的野蔷薇旁坐下来休息。几只野鸭在不远地方的一片还没有干涸的池沼里的芦苇丛里呱呱叫着,一只公鸭正在沙哑地呼唤母鸭。顿河对岸,虽然不是连续地,然而几乎是不停顿地打着机枪,偶尔还有大炮的轰鸣声。炮弹在这边岸上的爆炸声像回声一样轰隆轰隆地响着。

后来,枪炮的射击声减弱了,时有时无,一片充满了神秘声音的世界展现在阿克西妮亚眼前:背面白色的白蜡树绿叶和像铁铸的、镂花的橡树叶子被风吹得哆哆嗦嗦地沙沙作响;从小白杨树林里飘来混杂的嗡嗡声;远处有一只布谷鸟正在模糊不清地、伤心地对谁诉说着自己未来的凄凉岁月;一只从池沼上空飞翔的凤头田凫不停地叫着,仿佛是在问:"您是哪家的媳妇儿? 您是哪家的媳妇儿?"离阿克西妮亚有两步远,一只灰色的小鸟在喝路边沟里的水,它仰着小脑袋,甜蜜地眯缝着眼睛;像落满尘土的天鹅绒似的黄蜂嗡嗡飞舞;黝黑的野蜜蜂在草地上的花瓣上飞来飞去。它们采下芳香的花粉,并把后肢上的"花粉团"送到阴凉的树洞里。从杨树枝上往下滴着树浆。从山楂树丛里透出阵阵腐烂的去年树叶的辛辣气味。

阿克西妮亚一动不动地坐在那里,贪婪地呼吸着树林中的各种气味。充满各种各样的奇妙声音的树林过着富有生命力的原始生活。春汛淹过的草地浸透了春水,长出了种种奇花异草,它们绣出的美妙的景色,简直使阿克西妮亚眼花缭乱,目不暇接。

她含笑,默默地翕动着嘴唇,小心翼翼地拨弄着一些朴素的浅蓝色无色小花的枝茎,然后弯下丰满的身腰,去闻这些小花,忽然闻到了铃兰花醉人的芳香。她用手拨开别的花草,找到了这棵铃兰花。原来就长在这一片浓重的树荫下面。宽大的、曾是碧绿的树叶子还在费尽心机地保护着低矮的、弯弯的花梗,使它不受太阳的烤晒,花梗上还残留着枯萎的、雪白的花萼。但是沾满露水和黄色锈斑的树叶子正在死去,就是这棵小花自身也接近死亡的边缘:下面的两个花萼已经皱了起来,变成黑色,只有顶端上——全都闪着泪珠般的露水——在阳光下突然显得那么耀眼、迷人。

不知道为什么在这短短的一瞬间,当阿克西妮亚热泪盈眶,看着花朵和闻着它那忧郁的芳香时,她想起了自己的青春年华和她那苦多欢少的全部漫长的生涯。可奈何,老啦,阿克西妮亚红颜已逝……难道年轻的女人会为偶然袭上心头的回忆而痛哭吗?

她就这样趴在地上,把泪痕纵横的脸捧在手里,哭肿的、泪汪汪的脸颊紧贴在揉皱的头巾上,哭着睡熟了。

风越刮越大,杨柳树梢都向西倒去。白蜡树的苍白色树干,被像白色的滚滚旋风似的、上下飞舞的树叶子扯动着,在不住地摇晃。风吹到下面来,吹到花期将尽的野蔷薇丛上,阿克西妮亚就睡在这丛花下;于是,花叶就像一群神话里受惊的青鸟,振翅高飞,发出沙沙的响声,弄得红叶满地。阿克西妮亚睡在那里,身上落满了枯萎的野蔷薇花瓣,既没有听见树林忧郁的喧声,也没有听见顿河对岸重又响起的射击声,当头的太阳正烤着她那无遮无盖的脑袋,也毫无感觉。直到听见头顶有人语和马嘶声,才大梦初醒,急忙坐了起来。

一个浅色胡子、牙齿洁白的年轻哥萨克,手里牵着一匹白鼻梁、鞴着鞍子的马站在她身旁。他笑容满面地耸了耸肩膀,跳了几下,用沙哑的、但是很悦耳的男高音唱起欢快的歌:

我一跤摔倒,
躺在地上四下打量。
东瞧瞧,
西望望,
没有人来扶起我呀!
再往后一看哟——
后面站着一个哥萨克……

“我自个儿会站起来的!”阿克西妮亚笑了笑,麻利地跳起来,赶忙整理压皱的裙子。

“你好啊,我亲爱的！是你那两只娇嫩小腿儿走不动啦,还是懒得走了呢?”那个风流的哥萨克向她问候说。

“你是去维申斯克吗?”

“去维申斯克。”

“愿意我送你去吗?”

“你怎么送我去呀?”

“你骑马,我地下走。你好好酬劳我一下就……”哥萨克意味深长地挤了挤眼儿,开玩笑说。

“不用啦,你骑马走吧,我自个儿会走。”

但是这个哥萨克是谈情说爱的老手,而且很有耐心。他见阿克西妮亚正在系头巾,就用一只虽然短,但是很有力量的胳膊抱住她,猛地往自己怀里一搂,想要亲她。

“别胡闹!”阿克西妮亚喊道,用胳膊肘子使劲朝他鼻梁上戳了一下子。

“我的小乖乖,别喊嘛！瞧,这四周是多么美好……飞禽走兽都成双成对儿……咱们也来造一回孽,好不好？……”哥萨克眯缝着笑眼,小声说,胡子刺得阿克西妮亚的脖颈痒酥酥的。

阿克西妮亚伸出两手,心平气和,但是却有力地用手巴掌撑住哥萨克汗淋淋的红脸,试着挣脱出来,但是他却把她抱得更紧了。

“傻瓜！我是一个有脏病的女人……快松手!”她气喘吁吁地央告着,想用这种天真的计策避开纠缠。

“这个……那就看谁的病更厉害吧！……”哥萨克已经模糊不清地嘟哝说,而且突然轻轻地把阿克西妮亚抱了起来。

霎时,她明白事情不再是开玩笑,而是要动真的了,就使尽力气,照着哥萨克那晒成棕色的鼻子打了一拳,从紧抱着她的双手里挣脱出来。

“我是葛利高里·麦列霍夫的老婆！看你还敢过来,狗崽子！我一告诉他——他会把你……”

阿克西妮亚还不敢相信自己的话有用,就伸手抓起一根粗木棒子。但是哥萨克的激情一下子就冷了。他用保护色的衬衣袖子擦着从鼻孔里淌到胡子上的鲜血,伤心地叫道:

"傻瓜！唉，你这个傻娘儿们！为什么不早说呀？瞧！流了这么多的血……我们跟敌人打仗流的血还嫌不够啊，这会儿，自家的娘儿们也来动手放血啦……"

他的神色突然变得呆板、阴沉。当他从道旁的水洼里捧水洗脸的时候，阿克西妮亚急忙撇开道路，迅速穿过林间空地。过了五分钟，哥萨克又追上了她。他斜了她一眼，默默地笑着，煞有介事地整理了一下胸前的步枪背带，放马飞驰而去。

第 二 章

这天夜里，在小雷村附近，红军一个团乘用木板和原木扎成的木筏渡过了顿河。

把大雷村连队搞了个措手不及，因为大部分哥萨克这天夜里都在大吃大喝。从黄昏开始，妻子们就陆续来到连队驻地，探望当差的亲人。她们带来吃的，用瓶子和桶装来烧酒。到午夜，全都喝得酩酊大醉。土屋里一片歌声、娘儿们醉酒后的尖叫声、男人们的哈哈大笑声和口哨声……二十名本来在放哨的哥萨克，留下两个机枪手和一桶烧酒，也都吃喝去了。

载运红军的木筏，悄然无声地离开了顿河右岸。渡过河，红军战士就布成散兵线，无声地摸到离顿河约五十沙绳的哥萨克土屋。

编造这些木筏的工兵迅速把木筏划回去，赶运正在等着渡河的又一批红军士兵。

左岸上，有五分钟的工夫，除了断断续续的哥萨克歌声以外，什么也听不见。接着，就响起了手榴弹轰轰的爆炸声，机枪哒哒响起来，一下子就响起了一片混乱的步枪射击声，断断续续的"乌——拉！乌——拉！乌——拉！"声传向远方。

大雷村连队被击溃了，只是由于夜黑，看不见追击，才幸免于全军覆没。

受了轻微损失的大雷村哥萨克带着自己的娘儿们，顺着草甸子仓皇向维申斯克方向逃去。与此同时，木筏又从右岸运来一批批新的红军战士，第一一一团第一营的半个连，已经带着两挺手提机枪，向叛军巴兹基连的侧翼发动了进攻。

新的增援部队迅速开往突破的缺口。但是他们的行动非常困难，因为红军战士没有一个熟悉地形的，部队没有向导，他们胡走一气，在伸手不见五指的黑夜里，时时遇到湖沼和涨满春水的河汊，这些湖沼和河汊又蹚不过去。

指挥进攻的旅长决定黎明前停止追击，在天亮前调集预备队，集结在维申斯克的各个要冲处，炮兵轰击后，再继续进攻。

但是维申斯克已经采取了堵塞缺口的紧急措施。司令部的值班员一听到驰来的传令兵带来红军渡河的消息，立刻派人去请库季诺夫和麦列霍夫。从切尔内村、戈罗霍夫卡和杜布夫卡把卡尔金斯克团的各骑兵连调了来。葛利高里·麦列霍夫负责全面指挥这一战役。他往叶林斯基村方面派了三百骑兵，以加强左翼，并协助鞑靼村和列比亚任斯基村的两个连，以防敌人从东面包围维申斯克，又把维申斯克的“外来户”战斗队和奇尔河流域的一个步兵连派到西面，沿顿河顺流而下，去帮助巴兹基连；在一些遭受威胁的地区配备了八挺机枪；葛利高里亲自领两个骑兵连——在深夜两点钟左右——隐蔽在戈列洛耶村树林的边缘上，等待天亮，用骑兵向红军士兵冲锋。

天上的小北斗星还没有熄灭，这时候穿过树林去巴兹基河湾的维申斯克“外来户”战斗队与败退的巴兹基连相遇，误以为他们是敌人，经过一阵短促的互射，战斗队的士兵就逃跑了。他们慌忙把衣服鞋袜扔在岸上，泅水渡过了维申斯克和河湾之间的宽阔的湖沼。不久就发现是误会，但是红军已经逼近维申斯克的消息，却以惊人的速度传播开来。原来藏在地窖里的难民从维申斯克往北方逃去，一路把红军好像已经渡过了顿河，突破了防线，正在进攻维申斯克的消息传播开去……

天刚蒙蒙亮，葛利高里一得到“外来户”战斗队逃走的报告，就飞马来到顿河岸边。战斗队发觉是误会后，回到战壕里，正在大声谈论。葛利高里走到一堆人跟前，嘲讽地问：

“泅过湖沼的时候,淹死很多人吧?”

一个浑身水淋淋的、一面走一面拧着衬衣的步兵难为情地回答说:

“都像棱鱼一样泅得那么好! 哪儿会淹死……”

“谁都会遇上倒霉的事,”只穿着衬衣衬裤在走的第二个步兵事理分明地开口说,“就拿我们的排长来说吧,他真的差点儿淹死。他不愿意脱掉鞋袜——因为裹腿要解半天——好,就带着裹腿泅起来,可是裹腿在水里松开啦,缠住了他的腿……他就大声喊叫起来! 大概在叶兰都能听见!”

葛利高里找到了战斗队的指挥克拉姆斯科夫,命令他把步兵带到树林边上去,在那里布防,一旦敌人攻来,可以从侧翼射击红军的散兵线。布置完毕,他就回自己的连队去了。

半路上,他遇到了司令部的传令兵。传令兵勒住跑得呼呼直喘的马,轻松地吸了一口气,说:

“我拼了命到处找您!”

“什么事?”

“司令部命令我来传达。鞑靼村的连队放弃了战壕,怕被包围,退到沙地去啦……库季诺夫叫我口头通知您,请您立刻赶到那儿去。”

葛利高里领着半排哥萨克,都骑着最快的马,从树林子里穿出来,跑上大路。疾驰了二十分钟,他们来到秃头伊利梅尼湖边。丧魂落魄的鞑靼村的战士们正在他们左面的草地上各自奔命。上过前线的战士和有经验的哥萨克都不慌不忙地往前跑,紧靠池塘边,隐身湖滩的苇丛中;看来,大多数人就只有一个念头——赶快跑到树林子那里——对稀疏的机枪射击毫不在意,径直跑去。

“追上他们! 用鞭子抽! ……”葛利高里气得眼都斜了,大喊一声,第一个放马去追赶同村的人。

赫里斯托尼亚跑在大家的后面,用一种奇怪的、像跳舞一样的步子,一瘸一拐地小跑着。头一天晚上,他捕鱼的时候,被芦苇扎破了脚后跟,伤得很重,因此他那两条长腿就不能全力以赴地飞奔了。葛利高里追上了他,把鞭子高高地举在脑袋顶上。赫里斯托尼亚一听到马蹄子声,回头看了看,跑得更快了。

“往哪儿跑？……站住！……站住，对你说哪！……”葛利高里徒然地喊了一阵。

但是赫里斯托尼亚根本不想停下来，反而越发加快了脚步，像脱了缰的骆驼一颠一颠地跑起来。

这时候，气疯了的葛利高里沙哑吓人地咒骂起来，催马跑到赫里斯托尼亚身旁，解恨地用鞭子朝着赫里斯托尼亚的汗湿的脊背抽去。赫里斯托尼亚被打得歪扭了一下身子，做了个奇怪的跳跃姿势，来了个“兔子跳”向旁边一跃，坐在地上，开始不慌不忙地、仔细地抚摸起脊背来。

跟着葛利高里来的哥萨克们跑到逃兵前头，拦住了他们，但是没有用鞭子抽打他们。

“抽他们！……抽！……”葛利高里摇晃着自己的漂亮的马鞭子，沙哑地喊叫着。他骑的马在原地直打转转，直立起来，怎么也不肯向前跑。葛利高里好容易才把马制服，飞驰到一个在前面跑的人前头。奔驰时，他一晃间看见了司捷潘·阿司塔霍夫在灌木丛边停下来，在默不作声地笑着；看见阿尼库什卡笑得腿直打弯，把手巴掌弯成喇叭筒的样子，女声女气地尖声喊叫：

“弟兄们！谁腿长，就赶快逃命吧！红军来啦！……打死他们！……捉住他们！……”

葛利高里又追上了一个穿着棉袄的同村人，这家伙拼命迅速地跑个不停。他那略微驼的身形非常熟悉，但是葛利高里没有工夫去仔细辨认，还离得很远就大声吆喝：

“站住！狗崽子！……站住，我砍了你！……”

穿棉袄的人突然放慢脚步，停了下来，等到掉过身来，那从童年就熟悉的、显示出高度激动的特有的姿势，使葛利高里大吃一惊，他还没有看到脸，就已经认出是自己的父亲。

潘苔莱·普罗珂菲耶维奇的腮帮子直抽搐。

“骂你亲爹——狗崽子，啊？吓唬你爹，要砍死你爹？”他声嘶力竭地尖声叫喊起来。

他的眼睛里流露出非常熟悉的、火冒三丈的激愤，使葛利高里的怒

气一下子就冷了下来,他使劲勒住马,喊道:

“背后认不出来呀!你嚷嚷什么呀,爸爸?”

“怎么会认不出来?连爸爸都认不出来了啦?!……”

老头子竟大发肝火,真是既可笑,又荒唐,葛利高里笑着,走到父亲跟前,和解地说:

“爸爸,别生气!你穿的这件棉袄我没有见过,另外,你像一匹被追赶的马一样飞跑,连你的瘸腿也不瘸啦!我怎么能认出是你呀?”

于是又跟过去在家里的时候一样,潘苔莱·普罗珂菲耶维奇平静了下来,虽然还在大喘着气,但是已经克制住自己,同意说:

“你说得很对,我身上的这件棉袄是新的,我把皮袄换下来了——因为穿着皮袄太重,——至于瘸腿……到了这种时候,怎么还能瘸呀?我的小鬼头,到了这时候,就顾不得瘸啦!……死到临头啦,你还谈什么瘸腿……”

“好啦,离死还远哪。回去吧,爸爸!你没有把子弹扔掉吧?”

“回哪儿去啊?”老头子生气地问。

这时候葛利高里提高了嗓门,一字一板地命令道:

“我命令你回去!在战斗的时候违抗指挥官的命令,你知道,军法规定怎么处置吗?”

葛利高里说的话发生了效力:潘苔莱·普罗珂菲耶维奇正了正背上的步枪,不高兴地往回走。他追上一个比他还要慢地往回走的老头子,叹了口气说:

“这些后生都变成什么样子啦!不讲什么尊敬父亲啦,或者,譬如说,不必叫父亲去打仗啦,可是他却非要把亲爹往……往战场上送……是的……不,去世的彼得罗,愿他在天之灵安息,可比他强多啦!那个性情温和,可是这个葛利什卡呀,简直狂暴得要命,虽说他是师长,有功劳,这个那个的,然而他可不像彼得罗。浑身是刺儿,一点儿也不能动。这小子等我老了,躺在炉炕上的时候,准会用锥子扎我!”

没有费多大的劲儿就把鞑靼村的守卫者给降服了……

过了一会儿,葛利高里把全连集合起来,带到隐蔽的地方,没有下马,简短地解释说:

“红军已经渡河,正在攻打维申斯克。顿河沿岸眼下已经展开激烈的战斗。这可不是闹着玩的,我劝你们别再瞎跑啦。如果再跑一次——我就命令骑兵,他们就驻守在叶林斯基村,把你们当作叛徒,统统砍掉!”葛利高里朝穿着各色衣服的同村人扫了一眼,带着明显的藐视神情结束说,“你们连里什么混账玩意儿都有,专门制造混乱。逃跑,吓得拉了一裤兜子屎,这样的勇士!还自称是哥萨克哪!特别是你们,老人家们,你们瞧我的吧!既然是来打仗,那就不能把脑袋藏到裤裆里去!现在排成纵队,赶快开到那边去,贴着灌木丛——到顿河岸边。顺着顿河岸——开到谢苗诺夫斯基连的防线那里。会同这个连去攻击红军的侧翼。开步走!快点儿!”

鞑靼村的战士默默地听完他的话,又默默地向灌木丛开去。老头子们闷闷不乐地哼哼着,不住回头看看飞驰而去的葛利高里和护拥他的哥萨克。跟潘苔莱·普罗珂菲耶维奇一起走的奥博尼佐夫老头赞叹说:

“好啊,上帝送给你一个英雄的儿子!一只真正的鹰!他朝赫里斯托尼亚背上抽的那一鞭子可真叫狠呀!一下子就把全连整顿好啦!”

被奉承得感到父亲的光荣的潘苔莱·普罗珂菲耶维奇高兴地同意说:

“这是没有说的!这样的儿子世界上也难找!胸前挂满了十字章,怎么,这是闹着玩的啊?就拿去世的彼得罗来说吧,愿他在天之灵安息,虽然他也是亲生的儿子,而且是大儿子,他可不是这样的!太老实啦,鬼他妈的知道是怎么回事儿,只是个半吊子。一副老娘儿们心肠!可这二小子——完全像我!简直比我还要凶狠!”

葛利高里带着自己的半个排,来到加尔梅克浅滩。他们走到树林子那儿,认为已经脱离危险了,但是顿河对岸的敌人观测哨看见了他们。一个炮兵排朝他们开炮了。第一颗炮弹从柳树梢上飞过去,落在沼泽地的丛林里,没有爆炸。但是第二颗打在离大道不远地方的一棵老黑杨树的露在外面的根茎上,火光一闪,轰隆一声,油晃晃的土块和烂木头的碎片劈头盖脸地向哥萨克们袭来。

被震聋的葛利高里本能地把手捂到眼睛上去，趴在鞍头上，觉得仿佛一只湿漉漉的巨掌在马身上闷声地拍了一下。

哥萨克们的战马被惊天动地的爆炸声震得仿佛是听到口令似的，都往下一蹲，朝前冲去；葛利高里骑的马吃力地直立起来，向后退了几步，开始慢慢地往一侧倒下去。葛利高里急忙从鞍子上跳下来，抓住马笼头。又飞过去两颗炮弹，可是，后来林边上却是一片恬适的寂静。草地上沉滞了一层火药的轻烟；散发出新翻的土地、木片和腐烂的木头气味；喜鹊在远处的小树林里惊慌地喳喳叫个不停。

葛利高里的马呼哧呼哧地喘着，蜷起了哆嗦着的后腿。痛苦地龇着黄色的牙床，脖子直挺挺地伸了出去。天鹅绒般的灰色鼻梁上冒着粉红色的泡沫。它的躯体猛烈地抖动着，枣红色的绒毛下面波浪似地一阵阵地痉挛。

“宝马完啦，啊？”一个从旁边驰过的哥萨克大声问道。

葛利高里瞅着暗淡下去的马眼睛，没有回答。他甚至连马的伤口也没有看，只是在马不知道为什么犹豫不定地慌张起来，挺直了身子，突然跪下前腿，低垂下脑袋，仿佛请求主人饶恕它的什么罪过似的，他才稍微往旁边移动了一下。马低沉地呻吟着侧着身子倒下去，想抬起脑袋，但是，看来，它已经把最后的一点儿力气消耗光了：颤抖越来越轻，眼睛已经毫无生气，脖子上冒出了热气。

只有靠近马蹄子的距毛里，还残留着最后的一点儿活气。磨坏的鞍翅发出了轻微的抖动声。

葛利高里斜眼往马的左腹股沟下看了看，看见了一块皮肉翻起来的很深的伤和泉水般的从伤口里涌出来的、热腾腾的黑血，他连眼泪也没有擦，结结巴巴地对那个下了马的哥萨克说：

“开一枪把它打死！”他把自己的手枪递给了哥萨克。

他骑上哥萨克骑的那匹马，向自己原先率领的几个连在的地方驰去。那里已经展开了激烈的战斗。

黎明时分，红军发起了进攻。红军的散兵线在浓重的大雾中站立起来，寂然无声地向维申斯克方向移动。红军的右翼在一片涨满水的洼地附近耽误了片刻,后来就在齐胸的水里,把子弹盒和步枪高高举在头顶上,蹚水过去。过了一会儿,顿河沿岸山上的四个炮兵连协调、威严地响起了炮火。炮弹刚刚开始对树林展开扇面形的排炮轰击,叛军就开火了。红军已经不是一步一步地往前走了,而是端着步枪跑起来。一颗榴霰弹在他们前面约半俄里的树林上空干巴巴地爆炸了,炮弹炸断的树木倒了下去,升起一团团的白烟。两挺哥萨克机枪短促地扫射起来。红军战士的第一道散兵线开始有人倒下去。忽而这边,忽而那边,散兵线上背着卷起的军大衣的士兵被子弹打中的越来越多,他们仰面朝天或者嘴啃泥,倒在地上,但是其余的人并不卧倒,于是他们和树林子间的距离越来越小。

一个身材高大、光着脑袋的指挥员把军大衣襟掖起来,身体略微向前探着,在第二道散兵线前面大步轻捷地跑着。散兵线有一会儿工夫放慢了脚步,但是指挥员一面跑着,一面回过头去,叫喊了句什么话,于是人们就又跑起来,沙哑、可怕的"乌——拉!"声重又喊得越来越响亮。

这时哥萨克的全部机枪都哒哒地响起来了,林边上的步枪也不停地猛烈地射击……巴兹基连的一挺重机枪开始从站在林边、带着连队等待出击的葛利高里身后的什么地方,进行长长的连发射击。红军的几道散兵线动摇了,卧倒了,开始进行抵抗。战斗持续了一个半小时,但是叛军射击的火力非常猛烈,使红军的第二道散兵线支持不住,站起来往后跑去,跟正冲上来的第三道散兵线混在一起,乱成一片……很快河边草地上到处是慌乱地往后逃跑的红军战士。这时葛利高里就把自己率领的几个连快速带出树林,排好队形,进行追击。全速奔袭来的奇尔河连切断了向木筏溃退的红军士兵的去路。在紧靠顿河岸上的树林边展开了肉搏战。只有一部分红军冲到了木筏跟前。他们把木筏挤得满满的,划离了河岸。剩下的被压到顿河岸边的红军战士拼死挣扎、抵抗。

葛利高里命令自己的几个连都下马,又命令看守马匹的战士不要走出树林,就率领哥萨克往岸边赶去。哥萨克们从一棵树蹿到另一棵树,越来越逼近顿河岸。一百五十名红军战士用手榴弹和机枪击退逼上来的叛军步兵。木筏已经又往左岸划过来,但是巴兹基连的哥萨克用步枪把划桨的人几乎全都打死了。留在这岸的红军战士的命运已经决定了。一些意志薄弱的人扔掉步枪,企图泅水过河。卧倒在深壕边的叛军用步枪射击他们。许多红军战士无力泅过顿河的激流,淹死在河中。只有两个人平安地泅过了河:一个身上穿着蓝条的海军衬衣——看来,是个游泳高手——脑袋冲下,从陡立的河岸上一跃而下,扎进水里,露出水面的时候,差不多已经到了顿河中心。

葛利高里藏在枝叶茂密的柳树后面,看到水兵一划有一沙绳远,挥臂向对岸游去。还有一个平安无事地游到对岸。他站在齐胸深的水里,打完了全部的子弹;用拳头朝哥萨克这边恐吓着,喊叫了些什么,然后斜着向对岸游去。子弹在他周围吱吱叫,但是没有一颗打到这个幸运儿的身上。他在从前的牲口栏旁边上了岸,晃了晃身子,便不慌不忙地爬上河崖,往有人家的地方走去。

其余困在顿河边的红军战士卧倒在沙丘后面。他们的机枪不住气地扫射着,一直打到机枪散热筒里的水沸腾起来,才哑巴了。

"跟我来!"机枪一停,葛利高里就小声地命令道,他拔出马刀,朝沙丘走去。

哥萨克们艰难地呼吸着,脚步凌乱地跟在他后面走着。

离残余的红军士兵不到五十沙绳远了。三排齐射以后,一个身材高大、黝黑的脸膛和黑胡子的指挥员从沙丘后面挺直身子站起来。一个穿着皮上衣的女人搀着他。指挥员受了伤。他拖着受伤的腿,走下沙丘,端正了手里的上着刺刀的步枪,沙哑地命令道:

"同志们!前进!打这些白党!"

这些勇士唱着《国际歌》,进行反冲锋。视死如归。

最后壮烈牺牲在顿河岸边的一百一十六名红军战士,全是国际连的共产党员。

第 三 章

深夜,葛利高里从司令部回到了住所。普罗霍尔·济科夫正在篱笆门口等他。

“你没有听到阿克西妮亚的什么消息吗?”葛利高里的声调里带着故意装出的冷淡口吻,问道。

“没听到,不知道她跑到哪儿去啦。”普罗霍尔打着哈欠回答说,但是又立刻很害怕地想:“糟糕,可不要又逼着我到处去找她……见他妈的鬼,我简直是倒了大霉啦!”

“给我打水洗脸。我浑身是汗。去,快点儿!”葛利高里已经是怒冲冲地喊道。

普罗霍尔从屋子里打来水,用杯子往葛利高里捧成勺子形的手掌里倒了半天。葛利高里痛快地洗着,然后脱掉汗臭刺鼻的军便服,央告说:

“往背上浇。”

汗湿的脊背被冷水一浇,他舒服地叫了一声,打了个喷鼻,把被皮带勒痛的肩膀和长满黑毛的胸膛使劲揉搓了半天。他用干净的马衣擦着身子,声音里已经透着几分高兴,命令普罗霍尔说:

“明天早上给我送马来——你就收下,把它洗刷干净,喂点儿料。我自己不醒,你别叫我。但是如果司令部派人来,你就叫我。明白了吗?”

葛利高里走到板棚里,躺在一辆大板车上,立刻就酣睡起来。黎明时冻醒了,他蜷了蜷腿,把被露水打湿的军大衣往身上拉了拉,太阳出来以后,又打了一个盹儿,七点钟左右,被大炮的轰鸣声惊醒了。市镇上蔚蓝的晴空中,有一架飞机闪着乳白色的光亮在盘旋。顿河对岸正在用大炮和机枪对着它射击。

“要知道他们可以打中它呀!”普罗霍尔一面用刷子拼命刷着那匹

拴在马桩上的高大的枣红马，一面随口说，“瞧，潘苔莱维奇，给你送来一匹多好的马！”

葛利高里匆匆把儿马打量了一番，满意地问：

“我看不出它有几岁口。大概有六岁口了吧？”

“六岁口。”

“噢，太好啦！腿儿很细，就像穿着丝袜子一样。是匹好马……好，鞴上它，我去看看这是谁飞来啦。”

“太好啦——没有说的。就不知道跑起来怎么样？不过从各方面的特点看，准会跑得很快的。”普罗霍尔一面嘟囔着，一面勒紧马肚带。

又有一团榴霰弹爆炸的白色烟雾在飞机旁边升起。

驾驶员选择好着陆地点，急速降了下来。葛利高里从板门里冲出去，往镇上的公用马厩驰去，飞机就落在马厩后面。

原来镇上的公用种马马厩里——建筑在市镇边沿的一排长长的石头房子——挤满了八百多名被俘的红军战士。看守马厩的哥萨克不放他们出来大小便，里面又没有便桶。弄得马厩附近臭气熏天。从门缝下面流出一道道的恶臭刺鼻的尿水；绿豆蝇像一片黑云似的在上面营营飞鸣……

在这座关了这么多等死的犯人的监狱里，呻吟声日夜不断。俘虏死于精力衰竭和在他们中间肆虐的伤寒病与赤痢。死尸有时候在那里放上一昼夜还不抬走。

葛利高里绕过马厩，刚刚要下马，顿河对岸的大炮又低沉地响起来。炮弹的呼啸声越来越大，跟沉闷的轰隆的爆炸声混在一起。

驾驶员和跟他一同来的一位军官刚要从驾驶舱里出来，哥萨克们立刻围住了他们。山上几个炮兵连的全部大炮立刻都响了起来。炮弹开始准确地打在马厩四周。

驾驶员急忙爬进驾驶舱，但是发动机不转了。

“用手推吧！”从顿涅茨河对岸飞来的军官对哥萨克们大声命令说。自己第一个扶住了机翼。

飞机摇晃着，轻捷地往松树林子那里滚去。炮兵连用猛烈的炮火追击着它打。一颗炮弹打中了塞满俘虏的马厩。一面的墙角在浓烟中,在一团团升起的石灰尘雾中塌了下来。马厩被惊骇的红军战士们野兽般的惨叫声震得直颤动。有三个俘虏从缺口地方跑了出来,从四下赶来的哥萨克们对准他们开枪,打得浑身是窟窿。

葛利高里跑到一旁。

“他们会杀死你!快骑马到松树林子里去吧!”一个从他身边跑过去的哥萨克惊慌失措、瞪大白眼珠高声喊道。

“他们真的会炸死我。什么事情都可能发生。”葛利高里心里想,便不慌不忙地骑马回家去了。

这一天,库季诺夫没有邀请麦列霍夫,在司令部里召集了一次非常秘密的会议。飞来的顿河军军官简短地报告说,集中在卡缅斯克镇附近的突击兵团的各部队,几天内就可以突破红军防线,谢克列捷夫将军指挥的顿河军骑兵师,将来与叛军会师。这位军官建议,立刻准备渡河工具,以便与谢克列捷夫的部队会师后,立即把几个叛军骑兵团渡到顿河右岸去;他还建议把预备队调到离顿河近一点的地方来;在会议将要结束的时候,追击部队的渡河和活动计划都已制定好了,他问道:

“为什么你们把俘虏都放在维申斯克?”

“再没有地方可以关押他们啦,各个村子里也都没有合适的房子。”司令部的一位参谋回答说。

军官用手绢仔细擦着剃得光光的、汗淋淋的脑袋,解开保护色制服的领扣,叹了口气说:

“把他们押解到卡赞斯克去。”

库季诺夫惊异地扬起了眉毛。

“押到那儿以后又怎么办呢?”

“再从那儿——押回维申斯克……”军官眯缝着冷光闪闪的蓝眼睛,故作宽容地解释说,然后咬紧牙关,残忍地结束道,“诸位,我不明白,你们为什么还对他们这么客气?现在似乎不必这么客气啦。这些混蛋是各种肉体疾病和社会疾病的温床,应该消灭他们才是。对他们客气完全没有必要!我要是你们的话,一定会这样干的。”

第二天,把第一批约二百名俘虏押到镇外的沙地上。疲惫不堪、面色青白的红军战士,像幽灵一样,艰难地拖着两腿往前走着。押送的马队紧紧地包围着这个混乱地走着的人群……在从维申斯克到杜布罗夫卡的十俄里的路程中，二百名俘虏就被砍得一个不剩了。第二批是在黄昏以前押出来的。对押送队伍有严格命令：掉队的俘虏只能砍，只有在迫不得已的情况下才准开枪。一百五十个人中，有十八个到了卡赞斯克……其中有一个像茨冈人的青年红军战士，在路上疯了。他一路上把一束揪下来的香喷喷的香薄荷按在胸口，又是唱歌，又是跳舞，又是哭号，不时把脸趴在灼热的沙土上，风吹动着他那破烂不堪的衬衣，这时候押送兵就可以看见他那肉皮紧绷的、瘦骨嶙嶙的脊背和两只叉开的脚上的黑色破靴底子。押送兵把他扶起来，用水壶里的水往他身上喷，于是他睁开闪烁着疯狂目光的黑眼睛，低声笑着，重又摇摇晃晃地往前走去。

在一个村庄里，一些心地善良的婆娘包围了押送兵，一个胖胖的、仪态不凡的老太太严厉地对押送队长说：

“你把这个黝黑的家伙放了算啦。他已经疯啦，快要去见上帝啦，你们要是砍杀这样的人，那可是造大孽啊。”

押送队长是个勇敢的红胡子准尉，他讪笑着说：

“老大娘，我们的灵魂，就是再造点儿孽也没有什么可怕的了。反正我们谁也成不了圣徒啦！”

“你放掉他吧，别执拗啦，”老太太固执地请求说，“死神的翅膀在召唤你们每个人哪……”

婆娘们都支持她，准尉同意了。

“我有什么舍不得的，你们把他带走吧。他现在已经是个干不了什么坏事的人啦。不过为了答谢我们的好意，请给我们弟兄每人一罐没有脱脂的牛奶吧。”

老太婆把疯子带到自己家里，给他吃饱，让他睡在内室里。他整整地睡了一天一夜，后来醒了，背对窗户站着，小声唱起来。老太婆走进内室，坐在大箱子上，用手巴掌支着脸，目光炯炯地对着小伙子削瘦的面孔看了半天，然后用低沉的声音说：

“听说你们的人离这儿不远啦……”

疯子沉默了一会儿，立刻又唱了起来，但是声音已经变得更低了。

这时候老太婆严厉地说：

“我的小可怜儿，你别唱啦，别装疯卖傻啦，别叫我脑袋发昏啦。我已经活了一辈子，你是骗不了我的，我不是傻瓜！你的脑子没有毛病，我知道……我听见你说梦话，说得头头是道！”

红军战士仍旧在唱，但是唱的声音越来越低。老太婆继续说：

“你别怕我，我不会给你亏吃。我有两个儿子都死在打德国人的战场上，顶小的一个也在这次战争中死在切尔卡斯克啦。要知道他们都是我怀了十个月生的……我给他们吃，给他们喝，从年轻的时候就为他担惊受怕，夜里睡不着……因为这个缘故，我可怜一切在军队中服役的人，在战场上打仗的年轻人……”她沉默了一会儿。

红军战士也沉默了。他闭上眼睛，黝黑的颧骨上浮出轻微的红晕，细瘦的脖子上的青筋紧张地跳动起来。

他站了一会儿，期待地沉默着，随后睁开乌黑的眼睛。眼神显示出很懂事的样子，闪烁着那么焦急的期待神情，引得老太婆流露出一丝难以察觉的笑意。

“你知道去舒米林斯克的路吗？”

“不知道，老大娘。”红军轻轻翕动着嘴唇，回答说。

“那么你怎么走呢？”

“不知道……”

“难就难在这里！现在叫我拿你怎么办哪？”老太婆等了半天回答，然后又问：

“你还走得动吗？”

“凑合着走吧。”

“现在你可不能凑合着走。要在夜里走，还得快走，噢噫，要快走！你在我这里再养一天，我给你预备点儿干粮，叫我小孙子给你带路，他告诉你怎么走，——愿你一路平安！我确实知道，你们的人，红军在舒米林斯克一带。你就投奔他们去吧。不过不能走大道，要偷偷地从荒野、草地和树林子里走，从没有道路的地方走，不然叫哥萨克碰上，就要倒霉啦。是这样，我的好孩子！”

第二天天一黑，老太太就给已经准备启程的十二岁的孙子和穿上

哥萨克棉袄的红军战士画了十字,严肃地说:

“上帝保佑,你们走吧!你们要小心,别让我们的哥萨克看到!……用不着,孩子,用不着!不要谢我,感谢神圣的上帝吧!不仅我一个人这样,我们做母亲的,都是善良的……你们这些该死的东西,真叫我们伤透心啦!好啦,好啦,走吧,上帝保佑你们!”她砰的一声掩上小房子的倾斜的、涂着黄泥的门。

第 四 章

伊莉妮奇娜每天天刚亮就醒来,挤过牛奶,就开始做饭。她没有生屋子里的炉子,在夏天用的厨房里生起火来,做好饭,又回到屋子里去看孩子。

娜塔莉亚在害了一场伤寒病以后,康复得很慢。三一节的第二天,她第一次起床了,在各个房间里转了一圈,艰难地挪动着两只干瘦的腿,在孩子们的枕头边翻了半天,甚至还试着坐在小凳子上,给孩子们洗衣服。

她清瘦的脸上一直挂着笑容,干瘪的脸颊上带着粉红色的红晕,由于生病变得大大的眼睛里闪烁着喜悦和颤抖的慈爱的目光,就像刚生完孩子的产妇。

“波柳什卡,我的好孩子!我病的时候,米沙特卡没有欺负你吗?”她用衰弱的声音,拖着长腔,哆哆嗦嗦地吐出每一个字,抚摸着女儿黑头发的小脑袋,问道。

“没有,妈妈!米什卡只打过我一回,我们俩玩得很好。”小姑娘把脸紧紧地贴在母亲膝盖上,悄悄地回答说。

“奶奶疼你们吗?”娜塔莉亚笑着追问道。

“很疼我们!”

“那些外来人,红军士兵没有惹你们吗?”

“他们宰了咱家一只小牛,该死的东西!”酷似父亲的米沙特卡小声地回答说。

“不许骂人，米申卡。瞧你，多厉害的主人！不能骂大人！”娜塔莉亚收敛了笑容，用教训的口气说。

“奶奶就是这样骂他们的，不信你问波柳什卡呀。”小麦列霍夫忧郁地争辩说。

“是的，妈妈，他们还把咱家的鸡全都宰光啦！”

波柳什卡活泼起来了：闪着乌黑的小眼睛，讲述红军怎么走进院子，怎样捉鸡鸭，奶奶伊莉妮奇娜怎么央告他们把那只冠子冻伤的黄公鸡留下来做种鸡，一个嘻嘻哈哈的红军手里摇晃着那只公鸡，回答她说：“老大娘，这只公鸡喊反对苏维埃政权的口号，所以我们判处它死刑！你不要央告啦，我们要用它来煮面条吃，我们给你一双旧靴子来换它。”

于是波柳什卡把两手一摊，比划说：

“留下一双什么样的靴子呀！这么大，大得不得了，上面全是窟窿！”

娜塔莉亚又是笑又是哭地抚爱着孩子们，赞赏的目光一直盯着女儿，高兴地耳语说：

“哎呀你，我的葛利高里耶芙娜！真正的葛利高里耶芙娜呀！你全身没有一点儿不像爸爸的地方。”

“那我像吗？”米沙特卡羡慕地问，羞怯地靠到母亲身上。

“你也像。不过要记住：等你长大以后——可别像你爸爸那样不正经……”

“他不正经吗？他有什么不正经呀？”波柳什卡很感兴趣地问。

娜塔莉亚的脸上蒙上了一层忧郁的阴影。娜塔莉亚沉默了一会儿，艰难地从凳子上站起来。

在旁边听着谈话的伊莉妮奇娜不满意地扭过脸去。娜塔莉亚已经不再听孩子们的谈话，站到窗前，朝阿司塔霍夫家紧闭着的百叶窗看了半天，叹息着，激动地摸弄着褪色的旧上衣的皱了的镶边……

第二天，天刚亮她就醒了，为了不吵醒孩子，悄悄地起了床，梳洗完了，从箱子里拿出干净裙子、上衣和一条遮太阳的白色头巾。她显得很激动,从她穿衣服时的忧郁和严肃的沉默表情,——伊莉妮奇娜已经猜到,儿媳妇是要到格里沙卡爷爷的坟地上去。

“你这是上哪儿去呀?”伊莉妮奇娜为了要证实自己的猜测,故意问。

“我给爷爷上坟去。”娜塔莉亚害怕哭出来,头也不抬地嘟哝说。

她已经知道格里沙卡爷爷被害和科舍沃伊烧了他们家的房子和场院的事情。

“你还很虚弱呢,怕走不到。”

“我一路上多歇几回就能走到啦。妈妈,请您喂喂孩子吧,也许我会在那儿耽搁很长时间。”

“天晓得会发生什么事情——你干吗要在那儿多耽搁呀!这样的鬼年月,什么倒霉的事情都会碰上,上帝饶恕吧。娜塔柳什卡,你还是别去吧!”

“不,我一定要去。”娜塔莉亚皱起眉头,抓住了门纽。

“那好吧,你等等,干吗饿着肚子去呀?我给你拿点儿酸牛奶来吃吧?”

“不,妈妈,耶稣保佑,我不想吃……等我回来再吃吧。”

伊莉妮奇娜看到儿媳妇坚决要去,就劝她说:

“顶好顺着顿河河岸走,穿过那些菜园子。从那儿走不那么显眼。”

顿河上雾气腾腾。太阳还没有升上来,但是东方,杨树遮住的天边上已经燃起火红的霞光,从黑云下面吹来凌晨凉飕飕的清风。

娜塔莉亚跨过倾倒的、爬满了牵牛花的篱笆,走进自家的果园。她两只手按在心口上,在一个新土堆旁边站住。

果园里荨麻和艾蒿丛生,散发着露水浸湿的牛蒡花、湿润的泥土和朝雾的气味。一只乱毛扎煞的白头翁孤独地栖息在大火烤死的老苹果树上。坟头塌陷了很多。干泥块的缝隙里长出了尖尖的嫩草。

娜塔莉亚被涌上心头的记忆弄得浑身哆嗦着,默默地跪下去,脸贴在冷漠的、永远散发着死人腐烂气味的泥土上……

过了一个钟头,她悄悄地溜出果园,揪心地最后一次回头看了看她曾在那里度过自己青春年华的地方，——荒废的宅院里，黑乎乎的一片凄凉，烧焦的板棚柱子、烤得漆黑的、倒塌的炉炕和墙基的废墟，——她慢慢地沿着胡同走去。

娜塔莉亚的身体眼看着一天天好起来。腿有劲儿了，肩膀圆了，身体也健壮丰满起来。不久她就能帮着婆婆做饭了。在炉炕边忙活的时候，她们一起拉家常，简直没完没了。

有一天早上，娜塔莉亚动心地说：

"什么时候才是个头啊？我的心都碎啦！"

"你等着吧，咱们的人很快就要从顿河那岸回来啦。"伊莉妮奇娜很有把握地回答说。

"您怎么知道的呀，妈妈？"

"我的心里觉得出来。"

"就盼咱家的哥萨克都能平平安安地回来。一个都不阵亡或受伤才好。要知道，葛利沙是个喜欢蛮干的人。"娜塔莉亚叹了一口气。

"放心吧，他们谁也不会出什么事的，上帝是慈悲的。咱家的老头子本来答应还要过河来看望咱们呢，可能是害怕啦。如果他再回来——你最好还是跟他一块儿过河到自己人那儿去吧，躲躲这阵灾难。咱的人都驻守在村子对岸呢。前几天，你还昏迷不醒，躺在床上的时候，天刚蒙蒙亮，我下顿河边去打水，听见阿尼库什卡从对岸大声叫喊：'好啊，老太太！老头子向你问好哪！'"

"葛利沙在哪儿呀？"娜塔莉亚小心翼翼地问。

"他正在远处指挥着他们这伙人哪。"伊莉妮奇娜老实地回答说。

"他在哪儿指挥呀？"

"大概是在维申斯克。不会在别处。"

娜塔莉亚半天没有说话。伊莉妮奇娜扭过脸朝她一看，大吃一惊，忙问道：

"你这是怎么啦？你哭什么呀？"

娜塔莉亚没有回答，把脏围裙捂在脸上，轻轻地抽泣起来。

"别哭啦，娜塔柳什卡。哭是没有用的。如果上帝保佑——我们还能看到他们活着回来。你自个儿要多加小心,少到院子里去,不然叫那些反基督的家伙看见了,他们就会盯上你……”

厨房里突然暗下来。有一个人影子从外面遮在窗户上。伊莉妮奇娜转脸朝窗户一看,啊呀叫了一声:

“是他们!是红军!娜塔柳什卡!快躺到床上去,假装是病人……可别发生意外的事……用麻布盖起来!”

娜塔莉亚吓得直哆嗦,刚躺到床上,就听到门锝响了;一个身材高大的红军战士,弯着腰,走进了厨房。孩子们紧紧抓住脸色煞白的伊莉妮奇娜的衣襟。伊莉妮奇娜本来是站在炉炕旁边的,就地坐在板凳上,打翻了装着煮好牛奶的罐子。

红军战士迅速地把厨房扫了一眼,大声说:

“请你们不要害怕。我不吃人。你们好啊!”

娜塔莉亚装病,直哼哼,脑袋上蒙着麻布,米沙特卡却翻着眼看了看进来的人,高兴地报告说:

“奶奶!就是他,宰咱家公鸡的那个家伙!记得吗?”

红军战士摘掉保护色的制帽,咂了一下舌头,笑了。

“认出来啦,小坏蛋?你还记得那只公鸡的事啊?不过,女主人,有事儿求你:你能不能帮我们烤点面包呀?我们有面粉。”

“可以……好吧……我给你们烤……”伊莉妮奇娜没有看客人,擦着洒在凳子上的牛奶,急忙应承说。

红军战士在门口蹲下来,从口袋里掏出烟荷包,一面卷着烟,一面开口说:

“黑天前烤得好吗?”

“如果你们急着要,黑天以前也能烤出来。”

“老大娘,打仗总是急茬儿的。不过那只公鸡的事儿请您别生气啦。”

“我们可没拿它当回事儿!”伊莉妮奇娜吓了一跳,“全是孩子胡闹……不该记得的事,也瞎说一气!”

“不过你倒真是个小气鬼,小家伙……”好心肠、爱说话的客人笑着对米沙特卡说,“你为什么总像狼一样地瞅着我呀?过来,咱们好好地谈谈你的公鸡吧。"

"去吧,宝贝儿!"伊莉妮奇娜用膝盖推着孙子,小声地央告说。

但是米沙特卡松开了奶奶的衣襟,想溜出厨房,他斜着身子悄悄往门口移动。红军战士伸出大长胳膊把他拉到自己怀里,问:

"怎么,还生气哪?"

"没有。"米沙特卡小声回答说。

"好,太好啦。一只公鸡有什么了不起。你的爸爸在哪儿?在顿河对岸吗?"

"在顿河对岸。"

"那就是说,在和我们打仗啦?"

米沙特卡被这一阵亲热的话儿逗得高兴地说:

"他指挥所有的哥萨克哩。"

"噢嘻,小家伙,你就胡说吧!"

"不信你问奶奶呀。"

多嘴多舌的小孙子把奶奶弄得简直不知如何是好,只是拍着手巴掌,叹起气来。

"是指挥所有的哥萨克吗?"红军战士不解地追问道。

"可能,不是所有的……"被奶奶投来的凶狠目光弄得不知所措的米沙特卡已经是不那么有把握地回答说。

红军沉默了一会儿,然后,斜眼看着娜塔莉亚,问:

"这个年轻女人有病,是吗?"

"她害了伤寒病。"伊莉妮奇娜不情愿地回答说。

两个红军把一袋面粉抬进厨房,放在门槛旁边。

"女主人,快生炉子吧!"一个红军士兵说,"傍晚我们来拿面包。不过小心一点儿,要烤出真正的面包,否则你可要倒霉!"

"我尽力烤吧。"伊莉妮奇娜回答说,心里高兴得不得了,因为新来的人打断了这场危险的谈话,米沙特卡也从厨房里溜了出去。

一个红军士兵头朝着娜塔莉亚点了点,问:

"她害的是伤寒病?"

"是的。"

红军战士们小声嘀咕了几句,就走出了厨房。走在最后的红军战士还没有转过街角——顿河对岸就响起了步枪射击声。

红军战士都弯着腰,跑到一堵倒塌殆半的石墙边,卧倒在墙后,动作一致地拉响枪栓,进行还击。

吓得要命的伊莉妮奇娜急忙跑到院子里去找米沙特卡。趴在石墙后面的红军战士们朝她吆喝道:

“喂,老大娘!快回屋里去!他们会打死你的!”

“我们的小家伙还在院子里哪!米申卡!我的好孩子!”老太婆拖着哭腔喊道。

她跑到院子中间,顿河对岸的枪声立刻就停止了。显然,那岸的哥萨克们看到了她。等到她刚刚把跑过来的米沙特卡扯到怀里,跟他一起走进厨房去,射击又恢复了,而且一直打到红军离开了麦列霍夫家的院子才停止。

伊莉妮奇娜小声地和娜塔莉亚说着话,发上了面,但是她却没有烤成面包。

晌午,驻在村子里的红军机枪哨突然匆匆忙忙地离开了人家的院落,拖着机枪,顺着土沟爬到山上去。

山上战壕里的一个连也排好队伍,用急行军的速度向黑特曼大道开去。

突然间,顿河两岸变得异常寂静。大炮和机枪都沉默了。辎重车辆和炮兵连沿着大道,沿着长满青草的夏季小路,络绎不绝地从各个村庄向黑特曼大道开去;步兵和骑兵都排成纵队撤去。

伊莉妮奇娜从窗户里看到一些掉队的红军士兵正在顺着白垩的岸岬往山上爬去,她在围裙上擦了擦手,激动地画了个十字,说:

“真是天从人愿,娜塔柳什卡!红军撤退啦!”

“哎呀,妈妈,他们是离开村子,躲到山上的战壕里去,晚上就又回来啦。”

“那他们为什么要跑得这么匆忙呢?是咱们的人把他们打垮啦!该死的家伙们在撤退哩!反对基督的坏东西逃走啦!……”伊莉妮奇娜兴高采烈地叫道,又重新和起面来。

娜塔莉亚从门洞里走出去，站在门口，用手巴掌遮在眼睛上，朝阳光照耀的白垩的山峰，朝变成褐色的山麓看了半天。

一团团雪白的云峰，在山雨欲来前肃穆的寂静中，从山后升起。中午的太阳灼热地蒸烤着大地。金花鼠在牧场上吱吱叫着，它们轻轻的、忧伤的叫声奇异地跟云雀的愉快活泼的歌唱声混在一起。大炮轰鸣过后的寂静，使娜塔莉亚心里觉得那么恬适，她一动不动地贪婪地倾听着云雀那纯净的歌声、井台上吊杆的吱扭声和充满了苦艾气味的簌簌的风声。

风又苦又香，这是荡漾在草原上的东风。它吹来晒得滚烫的黑土的热气，带着被太阳晒倒的野草的醉人的气息，但是已经可以感觉到大雨将至：从顿河上吹来阵阵淡淡的潮气，燕子伸开剪子似的翅膀几乎触到地面，在空中穿梭飞翔，一只草原小鹰在远方的蓝色的天空中，为躲避即将到来的雷雨，飞向他方。

娜塔莉亚在院子里转了一圈。石头围墙外，踏倒的草地上，遍地是一堆堆金黄色的步枪弹壳。玻璃上和房屋粉刷过的白墙上闪着弹孔。一只劫后仅存的母鸡，一看见娜塔莉亚，就咯哒咯哒叫着飞到仓房顶上去了。

令人感到特别亲切的寂静在村子上空没有持续多久，风就来了，无人居住的房子的大敞着的百叶窗和板门立刻乒乓乱响起来。一片雪白的雹云气势汹汹地遮蔽了太阳，往西方飘去。

娜塔莉亚捂着被风吹乱的头发，走到夏天厨房跟前，又扭回头去往山上看了看。地平线上——紫色的烟尘中，一辆辆的两轮车和零落的骑马的人在奔驰。“他们这是真撤退啦！”娜塔莉亚心里断定，感到一阵轻松。

她还没来得及走进门洞，山后很远的地方就响起雷鸣般的、低沉的大炮轰隆声，接着，仿佛跟炮声唱和似的，维申斯克两座教堂悦耳的钟声响彻顿河上空。

顿河对岸的哥萨克密密麻麻地从树林子里涌了出来。他们有的拖着、有的抬着小船跑到岸边，放下水去。划桨的人站在船尾，急急忙忙地划了起来。三十多只小船争渡，飞也似的向村子划来。

“娜塔柳什卡！我亲爱的！咱们的人回来啦！……”伊莉妮奇娜从厨房里跑出来，大声哭着，嘟哝说。

娜塔莉亚抱住米沙特卡，把他高举起来。她的眼睛激动地闪烁着，可是说话的时候却气喘吁吁，上气不接下气：

“瞧瞧，乖孩子，瞧瞧，你的小眼睛尖……也许，你爸爸也跟着哥萨克一块儿来啦……认不出来？前头那只小船上坐的不是他吗？哎呀，你看的地方不对！……”

在码头上只接到了瘦削不堪的潘苔莱·普罗珂菲耶维奇。老头子首先问了问家务事，牛是不是都活着，财物和粮食是否遭受了损失，然后就搂着孙子孙女哭了起来。但是等到他急急忙忙、一瘸一拐地走进自家院子时，脸一下变得煞白，跪在地上，朝东方磕了个头，画了一个大十字，白发苍苍的脑袋，半天没有从灼热的土地上抬起来。

第五章

顿河军由谢克列捷夫指挥的一个由三千名骑兵组成的突击兵团，配有六门马拉的大炮和十八挺驮载机枪，六月十日以歼灭性的进攻在白卡利特瓦河口镇附近冲破了红军的防线，沿铁路线，向卡赞斯克镇方向挺进。

第三天清晨，顿河第九团的军官侦察队，在顿河岸上遇到了叛军的战地哨兵。哥萨克们一看见骑兵，就都跑到荒沟里，但是指挥侦察队的哥萨克大尉，从衣服上认出他们是叛军，就挥舞着系在马刀上的手绢，大声地喊：

“是自己人！……别跑，乡亲们！……”

侦察队毫不戒备地跑到沟岔里。叛军哨长是个白发苍苍的老司务长，——他一面走，一面扣着被露水打湿的军大衣，来到队前。八个军官都下了马，大尉走到司务长面前来，摘下帽箍上钉着白亮的军官帽徽的保护色制帽，笑着说：

“喂,你们好啊,乡亲们!咱们按照哥萨克的老规矩,亲亲嘴吧。”他上下左右亲过了司务长,用手绢擦了擦嘴唇和胡子,感到同来的人们在用期待的目光看着自己,就露出意味深长的讥笑,从容不迫地问:

“喂,怎么样,你们都觉悟过来了吗?自己人总比布尔什维克好些吧?”

“一点儿也不错,老爷!我们是将功折罪……苦战了三个月,没想到你们会来!”

“好啦,虽然说晚了一点儿,但是总算觉悟过来啦。事情已经过去了,我们是不念旧恶的。你们是哪个镇的?”

“是卡赞斯克镇的,老爷!”

“你们的队伍在顿河对岸吗?”

“是的!”

“红军从顿河撤到哪儿去啦?”

“顺着顿河往上游撤去啦,大概是撤到顿涅茨镇去啦。”

“你们的骑兵还没过河吗?”

“没有。”

“为什么?”

“我不知道,老爷。我们是第一批派到这岸来的。”

“这里的红军有炮兵吗?”

“有两个炮兵连。”

“他们什么时候撤走的?”

“昨天天黑的时候。”

“应该去追截嘛!唉,你们这些糊涂虫。”大尉用责备的口气说,然后走到马跟前,从军用挎包里掏出笔记本和地图。

司务长直挺挺地站在那里,两手贴在裤缝上。哥萨克们聚集在他身后两步远的地方,看着军官们,打量着那些跑路太多、疲惫不堪的良种战马和鞍子;他们脸上的表情是复杂的:既有喜悦,又有莫名其妙的不安。

军官们都整齐地穿着剪裁合身的、戴肩章的英国式翻领制服和肥大的马裤,他们一面舒展着腿脚,在马匹旁边来回走着,一面斜眼打量着哥萨克。他们已经不像一九一八年秋天那样，谁也不再戴那用化学铅笔画的自制肩章了。皮鞋、马鞍、子弹盒、望远镜以及拴在马鞍上的马枪——全都是新的，而且都不是俄国造的。只有一位看上去年纪最大的军官，穿着一件薄呢子蓝上衣，戴着金光闪闪的布哈拉鬈毛羊皮的库班帽，穿着没有后跟的山民长筒靴子。他头一个迈着轻柔的脚步，走到哥萨克跟前，从背囊里掏出一盒包装漂亮、印着比利时国王阿尔贝特一世①肖像的纸烟，对哥萨克们说：

"请抽吧，弟兄们！"

哥萨克都没命地伸手去拿纸烟。其余的军官也走了过来。

"喂，你们在苏维埃的统治下过得怎么样啊？"一个大脑袋、宽肩膀的少尉问。

"不怎么舒服……"一个穿着旧棉袄的哥萨克矜持地回答说，他贪婪地吸着纸烟，眼睛直盯着紧裹着少尉的粗腿肚、长到膝盖的护腿套。

这个哥萨克脚上穿的是将能穿在脚上的破毡靴。补过多次的白毛袜子和掖在袜筒里的裤子，全都破烂不堪；所以这个哥萨克才目不转睛地注视着使他羡慕不已的英国式皮靴、结实的厚皮底和金光闪闪的铜扣环。他按捺不住，天真地表示出了自己的高兴心情：

"你们的皮靴可真好啊！"

但是少尉并不怎么喜欢谈这些家常话。他露出狡猾、挑衅的神情说：

"你们不愿意要外国装备，宁愿穿莫斯科草鞋，那就不要看到别人的东西眼红！"

"我们打错了算盘。犯了错误……"哥萨克回头看着自己的同伙，希望得到支持，难为情地回答着。

少尉继续嘲笑、数落说：

"你们的脑子都是牛脑子。要知道牛总是这样的：先迈一步，然后就不走啦，盘算起来。馊主意就出来啦！去年秋天里你们放弃阵地的

---

① 阿尔贝特一世（1875—1934），一九〇九年继承王位，第一次世界大战时，曾奋力抵抗德军的入侵。战后继续统治比利时王国。

时候是怎么想的啊?！想当政治委员啦！唉,你们这些保卫祖国的勇士噢！……”

一个年轻的中尉对大发雷霆的少尉耳语说:“住口吧,你说得太多啦!”于是这个少尉才把纸烟踩灭,啐了一口,大踏步朝战马走去。

大尉递给他一张纸条,小声对他说了些什么。

身体笨重的少尉竟令人意想不到地、轻捷地跃上战马,掉转马头,向西飞驰而去。

哥萨克们都难为情地沉默不语。大尉走了过来,耍着花腔,用响亮的男高音,高兴地问:

“从这儿到瓦尔瓦林斯基村有几俄里呀?”

“三十五俄里。”几个哥萨克同时回答说。

“好极啦。就这样吧,乡亲们,请快去报告你们的长官,叫他们一分钟也不要耽搁,立刻命令骑兵渡河到这边来。我们派一个军官跟你们一起到渡口去,由他指挥骑兵。命令步兵以行军队形开赴卡赞斯克。听明白了吗?好,就像命令所说的,从左向后转,开步走!”

哥萨克们挤在一起,往山下走去。大家都好像商量好似的,一声不响地走了约一百沙绳远,然后那个其貌不扬、身穿棉袄、被热心的少尉数落过的哥萨克,摇了摇脑袋,伤心地叹了一口气说:

“好啊,弟兄们,我们会师啦……”

另一个哥萨克马上补充了一句:

“洋姜一点儿也不比萝卜甜!”接着花哨地骂了几句。

第 六 章

维申斯克刚一得到红军部队仓皇撤退的消息,葛利高里·麦列霍夫就立刻率领着两个骑兵团,洑水渡过了顿河,派出去几个阵容坚强的侦察队,向南挺进。

顿河岸边的山岗后面正在激战。大炮的轰击声汇成一片,仿佛是在地下沉重地轰鸣似的。

“看来士官生们一点也不吝惜炮弹呀！用猛烈的炮火进行射击！”一个指挥员来到葛利高里跟前，兴高采烈地说。

葛利高里一声不响。他骑马走在纵队前面，仔细地向四面观察着。从顿河岸边到巴兹基村三俄里长的一段路上，到处是叛军遗弃的成千辆的四轮马车和大车。树林子里遍地都是遗弃的财物：摔破的箱子、椅子、衣服、马套、碗盘、缝纫机、装着粮食的口袋，——凡是爱财如命的当家人往顿河岸边撤退时能带走的东西，全都带来了。道路上有些地方洒满了金黄色小麦，厚得能没到膝盖。这里还横着一些鼓胀起来的、腐烂得非常难看的、散发着恶臭的牛马尸体。

“他们兢兢业业，到头来落得这样的下场！”葛利高里大为震惊，叫了一声，摘掉帽子，竭力不吸气，绕过一堆结成了块的麦粒，麦堆上横着一个摊开四肢、戴着哥萨克制帽、穿着血渍斑斑的棉袄的死老头子。

“这位老爹真是舍命不舍财啊！落得这个下场。”一个哥萨克惋惜地说。

“准是舍不得扔下这些麦子……”

“喂，前面的，打马快走吧！他身上恶臭熏天——真不得了！喂！走吧！……”走在后面的人怒冲冲地喊叫起来。

连队策马快跑起来。大家都沉默不语。只能听到杂沓的马蹄声和哥萨克佩带的刀枪叮当声和谐地在树林中回响。

……离利斯特尼茨基家的庄园不远的地方正在进行战斗。一群黑压压的红军战士在亚戈德诺耶旁边干涸的山涧里奔命。榴霰弹在他们头顶上爆炸，机枪在他们背后扫射，而加尔梅克团的骑兵散兵线在山岗上展开，截断了他们的退路。

葛利高里率领着自己的几个团赶到的时候，战斗已经结束了。掩护一些零散部队和第十四师的辎重队沿维申斯克山隘撤退的两连红军，都被第三加尔梅克团击溃，全歼。还在山岗上的时候，葛利高里就把部队交给叶尔马科夫指挥，对他说：

“这儿没用咱们就已经把事情办妥啦。你带着部队去会师吧，我要到庄园去看看。”

“到那儿去干什么呀?”叶尔马科夫惊讶地问。

“是啊,怎么跟你说呢,我年轻的时候在这儿当过长工,很想去看看这块老地方……”

葛利高里喊了一声普罗霍尔,就拨马向亚戈德诺耶驰去。走了约有半俄里远,就看到,走在前头的一个连的头顶上,哗啦哗啦地迎风飘着一块白布,由一个哥萨克小心地举着。

“好像是去投降似的!”葛利高里不安地、莫名其妙地苦恼地想,看着自己的骑兵纵队好像很不情愿地、慢慢地走下干涸的山涧,谢克列捷夫率领的骑兵突击兵团,正顺着草地迅速地迎着他那个骑兵纵队开来。

等到葛利高里穿过倒塌的大门,走进长满了胭脂菜的庄园的院落时,一阵伤感和空虚袭上心头。亚戈德诺耶变得简直认不出来了。到处都是一片无人经管和破败不堪的景象。曾是那么漂亮的宅第已经黯然无光,好像也变得矮小了。久未油漆的屋顶已经锈迹斑斑,破损的排水管子横在台阶旁边,从窗框上脱落的百叶窗斜挂在那里,野风飕飕地吹进了玻璃破碎的窗户,从那里已经散发出阵阵久无人住的房屋的刺鼻的霉烂气味。

屋子东面的一角和台阶被三英寸口径的炮弹炸坏了。一棵被炮弹打倒的枫树顶梢钻进了走廊上威尼斯式的破窗户里。枫树的树干倒在一堆从屋基上倾坍下来的砖头上,就一直这样躺在那里。而长得很快的野蛇麻草已经顺着干枯树枝爬上来,缠满了树干,奇妙地爬满了残存的窗玻璃,往屋檐上爬去。

时间和恶劣的天气发挥了自己的作用。庄园里的一些附属建筑都已破败不堪,仿佛主人的手已经多年没有经心地照顾过它们。马厩里,春雨冲刷的石墙已经倒塌,暴风雨掀去车库的屋顶,只有毫无生气的、苍白的木椽子和横梁上还残留着一束束腐烂的干草。

下房的台阶上躺着三条已经变野的猎狗。它们一看见生人就跳起来,低声汪汪叫着,躲到门洞里去。葛利高里骑马来到厢房大敞着的窗户前;从马上弯下腰,大声问:

“还有活人吗?”

厢房里好久寂然无声,后来有一个嘶哑的女人声音回答说:

“请等一等，看在基督的面上！我立刻就来。”

老态龙钟的卢克里娅光着脚，呱唧呱唧地走到台阶上来；被太阳晃得眯缝着眼睛，把葛利高里打量了半天。

“你不认识我了吗？卢克里娅大婶？”葛利高里一面下马，一面问。

直到这时候，卢克里娅的麻脸才哆嗦了一下，表情从麻木、冷漠变得激动了。她哭起来，半天说不出一句话。

葛利高里拴好马，耐心地等她说话。

“我担惊受怕够啦。可别再……”卢克里娅用肮脏的粗布围裙擦着脸颊，诉起苦来，“我还以为他们又来啦……噢噫，葛利申卡，这儿的事情……三天三夜也说不完！……要知道，整个庄园只剩下我一个人啦……”

“萨什卡爷爷在哪儿呀？跟老爷一块儿撤退了吗？”

“要是跟着撤退了就好啦，也许还能活下来……”

“难道他死了？”

“把他打死啦……在地窖里放了三天三夜……应该把他埋掉，可是我自己也在生病……费很大劲才从床上爬起来……而且到他那儿，到死人那儿去我怕得要命……”

“为什么把他打死的呀？”葛利高里眼瞅着地，喑哑地问。

“为了一匹骒马要了他的命……咱们的老爷一家是匆匆忙忙撤退走的。只把钱带走了，几乎把全部财产都交给我看管。”卢克里娅转为耳语说，“我连一根线都收藏起来！埋在地里的东西到现在还好好的。老爷一家只骑走了三匹奥勒尔种的儿马，其余的马都交给萨什卡爷爷照管。暴动一开始，哥萨克和红党都来牵马。那匹叫‘旋风’的铁青马——也许你还记得吧？开春的时候叫红党牵走啦。他们费了很大劲才给它鞴上鞍子。要知道，这匹马还从来没有人骑过。不过他们也没有能骑成，没能称心如意。过了一个星期，来了些卡尔金斯克的哥萨克。这些哥萨克们讲，他们在山岗上遇上了红军，就厮杀起来。哥萨克们有一匹很平常的小骒马，恰巧在这时候叫了起来。红军哪有办法拦住‘旋风’不往哥萨克这边跑啊？它放开四蹄朝那匹骒马飞奔而去，那个骑在它背上的家伙一看驾驭不了这匹儿马，就想在它全速飞驰的时候跳下来。跳倒是跳下来啦，不过一只脚没有能从马镫里脱出来。‘旋风’就把他径直送到哥萨克手里。”

“妙啊！”普罗霍尔大声赞道。

“现在是一个卡尔金斯克的准尉在骑这匹马，”卢克里娅从容不迫地讲着，“他答应，只要老爷一回来——立刻就把马送回来。就这样，他们把所有的马都牵走啦，只剩下了那匹叫‘神箭’的快马，是‘模范’和‘未婚妻’交配生的。因为它正在怀着驹儿，所以没有人要它。不久前它生小驹啦，萨什卡爷爷那么喜爱这匹小马驹儿，喜爱得简直没法说啦！他抱着它，用芦管喂它吃奶和喝一种什么草汁，为的是叫它的腿长得结实。可是倒霉事情来啦……三天后，傍晚的时候，来了三个骑马的人。萨什卡爷爷正在花园里割草。他们向他大声喊叫：‘老混蛋，到这儿来！’他扔下镰刀走过去，向他们问候，可是他们连看也不看他，一面喝着牛奶，一面问他：‘有马吗？’他说：‘有一匹，不过这匹马不适合你们打仗用：是匹骒马，正在奶着小马驹儿呢。’他们当中顶凶狠的一个家伙大叫道：‘你懂什么！快把骒马牵来，老鬼！我的马脊背磨伤啦，我要换匹马骑！’他本应当服从命令，别袒护这匹骒马就好啦，可是他，你是知道的，是个脾气大的老头子……有时候对老爷都不买账。大概，你还记得吧？”

“他怎么啦，就是没有给？”普罗霍尔插嘴问。

“哼，他怎么敢说不给呢？只是对他们说：‘在你们以前，来过很多骑兵，把所有的马都牵走啦，可是都怜惜这匹马，你们怎么就……’这些家伙一下子都站了起来，哇啦哇啦地大声嚷：‘啊，你这个地主的奴才，你是要把它留给地主吗？！’唉，他们把他拉开……其中一个把骒马牵出来，开始鞴鞍子，小驹儿却钻到骒马身下去吃奶。这时候老人央告他们说：‘行行好吧，别牵走它！不然，小马驹儿怎么办呀？’‘这好办！’另外一个人说，并把小马驹儿从骒马身边赶开，从肩膀上摘下步枪，给了它一枪。我的眼泪立刻就涌了出来……我跑过去，央告他们，抓住老人，想把他领走，别闹出事来，可是他一见小马驹儿——气得胡子直哆嗦，脸变得像墙一样煞白，大骂：‘既然是这样，那你就把我也打死吧，狗崽子！’说完，就朝他们扑过去，抓住他们，不让这些家伙鞴鞍子。这一来，他们当然生气啦，就把老人打死啦。这些家伙朝他一开枪，我的魂儿就吓跑啦……现在，我简直不知道该怎么办。应该给他做口棺材，可是老娘儿们干得了这种事儿吗？”

“给我两把铁锹和一块粗麻布。”葛利高里请求她说。

“你想把他埋了吗？”普罗霍尔问。

“是的。”

“你何必自找麻烦呢，葛利高里·潘苔莱维奇！我立刻就去叫几个哥萨克来。他们会给他做口棺材，掘个像样的坟……”

显然，普罗霍尔是不愿意干这件埋什么老头子的活儿，但是葛利高里坚决拒绝了他的建议。

“咱们自个儿挖个坟坑，把他埋了算啦。这老头子是个好人。你到花园里去，在水池边等我，我去看看死人。”

在那个长满水藻的水池边，在那棵枝叶茂盛的老白杨树下，从前萨什卡爷爷掩埋葛利高里和阿克西妮亚的小女孩儿的地方，他找到了自己最后的归宿。他俩把他那瘦小的尸体卷在一块干净的、带着发面气味的粗布里，放进土坑，用土埋上。在那个小坟头旁边又出现了一座新坟，用靴子踏得结结实实，潮湿的、新挖起的黏土闪着耀眼的崭新的亮光。

回忆弄得葛利高里心情抑郁不欢，他躺在离这个非常珍贵的小坟堆不远的草地上，久久地凝视着头顶上庄严的蔚蓝天空。风在渺无边际的高天上吹着，被太阳照得冷光闪闪的云片随风飘荡，可是在刚刚接受了那匹活蹦乱跳的小马和酒鬼萨什卡爷爷的大地上，却依然在进行着紧张、沸腾的生活：在草色青青，像碧浪一样一直涌到花园边上的草原上，旧场院篱笆旁边的野麻丛里，鹌鹑在咕咕不息地斗鸣，金花鼠在吱吱叫，野蜂嗡嗡不停，风吹着野草，沙沙作响，云雀在飘动的蜃气中歌唱，远处干涸的山涧里，有一挺机枪顽强、凶狠、喑哑地响着，显示着人类作为万物之灵的威严。

第 七 章

谢克列捷夫将军在一大批参谋军官和几连人的哥萨克卫队簇拥下来到维申斯克，维申斯克居民捧着面包和盐，教堂鸣钟，热烈欢迎将军。两座教堂的钟整天地响着，就像复活节那样。下游的哥萨克们骑着瘦长的、跑得疲惫不堪的顿河马，在街上跑来跑去。他们肩膀上的肩章闪着诱人的蓝光。广场上，谢克列捷夫将军下榻的那座商人家宅旁边，聚了一伙传令兵。他们一面嗑葵花子，一面跟那些从他们面前走过的、浓妆艳抹的镇上的姑娘们攀谈。

晌午时分，有三个骑马的加尔梅克士兵押着十五名被俘的红军战士来到将军的住处。他们后面跟着一辆装满乐器的、两匹马拉的大车。这些红军穿得可非同一般：灰呢裤子和同样颜色的、袖口镶着红边的上衣。一个上点儿年纪的加尔梅克士兵走到这些游手好闲地站在门口的传令兵跟前，下了马，把瓷烟斗塞进口袋。

“我们的人把红军的吹鼓手押来啦。明白吗？”

“这有什么明白不明白的？”一个胖脸的传令兵朝加尔梅克人落满尘土的靴子啐着葵花子皮，懒洋洋地回答说。

“什么也不什么，——接收俘虏吧。脸吃得这么胖，可尽说什么废话！”

“喃，喃！你给我再说说看，臊羊尾巴！”传令兵气哼哼地说。但还是进去报告押来俘虏了。

从大门里走出一位身穿腰部绷得紧紧的深棕色紧身外衣的肥胖大尉。他叉开两条粗腿，姿势漂亮地双手叉在腰上，把挤在一起的红军士兵扫了一眼，用低音说：

“你们这伙吹吹打打，给政委们解闷儿的坦波夫坏蛋！灰呢制服是打哪儿弄来的啊？是从德国人身上剥下来的，是吗？”

“不是，”站在最前面的一个红军战士不断地眨着眼睛回答说，然后又用急骤的语调解释说,“我们的乐队早在克伦斯基时代,在六月大反攻以前,就置了这套服装,……从那个时候起我们就穿……”

“你就给我穿吧！穿吧！我叫你们在我这儿穿!”大尉把毛剪得很短的库班皮帽推到后脑勺上,露出光脑袋上的一条紫红色的、还没有结疤的刀伤,用歪斜的高靴后跟猛然一转身,面向加尔梅克老兵叫道,“你干吗把他们押到这儿来,你这个没有受过洗礼的家伙？为什么要押到这儿来,鬼东西？不会在路上把他们收拾了吗?”

加尔梅克老兵不知怎么的一下子全身挺直,麻利地挪动着两只罗圈儿腿,一只手一直放在保护色制帽的帽檐上敬礼,回答说:

“连长命令我要把他们押到这儿来。”

“要押到这儿来!”像个纨袴公子似的大尉学着他的腔调儿说,轻蔑地闭上薄嘴唇,沉重地踏着浮肿的粗腿,扭着大屁股,绕着红军士兵走了一圈,像马贩子看马一样,把他们仔细地打量了半天。

传令兵们低声笑着。押送俘虏的加尔梅克人的脸上却都保持着一贯的冷漠神色。

“开开大门！把他们押到院子里去!”大尉命令说。

红军俘虏和乱七八糟地装着乐器的大车都在台阶旁边停了下来。

“谁是乐队队长?”大尉点上烟,问。

“队长不在啦。”几个人同时回答说。

“他在哪儿？逃走了吗?”

“不是,打死啦。”

“这真是活该。没有队长你们也可以干嘛。好,拿起你们的乐器来!”

红军乐师们都走到大车边去。铜号声在院子里羞羞答答、乱哄哄地响了起来,跟没完没了的教堂的钟声混成一片。

“准备好！演奏《上帝,保佑沙皇》。”

乐师们默默地互相看了一眼。谁也没有吹奏。难堪的沉默持续了片刻,然后一个光着脚、但是裹腿却打得很整齐的红军乐师眼看着地说:

“我们这些人谁也不会演奏旧国歌……”

“谁也不会？真有意思……喂，来人哪！来半排传令兵，都带上步枪！”

大尉用靴尖打着听不见的拍子。传令兵在走廊里排队，马枪碰得叮当乱响。麻雀在小花园外面茂密的洋槐树上喳喳地叫着。院子里散发着被晒烫的板棚铁顶的热烘烘的气味和刺鼻的人汗臭味。大尉从太阳地里走到阴凉地方，这时候那个光脚的乐师伤心地看了看同伴们，声音低沉地说：

“老爷！我们这些人——都是青年乐师。我们没有学过吹奏旧歌曲……演奏革命进行曲的时间比较多……老爷！”

大尉心不在焉地玩弄着自己的镂花皮带尖，没有做声。

传令兵在台阶旁边排好了队，等候下命令。这时候一个上了点儿年纪的、一只眼睛生着白翳的乐师，推开前面的人，急忙从后排走出来；他咳嗽了几声，问道：

“您允许吗？我会吹。”不等得到同意，就把被太阳晒得滚烫的巴松管放到哆哆嗦嗦的嘴唇上。

在商人宅第宽大的院子上空飘荡的凄凉、瓮声瓮气的叫人心烦的声音惹得大尉愤怒地皱起了眉头。他挥了挥手，喊：

“停止！像叫化子要饭似的……还吹哪！难道这是音乐吗？”

几张参谋人员和副官们的笑脸出现在窗口。

“请您命令他们吹奏一支葬礼进行曲吧！”一个半截身子从窗口探出来的青年中尉用孩子似的男高音喊道。

在花园上空荡漾的钟声沉默了一会儿，大尉的眉毛抖动着，甜言蜜语地问：

“《国际歌》，我想，你们会演奏吧？来，别害怕！既然是我命令的，你们就尽管吹奏吧。”

在一片寂静中，在中午的暑热中，就像是号召去进行战斗似的，突然和谐、庄严地响起了《国际歌》愤怒的旋律。

大尉低着头，叉开腿站在那里，就像公牛遇到了障碍物似的。他站在那里倾听着。青筋迸起的脖子和眯缝起的眼睛里发蓝的白眼珠都充血涨红了。

“停——止！……”他忍耐不住，愤怒地大声吼道。

乐队一下子哑巴了，只有法国号掉了队，热情的呼唤声还在灼热的空气中回荡了很久。

乐师们舔着干裂的嘴唇，用袖子和肮脏的手巴掌擦着。他们脸上的表情疲惫而又冷漠。只有一个人禁不住热泪滚滚，泪水顺着风尘满面的脸颊流下来，留下湿润的泪痕……

与此同时，谢克列捷夫将军在一位还是日俄战争时的同事的亲戚家里吃完了饭，由一位喝得醉醺醺的副官搀扶着，走到广场上来。炎热和烧酒弄得他昏昏沉沉。在中学对面的砖房拐角处，衰弱无力的将军一踉跄，脸朝下摔在晒烫的沙土上。惊慌失措的副官极力想把他扶起来，但是怎么也办不到。这时候从站在不远的人群里跑来一些人帮忙。两个上了年纪的哥萨克恭恭敬敬地抓着将军的胳膊把他搀扶起，将军当众呕吐起来。在呕吐间歇时，他气势汹汹地摇晃着拳头，还想叫喊些什么。人们多方劝说，把他搀回了住处。

站在不远的哥萨克们目送了他半天，小声地议论着：

“唉，这个宝贝儿已经疲惫不堪啦！他的行为可太不检点了，白是个将军啦。”

“老酒这玩意儿可不管你官位有多高，功劳有多大。”

“不能把摆到桌上的酒都灌下去嘛……”

“哎呀，老兄，这可不是什么人都能忍得住的！有人喝醉了大出其丑，就发誓以后再也不喝啦……可是这正像俗话所说的：狗改不了吃屎……”

“一点儿也不错！告诉孩子们，叫他们离这些家伙远着点儿。小家伙们紧跟在旁边，盯着看个没够，好像从来没有看见过醉汉似的。”

……镇上的钟声一直响到天黑，镇上的人也一直喝到天黑。晚上，在军官俱乐部里，叛军司令部为胜利会师举行庆祝宴会。

身材高大、匀称的谢克列捷夫——出生在克拉斯诺库特斯克镇的一个村子里，是个道地的哥萨克——他酷爱好马，是个超等骑手，勇猛的骑兵将军。但是却不是一个演说家。他在宴会上发表的演说，尽是酒后狂语，在演说结束时，直言不讳地把顿河上游的哥萨克责备、威胁了一顿。

参加宴会的葛利高里心情紧张、愤怒地注意听谢克列捷夫的讲话。中午的酒还没有醒的将军,手指撑在桌子上站在那里,杯子里香喷喷的老酒直往外洒,用过分坚定的声调说出了每一句话:

"……不,不是我们应该感谢你们的援助,而是你们应该感谢我们的援助!正是你们应该感谢我们,这一点必须毫不含糊地说清楚。如果没有我们的话,红军早已把你们消灭啦。这你们自己是非常清楚的。而我们就是没有你们,也能消灭这些混蛋。我们今天在消灭他们,明天还要消灭他们,直到把俄罗斯全境清除干净为止,这一点请你们记住。去年秋天,你们放弃了阵地,把布尔什维克放到哥萨克的土地上来……你们想跟他们和平共处,但是事与愿违!于是你们为了保住自己的财产,保住自己的性命,才起来暴动。说穿啦——你们是为了保护自己那张皮和公牛的皮。我提起过去的事情,并不是想拿你们的罪行来责备你们……不是叫你们难堪不舒服。但是把事情说清楚,总是有益的。我们已经宽恕了你们那次叛逆行为。我们把你们当作亲兄弟,在你们最困难的时候来帮助你们。但是你们必须将功折罪,洗雪你们可耻的过去。明白了吗,诸位军官先生们?你们必须建立功勋和为静静的顿河忠诚服役,赎自己的罪,明白了吗?"

"好,为赎罪干一杯!"坐在葛利高里对面的一个上了些年纪的中校,面带微笑,泛泛地说道,不等在座的人,自己首先喝了一杯。他生着一张英气勃勃的脸,略微有点麻子,流露着嘲讽意味的褐色眼睛。谢克列捷夫致词的时候,他的嘴唇上曾多次露出飘忽不定、捉摸不透的冷笑,这时他的眼睛就变得昏暗,仿佛完全变成黑色的了。葛利高里观察着中校,发觉这个人跟谢克列捷夫以"你"相称,态度不卑不亢,但对其余的军官却非常矜持和冷漠。所有参加宴会的人中,只有他一个人戴着缝死的草绿色肩章并在同样颜色的上衣上绣着科尔尼洛夫部队的袖章。"这是一个有思想的人。大概是志愿军的一员。"葛利高里心里想。中校像马饮水一样地喝酒。不吃菜,也不醉,只是不断地在松他的英国宽皮带。

"坐在我对面的这个麻子是什么人物?"葛利高里悄悄地问坐在旁

边的博加特廖夫。

“鬼知道他是什么人物!”喝得醉醺醺的博加特廖夫挥了一下手说。

库季诺夫一点儿也不吝啬酒。桌子上也不知道从哪里弄来了酒精,谢克列捷夫吃力地结束了演说,解开保护色上衣的扣子,沉重地坐到椅子上。一个蒙古人脸型的青年中尉哈着腰,不知道悄悄地对他耳语了些什么。

“见他的鬼去吧!”谢克列捷夫脸涨得紫红,回答道,一口气喝下库季诺夫殷勤地给他斟上的一杯酒精。

“那个斜眼儿是什么人?是副官吗?”葛利高里问博加特廖夫。

博加特廖夫用手巴掌捂着嘴,回答说:

“不是,这是他的干儿子。日俄战争时,他从满洲带回来的,当时还是个小孩子。他把这小家伙抚养大,送进士官学校去念书。这个中国小伙子很有出息。勇猛异常!昨天在马克耶夫卡附近他从红军手里夺下一个钱箱子,弄到了二百万卢布。你看,他所有的口袋里都塞满一叠一叠的钞票!这个该死的家伙真走运!简直是得了聚宝盆啦!你喝酒吧,老去看他们干什么呀?”

库季诺夫致答词,但是几乎没有人听他讲话。大家都喝红眼了。谢克列捷夫脱掉上衣,只穿一件内衣坐在那里。剃得光光的脑袋因为出汗而闪闪发光,那件非常干净的亚麻衬衣把涨红的脸衬托得更红,晒成酱色的脖子显得更紫。不知道库季诺夫小声对他说了些什么,但是谢克列捷夫连看也没有看他,固执地重复说:

“不——不——成。对不起!这要请你原谅!我们信任你们,但是也还要走着瞧……你们的叛变人们是不会很快忘掉的。让那些去年秋天投奔红党的人都好好地记住吧!”

“好吧,我们给你们干,同样也要走着瞧!”已经有点儿醉意的葛利高里心怀愤怒地想着,站起身来。

他没有戴帽子,走到台阶上,如释重负似地、深深地吸了一口夜晚新鲜的空气。

顿河边,青蛙就像下雨前似的吵成一片,水生甲虫忧伤地嗡嗡叫着。几只水鹬在沙角上凄切地互相叫唤。远处的河边草地上，有匹找不到母马的小马驹儿忽高忽低地尖声嘶叫。“不幸的境遇逼着我们跟你们攀亲，不然的话我们连你们的味儿都不愿意闻见。该死的坏蛋！装模作样的，像一戈比一个的糖饼。现在就骂骂咧咧，再过一个星期干脆就会动手掐你的脖子……竟混到了这步田地！处处碰壁。我早就料到会这样……不这样倒怪了。现在的哥萨克们会仔细品品味儿啦！已经不习惯在这些老爷面前站得笔直，举手敬礼啦。”葛利高里一面想着，一面走下台阶，摸索着朝篱笆门走去。

酒精也在他身上发挥了作用：头发晕，行动也变得艰难不稳起来。走出篱笆板门时，踉跄了一下，他把制帽扣在脑袋上，——拖着沉重的腿，沿街走去。

他在阿克西妮亚姑母家的小房前停了下来，想了想，然后就毅然朝台阶走去。门廊上的门没有锁。葛利高里没有敲门就走进内室，一眼就看见司捷潘·阿司塔霍夫坐在桌边。阿克西妮亚的姑妈正在炉炕前忙活。桌上铺着干净的桌布，放着一瓶还没有喝完的烧酒，盘子里是切成一块一块的咸鱼，闪着粉红色的光泽。

司捷潘刚刚喝完杯子里的酒，看样子正想要吃点儿菜，但是一发现葛利高里，就推开盘子，脊背紧靠到墙上。

尽管葛利高里醉得那么厉害，还是看清了司捷潘的苍白的脸和他那两只像狼一样目光炯炯的眼睛。葛利高里被这不期的会面弄得呆若木鸡，但他还是竭力平静下来，沙哑地问候说：

“你们好啊！”

“上帝保佑。”女主人惊讶地回答他说，她已经清清楚楚地知道葛利高里和她侄女的关系，知道丈夫跟情夫不期而遇，会有什么好结果。

司捷潘一声不响地用左手摸着胡子，火辣辣的眼睛一直在盯着葛利高里。

而葛利高里叉开两腿，站在门口，似笑非笑地说：

“我是顺便来看望……请你们原谅。”

司捷潘没有作声。尴尬的寂静一直持续到女主人壮起胆子，邀请葛利高里说：

“请进来吧,请坐。”

现在葛利高里再也用不着掩饰了。他到阿克西妮亚的住处来,已经对司捷潘说明了一切。于是葛利高里就径直朝司捷潘走过去:

“你老婆在哪儿呀?”

“你是来看望……她的吗?”司捷潘小声地但十分清楚地问道,用颤抖的眼睫毛遮上了眼睛。

“是来看望她的。”葛利高里叹了口气,承认说。

在这一刹那,他已经准备好招架司捷潘可能做出的一切动作,他已经清醒过来,准备进行防御。但是司捷潘睁开了眼睛(不久以前眼睛里的怒火已经熄灭),说:

“我叫她买酒去啦,立刻就会回来的。请坐下等等吧。”

身材高大、匀称的司捷潘甚至站了起来,推给葛利高里一把椅子;他没有看女主人,就请示说:

“姑妈,请您再拿只干净杯子来,”又问葛利高里,“喝点儿酒吧?”

“少喝一点儿可以。”

“那好,请坐。”

葛利高里坐到桌边……司捷潘把瓶子里的残酒平均倒进两只杯子,抬起笼罩着一层薄雾的眼睛看着葛利高里。

“愿诸事如意!”

“祝你健康!”

碰碰杯。两人都喝干了。相对沉默无语。女主人像只老鼠似的,急忙递给客人一只盘子和一把断了把的叉子。

“请您吃鱼吧! 这是暴腌的。”

“谢谢。”

“你们往自己盘子里夹呀,吃吧!”大为高兴的女主人款待着客人。

一切都平安无事地过去了,没有打架,没有打碎杯盘,也没有口角,这使她高兴得要命。本来可能出事的谈话结束了。丈夫跟妻子的情夫共坐在一张桌上。现在他们正一声不响地吃着东西,谁也不看谁。殷勤的女主人从箱子里拿出一条干净手巾,仿佛是想把葛利高里和司捷潘联结起来似的,把手巾的两头放在两个人的膝盖上。

“你怎么不在连里呀？”葛利高里一面吃着鳊鱼，一面问。

“我也是来看望的呀。”司捷潘沉默了一会儿回答说，从他的声调里怎么也判断不出他是一本正经，还是冷嘲热讽。

“大概连里的人都回家去了吧？”

“都回村子里去啦。怎么，咱们干一杯，好吗？”

“来吧。”

“祝你健康！”

“愿诸事如意！”

门廊里，门环响了一声。葛利高里已经完全清醒过来，偷偷看了司捷潘一眼，只见他脸上又是一阵苍白。

阿克西妮亚披着一条毛头巾，没有认出是葛利高里，朝桌子走来，从旁边再一看，她那瞪大的黑眼睛里立刻露出恐怖的神情。她气喘吁吁，费了很大的劲，才说出：

“您好，葛利高里·潘苔莱维奇！”

司捷潘的两只放在桌子上的骨节粗大的手突然轻轻地哆嗦起来，葛利高里一见这种情形，就一声不响地对阿克西妮亚点了点头，一句话也没有说。

她把两瓶酒放在桌上，重又把充满了不安和隐秘的喜悦的目光投向葛利高里，然后转过身去，走进内室黑暗的角落里，坐到大箱子上，用颤抖的手理了理鬓发。司捷潘控制了自己的激动，解开勒得透不过气来的衬衣领子，满满地斟了两杯酒，扭过脸去对妻子说：

“拿只杯子，到桌边来坐吧。”

“我不去。”

“来嘛！”

“我是不会喝酒的呀，司乔帕！”

“你还要我说多少遍哪？”司捷潘声音颤抖地说。

“来吧，好邻居！”葛利高里鼓励地笑着说。

她用祈求的目光看了他一眼，迅速地走到小碗橱前。从碗架子上掉下一只碟子，哗啷一声摔碎在地上。

“哎呀，真糟糕！”女主人伤心地拍了一下手。

阿克西妮亚一声不响地收拾了碟子的碎片。

司捷潘给她满满地斟上了一杯，眼睛里又燃起了苦闷和仇恨的火焰。

“好，咱们干一杯……”他刚一开口，就顿住了。

寂静中可以清晰地听到坐到桌边来的阿克西妮亚急促、断续的呼吸声。

“亲爱的妻子，咱们干一杯吧，为了久别重逢。怎么，你不愿意喝吗？你不喝酒？”

“你是知道的……”

“如今我什么都知道啦……好，不为久别重逢！为贵客葛利高里·潘苔莱维奇的健康干一杯。”

“为他的健康我就干一杯！”阿克西妮亚响亮地说道，一口气就把酒喝了下去。

“你这个苦命的孩子！”女主人嘟囔着，跑到厨房里去。

她藏到角落里，手放在胸前，心想桌子立刻就会哗啦一声翻倒在地，响起震耳的枪声……但是在内室里却像死一样的寂静。只听见天花板上被灯光惊扰的苍蝇的营营声，窗外传来镇上的公鸡欢庆午夜降临的啼声。

第 八 章

顿河六月的夜晚黑魆魆的。黑页岩似的天穹，恼人的寂静中，金色的星星在眨眼，有几颗星星陨落下来，闪光的轨迹映在顿河的急流上。从草原上吹来干燥、温暖的熏风，把盛开的香薄荷的芬芳送到人烟稠密的村镇，而河边草地上却是一片露湿的青草、黏泥和潮湿气味，水鸡在不停地鸣叫，近河一带的树林完全笼罩在银色的雾里，宛如梦幻仙境。

半夜里，普罗霍尔醒来，问房主人说：

“我们那位还没有回来吗？”

“没有。正跟将军们玩乐哪。”

“对啦,大概正在那儿大吃大喝哪!”普罗霍尔羡慕地叹了一口气,打着呵欠,穿起衣服来。

“你这是要上哪儿去呀?”

“饮饮马去,给它们添些料。潘苔莱维奇说啦,天一亮就要去鞑靼村。在那儿住一天,然后就要去追赶我们的队伍。”

“离天亮还早哪。再睡一会儿吧。”

普罗霍尔不高兴地回答说:

“老大爷,一下子就可以看出来,你压根儿就没有当过兵!我们当兵打仗的人,如果不把马喂养照顾好,那就休想活下来。骑着瘦马你跑得快吗?你的马好,你才能跑得快,才能逃脱敌人的追击。我是这样的人:我从不追赶敌人,可是如果情况紧急,被逼得没有办法的时候——那我就头一个开跑!我已经在枪林弹雨里奔跑了多少年啦,烦死人啦!老大爷,点上灯,要不我连包脚布都找不到啦。谢谢!是啊,我们的葛利高里·潘苔莱维奇总在抢勋章,想高升,所以哪儿危险往哪儿冲,我可不是这种傻瓜,我不需要这些玩意儿。好啦,魔鬼把他送回来啦,一定喝得烂醉啦。”

有人轻轻地敲门。

“进来!”普罗霍尔喊了一声。

一个穿着保护色军便服,戴着下士肩章,制帽上还钉着帽徽的陌生哥萨克走了进来。

“我是谢克列捷夫将军司令部的传令兵。我可以见见麦列霍夫先生阁下吗?”他在门口举手敬礼后问道。

“他不在,”普罗霍尔被受过严格训练的传令兵的敬礼和称呼弄得大吃一惊,说道,“你不必那么立正站着啦,我年轻的时候也是个跟你一样的傻瓜。我是他的传令兵。你有什么事呀?”

“我是奉谢克列捷夫将军的命令来请麦列霍夫先生的。请他立即到军官俱乐部去。”

“傍晚他就上那儿去啦。”

“是去啦,可是后来又从那儿回家来啦。”

普罗霍尔吹了一声口哨，朝坐在床上的房主人挤了挤眼。

“你明白了吗，老大爷？大概上他的宝贝儿那儿去啦……好，你回去吧，老总，我这就去找他，趁热直接给你端到那儿去！”

普罗霍尔把饮马和加料的事托付给老头子，就到阿克西妮亚的姑母家去了。

市镇沉睡在黑夜里。夜莺在顿河对岸的树林子里歌唱。普罗霍尔不慌不忙地来到那所熟识的小房子跟前，走进门廊，刚抓住门把手——，就听见了司捷潘低沉的声音。普罗霍尔心里想：“这回我算撞上啦！他要是问我：你来干什么？我没有话可说啊。算啦，管他三七二十一，豁出去啦！我就说上街来买酒，你们的邻居指给我这所房子。”

他放大胆子，走进了屋子，顿时大吃一惊，张着大嘴，一句话也说不出来：葛利高里和阿司塔霍夫两口子同坐在一张桌子上，好像什么事情也没有，正在喝杯子里的发绿的烧酒。

司捷潘瞥了普罗霍尔一眼，强颜欢笑地说：

“你大张着嘴干什么呀，连好也不问？难道你看见这里有什么稀奇的玩意儿吗？”

“好像有点儿……”惊魂未定的普罗霍尔，挪动着脚回答说。

“好啦，不必大惊小怪啦，过来，请坐。”司捷潘邀请说。

“我可没有工夫坐……我是来找你的，葛利高里·潘苔莱维奇。命令你马上到谢克列捷夫将军那儿去。”

葛利高里在普罗霍尔来以前，已经有几次要走了。他推开杯子，站起身，但是立刻又坐了下来，他怕司捷潘会把他的离去当作胆怯的明确表现。自尊心不允许他离开阿克西妮亚，让位给司捷潘。他喝酒，但是烧酒对他已经毫无作用。葛利高里清醒地掂量着自己暧昧的身份，等待着结局。有一刹那，他觉得司捷潘要打他的妻子，就是在她为他，葛利高里的健康而干杯的时候。但是他估计错了：司捷潘举起手，用粗糙的手巴掌擦了擦晒黑的额角，沉默了片刻之后，用赞许的目光看着阿克西妮亚，说：“好样的，老婆！我很欣赏你的勇敢！”

后来普罗霍尔来了。

葛利高里考虑了一下，决定不走了，好让司捷潘说出自己的想法。

“你到将军那儿去,就说没有找到我。明白了吗?”他对普罗霍尔说。

“明白是明白啦,不过最好你还是到那儿去吧,潘苔莱维奇。”

“用不着你管!去吧。”

普罗霍尔本来就要往门口走了。但是这时候阿克西妮亚突然说话了。她没有看葛利高里,冷冰冰地说:

“不必啦,葛利高里·潘苔莱维奇,不要客气啦,你们二位还是一道儿走吧!谢谢你来看望我们,还这么赏脸跟我们一起待了大半夜……只是现在时候已经不早了,鸡叫第二遍啦。天快亮啦。我和司乔帕天一亮就要回家去……再说,您喝得也够多啦。够啦!”

司捷潘也没有挽留,葛利高里站起身来。告别的时候,司捷潘把葛利高里的一只手攥在自己的冰凉、粗硬的手里,好像最后要说些什么,但是终于没有说出来,默默地把葛利高里目送到门口,又慢腾腾地伸手去拿没有喝完的酒瓶子……

葛利高里刚一走到街上,就疲倦得支持不住了。他艰难地移动着脚步,走到第一个十字街口,便向紧跟在后面的普罗霍尔央求说:

“你去鞴上马,牵到这儿来。我走不到家啦……”

“要不要去报告一下你要走的事呀?”

“不用。”

“那好,等一会儿,我很快就回来!”

一向做事慢慢腾腾的普罗霍尔,这一回却快步往住处跑去。

葛利高里蹲在篱笆旁边,抽起烟来。脑子里回忆着跟司捷潘会面的事,淡淡地想:“哼,这也好,现在他全知道啦。只要不打阿克西妮亚就行。”后来疲倦和刚才惊心动魄的一场风波逼使他躺下打起盹儿来。

普罗霍尔很快就回来了。

他们坐渡船来到顿河右岸,纵马飞奔而去。

黎明时分,他们进了鞑靼村。葛利高里在自家院子的大门口下了马,把马缰绳扔给普罗霍尔,匆忙、激动地往屋子里走去。

娜塔莉亚没有穿好衣服,不知道到门廊里干什么。一见葛利高里,惺忪的眼睛里就闪出喜不自胜的光芒,使葛利高里的心不禁哆嗦了一下,忽然间两只眼睛不由自主地湿润了。娜塔莉亚默默地抱住自己的唯一的亲人,全身紧贴在他身上,葛利高里从她肩膀哆嗦不止的样子知道她正在哭泣。

他走进屋子,亲过两位老人家和睡在内室的孩子们,在厨房当中站住。

“好啊,你们是怎么熬过来的呀？一切都平安无事吧?”他激动得喘不过气来地询问道。

“上帝保佑,我的好儿子啊,我们吓得是够呛啊,可是很欺侮我们,那倒也没有,”伊莉妮奇娜急忙回答说,然后斜眼看了看哭得像泪人似的娜塔莉亚,严厉地朝她喊道,“应该高兴嘛,你却哭个没完没了,傻娘儿们！看你,还傻站在那儿不动！快去拿劈柴去,生炉子……”

在她和娜塔莉亚匆匆忙忙做早饭的时候,潘苔莱·普罗珂菲耶维奇给儿子拿来一条干净手巾,建议说:

“你去洗洗脸吧,我给你往手上浇水。这可以使你的头脑清醒清醒……你浑身酒气冲天。大概昨天高兴得大喝了一通吧?”

“酒是喝啦。不过现在还不知道:究竟是应该高兴呢,还是应该难过……”

“这是怎么回事?”老头子惊愕地问。

“谢克列捷夫把咱们恨透啦。”

“唉,这有什么大不了的。他跟你一块儿喝酒,这是真的吗?”

“是真的。”

“真没想到！你太有造化啦,葛利什卡！跟一位真正的将军坐在一张桌子上喝酒！这是闹着玩的啊！”潘苔莱·普罗珂菲耶维奇深为感动地看着儿子,艳羡不止,直咂舌头。

葛利高里笑了。他怎样也不能理解老头子那种天真的喜悦心情。

葛利高里认真地询问起牲口和财产是不是都完好无损,粮食损失了多少,但是他发觉,跟上回见面时一样,谈论家务事,父亲毫无兴趣。老头子的脑子里想的是什么更重要的事情,有什么使他更揪心的事儿。

而且他很快也就把心事说了出来:

“葛利申卡,现在怎么办？难道还要去服役吗?”

“你这指的什么样的人?”

“老头子们哪。就拿我来说吧。”

“现在还不清楚。”

“那么说,也要跟着出发啦?”

“你可以留在家里。”

“你说话可要算数噢!”潘苔莱·普罗珂菲耶维奇高兴地喊道,激动得在厨房里一瘸一拐地踱起来。

“老老实实坐下吧,你这个瘸鬼!弄得屋子里尘土飞扬!一高兴啦,你就瞎跑一气,像只瘦狗。”伊莉妮奇娜严厉地吆喝道。

但是老头子根本不理睬她的吆喝。从桌子到炉子,来回瘸了好几趟,一面笑,一面搓手。他突然产生了怀疑:

“你真的能放我回家吗?”

“当然能啦。”

“可以写张证明书吗?”

“当然可以!”

老头子迟疑了一会儿,但还是要问明白:

“证明书嘛……不盖大印可不行,莫非你身上带着大印吗?”

“没有大印也行!”葛利高里笑着说。

“啊,那就没有说的啦!”老头子又高兴起来,“上帝保佑你身体健康!那你打算什么时候走啊?”

“明天。”

“你的队伍开到前面去了吗?是开往梅德维季河口吗?”

“是的。爸爸,你不要去操心服役的事儿啦。反正很快就会把像你这样的老头子都放回家的。你们早就服完了兵役啦。”

“上帝保佑吧!”潘苔莱·普罗珂菲耶维奇画了一个十字,看来是完全放心了。

两个孩子醒了。葛利高里把他们抱起,放在自己的膝盖上,轮流亲他们,含笑听着他们唧唧喳喳叫嚷了半天。

孩子们头发的气味多香呀!散发着太阳、青草和热烘烘的枕头气味,还有一种使人感到无限亲切的什么气味。他们——都是他的亲骨肉——也真像草原上的小鸟。而父亲那两只抱着他们的、又黑又大的手,却是那么笨拙。他这个刚离开鞍马才一昼夜的骑士,在和平环境里,显得是那么陌生、格格不入,——浑身散发着刺鼻的大兵味儿、马汗味儿、苦涩的长途行军气味和皮带的臭味……

葛利高里的眼睛里泪水模糊,胡子底下的嘴唇直哆嗦……有三次他没有回答父亲的问话,直到娜塔莉亚扯了扯他的军便服袖子,才明白过来,朝桌边走去。

变了,变了,葛利高里变得完全不像从前那样了。他从来就不是多愁善感的人,就连童年时代,他也很少哭泣。可是现在——却眼泪汪汪,心咚咚地跳得厉害,嗓子眼儿里就像有只小铃铛在无声地响着……不过,这一切可能都是由于他昨天夜里酒喝得太多了,而且整夜没有睡觉……

达丽亚把牛赶到牛倌的牲口群里去牧放,就回来了。她把含笑的嘴唇送给葛利高里,当葛利高里开玩笑似的理了理胡子,把脸朝她凑过去的时候,她闭上了眼睛。葛利高里看到,她的睫毛好像风吹的一样,哆嗦了一下,霎时间闻到了从她那徐娘半老的脸颊上散发出来的脂粉味。

达丽亚依然如故。好像,不论什么样的苦恼,不仅不能压倒她,甚至不能使她屈服。她活在世界上,就像根红柳枝:娇嫩、美丽,而又不是高不可攀。

“你还是这么漂亮?”葛利高里问。

“就像路边的天仙子花!”达丽亚眯缝着炯炯有神的眼睛,满脸堆笑地回答说。然后走到镜子前头,理了理从头巾里披散出来的头发,显得更漂亮了。

达丽亚就是这样的人。这种人是压不倒的。彼得罗的死似乎是沉重的一击,但是刚一苏醒过来,她变得对生活更加贪恋,更加注意修饰、打扮……

把睡在仓房里的杜妮亚什卡也叫醒了。祷告以后,全家坐下来吃早饭。

“哎呀,哥哥,你老啦!”杜妮亚什卡惋惜说,“变得灰溜溜,像只老娘。”

葛利高里面色阴沉，隔着桌子默默地看了她一眼，说：

“我本来就该老啦。我老了，你也该找个新郎出嫁啦……不过我有话要对你说：从今天起，你就忘了米什卡·科舍沃伊吧。如果以后叫我再听到，你还想他想得神魂颠倒，我就踩住你的一只脚，抓住另外一只脚，就像撕癞蛤蟆一样，把你撕成两半！明白了吗？”

杜妮亚什卡脸涨得通红，像朵罂粟花，热泪盈眶地看了看葛利高里。

葛利高里恶狠狠的目光一直在盯着她，在他残忍的脸上——胡子里龇出的牙齿上，眯缝着的眼睛里——更加明显地表露出麦列霍夫家族特有的那种野性。

但是杜妮亚什卡也是这个血统的呀！她从窘急和委屈的复杂心境中稍微平静下来以后，低声，但是非常坚定地说：

“哥哥，您知道吗？谁也不能给自己的心下命令呀！”

“要把这不听你命令的心挖掉。”葛利高里冷冷地劝导说。

“好儿子，这不是你应该谈论的事儿……”伊莉妮奇娜心里想。但是这时候潘苔莱·普罗珂菲耶维奇插了进来。他往桌子上砰地捶了一拳，大声嚷：

“不要脸的丫头，你给我住嘴！不然，我就给你这样的心来点儿厉害瞧瞧，包叫你的头发都一根不剩！唉，你这个下流坯子！好，我这就去拿马缰绳……”

“爸爸！咱们家连一根马缰绳也没有啦。全都抢走啦！”达丽亚不动声色地打断了他的话。

潘苔莱·普罗珂菲耶维奇怒不可遏地瞥了她一眼，仍旧扯大嗓门，继续发泄自己的怨气：

“……我去拿马肚带——我要给你这小妖精……”

“马肚带也叫红党拿走啦！”达丽亚已经提高了嗓门，依然天真地看着公公说。

这可叫潘苔莱·普罗珂菲耶维奇受不了了。他朝大儿媳妇看了一会儿，无声的愤怒憋得他满脸通红，一声不响地张着大嘴呆望着（这时候他很像一条拉出水面的青鱼)，然后沙哑地喊：

“住口，该死的东西，你这个百鬼缠身的骚货！话都不叫人说！这算是怎么回事？杜恩卡，你就死了这颗心吧，这绝对不行！这是父亲的忠告！葛利高里说的对：如果你还要思恋那个浑蛋——那宰了你也不多！真找了个好情人！这个绞杀人的刽子手用媚药迷住她的心啦！他还能算是个人吗？难道我能要这种出卖耶稣的人作我的女婿吗？他现在要是落在我手里的话，我就亲手宰了他！不过我还要再说一遍：我去拿树条子，把你狠狠地……”

“你就是白天里打着灯笼也休想在院子里找到树条子，”伊莉妮奇娜叹了口气说，“你就是在院子里转上一圈，想找点儿引火的树枝子都找不到。这过的是什么日子哟！”

潘苔莱·普罗珂菲耶维奇把这种天真的解释，也看做是不怀好意。他瞪了老太婆一眼，像疯子似地跳起来，跑到院子里去。

葛利高里扔下勺子，用手巾捂着脸，无声地大笑不止，身子直摇晃。他的火头已经过去了，他已经好久没有这样开心地大笑过了。除了杜妮亚什卡，大家都笑了。桌上的气氛顿时愉快活跃起来。但是等台阶上一响起潘苔莱·普罗珂菲耶维奇的脚步声，大家的脸一下子都严肃了起来。老头子旋风似地冲了进来，身后拖着一根很长的赤杨树枝。

“看哪！看哪！足够你们这些可恶的长舌头娘儿们受用的啦！你们这些长尾巴的妖精！……你们不是说没有树条子吗?！哪！这是什么？老妖精，也够你受用的啦！你们都给我尝尝吧！……”

厨房里容不下这根大长树枝子，老头子打翻了铁锅，然后又轰隆一声把它扔到门廊里，——气喘吁吁地坐到桌边。

显然他的情绪变得坏透了。他哼哧哼哧、一声不响地吃起饭来。其余的人也都不做声。达丽亚的眼睛看着桌子，不敢抬起来，怕笑出声。伊莉妮奇娜唉声叹气，低声嘟哝：“噢，主啊，主啊，我们的罪过太大啦！”只有杜妮亚什卡一个人没有心思笑，还有娜塔莉亚，除了老头子不在的时候曾经露出一丝痛苦的笑意外，这会儿又变得心事重重，无限忧伤。

“拿点盐来！拿面包来！”潘苔莱·普罗珂菲耶维奇偶尔用闪烁的

目光,瞟着家人,威严地大声喊叫。

这场家庭口角竟出人意料地结束了。大家都沉默不语的时候,米沙特卡又把老头子惹火了。米沙特卡经常听见奶奶跟爷爷吵嘴的时候骂爷爷的那些花哨的称呼,当他看到爷爷正准备要把全家人都打一顿,而且吵得全家鸡犬不宁,他那幼小的心灵深为激动,——他的鼻孔直哆嗦,突然清脆地大声喊:

“你吵得够可以啦,瘸鬼!最好拿棍子使劲儿敲你的脑袋,看你再敢来吓唬我们的奶奶!……”

“你这是说打我……打爷爷……是吗?”

“打你!”米沙特卡勇敢地肯定说。

“难道可以这样跟你的亲爷爷……说这样的话吗?!……”

“那么你嚷嚷什么啊?”

“瞧,这小家伙有多凶狠?”潘苔莱·普罗珂菲耶维奇捋着大胡子,惊愕地瞟了大家一眼,“老妖精,这些话都是从你那里听来的!都是你教的!”

“谁教他啦?这个野小子完全像你,像他爸爸!”伊莉妮奇娜怒气冲冲地辩解说。

娜塔莉亚站起来,打了米沙特卡一下子,教训说:

“不许学这种样子跟爷爷说话!不许学这些!”

米沙特卡把脸扎在葛利高里的两膝间,大哭起来。潘苔莱·普罗珂菲耶维奇非常溺爱孙子,他从桌子旁边跳起来,流出眼泪,也不擦顺着大胡子淌下来的泪珠,高兴地喊:

“葛利什卡!好儿子!真他妈妈的!老太婆说得对!是咱们家的孩子!是麦列霍夫家的血统!……瞧,这血统表现出来啦!……这小家伙对谁都不含糊!……我的小孙子!亲爱的!……哪,你打我这个老糊涂吧,用什么打都行!……揪我的大胡子吧,哪!……”于是老头子把米沙特卡从葛利高里手里拉过去,把他高举在头顶上。

吃完早饭,大家都从桌边站起来。妇女们洗碗盘,潘苔莱·普罗珂菲耶维奇点上烟,对葛利高里说:

“有件事要求你,似乎不太合适,因为你是我们的客人,可是没有办法……请你帮帮忙,把篱笆扶起来,把场院围好,不然什么东西都弄得东倒西歪,眼下不好意思去求别人来帮忙。因为家家都破坏得一塌糊涂。”

葛利高里很高兴地答应了,于是他俩在场院里一直干到吃午饭,把篱笆都修复了。

老头子在菜园子里埋着木桩子,问道:

“谁都不动手去割草,我也不知道,要不要再买点儿草。你看家业怎么个搞法?活儿还值得干吗?也许过一个月,红党又来啦,那不又他妈的全都白干了吗?”

“我不知道,爸爸,”葛利高里坦白地承认说,“我不知道事情会变成什么样子,也不知道究竟谁会把谁打倒。日子就这样过下去吧,仓里用不着有多余的粮食,牲口棚里也用不着有多余的牲口。这年头儿,多了没有用。就拿我丈人来说吧,辛辛苦苦地干了一辈子,发了财,耗费了自己的血汗,也耗费了别人的血汗,到头来剩下了些什么呢?只剩下满院子一片焦土!”

“小伙子,我自己也是这样想的。”老头子长叹一声,同意说。

再没有多谈什么家业的事情。只是在下午,老头子看见葛利高里正在特别仔细地安装场院上的小门,就恼恨、伤心地说:

“马马虎虎装上算啦。费那么大的劲干什么?也不让它在那儿立一辈子!”

看来,直到现在,老头子才明白自己为使生活照老样子过下去所做的努力,全是枉费心机……

太阳落山以前,葛利高里不干了,走进屋子里。只有娜塔莉亚一个人在内室里。她像过节一样打扮得漂漂亮亮。穿着一条蓝呢子裙子和天蓝色的府绸上衣,胸前绣着一朵花,袖口上镶着花边,这套衣服穿在她身上非常合适。脸上泛起淡淡的粉红色,因为刚才用肥皂洗过脸,所以显得容光焕发。她正在箱子里找什么东西,但是一看见葛利高里,她就把箱盖放下,含笑站直了身子。

葛利高里坐在箱子上说:

“你也来坐一会儿,不然明天我就走啦,咱们连句话儿也没有说。”

她驯顺地在他身旁坐下,有些害怕似的斜睨了他一眼。但是出乎她意料,他抓住她的一只手,亲热地说:

“你很水灵,好像根本没有生过病似的。”

“又活过来啦……我们妇道人家都像猫一样,耐折腾哪。”她畏怯地笑着,低下头去说。

葛利高里看见了她那粉红色透亮的、生着一层茸毛的、柔软的耳郭和后脑勺上头发缝中间的黄色头皮,问:

“脱头发吗?”

“差不多要脱光啦。很快就会脱成秃子啦。”

“我现在就给你剃剃头,好吗?”葛利高里突然建议说。

“你这是怎么啦!”她吃惊地说,“那样我会变成什么样子啦?”

“应该剃一剃,要不头发就长不出来了。”

“妈妈已经答应用剪子给我剪剪。”娜塔莉亚窘急地笑着说,赶紧把一块雪白的漂白头巾蒙在脑袋上。

她坐在他的身旁,她是他的妻子和米沙特卡、波柳什卡的母亲。她为了他打扮得漂漂亮亮,脸洗得干干净净。她急忙蒙上头巾,是不想让他看到她病后脱了头发的丑样子,她的头略微往一边歪着坐在那里,显得那么可怜、难看,然而却依然容光焕发,具有一种纯洁的内在美。她总是穿高领衣服,为了不叫他看见她自杀时脖子上留下的伤痕。这一切都是为了他……一阵猛烈的恩爱激情涨满了葛利高里的心。他很想对她说几句温柔、亲密的话,但是却找不到适当的词句,于是默默地把她搂到怀里,亲了亲她那扁平白净的额角和忧郁的眼睛。

不,他从来没有这样亲热过她。阿克西妮亚使她的一生失去了光彩。丈夫的激情弄得她神魂颠倒,浑身像火烧似的,她抓住他的一只手,放到自己的嘴唇上。

他们默默地坐了一会儿,西沉的太阳的紫色余晖洒进内室。孩子们在台阶上喧吵。可以听到,达丽亚把烤热的瓦罐从炉膛里拖出来,不满意地对婆婆说:“您大概没有天天挤牛奶吧。不知道为什么那头老牛的奶出得少啦……”

牛群牧放归来,哞哞地叫个不停,孩子们用马尾编的鞭子抽得啪啪乱响。村里公用的种牛喑哑、断续地叫着。它那缎子似的前胸垂肉和扁平的脊背被牛虻咬得血迹斑斑。种牛恶狠狠地摇晃着脑袋;走着走着,两只间距宽宽的犄角触到阿司塔霍夫家的篱笆上,把篱笆撞倒,又往前走去。娜塔莉亚往窗外看了看,说:

“公牛也撤到顿河对岸去啦,妈妈说:村子里的枪声一响,它就冲出河边的牛棚,泅水过河去,一直藏在河湾里。”

葛利高里陷于默默的沉思。为什么娜塔莉亚的眼睛这样忧郁?而且眼睛里还有某种神秘的、不可捉摸的东西,时隐时现。甚至在幸福的时刻,她也这样忧郁,这简直是不可理解的……也许她已经听说他在维申斯克与阿克西妮亚相会的事情了吧?他终于问:

“为什么今天你的脸色这样阴沉?你心里有什么伤心的事儿吧,娜塔莎?告诉我,行吗?”

他以为娜塔莉亚会哭鼻子抹泪责备他……但是娜塔莉亚却惊讶地回答说:

“没有,什么也没有,你是这样觉得,我什么也没……真的,我的身体还没有完全好。一低头或者拿点儿什么东西的时候头就有点儿晕——眼睛就发黑。”

葛利高里目光紧逼地看了看她,又问:

“我不在家,你没有什么事情吗?……没有人动你吗?”

“没有,瞧你说的!我一直躺在床上生病。”她直盯着葛利高里,甚至还微微一笑。沉默了一会儿,她问:“明天一早你就动身?”

“天一亮就动身。”

“多住一天不行吗?”娜塔莉亚没有把握地、怀着微弱的希望请求说。

但是葛利高里否定地摇了摇头,于是娜塔莉亚叹了一口气,说:

“你现在……得戴肩章了吧?”

“得戴啦。”

“好,那就脱下衬衣来,我趁天还亮给你缝上。”

葛利高里咳嗽了一声,脱下了军便服。衣服上的汗还没有干。背上和肩上被武装带磨得发亮的地方,还有些黑乎乎的湿印子。娜塔利亚从箱子里找出一副被太阳晒得褪色的保护色肩章问：

“是这个吗？”

“是这个。你还收着哪？”

“我们把箱子埋起来啦。”娜塔莉亚一面往针眼里穿线，一面含糊不清地说，偷偷把落满尘土的军便服凑到脸上，贪婪吸了一口咸丝丝的亲人的汗气味儿……

“你这是干什么呀？”葛利高里不解地问。

“这上面有你身上的味儿……”娜塔莉亚眼睛闪耀着，低下头去，想要掩饰突然涌到脸颊上的红晕，开始迅速地缝起来。

葛利高里穿上军便服，皱起眉头，耸了耸肩膀。

“你戴着肩章神气多啦！”娜塔莉亚喜不自胜地望着丈夫，说。

但是他斜着眼睛看了看自己的左肩，叹了口气，说：

“最好能一辈子不看到它们。你是什么也不懂呀！”

他们又在内室里的箱子上拉着手，无言地默默坐了很久，各人想着各人的心事。

后来，当天色黑了下来，厢房的紫色阴影洒满已经返凉的地面，他们走到厨房里去吃晚饭。

黑夜降临。直到黎明前，天上繁星点点，樱桃园里的夜莺一直唱到东方发白的时候。葛利高里醒来，闭着眼睛躺了很久，倾听着夜莺婉转、甜蜜的歌唱，然后竭力不惊醒娜塔莉亚，轻轻地起床穿好衣服，走到院子里。

潘苔莱·普罗珂菲耶维奇喂着战马，大献殷勤地建议说：

“出发以前我去给它洗个澡好吗？”

“不用啦。”在清晨的潮冷中瑟缩的葛利高里回答说。

“睡得很好吗？”老头子问。

“睡得好极啦！就是夜莺把我吵醒啦。倒霉透啦，它们整整吵了一夜！”

潘苔莱·普罗珂菲耶维奇把马料袋子从马头上摘下来，笑着说：

“小伙子，它们就知道唱啊，唱啊。有时候真羡慕这些神鸟……什么打仗呀，什么倾家荡产呀，它全不用管……”

普罗霍尔骑马来到大门口。他脸刮得光光的,像往常一样高高兴兴,爱说爱笑。他把马缰绳拴在柱子上,走到葛利高里跟前来。帆布衬衣烫得平平整整,肩膀上戴着新灿灿的肩章。

“你也戴上肩章啦,葛利高里·潘苔莱维奇?”他朝葛利高里走过来的时候,大声说,“该死的东西,在箱子里闲得够久啦!如今咱们戴吧!戴到死也戴不坏的!我对老婆说:‘傻娘儿们,你别把它缝死。稍稍连上一点儿,风吹不掉就行啦!’不然,咱们的事儿可是两说着哪,啊?一旦被俘,人家立刻就会从肩章上认出来,虽然我不是军官,然而究竟也是个上士啊。他们会说:‘该死的东西,你既然会往上爬——自然也知道怎么把脑袋伸进绞索里!’你看,我的肩章是怎么缝的了吗?滑稽透啦!”

普罗霍尔的肩章的确没有缝死,只略微连着一点儿。

潘苔莱·普罗珂菲耶维奇哈哈大笑起来。灰白的大胡子里闪烁着一个也没有掉的、白亮的牙齿。

“这真是个好样的战士!那就是说,一看苗头不对,——立刻就把肩章扔掉,是吗?”

“那么,你以为——怎么样呢?”普罗霍尔苦笑一声说。

葛利高里笑着对父亲说:

“爸爸,你看,我找的这个传令兵怎么样?跟他一起,遇上什么倒霉的事儿——都能逢凶化吉!”

“不过俗话可是这么说的,葛利高里·潘苔莱维奇……你今天死,我可要明天才死哩,”普罗霍尔辩解说,一下就把肩章撕下来,小心翼翼地塞进口袋里,“咱们到了前线再缝上也不晚哪。”

葛利高里匆匆吃过早饭,就跟家人道别。

“圣母保佑你!”伊莉妮奇娜亲着儿子,慌乱地唠叨起来,“要知道我们只剩下你这么一个儿子啦……”

“好啦,送得越远——流的眼泪就越多。再见吧!”葛利高里声音哆嗦地劝慰说,走到马跟前。

娜塔莉亚把婆婆的黑头巾蒙在头上,走到大门外边。孩子们拉着她的裙襟。波柳什卡怎么哄也不行,抽抽搭搭地哭个不止,央求母亲说:

“别放他走！别放他走，好妈妈！打仗的时候会打死他的！好爸爸，你别上那儿去吧！”

米沙特卡的嘴唇直哆嗦，但是却没有哭。他勇敢地控制住自己，还生气地斥责妹妹：

“别胡说八道，傻瓜！那儿绝不会把所有的人都打死的！”

他牢牢记住了祖父的话，哥萨克从来不哭，哥萨克要是哭——那就是最大的耻辱。但是等父亲上了马，把他抱到鞍子上，亲他的时候，——他惊讶地看到，爸爸的睫毛都湿了。这时候米沙特卡也经受不住考验：他的眼泪像雹子似的涌了出来！他把脸藏在父亲的勒着皮带的胸前，叫嚷着：

“叫爷爷去打仗吧！我们要他有什么用处呀！……我不愿意你去！……”

葛利高里小心翼翼地把儿子放到地上，用手背擦了擦眼睛，默默地策马离去。

已经有多少次了，战马的蹄子溅起自己家台阶前的泥土，猛然转过身子，驮着他顺着大道，顺着没有道路的草原，奔赴前线，那里可怕的死神在等待哥萨克，那里正像哥萨克悲歌中唱的那样：“每时，每刻都是恐怖和悲伤。”——可是葛利高里从来还没有像今天，在这个美妙的早晨，怀着如此沉重的心情告别村庄。

他满怀着令人心烦的模糊预感、惶惶不安和苦闷的心登程了，他把马缰绳扔在鞍头上，头也不回，一直到爬上山岗。在十字路口，尘土飞扬的大道往风车矗立的地方弯去的时候，他才回头看了一眼。只有娜塔莉亚一个人还站在大门口，早晨清新的微风吹弄着她手里那条像丧巾一样的黑头巾。

被风吹得上下翻滚的白云在高高的蓝天上飘啊，飘啊。天边山岭起伏的地平线上，蜃气朦胧。马缓步而行。普罗霍尔在马上摇摇晃晃地打盹儿。葛利高里咬紧牙关，不时回头张望。起初还能看见碧绿的柳树梢、一带奇妙的银光闪闪、蜿蜒曲折的顿河流水和缓缓旋转的风车翅膀。然后大道向南方伸去。河边的草地、顿河、风车……都隐蔽到被践踏过的庄稼地后面去了。葛利高里吹着口哨，眼睛死盯着布满珍珠般的轻汗的金红色马脖子,已经不再回头去看了……“叫这该死的战争见鬼去吧!在奇尔河沿岸打,打到顿河流域,后来又在霍皮奥尔河、梅德维季河和布祖卢克河沿岸厮杀。折腾来,折腾去,其实敌人的子弹在哪儿把我,葛利高里打翻在地,不都是一样吗?”他心里想。

第九章

战斗正在梅德维季河口镇的要冲处进行。葛利高里从夏天的小路一走上黑特曼大道,就听到了低沉的大炮轰隆声。

大道上到处都可以看到红军部队仓皇撤退的痕迹。到处是抛弃的两轮大车和四轮马车。在马特维耶夫村外荒芜的田地里扔着一辆炮车,主轴已经被炮弹打坏,摇架全毁了。车辕上的马套被斜着砍断。在离这片荒地约半俄里的盐沼地上,在被太阳晒得枯萎的浅草上,密密层层地横着些红军战士的尸体,他们都穿着保护色的衬衣和裤子,打着裹腿,脚上穿着笨重的钉着铁钉的皮鞋。都是被哥萨克的骑兵追上砍死的。

葛利高里从旁走过,从那皱皱巴巴的衬衣上大片的血渍和尸体倒下的姿势上可以毫不费力地断定这一点。这些尸体就像砍倒的草一样横在那里。看来只是由于还没有停止追击,所以哥萨克没来得及剥掉他们的衣服。

一个被打死的哥萨克仰面躺在一丛山楂树下。裤绦在他那叉开的腿上闪着红光。不远地方倒着一匹被打死的、浅棕色的马,鞴着一副鞍架漆成赭黄色的旧马鞍。

葛利高里和普罗霍尔的马都走累了。应该喂马了,但是葛利高里不愿意在不久前发生过战斗的地方停留。又走了约一俄里,下到一条山沟里,他才勒住了马。不远地方有一个水塘,堤坝已经被冲得只剩下堤基了。普罗霍尔本来向边缘上的泥土已经僵硬龟裂的水塘边走去,但是立刻又折了回来。

“你怎么啦?”葛利高里问。

“你过去瞧瞧吧。”

葛利高里策马来到堤坝边,看见在雨水冲出的沟里躺着一个被打死的女人。她的脸被用蓝裙襟蒙上,两条白胖的大腿不害羞地、吓人地大劈开,小腿肚晒得黝黑,膝盖上有些小坑。左手拧在背后。

葛利高里急忙下了马,摘下帽子,弯下腰,把被打死的女人身上的裙子整理好。年轻、黝黑的脸死后仍然很美丽。半闭的眼睛在痛苦地弯着的黑眉毛下闪着暗淡的光芒。嘴温柔地微微张开,紧咬着的牙齿透出珍珠般的白光。贴在草地上的脸颊上盖着一小绺头发。在这死亡已经抹上一层橙黄色惨淡阴影的脸颊上,成群的蚂蚁在奔忙。

“这些狗崽子,杀死了一个多么漂亮的娘儿们!”普罗霍尔小声骂道。

他沉默了一会儿,然后狠狠地啐了一口。

“我要把这些……把这些聪明人统统都枪毙了才解恨!咱们赶快离开这儿吧,看在上帝的面上!我不能再看她啦。我心里直翻腾!”

“咱们是不是把她埋了?”葛利高里问。

“你这是怎么啦,难道咱们签了承包埋葬所有死人的合同啦?”普罗霍尔生气地说,“在亚戈德诺耶埋了一个老头子,又要在这儿埋这个娘儿们……咱们要把他们统统埋掉,手上就不知道要磨出多少层老茧啦!再说咱们拿什么挖坟坑呀?老哥,用马刀可掘不成坟坑呀,土地干结得像石头一样硬,硬土足有一俄尺深。”

普罗霍尔心慌意乱,费了很大的劲才把靴子尖儿伸进马镫里去。

他们又爬上山岗,一直在紧张地想着什么心事的普罗霍尔突然问:

“我说,潘苔莱维奇,这血该流够了吧?”

“差不多啦。”

“你是怎么想的,这场戏快收场了吗?”

“等他们把咱们打垮了,就收场啦。”

“好啊,幸福的日子来到啦,只有魔鬼高兴!他们最好快点儿把咱们打垮吧。跟德国人打仗的时候,士兵自己故意打伤手指,就可以让他退役回家去,可是如今,即便砍掉自个儿的一只手,还是要强迫你照样服役。部队一只手的也要，瘸子也要，斜眼的也要，患小肠疝气的也要，什么乌龟王八蛋都要，只要能两条腿站着的就行。难道这场战争就如此收场吗？叫他们统统见鬼去吧！”普罗霍尔绝望地骂道，然后走下大道，下了马，低声嘟囔着，动手去松马肚带。

夜里，葛利高里来到离梅德维季河口镇不远的霍万斯基村。村边第三团的哨兵拦住了他，但是当哥萨克们听出是自己的师长的时候，就回答了葛利高里的问话，说师部就驻在这个村子里，参谋长科佩洛夫中尉正在焦急地等待着他。爱说话儿的哨长派一个哥萨克送葛利高里到司令部去；最后他又补充说：

“敌人修筑了非常坚固的工事，葛利高里·潘苔莱维奇，大概咱们不会很快就攻下梅德维季河口镇。至于将来怎样，那就只有天知道啦……咱们的兵力也很充足。听说，好像英国军队正从莫罗佐夫斯克开过来。您没有听说吗？”

“没有。”葛利高里策马走去，回答说。

师部占用的那座房子的百叶窗都关得紧紧的。葛利高里以为屋子里没有人，但是一走进过道，就听见了乱哄哄的、热烈的谈话声。他从暗夜里走进屋子，内室天花板上的那盏大吊灯的亮光刺得他的眼睛都花了，浓重、辛辣的叶子烟味儿钻进了鼻孔。

“你到底来啦！”科佩洛夫从在桌子上空飘荡的灰色烟雾中钻了出来，兴高采烈地说，“老兄，我们等你等得都急死啦！”

葛利高里跟屋子里的人问候过，脱下军大衣，摘下帽子，走到桌边。

“看你们抽得乌烟瘴气的！简直没法喘气啦。开开一个小窗户也好嘛，你们关得真够严实啊！”他皱着眉头说。

坐在科佩洛夫旁边的哈尔兰皮·叶尔马科夫含笑说：

“我们闻惯了，也就不觉得啦。”他用胳膊肘子顶开窗上的洞窗，使劲推开了百叶窗。

一阵夜晚的新鲜空气冲进了屋子。灯光猛地亮了一下，熄灭了。

“这太不像个会过日子的人啦！为什么要把窗上的玻璃打碎呢？”科佩洛夫手在桌上乱摸着，不满意地说，“谁有火柴？小心点儿，墨水瓶儿就在地图旁边。”

点上灯,又关上了窗户,于是科佩洛夫匆忙开口说:

“麦列霍夫同志,现在前线的情况是:红军坚守在梅德维季河口镇,集中了将近四千人的兵力,从三面防守这个市镇。他们的炮队和机枪数量是很可观的。他们在修道院附近和其他许多地段都挖了战壕。他们控制着顿河沿岸的制高点。这样一来,他们的阵地,虽然不能说是攻不破,但是至少是很难攻占的。我们这方面,除了菲茨哈拉乌罗夫将军的一个师和两个军官突击队以外,开来的还有博加特廖夫的第六旅的全部和咱们第一师。但是第一师并没有全部到齐,步兵团还没有到,这个团还在霍皮奥尔河口附近的什么地方,骑兵倒是全都开到啦,不过各连远不是满员的。”

“譬如说,像我这团的第三连,只有三十八个哥萨克。”第四团团长杜达列夫准尉说。

“原有多少人?”叶尔马科夫问。

“九十一个。”

“你怎么把一个连都搞散啦?你算个什么团长?”葛利高里皱着眉头,用手指头敲着桌子,问。

“鬼能拦住他们!都回村子探亲去啦。不过很快他们就会回来的。今天跑回来三个。”

科佩洛夫把地图推到葛利高里面前,用小指指着部队驻守的位置,继续说:

“我们师还没有投入进攻。只有我们的第二团,昨天在这个地区徒步攻了一下子,但是很不顺利。”

“损失很大吗?”

“据团长的报告说,昨天他的部队伤亡共计二十六人。至于兵力对比:我们在数量上是占优势的,但是配合步兵进攻的机枪数量是不够的,炮弹也很少。他们的军需处长答应,只要一运到,就给我们送四百发炮弹和十五万发子弹来,但是鬼知道,这批弹药什么时候才能到手,可是明天就要进攻,——菲茨哈拉乌罗夫将军是这样命令的。他建议我们,调一个团去支援突击部队。他们昨天冲锋了四次,损失惨重。他们打得真够勇猛！所以，菲茨哈拉乌罗夫建议要加强右翼，把进攻重点转移到这儿来，你看见吗？这儿的地形可使我们与敌人的战壕的距离缩短一百到一百五十沙绳。顺便说一声，他的副官刚走。他是来传达口头命令，叫咱们明天早上六点钟去开会，商量共同作战行动。菲茨哈拉乌罗夫将军和他的师部，现在都在大谢尼内村。总的来说，战斗任务是在敌人的增援部队从谢布里亚科沃车站开到以前，火速把敌人打垮。我们在顿河那岸的部队行动很不积极……第四师已经渡过霍皮奥尔河，但是红军配置了强大的掩护兵力，顽强地控制着通往铁路线的道路。现在红军在顿河上搭了一座浮桥，正匆忙地从梅德维季河口往外抢运弹药和武器。”

“哥萨克们传说，好像协约国的军队开来啦，真有这么回事儿吗？”

“有消息说，几个英国炮兵连和几辆坦克正从车尔内绍夫斯克开来。但是问题是：他们怎么使这些坦克渡过顿河来呀？我认为，有关开来坦克的传说纯属谣言！早就在谈论什么坦克啦……”

内室里寂静了半天。

科佩洛夫解开棕色军官翻领制服的扣子，用两只手撑着生满棕色硬毛的、胖乎乎的脸，心事重重地咂着快要熄灭的纸烟沉思了很久。他那瞳距很大的、圆圆的黑眼睛疲倦地眯缝着，连夜不眠，弄得他那漂亮的脸憔悴不堪。

科佩洛夫从前曾经在一个教区小学里当过教员，星期日就到镇上的商人家里去串门，跟女主人玩玩牌，跟商人们赌赌输赢不大的纸牌；他吉他弹得很好，是个风流而又随和的年轻人，后来和一个青年女教师结了婚，本来可以太太平平地在镇上生活，一直干到能领一份养老金，但是在世界大战时他应征入伍。士官学校毕业后，被派到西方战线的一个哥萨克团里。战争并没有改变科佩洛夫的性格和外表。在他那矮胖的身躯里、和蔼的脸上、佩带马刀的风度和对待下级的态度，都有一种与人为善、文质彬彬的气质。他说话的音调没有那种生硬的命令感，谈话使用的语言没有军人特有的那种干巴巴的味道儿，军官制服穿在他身上显得那么肥大，像口袋似的。他在前线混了三年，一点也没有学到军人的飒爽英姿；身上的一切都暴露出他像个偶然在战场混过的人。

他不像个真正的军官,却像一个穿着军官制服的、肥胖的小市民,但是尽管如此,哥萨克们都很尊敬他,在司令部的会议上都很听他的话,叛军的指挥人员也都非常器重他,认为他头脑清醒、谦虚、随和,平时不外露,但在战斗中却勇敢异常。

在科佩洛夫以前,葛利高里的参谋长是不识字的,而且很笨的少尉克鲁日林。在奇尔河沿岸的一次战斗中阵亡了,于是科佩洛夫来继任参谋长;他很能干,处理问题有条理,有章法。他就像以前改学生的练习本一样,勤勤恳恳地坐在司令部里制定作战计划,可是在必要时,只要葛利高里说一句话,他就扔下司令部的工作,飞身上马,去指挥一个团,率领他们去进行战斗。

起初葛利高里对这位新参谋长颇有成见,但是过了两个月,对他了解得多了些,有一次,战斗结束后,葛利高里直率地说:"科佩洛夫,我从前把你想得很坏,现在我知道,我错啦,请你多多原谅。"科佩洛夫笑了笑,一句话也没有说,但是这种粗莽地承认错误的态度,显然使他很高兴。

科佩洛夫没有什么政治野心,也没有什么坚强的政治信仰,他把战争看做是一种不可避免的罪恶,也不认为这种罪恶有完结的一天。就说现在吧,他根本没有去考虑如何占领梅德维季河口镇的作战计划,却在思念自己的亲人、故乡,想着如果能有一个半月的假期,回家去看看倒很不错……

葛利高里盯着科佩洛夫看了半天,然后站起来。

"喂,各位阿塔曼斯基团的弟兄们①,咱们散会睡觉去吧。完全不必为怎样攻占梅德维季河口镇的问题大伤脑筋。现在有将军们去替咱们考虑、决定啦。咱们明天到菲茨哈拉乌罗夫那儿去,他会开导开导咱们这些可怜虫的……至于第四团的问题,我是这样想的:现在咱们既然还有权力,就应该处分团长杜达列夫,把他的所有军衔和勋章都取消……"

"还要取消他那份伙食。"叶尔马科夫插嘴说。

---

① 编入阿塔曼斯基团的哥萨克都是经过严格挑选的。这里是戏称。

“不要这样，别开玩笑，”葛利高里继续说，“立即把他降为连长，派哈尔兰皮接任团长。叶尔马科夫，立刻就到那儿去，把这个团接过来，明天早晨等候我们的命令。撤换杜达列夫的命令科佩洛夫马上就写好，你随身带去。我认为，杜达列夫干不了这个团长。他什么他妈的都不懂，别叫他再送哥萨克去挨打啦。步兵战术——是个很复杂的玩意儿……如果团长是个饭桶，就会造成很大的伤亡。”

“说得对。我赞成撤换杜达列夫。”科佩洛夫支持他的意见。

“你怎么样，叶尔马科夫，反对吗？”葛利高里看到叶尔马科夫的脸色有点不高兴，问。

“不，我没有什么。难道我连眉毛都不能动动吗？”

“这很好。叶尔马科夫既然不反对，那就叫里亚布奇科夫暂时指挥他的骑兵团。米哈伊洛·格里戈里奇，写完命令就睡觉吧。六点钟起床。咱们去见这位将军。我要带四名传令兵。”

科佩洛夫惊讶地扬起眉毛：

“为什么要带这么多传令兵？”

“要有点儿威风嘛！要知道咱们也不是什么草包，指挥着一师人哪。”葛利高里玩笑着，耸了耸肩膀，披上军大衣，往门口走去。

他铺上马衣，没有脱鞋袜，也没有脱大衣，就躺在板棚底下。传令兵在院子里喧闹了很久，不远的什么地方，马在打响鼻和有规律地咀嚼着干草。一片浓重的干马粪和还没退去的白昼暑热的土腥味。葛利高里蒙眬中听到传令兵们的谈笑声，听到一个传令兵，从声音判断——是个小伙子，他鞴着马，叹息道：

“唉唉，弟兄们，真是烦死人啦！三更半夜，叫你去送文件，既不让你睡，也不让你安静……你给我站住，鬼东西！抬腿！抬腿，对你说哪！……”

另外一个传令兵用喑哑、伤风似的低音小声唱道：

“‘当兵服役，我们厌烦啦，无聊死啦。把我们的骏马都累垮啦……’”接着，改用正经的急促的央告声调说，“给我点儿烟叶卷根烟抽，普罗什卡[①]！你可真够小气的啦！你忘了我在别拉温内附近送你

① 普罗什卡是普罗霍尔的爱称。

一双红军的皮鞋啦？你这个混蛋家伙！换个人，送他这么双好皮鞋，会记一辈子，可是你连点儿烟叶都舍不得！”

马咬得铁嚼子哗啦哗啦地响。它深深地吸了一口气，迈步走去，马掌在干得像石头一样坚硬的土地上哒哒地响着。“大家都说……当兵服役，我们厌烦啦，无聊死啦。”葛利高里笑着，心里重复着这些话，立刻睡着了。刚一睡着——就做起梦来，过去也曾多次做过这样的梦：红军的散兵线正沿着褐色的田野、踏着高高的庄稼茬子前进。在眼睛能看到的地方——横着一道打头的散兵线。它后面还有六七道散兵线。进攻的人们在令人窒息的寂静中越走越近。黑乎乎的人影子越来越高、越来越大，已经可以看到红军战士跌跌撞撞地快步走近，走近，已经来到步枪射程以内，戴着护耳皮帽的红军战士端着步枪，一声不响地大张着嘴冲了上来。葛利高里卧倒在一个浅壕里，痉挛地扳动着枪栓，不停地射击着；红军战士在他的枪声中，纷纷仰面倒地；他又压进一梭子弹，朝两边一看，只见：壕坑里的哥萨克们正在往外跳。他们扭头往回跑去；个个都吓得面无人色。葛利高里听见自己的心在猛烈地跳动，大声喊：“射击啊，你们这些混蛋！你们上哪儿去？站住，别跑！……”他竭尽全力地喊，但是他的声音却出奇地微弱，几乎听不见。他惊慌万分！也跳了起来，站着向一个朝他直奔过来的不很年轻的、脸色黝黑的红军战士打了最后一枪，并且看到没有打中。红军战士脸上的表情兴奋、严肃、勇敢无畏。他很轻捷地、几乎是脚不沾地地跑着，他的两道眉毛皱起，帽子戴在后脑勺上，军大衣的下襟掖了起来。葛利高里把这个跑上来的敌人打量了片刻，看见了他的炯炯有神的眼睛和刚蓄起的鬈毛胡子的苍白脸颊，看见了他的肥大的短靴筒子，略微下斜的黑洞洞的枪口和枪上随着奔跑的节拍摇晃的黑亮的刺刀刀刃。一种不可思议的恐怖控制了葛利高里。他扳了一下枪栓，但是枪栓不灵了，卡住了。葛利高里绝望地把枪栓往膝盖上撞，——毫无结果！而红军战士已经离他只有五步远了。葛利高里转身就跑。他前面一片光秃秃的褐色田野上，到处是逃窜的哥萨克。葛利高里已经听得见在后面追赶的红军战士沉重的呼吸声，听见了响亮的脚步声，但是他却怎么也跑不快。他使出吃奶的劲儿，才使两条不由自主直打弯的腿跑快了一点儿。最后，他跑到了一座毁坏殆半的、凄凉的公墓,跳过倒塌的围墙,在塌陷的乱坟中、倾斜的十字架和坟地小教堂中间飞跑。再努一把力,就能活命了。但是这时候后面追来的脚步声越来越近,越来越响。追赶他的红军战士呼出的热气已经吹到葛利高里的脖子上,就在这一刹那,他觉得那个红军战士好像揪住了他的军大衣腰带和后襟。葛利高里大喊着,醒了过来。他仰面躺在那里。脚被瘦靴子夹麻了,额上出了冷汗,全身好像挨过打一样疼痛。“呸,见他妈的鬼!……”他干哑地说,高兴地谛听着自己的声音,还不太相信刚才经历的一切全是梦。然后翻了一下身,侧身躺着,用军大衣蒙上脑袋,心想:“应该让这家伙走近些,挡开他的打击,用枪托把他打倒,然后再逃跑啊……”又想了一会儿多次梦到的情景,感到愉快、庆幸,因为这一切只不过是一场噩梦,实际上,现在对他还不存在任何威胁。“奇怪,为什么梦里要比实际可怕得多?我曾多次死里逃生,但是从来没有这样害怕过!”他心里想着,舒服地伸开麻木的腿,又蒙眬睡去。

第 十 章

黎明,科佩洛夫把他叫醒。

“起来吧,该准备上路啦!命令要咱们六点钟以前到。”

参谋长刚刚刮过脸,擦过靴子,身上穿了一件皱巴巴的、但是很干净的翻领制服上衣,显然他太匆忙了:胖乎乎的脸颊上刮破了两处。但是他整个的外貌却出现了一种从未有过的、雄赳赳的气魄。

葛利高里不赞赏地从头到脚把他打量了一遍,心里想:“瞧,打扮得多漂亮!他不想穿平常穿的衣服去见将军!……”

科佩洛夫仿佛是循着他的思路说:

“肮里肮脏的去不大好。奉劝你也把自己收拾得整齐一点儿。”

“什么打扮都得挨骂!”葛利高里伸着懒腰嘟囔说,“你说,是命令咱们六点钟以前到吗?已经开始命令咱们啦?”

科佩洛夫冷笑着,耸了耸肩膀。

“新时代,就要唱新歌。他的官儿比咱们大,所以必须服从。菲茨哈拉乌罗夫是将军,总不能叫他来见咱们呀。”

“一点儿也不错。自作自受。”葛利高里说着走到井边去洗脸。

女主人急忙跑到屋子里,拿来一条干净的绣花手巾,躬身弯腰地递给葛利高里。他怒冲冲地用手巾的一头擦了擦被凉水激得像砖一样红的脸,朝走过来的科佩洛夫说:

“是的,不过将军老爷们也该好好想想:革命以后老百姓已经变成另外的样子啦,可谓是,脱胎换骨啦!可是他们还在用那把旧尺量他们。而这把尺马上就要断啦……要他们转变也真难。应该给他们的脑子上点儿车轴油,免得吱吱扭扭地乱叫!”

“你这是说的什么呀?”科佩洛夫吹着落在袖子上的尘土,漫不经心地问。

“说的是他们总要恢复老一套。譬如说,我在对德战争中就升为军官。这是用鲜血换来的!可是我一走进军官们的交际场合——就觉得好像只穿着裤衩,从屋子里来到寒冷的院子里似的。他们身上冒出的冷气扑到我身上,使我的整个脊背都直哆嗦!”葛利高里愤怒地瞪了瞪眼睛,不知不觉地提高了嗓门儿。

科佩洛夫不满意地朝四下看了看,小声说:

“你小声点儿,传令兵会听见的。”

“请问,这是为什么呢?”葛利高里压低嗓门儿,继续说下去,“这是因为他们把我看成一只白鸦。他们长的是两只手,我长的——由于长满老茧——是蹄子!他们行动自如,可是我只要一转身——就要碰在什么东西上。他们身上散发出阵阵香皂和各种娘儿们的脂粉味儿,而我身上散发出来的却是马尿和汗臭味。他们都是有学问的人,我却是费了很大的劲才念完了教堂小学。他们觉得我从头到脚都是格格不入的陌生人。这就是全部的原因!我从他们那儿走出来,总觉得脸上像蒙了一层蜘蛛网:痒痒得要命,非常不舒服,总想痛痛快快地洗个澡才好。”葛利高里把手巾扔在井栏上,用半截骨头梳子梳了梳头。黝黑的脸上,未被太阳晒黑的白额角显得格外分明。“他们不愿意了解,一切旧的东西都他奶奶的垮台啦!”葛利高里已经声音很低地说,“他们以为咱们是用另一种面团做的,认为咱们是一群没有学问的人,是些牲口一样的粗人。他们以为我,或者我这号的人,不懂军事,比起他们来,简直是白痴。可是红军的指挥员都是些什么人?布琼尼是军官吗?他是旧军队里的一个司务长,难道不是他打垮了总参谋部的那些将军吗?难道不是因为他,一些军官组成的团队,都不能前进一步吗?古谢利希科夫是一个最会打仗、最有名气的哥萨克将军,难道不是他今年冬天只穿着一条衬裤,单骑逃出霍皮奥尔河口镇吗?你可知道这是谁把他追得这样狼狈而逃吗?原来是一个莫斯科钳工——红军团长。后来被俘的人还谈到过他。应该明白这一点!我们这些没有学问的军官领导哥萨克们起义,难道领导得不好吗?将军们难道给过我们很多帮助吗?”

“帮助的也不少嘛。”科佩洛夫意味深长地回答说。

“哼,也许是帮过库季诺夫的忙,可是我并没有得到过他们的帮助,我打红军可没用别人为我出谋献策。”

“那么说,你——否认军事这门学问啦?”

“不,我并不否认这门学问。不过,老兄,打起仗来,它不是最重要的。”

“那么什么是最重要的呢?潘苔莱耶维奇?”

“是战争的目的……”

“噢,这又是另外一回事儿啦……”科佩洛夫警惕地笑着说,“这是不言而喻的……思想在这里占主导地位。只有那种清楚地知道为什么打仗,而且对自己从事的事业充满信心的人才会得到胜利。这是一条老掉牙的,跟这个世界一样古老的真理,你却以为是你的新发现。我拥护旧的时代,拥护美好的旧时代。否则的话,我才不会这样去东征西战呢,我连手指头都不会动一动。凡是跟着我们走的人,都是要用武力保护自己的旧日镇压暴民特权的刽子手。这些刽子手当然也包括你和我。不过我早就在注意观察你啦;葛利高里·潘苔莱耶维奇,可是我怎么也不能理解你……”

“将来你会理解的。咱们走吧。”说完,葛利高里就朝板棚走去。

一直在注视着葛利高里的每一动作的女主人,——想讨好他,又建议说：

“您要不要喝点儿牛奶呀？”

“谢谢啦，大妈，没有工夫喝牛奶了。以后有空了再喝吧。”

普罗霍尔·济科夫正站在板棚旁边拼命喝杯子里的酸牛奶。他直眼盯着葛利高里解马缰绳，用袖子擦了擦嘴唇问：

“要上远处去吗？要我跟你去吗？”

葛利高里发起火来，怒不可遏，冷冷地骂道：

“你这个坏东西，你他妈的，不懂得当兵的规矩吗？为什么把马拴在那儿？谁应该给我牵马？饭桶！你光知道吃，永远吃不饱！喂，给我把勺子扔了！一点儿纪律也不懂！……该死的东西！”

“你发什么疯啊？”普罗霍尔骑在马上，委屈地嘟囔道，“你瞎嚷嚷一阵，有什么意思。你也不过是个芝麻大的官儿！怎么的，难道出发以前饭都不能吃吗？哼，你哇啦哇啦地喊叫什么呀？”

“叫嚷什么？因为你要把我的肺都气炸啦，你这个猪肚子！你这是怎么跟我说话呀？现在咱们是上将军那儿去，你给我小心点儿！……平常日子称兄道弟地说惯啦！……我是你的什么人？在五步以后跟着走！”葛利高里命令道，然后走出大门。

普罗霍尔和其余三个传令兵都保持着距离，跟在后面，葛利高里和科佩洛夫并缰走着，继续谈着刚才的话题，他用嘲弄的口气问：

“喂，你有什么不理解的呢？也许，我可以给你解释解释吧？”

科佩洛夫没有去理会葛利高里话里的嘲弄意味和问话的形式，回答说：

“我不了解你在这个问题上的立场，就是这么回事！一方面你是一个为旧时代而战的战士，另一方面——请你原谅我用语尖刻，又有点儿像布尔什维克。”

“为什么我是布尔什维克呢？”葛利高里皱起眉头，身子在马上猛地往前晃了一下。

“我没有说你是布尔什维克，我只是说你有点儿像布尔什维克。”

“还不是一样。告诉我，哪点儿像？”

“就拿你谈的你在军官们的交际场合的感受和他们对你的态度这个问题来说吧。你想要这些人怎样呢？你究竟想要怎么样？”科佩洛夫好心地笑着，手里玩弄着鞭子，追问道。他回头看了看正在热烈争论着什么问题的传令兵，就把声音放大一点儿说：“他们不把你当作自己人，高高在上，不平等待人，这使你很不舒服。但是从他们的观点上来看，这是无可厚非的，你应该明白这一点。不错，你也是个军官，但是你混入军官阶层，纯属偶然。虽然你戴着肩章，请你原谅我这样说，你照样还是一个粗野的哥萨克。你不懂礼貌，话都说不正确，而且很粗鲁，有教养的人必具的那些品质，你一点儿也没有。譬如说，有文化教养的人都用手绢擤鼻涕，可是你却用两个手指头去捏着鼻子擤；吃饭的时候，你的手一会儿往靴筒上擦擦，一会儿往头发上抹抹；洗过脸，你可以不嫌脏，用马衣去擦；手指甲长了，不是用牙齿咬掉，就是用马刀尖削削。还有更妙的：你记得吧，去年冬天，在卡尔金斯克，有一回，你当着我的面跟一位有文化的女人谈话，因为哥萨克们逮捕了她的丈夫，你竟当着她的面扣裤裆上的扣……”

“那就是说我的裤裆扣不扣反而更好吗？”葛利高里脸色阴沉地笑着问。

他们俩的马紧挨着，缓步而行，葛利高里不住地斜眼看看科佩洛夫，看看他那和蔼可亲的脸，伤心地倾听着他的话语。

“问题不在这里！”科佩洛夫遗憾地皱着眉头，喊道，“问题是你怎么能只穿着裤子，光着脚接待女性客人呢？你连件上衣都不披，这件事我记得清清楚楚！当然，这都是小事一桩，但是这些小事却说明你是个什么样的人……怎么对你说呢……”

“说得越简单越好！”

“哼，简直是个最无知的人。可是你又是怎么说话法呢？简直太可怕啦！把‘驻地’说成‘租地’，‘撤退’说成‘辞退’，‘好像’说成‘不差码儿’，‘炮兵’说成‘包兵’。你跟所有没有受过教育的人一样，不知道为什么，对一些响亮的外来语那么偏爱，牛唇不对马嘴地到处乱用，叫人听了啼笑皆非，每当司令部开会的时候，如果你听到有人说出一些像‘布置’‘强行通过’‘作战部署’和‘集中’等等专门的军事术语，你就高兴地盯着发言的人,我甚至可以说,——是满怀着嫉妒的。”

“哼,你这可是胡说八道啦!”葛利高里高声喊,脸上掠过一阵兴奋的表情。他摸着马两耳中间的地方,搔着马鬃下面温暖的、缎子般的光滑的毛皮,央告说:“好,继续说下去吧,狠狠地奚落你的首长吧!”

“你听我说,有什么可奚落的呢?你早就应该明白,在这方面你是很不幸的。既然如此,你却还要恼恨军官们对你的态度不好,不能平等待人。在文明礼貌方面,你更是蠢得像块木头!”科佩洛夫无意中冲口说出了这句带侮辱性的话,吓了一跳。他知道葛利高里很容易发脾气,很怕他发作,但是急忙瞥了葛利高里一眼,立刻就放心了:葛利高里在马上往后仰着身子,几乎是无声地哈哈大笑,亮晶晶的牙齿在胡子里闪着青光。这句话的结果竟是这样,使科佩洛夫大感意外,而且葛利高里笑得那么富有感染力,使他也笑了起来,说:“瞧你,换个别的明白事理的人,会被这样严厉的批评弄得痛哭流涕,可是你却还在嘿儿嘿儿笑……你看,难道你还不是个怪人吗?”

“你说我蠢得像块木头,是吧?见你的鬼去吧!”葛利高里笑够了,说,“我不想学你们那些交际花招和礼貌。这些东西,我将来跟牛打交道时一点儿用处也没有。如果上帝保佑——我能活下来——我还要跟牛去打交道,我不能把脚后跟一碰,对它们说:‘啊,请您动一动,秃头老牛!请您原谅我,花斑牛!我可以为您正一正轭套吗?秃头牛阁下,花斑牛先生,我诚心地请求您不要把田垄踏坏吧!’跟它们要简单,明了:嘚儿、喔,这就是对牛的全部‘部苏’。”

“不是‘部苏’,是‘部署’!”科佩洛夫纠正他说。

“好,就算是部署吧。可是有一点,我是不能同意的。”

“哪一点?”

“就是你说我蠢得像块木头。在你们这儿,我蠢得像块木头,可是你等着瞧吧,有朝一日,我投到红军那边儿,在他们那儿,我就不是块木头啦,我会变得比铅还重。到那时候,这些文明礼貌、好吃懒做的家伙可别落在我手里!我会一下子把他们捏死!”葛利高里半真半假地说,然后把马一夹,飞驰而去。

清晨的顿河沿岸沉没在一片薄纱似的寂静中,只要有一点儿声响,即使不大的声响,也会划破寂静,响起回声。草原上只听到云雀和鹌鹑的鸣声,但是在邻近的村子里却是一片不间断的、低沉的轰鸣,这种声音通常总是伴随着大部队的调动。炮车的轮子和子弹箱子在道路的坑洼处颠得叮当乱响,马匹在井边嘶鸣,开过的步兵连队的脚步声整齐、低沉、轻柔地刷刷响着,往前线运送武器和弹药的居民的马车和大车发出一片辚辚的响声;野战厨车边,香甜地散发着煮熟的米粥和肉粥气味、桂树叶的香气和新烤出的面包香味。

在梅德维季河口镇边上,不断响着步枪互射声,稀疏的炮击声懒洋洋地震耳地轰隆轰隆地响着。战斗刚刚开始。

菲茨哈拉乌罗夫将军正在吃早饭,一个不很年轻的、精神委顿的副官进来报告:

“起义军第一师师长麦列霍夫和师参谋长科佩洛夫到。”

“请到我屋子里去。”菲茨哈拉乌罗夫用青筋迸起的大手推开堆满鸡蛋皮的盘子,不慌不忙地喝完一杯刚挤出来的、还冒热气的鲜牛奶,把餐巾整整齐齐地叠好,从桌边站起来。

他身材高大,老态龙钟,很虚弱,在这间门框歪斜和窗户昏暗的哥萨克的小房间里,显得出奇的魁伟。将军一面走,一面整理着剪裁合身的制服的硬领,大声咳嗽着走进了邻室,向站起来迎接他的科佩洛夫和葛利高里略微点点头,没有跟他们握手,只是做了个手势,请他们坐到桌边来。

葛利高里手扶马刀,小心翼翼地坐在凳子边上,斜眼看了看科佩洛夫。

菲茨哈拉乌罗夫沉重地坐到一把被他压得咯吱咯吱响的维也纳式椅子上,弯起大长腿,两只大手放在膝盖上,用低沉的声调开口说:

“二位军官,我请你们来,是为了统一某些问题的看法……起义军的游击战争已经结束!你们的部队不再是一个独立、完整的部队,实际上,从来不曾是支完整的部队。纯属虚构!你们的部队要编入顿河军。我们现在要转入有计划的进攻,要明白这一点,并且要绝对服从上级的指挥。请你们回答我,为什么你们的步兵团昨天没有协助突击营进攻?为什么这个团竟连我的命令都不听,拒绝去冲锋?谁是你们所谓的师长?”

“我。”葛利高里低声回答说。

“那就请您回答我的问题!”

“我昨天才回到师部来。”

“您到哪儿去了?”

“回家去啦。”

“师长在作战的时候竟回家去啦!师里纪律松懈得简直变成窑子啦!成何体统!”将军的低音在狭小的屋子里越来越响;门外,副官们已经踮起脚尖走动,嘁嘁嚓嚓地耳语,互相挤眉弄眼,相视而笑;科佩洛夫的脸色变得越来越苍白,而葛利高里望着将军涨红的脸,望着他攥紧的、肿胀的拳头,觉得自己心里难于控制的愤怒马上也要爆炸了。

菲茨哈拉乌罗夫出人意料轻捷地跳了起来,抓住椅子背,叫喊道:“你们不是军队,是些赤卫军一样的败类!……废物,而不是哥萨克!您,麦列霍夫先生,不配指挥一个师,只能当个马弁!……擦擦皮靴!您听见了吗?!……为什么不执行命令?没有召开士兵大会?没有讨论过?请您牢牢地记住这一点:在这里,我们不是您的什么‘同志’,我们绝不允许您搞布尔什维克的那套制度!……绝不允许!……”

“我请您别对我这样大喊大叫!”葛利高里闷声说道,接着站起身,一脚踢开凳子。

“您说什么?!……”菲茨哈拉乌罗夫气得大喘着气,从桌子上探过身子,声音嘶哑地叫道。

“我请您别对我这样大喊大叫!”葛利高里重复了一遍,声音更大些,“您找我们来是为了商量……”他沉默了一下,眼睛垂下去,紧盯着菲茨哈拉乌罗夫的手,声音压低到差不多像耳语一样说,“大人,您如果敢动我一手指头,我立刻就把您砍死!”

屋子里霎时变得非常寂静,可以清楚地听到菲茨哈拉乌罗夫的断续的喘息声。寂静了片刻。门吱扭地轻轻响了一下。吃了一惊的副官从门缝里探进头瞅了一眼。门又轻轻地掩上了。葛利高里站在那里,手一直没有离开马刀柄。科佩洛夫的膝盖轻轻地哆嗦着,目光盯着墙

上的一块什么地方。菲茨哈拉乌罗夫又沉重地坐到椅子上,老态龙钟地咳嗽了一声,嘟哝说:

“真是太妙啦!”他已经完全镇定下来,但是并没有看葛利高里,说,“请坐吧。我们发了一阵脾气——可以啦。现在请您听我说:我命令你们立即把全部骑兵调到……请坐呀!……”

葛利高里坐下,用袖子擦了擦脸上突然渗出的汗珠。

“……就这样,把全部骑兵立刻调到东南地区的前线上,并立即发动进攻。您的右翼将要和丘马科夫中校的第二营连接起来……”

“我不能把我的师调到那儿去。”葛利高里疲惫地说,然后就伸手到口袋里去掏手绢。他用娜塔莉亚绣的花手绢又擦了一下额上的汗,重说了一遍:“我不能把我的师调到那儿去。”

“这是为什么?”

“调动军队要费很多时间……”

“这与您无关。对战役结果负责的是我。”

“不,有关,负责的不仅是您……”

“您拒绝执行我的命令?”菲茨哈拉乌罗夫明显地在竭力控制自己,声音沙哑地问。

“是的。”

“既然这样,那就请您立刻交出这个师的指挥权!现在我明白了,为什么我昨天的命令没有执行……”

“这您随便好啦,不过这个师我是不能交出去的。”

“您叫我怎么理解您的话呢?”

“就照我说的那样理解吧。”葛利高里露出一丝笑意说。

“我要解除您的指挥权!”菲茨哈拉乌罗夫提高了嗓门,葛利高里立刻站起身来。

“我不能听从您的指挥,大人!”

“那么您究竟听从谁的指挥呢?”

“我听从起义军总司令库季诺夫的指挥。您说的这些话,我听着都有点儿奇怪……目前咱们还处在同等地位。您指挥一个师,我也指挥一个师。所以暂时请您不要这样对我大叫大嚷……等他们把我降到连长的时候,您再发威风吧。至于说动手动脚的……”葛利高里举起肮脏的食指,同时笑着,闪着愤怒的目光,结束说,“……就是到那个时候,我也不许您对我动手动脚的!”

菲茨哈拉乌罗夫站起来,理了理勒得难过的制服领子,躬了一下身子说:

“那我们再没有什么可谈的啦。您想怎么干就怎么干吧。关于您的行动,我立刻就报告军部,而且我可以向您保证,立刻就会有结果。我们的战地军事法庭目前还在正常工作。”

葛利高里没有理睬科佩洛夫绝望的眼神,把帽子往脑袋上一扣,朝门口走去。在门口又站住了,说:

“您愿意往哪儿报告就往哪儿报告好啦,但是请您别吓唬我,我不是那种胆小鬼……请您暂时还是别惹我。”想了想,又补充说,“不然的话,我倒很担心我的哥萨克会收拾您……”他砰的一下踢开了门,马刀叮当响着,大踏步往门廊里走去。

激动万分的科佩洛夫在台阶上追上了他。

“你疯啦,潘苔莱耶维奇!”他拼命攥着手,耳语说。

“带马!”葛利高里手里揉搓着马鞭,高声喊道。

普罗霍尔魔鬼似的飞跑到台阶边来。

走出大门,葛利高里回头看了看:三个传令兵正七手八脚地帮助菲茨哈拉乌罗夫将军骑到一匹鞴着漂亮鞍子的高头大马上……

他们默默地跑了约半俄里路。科佩洛夫之所以不做声,是因为他知道葛利高里这会儿没有谈话的兴致,而且现在跟他争论也是危险的。最后葛利高里忍不住了。

“你为什么不说话?”他严厉地问,“你是干什么来的?是来充当证人的吗?是来打哑谜的吗?”

“唉,老兄,你这一手可太过分啦!”

“难道他不过分吗?”

“就算他也有不对的地方。他跟我们说话的口气简直是太可恶啦!”

“难道他跟咱们好好说过一句话吗?一开口就大叫大嚷,就像是有人在用锥子扎他的屁股似的!”

“不过你也太过分啦! 不服从上级……在战斗正进行的情况下,老兄,这是要……”

“这没有什么了不起! 可惜他没有动我一下! 要不,我一刀砍在他的脑门上,管教他的天灵盖开花!”

“这已经足够你受用的啦,”科佩洛夫不高兴地说,勒马缓步走起来,“从各方面看,他们现在是要加强纪律,当心点儿吧!”

他们的坐骑打着响鼻,用尾巴驱赶着马蝇,并缰走着。葛利高里用嘲讽的目光望了望科佩洛夫,问道:

“你为什么打扮得这么漂亮? 大概你以为他们会请你喝茶吧? 以为他们会用白胖的手把你领到桌边去吧? 你又是刮脸,又是刷上衣,又是擦皮靴……我还看见你用唾沫浸湿手绢,去擦裤子膝盖上的污点哩!”

“行啦,请你别再说啦!”科佩洛夫红着脸自卫说。

“你这片心意全白费啦!”葛利高里嘲笑说,“不但如此,连手都没有伸给你。”

“跟你一块儿去,当然不能指望受到这样接待啦,”科佩洛夫快口地嘟哝着,然后眯缝起眼睛,又惊又喜地大叫起来,“瞧啊! 这不是我们的部队! 是协约国的部队!”

一辆六匹骡子拉着的英国炮车正顺着一条狭窄的小胡同朝着他们走来。英国军官骑着一匹短尾巴的枣红马,跟在旁边。炮车前面的一个骑手也穿着英国军装,但是制帽箍上却钉着俄国军官帽徽,戴着陆军中尉的肩章。

英国军官走到离葛利高里还有几沙绳远的地方,就把两个手指头举到自己软木帽盔的帽檐上,用脑袋做出请求让路的姿势。胡同很窄,要走过去,就必须让马紧贴着石头墙走才行。

葛利高里的脸腮上的小疣子抖动起来。他咬紧牙关,直向英国军官冲去。英国军官惊奇地抬了抬眉毛,略微往旁边一让。他们困难地错了过去,而且只是在英国人把紧绷着皮裹腿的右腿翘起来,放在自己的那匹洗刷得闪闪发光的良种骒马身上,才错了过去。

一个炮手，从外表看，也是个俄国军官，恶狠狠地打量了葛利高里一眼。

“大概，您可以让一让路吧！难道在这种场合也要显显您的无知吗？”

“你快过去吧，少废话，狗崽子，不然的话，我就给你个样子瞧瞧！……”葛利高里小声地警告他说。

那个军官在炮车前辕上站起来，转回身去叫喊：

“先生们！捉住这个混蛋！”

葛利高里潇洒地摇晃着鞭子，缓步走过胡同。神色疲惫、满身尘土的炮手们，全是些没有胡子的青年军官，用敌视的目光打量着他，但是没有一个人想动手捉他。六门炮的炮兵连在拐角处消逝了，而科佩洛夫咬着嘴唇，催马来到葛利高里近前。

“你就胡闹吧，葛利高里·潘苔莱耶维奇！简直像小孩子一样！”

“怎么，你也要来教训我啦？”葛利高里反唇相讥。

“我知道你恨菲茨哈拉乌罗夫，”科佩洛夫耸了耸肩膀说，“但是这个英国人碍你什么事啦？也许你不喜欢他的头盔吧？”

“我不喜欢他在梅德维季河口附近出现……他最好戴着头盔到别的地方去……两只狗咬架——第三只狗最好别参与，明白吗？”

“明白啦！原来你反对外国人干涉，是吗？但是，依我之见，当被人掐住喉咙的时候——谁来救命都应该高兴。”

“哼，那你就高兴吧，如果我说了算的话，我连一只脚也不准他踏在我们的土地上！”

“你看到红军里面有中国人吗？”

“有。这又怎么啦？”

“这不是一个样吗？要知道，这也是外援呀。”

“你这是胡说！中国人是志愿参加红军的。”

“照你说，这些人是被强迫到这儿来的啦？”

葛利高里一时找不出适当的话来回答，一声不响地走了半天，痛苦地思索着，后来话语里带着不加掩饰的惋惜口气说：

“你们这些有学问的人，总是这样……像兔子一样在雪地上乱跳一气,布下迷魂阵!老兄,我知道你这些话说得不对,但是我却驳不倒你……咱们别谈这个啦。别再搅和我的脑袋啦,我的脑袋已经够乱的啦!”

科佩洛夫委屈地不做声了,一直走到住所,他们都没有再说一句话。只有被好奇心折磨着的普罗霍尔追上了他们问:

“葛利高里·潘苔莱耶维奇,师长老爷,请你告诉我,士官生们用来拉炮的牲口是什么玩意儿?它们的耳朵很像驴耳朵,而其余的却完全是马的样子,这种牲口叫人看着就不舒服……这是他妈的什么种啊,——请你说说吧,不然的话,我们都打了赌啦……”他跟着走了有五分钟,没有得到回答,就又落在后头了,等他跟其余的传令兵走齐的时候,小声地说,“弟兄们,他们都一声也不吭,看来他们也觉得非常奇怪,一点儿也不知道这种怪物是打哪儿跑到这个世界上来的……”

第十一章

几连哥萨克四次从浅壕里站起来冲锋,但是每次都在红军机枪的猛烈扫射下又卧倒了。隐蔽在左岸树林子里的几个红军炮兵连,从大清早就不停地轰击哥萨克的阵地和集结在深沟里的预备队。

顿河沿岸高地的上空不时升起一团团乳白色的、逐渐飘散的榴霰弹烟雾。敌人射来的子弹在哥萨克的弯弯曲曲的阵地前后掀起阵阵褐色的尘埃。

到了中午,战斗激烈起来了,西风把大炮的轰鸣声沿着顿河送向远方。

葛利高里在叛军炮兵阵地观测站上,用望远镜观察战斗进行的情况。他看到各军官连,不顾遭受的损失,仍在顽强地跳跃进攻。炮火猛烈时,他们就卧倒,挖掩体,然后,又猛地向前一跃,节节进逼;左面一点,在攻占修道院的那面阵地,叛军的步兵却怎么也不敢站起来。葛利高里给叶尔马科夫写了一个字条,派传令兵送去。

过了半个钟头，感情冲动的叶尔马科夫驰马跑来。他在炮兵拴马的地方下了马，艰难地大喘着气，向土岗上的观测壕走去。

“我没有本事叫哥萨克起来进攻！他们不肯站起来！”老远儿他就摇晃着手叫喊，“我们已经有二十三个人阵亡！你看见啦，红军的机枪扫射得有多厉害吗？”

“人家军官们可在前进，你却不能叫自个儿的队伍站起来？”葛利高里愤愤地嘟哝说。

“可是你看呀，他们每个排都有一挺手提机枪，子弹多得不得了，可是我们拿什么去打呀？！”

“行啦，行啦，你别给我解释啦，立刻去带着部队冲锋，不然我就砍掉你的脑袋。”

叶尔马科夫骂了一声，奔下土岗。葛利高里也跟着他走下来。他决定亲自率领第二步兵团冲锋。

在紧边上、用山楂树枝伪装得很好的一门炮旁边，炮兵连连长拦住了他。

“葛利高里·潘苍莱耶维奇，你欣赏欣赏英国人的射击技术吧。他们马上就要轰击浮桥啦。咱们到土岗上去看看，怎么样？”

用望远镜刚刚可以看到红军工兵在顿河上搭起的一线细细的浮桥。车辆正络绎不绝地从桥上滚滚涌过。

过了十分钟，洼地石崖后面的英国炮兵连开炮了。

第四颗炮弹把桥差不多从当中炸断了。滚滚的车流停止了。可以看到红军战士正慌乱地把炸坏的马车和马的尸体推到河里去。

立刻有四只装载着工兵的小船驶离右岸。但是他们还没有把炸坏的桥板修补好，英国炮兵连又送去一排炮弹。一颗把左岸的桥头打坏了，第二颗炮弹在桥边炸起了高大的绿色水柱，修桥工作又停了下来。

“狗崽子们打得真准呀！”炮兵连连长赞扬说，“现在好啦，天黑以前，英国人不会叫红军过河啦。这座桥再也活不了啦！”

葛利高里眼睛没有离开望远镜，问：

“哪，你为什么按兵不动呀？应该支援一下我们自己的步兵嘛。

你看,那不是机枪阵地吗?”

“我倒很想打几炮,可是一颗炮弹也没有啦!半个钟头以前打完了最后一发炮弹,我就吃斋啦。”

“那你还待在这儿干什么?还不赶快收拾滚蛋!”

“派人到士官生那儿取炮弹去啦。”

“他们不会给的。”葛利高里不容置疑地说。

“一次拒绝不给,再去一次。也许他们会发发慈悲的。哪怕给二十发炮弹呢,我们就可以把这些机枪报销了。这可不是闹着玩儿的——已经打死我们二十三个人啦。还不知他们要打死多少人呢?瞧,他们哒哒叫得多欢呀!……”

葛利高里把视线移到哥萨克的战壕上,子弹依然在掘着战壕附近斜坡上的干土。机枪子弹扫射到的地方,扬起一道烟尘,仿佛有个看不见的人,闪电似地顺着战壕画下了一条在逐渐消散的灰线。烟尘弥漫的整个哥萨克战壕好像在冒黑烟。

葛利高里现在已经不去注意英国炮兵打中的地方。他倾听了一会儿连续不断的大炮和机枪的射击声,然后走下土岗,追上了叶尔马科夫。

“在没有得到我的命令以前,不要冲锋了。没有炮兵支援咱们是打不垮他们的。”

“难道我对你说的不正是这话吗?”叶尔马科夫骑到他那被奔驰和射击声弄得急躁不安的马上,责备说。

葛利高里目送着冒着枪林弹雨、毫不畏惧地飞驰的叶尔马科夫,不安地想:“真他妈的见鬼,这家伙怎么直着走呢?机枪会扫倒他的!应该下到洼地去,顺着河沟往上走,绕到山岗后面,就可以平安回到自己的部队那儿去。”叶尔马科夫狂奔到洼地近前,就消失了,再也没有在洼地对面出现。“这就是说,他明白啦!现在可以平安到达阵地啦。”葛利高里松了口气想道,这才在土岗旁边躺下,不慌不忙地卷起烟来。

一种奇怪的冷漠心情控制了他!他没有那么干,没有率领着哥萨克迎着机枪的火力去冲锋。没有必要这样做。叫那些军官突击连去冲吧。叫他们去占领梅德维季河口镇吧。于是葛利高里躺在山岗下面,第一次没有直接参加战斗。这时候,支配着他的,既不是胆怯,也不是怕死或者怕无谓的牺牲。不久前,不管对自己的生命,还是对交给他指挥的哥萨克们的生命他都毫不吝惜。但是现在,仿佛是什么东西幻灭了……在这以前,他还从来没有这样清晰地感觉到过去的一切事件是多么无聊。是由于跟科佩洛夫的谈话呢,还是由于跟菲茨哈拉乌罗夫的冲突呢,也许是这二者加在一起,就构成了突然在他内心形成这种情绪的原因,但是他决定再也不冒着炮火去进攻了。他模糊地想着,他是不能使哥萨克跟红军讲和的,而且他自己也无心跟他们讲和,但是他也再不愿意保护那些思想上跟他格格不入、敌视他的人了,所有这些形形色色的菲茨哈拉乌罗夫都极端鄙视他,而他自己也更加鄙视他们。旧日的那些矛盾又残酷地全部摆在他面前。“叫他们去打吧。我在一边观望。只要他们把我这一师人接收过去,——我就要求脱离部队,到后方去。我打够啦!”他心里想着,思想上又回到跟科佩洛夫的争论上去,他发现自己在寻找为红军中也有外国人辩解的理由。“中国人都是赤手空拳地参加红军,他们参加红军领一份可怜的士兵薪饷,却出生入死地去作战。这点微不足道的薪饷有什么意义呢?拿它能他妈的买点儿什么东西呢?只可以拿去赌牌输了……可见他们并不是为了发财,而是为了别的什么东西……可是协约国却派来军官,送来坦克车和大炮,甚至还送来许多骡子呢!将来他们要为这些东西索取一大笔款子。差别就在这里!好啦,晚上咱们还要争论这个问题!我一回到师部,就把他叫到一边,告诉他:‘差别是有的,科佩洛夫,你休想弄昏我的脑袋!’”

但是没有争论成。科佩洛夫下午去留作预备队的第四团所在地时,途中被流弹打死。两个钟头以后,葛利高里才得知此事……

第二天早晨,菲茨哈拉乌罗夫将军的第五师攻克了梅德维季河口镇。

第十二章

葛利高里离家后三天，米吉卡·科尔舒诺夫回到了鞑靼村。他并不是一个人回来的，还有两个惩罚队的同事陪着他。一个是不很年轻的加尔梅克人，是什么马内契村的人，另一个是拉斯波平斯克镇的其貌不扬的哥萨克。米吉卡蔑视地管加尔梅克人叫“伙计”，而对拉斯波平斯克的酒鬼、无赖却尊称：西兰季·彼得洛维奇。

看来，米吉卡在顿河军惩罚队里立下了汗马功劳，一个冬天，他升为上士，接着又升为准尉，他穿着簇新的军官制服回到村子里来了。可以设想，他撤退到顿涅茨对岸去以后，生活过得是很不错的；又轻又薄的保护色直领上衣紧裹着米吉卡的宽肩膀，直挺的硬领把粉红色的油晃晃的皮肤勒出了褶子，紧抱屁股、缝着裤绦的蓝斜纹布马裤几乎要撑裂了……就凭米吉卡这仪表堂堂的风度，如果不是这场该死的革命，一定能选进禁卫军阿塔曼斯基团，一定可以驻在皇宫，保护皇帝陛下。米吉卡虽然生不逢时，但对生活也没有什么可抱怨的。他升为军官，但是却不是像葛利高里·麦列霍夫那样，用出生入死，不顾一切地冲杀换来的。在惩罚队里干的人，需要具有另外一些品质……而米吉卡身上不但具备，甚至有余：他信不过哥萨克们，总是亲自枪毙那些犯有赤化嫌疑的人，他毫不嫌弃地亲自动手，用鞭子和枪探子惩罚逃兵，至于审讯在押的犯人，全队里没有人能比得上他，就连普里亚尼什尼科夫中校也只能耸耸肩膀，甘拜下风地说：“不，诸位，不管怎样，要超过科尔舒诺夫是办不到的！他是个恶鬼，不是人！”米吉卡还有一点与众不同：每逢惩罚队捉到既不能枪毙，又不想活着放走的人，——就判处鞭刑，而这个任务就交给米吉卡去执行。他执行起来，只要打过五十鞭子，那个被打的人就会不停地吐血，打过一百鞭子，连看都不用看，这个人就可以卷进草席扔掉……还没有一个被判处鞭刑的人能从米吉卡的手下活着站起来。他自己就曾不止一次地开玩笑说：“要是把被我打死的那些男女红党的裤子和裙子剥下来,足够全鞑靼村的人穿的!”

米吉卡自幼养成的那种残忍性格,在惩罚队里不仅得到了充分发挥,而且由于没有任何约束,达到了登峰造极的程度。由于他的工作性质,米吉卡跟参加惩罚队军官中的败类——吸毒者、强奸者、强盗和其他各种有知识的坏蛋——同流合污,他凭着一种农民的勤勉,很高兴地学会了这伙败类出于对红军的仇视传授给他的一切坏道道儿,而且毫不困难地超过了他的师傅们。有时候,神经衰弱的军官已经被别人的鲜血和痛苦弄得忍受不住了,但是米吉卡却只是眯缝起闪着黄色光芒的眼睛,把事情干完。

米吉卡离开哥萨克部队,干起了这种吃轻松饭的工作——来到普里亚尼什尼科夫中校的惩罚队——以后,就变成了这么个东西。

他回到村子里,高傲地对迎面走来朝他问候的婆娘们微微点头答礼,勒马缓步朝自己的家院走去。在焚烧殆半、烟熏黑了的大门口下了马,把马缰绳递给加尔梅克人,大踏步往院子里走去。由西兰季陪着,他一声不响地围着房基巡视了一圈儿,用鞭子头拨弄着大火中熔化成像黑宝石一样闪闪发光的玻璃块,激动喑哑地说:

“烧掉啦……原来是一座很阔气的宅子!全村最漂亮的宅子。我们村的米什卡·科舍沃伊放火烧的。他还打死了我爷爷。西兰季·彼得洛维奇,所以我只能回来看看家里的破砖烂瓦啦……”

“这个科舍沃伊家还有什么人吗?”西兰季马上问道。

“大概有。咱们是要会会他们……现在先到我的亲戚家去吧。”

在去麦列霍夫家的路上,米吉卡向迎面走来的博加特廖夫的儿媳妇问道:

“我妈从顿河对岸回来了吗?”

“好像还没有回来呢,米特里·米伦内奇。”

“我们的麦列霍夫亲戚在家吗?”

“老头子吗?”

“是呀。”

“老头子在家呢,就是说——除掉葛利高里,全都在家。去年冬天彼得罗被打死啦,你听说了吗?”

米吉卡点了点头,策马小跑起来。

他在阒无人迹的街上奔驰着,他那两只神情厌倦的、冷冰冰的黄色猫眼睛里,刚才那种激动的痕迹已经一点儿也没有了。来到麦列霍夫家门口的时候,并非单独对任何一个同伴,而是泛泛地低声说:

“我亲爱的村庄就这样来迎接我!连吃顿饭都得来求亲戚……好啊,咱们走着瞧吧!……”

潘苕莱·普罗珂菲耶维奇正在板棚下修理收割机。他一见这几个骑马的人,就从中认出了科尔舒诺夫,便往大门口走去。

“快请,”他高兴地开着板门说,“贵客临门!欢迎欢迎!”

“你好啊,大叔!你身体可好啊?”

“上帝保佑,还好。你已经当上军官啦?”

“你以为只有你的儿子能戴白肩章吗?”米吉卡把一只青筋嶙嶙的大手伸给老头子,得意地说。

“我的两个儿子对肩章并不那么感兴趣。”潘苕莱·普罗珂菲耶维奇笑着回答说,然后走到前头去,指给他们拴马的地方。

好客的伊莉妮奇娜请客人们吃过饭,就拉起家常来。米吉卡详细地询问了一切与他家有关的事情,自己则很少说话,脸上既没有流露出愤怒,也没有悲哀。只是好像顺便似地问了一声米什卡·科舍沃伊家还有什么人留在村子里,一听说米什卡的母亲和孩子都在家的时候,就暗暗地向西兰季挤了挤眼。

客人很快就起身告别了。潘苕莱·普罗珂菲耶维奇往外送他们的时候问:

“你打算在村子里住几天吗?”

“住个两三天吧。”

“要去看看母亲吗?”

“这要看情形啦。”

“噢,现在你要到远处去吗?”

“这个……去拜访拜访村子里一些相好的。我们很快就会回来的。”

米吉卡和他的同伴还没来得及再回到麦列霍夫家,村子里就已经传开了:“科尔舒诺夫带着几个加尔梅克人回来了,把科舍沃伊全家都宰啦!”

什么都还没有听说的潘苔莱·普罗珂菲耶维奇刚从铁匠铺里拿回刀片,打算再去修理收割机,但是伊莉妮奇娜招呼他说:

“过来,普罗珂菲奇!快点儿呀!”

老太婆的声调里带着明显的惊慌不安,潘苔莱·普罗珂菲耶维奇一惊,立刻就往屋子里走去。

满脸泪痕的娜塔莉亚,脸色苍白,站在炉子旁边,伊莉妮奇娜用眼睛朝阿尼库什卡的老婆那示意了几下,声音低沉地问:

“你听说什么了吗?老头子?”

“噢,大概是葛利高里出了什么事……上帝保佑,饶恕我们吧!”这个谜使潘苔莱·普罗珂菲耶维奇心惊胆战。他脸色苍白,因为谁也不说话,使他又害怕又气愤,大声喊道:

“快点儿说吧,你们这些该死的东西!……快说呀,出了什么事情?是葛利高里出事了吗?……”他好像因为这一声喊叫,耗尽了力气,瘫到板凳上,抚摸着哆嗦不止的双腿。

杜妮亚什卡第一个想到,父亲怕的是葛利高里的噩耗,就急忙说:

“不是,爸爸,这消息与葛利高里无关,是米特里把科舍沃伊家里的人打死啦!”

“怎么,怎么打死啦?”潘苔莱·普罗珂菲耶维奇的心立刻就落了下去,他还没有明白杜妮亚什卡的话,又问了一遍,“打死了科舍沃伊家的人?是米特里打死的?”

带新闻来的阿尼库什卡的老婆胡乱地讲了起来:

“我啊,大叔,去找小牛,正走过科舍沃伊家门口,米特里和另外两个当兵的骑马进了他家的院子,然后进屋子里去了。我心里想,小牛再远也不会跑过风车以外的地方去,眼下也正是放牧牛崽儿的时候……”

“你的牛崽儿跟我有他妈的什么相干!”潘苔莱·普罗珂菲耶维奇愤愤地打断了她的话。

“……他们走进屋子里,”这个女人结结巴巴地继续说下去,“我哪，就站在那儿，等着瞧个究竟。我心里想：‘他们到这儿来，不会有什么好事儿。’屋子里开始叫喊起来，后来听见——他们打起人来啦。简直把我吓死啦，想跑；刚刚离开篱笆，就听见后面有咚咚的脚步声；回头一看，只见你们的米特里把一条绑树皮鞋的带子套在老太婆的脖子上，拖着她在地上走，简直像拖死狗一样，上帝饶恕吧！一直拖到板棚边，可是她，苦命的，却一声也不出，大概已经昏过去啦；那个跟米特里一起儿来的加尔梅克人，一跳爬上房梁……我看见米特里把绳子的一头扔给他，大声喊：‘拉上去，拴住！’噢噫，把我的魂儿都吓跑啦！我眼看着他们把可怜的老太婆吊死啦，后来他们跳上马，顺着胡同跑了，大概是到村公所里去啦。我没敢进屋……只看到血从门洞里，从门下面流出来，流到台阶上。主啊，这辈子别叫我再看见这么可怕的事情吧！”

“上帝给我们送来多好的客人啊！”伊莉妮奇娜若有所期地看着老头子说。

潘苔莱·普罗珂菲耶维奇心情激动地听完，一句话也没有说，立刻往门廊里走去。

不久，米吉卡和他的伙伴们就来到大门口。潘苔莱·普罗珂菲耶维奇急忙一瘸一拐地迎着他们走去。

“站住！”老远他就大声喊起来，“不要把马牵进院子里来！”

“怎么啦，大叔？”米吉卡惊讶地问。

“请回吧！”潘苔莱·普罗珂菲耶维奇走到他跟前，盯着米吉卡闪着光的黄眼睛，坚定地说，“大侄子啊，你别生气，我不愿意你再到我家里来。你好来好去，愿意上哪儿，就上哪儿去吧。”

“啊——啊——啊……”米吉卡心里明白了，拖着长腔说，脸变得煞白，“那就是说，你赶我们走，是吗？……”

“我不愿意你弄脏我家的院子！”老头子毫不含糊地重说了一遍。“以后你也不要再登我家的门。我们麦列霍夫家不跟刽子手攀亲！”

“明白啦！不过你的心眼儿也太好啦，大叔！”

“哼，你既然能下手杀娘儿们和孩子，说明你丧尽天良啦！唉，米特里，你干的这个行当儿可太不怎么样……就是你去世的父亲看到你这样也不会高兴的！”

“你这个老傻瓜,难道你想叫我把他们当宝贝儿供起来吗?他们杀死了我的爸爸,杀死了我的爷爷,我倒要对他们大发慈悲吗?滚你的蛋吧——该往哪儿滚就往哪儿滚,懂吗?……”米吉卡怒冲冲地勒了一下马缰绳,把马牵到板门外头去了。

“不要骂人,米特里,你和我的儿子一样的年纪,还年轻。咱们没有什么可说的,请你走吧!”

米吉卡的脸色变得越来越白,用鞭子恐吓着,沙哑地喊道:

“你别惹我去造孽,别惹我!我是可怜娜塔莉亚,不然的话,我要把你这个大善人……我知道你们是些什么货!我早就看透了你们的心:你们没有撤退到顿涅茨对岸去吧?投降红军了吧?就是这样!……应该把你们这一家狗崽子,都像科舍沃伊家的人一样统统宰了!走,弟兄们!哼,瘸狗,小心点儿,你别落到我的手里!从我手里你休想活着出来!你对我的招待我会记住的!像你这样的亲戚我也不想有!……”

潘苔莱·普罗珂菲耶维奇手哆嗦着插上板门的门栓,一瘸一拐地往屋子里走去。

“我把你的哥哥赶走啦。”他看也不看娜塔莉亚说。

娜塔莉亚虽然心里同意公公的做法,但是什么也没有说,伊莉妮奇娜赶快画了个十字,高兴地说:

“感谢上帝:恶鬼可走啦!娜塔柳什卡,请你原谅我说话不好听,不过你们家的米吉卡成了个货真价实的敌人啦!他干了个这样的行当:不像别的哥萨克那样,在正经队伍里服役,可是你看他,这是干什么去啦!当刽子手,吊死老太婆,用马刀砍死无辜的孩子,难道这是哥萨克干的事儿吗?!难道他们应该为自己的米什卡负责吗?如果这样做的话,为了葛利沙,红军也可以把你我和米沙特卡、波柳什卡都砍死啦,可是他们并没有砍死咱们,他们是有良心的!不,上帝保佑,我绝不赞成这样做!”

“我也不赞成我哥哥,妈妈……”娜塔莉亚用头巾角儿擦着眼泪,说了这么一句话。

米吉卡当天就离开了村子。听说他好像在卡尔金斯克附近追上了自己的惩罚队,跟着队伍到顿涅茨区的几个乌克兰人的村庄里恢复秩序去了,因为那些村庄的老百姓参加了镇压顿河上游暴乱的行动。

他走了以后,有一个星期,村子里一直在谈论这件事。大多数人都不赞成对科舍沃伊的家属搞私刑。村社出钱把被害的老少埋葬了;本想把科舍沃伊家的房子卖掉,但是找不到买主。根据村长的命令,用木板十字交叉,把百叶窗钉上了,有好多日子孩子们都不敢在这个可怕的地方附近玩耍,老头子和老太婆们走过这座绝户房子的时候,都画十字,哀悼被害的人,愿他们在天之灵安息。

后来,到了割草的时节,不久前所发生的事情也就忘了。

村子里的生活依然还是靠干活儿和前线传来的消息打发日子。那些有能干活的牲口的人家,嘟嘟囔囔,娘天爷地地骂着,套车去运送军用物资。几乎每天都要把正在干活的牛马送到镇上去。老头子们一面从收割机上卸下马匹,一面咒骂这没完没了的战争。但是炮弹、枪弹、铁蒺藜轴和粮秣非得送到前方去不可。于是只好去送。然而好像故意作对似的,天气变得那么晴朗,正是去收割那些已经成熟的、上等饲草的好时节。

潘苔莱·普罗珂菲耶维奇准备去割草,可是达丽亚却令人气恼。她赶着两头牛去运送子弹,该从转运站回来了,但是一个星期过去了,她却音讯全无;没有这一对好使的老牛,在草原上是什么活也干不成的。

说实在的——根本就不应该叫达丽亚去……潘苔莱·普罗珂菲耶维奇是硬着心肠把牛交给她的,他知道她贪玩,最不会照料牲口,但是除了她以外,再找不到人了。杜妮亚什卡是不能去的,跟陌生的哥萨克去走远路,这可不是大姑娘干的事;娜塔莉亚身边有小孩;难道非要老头子亲自去运送这些该死的子弹吗?而达丽亚又自告奋勇要去。她从前就非常喜欢到外面跑:上磨坊啊,去碾坊啊,或者别的什么家务事啊,她都高兴去,因为只要一离开家,她就非常自由。每次出去,她都玩得很痛快,认为是极大的享受。一摆脱公婆的监视,她既可以跟婆娘们闲扯个够,还可以一路上——像她说的,——跟那些看上眼的伶俐哥萨克“吊吊膀子”。可是在家里,自从彼得罗去世以后,严厉的伊莉妮奇娜就一点自由也不给她，好像这个丈夫活着的时候就不守妇道的达丽亚却要为亡夫守节了。

潘苔莱·普罗珂菲耶维奇明明知道大儿媳妇不会像主人那样照料牲口，但是没有办法，还是打点她出差去了。去是叫她去了，然而整整一个星期都是提心吊胆，不得安宁。“我的牛算完蛋啦！”半夜醒来，他深深地叹着气，不止一次地这样想。

第十一天的上午，达丽亚回来了。潘苔莱·普罗珂菲耶维奇刚刚从草原上回来。他和阿尼库什卡的老婆插犋，一同去割草，把阿尼库什卡的老婆和杜妮亚什卡留在草原上，自己回村子里来取水和食物。老两口和娜塔莉亚正在吃早饭的时候，那辆牛车的轮子发出熟悉的响声，从窗前头驶了过去。娜塔莉亚赶快跑到窗户前，看见达丽亚把头巾紧裹到眼睛上面，把疲惫不堪的瘦弱的牛牵进院子。

“是她回来了吗？”老头子嘴里含着没有嚼好的面包问。

“是达丽亚！”

“想不到还能见到牛！好啊，上帝保佑！该死的浪娘儿们！终于回家来了，可真不容易呀……”老头子画着十字，打着嗝，嘟囔说。

达丽亚卸下牛，走进厨房，把一块折成四折的粗布放在门口，向家里人问候。

“你还要怎样呀，我的亲爱的！你再逛上一个星期再回来才好哩！”潘苔莱·普罗珂菲耶维奇动心地说，翻起眼睛看着达丽亚，并不回答她的问候。

“顶好您自个儿去！”大媳妇从头上往下解着落满尘土的头巾，顶嘴说。

“怎么去了这么久，啊？”伊莉妮奇娜赶快插嘴说，想要调和调和一见面就这么尴尬的气氛。

“他们不放我回来，所以就拖了这么久。”

潘苔莱·普罗珂菲耶维奇怀疑地摇了摇脑袋问：

“在转运站上把赫里斯托尼亚的老婆放回来了，怎么就不放你回来呢？”

“就是不放我！”达丽亚恶狠狠地瞪了一下眼睛，补充说，“如果您不相信——那就请您去问问那个押运队长吧。”

“我没有必要去调查你的事情，不过下一次你坐在家里得啦。你呀，只能派你去上西天。”

“您吓唬我！唉，您就吓唬我吧！我压根儿就不想去！下回您就是派我去，我也不去啦！”

“牛还都壮实吧？”老头子已经比较妥协地问道。

“壮实。您的牛啥事儿也没有……”达丽亚不情愿地回答说，脸色变得比暗夜还阴沉。

“她在路上跟什么情人儿分手啦，所以才这样凶狠。”娜塔莉亚心里想。

她对达丽亚和达丽亚那种下作的爱情游戏，一向是既惋惜，又憎恶。

吃过早饭以后，潘苔莱·普罗珂菲耶维奇正准备要走；但是村长登门了。

“我本应该祝你一路平安，但是潘苔莱·普罗珂菲耶维奇，你听我说，别出去啦。”

“是不是又来派车啦？”老头子装得满面和气地说道，心里却恨得连气儿都喘不上来啦。

“不，不是，这回要唱别的戏啦。今天顿河军总司令西多林将军要到咱村儿来，明白吗？刚才接到镇长的紧急公文，命令老头子和婆娘们一个也不能少，都去开会。”

“他们疯了，还是怎么的？”潘苔莱·普罗珂菲耶维奇喊起来。“谁在这种大忙的时候召集开会呀？你那位西多林将军给我储备冬天喂牲口的干草吗？”

“这位将军呀，既是你的，也是我的，”村长安然地说，“命令我这样做——我就这样执行。把车上的牛卸了吧！要用面包和盐来欢迎将军。顺便说说，据说好像还有几位协约国的将军和他一起儿来呢。”

潘苔莱·普罗珂菲耶维奇在大车旁默默地站了一会儿，考虑了一下，就动手往下卸牛。村长一见他的话起了作用，很高兴，就问：

“你那匹小骒马是不是可以用一用呢？”

“你要拿它派什么用场?”

“真见他妈的鬼,命令要派两辆三套马车到愚人谷去迎接。可上哪儿去弄车和马呀,——我简直要急疯啦!天不亮就起来啦,东奔西跑,衬衣已经湿透了五次,——一共才搞到四匹马!老百姓都干活儿去啦,急得我简直要大哭大叫一场!”

已经心平气和的潘苔莱·普罗珂菲耶维奇同意把马借给他,甚至还提议用他的有弹簧的小马车。不管怎么说,这是给顿河军司令官坐呀,而且还有外国将军,潘苔莱·普罗珂菲耶维奇对将军向来是很敬畏的……

由于村长的努力,总算弄到了两辆三套马车,派到愚人谷去迎接贵宾。老百姓都集合在校场上。许多人是撂下割草的活儿,急急忙忙赶回村子来的。

潘苔莱·普罗珂菲耶维奇也撂下活儿,打扮起来,穿上干净的衬衣,换上一条有裤绦的呢裤,戴上先前葛利高里当礼物给他带回来的制帽,吩咐老太婆派达丽亚去给杜妮亚什卡送水和食物,自己就神气活现、一瘸一拐地往会场走去。

不久大道上就升起一阵浓浓的烟尘,向村子滚滚而来。滚滚的烟尘中有个什么金晃晃的东西在闪耀,从老远就传来唱歌似的汽车喇叭声。客人们坐在两辆闪闪发光的簇新的深蓝色汽车里;那几辆空着的三套马车还在后面老远的地方飞奔,追过一些从草原上回来的割草人,村长为了这一次盛大仪式特地找来的邮车铃铛在车弓子下面凄凉地当当响着。校场上的人群立刻活跃起来,语声大作,响起了孩子们喜悦的喊叫声。手忙脚乱的村长在人群里乱窜,寻找德高望重的老头子,叫他们出来向贵宾献面包和盐。村长一眼看到了潘苔莱·普罗珂菲耶维奇,就高兴地抓住了他。

“救救命吧,看在基督面上!你是个有经验的人,你懂得礼节……你是知道怎么跟他们打交道以及……而且你是顿河军会议的代表,你的儿子又是那样……请你来向客人献礼吧,我不行,好像胆怯得很,腿直哆嗦。”

潘苔莱·普罗珂菲耶维奇被这么崇高的荣誉弄得神魂颠倒,出于礼貌关系,还是谦逊了一番,然后,不知道怎么,把脑袋往脖子里一缩,匆匆画了个十字,接过那只铺着绣花手绢、上面放着面包和盐的盘子,用胳膊肘推开众人,走到前面去。

汽车很快就开到校场来了,后面跟了一大群嗓子都叫哑了的各种毛色的狗。

"你……怎么样?不害怕吗?"脸色灰白的村长悄悄地问潘苕莱·普罗珂菲耶维奇。他是平生头一次看到这么大的官儿。潘苕莱·普罗珂菲耶维奇用发蓝的白眼珠子斜瞟了他一下,用激动得沙哑的声音说:

"喏,你端一下,我要梳梳胡子。端好啊!"

村长殷勤地接过盘子,潘苕莱·普罗珂菲耶维奇梳了梳胡子,英气勃勃地挺起胸脯,——为了不叫人看出他的瘸相,把瘸腿的脚尖撑在地上,——又接过了盘子。但是盘子在他手里哆嗦得那么厉害,村长吓了一跳,忙问:

"你不会扔掉吧?噢噫,小心!"

潘苕莱·普罗珂菲耶维奇满不在乎地耸了耸肩膀。他会把盘子扔掉!这个人怎么能说出这样的糊涂话!他,当过顿河军会议的代表,在将军府里跟所有的人握过手,这会儿倒会突然怕见一位将军吗?这个可怜的村长简直是发昏啦!

"老弟,我在顿河军会议时,曾跟钦命的顿河军长官一起儿喝过茶……"潘苕莱·普罗珂菲耶维奇刚一开口说,却又咽了回去。

前面的一辆汽车在离他有十步远的地方停了下来。戴着宽檐制帽、穿着钉有非俄罗斯式的窄肩章的制服、脸刮得光光的汽车司机,敏捷地从车上跳下来,打开车门。两位穿着保护色军装的人威风凛凛地走出汽车,朝人群走来。他们径向潘苕莱·普罗珂菲耶维奇走来,而潘苕莱·普罗珂菲耶维奇立正站好,僵立在那里。他明白了,这两位穿着朴素的人就是将军,而那些跟在后面、外表很漂亮的人,只不过是他们的随员。老头子目不转睛地看着走过来的贵宾,但是他的眼睛里越来越露出无法掩饰的惊愕神情。怎么没佩戴将军的大肩章啊?穗带和勋章在哪儿呢?如果从外表上看,跟一个非常普通的军队文书没有任何差别,那还成其为什么将军呀?潘苕莱·普罗珂菲耶维奇突然感到非常失望。他甚至为自己进行盛大欢迎准备的工作,为这些玷污将军称号的将军们感到难为情。真他妈的见鬼啦,如果他知道来的是些这样的将军,他就不会这样仔细打扮了,也不会这样战战兢兢地迎候他们了,最低限度也不会端着盘子像傻瓜似的站在这儿,盘子上放着一块也不知道是个什么样肮脏的老太婆烤得不好的面包。不,潘苔莱·麦列霍夫还从来没有成为人们嘲笑的对象,但是今天却当众出丑了:一分钟前,他亲耳听见背后孩子们在嘿嘿地笑,一个小鬼甚至可着嗓子大喊:"哥儿们!快看啊,瞧瘸子麦列霍夫那副可怜相呀!就像吞下了一条棘鲈似的!"把身体挺得这样笔直,忍受这样的嘲笑,难为这条瘸腿,这为的是哪一桩呀……潘苔莱·普罗珂菲耶维奇气得五脏六腑都要炸啦。全都怪这个该死的胆小鬼村长!跑来胡说一阵,把马和车都借了去,耷拉着长舌头,跑遍了整个村子,给马车找铃铛。这个人太没有见过世面,所以什么样的破烂货都当成大人物来迎接。潘苔莱·普罗珂菲耶维奇一辈子也没有见过这样的将军!就拿皇上阅兵来说吧,走出一位将军——满胸膛上挂的都是十字章、勋章,浑身都绣着金边;看着就叫人心里高兴,简直是圣像,不是将军!可是这些人——穿着一身草绿制服,像灰老鸹一样。还有个家伙,脑袋上戴的简直就不像是穿军装时应该戴的军帽,而是一只布包着的锅,整个的脸都刮得光光的,你就是打着灯笼也别想找到一根毛……潘苔莱·普罗珂菲耶维奇皱起眉头,嫌恶得几乎要吐,但是有人猛地在他背上推了一下,大声在他耳边说:

"去啊,献上去!……"

潘苔莱·普罗珂菲耶维奇往前走了一步。西多林将军越过他的头顶迅速扫了人群一眼,响亮地说:

"你们好,诸位老人家!"

"祝大人健康!"村民们七嘴八舌地喊道。

将军和蔼可亲地从潘苔莱·普罗珂菲耶维奇手里接过盛着面包和盐的盘子,说了声"谢谢!",然后把盘子交给副官。

一个身材瘦长结实的英国上校站在西多林身旁,露出冷淡好奇的神情,从紧压到眼睛上的帽盔下面打量着哥萨克们。他奉布里格司将军——英国驻高加索军事代表团团长——的命令，随同西多林来视察肃清红军以后顿河军区的情况，在翻译人员帮助下，热心地在研究哥萨克的情绪，同时了解前线的情况。

艰难的旅途、单调的草原景色、乏味的谈话和作为一个大国代表的全部复杂责任，使上校感到疲惫不堪，但是大英帝国的利益——高于一切！因此他仔细倾听每个市镇演说人的发言，而且几乎可以完全听懂，因为他懂得俄语，但是却瞒着别人。他带着真正英国人的傲慢神情看着这些草原上军人后裔的各种气质不同的黝黑的脸，对这种种族混杂情况感到十分惊讶，不论什么人，一看到哥萨克人群，总会产生这种感觉；一个淡白头发的斯拉夫族哥萨克身旁站着一个典型的蒙古人，蒙古人的旁边则是一个头发像乌鸦翅膀一样黑的青年哥萨克，一只手上包扎着肮脏绷带，正小声跟一个白发苍苍、道貌岸然的长者谈话，可以打赌，在这位拄着拐杖，穿着老式哥萨克棉袄的长者的血管里，流的一定是纯高加索山民的血液……

上校懂得一点儿历史：他观察着哥萨克，心里在想：不仅是这些野蛮人，就是他们的子孙，也不可能再在一个新的什么普拉托夫指挥下去进攻印度。在战胜了布尔什维克以后，被国内战争折腾得民穷财尽的俄罗斯，将要长久地被排除到强国行列之外，在最近的几十年中，对大英帝国的东方霸权已经不会构成任何威胁。至于布尔什维克将被打败，上校对此是深信不疑的。他是个头脑清醒的人，大战前曾在俄国住过很久，当然，不会相信共产主义的乌托邦思想能够在这个半野蛮的国度里获胜……

正大声交谈的妇女们引起了上校的注意。他连脑袋也没有扭动，扫了一眼她们风吹日晒的、高颧骨的脸，紧闭着的嘴唇上露出一丝轻蔑的冷笑。

潘苔莱·普罗珂菲耶维奇献过面包和盐以后，就混进了人群。他也没有听那位从维申斯克来的演说家怎么以维申斯克镇全体哥萨克的名义向来宾致颂词，绕过人群，往停在不远地方的三套马车走去。

马匹浑身都是汗，两肋艰难地起伏着。老头子走到自己那匹驾着辕的骒马跟前，用袖子给它擦了擦鼻孔，长叹一声。他真想大骂一顿，于是立刻把骒马卸了下来,牵回家去,——他简直失望极了。

这时候,西多林将军正在对鞑靼村的人讲话。他赞扬了哥萨克们在红军后方立下的战功之后,说道:

"你们英勇地跟我们的共同敌人进行战斗。正逐步从布尔什维克的可怕的压迫下解放出来的祖国是不会忘记你们的功勋的。我想要奖励我们早已闻名的贵村那些在反对红军的武装斗争中建立过特别功勋的妇女们。我请求我们这些哥萨克巾帼英雄们站出来,我们马上就宣读名单!"

一个军官宣读了一张简短的名单。第一名就是达丽亚·麦列霍娃,其余的都是些在暴动开始时被打死的哥萨克的寡妻,她们也都和达丽亚一样,在谢尔多勃斯克团投降后,被俘的共产党员押送到鞑靼村来的时候,参加过虐杀俘虏的暴行。

达丽亚没有听从潘苔莱·普罗珂菲耶维奇叫她去草原上干活的吩咐。她就在村子里的妇女群中,而且打扮得像过节一样。

她刚一听见自己的姓名以后,就推开婆娘们,勇敢地走出人群,边走,边整理着镶有花边的白头巾,眯缝着眼睛,略带窘态地笑着。尽管是在经过长途跋涉和多次的风流韵事的劳顿之后,她依然是那么妖艳!没有被太阳晒过的苍白的脸颊,使她那眯缝着的、探索的眼睛里的热情光芒显得更加强烈,而在她那任性的、描得弯弯的眉毛上和在含笑的嘴唇的皱褶里,都隐藏着一种诱人的淫荡神情。

一个脊背朝人群站着的军官挡住了她的去路。她轻轻地推开军官,说道:

"请给军官的寡妻让路!"她走到西多林面前。

西多林从副官手里拿过一枚挂在乔治章缎带上的奖章,笨手笨脚地把奖章别在达丽亚上衣的左胸前,含笑朝着达丽亚的眼睛看了看。

"您是在三月里牺牲的麦列霍夫少尉的遗孀吗?"

"是的。"

"现在还要请您领五百卢布的奖金。这位军官会发给您的。顿河军区司令阿夫里坎·彼得洛维奇·博加耶夫斯基和顿河政府都很感谢您所表现的英勇精神,并向您表示深切的慰问……对您的痛苦深表同情。”

达丽亚并没有全部听懂将军对她说的话。她点头道谢，从副官手里接过钱，默默地微笑着，直盯着看了一眼还不老的将军。他们俩的身材差不多一样高，达丽亚毫不客气地打量着将军枯瘦的脸。“把我的彼得罗看得这样不值钱，还没有一对牛的价钱高……可是这位小个子将军长得还可以，是个合用的人。”这时她下流地想道。西多林盼望她立刻就走开，但是达丽亚不知为什么迟迟不去。站在西多林后面的副官和几位军官，都互相挑动眉毛，瞟着这个风流寡妇；他们的眼睛里都闪着快活的火花；就连那位英国上校的精神也为之一振，他整理了一下腰间系的皮带，捯动了一下脚，他那毫无热情的脸上也露出一丝类似微笑的神色。

“我可以走了吗？”达丽亚问。

“可以，可以，当然可以啦！”西多林急忙允许说。

达丽亚笨拙地把钱塞到上衣里，向人群里走去。所有的被演说和仪式弄得厌倦不堪的军官们都注意地看着她那轻盈、飘忽的步子。

去世的马丁·沙米利的妻子摇摇晃晃地向西多林面前走去。在往她那穿着旧上衣的胸前别奖章的时候，沙米利的寡妻突然号啕大哭起来，哭得凄切，悲痛。妇道人家令人心酸的哭声使军官们的脸上快活的神情，立即变得严肃起来，流露出尴尬的同情神色。

“你的丈夫也牺牲了吗？”西多林皱起眉头问。

掩面哭泣的女人，默默地点了点头。

“她的孩子一大车都装不下！”有一个哥萨克低声说。

西多林扭过脸去对英国人大声说道：

“我们奖励那些在跟布尔什维克进行战斗中表现得特别英勇的妇女，她们之中，大多数人的丈夫是在反对布尔什维克起义之初牺牲的，这些寡妇为了给丈夫报仇，消灭了一大队本地共产党员。我奖励的第一名妇女——军官的夫人——亲手杀死了一个以残忍闻名的共产党政委。”

翻译官用流畅的英语译出。上校听完后低下了头，说道：

“我赞赏这些妇女的英勇行为。将军，请您告诉我，她们是和男人一样参加战斗的吗?”

“是的。”西多林简短地回答说,急忙招手,请第三位寡妇走上前来。

授奖以后,贵宾们很快就回镇上去了。校场上的人开始匆忙走散,赶去割草。过了几分钟,待到汽车随着犬吠声消逝之后,教堂围墙旁边就只剩下三个老头子了。

“奇怪的年月来到啦!”一个老头子说,大大地摊了一下手叹道,“从前打仗的时候,要立下大功,要英勇出众才奖给乔治十字章或者奖章,得奖的人是什么样的人呀?那都是些最勇敢的人,最不怕死的人!豁出命换十字章的人也并不是那么多。所以俗语说:‘或者是戴着十字章荣归故里,或者是战死沙场。’如今倒好,给老娘儿们也挂上奖章啦……要是真立下什么功劳也行,可是这算……哥萨克把俘虏赶到村子里来,她们用木棒子打手无寸铁的俘虏。这算是什么英雄啊?你就是宰了我,也想不通!”

另外一个老眼昏花、软弱无力的老头子,叉开腿,不慌不忙地从口袋里掏出卷着的布烟荷包说:

“他们,新切尔卡斯克的长官们,比我们看得清楚。大概他们那儿是这样考虑的:为了使大家的情绪振作起来,为了叫大家更愿意去打仗,应该也给老娘儿们吃点儿甜头。所以又是奖章,又是五百卢布的钞票,——哪个老娘儿们会不要这样的荣誉呢?有的哥萨克不愿意上前线,想躲过这场战争,那现在他在家里还待得住吗?老婆没白没黑地在他耳边嘟囔!就像布谷鸟一样,不住嘴地咕咕叫!现在老娘儿们个个都在想:‘也许他们会给我挂上一个奖章吧?’”

“你这可是胡说啦,菲道尔辛家!”第三个老头子反驳说,“她们应该受到奖励,现在奖励啦,对嘛。许多婆娘们守了寡,给她们点儿钱,这对她们在家务上是莫大的帮助,至于奖章,那是为了勇敢才奖给她们的。麦列霍夫家的达什卡第一个出来惩罚了科特利亚罗夫,干得好嘛!上帝会审判他们的,这不能怪老娘儿们:她有杀夫之仇,所以才……”

在敲晚祷钟以前,老头子们一直在争论和叫骂不休,待到钟声一响,三个人立刻站起来,摘下帽子,画过十字,恭恭敬敬地往教堂院墙里走去。

第十三章

麦列霍夫家变化大得令人吃惊！曾几何时，潘苔莱·普罗珂菲耶维奇还觉得自己是个有无上权威的一家之主，家里所有的人都无条件地服从他，日子过得有条不紊，全家人同甘共苦，多年来生活得那么和谐，是一个非常和睦的家庭。可是从春天起，一切都变了。杜妮亚什卡头一个跟家里离心了。她并没有公然地顶撞父亲，但是对凡是她应该干的活儿，干得都那么勉强，就像不是给自己家干，而是雇来的；一下子变得沉默寡言、神情疏远；现在已经难得听到杜妮亚什卡那种无忧无虑、爽朗的笑声了。

葛利高里去前线以后，娜塔莉亚也跟两位老人疏远起来；她几乎把全部时间都花在孩子们身上，只愿意跟他们说话和周旋，而且好像暗自在为什么事伤心烦恼，但是她一次也没有把自己的心事对亲人说过，她不向任何人诉苦，总是极力隐瞒着。

至于达丽亚就更不用说啦：自从跟着民工运输队跑了一趟之后，达丽亚变得完全不是先前的样子。她越来越经常地跟公公顶撞，根本不把伊莉妮奇娜放在眼里，无缘无故地就会对家里所有的人大发脾气，借口不舒服，逃避去割草，她的态度就像在麦列霍夫家已经住过头儿了。

潘苔莱·普罗珂菲耶维奇眼看着这个家在散伙，只剩下他和老太婆两个人了。亲属关系突然迅速地破裂，失去相互之间的温情，言谈话语中，越来越多地流露出愤怒和疏远的情绪……大家在一张桌上坐下来，已经不像从前那样是一个团结和睦的家庭，却像是一些偶然聚在一起的过客。

战争是造成所有这一切的原因，潘苔莱·普罗珂菲耶维奇对此是清楚的。杜妮亚之所以恨父母，是因为他们打破了她有朝一日嫁给米哈伊尔·科舍沃伊的希望，——这是她那处女痴情的心热恋着的人；娜塔莉亚以她那固有的深沉的性格,默默地忍受着葛利高里重又背弃她,投到阿克西妮亚的怀抱所引起的痛苦。而潘苔莱·普罗珂菲耶维奇虽然看到了这一切,但是却无力去恢复家中昔日的规矩。的确,在发生了那样的一些事情之后,他怎么还能答应自己的女儿去跟一个狂热的布尔什维克结婚呢,而且就算他同意,也于事无补呀,这个混蛋女婿还不知道在前线什么地方混哪,而且是在红军部队里。至于葛利高里的事也是这样:如果葛利高里没有当军官,潘苔莱·普罗珂菲耶维奇就可以好好收拾他一下。收拾得他从此以后连斜眼看看阿司塔霍夫家的院子都不敢。但是战争把一切都搞乱了,使老头子再也不能按照自己想法来过日子和治家了。战争使他破产,使他失去了往日那种干活的热情,夺去了他的大儿子,给家庭带来了不睦和混乱。战争践踏了他的生活,就像暴风雨从田地里的麦苗上掠过似的,但是麦苗暴风雨过后还会再立起来,在阳光照耀下还能茁壮成长,他这个老头子却再也站不起来了。他对一切已经置之度外,——听天由命吧!

达丽亚从西多林将军手里接到奖品以后,高兴了一阵子。那一天,她精神百倍,兴高采烈地从校场回到家,睒动着眼睛,把奖章拿给娜塔莉亚看。

“为什么要奖给你?”娜塔莉亚惊讶地问。

“为了伊万·阿列克谢耶维奇亲家,愿这个狗崽子在天之灵安息!还有这个——是为了彼加……”她一面吹嘘,一面打开一包沙沙响的顿河政府发行的钞票。

达丽亚就是没有到草地去。潘苔莱·普罗珂菲耶维奇想叫她去送饭,但是她断然拒绝了。

“您别缠我了,爸爸,我一路上已经够累的啦!”

老头子皱起眉头。这时候达丽亚为了缓和一下粗鲁的拒绝造成的尴尬气氛,半开玩笑地说:

“在这样的日子您逼着我去草地,真是罪过啊。今天是我的节日啊!”

“那我自个儿去送吧,”老头子同意说,“可是,那笔钱怎么安排呢?”

“什么——钱呀?”达丽亚惊异地扬起眉毛,问道。

“我是问你把那笔钱往哪儿放呀?”

“这就是我自己的事儿了。我愿意往哪儿放,就往哪儿放!”

“这算是怎么说的呢?这些钱是为了彼得罗才发给你的呀?”

“钱,他们发给我的,您就不必操心啦。”

“可你,是不是这个家里的人呢?”

“您想把这个人怎样,爸爸?您想把钱要过去吗?”

“我倒并不想全要过来,不过你说说看,彼得罗是不是我们的儿子?我和老太婆也该有一份儿吧?”

公公的要求显然不是那么理直气壮,达丽亚站在理儿上。她镇定地嘲笑说:

“我一点儿也不给,连一个卢布也不给!这儿没有您的份儿,要有您的份儿,那就会发给您啦。您怎么会想到这笔钱里有您的份儿呢?这是没什么说的,请您别妄想分我的钱吧,您分不到!”

于是潘苔莱·普罗珂菲耶维奇作了最后的挣扎:

“你住在家里,吃我们的面包,这就是说——咱们的一切东西都是大家伙的。如果每个人都要攒自个儿的,那还有什么家规呀?我绝不准许这样做!”他说。

但是达丽亚把这个企图霸占属于她的金钱的诡计也给揭穿了。她毫不害羞地笑着声明说:

“爸爸,我跟您又不是结发夫妻,今天我住在您这儿,明天我就会改嫁,看您上哪儿去找我吧!至于说到吃您家的饭,我是用不着付钱的。我给你们家干了十年活儿,脊背都累得直不起来啦!”

“你是给自个儿干的,骚母狗!”潘苔莱·普罗珂菲耶维奇气愤地叫喊道。他还叫喊了些什么,但是达丽亚连听也不屑听,当着他的面,一转身,裙襟一甩,回自己房里去了。“我可不是那种怕吓唬的女人!”她嘲讽地笑着嘟哝说。

谈话就这样结束了。达丽亚的确不是这样的女人,见老头子一发脾气,就会让步。

潘苔莱·普罗珂菲耶维奇收拾好,准备去草地,动身前他跟伊莉妮奇娜简单地谈了几句。

“你要多留心点儿达丽亚……”他请求说。

“留心什么呢?”伊莉妮奇娜惊讶地问。

“也许她要从家里逃跑,会把咱家的东西都卷走喽。依我看,她这么嚣张不是没有原因的……大概,已经找好了对象,不是今天就是明天,她就要改嫁啦。”

“大概是这样,”伊莉妮奇娜长叹一声,同意说,“她就像当长工的霍霍尔一样,见了什么都不高兴,什么都不称她的心……她现在已经是块切下来的面包啦,既然已经切下来了,不管你用多大的力气,也不可能再连到一块儿啦。”

“咱们也没有连她的必要!你听我说,老糊涂,如果她谈到改嫁的事儿,你可不要阻拦她。叫她滚蛋吧。我已经讨厌跟她啰嗦啦。”潘苔莱·普罗珂菲耶维奇爬上大车;他一面赶着牛走,接着把话说完,“她偷懒,见活儿就躲,就像狗躲苍蝇一样,可是还总想吃香的喝辣的,到游戏场上去瞎混。彼得罗去世后,愿他在天之灵安息,咱们家里再也不能留这样的娘儿们啦。这不是女人,简直是害人精!”

老头子和老太婆的推测完全错了。达丽亚从未有过改嫁的念头。她并不是想改嫁,她心里想的是另外的事儿……

这一天,达丽亚整天都很随和、欢天喜地的。就连为这笔钱发生的争吵也没影响她的情绪。她对着镜子照了半天,不断地打量着那枚奖章,换了五次衣服,试着哪件衣服更适合那条织着条纹的乔治十字章带子,还开玩笑说:“我现在真想再得几枚十字章!”后来她把伊莉妮奇娜叫到内室,往她袖口里塞了两张二十卢布的钞票,用两只滚烫的手把伊莉妮奇娜的一只疙疙瘩瘩的手按在自己的胸前,低声说:“这个——用来祭奠祭奠彼佳吧……好妈妈,请您操办桌追悼亡魂的酒席吧,煮些密粥……”她哭起来……但是过了一会儿,眼里还闪着泪花,跟米沙特卡玩起来啦,给他蒙上自己过节才用的丝巾,就像根本没有哭过、没尝过眼泪的咸味似的笑个没有完。

杜妮亚什卡从草地回来以后,达丽亚就完全高兴起来了。她告诉杜妮亚什卡她是怎样领到奖章的,玩笑地表演,将军如何庄严地说话,英国人怎样像木偶呆立在那里直盯着她，然后，狡狯地、搞什么阴谋似地向娜塔莉亚挤了挤眼，脸上装出非常严肃的样子，对杜妮亚什卡说，她，达丽亚，一个得过乔治十字章的军官遗孀，马上也要得到军官头衔，而且将要委派她去指挥一连的哥萨克老头子。

娜塔莉亚正在给孩子们补衬衣，忍着笑听达丽亚讲述，但是被弄得昏头昏脑的杜妮亚什卡像祷告一样，两手合掌，央告说：

“达柳什卡！亲爱的！看在基督的面上，别胡说啦！不然，我怎么也分不清，究竟你哪些话是说谎，哪些话是真的了。你正正经经地说吧。”

“你不信？唉，你这个姑娘也真糊涂得够可以啦！我对你说的全是真话。军官都上前线啦，那么谁来教练老头子们下操和学习其他那些军事科目啊？所以就把他们交给我来指挥，我对付得了这些老鬼的！你们看，我要这样来指挥他们！”达丽亚为了不叫婆婆看见，把通往厨房的门关上，麻利地把裙子往两腿中间一塞，从后面用一只手扯住，闪着白亮的光腿肚子，在屋子里开步走了一圈，然后在杜妮亚什卡身边站住，用低音命令说，“老头子们，立正！胡子往上抬一抬！向后转，开步走！”

杜妮亚什卡把脸藏在手掌里，忍不住扑哧一声笑了。娜塔莉亚也笑着说：

“哎呀，行啦！不要乐极生悲！”

“乐极生悲！你们见过什么乐事儿吗？我要是再不逗你们乐乐，你们悲愁得要发霉长毛啦！”

但是达丽亚这阵高兴也跟发作时一样，突然就收场了。半个钟头以后，她回到自己住的那间小厢房，生气地把那倒霉的奖章从胸前扯下来，扔到箱子里；用手掌托着腮帮子，在小窗户前坐了半天，夜里就不知道跑到哪里去了，直到鸡叫第一遍才回来。

事情过后，有四天工夫她在草地上干活儿都很卖力。

割草的活儿干得很不痛快。人手不够。一天的工夫还割不了两俄亩。草堆被雨淋湿了，又添了麻烦：要把草堆挑开晾晒。还没来得及把晒干的草收拢成垛，就又下起了倾盆大雨，而且像秋雨那样连绵、烦人，从黄昏一直下到天亮。然后雨过天晴，刮起了东风，草原上又响起了割草机的轰鸣声，从发黑的草堆上散发出又苦又甜的霉味，草原上笼罩着一片蒸气，透过浅蓝色的雾气可以模模糊糊地看到古垒的轮廓、蓝色的沟壑和远处水塘边上的绿柳树梢。

第四天，达丽亚准备从草原上直接到镇上去。她在停车的地方，大家坐下来吃饭的时候说出了她的决定。

潘苔莱·普罗珂菲耶维奇很不满意，嘲笑地问：

"你干吗要这样急啊？就不能等到星期日再去吗？"

"当然是有事要办，等不得啦。"

"难道一天也不能等了吗？"

达丽亚傲慢地回答说：

"等不了！"

"那好吧，你既然这样急着要去，连一刻儿也等不了啦，那就请吧。不过你到底有什么急事呀？可以问问吗？"

"知道得越多，死得越快。"

达丽亚跟往常一样，出口成章，把潘苔莱·普罗珂菲耶维奇给噎了回去，他气哼哼地啐了一口，不再追问了。

第二天，达丽亚从镇上回来的时候，顺路先回到村子里。家里只有伊莉妮奇娜和孩子们。米沙特卡跑到大妈跟前来，但是她冷冷地把他推开，问婆婆：

"娜塔莉亚在哪儿，妈妈？"

"她在菜园子里锄土豆呢。你找她干什么？是不是老头子让你叫她来啦？他简直是疯啦！你就这样对他说！"

"没有人让我来叫她，是我想告诉她点儿事。"

"你是走着回来的吗？"

"走着回来的。"

"咱家的草快割完了吗？"

"大概明天就完啦。"

"等等，你往哪儿跑呀？草是不是被雨淋得很湿呀？"老太婆跟在奔下台阶的达丽亚后面，哓哓不休地问。

“不,不很湿。好,我走啦,不然就没有工夫啦……”

“你从菜园子里回来进家一下,给老头子带件衬衣去,听见了吗?”

达丽亚做了一个好像没听清的姿势,急急忙忙往牲口圈走去。她在码头边停下来,眯缝起眼睛,环视了一下吐着淡淡的湿雾的碧绿的顿河水面,便缓缓地向菜园子走去。

顿河上清风徐徐,沙鸥闪动着翅膀,波浪懒洋洋地往陡斜的岸上拍着。笼罩在透明的紫色蜃气里的白垩的山峰在阳光下闪着暗淡的光芒,顿河对岸被雨水洗过的树林,像早春时节一样,青翠欲滴。

达丽亚从走累了的脚上脱下靴子,洗了洗脚,在岸边晒得滚烫的砂石上坐了半天,把手巴掌捂在眼睛上挡着阳光,听着沙鸥伤感的叫声和波浪节奏均稳的拍打声。寂静和扣人心弦的沙鸥的鸣声使她伤心泪下,那突然降临在她头上的灾难变得更加沉重、痛苦……

娜塔莉亚艰难地直起腰,把锄头靠在篱笆上,一看到达丽亚,就迎上前来。

“你是来叫我吗?达莎?”

“我是来找你说说我的伤心事的……”

她俩并肩坐了下来。娜塔莉亚摘下头巾,理了理头发,期待地瞅了达丽亚一眼。这几天达丽亚脸上的变化使她大吃一惊:两颊陷了下去,变成黑青色,额头横着一道深深的斜纹,眼睛里闪着炽热、惊慌的光芒。

“你这是怎么啦?脸都发青啦。”娜塔莉亚关心地问。

“当然要发青……”达丽亚竭力做出笑容说,沉默了一会儿,又问道,“你还要锄很久吗?”

“晚半天就可以锄完啦。你到底是怎么啦?”

达丽亚像抽筋似的咽了一口唾沫,低声急速地讲起来:

“是这样……我生病啦……害的是脏病……就是这一次出门传染上的……一个该死的军官传染给我的!”

“放荡出娄子来了吧!……”娜塔莉亚惊讶伤心地拍着手说。

“放荡出娄子来啦……这是没有什么可说的,而且不能怨别人……这是我的毛病……这个该死的家伙,一阵甜言蜜语,就把我引上钩了!他白白的牙齿,却原来是只带病的虫……如今我算完蛋啦。”

“我的可怜的小心肝！这可怎么办呀？如今你打算怎么办？”娜塔莉亚大睁着眼睛瞅着达丽亚，而达丽亚竭力控制住自己，看着脚下，已经神色镇定地继续说：

“你知道，我在路上就已经察觉到啦……起初我想：也许没有什么了不起……你自己也明白，咱们妇道人家事儿多，什么样的病都会有的。春天，我从地上搬起一袋麦子，弄得月经就接连三个星期不断，唉，可是这回，我觉得有点儿不对头……已经显出兆头来……昨天我到镇上去看大夫。真是羞死人啦……如今什么都完啦，小娘子折腾到头啦！”

“想法治啊，这可太丢脸啦！据说，这种病是可以治好的。”

“不，我的好妹妹，我的病是治不好的。”达丽亚苦笑一声，谈话中第一次抬起那炽热的眼睛，“我害的是梅毒。这种病是治不好的。这种病能使人的鼻子烂塌……就像安得罗妮哈老太婆那样，你看见过吗？”

“那你现在打算怎么办呢？”娜塔莉亚含泪欲泣地问。

达丽亚半天没有说话。从缠绕在玉米茎上的牵牛花上扯下一朵花，把它紧凑到眼前。可爱的粉红边小喇叭花轻纤、透明，几乎没有一点儿分量，散发着浓郁的、太阳晒过的泥土气息。达丽亚惊愕、贪婪地看着这朵小花，好像是头一次见到这普普通通的、并不起眼的小花似的；她用力鼓起颤抖的鼻翅，闻了闻花朵，然后小心翼翼地把它放在被风吹干的松软的泥地上，说：

“你问我今后打算怎么办，是吧？我从镇上回来，一路上都在想这个问题，都考虑过啦……我决定自杀，这就是我的办法！这当然太可惜，不过看来，再也没有什么别的办法啦。反正是一样，即便能治好，全村的人都知道啦，他们会指我的脊梁沟，背过脸去笑我，像……我这样的女人谁还要呢？我的美貌消失了，干瘦得皮包骨，活着烂掉……不，我不愿意这样！”她说话的语气就像在跟自己讨论似的，根本没有理会娜塔莉亚表示反对的动作，“在还没有去镇上以前，我就想，如果我害了脏病，我就去治。因此我才没有把钱给公公，我想用这些钱治病，给大夫……可是现在我改变主意啦。我讨厌这一切！我不想再活下去啦。”

达丽亚像男人似的粗野地大骂起来，啐了一口唾沫，用手背擦了擦挂在长睫毛上的泪珠。

“你这说的是什么话……难道就不怕上帝怪罪！”娜塔莉亚小声说。

“上帝，现在对我来说，什么用处也没有啦。他已经碍了我一辈子的事。”达丽亚笑了。娜塔莉亚在这顽皮、狡猾的笑容上，一刹那又看到了从前的达丽亚。“这不能干，那也不能干，总是用造孽和可怕的‘最后审判’①来吓唬我……可是比我要对自个儿进行的审判更可怕的审判，再也想不出来啦。我活厌啦。娜塔什卡，我活够啦！人们都变得这么叫人讨厌……所以我毫不留恋，很容易对自己下手。我举目无亲。谁也不用牵挂……就是这样！”

娜塔莉亚开始苦口婆心地劝她，要她回心转意，别想自杀的事儿，但是达丽亚起初是心不在焉地听着她说，后来忽然醒悟过来，就怒冲冲地打断了她的话：

“别说这些啦，娜塔什卡！我来找你的目的，不是为了叫你劝说我，央告我！我是来跟你说说我伤心的事儿，并且警告你，从今天起，你别再叫孩子接近我。大夫说，我这种病是传染的，我自个儿也听人说过，别叫孩子们从我这里传染上，明白了吗，糊涂娘儿们？请你也告诉老太婆，我自己没有脸儿跟她说。不过我……我还不会立刻就去上吊，不会的，这用不着忙……我还要再活些日子，我还要在世上好好玩玩，跟它告别。要不，你知道，咱们是怎么活的吗？只要还心跳，就瞎活一气，对周围的事情全不注意……我就像个瞎子似的过了一辈子，这回我从镇上回来，顺顿河边走着，当我想到我就要跟这一切分手的时候，我的眼睛突然睁开啦！我望着顿河，河上的碧波粼粼，河水被太阳一照，银光闪闪，刺得眼睛都不敢睁开。我再转身往四面一看，——主啊，真是太美啦！可是从前我就没有留意过……”达丽亚羞涩地笑了笑，沉默了一会儿，紧握起手，压下已经涌到喉咙上来的哭泣，又开口说起来，

① 最后审判是基督教《圣经》中所谓的“世界末日”时神对世人的审判。

声调变得更激昂、紧张，“我一路上不知道哭了多少回……走到村边，看到孩子们正在顿河里洗澡……唉，一看见他们我的心就碎了，像个傻婆娘似的痛哭起来。在沙滩上躺了两个多钟头。这个决定对我来说也是很不容易的，你只要想想……”她从地上站起来，抖了抖裙子，用习惯的动作理了理头上的头巾，“只有想到死的时候，我心里才痛快一些：到阴世是要见到彼得罗……我就对他说：‘喂，我的好朋友，彼得罗·潘苔莱维奇，收留你的不走正路的妻子吧！’”她又带着通常那种下流的玩世不恭的神情补充说，“在阴世他就不能打我了，打人的人是不许进天堂的，是吧？好，再见，娜塔什卡！别忘记把我的倒霉事儿告诉婆婆。”

娜塔莉亚用窄窄的脏手巴掌捂住脸，坐在那里。她的手指缝里，就像松树皮裂缝中的松胶一样，闪烁着泪珠。达丽亚已经走到用树枝编的菜园子门口了，然后又返回来，一本正经地说：

“从今天起，我要单独使用一份盘碗吃饭。把这件事告诉妈妈。还有一件事儿：叫她先不要对爸爸说，不然，老头子会大发脾气，把我从家里赶出去。那我就更倒霉啦。我从这儿直奔草地。再见！”

第十四章

第二天，割草人都从野外回来了。潘苔莱·普罗珂菲耶维奇决定吃过午饭就开始往回运草。杜妮亚什卡把牛赶到顿河去饮，伊莉妮奇娜和娜塔莉亚急忙摆好桌子。

达丽亚最后一个来到桌边，在边上坐下。伊莉妮奇娜给她面前摆了一小盘子菜汤，放了一把勺子和一块面包，其余的人吃的菜汤，则跟往常一样，倒在一个公用的大汤盘里。

潘苔莱·普罗珂菲耶维奇惊奇地看了妻子一眼，用眼睛瞧着达丽亚的盘子，问：

“这是怎么回事儿？为什么给她单来一盘汤？难道她已经不信咱

们的教了吗?”

“你瞎问什么呀? 吃你的吧!”

老头子嘲讽地看了达丽亚一眼,笑着说:

“啊哈,我明白啦! 自从她得了奖章,就不愿意合吃大盘里的菜饭啦。怎么,达什卡,不愿意跟我们合吃啦?”

“不是不愿意,而是不可以。”达丽亚沙哑地回答说。

“这是为什么?”

“我嗓子疼。”

“哼,这有什么呢?”

“我到镇上去看过医生,大夫告诉我,要分食。”

“我的嗓子也疼过,我也没有单吃过,而且上帝保佑,我的病也没有传染给别人。你得的是什么样的伤风呀?”

达丽亚脸色变得煞白,用手巴掌擦了擦嘴唇,放下了勺子。老头子的这番盘问把伊莉妮奇娜惹火了,便叱责他说:

“你怎么跟媳妇儿缠个没完? 吃饭你也叫人不得安宁! 就像牛蒡花一样缠人,扯都扯不下来!”

“这跟我又有什么相干呀?”潘苔莱·普罗珂菲耶维奇怒冲冲地嘟囔道,“从我来说,你们爱怎么吃就怎么吃吧。”

他气哼哼地把满满的一勺子热菜汤倒进嘴里,烫得他把汤都吐在大胡子上,不成调地大声嚷:

“你们简直他妈的连饭都不知道该怎么上啦,该死的东西! 谁把刚从火上端下来的汤就端上桌子来呀?”

“你吃饭的时候少说点儿话,就烫不着了啦。”伊莉妮奇娜安慰他说。

杜妮亚什卡看着父亲脸涨得通红,从大胡子里往下捋着白菜和土豆块,差点儿没有笑出来,但是其余的人脸色都是那么严肃,使她也忍住了笑,把目光从父亲身上移开,生怕不合时宜地笑出来。

吃过饭以后,老头子和两个儿媳妇套上两辆大车去运草。潘苔莱·普罗珂菲耶维奇用一把长叉子把草挑到车上,娜塔莉亚接住散发着腐烂气味的草捆,把干草在车上踏实。她跟达丽亚坐在一辆车上从田野里回来。潘苔莱·普罗珂菲耶维奇赶着迈开大步走的老牛远远地走到前面去了。

太阳落到山岗后面去了。黄昏时分,已经割完草的草原上的苦艾气味越来越浓郁,但是已经不像白天那样令人窒息、辛辣,变得柔和好闻了。炎热消散。牛都高高兴兴地走着,夏天的道路上牛蹄子扬起的阵阵轻尘,落在道旁的蓟草丛上。开着紫红色小花的蓟草梢上闪着火焰似的红光。黄蜂在草丛上空飞舞。田凫一声声地呼唤着,向远方草原上的水塘飞去。

达丽亚脸朝下趴在摇摇晃晃的大车上,用胳膊肘撑着身子,偶尔瞅瞅娜塔莉亚。娜塔莉亚在若有所思地望着落日,她那安详、洁净的脸上闪晃着红铜色的夕照。“看人家娜塔什卡有多幸福,她既有丈夫,又有孩子,什么都有,家里人也都喜欢她,可是我呢——完啦。就是死了——也不会有人哼一声。”达丽亚心里想着,突然产生了怎么使娜塔莉亚伤心、折磨一下她的念头。为什么就该她,达丽亚一个人在绝望中挣扎,无时无刻不在想自己那毁灭的生涯和忍受残酷的折磨呢？她又迅速地瞥了娜塔莉亚一眼,竭力使自己的声调听来亲切动人,她说:

“娜塔莉亚,我想给你道歉……”

娜塔莉亚没有立即搭腔。她正在望着落日,突然想起很久很久以前的一幕,那时候,她还是葛利高里的未婚妻,葛利高里来看望她,她把他送到大门外,也正是这样,夕阳西下,西天边,一片紫色的霞光,乌鸦在柳树上呱呱乱叫……葛利高里骑在马上,往回扭着身子离去了,她含着激动,幸福的眼泪望着他的背影,把手紧按在姑娘尖尖隆起的乳房上,她感到自己的心在急速地跳动……所以当达丽亚忽然打破了沉默时,她感到很不高兴,她怏怏不乐地问:

“你道什么歉呀?”

“我干过这么一回对不起你的事儿……你记得吧,春天,葛利高里从前线回来探亲的那一次吗？那天晚上,我记得,挤完了牛奶,我正往屋子里走,听见阿克西妮亚叫我。是的,她把我叫到她家里,死说活说缠着我,非要把这个小指环送给我不可,”达丽亚把无名指上的金指环转了转,说,“求我给她把葛利高里叫去……我的差事——不就这点儿嘛……我就转告他啦。那天晚上,他一整夜……你记得吧,好像他说是库季诺夫来啦,他是跟库季诺夫一起熬了一夜,是吧？全是谎话！他到阿克西妮亚家里去啦！”

脸色煞白的娜塔莉亚一时呆住了,默默无语,手指头在折木樨草的干茎。

“你别生我的气,娜塔莎。因为我自个儿并不愿意这样做,所以才向你认错……”达丽亚想看看娜塔莉亚的眼睛,讨好地说。

娜塔莉亚在默默地吞咽着眼泪。这件伤心的往事竟又如此突然、猛烈地刺痛了她,使她一时找不到话来回答达丽亚,只是把身子扭过去,把自己那张被痛苦弄得非常难看的脸掩藏起来。

已经快到村口了,达丽亚心里埋怨自己:“我为什么要引逗她呀,真他妈的见鬼。现在恐怕她整整要哭上一个月啦！叫她就蒙在鼓里过下去算啦。像她这样一条母牛,糊里糊涂地过日子岂不更好。”她想竭力平息自己的话惹出的祸:

“你也别太难过啦。这算不了什么！我比你更痛苦万分,可是我还是要骄傲地活下去。而且那天,鬼知道,究竟是怎么回事呢,也许他真的并没有见到她,而是去看库季诺夫啦。我又没有跟踪他。既然没有当场抓住——就不能算是贼。”

“我猜到啦……”娜塔莉亚用头巾的角擦着眼泪,小声说。

“既然猜到啦,为什么你不追问他呀？唉,你这个废物！要是我的话,他就不敢耍花枪！我一定狠狠地治他一下子,叫他什么都给我吐出来！”

“我怕这事是真的……你以为——我好过吗？”娜塔莉亚的眼睛一睒,激动得结结巴巴地说,“因为你……跟彼得罗过得很幸福……可是我,一想起……一想起过去的一切……经历的一切不幸……有时觉得非常可怕！”

“好,那就忘掉这些事儿吧。”达丽亚天真地劝她说。

“难道这能够忘掉吗？……”娜塔莉亚用陌生的沙哑声音大声说。

“要是我早就忘掉啦。这算什么大了不起的事啊！”

“那你就忘掉你自个儿的病吧！”

达丽亚哈哈大笑了。

“要是能忘掉,可就好啦,但是这该死的病却总在叫我想起它!你听我说,娜塔什卡,你要是愿意的话,我去找阿克西妮亚,给你打听得一清二楚,啊?她会告诉我的!向上帝保证!没有一个女人能忍住不说出有人爱她,怎么爱她的事儿。我根据自个儿的经验知道这一点!”

“我不愿意再劳你关心啦。你已经把我关心得够受的啦,”娜塔莉亚冷冷地回答说,“我不是瞎子,我看得出,你为什么要把这件事告诉我。你并不是因为怜悯我,才向我承认你是怎样牵的线,而是为了使我更加痛苦……”

“不错,”达丽亚叹了口气,同意说,“你自己想想,不能就叫我一个人去受罪啊?”

她从车上跳下去,拿起缰绳,牵着疲倦地挪动着腿的牛往坡下走去。在胡同口,又走到车跟前来说:

“喂,娜塔什卡!我来问你……你很爱你的男人吗?”

“我总是尽力去爱他。”娜塔莉亚模糊不清地回答说。

“那就是说很爱他啦,”达丽亚叹了一口气,“可是却没有一个人使我很爱他。我像狗那样恋爱。马马虎虎,随随便便……如果现在能让我重新开始生活——我也许会变成另外一个人吧?”

短促的夏天的黄昏过去了,黑夜降临。大家摸着黑把草卸到场院里。妇女们一声不响地干着活儿,达丽亚甚至连潘苔莱·普罗珂菲耶维奇的叫喊都没有答理。

第 十 五 章

顿河军与顿河上游叛军的联合部队,穷追从梅德维季河口镇撤出的敌人,向北挺进。红军第九军的几个被击溃的团,企图在梅德维季河沿岸的沙什金村附近顶住哥萨克的追击,但是又被击溃,以后,几乎一直退到格里亚泽——察里津铁路线上,再没有进行什么决定性的抵抗。

葛利高里率领着自己的师参加了沙什金村附近的战斗,大力支援了受到侧翼攻击的苏图洛夫将军的步兵旅。叶尔马科夫的骑兵团按照葛利高里的命令进行冲锋,在战斗中俘虏了约二百名红军士兵,缴获了四挺重机枪和十一辆装运子弹的大车。

黄昏时分,葛利高里带着第一团的一伙哥萨克进了沙什金村。密密层层的一群俘虏正站在师部占用的那座房子旁边,由半连哥萨克看押着,俘虏们只穿着衬衣和衬裤,白花花的一片。他们大多数的鞋袜都被脱光了,衣服已经被剥得只剩下内衣,在这白花花的人群里只是偶尔才能看到一件肮脏的保护色军便服。

“看他们,白得跟鹅一样!”普罗霍尔·济科夫指着俘虏们喊。

葛利高里勒紧马缰绳,横马立在一伙哥萨克人中找到叶尔马科夫,就用手招呼他过来。

“过来,你干吗要躲到别人背后去啊?”

叶尔马科夫用拳头捂在嘴上咳嗽着,走了过来。他那稀疏的黑胡子下面破裂的嘴唇上凝结着血渍,右腮帮子肿起来,布满黑青色的新伤痕。冲锋的时候,叶尔马科夫骑的马飞驰中失蹄摔倒了,他也像石头似的从马上摔下来,肚子先着地,在尽是土墩的草地上滑了足有两沙绳远。他和马又同时爬了起来。片刻之后,叶尔马科夫又骑在马上,没戴军帽,浑身是血,但是手举着出鞘的马刀,已经追上了正在顺着山坡滚滚而去的哥萨克骑阵的洪流……

“我为什么要躲起来呀?”他策马来到葛利高里身边,故作惊讶地问,可是自己却又窘急地把在战斗以后怒火尚未熄灭的血红的眼睛转到旁边去。

“谁干了亏心事谁知道!你干吗要在后头走呀?”葛利高里怒不可遏地问。

叶尔马科夫的肿嘴唇困难地笑着,朝着俘虏们斜睨了一眼。

“你指的是什么亏心事呀?你现在可别叫我猜谜,反正我也猜不中,今天我从马上倒栽葱摔下来啦……”

“这是你干的吧?”葛利高里用鞭子指着红军俘虏问。

叶尔马科夫装作好像刚刚看到俘虏,大惊失措地叫道:

“这些狗崽子们！唉，该死的东西！把俘虏全都剥光啦！他们怎么来得及干这些事呀？……真想不到！我刚刚离开了一会儿，还严厉地命令过不许动他们，可是你看，已经把这些可怜的人都剥光啦！……”

“你别跟我装傻啦！干吗要这么出洋相呢？是你下命令剥光的吧？”

“上帝保佑吧！葛利高里·潘苔莱耶维奇，你疯了吗？”

“你还记得命令吗？”

“你指的是那个……”

“我指的就是那个命令！……”

“当然记得。我都可以背下来啦！就像我从前在学校里背熟的诗篇一样。”

葛利高里从马上弯过腰去，抓住叶尔马科夫的武装带，不由自主地笑了，他喜欢这个莽撞、勇猛异常的团长。

“哈尔兰皮！不开玩笑，看你这是搞成什么样子啦！如果那位新派来代替科佩洛夫的上校报告上去，你就得吃不了兜着走啦。等到事情一闹起来，又是追查，又是审问，你可就要倒霉啦。”

“我实在受不了啦，潘苔莱耶维奇！”叶尔马科夫严肃、简单地回答说，“他们身上穿的都是新崭崭的，在梅德维季河口镇刚刚发给他们的，好啊，可是我的弟兄们的衣服全都穿破啦，他们家里的衣服也并不多。反正到后方去也会把他们全都剥光！我们把他们抓到了，倒留给后方那些混蛋去剥吗？不，还是叫咱们的人剥了穿吧！——一切由我负责，想从我这里搞到什么好处，只能枉费心机！请你也别跟我瞎啰嗦。我什么都不知道，对这些事儿我连做梦都没有梦到！”

他们来到那群俘虏跟前。人群中的低语声停止了。站在边上的人都躲开这些骑马的人，脸上带着忧郁、恐惧和警惕、期待的神情打量着哥萨克们。有一个红军战士认出葛利高里是指挥官，就走到跟前来，用手扶着马镫说：

“长官同志！请告诉您的哥萨克，就是把军大衣还给我们也好啊。做做好事吧！夜里太冷，您看我们简直都跟光屁股差不多啦。”

“夏天，你不会冻死的，放心吧，黄老鼠！”叶尔马科夫严厉地说，用马把红军士兵挤到一边去，然后又转身对葛利高里说，“你放心好啦，我命令发给他们一些旧衣服。喂，躲开，躲开，勇士们！你们应该去捉自己裤子里的虱子，而不是来跟哥萨克打仗！”

司令部里正在审问一个被俘的连长。新任师参谋长，安德烈亚诺夫上校坐在铺着旧漆布的桌子边。他是个有些年纪，长着蒜头鼻子的军官，鬓角上浓密的头发已经斑白，像小孩子似的扎煞着大耳朵。他的对面，离桌子两步远，站着那位红军连长。与安德烈亚诺夫一同被派到师部来的参谋，苏林中尉在记录审讯口供。

红军连长——身材高大、蓄着棕红色的胡子，灰白的头发剪得像刺猬——站在那里，笨拙地在酱紫色地板上捯动着两只光脚，偶尔看看上校。哥萨克们给俘虏只留下了一件没有漂白过的、黄色粗布士兵衬衣，裤子也被剥去了，给他换上一条缝着褪色的裤缘、补了很多难看的补丁的、已经破烂不堪的哥萨克军裤。葛利高里走到桌子跟前，看见俘虏正在难为情地不断地悄悄提破裤子，竭力想掩盖裸露的身体。

“您说，您是被奥勒尔省军事委员部动员出来的吗？”上校问，从眼镜框上方瞅了俘虏一眼，又垂下眼睛，眯缝起来，开始查阅和玩弄手里的一纸什么文件，——看上去像是证件。

“是的。”

“是去年秋天吗？”

“去年秋末。”

“您说谎！”

“我说的是实话。”

“我有证据，您是说谎！……”

俘虏默默地耸了耸肩膀，上校看了看葛利高里，轻蔑地歪头指了指被审讯的人说：

“请您欣赏欣赏吧：从前沙皇军队里的一名军官，现在您看，却成了布尔什维克啦。一落到咱们手里，就胡编一气，仿佛他参加红军只是出于偶然，仿佛他是被硬抓去的。胡诌八扯，天真得要命，简直像个中学生，而且还以为别人会相信他的话呢，而自己竟没有一点儿国民应有的勇气，承认自己背叛祖国的事实……害怕啦，混账东西！”

那个俘虏很困难地活动着喉结说：

“上校老爷，我看您倒是很有国民的勇气，您都敢侮辱俘虏……”

“我不跟混账说话！”

“可是我现在却非说不可。”

“小心点儿！您别惹恼我，我可以采取侮辱您的行动！”

“处在您的地位，这易于反掌，主要是不必冒任何危险！”

葛利高里一声不吭，坐到桌边，带着同情的微笑看着气得脸色煞白、毫不畏惧地在顶嘴的俘虏。“他把这位上校刺疼啦！”葛利高里很开心地想，有点幸灾乐祸地瞥了一眼安德烈亚诺夫那由于神经质的抽搐而绷得紧紧的、肉嘟嘟的、通红的腮帮子。

葛利高里从第一次见面，就很不喜欢这位参谋长。安德烈亚诺夫属于这样的一类军官，世界大战时根本没有上过火线，而是有心计地躲在后方，利用有势力的同事和亲朋关系，拼命去找没有危险的职务。安德烈亚诺夫上校在内战期间则巧妙地弄到一份后方保卫工作蹲在新切尔卡斯克，直到克拉斯诺夫将军垮台以后，才被迫来到前线。

葛利高里和安德烈亚诺夫在一所房子里住了两夜，葛利高里从他的谈话里知道，他是个笃信上帝的人，一谈到教堂盛大的祈祷仪式总是热泪盈眶，妻子是位模范妻子，好得简直不能再好啦，大家都尊称她索菲娅·亚力山德罗芙娜，而且钦派司令官丰·格拉贝男爵曾经追求过她，但是很不成功；此外，上校还亲切而又详细地讲过他已故父亲的庄园多么漂亮；他是怎样晋升到上校的，一九一六年他曾经跟一些大官儿一起打猎；还说，他认为打惠斯特牌是最好的游戏，用和兰芹叶泡的白兰地是最有益的饮料，而最肥的差事则是军需官。

安德烈亚诺夫一听到近处的炮声就哆嗦，不愿意骑马，说是肝脏有病。念念不忘加强师部的保卫工作，对于哥萨克表现出一种掩饰得很拙笨的敌视情绪，因为照他的说法，哥萨克在一九一七年都变成了叛徒，而且从那年起，他就毫无例外地憎恨一切“下级军官”。“只有贵族能拯救俄罗斯！”上校这样宣称，并顺便提到他是贵族出身，安德烈亚诺夫家族是顿河沿岸最古老和功勋卓著的贵族。

毫无疑问,安德烈亚诺夫的主要缺点就是喜欢信口开河地胡说一通,这是那些喜欢像老头子似的唠叨,而且唠叨起来没完没了的蠢人到了老年后的通病,这些人从年轻的时候起就习惯于轻率、放肆地评论一切事物。

葛利高里一生中曾经多次遇到过这号人物,而且对他们简直是深恶痛绝。葛利高里跟安德烈亚诺夫认识后的第二天,就开始回避和他见面,白天倒是很容易做到,但是一到部队停下来宿营的时候——安德烈亚诺夫就到处找他,急忙问他:“我们一起过夜吧?”而且不等到回答,就开始说起来,“我的亲爱的,您说哥萨克在步战中是靠不住的,可是我从前给将军大人当副官的时候……喂,外边有人吗,把我的皮箱和铺盖都拿到这儿来!”葛利高里仰面躺在床上,闭上眼睛,咬紧牙关听他讲,然后就不客气地翻了个身,脊背对着这个唠叨不休的家伙,用军大衣蒙上脑袋,心怀压抑的愤怒想:“只要一得到调动职务的命令,我就拿件重重的家伙朝他的脑袋上来一下;也许这样,可以使他至少一个星期不说话!”“您睡了吗,中尉?”安德烈亚诺夫问。“我睡啦。”葛利高里闷声回答说。“对不起,我还没有说完哪!”于是又继续讲下去。葛利高里迷迷糊糊地想:“他们是成心把这个唠叨鬼塞给我的。一定是菲茨哈拉乌罗夫搞的鬼。唉,跟这样的混蛋怎么一起儿共事呢?”睡意蒙眬中,还听到上校像雨打铁房顶般刺耳的男高音。

正因为这样,所以葛利高里看到被俘的连长得心应手驳得他这位喜欢说话的参谋长无言以对,就幸灾乐祸起来。

安德烈亚诺夫沉默了一会儿,眯缝起眼睛;他那两只扇风耳的长耳垂涨得通红,放在桌子上的那只食指上戴着大金戒指的白胖的手直哆嗦。

“您听着,杂种!”他激动得声音沙哑地说,“我命令把您押到我这里来,可不是为了跟您对骂,您别忘记这一点! 您明白吗? 您是逃不掉的!”

“我非常明白。”

“这对您来说太好啦。归根到底,您是自愿参加红军,还是被硬抓去的,这与我毫不相干。这个问题并不重要,重要的是您对诚实的错误理解,而拒不承认……”

“显然,我们对诚实的理解是各不相同的。”

“这是因为您已经毫无这一品质可言,所以才会这样!”

“至于您,上校老爷,从您对我的态度来判断,我非常怀疑,您什么时候曾经有过这种品质!”

“我看得出——您是想加速结局的到来,是吗?”

“难道说您以为拖下去对我有益吗?请您不要吓唬我啦,那将是徒劳的!”

安德烈亚诺夫用两只颤抖的手打开香烟盒,点上一支烟,贪婪地连吸了两口,又对俘虏说:

“那么说,您是拒绝回答问题的了?”

“我的经历已经说过了。”

“见您的鬼去吧!您那卑鄙的个人经历我是最不感兴趣的。请您回答这个问题:从谢布里亚科沃站开到你们那儿去的是什么部队?”

“我已经回答过您:我不知道。”

“您知道!”

“好,我叫您满意一下:是的,我知道,但是我将不回答您的问题。”

“我命令用枪探子抽您,您就会说啦!”

“未必吧!”俘虏用左手捋了一下胡子,很自信地笑了。

“卡梅申斯基团参加这次战斗了吗?”

“没有。”

“但是你们的左翼有骑兵掩护,这是什么部队?”

“请您不要再问啦!我再向您重复一次:这类问题我概不回答。”

“你自己选择吧:你这个狗东西,或者立刻把真情实话说出来,或者十分钟后就枪毙你!怎么样?”

这时,那个俘虏忽然用高亢的、年轻响亮的声音说:

“您这个老混蛋,老糊涂虫!我简直是烦透啦!您要是落在我的手里——我是不会这样审问您的!……”

安德烈亚诺夫脸色煞白,抓住手枪套子。这时葛利高里不慌不忙地站起来,举起一只手以示警告。

“噢——噢！好啦！够啦！你们谈过了——那就可以啦。我看你们俩的火气都太大啦……好，既然话不投机，那就算了吧，还有什么好说的呢？他做得很对，不肯出卖自己人。真的，这太好啦！我完全没料到！”

“不，请准许我！……”安德烈亚诺夫在徒劳地企图打开手枪套子，怒冲冲地说。

“我不准许！”葛利高里大为高兴，紧靠在桌边，用身子挡住俘虏，“打死个俘虏——算是什么英雄好汉。您的良心怎么会允许您打死他这样的人呢？一个交出了武器的人，失去自由的人，瞧，他被剥得身上连件衣服都没有啦，可是您却还要动手……”

“消灭他！这个混蛋，他侮辱我！”安德烈亚诺夫猛地推开葛利高里，拔出手枪。

俘虏急忙面朝窗转过身去，好像怕冷似的耸了耸肩膀。葛利高里含笑注视着安德烈亚诺夫，可是安德烈亚诺夫感到手里握着粗糙的手枪柄以后，不知道为什么胡抡了一下，然后枪口朝下，转过身去。

“我不愿意弄脏我的手……”他大喘着气，舔了舔干裂的嘴唇，沙哑地说道。

葛利高里胡子下面露出了一排像泡沫一样洁白的牙齿，忍不住笑了，他说：

“怎么会呢！您瞧，您的手枪里根本就没有子弹。还是在宿营的地方，早上我醒过来，从椅子上拿起它来看了看……枪里连一颗子弹也没有，而且大概有两个月没擦啦！您对自己的随身武器保养得可太糟啦！”

安德烈亚诺夫低下头，用大拇指动了动枪机，笑着说：

“见鬼！真是这样……”

一声不响地用嘲笑的目光注视着全部进程的苏林中尉把审问记录卷了起来，喉音浓重，高兴地说：

“我已经屡次对您说过，谢苗·波里卡尔波维奇，您对武器的保养太不经心。今天的事情——更加证明了这一点。”

安德烈亚诺夫皱起眉头，喊叫道：

“喂,外面有人吗？进来!”

两个传令兵和警卫队长从门厅里走了进来。

“带走!”安德烈亚诺夫用头朝俘虏一点。

俘虏扭过脸朝着葛利高里,默默地行了一个礼,然后往门口走去。葛利高里好像觉得,俘虏棕色胡子下面的嘴唇微微动了一下,露出刚能看得出的表示谢意的微笑……

等到脚步声消失以后,安德烈亚诺夫疲倦地摘下眼镜,用羚羊皮仔细擦着,气哼哼地说:

“您出色地保护这个混蛋,这属于您的信仰问题,但是您当着敌人的面就谈起手枪的事儿,这使我陷入窘境——您听我说,这是怎么回事儿呢?”

“这没有什么了不起的。”葛利高里好声好气地回答说。

“不,一切全是徒劳。您知道吗,我本来可以打死他。这是一个非常顽固的家伙！您来以前,我已经跟他斗了半个钟头。他说了很多谎话,有意弄乱情况,东拉西扯,提供了些虚假的情报——简直是胡说八道！等到我一一把他揭穿——他就干脆拒绝回答问题。您知道吧,军官的荣誉不允许他向敌人泄漏军事秘密。可是这个狗崽子,在受雇于布尔什维克的时候,怎么就不考虑军官的荣誉……我想把他和另外两个指挥人员悄悄地枪毙。要从他们嘴里得到我们有用的情报——是毫无希望的:他们都是些顽固不化的、死不悔改的恶棍。所以——没有宽恕他们的必要。您——意下如何?”

“您怎么知道他是连长呢?”葛利高里没有回答,反问他说。

“他手下的一名红军士兵供出来的。”

“我认为应该枪毙这个红军士兵,留下连长!”葛利高里有所期待地看了看安德烈亚诺夫。

安德烈亚诺夫耸了耸肩膀,像人们听到对话的人开了个不恰当的玩笑以后那样笑了笑。

“不,不开玩笑,您是怎么个看法?”

“我的看法已经对您说啦。”

“那么,请说说,这是出于什么样的考虑呢?”

“出于什么考虑？出于保持俄罗斯军队里的纪律和制度呀。昨天，咱们睡觉的时候，上校阁下，您说得很有道理，您说打垮布尔什维克以后，应该在军队里建立各种制度，以便肃清青年人沾染的红色流毒。我跟您的意见完全一致，您还记得吗？”葛利高里抚摸着胡子，注视着上校面部表情的变化，审慎地说，“可您现在提出的处置办法又是什么呀？您这种办法只能鼓励道德败坏！就是说，鼓励兵士出卖自己的长官，对吗？您这是拿什么东西来教育士兵呀？如果咱们有朝一日也陷于这种境地，那还了得呀？不，请原谅，对这个问题我要坚持自己的意见！我反对这样做。”

“您随便吧。”安德烈亚诺夫冷冷地说，仔细地打量了一下葛利高里。他早已听说，这位叛军师长很刚愎、脾气古怪，但是没料到他会是这么难斗。他仅仅补充说：“我们对待被俘虏的红军军官照例是这样办的，特别是——对从前的军官。您这儿有一套新玩意儿……我不太理解您对这样一个本来是无可争论的问题的态度。”

“可能的话，我们一般是在战斗中把他们打死，至于俘虏，没有必要是不枪毙的！”葛利高里红着脸回答说。

“那好吧，我们把他们送到后方去，”安德烈亚诺夫同意说，“现在还有一个问题：一部分俘虏是被强征来的萨拉托夫省的农民，他们表示愿意参加我们的队伍作战。咱们的第三步兵团还缺三百多名战士。您是否认为，经过仔细的挑选，可以把一部分志愿参加的俘虏补充到第三团去？对这个问题，我们军部有明确的指示。”

“一个庄稼佬我也不要。我的队伍里的缺额要用哥萨克来补充。”葛利高里断然声明说。

安德烈亚诺夫还试图说服他：

“请您听我说，我们不必争论。我理解您是希望师里的兵员都是清一色的哥萨克，但是客观需要迫使我们不能嫌弃俘虏。就是志愿军中，也有几个团是用俘虏兵编建的。”

“他们愿意怎么办就怎么办，可是我不要庄稼佬。对于这个问题，咱们不要再多谈啦。”葛利高里断然说。

过了一会儿，他出去处理押送俘虏的事儿。吃午饭的时候，安德烈亚诺夫心情激动地说：

“显然，我们是难以共事下去的……”

“我也这样想。”葛利高里冷冷地回答说。他没有理会苏林的笑容，用手指头从盘子里拿起一块烤羊肉，像狼一样咯吱咯吱地大嚼起相当坚硬的脆骨，使得苏林皱起了眉头，仿佛牙疼似的，甚至连眼睛都闭上了。

过了二天，追击节节后退的红军部队的战斗任务改由萨利尼科夫将军的突击兵团来进行，葛利高里被火急召到兵团司令部，参谋长是位上了年纪的、仪表堂堂的将军，他把顿河军司令关于改编叛军的命令读给葛利高里听了以后，干脆地说：

“在与红军进行游击战的时期，您成功地指挥一个师去作战，可是现在，我们已经不仅不能让您指挥一个师，就连一个团也不能让您去指挥。您没有受过军事教育，在战线扩大，用现代作战方法指挥战斗的情况下，指挥一个庞大的战斗单位，您是不能胜任的。您同意这个结论吗？”

“同意，”葛利高里回答说，“我自己也正想辞去师长职务。”

“这很好，您并没有过高估计自己的才能。在今天的青年军官中，具有您这样品质的人并不多见。好，现在前线总司令任命您担任第十九团第四连连长。这个团正在进军途中，离此约二十俄里，在维亚兹尼科夫村附近。今天就去，最迟——明天。您似乎有什么话要说，是吧？”

“我希望派我到后勤部队去。”

“这不可能。您必须在前方作战。”

“我在两次战争中受过十四次轻重伤。”

“这没有什么关系。您还很年轻，看来身体很好，您还能打仗。至于说到受伤，哪位军官不是受过多次伤呢？您可以走啦。诸事如意！”

大概是为了防止在改编叛军时必然要在顿河上游哥萨克中引起不满情绪，所以在占领梅德维季河口镇之后，立即给许多在叛变时立有战功的普通哥萨克戴上了军官肩章，几乎所有的司务长都晋升为准尉，而所有参与叛变的军官都得到了晋升和奖赏。

葛利高里当然也不例外:他晋升为中尉,通令全军表彰他在与红军作战中的特殊功勋,并致谢忱。

改编工作进行了几天。许多没有文化的师长和团长都换上了将军和上校,任命许多有经验的军官担任连长;炮兵连和司令部里的指挥人员全部都换过,许多普通哥萨克都被派去补充那些在顿涅茨河一带的战斗中受创的顿河军的正规团队。

傍晚,葛利高里把哥萨克们都召集起来,宣布本师要进行改编,——他在告别时说:

“乡亲们,请你们多多原谅我的缺点!时局把咱们逼在一起儿冲杀,从今天起,咱们就要各奔前程啦。最要紧的是——你们要小心各自的脑袋,别叫红军给你们打上窟窿。尽管咱们的脑袋很笨,但是不要无故把它们送上去挨枪子儿。咱们还要用这颗脑袋来想,好好地去想,今后怎么办……”

哥萨克们先是哑然无声,后来一下子就七嘴八舌地、闷声叫嚷起来:

“又要旧调重弹啦?”

“现在要把我们发到哪儿去啊?”

“他们任意欺压老百姓,混蛋东西!”

“我们不愿意改编!这算是什么新花样呀?!”

“好啊,弟兄们,会师会得咱们好苦哟!……”

“老爷们又要来整治咱们啦!”

“现在要当心啦!要把咱们的关节都给整直啦……”

葛利高里等到大家都静下来,又说:

“你们别胡说八道。那种可以评论上级命令和反对长官的自由时代已经过去啦。大家都回营地去吧,少说点儿闲话,不然,现在这种时候,不但什么问题解决不了,倒十有八九要被弄到军事法庭或者囚犯连去。”

哥萨克们一排一排地走过来跟葛利高里握手告别,说道:

“再见吧,潘苔莱维奇!你也不要记恨我们。”

“唉,我们跟着陌生人去当兵也舒服不了的!”

“你这是把我们白白葬送啦。你不应该同意把这个师交出去啊!”

“我们也很可怜你,麦列霍夫。那些外来的军官也许比你有学问,可是要知道,我们并不会因此就舒服些儿,反而要更痛苦,糟就糟在这里!”

只有一个纳波洛夫村的哥萨克,连里爱讲笑话的刻薄鬼说:

“葛利高里·潘苔莱维奇,你别相信他们的话。如果事情不称心,不管你是跟自己人一起儿干,还是跟陌生人——都舒服不了!”

夜里,葛利高里跟叶尔马科夫和另外几个指挥员一起儿大喝烧酒,第二天早晨,他带上普罗霍尔·济科夫去追赶第十九团。

他还没来得及把连队接过来,熟悉人员情况——就被召到团长那里。大清早。葛利高里正在检查马匹,他拖延了一会儿,过了半个钟头才去到团部。他以为一向对军官要求严格的团长准会训他一顿,但是团长很客气地和他寒暄后,问:“喂,您认为这个连怎么样?士兵们还不错吧?”没等回答,也没有看葛利高里,而是瞅着别处,说:

“亲爱的,我必须通知您一件悲痛的消息……府上——遭到重大的不幸。今天夜里接到维申斯克打来的电报。我给您一个月的假期回去料理家务。立刻就启程吧。”

“请把电报给我。”葛利高里脸色煞白地说。

他接过一张折成四折的纸片,打开看了一遍,把它攥在霎时出了汗的手里,用了很大的劲儿,使自己镇定下来,等他开口说话的时候,只是略微有点儿结巴:

“是的,真没有想到会发生这样的事。那么,我只好走啦。再见。”

“不要忘记带休假证件。”

“是的,是的。谢谢,我不会忘记的。”

他习惯地扶着马刀,迈着沉着而又坚定的脚步,走到门廊里,但是当他从高台阶上走下来的时候——忽然听不到自己的脚步声了,立刻感觉到一种尖利的剧痛,就像刺刀扎进了他的心脏。

下到台阶低处时他踉跄了一下,左手抓住摇摇摆摆的栏杆,右手赶快解开军便服的领子。站了一会儿，不断大口地喘着气，但是在这一刹那，他仿佛沉浸在悲痛中，所以等到他离开栏杆，朝拴在篱笆门边的战马走去的时候，已经脚步沉重，有点儿摇摇晃晃了。

第十六章

娜塔莉亚自从那次跟达丽亚谈话以后，有几天的日子就像在噩梦中挣扎，但是却又无力醒过来。她要找一个体面的借口，去找普罗霍尔·济科夫的老婆，想从她那里探听一下，葛利高里在撤退的日子里，在维申斯克的生活情况，是不是在那里遇上了阿克西妮亚。她很想证实丈夫的罪过，而对于达丽亚的话却是将信将疑。

黄昏以后，娜塔莉亚随随便便地挥舞着一根树枝，来到济科夫家的院子前。普罗霍尔的老婆做完家里的活儿，正在大门口闲坐。

“你好啊，出征军人的心上人！没有看见我们家的小牛犊吗？”娜塔莉亚问。

“上帝保佑，亲爱的！没有，没看见。”

“这个荒唐鬼，该死的东西，怎么也不肯待在家里！叫我上哪儿去找它呀——真没有办法。”

“等等，歇一会儿吧，会找到的。你想嗑葵花子儿吗？”

娜塔莉亚走到她近前，坐了下来。说起娘儿们的家常话来。

“没有听到当兵人的什么消息吗？”娜塔莉亚很有兴趣地问。

“一点儿消息也没有。就像石沉大海一样，这个反对基督的人！你们那口子是不是捎回什么信儿来啦？”

“没有。葛利沙答应要写信回来，可是不知道为什么没有信来。只听人们说，咱们的队伍好像已经开过梅德维季河口镇去啦，别的，什么也没有听到。”娜塔莉亚把话题转到不久前撤退到顿河对岸的事情上，开始小心翼翼地探询，她们两家当差的人在维申斯克是怎么生活的，村里还有什么人跟他们在一块儿。普罗霍尔那狡猾的老婆立刻就猜透了娜塔莉亚来看她的目的,所以回答得很镇静、冷淡。

她已经从丈夫的嘴里知道葛利高里的全部事情,虽然舌头有点儿痒痒,但是不敢说,她记着普罗霍尔的嘱咐:“记住:你要是把这些话不管对谁说一句,我就把你的脑袋放在劈柴墩子上,把你的臭舌头抻出来,剁掉。如果这事儿传到葛利高里耳朵里,他会不费吹灰之力,随便就把我干掉!可是我尽管对你已经烦得要死啦,而日子却还没有过够,明白了吗?好,不要多嘴,就像死人一样!”

“你的普罗霍尔在维申斯克没有见到过阿克西妮亚·阿司塔霍娃吗?”娜塔莉亚已经按捺不住,单刀直入地问。

“他怎么会见到她呀!难道他们在那儿还顾得上这个吗?说实在话,我什么也不知道,米伦诺芙娜,请你别问我这个吧。从我家那个白毛鬼嘴里别想听到什么正经话。他只会说——端来,拿去。”

娜塔莉亚就这样一无所获地走了,心情更加懊丧、激动。但是她再也不能这么不明不白地活下去了,这种心情促使她来到阿克西妮亚家。

她们是邻居,最近几年,经常碰面,默默地互相点头而过,有时候也交谈几句。她们见面互不问候,怒目相视的时期已经过去了;相互敌视的情绪已经有所缓和,所以娜塔莉亚到她家去的时候,心想阿克西妮亚是不会把她赶出来的,她不是来谈别的什么人的事,而是来谈葛利高里的事情。她的推测果然不错。

阿克西妮亚毫不掩饰自己的惊愕,把她请进内室,拉上窗帘,点上灯,问:

“有什么好消息吗?”

“我不会有什么好消息告诉你的……”

“那就快说坏的吧。葛利高里·潘苔莱维奇出什么事儿啦?”

在阿克西妮亚的问话中流露出的毫不掩饰的恐惧神情,使娜塔莉亚全明白了。一句话,阿克西妮亚的全部心事暴露无遗,显示出她为什么活着和她最担心的是什么。说实在的,听了这句话以后,再也没有必要去问阿克西妮亚跟葛利高里的关系了,可是娜塔莉亚却还不走;她沉默了一会儿,才回答说:

“没有,我男人还活着呢,而且很壮实,你别害怕。”

“我根本没害怕,你胡说些什么呀?该为他的健康担心的是你,我自己的事情已经够我操心的啦。”阿克西妮亚说得很流畅,但是却觉得一股热血涌上了她的脸,便急忙走到桌边,背朝着客人站在那里,挑了半天本来就着得很好的油灯。

“你听到你家司捷潘的什么消息了吗?”

“不久前托人带好来啦。”

“他的身体好啊?”

“大概不错吧。”阿克西妮亚耸了耸肩膀。

这方面她也装不出假来,掩饰不住自己的感情:她的答话中明显流露出来对丈夫命运的漠不关心,使娜塔莉亚不由自主地笑了。

“看得出,你对他的死活并不十分关心……好啦,这是你的事情。我来的目的是:村子里有谣言说,葛利高里好像又追你啦,说他回家来的时候,你们总要幽会。这是真的吗?”

“你可真会找人询问!”阿克西妮亚嘲笑说,“那我来问你,你说这是真的还是假的呢?”

“你怕说实话吗?”

“不,我不怕。”

“那就请你告诉我,叫我知道真实情况,免得再受折磨。为什么要白白折磨我呢?”

阿克西妮亚眯缝起眼睛,两道黑眉毛挑动了一下。

“反正我是不会可怜你的,”她厉声说,“咱们俩是命该如此:我痛苦,你就舒服,你痛苦,我就舒服……咱们不能把他分成两半呀?好啦,我老实地告诉你吧,叫你心里早有个谱儿。这一切都是真的,村里人说的没有错。我又把葛利高里抢过来啦,而且从今以后,我要拼命抓住他,不让他再飞了。好啦,你全知道啦,你打算怎么办呢?你是来砸我家的玻璃,还是拿刀子来宰我呢?”

娜塔莉亚站起身,把柔软的树条挽成一个结,扔到炉子旁边,露出一种反常的坚定神情回答说:

“眼下我还不会干什么对你不利的事情。我要等葛利高里回来,和他谈一谈,然后再看咱们俩应该怎么办。我有两个孩子,我会为保护他们和自己采取行动的！”

阿克西妮亚笑了：

“这么说，暂时我可以太太平平地过日子了？”

娜塔莉亚没有理睬这些嘲弄话，走到阿克西妮亚跟前，拉了拉她的衣袖说：

“阿克西妮亚！你妨碍了我一辈子，但是现在我再也不会像从前那样央告你啦，记得吗？那时候，我太年轻，太傻，我以为——求求她，她会可怜我，大发慈悲，会让出葛利沙。现在我不会这样做啦！有一点，我很清楚，那就是：你并不爱他，你只不过是跟他勾搭惯了。难道你曾经像我这样爱过他吗？当然没有。你跟利斯特尼茨基鬼混，你这样水性杨花的女人，跟什么人不可以鬼混呢？真正有所爱的人——是不会这样鬼混的。”

阿克西妮亚脸色煞白，伸手推开娜塔莉亚，从躺柜上站起来。

“他都没有为这件事责怪过我，你倒来问罪啦？这跟你有什么相干，啊？好啦！我是坏女人，你是好女人，又怎么样呢？”

“就这样啦。你别生气。我立刻就走。谢谢你，把真情都告诉我。”

“不值得谢，不用谢，不用我说，你也会知道。你等等，我跟你一起儿出去关百叶窗。”阿克西妮亚在台阶上站住了，说，“我很高兴，咱们能和和气气地分手，没有争吵，我的好街坊，不过我最后要告诉你一句话：你如果有力量的话，你就把他夺回去，如果办不到，就请你不要责怪我。我是不会甘心情愿地把他让出来的。我的年纪也不小啦，虽然你骂我是水性杨花的女人，不过我可不是你们家的达什卡，我从来没有像她那样风流过……你还有孩子，可是我，”阿克西妮亚的声音颤抖了一下，变得越来越模糊、低沉，“我在世界上唯有他一个亲人！第一个，也是最后的一个亲人。这你知道吗？咱们今后就别再谈他啦。如果他能活着回来，——愿圣母保佑他，——那就叫他自己选择吧……”

夜里，娜塔莉亚不能入睡，第二天早晨，跟伊莉妮奇娜一起儿到瓜地里去锄草。干着活儿，她觉得舒服些。这可以少想些事情，只是机械地往被太阳晒干、裂成碎块的沙土上刨着，有时候挺一下身子，休息一会儿，擦擦脸上的汗，喝口水。

被风吹散的白云在蓝天上飘荡、消失。太阳在蒸烤着滚烫的土地。雨云从东天边涌来。奔腾的乌云遮住了太阳，娜塔莉亚不用抬头看，脊背就能感觉到；霎时间，一阵凉意，灰色的云影立即遮上了冒着热气的褐色土地、茎叶蔓延的西瓜秧、向日葵挺拔的茎秆。云彩影子遮上了山坡上一片片的瓜地，遮上了被暑热蒸晒得枯萎、倒伏的青草，遮上了山楂树丛和耷拉着沾满鸟粪的叶子的荆棘。鹌鹑令人心烦的啼声更响了，云雀悦耳的歌声听得越来越清楚，甚至连吹得热乎乎的青草簌簌作响的风仿佛也不那么热了。过了一会儿太阳又斜着，耀眼地穿透了向西天飘去的黑云的白边，从黑云里钻出来，又把闪闪的金光泻向大地。在远方，顿河沿岸蓝色的山脊上，还有伴随着黑云的云影在驰骋，可是瓜地上已经是一片琥珀黄色的、炎热的中午时分，漂流的蜃气抖动着，在地平线上翻滚，空气中充满了呛人的泥土气味和它养育出来的青草气味。

中午，娜塔莉亚走到荒沟里的一口土井边，汲来一罐冰凉的井水。她和伊莉妮奇娜喝足了水，洗了手，就坐在大太阳地里吃起饭来。伊莉妮奇娜在一块铺开的围裙上仔细地把面包切开，从袋子里掏出两把勺子和一只杯子，从盖着的上衣下面拿出怕太阳晒热的装着酸牛奶的细颈瓦罐。

娜塔莉亚勉强地吃着饭，婆婆问：

“我早就看出来，你好像心事很重……是不是又跟葛利什卡吵嘴啦？”

娜塔莉亚被风吹得干裂的嘴唇可怜地哆嗦起来。

“妈妈，他又和阿克西妮亚勾搭上啦。”

“你这是……从哪儿知道的？”

“我昨天到阿克西妮亚家去啦。”

“这个贱种，她就承认了吗？”

“是的。”

伊莉妮奇娜若有所思地沉默了一会儿。布满皱纹的脸上和嘴唇角上出现了严厉的皱纹。

“该死的东西,也许她在瞎吹牛吧?”

“不,妈妈,是真的,这用不着……”

“你不好好地看住他……”老太婆小心翼翼地说,“对这种男人一点儿都不能马虎。”

“难道这能看得住吗?我是相信他的良心的……难道我真能把他拴在我的裙带上吗?”娜塔莉亚苦笑着,接着又声音低得刚刚能听见地补充说,“他又不是米沙特卡,我可以把他拦住。头发已经斑白啦,仍然旧情不忘……”

伊莉妮奇娜洗擦了勺子,涮洗了杯子,把餐具都收到袋子里,直到这时候才问:

“倒霉的事儿就这点儿吗?”

“妈妈,您这是怎么啦……这点儿就已经足够使你觉得没什么活头啦!”

“那你打算怎么办?”

“我还有什么好打算的呢?带上孩子回到娘家去吧。我再也不能跟他一起儿过下去啦。让他把她领到家里来,跟她一起儿过吧……我受的苦已经够可以的啦。”

“年轻的时候我也这样想过,”伊莉妮奇娜叹了口气说,“我的男人也不是什么好东西。我跟他受的那些苦,说也说不完。不过离开自己的结发丈夫也不是件容易事儿,而且也没有用处。好好想想——你自个儿就会明白。叫孩子们离开父亲,这怎么行呢?不行,你这些话很不在理。不要去想它啦,不许你去胡思乱想!”

“不,妈妈,我不能再跟他过下去啦,您别再多费口舌啦。”

“我怎么能不费口舌呢?”伊莉妮奇娜生气地说,“难道你不是我的亲人吗,啊?难道我不疼爱你们这些该死的东西吗?你怎么能对我这个做母亲的老太婆这样说话呢?告诉你:丢掉这些念头——就是这样。亏你想得出:‘离开这个家!’你上哪儿去?你娘家谁还要你呀?父亲去世啦,房子烧掉啦,母亲勉勉强强地过着寄人篱下的日子,你也想钻到那儿去,还要把我的孙子孙女也带去?不,亲爱的,这办不到!等葛利什卡回来,那时候咱们再看看该怎么对付他,现在你别对我说这种话，我不许你说，我也不要听！”

娜塔莉亚心里积压了很久的全部苦恼，突然爆发了，她恸哭起来。呻吟着扯下头上的头巾，脸趴到干结的硬土地上，胸膛紧贴在地上，大哭不止，但是没有眼泪。

伊莉妮奇娜——这位聪明而又勇敢的老太婆——动也没有动一下。她仔细地把装着剩下的酸奶的罐子仍旧裹到上衣里，放到阴凉的地方，然后倒了一杯水，走过来，坐到娜塔莉亚身旁。她知道，这种痛苦用什么话劝解也没有用，她知道，大哭一场，要比直瞪着眼和紧闭着嘴要好得多。伊莉妮奇娜等娜塔莉亚哭够了，然后把干活磨得粗糙的手放在儿媳妇的头上，瞅着她那一头光亮的黑发，厉声说：

“好啦！够啦，你也不能把眼泪全哭光呀，留着点儿下回哭吧。哪，喝点儿水吧。”

娜塔莉亚心情平静了。只是肩膀还偶尔抖动一下，身子还一阵阵轻微地颤抖。她突然跳起来，推开正递水给她的伊莉妮奇娜，脸转向东方，像祷告一样把两只泪湿的手巴掌合在一起，哭泣着，快口地喊道：

“主啊，他把我折磨死啦！我再也不能这样过下去啦！主啊，请你惩罚他这个该死的东西吧！把他打死在战场上吧！不要让他再活下去啦，别让他再折磨我啦！……”

一团团乌云从东方涌上来。雷声隆隆。刺眼的白亮闪电曲曲折折地穿透圆形的云端，滑过天空。风吹得窸窣作响的青草向西倒去，从大道上吹来刺鼻的尘埃，被沉重的、长满子粒的花盘压歪的向日葵几乎弯到地上。

风吹弄着娜塔莉亚结成绺的头发，吹干了她满脸的泪痕，吹得平日里穿的、肥大的灰裙子在腿边乱缠。

伊莉妮奇娜面带迷信的恐怖神情瞅了瞅儿媳妇。在这黑云遮去半边天，大雨将至的田野上，儿媳妇一下子变得那么陌生、可怕。

大雨说话就到。暴风雨前的寂静非常短暂。一只苍鹰惊慌地叫着，斜飞下来，金花鼠在穴边叫了最后的一声，狂风卷起细沙，打在伊莉妮奇娜的脸上，咆哮着掠过草原。老太婆艰难地站起来。脸像死人一样煞白，她透过袭来的暴风雨的轰鸣声，嘶哑地叫喊：

“你清醒清醒吧！上帝保佑！你这是在诅咒谁死哪?!”

“主啊,惩治他吧！主啊,惩罚他吧!”娜塔莉亚呼喊着,疯狂的眼睛凝视着旋风卷起的滚滚乌云,电光闪闪,照得云堆庄严、阴森,令人生畏。

一声霹雷,震撼了草原。伊莉妮奇娜慌恐万分,急忙画了一个十字,颤颤巍巍地走到娜塔莉亚跟前,抓住她的肩膀。

“跪下！听见吗,娜塔什卡?!”

娜塔莉亚恍惚地看了婆婆一眼,顺从地跪了下去。

“请求上帝饶恕你!”伊莉妮奇娜气势汹汹地命令说,“请求上帝,不要接受你的祈祷。你这是在诅咒谁死呀？诅咒自己孩子的亲爹,啊！噢噫,真是大罪过……快画十字吧！快磕头。快说:‘主啊,饶恕我这个罪大恶极的人吧。’”

娜塔莉亚画了个十字,惨白的嘴唇嘟囔了些什么,然后咬紧牙关,笨拙地侧身倒下去。

暴风雨洗过的草原青翠欲滴。一道鲜艳的彩虹,从远处的水塘,一直横架到顿河边上。雷声还在西天轰鸣。混浊的山水汹涌咆哮,泻进荒沟。一条条翻滚着泡沫的溪流顺着山坡,顺着瓜地,向低处的顿河流去。溪流夹带着急雨打落的树叶、田地里的草根和折断的黑麦穗,瓜地里淤积了一片片油光闪亮的细沙,埋没了西瓜和甜瓜的蔓茎;欢腾的水流沿着夏天的小路,冲刷着深深的车辙,奔流而去。远处的沟汊里,一堆被闪电击中起火的干草已经燃烧殆尽。一股紫色的烟柱扶摇直上,几乎触到横空的彩虹弯拱的顶点。

伊莉妮奇娜和娜塔莉亚往山坡下的村子走去,把裙子提得高高的,光脚板小心翼翼地踏着泥泞溜滑的道路。伊莉妮奇娜一边走,一边说着:

“你们年轻人的火气可都太大啦,真的！一点儿鸡毛蒜皮的小事儿——就大发脾气。叫你过过我年轻时候过的那种日子就好啦,看你怎么办？葛利什卡还从来没有动过你一手指头,可是就这样你还不满意,你还要干什么？又是想扔下他走掉,又是晕倒,你说说,什么事儿你没有干过,你把上帝都扯到你们那些丑事里去……唉,我的小心肝,你说说,这样好吗?而我那个瘸宝贝儿,从年轻的时候起就经常无缘无故地把我打得死去活来!但是我没有干过一点儿对不起他的事情。他自个儿在外面胡闹,闯了祸,却拿我出气。有时候,天亮他才滚回家,我就大哭一场责备他,可是他哪,拳打脚踢……打得我浑身青一块,紫一块,一个月都变不过来,可是怎么样呢?我也活过来啦,孩子也养大啦,而且从来也没有想从家里逃出去。我并不袒护葛利什卡,不过我要说的是跟这样的男人还是可以过下去的。如果不是那条毒蛇——他准是村子里头一名好哥萨克。是她把他迷上啦,没错儿。"

娜塔莉亚想着自己的心事,默默地走了半天,然后说:

"妈妈,我不想再多谈这件事啦。等葛利高里回来,再看该怎么办吧……也许,我自个儿走,也许,他把我赶走,不过现在我决不离开你们家就是啦。"

"早就该这么说啦!"伊莉妮奇娜高兴地说,"上帝保佑,一切都会称心如意的。他没有赶你走的道理,你也不必这么想!他是既爱你,又爱孩子,他怎么会干出这样的事儿呢?绝对不会!他不会扔掉你去要阿克西妮亚的,绝对不会这样做的!好啦,都是自己人,什么事情不会发生呢?只要他能活着回来……"

"我是不愿意他死的……刚才我说的全是气话……请您别为这件事儿责骂我……我爱他还爱不够呢,不过这样过下去也太难啦!……"

"我的乖孩子,亲人哪!难道我不明白吗?不过千万不能莽撞行事。咱们不要再谈这件事儿啦,这是正经话!看在基督面上,你现在什么也不要对老头子说。这与他无关。"

"我想跟您说一件事儿……我是不是还能跟葛利高里过下去,现在还说不定,但是我再也不愿意给他生孩子啦。这两个孩子我还不知道该怎么办呢……可是现在我又怀孕啦,妈妈……"

"很久了吗?"

"两个多月啦。"

"那又有什么办法呢?愿意也好,不愿意也好,总要生下来呀。"

“我不愿意生啦，”娜塔莉亚断然地说，“今天我就去找卡皮托诺芙娜大娘。她会给我打掉的……她给别的娘儿们打过。”

“这是要把胎儿弄死吗？你这个没良心的，你竟敢这么胡说？”伊莉妮奇娜激动地站在路当中，拍了一下手，她还想说些什么，但是身后传来滚滚的车轮声、马蹄践踏烂泥的咕唧声和什么人吆喝马的声音。

伊莉妮奇娜和娜塔莉亚走到路边，一面走，一面放下掖起的裙子。别斯赫列布诺夫·菲利普·阿格耶维奇老头子从地里回来了，他把车赶到她们跟前，勒住飞跑的骒马。

“上车吧，婆娘们，我把你们带回去，别再和烂泥啦。”

“谢谢啦，阿格维奇①，不然，我们滑滑跌跌的，真够呛。”伊莉妮奇娜很高兴地说着，头一个坐到宽敞的大车上。

吃过午饭，伊莉妮奇娜想跟娜塔莉亚好好谈谈，说服她，没有堕胎的必要，老太婆一面洗着盆碗，一面思索着一些她认为特别有说服力的理由，甚至想把娜塔莉亚的决定告诉老头子，请他帮忙劝说劝说气得发疯的儿媳妇，别去干这种蠢事儿，但是在她忙家务的时候，娜塔莉亚已经悄悄收拾了一下，走了。

“娜塔莉亚在哪儿？”伊莉妮奇娜问杜妮亚什卡。

“她收拾了一个小包袱拿着走啦。”

“上哪儿去啦？她说什么了吗？什么样的小包袱？”

“我怎么知道啊，妈妈？她拿了一条干净裙子和另外一些什么东西，包到条头巾里就走啦，什么话也没说。”

“我的可怜的心肝呀！”伊莉妮奇娜束手无策地哭了起来，坐到长凳上，杜妮亚什卡大吃一惊。

“您怎么啦，妈妈？上帝保佑，您哭什么呀？”

“一边去，死丫头！没有你的事儿！她说什么啦没有？她收拾东西的时候，你为什么不告诉我呀？”

杜妮亚什卡气急败坏地回答说：

---

① 阿格维奇是阿格耶维奇的简称。

“真跟您没有办法！我怎么知道，该不该把这件事告诉您？她该不是一去就不回来了吧？大概是回娘家看看！您哭的是哪一桩，我简直不明白！”

伊莉妮奇娜怀着极端不安的心情等待着娜塔莉亚回来。她决定先不告诉老头子，怕挨他责骂。

太阳已经落山，畜群从草原上回来了。短暂的夏天的黄昏笼罩了村庄。村子里点起了稀疏的灯火，可是娜塔莉亚一直没有回来。麦列霍夫家里的人都坐上来吃晚饭了。心绪不安的伊莉妮奇娜脸色苍白，她把素油炒的面条端到桌子上。老头子拿起勺子，把硬面包皮搂到勺子里，送到胡子拉碴的嘴里，漫不经心地看了看坐在桌子旁的人，问：

“娜塔莉亚上哪儿去啦？为什么你们不叫她来吃饭？”

“她不在家。”伊莉妮奇娜小声回答说。

“她上哪儿去啦？”

“准是回娘家去，住下啦。”

“她去待得太久啦。也该懂得点儿规矩……”潘苕莱·普罗珂菲耶维奇不满意地嘟囔说。

他和往常一样吃得很卖力气，拼命地吃；偶尔把勺子扣在桌子上，亲热地斜眼看看坐在旁边的米沙特卡，粗声粗气地说：“我的宝贝儿，扭过一点儿脸来，我给你擦擦嘴。你们的娘——是个荒唐娘儿们，根本就不管你们……”于是用粗糙的大黑手巴掌擦了擦孙子的粉红色的细嫩的小嘴唇儿。

大家默不作声地吃过晚饭，离开了桌子。潘苕莱·普罗珂菲耶维奇命令说：

“把灯吹灭。煤油不多啦，用不着白白浪费煤油。”

“要关上门吗？”伊莉妮奇娜问。

“关上吧。”

“那么娜塔莉亚呢？”

“她回来会敲门的。也许，她会浪荡到天亮。她也学摩登啦……你就总是什么都由着她吧，老妖精！瞧，亏她想得出，夜里还去串门子……我明天早上就叫她尝点儿厉害。学起达什卡的样子啦……”

伊莉妮奇娜和衣上床躺下。躺了有半个钟头,默默地来回翻着身子,长吁短叹,她刚想起身到卡皮托诺芙娜家去,就听见窗外有什么人颤颤巍巍的脚步声。老太婆以她这样的年纪罕见的速度爬起来,匆匆跑到门廊里,把门开开。

娜塔莉亚脸色像死人一样惨白,正抓着栏杆一步一步地、艰难地爬上台阶。皎洁的满月照耀着她那瘦削的脸、深陷的眼窝和痛苦地弯着的双眉。她像只受了重伤的野兽,摇摇晃晃地走着,在她的脚踏过的地方,留下黑色的血印。

伊莉妮奇娜默默地抱住她,把她搀进门廊。娜塔莉亚背靠在门上,喑哑地低声说:

“咱们家的人都睡了吗?妈妈,快把我身后的血迹擦掉……您看见了吗——我留下的……”

“你这是造了什么孽啦?!”伊莉妮奇娜抑制着哭声,悄悄地喊。

娜塔莉亚想笑笑,但是没有笑出来,一副可怜的怪相使她的脸变得非常难看。

“您别吵,妈妈……不然,会把家人都惊醒……我已经把胎儿堕掉啦。现在我的心里好过啦……不过就是血流得太多……就像被宰了似地从我身上涌出来……把手伸给我……头晕得厉害。”

伊莉妮奇娜闩上门,好像是到了别人家一样,颤抖的手在黑暗中摸索了半天,怎样也摸不到门把手。她踮着脚,把娜塔莉亚扶进那间宽大的内室,叫醒杜妮亚什卡,差她去喊达丽亚,又点上灯。

通厨房的门敞着,从那里传来潘苔莱·普罗珂菲耶维奇的均匀而有力的鼾声;小孙女波柳什卡睡梦中有滋味地咂着嘴唇,在嘟囔什么。孩子睡得真香,无忧无虑的甜蜜的梦!

在伊莉妮奇娜拍着枕头、铺被褥的时候,娜塔莉亚坐到长凳上,软弱无力地把头枕在桌子边上。杜妮亚什卡想走进内室来,但是伊莉妮奇娜严厉地说:

“你去吧,不要脸的东西,不要到这儿来!这儿没有你的事情。”

达丽亚皱起眉头,拿着块湿抹布走到门廊里。娜塔莉亚吃力地抬起头来说:

“把床上的干净铺盖撤下来……给我铺上块粗麻布……反正是要弄脏的……”

“住口!”伊莉妮奇娜命令说,“快脱衣服,躺下。你觉得不好受吗?要不要喝点水?”

“我太虚弱啦……给我拿件干净衬衣来,拿点儿水来。”

娜塔莉亚费劲地站起来,摇摇晃晃地走到床前。这时候,伊莉妮奇娜才看到,娜塔莉亚的浸透了血的裙子沉重地耷拉着,粘在大腿上。她恐怖地看着娜塔莉亚像被大雨浇过似的弯下腰去,拧了拧裙子,然后动手脱起衣服来。

“你流血过多,太衰弱啦!”伊莉妮奇娜抽泣着说。

娜塔莉亚闭上眼睛,脱着衣服,呼吸急剧、短促。伊莉妮奇娜朝她看了看,毅然走到厨房里。她费了很大劲才把潘苔莱·普罗珂菲耶维奇摇晃醒,对他说:

“娜塔莉亚病啦……很重,可不要一下子死啦……你赶快套车,到镇上去请大夫吧。”

“你可真能胡说八道! 她怎么啦? 病啦? 夜里少出去浪荡两回就好啦……”

老太婆简单把事情的原委告诉了他。潘苔莱·普罗珂菲耶维奇发疯似的跳起来,一面走,一面扣着裤子,朝内室走去。

“唉,这害人精! 唉,这个混账媳妇! 你这是搞的啥名堂啊?! 她准是被迫这样干的! ……我现在就去教训教训她! ……”

“你糊涂啦,该死的东西! ……你往哪儿瞎钻啊? ……别上那儿去,她不要见你! ……你会把孩子吵醒的! 快到院子里套车去吧! ……”伊莉妮奇娜想拦住老头子,但是老头子不听她的,朝内室门口走去,砰的一脚把门踢开。

“看你干的好事儿,妖精女儿!”他站在门口喊叫。

“不行! 爸爸,不要进来! 看在基督面上,不要进来!”娜塔莉亚把脱下的衬衣捂在胸前,尖声叫道。

潘苔莱·普罗珂菲耶维奇嘴里骂着,开始找棉袄、制帽和马套。他磨蹭了那么久,杜妮亚什卡忍不住了,冲到厨房里,含泪对父亲喊道:

“快点儿去吧！你干什么像屎壳郎在粪堆里一样，钻个没有完呀?！娜塔什卡都要死啦，你却磨蹭个没有完！还算个爸爸呢！你要是不愿意去——就趁早说！我自己去套车，我去！”

“呸，你糊涂啦！怎么，你胡说些什么呀？还不到你发号施令的时候哩，臭丫头！你也敢对老子叫喊起来啦！”潘苔莱·普罗珂菲耶维奇拿羊皮袄朝女儿一挥，小声咒骂着，走到院子里。

他走了以后，家里人都觉得松了口气。达丽亚大声地挪动着椅子和板凳，擦起地板来；老头子走了以后，伊莉妮奇娜准许杜妮亚什卡进内室来，坐在娜塔莉亚的床头，给她垫垫枕头，伺候她喝水；伊莉妮奇娜偶尔去看看睡在厢房里的两个孩子，回到内室来，用手巴掌托着脸颊，伤心地摇着脑袋，久久地看着娜塔莉亚。

娜塔莉亚默默地躺着，乱蓬蓬的头发都被汗湿透了，脑袋不停地在枕头上转来转去。她的血流得太多了。每隔半个钟头，伊莉妮奇娜就小心地把她的身子抬起一点儿，抽出被血湿透的垫子，铺上一块新的。

娜塔莉亚变得越来越虚弱。半夜里，她睁开眼睛，问：

“天快亮了吗？”

“好像还早哪。”老太婆安慰她说，心里却在想：“大概活不了啦！她怕昏迷过去看不到孩子……”

仿佛是为了要证实她的猜想，娜塔莉亚低声央告说：

“妈妈，请您把米沙特卡和波柳什卡叫醒……”

“你怎么啦，亲爱的！为什么要在半夜里把他们叫醒呀？他们看到你这样子会害怕的，会大哭大号的……干吗要叫醒他们呢？”

“我想看看他们……我觉得不大好。”

“上帝保佑，你胡说些什么呀？你爸爸马上就要把大夫请来啦，大夫会把你治好。你最好能睡一会儿，亲爱的，啊？”

“我怎么睡得着呀！”娜塔莉亚有点儿懊丧地回答说。这以后她好久没有出声，呼吸也均匀多了。

伊莉妮奇娜悄悄地走到台阶上，哭了个够。东方刚刚开始发白，她的脸哭得又红又肿，回到内室。娜塔莉亚听见门响，睁开眼睛，又问：

“天快亮了吗？”

“快亮啦。”

“给我脚上盖一件皮袄……”

杜妮亚什卡给她的脚上盖了一件羊皮袄，把棉被的两边掖了掖。娜塔莉亚眼睛里露出感激的神情，后来把伊莉妮奇娜叫过来，说：

“妈妈，请您坐到我身边来，杜妮亚什卡，还有你，达丽亚，先出去一会儿，我想单独跟妈妈说几句话……她们出去了吗？”娜塔莉亚闭着眼睛问。

“出去啦。”

“爸爸还没有回来吗？”

“快回来啦。你觉得不大好，是吗？”

“不是，反正一样……我是想说……妈妈，我很快就要死啦……我的心里觉得是这样。我流的血太多啦——简直是吓人！您告诉达什卡，叫她生上炉子以后，多烧点儿水……您亲自给我洗洗身上，我不愿意让别人……”

“娜塔莉亚！你住口吧，我的乖孩子！你干吗要说死啊？上帝是慈悲的，你会好起来的。”

娜塔莉亚用软弱无力的手势请求婆婆不要再讲下去，自己说：

“请您不要打断我的话……我说话已经很困难，可是我想说……我的头又晕起来……我跟您说过准备水了吗？看来，我的身体还很壮实……卡皮托诺芙娜很早就动手给我做啦，吃饭的时候，我一到那儿她就动手……她自己，可怜的老太太，都害怕啦……噢噫，我流的血太多啦……但愿能活到早晨……多烧一点儿热水……我想死后浑身干干净净……请您给我穿上那条绿裙子，就是绣着花边的那条……葛利沙喜欢我穿这条裙子……再穿上那件粗花呢上衣……就放在箱子右角上，条围巾下面……我死的时候，叫他们把孩子送到我娘家去……您最好派人去请我母亲来，叫她立刻就来……我该跟她告别啦……请把我身下铺的垫子换换。全都湿啦……”

伊莉妮奇娜扶着娜塔莉亚的脊背，抽出垫子，又费劲儿地铺上一条新垫子。这时娜塔莉亚又嘟哝了一声：

“帮我……侧过身子去！”说完立刻昏迷过去了。

蔚蓝色的黎明透进了窗子。杜妮亚什卡洗干净了桶，到院子里去挤牛奶。伊莉妮奇娜打开窗户——凉爽的、夏天早晨的清风，吹进了充满浓重的新鲜血腥味和煤油灯烟气的内室。清风把樱桃树叶子上的露水珠吹洒到窗台上；传来清晨的鸟啼声、牛叫声和牧人噼噼啪啪、断断续续的鞭子声。

娜塔莉亚恢复了知觉，睁开了眼睛，用舌头舔了舔干裂的没有血色的黄嘴唇，要求喝水。她已经不再问起孩子和母亲，看来，她正处在弥留之际……

伊莉妮奇娜关上窗户，走到床前。一夜的工夫，娜塔莉亚完全变了样子！一昼夜前，她还像棵繁花似锦的小苹果树，——美丽、健壮，可是现在她的两颊，看起来比顿河沿岸山上的石灰石还白，鼻子尖削，嘴唇失去了不久前的红艳，变得薄薄的，仿佛都要遮不住牙床了。只有眼睛还像从前的娜塔莉亚那样明亮，但是神情却已经完全不同了。当娜塔莉亚偶尔由于某种说不出的需要，抬起发青的眼皮，巡视一下内室，在伊莉妮奇娜身上停留的那一瞬间，她的目光中闪过一种刚刚显出的、陌生的、令人惊恐的神情……

太阳出来的时候，潘苍莱·普罗珂菲耶维奇从镇上回来了。睡眼惺忪、被连夜不眠和没完没了地医治伤寒病人及伤员累得疲惫不堪的医生，伸着懒腰，从车上下来，从座上拿起一个小包，朝屋子里走去。他在台阶上脱掉帆布雨衣，——弯着腰，胳膊伸到栏杆外面，把两只毛烘烘的手洗了半天，愁眉苦脸地打量着拿着水罐给往手上倒水的杜妮亚什卡，甚至还朝她挤了两下眼儿。然后走进内室，把所有的人都从屋子里请出去，在娜塔莉亚身旁待了约十分钟。

潘苍莱·普罗珂菲耶维奇和伊莉妮奇娜坐在厨房里。

“喂，怎么样？”当他们从内室出来，老头子就小声地问。

“很不好……”

“是她自愿这么干的？”

“自己想出来的馊主意……”伊莉妮奇娜避免正面回答问题。

“拿热水来，快点儿！”医生从门内探出乱蓬蓬的脑袋，命令道。

等待烧水的时候，医生走到厨房里来，对老头子无言的询问，绝望地挥了挥手。

“活不到吃午饭。失血太多。毫无办法！还没有通知葛利高里·潘苔莱耶维奇吗?”

潘苔莱·普罗珂菲耶维奇没有回答,一瘸一拐地匆匆向门廊走去。达丽亚看见老头子走到板棚里的收割机后头,脑袋趴到去年的干牲口粪堆上,哽噎着大哭起来……

医生又待了半个钟头,坐在台阶上,在朝晖中打起盹儿来,然后,等到火壶烧开了,重又走进内室,给娜塔莉亚注射了一针樟脑剂,就走了出来并且要了牛奶。他艰难地控制着自己不打呵欠,喝了两杯牛奶,然后说:

“请你们立刻送我走吧。镇上有很多病人和伤员在等着我呢,再说,我留在这里已经毫无用处。我已经无能为力。非常愿为葛利高里·潘苔莱耶维奇效劳,但是说老实话:我已经束手无策。我们当医生的,能干的事情是微乎其微的——我们只能治疗病人,还没有学会使死人起死回生。府上的儿媳妇已经弄成了这个样子,她再也活不了了……把她的子宫全给弄坏啦。看得出,老太婆是用铁钩子干的活。我们的愚昧无知,简直到了极点!”

潘苔莱·普罗珂菲耶维奇往车上放了些干草,对达丽亚说:

“你送大夫回去吧。别忘记,下到顿河边儿的时候饮饮骒马。”

他给医生钱,但是医生坚决不收,责怪老头子说:

“你真不害羞,潘苔莱·普罗珂菲耶维奇,亏你说得出。都是自己人,你还要给什么钱。不,不,不许你拿着钱走近我！有什么可感谢的?不值得一谈！如果我把您的儿媳妇治好了——那就是另外一回事啦。”

早晨六点钟左右,娜塔莉亚觉得自己大有好转。她要求给她洗洗脸,还对着杜妮亚什卡擎着的镜子梳了梳头,眼睛里闪着一种从未见过的神情打量着家人,吃力地笑着说。

“好啦,现在我好起来啦！可真把我吓坏了……我以为——非死不可啦……为什么孩子们今天睡得这样久呀？杜妮亚什卡,你去看看他们醒了没有?”

卢吉妮奇娜带着格丽普卡来了。老太婆一看见女儿的样子就哭了起来,但是娜塔莉亚却激动得不停地说:

“妈妈,您哭什么呀?我的病还没有那么厉害……您又不是给我送葬来啦?行啦,您到底是哭什么呀?”

格丽普卡偷偷推了母亲一下,卢吉妮奇娜明白过来,急忙擦掉眼泪,宽慰地说:

“你说什么呀,我的好姑娘,我是老糊涂啦,流起眼泪来了。一看见你,我的心就碎了……你的模样变得太厉害啦……”

娜塔莉亚一听到米沙特卡的说话声和波柳什卡的笑声,脸颊上立即就泛起了一阵淡淡的红晕。

“叫他们到这儿来!快叫他们来!……”她央告说,“叫他们等会儿再穿衣裳吧!……”

波柳什卡第一个走进来,在门口站住,用小拳头擦着惺忪的眼睛。

“妈妈病啦……”娜塔莉亚笑着说,“到我这儿来,我的可怜的孩子!”

波柳什卡惊异地打量着那些一本正经地坐在长凳上的大人们,——走到母亲跟前,伤心地问:

“为什么你不叫醒我呀?他们为什么都聚到这儿来啦?”

“他们都是来看我的……我为什么要把你叫醒呀?”

“我可以给你端水,陪着你……”

“好啦,你去洗洗脸,梳梳头,祷告过上帝以后再到这儿来,陪我坐一会儿。”

“你能起来吃早饭吗?”

“我不知道。大概是起不来啦。”

“好,那我给你端到这儿来,好吗,妈妈?”

“真像爸爸,只有心地不像他,比他善良……”娜塔莉亚往后仰了仰脑袋,怕冷似地拉着腿上的被子,淡淡一笑说。

过了一个钟头,娜塔莉亚的病情恶化。她动了动手指,把孩子们叫到跟前,拥抱了他们,给他们画了十字,亲了亲他们,就请求母亲把孩子们带回家去。卢吉妮奇娜把孩子交给格丽普卡带走,自己仍然守在女儿身边。

娜塔莉亚闭上眼睛,仿佛是在昏迷中说:

"那我就再也看不到他啦……"接着,像是想起了什么事情似的,猛地从床上爬起来,"把米沙特卡叫回来!"

满面泪痕的格丽普卡把小男孩推进内室,她自己待在厨房里,小声啜泣。

忧郁的、眼里透出麦列霍夫家族冷酷眼神的米沙特卡胆怯地走到床前。母亲脸上发生的剧烈变化几乎把她变成陌生人了。娜塔莉亚把儿子拉到自己跟前来,感到米沙特卡的小小的心脏,就像是只被捉住的麻雀似的,跳得非常快。

"把头低下来,孩子! 再低点儿!"娜塔莉亚央告说。

她对着米沙特卡的耳朵悄悄地说了些什么,然后把他推开,直瞪瞪地看了他一眼,紧闭上直哆嗦的嘴唇,强颜做出可怜、痛苦的微笑,问:

"你不会忘记吧? 会说吗?"

"忘不了……"米沙特卡抓住妈妈的食指,攥在滚热的小拳头里,攥了一会儿,松了手。不知道为什么他踮起脚尖,伸着两手保持平衡,从母亲的床边走开……

娜塔莉亚把他目送到门口,便默默地翻身朝墙躺着。

中午,她死了。

第十七章

在从前线回故乡的路上的两昼夜,葛利高里想了很多,也回忆了很多往事……为了不致在路上孤零零的一个人痛苦地思念着娜塔莉亚在草原上奔驰,他带上普罗霍尔·济科夫。一离开连队驻扎的地方,葛利高里就大谈起战争来,回忆起在第十二团服役时转战奥地利前线,向罗马尼亚进军,跟德国人打仗的往事。他滔滔不绝地说着,回想着同团服役的人发生的一切可笑的逸事,笑声不止……

头脑简单的普罗霍尔起初对葛利高里这种反常的唠叨感到十分惊奇,困惑莫解地斜眼看着他,后来还是猜到了,原来是葛利高里想用对往事的回忆使自己摆脱痛苦的思念,——于是普罗霍尔也积极地谈起来,甚至有点儿过分了。普罗霍尔详细地讲述着他在切尔尼戈夫斯克住院的经过,无意中看了葛利高里一眼,只见他那黝黑的脸颊上泪流纵横……出于礼貌,普罗霍尔使自己的马落后了几沙绳,在后面跟着走了半个钟头,然后又追了上来,试着谈些别的什么不相干的琐事,但是葛利高里再也没有插嘴。就这样他们直到中午,才默默地并马,马镫靠着马镫,奔驰赶路。

葛利高里拼命地赶路。虽然天气炎热,他还是催马小跑一阵,飞跑一阵,只是偶尔才让马缓步走一会儿。直到了正午时分,直射下来的阳光烤得受不了的时候,葛利高里才在一道荒沟里停了下来,卸掉马鞍,放马去吃草,自己则跑到荫凉里,往地上一趴——一直趴到炎热消散的时候。有一次,他们给马喂了燕麦,但是葛利高里却不遵守规定的喂马吃草料时间。以至他们那两匹惯于飞驰的战马,刚奔驰了一昼夜,就已经累得瘦弱不堪了,跑起来已经不再像起初那样不知疲倦的奔驰了。"这样很快就会把马累死。谁这样骑马呀?他当然不在乎,鬼东西,自个儿的马累坏了,随便什么时候都可以再弄到一匹新马骑,可是我打哪儿去弄呢?这样拼死拼活地赶,恶鬼,到鞑靼村有这么远的道儿,我们非得步行或者坐老百姓的牛车不可!"普罗霍尔怒气冲冲地想着。

第二天早晨,在费多谢耶夫斯克镇的一个村庄附近,普罗霍尔忍耐不住,对葛利高里说:

"什么人都看得出,你从来也没有当过家……你说说,谁像这样马不停蹄地日夜飞跑呀?你看,把马累成什么样子啦。我们还是趁天没黑好好喂喂它们吧。"

"跟上,别落后。"葛利高里心不在焉地回答说。

"我可追不上你,我的马已经累坏啦。咱们是不是可以休息休息啦?"

葛利高里默不作声。他们又跑了半个钟头,一句话也没有说,后来普罗霍尔断然声明说:

“咱们叫马稍微喘喘气也好啊！我再也不这样跑啦！你听见了没有？”

“快赶，快赶！”

“快赶！赶到什么时候才算完呀？等把马赶到四蹄朝天才算完吗？”

“别说啦！”

“你做做好事吧，葛利高里·潘苔莱维奇！我不想剥自个儿马的皮，可是眼看非剥不可……”

“好啦，那就歇歇吧，见你的鬼！看看哪儿的草好一点儿。”

这份电报，由于要到处寻找葛利高里，在霍皮奥尔河地区各镇辗转了好久，所以很迟才收到……等葛利高里赶到家，已经是娜塔莉亚埋葬后的第三天了。他在板门边下了马，往屋里走着，拥抱了抽抽搭搭哭着跑来迎接他的杜妮亚什卡，愁眉不展地请求说：

“把马好好遛遛……别哭号！”然后转脸朝普罗霍尔说，“回家去吧。用到你的时候——再去叫你。”

伊莉妮奇娜拉着米沙特卡和波柳什卡的手，到台阶上来迎接儿子。

葛利高里伸手抱过孩子来，声音颤抖地说：

“别哭！别流眼泪！好孩子！变成没有妈的孩子啦？好啦……好啦……妈妈把咱们扔下不管啦……”

而自己却也费了很大的劲儿才压制住哭泣，走进屋，去向父亲问好。

“我们没有能把她照顾好……”潘苔莱·普罗珂菲耶维奇说完，立刻就一瘸一拐地走到门廊里去了。

伊莉妮奇娜把葛利高里领到内室，把娜塔莉亚的事情讲了半天。老太婆本来不想把事情全都说出来，但是葛利高里问：

“为什么她不想生孩子啦，你知道吗？”

“知道。”

“那为什么？”

“她在这以前，曾经去看过你的……你那个……阿克西妮亚把所有的事情都告诉她啦……"

"啊哈……是这样吗?"葛利高里的脸马上涨得通红,低下头去。

他从内室里走出来,形容憔悴,面色苍白;无声地翕动着发青的、颤抖的嘴唇,坐到桌边,把两个孩子抱在膝盖上,抚爱了半天,然后从军用背包里掏出一块沾满尘土、变成灰色的砂糖,放在手巴掌上,用刀子切碎,抱歉地笑着说:

"这就是带给你们的全部礼物……看你们的爸爸有多好呀……好啦,到院子里去,叫爷爷进来。"

"你要到坟上去吗?"伊莉妮奇娜问。

"以后再去吧……死人是不会怪罪的……米沙特卡和波柳什卡怎么样?没有闹吗?"

"头一天哭得厉害,尤其是波柳什卡……现在——他俩好像已经商量好了似的,当着我们的面也不提母亲的事啦,不过夜里我听见——米沙特卡在小声哭泣……脑袋钻在枕头底下,好不叫别人听见他的哭声……我走过去,问他:'你怎么啦,亲爱的?去跟我睡好吗?'可是他却说:'没有事儿,奶奶,一定是我在做梦……'你跟他们说说话,跟他们亲热亲热吧……昨天早晨,我听见两个在门廊里说话。波柳什卡说:'她会回来的。她还年轻,年轻人根本就不会死。'他们还是些糊涂孩子,可是却跟大人一样,难过得很呢……你大概饿了吧?我立刻去给你弄点儿东西吃,你怎么不早说呀?"

葛利高里走进内室。仿佛是头一次来到这间屋子似的,仔细打量着四面的墙壁,目光停在铺得整整齐齐、放着鼓鼓囊囊的枕头的床上。娜塔莉亚就是死在这张床上,她在这张床上说完了最后一句话……葛利高里想像着娜塔莉亚怎样跟孩子们告别,怎样亲吻他们,也许还给他们画过十字,于是他又像读到娜塔莉亚去世的电报时那样,感到一阵尖利的、刺心的疼痛,耳朵里嗡嗡直响。

屋里的每一件小东西都使他想起了娜塔莉亚。对她的回忆是摆脱不了的,而且非常痛苦。葛利高里不知道为什么在屋子里巡视了一遍,便匆匆走了出去,几乎是跑到台阶上去的。心里的疼痛越来越厉害。额角渗出了汗珠。他走下台阶,害怕地把手掌捂到左胸上,心里想:

“看来——这些陡峭的山头儿把我这匹灰马给累坏啦……”

杜妮亚什卡正在院子里遛马。马在仓房旁边挣扎着缰绳,站住不走,——伸长脖子,翘起上嘴唇,露出一排黄色的牙齿,闻着泥土,然后打着响鼻,笨拙地开始蜷起前腿。杜妮亚什卡扯了一下缰绳,但是那匹马已经不听她的,要躺下了。

“别让它躺下!”潘苍莱·普罗珂菲耶维奇在马棚里喊道,“没看见——它还鞴着鞍子哪?为什么不卸下鞍子,糊涂丫头!?……”

葛利高里一直还在谛听胸中的跳动声音,他不慌不忙地走到马跟前,卸下了鞍子,——抑制着自己的感情,勉强对杜妮亚什卡笑了笑,问:

“爸爸还老是发脾气吗?”

“还是老样子。”杜妮亚什卡也笑着回答。

“再遛一会儿吧,好妹妹。”

“它身上已经没有汗啦,那好吧,我再遛它一会儿。”

“叫它躺下吧,别管它啦。”

“我说,哥哥……不好受吧?”

“你说呢?”葛利高里喘吁吁地回答说。

同情心推着杜妮亚什卡,去亲了亲哥哥的肩膀,不知道为什么忽然窘得流出了眼泪,急忙扭过身去,牵着马到牲口院里去了。

葛利高里走到父亲跟前来。潘苍莱·普罗珂菲耶维奇正在卖劲儿地从马棚里往外铲粪。

“我给你的战马预备块地方。”

“你怎么不说一声?我自个儿来收拾就是啦。”

“看你说的!怎么啦,难道我已经不能干活儿啦?好儿子啊,我还像枝火枪一样冲呢。我是用不坏的!还可以干一气呢。明天我打算去割大麦。你能多待些日子吗?”

“一个月。”

“这太好啦!咱们到地里去吧,啊?一干活儿你也许会觉得舒服点儿……”

“我自己也是这样想。”

老头子扔掉叉子，用袖子擦了擦脸上的汗，话音里带着神秘的口吻说：

“咱们回屋子里去吧，你好吃饭。这种痛苦你是走到哪儿也躲不开的……大概是这样，是这样……”

伊莉妮奇娜摆好桌子，递给他一块干净手巾。葛利高里又想：“从前都是娜塔莉亚做饭……”他为了不流露出自己激动的心情，便匆忙地吃起饭来。等父亲从贮藏室里拿来一罐用干草堵着口的烧酒来，他露出感激的神情看了父亲一眼。

“咱们来为去世的娜塔莉亚祈祷吧，愿她在天之灵安息。”潘苔莱·普罗珂菲耶维奇口齿清楚地说。

他们各自喝了一大杯。老头子立刻又斟上了一杯，叹了口气说：

“一年的工夫，咱们家里就死了两口人……死神看中咱们家啦。”

“咱们别谈这个啦，爸爸！”葛利高里请求说。

他一口气喝下第二杯，把一块咸鱼在嘴里嚼了半天，盼望着头脑昏沉起来，摆脱那些纠缠不休的思绪。

“今年的大麦长得好！咱家的麦子比别人家的更出色！”潘苔莱·普罗珂菲耶维奇吹嘘说。在这些自吹自擂的话里和说话的声调里，葛利高里都感到矫揉造作、故弄玄虚的意味。

“小麦长得怎么样？”

“小麦吗？稍微受了点儿霜冻，不过这——并不要紧，每亩也能收三十五到四十普特。别人家种的硬粒小麦，长得好极啦，不过咱们家，倒霉得很，却没有种。但我也并不十分难过！这种兵荒马乱的年头，要那么多的粮食干什么？帕拉莫诺夫的粮栈不收购，又不能屯在谷仓里。战线一移到咱们这儿来——同志们就会统统都收去，就像舔光了的一样。不过你用不着担心，咱们就是今年颗粒不收，粮食也足够吃两年的。上帝保佑，咱们家仓里的粮食还满满当当的呢，别的地方还藏着点儿……”老头子狡猾地挤了挤眼睛说，“你问问达什卡，为防荒年，我们藏了多少粮食呀！我们挖了个大坑，足有你的身子这么深，一庹半宽，我们装了满满的一坑！这可恶的年月可把咱们折腾穷啦，不然的话，咱们也早成富户啦……”老头子醉意蒙眬，自我解嘲地笑了，但是过了一会儿，庄重地理了理大胡子，已经是正经、严肃地说："也许你还想到你岳母了吧，那我告诉你好啦：我没有忘记她，也帮过他们的忙。有一回，没等她开口，第二天我就送了一车粮食去，连量都没有量。去世的娜塔莉亚非常高兴，一听说这事儿，高兴得眼泪都流出来啦……好儿子啊，咱们再喝第三杯吧？现在能使我高兴的，只有你啦！"

"好，再来一杯。"葛利高里同意说，递过酒杯去。

这时候，米沙特卡侧着身子，畏畏怯怯地走到桌边来。小家伙爬到父亲的膝盖上，笨拙地用左手搂着爸爸的脖子，使劲亲了亲他的嘴唇。

"你这是干什么，儿子？"葛利高里看着孩子那泪水模糊、天真无邪的眼睛，感动地问，竭力不把酒气喷到孩子脸上。

米沙特卡悄悄回答说：

"妈妈躺在内室的时候……她还活着的时候，把我叫了去，这样嘱咐我：'爸爸回来的时候——你替我亲亲他，告诉他，叫他疼爱你们俩。'她还说了些别的话，可是我忘记啦……"

葛利高里放下杯子，把脸扭过去朝着窗户。屋子里有好半天是一片难耐的寂静。

"咱们还要喝一杯？"潘苔莱·普罗珂菲耶维奇小声问。

"我不想喝啦。"葛利高里从膝盖上放下儿子，站起身，匆匆走到门廊里去。

"等等，儿子啊，还有肉呢！咱们还有——烤鸡和肉饼哪！"伊莉妮奇娜朝炉子跑去，但是葛利高里已经砰的一声关上了门。

他无目的地在院子里转，看了牲口院子，看了马棚；他看着自己的战马，心里想："应该给它洗洗澡。"然后就走到板棚檐下。他在已经准备好的收割机旁边看到了堆在地上的松木片、刨花和斜锯下来的板头。"是父亲给娜塔莉亚做的棺材。"葛利高里心里断定。然后急忙向台阶走去。

潘苔莱·普罗珂菲耶维奇对儿子的恳求让步了，急忙准备起来，他把马套在收割机上，带上一桶水；夜里就跟葛利高里一起下地了。

第十八章

葛利高里的痛苦,不仅由于他是按照自己的方式爱着娜塔莉亚和与她共同生活了六年,已经习惯了,还由于他感到他对她的死是负有责任的。如果娜塔莉亚活着的时候威胁他——带着孩子回娘家去,如果她仇恨这个不忠实的丈夫,丝毫不肯妥协,死在娘家,那么葛利高里也许不会这么强烈地感到损失如此沉重了,悔恨的心情也就不会使他这么痛苦了。但是他从伊莉妮奇娜嘴里听说,娜塔莉亚已经宽恕了他的一切过错,直到生命的最后一分钟,还是那样爱他,思念他。这就使他更加痛苦,良心无时无刻不在受到谴责,逼使他不得不重新考虑过去的事情以及自己过去的行为……

曾有一段时间,葛利高里对妻子毫无感情,只有冷冰冰的漠不关心,甚至还有几分敌视,但是近几年来,他对她的态度改变了,而改变的主要原因,就是因为有了孩子。

起初,葛利高里对孩子并没有感到像最近一个时期在他心里萌发的那种深厚的父亲的感情。当他从前线回家暂住几天,他照料和爱抚他们,就像是在履行义务和讨老娘的欢心,而自己对此不仅感觉不到有什么需要,而且不能不怀着疑惑的奇怪心情看娜塔莉亚,看她那疯狂的母爱。他不明白,她怎么能这样忘我地爱这些哭哭啼啼、哇哇乱叫的小生命,而且当妻子还在奶孩子的时候,他曾不止一次地在夜里用愤懑的嘲弄的口吻对妻子说:“你干吗像疯子似的一会儿就起来呀?没等孩子哭出来,你就已经爬起来啦。嗐,你就叫他闹,叫他哭好啦,我看,不会哭瞎眼睛的!”孩子们对他的态度也同样冷淡,但是等他们渐渐长大起来,他们对父亲的依恋也逐渐增多了。孩子的爱也刺激了葛利高里的心,使他也爱起孩子来了,这种感情又像火花一样,反照到娜塔莉亚身上去。

葛利高里自从跟阿克西妮亚决裂以后,从来没有认真想过要与妻子分离的问题;就是在跟阿克西妮亚重归于好以后,他也从来没有想过,有朝一日,她会成为自己的孩子的母亲。他可以和她们俩共同生活,以不同的感情分别去爱她们,但是妻子死后,他突然觉得阿克西妮亚也变得疏远了,而且还产生了隐约的愤恨情绪,因为她泄露了他们的关系,结果把娜塔莉亚推上了死路。

来到田地以后,葛利高里不管是怎样竭力要忘掉自己的悲伤,——但是思路总是不由自主地又回到这件事情上来。他用工作折磨自己,几个钟头不下收割机,可是始终还在思念着娜塔莉亚;记忆顽强地再现了昔日共同生活中的许多片断和谈话,有的甚至是非常琐碎,毫无意义。只要稍一放纵殷勤的记忆,活生生的、满面含笑的娜塔莉亚立刻就出现在他眼前。他想起了她的身段、步态、整理头发的姿势、她的笑容和说话的音调……

第三天,开始收割大麦。中午时分,潘苔莱·普罗珂菲耶维奇停下马,葛利高里从收割机的后座上爬下来,把短叉子放到架板上,说:

"爸爸,我想回家去一下。"

"为什么?"

"我有点儿想念孩子……"

"好,去吧,"老头子高兴地同意说,"我就趁这个工夫把麦子垛起来好啦。"

葛利高里立即从收割机上卸下自己的战马,骑上去,缓步走过布满黄色麦茬儿的田地,向大道走去。"告诉他说,叫他疼爱你们俩!"娜塔莉亚的声音在葛利高里的耳朵里鸣响,他闭上眼睛,扔开缰绳,沉浸到回忆中去,由着马随意不择道路地瞎走。

被风吹散的稀疏的白云几乎是一动不动地挂在深蓝色的天上。乌鸦在田地里的麦茬子上跳跃。它们整窝整窝地落在麦堆上;老乌鸦嘴对着嘴喂那些不久前才生出羽毛、翅膀飞起来还很不硬棒的小乌鸦。收割过的田地上空是一片乌鸦的吵声。

葛利高里的马总是故意在路边走,偶尔撕下些木樨草的茎叶,嚼了起来,弄得马嚼子叮当直响。有两次,它一看到远处的马,就停下嘶叫,这时葛利高里才醒悟过来,吆喝一声马,视而不见地望着草原、烟尘滚滚的大道、金黄的麦堆和成熟的绿褐色的黍田。

葛利高里刚一到家，赫里斯托尼亚就来了，他神色忧郁，尽管天气炎热，仍旧穿着英国式直领呢子上衣和肥大的马裤。他拄着一根新刨的粗白蜡木杆，两个寒暄了一阵。

“我是来看望您的。听说您遭到不幸的事儿。娜塔莉亚·米伦诺芙娜已经安葬了吗？”

“你是怎么从前线回来的？”葛利高里装作好像没有听见他的问话的样子问，很有兴致地打量着赫里斯托尼亚衣着不合身的、有点驼背的身形。

“受伤后，放我回家来休养。一下子就有两颗子弹打进了我的肚子。这些该死的子弹就窝在肠子旁边。弄得我不得不拄着拐棍走路，这不是吗？”

“在哪儿受的伤？”

“在巴拉绍夫附近。”

“攻下巴拉绍夫来了吗？怎么伤的？”

“我们进行冲锋。攻下了巴拉绍夫，还有波沃里诺。我也参加了这次战斗。”

“好，讲讲，你在哪个部队里，咱们村的人还有谁和你在一起儿？请坐，抽烟吧。”

有客人来使葛利高里非常高兴，这就可以谈谈别的跟他的悲伤毫不相干的事情。赫里斯托尼亚很机灵地意识到葛利高里并不需要他的同情慰问，就兴高采烈地、但是慢腾腾地讲起攻占巴拉绍夫的战斗和他的受伤的经过。他抽着一支卷得很粗的烟卷，用浓重的低音说：

“我们排成步兵阵形，借向日葵掩护往前冲锋。他们自然又是机枪，又是大炮，当然也有步枪，拼命向我们射击。我这个人是最惹人注目的，我走在散兵线里，就像鹅走在鸡群里，不管我怎么往下弯腰，还是我最显眼，于是它们，就是子弹哪，当然就朝我来啦。算我运气好，占了个子高的便宜，如果矮一点儿——那就正好打在脑袋上啦！这些子弹已经没有什么劲儿啦，但是这也把我的肚子打得像开了锅似地直翻腾；而且每一颗子弹，他妈的都像是从炉子里飞出来的一样烫……我用手摸了摸这块地方,觉得出子弹已经卡在我的身上啦,像脂肪瘤一样,在皮肤里乱滚,这两颗子弹相隔有二寸半。好,我用手指头按了按,就倒在地上了。心里想,这个玩笑可开得太大啦,见他妈的鬼去吧!我最好还是躺在这里吧,不然,再飞来一颗子弹,劲头儿再大一点儿,那肚子非打个窟窿不可。好,我就躺在那里。隔不了一会儿,我就摸摸它们,这两颗子弹。它们还是待在那里,两颗离得不远儿。哎呀,这可把我吓坏啦,心想:如果这两颗该死的子弹漏进肚子里去可怎么办呀?它们要是在肠子中间乱窜,那医生可怎么找到它们呀?而且也不会有我的好啊。可是人的身体,就连我的也一样,都很单薄,如果子弹跑到大肠里去——那时候走起路来,它们在里面就会像邮车的铃铛一样丁零丁零乱响。那么一来,可就全完啦。我躺在那儿拧下一个向日葵的花盘来,吃着生葵花子,可心里却非常害怕。咱们的散兵线已经走远啦。好,等攻下了巴拉绍夫,我也被弄到那儿去了。躺在季尚斯克的战地小医院里。那儿有位医生,很伶俐,像只麻雀一样。他总是劝我:'我把子弹给你取出来,怎么样?'可是我的头脑也并不那么简单……我问他:'医官老爷,这两颗子弹会不会漏到内脏里去呢?'他说:'不会,绝对不会。'好,这时候我想,不能让他们把子弹取出来!我懂得他们这一套!把子弹一取出来,还等不到伤口长好——就又叫你回部队去啦。我说:'医官老爷,不用,不用费事啦。我觉得让它们留在身上倒更有趣些。我想把它们带回家去,给我老婆开开眼,再说它们也不会碍我的事,分量很有限嘛。'他骂了我一顿,可是还是让我回家里来休养一个星期。"

葛利高里笑着听完这一篇天真的谈话,问:

"你跑到哪个部队去啦,在哪一团?"

"在第四混合团。"

"咱们村里人还有谁和你在一起儿呢?"

"咱们村里的人可多啦:阉人阿尼库什卡、别斯赫列布诺夫、科洛维金·阿基姆、米罗什尼科夫·谢姆卡和戈尔巴乔夫·吉洪。"

"喂,哥萨克们怎么样?他们不抱怨吗?"

"自然啦,他们对军官都很不满。派来那么一帮混蛋,简直叫人活不下去啦!几乎全是俄罗斯人,没有一个哥萨克。"

赫里斯托尼亚讲着，不断扯扯上衣的短袖子，仿佛是相信不过自己的眼睛似的，惊异地打量和抚摸着自己英国裤子膝盖上起毛的结实的呢子。

“真可惜，没能找到双我穿着合适的皮鞋，”他思量着说，“英国这样的大国，就没有像我这样大脚丫子的人……咱们这儿种的是小麦，吃的是小麦，大概他们那儿也跟俄罗斯一样，只吃大麦。那他们怎么会长出这样大的脚丫子呢？全连都换上了新军装，换上了新靴子，还送来香烟，可是——怎么也不好……”

“怎么个不好法？”葛利高里很有兴致地问。

赫里斯托尼亚笑了说：

“外表很好，内里很糟。你知道吗？哥萨克们又不愿意打仗啦。当然是因为这场战争是打不出什么名堂来的。他们都这么说，绝不打到霍皮奥尔河地区以外……”

葛利高里送走赫里斯托尼亚以后，经过短时间的考虑，决定：“在家里住一个星期，就回前线去。在这儿会把我闷死的。”他在家里一直待到傍晚。回忆起童年时代的情景，用芦苇给米沙特卡做了一个风车，用马鬃编了一个捉麻雀的网，给女儿做了个很精巧的、轮子能转的小车，还配有装饰得很漂亮的车辕，他还试图用破布做一只布娃娃，但是他没有做成；后来请杜妮亚什卡帮忙才把娃娃做好了。

葛利高里以前对孩子们从来没有这样留心过，孩子们起初对他的一些主意也并不怎么相信，但是到了后来却一分钟也不离开他了。傍晚，葛利高里准备到地里去了，米沙特卡含着眼泪，说：

“你永远是这么个人！来那么一会儿，就又把我们扔下走啦……你把雀网、风磨和响板都拿走吧，全都拿走吧！我不要啦！”

葛利高里把儿子的两只小手握在自己的大手巴掌里说：

“如果这样——那咱们这么办。你是个哥萨克，那就跟着我到地里去：咱们去割大麦，垛麦子，你跟爷爷坐在收割机座上赶马。那儿草里的蝈蝈儿可多啦！山沟里有各种各样的小鸟儿！波柳什卡留在家里帮奶奶干点儿家务活儿。她不会抱怨咱们的。她，姑娘家——就是擦地板，用小桶帮奶奶从顿河里挑水，她们女人家的事多得很呢，是吧？

怎么样,赞成我的意见吗?”

“这怎么会不赞成呀!”米沙特卡高兴地大声叫起来。由于预感到未来的快乐,他的眼睛闪闪发光。

伊莉妮奇娜却不同意。

“你把他带到哪儿去?尽出馊主意!你叫他在哪儿睡觉?谁来照顾他呀?老天爷保佑,万一他跑到马跟前去——叫马踢了,或者叫蛇咬了,那还得了。别跟你爸爸去,乖孩子,留在家里吧!”她劝孙子说。

但是米沙特卡眯缝得窄窄的眼睛忽然凶光四射(完全像爷爷潘苔莱发怒的时候一样),紧攥着小拳头,尖声哭叫道:

“奶奶,别说啦!反正我是要去的!好爸爸,亲爱的,别听她的!……”

葛利高里笑着把儿子抱起来,安慰母亲说:

“叫他跟我一起儿睡。我们从家里骑马一步一步地走,我还能叫他摔着?妈妈,你给他准备衣裳吧,别担心——我保证他囫囫囵囵的,明天天黑以前就给你送回来。”

葛利高里跟米沙特卡的感情就这样建立起来了。

葛利高里在鞑靼村度过的两个星期中,只见到三次阿克西妮亚,而且每次都是一晃就过去了,她聪明、有心计,尽量避免跟葛利高里见面,她明白,最好是别跟他碰面。女人特有的感觉使她能体会到他的心情,她知道,在这个关口,感情上如果表现得一不小心,或者不合时宜,都会惹翻他,使他讨厌自己,就会在他们的关系上结下些疙瘩。她在等待葛利高里自己开口跟她说话。这在他动身回前线去的前一天实现了,他赶着运麦子的车从地里回来,天色已经晚了,暮色苍茫,在村边靠草原的一条胡同里遇上了阿克西妮亚。她远远地向他行了个礼,面带微笑。笑中既有期待,又有不安。葛利高里也向她回礼,但是总不能一声不吭地走过去啊。

“你好啊?”他问,不知不觉地勒紧了马缰绳,使马的脚步放慢。

“还好,谢谢,葛利高里·潘苔莱耶维奇。”

“怎么看不见你啦?”

“下地去啦……一个人在张罗家里地里的活儿。”

米沙特卡跟葛利高里一起坐在车上。也许正是这个缘故,葛利高里才没有叫马停下来,没有跟阿克西妮亚多说话。他走过了几沙绳,听见了叫喊声,又转回身去。阿克西妮亚站在篱笆旁边。

"在村里住些日子吗?"她激动地撕着一朵折下来的延寿菊花瓣问。

"一两天就走。"

从阿克西妮亚曾一度犹豫不决的神情来判断,她是还想问些什么。但是不知道为什么她没有问,只是挥了挥手,匆匆向牧场走去,一次也没有回头看。

第十九章

天空乌云密布,蒙蒙细雨像用筛子筛下来似的。娇嫩的再生草、艾蒿和散布在草原上的野荆棘丛上都闪着水珠。

由于提前结束假期,离开村子,使普罗霍尔非常恼火,他默不作声地走着,路上一句话也不跟葛利高里讲。他们在谢瓦斯季扬诺夫斯克村外遇到了三个骑马的哥萨克。他们并缰走着,用靴后跟催赶着马,热闹地交谈着。其中有个上了点儿年纪、棕红胡子的哥萨克,穿着件灰色土布棉袄,从老远就认出了葛利高里,大声对同伴们说:"看哪,弟兄们,走来的人是麦列霍夫呀!"他走到葛利高里跟前以后,勒住了高大的棕色马。

"你好啊,葛利高里·潘苔莱维奇!"他向葛利高里问候说。

"你好啊!"葛利高里一面回答,一面细心回忆起在什么地方遇到过这个棕红胡子、神情忧郁的哥萨克。

看来,这个哥萨克是不久以前才晋升为准尉的,他为了显示自己不是个普通的哥萨克——干脆就把崭新的肩章钉在棉袄上。

"认不出来了吧?"他策马来到葛利高里紧跟前问道,伸出长满棕红色长毛的大手,喷出刺鼻的伏特加气味。新出锅的准尉的脸上洋溢着一片愚蠢的自满神情,浅蓝色的小眼睛光芒四射,棕红色胡子下面的

嘴唇笑得合不拢。穿棉袄的军官这副蠢相把葛利高里逗乐了。他毫不掩饰地、用嘲讽口吻回答说：

“我认不出来啦。大概，我曾见到过你，那时候你还是个普通哥萨克……是不久前把你提升为准尉的吗？”

“你一猜就猜中啦！才提升了一个星期。咱们曾在库季诺夫的司令部里见过面，好像是在报喜节[①]前后。你把我从一场灾难里救了出来，你想想，有这么回事儿吧！喂，特里丰！你先走吧，我随后追上！”棕红胡子的哥萨克对那个驻马在不远地方的哥萨克喊道。

葛利高里费了很大的劲儿才想起了在什么场合见到过这个棕红胡子准尉的，还想起来他的名字“谢马克”和库季诺夫对他的评价：“这个该死的家伙，枪法好极啦，百发百中！他可以跑着用步枪打兔子；打起仗来，勇猛非凡，还是个出色的侦察兵，但是头脑却简单得跟小孩子一样。”谢马克在暴动的时候指挥一个连，不知道干了什么坏事儿，库季诺夫要惩罚他，但是葛利高里替他说了情，于是谢马克被宽恕了，仍旧担任连长职务。

“是从前线来吗？”葛利高里问。

“是从前线来，我是从新霍皮奥尔斯克附近回来休假的。我几乎绕了一个一百五十俄里的圈子，去斯拉谢夫斯克，那儿我有门子亲戚。我永远记着你的好心，葛利高里·潘苔莱维奇！请你不要拒绝，我想请你喝酒，行吗？我袋子里装着两瓶真正的酒精，咱们来把它喝了好不好？”

葛利高里断然拒绝了，但是收下了送给他作礼物的一瓶酒精。

“前线上棒极啦！哥萨克和军官们都大发洋财！”谢马克天花乱坠地吹牛说，“我也到过巴拉绍夫。我们拿下了这个城市，首先就往铁路车站冲去，那儿停满了列车，所有的道岔上都挤满了。这节车厢里装的是糖，那节里装的是军装，第三节里装的是各种各样的物品。有些哥萨克抢了四十套衣服！后来就去抢劫犹太人，真是笑死人啦！我那半个连里有个高手，从犹太人那里抢了十八只怀表，有十只金壳的；这个鬼

---

① 东正教节日，在俄国旧历三月二十日。传说，天使于此日告知圣母：耶稣将诞生。

儿子,他把这些表都挂在胸前,简直成了个最富有的大商人啦!他的钻石戒指和金戒指——简直是不计其数:每一个手指头上都戴两个甚至三个……”

葛利高里指着谢马克的鼓鼓囊囊的军用背包,问道:

“你这里面装的是什么东西?”

“这……什么都有。”

“你也抢了吗?”

“好啊,真有你的,怎么能说抢呢……不是抢,是合法地拿的。我们的团长是这么说的:‘你们打下这个城市——你们就可以自由行动两天!’难道我会比别人草包,还是怎么的?我拿的东西都是公家的,碰到什么,就拿点什么……别的人干的事儿比我要坏得多。”

“真是英雄好汉!”葛利高里厌恶地看了看发了洋财的准尉说,“你们这号人,最好是在大道边,或者藏在桥底下断道劫路好啦,别去打仗了!你们把打仗变成抢劫啦!唉,你们这些混蛋!你们又学会了一门新行当!你以为,不会有这么一天,为了这些勾当把你们这些家伙和你们团长的皮剥下来吗?”

“这是为什么?”

“就是为这个呀!”

“谁能来剥我们的皮?”

“比你们官大的人呀。”

谢马克不以为然地嘲笑说:

“他们自己也是这号的人呀!我们只不过装在背包里,或者放在大车上带着,而他们却是用一队队的大车往家里运啊。”

“你看见了吗?”

“瞧你说的——看见啦!我就亲自押送这样的队车去过亚雷任斯克。光是银器,杯子、勺子就装了满满的一车!有些军官跑过来问:‘你们运的是什么东西?喂,打开看看!’我只要说一声,这是某某将军的私人财产,他们什么也没敢动就走啦。”

“这位将军叫什么名字?”葛利高里皱着眉头,神经质地理着缰绳问。

谢马克狡猾地笑了笑，回答说：

“我忘了他姓什么啦……让我想想看，他姓什么啦？不行啦，想不起来啦！葛利高里·潘苔莱维奇，你再骂有什么用呀。说实在的，大家都这样干啊！我在那些人当中，真是小巫见大巫；我只不过是小小的拿一点儿，可是别的人干脆就在大街上把人剥得精光，毫无顾忌地强奸犹太妇女！我不干这种事儿，我家里有自己的结发妻子，是个多好的娘儿们呀：简直是匹儿马，而不是娘儿们！算啦，算啦，你生我的气是毫无道理的。等等，你上哪儿去啊？”

葛利高里点了一下头，冷冷地和谢马克道了别，对普罗霍尔说：

“跟上来！”说着就放马飞跑起来。

一路上不断地遇到单独的和成群结伙回家休假的哥萨克。时常遇到些双套马车。车上的东西都用帆布或麻布盖着，捆扎得很严实。车辆的后面，哥萨克们脚踩马镫放马小跑着，他们穿着崭新的夏季军便服和红军的保护色军裤。哥萨克们满面风尘、被太阳晒黑的脸上都喜气洋洋，但是一见到葛利高里，这些服役的人就快马加鞭，一声不响地从他身边跑过去，像听到口令似的，把手举到帽檐上，只是在离开很远以后，才又说起话来。

“买卖人来啦！”普罗霍尔远远看见一伙骑在马上押送一辆装满抢来财物的大车的哥萨克，嘲笑说。

不过也并非所有回家度假的哥萨克都满载赃物而归。在一个村子里，他们在井边停下来饮马，葛利高里听见从隔壁院子里传来歌声。从清新、悦耳、童声似的歌声判断，唱歌的是些青年哥萨克。

“大概是在给服役的人们送行哪。”普罗霍尔用桶汲着水说。头天晚上喝了一瓶酒精，这会儿他当然很想再喝上几杯，解解宿酒，因此，他匆匆忙忙地饮过马，笑着建议说：

“潘苔莱维奇，咱们是不是上哪儿去看看？也许在送别筵席上，能赏给咱们一杯上路酒喝？房子虽然是芦苇盖顶的，但是，看来是个富户。”

葛利高里同意去看看他们怎么给“嫩莎草”饯行。他把马拴在篱笆上，就跟普罗霍尔一起走进了院子。板棚檐下一个圆形马槽旁边拴着四匹备好的马。从仓房里走出了一个半大孩子,端着一只装满燕麦的铁皮斗。他迅速朝葛利高里瞥了一眼,走到正在长嘶的马匹跟前。歌声正在屋角后面飘荡。颤抖、高亢的男高音唱道:

在那条,那条小道上
从来没有人走过……

浓重的低音模糊地重复着最后的词句,与男高音汇合到一起,然后新的和声插进来,歌声立刻变得庄严、流畅,并且带上了几分伤感的情调。葛利高里不愿意由于自己的出现,打断歌声;他扯了扯普罗霍尔的袖子,小声说:

"等等,别露面,让他们唱完。"

"这不是饯行。叶兰斯克人就是这样唱法。他们只是随便唱唱罢了。可是这些家伙,唱得太好啦!"普罗霍尔赞不绝口地说道,并且伤心地啐了一口:因为从各方面看,喝上两杯的希望落空了。

动人的男中音在歌词里把一个在战争中被人忽视的哥萨克的命运讲完:

没有一个步行的人,没有一个骑马的人,
在那儿留下过足迹、蹄印。
一个哥萨克团开过了那条小道,
一匹骏马跟在这团人后面奔跑。
身上的切尔卡斯克式鞍子已经歪到肋旁,
皮条编的马笼头歪斜到右耳朵上,
马腿间乱晃着丝马缰。
一个年轻的顿河哥萨克跟在马后追赶,
他追赶着自己忠实的战马,大声叫喊:
"站住,等一等,亲爱、忠实的战马,
别扔下我孤零一个,
没有你,我就逃不出凶恶的切禅人的砍杀……"

葛利高里站在那里,背靠在屋子粉刷成白色的墙基上,完全陶醉在歌声中,什么马嘶声,什么从胡同赶过去的牛车的吱扭声,全都听不见了……

角落里,有位歌手唱完以后,咳嗽了一声说:

“唱得不好,请多原谅!好啦,反正我们是使出了最大的劲儿啦。不过,老大娘们哪,请你们给服役的人点儿什么东西路上吃吧。这顿饭我们吃得很舒服,感谢基督,可是我们路上吃的东西还一点儿没有哩……”

葛利高里从沉思中苏醒过来,从墙角后面走了出来。只见四个青年哥萨克坐在台阶低层的梯磴上;四周密密层层地围了一圈人,都是些从邻近的院落里凑来的年轻的媳妇儿、老太太和小孩子。妇女听众都抽抽搭搭地用头巾角擦着眼泪,葛利高里走到台阶前面的时候,一位老太太——身材高高的,黑眼睛,衰老的脸上还残留着端庄的、圣像般美人的痕迹——她拉着长声说:

“我的亲人们哪!你们唱得多好啊,多悲伤呀!大概你们每个人的家里都有母亲,她们一想到儿子有朝一日会牺牲在战场上,就会泪流满面……”老太婆用发黄的白眼珠儿朝向她问候过的葛利高里瞥了一眼,突然恶狠狠地问道,“军官老爷,这么娇嫩的鲜花你也带着他们去送死吗?也要叫他们在战场上送掉性命吗?”

“老大娘,我们自己也要去送死啊。”葛利高里阴郁地回答说。

陌生军官的出现把哥萨克们弄得很窘,立刻都站了起来,用脚推开放在台阶上、还装着残余吃食的盘子,整理着军便服、步枪皮带和武装带。他们唱歌的时候,甚至连枪都没有从肩膀上拿下来。这几个人中,最大的一个,看上去也不过二十五岁。

“你们是哪儿的?”葛利高里打量着这些服役的人焕发着青春活力的脸问。

“从部队里回来……”其中的一个生着蒜头鼻子和带嘲讽意味儿的眼睛的人,迟疑地回答说。

“我问你们是哪儿的人,哪个镇的人?不是本地人吧?”

“叶兰斯克镇的,我们是回家休假的,老爷。”

葛利高里从声调听出来,他就是那个领唱的人,含笑问道:

“是你领唱的吧?”

“是我。”

“好啊，你的嗓子很好！你们为什么唱起歌来啦？心里高兴，是吗？看你们的样子，好像并没有喝酒。”

一个身材高大、亚麻色头发的小伙子，梳得很俏皮的额发落满尘土，变成了灰白色，黝黑的脸颊上泛起浓重的红晕，斜眼看着老太婆，窘急地笑着，不情愿地回答说：

“哪有什么高兴的事儿……我们是因为穷才唱歌的！希望吃得好一点儿，这些地方的人很吝啬，只给点儿面包吃，别的什么也不给。所以我们就想出唱歌这一招。我们一唱起来，婆娘们就跑来听；我们唱支伤感的歌，好，她们一感动，就会拿出东西来——有的拿来一块腌猪油，有的拿来一罐儿牛奶，还有别的什么吃的东西……”

“我们就像神甫一样，中尉老爷，唱支歌儿，募化些饭食！”那个领唱的人向同伴们挤着带嘲讽意味的眼睛，笑眯眯地眯缝着说道。

一个哥萨克从胸前的口袋里掏出来一张油污的纸，递给葛利高里。

“这是我们的休假证明。”

“为什么要给我看呀？”

“也许，您会怀疑吧，我们可不是开小差……”

“你遇到惩罚队的时候拿给他们看吧，”葛利高里愤愤地说，但是临走以前，还是建议他们说，“你们最好夜里赶路，白天找个什么地方待一下。你们的证件是靠不住的，它也许会叫你们倒霉……证件上没有盖印吧？”

“我们连里没有印。”

“好啦，如果你们不想挨加尔梅克人的枪探子，那就听我的劝告吧！”

离开村庄走出约三俄里的光景，距一片紧靠大道的小树林子不到一百五十沙绳远的时候，葛利高里又看见了两个骑马的人迎着他走来。他们停了一会儿，仔细观察，然后猛地掉转马头，拐到树林子里去。

“这些都是没有证件的，”普罗霍尔断定说，“你看见他们是怎么拐到树林子里去的吗？他们怎么大天白日里走呀！”

又有几个人一看见葛利高里和普罗霍尔就走下大道，急忙躲藏起来。一个上了点儿年纪、偷偷往家里逃的哥萨克步兵，一头扎进向日葵地里，像兔子伏在地垄里，藏了起来。普罗霍尔走过他旁边时，在马镫上站起来，喊道：

“喂，老乡，你藏得太不妙啦！脑袋藏起来啦，可是屁股……却露在外面！”他故意装出凶狠的样子，突然大声喊，“喂，滚出来！拿出证件书来看看！”

等到那个哥萨克跳起来，弯着腰，在向日葵地飞奔逃跑的时候，普罗霍尔可着嗓子哈哈大笑起来，策马要去追赶，但是葛利高里拦住了他。

“别胡闹！叫他见鬼去吧，就这样，他也非跑得累垮了不可。你再一追，准会把他吓死……”

“你说什么呀！你就是带着猎狗也追不上他！他现在一口气儿就能跑出十俄里去。你看他在向日葵地里跑得有多快呀！在这种时候，从哪儿来的这么大的劲儿啊，真是不可捉摸。”

对逃兵总是看不顺眼的普罗霍尔说：

“简直是成群结队地逃跑啦。看他们就像是从口袋里倒出来的似的！看吧，潘苔莱维奇，也许很快就只剩咱们俩来坚守阵地啦……”

葛利高里走得离前线越近，顿河军土崩瓦解的不祥景象就越触目惊心，——土崩瓦解正是从用叛军补充了顿河军、在北方战线获得巨大胜利的时候开始的。顿河军的一些部队这时不仅已经不能进行具有决定性意义的进攻、摧毁敌人的抵抗，就连自身也已经受不住像样的进攻了。

在驻有第一线预备队的各市镇和村庄里，军官们整日地酗酒；各类辎重队的车辆都装满了抢劫来的、还没有运送到后方去的财物；各部队严重减员，高达百分之四十；哥萨克们擅自离队回家休假，加尔梅克人组成的惩罚队在草原上巡逻搜捕，但已经无力遏止开小差的汹涌洪流。哥萨克在被占领的萨拉托夫省的村庄里，以外国领土的征服者自居：抢掠居民，奸淫妇女，焚毁粮食，屠杀牲畜。部队补充了许多毛头小伙子和五十多岁的老头子。在进攻连队中，士兵公开地谈论不愿再打仗，而在投到沃罗涅什方面的那些部队中，哥萨克们拒绝服从军官的命令。

据说,在前沿阵地上杀害军官的事情已经屡有发生。

黄昏时分,葛利高里在离巴拉绍夫不远的一个小村子里停下来过夜,由老兵组成的第四独立预备兵连和塔甘罗格团的工兵连住满了村子里所有的住房。葛利高里费了很多时间去寻找住宿的地方。本来他们可以跟往常一样,在野外过夜,但是入夜后下起雨来,而且普罗霍尔的疟疾发作起来,浑身直哆嗦;所以非得在屋子里过夜不可。村口上,在一所杨树围绕的大宅子旁边,扔着一辆被炮弹打坏的装甲汽车。葛利高里走过装甲汽车时,看到写在草绿色的装甲上还没有涂掉的标语:“打死白鬼!”下面一点写着:“凶猛号”。马匹在院子里的拴马桩边打响鼻,传来阵阵的人语声;屋子后面的果园里篝火熊熊,绿树梢头烟雾弥漫;火堆边火光照耀着的哥萨克的身影在晃动。风从火堆上吹来一股股燃烧干草和烤焦的猪毛气味。

葛利高里下了马,走进屋子。

“哪位是主人呀?”他走进一间低矮的、挤满了人的屋子问。

“我。您有什么事呀?”一个身材矮小的农民,身子靠在炉炕上,动也没有动,打量了葛利高里一眼,回答说。

“让我们在您这儿过夜吧?我们只有两个人。”

“我们这儿已经挤得像西瓜里的籽儿一样密啦。”一个上些年纪的、躺在长凳上的哥萨克不满意地嘟囔说。

“我倒没有什么,不过我们这儿的人实在太挤啦,”房主人好像是在辩解似地说。

“我们凑合着挤一晚上吧。我们总不能在雨地里熬一夜啊?”葛利高里坚持说,“我的传令兵病了。”

躺在长凳上的哥萨克哼哼着,把腿耷拉到地上,打量了一番葛利高里,已经换了腔调说:

“老爷,我们跟主人家的人合起来总共十四口人,住了两个小房间,可是一个英国军官和他的两个勤务兵就占了另一间屋子,还有我们的一位军官也跟他们住在一起儿。”

“您是不是可以上他们那儿挤一挤呀?”另外一个胡子上有一撮浓密的白毛、戴着上士肩章的哥萨克好心肠地建议说。

“不啦，我宁愿在这儿挤一下，我要不了多少地方，我就睡在地上，不会挤你们的。”葛利高里脱下军大衣，用手巴掌理了理头发，在桌边坐下。

普罗霍尔照料马去了。

隔壁屋子里大概是听到了谈话的声音。过了五分钟，走进来一位衣着讲究、身材矮小的陆军中尉。

“您是找住宿的地方吗？”他对葛利高里说，眼睛扫了一下他的肩章，笑容可掬地建议说，“请您搬到我们那间屋子里去吧，中尉。我和英军陆军中尉坎贝尔先生请您搬过去，您在那边儿会舒服一些。我姓谢格洛夫。您贵姓？”他握了握葛利高里的手，问，“您是从前线来的吗？啊，是休假回来的呀！请吧，请吧！我们很愿意招待招待您。您大概饿了吧，我们那里很有些可以招待您的东西。”

陆军中尉的浅绿色上等呢料的直领军服上挂着一枚军官十字章，小脑袋上的发缝分得非常规矩，靴子擦得锃光乌亮，黝黑、无光的脸刮得很干净，他身形匀称，全身都显得那么洁净，散发出一阵阵浓郁的、什么花味的香水气味。在门廊里他把葛利高里让到前面走，提示说：

“门在左面。小心点儿，这儿有只箱子，您别碰上。”

一个身材高大、体格健壮的年轻英国中尉站起来迎接葛利高里，他那非常柔软的小黑胡子遮住了上嘴唇上的一道斜伤疤，一双灰色的、瞳距很小的眼睛。谢格洛夫中尉把葛利高里介绍给他，说了几句英语。英国中尉摇晃着客人的手，一会儿看看葛利高里，一会儿看看谢格洛夫中尉，说了些什么，打手势请客人坐下。

屋子中间并排放着四张行军床，角落里堆着些箱子、旅行袋和皮包之类的东西。箱子上放着一挺手提机枪，葛利高里还没有见过这种型号的手提机枪，还有望远镜套子、锌铁弹盒和一支黑枪托、一点儿也没有磨损的深灰色的、枪筒崭新的马枪。

英国中尉态度和蔼地打量着葛利高里，用悦耳的沙哑声调在说些什么。葛利高里不懂这种陌生的、听起来很奇怪的语言，不过猜得出他们是在谈论他，因此感到有点尴尬。谢格洛夫中尉一面在皮包里翻着，一面含笑听着英国军官的话，然后说：

“坎贝尔先生说,他很尊重哥萨克,他个人认为,哥萨克都是优秀的骑兵和战士。大概您想吃点儿东西吧?您喝酒吗?他说咱们的情况越来越不妙……唉,鬼东西,总在胡说八道!”谢格洛夫中尉从皮包里拿出几个罐头、两瓶白兰地,又弯下腰去在箱子里翻腾着,继续翻译说,“他说,在梅德维季河口镇曾有几个哥萨克军官很好地招待过他。他们在那儿喝了一大桶顿河葡萄酒,大家全都喝得酩酊大醉,还跟几个女中学生一起度过了愉快的时光。是啊,这当然是习以为常的啦!他认为用最大的热诚来报答哥萨克对他的热诚招待,是他最大的愉快。所以您必须接受他这种盛意。我对您深表同情……您喝酒吗?”

“谢谢。喝。”葛利高里暗暗打量着自己由于握马缰绳和一路尘土飞扬脏得要命的手说。

谢格洛夫中尉把罐头放在桌子上,灵巧地用刀子开着罐头,唉声叹气地说:

“您知道吗,中尉,这只英国猪,可把我折磨苦了!从早上一直喝到深夜。不停地往肚子里灌,简直是少有!您知道吗,我本人也很爱喝几盅,但是像他这样无度地狂饮,我可受不了。可是这家伙。”谢格洛夫中尉含笑看了一眼英国军官,出乎葛利高里意料地骂了两句娘,“一个劲儿地喝啊喝啊,不管是空肚子,还是怎么的,拼命地灌!”

英国中尉笑着点了点头,用南腔北调的俄语说:

“是啊……很好……应该为您的健康干一杯!”

葛利高里哈哈大笑,摇晃了一下头发。他很喜欢这两个小伙子,尤其是那个在无缘无故地傻笑着和滑稽地说着俄语的英国中尉简直是太有意思啦。

谢格洛夫中尉擦着杯子说:

“我已经跟他一起混了两个星期啦,怎么样,不含糊吧?他是派到我们第二军来当坦克驾驶教官的,我哪,是配给他当翻译。由于我的英语说得很流利,这可把我害苦了……我们也喝酒,但是不是这么个喝法。可这家伙——天晓得他是怎么回事!您知道,他的本事有多大!他一个人,一昼夜至少要喝四五瓶白兰地。有空儿就喝,从来不醉,甚至灌了这么多酒以后,还能照样工作。他把我折磨死啦。我的胃里已经常常隐隐作痛,这些日子我的情绪简直坏透啦,浑身都浸透了酒精,弄得我现在都不敢坐在油灯旁边……鬼知道该怎么办!”他说着,斟了满满的两杯白兰地,自己的杯子里却只倒了一点儿。

英国中尉用眼睛示意着杯子,笑着,兴致勃勃地说起来。谢格洛夫中尉求饶似地,把一只手捂在心上,矜持地笑着回答他的问题,只是偶尔在他温柔的黑眼睛里闪出愤怒的火花。葛利高里端起杯子,和两位殷勤好客的主人碰了碰杯,一饮而尽。

“噢!”英国人大加称赞,他喝完了自己杯子里的酒,鄙视地瞅了谢格洛夫中尉一眼。

英国中尉把两只又黑又大、干活的粗手放在桌子上,手背上的汗毛孔里都浸满了乌黑的机油,手指头由于经常接触汽油,皮都暴起来了,布满了斑斑点点、经久不愈的伤痕,但是脸却保养得很好,白里透红。手和脸真是天渊之别,所以葛利高里有时觉得英国中尉好像是戴着假面具似的。

“您救了我的命啦。”谢格洛夫中尉把两只杯子斟得满满的,说。

“难道他不能独自一个人喝吗?”

“问题就在这里呀!早晨他一人独酌,但是到了晚上就不行啦。来,咱们干一杯。”

“这酒很厉害……”葛利高里从杯子里吮了一口,但是一看英国中尉的惊讶的目光,立刻就把杯子里剩下的酒也倒进嘴里。

“他说,您是好样的。他很欣赏您的喝法。”

“我倒很想跟您调换一下位置。”葛利高里笑着说。

“但是我相信,两个星期以后,您就会逃之夭夭!”

“丢下这样的好差事?”

“可是我无论如何也不想再干这种好差事啦。”

“可是在前线还要糟得多。”

“这儿——跟前线一样呀。在前线,会被枪弹或者炮弹片打死,然而那也并不一定,可是在这儿,我要变成酒疯子,那是确定无疑的啦。请您尝尝这种罐头水果吧。您吃不吃火腿?”

“谢谢,吃。”

“英国人做这些玩意儿是很高明的。他们供养军队可不像我们。”

“难道我们那还能算是供养吗？我们的军队是打食儿吃的。”

“很遗憾，这是事实。不过话又说回来，用这种办法供养士兵，是干不成什么大事业的，特别是如果允许这些战士任意抢劫老百姓……”

葛利高里仔细地打量了一下谢格洛夫中尉，问道：

“您还要干一番大事业吗？”

“我们是同路人哪，您这话是什么意思？”谢格洛夫中尉没有注意到英国中尉拿起瓶子，给他满满地斟上了一杯。

“现在您非得喝干这一杯啦。”葛利高里笑着说。

“开始啦！”谢格洛夫中尉看了看杯子，叹息道。脸颊上泛起一阵淡淡的红晕。

三个人默默地碰了一下杯，喝干了。

“我们走的是一条路，不过走的远近可不一样……”葛利高里又拾起这个话题，皱着眉头，竭力想用叉子叉住在盘子里乱滑的杏子，“就像坐火车一样，有的人走不远就下车了，有的人继续往前走……”

“难道您不打算坐到终点站吗？”

葛利高里觉得已有醉意，但是还没有发昏；他笑着回答说：

“我的钱不够买到终点站的票呀。您呢？”

“哼，我的情况就不同啦：就是把我赶下车，那我沿着铁路线步行，也要走到最后一站！”

“那么祝您一路平安！来，咱们干一杯！”

“只好从命啦。什么事儿都是开头难……”

英国中尉和葛利高里、谢格洛夫中尉碰过杯，一声不响地喝干了，几乎一点儿菜也不吃。他的脸变成了砖红色，眼睛里闪着光芒，一举一动，露出一种故意的、慢吞吞的神气。第二瓶还没有喝完，他已经艰难地站起来，脚步稳健地走到皮箱跟前，拿出三瓶白兰地来。他把酒瓶子放在桌子上，嘴角上露出一丝笑意，低声说了些什么。

“坎贝尔先生说，应该继续喝下去。叫这位英国先生见鬼去吧！您怎么样？”

“好吧，可以继续喝下去。”葛利高里同意说。

“是啊，他的酒量太大啦！这个英国人身上——是俄国商人的灵魂。我好像已经醉啦……”

“可一点儿也看不出来。”葛利高里滑头地说。

“真见鬼！我现在简直像个弱不禁风的姑娘……不过我还可以奉陪，是——的，甚至可以奉陪到底！”

谢格洛夫中尉喝下了这杯以后，明显地变得呆头呆脑：黑眼睛变得油亮，开始有点儿斜了，脸上的筋肉松懈无力，嘴唇几乎不听使唤了，毫无光泽的颧骨皮下的青筋在有规律地急速地跳动着。喝下肚去的白兰地酒对他的作用太猛烈了，脸上的表情，简直就像一头要宰的牛，临宰以前，被十普特重的大锤照着脑袋打了一下。

“您还是好好的嘛。您已经喝惯啦，这点儿酒对您不算回事。”葛利高里肯定地说。他也明显地醉了，但是觉得自己还能喝很多。

“真的吗？”谢格洛夫中尉高兴起来了，“不，不，起初我的情绪不佳，可是现在——来吧，喝多少都成！真的，喝多少我都不在乎啦！我很喜欢您，中尉。在您身上我感到有一种，我要说，力量和热诚。我很欣赏这些品质。咱们来为这个傻瓜和醉鬼的祖国干一杯吧。不错，这家伙简直像头畜生，但是他的祖国却很美。‘大不列颠帝国，你称霸海洋吧！’咱们喝吗？不过别全喝光！为你的祖国，坎贝尔先生，干杯！”谢格洛夫中尉使劲皱着眉头，喝下杯里的酒，吃了一块火腿说，“这个国家真是太美啦，中尉！您简直无法想像，我在那里住过……好，咱们喝！”

“不管自己的母亲有多丑，那她也比别人的母亲更可爱。”

“咱们不必抬杠，喝吧！”

“喝。”

“应该用铁和火把我们国家肌体内的脓疮除掉，可是我们自己已经无能为力。原来，我们根本就没有祖国。好啦，叫我们的祖国见鬼去吧！坎贝尔不相信我们能打败红军。”

“他不相信？”

“是的，不相信。他对我们军队的评价很坏，对红军却赞不绝口。”

“他参加战斗吗？”

“那还用说！差一点儿没被红军俘虏。这该死的白兰地呀！”

“真厉害！简直跟酒精一样厉害，是吧？”

“比酒精的劲儿稍小一点儿。是骑兵把坎贝尔救出来啦，不然，他就被活捉啦。这是在茹科夫村附近。在那次战斗中红军夺去了我们的一辆坦克……您神色忧郁，怎么回事儿？”

“我的妻子不久前去世了。”

“这太糟啦！有孩子吗？”

“有。”

“为您的孩子们的健康干杯！我没有孩子，也可能有，不过就是有的话，那他们大概也是在什么地方的大街上跑着卖报呢……坎贝尔在英国有一个未婚妻。他每星期给她写两封信，风雨无阻。大概写的全是些浑话。我几乎有点仇视这家伙啦，您说什么？”

“我什么话也没有说。可是他为什么要尊敬红军呢？”

“谁说他‘尊敬’啦？”

“您说的。”

“这不可能！他不会尊敬他们的，不可能尊敬他们，您听错啦！不过我可以问问他看。”

坎贝尔注意地听完脸色苍白、醉意蒙眬的谢格洛夫中尉的话，叽里咕噜地讲了很久。葛利高里没有等英国人说完就问：

“他唠叨些什么？”

“他说，他看见，他们都穿着树皮鞋，排成步阵，向坦克冲锋。这还不足以说明问题吗？他说，人民是不可战胜的。傻瓜！您可别相信他的话。”

“怎么能不相信呢？”

“根本就不能相信。”

“那您说说，这是为什么？”

“他喝醉啦，胡说八道。人民是不可战胜的——这是什么意思呢？可以把他们的一部分消灭，其余的都判处……我怎么说的？不，不是判处，而是强迫他们服从我们的意志。我们这是喝第几瓶啦？”谢格洛夫中尉把脑袋伏到手臂上,胳膊肘子碰倒了罐头筒,胸膛压在桌子上,急促地喘着气,静坐了有十分钟。

窗外是漆黑的夜。雨点不停地打着百叶窗。远处什么地方有轰隆的响声。葛利高里也分辨不出,是雷声,还是炮声。坎贝尔笼罩在雪茄烟的蓝色烟雾中,小口地喝着白兰地。葛利高里站立不稳地摇晃着谢格洛夫陆军中尉说:

“你听我说,问问他:为什么红军一定会打垮我们?”

“见鬼去吧!”陆军中尉嘟囔说。

“不,你问问他看。”

“见鬼去吧! 见你的鬼去吧!”

“问问嘛,叫你问哪!”

谢格洛夫中尉呆呆地看了葛利高里一会儿,然后结结巴巴地对正在注意听他们谈话的坎贝尔说了些什么,立即又把脑袋趴在握成勺状的手掌上。坎贝尔带着鄙视的笑容瞅了瞅谢格洛夫中尉,拉了拉葛利高里的袖子,开始无言地解释起来:他把一个杏核放到桌子当中,好像是为了与杏核进行对比似的,把他的大手巴掌立着放在杏核旁边,然后用舌头弹了一个响,用手掌压在杏核上。

“亏你想得出! 这我用不着你说也知道……”葛利高里若有所思地嘟囔说。他晃了一下,拥抱了好客的英国中尉,把手一挥,指了指桌子,鞠了一个躬说:“谢谢你们的款待! 再见吧! 你知道,我要对你说些什么吗? 趁这会儿还没有把你的脑袋扭下来,赶快回家去吧。我这是出自至诚的话。明白吗? 不要参与我们的事情。明白了吗? 请你走吧,不然的话,在这里会打断你的脖子的!”

英国中尉站了起来,也鞠了一躬,兴奋地说了起来,不时无可奈何地瞅瞅已经睡熟的谢格洛夫中尉,友好地拍着葛利高里的脊背。

葛利高里费了很大劲儿才找到门把手,摇摇晃晃地走到台阶上。蒙蒙细雨斜打在他的脸上。闪电照亮了宽大的院子、湿淋淋的篱笆桩和果园里亮晶晶的树叶。葛利高里从台阶上走下来,滑了脚,跌倒在地上,在他挣扎着爬起来的时候,听到人语声:

“该死的军官们还在喝酒吗?”有人在门廊里划着火柴说。

一个伤风的沙哑的声音含着威胁的口吻回答：

“他们要喝得一醉方休……他们一定要喝完自己那杯苦酒！”

第二十章

顿河军一打出霍皮奥尔斯克地区，就又和在一九一八年一样，失去了进攻的势头。顿河上游叛乱的哥萨克和部分霍皮奥尔河流域的哥萨克，仍旧是不愿意到顿河地区以外去打仗；而补充了新兵员的红军各部队的抵抗增强了，他们现在是在居民同情他们的地区作战。哥萨克们重又要转入防御战。顿河军总司令部，不论玩什么花招，也都不能驱使哥萨克再像不久前在顿河地区内作战时那样顽强地战斗了。尽管在这个地区内军事力量的对比哥萨克仍占有优势：在历次战斗中受了重创的红军第九军只剩下一万一千步兵、五千骑兵和五十二门炮，而几个哥萨克军却拥有一万四千四百步兵、一万零六百骑兵和五十三门炮。

最激烈的战斗都在两翼进行，恰恰是在志愿军库班南方军活动的地区。同时，弗兰格尔将军指挥的一部分志愿军，已经顺利地推进到乌克兰的纵深地带，对红军第十军进行穷追猛打，向萨拉托夫方面挺进，逼使这个军节节败退。七月二十八日，库班的骑兵俘获了保卫这个城市的大部分部队后，进逼卡梅申城下。红军第十军的反攻被击退了。正在大胆进行迂回作战的库班——捷列克河流域的哥萨克混合骑兵师有可能包围红军的左翼，因此第十军司令部只好把部队转移到博尔津科沃——拉特舍沃——红石崖——卡缅卡——班诺耶一线的阵地上去。这时，第十军有一万八千步兵、八千骑兵和一百三十二门炮；而对手，库班志愿军拥有七千六百名步兵、一万零七百五十名骑兵和六十八门炮。此外，白军还拥有几个坦克队，相当数量的执行侦察任务和参加作战的飞机。但是不管是法国的飞机，还是英国的坦克和大炮都帮不了弗兰格尔的忙；他再也不能从卡梅申向前推进一步。在这个地区双方进行了顽强、持久的战斗，而阵地上的变化却微乎其微。

七月底，红军开始了在南方战线中央地区全部转入大规模进攻的准备工作。为此，第九军和第十军合并组成突击兵团，由绍林指挥。从东线调来的第二十八师和原卡赞斯克军区守备旅，还有第二十五师和原萨拉托夫军区守备旅作为突击兵团的预备队。此外，南方战线司令部还把一些在前线充当预备队的部队和第五十六步兵师调来加强突击兵团的力量。由第八军及归其指挥的、从东线撤下来的第三十一步兵师和第七步兵师在沃罗涅什方面进行助攻。

决定在八月一日到十日之间转入全面反攻，按照红军总司令部的计划，第八军和第九军的攻势必须在两翼各军的包围性进攻的配合下展开，其中第十军要肩负起一项特别重要、复杂的战斗任务，这个军应在顿河左岸作战，截断敌军主力与北高加索的联系。在西面，第十四军的部分部队要向恰普林诺——洛佐瓦亚一线发动声势浩大的佯攻。

正当第九军和第十军的阵地上在进行必要调动的时候，白军司令部为了粉碎敌人准备进行的反攻，完成了对马蒙托夫军的改编工作，企图突破防线，奇袭红军的后方。弗兰格尔的部队在察里津方面的胜利，使这支部队的战线向左伸延了，从而缩短了顿河军的战线，可从顿河军里抽调出几个骑兵师。八月七日，在乌留平斯克镇上集中了六千骑兵、二千八百名步兵和三个配有四门炮的炮兵连。八月十日，重新改编完毕、由马蒙托夫将军指挥的一个军，在红军第八军和第九军的接合处突破了阵地，从新霍皮奥尔斯克，直指坦波夫。

按白军司令部最初的计划，准备除马蒙托夫的一个军以外，再派科诺瓦洛夫将军的骑兵军打到红军的后方，但是由于在科诺瓦洛夫这个军据守的地区上发生了战斗，因此未能把这个军从前线撤下来。这一情况使马蒙托夫担负的使命受到了限制；此前曾责令他和科诺瓦洛夫在摧毁敌人的后方和交通线以后，重新会师，用全部骑兵对中央红军部队的侧翼和后方予以致命的打击，随后以强行军的速度向俄罗斯的腹地进军；沿途用那些具有反苏维埃情绪阶层的居民补充自己的兵力，继续向莫斯科挺进；但是现在马蒙托夫却被命令不要潜心于进军莫斯科了。

第八军把军的预备队投入战斗后，恢复了左翼的态势。第九军的右翼受到的损失却要严重得多。主力突击兵团司令绍林采取措施把两军的内翼连接起来,但是却未能阻拦住马蒙托夫的骑兵部队。根据绍林的命令,第五十六预备师要从基尔萨诺夫地区去迎头拦击马蒙托夫。这个师派出一个营坐上大车去桑普尔车站,被马蒙托夫军的一个侧翼部队在遭遇战中击溃。前往掩护坦波夫——巴拉绍夫铁路地区的第三十六步兵师的一个骑兵旅也遭到了同样的命运。这个旅碰上了马蒙托夫骑兵的主力,经过短促的战斗,即被击溃。

八月十八日,马蒙托夫飞袭占领坦波夫。尽管为了与马蒙托夫作战,几乎从绍林的突击兵团抽调了两个步兵师,但是这并没有妨碍绍林的主力部队展开进攻。与此同时,在南方战线的乌克兰地区上也发起了进攻。

南方战线北部和东北部,从老奥斯科尔到巴拉绍夫差不多构成一条直线,然后折向察里津的阵地开始拉直。哥萨克团队在敌人优势兵力的进逼下,且战且走向南退去,在每一条防线上阻拦红军。待到一退入顿河的土地上,哥萨克就又恢复了失去的战斗力;开小差的人也立即减少了;补充部队从顿河中游各市镇源源不断地开来。绍林的突击兵团越深入到顿河军的腹地,遭到的抵抗也就越猛烈和残酷。顿河上游地区叛变各市镇的哥萨克在居民大会上,自动宣布总动员,举行了祷告仪式,然后立刻就开赴前线。

绍林的突击兵团战斗频仍,摧毁白军的殊死的抵抗,向霍皮奥尔河和顿河推进,在大多数居民都很明显地敌视红军的地区作战,——绍林的部队渐渐丧失了进攻的威力。与此同时,白军司令部已经在卡恰林斯克镇和科特卢班站地区,由三个库班军团和第六步兵师组成了一个强大的运动战兵团,去打击红军第十军,因为这个军展开的攻势最有成效。

第二十一章

麦列霍夫家一年的工夫人口减少了一半。潘苔莱·普罗珂菲耶维奇有一回说死神爱上了他们家，这话说得一点儿也不错。刚刚料理完娜塔莉亚的丧事，麦列霍夫家宽大的内室里又散发出檀香和矢车菊①的气味。葛利高里去前线后十多天，达丽亚在顿河里淹死了。

星期六，她从田地里回来以后，就和杜妮亚什卡一同去顿河洗澡。她们在果园子旁边脱了衣服，在柔软的、被脚踏倒的草上坐了半天。从一大早起，达丽亚就情绪不佳，抱怨头疼，浑身酸软无力，偷偷地哭了好几回……下水以前，杜妮亚什卡把头发挽成一个髻，用头巾扎起来，斜睨了达丽亚一眼，惋惜地说：

"达什卡，看你瘦成什么样子啦，青筋都暴出来啦！"

"很快就会好的。"

"头不疼啦？"

"不疼啦。来，咱们洗澡吧，天可不早啦。"她头一个跑着跳到水里，脑袋往水里一扎，又钻出来，打着响鼻，往中流游去，急流把她卷了进去，冲着她漂去。

杜妮亚什卡欣赏着像男人似的抡开手臂划出去的达丽亚，也走进齐腰深的水里，洗了洗脸，把胸膛和被太阳晒黑的、有力的、女人圆滚滚的胳膊都泡湿了。毗邻的菜园子里，奥博尼佐夫家的儿媳妇们正在浇白菜。她们听见杜妮亚什卡笑着呼喊达丽亚：

"凫回来吧，达什卡！不然鲢鱼会把你拖走！"

达丽亚转回身来，凫了有三沙绳远，然后从水里跃出半截身子，两手放在头上，喊："永别啦，老少娘儿们们！"接着，就像石头似的沉到水底去了。

过了一刻钟，面色苍白的杜妮亚什卡只穿着一件衬裙，跑回家来。

"达丽亚淹死啦，妈妈！……"她气喘吁吁上气不接下气地吐出这句话来。

直到第二天早晨，才用捕鱼的钩网把达丽亚的尸体捞上来。鞑靼村最有经验的老渔夫阿尔希普·佩斯科瓦茨科夫在黎明时分，在达丽亚淹死处下游一点儿的地方，顺着水流下了六面钩网，潘苔莱·普罗珂

---

① 矢车菊是俄罗斯人用来扎花圈祭奠死人用的花。

菲耶维奇跟他一起去查看渔网。岸上聚了一大群孩子和老娘儿们,杜妮亚什卡也在人群中。等到阿尔希普离开河岸约十沙绳远,用桨柄钩起第四根网索的时候,杜妮亚什卡清楚地听到他小声说:“好像有啦……”他使劲拉着沉甸甸的直往深处坠的网索,然后有一个什么东西在右岸闪起白光来,两个老头子一齐把腰弯到水面上,小船的边缘都浸着水了,尸体翻进小船去的低沉的呱唧声传到鸦雀无声的人群中来。人们同声舒了一口气。有个娘儿们低声哭了起来。站在附近的赫里斯托尼亚粗鲁地对孩子们喊:“喂,你们都滚开!”杜妮亚什卡泪眼模糊地看到阿尔希普站在船尾上熟练、无声地划着桨,朝岸边驶来。小船擦着岸边的石灰石碎片,发出嚓嚓的响声,搁浅在岸上。达丽亚死板板地弯着腿躺在船上,半边脸颊贴着湿淋淋的船底。她那白净的躯体只是稍微有点儿发青,带着一种深蓝色调,有几处很深的刺伤——网钩的钩痕。膝盖下面一点儿,干瘪黝黑的腿肚子上,大概是下水前忘记解下的袜带周围,有一道粉红色的渗出血来的新伤痕。网钩尖在腿上划出了一道弯弯曲曲的裂痕。杜妮亚什卡痉挛地揉着围裙,第一个走到达丽亚跟前,用一条接缝处开线了的麻袋盖到她的身上。潘苔莱·普罗珂菲耶维奇老练、麻利地挽起裤管,开始往岸上拖小船。不一会儿一辆大车赶来了,人们把达丽亚运回麦列霍夫家。

杜妮亚什卡克制着恐怖和嫌恶的心情,帮着母亲把死人那还残留着顿河深处寒意的、冰凉的身体洗干净。达丽亚有点儿胀肿的脸上和被水浸得暗淡无光的眼睛里透出陌生、严肃的神情。河沙像银屑似的在她的头发里闪光,脸颊上沾着一丝丝蚕丝似的潮湿青苔,而两只自由伸开的,从长凳上耷拉下来的手臂却给人一种可怕的安详感,杜妮亚什卡看了一眼,就急忙走开了,这个死了的达丽亚完全不像那个不久前还总开玩笑、哈哈大笑,而且是那么热爱生活的达丽亚,这使杜妮亚什卡感到既惊奇,又害怕。以后有很长的时间,杜妮亚什卡一想起达丽亚石头般的冰凉的乳房和肚子,一想起她那僵硬鼓胀的四肢,就全身战栗,竭力想赶快忘掉这一切。她害怕夜里会梦见死去的达丽亚,有一星期跟伊莉妮奇娜睡在一张床上,上床以前,祷告上帝,暗暗祈求:“主啊!请你不要让我梦见她吧!救救我吧,主啊!”

如果不是奥博尼佐夫家的媳妇们说出曾听到达丽亚喊叫:“永别啦,老少娘儿们们!”也就无声无臭、平安无事地把淹死的达丽亚埋葬了,但是威萨里昂神甫听说达丽亚死前曾这样呼喊过,这就清楚地说明,她是有意投水自尽的,所以神甫断然声明,他不给自戕的人主持葬仪。潘苔莱·普罗珂菲耶维奇大动肝火:

“你怎么能不主持丧仪呀?难道她不是受过洗的基督教徒,还是怎么的,啊?”

“我不能给自戕的人主持葬仪,这是不符合教规的。”

“照你这么说,难道,就像死狗一样把她埋掉算了吗?”

“照我的意思,你愿意怎么安葬就怎么安葬,愿意埋在哪里就埋在哪里,就是不能埋在公墓里,因为那里埋葬的全是笃诚的基督教徒。”

“这怎么行,请你行行好吧!”潘苔莱·普罗珂菲耶维奇改用劝说的口吻说,“我们家从来还没有这样丢脸过。”

“我不能这样干呀。潘苔莱·普罗珂菲耶维奇,我非常尊敬你,把你看做模范的教徒,但是我不能这样干。如果有人报告到教区监督司祭那里去,我就非倒霉不可。”神甫坚持己见。

这可是奇耻大辱。潘苔莱·普罗珂菲耶维奇想尽办法劝说这位刚愎自用的神甫,答应多给钱,而且付给最可靠的尼古拉票子,还送只一岁的羊作礼物,但是到最后,看到哀求不起作用,就威胁说:

“我绝不能把她埋在公墓外面。她不是跟我毫不相干的人,她是我的亲儿媳妇。她的丈夫是在和红军作战时牺牲的,是军官,她自己也得过乔治章,你跟我打官腔?!不行,神甫,你那一套是行不通的,你会心甘情愿地主持她的丧仪的!现在就叫她暂时安息在我屋里,我现在马上就把这件事报告镇长。他会跟你谈的!”

潘苔莱·普罗珂菲耶维奇也没有道别,就从神甫家走了出来,甚至气哼哼地把门摔得乒乓直响。然而威胁竟起了作用:过了半个钟头,威萨里昂神甫派人来说,他立刻就带教士们来。

把达丽亚按常规安葬在公墓里,葬在彼得罗旁边。掘坟的时候,潘苔莱·普罗珂菲耶维奇也给自己选了块地方。他一面用铁锹掘着坟坑,一面四下看着,一比较,觉得比这里更好的地方再也找不到了,而且也没有必要再去找了。不久以前才栽上的一棵杨树的嫩枝在彼得罗的坟顶上沙沙作响;早秋已经把杨树顶上的树叶子染成枯萎、伤感的黄色。穿过倒塌的围墙,牛犊子在墓地上踏出一条小路;围墙边有一条通往风车去的道路;死者热心的亲属栽植的幼树——枫树、杨树、槐树和快生的荆棘——一片碧绿,生机勃勃,清新可爱;小树旁边,茂盛地盘绕着牵牛花,晚熟的油菜开着黄花,燕麦和结了籽的冰草都垂着长穗。满眼是十字架,从下到上都缠满了可爱的蓝色的旋花。这里的确是一块很热闹、很干燥的地方……

老头子挖着坟坑,不时扔下铁锹,坐在潮湿的黏土地上抽烟,思量自己的后事。但是看来,太平盛世还没有到来,老头子们还不能在自己家里寿终正寝并安葬在列宗列祖为自己选择的、最后归宿地的地方……

安葬了达丽亚以后,麦列霍夫家里变得越发冷清了。收打了麦子,瓜地里今年收成也很好。全家都盼着葛利高里的消息,但是自从他回前线以后,一点儿也没有他的音讯。伊莉妮奇娜不断地说:“也不写封信来问问孩子们好不好,该死的东西!老婆死啦,把我们都看成没用的人啦……”后来接连不断地有服役的哥萨克回到鞑靼村来探亲。听说在巴拉绍夫前线哥萨克被打垮啦,哥萨克们为了利用河水作屏障,正往顿河撤退,准备隔河据守到冬初。至于冬季会发生什么事情——对于这一点,前线的战士们都毫不隐瞒地说:“顿河一结冰——红军就会把我们赶到海里去!”

潘苔莱·普罗珂菲耶维奇一心在收打粮食,仿佛对顿河沿岸流传的各种谣言并不特别关心,但是对眼前发生的事情岂能无动于衷。得知战线离得越来越近了以后,就更容易动肝火。他时常修理一些家用的东西,但是只要活儿干得一不顺手,就怒冲冲地扔下手上的活儿,啐着、骂着奔到场院去,在那里平息一下自己的火气。杜妮亚什卡曾多次看见他大发脾气的样子。有一天,他动手去修理马轭,活儿干得很不顺手,气疯了的老头子就不管三七二十一,拿起斧子来,把马轭剁成了碎片。修理马套时也发生过同样的事情。晚上,潘苔莱·普罗珂菲耶维奇在灯下穿上麻线,缝起开了缝的马套来;不知道是麻线不结实,还是因为老头子太急躁,麻线接连断了两次,——这就足够把老头子惹火了:潘苔莱·普罗珂菲耶维奇大骂了一通之后,跳起来,推倒了凳子,一脚把它踢到炉子旁边,像狗一样呜呜叫着,开始用牙齿去撕咬马套上的皮缝线,然后把马套扔在地上,像公鸡似的跳着,用脚踩起马套来。很早就上床躺下去睡的伊莉妮奇娜一听见折腾的声音,大吃一惊,赶紧爬起来,但是明白是怎么回事儿以后,就忍不住火,责骂老头子说:

“该死的东西,你越老越糊涂啦?!马套怎么得罪你啦?”

潘苔莱·普罗珂菲耶维奇怒冲冲地瞅了妻子一眼,大声吼叫起来:

“住口,混账玩意儿!!!”他抓起破马套,照着老太婆扔过去。

杜妮亚什卡笑得喘不过气来,像子弹似的跑到门廊里。老头子疯了一会儿,就安静下来,为在发怒时候说的气话请求妻子宽恕,咳嗽了半天,搔着后脑勺,瞅着撕成碎片的、倒霉的马套,脑子里盘算着——这些东西还能派点儿什么用场?老头子的脾气经常发作,但是从痛苦的经验中吸取了教训的伊莉妮奇娜想出了新的对策:等潘苔莱·普罗珂菲耶维奇刚一开口大骂,毁坏什么家里的用具时,老太婆就和颜悦色,但是非常响亮地劝说道:

“砸吧,普罗珂菲奇!毁吧!完了咱们再去置买!”甚至还要去帮着他砸。这时,潘苔莱·普罗珂菲耶维奇立刻就泄气了,用呆傻的目光把妻子打量一会儿,然后就用哆哆嗦嗦的手在口袋里乱摸一气,找到烟荷包,就难为情地坐到一旁去抽会儿烟,使自己的发疯的神经安定下来,心里诅咒着自己的坏脾气,计算着损失。一只刚生下三个月,跑到小花园里去的小猪崽成了老头子的无法压制的愤怒的牺牲品。潘苔莱·普罗珂菲耶维奇一棍子就把小猪的脊梁骨打断了,可是过了五分钟,一面借助钉子头从打死的小猪身上拔着猪鬃,一面负疚地看着愁眉苦脸的伊莉妮奇娜,结结巴巴地说:

“这只小猪嘛,简直是祸害……反正它妈的要死的。现在这时节,瘟疫很容易传染到它们身上;咱们还是把它吃了算啦,不然,也就白白死掉。对吗,老太婆?好啦,你脸上怎么乌云密布,像要下雹子似的那么难看呀?这个该死的小猪崽子,真它妈的可恶极啦!既然是猪崽子,就该像个猪崽子样儿,可是这家伙简直是个空猪皮囊!别说是用棍子啦——就是用一摊鼻涕就能把它打死！简直是一个祸害精！毁了有四十棵土豆！”

“小花园里总共也不过有三十棵土豆。”伊莉妮奇娜小声纠正他的话说。

“是啊，如果有四十棵，它就要糟踏掉四十棵，的确就是这么个玩意儿！上帝保佑，总算叫这个坏蛋糟踏不成啦！”潘苔莱·普罗珂菲耶维奇不假思索地回答说。

孩子们送走了父亲，非常想念他。家务事已经忙得不可开交的伊莉妮奇娜也不能很好地照料他们，就由着孩子们整天地在花园里或者在场院上玩耍。有一天，吃过午饭米沙特卡就不见了，直到太阳落山以后才回来。伊莉妮奇娜问他上哪儿去啦，米沙特卡回答说是跟孩子们在顿河边上玩啦，但是波柳什卡立刻揭穿了他的鬼话：

“他说谎，奶奶！他到阿克西妮亚婶子家去啦！”

“你怎么知道的？”被这件新闻弄得非常惊讶的伊莉妮奇娜不高兴地盘问道。

“我看见他从她家院子里爬篱笆过来的。”

“你是上她家去了吗！好，说吧，乖孩子，你为什么脸红了呀？”

米沙特卡直盯着奶奶的脸，回答说：

“奶奶，我说谎啦……真的，我没有到顿河边儿上去玩，是上阿克西妮亚婶子家去啦。”

“你到她家去干什么？”

“她叫我去，我就去啦。”

“那你为什么要撒谎，说是跟孩子们一块儿玩去啦？”

米沙特卡垂下了眼帘，但是立刻就抬起诚实的眼睛，低声说：

“怕你会骂我……”

“为什么我要骂你呢？不会的……她干吗要叫你去呀？你在她家里干什么啦？”

“什么也没有干。她一看见我，就叫我：‘到我这儿来！’我就过去啦，她把我领到家里，抱我坐在椅子上……”

“坐到椅子上又怎么样？”伊莉妮奇娜巧妙地掩饰自己的不安，焦急地催问着。

"……给我吃凉肉饼,后来又给了我这个。"米沙特卡从口袋里掏出来一块糖,很自豪地显示了一下,又装回口袋里去。

"她对你说什么啦? 也许问你什么话了吧?"

"她要我常到她家去玩,不然,她一个人在家里寂寞得要死,还答应送给我礼物……叫我别说到她家去过。她说,不然,奶奶会骂你的。"

"原来是这样……"伊莉妮奇娜克制着愤怒,气喘吁吁地说,"那么,她问过你什么话吗?"

"问啦。"

"她问你什么话啦? 你说说看,乖孩子,别怕!"

"问我:想不想爸爸? 我说想啊。她又问,他什么时候回来,听见他什么消息没有;我说,我不知道;我说他在战场上打仗哪。然后她抱住我放在她的膝盖上,讲了一个故事。"米沙特卡兴奋得眼睛眏了一下,笑了。"非常好听的故事! 讲的是一个叫什么万纽什卡的故事,天鹅怎么叫他骑在翅膀上飞,还讲到一个老妖婆。"

伊莉妮奇娜听米沙特卡讲完以后,把嘴唇一瘪,严厉地说:

"好孩儿,再也不许到她家去啦,别去啦。她的什么礼物你也别拿,不能要,不然,叫爷爷知道了,他会抽你的。千万别叫爷爷知道——他会把你的皮剥下来! 别再去啦,宝贝儿!"

但是米沙特卡不顾严厉的禁令,过了两天,又到阿司塔霍夫家去了。伊莉妮奇娜一见米沙特卡的小衬衣,就知道了:撕破了的袖子,她早晨起来没能抽出工夫来缝补,现在却仔细地缝补好了,小领子上还闪着一颗新的贝壳钮扣。伊莉妮奇娜知道正忙着打麦子的杜妮亚什卡白天里是不会给孩子缝补衣服的,她用责备的口气问:

"又上邻居家里去啦?"

"又去啦……"米沙特卡惊慌失措地回答,而且马上又补充说,"我再也不去啦,奶奶,你别骂我……"

于是伊莉妮奇娜决定去跟阿克西妮亚谈谈,毫不含糊地告诉她,叫她别纠缠米沙特卡,别用什么礼物或讲故事来讨米沙特卡的欢心。

“她把娜塔莉亚折磨死了,该死的东西,现在又打起孩子的主意来啦,她想利用孩子将来再缠住葛利什卡。哼,真是条毒蛇！男人还活着哪,就想来当我的儿媳妇……她的如意算盘是打不成的！难道她造下这样的孽以后,葛利什卡还会要她吗?”老太婆心里想。

葛利高里在家里的时候,回避和阿克西妮亚照面的情形,是逃不过她那洞察一切的、警惕的慈母的目光。她知道,他这样做并不是怕别人议论,而是认为阿克西妮亚是把妻子推上死路的罪魁祸首。伊莉妮奇娜暗自希望,娜塔莉亚的死会把葛利高里和阿克西妮亚永远分开,阿克西妮亚永远也不会进他们家来。

就在这天傍晚,伊莉妮奇娜在顿河边的码头上看见了阿克西妮亚,就喊道:

“喂喂,你到我这儿来一下,我要跟你谈谈……”

阿克西妮亚放下水桶,安然地走过来,向伊莉妮奇娜问好。

“是这么回事儿,亲爱的,”伊莉妮奇娜仔细端详着邻居那张美丽的、但是令她憎恶的脸,开口说,“你干吗勾引别人家的孩子呀？为什么想尽法子要把我的孙子叫到你家去,还要死缠着他？谁请你给他补衬衣啦,谁请你送他这样那样的礼物啦？你以为——他没有母亲就没有人照料他了吗？没有你的照料就活不成了吗？你还有点儿良心哪,不要脸的东西!”

“我做什么坏事情啦？您这么大骂一通,为的是哪一桩呀,大娘?”阿克西妮亚气得面红耳赤。

“这还不算是坏事情吗？你已经把娜塔莉亚折磨死啦,你还有什么权利来动她的孩子呀?”

“您这是胡说些什么呀,大娘！快清醒清醒吧！谁把她折磨死啦?是她自己对自己下的手。”

“难道不全是因为你吗?”

“哼,这我可就不知道啦。”

“可是我知道!”伊莉妮奇娜激动地大声说。

“您别叫嚷啦,大娘,我又不是您的儿媳妇,可以对我这么大叫大嚷。我自有男人来对我叫嚷。”

“我早就看透你啦！我知道你出的是什么气儿！你不是我的儿媳妇，可巴结着当我的儿媳妇！你是想先勾引孩子，然后再往葛利什卡身边爬，不是吗？”

“我并不想当您的儿媳妇。您疯啦，大娘！我的男人还活着哪。”

“说的是啊，你在他，在男人还活着的时候，就想去勾引另一个男人！”

阿克西妮亚的脸一下子变得惨白说：

“我不知道您为什么要跟我过不去，为什么要来侮辱我……我从来没有勾引过什么人，而且也不打算去勾引什么人，至于把您的孙子叫到我家去，——这有什么不对的？您自个儿明白，我没有孩子，所以我喜欢别人家的孩子，这也可以使我心里好过一些，所以就把他叫到我家去啦……你以为我是在收买他！给孩子一块糖，这算什么收买呀？我为什么要收买他呢？天知道您在胡说些什么……”

“他母亲活着的时候，你却从来没有叫他去过！可是娜塔莉亚一死，你就成了大善人啦！”

“娜塔莉亚活着的时候，他也到我家里来过。”阿克西妮亚微微一笑，说。

“别胡扯啦，不要脸的东西！”

“请您先去问问他，然后再来说别人胡扯吧。”

“好啦，不管怎么说，看你以后还敢勾引孩子到你家去。你别以为这么一来，就可以使葛利高里更爱你。你绝不会成为他的妻子，你要放明白点儿！”

阿克西妮亚气得脸都变了样，沙哑地说：

“你住口吧！他又不会去征求你的意见！别人的事情，用不着你来瞎操心！”

伊莉妮奇娜还想说些什么，但是阿克西妮亚已经默默地扭身走了，走到水桶跟前，把扁担猛地往肩膀上一挑，桶里的水往外迸溅着，迅速地顺着小路走去。

从这以后，不论遇到麦列霍夫家的什么人，她都不答理，鼓起鼻翅，盛气凌人地从他们面前走过去，但是如果在什么地方，只要一看见米沙特卡，就慌里慌张地四面张望一番，如果附近没有人，她就走到他跟前，弯下腰，把他紧抱到胸前，亲着他那被太阳晒黑的额角和麦列霍夫家族忧郁的小黑眼睛，又是笑，又是哭，胡乱地小声嘟哝着："我的亲爱的葛利高里耶维奇！我的好孩子！我想你都要想死啦！你的阿克西妮亚婶子是个傻瓜……唉，真是个傻瓜！"这以后，她的嘴唇上总是很久还挂着时隐时现着的笑意，水汪汪的眼睛里像年轻姑娘一样，闪耀着幸福的光芒。

八月底，潘苔莱·普罗珂菲耶维奇又应征到前线去了。鞑靼村所有还能拿起枪来的哥萨克，也都跟他同时到前线去了。村里的男丁只剩下些残废人、未成年的半大孩子和风烛残年的老头子。这一次是总动员，除了明显的残废人，得到医务委员会免除兵役证的一个也没有。

潘苔莱·普罗珂菲耶维奇一接到村长叫他到集合地点去报到的命令，就匆匆跟老太婆、孙子、孙女和杜妮亚什卡道了别，哼哼着跪在地上，磕了两个头，——朝圣像画着十字说：

"别了，我的亲人们！看来，咱们是再也见不到啦，大概是末日已经来临。我要嘱咐你们的话是：要不分昼夜地收打麦子，尽力在雨季到来以前收打完。如果有必要，就雇个人，帮着你们干。如果到秋天我还不能回来，你们就自己去干吧；耕一点儿秋耕地，能耕多少就耕多少，种上些大麦，能种一俄亩也好嘛。你要当心，老太婆，好好料理家务，别泄气！我和葛利高里回来也好，不回来也好，对你们来说，粮食比什么都重要。打仗归打仗，但是没有粮食日子是不好过的。好，上帝保佑你们！"

伊莉妮奇娜把老头子送到广场上，最后一眼，看到老头子正跟赫里斯托尼亚并肩一瘸一拐地匆匆忙忙地去追赶大车，然后用围裙擦了擦哭肿的眼睛，再也没有回头看一眼，就走回家去了。没有打完的小麦还垛在场院上等着她，炉子里还煨着牛奶，孩子们从清晨起来还没有吃过东西，繁重的家务把老太婆压得透不过气来；她急忙赶回家去，一会儿也不停留，偶尔遇上个婆娘，就默默地哈哈腰，也不说话，如果有熟识的人同情地问她："怎么，送出征的人去啦？"她也只是肯定地点一下头。

过了几天，伊莉妮奇娜在天亮时候挤过牛奶，把牛赶到胡同里去，刚想返回院子，听见了一种闷声的、低沉的轰隆声。她仰脸看看，天上连一片黑云也找不到。过了一会儿，又轰隆响了一声。

“大嫂子，你听见音乐了吗？”正在集合牛群的老牧倌问。

“什么音乐呀？”

“就是这种只有低音演奏的音乐呀。”

“听是听见啦，就是不明白这是什么响声啊。”

“很快你就会明白的。只要他们从顿河对岸朝村子里一轰，你立刻就会明白的！这是在放大炮。要把咱们老头子们的五脏六腑都轰出来……”

伊莉妮奇娜画了个十字，一声没吭走进了板门。

从这一天起，炮声不停地轰响了四昼夜。特别是在天亮的时候，听得更清楚。但是等到刮起东北风来的时候，在远方战斗的炮声就是在中午时分也能听见。家家场院上的活儿停顿片刻，婆娘们画起十字，喘着粗气，挂念着前线的亲人，小声祷告着，然后打场的石头磙子又在打麦场上低沉地轰轰隆隆地响起来，孩子们赶着马和牛转，风车呜呜地叫着，劳动的神圣权利是无法剥夺的。八月底，天气晴朗，非常干燥。风吹得满村子麦糠飘扬，打过的黑麦麦秸散发着甜甜的香味。虽然太阳还晒得令人很不舒服，但是到处都已经感觉到秋天很快就要来了。牧场上，开完花的灰色苦艾闪着暗淡的白光，顿河对岸的杨树梢已经发黄，果园里秋苹果的香味更加浓郁，远天边上，完全像秋天一样明朗、透彻，空旷的田野上已经飞来第一批南归的鹤群。

装载着军用物资的辎重车队，天天顺着黑特曼大道，从西向东往顿河渡口赶去，顿河沿岸的村庄里已经涌来了难民。他们说，哥萨克们正在且战且退；有些人很有根据地说，退却仿佛是故意的，为了诱敌深入，聚而歼之。鞑靼村里也有人悄悄地准备逃难了。他们抓紧给牛马喂草料，夜里把粮食和装着细软的箱子埋在地下。本来已经沉寂下去的大炮轰鸣声，从九月五日起重又猛烈地响起来，现在已经听得非常清楚，令人胆战心惊。战斗正在鞑靼村的东北面，离顿河约四十俄里的地方进行。过了一天，顿河上游西边的地方也响起了炮声。战线已经不可阻拦地向顿河移来。

伊莉妮奇娜听说村子里大多数的人都准备撤退,就劝杜妮亚什卡也跟着撤退。伊莉妮奇娜犹豫不定,不知所措,不知道该怎样处置家业和房子:是把什么都扔下不管,跟人们一起去逃难呢,还是留在家里不动呢。潘苔莱·普罗珂菲耶维奇临去前线时,曾嘱咐收打麦子、秋耕和照料牲口,但是一句也没有谈到如果战线移近鞑靼村该怎么办。为了以防万一,伊莉妮奇娜决定:打发杜妮亚什卡带着孩子和特别贵重的东西跟着本村的一个人逃难去,她自己则即使红军占领了村庄也留下不走。

九月十七日夜里,潘苔莱·普罗珂菲耶维奇突然回家来了。他是从卡赞斯克镇附近步行回来的,疲惫不堪,怒气冲冲,休息了半个钟头,就坐到桌边,吃起饭来,他狼吞虎咽,伊莉妮奇娜有生以来还没有见过这个样子的:把能装半桶水的一铁锅素菜汤都灌了下去,接着又贪婪地吃起麦粥来。伊莉妮奇娜惊讶地拍着手说:

"主啊,你这是怎么个吃法呀,普罗珂菲奇! 你瞧,就像三天没有吃饭啦!"

"老傻瓜,你以为我吃过吗? 整整三天三夜,滴水没进!"

"这是怎么啦,难道部队里不管你们饭吃吗?"

"魔鬼才这样管饭吃呢!"潘苔莱·普罗珂菲耶维奇嘴里装得满满的,像猫似的哞哞地唠叨说,"你偷到什么,就吃什么,可是我还没有学会偷呢。这种事年轻人可高兴啦——他们的良心剩下的已经不多啦,连两个戈比都不值……他们在这次该死的战争中,把偷的本领都已经练得那么高超,简直把我吓坏啦,不过看惯了也就见怪不怪啦。他们看见什么就拿什么,抢呀,往家拉呀……这哪是打仗呀,简直是天下大乱!"

"你别一下子吃得太饱吧。会吃出毛病来的。看你吃得肚子都撑圆啦,像只大蜘蛛!"

"别说啦! 拿牛奶来,用大罐子盛!"

伊莉妮奇娜瞅着自己那饿死鬼似的老头子,哭起来。

"怎么,你是完全回家来了吗?"潘苔莱·普罗珂菲耶维奇吃完饭以后,她问道。

“看吧……”他含混地回答说。

“大概会把你们这些老家伙放回来吧?”

“一个人也没有放回来。红军就要打到顿河边儿啦,往哪儿放啊?我是开小差儿跑回来的。”

“你会不会因此受处分哪?”伊莉妮奇娜担心地问。

“如果叫他们抓到,大概是要受处分的。”

“那怎么办,你要藏起来吗?”

“难道你以为我会跑到游乐场上去逛,或者出去串门子吗?呸,不明事理的糊涂虫!”潘苔莱·普罗珂菲耶维奇生气地啐了一口,但是老太婆还不甘罢休,又唠叨说:

“哎呀,真是罪孽啊!咱们又要大祸临头啦,他们马上就会来惩治你……”

“那倒好,叫他们逮住,关到监狱里,比扛着枪在草原上乱窜强多啦。”潘苔莱·普罗珂菲耶维奇疲惫不堪地说,“我的年纪不小啦,一天要跑四十俄里,还要挖战壕,去冲锋陷阵,在地上爬,还要东躲西闪,别叫子弹打着。可怎么他妈的躲得开呀!跟我一起服役的弯弯溪的一个人,一颗子弹打中了他的左肩胛骨,连腿都没有伸一下就完啦。打仗这玩意儿没有一点儿好处!”

老头子把步枪和子弹盒都拿去藏在糠棚里,伊莉妮奇娜问他棉袄哪儿去了,他脸色阴沉,不高兴地回答说:

“穿坏啦。实话告诉你吧——我把它扔掉啦。在舒米林斯克镇外,敌人追得我们很紧,所以大家把什么东西都扔啦,像疯子似的,争着逃命。那个节骨眼儿上,哪里还顾得上什么棉袄啊——有人还背着皮袄呢,也照样扔啦……你他妈的怎么想起棉袄来啦,你提这个干什么?如果是一件好棉袄倒也罢了,可这不过是一件叫化子穿的破玩意儿……”

其实是件很结实的新棉袄,不过凡是老头子丢失了的东西,照他的说法,都是一点儿用处也没有了。这已经成了他安慰自己的习惯。伊莉妮奇娜知道这一点,所以也没有再为棉袄的好坏去跟他争吵。

夜里,在家庭会议上决定:伊莉妮奇娜和潘苔莱·普罗珂菲耶维奇带着孩子们在家里留到最后一刻，保护财产，把收打好的麦子埋起来，打发杜妮亚什卡套上两头牛，装上箱子，赶车到奇尔河岸的拉特舍夫村的一个亲戚家去避难。

但是这个计划却未能完全实现。早晨送走杜妮亚什卡，中午，就有一个由萨尔斯克地区的加尔梅克人和哥萨克组成的惩罚队来到了鞑靼村。一定是村子里有人看见潘苔莱·普罗珂菲耶维奇回家了；惩罚队到村子里以后约一个钟头，就有四个加尔梅克人骑马来到麦列霍夫家。潘苔莱·普罗珂菲耶维奇一看见骑马的人，就神速、麻利地爬到阁楼上去；伊莉妮奇娜出去迎接客人。

“你的老头子在哪儿？”一个上点儿年纪、身材匀称、戴着上士肩章的加尔梅克人下了马，从伊莉妮奇娜面前走过，进了板门，盘问道。

“在前线上啊。还能在哪儿呀？”伊莉妮奇娜粗鲁地回答说。

“领我到屋子里去，我要搜一搜。”

“你搜什么呀？”

“搜你的老头子。唉，真不要脸！这把年纪啦——还靠说谎过日子！”一个比较年轻的下士摇着脑袋责备说，露出了细密的白牙齿。

“你龇什么牙呀，没有受过洗的异教徒！告诉你没有，就是没有！”

“别扯淡啦，领我们到屋子里去！不然，——我们就自个儿进去啦。”挨了骂的加尔梅克人厉声说道，接着迈开罗圈腿，断然朝台阶走去。

他们仔细地查看过屋子，用加尔梅克话商量了一阵，然后两个人去搜查宅院，一个黑得要命、脸上长着麻子、鼻子扁平的小个子，提了提镶着裤条的肥裤子，走到门廊里去。伊莉妮奇娜从敞开的门透进的光亮里看见，这个加尔梅克人纵身一跳，两手抓住上梁，机灵地翻身上去。过了五分钟，他又机灵地从上面跳了下来；满身泥土、胡子上沾着蜘蛛网的潘苔莱·普罗珂菲耶维奇跟在他后头，咳嗽着、小心翼翼地爬了下来。他看了看闭紧嘴唇的老太婆说：

“这些该死的东西，竟找到啦！那就是说，有人告密……”

潘苔莱·普罗珂菲耶维奇被押往卡尔金斯克镇，战地军事法庭正在那里。伊莉妮奇娜哭了一会儿，然后谛听着重新响起来的大炮轰鸣声和清晰可闻的顿河对岸的机枪声，便走进仓房去埋藏粮食，能藏起一点儿也好啊。

第二十二章

十四名被捉回的逃兵在等候审判。审讯很简单，也很严厉。审判长是个年事已高的大尉，他问过被审讯人的姓名、父称、军衔和部队番号，问明被审讯人在逃共计多少天，然后就跟其他两位法官——一个独臂的少尉和一个吃太平面包吃肥了的胡子拉碴、胖腮大脸的上士——小声交谈了几句，就宣布判决。大多数逃兵都是被判处鞭笞的肉刑，在一间专门为行刑用的、没有人住的空屋子里，由加尔梅克人行刑。由于英勇的顿河军中开小差的人太多啦，所以再也不能像一九一八年那样，公开当众鞭打他们啦……

根据名单，潘苕莱·普罗珂菲耶维奇是第六个被叫进去的。他心情激动、脸色煞白，站在审判桌前面，两手紧贴在裤缝上。

“姓什么？”大尉问，看也不看被审问的人。

“麦列霍夫，老爷。”

“名字和父称？”

“潘苕莱·普罗珂菲耶维奇，老爷。”

大尉从公文上抬起眼来，仔细打量了一下老头子。

“您是什么地方的人？”

“维申斯克镇鞑靼村的人，老爷。”

“您是不是麦列霍夫·葛利高里中尉的父亲？”

“是，老爷，是他的父亲。”潘苕莱·普罗珂菲耶维奇觉得他的老朽的身体好像可以逃掉鞭打了，立刻就振作起来。

“您听我说，您怎么这样不知道害臊啊？”大尉目光炯炯的眼睛紧盯着潘苕莱·普罗珂菲耶维奇憔悴不堪的脸问。

这时潘苕莱·普罗珂菲耶维奇竟不顾军纪，把左手捂在胸前，哭哭啼啼地说：

“老爷,大尉老爷！您可以叫我为您祷告一辈子上帝——但是请不要下命令抽我吧！我有两个成了家的儿子……大儿子被红军打死啦……还有孙子孙女,像我这样老朽不堪的老头子还要抽吗?”

“我们也要教训教训老头子,叫他们知道应该怎样服役。你以为你从部队开小差还会奖给你十字章吗?”独臂少尉打断他的话说。他的嘴角在神经质地痉挛。

“我要十字章干什么……请你们把我送回部队去吧,我一定忠心耿耿地好好干……我自个儿也不知道我怎么会开小差:大概是鬼迷住啦……”潘苔莱·普罗珂菲耶维奇还杂乱无章地说到没有打完的麦子,说到自己的瘸腿和弃置不顾的家业,但是大尉做了个手势叫他别再说了,然后弯下腰在少尉的耳边低声说了半天。少尉肯定地点了点头,于是大尉把脸转向潘苔莱·普罗珂菲耶维奇。

“好。您的话说完了吗？我认识令郎,而且感到很惊讶,他竟会有这样不争气的父亲。您什么时候从部队开的小差？一个星期以前吗?怎么,您是想让红军占领您的村庄和剥掉您的皮吗？您是这样给青年哥萨克们作表率的吗？依法,我们应该审判您,并处以体罚,但是出于对您的军官儿子的敬意,我可以免去对您的羞辱。您是普通列兵吗?”

“是,老爷。”

“什么军衔?”

“当过下士,老爷。”

“把肩章摘下来!”大尉把称呼改为“你”以后,提高了嗓门,不客气地命令说,“立刻回部队去！报告你们的连长,就说野战军事法庭已经判决撤销你的下士军衔。在这次战争中,或者过去的战争中得过什么奖赏吗？……走吧!”

潘苔莱·普罗珂菲耶维奇高兴得忘乎所以,他走出法庭,朝着教堂的圆顶画了个十字……就翻过山岗,不走大道,专走荒野,往家里奔。“哼,这回我再也不那么躲藏啦！这回我叫他们就是派出三连加尔梅克人也找不到!”他在已经长满无伤草的麦茬子地里一瘸一拐地走着,心里想道。

来到草原上，他决定，最好还是走大道，免得引起行人的注意。“那样人们会以为我是开小差的逃兵。如果碰上当兵的，他们会不经审判就用鞭子抽我。”他边想边叨唠着从田野里走上一条长满车前草的、荒僻的夏季道路。不知道为什么一走上大道，就已经不认为自己是逃兵了。

离顿河越近，遇到的难民大车也就越多。春天里叛军向顿河左岸撤退的情景又重演了：从草原的各个方向涌来装满各种家什的牛车和马车，嘶叫的牲口群、羊群扬起了尘埃，就像骑兵在行进……车轮子的吱扭声、马嘶声、人的叫喊声、马蹄声、咩咩的羊叫声、孩子的哭喊——所有这一切，在辽阔、静穆的草原上形成了一片轰鸣不息的、令人心惊的喧声。

“你上哪儿去，老大爷？回去吧，我们后面——有红军追来啦！”一个不认识的、头上缠着绷带的哥萨克，坐在一辆赶过去的大车上喊道。

“别胡说啦！红军在哪儿？”潘苔莱·普罗珂菲耶维奇不知所措地停下了脚步。

“在顿河对岸哪。他们快开到维申斯克啦。你是要去投靠红军吗？”

潘苔莱·普罗珂菲耶维奇定了定神，继续往前走，黄昏时分走近了鞑靼村。走下山坡的时候，他仔细地观察着。村子里空荡荡的，这使他大吃一惊。街上一个人也没有。被遗弃的、百叶窗紧闭着的家宅寂寞地伫立在街旁。既听不见人的喧闹声，又听不见牲口的嘶鸣声；只有顿河岸上还有些人在奔忙。走近了一些，潘苔莱·普罗珂菲耶维奇没费劲儿就看清楚是些全副武装的哥萨克，他们正在往村子里拖拉小船。鞑靼村的居民已经全都弃家而逃，潘苔莱·普罗珂菲耶维奇立刻就明白了。他小心翼翼地溜进自己那条胡同，往家里走去。伊莉妮奇娜和孩子们正坐在厨房里。

“看，爷爷来啦！”米沙特卡高兴地喊叫着，向祖父扑上去，挂到他脖子上。

伊莉妮奇娜高兴得哭起来，泪眼模糊地说：

“真没料到还能见到你！噢，普罗珂菲奇，你随便怎么说，可是我再也不想留在这儿啦！就是让所有的东西都烧光了，我也不愿意再在这儿看守这空荡荡的家啦。全村的人几乎都逃走啦，只有我还带着孩子待在这儿，像傻瓜一样！立刻就套上骒马，咱们随便逃到哪儿去都行！把你放回来了吗？”

“放回来啦。”

“完全放回来了吗？”

“他们没有把我捉回去以前，就算完全放回来啦……”

“可是，这儿也不是你的藏身之地呀！今天早晨红军从对岸往这边打枪——太可怕啦！打枪的时候，我就带着孩子坐在地窖里。现在把他们赶走啦。开来了一些哥萨克，他们要了些牛奶喝，还劝我们离开这儿。”

“这些哥萨克不是咱们村的吧？”潘苔莱·普罗珂菲耶维奇仔细地打量着窗户框上新打的弹孔，关切地问。

“不是，是外地的，像是霍皮奥尔河一带的。”

“那么说是该走啦。”潘苔莱·普罗珂菲耶维奇叹了一口气说。

天黑以前，他在粪堆下面掘了个大坑，倒进了七口袋小麦，又仔细地埋上，上面再堆上粪，天刚一擦黑儿——就把骒马套上车，放了两件皮袄、一口袋面粉、一口袋小米，把一只羊捆了，也放在车上，两头牛拴在车后，叫伊莉妮奇娜和两个孩子都坐上车，说道：

“好，现在——上帝保佑吧！”他把车赶出院子，马缰绳递给老太婆，关上大门，一直走到山坡，都在不断地擤鼻涕，用上衣袖子擦眼泪，跟在大车边走着。

第二十三章

九月十七日，绍林突击兵团的部队一昼夜挺进了三十俄里，直逼顿河岸边。从十八日清晨，由梅德维季河口到卡赞斯克镇一线，红军各炮兵连开始炮轰。经过短暂的炮击以后，步兵占领了顿河沿岸的村庄和布坎诺夫斯克、叶兰斯克和维申斯克等集镇。一天就肃清了顿河左岸约一百五十俄里长的一带地方的白军。哥萨克连队节节败退，秩序井然地渡过顿河，退守早已准备好的新阵地。哥萨克手里掌握着一切渡河工具，但是维申斯克的浮桥差一点儿被红军抢占。哥萨克预先在浮桥边堆积干草，桥板上浇上煤油，以便在撤退完毕后就把浮桥烧掉，可是正准备要放火烧桥的时候，这时突然驰来一个通信兵，报告说，第三十七团的一个连正从佩列沃兹内村向维申斯克渡口开来。这个掉队的连飞驰到桥边的时候，红军的步兵已经开进了维申斯克镇。哥萨克们冒着机枪扫射，还是从桥上飞驰过去，随后就把浮桥烧掉，伤亡了十多个人和同样数量的马匹。

红军第九军第二十二和第二十三师的几个团，在他们占领的顿河左岸的村庄和集镇据守到九月底。河水把敌对双方隔开，这时的河面最宽的地方也不过八十沙绳，有些地方窄到只有三十沙绳。红军并没有采取积极的渡河行动；他们只在某些地方曾试图涉水渡过顿河，但是都被打退了。在这一地区整个阵地上，激烈的大炮和步枪的互相射击一直进行了两个星期。哥萨克占据了沿河的一些地势优越的制高点，在敌人向顿河渡口集结时就进行射击，使他们在白天里不能推进到河边来；但是由于这个地段上的哥萨克连队都是由一些最没有战斗力的哥萨克编组的（老头子和十七岁到十九岁的青年哥萨克），所以他们自己也无意渡过顿河去打红军，在左岸发动进攻。

哥萨克们退到顿河右岸以后，第一天就在等着看红军占领的那些村庄的房子燃起冲天大火，但是使他们大惑不解的是，顿河左岸连一缕烟也没有；这还不算，夜里从对岸偷渡过来的村民说，红军士兵什么东西都不抢，拿了东西，就连一个西瓜和一杯牛奶也都大方地付给苏维埃钱。这反而使哥萨克们惘然若失，并感到极大的怀疑。他们都认为，暴动以后，红军一定要把叛乱的村庄和集镇统统烧光，以为会把留下未逃的居民，至少会把男的“全都杀光”，但是根据确实的消息，红军对和平居民一个也没有动，而且从各方面来判断，他们甚至根本没有要报仇的意思。

十九日夜里，在维申斯克对面放哨的霍皮奥尔斯克的哥萨克们，决定探听一下敌人这种离奇行动的虚实；一个大嗓门的哥萨克把手巴掌弯成喇叭形，喊道：

“喂，红肚皮的家伙们！你们为什么不烧我们的房子呀？你们没有火柴吗？那就凫到我们这边儿来，我们给你们！”

黑暗中有人响亮地回答说：

“可惜没能当场把你们抓住，不然把你们跟房子一起烧掉多好啊！”

“你们穷得一无所有了吧？穷得连引火的东西也没有了吧？”霍皮奥尔斯克人逗气儿地喊叫。

对岸安然、高兴地回敬说：

“你凫到这边儿来，白皮嫩肉的窑姐儿，我们在你裤裆里点把火，够你一辈子搔痒痒的啦！”

两边的哨岗互相叫骂了半天，尽量骂些刻毒的话，然后开了几枪就平静下来了。

十月初，集结在卡赞斯克——巴甫洛夫斯克地区的顿河军主力部队两个军转入进攻。拥有八千步兵和六千骑兵的顿河军第三军，在离巴甫洛夫斯克不远的地方强渡顿河，击退了红军的第五十六师的抵抗，开始顺利地向东挺进。科诺瓦洛夫的第二军不久也渡过了顿河。这个军绝大多数是骑兵，这使他们可以深入敌后，给敌人以连续的致命打击。在这以前担任前线预备队的红军第二十一步兵师投入战斗后，略微遏止了顿河军第三军的前进速度，但是这个师在两个哥萨克军的联合进攻下，只好开始后退。十月十四日，哥萨克第二军在激烈的战斗中，击溃并几乎全歼红军第十四步兵师。一个星期的工夫，顿河左岸直到维申斯克镇的红军都被击退了。哥萨克军攻占了一个广阔的立足点以后，就迫使红军第九军的各部向卢泽沃——希林金——沃罗比约夫卡一线退去，迫使第九军团的第二十三师匆忙在从维申斯克到克鲁格洛夫斯基村以西地区重建阵地。

原驻克列茨克镇地区的顿河军第一军，几乎与科诺瓦洛夫将军的第二军同时在自己地区强渡顿河。

红军左翼第二十二和第二十三两个师已经面临被包围的危险。东南战线司令部考虑到这一点,命令第九军撤退到伊科列茨河口——布图尔利诺夫卡——乌斯宾斯克——季尚斯克——库梅尔任斯克一线的阵地上。但是这个军未能守住这个阵地。总动员征集到的大量哥萨克分散的连队从顿河右岸过了河,与哥萨克第二军的各正规作战部队汇合后,继续穷追第九军,把它赶向北方。从十月二十四日到二十九日,白军相继占领了菲洛诺沃、波沃林诺两个车站和新霍皮奥尔斯克市。然而,不论顿河军在十月取得多么大的胜利,可是哥萨克们已经没有春天乘胜向顿河地区边境推进时那种鼓舞他们的信心了。大多数战士都明白,目前的胜利只是暂时的,他们是难以支持到冬天的。

不久,南方战线的形势果然发生了剧烈的变化。志愿军在奥勒尔——克洛姆方面的决战中的失败和布琼尼的骑兵部队在沃罗涅什地区的光辉战果,决定了战争的结局:十一月,志愿军向南退去,暴露出顿河军的左翼,迫使顿河军也不得不随之南撤。

第二十四章

潘苔莱·普罗珂菲耶维奇带着家眷,在拉特舍夫村太平无事地住了两个半星期,一听说红军已经从顿河沿岸撤退了,马上就收拾行装往家奔。

离村子还有五俄里的时候,他坚决地从大车上跳下来说:

“这样一步一步地磨蹭,我可受不了啦!指望这两头该死的母牛,你是走不快的。简直是见鬼,咱们那会儿干吗要带着它们走呀?杜妮亚什卡!你叫牛停下来!把母牛拴到你的车上去,我要快点儿赶回家去。也许现在家里的仓房里只剩下一堆焦土啦……”

他急不可耐地让两个孩子从自己的车上坐到杜妮亚什卡那辆宽大的牛车上去,把多余的装载也放到那辆车上,就轻车在坑坑洼洼的道路飞驰而去。没有跑上一俄里路,骒马已经出汗了;主人还从来没有这样狠心地对待过它:他手不离鞭子,不住气地赶它。

“你要把骒马赶死呀！你干吗这样像疯子似的飞跑呀?”伊莉妮奇娜抓着车沿,被摇晃得痛苦地皱着眉头埋怨道。

“反正我死后它也不会到坟上来哭我……喂喂喂,该死的小骒马！你——出——汗啦！…… 也许那边家里只剩下一堆烧焦的木头啦……”潘苔莱·普罗珂菲耶维奇从咬紧的牙缝里嘟哝说。

事实证明他的担心完全是多余的:房屋基本完好,只是几乎所有的窗户都打坏了,门也从合页上脱落下来,墙被子弹打出了很多洞。院子里呈现出一片被遗弃和荒废的惨相。马棚的一角完全被炮弹削掉了,第二颗炮弹炸塌了井架,把吊杆炸成两段,在井边炸了一个浅坑。潘苔莱·普罗珂菲耶维奇在千方百计地逃避这场战争,可是战争却亲自光临了他的家院,临去留下了一片战争破坏的凄惨景象。但是在村子里临时宿营的霍皮奥尔的哥萨克们使财产造成了更惨重的损失:他们推倒了牲口院子里的篱笆,掘了一道一人深的战壕;他们图省事,拆掉了仓房的墙,用木柱在战壕上搭盖板;拆了石头围墙,构筑机枪阵地;他们毫不心疼地浪费干草喂马,糟踏了半垛干草,他们烧篱笆做饭,把夏天用的厨房弄得肮脏不堪……

潘苔莱·普罗珂菲耶维奇查看完了住房和院内的其他设施以后,抱头深思起来。这回他改变了一贯低估损失的习惯。见他妈的鬼,他总不能说他积攒下来的这份家业一个钱不值,只配毁掉吧？仓房也不是件棉袄,再盖仓房要花很多钱呀。

“就像根本没有过仓房似的!”伊莉妮奇娜叹了口气说。

“仓房嘛,是有过呀……”潘苔莱·普罗珂菲耶维奇立刻搭腔说,但是话没有说完,就挥了挥手,往场院走去。

被炮弹片和子弹打得像麻子脸一样的墙壁看起来令人很不舒服,感到凄凉。风在屋子里呼啸,桌子上和椅子上都落了一层厚厚的尘土……要想把一切都收拾得井然有序,需要很多时间。

潘苔莱·普罗珂菲耶维奇第二天骑马到镇上去,费了很大的劲才从一位熟识的医生那里要了一张证明书,证明哥萨克麦列霍夫·潘苔莱因为腿病不能走路,必须治疗。这张证明书帮了潘苔莱·普罗珂菲耶维奇的大忙,使他不必再被送到前线去了。他把这张证明书交给村长，为了更有说服力，去村公所的时候，他拄着棍子，两条腿倒换着一瘸一拐地走去。

鞑靼村人们的日子还从来没有像这次逃难回来以后这样忙碌和混乱过。人们挨家挨户地串，去辨认被霍皮奥尔的哥萨克扔得满村都是的什物，跑到草原和山沟里寻找离群的母牛。在鞑靼村遭到炮轰的头一天，村子上头就失落了有三百只羊的羊群，据羊倌说，有颗炮弹在牧放的羊群前面爆炸了，绵羊把大肥尾巴一晃，慌恐地往草原上奔去，全都失散了。村里的人回到被遗弃的村庄后一个星期，才在离村子四十俄里以外的叶兰斯克镇地区找到它们，可是等把羊群赶回来，开始认领的时候，却发现羊群里有一半是别人的羊，耳朵上都有陌生的记号，自己村的羊失落了五十多只。在麦列霍夫家的菜园子里发现了博加特廖夫家的缝纫机，而潘苔莱·普罗珂菲耶维奇则在阿尼库什卡的场院里找到了自家仓房上的白铁瓦。邻近各村的情况也是同样一团糟。顿河沿岸远近各村的人很久以后还常到鞑靼村来查找自己的东西；过了很多日子，人们碰面时还常问："您没有见过一头额上有块白斑、左角折断的红毛牛吗？""有没有只一周岁的褐色的小牛跑到你们家去？"

大概，哥萨克的军用锅和野战厨房绝不止只煮过一头小牛吧，但是许多牛主人还不肯死心，在草原上找啊找啊，一直不愿相信，丢了的东西并非全能找回来。

潘苔莱·普罗珂菲耶维奇自从被批准可以不去服役以后，就积极地把房屋和篱笆都修好了。场院上还有几堆没有打完的麦子，贪嘴的老鼠在麦堆里乱钻，但是老头子并没有动手去收打麦子。院子连围墙都没有，仓房连影儿也不见了，全部家业都还是那副凄惨的破败相，他怎么能去收打麦子呢？而且今年秋天的天气很好，根本也不必忙着去打场。

杜妮亚什卡和伊莉妮奇娜抹了房子，粉刷了墙，尽力帮着潘苔莱·普罗珂菲耶维奇修起临时院墙，干其他的家务活儿。想尽办法弄来些玻璃，安上了窗户，把厨房打扫干净，井也淘了。老头子自己下井去淘，显然是在井里受了凉，咳嗽了一个星期，不住气地打喷嚏，衬衣都被汗湿透了。但是只要他一连喝上两瓶烧酒，然后躺在热炕上，这么一来，保证酒到病除。

葛利高里依然杳无音信，直到十月底，潘苔莱·普罗珂菲耶维奇才偶然得知，葛利高里身体很好，正带着自己的团驻扎在沃罗涅什省的什么地方。这个消息是一个受伤的、跟葛利高里同团的人从村子里经过时告诉他的。老头子高兴起来了，一高兴就把最后一瓶治病用的、泡红辣椒的老酒喝掉了，然后就整天在家门口走来走去，神气活现，像只小公鸡，拦住每一个走过门前的人，说个没有完：

"听说了吗？我们家的葛利高里攻下了沃罗涅什！我们听说，好像他又升官了，现在又指挥一个师啦，也许是指挥一个军呢。像他这样的英雄你上哪儿去找啊！这不用说，你自个儿也知道……"老头子瞎编一气，心里痒痒得要命，非把自己的喜悦对别人讲讲不可，非要胡吹一通才过瘾。

"令郎真是好样的。"同村的人都这样奉承他。

潘苔莱·普罗珂菲耶维奇幸福地眨眨眼睛。

"怎么能不英勇呢，他这是像谁呀？我年轻的时候，一点儿也不吹牛，比他也不差呀！就是这条腿误了我的事啦，要不然的话，我现在也不会比他差！虽然不能指挥一个师吧，但是指挥一个连那是不在话下的！如果前线上多有些像我们这样的老头子，那莫斯科早就攻下来啦，可是现在他们倒好，老在原地踏步走，怎么也对付不了那些庄稼佬……"

这一天，潘苔莱·普罗珂菲耶维奇最后一个谈话的人，是别斯赫列布诺夫老头子。他路过麦列霍夫家的院子时，潘苔莱·普罗珂菲耶维奇也绝不肯放过他，朝他喊道：

"喂，等一等，菲利普·阿格维奇！近来好啊！过来呀，咱们聊聊。"

别斯赫列布诺夫走过来，向他问候。

"你听说我们家的葛里什卡干得多么轰轰烈烈了吗？"潘苔莱·普罗珂菲耶维奇问。

"怎么回事儿？"

"要知道又叫他指挥一个师啦！指挥这么大的一支部队呀！"

“指挥一个师,是吗?”

“是的,一个师!”

“真了不起呀!”

“说的是啊!可不是随便什么人就可以叫他指挥一个师呀,你说呢?”

“那是当然的啦。”

潘苔莱·普罗珂菲耶维奇兴高采烈地打量着和他对话的人,继续滔滔不绝地说着使他心里甜滋滋的话:

“我这个儿子的确使所有的人都感到惊奇。得了满满的一绦带十字章,你说,这有多了不起啊?他受的伤简直是不计其数。换个人老早就死啦,可是他什么事儿也没有,这些伤在他身上就像鹅身上的水珠一样,一抖就没有啦。不,静静的顿河上的真正的哥萨克还没有断根哩!”

“断根倒还没有断根,不过他们干出的事业可并不怎么样。”不是那么能说会道的别斯赫列布诺夫老爹若有所思地说。

“喂,怎么个不怎么样呀?你瞧,他们把红军赶得有多远啦,已经赶到沃罗涅什,正在往莫斯科进军哪!”

“不知道为什么这么久他们还没有进到……”

“不能快呀,菲利普·阿格维奇。你要明白,打仗这玩意儿,性急是什么也干不成的。图快生孩子,生出来只能是瞎子。打仗嘛,一切都要看着地图,按照各种各样的计划办事,慢慢地干……俄罗斯的庄稼佬那么多,黑压压的一片,可咱们哥萨克有多少呀?只有那么一小撮!”

“你说的都对极了,咱们的人恐怕支持不了多久。人们都这样说,到冬天客人又要来了。”

“如果现在不能把他们的莫斯科攻下来,那他们是要到这儿来的,这你说得很对。”

“你以为——能攻下莫斯科吗?”

“应该是能攻下来的,究竟如何,那就看上帝帮不帮忙啦。难道咱们的人就对付不了他们?十二个哥萨克军区全都起义啦,就对付不了他们?”

“鬼他妈的知道。你,怎么,不再出去打仗了吗?”

“我还能当什么兵呀!如果不是我的腿有病,我一定做个样子给他们看看,应该怎样去跟敌人厮杀!咱们,老头子们——都是些坚强的人。”

“听说,这些坚强的老头子,在顿河那岸,从红军手里逃命的时候跑得那么快,所有的人身上穿的皮袄都不见啦,跑的时候把身上穿的所有的衣服都脱光扔掉啦。人们嘲笑说,整个的大草原因为遍地都是皮袄,简直都变成了黄色,完全变成了开遍了天蓝色的小花的草原!”

潘苔莱·普罗珂菲耶维奇斜睨了别斯赫列布诺夫一眼,冷漠地说:

“我看,这全是胡说八道!哼,也许有人为了减轻点儿重量,把衣服扔掉啦,可人们胡说八道,添枝加叶,能夸大一百倍!一件棉袄,就说是件皮袄——这又有什么了不起!我来问你:性命比皮袄重要不重要,啊?而且也不是所有的老头子都能穿着很厚的衣服快跑呀。在这次该死的战争中,应当有两条像猎狗一样的腿,可是,就拿我来说吧,我上哪儿去弄这样的腿?菲利普·阿格维奇,你这是为啥伤心呀?这些皮袄他妈的,上帝饶恕,有什么鬼用处呀?问题不在什么皮袄或者是棉袄,问题在于怎样能赶快把敌人打垮,我说得对吧?好,再会吧,不然光顾了跟你说话,把事情都耽误啦。怎么,你的小牛找到了吗?还在找哪?连点儿信儿也没有?哼,那大概是霍皮奥尔的哥萨克把它宰啦,叫牛肉噎死他们吧!对战争的结局你就放心吧:咱们的人准能把庄稼佬打垮!”潘苔莱·普罗珂菲耶维奇仪态庄重地一瘸一拐地向台阶走去。

但是看来打垮“庄稼佬”并不是那么容易……哥萨克最后的一次进攻也并不是没有损失的。过了一个钟头,潘苔莱·普罗珂菲耶维奇的愉快心情就被不愉快的消息弄得阴沉起来了。他正在砍一根修理井架用的木柱,忽然听见一阵女人的号叫和哭喊的声音。哭声越来越近。潘苔莱·普罗珂菲耶维奇叫杜妮亚什卡去打听打听。

“快跑,去打听打听,谁死啦。”他把斧子砍在木柱上说。

杜妮亚什卡很快就把消息带回来了,她说从菲洛诺沃前线上运回三个阵亡的哥萨克——阿尼库什卡、赫里斯托尼亚和村那头的一个十七岁的小伙子。这个坏消息使潘苔莱·普罗珂菲耶维奇大为震惊,他摘下帽子，画了个十字。

“愿他们在天之灵安息！多好的一个哥萨克……”他心里想着赫里斯托尼亚，想起他们不久前一起儿从鞑靼村去集合点的情形，伤心地说。

他再也干不下活去了。阿尼库什卡的妻子哭得那么凶，就像挨了一刀似的，哭得又那么凄厉，使潘苔莱·普罗珂菲耶维奇的心都碎了。为了逃避女人死去活来的哭号声，他走进屋子，紧紧地关上门。杜妮亚什卡正在内室抽抽搭搭地讲给伊莉妮奇娜听：

“……我的亲娘啊，我一看，阿尼库什卡的脑袋几乎没有啦，只剩了稀烂的一摊血肉。噢噫，太可怕啦！尸臭味在一俄里外就能闻见……为什么还要把他们运回来呀——我真不明白！赫里斯托尼亚仰面躺着，自己占了整整一辆大车，从军大衣底下露出两条腿，在车后头耷拉着……赫里斯托尼亚——又白又干净，简直像白沫一样！只是右眼下面有个像十戈比的银币那么大的小窟窿，还有耳朵后面——可以看到——有干结的血渍。”

潘苔莱·普罗珂菲耶维奇狠狠地啐了一口，又走到院子里去，拿起斧子和船桨，一瘸一拐地往顿河边走去。

“去告诉你奶奶，说我到顿河对面砍树枝去啦，听见吗，好孩子？”他一面走，一面对正在夏季厨房旁边玩耍的米沙特卡说。

顿河对面的树林子里已经是一片肃穆可爱的秋色。干枯的叶子从白杨树上萧萧落下。一丛丛的野蔷薇红艳似火，红色的浆果点缀在稀疏的叶子中间，像小火舌似的闪耀着红光。腐烂的橡树皮浓烈的辛辣气味充满了整个树林。浓密有刺的黑莓爬得满地都是；一串串的烟灰色熟透的黑莓果巧妙地藏在爬得到处都是的蔓秧里，躲避着阳光。中午以前，阴影里的衰草上还有露水珠，挂着露水珠的蜘蛛网闪着银光。只有啄木鸟认真敲啄的嘚嘚声和画眉吱喳的叫声划破了树林的宁静。

树林沉默、肃穆的美景，使潘苔莱·普罗珂菲耶维奇镇静下来。他踏着地上厚厚的潮湿的落叶，悄悄地在灌木丛中走着，心里想：“这过的是什么样的日子啊：不久前他们还活蹦乱跳，现在却要为他们净身安葬啦。他们打死了一个多么好的哥萨克啊！不久前还来看望过我们，打捞达丽亚的那天还站在顿河边上哪。唉,赫里斯坦,赫里斯坦!敌人的子弹竟也找到了你啦……还有阿尼库什卡……多么快活的人呀,喜欢喝酒,说笑话,可是现在已经全完啦,成了死人了……"潘苔莱·普罗珂菲耶维奇想起了杜妮亚什卡的话,脑海里突然清晰地映出了阿尼库什卡的没有胡子、笑嘻嘻的老公脸,怎么也想像不出来现在断了气的、脑袋打得粉碎的阿尼库什卡成了什么样子。"我不该惹上帝生气——拿葛利高里吹牛。"他想起了和别斯赫列布诺夫的谈话,心里就责备自己说。"也许被子弹打死的葛利高里现在也躺在什么地方呢?上帝保佑,千万可不能这样啊!那我们老两口可靠谁过日子呀?"

一只棕色山鹬突然从灌木丛里飞了出来,把潘苔莱·普罗珂菲耶维奇吓得哆嗦了一下。他无目的地注视着斜身疾飞上天空的山鹬,继续向前走去。在一个小水塘旁边,他看中了几丛树条,动手砍了起来。他干着活儿,竭力什么都不想。一年的工夫,死神叫走了这样多的亲人和朋友,一想到他们,他的心里就难过得要命,整个人世都变得暗淡无光,仿佛蒙上了一层黑幕。

"应该把这丛树条砍倒。是上等的树条!用它们编篱笆最好啦。"为了摆脱这些令人不快的思绪,他出声地自言自语地说。

潘苔莱·普罗珂菲耶维奇干了一阵子活儿以后,就脱掉上衣,坐在砍下来的树条堆上,贪婪地吸着辛辣的落叶气味,久久地凝视着遥远的、蓝色烟雾缭绕的地平线和远处被秋天镀成一片金黄、显耀着最后丰姿的小树林。不远处有一丛鞑靼槭。这丛槭树简直是美极啦,整个树丛都闪耀着秋天太阳的冷光,被紫红色的叶子坠得下垂的枝杈向四面扎煞开,宛如神话里从地上飞起的鸟翅膀。潘苔莱·普罗珂菲耶维奇久久地欣赏着这番美景,后来偶然朝水塘看了一眼,看见清澈、平静的水里几条大鲤鱼的黑脊背,它们凫得离水面那么近,所以连鱼鳍和摇动的红尾巴都看得清清楚楚。一共有八条鲤鱼。它们有时候藏到绿色的睡莲叶子下面,然后重又凫到明净的水里去咬那沉到水里去的湿柳树叶子。水塘到了秋天差不多要干涸了,捉这几条鲤鱼并不困难。潘苔莱·普罗珂菲耶维奇找了一会儿,就在邻近的一个小湖旁找到了一只没有底的篮子,回到水塘边,脱了裤子,——打着冷战,哼哼着,捉起鱼来。他搅浑了塘水，踏着没膝深的烂泥，在水塘里蹚着，把篮子放进水里，使篮子边紧贴到池塘底上，然后一只手伸进篮子，盼着马上会有条肥壮的大鱼钻进篮子，溅起水花，发出哗啦哗啦的响声。他的努力成功了：他捉了三条鲤鱼，每条都有十磅重。他再也不能继续捉了，水冰得他的病腿抽起筋来。意外的收获使他高兴，从水塘里爬出来，用香蒲擦了擦脚，穿好衣服，为了暖和一下身子，又砍起树条来。怎么说，这也是交好运啦。无意中捉了差不多一普特重的鱼，这可不是谁都能碰上的好运气啊！捉鱼迷住了他，驱散了那些阴郁的思绪。他把篮子万无一失地藏好，准备再来捉剩下的鱼，——担心地四面张望了一下：是否有人看到他把肥大的、简直像小猪一样金色的鲤鱼扔上岸，然后这才扛起捆好的树条和用树条穿着的鲤鱼，不慌不忙地往顿河边走去。

他得意地笑着，把自己捉鱼的好运气讲给伊莉妮奇娜听，又看了一眼像红铜铸的鲤鱼，但是伊莉妮奇娜很不情愿分享他的幸运。她去看过阵亡的人，从那里回来已经哭得满面泪痕，忧心忡忡。

“你不去看看阿尼凯吗？”她问。

“不去，我没有见过死人还是怎么的？我见过的死人可多啦，看够啦！”

“你还是去看看吧。不去恐怕不太合适，人家会说——你连告别都不去一下。”

“看在基督面上，你不要再缠我啦！我又不是他家孩子的教父，根本就没有去和他告别的必要！”潘苔莱·普罗珂菲耶维奇强词夺理地狂叫。

他没有去送葬，一大清早就到顿河对岸去了，在那里待了一整天。葬仪的钟声迫使他在树林子里摘下帽子，画了个十字，然后他甚至埋怨起神甫来：用得着敲这么久的钟吗？哼，敲两下子就完啦，他们却要敲上整整一个钟头。这样大敲一气有什么好的啊？只是叫人心里难过，叫人多去想到死亡。用不着敲钟，秋天也已经够使人想到死啦：萧萧落叶、哀鸣着飞过镇上蓝天的雁群，还有衰草……

不管潘苔莱·普罗珂菲耶维奇怎么煞费苦心地逃避伤心事，但是不久他就又遭到新的打击。有一天正在围桌吃饭的时候，杜妮亚什卡

朝窗外一看,说:

"唉,又从前线上拉回来一个阵亡的!后头还有一匹鞴着鞍子的战马,用长缰绳拴着,他们走得不快……一个人赶车,死人盖着军大衣。赶车人背朝我们,我认不出——是咱们村的人,还是……"杜妮亚什卡仔细看了看,脸立刻变得比纸还白,"这是……这是……"她含混不清地嘟囔着,突然尖声叫起来,"运来的是葛利沙呀!……是他的战马!"于是哭叫着往门廊里奔去。

伊莉妮奇娜没有从桌边站起来,用手巴掌捂上了眼睛。潘苔莱·普罗珂菲耶维奇艰难地从椅子上站起来,像瞎子似的两手伸在前面,朝门口走去。

普罗霍尔·济科夫开开院子的大门,瞥了一眼从台阶上飞跑下来的杜妮亚什卡,忧郁地说:

"快来接待客人吧……没有料到吧?"

"我们的亲人哪!好哥哥呀!"杜妮亚什卡悲痛地使劲扭着自己的手,呻吟道。

普罗霍尔只是看到了她满脸是泪,看到了一声不响站在台阶上的潘苔莱·普罗珂菲耶维奇,才明白过来说:

"你们不要害怕,不要害怕!他还活着哪。他害了伤寒病。"

潘苔莱·普罗珂菲耶维奇软弱无力地把脊背靠到门框上。

"活着哪!!!"杜妮亚什卡破涕为笑,又哭又笑地朝他喊道,"葛利沙活着哪!你听见了吗?!他害了病才送回来的!去告诉妈妈呀!喂,你怎么站在那儿不动呀?!"

"别害怕,潘苔莱·普罗珂菲耶维奇!我送回来的是活人哪,至于他的健康情况就不必问啦。"普罗霍尔牵着马笼头走进了院子,赶紧解释说。

潘苔莱·普罗珂菲耶维奇竭尽全力,摇摇晃晃地往前迈了几步,坐在一级台阶上。杜妮亚什卡旋风似的从他面前飞奔过去,跑进屋子,去叫母亲放心。普罗霍尔把马车紧停在台阶跟前,朝潘苔莱·普罗珂菲耶维奇看了一眼。

"你干吗呆坐在那儿呀?拿条车毯来,咱们好往屋里抬呀。"

老头子一声不响地呆坐在那里。泪如泉涌,脸上却毫无表情,甚至连筋肉也没动一动。他举了两次手,想要画个十字,但因为没有力气举到额头,又放了下去。喉咙里好像有什么东西在直咕噜,呼哧呼哧地响。

"看来你是吓掉了魂啦,"普罗霍尔遗憾地说,"我怎么就没有想到先派个人来告诉你们一下呀?我是个糊涂虫,一点儿也不冤枉,——货真价实的糊涂虫!好啦,起来吧,普罗珂菲奇,总得把病人抬进去啊。你们家的车毯在哪儿?要不就用手抬,行吗?"

"你等等……"潘苔莱·普罗珂菲耶维奇喑哑地说,"怎么我的腿麻木……我以为他是阵亡啦……上帝保佑……真没有料到……"他把自己旧衬衣领子上的扣子撕下来,敞开领口,大张着嘴贪婪地大口吸起气来。

"起来,起来,普罗珂菲奇!"普罗霍尔催促地说,"除了咱们俩,再没有别人能抬他啊?"

潘苔莱·普罗珂菲耶维奇很费劲地站了起来,走下台阶,掀开军大衣,弯下腰去看了看昏迷不醒的葛利高里。他喉咙里又有什么东西呼哧呼哧地响了起来,但是他控制住自己,扭过脸去朝普罗霍尔说:

"你抬腿。咱们俩抬吧。"

他们把葛利高里抬进内室,给他脱下靴子,脱去衣服,放到床上,杜妮亚什卡慌恐地在厨房里喊:

"爸爸!妈妈不好……快来!"

伊莉妮奇娜躺在厨房的地板上。杜妮亚什卡跪在那儿,往她的发青的脸上洒水。

"快跑,去叫卡皮托诺芙娜老大娘来,快去!她会放血,就说,要给你母亲放放血,叫她带着家伙来!"潘苔莱·普罗珂菲耶维奇嘱咐说。

杜妮亚什卡——一个没有出嫁的大姑娘——不能披头散发的在村子里跑呀;她抓起头巾,匆匆往头上系着说:

"看,把孩子们快吓死啦!主啊,这真是祸不单行……照看着他们点儿,爸爸,我一口气儿就跑去!"

也许是杜妮亚什卡还想照一下镜子,但是精神已经恢复正常的潘苔莱·普罗珂菲耶维奇狠狠地瞪了她一眼,姑娘便像一阵风似的从厨房里跑出去了。

一跑出篱笆门,杜妮亚什卡看到了阿克西妮亚。阿克西妮亚白净的脸上一点血色也没有。她靠在篱笆上,毫无生气地垂手站在那里。蒙眬的黑眼睛里虽然没有眼泪,但是那种痛苦和无声的祈求神情,使得杜妮亚什卡停了片刻,不由自主地突然说:

“活着哪!活着哪!他害了伤寒。”于是两只手捧着跳动不止的高高的乳房,飞速顺着胡同跑去。

好奇的婆娘们从四面八方赶到麦列霍夫家。她们看见阿克西妮亚不慌不忙地离开麦列霍夫家的篱笆门,随后突然加快了脚步,弯下腰,双手掩面而去。

第二十五章

过了一个月,葛利高里已经痊愈了。他第一次下地走是在十一月二十日,他显得修长、枯瘦,简直像一副骨头架子;他摇摇晃晃地在屋子里走了一圈,在窗前站住。

地上和板棚的草顶上初雪耀眼地闪着银光。胡同里已经有爬犁滑杠的划痕。篱笆上和树木上结满了峥嵘的蓝色冰霜在夕照中闪着虹霓的光彩。

葛利高里若有所思地微笑着,用瘦骨嶙嶙的手指头捋着胡子,凭窗眺望了半天。仿佛他从来还没有见到过这样可爱的冬天。他觉得一切都那么美妙、新奇,意义深奥。病后,他的目光似乎变得锐敏了,他开始发现周围的新事物和那些很久前他已熟识的事物发生的变化。

在葛利高里的性格上突然产生了过去不曾有过的对村子里和家里发生的一切事情的好奇和兴趣。他觉得生活中的一切都具有某种神秘的、新的意义,一切都引起他的注意。他用稍微有点儿惊奇的目光去观察他重又看到的世界,天真、幼稚的微笑久久地浮在他的嘴唇上。这孩子般的微笑使脸上的严厉神色和充满野性的眼睛里的表情起了很大的变化，使嘴角上残忍的皱纹变得很温柔了。有时候他仔细地打量着一件从幼年时代就熟悉的家常用具，紧张地挑动着眉毛，就像个不久以前才从遥远的外国回来的人，第一次看到这些东西似的。有一天，伊莉妮奇娜看见他在转着圈仔细打量纺车，心里觉得非常奇怪。可是等她一走进屋子，葛利高里就有点儿不好意思似的离开了纺车。

杜妮亚什卡看着他那瘦骨嶙嶙的大长身子，就不能不发笑。他只穿一件内衣在屋子里走动，手提着直往下滑的衬裤，驼着背，胆怯地挪动着干瘦的长腿；坐下去的时候，一定要先用手抓住点儿什么东西，生怕跌倒。卧病期间，长长的黑头发脱得不像样子，夹杂着浓密白头发的鬈曲的额发全脱光了。

由杜妮亚什卡帮着，葛利高里自己剃了头，待他把脸转过来朝着妹妹的时候，杜妮亚什卡手里的剃刀落到地上，捧着肚子，趴到床上，笑得连气都透不过来了。

葛利高里耐心地等着她笑够了，但是后来实在忍不住了，就用软弱的、颤抖的男高音说：

"小心点儿，你这样笑法，会笑出毛病来的。过后你会感到害臊的，你是快做新娘的人啦。"他的声调里带着淡淡的哀怨。

"啊呀，我的好哥哥！啊呀，我的亲人哪！我还是躲开这儿吧……笑得我一点劲儿也没有啦！噢噫，你成了什么样子啦！哼，简直像菜园子里的稻草人！"杜妮亚什卡在笑声间歇时说出这几句话来。

"我要能看到你害了伤寒病以后变成什么样子就好啦。把剃刀捡起来呀，啊?!"

伊莉妮奇娜来为葛利高里出气了，愤愤地说：

"真是的，你倒是嘿儿嘿儿地笑个什么呀？要不说你是个傻丫头呢，杜恩卡！"

"你瞧啊，妈妈，他像个什么样子啦！"杜妮亚什卡擦着眼泪说，"一脑袋疙瘩，圆圆的，像西瓜，也像西瓜一样的黑！噢噫，我忍不住啦！"

"拿镜子给我！"葛利高里要求说。

他对着一块破镜片照了照，自己也无声地笑了半天。

“也是啊，我的好儿子，你干吗要剃成这个样子呀，还不如就让它那么长着算啦。”伊莉妮奇娜不满意地说。

“照你的意思，就变成秃子算了，是吗？”

“唉，这就已经难看得要命啦。”

“你们简直都疯啦！”葛利高里用小刷子搅着肥皂沫，生气地说。

因为剃光了脑袋，弄得葛利高里不敢走出屋子，于是就总跟孩子们玩，而且一玩就很久。跟他们什么都说，只是不提娜塔莉亚。但是有一天，波柳什卡跟他亲热着问：

“爸爸，妈妈还会回咱们家来吗？”

“不，亲爱的，到了那儿就回不来啦……”

“从哪儿？从坟里吗？”

“一句话，死人是不会回来的。”

“她就永远死了吗？”

“那，你以为怎么样呢？当然，永远死啦。”

“我以为她有时想我们了，就回来啦……”波柳什卡的声音小得几乎听不到。

“你别想她啦，我的好孩子，别想她啦。”葛利高里喑哑地说。

“怎么能不想她呢？难道死人连回来看看都不来吗？哪怕就来一会儿呢。不行吗？”

“不行。好啦，去跟米沙特卡玩一会儿吧。”葛利高里扭过脸去。看来，这场病使他的意志薄弱了：他的眼睛里涌出了泪珠，为了不叫孩子们看见，他把脸趴在窗上，在窗前站了很久。

他不喜欢跟孩子们说起战争，但是米沙特卡却觉得战争是世界上最有趣的玩意儿。他时常缠着父亲，问这问那，如怎么打仗啦，红军是什么样的人呀，用什么打他们啦，以及为什么要打他们啦等等。葛利高里皱起眉头，生气地说：

“行啦，你老是唠叨这一套！战争跟你有什么关系呀？咱们还是说说夏天用鱼竿钓鱼吧。要给你做根鱼竿吗？等我一能到院子里去，马上就用马鬃给你捻一根钓鱼绳。”

每当米沙特卡说起战争的时候，他就感到内疚得很：怎么也回答不出孩子们的这些天真简单的问题。而且，谁知道——是为什么呢？是不是因为他自己也没有找到这个问题的答案呢？但是摆脱米沙特卡的纠缠可不是那么容易。他似乎是很注意地听完父亲关于钓鱼的计划，可是后来又问：

“爸爸，你在打仗的时候杀过人吗？”

“别缠我啦，长舌鬼！”

“杀人的时候害怕吗？杀死他们的时候流血吗？流的血很多吗？比杀鸡或者宰羊流的血还多吗？”

“我对你说，不要再谈这个啦！”

米沙特卡沉默了一会儿，然后又若有所思地说：

“前几天我看见爷爷宰羊。我并不害怕……也许有一丁点儿害怕，也许根本就不怕！”

“你给我把他赶走！”伊莉妮奇娜生气地喊，“好啊，又养大了一个杀人的刽子手！简直是个小凶手！就听见他说什么打仗呀，打仗呀，别的话他就不会说啦。上帝宽恕，宝贝儿，谁听见过小孩子家老是谈论这该死的打仗的事儿呀？过来，拿块肉饼去吃，住一住嘴吧。”

但是战争却每天每日都叫人想到它。从前线上回来的哥萨克们来看望葛利高里，讲述什库罗和马蒙托夫被布琼尼的骑兵歼灭的事儿，讲述在奥勒尔附近失利的战役，讲述各条战线开始撤退的情况。在格里巴诺夫卡和卡尔达伊尔附近的战斗中又阵亡了两名鞑靼村的哥萨克；将受伤的格拉西姆·阿赫瓦特金送回家来了；德米特里·戈洛谢科夫害伤寒病死了。葛利高里脑子里数了数两次战争中自己村子里战死的哥萨克，发现鞑靼村没有一家没有死人。

葛利高里还不能出屋子，村长已经把镇长通知麦列霍夫中尉立刻到医务委员会去复查的命令送来了。

“请写信告诉他，就说我只要一能走路，就会自动去报到，用不着他们来催。”葛利高里生气地说。

战线离顿河越来越近。村子里又开始谈论撤退了。过不多久，就在村民大会上宣读了军区司令要求全体成年哥萨克必须撤退的命令。

潘苔莱·普罗珂菲耶维奇从会场上回来，把命令给葛利高里讲完

以后,问道:

“咱们怎么办?”

葛利高里耸了耸肩膀说:

“有什么办法?应该撤退。命令没到,大家就已经开始逃难了。”

“我问的是咱们俩的问题:咱们是不是一起儿撤退呀?”

“咱们不能一起儿走。过两天我骑马到镇上去打听打听,哪些部队将要经过维申斯克,我就去加入一个部队。你跟难民一起儿走。你是不是想参加部队呀?”

“见他的鬼吧!”潘苔莱·普罗珂菲耶维奇大吃一惊,骂道,“那我就跟别斯赫列布诺夫老爹一起儿走吧,他前天约我跟他结伴走。他是个很老实的老头子,他的马也很好,这样我们就可以套上两匹马跑啦。我的骒马也有点儿太肥啦。该死的玩意儿,膘太满啦,尥起蹶子来,简直吓死人!”

“好啊,那就跟他一起儿走吧,”葛利高里高兴地支持他说,“那咱们来谈谈你们走的路线吧,说不定我也会走那条路呢。”

葛利高里从图囊里面掏出一张南俄罗斯地图来,详细地给父亲讲了,应该经过些什么村庄,而且已经开始往纸上写那些村庄的名字,但是老头子恭恭敬敬地看了看地图说:

“等等,你别写啦。当然,对这些事你比我明白得多,因为地图——这是正经东西,是不会胡说的,它告诉人们近直的路,可是如果这对我不适合,我怎么能照它指的道儿走呢?你说,应该首先去卡尔金斯克,我明白:从那儿走是直路,——可是我去那里也要绕个弯儿走。”

“你为什么要绕弯儿走呀?”

“这是因为拉特舍夫我有一个叔伯妹妹,我在她家里人马都可以弄到吃的,可是住到生人家里就要吃自个儿的草料和干粮。再往前走,你说,按地图走应该去阿斯塔霍沃村,这么走是直道儿,可是我要到马拉霍夫斯基村去,那儿我也有一房远亲和一位老同事;在那儿也可以不动自个儿的草,吃他们家的,要知道,我总不能拉着一个草垛走呀,到了人生地不熟的地方很可能不仅讨不到一根草,就是花钱也买不到。”

“顿河对岸你没有亲戚吗?”葛利高里挖苦地问。

“那儿也有。”

“那么,你可以到那儿去吧?”

“你别他妈的胡说八道啦!”潘苔莱·普罗珂菲耶维奇怒冲冲地说,“你说正经事儿,别胡开玩笑啦!什么时候啦,还开玩笑,真是聪明人!”

“你别到亲戚家去打秋丰啦!撤退——就撤退好啦,用不着去串亲戚,又不是过谢肉节!”

“好啦,你别教训我啦,往哪儿去,我自个儿知道!”

“既然知道,那就想到哪儿就去哪儿好啦!”

“我怎么会按照你的路线走呢?只有喜鹊才直着飞哪,你听说过这话吗?鬼知道我会跑到哪儿去呀,也许那里冬天连道儿都没有呢。你说这种浑话,好好地想过吗?亏你还指挥过一个师呢!”

葛利高里和老头子争论了半天,但是后来葛利高里全面考虑了一下,觉得应该承认,父亲的话有很多是更正确的,就和解地说:

“别生气啦,爸爸,我不坚持你非照我的路线走不可,你愿意怎么走就怎么走吧。我尽力到顿涅茨河对岸去找你好啦。”

“早这么说不就完了吗!”潘苔莱·普罗珂菲耶维奇高兴了,“不然总在跟我说些什么计划呀,路线呀,可是不明白,计划只不过是计划罢啦,可是马没有草料吃是哪儿也去不了的。”

还是在葛利高里卧病的时候,老头子已经慢慢地在做撤退的准备了:他特别细心喂养那匹骒马,修理好爬犁,定做了一双新毡靴子,为防坏天气时湿透,又亲手缝上皮子;预先把精选过的燕麦装了几口袋。他就是准备撤退也是一位出色的当家人:一切路上可能用得到的东西都预先准备好了。斧子、手锯、錾子、修鞋的工具、线、备用的鞋掌、钉子、锤子、一束皮带、纤绳、一块松香——一直到马蹄铁和马蹄铁钉子,这都包在一块帆布里,眨眼的工夫就能放到爬犁里去。潘苔莱·普罗珂菲耶维奇甚至还带了一杆秤,伊莉妮奇娜问他路上要秤干什么,他责备说:

“你呀,老太婆,是越老越糊涂。难道这么简单的道理你也不明白吗?撤退的时候,我要不要用秤来买草或者糠呢?那里大概不会用尺来量草吧?”

“难道那地方连秤也没有吗?”伊莉妮奇娜惊讶地问道。

“你怎么能知道那地方使的是什么样的秤呢?”潘苔莱·普罗珂菲耶维奇生气地说,“也许那地方的秤都是骗人的,成心骗咱们爷儿们呢。就是这么回事!我知道那儿是些什么样的老百姓!你买三十磅,可是要付出一普特的钱。我与其每到一处,都要吃这样的亏,那我还是自个儿带上杆秤好啦,这就不会吃亏上当!你们在家里没有秤也照样可以过日子,你们要秤有他妈的什么用呀?将来军队从这儿过,他们拿草是不过秤的……他们就知道赶快全都运走。我见识过这些脑袋上没有长角的魔鬼,我太熟悉他们啦!”

起初,潘苔莱·普罗珂菲耶维奇还想连大车都装在爬犁上,免得到春天还得花钱去买,就用自己带去的大车就行了,但是后来权衡利弊,放弃了这个奇怪的念头。

葛利高里也开始准备了。他擦了手枪和步枪,收拾好得心应手的马刀;恢复健康后一个星期,他走出屋子去看自己那匹战马,望着闪光的马身子,他明白了,老头子不只是喂好自己的骒马,连他的战马也喂得棒极啦。他艰难地骑到直蹦的马上,把它好好地遛了遛,回家的时候,他看到,——也许只是他觉得是这样,——好像阿司塔霍夫家的窗户里有人挥着白手绢跟他打招呼……

在村民大会上决定,全村的哥萨克一起撤退。一连两天两夜,婆娘们忙着给哥萨克烤炸路上吃的各种食物。规定在十二月十二日那天出发。头一天傍晚,潘苔莱·普罗珂菲耶维奇就把干草和燕麦都放到爬犁里,第二天早晨天刚蒙蒙亮,就穿上老羊皮袄,系上腰带,皮手套掖在腰带上,祷告过上帝,就跟家人告别。

不久就有一大队车辆从村子里往山上驶去。出来送行的婆娘们久久地向远去的亲人挥舞着手绢,后来草原上扬起阵阵细雪,风雪迷漫,既看不见慢慢往山坡上爬的车队,也看不见跟在大车旁边走的哥萨克。

葛利高里在动身去维申斯克之前,见到了阿克西妮亚。傍晚,村子里已经掌灯的时候,他到她家里去了。阿克西妮亚正在纺线。阿尼库什卡的寡妇坐在她身边织袜子,在对她讲些什么。葛利高里一看见有外人在，就简短地对阿克西妮亚说：

“你出来一下，我有点儿事情找你。”

在门廊里他把手放在她的肩膀上问：

“愿意跟我一起儿撤退吗？”

阿克西妮亚沉默了很久，考虑怎么回答，后来悄悄说：

“那家业事怎么办？房子怎么办？”

“请别人替你照看照看。应该走啊。”

“什么时候动身？”

“明天我来找你。”

阿克西妮亚在黑暗里笑着说：

“记得吧，我早就对你说过，跟你上天边我也去。现在我还是这样。我对你的爱情是坚定不移的。我跟你走，绝不后悔！你什么时候来？”

“天一黑就来。别带很多东西。多带点儿衣服和吃食就行啦。好，再会。”

“再会。等一会儿再来一下好不好？……她一会儿就会走的。我好像有一百年没有看见你啦……我的亲爱的，葛利申卡！我还以为你……不！我不说啦。”

“不行啊，我今天不能来啦。我马上就要到维申斯克去，再会。明天等着我。”

葛利高里已经走出了门廊，到了板门口。可阿克西妮亚还站在门廊里，笑着，用手掌抚摸着热辣辣的脸颊。

维申斯克的地方机关和军需仓库已经开始撤退了。葛利高里到军区办事处去探听前线的情况。军区司令的副官，一位年轻的少尉告诉他说：

“红军目前在阿列克谢耶夫斯克镇一带。我们不知道将有哪些部队从维申斯克经过，以及是否有部队从这里经过。您自己可以看到——谁都什么也不知道，都在忙着逃跑……我奉劝您现在不必找您的队伍啦，到米列罗沃去，到那里您会很快打听到队伍的驻地。在任何情况下,您那个团也会沿铁路线退却。敌人会不会被阻挡在顿河边呢?哼,我想不会。维申斯克大概是要不战而退的。"

深夜,葛利高里才回到家里。伊莉妮奇娜做着晚饭说:

"你那个普罗霍尔来啦。你走了一个钟头他就来啦。说还要来,可是不知道为什么到现在还没有来。"

喜出望外的葛利高里赶快吃过晚饭,就到普罗霍尔家去。普罗霍尔不很高兴地笑着迎接他说:

"我还以为你从维申斯克就径直撤退了呢。"

"你从什么鬼地方来的呀?"葛利高里笑着,拍着自己忠实的传令兵的肩膀问。

"这还用问——从前线上来呗。"

"开小差儿跑出来的吗?"

"你怎么啦,上帝保佑!咱们这样勇敢的战士,会开小差儿吗?咱是合理合法地回来的,我不愿意没有你,一个人到暖和的地方去。咱们一起儿造过孽,就应该一起儿去接受最后审判。咱们的事业——很不妙,你知道吗?"

"知道。你说说看,是怎么把你从部队里放回来的?"

"这——说来话长,以后再讲给你听。"普罗霍尔闪烁其词地回答说,脸色变得越发阴沉了。

"咱们的团在哪儿呀?"

"鬼知道它如今在哪儿呢。"

"那么你什么时候离开那儿的?"

"两星期以前。"

"你这些日子上哪儿去啦?"

"你这是怎么啦,真的……"普罗霍尔不满意地说,然后斜睨了妻子一眼,"看你,上哪儿去啦,怎么啦,干什么啦……问个没完儿。不管上哪儿去啦,现在我也不在那儿啦。我说过——以后告诉你,那就一定会告诉你。喂,老婆子啊!你有烧酒吗?会见团长,理应小喝两盅,有酒吗?没有?那就快跑,去拿酒来,快点儿回来!丈夫不在家过惯不守军纪的日子啦!吊儿郎当,太不像话啦!"

“你这是耍什么威风呀?”普罗霍尔的妻子含笑问道,“你别对我这么大喊大叫吧,你这号的当家人有啥可威风的,一年在家待不了两天。”

“什么人都对我大喊大叫,可是我除了你以外对谁去叫嚷呀?你先等等,等我当了将军的时候,我就对别人大喊大叫,现在,你只好忍耐点儿了,马上穿好你的‘军装’,跑步走!”

等妻子穿上衣服出去以后,普罗霍尔责备地看了葛利高里一眼说:

“潘苔莱维奇,你怎么什么也不懂……我能当着女人什么事都讲给你听吗,可是你总在逼问我:怎么啦,干什么啦。好啦,说说,你伤寒病以后身体恢复得怎么样啦?”

“我嘛,已经好啦,谈谈你自己吧。你这个鬼东西,吞吞吐吐……赶快交代:干了什么坏事啦?怎么开小差儿的?”

“这比开小差儿还要糟……你病后,我把你送回家来,就回到部队去。他们把我派到连里,派到三排去。我是个非常喜欢打仗的人!两次去打冲锋,可是后来我想:‘我的小命儿就要送在这儿啦!应该找个洞躲起来,普罗沙①,不然,你就非完蛋不可啦!’接着,好像是故意似的,战斗接连不断,敌人跟着屁股追打,压得我们连气都喘不过来啦!一要进行突围作战——就派我们去;什么地方顶不住啦——又把我们团调到那儿去。一个星期的工夫,连里有十一个哥萨克像被牛舌头舔了去似的牺牲了!于是,我也苦恼起来了,闷得身上都长出虱子来啦。”普罗霍尔点上烟,把烟荷包递给葛利高里,不慌不忙地继续说下去,“有一回,在利斯基附近,派我去侦察。一共去了三个人。我们顺着山坡飞跑,四下张望。看见从荒沟里面钻出一个红军,两手高举。我们飞马过去,他大声喊:‘乡亲们!我是——自己人!别砍我,我要投到你们那边儿去!’我他妈的叫鬼迷了心:不知道为什么大发起脾气来,我策马飞驰到他跟前,骂:‘狗崽子,你既然要打仗,就不应该投降!你这个混账王八蛋。难道你看不见,我们已经支持不下去了吗?!可是你却要投降我们,是想来加强我们的力量吗?’于是我就从马上用刀鞘

① 普罗沙是普罗霍尔的爱称。

在他背上抽了一下子。跟我同去的哥萨克也都对他说:‘难道有这样打仗的吗?今天跑过来,明天又投过去,哪边都要干干?要是你们能齐心合力地打过来——这仗也许早就打完啦!’鬼知道,这个投过来的家伙会是个军官呢?可是他居然就是个军官!等我一发脾气,用刀鞘砍了他几下,他的脸唰地一下就白了,低声说:‘我是军官,您怎么能打我!我从前也当过骠骑兵,参加红军是被强征去的,请你们把我送到你们的长官那里去,到那儿会把一切都告诉他的。’我们说:‘拿出你的证件来。’可是他却高傲地回答说:‘我不愿意跟你们谈话,把我带到你们的长官那儿去!’”

“这种事儿你为什么不愿意当着老婆说呢?”葛利高里惊奇地打断他的话,问。

“还没有说到我不能当着她谈的地方呢,请你别打岔。我们决定把他送到连里去,真可惜……我们要是当场把他干掉,事情不也就完啦。但是我们却把他好好地送到连里去啦,过了一天,我们再一看——派他来当我们这一连的连长啦。这是怎么回事儿呀?事情就从这儿开始啦!过了些时候,他把我叫去,问我:‘狗崽子,你是在为了不可分割的、统一的俄罗斯打仗吗?你把我俘虏的时候,对我说的话,还记得吗?’我这么说,那么说,怎么说,他也不肯饶我——他一想起我曾用刀鞘砍过他,就气得全身直哆嗦!他说:‘你知道我是骠骑团的骑兵大尉和贵族吗?你这个坏蛋,怎么竟敢打我?’今天叫我去,明天又叫我去,看他是饶不了我啦。他命令排长额外派我去放哨和站岗,什么勤务都派我去干,没完没了,就像从桶里往外倒豌豆一样,一句话,这畜生,把我折磨得没法活啦!对另外那两个跟我一同去侦察、把他俘虏来的哥萨克也这样来折磨。弟兄们实在受不了啦,后来他们把我叫去,说:‘咱们把他宰了吧,不然,他也不会叫咱们活下去的!’我想了想,决定把这一切经过都报告团长,因为良心不允许我杀人。在俘虏他的时候,是可以干掉他的,可是事过之后我的手就举不起来了……我老婆宰只鸡,我的眼睛都要眯缝起来,何况这是杀人呢……”

“他们把他打死了吗?”葛利高里又打断他的话。

“你别急,等会儿就什么都明白了。好,我找到团长,把事情的经过都报告了他,可是他哈哈笑起来,说:‘济科夫,既然你也打过他,就用不着生气啦,他执行纪律是很正确的。是个很优秀、很有学问的军官。’我就这样从他那儿回来了,可是我心里想:‘你把这个优秀的军官用绳子挂在自个儿的脖子上当十字架吧,我可不愿意跟他在一个连里共事啦!’我就要求把我调到别的连去,——依然毫无结果,没有调成。这时候我就想好要离开队伍。可是怎么能离开呢?我们撤到附近的后方休整一个星期,这时候鬼又迷住我啦……我想:我要是染上点儿淋病就行啦,那我就可以到军医站去检查,马上就要撤退啦,问题就可以自然而然地解决啦。于是我就干起我从来没有干过的事情,——开始追起娘儿们来,仔细地观察,专找看上去有那种病的女人。可是你怎么能认得出来呢?她们的脑门上又没有写着她们是有病的,这真是伤透脑筋啦!”普罗霍尔使劲啐了一口,仔细谛听了一下——是不是妻子回来了。

葛利高里用手巴掌捂着嘴,掩藏笑脸,——眏着笑得眯缝到一起的眼睛,问道:

“染上病了吗?”

普罗霍尔眼泪汪汪地看了他一眼。目光忧郁、安详,就像一条活到年纪的老狗的目光一样。他沉默了一会儿说:

“你以为病就那么容易染上吗?你不想得病,风都能把病吹到你身上,可是等你想得病了,它却销声匿迹,哪儿也找不到,就是满街吆唤也别想吆唤出来!”

葛利高里扭开身子,无声地笑着,然后把手巴掌从脸上拿下来,断断续续,不连贯地问:

“看在基督的面上,你别叫人心急啦!到底染上了没有啊?”

“你,当然啦,觉得可笑得很……”普罗霍尔委屈地说,“幸灾乐祸是可耻的,我是这样看的。”

“得啦,我也并没有笑呀……后来呢?”

“后来我就追求房东的女儿。是个四十来岁的老姑娘——也许比我说的年轻点儿。满脸粉刺,那长相嘛,一句话——够瞧的啦!据邻居们说,不久以前她常常去看大夫。我想:‘跟这家伙一定能染上病!’于是我就围着她转哪，转哪，简直像只小公鸡，大献殷勤，说些各种各样的肉麻话……这些话我是从哪儿学来的，连自个儿也不明白！”普罗霍尔负疚地笑了笑，甚至由于想起这段风流韵事，稍微高兴了一点，“我还答应娶她，还说些别的胡话……最后，我终于把她引诱上手，大功告成了，可是这时候她突然哭起来啦！我东劝西劝，问她：‘也许你有脏病吧，这没有关系，这反而更好。’而我自个儿也很害怕：深更半夜，如果正好有人听到我们的声音，跑到糠棚里来，可就糟啦。我劝她说：‘别哭啦，看在基督面上！你就是有脏病——也不用担心，因为我太爱你啦，所以什么也不顾了！’而她却说：‘我亲爱的普罗申卡[1]！我一点儿病也没有。我是个贞洁的姑娘，我是害怕——这会疼得我叫出声来。’唉，葛利高里·潘苔莱维奇，你也许不会相信，我一听到她讲的这些话——立刻就一身冷汗！我想：‘主耶稣啊，怎么都叫我碰上啦，怎么这么倒霉呀！……’气得我连说话的声调都变了，我问她：‘该死的东西，你干吗要往大夫那儿跑呀？你干吗要骗人呀？’她说：‘我去大夫家，是拿擦脸的药。’我大失所望，对她说：‘起来，给我滚！你这个可恶的反基督的坏蛋！我用不着你的贞洁，我也不要娶你啦！’”普罗霍尔更生气地啐了一口，不高兴地继续说，“我是前功尽弃。回到屋子里卷起行李，当天夜里就搬到另外一家去住了。后来，经弟兄们指点，我才达到了目的。不过这回我干得很干脆，我问她：‘你有脏病吗？’她说：‘有一点儿。’我说：‘行啦，我也用不了一普特。’给了她二十卢布的克伦斯基票子，第二天我就自豪地带着自己的成就，跑到军医站去，从那儿直接回家来啦。”

“你没有骑马回来吗？”

“怎么能不骑马呢？我骑着马带着全副武装回来的啊。弟兄们把马给我送到了军医站。不过问题不在这里；你给我参谋参谋：我该怎么对我的婆娘说呀？要不，最好别造孽，到你家里去过一夜算啦？”

“用不着，见你的鬼！就在家里过夜吧。说是受伤啦。有绷带吗？”

---

① 普罗申卡也是普罗霍尔的爱称。

“有个救急包。”

“这就行啦,快扎起来。”

“她不会相信的,”普罗霍尔沮丧地说,但是还是站了起来,在军用袋里翻了一阵,走进内室,从那里小声说,“她要是回来了——你拿话缠住她,我马上就会弄好!”

葛利高里一面卷着烟,一面考虑着上路的计划。“我们把两匹马套在一辆爬犁上,”他下定决心,“应该趁黑走,省得叫家里人看见我带着阿克秀特卡走了。尽管早晚总会知道的……”

“我还没有给你讲完那个连长的事儿哪。”普罗霍尔一瘸一拐地从内室里走出来,坐到桌边来,“第三天我们连的弟兄们就把他干掉啦,正好是我去军医站的那天。”

“真的吗?”

“真的!打仗的时候从后面给了他一枪,事情就这样完啦。弄了半天,我白白染上了一身脏病,太可惜啦!”

“没有查到凶手?”葛利高里漫不经心地问,心思全用在即将动身的远行了。

“哪有工夫去查啊!大规模的转移开始啦,哪还顾得上这个啊。我老婆这是跑到哪儿去啦?她老不回来,我连酒也不想喝啦。你打算什么时候动身?”

“明天。”

“再拖一天不行吗?”

“这是为什么?”

“我想把虱子清理清理,带着它们上路没有意思。”

“你在路上清理吧。事不宜迟。红军离维申斯克只有两天的路程啦。”

“咱们一早就走?”

“不,夜里走。咱们赶到卡尔金斯克就行,到那儿过夜。”

“红军不会捉到咱们吗?”

“所以要随时准备跑才行。我啊,打算……我想带着阿克西妮亚·阿司塔霍娃一起儿走。你不反对吧?”

“这与我有什么相干？你就是带上两个阿克西妮亚也不妨……不过马拉着有点儿重啦。”

“重不了多少。”

“带着娘儿们上路可不大方便……你干吗要带着她走呀？就咱们俩走多好,岂不省事多了!”普罗霍尔叹了口气,眼瞅着别处说,“我早就知道,你一定要拖着她走。你总想当新郎……唉,葛利高里·潘苔莱维奇,鞭子早就哭着要往你身上抽啦!”

“好啦,这与你无关,”葛利高里冷冷地说,“别把这事告诉你老婆。”

“难道我从前告诉过她吗？你也该有点儿良心呀！她把房子扔给谁呀?”

门廊里响起了脚步声。女主人走了进来。她那灰色的毛头巾上闪着雪花。

“下大雪啦?”普罗霍尔从柜橱里拿出杯子,这时候才问,“你拿回点儿什么东西来了吗?”

脸冻得红红的女主人从怀里掏出两只带哈气的瓶子,放到桌子上。

“来,祝贺一下,一路平安!”普罗霍尔兴致勃勃地说。他闻了闻烧酒,单凭酒味,就判断说:“是上等好酒！劲头儿大得很!”葛利高里喝了两杯,推说累了,便走回家去。

第二十六章

“好啦,战争要结束啦！红军把咱们打得落花流水,这回咱们一退就退到海边,直到咱们的屁股淹到海水里为止。”普罗霍尔把爬犁赶上山岗的时候说。

山下是炊烟缭绕的鞑靼村。夕阳已经沉到镶着粉红色雪边的地平线后面去了。积雪在爬犁的滑杠下面咯吱咯吱响。马匹缓步走着。葛利高里斜躺在两匹马拉的爬犁后座上,背靠着马鞍子。阿克西妮亚裹着一件镶皮边的顿河式皮袄，坐在他旁边。她的黑眼睛在白绒毛头巾下闪着喜悦的光芒。葛利高里不时斜眼看看她，看到她那冻得红扑扑的温柔的脸颊、浓密的黑眉毛和结上白霜的弯弯的睫毛下面闪耀着蓝光的白眼珠儿。阿克西妮亚兴致勃勃地观看着莽莽一片、到处是雪堆的草原。踏得平滑如镜的大道和远方烟雾弥漫的地平线。一向难得离家外出的阿克西妮亚觉得这一切都那么新奇，所以什么都引起她的注意。但是偶尔，她垂下眼睛，觉得睫毛上的白霜有一股刺得痒酥酥的、异常舒服的冷气。她笑了，多年梦寐以求的宿愿竟这么突如其来地实现了——跟葛利高里一起远走高飞，离开鞑靼村，离开这块亲爱而又可诅咒的地方，在这里她受了那么多的苦，在这里，她跟没有爱情的丈夫煎熬了半辈子，这里的一切都浸透了使她不能忘怀的辛酸的回忆。她笑了，因为她全身都感觉到葛利高里的存在，已经不再去想，这是付出了多么大的代价才换得的幸福，也不去想那像在远处招手的、笼罩在迷雾中的地平线一样渺茫的未来。

普罗霍尔偶然回头看一眼，看见阿克西妮亚冻得红肿的嘴唇上挂着颤动的微笑，就气恼地问：

“哼，你龇着牙笑什么呀？像个新嫁娘！从家里飞出来啦，高兴是吧？”

“你以为不高兴吗？”阿克西妮亚响亮地回答说。

“这有什么可高兴的……你真是个糊涂娘儿们！这出戏还不知道怎样收场呢，你先别嘿儿嘿儿地笑，闭上你的嘴巴。”

“对我来说，不会更坏啦。”

“我一看见你们俩，简直就恶心得想吐……”普罗霍尔怒冲冲地把马抽了一鞭子。

“那你就回过头去，把手指头放到嘴里。”阿克西妮亚笑着建议说。

“你又说糊涂话啦！照你说，我就嘴里含着手指头一直跑到海边吗？真有你的！”

“那你为什么恶心得要吐呀？”

“你最好还是闭上嘴吧！你男人哪？姘上个野汉子,就跟着人家瞎跑！如果司捷潘回来了,那可怎么办呀?”

“我说,普罗沙,我们的事儿你就别管了吧,”阿克西妮亚央告说,“不然,对你也不会有什么好处。”

“我才不管你们的事儿呢,你们的事儿跟我有什么相干！难道我不能说说自个儿的看法吗？难道我给你们当车夫,就只能跟马说话吗?真是岂有此理！不,阿克西妮亚,你生气也好,不生气也好,就应该用一根结实的柳条狠狠地抽你,抽你,还不准你哭叫。至于说到有没有好处,你别吓唬我啦,我的好处①全都随身带着哪。我的好处很特别,它叫我唱不出歌,睡不成觉……噢,可恶的东西！你们怎么总是迈八字步呀,大耳朵鬼!”

葛利高里含笑听着他们嚼舌,后来就和解地说：

“你们先别吵个没完啦。咱们的路还远得很哩,有你们吵的时候。你干吗要跟她瞎缠呀,普罗霍尔?”

“我跟她缠是要叫她今后别跟我顶嘴。”普罗霍尔恶狠狠地说,“我现在是这样看的,世界上再没有比女人更坏的啦,比贪官污吏还坏……我的老兄,这是上帝创造的最坏的玩意儿！我真想把她们这些害人精统统消灭,一个也不留,别让她们再在人间招摇撞骗啦！我现在简直恨透她们啦！你笑什么？幸灾乐祸——最可耻啦！哪,拿着缰绳,我要下去一会儿。”

普罗霍尔徒步走了半天,后来又上了爬犁,再没有搭话。

他们在卡尔金斯克过了夜。第二天早晨,吃过早饭,就又上路了,到天黑时已经走出了六十俄里。

大队难民车辆络绎不绝地涌向南方。离开维申斯克镇地区越远,葛利高里就越难找到住宿的地方。在莫罗佐夫斯克附近遇见了第一批哥萨克队伍。有一支总共不过三四十个骑兵的队伍,而辎重队的车辆却长得一眼看不到头。村子里的房子到傍晚就全被占用了,不仅找不到住宿的地方,连拴马的地方都找不到。葛利高里在一个道利人居住

---

① 这是句反话,指的是淋病。

区，毫无目的地找寻着可以住宿的房子，最后，只好在板棚里过了一夜。到天快亮的时候，在暴风雪中打湿的衣服全都结上冰，冻得翘了起来，一动就沙沙作响。葛利高里、阿克西妮亚和普罗霍尔几乎都冻得一夜没有睡，直到快天亮时，在院子里生起一个火堆才暖和过来。

第二天早晨，阿克西妮亚胆怯地建议说：

“葛利沙，咱们可以在这儿再住一天吗？整整挨了一夜冻，几乎一点儿觉也没有睡，是不是——咱们可以稍稍休息一下呢？”

葛利高里同意了。费了很大劲他才找到一间空屋子。辎重队从黎明时就登程了，但是带着一百多伤兵和害伤寒病的战士的野战医院也留下来休息。

一间小屋里的肮脏的土地上睡了十来个哥萨克。普罗霍尔把草垫子和装食物的口袋拿了进来，在门边铺上干草，攥着一个睡得很死的老头子的腿，把他拖到一旁，粗鲁、亲热地唤道：

“阿克西妮亚，躺下吧，看你一夜折磨得都没有人样啦。”

夜里，这里又挤满了人。黎明时分，胡同里生起了火堆，不断地传来人声、马嘶和爬犁滑杠的咯吱声。天刚蒙蒙亮，葛利高里就唤醒普罗霍尔，小声对他说：

“套上爬犁。动身吧。”

“干吗这样早？”普罗霍尔打着呵欠问。

“你听听。”

普罗霍尔从鞍垫上抬起头来，听见了低沉、遥远的大炮轰鸣声。

他们洗过脸，吃了点腌猪油，就从又热闹起来的小居民点驶了出来。胡同里停着一排一排的爬犁，人们在奔忙，在黎明前的昏暗中有人沙哑地喊：

“不行，请你们自己把他们埋掉吧！等我们挖好了六个坟坑——就要到晌午啦！”

“为啥俺们要去埋他们呢？”另一个人心平气和地问。

“你们会去挖的！”嗓音沙哑的人喊，“如果你们不愿意挖——就叫他们挺在这儿好啦，在你们这儿烂掉，与我毫无关系！”

“您这是怎么啦，大夫老爷！如果过路的死人都让俺们埋，那俺们别的事儿就全不用干了。是不是还请你们自个儿埋掉吧?”

“见你的鬼去吧,傻瓜!难道要我为了你把野战医院交给红军吗?”

葛利高里绕过满街的车辆说:

“死人谁也不要……”

“如今连活人都顾不过来,还管什么死人呀。”普罗霍尔应声说。

顿河流域所有的北部集镇都在南逃。无数的难民车辆越过察里津——利哈亚铁路,涌向马内奇村。葛利高里在路上走了一个星期,不断地打听鞑靼村撤退的人们的消息,但是在他们经过的村庄,鞑靼村的人都不曾走过;很可能,他们为了躲开乌克兰人的村镇,经过哥萨克的村庄,往奥布利夫斯克去了。直到第十三天头上,葛利高里才找到同村人的行踪。已经过了铁路,在一个村子里偶然听说隔壁的房子里躺着一个害伤寒病的维申斯克哥萨克。葛利高里就去打听这个病人是哪儿的人,他走进低矮的小房子,看见奥博尼佐夫老头子正躺在地上。从他嘴里打听到,鞑靼村的人是前天从这个村子走的,并且说他们有很多得了伤寒病,已经有两个死在路上,他,奥博尼佐夫是自愿留在这里的。

“如果我能好起来,红军同志能饶我一条命,不杀我的话——怎么我也能走回家去,如果好不了——我就死在这儿。哪里的黄土不埋人,反正哪儿都一样不舒服……”跟葛利高里道别的时候,老头子说。

葛利高里问他父亲的身体怎么样,但是奥博尼佐夫说,他什么也不知道,因为他是坐在最后面的一辆爬犁上的,而且从过了马拉霍夫斯基村以后,就再没有见过潘苔莱·普罗珂菲耶维奇。

在下一个过夜的地方葛利高里很走运:在他走进的第一座请求借宿的房子里,就遇到了几个上奇尔斯克村熟识的哥萨克。他们挤了挤,葛利高里就在炉子旁边打了个铺。屋子里密密匝匝地躺着十五个难民,其中有三个是害伤寒病的,一个是冻病了的。哥萨克们煮了猪油大麦粥吃晚饭,热情地请葛利高里和他的同伴们吃。普罗霍尔和葛利高里都很有胃口地在吃,阿克西妮亚却谢绝了。

“难道你不饿吗?”普罗霍尔问,他近来不知不觉地改变了自己对阿克西妮亚的态度,对她虽然有点儿粗鲁,但是却很关心。

“不知道为什么我总想吐……”阿克西妮亚披上头巾，走到院子里。

“她是不是病啦？”普罗霍尔问葛利高里说。

“谁知道她呢。”葛利高里放下盛粥的盘子，也走到院子里。

阿克西妮亚正站在台阶旁边，把手掌捂在胸前。葛利高里抱住她，担心地问：

“你怎么啦，克秀莎？”

“总想吐，头痛。”

“走，咱们回屋子里去，你躺躺吧。”

“你先去，我立刻就回去。”

她的声音喑哑，一点生气也没有，动作也软弱无力。等到她走进烧得很暖和的屋子，葛利高里仔细看了看，只见她两颊有发烧的红晕，眼睛闪着可疑的光芒。他的心吓得揪成一团：阿克西妮亚肯定是病啦。他想起来，昨天她就说过浑身发冷和头晕，天亮以前出了一身大汗，脖子上的发卷儿都像洗过一样，水淋淋的；他黎明时醒来，看到这种情况，盯着睡得正香的阿克西妮亚，便不想起身，免得惊醒她的好梦。

阿克西妮亚刚强地忍受着逃难路上的一切痛苦，甚至还鼓励普罗霍尔，因为他总在埋怨：“鬼知道这战争是什么玩意儿，是谁他妈的想出来的？你奔哪，奔哪，奔了一整天，可是到晚上——连个住宿的地方都找不到，而且也不知道奔到哪儿才算完？”但是这一天，阿克西妮亚也支持不住了。夜里躺下睡觉的时候，葛利高里觉得她好像在哭泣。

“你怎么啦？”他小声地问，“哪儿不舒服？”

“我病啦……现在咱们怎么办？扔下我吗？”

“你说什么呀，傻瓜！我怎么能扔下你呀？别哭哭啼啼，也许——只不过是在路上受了点儿凉，看你，已经吓成这样啦。”

“葛利申卡，是害伤寒病！”

“别胡说啦！什么症候也没有。你的额角很凉嘛，也许——并不是伤寒。”葛利高里安慰她说，但是心里明白，阿克西妮亚害的是斑疹伤寒，他痛苦地思量着，如果她真病倒了，怎么安置她？

“噢，这么走下去可太难啦！”阿克西妮亚紧挨在葛利高里身上，小声说，“你看看，这样多的人挤在一块儿睡！虱子会把咱们吃掉的，葛利沙！我想看看自己身上怎么了，可是连个地方都找不到，到处是男人……昨天我走到板棚里，脱下衣服一看，衬衣上全是虱子……主啊，我从来没有看见过这么可怕的事儿呀！我一想起这些虱子——就想吐，什么也不想吃啦……昨天你看见那个躺在长凳上的老头子身上有多少虱子吗？简直就在棉袄面上爬呀。”

“你别想那些虱子啦，鬼知道，你总在瞎唠叨些什么呀！哼，虱子——虱子，当兵的根本不把虱子当回事儿。”葛利高里生气地小声说。

“我全身都在痒痒啊。”

“大家都痒痒，现在有什么办法呢？忍耐一点儿。等咱们赶到叶卡捷琳诺达尔——到那儿好好洗个澡。”

“现在是穿不上干净衣服啦，”阿克西妮亚叹了口气说，“咱们要叫虱子吃啦，葛利沙！”

“睡吧，咱们明天一早还要赶路。”

葛利高里好久也不能入睡。阿克西妮亚也睡不着。她用皮袄襟蒙上脑袋，哭了好几次，后来又辗转反侧，叹气不止，直到葛利高里转过身来，抱着她，才睡去。半夜，葛利高里被猛烈的敲门声惊醒。有人想破门而入，大声地在叫喊：

“喂喂，开门哪！不然我可要把门砸啦！该死的东西，都睡死啦！……”

房主人是个上点年纪的和蔼的哥萨克，他走到门廊里问：

“什么人？你们要干什么？如果想在这里过夜，我们这儿可没有地方啦，已经满而又满，连转身的地方也没有啦。”

“开开门，跟你说哪！”院子里的人们在叫喊。

门敞开以后，有五个武装的哥萨克冲进了堂屋。

“谁在你这儿住宿？”其中一个脸冻成铁青色的哥萨克艰难地翕动着冻僵的嘴唇问。

“难民。你们是什么人？”

其中一人也不回答主人的问话，闯进了内室，喊道：

“喂,你们这些家伙!睡得满舒服呀!立刻从这儿滚开!现在这儿要驻军队啦。起来,起来!快点儿,不然,我们立刻就把你们赶出去!”

“你是什么人,干吗这样大喊大叫?”葛利高里睡意蒙胧,沙哑地问,慢慢地站了起来。

“我现在就叫你看看我是什么人!”一个哥萨克朝葛利高里走过去,在煤油灯昏暗的光亮里,乌黑的手枪筒在他的手里闪着暗淡的光泽。

“你真够伶俐……”葛利高里稳住他说,“好吧,把你的小玩意儿给我吧!”他一把抓住哥萨克的手腕子,使劲一攥,哥萨克哎呀叫了一声,手指头松开了。手枪轻声落在草垫子上。葛利高里推开哥萨克,弯腰捡起了手枪,放进口袋,然后镇静地说:“现在咱们来谈谈吧。你是哪个部队的?像你们这么机灵的人还有多少?”

哥萨克从这突如其来的打击中清醒过来以后,大声喊叫:

“弟兄们!到这儿来!”

葛利高里走到门口,站在门当中,背靠在门框上说:

“我是顿河第十九团的中尉。小点声!别大喊大叫!这是谁在那儿哇哇地叫呀?亲爱的乡亲们,折腾够了吧?你们要把谁赶出去呀?这是谁给了你们这样的权力呀?好,现在给我开步走,离开这儿!”

“你叫嚷什么呀?”一个哥萨克大声说,“什么样的中尉我们都见识过!怎么,难道叫我们睡在院子里吗?快把屋子腾出来!上级是这样命令我们的——把所有的难民都从屋子里赶出去,你们明白吗?看你,嚷嚷个没有完!你们这号人我们见得多啦!”

葛利高里径直朝说话的那个人走去,咬着牙傲慢地说:

“你还没有看见过这样的人呢。你想变成两个傻瓜吗?我来变给你看!你往后退什么呀!这不是我的手枪,这是我才从你们的人手中缴来的。哪,你还给他,趁我还没有动手揍你们,赶快从这儿滚出去,不然,我立刻就把你们身上的毛都拔下来!”葛利高里轻而易举地把哥萨克扭过身去,推到门口。

“教训他一下,好吗?”一个脸裹在驼绒风帽里的强壮的哥萨克迟疑不决地问。他站在葛利高里身后,仔细打量着他,倒动着两脚,缝着皮底的大毡靴咯吱咯吱直响。

葛利高里转过脸,正对着他,已经忍耐不住,攥起了拳头,但是哥萨克却举起一只手,很和气地说:

“你听我说,老爷,也许还可以称呼你别的什么的;你等等,别摩拳擦掌的!我们走,不跟你斗。不过如今这样的时候,你也不要把哥萨克们逼得太甚啦。马上又是一九一七年那样的时代啦。如果碰上些冒失鬼,他们不仅会把你变成别说是两个,就是五个傻瓜也容易得很!我们看你是一个很勇敢的军官,而且,听你说话,我觉得你是从我们这样的人中爬上去的,那你现在还是检点些儿好,不然,你会倒霉的……”

那个被葛利高里缴过手枪的哥萨克愤怒地说:

“你别给他唱颂歌啦!走,咱们到隔壁去。”他头一个往门口走去,在走过葛利高里面前的时候,斜睨了他一眼,遗憾地说,“军官老爷,我们不想跟你斗啦,否则,我们早就送你上天堂啦!”

葛利高里藐视地撇了撇嘴说:

“你何不把自己先送上天堂呢?趁我还没有扒你的裤子,赶快走吧,走吧!真是个好汉!可惜我把手枪还给你啦,像你这样的冒失鬼,是不配挎手枪的,只配挂一把羊毛梳子!”

“走吧,弟兄们,叫他见鬼去吧!不动他,也就不会放臭味儿啦!”一个没有参加谈话的哥萨克好心肠地笑着说。

哥萨克们骂着,乱踏着结上冰的靴子,一起向门廊里拥去。葛利高里严厉地吩咐房主人说:

“下回不许开门啦!他们敲一会儿就会走的,如果不走,就叫醒我。”

被吵闹声惊醒的霍皮奥尔河上游逃难的人们都低低地交谈起来。

“纪律简直败坏得不成样子啦!”一个老头子伤心地叹了口气说,“这些狗崽子,跟军官怎么说话呀……这要是在过去,那还了得呀?一定要送他们去服苦役!”

“他们要只是说说——那又算得了什么!没看见,他们还想动手呢!有个家伙还说,‘教训他一下,好吗?’就是那个戴驼绒风帽,像棵从未砍伐过的杨树似的家伙。这些坏家伙,已经坏到什么地步啦!”

“你就这样饶了他们啦,葛利高里·潘苔莱维奇?”有一个哥萨克问。

葛利高里把军大衣盖在身上,脸上带着毫无恶意的笑容听着大家的谈话,回答说:

“对他们有什么办法呢?他们现在已经脱离了部队,谁也管不了;他们自己结伙,没有指挥人员,无法无天,谁是头头?谁有力量,谁就是他们的头头。大概,他们的队伍里连一个军官都没有剩下。我见过这样的连队,就像一群没爹没妈的孤儿!好,咱们睡觉吧。”

阿克西妮亚悄悄地嘟哝说:

“你跟他们纠缠什么呀,葛利沙?别惹这些人吧,看在基督面上!这些疯子,他们会打死你的。”

“你快睡吧,睡吧,咱们明天还要起早哩。你觉得怎样?是不是好受一点儿啦?”

“还是那样。”

“头疼吗?”

“疼。看来我是起不来啦……”

葛利高里把手掌放在阿克西妮亚的额角上,叹了口气说:

“你身上烧得简直像刚出炉似的。好,没关系,别泄气!你身体结实,会好起来的。”

阿克西妮亚不做声了。她干渴得要命,到厨房里去了好几次,喝些很难喝的温吞水,恶心、头晕,她勉强支持着,又躺到草垫子上去。

夜间又来了四批找地方过夜的人。他们用枪托子敲门,打开百叶窗,在窗户上乒乓乱敲,直到葛利高里教导过的房主人骂着,在门廊里叫喊:“请你们到别处去吧!旅部住在这儿!”他们才走开了。

黎明时分,普罗霍尔和葛利高里套上爬犁。阿克西妮亚很费劲地穿上衣服,走出屋子。太阳升起来了。烟囱里冒出灰色的炊烟,升上蓝色的天空。被太阳从下面照耀着的红艳的云块在高空飘移。篱笆上、板棚顶上都结了一层厚霜。马身上冒着热气。

葛利高里扶着阿克西妮亚坐上爬犁,问道:

“你是不是躺下？这样你可以舒服些儿。”

阿克西妮亚肯定地点了点头。葛利高里关怀地给她盖好腿，她看了他一眼，目光中带着无声的感激神情，又闭上了眼睛。

中午，在离大道约两俄里的新米哈伊洛夫斯基村停下来喂马的时候，阿克西妮亚已经不能从爬犁上站起来了。葛利高里把她扶进屋子，让她躺在热情的女主人腾出来的床上。

“你不好受吗，亲爱的？”他弯下身子，对着面色灰白的阿克西妮亚的脸，问道。

她困难地睁开眼睛，视线模糊地看了看，又昏迷过去。葛利高里手哆嗦着给她解下头巾。阿克西妮亚的脸颊像冰一样凉，额角却烫得很，太阳穴边出的虚汗结成了冰丝。傍晚，阿克西妮亚完全失去了知觉。在这以前，她曾经要求喝水，嘟哝说：

“要凉水，雪水。”她沉默了一会儿，又清晰地说，“请把葛利沙叫来。”

“我在这儿哪。你要什么，克秀莎？”葛利高里抓住她的手，笨拙、羞怯地抚摸着。

“别扔下我，葛利申卡！”

“我不会扔下你的，怎么会这样想呢？”

“不要把我扔在外乡……我会死在这儿。”

普罗霍尔端来水。阿克西妮亚贪婪地把干裂的嘴唇放到铜杯子边上，喝了几口，又呻吟着把脑袋伏到枕头上。过了五分钟，她又不连贯地、模糊不清地说起胡话。葛利高里坐在她的头这边，听清了几句：“应该洗一下……弄点儿淡蓝色的水漂……还早……”她的模糊不清的话变成了喊喊嚓嚓的耳语。普罗霍尔摇了摇头，责备说：

“我劝过你，别带着她上路！好啦，现在咱们怎么办？简直是活受罪，没有说的，真的！咱们在这儿过夜吗？你聋啦，还是怎么的？我问你，咱们要在这儿过夜呢，还是继续赶路？”

葛利高里沉默不语。他弯腰坐在那里，眼睛死盯着阿克西妮亚的灰白的脸。女主人是个热情、善良的女人，她看了看阿克西妮亚，小声问普罗霍尔：

“是他的妻子吗？有孩子吗？”

“有孩子，什么都有，我们就是没有运气。”普罗霍尔嘟囔说。

葛利高里走到院子里，坐在爬犁上，抽了半天烟。应该把阿克西妮亚留在这个小村子里，继续赶路会加速她的死亡。葛利高里心里很清楚。他走进屋子，又坐到床前。

“咱们在这里住下来吗，还是怎么的？”普罗霍尔问。

“住下。也许明天还要住一天。”

不久，房主人就回来了，是个矮小、瘦弱的庄稼人，目光闪烁不定，一看就知道是个诡计多端的家伙。他的一条假木腿（腿是从膝盖地方截去的）戳着地，一瘸一拐，很精神地走到桌边，脱下外衣，恶狠狠地斜睨了普罗霍尔一眼，问：

“上帝送客人来啦？从哪儿来的？”他不等到回答，就吩咐妻子说，“快给我弄点什么东西吃，我饿得跟野狗一样啦！”

他没命地吃了半天。闪烁不定的目光经常停在普罗霍尔和一动不动地躺着的阿克西妮亚身上。葛利高里从内室里走出来，问候主人。主人默默地点了点头问：

“你们是撤退的吗？”

“是撤退的。”

“打够了仗啦，老爷？”

“好像是。”

“这是您的妻子吗？”主人用脑袋朝阿克西妮亚那边点了点。

“是我的妻子。”

“你为什么叫她躺在床上？咱们自个儿在哪儿睡呀？”他很不满意地对妻子说。

“她有病，万尼亚，应该可怜可怜她嘛。”

“可怜！他们那么多，你可怜得过来啊，你看他们有多少！老爷，您把我们都挤走啦……”

葛利高里一只手贴在胸前，对主人夫妇说话的时候，声音里充满了不符合他性格的乞怜口气，几乎是祈祷说：

“善人们哪！看在基督面上，救救我吧。我再也不能带着她上路啦,她会死在路上的,答应我把她留在你们家吧。我给你看护的费用,你们要多少就给多少,我一辈子忘不了你们的恩情……请你们无论如何也不要拒绝,行行好吧!"

起初主人断然拒绝了,推说没有工夫照料病人,而且病人挤得他们没有地方住了,可是后来,吃完饭,又说:

"当然,谁愿意白照看她呢。您打算出多少照看费呀?对于我们的照料,您愿意出多少钱?"

葛利高里把口袋里所有的钱统统掏了出来,递给房主人。房主人犹豫不决地接过一沓子顿河政府发的票子——用唾沫沾湿手指头,数了数钱,问:

"您没有尼古拉票子吗?"

"没有。"

"也许有克伦斯基的票子吧?您这些票子太不可靠啦……"

"我也没有克伦斯基的票子。您要愿意,我可以把马留给您。"

主人思量了半天,然后若有所思地回答说:

"不行。当然,我倒很愿意要马,对我们种庄稼的人来说,马是头等重要的大事,但是现在这年月可不行啦!不是白军,就是红军,反正他们要把马牵走,哪儿会轮到我来用呢。你看,我只有一匹瘸腿的小骒马,就这我也整天担惊受怕,生怕他们说不定什么时候把它也牵走。"他默默地想了一会儿,像在为自己辩解似地补充说,"您别以为我这个人太贪心了,绝对不是!不过请您自个儿想想看,老爷!她也许要躺上一个月,或者还要多,一会儿要给她端这个,一会儿又拿那个,还要养活她吧,面包、牛奶,什么鸡蛋啦、肉啦,要知道,这都是值钱的呀,我说得对吗?而且还要给她洗衣服,给她洗澡,还有其他乱七八糟的一大堆活儿……我的老婆又要管家务,又要照看她。这可不是什么容易事儿!不,您别舍不得啦,再给点什么吧。我是个残废,您看见啦——缺一条腿的人,我能干什么活儿挣钱哪?我们是靠上帝的施舍,过着粗茶淡饭的穷日子……"

葛利高里气得肺都要炸了,压着火儿说:

"我不是不舍得,你这个大善人哪。我把所有的钱都给你了,我自己也要过一文不名的日子啦。没有钱我也能凑合着活。你还想要我给你什么东西呢?”

“您真的已经把所有的钱都拿出来啦?”主人不相信地冷笑道,“挣您这份薪饷,应该有几口袋钱才是。”

“你痛快说吧,”葛利高里的脸变得越来越苍白,说道,“愿不愿意把病人留在你们家里?”

“不,您既然这么吝啬,我们就没有理由留下她啦。”主人带着很大的委屈说,“再说,这也不是什么小事儿……军官的太太,叫邻居们知道了,事情就麻烦了,同志们紧跟着你们就会来到,他们一知道这件事,就会天天把我叫去……不,既然这样,您就把她带走吧,也许别的街坊愿意收留她。”他流露出非常遗憾的神情,把钱还给葛利高里,掏出烟荷包,卷起烟来……

葛利高里穿上军大衣,对普罗霍尔说:

“你在这里照看她一会儿,我去找房子。”

他已经抓住门把手了,主人拦住他说:

“您等等,老爷,干吗这样急啊?您以为我不可怜这个有病的女人吗?我是非常可怜她的,我自个儿也曾当过兵,而且非常尊重您的职务和地位,难道除了这些钱以外,您就不能再加点儿别的什么东西了吗?”

这时普罗霍尔忍不住了,激动得脸涨得通红,大声喊:

“还要给你加点儿什么呀,你这个瘸腿的阴险家伙?!把你的那条腿也打断,这就是加给你的东西!葛利高里·潘苔莱维奇!请准许我把他像打狗一样狠狠揍一顿,然后咱们拉上阿克西妮亚继续赶路,这个该死的东西,叫他不得好死……”

主人听完普罗霍尔的气喘吁吁的话,没说半句话去打断他,等他说完了才说:

“您臭骂我一顿,有什么用呀,老总!咱们是在平心静气地商量嘛,用不着叫骂,用不着吵嘴。我说,哥萨克,你干吗跟我大发脾气呀?难道我指的是钱吗?我说的根本不是要多给钱!我是说,你们是不是有什么多余的武器,譬如说,步枪啦,或者随便什么样的手枪啦……有它没有它,对你们来说,反正是一样,可是对我们来说,现在这种年月,这东西可是件大财产。保家护院一定要有武器!我说的是这个问题!把刚才的钱都给我,再加上一支步枪,一言为定,把您的病人留下来,我们会像照料自己的亲人一样照料她,我可以对您起誓!”

葛利高里看了看普罗霍尔,小声说:

“把我的步枪和子弹都给他,然后去套爬犁。就让阿克西妮亚留在这里吧……让上帝处罚我吧,我不能带着她去送死呀!”

第二十七章

单调、乏味的日子一天一天地逝去。把阿克西妮亚留下以后,葛利高里顿时失去了对周围的一切兴趣。每天一清早坐上爬犁,就在漫无边际的白雪茫茫的草原上奔驰,傍晚,找到一座可以借宿的小村子,就躺下睡去。天天如此。至于在日益南移的战线上发生的事情,他毫无兴趣。他明白,真正像样的抵抗已经结束了,大多数哥萨克丧失了保护故乡集镇的热情,从各方面看,白军正在结束它的最后长征,既然在顿河未能守住,——那么在库班也不可能守住……

战争已近尾声。结局不可逆转地即将到来。库班哥萨克成千成万地放弃阵地,奔回家乡。顿河哥萨克已经被打得溃不成军。由于战斗频仍、伤寒猖獗,志愿军中患起了贫血症,严重减员,丧失了四分之三的兵力,已经无力单独抵挡节节胜利的红军的进攻。

难民纷纷传说,库班地区,由于邓尼金对库班“拉达”委员们进行的残酷迫害,民怨沸腾。说库班已经在酝酿反对志愿军的起义,而且似乎已经在与红军代表就让苏维埃军队不受干扰地通过库班、开赴高加索问题进行谈判。难民中盛传,库班和杰列克等地市镇的人,跟敌视志愿军一样,对顿河人也非常敌视,好像在科列诺夫斯克附近的什么地方,顿河的一个师和库班步兵已经发生了第一次大规模的战斗。

葛利高里在宿夜的地方注意地倾听别人的谈话,一天比一天清楚地看出白军的彻底失败是不可避免的了。他心里仍然不时闪出一线希望,认为灭顶之灾会迫使白军瓦解崩溃、互相敌视的各种力量重新联合起来,抵抗和打退正胜利进军的红军部队。但是在罗斯托夫陷落以后,连这点儿希望也消失了,对红军在巴塔伊斯克附近遭到顽强抵抗后业已开始退却的消息也不敢轻信。闲得无聊,他想要参加到一支部队里去,但是等他把这个想法说给普罗霍尔听的时候,却遭到普罗霍尔的坚决反对。

“葛利高里·潘苔莱维奇,看来,你是彻底疯啦!”他激动地说,“我们他妈的为什么要往那个地狱里钻呢?你自己看得很清楚,大势已去,咱们为什么要白白去送死呢?难道你以为咱们俩就能救他们的命吗?趁他们还没有来动咱们,还没有强迫咱们参加部队的时候,赶快离开这个是非窝,越远越好,可是你却尽说这样的浑话!不,咱们还是像老头子似的,太太平平地撤退吧。咱们俩已经打了五年了,足够啦,现在该让别人打啦!我故意染上淋病,难道是为了再到前线上去纠缠不休啊?谢谢啦!谢谢你的好意!这场战争让我吃得太饱啦,所以想起它,到现在我还想吐!你愿意——你自个儿去吧,我就失陪啦。那我就进医院,我打够啦!”

葛利高里沉默了半天,然后说:

“那就照你说的干吧。咱们去库班,到了那儿再说。”

普罗霍尔自行其是:每到一个大村镇,都要去找医生,拿些药面或者药水回来,但是用药却并不特别热心,葛利高里问他,为什么只吃一包药,其余的却都扔掉,而且还使劲儿把它们踏进雪地里去,他就解释说,他并不希望治好,只希望病减轻点儿就算啦,这样,军医复查的时候,他可以很容易地避免再被送回部队去。在韦利科克尼亚热斯克镇遇到一个有经验的哥萨克,劝他用鸭掌汤治。从这时起,普罗霍尔一走进村庄或者集镇,遇到第一个人就问:“请问,你们这儿养鸭子吗?”等被问得莫名其妙的居民否定地回答他说,因为附近没有水,养鸭子无利可图的时候,普罗霍尔就极端轻视地咬着牙骂:“你们住在这儿,可过的简直不是人的生活!大概,你们从来也没听见过鸭子叫吧!草原上的蠢货!”然后转向葛利高里非常懊丧地说,“一定是有神甫横过咱们走的道路啦[1]！事事都倒霉！唉，如果他们这儿有鸭子——我马上就买一只，花多少钱我都舍得，或者偷一只也行，我的病就会好起来啦，不然，现在我的病却发作得厉害啦！起初，还可以解解闷儿，只是在路上不能打盹儿，现在，这该死的病，简直是活受罪啦！连坐在爬犁上都支持不住啦！”

普罗霍尔没有得到葛利高里的什么同情，好久沉默不语，有时候走上一个钟头，也不说一句话，总是那么愁眉苦脸的。

在路上奔波的白天，葛利高里已经觉得长得烦人，而无尽头的、漫长的冬夜就更长得可怕啦。所以他有足够的时间去考虑当前的事情和回忆往事。脑子里长时间地翻腾着在自己畸形的、糟乱如麻的生活中逝去的岁月。坐在爬犁上，迷离恍惚的目光凝视着死气沉沉、大雪覆盖的草原，或者夜里闭上眼睛，咬着牙，躺在气闷的、挤满人的小屋子的一角里，——他惟一思念的就是病危的、昏迷不醒的、被扔在荒僻的小村里的阿克西妮亚以及留在鞑靼村的亲人们……那里，顿河地区已经建立了苏维埃政权，葛利高里总在忧伤，担心地问自己：“他们真会为了我而去虐待妈妈或者杜妮亚什卡吗？”他立刻又开始安慰自己，回想起在路上已经听到无数次的传说，都说红军战士不扰民，对他们占领的村镇里的老百姓都很好。担忧的心情渐渐平息下来，那种老母会为他的所作所为负责的想法，已经显得非常荒唐和毫无根据了。一想到孩子，葛利高里就立刻愁肠寸断。他担心家人恐怕无力使他们免于伤寒，同时又觉得，自从娜塔莉亚死后，他对孩子们的钟爱，任何痛苦都已经不能像这种爱那样使他动心……

在萨尔斯克的一个过冬地区，葛利高里和普罗霍尔住了四天，让马休息一下。这几天，他们曾多次谈到将来怎么办。刚到过冬地区的第一天，普罗霍尔就问：

“咱们的部队能在库班地区站住脚，还是要继续往高加索退呢？你怎么看？”

“不知道。不过对你来说，还不是一样吗？”

---

① 哥萨克有一种迷信，认为走路时碰上神甫横穿自己要经过的道路，就要倒霉。

“真是岂有此理！这对我怎么会是一样呢？这不是要把咱们赶到回教徒的土地上去，赶到土耳其附近的地方，去吃清水煮萝卜吗？”

“我又不是邓尼金，请你也不要问我在往哪儿赶咱们。”葛利高里不高兴地回答说。

“我这是因为听到这样的消息才问你的，好像又开始在库班河沿岸进行防御战啦，等春天一到，就可以回家去啦。”

“谁去进行防御战呀？”葛利高里冷笑说。

“这还用问，当然是哥萨克和士官生啦，此外还有谁呀？”

“净说昏话！你的眼睛瞎啦，你看不见周围发生的事情吗？大家都一心在想赶快逃跑，谁会去进行防御战呀？”

“唉，小伙子，我自个儿也看得出咱们是完啦，可是不知道为什么，总还不愿相信……”普罗霍尔叹了口气说，“唉，万不得已，就漂洋过海，或者像虾一样爬到外国去，你怎么样？去吗？”

“你呢？”

“我的态度是这样：你上哪儿去，我就上哪儿去。如果人们都去，我也不能一个人留在这儿呀。”

“我也是这样想。既然咱们已经加入了羊群，那就只能跟在绵羊后头走啦……”

“可是那些绵羊有时候他妈的会瞎跑……不，你别说这逗笑的话啦！你说真心话！”

“别说啦！车到山前必有路。咱们干吗要庸人自扰呢！”

“好好，阿门！我不再问你啦。”普罗霍尔同意说。

但是第二天，他们去收拾马的时候，普罗霍尔又谈起老问题来了。

“你听说绿军[1]的事了吗？”他装作好像在观察三齿叉的叉柄似的，小心翼翼地问。

“听说啦，怎么啦？”

“怎么又出来了什么绿军呀？他们拥护谁？”

“拥护红军。”

---

① 绿军或红绿军是白军地区对南方红军游击队的称呼。

“为什么管他们叫绿军呢?”

“鬼知道他们是怎么回事儿,大概是因为他们总藏在树林子里,所以才这样称呼他们的。”

“是不是咱俩也去绿一下呢?”普罗霍尔想了半天以后,胆怯地提议说。

“我好像没有胃口。”

“可是除了绿军之外,还有什么军队,能使我们尽快回家去呢?我他妈的反正都一样——绿军也好,蓝军也好,或者是什么蛋黄色的军队也好,只要这些人反对战争,肯把当兵的人放回家去,不管是什么颜色的,我都甘心情愿地浸进去染一染……”

“你再忍耐一会儿吧,也许会有这种军队的。”葛利高里劝他说。

一月底,在一个雾蒙蒙的融雪的日子的中午,葛利高里和普罗霍尔来到白土镇。镇上挤了一万五千多难民,其中有一大半是害斑疹伤寒的。许多穿着英国军大衣、短皮袄和棉袄的哥萨克,在街上找住处和喂马的草料,到处是骑马的人和车辆在乱窜。人家的院子里,几十匹瘦弱的马站在槽边,有气无力地嚼着干草;大街上、小胡同里,到处是扔弃的爬犁、四轮车和子弹箱。走过一条街时,普罗霍尔仔细看了看拴在栅栏上的一匹高大的枣红马说:

“你看,这是安得留什卡亲家的马呀!那就是说,咱们村的人在这儿呀。”于是赶紧从爬犁上跳下来,走进屋子里去打听。

过了几分钟,安得烈·托波利斯科夫——普罗霍尔的干亲家和邻居——披着军大衣,从屋子里走了出来。他由普罗霍尔陪着,庄重地走到爬犁跟前来,把散发着马汗气味的黑手伸给葛利高里。

“你是跟着村子里的难民车队一起走吗?”葛利高里问。

“一起儿受罪的。”

“好,快说说,你们一路上怎么样?”

“一路的情形就不用说啦……每天宿营后,都要留下些人和马……”

“我老爹还好吗?”

托波利斯科夫的视线避开葛利高里,朝别处看着,叹道:

“不好啊，葛利高里·潘苔莱维奇，糟得很哪……为他老人家祝福吧，昨天傍晚他已经归天，辞世啦……”

“已经埋了吗？”葛利高里脸色煞白，问道。

“我说不好，今天我没有到那儿去过。走吧，我告诉你那座房子……亲家，往右拐，街口右手第四座房子就是。”

普罗霍尔把爬犁赶到一座宽敞的铁顶房子旁边，让马停在木栅栏旁边，但是托波利斯科夫却请他赶进院子去。

“这儿也很挤，住了二十来个人，不过你们就在这里挤一下吧。”说完了，从爬犁上跳下去开大门。

葛利高里头一个走进烧得很暖和的屋子里。地板上躺着、坐着挤满了熟识的同乡。有的在修理鞋子和马套，有三个坐在桌边喝菜汤，其中有跟潘苔莱·普罗珂菲耶维奇搭伙同行的别斯赫列布诺夫老头子。哥萨克们一看见葛利高里都站了起来，同声答复了他的简短问候。

“我父亲在哪儿？”葛利高里往下摘着皮帽子，打量着房间问。

“我们运气不好……潘苔莱·普罗珂菲耶维奇已经去世啦，”别斯赫列布诺夫用棉袄袖子擦了擦嘴，放下勺子，画了一个十字，低声回答说，“昨天傍晚咽气的，愿他在天之灵安息。”

“这我知道。已经埋了吗？”

“还没有。我们准备今天埋，这会儿，你看，还停在这儿，我们把他抬到冷屋子里去了。请到这儿来。”别斯赫列布诺夫打开通往邻室的门，仿佛很抱歉似的说，“哥萨克们都不愿意跟死人睡在一间屋子里，气味太难闻，而且停在这儿是比较好的……主人这间屋子里不生火。”

宽敞的内室里散发出了一股扑鼻的大麻种子和老鼠粪的气味。一个角落里堆满了黍谷和大麻；长凳上摆着些装面粉和油的桶。潘苔莱·普罗珂菲耶维奇躺在屋子中间的草垫子上。葛利高里推开别斯赫列布诺夫，走进内室，站到父亲的尸体旁边。

“他病了两个星期，”别斯赫列布诺夫低声讲，“还是在梅切特卡的时候他就染上伤寒病倒了。真没想到你爸爸竟死在这儿了……我们过的是什么日子哟……”

葛利高里往前弯下腰，看着父亲。疾病改变了亲人脸的轮廓，变得完全不是原来的样子了，而且非常陌生。潘苔莱·普罗珂菲耶维奇苍白、干瘪的腮帮子上长满了灰色的硬毛，胡子垂在瘪进去的嘴上，眼睛半闭着，蓝珐琅似的白眼珠已经失去了生气和光泽。老头子耷拉着的下巴上缠着条红围巾，斑白的鬈毛大胡子衬在红围巾上显得更银光闪闪、更白了。

葛利高里跪了下去，想要最后一次仔细地看看，记住亲人的模样，而恐怖和嫌恶却使他不由自主地哆嗦了一下：密密麻麻的一层虱子在潘苔莱·普罗珂菲耶维奇蜡一般的灰色脸上乱爬，爬满了眼窝和腮帮上的皱纹。它们像一块浮动的纱布，遮在脸上，在大胡子里，在眉毛里乱爬，蓝棉袄的硬领子上也爬了厚厚的一层，衣领都变成了灰色……

葛利高里和两个哥萨克用破冰的铁杆在冻得像生铁一样坚硬的土地上凿了坟坑。普罗霍尔用木板马马虎虎地钉了口棺材。傍晚，把潘苔莱·普罗珂菲耶维奇抬到坟上，葬在异乡斯塔夫罗波尔的土地上。过了一个钟头，村子里已经掌灯的时候，葛利高里从白土村出发，朝新波克罗夫斯克方向驰去。

在科列诺夫斯克镇他感到身上不很舒服。普罗霍尔费了整整半天的工夫去寻找医生，最后找到了一个喝得已经半醉的军医，费了很大的劲才请动了他，把他领回住处。医生没脱军大衣，给葛利高里做了检查，摸了摸脉，肯定地说：

“您害的是回归热。中尉阁下，我奉劝您停止您的旅行。否则就会死在路上。”

“等着红军来吗？”葛利高里苦笑着说。

“啊，不过，我们可以认为，红军离这儿还远哪。”

“会走近的……”

“我对此毫不怀疑。不过您最好还是留下来。同是不幸，要是我，宁愿选择留下，这——要轻些。”

“不，我还是凑合着走吧，”葛利高里断然地决定说，而且开始穿起军便服来，“您能给我些药吗？”

“那就请便吧，您自己拿主意。但是我是应该向您提出忠告的，听不听——由您。至于药物,我以为最好的药——就是安静的环境和精心的护理;我本来可以给您开点儿什么药,但是药房撤退了,我这里除了麻醉剂、碘酒和酒精以外,是一无所有。”

“那就请您给点儿酒精吧!”

“我很愿意满足您的要求。反正您总归是要死在路上的,所以酒精一点也不会对您有什么害处了。让您的随从兵跟我去取,我给您一千克酒精,我是个善良的人……”医生举手行礼,然后摇摇晃晃地走了出去。

普罗霍尔取回酒精,不知道从哪里弄来一辆不太好的双套大车,套上马,走进屋子,用忧郁的讽刺口吻报告说:

“四轮马车已经准备好啦,老爷!”

恼人的、凄凉的日子又一天一天地过下去。

匆促的南方的春天从山前地带来到库班。平坦的草原上的积雪迅速融化了,露出了油晃晃地闪光的黑土地,春天的溪流银铃似的唱起悦耳的歌,路上到处闪着水洼,远处已经闪耀着蔚蓝的春晖,辽阔的库班晴空变得更加深邃、碧蓝、温暖。

过了两天,冬小麦已经见到了太阳,田地上升起白雾。马匹已经呱唧呱唧地走在化完雪的道路上,泥泞一直没到马距毛以上,马蹄深陷在小水沟里,马使劲弓起脊背拉着车,大汗淋漓,热气腾腾。普罗霍尔像当家人一样给马扎起尾巴,不时从车上跳下来,艰难地从烂泥里往外拔着脚,跟在车旁边走,嘴里嘟囔着:

“这哪里是泥,是树胶,真的!马匹从一动身就满身大汗,一直流到下一站为止。”

葛利高里躺在车上,一声也不响,瑟缩地裹在羊皮袄里。但是普罗霍尔路上没有人说话,就寂寞得要命;他推推葛利高里的腿或者拉拉他的袖子,说:

“这儿的泥真黏啊!你下来试试看!生病多没意思!”

“见你的鬼去吧!”葛利高里小声嘟哝说。

遇上个人,普罗霍尔就问:

“再往前走,那儿的泥比这更黏呢,还是跟这儿一样?”

遇上的人笑笑，也回敬他一个玩笑，而普罗霍尔也就心满意足，究竟是跟活人说了句话；他一声不响地走上一会儿，不时停下马，从自己棕色的额角上擦掉豆大的汗珠。有几个骑马的人追了上来，普罗霍尔忍耐不住，拦住赶上来的人，问候过，就盘问他们去哪儿，是什么地方的人，最后劝他们说：

"你们不必去啦。不能再往前走啦。为什么？因为前面是一片烂泥塘——凡是我遇到的人都这样说，那儿的烂泥没到马肚子，车轮子连转都不转，个子小的人摔倒了，就会淹死在烂泥里。我胡说？秃尾巴狗才胡说呢，我可绝不胡说！我们为什么还往前走呢？我们是不走不行啊，因为我车上拉的是位有病的大主教，他是绝对不能跟红军一起过日子的……"

大多数骑马的人都毫无恶意地把普罗霍尔骂几句，继续往前走，有些则在催马赶路以前，仔细地打量着他，问道：

"你们顿河连傻瓜也撤退吗？你们镇上的人都是些你这样的货吗？"

或者还说些类似的，更为挖苦的话。只有一个跟同乡人走散了的库班人，认为普罗霍尔的蠢话耽误了他走路，真的对他发起脾气来，想用鞭子抽他的额角，但是普罗霍尔出奇敏捷地跳到车上，从垫子底下抽出马枪，放在膝盖上。库班人恶狠狠地骂着，走了，普罗霍尔却可着嗓子哈哈大笑着，在他身后追着骂：

"你这不是在察里津城下，可以藏到玉米地里去！你这个木头人，挽起袖子的傻瓜！喂，你回来，饭桶！碰上刺儿头了吧？掖起你那长袍子吧，不然它会把你带进烂泥里淹死！怎么，泄气啦，吃鸡蛇！色鬼！可惜我没有臭子弹啦，不然，我就给你一枪！把鞭子扔了，听见没有?!"

寂寞和闲得发慌的普罗霍尔变得傻里傻气，拼命地寻开心。

但是葛利高里从生病的那天起，就陷入了昏迷状态。有时失去知觉，过后又苏醒过来。有一次，他昏迷了很久以后苏醒过来片刻，普罗霍尔正弯着腰俯在他身上，问道：

"你还活着哪？"关心地凝视着葛利高里的迷离模糊的眼睛，问。

他们头顶上阳光灿烂。黑翅膀的雁群，忽而聚在一起，忽而排成天鹅绒似的一道弯弯曲曲的黑线，叫着，在深蓝色的天空中飞翔。晒热的土地和嫩草散发着令人陶醉的气息。葛利高里呼吸短促，贪婪地往肺里吸着春天的新鲜空气。普罗霍尔的声音勉强地传到他耳边，四周的一切东西都是那么不真实，小得出奇，远得出奇。他们身后，由于距离远显得低沉的大炮声在轰鸣。不远地方，传来铁车轮规律、和谐的叮当声，马匹打响鼻声和嘶叫声，人声嘈杂；闻到了一阵刺鼻子的烤面包、干草和马汗的混合气味。这一切都好像是从另外一个世界上传到葛利高里的混乱意识里来的。他竭力集中意志，倾听普罗霍尔的说话声音，费了很大劲才弄明白普罗霍尔在问他：

"你要喝牛奶吗？"

葛利高里稍稍动了动舌头，舔了舔烧得干裂的嘴唇，觉得有一种稠稠的、凉丝丝的、带着熟悉的、淡淡的杂味的浆汁在往他嘴里灌。他吃了几口以后又咬上了牙关。普罗霍尔塞上了瓶塞，又俯到葛利高里身上，葛利高里立刻从普罗霍尔的被风吹干的嘴唇的动作上猜出来，比听到的更清楚地明白了对他提出的问题：

"是不是把你留在镇上呢？这样赶路你受不了吧？"

葛利高里的脸上露出了痛苦和恐惧的神情；他又一次竭力集中自己的意志，耳语说：

"拉着我走吧……只要我还没死……"

从普罗霍尔脸上的表情他看出，普罗霍尔听见他的话了，于是就放心地闭上眼睛，又轻松地昏迷过去，沉没到昏迷的、浓重的黑暗中去，远离了这个嘈杂喧闹的世界……

第二十八章

直到阿宾斯克镇，这一路上葛利高里只记得一件事情：在一个漆黑的夜里，他被一阵刺骨的严寒冻得苏醒过来。大道上并排走着几行大车。从人声上和滚滚不绝的车轮声音判断,这是一个很大的车队。葛利高里乘的这辆大车走在车队中间的什么地方。马匹缓步往前走着。普罗霍尔咂吧着嘴唇,有时用伤风的、沙哑的声音吆喝一声:“喔——喔,老朋友!”然后挥一下鞭子。葛利高里听到了皮鞭子清脆的响声,感觉到车轴响了一下,马用力拉起套绳,车子走得快了,有时候车辕木的顶头碰在前面的车尾上。

葛利高里困难地把盖在身上的皮袄大襟拉了拉,仰脸躺着。乌黑的天上,北风把一团一团的浓厚的黑云往南方吹去。偶尔有一颗孤星,在云隙中出现,闪耀着黄色的光芒,只亮了那么一刹那,立刻又是无边的黑暗笼罩了草原。风吹得电线在悲伤地呜咽,稀疏的、珍珠似的小雨点从天空飘落在大地上。

一纵队行军骑兵从道路右边开上来,越离越近。葛利高里听到了久已熟悉的、哥萨克的一套装备有规律的、和谐的响声。听到了无数马蹄的低沉、同样也很和谐地踏在泥泞的路上的呱唧声。已经开过去了约有两个连了,但是马蹄声一直还在响;看来,大概有一个团正从道旁开过去。忽然在前面,静穆的草原上空,一个领唱的雄壮、粗野的歌声,像鸟一样腾空而起:

> 噢噫,弟兄们,在卡梅申卡河上,
> 在萨拉托夫美丽的草原上……

于是几百人雄壮地唱起了古老的哥萨克民歌,唱衬腔的男高音用强有力的、悦耳的声调压下了所有人的声音。这个响亮的、震撼人心的男高音压下越来越弱的低音,还在黑暗中颤抖的时候,领唱的已经又唱了起来:

> 哥萨克——自由的人们世世代代地在那里生活,
> 所有顿河的、山脊的和亚伊克河流域的哥萨克……

葛利高里的内心好像有什么东西爆炸了……突然袭来的恸哭使他全身都颤抖起来,喉咙痉挛得说不出话来。他吞着眼泪,贪婪地期待着领唱人再开口唱,自己也无声地跟着领唱的人嘟哝着从童年就熟悉的歌词:

他们的头领——是叶尔马克·季莫费耶维奇，

他们的大尉——是阿斯塔什卡·拉夫连季耶维奇……

歌声刚一响起来，大车上的哥萨克们的谈话声一下子就沉寂了，也听不到吆喝马的声音了，成千的车辆在一片深沉、敏感的寂静中向前移动着；在领唱的人竭力唱出最初的字句的时候，只听见辚辚的车轮声和马蹄踏在烂泥里的呱唧声。黑魆魆的草原上空只有这只流传了数百年的古老的民歌在回荡。这支歌用一些朴素、简单的词句，讲述曾经勇敢地打垮沙皇军队的自由哥萨克祖先的业绩；讲述他们怎样驾驶着轻捷的快船在顿河和伏尔加河上出没；讲述他们怎样打劫沙皇绘有鹰徽的航船；讲述那些“劫后”商人、贵族和军政长官的狼狈相；讲述被征服的遥远的西伯利亚……自由哥萨克的子孙们在忧郁的沉默中倾听着这雄壮的歌声，他们正在可耻地撤退，他们在这场可耻的、反对俄罗斯人民的战争中被打得落花流水……

一团人开过去了。唱歌的人追过车队已经走远。但是车队还在像着了魔似的在沉默中走了很久，大车上既听不到说话的声音，也听不到吆喝疲惫了的马匹的声音。而像满潮的顿河河水一样浩荡的歌声，又从远处的黑暗中飘荡、扩散过来：

他们大家都在冥思苦想：
夏天呀，温暖的夏天就要过去，
兄弟们，寒冬即将降临，
弟兄们，我们到哪儿过冬？
去亚伊克吧，——路途漫长，
在伏尔加河上游荡吧，——又要把贼名背在身上，
到喀山城去吧，——那儿驻有沙皇，
伊万·瓦西里耶维奇，可是个残暴的沙皇……

已经听不见歌手们的声音了，可是随声附和的声音依稀可闻，忽而弱下去，忽而又强劲起来。歌声消失了，可是依然还是一片那么紧张、忧郁的沉默。

……葛利高里还记得像在梦中似的一件事：他在一间温暖的屋子

里醒来，——没有睁开眼睛，全身感觉到一种穿着干净睡衣的清新、舒服滋味，一种强烈的药味刺进了他的鼻孔。起初他以为这是住在医院里，但是从邻室里传过来放肆的男人的哈哈笑声和杯盘的响声。响起醉酒的人们神志不清的话语声，有一个熟悉的低音说：

“……真是太糊涂啦！应该好好打听咱们的部队在哪儿，那我们也就可以帮上忙啦。好啦，喝吧，为什么他妈的这样垂头丧气啊?!”

普罗霍尔用醉意懵懂的哭声回答说：

“我的上帝呀，我怎么知道啊？你们以为我照料他容易吗？像喂小孩子一样，把东西嚼烂喂他，给他喂牛奶！说真的！我给他嚼烂面包，去喂他，真的！我用刀尖把他的牙齿撬开……有一回，我往他嘴里喂牛奶，把他呛了一下子，差一点儿没呛死……你就想想吧！”

“昨天给他洗过澡吗?”

“澡也洗过啦，还用推子给他理了理发，买牛奶把钱都花光啦……钱，我一点儿也不吝惜，花光算啦！可是你知道给他嚼面包和用手喂他，这是容易事吗？你以为这很简单吗？你要敢说这是很简单的，我就揍你，我可不管你的官儿大小！”

普罗霍尔、后脑勺上戴着灰色卷毛羊皮帽的哈尔兰皮·叶尔马科夫、脸像紫萝卜一样红的彼得罗·博加特廖夫、普拉东·里亚布奇科夫和另外两个不认识的哥萨克一同走进了葛利高里的房间。

“他会看人啦!!!”叶尔马科夫摇摇晃晃地走近葛利高里的时候，拼命地大叫道。

性格豪放、快活的普拉东·里亚布奇科夫手里摇晃着酒瓶子，哭着喊：

“葛利沙！我的亲人哪！你想想吧，咱们在奇尔玩得多痛快呀！仗打得漂亮吧？咱们的勇气跑到哪儿去啦?！那些将军把咱们搞成什么样子啦，他们把咱们的军队搞成什么样子啦?！这些混账王八蛋！你又活啦？来，喝吧，你的病立刻就会好的！这是纯粹的酒精！”

“我们费好大劲才找到你！”叶尔马科夫高兴得闪烁着像抹上油似的、黑亮的眼睛嘟囔说。然后沉重地坐到葛利高里的床上，笨重的身子把床都压得往下一沉。

“咱们这是在哪儿?”葛利高里吃力地转动着眼珠,环视着哥萨克们熟识的脸,刚能听到地问道。

“咱们攻下了叶卡捷琳诺达尔!马上就要继续前进!喝吧!葛利高里·潘苔莱维奇!我们最亲爱的人哪!看在上帝面上,你起来吧,我不愿意看到你躺在这儿生病呀!”里亚布奇科夫趴在葛利高里的腿上叫着,看来博加特廖夫比所有的人都清醒一些,他默不作声地笑着,抓住里亚布奇科夫的皮带,毫不费力地把他提了起来,小心翼翼地放到地板上。

“把他的酒瓶拿过来!酒都洒啦!”叶尔马科夫担心地喊,他满脸醉容,笑着对葛利高里说,“你知道,我们为什么大吃大喝吗?这是因为我们不满意,也是因为轮到别人花钱让哥萨克来休养来啦……我们抢劫了一座酒库,免得叫它落到红军手里……那儿的酒多得……做梦也梦不到这样的好事!大家用步枪射击酒罐:打上个窟窿,酒精从里面喷出来。整个的酒罐被打得像蜂窝一样,个个守在窟窿的旁边,有的用帽子,有的用桶,有的用水壶接着,还有的干脆就用手捧着站在那儿喝起来啦……砍死了两个看守酒库的志愿军,好,把他们收拾了,好戏就开场啦!我亲眼看到有个哥萨克爬到酒罐顶上,想用饮马的水桶直接从罐里汲,一下子掉进罐里淹死了。酒库里的地板是水泥的,立刻就流满了酒精,没过了膝盖,人们在酒精里蹚,弯下腰就喝起来,像马过河时喝水一样,低头就喝,有的人当场就醉倒啦……真叫人哭笑不得!有很多人喝得非醉死在那儿不可。好啊,我们也在那儿快活了一番。我们不要很多:滚来了五桶,足够我们喝的啦。喝吧,亲爱的!反正是一样——静静的顿河完蛋啦!普拉东差一点儿没有淹死在那儿。人们把他推倒在地上,开始用脚踢他,他呛了两口酒精——就不行啦。我费了好大劲才把他从那儿拖出来……”

他们身上都散发出强烈的酒精、葱和烟草气味。葛利高里觉得有点儿恶心和头晕,——他面带痛苦的微笑,闭上了眼睛。

他在叶卡捷琳诺达尔躺了一星期,住在博加特廖夫熟悉的一位医生家里,慢慢地调理着病后的身体,后来,就像普罗霍尔说的那样,“好起来啦”,于是葛利高里在这次撤退中,在阿宾斯克镇第一次骑上了马。

新俄罗斯克正在进行紧张的撤退。一艘艘的轮船把俄罗斯的富商、地主,将军们的家眷和有名望的政治活动家都运送到土耳其去。码头上日日夜夜在装船。军官学校的学生充当搬运工人,把军用物资和显赫的难民们的箱子装满了船舱。

志愿军的部队跑得比顿河人和库班人快,首先逃到新俄罗斯克,搭上运输船。志愿军的司令部抢先搬到开进港来的英国无畏舰"印度皇帝号"上去了。通涅利纳亚附近还在进行战斗。几万难民挤满了城市的街道。军队还在继续开来。码头附近简直挤得水泄不通。被主人遗弃的上千匹马成群地在新俄罗斯克四周的石灰岩的山坡上乱跑。通往码头去的街道上,哥萨克的马鞍子、装备和军用物资堆积如山。这些东西谁也不要了。城里盛传,轮船只装运志愿军,而顿河人和库班人要以行军队形开赴格鲁吉亚。

三月二十五日早晨,葛利高里和普拉东·里亚布奇科夫到码头上去探听消息,顿河第二军的部队是不是能上船,因为前一天在哥萨克中间传说,好像邓尼金将军已经下令:把全部还保留着武器和战马的顿河人都运送到克里米亚去。

码头上挤满了萨尔斯克地区的加尔梅克人。他们把一群群的马和骆驼从马内奇和萨尔斯克赶到这里,连他们住的小木房子也都运到海边来啦。葛利高里和里亚布奇科夫在人群中吸够了淡淡的羊油腥气,走到一艘碇泊在码头旁边的大运输船的跳板边上。这艘船的跳板口上由马尔科夫师的几个军官组成的加强守卫队把守。一些顿河炮兵正在附近等候上船。轮船尾上装着几门大炮,都用保护色的帆布遮盖着。葛利高里费了很大劲才挤到前面,向一个英俊的黑胡子司务长问:

"这是哪个炮兵连哪,老乡?"

司务长斜眼瞥了葛利高里一眼,不很情愿地回答说:

"第三十六炮兵连。"

"是卡尔金斯克炮兵连吗?"

"是。"

“谁在这儿负责上船的事务呀?”

“就是那位站在栏杆旁边的上校。”

里亚布奇科夫拉了拉葛利高里的袖子,愤愤地说:

“咱们离开这儿吧,叫他们见鬼去吧!难道你能从他们嘴里打听出什么道理来吗?打仗的时候用得着咱们,现在他们用不着老子们啦……”

司务长朝排队等待上船的炮兵笑着挤了挤眼睛说:

“你们炮兵真够走运啦!连军官老爷都不准上船哩。”

那位监督登船的上校在跳板上快步地走着;一位穿着敞怀的贵重皮袄的秃顶的文官,跌跌撞撞地跟在他后面。他像祈祷似的把海狗皮的帽子捂在胸前,在说些什么,汗湿的脸上和近视的眼睛里流露出的那种苦苦哀求的可怜神色,使上校硬着心肠,扭过身子不看他,粗暴地喊:

“我已经对您说过啦!请您不要再缠我,不然,我就要命令把您送上岸去!您简直是疯啦!您那些破烂儿我们往哪儿放啊?您瞎啦?看不到这种大难临头的形势啊?唉,快走吧!看在上帝面上,您就是向邓尼金将军本人告状也没有用!我说不行,就是不行,您懂得俄语吗?!”

等他摆脱了那个纠缠不休的文官,走过葛利高里面前时,葛利高里拦住了他,把手举到帽檐上,激动地问:

“军官有希望上船吗?”

“上这艘船是不行啦。没有地方啦。”

“那么哪艘船行呢?”

“请到撤退站去问吧。”

“我们到那儿去过,没有人知道。”

“我也不知道,请您让我过去!”

“可您正在让第三十六炮兵连上船哪!为什么就没有我们的地方呢?”

“请——您——让——开,我对您说哪!我这儿不是问事处!”上校想轻轻地推开葛利高里,但是葛利高里脚跟站得很牢靠。他眼睛里的蓝光闪了一下,又熄灭了。

“现在你们已经用不着我们啦?从前用得着我们,是吗?请您把手收回去吧,您是推不动我的!”

上校直视了葛利高里一眼,又回头看了看:守在跳板上的马尔科夫师的军官正把步枪交叉起来,艰难地挡住挤上来的人群。上校没有看葛利高里,疲惫地问:

“您是哪个部队的?”

“我是顿河第十九团的,另外几个是别的团的。”

“你们一共几个人?”

“十个人。”

“不行。没有地方。”

里亚布奇科夫看见葛利高里的鼻翅颤动了一下,低声说:

“你在这儿卖弄什么呀,混蛋?!你这后方的虱子!立刻放我们上船,不然……”

“葛利沙马上就会宰了他!”里亚布奇科夫幸灾乐祸地想,但是一看见有两个马尔科夫师的军官正在用枪托子清除着道路,穿过人群,赶来搭救上校,就警惕地拉了拉葛利高里的衣袖,劝说道:

“别跟他缠啦,潘苔莱维奇!咱们走吧……”

“您——这个白痴!您要对您的行为负责!”脸色苍白的上校说完,指着葛利高里朝赶来的马尔科夫师的军官们说:

“诸位!把这个疯子带走!应该把这儿的秩序维持好!我有急事要到卫戍司令部去,可是却要在这里倾听随便什么人讲的各种浑话……”然后急急忙忙地从葛利高里面前溜了过去。

一个身材高大、蓝大衣上钉着陆军中尉肩章、蓄着修剪得很整齐的英国式小胡子的马尔科夫师的军官,走到葛利高里紧跟前来,问道:

“您要干什么?为什么您扰乱秩序?”

“我要上船,我就是干这个来的。”

“您的部队在哪儿?”

“我不知道。”

“您的证件呢?”

第二个守卫军官是个戴夹鼻眼镜、厚嘴唇的小伙子,他用沙哑的低音说:

“应该把他送到保卫处去。别浪费时间啦,维索茨基!”

中尉仔细地看过葛利高里的证明文件,又还给他。

“请您找您的队伍去吧。我奉劝您离开这儿,别妨碍装船。我们有命令:逮捕一切不守纪律、妨碍装船的人,不管他们是什么军衔。”中尉紧闭嘴唇,等了几秒钟,斜睨着里亚布奇科夫,弯腰凑近葛利高里,耳语说,“我建议您:去找第三十六炮兵连连长商量商量,夹在他们的队伍里,您就可以坐上船啦。”

里亚布奇科夫听到中尉的耳语,就高兴地说:

“你去找卡尔金人谈,我立刻就去叫弟兄们。你的行李除了那只装东西的口袋,还要带什么呀?”

“咱们一起儿去吧。”葛利高里冷漠地说。路上他们遇到了一个熟识的哥萨克——谢苗诺夫斯克村的。他正赶着一辆大车,上面装满了烤好的面包,用帆布盖着,往码头上送。里亚布奇科夫喊了同乡一声:

“费奥多尔,你好!你这是往哪儿送啊?”

“啊啊啊,普拉东、葛利高里·潘苔莱维奇,你们好!我是给我们团送路上吃的面包哪。费很大劲才烤出来的,不然在路上就只好光喝稀粥啦……”

葛利高里走到停下来的大车跟前,问:

“你的面包是称过的,还是数过个的?”

“谁他妈的数它呀?怎么,你们要面包吗?”

“要。”

“拿吧!”

“可以拿多少?”

“你愿意拿多少就拿多少,反正我们足够吃的啦!”

里亚布奇科夫惊讶地看着葛利高里一块又一块地往下拿着面包,——忍不住问:

“你要这么多面包干什么用啊?”

“有用。”葛利高里简短地回答说。

他向赶车的人要了两个口袋,把面包装进去,谢过他的好意,道过别,对里亚布奇科夫说:

“扛起来,咱们拿回去。”

“你是不是打算在这儿过冬呀?”里亚布奇科夫把口袋扛到肩上,嘲讽地问。

“这不是为了给我吃。”

“那么是为了给谁吃?”

“给马吃的。”

里亚布奇科夫立刻把口袋扔到地上,不知所措地问:

“你是开玩笑吗?”

“不是,是真话。”

“那么说,你……你这是打好了什么主意啦,潘苔莱维奇?你想留下,我理解得对吗?”

“你理解得很对。好啦,扛起口袋来,咱们走吧。应该好好地喂喂马,不然它就只能啃槽帮啦。马还有用,咱们总不能去当步兵……”

一路上里亚布奇科夫一句话也没说,嘴里哼哧着把口袋在肩膀上倒动着,快到住所的篱笆门的时候,才问:

“要对弟兄们说吗?”他不等到回答,略带埋怨的口气说,“你自己倒打定了主意……可是我们怎么办呢?”

“你们随便好啦,”葛利高里故意冷冷地回答说,“他们不带咱们走,船上装不下所有的人,——那也就用不着操心啦!咱们跟他们去图个什么呀,用不着去哀求他们!咱们留下来。碰碰运气。进去呀,你干吗在门口不走啊?”

“听你说这种话,怎么会不呆……我简直连篱笆门都看不见啦。真有你的!葛利沙,你这简直像给了我一闷棍。把我打昏啦。我刚才还在想:‘他要这些面包有什么鬼用场呀?’现在咱们的弟兄们一知道这事,就会炸了窝……”

“那么,你怎么样呢?不留下吗?”葛利高里好奇地追问道。

“你说什么呀!”里亚布奇科夫惊叫道。

“你好好想想。”

“用不着想啦!趁现在还有船可坐,我坚决走。混到卡尔金斯克炮兵连里——我就走啦。”

“没有必要走。”

“看你说的，老兄，我自个儿的脑袋更要紧。我好像不大情愿叫红军来拿它试刀。”

“唉，你再想想吧，普拉东！事情是这样……”

“不要再说啦！我立刻就走。”

“好，随你的便吧。我不劝你。”葛利高里遗憾地说，首先迈上石砌的台阶。

叶尔马科夫、普罗霍尔、博加特廖夫都不在家。女主人是个上些年纪的、驼背的亚美尼亚女人，她说哥萨克都出去了，说很快就回来。葛利高里衣服也没有脱，把面包切成大块，拿到板棚里去喂马。他把面包平均分给自己的和普罗霍尔的马。刚拿起水桶，要去打水的时候，里亚布奇科夫出现在板棚门口。他爱惜地用军大衣襟兜着切开的大面包块。里亚布奇科夫的马一闻到主人的气味，就嘶叫了一声，它的主人默默地从矜持地笑着的葛利高里面前走过去，把面包块扔到槽里，看也不看葛利高里说：

“你不要龇牙咧嘴地笑啦！事情既然非这样不可——那我也把马喂喂吧……你以为我愿意走吗？我才不愿意上这该死的轮船呢，完全是迫不得已啊！完全是为了逃命……肩膀上可只长了一个脑袋呀，对吧？要是他们把这个脑袋砍掉，就是到圣母节也不会再长出一个来……”

普罗霍尔和其余的哥萨克们直到傍晚才回来。叶尔马科夫带回一大瓶酒精，普罗霍尔却扛回来一口袋密封的、装着深黄色液体的玻璃瓶罐头。

“这是我们干活挣来的！足够喝一夜的，”叶尔马科夫得意地指着瓶子解释说，“我们遇上了一位军医，他请求我们帮他把药物从仓库里运到码头上去。码头工人都不肯干，只有些军官学校的学生在从仓库里往码头上搬，于是我们就去帮他们搬起来。医生就用酒精来酬谢我们，普罗霍尔这些罐头都是偷来的，真的，我决不说谎！”

“里面装的是什么东西？”里亚布奇科夫好奇地问。

“老兄，这个比酒精还要精！”普罗霍尔把罐头摇了摇，对着亮儿看了看黑玻璃罐里的浓液在冒泡，于是满意地接着说，“这是一种非常名贵的外国葡萄酒。一个会说英国话的军官学校的学生告诉我的，这种酒只给病人喝。咱们坐到轮船上，借酒消愁，唱起《我的亲爱的故乡》，一直喝到克里米亚，然后把罐头瓶扔进海里。”

“你赶快去上船吧，不然轮船就会因为你没有到耽搁下来，开不了船。他们会说：‘普罗霍尔·济科夫这位大英雄在哪儿呀，他不到我们是不能开船的呀！’”里亚布奇科夫嘲笑说，然后，沉默了一会儿，用被烟熏黄的手指头指着葛利高里说，“他现在不想走啦。我也不走啦。”

“是吗？”普罗霍尔哎呀大叫一声，这一惊非同小可，差一点儿没把手里的罐头掉到地上。

“这是怎么回事？你们这是什么鬼主意？”叶尔马科夫皱着眉头，凝视着葛利高里，问道。

“我们决定不走啦。”

“为什么？”

“因为船上没有我们的地方。”

“今天没有——明天会有的。”博加特廖夫很有把握地说。

“你到码头上去过吗？”

“哼，去过，又怎么？”

“你看到那儿的情形了吗？”

“哼，看到啦。”

“别哼哼啦！既然看到啦，还有什么可说的。他们只肯带我和里亚布奇科夫两个人走，而且这还是一个志愿军军官悄悄说的，叫我们混到卡尔金斯克炮兵连里，否则也不行。”

“这个炮兵连还没有上船吗？”博加特廖夫急忙问。一听说炮兵们还在等候上船，他立刻就收拾起行李来：把内衣、换洗的裤子和军便服都放在军用袋里，又装了些面包，就与同伴们告别。

“留下吧，彼得罗！”叶尔马科夫劝他说，“我们不要散伙嘛。”

博加特廖夫没有回答，把一只汗手伸给他，在门口又行了一个礼，说：“祝你们大家健康！上帝保佑，咱们还会见面的！”他跑了出去。

他走了以后，屋子里有好久是一片令人难堪的寂静。叶尔马科夫到厨房里向女主人要了四个杯子，默默地把酒精倒进杯子里，装了一茶壶凉水放在桌子上，又切了几块腌猪油，然后，照样默默无语地坐到桌边，两肘撑在桌子上，呆呆地瞅了一会儿自己的脚尖，然后对着茶壶嘴喝了一气凉水，沙哑地说：

“库班的水处处都有股子煤油味儿，这是啥道理？”

谁也没有回答他的问题。里亚布奇科夫在用一块干净的破布擦结满哈气的马刀刃，葛利高里在翻腾自己的小箱子，普罗霍尔心不在焉地瞅着窗外马群遍野的光秃秃的山坡。

“请坐到桌边来吧，咱们喝一杯。”叶尔马科夫没等大家坐下来，就已经半杯下肚了，又喝了一口水，嚼着粉红色的腌猪油，用略有喜色的目光看着葛利高里问：

“红军同志会不会宰咱们？”

“他们不可能把所有的人都宰了。这儿留下的有几万人呀。”葛利高里回答说。

“我并不为所有的人发愁，”叶尔马科夫笑着说，“我关心的是自个儿这张皮……”

等大家尽情地喝了一阵之后，谈话也就变得畅快了。可是过了不久，冻得面色发青、愁眉苦脸的博加特廖夫突然回来了。他在门口扔下一捆崭新的英国军大衣，就默默地脱起衣服来。

“欢迎大驾光临！”普罗霍尔鞠着躬，挖苦地问候他说。

博加特廖夫恶狠狠朝他瞅了一眼，叹了口气说：

“就是所有邓尼金分子和别的什么王八蛋们……都来磕头请我，我也不走啦！排好队在那里等，冻得我浑身直哆嗦，就像严寒中的狗，可是毫无结果。恰好轮到我这儿就卡住啦。有两个人站在我前头，放过去一个人，另外一个就不行啦。半个炮兵连都甩下来啦，哼，这算怎么回事儿呀，啊？”

“他们就这样拿你们哥儿们开心！”叶尔马科夫大笑不止，把酒都洒在地上，给博加特廖夫满满地斟了一杯酒精。“哪，为你的不幸干一杯吧！也许你还要等候他们来苦苦哀求你走吧？你看看窗外，是不是弗兰格尔将军请你来啦？”

博加特廖夫一声不响地小口啜着酒精。他根本无心开玩笑。而叶尔马科夫和里亚布奇科夫——已经喝得酩酊大醉——还把家主人老太婆灌得顶到了嗓子眼儿,又商量到什么地方去找个拉手风琴的来。

“你们最好是到火车站去,”博加特廖夫建议说,“那儿正在抢火车哪。整列车装的全是军装。”

“要那些军装有他妈的什么用啊!”叶尔马科夫喊道,“你扛来的这些军大衣咱们足够穿的啦!多余的东西反正红军也要拿走。彼得罗!你这个捉狗的夹子!我们正在商量去参加红军哪,明白吗?要知道,咱们是哥萨克,对吗?如果红军给咱们留条活路,咱们就去给他们干!咱们是顿河哥萨克!是纯粹的、一点杂质也没有的顿河哥萨克!咱们的职责就是大砍大杀。你知道我是怎么砍人的吗?像砍白菜一样!你站好,我拿你当靶子试试看!害怕了吗?不管砍什么人,对咱们来说全是一样,有的可砍就行,我说得对吗?麦列霍夫?”

“别惹我吧!”葛利高里疲倦地挥了挥手说。

叶尔马科夫斜着血红的眼睛,想去拿放在箱子上的马刀。博加特廖夫毫无恶意地推开他,请求他说:

“你别闹得太离格啦,武士阿尼卡①,不然我一下子就把你制得服服帖帖。规规矩矩地喝吧,你可是军官哪。”

“我不稀罕这军官官衔!这臭玩意儿只会叫我心烦,就像是猪戴的枷板一样。别恶心我啦!你也是个官儿嘛。让我给你把肩章也撕下来,好吗?彼加,我的可怜的人哪,等等,等等,我马上就把肩章……”

“现在还不是时候,用不着急着撕它们。”博加特廖夫笑着推开发酒疯的朋友说。

他们一直喝到天亮。还是在黄昏的时候,就不知道从哪里来了几个不认识的哥萨克,其中一个带着架两排键的手风琴。叶尔马科夫跳起卡扎乔克舞,一直跳到倒在地上爬不起来才罢休。大伙儿把他抬到大柜旁边,他立刻就不舒服地向后仰着脑袋,大叉开腿,在光地上睡着了。这一场不愉快的狂欢一直持续到天亮。“我是库姆沙特斯克

① 俄罗斯古代民歌中的主人公,自以为英勇无敌,向死神挑战,结果自取灭亡。

人！……是这个镇上的人！从前我们那儿的公牛高得你连犄角都够不到！马像狮子一样凶猛！可是现在家里还剩下些什么东西呢？只剩一条癞皮狗啦！就连这条狗也快要死啦，因为没有东西喂它……”一个偶然认识的、来参加狂欢的上了点年纪的哥萨克醉醺醺地大哭着说。一个穿着破棉袄的库班人请手风琴手拉一支那乌尔[①]舞曲，然后，潇洒地把两手一摊，轻捷得惊人地在屋子里跳了起来，葛利高里觉得这个库班人穿的山民靴子的靴底好像没挨着肮脏不平的地面似的。

半夜里，有个哥萨克不知道从什么地方弄来了两个高高的小口陶瓶；瓶肚上贴着烂掉一半的黑色商标，瓶口用火漆封着，樱桃红色的火漆印下面耷拉下沉重的铅封。普罗霍尔把大陶瓶在手里捧了半天，吃力地翕动着嘴唇，竭力想辨认出商标上的外国字来，不久前刚醒过来的叶尔马科夫从他手里把瓶子抢过去，放在地上，拔出马刀。普罗霍尔还没有来得及叫出声来，叶尔马科夫已经斜砍一刀，把瓶口砍成了四瓣，大声喊道：“快拿家伙来！”

芳香味扑鼻的浓葡萄酒大家一会儿就喝光了，之后，里亚布奇科夫赞不绝口地咂了半天舌头，嘟哝说：“这不是葡萄酒，这是圣餐仪式上喝的酒！这种酒只有在临终前才能喝，而且也不是所有的人都有资格喝，只有那些一辈子不赌钱、不抽烟和没动过女人的人才能喝到……总而言之，这是大主教喝的酒！”这时候普罗霍尔才想起来，他的袋子里还装着几罐药酒。

“等等，普拉东，你别吹得太神啦！我还有比这更好的酒呢！你这酒不过是——狗尿，我从酒库里弄来的，那才是真正的美酒呢！用蜜加乳香做的，也许还要好呢！老兄，这不是什么大主教喝的酒——简直是御酒！从前沙皇喝，现在轮到咱们喝啦……”他开着酒罐，大吹特吹说。

贪酒的里亚布奇科夫一口就把深黄色的稠液喝下了半杯，脸色立刻变得煞白，眼睛大瞪起来。

“这不是葡萄酒，是石碳酸！”他声音嘶哑地叫着，气得把杯子里剩

---

① 那乌尔舞是一种哥萨克民间舞蹈，源于那乌尔镇。

下的药水倒在普罗霍尔的衬衣上，摇摇晃晃地走到过道里去。

“他胡说，这浑蛋！这是英国葡萄酒！上等好酒！弟兄们，别相信他的昏话！”普罗霍尔大声吼叫，竭力想把醉汉们的吵声压下去。他一口喝干一杯，脸色立刻变得比里亚布奇科夫还白。

“喂，怎样？”叶尔马科夫翕动着鼻翅，望着普罗霍尔的变得发呆的眼睛，逼问道，“这宫廷玉液怎么样？有劲头儿吗？好喝吗？鬼东西，你说话呀，不然我可要用这罐子砸你的脑袋啦！”

普罗霍尔摇了摇脑袋，一声不响忍耐着痛苦的煎熬，然后，打了个嗝儿，急忙跳了起来，也跟着里亚布奇科夫跑了出去。叶尔马科夫忍着笑，鬼鬼祟祟地朝葛利高里挤了挤眼儿，走到院子里去。过了一会儿，又回到屋子里来。他那雷鸣似的大笑声压下了所有人的声音。

“你这是怎么啦？”葛利高里疲倦地问，“你笑什么呀，糊涂虫？打牌赢钱啦？”

“噢哟，小伙子，你快去看看吧，他们吐得肠子肚子都翻过来啦！你知道他们喝的是什么吗？”

“什么？”

“英国的灭虱油！”

“你就胡说吧！”

“真的！我自己也到仓库里去过，起初也以为是葡萄酒呢，后来我问一位军官：‘这是什么东西，医官老爷？’他说：‘药。’我问：‘这种药是不是可治百病呢？是不是像酒精一样呀？’他说，‘根本不是，这是协约国送给咱们的灭虱油啊。这是外用药，可千万不能喝呀！’”

“你这个恶棍，为什么不告诉他们呀？”葛利高里生气地责骂他说。

“他们在投降以前把肚子清理清理，也不错，放心吧，死不了的！”叶尔马科夫擦去笑出来的眼泪，有点儿幸灾乐祸地补充说，“这样他们以后喝酒就会谨慎一些，不然都来不及替他们收拾桌子上的杯子。对贪杯的人应该这样教训教训！喂，怎么样，咱们是现在喝呢，还是再等一会儿？来为咱们的末日干一杯好吗？”

黎明前，葛利高里走出屋子，站在台阶上，手哆嗦着卷了一支烟，背靠在被雾气浸湿的墙上，站着抽了半天烟。

醉汉们的喊叫声、手风琴的呜咽声和狂放的口哨声不停地在屋子里响着;舞迷们的靴后跟不停地发出单调的噼啪声……风从海港吹来低沉浊重的轮船汽笛声;码头上的人声交织成一片,不时被响亮的口令声、马嘶声和机车汽笛声划破。

战斗正在通涅利纳亚车站方面的什么地方进行。大炮低沉地轰鸣着,在炮声间歇时,隐约可以听到激烈的机枪的射击声。一颗光芒四射的信号弹在马尔霍特山口后面高高地升上天空。一瞬间可以看到一片绿色的透明光亮映照着的蜿蜒起伏的山峰,然后,三月夜晚如漆的黑暗又吞没了山峰,大炮的轰鸣声变得更清楚、更频繁了,几乎交织成一片。

第二十九章

从海上吹来带浓重咸味的冷风。它把一种奇特的、陌生地方的气息吹到岸上来。但是对于顿河人来说,不仅风是陌生的,——在这个被穿堂风吹透的、寂寞的海滨城市里,一切都是陌生的、异乡的。他们紧紧地挤在一起,站在防波堤上,等候上船……岸边,顶着白沫的绿色波浪在翻滚。感觉不到温暖的太阳透过黑云冷眼看着大地。英国和法国的鱼雷艇在港湾里冒着烟;一艘无畏舰像座阴森的灰色山峰高耸在水面上。军舰的上空笼罩着黑色的烟雾。码头上是一片不祥的寂静。不久前那艘最后的运输舰在那里停靠、摇晃过的码头边,水里漂浮着军官的马鞍、皮箱、毯子、皮袄、包着红色天鹅绒的椅子,还有些匆匆忙忙从跳板上扔到水里去的零碎东西……

葛利高里从早晨就来到码头上;他把马交给普罗霍尔以后,在人群里挤了半天,寻找熟识的人,听着不连贯的惊慌的谈话。他眼看着一个退伍的老上校在"圣光荣号"舰的跳板旁边自杀了,因为警卫人员不让他上船。

在自杀以前几分钟,这位身材矮小、行动慌张、腮帮子上长满灰白色硬毛、有了肉囊的眼睛已经哭肿了的上校抓住警卫队长的武装带,苦苦地哀求了半天，不断地擤鼻涕，用脏手绢去擦被烟草熏黄的小胡子、眼睛和直哆嗦的嘴唇，后来，不知道为什么突然下了决心……立刻就有个机灵的哥萨克从死者带热气的手里抽出闪着蓝光的手枪，穿着浅灰色军官大衣的死尸像截木头似的被众人的脚踢到箱子堆旁边去。跳板附近挤的人更多了，排队等上船的人群里争斗得也越来越厉害，难民们沙哑、愤怒的吼声越来越刺耳。

等到最后一只轮船摇晃着开始驶离码头的时候，人群里响起女人的哭号声、歇斯底里的呼喊声、咒骂声……轮船汽笛短促低沉的鸣声还没有消逝，一个戴狐皮三耳帽的青年加尔梅克人扑通一声跳到海里，跟在轮船后面泅起来。

"忍不住啦！"一个哥萨克叹了口气说。

"那就是说，他无论如何也不能留下来，"站在葛利高里身旁的一个哥萨克说，"那就是说，他对红军太狠啦……"

葛利高里咬紧牙关，盯着在水里泅的加尔梅克人。他的胳膊划得越来越慢，肩膀也越来越多地沉进水里。浸透了的棉袄直往下坠他。海浪从加尔梅克人头上冲下火红的狐狸皮帽并向岸边推来。

"他要淹死的，这该死的异教徒！"一个穿紧腰外衣的老头子惋惜地说。

葛利高里猛然转身，朝马走去。普罗霍尔正在兴致勃勃地跟驰马来到他面前的里亚布奇科夫和博加特廖夫谈话。里亚布奇科夫一看见葛利高里，就在马上扭动着身子，焦急地用靴后跟刺了一下马，喊道：

"你快点儿来吧，潘苔莱维奇！"他没有等到葛利高里走近，就从老远喊，"现在还不晚，咱们走吧！我们集合了有半个连的哥萨克，打算去格连吉克，然后再从那儿去格鲁吉亚。你怎么样？"

葛利高里双手深深地插在军大衣的口袋里，默默地用肩膀推开毫无目的地聚集在码头上的哥萨克，走了过来。

"你去不去呀？"里亚布奇科夫走到紧跟前，逼问道。

"不，我不去。"

"有位中校入伙，跟我们一块儿走。他非常熟识那儿的道路。他说：'我闭着眼睛也能把你们领到梯比里斯！'咱们走吧，葛利沙！从那

儿到土耳其去,啊?应该逃命才对呀!已经到了最后关头,可你,怎么还像条死鱼一样……”

“不,我不去。”葛利高里从普罗霍尔的手里接过马缰绳,艰难地、像个老头子似的骑到鞍子上,“我不去。没有意思。而且也有点儿晚啦……你瞧!”

里亚布奇科夫回头一看,绝望中愤怒地把马刀上的穗子揉成一团,扯了下来:红军的散兵线正从山上下来。水泥厂附近响起了激烈的机枪声。铁甲车上的大炮对着红军的散兵线打去。第一颗炮弹在阿斯兰季磨坊附近爆炸了。

“回住处去,弟兄们,跟我走!”葛利高里心情愉快了一些,不知道怎么突然振作起来,命令道。

但是里亚布奇科夫抓住葛利高里的马缰绳,惊骇地喊叫:

“没有必要啦!咱们就留在这儿吧……要知道,当着大家的面,死也壮烈嘛……”

“唉,见你的鬼,跟我走!为什么死呀?你瞎说些什么?”葛利高里非常恼火,还想说些什么,但是从海上传来一声雷鸣般的轰隆声把他的声音压了下去。英国无畏舰“印度皇帝号”离开了盟国俄罗斯的海岸,转了个弯,用舰上的几尊十二英寸口径的大炮射来一批炮弹,掩护正驶出港湾的轮船,轰击着向城郊冲来的红军和绿军的散兵线,并把炮弹打到山口处,那里出现了红军炮兵。英国人的炮弹沉重地吼叫着,从拥挤在码头上的哥萨克们的头上掠过。

博加特廖夫勒紧马缰,勒住往后蹲的战马,透过射击的轰隆声喊:

“好啊,英国大炮叫得够凶的呀!可是他们白惹红军生气!他们的射击毫无益处,只不过瞎闹腾一气……”

“叫他们去逗惹红军吧!对咱们反正是一样。”葛利高里笑着策动自己的马,沿街走去。

从转角处迎着他们飞出六个骑马的人,都拔出刀来,疯狂地奔驰。最前面的一个骑士的胸前挂着一条像伤口似的血红的布条。

卷　八

第一章

温暖的南风已经刮了两天两夜。田野里最后的积雪已经消失了。冒着泡沫的、春天的溪流淙淙有声，草原上的洼地和小河沟也都涨满了水。第三天的早晨风停了，浓雾笼罩了草原，湿润的、去年的羽茅草丛闪着银光，古垒、浅谷、集镇、钟楼的尖顶和高耸入云的、金字塔形的杨树顶梢，全都笼罩在白茫茫的、伸手不见五指的大雾中。广阔的顿河草原上一片蔚蓝色的春天。

在这个雾蒙蒙的早晨，阿克西妮亚病后第一次走出屋子，来到台阶上，站了半天，陶醉在春天清新空气的芳香中。她竭力压制着恶心和头晕，走到果园里的井边，放下水桶，坐在井栏上。她觉得眼前的世界变得出奇的新奇、迷人。她的眼睛闪着喜悦的光芒，像小孩子一样玩弄着衣服的褶子，心情激动地打量着四周的景物。雾茫茫的远景，花园里浸在融雪的水洼里的苹果树，湿漉漉的篱笆和篱笆外面、残留着被水冲得很深的去年的车辙的道路，——她觉得这一切都是空前的美丽，一切都仿佛是在灿烂的阳光下，显得鲜艳、温柔。

从云雾里透出一小片蓝天，冰冷的蓝光刺得她的眼睛发花；腐烂的干草和融化了的黑土散发出的气味是那么熟悉、诱人，阿克西妮亚不禁长长地叹了一口气，嘴角上露出了一丝笑意；从雾蒙蒙的草原上传来的云雀纯朴的歌声，在她心里引起无端的忧伤。这种在异乡听到的云雀歌声使阿克西妮亚的心怦怦地跳得很快，眼睛里流出两滴吝啬的泪珠……

阿克西妮亚心情恬静地享受着这重又回到她身上来的生命，渴望亲手去摸摸周围的一切东西，什么都亲眼去看看。她想去摸摸湿得发黑的醋栗丛，想用脸颊去亲亲长了一层天鹅绒似的灰色茸毛的苹果树枝，想跨过倒塌的篱笆，踏着一片无路的泥泞，到广阔的洼地那边闪着神话般的绿光与迷雾笼罩的远景汇成了一片的冬小麦田地里去……

阿克西妮亚等候了好几天，盼望着葛利高里会突然到来，但是后来从到房主人家来串门的邻居那里听说，战争并没有结束，说有很多哥萨克从新俄罗斯克渡海到克里米亚去了，而那些留下来的人有的参加了红军，有的到矿山去了。

周末，阿克西妮亚下定决心要回家去，而且很快就找到了个伴儿。有一天，黄昏时分，一个驼背的小老头儿，没有敲门就走进屋子来。他默默地鞠了一个躬，就脱起又肥又大、衣缝开绽的肮脏的英国军大衣来。

“这是怎么回事儿呀，善人哪，连个‘好’都不问一声，就要借宿吗？”主人惊讶地打量着这位不速之客，质问道。

可是客人急急忙忙地脱掉军大衣，在门口抖了抖，经心地挂在衣钩上，抚摸着剪得很短的白胡子，含笑说：

“亲爱的主人，看在基督的面上，原谅我吧，如今这种年月，我学会了：进门先脱衣服，然后再请求借宿，不然，人家是不肯放你进去的。如今的人都变得粗野啦，不欢迎客人……”

“我们把你安置在哪儿呀？你看，我们住得够挤啦。”主人的口气已经温和得多了。

“我有像鸽子嘴那么点儿地方就行啦。就在门口这儿，我一蜷身子就睡啦。”

“你是干什么的呀，老大爷？是逃难的吗？”女主人好奇地问。

“对啦对啦，就是逃难的。我逃啊，逃啊，一直逃到大海边，如今可又慢慢地往回走啦，已经逃得筋疲力尽啦……”爱说话的老头子蹲在门限旁边，回答说。

“您是什么人？从哪儿来的啊？”主人又继续追问。

老头子从口袋里掏出来一把裁缝用的大剪刀，在手里转动了一会儿，嘴唇上依然带着那不曾消失的笑容说：

“这是我的身份证，我就是带着这把剪子从新俄罗斯克出来的，可是我的家乡离这里很远，我是维申斯克镇人。我喝了点儿海里的咸水以后，现在要回家乡去啦。”

“我也是维申斯克人,老大爷。”阿克西妮亚高兴得满脸绯红,说。

“真没想到,”老头子叫起来,“居然会在这儿遇到老乡!尽管如今这种事儿也算不了什么稀奇的啦:咱们现在就像犹太人一样,地球上到处都有咱们的人啦。在库班就是这样:原本是扔出棍子去打狗的,却打到顿河哥萨克身上啦。到处都能遇到他们——你躲也躲不开,而埋到地里去的人比这还要多。亲爱的人们哪,在这次撤退中,什么样的事我都看见啦。老百姓受的苦,简直是说也说不清!前天我坐在火车站上,一个戴眼镜的体面的女人坐在我旁边,正透过眼镜在捉自己身上的虱子。它们正在她身上爬哪。她用纤细的小手指头把虱子捏下来,嫌恶地皱起眉头,就像吃了一口又酸又涩的野苹果似的。她每挤死一只可怜的虱子——眉头就皱得更厉害,显得非常难过,真是痛心极了!可别的硬心肠的,杀起人来眉头都不皱,嘴都不撇。我亲眼看见过一个这样的好汉,一连气儿砍死了三个加尔梅克人,后来就把战刀在马鬃上擦了擦,掏出烟卷,点上烟,走到我面前,问道:‘老大爷,你干吗把眼珠子瞪得这么大?愿意吗?我把你的脑袋也砍下来?’我说:‘你怎么啦,孩子,上帝保佑你!你把我的脑袋砍下来,那我还怎么吃面包呢?’他哈哈大笑了几声,就骑马走开了。”

“对一个杀人成性的人来说,砍个人要比捏虱子容易得多。革命革得人的性命太不值钱啦。”主人意味深长地插嘴说。

“一点儿也不错!”客人肯定说,“人可不是牲口,人对什么事都能习惯。咱们把话再扯回来,我问这个女人:‘您是什么人呀?从外表看,您好像不是普通人。’她看了我一眼,立刻泪流满面,说:‘我是格列奇欣少将的妻子。’我想,管你什么将军,管你什么少将呀,身上的虱子就像癞猫身上的跳蚤一样多!我就对她说:‘夫人阁下,您要是这样对付您身上的那些小虫子,恕我直言,那么到圣母节您也捉不完呀。而且会把手指甲都磨坏的。应该一下子把它们都弄死!’她问:‘怎么弄呢?’我就建议她:‘您把衣服脱下来,铺在一块硬东西上,拿酒瓶子擀。’我一瞧——我这位将军太太抱起衣服,走到水塔后面去,我再一瞧——她正拿着一只绿玻璃瓶子在衬衣上来回擀哪,而且擀得那么好,真的,就像她一辈子都在干这一行似的!我站在那儿欣赏了一阵,心里想:上帝手里什么都多得很,他叫那些贵人身上也长满虱子,上帝大概是想,叫它们也去吸吸贵人高贵的血液,别光叫它们喝大老粗的穷血啦……上帝可不是米基什卡①! 他精通自个儿的业务。有时候他对人们是那么好,什么事情都安排得那么周到,你简直再也想不出更妙的啦……”

这位裁缝师傅不住气地讲着,他看到主人夫妻俩都在很注意地听他讲,便巧妙地暗示他们,他本来还可以讲很多有趣的故事,但是因为他肚子太饿啦,饿得就想睡觉啦。

吃过晚饭以后,他一面搭铺准备睡觉,一面问阿克西妮亚:

“老乡,你还想在这儿多住些日子吗?”

“我打算回家啦,老大爷。”

“那好极啦,就跟我一起儿走吧,这样路上也会热闹一些。”

阿克西妮亚高兴地同意了,第二天早晨,他们告别了主人,就离开了这个坐落在荒僻的草原上的新米哈伊洛夫斯基小村子。

第十二天的夜里,他们来到了米柳京斯克镇。到一座外观富丽宽大的家宅去借宿。第二天早晨,阿克西妮亚的同伴决定在镇上停留一个星期,休息一下,养养他那已经磨出血来的脚。他再也不能继续上路了。他在这个人家也找到了裁缝活儿,于是渴望着干活儿的老头子立刻就在小窗户边坐下,掏出剪刀和用线绳子拴着的眼镜,很快就拆起要修改的衣服来。

这位爱说话和逗乐的老头子,在跟阿克西妮亚道别的时候,给她画了个十字以后,老泪纵横,但是他立刻擦去眼泪,露出他一贯的那种玩笑神情说:

“穷困——虽然不像亲娘那么可亲,可是它能叫人亲近起来……我真可怜你……唉,可是没有办法,我的好姑娘,你一个人走吧,你的领路人两条腿一下子都瘸啦,一定是什么地方给他大麦面包吃啦……不过也够可以的啦,咱们已经走了多远的路了,对我这个七十岁的老头子

---

① 意思是:“不是傻子。”

来说，已经太多啦。如果碰上的话——请你告诉我的老太婆，就说她的老伴儿还活着哪，而且很壮实，人们也曾经把他放在石臼里捣过，也曾上碾子碾过，但是他还是活下来啦，他沿途在给好人们缝裤子，一时半会儿还回不来……就这么对她说：老浑蛋已经停止撤退啦，正打回老家来，不知道什么时候能回到家里的热炉炕上来……”

阿克西妮亚又在路上走了几天，搭上一辆顺路的大车，从博科夫斯克镇回到了鞑靼村。天已大黑，她走进了自己家大敞着的板门，朝着麦列霍夫家的房子看了看，被一阵突然涌到喉咙里来的哭泣憋得喘不上气来……她在散发着无人居住的霉湿气味的空厨房里，把长期以来郁积的女人的辛酸眼泪都哭了出来，后来就到顿河边去担水，生起炉子，然后坐到桌边，双手放在膝盖上，陷入沉思，她没有听见门响，直到伊莉妮奇娜走进来，小声说话的时候，才像做梦似的醒过来；伊莉妮奇娜问她：

“啊，你好啊，好街坊！你在外乡待得够久啦……”

阿克西妮亚惊慌地看了她一眼，站起身来。

“你为什么这样瞪着眼看我，一声也不响啊？难道你带回什么不好的消息吗？”伊莉妮奇娜缓缓地走到桌边，坐在板凳边上，用探索的目光直盯着阿克西妮亚的脸。

“没有，我会有什么消息……没料到是您，我正在瞎想什么呢，所以没有听见您走进来……”阿克西妮亚不知所措地说。

“你瘦啦，简直只剩下一口气啦。”

“我害了一场伤寒……”

“我们家的葛利高里……他怎样……您和他在什么地方分手的？他还活着吗？”

阿克西妮亚简单地讲了一遍。伊莉妮奇娜一字不漏地听完她的话，最后问：

“他留下你的时候，是不是病着走的？”

“不，他没有病。”

“以后你就再没有听到他的消息？”

“没有。”

伊莉妮奇娜轻松地出了口气，说：

“好吧，谢谢你这叫人听了心安的话。要不村子里关于他的胡说八道可多啦……”

“都怎么说，大妈？”阿克西妮亚问话低得刚能听到。

“都是些胡说……多得都听不过来。咱们村子里的人只有万卡·别斯赫列布诺夫一个人回来啦。他在叶卡捷琳诺达尔看见葛利什卡正在生病，别的那些人的话我都不信！”

“别人都怎么说，大妈？”

“我们听说，有一个西金村的哥萨克说什么在新俄罗斯克城红军把葛利什卡砍死了。我这做母亲的心忍不住啦，就步行到西金去，找到了那个哥萨克。他坚决否认。他说，他既没有看见，也没有听说过。还有谣言说，好像是把他关进了监狱，他在狱里害伤寒病死了……”伊莉妮奇娜垂下眼帘，沉默了半天，打量着自己那双疙疙瘩瘩的沉重的手。老太婆虚胖的脸上的表情平静，嘴唇严厉地紧闭着，但是不知道怎么，她那黝黑的脸颊上忽然涌出了一阵樱桃色的红晕，眼皮轻轻地哆嗦起来。她用干枯、炽热的目光看了一下阿克西妮亚，沙哑地说：

“可是我不相信！我的最后一个儿子不会这样死的！上帝没有道理这样惩罚我……我剩下的日子已经不多啦……我再也活不了多久啦，就是没有这份儿灾难我吃的苦头儿也已经够多的啦！……葛利沙活着！我的心里没有感觉到什么预兆——那就是说，我的亲爱的儿子还活着哪！”

阿克西妮亚默默地扭过脸去。

厨房里寂静了很久，后来风把通到过道去的门吹开，可以听到顿河对岸泛滥到杨树林里满潮春水的奔流的涛声，河湾里野雁惊恐的啼声。

阿克西妮亚关上门，靠在炉炕上。

“请您别为他伤心啦，大妈，”阿克西妮亚悄悄地说，“难道病魔能制服他那样的人吗？他的身体结实得简直像铁打的一样。这样的人是不会死的。他在冰天雪地的严冬里，一路上从不戴手套……”

“他常想念孩子们吗？”伊莉妮奇娜疲倦地问。

“他常想念您，也想念孩子们。他们都好吗？”

“都很好,一点事儿也没有。不过我们家的潘苔莱·普罗珂菲奇在撤退的路上死了。就剩下我们这几个……”

阿克西妮亚默默地画了个十字,她心里暗自纳闷儿,怎么老太婆谈到丈夫死的时候竟会这么镇静。

伊莉妮奇娜扶着桌子,艰难地站了起来。

“看我只顾在你这儿坐着啦,不觉得已经夜深啦。”

“您坐吧,大妈。”

“不啦,家里只剩下杜妮亚什卡一个人,我得走啦,”她整理着系在头上的头巾,扫了一眼厨房,不禁皱起了眉头,说,“炉子里的烟从炉门往外冒。你走的时候,应该找个人来住才好。好啦,再见吧!”她已经抓住门把手,没有回头看,说,“你把家里的事安排好了,到我们家来玩吧。如果听到葛利高里的什么消息,请告诉我们。”

从这一天起,麦列霍夫家和阿克西妮亚之间的关系突然变了。对葛利高里的命运的关怀使她们亲近起来了。第二天早晨,杜妮亚什卡在院子里看到阿克西妮亚,就招呼她一声,走到篱笆边来,抱住阿克西妮亚消瘦的肩膀,亲热地、纯真地对她笑了。

“噢哟,你瘦啦,克秀莎!只剩下一把骨头啦。”

“过那样的日子谁都要瘦的。”阿克西妮亚也含笑回答说,内心不无嫉妒地打量着姑娘像盛开的花朵一样艳丽的美貌。

“昨天我妈到你家去啦?”杜妮亚什卡不知道为什么悄悄地问。

“来啦。”

“我猜就是到你家去啦。打听葛利沙的事了吧?”

“打听啦。”

“她没有哭吗?”

“没有,她是个很坚强的老太太。”

杜妮亚什卡信任地看着阿克西妮亚说:

“也许她哭一顿,心里倒会轻松一点儿……克秀莎,你知道,从今年冬天起她变得非常奇怪,完全不像从前啦。她听到我父亲的死讯,我想她定要伤心得死去活来,我怕极啦,可是她却连一滴泪都没有掉。只是说了一句:‘愿他在天之灵安息,我的亲人的罪受够啦……’直到晚上跟谁也不说话。我到她跟前去,说这说那,可是她只摆摆手,一声也不响。是的,这一天真把我吓坏啦!晚上,等我把牲口都赶进圈里,从院子里走进屋子,问她:‘妈妈,咱们晚饭做点儿什么东西吃呀?’她已经恢复正常,说话了……”杜妮亚什卡叹了口气,若有所思地越过阿克西妮亚的肩膀望着别处,问道:

“我们家的葛利高里死了?村子里的传说是真的吗?”

“我不知道,亲爱的。”

杜妮亚什卡用探询的目光从旁看了阿克西妮亚一眼,深深地叹了口气说:

“唉,妈妈想他想得简直发疯啦!她总在呼唤:‘我的小儿子。’怎么也不相信他已经死啦。你知道,克秀莎,她要是知道他真的死啦,她会想他想死的。她已经是风烛残年,心里惦念的就只有葛利高里啦。连孙子孙女也都变得不称她的心啦,干起活来——也都手不应心。你想想,一年的工夫,我们家里就有四口人……”

同情心驱使着阿克西妮亚把身子探过篱笆,抱住杜妮亚什卡,热烈地亲了亲她的脸颊。

“你找点什么活儿,能占住母亲的心就好啦,我的好人呀,别让她太难过吧。”

“什么活儿能占住她的心呢?”杜妮亚什卡用头巾角擦了擦眼睛,央求阿克西妮亚说:

“到我们家来吧,和她谈谈天儿,她会轻松一点儿的。你用不着躲避我们!”

“我有工夫就去,一定去!”

“明天我要下地。跟阿尼库什卡的老婆搭伙,我们俩打算哪管种上两俄亩小麦也好啊。你不想种点儿吗?”

“我算个什么种地的人呀。”阿克西妮亚苦笑着说,“拿什么种啊,而且也没有必要。就我一个人吃得了多少东西,就这么也过得去。”

“没听说你家司捷潘的消息吗?”

“什么也没有听到,”阿克西妮亚漫不经心地回答说,接着又连自己也感到意外地说,“我对他并不十分惦念。”这种突然冲口而出的良心话使她感到很难为情,于是为了掩饰自己的窘态,急忙说,“好,再见吧,姑娘,我要去收拾收拾屋子啦。”

杜妮亚什卡假装没有看见阿克西妮亚窘急的样子,朝旁边看着说:

“等等,我还有话对你说哪:你能不能帮帮我们的忙呀?地都要干啦,我怕我们干不过来,全村里只剩了两个哥萨克,而且还是残废。”

阿克西妮亚很高兴地答应了杜妮亚什卡的请求,于是心满意足的杜妮亚什卡就准备去了。

一整天,杜妮亚什卡都在忙着准备下地种麦子的事儿:阿尼库什卡的寡妻帮着筛出种子来,胡乱修理了一下耙,车轴上抹了油,装好播种机。傍晚,她包了一头巾干净的麦粒,拿到公墓去,撒在彼得罗、娜塔莉亚和达丽亚的坟上,为的是明天早晨会有许多鸟飞到亲人的坟墓上来。她像孩子一样天真、稚气,相信死人能听见小鸟欢快的叫声,这会使他们高兴……

直到黎明以前,顿河沿岸才寂静下来。春潮泛滥的树林里河水冲刷着苍绿的杨树干,有规律地摇动着沉没到水里去的橡树丛和小山杨树林的顶梢,发出低沉的、哗哗的响声;注满春水的湖沼里被水流冲倒的苇穗子沙沙地响着;河湾里,荒僻的水渚里,满潮的水映出昏暗的星空,碧水就像被妖法定住了似的,微波不兴,可以隐约听到野雁的相互呼叫声、小公鸭朦胧的叫声和在旷野里过夜的北返的天鹅偶尔的银铃般的鸣声。有时,黑暗里响起觅食的鱼在广阔的河面上溅起的水声;黑沉沉的水面上银光闪闪,鳞波初兴,扩向远处,可以听到波声惊起的宿鸟警惕的咕咕的啼声。寂静重又控制了顿河两岸。但是黎明时候,当石灰岩的山坡上刚抹上粉红色的朝辉,从下游袭来大风。浓烈强劲的风逆流扑来。河上顿时波浪滔天,河水在树林里咆哮,树木摇晃悲鸣。狂风肆虐了一整天,直到深夜才停下来。这样的天气持续了好几天。

草原上面笼罩着一片紫色的烟雾。土地都干了,草也停止了生长,翻耕过的田地上风吹出了一道道土坡。土壤被风吹得一个钟头比一个钟头干燥,但是在鞑靼村的土地上几乎看不到人影。全村只剩下了几个已经年迈的老头子,撤退到半路又折回来的也都是些冻坏了的和生病不能干活的哥萨克,地里干活的只有妇女和半大孩子。风在阒无人迹的村庄里扬起阵阵尘埃,吹得家家的百叶窗乒乓乱响,掀去板棚顶上的干草。老头子们都说:"咱们今年没有粮食吃啦。地里只有娘儿们干活儿,而且三四家才有一家种地。荒废的土地会有什么收成……"

下地去后第二天,日落前,阿克西妮亚赶着牛去水塘边饮水。一个十来岁的、姓奥布尼佐夫的男孩,牵着一匹鞴好鞍子的马,站在堤坝边饮马。马咂吧着嘴唇,水珠从它那灰天鹅绒般的嘴唇上滴下来,下了马的小骑士正玩得起劲儿:他把干黏土块扔到水里,看着水圈子扩展开去。

"你这是要上哪儿去呀,万尼亚特卡?"阿克西妮亚问。

"给妈妈送饭来啦。"

"喂,村子里怎么样?"

"怎么也不怎么样。格拉西姆爷爷昨天夜里用笼网逮住一条大——大鲤鱼。还有,费奥多尔·梅利尼科夫从撤退路上返回来啦。"

孩子踮起脚尖,给马戴上嚼子,抓住一把马鬃,跃上马鞍,敏捷得惊人。刚离开水塘时——他像个很精明的当家人一样,——让马慢步走去,但是过了一会儿,回头看了看阿克西妮亚,就纵马狂奔起来,脊背上褪了色的蓝衬衣被风吹得鼓了起来。

牛喝水的时候,阿克西妮亚躺在堤坝上,这时她决定回村子里去一趟。梅利尼科夫是个正在服役的哥萨克,他一定知道些有关葛利高里的事儿。阿克西妮亚把牛赶到停车的地方以后,对杜妮亚什卡说:

"我要回村子一趟,明天我一早就来。"

"有事儿吗?"

"有事儿。"

第二天一早,阿克西妮亚回来了。她走到正在套牛的杜妮亚什卡跟前,若无其事地摇晃着柳枝,但是眉头却皱得紧紧的,嘴角上刻出了几丝痛苦的细纹。

"梅利尼科·费奥多尔回来啦。我去问了问葛利高里的消息。他什么都不知道。"她简短地说完,就猛地一转身,朝播种机走去。

播完种,阿克西妮亚就着手整顿家业:在瓜园里种上些西瓜,修补了屋墙，粉刷了屋子，自己一个人尽可能地用剩下的一些干草盖了盖板棚棚顶。日子一天天在忙碌中度过，但是无时无刻不在为葛利高里的命运担心。阿克西妮亚很不情愿想起司捷潘，不知道为什么，她总觉得他是不会回来的了，但是每当有哥萨克回到村子里来的时候，她总是先问："没有看到我家的司捷潘吗？"以后才小心地转弯抹角地问些有关葛利高里的消息。他们之间的关系全村谁不知道。就连最喜欢嚼舌的娘儿们都不愿再谈论他们的事了，但是阿克西妮亚却还羞于流露自己的感情，只是在遇上了不爱说话的当兵的人怎么也不提葛利高里的时候，她才眯缝着眼睛，难为情地问："你没有碰到我们的邻居葛利高里·潘苔莱维奇吗？他母亲对他总是放心不下，想得人都瘦啦……"

本村的哥萨克在顿河军于新俄罗斯克投降后，谁也没有看见过葛利高里和司捷潘。只是在六月底，一个回顿河对岸老家去的司捷潘的同事、科伦达耶夫斯基村的哥萨克顺路来看阿克西妮亚，他这才告诉她说：

"我实话告诉你，司捷潘到克里米亚去啦。我亲眼看见他上了轮船。我没有能跟他说话。因为人挤得简直要从脑袋上才能走过去。"对有关葛利高里的询问却回答得躲躲闪闪，"在码头上看见他啦，他还戴着肩章呢，后来就再没有见过他。很多军官都被送到莫斯科去啦，谁知道他如今在哪儿……"

过了一个星期，受了伤的普罗霍尔·济科夫回到鞑靼村来了。是用一辆征用百姓的大车从米列罗沃站把他送回来的。阿克西妮亚一听到这个消息，就扔下牛奶不挤了，把小牛犊放到母牛身边来吃奶，自己一面走，一面系着头巾，几乎是一路小跑，奔向济科夫家的院子。"普罗霍尔是知道的，他一定知道！可是如果他说葛利高里已经不在人世了呢？那我可怎么办呀？"她跑着想着，一只手捂在心口，由于害怕听到不祥的消息，脚步一分钟比一分钟慢了下来。

普罗霍尔满脸堆笑，在内室里迎接她，把自己那只砍断的左胳膊藏到背后去。

"你好啊，老战友！好啊！看到你还活着，真叫人高兴！可是我们认为你的小命已经送在那个小村子里呢。噢噫，你病得可厉害啦……

真怪,伤寒病怎么会把你们这样的人变得更漂亮啦?可是我,你看看,让波兰白卫军搞成什么样子啦,这些该死的东西!”普罗霍尔把打成一个结的保护色军便服的空袖子给她看了看。“我老婆一看见,就流着眼泪哭号起来,可是我对她说:‘别哭叫啦,傻娘儿们,人家的脑袋被砍掉啦,都毫无怨言,我丢了一只胳膊——有什么了不起的!我马上就可以装上一只木头手。至少这只手是不会怕冷的,就是砍掉它也不会流血啦。’糟糕的是,姑奶奶,我还没有学会用一只手做事情。连裤子都扣不上,完蛋啦!从基辅到家,一路上我都没有扣裤扣。真丢人!所以你要是看到我有什么失礼的地方,就请多多原谅……好,请进来吧,请坐,尊贵的客人。趁我的老婆还没有回来,咱们好好谈谈。我派这个反对基督的娘儿们买烧酒去啦。丈夫被砍掉一只胳膊,光荣负伤回来啦,她却没有什么东西来欢迎。你们这些人,丈夫不在家都是这个德行,我对于你们这些湿尾巴的鬼崽子算看透啦!”

“你还是说说……”

“我知道,要说的。嘱咐我问候你,”普罗霍尔滑稽地行了个礼,抬起头来,吃惊地拧了拧眉毛,“瞧,真糟糕!你哭什么呀,糊涂娘儿们?你们这些妇道人家就是喜欢哭哭啼啼。牺牲啦——你们要哭号,活下来啦——你们照样要哭号!擦擦你的眼泪吧,擦擦吧,干吗要哭哭啼啼的呀?我告诉你,他活着呢,而且很壮实,脸吃得又肥又胖!我跟他一起在新俄罗斯克参加了布琼尼同志指挥的骑兵部队,编入第十四师。咱们的葛利高里·潘苔莱维奇指挥一个连,一个骑兵连,我当然还是跟着他啦,我们以行军队形向基辅挺进。哼,姑奶奶,我们把波兰白卫军这些鬼东西狠揍了一顿!进军途中,葛利高里·潘苔莱维奇说:‘我砍过德国人,也拿各种各样的奥地利人试过刀,难道波兰人的脑袋瓜儿长得更结实吗?我想,砍他们的脑袋,比砍自己人——俄国人的脑袋要痛快得多,你以为怎样?’还笑着对我挤挤眼儿、龇龇牙。自从参加了红军,他简直变成另一个人了,精神焕发,像骟马一样膘肥体壮。哼,我们俩不拌嘴简直就过不了日子。……有一回我骑马到他跟前,玩笑说:‘该休息休息啦,麦列霍夫老爷——同志!’他瞪了我一眼,说:‘你别跟我开这种玩笑啦,不然你会倒霉的。’晚上,为了什么事情把我叫了去,鬼迷住了我,又喊他‘老爷’……他一下子就拔出手枪来!脸色煞白,像狼一样龇着牙,他满口利牙,少说也有一百个。我赶忙藏到马肚子底下去,撒腿就跑。差点儿没把我打死,你瞧,他有多凶!”

“怎么,他也许,能回来度假……”阿克西妮亚吞吞吐吐地问。

“简直别想!”普罗霍尔断然打断她的话说,“他说啦,我要一直干到把过去的罪过都赎完了。他会如愿以偿的——干傻事儿是不难的……在一个小镇附近,他率领我们去冲锋。我亲眼看见他砍死了他们四个枪骑兵。他,这个该死的家伙,从小就是左撇子,他就这样左右开弓,砍杀敌人……战斗结束后,布琼尼在队列前亲自跟他握手,并向全连和他本人表示感谢。你看你的潘苔莱维奇干得多漂亮呀!”

阿克西妮亚听得晕头转向……只是走到麦列霍夫家的篱笆门口时才清醒过来。杜妮亚什卡正在门廊里滤牛奶;没有抬头就问:

“你拿发酵引子来啦?看我,答应给你送去,可是全忘啦。”但是她一看见阿克西妮亚眼泪汪汪、闪着幸福光芒的眼睛,一句话也没说,就明白了是怎么回事儿。

阿克西妮亚把热辣辣的脸颊贴在杜妮亚什卡的肩膀上,高兴得气喘吁吁地耳语说:

“他活着哪,而且很壮实……带好来啦……快去!快去告诉妈妈吧!”

第 二 章

春末夏初,有三十多个撤退的哥萨克回到鞑靼村来了。大多数是老头子和老龄服役的哥萨克,青年和中年哥萨克,除了生病和受伤的,几乎一个也没有回来。一部分参加了红军,其余的则都编进弗兰格尔的各团队里,龟缩在克里米亚,准备重新向顿河进军。

有一大半撤退的人永远留在异乡了:有些死于伤寒,另一些在库班与红军进行最后决战时死在战场上,有几个人没有跟上撤退的车队,在马内奇的草原上冻死了，有两个被红绿军俘虏了去，从此杳无音讯……鞑靼村少了许多哥萨克。妇女们在紧张、不安的期待中过日子，每次到牧场上去赶牛回家的时候，总要伫立良久，用手巴掌搭在眼上，向远处眺望，——看看紫色的晚霞笼罩的大道上有没有迟归的征人。

如果有个破衣烂衫、满身虱子、瘦骨嶙嶙的但是盼望已久的主人回家来了，那么这家人就立刻快活地乱忙起来：赶快给浑身又脏又黑的征人烧热水，孩子们都争先恐后，竭力去讨爸爸欢心，注视着他的每一个动作，幸福得六神无主的女主人，忽而去摆桌子，准备吃饭，忽而跑到箱子跟前，去给丈夫找干净内衣。可是糟糕得很，内衣破了还没有补，女主人的手指头却哆嗦得怎么也不能把线穿到针孔里去……在这幸福的时刻，就连那只老远就认出了主人、跟着他一直跑到门口、不断地舔他手的看家狗也可以进屋子了；甚至孩子们打碎盘碗，或者把牛奶洒了也不会挨打，他们的任何胡闹都会平安无事地过去，不会受到任何惩罚……主人洗完澡还没来得及穿好衣服，屋子里已经挤满了妇女。她们来打听亲人的命运，担心、贪婪地听着服役人的每一句话。过一会儿，就会有个女人走到院子里去了，把手巴掌捂着泪流纵横的脸，像瞎子似的，深一步浅一步地沿着胡同走去，于是在一座小房子里又有一个新寡妇在哭亡夫了，孩子们娇嫩的哭声也跟着响了起来。在那些日子里，鞑靼村就是这样生活的：一家的欢乐，定会给另外一家带来无法解脱的痛苦。

第二天早晨，天刚亮，脸刮得干干净净、显得年轻了的主人就起来了，去察看家业，看看该马上动手干点儿什么活。早饭后，他就干起来了。刨子快活地响起来，或者是在板棚屋檐下的阴凉里，当当地抡起斧头来，好像是在告诉大家，这家的男人回来了。可是昨天听说父亲和丈夫去世的人家的屋子和院子里却是一片死寂。被苦难压倒的母亲默默地躺在床上，一夜工夫就长大了许多的孤儿们挤在一起，偎依在她身旁。

伊莉妮奇娜一听说村子里有什么人回来，就说：

“咱们家的人什么时候能回来呀！别人家的人都回来啦，可是咱们家的人连一点儿音信儿都没有。”

“不会放年轻的哥萨克回来的，妈妈，您怎么这点儿道理都不明白呀！”杜妮亚什卡惋惜地回答说。

“谁说不放年轻的回来？那么吉洪·格拉西莫夫怎么回来了呢？他比葛利沙还小一岁哪。”

“他是受伤的呀，妈妈！”

“他算什么受伤的呀！”伊莉妮奇娜反驳说，“昨天我在铁匠铺旁边看见他，走起路挺得那么直。没见过这样受伤的人。”

“他受过伤，现在是回来休养。”

“难道我们那位受的伤还少吗？他浑身伤痕斑斑，照你的意思，他就用不着休养了吗？”

杜妮亚什卡想尽办法说服母亲，现在是不能期望葛利高里回来的，但是要想说服伊莉妮奇娜可真不是件容易事儿。

“你住口吧，傻丫头！”她命令杜妮亚什卡说，“我知道的事比你一点儿也不少，你要来教训母亲还太年轻。我说——他会回来，就一定会回来。滚，滚，我不愿意跟你瞎费吐沫！”

老太婆焦急地盼着儿子归来，一有机会就要提到他。只要米沙特卡一不听她的话，她立刻就会威胁说：“你等着吧，小毛孩子，你父亲一回来，我就告诉他，叫他狠狠地揍你一顿！”她一看见从窗前赶过一辆新修过轮缘的大车，就会叹一口气，说：“一下子就能看出来，这家的当家人回家来啦，可是咱们家的人好像是有什么人给他堵了回家的路似的……”伊莉妮奇娜一辈子不喜欢旱烟的气味，常把抽烟的人从厨房里赶出去，但是在最近这些日子，她连这方面的态度也改变了，不止一次地对杜妮亚什卡说：“去叫普罗霍尔来，叫他来抽支烟吧，不然这儿净是尸臭味儿。等葛利沙服完役回来，咱们家马上就会有浓浓的哥萨克气味……”她每天做饭的时候总要多做点儿，饭后把煮菜汤的锅又放回炉膛里去。杜妮亚什卡问她，为什么要这样做，伊莉妮奇娜却惊异地回答说：“不这样怎么行呢？也许咱家当兵的人今儿个就会回来，这样他立刻就可以吃上热汤啦，不然要现做，等你去做这做那，可是他也许已经饿坏啦……”有一天，杜妮亚什卡从瓜地回来，看见厨房里的钉子上挂着葛利高里的一件穿在里面的旧衣服和帽箍褪了色的制帽。杜妮亚什卡疑问地看了看母亲，母亲不知道为什么有点儿负疚似地，可怜地笑着说："杜妮亚什卡，这是我从箱子里拿出来的。这样，从院子里走进来，一看心里就舒服多了……好像他已经回来了，跟咱们……"

杜妮亚什卡对她这么不住口地念叨葛利高里简直是烦透了。有一天，她忍耐不住，责备母亲说：

"妈妈，您老是这么叨叨来，叨叨去，不厌烦吗？您这些车轱辘话把人都唠叨烦啦。您就不会说点儿别的啦，总是：葛利沙，葛利沙……"

"我怎么会厌烦谈论自己的儿子呢？等你自个儿生了儿子，那时候你就会明白……"伊莉妮奇娜低声回答说。

这以后，她把葛利高里的那件衣服和制帽从厨房里拿到自己住的那间内室去了，有好几天的工夫没有再听到她提起儿子。但是在开始割草前不久，她对杜妮亚什卡说：

"我一提葛利沙你就生气，他不在家，咱们的日子怎么过呀？你想过这个问题吗，糊涂虫？马上就要割草啦，咱们连个修修耙子的人都没有……你看咱们家什么都在破旧荒废，咱俩是没有法子对付的。没有当家人，就连家里的家具什物都会哭的……"

杜妮亚什卡默不作声。她很了解，家业并不十分使母亲担心，这都不过是要谈谈葛利高里的借口，想说说心里话而已。伊莉妮奇娜越来越思念儿子，而且想掩饰这种心情也掩饰不住。傍晚，她不肯吃晚饭，杜妮亚什卡问她，是不是病了？她很不高兴地回答说：

"我老啦……思念葛利沙想得心疼……疼得我对什么都厌烦，怕看这个世界……"

但是回到麦列霍夫家里来操持家业的却不是葛利高里……在割草以前，米哈伊尔·科舍沃伊从前线上回到村子里来了。他在一个远房亲戚家里住了一夜，第二天早晨就来到麦列霍夫家。伊莉妮奇娜正在做饭，客人很有礼貌地敲了敲门，没有人吭声，便走进了厨房，摘下破旧的步兵制帽，朝伊莉妮奇娜笑了笑。

"你好啊，伊莉妮奇娜大婶儿！没有料到吧？"

"你好。你是我的什么人，会让我料想呢？你是我们家篱笆的表兄弟?"伊莉妮奇娜怒气冲冲地朝科舍沃伊那使她厌恶的脸瞥了一眼，没有好气地回答说。

对这种接待一点儿也没有感到难堪的米什卡说：

"不说亲戚不亲戚……不论怎么说，也曾是熟人哪。"

"也只有这么点儿情分了。"

"就凭这一点儿，我也应该来看望看望呀。我又不是要到你家来住。"

"我还没有这样的福气。"伊莉妮奇娜也没有看客人，随口说，动手做起饭来。

米什卡没有理会她的话，仔细打量着厨房说：

"我来看望你们，看看你们的日子过得怎样……咱们已经有一年多没有见面啦。"

"我们可并不怎么想念你。"伊莉妮奇娜嘴里嘟哝着，怒气冲冲地在炉膛里的炭火上挪动着铁锅。

杜妮亚什卡正在内室里收拾东西，一听见米什卡的声音，脸一下子变得煞白，无声地拍了一下手。她坐到板凳上，一动不动地仔细倾听着厨房里的谈话。杜妮亚什卡的脸上，忽而涌上一阵浓重的红晕，忽而两颊惨白，尖尖的鼻梁上出现了一道道白色的皱纹。她听见米什卡在厨房里步子坚定地走了一圈儿，坐到一张被他压得咯吱咯吱响的椅子上，然后划了一根火柴。一缕香烟的青烟吹进了内室。

"听说，老头子去世了啦?"

"死啦。"

"葛利高里呢?"

伊莉妮奇娜半天不说话，后来很不情愿地回答说：

"在红军里服役哪。跟你一样，帽子上也钉了这么个红星星。"

"他早就该戴上这样的红星啦……"

"这是——他的事情。"

米什卡问下面这句话的时候，声音里带着明显的不安的调子：

"叶芙多基亚·潘苔莱芙娜呢?"

"在收拾屋子哪。你这位客人来得也太早啦，体面的人是不会这么早串门的。”

“顾不上体面啦。我太想她啦，所以就来啦。还管什么时候啊。”

“唉唉，米哈伊尔，你可别惹我生气……”

“大婶儿，我怎么惹你生气啦？”

“这么惹我啦！”

“究竟是什么呀？”

“就是你这些话惹我啦！”

杜妮亚什卡听见米什卡深深地叹了口气。她再也忍耐不住了：站了起来，整了整裙子，走进了厨房。脸色焦黄、瘦得简直认不出来的米什卡坐在窗户旁边，一支香烟快抽完了。一看见杜妮亚什卡，他那昏暗的眼睛立刻就有了生气，脸上微微透出了一阵红晕，急忙站起身来，沙哑地说：

“啊，你好啊！”

“你好……”杜妮亚什卡回答的声音勉强能够听到。

“快去挑水吧。”伊莉妮奇娜迅速地瞥了女儿一眼，立刻吩咐说。

米什卡耐心地在等待杜妮亚什卡回来。伊莉妮奇娜默默无语。米什卡也一声不响，然后他用手指头捏熄了烟头，问：

“你干吗这样恨我，大婶儿？我碍了您什么事儿，还是怎么的？”

伊莉妮奇娜像被蜂蜇了一下似的，从炉边回过身来。

“你还有点儿良心没有，怎么还能到我们家里来呀？你怎么这么不知道羞耻？！”她说，“你还来问我哪？！你这个刽子手！”

“我怎么成了刽子手啦？”

“你是地地道道的刽子手！是谁杀死彼得罗的，不是你吗？”

“是我。”

“这就对啦！你杀死他，那你是什么人呢？可你还有脸儿到我们家里来……往那儿一坐，好像……”伊莉妮奇娜气得喘不过气，说不出话来了，但是缓过来以后，又继续说，“我是不是他的母亲呢？你怎么还有脸儿看我呢？”

米什卡的脸色立刻变得煞白。他早就料到这样的谈话。他很激动，稍微有点儿结巴地回答说：

“我没做亏心事，我的眼睛可以理直气壮地看人！如果彼得罗捉到了我，他会怎么对付我呢？你以为他会来亲我的头顶吗？他也会杀死我的。我们在那个山岗上相遇，并不是为了逗着玩！那是在打仗。”

“那么科尔舒诺夫老亲家公呢？你杀死一个无辜的居民，一个老头子，这也是打仗吗？”

“怎么不是打仗呢？”米什卡惊讶地说，“当然是打仗啦！我了解这些无辜的居民！这种无辜的居民虽然坐在家里，手提着裤子，可是他干的坏事儿比在前线的有些人干得还多……格里沙卡爷爷就是这样的人，正是他们这号人煽动哥萨克起来反对我们。就是因为有了他们这些人才挑起了整个这场战争！是谁蛊惑人心，煽动哥萨克起来反对我们的？就是他们，就是这些无辜的居民。可是你却说什么‘刽子手’……我算什么刽子手呀！我这个人，那些年，连只小羊或者小猪都不敢宰，现在——我知道，我还是宰不了。我对各种小动物就是下不得手。有时，别人宰牛杀羊——我就把耳朵堵起来，远远地躲开，不想听也不想看。”

“可是你把我的老亲家公……”

“别老提您那位亲家啦！”米什卡伤心地打断了她的话，“他活着给人们带来的好处，就像山羊奶一样少，可是祸害却无穷无尽。我对他说：离开屋子！他不但不走，还躺在那里。我真恨他们这些老鬼！我虽然不敢宰牲畜——可是如果恨起来，也许敢的，可是像你们亲家公那样的坏蛋，请原谅，或者别的什么敌人，——杀多少我都下得了手！对敌人，对那些活在世界上毫无益处的人，我是不会手软的！”

“就是因为你手不软，所以你才瘦成这样，”伊莉妮奇娜恶毒地说，“大概是良心受责备……”

“才不会呢！”米什卡温和地笑了，“我才不会为像老爷子这样的废物去受良心的责备呢。是寒热病把我折腾成这样，这病把我全身都吸干啦，妈妈，不然的话，我会把他们……”

“我怎么成了你的妈妈啦？”伊莉妮奇娜大怒，“你管母狗去叫妈妈吧！”

“哼，你不要欺人太甚！”米什卡声音低沉地说，并且恶狠狠地眯缝起眼睛,“我可不能保证,你说什么我都忍受得下去。大婶子,我老实告诉你:你不要为了彼得罗恨我吧。他是自作自受。”

“你是刽子手!刽子手!给我从这儿滚出去,我看到你就心寒!”伊莉妮奇娜斩钉截铁地说。

米什卡又点上一支烟,心平气和地问:

“难道米特里·科尔舒诺夫——你们的亲戚——不是刽子手吗?还有葛利高里是什么样的人呢?对于你的儿子,你怎么一句话也不提,他才是货真价实、一点假也没掺的刽子手哪!”

“你别胡说八道!”

“我从昨天就不胡说啦。好啦,你说说,他是什么人?他杀了我们多少人,这你清楚吗?问题就在这里!大婶子,如果你把这个称号送给所有打过仗的人,那我们这些人就都是刽子手。问题是为什么杀人和杀的是些什么人。”米什卡意味深长地说。

伊莉妮奇娜没有吭声。但是看到客人还没有走的意思,就严厉地说:

“好啦!我没有工夫跟你磨牙,你还是回家去吧。”

“我像兔子一样,走到哪儿,哪儿就是家。”米什卡苦笑着说,然后站起身来。

想用什么办法和难听的话把米什卡赶出去是办不到的。他可不是那种感情易于冲动的人,他才不去理会怒火冲天的老太婆的几句难听的话呢。他知道杜妮亚什卡是爱他的,至于其余的一切,包括老太婆在内,叫他们统统见鬼去吧。

第二天早晨他又来了,就像什么事也没有发生过似的问候过,就坐在窗边,注视着杜妮亚什卡的每一个动作。

“你来得够勤啊……”伊莉妮奇娜随口说,也不理睬米什卡的问候。

杜妮亚什卡脸涨得绯红,目光炯炯地看了母亲一眼,就低下头去,一句话也没有说。

米什卡苦笑一声,回答说:

“我不是来看望你的,伊莉妮奇娜大婶儿,你用不着生气。”

“最好你能把到我们家来的道儿全忘了。”

“那我上哪儿去呢？”米什卡神色严肃起来，问，“由于你们的亲戚米特里的恩典，全家就剩下我光棍一人啦，就像独眼龙的一只眼睛，叫我像狼一样待在空屋子里，我蹲不住。大婶子，你愿意也好，不愿意也好，反正我是要到你们家来的。”他说完了话，大叉开两腿，坐得更舒服一些。

伊莉妮奇娜仔细打量了他一番。是的，要把这种人赶出去是不容易的。米什卡那有点儿驼背的整个身形，低头的姿势和紧闭的嘴唇上……都有一股牛似的倔劲儿……

等他走了以后，伊莉妮奇娜打发孩子们到院子里去，对杜妮亚什卡说：

“叫他今后别再进咱们家的门。明白了吗？”

杜妮亚什卡眼睛眨也不眨地看了看母亲。麦列霍夫家的人特有的那种气质，突然在她眯缝起的眼睛里表现出来，她一个字一个字地像是咬下来似地说：

“不！他要来的！您不能禁止他！他要来的！”她控制不住，用围裙捂上脸，跑到门廊里去。

伊莉妮奇娜艰难地喘着气，坐到窗前，坐了很久，默默地摇着脑袋，把视而不见的目光投向远处的草原，那里一道在阳光下闪着银光的娇嫩的苦艾草的花边隔开了天和地。

傍晚，杜妮亚什卡和母亲——还没有和解，谁也不说话——在修理河边菜园子的倒塌的篱笆。米什卡走了过来。他一声不响地从杜妮亚什卡的手里拿过铁锹，说道：

“你挖得太浅啦。风一刮，你们的篱笆又要倒啦。”于是他就把桩坑挖深，然后帮着把篱笆竖起来，钉在桩子上，就走了。第二天早晨，他带来两把刚刚刨好的耙子和一根叉柄，放在麦列霍夫家的台阶旁边。向伊莉妮奇娜问候过后，一本正经地问：

“你们想到草地上去割草吗？人家可都已经过顿河去啦。”

伊莉妮奇娜没有做声。杜妮亚什卡代替母亲回答说：

“我们没有法子过河啊。小船从秋天就放在板棚里，已经全干裂啦。”

“春天就应该把船放进水里去，”米什卡责备说，“是不是把小船的裂缝堵堵呀？没有船就很不方便啦。”

杜妮亚什卡驯顺、期待地看了看母亲。伊莉妮奇娜默默地揉着面团，装出一副这些谈话仿佛与她根本无关的样子。

“你们有麻刀吗？”米什卡含笑问。

杜妮亚什卡到储藏室抱了一捆麻刀回来。

午饭前，米什卡把小船修理好了，走进厨房。

“好啦，我把船拖下河去啦，让它在水里浸浸。你们可要把它锁到沉在水中的树干上，不然会被人偷走的。”接着又问：“大婶儿，割草的事怎么样呀？要来帮你们的忙吗？反正我现在闲着没有什么事儿干。”

“你去问她吧。”伊莉妮奇娜朝杜妮亚什卡点头示意。

“我要问当家人呀。”

“我显然不是这儿的当家人……”

杜妮亚什卡哭了起来，跑进内室去了。

“那我就来帮忙吧，”米什卡咳嗽了一声，毅然地说，“你们干的木匠活儿的工具在哪儿？我想给你们做两把耙，旧耙大概都不能用啦。”

他走到板棚檐下，吹着口哨，刨起耙齿来。小米沙特卡围在他身边打转儿，带着祈求的神情看着他，央告说：

“米哈伊尔叔叔，给我做把小耙子吧，你要是不做，就没有人给我做啦。奶奶不会做，姑姑也不会做……只有你一个人会，你做得很好！”

“我给你做，同名人，真的，我给你做，不过你要躲开一点儿，不然刨花会迸到你眼睛里去。”科舍沃伊劝米沙特卡说，他笑着，心里惊异地想：“啊，他长得真像，小鬼头……跟他爸爸一模一样！眼睛，眉毛，上嘴唇也是这样翘着……真是个好宝贝儿！”

他本已开始做起小孩子玩的耙来，但是还没有做完，就犯起病来了：嘴唇发青，焦黄的脸上露出愤怒、同时又那么驯顺的表情。他不吹口哨了，放下刀子，哆哆嗦嗦地耸了耸肩膀。

“米哈伊洛·葛利高里奇,同名人,快去给我拿块什么麻布垫子来,我要躺一下。”他请求说。

“拿麻布干什么?”米沙特卡很有兴致地问。

“我想生会儿病。”

“生病干什么?”

“唉唉,你怎么这样缠人,简直跟牛蒡花一样……唉,到了犯病的时候啦,所以就发作啦!快去拿呀!”

“那我的耙子呢?”

“过了这会儿我准给你做好。”

科舍沃伊全身抖得厉害。牙齿磕得咯咯直响,他躺在米沙特卡拿来的麻布垫子上,摘下制帽,遮在脸上。

“你这是已经病起来了吗?”米沙特卡很伤心地问。

“对啦,病起来啦。”

“你为什么要哆嗦呀?”

“我在打摆子哪。”

“为什么牙齿要磕得咯咯响啊?”

米什卡从帽子底下用一只眼睛看了看纠缠不休的、跟自己同名字的小家伙,微微一笑,就不再回答他的问题了。米沙特卡害怕地看了看他,往屋子里跑去。

“奶奶!米哈伊尔叔叔躺在板棚屋檐下直打哆嗦,使劲哆嗦,哆嗦得简直要跳起来啦!”

伊莉妮奇娜朝窗户外面看了看,然后走到桌边去,好半天没有说话,在想什么心事……

“你怎么不说话呀,奶奶。”米沙特卡扯着她的衣袖子,焦急地问。

伊莉妮奇娜转过脸来朝着他,坚定地说:

“宝贝儿,去拿条被子给这个反对基督的家伙送去,叫他盖上。他这是在发疟子哪,有这么种病。你能把被子拿去吗?”她又走到窗前,往院子里看了看,急忙说,“等等,等等!别拿啦,不用拿啦。”

杜妮亚什卡正在把自己的羊皮袄盖到科舍沃伊身上,弯着腰在对他说什么……

发过疟疾以后，米什卡一直到天黑都在为割草做准备。他明显地衰弱了。动作变得有气无力、哆哆嗦嗦，但还是给米沙特卡把小耙子做好了。

傍晚，伊莉妮奇娜摆好晚饭，叫孩子们在桌旁坐下，没有看杜妮亚什卡，说：

"去，叫那个……叫他……来吃晚饭吧。"

米什卡没在额角上画十字，疲惫地弯着身子，在桌旁坐下。焦黄的、布满一道道汗痕的脸上，流露出疲惫不堪的神情，把勺子往嘴里送的时候，手微微地哆嗦着。他吃得很少，很勉强，偶尔冷漠地看看坐在桌边的人。但是伊莉妮奇娜很惊异地注意到，当"刽子手"黯然无神的眼睛停在小米沙特卡身上的时候，流露出温柔、兴奋的神情，愉快和亲热的火花在眼睛里闪了一下，又熄灭了，可是勉强看得出的笑容却在嘴角上停留了很久。然后他移开目光，脸上又蒙上一层阴影似的呆滞、冷漠的神色。

伊莉妮奇娜开始暗自观察科舍沃伊，只是这时她才看到，这场病竟使他变得这么消瘦，半圆形的锁子骨在落满尘土、变成灰色的军便服下面显得那么尖削、突出，因为瘦，就使尖削的宽阔肩膀驼得更显眼，长满棕红色硬毛的喉结，在像孩子似的细脖子上叫人看着那么不自然……伊莉妮奇娜对"刽子手"微驼的身形和蜡黄的脸，看得越仔细，内心就越发强烈地感觉到一种不舒服的和矛盾的感情。在伊莉妮奇娜的心里忽然对这个她恨之入骨的人产生了一种不期而来的怜惜心情——一种刺心的母亲的怜惜之情，这种感情可令最坚强的女人心软。她已经不能控制这种新的感情，把倒了满满一盘的牛奶推给米什卡，说：

"看在上帝面上，你多吃点儿吧！看你瘦成什么样子啦，叫人看着都不舒服……还要当新郎官呢！"

第 三 章

村子里开始谈论科舍沃伊和杜妮亚什卡的事儿来啦。有一天，一个婆娘在码头上遇到杜妮亚什卡，带着露骨的嘲笑口吻问："你们雇米哈伊尔当长工啦？他怎么就不离你们家的院子啦……"

伊莉妮奇娜不管女儿怎么劝说，死不同意："你还是别再求我了吧，我不能把你嫁给他！我不会为你们祝福！"直到杜妮亚什卡声称，她要到科舍沃伊家去住啦，而且立刻动手收拾衣物的时候，伊莉妮奇娜才改了主意。

"你清醒清醒吧！"她惊骇地喊道，"我一个人跟孩子们怎么办呀？那我们不就完了吗？"

"妈妈，您要明白，我可不愿意成为村子里的笑柄。"杜妮亚什卡小声说，继续把自已姑娘时的衣裙从箱子里往外扔。

伊莉妮奇娜好久无言地翕动着嘴唇，然后艰难地挪动着两腿，走到正对门摆圣像的地方。

"唉，好吧，姑娘……"她低声地嘟哝着，拿下圣像，"既然你已经死心要嫁他，那就请上帝保佑你，去吧……"

杜妮亚什卡急忙跪在地上。伊莉妮奇娜给她祝福过，声音颤抖地说：

"我那去世的母亲就是用这尊圣像为我祝福的……唉唉，如果现在你父亲看到你……你还记得他说的关于你未婚夫的话吗？上帝明白，我是多么为难啊……"接着就默默地扭过身去，走到门廊里。

不管米什卡怎样竭力劝说未婚妻不要在教堂举行结婚仪式，但是固执的女孩子坚持己见。他只好咬牙违心地同意了。心里却在咒骂世界上的一切，他准备去教堂举行结婚仪式，就像要去上断头台似的。夜里，威萨里昂神甫在空旷的教堂里悄悄地给他们举行了婚礼仪式。仪式完毕后，他向新婚夫妇道贺，用教训的口吻说：

“年轻的苏维埃同志，世事常常难以预料：去年您亲手烧掉我的房子，就是说把它火葬啦，可是今天我又来给您主持婚礼仪式……俗话说得好，不要往井里吐痰，也许你还会来喝井里的水。但是我还是很高兴，从心里高兴，因为您终于醒悟，找到了来基督教堂里的路。”

这使米什卡再也忍耐不住了。在教堂里他本来一直默不作声，对自己竟这样意志薄弱感到非常羞愧，在痛恨自己，但是这时他怒冲冲地斜眼瞅了瞅不忘旧怨的神甫，为了不叫杜妮亚什卡听见，低声骂：

“可惜，你那时候从村子里逃走啦，不然的话，我就把你这个长毛鬼跟房子一起儿烧成灰啦！你明白吗，啊？”

神甫完全没有料到，简直呆若木鸡，站在那里直眨巴眼，瞪着米什卡，可是米什卡扯了扯自己年轻妻子的衣袖，厉声说：“走吧！”于是响亮地踏着士兵靴子，朝教堂门口走去。

在这次一点也不热闹的婚礼宴席上，既没有喝烧酒，也没有扯开嗓子唱歌。婚礼时当傧相的普罗霍尔·济科夫，第二天啐着吐沫，向阿克西妮亚诉了半天苦：

“唉，姑奶奶，这算是什么婚礼呀！米哈伊尔在教堂里把神甫臭骂了一顿，老头子的嘴都气歪啦！晚上的婚礼宴席，你知道，桌上摆的是什么：只有烤的鸡和酸牛奶……真见鬼，你哪管有一滴烧酒也好呀！要是葛利高里·潘苔莱维奇看见他的小妹妹是这样出嫁的……他准会抱头痛哭一场！不，姑奶奶，算啦！我今后再也不想去参加这种新式婚礼啦。我情愿去看狗咬架，也比这种婚礼热闹一点儿，公狗咬架总要互相咬啊，热闹得很哩，可是这种婚礼既不喝酒，又不打架，真是见他妈的鬼！你爱信不信，参加了这次婚礼以后，我简直伤心透啦，一夜都没有睡觉，躺在那儿搔痒痒，你看吧，就像在我的衬衣里放了一把跳蚤……”

自从科舍沃伊入赘麦列霍夫家的那天起，整个的家业就焕然一新：没用多久，他就修好了围墙，把草原上割的干草运到场院上，堆了起来，草垛堆得整齐好看；他在准备收打麦子，把割麦机上的平台和翼片重新装过，仔细地清扫了打谷场，修理好了旧的扬谷风车，缝补了马套，因为他暗自总在想拿一对牛去换一匹马，而且屡次对杜妮亚什卡说：“咱们应该养匹马。赶这样的牛车简直是桩苦差事。”有一天，他偶然在储藏室里发现了一小桶白粉和一包靛青，就立刻决定把旧得变成灰色的百叶窗油漆一番。麦列霍夫的家宅用耀眼的浅蓝色窗户看着世界，一下子变得年轻了……

米什卡原来是个非常勤勉的当家人。他虽然病魔缠身，但是还是不停地干活。不论干什么活，杜妮亚什卡都帮着他做。

婚后不久，杜妮亚什卡就明显地变得更加漂亮了，肩膀和臀部都好像长宽了。眼神、走路的姿势，甚至理头发的姿势上都有了新的神韵。从前她那种举止生硬和孩子气的粗犷、好动习性消失了。她总是面带微笑，脉脉含情地看着丈夫，四周的一切都视而不见。青春的幸福总是不暇他顾的……

可是伊莉妮奇娜却越来越感到孤独，一天比一天厉害、一天比一天刺心。在这个几乎生活了一辈子的家里，她现在变成了多余的人了。杜妮亚什卡和丈夫就像在空地上营建他们的新窝似的那样干活儿。他们在家务上要做些什么，从不跟她商量，也不征求她的同意。他们好像也找不到一句亲切的话对老太婆说。只有坐下吃饭的时候，他们才跟她交谈几句无关紧要的话，饭后，伊莉妮奇娜又孤单单的一个人去想自己的伤心事。女儿的幸福并未使她心欢，家里住上一个外人使她很不舒服——她对女婿跟先前一样，感到非常陌生。生活本身也在折磨她。一年的工夫，她失去了这么多的亲人，她被痛苦折磨得腰也弯了，人也老了，十分可怜。她忍受了那么多的痛苦，可以说是太多了。她已经无力抗拒灾难的袭击，满心怀着迷信的预感，觉得死神已经这么接连不断地光临到她们家，一定还要到麦列霍夫家这座老房子里来几趟。伊莉妮奇娜对杜妮亚什卡的婚事妥协后，只盼望着一件事：等着葛利高里回家来，把孩子交给他，然后就永远闭上眼睛。她受了一辈子的痛苦、折磨，已经赢得了这种休息的权利。

夏天漫漫的长日真是难熬。炎热的太阳当空照。但是灼人的阳光已经不能使伊莉妮奇娜感到温暖。她一动不动地在台阶上的太阳地里一坐就很久，对周围的一切都漠然视之。这已经不是从前那个勤勉而有心计的内当家了。她什么也不想干了。现在她觉得这一切都毫无意义，没有用处，而且一钱不值，她再也没有力量，像以前那样操劳了。她常常打量着自己那两只操劳了多年的、疙疙瘩瘩的老手，心里说："我这双老手已经做够了活儿啦……该安息啦。我已经活到这把年纪，够啦……只盼能看到葛利申卡回来……"

只有一回，从前那种乐观愉快的心情又回到伊莉妮奇娜身上，但是非常短暂。普罗霍尔从镇上回来，顺路到他们家来了，还离得老远就喊叫：

"快请客吧，伊莉妮奇娜大婶儿！我带回来一封你儿子的信！"

老太婆刷地一下子脸都白了。在她心目中信总是跟什么新的灾难联系在一起。但是当普罗霍尔念完那封短信，信上有一半是向亲人问候的话，只在信末写道，他，葛利高里，尽量想法在夏末秋初回家来看看，——伊莉妮奇娜竟高兴得半天说不出话来。珍珠般的泪珠，从她那棕色的脸上和两颊深深的皱纹上滚滚而下。她低下头，用上衣袖子和粗糙的手巴掌擦着眼泪，但是泪珠还是纷纷顺着脸滚下来，滴到围裙上，把围裙湿得斑斑点点，好像下了一阵温暖的急雨。普罗霍尔倒也并不是不喜欢，——但是他简直看不得女人哭鼻子抹泪，因此皱着眉头，露出不能掩饰的惋惜神情，说：

"大婶子，你又哭起来啦！你们老娘儿们的眼泪可真多……应该高兴嘛，怎么能哭呢。好，我走啦，再见！看到你这样子，我实在无法高兴。"

伊莉妮奇娜一下子就不哭了，拦住了他。

"你给我带来这样的好消息，我的亲爱的好人……我怎么会让你……等等，我请你喝一杯……"她断断续续地嘟囔着，从箱子里拿出一瓶藏了好久的烧酒。

普罗霍尔坐下来，把胡子往两边分了分。

"你也和我一起儿喝一杯，高兴高兴，好吗？"他问。但是立刻又担心地想："又是鬼叫我说这些话，要是瓶子里的烧酒只有一丁点儿，她还要喝一份儿……"

伊莉妮奇娜不肯喝酒。她小心翼翼地把信卷起来，放在神龛后面去，但是，想了想，改变了主意，又拿了出来，在手里放了一会儿，便塞到怀里,使劲把信按在心口上。

杜妮亚什卡从地里回来,把信看了半天,然后笑了笑,叹口气说:

“唉,他能早点儿回来多好啊!不然,妈妈,您简直想他想得会变模样的。”

伊莉妮奇娜有点儿嫉妒地从杜妮亚什卡手里把信抢过来,又藏到怀里,笑着,用眯缝起来的、闪闪发光的眼睛望着女儿说:

“我已经变成了连狗见了都不叫的人啦,可是不论变成什么样子,小儿子却想起了母亲!他写得多好啊!还称我的父名——伊莉妮奇娜呢……他信上写着:我向亲爱的妈妈和亲爱的孩子们深致问候,连你也没有忘掉呀……哼,你笑什么?你是个傻瓜,杜妮亚什卡,真正的傻瓜!”

“妈妈,我怎么连笑笑都不行啦!您这是要上哪儿去呀?”

“上菜园子里去,我去刨几个土豆。”

“明天我去刨吧,您就在家里待着吧。要不您总在唠叨身上不舒服,可是这会马上又要去干活儿啦。”

“不,我要去……我心里高兴,我想一个人单独待一会儿。”伊莉妮奇娜坦白地说,像年轻人似的迅速披上头巾。

去菜园的路上,她顺便走进阿克西妮亚家去,出于礼貌,开头先说了些别的事情,然后就掏出了信。

“我们家的人写信回来啦,叫母亲宽心,还答应回来看望哪。好街坊,你念念吧。我也可以再听一遍。”

从这儿开始,阿克西妮亚就得不断儿地念这封信了。伊莉妮奇娜每逢晚上到她家来的时候,就把仔细包在手绢里的黄信封拿出来,叹着气请求说:

“你念念吧,阿辛尤什卡,这些日子我的心里总是那么难过,做梦还梦见他小孩子的时候,好像还在上学时的样子……”

时间一久,用化学铅笔写的字母渐渐模糊起来,很多字完全认不出来了,但是对阿克西妮亚来说,这并不困难:这封信她已经不知道读了多少遍了,早就背熟啦。就是到后来,那张薄薄的信纸已经变成了碎片,阿克西妮亚也能不打磕巴地把信背到最后一行。

过了两个星期,伊莉妮奇娜觉得身体不大好。杜妮亚什卡正在忙着收打麦子,伊莉妮奇娜也不愿意叫她不去干活儿,但是自己已经不能做饭了。

“我今天起不了床啦。你自个儿好歹张罗吧。”她请求女儿说。

“您哪儿不舒服啊,妈妈?”

伊莉妮奇娜摩挲着自己旧上衣上的皱褶,眼睛也没抬,回答说:

“浑身都疼……好像五脏六腑全都打坏啦。从前,年轻的时候,你那去世的父亲一发脾气就动手打我……他那拳头像铁的一样……常打得我死人似的一个星期下不了床。我觉得现在正是那样:全身都疼,就像被打伤了一样……”

“是不是叫米哈伊尔去请个大夫呀?”

“请大夫干什么,不用治,我自己会好起来的。”

第二天,伊莉妮奇娜真的好起来了,在院子里走走,但是傍晚又躺下了。她的脸略微有点儿肿,眼睛下面出现了肿囊。夜间,多次用手撑着,从垫得高高的枕头上抬起头来,她呼吸急促——憋得喘不过气来。后来呼吸困难的情况有所好转。她可以安静地仰面躺着了,甚至可以下床。在一种安静的,仿佛是与世隔绝和静止状态中度过了几天。她总想一个人单独待着,当阿克西妮亚来看望她的时候,她简单地回答问话,阿克西妮亚走了,她轻松地叹了口气。她高兴的是:孩子们白天大部分时间都在院子里玩,杜妮亚什卡也很少进来问东问西地麻烦她。她已经不需要任何人的同情和安慰了。那种时刻已经到了,她非常需要单独一人来回忆一下自己一生中的许多往事。她半闭上眼睛,几个钟头一动也不动地躺在那里,只是用那肿胀的手指摩挲着衣服的皱褶,这时,她整个的一生全都从她眼前映过。

使她惊讶的是,这一生竟是这么短促和贫乏,而且竟有那么多令人伤心和痛苦的事情,简直不愿去回忆了。不知道为什么她在回忆和思索时,想得最多的总是葛利高里,也许是因为从战争一开始,这些年来,她一直担心他的命运,而且现在使她与生活相联系着的也只因为有他的缘故。或者是因为对大儿子和丈夫的思念已经减弱,已经被时间抹掉,不过她对死去的人很少忆及,她觉得他们,那些死去的人都仿佛隐身在一片灰色的烟雾中。她很不情愿地想起了青年时代、自己的婚后生活。所有这一切都毫无意义，而且已经是那么遥远，既不能给她带来喜悦，也不会使她感到安慰。她在回忆过去，想起最近这几年的时候，觉得自己依然是个严于律己和纯洁的人。可是“小儿子”在她的记忆中却总是那么清晰，几乎是可以用手摸到。但是只要一想到他，她立刻就会听到自己加快了的心跳声。然后又感到气闷得厉害，她的脸色变青，于是她就神志不清地躺上半天，但是等呼吸情况一好转，就又思念起他来。她怎么能忘记自己的最后的一个儿子……

有一天，伊莉妮奇娜躺在内室。窗外闪耀着中午的阳光。南方天边耀眼的蔚蓝晴空中，被风卷起的、直立的白云在庄严地飘动。只有单调的、催人入睡的蝈蝈叫声划破了沉闷的寂静。室外紧靠窗下，有些半枯萎的胭脂菜，中间夹杂着些野燕麦和冰草还没有被太阳晒死，倒伏在墙基上，蝈蝈就在这些草丛里找到了安乐窝，不停地唱着歌。伊莉妮奇娜倾听着蝈蝈不息的鸣声，闻到阵阵飘进内室来的、太阳蒸晒过的青草气味，眼前有一刹那，像在梦中一样，出现了一片太阳蒸晒着的八月的草原、金黄色的麦茬和笼罩着灰色轻雾的灼热的蓝天……

她清晰地看到在苦艾地上牧放的牛群，一辆搭着篷子的牛车，听见了蝈蝈颤抖的鸣声，闻到苦艾的甜蜜的苦味儿……也看到了自己……身材高大、年轻、美丽……她正急急忙忙地走向停车的地方。麦茬子在她脚下沙沙响着，扎疼了她光着的小腿肚子，热风吹干了脊背上的汗湿的、掖到裙子里的衬衣，火燎似的吹着她的脖子。她脸上泛起了红晕，因为血在往上涌，耳朵里嗡嗡地响着。她弯起一只胳膊，托着沉重的、鼓胀的、充满奶汁的乳房，一听见孩子的出不来气似的哭声，就加快了脚步，一面走，一面解开衬衣的领扣。

当她从挂在车上的摇篮里，把脸色黝黑的小葛利沙特卡抱出来的时候，她那被风吹干的嘴唇在颤抖、微笑。她用牙齿叼着被汗浸湿的贴身十字架带子，急忙把奶头塞给他，从咬紧的牙缝里嘟哝说：“我的亲爱的小儿子！小宝贝！妈妈把你饿坏啦……”而葛利沙特卡还是那样委屈地哭啼不止，咂着奶汁，用小牙齿咬得奶头生疼。葛利沙特卡年轻的、黑胡子的父亲正站在旁边磨镰刀。从垂下的睫毛下面她看见了他的笑容和笑眯眯的眼睛的蓝眼珠……她热得喘不过气来，汗珠从额角上流下来，弄得脸颊痒酥酥的，眼前的景物变得昏暗了，逐渐昏暗下去了……

她苏醒过来，用手在泪湿的脸上抹了抹，后来被强烈的气闷折腾得非常痛苦，时而陷入昏迷状态，就这样躺了很久。

入夜以后，等杜妮亚什卡和丈夫睡着了，她使出最后的一点儿力气，下了床，走到院子里去。很晚还在寻找失群的母牛的阿克西妮亚往家里走的时候，看见伊莉妮奇娜正摇摇晃晃、慢慢地迈着脚步，往场院上走去。“她病得那样，为什么还要到那儿去呀？”阿克西妮亚觉得奇怪，便轻手轻脚地走到和麦列霍夫家的场院搭界的篱笆边去，朝场院看了看。圆月当空。从草原上吹来阵阵微风。草垛浓重的阴影投在石磙子轧平的、光滑的打谷场上。伊莉妮奇娜双手扶着篱笆站在那里，遥望着草原，遥望闪烁着割草的人们燃起的、像遥远的、高不可攀的星星一样的火堆的地方。阿克西妮亚清楚地看到了伊莉妮奇娜被蓝色的月光映照着的肿脸和从老人系的黑头巾下露出来的白发。

伊莉妮奇娜朝着朦胧的蓝色草原看了半天，然后低声、仿佛葛利高里就站在她身旁似的叫道：

“葛利申卡！我的亲爱的！”她停了一会儿，然后已经换了另外一种低沉、喑哑的声调喊，“我的心肝！……”

阿克西妮亚全身颤抖了一下，陷入一种莫名其妙的悲伤和恐怖中，她急忙离开篱笆，往屋里走去。

这一夜，伊莉妮奇娜明白，自己很快就要死了，死神已经来到她的床头。黎明时分，她从箱子里拿出葛利高里的一件衬衣，叠好了，放到枕头底下；把咽气后人们要给自己穿的寿衣也准备好了。

清晨，杜妮亚什卡跟往常一样来看望母亲。伊莉妮奇娜从枕头底下拿出叠得整整齐齐的葛利高里的衬衣，默默地把它递给杜妮亚什卡。

“这是干什么？”杜妮亚什卡惊愕地问。

“这是葛利沙的衬衣……给你丈夫吧，叫他穿吧，他身上那件旧衬衣大概已经被汗沤糟啦……”伊莉妮奇娜的声音微弱得几乎听不见。

杜妮亚什卡看见放在箱子上的母亲的黑裙子、衬衣和布面的靴子,——这一切都是给死人穿的,送他们去天堂的远路时给他们穿的,——她一看到这些东西,脸色立刻变得煞白。

“好妈妈,您为什么要预备寿衣呀?看在基督面上,快收起来吧!上帝保佑,您现在去想死的事情未免太早啦。”

“不,已经到时候啦……”伊莉妮奇娜低声说,“该轮到我啦……葛利什卡回来以前,你要好好照料孩子……看来,我是等不到他啦……噢噫,我等不到啦!……”

伊莉妮奇娜为了不叫杜妮亚什卡看到她的眼泪,便把脸扭过去朝着墙,用手绢捂上。

三天以后,她死了。伊莉妮奇娜的同龄人给她洗过身子,穿上寿衣,停放在内室的桌子上。傍晚,阿克西妮亚来和死者告别。她在这位死去的小老太太的变得漂亮、严厉的脸上,几乎难于认出从前那位骄傲、勇敢的伊莉妮奇娜的面貌。阿克西妮亚用嘴唇去亲吻死人蜡黄、冰凉的额角,看见一绺她熟悉的、从白头巾里扎煞出来的、倔强的白头发和简直像青年人一样的小圆耳轮。

征得杜妮亚什卡的同意,阿克西妮亚把孩子们领到自己家里。她伺候孩子们吃了饭——他们被家里又死了一位亲人吓呆了,都不爱说话儿——让他们跟自己一块儿睡。一边搂着一个她心爱的人的安静下来的孩子,她体验到一种奇怪的感情。她小声地给他们讲起童年时听到的故事,想逗他们高兴高兴,使他们不去想死去的奶奶。她悄悄地拖着长腔把可怜的孤儿万纽什卡的故事讲到末尾:

天鹅呀,天鹅,
快拿雪白的翅膀,
把我带上,
把我带上,
把我带回
亲爱的故乡……

没等她把故事说完,已经听到孩子们的匀称的呼吸声了。米沙特卡躺在边上,把脸紧贴在她的肩膀上。阿克西妮亚小心地动了动肩膀,扶正了他的仰面躺着的脑袋,心里突然感到一种说不出的、残酷的刀搅似的悲痛,使她的喉咙抽搐不止。她哭了起来,哭得哀怨、酸辛,浑身直哆嗦,但是她甚至连眼泪都不能擦,因为葛利高里的两个孩子睡在她臂上,她不愿意惊醒他们。

第 四 章

伊莉妮奇娜死了以后,科舍沃伊成了家里惟一的、全权的当家人,他本应更上心地着手重建家业,把日子过得更火红,但是实际却并非如此:米什卡一天比一天地不愿意干活了,常常离家外出,晚上在台阶上坐到很晚,坐在那里抽烟,想自己的什么心事。杜妮亚什卡当然不会不注意到丈夫心神的变化。她屡次惊奇地看到,从前一向干起活来不要命的米什卡,常突然无缘无故地扔下斧子或者刨子,坐到一旁去休息起来。在地里干活时也是这样,有一次是在播种黑麦,米什卡刚种了两垄,就把牛喝住,卷了一支烟,在地上坐着抽了半天烟,紧皱着眉头。

继承了父亲在实际生活中那股机灵劲儿的杜妮亚什卡担心地想:"他坚持不了多久…… 也许是有病,也许干脆就是在发懒。跟着这样的男人过日子可要倒大霉啦,你看他,就像是在给别人家干活似的;半天抽烟,半天搔痒痒,哪儿还有工夫干活儿……要不动声色地跟他谈谈,别惹他生气,否则,他要是以后还是这样吊儿郎当地干活,那么就别想把穷神从家里送出去啦……"

有一天,杜妮亚什卡小心翼翼地问:

"你怎么变成这样子啦,米沙,是不是生病啦?"

"哪儿有什么病呀! 不生病已经够烦人的啦。"米什卡懊丧地回答说,然后赶着牛,跟在播种机后头走了起来。

杜妮亚什卡觉得再问下去就不合适了:教训丈夫——归根到底不是妇道人家的事儿。谈话也就这样结束了。

杜妮亚什卡猜错了。妨碍科舍沃伊像从前那样没命干活的唯一原因，是他心里在日益滋长着这样的念头，他觉得自己扎在老家安居乐业，未免有点儿太早了："我搞起家业，实在太早啦，太性急啦……"米什卡在读地方报纸上的前线消息，或者在晚上听着复员回来的红军哥萨克谈天的时候，经常这样懊丧地想。但是最使他担心的是村子里人们的情绪：有些人公开地说，苏维埃政权到冬天就完蛋啦，说弗兰格尔已经师出道利亚，与马赫诺会合，正进逼罗斯托夫，新俄罗斯克有协约国的大批陆战队登陆……一个比一个更怪诞的谣言在村子里流传。从集中营和矿山回来的哥萨克，吃了一个夏天家里的舒服饭，已经都养得胖胖的，这些人的态度暧昧，夜里凑在一起喝烧酒，聊些自己的知心话，可是遇到米什卡，就故意装出一副漠不关心的样子，问："你常看报吗，科舍沃伊，你谈谈把弗兰格尔打得怎么样啦，是不是快打垮啦？传说协约国又来进攻咱们啦，这是真的呢，还是胡说八道？"

一个周末傍晚，普罗霍尔·济科夫来了。米什卡刚下地回来，正站在台阶下边洗脸。杜妮亚什卡用水罐给他浇水，笑嘻嘻地看着丈夫那晒得黝黑的瘦脖子。普罗霍尔向他们问候后，坐在台阶的下层的梯阶上问：

"你们没有听到葛利高里·潘苔莱维奇的什么消息吗？"

"没有，"杜妮亚什卡回答说，"他没有信来。"

"你很想念他啦？"米什卡擦完脸和手，板着脸瞅了普罗霍尔一眼，问。

普罗霍尔叹了口气，整理了一下衬衣的那只空袖子。

"那是自然的啦。一直是跟他在一起儿干嘛。"

"你们还想再去干吗？"

"你这是什么意思？"

"没什么，我说的是去服役呀。"

"我们都已经服完役啦。"

"我还以为，你在急切地盼着他回来，好再去服役，"米什卡还是那样板着脸继续说，"再去参加反对苏维埃政权的战争……"

"噢，你这可太不应该啦，米哈伊尔。"普罗霍尔委屈地说。

“怎么不应该？村子里流传的各种各样的风言风语，我都听说啦。”

“难道我说过这种话吗？你在哪儿听到啦？”

“不是你，那就是像你和葛利高里这号人说的，这伙人总在盼望着‘自己人’回来呢。”

“我并不盼望这些‘自己人’回来，我认为，全都一样。”

“糟就糟在你认为全都一样。走，咱们进屋去吧，别生气，我是开玩笑哪。”

普罗霍尔很不情愿地走上台阶，跨进门廊的门限以后，说：

“老弟，你这玩笑开得可并不叫人高兴……把过去的事情忘掉吧。我已经补偿了过去干的事情啦……”

“过去的事情是不能全都忘掉的，”米什卡坐到桌边的时候，冷冷地说，“来，坐下，跟我们一起儿吃晚饭吧。”

“谢谢。当然不是什么都能忘掉的。譬如说吧，我的胳膊被砍掉了一只——我倒希望能忘掉，但是却很难忘掉，时时刻刻都会想到这件事儿。”

杜妮亚什卡正摆桌准备开饭，没看丈夫，问道：

“那么，照你的意思，凡是参加过白军的人，就永远得不到饶恕了吗？”

“那么你怎么想呢？”

“我是这样想，谁念旧恶，就该像俗话说的那样，挖掉他的眼睛。”

“哼，《圣经》上可能是这样写的，”米什卡冷冷地说，“可是，我认为，一个人应该永远要对自己干的事情负责。”

“苏维埃政府可没有这样说。”杜妮亚什卡低声说。

她本来不愿意当着外人的面跟丈夫争论，但是她很不满意米哈伊尔，她觉得他对普罗霍尔开的那个玩笑不很合适，还有他公开说出对哥哥的仇恨。

“苏维埃政府是对你什么也没有说，因为，政府跟你根本没有什么可说的，可是在白军中服过役的，要受到苏维埃法律的审判。”

“那么我也要受审判啦？”普罗霍尔很关心地问。

“你只不过是盲从罢了:就像小牛一样,吃饱了就到牛棚里去昏睡一气。法律不会追究一个传令兵的责任的,可是葛利高里要是回来了,那是要受审的。我们要追究他对叛乱应负的责任。”

“怎么,你要追究他的责任?”杜妮亚什卡眼睛一翻,把盛着牛奶的盘子放在桌子上,质问道。

“我也要追究。”米什卡镇静地回答说。

“这用不着你管。没有你,也会有人追究的。他在红军中服役,已经赢得对自己的宽恕……”

杜妮亚什卡语声战栗,她用手指头摸索着裙褶,在桌旁坐下。米什卡仿佛没有看到妻子的激动的神情,仍然那么镇静地继续说:

“我也很有兴趣去追究追究嘛。至于是不是宽恕他,那还要等着瞧……那还要看看他是否值得宽恕。他使我们的人流的血够多啦。还得称一称,看谁的血流得多一些。”

这是他和杜妮亚什卡婚后的第一次口角。厨房里是一片令人难堪的寂静。米什卡默默地喝着牛奶,偶尔用手巾擦擦嘴唇。普罗霍尔在吸烟,不时看看杜妮亚什卡。后来他就谈起农家的事儿来了。他又坐了半个钟头。临走前问:

“基里尔·格罗莫夫回来啦。你听说了吗?”

“没有。他从哪儿回来的?”

“从红军里回来。也在骑兵第一师。”

“就是他在马蒙托夫的部队里混过吧?”

“就是他。”

“是个勇猛的战士。”米什卡冷笑着说。

“什么勇猛呀!是头号的抢劫能手。干这种事,是他的拿手好戏。”

“人家说,他砍起俘虏来绝不留情。为了一双士兵皮靴就可以杀人,杀人——就为了穿那双皮靴。”

“有过这样的传说。”普罗霍尔肯定地说。

“对他也应该宽大吗?”米什卡婉转地问,“上帝说,要宽恕敌人并且还命令我们也要这样做,是不是?”

“可这怎么说呢……对他这样的人,又能怎么办呢?”

“哼,要是我来办的话……”米什卡眯缝起眼睛说,“要是我就这样办他,叫他连魂儿都没有了! 他是逃不脱的。维申斯克有顿河的肃反委员会,委员会会惩罚他的。”

普罗霍尔笑了笑说:

“俗话说得好,山河易改,禀性难移。他就是从红军中回来,照样带回很多抢来的财物。他老婆还对我的婆娘吹牛呢,说给她带回一件什么女大衣,还有很多件衣服和其他各种各样的东西。他是在马斯拉克旅服役,他就从那儿回家来的。一定是开小差回来的,还把武器带回来了呢。”

“什么武器?”米什卡关心地问。

“那还要问,一支锯短的马枪,哼,一支手枪,也许,还有别的。”

“他到苏维埃去登记过吗,你不知道?”

普罗霍尔大笑一声,挥了挥手说:

“你就是用套索也休想把他拉去! 依我看,他是在逃跑。不是今天,就是明天,他就要从家里逃掉。这个基里尔,从各方面来看,他是还想打仗的,可是你倒怪罪起我来啦。不,老弟,我已经打够了,这种美味我已经吃够啦,吃得顶到嗓子眼儿啦。”

普罗霍尔很快就走了。不久,米什卡也到院子里去了。杜妮亚什卡照料孩子们吃过饭,刚要睡觉,米什卡走了进来。他手里拿着件什么东西,用麻袋裹着。

“你滚到哪儿去啦?”杜妮亚什卡很不温存地问。

“我拿我的嫁妆去啦。”米什卡温顺地笑着说。

他把一支细心包装的步枪和一个鼓鼓囊囊、装满子弹的盒子打开,还有一支手枪和两枚手榴弹。把这一切都摆在板凳上,然后小心翼翼地把煤油倒进一个小碟儿。

“这是从哪儿弄来的?”杜妮亚什卡动了一下眉毛,指着武器问。

“这是我的,从前线带回来的。”

“你把它们藏在哪儿啦?”

“不管藏在哪儿来,看我保存得多好。”

“好啊，原来你是个这么隐蔽的人……什么也不说。连老婆都瞒着？”

米什卡故意装做毫不在意的样子，笑嘻嘻地，明显地结巴说：

“干吗你要过问这些事情啊，杜纽什卡①？这不是老娘儿们家的事情。就让它——这份财产待在那儿吧，姑奶奶，把它放在家里是有用的。”

“那你把它们拿到屋子里来干什么？你已经成了通晓法律的人了，你什么都知道……你这么干为啥就不犯法呢？”

米什卡立即神色严肃起来，说：

“你这个傻丫头！基留什卡②·格罗莫夫带回武器——这对苏维埃政权是有害的，可是我带回来，——这除了对苏维埃政权有利以外，别的什么事也不会有。你明白吗？我犯什么法呀？天晓得，你在瞎说些什么，快躺下睡吧！”

他认为，自己得出的结论是唯一正确的：如果白军的余党带着武器回来了，那他就得提高警惕。他仔细地把步枪和手枪擦好，第二天早晨，天刚亮，就步行到维申斯克去了。

杜妮亚什卡给他往袋子里装着干粮，懊丧、伤心地叹道：

“你什么事儿都瞒着我！你哪管告诉我一声，你要去多久，去干什么也好呀！这过的是什么鬼日子啊！人要走啦，可从他嘴里连一句话也问不出来！……你是我的丈夫，还是个姘头呀？”

“我到维申斯克去，到医务委员会去，我还能对你说什么呢？等我回来，你就全都知道啦。”

米什卡一手扶着袋子，下到顿河边去，坐上小船，快速向对岸划去。

在维申斯克医务委员会检查过后，医生简短地对米什卡说：

“亲爱的同志，您不能参加红军部队啦。疟疾把您的身体折腾得太虚弱。您应该好好治病，否则就要糟糕啦。红军不需要像您这样的战士。”

---

① 杜纽什卡也是叶芙多基亚的爱称。

② 基留什卡是基里尔的小名。

“那红军需要什么样的战士呢？我当了两年红军战士，现在倒变成不需要的人啦？”

“红军需要的首先是身体强健的人。只要您的身体好起来——部队当然也欢迎您啦。请您拿着这张药方，到药房里去领奎宁去吧。”

“原来是这样，我全明白啦。”科舍沃伊往头上套着军便服，就像把马套往一匹倔强的马脖上套似的，怎么也不能把脑袋套进领口里，而裤子扣则是到街上才扣上，然后就直奔区党委会去了。

……米什卡回到鞑靼村的时候，已经是村革命军事委员会的主席了。他匆匆跟妻子问候过后，说：

“哼，现在咱们走着瞧吧！”

“你这指的是什么呀？”杜妮亚什卡惊奇地问。

“还是说的那件事儿呀。”

“说的是什么事儿？”

“我被任命为主席啦。明白了吗？”

杜妮亚什卡伤心地拍了一下手。她想要说些什么，但是米什卡根本不想听，他对着镜子整了整扎在褪色的军便服上的皮带，就到村苏维埃去了。

从冬天起，米赫耶夫老头子就当了村革命军事委员会主席。他眼花耳聋，这个职务成了沉重的负担，他一听说科舍沃伊来接他的班啦，真是喜出望外。

“我的小雄鹰啊，哪，这是些文件，这是村苏维埃的公章，看在基督面上，你收下吧，”他画着十字，搓着手，从心里高兴地说，“我已经八十多岁啦，从来就没有当过官，可是到老啦倒走起官运来啦……这完全是你们年轻人的事儿，我哪儿干得了啊！我看不清，听不见……到了祷告上帝让我上天堂的时候啦，却派我当起主席……”

米什卡把镇革命军事委员会发来的指示和命令匆匆翻了一遍，问道：

“秘书在哪儿？”

“什么？”

“唉，真见鬼。我说，秘书在哪儿呀？”

“秘书吗？回家种大麦去啦。他，这个该天打五雷轰的家伙，一星期才来这儿一趟。有时候镇上送来文件，需要念念，可是你就是带着狗也找不到他。这样一来，有时候很重要的文件都压在那里，多少日子连念也没有念念。我那点儿文化实在可怜得很，唉，可怜得很！费很大劲才能签个名字，根本不会念，我只会盖公章……”

科舍沃伊扬起眉毛，打量着革命委员会破旧的屋子，唯一的装饰品就是墙上那幅尽是苍蝇屎的旧标语。

老头子由于突然摆脱了主席职务，高兴得不得了，甚至想开开玩笑了：他把包在一块布里的公章交给科舍沃伊的时候说：

“那，给你，这是村苏维埃的全部家当，没有钱，至于村长的权杖，苏维埃政权时代已经不许用了。如果你想要的话——我可以把我老头子用的拐杖献给你。”他张开没有牙齿的嘴笑着，把被手巴掌磨得锃亮的白蜡木棍子递过来。

但是科舍沃伊无心玩笑。他又把寒酸的、破旧不堪的革命委员会的屋子打量了一番，皱起眉头，叹了口气说：

“老爹，现在我们就算交接完毕啦。你可以离开这儿，回到你壮实的老太婆那儿去啦。”还用富于表情的眼睛朝门口示意了一下。

然后他在桌边落座，大叉开两肘，咬紧牙关，把下巴颏伸向前去，一个人独坐了半天。我的上帝，我一头扎到地里这段时间，变成什么样的浑蛋啦，头也不抬，对周围发生的事情不闻不问！……米什卡痛恨自己和周围的一切，从桌边站起来，整理了一下军便服，望着空屋子，咬牙切齿地自言自语道：

“宝贝儿们，现在我要叫你们看看苏维埃政权的厉害！”

他紧紧地关上门，挂上门锅儿，穿过广场，往家里走去。在教堂附近遇上了奥博尼佐夫家的一个半大孩子，随便朝那个小家伙点了点头，就走过去了，但是突然灵机一动，转回身来，喊：

“喂，安德留什卡！你等等，过来！”

浅色头发、腼腆的小家伙默默地来到他跟前。米什卡像跟成年人打交道一样，把手伸给他，问：

“你上哪儿去啦？上河对岸去了？啊，啊，那么说是去玩儿啦？办事儿去的？来,我想问问你:你好像读过高小吧？读过吗？好极啦。那么办公室工作会吗?”

“什么办公室工作?”

“喏,普通办公室工作。就是收收发发文件什么的,你会吗?”

“你说的是什么呀,科舍沃伊同志?”

“噢,我说的是平常的各种文件。这你知道吗？好,有发出去的文件,还有其他各种文件。”米什卡含糊不清地弯动了一下手指头,没有等到回答,就断然地说,“如果你不会也不要紧,将来可以学会嘛。我现在是村革命委员会的主席,你是一个有文化的小伙子,我派你当秘书。你现在就到革命委员会的房子里去,到那儿去看守公文案卷,都堆在桌上哪,我很快就回来,明白了吗?”

“科舍沃伊同志!”

米什卡挥了挥手,不耐烦地说:

“这我们以后再谈,你去执行任务吧。”他缓慢地、从容不迫地沿街走去。

他在家里换上了一条新裤子,把手枪塞到口袋里,照着镜子戴制帽的时候,对妻子说:

“我到附近去办点事儿。如果有人来问主席在哪儿,你就说很快就回来。”

当主席,就得有点儿主席的派头儿……米什卡威风凛凛地迈着四方步;他的步法是那么特别,以至村子里有人遇到他就不禁停下脚步,含笑注视着他的后影。普罗霍尔·济科夫在胡同里遇到他,玩笑地装出恭敬样子,退到篱笆边下,问道:

“你这是干什么呀,米哈伊尔？在平常的日子把好行头全都穿上,走起来,就像是参加检阅似的……是不是又要求婚去呀?”

“差不多吧。”米什卡紧闭双唇,意味深长地回答。

在格罗莫夫家的大门口,他一面走,一面伸手到口袋里去掏烟荷包,目光炯炯地打量了一下宽敞的院子、院子里的一些房子和家宅的窗户。

基里尔·格罗莫夫的母亲刚好从门廊里走出来。她身子往后仰着,手里端着一盆切成小块的倭瓜。米什卡恭敬地跟她寒暄过后,便走上了台阶。

“基里尔在家吗,大婶子?”

“在家,在家,请进吧。”老太婆给让着路说。

米什卡走进黑乎乎的门洞,在昏暗中摸索着门把手。

基里尔亲自来给他开开通到内室的门,往后退了一步。他的脸刮得光光的,满面堆笑,略有醉意,用迅疾、审视的眼光扫了米什卡一眼,从容不迫地招呼说:

“又来了个当兵的!请进,科舍沃伊,请坐,你是贵客临门哪。我们正在这儿小小地喝点儿……”

“真是佳肴美酒,盛筵招待。”米什卡打量着座上的客人,握了握主人的手。

他来得太不是时候了。一个米什卡不认识的、宽肩膀的哥萨克,歪着身子坐在上座,迅速、疑问地看了基里尔一眼,推开了酒杯。坐在桌子对面的阿赫瓦特金·谢苗,是科尔舒诺夫家的一个远亲,他一看见米哈伊尔,就皱起眉头,把视线移开了。

主人请米什卡就座。

“谢谢你的盛意。”

“不,你请坐吧,不要辜负大家的好意,跟我们一起儿喝一杯。”

米什卡坐到桌边,从主人手里接过一杯烧酒,点了点头说:

“祝你平安回家来,基里尔·伊万诺维奇!”

“谢谢你。你早就复员了吗?”

“早就复员啦。已经安好家啦。”

“听说你又是安家立业,又是娶亲,是吗?那你还装什么蒜呀?来,多喝几杯吧!”

“我不想再喝啦。我来找你有点儿事儿。”

“这可不行!你别胡闹!我今天不谈正事。今天我要跟朋友们痛饮一场。如果你有事儿,那就请明天再来吧。”

米什卡从桌边站起来,很镇静地笑着说:

“事情嘛,小事一桩,可是不能拖延。咱们到外边去谈吧。”

基里尔抚摸着精心卷起的小黑胡子，沉默了片刻，然后站了起来。

“就在这儿谈谈可以吗？咱们为什么要扫大家的兴呢？”

“不，咱们还是出去谈吧。”米什卡很沉着，但是坚持地要求说。

“你就跟他出去吧，有什么可说的呀？”那个米哈伊尔不认识的、宽肩膀的哥萨克说。

基里尔很不情愿地走进厨房。对正在炉坑前忙活的妻子说：

“你出去一下，卡捷琳娜！”然后，往长板凳上一坐，冷冷地问，“什么事儿？”

“你在家住了多少天啦？”

“怎么？”

“我问你，在家住了几天啦？”

“大概是第四天啦。”

“到革命委员会去过吗？”

“还没有去过。”

“你要去维申斯克军事革命委员会吗？”

“你问这些干什么？你是有事情来的，那就谈事情吧。”

“我就是在谈事情呀。”

“那就见你的鬼去吧！你算是哪棵葱，我要向你汇报呀？”

“我是村革命委员会主席。请把部队的证明文件给我看看。”

“原来是这样！”基里尔拉着长声说，用锐利、清醒过来的眼睛盯着米哈伊尔的眼珠儿看了一眼，“原来是为了这个！”

“就是为了这个。把证件拿出来看看吧！”

“我今天就到苏维埃去，我会带去的。”

“现在就拿来看看！”

“我不记得把文件放到什么地方去啦。”

“去找找。”

“不行，现在我不能找。你回家去吧，米哈伊尔，免得吵闹。”

“我跟你没有什么可吵闹的……”米哈伊尔一只手伸进右面的口袋里，命令说，“穿上衣服！”

“算了吧，米哈伊尔！你最好不要惹我……”

“咱们走吧，我对你说哪！”

“上哪儿去？”

“上革命委员会去。”

“我可不怎么想去。”基里尔脸色变得煞白，但是还嘲讽地微笑着说。

米什卡往左面一歪身子，从口袋里掏出手枪，扳起机头。

“你走不走？”他小声问。

基里尔一声不响地往内室迈了一步，但是米什卡拦住了他的去路，用眼睛朝门洞的门示意。

“弟兄们！”基里尔故意装得从容不迫地喊，“我好像是被逮捕啦！不必等我啦，你们自己在这儿喝吧！”

内室的门哗的一声敞开了。阿赫瓦特金正要迈门限，一看到正瞄着他的手枪，立刻就躲到门框后面去了。

“走。”米什卡命令基里尔说。

基里尔晃晃悠悠往门口走去，懒洋洋地抓住门把，突然一蹿，跃出了门洞，猛地把外边的门关上，跳下台阶。在他弯着腰，穿过院子向果园里跑的时候，米什卡朝他打了两枪，但是没有打中。米什卡大叉开腿，把手枪放在弯起的左胳膊肘上，仔细地瞄准。第三枪响过以后，基里尔好像踉跄了一下，但是站稳了以后，轻捷地跳过了篱笆。米什卡跑下了台阶。他身后响起了从屋子里发出的单调、断续的步枪射击声。子弹打在前面板棚的白墙上，打下了一块墙皮，啪一声，地上落了一片灰色的石头碴子。

基里尔很轻捷、迅速地跑去。他那弯着的身影在苹果树的绿荫下闪动。科舍沃伊跃过篱笆，摔倒在地，就趴在地上，朝逃跑的人开了两枪，然后转过脸去，看屋子里的动静。外边的门已经大敞开。基里尔的母亲正站在台阶上，用手巴掌搭在眼睛上，在向果园里眺望。“应该什么话都不说，当场把他打死！”米什卡迟钝地想。他在篱笆下面又躺了几分钟，不断地观察着房子，不紧不慢地、机械地往下掸着粘在膝盖上的烂泥，然后站起来，困难地爬过篱笆，放下机头，朝屋子里走去。

第五章

阿赫瓦特金和那个科舍沃伊在格罗莫夫家看到的、不认识的哥萨克，都跟基里尔·格罗莫夫一起逃走了。夜里又有两个哥萨克逃离了村子。一个顿河肃反委员会的工作队从维申斯克来到鞑靼村，逮捕了四个从部队回来、然而没有证明文件的哥萨克，把他们送到维申斯克的惩罚连里去。

科舍沃伊整天地待在革命委员会里，傍晚才回家，把上好子弹的步枪放在床头，手枪塞在枕头底下，睡觉连衣服也不脱。跟基里尔的事情发生后第三天，他对杜妮亚什卡说：

"咱们到门洞里去睡吧。"

"这是为什么？"杜妮亚什卡惊讶地问。

"他们会朝窗户开枪的。咱们的床正好在窗前。"

杜妮亚什卡默默地把床搬到门洞里去，晚上却问：

"怎么，咱们就像兔子似的这样过下去吗？到冬天咱们也这样蜷在门洞里？"

"到冬天还早得很呢，现在暂时只好这样了。"

"这'暂时'要到什么时候才了呀？"

"到我把基留什卡打死为止。"

"他才不会伸出脑袋来叫你打呢！"

"到时候会伸出来的。"米什卡很有把握地回答说。

但是他的打算落空了：基里尔·格罗莫夫和他的朋友们一起儿躲到顿河对岸的什么地方去了，一听说马赫诺的队伍已经逼近，就又回到顿河右岸来，奔到克拉斯诺库特斯克镇去，传说，马赫诺匪帮的先头部队已经到了那里。夜里，基里尔有时回村子里来，偶然在街上遇到普罗霍尔·济科夫，叫他转告科舍沃伊，说格罗莫夫问候他，并请他等候着客人光临。第二天早晨，普罗霍尔把怎么遇到了格罗莫夫以及跟他的谈话都告诉了米什卡。

“好吧,请他来吧。头一次逃掉了,下一次可就逃不掉啦。他教育了我,使我懂得了应该怎样对付他们这些家伙,在这一点上,我是应该感谢他的。”米什卡听完普罗霍尔的话以后说。

马赫诺的确来到顿河上游军区境内。在孔科沃村附近,经过短促的战斗,打垮了从维申斯克派去截击他的一个步兵营,但是并没有进军到本区的中心市镇来,而是向米列罗沃车站方面开去,在米列罗沃车站北边一点越过铁路线,向斯塔罗别尔斯克方面窜去。特别积极的白卫军哥萨克都投奔到他的队伍里去了,不过大多数哥萨克都留在家里,做壁上观。

科舍沃伊仍旧是十分警惕地过着日子,留意地观察着村子里发生的一切。可是鞑靼村的生活实在很不美满。哥萨克们由于不得不忍受种种生活必需品的匮乏,而大骂苏维埃政权。不久前在一个小杂货铺子的基础上建立的统一消费合作社里,几乎什么东西都没有。肥皂、糖、盐、煤油、火柴、烟丝和车轴油——所有这些头等重要的生活日用品全都没有,空货架子上只是可怜地摆着些昂贵的阿斯莫洛夫工厂的香烟和一些小五金商品,这些东西一个月也遇不上个买主。

没有煤油,夜里就只好在碟子上倒些炼过的牛油、猪油或者羊油来照明。没有烟丝,就抽自己家种的叶子烟。没有火柴,所以火石和铁匠匆忙打出的火镰得以风行一时。为了容易点燃,人们把火绒跟向日葵茎灰一起放在开水里煎熬后晒干,但是由于不习惯,取火还是非常困难。有好几次,米什卡黄昏时候从革命委员会回来,看见几个烟鬼在胡同里围成一圈,在齐心协力地用火石打火,低声咒骂着,嘟哝着:“苏维埃政权,给火吧!”最后,总算有一个人打出的火星落在干火绒上,燃了起来,于是大家就一起儿吹起冒烟的火绒来,抽着烟,一声不响地蹲下去,就交谈起新闻来。卷烟的纸也没有了。教堂更房里保存的出生、死亡登记册全被拿光了,等把这些东西也都用完了,家家户户把什么纸张都用来卷烟,连孩子的旧教科书和老头子的《圣经》也都用上了。

普罗霍尔·济科夫时常到麦列霍夫家的老宅里来,从米哈伊尔那里弄些卷烟用的纸,伤心地诉苦说:

“我老婆的箱盖子上糊了些旧报纸——我都撕下来卷烟抽啦。有本《新约》，这么神圣的书——也抽掉啦。《旧约》也抽掉啦。这些圣徒们写的新旧约未免太少啦……我老婆有本生死簿，上面记着她所有亲属的名字，活着的和死去的，——我也给抽掉啦。怎么，现在叫我用白菜叶子卷烟抽，还是把牛蒡叶子晒干当纸用呢？不，米哈伊尔，不管怎样，请你给我张报纸吧。我不抽烟是不行的。在德国战场上，我有时拿自己的一分面包去换了八分之一磅烟丝。”

这年秋天，鞑靼村的日子过得很不美满……车辆的轮轴上因为没有上油走起来就吱扭吱扭地响得厉害，马套和皮靴子因为没有焦油干裂了，但是最使人难熬的是没有盐吃。鞑靼村的人们在维申斯克用几只肥羊才换了五磅食盐，一路咒骂着苏维埃政权和这兵荒马乱的年月回到家里。这该死的食盐可没叫米哈伊尔少吃苦头……有一天，有几个老头子来到村苏维埃。他们彬彬有礼地向主席问候后，摘下帽子，在长板凳上落座。

“没有盐啦，主席老爷。”一位老头子说。

“现在没有老爷啦。”米什卡纠正说。

“请你原谅，这都是因为叫习惯啦……没有老爷嘛是可以过日子的，可是没有盐可不成。”

“诸位老人家，那么你们打算怎么办呀？”

“你是主席，请你想想办法，叫他们运盐来。不能用牛车从马内奇运盐来呀。”

“我把这个问题报告区上啦。那儿了解这种情况。他们很快就会运来的。”

“远水救不得近火啊。”一个老头子眼看着地说。

米什卡发火了，从桌子边站起来。气得满脸通红，把衣服口袋翻过来说：

“我也没有盐呀。你们看见吗？我身上也没有带着盐，也不能从手指头上给你们嘬出盐来。明白吗，诸位老人家？”

“可这盐都跑到哪儿去啦？”沉默了一会儿以后，独眼老头子丘马科夫用那只独眼惊奇地打量着大家说，“从前旧政权统治的时候，从来也没有人谈论盐的事情,到处都堆积如山,可是现在连一小撮都弄不到……”

“我们的政权对这个问题是不负任何责任的,”米什卡已经镇静下来,说,“有一个政权要对这个问题负责:那就是你们从前的士官生政权!就是这个政权造成了这样的困难的局面,就连运盐的工具也没有啦!所有的铁路都被破坏,车辆——也一样……”

米什卡给老头子们讲了半天,讲白军撤退时如何破坏国家的财产,炸毁工厂,烧掉仓库。这些情况,有的是他打仗的时候亲眼看见的,有些是听人家说的,其余的则仅仅是为了减轻对亲爱的苏维埃政权的不满,满腔热情地杜撰出来的。为了保护这个政权免遭责难,他毫无恶意漫天说谎,振振有词,而心里却在想:“对一群坏蛋说些谎话,那又有什么了不起的呢,反正他们还是坏蛋一群,他们也不会因此受到什么损失,可对我们却大有好处……”

“……你们以为,他们——这些资产阶级家伙——是手指头捏的泥人哪?他们可不是傻瓜!他们把全俄罗斯储存的糖和盐,足有好几万普特,都搜刮去了,早就运到克里米亚去啦,然后在那儿装上轮船——运到外国去卖掉。”米什卡眼睛里闪闪发光地说。

“难道说他们连车轴油也都运走啦?”独眼龙丘马科夫将信将疑地问。

“老大爷,你以为他们会留给你吗?你也和全体劳动人民一样,现在对他们毫无用场。就是车轴油他们也找得到买主!如果可能的话,他们就会把什么东西都统统带走,好把这儿的老百姓全都饿死。”

“这当然是对的啦!”一个老头子同意说,“财主——都是吸血鬼。自古以来就是这样:人越是有钱,就越贪心。第一次撤退的时候,维申斯克有个商人把什么东西都装上大车,什么都带走了,连根线也没有剩下,这时候红军已经离得很近啦,可是他仍然还没有把大车赶出院子,还在穿着大皮袄,在屋子里跑来跑去,用钳子在墙上拔钉子哪。他说:‘我连钉子也不愿意留给他们这些该死的家伙!’所以他们连车轴油都带走,这一点儿也不稀奇。”

“那么说,我们就永远没有盐吃啦?”最后马克萨耶夫老头子和善地问。

“我们工人阶级很快就会重新挖出盐来啦,现在嘛,可以派大车到马内奇去运。”米什卡从旁小心地建议说。

“大家都不愿意上那儿去。那儿有加尔梅克人捣蛋,他们不让到湖上去捞盐,还要把牛抢走。我的一个朋友只拿着一根鞭子从那儿跑回来啦。夜里,在韦利科克尼亚热斯克附近来了三个武装的加尔梅克人,把牛赶走了,还指着他的喉咙说:‘你这家伙,别废话,不然叫你不得好死……’所以现在谁还敢上那儿去呀!”

“那就只好等着啦。”丘马科夫叹了口气说。

米什卡好歹总算把老头子们应付过去啦,但是在家里,却又为了盐跟杜妮亚什卡大吵一场。总的来说,他们夫妻之间的感情已经出现了裂痕……

这是从他当着普罗霍尔的面谈起葛利高里令人难忘的一天开始的,这几句话她从此就耿耿于怀。有一天,吃晚饭的时候,米什卡说:

“女主人,你的菜汤没有放盐哪。你是不是认为淡了,还可以再加盐,咸了就只能挨打了呢?”

“在这个政权下是不会做咸了的。你知道咱们家还有多点儿盐吗?”

“还有多少?”

“两把。”

“这太糟啦。”米什卡唉声叹气地说。

“人家会过日子的人夏天里就到马内奇去运盐啦,可是你总是没有工夫去想这些事儿。”杜妮亚什卡用责备的口气说。

“我拿什么去运呀?刚出嫁头一年,就把你套在车上真有点儿不好意思,可是牛又不顶用……”

“你先把你的玩笑收起来吧!等你吃到没盐的汤菜的时候再开吧!”

“你这是为什么要对我大发脾气呀?说实在的,我从哪儿给你弄盐来呢?你们这些妇道人家都是些这号的人……我如果能吐出盐来,我一定吐点儿给你们。如果没有这该死的盐,那我又有什么办法呢?”

“人家都用牛去马内奇运。现在人家盐也有啦,什么都有啦,可是咱们只好吃又淡又酸的玩意儿……”

“杜妮亚,咱们凑合着熬过去吧。大概很快就会运盐来的。咱们国家盐不是多得很吗?”

“你们什么都多得很。”

“这个‘你们’是指的谁呀?”

“红党呀。”

“那你是什么人呢?”

“就是你看到的这样的人呗。整天价吹呀,吹呀:‘我们什么东西都会多得很哪,我们大家都要过平等、富裕的生活……’看你们有多富裕啊:菜汤里连盐都没得放啦!”

米什卡惊骇地看了妻子一眼,脸立刻变得煞白。

“你这是怎么啦,杜妮亚哈?你这说的是什么话呀?难道可以这样说吗?”

但是杜妮亚什卡也控制不住自己了:她又气又恨,脸色煞白,大声叫喊,继续说:

“难道能这样过下去吗?你瞪什么眼呀?主席,你知道,没有盐吃,人们的牙龈都肿起来啦?你知道,人们在拿什么东西当盐吃吗?他们跑到碱地里去挖土,或者跑到涅恰耶夫古垒后面去掘碱土,把这种土放到菜汤里……这些事儿你听说了吗?”

“你等等,你别大呼小叫的,我听说啦……下文呢?”

杜妮亚什卡拍了一下手。

“还用什么下文呀?”

“这总得凑合着熬过去呀?”

“好啊,你就去熬吧!”

“我是可以熬下去的,可是你……你的麦列霍夫家的本性全都暴露出来啦……”

“什么本性?”

“反动本性,就是这种本性!”米什卡低沉地说,然后从桌边站了起来。他没有抬起头来看妻子,眼睛看着地,嘴唇轻轻地哆嗦着说:“如果你再这样说一回——咱们就散伙,你要记着这一点!你说的全是敌人说的话……"

杜妮亚什卡还想说些什么来反驳他,但是米什卡斜睨了她一眼,举起拳头来。

"住口!……"他压低声音说。

杜妮亚什卡毫无惧色,露着不能掩饰的好奇神情,仔细打量着他,过了一会儿,泰然、喜悦地说:

"好啦,去它的吧,鬼叫咱们谈起这些话啦……没有盐咱们也能熬过去!"她沉默了一会儿,莞尔一笑(这是米什卡最喜欢看的),说,"别生气啦,米沙!如果对我们娘儿们家什么事都生气,那就气不过来啦。我们头脑糊涂,什么没有道理的话不说啊……你是想喝点儿果汁呢,还是给你端酸奶来呀?"

别看还很年轻,杜妮亚什卡却已经有了丰富的生活经验,很懂得在夫妻争吵时,什么时候可以针锋相对,什么时候应该妥协让步……

这次口角后的两个星期,葛利高里寄来一封家信。说他在跟弗兰格尔作战的前线受了伤,说这次伤愈后,很可能要复员啦。杜妮亚什卡把信的内容告诉了丈夫,小心翼翼地问:

"他要回家来,米沙,那时候我们怎么个过法呀?"

"咱们搬到我家去住。叫他一个人在这儿住吧。把财产分开。"

"咱们跟他同住是不行的。从各方面看,他是要把阿克西妮亚领来的。"

"就是可以同住的话,反正我也不能跟你哥哥住在一座房子里。"米什卡断然声明说。

杜妮亚什卡不解地扬起了双眉。

"这是为什么,米沙?"

"这你是知道的呀。"

"这是——因为他在白军中服过役?"

"对,对,就是为了这个。"

"你不喜欢他……可是你和他本来是好朋友呀!"

"我干吗要喜欢他呀!从前是朋友,可是我们的友情已经完啦。"

杜妮亚什卡在那里纺线。纺车有节奏地呜呜响着。纺线断了。杜妮亚什卡用手巴掌扶住纺车的轮缘,——捻着断线,没有抬眼看丈夫,问道:

"如果他回来的话,为他参加过哥萨克叛乱部队会怎么样?"

"要受审。要到法庭受审。"

"像他这样能判什么罪?"

"哼,这我可说不好,我又不是法官。"

"会判处枪决吗?"

米什卡朝米沙特卡和波柳什卡睡的床上看了看,倾听了一会儿他们平匀的呼吸声,——放低声音,回答说:

"可能。"

杜妮亚什卡再也没有问什么。第二天早晨,她挤完牛奶,就到阿克西妮亚家去了。

"葛利沙很快就要回来啦,我特意来叫你高兴高兴。"

阿克西妮亚默默地把盛着水的铁锅放在炉台上,双手紧按在胸前。杜妮亚什卡看着她那绯红的脸说:

"你别太高兴啦。我们那口子说,他是逃不了吃官司的。至于判他什么罪——只有天知道啦。"

阿克西妮亚的湿润的、容光焕发的眼睛里,霎时间露出了恐怖的神情。

"为什么?"她生硬地问,一直还不能把嘴唇上的笑容抹去。

"为了暴动,为了一切的事情。"

"胡说!不会审判他的。你的米哈伊尔什么都不懂,别假充明白人啦!"

"也许不会审判他,"杜妮亚什卡沉默了一会儿,然后压下一声叹息,说,"他恨我哥哥……因此我心里非常难过——又不能说出来!我是那么可怜我哥哥!他又受了伤……看,他的生活多不顺心……"

"只要他能回来就好:我们可以带着孩子逃到别的什么地方去。"阿克西妮亚激动地说。

阿克西妮亚不知道为什么把头巾摘了下来,又蒙上去,毫无目的地倒动着板凳上的碗盘,怎么也不能控制自己异常激动的心情。

杜妮亚什卡看到阿克西妮亚的手在哆嗦,坐到板凳上,开始抚摸起膝盖上旧围裙子的皱褶。

仿佛有什么东西涌上杜妮亚什卡喉头。她想独自一人大哭一场。

“妈妈没能等到他……”她悄悄说,“好,我走啦。得回家生炉子啦。”

在门廊里阿克西妮亚慌慌张张、笨拙地亲了亲她的脖子,又抓起她的手吻了吻。

“高兴吗?”杜妮亚什卡语不成声地悄悄问。

“有一点儿、一点点儿……”阿克西妮亚回答说,想借玩笑和颤抖的微笑来掩饰盈眶的热泪。

第六章

在米列罗沃车站,因为葛利高里是复员的红军指挥员,所以给他派了一辆大车。回家的路上,他在每个乌克兰小村里都要换一次马,一昼夜的工夫已经赶到了顿河上游军区的边界了。在第一个哥萨克村庄里,村革命委员会主席——一个不久前才从红军部队回乡的青年战士——对他说:

“指挥员同志,您非得坐牛车走不可啦。我们全村只剩了一匹马,而且连这匹马也还是用三条腿走路。所有的马都在撤退的时候扔在库班啦。”

“是不是可以就用这匹马把我送到家呢?”葛利高里手指头敲着桌子,用探询的目光盯着这位善于交际的主席的欢快的眼睛问。

“那您就到不了家啦。您就是走上一个星期也到不了家!您放心吧,我们的牛好极啦,是擅长走路的,而且反正我们要派一辆大车到维申斯克去送电话线,因为这场仗打完以后,电线都堆在我们这儿啦;您在路上也用不着换车了,一直把您送到家。”主席眯缝起左眼,笑着、狡狯地挤着眼睛,补充说,“我们给您几头最好的牛,而且派一位年轻的寡妇给您赶车……我们这儿有这么位活宝,你就是做梦也找不到比她更好的啦！您坐她的车,不知不觉地就到家啦。我自个儿当过兵——我什么都明白,了解诸如此类的军人的需要……”

葛利高里默不作声地在脑子里反复思考着:在这里坐等顺路的车——是愚蠢的,走回家去——路又太远。只好同意坐牛车走啦。

过了一个钟头,大车来了。破旧牛车的轮子吱扭吱扭地叫着,后车缘上的栏杆已经没有了,只剩下几根残柱,乱七八糟地堆着的干草一团团地耷拉在车外。“打仗打成什么样子啦!”葛利高里厌恶地看着这辆破车,心里想道。赶车的女人摇晃着鞭子,走在车旁边。她的确长得很漂亮,身段匀称。只有两只大得跟身段很不相称的、鼓胀的乳房稍稍破坏了她的体形,还有圆下巴颏上的一道斜疤痕给脸上添了一种品行不端的印记,好像使年轻红艳黝黑的脸显得苍老了许多,鼻梁附近有一片像小米粒似的金色的雀斑。

她整理着头巾,眯缝起眼睛,仔细打量了一番葛利高里问:

“就是送你吗?”

葛利高里从台阶上站起来,掩好军大衣。

“是送我。装好电线了吗?”

“我这个倒了八辈霉的人给他们装电线?”哥萨克女人大声叫嚷道,“天天给他们赶车,天天为他们干活儿！怎么,我是这样的人吗?叫他们自个儿装吧,不然,我就赶空车走!”

她把几轴电线装到车上,大声地、但是并没有什么恶意地跟主席相骂着,偶尔朝葛利高里投去审视的目光。主席一直满面堆笑,从心里高兴地看着这位年轻的寡妇。有时朝葛利高里挤挤眼,好像是在说:“你看我们这儿的女人有多漂亮！可是你却不相信!”

村外是一片褐色的、枯萎的、秋天的一直伸向远方的草原。从田地飘来灰色的浮动的烟雾,横过了大道。耕地的人正在烧盐——把干枯、丛生的黄鼠狼花和开完花的多纤维的无伤草烧成灰,从灰里滤盐。烟味激起葛利高里忧伤的回忆:从前,他葛利高里也曾经在静穆的秋天的草原上耕过地,夜里仰望着星光闪烁的黑洞洞的夜空,听着高天飞过的雁群的鸣声……他心情激动地在干草上翻腾着，从旁看着赶车的女人。

“你多大岁数啦，大嫂子？”

“快六十岁啦。”她的眼睛笑眯眯地瞟着，卖弄风情地回答说。

“不，不开玩笑。”

“二十一岁。”

“守寡啦？”

“守寡啦。”

“男人哪？”

“阵亡啦。”

“很久了吗？”

“一年多了。”

“是参加暴动时牺牲的吗？”

“暴动以后，秋来以前。”

“那，你过得怎么样啊？”

“凑合着过呗。”

“寂寞吗？”

她仔细地看了看他，把头巾往唇边拉了拉，掩住笑容。当她再说起话来的时候，声音变得更低沉，带上了一种新的语调，说：

“干起活儿来就没有工夫寂寞啦。”

“没有丈夫能不寂寞？”

“我和婆婆一起儿过，家务事多得很。”

“没有丈夫你怎么过啊？”

她把脸掉过来朝着葛利高里。黝黑的脸上泛起了红晕，眼睛里淡红的火花一闪，又熄灭了。

“你这指的是什么呀？”

“指的就是那个啊。”

她把头巾从嘴唇上拉下来，拖着长腔说：

“哼，这好办！世界上的好人多着哪……”然后，沉默了片刻，又继续说，“我和我男人还没来得及好好尝尝新婚生活的滋味儿。刚一起过了一个月，他就被征去服役啦。没有男人也可以马马虎虎过下去。

现在就更容易啦，年轻的哥萨克都接二连三地回村子来啦，不然可就难啦。嘚儿，秃顶的家伙！嘚儿！你瞧，就这么回事儿，当兵的人呀！我的命就这么好。”

葛利高里默不作声。他根本就不应该用那种轻浮的腔调开始这次谈话。他对此已经深为惋惜。

喂得膘肥体壮的大公牛依然那么有节奏地、慢腾腾地往前走着。有一头牛的右角什么时候折断过，又生出来的新角斜着向下弯到额头上去。葛利高里用胳膊肘子撑着身子，半闭上眼睛，躺在车上。开始回忆他在童年，以及后来，在他已经是成年人的时候，干活儿用的那些牛。这些牛的毛色、身架和脾气都各不相同，甚至每头牛的角都有自己特别的样子。从前，麦列霍夫家也养过这样一头受过伤的、角歪到一旁去的公牛。这头公牛凶狠、狡猾，总是翻着布满血丝的白眼珠斜着看人，每当有人从后面朝它走过来时，它就要尥蹶子踢人；在农忙季节，夜里放它去吃草时，它总想乘机往家里跑，或者——更坏——藏到树林子里去，或者跑到远处的荒沟里去。葛利高里时常要骑着马，整天地在草原上奔跑寻找它，等到已经认为不会找到了，——却又突然就在山沟深处，在难以通过的稠密的荆棘丛里，或者是在一棵枝叶繁茂的老野苹果树的阴凉里找到了它。这头独角魔王还很会脱掉笼头，夜里用角顶开牲口院子的门环，跑出去，泅过顿河，跑到草原上去游荡。这头牛曾给葛利高里带来不少的麻烦和苦恼……

“这头断了犄角的牛怎样，老实吗？”葛利高里问。

“很老实。怎么样？”

“没啥，随便问问。”

“如果再也没有什么话可说了，‘没啥’——倒是句好话。”赶车的小娘子冷笑着说。

葛利高里又沉默不语了。回忆往事，想想和平的生活、工作，以及一切与战争无关的事情，都使他很高兴，因为这场拖了七年之久的战争使他厌恶到极点，只要一想到战争，一想到任何与服役打仗有关的零星琐事，他就感到钻心的恶心和一股无名的怒火。

他再也不要打仗啦。打够啦。他现在要回家去，终于可以干庄稼活儿,跟孩子们和阿克西妮亚一起儿过几天太平日子啦。还是在前线打仗的时候,他就打定了主意,要把阿克西妮亚接到家里来,叫她来照料他的孩子,永远留在他的身边。这也不能再那么不明不白地拖下去啦,解决得越快越好。

葛利高里很有滋味地幻想着,回家以后,脱下军大衣和皮靴,穿上肥大的布靴子,照哥萨克的习惯,把裤腿儿套进白毛线袜筒里,把家织的粗呢棉袄披在暖和的上衣上,到田地里去。手扶着犁柄,踏着湿润的犁沟,跟在犁后头走,使劲吸着翻耕起来的泥土潮润的、淡淡的气味,吸着犁铧切断的草茎的苦味,该有多美啊。在异国他乡,就是泥土和青草的气味也都不一样。在波兰、乌克兰和克里米亚,他曾多次把灰色的苦艾梗子放在手巴掌上揉碎,一闻,就不禁伤心地想:"不,不是家乡的味道,这是异乡的……"

可是赶车的娘儿们很无聊。她想说说话儿。她也不赶牛了,坐得舒服一些,手里玩弄着鞭子的皮梢,偷偷地端详起葛利高里,把他那聚精会神的眼神和半睁半阖的眼睛打量了半天。"虽说有了白头发,可是他并不太老。八成儿是个脾气古怪的人,"她心里想,"而且总是眯缝着眼睛,他为什么要眯缝眼睛呢?你看他,累得那个样子,简直像拉着千斤重的车似的……他的相貌还可以。只是白头发多了一点儿,你看,连胡子也几乎全都白啦。不过模样倒还漂亮。他总在想什么呢?起初他似乎还想逢场作戏,可是后来又不吭声啦,只问了一句什么有关牛的话。他是没有话可说了吧?也许胆怯了吧?不像。他的眼神很坚定。不,他是个很漂亮的哥萨克,只是有点儿怪脾气。好吧,那你就闭着嘴吧,罗锅儿鬼!你以为我就那么需要你呀,去你的吧!我也不张嘴!到看到你老婆还早哪。好吧。你愿意闭嘴就叫你闭个够吧!"

她把脊背靠在车厢边上,小声地唱起歌来。

葛利高里抬起头来,看了看太阳,天还早得很。愁眉苦脸地守在道旁的去年的蓟草的影子才有半步那么长;看来,至多也不过是下午两点钟。

草原像着了魔似的,一片死寂。太阳并不暖和。微风无声地吹动着晒红了的野草。四周连一声鸟儿叫、一声金花鼠的鸣声也听不到。

冰冷、苍白的晴空中也没有老鹰在盘旋飞翔。只有一次，一片灰色的影子掠过大道，葛利高里还没来得及抬起头来，已经听见巨大翅膀的沉重扇动声：一只翅膀腋部在阳光中闪闪发光的灰色大雁飞了过去，落在远处的一座古垒边，那里的一片太阳照不着的洼地与暗紫色的远景融合成一色。从前，草原上，只有在深秋的时候，葛利高里才会看到这种使人伤感的、深幽的寂静，他仿佛觉得听见被风卷起的风滚草沙沙地从衰草上滚过，在遥远的前方，横过草原。

道路好像是没有尽头的。它蜿蜒曲折，时而下到深谷去，时而又爬上高岗。极目远望——四周围依然是那么一片沉默的大草原。

葛利高里在欣赏着沟坡上的一丛鞑靼槭树。槭树的被初霜染过的叶子闪耀着烟灰色的光泽，很像是在叶子上撒了一层正在熄灭的火堆的炭灰。

"怎么称呼你呀，大叔？"赶车的娘儿们轻轻地用鞭杆触着葛利高里的肩膀，问道。

他哆嗦了一下，转过脸来朝着她。她却往一边看着。

"我叫葛利高里，你叫什么呀？"

"我叫'无名氏'。"

"你还是闭上嘴吧，'无名氏'。"

"我闭嘴都闭烦啦！闭了大半天，闭得嘴都干啦。你为啥这么不高兴呀，葛利沙大叔？"

"我有什么可高兴的呀？"

"回家去，就应该高兴嘛。"

"像我这样的年纪，高兴的时候已经过去啦。"

"瞧你，倒装起老头子来啦。你怎么年轻轻的，头发就白啦？"

"你什么都要问问……显然是因为日子过得太好，所以头都白啦。"

"你结婚了吗，葛利沙大叔？"

"结婚啦。你呀，'无名氏'，也要赶快再嫁才好。"

"为什么——要赶快呢？"

"因为你太贪玩啦……"

“这难道不好吗?”

“有时候不好。我认识一个这样放荡的娘儿们,也是寡妇,她只顾放荡啦,可是后来她的鼻子就塌啦……”

“哎哟,主啊,太可怕啦!”她玩笑地惊叫一声,立刻又一本正经地补充说,“我们寡妇的事儿就是这样;你要怕狼,那就别到树林子里去。”

葛利高里瞥了她一眼。她咬着细白的牙齿,无声地笑了。往上翘着的上嘴唇哆嗦着,眼睛在低垂的睫毛下顽皮地闪烁着。葛利高里不由自主地笑了笑,把一只手放在她的热乎乎的滚圆的膝盖上。

“‘无名氏’,你真是个命苦的女人!”他惋惜地说,“你才活了二十岁,可是生活却已经把你折磨成这样子啦……”

突然她脸上喜悦的神色烟消云散。她严厉地推开他的手,皱起眉头,气得满脸通红,连鼻梁上浅浅的雀斑都看不出来了。

“等你回到家里,去怜惜你的老婆吧,没有你,可怜我的人已经够多啦!”

“你别生气嘛,你听我说!”

“好啦,见你的鬼去吧!”

“我是可怜你,才这样说的。”

“你带上你的可怜见他妈的鬼去吧……”她像男人一样熟练习惯地骂道,变得暗淡的眼睛睐了一下。

葛利高里扬起眉毛,不知所措地嘟囔说:

“你骂得太狠啦,没有说的! 看你这个放荡劲儿。”

“那你呢? 穿着长满虱子的军大衣的圣人,是的,就是这样的玩意儿! 我看透你们这些家伙啦! 嫁人吧,这个那个啦,你变成这么规矩的人已经很久了吗?”

“不,没有多久。”葛利高里笑嘻嘻地说。

“那你干吗要跟我谈这些清规戒律呀? 这种事儿自有我婆婆来管。”

“好啦,够啦,你生什么气呀,糊涂娘儿们? 我不过是随口这么说说罢啦,”葛利高里用妥协的口气说,“你瞧,我们只顾说话,牛都离开正路啦。”

葛利高里在车上躺躺舒服，疾眼瞥了这位快乐的寡妇一下，只见她的眼睛里泪水盈眶。“这真是莫名其妙！这些娘儿们总是这样……”他感到某种内疚和惋惜之情，想道。

他就仰面躺在车上，用军大衣襟蒙上脸，很快睡着了，直到天快黑了才醒过来。天上闪烁着苍白的、暮色苍茫中的星星。一股令人感到新鲜、喜悦的干草气味。

“该喂喂牛啦。”她说。

“好吧，在这儿停下吧。”

葛利高里亲自卸下牛来，从背包里掏出一个肉罐头和面包，折了一堆干艾蒿抱过来，在离车不远的地方燃起火堆。

“好啦，‘无名氏’，请坐下吃晚饭吧，别生气啦。”

她坐到火边来，一声不响地从口袋里抖出来一块面包和一块由于日子太久长了毛的腌猪油。吃饭的时候，他们说的话很少，而且很和气。后来她躺到车上，葛利高里为了不让火堆熄灭，往火里扔了几块干牛粪，像行军的时候一样，就在火旁躺下。他枕着背包，躺了半天，望着星光灿烂的夜空，胡乱地想着孩子和阿克西妮亚，后来就迷迷糊糊地睡着了，但是被女人温柔的声音惊醒了：

“喂，老总，你睡了吗？睡着没有呢？”

葛利高里抬起头，只见他的同伴正用胳膊撑着身子，从车上探下头来。她的脸被逐渐熄灭的火堆摇晃的红光一照，显得那么鲜艳、清秀，牙齿和头巾的绣花白边闪着耀眼的白光。她又笑了，就像他们之间并没有发生过什么口角似的，她抖动着眉毛说：

“我怕你在那儿冻坏了。土地上很凉啊。如果冷得厉害——就到我这儿来吧。我有一件非常非常暖和的大皮袄！你来不来呀？”

葛利高里想了想，叹了口气回答说：

“谢谢啦，姑奶奶，我不想去。如果是在两年前……别担心，在火旁边大概不会冻坏的。”

她也叹了口气说：

“好吧，随你的便吧。”然后用皮袄盖上了脑袋。

过了一会儿,葛利高里站了起来,把自己的东西收拾了一下。他决定步行回家,要在天亮以前赶到鞑靼村。他,作为一个复员回来的指挥员——白天众目睽睽,坐着牛车回来,简直是不可想像的。这么回家会引起多少嘲笑和议论……

他把赶车的娘儿们唤醒:

“我要步行走啦。你一个人在草原上不害怕吗?”

“不怕,我又不是胆小鬼,而且这儿离村子很近。怎么,你受不了啦?”

“你猜对啦。好,再见,‘无名氏’,我有什么不对的地方,请原谅!”

葛利高里走上大路,支起了军大衣领子。初冬的小雪花落在他的睫毛上。又刮起了北风,吸着冷冽的寒气,葛利高里闻到了熟悉的、沁人心肺的初雪的气味。

傍晚,科舍沃伊从维申斯克回来了。杜妮亚什卡从窗户里看到他来到大门口,急忙把头巾披到肩上,跑到院子里。

“葛利沙今天早晨回来啦。”她站在板门口,担心、期待地望着丈夫说。

“祝你快乐。”米什卡矜持地略带着玩笑口吻地回答说。

他紧闭着嘴唇,走进厨房。颧骨下面的小瘤子直颤动。波柳什卡坐在葛利高里的膝盖上,姑姑给她换上了干净衣服,打扮得漂漂亮亮。葛利高里把孩子轻轻地放在地上,走上去迎接妹夫,他含笑把黝黑的大手伸给科舍沃伊。他本想拥抱米哈伊尔,但是一看米哈伊尔那没有笑容的眼睛里的冷漠和敌视的神情就变了主意。

“啊,你好啊,米沙!”

“你好。”

“咱们有多么久没有见面啦!好像有一百年啦。”

“是啊,好久啦……祝你平安到达。”

“谢谢。咱们成了亲戚啦,啊?”

“真是,天意如此……你的脸上怎么有血啊?”

“噢,没什么,刮脸划破的,太性急啦。”

他们在桌边坐下,默然相视无语,彼此都感到很尴尬、疏远。他们需要进行一次重要的谈话,但是现在是不可能的。米哈伊尔很沉得住气,他安然地谈起家常,谈起村子里发生的一些变化。

葛利高里凝视着窗外那披上了一层浅蓝色初雪的土地,凝视着光秃秃的苹果树枝。他没有料到跟米哈伊尔的会面会是这样……

米哈伊尔不久就出去了。他在门廊里仔细地在磨石上磨好刀,对杜妮亚什卡说:

"我想找个人来宰只羊。应该好好款待款待这个家的主人哪。快去弄些烧酒来。你等等,这样吧,到普罗霍尔家去,叫他想办法,一定要搞到烧酒。干这种事他比你高明得多。叫他来吃晚饭。"

杜妮亚什卡高兴得满面红光,含情脉脉、感激地看了丈夫一眼……"也许,一切都会平安无事地过去……唉,不再去打仗啦,现在还有什么使他们非势不两立不可的呢?主啊,叫他们变聪明点儿吧!"她满怀希望地想着,朝普罗霍尔家走去。

没过半个钟头,普罗霍尔就气喘吁吁地跑来了。

"葛利高里·潘苔莱维奇!……我的亲爱的人呀!……真没料到,真没想到还能见到你呀!……"他要哭出来似地尖声喊着,在门限上绊了一下,差点儿没把像水桶似的大酒罐摔碎。

拥抱葛利高里的时候,他真哭起来,用拳头擦了擦眼睛,捋了捋眼泪打湿的胡子。葛利高里的嗓子眼里也好像有什么东西在颤抖,但是他控制住自己,深受感动,粗鲁地在忠实的传令兵背上拍了一下子,前言不接后语地嘟哝说:

"好啊,咱们又见面啦……好,看到你真高兴,普罗霍尔,太高兴啦!怎么,老头子,流眼泪哪?在家里住的变得这么脆弱啦?没有劲儿啦?你的胳膊怎么样啊?你老婆没有把你的那只胳膊也打断吗?"

普罗霍尔很响亮地擤了一下鼻涕,脱下皮袄。

"我现在跟老婆过得可亲热啦,像一对鸽子似的,双飞双栖。你看,我这只胳膊还是囫囵的嘛,而波兰人砍掉的那只,又开始往外长啦,真的!再过一年,就会长出手指头来了。"他生性快活地摇晃着那只空衬衣袖子说。

战争使他们学会了用微笑来掩饰真实的感情,玩世不恭,净说些俏皮的粗话;所以葛利高里才以同样的玩笑腔调继续盘问说:

“你日子过得怎么样啊,老山羊?还跳得欢吗?”

“像老头子那样跳,不慌不忙地跳。”

“离开我以后,没有再搞上点儿什么吗?”

“你这指的是什么呀?”

“哼,乖乖,指的是你去年冬天搞上的那种毛病……”

“潘苔莱维奇!上帝保佑!现在我还要那种奢侈品干什么呀?而且我只剩下一只手,还能搞上什么呀?这是你干的事儿啦,你是年纪轻轻,又是光棍汉……我那玩意儿现在该送给老娘儿们去当刷锅的刷子啦……”

他们这两个——一个战壕里爬过的老战友——哈哈笑着,喜出望外,互相对看了半天。

“彻底回来啦?”普罗霍尔问。

“彻底回来啦。完全彻底。”

“你当到什么官啦?”

“当到了副团长。”

“怎么这么早就放你回家来啦?”

葛利高里脸色阴沉,简短地回答说:

“没有用啦。”

“这是为什么?”

“不知道,准是为了过去的事情吧。”

“你不是已经经过特务部那个军官审查委员会审查过,过了关的吗,还会有什么过去的事儿呢?”

“过去的事情多得很哪。”

“米哈伊尔上哪儿去啦?”

“在院子里。在照料牲口哪。”

普罗霍尔凑近一点儿,压低嗓音说:

“一个月以前,普拉东·里亚布奇科夫被枪毙啦。”

“你说什么?!”

“真的!”

门廊里的门吱扭响了一声。

“咱们以后再谈。”普罗霍尔悄悄说完,又提高嗓门说,“怎么样,指挥员同志,这么大的喜事儿,咱们还不应该干一杯吗?我去喊米哈伊尔来吧?”

“去喊他来。”

杜妮亚什卡摆好了桌子。她简直不知道该怎么款待哥哥才好:给他膝盖上放了一条干净手巾,把装着腌西瓜的盘子推给他,玻璃杯擦了四五遍…… 葛利高里暗自含笑注意到,杜妮亚什卡对他称起“您”来了。

起初,米哈伊尔坐在桌子旁边,一声也不吭,只是仔细倾听葛利高里说话。他喝得很少,而且很勉强,而普罗霍尔却一喝就是满满的一杯,只不过脸更红了些,用拳头去捋灰白的胡子捋得更勤了。

杜妮亚什卡照料孩子们吃过饭,打发他们睡下以后,把盛着烤羊肉的大盘子端到桌上,小声对葛利高里说:

“好哥哥,我去请阿克西妮亚,您不会反对吧?”

葛利高里默默地点了点头。他觉得谁也没有察觉,他整个晚上都处在一种紧张的期待中,但是杜妮亚什卡却注意到,只要一有响声,他就立刻警惕起来,侧耳倾听,斜睨着门。什么也逃不过这个眼睛特别尖利的杜妮亚什卡……

“那个库班人捷列先科还在当排长吗?”普罗霍尔手不离杯地问,好像怕有人抢走似的。

“牺牲在利沃夫城下了。”

“唉,愿他在天之灵安息。是个很了不起的骑兵!”普罗霍尔匆匆画了个十字,喝了一口酒,完全没有理会到科舍沃伊嘲讽的笑容。

“还有那个姓很特别的家伙呢?就是那个在右翼作战的、该死的家伙,他姓什么来着,好像是姓迈—博罗达吧?乌克兰人,大块头、很快活的家伙,在布罗迪战役中把一个波兰军官砍成了两半,——他还活得好好的吗?”

“像匹儿马一样,活蹦乱跳的哪!调到骑兵机枪连里去啦。”

“你的马给谁啦？”

“我已经又换过一匹。”

“那匹白额的马哪儿去啦？”

“被炮弹打死啦。”

“作战的时候打死的？”

“我们驻在一个小镇上。敌人打炮。就打死在拴马桩边。”

“哎呀，真可惜！多么好的一匹马呀！”普罗霍尔叹了口气，又趴到杯子上去。

门廊里门环响了一声，葛利高里哆嗦了一下。阿克西妮亚迈进了门限，含糊不清地说了声：“你们好啊！”就开始往下解头巾，气喘吁吁，睁得大大的、闪闪发光的眼睛一直盯着葛利高里。她走到桌边来，坐在杜妮亚什卡身旁。她的眉毛上、睫毛上和苍白的脸上雪花在融化。她皱起眉头，用手巴掌擦了擦脸，深深地吸了口气，直到这时候，她才使自己镇定下来，用由于激动显得黑亮的眼睛看了葛利高里一眼。

“老战友！克秀莎！咱们一起儿撤退，一起儿喂过虱子……虽说俺们把你扔在库班，可是俺们完全是出于无奈呀！”普罗霍尔隔着桌子伸过擎着酒杯的手，酒直往桌子上洒，“咱们来为葛利高里·潘苔莱维奇喝一杯吧！祝贺他平安回家……我对你说过，他会囫囫囵囵地回来的，现在他回来啦，出二十卢布，你领走！你看他收拾得新灿灿的端坐在那儿！”

“他已经喝多啦，好邻居，你别理他的醉话。”葛利高里笑着，用眼睛瞟了瞟普罗霍尔。

阿克西妮亚朝葛利高里和杜妮亚什卡施了个礼，然后从桌子上略微举起一点儿杯子。她怕大家看到她的手在哆嗦。

“恭喜您，葛利高里·潘苔莱维奇，平安回家，也祝贺你，杜妮亚什卡，喜盈门！”

“祝贺你什么呀？祝贺你伤心吗？”普罗霍尔哈哈笑起来，朝米哈伊尔的肋部捅了一下。

阿克西妮亚立刻脸涨得绯红，连两个小耳垂也都红得透亮了，但是她坚定、狠狠地瞪了普罗霍尔一眼，回答说：

“也祝贺我喜盈门……大喜盈门！”

阿克西妮亚的坦率缴了普罗霍尔的械，他深受感动。央告说：

“看在上帝面上，把酒喝干，一滴也不能剩。话说得很干脆——酒也应该喝得干脆才行！谁要是杯子里剩下酒，我心里就像插了把尖刀一样难过。”

阿克西妮亚坐了不久，她认为，坐一会儿，人到礼到就行了。在这段时间里，她只有几次，而且是迅疾地看了看自己的心上人。她强使自己去看别的人，避开葛利高里的视线，因为她既不能假装，无动于衷，但又不愿意让别人看出自己的感情。葛利高里只觉得她站在门口直对着他看的那一眼是充满了爱情和忠贞的，实际上，这一眼把什么都说明了……他走出来送阿克西妮亚。醉醺醺的普罗霍尔朝他们的后影喊：

“你出去的工夫可别太大啊！我们会把酒都喝光的！”

葛利高里在门廊里默默地亲了亲阿克西妮亚的额角和嘴唇，然后问：

“怎么样啊，克秀莎？”

“唉，一下子怎么讲得清楚……你明天来吗？”

“去。”

她急着回家去，走得很快，就像家里有急事儿在等候着她似的，直至走到自己家的台阶旁边才放慢脚步，轻轻地踏上咯吱乱响的梯阶。她很想赶快自己单独一人去想自己的心事，体味这突然降临的幸福。

她脱掉上衣，解下头巾，灯也不点，走进内室。深紫、浓郁的夜色透过没有关百叶窗的窗户涌进了屋子。炉台后面，蟋蟀在唧唧叫着。阿克西妮亚习惯地对着镜子照了照，虽然在黑暗中看不见自己的影子，还是照样理了理头发，摸了摸府绸短上衣胸前的皱褶，然后走到窗前，疲倦地坐到板凳上。

在这一生中，她的希望和夙愿多次落空，未能实现，也许正是为了这个缘故，所以不久前的欢欣立刻变成了惯常的不安。现在该怎么安排生活呀？将来又会怎样呀？她那多灾多难的、女人的幸福是不是来得太晚啦？

整夜的激动弄得她十分疲倦，她在窗前坐了很久，把脸颊贴在冷冰冰的、结了白霜的玻璃上，安然地、略带几分忧郁地看着雪光映照的、透着微明的暗夜。

葛利高里又坐到桌边，从酒罐里给自己斟上了满满的一杯，一口气喝了下去。

“酒好吗？”普罗霍尔好奇地问。

“我分辨不出来。好久不喝酒啦。”

“简直跟宫廷玉液一样，真的！”普罗霍尔肯定地说，他踉跄了一下，抱住米哈伊尔，“米沙，要你品酒，比要小牛品尝菜汤还要糟糕，什么也品不出来，可是我对酒却很有研究！什么样的酒我没喝过！有这么一种酒，你还没有把瓶塞拔出来，可是已经从瓶子里往外冒泡啦，就像是疯狗喷出的白沫，上帝作证——我决不撒谎！在波兰，有一回我们突破了敌人的阵地，跟谢苗·米哈伊洛维奇一起去收拾波兰人。我们突袭占领了一座地主庄园。庄园里有一座房子，两层多高，牲口棚子里的牲口挤得满满的，满院子都是各种家禽——连啐口唾沫的地方都没有。是的，一句话，这个地主过得跟沙皇一样阔气。当我们这个排骑马冲进庄园的时候，许多军官正在跟地主大吃大喝，万没有想到我们会来。我们把他们都砍死在花园里和楼梯上，只捉了一个俘虏。这个军官本来很威风，可是一被俘，胡子立刻就耷拉下来，吓得魂不附体，缩成一团。葛利高里·潘苔莱维奇被紧急召到司令部去了，我们就自己当家做主啦，我们来到楼下的房间，那儿放着一张大桌子，桌子上摆着吃的喝的，应有尽有！真叫我们眼花缭乱，虽然我们都饿得要命，可谁都不敢动手。我们想：‘哼，这些东西要是都有毒怎么办？’我们那个俘虏瞪着大眼看着我们。我们命令他：‘你吃！’他就吃了起来。不很情愿，可还是吃啦。‘喝！’他就喝起来。我们命令他把每盘菜都尝一大块，每瓶酒都喝一大杯。我们眼看着这个该死的家伙撑得肚子都胀起来啦，可是我们却馋得直流口水。后来，我们看到这个军官并没有死，于是我们也动手啦。足吃，足喝了一通，冒泡的酒直喝到顶着嗓子眼儿。我们一瞧，军官开始上吐下泻。我们想：‘好啊，这下子要完蛋啦！这个坏蛋吃下放了毒的东西，把我们也给骗了。’我们抽出马刀，朝他走去,他跪下举手求饶:‘各位老爷请息怒,我这是由于你们的恩德,吃多了撑的啊!请诸位放心好啦,这些吃食绝无问题!’于是我们又喝起酒来!把瓶底一拍,瓶塞子就像步枪打出的子弹似的,飞了出来,泡沫咕嘟咕嘟地冒了出来,在一旁看着都害怕!因为喝了这种酒,那一夜我从马上摔下来三回!刚一骑到鞍子上,就像被风刮下来似地,摔了下来。如果每天能空肚子喝上一两杯这样的酒,就可以活到一百岁;可是喝今天咱们喝的这种酒能活几年啊?就说这酒吧,难道这能算酒吗?这是毒药,不是酒!喝了这种坏酒我就得提前去进坟墓……”普罗霍尔点头指向装酒的大罐子说……又满满地给自己斟上了一杯。

杜妮亚什卡到内室里去陪孩子们睡了,不久,普罗霍尔也站了起来。他摇摇晃晃,披上皮袄说:

“酒罐我不拿啦。我打心里不愿意抱着空酒罐走路……我一回家,老婆立刻就会开口骂我。她骂得简直难听透啦!我真不知道,她这些混账话是从哪儿学来的呢?我一喝醉酒回家,她就会这样骂起来:‘喝醉的公狗,一只胳膊的公狗,可恶的东西,可恶的坏蛋!’我只好慢慢地心平气和地劝说她:‘你这只母狗,女妖,你在哪儿看见过喝醉的,而且还是一只胳膊的公狗呀?世界上就没有这样的公狗。’我反驳了这个——她又骂那个,我反驳了那个——她又骂别的花样,我们就这样相骂到天亮……有时候我实在不愿意听她的责骂了,就跑到板棚里去睡。也有这样的时候,我喝醉酒回来,她如果一声不吭,不骂啦,我就会睡不着,真的!就像是缺点儿什么似的,浑身痒痒起来,——怎么也睡不着!于是我就去逗引我老婆,她就照章骂起来,简直把我骂得狗血喷头!这时她简直跟魔鬼一样,我是毫无办法,叫她发疯地闹吧,这样她干起活儿来也会更泼辣,我说得对吗?好,我告辞啦,再见!我是不是今儿个就在马槽里睡算啦,省得去招惹她呢?”

“你能走回家去吗?”葛利高里笑着问。

“像螃蟹一样地爬,也能爬到家!难道我不是哥萨克,怎么的,潘苔莱维奇?我听着这种话就生气。”

“好,那么——上帝保佑!”

葛利高里把朋友送到板门外,又回到厨房。

“咱们谈谈，怎么样，米哈伊尔？”

“好吧。”

他们在桌子两边，面对面坐下来，默然相对。后来还是葛利高里先开口了：

“你我之间好像有什么不对头的……我从你的神色上看得出，有点儿不对头！我的到来使你很不舒服？或者是我多心啦？”

“不，你猜对啦，我很不舒服。”

“为什么？”

“因为多了一层心事。”

“我想我可以自己养活自己。”

“我指的不是这个。”

“那你指的是什么呢？”

“我们俩是势不两立的仇敌……”

“过去是。”

“是的，过去是，看来，将来也还会是。”

“我不明白。为什么？”

“你是个靠不住的人。”

“你这是胡说。简直是胡说。”

“不，绝不是胡说。为什么这时候叫你复员呢？你能坦白地说说吗？”

“我不知道。”

“不，你知道，只是不想说出来！不信任你啦，是不是？”

“如果不信任我的话，就不会叫我指挥一个连啦。”

“这是开头的时候，可是现在既然不叫你留在部队里，那么问题就一清二楚了，老兄！”

“那么你信任我吗？”葛利高里直盯着米哈伊尔问。

“不信任你！不管把狼喂得多么好，它还是想往树林子里跑的。”

“今天你喝酒喝多啦，米哈伊尔。”

“快别说这些啦！我绝不比你醉得更厉害。既然部队不信任你，这儿也绝不会怎么信任你，要明白这一点！”

葛利高里沉默了一会儿。他无精打采地从盘子里拿起一块腌黄瓜,嚼了嚼,又吐了出来。

“我老婆把基留什卡·格罗莫夫的事儿告诉你了吗?”米哈伊尔问。

“告诉我啦。”

“他回家来,我也很不舒服。我一听说,当天就……”

葛利高里的脸唰地一下子变得煞白,他气得眼睛瞪得圆圆的。

“你怎么,把我看成——基留什卡·格罗莫夫啦?”

“你别嚷嘛。你哪点儿比他好啊?”

“好啊,你知道……”

“这还有什么可知道的。一切早就都知道啦。还有,难道将来米吉卡·科尔舒诺夫回来啦,我也应该高兴吗?不,你们最好还是不要回村子来。”

“你觉得这样对你更好吗?”

“对我,对全村的人都好,大家可以过得安稳一些。”

“你不要拿我跟他们比!”

“我已经对你说过,葛利高里,你没有什么可委屈的:你并不比他们好,而是更坏,更危险。”

“我怎么就更坏,更危险?你在胡说些什么呀?”

“他们是些小卒,可你却搞起了整个的暴动。”

“我没有搞起整个的暴动,我不过是一个师长。”

“这还少吗?”

“什么少啊,多啊——问题不在这里……如果不是那次联欢会时红军战士想要干掉我的话,我也许根本就不会参加暴动。”

“如果你不是军官,那谁也不会动你。”

“如果不征召我去服役,我根本就不会当军官……好了,这话说起来就长啦!”

“又长,又下流的歌。”

“现在是没有人再唱它啦,不时行啦。”

他们默默地抽起烟来。科舍沃伊用手指甲弹着香烟上的烟灰说:

“你那些英雄事迹我都知道，听说过啦。你杀死了我们多少战士，就为了这个缘故，我就不能心平气和地看你……我怎么也不能忘记这些事儿。”

葛利高里冷笑着说：

“你的记性太好啦！你把我的哥哥打死了，这件事，我对你可丝毫也未提起过……如果什么事都记着的话，人们就得像狼一样生活。”

“哼，那有什么，是我杀的，我不否认！如果当时我抓到你，我照样也会轻松地把你干掉！”

“可是我，一听说在霍皮奥尔斯克河口把伊万·阿列克谢耶维奇捉住的时候，就急忙赶到那里去，怕你也在那儿，怕哥萨克们会打死你……看来，那时候我急急忙忙地赶去，完全是多此一举。”

“真是个难得的大善人啊！如果现在是士官生的政权，如果现在是你们打胜啦，你会怎么处置我呢？大概你会抡起皮带往我脊背上狠狠地抽吧！现在你居然变成了这样的大善人了……”

“也许会有人用皮带抽你，可是我不会为抽你脏了我的手。”

“这就是说，咱们俩不是一样的人……我生来就不怕为打敌人弄脏了手，如果现在需要，我也连眼都不会眨一眨。”米哈伊尔把罐子里剩下的酒倒进两个杯子，问，“你要喝吗？”

“来吧，喝，不然咱们进行这样的谈话就显得太清醒啦……”

他们俩一声不吭地碰过杯，一饮而尽。葛利高里胸膛趴在桌子上，卷着胡髭，眯缝起眼睛，看着米哈伊尔。

“米哈伊尔，你怕的是什么呀？是不是怕我又起来暴动，反对苏维埃政权呀？”

“我什么也不怕，不过有时我想：一旦有什么风吹草动，你准会投到那面去。”

“那我完全可以投到波兰人那边去呀，你想是不是呀？我们曾有整队人马投到他们那边去啊。”

“你错过了机会？”

“不，我不想去。我已经服役完毕。不论为谁，我都不愿效劳啦。我这一辈子仗打得已经够多啦，精神上非常痛苦。不论是革命还是反革命,我都厌恶透啦。最好是所有这一切统统……叫这些玩意儿统统见鬼去吧！我想跟孩子们一起儿生活,干干庄稼活儿,这就是我的全部希望。请你相信,米哈伊尔,我这是说的真心话!”

可是,无论什么样的保证都已不能使科舍沃伊相信。葛利高里看明白了,也就不再说了。有一刹那他非常痛恨自己。自己为什么要去辩解,要证明什么呀？为什么要进行这次酒后的谈话和听米哈伊尔愚蠢的说教呢？见他的鬼去吧！葛利高里站了起来。

“咱们别说这些毫无意义的话啦！够啦！我只想最后对你说一句:如果苏维埃政权不来碰我,我是不会去反对它的。如果要来碰我,我就要进行自卫！总之,要是想叫我也跟普拉东·里亚布奇科夫一样,为了暴动的事儿把脑袋送掉,我是不干的。”

“这是什么意思?”

“就是这个意思。他们可以拿我在红军中的战功和历次受的伤抵一部分暴动的罪,不够我愿去坐监狱,但是如果要为暴动枪毙我,这未免太过分啦！那我可就要对不起啦!”

米哈伊尔轻蔑地冷笑着说:

“真是异想天开,革命军事法庭或者肃反委员会是不会问你愿意怎样和不愿意怎样的,他们不会跟你讨价还价的。既然是犯了罪——那就罪有应得。旧债是必须如数清偿的!”

“好吧,那咱们就走着瞧吧。”

“走着瞧吧,这是毫无疑问的。”

葛利高里解开皮带和衬衣,哼哼唧唧地开始脱皮靴。

“咱们要分家吗?”他非常仔细地打量着穿坏了的靴底问。

“咱们分家的事儿很简单:我修理修理自己的房子,就搬到那儿去。”

“好,那么咱们就马马虎虎地分开吧。咱们是过不到一块儿的。”

“是过不到一块儿。”米哈伊尔肯定地说。

“没想到,你竟会对我有这样的看法……好吧,有什么办法呢……”

“我说得很坦率。怎么想的,就怎么说了。你什么时候去维申斯克?”

“尽量争取这两天去。”

“什么尽量争取,明天必须去。”

“我几乎步行了四十俄里,太累啦,明天休息一下,后天我就去登记。”

“命令说的是要立即去登记。明天就去吧。”

“休息一天总可以吧?我又不会逃跑。”

“鬼知道你会干什么。我不愿意为你承担什么责任。”

“你居然变成这样的浑蛋啦,米哈伊尔!”葛利高里惊讶地打量着老朋友变得严肃起来的脸说。

“你别浑蛋浑蛋地骂我啦!我听不惯这种腔调……”米哈伊尔缓和了口气,提高了嗓门说,“你要明白,这些旧军官的臭习气该改改啦!明天就去,如果你不肯乖乖地去,我就派人押送你去,明白吗?”

“现在我全明白啦……”葛利高里憎恨地看着走出去的米哈伊尔的后影,没脱衣服就躺到了床上。

有什么办法呢,一切事情都要照它们应该发生的样子发生。为什么对他葛利高里就要另眼相看呢?说实在的,为什么他会想到,在红军中短时间忠诚的服役就可以抵偿他过去的全部罪行呢?也许,米哈伊尔说的是对的吧?不能全都宽恕、旧债要不折不扣地全部清偿吧。

……葛利高里梦见了在广阔的草原上,全团人马排开了阵势,准备冲锋。已经从远处传来拉着长声的口令:“连——队……”这时候他想起马鞍子的肚带松开了。他使劲蹬了一下左边的马镫——,身下的马鞍子一滑,歪了下去……他羞愧、恐怖地跳下马来,想去紧马肚带,这时他听见了突然响起的并且已经迅即远去的马蹄子的轰鸣声。全团冲上去了,他掉队了……

葛利高里翻了翻身,蒙眬中还听见自己的沙哑的呻吟声。

窗外是一片黎明的曙光。大概夜里风把百叶窗吹开了,透过结了一层霜的玻璃可以看到残月的绿色光环。葛利高里摸到烟荷包,抽起烟来。心还在猛烈地怦怦直跳。他仰面躺下,暗自笑了,“做这样的怪梦!仗也没打成……”在这黎明即将到来的时候,他没有想到,他还得在梦里和清醒的时候去进行多次冲锋。

第 七 章

杜妮亚什卡很早就起来了,她要去挤牛奶。葛利高里咳嗽着,轻轻地在厨房里踱着步子。杜妮亚什卡给孩子们盖好了被子,急忙穿上衣服,走进厨房。葛利高里正在扣军大衣扣子。

“您这么早要到哪儿去啊,哥哥?”

“我想在村子里走走,看看。”

“吃过早饭再去吧……”

“我不想吃,头有点儿疼。”

“早饭前能回来吗?我立刻就去生炉子。”

“不用等我,我不会很快回来的。”

葛利高里走出屋子。天亮前,冰雪融化了一些。从南方吹来潮湿、温暖的风。混着泥土的雪粘在靴子后跟上。葛利高里慢慢地挪动着脚步,往村子中心走去,好像是到了异乡似的,注意地打量着自幼就熟悉的房舍和板棚。广场上,处处是黑乎乎的,去年被科舍沃伊烧毁的商人住宅和店铺的废墟;倒塌殆半的教堂围墙扒开了几处缺口。“把砖都搬去修理炉炕啦。”葛利高里无动于衷地想道。教堂依然是那么矮小,蜷伏在地上。长久没有油漆过的屋顶一片铁锈,墙上尽是一道一道的、褐色的雨水痕迹,石灰脱落的地方,露出耀眼的、红艳的砖来。

街上人迹稀少。在水井附近,葛利高里遇上了两三个睡眼惺忪的婆娘。她们像对陌生人一样,一声不响地向葛利高里行了礼,直到他走过去以后,她们才站住,朝着他的背影看了半天。

“应该到公墓去,去看看母亲和娜塔莉亚。”葛利高里心里想着,拐进通往公墓去的胡同里,但是走了没有多远,就停了下来。不去看死去的亲人,他心里就已经够痛苦、烦恼和不安的啦。“还是等下次再去吧。”他转身往普罗霍尔家走着,心里决定说。“我去不去,对她们来说完全是一样。现在她们躺在那儿非常安静。一切都完啦。矮坟上落满了小雪。那里,坟坑里的土,大概是很凉的……她们都已经活完了自己的一生——日子过得真快,就像一场梦似的。她们一起并排躺在那儿:我的发妻和生母,还有哥哥彼得罗和达丽亚……全家都搬到那儿去啦,并排躺在那儿。他们很幸运,可是父亲——独自一人,埋骨异乡。他置身外乡人中,一定会感到寂寞……”葛利高里已经不左顾右盼了,只看着脚下融化得有点儿潮湿的、柔软的白雪,雪非常柔软,脚踩上去都感觉不出来,几乎一点也不吱吱地响。

后来葛利高里又想起了孩子们。他们都变得那么拘谨、沉默,跟他们的年龄很不相称,完全不像母亲活着的时候那样活泼啦。死神从他们那里夺去的东西太多啦。把他们吓坏啦。为什么波柳什卡昨天看见他的时候哭起来了呢?孩子们不应该在看到亲人的时候哭啊,这完全不像他们了。她心里想什么呢?他把她抱起来的时候,为什么她眼睛里流露出恐怖的神情呢?也许,她一直在想父亲已经不在人世啦,永远不会回来啦,所以一看见他,就害怕啦?无论怎么说,他,葛利高里,是没有什么对不起他们的。不过要告诉阿克西妮亚,叫她疼爱他们,要想方设法成为他们的母亲……也许,他们会跟继母亲热起来的。阿克西妮亚是个温柔、善良的女人。因为她爱他,所以一定也会爱他的孩子。

想这些事情同样是非常痛苦的。所有这一切都不是那么简单。整个的生活完全不像他不久前想像的那么简单。他太幼稚、天真,糊涂地认为,只要回到家里,脱掉军大衣,换上家织的土呢上衣,就会诸事如意:谁也不会对他吹毛求疵,谁也不会责备他,一切都会称心如意,他就可以过起太平盛世的庄稼人生活,成为一个模范的当家立业的人。不,实际上,并不是这么简单。

葛利高里轻轻地推开济科夫家的只挂着一个门环的板门。普罗霍尔正穿着一双后跟歪斜的圆滚滚的毡靴子,三耳皮帽直扣到眉上,无忧无虑地摇晃着空牛奶桶,朝台阶走去。白色的牛奶不留痕迹地洒在雪地上。

“你睡得好啊,指挥员同志!”

“托上帝的福。”

“应该醒醒酒才是,不然脑袋瓜儿总觉得空空的,像这只桶似的。”

“醒醒酒——这倒是正经事儿,可你的桶为什么是空的呢?难道你亲自动手去挤牛奶了吗?”

普罗霍尔把头一点,三耳皮帽就移到后脑勺上去了,这时候葛利高里才看清了老朋友阴沉、难看的脸色。

“我不去,鬼替我去挤呀?哼,我替这个该死的娘儿们去挤牛奶。叫她喝了我挤的牛奶去拉肚子……”普罗霍尔愤愤地扔掉奶桶,简短地邀请说,“咱们进屋子去吧。”

“你老婆呢?”葛利高里迟疑不决地问。

“叫鬼喝着克瓦斯吃掉啦!三更半夜就起来,收拾收拾,上克鲁日林去采摘黑刺李子去啦。我从你们那儿回来,她就跟我发起脾气来啦!骂呀骂呀,什么好听的话都骂出来啦,后来突然跳了起来,说:‘我要去采集黑刺李子!今天马克萨耶夫家的儿媳妇们去啦,我也要去!’我想:‘你去吧,去摘梨我也不管呀,大路平坦,你滚得越远越好!’我起来,生上炉子,就去挤牛奶。哼,挤是挤了。你想想看,用一只手能干得了这种活儿吗?”

“真是个怪物,你喊个什么娘儿们来帮忙挤一下嘛!”

“公羊才是怪物呢,它一直到圣母节还要吃母羊的奶,可我从来就不是怪物。我想——我自己干得了。好啊,我干得可真不错啊。我像螃蟹一样在牛身子下面爬啊爬啊,可是这个该死的牛,它不肯好好站着,直踢脚。为了不叫它害怕,我连三耳皮帽都摘啦,——它还是闹腾。等挤完了奶,我身上的衬衣都湿透啦,可是我刚一伸手,想从它身下把奶桶拿出来,它立刻就是一脚!奶桶翻到那边去啦,我在这边干瞪眼。就这样把牛奶挤完啦。这简直不是母牛,而是长了角的魔王!我朝着它的脸上啐了一口,就回来啦。我没有牛奶照样可以过日子。咱们要醒醒酒吗?”

“有酒吗?”

“有一瓶。一瓶只喝一口就能着魔的好酒。”

“好,这一瓶就足够啦。”

“请进去吧,你是贵客。要煎鸡蛋吗?我一眨眼就能炒出来。”

葛利高里切开猪油，帮着主人把炭火扒在炉口。他俩一声不响地看着粉红色的小猪油块在锅里滑动、吱吱叫着，慢慢地溶化。后来普罗霍尔从神龛里拿出一瓶落满尘土的酒来。

“要瞒着老婆的东西都藏在这里。”他简短地解释说。

他们在一间烧得很暖和的小内室里吃着，喝着，小声地谈着。

除了普罗霍尔，葛利高里还能跟谁讲讲心里话呢？他坐在桌边，大叉开肌肉强健的长腿，他那有点儿沙哑的低音沉闷地响着。

“……在部队里和回家的路上，心里总是在想，回到家乡，在家里好好休息休息，这可恶的战争可把我折腾苦啦。七年多没有离开鞍马——这可不是闹着玩的啊！几乎每天夜里都梦到这种场面：不是你杀别人，就是别人杀你……可是，普罗霍尔，看来我的梦想是实现不了啦……看来，地我是种不成啦，只能由别人去种啦……”

“昨晚跟米哈伊尔谈过了吗？”

“谈得可痛快啦，就像喝蜜一样。”

“他的态度怎么样？”

葛利高里把手指头交叉起来。

“我们的交情算完啦。指责我为白军效力，他以为我暗中怀恨新政权，怀里揣着刀。他怕我会煽动暴乱，我有什么必要搞这些鬼名堂，——他，这个浑蛋，纯粹是胡说乱猜。”

“他也对我说过这些话。”

葛利高里凄然冷笑了一声。

“我们进军波兰的途中，有个乌克兰人跟我们要枪，保卫村子。土匪经常袭击他们，抢劫财物，宰杀牲口，我当时在场，团长说：‘给了你们枪，你们自己也会去当土匪。’可是这个乌克兰人笑着说：‘同志，您要肯把我们武装起来，那时候我们不但不放土匪进村子，就连你们也不放进村子来。’现在我的想法也跟这个乌克兰人一样：不管是白军还是红军，都不放进鞑靼村来——那就再好也没有啦。依我看，他们，就拿我的郎舅米吉卡·科尔舒诺夫和米哈伊尔·科舍沃伊来说吧，全是一路货。他以为，我对白军忠心耿耿，离了白军，我简直就活不了啦。真是个饭桶！我对他们忠心耿耿！不久前，我们进军克里米亚时，我跟一个科尔尼洛夫部下的军官交过手——是个机灵的上校,鼻子下面留着两撮英国式的小胡子,像拖着两道鼻涕似的,——我是那么忠心耿耿地把他劈死,我简直高兴得心花怒放。可怜的上校只剩下半个脑袋和半顶制帽……白色的军官帽徽也飞啦……这就是我的全部忠诚。他们也曾把我踩得够呛。我用血挣来这个可恶的军官头衔,可是我在军官队伍中简直是一只白鸦。他们,这些浑蛋,从来不把我当人看待,连手都不愿意伸给我,就这样对待我,还想叫我对他们……去他娘的蛋吧!一提起这些事儿我就恶心想吐!我还会再去保卫他们的政权?邀请菲茨哈拉乌罗夫将军来吗?这我已经尝过一回,后来打了一年的嗝儿,够啦,我已经很有经验啦,什么苦头我都尝过啦!”

普罗霍尔把面包放在热猪油里浸着,说道:

“什么暴动也不会有啦。首先是——哥萨克活下来的不多啦,而活下来的人——也都学乖啦。自己弟兄们的血流得太多啦,他们都变得那么老实、聪明,现在就是用绳套拉,他们也不会去暴动啦。还有一点,老百姓现在都想要过太平日子。你要是能看到,今年夏天大家干活儿的那股劲头儿就好啦:割的干草堆成了山,庄稼收打得那叫仔细,真是颗粒还仓,虽然累得呼哧直喘,可是还是一劲儿地耕啊,种啊,你瞧吧,个个像是打算活一百岁似的!不,暴动根本就无从谈起。说这种话完全是糊涂。尽管,鬼他妈的知道,他们,有些哥萨克会想出些什么点子来呢……”

“他们能想出些什么点子呢?你这是指的什么呀?”

“指的咱们邻近地区在瞎搞……”

“搞什么?”

“告诉你搞什么吧。沃罗涅什省博古恰尔附近暴动起来啦。”

“这是谣言!”

“这怎么会是谣言呢,昨天我认识的民警告诉我的。好像要派他们到那儿去。”

“具体在什么地方?”

“在莫纳斯特尔士申、干顿涅茨、帕谢克、老卡利特瓦和新卡利特瓦,还有别的什么地方。他说,暴动的规模很大。”

“你这只拔了毛的鹅，你昨天为什么不说呀？”

“我不愿意当着米哈伊尔说，再说谈论这种事有什么意思。一辈子也不听到这种事儿才好呢。”普罗霍尔不高兴地回答说。

葛利高里脸色阴沉起来，想了半天说：

“这是很坏的消息。”

“这跟你没有关系。叫那些霍霍尔去胡思乱想吧。等红军把他们的屁股打疼的时候，他们就知道暴动的滋味啦。你我跟这毫无关系。我才不管他们的疼痒呢。”

“可我的日子现在就难过啦。”

“这怎么会使你难过？”

“怎么——这还不明白吗？如果地区政权对我的看法也跟科舍沃伊一样，那我就非得蹲监狱不可啦。咱们邻近地区发生了暴动，而我又是个旧军官，还曾参加过暴动……你明白了吗？”

普罗霍尔停止咀嚼，陷入沉思。他没有想到这个问题。已经喝得醉醺醺的了，他的思路缓慢、艰难。

“这跟你有什么关系，潘苔莱维奇？”他茫然地问。

葛利高里遗憾地皱起眉头，默然不语。显然这个消息使他大为震惊。普罗霍尔端起酒杯朝他伸过来，但是他推开主人的手，断然说：

“我不再喝啦。”

“是不是咱们再喝一杯呀？喝吧，葛利高里·潘苔莱维奇，咱们来个一醉方休。过这样的好日子只有酒能浇愁。”

“你一个人去醉吧。脑袋瓜本来就够糊涂啦，你非醉死不可。我今天就要去维申斯克登记。”

普罗霍尔凝视着他。葛利高里那风吹日晒的脸上泛起一阵浓重的、褐色的红晕，只有向后梳的头发根地方的皮肤闪着暗淡的白光。他很镇定，这个见过很多世面的战士，战争和灾难使普罗霍尔和他成了知心的朋友。他那肿胀的眼睛透出倦怠、忧郁的神情。

“你是不是害怕，怕会……会把你关起来呀？”普罗霍尔问。

葛利高里活跃起来。

“小伙子，我怕的就是这个呀！我从来还没有坐过监，我觉得坐监比死还要糟糕。不过看来,这种美味儿也非尝尝不可啦。”

“你根本就不应该回家来。”普罗霍尔惋惜地说。

“可是我上哪儿去呀?”

“在城里找个什么地方躲一躲,等到这种日子过去了,那时候你再回来就好啦。”

葛利高里挥了挥手,笑着说:

“这可不合我的心意!坐等和追赶——都是最令人厌恶的事情。我怎么能扔下孩子一个人跑掉呢?”

“看你说的!你不在他们不是也活得很好吗?以后你可以把他们和你的相好的接走嘛。唉,还有件事忘了告诉你啦!战前你跟阿克西妮亚在他们家当长工的那家财主,父子俩都死啦。”

“利斯特尼茨基父子?”

“就是他们。我的干亲扎哈尔,在撤退的时候跟着小利斯特尼茨基当勤务兵,他告诉我说:老地主在莫罗佐夫斯克害伤寒病死啦,小地主逃到了叶卡捷琳诺达尔,他老婆在那儿和波克罗夫斯基将军胡搞起来,他受不了啦,气得自杀啦。”

“哼,见他们的鬼去吧,”葛利高里漠不关心地说,“对那些死去的好人是应该惋惜的,可是谁也不会为这爷俩伤心。”他站起身来,穿上军大衣,已经抓住门把手了,又若有所思地说,“尽管,鬼知道是怎么回事儿,我总是很羡慕像小利斯特尼茨基和我们的科舍沃伊这样的人……他们从一开头就什么都清清楚楚,但是我到今天,也还是什么都糊里糊涂。他们俩各有自己的阳关大道,有自己的目的地,可是我从一九一七年起走的就尽是弯路,像个醉汉似的摇摇晃晃……脱离了白军,可是也没有靠上红军,像冰窟里的粪球在漂旋……你知道,普罗霍尔,我要是在红军里一直干到底就好啦,那样,也许我会有个好下场。而且起初的时候——你是知道的——我怀着极大的热情为苏维埃政权服务,可是后来这一切全都完了……在白军中,在他们的司令部里,我是个异己分子,他们始终在怀疑我。不过,怎么可能是别的态度呢?我是个庄稼佬的儿子,没有文化的哥萨克——我怎么能跟他们攀亲呢?他们不相信我!后来在红军里面也是这样。我也不是瞎子,我看得出,连里的政治委员和共产党员们怎么看待我……打仗的时候,他们的眼睛紧盯着我,步步都防备着我,他们一定在想:‘嗳嗳,这个浑蛋,白党,哥萨克军官,我们可别上他的当。’我一看到这种情况,心里立刻就凉了半截。最后这些日子,这种不信任的态度,我实在忍受不了啦。要知道,如果火烧得太厉害,石头也会爆炸的啊。所以最好还是让我复员吧。离收场越来越近啦。”他沙哑地咳嗽了一声,沉默了一会儿,也没有回头看普罗霍尔,已经是用另一种声调说,“谢谢你的款待。我要走啦。祝你健康。如果天黑以前能回来,我会来看你的。把瓶子收起来吧,不然你老婆一回来,就要用煎锅砸你的脊背啦。”

普罗霍尔把他送到台阶边,在门廊里悄悄地嘱咐说:

“噢噫,潘苔莱维奇,小心点儿,可别叫他们把你关起来……”

“我会小心的。”葛利高里沉着地回答说。

他没有回家,下到顿河边,在码头上解下了一只不知是谁家的小船,用手把船里的水捧出来,然后从篱笆上拔下一根木桩,敲碎船边的薄冰,向对岸划去。

顿河河面上,风卷起粼粼碧波,向两岸滚去。波浪冲破岸边水流缓慢地方松脆透明的薄冰,冲荡着一绺一绺的绿苔。河岸上一片碎冰互相碰撞的响声,河水冲刷着岸边的砂石,发出轻微的沙沙声,在中流,水势湍急、平稳的地方,葛利高里只听到水波打在小船左舷上,低沉的哗啦噼啪声和顿河岸边的树林低沉的、喧闹不止的风声。

葛利高里把小船半截拖到岸上,坐了下来,脱掉靴子,为了走路轻快,把包脚布仔细裹了裹。

中午时分,他到了维申斯克。

区人民军事委员部里人很多,语声喧哗。电话铃刺耳地响着,门乒乓乱响,武装人员出出进进,从各个房间里传出打字机单调的哒哒声。走廊里有二十来个红军战士正围着一个身材矮小、穿着罗曼诺夫式羊皮镶边短皮上衣的人,争说些什么,并且打雷似的哈哈笑着。葛利高里沿着走廊往前走的时候,看到有两个红军战士从远处的一个房间里推出一挺重机枪。机枪的轮子在破烂的地板上轻柔地滚着。一个养得胖胖的、身材高大的机枪手开玩笑地喊道:“喂,躲开点儿,赎罪连开来啦,不然我可要轧过去啦!"

"看来,真是要出发去镇压暴动啦。"葛利高里心里想。

登记的问题并没有耽搁他多久。军事委员部的秘书匆匆看过他的证明书,说:

"请您到顿河肃反委员会政治局①去一下。您当过军官,所以您要到他们那儿登记一下。"

"是啦。"葛利高里举手行礼,丝毫也没有显露出自己心情的激动。

他在广场上停下脚步,思考起来。应该到政治局去,但是他的整个身心都痛苦地反对这样做。"会把你关起来!"心里有个声音警告他说,葛利高里由于恐惧和憎恶不禁哆嗦了一下。他站在小学校的板栅旁边,用什么也没看见的眼睛瞅着落满牛粪的土地,仿佛已经看到自己被反绑着双手,正沿着肮脏的梯阶往地窖里走,还有——一个紧握着粗糙的手枪柄的人跟在他身后。葛利高里攥起拳头,看了看鼓起来的青筋。要把这两只手绑起来?他心情非常激动。不,今天他不去啦!明天再去——今天他要回到村子里去,跟孩子们玩一天,去看阿克西妮亚,明天早晨再回维申斯克来。这条腿,也真见鬼,一走就疼。他只回家去住一天——然后回到这里来,一定回来。明天要发生什么事情,随它去吧,可今天不行!

"啊——啊,麦列霍夫!好久不见啦,好久……"

葛利高里回过头来。雅科夫·福明——彼得罗的同事,曾叛离顿河军的第二十八团团长——朝他走了过来。

已经完全不是葛利高里从前熟识的那个笨手笨脚、衣着随便的阿塔曼斯基团的列兵了。两年来,他的样子大变了:穿着一件很合身的骑兵军大衣,精心修剪的两撇棕红胡子英俊地朝上翘着,他的全身,那豪迈的走路姿势,洋洋得意的笑容,都显示出自己不同凡响的优越性。

"哪阵风把你刮到我们这儿来啦?"他握着葛利高里的手,用自己瞳距很大的蓝眼睛直盯着葛利高里。

"复员啦。到军事委员部去登记啦……"

---

① 这里的政治局系指一九二〇至一九二一年间肃反委员会的区或县的工作机构。

“回来很久了吗？”

“昨天刚回来。”

“我时常想起令兄彼得罗·潘苔莱维奇。他是个很好的哥萨克，可死得多不值……我和他是心腹之交。麦列霍夫，去年你们真不应该暴动。你们犯了错误！”

总得说点什么呀，所以葛利高里就说：

“是啊。哥萨克们犯了错误……”

“你在哪个部队？”

“骑兵第一师。”

“担任什么职务？”

“骑兵连连长。”

“好啊！现在我也指挥一个连。就驻扎在这里，在我们维申斯克，有自己的骑兵守备连。”他往四下看了看，压低声音，提议说，“走，咱们去溜达溜达，你陪我走一会儿，这里人来人往，说话不方便。”

他们沿街上走去，福明斜睨着葛利高里，问道：

“你打算在家里住吗？”

“我能住到哪儿去呢？当然住在家里啦。”

“想操持家业？”

“是的。”

福明惋惜地摇了摇脑袋，叹了口气说：

“麦列霍夫，你选的复员时机可不好，唉唉，太不好……你应该过一两年再回家就好啦。”

“为什么？”

福明抓住葛利高里的胳膊肘，略微弯下腰，耳语说：

“目前咱们这个地区形势很紧张。哥萨克对余粮征集制非常不满。博古恰尔县已经发生了暴动。今天我们就要开去镇压。小伙子，顶好你还是离开这儿，而且越快越好。我和彼得罗是好朋友，所以我才这么劝你：快走吧！”

“我已经没有地方可去啦。”

“喂，你要当心！我是说政治局要动手逮捕军官啦。这一个星期，从杜达列夫卡送来了三名准尉,从列舍托夫卡也送来一名,从顿河对岸一批一批的军官被押送到这儿来,连那些普通的、没有任何官衔的哥萨克也都触动啦。你自己想想吧,葛利高里·潘苔莱维奇。”

“谢谢你的忠告,只是我实在没有地方可去啦。”葛利高里固执地说。

“这就是你自己的事情啦。”

福明谈起了本地的情况,谈了他跟军区首长以及人民军事委员部的委员沙哈耶夫之间的关系。葛利高里一心想着自己的心事,漫不经心地听他说去。他们走过三个街区,福明停了下来。

“我要到别的地方去一下。回头见。”他把手往库班式皮帽子上一举,冷冰冰地跟葛利高里道了别,顺着胡同走去,身上崭新的武装带咯吱咯吱直响,他挺得笔直,那副神气样儿,十分可笑。葛利高里目送了他一会儿,然后转过身来。沿着政治局二层楼房的石阶往上爬着,他心里想:“要完蛋——就叫它快点儿吧,用不着拖啦!葛利高里,你既然敢做——就要敢当!”

第 八 章

早晨八点来钟,阿克西妮亚把炉子里的余火弄在一起儿,然后坐在板凳上,用围裙擦着红扑扑、汗淋淋的脸。为了早点儿把饭做好,黎明以前她就起来了,——煮好鸡肉汤面条,烙好馅饼,在甜馅饺子上倒了很多糖汁,放在火上煎煎;她知道——葛利高里喜欢吃油煎的甜馅饺子,预备了一顿过节似的饭食,盼着情人能到她家里来吃饭。

她很想找个借口到麦列霍夫家去,哪管去待一分钟也好,能看葛利高里一眼也好。他就在旁边,可是竟不能见到他,这简直是太不可想像了。但是她终究还是把这个愿望压制下去,没有上麦列霍夫家去。她可不是个小姑娘啦。到她这样的年龄,可莽撞不得啊。

她比往常更仔细地洗过手和脸,穿上干净衬衣和有绣花边的新衬裙。站在打开的箱子前面想了半天,——究竟穿什么衣服?平常日子,打扮得太漂亮了不合适,但是又不愿意穿着通常在家干活穿的衣服。苦于不知道应该穿什么衣服,阿克西妮亚皱起眉头,漫不经心地抚弄着烫得平整的裙子。最后,她坚决地拿起一条藏青色的裙子和一件几乎还没有穿过的、镶着黑花边的浅蓝色上衣。这是她所有的衣服里最好的一套。归根到底,邻居们怎么看她,不都是一样吗?叫他们今天过自己的平常日子吧,而她今天可要过节啦。她急忙打扮起来,走到镜子前面。一丝惊异的微笑掠过她的嘴唇:谁的年轻的、闪着火花的眼睛,在炯炯有神地、喜悦地看着她。阿克西妮亚仔细严格地审查了几次自己的脸,然后轻松地叹了口气,不,她的美貌尚未消失!还有很多哥萨克遇到她时都要停下来,呆呆地看着她!她站在镜子前面整理着裙子,出声地说:"喂,葛利高里·潘苔莱维奇,你小心防着点儿吧!……"她觉得脸红了起来,不禁轻轻低声笑了起来。但是这一切并未使她忽略了鬓角上的几丝白发,并把它们揪了下来。不应该让葛利高里看到这类使他想到她的年龄的东西。为了他,她愿意自己依然像七年前那样年轻。

午饭前,她还能强使自己待在家里,但是后来实在忍不住了,就往肩上披了一条白羊毛头巾,到麦列霍夫家去了。杜妮亚什卡一个人在家。阿克西妮亚跟她问候过,说道:

"你们还没有吃饭吗?"

"跟着这些不要家的人一起儿过日子,你能按时吃饭哪!当家的在苏维埃,葛利沙到镇上去啦。孩子们已经吃过,我在等这些大人哪。"

阿克西妮亚外表很镇静,举止、言谈都一点儿也没有表现出任何失望的神色,说:

"我还以为——你们全都在家呢。葛利沙……葛利高里·潘苔莱维奇什么时候回来?今儿个回来吗?"

杜妮亚什卡迅速朝打扮得漂漂亮亮的邻居瞟了一眼,很不情愿地说:

"他去登记啦。"

“他说什么时候回来了吗?”

杜妮亚什卡眼泪汪汪;她用责备的口气,结结巴巴地嘟哝说:

“你也真是,这是什么时候……打扮得花枝招展……你可知道——他也许根本就回不来啦……”

“怎么——会回不来啦?”

“米哈伊尔说,在镇上会把他押起来……”杜妮亚什卡流出了几滴眼泪,愤愤地哭了起来,用袖子擦着,叫喊着:“这该死的日子太可恨啦!而且什么时候才有个完哪!他走啦,可是孩子们,你看看,简直疯啦,——寸步不离地围着我问:‘爸爸上哪儿去啦,什么时候回来啊?’可我怎么知道呀?你看,我把他们送到院子里去啦,可是我自己心里简直难过得要命……这是多么该诅咒的日子呀!没有一会儿叫你安心的时候,我真想大哭一场!……”

“如果夜里还不回来——明天我就到镇上去打听打听。”阿克西妮亚用非常无所谓的声调说,仿佛是在谈一件最平常的事情,一点儿也用不着激动。

杜妮亚什卡对她竟能这么镇定非常惊奇,叹了口气说:

“看来,现在他是不会回来的啦。他简直是跑回家来受罪的呀!”

“眼下还看不出个究竟,你先别哭喊,不然孩子们会以为……再见!”

葛利高里天黑以后才回来。他在家里待了一会儿,就到阿克西妮亚家去了。

她整整心慌意乱地等了一天,这使她与情人欢聚的喜悦有几分失色。傍晚,阿克西妮亚感到,仿佛她连脊背都没有直过,整整干了一天活儿似的,她等得累了,烦了,躺到床上,——打起盹儿来,但是一听见窗户外有脚步声,就像年轻的姑娘似的,一跃下了床。

“你怎么也不跟我说一声,就到维申斯克去啦?”她抱住葛利高里,给他脱着军大衣问。

“来不及告诉你啦,走得非常匆忙。”

“可是我和杜妮亚什卡俩可就嘀咕开啦,各人心里都在想,你回不来啦。”

葛利高里矜持地笑了笑。

“不会的,还没到那个地步。”他沉默了一会儿,又补充说,“暂时还没严重到那个地步。”

他一瘸一拐地走到桌边,坐了下来。从敞开着的门里,可以看到内室的样子,屋角里放着一张宽大的木床,一只铜包镶的、闪着暗淡光泽的大箱子。这儿的一切,都依然是从前他还是个小伙子、乘司捷潘不在家常偷偷跑来时的那个样子;他觉得几乎没有任何变化,时间仿佛没有理会这个家似的;连气味都跟从前一样:醉人的家酿新鲜啤酒气味,洗刷得干干净净的地板气味和刚能闻到的、枯萎的百里香气味,仿佛葛利高里最后一次黎明时离开这儿,只是不久前的事儿,可是实际上,这一切都已经是很久很久以前的往事了……

他压下哀叹,不慌不忙地卷起烟来,但是不知道为什么手哆嗦了一下,烟草都撒在膝盖上。

阿克西妮亚急忙摆好桌子。冷了的面条要热一热。阿克西妮亚跑到板棚里去拿来木屑以后,就气喘吁吁、脸色有点儿苍白地在炉子里生起火来,她吹着冒着火星烧起来的炭火,不时看看正弯着腰、一声不响地在那里抽烟的葛利高里。

“你去那儿办的事情怎么样啦?都办好了吗?”

“一切都很好。”

“那杜妮亚什卡怎么硬说,一定会把你押起来呢?她把我也吓得要死啦。”

葛利高里皱起眉头,生气地扔掉烟卷。

“这都是米哈伊尔灌到她耳朵里的。都是他胡想出来的,他总希望我倒霉。”

阿克西妮亚走到桌边来。葛利高里拉起她的手。

“不过你要知道,”他自下而上打量着她说,“我的事情很不妙。我自己也在想,一进那个政治局,就出不来啦。不管怎么说,我在暴动的时候指挥过一个师,是中尉军阶。他们现在正要收拾这样的人呢。”

“他们对你说了些什么?”

“叫我填一张履历表,就是这么一张纸,要把服役的全部过程都填上去。我又是一个不大会写字的人。有生以来也没有写过这么多的字。坐了两个钟头,才把我的经历全都填写上去。后来又进来两个人,总在询问参加暴动的事儿。还不错,说话都很和气。为首的那个人还问我:‘您要喝茶吗?不过放的可是糖精。’我想,还喝什么茶呀!只要能好好地离开你们这儿就谢天谢地啦,”葛利高里沉默了片刻,又仿佛是在说别人的事儿似的,蔑视地说,“接受处罚时就那么懦弱啦……害怕啦。”

他恨自己在维申斯克的那副可怜相,恨自己不能战胜、制服自己的恐怖心理。尤其是因为他的担心完全是庸人自扰,所以就加倍痛恨自己。现在看起来,他胡思乱想的那些问题是那么可笑又可耻。他一路上总在想这个问题,也许正因为这个缘故,所以现在谈起这一切时,就嘲笑起自己,而且对自己的感受也有点言过其实。

阿克西妮亚细心倾听他讲完,然后就轻轻地把手抽出来,走到炉子边去。她拨弄着炉火问:

“那以后怎么办呢?”

“过一个星期还要去,再去登记一下。”

“你以为他们总要把你关起来吗?”

“看来,会的。迟早是要把我关起来的。”

“那我们怎么办呀?我们怎样过下去呀,葛利沙?”

“我也不知道。好啦,咱们以后再谈这个问题吧。你这儿有洗脸的水吗?”

他们坐下来吃晚饭,阿克西妮亚早晨憧憬过的美满幸福重又展现在眼前了。葛利高里就在这里,坐在她身旁;现在她可以不停地看着他,用不着顾虑别人监视她的目光啦,就是说,不必难为情地,用眼睛说出一切想说的话啦。主啊,她是多么想念他呀,她的肉体由于渴想这两只粗糙大手的抚摸,是多么烦躁不安啊!她几乎一点东西都没有吃;微微向前探着身子,看着葛利高里贪婪地吃着,用迷糊不清的目光抚摸着他的脸,抚摸着他那被军便服硬领紧勒着的黝黑的脖子,抚摸着他的宽肩膀和沉重地放在桌子上的双手……她拼命吸着他身上散发出来富有刺激性的男人的汗气和烟草的混合气味。她就是蒙上眼睛,单从身上的气味就可以从上千的男人中认出她的葛利高里来……她的脸颊上泛起浓重的红晕,心咚咚地跳得厉害。在这天晚上,她很难作一位对客人照顾得十分周到的女主人了,因为除了葛利高里,周围的东西什么她都看不见了。而他也不需要什么照顾:自己动手切面包,眼睛四处寻觅盐瓶,在炉台找到了,又自己动手添上第二盘面条汤。

“我简直像饿狗一样,”他好像是辩解似的笑着说,“从早晨一天都没有吃东西。”

直到这时候,阿克西妮亚才想起自己的责任,急忙跳了起来。

“啊呀,我的可怜的宝贝儿!我把甜馅饼子和肉饼全都忘啦!吃鸡肉吧!多吃点儿,我的亲爱的!……我马上全都端来。”

他吃了多久,吃得多卖劲儿啊!就好像整整一个星期没吃饭似的。根本就用不着招待。阿克西妮亚耐心地等着他吃,可是后来还是忍不住了:坐到他身旁,用左手把他的脑袋搂到自己怀里,右手拿着一块绣花的干净手巾,亲自给情人擦了擦油晃晃的嘴唇和下巴,眯缝起眼睛,只看到黑暗中闪着橙黄色的火花,屏住气,把自己的嘴唇紧压到他的嘴唇上去。

其实,要使一个人幸福,所需要的并不很多。阿克西妮亚,至少,在这天晚上是幸福的……

第 九 章

葛利高里跟科舍沃伊见面就觉得很不舒服。他们的关系在他回来的头一天就决定了,而且他们既没有什么话可谈,也没有谈的必要。大概,米哈伊尔也并不高兴见到葛利高里。他雇了两个木匠,给他赶修自家的旧房子:换掉房顶上已经快烂掉的椽子,翻修了一面要倾倒的墙,做了新的门楣、门框和房门。

从维申斯克回来以后,葛利高里就到村革命军事委员会去,把自己经人民军事委员部盖过章的部队证件交给科舍沃伊,没有道别就走了出来。他带着孩子和一些随身用的东西,搬到阿克西妮亚家去暂住。杜妮亚什卡送他到新居的时候,哭了起来。

“好哥哥,请您不要恨我,我没有对不起您的地方。”她央告似的望着哥哥说。

“你这是怎么啦,杜妮亚?不,不,你别这样,”葛利高里安慰她说,“你常到我们这儿来玩……我现在只剩下你这么一个亲人啦,我一直很疼爱你的,现在也很疼爱你……唉,至于你丈夫——那是另一回事儿啦。咱们兄妹的情谊是变不了的。”

“我们很快就搬走,您别生气。”

“根本用不着搬!”葛利高里不以为然地说,“你们在家里至少住到春天再说嘛。你们并不妨碍我,我跟孩子住在阿克西妮亚家也满好。”

“你要娶她吗,葛利沙?”

“这用不着忙。”葛利高里含糊其辞地回答说。

“哥哥,你娶她吧,她真好,”杜妮亚什卡坚定地说,“去世的母亲说过,你只能娶她做妻子。妈妈在去世前的那些日子里非常喜欢她,死前,经常去看她。”

“你好像是在劝说我似的,”葛利高里含笑说,“除了她,我还能娶谁呢?难道去娶安德罗妮哈老太太吗?”

安德罗妮哈是鞑靼村的一位最长寿的女人。她早已活过一百岁了。杜妮亚什卡一想起她那矮小的、弯到地上的身形,就笑了起来。

“你真能瞎说,哥哥!要知道我只不过是问问罢了。因为你一直闭口不谈这件事儿——所以我才问的。”

“不管娶谁,我总要请你来吃喜酒的。”葛利高里玩笑地拍了拍妹妹的肩膀,心情轻松地走出了自己的家门。

说实在的,他住在哪里都无所谓,只要能安逸地活下去就谢天谢地啦。但是他竟没有找到这种安逸……他闲得无聊地过了几天。也曾试图给阿克西妮亚家里做点儿什么,可是立刻就意识到,他什么也做不成。他简直是六神无主。那种令人心焦的、吉凶难卜的未来使他痛苦,无法平静地生活;他每时每刻都在想:会把他逮捕,关进监狱,——这是最好的结局了,弄不好,可能枪毙。

阿克西妮亚夜里有时偶尔醒来,看到他没有睡着。他总是仰面躺着,双手放在脑袋下面,凝视着昏暗,他的目光冰冷、凶狠。阿克西妮亚知道他在想什么。可是她却爱莫能助。看到他这么痛苦,想到他们共同生活的希望又要幻灭,自己也非常痛苦。她什么话也不问。由他自己去决定这一切吧。只有一次,她夜里醒来,看到身旁的纸烟红光,就说:

"葛利沙,你总睡不着……你是不是暂时离开村子呢?或者是咱们一起逃到什么地方去躲一躲?"

他仔细地用被子盖好她的脚,不很情愿地回答说:

"我想想看。你睡吧。"

"等到这儿太平无事啦,咱们再回来,啊?"

他心里似乎也没有什么主意,所以还是含糊其辞回答说:

"咱们要先看看,事情究竟会怎么发展。你睡吧,克秀莎。"说完,他又小心、温柔地亲了亲她那赤裸的、冰凉的、光滑的肩膀。

可是实际上他已经暗自下了决心:他决定再也不去维申斯克了。叫政治局上次接待他的那个人空等着吧。上次,那个人坐在桌边,把军大衣披在肩上,不断地伸懒腰,弄得骨节咯吧咯吧乱响,假装打呵欠,听着葛利高里讲述暴动的经过。他再也别想听到什么啦。要说的话都说完啦。

葛利高里决定在该到政治局去的那天就离开村子,需要的话——就长期出亡。到哪里去——他自己也不知道,但是下定决心要离开村子。他既不愿意被枪毙,也不愿意去坐监狱。他已经做出了选择,但是不想过早地把这个决定告诉阿克西妮亚。用不着在最后日子再使她伤心,实际上这些日子他们过得已经很不愉快啦。他决定到最后一天再把这一切告诉她。现在还是让她把脸放在他的腋下,安安静静地睡吧。这几天夜里,她常说:"我在你身边儿睡得很舒服。"好,暂时叫她舒服地去睡吧。这个可怜的女人贴在他身边安睡的时间不会久啦……

葛利高里每天早晨侍弄一会儿孩子们,然后就毫无目的地在村子里瞎逛。跟人们在一起,他觉得痛快一些。

有一次普罗霍尔提议,到尼基塔·梅利尼科夫家去聚会聚会,跟年轻的哥萨克们一起喝喝酒。葛利高里断然拒绝了。他从同村人的谈话中知道,他们对余粮的征集政策很不满意,喝酒的时候一定会谈到这件事儿。他不愿意使自己因此受到怀疑,就连遇到熟人的时候,他也总是回避谈论政治。他对这叫他吃尽苦头儿的政治已经厌恶透啦。

特别是因为余粮征集工作进行得很不顺利,就更应该多加小心,为此已经抓去三个老头子作人质,由两个征集人员押送到维申斯克去了。

第二天,在统一消费合作社附近,葛利高里遇上了不久前才从红军里回来的、从前的炮兵扎哈尔·克拉姆斯科夫。他已经喝得酩酊大醉,走路摇摇晃晃,但是走近葛利高里的时候,把沾满白黏土的上衣的扣子全都扣上,沙哑地问候说:

"你好,葛利高里·潘苔莱维奇!"

"你好啊。"葛利高里握了握身材短粗而又健壮、像棵榆树似的炮兵的大手。

"你还认得我吗?"

"当然认得啦。"

"你还记得去年在博科夫斯克附近,我们炮兵连怎么救你们的事儿吗?如果不是我们,你的骑兵就要倒霉啦。那一仗我们杀死了多少红军士兵啊——真是海啦!我们先开了一炮,又打了一颗榴霰弹……那时候我是第一门炮的瞄准手!是我!"扎哈尔在自己的宽胸膛上砰地捶了一拳。

葛利高里斜眼向四周看了看,——不远的地方站着几个哥萨克,正在看着他们,注意倾听他们进行的谈话。葛利高里的嘴角哆嗦着,愤恨地露出了密密的白牙齿。

"你喝醉啦,"他咬紧牙齿,小声地说,"回家去睡觉吧,别胡说八道啦。"

"不,我没有喝醉!"醉醺醺的炮兵大声叫,"也许,是因为借酒浇愁,愁醉啦!我回到家里来,可是这日子简直不是人过的,是地狱……!哥萨克简直无路可走啦,而且也没有哥萨克啦!让我交四十普特粮食,你说,这叫什么事儿呀?他们这样摊派,是他们种了庄稼了吗?他们知道庄稼是怎么长出来的吗?”

他两眼血红,呆痴无神,突然摇晃了一下,像狗熊似的扑到葛利高里身上,把浓烈的酒气直喷到他的脸上。

“你为什么穿没有裤条的裤子?你已经变成庄稼佬了吗?我们不许可!我的乖乖,葛利高里·潘苔莱维奇!我们还要再去打仗!比方说,还像去年那样,来个:打倒共产主义,苏维埃政权万岁!”

葛利高里猛地把他推开,小声说:

“回家去吧,醉鬼!你知道,你在说什么吗?!”

克拉姆斯科夫伸出一只扎煞着烟熏黄的手指,嘟囔说:

“如果我说得不对,请原谅。请原谅,我是把你看做自己的指挥官……慈父般的指挥官才说出自己的真心话:应该还去打仗!”

葛利高里一声不响地转过身,穿过广场,走回家去了。直到傍晚,脑子里总在回想这次荒唐的会面,想着克拉姆斯科夫醉声的叫喊、哥萨克们同情的沉默和微笑,他决定:“不好,应该赶快逃走!再待下去,不会有好结果……”

星期六应该去维申斯克。再过三天,他就必须逃离出生的村庄啦,但是形势突变:星期四的夜里——葛利高里已经准备躺下睡觉啦——忽听有人急促地敲门。阿克西妮亚走到门廊里去。葛利高里听见她问:“谁呀?”他没有听见回答的声音,但是模糊的恐惧情绪,把他从床上拉起来,走到窗前。门廊里门环响了一下。杜妮亚什卡先走了进来。葛利高里一见她那苍白的脸色,一句话还没有问,就从板凳上拿起皮帽和军大衣。

“哥哥……”

“什么事?”他一面套着军大衣袖子,一边低声问。

杜妮亚什卡上气不接下气地急忙说:

“哥哥,你立刻就逃走吧!有个骑马的人从镇上到我们家来啦。他们坐在内室里……在悄悄地谈话,可是我听见啦……我站在门后头,全听见啦……米哈伊尔说——应该逮捕你……他给他们讲述你的所作所为……快逃吧!”

葛利高里迅速地走到她面前,抱住她,使劲亲了亲她的脸颊。

“谢谢你,好妹妹！赶快回去吧,不然他们会发觉你出来啦。再见啦,”然后转身对阿克西妮亚说,“拿面包来！快点儿！不要整的,切成厚片！”

他的短暂的和平生活就这样结束了……他像临战一样,行动起来,迅速,但很镇定:走进内室,轻手轻脚地亲了亲正熟睡的两个孩子,然后紧紧抱住阿克西妮亚。

“别了！我很快就会给你信儿,普罗霍尔会告诉你的。照料好孩子。关上门。他们来问——就说,我去维申斯克啦。好,别了,别难过,克秀莎！”吻着她,他感觉到她的嘴唇上有热乎乎的眼泪的咸味儿。

他已经没有工夫来安慰阿克西妮亚和倾听她那软弱无力的、若断若续的呓语了。他轻轻地移开抱住他的胳膊,朝门廊迈了一步,谛听了片刻,迅速推开外边的门。一阵从顿河上吹来的冷风迎面扑来。他闭了一下儿眼睛,使眼睛习惯一下暗夜。

起初阿克西妮亚还听见葛利高里脚下咯吱咯吱的雪声。葛利高里每走一步都在她心上刺痛一下。后来脚步声沉寂了,接着篱笆门响了一下。然后一切都归于寂静,只有风还在顿河对岸的树林中喧闹。阿克西妮亚想透过风声听出点儿什么声音,但是什么也没有听见。她觉得浑身发冷。她走进厨房,吹灭了灯。

第十章

一九二〇年的深秋,由于余粮征集的情况不佳,就建立了粮食征集队,这时在哥萨克居民中就出现了骚动的暗流。在顿河地区上游各市镇——舒米林斯克、卡赞斯克、米古林斯克、梅什科夫斯克、维申斯克、叶兰斯克、斯拉谢夫斯克及其他一些集镇——出现了一些小股武装匪帮。这是哥萨克富农和富裕阶层对组建征粮队、对苏维埃政权为实施余粮征集制而采取的一些紧急措施的回答。

大多数匪帮——每股拥有五支到二十支枪——都是由当地的哥萨

克，前白卫军积极分子组成的。其中有：一九一八至一九一九年间在惩罚队里混过的人，有逃脱了九月征召的低级指挥人员，如下士、司务长和原顿河军的准尉，有去年在顿河上游军区暴动中以虐杀红军战士而功勋卓著的叛乱分子，——总之，都是些跟苏维埃政权走不到一起的人。

他们在各村袭击征粮队，赶回往粮食收集站运送粮食的车辆，杀害共产党员和忠于苏维埃政权的非党哥萨克。

清剿土匪的任务由驻扎在维申斯克和巴兹基村的顿河上游军区守备营执行。但是消灭出没于本区辽阔土地上匪帮的各种努力都很不成功，——因为，第一，当地部分居民同情土匪，为他们提供给养和红军清剿部队的行动情报，而且隐瞒他们的行踪，使他们免遭追击；第二，原是沙皇军队的上尉和社会革命党员的营长卡帕林，根本就不愿意消灭这股不久以前才在顿河上游出现的反革命力量，因此用尽心机来阻挠这项任务的完成。只是偶尔，还是在区党委会主席的催逼下，他才短时间地出击一次，然后又缩回维申斯克，借口他不能分散力量，去进行毫无意义的冒险，而把维申斯克和镇上的诸多地区党政军机关和仓库置于毫无护卫的状态。这个营共有四百多人，配备有十四挺机枪，是支守卫部队：红军战士的任务是看守押犯，挑水，到树林子里去砍木头和进行义务劳动、从橡树叶中采集可以做墨水的五倍子。这个守备营出色地向诸多的地区党政军机构和办公室提供了木柴和墨水，而与此同时，区内的小股匪徒的数量却在剧增，多如牛毛。直到十二月里，在与顿河上游地区毗连的沃罗涅什省的博古恰尔县境内发生了大规模暴动以后，这个营才不得不停止砍伐木材和收集五倍子的工作。顿河地区部队指挥部命令守备营的三个连和一个机枪排，会同骑兵守备连、第十二征粮团第一营和两支进行拦击的小部队，前去镇压这次暴动。

在攻打干顿涅茨村隘口的战斗中，维申斯克骑兵守备连在雅科夫·福明的指挥下，从侧翼对叛乱分子的散兵线发起冲锋，敌人溃逃，在追击中砍死了一百七十多人，自己只牺牲了三名战士。这个连里，除了极少数外，全是顿河上游各集镇的哥萨克。他们就是在这里也没有改变几百年来形成的哥萨克传统：战斗结束后，不顾连里两名共产党员的反对,几乎有一半战士都脱下自己身上的旧军大衣和棉袄,换上从被砍死的叛军身上剥下来的结实的光面短皮袄。

暴动镇压下去以后,过了几天,这个连就被调到卡赞斯克镇。福明为驱除战争的累赘,便在卡赞斯克尽情地玩乐。这个色情狂、善于交游、风流放荡的连长,常常整夜整夜地在外面寻欢作乐,直到天快亮了,才回住所。跟福明相好、称兄道弟的一些战士们,傍晚在街上看到他们的连长穿着擦得锃亮的靴子,就心照不宣地互相挤挤眼说:

"好啊,咱们的儿马又去找守活寡的娘儿们啦!现在只有天亮以后才能见到他啦。"

每当连里的一些熟识的哥萨克告诉福明,他们那里有烧酒,可以喝几杯的时候,他就偷偷瞒着政治委员和指导员溜到他们的住处去。这已经是司空见惯。但是不久,这位英勇的连长忽然苦闷起来,脸色阴沉,对不久前的欢乐几乎全然忘怀。黄昏时分,也不再像从前那样拼命擦那双漂亮的高筒皮靴了,也不天天刮脸了,不过还偶尔到在他连队里服役的同村人的住处去坐坐,喝上几杯,但却变得少言寡语了。

福明性格上的变化跟部队指挥员收到维申斯克的一个通知的时间正好吻合,顿河肃反委员会政治局简短地通知说,在毗邻梅德维季河口区的米哈伊洛夫卡,守备营在营长瓦库林率领下叛变了。

瓦库林和福明是同事和好友。他们从前曾经一起在米罗诺夫兵团混过,一同从萨兰斯克开到顿河,而且在布琼尼的骑兵包围了叛变的米罗诺夫兵团以后,也一同缴械投降的。福明和瓦库林直到最近还保持着友好关系。不久前,九月初,瓦库林还到维申斯克来过,那时候他就咬牙切齿地对朋友大发牢骚:"委员们的横行霸道,他们实施的余粮征集制使农民破产,把国家推向灭亡。"福明心里是赞成瓦库林的话的,但是他为人谨慎,常用狡猾来弥补他天生的愚蠢。他一贯谨小慎微,从不急忙处事,从不立即表态:说对,或者说不对。但是自从他听说瓦库林营叛变后不久,他那一贯谨慎的性格突然变了。在连队开赴维申斯克前,有一天晚上,连里有些人在排长阿尔费罗夫的住处聚会。准备了满满一饮马桶的烧酒。大家围着桌子谈得非常起劲。福明也来参加这次宴饮，他沉默不语地听着谈话，同样一声不响地从桶里舀着烧酒。但是当一个战士谈起在干顿涅茨村口冲锋的时候，福明就若有所思地卷了卷胡子，打断了战士的话：

“弟兄们，咱们砍霍霍尔砍得倒很痛快，但愿咱们自个儿最近别碰上什么倒霉的事情……要是咱们回到维申斯克去，一看到征粮队把咱们家的粮食都抢走了呢？卡赞斯克人都非常怨恨这些征粮队。他们把粮食柜里的粮食拿得一粒不剩，像用扫帚扫过……”

屋子里立刻静了下来。福明瞥了一眼自己连里的战士们，勉强地笑着说：

“我只是——玩笑而已……你们可要小心了，不能胡说，不然，一句玩笑就会引起天晓得多么严重的问题。”

回维申斯克时，福明带半个排红军，来到鲁别任村自己家里。在村子里，他并没有一直骑着马走进自家的院子，在大门口下了马，把缰绳扔给一个红军战士，走进屋子。

他冷冷地朝妻子点了点头，恭恭敬敬地给老娘行过礼，拉着她的手恭敬地请过安以后，又抱了抱孩子们。

“我爹上哪儿去啦？”他坐在方凳上，把马刀放在两腿中间问。

“到磨坊里去啦，”老太婆回答说，看了看儿子，厉声命令说，“摘下帽子呀，反基督的人！谁戴着帽子坐在圣像下面呀？哎呀，雅科夫，你的脑袋可要掉啦……”

福明不高兴地笑了笑，摘下库班式皮帽，但是没有脱大衣。

“你为什么不脱大衣呀？”

“我只是顺路来看看你们，军务在身，总是没有工夫回来。”

“我知道你忙的什么军务……”老太太厉声说，这是暗指儿子的浪荡行为和他在维申斯克寻花问柳的事儿。

这早已传遍鲁别任村了。

脸色苍白、看来受尽折磨、早衰的福明的妻子，惊讶地看了婆婆一眼，走到炉炕边去。她想对丈夫献献殷勤，博取他的欢心，就是能温存地看自己一眼也好啊，于是从炉台底下拿起一块破布，跪在地上，弯着腰，擦起粘在福明长筒靴子上厚厚的污泥来。

“看你穿的这双靴子多好啊,亚沙[①]……你把靴子穿得太脏啦……我立刻就给你擦擦,擦得干干净净!”她几乎是无声地在嘟哝着,头也不抬,跪在丈夫脚边爬着。

他已经很久没有和她一起生活了,对这个他在年轻时曾一度爱过的女人,除了一点儿卑薄的怜悯以外,早已没有什么感情可言。但是她却始终爱着他,而且心里暗暗希望,有朝一日他还会回到她身边来,——她全都原谅他了。多年来,她操持家务,照料孩子,尽量博得脾气古奇的婆婆的欢心。地里的全部繁重劳动全落在她那消瘦的肩膀上。力不胜任的劳动和生第二个孩子以后留下来的病,年复一年地吞噬着她的健康。她消瘦了。脸色灰白。早衰在她的脸颊上刻满了蜘蛛网似的皱纹。眼睛里出现了那种聪明的病畜所具有的惊骇、驯顺的神色。连她自己也没有理会到她竟老得这样快,她的健康日益恶化,但是她一直还是满怀希望。难得见到丈夫一回,这时她还是怀着羞怯的爱恋和喜悦看着自己漂亮的丈夫,看也看不够……

福明仔细地看着妻子的脊背,可怜的、弯着的瘦削的肩胛骨在她的衣服里面鼓得十分清楚,看着她那两只哆哆嗦嗦、正在竭力给他擦靴子上污泥的大手,心里想:“多漂亮啊,真是没有说的!我竟曾经跟她一起睡过觉……尽管她是老得厉害……可是怎么竟老成这个样子啦!”

“你别擦啦!反正我还是要弄脏的。”他把两只脚从妻子的手里抽出来,生气地说。

她用力挺直了脊背,站了起来。焦黄的脸颊上透出一阵轻微的红晕。她那两只瞅着丈夫的湿润的眼睛里洋溢着几多恩爱和无限的忠诚啊,他急忙扭过身去,问母亲:

“你们在家日子过得可好啊?”

“还是老样子。”老太婆面色阴沉地回答说。

“征粮队到村子里来过吗?”

“昨天才离开这儿到下克里夫斯克村去啦。”

“拿过咱们家的粮食吗?”

---

① 亚沙也是雅科夫的爱称。

“拿过。他们拿了多少走,达维杜什卡[1]?”

很像父亲,也生着那样一双瞳距很大的浅蓝色眼睛的十四岁的半大男孩回答说:

“爷爷看着他们拿的,他知道。好像是十口袋。”

“这——样……”福明站了起来,迅速地看了儿子一眼,整理了一下武装带。问下面这些话的时候,他的脸色略微有点儿发白:“你们对他们说过,他们这是在拿什么人的粮食了吗?”

老太婆把手一挥,有点儿幸灾乐祸地笑着说:

“他们似乎并不买你的账!他们的头目说:‘不论是什么人,都得把多余的粮食交出来。他是福明也好,地区政府的主席也好——我们都要把多余的粮食拿走!’这样他们就把粮食柜打开啦。”

“妈妈,我会跟他们算账。我要跟他们算账!”福明喑哑地说,匆匆跟家人告了别,走出了屋子。

自从这次回家以后,他就谨慎地暗自探查自己连里战士们的情绪,没费很大的劲儿就了解到,他们大都对余粮征集制很不满意。他们的妻子和远亲近亲从村庄和集镇来看望他们;讲述征粮队怎样搜索粮食,怎样把全部粮食都拿走,只留下种籽和口粮。这一切都引起了不良的后果,当一月底,在巴兹基召开的守鞴部队大会上,军区军事委员沙哈耶夫做报告的时候,骑兵连的战士就公开提出了意见。从他们的队伍里喊出了这样的口号:

“赶走征粮队!”

“征粮工作该收场啦!”

“打倒粮食委员!”

守备连的红军战士们也喊着口号回敬他们:

“这是反革命!”

“解除这些坏蛋的武装!”

大会开得很长,群情激愤。守备部队为数不多的共产党员中,有一个激动地对福明说:

---

① 达维杜什卡是达维德的爱称。

“你应该出来说话呀，福明同志！瞧瞧，你的骑兵在搞些什么名堂啊！”

福明的胡子里暗藏着微笑。

“我不是党员，难道他们会听我的话吗？”

他沉默了一会儿，在大会结束前，早就跟营长卡帕林一起儿走了。在回维申斯克去的路上，他们谈了目前的形势，而且很快就找到了共同语言。过了一个星期，卡帕林在福明的住处，当面对他说：

“或者我们现在就干，或者是永远也不干，你要明白这一点，雅科夫·叶菲莫维奇！应该抓紧时机。现在是很好的机会。哥萨克拥护我们。你在区里的威信很高。居民的情绪——简直好得不能再好啦。你怎么不说话呀？下决心吧！”

“还有什么决心可下？”福明皱着眉头看着卡帕林，慢腾腾地拉着长声说，“这是早已经决定的啦。只是要制定一个计划，要马到成功，别让蚊子叮到鼻子才行。我们来谈谈这个问题吧。”

福明和卡帕林之间可疑的友谊关系，并非丝毫未被发觉。营里有几个共产党员组织了对他们的监视，把他们的怀疑报告给顿河肃反委员会政治局局长阿尔捷米耶夫和军事委员沙哈耶夫。

“不能草木皆兵嘛，”阿尔捷米耶夫笑着说，“这个卡帕林是个胆小鬼，他又能搞出什么名堂来呢？我们要对福明进行监视，我们早就在注意他啦，不过福明也未必敢冒天下之大不韪。纯属无稽之谈。”他断然下结论说。

但是进行监视已经晚了：阴谋分子已经商量好啦。暴动要在三月十二日上午八时打响。他们约定，这一天福明率领全连人马全副武装去进行早晨的遛马，随之对驻扎在镇郊的机枪排发起突袭，夺取机枪，然后协助守备连对地区各机关进行“清洗”。

不过卡帕林心里还有点儿嘀咕，觉得全营未必都会支持他。有一天，他把这一估计告诉了福明。福明仔细听完他的话说：

“只要能把机枪都夺过来，此举就算成功，我们就可以一下子把你那个营镇压下去……”

对福明和卡帕林进行的严密监视没有发现什么可疑之处。他们很少见面,即便见面也是谈公事,只是在二月底,有一天夜里,有一个哨兵在街上看见他们俩。福明牵着一匹鞴着鞍子的马,卡帕林和他并肩走着。问口令时,卡帕林回答说:“自己人。”他们走进卡帕林的住处。福明把马拴在台阶的栏杆上。屋里没有点灯。下半夜三点多钟,福明才出来,骑马回到自己的住所。这就是收集到的全部情报。

军区军事委员沙哈耶夫把自己对福明和卡帕林的怀疑,用密电报告了顿河地区部队司令。过了几天,得到了司令的回电,批准解除福明和卡帕林的职务并逮捕他们的请求。

在军区党委会会议上决定:用地区军事委员会的命令通知福明,调他去新切尔卡斯克,听候部队司令的调遣,请他把骑兵连交给副连长奥夫钦尼科夫指挥;当天就借口卡赞斯克发现了匪帮,把骑兵连调往卡赞斯克,然后夜里逮捕那些阴谋分子。决定把骑兵连从镇上调走,是因为怕这个连一听说逮捕了福明会暴动。请守备营的第二连连长,共产党员特卡琴科把可能发生暴动的情况告诉营里的共产党员和各排排长,叫他们提高警惕,命令驻扎在镇上的一个连和机枪排做好战斗准备。

第二天早晨福明得到了命令。

“哪,好吧,你来接管骑兵连吧,奥夫钦尼科夫。我要到新切尔卡斯克去啦。”他泰然自若地说,“你要看看交接清册吗?”

非党员的排长奥夫钦尼科夫事前没有接到过任何人的警告,毫不猜疑地看起交接书来了。

福明乘机写了一个纸条给卡帕林:“咱们今天就要动手。他们撤了我的职务。赶快准备行动。”他在门廊里把字条交给自己的传令兵,耳语说:

“把字条含在嘴里。叫马慢步走,明白了吗?不慌不忙地到卡帕林那儿去。如果路上有人拦住你,就把纸条吞下去。交给他以后,立刻就回到这儿来。”

奥夫钦尼科夫接到开赴卡赞斯克镇的命令,就率领骑兵连在教堂前的广场上排好队伍。福明骑马来到奥夫钦尼科夫面前说:

“请准许我跟连队告别。”

“请吧,不过请说得简单点儿,别耽误我们上路。”

福明站在连队前面,勒住跳跃不止的马,对战士们说:

“同志们,你们是了解我的。知道我一向是为了什么而斗争的。我总是跟你们在一起儿。但是现在他们抢劫哥萨克,抢劫所有的庄稼人,我不同意这么干。就因为这个,他们撤了我的职。至于他们会怎么处置我——我是知道的。所以我才想来跟你们告别……”

连队里发出喧哗和叫嚣声,一时打断了福明的话。他站在马镫上,提高了嗓门,尖声喊道:

“如果你们想免遭抢劫——那你们就把征粮队从这儿赶出去,打死那些像征粮委员穆尔佐夫和委员沙哈耶夫之类的人!他们到咱们顿河来……”

喧声压下了福明的最后的话语。他等了一会儿,就响亮地发出命令:

“从右面起成三行,右转弯,开步走!”

骑兵连驯顺地执行了他的命令。被这突然发生的这一切弄得呆头呆脑的奥夫钦尼科夫,策马来到福明跟前。

“你这是要往哪儿去,福明同志?”

福明连头也没有回,嘲讽地回答说:

“围着教堂绕个圈儿……”

直到这时候,奥夫钦尼科夫才明白了在这短短的几分钟内发生的一切。他离开了队伍;政治指导员、副委员和仅有的一个红军战士也跟着他离开了队伍。等他们走了约有二百步远的时候,福明发觉他们不在了。他拨转马头,喊:

“奥夫钦尼科夫,站住!……”

四个骑马的人把小跑变成飞奔。他们的马蹄溅起融雪,飞向四方。福明命令:

“执枪准备战斗!抓住奥夫钦尼科夫!……第一排!追!……”

乱七八糟地响起了一阵枪声。第一排有十六个人飞马追去。这时候,福明把连里其余的人分成两组:一组由第三排排长率领,前去缴机枪排的械,另外一组由福明亲自率领,到驻在市镇北部、从前的公马圈里的一个守备连那里去。

第一组朝天放着枪，挥舞着马刀，沿着大街飞驰而去。叛兵在路上砍死了四个碰上的共产党员，在市镇边缘上匆忙排开阵式，没有喊杀声，默默地向从房子里跑出来的机枪排红军战士发起冲锋。

机枪排驻扎的那座房子坐落在市镇外，距离市镇最边缘上的院落不过一百沙绳。叛兵遇到迎面扫射的机枪火力，就猛然拨转马头跑了回来。有三个没有来得及跑到最近的胡同，已经被打下马来。想要出其不意，使机枪手束手就擒的计划失败了。叛兵也没有采取进一步的进攻措施。第三排排长丘马科夫领着自己那一组人找到了掩护的地方；他没下马，小心翼翼地从板棚的石头墙后头张望了一下说：

“好啊，又推出两挺‘马克辛’来啦。”然后用皮帽子擦了擦汗淋淋的额角，转身对士兵们说，“向后转吧，弟兄们！……叫福明自个儿来抓这些机枪手吧。咱们已经有几个人留在雪地上啦，是三个吗？哼，得啦，叫他自个儿来试试吧。”

镇东郊的枪声一响起来，连长特卡琴科就从住处跑了出来，——他跑着穿上衣服，直奔兵营。有三十来名红军战士已经在营房前排成横队。他们困惑不解地争问连长：

“谁在放枪哪？”

“出了什么事？”

他没有回答，默默地指挥着从营房里跑出来的战士们站到横队里去。有几个共产党员——军区各机关的工作人员，几乎跟他同时跑到了营房，也排到队伍里去了。镇里响着零落的步枪射击声。镇西郊的什么地方清脆地爆响了一声。特卡琴科一见有五十来个骑兵，拔出马刀，向营房驰来，就不慌不忙地拔出手枪。他还没有来得及发出命令，横队里一下子就寂然无声了，战士们都已举起枪来，准备射击。

“这是咱们自己人在跑啊！你们瞧，是咱们的营长卡帕林同志呀！”有一个战士喊。

那五十来个骑兵跑出街道，像听到命令似的，一同弯下腰趴到马脖子上，迅速向营房冲来。

“不要放他们过来！”特卡琴科厉声喊道。

一排齐射的声音淹没了他的声音。在离红军战士密集的横队约一百来步远的地方,有四个骑士落马了,其余的人乱哄哄地四散开来,拨转马头往回跑去。零落的步枪射击声继续在他们背后噼啪响着。有个骑士,看来受了点儿轻伤,从马鞍子上滑下来,但并没有松开手里的缰绳。他在奔驰的马后头拖了有十沙绳远,然后站立起来,抓住了马镫,又抓住了后鞍头,转瞬间已经又骑在马上了。他怒气冲冲地勒住奔马,转进最近的胡同里去。

骑兵连第一排的士兵没有追上奥夫钦尼科夫,又回到镇上来了。搜捕委员沙哈耶夫也没有得逞。在军事委员部的空荡荡的办公室里和他的住所里都没有搜到他。他一听见枪声,就跑到顿河岸边,踏冰跑进了对岸的树林子,又从那里逃到巴兹基村,第二天已经到了离维申斯克五十俄里的霍皮奥尔河口镇了。

大多数领导干部都及时地躲藏起来。搜查这些人也是有危险的,因为机枪排的红军战士已经带着几挺手提机枪进抵镇中心,把通往中心广场去的几条街道都置于机枪火力控制之下。

骑兵连停止了搜捕,下到顿河岸边,飞奔到教堂广场,他们就是从这里开始去追击奥夫钦尼科夫的。不久,福明的全部人马都集合到这里来了。他们又排好队。福明命令派出警卫哨,其余的战士都分散到屋子里去,但是没有卸下马鞍。

福明、卡帕林和几位排长单独地凑到边缘上的一座小房子里去。

“咱们完全失败啦!”卡帕林失望地叫喊道,然后软弱无力地瘫到板凳上。

“是的,没能占领镇子,那咱们在这儿就待不下去啦。”福明低声说。

“雅科夫·叶菲莫维奇,咱们应该到全区各地去示威一番。现在咱们还有什么不好意思的?反正不到时候是死不了的。把哥萨克们鼓动起来,那时候连这个集镇也就归咱们啦。”丘马科夫提议说。

福明默默地看了他一眼,转向卡帕林说:

“灰心了吗,老爷?擦擦你的鼻涕吧!咱们是一不做,二不休。既然咱们一起动手,那就要一起干到底……你是怎么考虑的,——咱们是退出市镇呢,还是再来干它一家伙?”

丘马科夫厉声说：

“叫别人去干吧！我可不愿意对着机枪去冲啦。这是毫无益处的蛮干。”

“我没有问你，住口！”福明看了丘马科夫一眼，丘马科夫低下头去。

卡帕林沉默了一会儿，然后说：

“是的，当然啦，现在再来第二回已经没有意思啦。他们在武器上占优势。他们有十四挺机枪，我们连一挺也没有。他们的人员也比我们多……应该退走，去组织哥萨克起义。待到他们的增援部队开到的时候——全区都已暴动起来了。这是我们唯一的希望啦。只有这点儿希望啦！”

福明沉默了很久，说：

“好吧，咱们就这样决定了。各位排长！请你们立刻去检查一下武器，数数每个人手里有多少子弹。严格命令：一颗子弹也不许浪费。我要把那第一个违抗命令的人亲手砍掉。就这样传达给战士们。”他沉默了一会儿，狠狠地用大拳头在桌上捶了一下，“唉，机……机枪！都怪你，丘马科夫！要是能缴下四挺来也好啊！现在他们当然要把咱们赶出镇子去啦……好啦，散会吧！如果他们不打咱们，咱们就在镇上过一夜，明天天一亮就出发，在全区转一圈……”

一夜平安无事地过去了。叛变的骑兵连驻扎在维申斯克镇这一边，另一边是守备连和参加到这个连里来的共产党员和共青团员。敌对双方只隔两个街区，但是双方都没敢冒险进行夜袭。

第二天早晨，叛变的骑兵连未经战斗就撤出了市镇，向东开去。

第十一章

葛利高里从家里逃出来以后最初的三个星期，住在叶兰斯克镇属的上克里夫斯克村的一个熟识的哥萨克同事家里。后来，又转移到戈尔巴托夫斯基村去，那里有阿克西妮亚的一家远亲，在那里住了一个多月。

他整天地躺在内室里，只有夜里才能到院子里去。这一切都很像是蹲监狱。由于想念孩子，闲得无聊，葛利高里简直痛苦难忍。他非常想回家去看看孩子，看看阿克西妮亚。他常在失眠之夜，穿上大衣，坚决要回鞑靼村去——每一次又都在认真考虑之后，脱掉大衣，叹息着，扑到床上。最后，他觉得这样的日子实在过不下去了。主人是阿克西妮亚的表叔，很同情葛利高里，但是他也不能长期把一位这样的客人留在家里。有一天，吃过晚饭，葛利高里回到自己住的屋子，听见了这样的谈话。女主人恶狠狠地尖声问道：

“这还有个完没有啊？”

“什么？你说的是什么事儿呀？”主人低声问她。

“你什么时候才能把这个害人精脱手呀？”

“住口！”

“就是说！咱们的粮食——就有那么一丁点儿啦，可是你却还要养着这个罗锅儿鬼，每天还要供养他。这要养到什么时候才算完呀，我问你哪？要是叫苏维埃知道了怎么办呀？会砍咱们的脑袋啊，孩子就要变成孤儿啦！”

“你住口吧，阿夫多季娅！”

“我就要说！咱们有孩子！咱们的粮食只剩下不到二十普特啦，可是你还要把这个吃闲饭的养在家里！他是你的什么人？是亲兄弟？是亲家公？是干亲？他跟你非亲非故！跟你连点儿亲戚边儿都沾不上，可是你却要养着他，管吃、管喝。唉，你这个秃鬼！给我住口，别哇哇叫啦，你要再叫，我明天就亲自到苏维埃去报告，说你在家里养着一棵多漂亮的花儿！”

第二天，主人走进葛利高里住的那间屋子，眼看着地板，说：

“葛利高里·潘苔莱维奇！随便你怎么骂我吧，你不能再在我家住下去啦……我很尊敬你，也认识你去世的老太爷，也很尊敬他，不过现在我很难再留你住啦……而且我很怕政府察觉到你在我这儿。你走吧，随便到哪儿去都行。我拉家带口。我不愿意为你丢掉脑袋。请原谅,看在基督的面上,请你救救我们……”

“好吧,”葛利高里简短地说,“谢谢你们的款待,谢谢你收留了我。这一切我都感恩不尽。我自个儿也看得出太麻烦你啦,但是我到哪儿去啊？我的道路全堵死啦。”

“你自个儿看着办吧。”

“好。我今天就走。非常感谢你对我的一切恩情,阿尔塔蒙·瓦西里耶维奇。”

“不值一谢,不要谢啦。”

“我不会忘掉你的恩情的。也许我将来还有机会报答你。”

深为感动的主人拍了拍葛利高里的肩膀。

“你快别说这些话啦！要是由我意儿,你就是再住上两个月也不要紧,可我娘儿们不答应,该死的东西,天天叫骂！我是个哥萨克,你也是哥萨克,葛利高里·潘苔莱维奇;咱们俩都反对苏维埃政权,我应该帮你的忙:你今天就到红莓村去吧,那儿有我的一位亲家,他会收留你的。你把我的话转告他:就说阿尔塔蒙叫他收留你,只要他有能力,就会把你当亲儿子一样收留养活。将来的问题,我们以后再谈。不过你今天一定要走。我再也不能多留你啦,一方面固然是老娘儿们唠叨,不过另一方面我也害怕苏维埃发觉……你在我这儿已经住了些日子,葛利高里·潘苔莱维奇,可以啦。我也很珍视自己的脑袋……”

深夜,葛利高里走出村子,还没来得及走到矗立在山岗上的风车前,就有三个骑马的人,仿佛从地里钻出来似的,拦住了他。

“站住,狗崽子！你是什么人?”

葛利高里的心哆嗦了一下。他一声未吭,停了下来。逃跑是愚蠢的。路边——连条土沟,连丛小树都没有:一片平坦空旷的草原。他连两步也跑不出去。

“是共产党员吗？回去,你妈的！听见没有,快点儿!”

第二个人跃马朝葛利高里冲过来,命令说:

“你的手！把手从口袋里抽出来！抽出来,不然我砍掉你的脑袋!”

葛利高里默默地把手从军大衣口袋里抽了出来,他还没有完全弄

清楚,他遇上了什么事情,这些阻拦他的人是什么人,就问:

“你们叫我上哪儿去?”

“到村子里去。回去。”

一个骑马的人把他送到村子里,其余的两个人在牧场上分开了,往大道上跑去。葛利高里一声不响地走着。等走上正经道路以后,他放慢了脚步,问:

“你听我说,大叔,你们是些什么人?”

“走吧,走吧!别说话!把手背到后面,听见了吗?!”

葛利高里一声不响地听从了他的命令。过了一会儿又问:

“不,你们到底是什么人?”

“正教徒。”

“我也不是旧教徒。”

“哼,那你可以高兴啦。”

“你把我送到哪儿去?”

“送到首长那儿去。走吧,坏蛋,不然我就把你……”

押送的人轻轻地用刀尖触了葛利高里一下子。磨得锋利的、冰凉的刀刃,恰好触到葛利高里的军大衣领子和皮帽子中间的光脖子上,突然一阵恐怖的感觉,像火花似的一闪,代替了无能为力的愤恨。他把大衣领子支起来,半侧回身看了看押送的人,嘟哝说:

“你别胡闹,听见了吗?不然,我可要把你那个玩意儿夺过来啦……”

“走,坏蛋,别说话!再说,把你的脑袋砍了!把手背到后头来!”

葛利高里一声不响地往前走了两步,然后又说:

“我本来就没有说话嘛,别骂人啦。瞧你,又臭又硬……”

“别东张西望!”

“我根本就没有东张西望呀。”

“住口,走快点儿!”

“是不是可以跑呀?”葛利高里掸着落在睫毛上的雪花问。

押送兵没有吭声,把马一夹。由于出汗和夜里的潮气变得湿淋淋的马胸膛撞在葛利高里的脊背上,一只马蹄子踏在他脚旁,踩得融雪直响。

“你慢着点儿！”葛利高里用手掌撑着马鬃大声说。

押送兵把马刀举得跟头一般平，小声骂道：

“你给我走，狗崽子，不许说话，不然的话，我就不把你送到地方啦。我干这种事可不费劲儿。住口，一句话也不许说！”

一直走到村边他们俩谁也没有说话。在村头上的一户人家大门口押送兵勒住了马，命令说：

“进这个大门。”

葛利高里走进了敞开的大门。院子深处有一座宽大的铁顶房子。几匹马在板棚檐下打着响鼻，响亮地嚼着干草。台阶边站着五六个带枪的人。押送兵把马刀插进鞘，一面下马，一面命令说：

“进屋子里去，顺着走廊一直走，左手第一个门。走吧，别东张西望的，跟你说过多少次啦，混账东西！”

葛利高里慢慢地走上台阶。站在栏杆旁边的一个穿着长骑兵军大衣的人问：

“抓到了吗？”

“抓到啦，”押送葛利高里那个人的熟识的、沙哑的声音不很高兴地回答说，“在风车旁边抓住的。”

“是党支部的书记，还是别的什么人？”

“谁他妈的知道。坏蛋一个，究竟是什么人——咱们立刻就会弄清楚。”

“也许是土匪，再不就是维申斯克肃反委员会在玩花招，假装土匪。我中计啦！像傻瓜一样中计啦。”葛利高里心里想，故意在门洞里磨蹭，想集中一下思想。

开开门以后，他头一个看到的是福明。福明坐在桌旁，四周是许多穿军服的、葛利高里不认识的人。床上堆着军大衣和皮袄，马枪并排竖在板凳旁边；马刀、子弹袋、军用袋和马鞍袋也乱七八糟地堆在板凳上。从这些人身上、军大衣上和武器上散发出浓烈的马汗气味。

葛利高里摘下皮帽子，小声招呼说：

“你们好啊！”

“麦列霍夫！真是冤家路窄！咱们又见面啦！你这是从哪儿来呀？快脱脱衣服，请坐。”福明从桌边站起来，走到葛利高里跟前，伸出一只手来，“你在这儿逛荡什么呀？”

“我有事情来的。”

“什么事情？你跑的可真够远呀……”福明用探索的目光打量着葛利高里，“说真的——你是在这儿避难吧？”

“说得对。”葛利高里强颜欢笑，回答说。

“我的弟兄们在哪儿抓到你的？”

“在村子旁边。”

“你上哪儿去？”

“去天涯海角……”

福明又直盯着葛利高里看了看，笑了。

“我看，你是以为我们抓到你，会送你到维申斯克去，是吧？不，老兄，我们去那儿的道路也不通啦……别害怕！我们已经不给苏维埃政权服务啦。跟它分手啦……”

“离婚啦。”一个已经不很年轻、在炉炕旁边抽烟的哥萨克用低沉的声音说。

有一个坐在桌旁的人哈哈大笑起来。

“关于我的事情，你一点儿也没有听说吗？”福明问。

“没有。”

“好，请到桌边来坐吧，咱们好好谈谈。给咱们的客人端汤和肉来！”

葛利高里对福明说的话一句也不信。他脸色苍白，态度矜持地脱下大衣，坐到桌旁。他想抽烟，但是想起了他已经有两天没有烟草了。

“有烟抽吗？”他对福明说。

福明殷勤地递过皮烟盒来。他看到葛利高里的手指头拿香烟的时候轻轻哆嗦，他那波浪般弯曲的棕红胡子里又露出了微笑。

“我们已经起义反对苏维埃政权。我们——为人民的利益而斗争，反对余粮征集制和委员们。他们把我们愚弄了这么久，现在轮到我们来捉弄捉弄他们啦。你明白吗，麦列霍夫？”

葛利高里默不作声。他点上烟,贪婪地一连使劲抽了几口。他的头有点儿晕了,恶心得要命,最近这一个月他吃得不好,直到现在他才感觉到,这些日子他竟衰弱得这么厉害。他灭了香烟,拼命吃起东西来。福明简单地把暴动经过和在地区内流窜的初期情况谈了谈,还把自己流窜誉为“进军”。葛利高里默默地听着福明的谈话,几乎连嚼也不嚼地把面包和烤得很不好的肥羊肉吞下肚子。

“在人家作客饿瘦啦。”福明好心肠地开玩笑说。

葛利高里打着饱嗝儿嘟哝说:

“我又不是住在丈母娘家里。”

“一点儿也不错。你放开肚子吃吧,能吃多少就吃多少。我们可不是吝啬鬼。”

“谢谢啦。现在该抽口烟……”葛利高里接过递给他的香烟,走到放在板凳上的一只铁锅前面,操起木碗,舀了一碗水。水凉丝丝的,还带点儿咸味儿。吃得舒舒服服的葛利高里贪婪地喝了两大碗,然后津津有味地抽起烟来。

“哥萨克并不十分欢迎我们,”福明坐到葛利高里身旁,继续说,“去年暴动的时候都把他们吓坏啦……不过志愿兵还是有的。已经有四十多人参加了我们的队伍。不过我们期望的不仅仅是这一点儿。我们要把全区发动起来,甚至叫邻近各区——霍尔奥尔斯克和梅德维季河口区也来帮助我们。到那时候我们再来跟苏维埃政权倾心地谈谈!”

桌子周围是一片热闹的谈话声。葛利高里一面听福明说,一面偷偷地打量着他的同谋者。一个认识的人也没有!他一直还不相信福明的话,以为福明是在耍花招,为了小心起见,所以什么话也没有说。但是总不开口也不像话。

“福明同志,如果你说的是真话——那么你们想干什么?想发动新的战争吗?”他竭力驱赶着向他袭来的睡意,问。

“这我已经对你谈过啦。”

“要改换政权吗?”

“是的。”

“那么你要建立什么样的政权呢?”

“建立哥萨克自己的政权!”

“首领政权?”

“建立什么样的政权我们以后再说。老百姓选择什么样的政权,我们就建立什么样的政权。不过这种事还不是很快就能办到的,而且我对政治问题也是个外行。我是个军人,我干的事情就是消灭那些委员和共产党员,至于有关政权的问题,我的参谋长卡帕林会跟你谈的。他是我这方面的专家,此人很有头脑。学问很大。”福明把身子侧向葛利高里小声说:“原沙皇军队的上尉。是个聪明小伙子!他正在内室里睡觉呢,生了点儿小病,大概是因为不习惯这种生活:我们行军的路程总是很远的。”

门廊里传来一阵喧哗和脚步的杂沓声,呻吟声,克制的活动和压低的叫喊声:“给他点儿厉害的!”桌边的谈话顿时停止了。福明警惕地朝屋门看了看。有人猛然地把门推开。一团白色的雾气贴着地面涌进了屋子。一个身材高大、没戴帽子、穿着绗过的保护色棉袄、灰色毡靴子的人,由于背上啪地挨了一下子,所以倾身向前,跌跌撞撞地跑了几步,然后肩膀猛地撞在壁炉台上。在门关上以前,有人在门廊里兴高采烈地叫喊:

“请你们再收下一个吧!”

福明站了起来,整理了一下扎在军便服上的皮带。

“你是什么人?”他威风凛凛地问。

穿棉袄的人大喘着气,用手摸了摸头发,想要活动活动肩胛骨,但是疼得皱起了眉头。他的脊梁骨被什么沉重的东西——大概是枪托子——打了一下子。

“你为什么不说话?舌头割掉啦?你是什么人,我问你哪?”

“红军战士。”

“哪个部队?”

“第十二征粮团。”

“啊啊,这可太难得啦!”坐在桌边的一个人笑着说。

福明继续审问:

“你在这里干什么？”

“我们是拦截部队……派我们来……”

“明白啦。你们有多少人在这个村子里？”

“十四个人。”

“其余的人在哪儿？”

红军不做声了，使劲张开嘴唇。他喉咙里好像有什么东西在咯咯地响，一条细细的血流从左边嘴角流到下巴颏上。他用手擦了擦嘴唇，看了看手掌，然后往裤子上擦了擦。

“这个坏蛋……你们的……”他咯咯地往下咽着血，嗓子里咕噜咕噜响着说，“把我的肺打坏啦……”

“别害怕！我们会给你治好的！”一个矮小的哥萨克从桌子旁边站起来，朝其余的人挤挤眼睛，玩笑说。

“其余的人在哪儿？”福明又问。

“护送车辆去叶兰斯克啦。”

“你是哪儿来的？什么地方的人？”

红军战士用像发疟疾似的闪光的蓝眼睛看了福明一眼，把一团血块吐在脚下，用已经是响亮的低音回答说：

“普斯科夫省。”

“普斯科夫人，莫斯科人……我们见识过这些人……”福明嘲笑说，“小伙子，你为抢别人的粮食跑得太远啦……好啦，谈话完毕！我们怎么处置你呢，啊？”

“应该放掉我。”

“你真是个天真的小伙子……也许咱们真该放掉他吧，弟兄们？你们觉得怎样？”福明的胡子里闪着笑容，转过脸朝桌子旁边的人们问。

仔细观察着全部经过的葛利高里看到那些被风吹成褐色的脸上露出了矜持、会心的笑意。

“叫他在咱们这儿干上两个月，然后就放他回家去看老婆。”一个福明分子说。

“也许，你真可以在我们这儿干吧？”福明竭力掩饰着笑容，问。

"我们给你马、马鞍子、新高筒皮靴——换下你的毡靴子来……你们的长官对你们的服装太不关心啦。难道这叫鞋吗?已经化冻啦,你却还穿着毡靴子。参加我们的队伍吧,啊?"

"他是个庄稼佬,从出娘胎就没有骑过马。"一个哥萨克装疯卖傻地故意尖声说。

红军战士默不作声。他脊背靠在炉炕上,用已经炯炯有神、明快的眼睛打量着大家。他偶尔疼得皱皱眉头,呼吸困难的时候,就微微地张开嘴。

"你是留在我们这儿,还是怎么的?"福明又问。

"你们是些什么人呀?"

"我们吗?"福明高高地把眉毛往上一挑,手摸着胡子说,"我们是为劳动人民而战的战士。我们反对委员们和共产党员们的压迫,你看,我们就是这样的人。"

这时葛利高里忽然在红军的脸上看到了笑容。

"原来你们是些这样的人……可是我还在想,这是些什么人呢?"俘虏露出沾着血的牙齿笑着,仿佛是因为听到这么新奇的事儿使他感到高兴、惊讶,但是他的话音里带着一种使大家都不由地警惕起来的声调儿,"照你们的说法,是为人民而战的战士,是吗?是这样。可是在我们看来,不过是土匪而已。要我给你们干?哼,你们可真会开玩笑!"

"你也是一个很有风趣的小伙子嘛,我看你……"福明眯缝起眼睛,简短地问,"是共产党员吧?"

"不是,您怎么啦!我是个非党的战士。"

"不像。"

"真的,是个非党的战士!"

福明咳嗽了一声,转身朝着桌子喊。

"丘马科夫!把他干掉。"

"你们杀死我毫无意义。你们没有理由杀我。"红军战士低声说。

大家都没有说话。丘马科夫是个短粗的漂亮哥萨克,穿着一件英国皮背心,他不高兴地从桌边站起来,理了理向后梳得很平整的棕红色的头发。

“这种差事我已经干烦啦。”他从堆在板凳上的马刀堆里抽出自己的马刀,用大拇指试着刀刃,兴奋地说。

“你不一定亲自动手嘛。跟院子里的弟兄们说一声就行啦。”福明建议说。

丘马科夫冷冷地把红军战士从脚到头看了一遍,命令说:

“你在前头走,亲爱的。”

红军战士离开了炉炕,背微驼,慢吞吞地往门口走去,地板上留下了些湿漉漉的毡靴印。

“进来的时候——也应该擦擦脚嘛!来了一趟,给我们这儿留下些脚印,弄得这样脏……看你有多邋遢,老弟!”丘马科夫跟在俘虏后面走出去,故意装得很不高兴地说。

“告诉弟兄们,把他带到胡同里,或者场院上去。不要就在房子旁边干,不然主人们会埋怨的!”福明在他身后喊道。

福明走到葛利高里跟前,坐到他旁边说:

“我们审问得快吧?”

“快。”葛利高里避开他的目光,回答说。

福明叹了口气。

“什么记录也用不着。现在就应该这样。”他还想说些什么,但是外面台阶上响起了一阵急剧的脚步声,有人喊叫,又传来一响清脆的单枪射击声。

“妈的,他们在搞些什么鬼名堂?”福明生气地大声说。

一个坐在桌边的人跳了起来,用脚踢开了门。

“怎么回事?”他朝着黑暗里喊道。

丘马科夫走了进来,兴奋地说:

“居然是个很机灵的家伙!鬼东西!他从台阶上一跃而下,撒腿就跑。浪费了一颗子弹。弟兄们在结果他……”

“命令他们把这家伙从院子里拖到胡同里去。”

“我已经吩咐过啦,雅科夫·叶菲莫维奇。”

屋子里寂静了片刻。后来有人抑制着呵欠,问道:

“丘马科夫,天气怎么样？还不晴吗?”

“还有点儿阴。”

“如果下一阵雨,就可以把残雪化光啦。”

“你要下雨干什么?”

“我倒不要下雨。不过我不愿意在烂泥地里走啦。”

葛利高里走到床前,拿起自己的皮帽子。

“你到哪儿去?”福明问。

“出去清醒清醒。”

葛利高里来到台阶上。从黑云里面钻出来的月亮洒下淡淡的白光。宽大的院子、板棚顶子、像金字塔似的高耸入云的光秃秃的杨树顶盖、披着马衣站在拴马桩旁边的马匹——这一切都笼罩在一层透明的午夜的蓝光中。离台阶几沙绳远的地方,被砍死的红军士兵躺在那里,脑袋浸在闪着暗淡光辉的融雪的水洼里。有三个哥萨克正躬身在死人的身上,低声谈论着。不知道他们在死人旁边干些什么。

“他还喘气哪,真的!”一个哥萨克生气地说,“笨东西,你这是怎么搞的？对你说过——要往脑袋上砍,唉,你这个半瓶醋!”

押送葛利高里的那个哥萨克声音沙哑地回答说：

“快死啦！再折腾一会儿,就会死的……你倒是把他的脑袋扳起来呀！怎么也脱不下来。攥着头发往上抬,这就对啦。喂,现在扶住他。”

哗啦一声水响。一个弯腰站在死人旁边的人挺直了身子。那个声音沙哑的哥萨克,嘴里哼哼着,在剥死人身上的棉袄。过了一会儿,他又说：

“我的手太软,所以他没有立刻死掉。从前,有一回我在家里动手宰猪……扶好啦,别松手呀！噢,见鬼……是的,有一回,我动手宰猪,把它的整个喉咙管都割断啦,一直刺到了心口,可是这个该死的东西站了起来,在院子里跑起来啦。跑了好半天！浑身是血,可是还是在跑,嗷嗷直叫。它已经没有法子喘气啦,可是它还活着。这就是说我的手太软啦。好啦,松手吧……还在喘气儿？请你说说,这是怎么回事儿。我几乎把他脖子上的大骨头都砍断啦……”

第三个哥萨克张开两手,把从红军战士身上剥下来的棉袄摊开,说道:

“左边儿沾上血啦……还粘手哪,呸,这脏玩意儿!”

“会干的。这又不是猪油,”那个声音沙哑的哥萨克心平气和地说,接着又蹲了下去,“会干的,或者把它洗掉。这算得了什么。”

“你怎么,还想剥下他的裤子吗?”第一个哥萨克不满意地问。

声音沙哑的哥萨克厉声说:

“你要是不耐烦的话,就先去看马好啦,这儿没有你我们什么都干得好!什么也漏不了。”

葛利高里猛地一转身,往屋子里走去。

福明用探索的目光匆匆看了他一眼,站了起来。

“走,咱们到内室去谈谈,这儿吵得太厉害。”

内室很宽敞,烧得很暖和,散发着老鼠和大麻种子气味。有个身材不大、穿着保护色翻领制服的人四仰八叉地睡在床上。稀疏的头发乱蓬蓬的,沾了一层绒毛和鹅毛。脸颊紧贴在肮脏的、没有套子的枕头上。吊灯照在他那很久没有刮的苍白的脸上。

福明唤醒了他,说:

“起来吧,卡帕林。有客人来啦。这是自己人——麦列霍夫·葛利高里,从前的中尉,来,你们认识认识吧。”

卡帕林把腿从床上耷拉下来,用手擦了擦脸,站了起来。他略微弯下腰,握了握葛利高里的手说:

“见到你太高兴啦。我是卡帕林上尉。”

福明殷勤地推给葛利高里一张椅子,自己则坐在大箱子上。他大概已经从葛利高里的脸上看出,对红军战士的处置给葛利高里留下了很坏的印象,因此解释说:

“你不要以为我们对待所有的敌人都是这么残酷。这个怪家伙是征粮队的人。对这些人和各色的委员们我们是绝不轻饶的,对其余的人我们都是很宽大的。譬如说,昨天捉到了三个民警;我们把他们的马、鞍子和武器没收了,放他们走啦。杀死他们有什么鬼用处。”

葛利高里默不作声。他双手放在膝盖上,在想着自己的心事,像在梦里似的听着福明的话。

“……你看:我们暂时就这样地小打着,”福明继续说,“我们想最后总会把哥萨克发动起来,消灭苏维埃政权。我们听说,到处都在打仗。到处都在起义、暴动:西伯利亚、乌克兰、甚至连彼得格勒。那个炮台叫什么名字来着,那里的舰队也全都起义啦……”

“喀琅施塔得。”卡帕林提示说。

葛利高里抬起头来,用空洞的、仿佛什么也看不见的眼睛瞅了福明一眼,又把目光移到卡帕林身上。

“哪,抽烟吧,”福明递过烟盒来,“话再说回来,据说已经占领了彼得格勒,正向莫斯科进军呢。到处都是一团糟!咱们可不能坐失良机啊。咱们把哥萨克发动起来,打倒苏维埃政权,将来如果士官生能帮助咱们的话,那我们的事情就一帆风顺啦。叫他们那些有学问的人去建立政权吧,咱们帮助他们。”他沉默了一会儿,然后问,“麦列霍夫,你以为如何?如果士官生能从黑海那边打过来,咱们就跟他们联合起来,——咱们首先在后方起义,这还不够将功折罪的吗?卡帕林说,一定会给咱们将功折罪的。譬如说,难道他们还会为了我在一九一八年率领第二十八团从前线撤下来,给苏维埃政权干了两年而责备我吗?”

“看,你的算盘打得多如意!是个傻瓜,可又很狡猾……”葛利高里心里想,不由自主地笑了笑。福明在等候回答。显然,他对这个问题非常关心。葛利高里不情愿地说:

“这说起来话就长啦。”

“当然,当然,”福明高兴地同意说,“我也是顺便说说。将来会看得更清楚,而现在咱们要行动起来,消灭后方的共产党员。反正咱们不能叫他们过舒服日子!他们正在把自己的步兵装上大车,想用这玩意儿追击咱们……叫他们试试看吧。等到他们的骑兵调来的时候,咱们已经把全区闹得天翻地覆啦!”

葛利高里又看着自己的脚尖,想起心事来。卡帕林道过歉,躺到床上去。

“我很累。我们像疯子一样地行军,睡眠太少。”他无精打采地笑了笑说。

“咱们也该休息啦，”福明站了起来，把一只沉重的手放在葛利高里的肩膀上，“好样的，麦列霍夫，多亏你那天在维申斯克听了我的话！那时如果你不藏起来，大概早就完啦。现在一定是埋在维申斯克镇外起伏不平的大沙丘里，连脚趾甲都烂掉啦……这我早就料到啦。好啦，你考虑得怎么样啦？说说，完了咱们就睡去。”

“说什么呢？”

“你是跟我们走一条路呢，还是怎样的？你总不能在别人家里藏一辈子呀。”

葛利高里正在等着这一问呢。他必须做出选择：要么继续在这村那村东躲西藏，在主人还没有把自己交给苏维埃政权之前过着忍饥挨饿、有家不能归的日子，悄悄地愁死；要么就到政治局去自首；要么就跟着福明干。他已经选择好了。整个这天晚上，他还是第一次正视着福明，歪着嘴笑了笑，说：“我的选择，就像童话里讲的勇士一样：往左走，就会失掉马，往右走，就会被杀死……就是这样，三条道儿，却没有一条正路……”

“你还是别讲什么童话吧，正经地选择吧。童话咱们以后再讲。”

“我已经无处可去，所以我已经选择好啦。”

“怎么样？”

“加入你的匪帮。”

福明不满意地皱了皱眉头，咬了咬胡子。

“你还是别用这称号吧。为什么我们是——匪帮？这是共产党员们送给我们这样的称号，你可不应该这么说。就叫起义者。简单明了。”

他的不满很快就过去了。他对葛利高里的决定大为高兴——简直是无法掩饰；兴奋地搓着手，连声说：“咱们的队伍又扩大啦！你听见了吗，上尉？麦列霍夫，我们给你一排人，如果你不愿意指挥一个排——就留在司令部里，跟卡帕林一起儿出谋划策。我把自己的马送给你。我还有一匹备用的马。”

第十二章

黎明前还有些寒意。水洼上结了一层灰色的薄冰。雪变硬了,咯吱咯吱直响。在没有人迹的细雪地上留下了遍地模糊的圆形马蹄印,昨天雪已经完全融化了的地方,在覆满去年衰草的荒地上,马蹄踏过,只是稍稍下陷,发出低沉的响声。

福明的队伍在村外排成了行军的纵队。派出的六名先遣骑兵侦察队,走在大路的远处。

"你瞧,这就是我的队伍!"福明含笑走到葛利高里跟前说,"领着这样的弟兄,就是魔鬼的角也可以折下来!"

葛利高里扫了纵队一眼,伤心地想:"如果你领着这支队伍遇上我指挥的那个布琼尼的骑兵连,管保半个小时就把你砍成肉酱!"

福明挥鞭一指,问道:

"军容如何?"

"他们砍杀俘虏劲头儿还不错,剥死人衣服的本事也很高超,打起仗来怎么样,我还没有领教过。"葛利高里冷冷地回答说。

福明在马上把背扭过去,避风抽着烟,说:

"你看看他们怎样打仗吧。我的人都已服役多年,那是不含糊的。"

六辆装着子弹和粮食的双套马车排在纵队中间。福明跑到前面去,命令出发。在山岗上,他又走到葛利高里跟前来,问道:

"喂,我这匹马怎么样?喜欢吗?"

"是匹好马。"

他们默默地并缰走了很久,后来葛利高里问:

"你想不想到鞑靼村去?"

"想家里的人啦?"

"想去探望一下。"

“也许，将来会去。现在我想到奇尔河方面去走走，鼓励鼓励哥萨克，叫他们振作振作。”

但是哥萨克并不怎么愿意“振作”……葛利高里没过多久就证实了这一点。福明每占领一个村庄或市镇，就命令召开居民大会。多数是福明自己在会上讲话，有时候是卡帕林。他们号召哥萨克拿起武器，他们讲“苏维埃政权强加给农民的沉重负担”，说“如果不推翻苏维埃政权，那么最终不可避免地要彻底破产”。福明说的不像卡帕林那样有文化，那么流畅，不过他讲得很通俗，用哥萨克听得懂的语言。他照例总是用背得烂熟，千篇一律的话来结束自己的发言：“我们从今天起，就把你们从余粮征集制中解放出来。你们再也不用把余粮运送到收粮站去啦。再也不要去供养那些吃白饭的共产党员啦。他们吃着你们的粮食，养得膘满肠肥，现在这种外来人的统治结束啦。你们是自由的人啦！武装起来！支援我们的政权！哥萨克万岁！”

哥萨克们都低头看着地，忧郁地沉默着，可婆娘们却哇啦哇啦叫开了。从她们密密麻麻的人群里发出了许多恶毒的问话和喊叫：

“你的政权好，可是你给我们运肥皂来了吗？”

“你的政权放在哪儿呀，挂在马鞍后面的皮带上吗？”

“你们是靠谁的粮食养活的呀？”

“大概，马上就要挨家去要了吧？”

“他们有马刀。他们会连问也不问就要动手砍鸡脑袋啦！”

“怎么能不送粮食呢？今天你们在这儿，可是明天就是带上猎狗也找不到你们啦，我们来承担责任？”

“我们不能叫我们的男人跟你们走！你们自个儿去打吧！”

婆娘们还喊了些别的更加恶毒的话，长年的战争使她们变得对一切都持虚无、凶狠的态度，害怕新的战争，拼命抓住自己的丈夫，再也不肯松手。

福明心平气和地听完她们的胡言乱语。他知道，她们的喊叫没有什么了不起。等到她们安静下来以后，他又对哥萨克们讲起来。这时候，哥萨克们才简短地、有分寸地回答说：

“福明同志，请您不要强人所难，我们仗已经打得够多啦。”

“我们试过啦，一九一九年已经暴动过啦！”

“我们没有起义的武器，也没有起义的理由！眼下没有起义的必要。”

“季节到啦，该去种地了，不是去打仗。”

有一次，人群的后排里有人喊：

“你现在说的多好呀！一九一九年我们起义的时候，你上哪儿去啦？福明，你觉悟得太晚啦！”

葛利高里看见福明的脸色都变了，但还是忍了下去，什么也没有说。

第一个星期，福明始终是镇定自若地在会场倾听着哥萨克们的反对意见，听着哥萨克们拒绝支持他暴动的简单发言；就连女人的喊叫和咒骂也没有使他失去镇静。“没有关系，我们会说服他们的！”他胡子里含笑，有把握地说。但是当他确信哥萨克基本群众是反对他的时候，他对参加群众大会的人们的态度就大变了。讲话的时候已经连马也不下了。与其说是劝说，不如说是威胁。不过结果仍旧和从前一样；他想依靠的那些哥萨克默默地听完他的讲话，同样默不作声地走散了。

有一次，在一个村子里，他讲过话以后，一个哥萨克女人出来致答词。这是个身材高、骨架宽大的胖寡妇，几乎是用男人一样的低音说话，像男人一样豪放、气势汹汹地挥着双手。她那麻脸上充满坚决的激愤表情，两片往外翘着的大厚嘴唇上总是带着藐视的微笑。她用一只红肿的手指着像石头似的呆骑在马上的福明，像唾吐沫似的吐出一些恶毒的词句：

“你在这儿胡说些什么呀？你想把我们的哥萨克推到哪儿去，推到陷阱里去吗？这可恶的战争使我们妇女变成寡妇的还少吗？使孩子变成孤儿的还少吗？你想给我们招来新的灾难吗？鲁别任村怎么会出了你这样一位救世主啊？你还是先回去整顿破败的家业吧，然后你再来教训我们该怎样生活，该要什么样的政权和不该要什么样的政权吧！否则，你连自个儿的老婆都还没有从苦难中解放出来哪，这我们知道得一清二楚！你却把胡子理得漂漂亮亮的，骑着马到处去愚弄老百姓。可是你家的房子，如果没有风支着的话，早就倒掉啦。真是一位好教师爷！你为什么不说话呀,红脸鬼,难道我说的不对吗?”

人群中响起了一阵轻微的笑声,像风似的,一吹而过,又重归寂静。福明放在鞍头上的左手在慢慢地整理着缰绳,他竭力在压制愤怒,脸都憋青了,但是他一直默不作声,在脑子里寻觅摆脱当前困境的对策。

“你的政权是个什么玩意儿,你凭什么叫人拥护它呀!”激昂慷慨的寡妇继续怒斥道。

她挺直身子,双手叉腰,扭着大屁股慢慢地朝福明走去。哥萨克们都掩起笑容,垂下讪笑的眼睛,给她让路。他们让出了一个圈子,好像准备跳舞似的,互相推搡着往四面退去……

“你的政权,离开你就活不下去,”寡妇用低音说道,“它就拖在你屁股后头,不论到了哪里,连一个钟头也活不下去!‘今天你骑着马儿跑,明天就在烂泥里倒’——看,你就是这号人物,你的政权也是这号货色!”

福明使劲用腿夹了夹马的两肋,马冲进人群。人群向四面退去。腾出的大圈子里只剩下寡妇一个人。她是个见过世面的人,所以镇静自若地看着福明那匹马的龇牙咧嘴的凶相,看着福明气得煞白的脸。

福明拨马向她冲去,高举马鞭。

“住口,麻脸畜生!……你想在这儿蛊惑人心吗?!……”

龇牙咧嘴的、高高仰起的马脸直冲到这位勇敢的寡妇的头顶上。从马嚼子上飞下一团深绿色的泡沫,落在寡妇的黑头巾上,又从头巾上落到脸颊上。寡妇用手抹掉泡沫,往后退了一步。

“就许你说,我们就不可以说?”她用瞪得滚圆、闪着愤怒火花的眼睛盯着福明,大声喊。

福明没有打她。他摇晃着鞭子,大声吼叫:

“你这个赤化的女妖精!我要把你的糊涂劲儿打掉!我立刻命令撩起你的裙子,用枪探子抽你一顿,这样你就会聪明一点儿啦!”

寡妇又向后退了两步,突然转过身去,背朝福明,使劲弯下腰,撩起裙子。

“你没有看见过这个玩意儿吗,狂妄自大的英雄?”她喊叫着,迅速挺直身子,又转过脸朝着福明,“抽我?!敢抽我?!你也配抽我！……”

福明狠狠地啐了一口，勒了一下马缰，止住直往后退的马。

“闭上你的嘴，不生仔的骒马！胖得像只肥猪，还自以为了不起，是吧？”他大声说着，拨转马头，竭力想保持脸上的严厉表情。

人群里开始响起一阵低沉、抑制的笑声。一个福明的战士，为了挽回自己长官被糟踏得不像样子的威严，跑到寡妇跟前，抡起马枪的枪托子要打，但是一个魁伟的、比他高出两头的哥萨克，用宽厚的肩膀挡住了女人，低声，但是意味深长地说：

“不许动她！”

又有三个同村人赶来，把寡妇推到后面去。其中的一个——是蓄着额发的青年哥萨克——对福明的战士耳语说：

“你抡什么枪托子呀，啊？打老娘儿们算得什么英雄，你应该到那儿，喏，山岗上，去显你的本事，胡闹我们都是英雄好汉……”

福明策马走到篱笆前头，踏着马镫站了起来。

“哥萨克们！请你们好好想想吧！”他朝着慢慢地散去的人群喊道，“现在我们是好声好气地求你们，过一个星期，我们再回来——那可就是另一种说法啦！”

他不知道为什么突然高兴起来，笑着，勒住在原地跳跃不止的马，喊道：

“我们不是胆小鬼！你们别拿些这样的老娘儿们……（跟着骂了些不堪入耳的话）来吓唬我们吧！我们看见过麻婆和各种怪模怪样的女人！等我们回来的时候，如果你们没有人参加我们的队伍——我们就要强行征召所有的青年哥萨克。你们要明白这一点！我们没有工夫哄着你们玩，没有工夫向你们献殷勤！”

散开去的人群一时又停了下来，响起了笑声和活跃的谈话声。福明一直还是满脸堆笑，命令说：

“上——马！……”

葛利高里忍住笑，脸都涨红了，朝自己的一排人那里跑去。

福明的队伍在泥泞的道路上排开，已经走上山岗，看不见这个很不好客的村庄了，可是葛利高里还不时发笑，心里想：“幸亏我们哥萨克都是些乐观的人。我们开玩笑的时刻比愁眉苦脸的时刻要多得多，如果把什么事情都搞得那么认真，严肃——过这样的日子，人们早就都上吊啦！”这种愉快的情绪保持了很久，直到休息的时候，他才不安地、伤心地想到，哥萨克大概是发动不起来了，而福明的全部计划是注定要失败的。

第十三章

春天来到了。太阳晒得越来越暖和。向阳的山坡上的积雪已经在融化，覆着去年的衰草的土地变成了红色，中午时分，已经笼罩上一层透明的紫色的雾气。土坡上、古垒边，从黏土里裸露出来的怪石下，萌发出浅绿色的甘草的尖芽。秋耕地上的积雪已经化完，露出了地面。乌鸦都从冬天荒废的大道上飞到了场院上，飞到浸在雪水里的越冬的麦地里。洼地里和山沟里的积雪泛着蓝光，融化的湿气一直浸到表层上来了；从这些地方还不时送来阵阵寒气，但是荒沟里的雪底下，已经有许多眼睛看不见的细流在潺潺地轻柔地歌唱。小树林里的杨树枝完全像春天一样温柔的闪耀着刚能察觉到的绿色。

耕种的时节到了，福明匪帮一天一天地在瓦解。每次宿营以后，第二天早晨总要少一两个人，有一天，几乎有半个排一下子就不见了：八个人骑上马，带着武器到维申斯克去投诚了。到了耕地和种地的时候啦。土地在召唤，召唤人们去干活儿，于是有许多福明的士兵，已经看出再混下去已经毫无意义，就悄悄地离开了匪帮，回家去了。队伍里只剩下一些有家不能回的罪大恶极的人，他们对苏维埃政权犯下的罪太大了，已经不指望能得到宽恕。

四月初，福明的匪帮只剩下八十六个人。葛利高里也还留在这里。他没有勇气回家。他早已认定，福明的事业已经输定了，早晚这个匪帮是要被击溃的。他知道，只要随便与哪支红军正规骑兵真正打一仗，立刻就会彻底覆没。然而他还是留在这里，当福明的帮凶，暗自希望能凑付混到夏天，夏天，他可以从匪帮中偷两匹好马，乘夜奔回鞑靼村，然后带上阿克西妮亚一起儿从那里逃到南方去。顿河的草原广袤无边，草原上没人走过的路、没人去过的地方多得很；夏天里，所有的道路都四通八达，到处可以找到安身之地……他想，在什么地方，把马扔了，然后跟阿克西妮亚步行到库班去，到山脚下去，远离家乡，在那里度过这个荒乱的年代。他觉得再也没有别的路可走啦……

福明听从卡帕林的劝告，决定在开河前渡到顿河左岸。在与霍皮奥尔河地区搭界的地方有许多树林，他是指望在必要的时候可以逃进树林子里去躲开追击。

匪帮在大鱼村上面一点的地方渡过了顿河。水流湍急的地方，冰块已经漂了起来。河水被四月耀眼的太阳照得银波粼粼，但是在冬天的道路通过的地方，已经高出冰面约一阿尔申的地方，顿河的冰仍然很坚实。他们在河边铺上篱笆，一匹一匹地把马牵过河去，在河对岸排好队，派出前哨，向叶兰斯克镇方面开去。

过了一天，葛利高里有幸遇到了一个同村人——独眼龙丘马科夫老头子。他是到格里亚兹诺夫斯基村来走亲戚的，在离村子不远的地方遇上了匪帮。葛利高里把老头子领到道旁，问：

“我的孩子们都很壮实吗，老大爷？”

“上帝保佑，葛利高里·潘苔莱维奇，他们都很壮实。”

“我有件重要事情拜托你，老大爷：请你替我带好给孩子们和我的妹妹叶芙多基亚·潘苔莱芙娜，带好给普罗霍尔·济科夫，还请你告诉阿克西妮亚·阿司塔霍娃，叫她等着我，不久我就回去。除了他们以外，请你别跟任何人说看到过我，行吗？”

“一定照办，好人，一定照办！放心好啦，我全都照你说的告诉他们。”

“村子里有什么新闻吗？”

“什么也没有，一切照旧。”

“还是科舍沃伊当主席吗？”

“还是他。”

“没欺负我家的人吗？”

“一点儿也没有听说,大概是没有动吧。而且为什么要动他们呢?他们是不应该为你负责的……”

“村子里对我怎么说法?”

老头子擤了擤鼻涕,用红色围巾擦了半天胡髭和长胡子,然后闪烁其词地回答说:

“天晓得他们……大家的说法也不一样,说什么的都有。你们快要跟苏维埃政权讲和了吗?”

葛利高里能回答他什么呢?他勒住挣扎着要去追赶走到前头去的队伍的马,笑了笑说:

“我不知道,老大爷。目前还看不出。”

“怎么会看不出呢?咱们跟契尔克斯人打过,跟土耳其人打过,后来都讲和啦,可是你们都是自己人,怎么彼此就总也谈不拢了呢……这不好,葛利高里·潘苔莱维奇,真的,很不好!上帝是慈悲的,他是什么都看得清清楚楚,他是不会饶恕所有你们这些人的,记着我的话!你说说,这真是太岂有此理啦!都是俄罗斯人,正教徒,自己厮杀起来,打个没完没了,哼,打一会儿就完了嘛,要知道你们已经打到第四个年头啦。我这老脑筋是这样想的:该收场啦!”

葛利高里告别了老头子,急忙去追赶自己的一排人。丘马科夫拄着拐杖站了半天,用袖子擦了擦流出泪来的瞎眼眶。用那一只像年轻人一样炯炯有神的眼睛望着葛利高里的后影,欣赏着他那英俊的骑马姿势,悄悄地自言自语说:

“真是一个好哥萨克!什么都好,说话行事,样样都好,就是不走正道……他迷了路啦!从各方面说,像他这样的人就该去跟契尔克斯人打仗,可是他居然干起这样的蠢事来啦!他要这个政权有什么用处?这些年轻的哥萨克,他们在想什么呢?葛利什卡是没有罪的,他们家都是这种不走正路的种儿……去世的潘苔莱也是这样的歪种,我还记得普罗珂菲老太爷……也很不一般,是个刺儿头……至于别的哥萨克是怎么个想法——就是天打雷劈,我也不明白!”

现在福明占领村庄的时候,已经不再召集村民大会了。他已经认定进行宣传鼓动是毫无意义的了。他现在只求能留住自己的战士，而不是去招募新兵。他变得落落寡欢，话也少了，开始借酒浇愁。到了宿营的地方，他就苦闷地酗酒。福明的部下也都学着首领的样子，喝起酒来。纪律废弛。抢劫的事件越来越多。把一听土匪来了就躲藏起来的苏维埃工作人员家里一切马能驮的东西都抢掠一空。许多士兵的鞍袋简直都要撑破了。有一天，葛利高里看见自己排里的一个士兵抢了一台缝纫机。他把马缰绳挂在鞍头，用左腋夹着缝纫机。直至动了鞭子，葛利高里才使那个哥萨克跟他的战利品分了手。这天晚上，福明与葛利高里激烈地争论起来。屋子里只有他们两人。由于酗酒，面部肿胀了的福明坐在桌边，葛利高里大步地在屋子里踱着。

“你坐下吧，别在人家眼前瞎晃啦。”福明生气地说。

葛利高里没有理睬他的话，在狭窄的哥萨克式的小内室里踱了半天，然后说：

“我讨厌这些玩意儿，福明！请你制止抢劫和酗酒吧！”

“今天你做了一个噩梦吧？”

“还要开玩笑……老百姓开始说咱们的坏话啦！”

“可是你知道，我对弟兄们是毫无办法的呀。”福明说。

“可是你什么措施也没有采取呀！”

“好啦，你别教训我啦！你的那些老百姓不配听什么好话。咱们在为他们这些浑蛋受苦，可是他们……我要想想自个儿的事儿啦，够啦。”

“你对自个儿的事也没有好好想。你只顾喝酒，哪里还有工夫去想啊。你已经有四天四夜没有清醒过啦，其余的人也都在大喝特喝。夜里连站岗放哨的人也喝。你想干什么？你想叫别人趁咱们喝得烂醉的时候，把咱们都宰在村子里吗？”

“你以为咱们逃得了这个下场吗？”福明冷笑着说，“到头来总归要死的。常拿瓦罐打水，哪有不碎的……你懂吗？”

“那么咱们明天就去维申斯克，举起手来投降吧，就说：请收拾我们吧，我们投降啦。”

“不，我们还要游荡一阵子……”

葛利高里叉开两腿，站在桌子对面。

“如果你不能整顿好纪律，不制止抢劫和酗酒，我就要跟你分手啦，把一半人带走。”他低声说。

“你试试看。”福明威胁地拖着长腔说。

“不用试，准行！”

“你……你别吓唬我吧！”福明把一只手放在手枪套上。

“别摸索手枪套子啦，不然我隔着桌子一下子就把你砍啦！”葛利高里脸色煞白，把马刀拔出了一半，快口说。

福明把手放到桌子上，笑了笑。

“你干吗跟我瞎缠个没完儿呀？你不胡缠我的脑袋就够疼的啦，可是你还要胡说八道。把刀插进鞘去！跟你开开玩笑也不行，是吧？瞧你——多了不起的正经人？简直像个十六岁的大姑娘……”

“我已经对你说过我的想法，你给我好好地记住吧。我们这里的人并不都是你这个德行。”

“我知道。”

“知道就要记住！明天下命令，把马鞍袋都倒空。咱们是骑兵，不是驮运队。要严加禁止！还自命为为人民斗争的战士呢。用马驮着抢劫的赃物，就像从前的货郎贩子一样，在村子里贩卖……我看着都羞死啦！我他妈的怎么跟你们搞到一起儿来啦？”又气又恨的葛里高里，脸色煞白啐了一口，扭身对着窗户。

福明笑了起来，说：

“红军的骑兵还一回也没有追击过我们……吃饱了的狼，在被骑马的猎人追逐的时候，就会一面跑，一面把全部吃的东西都吐出来。我这些畜生也会这样，——如果真有人拼命地追击我们，他们也会把什么全都扔掉的。不要紧，麦列霍夫，别激动，你说的话我完全能做到！这是因为我的情绪有点儿低落，放松了马缰绳，不过我会把缰绳勒紧的！咱们可不能散伙呀，要有难同当嘛。”

他们的话没能说完：女主人端着冒热气的菜锅进来了，接着由丘马科夫指挥的那些哥萨克成群地涌了进来。

但是谈话还是起了作用。第二天早晨，福明命令倒空鞍袋，亲自检查了命令的执行情况。有个抢劫成性的家伙,在检查鞍袋时拒不执行命令,不愿意扔掉赃物,福明用手枪当场把他枪毙了。

“把这个坏蛋抬走!”他用脚踢了死人一下,安然地说,然后扫视了一下队伍,提高了嗓门说,“狗崽子们,不准许再翻箱倒柜啦!我不是为了这种目的发动你们起来反对苏维埃政权的!你们可以把打死的敌人身上的东西都剥下来,如果你们不嫌脏,就连那些脏内衣也可以剥下来,但是不许动敌人的家属!我们不是跟老娘儿们打仗。谁要是违抗——也是这样的下场!”

队伍里传出了一阵轻微的喧声,立刻就安静了下来……

纪律似乎是恢复了。匪帮在顿河左岸游荡了三天,消灭了一些遇上的地方自卫团的小部队。

在舒米林斯克镇,卡帕林建议转移到沃罗涅什省去。他的理由是,他们在那里可能会得到不久前曾起来暴动,反对苏维埃政权的居民的广泛支持。不过等福明向哥萨克们宣布此事时,他们都异口同声地说:“我们不到自己地区以外去!”匪帮举行了一次全体大会,只好改变决定。接连四天,匪帮马不停蹄地向东开去,也不接战,从卡赞斯克镇开始就有一队骑兵跟踪他们,不断地向他们挑战。

想要使人摸不清自己的行踪不是那么容易,因为到处的田地里都在进行春耕、夏种,就连草原上最偏僻的地方也有人活动。他们趁夜遁去,但是天一亮,刚在什么地方停下来喂马——不远地方就会出现敌人的骑兵侦察队,用手提机枪进行短促扫射,福明的部属只好在射击声中赶紧鞴马,接着跑。在维申斯克镇的梅利尼科夫村外,福明总算巧妙地骗过了敌人,摆脱了追击。福明从自己侦察兵的报告中了解到,指挥这支骑兵的是叶戈尔·茹拉夫廖夫——布坎诺夫斯克镇的一个精明能干、精通战阵的哥萨克。他了解到,这支骑兵的人数几乎超过他的匪帮一倍,装备有六挺手提机枪,还带着许多没有跑过很多路的精力充沛的马。这一切迫使福明避免战斗,争取人马得以休息的时间,然后,在可能的情况下,不用明打,而是进行突然袭击,重创这支骑兵,从而摆脱纠缠不休的追击。他还想缴获敌人的机枪和步枪子弹。但是他的如意算盘没有实现。葛利高里一直担心的事情,终于在四月十八日,在斯拉谢夫斯克茂密的树林边发生了。头天夜里,福明和大多数一般匪徒都在谢瓦斯季扬诺夫斯克村喝得烂醉,黎明时从村子里开出来。夜里差不多谁也没有睡觉,这时许多人在马上打起盹儿来。上午九点钟光景,在离奥若金村不远地方停下来休息。福明派出了警戒哨,命令给马匹喂燕麦。

大风一阵阵从东方吹来。褐色的沙尘像浓雾遮住了地平线。大雾笼罩了草原。太阳透过向高空飞腾的雾气,放出微光。风吹弄着军大衣的衣襟、马尾和马鬃。马匹都背着风,在树林边稀疏的山楂丛里寻找避风的地方。马眼睛被沙尘打得直流眼泪,沙尘弥漫,什么也看不清。

葛利高里关切地给自己的战马擦了擦鼻子和湿润的眼眶,挂上草料袋,走到正用军大衣衣襟兜着燕麦喂马的卡帕林跟前。

"选这块地方休息可太不好!"他用鞭子指着树林子说。

卡帕林耸了耸肩膀。

"我跟这个傻瓜说过啦,难道你说话他听得进去吗?"

"应该在草原上,或者村边上休息。"

"您以为咱们会遭到从树林子里来的袭击吗?"

"是的。"

"敌人还离得很远哩。"

"也可能敌人已经很近啦,您知道追来的不是步兵。"

"树林子光秃秃的,遇到意外,咱们看得见。"

"没有人看呀,几乎都睡啦。我怕连警戒的哨兵也都睡啦。"

"他们从昨天喝醉以后,脚都站不住,现在你喊都喊不醒他们。"卡帕林皱起眉头,好像感到疼痛一样,小声说,"咱们跟着这样的领导人干,非完蛋不可。他既糊涂,又愚蠢,简直胡涂得出格啦!为什么您不愿意担当起指挥任务呢?哥萨克们都很尊敬您。他们是非常拥护您的。"

"我不想干,我在你们这儿只不过是个临时过客。"葛利高里冷冷地回答说,然后走到马跟前,后悔不该无意中说出这句不小心的坦白话来。

卡帕林把衣襟里的剩余粮食粒抖在地上,跟着葛利高里走过来。

“您知道，麦列霍夫，”他边走边折下一条山楂树枝，揉碎了鼓胀的嫩芽，说，“如果咱们不加入一个比较大的反苏维埃部队，譬如——像现在正在顿河地区的南部打游击的马斯拉克旅，我想我们是支持不了很久的。我们应该冲到那里去，不然，我们随时都可能被消灭。”

“现在河水涨起来啦。渡不过顿河去。”

“不是现在就走，但是等到河水落了——就应该走。您以为如何？”

葛利高里考虑了一会儿，回答说：

“是啊。应该离开这儿。这里已经毫无希望。”

卡帕林活跃起来。他没完没了地说起来，原来指望会得到哥萨克的支持落空了，当务之急是要说服福明，不要再毫无目的地在地区内流窜，要他下决心投奔一支强大的部队。

葛利高里听厌了他的唠叨。他注视着马，等到马刚把袋子里的草料吃空，就摘下袋子，给马戴上笼头，拉紧了肚带。

“咱们还不会很快就出发的，您瞎忙活什么。”卡帕林说。

“您最好还是去把马准备好吧，不然您会来不及备马的。”葛利高里回答说。

卡帕林注意地看了看他，便回到自己站在辎重车旁边的马跟前去。

葛利高里牵着马走到福明跟前。福明正大劈开两腿躺在铺好的斗篷上，懒洋洋地啃着烤鸡翅膀。他挪动了一下，做了个请葛利高里坐在他身旁的姿势。

“来坐下，跟我一起儿吃午饭吧。”

“应该离开这儿，而不是吃午饭。”葛利高里说。

“喂好马，咱们就动身。”

“可以等会儿再喂嘛。”

“你为什么这么性急啊？”福明扔掉啃完的鸡骨头，在斗篷上擦了擦手。

“敌人会在这儿攻击咱们的。这是个很合适的地方。”

“谁他妈的会来攻击咱们呀？侦察兵刚才回来说，山岗上连个人影都没有。可见茹拉夫廖夫已经找不到咱们的去向，不然他早就追上来啦。布坎诺夫斯克不会有人来追。那儿的军事委员是米海·帕夫洛夫,倒是个很会打仗的小伙子,不过他的兵力太小,未必敢来迎战。咱们好好地休息一下,等这风停了,咱们就向斯拉谢夫斯克挺进。坐下呀,吃点鸡肉,干吗站在那儿?麦列霍夫,你怎么变成胆小鬼了,简直有点儿草木皆兵啦!”福明用手划了个大圈子,哈哈大笑。

葛利高里心里骂了一声就走开了,把马拴在小树上,在旁边躺下,用军大衣襟遮上脸避风。他在风的呼啸声中,在弯到他身上高高的干草的歌唱般的窸窣声中打起盹来。

一阵很长的机枪扫射声使他一跃而起。这梭子弹还没有打完,葛利高里已经解开了马。福明压下所有的声音,大声叫:“上马!”又有两三挺机枪从树林子右面扫射起来。葛利高里骑上马,迅速地估计了一下形势。右面树林边缘上,透过尘雾可以看见有五十来名红军战士,列成骑阵,切断了退往山岗去的道路,冲过来。在太阳暗淡光辉的照耀下,蓝晃晃的马刀刃,在他们头顶上闪着熟识的寒光。机枪一直在从树林里、从矮树丛生的山岗上,发疟疾似地匆匆打来一盘接一盘的子弹。左面也有半连的红军骑兵,挥舞着马刀,没有喊杀声,迅速压了过来,他们形成了包围圈。只剩下了一条出路:从左面围上来的稀疏的散兵线中冲出去,退往顿河边。葛利高里对福明喊了一声:“跟我来!”他抽出马刀,放马奔去。

跑出约二十沙绳以后,他回头看了看。福明、卡帕林、丘马科夫和另外几个士兵,都飞也似的跟在他后面,离他大约有十沙绳远。树林子里的机枪声停止了,只有右面紧边上的一挺,还在短促凶狠地对着在辎重车附近忙乱的福明同伙扫射。但是最后一挺机枪也很快就沉默了,于是葛利高里明白了,红军战士已经到了他们刚才休息的地方,他身后已经砍杀起来。他是从低沉绝望的喊叫声,从抵抗的人们稀疏、断续的枪声判断出来的,他无暇回顾。策马狂奔,离迎面冲来的骑阵越来越近,他选好了攻击的目标。一个身穿着短光皮上衣的红军骑兵正对着他跑过来。红军战士骑的是一匹跑得不很快的灰马。一闪之间,葛利高里看到了胸前有一片白毛、落满了一团团的汗沫的马,也看到了生着一张很年轻的、红扑扑的、兴奋的脸的骑士,也看见了他身后一直伸延到

顿河边的阴沉的草原……再过一瞬间，他就要避开劈来的马刀，并且自己动手去砍了。葛利高里在离骑士约五沙绳远的地方，猛地向左一闪，只听见头顶飕的一声刺耳的马刀声，他立即在鞍上挺直身子，仅用自己的刀尖触了一下已经从他跟前驰去的红军战士脑袋。葛利高里的手几乎没有感觉到劈刺的力量，但是回头一看，只见已经耷拉下脑袋的红军战士正慢慢地从马鞍上栽下来，看见红军战士黄色皮衣的脊背上有一道浓稠的血流。灰马已经不再狂奔，而是变成大快步了，它高仰着头，仿佛害怕自己的影子似的歪着身子……

葛利高里趴在马颈上，用习惯的动作放下马刀。子弹在他头顶上尖利、刺耳地飞啸。紧抿着的马耳朵哆嗦着，耳朵尖上透出了一粒粒的汗珠。葛利高里只听见从后面朝他追来的子弹的啸叫声和马的急促、厉害的喘息声。他又回头看了一眼，看到福明和丘马科夫，落在后头，离他们约五十沙绳的卡帕林在奔逃，再后面一点儿——只有第二排的一个战士，瘸子斯捷尔利亚德尼科夫一面跑着，一面抵挡两个追击他的红军战士。其余的跟随在福明后面的八九个人都被砍死了。那些失去主人的战马，迎风展开尾巴，往四面奔去，红军战士在拦截、捕捉它们。只有福明的同伴，普里贝特科夫的那匹高大的枣红马，打着响鼻，跟卡帕林的马并排跑着，身后拖着死去的主人，他从马上掉了下来，可是脚还挂在马镫里。

葛利高里在一个沙土岗后面勒住了马，跳下来，把马刀插进鞘去。他费了几秒钟的工夫叫马卧倒。这点儿简单的马术是葛利高里用了一个星期的工夫才训练出来的。他从掩蔽物的后面打了一梭子弹，但是由于瞄准的时候心太慌，太激动，所以只是最后一枪才把一个红军骑的马打倒。这才使第五个福明的同伙摆脱了追击。

“上马！你会倒霉的！”福明跑到葛利高里身旁时叫喊道。

彻底覆灭了。整个匪帮只剩下了五个人。红军骑兵一直把他们追到安东诺夫斯基村，直到这五个亡命徒隐藏到村子周围的树林子里去以后，才停止追击。

在整个逃跑的时间里，这五个人谁也没有说一句话。

卡帕林的马在小河边栽倒了,而且再也没有办法把它拉起来。其余人的马也都疲惫不堪,直打摇晃,勉强地捯动着蹄子,一团团黏稠的白沫直往地上落。

“你这不是指挥队伍,而是在放羊!”葛利高里从马上下来,没有看福明,埋怨说。

福明一声不响地下了马,开始解马鞍子,然后又走到一边去,鞍子也就没有卸下来,——坐在一个长满羊齿草的土地上。

“恐怕得把马扔掉啦。”他担心地四下张望着说。

“下一步怎么办?”丘马科夫问。

“要步行渡河到对岸去。”

“往哪儿去?”

“咱们在树林子里藏到夜里,然后渡过顿河,先在鲁别任村躲几天,我那儿有很多亲属。”

“又是胡来一气!”卡帕林怒不可遏地大声说,“你以为在那儿他们就不去搜捕你了吗?他们现在正是在贵村恭候你大驾光临哪!你这是用什么东西思考问题呀?”

“好啦,那么咱们到哪儿去呀?”福明毫无主张地问。

葛利高里从鞍袋当中把子弹和一块面包都掏出来说:

“你们还要讨论很久吗?走吧!把马拴起来,卸下鞍子——开步走,不然他们会在这儿就把咱们捉住的。”

丘马科夫把鞭子扔在地上,用脚把它踩进泥里,声音颤抖地说:

“好啊,咱们变成步兵啦……咱们的弟兄们全都牺牲啦……圣母啊,他们把咱们打得可真惨哪!我没想到今天还能活下来……眼看着就要死啦……”

他们一声不响地卸下马鞍子,把四匹马全拴在一棵赤杨树上,他们就一个跟一个地像狼一样,往顿河边走去,手里提着马鞍子,尽量隐身在浓密的小树丛里。

第十四章

春天，顿河里的满潮春水淹没了河边的全部草地，惟独在鲁别任村对面的左岸还剩下一片未被淹没的小高地。

春天，从顿河沿岸的山上，老远就可以看到河水泛滥形成的小岛，岛上茂密地丛生着小柳树、小橡树和枝叶扶疏的灰色杨柳。

夏天，那儿的树会被野蛇麻草一直缠到树顶，地上长满了难以通行的带刺的木莓丛，树丛下面遍地是乱蓬蓬的深蓝色的牛蒡花，肥沃的土地养育出的肥壮的茂草，在稀有的林间空地上长得比人还高。

夏天，就是中午，树林里也是那么寂静、阴暗、凉爽。只有黄莺的鸣叫声会划破寂静，还有布谷鸟在向什么人争说着自己未来的岁月。冬天里，丛林就全都变成空荡荡、光秃秃的，像坟墓里一样的寂静。树木的枝丫在冬天苍白的寒空中阴暗地闪着黑光。只有狼崽子才年年在小树林子里找到安全的过冬的洞穴，整天地躺在被大雪掩盖着的艾蒿丛里。

福明、葛利高里·麦列霍夫和其余几个福明匪帮残余分子在这个岛子上住了下来。他们苟延残喘地活着；吃的东西非常可怜，都是福明的一个叔伯兄弟每天夜里划着小船给他们送来的，吃得半饥半饱，然而可以枕着鞍褥尽情地大睡，夜里，轮流担任警戒。因为害怕被人发现他们隐藏的地方，所以也不敢生火。

满潮的河水冲刷着小岛，匆匆向南奔流。水势浩荡，涛声雄伟，冲过前进道路上的一排排老杨树，摇晃着淹没在水中的灌木丛顶，轻轻地、歌唱似地、平静地喃喃细语着流去。

葛利高里很快就习惯了这日夜不息，近在咫尺的河水喧闹声。他久久地躺在被河水冲得很陡的岸边，望着广阔的水面，望着顿河沿岸笼罩在紫色的、阳光迷离的烟霭中的白色山峰。那里，在这片烟雾的那边，就是亲爱的家园，那里有阿克西妮亚、孩子……他的哀思飘向那里。

每当他想起亲人的时候,他心里顿时就会燃起思乡的烈火,煎熬着他的心,对米哈伊尔的仇恨就会沸腾起来,但是他压制着这些感情,竭力不去看顿河沿岸的群峰,免得再去想这些心事,没有放纵情思去想这些仇恨。就是不想这些事,他已经够痛苦的了。就是不想这些事,他的心胸已经够郁闷的了。有时候他仿佛觉得——他的心被挖掉了,不跳了,而血却在不停地往外流。看来,多次受伤,战争的灾难和伤寒病损害了他的健康:葛利高里开始清楚地听到心脏的烦人的跳动声。有时候左胸下面一阵阵尖利的疼痛,简直疼得难以忍受,他的嘴唇立刻干得要命,要费很大劲才能控制住自己,不叫出声来。后来他找到了有效的止痛办法:把左胸趴在潮湿的土地上,或者用凉水浸湿衬衣,这样疼痛就会慢慢地、好像很不情愿地饶了他。

这些日子天气晴朗,风和日丽。只是偶尔在晴朗的天空有些被高空的风吹散的白云片飘过,白云的影子像一群群的天鹅,滑过河湾的水面,掠过远处的河岸,消逝了。

如果能只欣赏岸边疯狂地翻动的急流,听着河水的各种腔调的喧哗,什么也不去想,抛开一切能引起他痛苦的东西,那可就美极啦。葛利高里看着水流那神奇的、千变万化的涡纹,一看就是几个钟头。这些涡纹每分钟都变换样子:不久前还在平静地流着,水面漂着折断的芦苇茎、枯树叶子和草根的地方,——过一会儿,就出现个神奇地凹陷下去的漩涡,贪婪吞没着从它近旁漂过的一切东西,可是河水过一会儿就在出现漩涡的地方翻腾起来,浊水在盘旋打转儿,忽而旋出一截黑色的苇根,忽而旋出了一片摊开的橡树叶子,忽而旋出不知道从什么地方冲来的一束干草。

黄昏时分,西面的天空燃起一片樱桃色的霞光。月亮从高高的杨树梢后升上来。月光像白色的冷焰沿顿河泻去,在微风吹起微波的地方,闪烁着月亮的反光和暗光。夜里,小岛上空往北方飞去的无数雁群不断的鸣叫声与水的喧闹声交织成一片。无人惊扰的鸟群时常栖息在岛上,在小岛的东部。公鸭子在水浒里、在被水淹没的树林子里呼唤,母鸭子呱呱地乱叫,各色的大雁低声咕咕叫着,在互相呼唤。有一天,葛利高里悄悄地走到河岸上,看到离岛不远的地方有一大群天鹅。太阳还没有出来。远处的丛林后面还喷着耀眼的霞光。河水被霞光一照,变成了粉红色,平静的水面上端庄美丽的大天鹅也变成了同样的颜色,它们高傲地把脑袋扭向日出的方向。一听见岸上有窸窸窣窣的脚步声,它们就像吹号似的响亮地叫着飞了起来,等到它们飞得高出树林的时候,葛利高里看见了它们耀眼的、雪白的羽毛的闪光。

福明和他的战友们,各人都按照自己的方式来消磨时光:善于操持家务的斯捷尔利亚德尼科夫,把那条瘸腿盘舒服,从早到晚在修补衣服和鞋子,仔细地擦枪,卡帕林因为不习惯睡在潮湿的土地上,整天地躺在太阳地里,用皮袄盖住脑袋,喑哑地咳嗽着,福明和丘马科夫不倦地玩那副自己用纸裁成的牌,葛利高里在岛上闲荡,在水边一坐就是半天。他们很少说话,——所有的话早已说完啦,——只有在吃饭的时候和晚上等待福明的堂兄弟来的时候,才聚集到一起儿。苦闷压倒了他们,整个待在岛上的时间里,只有一次,葛利高里看到丘马科夫和斯捷尔利亚德尼科夫不知道为什么忽然高兴了,两个人摔起交来。他们扭在一起,你进我退,折腾了半天,他们喘息着,互相逗几句简短的玩笑话。他们的脚跟都深深地踏进白色的细沙里。瘸子斯捷尔利亚德尼科夫的力气大得多,但是丘马科夫却比他机灵。他们摔的是加尔梅克式的交,弯着腰,往前探着肩膀,目光炯炯地注视着对方的脚。他们脸上的表情都是聚精会神的,紧张得面色煞白,大声、急剧地喘着气。葛利高里兴致勃勃地注视着他们的较量。他看到丘马科夫抓住一个好机会,突然带着对手,仰面倒下,然后把腿一弯,嗖的一声把对手从自己身上翻了过去。转眼间,像黄鼠狼一样机灵敏捷的丘马科夫已经压在斯捷尔利亚德尼科夫身上,压得他的肩胛骨埋进细沙里去,又喘又笑的斯捷尔利亚德尼科夫叫道:"好啦,你这个畜生!我们可没有说过……可以从脑袋上翻过去呀……"

"你们像小公鸡一样斗起来啦,得了吧,不然就会打起架来啦。"福明劝解说。

不,他们根本没有打架的意思。他们和和气气地拥抱着,坐在沙地上,丘马科夫却用沙哑的,但是很悦耳的低音唱起一支节奏很快的舞曲来:

噢噫,你们哪,严寒呀!噢噫,你们哪,严寒!
你们这些凶猛厉害的严寒呀,
你们冻死了芦苇丛里的灰狼,
冻僵了闺阁里的姑娘……

斯捷尔利亚德尼科夫用尖细的男高音伴唱,他们唱得很和谐、非常好听:

姑娘走到台阶上,
手里拿着黑色的皮大氅,
披在马上的军士身上……

斯捷尔利亚德尼科夫忍不住了:他跳了起来,手指头弹得啪啪响,用瘸腿把沙地刮平,跳起舞来。丘马科夫拿起马刀,在沙地上掘了一个浅坑,然后说:

"等等,瘸鬼!你一条腿短,在平地上跳不行……你应该在斜坡上跳,或者把那只长腿站到坑里,另一只在坑外。叫长腿在坑里跳,你瞧,这样有多好……好啦,现在跳吧!……"

斯捷尔利亚德尼科夫擦掉额角上的汗,很听话地把那只好腿放到丘马科夫挖的小坑里。

"对呀,这样好多啦。"他说。

丘马科夫笑得大喘着气,拍着手,用快调儿唱道:

如果你打这儿走过——亲爱的,请到我这儿来!
等你再来的时候——我好好地亲亲你……

而斯捷尔利亚德尼科夫的脸上带着所有跳舞人的那种严肃表情,开始灵快地跳起来,甚至还试着蹲下去跳……

每天过着一模一样的日子。天色一黑下来,就急不可待地盼望着福明的兄弟来。五个人全都聚到岸边,小声谈着,用军大衣襟遮着火光抽烟。他们决定在岛上再住一个星期,然后乘夜渡到顿河右岸去,弄几匹马,逃到南方去,听说马斯拉克匪帮正在本区南部的什么地方活动。

福明拜托自己的亲戚们暗察附近哪个村子有可以骑乘的马,并且还嘱咐他们把区里每天发生的一切事情都报告给他。报告来的消息使他们心安;红军部队在顿河左岸搜捕福明,红军战士也曾到鲁别任来过,但是在福明家搜查过后,立刻就走了。

“应该赶快离开这儿。干吗要死待在这儿?咱们明天就走吧,啊?”有一天吃早饭的时候,丘马科夫提议说。

“应该先察明哪里能弄到马,”福明说,“咱们急什么呀?如果给咱们吃得再好点儿,就是在这儿过到冬天也不错嘛。你们看,这四周多么美呀!咱们好好地休息休息——然后再去干咱们的事业。叫他们去搜捕吧,咱们是不会落到他们手里的。我很后悔,由于我糊涂,咱们被打垮啦,不错,这叫人伤心,不过还不能罢休!只要咱们一骑上马,在附近的村子里一转,一个星期以后,咱们就能招来五六十个人,也可能招来一百。咱们的人会越来越多,真的!”

“胡说八道!纯属愚蠢的自信!”卡帕林愤怒地说,“哥萨克已经背叛了我们,他们没有跟着我们干,将来也不会跟着我们干的。应该有勇气正视现实,而不是空怀什么糊涂的希望。”

“怎么会不跟着咱们干呢?”

“他们当初既然没有跟着我们干,那么现在当然也不会跟着我们干啦。”

“好,咱们走着瞧吧!”福明气势汹汹地说,“我绝不放下武器!”

“这都是空话而已。”卡帕林疲惫地说。

“没有出息的东西!”福明怒气冲天地大声喊,“你在散布什么失败情绪啊?我已经讨厌你这副哭丧相啦,简直比苦萝卜还讨厌!既然这样,当初何必要多此一举呢?起什么义啊?既然你的肠子这么娇嫩,干吗还要胡来呀!你头一个煽动我起来暴动,现在倒想钻树林子啦?你为什么不说话呀?”

“我已经没有什么话要跟你说啦,见你的鬼去吧,傻瓜!”卡帕林歇斯底里地喊,然后就走开了,他怕冷似的把皮袄裹在身上,支起领子来。

“他们这些老爷们,都是些细皮嫩肉的家伙。一受点儿挫折——他们就受不了啦……”福明叹了口气说。

他们一声不响地坐了一会儿,谛听着均匀、有力的滔滔水声。一只母鸭子被两只公鸭子追赶着,呱呱地叫着,吃力地从他们头顶飞过去。一群白头翁兴奋地叫着往地上落下来,但是一看见有人,立刻又飞往高处,像条黑色带子似的弯到别处去。

不久,卡帕林又走了过来。

“我想今天到村子里去。”他看着福明,不时眨着眼说。

“为什么?”

“你问得真怪! 难道你没有看见,我伤风得厉害吗? 简直都站不住啦?”

“哼,这有什么? 难道到村子里去,你的伤风就会好了吗?”福明不为所动地沉着地问。

“我必须在暖和地方躺上几夜才行。”

“你哪儿也不能去。”福明坚决地说。

“难道我就只能死在这儿吗?”

“你随便好啦。”

“为什么我就不能到村子里去呢? 要知道总睡在凉地上,我非得完蛋!”

“如果在村子里把你抓住怎么办? 你想过这个问题吗? 那时候我们大家就都要完蛋啦。难道我还不了解你的为人吗? 第一次受审,你就会把我们出卖! 也许等不到受审,就在往维申斯克押解的路上就出卖啦。”

丘马科夫大笑起来,称赞地点了点头。他完全赞同福明的话。但是卡帕林固执地声称:

“我一定要走。你那种俏皮的推断并不能说服我。”

“我对你说过啦——在这儿待着,哪儿也别去。”

“但是你要明白,雅科夫·叶菲莫维奇,我再也不能过这样野兽般的生活啦! 我害了肋膜炎,也许是肺炎!”

“你会好的,晒晒太阳,就会好起来的。”

卡帕林厉声说:

“不管你怎么说,我今天也要走。你没有权利阻拦我。在任何情况下,我都要走!”

福明看了看他，可疑地眯缝起眼睛，朝丘马科夫挤了挤眼，从地上站了起来。

“卡帕林，你好像是真病啦……你大概在发高烧……好，让我来摸摸——你的脑袋热吗？”他伸出一只手，朝卡帕林走了几步。

显然，卡帕林已经从福明的脸上看出他不怀好意，往后一退，厉声喊道：

“滚开！”

“你别叫喊！你叫喊什么？我不过是摸摸你。你干吗要大发雷霆？”福明抢前一步，掐住了卡帕林的脖子。

“你想去投诚吗，混账东西？！”他喑哑地嘟哝着，使出全身的力气，想把卡帕林推倒在地上。

葛利高里费了很大的劲，才把他俩拉开。

……吃过午饭，葛利高里正在把洗过的衬衣往树上晒的时候，卡帕林走到他跟前来说：

“我想单独跟您谈谈……咱们坐下来吧。”

他们坐在一截被风浪冲上岸来的朽杨木上。

卡帕林沙哑地咳嗽着问：

“您对这个白痴的狂妄举动怎么看呢？我衷心地感谢您的干预。您的行为很高尚，正像一个军官应该做的那样。但是这太可怕啦。我再也不能忍受啦。我们——像野兽一样……我们已经有多少天没有吃过热东西啦，还有，睡在潮湿的地上……我伤风啦，肋部疼痛难忍。我大概是害了肺炎。我很想在火边儿坐坐，在暖和的屋子里睡睡，换换内衣……我很想穿穿干净的、新洗烫过的衬衣，想在柔软的褥垫上睡睡……不，我受不了啦！”

葛利高里笑了。

“您想舒舒服服地打仗吗？”

“您听我说，这算什么打仗呀？”卡帕林立即回答说，“这不是打仗，这是无尽无休的流窜，杀死几个苏维埃的工作人员，然后就逃窜。只有老百姓拥护咱们，开始暴动起来，那才是打仗，而现在这样——不是打仗，不，这不是打仗！”

“咱们没有别的出路。咱们总不能去投降呀?”

“是啊,但是怎么办呢?”

葛利高里耸了耸肩膀,他说出了他躺在岛上脑子里多次考虑过的事情。

“不舒服的自由也比舒服的监狱好。您知道吧,人们都这样说:监狱建得牢固,可只有鬼才喜欢它。”

卡帕林拿根树枝在沙地上画了几个人形,沉默了很久,然后说:

“并不一定要投降,但是应该寻求跟布尔什维克斗争的新形式。应该跟这些可憎的人分手。您是个知识分子……”

“得啦,我算什么知识分子,”葛利高里苦笑着说,“我连话都说不正确。”

“您是军官。”

“这不过是偶然得到的。”

“不,不开玩笑,您是真正的军官,你在军官圈子里生活过,见识过真正的人,您不是像福明那样的苏维埃时代的暴发户,您应该明白,我们继续留在这儿是毫无意义的,这简直是自杀。他把我们带到树林边上挨了一次打,如果还把我们的命运跟他联系在一起儿,——他还要叫我们挨无数次打。他是个不折不扣的流氓,而且是个白痴!我们跟着他瞎混,非要完蛋不可!”

“那就是说,不投降,可是要离开福明,对吗?到哪儿去呢?去投奔马斯拉克吗?”葛利高里问。

“不。这同样是冒险,只不过规模大一点儿罢了。我现在对这个问题有了不同的看法。不能去投奔马斯拉克……”

“到哪儿去呢?”

“到维申斯克。”

葛利高里生气地耸了耸肩膀。

“这叫做——悔过自首。这不合我的心意。”

卡帕林目光炯炯地看了他一眼。

“您没有理解我的意思,麦列霍夫。我可以完全相信您吗?”

“完全可以。”

“军官的诺言?”

“哥萨克的诺言。”

卡帕林朝在宿营的地方忙乱的福明和丘马科夫那面看了一眼,尽管离他们相当远,无论如何也不会听到谈话的声音,——但是仍然压低嗓门儿说:

“我了解您跟福明以及其他人之间的关系。您在他们当中,跟我一样,也属外来人。什么原因促使您反对苏维埃政权我并不感兴趣。如果我理解得不错的话,这是因为——您过去的历史问题和为了害怕被逮捕,是这样吗?”

“您已经说过,您对此不感兴趣。”

“是——的,我不过是顺便说说,现在我简单地谈谈我自己。我从前是个军官,也是个社会革命党的党员,后来,我彻底改变了自己的政治观点……认为只有帝制才能拯救俄罗斯。只有帝制!天意为我们的祖国指出了这条道路。苏维埃政权的象征是锤子和镰刀,对吧?”卡帕林用树枝在沙地上写了“锤子,镰刀”这几个字,然后用热辣辣的、闪光的眼睛盯着葛利高里的脸,“您倒着念念看。念过了吗?您明白了吗?只有‘帝制’①,才能结束这场革命和布尔什维克的统治!您知道吗,当我悟出这个道理时,我感到一种神秘的恐怖!我浑身颤抖起来啦,因为,如果可以这样说的话,——这是天意给我们的苦斗指出的最后结局……”

卡帕林激动得喘不过气来,不说话了。他那热辣辣的、带点儿疯狂神情的眼睛直盯着葛利高里。但是葛利高里听到他的坦白的谈话后,一点儿也没有颤抖,而且连一点神秘的恐怖也没有感觉到。葛利高里对于事物的看法总是很清醒,很平淡,因此,回答说:

“这不是什么天意。您到过对德战争的前线吗?”

卡帕林被问有点儿发呆,过了一会儿才回答说:

“我真不明白,您为什么要问这个问题?没有,我没有直接上过

---

① 俄文锤子、镰刀是:молот,серп。如果把这几个字母倒过来连读,就成了престолом,意思是“帝制”。

前线。”

“战争期间,您待在哪儿？在后方吗?”

“是的。”

“整个时间都待在后方吗?”

“是的,虽然不是整个时间,可也差不多。您为什么要问这个问题呢?”

“可是我从一九一四年直到今天,都是在火线上,只暂停过很短的时间。至于你说的这个天意……根本就没有什么上帝,哪来的什么天意啊？这些迷信玩意儿,我早就不相信啦。从一九一五年起,我饱尝了战争的苦味以后,我就想通了,根本没有什么上帝。根本没有！如果有的话——他就无权让人们这样互相残杀。我们上过前线的人已经不相信什么上帝啦,叫老头子和婆娘们去信吧。叫他们从他那里得到点儿安慰吧。没有什么天意,恢复帝制也是不可能的。人民已经把它永远推翻啦。至于您刚才所说的这玩意儿,把字母倒过来念的把戏,请原谅,不过是小孩子的玩意儿罢了。而且我真不明白——您说这些话是想达到什么目的呢？请您说话简单些,直截了当。我虽然是个军官,可没有进过士官学校,没有文化。如果我有点儿文化的话,也许不会像被大水围困的狼一样,跟您待在这荒岛上啦。”他带着明显的遗憾口气结束了自己的话。

“这个问题不重要,”卡帕林急忙接过话说,“您信不信上帝,这无关紧要。这是您的信仰和您的良心的事儿。这跟您是个保皇党,还是个立宪民主党,或者只是一个拥护自治的哥萨克——同样无关紧要。重要的是,对苏维埃政权的态度把我们联合到一起儿。这您同意吗?”

“还有呢。”

“我们曾把赌注全都押在哥萨克的起义上,是吧？可是输了个精光。现在要摆脱这种困境。将来还可以和布尔什维克进行斗争,而且也不一定单靠个什么福明来领导。重要的是,现在要保全自己的性命,因此我提出跟您结成同盟。”

“什么样的同盟？反对谁?”

“反对福明。”

“我不明白。”

“一切都很简单。我邀请您一起干……”卡帕林很激动,说话的声调已经非常急促,“我们干掉这三个家伙,就去维申斯克,明白了吗?这样可以救我们的命。为苏维埃政权立下这样的功劳,就可以将功折罪。我们就可以活下来啦！您明白吗？可以活下来啦！……我们挽救了自己的性命！当然,将来一有机会,我们再起来反对布尔什维克。不过那时候是干正经的事业,不是跟着这位倒霉的福明去干这种冒险的勾当啦。您赞成吗？请您好好考虑一下,这是我们摆脱目前绝境的惟一出路,而且是最好的出路。”

“但是这怎么个干法呢?”葛利高里心里气得直哆嗦,但是竭力控制着自己的感情,不露声色地问。

“我什么都考虑好啦:我们在夜里用刀子干掉他们,等第二天夜里那个给我们送食物的哥萨克来的时候,我们就渡过顿河,——这就是全部计划。简单易行,不需任何阴谋诡计!”

葛利高里假装憨厚,笑着说:

“这太好啦！卡帕林,请您告诉我,早上您说要到村子去暖和的时候……您已经准备好去维申斯克了吗？福明猜对您的心思啦?”

卡帕林注意地看了看憨厚地笑着的葛利高里,自己也笑了,脸上略带点儿窘急和不快的神情,回答说:

“坦白地说——是这样。您知道吗,当问题涉及自己的生死时,是可以不择手段的。”

“您是想出卖我们吗?”

“是的,”卡帕林坦率地承认说,“不过如果是在这个岛上捉到你们的话,对您个人我会尽力予以保护,使您免遭不幸。”

“为什么您不一个人先杀死我们呢？夜里下手是很容易的。”

“这太冒险,第一声枪响之后,其余的人……”

“交出你的手枪!”葛利高里往外拔着手枪,沉着地命令说……“交出来,不然我当场打死你！我现在站起来,用脊背挡着你,不叫福明看见,你把手枪扔到我脚边来。怎么样？你休想开枪！你一动,我就打死你。”

卡帕林坐在那里,脸色变得像死人一样煞白。

“请您不要打死我!”他那惨白的嘴唇微微地翕动着,低声说。

“我不会杀你。可是要缴掉你的枪。”

“您要把我的事说出去……”

泪珠顺着卡帕林胡子拉碴的脸颊滚下来。葛利高里由于厌恶和怜悯皱起眉头,提高了嗓门儿说:

“把手枪扔过来,我就不说出去,不过是应该说出来的!呸,原来你是这样的坏蛋!呸,坏蛋!”

卡帕林把手枪扔到葛利高里脚边。

“还有一支勃朗宁呢?把勃朗宁也扔过来。就放在你的上衣前面的口袋里。”

卡帕林把闪着镍光的勃朗宁手枪掏了出来,扔在地上,双手掩面,抽抽搭搭地哭起来,身子直哆嗦。

“不要哭,浑蛋!”葛利高里厉声斥道,竭力把要狠揍这个坏家伙的怒火压下去。

“您要把我的事儿说出去……我就没命啦!”

“我已经对你说过,我不会。不过只要咱们一离开岛——你爱到哪儿就到哪儿去。谁也不需要你这样的人。你自个儿去找躲藏的地方吧。”

卡帕林把手从脸上拿下来。他那张泪湿的、眼睛肿胀、下巴颏直哆嗦的红脸上的表情非常可怕。

“那么您为什么……为什么要缴我的枪?”他结结巴巴地问。

葛利高里很不高兴地回答说:

“这是——为了使你不能在我背后开枪。你们这些有学问的人是什么勾当都干得出来的……可还总在谈什么天意呀、沙皇呀、上帝呀……你怎么坏到这个份儿上啦……”

葛利高里看也没看卡帕林,不住地往外吐着嘴里大量涌出来的唾沫,慢慢地往宿营的地方走去。

斯捷尔利亚德尼科夫正在用麻绳缝马鞍上的马镫连接带,轻轻地吹着口哨。福明和丘马科夫躺在马衣上,照例在玩牌。

福明迅速地瞥了葛利高里一眼,问:

“他对你说了些什么?谈的是什么事情?”

“他对生活不满意……乱说一气,仿佛只要……”

葛利高里遵守诺言,没有把卡帕林的事儿说出来。但晚上,人不知鬼不觉地把卡帕林的步枪大栓卸下,藏了起来。“鬼知道他夜里会干出什么坏事儿来……”他收拾睡觉的时候想。

第二天早晨,福明把他叫醒。福明弯着腰,小声问:

“你把卡帕林的枪缴啦?”

“你说什么?什么枪?”葛利高里抬起身,困难地舒展了一下肩膀。

直到天快亮了他才睡着,黎明时分非常冷。他的军大衣、皮帽子和靴子都被日出前的浓雾打湿了。

“他的枪找不到啦。你拿了吗?你醒醒,麦列霍夫!”

“哼,是我拿了。怎么啦?”

福明一声不响地走开了。葛利高里站起来,抖了抖军大衣。丘马科夫正在不远地方做早饭:他洗了洗他们营里的唯一的一只锅,把一块面包按在胸前,平均地分成了四块,把罐子里的牛奶倒进锅里,又揉进一大团煮稠的麦粥,然后朝着葛利高里看了一眼。

“麦列霍夫,你今天睡得真够久啦。你瞧,太阳都到什么地方啦!”

“不做亏心事的人觉总是睡得又香又甜,”斯捷尔利亚德尼科夫用军大衣襟擦着洗得干干净净的木勺子说,“这个卡帕林一夜都没睡着,总是翻来覆去……”

福明默不作声地笑着,看着葛利高里。

“请坐下用早餐吧,众位寨主!”丘马科夫邀请大家说。

他头一个用勺子舀了牛奶,一口咬了大半块面包。葛利高里拿起自己的勺子,仔细地打量着大家,问道:

“卡帕林在哪儿?”

福明和斯捷尔利亚德尼科夫一声不响地吃着,丘马科夫凝视着葛利高里,也默不作声。

“你们把卡帕林弄到哪儿去啦?”葛利高里隐若地猜想着夜里发生的事情,问。

“卡帕林现在去得很远啦,”丘马科夫安然地笑着回答说,“他远航罗斯托夫去啦。现在,大概已经在霍皮奥尔河口附近飘荡呢……那不是他的皮袄挂在那儿吗,你瞧。”

“你们真把他干掉啦?”葛利高里迅速地看了卡帕林的皮袄一眼,问。

这个问题本来可以不问的。一切都已经清清楚楚,但是不知道为什么他还是问了一句。大家并没有立即回答他,于是他又问了一遍。

“得啦,事情很清楚嘛——我们把他干掉啦,”丘马科夫说,用睫毛遮上女人般的灰眼睛,“是我干的。这是我的职业——杀人……”

葛利高里仔细地看了他一眼。丘马科夫的黑中透红、干干净净的脸上神色镇定,甚至有点儿喜形于色。金光闪闪的白胡子,在太阳晒得黝黑的脸上显得格外耀眼,衬得眉毛和向后梳的头发更黑了。这个福明匪帮中著名的刽子手,外表上看来却是个非常漂亮、谦虚的人……他把勺子放在帆布上,用手背擦了擦胡子说:

“你感谢雅科夫·叶菲梅奇吧,麦列霍夫。这是他救了你的小命,不然你现在也早跟卡帕林一起儿在顿河里飘荡啦……”

“这是为什么?”

丘马科夫慢吞吞地、一字一句地说:

“看来,卡帕林是想要去投诚,昨天跟你谈了半天……于是我们跟雅科夫·叶菲梅奇就想好要把他收拾了,省得他造孽。可以全都告诉他吗?”丘马科夫疑问地看了看福明。

福明肯定地点了点头,丘马科夫嚼得夹生的麦粒咯吱咯吱响着,继续说:

“傍晚,我就准备好了一根橡树棒子,并对雅科夫·叶菲梅奇说:‘我今天夜里就把他们俩,卡帕林和麦列霍夫都干掉。’他却说:‘把卡帕林结果掉吧,麦列霍夫就不必啦。’我们就这样说定了。我监视着卡帕林,等着他睡下去,我听到——你也睡着啦,还打呼噜呢。好,我爬了过去,用木棒子照着他的脑袋就是一家伙。咱们的上尉连腿都没有蹬一蹬就完蛋啦!他睡得甜甜的——小命儿就这样送掉啦……我们悄悄地在他身上搜了搜,然后扯着他的腿和胳膊拖到河边去,脱下他的靴子、制服和皮袄——把他扔到水里去啦。可是你还在睡哪,睡梦中你是什么也不知道……麦列霍夫,昨天夜里死神离你可是近得很哩！他就在你的头顶上。虽然雅科夫·叶菲梅奇说了不要动你,可是我想:‘他们白天说了些什么呢？五个人里,有两个人躲得远远的,去说私房话,准不会有什么好事儿……’我悄悄地爬到你那儿去,已经想抡刀向后一拉,割下你的脑袋,因为我想——用木棍子打你,你这家伙力气很大,如果一下子打不死你,你一跳起来,就会开枪……唉,又是福明坏了我的事。他走过来,小声说:‘别动他,他是咱们的人,他是可以相信的。’这个那个的说了一番,可是我们怎么也弄不明白——卡帕林的武器哪儿去了？这样我才离开你。好啊,你睡得真够香呀,一点儿也没有觉得大难临头!”

葛利高里安然地说:

“傻瓜,你要杀了我可太冤枉好人啦！我并没有跟卡帕林同谋呀。”

“那他的武器怎么会在你手里呢?”

葛利高里笑着说:

“白天我就把他的两支手枪缴啦,步枪大栓是晚上卸下来的,藏在鞍褥底下。”

他把昨天和卡帕林谈的话,以及卡帕林的提议讲了一遍。

福明不满意地问:

“你为什么昨天不说呢?”

“我可怜这个没有出息的鬼东西。”葛利高里坦白地承认说。

“唉,麦列霍夫,麦列霍夫!”大为惊讶的丘马科夫叫起来,“把你的怜悯放在你藏卡帕林枪栓的鞍褥底下吧,不然这种怜悯会使你倒霉的!”

“用不着你教训我。我自己知道该怎么办。”葛利高里冷冷地说。

“我干吗要教训你？如果夜里,为了你的怜悯,我无缘无故就把你送到阴间,——那可怎么办呢?”

“那也就活该如此啦。”葛利高里想了想,低声回答说。然后与其说是说给别人听,不如说是说给自己听,又补充说:“清醒的时候,死是很可怕的,可是在睡梦中死去就没什么了……”

第十五章

四月底,他们夜里坐小船渡过顿河。下克里夫斯克村的一个青年哥萨克科舍廖夫·阿列克谢在鲁别任村的河岸上等候他们。

“我要跟你们走,雅科夫·叶菲梅奇。我在家里待得烦透啦。”他跟福明问候时说。

福明用胳膊肘碰了碰葛利高里,小声说:

“看见吗?我早就说过……没等咱们从岛上渡过来,人们早就在等候咱们啦,你看,这不是来啦!这是我的朋友,是个坚定勇敢的哥萨克。好兆头!这就是说,我们的事业还大有可为!”

从说话的声调判断,福明是在满意地微笑。有个新人来入伙,这使他十分高兴。渡河很顺利,而且立刻有人来入伙,——这一切都使他感到鼓舞,产生了新的希望。

“除了步枪和手枪以外,你还有马刀和望远镜?”他在黑暗中打量和摸索着科舍廖夫的武器,很满意地说,“这是真正的哥萨克!一眼就看得出。是个真正的哥萨克,一点儿假也没有!”

福明的堂兄弟把辆套着匹瘦马的大车赶到岸边来。

“快把马鞍子都放在车上,”他小声说,“看在基督的面上,大家都快点儿吧,不然,时候可不早啦,而且咱们的路程很远哩……”

他很焦急,直催福明,可是福明一从小岛上渡过河来,双脚踏上自己出生的村子的坚硬的土地,却很想回家里去看看,探望一下村里的熟人……

黎明前,他们在红莓村附近的一个马群中挑选了几匹比较好的马,鞴上了鞍子。丘马科夫对牧马的老头子说:

“老大爷,你别太为这几匹马难过。这实在也说不上是什么好马,而且我们只不过是暂时骑骑它们——只要一找到更好的马,我们就把它们送还给主人。如果马主问:是谁把马牵走了?——你就说:是克拉斯诺库特斯克镇的民警骑走的。请马主人上那儿去要吧……我们是去追赶土匪的,就这样对他们说!"

他们跟福明的兄弟道了别,走上了大道,然后向左弯去,五个人都放开马往西南方向奔去。据说,马斯拉克匪帮不久前曾到过梅什科夫斯克镇附近。福明决定去投靠这个匪帮,他们就是往那里奔的。

他们为了寻找马斯拉克匪帮,在顿河右岸的草原道路上游荡了三天,避开大的村庄和市镇。在与卡尔金斯克镇搭界的道利人的村子里,他们用自己的那些劣马换了几匹膘壮善跑的马。

第四天早晨,在离韦扎村不远的地方,葛利高里头一个看见远处的山坡上有一队正在行进的骑兵。至少有两个骑兵连在大道上行进,前面和两侧都有人数不多的侦察队在进行侦察。

"可能是马斯拉克,也可能是……"福明把望远镜放到眼睛上瞭望着说。

"也许是雨,也许是雪,也许是,也许不是,"丘马科夫嘲笑说,"你仔细看看嘛,雅科夫·叶菲梅奇,如果是红军,咱们可就得赶快向后转啦!"

"这么远根本看不清他们是什么玩意儿!"福明生气地说。

"你们瞧啊!他们看到咱们啦!侦察队朝咱这儿跑来啦!"斯捷尔利亚德尼科夫大声说。

他们真的已经被发现了。在骑兵纵队右面行动的侦察队急速转变方向,迅速地朝他们驰来,福明急忙把望远镜放进盒子里,但是葛利高里笑着,从马上弯下身子,抓住福明的马笼头。

"先别忙!叫他们走近一点儿。他们只有十二个人。咱们好好地把他们看清楚,如果有什么意外的话,咱们再跑。咱们骑的马都是新换的。你慌什么呀?拿望远镜好好看看!"

十二个骑马的人越来越近了,他们的身形变得一分钟比一分钟大。在嫩草如茵的绿色山岗背景上,已经可以清清楚楚地看到他们的身形了。

葛利高里和其余的人都焦急地看着福明。福明的拿着望远镜的手在轻轻地哆嗦。他紧张地仔细看着,眼泪顺着他朝着太阳的脸颊滚下来。

"是红军!帽子上有星!……"最后福明低沉地喊道,拨转了马头。

他们飞奔而去。他们身后响起了稀疏零乱的枪声。葛利高里紧挨着福明并排跑了约四俄里,偶尔回头看看。

"我们就这样会师啦!……"他嘲笑说。

福明沮丧地沉默着。丘马科夫略微勒勒马,喊道:

"应该绕开村子!咱们躲到维申斯克的草原上去,那儿更偏僻一些。"

他们又狂奔了几俄里,马支持不住了。它们伸着的脖子上冒出了一团团的汗沫,显出了一道道纵向的深皱褶。

"应该跑慢点儿!勒着点儿马!"葛利高里命令。

追来的十二个骑士只剩下九个人,其余的落到后面去了。葛利高里目测了他们之间的距离,大声喊:

"站住!咱们来打他们一阵!……"

五个人都勒马变成小跑,跑着下了马,摘下步枪。

"拽住缰绳!对着最左边的一个瞄准……开火!"

他们各打了一排子弹,把一个红军战士的马打死了,接着又继续奔逃。追击他们的人兴头已经不大了。有时老远开几枪,后来就不再追了。

"应该饮饮马啦,那儿有个水塘。"斯捷尔利亚德尼科夫用鞭子指着在远处闪着蓝光的草原水塘说。

现在马已经是一步一步地走了,他们仔细地打量着眼前的洼地和山沟,为了不被发现,尽量在沟洼的地方穿行。他们在水塘里饮过马,又上路了,起初是一步一步地走,过了一会儿就小跑起来。中午时分,他们在一道斜着横贯草原的深沟的斜坡上停下来喂马。福明命令科舍廖夫步行到近处的一座古垒上去,趴在那儿瞭望。如果发现草原上有骑马的人,科舍廖夫就立即发出警报,跑回驻马的地方。

葛利高里把自己马的腿拴起来，放开它去吃草，自己在近处的斜坡上拣了块干燥的地方躺了下来。

这道沟的向阳的斜坡上的嫩草比别处长得又高、又密。太阳蒸晒的淡淡的黑土气味还不能把花儿已经开败了的野紫罗兰的淡淡的清香压下去。紫罗兰生长在撂荒的地上，从干木樨草茎中钻出来，在很久很久以前的耕地边上像镶了一道花边，甚至在石头一样坚硬的生荒地上去年的衰草中，用它们那浅蓝色的、孩子般清澈的眼睛看着大千世界。紫罗兰在这荒凉、辽阔的草原上结束了它们注定的生命极限，而来接替它们的郁金香已经神话般地盛开在沟坡上向阳的地方，把红色的、黄色的和白色的花萼开向太阳，清风把各种花香混在一起，把它们带到草原的遥远的地方。

在北面、断崖遮掩的斜坡上，还留有往外渗着雾气的厚厚的积雪层。雪层散发出阵阵袭人的寒气，但是这寒气使花期将尽的紫罗兰飘忽、忧郁，宛如久远、珍贵的回忆似的清香更加浓郁……

葛利高里大叉开两腿趴在地上，用胳膊肘撑着身子，贪婪地凝视着阳光下烟雾缭绕的草原、远处山岗上闪着蓝光的古垒和在斜坡边缘上流动的蜃气。他闭了一会儿眼睛，听着远处和近处云雀的鸣声、吃草的马匹轻微的蹄声和响鼻声、马笼头的叮当声和风吹嫩草的窸窣声……他全身趴在坚硬的土地上，感受到一种奇异的、远离尘世的安逸心境。这是他早已熟悉的心境。这种心境常常是在大难之后感受到的，这时葛利高里就好像是重新看到了周围的世界。他的视觉和听觉仿佛都更加锐敏，先前不曾留意的事物，大难之后，引起了他的注意。现在他满怀同样的兴致注视着一只雀鹰翅膀呼呼地响着斜身飞着，在追逐一只什么小鸟，注视着一个黑甲虫正缓慢艰难地在他——葛利高里——撑开的两肘中间爬着，注视着紫红色的郁金香迎风招展，炫耀着自己处女般的艳丽。郁金香离得很近，就长在一个塌陷的田鼠洞边上。只要一伸手，他就可以把它折下来，但是葛利高里一动不动地趴在那里，满怀着说不出的喜悦心情欣赏着小花和茎上挺秀的叶子，叶纹上残留的晶莹多彩的露珠。后来他转移了视线，久久地，无所用心地注视着在苍空、在废弃的田鼠洞穴上空盘旋的苍鹰……

过了两个钟头,他们又骑上马,打算在入夜之前赶到叶兰斯克镇那些熟识的村庄。

红军的侦察队大概已经用电话把他们的行踪通报了各地。他们到了卡缅卡村的进口处,从小河对岸迎面朝他们打来几枪。像唱歌一样的子弹啸叫声迫使福明避向一边去。他们在射击声中顺着村庄的边沿驰去,很快就跑到了维申斯克镇的牧场地区,泥沟村外,有一小队民警企图阻拦他们。

“咱们从左面绕过去。”福明提议说。

“咱们冲他们一下,”葛利高里坚决地说,“他们九个,咱们五个。我们可以从正面冲出去!”

丘马科夫和斯捷尔利亚德尼科夫都赞成他的意见。他们拔出马刀,放开疲惫的马,快跑起来。民警们没有下马,频频开枪射击,可是后来并没有迎战,躲到一边去了。

“这是一支没有战斗力的队伍。他们抄抄写写倒很在行,可是当真打起来,他们就不顶用啦!”科舍廖夫大声嘲笑说。

等到追踪他们的民警压上来的时候,福明和其余的人就且战且走,向东遁去,就像被猎狗追逐的狼一样:偶尔回头嚎叫几声,几乎连停也不敢停。在一次互射中,斯捷尔利亚德尼科夫受了伤。子弹打穿了他的左腿肚子,擦伤了骨头。斯捷尔利亚德尼科夫疼得直哼哼,脸色苍白,诉苦说:

“打到腿上啦……又是打在这条瘸腿上啦……”

丘马科夫身子往后一仰,可着嗓子哈哈大笑起来。笑得流出了眼泪,把靠在他手上的斯捷尔利亚德尼科夫扶上了马,他还在笑得直哆嗦,说:

“怪啦,他们这是怎么选的目标?他们这是故意瞄准这条腿的……他们看到——一个瘸家伙在骑着马跑,心里就想,来,咱们把他这条腿彻底打断吧……唉,斯捷尔利亚德尼科夫!唉,真要命!……你的腿又得短四分之一啦……现在你还怎么跳舞呀?这回我非得给你这条腿掘个一阿尔申深的坑不可啦……”

“住口,你这个嚼舌鬼!我现在顾不上跟你逗闷子啦!看在基督面上住口吧!"斯捷尔利亚德尼科夫疼得直皱眉头,央告说。

过了半个钟头,等他们从道道山沟里钻出来,走上一个斜坡的时候,他央告说:

"咱们停一会儿,休息休息吧……我要包扎一下伤口,不然,血都要流满靴筒子啦……"

大家停了下来。葛利高里牵着马,福明和科舍廖夫偶尔朝在远处的民警开两枪。丘马科夫帮着斯捷尔利亚德尼科夫脱下靴子。

"血的确流得太多啦……"丘马科夫皱着眉头说,把靴子里面的红汤儿倒在地上。

他本想用马刀把被血浸湿、冒着热气的裤腿儿割断,但是斯捷尔利亚德尼科夫不同意。

"我的裤子很好,没有必要把它弄坏,"他说,用手巴掌撑在地上,抬起那条伤腿,"把裤腿儿脱下来,不过要慢慢儿脱。"

"你有绷带吗?"丘马科夫摸索着口袋问。

"我要绷带干他妈的什么?不用绷带也行嘛。"

斯捷尔利亚德尼科夫仔细地看了看伤口,然后用牙齿把一颗子弹的弹头咬下来,把火药倒在手巴掌上,再加上预先用唾沫浸湿的泥土拌了很久。就用这种泥土把腿肚子上两边打穿的伤口都塞满堵上,然后满意地说:

"这是有人试验过的办法!只要伤口一干,过两天就会好的,就像狗身上的伤一样,很快就能长好。"

他们马不停蹄,一直跑到奇尔河边。民警们也一直在后面追,保持着相当的距离,只是偶尔零星地朝他们打几枪。福明不时回头看着说:

"他们老是这样盯着咱们不放……也许是在等候援军吧?他们总是离我们远远地跟着绝不是平白无故的……"

福明他们在维斯洛古佐夫村附近蹚水过了奇尔河,缓步爬上山坡。马已经疲惫不堪。他们走下山坡的时候还能骑着马小跑,但是上坡就非得牵着马走不可了,用手巴掌从马汗湿的两肋和身上把一团团的、哆嗦着的汗沫抹下来。

福明不幸言中了:在离维斯洛古佐夫村五俄里的地方,有七个人骑着新换的、跑得飞快的马朝他们追了上来。

“他们要是再这样换班儿追——咱们可就糟啦!”科舍廖夫愁眉苦脸地说。

他们在草原上不择道路地跑着,轮流开枪抵抗:两个人卧倒在草地上射击,其余的人跑出二百多沙绳远以后,就下马,接着射击敌人,让原先那两个人向前跑出四百沙绳远,然后卧倒,准备开火。他们打死了一个民警或者是打成了重伤,把另一个民警的马打死了。丘马科夫的马不久也被打死了。他抓着科舍廖夫的马镫,跟着马跑。

影子拖长了。太阳已经西沉。葛利高里建议大家不要分开,于是他们一起儿缓步走了起来。丘马科夫跟他们并排走着。后来他们看到山岗顶上有一辆双套大车,就走到大道上。车夫是个上了年纪的大胡子哥萨克,赶着车飞跑起来,但是枪声迫使他停了下来。

“我来砍死这个坏蛋!叫他知道逃跑的下场……”科舍廖夫从牙缝里嘟哝说,使劲用鞭子抽着马,往前冲去。

“别动他,萨什卡①,我不准许!”福明警告他说,还离得很远就大声喊,“老大爷,把马卸下来,听见吗?要活命的话就卸下来!”

他们根本不听老头子的痛哭流涕的央告,亲自动手解开缰绳,把马肚带和马套都卸下来,立刻把鞍子鞴到马身上去。

“把你们的马换一匹给我也好啊!”老头子哭着央告说。

“你啰嗦什么,是不是想挨耳刮子呀,老鬼?”科舍廖夫骂道,“我们还要用马呢!留你一条活命,快感谢上帝吧……”

福明和丘马科夫都骑上了新换的马。不久又有三个人加入到在后面追赶他们的六个骑士的队伍。

“应该快点儿跑!走吧,弟兄们!”福明说,“如果傍晚咱们能赶到克里夫斯克草地——那么咱们就得救啦……”

他扬鞭抽了一下自己的马,往前跑去。把第二匹马的缰绳挽得短短的,叫它跟在左面跑。被马蹄子踏断的红郁金香花冠,像一大滴一大滴的鲜血,四处飞溅。跟在福明身后跑着的葛利高里看了看这些红点

---

① 萨什卡是阿列克谢的爱称。

子,就闭上了眼睛。不知道为什么他有点儿头晕,心头感到一阵熟悉的刺痛……

马匹使出了最后的力气跑着。不停的奔驰和饥饿把人也弄得疲惫不堪。斯捷尔利亚德尼科夫已经在马上直摇晃,脸色像白布一样。他流血太多。渴得要命,又恶心,苦不堪言。他吃了一点儿干面包,但是立刻又呕吐出来。

黄昏时分,在离克里夫斯克村不远的地方,他们混进了从草原上归来的马群,最后一次向追赶他们的人开了几枪,并且高兴地看到追击停止了。九个骑马的人在远处凑拢到一起儿,显然在商量什么,后来就拨马回去了。

他们在克里夫斯克村福明熟识的一个哥萨克家里住了两天两夜。主人的日子过得很富裕,对他们招待得也很好。安置在黑乎乎的板棚里的马匹有吃不完的燕麦。到第二天夜里,狂奔累坏了的马匹已经休息过来了。大家轮班照看马匹,挤着睡在结满蜘蛛网的、凉爽的糠棚里,足吃足喝,补偿了在孤岛上过的那些半饥饿的日子。

本来第二天就可以离开村子,但是斯捷尔利亚德尼科夫使他们耽搁下来:他的伤口发炎了,清晨,伤口四周出现了红肿,傍晚,腿也肿了起来,人昏迷不醒。他渴得要命。整整一夜,只要一清醒过来,就要水喝,拼命地喝,而且喝得很多,一夜之间,几乎喝了有一桶水,但是即使有人搀扶着他也站不起来了——每一个动作都使他感到剧痛,他就躺在那里撒尿,不停地呻吟。为了少听到点儿他的呻吟声,把他抬到糠棚子远处的角落里去,但是这也没有什么用处。有时候他大声叫唤,昏迷过去的时候,就大声胡说,还乱叫不止。

只好安置一个人看护他。给他水喝,要用凉水浸他滚烫的额角,当他叫唤或者说胡话的声音太大了,就得用手巴掌或者帽子捂上他的嘴。

第二天傍晚,斯捷尔利亚德尼科夫清醒过来,并且说觉得好多了。

“你们打算什么时候动身?”他用手指头把丘马科夫叫到跟前来,问道。

“今天夜里。”

“我也走,看在基督的面上,别把我扔在这里!”

“你还能上哪儿去?”福明小声说,“你连动都动不了啦。”

“怎么——我动不了啦? 你瞧!”斯捷尔利亚德尼科夫使劲抬起身来,立刻就又躺了下去。

他的脸涨得通红,额上渗出了一粒粒的小汗珠。

“我们带你走,”丘马科夫断然决定说,“我们带你走,你别害怕! 把眼泪擦掉,你又不是老娘儿们。”

“这是——汗。”斯捷尔利亚德尼科夫嘟哝说,把帽子压到眼睛上……

“我们倒很想把你留在这儿,可是掌柜的不答应。你别泄气,瓦西里! 你的腿会长好的,咱们还要在一起儿摔跤和跳卡扎乔克舞呢。你干吗要灰心丧气呀,啊? 伤嘛,是很重,可是这又有什么了不起呢!”

丘马科夫对人一向是既严厉,又粗野,可是这番话却说得那么亲切感人,声调又是那么温柔,使葛利高里大为惊奇,不禁看了他一眼。

他们在黎明前不久离开了村子。费了很大的劲才把斯捷尔利亚德尼科夫扶上了马,但是他已经不能独自骑在马上了,忽而往这边,忽而又往那边倒来倒去。丘马科夫用右手抱着他,和他并排走。

“成了个累赘了……只好把他扔掉。”福明走到葛利高里身旁,伤心地摇着脑袋,嘟哝说。

“把他打死?”

“哼,有什么可客气的呢? 咱们带着他怎么行呀?”

他们一声不响地缓步走了很久,葛利高里换了丘马科夫的班,后来科舍廖夫又替换了葛利高里。

太阳出来了,顿河上,仍然雾气弥漫,可是从山岗上看去,远处的草原已经清晰、明朗;高处凝集着羽毛般的白云的天空变得越来越蔚蓝明净。草上的露水很浓,像一片绣银丝的锦缎,马匹走过的地方,就留下一条黑黝黝的溪流似的痕迹。只有云雀划破了笼罩在草原上的庄严、肃穆的寂静。

斯捷尔利亚德尼科夫随着马的脚步不由自主地摇晃着脑袋,悄悄地呻吟说:

"噢,真难受呀!"

"住口!"福明粗暴地打断他的话,"我们抱着你走也并不舒服!"

在离黑特曼大道不远的地方,从马蹄下飞出一只野雁,扶摇直上蓝天。野雁翅膀尖利的震动声把斯捷尔利亚德尼科夫从昏迷状态中唤醒。

"弟兄们,请你们把我扶下马吧……"他央告说。

科舍廖夫和丘马科夫小心翼翼地把他从马上架下来,放在湿漉漉的草地上。

"让我们来看一下你的腿究竟怎样了。喂,解开裤子啊!"丘马科夫蹲下来说。

斯捷尔利亚德尼科夫的腿肿得厉害,胀得紧紧的,连一点皱纹也没有,塞满了肥大的裤腿。一直到大腿,皮肤都透亮,呈深紫色,布满了一层用手可以摸得出的、天鹅绒似的黑斑。深陷进去的肚皮上也出现了这种黑斑,只不过是颜色稍淡一点儿。从伤口上和裤子上的褐色干血上,已经散发出腐烂的恶臭。丘马科夫用手指头捏住鼻子,皱着眉头,竭力忍着已经涌到嗓子眼的恶心,仔细察看了朋友的伤腿。然后,又仔细地看了看斯捷尔利亚德尼科夫的垂下的、发青的眼皮,跟福明交换了一下眼色说:

"好像变成坏疽啦……是的……你的情况可很不妙啊,瓦西里·斯捷尔利亚德尼科夫……简直是糟透啦!……唉,瓦夏①,瓦夏,怎么把你弄成这个样子啦……"

斯捷尔利亚德尼科夫只是不断急促地喘气,一句话也没有说。福明和葛利高里像听到命令一样同时下了马,从上风头走到伤员跟前。他躺了一会儿,然后用手撑着坐了起来,用昏暗、严厉、冷漠的目光看了大家一眼。

"弟兄们!请你们把我打死吧……我已经活不成啦……我已经精疲力尽,再也支持不下去啦……"

他又仰面躺下,闭上了眼睛。福明和其余的人全都知道,他一定会

---

① 瓦夏是瓦西里的爱称。

提出这个要求的,而且正在等待这一请求。福明迅速向科舍廖夫使了个眼色,就转过身去,而科舍廖夫也未置异议,从肩膀上摘下步枪。"开枪吧!"科舍廖夫朝走到一旁去的丘马科夫的嘴唇看了一眼,与其说是听到了,不如说是猜到了这句话。但是斯捷尔利亚德尼科夫又睁开了眼睛,坚决地说:

"朝这儿打,"他举起手来,用指头指着自己的鼻梁,"这样可以一下子就离开人世……如果你们到了我的村子——请你们告诉我老婆一声,就说,如此这般……叫她别等我啦。"

科舍廖夫不知道怎么可疑地摆弄了半天枪栓,拖延着时间,斯捷尔利亚德尼科夫垂下了眼皮,来得及说完了最后的遗言:

"我只有一个老婆……没有孩子……她生过一个孩子,可是死啦……以后再没有生过……"

科舍廖夫两次举起了步枪,可是都又放了下来,脸色变得越来越苍白……丘马科夫愤怒地用肩膀推开了他,夺下他手里的步枪。

"狗崽子,干不了,就别逞能!……"他沙哑地骂道,从脑袋上摘下了帽子,理了理头发。

"快点儿!"福明一只脚踏在马镫上,命令说。

丘马科夫在脑子里寻觅着合适的词句,慢吞吞地低声说:

"瓦西里!永别啦,看在基督的面上,请原谅我和我们大家!咱们到阴间会再见面的,那儿也会审判我们……我们一定把你的请求告诉你老婆。"他静等回答,但是斯捷尔利亚德尼科夫沉默无语,面色变得煞白,在恭候着死神的光临。只有被太阳晒得焦黄的眼睫毛好像被风吹动似的在哆嗦,左手的手指头在轻轻地活动,不知道为什么想去扣军便服胸前的破钮扣。

葛利高里这一生见过很多次人死的场面,可是这一次,他不想看了。他使劲拉着马缰绳,牵着马急急忙忙地往前走去。他怀着一种子弹要打到他的肩胛骨上似的感情等待着枪声……他等待着枪声,心里一秒钟一秒钟地数着,但是当身后猛地一响之后,他两腿发软,勉强勒住直立起来的惊马……

他们默默无语地走了两个钟头。直到休息的时候,丘马科夫才头

一个打破了沉默。他用手巴掌捂着眼睛,声音低沉地说:

“我他妈的为什么要开枪打死他呢?把他扔在草原上就行啦,省得再多一条罪状。他总像就站在我眼前……”

“你还没有干惯?”福明问,“你杀了那么多人——还不习惯?你根本没有心啦,你的心变成一块锈铁啦……”

丘马科夫脸色煞白,凶狠地盯着福明。

“现在你别惹我,雅科夫·叶菲梅奇!”他低声说,“你别再伤我的心,不然,我也会把你照样干掉……这太简单啦!”

“我有什么必要去惹你呀?不招惹你,我的心都操不过来啦。”福明和解地说,然后仰面躺下,被太阳晃得眯缝起眼睛,舒服地伸着懒腰。

第十六章

完全出乎葛利高里的意料,一个半星期之内,居然又有四十多个哥萨克加入了他们的队伍。这都是些在战斗中被击溃的许多小股土匪的残渣余孽。他们失去了自己的头领,在草原上游荡,当然很高兴加入福明的匪帮。对他们来说,跟着谁干,杀什么人,统统一样,只要他们能过上逍遥自在的浪荡生活和抢劫所有遇到的人就行啦。这是些不可救药的亡命徒,以至福明看着他们,鄙视地对葛利高里说:“唉,麦列霍夫,来的全是些破烂,不是人……都是些该上绞架的家伙!”福明在灵魂深处一直还把自己看做是“为劳动人民而斗争的战士”,虽然不像从前那样时常说了,但是偶尔还说:“咱们是解放哥萨克的斗士……”他一直还顽强地怀着这种愚蠢透顶的希望,他重又对他那些战友的抢劫行为采取睁一只眼、闭一只眼的态度,认为这一切都是难以避免的,必须跟这些行为妥协,随着时间的推移他会肃清这些抢劫分子,早晚还要成为一个真正的起义军的统帅,而不是一小股土匪的头目……

但是丘马科夫却毫不客气地把全部的福明分子都称作“土匪”,而且争论起来声嘶力竭,指着福明说,他福明也不是什么好货,是实实在在的截路的强盗。每逢没有外人的时候,他们之间就时常发生激烈的争论。

“我是个有理想的反苏维埃政权的战士!”福明气得脸通红,大声喊叫,“可是你他妈的这样称呼我！你懂得吗,傻瓜,我是在为理想而斗争?!”

“你别搅昏我的头脑啦!”丘马科夫驳斥他说,“你别打马虎眼啦。你别把我当小孩子耍弄吧！呸,有你这样有理想的战士！你是道道地地的土匪,再没有什么可说啦。你为什么怕听这个称呼呢？我怎么也不明白!”

“为什么你要这样侮辱我呀？为什么你总要血口喷人呀?！我为反对政权而起义,拿起武器跟它斗,我怎么就成了土匪了呢？……”

“正因为你反对政权,所以你才是土匪。土匪——总是反对政权的,自古以来就是这样。不管苏维埃政权是个什么政权,但是它是政权,从一九一七年以来这个政权就成立啦,谁反对它,谁就是强盗。”

“你的脑袋瓜儿也真糊涂得够可以啦！难道克拉斯诺夫和邓尼金将军也是强盗吗?”

“不是强盗是什么？不过是戴着肩章的强盗罢咧……不过,要知道肩章——可不是什么了不起的事情。你我也可以戴上嘛……”

福明由于找不到有说服力的论据,又是捶拳,又是啐吐沫,停止了这种无益的争论。想要说服丘马科夫是不可能的……

大多数新入伙的匪徒都有精良的武器,服装也整齐。几乎所有的人骑的都是好马,可以不停地驰骋,一天跑上一百俄里毫不困难。有几个人还有两匹马:一匹马骑着,另外一匹马轻装跟在骑士的身旁,称作“备用马”。一旦需要,就可以两匹马倒换着骑,使它们可以轮流休息,有两匹马的骑士,一昼夜可以跑上二百俄里。

福明有一回对葛利高里说:

“咱们如果从一开头就有两匹马——谁他妈的能追上咱们呀！民警或者红军都不能抢老百姓的马,他们不好意思这么干,而我们是完全可以的！应该使每一个人都有一匹备用的马,这样他们就别想追上咱们啦！老年人都说,古时候,鞑靼人进攻的时候,每个战士都有两匹马,有的还有三匹。谁能追上这样的人呢？咱们也应当这么装备起来。我很喜欢鞑靼人这种聪明作法！”

他们很快就都弄到一匹备用马，这样一来，最初的一些日子，的确使他们变得难以追踪了。在维申斯克重新组建的民警骑兵队想追上他们，简直是枉费心机。备用马使福明人数不多的匪帮可以很容易地甩掉敌人，跑出几程远去，避免进行冒险的战斗。

但是在五月中旬，人数四倍于匪帮的民警骑兵队，设计把福明堵在离霍皮奥尔河口镇的博布罗夫斯基村不远的顿河边上。不过经过短促的激战后，他们还是冲出了包围圈，从顿河边溜掉了，死伤了八个人。被包围后不久，福明就向葛利高里建议，请他当司令部的参谋长。

“咱们需要一个有学问的人，这样就可以按作战计划，按地图办事，不然他们再把咱们堵住，就又要挨打啦。葛利高里·潘苔莱维奇，请你担当起来吧。”

“为了抓几个民警和砍掉他们的脑袋，用不着什么司令部。”葛利高里阴沉地回答说。

“什么部队都要有个司令部，你别说这种废话啦。”

“如果没有司令部你就不能过日子，那就请丘马科夫当好啦。”

“为什么你不愿意干？”

“我对这门学问是一窍不通。”

“难道丘马科夫通吗？”

“丘马科夫也不通。”

“那么你为什么他妈的要把他塞给我呢？你是军官，你应该通，应该精通战术和其他一切学问。”

“我原本就是个二把刀的军官，跟你现在这个司令一样！咱们只有一条战术，就是在草原上流窜，不过要常常回头看看……”葛利高里嘲笑说。

福明朝葛利高里挤了挤眼，伸出手指头威胁说：

“我看透你啦！你总想躲在凉快地方吗？总想躲在暗处，是吧？老兄，这救不了你！当排长，还是当参谋长——都是一个价钱。你以为他们抓住你的时候，会给你打个折扣吗？你就等着吧。”

“我一点儿也没有想过这个问题，这你可是瞎猜，”葛利高里仔细地打量着马刀穗子说，“我不懂得的事情——我就不愿意干……”

“好吧，你既然不愿意干——就不勉强啦，不用你我也可以马马虎虎地混下去。”福明无可奈何地同意说。

这个地区里的政治形势大大改变了：福明所到之处，从前总是热诚地款待他们的那些富裕的哥萨克人家，现在到处都把大门关得紧紧的，主人们一见匪帮在村子里出现，就都四散躲藏，藏到花园和果园里去。到维申斯克来的巡回革命法庭严厉地惩处了许多曾热诚地接待过福明的哥萨克。这个消息在各集镇广泛传开，对那些曾经公开表示同情匪帮的人产生了应有的影响。

两个星期的工夫，福明在顿河上游各集镇兜了一个大圈子。匪帮的人马已经发展到一百三十多，而且追击他们的也已经不是那个匆忙拼凑起来的民警骑兵队了，而是由南方调来的第十三骑兵团的几个连。

最近这些日子到福明匪帮来入伙的土匪，有很多是远道而来的。他们都是从各种不同的途径跑到顿河地区来的：有些人是从押送途中、从监狱和集中营里逃脱的犯人，但是基本队伍——有几十个——是从马斯拉克匪帮里溃散下来的，以及被打垮的库罗奇金匪帮的残余分子。马斯拉克匪帮的人都高高兴兴地分散到各排里去，但是库罗奇金匪帮的人却不愿意分散。他们组成了一个独立排，抱得很紧，跟其余的人保持着一定的距离。不管是战斗还是在休息的时候，他们的行动总是团结一致，互相支持，每当在什么地方抢劫了统一消费合作社或者仓库，总是把抢到的东西全部交到排的公库里，平均分配，严格遵守平等的原则。

有几个穿着旧束腰长袍的捷列克河流域和库班地区的哥萨克，两个韦利科克尼亚热斯克镇的加尔梅克人，一个穿着靴筒长到大腿的猎人靴的拉脱维亚人和五个穿蓝白条水兵衫和被太阳晒得褪了色的帆布上衣的无政府主义的水兵，这些人使本来已经穿得五光十色、成分复杂的福明匪帮变得更加光怪陆离了。

“哼，现在你还要争辩，说你手下的人不是土匪吗；那么这些人该怎么称呼……为理想而战的勇士吗？”有一天丘马科夫用眼睛看着前进中拉得很长的纵队,问福明,“咱们这儿如果再有几个还俗的神甫和穿裤子的猪,那真是群贤毕集啦……”

福明默默地忍受着嘲弄。他唯一的希望——就是在自己周围集合更多的人。他不顾一切地接受所有来入伙的人。他对每个愿意听他指挥的人,都要亲自谈话,谈话很简单:

“你可以参加。我收留你。到我的参谋长丘马科夫那儿去吧,他会告诉你编在哪个排里,发给你武器。”

在米古林斯克镇的一个村子里,一个穿戴整齐、鬈发、脸色黝黑的小伙子被带到福明面前。小伙子声明自己愿意参加匪帮。福明问知这个小伙子原是罗斯托夫人,不久前因武装抢劫被判刑,但是他从罗斯托夫的监狱里逃了出来,听到福明匪帮的消息,就跑到顿河上游来了。

“你是什么民族的人?亚美尼亚人,还是保加利亚人?”福明问。

“不,我是犹太人。”小伙子犹豫了一下,回答说。

福明被这一意外弄得不知所措,沉默了半天。对这从未遇到的情况,他简直不知道该怎样处理,大动脑筋,后来深深地叹了口气说:

“好啦,有什么办法呢,犹太人——就犹太人吧。我们就是这样的人也不嫌弃……终究是又多了一个人啊。你会骑马吗?不会?可以学会的!我们先给你一匹老实的小骒马,以后可以学会的。到丘马科夫那儿去吧,他会安置你的。”

过了几分钟,怒气冲天的丘马科夫骑马赶到福明这里来。

“你是糊涂啦,还是开玩笑?”他勒住马,喊叫道,“你他妈的为什么给我送来一个犹太人呀?我不收!叫他随便上哪儿去好啦!”

“收下吧,收下他吧;总归是多了一个人哪。”福明泰然地说。

但是丘马科夫嘴唇上挂着白沫,大声喊叫:

“我不收!我把他打死,就是不能收!哥萨克们已经在抱怨啦,请你自个儿去跟他们谈吧!”

在他们争论和相骂的时候,在一辆辎重马车旁边,哥萨克已经把青年犹太人的绣花衬衫和肥裤腿儿的呢子裤剥了下来。其中一个哥萨克在自己身上试着衬衣,说:

“喂,你看见村子外边那丛老蓬蒿吗?赶快跑到那儿去躲起来。

一直躺到我们离开这儿，我们一走——你就爬起来，随便往哪儿去好啦。再别到我们这儿来，我们会杀死你的，最好还是回罗斯托夫找你妈妈去吧。打仗这个行当——不是你们犹太人干的。主上帝教给你们的本事是做生意，不是打仗。用不着你们我们自己也打得了，也能把这碗粥喝下去！”

没有收留这个犹太人，可是就在这一天，大家却又逗又笑地把在维申斯克镇各村闻名的傻瓜帕沙编进了第二排。是在草原上捉到他的，带到村子里来，隆重地拿一身从打死的红军身上剥下来的装备把他打扮起来，教他怎样使用步枪，又教了半天怎样用马刀。

葛利高里正往拴着自己马匹的拴马桩那里去，但是看见一旁围了一大堆人，就朝人群那里走去。一阵阵的哈哈大笑声使他加快了脚步，接着，是一片寂静，他听见有人用教导、理智的口吻说：

“这可不行呀，帕沙！谁这样砍人呀？这样只能劈劈柴，可劈不了人。你看，应该这样，明白了吗？一捉到人——立刻就命令他跪下，不然你砍站着的人就不方便啦……他一跪下来，你就从后头这样一下子，照着他的脖子砍去……不过可别一直砍下去，要往自己怀里一拉，为的是用刀刃斜着切下来……”

被一群土匪围着的傻子，笔直地站在那里，紧握着出鞘的马刀柄。他听着一个哥萨克的教导，满脸堆笑，幸福地眯缝着鼓出的灰色眼睛。嘴角上，就像马嘴上一样，挂满了白沫，长长的口水顺着红铜色的胡子直流到胸前……他舔着肮脏的嘴唇，吐字不清、拙口笨舌地说：

“都明白啦，亲人啊，都……我一定这样干……叫上帝的奴仆跪下，砍他的脖子……使出吃奶的劲儿砍！你们发给了我裤子、衬衣和靴子……不过我还没有大衣啊……你们顶好再发给我一件儿小大衣，我好好给你们干！拼命干！”

“等你打死了一个委员——你就有大衣穿啦。现在你还是给我们讲讲去年怎么给你娶媳妇儿……”一个哥萨克提议说。

傻子的睁得大大的、像蒙了一层云翳的眼睛里闪过一丝畜生似的恐怖神情。他骂了一大长串脏话，接着在一片哄笑声中，开始讲起些什么来。这一切都使葛利高里感到非常憎恶，浑身直哆嗦，便急忙走开了。“我竟把自己的命运跟这伙浑蛋结合在一起……”他满怀苦闷、悲伤和对自己、对整个这种可耻生活的憎恨想道……

他在拴马桩旁边躺下，竭力不去听那个傻家伙的喊叫和哥萨克们的哄笑。“明天就离开他们。到时候啦！”他看着自己那两匹吃得膘肥体壮、已经恢复元气的马，下了决心。他一直在细心周到地准备逃离匪帮。从一个被砍死的民警身上搜到几张写着乌沙科夫这个名字的证明文件，他把这些文件缝在军大衣的里子里。还在两个星期以前，他就已经在对马匹进行短程、但是飞驰的训练：饮马的时候，他热心地洗刷它们，就是服役的时候也不曾这样尽力洗刷过，宿营时，用各种正当的和不正当的方法去弄粮食，所以他的两匹马看上去比其余人的马都精神，特别是那匹道利种灰色带黑圆斑的马。这匹马浑身发亮，它的皮毛在阳光下闪闪发光，就像高加索乌黑的镶银一样。

骑着这样的马，可以放心大胆地逃脱随便什么人的追赶。葛利高里站了起来，走到近处的一户人家。仓房门限上坐着一个老太太，他很客气地问：

“您有镰刀吗，老大娘？”

“有是有的，不过鬼知道把它放到哪儿去啦。你要镰刀干什么？”

“我想割一点儿您家果园里的青草给马吃。行吗？”

老太太想了想，然后说：

“你们什么时候才能不骑在我们的脖子上呀？你们一会儿要这个，一会儿要那个……这帮来啦——要粮食，那帮来啦——也要，见什么拿什么。我不给你镰刀！你随便怎么好啦，我不给。”

“你怎么，善心的老太太，连草都舍不得呀？”

“照你说，草不用地就长出来了吗？你把草割了，我拿什么去喂牛呀？”

“草原上的草不是有的是吗？”

“我的小鹰，那你就到草原上去割吧。那儿的草多得很。”

葛利高里生气地说：

“老大娘，你还是把镰刀借给我吧。我就割一点儿，其余的都留给你，不然，我们把马放到果园里去，就全都吃光啦！”

老太婆严厉地瞅了葛利高里一眼，扭过头去。

“自个儿去拿吧，大概是挂在板棚下面。”

葛利高里在板棚檐下找到一把刃都坏了的旧镰刀，当他从老太婆跟前走过的时候，清楚地听见她在嘟哝：“你们这些该死的东西怎么就死不光啊！”

葛利高里对此还不能无动于衷。他早就看出来村子里的老百姓是多么敌视他们。“他们说得对，”他心里想着，小心翼翼地挥着镰刀，竭力割得干净点儿，不漏掉，“我们对他们有他妈的什么用呀？谁都不需要我们，我们妨碍所有的人太太平平地干活，过日子。应该收场啦，够啦！”

他站在马跟前，想着自己的心事，看着马的天鹅绒般的黑嘴唇，在贪婪地嚼着一把把柔软的嫩草。一声沙哑低沉的童音使他从沉思中惊醒：

“这匹马太好啦，简直像天鹅一样漂亮！”

葛利高里朝说话的人那个方向看了看。是个不久前才加入匪帮的阿列克谢耶夫斯克镇的青年哥萨克，正在赞赏地摇晃着脑袋，看着那匹灰马。他那着了迷的眼睛目不转睛地盯着马，转了几圈，舌头弹着响。

“是你的马吗？”

“是的，怎么样？”葛利高里很不客气地回答说。

“咱们换换吧！我有一匹枣红马——是纯种的顿河马，什么障碍都一跃而过，跑得快，快极啦！像闪电一样！”

“滚你的蛋吧。”葛利高里冷冷地说。

小伙子沉默了一会儿，伤心地叹了口气，在不远的地方坐下来。他把那匹灰马打量了半天，然后说：

“你这匹马有气肿病。你看它都喘不过气来啦。”

葛利高里默默地拿一根草茎剔着牙。他开始喜欢起这个天真的小伙子了。

“你不愿意换吗，大叔？”小伙子用央求的目光看着葛利高里，小声问。

“不换。就是连你饶上我也不换。”

“你这匹马是从哪儿弄来的?”

“我自个儿想出来的。”

“不,你实话告诉我!”

“也是从那个大门口儿出来的:骒马生的。”

“跟这么个傻瓜有什么可说的呀。”小伙子生气地嘟哝说,然后走到一边去了。

葛利高里面前仿佛是个已经死去的空荡荡的村庄。除了福明的匪徒以外,四周连一个人也没有。扔在胡同里的牛车,院子里匆忙砍上斧子的劈柴墩子,旁边是堆还没有刨好的木板,拖着缰绳的牛懒洋洋地在街当中啃着矮草,井栏边有一只翻倒的水桶——所有这一切都说明,村子里的和平生活被突然破坏了,主人们都扔下手里没有干完的活儿,藏到什么地方去了。

当哥萨克团队在东普鲁士行军时,葛利高里曾见过这样的阒无人迹的村舍和同样仓皇出逃的居民留下的痕迹。现在却在自己的故乡又重睹这副惨景……那时候德国人用同样忧郁和敌视的目光看着他,现在顿河上游的哥萨克也是这样看着他,葛利高里想起了跟老太婆的谈话,解开衬衣领扣,苦闷地环顾了一下四周。又是一阵可恶的痛楚袭上心头……

太阳蒸晒着大地。胡同里散发着淡淡的尘土、胭脂菜和马汗的气味。村边树林里,一群乌鸦落在筑满乱蓬蓬窝巢的高柳树上呱呱乱叫。一条草原小河在宽谷深处汇入泉水,缓缓地流过村庄,把它分成了两半。小河两岸布满了宽敞的哥萨克院落,家宅都深藏在花园茂密的树丛里,这里有遮着窗户的樱桃树,有绿叶沐浴着阳光,缀满嫩果的苹果树。

葛利高里泪眼模糊地看着长满毛茸茸的车前草的院子,看着有黄色百叶窗、草顶的小房子,看着高竖的汲水吊杆……场院旁边的一根旧篱笆桩子上,挂着一只被雨冲刷得白白的、眼窝黑洞洞的马头骨。一根绿瓜秧,顺着这根桩子,螺旋似地爬了上去,钻到有阳光的地方。它已经爬到了桩子尖上,细须缠在马头骨的突出部分,卷住了马的死牙齿,耷拉下来的瓜秧尖端在寻觅支柱,已经够到邻近的一丛绣球花枝了。

葛利高里是在梦中，还是在遥远的童年曾经见到过这一切呢？他被一阵突然袭来的、剧烈的苦闷压倒了，脸朝下趴在篱笆旁边，用手巴掌捂上眼睛，直到远处传来一声拉着长腔的口令："备——马！"的时候，他才站起来。

夜里行军的时候，他走出了队伍，停住马，装作要重新鞴鞴马鞍，然后仔细听了听慢慢远去的、越来越小的马蹄声，就又跳上马，离开大道，飞驰而去。

他不停地催马跑了约五俄里，然后勒马慢步走着，谛听了一下——是否有人在后面追。草原上非常寂静。只有山鹬在沙岗上互相苦诉，还有从很远很远的地方传来的隐约可闻的犬吠声。

黑沉沉的天幕上闪烁着闪闪的繁星。草原上是一片寂静，清风阵阵送来亲切的苦艾气味……葛利高里在马镫上抬了抬身子，轻松、深沉地吸了一口气……

第十七章

到天亮还早，葛利高里已经来到了鞑靼村对岸的牧场上。在村子下边一点，顿河水比较浅的地方，他脱得净光；把衣服、靴子和武器都绑在马头上，用牙齿叼着子弹盒，跟马一同泭水渡河。河水凉得要命，他迅速用右手划水，竭力使身上暖和些，左手牢牢地牵住系在一起的马缰绳，小声吆喝着不断呼哧、打响鼻的马匹。

上了岸，急忙穿上衣服，勒紧了马肚带，为了让马暖和一下，快速向村子驰去。水湿的军大衣、浸透的马鞍翅子和潮湿的衬衣使他浑身都凉透啦，牙齿磕得咯咯响，脊背上一股凉气，全身直哆嗦，但是一放马飞奔，很快就暖和过来了，在离村子不远的地方，他勒马缓步而行，观察四周，机警地谛听着。他决定把马放在荒沟里，便顺着石坡下到沟底。石头在马蹄下枯燥地响着，铁掌迸起阵阵的火星。

葛利高里把马拴在一棵儿时就很熟悉的干榆树上，便往村子里走去。

看到了自己家的老宅、黑魆魆的苹果树顶,在北斗星下的井上的汲水吊杆……葛利高里激动得喘不过气来,走下顿河的斜坡,轻手轻脚翻过阿司塔霍夫家的篱笆,走到没有关上百叶窗的窗户跟前。他只听到自己急促的心跳声和头脑里隐约的血液翻腾声。他轻轻地敲了敲窗棂,轻得几乎连自己都听不到。阿克西妮亚默默地走到窗前来,仔细看了看。他看到她把双手捂在胸前,又听到她唇边吐出的模糊的呻吟声。葛利高里打了一个手势,叫她开开窗户,从肩上摘下了步枪。阿克西妮亚打开了窗扇。

"轻点儿!你好!别开门,我从窗户里进去。"葛利高里耳语说。

他站在墙边的土台上。阿克西妮亚两只赤裸的胳膊搂住了他的脖子。胳膊哆嗦得很厉害,在他肩膀上抖动,这是两只多么亲爱的胳膊,所以胳膊的颤抖也传到了葛利高里身上。

"克秀莎……等等……接过枪去。"他结结巴巴、刚能听到地低声嘟哝说。

葛利高里手扶着马刀,跨过窗台,关上了窗户。

他想抱住阿克西妮亚,但是她沉重地跪到他面前,抱住了他的双腿,把脸紧紧地贴在湿淋淋的军大衣上,由于她竭力在抑制恸哭,所以全身都在哆嗦。葛利高里把她扶起,搀到板凳上。阿克西妮亚紧贴在他的身上,脸藏在他的怀里,一句话也不说,只是在急剧地哆嗦不止。她用牙齿咬着军大衣的翻领,堵住哭声,免得惊醒孩子们。

看得出,痛苦把像她这样坚强的女人也折磨得够呛。看得出,这几个月她的日子过得非常艰难……葛利高里抚摸着她那披散到背上的头发和那滚热的、汗湿的额角。他叫她痛痛快快地哭了一顿,然后才问:

"孩子们都好吗?"

"很好。"

"杜妮亚什卡呢?"

"杜妮亚什卡也……活着哪……很好……"

"米哈伊尔在家吗?你别哭啦!住声吧,我的衬衣都被你的眼泪打湿啦……克秀莎!我的亲爱的,够啦!时间很少,没有工夫哭啦……

米哈伊尔在家吗?”

阿克西妮亚擦掉脸上的泪水,用湿淋淋的手巴掌紧捧葛利高里的脸颊,含泪笑着,紧盯着心爱的人,悄悄说:

“我不哭啦……我已经不哭啦……米哈伊尔不在,他已经去维申斯克一个多月啦,在一个什么部队里干呢。快去看看孩子吧！唉,我们简直没有想到你会回来！……”

米沙特卡和波柳什卡摊开手脚,睡在床上。葛利高里弯下腰,看了他们一会儿,又踮起脚尖走开了,默默地坐到阿克西妮亚身旁。

“你怎么样啊?”她热切地低声问,“你怎么回来的？你躲到哪儿去啦？如果逮住你可怎么办?”

“我是回来接你的。他们逮不住我的！跟我走吗?”

“上哪儿去?”

“跟我一起走。我脱离了匪帮。我在福明的匪帮里混哪,听说了吗?”

“听说啦。可是我跟着你到哪儿去呀?”

“到南方去。到库班,或者更远的地方去。咱们凑合着活下去,怎么样？不论什么活儿都累不倒我。我的手应该干活儿,不应该打仗。这几个月,我心里难过极啦……好,这事儿以后再谈。”

“那么孩子呢?”

“先留给杜妮亚什卡。以后看情形再说。将来咱们也可以把他们接走。怎么样？你走吗?”

“葛利沙……葛利申卡……”

“别这样！别哭。够啦！以后咱们再一起儿哭吧,将来有的是时间哭……赶快准备,我有两匹马放在荒沟里等着呢。怎么样？你走吗?”

“你怎么想呢?”阿克西妮亚突然大声说,立刻惊骇地用手捂上嘴,看了孩子们一眼,“你怎么想呢?”她已经耳语似地问,“难道我一个人留下来会舒服吗？我走,葛利申卡,我的亲爱的！我就是地下走也要去,跟在你后面爬我也要走,我再也不愿意一个人留在这儿啦！没有你我活不下去……你最好把我打死,可别再扔下我啦！……”

她使劲把葛利高里搂在自己怀里。他亲了亲她,斜着眼看了看窗户。夏夜苦短。要赶快走。

“你是不是躺一会儿?”阿克西妮亚问。

“你说什么呀!”他叫起来,“天快亮啦,该走啦。快穿上衣服,去叫杜妮亚什卡来。咱们要跟她说好。咱们要在天亮以前赶到干沟去。白天咱们躲在那儿的树林里,夜里——再走。你会骑马吗?”

“主啊,怎么走都行,别说是骑马啦!我总在想——我这是不是在做梦呢?我常常梦见你……各种各样的梦……”阿克西妮亚匆忙地梳着头发,用牙齿咬着发针,模糊不清地嘟哝着。她很快就穿好衣服,朝门口走去。“要把孩子们叫醒吗?看他们一眼也好呀。”

“不,不必啦。”葛利高里断然地说。

他从帽子里掏出烟荷包,开始卷起烟来,但是阿克西妮亚一走出去,就急忙地走到床前,亲了他们半天,然后想起了娜塔莉亚,还想起了自己苦难生涯中的许许多多往事,不禁哭了起来。

杜妮亚什卡一迈过门限,就喊:

“你好啊,我的好哥哥!到底是回家来啦?你在草原上流浪了多少日子……”接着就哭诉起来,“孩子们总算把父亲盼回来啦……父亲还活着,可孩子们却成了孤儿……”

葛利高里拥抱了她,严厉地说:

“你小声点儿,别把孩子们吵醒!你别说这些啦,好妹妹!这种调调儿我已经听过啦!我自个儿的眼泪和苦恼已经够受啦……我不是叫你来哭的。你能把孩子领去抚养吗?”

“你要上哪儿去?”

“我要走,把阿克西妮亚也带走。你把孩子领回家去,行吗?等我在外面找到工作,安置下来,就把他们接走。”

“好吧,有什么办法呢?既然你们俩都要走——我就领去吧。总不能把他们扔在街上,也不能把他们交给外人……”

葛利高里一声不响地亲了亲杜妮亚什卡,说:

“我太感谢你啦,好妹妹!我知道你不会拒绝的。”

杜妮亚什卡无言地坐在大箱子上,问道:

“你们什么时候动身？现在就走？”

“马上就走。”

“房子怎么办呢？家产呢？”

阿克西妮亚犹豫不决地回答说：

“你自个儿看着办吧。招个房客——或者你随便怎么处理吧。留下的衣服和东西——你都拿回家去……”

“我怎么对别人说啊？如果他们问起，她上哪儿去啦，——我怎么说呀？”杜妮亚什卡问。

“就说，你什么都不知道，这就是全部答案。”葛利高里扭过脸去对着阿克西妮亚，“克秀莎，快点儿吧，赶紧收拾。别多带东西。带上件暖和的上衣，两三条裙子和内衣什么的，吃的东西，够头两天吃就行啦，就带这些东西。”

等到葛利高里和阿克西妮亚跟杜妮亚什卡道了别，亲过一直也没有醒的孩子们，走到台阶上的时候，天刚蒙蒙亮。他们下到顿河边，沿着河岸，走到荒沟。

“想当年，咱俩去亚戈德诺耶的时候，也是这样走的，”葛利高里说，“不过那时候你拿的包袱大一些，咱们都还年轻……”

阿克西妮亚心里欢欣、激动，从旁斜睨了葛利高里一眼。

“可是我一直还在怀疑——这是不是做梦？把你的手给我，叫我摸摸，不然我总不相信。”她轻轻地笑了，紧挨着葛利高里的肩膀走了起来。

他看到她那哭肿的、闪着幸福光芒的眼睛，看到她那在黎明前的昏暗中苍白的脸颊，亲切地苦笑着，心里想：“她收拾一下，跟着就走，像是去做客似的……什么都不怕，真是个好样的娘儿们！”

阿克西妮亚仿佛是在证实他的想法，说：

“你看，我就是这样的人……你吹一声口哨，我就像只小母狗一样，跟着你跑。这是因为我太爱你，太想念你啦，葛利沙，可把我想坏啦……只是孩子们太可怜啦，至于我自己会怎么样，我连‘哼’也不‘哼’一声。你走到哪儿，我就跟到哪儿，就是去死我也心甘情愿！”

两匹马一听到他们的脚步声，就轻轻地嘶叫起来。天很快就要亮了。东天边上已经燃起一片粉红色的晨曦。顿河上升起朝雾。

葛利高里解开马,把阿克西妮亚扶上马。阿克西妮亚骑上,马镫显得太长了。他恼恨着自己事先想得太不周到,勒紧了马肚带,骑上第二匹马。

"跟着我走,克秀莎!咱们走出荒沟——就放马大跑,你就不会觉得这么摇晃啦。拽紧缰绳。你骑的这匹马不喜欢松缰绳。小心膝盖。它有时淘起气来,总想咬人的膝盖。好啦,走吧!"

到干沟有八俄里远。很快他们就跑完了这段路,太阳出来的时候,他们已经来到树林边。葛利高里在林边下了马,把阿克西妮亚扶下马来。

"喂,怎样?不常骑马,乍骑起来很不舒服吧?"他笑着问。

由于奔驰涨得满面绯红的阿克西妮亚的黑眼睛睒了一下。

"好极啦!比步行好得多。只不过腿……"她难为情地笑了,"你背过身去,葛利沙,我要看看腿。皮肤有点儿疼……准是磨破啦。"

"这算不了什么,会好的,"葛利高里安慰她说,"你把腿伸开些,不然你的腿好像在哆嗦……"他面带亲热的嘲笑神情眯缝着眼睛说,"唉,你这个哥萨克女人!"

他在沟底找到了一小块平地,说:

"这儿就是咱们的宿营地,安置下来吧,克秀莎!"

葛利高里卸下马鞍,把马的腿拴了起来,马鞍子和武器都藏到小树丛里。草上的露水很重,重露使绿草变成了灰色,但是还笼罩着清晨的昏暗的斜坡上却闪着暗淡的蓝光。橘黄色的大蜂在半开的花瓣上打盹。云雀在草原上空飞鸣,鹌鹑在庄稼丛里、在草原上芳香四溢的杂草堆里咕咕地叫着,仿佛是在说:"该睡啦!该睡啦!该睡啦!"葛利高里把一丛小橡树边的草踏平,枕着马鞍子,躺了下来。鹌鹑的鸣叫声,云雀催眠的歌声,从顿河边一夜都没有变凉的沙滩上吹来的热风,——这一切都诱人欲睡。别人是不是这样不知道,可是对于一连几夜没有睡觉的葛利高里,的确是该睡啦。鹌鹑在劝他睡,他被睡魔征服,闭上了眼睛。阿克西妮亚坐在他身旁,默不作声,若有所思地用嘴唇撕着散发出蜂蜜气味的紫色花瓣。

“葛利沙,这儿不会有人抓住咱们吗?”她用花茎触了触葛利高里的长满胡子的脸腮,小声问。

他费劲地从昏迷中醒过来,沙哑地说:

“草原上一个人也没有。现在正是没有人的时候。我要睡一会儿,克秀莎,你看着点儿马。等一会儿你再睡。我困得不行啦……我睡啦……四天四夜啦……等会儿咱们再说话儿……”

“你睡吧,亲爱的,你好好地睡一觉吧!”

阿克西妮亚伏身在葛利高里的头顶旁,拨开披散到他额上的一缕头发,轻轻地用嘴唇吻着他的脸颊。

“我的亲爱的,葛利申卡,你脑袋上添了这么多白发……”她低声说,“你这不是在老吗?不久以前你还是个小伙子啊……”她忧郁地、似笑非笑地看了看葛利高里的脸。

他略微张着嘴,均匀地呼吸着睡去。被太阳晒得尖上发黄的黑眼睫毛轻轻地哆嗦着,上嘴唇也在微微地抖动,露出了咬紧的白牙齿。阿克西妮亚仔细一看,这才发现,离别这几个月,他变得多厉害呀。在她心爱的人的眉间深深的横纹里,在嘴角的皱褶里,在突出的颧骨上,新添了一种严厉的、几乎是残酷的表情……她头一次想到,他在打仗的时候,骑在马上,手里举着亮晃晃的马刀,样子一定非常可怕。她垂下眼睛,瞥了一眼他那骨节粗重的大手,不知道为什么叹了口气。

过了一会儿,阿克西妮亚悄悄地站了起来,高高地提起裙子,尽力不叫落满露水的草沾湿裙子,走出这块儿平地。不远的地方,有一条小溪冲刷着石头潺潺流去。她下到尽是长满碧绿青苔的石板的沟底,喝足了泉水,洗了洗脸,用头巾擦干绯红的脸。嘴唇上一直挂着一丝笑意,眼睛里闪着喜悦的光芒。葛利高里又跟她在一起儿啦!莫测的未来又在用梦幻般的幸福招引着她……在不眠的夜里,阿克西妮亚流了多少眼泪,最近这几个月又忍受了多少痛苦。就在昨天白天,在菜园子里,当有几个婆娘在不远的地方锄着土豆,唱起一支忧伤的娘儿们歌曲,——她的心碎了,不由得倾听起歌声来:

> 咔咔咔,灰色的小鹅啊,回家吧,
>
> 你们该泝够了吧?

你们该洑够了吧？

我呀，我这个婆娘也哭够啦……

领唱的女人高声地诉说着悲惨的命运，阿克西妮亚忍不住了：泪如泉涌！她想赶快干活，忘却这些，把在心底蠢动的苦闷压下去，但是泪眼模糊，一颗颗热泪滴在碧绿的土豆秧上，滴到软弱无力的手臂上，她已经什么也看不见，什么也不能干了。她扔掉锄头，躺在地上，用手巴掌捂上脸，尽情地哭了起来……

就是昨天，她还在咒骂自己的一生，觉得周围的一切，就像阴天一样，一片灰暗，无限凄凉，可是今天，她觉得整个世界是这么光明、可爱，就像夏天里一阵爽人的倾盆大雨之后一样。“我们也会找到自己的幸福的！”她心里想着，漫不经心地看着被朝阳斜光染红的镂花的橡树叶子。

树丛旁边和向阳的地方，遍地都是异香诱人、五颜六色的野花。阿克西妮亚摘了一大把野花，轻手轻脚地坐到离葛利高里不远的地方，她想起了自己的青春，就动手编起花冠来，编成了一顶富丽堂皇的花冠。阿克西妮亚瞅着花冠，欣赏了半天，然后又插上几朵粉红色的野蔷薇花，放到葛利高里头前。

九点钟左右，葛利高里被马嘶声惊醒，他惊骇地坐起来，手在身旁摸索着，寻找武器。

“没有人，”阿克西妮亚轻轻地说，“什么把你吓成这个样子呀？”

葛利高里揉了揉眼睛，睡眼蒙眬地笑了。

“像兔子一样过日子过惯啦。就是睡觉的时候，也要睁开一只眼睛看着，听到一点儿声音，就吓得哆嗦……姑奶奶，这是很难改的。我睡了很久了吗？”

“不久。你是不是再睡一会儿。”

“我要连着睡上几天几夜，才能睡够。我们还是吃早饭吧。我的鞍袋里有面包和刀子，你自个儿去拿吧，我去饮马。”

他站了起来，脱下军大衣，耸了耸肩膀。太阳晒得很厉害。风吹得树叶簌簌作响，听不到小溪的歌唱声了。

葛利高里下到水边，用石头和树枝筑了一个小水坝，用马刀掘了些土,填进石头缝里。等他的小坝边蓄满了水,他就把马牵过来,让它们喝饱了,然后给它们摘下笼头,又放开它们去吃草。

吃早饭的时候,阿克西妮亚问:

"咱们从这儿往哪儿去呀?"

"往莫罗佐夫斯克镇方向去。咱们骑马走到普拉托夫,然后就步行走了。"

"马呢?"

"把它们扔掉。"

"太可惜啦,葛利沙! 这么好的马,尤其是那匹灰马,简直看也看不够,也得扔啦? 这匹马你从哪儿弄来的?"

"我从……"葛利高里凄然一笑,说,"从一个道利人手里抢来的。"

他沉默了片刻,又说:

"怎么可惜,也得扔掉……咱们又不能去卖马。"

"可是你为什么还要带着武器走呀? 咱们要枪有什么用处? 叫别人看见——那咱们就要倒霉啦。"

"夜里有谁会看见咱们呢? 我是为了防身才留下的。没有武器我就有点儿害怕……咱们扔掉马,——我把武器也扔掉。到那时候就用不着了。"

吃过早饭以后,他们在铺开的军大衣上躺下来。葛利高里竭力在跟睡魔做着斗争,阿克西妮亚用胳膊肘子撑着身子,讲他不在家时候她是怎样过的,讲她在这些日子有多痛苦。葛利高里在难以克制的昏沉状态中,听见她那均匀的声调,怎么也没有力量抬起沉重的眼皮。有时候他完全听不见阿克西妮亚的声音了。她的声音离得远了,越来越低沉,渐渐完全听不见了。葛利高里哆嗦了一下,醒了过来,可是没过几分钟,却又闭上了眼睛。疲倦比他的愿望和意志更强有力。

"……他们想念你,总在问——爸爸在哪儿? 我想尽办法对付他们,对他们更亲热。慢慢就跟我熟啦,愿意和我在一块儿啦,到杜妮亚什卡那儿去的时候也渐渐地少啦。波柳什卡是个很文静的小姑娘。我用破布给她做了几个娃娃,她就抱着娃娃坐在桌子下面玩起来。有一回,米沙特卡从街上跑回来,浑身直哆嗦。我问他:'你怎么啦?'他哭得非常伤心。‘孩子们都不跟我玩儿，他们说——你爸爸是土匪。妈妈，他真是土匪吗？土匪是些什么样子的人？’我对他说：‘你爸爸，他根本就不是土匪。他是个……不幸的人。’于是他就缠着问我：为什么他是不幸的人？不幸的人是什么人？我怎么也给他说不明白……葛利沙，他们自动喊我妈妈，你别以为我教过他们。米哈伊尔对他们还不错，很亲热。跟我不招呼，遇到我就把脸扭到一边走过去，可是有两次给他们从镇上带糖果回来。普罗霍尔一直很想念你。他说，这个人算完啦。上个星期他还来过，他谈到了你，简直哭出眼泪来啦……他们到我家来搜查过，总在搜查武器，房檐底下、地窖里，到处……”

葛利高里终于没有听完她的讲述，睡着了。他头顶上的小榆树叶子被风吹着，在窃窃私语。黄色的光影从他脸上滑过。阿克西妮亚把他闭着的眼睛亲了半天，后来把脸颊贴在葛利高里的胳膊上，自己也睡着了，睡梦里还是满面笑容。

深夜，月亮升上来的时候，他们离开了干沟。过了两个钟头，他们从山岗上下到奇尔河边。水鸡在草地上啼叫，青蛙在河湾的芦苇丛里面呱呱乱吵，麻鹆在远处的什么地方低诉。

小河边上是连绵不断的果园，在夜雾中阴森森、黑压压的一大片。

葛利高里在离小桥不远的地方停下马。村子里是一片午夜的寂静。他用靴子后跟催马往桥旁边弯去。他不想从桥上走过去。他怀疑这种寂静，而且害怕这种寂静。他们在村边涉水过河，刚拐进一条小窄胡同，从沟里站起一个人，跟着——又有三个人。

“站住！什么人？”

葛利高里被喊叫声吓得哆嗦了一下，就像被打了一下似的，勒住了马缰绳。他立即使自己镇定下来，大声回答说：“自己人！”然后猛地掉转马头，乘机低声对阿克西妮亚说，“向后转！跟我来！”

这四个人是不久前才在这里宿营的征粮队的哨兵，他们一声不响、不慌不忙地朝葛利高里和阿克西妮亚走过来。其中一个停下来吸烟，划着火柴。葛利高里使劲把阿克西妮亚的马抽了一鞭子。那匹马往前一冲，立即飞驰而去。葛利高里趴在马脖子上，跟在后面奔驰。恼人的寂静持续了几秒钟,然后砰砰地响起忽高忽低的齐射声。一闪一闪的火光划破了黑暗。葛利高里听见子弹热辣辣的呼啸声和拉长音的口令声:

"执枪! ……"

葛利高里在离小河约一百沙绳远的地方追上了飞奔的灰马,跟那匹马跑齐以后,喊道:

"趴下身子,克秀莎! 趴得再低一点儿!"

阿克西妮亚拉紧马缰绳,往后仰着身子,歪到一旁。葛利高里急忙扶住她,否则就摔下马去啦。

"你受伤啦!? 打在什么地方啦!? ……快说呀! ……"葛利高里沙哑地问。

她一声也不响,越来越沉重地压到他胳膊上。葛利高里在奔驰中把她搂到怀里,气喘吁吁地小声说:

"看在上帝面上! 你就是说一句话也好啊! 你这是怎么啦!? ……"

但是默不作声的阿克西妮亚既没有说一句话,也没有呻吟一声。

在离开村庄约两俄里的时候,葛利高里来了个急转弯,离开大道,走下深沟,他下了马,把阿克西妮亚抱了下来,轻轻地放到地上。

他把她身上的厚上衣脱下来,把胸前的薄布背心和衬衣撕开,摸索到伤口。子弹打进了阿克西妮亚的左肩胛骨,打碎了骨头,又斜着从右锁子骨下面穿出来。葛利高里用沾满血的、颤抖的手,从鞍袋里掏出件干净的内衣和绷带包。抱起阿克西妮亚,用膝盖支着她的背,给她包扎伤口,想止住从锁子骨下面直往外涌的血。衬衣布片和绷带很快就都变成黑色,全湿透了。从阿克西妮亚半闭着的嘴里也流出血来,喉咙里咕噜咕噜直响。葛利高里吓坏了,他知道,一切都完了,他一生中最怕发生的事情——终于发生了……

他抱着阿克西妮亚,沿着深沟的陡坡上在草丛中踏出的、遍地羊粪的小径,小心翼翼地下到沟底。她那无力地耷拉下来的脑袋趴在他的肩膀上。他听到阿克西妮亚带哨音的、急促的喘息声,觉得一股热血涌出她的身体,从嘴里流到他的胸膛上。两匹马也跟着他下到沟底。它们打着响鼻,笼头摇晃得铿锵直响,吃起肥美的青草。

黎明前不久,阿克西妮亚死在葛利高里的怀抱里。她始终没有苏醒过来。他默默地亲了亲她那已经冰凉的、血浸得带咸味的嘴唇,轻轻地把她放在草地上,站了起来。有一种莫名其妙的力量在他胸膛上猛推了一下,他往后退着,仰面倒在地上,但是他立刻惊骇地跳了起来。可是又摔倒了,光着的脑袋碰在石头上疼得要命。后来他索性跪着,从刀鞘里拔出马刀,开始挖起坟坑来。土地湿润,很容易挖。他匆忙地挖着,但是气闷得很,憋得喉咙难受,为了喘气痛快一些,他撕开了衬衣。黎明时清新的空气使他汗湿的胸膛感到一阵袭人的凉意。他觉得干得痛快得多了。他用手和马刀往外挖土,不停地挖,但是等挖出一个没腰深的坟坑——时间已经过去了很久。

在朝阳灿烂的光辉中,他埋葬了自己的阿克西妮亚。已经把她放进坟坑里了,他又把她的两只没有血色的、黝黑的胳膊十字交叉地摆在胸前,用头巾盖住她的脸,免得泥土落进她的半睁半闭、一动不动地望着天空、已经开始暗淡无光的眼睛。他向她道了别,坚信,他们的离别是不会很长久的……

他使劲用手把小坟坑上的湿润的黄土拍平,低下头,轻轻地摇晃着,在坟旁边跪了很久。

现在他再也用不着忙了。一切都完了。

太阳在热风阵阵的晨雾中升到沟崖上空。阳光照在葛利高里没戴帽子的头上,照得他那浓密的白发银光闪闪,滑过他那苍白的、呆板、可怕的脸。仿佛是从噩梦中惊醒,他抬起头,看见头顶上黑沉沉的天空和一轮闪着黑色光芒的太阳。

第十八章

早春,当积雪已经融化和在雪下躺了一冬天的衰草晒干了的时候,草原上燃起了春天的野火。春风追逐着野火,贪婪地吞噬着干枯的梯

牧草，越过驴蓟草的高茎，从褐色的艾蒿头顶掠过，沿着低地烧去……野火烧过以后，草原上长久地散发着被野火烧焦、干裂的土地刺鼻的焦臭。四周的嫩草青青，欣欣向荣，草地上空蔚蓝的晴空中，一群群的云雀在飞舞，春天归来的雁群在肥美的草地上觅食，来过夏天的小鸨在筑巢。而野火烧过的地方，焦黑僵死的土地闪耀着不祥的黑光。鸟儿不在上面搭窝，野兽也都躲得远远的，从一旁绕过去，只有疾风匆匆掠过这片焦土，卷起灰色的余烬和刺鼻的、乌黑的烟尘，带往远方。

葛利高里的生活变得就像野火烧过的草原，漆黑一片。他已经丧失了一切他最心爱的、最宝贵的东西。残酷的死神夺去了他的一切，毁灭了一切。只给他剩下了两个孩子。但是他自己却始终战战兢兢地紧抓住土地，仿佛他那实际上已经完全毁掉的生活，对于他和别人还有什么价值似的……

葛利高里埋葬了阿克西妮亚以后，毫无目的地在草原上游荡了三天三夜，但是他既没有回家，也没有到维申斯克去自首。第四天上，他把马扔在霍皮奥尔河口镇的一个村子里，渡过顿河，徒步向斯拉谢夫斯克茂密的树林走去，四月里，福明匪帮第一次在这片树林边上被打垮。就在那时候，四月里，他就听说，密林中匿藏着许多逃兵。葛利高里因为不愿意回到福明匪帮里去，所以就去找这些逃兵。

他在大树林里瞎转了几天。他饿得难忍，但是他却不敢到有人烟的地方去。自从阿克西妮亚死后，他失去了理智，也失去了从前的勇气。树枝折断的声音、密林中的窸窸窣窣声和夜里的鸟叫声——这一切都会使他惊恐不安。葛利高里只能用些还没有熟的杨梅、小蘑菇和榛子叶充饥——人瘦得不成样子。第五天的傍晚，几个逃兵在树林子里遇到了他，把他领到他们住的土窑洞里去，他们一共七个人，都是周围各村的居民，从去年秋天，村子里开始征兵的时候，就在这片密林里躲藏起来。他们像居家过日子一样，住在一个宽敞的土窑洞里，几乎是应有尽有。夜里他们经常回去看望家人；返回来的时候，就带些面包、干粮、黄米、面粉和土豆，至于煮汤粥用的肉，可以很容易地从别的村子里弄来，偶尔偷只牲口。

有个逃兵从前曾在第十二哥萨克团服过役，认出了葛利高里，所以没费多少口舌,就把他收留下来。

葛利高里也数不清究竟过了多少烦恼、漫长的日子。在树林里糊里糊涂地混到十月初,等到一开始下起秋雨,紧跟着冷起来的时候——他心里突然萌发起思念孩子和故乡的幽情……

为了消磨时间,他整天坐在土炕上,用木头抠勺子,抠木钵儿,用质地软的石头巧妙地雕刻各种各样的人形和禽兽。他竭力什么都不想,不叫那恼人的乡思有可乘之机。白天是这样对付过去了。但是在冬天漫漫的长夜里,痛苦的回忆却把他折磨苦了。他在土炕上翻来覆去,久不成眠。白天,土窑里的人,谁也没有听见他说过一句抱怨的话,但是夜里,他经常从睡梦中醒来,浑身哆嗦着,用手去摸摸脸——他的腮帮子和半年来长得长长的大胡子都浸满了泪水。

他时常梦见孩子、阿克西妮亚、母亲和其他所有已经不在人世的亲人。葛利高里的全部生活都已成为过去,而过去的一切却又像是一场短暂的噩梦。"要是能再回老家去一次,看看孩子,就可以死而无怨啦。"他时常这样想。

初春的时候,有一天,丘马科夫突然来了。他浑身一直湿到腰,但是依然像从前那样精神,那样毛手毛脚的。他在小火炉子旁边烤干了衣服,暖和过身子,就坐到葛利高里的炕上来。

"麦列霍夫,从你离开我们以后,我们游逛了很多地方!到过阿斯特拉罕,到过加尔梅克的草原……见了世面啦!也不知道杀过多少人。他们把雅科夫·叶菲梅奇的老婆抓去作人质,把他的财产也没收啦,于是他就发疯了,下令砍死所有给苏维埃政权当差的人。开始不分青红皂白地杀人,统统砍死:什么教员啦,各种各样的医生啦,农艺师啦都杀……管他什么人啦,统统杀掉!可是现在——我们也完蛋啦,彻底完啦,"他叹着气说,一直还在打着冷战,"头一次是在季尚斯克附近把我们打垮的,一个星期以前——又在索洛姆内伊附近。夜里从三面包围了我们,只剩下了一条退向山岗的路,可是山上是一片积雪——一直没到马肚子……天刚蒙蒙亮,就用机枪扫射起来,战斗开始了……用机枪把所有的人都打死啦。只有我和福明那个不大的儿子两个人逃出了活命。从去年秋天,福明就把达维德卡带在身边。雅科夫·叶菲梅奇本人也牺牲啦……我亲眼看着他死的。头一颗子弹打在腿上，打碎了膝盖骨，第二颗子弹擦伤了他的脑袋。他从马上摔下三次。我们停下，把他扶起来，搀到马上，可是他骑不了多远，又摔下来啦。第三颗子弹又打中了他，打进了腰部……这时候我们就把他扔下啦。我跑出了有一百沙绳远。回头看了看，已经有两个骑兵正在用马刀砍躺在地上的福明……”

“这有什么，正该如此。”葛利高里冷漠地说。

丘马科夫在土窑洞里住了一夜，清晨起来就要告别。

“你上哪儿去?”葛利高里问。

丘马科夫笑着回答说：

“去过逍遥自在的生活。也许你要跟我一起儿去吧?”

“不，你一个人去吧。”

“是啊，咱们过不到一块儿……麦列霍夫，你的行当——是抠勺子抠碗——这不合我的心意，”丘马科夫嘲笑说，又摘下帽子，鞠躬说，“耶稣保佑你们，诸位老实的土匪，谢谢你们的款待，谢谢你们留我住宿。愿上帝赐福，让你们过点儿欢乐的日子吧，不然你们这儿可是太无聊啦。你们住在树林子里，朝着破车轮子祷告，这能说是生活吗?”

葛利高里在丘马科夫走了以后，在密林里又住了一个星期，也准备动身了。

“回家去吗?”一个逃兵问他。

葛利高里这是自从来到树林子里来以后，头一次露出一丝笑意，说：

“回家去。”

“等到春天再走吧。听说五月一日要大赦咱们这号人啦，那时候咱们再散伙吧。”

“不，我等不了啦。”说完，葛利高里就跟他们告别了。

第二天早上，他来到鞑靼村对面的顿河岸边，久久地看着自己的家园，高兴、激动得脸色变得煞白。然后从肩上摘下步枪和军用背包，从背包里掏出针线包，一团乱麻、一个装枪油的小瓶儿，不知道为什么还数了数子弹。一共是十二梭子，还有二十六颗散的。

在一处陡崖边，岸边的冰已经融化。碧绿透明的河水激荡着，冲刷着岸边的薄冰碴儿。葛利高里把步枪和手枪都扔到水里，然后又把子弹撒了进去，仔细地在军大衣襟上擦了擦手。

在村子下游一点儿的地方，他踏着融雪天气蛀蚀过的三月的蓝色河冰，穿过顿河，大步向自己的家园走去。老远他就看见米沙特卡正在下到码头去的坡道上，他竭力压制着自己，不急忙奔向米沙特卡。

米沙特卡正在把挂在石头上的冰琉璃打下来，往坡下扔，注意地看着浅蓝色的冰柱儿滚下斜坡。

葛利高里爬上斜坡，——他气喘吁吁、沙哑地唤了一声儿子：

“米申卡！……好儿子！……”

米沙特卡吃惊地看了他一眼，然后垂下了眼睛。他认出这个大连鬓胡子、看来可怕的人是他的父亲……

葛利高里在密林中夜里想起自己的孩子的时候，嘟哝的那些亲热、温柔的话语，现在全都从他的脑子里飞光了。他跪下去，亲着儿子冰凉的粉红色的小手儿，用压低的声音，只说出一句话：

“好儿子……好儿子……”

然后，葛利高里抱起儿子，用干涩的、像燃烧的烈火似的目光看着儿子的脸，问：

“你们在家里可好啊？……姑姑，波柳什卡——都很好吗？”

米沙特卡仍旧不看父亲，小声回答说：

“杜妮亚姑姑很好，波柳什卡去年秋天死啦……得白喉死的……米哈伊尔叔叔当兵去啦……”

好啦，葛利高里在多少不眠之夜幻想的那点儿心愿终于实现了。他站在自家的大门口，手里抱着儿子……

这就是他生活中剩下的一切，这就是暂时还使他和大地，和整个这个在太阳的寒光照耀下，光辉灿烂的大千世界相联系的一切。

“名著名译丛书”书目

（按著者生年排序）

第一辑

书名	著者	译者
荷马史诗·伊利亚特	[古希腊]荷马	罗念生 王焕生
荷马史诗·奥德赛	[古希腊]荷马	王焕生
伊索寓言	[古希腊]伊索	王焕生
一千零一夜		纳训
源氏物语	[日]紫式部	丰子恺
十日谈	[意大利]薄伽丘	王永年
堂吉诃德	[西班牙]塞万提斯	杨绛
培根随笔集	[英]培根	曹明伦
罗密欧与朱丽叶	[英]莎士比亚	朱生豪
鲁滨孙飘流记	[英]笛福	徐霞村
格列佛游记	[英]斯威夫特	张健
浮士德	[德]歌德	绿原
少年维特的烦恼	[德]歌德	杨武能
傲慢与偏见	[英]简·奥斯丁	张玲 张扬
红与黑	[法]司汤达	张冠尧
格林童话全集	[德]格林兄弟	魏以新
希腊神话和传说	[德]施瓦布	楚图南

高老头 欧也妮·葛朗台	[法]巴尔扎克	张冠尧
普希金诗选	[俄]普希金	高 莽 等
巴黎圣母院	[法]雨果	陈敬容
悲惨世界	[法]雨果	李 丹 方 于
基度山伯爵	[法]大仲马	蒋学模
三个火枪手	[法]大仲马	李玉民
安徒生童话故事集	[丹麦]安徒生	叶君健
爱伦·坡短篇小说集	[美]爱伦·坡	陈良廷 等
汤姆叔叔的小屋	[美]斯陀夫人	王家湘
大卫·科波菲尔	[英]查尔斯·狄更斯	庄绎传
双城记	[英]查尔斯·狄更斯	石永礼 赵文娟
雾都孤儿	[英]查尔斯·狄更斯	黄雨石
简·爱	[英]夏洛蒂·勃朗特	吴钧燮
瓦尔登湖	[美]亨利·戴维·梭罗	苏福忠
呼啸山庄	[英]爱米丽·勃朗特	张 玲 张 扬
猎人笔记	[俄]屠格涅夫	丰子恺
包法利夫人	[法]福楼拜	李健吾
昆虫记	[法]亨利·法布尔	陈筱卿
茶花女	[法]小仲马	王振孙
安娜·卡列宁娜	[俄]列夫·托尔斯泰	周 扬 谢素台
复活	[俄]列夫·托尔斯泰	汝 龙
战争与和平	[俄]列夫·托尔斯泰	刘辽逸
海底两万里	[法]儒勒·凡尔纳	赵克非
八十天环游地球	[法]儒勒·凡尔纳	赵克非
马克·吐温中短篇小说选	[美]马克·吐温	叶冬心
汤姆·索亚历险记	[美]马克·吐温	张友松
爱的教育	[意大利]埃·德·阿米琪斯	王干卿
莫泊桑短篇小说选	[法]莫泊桑	张英伦
契诃夫短篇小说选	[俄]契诃夫	汝 龙
泰戈尔诗选	[印度]泰戈尔	冰 心 等
欧·亨利短篇小说选	[美]欧·亨利	王永年

名人传	[法]罗曼·罗兰	张冠尧 艾 珉
童年 在人间 我的大学	[苏联]高尔基	刘辽逸 等
绿山墙的安妮	[加拿大]露西·蒙哥马利	马爱农
杰克·伦敦小说选	[美]杰克·伦敦	万 紫 等
卡夫卡中短篇小说全集	[奥地利]卡夫卡	叶廷芳 等
罗生门	[日]芥川龙之介	文洁若 等
了不起的盖茨比	[美]菲茨杰拉德	姚乃强
老人与海	[美]海明威	陈良廷 等
飘	[美]米切尔	戴 侃 等
小王子	[法]圣埃克苏佩里	马振骋
钢铁是怎样炼成的	[苏联]尼·奥斯特洛夫斯基	梅 益
静静的顿河	[苏联]肖洛霍夫	金 人

第二辑

威尼斯商人	[英]莎士比亚	朱生豪
忏悔录	[法]卢梭	范希衡 等
罪与罚	[俄]陀思妥耶夫斯基	朱海观 王 汶
哈克贝利·费恩历险记	[美]马克·吐温	张友松
漂亮朋友	[法]莫泊桑	张冠尧
斯·茨威格中短篇小说选	[奥地利]斯·茨威格	张玉书
海浪 达洛维太太	[英]弗吉尼亚·吴尔夫	吴钧燮 谷启楠
日瓦戈医生	[苏联]帕斯捷尔纳克	张秉衡
大师和玛格丽特	[苏联]布尔加科夫	钱 诚
太阳照常升起	[美]海明威	周 莉

第三辑

神曲	[意大利]但丁	田德望
吉尔·布拉斯	[法]勒萨日	杨 绛
都兰趣话	[法]巴尔扎克	施康强

叶甫盖尼·奥涅金	[俄]普希金	智 量
笑面人	[法]雨果	郑永慧
红字 七个尖角顶的宅第	[美]纳撒尼尔·霍桑	胡允桓
死魂灵	[俄]果戈理	满 涛 许庆道
南方与北方	[英]盖斯凯尔夫人	主 万
莱蒙托夫诗选 当代英雄	[俄]莱蒙托夫	余 振 等
前夜 父与子	[俄]屠格涅夫	丽 尼 巴 金
白鲸	[美]赫尔曼·梅尔维尔	成 时
米德尔马契	[英]乔治·爱略特	项星耀
小妇人	[美]路易莎·梅·奥尔科特	贾辉丰
娜娜	[法]左拉	郑永慧
一位女士的画像	[美]亨利·詹姆斯	项星耀
十字军骑士	[波兰]亨利克·显克维奇	林洪亮
樱桃园	[俄]契诃夫	汝 龙
约翰-克利斯朵夫	[法]罗曼·罗兰	傅 雷
我是猫	[日]夏目漱石	阎小妹
嘉莉妹妹	[美]德莱塞	潘庆舲
月亮与六便士	[英]威廉·萨默塞特·毛姆	谷启楠
人性的枷锁	[英]威廉·萨默塞特·毛姆	叶 尊
人类群星闪耀时	[奥地利]斯·茨威格	张玉书
尤利西斯	[爱尔兰]詹姆斯·乔伊斯	金 隄
好兵帅克历险记	[捷克]雅·哈谢克	星 灿
城堡	[奥地利]卡夫卡	高年生
喧哗与骚动	[美]威廉·福克纳	李文俊
老妇还乡	[瑞士]迪伦马特	叶廷芳 韩瑞祥
金阁寺	[日]三岛由纪夫	陈德文
万延元年的 Football	[日]大江健三郎	邱雅芬